中國古典文學基本叢書

# 李商隱文編年校注（修訂本）

第一册

劉學鍇
余恕誠　著

中華書局

**圖書在版編目(CIP)數據**

李商隱文編年校注/劉學鍇,余恕誠著.—2版.—修訂本.—北京:中華書局,2025.1.—(中國古典文學基本叢書).—ISBN 978-7-101-16920-1

Ⅰ.I264.2

中國國家版本館CIP數據核字第20248NW185號

責任編輯:錢　蕾
封面設計:毛　淳
責任印製:陳麗娜

中國古典文學基本叢書
**李商隱文編年校注(修訂本)**
(全五册)
劉學鍇　余恕誠 著
*
中 華 書 局 出 版 發 行
(北京市豐臺區太平橋西里38號　100073)
http://www.zhbc.com.cn
E-mail:zhbc@zhbc.com.cn
大廠回族自治縣彩虹印刷有限公司印刷
*
850×1168 毫米 1/32・78 印張・10 插頁・1690 千字
2002 年 3 月第 1 版　2025 年 1 月第 2 版
2025 年 1 月第 4 次印刷
印數:3001-5000 册　定價:398.00 元

ISBN 978-7-101-16920-1

# 修訂本出版説明

李商隱（八一二—八五八），字義山，號玉谿生，又號樊南生，原籍懷州河内（今河南沁陽），從祖父起遷居鄭州滎陽。李商隱一生仕途偃蹇，而工詩擅文，是晚唐著名的詩人和駢文家。他曾自編其駢文爲《樊南甲集》《樊南乙集》各二十卷，惜皆散佚。今存李商隱文主要係清人從《文苑英華》《唐文粹》《全唐文》等書中輯出。

安徽師範大學劉學鍇、余恕誠兩先生將李商隱存世文合爲一編，並增入從《後村詩話》中所輯佚賦兩篇（《虎賦》《惡馬賦》），共彙輯李商隱各體文三百五十二篇；又在清人徐樹穀、徐炯撰《李義山文集箋注》，馮浩撰《樊南文集詳注》，錢振倫、錢振常撰《樊南文集補編》三種箋注本及近人張采田《玉谿生年譜會箋》、岑仲勉《玉谿生年譜會箋平質》二書考訂補箋之基礎上，進一步作校勘、繫年考證、箋注，改分體編次爲繫年編次，撰成《李商隱文編年校注》，二〇〇二年由本局出版。二〇一〇年該書重印時，將劉學鍇先生所撰《李商隱梓幕期間歸京考》一文收入附録，對個别文章的繫年考證有所調整。

此次修訂再版《李商隱文編年校注》，劉學鍇先生又對原版内容做了較大幅度的修訂，包括對李商隱生平經歷之新考證、文章繫年考辨及思想内容的闡釋等。編輯過程中，我們主要做了如下工作：

一、根據劉先生的修訂意見，訂補了相關文章的注釋與按語，對《爲山南薛從事謝辟啓》及原列入「未編年文」的《爲同州張評事謝辟啓》《爲同州張評事謝聘錢啓》等文重新繫年、編排，並於附録中增補劉先生新撰短文一篇（《〈上崔華州書〉「凡爲進士者五年」新説》）。

二、擇優更换了本書選用的部分版本。本書參校和注釋所用清人箋注本三種，其中徐樹穀、徐炯撰《李義山文集箋注》，原用《四庫全書》本，今替换爲清康熙四十七年徐氏花溪草堂刻本；馮浩撰《樊南文集詳注》和錢振倫、錢振常撰《樊南文集補編》，原皆用《四部備要》本，今分别改爲清乾隆四十五年德聚堂刻、同治七年桐鄉馮寶圻重修本及清同治五年吴氏望三益齋刻本。編著者所輯李商隱兩篇佚賦，原採自中華書局點校本《後村詩話》，今亦改以《適園叢書》本爲底本。

三、重新修訂本書凡例，全面覆校底本與校本，核查徵引文獻，亦按統一規範修改字形、標點符號等。在校改過程中，訂補了原版正文、校記、注釋及編排中的不少訛誤與缺漏，並根據新的參校底本增補了幾篇原版未及録入的清注本序跋凡例，置於附録相應位置。

特此説明。

中華書局編輯部

二〇二四年八月

# 凡例

一、本書係存世李商隱文之編年校注本。商隱曾自編其駢文表狀啓牒等爲《樊南甲集》《樊南乙集》各二十卷計八百三十二篇。《新唐書·藝文志》除著録其《甲》《乙》集外，又有《賦》一卷、《文》一卷。《宋史·藝文志》於此外又著録其《文集》八卷、《别集》二十卷、《雜藁》一卷。今均佚。清朱鶴齡、徐炯先後從《文苑英華》《唐文粹》輯出商隱各體文一百五十篇（其中《爲成魏州賀瑞雪慶雲日抱戴表》《爲柳州鄭郎中謝上表》二篇非商隱文），徐氏又從《全蜀藝文志》補入《劍州重陽亭銘》，由徐樹穀、徐炯分任箋、注，撰成《李義山文集箋注》十卷。後馮浩又在徐氏箋注本基礎上作删補辨正改訂，糾徐氏之缺失甚多，並據《成都文類》補入《爲河東公上西川相國京兆公書》，撰成《樊南文集詳注》八卷。其後錢振倫復從《全唐文》中輯出徐、馮二本所無之商隱文二百零三篇（其中《爲賈常侍祭韋太尉文》《爲西川幕府祭韋太尉文》《代諸郎中祭太尉王相國文》三篇非商隱文），此外又據孫梅《四六叢話》所載補入《修華嶽廟記》（此文亦非商隱作），由錢振倫、錢振常分任箋、注，撰成《樊南文集補編》十二卷。近人張采田《玉谿生年譜會箋》、岑仲勉《玉谿生年譜會箋平質》續有考訂補箋，後出轉精。馮、錢二注本共收商隱存世文三百五十篇。本書編著者又從《後村詩話》中輯出其佚賦《虎賦》《惡馬賦》，合計各體文三百五十二篇。兹在徐、馮、錢三種箋注本及張、岑二家考訂補箋之基礎上，進一步作繫年考證、校勘、箋注，合本集與補編爲一編，改分體編次爲編年，撰成《李商隱文編年校注》，與編著者所撰《李商隱詩歌集解》《古典文學研究資料彙編·李商隱資料彙編》並行。

二、徐、馮、錢諸箋注本雖有繫年考證，然均分體編次。本書改分體爲編年。所收之文，按寫作年月先後編次。於每篇文之題注（即校注〔一〕）中，按時代先後，引録前人之繫年考證，然後加編著者按語，或肯定、或補充、或糾正前人之説。少數難以編年之文（共十五篇），置于編年文之後。

三、本書文字校勘，以清編《全唐文》爲底本，以《文苑英華》《唐文粹》參校，並吸取徐、馮、錢、張、岑諸家校改意見。《文苑英華》注「一作某」或「集作某」者亦一併引録。錢注本曾用胡書農從《永樂大典》録出之商隱文對校，凡注明「胡本作某」或「據胡本改」者亦加引録。編著者之按斷，附於其後。

四、本書注釋，一般按時代先後引録各家舊注，間有注家時代在前而所引書時代在後、注家時代在後而所引書時代在前者，視情况調整次序。注釋明顯錯誤者一般不收，然後人之注糾前人之注之失者酌引前注；各家注釋明顯重複者，取其時代在前或引書較完整切合者；諸家注釋歧異須加按斷或誤注、失注者，視情況加〔按〕或〔補注〕。前人引書，無論書名、文字，常用省稱、概述大意、節引等方法。在無誤解或不致引起誤解之情況下，一般不作改動補添。有時出於方便讀者查檢的需要，亦將所省信息補足。舊注所引書名、文字有明顯訛誤者，一般據原書徑改，不另出校，如有特別需要説明者，則加括注標明校改原由。

五、所收之文間有注家、評選者所作之評語，引録於每篇注釋之後，以〔某某曰〕標明。

六、本書所收商隱文視篇幅長短酌加分段。篇幅較長者，注釋分置各段（則）之後，以便閱讀。

七、本書校勘所用底本、校本，繫年考證、注釋所用諸家箋注本及有關研究考證著作，擇其要者列于下，並注明所用版本：

《全唐文》清董誥等編　中華書局影印本

《文苑英華》宋李昉等編　中華書局影印明刊配宋殘本

《唐文粹》宋姚鉉編　《四部叢刊》影印校宋明嘉靖刊本

《李義山文集箋注》清徐樹穀、徐炯箋注　國家圖書館藏清康熙四十七年（一七〇八）

徐氏花溪草堂刻本

《樊南文集詳注》清馮浩箋注　國家圖書館藏清乾隆四十五年（一七八〇）德聚堂刻、同治七年（一八六八）桐鄉馮寶圻重修本

《樊南文集補編》清錢振倫、錢振常箋注　國家圖書館藏清同治五年（一八六六）吴氏望三益齋刻本

《玉谿生年譜會箋》近人張采田著　上海古籍出版社二〇一〇年版

《玉谿生年譜會箋平質》岑仲勉著　上海古籍出版社二〇一〇年版（附於《玉谿生年譜會箋》之後）

八、本書卷末附録李商隱文佚篇篇目、李商隱文分體目録（各體内仍按時代先後編次，暫不能編年者置於後）、各本序跋凡例、歷代史志書目著録、存目文等有關資料。

# 目録

## 第一册

## 第二册

## 第三册

## 第四册

## 第五册

## 未編年文

# 編年文

## 上令狐相公狀一〔一〕

不審近日尊體何如？太原風景恬和〔二〕，水土深厚〔三〕，伏計調護，常保和平。某下情無任抃賀之至。豐沛遺疆〔四〕，陶唐故俗〔五〕。自頃久罹愆亢〔六〕，頗至荒殘〔七〕。軒車纔臨，日月未幾，旱雲藏燎於天末〔八〕，甘澤流膏於地中〔九〕。堡鄣復完〔一〇〕，汙萊盡闢〔一一〕。此皆四丈膺靈嶽瀆〔一二〕，禀氣星辰〔一三〕，繫庶有之安危，與大君之休戚〔一四〕。再勤龍闕〔一五〕，復還鳳池〔一六〕。凡在生靈，冀在朝夕。伏惟爲國自重〔一七〕。

某才乏出群，類非拔俗。攻文當就傅之歲〔一八〕，識謝奇童〔一九〕；獻賦近加冠之年〔二〇〕，號非才子〔二一〕。徒以四丈東平〔二二〕，方將尊隗〔二三〕，是許依劉〔二四〕。每水檻花朝〔二五〕，菊亭雪夜〔二六〕，篇什率徵於繼和，盃觴曲賜其盡歡。委曲款言〔二七〕，綢繆顧遇〔二八〕。自叨從歲貢〔二九〕，求試春官〔三〇〕，前達開懷〔三一〕，後來慕義〔三二〕。不有所自，安得及茲〔三三〕？然猶摧頹不遷〔三四〕，拔刺未化〔三五〕。仰塵裁鑒，有負吹噓〔三六〕。倘蒙識以如愚〔三七〕，知其不佞〔三八〕，俾之樂道〔三九〕，使得諱窮〔四〇〕，則必當刷理羽毛〔四一〕，遠謝雞烏之列〔四二〕；脱遺鱗鬣〔四三〕，高辭鱣鮪之群〔四四〕。逶迤波濤〔四五〕，沖唳霄漢〔四六〕。伏惟始終憐察〔四七〕。

【校注】

〔一〕本篇原載清編《全唐文》卷七七四第二一頁、《樊南文集補編》卷五。〔錢箋〕（令狐相公）令狐楚也。此狀爲楚鎮太原時上，時爲大和六年也。事詳《爲彭陽公興元請尋醫表》注〔一〕、注〔一三〕。〔張箋〕大和六年，二月甲子（初一），令狐楚檢校右僕射、兼太原尹、北都留守、河東節度使。（馮譜據《舊·紀》。）又云：此狀下第後上，語多希望入幕之意。○狀有「不審近日尊體何如」及「太原風景恬和」語，又云「無任抃賀」，是楚初赴太原時作。〔按〕狀云「軒車纔臨，日月未幾，旱雲藏燎於天末，甘澤流膏於地中」，合之「風景恬和」語，狀當上於楚莅太原後不久，約三、四月間。是年商隱應舉，爲主司禮部侍郎賈餗所斥，狀有「求試春官……然猶摧頽不遷，拔刺未化」語，張謂「下第後上」，當是。然玩「自叨從歲貢」及「然猶」之語，商隱應舉非從大和六年始，當是在天平幕時（大和五年）即已應試。（大和四年因三年末始到鄆，已過孟冬應試者赴京日期，故不可能參加四年之禮部進士試。）作此狀時，商隱不在太原幕。張謂「語多希望入幕之意」，觀「倘蒙」以下十句，似之。

〔二〕〔錢注〕《舊唐書·地理志》：河東節度使治太原府，管汾、遼、沁、嵐、石、忻、憲等州。

〔三〕〔補注〕《左傳·成公六年》：「晉人謀去故絳，諸大夫皆曰：『必居郇瑕氏之地……』……（獻子）對曰：『不可。郇瑕氏土薄水淺……不如新田，土厚水深，居之不疾。有汾澮以流其惡，且民從教，十世之利也。』」

〔四〕〔錢注〕《史記·高祖紀》：高祖，沛豐邑中陽里人。本集徐氏曰：晉陽本唐堯所封，高祖神堯皇帝本襲封唐國公，由太原起義兵而有天下，故云。〔按〕此以漢高之起於豐沛喻唐高祖之起於太原，又以「唐堯」之遺封切「唐高祖神堯皇帝」之故封。

〔五〕〔錢注〕《詩序》：晉也而謂之唐，本其風俗，憂深思遠，儉而用禮，乃有堯之遺風焉。

〔六〕〔錢注〕《説文》：愆，過也。炕，乾也。〔補注〕《廣韻·去宕》：「亢，旱也。」據《新唐書·五行志》：「大和……六年，河東、河南、關輔旱。」

〔七〕〔錢注〕《後漢書·鄭興傳》：郡縣荒殘。

〔八〕〔錢注〕《吕氏春秋》：旱雲煙火。張衡《東京賦》：眇天末以遠期。

〔九〕〔錢注〕《管子》：民得其饒，是謂流膏。〔補注〕《後漢書·循吏傳·孟嘗》：「昔東海孝婦，感天致旱，于公一言，甘澤時降。」

〔一〇〕〔補注〕堡鄣，用於戰守之小土城。《左傳·定公十二年》：「墮成，齊人必至於北門。且成，孟氏之保障也。」

〔一一〕〔錢注〕《舊唐書·令狐楚傳》：大和六年二月，改太原尹、北都留守、河東節度等使。楚久在并州，練其風俗，因人所利而利之。雖屬歲旱，人無轉徙。楚始自書生，隨計成名，皆在太原，實如故里。及是秉旄作鎮，邑老歡迎。楚綏撫有方，軍民胥悦。〔補注〕汙萊，指田地荒廢。《詩·小雅·十月之交》：「徹我牆屋，田卒汙萊。」此謂荒棄之田地重新開闢。

〔一二〕〔錢注〕《孝經援神契》：五嶽之精雄聖，四瀆之精仁明。

〔一三〕〔錢注〕張華《博物志》：《神仙傳》曰：「説上據辰尾爲宿，歲星降爲東方朔，傅説死後有此宿，東方生無歲星。」劉勰《新論》：微子感牽牛星，顔淵感中台星，張良感弧星，樊噲感狼星，老子感火星。

〔一四〕〔錢注〕《國語》：晉孫談之子周適周，事單襄公，晉國有憂，未嘗不戚；有慶，未嘗不怡。襄公曰：「爲晉休戚，不背本也。」〔補注〕庶有，猶萬物。《逸周書·寤儆》：「赦有罪，懷庶有。」大君，君主。

〔一五〕〔錢注〕陸倕《石闕銘》李善注：《三輔舊事》曰：「未央宫東有蒼龍闕。」〔補注〕龍闕，泛指帝王宫闕。

〔一六〕〔補注〕《晉書·荀勖傳》：「勖久在中書，專管機事。及失之，甚罔罔悵恨，或有賀之者，勖曰：『奪我鳳凰池，諸君賀我邪？』」此以鳳池借指宰相職位。楚元和十四年已授中書侍郎、同平章事，故云「復還」。

〔一七〕〔錢注〕《蜀志·許靖傳》：爲國自重，爲民自愛。

〔一八〕〔補注〕《禮記·内則》：「十年，出就外傅，居宿於外，學書計。」就傅，從師。就傅之歲，指十歲。商隱《上崔華州書》則云：「七年弄筆硯。」

〔一九〕〔錢注〕《後漢書·杜根傳》：根父安，少有志節，年十三，入太學，號奇童。〔補注〕謝，不如。

〔二〇〕〔補注〕《禮記·曲禮上》：「男子二十冠而字。」《説苑·修文》：「冠者，所以别成人也。」此指大和三年，商隱以所業文干東都留守令狐楚事，時年十八，故云「近加冠之年」。

〔二一〕〔補注〕《左傳·文公十八年》：「昔高陽氏有才子八人……天下之民謂之八愷。」

〔二二〕〔錢注〕（馮浩）《玉谿生年譜》：大和三年己酉十一月，令狐楚進檢校右僕射、天平軍節度、鄆曹濮觀察等使。商隱年十七，從楚在天平幕。受知之深，當在此際。故《甲集序》專稱鄆（相國），《祭令狐公文》亦云「天平之年，將軍樽旁，一人衣白」也，本傳所云「年及弱冠，從爲巡官」者，宜屬此時。傳文概書天平、汴州，尚未細核，矧可遠及河陽哉！按：馮氏糾本傳之誤，以義山入令狐幕，始於天平，合之此文益信。《舊唐書·地理志》：天平軍節度使，治鄆州。又：河南道鄆州，隋東平郡。〔補注〕四丈，指令狐楚。楚行四。

〔二三〕〔錢注〕《戰國策》：郭隗先生曰：「王誠欲致士，先從隗始。」於是昭王爲隗築宫而師之。〔補注〕唐人多稱節度使幕府爲燕臺，「尊隗」謂其開幕府禮聘賢才。

〔二四〕〔錢注〕《魏志·王粲傳》：粲以西京擾亂，乃之荆州依劉表。〔補注〕依劉，謂依人作幕。

〔二五〕〔錢注〕《楚辭·招魂》：坐堂伏檻，臨曲池些。注：檻，楯也。〔補注〕水檻，臨水有欄杆之建築。

〔二六〕〔錢注〕《詩集·九日》馮氏曰：劉賓客《和令狐相公玩白菊》詩：「家家菊盡黄，梁國獨如霜。」又有《酬庭前白菊花謝書懷見寄》詩。令狐最愛白菊。

〔二七〕〔錢注〕王儉《求解尚書表》：款言彰於侍接。〔補注〕委曲，殷勤周至。款言，懇切之言辭。

〔二八〕〔補注〕綢繆，情意殷切。顧遇，被賞識而受優遇。

〔二九〕〔錢注〕《漢書·董仲舒傳》：使諸列侯郡守二千石，各擇其吏民之賢者，歲貢各二人。〔補注〕《新唐書·選舉志》：「唐制，取士之科，多因隋舊，然其大要有三。由學館者曰生徒，由州縣者曰鄉貢，皆升于有司而進退之。」韓愈《贈張童子序》：「始自縣考試定其可舉者，然後升于州若府，其不能中科者，不與是數焉。州若府總其屬之所升，又考試之如縣，加察詳焉，定其可舉者，然後貢於天子而升之有司，其不能中科者，不與是數焉。謂之鄉貢。」

〔三〇〕〔錢注〕《通典》：開元二十四年，制移貢舉於禮部，以侍郎掌之。〔補注〕春官，禮部之别稱。唐武后光宅元年曾改禮部爲春官。

〔三一〕〔錢注〕《宋書·王僧達傳》：臣又聞前達有言。《魏志·田豫傳》注：《魏略》：「昔魏絳開懷以納戎。」〔補注〕開懷，推誠相待。

〔三二〕〔補注〕賈誼《新書·數寧》：「苟人迹之所能及，皆鄉風慕義，樂爲臣子耳。」

〔三三〕〔錢注〕《舊唐書》商隱本傳：楚歲給資裝，令隨計上都。

〔三四〕〔錢注〕應瑒《侍五官中郎將建章臺集》詩：朝鴈鳴雲中，音響一何哀！遠行蒙霜雪，毛羽日摧頹。

〔三五〕〔錢注〕《詩集·江東》：驚魚撥剌燕翩翾。馮氏曰：《後漢書·張衡傳》：《思玄賦》曰：「彎威弧之撥刺兮。」注曰：「張弓貌也。」《文選》作「拔剌」，音義同。後人每謂魚跳爲撥剌。蓋《鶡冠子》曰：「水激則旱，矢激則遠，精神迴薄，震蕩相轉。」其意相同也。《野客叢書》謂：「撥刺，劃烈震激之聲。箭鳴亦然。」〔補注〕未化，指魚未化龍。《藝文類聚》卷九六引辛氏《三秦記》：「河津一名龍門，大魚集龍門下數千，不得上，上者爲龍，不上者（爲魚），故云曝鰓龍門。」

〔三六〕〔錢注〕《後漢書·鄭太傳》：孔公緒清談高論，嘘枯吹生。〔補注〕塵，塵污，謙詞。裁鑒，鑒識品評。

〔三七〕〔補注〕《論語·爲政》：「子曰：『吾與回言終日，不違如愚。退而省其私，亦足以發。回也不愚。』」

〔三八〕〔補注〕《論語·公冶長》：「雍也，仁而不佞。」

〔三九〕〔補注〕《史記·仲尼弟子列傳》：「子貢問曰：『富而無驕，貧而無諂，何如？』孔子曰：『可也，不如貧而樂道，富而好禮。』」樂道，喜好聖賢之道。

〔四〇〕〔錢注〕《莊子》：孔子曰：「我諱窮也久矣，而不免，命也。」

〔四一〕理，《全文》作「以」，從錢校據胡本改。〔錢注〕《禽經》注：春則毛弱，夏則稀少而改易，秋則刷理，冬則更生細毛自温。〔補注〕左思《吴都賦》：「理翮整翰……刷盪漪瀾。」

〔四二〕〔錢注〕《法苑珠林》:《僧祇律》云:「佛告諸比丘,如過去世時,有群雞依榛林住,有狸,侵食雄雞,唯有雌在。後有烏來覆之,共生一子。子作聲時,公説偈言:『此兒非我有,野父聚落母,共合生一子,非烏復非雞。若欲學公聲,復是雞母生;若欲學母鳴,其父復是烏。學烏似雞鳴,學雞作烏聲,烏雞二兼學,是二俱不成。』」

〔四三〕〔錢注〕《符子》:觀於龍門,有一魚奮鱗鼓鬐,而登乎龍門而爲龍。〔按〕脱遺鱗鬣,即化龍之意,參注〔三五〕。

〔四四〕〔錢注〕《水經注》:河水又南,得鯉魚,歷澗東,入窮溪,首便其源也。《爾雅》曰:「鱣,鮪也。」出鞏穴,三月則上渡龍門,得渡爲龍矣,否則點額而還。

〔四五〕〔錢注〕《説文》:透迤,衺去之貌。

〔四六〕〔錢注〕《玉篇》:翀飛上天。鮑照《舞鶴賦》李善注:唳,鶴聲也。《相鶴經》云:「七年,飛薄雲漢。」

〔四七〕〔錢注〕江淹《詣建平王上書》:少加憐察。

## 爲彭陽公上鳳翔李司徒狀〔一〕

某謬蒙朝委〔二〕,實異時才。先憂素餐〔三〕,有負疲俗〔四〕。司徒道光纂服〔五〕,功著干城〔六〕。朝廷慮切河湟〔七〕，每難節制〔八〕。非洞知軍志，夙練武經〔九〕，則無以完輯師人〔一〇〕，撫安戎落〔一一〕。自承鎮定〔一二〕，大治聲謡〔一三〕。雲臺議功〔一四〕，煙閣畫像〔一五〕，必留殊渥〔一六〕，以俟元勳〔一七〕。伏惟爲國自愛〔一八〕。某方祗遠役〔一九〕，未獲拜塵〔二〇〕。瞻戀之誠，翰墨無喻。到任續更有狀。

【校注】

〔一〕本篇原載清編《全唐文》卷七七三第八頁、《樊南文集補編》卷二。〔錢箋〕（鳳翔李司徒）李聽也。《舊唐書》本傳：大和七年，出守鳳翔。又《文宗紀》：大和七年五月，以李聽爲鳳翔隴右節度使，依前檢校司徒。又《地理志》：鳳翔隴節度使治鳳翔府，管鳳翔府、隴州。又《職官志》：太尉、司徒、司空各一員，謂之三公，並正一品。〔張箋〕李聽五月出鎮鳳翔，令狐楚以六月內遷吏部，文有「方祗遠役」，是楚已除職未離鎮時所作，是時義山尚居楚幕也。〔按〕《舊唐書·文宗紀下》：大和七年五月，「丁酉，以李聽爲鳳翔隴右節度使」。九年九月，「庚申，以鳳翔節度使李聽爲忠武軍節度使」。又：大和七年六月，「乙酉，以前河東節度使令狐楚檢校右僕射、兼吏部尚書」。九年六月，轉太常卿；十月，守尚書左僕射，進封彭陽郡開國公。開成元年四月甲午，爲興元尹、山南西道節度使。故李聽鎮鳳翔之兩年餘時間內，令狐楚始則在太原，繼則在朝任吏尚、太常卿。狀所云「方祗遠役」及「到任」，絶非由朝官外任，而只可能是由河東節度使内遷吏尚，「到任」者，到吏尚任也。張箋謂狀作於楚已除職未離鎮時，是。乙酉爲六月二十九，則此狀當上於七月初。又，據此狀，商隱確曾在太原幕，方能有此代作。

〔二〕〔錢注〕《隋書·煬帝紀》：牧宰任稱朝委。

〔三〕〔補注〕《詩·魏風·伐檀》：「彼君子兮，不素餐兮。」趙岐注《孟子·盡心》云：「無功而食，謂之素餐。」

〔四〕〔補注〕疲俗，此謂凋敝之民生。

〔五〕〔錢注〕《新唐書·宰相世系表》：隴西李氏，晟相德宗，子聽檢校司徒、涼國公。〔補注〕《禮記·祭統》：「獻公乃命成叔纂乃祖服。」鄭玄注：「纂，繼也；服，事也。」

〔六〕〔補注〕《詩·周南·兔罝》：「赳赳武夫，公侯干城。」干城，喻捍衛國家。李聽曾參與討王承宗、李師道、李同捷、王廷湊等叛鎮之戰，屢建軍功。事詳兩《唐書》本傳。

〔七〕〔錢注〕謂吐蕃，詳《爲濮陽公附送官告中使回狀》《爲濮陽公上陳相公狀三》。《漢書·趙充國傳》：至春省甲士卒，循河湟漕穀至臨羌，以眎羌虜。《新唐書·吐蕃傳》：湟水出蒙谷，抵龍泉，與河合。河之上流，由洪濟梁西南行二千里，世舉謂西戎地曰河湟。

〔八〕〔錢注〕《漢書·刑法志》：秦之鋭士不可以當桓、文之節制。〔補注〕此句「節制」指節度使。《舊唐書·李德裕傳》：「（鄭郡道士）謂予曰：『公當爲西南節制，孟冬望舒前，符節至矣。』」

〔九〕〔補注〕《左傳·昭公二十一年》：「《軍志》有之：『先人有奪人之心，後人有待其衰。』」又《僖公二十八年》：「《軍志》曰：『允當則歸。』又曰：『知難而退。』」《左傳·宣公十二年》：「知難而退，軍之善政也；兼弱攻昧，武之善經也。」練，熟習。

〔一〇〕〔錢注〕《後漢書·蘇竟傳》：竟終完輯一郡。〔補注〕完輯，保全、安定。師人，兵士。《左傳·宣公十二年》：「申公巫臣曰：『師人多寒。』王巡三軍，拊而勉之。」

〔一一〕〔錢注〕沈約《齊故安陸昭王碑文》：夷群戎落。〔補注〕戎落，戎族聚居地，泛指西北少數民族地區。

〔一二〕〔錢注〕《國語》：柔惠小物，而鎮定大事。〔補注〕鎮定，安定。自承鎮定，謂李聽自接受安定邊境之重任。

〔一三〕〔補注〕謂爲政有成績，聲譽遠揚，爲民謳歌。

〔一四〕〔錢注〕《後漢書·馬武傳後論》：永平中，顯宗追感前世功臣，乃圖畫二十八將於南宫雲臺。

〔一五〕〔錢注〕《舊唐書·太宗紀》：貞觀十七年，詔圖畫司徒趙國公（長孫）無忌等勳臣二十四人於凌煙閣。

〔一六〕〔錢注〕《宋書·徐爰傳》：思沾殊渥。

〔一七〕〔錢注〕《漢書·叙傳》：太祖元勳啓立輔臣。

〔一八〕見《上令狐相公狀一》注〔一七〕。

〔一九〕〔錢注〕時令狐楚由北都留守入爲吏部尚書。詳《爲彭陽公興元請尋醫表》注〔三〕。謝惠連《猛虎行》：如何祇遠役。〔補注〕祇役，奉命任職。

〔二〇〕〔錢注〕《晉書·石崇傳》：崇與潘岳諂事賈謐，謐與之親善，號曰二十四友。廣城君每出，崇降車路左，望塵而拜。其卑佞如此。

## 上令狐相公狀二〔一〕

伏蒙仁恩，賜借太原日所著歌詩等〔二〕。伏以四丈，翊戴大君，儀刑多士〔三〕。鬱爲邦彦〔四〕，早司國鈞〔五〕。盛烈殊勳，已光於帝載〔六〕；徽音清論，復播於仁謠〔七〕。尚或研美二《南》，留情四始〔八〕，峻標格而山聯太華〔九〕，鼓洪濤而河到三門〔一〇〕。望絶攀躋〔一一〕，理無揭厲〔一二〕。足使清風知愧〔一三〕，《白雪》懷羞〔一四〕。縱金懸而誰得求瑕〔一五〕，但紙貴而莫不傳寫〔一六〕。

某者頃雖有志，晚無成功。雅當畫虎之譏〔一七〕，徒有登龍之忝〔一八〕。淮邸夙叨於詞客〔一九〕，梁園早厠於文人〔二〇〕。每至因事寄情，寓物成命〔二一〕，無不搦管興歎〔二二〕，伏紙多慚〔二三〕。思遲已過於馬卿〔二四〕，體弱復踰於王粲〔二五〕。豈可思當作賦〔二六〕，任竊言詩〔二七〕？空懷博我之恩〔二八〕，寧發啓予之歎〔二九〕。謹當附於經史，置彼縑緗〔三〇〕。永觀大匠之宏規，長作私門之秘寶〔三二〕。伏惟特賜照察。

【校注】

〔一〕本篇原載清編《全唐文》卷七七四第二三頁、《樊南文集補編》卷五。〔錢箋〕此狀首云「太原日所著歌詩」，則當上於大和七年令狐去鎮之後。〔張箋〕（編大和八年初。）〔按〕令狐楚大和七年六月乙酉（二十九）檢校右僕射兼吏部尚書。而大和八年正月，商隱已寓崔戎華州幕，有《代安平公華州賀聖躬痊復表》《爲安平公賀皇躬痊復上門下狀》《爲大夫安平公華州進賀皇躬痊復物狀》諸表狀。據華嶽廟題名：「華州刺史兼御史中丞崔戎大和七年八月廿六日東巡河潼，因過謁靈嶽。至八年春，以皇躬痊和，奉詔昭賽。三月十五日復齋宿廟下，明日禮成西還。前同州澄城縣尉王師度、進士李商隱同行。」可證大和七年八月，商隱已至華州崔戎幕下，進士即指鄉貢進士。七年冬，方正式聘爲幕僚。本文言及自身狀況時，未反映出已正式居華州幕之跡象，當作於大和七年七月至八年正月之前一段時間內。

〔二〕見《上令狐相公狀一》。

〔三〕〔錢注〕任昉《爲范尚書讓吏部封侯第一表》：爰在中興，儀刑多士。〔補注〕《詩·大雅·文王》：「儀刑文王，萬邦作孚。」又：「濟濟多士，文王以寧。」儀刑，作楷模。多士，衆多賢士。

〔四〕〔補注〕《詩·鄭風·羔裘》：「彼其之子，邦之彦兮。」邦彦，國家之賢才。

〔五〕〔補注〕《詩·小雅·節南山》:「尹氏大師,維周之氏。秉國之均,四方是維。」國家之政柄。均,同「鈞」。按:令狐楚早在元和十四年七月,即已任中書侍郎、同平章事,故云「早司國鈞」。

〔六〕〔補注〕《書·舜典》:「咨四岳,有能奮庸熙帝之載,使宅百揆,亮采惠疇。」孔傳:「載,事也。」帝載,帝王之事業。

〔七〕〔補注〕徽音,猶德音,令聞美譽。清論,清雅之言論。仁謡,指因行仁政而播於民間歌謡。

〔八〕〔錢注〕《詩序》:一國之事謂之風,言天下之事謂之雅,政有大小,故有《小雅》焉,有《大雅》焉。頌者,美盛德之形容,以其成功告于神明者也,是謂「四始」。〔補注〕二《南》,指《詩·國風》中之《周南》《召南》。二句謂其研習留意詩歌創作,繼承風雅傳統。

〔九〕〔錢注〕温子昇《寒陵寺碑》:標格千仞。《山海經》:太華之山,削成而四方,其高五千仞。〔補注〕標格,風範、風度,此狀詩之風標氣度。

〔一〇〕〔錢注〕張衡《西京賦》:起洪濤而揚波。《水經注》:砥柱,山名也。昔禹治洪水,山陵當水者鑿之。故破山以通河,河水分流,包山而過,山見水中若柱然,故曰砥柱也。三穿既決,水流疏分,指狀表目,亦謂之三門矣。〔補注〕此狀其詩之氣勢。

〔一一〕〔補注〕應「太華」,言高絶不可攀登。

〔一二〕〔補注〕《詩·邶風·匏有苦葉》:「深則厲,淺則揭。」厲,連衣涉水;揭,褰衣而涉。此應「洪濤」,謂如黄河洪濤,不可度越。

〔一三〕〔補注〕《詩·大雅·烝民》:「吉甫作誦,穆如清風。」鄭箋:「穆,和也。吉甫作此工歌之誦,其調和人之性如清風之養萬物然。」

〔一四〕〔錢注〕《新序》:楚襄王問於宋玉曰:「先生其有遺行與?何士民衆庶不譽之甚也?」宋玉對曰:「客有歌於郢中者,其始曰《下里巴人》,國中屬而和者數千人;其爲《陽阿》《薤露》,國中屬而和者數百人;其爲《陽春白雪》,國中屬而和者不過數十人;引商刻羽,雜以流徵,國中屬而和者不過數人而已。是其曲彌高,其和彌寡。」

〔一五〕〔錢注〕《史記·吕不韋傳》:不韋使其客著所聞,集論以爲八覽、六論、十二紀,號曰《吕氏春秋》。布咸陽市門,懸千金其上,延諸侯遊士賓客有能增損一字者,予千金。

〔一六〕〔錢注〕《晉書·左思傳》:思賦《三都》成,時人未之重。安定皇甫謐有高譽,思造而示之,謐稱善,爲其賦序。於是豪貴之家競相傳寫,洛陽爲之紙貴。

〔一七〕〔錢注〕《後漢書·馬援傳》:援兄子嚴、敦並喜譏議,而通輕俠客。援書誡之曰:「杜季良豪俠好義,吾愛之重之,不願汝曹效也。效季良不得,陷爲天下輕薄子,所謂畫虎不成反類狗者也。」

〔一八〕〔錢注〕《後漢書·李膺傳》:膺獨持風裁,以聲名自高,士有被其容接者,名爲登龍門。

〔一九〕〔錢注〕《漢書·淮南王安傳》:安招致賓客方術之士數千人,作爲《内書》二十一篇,《外書》甚衆。又有《中篇》八卷,言神仙黄白之術,亦二十餘萬言。《説文》:邸,屬國舍。〔補注〕《楚辭·招隱士》解題:「昔淮南王安博雅好古,招懷天下俊偉之士,自八公之徒,咸慕其德而歸其仁。各竭才智，著作篇章，分造辭賦，以類相從，故或稱小山，或稱大山，其義猶《詩》有《小雅》《大雅》也。」

〔二〇〕〔錢注〕《史記·梁孝王世家》：孝王築東苑，方三百餘里。招延四方豪傑，自山以東遊説之士，莫不畢至。《西京雜記》：梁孝王好營宫室苑囿之樂，築兔園，園中有百靈山、落猿巖、棲龍岫。又有雁池，池間有鶴洲、鳧渚。〔補注〕《史記·司馬相如列傳》：「是時梁孝王來朝，從遊説之士齊人鄒陽、淮陰枚乘、吴莊忌夫子之徒，相如見而説之。因病免，客遊梁。梁孝王令與諸生同舍，相如得與諸生遊士居數歲，乃著《子虛》之賦。」

〔二一〕〔錢注〕任昉《南徐州蕭公行狀》：門階户席，寓物垂訓。

〔二二〕〔錢注〕劉峻《答劉之遴借類苑書》：搦管聯册。

〔二三〕〔錢注〕《晉書·劉琨傳》：伏紙飲淚。

〔二四〕〔錢注〕《漢書·枚皋傳》：司馬相如善爲文而遲，故所作少，而善於皋。又《司馬相如傳》：相如字長卿。

〔二五〕〔錢注〕魏文帝《與吴質書》：仲宣續自善於辭賦，惜其體弱，不足起其文。《魏志·王粲傳》：粲字仲宣。

〔二六〕〔錢注〕《漢書·藝文志》：大儒荀卿及楚臣屈原，離騷憂國，皆作賦以風。

〔二七〕〔補注〕王逸《楚辭章句叙》：「名儒博達之士著造詞賦，莫不擬則其儀表，祖式其模範，取其要妙，竊其華藻。」

〔二八〕〔補注〕《論語・子罕》：「顔淵喟然歎曰：『……夫子循循然善誘人，博我以文，約我以禮，欲罷不能。』」

〔二九〕啓，錢注本作「起」。〔補注〕《論語・八佾》：「子曰：『起予者，商也，始可與言《詩》已矣。』」何晏集解引包咸曰：「孔子言子夏能發明我意，可與共言《詩》。」後因用爲「啓發自己」之意，故亦可寫作「啓予」，如《隸釋・漢山陽太守祝睦後碑》：「所謂守忠啓予，其去也善，蓋彰功表勛，所以焕往煇來。」然《論語》本作「起予」。

〔三〇〕〔錢注〕《北堂書鈔》：《晉中經簿》曰：「盛書有縑帙、青縑帙、布帙、絹帙。」梁昭明太子《文選序》：詞人才子，則名溢於縹囊；飛文染翰，則卷盈乎緗帙。

〔三一〕〔錢注〕班固《典引》：御東序之秘寶。

## 太倉箴〔一〕

險哉太倉，險若太行〔二〕。彼懸車束馬〔三〕，爲陟高岡〔四〕；此禍胎怨府〔五〕，起自斗量〔六〕。無小無大，不可不防。澄波萬頃，不廢汪汪〔七〕。火烈人畏〔八〕，不廢剛腸〔九〕。曷若寬猛，處於中央〔一〇〕。泉穀之地〔一一〕，勿言容易〔一二〕。貪夫徇財〔一三〕，有死無二〔一四〕。御黠馬銜〔一五〕，不得不利〔一六〕。下或諛吾〔一七〕，過人之聰，是人甘言〔一八〕，將欲相聾。下或誇我，秋毫必睹〔一九〕，是人甘言，將欲相瞽。長如欲戰，莫捨强弩〔二〇〕；長如獲禽〔二一〕，莫忘縛虎〔二二〕。衆人之言，有訛有真，如彼五味，有甘有辛，口自嘗取，無信他人。天生五色，有白有黑，目自别取，無爲人惑。

而況乎九門崇崇〔二三〕，近在牆東。天視天聽〔二四〕，惟明惟聰。問龠合斗斛〔二五〕，何以用銅？取寒暑暴露，不改其容；亦象君子，介然居中〔二六〕。終日戰慄，猶懼或失〔二七〕。銜用何利？鍛之以清；虎何用縛？援之以明〔二八〕；弩何用射？發之以誠。俾後來居上〔二九〕，無由以生；有餘不足〔三〇〕，無由以争。心爲準概，何憂乎不直不平〔三一〕！各敬爾職，一乃心力〔三二〕。倉中水外〔三三〕，人馬勿食。陶母反魚，以之歎息〔三四〕。豈無他粟，豈無他芻，薏苡似珠，不可不虞〔三五〕。倉中役夫〔三六〕，千逕萬塗。桀黠爲炭，睢盱爲鑪〔三七〕。應事成象，無有定模〔三八〕。緣私指使〔三九〕，慎勿以呼。賓朋姻婭〔四〇〕，或來讌話。食中酒醴，慎勿以貰〔四一〕。海翁無機，鷗故不飛，海翁易慮，鷗乃飛去〔四二〕。是以聖人，從微至著〔四三〕，不遺忠恕。借借貸貸〔四四〕，此門先塞。須防蒼蠅，變白作黑〔四五〕。

嗚呼！孰慮孰圖〔四六〕？昔在漢家，倉令淳于，致令少女，上訴無辜，陷身致是，不亦悲乎〔四七〕！敢告君子，身可殺，道不可渝。

【校注】

〔一〕本篇原載《唐文粹》卷七八總五一九頁、清編《全唐文》卷七七九第二〇頁、《樊南文集詳注》卷八。〔徐注〕《漢書·高帝紀》：七年，蕭何治未央宫，立太倉。《唐六典》：司農寺有太倉令，掌九穀廪藏之事。《唐會要》：太倉出納，貞元五年，俾司農少卿一人專領。《玉海》：李商隱有《太倉箴》。注云：大和七年十月。〔馮注〕《通典》：司農卿屬太倉署，有令三人，丞二人，掌倉廪出納。《金石録》：唐《太倉箴》，大和七年十月，李商隱撰，行書，無姓名。《金石略》：李商隱文并書，碑出京兆府。《寶刻類編》：《太倉箴》，李商隱撰，柳公權細書，大中元年立。按：《寶刻類編》載《永樂大典》中，不著撰人姓名，約爲南宋時人也，與《金石録》不符。考《舊書·傳》，公權名德顯官，至大中初，轉少師，當無商隱撰、公權書之事。〔張箋〕《金石録》：唐《太倉箴》，大和七年十月李商隱撰，行書，無姓名。今據編。〔按〕馮氏辨正是。今編大和七年十月。

〔二〕〔馮注〕《吕氏春秋》：通乎德之情，則孟門、太行不爲險矣。《史記·魏世家》：斷羊腸。注曰：羊腸坂在太行山上，南口懷州，北口潞州。《通典》：懷州，太行山在焉。《左傳·襄公二十三年》：齊侯伐晉，入孟門，登太行。注曰：孟門，晉隘道。太行，在河内郡北。

〔三〕〔馮注〕《國語》：齊桓公西征，至於石抗，懸車束馬，踰太行與辟耳之谿拘夏。注曰：太行、辟耳，山名。拘夏，辟耳之谿也。三者皆險，故懸鉤其車，偪束其馬而度。〔徐注〕《史記·齊世家》：桓公西伐大夏，涉流沙，束馬懸車，登太行，至卑耳山。

〔四〕〔徐注〕《詩》：陟彼高岡。

〔五〕〔徐注〕枚乘《諫吴王書》：福生有基，禍生有胎。《左傳》：叔孫昭子曰：「吾不爲怨府。」〔補注〕怨府，衆怨歸聚之所。

〔六〕〔徐注〕《漢書·律曆志》：量者，龠、合、升、斗、斛也。

〔七〕〔馮注〕《後漢書·黄憲傳》：憲字叔度。郭林宗曰：「叔度汪汪若千頃陂，澄之不清，淆之不濁，不可量也。」

〔八〕〔徐注〕《左傳》：子産謂子太叔曰：「惟有德者，能以寬服民。其次莫如猛。夫火烈，民望而畏之，故鮮死焉。水懦弱，民狎而玩之，則多死焉。故寬難。」

〔九〕〔徐注〕嵇康《絶交書》：剛腸疾惡。

〔一〇〕〔徐注〕《左傳》：仲尼曰：「寬以濟猛，猛以濟寬，政是以和。」

〔一一〕〔徐注〕《漢書·王陵傳》：陳平曰：「問錢穀，責治粟内史。」〔補注〕泉，古錢幣名稱。《周禮·地官·司徒》「泉府上士四人」鄭玄注引鄭司農曰：「故書泉或作錢。」《漢書·食貨志下》：「故貨，寶於金，利於刀，流於泉。」顔注引如淳曰：「流行如泉也。」

〔一二〕〔徐注〕東方朔《答客難》：談何容易。

〔一三〕狥，《文粹》作「徇」，通。〔徐注〕賈誼《鵩鳥賦》：貪夫徇財兮，烈士徇名。

〔一四〕〔馮注〕《左傳》：必報德，有死無二。〔徐注〕《北史·傅伏傳》：伏曰：「事君，有死無二。」

〔一五〕〔馮注〕《家語》：夫德法者，御民之具，猶御馬之有銜勒。〔徐注〕《家語》：善御馬者正銜勒。〔補注〕《大戴禮記·盛德》：「德法者御民之銜勒也。」銜，馬嚼；勒，馬絡頭。

〔一六〕〔馮注〕《漢書·張敞傳》：馭黠馬者，利其銜策。

〔一七〕吾，《文粹》作「我」。

〔一八〕〔徐注〕《左傳》：幣重而言甘，誘我也。《史記·商君傳》：趙良曰：「苦言，藥也；甘言，疾也。」

〔一九〕〔徐注〕《列子》：目將眇者，先睹秋毫。《慎子》：離朱之明，察秋毫之末。〔補注〕《孟子·梁惠王上》：「明足以察秋毫之末，而不見輿薪，則王許之乎？」《商君書·錯法》：「夫離朱見秋豪百步之外，而不能以明目易人。」

〔二〇〕〔徐注〕《蜀志》：强弩之末，勢不能穿魯縞。〔馮曰〕彊弩、勁弩，屢見《史》《漢》諸書。

〔二一〕獲，徐本作「護」。〔徐校〕當作「獲」，用趙簡子使王良與嬖奚乘事，見《孟子》。〔馮注〕《左傳》：射御貫則能獲禽。〔補注〕《墨子·大取》：「意獲也，乃意禽也。」孫詒讓閒詁：「言獵者之求獲，欲得禽也。」

〔二二〕〔徐注〕《後漢書·呂布傳》：曹操笑曰：「縛虎不得不急。」

〔二三〕〔徐注〕《禮記》：季春之月，命國儺九門磔攘。注：天子九門者，路、應、雉、庫、皐、城、近郊、遠郊、關門也。〔馮注〕此猶曰九重。

〔二四〕〔補注〕《孟子·萬章上》引《泰誓》：「天視自我民視，天聽自我民聽。」

〔二五〕〔補注〕《漢書·律曆志》：「合龠爲合，十合爲升，十升爲斗，十斗爲斛。」

〔二六〕〔徐注〕《漢書·律曆志》：凡律度量衡用銅者，名自名也，所以同天下，齊風俗也。銅之爲物至精，不爲燥濕寒暑變其節，不爲風雨暴露改其形，介然有常，似於士君子之行，是以用銅也。〔補注〕介然，特異貌。

〔二七〕〔徐注〕《古逸詩》：唐堯戒曰：「戰戰慄慄，日謹一日，人莫躓於山，而躓于垤。」

〔二八〕〔馮注〕《廣韻》：挼，手摩物也，乃回切。又挼莎，《説文》曰：摧也，俗作「挼」，奴禾切。

〔二九〕〔馮注〕《漢書·汲黯傳》：見上言曰：「陛下用群臣，如積薪耳，後來者居上。」

〔三〇〕〔補注〕《老子》：「天之道，損有餘而補不足；人之道則不然，損不足以奉有餘。」

〔三一〕〔徐注〕《漢書·律曆志》：以井水準其概。孟康曰：概欲其直，故以水平之；井水清，清則平也。〔補注〕《漢書·律曆志》：「準者，所以揆平取正也。」準，測量水平之器具。概，量穀物時刮平斗斛之器具。

〔三二〕〔徐注〕《書》：爾尚一乃心力，其克有勳。

〔三三〕〔補注〕謂倉處於中，水環於外。

〔三四〕〔徐注〕《世説》：陶公少時作魚梁吏，常以坩鮓餉母，母封鮓付使，反書責侃曰：「汝爲吏，以官物見餉，非惟不益，乃增吾憂也。」

〔三五〕〔徐注〕《後漢書·馬援傳》：初，援在交阯，常餌薏苡實，用能輕身省欲，以勝瘴氣。南方薏苡實大，軍還載之一車。後有上書譖之者，以爲前所載還皆明珠文犀。

〔三六〕〔徐注〕《左傳》：江芈怒曰：「呼役夫！」

〔三七〕睢，《文粹》、徐注本、馮注本作「眭」。〔徐注〕《鵩鳥賦》：天地爲鑪兮造化爲工，陰陽爲炭兮萬物爲銅。《西京賦》：睢盱跋扈。《魯靈光殿賦》：洪荒朴略，厥狀睢盱。善曰：《字林》：「睢，仰目也；盱，張目也。」眭，與「睢」通。〔馮注〕本《鵩鳥賦》「天地爲鑪兮」諸句法。《莊子》：而睢睢盱盱，而誰與居。注曰：跋扈之貌。

〔三八〕定，徐注本、馮注本一作「成」。

〔三九〕〔徐注〕《曲禮》：六十曰耆，指使。

〔四〇〕〔徐注〕《詩》：瑣瑣姻婭，則無膴仕。〔補注〕《左傳·昭公二十五年》「姻亞」杜注：「婿父曰姻，兩婿相謂曰亞。」此泛指姻親。

〔四一〕〔徐注〕《漢書·高帝紀》：常從王媪、武負貰酒。師古曰：貰，賒也。

〔四二〕〔馮注〕《列子》：海上之人，有好鷗鳥者，每旦之海上，從鷗鳥遊，鷗鳥至者百數。其父曰：「吾聞鷗從汝遊，取來吾玩之。」明日之海上，鷗鳥舞而不下。

〔四三〕〔徐注〕《漢書·董仲舒傳》：莫不以晻至明，積微至著。

〔四四〕貸貸，《全文》作「貣貣」，《文粹》作「貸貣」，此據馮注本改。

〔四五〕作，馮注本作「爲」。〔徐注〕《詩》：營營青蠅，止于棘。箋：蠅之爲蟲，汙白使黑，汙黑使白，喻佞人變亂善惡也。

〔四六〕二「孰」字《全文》作「熟」，據《文粹》改。〔徐注〕《詩》：旻天疾威，弗慮弗圖。

〔四七〕〔馮注〕《史記》：太倉公者，齊太倉長，臨菑人也，姓淳于氏，名意。文帝四年中，人上書言意，以刑罪當傳西之長安。於是少女緹縈隨父西，上書曰：「妾父爲吏，齊中稱其廉平，今坐法當刑，妾切痛死者不可復生，而刑者不可復續，願入身爲官婢，以贖父刑罪。」書聞，上悲其意，此歲中亦除肉刑法。

〔馮浩曰〕刺貪也。

## 上崔大夫狀〔一〕

今早七弟遠銜風雪，特迂車馬，伏蒙榮示，兼重有卹賚，謹依命捧受訖。某才不足觀，行無可取，徒以四丈〔二〕，頃因中外〔三〕，最賜知憐。極力提攜，悉心指教，以得内誇親戚〔四〕，外託友朋。謂於儒學，而逢主人〔五〕；謂於公卿，而得知己〔六〕。竊當負氣〔七〕，因感大言〔八〕。豈謂今又獲依門牆，備預賓客〔九〕，禮優前席〔一〇〕，貺重承筐〔一一〕。欲推讓而不能，顧負荷而何力？儻或神知孔禱〔一二〕，師恕柴愚〔一三〕，玉真而三獻不疑〔一四〕，女貞而十年乃字〔一五〕，矗期率勵〔一六〕，以報恩知。伏惟特賜鑒察。

**【校注】**

〔一〕本篇原載清編《全唐文》卷七七五第二頁、《樊南文集補編》卷六。〔錢箋〕（崔大夫）崔戎也。詳《爲安平公賀皇躬痊復上門下狀》注〔一〕。〔馮譜〕大和七年，居崔戎幕，掌章奏。〔張箋〕（編大和八年。）狀曰：「今早七弟遠衝風雪，特迂車馬，伏蒙榮示，兼重有卹賚。」又曰：「豈謂今又獲依門牆，備預賓客，禮優前席，貺重承筐，欲推讓而不能，顧負荷而何力？」此狀蓋當時謝聘之書（指謝崔戎兖海之聘）。○掌奏實始兖海……若本年（指大和七年）雖至華下，實無在幕確據也。馮氏書居崔戎幕掌章奏於是年，誤矣。〔按〕《舊唐書·文宗紀》：大和八年三月，「丙子（廿五），以右丞李固言爲華州刺史，代崔戎，以戎爲兖海觀察使」。此狀如係謝崔戎兖海聘之書，當作於大和八年三月廿五日之後，時已春暮，與狀首「今早七弟遠衝風雪」之語時令顯然不符。再證以《安平公詩》：「明朝騎馬出城外，送我習業南山阿……三月石堤凍銷釋，東風開花滿陽坡。時禽得伴戲新木，其聲尖咽如鳴梭。公時載酒領從事，踴躍鞍馬來相過……公時受詔鎮東魯，遣我草奏隨車牙。」可知在崔戎受詔鎮兖海，聘商隱掌章奏之前，已是凍銷花開之暮春三月季候（參一三頁引華嶽廟題名及《安平公詩》，崔戎確曾於大和八年三月率府中從事送商隱至南山習業。但三月廿五即任命爲兖海觀察使，聘商隱爲草奏之從事，則南山習業之事實僅十餘日而已），絶非此狀所叙「遠衝風雪」之情景，故此狀非謝崔戎兖海聘而作甚明。按商隱《樊南甲集序》云：「樊南生十六能著《才論》《聖論》，以古文出諸公間。後聯爲鄆相國、華太守所憐，居門下時，敕定奏記，始通今體。」所謂「居門下」，當即狀之「獲依門牆，備預賓客」。商隱居崔戎門下之前已依令狐楚爲鄆府巡官，此狀又有「重有衈賚」「既重承筐」之語，似即爲謝崔戎辟聘其爲幕府從事而上。再證以商隱大和八年正月爲崔戎所擬賀皇帝痊復三表狀，商隱之曾居華州崔戎幕代草章奏確然無疑。然視崔戎送其習業南山，且率從事過訪等情事，則與正式辟聘，晨入昏歸之幕僚尚有區别。商隱代擬之華州三表狀既作於八年正月，則此狀當作於大和七年冬。狀又有「玉真而三獻不疑，女貞而十年乃字，麤期率勵，以報恩知」語，益見居崔戎門下時，乃既代草章奏，又同時習舉業準備應試。唐代禮部試通於正月舉行，亦可證狀當上於大和八年正月禮部試之前。崔戎仕歷，詳《爲安平公謝除兖海觀察使表》注〔一〕及表文。據華嶽廟題名：「華州刺史兼御史中丞崔戎大和七年八月廿六日東巡河潼，因過謁靈嶽。至八年春，以皇躬痊和，奉詔昭賽。三月十五日復齋宿廟下，明日禮成西還。前同州澄城縣尉王師度、進士李商隱同行。」可證商隱大和七年八月已居崔戎幕下，至同年冬正式入幕，八年三月崔戎等送其南山習業。

〔二〕〔補注〕四丈，指崔戎。戎行四。

〔三〕〔錢注〕《詩集·贈趙協律》自注：愚爲故尚書安平公所知，是安平公表姪。《後漢書·陳留董祀妻傳》：文姬詩曰：「又復無中外。」〔補注〕中外，指中表之親。

〔四〕〔錢校〕誇，胡本作「觀」。

〔五〕〔錢注〕揚雄《長楊賦序》：藉翰林以爲主人，子墨爲客卿以諷。

〔六〕〔錢注〕《吴志·虞翻傳》注：《翻別傳》曰：「使天下一人知己者，足以不恨。」〔補注〕《戰國策·楚策四》：「驥於是俛而噴，仰而鳴，聲達於天，若出金石聲者，何也？彼見伯樂之知己也。」《史記·刺客列傳》：「士爲知己者死。」按：唐士人常稱幕主或賞識自己之公卿爲知己。

〔七〕〔錢注〕《宋書·謝弘微傳》：阿連剛躁負氣。

〔八〕〔補注〕《莊子·齊物論》：「大言炎炎，小言詹詹。」此「大言」指正大之言論。

〔九〕〔錢注〕本集《樊南甲集序》：聯爲鄆相國、華太守所憐，居門下時，敕定奏記。〔按〕詳注〔一〕按語。

〔一〇〕〔錢注〕《史記·商君傳》：鞅見，孝公與語，不自知膝之前於席也。〔補注〕《史記·屈原賈生列傳》：「賈生徵見。孝文帝方受釐，坐宣室。上因感鬼神事，而問鬼神之本。賈生因具道所以然之狀。至夜半，文帝前席。既罷，曰：『吾久不見賈生，自以爲過之，今不及也。』」

〔一一〕〔補注〕《詩·小雅·鹿鳴》：「我有嘉賓，鼓瑟吹笙。吹笙鼓簧，承筐是將。」朱熹集傳：「承，奉也；筐，所以盛幣帛者也。」

〔一二〕〔補注〕《論語·述而》：「子疾病，子路請禱。子曰：『有諸？』子路對曰：『有之。誄曰：禱爾於上下神祇。』子曰：『丘之禱久矣。』」

〔一三〕〔補注〕《論語·先進》：「柴也愚，參也魯，師也辟，由也喭。」柴，孔子弟子高柴。愚，愚直。

〔一四〕〔錢注〕《韓非子》：楚人和氏得玉璞楚山中，獻之厲王。厲王使玉人相之，曰石也。王以和爲誑，而刖其左足。及武王即位，和又獻之，武王使玉人相之，又曰石也。王又以爲誑，而刖其右足。及文王即位，和乃抱其璞哭於楚山之下。王使玉人理其璞，而得寶焉，遂命曰「和氏之璧」。

〔補注〕唐人多用獻玉喻應試。

〔一五〕〔補注〕《易·屯》：「女子貞不字，十年乃字。」字，懷孕生育。按：二句謂己累試必當登第。

〔一六〕〔錢注〕《後漢書·祭彤傳》：彤乃率勵偏何，遣往討之。〔補注〕率勵，勉勵。

# 代安平公華州賀聖躬痊復表〔一〕

臣某言：今月某日，得本道進奏院報〔二〕，以聖躬痊和，右僕射、平章事臣涯等〔三〕，奉見聖躬訖。社稷殊祥，生靈大慶。臣忝分朝寄〔四〕，四奉國恩〔五〕，無任抃舞踴躍之至〔六〕。

臣聞：天，普覆也，應運而健若龍行〔七〕；日，至明焉，有時而氣如虹貫〔八〕。伏惟皇帝陛下，道超普覆，迹邁至明，思宗社之靈〔九〕，惟德是輔〔一〇〕；念蒸藜之廣，以位爲憂〔一一〕。求衣未明〔一二〕，觀書乙夜〔一三〕。壽域既臻於躋俗〔一四〕，大庭微闕於怡神〔一五〕。是以自北陸送寒〔一六〕，暫停禹會〔一七〕；及東郊迎氣〔一八〕，爰復堯咨〔一九〕。四海方來〔二〇〕，百辟咸在〔二一〕，六幽雷動〔二二〕，萬壽山呼〔二三〕。

惟臣獨以一麾〔二四〕，載離雙闕〔二五〕。犬馬之微誠徒切〔二六〕，鵷鴻之舊列難階〔二七〕。提郡印而通宵九驚〔二八〕，對使符而一食三起〔二九〕。今幸已俗臻殷富〔三〇〕，年比順成〔三一〕，伏惟稍簡萬幾〔三二〕，以迎百福〔三三〕。託調燮于彼相〔三四〕，責綏撫于列藩〔三五〕。承九廟之降祥〔三六〕，副兆人之允望〔三七〕。臣不勝慺慺慊慊之至〔三八〕，謹差某奉表陳賀以聞。

**【校注】**

〔一〕本篇原載《文苑英華》卷五六九第一三頁、清編《全唐文》卷七七一第七頁、《樊南文集詳注》卷一。《英華》題下注：文宗。〔徐箋〕《舊書·文宗紀》：大和七年十二月，幸望春宮，聖體不康。八年正月癸丑朔，丁巳，聖體痊平，御太和殿見内臣。甲子，御紫宸殿見群臣。〔馮箋〕《新書·宰相世系表》：崔戎出博陵安平大房，封安平縣公。《舊書·傳》：崔戎字可大，歷官至給事中，改華州刺史。《舊書·紀》：文宗大和七年閏七月，以給事中崔戎爲華州刺史。《舊書·志》：華州，上輔，在京師東一百八十里。按：唐制，封爵每以其郡望被之。故稱某公者，既封則稱所封，未封則稱郡望，亦有以現居之官稱之，不出此三者。《舊書·志》：下之達上，其制有六，曰表、狀、牋、啓、辭、牒。表上天子，其近臣亦爲狀。牋、啓上皇太子，然於其長亦爲之。公文皆曰牒，庶人言曰辭。〔按〕本篇代華州刺史崔戎賀文宗痊復。八年正月甲子爲十二日，賀表約上於正月十四五日。

〔二〕〔馮注〕《舊書·紀》：代宗大曆十二年，諸道邸務在上都，名曰留後，改爲進奏院。按：華州刺史職同京牧、京尹，領潼關防禦、鎮國軍使。凡節度、觀察、防禦等使，皆有進奏院。

〔三〕〔徐注〕臣涯，王涯。〔徐箋〕《舊書》：王涯，字廣津，太原人，貞元八年進士擢第，登宏詞科。李訓事敗，斬獨柳下。〔馮注〕《新書·宰相表》：大和七年七月，尚書右僕射王涯同中書門下平章事。

〔四〕〔補注〕朝寄，朝廷之委託。《晉書·謝安傳》：「安雖受朝寄，然東山之志始末不渝，每形於言色。」

〔五〕〔馮注〕《舊書·傳》：戎入爲殿中侍御史，累拜吏部郎中，遷諫議大夫，拜給事中。故曰「四奉國恩」。

〔六〕〔馮注〕《列子》：一里老幼，喜躍抃舞。潘岳《藉田賦》：觀者莫不抃舞乎康衢。《魏志·文帝紀》注：相國華歆等上言曰：「能言之倫，莫不抃舞。」〔補注〕抃，鼓掌。

〔七〕〔徐注〕《易》：天行健。〔馮注〕《易》：時乘六龍以御天。〔補注〕《易·乾》：「飛龍在天……雲從龍，風從虎，聖人作而萬物覩。」

〔八〕〔徐注〕《戰國策》：白虹貫日。〔馮注〕《禮記》：君子比德於玉，氣如白虹，天也。〔補注〕白虹貫日，爲罕見之日暈天象。古人以爲人間有非常之事發生，則出現此種天象。《戰國策·魏策四》：「夫專諸之刺王僚也，彗星襲月；聶政之刺韓傀也，白虹貫日。」

〔九〕宗社，《英華》《全文》均作「社稷」。《英華》注云：集作「宗社」。兹據改。

〔一〇〕〔徐注〕《書》：皇天無親，惟德是輔。

〔一一〕〔徐注〕《漢書·董仲舒傳》：堯受命，以天下爲憂，而未以位爲樂也。

〔一二〕〔徐注〕《漢書·鄒陽傳》：「孝文皇帝據關入立，寒心銷志，不（原作「未」，據《漢書》改）明求衣。」〔馮注〕謝朓詩：當寧日昃，求衣未明。〔補注〕求衣，索衣，謂起牀。

〔一三〕乙，《英華》作「一」，誤。〔徐注〕顏延之《五君詠》：觀書鄙章句。《北堂書鈔》引《東觀漢記》：兹者甲夜讀書，乙夜講經。〔徐箋〕《通鑑》：唐文宗嘗謂左右曰：「若不甲夜視事，乙夜觀書，何以爲人君？」〔補注〕乙夜，猶二更。《通鑑·嘉平元年》胡注：「夜有五更：一更爲甲夜，二更爲乙夜，三更爲丙夜，四更爲丁夜，五更爲戊夜。」

〔一四〕臻，《英華》作「勤」。〔徐注〕《漢書·王吉傳》：疏曰：「敺一世之民，躋之仁壽之域。」

〔一五〕〔徐注〕《漢書·嚴助傳》：南越王顧伏北闕，望大庭，以報盛德。《後漢書·李膺傳》：荀爽書曰：「願怡神無事，偃息衡門。」〔馮注〕《列子》：黄帝憂天下之不治，昏然五情爽惑，退而閒居大庭之館，齋心服形，三月不親政事。晝寢而夢遊於華胥氏之國，神遊而已。黄帝既寤，怡然自得。〔補注〕怡神，怡養心神。

〔一六〕〔徐注〕《左傳》：申豐曰：「古者日在北陸而藏冰。」〔補注〕《左傳·昭公四年》孔疏：「日在北陸，爲夏之十二月也。十二月，日在玄枵之次……於是之時，寒極冰厚，故取而藏之也。」後以北陸指夏曆十二月。

〔一七〕〔徐注〕《左傳》：禹合諸侯於塗山，執玉帛者萬國。

〔一八〕〔徐注〕《禮記》：立春之日，天子親帥三公九卿諸侯大夫，以迎春于東郊。《後漢書·章帝紀》：始行月令迎氣樂。〔補注〕上古於立春日祭青帝，立夏日祭赤帝，立秋日祭白帝，立冬日祭黑帝，又於立秋日前十八日祭黄帝，用以迎接四季，祈求豐年，謂之迎氣。此處迎氣指立春日迎春候。

〔一九〕〔徐注〕《書·堯典》：帝曰：「咨，汝羲暨和。」又曰：「咨，四岳。」

〔二〇〕〔補注〕《書·大禹謨》：「文命敷於四海，祇承于帝。」

〔二一〕〔補注〕《書·洛誥》：「汝其敬識百辟享，亦識其有不享。」百辟，指諸侯。此指百官。

〔二二〕〔徐注〕班固《典引》：光被六幽。注：天地四方也。〔馮注〕《易》：雷以動之。

〔二三〕〔馮注〕《漢書·武帝紀》：親登嵩高，御史乘屬，在廟旁吏卒咸聞呼萬歲者三。

〔二四〕〔徐注〕顏延之《五君詠》：一麾乃出守。《夢溪筆談》：今之郡守，謂之建旄，蓋用顏延年詩誤。延年謂「一麾」者，乃指麾之麾，如武王右秉白旄以麾之麾，非旌麾之麾也。延年《阮始平》詩云

「屢薦不入官，一麾乃出守」者，謂山濤薦咸爲吏部郎，帝不用，荀勖一擠遂出始平。延年被擠，以此自託耳。自杜牧之有「擬把一麾江海去」之句，始謬用「一麾」，遂成故事。《野客叢書》：僕考唐人詩，如杜子美、柳子厚、許用晦、獨孤及、劉夢得、陸龜蒙等皆用「一麾」事，獨牧之謂「把一麾」爲露圭角，似失延年之意。如張説詩「湘濱擁出麾」，如此用則何害？《筆談》謂今人以守郡爲建麾，用顔詩事自牧之始，亦未然。觀《三國志》「擁麾守郡」，《文選》「建麾作牧」，此語在前久矣。謂「把一麾」之誤自牧之始則可，謂「建麾」之誤則不可。〔馮注〕《二老堂詩話》：後人誤用一麾出守事，以爲起於杜牧之。杜實用旌麾之麾，未必本之顔詩，後人因此二字，誤用顔詩耳。按：《古今注》曰：「麾所以指麾，武王右執白旄以麾是也。乘輿以黄，諸公以朱，刺史二千石以纁。」蓋麾者旌旗之屬，軍禮必用麾。《周禮·巾車》：「大麾以田。」《左傳》：欒鍼見子重之旌，曰：「子重之麾也。」凡後之言麾下者，皆言大將軍之旗也。刺史兼兵事，故有麾。唐時節度賜雙旌，亦此義也。顔詩「一麾」，《文選》注固言指麾，亦兼用郡將建麾。若牧之句，「把」字貫下，用《牧誓》傳「右手把旄」，尤與擁麾同義，把則自可一麾，其慨歎皆在言外，實字未嘗有誤，議者徒紛紛耳。

〔三五〕〔徐注〕《古詩》：雙闕百餘尺。〔馮注〕按《史記》：高祖八年，蕭何造未央宫，立東闕北闕。《三輔舊事》：東有蒼龍闕，北有玄武闕也。而《古歌》云：「長安城西雙員闕，上有一雙銅爵宿。一鳴五穀生，再鳴五穀熟。」此則指建章宫之鳳闕也。

〔二六〕徒，《英華》作「空」。〔馮注〕《史記・三王世家》：大司馬臣去病上疏，臣竊不勝犬馬心。曹植《上責躬詩序》：不勝犬馬戀主之情。

〔二七〕鵷，《英華》作「鴛」，字通。〔徐注〕《隋書・劉炫傳》：自爲贊曰：「齊鑣驥騄，比翼鵷鴻。」〔馮注〕《後漢書・蔡邕傳》：鴻漸盈階，振鷺充庭。揚子雲《劇秦美新》：振鷺之聲充庭，鴻鸞之黨漸階。《文選》注：振鷺、鴻鸞，喻賢也。

〔二八〕〔馮注〕《後漢書・蘇不韋傳》：李暠大驚懼，乃布棘於室，以板籍地，一夕九徙。

〔二九〕〔徐注〕《吕氏春秋》：禹一食而三起，以禮有道之士。〔馮注〕《説苑》：魯有恭士名曰机氾，行年七十，其恭益甚，一食之間三起，見衣裘褐之士則爲之禮。氾對魯君曰：「君子好恭以成其名，小人學恭以除其刑。」

〔三〇〕已，《英華》作「以」。殷富，《英華》作「富庶」。

〔三一〕〔徐注〕《禮記》：八蜡以記四方，四方年不順成，八蜡不通。

〔三二〕〔徐注〕《書》：一日二日萬幾。

〔三三〕〔補注〕《詩・大雅・假樂》：「干禄百福，子孫千億。」百福，猶多福。

〔三四〕調燮，《英華》作「燮調」。〔徐注〕《書》：惟兹三公，論道經邦，燮理陰陽。

〔三五〕〔補注〕列藩，諸藩鎮。《晉書・曹志傳》：「或列藩九服，式序王官。」

〔三六〕〔馮注〕《舊書・紀》：開元十年，增置京師太廟爲九室。又：大和八年正月，修太廟，徧告九室，遷神主便殿。二月，以聖躬痊復，赦繫囚，放逋賦，移流人。五月，修太廟畢，徧告神主，復正殿。《書》：作善降之百祥。

〔三七〕〔補注〕《後漢書・光武紀上》：「漢遭王莽，宗廟廢絶，豪傑憤怒，兆人塗炭。」

〔三八〕〔馮注〕《文選》：曹子建表：「是臣慺慺之誠。」注：《尚書》傳曰：「慺慺，謹慎也。」《後漢書・五行志》：慊慊常若不足。曹子建賦：愁慊慊而繼懷。〔補注〕慊慊，誠敬貌。

## 爲安平公賀皇躬痊復上門下狀〔一〕

右，今月得本州進奏官狀報，今月十二日，皇躬痊復，相公躬率百寮奉見奉賀訖。伏以聖上祇膺大寶〔二〕，虔奉睿圖〔三〕，務此憂勤，稍虧頤攝〔四〕。相公輔宣元首〔五〕，翊贊靈猷。戴宗廟之垂休〔六〕，慰黔黎之允望〔七〕。金縢玉檢，惡藏請代之書〔八〕；黄屋丹墀〔九〕，每進先嘗之藥〔一〇〕。至誠斯著，休問旋臻〔一一〕。然後率百辟以雲趨〔一二〕，導九重之日朗〔一三〕。百蠻傾耳〔一四〕，萬國企心〔一五〕。某愧守關河〔一六〕，忝分符竹〔一七〕，不得少塵班列，共展歡呼。對熊軾以自悲〔一八〕，淚如雨墜〔一九〕；望鳳池而結戀〔二〇〕，心逐雲飛〔二一〕。無任抃賀攀戀之至〔二二〕！

【校注】

〔一〕本篇原載清編《全唐文》卷七七三第八頁、《樊南文集補編》卷二。〔錢箋〕《新唐書·宰相世系表》：博陵安平大房崔氏。戎字可大，安平縣公。《舊唐書·崔戎傳》：累拜給事中，改華州刺史。又《文宗紀》：大和七年閏七月，以給事中崔戎爲華州刺史。十二月，聖體不康。八年正月，聖體痊平，御太和殿見内臣，御紫宸殿見群臣。又《職官志》：門下省，侍中二員，門下侍郎二員。本集有《爲安平公華州賀聖躬痊復表》。〔按〕據《通鑑》，大和七年十二月庚子，「上始得風疾，不能言」。又據《舊唐書·文宗紀》，大和八年正月丁巳（初五），聖體痊平，御太和殿見内臣；甲子（十二日），御紫宸殿見群臣。此狀與《爲安平公華州賀聖躬痊復表》同時作，具體時間當在正月十四五日。

〔二〕〔補注〕《易·繫辭下》：「聖人之大寶曰位。」祗膺，敬受。

〔三〕〔錢注〕顔延之《皇太子釋奠會作詩》：睿圖炳睟。〔按〕顔詩之「睿圖」指孔子之畫像，而本文之「睿圖」則指皇帝之謀劃，義異。

〔四〕〔錢注〕劉峻《與舉法師書》：道勝則肥，固應頤攝。〔補注〕頤攝，保養攝生。

〔五〕〔補注〕《書·益稷》：「股肱喜哉，元首起哉，百工熙哉！」孔傳：「元首，君也。」

〔六〕〔補注〕垂休，顯示祥瑞，降福。

〔七〕〔補注〕黔黎，百姓。允望，誠摯之願望。

〔八〕〔錢注〕《漢書·武帝紀》注：孟康曰：「刻石紀號，有金策石函金泥玉檢之封焉。」〔補注〕《書·金縢》：「公歸，乃納册于金縢之匱中。」蔡沈集傳：「金縢，以金緘之也。」謂以金屬制之帶子將收藏書契之櫃封存。玉檢，玉牒書之封篋。《漢書·武帝紀》「登封泰山」顔師古注引孟康曰：「王者功成治定，告成功於天。……刻石紀號，有金策石函、金泥玉檢之封焉。」請代之書，《書·金縢序》：「武王有疾，周公作《金縢》。」孔穎達疏：「武王有疾，周公作策書告神，請代武王死。事畢，納書於金縢之匱。」

〔九〕〔錢注〕蔡邕《獨斷》：乘輿車黄屋左纛。黄屋者，蓋以黄爲裏也。張衡《西京賦》李善注：《漢官典職》：「丹漆地，故稱丹墀。」

〔一〇〕〔補注〕《禮記·曲禮下》：「君有疾，飲藥，臣先嘗之。」

〔一一〕〔錢注〕《蜀志·許靖傳》：承此休問。〔補注〕休問，佳音。

〔一二〕〔補注〕《書·洛誥》：「汝其敬識百辟享，亦識其有不享。」本指諸侯，此指百官。

〔一三〕〔錢注〕《楚辭·九辯》：君之門以九重。

〔一四〕〔補注〕《詩·大雅·韓奕》：「以先祖受命，因時百蠻。」毛傳：「因時百蠻，長是蠻服之百國也。」此以百蠻泛指少數民族。《禮記·孔子閒居》：「傾耳而聽之。」

〔一五〕〔錢注〕《後漢書·張奂傳》：企心東望。

〔一六〕〔錢注〕《水經注》：華嶽本一山，當河，河水過而曲行。河神巨靈，手盪脚蹋，開而爲兩，今掌足之跡，仍存華巖。又：河在關内，南流潼激關山，因謂之潼關。〔補注〕華州地近潼關、黄河。華州刺史例兼潼關防禦、鎮國軍使，時崔戎任華州刺史，故云「守關河」。

〔一七〕〔錢注〕《史記·文帝紀》：二年九月，初與郡守相爲銅虎符、竹使符。注：應劭曰：「銅虎符第一至第五，當發兵，遣使者至郡合符，符合乃聽受之。竹使符以竹箭五枚，長五寸，鐫刻篆書，第一至第五。」〔補注〕符竹，指刺史職守。

〔一八〕〔錢注〕《後漢書·輿服志》：三公列侯伏熊軾黑轓。〔補注〕熊軾，伏熊形之車前横木。亦指熊軾車，古爲顯宦所乘，後亦用作對地方官所乘車之美稱。此借指刺史之車。

〔一九〕〔錢注〕魏武帝《善哉行》：惋歎淚如雨。《西京雜記》：二氣之初蒸也，若有若無，若實若虚，若方若圓。攢聚相合，其體稍重，故雨乘虚而墜。

〔二〇〕〔錢注〕《晉書·荀勖傳》：以勖守尚書令。勖久在中書，專管機事，及失之，甚惘惘悵悵。有賀之者，勖曰：「奪我鳳凰池，諸君賀我耶！」

〔二一〕〔錢注〕梁簡文帝《述羇賦》：戀逐雲飛。

〔二二〕〔錢注〕孫綽《潁州府君碑》：攀戀罔遺。

## 爲大夫安平公華州進賀皇躬痊復物狀〔一〕

右臣聞藩方舊德，臣子私懷，將稱慶於天朝〔二〕，必展儀于土貢〔三〕。伏惟皇帝陛下，道苞乾象〔四〕，德總坤靈〔五〕，肇自元正〔六〕，載康福履〔七〕，九廟不忘于繼志，兩宮無闕于問安〔八〕。鼓舞萬靈，波濤四國〔九〕。驗推測則咸如周卜〔一〇〕，聽祝辭而皆若華封〔一一〕。臣坐擁伏熊〔一二〕，行驅畫隼〔一三〕，值一人之有慶〔一四〕，當春日之載陽〔一五〕，心但葵傾〔一六〕，跡猶匏繫〔一七〕。伏蒲之覲謁未果〔一八〕，獻芹之誠懇空深〔一九〕。況又地邇宸居〔二〇〕，俗薰儉德，更無玉帛，以率梯航〔二一〕。前件石器等〔二二〕，瑞匪土硎〔二三〕，珍慚甗磬〔二四〕，並取諸地産，皆勒以工名〔二五〕。茯苓茯神等〔二六〕，品載仙經〔二七〕，奇標藥録〔二八〕。通靈祛疾，不惟色若凝脂〔二九〕；延壽安神，豈是心如枯木〔三〇〕。干冒陳進，無任兢惶云云。

【校注】

〔一〕本篇原載《文苑英華》卷六三五第二頁、清編《全唐文》卷七七二第一一頁、《樊南文集詳注》卷二。〔按〕當與《代安平公華州賀聖躬痊復表》《代安平公賀皇躬痊復上門下狀》同時作。詳前二篇注〔一〕。馮譜、張箋並編大和八年初。

〔二〕〔徐注〕《後漢書·朱穆傳》：天朝政事，一更其手。

〔三〕〔馮注〕《書序》：禹別九州，任土作貢。

〔四〕〔徐注〕劉琨詩：乾象棟傾，坤儀舟覆。

〔五〕〔徐注〕班固《西都賦》：據坤靈之正位。〔補注〕乾象，天象。《後漢書·皇后紀上·和熹鄧皇后》：「仰觀乾象，參之人譽。」坤靈，對大地之美稱。

〔六〕〔補注〕《書·舜典》：「月正元日，舜格于文祖。」元正，正月元日。

〔七〕〔徐注〕《詩》：樂只君子，福履綏之。

〔八〕〔徐注〕《禮記》：文王之爲世子，朝于王季，日三。雞初鳴而衣服，至於寢門外，問内竪之御者曰：「今日安否何如？」内竪曰：「安。」文王乃喜。及日中，又至，亦如之。及暮，又至，亦如之。〔馮注〕按文宗時有三宫太后，見《爲河南盧尹賀上尊號表》注〔三〕。今止曰「兩宫」，豈敬宗母義安太后在所略歟？

〔九〕濤，《英華》作「傳」。〔馮注〕波濤，亦取鼓動之義。〔補注〕《詩·大雅·崧高》：「揉此萬邦，聞於四國。」鄭箋：「四國，猶言四方也。」

〔一〇〕〔馮注〕《左傳》：成王定鼎于郟鄏，卜世三十，卜年七百。

〔一一〕〔補注〕《莊子·天地》：「堯觀乎華，華封人曰：『嘻，聖人。請祝聖人，使聖人壽。』堯曰：『辭。』『使聖人富。』堯曰：『辭。』『使聖人多男子。』堯曰：『辭。』封人曰：『壽、富、多男子，人之所欲也，女獨不欲，何邪？』堯曰：『多男子則多懼，富則多事，壽則多辱。是三者非所以養德也，故辭。』」成玄英疏：「華，地名也，今華州也。封人者，謂華地守封疆之人也。」

〔一二〕見《爲安平公賀皇躬痊復上門下狀》注〔一八〕。

〔一三〕〔補注〕《周禮·春官·司常》：「鳥隼爲旟，龜蛇爲旐……州里建旟，縣鄙建旐。」畫隼，畫有隼鳥圖案之旗幟，古爲州郡長官所建。

〔一四〕〔徐注〕《書》：一人有慶，兆民賴之。

〔一五〕〔徐注〕《詩》：春日載陽。

〔一六〕〔徐注〕《説文》：黄葵嘗傾葉向日，不令照其根。〔馮注〕曹植表：葵藿之傾葉，太陽雖不爲之迴光，然終向之者，誠也。

〔一七〕〔徐注〕王粲《登樓賦》：懼匏瓜之徒懸兮，畏井渫之不食。翰曰：匏瓜爲物，繫而不食者也。仲宣自喻。〔補注〕《論語·陽貨》：「吾豈匏瓜也哉？焉能繫而不食！」〔馮注〕《論語》注：匏，瓠也。瓠瓜得繫一處者，不食故也。吾自食物，當東南西北，不得如不食之物，繫滯一處。

〔一八〕〔馮注〕《漢書》：史丹以親密臣得侍視疾，候上間獨寢時，丹直入卧内，頓首伏青蒲上。應劭曰：以青規地曰青蒲，自非皇后不得至此。〔按〕漢元帝欲廢太子，史丹候帝獨寢，直入卧室，伏青蒲上泣諫。事見《漢書·史丹傳》。「伏蒲」常用作犯顔直諫之典。此言「覲謁」，則泛言身在外郡，未能如近侍之臣入内覲見也。

〔一九〕〔馮注〕《列子》：昔人有美戎菽，甘枲莖、芹萍子者，對鄉豪稱之。鄉豪取而嘗之，蜇於口，慘於腹，衆哂而怨之。嵇叔夜《與山巨源絶交書》：野人有快炙背而美芹子者，欲獻之至尊。

〔二〇〕〔補注〕華州距京師長安一百八十里，故云。

〔二一〕〔馮注〕梁王僧孺謝啓：航海梯山，獻琛奉貢。

〔二二〕〔徐注〕「石器」未詳。案《爾雅》：西南之美者，有華山之金石焉。郭注云：黄金瑶石之屬。邢疏云：瑶石，石之次玉者。此「石器等」，蓋以瑶石爲之，故曰「取諸地産」「皆勒工名」。

〔二三〕〔徐注〕《家語》：魯有儉嗇者，瓦鬲煮食，食之自謂其美，盛之土硎，以進孔子。〔馮注〕《韓非子》言堯時飲以土鉶，乃美其儉朴也。「鉶」或作「硎」，亦作「型」。甗、磬二物，土硎一物，且不可云「瑞」，不曉更何本也。按：《史記》：《韓子》曰：「堯、舜飯土塯，啜土形。」又：「堯飯土匭，啜土鉶。」又《墨子》：「堯，舜德行，食土簋，啜土刑。」「形」「刑」皆以音同通用。〔補注〕土硎，盛湯羹之瓦器。

〔二四〕〔馮注〕《左傳》：鞌之戰，齊侯使賓媚人賂以紀甗、玉磬。注曰：甗，玉甑，皆滅紀所得。疏曰：甗，無底甑。《傳》文「玉」在「甗」「磬」之間，明二者皆是玉也。

〔二五〕勒以，《英華》作「以勒」，非。〔馮注〕《月令》：物勒工名，以考其誠。

〔二六〕〔徐注〕《本草經》：茯苓一名茯苓神。《廣志》：茯神，松汁所作，勝茯苓。《新書·地理志》：華州，土貢茯苓、茯神。《唐本草》：茯苓第一出華山，形極麤大。雍州南山亦有，不如華山。《本草》注：弘景曰：「茯苓，白色者補，通神而致靈，上品仙藥也。」

〔二七〕〔徐注〕《博物志》：《仙傳》云：「松脂入地中，千年化爲茯苓。」葛洪《神仙傳》：秀眉公餌茯苓得仙。

〔二八〕〔徐注〕梁《陶弘景集》：《本草集》有桐君《采藥録》，説其花葉形色；《藥對》四卷，論其佐使相須。

〔二九〕〔徐注〕《詩》：膚如凝脂。

〔三〇〕〔徐注〕《莊子》：形固可使如槁木，而心固可使如死灰乎？

## 爲安平公謝除兖海觀察使表〔一〕

臣某言：今月某日，中使王士岌至〔二〕，奉宣恩旨〔三〕，改授臣某官，并賜臣前件告身一通者〔四〕。寵命天臨〔五〕，恩光春煦，兢惶無措，抃蹈失容。臣某中謝〔六〕。臣幸逢昭代，本自諸生，文以飾身，學實爲己〔七〕。寧韞玉而待賈〔八〕，竊運甓以私勞〔九〕。春闈再中于明經〔一〇〕，天官一昇於判第〔一一〕。階級甚薄〔一二〕，際會則多〔一三〕。芸閣讎書〔一四〕，藍田作吏〔一五〕。中間因依知己〔一六〕，契闊從軍〔一七〕。其後超屬憲司〔一八〕，驟登郎署〔一九〕，埋輪而出，高懸八使之威〔二〇〕；起草以居，遠謝三臺之妙〔二一〕。每含香而自歎〔二二〕，常襆被而待行〔二三〕。伏惟皇帝陛下，鈞陶庶彙〔二四〕，亭毒萬方〔二五〕，憂心同堯〔二六〕，好諫若禹〔二七〕。東掖垣內，封章何有于日聞〔二八〕；青瑣門前，列位徒參于夕拜〔二九〕。擺波濤而鯤鱗纔變〔三〇〕，望烟霄而鸞翮初高〔三一〕。誓將竭誠，非敢養望〔三二〕。然虛受難處，忝據非安，忽擁隼旟〔三三〕，竟辭龍闕〔三四〕。猶賴雲日未遠〔三五〕，關城不遥〔三六〕。虔奉國章〔三七〕，麤免官謗〔三八〕。豈意便昇亞相之班秩〔三九〕，復委大藩之廉問〔四〇〕。魚箋帝語〔四一〕，象軸神工〔四二〕，拜受而若捧千鈞，伏讀而如聽九奏〔四三〕。誠雖深于負荷〔四四〕，戀實切于違離〔四五〕。況曲阜遺封〔四六〕，導河舊壤〔四七〕，列九州之數〔四八〕，帶五岳之雄〔四九〕，古爲詩書俎豆之鄉〔五〇〕，今兼魚鹽兵革之地〔五一〕。訓整合資于武幹〔五二〕，撫循宜屬于柔良〔五三〕。豈伊孱微，堪此委寄。謹當冰霜勵志，金石貫誠〔五四〕，駑馬奮十駕之勤〔五五〕，鉛刀淬一割之用〔五六〕。即以今月二日〔五七〕，雪泣西拜〔五八〕，星馳東下〔五九〕。帝城思入〔六〇〕，雖有類于陳咸〔六一〕；關外耻居，安敢同于楊僕〔六二〕。無任瞻天戀闕之至，謹附中使某奉表陳謝以聞。

【校注】

〔一〕本篇原載《文苑英華》卷五八四第一二頁、清編《全唐文》卷七七一第五頁、《樊南文集詳注》卷一。〔徐箋〕《舊書·文宗紀》：大和八年三月丙子，以右丞李固言爲華州刺史，代崔戎；以戎爲兖海觀察使。《地理志》：至德之後，中原用兵，刺史皆治軍戎，遂有防禦、團練、制置之名。要衝大郡，皆有節度之類。寇盜稍息，則易以觀察之號。（兖海節度使）治兖州，管兖、海、沂、密四州。《崔戎傳》：戎字可大。高伯祖玄暐，神龍初有大功，封博陵郡王。戎舉兩經登科，授太子校書，調判入等，授藍田主簿。爲藩鎮名公交辟。入爲殿中侍御史。累拜吏部郎中，遷諫議大夫。尋爲劍南東西兩川宣慰使。還，拜給事中，駮奏爲當時所稱。改華州刺史，遷兖海沂密都團練觀察等使。將行，州人戀惜遮道，至有解韉斷鐙者。理兖一年（按：疑爲「一月」之訛），大和八年五月卒。《新書・世系表》：戎出博陵安平房，後漢長岑長崔駰少子寔之後，兖海觀察使，封安平縣公。案：（崔）玄暐博陵安平人。唐制，凡封爵皆以其郡縣名被之，故玄暐封博陵郡王，戎封安平縣公。唐人所稱大率以郡望，然亦有從封爵者，安平公、濮陽公之類是也。〔馮箋〕《新書・方鎮表》：大和八年，廢（兖海）節度爲觀察使。《白香山詩後集・送兖州崔大夫駙馬赴鎮》：「戚里誇爲賢駙馬，儒家認作好詩人。魯侯不得辜風景，沂水年年有暮春。」按：此詩年時姓地皆可相合，則崔大夫頗疑即是崔戎。但駙馬之稱本集中一不叙及，《舊書》既無可徵，《新書・公主傳》中亦無此下嫁之主。白公只此一絶，更無他篇取證。惟崔氏之女入宫、男尚主者每有之，戚里相誇，情事亦合。豈此主早薨，故傳文不載歟？上下近年中又別無崔兖州者，特拈出以俟再考。〔張箋〕考《舊・紀》於大和八年六月崔戎卒下書：「戊申，以將作監、駙馬都尉崔杞爲兖海沂密觀察使。」杞以駙馬都尉代崔戎鎮兖海，香山所送者，必即其人。馮氏疑爲崔戎，蓋未見此紀文耳。〔按〕崔戎大和八年三月丙子任兖海觀察使。丙子爲是月二十五日。故文中「今月二日，雪泣西拜，星馳東下」之「今月」當爲四月。商隱《安平公詩》云：「五月至止六月病。」《爲安平公兖州謝上表》云：「今月五日到任上訖。」亦可證崔戎當於四月二日離華赴兖，五月五日抵達兖州上任。故此謝除表當作於大和八年四月二日前夕，約三月末。劉師培《左盦集》卷八《樊南文集詳注》條：「按沈氏《新書方鎮表考證》云：崔戎拜，尋卒，崔杞代……

白集所言，乃崔杞也。《新唐書·公主傳》云：順宗女東陽公主始封信安郡主，下嫁崔杞。此杞爲駙馬之證。」

〔二〕士，《英華》作「仕」。

〔三〕〔馮注〕藩鎮授爵、加封、賜物，皆遣中使將命。備見《唐書》。

〔四〕〔補注〕告身，古代授官之文憑。

〔五〕〔補注〕寵命，恩寵榮重之任命。晉李密《陳情事表》：「過蒙拔擢，寵命優渥。」

〔六〕〔馮注〕《文選》注：《裴氏新語》曰：「若薦其君將有所乞請，中謝，言臣誠惶誠恐，頓首死罪。」

〔七〕〔徐注〕《左傳》：言，身之文也。〔補注〕《論語·憲問》：「古之學者爲己，今之學者爲人。」何晏集解：「孔曰：『爲己，履而行之；爲人，徒能言之。』」

〔八〕〔補注〕《論語·子罕》：「子貢曰：『有美玉於斯，韞匵而藏諸？求善賈而沽諸？』子曰：『沽之哉，沽之哉！我待賈者也。』」

〔九〕甓，《英華》作「甕」，誤。〔徐注〕《晉書·陶侃傳》：侃在廣州，朝輒運百甓於齋外，夕運百甓於齋内，曰：「吾方致力中原，過爾優游，恐不堪事。」

〔一〇〕闈，《英華》作「圍」，誤。〔徐注〕《新書·選舉志》：開元二十四年，考功員外郎李昂爲舉人詆訶。帝以郎官望(原引作「權」，據《新書》改)輕，遂移貢舉於禮部，以侍郎主之。禮部選(原引作「進」，據《新書》改)士自此始。又：明經之别，有五經、三經、二經、學究一經、三《禮》、三

《傳》。《禮記》《春秋左氏傳》爲大經，《詩》《周禮》《儀禮》爲中經，《易》《尚書》《春秋公》《穀傳》爲小經。先帖文，然後口試經問大義十條，答時務策三道，亦爲四等。〔馮注〕《周禮》：春官宗伯。《舊書・傳》：戎兩經登科。〔補注〕唐禮部試士在春季，故稱「春闈」。

〔一一〕〔馮注〕《周禮》：天官冢宰。《舊書・傳》：戎調判入等。《新書・選舉志》：文選，吏部主之。凡擇人之法有四：一曰身，體貌豐偉；二曰言，言辭辯正；三曰書，楷法遒美；四曰判，文理優長。四事可取，則先德行；德均以才，才均以勞。得者爲留，不得者爲放。五品以上不試。六品以下集而試，觀其書判；試而銓，察其身言；銓而注，詢其便利而擬。唱不厭者，得反通其辭。厭者爲甲，上于僕射，以至於奏聞。受旨而奉行焉，謂之奏受。

〔一二〕〔徐注〕《後漢書・邊讓傳》：階級名位，亦宜超然。〔馮注〕登階拾級，見《曲禮》。〔補注〕階級，此指官之品位等級。薄，輕、低。

〔一三〕〔徐注〕《後漢書・陳蕃王允傳論》曰：及遭際會，協策竇武，自謂萬世一時也。

〔一四〕〔徐注〕魚豢《魏略》：芸香辟紙魚蠹，故藏書臺曰芸臺。左思《魏都賦》：讎校篆籀。〔馮注〕劉向《別録》：讎校：一人讀書，校其上下得謬誤，爲校；一人持本，一人讀書，若怨家相對，爲讎。《舊書・傳》：戎授太子校書。

〔一五〕田，《英華》注：集作「山」。〔徐注〕《新書・地理志》：京兆府藍田，爲畿縣。嵇康《與山巨源書》：一行作吏，此事便廢。〔馮注〕《舊書・傳》：授藍田主簿。

〔一六〕〔徐注〕阮籍《詠懷詩》：寒鳥相因依。《南史·王僧達傳》：不能因依左右。〔補注〕因依知己，謂依託瞭解、賞識自己之幕主。《戰國策·楚策四》：「驥於是俛而噴，仰而鳴，聲達於天，若出金石聲者，何也？彼見伯樂之知己也。」按：唐人每稱幕主爲「所知」「知己」。

〔一七〕〔徐注〕《詩》：死生契闊。傳：契闊，勤苦也。〔馮注〕《舊書·傳》：裴度領太原，署爲參謀。時王承宗據鎮州叛，度請戎單車往諭之，承宗感泣受教。按：《文苑英華》有《授崔戎等西川判官制》，則戎又曾在西川幕。史故言「藩鎮名公交辟」也。〔按〕裴度首次鎮太原，在元和十四年四月至長慶二年二月間。《全唐文》卷六四八有元稹《加裴度幽鎮兩道招撫使制》，略云：「況彼幽、鎮，無名暴征，以丞相進觀其宜，以諸將齊奮其力……度宜開懷緩帶，以待其歸。可依前守司空兼門下侍郎、同中書門下平章事、河東節度使，充幽鎮兩道招撫使。」其遣崔戎單車往諭王承宗，當在元和十四年四月至十五年十月王承宗卒一段時間内。度第二次鎮太原，在開成二至三年，此時戎已前卒數年矣。或將戎爲度太原府參謀置於開成二至三年，當誤。戎任西川節度使段文昌之判官，在長慶二至三年。河東、西川作幕前後相接，故云「藩鎮名公交辟」。又據《新唐書·崔戎傳》：「判入等，調藍田主簿。辟淮南李鄘府。衛次公代鄘，憲宗稱戎才，故次公倚成於職。」李鄘元和五年至十二年、衛次公元和十二年至十三年先後鎮淮南。則崔戎於元和五年至長慶三年實連續在淮南、太原、西川三鎮任幕僚，時間長達十四年。

〔一八〕〔徐注〕《南史·蕭惠開傳》：詔曰：「今以蕭惠開爲憲司，冀當稱職。」〔馮注〕《舊書·傳》：入爲殿中侍御史。

〔一九〕〔馮注〕《史記》：馮唐爲中郎署長，文帝輦過。《索隱》曰：乘輦過郎署也。《舊書·傳》：累拜吏部郎中。

〔二〇〕懸，《英華》注：集作「慙」。〔馮注〕《後漢書·張綱傳》：漢安元年，遣八使徇行風俗，而綱獨埋其車輪於洛陽都亭，曰：「豺狼當路，安問狐狸？」遂奏大將軍冀無君之心十五事，京師震竦。《舊書·傳》：遷諫議大夫，尋爲劍南東西川宣慰使。戎既宣撫，兼定征稅，公私便之。〔補注〕《後漢書·周舉傳》：「時詔遣八使巡行風俗，皆選素有威名者，乃拜舉爲侍中，與侍中杜喬、守光禄大夫周栩、前青州刺史馮羨、尚書欒巴、侍御史張綱、兖州刺史郭遵、太尉長史劉班並守光禄大夫，分行天下。」

〔二一〕〔馮注〕應劭《漢官儀》：尚書郎主作文書起草，晝夜更直五日於建禮門内。又：尚書爲中臺，謁者爲外臺，御史爲憲臺，謂之「三臺」。《後漢書·蔡邕傳》：三日之中，周歷三臺。按：蔡邕《讓尚書表》：「三月之中，充歷三臺。」而范書《傳論》「信宿三遷」，則定謂三日也。《晉書》：衛瓘爲尚書令，與尚書郎索靖俱善草書，時人號爲「一臺二妙」。徐陵序：「三臺妙迹，龍伸蠖屈之書。」「起草」二句，不必引蔡邕事，邕不得已就董卓之辟，不足美也。〔按〕唐人用事，每取其一端，不必拘蔡邕之就辟於卓也。

〔二二〕〔徐注〕《漢官儀》：尚書郎懷香握蘭，含雞舌奏事。

〔二三〕行，《英華》作「命」，注：一作「行」。〔徐注〕《晉書》：魏舒爲尚書郎，或有非其人，論者欲沙汰之，舒曰：「我即其人。」襆被徑出。〔補注〕襆被，用包袱裹束衣被，意即整理行裝。

〔二四〕〔馮注〕《漢書·鄒陽傳》：聖王制世御俗，獨化於陶鈞之上。張晏曰：陶家名模下圓轉者爲鈞，以其制器爲大小，比之於天也。〔徐注〕《漢書·董仲舒傳》：猶泥之在鈞，惟甄者之所爲。又：陶冶而成之。〔補注〕庶彙，萬類。

〔二五〕〔徐注〕《老子》：亭之毒之，蓋之覆之。王弼曰：亭謂品其形，毒謂成其質。

〔二六〕心，徐注本作「位」。〔徐注〕《漢書·董仲舒傳》：堯受命，以天下爲憂，而未以位爲樂也。

〔二七〕〔馮注〕《鬻子》：禹治天下以五聲聽，門懸鐘、鼓、鐸、磬而置鞀，爲銘于簨虡，曰：「教寡人以道者，擊鼓；教寡人以義者，擊鐘；教寡人以事者，振鐸；語寡人以憂者，擊磬；語寡人以獄訟者，揮鞀。」此之謂五聲。《淮南子》末句作「有獄訟者，揮鞀」，餘同。

〔二八〕〔馮注〕《漢書》注：正殿門之旁，有東、西掖門，如人臂掖，故名。《新書·百官志》：門下省給事中四人，凡百官奏抄，侍中既審，則駁正違失；詔勅不便者，塗竄而奏還，謂之塗歸。季終，奏駁奏之目。《舊書·紀》：高宗龍朔二年，改尚書省爲中臺，門下省爲東臺，中書省爲西臺。按：給事中屬門下省，故曰東掖也。東掖、西掖，又稱左掖、右掖。〔徐注〕李頎《寄房給事詩》云「長安城連東掖垣，鳳凰池對青瑣門」是也。《漢書·趙充國傳》：婁奏封章。

〔二九〕〔徐注〕《漢書·元后傳》：赤墀青瑣。孟康曰：以青畫户邊鏤中，天子之制也。師古曰：青瑣者，刻爲連瑣（按：《漢書》作「環」）文，而以青塗之。《初學記》：衛宏《漢舊儀》曰：「黄門郎屬黄門令，日暮對青瑣門拜，名曰夕郎。」〔馮注〕《後漢書·志》：黄門侍郎掌侍從左右，給事中關通中外。注曰：《宫閣簿》：「青瑣門在南宫。」衛瓘注《吴都賦》：「青瑣，户邊青鏤也。一曰天子門内有眉，格再重，裹青畫曰瑣。」《舊書·傳》：拜給事中，駁奏爲當時所稱。

〔三〇〕〔徐注〕《莊子》：北溟有魚，其名曰鯤。化而爲鳥，其名爲鵬。怒而飛，其翼若垂天之雲。鵬之徙於南冥也，水擊三千里，摶扶摇而上者九萬里。

〔三一〕〔徐注〕顔延之《五君詠》：鸞翮有時鎩。〔馮注〕崔駰七言詩：鸞鳥高翔時來儀。

〔三二〕養，《英華》作「仰」，非。〔馮注〕按《英華》只作「仰」，謂更望升陟也。《晉書·陶侃傳》：諸參佐或以談戲廢事者，侃曰：「君子當正其衣冠，攝其威儀，何有亂頭養望自謂宏達耶？」又《陳頵傳》：「頵議諸僚屬乘昔西臺養望餘弊，偃蹇倨慢，以爲優雅。」玩上下文，「養」字是也。《晉書·陳頵傳》：頵與王導書曰：「莊、老之俗，傾惑朝廷，養望者爲宏雅，政事者爲俗人，王職不恤，法物墜喪。」〔補注〕養望，培養虚名。

〔三三〕〔馮注〕《周禮·春官》：司常，掌九旗之物名。鳥隼爲旟，州里建旟。《詩》：孑孑干旟，在浚之都。〔補注〕擁隼旟，指任州郡長官。

〔三四〕〔徐注〕《後漢書·百官志》注：洛陽宫門名爲蒼龍闕門。〔按〕參見《代安平公華州賀聖躬痊復表》注〔二五〕。龍闕，指朝廷。

〔三五〕〔馮注〕《大戴禮》：孔子曰：「放勳其仁如天，其智如神，就之如日，望之如雲。」

〔三六〕〔徐箋〕《舊書・文宗紀》：大和七年閏七月戊戌，以給事中崔戎爲華州刺史。〔補注〕關城，指華州，因其地近潼關，且華州刺史例兼潼關防禦、鎮國軍使，故稱。

〔三七〕〔徐注〕《南史・梁武帝諸子傳》：元正六佾，事爲國章。〔補注〕國章，國家之法令典章。

〔三八〕〔徐注〕《左傳》：敢辱高位，以速官謗。

〔三九〕班，《英華》作「重」，注：集作「班」。〔徐注〕《漢書・朱雲傳》：御史大夫，宰相之副。案：《白帖》謂之亞相。〔馮注〕《漢書・表》：御史大夫位上卿，掌副丞相。按：觀察等使，例兼御史臺銜。

〔四〇〕〔馮注〕《史記・始皇本紀》：吾使人廉問。《漢書・高祖紀》：廉問有不如詔者，以重論之。〔補注〕廉問，察訪查問，此指觀察使之職責。

〔四一〕〔徐注〕張華《博物志》：漢桓帝時桂陽人蔡倫始擣故魚網造紙。案：魚箋未詳，疑即魚網紙也。劉孝威《謝賚宫紙啓》云：鄴下鳳銜，漢朝魚網。〔馮注〕按《舊書・德宗紀》：復降魚書。《通鑑・天寶八載》注曰：唐制，銅魚符所以起軍旅、易守長。《新書・楊綰傳》：舊制，刺史被代若别追，皆降魚書，乃得去。程大昌《演繁露》曰：「唐制左魚之外，又有敕牒將之，故兼名魚書。」此「魚箋」即魚書也。句意則指告身言。《唐國史補》：蜀有魚子牋，皮、陸有魚牋唱和詩。非此所用。〔按〕馮注是。

〔四二〕〔徐注〕象軸，謂以象牙爲卷軸。《隋書》：牛弘上表云：「劉裕平姚泓，收其圖籍四千卷，皆赤軸青紙，文字古拙。」是古者書每卷爲一軸也。此則言告身之飾耳。〔補注〕神工，謂象軸製作精緻。

〔四三〕〔徐注〕《史記·趙世家》：簡子夢遊於鈞天，廣樂九奏萬舞。

〔四四〕〔徐注〕《左傳》：其父析薪，其子弗克負荷。

〔四五〕〔徐注〕盧諶《贈劉琨詩序》：慰其違離之意。

〔四六〕〔徐注〕《禮記》：成王以周公爲有勳勞於天下，是以封周公於曲阜，地方七百里，革車千乘。

〔四七〕〔徐注〕《書》：兗州九河既道。

〔四八〕〔徐注〕《書》：濟、河惟兗州。〔馮注〕《周禮》：河東曰兗州，其川河、泲。泲、濟同。〔補注〕《書·禹貢》列冀、兗、青、徐、揚、荆、豫、梁、雍九州。

〔四九〕〔徐注〕謂泰山。《初學記》：《五經通義》曰：「泰山一曰岱宗。宗，長也，言爲群嶽之長。」

〔五〇〕〔徐注〕《史記·孔子世家》：常陳俎豆，設禮容。又：周室微而禮樂廢，《詩》《書》缺。孔子序《書》傳，上紀唐、虞之際，下至秦繆，編次其事。古者詩三千餘篇，及至孔子，去其重，取(可施於禮義者)三百五篇。

〔五一〕〔馮注〕《史記·齊世家》：太公修政，便魚鹽之利。管仲設輕重魚鹽之利。

〔五二〕〔徐注〕《晉書·諸葛長民傳》：有文武幹用。《桓沖傳》：最淹識，有武幹。〔補注〕訓整，訓教整飭，指治軍。武幹，軍事才幹。

〔五三〕撫，《英華》、馮注本作「拊」，字通。〔馮注〕《史記・司馬穰苴傳》：身自拊循之。《淮南王傳》：拊循百姓。《後漢書・光武紀》：詔中都官三輔郡國，務進柔良，退貪酷。按：訓整謂觀察，拊循謂刺史。〔補注〕撫循，安撫。

〔五四〕〔馮注〕《後漢書・王常傳》：帝指常曰：「輔翼漢室，心如金石，真忠臣也。」〔徐注〕《韓詩外傳》：熊渠子見其誠心，金石爲之開，而況于人乎？

〔五五〕〔徐注〕《荀子》：驥一日而千里，駑馬十駕，則亦及之矣。〔補注〕《荀子・勸學》：「騏驥一躍，不能十步；駑馬十駕，功在不舍。」楊倞注：「言駑馬十度引車，則亦及騏驥之一躍。」王先謙集解：「劉台拱曰：十駕，十日之程也。旦而受駕，至暮脱之，故以一日所行爲一駕。」

〔五六〕〔徐注〕《韓詩外傳》：陳饒謂宋燕曰：「鉛刀畜之，而干將用之。」班固《答賓戲》：搦朽磨鈍，鉛刀皆能一斷。《後漢書・班超傳》：上疏請兵曰：「況臣奉大漢之威，而無鉛刀一割之用乎？」

〔五七〕〔徐曰〕時大和七年。〔按〕當爲八年。今月，指四月。詳注〔一〕。

〔五八〕〔馮注〕《吕氏春秋》：吴起雪泣而應之。〔徐注〕庾信詩：雪泣悲去魯。〔補注〕雪泣，拭淚。

〔五九〕〔徐注〕《晉書・陶侃傳》：二征奔走，一州星馳。〔馮注〕望西京拜辭，遂東赴兗。

〔六〇〕帝，《英華》作「京」。

〔六一〕〔徐注〕《漢書・陳咸傳》：起家復爲南陽太守。時王音輔政，信用陳湯，咸數予湯書曰：「即蒙子公力，得入帝城，死不恨。」

〔六二〕〔徐注〕《漢書》：元鼎三年，徙函谷關於新安。注：應劭曰：「時樓船將軍楊僕，數有大功，恥爲關外民，上書乞徙關，以家財給其用度。武帝意亦好廣闊，於是徙關於新安，去弘農三百里。」

# 爲安平公兗州奏杜勝等四人充判官狀〔一〕

杜勝〔二〕

右件官流慶相門〔三〕，策名詞苑〔四〕，當仁罕讓〔五〕，見義敢爲〔六〕。符彩極高〔七〕，涯涘難挹〔八〕。臣前任已奏爲判官〔九〕。臨事而每見公方〔一〇〕，與語而必相弘益〔一一〕。今臣寄分團結〔一二〕，任切訓齊〔一三〕，將奉廟謨，實在賓彦。伏請賜守本官充臣團練判官〔一四〕。

趙皙〔一五〕

右件官洛下名生〔一六〕，山東茂族〔一七〕。仁實堪富〔一八〕，天爵極高〔一九〕。妙選文場〔二〇〕，亟仕侯國〔二一〕。珪璋特達〔二二〕，蘭杜芬馨〔二三〕。今臣廉問大藩，澄清列部，藉其謨畫，共讚朝經〔二四〕。伏請賜守本官充臣觀察判官。

李潘〔二五〕

右件官文囿馳聲〔二六〕，賓階擅美〔二七〕。口含言瑞〔二八〕，身出禮門〔二九〕。前任已奏爲判官〔三〇〕。馭下而和易不流〔三一〕，臨事而貞方有執。今臣移參國用〔三二〕，務切軍需〔三三〕，實假平均〔三四〕，以同計畫。伏請賜守本官充臣觀察支使。

盧涇〔三五〕

右件官博涉典經〔三六〕，該核流略〔三七〕。自魯壁所壞〔三八〕，汲冢之藏〔三九〕，三篋能知〔四〇〕，五車盡究〔四一〕。加之文采，兼以器能。前者爲臣屬僚，常在州推獄〔四二〕，明斷而不容吏黠，哀矜而莫有人冤〔四三〕。今者團練之司，稽巡是切，直思獎效〔四四〕，非敢用情。伏請依資賜授法官，充臣都團練巡官〔四五〕。

以前件狀如前。伏以長人者必以吏分勞逸，開幕者亦用士爲重輕〔四六〕。若不樹人〔四七〕，何以報國？况臣素無勳效，謬竊寵榮。至於賢才，敢恡筐篚〔四八〕？前件官並推賓彦，堪贊藩條〔四九〕。伏希殊私〔五〇〕，盡允誠請。謹録奏聞，伏聽敕旨〔五一〕。

【校注】

〔一〕本篇原載《文苑英華》卷六三九第五頁、清編《全唐文》卷七七二第一二頁、《樊南文集詳注》卷二。〔馮箋〕凡節度、觀察等使，皆有判官、掌書記、支使、巡官，詳《舊》《新書·志》。〔按〕馮譜、張箋均繫大和八年，置《爲安平公兗州謝上表》之後，蓋以爲崔戎抵達兗州任後所上。然所奏辟四人，均爲崔戎任華州刺史時屬僚。辟杜勝狀云：「臣前任已奏爲判官。」辟盧涇狀云：「前者爲臣屬僚，常在州推獄。」杜勝、李潘，則正《安平公詩》所稱「府中從事杜與李」也。至於趙晳，《過故崔兗海宅與崔明秀才話舊因寄舊僚杜趙李三掾》稱三人爲「舊僚」，疑亦華州舊僚也。故此四人當爲崔戎自華攜至兗者。戎於接到兗海觀察使任命之同時，當即奏辟此四人爲兗幕僚屬，以聽候朝廷敕旨，而不待抵兗後方奏辟也。今編本篇於《爲安平公謝除兗海觀察使表》之後，時間約在大和八年四月二日前夕，即三月末。

〔二〕〔徐箋〕《舊書》：杜黄裳，字遵素，京兆杜陵人也。同平章事，封邠國公。卒，贈司徒。次子勝，登進士第。大中朝，位給事中。〔補箋〕《新唐書·杜黄裳傳》附《杜勝傳》：「（杜）載弟勝，字斌卿，寶曆初擢進士第。楊嗣復數薦材堪諫官，不爲鄭覃所佑。宣宗感章武（憲宗）舊事，元和時大臣子若孫在者，多振拔之。帝嘗問勝，勝具道黄裳首建憲宗監國議，帝嘉歎，拜給事中。遷户部侍郎判度支，欲倚爲宰相。及蕭鄴罷，爲中人沮毁，而更用蔣伸，以勝檢校禮部尚書，出爲天平節度使，不得意，卒。」按：杜勝開成元年至二年又曾爲山南西道節度使令狐楚之節度判官,見商隱《代彭陽公遺表》,與劉蕡、趙柷、商隱同幕。

〔三〕〔徐注〕班固《典引》:發祥流慶。《史記·孟嘗君傳》:將門有將,相門有相。〔馮注〕《舊書·傳》:黄裳同平章事,封邠國公。〔補注〕《新唐書·宰相表》:永貞元年七月乙未,太常卿杜黄裳爲門下侍郎、同中書門下平章事。元和二年正月乙巳罷爲檢校司空、同平章事、河中節度使。

〔四〕策,《英華》作「榮」。〔馮校〕形近而誤也。〔馮注〕《左傳》:策名委質。〔補注〕策名詞苑,謂科舉考試及第。

〔五〕〔補注〕《論語·衛靈公》:「當仁不讓於師。」

〔六〕〔補注〕《論語·爲政》:「見義不爲,無勇也。」

〔七〕〔馮注〕曹植《七啓》:符彩照爛。注曰:符彩,玉之横文也。〔補注〕符彩,喻指文藝才華。《文心雕龍·風骨》:「才鋒峻立,符彩克炳。」楊炯《送東海孫尉詩序》:「文章動俗,符彩射人。」

〔八〕〔徐注〕《莊子》:出於涯涘。〔補注〕謂其才如滄海,難以測其邊際。

〔九〕〔補注〕前任,指崔戎任兖海觀察使以前所任之官職,即華州刺史。商隱《安平公詩》云:「丈人博陵王名家,憐我總角稱才華。華州留語曉至暮,高聲喝吏放兩衙。明朝騎馬出城外,送我習業南山阿……府中從事杜與李,麟角虎翅相過摩……公時載酒領從事,踴躍鞍馬來相過。」可證杜勝、李潘在此前已爲崔戎華州從事。盧涇亦「前者爲臣屬僚,常在州推獄」,所指亦華州甚明。或有謂「前任」指兖海觀察使之前任,即大和六至八年在兖海任之李文悦,非。又,此句「判官」

泛指幕僚，州郡從事無判官之職。下李潘「前任已奏爲判官」同此。

〔一〇〕〔徐注〕《後漢書》：第五種天性疾惡，公方不曲。〔馮注〕《後漢書》：牟融忠正公方。字習見史書。

〔一一〕必，《全文》作「每」，涉上句「每」字而誤，兹據《英華》改。〔徐注〕任昉行狀：風體所以弘益。〔馮注〕宏益，大益也。語習見。〔按〕字本作「弘益」，《全文》因避清高宗諱改「宏益」。

〔一二〕結，《英華》注：集作「練」。〔補注〕團結，同「團練」，編組並加以教練。《舊唐書·李石傳》：「（李）福團練鄉兵，屯集要路，賊不敢犯。」《資治通鑑·大曆十二年》：「又定諸州兵，皆有常數。其召募給家糧春冬衣者，謂之『官健』；差點土人，春夏歸農，秋冬追集，給身糧醬菜者，謂之『團結』。」則「團結」爲地方州郡民兵丁壯。

〔一三〕〔補注〕訓齊，訓練整治。陸贄《論緣邊守備事宜狀》：「擇將吏以撫寧衆庶，修紀律以訓齊師徒。」

〔一四〕〔馮校〕《英華》脱「伏請」二字。〔按〕殘宋本《英華》不脱。

〔一五〕〔徐箋〕《舊書·王質傳》：質在宣城，辟崔珦、劉蕡、裴夷直、趙晳爲從事，皆一代名流。〔馮箋〕按：此在趙赴宣城辟之前也。崔戎卒，晳乃赴宣歙之幕，詳《詩集》。〔按〕據商隱詩《贈趙協律晳》「更共劉盧族望通」句自注：「愚與趙俱出今吏部相公門下，又同爲故尚書安平公所知，復皆是安平公表姪。」則商隱與趙晳均爲崔戎表姪，係表兄弟。晳之原即在華州幕殆無疑。又，據商隱自注，似趙晳曾與商隱同在令狐楚鄆州幕。

〔一六〕〔馮注〕「洛下」字習見，如「洛下書生」之類。〔補注〕《史記·屈原賈生列傳》：「賈生名誼，雒陽人也。年十八，以能誦詩屬書聞于郡中。吴廷尉爲河南守，聞其秀才，召置門下，甚幸愛。孝文皇帝初立……廷尉乃言賈生年少，頗通諸子百家之書。文帝召以爲博士。」洛下名生，疑用誼事。

〔一七〕〔馮注〕《漢書·賈捐之傳》：石顯本山東名族。按：趙爲清河大姓，清河當洛下，古稱山東地也。

〔一八〕〔補注〕《孟子·滕文公上》：「陽虎曰：『爲富不仁矣，爲仁不富矣。』」此反用之。

〔一九〕〔補注〕天爵，天然之爵位，指高尚之道德修養。語本《孟子·告子上》：「仁義忠信，樂善不倦，此天爵也。公卿大夫，此人爵也。」

〔二〇〕〔徐注〕《漢書·劉輔傳》：妙選有德之世。《晉書·羊祜杜預傳贊》曰：元凱文場，稱爲武庫。〔馮注〕《文心雕龍》：文場筆苑，有術有門。字習見。〔補注〕妙選文場，謂科舉考試登第。

〔二一〕〔補注〕謂屢爲方鎮幕僚。參注〔一五〕。

〔二二〕〔徐注〕《禮記》：珪璋特達，德也。〔補注〕喻資質優異。

〔二三〕〔補注〕《楚辭·離騷》：「余既滋蘭之九畹兮，又樹蕙之百畝。」又《九歌·湘君》：「采芳洲兮杜若。」

〔二四〕〔徐注〕任昉表：增一秩已黷朝經。〔補注〕朝經，朝廷之典章制度。

〔二五〕潘，《英華》《全文》均誤作「藩」，據徐、馮説改。〔徐箋〕「藩」當作「潘」，本集有《彭陽公薨後贈杜二十七勝李十七潘二君》詩。《宰相世系表》：李潘，山南東道節度使承之子也。〔馮箋〕《舊書·李漢傳》：弟潘，大中初爲禮部侍郎。潘字子及，見《宗室世系表》。餘詳《彭陽公薨後贈杜二十七勝李十七潘二君並與愚同出故尚書安平公門下》詩箋。（馮浩箋曰：按《舊書·紀》：「大中十一年，以中書舍人李藩權知禮部貢院；十二年，李藩爲尚書户部侍郎。」而《李漢傳》：「漢弟潘，大中初爲禮部侍郎。」即此人也。《御覽》引《唐書》：「大中十二年中書舍人李潘知舉，放博學宏詞科三人。」亦作「潘」。蓋漢、滻、洸、潘，皆於水取義，「藩」則非其義矣，故定作「潘」。）若徐氏引《宰相世系表》趙郡李氏有山南東道節度使承之子潘，此即元和中爲相之李藩而《表》中誤刊作「潘」者，則誤矣。〔按〕馮辨誠是，然徐氏引商隱《彭陽公薨後》詩題爲證，以爲當作「潘」，則是。

〔二六〕〔徐注〕蕭統《文選序》：歷觀文囿，泛覽辭林。

〔二七〕〔補注〕《書·顧命》：「大輅在賓階面，綴輅在阼階面。」古時賓主相見，賓自西階上，故稱「賓階」。此指幕賓。

〔二八〕〔徐注〕《後漢書·宦者傳論》曰：手握王爵，口含天憲。〔補注〕言瑞，守信之言。《左傳·襄公九年》：「信者，言之瑞也。」

〔二九〕〔補注〕《孟子·萬章下》:「夫義,路也;禮,門也。惟君子能由是路,出入是門也。」

〔三〇〕〔補注〕謂戎任華州刺史時已奏辟李潘爲幕僚。參注〔一〕、注〔九〕。

〔三一〕〔補注〕《禮記·學記》:「和易以思,可謂善喻矣。」和易,温和平易。流,放任自流。

〔三二〕〔徐注〕《禮記》:冢宰制國用。

〔三三〕需,《英華》作「須」。

〔三四〕〔徐注〕《後漢書·張奂傳》:拜武威太守,平均徭役。

〔三五〕〔補箋〕宋周淙《乾道臨安志》卷三、宋潛説友《咸淳臨安志》卷四五有盧涇。

〔三六〕〔徐注〕《後漢書·鄧后紀》:晝修婦業,暮誦典經。《晉書·儒林傳論》曰:擯闕里之典經。

〔三七〕〔徐注〕《後漢書·班固傳》:九流七略之言,靡不窮究。

〔三八〕〔徐注〕《漢書·藝文志》:《古文尚書》者,出孔子壁中。《景十三王傳》:魯恭王壞孔子舊宅,以廣其宫,於其壁中得古文經傳。孔安國《尚書序》:濟南伏生年過九十,失其本經,口以傳授,裁二十餘篇,以其上古之書,謂之《尚書》。

〔三九〕〔徐注〕《晉書·束晳傳》:太康二年,汲郡人不準盜發魏襄王冢,或言安釐王冢,得竹書數十車。

〔四〇〕〔馮注〕《漢書·張安世傳》:上行幸河東,嘗亡書三篋,詔問莫能知,惟安世識之,具作其事。後購求得書以相校,無所遺失。

〔四一〕〔徐注〕《莊子》:惠子多方,其書五車。

〔四二〕〔補注〕此謂盧涇在崔戎任華州刺史時爲戎之僚屬。《新唐書·百官志四下》：「上州，司法參軍事二人，從七品下。」狀云「常在州推獄」，涇或爲華州司法參軍。蓋杜、趙、李、盧四人均華州舊僚。

〔四三〕〔徐注〕《後漢書·明帝紀》：詔曰：「人寃不能理，吏黠不能禁。」

〔四四〕直，《英華》作「每」，注：集作「直」。效，《英華》作「勑」，注：集作「效」。〔馮注〕《漢書》注：直，猶「但」也。

〔四五〕都，《全文》作「部」，據《英華》改。

〔四六〕重輕，《全文》作「輕重」，據《英華》乙。

〔四七〕〔馮注〕《管子》：一年之計莫如樹穀，十年之計莫如樹木，終身之計莫如樹人。又：一樹一穫者，穀也；一樹十穫者，木也；一樹百穫者，人也。〔徐注〕《史記》：十年之計，樹之以木；百年之計，樹之以人。

〔四八〕〔馮注〕《詩》：承筐是將。《序》曰：《鹿鳴》，宴群臣嘉賓也。實幣帛筐篚，以將其厚意。〔補注〕筐篚，盛物竹器，方曰筐，圓曰篚。此指禮物。恡，同「吝」。

〔四九〕〔補注〕藩條，漢代州刺史以六條考察州郡官吏，後因以「藩條」指刺史之職。

〔五〇〕〔補注〕殊私，猶殊恩。

〔五一〕〔馮注〕《後漢書·光武帝紀》注：帝之下書有四，四曰「誡勑」。《玉篇》本作「勑」，今相承皆作「勅」，通作「敕」。

# 爲安平公赴兖海在道進賀端午馬狀〔一〕

右臣伏以浴蘭令節〔二〕，採艾嘉辰〔三〕，百辟合祝於堯年〔四〕，萬方宜修於禹貢〔五〕。臣方夙駕之部〔六〕，馳傳出關〔七〕，欲獻琛而未識土宜〔八〕，願祝壽而已悲日遠〔九〕。前件馬伏櫪斯久〔一〇〕，著鞭亦多〔一一〕，驫覺柔馴，未嘗奔逸。雖非龍孫驥子〔一二〕，邈一舉以絶塵〔一三〕；願陪月駟雲螭〔一四〕，慶千嘶於扈蹕〔一五〕。干冒宸扆〔一六〕，無任兢惕之至。

【校注】

〔一〕本篇原載《文苑英華》卷六四〇第四頁、清編《全唐文》卷七七二第一三頁、《樊南文集詳注》卷二。〔按〕馮譜、張箋均編大和八年。馮譜置《爲安平公兖州謝上表》之後，張箋置《爲安平公兖州謝上表》之前。張箋是。題云「赴兖海在道」，文云「馳傳出關」，當是赴兖途中已出關(當指函谷關)後所上。崔戎本定四月二日啓程赴兖(見《爲安平公謝除兖海觀察使表》)，後因「州人戀惜遮道，至有解韡斷鐙者」(《舊唐書·崔戎傳》)，其實際離華時間當已有所遲延。華州至兖州一千六百餘里，進賀端午馬須在端午前送達長安。計其程途，狀當上於大和八年四月中旬。

〔二〕〔馮注〕《大戴禮·夏小正》：五月煮梅蓄蘭。注曰：爲豆實也，爲沐浴也。〔補注〕《楚辭·九歌・雲中君》：「浴蘭湯兮沐芳，華采衣兮若英。」

〔三〕〔馮注〕《荆楚歲時記》：五月五日採艾爲人，懸門户上，以禳毒氣。

〔四〕〔徐注〕沈約《白紵春歌》：舜日堯年歡不極。〔補注〕《書・洛誥》：「汝其敬識百辟享，亦識其有不享。」《文選・張衡〈東京賦〉》：「然後百辟乃入，司儀辨等，尊卑以班。」薛綜注：「百辟，諸侯也。」

〔五〕〔補注〕《書・禹貢序》：「禹别九州，隨山濬川，任土作貢。」

〔六〕〔徐注〕《詩》：星言夙駕。

〔七〕〔馮注〕《史記・孟嘗君傳》：孟嘗君得出，即馳去，更封傳，變名姓以出關。又《司馬相如傳》：馳四乘之傳。〔補注〕傳，驛站之馬車。馳傳，乘驛車疾馳。

〔八〕宜，徐注本、馮注本作「儀」，非。〔馮注〕《詩》：憬彼淮夷，來獻其琛。〔補注〕土宜，本指各地不同之土壤，對不同生物各有所宜。此指土産。因尚未抵達兖州，故云「欲獻琛而未識土宜」。琛，珍寶，常作貢物。張衡《東京賦》：「藩國奉聘，要荒來質。具惟帝臣，獻琛執贄。」

〔九〕〔馮注〕《初學記》：劉劭《幼童傳》云：「晉明帝諱紹，元帝太子也。初，元帝爲江東都督鎮揚州時，問帝：『汝意謂長安何如日遠？』答曰：『不聞人從日邊來，只聞人從長安來，居然可知。』明日，集群臣宴會，設以此問，又以爲日近。元帝動容，問何故異昨日之言，答曰：『舉頭不見長安，只見日，以是知近。』帝大悦。」〔補注〕謂已悲離皇帝漸遠。日喻人君。

〔一〇〕〔徐注〕魏武帝樂府：老驥伏櫪，志在千里。烈士暮年，壯心不已。

〔一一〕〔馮注〕《晉書》：劉琨聞祖逖被用，曰：「枕戈待旦，常恐祖生先我著鞭。」

〔一二〕〔徐注〕《隋書》：吐谷渾青海中有小山，其俗至冬輒放牝馬於其上，言得龍種。本集詩（《過華清内廄門》）：至今青海有龍孫。桓譚《新論》：善相馬者曰薛公，得馬惡貌而善走，名驥子。〔馮注〕徐陵文：龍駒驥子，百千其群。

〔一三〕〔徐注〕《莊子》：顏淵曰：「夫子步亦步，趨亦趨。夫子奔逸絶塵，而回瞠若乎後矣。」又：天下馬有成材，若卹若失，若喪其一。若是，超軼絶塵，不知其所。

〔一四〕〔徐注〕顏延之《赭白馬賦》：稟靈月駟，祖雲螭兮。《春秋考異郵》：地生月精爲馬。《漢書》：漢中星爲天駟。郭璞《遊仙詩》：雲螭非我駕。

〔一五〕嘶，《英華》作「斯」，注：集作「嘶」。〔馮注〕崔豹《古今注》：警蹕，所以戒行徒也。秦制出警入蹕，謂出軍者皆警戒，入國者皆蹕止也。一曰蹕，路也，謂行者皆警於塗路也。

〔一六〕〔補注〕宸扆，指帝廷。扆，帝王座後之屏風。

## 爲安平公兗州謝上表〔一〕

臣某言：臣自承明詔，移鎮東藩〔二〕，望闕而雪涕以辭〔三〕，戒途而星奔不息〔四〕。即以今月五日到任上訖〔五〕。當時集軍州官吏等，宣布皇風〔六〕，闡揚玄造〔七〕，歡聲雷動，喜氣雲高〔八〕。臣某中謝。臣本由儒業〔九〕，獲厠朝榮〔一〇〕，粤自烏臺〔一一〕，至于青瑣〔一二〕。累更近地，皆奉休期〔一三〕。用盡心以書紳，長憂福過〔一四〕；取知足而銘座，敢傲時來〔一五〕。旋屬皇帝陛下，垂意闕城〔一六〕，推心甸服〔一七〕，俾之防遏，兼使緝綏〔一八〕。横被天波〔一九〕，未移星琯〔二〇〕，豈期非次，忽致殊遷。察俗雄藩〔二一〕，分榮大憲〔二二〕。地濱河、濟〔二三〕，山奄龜、蒙〔二四〕，本孔里周封〔二五〕，有堯祠舜澤〔二六〕。九州之名數甚古〔二七〕，三代之禮樂舊傳。退省何人，合安兹地。撫躬而浹背汗下〔二八〕，仰恩而溢眥淚流〔二九〕。況所部驍雄〔三〇〕，素兼節制〔三一〕，爲於當代，便屬文臣〔三二〕。晝武聚螢〔三三〕，昔惟久事筆硯〔三四〕；佩鞬戴鶡〔三五〕，今寧能執干戈〔三六〕？幸臣前在華州日，虔奉詔條〔三七〕，克宣戎律〔三八〕，檢下而羊無九牧〔三九〕，馭黠而犬用左牽〔四〇〕。用令去任之時，大有遮留之請〔四一〕。盡三屬縣〔四二〕，至萬餘人，不放即途，皆來卧轍〔四三〕。竟稽朝發，遂致宵奔〔四四〕。請于兹時，亦因前政。冀漸令蘇息〔四五〕，長使謐寧〔四六〕。然後遠訪云、亭〔四七〕，高尋日觀〔四八〕，備萬乘登封之所〔四九〕，設諸侯朝宿之儀〔五〇〕，盛禮獲窺，微願斯畢。過此以往，不知所圖。無任戴恩隕越之至〔五一〕。謹差某官某奉表陳謝以聞。

【校注】

〔一〕本篇原載《文苑英華》卷五八六第二頁、清編《全唐文》卷七七一第六頁、《樊南文集詳注》卷一。

〔二〕〔徐注〕凡除官到任謂之上，上日修表謝恩，謂之謝上。〔按〕《爲安平公謝除兖海觀察使表》云：「即以今月二日，雪泣西拜，星馳東下。」「今月」指大和八年四月；本篇云：「即以今月五日到任上訖。」「今月」指五月。《安平公詩》亦云「五月至止」。故表應上於大和八年五月五日。

〔三〕〔馮注〕《戰國策》：東藩之臣嬰齊。《漢書》：中山王對：「位雖卑也，得爲東藩。」〔補注〕兖海在東，故曰「東藩」。

〔四〕雪，《英華》作「血」。〔按〕《爲安平公謝除兖海觀察使表》亦作「雪泣西拜」，此亦當作「雪」。

〔五〕〔徐注〕劉琨詩：匍匐星奔。〔補注〕戒途，出發、上路。

〔六〕〔馮注〕據《詩集·安平公詩》，(今月)是爲五月。

〔七〕〔徐注〕《魏志》：高堂隆疏：「唐、虞、大禹之所以垂皇風。」〔補注〕皇風，皇帝之教化。班固《東都賦》：「覲明堂，臨辟雍；揚緝熙，宣皇風。」

〔八〕〔補注〕玄造，此指皇恩、天德。王僧孺《爲南平王妃拜改封表》：「不悟玄造曲被，徽渥愈臻。」《全文》作「元造」，係避清聖祖諱改。

〔九〕喜，《英華》作「嘉」，注：集作「喜」。

〔一〇〕〔徐注〕《南史·王承傳》：惟承獨好儒業。〔補注〕此指其由明經擢第。

〔一〇〕朝榮，《英華》作「榮朝」。〔徐注〕曹植表：使名挂史筆，事列朝榮。

〔一一〕粤，《英華》作「奥」，誤。〔徐注〕《漢書·朱博傳》：御史府中列柏樹，常有野烏數千棲宿其上，晨去暮來，號曰朝夕烏。《職官分紀》：漢成帝時御史臺有烏集，故謂之烏臺。〔馮注〕《白帖》：御史大夫，霜臺、柏臺、烏臺、烏府。〔補注〕此指其任殿中侍御史。

〔一二〕〔補注〕此指其任給事中。詳《爲安平公謝除兖海觀察使表》注〔二九〕。

〔一三〕〔徐注〕徐陵《陳公九錫詔》：昔在休期，早隆朝寄。

〔一四〕〔徐注〕庾亮表：小人禄薄，福過灾生。〔補注〕《論語·衛靈公》：「子張書諸紳。」邢昺疏：「紳，大帶也。子張以孔子之言書之紳帶，意其佩服無忽忘也。」

〔一五〕〔徐注〕《老子》：知足不辱，知止不殆。《漢書·蒯通傳》：時乎時乎不再來。〔馮注〕《後漢書》：崔瑗字子玉，善爲書記箴銘。按：瑗《座右銘》曰：「慎言節飲食，知足勝不祥。」

〔一六〕關，《英華》作「闕」，誤。〔按〕關城，指華州。

〔一七〕〔馮注〕《書》：五百里甸服。此謂華州。

〔一八〕〔馮注〕防遏，謂領防禦；緝綏，謂刺史。〔補注〕緝綏，整治綏靖。

〔一九〕〔馮注〕《詩》：維天有漢。陸機《謝平原内史表》：塵洗天波，謗絶衆口。〔補注〕天波，喻君主恩澤。

〔二〇〕〔徐注〕徐陵書：修好徵兵，彌留星琯。案：星，謂天星；琯，謂律琯。未移星琯，言時未一周

（年）也。崔戎以大和七年閏七月出守華州，八年三月即遷兖海，故云。〔馮注〕《月令》：季冬：是月也，星回于天。琯，玉琯，即玉律。《大戴禮》：舜以天德嗣堯，西王母來獻其白琯。《晉書·律曆志》：舜時，西王母獻昭華之琯，以玉爲之。及漢章帝時，零陵文學史奚景于泠道舜祠下得白玉琯，度以爲尺，相傳謂之漢官尺。〔補注〕星琯，古稱一周年。星，指二十八宿；琯，指十二律管，古代用以測候季節變化。

〔二一〕〔徐注〕《舊書·嚴綬傳》：前後統臨三鎮，皆號雄藩。

〔二二〕〔補注〕大憲，此當指崔戎帶御史大夫銜出鎮兖海。

〔二三〕〔徐注〕《周禮》：河東曰兖州，其川河、泲。泲與濟同。

〔二四〕〔徐注〕《詩》：奄有龜、蒙，遂荒大東。〔補注〕奄，覆蓋，盡。龜、蒙，二山名，均在今山東境内，二山連綿八十餘里。

〔二五〕〔徐注〕《史記·孔子世家》：弟子及魯人往從冢而家者，百有餘室，因命曰孔里。《水經注》：《從征記》曰：「洙、泗二水交於魯城東北十七里，闕里背洙（面）泗，墻南北一百二十步，東西六十步，四門各有石閫。」《史記》：封周公旦於少昊之墟曲阜。《正義》：《括地志》云：「兖州曲阜縣外城，即魯公伯禽所築也。」〔馮注〕《後漢書·明帝紀》注：孔子宅在曲阜縣故魯城中歸德門内闕里之中，背洙面泗。餘見《爲安平公謝除兖海觀察使表》注〔四六〕。

〔二六〕〔徐注〕《漢書·地理志》：濟陰郡成陽縣有堯冢靈臺。雷澤在西北（編著者按：《書·禹貢》有

「濟、河惟兖州，九河既道，雷夏既澤，灉、沮會同」之語）。《水經注》：雷澤，在大成陽縣故城西北十餘里，即舜所漁也。城西二里有堯陵，陵南一里有堯母慶都陵，皆立廟。四周列水，潭而不流，前並列數碑。案：雷澤，即《禹貢》之雷夏，在今山東兖州府曹州東北六十里，北接東昌府濮州界。《明一統志》：兖州府城東南七里有堯祠，李白詩云「角巾微服堯祠南」即此。《南史·羊侃傳》云：嘗於兖州堯廟蹋壁，直上至五尋，横行得七跡。

〔二七〕見《爲安平公謝除兖海觀察使表》注〔四八〕。

〔二八〕浹，《英華》注：集作「沾」。〔徐注〕《漢書·王陵傳》：勃汗出洽背，媿不能對。〔馮注〕《史記·陳丞相世家》：右丞相勃汗出沾背，愧不能對。

〔二九〕眥，《英華》作「面」。〔徐注〕《説文》：眥，目厓也。《列士傳》：朱亥眥裂血濺。

〔三〇〕〔徐注〕虞溥《江表傳》：許貢表曰：「孫策驍雄，與項籍相似。」

〔三一〕〔徐注〕《漢書·刑法志》：齊桓、晉文之兵，可謂入其域而有節制矣。〔補注〕節制，指節度使。《舊唐書·李德裕傳》：「（鄴郡道士）謂予曰：『公當爲西南節制，孟冬望舒前，符節至矣。』」義從指揮、統轄而來。

〔三二〕〔馮曰〕此謂乍改節度爲觀察。（參《爲安平公謝除兖海觀察使表》注〔一〕）

〔三三〕〔徐注〕「武」讀曰「虎」。《後漢書·馬援傳》：畫虎不成反類狗。《晉書·車胤傳》：胤家貧，不能得油，囊螢照書。〔馮注〕按《舊書·高祖紀》：皇祖諱「虎」，故諱「虎」爲「武」。

〔三四〕〔馮注〕《後漢書》：班超爲官傭書，久勞苦，投筆歎曰：「大丈夫當立功異域以取封侯，安能久事筆硯間乎？」左右皆笑之，超曰：「小子安知壯士志哉！」

〔三五〕戴，《英華》《全文》均作「帶」，誤，據徐校改。〔徐校〕帶，當作「戴」。〔徐注〕《左傳》：左執鞭弭，右屬櫜鞬。注：櫜，以受箭；鞬，以受弓。《漢官儀》：虎賁冠插鶡尾。〔馮注〕《後漢書·志》：武冠環纓無蕤，以青系爲緄，加雙鶡尾，豎左右，爲鶡冠云。五官、左右虎賁、羽林、將、監、武騎皆鶡冠。鶡者，勇雉也。其鬭對一死乃止。故趙武靈王以表武士，秦施之焉。張平子（衡）《東京賦》：虎夫戴鶡。

〔三六〕〔徐注〕《禮記》：魯人欲勿殤童汪踦，問於仲尼，仲尼曰：「能執干戈以衛社稷，欲勿殤也，不亦可乎？」

〔三七〕〔馮注〕《漢書·百官公卿表》：武帝元封五年初置部刺史，掌奉詔條察州。注曰：《漢官典職》云：「刺史班宣，周行郡國，省察治狀，黜陟能否，斷治冤獄，以六條問事，非條所問即不省。」

〔三八〕〔馮注〕《易》：師出以律。〔徐注〕《晉書·陸曄等傳論》曰：殷浩出總戎律。

〔三九〕〔馮注〕《列子》：楊朱見梁惠王曰：「君見夫牧羊者乎？百羊而群，使五尺童子荷箠而隨之，欲東而東，欲西而西。使堯牽一羊，舜荷箠而隨之，則不能前也。」劉向《新序》：淳于髡曰：「三人共牧一羊，羊不得食，人亦不得息。」鄒忌曰：「敬諾。減吏省員，使無擾民也。」按：取義本此。《隋書》：楊尚希上表，言當今郡縣倍多於古，所謂民少官多，十羊九牧。宋王應麟《玉海》

引古人有言曰：「十羊九牧，羊既不得食，人亦不得息。」亦不標明始何人也。《新唐書・魏元忠傳》：古語有之：「十羊九牧，羊既不得食，人亦不得息。」《玉海》似引此。〔徐注〕《魏志》：州牧縣宰，割剥自私，人不聊生。而更員外置官，古謂十羊九牧。

〔四〇〕〔徐注〕《禮記》：效犬者左牽之。〔補注〕《禮記・曲禮》鄭玄注：「犬齕齧人，右手當禁備之。」

〔四一〕〔徐注〕《魏略》：顔斐遷平原太守，吏民庶道，車不得行，稽十日方得出。《北史・唐永傳》：永爲南豳（原作「幽」，據中華書局點校本《北史》改）州刺史，夷人送故者，莫不垂淚當路遮留，隨數日始得出境。〔馮曰〕此類史書頗多，今以「遮留」字引此。

〔四二〕〔補注〕《舊唐書・地理志》：華州，天寶領縣三。鄭、華陰、下邽。

〔四三〕〔馮注〕《後漢書・侯霸傳》：爲淮平大尹。及王莽之敗，霸保固自守，卒全一郡。更始元年，遣使徵霸，百姓相攜號哭，遮使者車，或當道而卧。〔補箋〕《舊唐書・崔戎傳》：「改華州刺史。遷兗海沂密都團練觀察等使。將行，州人戀惜遮道，至有解韡斷鐙者。」《新唐書・崔戎傳》：「徙兗海沂密觀察使，民擁留于道，不得行，乃休傳舍。民至抱持取其韡。時詔使尚在，民泣詣使請白天子匄戎還，使許諾。戎恚，責其下，衆曰：『留公而天子怒，不過斬吾二三老人，則公不去矣。』戎夜單騎亡去，民追不及，乃止。」商隱《安平公詩》亦云：「長者子來輒獻蓋，辟支佛去空留韡。公時受詔鎮東魯，遣我草奏隨車牙。」

〔四四〕〔馮注〕《戰國策》：鯨魚朝發崑崙之墟。陶潛文：外姻晨來，良友宵奔。〔徐注〕《江表傳》：汎舟舉帆,朝發夕至。《後漢書·孟嘗傳》:嘗爲合浦太守,被徵當還,吏民攀車請之。嘗既不得進,乃載鄉民船夜遁去。《晉書》:鄧攸爲吴郡太守,稱疾去職。百姓數千人牽留攸船不得進,攸乃小停,中夜發去。〔按〕「朝發」「宵奔」事具見注〔四三〕。

〔四五〕〔徐注〕《後漢書·朱浮傳》:疏曰:「保有生人,使得蘇息。」

〔四六〕〔徐注〕《晉書·周玘傳》:期年之間,境内寧謐。〔補箋〕《新唐書·崔戎傳》:「至兖州,鉏滅姦吏十餘輩,民大喜。」

〔四七〕〔徐注〕《漢書·郊祀志》:無懷氏封泰山,禪云云;黄帝封泰山,禪亭亭。注:服虔曰:「云云在梁父東,山名也。」晉灼曰:「云云山在蒙陰縣故城東北。」《地理志》:鉅平有亭亭山。案:云云在今山東濟南府泰安州東南一百二十里,亭亭在州南五十里,皆泰山之支峰也。〔馮注〕此對「日觀」,蓋用云云亭也。(按:云云山下有云云亭。)

〔四八〕〔馮注〕應劭《漢官》:馬第伯《封禪儀記》:「泰山東山名日觀。日觀者,雞一鳴時,見日始欲出,長三丈所。」

〔四九〕〔徐注〕《漢書·武帝紀》:上登封泰山,降坐明堂。

〔五〇〕〔馮注〕《春秋公羊傳》:鄭伯使宛來歸邴。邴者何?鄭湯沐之邑也。天子有事于泰山,諸侯皆從泰山之下,皆有湯沐之邑焉。又:鄭伯以璧假許田。許田者何?魯朝宿之邑也。諸侯時朝乎天子,天子之郊,諸侯皆有朝宿之邑焉。《史記·封禪書》:詔曰:「古者天子巡狩,用事泰山，諸侯有朝宿邑。其令諸侯各治邸泰山下。」

〔五二〕〔馮注〕《左傳》：齊桓公曰：「恐隕越于下，以遺天子羞。」

## 爲安平公兗州祭城隍神文〔一〕

年月日，致祭於城隍之神。四民攸居〔二〕，是分都邑；五兵未息〔三〕，爰假金湯〔四〕。惟神受命上玄，守職斯土。擁長雲之壘〔五〕，提却月之營〔六〕。主張威靈〔七〕，彈壓氛祲〔八〕。某方宣朝旨，來總藩條〔九〕，帳中之列既安〔一〇〕，幕下之籌敢失〔一一〕？神其守同石堡〔一二〕，護等玉關〔一三〕。長令崒若岸焉，無使復於隍也〔一四〕。

**【校注】**

〔一〕本篇原載《文苑英華》卷九九五第五頁、清編《全唐文》卷七八一第二頁、《樊南文集詳注》卷五。徐注本題内無「神」字。〔馮注〕李陽冰《縉雲縣城隍神記》：城隍神，祀典無之，吴越有之，風俗水旱疾疫必禱焉。《困學紀聞》：考北齊慕容儼鎮郢城，城中先有神祠，俗號城隍神。則唐前已有之。《餘冬序録》：張説有《祭荆州城隍文》。而大和中，李德裕建成都城隍祠。則不獨吴越矣。又蕪湖城隍，建於吴赤烏二年。高齊慕容儼、梁武陵王祀城隍神，皆書於史。又不獨唐而已。陸游云：「唐以來，郡縣皆祭城隍，今世尤謹。守令謁見，儀在他神祠上。社稷雖尊，特以令式從事。至祈禳報賽，獨城隍而已。」〔按〕馮譜、張箋均編大和八年。考崔戎於大和八年五月五日到兖海觀察使任。祭城隍，例於地方官新到任時舉行。故文當作於大和八年五月，約上旬末。

〔二〕〔補注〕《書·周官》：「司空掌邦土，居四民，時地利。」蔡沈集傳：「冬官，卿，主國空土，以居士農工商四民。」

〔三〕〔徐注〕《周禮》：司兵掌五兵、五盾。《漢書·吾丘壽王傳》：古者作五兵。注：謂矛、戟、弓、箭、戈。〔馮注〕《周禮》注曰：五盾，干櫓之屬，其名未盡聞也。五兵，戈、殳、戟、酋矛、夷矛，車之五兵也。步卒之五兵，則無夷矛而有弓矢。《月令》：季秋習五戎。注曰：五戎謂五兵，弓矢、殳、矛、戈、戟也。《國語》：偃五刃。韋昭注曰：五刃，刀、劍、矛、戟、矢。

〔四〕〔馮注〕《墨子》：金城湯池。《漢書·蒯通傳》：皆爲金城湯池，不可攻也。

〔五〕〔馮注〕鮑照《蕪城賦》：板築雉堞之殷，井幹烽櫓之勤。崪若斷岸，矗似長雲。按：《漢書·表》：左馮翊屬官有雲壘長、丞。「雲壘」字似始此。

〔六〕〔馮注〕《太白陰經》：偃月營，形象偃月，背山岡，面陂澤，輪逐山勢，弦隨面直，地窄山狹之所營。按：「偃月」亦作「却月」。《水經注》：魯山左即沔水口，沔左有却月城，然亦曰偃月壘。〔徐注〕《魏志》：馬超攻冀城，楊阜使弟岳於城上作偃月營。《南史》：帝遣白直隊主丁旿於河岸爲却月陣。

〔七〕〔徐注〕《莊子》：孰主張是。〔補注〕主張，主宰。

〔八〕〔馮注〕《淮南子》：體太乙者，牢籠天地，彈壓山川。《楚語》：伍舉曰：「榭不過講軍實，臺不過望氛祥。」《周禮・春官》：眡祲掌十煇之法，以觀妖祥，辨吉凶：一曰祲，二曰象，三曰鑴，四曰監，五曰闇，六曰瞢，七曰彌，八曰叙，九曰隮，十曰想。注曰：祲，陰陽氣相侵也。

〔九〕見《爲安平公兗州奏杜勝等四人充判官狀》注〔四九〕。

〔一〇〕列，《英華》作「位」。

〔一一〕下，《英華》作「内」。〔補注〕《史記・留侯世家》：酈食其謀橈楚權，復立六國後，漢王曰：「善。」以酈生語告於子房。子房曰：「陛下事去矣，臣請藉前箸爲大王籌之。」

〔一二〕〔徐注〕《新書・地理志》：鄯州鄯城縣南隔澗七里有天威軍，軍故石堡城。

〔一三〕見《代安平公遺表》「生入舊關」注。〔補注〕玉關，即玉門關，漢武帝置。漢時爲通往西域之門户，唐時爲通往天山北路諸地之門户。故址在今甘肅敦煌西北小方盤城。

〔一四〕〔徐注〕《易》：城復于隍。〔馮注〕《易》疏曰：《子夏傳》曰：「隍是城下池也。」城損壞崩倒，反復於隍。〔按〕崒若岸焉，見注〔五〕引鮑照《蕪城賦》。崒，高險。

# 爲大夫博陵公兗海署盧鄯巡官牒〔一〕

判官地實清門〔二〕，人稱端士〔三〕。和以接物〔四〕，謙而飾躬〔五〕。自贊藩條〔六〕，蓋推賓彦〔七〕。幸今休邏〔八〕，無惜辱臨〔九〕。事須請攝觀察巡官〔一〇〕。

**【校注】**

〔一〕本篇原載清編《全唐文》卷七七九第三頁、《樊南文集補編》卷九。〔錢箋〕博陵公，崔戎也，見《爲安平公賀皇躬痊復上門下狀》注〔一〕及《上鄭州蕭給事狀》注〔七〕。《新唐書·百官志》：觀察使，巡官一人。〔按〕商隱《安平公詩》：「五月至止六月病，遽頽泰山驚逝波。」《爲安平公兗州謝上表》：「即以今月五日到任上訖。」知戎於大和八年五月五日到兗海觀察使任。此牒應作於稍後。盧鄯大中年間曾歷山南東道節度使幕，然是否與此盧鄯同爲一人，尚待考。

〔二〕〔錢注〕《新唐書·百官志》：節度使兼觀察使，又有判官、支使、推官、巡官、衙推各一人。〔補注〕地，門第。清門，清貴之門第。范陽盧氏素稱高門。

〔三〕〔錢注〕《漢書·賈誼傳》：於是皆選天下之端士。

〔四〕〔錢注〕司馬遷《報任少卿書》：教以順於接物。

〔五〕〔錢注〕班固《遊居賦》：親飾躬於伯姬。〔補注〕飾躬，修飾自身。

〔六〕〔補注〕贊藩條，謂輔佐州郡長官處理軍政事務。藩條，見《爲安平公兗州奏杜勝等四人充判官狀》注〔四九〕。

〔七〕〔補注〕賓彦，幕僚中之佼佼者。彦，賢士、俊才。《詩·鄭風·羔裘》：「彼其之子，邦之彦兮。」毛傳：「彦，士之美稱。」

〔八〕〔錢注〕《玉篇》：邏，游兵也。

〔九〕〔補注〕《左傳·昭公七年》：「嘉惠未至，唯襄公之辱臨我喪。」

〔一〇〕〔補注〕攝，代理或兼職（以高職兼低職）。此牒首稱「判官」，又謂「自贊藩條，蓋推賓彦」，當是已任判官，因事須以高職兼低職署爲巡官者。

# 爲安平公謝端午賜物狀〔一〕

右，今月某日，中使某至，奉宣恩旨，賜臣手詔一通，兼前件端午紫衣、銀器、百索并大將衣者〔二〕。乾文昭融〔三〕，睿賜稠疊，恩生望外，榮積懼中。臣已當時宣布給散訖。伏以正陽令月〔四〕，端午佳辰〔五〕，渥澤合止於勳賢〔六〕，錫賚宜先於戚屬〔七〕。臣遠臨東魯，久去上京〔八〕，豈望仁時，同躋壽域〔九〕。八行明詔〔一〇〕，伏讀而不啻千鈞；一襲輕衣〔一一〕，跪捧而若無三伏〔一二〕。況又綵縷出仙蠶之璽〔一三〕，貞金凝姹女之魂〔一四〕。持可戒盈〔一五〕，帶堪延算〔一六〕。豈微臣獨忝〔一七〕，在列校不遺〔一八〕。華楚成行，永願千春而奉聖〔一九〕；綿長共保，常期五日以霑恩〔二〇〕。臣與大將等無任感激懇悃之至。

【校注】

〔一〕本篇原載《文苑英華》卷六三一第二頁、清編《全唐文》卷七七二第一一頁、《樊南文集詳注》卷二。〔按〕崔戎大和八年五月五日抵兗州，六月病卒（參《爲安平公兗州謝上表》《代安平公遺表》注〔一〕）。本文云：「臣遠臨東魯，久去上京。」其時戎到任當已有一段時日。兗州距長安一千八百四十三里，所賜禮物端午前發出，抵兗須半月左右。故此狀當上於大和八年五月中下旬。

〔二〕〔馮注〕周處《風土記》：以五綵絲繫臂者，辟兵及鬼，令人不病瘟，一名長命縷，一名續命絕，一名辟兵繒，一名五色絲，一名朱索。〔補注〕韓鄂《歲華紀麗·端午》：「百索繞臂，五彩纏筒。」原注：「以五綵縷造百索繫臂，一名長命縷。」高承《事物紀原·歲時風俗·百索》：「今有百索，即朱索之遺事也，蓋始於漢。本以飾門户，而今人以約臂，相承之誤也。」按《後漢書·禮儀志中》：「五月五日，朱索五色印爲門户飾，以難止惡氣。」此即《事物紀原》謂朱索本爲門户飾所本。據《新唐書·車服志》，唐「以紫爲三品之服」，崔戎之憲銜爲御史大夫，正三品，故賜紫衣。

〔三〕〔徐注〕《詩》：昭明有融。〔補注〕乾文，帝王之文。昭融，光明貌。

〔四〕〔徐注〕《左傳》：惟正陽之月則然，餘則否。〔補注〕董仲舒《雨雹對》：「陽德用事，則和氣皆陽，建巳之月是也，故謂之正陽之月。」《左傳·莊公二十五年》「唯正月之朔，慝未作」杜預注：「正月，夏之四月，周之六月，謂正陽之月。」此「正陽」似指「端陽」。

〔五〕〔徐注〕《風土記》：仲夏五日曰端午。端，初也。俗重之與夏至同。

〔六〕〔徐注〕《後漢書·朱祐等傳論》曰：猶能授受惟庸，勳賢皆序。

〔七〕〔徐注〕《後漢書·鄧禹傳》：時諸紹封者皆食故國半租，康以皇太后戚屬，獨三分食二。

〔八〕〔馮注〕班孟堅（固）《幽通賦》：有羽儀於上京。〔徐注〕曹植《與楊修書》：足下高視於上京。

〔九〕〔徐注〕《漢書·王吉傳》：歐一世之民，躋之仁壽之域。

〔一〇〕〔徐注〕《後漢書·循吏傳》：其以手書賜方國者，皆一札十行，細書成文。〔馮注〕馬融《與竇伯向書》：賜書，見手跡，歡喜何量？書雖兩紙，紙八行，行七字。陸倕《以詩代書》：八行思自勉，一札望來儀。按：詔書八行，究未知所始。

〔一一〕〔徐注〕《漢書·叔孫通傳》：賜通帛二十疋，衣一襲。師古曰：一襲，上下皆具也。今人呼爲一副。

〔一二〕〔徐注〕《初學記》：按《陰陽書》曰：「從夏至後第三庚爲初伏，第四庚爲中伏，立秋後初庚爲後伏,謂之三伏。曹植謂之三旬。」〔馮注〕《曆忌釋》曰:立秋以金代火,金畏火,故至庚日必伏。

〔一三〕〔徐注〕《列仙傳》:園客種五色香草,有五色蛾上香草末,生桑蠶,有女與客俱,蠶蠒大如盆,繰訖,莫知所之。〔馮注〕《女仙傳》:園客常種五色香草,服食其實,忽有五色蛾集香草上,生華蠶焉。至蠶出時,有一女自來助客養蠶,得繭百三十枚。繭大如甕,一繭繰六七日乃盡。繰訖,與園客俱去。

〔一四〕〔徐注〕謂銀器。〔馮注〕《後漢書·五行志》:桓帝初,京師童謡曰:「河間姹女工數錢,以錢爲室金爲堂。」〔補注〕貞金,貴重金屬,多指金銀。姹女,少女、美女。又,道家煉丹,稱水銀爲姹女。

〔一五〕〔徐注〕《魏志·曹真傳》:詔曰:「可謂能持盈守位。」〔補注〕《老子》:「持而盈之,不如其已。」持盈,保守成業。持,守;盈,滿。

〔一六〕〔徐注〕《風俗通》:五月五日續命縷,俗説以益人命。〔補注〕帶,指百索;延算,延長壽命。

〔一七〕〔徐校〕微,疑作「惟」。〔按〕此「微臣」與下句「列校」對文,「微」字不誤。《英華》《全文》並作「微」。

〔一八〕〔補注〕《後漢書·皇后紀下·桓帝鄧皇后》:「又封統弟秉爲淯陽侯,宗族皆列校、郎將。」東漢時守衛京師之屯衛兵分作五營,稱北軍五校,每校首領稱校尉,統稱列校。唐、五代時地方軍隊亦設列校。《新唐書·廖承訓傳》:「武寧兵七百戍桂州,六歲不得代,列校許佶、趙可立因衆怒殺都將。」宋秦觀《進策・盜賊下》：「唐自中葉以後，方鎮皆選列校，以掌牙兵。」

〔一九〕〔徐注〕梁簡文帝詩：千春誰與樂？惟有妾隨君。〔補注〕華楚，華美鮮麗。

〔二〇〕〔補注〕五日，指端午。馮贄《雲仙雜記・靈運鬚》：「中宗時，安樂公主五日鬭百草。」

## 代安平公遺表〔一〕

臣某言：臣聞風葉露華，榮落之姿何定〔二〕；夏朝冬日，短長之數難移。臣幸屬昌期，謬登貴仕〔三〕，行年五十五，歷官二十三。念犬馬之常期，死亦非夭；奈君親之厚施，生以無酬。是以時及含珠〔四〕，命餘屬纊〔五〕，心猶向闕，手尚封章。撫躬而氣息奄然〔六〕，戀主而方寸亂矣〔七〕。臣某中謝。

臣少而羈屑〔八〕，長乃遭逢。常將直道而行〔九〕，實以明經入仕〔一〇〕。王畿作吏，非州府之職徒勞〔一一〕；侯國從知，媿軍旅之事未學〔一二〕。憲宗皇帝謂臣剛決〔一三〕，擢以憲司〔一四〕；穆宗皇帝謂臣材能〔一五〕，登之郎選〔一六〕。忝霜威而無所摧拉〔一七〕，歷星紀而有紊次躔〔一八〕。旋屬皇帝陛下，大明御宇〔一九〕，至道承乾〔二〇〕。澄汰之初，臣不居有過〔二一〕；超擢之際〔二二〕，臣獨出常倫。高選掖垣，箴規未效；入居瑣闥，論駁無聞〔二三〕。自去年秋，來典河關，兼臨甸服〔二四〕，惟當静而阜俗，清以繩姦〔二五〕，矗致豐穰〔二六〕，幸逃譴責〔二七〕。豈意陛下謂臣奄有三縣〔二八〕，未稱其能；謂臣出以一麾〔二九〕，未足爲貴。爰降綸綍〔三〇〕，移之藩方，錫以海隅，與之岳鎮〔三一〕。將吾君之驍果萬計〔三二〕，使得總齊〔三三〕；聯吾君之牧伯三人〔三四〕，以居巡屬〔三五〕。時雖相羨，臣實深憂。既辱聖恩〔三六〕，果遭鬼瞰〔三七〕。況臣素無微恙，未及大年〔三八〕。方思高掛饋魚〔三九〕，不然官燭〔四〇〕，成陛下比屋可封之化〔四一〕，分陛下一夫不獲之憂〔四二〕。志願未伸，大期俄迫〔四三〕。忽自今月十日夜〔四四〕，暴染霍亂〔四五〕，并兩脅氣注〔四六〕。當時檢驗方書，煎和藥物〔四七〕，百計療理〔四八〕，一無痊除。至十一日辰時〔四九〕，轉加困劇，漸不支持。想彼孤魂〔五〇〕，已游岱岳〔五一〕；念兹二豎，徒訪秦醫〔五二〕。對印執符〔五三〕，碎心殞首〔五四〕。人之到此，命也如何！戀深而乏力以言，泣盡而無血可繼〔五五〕。臣某誠哀誠戀，頓首頓首。

臣當道三軍將士，準前使李文悦例〔五六〕，差監軍使元順通勾當訖〔五七〕。臣與順通雖近同王事〔五八〕，已備見公才〔五九〕。假之統臨，必能和協〔六〇〕。其團練、觀察兩使事，差都團練巡官盧涇勾當訖。臣亦授之方略，示以規模〔六一〕。伏惟聖明，不致憂軫〔六二〕。臣精神危促，言詞爽錯〔六三〕，行當窮塵埋骨〔六四〕，枯木容身〔六五〕，螻蟻卜鄰〔六六〕，烏鳶食祭〔六七〕。黄河兩曲〔六八〕，長安幾千〔六九〕。生入舊關，望絶班超之請〔七〇〕；力封遺奏，痛深來歙之辭〔七一〕。迴望昭代，不勝荒惙眷戀之至〔七二〕。謹差某奉表代辭以聞。

## 【校注】

〔一〕本篇原載《文苑英華》卷六二六第七頁、清編《全唐文》卷七七一第八頁、《樊南文集詳注》卷一。〔馮箋〕《舊書・紀》：大和八年六月庚子，兖海觀察使崔戎卒。〔按〕庚子爲是月二十一日，當爲兖海報表奏到之日。戎染霍亂暴卒，病程當不出數日。遺表云：「至十一日辰時，轉加困劇，漸不支持。」又云：「力封遺奏。」是作表時病已危殆，但尚能親手封緘。作成必距十一日辰時不久。

〔二〕〔補注〕榮落，榮盛衰落。

〔三〕仕，《英華》作「位」，注：集作「仕」。〔徐注〕《左傳》：有大功而無貴仕，其人能靖者與有幾？〔馮注〕《左傳》杜注：貴仕，貴位。按：集中每用「貴仕」。

〔四〕〔徐注〕《莊子》：儒以詩禮發冢，小儒曰：「《詩》固有之：生不布施，死何含珠爲？」〔馮注〕《周禮・春官・典瑞》：大喪共飯玉含玉。《左傳》：王使榮叔歸含。注曰：珠玉曰含。〔補注〕含珠，死者口中所含之珠。《吕氏春秋・節喪》：「國彌大，家彌富，葬彌厚。含珠鱗施。」高誘注：「含珠，口實也。」

〔五〕〔馮注〕《禮記・喪大記》：屬纊以俟絶氣。注曰：纊，新綿，易動摇，置口鼻之上以爲候。

〔六〕〔馮注〕李密《陳情表》：氣息奄奄，人命危淺。〔徐注〕《後漢書・梁節王暢傳》：誠無氣以息。

〔七〕〔徐注〕《蜀志》：徐庶母爲操所獲，庶辭備，指其心曰：「方寸亂矣！」

〔八〕屑，《全文》作「紲」，據《英華》改。〔徐注〕《魏志》：孫盛曰：「豈名器之所羈紲？」〔馮注〕按《北史》：裴安祖曰：「京師遼遠，憚於棲屑。」權德輿序《李栖筠集》曰：「伏思羈屑，展敬無容。」「棲屑」「羈屑」，皆言旅況。徐刊本作「羈紲」，用《左傳》「臣負羈紲從君巡於天下」，又「行者爲羈紲之僕」，以言少年行役，意亦同也。〔按〕羈紲，馬絡頭與馬繮繩，引申爲受束縛。羈屑，漂泊寒賤。義不同。此當作「羈屑」。

〔九〕〔補注〕《論語·衛靈公》：「斯民也，三代之所以直道而行也。」

〔一〇〕〔馮注〕《漢書》：夏侯勝曰：「士病不明經術。經術苟明，其取青紫如俛拾地芥耳。」《南史》：賀琛字國寶，伯父瑒授其經業，一聞便通義理。瑒異之，常曰：「此兒當以明經致貴。」〔補箋〕《舊唐書·崔戎傳》：「戎舉兩經登科。」《新唐書·崔戎傳》：「舉明經，補太子校書郎。」

〔一一〕府，《英華》作「縣」。〔徐注〕《後漢書·梁竦傳》：嘗太息曰：「閒居可以養志，詩書足以自娱，州郡之職，徒勞人耳。」〔馮曰〕「徒勞」竟成名目，如《隋書·劉炫傳》曰「數忝徒勞之職」，謂爲州户曹、禮曹從事也；《北史·序傳》「何爲徒勞之任」，謂仲舉爲洛州主簿也。〔補箋〕《新唐書·崔戎傳》：「判入等，調藍田主簿。」王畿作吏，指爲藍田主簿。

〔一二〕〔補注〕《論語·衛靈公》：「衛靈公問陳於孔子。孔子對曰：『俎豆之事，則嘗聞之矣；軍旅之事，未之學也。』」侯國從知，指跟隨所知幕主入節度使幕。《新唐書·崔戎傳》：「辟淮南李鄘府。衛次公代鄘，憲宗稱戎才，故次公倚成于職。裴度節度太原，署參謀。」太原幕罷，戎又任西川節度使段文昌之判官。參《爲安平公謝除兖海觀察使表》注〔一七〕。

〔一三〕〔徐注〕《隋書·劉方傳》：性剛決有膽氣。〔馮注〕《易》：夬，決也，剛決柔也。

〔一四〕〔馮注〕戎爲藩鎮名公交辟，已見《爲安平公謝除兖海觀察使表》。此云「剛決」「憲司」者，指諭王承宗，入爲侍御史也。〔補箋〕《新唐書·崔戎傳》：「時王承宗以鎮叛，度請戎往諭，承宗至泣下，乃聽命。入爲殿中侍御史。」

〔一五〕材，《全文》作「才」，據《英華》改。〔徐注〕《漢書》：淳于長以材能爲九卿。

〔一六〕〔馮注〕《史記·平準書》：入財者得補郎，郎選衰矣。《漢書·董仲舒傳》：夫長吏多出於郎中、中郎，吏二千石子弟選郎吏，又以富訾，未必賢也。「訾」與「資」同。《通典》：魏時尚書郎有二十三人，非復漢時職任。晉尚書郎選極清美，號爲大臣之副。按：漢時之郎猶輕，其後則謂尚書諸司郎也。〔補箋〕《舊唐書·崔戎傳》：「累拜吏部郎中。」

〔一七〕〔馮注〕《玉篇》：摧，拉，皆注曰：「折也。」《西京賦》：梗林爲之靡拉，樸叢爲之摧殘。

〔一八〕歷星紀，《英華》注：集作「叨星經」。〔馮注〕《後漢書·明帝紀》：館陶公主爲子求郎，不許，謂群臣曰：「郎官上應列宿，出宰百里，苟非其人，則民受其殃，是以難之。」以上歷官，並詳《爲安平公謝除兖海觀察使表》。〔補注〕「忝霜威」，應上「憲司」；「歷星紀」，應上「郎選」。次躔，猶躔次，日月星辰運行之度次。

〔一九〕〔補注〕《易·乾》：「雲行雨施，品物流行，大明終始，六位時成。」大明，日也。

〔二〇〕〔補注〕承乾，承受天命。

〔二一〕〔補注〕澄汰，甄别、揀選。

〔二二〕超，馮注本改「遷」。〔徐注〕《漢書·金日磾傳》：鄄邯劾奏欽曰：「欽幸得以通經術超擢。」〔馮校〕以形近，訛「遷」爲「超」也。下句乃是「超」字意。〔按〕作「超擢」正與下「獨出常倫」相應，馮改無據。

〔二三〕〔補箋〕二句謂其任諫議大夫、給事中。《新唐書·崔戎傳》：「擢累諫議大夫。雲南蠻亂成都，詔戎持節劍南爲宣撫使……還拜給事中。」又《百官志》：「左諫議大夫四人，正四品下。掌諫諭得失，侍從贊相。」「給事中四人……凡百司奏抄，侍中既審，則駁正違失。詔敕不便者，塗竄而奏還，謂之『塗歸』。」

〔二四〕〔補箋〕指任華州刺史。河關，指潼關；甸服，指華州，爲近甸。華州刺史例兼潼關防禦、鎮國軍等使。《舊唐書·文宗紀》：大和七年閏七月「戊戌，以給事中崔戎爲華州刺史」。

〔二五〕〔徐注〕《晉書·劉毅傳》：疏曰：「官政無繩姦之防。」

〔二六〕〔馮注〕《詩》：豐年穰穰。《漢書》：宣帝即位，用吏多選。百姓安土，歲數豐穰。〔徐注〕《後漢書·鮑昱傳》：唯南陽豐穰。

〔二七〕譴，《英華》《全文》均作「逋」，據馮校改。〔馮校〕謂幸逃譴責也。字以形似而訛。或謂無以稱職，猶如負責無歸，非也。〔徐注〕任昉表：四海之議，于何逃責。

〔二八〕〔馮注〕《舊書·志》：華州屬縣三：鄭、華陰、下邽。〔補注〕《詩·商頌·玄鳥》：「方命厥后，奄有九有。」奄有，佔有。

〔二九〕見《爲安平公華州賀聖躬痊復表》注〔二四〕。

〔三〇〕〔徐注〕《禮記》：王言如絲，其出如綸；王言如綸，其出如綍。〔補注〕綸綍，謂帝王詔旨。

〔三一〕〔補注〕海隅，指兖海觀察使轄區。岳鎮，兖海轄區内有泰山，故稱「岳鎮」。

〔三二〕〔馮注〕《魏志·傳》：文欽驍果麤猛。字習見。《通鑑》：隋煬帝徵天下兵集涿郡，始募民爲驍果。〔補注〕驍果，勇猛剛毅之士。

〔三三〕〔徐注〕韋孟《諷諫詩》：總齊群邦，以翼大商。〔補注〕總齊，猶統領、統一。

〔三四〕〔徐注〕《書》：外有州牧侯伯。〔馮注〕兖州刺史，觀察所自領，餘三州各有刺史，故云。

〔三五〕〔補注〕巡屬，指巡察統屬之地。

〔三六〕辱，《全文》作「屬」，涉上文而訛，據《英華》改。

〔三七〕〔徐注〕揚雄《解嘲》：高明之家，鬼瞰其室。

〔三八〕〔徐注〕《莊子》：小年不及大年。〔補注〕大年，謂年壽長。

〔三九〕〔馮校〕掛，一作「卧」，誤。〔徐注〕（謝承）《後漢書》：羊續爲南陽太守，府丞侯儉貢鯉，續受而懸之一歲。儉復致一枚，續乃出所懸枯魚示之，以杜其意。

〔四〇〕〔馮注〕謝承《後漢書》：巴祗爲揚州刺史，在官不迎妻子，與客坐暗暝之中，不然官燭。

〔四一〕〔馮注〕《新語》：堯、舜之人，可比屋而封；桀、紂之人，可比屋而誅。《尚書大傳》逸句：周民可比屋而封。

〔四二〕〔徐注〕《書》：一夫不獲，則曰時予之辜。

〔四三〕〔馮注〕大期，生死大期也。《史記·呂不韋傳》：至大期時，生子政。《南史》：齊武帝詔：「始終大期，聖賢不免。」〔徐注〕《南史·王彧傳》：詔曰：「若乃吉凶大期，正應委之理運。」〔按〕《史記·呂不韋列傳》之「大期」乃指足月分娩之期，與指「死期」者義別。大期，猶大限。

〔四四〕自，《全文》作「至」，涉下文誤，據《英華》改。今月十日，徐注本作「某」。

〔四五〕〔馮注〕《春秋考異郵》：襄公朝于荆，士卒失時，泥雨暑濕，多霍亂之病。漢劉安《諫伐閩粵書》：夏月暑時，嘔泄霍亂之病相隨屬也。

〔四六〕脅，《全文》作「肋」，當是「脇」之訛，據《英華》改。注，《英華》作「疰」。〔馮校〕注，《英華》作「疰」。按：疰，《廣韻》：「古隘切，病也。」《玉篇》：「五圭切，癡皃。」皆非此義。徐刊本作「注」，亦非。竊疑爲「疾」字之訛。嗽，上氣疾，見《周禮》，注曰：「上氣，逆喘也。」與此頗相合。《太平御覽·醫針類》：王渾表曰：「臣有氣病，善夜發。」《梁書》：徐摛因感氣疾而卒。《周書》：蔡祐遂得氣疾。「氣疾」，固常語，且與霍亂相合。《南史·虞寄傳》：得感氣病，每氣奔劇，危殆者數矣。〔補注〕注，流注，與「疰」通。《廣雅·釋詁一》：「疰，病也。」王念孫疏證：「《釋名》：『注病，一人死，一人復得，氣相灌注也。』注，與『疰』通。」則所謂「氣注」或「氣疰」蓋指疫氣之流轉灌注，今之所謂傳染也。馮浩所據《英華》誤「疰」爲「痓」，又疑爲「疾」之訛，非。明配宋殘本《英華》正作「疰」。

〔四七〕〔馮注〕《史記·扁鵲傳》：長桑君乃悉取其禁方書，盡與扁鵲。《漢書·藝文志》：醫經七家，經方十一家。又：方技者皆生生之具，故論其書以序方技爲四種。〔徐注〕《漢書·張蒼傳》：主柱下方書。《左傳》：盡心力以事君，舍藥物可也。

〔四八〕理，《英華》作「治」，注：唐諱。

〔四九〕至十一日辰時，徐注本作「至於某日」。

〔五〇〕〔徐注〕《漢書·貢禹傳》：骸骨棄捐，孤魂不歸。

〔五一〕〔徐注〕劉楨詩：常恐游岱宗，不復見故人。〔馮注〕張華《博物志》：泰山，天帝孫也，主召人魂。東方萬物之始，故主人生命之長短。〔按〕參《爲濮陽公祭太常崔丞文》注〔四九〕。

〔五二〕〔徐注〕《左傳》：晉侯疾，秦伯使醫緩爲之。未至，夢疾爲二豎子，曰：「居肓之上，膏之下，若我何？」醫至曰：「疾不可爲也。在肓之上，膏之下，攻之不可，達之不及，藥不至焉，不可爲也。」

〔五三〕〔徐注〕《漢書·韓信傳》：漢王即其卧，奪其印符。

〔五四〕〔徐注〕李密《陳情表》：臣生當隕首。

〔五五〕〔馮注〕《説苑》：下蔡威公閉門而哭，三日三夜，泣盡而繼以血。

〔五六〕〔馮箋〕《舊書·文宗紀》：大和六年七月，以前靈武節度使李文悦爲兗海密沂節度使。餘附詳《爲鹽州刺史奏舉李孚判官狀》注〔一〕。〔補箋〕《舊唐書·文宗紀下》：大和八年三月，「癸酉，兗海節度使李文悦卒」。此云「準前使李文悦例」，指依照李文悦臨終前處理兗海軍務之舊例。

〔五七〕〔馮注〕按《史記》，穰苴將兵，願得君之寵臣以監軍，景公使莊賈往。此爲監軍之始，自後屢見之。至唐則藩鎮皆有中使監軍。

〔五八〕雖，《全文》無此字，據《英華》增。

〔五九〕已，《全文》無此字，據《英華》增。〔徐注〕《晉書·虞駿傳》：孔愉有公才而無公望。

〔六〇〕〔徐注〕《左傳》：鄭伯曰：「寡人有弟，不能和協。」

〔六一〕〔補注〕規模，制度、程式。

〔六二〕致，《英華》作「至」。

〔六三〕爽，《全文》作「失」，據《英華》改。

〔六四〕〔徐注〕鮑照《蕪城賦》：莫不埋魂幽石，委骨窮塵。

〔六五〕〔馮注〕猶曰「就木」。《左傳》：季隗曰：「吾二十五年矣，又如是而嫁，則就木焉。」〔徐注〕鄒陽書：枯木朽株。《南史·姚察傳》：遺命薄葬，以松板薄棺，纔可容身。

〔六六〕〔徐注〕《莊子》：在下爲螻蟻食。陸機《輓歌詩》：豐肌饗螻蟻，妍姿永夷泯。《左傳》：諺曰：「非宅是卜，惟鄰是卜。」〔馮注〕螻蟻穴土，故每以言葬埋。

〔六七〕〔徐注〕《爾雅》：鳶烏醜，其飛也翔。《史記・田單傳》：乃令城中人食必祭其先祖于庭中，飛鳥悉翔舞城中下食。

〔六八〕〔馮注〕《爾雅》：河出崑崙虚，色白，所渠并千七百，一川色黄，百里一小曲，千里一直一曲。楊泉《物理論》：河九曲以達於海。此謂自西京至兖，故曰「兩曲」。〔徐注〕謂西河、南河。

〔六九〕〔徐注〕梁元帝賦：平原如此，不知道路幾千。

〔七〇〕〔徐注〕《後漢書・班超傳》：超久在絶域，年老思歸，乃上疏曰：「臣不敢望到酒泉郡，但願生入玉門關。」

〔七一〕〔徐注〕《後漢書・來歙傳》：自書表曰：「臣夜人定後，爲何人所賊傷，中臣要害。」投筆抽刃而絶。

〔七二〕〔補注〕荒惙，昏亂衰弱。

## 上鄭州蕭給事狀〔一〕

某簪組末流〔二〕，丘樊賤品〔三〕。倏忽三載〔四〕，邅迴一名〔五〕。豈於此生，望有知己〔六〕！兖海大夫〔七〕，時因中外〔八〕，嘗賜知憐〔九〕；給事又曲賜褒稱，便垂延納〔一〇〕。朱門纔入〔一一〕，歡席幾陪。辱倒屣於蔡伯喈，合先王粲〔一二〕；枉開樽於孔文舉，宜在禰衡〔一三〕。豈伊庸虛，便此叨幸〔一四〕？今者方牽行役〔一五〕，遽又違離。躡屨食魚，兼預原、嘗之客〔一六〕；御車登榻，俱參陳、李之門〔一七〕。生死之寄皆深，去住之誠並切。伏惟特賜亮察。

**【校注】**

〔一〕本篇原載清編《全唐文》卷七七五第一二頁、《樊南文集補編》卷七。〔錢箋〕（鄭州蕭給事）蕭澣也。《舊唐書·文宗紀》：大和七年三月，以給事中蕭澣爲鄭州刺史。又《職官志》：給事中四員，正五品上。《新唐書·地理志》：鄭州滎陽郡，雄，屬河南道。〔張箋〕義山受崔戎深知，蕭澣薦達之力居多。及兖海府薨，往來故里。明年，又有徒步京國之役，《蕭給事狀》所謂「今者方牽行役，遽又違離」，《贈趙協律晳》詩所謂「不堪歲暮相逢地，我欲西征君又東」也。〔按〕狀云：「兖海大夫，時因中外，嘗賜知憐；給事又曲賜褒稱，便垂延納。……生死之寄皆深，去住之誠並切。」説明作狀時崔戎已卒。戎卒於大和八年六月，狀當上於此後。蕭澣之由鄭州刺史入爲刑部侍郎，《舊唐書·文宗紀》闕書，馮譜據《舊·紀》文宗大和八年十二月己丑，以常州刺史楊虞卿爲工部侍郎，認爲蕭澣當與虞卿同被命。則狀當上於大和八年六月至十二月間。張箋理解狀文有誤，詳注〔一〇〕〔一五〕。

〔二〕〔錢注〕《漢書·孝成班倢伃傳》：號託長信之末流。〔補注〕簪組，冠簪與冠帶，借指仕宦。

〔三〕〔錢注〕謝莊《月賦》：臣東鄙幽介，長自丘樊。李善注：《爾雅》曰：「樊，藩也。」郭璞曰：「藩，籬也。」梁昭明太子《十二月啓》：執鞭賤品。〔補注〕丘樊，鄉村。

〔四〕〔錢注〕《楚辭·招魂》：往來倏忽。〔補注〕三載，指大和五年至七年，參注〔五〕。

〔五〕〔錢注〕《楚辭·九章》：欲邅回以干傺兮。〔補注〕邅迴，周頓、不順利。邅迴一名，謂屢試不第。商隱《上崔華州書》：「凡爲進士者五年。始爲故賈相國所憎；明年，病不試；又明年，復爲今崔宣州所不取。」商隱大和七年鄉貢，知舉賈餗，不取；八年病，不試。而大和六年所作之《上令狐相公狀一》已云「自叨從歲貢，求試春官……然猶摧頽不遷，拔刺未化」，可證其時已參加過進士試一次以上。故此處「三載」殆指大和五至七年。詳參《上崔華州書》「凡爲進士者五年」箋。

〔六〕〔錢注〕《吴志·虞翻傳》注：《翻别傳》曰：「使天下一人知己者，足以不恨。」

〔七〕〔錢注〕謂崔戎也。大和八年六月卒，故下有「生死之寄」語。《舊唐書·崔戎傳》：遷兖海沂密都團練觀察等使。

〔八〕詳《上崔大夫狀》注〔三〕。

〔九〕〔錢注〕義山爲崔戎表姪，曾入其幕，詳《上崔大夫狀》。〔按〕義山在華州崔戎幕草表狀及南山習業詳情，具詳《上崔大夫狀》注〔一〕。

〔一〇〕便，錢注本作「使」。〔錢注〕《詩集·哭遂州蕭侍郎》：早歲思東閣，爲邦屬故園。自注：余初謁於鄭舍。《後漢書·北海靖王興傳》：數被延納。〔按〕張采田《會箋》引「兖海大夫，時因中外，嘗賜知憐；給事又曲賜褒稱，使垂延納。朱門纔入，歡席幾陪」之文，謂「義山受崔戎深知，蕭澣薦達之力居多」，蓋因「使垂延納」之誤文而致。實則此數句係承上「豈於此生，望有知己」，謂已既受崔戎之知遇，又受蕭澣之延納，「大夫」「給事」係平列關係，非因果關係。義山與崔戎爲中表之親，自亦不待蕭澣之薦也。

〔一一〕〔錢注〕魯褒《錢神論》：排朱門，入紫闥。

〔一二〕〔錢注〕《魏志·王粲傳》：粲徙長安，左中郎將蔡邕見而奇之。時邕賓客盈坐，聞在門，倒屣迎之曰：「此王公孫也，有異才，吾不如也。吾家書籍文章，盡當與之。」

〔一三〕〔錢注〕《後漢書·禰衡傳》：衡少有才辨，而氣尚剛傲，好矯時慢物，惟善魯國孔融，融亦深愛其才。衡始弱冠，而融年四十，遂與爲交。《後漢書·孔融傳》：融字文舉，好士，喜誘益後進，賓客日盈其門，常嘆曰：「坐上客恒滿，尊中酒不空，吾無憂矣。」〔按〕「朱門」以下數句，即《哭遂州蕭侍郎二十四韻》「登舟慚郭泰，解榻愧陳蕃。分以忘年契，情猶錫類敦……嘯傲張高蓋，從容接短轅。秋吟小山桂，春醉後堂萱」之意。

〔一四〕此，《全文》作「比」，據錢校改。〔補注〕庸虛，自謙才能低下，學識淺薄。

〔一五〕〔補注〕《詩·魏風·陟岵》：「嗟！予子行役，夙夜無已。」此泛指行旅、出行。按：義山大和九年曾參加進士試（主考官崔鄲，未取）。鄉貢進士例於十月二十五日集户部，生徒亦以十月送尚書省，以參加翌年春之禮部試。義山此次行役或即赴京就禮部試，視狀首「倏忽三載，邅迴一名」之語可約略推知。張氏《會箋》將此行與明年（大和九年）徒步京國之役聯繫，不知此行乃八年冬事，與《安平公詩》「明年徒步弔京國」之爲九年事明係兩事也。

〔一六〕履，錢本作「屐」，未出他本異文，恐誤。〔錢注〕《史記・春申君傳》：趙平原君使人於春申君，趙使欲夸楚，爲瑇瑁簪，刀劍室以珠玉飾之。春申君客三千餘人，其上客皆躡珠履，趙使大慚。《戰國策》：齊人有馮煖者，使人屬孟嘗君，願寄食門下，孟嘗君笑而受之。左右以君賤之也，食以草具。居有頃，倚柱彈其劍，歌曰：「長鋏歸來乎！食無魚。」左右以告，孟嘗君曰：「食之。」居有頃，復彈其鋏，歌曰：「長鋏歸來乎！出無車。」左右以告，孟嘗君曰：「爲之駕。」於是乘其車，揭其劍，過其友曰：「孟嘗君客我。」班固《西都賦》：節慕原、嘗。按：躡屐（履）爲春申君事，此云「原、嘗」，避不辭也。杜詩「不聞夏殷衰，中自誅褒妲」，句法相同。

〔一七〕〔錢注〕《後漢書・李膺傳》：膺性簡亢，無所交接。荀爽常就謁膺，因爲其御，既還，喜曰：「今日乃得御李君矣！」其見慕如此。《後漢書・徐穉傳》：陳蕃爲太守，在郡不接賓客，唯穉來，特設一榻，去則懸之。

## 别令狐拾遺書〔一〕

子直足下：行日已定，昨幸得少展寫〔二〕。足下去後，憮然不怡〔三〕。今早垂致葛衣，書辭委曲〔四〕，惻惻無已。自昔非有故舊援拔，卒然於稠人中相望〔五〕，見其表〔六〕，得所以類君子者，一日相從，百年見肺肝。爾來足下仕益達〔七〕，僕困不動，固不能有常合而有常離。足下觀人與物，共此天地耳。錯行雜居，蟄蟄哉〔八〕！不幸天能恣物之生，而不能與物慨然量其欲〔九〕，牙齒者恨不得翅羽，角者又恨不得牙齒〔一〇〕，此意人與物略同耳。有所趨，故不能無争；有所争，故不能不於同中而有各異耳。足下觀此世，其同異如何哉？

兒冠出門，父翁不知其枉正〔一一〕；女笄上車〔一二〕，夫人不保其貞汙。此於親親，不能無異勢也〔一三〕。親者尚爾，則不親者惡望其無隙哉！故近世交道〔一四〕，幾喪欲盡。足下與僕，於天獨何禀，當此世生而不同此世〔一五〕，每一會面，一分散，至於慨然相執手、嚬然相感〔一六〕、泫然相泣者〔一七〕，豈於此世有他事哉！惜此世之人，率不能如吾之所樂，而又甚懼吾之徒孑立寡處，而與此世者蹄尾紛然〔一八〕。蛆吾之白〔一九〕，擯置譏誹，襲出不意。使後日有希吾者〔二〇〕，且懲吾困，而不能堅其守，乃捨吾而之他耳。足下知與此世者，居常紿於其黨何語哉〔二一〕？必曰：吾惡市道〔二二〕。嗚呼！此輩真手搔鼻皶〔二三〕，而喉噦人之灼痕爲癩者〔二四〕，市道何肯如此輩邪！

今一大賈，坐墆貨中〔二五〕，人人往須之〔二六〕。甲得若干，曰：其贏若干；丙曰：吾索之；乙得若干，曰：其贏若干；戊曰：吾索之。既與之，則欲其蓄〔二七〕，不願其亡失口舌〔二八〕。拜父母，出妻子，伏臘相見有贄〔二九〕，男女嫁娶有問〔三〇〕，不幸喪死有致饋〔三一〕，葬有臨送弔哭〔三二〕。是何長者大人哉！他日甲乙俱入之不欺，則又愈得其所欲矣。迴環出入如此，是終身欲其蕃，不願其亡失口舌。拜父母益嚴，出妻子益敬，伏臘相見贄益厚，男女嫁娶問益豐，不幸喪死，饋贈臨送弔哭情益悲，是又何長者大人哉！唯是於信誓有大欺漫〔三三〕，然後罵而絶之，擊而逐之，訖身而勿與通也〔三四〕。故一市人，率少於大賈而不信者〔三五〕。此豈可與此世交者等耶！今日赤肝腦相憐，明日衆相唾辱，皆自其時之與勢耳。時之不在，勢之移去，雖百仁義我，百忠信我，我尚不顧矣。豈不顧已，而又唾之，足下果謂市道何如哉〔三六〕！

今人娶婦入門，母姑必祝之曰：善相宜〔三七〕，前祝曰：蕃息〔三八〕。後日生女子〔三九〕，貯之幽房密寢，四鄰不得識，兄弟以時見，欲其好，不顧性命，即一日可嫁去，是宜擇何如男子者屬之邪〔四〇〕？今山東大姓家，非能違摘天性而不如此〔四一〕。至其羔鶩在門〔四二〕，有不問賢不肖健病，而但論財貨，恣求取爲事。當其爲女子時，誰不恨？及爲母婦，則亦然。彼父子男女，天性豈有大於此者耶？今尚如此，況他舍外人，燕生越養〔四三〕，而相望相救，抵死不相販賣哉？紬而繹之〔四四〕，真令人不愛此世，而欲狂走遠颺耳〔四五〕。果不知足下與僕之守，是耶非耶？

首陽之二士〔四六〕，豈蘄盟津之八百〔四七〕？吾又何悔焉！千百年下，生人之權，不在富貴，而在直筆者〔四八〕。得有此人，足下與僕當有所用意，其他復何云云。但當誓不羞市道而又不爲忘其素恨之母婦耳。商隱再拜。

【校注】

〔一〕本篇原載《唐文粹》卷九〇總五八七頁、清編《全唐文》卷七七六第二頁、《樊南文集詳注》卷八。《文粹》題内「令狐」下有「綯」字。〔徐注〕《舊書》：綯字子直，開成初爲左拾遺。二年，丁父喪。服闋授本官，尋改左補闕。〔馮注〕《通典》：補闕、拾遺，武太后置二官，以掌供奉諷諫。自開元以來，尤爲清選。左右補闕各二人，内供奉者各一人，左右拾遺亦然。兩省補闕、拾遺凡十二人，左屬門下，右屬中書。按：《舊書·綯傳》：「大和四年，登進士第，釋褐弘文館校書郎。開成初，爲左拾遺，當即轉補闕。」詳年譜。唐制，遺、補爲侍臣，故秩雖卑而體則重，此所云「仕益達」也。書上於開成初。誠懇之至，却類感憤。然是時與令狐交誼未乖，而云「僕困不動」，當屬未得進士時也，豈自料其後之乖好哉！〔按〕馮譜、張箋均編開成元年。開成二年春令狐綯雖仍爲拾遺（商隱有《令狐八拾遺綯見招送裴十四歸華州》詩可證），然正月下旬商隱已登第，當不復云「僕困不動」。當作於元年。

〔二〕〔補注〕展寫，抒發情懷。

〔三〕〔補注〕憮然，悵然失意貌。《論語·微子》：「夫子憮然曰：『鳥獸不可與同群，吾非斯人之徒與而誰與？』」

〔四〕〔補注〕委曲，殷勤周至。《三國志·魏志·公孫淵傳》裴注引《魏略》：「又權待舒、綜，契闊委曲，君臣上下畢歡竭情。」

〔五〕〔補注〕卒，同「猝」。謂己與綯之結交，非有故舊援引，乃猝然間於稠人廣衆間望見。

〔六〕〔補注〕表，儀表。

〔七〕〔補注〕指令狐綯任拾遺，職居清要，爲皇帝近侍。

〔八〕〔補注〕蟄蟄，衆多貌。《詩·周南·螽斯》：「螽斯羽，揖揖兮，宜爾子孫，蟄蟄兮。」

〔九〕〔補注〕量，限度。量其欲，謂在最大限度上滿足其欲望，即下二句所云。

〔一〇〕〔補注〕謂有牙齒者恨不得更生翅羽，有角者恨不得更生牙齒。商隱《井泥四十韻》：「猛虎與雙翅，更以角副之。」

〔一一〕枉正，徐注本作「狂直」，非。

〔一二〕〔補注〕《禮記·内則》：「女子十有五年而笄。」鄭玄注：「謂應年許嫁者。女子許嫁，笄而字之。其未許嫁，二十則笄。」笄上車，謂女子及笄出嫁上車離家。笄，髮夾。

〔一三〕〔補注〕異勢，不同之趨勢或態勢。

〔一四〕〔補注〕交道，交友之道。《後漢書·王丹傳》：「交道之難，未易言也。」

〔一五〕〔補注〕謂二人生當此世而思想行爲操守不同於此世。

〔一六〕〔補注〕嚬，同「顰」，皺眉。慼，憂。

〔一七〕泫，《文粹》作「泱」，馮本從之。〔馮曰〕泱，爲流行之義，故以言淚流，徐刊本作「泫」，似非。《敬齋古今黈》：泱字，古書中無有作「泱」者，俗作「泱」，誤。〔按〕泱，水流貌，以之狀淚流，固可；然作「泫」自可通。

〔一八〕〔補注〕蹄尾，禽獸有蹄與尾。蹄尾紛然，形容當世不講交道者衆多，含蔑視意。

〔一九〕〔補注〕蛆吾之白，玷污我之潔白。

〔二〇〕〔補注〕希，仰慕仿效。

〔二一〕〔補注〕紿於其黨，欺騙其同黨。

〔二二〕〔馮注〕《史記·廉頗傳》：免歸，失勢之時，故客盡去。及復用爲將，客復至。廉頗曰：「客退矣！」客曰：「夫天下以市道交。君有勢，我則從君，君無勢，則去，固其理也。有何怨乎？」〔錢鍾書曰〕「市道」語出《史記》，而命意則申《全唐文》卷五九二柳宗元《宋清傳》。《傳》稱清「居市不爲市之道」，故如此「市道交豈可少耶？」，於遷書、劉論（按：指劉峻《廣絶交論》）更進一解。（《管錐編》第一册《史記會注考證》二八《孟嘗君列傳》「市道交」）

〔二三〕〔馮注〕《廣韻》：皻，皰鼻也。按：亦作「齇」。《南史·宋前廢帝紀》：肆罵孝武爲「齇奴」。《魏書》：王氏世齇鼻，江東謂之「齇王」。〔補注〕皻，今之所謂酒糟鼻也。

〔二四〕〔馮注〕《禮·内則》：不敢噦噫嚏咳。《説文》：噦，氣啎也。《玉篇》：逆氣也。《論語》：伯牛有疾。注曰：先儒以爲癩也。《説文》：惡疾也。此謂灼痕非癩，而誤以爲癩。〔補注〕喉噦，此處用作動詞，謂唾駡。《南齊書·劉祥傳》：「卿素無行檢，朝野所悉。……何意輕肆口噦，詆目朝士？」此謂當世不講交道者標榜其「惡市道」，殆與手搔渣鼻者詆毁唾駡人有灼痕者爲癩相似。

〔二五〕墆，馮注本作「滯」，同。〔馮注〕《周禮·地官·廛人》：凡珍異之有滯者，斂而入於膳府。鄭司農云：謂滯貨不售者。〔補注〕《管子·法法》：「商無廢利，民無游日，財無砥墆。」尹知章注：「墆，久積也。」

〔二六〕〔補注〕須，求取。

〔二七〕〔補注〕蕃，增殖。

〔二八〕〔補注〕亡失，損失；口舌，指糾紛。

〔二九〕〔補注〕伏臘，伏祭、臘祭。贄，禮物。

〔三〇〕〔補注〕問，聘問。男方向女方行聘定婚。《儀禮·士昏禮》「納采用鴈」賈公彦疏：「昏禮有六，五禮用鴈：納采、問名、納吉、請期、親迎是也。唯納徵不用鴈，以其自有幣帛可執故也。」

〔三一〕〔補注〕饋，祭祀。《文選·王僧達〈祭顔光禄文〉》：「以此忍哀，敬陳奠饋。」李善注引《蒼頡篇》：「饋，祭名也。」

〔三二〕《文粹》脱「哭」字。〔補注〕臨，哭弔死者。《儀禮·士虞禮》：「宗人告有司具，遂請拜賓，如臨，入門，哭，婦人哭。」鄭玄注：「臨，朝夕哭。」

〔三三〕欺，《全文》誤「期」，據《文粹》改。〔補注〕欺漫，同「欺謾」，欺誑。《史記·魏其武安侯列傳》：「上使御史簿責魏其所言灌夫，頗不讎，欺謾。」

〔三四〕〔補注〕訖身，直至身死。

〔三五〕〔馮注〕無敢不信於大賈者。

〔三六〕謂，《文粹》作「爲」，通。

〔三七〕〔馮注〕《白虎通》：娶妻卜之相宜否。

〔三八〕前，《全文》、《文粹》、徐注本作「則」，非。徐注本一作「前」，是，據改。馮注本作「前」。〔馮注〕「善相宜」，先祝夫婦好合。「蕃息」，又祝子孫衆多也。「前祝」，又進祝之也。徐刊本作「則祝」，誤。

〔三九〕日，《文粹》作「曰」，誤。

〔四〇〕《文粹》無「者」字，馮注本從之。

〔四一〕〔補注〕違摘，違背摘奪。

〔四二〕〔補注〕《周禮·春官·大宗伯》：「卿執羔，大夫執雁。」此指婚聘之禮。傅玄《豔歌行有女篇》：「媒氏陳素帛，羔雁鳴前堂。」

〔四三〕〔補注〕燕生越養，指關係疏遠者。

〔四四〕紬，《文粹》《全文》作「細」，據馮注本改。〔馮注〕《漢書·谷永傳》：燕見紬繹。注曰：紬繹者，引其端緒也。〔補注〕紬繹，猶推引、推論。

〔四五〕狂，《全文》作「往」，據《文粹》改。〔補注〕《史記·扁鵲倉公列傳》：「陽明脈傷，即當狂走。」狂走，狂奔。

〔四六〕士，《文粹》作「百」，涉下句「百」字而誤。馮注本作「子」。〔徐注〕《史記·伯夷傳》：武王已平殷亂，伯夷、叔齊義不食周粟，隱於首陽山，餓而死。〔馮注〕《史記·伯夷傳》：伯夷、叔齊，孤竹君之二子。

〔四七〕〔徐注〕《史記·周本紀》：是時，諸侯不期而會盟津者八百。〔馮注〕蘄，求也。《莊子·齊物論》：予惡乎知死者不悔其始之蘄生乎？此言甘餓死者，豈求爲興王之佐歟？

〔四八〕〔補注〕生人，活人。猶褒貶人，決定人之命運。《抱朴子·吴失》：「若苟諱國惡，纖芥不貶，則董狐無貴於直筆，賈誼將受譏於《過秦》乎？」商隱《與陶進士書》：「始僕小時，得劉氏（迅）《六説》讀之，嘗得其語曰：『是非繫於褒貶，不繫於賞罰；禮樂繫於有道，不繫於有司。』密記之。」意可與此互參。

〔馮浩曰〕誠懇之至，却類感憤。

〔孫梅曰〕抑遏掩蔽，追蹤劉作（按：指劉峻《追答劉沼書》）。自爾以還，厥風稍替矣。（《四六叢話》卷一七《叙書》九）

## 上令狐相公狀三〔一〕

前月末，八郎書中〔二〕，附到同州劉中丞書一封〔三〕。仰戴吹噓〔四〕，内惟庸薄〔五〕。書生十上〔六〕，曾未聞於明習〔七〕；劉公一紙〔八〕，遽有望於招延〔九〕。雖自以數奇〔一〇〕，亦未謂道廢。下情無任佩德感激之至。

彼州風物極佳，節候又早，遠聞漢水〔一一〕，已有梅花。繼兔園賦詠之餘〔一二〕，不有博奕〔一三〕；蹈漳渠宴集之暇〔一四〕，以挹酒漿〔一五〕。優游芳辰〔一六〕，保奉全德〔一七〕。伏思昔日，嘗忝初筵〔一八〕。今者綿隔山川，違奉旌旆〔一九〕。託乘且殊於文學〔二〇〕，受辭不及於大夫〔二一〕。仰望恩輝，伏增攀戀。

**【校注】**

〔一〕本篇原載清編《全唐文》卷七七四第一三三頁、《樊南文集補編》卷五。〔錢箋〕令狐楚於開成元年出鎮興元，文云「遠聞漢水，已有梅花」，必此時所上。〔按〕據《舊唐書·文宗紀》，開成元年四月甲午（廿五），以左僕射、諸道鹽鐵轉運使令狐楚檢校左僕射，爲山南西道節度使。狀當作於其後。狀内「同州劉中丞」指劉禹錫（參注〔三〕）。劉於大和九年十二月二十一日到同州刺史任（據其《同州謝上表》），開成元年深秋遷太子賓客、分司東都（據禹錫《自左馮歸洛下酬樂天兼呈裴令公》「華林霜葉紅霞晚，伊水晴光碧玉秋」之句）。狀有「彼州風物極佳，節候又早，遠聞漢水，已有梅花」之語，所言當爲早梅，節令約在初冬。上此狀時禹錫雖已罷同刺，而「前月末」令狐綯書到並附劉書時，禹錫仍在同州也。今編開成元年十月。

〔二〕〔錢注〕按《詩集》有《令狐八拾遺綯見招送裴十四歸華州》作。

〔三〕丞」，《全文》作「琴」，蓋音誤。〔瞿蜕園曰〕「中琴」不詞，自是「中丞」之誤刊。……疑其（指商隱）未赴山南幕以前，楚爲之推轂於禹錫，故有「仰戴吹嘘」之語。禹錫必有書願招商隱入幕，特未知商隱果曾與禹錫相見否。（《劉禹錫集箋證·劉禹錫交游録》）〔補注〕劉禹錫《同州謝上表》云：「伏奉去年（大和九年）十月二十三日制書，授臣使持節同州諸軍事、守同州刺史、兼御史中丞、充本州防禦長春宫等使。」「中丞」即禹錫任同州刺史時之憲銜。茲據瞿校改。

〔四〕見《上令狐相公狀一》注〔三六〕。

〔五〕〔錢注〕顔延之《謝子竣封建城侯表》：豈竣庸薄，所能奉服。〔補注〕庸薄，平庸淺薄。

〔六〕〔錢注〕《戰國策》：蘇秦説秦王，書十上而説不行。

〔七〕〔錢注〕《史記·張蒼傳》:明習天下圖書計籍。

〔八〕〔錢注〕《晉書·劉弘傳》:弘都督荆州,每有興廢,手書守相,丁寧款密,所以人皆感悦,争赴之,咸曰:「得劉公一紙書,賢於十部從事。」〔按〕此以「劉公」關合劉中丞。

〔九〕招延,見《上令狐相公狀二》注〔二〇〕。

〔一〇〕〔錢注〕《史記·李將軍傳》:大將軍青陰受上誡,以爲李廣老,數奇,毋令當單于,恐不得所欲。〔補注〕數奇,命運不佳,遇事不順利。

〔一一〕〔錢注〕《新唐書·地理志》:興元府縣五:南鄭、褒城、城固、西、三泉。《水經》:漢水又東,合褒水。漢水又東逕漢廟堆下。又東過南鄭縣南。漢水又東,得長柳渡。漢水又左,會文水。漢水又東,黑水注之。又東過城固縣南。〔按〕山南西道節度使府治梁州興元府,南瀕漢水。

〔一二〕兔園,見《上令狐相公狀二》注〔二〇〕。〔錢注〕《西京雜記》:梁孝王遊於忘憂之館,集諸遊士,各使爲賦。枚乘爲《柳賦》,路喬如爲《鶴賦》,公孫詭爲《文鹿賦》,鄒陽爲《酒賦》,公孫乘爲《月賦》,羊勝爲《屏風賦》,韓安國作《几賦》不成,鄒陽代作。

〔一三〕〔補注〕《論語·陽貨》:「飽食終日,無所用心,難矣哉!不有博弈者乎?爲之,猶賢乎已。」博弈,局戲與圍棋。

〔一四〕〔錢注〕應璩《與滿公琰書》:會承來命,知諸君子復有漳渠之會。適有事務,須自經營,不獲侍坐,良增邑邑。〔補注〕《書·禹貢》:「覃懷底績,至于衡漳。」曹操爲魏王,都于鄴,北臨漳水,舊址在今河北臨漳縣西南。其時文士多宴集于此。王粲《贈士孫文始》詩：「在漳之湄，亦尅宴處。」蹈，襲，繼。

〔一五〕〔補注〕《詩·小雅·大東》：「維北有斗，不可以挹酒漿。」

〔一六〕〔補注〕《詩·大雅·卷阿》：「伴奂爾游矣，優游爾休矣。」優游，悠閒自得。

〔一七〕〔補注〕《莊子·天地》：「天下之非譽，無益損焉，是謂全德之人哉！」

〔一八〕〔補注〕《詩·小雅·賓之初筵》：「賓之初筵，左右秩秩。」

〔一九〕奉，《全文》作「舉」，據錢校改。

〔二〇〕〔錢注〕魏文帝《與朝歌令吴質書》：從者鳴笳以啓路，文學託乘於後車。〔補注〕文學，官名。漢代於州郡及王國置文學，稱文學掾。魏晉以後有文學從事。晉及隋唐時，太子與諸王下亦置文學。

〔二一〕〔補注〕《公羊傳·莊公十九年》：「聘禮，大夫受命，不受辭。」受辭，聽從君主之令辭。

## 上令狐相公狀四〔一〕

伏奉月日榮示，兼及前件綃等〔二〕。退省孱庸〔三〕，久塵恩煦〔四〕，致之華館〔五〕，待以嘉賓〔六〕。德異顏回，簞瓢不稱於亞聖〔七〕；行非劉寔，薪水每累於主人〔八〕。束帛是將〔九〕，千里而遠。緼袍十載〔一〇〕，方見於改爲〔一一〕；大雪丈餘，免虞於偃卧〔一二〕。下情無任捧戴感勵之至。

**【校注】**

〔一〕本篇原載清編《全唐文》卷七七四第二三頁、《樊南文集補編》卷五。〔錢箋〕以下諸（上令狐相公）狀，皆爲令狐鎮興元時作。〔張箋〕文爲令狐賜綃致謝，當在未第時。（張編開成元年。）〔按〕文有「大雪丈餘，免虞於偃卧」語，雖係用典，亦切時令。狀三上於開成元年初冬，狀五上於開成二年正月禮部放榜後，則此狀當上於開成元年冬。

〔二〕〔錢注〕《急就篇》注：綃，生白繒，似縑而疏者。〔補注〕綃，薄生絲織品。

〔三〕〔錢注〕《史記・陳餘傳》注：孟康曰：「冀州人謂懦弱爲孱。」〔補注〕孱庸，鄙陋無能。

〔四〕〔錢注〕《玉篇》：煦，恩也。

〔五〕〔錢注〕劉楨《公讌詩》：華館寄流波。〔補注〕華館，華美之館舍，猶「石館金臺」之謂，借指幕府。

〔六〕〔補注〕《詩・小雅・鹿鳴》：「我有嘉賓，鼓瑟吹笙。」嘉賓，此借指幕僚。

〔七〕簞，《全文》作「簟」，從錢校據胡本改正。〔錢注〕《藝文類聚》：禰衡《顔子碑》曰：「亞聖德蹈高蹤。」〔補注〕《論語・雍也》：「一簞食，一瓢飲，在陋巷，人不堪其憂，回也不改其樂，賢哉回也！」此謂己雖貧如顏回而德則不稱亞聖。

〔八〕〔錢注〕《晉書·劉實傳》：實清身潔行，行無瑕玷。少貧窶，杖策從行，每所憩止，不累主人。薪水之事，皆自營給。〔補注〕薪水，柴與水，借指生活必需品。

〔九〕〔補注〕《易·賁》：「束帛戔戔。」束帛，捆爲一束之五疋帛。將，扶助。

〔一〇〕〔錢注〕《莊子》：曾子居衛，緼袍無表，十年不制衣。

〔一一〕〔補注〕《詩·鄭風·緇衣》：「緇衣之宜兮，敝，予又改爲兮。」改爲，另作。

〔一二〕〔錢注〕《後漢書·袁安傳》注：《汝南先賢傳》曰：「時大雪積地丈餘，洛陽令自出案行，見人家皆除雪出，至袁安門，無有行路。令人除雪入户，見安僵卧，問何以不出，安曰：『大雪人皆卧，不宜干人。』」

## 上崔華州書〔一〕

中丞閤下：愚生二十五年矣。五年讀經書〔二〕，七年弄筆硯。始聞長老言，學道必求古，爲文必有師法〔三〕，常悒悒不快。退自思曰：夫所謂道，豈古所謂周公、孔子者獨能邪？蓋愚與周、孔俱身之耳〔四〕。以是有行道不繫今古，直揮筆爲文，不愛攘取經史〔五〕，諱忌時世。百經萬書，異品殊流，又豈能意分出其下哉〔六〕！

凡爲進士者五年〔七〕。始爲故賈相國所憎〔八〕;明年,病不試;又明年,復爲今崔宣州所不取〔九〕。居五年間,未曾衣袖文章,謁人求知〔一〇〕。必待其恐不得識其面,恐不得讀其書,然後乃出。嗚呼!愚之道可謂强矣,可謂窮矣,寧濟其魂魄,安養其氣志,成其强,拂其窮〔一一〕,惟閣下可望。輒盡以舊所爲發露左右〔一二〕。恐其意猶未宣洩,故復有是說。某再拜。

**【校注】**

〔一〕本篇原載《唐文粹》卷八八總五八〇頁、清編《全唐文》卷七七六第一頁、《樊南文集詳注》卷八。題内「書」字,馮云「一作牋」。〔徐注〕《舊書》:大和七年七月,崔戎爲華州刺史。箋:嘗讀是篇,考之於史,而深有疑焉。案本傳:「元和十三年,令狐楚鎮河陽,商隱以所業文干之,年纔弱冠。」溯而上之,則當生於貞元十五年己卯,下逮大和七年癸丑崔戎刺華州三十五歲,而書云「愚生二十五年矣」,一不合也。《宰相表》:賈耽於貞元九年五月作相,時商隱尚未生;永貞元年十月耽薨,商隱年亦止七歲。而書云「凡爲進士者五年。始爲故賈相國所憎」,二不合也。《崔群傳》:穆宗時,群以故相爲宣州刺史、歙池等州都團練觀察使,後徵拜兵部尚書,大和六年八月卒。此書作於七年,乃云「今崔宣州」,三不合也。自耽、群而外,又别無賈爲相國、崔爲宣州者。此書必非商隱作,編文者誤采入集耳。〔馮箋〕此是上崔龜從,非崔戎也。乃朱長孺疑「二十五」當作「三十五」，徐氏則力辯其必非義山作，爲編文者誤采，皆由不考定義山年齒，而又泥「華州」之必爲崔戎，遂致總無一合。今既辨定生年（按馮譜考定義山生於元和八年），因見義山自幼早爲戎所深知，何煩上書哉！《舊書·賈餗傳》：大和時，凡典禮闈三歲。九年，被甘露之禍。自後當稱「故相」矣。開成元年十二月，《紀》以中書舍人崔龜從爲華州防禦使，例兼御史中丞憲銜，故有「中丞閣下」之稱。二年正月，《紀》以吏部侍郎崔鄲爲宣歙觀察使。《鄲傳》云：大和八年，權知禮部。而於《鄯傳》云：兄弟邠、郾、鄲三人知貢舉，掌銓衡，爲時名德。《新書》亦云：崔氏兄弟，凡爲禮部五。蓋「權知禮部」者，權主貢舉也。文中「崔宣州」指此。若賈耽，則兩《書》傳中，皆不云曾主貢舉。《舊書·崔群傳》，於元和七、八年，雖爲禮部侍郎，但十二年同平章事，其後乃觀察宣歙，豈得僅呼「崔宣州」哉？然則爲餗爲龜從爲鄲審矣。開成二年，義山已得進士。此書當上於開成二年，或春初尚未得第，或得第後而未遽得官，須再試或辟舉，亦尚有獻書求知之事耳。至三年三月，龜從入爲户侍，四年鄲入爲太常矣。〔張箋〕此書當上於開成元年冬間。……《舊·紀》大臣除拜，往往據赴任時月，如《令狐楚傳》「十一月除天平」，而《紀》書「十二月」。崔鄲當是開成二年正月赴宣歙觀察使任，其被命實在元年十二月，文所以稱「今崔宣州」也。若開成二年，義山已得第，安用上書求舉哉？〔岑仲勉曰〕歷朝實録之纂修，必以每日詔令爲基礎。外臣除授，有不拜者，有未赴改官者，有中途追還或轉調者，有路上暴卒或賜死者，苟不依詔下之日，試問如何追書？張爲此説，非徒武斷史文，抑亦昧於史宬規律，見笑大方矣。箋又云：「若開成二年，義山已得第，安用上書求舉者？」其言若甚辯。考唐時進士，正月就禮部試，通於二月放牓，四月送吏部。（見《登科記考》凡例。然放牓日似無一定。《上令狐相公狀》：「今月二十四日禮部放牓，某徼倖成名。」又：「前月七日過關試訖……即以今月二十七日東下。」則開成二年放牓似在正月。）唐人視進士甚重，苟猶有一線之望，當不惜竭力干求。龜從（原文誤「戎」，據《舊唐書·文宗紀》改）除華州在開成元年十二月十五庚戌，鄲除宣歙在二年正月十一乙亥，安見《上崔華州書》不在正月中旬？（《平質》甲刱誤《商隱疑年》條）〔梁超然曰〕《舊唐書·文宗紀下》云：「（開成）二年春正月乙丑朔。丙寅，宣州觀察使王質卒。乙亥，以吏部侍郎崔鄲爲宣歙觀察使。」……又《舊唐書·王質傳》謂：「八年，爲宣州刺史、兼御史中丞、宣歙團練觀察使。在政三年，開成元年十二月無疾暴卒。」據此可知，王質係十二月下旬暴卒于宣州任上，牒報于二年正月初二抵朝。因王質暴卒，事出突然，于是事隔數日，有正月十一日（乙亥）崔鄲之命……義山于開成二年正月十一至二（當作「正」）月二十四日之間上書華州刺史崔龜從。（《李商隱考略二題》）〔按〕馮氏考崔華州、崔宣州，故賈相國及此書作時甚碻，岑氏、梁氏之辨亦是。書當上於開成二年正月十一至二十四日之間（梁謂「二月二十四」，蓋誤以放牓在二月也）。

〔二〕讀，《文粹》作「誦」，馮注本從之。

〔三〕〔補注〕《荀子·修身》：「不是師法，而好自用，譬之是猶以盲辨色，以聾辨聲也，舍亂妄無爲也。」

〔四〕〔錢鍾書曰〕身，體現也。（詳見篇末附評）

〔五〕愛，《全文》作「能」，據《文粹》改。

〔六〕〔馮注〕分，去聲。〔補注〕分，意料。

〔七〕〔岑仲勉曰〕考唐進士科，舉子先就府試，取録則登於朝，謂之鄉貢進士。再就禮部試，得售則曰登第，曰進士。然「鄉貢進士」時亦省稱「進士」……《華州書》「凡爲進士者五年」……猶云自初被鄉貢，於今已五年也。此一句是總揭，下三句是分疏。茲將此五年中商隱赴舉之經過，表列如次：大和七年鄉貢，知舉賈餗，不取。大和八年病，不試，知舉李漢。大和九年鄉貢，知舉崔鄲，不取。開成元年無明文，當是府試已不取。知舉高鍇。開成二年鄉貢，知舉高鍇，登第。〔按〕岑氏解「凡爲進士者五年」之「進士」爲「鄉貢進士」是，然其解「五年」則可疑。商隱參加禮部進士試並非始於大和七年。其《與陶進士書》云：「故自大和七年後，雖尚應舉。」說明此前已經應舉。其《上令狐相公狀一》作於大和六年，已云「自叨從歲貢，求試春官……然猶摧頹不遷，拔刺未化」，玩其口吻，在上此狀之前，商隱「求試春官」已不止一次，其中當包括令狐楚鎮天平時「歲給資裝，令隨計上都」之大和五年及大和六年春之入京應試。據宋拓《雁塔題名帖》云：「侍御史令狐緒、右拾遺令狐綯、前進士蔡京、前進士令狐緯（後改名緘）、前進士李商隱，大和九年四月一日。」可證大和九年參禮部進士試爲崔鄲所不取後，至同年四月一日尚在長安。

此帖稱商隱爲「前進士」，即鄉貢進士。下文「居五年間」亦同此。意謂商隱自大和五年以鄉貢進士身份參加禮部進士試，至大和九年已歷五年。「年」指時間，不指次數，次數五至九年僅四次。大和八年雖因在崔戎幕未參加禮部試，但鄉貢進士之身份仍在，視華嶽廟題名稱「進士李商隱」可知。大和九年後之開成元、二年自然不應包括在「凡爲進士者五年」内。商隱於九年十一月甘露事變發生時已回鄭州。有《爲鄭州天水公言甘露事表》。

〔八〕〔馮注〕按餗三典禮闈，一爲大和七年，見《詩集·故番禺侯以贜罪致不幸事覺母者他日過其門》箋引張讀《宣室志》，其餘當在五、六年間。義山當於六年應試，爲賈所斥，八年又爲鄲所斥。下云「居五年間」，統計大和五、六年以下也。餗於大和二年同考制策，此不可言禮闈。〔岑仲勉曰〕七年之鄉貢，府試雖在六年，然禮部試仍在七年正月(説見前)，餘類推。馮譜不察，竟於六年下書「是年應舉，爲賈餗所斥」，八年下書「是年應舉，爲崔鄲所不取」。殊未知賈餗、崔鄲之不取，實七、九兩年春事……張譜尤而甚之，八年下竟書「義山應舉，爲崔鄲所不取，隨崔戎自華至兖掌章奏」，殊未知商隱隨戎至兖，係八年春、夏間，及六月戎卒，隨赴府試(八、九月)，獲得鄉貢，九年春間始爲禮試崔鄲所黜，張譜直倒亂事序之後先矣。(《平質》甲乙刱誤《商隱疑年》)〔按〕岑氏糾馮譜、張箋之失誠是。然「始爲故賈相國所憎」實不專指大和七年應試遭斥，而係兼指大和五年、六年、七年三次參加禮部試均遭主司賈餗所斥，故意殊憤憤，玩「所憎」字可見。説見上注。

〔九〕〔補箋〕《舊唐書・崔鄲傳》：「（大和）八年，爲工部侍郎、集賢殿學士，權知禮部。」故主持九年正月之禮部試。

〔一〇〕〔岑曰〕（大和七年至開成二年）此五年中，商隱得貢者凡三，故《獻相國京兆公啓》曰：「鄉舉三年，纔霑下第。」《華州書》之「居五年間，未曾衣袖文章，謁人求知」，即蒙上「凡爲進士者五年」言，謂在此五年中未嘗行卷以干薦也。前節文義本甚明，張竟不能理會，乃云：「據此，則義山應舉始於大和二年，大和二年至六年正得五年。下云居五年間，則統計大和六年至開成元年也。」則不知未登鄉貢，弗得稱進士，且「始爲」之「始」字無着，果大和六年之前既均不售，奚得曰「始爲」？〔按〕「居五年間」仍承上指以鄉貢進士參加禮部試之「五年」，即大和五、六、七、八、九年。「始爲」即從大和五年應試算起。至於「鄉舉三年，纔霑下第」之文，或訛「五」爲「三」，或有所諱飾，商隱參加禮部試實不止「三年」也。

〔一一〕〔補注〕拂，除去，排除。揚雄《太玄・從》：「拂其惡。」范望注：「拂，去也。」

〔一二〕〔補注〕舊所爲，指己之詩文舊作。發露，公佈。按：此實即向崔龜從行卷。

〔馮浩曰〕幅短而勢横力健，不減昌黎。

〔錢鍾書曰〕《高僧傳》卷七《竺道生傳》：「洞入幽微，乃説：『一闡提人皆得成佛』」……《孟子・告子》論「人皆可以爲堯舜」，《荀子・性惡》論「塗之人可以爲禹」，均與「一闡提人皆得成佛」，貌之同逾於心之異，爲援釋入儒者開方便門徑……《全唐文》卷六三七李翺《復性書》中篇發揮「人之性猶聖人之性」；陸九淵《象山文集》卷一《與邵叔誼》、卷五《與舒西美》、卷一三《與郭邦逸》反覆闡説「人皆可以爲堯舜」，「塗之人可以爲禹」；王守仁《陽明全書》卷二〇《詠良知示諸生》之一「個個人心有仲尼，自將聞見苦遮迷」；《傳習録》卷三：「人胸中各有個聖人，只自信不及，都自埋倒。」此等皆如章水貢水交流，羅浮山合體，到眼可識。李商隱亦持此論，則未見有拈出者。《全唐文》卷七七六《上崔華州書》：「退自思曰：夫所謂道者，豈古所謂周公、孔子者獨能耶？蓋愚與周、孔俱身之耳。」又卷七七九《容州經略使元結文集後序》：「孔氏於道德仁義外有何物？百千萬年聖賢相隨於塗中耳。」卷七七八《上河東公啓》之二、三皆自言「夙好佛法」，卷七七九《樊南乙集序》自言「剋意事佛」；李涪《刊誤》卷下載商隱贊「竺乾」曰「稽首正覺，吾師吾師」（陸心源《唐文續拾》卷一肅宗《三教聖象讚》與此文全同，陸蓋未辨刻石者竊取李文而僞託御製）；《唐文拾遺》卷三二温憲《唐集賢直院官榮王府長史程公墓誌銘》記商隱從僧修己游；贊寧《高僧傳》三集卷六《知玄傳》記商隱師事知玄，願「削染爲弟子」，玄畫像中寫商隱「執拂侍立」；商隱皈依釋氏，已所不諱，人復共知。則其所謂「道者，愚與周、孔俱身之」，身，體現也，殆同神會《語録》卷一「衆生心是佛心，佛心是衆生心」；而其所謂「聖賢相隨於塗中」，又先發王守仁《傳習録》卷三：「王汝止、董蘿石出遊歸，皆曰：『見滿街人皆是聖人。』」獺祭文人乃能直指心源，與高僧大儒共貫，不可不標而出之。釋志磐《佛祖統紀》卷四一載商隱贈僧知玄七絶，有曰：「沙彌説法沙門聽，不在年高在性靈。」亦言悟性之重於道

行耳。（《管錐編》第四册《全上古三代秦漢三國六朝文》一八一《全宋文》卷六二）

## 上令狐相公狀五〔一〕

今月二十四日，禮部放榜〔二〕，某徼倖成名〔三〕，不任感慶。某材非秀異〔四〕，文謝清華〔五〕，幸忝科名，皆由獎飾〔六〕。昔馬融立學，不聞薦彼門人〔七〕；孔光當權，詎肯言其弟子〔八〕？豈若四丈屈於公道，申以私恩〔九〕，培樹孤株〔一〇〕，騫騰短羽〔一一〕。自卵而翼，皆出於生成〔一二〕；碎首麋軀，莫知其報效〔一三〕。瞻望旌棨〔一四〕，無任戴恩隕涕之至。

**【校注】**

〔一〕本篇原載清編《全唐文》卷七七四第二三頁、《樊南文集補編》卷五。〔按〕錢箋、張箋均未繫具體月份。考唐代禮部試，通常於正月進行，二月放榜。狀云「今月二十四日，禮部放榜」，而《上令狐相公狀六》有「前月七日過關試訖」，「即以今月二十七日東下」之語，《及第東歸次灞上却寄同年》又有「行期未分壓春期」之句，相互參證，可推知本篇所云「今月二十四日，禮部放榜」之「今月」爲正月。馮浩注「壓春期」云：「在春杪，故曰壓。」是。則狀六所云「今月二十七日東下」指三月二十七日東歸，而「前月七日過關試訖」指二月七日關試，然則禮部放榜之日明爲正月二十四日。狀當上於稍後。

〔二〕〔錢注〕《摭言》:南院放榜,張榜牆乃南院東牆也。未辨色,即自北院將榜就南院張挂之。參見《上令狐相公狀一》注〔三〇〕。〔補注〕陳標《贈元和十三年登第進士》:「春官南院粉牆東,地色初分月色紅。文字一千重馬擁,喜歡三十二人同。眼看魚變辭凡水,心逐鸎飛出瑞風。莫怪雲泥從此別,總因惆悵去年中。」亦云放榜地點在禮部南院東牆。

〔三〕〔錢注〕《舊唐書》商隱本傳:開成二年,高鍇知貢舉。令狐綯雅善鍇,獎譽甚力,故擢進士第。《後漢書·許荆傳》:祖父武,以二弟晏、普未顯,欲令成名。〔補注〕唐人通稱科舉中式爲成名。

〔四〕〔錢注〕《漢書·食貨志》:其有秀異者,移鄉學於庠序。

〔五〕〔補注〕謝,遜、不如。清華,此指文章清麗華美。《北史·魏長賢傳》:「博涉經史,詞藻清華。」

〔六〕〔錢注〕《吴志·孫權傳》注:《魏略》:「得爲先王所見獎飾。」〔補注〕科名,此指科舉功名,非指科舉考試所設類别名目。商隱《與陶進士書》云:「時獨令狐補闕最相厚,歲歲爲寫出舊文納貢院。既得引試,會故人夏口(高鍇)主舉人,時素重令狐賢明,一日見之於朝,揖曰:『八郎之友誰最善?』綯直進曰『李商隱』者,三道而退,亦不爲薦託之辭,故夏口與及第。」可證令狐父子對商隱之獎飾。

〔七〕〔錢注〕《後漢書·馬融傳》:融才高博洽,爲世通儒,教養諸生,常以千數。〔補注〕《融傳》云:「涿郡盧植、北海鄭玄,皆其徒也。」

〔八〕〔錢注〕《漢書·孔光傳》：光經學尤明。爲卿，時會門下大生講問疑難，舉大義云。其弟子多成就爲博士大夫者。見師居大位，幾得其助力，光終無所薦舉。

〔九〕〔錢注〕《舊唐書》商隱本傳：商隱能爲古文，不喜對偶。從事令狐楚幕，楚能章奏，以其道授商隱，自是始爲今體章奏。〔按〕此二句承上指令狐助其登第言，與授章奏之道無涉。

〔一〇〕〔錢注〕沈約《詠山榴》詩：無使孤株出。〔補注〕「孤株」自喻寒微無依，即《祭徐氏姊文》「内無强近，外乏因依」，《祭裴氏姊文》「九族無可倚之親」之意。

〔一一〕〔錢注〕張協《七命》：短羽之棲翳薈。

〔一二〕〔補注〕《左傳·哀公十六年》：「子西曰：『勝如卵，余翼而長之。』」卵翼，鳥以翼護卵，孵出小鳥。喻撫育、庇護之恩。此云「自卵而翼」，意稍有變化。

〔一三〕〔錢注〕蔡邕《讓尚書乞在閒冗》：非臣碎首糜軀所能補報。

〔一四〕〔錢注〕謝朓《始出尚書省》詩：載筆陪旌棨。李善注：韋昭《漢書注》曰：「棨，戟也。」〔補注〕旌棨，指節度使之旌旗棨戟等儀仗。

## 上令狐相公狀六〔一〕

前月七日，過關試訖〔二〕。伏以經年滯留，自春宴集，雖懷歸苦無其長道〔三〕，而適遠方俟於聚糧〔四〕。即以今月二十七日東下〔五〕。伏思自依門館〔六〕，行將十年〔七〕。久負梯媒〔八〕，方霑一第。仍世之徽音免墜〔九〕，平生之志業無虧。信其自强〔一〇〕，亦未臻此。顧言丹慊，實誓朝暾〔一一〕。雖濟上漢中〔一二〕，風煙特異；而恩門故國〔一三〕，道里斯同。北堂之戀方深〔一四〕，東閣之知未謝〔一五〕。夙宵感激，去住彷徨。彼謝掾辭歸，繫情於皋壤〔一六〕；楊朱下泣，結念於路歧〔一七〕。以方兹辰，未偕卑素〔一八〕。況自今歲，累蒙榮示，軫其飄泊〔一九〕，務以慰安〔二〇〕，促曳裾之期〔二一〕，問改轅之日〔二二〕。五交辟而未盛〔二三〕，十從事而非賢〔二四〕。仰望輝光，不勝負荷。至中秋方遂專往，起居未間〔二五〕。瞻望旌旆，如闊天地，伏惟俯賜照察。

【校注】

〔一〕本篇原載清編《全唐文》卷七七四第二四頁、《樊南文集補編》卷五。〔錢箋〕此狀爲商隱登第東還後作。時方歸省，未能遽赴其招，故云「中秋方遂專往」。是年十一月，令狐楚卒於鎮，商隱爲之草《尋醫表》《遺表》。〔按〕狀有「前月七日，過關試訖」，「即以今月二十七日東下」語，「今月」指三月，詳《上令狐相公狀五》注〔一〕按語。此狀上於三月廿七前夕。錢謂「登第東還後作」，似小疏。

〔二〕〔錢注〕《摭言》：近年及第，未過關試，皆稱新及第進士。又：關試，吏部員外其日於南省試判兩節，諸生謝恩，其日稱門生，自此方屬吏部矣。〔補注〕關試，唐代吏部對新及第進士之考試，合格者方能授官。胡震亨《唐音癸籤》卷一八《進士科故實》：「關試，吏部試也。進士放榜敕下後，禮部始關吏部，吏部試判兩節，授春關，謂之關試。始屬吏部守選。」關，關白，指官府間公文往來。禮部將及第舉子姓名及有關材料移交給吏部，吏部則由員外郎主持，試判兩節，謂之關試，亦稱春關。判指判獄訟，用駢體。關試後稱「前進士」。

〔三〕苦，《全文》誤「若」，據錢本改。〔補注〕《詩·小雅·小明》：「豈不懷歸，畏此罪罟。」王粲《登樓賦》：「情眷眷而懷歸兮，孰憂思之可任？」《詩·魯頌·泮水》：「順彼長道，屈此群醜。」《古詩十九首·迴車駕言邁》：「迴車駕言邁，悠悠涉長道。」按：此言「苦無其長道」，「長道」疑借指供遠行用之馬匹。《上河陽李大夫狀二》：「卹以長途，假之駿足。」《上李尚書狀》：「兼假長行人乘等。」似可參證。如此，方與下句「方俟於聚糧」對應。

〔四〕〔錢注〕《莊子》：適千里者三月聚糧。

〔五〕〔補注〕東下，指東歸濟源省母，參下文「濟上漢中」「北堂之戀」句注。

〔六〕〔錢注〕《後漢書·邊讓傳》：《章華賦》：「夕回輦於門館。」〔按〕此句「門館」指顯貴者招待賓客之館舍，參下「東閣之知未謝」注。而《章華賦》之「門館」則指宫掖或内寢。

〔七〕〔錢箋〕義山登第在開成二年丁巳，上遡至大和三年己酉令狐楚鎮天平時，共得九年，當爲受知之始，《樊南甲集序》所以首稱「鄆相國」也。《新》《舊》二傳皆謂受知始於河陽，未確，當以馮譜爲正。

〔八〕〔補注〕梯媒，薦引。

〔九〕〔錢注〕《漢書·叙傳》：仍世作相。〔補注〕仍世，累世。徽音，令聞美譽，此指美好之家聲。

〔一〇〕〔補注〕《易·乾》：「天行健，君子以自强不息。」《孔子家語·五儀解》：「篤行信道，自强不息。」

〔一一〕〔錢注〕《楚辭·九歌》：暾將出兮東方。注：始出，其形暾暾而盛大也。〔補注〕誓朝暾，指朝日爲誓。《詩·王風·大車》：「穀則異室，死則同穴。謂予不信，有如皦日。」丹慊，猶赤誠。

〔一二〕〔錢箋〕濟上，當指濟源。考《舊唐書·地理志》：河南府，顯慶二年以懷州之濟源來屬。會昌三年，以濟源還懷州。此文作於開成二年，則濟源尚爲河南屬也。惟與東都，則有河南、河北之殊。義山既除父喪，即定居洛下（按：錢説非。義山自言「占數東甸」，東甸即東都畿甸，指鄭州。詳《李商隱詩歌集解》附録《李商隱生平若干問題考辨》「占數東甸」一節），而時或往來玉陽、王屋之間，故《詩集·畫松詩》有「學仙玉陽東」及「形魄天壇上」等語。濟水出王屋，其地正相接也。此云「濟上」，似登第之時，正奉母居於濟源，故以北堂之戀爲説。又《祭裴氏姊文》云「小姪寄兒，來自濟邑」，考寄寄之葬在會昌四年，而《祭姪女文》云「寄瘞爾骨，五年於兹」，則没爲開成五年。又云「爾生四年」，則生於開成二年，正與作此文同時。豈其弟羲叟時亦同居濟源，故姪女之没，即瘞骨於此耶？漢中，見《爲彭陽公興元請尋醫表》注〔一〕、注〔三五〕。

〔一三〕〔錢注〕《漢書·王莽傳》：拜爵王廷，謝恩私門者，禄去公室，政從亡矣。〔補注〕恩門，恩府、師門，指令狐楚。故國，指濟源，濟源地近懷州，故云。《舊唐書·地理志》：「（武德）四年，廢西濟州及邵原、蒸川、溴陽三縣入濟源，改隸懷州。」

〔一四〕〔錢注〕《詩·伯兮》傳：諼草令人忘憂。背，北堂。〔補注〕北堂，指老母居處。

〔一五〕〔補注〕《漢書·公孫弘傳》：「數年至宰相封侯，於是起客館，開東閤以延賢人。」閤，小門。俗多作「閣」。此謂令狐相公知遇之恩未報。

〔一六〕〔錢注〕《南齊書·謝朓傳》：朓歷隨王文學。子隆好辭賦，朓以文才，尤被賞愛。世祖敕朓還朝，遷新安王中軍記室。朓箋辭子隆曰：「皋壤摇落，對之惆悵，歧路東西，或以嗚邑。」《莊子》：山林與？皋壤與？使我欣欣然而樂與？樂未畢也，哀又繼之。

〔一七〕〔錢注〕《列子》：楊朱見歧路而泣之，爲其可以南可以北。

〔一八〕〔補注〕方，比。兹辰，指謝朓辭歸、楊朱泣歧之日。卑素，謙稱自己之情愫。素，通「愫」。

〔一九〕〔補注〕軫，痛，憫惜，顧念。

〔二〇〕〔錢注〕《漢書·田千秋傳》：尉安衆庶。〔補注〕務，致力于。

〔二一〕〔錢注〕鄒陽《上書吴王》：今臣飾固陋之心，則何王之門不可曳長裾乎？〔補注〕曳裾，謂在門下爲客。

〔二二〕〔補注〕改轅，改變車行方向。語本《左傳·宣公十二年》：「改乘轅而北之。」此指赴山南西道使府。

〔二三〕〔錢注〕《後漢書·張楷傳》：五府連辟，舉孝廉方正。注：五府，太傅、太尉、司徒、司空、大將軍也。

〔二四〕見《上令狐相公狀三》注〔八〕。

〔二五〕〔補注〕未間，不隔。

## 上令狐相公狀七〔一〕

伏承博士七郎〔二〕，自到彼州〔三〕，頓痊舊疾〔四〕，無妨步履，不廢起居。某頃在東郡〔五〕，久陪文會〔六〕，嘗歎美疹〔七〕，滯此全材。今則拜慶之初〔八〕，累歲之拘攣頓釋〔九〕；承歡之始，一朝而跪起如常〔一〇〕。理絶言詮〔一一〕，道符神用〔一二〕。且相如痟渴，不聞中愈〔一三〕；士安痺疾，乃欲自裁〔一四〕。爰在前賢，亦有沈痼〔一五〕。豈若此蹣跚就路〔一六〕，傴僂言歸〔一七〕。念彼良方，始憂病在骨髓〔一八〕；徵諸大《易》，終聞《蹇》利西南〔一九〕。此皆四丈德契誠明，七郎行敦孝敬，纔當撫覯，并愈疲羸〔二〇〕。某素受恩私，不任抃賀。

**【校注】**

〔一〕本篇原載清編《全唐文》卷七七四第二四頁、《樊南文集補編》卷五。〔張箋〕此篇乃賀楚子國子博士緒風痺痊復。文有「自到彼州，頓痊舊疾」語，當在是年（指開成二年）。〔按〕文云「終聞《蹇》利西南」，亦暗切興元。第六狀上於三月末，此狀當在其後，約開成二年夏秋間。

〔二〕〔錢注〕按本集《代彭陽公遺表》云：「召男國子博士緒。」又有《爲令狐博士緒補闕綯謝宣祭表》。《舊唐書・職官志》：國子學博士二人，正五品上。

〔三〕〔補注〕彼州，指梁州興元府。其時令狐緒在興元隨侍。

〔四〕〔錢注〕《新唐書・令狐綯傳》：大中初，宣宗謂宰相白敏中曰：「憲宗葬，道遇風雨，六宮百官皆避，獨見頎而鬋者奉梓宮不去，果誰耶？」敏中言：「山陵使令狐楚。」帝曰：「有子乎？」對曰：「緒少風痹，不勝用。綯今守湖州。」因曰：「其爲人，宰相器也。」〔按〕事見裴庭裕《東觀奏記》。

〔五〕〔錢注〕（東郡）似指東平。胡本（郡）作「都」，未知孰是。〔按〕東郡，即鄆州東平郡。秦置東郡，地約當今河南省東北部與山東省西部部分地區。《史記・魏世家》：「景湣王元年，秦拔我二十城，以爲秦東郡。」令狐楚任天平軍節度、鄆曹濮觀察使，轄區正秦東郡之一部。然此句「東郡」實爲「東平郡」之省稱。視「久陪文會」語，正商隱在鄆州幕時「水檻花朝，菊亭雪夜，篇什率徵於繼和，盃觴曲賜其盡歡」（《上令狐相公狀一》）之情景，而非洛陽初謁之狀況。《舊唐書》本傳謂「楚以其少俊，深禮之，令與諸子遊」，「諸子」中當包括緒、綯也。

〔六〕〔錢注〕《陳書・徐伯陽傳》：爲文會之友。

〔七〕〔補注〕《左傳·襄公二十三年》：「季孫之愛我，疾疢也；孟孫之惡我，藥石也。美疢不如惡石。」此僅用其字面，美稱人之疾病。疹，同「疢」。

〔八〕〔補注〕拜慶，拜家慶，久别歸家省親。葛立方《韻語陽秋》卷一〇：「唐人與親别而復歸，謂之拜家慶。」

〔九〕〔錢注〕鄒陽《獄中上書自明》：以其能越拘攣之語。〔補注〕拘攣，肌肉抽搐，難以伸展自如，因患風痹之疾而致。

〔一〇〕〔錢注〕《史記·武安侯傳》：跪起如子姪。

〔一一〕〔補注〕《莊子·外物》：「荃者所以在魚，得魚而忘荃……言者所以在意，得意而忘言。」言荃，謂在言詞上留下跡象，常與「言詮」通用。

〔一二〕〔補注〕神用，神明之作用。《文選·任昉〈王文憲集序〉》：「斯固通人之所包，非虚明之絶境，不可窮者，其唯神用者乎！」劉良注：「其不可窮究者，其唯神明之用者乎！」

〔一三〕〔錢注〕《史記·司馬相如傳》：相如常有消渴疾。〔補注〕《廣韻·平宵》：「痟，痟渴病也。司馬相如所患。」痟、消字通。痟渴，即今所謂糖尿病。

〔一四〕〔錢注〕《晉書·皇甫謐傳》：謐字士安，得風痹疾，初服寒石散，而性與之忤，每委頓不倫，嘗悲恚，叩刃欲自殺。《漢書·賈誼傳》：跪而自裁。注：裁，謂自刑殺也。

〔一五〕〔錢注〕劉楨《贈五官中郎將》詩：余嬰沉痼疾，竄身清漳濱。

〔一六〕〔錢注〕《玉篇》：蹣跚，旋行貌。〔補注〕蹣跚，跛行貌。

〔一七〕〔補注〕《左傳・昭公七年》：「一命而僂，再命而傴，三命而俯，循牆而走，亦莫余敢侮。」傴僂，曲背彎腰。

〔一八〕〔錢注〕《史記・扁鵲傳》：扁鵲過齊，齊桓侯客之。入朝見，曰：「君有疾在腠理，不治將深。」桓侯曰：「寡人無疾。」後五日，曰：「君有疾在血脈。」後五日，曰：「君有疾在腸胃間。」後五日，扁鵲望見桓侯而退走，曰：「疾之居腠理也，湯熨之所及也；在血脈，鍼石之所及也；其在腸胃，酒醪之所及也；其在骨髓，雖司命無奈之何。今在骨髓，臣是以無請也。」

〔一九〕〔補注〕《易・蹇》：「蹇，利西南，不利東北。」「蹇」有跛行義，興元在京師之西南方向。此既暗切緒患風痹之疾，又點楚、緒所在之地。

〔二〇〕〔補注〕撫覲，安撫覲見。指擔任方鎮。愈疲羸，指緒病弱之體痊愈康復。

## 代李玄爲崔京兆祭蕭侍郎文〔一〕

年月日，惟靈傳芳華胄〔二〕，禀慶靈源〔三〕。漢朝輔相之流輝〔四〕，梁室帝王之遺懿〔五〕。克生俊德〔六〕，彰我休期。高表百尋〔七〕，澄波萬頃〔八〕。及春闈獻藝〔九〕，會府試才〔一〇〕，騏驥出塵〔一一〕，蛟龍得水〔一二〕，頓纓而駑駘盡喪〔一三〕，乘風而鼃黽皆空〔一四〕。憑陵遠天〔一五〕，躞蹀長道〔一六〕。是將筮仕〔一七〕，光乎縉紳〔一八〕。侯國從知，大朝就選〔一九〕，秘寶宜陳於東序〔二〇〕，朱紱必降於上玄〔二一〕。錦帳而居〔二三〕，青縑以覆。建禮推盡瘁之績〔二四〕，明光多伏奏之勤〔二五〕。亦既遷榮，乃司論駁〔二六〕，高居青瑣〔二七〕，封還紫泥〔二八〕，使明時無失政之譏〔二九〕，大邦無不便之詔〔三〇〕。

暫辭朝籍〔三一〕，往分郡符〔三二〕。借寇莫從〔三三〕，徵黄甚急〔三四〕。方將啓乎良友〔三五〕，進彼令人〔三六〕。志豈愛身，誓將許國〔三七〕。不謂疎網猶漏〔三八〕，斯民未康〔三九〕。作礪爲鹽〔四〇〕，正侯理平之運〔四一〕；依城憑社〔四二〕，深懷翦滅之虞〔四三〕。上蔽聰明，内求媟近〔四四〕。故鴻猷不得而協贊〔四五〕，睿化莫可以輔成〔四六〕。藐是流離，有窘陰雨〔四七〕。嗚呼！令惟逐客，誰復上書〔四八〕？獄以黨人，但求俱死〔四九〕。銜冤遽往〔五〇〕，吞恨孤居〔五一〕。目斷而不見長安〔五二〕，形留而遠託異國〔五三〕。屈平忠而獲罪〔五四〕，賈誼壽之不長〔五五〕。纔易炎涼〔五六〕，遂分今昔〔五七〕。

粤自東蜀〔五八〕，言旋上京〔五九〕。郭泰墓邊，空多會葬〔六〇〕；鄧攸身後，不見遺孤〔六一〕。信陰騭之莫知〔六二〕，亦生人之極痛！某等頃同班列〔六三〕，獲奉周旋〔六四〕。分結死生，地兼族類〔六五〕。依仁既切〔六六〕，慕德方深。始驚南浦之悲〔六七〕，俄軫下泉之訃〔六八〕。今則年良月吉〔六九〕，筮協龜從〔七〇〕。顧埋玉之難追〔七一〕，歎焚芝之何及〔七二〕！牲牢麤潔，酒醴非多。聊寫丹忱〔七三〕，以伸永訣〔七四〕。

【校注】

〔一〕本篇原載《文苑英華》卷九八九第六頁、清編《全唐文》卷七八一第一五頁、《樊南文集詳注》卷六。〔徐箋〕《舊書·文宗紀》：大和九年六月，李宗閔貶明州刺史。時京兆尹楊虞卿坐妖言人歸第，人皆以爲冤誣。宗閔於上前極言論列，上怒，面數宗閔之罪，叱出之，故坐貶。七月，貶虞卿爲虔州司馬，吏部侍郎李漢爲汾州刺史，刑部侍郎蕭澣爲遂州刺史。八月，又貶宗閔爲潮州司户，其黨楊虞卿、李漢、蕭澣皆再貶。本集《哭遂州蕭侍郎》詩云：「遺音和蜀魄，易簣對巴猿。」蓋澣至遂州未幾而卒也。本傳：商隱博學强記，下筆不能自休，尤善爲誄奠之辭。〔馮箋〕蕭之卒在開成元年，其歸葬固不妨稍遲。《舊書·崔珙傳》：「開成二年六月，遷京兆尹。」似即此「崔京兆」。但蕭爲宗閔之黨，《珙傳》云：「李德裕與珙親厚。」而文有「分結死生，地兼族類」之語，似未盡符。豈公祭之作，非專爲珙言歟？〔張箋〕案題既云「爲崔京兆」，則非公祭。牛、李兩黨彼此交厚者，傳中多有，不必疑也。又案《唐語林》載：「武宗任李德裕，性孤峭，嫉朋黨，擠牛僧孺、李宗閔、崔珙於嶺外。楊嗣復、李珏以會昌初册立事，亦七年嶺表。宣宗即位，五相同日遷北。」觀此，則崔珙非李黨。《舊·傳》之言，殆不可信，馮氏小泥矣。〔岑仲勉曰〕案《語林》此文本《東觀奏記》，余作《唐史餘瀋》別有辨，據《舊書》一七七，珙明爲崔鉉所擠，非德裕也。（《平質》丙欠稿《崔珙非李黨》條）〔按〕崔珙開成二年六月遷京兆尹，此祭文當作於其後。《詩集·哭遂州蕭侍郎二十四韻》有「蟻漏三泉路，螿啼百草根」之句，時令已在秋天，哭詩與祭文當同時作。兹編開成二年秋。李玄無考。

〔二〕《英華》注：（句首）集有「伏」字。〔徐注〕《隋書·房彦謙傳》：傳芳萬古。〔補注〕華胄，顯貴者之後代，即下所云「漢朝輔相之流輝，梁室帝王之遺懿」。

〔三〕〔徐注〕沈約碑：靈源與積石争流。〔按〕此「靈源」指帝胄、帝緒，徐注引非其義。慶，福澤。

〔四〕〔徐注〕謂蕭何之裔。

〔五〕〔徐注〕《哭蕭侍郎》詩亦有「公先真帝子」句。〔馮注〕謂蕭梁。本集《哭（蕭）詩》亦云「公先真帝子」。

〔六〕俊，《英華》作「儁」，同。〔補注〕《書·堯典》：「克明俊德，以親九族。」俊德，才能傑出之士。

〔七〕〔馮注〕庾信《豆盧公神道碑》：直幹百尋，澄波千頃。〔補注〕表，標木。高表，猶高標，高樹，喻出類拔萃者。八尺爲尋。

〔八〕〔馮注〕《後漢書·黄憲傳》：憲字叔度。郭林宗曰：「叔度汪汪若千頃陂，澄之不清，淆之不濁，不可量也。」《南史·王惠傳》：荀伯子曰：「靈運固自蕭散直上，王郎有如萬頃陂焉。」

〔九〕春闈，見《爲安平公謝除兖海觀察使表》注〔一〇〕。

〔一〇〕〔馮注〕《周禮·天官》：司會之職。注曰：會，大計也。司會，主天下之大計，計官之長，若今之尚書矣。《後漢書·律曆志》：群臣會司徒府議。注曰：《蔡邕集》載：「三月九日，百官會府公殿下，讀詔書，公議。」此會府之義所昉也。《舊書·代宗紀》：領録天下之綱，綜覈萬事之要，莫不處正於會府也。按：《唐書·天文志》：「斗魁謂之會府。」而周之會府，漢之尚書也。此謂尚書省試。今之會試，猶其義耳。〔補注〕會府，尚書省之别稱。白居易《除趙昌檢校吏部尚書兼太子賓客制》：「才冠六卿，然後能紀綱會府。」試才，指試判。上句「獻藝」指試詩賦。

〔一一〕〔徐注〕《説苑》：騏驥雖疾，不遇伯樂，不致千里。〔馮注〕《孫卿子》：驊騮、騏驥、纖離、騄耳，古之良馬。《西京雜記》：文帝良馬九匹，一名絶塵。

〔一二〕〔徐注〕《吴志》：周瑜曰：「劉備非久爲人用者，恐蛟龍得雲雨，終非池中物也。」

〔一三〕〔補注〕頓纓，掙脱繩索。嵇康《與山巨源絶交書》：「此由禽鹿，少見馴育，則服從教制；長而見羈，則狂顧頓纓，赴蹈湯火。」杜甫《述古》詩之一：「赤驥頓長纓，非無萬里姿。」駑駘，劣馬。

〔一四〕風，《英華》作「氣」。〔馮注〕《周禮》：春獻鼈蜃。蕭登進士第一，見後《刑部尚書致仕贈尚書右僕射太原白公墓碑銘并序》。（按：序云：「（元和）元年，對憲宗詔策，語切不得爲諫官，補盩厔尉。明年試進士，取故蕭遂州澣爲第一。」）

〔一五〕陵，《英華》作「凌」。〔徐注〕《左傳》：鄭王子伯駢告於晉曰：「憑陵我城郭。」〔按〕此句「憑陵」指登臨其上，徐注引非其義。

〔一六〕〔徐注〕卓文君《白頭吟》：今日斗酒會，明旦溝水頭。躞蹀御溝上，溝水東西流。〔補注〕躞蹀，小步行走貌。

〔一七〕〔徐注〕《左傳》：畢萬筮仕于晉。〔補注〕筮仕，將出仕而卜問吉凶。此指初出仕。

〔一八〕光，《英華》作「先」，注：集作「光」。

〔一九〕〔馮注〕先仕使府，入爲朝官。

〔二〇〕〔徐注〕（班固）《典引》：御東序之秘寶。〔馮注〕《書》：大玉、夷玉、天球、河圖，在東序。〔補注〕東序，古代宫室之東厢房，藏圖書、秘籍之所。

〔二一〕〔徐注〕《易》：朱紱方來。

〔二二〕帳，《全文》作「幔」，據《英華》改。〔馮注〕蔡質《漢官典職》：尚書郎入直臺中，官供新青縑白綾被，或錦被，晝夜更宿，帷帳畫，通中枕，卧旃褥，冬夏隨時更易。氈、旃通用。又《三輔決録》：馮豹爲尚書郎，每奏事未報，常伏省閤下，或自昏至明，天子默使人持被覆之。

〔二四〕〔馮注〕《漢官儀》：宫北朱雀門至止車門，内崇賢門，内建禮門。

〔二五〕〔馮注〕《漢官儀》：尚書郎五日更直建禮門内，趣走丹墀，伏其下，奏事明光殿。

〔二六〕〔馮曰〕以上謂從郎官遷給事。〔補注〕《新唐書·百官志二》：「給事中四人……凡百司奏抄，侍中既審，則駁正違失。詔敕不便者，塗竄而奏還，謂之『塗歸』。」《續資治通鑑·宋高宗紹興三年》：「國家倣唐舊制，分建三省，凡政令之失中，賞刑之非當，其在中書，則舍人得以封還；其在門下，則給事得以論駁。」

〔二七〕青瑣，見《爲安平公謝除兗海觀察使表》注〔二九〕。

〔二八〕還，《英華》注：集作「拆」。〔馮注〕《漢舊儀》：皇帝六璽，皆以武都紫泥封之。〔按〕參注〔二六〕。

〔二九〕譏，《全文》誤作「機」，據《英華》改。

〔三〇〕〔馮注〕《史記·商君傳》：秦民言令不便者。〔徐注〕《後漢書·袁紹傳》：每得詔書，有不便於己。〔按〕不便，不適宜。徐注引係「不利」義，非。

〔三一〕〔馮注〕《三輔黄圖》：漢宫門各有禁，非侍衛通籍之臣不敢妄入。《北史·隋文帝紀》：開皇二年三月，初命入宫殿門通籍。按：隋復行此制，惟京職乃云通籍，若出外即云非朝籍矣。今人概以筮仕爲通籍，誤也。

〔三二〕〔徐注〕《舊書·文宗紀》：大和七年三月丁巳，以給事中蕭澣爲鄭州刺史。

〔三三〕〔馮注〕《後漢書·寇恂傳》：建武二年，拜潁川太守。三年，拜汝南太守。七年，爲執金吾。車駕南征，恂從至潁川，百姓遮道曰：「願從陛下復借寇君一年。」乃留恂長社，鎮撫吏人。

〔三四〕〔馮注〕《漢書·循吏傳》：黄霸爲潁川太守，米鹽靡密，初若煩碎，然霸精力能推行之。謂從鄭州内召，詳年譜。〔補注〕《漢書·黄霸傳》：「爲潁川太守……以外寬内明，得吏民心，户口歲增，治爲天下第一。徵守京兆尹，秩二千石。」故云「徵黄甚急」。馮注引非所用。

〔三五〕〔馮曰〕良友，似指李宗閔輩。

〔三六〕〔徐注〕《詩》：吾無令人。〔補注〕令人，善人。

〔三七〕許，《英華》注：集作「匡」。

〔三八〕〔馮注〕《漢書·酷吏傳》：號爲罔漏吞舟之魚。《老子》：天網恢恢，疏而不失。

〔三九〕民，《英華》誤作「文」，注：集作「民」。〔馮校〕一作「文」，誤，蓋以「人」代「民」，訛作「文」也。

〔補注〕《書·大誥》：「天降威，知我國有疵，民不康。」

〔四〇〕〔徐注〕《書》：「若金，用汝作礪。」又：「若作和羹，爾惟鹽梅。」

〔四一〕〔馮曰〕「理」，作「治」字用。

〔四二〕〔徐注〕《晏子春秋》：景公問晏子：「治國何患？」對曰：「社鼠者不可燻，不可灌。君之左右，出賣寒熱，入則比周，此之謂社鼠也。」《晉書·謝鯤傳》：王敦將爲逆，謂鯤曰：「劉隗奸邪，將危社稷，吾欲除君側之惡，何如？」對曰：「隗誠禍始，然城狐社鼠也。」沈約《奏彈王源文》：狐鼠微物，亦蠹大猷。善曰：應璩詩：「城狐不可掘，社鼠不可熏。」

〔四三〕〔徐注〕《左傳》：齊侯曰：「余姑翦滅此而朝食。」

〔四四〕〔徐注〕《晉書·郭璞傳》：疏曰：「不宜令褻近紫闥。」《南史·張弘策傳》：嗣主在宫，本無令譽，媟近左右。〔馮按〕宗閔當大和二年，因駙馬都尉沈𣙜結託女學士宋若憲及知樞密楊承和、韋元素二人。數稱之於上，故獲徵爲吏部侍郎。九年七月，鄭注發沈𣙜、宋若憲事，沈、宋、楊、韋姻黨坐貶者十餘人，又貶宗閔司户。時訓、注竊弄威權，凡不附己者目爲宗閔、德裕之黨，貶逐無虚日。事皆在《舊書·宗閔傳》。蕭因宗閔再貶，當亦兼此事，故曰「内求媟近」，可補史文之略也。狐、鼠指訓、注。尋有甘露之變，故於訓、注敢顯斥之。宗閔雖與德裕爲仇，然此段非指德裕。〔按〕《詩集·行次西郊作一百韻》：「近年牛醫兒，城社更攀緣。」亦明指鄭注。

〔四五〕〔徐注〕劉敬叔《異苑》：晉隆安中，鳳凰集劉穆之庭，韋藪謂曰：「子必協贊鴻猷。」
〔四六〕〔徐注〕《後漢書·王常傳》：常大悟曰：「誠思出身爲用，輔成大功。」
〔四七〕〔徐注〕《詩》：終其永懷，又窘陰雨。
〔四八〕〔馮注〕《史記·李斯傳》：秦王拜斯爲客卿。秦宗室大臣請一切逐客，李斯議亦在逐中，斯乃上書。
〔四九〕〔徐注〕《後漢書·黨錮傳》：張儉鄉人朱並上書，告儉與同鄉檀彬等二十四人，別相署號，圖危社稷，刻石立墠，共爲部黨，而儉爲之魁。靈帝詔刊章捕儉等。大長秋曹節因此諷有司捕前黨，故司空虞放等百餘人皆死獄中。〔馮注〕《後漢書·黨錮傳》：凡黨事始自甘陵、汝南，成於李膺、張儉，海内塗炭二十餘年，諸所蔓衍，皆天下善士。〔按〕《哭遂州蕭侍郎二十四韻》亦云：「初驚逐客議，旋駭黨人冤。」田蘭芳曰：「逐客指楊，黨人指李、蕭。」
〔五〇〕〔徐注〕《隋書·煬三子傳》：下書曰：「銜冤誓衆。」
〔五一〕〔徐注〕鮑照《蕪城賦》：天道如何，吞恨者多。
〔五二〕見《爲安平公赴兖海在道進賀端午馬狀》注〔九〕。
〔五三〕〔徐注〕李陵《答蘇武書》：遠託異國，昔人所悲。
〔五四〕〔徐注〕《史記》：屈原信而見疑，忠而被謗。
〔五五〕〔馮注〕《史記·賈生傳》：賈生爲長沙王太傅三年，有鵩飛入賈生舍，止於坐隅。楚人命鵩曰

「服」。賈生既以適（謫）居長沙，長沙卑濕，自以爲壽不得長，傷悼之，乃爲賦以自廣。

〔五六〕〔徐注〕沈約詩：寒暑遞炎涼。〔按〕纔易炎涼，謂方過一年。

〔五七〕〔補注〕謂蕭澣遂卒於遂州貶所，成生死之隔。

〔五八〕〔馮注〕遂州屬東川。

〔五九〕〔馮注〕謂其喪之歸。

〔六〇〕〔徐注〕《後漢書》：郭泰卒，四方之士千餘人，皆來會葬，同志者乃共刻石立碑。

〔六一〕〔馮注〕《晉書·鄧攸傳》：石勒過泗水，攸以妻子逃。步走，擔其兒及其弟子綏。度不能兩全，謂其妻曰：「吾弟早亡，理不可絶，止應自棄吾兒。」乃棄之而去，卒以無嗣。時人爲之語曰：「天道無知，使鄧伯道無兒。」弟子綏服攸喪三年。〔按〕《哭遂州蕭侍郎二十四韻》云：「有女悲初寡，無兒泣過門。」「無兒」指澣死無子。

〔六二〕〔徐注〕《書》：惟天陰騭下民。

〔六三〕〔徐注〕《晉書·王祥傳》：祥曰：「公、王相去，一階而已，班列大同。」〔馮注〕潘岳《夏侯常侍誄》：從班列也。任昉《求立太宰碑表》：亦從班列。

〔六四〕〔徐注〕《左傳》：季文子使太史克對曰：「行父奉以周旋。」〔補注〕周旋，本指古代行禮時進退揖讓之動作，此指交往。

〔六五〕〔徐注〕《左傳》：史佚之《志》曰：「非我族類，其心必異。」

〔六六〕〔補注〕《論語·述而》：「子曰：『志於道，據於德，依於仁，游於藝。』」

〔六七〕〔徐注〕江淹《别賦》：送君南浦，傷如之何！

〔六八〕〔馮注〕《詩》：冽彼下泉。〔徐注〕王粲《七哀詩》：悟彼下泉人，喟然傷心肝。

〔六九〕〔徐注〕《論衡》：《葬曆》曰：「葬避九空地臽，及日之剛柔，月之奇耦。日吉無害，剛柔相得，奇耦相應，乃爲吉良。」

〔七〇〕〔徐注〕《書》：龜筮協從。〔補注〕古時占卜用龜，筮用蓍，視其象與數以定吉凶。

〔七一〕〔徐注〕《晉書》：庾亮卒，何充歎曰：「埋玉樹於土中，使人情何能已！」

〔七二〕之，《英華》注：集作「而」。〔徐注〕《淮南子》：巫山之上，順風縱火，紫芝與蕭艾俱死。陸機《歎逝賦》：信松茂而柏悦，嗟芝焚而蕙歎。

〔七三〕忱，《英華》作「誠」。

〔七四〕〔徐注〕潘岳誄：存亡永訣，逝者不追。

## 爲彭陽公興元請尋醫表〔一〕

臣某言：臣聞長育之功，允歸於天地〔二〕；疾痛所迫，必告於君親〔三〕。是以今月某日，竊獻表章〔四〕，上干旒扆〔五〕，備陳舊恙〔六〕，當此頽齡〔七〕，乞解藩維〔八〕，一歸京輦〔九〕。

衰羸則甚〔一〇〕，戰灼猶深〔一一〕。臣某中謝。

臣早以庸虛〔一二〕，久塵恩渥。四朝受任，二紀叨榮〔一三〕。華省黄樞〔一四〕，皆驚竊位〔一五〕；專征處守〔一六〕，每愧非才〔一七〕。豈不願竭螻蟻之微生〔一八〕，盡桑榆之暮景〔一九〕？靡敢言病〔二〇〕，罔或告勞〔二一〕。然事有不可因循〔二二〕，力有不堪勉彊〔二三〕，苟懷情不盡〔二四〕，則事主非忠。且漢上雄藩，褒中重鎮〔二五〕，統臨至廣〔二六〕，控壓非輕〔二七〕。以臣昔年，尚憂不理；在臣今日，其何敢安？亦既揣量，豈容緘默〔二八〕？固合即時離鎮，隨表歸朝。伏料睿慈，必從丹款〔二九〕。拜魏闕而獲伸積戀〔三〇〕，訪秦醫而冀愈沉痾〔三一〕。乏絶之時〔三二〕，馳驅未晚。臣已決取今月某日，離本道東上〔三三〕。無任祈恩危迫之至。

**【校注】**

〔一〕本篇原載清編《全唐文》卷七七一第一頁、《樊南文集補編》卷一。〔錢箋〕《舊唐書·令狐楚傳》：楚字殼士。大和九年，守尚書左僕射，進封彭陽郡開國公。開成元年，檢校左僕射、興元尹，充山南西道節度使。二年十一月卒於鎮。又《地理志》：山南西道節度使，治興元府，管開、通、渠、興、集、鳳、洋、蓬、利、壁、巴、閬、果、金、商等州。本集有《代彭陽公遺表》。〔按〕《代彭陽公遺表》云：「入冬則腸胃不調」，「今月八日，臣已召男國子博士緒、左補闕綯、左武衛兵曹參軍綸等，示以歿期」。楚卒於開成二年十一月十二日（詳《代彭陽公遺表》注〔一〕），則《遺表》之「今月」指十一月，「入冬」當指十月。楚患病後急召商隱赴興元，商隱抵興元後草此表。設初患病在十月初，計其書召、赴鎮之時間，此表當作於開成二年十月下旬。末云「決取今月某日，離本道東上」，當因楚病勢轉重未能成行，遂於十一月十二日卒於鎮。

〔二〕〔補注〕《左傳·昭公二十五年》：「爲温慈惠和，以效天之生殖長育。」

〔三〕〔錢注〕《史記·屈原傳》：疾痛慘怛，未嘗不呼父母也。

〔四〕〔錢注〕蔡邕《獨斷》：凡群臣上書於天子者有四名：一曰章，二曰奏，三曰表，四曰駁議。〔按〕此處所云「今月某日，竊獻表章」，可能指十月初方患病時所上之另一表，内容即「備陳舊恙」「乞解藩維」，非即商隱所草此表。

〔五〕〔錢注〕《禮·玉藻》注：天子以五采藻爲旒。又《曲禮》疏：依，狀如屏風，以絳爲質，高八尺。〔補注〕旒，冕冠前後懸垂之玉串。扆，帝王座後屏風。旒扆借指帝王。

〔六〕〔錢注〕《史記·外戚世家》注：《爾雅》：「恙，憂也。」一説，古者野居露宿，恙，噬人蟲也。故人相恤云「得無恙乎」。

〔七〕〔錢注〕陶潛《九日閑居》詩：菊爲制頹齡。〔補注〕楚時年七十二，故曰「頹齡」。

〔八〕〔錢注〕《藝文類聚》：管寧答桓範書曰：「膺受多福，爲國蕃維。」〔補注〕《詩·大雅·板》：「价人維藩。」後以藩維指藩國、藩鎮。藩，屏也。

〔九〕〔錢注〕《後漢書·周舉傳》：出入京輦。左思《吴都賦》劉逵注：輦，王者所乘，故京邑之地通曰輦。

〔一〇〕〔錢注〕《後漢書·張敏傳》注：有司奏君年體衰羸。

〔一一〕〔錢注〕《晉書·王濬傳》：豈惟老臣獨懷戰灼。

〔一二〕〔錢注〕王融《求自試啓》：拔迹庸虚。〔補注〕庸虚，才能低下，學識淺薄。

〔一三〕〔錢注〕《舊唐書·令狐楚傳》：元和九年，入翰林，充學士，遷職方郎中、中書舍人，皆居内職。十三年四月，出爲華州刺史。十月，爲河陽、懷節度使。十四年七月，皇甫鎛薦楚入朝，授中書侍郎、同平章事。十五年正月，憲宗崩，爲山陵使。六月，山陵畢，會有告楚親吏贓污事發，出爲宣歙觀察使，再貶衡州刺史。長慶元年四月，量移郢州，遷太子賓客，分司東都。李逢吉作相，極力援楚。敬宗即位，用楚爲河南尹、兼御史大夫。其年九月，檢校禮部尚書、宣武軍節度使。大和二年九月，徵爲户部尚書。三年三月，檢校兵部尚書、東都留守、東畿汝都防禦使。十一月，進位檢校右僕射、天平軍節度使。六年二月，改太原尹、北都留守、河東節度使。七年六月，入爲吏部尚書。九年六月，轉太常卿。十一月，以本官領鹽鐵轉運等使。開成元年四月，檢校左僕射、興元尹、充山南西道節度使。二年十一月卒。按：前後二十四年，歷憲、穆、敬、文四朝。《管子》：爲人臣者受任而處之以教。《書·畢命》傳：十二年曰紀。《魏書·景穆十二王傳》：叨榮左右。

〔一四〕〔錢注〕潘岳《秋興賦》：獨展轉於華省。《梁書・蕭昱傳》：徒穢黄樞。〔補注〕華省，清貴之省署。此指中書省。黄樞，指門下省。門下省在漢爲黄門，位居樞要。

〔一五〕〔補注〕《論語・衛靈公》：「臧文仲其竊位者與？知柳下惠之賢，而不與立也。」《史記・日者列傳》：「才不賢而託官位，利上奉，妨賢者處，是竊位也。」

〔一六〕〔錢注〕《竹書紀年》：王命西伯得專征伐。〔補注〕《左傳・襄公二十五年》：「晉侯濟自泮，會于夷儀，伐齊，以報朝歌之役。齊人以莊公説，使隰鉏請成……賂晉侯以宗器、樂器。自六正、五吏、三十帥、三軍之大夫，百官之正長、師旅及處守者，皆有賂。」杜預注：「處守，守國者。」即主管都城守衛之官吏。又《孟子・告子下》：「孟子居鄒，季任爲任處守。」趙岐注：「季任爲之居守其國也。」此指國君離開京城，命大臣留守其地。「專征」指歷任節度使，「處守」指任東都留守、北都留守。

〔一七〕〔錢注〕《蜀志・馬良傳》注：習鑿齒曰：「且先主誡謖之不可大用，豈不謂其非才也？」

〔一八〕〔錢注〕《梁書・吉翂傳》：夫鯤鮞螻蟻尚惜其生。沈慶之《侍宴詩》：微生慶多幸。

〔一九〕〔錢注〕《淮南子》：日西垂，景在樹端，謂之桑榆。〔補注〕《文選・曹植〈贈白馬王彪〉詩》：「年在桑榆間，影響不能追。」李善注：「日在桑榆，以喻人之將老。」

〔二〇〕〔補注〕《左傳・成公二年》：「左輪朱殷，豈敢言病？」

〔二一〕〔補注〕《詩・小雅・十月之交》：「黽勉從事，不敢告勞。」

〔二二〕〔錢注〕《漢書·百官公卿表》：漢因循而不革。〔補注〕因循，此言拖延。錢注引非其義。

〔二三〕彊，《全文》誤作「疆」，據錢校改。

〔二四〕〔錢注〕《梁書·沈約傳》：帝聞赤章事，大怒，中使譴責者數焉。約懼，遂卒。有司謚曰「文」。帝曰：「懷情不盡曰隱。」故改爲「隱」云。

〔二五〕〔錢注〕《舊唐書·地理志》：興元府，隋漢川郡，領褒城，漢褒中縣。《漢書·地理志》：漢中郡領沔陽縣。注：漢上曰沔。《白帖》：雄藩重寄。《漢書·高帝紀》：漢王送至褒中。注：即今梁州之褒縣也。舊曰褒中，言居褒谷之中。《晉書·義陽成王望傳》：爲二方重鎮。

〔二六〕〔錢注〕《魏書·蠕蠕傳》：臣當統臨餘人，奉事陛下。〔補注〕統臨，統領治理。

〔二七〕〔錢注〕《詩·大叔于田》傳：止馬曰控。《博雅》：壓，鎮也。〔補注〕控壓，猶控制。

〔二八〕〔錢注〕《説苑》：孔子之周，觀於太廟，右陛之前，有金人焉，三緘其口，而銘其背曰：「古之慎言人也。」《宋書·范泰傳》：是用猖狂妄作，而不能緘默者也。

〔二九〕〔錢注〕庾亮《讓中書令表》李善注：曹大家《蟬賦》曰：「復丹款之未足。」〔補注〕丹款，赤誠之心。

〔三〇〕〔補注〕《莊子·讓王》：「身在江海之上，心居乎魏闕之下。」魏闕，古代宫門外兩邊高聳之樓觀。借指朝廷。

〔三一〕〔補注〕秦醫，指扁鵲。《韓非子·説林下》：「秦醫雖善除，不能自彈也。」據《史記·扁鵲倉公列傳》，扁鵲姓秦氏，名越人，故稱「秦醫」。此泛指良醫。并切「秦」地。〔錢注〕《晉書·樂廣傳》：沉疴頓愈。

〔三二〕〔補注〕乏絶，耗竭，指精力消耗已甚。

〔三三〕〔錢注〕《舊唐書·地理志》：梁州興元府至京師一千二百二十三里。

## 代彭陽公遺表〔一〕

臣某言：臣聞達士格言，以生爲逆旅〔二〕；古者垂訓，謂死爲歸人〔三〕。苟得其終，何怛于化〔四〕？臣永惟際會，獲遇昇平〔五〕，鐘鼎之勳莫彰〔六〕，風露之姿先盡。雖無逃大數〔七〕，亦有負清朝〔八〕。今則舉纊陳詞〔九〕，對棺忍死，白日無分，玄夜何長〔一〇〕。淚兼血垂，目與魂斷〔一一〕。臣某中謝。

臣早緣儒學，得厠人曹。克紹家聲〔一二〕，不虧士行〔一三〕。詞賦貢名于宗伯〔一四〕，書檄應聘于諸侯〔一五〕。東汎西浮〔一六〕，南登北走〔一七〕。時推倚馬〔一八〕，人或薦雄〔一九〕。西掖承榮〔二〇〕，得以言之無罪〔二一〕；曲臺備位〔二二〕，鼂明物有其容〔二三〕。允謂才難〔二四〕，便叨郎選〔二五〕。振衣華省〔二六〕，歷履名曹〔二七〕。高步内庭，光揚密命〔二八〕。憲宗皇帝以臣行多餘力〔二九〕，忠絶它腸〔三〇〕，進無所因，靜以有立，過蒙顧問〔三一〕，深降褒稱，乃于同列之中，獨許非常之拜〔三二〕。殊恩既浹，當路相排〔三三〕，旅翮未高〔三四〕，孤根已動〔三五〕。河湟爲郡〔三六〕，盟津統師〔三七〕，溺以待援〔三八〕，痿而念起〔三九〕。憲宗旁求輔相〔四〇〕，即記姓名〔四一〕，果遣急徵〔四二〕，仍加大用〔四三〕。戴君之力雖弱，許國之誠在兹〔四四〕。實有微衷，可裨玄化〔四五〕。況初誅背叛〔四六〕，務活疲羸〔四七〕，方伏奏于鳳扆之前〔四八〕，忽厄徒于鳥耘之次〔四九〕。小吏抵罪〔五〇〕，邪臣結謀〔五一〕，指之有名，嘿不得訴。空甘罪戾，仰託聖明。纔得生還〔五二〕，幾臨死所〔五三〕。其後官移賓護〔五四〕，四年不謁于承華〔五五〕；任改察廉〔五六〕，一日暫留于分陝〔五七〕。欲舉而墜，將安更危〔五八〕。賴敬宗皇帝纘乃丕圖〔五九〕，是思求舊〔六〇〕，振于洛宅〔六一〕，榮彼夷門〔六二〕。自兹以來〔六三〕，敢虚其遇：周旋五經鎮守〔六四〕，惟切分憂〔六五〕；前後兩歸闕庭，皆非久次〔六六〕。拙直不同于衆，讒毁每集其躬。含意未宣〔六七〕，救過不暇〔六八〕。伏思自長慶厥後〔六九〕，開成之前，凡幾忝遷昇，幾遭退斥，若非不欺天地，不負君親，至於幾微，尋合顛隕。伏惟皇帝陛下，道超覆載，仁極照臨，既委銅鹽〔七〇〕，又分端揆〔七一〕，逮今控壓，亦在重鎮〔七二〕。陛下之恩，微臣何益〔七三〕；微臣之節，陛下方知。興言及斯〔七四〕，碎首殊晚〔七五〕。

然臣從心之年已至〔七六〕，致政之禮宜遵〔七七〕，尋欲拜章，以求歸老。伏以諸道節制，頻歲更移〔七八〕，其于送迎，例多積累〔七九〕。臣在此雖無一毫侵損，亦無纖介誅求〔八〇〕，而帑藏甚殷〔八一〕，倉儲有羨〔八二〕。特緣行李〔八三〕，忍過秋冬。而江山之氣候難常，蒲柳之蕭衰易見〔八四〕。自夏則膝脛無力，入冬則腸胃不調〔八五〕。對冠冕而始訝儻來〔八六〕，指墓墳而已知息處〔八七〕。

今月八日〔八八〕，臣已召男國子博士緒〔八九〕、左補闕綯〔九〇〕、左武衛兵曹參軍綸等〔九一〕，示以歿期〔九二〕，遺之理命〔九三〕，使內則雍和私室，外則竭盡公家，兼約其送終，務遵儉約〔九四〕，勿爲從俗〔九五〕，以致慮居〔九六〕。至十二日夜〔九七〕，有僕夫告臣云：「大星隕地，雅當正室，洞照一庭。」臣即端坐俟時，正辭無撓〔九八〕。臣之年亦極矣〔九九〕，臣之榮亦足矣。以祖以父，皆蒙褒寵〔一〇〇〕；有弟有子，並列班行〔一〇一〕。全腰領以從前人〔一〇二〕，歸體魄以事先帝〔一〇三〕。此不自達，誠爲甚愚〔一〇四〕。但以將掩泉扃〔一〇五〕，不得重辭雲陛，更陳尸諫〔一〇六〕，猶進瞽言〔一〇七〕，雖叫呼而不能〔一〇八〕，豈誠明之敢忘〔一〇九〕！伏惟皇帝陛下〔一一〇〕，春秋鼎盛〔一一一〕，華夏鏡清〔一一二〕，是修教化之初，當復理安之始〔一一三〕。然自前年夏秋以來〔一一四〕，貶譴者至多〔一一五〕，誅僇者不少〔一一六〕。伏望普加鴻造〔一一七〕，稍霽皇威，歿者昭洗以雲雷〔一一八〕，存者沾濡以雨露〔一一九〕。使五稼嘉熟〔一二〇〕，兆人樂康〔一二一〕。用臣將盡之苦言〔一二二〕，慰臣永蟄之幽魄〔一二三〕。臣某云云。

臣當道兵馬，已差監軍使竇千乘勾當；其節度留務，差行軍司馬趙柷〔一二四〕；觀察留務，差節度判官杜勝訖〔一二五〕。有舊規模，無新革易。悉當輯睦〔一二六〕，決無諠驚〔一二七〕。臣心雖澄定〔一二八〕，氣已危促，辭多逾切，嗚急更哀。升屋而三號豈來〔一二九〕，赴壑而一去無返〔一三〇〕。忠誠直道，竟埋没于外藩；腐骨枯骸，空歸全于故國〔一三一〕。迴望昭代，無任攀戀永訣之至〔一三二〕。謹奉表代辭以聞。臣某誠號誠咽〔一三三〕，頓首頓首。

【校注】

〔一〕本篇原載《文苑英華》卷六二六第五頁、清編《全唐文》卷七七一第二頁、《樊南文集詳注》卷一。〔徐箋〕《舊書·令狐楚傳》：楚字殼士，自言國初十八學士德棻之裔。大和九年，守尚書左僕射，進封彭陽郡開國公。開成元年，檢校左僕射、興元尹、充山南西道節度使。二年十一月卒於鎮，年七十二，册贈司空，謚曰「文」。楚疾甚，召從事李商隱曰：「吾氣魄已殫，情思俱盡，然所懷未已，强欲自寫聞天，恐辭語乖舛，子當助我成之。」《令狐德棻傳》：「德棻宜州華原人，隋鴻臚少卿熙之子也。先居燉煌，代爲河西右族。」今按《新書·宰相世系表》，令狐氏世居太原。漢建威將軍邁與翟義起兵討王莽，兵敗死之。三子伯友、文公、稱皆奔燉煌，伯友入龜兹，文公入疏勒，稱爲故吏所匿，遂居效穀。其後有周御正中大夫彭陽襄公，賜姓宇文氏，生熙，隋吏部武康公。熙曾孫元超，撫寧令。元超生濬，上邽令。濬生崇亮，昌明令。崇亮生承簡，太原府功曹參軍。承簡生楚，相憲宗。然則楚與德棻雖同出於熙，而各爲一派，《舊書》云「楚自言德棻之裔」，誤也。《漢書·地理志》：燉煌郡有效穀縣。安定郡有彭陽縣。《匈奴傳》：「單于入朝那、蕭關，遂至彭陽。」師古曰：「即今彭原縣是。」其故城在今陝西平涼府鎮原縣東八十里也。

周封令狐熙之父於此。唐無彭陽，其封楚蓋仍其先世之舊號耳。〔馮按〕《北史》，令狐整及子熙皆封彭城縣公。《隋書》於熙作「彭陽」。熙少子德棻。《舊·傳》云：賜爵彭城男。而《北史·序傳》稱彭陽公德棻也。〔張箋〕（開成二年）十一月丁丑，興元節度使令狐楚卒（《舊·紀》）。案劉禹錫《令狐楚集叙》云：「開成二年十一月十二日薨於漢中官舍，享年七十。」《紀》書十一月辛酉朔，則丁丑非十二日，疑誤，俟考。〔岑仲勉曰〕按此不誤也。《唐實録》書法於外臣之卒，率以報到日爲準，固因追書不便，尤與廢朝有關。據《通典》一七五，興元去西京取駱谷路六百五十二里，快行五日自可達，丁丑，十七日也。（《平質》丁失鵠《令狐楚卒日》條）〔按〕《舊唐書·令狐楚傳》：「開成二年十一月，卒於鎮……當殁之夕，有大星隕於寢室之上。」本文云：「十二日夜，有僕夫告臣云：『大星隕地，雅當正室，洞照一庭。』」參以劉禹錫《唐故相國贈司空令狐公集紀》，楚之卒爲開成二年十一月十二日確然無疑。遺表當作成於此時。

〔二〕〔徐注〕《莊子》：悲夫世人，直謂物逆旅耳。

〔三〕〔馮注〕《列子》：古者謂死人爲歸人，則生人爲行人矣。

〔四〕〔徐注〕《莊子》：子來有病，喘喘然將死，其妻子環而泣之。子犂往問之，曰：「叱避！無怛化。」〔補注〕《莊子·大宗師》郭象注：「夫死生猶寤寐耳，於理當寐，不願人驚之。將化而死，亦宜無爲怛之也。」

〔五〕遇，《英華》作「偶」。〔徐注〕《漢書·梅福傳》：升平可致。注：張晏曰：「民有三年之儲曰升平。」「昇」與「升」通。〔馮注〕《舊書》本傳：楚召商隱云云。即秉筆自書曰：「臣永惟際會，受國深恩。」下四字酌改矣。受國深恩，《册府元龜·遺諫類》采此表中句，亦作「受國深恩」。

〔六〕〔馮注〕《國語》：魏顆退秦師于輔氏，其勳銘于景鐘。《禮記》：衛孔悝之鼎銘：「悝拜稽首曰：『對揚以辟之，勤大命施于烝彝鼎。』」《後漢書·崔駰傳》：銘昆吾之冶。注曰：蔡邕《銘論》曰：「吕尚作周太師，其功銘于昆吾之鼎。」〔徐注〕庾信《徵調曲》：功烈則鐘鼎俱銘。

〔七〕逃，馮注本作「非」。〔補注〕大數，自然法則。

〔八〕〔徐注〕《後漢書·史弼傳》：使臣得于清朝，明言其失。

〔九〕屬纊，見《代安平公遺表》注〔五〕。舉纊陳詞，謂瀕死前向君主陳詞。

〔一〇〕〔徐注〕劉楨詩：遺思在玄夜。〔補注〕玄夜，指陰間。傅玄《七哀詩》：「杳杳三泉室，冥冥玄夜堂。」

〔一一〕魂，《英華》注：集作「雲」。〔徐注〕江淹《别賦》：一旦魂斷，宫車晚出。

〔一二〕〔徐注〕司馬遷書：李陵既生降，隤其家聲。

〔一三〕〔徐注〕《詩》：士貳其行。

〔一四〕〔補注〕謂應進士試於禮部。宗伯，指禮部。《書·周官》：「宗伯掌邦禮，治神人，和上下。」《周禮·春官·宗伯》：「乃立春官宗伯，使帥其屬而掌邦禮，以佐王和邦國。」按：令狐楚貞元七年登進士第。

〔一五〕〔補注〕謂應方鎮之辟聘爲幕府從事，草擬書檄公文。詳注〔一九〕。

〔一六〕〔徐注〕謝朓牋：東泛三江，西浮七澤。

〔一七〕〔馮注〕《宋書·隱逸傳》：宗炳好山水，愛遠遊，西涉荆、巫，南登衡嶽。《史記·季布傳》：不北走胡，即南走越。

〔一八〕推，馮注本作「惟」。〔馮注〕《世説》：桓宣武北征，袁虎時從，被責免官。會須露布文，唤袁倚馬前令作，手不輟筆，俄得七紙。

〔一九〕〔徐注〕《漢書·揚雄傳》：自序云：「大司馬、車騎將軍王音奇其文，雅薦雄待詔。」《長楊賦序》：孝成帝時，客有薦雄文似相如者，召雄待詔承明之庭。善曰：雄《答劉歆書》曰：「雄作《成都城四隅銘》，蜀人有楊莊者爲郎，誦之於成帝，以爲似相如。雄遂以此得見。」〔馮箋〕《舊唐書·令狐楚傳》：家世儒素，兒童時已學屬文。弱冠應進士，貞元七年登第。桂管觀察使王拱愛其才，欲以禮辟召，懼楚不從，乃先奏聞而後致聘。楚以父掾太原，有庭闈之戀，徑往桂林謝拱，不預宴游，乞歸奉養。李説、嚴綬、鄭儋相繼鎮太原，高其行義，皆辟爲從事，自掌書記至節度判官，歷殿中侍御史。楚才思俊麗，德宗好文，每太原奏至，能辨楚之所爲。鄭儋在鎮暴卒，軍中喧譁，將有急變。中夜，十數騎持刃迫楚至軍門，諸將環之，令草遺表。楚在白刃之中，搦管即成，讀示三軍，無不感泣，軍情乃安。自是聲名益重。〔按〕楚爲太原從事，在貞元十一年至元和四年。

〔二〇〕〔徐注〕謂徵拜右拾遺。劉楨詩：隔此西掖垣。善曰：《洛陽故宮銘》云：「洛陽宮有東掖門、西掖門。」餘見《爲安平公謝除兗海觀察使表》注〔二六〕。〔補注〕唐時中書省稱西掖，又稱右掖。右拾遺屬中書省，故云「西掖承榮」。

〔二一〕〔徐注〕《詩序》：言之者無罪，聞之者足以戒。

〔二二〕〔徐注〕謂改太常博士。《漢書·翼奉傳》：未央宮有曲臺殿。《漢官儀》：大射于曲臺。《漢書·藝文志》：《曲臺后蒼》九篇。如淳曰：行禮射于曲臺，后蒼爲《記》，故名曰《曲臺記》。〔馮注〕《漢書·儒林傳》：后蒼説《禮》數萬言，號曰《后氏曲臺記》。《藝文志》注曰：曲臺，天子射宫也。西京無太學，於此行禮也。按：太常掌禮儀，故每云曲臺。

〔二三〕容，《英華》作「官」。〔徐注〕（張衡）《東京賦》：春日載陽，合射辟雍。設業設簴，宫懸金鏞。鼖鼓路鼗，樹羽幢幢。於是備物，物有其容。〔馮注〕按《左傳》：屠蒯曰：「事有其物，物有其容。」此處言修禮儀，當作「容」，不作「官」。晏殊《類要》：令狐楚爲太常博士時，言曰：「自叔孫通以還，若賈誼、董仲舒、公孫弘稀不以此進。人以班末禄寡爲愧，臣獨以爲榮，詳曲臺之儀法，考庶僚之功行。」

〔二四〕允，《全文》作「永」，據《英華》改。〔補注〕《論語·泰伯》：「才難，不其然乎！」才難，人才難得。

〔二五〕〔徐注〕謂遷禮部員外郎。

〔二六〕〔徐注〕陸機詩：振衣獨長想。潘岳《秋興賦》：獨展轉于華省。〔馮注〕《楚辭》：新浴者必振衣。

〔二七〕歷履，《英華》作「履歷」。

〔二八〕〔徐注〕《晉書·宗室傳》：仰豫密命。箋：《新書·令狐楚傳》：憲宗時，累擢職方員外郎、知制誥。其爲文，於牋奏制令尤善。每一篇成，人皆傳諷。

〔二九〕〔補注〕《論語·學而》：「弟子入則孝，出則悌，謹而信，汎愛衆而親仁。行有餘力，則以學文。」

〔三〇〕〔徐注〕《漢書·衛綰傳》：上以爲廉，忠實無它腸，乃拜綰爲河間王太傅。

〔三一〕〔徐注〕《韓詩外傳》：周公無所顧問。〔馮注〕《後漢書·章帝紀》：朕思遲直士，欲置於左右，顧問省納。

〔三二〕〔馮箋〕《舊書·憲宗紀》：元和九年十月，以刑部員外郎令狐楚爲職方員外郎、知制誥，十一月爲翰林學士。《令狐楚傳》：楚與皇甫鎛、蕭俛同年登第。元和九年，鎛初以財賦得幸，薦俛、楚俱入翰林充學士，遷職方郎中、中書舍人，皆居内職。按：許以爲相，故曰「非常之拜」。

〔三三〕〔徐注〕《漢書·京房傳》：爲衆所排。

〔三四〕〔徐注〕謝朓牋：渤海方春，旅翮先謝。

〔三五〕〔徐注〕《晏子春秋》：魯昭公曰：「吾少之時，内無拂而外無輔，譬之猶秋蓬也，孤其根而美枝葉，秋風至，根且拔矣。」

〔三六〕〔馮注〕謂華州。〔補注〕河潼，黄河、潼關，均華州境。

〔三七〕〔馮注〕（盟津）即孟津，謂河陽。〔徐箋〕元和十三年四月，出爲華州刺史。十月，爲河陽懷節度使。

〔三八〕〔補注〕《孟子·離婁上》：「嫂溺不援，是豺狼也。男女授受不親，禮也；嫂溺，援之以手者，權也。」

〔三九〕〔徐注〕《漢書·韓王信傳》：僕之思歸，如痿人不忘起，盲者不忘視。箋：（《令狐楚傳》）時方用兵淮西，言事者以師久無功，宜宥賊罷兵，唯裴度與憲宗志在殄寇。李逢吉與度不協，與楚相善。十二年夏，楚草《度淮西招撫使制》，不合度旨，度請改制内三數句。憲宗方責度用兵，乃罷逢吉相任，亦罷楚内職，守中書舍人。十三年四月，出爲華州刺史。十月，皇甫鎛作相，以楚爲河陽懷節度使。

〔四〇〕宗，《英華》作「皇」。旁，《英華》注：集作「講」。

〔四一〕即，徐注本、馮注本作「既」。〔馮曰〕作「即」誤。〔按〕《英華》《全文》均作「即」。

〔四二〕〔徐注〕《漢書·鮑宣傳》：急徵故大司馬傅喜。

〔四三〕〔徐注〕《漢書·魏相傳》：丙吉予相書曰：「朝廷已深知弱翁治行，方且大用矣。」〔馮箋〕《傳》：元和十四年七月，皇甫鎛薦楚入朝，自朝議郎授朝議大夫、中書侍郎、同平章事。按：《舊書·職官志》：文散官朝議大夫，正五品，下階。凡職事皆帶散位，謂之本品，職事則隨才録用，參差不定。○楚已爲節度，時將爲相，而所授散位如此。裴中令《讓官表》亦云「以臣爲朝議大夫、守中書侍郎、同中書門下平章事」。

〔四四〕〔徐注〕《晉書·周勰傳》：司徒王導，議札與臣等，便以身許國。

〔四五〕〔徐注〕曹植《責躬詩》：玄化旁流。〔補注〕玄化，聖德教化。

〔四六〕〔馮箋〕謂元和十二年誅淮西吴元濟，十四年誅淄青李師道。

〔四七〕〔徐注〕《後漢書·段熲傳》：屯結不散，人畜疲羸。〔補注〕疲羸，困苦窮乏之民。

〔四八〕〔徐注〕《周禮》：掌次，設皇邸。注：謂後板屏風。染羽象鳳凰羽色以爲之。〔補注〕鳳扆，皇帝宫殿上繪有鳳凰圖飾之屏風，置於户牖之間。亦指帝座。

〔四九〕〔徐注〕《左傳》：官庀其司。注：庀，具也。王屮《頭陀寺碑》：庀徒揆日，各有司存。《帝王世紀》：禹崩于會稽，因葬會稽山陰縣之南。今山上有禹塚并祠，下有群鳥耘田。〔馮箋〕《傳》：元和十五年正月，憲宗崩，詔楚爲山陵使。〔補注〕庀徒，聚集工匠役夫。鳥耘之次，指憲宗陵墓。

〔五〇〕〔徐注〕《漢書·酷吏傳》：坐法抵罪。〔馮注〕《史記·任安傳》：笞辱北軍錢官小吏。〔按〕參注〔五三〕。抵，觸也。抵罪，因犯罪而受到相應之處罰。

〔五一〕〔徐注〕《後漢書·彭寵傳》：會上谷太守耿況亦以功曹寇恂詣寵結謀。

〔五二〕〔徐注〕《後漢書·班超傳》：妹昭上書匄超餘年一得生還。

〔五三〕〔徐注〕《左傳》：狼瞫曰：「吾未獲死所。」〔馮箋〕《傳》：時皇甫鎛貶崖州。物議以楚因鎛作相而逐裴度，群情共怒。其年六月，山陵畢，會有告楚親吏贓污事發，出爲宣歙觀察使。楚充奉山陵時，親吏韋正牧等同隱官錢，不給工價，移爲羨餘十五萬貫上獻。正牧等皆誅，楚再貶衡州刺史。

〔五四〕賓，《全文》作「督」，據《英華》改。〔馮注〕《通典》：太子賓客定置四人，掌調護、侍從、規諫。凡太子有賓客之事，則爲上齒，蓋取象於四皓焉。〔補注〕《舊唐書·令狐楚傳》：「長慶元年四月，量移郢州刺史，遷太子賓客，分司東都。」

〔五五〕〔徐注〕《初學記》：太子之門曰承華。〔馮注〕《文選·陸士衡〈皇太子宴賦詩〉》：振纓承華。注曰：《洛陽記》曰：「太子宮在大宮東，中有承華門。」此以仍在東都，故曰「不謁」。〔按〕參注〔五八〕。

〔五六〕〔徐注〕（察廉）即廉察，以聲病倒用，非舉孝察廉之謂。〔馮按〕察廉，唐人習用。白居易詩：俗阜知敦勸，民安見察廉。〔按〕指任陝虢觀察使，參注〔五八〕。

〔五七〕〔馮注〕《春秋公羊傳》：自陝而東，周公主之；自陝而西，召公主之。〔按〕一日暫留，詳注〔五八〕。

〔五八〕〔徐箋〕（《傳》）長慶元年四月，量移郢州刺史，遷太子賓客，分司東都。二年十一月，授陝州大都督府長史、兼御史大夫、陝虢觀察使。制下旬日，諫官論奏，言楚所犯非輕，未合居廉察之任。

上知之，遽令追制。時楚已至陝州，視事一日矣。復授賓客，歸東都。故曰「一日暫留於分陝」。〔補箋〕「四年不謁」之「四年」，指長慶元年至四年。

〔五九〕〔補注〕纘，繼；丕圖，大業。此謂敬宗繼位。

〔六〇〕〔徐注〕《書》：遲任有言曰：「人惟求舊。」

〔六一〕〔徐注〕謂尹河南。《書·召誥》：太保朝至于洛，卜宅。

〔六二〕〔徐注〕謂鎮宣武。《史記·信陵君傳》：太史公曰：「吾過大梁之墟，求問其所謂夷門。夷門者，城之東門也。」

〔六三〕兹，《英華》作「爾」。

〔六四〕經，《全文》《英華》均作「紀」，據徐注本改。

〔六五〕〔馮注〕《白帖》：刺史類：共理。注曰：漢宣曰：「與我共理者，其惟二千石乎！」又：分憂。注曰：分主憂。按：漢宣語即分憂之意，而「分憂」字俟再考。唐人稱刺史曰「分憂」，如王維詩「歸分漢主憂」、杜甫詩「漢二千石真分憂」之類甚多。《晉書·宣帝紀》：黄初五年，天子觀兵吴疆，帝留鎮武昌，録尚書事。帝固辭，天子曰：「此非爲榮，乃分憂耳。」或謂「分憂」字始此，似未然。

〔六六〕〔徐注〕《漢書·孔光傳》：竊見國家故事，尚書以久次轉遷，非有踔絶之能，不相踰越。〔馮箋〕《傳》：敬宗即位，用楚爲河南尹。其年九月，檢校禮部尚書、汴州刺史、宣武軍節度使。大和二年九月，徵爲户部尚書。三年三月，檢校兵部尚書、東都留守、東畿汝都防禦使。其年十一月，進位右僕射、鄆州刺史、天平軍節度。六年二月，改太原尹、北都留守、河東節度。七年六月，入爲吏部尚書。九年六月，轉太常卿。十月，守尚書左僕射，進封彭陽郡開國公。按：「五經鎮守」，謂尹河南、鎮宣武、守東都、鎮天平、守北都。「兩歸闕庭」，謂大和二年入爲户部尚書，七年六月入爲吏部尚書也。〔補注〕周旋，輾轉；久次，久留。

〔六七〕〔徐注〕《古詩》：齊心同所願，含意俱未申。

〔六八〕〔徐注〕《漢書·酷吏傳》：九卿奉職，救過不給。

〔六九〕〔馮注〕《書·無逸》：自時厥後。

〔七〇〕銅鹽，《全文》作「鹽鐵」，據《英華》改。〔馮注〕《史記·吴王濞列傳》：其居國以銅鹽，故百姓無賦。

〔七一〕〔徐注〕《晉書·陸曄等傳論》曰：迭居端揆。〔馮曰〕鹽鐵稱銅鹽，僕射稱端揆，皆史書習用語。

〔七二〕〔馮箋〕《傳》：李訓兆亂之夜，帝召鄭覃與楚宿禁中，商量制勅，皆欲用爲相。楚以王涯、賈餗寃死，叙其罪狀浮汎，士良等不悦。故輔弼之命，移於李石，乃以本官領鹽鐵轉運等使。開成元年，以權在内官，上疏乞解使務。其年四月，充山南西道節度使。

〔七三〕〔馮曰〕「益」字疑。

〔七四〕斯，馮注本作「兹」。

〔七五〕〔徐注〕《漢書·杜鄴傳》：禽息憂國，碎首不恨。注：應劭曰：「禽息，秦大夫，薦百里奚而不見納。繆公出，當車以頭擊闑，腦乃播出。繆公感寤，而用百里奚，秦以大治。」〔馮曰〕此指不能助文宗以勝宦豎也。其隱約如此。

〔七六〕〔補注〕《論語·爲政》：「七十而從心所欲，不踰距。」

〔七七〕〔徐注〕《禮記》：大夫七十而致仕。〔補注〕《禮記·王制》：「五十而爵，六十不親學，七十致政。」鄭玄注：「還君事。」謂將政柄歸還君主。

〔七八〕〔徐注〕《後漢書·趙孝王良傳》：頻歲來朝。〔補注〕節制，指節度使。《舊唐書·李德裕傳》：「(鄴郡道士)謂予曰：『公當爲西南節制，孟冬望舒前，符節至矣。』」

〔七九〕〔徐注〕《漢書·黄霸傳》：霸曰：「數易長吏，送故迎新之費，及姦吏緣絶簿書，盜財物，公私費耗甚多。」〔補注〕積累，指貯積之財物。

〔八〇〕介，《英華》注：集作「芥」。〔徐注〕《後漢書·竇融傳》：皆以底裏上露，長無纖介。《左傳》：介于大國，誅求無時。

〔八一〕而，《全文》無此字，據《英華》補。〔徐注〕《晉書·范寧傳》：帑藏空匱。

〔八二〕有，《全文》作「可」，據《英華》改。

〔八三〕〔馮注〕《左傳》：行李之往來，共其乏困。注：行李，使人。又：一介行李。又：行理之命。「李」「理」通用。按：凡使者從者皆稱行李。如《舊書·温造傳》：「臣聞中丞行李，不過半坊，今乃遠至兩坊，謂之籠街喝道。」蓋謂儀從也。此句亦指儀從供億之多費。

〔八四〕〔徐注〕《北史·王頍傳》：氣候殊不佳。〔馮注〕王隱《晉書》：顧悦之與簡文帝同年而髮早白，上問故，對曰：「松柏之姿，經霜猶茂；蒲柳之質，望風先凋。」按：唐修《晉書》作「望秋先零」，《世説》作「早秋而落」「隆冬轉茂」。

〔八五〕入冬則，《英華》注：則，集作「又」。

〔八六〕〔徐注〕《莊子》：軒冕在身，非性命也；物之儻來，寄也。〔補注〕儻來，意外得來、偶然得到。

〔八七〕墓壙，《英華》作「壙墓」。〔馮注〕《禮記》：奈何去壙墓也。《列子》：望其壙，睪如也，墳如也，則知所息矣。大哉死乎！君子息焉，小人伏焉。

〔八八〕徐注本作「昨某日」。

〔八九〕〔馮注〕《舊書·傳》：緒以蔭授官，歷隨、壽、汝三州刺史，轉河南少尹，加金紫。

〔九〇〕〔徐注〕緒弟綯，字子直，襲封彭陽男，相宣宗，輔政十年。累官至吏部尚書、右僕射，進封涼國公，後改封趙國公。〔按〕馮浩《玉谿生年譜》書開成二年令狐綯爲左補闕，並按云：「《彭陽遺表》已稱『左補闕綯』，《舊書·綯傳》『服闋後，改左補闕』，小疏也。」〔張箋〕《舊書·李德裕傳》「開成二年五月，授揚州長史、淮南節度副大使，代牛僧孺。補闕王績、魏謩、崔黨、韋有翼、拾遺令狐綯、韋楚老、樊宗仁等連章論德裕妄奏錢帛，以傾僧孺」云云，是子直此時尚爲拾遺，其改左補闕，當在秋冬間也。

〔九一〕〔徐注〕綸，《世系表》作「緘」，字識之。

〔九二〕殁，徐注本作「致」。〔徐注〕《戰國策》：譚拾子曰：「事之必致者，死也。」〔馮注〕《史記》：馮驩曰：「生者必有死，物之必至也。」魏文帝《典論》云：「（年壽有時而盡，榮樂止乎其身，二者）必至之常期。」見後《會昌一品集序》。俟再考定。

〔九三〕〔徐注〕（理命）治命。〔馮注〕諱「治」爲「理」。〔補注〕理命，指人臨終而神志清明時之遺命，與「亂命」相對。

〔九四〕《英華》注：集作「所務遵儉」。馮注本從之。〔徐注〕《南史·到溉傳》：臨終，勒子孫薄葬之禮曰：「凶事必遵儉約。」〔馮注〕《漢書·循吏傳》：召信臣遷南陽太守，禁止嫁娶送終奢靡，務出於儉約。《吴志·吕岱傳》：遺令葬送之制，務從約儉。此類事頗多。

〔九五〕俗，《全文》作「容」，據《英華》改。〔徐注〕《韓詩外傳》：從俗爲善。《漢書·兩龔傳》：勝因敕以棺斂喪事：「衣周於身，棺周於衣，勿隨俗動吾冢，種柏，作祠堂。」《後漢書·鄭興傳》：興曰：「興，從俗者也。」〔馮注〕《曲禮》：禮從宜，使從俗。

〔九六〕致，《英華》作「至」。〔徐注〕《禮記》：喪不慮居，毁不危身。喪不慮居，爲無廟也；毁不危身，爲無後也。

〔九七〕十二日，徐注本作「某」。

〔九八〕〔徐箋〕（《傳》）楚卒前一日，謂其子緒、綯曰：「吾生無益於人，勿請謚號。葬日勿請鼓吹，唯以布車一乘，餘勿加飾。銘誌但志宗門，秉筆者無擇高位。」當殁之夕，有大星隕於寢室之上，其光燭庭。楚端坐與家人告訣，言已而終。嗣子奉行遺旨。詔鹵簿宜停，易名須準舊例。〔馮箋〕《新書·紀》：開成二年十一月丁丑，有星隕於興元府署。

〔九九〕〔馮箋〕劉禹錫《令狐公集紀》：享年七十。《唐書》「七十二」，小異。玩「從心」二句，似七十爲是。〔按〕《唐才子傳校箋》卷五《令狐楚傳》吴汝煜、胡可先考證云：楚有《夏至日衡陽郡齋書懷》詩（《全唐詩》卷三三四）云：「一來江城守，七見江月圓。齒髮將六十，鄉關越三千。」據《舊唐書》卷一六《穆宗紀》：元和十五年（八二〇）八月「己亥，宣歙觀察使令狐楚再貶衡州刺史」。詩中有「七見江月圓」，則當作於長慶元年（八二一）夏至日。若以大曆元年（七七六）楚生，則作此詩時五十六歲，可謂「將六十」；若以大曆三年（七七八）楚生，則作此詩時年僅五十四歲，不合稱「將六十」。據此推測，並與新、舊《唐書》本傳相參證，《集紀》於「七十」下當奪「二」字。

〔一〇〇〕寵，馮注本據《舊書·傳》作「贈」。

〔一〇一〕〔徐注〕《新書·世系表》：楚弟從，檢校膳部郎中。〔馮注〕《舊書·傳》：楚弟定，進士第，累遷右散騎常侍、桂管觀察等使。

〔一〇二〕〔徐注〕《禮記·（檀弓）》：文子曰：「是全要（腰）領以從先大夫于九京也。」〔馮校〕前，《傳》作「先」。

〔一〇三〕〔馮注〕《禮記·禮運》：體魄則降，知氣在上。《郊特牲》：魂氣歸于天，形魄歸于地。〔馮校〕

歸，《傳》作「委」；以，《傳》作「而」。

〔一〇四〕愚，《英華》作「惡」，非。

〔一〇五〕〔徐注〕庾信銘：移燈泉扃。〔馮校〕將掩，《傳》作「永去」。〔補注〕泉扃，墓門。

〔一〇六〕〔徐注〕謝朓詩：十載朝雲陛。〔馮注〕《家語》：史魚將卒，命其子曰：「吾不能進蘧伯玉，退彌子瑕，我死，汝置屍牖下。」孔子聞之曰：「古之列諫者，死則已矣，未有若史魚死而屍諫，忠感其君者也！」〔馮校〕「不得」二字《傳》省。重，《傳》作「長」。〔按〕「更陳」之「更」，《英華》作「重」，注：集作「更」。

〔一〇七〕〔徐注〕《漢書·谷永傳》：讋言觸忌諱。

〔一〇八〕〔徐注〕《左傳》：衛侯夢于北宮，見人登昆吾之觀，被髮北面而譟曰：「余爲渾良夫叫天無辜。」〔馮校〕叫呼，《傳》作「號叫」。

〔一〇九〕〔徐注〕忘，去聲。〔補注〕誠明，至誠之心與完美之德性。《禮記·中庸》：「自誠明謂之性，自明誠謂之教。誠則明矣，明則誠矣。」鄭玄注：「由至誠而有明德，是聖人之性者也。」

〔一一〇〕〔馮校〕伏惟，《傳》作「今」。

〔一一一〕〔馮注〕《漢書·賈誼傳》：天子春秋鼎盛。注：鼎，方也。

〔一一二〕〔徐注〕《文選·東都賦》：百姓滌瑕蕩穢而鏡至清。善曰：《淮南子》：「鏡太清者視大明。」

〔一一三〕〔馮校〕華夏，《傳》作「寰海」。

〔一三〕當，《英華》作「是」。〔馮校〕安，《傳》作「平」。

〔一四〕〔馮校〕按《舊·傳》「前年」下有「夏秋」二字，《英華》無之（編著者按：殘宋本《英華》有「夏秋」二字）。文意指甘露變後，而曰「夏秋」者，所以稍隱之也。且訓、注用事之時，朝臣已多貶謫矣。〔按〕「夏秋」字當有。大和九年七月，貶楊虞卿、李漢、蕭澣爲虔州司馬、汾州刺史、遂州刺史；八月，復再貶李宗閔潮州司户、虞卿虔州司户、蕭澣遂州司馬，正夏秋時也。

〔一五〕〔馮校〕貶譴，《册府元龜》作「貶謫」。《册府元龜》所引皆與《舊書·傳》及《英華》同，惟此「謫」字爲異。

〔一六〕〔徐注〕《新書》：時以「甘露」事，誅譴者衆。

〔一七〕〔馮校〕《傳》無「伏」字。〔補注〕鴻造，猶鴻恩。

〔一八〕洗，《全文》作「雪」，據《英華》改。〔補注〕《易·屯》：「《象》曰：雲雷，屯。君子以經綸。」《屯》之卦象爲雲雷聚，雲行於上，雷動於下。按《象傳》以雨比恩澤，以雷比刑。謂君子觀此卦象，則善於兼用恩澤與刑罰，以經緯國家。此處「雲雷」實偏指恩澤，與下句「雨露」義略同。盧綸《寄贈庫部王郎中》：「草木承風偃，雲雷施澤均。」

〔一九〕〔徐注〕揚雄《長楊賦》：莫不沾濡。

〔二〇〕句首《英華》有「自然」二字，馮注本從之。〔馮校〕「自然」二字，《傳》作「使」；稼，《傳》作「穀」；嘉，刊本作「皆」，今從《傳》。〔徐注〕《晉書·傅咸傳》：縱使五稼普收，僅足相接。

〔二一〕〔徐注〕屈原《九歌》：君欣欣兮樂康。〔馮校〕樂，《傳》作「安」。

〔二二〕〔徐注〕《史記·商君傳》：苦言，藥也；甘言，疾也。〔馮校〕用，《傳》作「納」。

〔二三〕〔徐注〕《關尹子》：明魂爲神，幽魄爲鬼。箋：按楚既召商隱屬其助成遺表，即秉筆自書曰云云，此篇自「以祖」至「幽魄」，全用其語。〔馮曰〕以上二十八句，楚所秉筆自書者，《舊·傳》載之。字之不同，當由義山酌改，然有宜從《傳》者。〔按〕據校勘體例，當從義山本集，而不當從楚秉筆自書者，況《舊·傳》引録，間有删改，尤不可爲準。

〔二四〕〔補箋〕商隱詩集有《南山趙行軍新詩盛稱遊宴之洽因寄一絶》，即此趙柷。柷，原誤作「祝」，據陶敏《全唐詩人名考證》（陝西人民教育出版社一九九六年版）改，詳該書五四四至五四五頁。

〔二五〕見《爲安平公兗州奏杜勝等四人充判官狀》注〔二〕。

〔二六〕悉，《英華》注：集作「必」。〔徐注〕《左傳》：隨武子曰：「卒乘輯睦。」〔補注〕輯睦，和睦。《管子·五輔》：「和協輯睦，以備寇戎。」

〔二七〕〔徐注〕《北史·齊神武諸子傳》：渙聞宫中讙驚，曰：「大兄必遭難矣！」

〔二八〕〔徐注〕曹植《七啓》：澄神定靈。

〔二九〕〔徐注〕《禮記·喪大記》曰：復者朝服，皆升自東榮，中屋履危，北面三號，卷衣投于前。〔按〕古喪禮稱召唤死者之靈魂爲「復」。此謂魂已去而不能招。

〔三〇〕〔徐注〕《山海經》：海曰大壑。古樂府辭：百川東到海，何時復西歸？

〔三一〕〔徐注〕《晉書・劉琨傳》：琨收葬枯骸。《禮記》：樂正子春曰：「父母全而生之，子全而歸之。」

〔三二〕〔馮注〕潘岳誄：存亡永訣，逝者不追。江淹《别賦》：誰能寫永訣之情者乎？

〔三三〕號，《英華》注：集作「哀」。

## 爲令狐博士緒補闕綯謝宣祭表〔一〕

草土臣某言〔二〕：今月某日，中使某至，奉宣恩旨，致祭臣亡父贈司空臣某者。存没願終〔三〕，哀榮禮備〔四〕。荒迷觸地〔五〕，號叫瞻天〔六〕。臣某中謝。臣先臣某，生遇昌期，早司國柄〔七〕。没留懿德，上惻宸襟。特降王人〔八〕，迂臨私第，陳其醆斝〔九〕，潔之豆登〔一〇〕。招遺魂於幽陰〔一一〕，旋歸莫睹；視殘生於晷刻，報效無期。臣等無任戴恩荒殞之至。謹附中使某奉表陳謝以聞。

**【校注】**

〔一〕本篇原載《文苑英華》卷五七一第一四頁、清編《全唐文》卷七七二第六頁、《樊南文集詳注》卷一。〔徐箋〕《舊書》：開成二年十一月，山南西道節度使令狐楚卒於鎮。緒、綯，皆其子也。〔馮箋〕按綯於父喪之前已爲左補闕，《舊·傳》小疏，詳《年譜》。專謝宣祭，故語甚簡。賜吊賻贈，必别有謝表。〔按〕令狐楚卒於開成二年十一月十二日，十七日消息至朝廷（參《代彭陽公遺表》注〔一〕）。奉朝命前往興元宣祭之中使，亦數日内可到達。故此謝表當作於開成二年十一月下旬。然表云「特降王人，迂臨私第」，此「私第」如指長安開化坊楚之私第，則表當上於奉柩歸京後。《行次西郊作一百韻》：「蛇年建丑月，我自梁還秦。」若然，則表當上於十二月。

〔二〕〔徐注〕《晉書·禮志》：詔曰：「每感念幽冥，而不得終苴絰於草土。」〔補注〕草土，指居親喪。居喪者寢苫枕塊，故云。官吏居喪對君主具銜自稱草土臣。

〔三〕〔補注〕存没，此指生者與死者。

〔四〕〔補注〕哀榮，語本《論語·子張》：「其生也榮，其死也哀。」何晏集解：「故能生則榮顯，死則哀痛。」後因指生前死後皆蒙受榮寵。此則特指死後之榮譽。

〔五〕〔徐注〕《吕氏春秋》：黎丘丈人之子泣而觸地。

〔六〕〔補注〕《詩·大雅·雲漢》：「瞻卬昊天，云如何里。」

〔七〕〔徐注〕《説苑》：楚令尹子文曰：「執一國之柄。」〔馮注〕《管子》：大德不至仁，不可以授國柄。〔補注〕令狐楚元和十四年拜相，故云「早司國柄」。

〔八〕〔徐注〕《春秋·莊公六年》：王人子突救衛。注：王人，王之微官也。〔補注〕王人，天子使臣，此指奉朝命前往宣祭之中使。

〔九〕〔徐注〕《禮記·明堂位》曰：爵，夏后氏以琖，殷以斝，周以爵。《説文》：醆，爵也。一曰酒濁而微清也。按：「醆」與「琖」别，《説文》混而爲一，後人遂承其誤。〔馮注〕《詩·大雅》「洗爵奠斝」傳：夏曰「醆」。《釋文》：「醆」或作「琖」。

〔一〇〕之，《英華》作「以」。〔徐注〕《詩》：卬盛于豆，于豆于登。傳：木曰豆，瓦曰登。

〔一一〕魂，《英華》作「魄」。

## 爲韓同年瞻上河陽李大夫啓〔一〕

某啓：某材術空虚，行能無取〔二〕。因緣慰薦〔三〕，蒙記姓名〔四〕。劉弘一紙之榮，方斯未重〔五〕；季布百金之諾，比此猶輕〔六〕。昨者李涿侍御北來〔七〕，又蒙降以重言〔八〕，將之厚意。望輝光而便同簪履〔九〕，在負荷而何啻丘山〔一〇〕。況某婚姻，早聯門館〔一一〕，外舅以列藩之故〔一二〕，家人延自出之恩〔一三〕。重疊依投〔一四〕，綢繆顧遇〔一五〕。東牀坦腹，早以愧於郗公〔一六〕；朱邸曳裾，復欲階於謝掾〔一七〕。儻復清風時至〔一八〕，丹慊獲申〔一九〕。實於生前，識其死所〔二〇〕。伏希恩督〔二一〕，謹啓〔二二〕。

【校注】

〔一〕本篇原載《文苑英華》卷六六一第八頁、清編《全唐文》卷七七七第二〇頁、《樊南文集詳注》卷三。〔徐箋〕韓瞻，字畏之，韓偓父也，開成二年與義山同登進士第。李大夫疑即懷州李中丞。〔馮箋〕（瞻）亦與義山爲友壻。《舊書·紀》：開成二年六月，以左金吾衛將軍李執方爲河陽三城懷州節度使。按：執方爲王茂元妻兄弟，故曰「家人自出」也。此時執方欲辟之入幕，故啓謝之。徐氏以爲即表中懷州中丞（按：有《爲懷州李中丞謝上表》），則其時不得兼稱河陽，餘皆誤矣。此約當開成二、三年。〔按〕張箋繫開成三年。考李執方開成二年六月至會昌三年在河陽任。韓瞻於開成二年登進士第後不久即娶王茂元女，而啓云「況某婚姻，早聯門館」，可證成婚已歷時日。啓又云「李涿侍御北來」，李涿爲河陽從事（詳注〔七〕），「北來」當指自河陽北至涇原，時商隱已在涇原幕，而韓瞻亦適在涇原，故有此代作。商隱開成三年春暮入涇原幕，此啓當作於入幕後。李執方仕歷，詳後《上河陽李大夫狀一》注〔一〕。

〔二〕〔徐注〕揚雄《劇秦美新》：行能無異。

〔三〕〔徐注〕《晉書·李密傳》：有因有緣。〔馮注〕《漢書·趙廣漢傳》：其尉薦待遇吏，殷勤甚備。〔補注〕因緣，憑藉。尉薦，推薦。劉禹錫《故荆南節度推官董府君墓誌》：「弱年嗜屬詩，工弈棋，用是索合於貴游，多所尉薦。」徐、馮注疑非所用。

〔四〕蒙，徐注本作「得」。

〔五〕〔馮注〕《晉陽秋》：劉弘爲開府荆州刺史。每有興發，手書郡國，莫不感悦奔赴，咸曰：「得劉公一紙書，賢於十部從事也。」〔補注〕方，比。劉弘事又見《晉書》本傳，參《上令狐相公狀三》注〔八〕。

〔六〕〔馮注〕《史記·季布傳》：季布者，楚人也。爲氣任俠，爲河東守，楚人曹丘生，辯士，至，揖季布曰：「楚人諺曰：『得黄金百斤，不如得季布一諾。』足下何以得此聲於梁、楚間哉？」

〔七〕〔馮箋〕《續酉陽雜俎》：翊善坊保壽寺，本高力士宅。河陽從事李涿於此寺破甕中得物如被幅，乃畫也，裝治大十餘幅，訪於常侍柳公權，方知張萱所圖《石橋圖》也。後爲左軍宣敕取之，先帝命張於雲韶院。按：此李涿似即大中末爲安南都護者。樊綽《蠻書》作「涿」，而《舊書》咸通四年、六年《紀》及《令狐綯子滈傳》，俱以「涿」爲「琢」。《通鑑·僖宗乾符三年》：鄭畋上言：「宫苑使李琢，西平王晟之孫，嚴而有勇，請以爲招討使。」此李聽子琢，《新書》有傳，非都護安南者也。因「涿」「琢」相混，故《通鑑考異》中辨之。今亦助之剖晰焉。〔徐注〕《全唐詩話》：河陽從事李涿，性好奇古，與翊善坊保壽寺僧智增善。庫中得畫，訪於常侍柳公權，方知張萱所畫《石橋圖》。按：《新書》：公權開成中遷學士承旨，琢殆以侍御而爲河陽從事者也。〔按〕《圖畫見聞志》卷五石橋圖「文宗朝有河陽從事李涿者性好奇古」云云，所據當同出《酉陽雜俎續集》。「北來」，《英華》作「此來」，非。北來，指李涿由河陽北來涇原也。

〔八〕〔馮注〕《莊子》有「重言」「寓言」「卮言」。〔補注〕重言，意味深重、語重心長之言。

〔九〕履，《英華》作「屨」。〔徐注〕《韓詩外傳》：孔子遊少原之野，有婦人哭，夫子問焉，曰：「蓍薪而忘簪，是以哀。非傷亡簪，吾所悲者，不忘故也。」賈誼《新書》：楚昭王與吴人戰，楚軍走而履決，失之，行三十步，復旋取。左右問曰：「何惜是一踦履乎？」王曰：「楚國雖貧，豈愛一踦履哉？思與偕出，弗見與入也。」〔馮注〕簪履，以言依歸之親也。〔按〕簪履，喻卑微之舊親。此係韓瞻自喻。

〔一〇〕〔馮注〕用「蚊負山」之語。《莊子》：狂接輿曰：「其於治天下也，猶涉海鑿河而使蚊負山也。」〔補注〕蚊負山，喻力小任重。此喻執方之委以幕府從事之重任也。

〔一一〕〔徐注〕《後漢書·邊讓傳》：《章華賦》曰：「夕回輦于門館。」〔補注〕此「門館」指權貴招待賓客之館舍。徐注引非其義。

〔一二〕〔徐注〕《爾雅》：妻之父爲外舅。〔補注〕列藩，諸藩鎮，同列藩鎮。故，舊交。此言茂元與執方同列諸藩，素有舊交。

〔一三〕〔徐注〕《左傳》：子産對曰：「庸以元女大姬配胡公而封諸陳，以備三恪，則我周之自出。」〔馮注〕家人，謂其妻也。《左傳》：吕相絶秦，曰：「康公，我之自出。」〔補注〕自出，甥之代稱。《左傳》「康公，我之自出」杜注：「晉外甥。」此謂己之妻係李執方之甥女。

〔一四〕〔徐注〕《玉臺新詠·西曲歌》曰：出入見依投。〔補注〕婚姻早聯門館，今又將入幕爲從事，故云「重疊依投」。

〔一五〕〔徐注〕《後漢書・李固傳》：奏記梁商曰：「況受顧遇，而容不盡乎？」《北史・李弼等傳論》曰：締構艱難，綢繆顧遇。〔補注〕綢繆，情意殷切貌。《文選・吴質〈答東阿王書〉》：「是何文采之巨麗，而慰喻之綢繆乎？」吕延濟注：「綢繆，謂殷勤之意也。」

〔一六〕〔馮注〕《晉書》：郗鑒使門生求婿於王導，導令就東厢徧觀子弟。歸謂鑒曰：「王氏諸少並佳，然咸自矜持。惟一人在東牀坦腹食，若不聞。」鑒曰：「正此佳婿耶！」訪之，乃羲之也。遂以女妻之。

〔一七〕階，馮注本作「偕」，非，詳補注。〔徐注〕謝朓《拜中軍記室辭隨王牋》：朱邸方開，效蓬心於秋實。善曰：諸侯朱户，故曰「朱邸」。〔馮注〕《漢書・鄒陽傳》：飾固陋之心，則何王之門不可以曳長裾乎？《晉書・王珣傳》：珣與謝玄爲桓温掾，俱温所敬重，嘗曰：「謝掾年四十，必擁旄杖節。王掾當作黑頭公。皆未易才也。」謝朓《辭隨王牋》：長裾日曳，後乘載脂。又曰：惟待青江可望，朱邸方開。時朓爲隨王鎮西功曹，遷新安王中軍記室。〔補注〕階，登也。《全文》《英華》並作「階」。謂登李執方河陽幕如同謝朓之曳裾朱邸也。

〔一八〕〔補注〕《詩・大雅・烝民》：「吉甫作誦，穆如清風。」鄭箋：「吉甫作此工歌之誦，其調和人之性如清風之養萬物然。」

〔一九〕〔徐注〕任昉表：不任丹慊之至。

〔二〇〕〔馮注〕《後漢書・朱穆傳論》：情爲恩死，命緣義輕。

〔二二〕〔馮注〕「詧」「察」同。

〔二三〕〔馮曰〕牧之亦有《上河陽李尚書書》，稱其有才名德望，知經義儒學，則執方固時英也。

## 爲尚書濮陽公涇原讓加兵部尚書表〔一〕

臣某言：今月某日，中使某至〔二〕，奉宣恩旨，加授臣某官，依前充四鎮北庭行軍、兼涇原等州節度、營田、觀察處置等使〔三〕，散官勳賜如故〔四〕，并賜臣官告一通者〔五〕。初謂風傳〔六〕，忽從日下〔七〕。怔忪自失〔八〕，抃舞不能。臣某中謝。

臣夙探史册，頗究職官〔九〕。尚書則虞曰納言〔一〇〕，兵部乃周之司馬〔一一〕。是司九法〔一二〕，爰統六師〔一三〕。歷代以來，非賢不處〔一四〕。田穰苴之文武，始議超居〔一五〕；張子孺之尊崇，方宜入拜〔一六〕。罕有以兹名器〔一七〕，遠假藩維〔一八〕。況臣識愧通人〔一九〕，號非名士〔二〇〕。芸香補吏，方同班固之私循〔二一〕；象魏獻書，有異東方之自薦〔二二〕。因緣蔭第〔二三〕，齒列周行〔二四〕。乃藉時來〔二五〕，不期宦達〔二六〕。屬者出征海嶠，再撫蠻陬〔二七〕，獨向一隅〔二八〕，遂踰萬里。王邵伯之犢，生則還官〔二九〕；吴隱之之魚，食寧去骨〔三〇〕。麤無悔咎，得及旋歸。纔望京華，又分旄節〔三一〕。擁戎馬于涇上，護田穀于回中〔三二〕。罷講艨艟〔三三〕，學燒烽燧〔三四〕。四頌堯曆〔三五〕，一別漢庭〔三六〕。葱嶺猶羶〔三七〕，雪山未復〔三八〕。拔劍而憤，彎弧不平〔三九〕。豈謂皇帝陛下〔四〇〕，收雲中長者之名〔四一〕，録義陽絶域之志〔四二〕，暫寬乃睠〔四三〕，即議酬勞。借寵于總軍〔四四〕，分榮于整武〔四五〕。前叨未塞〔四六〕，後忝轉加。紀在綵牋〔四七〕，卷之瑶軸〔四八〕。然臣退思其所，内顧其能，貪天之功〔四九〕，前經攸戒〔五〇〕；受爵不讓〔五一〕，古人所非。富哉是言，服之無斁〔五二〕。高封大邑〔五三〕，君親誠用以推恩；銘座循牆〔五四〕，臣心詎忘于揣分〔五五〕？自昔避乎全盛，懼彼高明〔五六〕，度其私誠，豈徒虚飾〔五七〕？直恐任踰其量，事過其涯，則鬼亦害盈〔五八〕，天能概滿〔五九〕。因循且爾，顛覆隨之。雖在至愚，實知斯義。伏惟皇帝陛下，温以煦物〔六〇〕，皦而燭幽〔六一〕。待乞追還使臣〔六二〕，寢息嚴命〔六三〕。苟臣重憑廟略〔六四〕，麤振兵威，少能斷臂扼吭〔六五〕，下城徇地〔六六〕，此而進律〔六七〕，庸敢自媒〔六八〕。俟陶侃之書勳〔六九〕，方加羽葆〔七〇〕；待班超之立績，始議鼓鼙〔七一〕。使遷擢之有章，亦望位而相稱〔七二〕。臣某不勝志願懇迫之至，謹差押衙某官某〔七三〕，馳奉恩告〔七四〕，陳讓以聞。

【校注】

〔一〕本篇原載清編《全唐文》卷七七一第二〇頁、《樊南文集補編》卷一。〔錢箋〕《新唐書·王栖曜傳》：栖曜，濮州濮陽人。子茂元，累遷嶺南節度使。家積財，交煽權貴。鄭注用事，遷涇原節度使。注敗，悉出家貲餉兩軍，得不誅，封濮陽郡侯。《舊唐書・文宗紀》：大和九年十月，以前廣州節度使王茂元爲涇原節度使。又《地理志》：涇原節度使治涇州，管涇、原、渭、武四州。又《職官志》：兵部尚書一員，正三品。箋：此表乃王茂元初拜兵部尚書，遣屬齎讓之文，後有《爲濮陽公附送官告中使回狀》，蓋同時之作。又有《爲濮陽公官後上中書門下狀》，則陳讓不允而致謝時相者也。按：新、舊《唐書》紀、傳皆不載茂元加兵部尚書事，即是編《祭外舅贈司徒公文》，亦未之及。惟後《爲濮陽公上陳相公第二狀》云：「分起部而未淹，遷司戎而何速。」考陳夷行於開成二年四月入相，四年五月罷。本篇云「四頒堯曆，一别漢庭」，茂元出鎮涇原，爲大和九年十月事，下數至開成三年爲四載，時夷行尚未罷相。合兩篇以互證，則事當在開成三年矣。再據《官告狀》云「榮假冬卿，顯分霜憲」，《官後狀》云「往在番禺，已分風憲；及臨安定，又假冬卿」，是茂元出鎮嶺南，已加御史中丞（岑仲勉云：按唐制，雄藩例兼御史大夫，觀察率兼中丞，此指大夫言，非中丞也）；移鎮涇原，又加工部尚書，並在加兵部尚書之前，而事皆無考。意藩鎮遥領京銜，紀載多略耳。〔按〕商隱爲茂元代擬有關陳讓、接受兵部尚書之表狀，除本篇外，尚有《附送官告中使回狀》《官後上中書門下狀》《爲濮陽公上陳相公狀二》《爲濮陽公上楊相公狀一》《爲濮陽公上李相公狀一》《爲濮陽公上鄭相公狀》，共七篇，均爲同時先後之作。其時間斷限，當在開成三年正月戊辰（初九）楊嗣復、李珏拜相之後，三年底之前。復據詩集《安定城樓》《回中牡丹爲雨所敗二首》，知開成三年春暮，商隱已入涇原幕，則此七篇當作於其後。視「四頒堯曆，一別漢庭」之語，加吏尚時離年初當不太遠，酌編開成三年春夏間。

〔二〕〔錢注〕《後漢書·宦者傳》：凡詔所徵求，皆令西園騶密約敕，號曰中使。

〔三〕〔錢注〕《舊唐書·地理志》：安西都護所統四鎮：龜兹都督府、毗（原引作「毗」，據《新唐書·地理志》改）沙都督府、疏勒都督府、焉耆都督府。又：北庭都護府屬河西道。《新書·方鎮表》：大曆三年置涇原節度使，貞元六年領四鎮北庭行軍節度使。又《百官志》：節度使兼觀察使，又有判官、支使、推官、巡官、衙推各一人；兼支度、營田、招討、經略使，則有副使、判官各一人。又：觀察處置使，掌察所部善惡，舉大綱。凡奏請，皆屬於州。

〔四〕〔錢注〕《舊唐書·職官志》：武散官，舊謂之散位，不理職務，加官而已。後魏及梁，皆以散號將軍記其本階。自隋改用開府儀同三司已下。貞觀年，又分文武，入仕者皆帶散位，謂之本品。又：勳官者，出於周、齊交戰之際。本以酬戰士，其後漸及朝流。階爵之外，更爲節級。武德初，雜用隋制，至七年頒令，定用上柱國、柱國、上大將軍、大將軍、上輕車都尉、輕車都尉、上騎都尉、騎都尉、驍騎尉、飛騎尉、雲騎尉、武騎尉，凡十二等。起正二品至從七品。貞觀十一年，改上大將軍爲上護軍，大將軍爲護軍，自外不改，行之至今。又《輿服志》：自武德已來，皆正員帶闕官，始佩魚袋；員外、試判、檢校，自則天、中宗後始有之，皆不佩魚。雖正員官得佩，亦去任及致仕即解去魚袋。至開元九年，張嘉貞爲中書令，奏諸致仕許終身佩魚，以爲榮寵，以理去任，亦聽佩魚袋。自後恩制賜賞緋紫，例兼魚袋，謂之章服，因之佩魚袋、服朱紫者衆矣。

〔五〕告，《全文》作「誥」，從錢校據胡本改正。〔錢注〕《舊唐書・李暠傳》：時吏部告身印與曹印文同，行用參雜，難以區分。暠奏請准司勳、兵部印文，例加「官告」兩字，至今行之。〔補注〕官告，即告身，古代官吏之委任狀。明陸容《菽園雜記》卷一〇：「乃知告身非誥勑，即今文憑類也。」本篇末「馳奉恩告」之「告」即官告。白居易《與高固詔》：「表朕念功之心，仍賜卿官告，卿宜即赴闕庭。」

〔六〕〔錢注〕《晉書・吕光載記》：行人風傳，云卿擁逼百姓，爲脣齒。

〔七〕〔錢注〕本集馮氏曰：《爾雅》：「觚竹、北户、西王母、日下，謂之四荒。」「日下」字本此。而日爲君象，後人以之稱京師。〔補注〕《世説新語・排調》：「荀鳴鶴、陸士龍二人未相識，俱會張茂先坐。張令共語……陸舉手曰：『雲間陸士龍。』荀答曰：『日下荀鳴鶴。』」古以日喻帝王，故以帝王所在之京都爲日下。馮注引「日下」係東方古國名。

〔八〕〔錢注〕《方言》：征伀，惶遽也。《列子》：子貢茫然自失。〔按〕怔忪，同「征伀」。

〔九〕〔錢注〕按《漢書》作《百官公卿表》，《後漢書》作《百官志》，《晉書》作《職官志》，《宋書》《齊書》並作《百官志》，《魏書》作《官氏志》，《隋書》作《百官志》。

〔一〇〕〔錢注〕《漢書・百官公卿表》注：應劭曰：「納言，如今尚書，管王之喉舌也。」〔補注〕納言，古官名，掌出納王命。《尚書・舜典》：「命汝作納言，夙夜出納朕命，惟允。」孔傳：「納言，喉舌之官，聽下言納於上，受上言宣於下。必以信。」唐初爲納言，武德四年改爲侍中。

〔一一〕〔補注〕《周禮·夏官》有大司馬之職，掌邦政及軍旅之事，後多用作兵部尚書之代稱。《書·周官》：「司馬掌邦政，統六師，平邦國。」孔傳：「夏官卿主戎馬之事，掌國征伐，統正六軍，平治王邦四方國之亂者。」

〔一二〕〔補注〕《周禮·夏官·大司馬》：「大司馬之職，掌建邦國之九灋，以佐王平邦國。」九法，指治理邦國之九種措施。

〔一三〕〔補注〕《書·康王之誥》：「張皇六師，無壞我高祖寡命。」六師，周天子所統六軍之師，後指天子軍隊。餘見注〔一一〕。

〔一四〕〔錢注〕《北堂書鈔》：《晉中興書》：蔡謨爲尚書，上疏曰：「八座之任，非賢莫居。」

〔一五〕〔錢注〕《史記·司馬穰苴列傳》：司馬穰苴者，田完之苗裔也。齊景公時，晏嬰薦田穰苴曰：「其人文能附衆，武能威敵。」《索隱》曰：穰苴，田氏之族，爲大司馬，故曰司馬穰苴也。〔補注〕超居，越級昇居高位。

〔一六〕張子孺，《全文》作「張孺子」，據錢校改。〔錢校〕孺子，當作「子孺」。〔錢注〕《漢書·張安世傳》：安世，字子孺。宣帝初拜爲大司馬。《蜀志·陳震傳》：入拜尚書。

〔一七〕〔補注〕《左傳·成公二年》：「唯器與名，不可以假人，君之所司也。」杜預注：「器，車服；名，爵號。」

〔一八〕藩維，見《爲彭陽公興元請尋醫表》注〔八〕。

〔一九〕〔錢注〕《史記・田敬仲完世家贊》：非通人達才，孰能注意焉？

〔二〇〕〔補注〕《禮記・月令》：「勉諸侯，聘名士，禮賢者。」

〔二一〕〔錢注〕謂試校書郎，詳後《祭外舅司徒公文》。《初學記》：魚豢《魏略》：「芸香，辟紙魚蠹，故藏書臺稱芸臺。」《漢書・張安世傳》：爲子延壽求出補吏。《後漢書・班固傳》：召詣校書郎，除蘭臺令史。〔補注〕補吏，指官吏有缺位，選員補任。《新唐書・王茂元傳》：「德宗時上書自薦，擢試校書郎。」

〔二二〕〔錢注〕謂上書自薦。《國語》：史獻書。《漢書・東方朔傳》：武帝初即位，四方士多上書言得失，自衒鬻者以千數。朔初來上書，文辭不遜，高自稱譽，上偉之。〔補注〕象魏，古代天子、諸侯宫門外之一種高建築，亦稱闕、觀，爲懸示教令之所。《周禮・天官・太宰》：「正月之吉，始和，布治於邦國都鄙，乃懸治象之灋于象魏，使萬民觀治象，挾日而斂之。」此借指朝廷。

〔二三〕〔錢注〕《漢書・鄭崇傳》：尚有因緣。《北齊書・樊遜傳》：家無蔭第。〔補注〕因緣，憑藉。

〔二四〕〔錢注〕《史記・陳杞世家》：不足齒列。〔補注〕《詩・周南・卷耳》：「嗟我懷人，寘彼周行。」周行，本指周官行列，後泛指朝官行列。

〔二五〕〔錢注〕任昉《天監三年策秀才文》：因藉時來。

〔二六〕宦，《全文》作「官」，從錢校據胡本改正。〔錢注〕李密《陳情表》：本圖宦達。

〔二七〕〔錢注〕（任）邕容經略、嶺南節度。《水經注》：連水出南康縣涼熱山，連谿山即大庾嶺也，五嶺之最東矣，故曰東嶠山。又：耒水又西，黄水注之，水出縣西黄岑山，山則騎田之嶠，五嶺之第二嶺也。又：部山即部龍之嶠也，五嶺之第三嶺也。又：馮水又左合萌渚之水，水南出於萌渚之嶠，五嶺之第四嶺也。又：越城嶠水南出越城之嶠，嶠即五嶺之西嶺也。秦置五嶺之戍，是其一焉。左思《魏都賦》：蠻陬夷落，譯導而通，鳥獸之氓也。〔補注〕《舊唐書·文宗紀》：大和二年四月，「壬午，以邕管經略使王茂元爲容管經略使」。茂元任邕管經略使，約在大和元年至二年四月。任容管經略使，約在大和二年四月至五年間。離容管任後，曾任太子賓客或詹事，又爲右金吾衛將軍。《舊唐書·文宗紀》：大和七年正月，「以右金吾衛將軍王茂元爲嶺南節度使」。

〔二八〕〔錢注〕《韓詩外傳》：衆或滿堂而飲酒，有人嚮隅悲泣，則一堂爲之不樂。〔補注〕此「一隅」指海嶠、蠻陬邊遠之地。

〔二九〕〔錢注〕《晉書·王遜傳》：遜字邵伯，累遷上洛太守，私牛馬在郡生駒犢者，秩滿悉以付官。

〔三〇〕〔錢注〕《晉書·吴隱之傳》：隱之爲廣州刺史，常食不過菜及乾魚而已。帳下人進魚，每剔去骨存肉。隱之覺其用意，罰而黜焉。

〔三一〕〔錢注〕《史記·秦始皇紀》注：《正義》曰：「旄節者，編旄爲之，以象竹節。」〔補注〕《新唐書·楊汝士傳》：「開成初，繇兵部侍郎爲東川節度使。時嗣復鎮西川，乃族昆弟，對擁旄節，世榮其門。」此「旄節」即指鎮守一方之長官所擁有之節。

〔三二〕護,《全文》作「獲」,從錢校據胡本改正。〔錢注〕《史記·田叔傳補》:使田仁護邊田穀於河上。又《秦始皇紀》:巡隴西、北地,出雞頭山,過回中焉。注:回中在安定。〔補注〕《新唐書·王茂元傳》:「鄭注用事,遷涇原節度使。」《舊唐書·文宗紀》:大和九年十月,「癸未,以前廣州節度使王茂元爲涇原節度使」。

〔三三〕〔錢注〕《釋名》:狹而長曰艨艟,以衝突敵船。〔補注〕講,演習、訓練。罷講艨艟,謂罷鎮嶺南。

〔三四〕〔錢注〕《史記·司馬相如傳》:烽舉燧燔。注:烽,見敵則舉;燧,有難則焚。烽主晝,燧主夜。〔補注〕學燒烽燧,謂遷鎮涇原,防禦邊寇。

〔三五〕〔補注〕《書·堯典》:「乃命羲、和,欽若昊天,曆象日月星辰,敬授人時。」堯曆,語本此。四頒堯曆,指自大和九年至開成三年,共歷四年。

〔三六〕〔錢注〕《史記·樊酈滕灌傳贊》:垂名漢廷。〔按〕二句倒文,謂「一别漢庭,四頒堯曆」。

〔三七〕〔錢注〕《漢書·西域傳》:西域以孝武時始通,東則接漢,阸以玉門、陽關,西則限以葱嶺。《説文》:羴,羊臭也,或從亶。

〔三八〕〔錢注〕《後漢書·班超傳》:破白山。注:西域有白山,通歲有雪,亦名雪山。〔按〕此「雪山」當指今新疆境内之天山山脉。安史亂後,唐安西、北庭都護府所轄地均爲吐蕃所佔,見《舊唐書·吐蕃傳》。

〔三九〕〔錢注〕班固《幽通賦》:管彎弧欲斃讎兮。

〔四〇〕〔錢注〕蔡邕《獨斷》:皇帝至尊之稱。皇者,煌也。盛德煌煌,無所不照。帝者,諦也。能行天道,事天審諦,故稱皇帝。陛下者,陛,階也,所由升堂也。天子必有近臣執兵陳于陛側,以戒不虞。謂之陛下者,群臣與天子言,不敢指斥天子,故呼在陛下者而告之,因卑達尊之意也。上書亦如之。

〔四一〕〔錢注〕《史記・田叔傳》:孝文帝問曰:「公知天下長者乎?」叔頓首曰:「故雲中守孟舒,長者也。」〔補注〕《史記・田叔列傳》:「是時孟舒坐虜大入塞盜劫,雲中尤甚,免。上曰:『先帝置孟舒雲中十餘年矣,虜曾一入,孟舒不能堅守,毋故士卒戰死者數百人。長者固殺人乎?公何以言孟舒爲長者也?』叔叩頭對曰:『是乃孟舒所以爲長者也。夫貫高等謀反,上下明詔,趙有敢隨張王,罪三族。然孟舒自髡鉗,隨張王敖之所在,欲以身死之,豈自知爲雲中守哉!漢與楚相距,士卒罷敝。匈奴冒頓新服北夷,來爲邊害,孟舒知士卒罷敝,不忍出言,士爭臨城死敵,如子爲父,弟爲兄,以故死者數百人。孟舒豈故驅戰之哉!是乃孟舒所以爲長者也。』於是上曰:『賢哉孟舒!』復召孟舒以爲雲中守。」

〔四二〕〔錢注〕《西京雜記》:傅介子好學書,嘗棄觚而歎曰:「大丈夫當立功絶域,何能坐事散儒?」後斬樓蘭王首,封義陽侯。〔補注〕二句謂皇帝肯定自己長者之名與立功之志,而己實未建立邊功。

〔四三〕〔補注〕《詩・大雅・皇矣》:「乃眷西顧。」鄭玄箋:「乃眷然運視西顧。」此謂君王稍緩對西北邊塞之關顧，意即邊塞形勢稍有緩和。

〔四四〕〔錢注〕《後漢書·韋彪傳》：欲借寵時賢以爲名。庾亮《讓中書令表》：出總六軍。

〔四五〕〔錢注〕《藝文類聚》：《物理論》曰：「高祖定天下，置丞相以統文德，立大司馬以整武事，爲二府焉。」

〔四六〕〔錢校〕未，原作「末」，今據胡本改正。

〔四七〕〔錢注〕《天中記》：唐初，將相官告用銷金箋及金鳳紙書之，餘皆魚箋、花箋而已。

〔四八〕〔錢注〕《舊唐書·高宗紀》：今後尚書省下諸司、州、縣，宜並用黄紙。其承製敕之司，量爲卷軸，以備披檢。〔補注〕此謂官告卷以玉軸。

〔四九〕〔補注〕《左傳·僖公二十四年》：「竊人之財，猶謂之盜，況貪天之功以爲己力乎？」

〔五〇〕〔錢注〕謝靈運《山居賦》：恭窺前經。

〔五一〕〔補注〕《詩·小雅·角弓》：「民之無良，相怨一方。受爵不讓，至於己斯亡。」

〔五二〕〔補注〕《論語·顏淵》：「子夏曰：『富哉言乎！』」《詩·周南·葛覃》：「爲絺爲綌，服之無斁。」鄭箋：「斁，厭也。」

〔五三〕〔錢注〕《新唐書·百官志》：凡爵九等：一曰王，食邑萬户，正一品；二曰嗣王、郡王，食邑五千户，從一品；三曰國公，食邑三千户，從一品；四曰開國郡公，食邑二千户，正二品；五曰開國縣公，食邑千五百户，從二品；六曰開國縣侯，食邑千户，從三品；七曰開國縣伯，食邑七百户，正四品；八曰開國縣子，食邑五百户，正五品上；九曰開國縣男，食邑三百户，從五品上。

〔五四〕〔錢注〕《荀子》：孔子觀於魯桓公之廟，有欹器焉，孔子問於守廟者曰：「此爲何器？」守廟者曰：「此蓋爲宥坐之器。」孔子曰：「吾聞宥坐之器，虚則欹，中則正，滿則覆。」孔子顧謂弟子曰：「注水焉。」弟子挹水而注之，中而正，滿而覆，虚而欹。孔子喟然而歎曰：「吁！惡有滿而不覆者哉！」按：漢崔瑗有座右銘。〔補注〕《左傳·昭公七年》：「故其鼎銘云：『一命而僂，再命而傴，三命而俯，循牆而走，亦莫余敢侮。』」循牆，謂避開道路中央，靠牆而行，表示恭謹或畏懼。

〔五五〕〔錢注〕《隋書·史祥傳》：循涯揣分。

〔五六〕〔錢注〕揚雄《解嘲》：高明之家，鬼瞰其室。

〔五七〕〔錢注〕《晉書·山濤傳》：當崇至公，勿爲虚飾之煩。

〔五八〕〔補注〕《易·謙》：「鬼神害盈而福謙，人道惡盈而好謙。」

〔五九〕〔錢注〕《管子》：釜鼓滿，則人概之；人滿，則天概之。〔補注〕概爲量穀物時刮平斗斛之器具，此猶刮平、削平之意。

〔六〇〕〔錢注〕《隋書·音樂志》：陽光煦物，温風先導。

〔六一〕〔錢注〕班固《東都賦》：散皇明以燭幽。

〔六二〕〔錢校〕待，疑當作「特」。〔按〕錢校近是。

〔六三〕〔錢注〕任昉《上蕭太傅固辭奪禮啓》：霈然降臨，賜寢嚴命。

〔六四〕〔錢注〕《晉書·羊祜傳》：外揚王化，内經廟略。

〔六五〕〔錢注〕《史記·張儀傳》：説趙王曰：「今楚與秦爲昆弟之國，而韓、梁稱爲東藩之臣，齊獻魚鹽之地，此斷趙之右臂也。」又《劉敬傳》：夫與人鬬，不搤其肮，拊其背，未能全其勝也。今陛下入關而都，此亦搤天下之肮而拊其背也。〔補注〕扼吭，扼住咽喉。

〔六六〕〔錢注〕《史記·樂毅傳》：樂毅留徇齊五歲，下齊七十餘城。又《陳涉世家》：諸將之徇地者，不可勝數。

〔六七〕〔補注〕《禮記·王制》：「有功德于民者，加地進律。」鄭玄注：「律，法也。」進律，指提高標誌爵位之禮儀等級。

〔六八〕〔錢注〕曹植《求自試表》：夫自衒自媒者，士女之醜行也。

〔六九〕〔錢注〕《晉書·陶侃傳》：蘇峻作逆，平南將軍温嶠要侃同赴朝廷，因推爲盟主。侃與温嶠、庾亮等俱會石頭，諸軍與峻戰陳陵東，斬峻於陣。峻弟逸復聚衆，侃與諸軍斬逸於石頭。侃旋江陵，尋以爲侍中、太尉，加羽葆鼓吹。

〔七〇〕〔錢注〕《禮·雜記》疏：羽葆者，以鳥羽注於柄頭如蓋，謂之羽葆。葆，謂蓋也。〔補注〕羽葆，帝王儀仗中以鳥羽聯綴爲飾之華蓋。

〔七一〕〔錢注〕《後漢書·班超傳》：章帝八年，拜爲將兵長史，假鼓吹幢麾。王符《潛夫論》：及其成名立續,德音令聞不已。《説文》:鼙,騎鼓也。〔補注〕《禮記·樂記》:「君子聽鼓鼙之聲,則思將帥之臣。」

〔七二〕〔錢注〕《北史·竇熾傳》:及其望位隆重,而子孫皆處列位。

〔七三〕〔錢注〕《通鑑·唐玄宗紀》注:押牙者,盡管節度使牙内之事。按:押衙爲劉石。見後《官後狀》。

〔七四〕〔補注〕恩告,即皇帝所賜之官告。

## 爲濮陽公附送官告中使回狀〔一〕

右今月某日,中使某至,奉宣恩旨,賜臣前件敕書、手詔、官告者〔二〕。已准詔旨示軍吏僧道耆老等。其官告已差押衙某奉表陳讓訖。

臣才謝適時,知非周物〔三〕。承私門有後之慶,當大朝猶宥之恩〔四〕。頡頏漸高〔五〕,騰凌必遠。雕蟲可恥,揚子雲不以爲文〔六〕;跨馬莫能,杜元凱于何稱武〔七〕?遂叨旗鼓〔八〕,及建麾幢〔九〕。南犯瘴煙〔一〇〕,遠提龍户〔一一〕;西當爟火〔一二〕,密控犬戎〔一三〕。臨長萬人〔一四〕,董齊千乘〔一五〕。可以專殺,未嘗負租〔一六〕。況又榮假冬卿,顯分霜憲〔一七〕,軍前列秦時御史〔一八〕，幕下辟漢日郎官〔一九〕。碧落仰瞻，已參星象〔二〇〕；丹霄迴望〔二一〕，了別塵泥。滿盈之戒是虞，富貴之願斯足〔二二〕。而九國未至〔二三〕，六戎尚存〔二四〕。闕懸藁街〔二五〕，阻作飲器〔二六〕。礙白環之貢獻〔二七〕，隔青鳥之神仙〔二八〕。閱軍實而皆裂兵符〔二九〕，視戰格而髮衝武弁〔三〇〕。苟拘司敗〔三一〕，已漏嚴科〔三二〕。豈可授列五兵〔三三〕，任兼八座〔三四〕？詔開垂露〔三五〕，降自天家〔三六〕；中使飛星〔三七〕，來從日域〔三八〕。紫泥猶濕〔三九〕，黄紙未乾〔四〇〕。宣傳而誰則懦夫，感激而孰非死士〔四一〕？固不合更稽成命〔四二〕，重曠殊恩。竊以君人者在度材而命官，臣下者宜論功而受賞。《易》憂且乘〔四三〕，《詩》戒斯亡〔四四〕。上斁彝倫〔四五〕，下招顛隕。實關國柄〔四六〕，非止臣身。是敢輒黷冕旒〔四七〕，亟陳章疏〔四八〕。言之必可，顓孫寧忘於書紳〔四九〕；汗出而收〔五〇〕，漢祖何妨於銷印〔五一〕！

伏惟皇帝陛下，深迴睿鑒，曲被鴻慈，從國僑讓邑之言〔五二〕，獎成季辭卿之志〔五三〕。俾無賞僭〔五四〕，以激當官〔五五〕。儻龘得揚威，稍能陳力，恢復河右，收《禹貢》之地圖〔五六〕；蕩定隴西，雪皇唐之祖業〔五七〕。則亦不敢更辭竹帛〔五八〕，復拒鼎彝〔五九〕。明神所知〔六〇〕，丹慊具在〔六一〕。臣不勝感恩陳乞悃款屏營之至〔六二〕！

## 【校注】

〔一〕本篇原載清編《全唐文》卷七七二第一五頁、《樊南文集補編》卷一。題内「中」字，《全文》誤作「申」，據錢校改。〔按〕此狀當與《爲尚書濮陽公涇原讓加兵部尚書表》同時作，參該篇注〔一〕按語。

〔二〕〔錢注〕《新唐書·百官志》：凡王言之制有七。六曰論事敕書，戒約臣下則用之。《後漢書·東平王蒼傳》：顯宗遺使手詔國中傳。〔補注〕敕書爲皇帝慰諭公卿、戒約朝臣之文書，手詔則皇帝親筆書寫之詔書。官告已見前狀注〔五〕。

〔三〕〔補注〕《易·繫辭上》：「知周乎萬物而道濟天下，故不過。」

〔四〕〔錢注〕茂元，栖曜子。《戰國策》：塞私門之請。〔補注〕《左傳·桓公二年》：「臧孫達其有後於魯乎？君違，不忘諫之以德。」又《襄公二十一年》：「夫謀而鮮過，惠訓不倦者，叔向有焉，社稷之固也，猶將十世宥之，以勸能者。」宥，赦罪。

〔五〕頏，《全文》作「頑」，據錢校改。〔錢注〕《詩·燕燕》傳：飛而上曰頡，飛而下曰頏。

〔六〕〔錢注〕揚子《法言》：或問：「吾子少而好賦？」曰：「然，童子雕蟲篆刻。」俄而曰：「壯夫不爲也。」

〔七〕〔錢注〕《晉書·杜預傳》：預字元凱，身不跨馬，射不穿札，而每任大事，輒居將率之列。〔補注〕《晉書·杜預傳》：「預在内七年，損益萬機，不可勝數，朝野稱美，號曰『杜武庫』，言其無所不有也。」「稱武」疑用此。按《會昌一品集·九月四日請授宰兼攻討狀》云：「王茂元雖是將家，久習吏事，深入攻討，非其所長。」似可與「跨馬莫能」參證。

〔八〕〔錢注〕《史記·淮陰侯傳》：信建大將之旗鼓，鼓行出井陘口。

〔九〕〔錢注〕《吴志·孫權傳》注：《江表傳》：「以大將軍曲蓋麾幢，督幽州、青州牧。」〔補注〕建，樹立；麾，旌旗，古代建大麾以封藩國，見《周禮·春官·巾車》；幢，赤幢（垂筒形旌旗），古爲將軍刺史之儀仗。建麾幢，謂出鎮一方爲地方長官。

〔一〇〕〔錢注〕謂嶺南。《後漢書·公孫瓚傳》：日南多瘴氣。

〔一一〕〔錢注〕《南部新書》：龍户見水色則知有龍。〔補注〕龍户，指舊時南方之水上居民，亦稱蜑户、蛋户。以其入水輒繡面文身，以象蛟龍之子，故稱龍户。提，率領，統率。

〔一二〕〔錢注〕《晉書·天文志》：軒轅西四星曰爟。爟者，烽火之爟也，邊亭之警候。〔補注〕爟火，報警之烽火。庾信《周上柱國齊王憲神道碑》：「匈奴突於武川，爟火通於灞上。」西當爟火，謂西鎮涇原。

〔一三〕〔錢注〕〔犬戎〕謂吐蕃。《國語》：今自大畢、伯仕之終也，犬戎氏以其職來王。《舊唐書·突厥傳》：吐蕃，狗種。〔補注〕杜甫《揚旗》詩：「三州陷犬戎，但見西嶺青。」

〔一四〕〔錢注〕《國語》：亦惟是死生之，服物采章，以臨長百姓，而輕重布之。〔補注〕臨長，治理統轄。

〔一五〕〔錢注〕《魏志·王淩傳》注：《魏略》：「董齊東夏。」〔補注〕董齊，統率、領導。錢注引係征伐之使歸一統之意，非此句所用之義。

〔一六〕〔錢校〕負，胡本作「覆」。〔錢注〕《漢書·兒寬傳》：寬遷左内史，收租税，時裁闊狹，與民相假貸，以故租多不入。後有軍發，左内史以負租課殿，民聞當免，皆恐失之。大家牛車，小家擔負，輸租繦屬不絶，課更以最。〔補注〕負租，拖欠租税。

〔一七〕〔錢注〕《通典》：隋及唐皆曰御史臺。龍朔二年，改爲憲臺。咸亨二年復舊。門北闢，主陰殺也。故御史爲風霜之任，彈糾不法，百僚震恐，官之雄俊，莫之比焉。舊制但風聞彈事提綱而已。〔岑仲勉曰〕余按唐制，雄藩例兼御史大夫，觀察率兼中丞。此（霜憲）指大夫言，非中丞也。（《平質》戊錯會《霜憲及風憲》條）〔補注〕冬卿，指工部尚書。周代冬官爲六卿之一，主管百工事務，後因稱工部尚書爲冬卿。王茂元在加兵部尚書銜之前曾加工部尚書，早在任廣州節度使時已加御史大夫，《爲濮陽公官後上中書門下狀》「往在番禺，已分風憲；及臨安定，又假冬卿」可證。本文「榮假冬卿，顯分霜憲」謂其檢校工部尚書、兼御史大夫。

〔一八〕〔錢注〕《新唐書·百官志》：至德後，諸道使府參佐，皆以御史爲之，謂之外臺。《漢書·張蒼傳》：秦時爲御史。〔補注〕秦時設御史大夫，職副丞相；并以御史監郡，遂有糾察彈劾之權。此指幕官帶御史銜。

〔一九〕〔錢注〕《通典》：郎官謂之尚書郎，漢置。〔補注〕此指幕官所帶京銜。

〔二〇〕〔錢注〕《度人經》：昔於始青天中碧落，空歌大浮黎土，受元始度人無量上品。王融《永明十一年策秀才文》：惟王建國，惟典命官，上叶星象，下符川嶽。〔補注〕已參星象，謂官位已列於三台八座之位，上應列宿。

〔二一〕〔錢注〕荀悦《漢紀》：故願一登文石之階，陟丹霄之途。

〔二二〕〔錢注〕《宋書·王華傳》：孔寧子與華並有富貴之願，自徐羡之等秉權，日夜搆之於太祖，華每切齒憤咤。元嘉三年，誅羡之等，華遷護軍，侍中（如故）。〔補注〕《顔氏家訓·止足》：「天地鬼神之道，皆惡滿盈，謙虚沖損，可以免害。」

〔二三〕〔錢注〕《禮》「西方有九國焉」疏：西方有九國未賓。

〔二四〕〔補注〕《周禮·夏官·職方氏》：「五戎六狄。」鄭玄注引《爾雅》曰：「九夷、八蠻、六戎、五狄，謂之四海。」按今本《爾雅·釋地》作「七戎」。邢昺疏：「《風俗通》云：斬伐殺生，不得其中。戎者兇也，其類有六。」後以六戎爲西方民族之通稱。

〔二五〕〔錢注〕《漢書·陳湯傳》：建昭三年，湯與甘延壽上疏曰：「郅支單于，慘毒行於民，大惡通於天。臣延壽、臣湯將義兵，行天誅，賴陛下神靈，陷陳克敵，斬郅支首及名王以下，宜懸頭槀街蠻夷邸間，以示萬里，明犯彊漢者，雖遠必誅。」〔補注〕槀街，漢長安城南門内街名，爲屬國使節館舍所在地。

〔二六〕〔錢注〕《史記·大宛傳》：匈奴破月氏王，以其頭爲飲器。

〔二七〕〔錢注〕《竹書紀年》：帝舜九年，西王母來朝，獻白環玉玦。

〔二八〕〔錢注〕《初學記》：《漢武故事》：七月七日，上于承華殿齋，正中，忽有一青鳥從西而來。上問東方朔，朔曰：「此西王母來。」〔補注〕《穆天子傳》卷三：「乙丑，天子觴西王母於瑶池之上。」《史記·大宛列傳論》：「崑崙其高二千五百餘里，日月所相避隱爲光明也，其上有醴泉、瑶池。」《爾雅·釋地》：「觚竹、北户、西王母、日下，謂之四荒。」郭璞注：「西王母在西……皆四方昏荒之國。」二句謂由於吐蕃侵佔河隴，西域各國與唐朝隔絶不通。

〔二九〕〔錢注〕《史記·項羽紀》：樊噲瞋目視項王，頭髮上指，目眦盡裂。又《信陵君傳》：魏王使將軍晉鄙救趙，兵符常在王卧内。〔補注〕軍實，軍用器械與糧餉。《左傳·宣公十二年》：「在軍，無日不討軍實而申儆之。」杜預注：「軍實，軍器。」

〔三〇〕〔錢注〕《通典》：笓籬，戰格，於女牆上跳出三尺，用避矢石。《史記·藺相如傳》：相如持璧却立倚柱，怒髮上衝冠。《後漢書·輿服志》：武冠一曰武弁。〔補注〕《通鑑·光啓三年》「焚戰格以應師鐸」胡三省注：「戰格，列木爲之……今謂之排杈。」即戰栅。

〔三一〕〔補注〕《左傳·文公十年》：「臣免於死，又有讒言，謂臣將逃，臣歸死於司敗也。」杜預注：「陳、楚名司寇曰司敗。」亦泛指司法機關。《周書·文帝紀上》：「臣不能式遏寇虐，遂使乘輿遷幸。請拘司敗，以正刑書。」

〔三二〕〔錢注〕《宋書·自序》：故同之嚴科。〔補注〕嚴科，嚴厲之法律。

〔三三〕〔錢注〕《舊唐書·職官志》：兵部尚書，南朝謂之五兵尚書。〔補注〕《宋書·百官志上》：「魏世有吏部、左民、客曹、五兵、度支五曹尚書。……五兵尚書領中兵、外兵二曹。昔有騎兵、別兵、都兵，故謂之五兵也。」

〔三四〕〔錢注〕《晉書・職官志》：後漢以三公曹、吏部曹、民曹、客曹、二千石曹、中都官曹，合爲六曹，并令僕二人，謂之八座尚書。

〔三五〕〔錢注〕《法書要録》：漢曹喜工篆隸，善懸針垂露之法。〔補注〕《初學記》卷二一引王愔《文字志》：「垂露書，如懸針而勢不遒勁，阿那若濃露之垂，故謂之垂露。」按：此「垂露」雙關帝王之降恩澤雨露。

〔三六〕〔錢注〕蔡邕《獨斷》：天子無外，以天下爲家，故稱天家。

〔三七〕〔錢注〕《後漢書・天文志》：流星出之爲中使。〔補注〕《後漢書・李郃傳》：「和帝即位，分遣使者，皆微服單行，各至州縣觀采風謡。使者二人當到益部，投郃候舍。時夏夕露坐……郃指星示云：『有二使星向益州分野。』」因稱使者爲「使星」。又古時以爲天節八星主使臣事，因稱使者爲「星使」。

〔三八〕〔錢注〕揚雄《長楊賦》：西厭月峭，東震日域。〔補注〕日域，此指京城，謂皇帝所在之地。猶日下。

〔三九〕〔錢注〕《漢舊儀》：皇帝六璽，皆以武都紫泥封之。

〔四〇〕〔錢注〕《舊唐書・高宗紀》：上元三年，敕制比用白紙，多爲蟲蠹，今後尚書省下諸司、州、縣，宜並用黄紙。

〔四一〕〔補注〕宣傳，宣布傳達。《左傳·定公十四年》：「句踐患吴之整也，使死士再，禽焉，不動。」二句謂向軍吏等人宣布傳達詔旨，衆皆感動激發。

〔四二〕〔錢注〕《説文》：稽，留止也。

〔四三〕〔補注〕《易·繫辭下》：「作《易》者，其有憂患乎？」《繫辭上》：「《易》曰：『負且乘，致寇至。』負也者，小人之事也；乘也者，君子之器也。小人而乘君子之器，盗思奪之矣。」孔疏：「此又明擬議之道，當量身而行，不可以小處大，以賤貪貴。」按《易·解》：「六三：負且乘，致寇至，貞吝。」喻居非其位，才不稱職，會招致禍患。

〔四四〕〔補注〕《詩·小雅·角弓》：「民之無良，相怨一方。受爵不讓，至于已斯亡。」

〔四五〕〔補注〕《書·洪範》：「帝乃震怒，不畀洪範九疇，彝倫攸斁。」孔傳：「斁，敗也。」彝倫，倫常、常道。

〔四六〕〔錢注〕《後漢書·王龔傳》：外典國柄。

〔四七〕〔補注〕古代天子之冕十二旒，見《周禮·夏官·弁師》。此借指皇帝。

〔四八〕〔錢注〕《漢書·揚雄傳》：《解嘲》曰：「獨可抗疏，時道是非。」注：疏者，疏條其事而言之。

〔補注〕亟，屢次。亟陳章疏，當兼前《讓加兵部尚書表》及此狀而言。

〔四九〕〔補注〕顓孫，複姓，孔子弟子有顓孫師。《史記·仲尼弟子列傳》：「顓孫師，陳人，字子張。」

《論語·衛靈公》：「子張書諸紳。」邢昺疏：「紳，大帶也。子張以孔子之言書之紳帶，意其佩服無忽忘也。」

〔五〇〕〔錢注〕《漢書·楚元王傳》：劉向上封事曰：「《易》曰：『涣汗其大號。』言號令如汗，汗出而不反者也。今出善令，未能踰時而反，是反汗也。」

〔五一〕〔錢注〕《史記·留侯世家》：漢王與酈食其謀撓楚權。食其曰：「陛下誠能復立六國後世，畢已受印，此其君臣百姓必皆戴陛下之德，陛下南鄉而霸，楚必斂衽而朝。」漢王曰：「善。趣刻印。」張良從外來，漢王具以酈生語告，良曰：「誰爲大王畫此計者？臣請藉前箸爲大王籌之。誠用客之謀，陛下事去矣！」漢王令趣銷印。

〔五二〕〔補注〕國僑，即春秋鄭大夫公孫僑，字子産（其父公子發，字子國，以父字爲氏，故又稱國僑）。子産讓邑事，見《左傳·襄公二十六年》：「鄭伯賞入陳之功。三月甲寅朔，享子展，賜之先路三命之服，先八邑。賜子産次路再命之服，先六邑。子産辭邑曰：『自上以下，隆殺以兩，禮也。臣之位在四，且子展之功也。臣不敢及賞禮，請辭邑。』公固予之，乃受三邑。公孫揮曰：『子産其將知政矣，讓不失禮。』」

〔五三〕〔補注〕成季，即趙衰。《史記·趙世家》：「趙衰卒，謚爲成季。」《左傳·僖公二十七年》：「命趙衰爲卿，讓於欒枝、先軫。」《國語·晉語四》：「公使趙衰爲卿，辭曰：『欒枝貞慎，先軫有謀，胥臣多聞，皆可以爲輔，臣弗如也。』」

〔五四〕賞，原注：疑。〔錢校〕胡本作「寧」。〔補注〕《左傳·襄公二十六年》：「善爲國者，賞不僭而刑不濫。賞僭，則懼及淫人；刑濫，則懼及善人。」賞字不誤。

〔五五〕〔補注〕《左傳·文公十年》：「當官而行，何彊之有？」當官，擔任官職。

〔五六〕〔錢校〕收，胡本作「牧」。〔錢注〕《晉書·裴秀傳》：又以職在地官，以《禹貢》山川地名，從來久遠，多有變易。後世説者或彊牽引，漸以暗昧。於是甄擿舊文，疑者則闕，古有而今無者，皆隨事注列，作《禹貢地域圖》十八篇，奏之。〔補注〕收《禹貢》之地圖，猶云復皇唐之舊域版圖。參下注。

〔五七〕〔錢注〕《新唐書·地理志》：天寶盜起，中國用兵，而河西、隴右不守，陷于吐蕃。至大中、咸通，始復隴右。

〔五八〕〔錢注〕《墨子》：書之於竹帛，鏤之於金石，以爲銘於鐘鼎，傳遺後世子孫。

〔五九〕〔錢注〕《宋書·劉穆之傳》：功銘鼎彝。

〔六〇〕〔補注〕《左傳·僖公二十八年》：「王子虎盟諸侯于王庭，要言曰：『皆獎王室，無相害也，有渝此盟，明神殛之！』」

〔六一〕〔錢注〕任昉《爲齊明帝讓宣城郡公第一表》：永昌之丹慊獲申。

〔六二〕〔錢注〕《楚辭·卜居》：吾寧悃悃款款朴以忠乎？〔補注〕悃款，誠摯。屏營，惶恐。

# 爲濮陽公官後上中書門下狀〔一〕

右今月日，當道押衙劉石回，伏蒙天恩重賜，加授檢校兵部尚書官告〔二〕，不許更陳讓者。某幸承餘慶〔三〕，遂會昌期。早慕修途〔四〕，獻書試吏〔五〕；晚存遠略〔六〕，傳劍論兵〔七〕。自擁節旄〔八〕，頻移星歲。常虞尸曠〔九〕，或抵彝章〔一〇〕。往在番禺，已分風憲〔一一〕；及臨安定，又假冬卿〔一二〕。善政蔑聞，奇勳莫建。而有不循階陛〔一三〕，超授班資〔一四〕。且《周禮》設官，邦政莫先乎司馬〔一五〕；漢史解詁，士貴無過于尚書〔一六〕。外顧輩流，内量涯分〔一七〕，遜而不免，居亦何安？蔡氏歷遷〔一八〕，楊公累代〔一九〕，方玆尊顯，殊曰寂寥。此皆相公假借軍聲〔二〇〕，贊揚聖澤〔二一〕，感而益懼，榮以宏憂。謹當切誡滿盈，遥加率勵〔二二〕。古者不辭于三仕，必願致身〔二三〕；昔人雖取于十官，終期無罪〔二四〕。麤申報效，以謝貪叨〔二五〕。苟遺此言〔二六〕，是不能享。鎮守有限〔二七〕，不獲奔走陳謝，伏增惶悚之至！

**【校注】**

〔一〕本篇原載清編《全唐文》卷七七三第一二頁、《樊南文集補編》卷二。〔錢注〕《舊唐書・職官志》：中書省，中書令二員，中書侍郎二員。門下省，侍中二員，門下侍郎二員。〔按〕中書門下，指任同中書門下平章事之宰相。《新唐書·百官志一》：「貞觀八年，僕射李靖以疾辭位，詔疾小瘳，三兩日一至中書門下平章事……自高宗已後，爲宰相者必加『同中書門下三品』……永淳元年，以黄門侍郎郭待舉、兵部侍郎岑長倩等同中書門下平章事。平章事入銜，自待舉始。」開成三年，任宰相者有楊嗣復、李珏、陳夷行、鄭覃。前有《讓加兵部尚書表》《附送官告中使回狀》，本篇爲「陳讓不允而致謝時相者」（錢箋）。計押衙劉石奉官告往返京師、涇原所需時日，此狀當作於前二篇之後十餘日左右。

〔二〕〔補注〕檢校，有官名而無實際職事之官。張鷟《朝野僉載》卷一：「正員不足，權補試、攝、檢校之官。」官告已見前《讓加兵部尚書表》注〔五〕。

〔三〕〔錢注〕茂元，栖曜子。〔補注〕《易·坤》：「積善之家，必有餘慶；積不善之家，必有餘殃。」《新唐書·王栖曜傳》：「貞元初，拜左龍武大將軍，出爲鄜坊節度使。十九年，卒，贈尚書右僕射。」

〔四〕〔錢注〕曹植《懷親賦》：赴修途以尋遠。〔補注〕修途，此喻指遠大政治前途。

〔五〕〔錢注〕謂上書自薦，試校書郎。獻書，見《讓加兵部尚書表》注〔三〕。《南史·梁武紀》：甲族以二十登仕，後門以過立試吏。

〔六〕〔補注〕《左傳·僖公九年》：「齊侯不務德而勤遠略，故北伐山戎，南伐楚。」此「遠略」爲「經略遠方」之意。而狀稱「晚存遠略」，係指深遠之謀略。《後漢書·西羌傳論》：「貪其暫安之埶，信其馴服之情，計日用之權宜，忘經世之遠略。」

〔七〕〔錢注〕《史記·太史公自序》：在趙者以傳劍論顯。注：服虔曰：「世善傳劍也。」蘇林曰：「傳手搏論而釋之。」晉灼曰：「《史記·吴起（傳）贊》曰：非信仁廉勇，不能傳劍論兵書也（按：今本《史記·太史公自序》作「不能傳兵論劍」）。」

〔八〕〔錢注〕《漢書·蘇武傳》：武既至海上，仗漢節牧羊，卧起操持，節旄盡落。〔補注〕擁節旄，持節（符節）擁旄，爲鎮守一方之節度使。

〔九〕〔補注〕《書·五子之歌》：「太康尸位以逸豫。」《書·皋陶謨》：「無曠庶官，天工人其代之。」蔡沈集傳：「曠，廢也，言不可用非才，而使庶官曠廢厥職也。」尸曠，尸位曠職。

〔一〇〕〔錢注〕任昉《爲范尚書讓吏部封侯第一表》：彝章載穆。〔補注〕抵，觸犯；彝章，猶常典。

〔一一〕〔錢注〕《舊唐書·地理志》：嶺南道廣州中都督府，隋南海郡。武德四年，置廣州，領南海縣，即漢番禺縣。南海郡，隋分番禺置南海縣，番山在州東三百步，禺山在北一里。（二句謂）茂元出鎮嶺南，已加御史中丞。〔補注〕風憲，古代御史掌糾彈百官，正吏治，故稱。此「風憲」指御史大夫，非中丞。

〔一二〕臨，錢注本作「移」，未出校，當涉上文「移」字而誤。〔錢注〕《舊唐書·地理志》：涇州，隋安定郡。（二句謂）移鎮涇原，又加工部尚書。

〔一三〕〔錢校〕有，疑當作「又」。〔補注〕不循階陛，謂不依照一定的級別次序。

〔一四〕〔補注〕超授，越級提升。班資，官階與資格。此指由工部尚書（後行）越級提升爲兵部尚書（前行），參《爲濮陽公上楊相公狀一》注〔一〇〕。

〔一五〕見《爲尚書濮陽公涇原讓加兵部尚書表》注〔二〕〔三〕。

〔一六〕詁，《全文》作「誥」，據錢校改。〔錢注〕《北堂書鈔》：《漢官解詁》：「士之權貴，不過尚書。」

〔一七〕〔錢注〕《隋書·董純傳》：寵踰涯分。〔補注〕涯分，限度、本分。

〔一八〕〔錢注〕《南史·蔡廓等傳贊》：自廓及凝，年移四代，高風素氣，無乏於時，其所以取貴，不徒然矣。

〔一九〕〔錢注〕《後漢書·楊震傳贊》：楊氏載德，仍世柱國。震畏四知，秉去三惑。賜亦無諱，彪誠匪忒。修雖才子，渝我淳則。

〔二〇〕〔補注〕假借，借助。

〔二一〕〔補注〕贊揚，贊助宣揚。

〔二二〕〔錢注〕《後漢書·祭彤傳》：彤乃率勵偏何，遣往討之。〔補注〕率勵，激勵、勉勵。

〔二三〕〔補注〕《論語·公冶長》：「令尹子文三仕爲令尹，無喜色；三已之，無慍色。」鮑照《謝永安令解禁止啓》：「志終四民，希絶三仕。」《論語·學而》：「事父母能竭其力，事君能致其身。」致身，獻身。

〔二四〕〔錢注〕《戰國策》：楚王問於范環曰：「寡人欲置相於秦，甘茂可乎？」對曰：「惠王之明，武王之察，張儀之好譖，甘茂事之，取十官而無罪，茂誠賢者也。然而不可相秦。秦之有賢相也，非楚之利也。」

〔二五〕〔錢注〕《莊子》：好經大事，變更易常，以挂功名，謂之叨；專知擅事，侵人自用，謂之貪。

〔二六〕〔錢校〕遺，疑當作「違」。

〔二七〕〔錢注〕《隋書·房陵王勇傳》：臣鎮守有限。

# 爲濮陽公上楊相公狀一〔一〕

某少乏高標〔二〕，本無遠韻〔三〕。徒以堅同匪石〔四〕，直慕如弦〔五〕，遂忝人曹〔六〕，乃行官牒〔七〕。略無淺效，以答明時。豈謂復冠六聯，又司九法〔八〕。柳營莫從於多讓〔九〕，蘭臺超假於前行〔一〇〕。若非相公允輔朝恩，克成人美〔一一〕，將其加秩〔一二〕，可以雄邊〔一三〕，則安得及兹，無容而授〔一四〕？謹當以身爲率，尅己而行，義若霜明〔一五〕，斷如劍剸〔一六〕。使其有勇，兼且知方〔一七〕。兔穴雖多〔一八〕，盡思堙塞；梟巢任固〔一九〕，皆誓焚除。微振軍聲，以綏官謗〔二〇〕。伏惟特賜恩察。

【校注】

〔一〕本篇原載清編《全唐文》卷七七四第一五頁、《樊南文集補編》卷四。題内「濮陽」二字，《全文》原作「河東」，錢注本同，據張采田校證改。〔錢箋〕《新唐書·宰相世系表》：秦并天下，柳氏遷於河東。《舊唐書·柳仲郢傳》：元和十三年，進士擢第。會昌中，三遷吏部郎中、諫議大夫。李德裕奏爲京兆尹，改右散騎常侍，權知吏部銓事。宣宗即位，出爲鄭州刺史，遷爲河南尹。大中六（按：應爲「五」）年，轉梓州刺史、劍南東川節度使。在鎮五年，美績流聞，徵爲吏部侍郎。入朝未謝，改兵部侍郎。箋：此「楊相公」，與下陳相公、李相公諸狀，核其文義，皆當時宰執，非使相也。仲郢於大中六年出鎮，閲五年而内召，諸相必當同時。考《舊唐書·宣宗紀》《新唐書·宰相表》，此數年中，無姓氏與之相合者。其先楊有嗣復，陳有夷行，李有德裕、紳、回、讓夷，並年不相及，不可强通。宣宗之世，史氏自言簡籍遺落，十無三四，姑存疑可也。〔張箋〕案此七篇（指《爲河東（應作「濮陽」）公上楊相公狀一》《爲河東（應作「濮陽」）公上楊相公狀二》《爲河東（應作「濮陽」）公賀陳相公送土物狀》《爲河東（應作「濮陽」）公賀楊相公送土物狀》《爲河東（應作「濮陽」）公賀李相公送土物狀》《爲河東（應作「濮陽」）公上李相公狀一》《爲河東（應作「濮陽」）公上李相公狀二》），余早疑其誤。夫題曰「爲河東公」，以本集例之，必柳仲郢東川幕無疑。考仲郢鎮梓在大中五年，其内召在九年。此五年中，宰相則崔龜從、令狐綯、白敏中、崔鉉、魏謩、裴休，無陳相公、楊相公、李相公也。又《上楊相公第二狀》有「今荆州李相公」

語，以《東觀奏記》考之，大中六年至八年鎮荆南者爲楊漢公，亦無李相公其人。宣宗朝史氏雖言簡籍遺落，然宰輔拜罷，斷無不見於册者。細檢《舊》《新》兩書，惟開成三年陳夷行在相位，楊嗣復、李珏同時入相，李石則以故相方鎮荆南，數乃正合。且《賀楊相公狀》云：「相公光由版籍，顯拜樞衡。」此指嗣復以户部尚書登庸也。《上李相公第二狀》云：「相公假道版圖，正位機密。」此指李珏以户部侍郎判户部事大拜也。又《上楊相公第二狀》云：「右件官是某親弟。自某年月蒙令荆州李相公差知埇橋院後，每虞敗累，輒祈休罷。相公推友悌之愛於天下，妙咳唾之末於藩條，爰擇良材，俾代其任。」考李石於開成元年曾兼諸道鹽鐵轉運使，而三年則楊嗣復領之，埇橋鹽院，正歸所屬，此尤證據之顯然者。然後知此七篇皆開成三年作，而題首「河東公」三字，必有誤也。以文中用典推之，如云：「兔穴雖多，盡思堙塞；梟巢任固，皆誓焚除。微振軍聲，以緩官謗。」又云：「某雖久在民間，常居軍右。」又云：「某任屬啓行，志惟盡敵。」又云：「三刀之占，已聞於爲郡；萬里之相，復起於封侯。」又云：「今者適從亭障，方事鼓鼙。」皆邊鎮語，與王茂元正合，而是時義山適在涇原幕。然則「河東公」三字，殆皆「濮陽公」之訛歟？今故詳列而辨之。〔按〕張謂此七篇原題内之「河東」均爲「濮陽」之訛，極是，兹一一據改。然此七篇並非同時之作。本篇有「復冠六聯，又司九法」語，《爲河東（應作「濮陽」）公上李相公狀一》有「忽致遷昇，官踰三命之尊，秩總六條之首」語，與《爲河東（應作「濮陽」）公上鄭相公狀》有「超授厚官，仍常伯之榮，兼司馬之職」語，及《爲濮陽公上陳相公狀二》有「分起部而未淹，遷司戎而何速」語,均王茂元加兵部尚書後分上楊、李、鄭、陳四相所作,時間約在開成三年春夏間。而《爲河東(應作「濮陽」)公賀陳相公送土物狀》《爲河東(應作「濮陽」)公賀楊相公送土物狀》《爲河東(應作「濮陽」)公賀李相公送土物狀》《爲河東(應作「濮陽」)公上李相公狀二》四狀則爲陳夷行、楊嗣復、李珏開成三年九月己巳(十四)進門下侍郎、中書侍郎後致賀之作,時間在九月下旬。(另有《爲濮陽公上楊相公狀》《爲濮陽公上陳相公狀一》亦同時作。)《爲河東(應作「濮陽」)公上楊相公狀二》則當上於開成三年七月戊辰楊嗣復罷鹽鐵使之前。茲於此作一總説,各篇則結合具體情況略加考辨。

〔二〕〔錢注〕《晉書·劉惔傳》:其高自標置如此。〔補注〕高標,清高脱俗之風範、標格。

〔三〕〔錢注〕《晉書·庾敳傳》:長不滿七尺,而腰帶十圍,雅有遠韻。〔補注〕遠韻,高遠之風度氣韻。

〔四〕〔補注〕《詩·邶風·柏舟》:「我心匪石,不可轉也。」孔穎達疏:「言我心非如石然,石雖堅尚可轉,我心堅,不可轉也。」

〔五〕〔錢注〕《後漢書·五行志》:順帝末,京都童謡曰:「直如弦,死道邊。」

〔六〕〔錢注〕鮑照《拜侍郎上疏》:生丁昌運,自比人曹。〔補注〕人曹,人群、人輩。

〔七〕〔錢注〕《後漢書·李固傳》:其列在官牒者。〔補注〕官牒有二義,一指記載官吏姓名、爵禄之簿籍,一指授官之文書。此指前者。行官牒,謂姓名列入官吏之簿籍。

〔八〕〔補注〕《周禮·天官·小宰》：「以官府之六聯，合邦治。一曰祭祀之聯事，二曰賓客之聯事，三曰喪荒之聯事，四曰軍旅之聯事，五曰田役之聯事，六曰斂弛之聯事。凡小事皆有聯。」謂六方面之政務須官府各部門聯合行事。《周禮·夏官·大司馬》：「大司馬之職，掌建邦國之九灋（法），以佐王平邦國。」本指治理邦國之九種措施。此以「冠六聯」「司九法」借指兵部尚書之職。參注〔一〇〕。

〔九〕〔錢注〕《史記·絳侯世家》：匈奴大入邊，以河内守亞夫爲將軍，軍細柳以備胡。〔補注〕此指茂元陳讓加兵部尚書不許，詳《爲濮陽公官後上中書門下狀》。

〔一〇〕〔錢注〕《漢書·百官公卿表》：御史大夫有兩丞，秩千石。一曰中丞，在殿中蘭臺，掌圖籍秘書。〔補注〕前行（音形），唐代尚書省六部分前行、中行、後行三等：兵、吏與左右司爲前行，刑、户爲中行，工、禮爲後行。見王溥《唐會要》卷五七《尚書省分行次第》。官吏遷轉即按此次序，由後而中而前。此處「前行」即指兵部。超假，越級加（檢校兵部尚書）銜。蘭臺，即蘭省，指尚書省，用尚書郎握蘭含香趨走丹墀奏事之典（見應劭《漢官儀》卷上）。全句意即越級（越過中行户、刑尚書）昇遷爲檢校兵部尚書。錢氏引《漢書·百官公卿表》，蘭臺爲御史臺或宫中藏書之蘭臺，均與茂元加兵部尚書事無涉，實非，蓋緣「前行」既失注，又誤注「蘭臺」所致。兵部爲尚書省之前行，故前云「冠六聯」，亦指其地位首出於尚書省各部也。

〔一一〕〔補注〕《論語·顔淵》：「君子成人之美，不成人之惡。」

〔一二〕〔錢注〕《漢書・諸葛豐傳》：加豐秩光禄大夫。〔補注〕將，持也。加秩，指加檢校兵部尚書。

〔一三〕〔錢注〕《漢書・叙傳》：可以雄邊。

〔一四〕〔錢注〕鄒陽《獄中上書自明》：欲盡忠當世之君，而素無根柢之容。〔補注〕無容，無庸，無功。容，通「庸」。

〔一五〕〔錢注〕袁淑《效曹子建白馬篇》：義分明於霜，信行直如弦。

〔一六〕〔錢注〕《説苑》：干將、鏌鋣，拂鐘不錚，試物不知，揚刃離金，斬羽契鐵斧，此至利也；然以之補履，曾不如兩錢之錐。〔補注〕剸，以刀劍砍擊。

〔一七〕〔補注〕《論語・先進》：「子路率爾而對曰：『千乘之國……由也爲之，比及三年，可使有勇，且知方也。』」方，道義。

〔一八〕〔錢注〕《戰國策》：馮煖曰：「狡兔有三窟，僅得免其死耳。」

〔一九〕〔錢注〕曹植《令禽惡鳥論》：昔荆人之梟，將巢於吴，鳩遇之曰：「何去荆而巢吴乎？」梟曰：「荆人惡予之聲。」鳩曰：「子不能革子之音，則吴、楚之民不異情也。爲子計者，莫若宛項戢翼，終身勿復鳴也。」〔按〕此未必用典。梟、兔均喻指異族，分狀其惡與狡。

〔二〇〕〔補注〕官謗，因居官不稱職而遭之謗議非難。語本《左傳・莊公二十二年》：「齊侯使敬仲爲卿，辭曰：『羈旅之臣……敢辱高位，以速官謗？』」

# 爲濮陽公上李相公狀一〔一〕

某頑謝雕鐫〔二〕，散慚繩墨〔三〕，敢言人地〔四〕，可至圭符〔五〕。三刀之占，已聞於爲郡〔六〕；萬里之相，復起於封侯〔七〕。而效若豪輕〔八〕，功如髮細。縱欲志兼冰蘗〔九〕，性約韋絃〔一〇〕，纔可立身〔一一〕，未能報主〔一二〕。昨者誰謂尤異〔一三〕，忽致遷昇，官踰三命之尊〔一四〕，秩總六條之首〔一五〕。深惟速謗〔一六〕，是切固辭〔一七〕。而假器如前〔一八〕，循牆無及〔一九〕。方兹有靦〔二〇〕，敢以爲榮。相公優禮藩維〔二一〕，宏宣渥澤。與之不恡〔二二〕，期以有成。亦既思維，莫能負荷。但當驅羊而鞭其最後〔二三〕，牧馬而去其害群〔二四〕。極力訓齊，悉心董正〔二五〕。冀無虞前敵，取效他年。用報國恩，兼酬廟算。伏惟特賜恩察。

【校注】

〔一〕本篇原載清編《全唐文》卷七七四第一八頁、《樊南文集補編》卷四。題内「濮陽」二字，《全文》作「河東」，據張采田校證改。詳見《爲濮陽公上楊相公狀一》注〔一〕引張氏《會箋》。〔按〕李相公，李珏。狀有「昨者誰謂尤異，忽致遷昇，官踰三命之尊，秩總六條之首。深惟速謗，是切固辭。而假器如前，循牆無及」等語，當爲加兵部尚書陳讓不允上時相申謝之作，約上於開成三年春夏間。

〔二〕〔錢注〕庾信《枯樹賦》：雕鐫始就。〔補注〕句意用《論語·公冶長》：「宰予晝寢。子曰：『朽木不可雕也，糞土之牆不可圬也。』」

〔三〕〔錢注〕《莊子》：惠子謂莊子曰：「吾有大樹，人謂之樗，其大本擁腫而不中繩墨，其小枝拳曲而不中規矩，立之塗，匠者不顧。」又：匠石之齊，見櫟社樹，觀者如市，匠伯不顧，遂行不輟，曰：「已矣。散木也，是不材之木也，無所可用。」〔補注〕散，無用之木、不材之木。

〔四〕〔錢注〕《南齊書·王融傳》：融自恃人地，三十內望爲公輔。〔補注〕人地，指品學門第。

〔五〕〔錢注〕王融《永明十一年策秀才文》：頃深汰珪符。〔補注〕圭，古作「珪」，瑞玉。古代封爵授土時，賜珪以爲信。圭符，封官爵之信符。《左傳·哀公十四年》：「司馬牛致其邑與珪焉，而適齊。」杜預注：「珪，守邑符信。」

〔六〕〔錢注〕《晉書·王濬傳》：濬夜夢三刀於卧屋梁上，須臾又益一刀，意甚惡之。主簿李毅賀曰：「三刀爲州字，又益一者，明府其臨益州乎？」果遷益州刺史。

〔七〕〔錢注〕《後漢書·班超傳》：相者指曰：「生燕頷虎頸，飛而食肉，此萬里封侯相也。」〔補注〕二句謂爲州刺史、節度使。

〔八〕〔補注〕豪，通「毫」，細毛。

〔九〕〔錢注〕按：飲冰食檗，文中屢用。白香山詩：「三年爲刺史，飲冰復食檗。」則不始於義山矣。「飲冰」，見《莊子》；「食檗」，未詳所出。〔補注〕《莊子·人間世》：「今吾朝受命而夕飲冰，我其内熱與？」成玄英疏：「諸梁晨朝受詔，暮夕飲冰，足明怖懼憂愁，内心燻灼。」食檗，亦作「食蘗」。食蘗，服食味苦之黄柏（檗）。薛逢《與崔況秀才書》：「飲冰勵節，食蘗苦心。」志兼冰蘗，謂立志清苦，清白自守。

〔一〇〕〔錢注〕《韓非子》：西門豹性急，故佩韋以自緩；董安于性緩，故佩弦以自急。

〔一一〕〔補注〕《孝經·開宗明義》：「立身行道，揚名於後世，以顯父母，孝之終也。」此謂立一己之身，與下「未能報主」相對而言。

〔一二〕〔錢注〕曹植《求自試表》：臣之事君，必殺身靜亂，以功報主也。

〔一三〕〔補注〕尤異，政績優異卓著。《漢書·宣帝紀》：「潁川太守黄霸以治行尤異，秩中二千石。」

〔一四〕〔補注〕周代分官爵爲九等，稱九命。三命爲公侯伯之卿。詳見《周禮·春官·典命》《禮記·王制》。《禮記·王制》：「大國之卿，不過三命。」

〔一五〕〔錢注〕《漢書·百官公卿表》注：《漢官典職儀》云：刺史班宣，周行郡國，省察治狀，黜陟能否，斷治冤獄，以六條問事，非條所問，即不省。一條，彊宗豪右田宅踰制，以强凌弱，以衆暴寡；二條，二千石不奉詔書遵承典制，倍公向私，旁詔守利，侵漁百姓，聚斂爲姦；三條，二千石不卹疑獄，風厲殺人，怒則任刑，喜則淫賞，煩擾刻暴，剝截黎元，爲百姓所疾，山崩石裂，訞祥訛言；四條，二千石選署不平，苟阿所愛，蔽賢寵頑；五條，二千石子弟恃怙榮勢，請託所監；六條，二千石違公下比，阿附豪强，通行貨賂，割損正令也。〔按〕錢注「六條」係漢代刺史班行之六條詔書，以考察官吏者。此項職權相當於唐代方鎮所持有職權之某一方面。而茂元大和九年已任涇原節度使，似不得謂因政績「尤異」而「遷昇」此職。詳參上下文義，及《爲濮陽公上楊相公狀一》《爲濮陽公上陳相公狀二》《爲濮陽公上鄭相公狀》，此狀所謂「總六條之首」，當指其加兵部尚書，亦即「冠六聯」之義。《南史·宋江夏文獻王義恭傳》：「義恭既至，勸孝武即位。授太尉，録尚書六條事，假黄鉞。」

〔一六〕〔補注〕《左傳·莊公二十二年》：「敢辱高位，以速官謗？」速謗，招致官不稱職之謗。

〔一七〕〔補注〕《書·大禹謨》：「禹拜稽首固辭。」切，懇切。

〔一八〕〔補注〕《左傳·昭公七年》：「晉人來治杞田，季孫將以成與之。謝息爲孟孫守，不可，曰：『人有言曰：雖有挈瓶之知，守不假器，禮也。』」假器，此指委以官職。《左傳·成公二年》：「唯器與名，不可以假人，君之所司也。」

〔一九〕〔補注〕循牆，避開道路中央，沿牆而行，表示恭謹或畏懼。語本《左傳·昭公七年》：「故其鼎銘云：『一命而僂，再命而傴，三命而俯，循牆而走，亦莫余敢侮。』」

〔二〇〕〔補注〕《詩·小雅·何人斯》：「有靦面目，視人罔極。」靦，面容羞愧。

〔二一〕〔補注〕《詩·大雅·板》：「价人維藩。」藩維，此指藩國、方鎮。

〔二二〕〔補注〕不恡，不吝。《文選·江淹〈陳思王詩〉》：「君王禮英賢，不恡千金璧。」

〔二三〕〔錢注〕《列子》：君見其牧羊者乎？百羊爲群，使五尺童子荷箠而隨之，欲東而東，欲西而西。使堯牽一羊，舜荷箠而隨之，則不能前矣。〔補注〕驅羊，喻牧民。

〔二四〕〔錢注〕《莊子》：夫爲天下者亦奚以異乎牧馬者哉？亦去其害馬者而已矣。

〔二五〕〔補注〕訓齊，教化、齊一。董正，監督糾正，語本《書·周官》：「六服群辟，罔不承德。歸于宗周，董正治官。」

## 爲濮陽公上鄭相公狀〔一〕

某學輕筐篋〔二〕，略昧韜鈐〔三〕，仰藉時來〔四〕，因成福過〔五〕。夙當分土〔六〕，早竊持符〔七〕。皆已淹時，未始報政〔八〕。一時特迴天鑒，超授厚官，仍常伯之榮〔九〕，兼司馬之職〔一〇〕。而釁憂器滿〔一一〕，懼切泉深〔一二〕。旋避莫能，陳遜不獲〔一三〕。此皆相公優重干城之寄〔一四〕，導揚錫爵之恩〔一五〕，不計貪叨，但思獎賞。自卜斯審〔一六〕，所得尚多。謹清勵冰霜〔一七〕，堅同金石〔一八〕。漸期豐羨〔一九〕，纛振稜威〔二〇〕，少謝武皮〔二一〕，實甘馬革〔二二〕。伏惟特賜恩察。

【校注】

〔一〕本篇原載清編《全唐文》卷七七四第一六頁、《樊南文集補編》卷四。題内「濮陽」二字，《全文》作「河東」，據張采田校證改。詳下引張箋。〔錢箋〕（鄭相公）鄭朗也。《舊唐書》本傳：大中朝，爲工部尚書，遷御史大夫，改禮部尚書，以本官同平章事。又《宣宗紀》：大中七年四月，以御史大夫鄭朗同平章事。〔張箋〕狀云：「某學輕筐篋，略昧韜鈐，仰藉時來，因成福過。夙當分土，早竊持符，皆已淹時，未始報政。」則與仲郢初出鎮不合，且亦不似柳氏家世。考狀又云：「一時特回天鑒，超授厚官，仍常伯之榮，兼司馬之職。」此乃指王茂元加兵部尚書而言。若仲郢則但加禮部尚書、御史大夫，所謂「大宗伯、大司憲，兼而寵之」（見崔玙所爲《東川制》），亦與狀中所稱未符，是鄭相公乃鄭覃，非朗也。涇原邊鎮，故又用「少謝武皮，實甘馬革」語。柳氏儒門，東川腹内，安得有此？然則此「河東公」仍爲「濮陽公」之誤無疑。觀其與上七篇同編，可證也。〔按〕張氏考辨甚精，兹從之。與《爲濮陽公上楊相公狀一》《爲濮陽公上李相公狀一》及《爲濮陽公上陳相公狀二》均爲茂元加兵部尚書後陳謝時相之作。詳《爲濮陽公上楊相公狀一》注〔一〕引張箋及編著者按語。

〔二〕〔錢注〕《漢書·賈誼傳》：《陳政事疏》：「俗吏之所務，在于刀筆筐篋，而不知大體。」〔補注〕筐篋，竹編書箱。《南史·劉苞傳》：「少好學，能屬文，家有舊書，例皆殘蠹，手自編輯，筐篋盈滿。」

〔三〕〔錢注〕《隋書·經籍志》：《太公六韜》五卷、《太公陰符鈐録》一卷。〔補注〕略，韜略、武略。韜鈐，泛指兵書。

〔四〕〔錢注〕任昉《天監三年策秀才文》：因藉時來。

〔五〕〔錢注〕庾亮《讓中書令表》：小人禄薄，福過灾生。

〔六〕〔補注〕《書·武成》：「列爵惟五，分土惟三。」分土，分封土地。此指爲方鎮。

〔七〕〔補注〕古代使臣奉命出使，必持符節以爲憑證。持符，此指爲節度使、經略使等。

〔八〕〔補注〕報政，陳報政績。《史記·魯周公世家》：「魯公伯禽之初受封之魯，三年而後報政周公。」

〔九〕〔補注〕《書·立政》：「王左右常伯、常任、準人、綴衣、虎賁。」蔡沈集傳：「有牧民之長曰常伯。」此指一方鎮守。即《爲尚書濮陽公涇原讓加兵部尚書表》「依前充四鎮北庭行軍、兼涇原等州節度、營田、觀察處置等使」之謂。

〔一〇〕見《爲尚書濮陽公涇原讓加兵部尚書表》注〔一二〕。

〔一一〕〔補注〕器滿，器滿則覆之省。參見《爲尚書濮陽公涇原讓加兵部尚書表》注〔五九〕。

〔一二〕〔錢注〕用《詩》「如臨深淵」，唐諱「淵」，故作「泉」。

〔一三〕〔錢注〕《宋書·蕭思話傳》：引咎陳遜，不許。

〔一四〕〔補注〕《詩·周南·兔罝》：「赳赳武夫，公侯干城。」干城，喻捍衛國家。

〔一五〕〔補注〕《詩・邶風・簡兮》：「赫如渥赭，公言錫爵。」錫爵，本指賜酒，此借指賜予爵位。

〔一六〕〔錢注〕《史記・外戚世家》：自卜數日當爲侯。《晉書・葛洪傳》：自卜者審，不能者止。

〔一七〕〔錢校〕謹，此下疑脱「當」字。

〔一八〕〔錢注〕《漢書・賈誼傳》：先王執此之政，堅如金石。〔按〕此謂操守之堅如同金石。

〔一九〕〔錢注〕《詩・十月》傳：羡，餘也。〔補注〕謂百姓生活漸趨富裕。

〔二〇〕〔錢注〕《漢書・李廣傳》：威稜憺乎鄰國。注：李奇曰：「神靈之威曰稜。」〔補注〕此謂振軍威於邊地。

〔二一〕〔錢注〕揚子《法言》：羊質而虎皮，見草而説，見豺而戰，忘其皮之虎也。按：唐諱「虎」，故作「武」。

〔二二〕〔錢注〕《後漢書・馬援傳》：援曰：「方今匈奴、烏桓尚擾北邊，欲請自擊之。男兒要當死於邊野，以馬革裹屍還葬耳，何能卧牀上在兒女子手中耶？」

## 爲濮陽公上陳相公狀二〔一〕

某少乏能名〔二〕，長無清譽〔三〕。書非十上〔四〕，劍敵一人〔五〕。而命與時偕，道將運會。南踰祝髮〔六〕，西扼狄鞮〔七〕。分起部而未淹，遷司戎而何速〔八〕。飛章雖達〔九〕，丹款尚稽〔一〇〕。顧此尸承〔一一〕，實爲塵忝〔一二〕。相公上宏信及〔一三〕，仰贊恩覃〔一四〕，優柔列藩〔一五〕，容易好爵〔一六〕。得雖有自，居亦甚危。銘在座隅，鏤之心骨。唯當策無妄舉〔一七〕，令有必行。慮以前茅〔一八〕，馭之長轡〔一九〕。克成戎律〔二〇〕，以奉廟謨〔二一〕。伏惟始終恩察。

**【校注】**

〔一〕本篇原載清編《全唐文》卷七七三第一五頁、《樊南文集補編》卷二。〔錢箋〕此狀爲王茂元加兵部尚書時作，詳《爲尚書濮陽公涇原讓加兵部尚書表》注〔一〕。〔按〕與前三狀同爲加兵部尚書後陳謝時相之作，約開成三年春夏間。詳《爲濮陽公上楊相公狀一》注〔一〕。陳相公，陳夷行。狀題下編號仍依錢注本，以便對照查檢。

〔二〕〔錢注〕《漢書·王吉傳》：駿子崇，以父任爲郎，歷刺史、郡守，治有能名。

〔三〕〔錢注〕王羲之《與郗家論婚書》：獻之字子敬，少有清譽。

〔四〕〔錢注〕《戰國策》：蘇秦説秦王，書十上而説不行。〔補注〕書十上，謂多次上書言事。

〔五〕〔錢注〕《史記·項羽紀》：籍少時，學書不成，去，學劍，又不成，曰：「書足以記名姓而已，劍一人敵，不足學，學萬人敵。」

〔六〕〔錢注〕謂鎮嶺南。《列子》：南國之人，祝髮而裸。〔補注〕祝髮，斷髮。此指南方少數民族聚居地區。《穀梁傳·哀公十三年》：「吴，夷狄之國也，祝髮文身。」

〔七〕〔錢注〕謂鎮涇原。〔補注〕《禮記・王制》:「五方之民,言語不通,嗜欲不同。達其志,通其欲,東方曰寄,南方曰象,西方曰狄鞮,北方曰譯。」孔穎達疏:「鞮,知也。謂通傳夷狄之語,與中國相知。」狄鞮,古代翻譯西方民族語言的人。此借指西方少數民族地區。扼,拒守。

〔八〕〔錢曰〕箋詳《爲尚書濮陽公涇原讓加兵部尚書表》注〔一〕。起部,此指檢校工部尚書,見《爲濮陽公上陳相公狀一》注〔二〕。《舊唐書・職官志》:兵部尚書,龍朔改爲司戎太常伯,咸亨復也。〔補注〕淹,久。

〔九〕〔補注〕飛章,此指《讓加兵部尚書表》。

〔一〇〕〔補注〕丹款,赤誠之心。稽,留。

〔一一〕〔補注〕尸承,猶尸居。尸,尸位,在其位而無所作爲。

〔一二〕〔錢注〕任昉《到大司馬記室牋》:顧己循涯,實知塵忝。

〔一三〕〔補注〕《易・中孚》:「豚魚吉。信及豚魚也。」王弼注:「魚者,蟲之隱者也;豚者,獸之微賤者也。争競之道不興,中信之德淳著,則雖微隱之物,信皆及之。」信及,即「信及豚魚」之省。

〔一四〕〔錢注〕《宋書・符瑞志》:恩覃隱顯。〔補注〕恩覃,此指皇帝廣施之恩澤。

〔一五〕〔錢注〕《國語》:所以優柔容民也。《後漢書・邊讓傳》:建列藩於南楚兮。〔補注〕優柔,本指寬和温厚,此用作動詞,體恤、寬厚待人。

〔一六〕〔錢注〕東方朔《非有先生論》:談何容易。〔補注〕容易,輕易。好爵,本指精美之酒器,後亦指高官厚禄。語本《易·中孚》：「我有好爵，吾與爾靡之。」

〔一七〕〔補注〕策，指防邊守疆之計謀。

〔一八〕〔補注〕《左傳·宣公十二年》：「前茅慮無，中權後勁。」杜預注：「慮無，如今軍行前有斥候蹹伏，皆持以絳及白爲幡，見騎賊舉絳幡，見步賊舉白幡，備慮有無也。」楊伯峻注：「茅，疑即《公羊傳》『鄭伯肉袒，左執茅旌』之茅旌……楚軍之前軍或以茅旌爲標幟，故云『前茅』。」

〔一九〕〔錢注〕孫楚《爲石仲容與孫皓書》：長轡遠御，妙略潛授。〔補注〕長轡，喻以某種政策控制邊遠地區。

〔二〇〕〔錢注〕《魏書·羊祉傳》：及贊戎律，雄武斯裁。〔補注〕戎律，軍務、軍機。

〔二一〕〔錢注〕《後漢書·光武紀贊》：明明廟謨，赳赳雄斷。〔補注〕廟謨，皇帝之謀略。

# 奠相國令狐公文〔一〕

戊午歲〔二〕，丁未朔，乙亥晦〔三〕，弟子玉谿李商隱〔四〕，叩頭哭奠故相國、贈司空彭陽公。嗚呼！昔夢飛塵〔五〕，從公車輪；今夢山阿，送公哀歌〔六〕。古有從死，今無奈何〔七〕！天平之年〔八〕，大刀長戟〔九〕，將軍樽旁，一人衣白〔一〇〕。十年忽然〔一一〕，蜩宣甲化〔一二〕。人譽公憐，人譖公駡。公高如天，愚卑如地〔一三〕。脱蟺如蛇，如氣之易〔一四〕。愚調京下，公病梁山〔一五〕，絶崖飛梁〔一六〕，山行一千〔一七〕。草奏天子，鐫辭墓門，臨絶丁寧，託爾而存〔一八〕。公此去耶，禁不時歸〔一九〕。鳳棲原上，新舊衮衣〔二〇〕。有泉者路，有夜者臺〔二一〕。昔之去者，宜其在哉！聖有夫子，廉有伯夷〔二二〕。浮魂沉魄〔二三〕，公其與之〔二四〕。故山巍巍〔二五〕，玉谿在中。送公而歸，一世蒿蓬。嗚呼哀哉！

**【校注】**

〔一〕本篇原載《唐文粹》卷三三下總二六五頁、清編《全唐文》卷七八二第八頁、《樊南文集詳注》卷六。〔徐箋〕《舊書》：開成元年，檢校左僕射、興元尹、充山南西道節度使。二年十一月，卒於鎮，年七十二，册贈司空，謚曰文。〔馮曰〕詳《代彭陽公遺表》。〔按〕據篇首「戊午歲，丁未朔，乙亥晦」之語，本篇當作於開成三年六月二十九日，參注〔三〕。

〔二〕〔馮注〕開成三年。

〔三〕〔馮注〕舉朔晦則某月可知。考《舊書·紀》，是年（指開成三年）六月丁未朔，二十九日乙亥，與此合。而以《紀》文每月朔推之，又不盡合，蓋《舊》《新書》所書日辰多舛也。

〔四〕〔徐注〕《新書·藝文志》有《玉谿生詩》三卷。〔馮曰〕義山，懷州河內人。當少年未第時，習業於玉陽王屋之山，詳《畫松詩》、《偶成轉韻》詩，其《奠令狐公文》云：「故山峨峨，玉谿在中。」必指玉陽王屋山中無疑也。……元耶律文正《王屋道中》詩云：「行吟想像覃懷景，多少梅花坼玉谿？」玩其詞義，實有玉谿屬懷州近王屋山者……必即義山之玉谿矣。（《玉谿生詩集箋注》卷一）〔按〕商隱早歲學仙玉陽，《偶成轉韻七十二句贈四同舍》云：「舊山萬仞青霞外，望見扶桑出東海。」稱玉陽山爲「舊山」，意爲學道之故山也。玉陽山在濟源西北，有東、西二山，中有谿谷及谿水，即玉谿也。本文云「故山巍巍，玉谿在中」，正與之合。「玉谿生」之號即因此而得。

〔五〕〔馮注〕《帝王世紀》：黄帝夢大風吹天下之塵垢皆去，又夢人執千鈞之弩，驅羊萬群。帝寤而歎曰：「風爲號令執政者也，垢去土，后在也。千鈞之弩，異力者也。驅羊數萬群，能牧民爲善者也。天下豈有姓風名后、姓力名牧者也？」依二占而求之，得風后於海隅，登以爲相；得力牧於大澤，進以爲將。〔按〕此「飛塵」蓋指車塵，非用風后之典，視下句「從公車輪」可知。

〔六〕〔徐注〕《括地志》：桓公冢在臨淄縣牛山上，管仲冢在牛山之阿。陶潛《挽歌》：死去何所道，託體同山阿。〔馮曰〕兩「夢」字皆商隱自謂，與黄帝夢大風吹塵無涉。竊意未必有典，不過如莊子夢爲鳥夢爲魚之類，以寓升沉，言今昔皆在一夢中也。〔按〕夢山阿，因令狐已逝，託體山阿也，與升沉似無涉。昔夢飛塵，則因追隨令狐爲其幕僚，屢託後車也。

〔七〕〔徐注〕《詩序》：《黄鳥》者，哀三良也。國人刺穆公以人從死，而作是詩也。

〔八〕〔徐注〕《舊書·地理志》：天平軍節度使，治鄆州，管鄆、齊、曹、棣四州。箋：《舊書·令狐楚傳》：大和三年，進位鄆州刺史、天平軍節度、鄆曹濮觀察等使。《新書》本傳：楚徙天平、宣武，皆表署巡官。〔按〕大和三年十一月至五年，商隱從令狐楚天平幕，爲巡官，詳馮浩《玉谿生年譜》。

〔九〕〔徐注〕《漢書·楊惲傳》：惲怒持大刀。《鼂錯傳》：兩陣相近，平地淺草，可前可後，此長戟之地也。〔馮注〕《史記·樗里子傳》：長戟居前，彊弩居後。

〔一〇〕〔徐注〕《日知録》：人主左右亦有白衣。《南史·恩倖傳》：「宋孝武選白衣左右百八十人。」《魏書·恩倖傳》：「趙修給事東宫，爲白衣左右。」「茹皓充高祖白衣左右。」唐李泌在肅宗時不受官。帝每與泌出，軍人環指之曰：「衣黄者聖人也，衣白者山人也。」則天子前不禁白。〔馮注〕未有命服者則衣白。詳《爲滎陽公謝除盧副使等官狀》「縉無衣白之見」注。〔按〕歐陽修《集古録跋尾》卷八《唐武侯碑陰記跋》：「唐諸方鎮以辟士相高，故當時布衣韋帶之士，或行著鄉閭，或名聞場屋者，莫不爲方鎮所取。」然布衣入幕者畢竟爲少數，故此處以「一人衣白」作爲令狐楚對其厚遇之典型事例標出。商隱開成二年始登進士第，四年始釋褐爲秘書省校書郎。

〔一一〕〔徐注〕本集《九日》詩：十年泉下無消息。〔按〕「十年忽然」之「十年」，乃指大和三年初謁令狐，至開成三年，首尾正十年。《九日》詩之「十年」則指從開成二年令狐逝世至作《九日》詩之年。

〔一二〕〔馮注〕《莊子》：衆罔兩問於景曰：「若向也俯今也仰，向也括今也披髮，向也坐今也起，向也行今也止，何也？」景曰：「予有而不知其所以。予，蜩甲也，蛇蜕也，似之而非也。」〔補注〕蜩，蟬；宣，盡；甲，指蟬之外殻。蟬宣甲化，喻脱離塵世。

〔一三〕〔馮校〕卑，一作「庳」，同。

〔一四〕〔馮注〕《史記》：賈誼《鵩賦》：「形氣轉續兮，化變而嬗。」《漢書》作「變化而嬗」。《文選》作「蟺」。服虔曰：「嬗，變蜕也，或曰蟬蔓相連也。」韋昭曰：「而，如也。如蟬之蜕化也。」蘇林曰：「轉續，相傳與也。」師古曰：「此即『禪』代字，合韻故音嬋耳。」蘇説是也，此故取「傳與」之義以謂蛇蜕，故曰「脱蟺如蛇」……其義則比令狐授己章奏之學，如氣之相轉續，非謂其卒也。上「蜩宣」句已然。取義與《莊子》稍别，不可誤會。

〔一五〕〔徐注〕謂卒於興元鎮。《新書·地理志》：興元府，漢中郡南鄭縣有中梁山。〔馮注〕《通典》：梁州南鄭縣有梁山、漢水。〔補注〕調，選調。開成二年春商隱登進士第，故有「愚調京下」之事。赴調未成，故三年春復參加博學宏辭試。馮譜、張箋均未及。

〔一六〕〔馮注〕《甘泉賦》：歷側景而絶飛梁。《史記·高祖本紀》注：棧道，閣道也。險絶之處，傍鑿山巖，而施版梁爲閣。

〔一七〕〔馮注〕《通典》：梁州漢中郡，去西京，取駱谷路六百五十二里，斜谷路九百三十里，驛路一千二百二十三里。

〔一八〕〔馮注〕（草奏天子，鐫辭墓門）見《代彭陽公遺表》注〔一〕。所謂「秉筆者無擇高位」，必遺命以屬商隱也。誌文失傳，惜哉！〔按〕晏殊《類要》卷六引其殘句。

〔一九〕《文粹》原注：禁，其禁反。《全文》無。

〔二〇〕〔原注〕公先人亦贈司空。〔馮注〕按《文苑英華》，劉禹錫有撰《令狐楚家廟碑》，蓋大和元年，楚鎮宣武，奏立家廟於京師通濟里。唐制，貴臣得立廟京師，必奏請而後立，《英華》《文粹》諸廟碑可證。廟中第三室曰「太原府功曹參軍贈司空諱承簡」，是爲楚之父，故曰「先人亦贈司空」，抄本劉集作「贈太子太保」，小異。其時楚爵方自彭陽縣開國伯進爲侯。至五年，在天平鎮進彭陽縣公，見楚所作《刻蘇公太守二文記》。至九年，乃進爲郡公，見《紀》《傳》也。京兆府萬年縣鳳棲原，爲京郊葬地，見《唐書》及諸文集。碑志中鳳棲原、少陵原，因地異名，漢總謂之鴻固原，令狐實葬此也。乃《明統志》《河南通志》，濟源縣劉紹谷有令狐墓，而《統志》又於西安府耀州載有楚與子綯墓，皆絶不足信。〔補注〕衮衣，古代帝王及上公所穿繡有卷龍之禮服。古三公八命，出封時加一命可服衮，故「衮衣」可借指三公。新舊衮衣，指楚與其父均贈司空。

〔二一〕〔馮注〕阮瑀《七哀詩》：冥冥九泉室，漫漫長夜臺。

〔二二〕〔補注〕《孟子·萬章下》：「故聞伯夷之風者，頑夫廉，懦夫有立志。……孟子曰：『伯夷，聖之清者也；伊尹，聖之任者也；柳下惠，聖之和者也；孔子，聖之時者也。孔子之謂集大成。』」

〔二三〕〔補注〕《易·繫辭上》：「精氣爲物，遊魂爲變。」古代魂、魄有别，魂可遊離於人體之外，魄則依附於形體而存在。人死後魂氣上升而魄着於體，故曰「浮魂沉魄」。此承上指孔子、伯夷之魂魄。

〔二四〕〔補注〕與，親附、陪從。

〔二五〕巍巍，《文粹》作「峨峨」。〔補注〕故山，猶「舊山」，舊居之山，即《偶成轉韻七十二句贈四同舍》「舊山萬仞」之舊山，指商隱早歲學道之玉陽山，與泛稱故鄉爲「故山」者有别。參注〔四〕。

〔馮浩曰〕楚爵高望重，義山受知最深。鋪叙恐難見工，故拋棄一切，出以短章，情味乃無涯矣。是極慘淡經營之作。

〔陸繼輅曰〕塵中何地著恩仇，掩卷無端感昔游。高屐登山詩擬謝，清樽顧曲客疑周。狂蹤杜牧連宵記，别淚唐衢接海流。只恐更傷泉下意，蒿蓬已分一生愁。（《崇百藥齋文集》卷七《讀樊南集祭令狐相公文有感用錢唐懷古韻》）

# 爲濮陽公上楊相公狀二〔一〕

右件官是某親弟〔二〕，頗長政事，早履宦途。爲宰而績著一同〔三〕，作掾而學推三語〔四〕。脂膏莫潤〔五〕，珪玉無瑕。然至於稽勾緡錢〔六〕，掌司財幣，未嘗留意，素非所長。自某年月日蒙今荆州李相公〔七〕，差知埇橋院後〔八〕，常所兢惶，每虞敗累〔九〕，上虧國用，旁負己知〔一〇〕。況又務控淮河〔一一〕，地鄰徐、汴〔一二〕，居然深薄〔一三〕，已歷炎涼。某年過始衰〔一四〕，念深同氣〔一五〕。實憂非據〔一六〕，有辱至公。迫於情誠，輒祈休罷。相公推友悌之愛於天下〔一七〕，妙咳唾之末於藩條〔一八〕，爰擇良材，俾代其任〔一九〕。獲殊常之福，事過禱祠；蒙不次之恩〔二〇〕，疾同影響〔二一〕。閨門大慶，手足增榮。未知殺身〔二二〕，復在何日。下情云云。

【校注】

〔一〕本篇原載清編《全唐文》卷七七四第一六頁、《樊南文集補編》卷四。題内「濮陽」二字，《全文》作「河東」，據張采田校證改。詳《爲濮陽公上楊相公狀一》注〔一〕引張氏《會箋》。〔按〕狀内「今荆州李相公」，指李石。《舊唐書·文宗紀》：開成三年正月，「丙子（十七），以中書侍郎、同中書門下平章事李石爲荆南節度使，依前中書侍郎、平章事」。狀當在其後所上。據狀文，茂元之親弟係李石任宰相時「差知埇橋院」，並「已歷炎涼」，可推知撰此狀之時間當在開成三年。又據《新書·宰相表》，開成三年正月嗣復初拜相時仍兼鹽鐵轉運使，「七月戊辰，嗣復罷鹽鐵使」，故狀應上於七月戊辰（十二）之前。

〔二〕〔補箋〕王茂元有兄正元，見權德輿《故鄜州伏陸縣令贈左散騎常侍王府君神道碑銘》；有季弟參元，見商隱《代僕射濮陽公遺表》及柳宗元《賀王參元失火書》、商隱《李賀小傳》；王應麟《困學紀聞》引義山誌王仲元云：「第五兄參元教之學。」此句所云「親弟」不知是否指參元。《代僕射濮陽公遺表》曾謂「遂與季弟參元俱以詞場就貢」，似與本篇所云「頗長政事，早履宦途」者合。又，錢注因原題稱「河東公」而引《新書·宰相表》載柳仲郢之家世，今删。

〔三〕〔補注〕一同，古謂方百里之地。《左傳·襄公二十五年》：「且昔天子之地一圻，列國一同，自是以衰，今大國多數圻矣，若無侵小，何以至焉？」杜預注：「一同，方百里。」古代一縣之地轄百里。《漢書·百官公卿表》：「縣大率方百里。」爲宰而績著一同，謂其弟爲縣令而有政績。

〔四〕〔錢注〕《晉書·阮瞻傳》：司徒王戎問曰：「聖人貴名教，老莊明自然，其旨同異？」瞻曰：「將毋同。」戎咨嗟良久，即命辟之，時人謂之「三語掾」。

〔五〕〔補注〕《東觀漢記·孔奮傳》：「奮在姑臧四年，財物不增，惟老母極膳，妻子但菜食。或嘲奮曰：『直脂膏中，亦不能自潤。』而奮不改其操。」

〔六〕〔錢注〕本集馮氏曰：稽勾，稽考勾當之意。勾音遘。《史記·平準書》：商賈以幣之變，多積貨逐利。於是公卿言，異時算軺車賈人緡錢皆有差，請算如故。注：緡，絲也，以貫錢也。

〔七〕〔補注〕今荆州李相公，指李石，詳注〔一〕。

〔八〕埇，《全文》誤作「埆」，據錢注本改。〔錢注〕《舊唐書·地理志》：元和四年，敕復置宿州於埇橋，在徐州之南界汴水上，當舟車之要。《新唐書·食貨志》：鹽鐵使劉晏上鹽法，置巡院十三，曰揚州、陳許、汴州、廬壽、白沙、淮西、甬橋、浙西、宋州、泗州、嶺南、兖鄆、鄭滑。捕私鹽者，姦盗爲之衰息。

〔九〕〔錢注〕《顔氏家訓》：富有四海，貴爲天子，不知紀極，猶自敗累，況士庶乎？〔補注〕敗累，過失禍患。

〔一〇〕〔補注〕《後漢書·張衡傳》：「恃己知而華予兮。」李賢注：「己知，猶知己也。」

〔一一〕〔錢注〕《新唐書·地理志》：河南道，其大川伊、洛、汝、潁、沂、泗、淮、濟。〔按〕參見注〔八〕引《舊唐書·地理志》「敕復宿州於埇橋，在徐州之南界汴水上，當舟車之要」。汴水東南流至泗州入淮。

〔一二〕〔錢注〕《新唐書·地理志》：汴州、徐州、宿州，並屬河南道。

〔一三〕〔補注〕深薄，臨深履薄之省。語本《詩·小雅·小旻》：「戰戰兢兢，如臨深淵，如履薄冰。」謂謹慎戒懼。

〔一四〕〔補注〕《禮記·曲禮上》：「人生十年曰幼，學；二十曰弱，冠；三十曰壯，有室；四十曰强，而仕；五十曰艾，服官政；六十曰耆，指使；七十曰老，而傳。」孔穎達疏：「四十九以前，通曰强。年至五十，氣力已衰，髮蒼白色如艾也。」

〔一五〕〔補注〕同氣，指有血統關係之親屬，兄弟姊妹。《後漢書·東平憲王蒼傳》：「凡匹夫一介，尚不忘簞食之惠，况臣居宰相之位，同氣之親哉！」

〔一六〕〔補注〕《易·繫辭下》：「非所據而據焉，身必危。」非據，非分佔據之職位。

〔一七〕愛，《全文》作「憂」，從錢校據胡本改正。

〔一八〕咳唾，見《爲濮陽公上李相公狀二》注〔二〕。〔補注〕藩條，指州郡刺史、節度使，屢見。

〔一九〕〔錢注〕《後漢書·劉表傳》：琦遂求代其任。〔補注〕二句謂楊嗣復選擇良材，代替茂元親弟知埇橋鹽院之任。據此可知此狀當上於楊嗣復仍領鹽鐵轉運使之時。開成三年七月戊辰，嗣復罷鹽鐵使，狀當上於此前。

〔二〇〕〔錢注〕《漢書·東方朔傳》：武帝初即位，徵天下舉方正賢良文學材力之士，待以不次之位。〔補注〕不次，猶超常，不拘常次。

〔二一〕〔補注〕《書·大禹謨》：「惠迪吉，從逆凶，惟影響。」孔傳：「吉凶之報，若影之隨形，響之應聲。」言其迅疾。

〔二二〕〔錢注〕《漢書·淮陽憲王傳》：願殺身報德。

## 爲濮陽公賀丁學士啓〔一〕

學士位以才昇〔二〕，官由德舉〔三〕，光揚中旨〔四〕，潤飾洪猷〔五〕。允謂當仁〔六〕，果從真拜〔七〕。墨丸赤管〔八〕，豈滯於南宮〔九〕；黄紙紫泥〔一〇〕，聊過於禁掖〔一一〕。鳳池甚邇〔一二〕，雞樹非遥〔一三〕。副此具瞻〔一四〕，當在後命〔一五〕。某燒烽邊郡〔一六〕，題鼓軍門〔一七〕。仰鸞鶴於煙霄〔一八〕，空悲路阻；顧蟣蝨於介胄〔一九〕，尚恨形留〔二〇〕。拜賀未期，欽戀無喻。

## 【校注】

〔一〕本篇原載清編《全唐文》卷七七六第八頁、《樊南文集補編》卷七。〔錢箋〕《舊唐書·文宗紀》：開成三年十一月，以翰林學士丁居晦爲御史中丞，正與茂元同時。〔張箋〕（繫開成二年）案丁學士，丁居晦也。此賀其轉司封郎中、知制誥，故有「墨丸赤管，豈滯於南宫；黄紙紫泥，聊過於禁掖。鳳池甚邇，雞樹非遥」語，在未拜御史中丞前。《翰苑群書·重修承旨學士壁記》：「丁居晦大和九年五月三日自起居舍人、集賢院直學士充，十月十九日遷司勳員外郎。開成二年九月十一日加司封郎中、知制誥。三年八月十四日遷中書舍人，十一月十六日拜御史中丞，出院。」可以互證。〔岑仲勉曰〕據《壁記》，開成三年八月十四日居晦遷中舍，與前條賀夷行（指《爲濮陽公上陳相公第一狀》）正是同時後先之作。張兩失其的，無怪乎有「本年爲濮陽代作表狀，或者議婚時藉此爲媒贄」之想入非非矣。（《平質》戊錯會《爲濮陽公賀丁學士啓》條）又云：按南宫，尚書省，不滯南宫，言其自郎中遷去也。知誥已是準中舍，聊過禁掖，言其自知誥授中舍也；况前文有「允謂當仁，果從真拜」語，真拜恰切知誥改中舍，如由勳外遷封中，何所謂真拜乎？張釋誤。（《翰林學士壁記注補》九）〔按〕岑説是。「黄紙紫泥，聊過於禁掖」，正賀其遷中書舍人，啓當上於開成三年八月十四日稍後。

〔二〕〔錢注〕《周書·尉遲運等傳論》：可謂位以才昇，爵由功進。

〔三〕〔錢注〕《晉書·慕容暐載記》：官惟德舉。

〔四〕〔錢注〕顔延之《赭白馬賦序》：乃詔陪侍，奉述中旨。
〔五〕〔補注〕潤飾，猶潤色。鴻猷，遠大之謀劃。
〔六〕〔補注〕當仁，猶謂當之無愧。語本《論語·衛靈公》：「當仁不讓於師。」
〔七〕〔錢校〕真，胡本作「正」。〔錢注〕《漢書·王尊傳》：雖拜爲真，未有殊絶褒賞，加於尊身。〔補注〕真拜，實授官職。此指其遷中書舍人。
〔八〕〔錢注〕應劭《漢官儀》：尚書令僕丞郎，月給赤管大筆一雙，隃麋大墨一枚，小墨一枚。〔補注〕丁居晦在遷中書舍人前爲司封郎中、知制誥，其本官司封郎中係尚書省吏部之屬官，故用「墨丸赤管」之典。墨丸，古墨之一種，形狀如丸，故名。
〔九〕〔錢注〕《漢書·天文志》：南宫後聚十五星，曰哀烏郎位。〔補注〕南宫，尚書省之别稱，謂尚書省象列宿之南宫，故稱。唐及以後，尚書省及六部統稱南宫。二句謂其豈能長期留滯於司封郎中之職。
〔一〇〕黄紙紫泥，見《爲濮陽公附送官告中使回狀》注〔三九〕〔四〇〕。〔補注〕《新唐書·百官志》：中書舍人，「掌侍進奏，參議表章。凡詔旨制敕、璽書册命，皆起草進畫；既下，則署行。」皇帝詔書用黄麻紙書寫，以紫泥封之。唐人詩文中言及中書舍人多用「黄紙紫泥」典，如商隱《鄭州獻從叔舍人褎》：「絳簡尚參黄紙案，丹爐猶用紫泥封。」
〔一一〕〔錢校〕過，疑當作「通」。〔錢注〕《漢書·高后紀》：入未央宫掖門。注：非正門，而在左右兩掖，若人之有臂掖。

〔一二〕鳳池，見《爲濮陽公賀楊相公送土物狀》注〔四〕。

〔一三〕〔補注〕《三國志·魏志·劉放傳》裴注引郭頒《世語》：「放、資久典機任，獻、肇心内不平。殿中有雞棲樹，二人相謂：『此亦久矣，其能復幾？』」鳳池、雞樹，均指中書省。此謂丁居晦即將掌樞務任宰相。

〔一四〕〔補注〕《詩·小雅·節南山》：「赫赫師尹，民具爾瞻。」具瞻，爲衆人所瞻望。此指宰輔重臣之位。

〔一五〕〔補注〕《左傳·僖公九年》：「齊侯將下拜，孔曰：『且有後命。』」後命，續發之任命。

〔一六〕〔錢注〕謂涇原。《漢書·王莽傳》：有鄣徼者曰邊郡。《史記·司馬相如傳》：烽舉燧燔。注：烽，見敵則舉；燧，有難則焚。烽主晝，燧主夜。

〔一七〕〔錢注〕《史記·田叔傳補》：田仁曰：「提桴鼓，立軍門，使士大夫樂死戰鬭，仁不及任安。」〔按〕題，似當作「提」。

〔一八〕〔錢注〕陳後主《同管記陸瑜七夕四韻》：相望限煙霄。〔補注〕鸞鶴，喻丁居晦。

〔一九〕〔錢注〕《漢書·嚴安傳》：合從連横，馳車擊轂，介胄生蟣蝨，民無所告愬。〔補注〕曹操《蒿里》：「鎧甲生蟣蝨，萬姓以死亡。」

〔二〇〕〔錢注〕《吴志·華覈傳》：魂逝形留。

# 爲濮陽公上漢南李相公狀〔一〕

不審近日尊體何似？彼州是號奧區〔二〕，又稱勝概〔三〕。羊叔子之事業〔四〕，方爲用武之邦〔五〕；庾元規之風流〔六〕，更是徵文之地〔七〕。人彊而壽〔八〕，氣厚且深〔九〕。伏計戎律既貞〔一〇〕，詔條盡舉〔一一〕。峴山同峻〔一二〕，漢水俱清〔一三〕。遠想亭皋，如飛木葉〔一四〕。柳營務簡〔一五〕，蓮幕才多。杜鎮南魯史之餘〔一六〕，山太守習池之宴〔一七〕。非留車胤〔一八〕，即送范雲〔一九〕。歌郢中繞《雪》之妍〔二〇〕，舞江上弄珠之態〔二一〕。樂而不極，歡且無荒〔二二〕。

況彼親鄰，又其令季〔二三〕。當時鈞軸〔二四〕，已相推於弟瘦兄肥〔二五〕；此日藩方，復共慶於家齊國理〔二六〕。外威諸夏〔二七〕，内屏明廷〔二八〕。昔晉室簪纓，宋朝人物，謝萬已稱富貴〔二九〕，孟昶尋處威權〔三〇〕。而安石東山，尚爲疋士〔三一〕；彦重白屋〔三二〕，猶是布衣〔三三〕。未有鴻雁成行〔三四〕，鶺鴒接翼〔三五〕，入共鏘金鳴玉，出聯大邑高封〔三六〕。擁甲多踰萬人〔三七〕，列土盡方千里〔三八〕。政同魯、衛〔三九〕，地則冉、康〔四〇〕。方將稟慶於高廟之靈〔四一〕，誰敢不忠於大君之側〔四二〕！

某爰初筮仕〔四三〕，即奉光塵〔四四〕。接班固於蘭臺〔四五〕，陪東晳於東觀〔四六〕。悲歡三紀，契闊四朝〔四七〕。算存殁之途，數弔慶之問，永惟庇賴，獨在高明〔四八〕。而方限山川，遠違門館，嚮風慕義〔四九〕，鏤骨銘心〔五〇〕。儻蒙識以後凋〔五一〕，知其不諂〔五二〕，敢以尊主安人之誓〔五三〕，遠承左提右挈之恩〔五四〕。下情無任瞻望攀戀之至。

**【校注】**

〔一〕本篇原載清編《全唐文》卷七七五第二頁、《樊南文集補編》卷五。題首「爲濮陽公」四字《全文》原脱，據錢氏校箋增。〔錢箋〕（漢南李相公）李程也。按：文有「況彼親鄰，又其令季」之語，必兄弟同時出鎮者。考《舊唐書·李程傳》，敬宗即位之五月，同平章事。開成二年二月，出爲襄州刺史、山南東道節度使。又《李石傳》，大和九年，同平章事。開成三年，拜章辭位，爲江陵尹、荆南節度使。漢南、荆南壤地相接。又據《新唐書·宗室世系表》，程、石俱爲襄邑恭王五世孫。凡此皆互證而悉合者也。惟後云「某爰初筮仕，即奉光塵。接班固於蘭臺，陪東晳於東觀。悲歡三紀，契闊四朝」，則與義山通籍之年不合。考開成二、三年，義山正在王茂元幕。茂元元和中，爲吕元膺判官，其先試校書郎，當在憲宗之初。歷憲、穆、敬、文爲四朝，文義恰合。是題首當有「爲濮陽公」四字，或傳鈔時脱寫耳。《舊唐書·地理志》：山南東道節度使治襄州，管襄、復、均、房、鄧、唐、隨、郢等州。《新唐書·地理志》：襄州宜城縣本率道，貞觀八年，省漢南縣入焉，天寶七載更名。〔按〕錢氏校箋是。據《舊唐書·文宗紀》，開成三年正月丙子（十七），以中書侍郎、同中書門下平章事李石爲荆南節度使，狀應上於其後。又據狀内「遠想亭臯，如飛木葉」語，其時當值秋令。故狀當上於開成三年秋。

〔二〕〔補注〕奥區，腹地。《後漢書·班固傳上》：「防禦之阻，則天下之奥區焉。」李賢注：「奥，深也。言秦地險固，爲天下深奥之區域。」

〔三〕〔補注〕勝概，美景。

〔四〕〔錢注〕《晉書·羊祜傳》：祜字叔子。帝將有滅吴之志，以祜爲都督荆州諸軍事。

〔五〕〔錢注〕《蜀志·諸葛亮傳》：荆州北據漢、沔，利盡南海，東連吴、會，西通巴、蜀，此用武之國。

〔六〕〔錢注〕《晉書·庾亮傳》：亮字元規，遷都督江、荆、豫、益、梁、雍六州諸軍事，開府儀同三司，假節。又：亮噉薤，因留白，陶侃問曰：「安用此爲？」亮云：「故可以種。」侃云：「非惟風流，兼有爲政之實。」〔補注〕《晉書·庾亮傳》：「亮在武昌，諸佐吏殷浩之徒乘秋夜往共登南樓。俄而不覺亮至，諸人將起避之。亮徐曰：『諸君少住，老子於此處，興復不淺。』便據胡牀與浩等談詠竟坐。」此亦所謂「庾元規之風流」。

〔七〕〔補注〕徵文，驗證文才。

〔八〕〔錢注〕王符《潛夫論》：德政加於民，則多滌暢姣好，堅彊考壽。

〔九〕見《上令狐相公狀一》注〔三〕。

〔一〇〕〔補注〕戎律，軍紀；貞，整肅。《易·師》：「師貞，丈人，吉，無咎。」又：「《象》曰：師出以律。」

〔一二〕〔補注〕《漢書·百官公卿表》：「武帝元封五年，初置部刺史，掌奉詔條察州。」詔條，皇帝頒發之考察州郡官吏之條令。

〔一三〕〔錢注〕《後漢書·龐公傳》注：峴山在今襄陽縣。

〔一三〕〔錢注〕《水經》：沔水又東，過襄陽縣北。

〔一四〕〔錢注〕《梁書·柳惲傳》：惲少工篇什，始爲詩曰：「亭皋木葉下，隴首秋雲飛。」琅琊王元長見而嗟賞。「如」，疑當作「始」。〔按〕作「如」意自可通，且與上句「遥想」相應。

〔一五〕《全文》原作「柳宫務間」，據錢校改。〔錢注〕《史記·絳侯世家》：匈奴大入邊，以河内守亞夫爲將軍，軍細柳以備胡。陸倕《石闕銘序》：役休務簡。

〔一六〕〔錢注〕《晉書·杜預傳》：預拜鎮南大將軍，都督荆州諸軍事。立功之後，從容無事，乃耽思經籍，爲《春秋左氏經傳集解》。又參考衆家譜第，謂之釋例。又作《盟會圖》《春秋長曆》，備成一家之學。〔補注〕魯史，指《春秋》。

〔一七〕〔錢注〕《晉書·山簡傳》：簡出爲征南將軍，鎮襄陽，惟酒是耽。諸習氏，荆土豪族，有佳園池，簡每出遊嬉，多之池上，置酒輒醉，名之曰「高陽」。時有童兒歌曰：「山公出何許？往至高陽池。日夕倒載歸，酩酊無所知。時時能騎馬，倒著白接䍦。」按：宴習池爲簡鎮襄陽時事，其先歷爲州刺史。「太守」二字，或攢簇用之。

〔一八〕〔錢注〕《晉書·車胤傳》：胤善於賞會，當時每有盛坐而胤不在，皆云「無車公不樂」。謝安遊集之日，輒開筵待之。

〔一九〕〔錢注〕《詩集·漫成三首》注：朱曰：「何遜集《范廣州宅聯句》：『洛陽城東西，却作經年別。昔去雪如花，今來花似雪。』雲嘗遷廣州刺史。」馮按：「亦見范集聯句，共八句，此上四句，范雲作也。下四句何遜作。而選本有只取上四句，作范雲《别詩》者。」

〔二〇〕見《上令狐相公狀二》注〔一四〕。

〔二一〕〔錢注〕張衡《南都賦》：遊女弄珠於漢皋之曲。李善注：《韓詩外傳》曰：「鄭交甫將南適楚，遵彼漢皋臺下，乃遇二女，佩兩珠，大如荊雞之卵。」

〔二二〕〔補注〕《禮記·曲禮上》：「樂不可極。」《詩·唐風·蟋蟀》：「好樂無荒，良士瞿瞿。」鄭玄箋：「荒，廢亂也。」無荒，不荒廢政事。

〔二三〕〔補注〕令季，指李程之弟李石。親鄰，指荊南。詳注〔一〕。

〔二四〕〔錢注〕《列女傳》：文伯相魯，敬姜謂之曰：「服重任，行遠道，正直而固者，軸也。軸可以爲相。」〔補注〕《詩·小雅·節南山》：「尹氏大師，維周之氐，秉國之均。」鈞（同「均」）以製陶，軸以轉車。鈞軸，喻擔負國家政務重任之宰相。當時鈞軸，謂程、石兄弟昔時相繼爲相。

〔二五〕〔錢注〕《梁書·武陵王紀傳》：世祖與紀書曰：「兄肥弟瘦，無復相見之期；讓棗推梨，永罷歡愉之日。」〔按〕事原出《後漢書·趙孝傳》：「及天下亂，人相食，孝弟禮爲餓賊所得。孝聞之，即自縛詣賊曰：『禮久餓羸瘦，不如孝肥飽。』賊大驚，並放之，謂曰：『可且歸，更持米糈來。』孝求不能得，復往報賊，願就烹。衆異之，遂不害。鄉黨服其義。」兄肥弟瘦，蓋謂其兄弟友愛。錢氏失注，兹補出。

〔二六〕〔補注〕《禮記·大學》：「所謂治國必先齊其家者，其家不可教，而能教人者，無之。」

〔二七〕〔補注〕《左傳·閔公元年》：「諸夏親暱，不可棄也。」諸夏，周代分封之中原各諸侯國，泛指中原地區。此指國内，與四夷相對而言。

〔二八〕〔錢注〕《史記·封禪書》：明廷者，甘泉也。〔按〕此「明廷」，即聖明之朝廷，非特指甘泉宫。屏，輔也。

〔二九〕〔錢注〕《晉書·謝安傳》：安棲遲東土，累辟不就。時安弟萬爲西中郎將，總藩任之重。安雖處衡門，其名猶出萬之右。

〔三〇〕〔錢注〕《南史·謝靈運傳》：孟顗字彦重，平昌安丘人，衛將軍昶弟也。昶、顗並美風姿，時人謂之雙珠。昶貴盛，顗不就辟。

〔三一〕〔錢曰〕文中「匹」字多作「疋」，此或是「匹士」。〔補注〕據《晉書·謝安傳》，謝安字安石，早年曾辭官隱居會稽之東山，經朝廷屢次徵聘，方從東山復出，官至司徒，爲東晉重臣。又，臨安、金陵亦有東山，亦謝安游憩之地，「安雖受朝寄，然東山之志始末不渝，每形於言色」。《禮記·禮器》：「君子大牢而祭，謂之禮；匹士大牢而祭，謂之攘。」孔穎達疏：「匹士，士也……言其微賤，不得特使爲介乃行，故謂之匹也。」匹士，謂其棲遲衡門。

〔三二〕〔錢注〕《漢書・吾丘壽王傳》注：白屋，以白茅覆屋也。〔按〕彦重，孟顗字，參注〔三〇〕。白屋，亦謂其不就辟。

〔三三〕〔錢注〕桓寬《鹽鐵論》：古者庶人耋老而後衣絲，其餘則麻枲而已，故命曰布衣。

〔三四〕〔補注〕《禮記・王制》：「父之齒隨行，兄之齒雁行，朋友不相踰。」雁行，喻兄弟齊飛。

〔三五〕〔補注〕《詩・小雅・常棣》：「脊令在原，兄弟急難。」脊令，同「鶺鴒」。鶺鴒接翼，喻兄弟並駕。

〔三六〕〔補注〕《禮記・玉藻》：「古之君子必佩玉……進則揖之，退則揚之，然後玉鏘鳴也。」入共鏘金鳴玉，謂其兄弟在朝均爲高官顯宦。大邑高封，見《爲尚書濮陽公涇原讓加兵部尚書表》注〔五二〕。出聯大邑高封，謂出則俱爲雄藩。下二句即此意而申之。

〔三七〕〔錢注〕《後漢書・劉表傳》：豈可擁甲十萬，坐觀成敗。

〔三八〕〔錢注〕《逸周書・作雒解》：乃建大社於國中，其壝東青土，南赤土，西白土，北驪土，中央釁以黄土。將建諸侯，鑿取其方一面之土，苞以黄土，苴以白茅，以爲土封，故曰受列土於周室。

〔三九〕〔補注〕《論語・子路》：「魯、衛之政，兄弟也。」魯爲周公之封國，衛爲周公之弟康叔之封國，其政治亦相伯仲。

〔四〇〕〔錢注〕聃季、康叔。見《左傳》。〔補注〕《左傳・僖公二十四年》：「故封建親戚以蕃屏周。管、蔡、郕、霍、魯、衛、毛、聃、郜、雍、曹、滕、畢、原、酆、郇，文之昭也。」又《定公四年》：「武王之母弟八人，周公爲太宰，康叔爲司寇，聃季爲司空。」「分康叔以大路……封畛土略，自武父以南，及圃田之北竟。」「聃季授土，陶叔授民，命以《康誥》，而封於殷墟。」聃季，周文王少子；康叔，周武王弟姬封，初封于康。聃季、康叔封地接近。

〔四一〕〔錢注〕《舊唐書·高祖紀》：群臣上謚曰大武皇帝，廟號高祖。荀悦《漢紀》：是高廟之靈，使公覺朕也。

〔四二〕〔補注〕《易·師》：「大君有命，開國承家。」孔疏：「大君，謂天子也。」

〔四三〕〔補注〕筮仕，古人將出仕，卜問吉凶。《左傳·閔公元年》：「初，畢萬筮仕於晉，遇屯之比。」初筮仕，即初爲官。

〔四四〕〔錢注〕繁欽《與魏文帝牋》：冀事速訖，旋侍光塵。〔補注〕光塵，敬稱對方風采。

〔四五〕〔錢注〕《後漢書·班固傳》：召詣校書郎，除蘭臺令史。

〔四六〕〔錢注〕《晉書·束晳傳》：轉佐著作郎，撰《晉書》帝紀、十志。遷轉博士，著作如故。《舊唐書·職官志》：門下省弘文館。後漢有東觀，魏有崇文館，皆著撰文史、鳩聚學徒之所。武德初，置修文館，後改爲弘文館。〔補注〕《晉書·束晳傳》：「學既積而身困，夫何爲乎秘丘？」按：李程曾爲集賢殿正字，而茂元曾爲秘書省校書郎。「蘭臺」「東觀」，當指此。參注〔一一〕。

〔四七〕〔錢注〕《詩·擊鼓》傳：契闊，勤苦也。〔按〕自憲宗即位至文宗開成三年，約歷三紀；四朝，指憲、穆、敬、文。

〔四八〕〔補注〕《書·洪範》：「無虐煢獨，而畏高明。」孔穎達疏：「高明，謂貴寵之人。」
〔四九〕〔錢注〕司馬相如《喻巴蜀檄》：喁喁然皆嚮風慕義。
〔五〇〕〔錢注〕《顔氏家訓》：追思平昔之指，銘肌鏤骨。
〔五一〕〔補注〕《論語·子罕》：「歲寒然後知松柏之後彫也。」
〔五二〕〔補注〕《論語·學而》：「貧而無諂，富而無驕。」
〔五三〕〔錢箋〕時王茂元鎮涇原，李程鎮漢南，故有「尊主安人」之語，益見題首必有脱字。《漢書·鼂錯傳》：其立法也，非以苦民傷衆而爲之機陷也，以之興利除害，尊主安民而救暴亂也。
〔五四〕〔錢注〕《史記·陳餘傳》：夫以一趙尚易燕，況以兩賢王左提右挈，而責殺王之罪，滅燕易矣。

## 爲濮陽公論皇太子表〔一〕

臣某言：今月某日，得本道進奏院狀報，今月六日，宰臣鄭某等〔二〕，率三省官屬〔三〕，入論皇太子事者〔四〕。褫魄疆埸〔五〕，馳魂輦轂〔六〕。莫知本末，伏用驚惶。臣某中謝。

臣聞《禮》贊元良〔七〕，《易》標明兩〔八〕。是司匕鬯〔九〕，以奉宗祧〔一〇〕。華夏式瞻，邦家大本〔一一〕。自昔質文或異〔一二〕，步驟雖殊〔一三〕。既立之以賢，則輔之有道。北宮養德〔一四〕，東序承榮〔一五〕。務近正人〔一六〕，用光繼體〔一七〕。周則周公爲太傅，太公爲太師〔一八〕；漢則疏氏二賢〔一九〕，商山四老〔二〇〕。内揚孝道，外盡忠規，猶在去彼嫌猜，辨其疑似〔二一〕。不由微細，輕致動摇。乃得守三十代之丕圖〔二二〕，延四百年之景祚〔二三〕。著于史册，焕若丹青〔二四〕。

伏惟皇帝陛下，道冠百王，功高三古〔二五〕，事窺化本，謀洞幾先〔二六〕。皇太子自正位春坊〔二七〕，傳輝望苑〔二八〕。陛下旁延雋乂〔二九〕，以贊温文〔三〇〕，並學探泉源〔三一〕，氣壓浮競〔三二〕，嗜魚不進〔三三〕，求玦莫從〔三四〕。有王褒之獻箴〔三五〕，無卞蘭之奉賦〔三六〕。今縱麤乖睿旨，微嗛聖心〔三七〕，當以猶屬妙齡，未加元服〔三八〕，或攜徒御〔三九〕，時縱逸游〔四〇〕。樂野夏儲，亦常觀舞〔四一〕；南皮魏副，屢見飛觴〔四二〕。陛下濬發慈仁，殷勤指教〔四三〕，稍踰規戒，即震威靈。雖伐木析薪，必循其理〔四四〕；而逝梁發笱〔四五〕，亦有可虞。抑臣又聞：父之於子也，有嚴訓而無責善〔四六〕；君之於臣也，有掩惡而復録功。故得各務日新〔四七〕，並從夕改〔四八〕，同寘于道，不傷其慈。儻犯在斯須，便遺天性；過當造次，遽抵國章。則以古以今，孰爲令子；在朝在野，誰曰全臣？虚牽復之微言〔四九〕，失不貳之深旨〔五〇〕。

伏惟陛下，侔覆育于天地，霽赫怒于雷霆〔五一〕。復許省勵宫闈，卑謝師傅〔五二〕。蹈殊休于列聖〔五三〕，慰欽矚于兆人〔五四〕。臣才則荒涼，志惟朴騃〔五五〕，因緣代業〔五六〕，蒙被官榮。竊諸侯之土田〔五七〕，領大將之旗鼓〔五八〕。當車折檻〔五九〕，合首他人；瀝膽刺心〔六〇〕，正當今日。而名非朝籍〔六一〕，務切軍機，道阻且躋〔六二〕，佇立以泣〔六三〕。龍樓獻直〔六四〕，戴逵之詞翰蔑聞〔六五〕，鳳闕拜章〔六六〕，張儼之精誠未泯〔六七〕。干冒宸極〔六八〕，無任隕涕祈恩之至。謹遣某官某奉表陳論以聞。

**【校注】**

〔一〕本篇原載《文苑英華》卷六二五第八頁、清編《全唐文》卷七七一第一八頁、《樊南文集詳注》卷一。〔徐箋〕此茂元鎮涇原時上也。《舊書·文宗紀》：開成三年九月壬戌，上以皇太子慢游敗度，欲廢之。移太子於少陽院，殺太子宫人左右數十人。冬十月庚子，太子薨于少陽院。《文宗二子傳》：莊恪太子永，文宗長子也，母曰王德妃。大和四年封魯王，六年册爲皇太子。開成三年暴薨。時傳云：太子，德妃之出也，晚年寵衰。賢妃楊氏恩渥方深，懼太子他日不利于己，故日加誣譖，太子終不能自辨明也。太子既薨，上意追悔。因會寧殿宴，小兒緣橦，有一夫在下，憂其墮地若狂者。上問之，乃其父也。上因感泣，謂左右曰：「朕富有天下，不能全一子。」遂召樂官劉楚材、宫人張十十等責之曰：「陷吾太子，皆爾曹也。」立命殺之。〔馮箋〕《王栖曜傳》：栖曜，濮州濮陽人。貞元中，鄜坊丹延節度、觀察使。子茂元，幼有勇略，從父征伐知名。元和中，爲右神策將軍。大和中，廣州刺史、嶺南節度使。《新書·傳》：茂元交煽權貴。鄭注用事，遷涇原節度使。注敗，悉出家貲餉兩軍，得不誅，封濮陽郡侯。按：《舊·傳》漏書鎮涇原。〔按〕《舊唐書·文宗紀》紀文宗欲廢太子事在「開成三年九月壬戌」，壬戌爲是月初七；與此表所稱「今月六日」相差一日。長安至涇州四百九十三里，文宗欲廢太子、宰相入論之消息十日前可到涇原。故此表約上於開成三年九月上旬之末。

〔二〕〔徐注〕時鄭覃爲首相。〔馮注〕《宰相表》：大和九年十一月，鄭覃同中書門下平章事。開成四年五月，罷爲尚書左僕射。〔補注〕據《新唐書·宰相表》，其時宰相尚有陳夷行、楊嗣復、李珏。

〔三〕〔徐注〕《新書·百官志》：尚書省、中書省、門下省，是爲三省。

〔四〕〔徐注〕《文宗二子傳》：開成三年，上以皇太子宴游敗度，不可教導，將議廢黜。特開延英，召宰臣及兩省、御史臺五品已上，南班四品已上官對。宰臣及衆官以爲儲后年小，可俟改過，國本至重，願寬宥。御史中丞狄兼謩上前雪涕以諫，詞理懇切。翌日，翰林學士六人，洎神策六軍軍使十六人又進表陳論，上意稍解。其日一更，太子歸少陽院，中人張克己等數十人連坐至死及剥色流竄。

〔五〕埸，《全文》誤作「場」，據《英華》改。〔徐注〕《晉書·伏乞國仁傳論》曰：當褫魂沙漠。〔補注〕褫，奪；疆埸，指邊境。《左傳·桓公十七年》：「疆埸之事，慎守其一，而備其不虞。」

〔六〕〔徐注〕曹植表：入侍輦轂。

〔七〕〔馮注〕《禮記·文王世子》：一有元良，萬國以貞，世子之謂也。〔補注〕《書·太甲下》：「一人元良，萬邦以貞。」此「元良」指大善、至德。而《禮記·文王世子》之「元良」則指世子之大德至善，後遂作爲太子之代稱。

〔八〕〔徐注〕《易》：明兩作離，大人以繼明照于四方。〔補注〕《文選·謝靈運〈擬魏太子鄴中集詩·王粲〉》：「不謂息肩願，一旦值明兩。」吕延濟注：「武帝既明，而太子又明，故謂太子爲明兩也。」李白《商山四皓》詩：「一行佐明兩，欻起生羽翼。」此「明兩」即指太子。

〔九〕〔馮注〕《易》：《震》亨，不喪匕鬯，出可以守宗廟社稷，以爲祭主也。又：震爲長子。《禮記》：王立七廟，遠廟爲祧。〔補注〕《易·震》：「震驚百里，不喪匕鬯。」王弼注：「匕，所以載鼎實；鬯，香酒。奉宗廟之盛也。」是司匕鬯，謂太子主持宗廟祭祀。

〔一〇〕〔徐注〕《周禮》：小宗伯，辨廟祧之照穆。《左傳》：叔向曰：「寡君敢拜齊君之安我先君之宗祧也。」〔馮注〕《禮記》：王立七廟，遠廟爲祧。

〔一一〕〔徐注〕《漢書·叔孫通傳》：通曰：「太子天下本，本一摇，天下震動。」

〔一二〕〔補注〕《論語·爲政》：「子曰：『殷因於夏禮，所損益可知也；周因於殷禮，所損益可知也。』」何晏集解引馬融曰：「所損益，謂文質三統。」朱熹集注：「文質謂夏尚忠，商尚質，周尚文。」《論語·雍也》：「質勝文則野，文勝質則史。」

〔一三〕〔馮注〕《孝經鉤命決》：三皇步，五帝驟，三王馳，五霸騖。《論語撰考讖》：考靈差德，堯步舜驟，禹馳湯騖，德有優劣，故日行轉疾。《後漢書·律曆志》：三五步驟，優劣殊軌。〔徐注〕《後漢書·崔寔傳》：步驟之差，各有云設。

〔一四〕〔馮注〕《三輔黄圖》：北宫有太子宫甲觀、畫堂。《禮記·文王世子》：立太傅、少傅而養之，欲其知父子君臣之道也。〔徐注〕梁簡文帝《答徐摛書》：山濤有言，東宫養德而已。〔補注〕《三輔黄圖·北宫》：「北宫在長安城中，近桂宫，俱在未央宫北，周回十里。高帝時制度草創，孝武增修之。」

〔一五〕榮，《英華》注：集作「勞」，非。〔徐注〕《禮記·文王世子》曰：始立學者，既興器用幣，然後釋菜，乃退，儐于東序。〔馮注〕《禮記·文王世子》：凡學世子及學士，凡祭與養老之禮，皆于東序。又曰：凡大合樂，必遂養老。注曰：大合樂時，天子視學。《祭義》：食三老五更於太學，天子袒而割牲，執醬而饋，執爵而酳，冕而總干。又曰：天子設四學，當入學而太子齒。此云「承榮」，謂太子承天子之榮以養老乞言也。〔補注〕東序，傳爲夏代大學，亦爲國老養老之所。《禮記·王制》：「夏后氏養國老於東序。」鄭玄注：「東序、東膠亦大學，在國中王宫之東。」孔穎達疏：「《文王世子》云：『學干戈羽籥於東序。』以此約之，故知皆學名也。養老必在學者，以學教孝悌之處，故於中養老。」

〔一六〕〔徐注〕《漢書·賈誼傳》：太子乃生而見正事，聞正言，行正道，左右前後，皆正人也。

〔一七〕〔徐注〕《穀梁傳》：承明繼體，則守文之君也。〔馮注〕《史記·外戚世家》：繼體守文之君。注曰：謂是嫡子，繼先帝之正體而立者也。

〔一八〕〔徐注〕《漢書·賈誼傳》：昔者成王幼在繈抱之中，召公爲太保，周公爲太傅，太公爲太師。

〔一九〕〔徐注〕《漢書》：地節三年，立皇太子，疏廣爲太傅，兄子受爲少傅。其後乞骸骨歸，道路觀者曰：「賢哉二大夫！」

〔二〇〕〔徐注〕《史記》：高祖欲易太子，及宴，置酒，太子侍。東園公、甪里先生、綺里季、夏黄公從太子，年皆八十餘，鬚眉皓白。上大驚，曰：「煩公等卒調護太子。」〔馮注〕《高士傳》：四皓秦始皇時共入商雒，隱地肺山。按：《史》《漢》云四皓來以爲客，時時從入朝。是時叔孫通爲太傅，留侯行少傅事。而《北堂書鈔》引《史記》「漢高祖以商山四皓爲太子太師」。《唐類函》亦有之，云出《史記·外戚世家》。今《史記》無此語。《晉書·閻纘傳》：四皓爲師，子房爲副，竟復成就。

〔二一〕嫌猜，《英華》作「猜嫌」；似，《英華》作「是」。

〔二二〕〔徐注〕《左傳》：成王定鼎于郟鄏，卜世三十，卜年七百。

〔二三〕〔徐注〕《後漢書·獻帝紀贊》曰：終我四百，永作虞賓。《張衡傳》：衡謂崔瑗曰：「吾觀《太玄》，方知子雲妙極道數。漢家得天下二百歲之書也，復二百歲，殆將終乎？所以作者之數必顯，一世常然之符也。漢四百歲，《玄》其興矣。」注：子雲當哀帝時，著《太玄經》。自漢初至哀帝二百歲，自中興至獻帝一百八十九年也。〔馮注〕《後漢書·張衡傳》：漢四百歲。

〔二四〕〔徐注〕揚子《法言》：聖人之言，明若丹青也。〔按〕古代丹册紀勳，青史紀事，故「丹青」可指史籍。王充《論衡·書虚》：「俗語不實，成爲丹青。丹青之文，賢聖惑焉。」

〔二五〕〔補注〕三古，上古、中古、近古之合稱，所指時限各别。如《漢書·藝文志》「世歷三古」顔注引孟康曰：「然則伏羲爲上古，文王爲中古，孔子爲下古。」《禮記・禮運》「始諸飲食」孔穎達疏：「伏羲爲上古，神農爲中古，五帝爲下古。」此謂「功高三古」，當指古帝王言。

〔二六〕洞，徐注本作「動」。幾，《英華》作「機」。

〔二七〕〔馮注〕《廣韻》注：漢官有太子坊，坊亦省名。《梁書・徐摛傳》：摛文體既别，春坊盡學之。《舊書・睿宗紀》：改門下坊爲左春坊，典書坊爲右春坊。〔徐注〕《新書・百官志》：左春坊，左庶子二人，正四品。〔補注〕魏、晉以來稱太子宮爲春坊，又稱春宮。《晉書・愍懷太子傳論》：「及于繼明宸極，守器春坊。」至於左、右春坊，則爲太子宮所屬官署名。唐置太子詹事府，以統衆務；左右二春坊，以領諸局。此「春坊」與「正位春坊」之指太子宮者義有别。

〔二八〕〔徐注〕《漢書・武五子傳》：戾太子據，元狩五年立爲皇太子。及冠，上乃爲立博望苑，使通賓客。

〔二九〕〔徐注〕《晉書・張華傳》：劉卞曰：「東宮俊乂如林。」〔補注〕《書・説命下》：「旁招俊乂，列于庶位。」孔傳：「廣招俊乂，使列衆官。」

〔三〇〕〔徐注〕《禮記》：三王教世子必以禮樂，是故其成也懌，恭敬而温文。

〔三一〕〔徐注〕班固《典引》：與之斟酌道德之淵源。〔馮曰〕唐諱「淵」爲「泉」。

〔三二〕〔徐注〕《晉書・賈充傳》：浮競之徒，莫不盡禮事之。〔徐箋〕《文宗二子傳》：上以魯王年幼，思得賢傅輔導之，因以户部侍郎庾敬休守本官兼魯王傅，太常卿鄭肅兼王府長史，户部郎中李踐方兼王府司馬。尋册爲太子，以王起、陳夷行爲侍讀。〔馮按〕其時爲東宫官者頗多。

〔三三〕〔馮注〕賈誼《新書》：文王使太公望傅太子發。嗜鮑魚，太公不與，曰：「禮，鮑魚不登于俎。豈有非禮而可以養太子哉！」

〔三四〕〔徐注〕魏文帝《與鍾大理書》：近日南陽宗惠叔稱君侯昔有美玦，乃不忽遺，嘉貺益腆，敢不欽承。

〔三五〕〔徐注〕《初學記》：周王褒《太子箴》曰：「庶僚司箴，敢告閽寺。」

〔三六〕奉，《全文》作「奏」，據《英華》改。〔馮注〕《魏略》：卞蘭獻賦，贊述太子德美，太子報曰：「蘭此賦豈吾實哉！事雖不諒，義足嘉也。」由是見親敬。《魏志·武宣卞皇后傳》：太后弟子奉車都尉蘭。〔徐注〕魏卞蘭《讚太子賦》：竊見所作《典論》及諸賦、頌，奉讀無倦。

〔三七〕嗛，《英華》作「慊」。〔徐注〕嗛音銜。《説文》：嗛，口有所銜也。《史記·佞幸傳》：太后由此嗛嫣。《集解》：徐廣曰：「嗛與銜通。」〔馮注〕《史記·外戚世家》：景帝恚心嗛之。按：嗛與銜同，又與歉同，皆見《史》《漢》注。

〔三八〕〔徐注〕《儀禮》：令月吉辰，始加元服。〔補注〕元服，指冠。《漢書·昭帝紀》：「（元鳳）四年春正月丁亥，帝加元服。」顔師古注：「元，首也。冠者，首之所著，故曰元服。」

〔三九〕〔徐注〕《詩》：徒御不驚。

〔四〇〕縱，《英華》注：一作「致」。

〔四一〕〔馮注〕《山海經》：大樂之野，夏后啓于此舞《九代》，乘兩龍。按：《海外西經》：「大樂之野，一曰大遺之野。」《太平御覽》《玉海》引之皆作「大樂」，而每有作「纞」者，形近而誤也。

〔四二〕〔徐注〕《文選》李善注：漢勃海郡有南皮縣。〔馮注〕《漢書·疏廣傳》：廣曰：「太子國儲副君。」魏文帝《與吴質書》：每念昔日南皮之游，誠不可忘。又：每至觴酌流行，絲竹並奏，酒酣耳熱，仰而賦詩。《文選》曹子建《公讌》詩，與兄丕讌飲作。〔補注〕曹植《侍太子坐詩》：「清醴盈金觴，餚饌縱横陳。」

〔四三〕濬，《全文》作「睿」，據《英華》改。〔徐注〕《晉書·宗室傳》：張方受其指教。〔補注〕濬發，從深處發出。

〔四四〕〔馮注〕《詩·小弁》之篇曰：伐木掎矣，析薪杝矣。舍彼有罪，予之佗矣。傳：伐木者掎其顛，析薪者隨其理。箋：掎其顛者不欲妄踣之，杝，謂觀其理也。隨其理者不欲妄挫折之。以言今王之遇太子，不如伐木析薪也。

〔四五〕〔徐注〕《詩》：無逝我梁，無發我笱。箋：逝，之也。之人梁，發人笱，此必有盜魚之罪。以言褒姒淫色，來嬖於王，盜我太子母子之寵。按：此聯之意，蓋以宜臼喻太子，褒姒比賢妃也。〔馮曰〕唐人用詞少忌諱耳。〔補注〕梁，水中捕魚壩；笱，捕魚具。

〔四六〕〔補注〕《孟子·離婁下》：「夫章子，子父責善而不相遇也。責善，朋友之道也；父子責善，賊恩之大者。」

〔四七〕〔徐校〕得，一作「能」。〔補注〕《易·繫辭上》：「富有之謂大業，日新之謂盛德。」孔穎達疏：「其德日日增新。」

〔四八〕〔馮注〕《文選·曹子建〈上責躬詩表〉》：以罪棄生，則違古賢夕改之勸。注曰：曾子曰：「君子朝有過，夕改，則與之；夕有過，朝改，則與之。」注曾子云云，見《大戴禮·立事》篇。

〔四九〕微，《英華》注：集作「至」。〔徐注〕《易》：牽復，吉。〔補注〕牽復，謂牽引回復正道。

〔五〇〕〔補注〕《論語·雍也》：「有顏回者，好學，不遷怒，不貳過。」何晏集解：「不貳過者，有不善，未嘗復行。」

〔五一〕〔徐注〕《説文》：霽，雨止也。《漢書·魏相傳》：相心善其言，爲霽威嚴。注：臣瓚曰：「霽，止也。」〔馮注〕《詩》：王赫斯怒。〔補注〕霽，收斂威怒之貌而呈和悦之色。

〔五二〕〔補注〕省勵，檢查自勵。卑謝，卑辭謝過。師傅，指太子太師、太傅。

〔五三〕〔補注〕殊休，特異之福禄。蹈，襲。

〔五四〕〔補注〕欽矚，敬重屬望。

〔五五〕〔徐注〕《漢書·息夫躬傳》：内實騃，不曉政事。師古曰：騃，愚也。

〔五六〕〔馮注〕唐諱「世」爲「代」。

〔五七〕〔徐注〕《詩·魯頌·〈閟宫〉》曰：錫之山川，土田附庸。

〔五八〕〔徐注〕《左傳》：張侯曰：「師之耳目，在吾旗鼓。」《漢書·韓信傳》：信建大將旗鼓，鼓行出井陘口。〔馮注〕《周禮》：若作其民而用之，則以旗鼓兵革帥而至。

〔五九〕〔馮注〕《漢書·杜鄴傳》：禽息憂國，碎首不恨。應劭曰：禽息，秦大夫，薦百里奚而不見納。繆公出，當車以頭擊闑，腦乃播出。繆公感寤，而用百里奚，秦以大治。《漢書·薛廣德傳》：上欲御樓船，廣德當乘輿車，免冠頓首曰：「宜從橋。」詔曰：「大夫冠。」廣德曰：「陛下不聽臣，臣自刎，以血汙車輪。」《朱雲傳》：雲曰：「臣願賜尚方斬馬劍，斬佞臣一人，以厲其餘。」上問：「誰也？」曰：「安昌侯張禹。」上大怒，御史將雲下，雲攀檻，檻折。雲呼曰：「臣得從龍逢、比干遊於地下，足矣。」

〔六〇〕〔馮注〕吴均詩：開胸瀝膽取一顧。按：「披肝瀝膽」字屢見。〔徐注〕《隋書·李德林傳》：《天命論》云：「披肝瀝膽。」李陵《答蘇武書》：陵不難刺心以自明。

〔六一〕〔馮注〕《三輔黄圖》：漢宫門各有禁，非侍衛通籍之臣不敢妄入。《北史·隋文帝紀》：開皇二年三月，初命入宫殿門通籍。按：隋復行此制，惟京職乃云通籍，若出外即云「非朝籍」矣。今人概以筮仕爲通籍，誤也。〔按〕此「朝籍」即指朝官之籍。時在涇原任節度使，故云「名非朝籍」。

〔六二〕躋，《全文》作「修」，據《英華》改。〔補注〕《詩·秦風·蒹葭》：「溯洄從之，道阻且躋。」躋，高而陡。

〔六三〕〔補注〕《詩·邶風·燕燕》：「瞻望弗及，佇立以泣。」

〔六四〕〔徐注〕《漢書》：孝成皇帝，元帝太子也。上常急召，太子出龍樓門，不敢絶馳道。

〔六五〕蔑，《全文》作「莫」，據《英華》改。〔馮注〕隋戴逵《皇太子箴》曰：「無謂父子無間，江充掘蠱；無謂兄弟無攜，倡優起舞。」此戴逵隋時人，非晉戴安道。〔按〕徐注誤引《晉書·戴逵傳》「王珣上疏曰：逵年在耆老，清風彌劭，東宫虚德，式延事外，宜加旌命，以參僚侍」之文，故馮注有此兩戴逵之辨。

〔六六〕〔馮注〕班固《西都賦》：設璧門之鳳闕，上觚稜而棲金爵。注曰：《漢書》曰：「建章宫其東則鳳闕，高二十餘丈，其南有璧門之屬。」《三輔故事》曰：「建章宫闕上有銅鳳皇。金爵即銅鳳也。」

〔六七〕〔徐注〕（《吴志·三嗣主傳》注）《吴録》：張儼字子節，以博聞多識拜大鴻臚，使晉。李善《文選》注：張儼《請立太子師傅表》曰：「陛下應期，順乾作主。」

〔六八〕〔徐注〕《晉書·傅咸傳》：億兆顒顒，戴仰宸極。

## 爲濮陽公上楊相公狀〔一〕

伏見今月某日制書〔二〕，伏承相公由大司徒之率屬〔三〕，掌中秘書之樞務〔四〕。寵延注意〔五〕，榮叶沃心〔六〕。凡備生靈，莫非陶冶。伊昔帝賚良弼〔七〕，岳降名神〔八〕。夢出傅巖，高宗才得于胥靡〔九〕；卜從渭水，西伯止逢于釣翁〔一〇〕。豈若相公涵泳天池，翱翔雲路〔一一〕，然後光膺爰立〔一二〕，顯副僉諧〔一三〕。接庾亮之分曹，必資孔演〔一四〕；列王濛之對掌，宜屬劉惔〔一五〕。允契同昇，果聞並命。祇神塞望〔一六〕，華夏式瞻〔一七〕。某夙奉恩光，今叨任使〔一八〕。守朝那之右地，鎮安定之遺封〔一九〕。不獲趨賀黑轓〔二〇〕，拜伏金印〔二一〕。空知踴躍，莫可奮飛〔二二〕。下情云云。

【校注】

〔一〕本篇原載清編《全唐文》卷七七三第一四頁、《樊南文集補編》卷二。〔錢注〕（楊相公）楊嗣復也。《舊唐書》本傳：開成二年，爲户部侍郎。三年正月，與同列李珏並以本官同平章事。〔按〕《舊唐書·文宗紀》：開成三年，正月「戊申（按是年正月庚申朔，正月無戊申日，當依《新唐書·宰相表》作戊辰，即初九），以諸道鹽鐵轉運使、正議大夫、守户部尚書、上柱國、弘農郡開國伯、食邑七百户、賜紫金魚袋楊嗣復可本官同中書門下平章事，朝議郎、户部侍郎判户部事、上柱國、賜紫金魚袋李珏可本官同中書門下平章事，依前判户部事」。《新唐書·文宗紀》及《宰相表》並作「諸道鹽鐵轉運使、户部尚書楊嗣復」，似當以《舊·紀》所載「守户部尚書」爲是。狀云「伏見今月某日制書，伏承相公由大司徒之率屬，掌中秘書之樞務」，似即指開成三年正月戊辰（初九）由守户部尚書拜相而言。然細審狀文，乃知此非指正月初拜相，而係指嗣復是年九月進爲中書侍郎之事。《新唐書・宰相表》：開成三年，「九月己巳，夷行爲門下侍郎，珏、嗣復爲中書侍郎」。正月以守户部尚書本官同平章事，猶是準相，至九月進位中書侍郎，方是正位。「由大司徒之率屬，掌中秘書之樞務」，即指嗣復由守户尚本官同平章事，進爲中書侍郎，即掌管中書省樞務之正式宰相一事。狀又云：「接庾亮之分曹，必資孔演；列王濛之對掌，宜屬劉惔。」庾亮、孔演（衍）東晉初俱補中書郎，此言「接庾亮之分曹，必資孔演」，即指楊、李二人同任中書侍郎。王濛與劉惔齊名，濛曾「徙中書郎」，此言「宜屬劉惔」，蓋謂惔雖未爲中書郎而宜有此任命也，此句亦以王、劉之「對掌」中書喻指楊、李之並爲中書侍郎。下「允契同昇，果聞並命」即指同時昇任爲中書侍郎而言，據此，本篇應作于開成三年九月己巳（十四）之後，約九月下旬。與《爲濮陽公上陳相公狀一》《爲濮陽公上李相公狀二》以及《爲濮陽公賀陳相公送土物狀》《爲濮陽公賀楊相公送土物狀》《爲濮陽公賀李相公送土物狀》均爲同時所上。

〔二〕〔錢注〕《新唐書・百官志》：凡王言之制有七。二曰制書，大賞罰、赦宥、慮囚、大除授則用之。

〔三〕〔補注〕《書・周官》：「司徒掌邦教，敷五典，擾兆民。」《周禮・地官・大司徒》：「大司徒之職，掌建邦之土地之圖與其人民之數，以佐王安擾邦國。」唐代户部掌全國土地、户籍、賦税、財政收入等事務，與大司徒之職大體相當。《書・周官》：「六卿分職，各率其屬。」率屬，所率領之屬官。嗣復開成二年十月入爲户部侍郎領鹽鐵使，開成三年正月以守户部尚書同平章事，其本官官階仍爲户部侍郎，故云「率屬」。

〔四〕〔錢注〕《舊唐書·職官志》：武德七年定令，以尚書、門下、中書、秘書、殿中、内侍爲六省。《新唐書·張文瓘傳》：同列以堂饌豐餘，欲少損，文瓘曰：「此天子所以重樞務，待賢才也。」〔按〕中秘書，此指職掌禁秘之中書省。掌中秘書之樞務，謂其任中書侍郎，掌中書省禁秘之樞務。白居易《寄隱者》：「云是右丞相，當國握樞務。」

〔五〕〔錢注〕《史記·陸賈傳》：天下安，注意相；天下危，注意將。〔補注〕注意，重視、關注。

〔六〕〔補注〕《書·説命上》：「啓乃心，沃朕心。」孔穎達疏：「當開汝心所有，以灌沃我心，欲令以彼所見教己未知故也。」指以治國之道開導帝王。

〔七〕〔補注〕《書·説命上》：「夢帝賚予良弼。」賚，賞賜。參注〔九〕。

〔八〕〔補注〕《詩·大雅·崧高》：「維岳降神，生甫及申。」

〔九〕〔錢注〕《史記·殷紀》：帝武丁思興復殷，夜夢得聖人，名曰説。使百工營求之野，得説於傅險中。是時，説爲胥靡，築於傅險。武丁舉以爲相，殷國大治。武丁崩，祖己立其廟爲高宗。〔補注〕胥靡，古代服勞役之奴隸或刑徒。

〔一〇〕〔錢注〕《史記·齊世家》：太公望吕尚嘗窮困，年老矣，以漁釣奸（干）周西伯。西伯將出獵，卜之，曰：「所獲非龍非彲，非虎非羆，所獲霸王之輔。」於是果遇太公於渭之陽，載與俱歸，立爲師。《晉書·張載傳》：周武無牧野之陣，則吕牙渭濱之釣翁也。

〔一一〕〔錢注〕《晉書·皇甫謐傳》：沖靈翼於雲路，浴天池以濯鱗。

〔一二〕〔補注〕《書·説命上》：「説築傅巖之野，惟肖，爰立作相，王置諸其左右。」爰立，指作相。

〔一三〕〔補注〕《書·舜典》記帝舜徵詢意見以任命臣工之事，多有「僉曰」「汝諧」之語，後遂以「僉諧」謂遴選、任命朝廷重臣。《梁書·江革傳》：「首佐台鉉，實允僉諧。」僉，都、皆。

〔一四〕〔錢注〕《晉書·孔衍傳》：中興初，與庾亮俱補中書郎。《楚辭·招魂》：分曹並進，遒相迫些。〔按〕分曹，猶分部門。《後漢書·百官志三》：「成帝初置尚書四人，分爲四曹。」《楚辭·招魂》之「分曹」係分隊之義。

〔一五〕惔，《全文》作「恢」，據錢校改。〔錢注〕《晉書·王濛傳》：濛與沛國劉惔齊名。簡文帝之爲會稽王也，常與孫綽商略諸風流人，綽言曰：「劉惔清蔚簡令，王濛温潤恬和。」及帝輔政，益貴幸之，與劉惔號爲入室之賓。《宋書·沈演之傳》：對掌禁旅。〔按〕據《晉書·王濛傳》，濛曾「徙中書郎」。

〔一六〕〔錢注〕《漢書·劉輔傳》：順神祇心，塞天下望。

〔一七〕〔補注〕《書·武成》：「華夏蠻貊，罔不率俾。」式瞻，敬仰、景慕。

〔一八〕〔錢注〕《戰國策》：臣駑下恐不足任使。

〔一九〕〔錢注〕《元和郡縣志》：涇州，漢置安定郡即此是也。《漢書·地理志》：朝那縣屬安定郡。又《陳湯傳》：即西收右地。〔補注〕右地，西部地區。

〔二〇〕〔錢注〕《後漢書·輿服志》：三公列侯黑轓。〔補注〕轓，本指車旁之擋泥板，此以黑轓指高官之車。

〔二〕〔錢注〕《後漢書·趙壹傳》:計吏數百人皆拜伏庭中。《漢書·百官公卿表》:丞相、相國金印紫綬。

〔三〕〔補注〕《詩·邶風·擊鼓》:「擊鼓其鏜,踴躍用兵。」又《邶風·柏舟》:「静言思之,不能奮飛。」毛傳:「不能如鳥奮翼而飛去。」

## 爲濮陽公上李相公狀二〔一〕

伏見今月某日制書,伏承相公假道版圖〔二〕,正位機密〔三〕。俞膺帝曰,歌叶臣哉〔四〕。動植具榮〔五〕,飛沈咸若〔六〕。爰稽往誥〔七〕,載考前經:齊定霸威,由皆以告仲父〔八〕;漢興王道,常謂不如蕭何〔九〕。此所以顯重輔臣,光昭宰匠〔一〇〕。以今況古,千載一時。且温嶠累遷,尚見讓而不拜〔一一〕;張華叙進,亦聞久始即真〔一二〕。斯實重難〔一三〕,常勞倚注〔一四〕。苟非才標棟幹〔一五〕,味極和羹〔一六〕,莫可比肩,孰能接武〔一七〕。六戎傾首〔一八〕,百辟寄心〔一九〕。某早被蔭庥〔二〇〕,常聞咳唾〔二一〕。今者適從亭障〔二二〕,方事鼓鼙〔二三〕。不敢擅棄虎符〔二四〕,輒趨鳳誥〔二五〕。下情云云。

【校注】

〔一〕本篇原載清編《全唐文》卷七七四第一八頁、《樊南文集補編》卷四。題内「濮陽」二字，《全文》作「河東」，據張采田《會箋》校證改，詳見《爲濮陽公上楊相公狀一》注〔一〕。〔張箋〕「相公假道版圖，正位機密」，此指李玨以户部侍郎判户部事大拜也。〔按〕「假道」二句，蓋指李玨由户部侍郎本官同平章事進爲中書侍郎。開成三年正月戊辰，户部侍郎判户部李玨以本官同平章事。九月己巳，爲中書侍郎。本篇當爲賀李玨進中書侍郎而上，約作於開成三年九月下旬。詳見《爲濮陽公上楊相公狀》注〔一〕按語及本篇注〔二〕〔三〕。

〔二〕〔錢注〕《唐闕史》：近世逢掖恥呼本字，南省官局則曰版圖小績、春闈秋曹。〔補注〕版圖，户籍與地域圖册。《新唐書·百官志》：户部尚書、侍郎「掌天下土地、人民、錢穀之政，貢賦之差」。李玨原以户部侍郎判户部事同中書門下平章事，旋進中書侍郎，猶借道於「户部侍郎判户部事」也。

〔三〕〔錢注〕《後漢書·竇憲傳》：内幹機密。箋：此亦當由户部入相者。〔補注〕正位，正式就職。相對於在此之前非正式職位而言。李玨開成三年正月戊辰以户部侍郎判户部事同中書門下平章事，猶是準相，至九月己巳進中書侍郎，方「正位」宰相。機密，掌管機要大事之部門、職務。唐中書省侍郎二人，「掌貳令之職，凡邦國之庶務，朝廷之大政，皆參議焉」（《舊唐書·職官志》）。中書令位望崇高，不輕授人，中書侍郎遂爲中書省實際長官。唐制，四品以下官作宰相，加平章事名號。户部侍郎正四品，故加同中書門下平章事名號。中書侍郎正三品，爲正式之相位，故爲正位。

〔四〕〔補注〕《書·堯典》：「帝曰：『俞。』」俞，允諾之詞。《書·益稷》：「臣哉鄰哉，鄰哉臣哉。」孔傳：「鄰，近也。言君臣道近，相須而成。」叶，和洽。

〔五〕〔補注〕《周禮·地官·大司徒》：「辨五地之物生。一曰山林，其動物宜毛物，其植物宜早物。」

〔六〕〔補注〕飛沈，指鳥、魚。《書·皋陶謨》：「皋陶曰：『都，在知人，在安民。』禹曰：『吁，咸若時，惟帝其難之。』」後以「咸若」稱頌帝王之德化，謂萬物均能順其性、應其時、得其宜。

〔七〕〔錢注〕《慎子》：《書》，往誥也。〔補注〕往誥，往昔之文告。

〔八〕〔錢注〕《韓非子》：齊桓公時，晉客至，有司請禮，桓公告仲父者三。而優笑曰：「易哉爲君！一曰仲父，二曰仲父。」桓公曰：「吾聞君人者，勞於索人，佚於使人。吾得仲父已難矣，得仲父之後，何爲不易乎？」

〔九〕〔錢注〕《史記·高祖紀》：高祖曰：「夫運籌策帷帳之中，決勝於千里之外，吾不如子房；鎮國家，撫百姓，給餽饟，不絶糧道，吾不如蕭何；連百萬之軍，戰必勝，攻必取，吾不如韓信。此三者，皆人傑也。」

〔一〇〕〔補注〕輔臣，指宰相。語本《韓詩外傳》卷八：「諫臣五人，輔臣五人，拂臣六人。」宰匠，亦指宰相。《三國志·蜀志·馬良傳》裴松之注引習鑿齒曰：「爲天下宰匠，欲大收物之力，而不量才節任，隨器付業……難乎其可與言智者也。」

〔一一〕〔錢注〕《晉書・温嶠傳》：進驃騎將軍、開府儀同三司，嶠曰：「今日之急，殄寇爲先，未效勳庸而逆受寵榮，非所聞也。」固辭不受。

〔一二〕〔錢注〕《晉書・張華傳》：楚王瑋誅，華以首謀有功，拜右光禄大夫、開府儀同三司、侍中、中書監，固辭開府。賈謐與后共謀，以華庶族儒雅，欲倚以朝綱，以問裴頠，頠素重華，深贊其事。《漢書・王莽傳》：遂謀即真之事矣。按：《漢書》諸傳多作滿歲爲真，此即真，乃踐天子之位。後此史家，遂多沿用。〔補注〕《晉書・張華傳》：「初未知名……陳留阮籍見之，歎曰：『王佐之才也！』由是聲名始著。郡守鮮于嗣，薦華爲太常博士。盧欽言之於文帝，轉河南尹丞，未拜，除佐著作郎。頃之，遷長史，兼中書郎，朝議表奏，多見施用，遂即真。」叙進，按規定之等級次第進官。即真，指官吏由代理轉爲正式職務。張華入晉後曾爲度支尚書、中書令。此言「張華叙進，亦聞久始即真」，乃與李珏由準相而正位機密時僅九月相對而言，謂其深得文宗之倚重。

〔一三〕〔錢注〕《漢書・五行志》：所謂重難之時者也。〔補注〕重難，指宰相之職繁重艱難。

〔一四〕〔補注〕倚注，依賴器重。

〔一五〕〔錢注〕傅亮《爲宋公求加贈劉前軍表》：識量局致，棟幹之器也。

〔一六〕〔補注〕《書・説命下》：「若作和羹，爾惟鹽梅。」和羹，以不同調味品製成之羹湯，喻宰相輔助君主綜理國政。

〔一七〕能，錢注本作「云」，未出校。〔補注〕《禮記·曲禮上》：「堂上接武。」接武，步履相接。

〔一八〕六戎，見《爲濮陽公附送官告中使回狀》注〔二四〕。〔按〕此處「六戎」泛指各少數民族。

〔一九〕〔錢注〕曹植《洛神賦》：長寄心於君王。〔補注〕百辟，指百官。《宋書·孔琳之傳》：「羨之内居朝右，外司輦轂，位任隆重，百辟所瞻。」

〔二〇〕〔錢注〕《爾雅》：庇、庥，廕也。

〔二一〕〔錢注〕《莊子》：孔子遊乎緇帷之林，休乎杏壇之上，有漁父者，下船而來，孔子曰：「幸聞咳唾之音。」〔補注〕咳唾，稱美對方言語。

〔二二〕〔補注〕亭障，邊塞要地設置之堡壘。

〔二三〕〔補注〕《禮記·樂記》：「君子聽鼓鼙之聲，則思將帥之臣。」鼓鼙，大鼓與小鼓，軍中樂器。

〔二四〕〔補注〕虎符，帝王授予臣下兵權與調發軍隊之虎形信符。唐代改用魚符。

〔二五〕〔錢注〕梁元帝《陸倕墓銘》：兩升鳳誥。〔補注〕鳳誥，皇帝之制誥，借指中書省。

## 爲濮陽公上陳相公狀一〔一〕

伏見今月某日制書，奉承相公顯由起部〔二〕，光踐黄樞〔三〕。唯彼秦官〔四〕，必加漢相〔五〕。是能超絶庶尹〔六〕，冠映群倫〔七〕。昔荀悦榮登，止通《左氏》〔八〕；張華寵拜，空對建章〔九〕。豈若相公翊贊皇猷〔一〇〕，發揮清問〔一一〕，恥君不及堯、舜〔一二〕，欲人盡若胥、庭〔一三〕。式叶具瞻〔一四〕，爰從正位〔一五〕。馮參帷幄，式展于矜嚴〔一六〕；杜恕紀綱，不資于交援〔一七〕。曠百千歲，無三四人。某忝沐陶甄〔一八〕，謬居藩服〔一九〕。心懸廊廟，同邊馬之嘶鳴〔二〇〕；身繫節旄〔二一〕，羨塞鴻之騫翥〔二二〕。無由拜賀，伏用兢惶〔二三〕。

**【校注】**

〔一〕本篇原載清編《全唐文》卷七七三第一五頁、《樊南文集補編》卷二一。〔錢箋〕此狀爲陳夷行初入相時作。《舊唐書·文宗紀》：開成二年四月，工部侍郎陳夷行本官同中書門下平章事。《新》《舊》二書《陳夷行傳》、《新書·宰相表》並同。考義山入王茂元涇原幕，馮譜定在開成三年，而此文實爲二年事，豈其時已至涇原耶？〔張箋〕王氏之婚，李執方爲之道地，而韓畏之慫恿之力居多……《寄惱韓同年》詩自注：「時韓住蕭洞。」又有「我爲傷春心自醉，不勞君勸石榴花」句，當時情事，參證可見。然則本年爲濮陽代作表、狀（按：張氏將《爲濮陽公賀丁學士啓》及本篇均繫於開成二年），或者議婚時藉此爲媒贄邪？要之義山爲人憑倩作文，自未第時已然，固不能據爲入幕確證也。〔岑仲勉曰〕按狀云：「伏見今月某日制書，奉承相公顯由起部，光踐黃樞，惟彼秦宮（官），必加漢相。」據《通典》二一：「門下侍郎。秦官有黃門侍郎，漢因之……凡禁門黃闥，故號黄門。」門下侍郎，玄宗時亦嘗一度改稱黄門。黄樞即黄門也。狀又云：「昔荀悦榮登，止通《左氏》；張華寵拜，空對建章。」據《後漢書》六二及《晉書》三六，悦、華均曾拜黄門侍郎。凡此皆頌祝夷行進門下侍郎之詞，故狀下文復有「爰從正位」語，蓋前以工侍同平章事，猶是準相而已。《新·表》六三，開成三年，「九月己巳，夷行爲門下侍郎」。此正三年入涇原幕後作，張氏殊疏於數典。（《平質》戊錯會《爲濮陽公上陳相公第一狀》條）〔按〕岑説是。賀陳夷行進門下侍郎及楊嗣復、李珏進中書侍郎三狀蓋同時作，均約在開成三年九月下旬所上。

〔二〕〔錢注〕《舊唐書·職官志》：工部，南朝謂之起部。有所營造，則置起部尚書，畢則省之。

〔三〕〔錢注〕《梁書·蕭昱傳》：徒穢黄樞。〔按〕黄樞，即黄門，詳注〔一〕引岑仲勉《平質》。

〔四〕官，《全文》作「宫」，據錢校改。參下注按語。〔補注〕秦官，此指黄門侍郎，詳注〔一〕引岑仲勉《平質》。

〔五〕〔錢注〕《通典》：相國、丞相皆秦官。唐侍中、中書令是真宰相，以他官參掌者，無定員，但加同中書門下三品及平章事、知政事、參知機務、參與政事及平章軍國重務之名者，並爲宰相。亦漢行丞相事之例也。〔按〕錢注非。二句蓋謂門下侍郎之官必加於宰相，方得爲真宰相也。參注〔一〕引岑仲勉《平質》。

〔六〕〔補注〕《書·益稷》：「百獸率舞，庶尹允諧。」孔傳：「尹，正也，衆正官之長。」蔡沈集傳：「庶尹者，衆百官府之長也。」此指百官。

〔七〕〔補注〕揚雄《法言·孝至》：「聖人聰明淵懿，繼天測靈，冠乎群倫。」群倫，同類。

〔八〕〔錢注〕《後漢書·荀悦傳》：年十二能説《春秋》。又：獻帝頗好文學，悦累遷秘書監、侍中。

〔補注〕《後漢書·荀悦傳》：「初辟鎮東將軍曹操府，遷黄門侍郎。」

〔九〕〔錢注〕《晉書·張華傳》：武帝嘗問漢宫室制度及建章千門萬户，華應對如流，帝甚異之。數歲拜中書令。〔補注〕《晉書·張華傳》：「晉受禪，拜黄門侍郎。」

〔一〇〕〔補注〕翊贊，輔助。皇猷，皇帝之謀畫。《三國志·蜀志·吕凱傳》：「今諸葛丞相英才挺出，深覩未萌，受遺託孤，翊贊季興。」

〔一一〕〔補注〕《書·吕刑》：「皇帝清問下民。」孔穎達疏：「帝堯清審詳問下民所患。」

〔一二〕〔補注〕《書·説命下》：「昔先正保衡，作我先王，乃曰：『予弗克俾厥后惟堯舜，其心愧恥，若撻于市。』」傳曰：「言伊尹不能使其君如堯舜，則恥之若見撻于市，故成其能。」

〔一三〕〔錢注〕司馬貞《三皇本紀》：大庭氏、赫胥氏，三皇以來有天下者之號。《後漢書·仲長統傳論》：世非胥、庭。

〔一四〕〔補注〕《詩·小雅·節南山》：「赫赫師尹，民具爾瞻。」具瞻，謂爲衆人所瞻望。

〔一五〕〔補注〕《易·坤》：「君子黄中通理，正位居體。」孔穎達疏：「居中得正，是正位也。」按：正位，謂正式擔任宰相之職，蓋前此猶是準相。參注〔一〕引岑氏《平質》。

〔一六〕〔錢注〕《漢書·馮參傳》：參爲人矜嚴，好修容儀，以嚴見憚，終不能親近侍帷幄。

〔一七〕〔錢注〕《魏志·杜恕傳》：恕在朝，不結交援，專心向公。每政有得失，常引綱維以正言。

〔一八〕〔錢注〕《漢書·董仲舒傳》注：陶人作瓦器謂之甄。〔補注〕陶甄，喻陶冶、教化。

〔一九〕〔補注〕《周禮·夏官·職方氏》：「乃辨九服之邦國……（鎮服）外方五百里曰藩服。」此指邊地藩鎮。

〔二〇〕〔錢注〕《玉篇》：嘶，馬鳴也。〔補注〕李陵《答蘇武書》：「涼秋九月，塞外草衰，夜不能寐，側耳遠聽，胡笳互動，牧馬悲鳴，吟嘯成群，邊聲四起。」

〔二一〕節旄，見《爲濮陽公官後上中書門下狀》注〔八〕。

〔二二〕〔錢注〕盧思道《孤鴻賦序》：揚子曰：「鴻飛冥冥，騫翥高也。」〔補注〕騫翥，高飛貌。

〔二三〕〔錢注〕江總《爲衡陽王讓吴郡表》：兢惶之至，春冰可陟。

## 爲濮陽公賀陳相公送土物狀〔一〕

右伏以相公蘭臺克成於故事〔二〕，黄扉顯正於嘉謀〔三〕。道協五臣〔四〕，名高六相〔五〕。遠流休問〔六〕，實激含靈〔七〕。某忝建高旌〔八〕，方掀大旆〔九〕。軍中之執〔一〇〕，既闕於請纓〔一一〕；土貢之餘，尚盈於厥篚〔一二〕。前件物等，薄如蜩甲〔一三〕，輕甚鴻毛〔一四〕。是願達誠，敢求覿物〔一五〕？延陵至鄭，不隔紵衣之微〔一六〕；孔聖删《詩》，無廢《木瓜》之興〔一七〕。貴賤雖聞有異，古今未始無兹。干觸威嚴，伏增兢懼。

## 【校注】

〔一〕本篇原載清編《全唐文》卷七七四第一七頁、《樊南文集補編》卷四。題内「濮陽」二字，《全文》作「河東」，據張采田校證改，詳見《爲濮陽公上楊相公狀一》注〔一〕。〔按〕陳相公，陳夷行。《舊唐書·文宗紀》：開成二年四月，守尚書工部侍郎陳夷行以本官同中書門下平章事。《新唐書·宰相表》：開成三年「九月己巳，夷行爲門下侍郎」。狀有「蘭臺克成於故事，黄扉顯正於嘉謀。道協五臣，名高六相」之語，「蘭臺」句指其由守尚書工部侍郎拜相，「黄扉」句指其進門下侍郎。黄扉，即黄門、黄樞，指門下省。狀當爲陳夷行進門下侍郎後送土物致賀而上。《爲濮陽公上陳相公狀一》「光踐黄樞」「爰從正位」，亦即本篇「黄扉顯正於嘉謀」之意，賀其由準相而正位即真也。彼狀之「超絶庶尹，冠映群倫」，亦即本篇「道協五臣，名高六相」之意。然則二篇實同時之作，既致以賀狀，又致送土物也。約開成三年九月下旬作。

〔二〕〔錢注〕《漢書·百官公卿表》：御史大夫有兩丞，秩千石，一曰中丞，在殿中蘭臺，掌圖籍秘書。〔按〕此「蘭臺」即「蘭省」，指尚書省，用尚書郎握蘭含香趨走丹墀奏事之典（見應劭《漢官儀》卷上）。克成，完成、實現。故事，舊事。此謂夷行由守尚書工部侍郎拜相已成舊事。

〔三〕〔錢注〕孔稚圭《爲王敬則讓司空表》：啓黄扉而燮五緯。〔補注〕黄扉，即黄門，指門下省。嘉謀，高明之治國謀略。《書·君陳》：「爾有嘉謀嘉猷，則入告爾后于内，爾乃順之于外。」顯正，即顯居正位。此謂其進門下侍郎而正位即真，更獻嘉謀。

〔四〕〔補注〕《論語·泰伯》：「舜有臣五人，而天下治。」何晏注：「孔曰：禹、稷、契、皋陶、伯益。」他書尚有周文王五臣、武王五臣、晉文公五臣、楚威王五臣之記載。然此句「五臣」實用《宋書·謝弘微傳》：「太祖即位，（謝弘微）爲黄門侍郎，與王華、王曇首、殷景仁、劉湛等號曰五臣。」正切陳夷行進門下侍郎。

〔五〕〔錢注〕《管子》：黄帝得蚩尤而明於天道，得大常而察於地利，得奢龍而辨於東方，得祝融而辨於南方，得大封而辨於西方，得后土而辨於北方。黄帝得六相，而天地治，神明至。〔補注〕此「六相」疑指六卿。《書·周官》：「六卿分職，各率其屬。」《漢書·百官公卿表》：「周官則備矣，天官冢宰，地官司徒，春官宗伯，夏官司馬，秋官司寇，冬官司空，是爲六卿。」隋、唐以後亦用以稱吏、户、禮、兵、刑、工六部尚書。武后光宅元年，曾改吏部曰天官、户部曰地官、禮部曰春官、兵部曰夏官、刑部曰秋官、工部曰冬官，正與「六相」分指天地四方相應。

〔六〕〔補注〕休問，美譽。

〔七〕〔補注〕《晉書·桓玄傳論》：「夫帝王者，功高宇内，道濟含靈。」含靈，具靈性之人類。激，激勵。

〔八〕〔錢注〕虞羲《詠霍將軍北伐詩》：蔽日引高旌。〔補注〕建旌，指出任節度使。唐時節度使領刺史者受任，賜雙旌雙節。見《新唐書・百官志四下》。

〔九〕〔補注〕《左傳・僖公二十八年》：「城濮之戰，晉中軍風於澤，亡大旆之左旃。」大旆，即高旌。

〔一〇〕〔補注〕《禮記・曲禮》：「野外軍中無摯，以纓、拾、矢可也。」注曰：「非爲禮之處，用時物相禮而已。纓，馬繁纓也，拾謂射韝。」摯，古代初次求見時所送之禮物，又作「贄」。商隱作「執」，或因《禮記・檀弓下》有「哀公執摯請見之」之句而以「執」爲「贄」。然「執」「摯」本可通。《説文・手部》：「摯，握持也。」桂馥義證：「握持也者，《釋詁》拱執也，執即摯。」

〔一一〕〔錢注〕《漢書・終軍傳》：南越與漢和親，乃遣軍使南越，説其王，欲令入朝，比内諸侯。軍自請：「願受長纓，必羈南越王而致之闕下。」〔按〕錢注誤。此「請纓」之「纓」即軍中用時物相禮之「纓」。請，謁見、拜謁。請纓，謂拜謁以纓爲摯（贄）也。「軍中之執，既闕於請纓」，蓋謂軍中闕於拜謁之摯禮。

〔一二〕〔補注〕《書・禹貢》：「禹別九州，隨山浚川，任土作貢。」土貢，古代臣民或藩屬向君主進獻之土産。篚，盛物竹器。

〔一三〕〔錢注〕《莊子》：景曰：「予蜩甲也，蛇蜕也，似之而非也。」〔補注〕蜩甲，蟬殼。

〔一四〕〔錢注〕司馬遷《報任少卿書》：或輕於鴻毛。

〔一五〕〔錢注〕《太平御覽》：崔鴻《後燕録》曰：「王猛伐洛陽，將發，謂慕容垂曰：『吾將遂清東夏，或爲東山之別，見物思人，卿將何以爲信？』垂以佩刀遺之。」〔按〕此句未必用典，錢所引亦不切。

〔一六〕〔補注〕《左傳・襄公二十九年》：「（吴公子札）聘於鄭，見子産，如舊相識。與之縞帶，子産獻紵衣焉。」延陵，指季札。《公羊傳・襄公二十九年》：「（季札）去之延陵，終身不入吴國。」延陵，吴邑。《史記・吴太伯世家》：「季札封于延陵。」後因借指季札。隔，絶。

〔一七〕〔補注〕《史記・孔子世家》：「古者《詩》三千餘篇，及至孔子，去其重，取可施于禮義，上采契、后稷，中述殷、周之盛，至幽、厲之缺……三百五篇，孔子皆弦歌之。」《漢書・叙傳》：「伏羲畫卦，書契後作。虞夏商周，孔纂其業。纂《書》删《詩》，綴《禮》正《樂》。」《詩・衛風・木瓜》：「投我以木瓜，報之以瓊琚。」

## 爲濮陽公賀楊相公送土物狀〔一〕

右伏以相公光由版籍〔二〕，顯拜樞衡〔三〕。浴威鳳於池中〔四〕，問喘牛於路左〔五〕。華夷共慶，陰陽以調〔六〕。某雖久在民間，常居軍右〔七〕。早識薛宣之必相〔八〕，夙知蔣琬之爲公〔九〕。情異常時，事殊庶品〔一〇〕。敢申野外之贄〔一一〕，麤罄橐中之裝〔一二〕。前件物等，價纔數金〔一三〕，重非兼乘〔一四〕。同炙背之願獻〔一五〕，況藉手以無因〔一六〕。姚察養廉，何妨於花練〔一七〕；謝安敦素，猶取於蒲葵〔一八〕。塵黷尊嚴，伏深兢越〔一九〕。

【校注】

〔一〕本篇原載清編《全唐文》卷七七四第一七頁、《樊南文集補編》卷四。題内「濮陽」二字，《全文》作「河東」，據張采田校證改。詳《爲濮陽公上楊相公狀一》注〔一〕。〔張箋〕「相公光由版籍，顯拜樞衡」，此指嗣復以户部尚書登庸也。〔按〕張氏辨「河東」爲「濮陽」之誤甚是，然謂此狀爲賀楊嗣復登庸（初拜相）則非。《舊唐書·文宗紀》：開成三年正月戊申（當依《新唐書·宰相表》作「戊辰」），守户部尚書楊嗣復以本官（其本官係户部侍郎）同中書門下平章事。《新唐書·宰相表》：開成三年九月己巳，嗣復爲中書侍郎。狀云「相公光由版籍，顯拜樞衡」，乃指其由户部侍郎本官同平章事正位中書侍郎，由準相而即真也。此與《爲濮陽公賀陳相公送土物狀》《爲濮陽公賀李相公送土物狀》均同時之作，約開成三年九月下旬。

〔二〕〔錢箋〕此似由户部入相者。《周禮·司民》注：版，今户籍也。〔補注〕《新唐書·百官志》：「户部，尚書一人，正三品；侍郎二人，正四品下。掌天下土地、人民、錢穀之政，貢賦之差。」版籍，户口册。此代指户部。

〔三〕〔錢注〕《太平御覽》：應劭《漢官儀》曰：「沖帝册書曰：『太尉趙峻，貳掌樞衡。』」〔補注〕樞衡，朝廷權力中樞，此指作爲决策機構之中書省。顯拜樞衡，指進中書侍郎，亦即《爲濮陽公上李相公狀二》「正位機密」之意。

〔四〕〔錢注〕《漢書·宣帝紀》：南郡獲白虎、威鳳爲寶。〔按〕此顯用中書鳳凰池事。魏晉南北朝時設中書省於禁苑，掌管機要，故稱中書省爲「鳳凰池」(鳳凰池本禁苑中池名)。《晉書・荀勖傳》：「勖久在中書，專管機事。及失之，甚罔罔悵恨。或有賀之者，勖曰：『奪我鳳凰池，諸君賀我邪？』」此句顯指嗣復進中書侍郎。

〔五〕〔錢注〕《漢書・丙吉傳》：吉爲丞相，嘗出，逢清道群鬭者，死傷横道，吉過之不問，前行逢人逐牛，牛喘吐舌。吉使騎吏問：「逐牛行幾里矣？」掾吏獨謂丞相前後失問，吉曰：「民鬭相殺傷，長安令、京兆尹職所當禁，備逐捕。宰相不親小事，非所當於道路問也。方春少陽用事，未可大熱。恐牛近行用暑故喘，此時氣失節。三公典調和陰陽，職所當憂，是以問之。」

〔六〕〔補注〕《漢書・貢禹傳》：「調和陰陽，陶冶萬物，化正天下。」調和陰陽，喻宰相處理政務。

〔七〕〔補注〕軍右，軍中貴顯之位。

〔八〕〔錢注〕《漢書・薛宣傳》：宣字贛君，補不其丞。琅琊太守趙貢行縣，見宣，甚説其能。從宣歷行屬縣，還至府，令妻子與相見，戒曰：「贛君至丞相，我兩子亦中丞相史。」後代張禹爲丞相，封高陽侯，除趙貢兩子爲史。

〔九〕〔錢注〕《蜀志・蔣琬傳》：琬夜夢有一牛頭在門前，意甚惡之。呼問占夢趙直，直曰：「牛角及鼻，『公』字之象。君位必當至公，大吉之徵也。」

〔一〇〕〔補注〕庶品，百官。《後漢書・皇甫規傳》：「大賊縱横，流血丹野，庶品不安，譴誡累至，殆以姦臣權重之所致也。」

〔一一〕野外之贄，見《爲濮陽公賀陳相公送土物狀》注〔一〇〕。

〔一二〕〔錢注〕《管子》：垂橐而入，攟載而歸。〔補注〕橐中之裝，囊中所裝之物。《漢書·陸賈傳》：「賜賈橐中裝，直千金。」

〔一三〕〔錢注〕《莊子》：我世世爲洴澼絖，不過數金。

〔一四〕〔錢注〕顔之推《古意》詩：華彩燭兼乘。〔補注〕兼乘，兩輛車，謂每車備一副車。

〔一五〕〔錢注〕《列子》：宋國有田父，常衣緼黂，僅以過冬。暨春東作，自暴於日，不知天下之有廣厦隩室，綿纊狐貉，顧謂其妻曰：「負日之暄，人莫知者，以獻吾君，將有重賞。」嵇康《與山巨源絶交書》：野人有快炙背而美芹子者，欲獻之至尊。

〔一六〕〔補注〕《左傳·襄公十一年》：「凡我同盟，小國有罪，大國致討，苟有以藉手，鮮不赦宥。」藉手，借助。

〔一七〕〔錢注〕《陳書·姚察傳》：察自居顯要，甚勵清潔。嘗有私門生送南布一端、花綀一匹，察謂之曰：「此物於吾無用。既欲相款接，幸不煩爾。」此人遜請，猶冀受納，察厲色驅出。〔補注〕曰「何妨」，蓋反用其意。綀，粗麻織物。

〔一八〕〔錢注〕《晉書·謝安傳》：安少有盛名，時多愛慕。鄉人有罷中宿縣者，安問其歸資，答曰：「有蒲葵扇五萬。」安乃取其中者捉之，京師士庶競市，價增數倍。

〔一九〕〔錢注〕《晉書·何琦傳》：豈可復以朽鈍之質，塵黷清朝哉？〔補注〕塵黷，猶玷污。兢越，恐懼隕跌。

## 爲濮陽公賀李相公送土物狀〔一〕

伏以相公脱屣華省〔二〕,振衣中樞〔三〕,温樹人問而莫知〔四〕,非熊帝感而斯兆〔五〕。軸青史而祇將紀德〔六〕,列景鐘而唯待銘功〔七〕。某任屬啓行〔八〕,志唯盡敵〔九〕。誰言樗散〔一〇〕,最沐陶甄。是敢竊獻食芹〔一一〕,輒羞行潦〔一二〕。前件物等,非因杼軸〔一三〕,不曰苞苴〔一四〕。曾未足云,殊無所直。温孫弘之被〔一五〕,纔可禦寒〔一六〕;易晏子之裘,尚猶爲隘〔一七〕。輕冒威重〔一八〕,伏用慚惶。

**【校注】**

〔一〕本篇原載清編《全唐文》卷七七四第一七頁、《樊南文集補編》卷四。題内「濮陽」二字,《全文》作「河東」,據張采田校證改,詳見《爲濮陽公上楊相公狀一》注〔一〕。〔按〕張氏《會箋》將本篇及賀楊、陳上土物狀共三篇與上楊、李、鄭謝加兵部尚書三狀統繫於開成三年,未標月份,實則包括本篇在内之三篇上土物狀均爲開成三年九月己巳(十四)後作。狀云「相公脱屣華省,振衣中樞」，謂其由户部侍郎進爲中書侍郎，由準相而正位即真也。《新唐書·宰相表》：開成三年九月己巳，珏爲中書侍郎。狀約作於九月下旬。

〔二〕〔錢注〕潘岳《秋興賦》：獨展轉於華省。《淮南子》：堯年衰志閔，舉天下而傳之舜，猶却行而脱屣也。〔補注〕《漢書·郊祀志上》：「嗟乎！誠得如黄帝，吾視去妻子如脱屣耳！」顔師古注：「屣，小履。脱屣者，言其便易，無所顧也。」華省，清貴之省署，此指尚書省。珏本官爲户部侍郎，開成三年正月戊辰，以户部侍郎判户部事本官同平章事。

〔三〕〔錢注〕《楚辭·漁父》：新浴者必振衣。《通典》：魏、晉以來，中書監、令掌贊詔命，記會時事，典作文書。以其地任樞近，多承寵任，是以人固其位，謂之鳳皇池焉。〔按〕此明指李珏進中書侍郎。

〔四〕〔錢注〕《漢書·孔光傳》：光凡典樞機十餘年，或問光：「温室省中樹何木也？」光默不應。〔補注〕温樹，即温室（宫殿名）樹，泛指宫廷中花木。此贊其周密謹慎，在中書而不泄露機密。

〔五〕〔錢注〕《六韜》：文王卜田，史扁爲卜曰：「于渭之陽，將大得焉。非龍非彲，非熊非羆，兆得公侯，天遺女（汝）師。」文王齋戒三日，田于渭陽，卒見吕尚坐茅以漁。〔按〕事見《史記·齊太公世家》：「西伯將出獵，卜之，曰：『所獲非龍非彲，非熊非羆，所獲霸王之輔。』於是周西伯獵，果遇太公於渭之陽。」

〔六〕〔錢注〕《漢書·藝文志》：《青史子》五十七篇。注：古史官紀事之書。〔按〕此「青史」未必專指，或是泛指史籍。江淹《詣建平王上書》：「並圖青史。」

〔七〕〔錢注〕《國語》：晉悼公曰：「昔克潞之役，秦來圖敗晉功，魏顆以其身却退秦師於輔氏，親止杜回，其勳銘於景鐘。」韋昭注：「景鐘，景公鐘也。」〔按〕後以景鐘爲褒功之典。

〔八〕〔補注〕《詩·大雅·公劉》：「弓矢斯張，干戈戚揚，爰方啓行。」啓行，出發、起程。此指征行。

〔九〕〔補注〕《國語·周語中》：「夫戰，盡敵爲上，守和同順義爲上。故制戎以果毅，制朝以序成。」盡敵，全殲敵軍。

〔一〇〕見《爲濮陽公上李相公狀一》注〔三〕。

〔一一〕〔錢注〕《列子》：昔人有美戎菽，甘枲莖、芹萍，對鄉豪稱之。鄉豪取嘗之，蜇於口，慘於腹，衆哂而怨之。〔補注〕嵇康《與山巨源絶交書》：「野人有快炙背而美芹子者，欲獻之至尊。雖有區區之意，亦已疏矣。」

〔一二〕〔補注〕《詩·大雅·洞酌》：「洞酌彼行潦，挹彼注兹，可以餴饎。」《左傳·隱公三年》：「苟有明信，澗、溪、沼、沚之毛……潢、汙、行潦之水，可薦於鬼神，可羞於王公。」孔疏：「行，道也；雨水謂之潦。言道上聚流者也。」羞，進獻。

〔一三〕〔補注〕《詩·小雅·大東》：「小東大東，杼柚其空。」杼柚，織布機。非因杼軸，謂非因聚斂民財而得。

〔一四〕〔錢注〕《荀子》：湯旱而禱曰：「政不節歟？使民疾歟？宮室榮歟？婦謁盛歟？苞苴行歟？讒

夫昌歟？何以不雨至斯極也？」〔按〕苞苴，指賄賂。楊倞注：「貨賄必以物苞裹，故總謂之苞苴。」

〔一五〕〔錢注〕《史記·平津侯傳》：公孫弘以爲人臣病不儉節，爲布被，食不重肉。

〔一六〕〔錢注〕《文子》：衣足以蓋形禦寒。

〔一七〕〔補注〕《禮記·檀弓下》：「曾子曰：『晏子可謂知禮也已，恭敬之有焉。』有若曰：『晏子一狐裘三十年，遣車一乘，及墓而反。國君七个，遣車七乘；大夫五个，遣車五乘。晏子焉知禮？』曾子曰：『國無道，君子恥盈禮焉。國奢則示之以儉，國儉則示之以禮。』」

〔一八〕〔錢注〕鄒陽《獄中上書自明》：誘於威重之權。

# 爲濮陽公奏臨涇平涼等鎮准式十月一日起燒賊路野草狀〔一〕

右臣當道，最近寇戎〔二〕，實多蹊隧〔三〕。每當寒凍，須有隄防〔四〕。今纔畢秋收〔五〕，未甚霜降。井泉不合，草木猶滋〔六〕。雖已及時，未宜縱火〔七〕。臣已散帖諸鎮訖〔八〕，候皆黄落〔九〕，即議焚除。稍越舊規〔一〇〕，不敢不奏。謹録狀奏。

【校注】

〔一〕本篇原載清編《全唐文》卷七七二第一六頁、《樊南文集補編》卷一。〔錢注〕《新唐書·地理志》：關内道，涇州領臨涇縣，渭州領平涼縣。又：原州平涼郡，中都督府，望。廣德元年没吐蕃。節度使馬璘表置行原州於靈臺之百里城。貞元十九年徙治平涼，元和三年又徙治臨涇。《通鑑·唐昭宗紀》注：北荒寒早，至秋草先枯死；近塞差暖，霜降草猶未盡衰。焚其野草，則馬無所食而飢死。〔按〕文云「纔畢秋收，未甚霜降」，題稱「十月一日起燒賊路野草」，狀當上於九月。商隱開成四年秋已由秘書省校書郎調補弘農尉，不復在涇原王茂元幕。故此狀當上於開成三年九月。

〔二〕〔錢注〕（寇戎）謂吐蕃。

〔三〕〔錢注〕《莊子》：至德之世，山無蹊隧，澤無舟梁。〔補注〕蹊隧，小路。

〔四〕〔補注〕《禮記·月令》：「（孟秋之月）命百官，始收斂，完隄防，謹壅塞，以備水潦。」按：此「隄防」指攔水之隄壩，本文則爲防備之義。

〔五〕〔錢注〕《荀子》：春耕夏耘秋收冬藏。

〔六〕〔補注〕《禮記·月令》：「天子命有司，祈祀四海、大川、名源、淵澤、井泉。」井泉，水井。《禮記·檀弓上》：「必有草木之滋焉。」滋，生長繁茂。

〔七〕〔錢注〕《大戴禮記》：九月，主夫出火。主夫也者，主以時縱火也。〔按〕據此二句，狀亦明爲九月所上。

〔八〕〔錢注〕《通鑑·唐憲宗紀》注：主帥文書下諸將，謂之帖。

〔九〕〔補注〕《禮記·月令》：「季秋之月……草木黃落。」

〔一〇〕〔補注〕據上「雖已及時，未宜縱火」句，舊規當於九月燒賊路野草，今因「草木猶滋」，故延至十月一日，因言「稍越舊規」。

## 爲濮陽公賀牛相公狀〔一〕

相公才爲時生，道應夢得〔二〕。六月一息，宜澡刷於天池〔三〕；五色成章，必鶱翔於雲路〔四〕。嵇山莫峻〔五〕，黃波未宏〔六〕。朱絃奏廟，而八音以和〔七〕；瑞玉禮天，而百神斯肅〔八〕。不有人傑〔九〕，誰康帝家〔一〇〕？

始者召入紫宸〔一一〕，親承清問〔一二〕。仲舒演《春秋》之奧〔一三〕，孫弘闡《洪範》之微〔一四〕。抉摘姦豪，指切貴近〔一五〕。雲霞動色，日月迴光。超絶古今，喧傳華夏。蒙恬之筆鋒斯挫〔一六〕，張永之紙價彌高〔一七〕。言在必行，得之何讓〔一八〕？運祚唯深源是繫〔一九〕，富貴逼安石不休〔二〇〕。密勿平章〔二一〕，從容輔翼〔二二〕。或武思禁暴，則暫別鳳池；及功著于藩，則復還龍節〔二三〕。夷險一致〔二四〕，左右皆安。爰自保釐，遂昇端揆〔二五〕。納言名幘，進賢號冠〔二六〕。師長群僚〔二七〕，協宣庶績〔二八〕。得人之盛，非才不居〔二九〕。王珣在朝，晉室每多其經籍〔三〇〕；徐宣留務，魏帝不視其文書〔三一〕。式究彝倫〔三二〕，是稱尊顯。固當允諧群議，克注上心，重秉國鈞〔三三〕，復執人柄〔三四〕。

某謬逢嘉會，素乏殊能。而受寄疆埸〔三五〕，假名省署〔三六〕，清光莫覩，丹慊徒深〔三七〕。望京華而甚遥，聽邊吹而增欷。下情伏增抃賀攀戀之至。

【校注】

〔一〕本篇原載清編《全唐文》卷七七四第一〇頁、《樊南文集補編》卷四。題内「濮」字，《全文》作「滎」，據錢校改。〔錢箋〕「滎」，疑當作「濮」。按：後狀（編著者按：指《爲滎陽公上衡州牛相公狀》）爲僧孺在衡時作，前狀（指《爲滎陽公賀牛相公狀》）爲徙汝時作，皆在宣宗初鄭亞刺桂之時，又有「昭潭」「南荒」作證，無可疑者。惟此狀用詞多切僕射，玩「爰自保釐，遂昇端揆」二語，必由留守召拜。而本傳汝州内召，僅拜太子少師，留守、僕射皆非所歷。惟上溯開成三年，僧孺由東都留守召爲尚書左僕射，時鄭亞未出，而王茂元正鎮涇原。竊疑文爲濮陽而作。且狀云「邊吹增欷」，既切涇原；「假名省署」，亦與茂元歷爲京職合也。又前後兩狀，皆詳敘會昌貶斥時事，而此篇獨否，足徵作文之在前。意編次者，因同爲上牛相之文，遂致訛「濮」爲「滎」耳。

或謂茂元黨於贊皇，不應上書奇章，則鄭亞又何嘗非李黨？往來通問，並與黨局無關。集中此類甚多，不足疑也。〔按〕張氏《會箋》據《舊・紀》並參《牛僧孺傳》，於開成三年書：九月「戊寅，以東都留守牛僧孺爲尚書左僕射」。置本篇於開成三年編年文之最後。戊寅爲九月二十三日，狀當上於此後。涇原距京師四百九十三里，狀約上於九月末或十月初，賀牛僧孺召爲左僕射。

〔二〕〔錢注〕《書序》：高宗夢得説。

〔三〕〔錢注〕《莊子》：北冥有魚，其名爲鯤。化而爲鳥，其名爲鵬。海運則將徙於南冥。南冥者，天池也。鵬之徙於南冥也，水擊三千里，摶扶摇而上者九萬里，去以六月息者也。風之積也不厚，則其負大翼也無力。故九萬里，則風斯在下矣，而後乃今培風。背負青天而莫之夭閼者，而後乃今將圖南。蜩與鷽鳩笑之曰：「我決起而飛，搶榆枋，時則不至而控於地而已矣，奚以之九萬里而南爲？」《齊書・卞彬傳》：澡刷不謹。〔補注〕澡刷，沐浴並刷理羽毛。

〔四〕〔錢注〕《山海經》：丹穴之山，有鳥如雞，五采而文，名曰鳳凰。《晉書・皇甫謐傳》：沖靈翼於雲路。

〔五〕〔錢注〕《世説》：嵇康風姿特秀，山公曰：「嵇叔夜之爲人也，巖巖若孤松之獨立；其醉也，傀俄若玉山之將崩。」

〔六〕〔錢注〕《後漢書・郭太傳》：叔度之器，汪汪若千頃之波。〔按〕叔度，黄憲字。《後漢書・黄憲傳》載郭太謂：「叔度汪汪若千頃陂，澄之不清，淆之不濁。」

〔七〕〔補注〕《禮記·樂記》：「清廟之瑟，朱絃而疏越，壹倡而三歎，有遺音者矣。」《書·舜典》：「三載，四海遏密八音。」孔傳：「八音，金、石、絲、竹、匏、土、革、木。」

〔八〕〔補注〕《儀禮·覲禮》：「乘墨車，載龍旂弧韣，乃朝以瑞玉有繅。」鄭玄注：「瑞玉，謂公桓圭、侯信圭、伯躬圭、子穀璧、男蒲璧。」《詩·周頌·時邁》：「懷柔百神，及河喬嶽。」

〔九〕〔補注〕《文子·上禮》：「行可以爲儀表，智足以決嫌疑，信可以守約，廉可以使分財，作事可法，出言可道，人傑也。」《史記·高祖本紀》：「（張良、蕭何、韓信）此三者，皆人傑也。吾能用之，此吾所以取天下也。」

〔一〇〕〔錢注〕《晉書·左貴嬪傳》：右睇帝家。〔補注〕康，安也，治理也。蔡邕《獨斷》：「安樂治民曰康。」

〔一一〕〔錢注〕《唐會要》：高宗龍朔三年四月，移仗就蓬萊宮新作含元殿，始御紫宸殿聽政，百寮奉賀新宮成也。

〔一二〕〔補注〕《書·吕刑》：「皇帝清問下民，鰥寡有辭于苗。」孔疏：「帝堯清審詳問下民所患。」

〔一三〕〔錢注〕《漢書·董仲舒傳》：仲舒少治《春秋》，武帝即位，舉賢良文學之士，而仲舒以賢良對策。〔補注〕《漢書·董仲舒傳》載仲舒對曰：「臣謹案《春秋》之中，視前世已行之事，以觀天人相與之際，甚可畏也。國家將有失道之敗，而天迺先出灾害以譴告之。不知自省，又出怪異以警懼之。尚不知變，而傷敗迺至。以此見天心之仁愛人君，而欲止其亂也。」此即所謂「演《春秋》之奥」。

〔一四〕〔錢注〕《漢書·公孫弘傳》：弘年四十餘，乃學《春秋》雜説。元光五年，復徵賢良文學。上策詔諸儒，時對者百餘人，天子擢弘對爲第一。又《五行志》：孔子述《春秋》，則《乾》《坤》之陰陽，效《洪範》之咎徵，天人之道粲然著矣。〔按〕公孫弘對策中有「今人主和德於上，百姓和合於下，故心和則氣和，氣和則形和，形和則聲和，聲和則天地之和應矣。故陰陽和，風雨時，甘露降，五穀登，六畜蕃」等語，闡述天人感應之説，即所謂「闡《洪範》之微」。

〔一五〕〔錢注〕《新唐書·牛僧孺傳》：元和初，以賢良方正對策，條指失政，其言鯁訐，不避宰相。《漢書·孫寶傳》：傅太后曰：「故欲擿觖以揚我惡。」注：擿觖，謂挑發之也。《史記·酷吏傳》：王温舒者，陽陵人也。素居廣平時，皆知河内豪姦之家。《後漢書·崔駰傳》：指切長短。《史記·劉敬傳》：彼亦知，不肯貴近。〔補注〕指切，猶斥責。貴近，顯貴之近臣。

〔一六〕〔錢注〕《藝文類聚》：《博物志》：「蒙恬造筆。」

〔一七〕〔錢注〕《宋書·張永傳》：永能爲文章，善隸書，紙及墨皆自營造。《晉書·左思傳》：思賦《三都》成，時人未之重。安定皇甫謐有高譽，思造而示之，謐稱善，爲其賦序。於是豪貴之家競相傳寫，洛陽爲之紙貴。

〔一八〕〔錢校〕何，胡本作「安」。

〔一九〕〔錢注〕《晉書·殷浩傳》：浩字深源。屏居墓所幾十年，于時擬之管、葛。王濛、謝尚猶伺其出處，以卜江左興亡。

〔二〇〕〔錢注〕《晉書·謝安傳》：安字安石。妻見家門富貴，而安獨静退，乃謂曰：「丈夫不如此也。」安掩鼻曰：「恐不免耳。」〔補注〕逼，近。據《晉書·謝安傳》：安以淝水之戰「總統功，進拜太保。安方欲混一文軌，上疏求自北征，乃進都督揚江荆司豫徐兖青冀幽并寧益雍梁十五州軍事，加黄鉞，其本官悉如故」。卒贈太傅。安在淝水之戰前已爲尚書僕射，領吏部，加後將軍。及中書令王坦之出爲徐州刺史，詔安總關中書事。進中書監、驃騎將軍、録尚書事。加司徒。復加侍中，都督揚豫徐兖青五州幽州之燕國諸軍事、假節。「富貴逼安石不休」當指此類。

〔二一〕〔錢注〕《漢書·劉向傳》注：密勿，猶黽勉從事也。《新唐書·百官志》：貞觀八年，僕射李靖以疾辭位，詔疾小瘳，三兩日一至中書門下平章事。而平章之名，蓋起于此。

〔二二〕〔補注〕《禮記·文王世子》：「保也者，慎其身以輔翼之，而歸諸道者也。」輔翼，輔佐。

〔二三〕〔錢注〕《新唐書·牛僧孺傳》：元和初，以賢良方正對策，調伊闕尉，改河南，遷監察御史，進累考功員外郎、集賢殿直學士。穆宗初，以庫部郎中知制誥，徙御史中丞，以户部侍郎同中書門下平章事。尋遷中書侍郎。敬宗立，進封奇章郡公。是時，政出近倖，數表去位，授武昌節度使、同平章事。文宗立，李宗閔當國，屢稱僧孺賢，復以兵部尚書平章事，進門下侍郎、弘文館大學士。固請罷，乃檢校尚書左僕射平章事，爲淮南節度副大使。開成初，表解劇鎮，以檢校司空爲東都留守。三年，召爲尚書左僕射。以足疾不任謁，檢校司空、平章事，爲山南東道節度使。會昌元年，下遷太子少保。進少師。明年，以太子太傅留守東都。劉稹誅，而石雄軍吏得從諫與僧孺交結狀，又河南少尹吕述言：「僧孺聞稹誅，恨歎之。」武宗怒，黜爲太子少保、分司東都，累貶循州長史。宣宗立，徙衡、汝二州，還爲太子少師卒。〔補注〕「武思禁暴」數句，謂其兩居相位、兩出鎮武昌、淮南也。《荀子·議兵》：「兵者所以禁暴除害也。」《詩·大雅·崧高》：「四國于蕃，四方于宣。」蕃，通「藩」，屏障，此指藩鎮。《周禮·地官·掌節》：「凡邦國之使節，山國用虎節，土國用人節，澤國用龍節。」龍節，龍形符節，此指節度使之旌節。

〔二四〕〔錢注〕任昉《爲武帝初封功臣詔》：忠勤茂德，夷險一致。〔補注〕夷險，平坦與艱險。

〔二五〕〔錢注〕《新唐書·牛僧孺傳》：開成初，以檢校司空爲東都留守。三年，召爲尚書左僕射。〔補注〕保釐，治理百姓，保護扶持使之安定。語本《書·畢命》：「越三日壬申，王朝步自宗周，至于豐，以成周之衆，命畢公保釐東郊。」此以「保釐」指僧孺任東都留守。端揆，指相位。宰相居百官之首，總攬國政，故稱。此指僧孺爲尚書左僕射。

〔二六〕〔錢注〕《晉書·職官志》：尚書令，冠進賢兩梁冠，納言幘。僕射與令同。

〔二七〕〔錢注〕《魏志·賈詡傳》：尚書僕射，官之師長，天下所望。

〔二八〕〔錢注〕《初學記》：《晉起居注》：太康元年，詔云：「尚書舊置左右僕射，所以恢演政典，協宣庶績。中間久廢，其復置之。」〔補注〕《書·堯典》：「允釐百工，庶績咸熙。」孔傳：「績，功也。」庶績，各種事業。

〔二九〕〔錢注〕《宋書·殷景仁傳》：喉脣之任，非才莫居。

〔三〇〕珣，《全文》作「詢」，據錢校改。〔錢注〕詢，當作「珣」。《晉書·王珣傳》：珣徵爲尚書右僕射，領吏部，轉左僕射。時帝雅好典籍，珣與殷仲堪、徐邈、王恭、郗恢等，並以才學見昵於帝。

〔三一〕〔錢注〕《魏志·徐宣傳》：宣爲左僕射，車駕幸許昌，總統留事。帝還，主者奏呈文書。詔曰：「吾省與僕射何異？」竟不視。〔補注〕留務，留守所掌政務。

〔三二〕〔補注〕《書·洪範》：「王乃言曰：『嗚呼，箕子！惟天陰騭下民，相協厥居，我不知其彝倫攸叙。』」彝倫，常理。此謂典範、表率。《魏書·彭城王勰傳》：「自古統天位主，曷常不賴明師、仗賢輔，而後燮和陰陽、彝倫民物者哉！」

〔三三〕〔補注〕《詩·小雅·節南山》：「尹氏大師，維周之氐。秉國之均，四方是維。」均，通「鈞」。國鈞，國柄。

〔三四〕〔錢注〕（人柄）民柄。唐諱「民」作「人」。〔補注〕《左傳·襄公二十三年》：「既有利權，又執民柄。」民柄，對臣民之賞罰之權。此與上「國鈞」均指宰相職權。

〔三五〕埸，《全文》誤作「場」，今改正。〔補注〕《左傳·桓公十七年》：「疆埸之事，慎守其一，而備其不虞。」孔疏：「疆埸，謂界畔也。」此指出鎮涇原邊境。

〔三六〕〔錢注〕馮氏謂「王茂元涇原入朝，歷爲京職」。今觀此語，知在鎮先已遥領矣。後《營田副使賓牒》云：「節旄移所，省閣將歸。」可以互證。《後漢書·袁敞傳》：俊假名上書。〔補注〕假名省署，蓋指其出鎮涇原先後加檢校工部尚書、兵部尚書事。錢注引《爲濮陽公涇原署營田副使賓牒》「節旄移所，省閣將歸」，乃指茂元自嶺南節度入朝之事，與「假名省署」之以方鎮檢校工部、兵部尚書義異。

〔三七〕〔錢校〕申，胡本作「深」。〔按〕錢注本此句作「丹慊徒申」，然《全文》、胡本均作「丹慊徒深」，恐係錢氏誤録。

## 爲張周封上楊相公啓〔一〕

某啓：某聞不祥之金，大冶所惡〔二〕；自衒之士，明時不容〔三〕。斯實格言〔四〕，足爲垂訓〔五〕。然或顧逢伯樂，但伏鹽車〔六〕；聽屬鍾期，不調緑綺〔七〕。皋壤摇落〔八〕，老大傷悲〔九〕。同劉勝之寒蟬〔一〇〕，效子綦之枯木〔一一〕。則亦跡歸棄世，行闕揚名〔一二〕。

某價乏琳琅〔一三〕，譽輕鄉曲〔一四〕，麤沾科第，薄涉藝文。雖不穎於囊中〔一五〕，水竟深於山上〔一六〕。淹留侯國〔一七〕，祇事戎麾〔一八〕。插羽佩韃〔一九〕，從相公於關右〔二〇〕；束書載筆，隨校尉於河源〔二一〕。自北徂南〔二二〕，已秋復夏。心驚於急弦勁矢〔二三〕，目斷於高足要津〔二四〕。而又永念敝廬，空餘喬木〔二五〕。山中桂樹〔二六〕，遠愧於幽人〔二七〕；日暮柴車，莫追於傲吏〔二八〕。捋鬚理鬢〔二九〕，霜雪呈姿〔三〇〕；弔影颺音〔三一〕，煙霞絶想〔三二〕。

徒以相公遠敦世故〔三三〕，容在恩門，存趙氏之孤〔三四〕，受梁王之禮〔三五〕。竽將濫吹〔三六〕，石有參瓊〔三七〕。咳唾隨風〔三八〕，眄睞成飾〔三九〕。追維疇曩〔四〇〕，曾是逢迎〔四一〕。蜀郡登文翁之堂〔四二〕，上國醉曹參之酒〔四三〕。吹噓盡力〔四四〕，撫愛形顔〔四五〕。雖以捧承，莫能銜戴。況許之高選〔四六〕，光彼宦情〔四七〕，以曲臺之任用猶輕〔四八〕，憲署之發揮方盛〔四九〕，仍期官牒〔五〇〕，不越歲時。今則節邁白藏〔五一〕，候臨玄律〔五二〕，燕雖戀主〔五三〕，馬亦嘶風〔五四〕。郭伋還州，尚不欺於童子〔五五〕；文侯校獵，寧爽約於虞人〔五六〕？苟四時之信是孚〔五七〕，亦一諾之恩斯及〔五八〕。

況自元和以後，公侯冢嫡〔五九〕，卿士子孫，與之同時，歷然可數。莫不翔踰鳥道〔六〇〕，泳出龍津〔六一〕。或並命南臺〔六二〕，或迭居青瑣〔六三〕。金朱照耀〔六四〕，軒蓋追隨〔六五〕。某雖忝伊人〔六六〕，亦惟華胄〔六七〕。比王、謝之子弟，誠有重輕〔六八〕；在嵇、吕之交朋〔六九〕，宿常連接〔七〇〕。而獨分光鄰女〔七一〕，貸潤監河〔七二〕。野鶴天鱗〔七三〕，絶比倫於朝右〔七四〕；髯參短簿〔七五〕，困擬議於軍前。竊聽重言〔七六〕，常興深歎。

是以願馳蹇步，誓奉光塵〔七七〕。儻或厠錯薪之斯翹〔七八〕，詠歸荑之自牧〔七九〕，少窺上路，試睨重霄。擊水三千，暫隨鵬運〔八〇〕；蹬流十二，免使魚勞〔八一〕。猶能贊叙燮調〔八二〕，謳歌鎔範〔八三〕。庶無雅拜，以累於君公〔八四〕；不使繁聲，見憂於仲子〔八五〕。心懷台席〔八六〕，夢結邊城。寓尺牘而畏達空函〔八七〕，寫丹誠而慚非健筆〔八八〕。仰望恩顧，下情無任攀戀感激惶懼之至。

**【校注】**

〔一〕本篇原載《文苑英華》卷六六一第一頁、清編《全唐文》卷七七七第一六頁、《樊南文集詳注》卷三。〔徐箋〕《舊書》：開成三年正月，楊嗣復同中書門下平章事。〔馮箋〕《新書・藝文志》：張周封《華陽風俗録》一卷。字子望，西川節度使李德裕從事，試協律郎。按：《酉陽雜俎》屢稱工部員外郎張周封，又稱補闕張周封也。李衛公大和六年十二月由西川入朝，張久不在其幕矣。又據《尚書故實》云：「顧長康《清夜遊西園圖》，本張惟素物，後入内，復流人間。惟素子周封，涇川從事，秩滿居京，有人將此求售，遽以絹數匹贖得。」余初疑涇川即王茂元幕，然此圖尋被豪士以計取奉王涯，則在茂元之前矣。嗣復至武宗立，乃罷相。張於嗣復相後，尚充邊幕，乃據昔日之口惠而重希其升進也。約當開成三、四年。郭若虛《圖畫見聞志》：及十家事起，流落一粉鋪家，郭承嘏侍郎聞而市之。後流傳至令狐相公家。一日，宣宗問有何名畫，具以圖對，復進入内。〔按〕張周封爲涇州從事事，又見《唐語林》卷七（當本《尚書故實》）。據本篇「追維疇曩，曾是逢迎。蜀郡登文翁之堂，上國醉曹參之酒」之句，似楊嗣復鎮西川期間（大和九年三月至開成二年十月），張周封曾在其幕，或前往謁見。馮浩編開成三、四年，張采田編開成四年。

據啓内「今則節邁白藏，候臨玄律」之語，作啓時在秋冬之際，約十月初。而開成四年秋，商隱已在弘農尉任，似不可能爲「夢結邊城」之張周封代作此啓。而開成三年秋冬，商隱正在涇原幕。頗疑其時張周封復入涇原爲幕僚，或在附近某一邊鎮充幕職，故商隱有此代作。

〔二〕〔馮注〕《莊子》：大冶鑄金，金踴躍曰：「我且必爲鏌鋣。」大冶必以爲不祥之金。〔補注〕大冶，技術精湛之鑄造金屬器之工匠。

〔三〕〔馮注〕《漢書·東方朔傳》：四方士多上書言得失，自衒鬻者以千數。《文選》注：《越絶書》曰：「衒女不貞，衒士不信。」〔徐注〕曹植表：自衒自媒者，士女之醜行也。

〔四〕〔徐注〕潘岳《閑居賦》：奉周任之格言。善曰：《論語比考讖》：賜問曰：「格言成法，亦可以次序也？」〔馮注〕《魏志·崔琰傳》：此周、孔之格言。

〔五〕〔徐注〕陸倕《石闕銘》：作範垂訓。

〔六〕〔馮注〕《戰國策》：驥服鹽車而上太行，中阪遷延，負棘不能上。伯樂遭之，下車攀而哭之。驥於是俛而噴，仰而鳴，彼見伯樂之知己也。

〔七〕〔馮注〕《吕氏春秋》：伯牙鼓琴，鍾子期聽之。方鼓而志在太山，鍾子期曰：「善哉乎！巍巍乎若泰山。」少選之間，而志在流水，鍾子期曰：「善哉乎！洋洋乎若流水。」〔徐注〕《列子》：伯牙善鼓琴，鍾子期善聽。傅玄《琴賦序》：蔡邕有緑綺琴。〔補注〕《文選·張載〈擬四愁詩〉》「佳人遺我緑綺琴」李善注引傅玄《琴賦序》作：「齊桓公有鳴琴曰號鐘，楚莊有鳴琴曰繞梁，中世司馬相如有緑綺，蔡邕有燋尾，皆名器也。」徐氏或引誤。

〔八〕〔徐注〕謝脁《辭隨王牋》：「皋壤搖落，對之惆悵。」〔馮注〕《莊子》：「山林與？皋壤與？使我欣欣然而樂與？樂未畢也，哀又繼之。」

〔九〕〔徐注〕古樂府辭：「少壯不努力，老大徒傷悲。」

〔一〇〕〔馮注〕《後漢書·黨錮·杜密傳》：「劉勝知善不薦，聞惡無言，隱情惜己，自同寒蟬。」

〔一一〕〔徐注〕《莊子》：「南郭子綦隱几而坐，顔成子游曰：『何居乎？形固可使如槁木，而心固可使如死灰乎？』」

〔一二〕〔徐注〕《孝經》：「揚名於後世。」

〔一三〕〔馮注〕《書·禹貢》：「雍州，厥貢惟璆、琳、琅玕。」《爾雅》：「西北之美者，有崑崙虚之璆、琳、琅玕焉。」

〔一四〕〔徐注〕司馬遷《報任安書》：「僕少負不羈之才，長無鄉曲之譽。」〔馮注〕《淮南子·主術訓》：「朝廷之所不舉，鄉曲之所不譽。」《後漢書·和帝紀》：「科别行能，必由鄉曲。」

〔一五〕〔馮注〕《史記》：「平原君謂毛遂曰：『賢士之處世也，譬若錐之處囊中，其末立見。』遂曰：『臣乃今日請處囊中耳，使遂蚤得處囊中，乃穎脱而出，非特其末見而已。』」

〔一六〕〔馮注〕《易·蹇》：「《彖》曰：『蹇，難也。』《象》曰：『山上有水，蹇，君子以反身修德。』」〔補注〕王弼注：「山上有水，蹇難之象。」

〔一七〕侯國，《英華》作「蓮幕」，注：一作「侯國」。

〔一八〕祇事，《英華》作「栖託」，注：一作「祇事」。〔馮注〕《世説》：謝公與王右軍書曰：「敬和棲託好佳。」（按：馮注本從《英華》作「栖託」。）

〔一九〕〔補注〕插羽，插羽箭。鞬，箭囊。插羽佩鞬，謂佩帶弓箭，戎裝在軍幕供職。

〔二〇〕〔徐注〕王粲《從軍詩》：相公征關右，赫怒震天威。善曰：曹操爲丞相，故曰相公。〔馮注〕《魏志》：建安二十年，公西征張魯，自武都入氐。至陽平，入南鄭，降張魯。注曰：是行也，侍中王粲作詩以美曰：「相公征關右，赫怒震天威。一舉滅獯虜，再舉服羌夷。西收邊地賊，忽若俯拾遺。」

〔二一〕〔徐注〕《漢書·張騫傳》：騫以校尉從大將軍擊匈奴。又：漢使窮河源，其山多玉石，采來，天子案古圖書，名河所出山曰昆侖。鮑照樂府詩：始隨張校尉，占募到河源。

〔二二〕〔徐校〕南，一作「東」。

〔二三〕〔徐注〕陸機詩：年往迅勁矢，時來亮急弦。

〔二四〕〔徐注〕《古詩》：何不策高足，先據要路津？

〔二五〕〔馮注〕取故家喬木之義。〔補注〕《左傳·襄公二十三年》：「猶有先人之敝廬在。」《孟子·梁惠王下》：「所謂故國者，非謂有喬木之謂也，有世臣之謂也。」《文選·顔延之〈還至梁城作〉》：「故國多喬木，空城凝寒雲。」李善注：「《論衡》曰：『觀喬木，知舊都。』」

〔二六〕山，《英華》作「月」，非。注：集作「山」。

〔二七〕〔徐注〕淮南《招隱士》：桂樹藂生兮山之幽。

〔二八〕〔徐注〕《後漢書・逸民傳》：韓康字伯休，桓帝以安車聘之。使者奉詔造康，康辭安車，自乘柴車，冒晨先使者發。至亭，康因逃遁。郭璞詩：漆園有傲吏。〔馮注〕《文選・江淹〈雜體詩・擬陶徵君田居〉》曰：「日暮巾柴車，路闇光已夕。」注曰：《歸去來》曰：「或巾柴車。」按：此聯言無以爲家，不能高隱也。郭璞詩「漆園有傲吏」，而《歸去來》有曰「倚南窗以寄傲」也。「或巾柴車」，與《晉書》「或命巾車」小異。〔按〕此「傲吏」即指陶潛。《晉書・陶潛傳》載潛爲彭澤令，「郡遣督郵至縣，吏白應束帶見之。潛歎曰：『吾不能爲五斗米折腰，拳拳事鄉里小人邪！』」《宋書・陶潛傳》：「起爲州祭酒，不堪吏職，少日自解歸。」陶潛《飲酒》：「疇昔苦長飢，投耒去學仕……是時向立年，志意多所恥。遂盡介然分，終死歸田里。」此即所謂「傲吏」也。與韓康事無涉。謂己不能效陶潛之棄官歸隱，日暮駕柴車以出遊也。巾，指爲車張上帷幕。

〔二九〕〔徐注〕《世説補》：王國寶構謝太傅於孝武帝，召桓子野飲，太傅亦在座，桓撫箏而歌曹子建《怨詩》，太傅泣下，捋其鬚曰：「使君於此處不凡。」《晉書・王恭傳》：自理鬚鬢，神無懼容。〔馮注〕《吴志》：朱桓捋孫權鬚。〔按〕捋鬚理鬢，常語，未必用事。

〔三〇〕〔徐注〕孔融《薦禰衡表》：志懷霜雪。〔按〕言鬚鬢如霜雪，歎年衰也。

〔三一〕〔徐注〕曹植《責躬表》：形影相弔，五情愧赧。

〔三二〕〔徐注〕《南史·沈炯傳》：表曰：「瞻仰煙霞，伏增悽戀。」〔補注〕煙霞，此指隱居山林。

〔三三〕〔補注〕敦，厚。世故，世交、故交。

〔三四〕〔馮注〕《史記·趙世家》：屠岸賈攻趙氏，滅其族。朔妻有遺腹，生男。程嬰、公孫杵臼謀取他人嬰兒負之，衣以文葆，匿山中。嬰出，謬言趙氏孤處，遂殺杵臼與孤兒，趙氏真孤乃反在。

〔三五〕〔徐注〕《漢書·文三王傳》：梁孝王武招延四方豪傑，自山東游士莫不至，齊人羊勝、公孫詭、鄒陽之屬。

〔三六〕〔馮注〕《韓子》：齊宣王使人吹竽，必三百人。南郭處士請爲王吹竽，廩食與三百人等。宣王死，湣王立，好一一聽之，處士逃。《御覽》引之，又云：一一聽之，乃知其濫吹也。

〔三七〕〔徐注〕《闞子》：宋愚人得燕石，以爲大寶，藏以華櫃十重，緹巾十襲，客掩口胡盧而笑。〔馮注〕《詩》：尚之以瓊華乎而。傳曰：瓊華，美石，士之服也。箋曰：瓊華，石色似瓊也。按：《正義》引《玉藻》「士佩瓀珉玉」，蓋瓀石、碔砆，皆石之似玉者。《山海經》注：「武夫，赤地白文。」而《詩》三言瓊華、瓊瑩、瓊英，皆言石色似瓊，故此句云。非用宋人寶燕石也。〔按〕馮注是。參，雜、亂。

〔三八〕〔馮注〕《莊子》：孔子遊乎緇帷之林，有漁父者下船而來。孔子曰：「幸聞咳唾之音。」趙壹《嫉邪賦》：勢家多所宜，欬唾自成珠。夏侯湛《抵疑》：咳唾成珠玉，揮袂出風雲。〔補注〕《莊子·秋水》：「子不見夫唾者乎？噴則大者如珠，小者如霧。」又《漁父》：「竊待於下風，幸聞咳唾之音以卒相丘也。」此以「咳唾」稱美楊相公之言辭對自己之恩賞。

〔三九〕〔徐注〕任昉《到大司馬記室牋》：咳唾爲恩，眄睞成飾。〔馮曰〕以上皆言在幕之意。

〔四〇〕〔徐注〕盧諶詩：借曰如昨，忽爲疇曩。

〔四一〕〔徐注〕《戰國策》：田光造焉，太子跪而逢迎，却行爲道。〔補注〕逢迎，接待。

〔四二〕〔徐注〕《漢書·循吏傳》：文翁爲蜀郡守，修起學官於成都市中，招下縣子弟以爲學官子弟。至今巴蜀好文雅，文翁之化也。〔馮注〕任豫《益州記》：文翁學堂在大城南。經火灾，蜀郡太守高眹修復繕立，圖畫聖賢古人像及禮器瑞物，堂西有二石屋。餘互詳《爲李郎中祭舅竇端州文》「文移而石室摧基」句注。《舊書·嗣復傳》：大和四年七月，爲東川節度。九年三月，爲西川節度。〔按〕此言「蜀郡」，明指西川。登堂，指爲其賓客，受其接待。參注〔一〕按語。

〔四三〕〔馮注〕《左傳》：於是始大，通吴于上國。《史記》：曹參爲漢相，日夜飲醇酒。卿大夫已下吏及賓客見參不事事，來者皆欲有言，參輒飲以醇酒。間之，欲有所言，復飲之，醉而後去。〔按〕

此「上國」指京師，馮注引「上國」指中原各國。

〔四四〕〔徐校〕盡力，一作「力盡」，非。〔徐注〕《後漢書·鄭泰傳》：孔公緒噓枯吹生。

〔四五〕〔徐注〕《漢書·張安世傳》：安世瘦懼，形於顔色。〔馮注〕《爾雅》注：撫，愛撫也。

〔四六〕〔馮注〕《後漢書·王暢傳》：是時政事多歸尚書，桓帝特詔三公，令高選庸能。〔徐注〕《通典》：吴時餘曹通爲高選，而吏部特一時之俊。〔按〕此句「高選」似指選補較高品級之官吏，而非指用高標準選拔官吏，亦非指高第，因張已「羸沾科第」。

〔四七〕〔馮注〕《晉書·阮裕傳》：吾少無宦情。〔補注〕光，廣也。

〔四八〕見《代彭陽公遺表》「曲臺備位」注。

〔四九〕揮，《英華》作「輝」，誤。〔馮注〕協律郎屬太常寺，亦禮官之屬，故（上句）用「曲臺」。此謂許内授憲官。〔補注〕發揮，此指充分表現其才能。杜牧《代人舉周敬復自代狀》：「掌綸言於西掖，才稱發揮。」

〔五〇〕〔徐注〕《漢書·匡衡傳》：但以無階朝廷，故隨牒在遠方。師古曰：隨牒，謂隨選補之恒牒，不被超擢者。〔馮注〕《後漢書·李固傳》：其列在官牒者。〔按〕官牒，此指授官之文書，非指記載官吏姓名、爵禄之簿籍。

〔五一〕〔徐注〕梁元帝《纂要》：秋曰白藏。〔補注〕《爾雅·釋天》：「秋爲白藏。」秋於五色爲白，序屬歸藏，故稱。

〔五二〕〔徐注〕謝惠連《雪賦》：玄律窮，嚴氣升。〔補注〕玄律，謂冬季。

〔五三〕〔馮注〕巢燕去來，固如戀主，然此與《爲東川崔從事福寄尚書彭城公啓》「燕别張巢」意同所未詳也。〔補注〕《左傳·襄公二十九年》：「夫子之在此也，猶燕之巢于幕上。」此似以燕戀舊主喻巢幕之張周封戀往日之幕主楊嗣復。聯繫上文「蜀郡登文翁之堂」句，張周封曾入楊嗣復西川幕之事益顯。

〔五四〕〔馮注〕《吴越春秋》：子胥曰：「胡馬望北風而立。」《古詩》：胡馬依北風。〔補注〕《文選》李善注引《韓詩外傳》曰：「代馬依北風，飛鳥棲故巢，皆不忘本之謂也。」

〔五五〕〔馮注〕《後漢書·郭伋傳》：伋在并州，始至，行部到西河美稷。有童兒數百，各騎竹馬，道次迎拜。及事訖，復送至郭外，問：「使君何日當還？」伋謂從事，計日當告之。既還，先期一日。伋爲違信於諸兒，遂止于野亭，須期乃入。

〔五六〕〔馮注〕《韓子》：魏文侯與虞人期獵，明日會天疾風，左右止侯，侯不聽，曰：「疾風失信，吾不爲。」遂犯風往，而罷虞人。按：《戰國策》作「是日飲酒樂，天雨」，與「疾風」異。

〔五七〕〔徐注〕《魏略》：曹植上書曰：「古者聖君，與日月齊其明，四時等其信。」〔補注〕《吕氏春秋·貴信》：「天地之大，四時之化，而猶不能以不信成物也。」

〔五八〕〔徐注〕《漢書》：楚人諺曰：「得黄金百，不如得季布諾。」

〔五九〕嫡，《全文》作「嗣」，據《英華》改。〔按〕商隱父名嗣，當避父諱，作「嫡」是也。冢嫡，本指嫡長子，此泛指後嗣。

〔六〇〕〔徐注〕《南中志》：交阯郡治龍編，自興古鳥道四百里。〔馮注〕鳥道，猶雲路，如鴻漸鵬搏之類，非謂峻險。〔按〕馮注是。

〔六一〕〔馮注〕《晉書·郤詵等傳贊》：鳥路曾飛，龍津派泳。餘詳下文「蹬流十二，免使魚勞」句注引《辛氏三秦記》。〔補注〕謂他人皆翱翔雲路，登於高位。

〔六二〕〔補注〕南臺，指御史臺，以其在宫闕西南，故稱。《通典·職官六》：「後漢以來謂之御史臺，亦謂之蘭臺寺。梁及後魏、北齊，或謂之南臺。」

〔六三〕〔補注〕應劭《漢官儀》卷上：「黄門侍郎，每日暮，向青瑣門拜，謂之夕郎。」此以「青瑣」指門下省。

〔六四〕〔徐注〕揚子《法言》：或曰：「使我紆朱懷金，其樂可量也。」

〔六五〕〔補注〕曹植《公讌詩》：「清夜遊西園，飛蓋相追隨。」軒蓋，有篷蓋之車，貴顯者所乘。

〔六六〕〔徐注〕《詩》：所謂伊人。〔補注〕伊人，指上文所謂「公侯冢嫡，卿士子孫」。

〔六七〕亦惟，《英華》注：集作「共推」。〔徐注〕《南史》：何昌寓謂坐客曰：「遥遥華胄。」〔馮注〕《晉書·石季龍載記》：雍、秦二州望族，遂在戍役之列，既衣冠華胄，宜蒙優免。

〔六八〕〔徐注〕《世説》：王、謝舊齊名。〔馮注〕王、謝門才最盛，詳《晉書》《南史》。〔補注〕《晉書·謝安傳》：「（謝玄）少穎悟，與從兄朗俱爲叔父安所器重。安嘗戒約子姪，因曰：『子弟亦何豫人事，而正欲使其佳？』諸人莫有言者。玄答曰：『譬如芝蘭玉樹，欲使其生於庭階耳。』」

〔六九〕〔徐注〕顔延之《五君詠》：交吕既鴻軒，攀嵇亦鳳舉。〔馮注〕《晉書·嵇康傳》：東平吕安，服康高致，每一相思，輒千里命駕，康友而善之。

〔七〇〕宿常，《英華》作「夙嘗」。〔馮注〕向子期《思舊賦序》：余與嵇康、吕安，居止接近。

〔七一〕〔馮注〕《戰國策》：甘茂亡秦，且之齊，出關，遇蘇子曰：「江上之處女，有家貧而無燭者。處女相與語，欲去之。無燭者謂處女曰：『妾以無燭故，常先至，掃室布席。何愛於餘明之照四壁者，幸以賜妾。』處女相語，以爲然而留之。」《史記・甘茂傳》：貧人女與富人女會績，貧人女曰：「我無以買燭，而子之燭光幸有餘。可分我餘光，無損子明，而得一斯便焉。」當引此。

〔七二〕〔徐注〕《莊子》：莊周家貧，往貸粟於監河侯，曰：「視車轍中，有鮒魚焉，曰：『我東海之波臣也，君豈有升斗之水活我哉？』」

〔七三〕〔徐注〕《晉書》：嵇紹始入洛，或謂王戎曰：「昨於稠人中見嵇紹，昂昂然如野鶴之在雞群。」《陳書・徐陵傳》：陵年數歲，寶誌手摩其頂曰：「天上石麒麟也。」〔馮曰〕鶴、麟並用，似更有典。

〔七四〕〔徐注〕盧諶詩：謬其疲隸，授之朝右。〔補注〕朝右，位列朝班之右，指朝廷大官。

〔七五〕〔馮注〕《晉書・郗超傳》：桓温遷大司馬，超爲參軍，温傾意禮待。時王珣爲主簿，亦爲温所重。府中語曰：「髯參軍，短主簿，能令公喜，能令公怒。」超髯、王珣短故也。

〔七六〕〔徐注〕《莊子》有重言、寓言、卮言。〔補注〕《莊子・寓言》：「寓言十九，重言十七。」郭注：「寄之他人，則十言而九見信；世之所重，則十言而七見信。」陸德明《釋文》：「重言，謂爲人所重者之言也。」

〔七七〕〔馮注〕《老子》：挫其鋭，解其紛，和其光，同其塵。〔徐注〕《吴志》：陸遜與關羽書曰：「延慕光塵，思稟良規。」〔補注〕沈約《讓五兵尚書表》：「駑足蹇步，終取躓於鹽車。」光塵，敬稱對方風采。

〔七八〕〔徐注〕《詩》：翹翹錯薪，言刈其楚。〔補注〕楚，雜薪之中尤翹翹者。翹楚，謂傑出人材。

〔七九〕之，《英華》作「於」。〔徐注〕《詩》：自牧歸荑，洵美且異。〔補注〕毛傳：「牧，田官也。荑，茅之始生也。」鄭箋：「洵，信也。茅，絜白之物也。自牧田歸荑，其信美而異者，可以供祭祀。猶貞女在窈窕之處，媒氏達之，可以配人君。」

〔八〇〕見《爲濮陽公賀牛相公狀》注〔三〕。

〔八一〕墱，《英華》作「澄」，誤。〔徐注〕「澄」當作「墱」。《水經注》：魏武王堨漳水迴流東注，號天井堰。（二十）里中，作十二墱，墱相去三百步，令互相灌注，一源分爲十二流，皆懸水門。故左思之賦《魏都》，謂「墱流十二，同源異口」也。《詩》箋：魚勞則尾赤。〔馮曰〕按：作「墱」似矣。但其事本爲灌溉田野，與「魚勞」無涉。此處取升進之義，當用龍門事。《穆天子傳》：「北登孟門九河之磴。」孟門，即龍門之上口也。《辛氏三秦記》：「江海大魚，集龍門下數千，登者化龍，不登者點額暴腮。」此事爲名場用熟矣，但無「十二」之字，或别有據，或偶誤用，未可定，而命意則必然也。徐氏所引，似未然。《文選》劉淵林注：今鄴下有十二墱。〔按〕墱流，有臺階之排水溝渠。《文選·魏都賦》李周翰注：「墱，級次。」墱流十二，則魚可逐級躍而登之，不似龍門之高而難登，致點額暴鰓也，故云「免使魚勞」。此蓋二事合用，不必疑。作「墱」是。

〔八二〕〔補注〕《書·周官》：「立太師、太傅、太保，茲惟三公，論道經邦，燮理陰陽。」孔傳：「和理陰陽。」燮調，猶燮理，指宰相協和治理。

〔八三〕〔徐注〕王融《策秀才文》：且有後命，復兹鎔範。〔補注〕鎔範，熔鑄之模具。喻培育人材。

〔八四〕〔馮注〕《漢書·何武傳》：武字君公。徙京兆尹，二歲，坐舉方正所舉者，召見槃辟雅拜，有司以爲詭衆虚僞，武坐左遷楚内史。《周禮·春官》：大祝辨九拜，七曰奇拜。注曰：讀爲奇偶之奇，謂先屈一膝，今雅拜是也。

〔八五〕〔徐注〕《後漢書·宋弘傳》：弘字仲子，薦沛國桓譚。帝令鼓琴，好其繁聲。弘聞之不悦，悔於薦舉。

〔八六〕心，《英華》注：集作「仁」。非。台，《英華》作「右」，注：集作「台」。

〔八七〕〔徐注〕《漢書·游俠傳》：陳遵性善書，與人尺牘，主皆藏去以爲榮。〔馮注〕《晉書·殷浩傳》：浩廢爲庶人，徙東陽。後桓温將以浩爲尚書令，遺書告之。浩欣然答書，慮有謬誤，開閉者數十，竟達空函，大忤温意。由是遂絶。

〔八八〕〔徐注〕曹植表：乃臣丹情之至願。任昉表：永昌之丹慊獲申。又：陛下察其丹款。善曰：曹大家《蟬賦》云：「復丹款之未足。」《北史·突厥傳》：君肅謂處羅曰：「今啓民入臣天子，甚有丹誠者何也？」魏文帝《與吴質書》：孔璋章表殊健，微爲繁富。杜甫詩：聲華當健筆。又：健筆凌《鸚鵡》。又：凌雲健筆意縱横。岑參詩：雄詞健筆皆若飛。〔馮注〕《晉書·劉喬傳》：劉弘與喬牋曰：「披露丹誠，不敢不盡。」徐陵《讓表》：雖復陳琳健筆，未盡愚懷。

〔蔣士銓曰〕穩順可觀。(《忠雅堂評選四六法海》卷三)

## 爲濮陽公奉慰皇太子薨表〔一〕

臣某言:今月某日,得本道進奏院狀報〔二〕,今月某日,以皇太子奄謝東宮〔三〕,輟今月十三日至來月一日朝參者〔四〕。前星失色〔五〕,少海驚波〔六〕。欷結一人〔七〕,悲纏萬國〔八〕。臣某誠涕誠咽,頓首頓首。伏以皇太子地當守器,賢可承祧〔九〕。金馬銅羊〔一〇〕,早聞正位〔一一〕;鸞旌雞戟〔一二〕,方慶修齡〔一三〕。豈謂舋屬黄離,禍生蒼震〔一四〕。宣猷庭内〔一五〕,秋冬之學空存〔一六〕;博望苑中〔一七〕,監撫之儀莫覩〔一八〕。伏惟皇帝陛下,悼深伊將〔一九〕,念切瑶山〔二〇〕,嗟上賓之不留〔二一〕,惜外陽而無驗〔二二〕。青宫掩涕〔二三〕,玄圃酸心〔二四〕。臣限守邊隅,久違京闕,不獲奔走,奉慰闕庭,無任悲咽惶慕之至!

### 【校注】

〔一〕本篇原載清編《全唐文》卷七七一第二一頁、《樊南文集補編》卷一。〔錢箋〕《舊唐書·文宗紀》:開成三年九月,以皇太子慢遊敗度,欲廢之,殺太子宫人左右數十人。冬十月,太子薨於少陽院。又《文宗二子傳》：莊恪太子永，文宗長子也。母曰王德妃。大和四年封魯王。六年册爲皇太子。開成三年暴薨。時傳云：德妃晚年寵衰，賢妃楊氏恩渥方深，懼太子他日不利於己，故日加誣譖，太子終不能自辨明也。太子既薨，上意追悔。本集有《爲濮陽公論皇太子表》，後有《皇太子薨慰宰相狀》。〔按〕據《舊唐書·文宗紀》，皇太子薨於開成三年十月庚子（十六），《新書·紀》《通鑑》並同。本文言「今月某日，以皇太子奄謝東宫，輟今月十三日至來月一日朝參者」，前一「今月」必指「太子奄謝東宫」之十月，而後一「今月」自亦同前指十月。然太子薨於十月十六，如十月十三即開始輟朝參，於情理不合，或「十三」字有誤，爲「十七」之訛歟？則此表當上於開成三年十月下旬初。

〔二〕〔錢注〕《舊唐書·代宗紀》：大曆十二年，諸道邸務在上都名曰留後，改爲進奏院。

〔三〕〔錢注〕《吕氏春秋》高誘注：東宫，太子所居。〔補注〕奄謝，去世。

〔四〕〔錢注〕《舊唐書·職官志》：凡京司文武執事，九品以上，每朔望朝參。五品以上及供奉官、員外郎、監察御史、太常博士，每日參。

〔五〕〔錢注〕《史記·天官書》：東宫蒼龍，房、心。心爲明堂，大星天王，前後星子屬。注：心之大星，天王也。前星太子，後星庶子。《漢書·李尋傳》：列星皆失色，厭厭如滅。

〔六〕〔錢注〕《山海經》：無皋之山，南望幼海。注：即少海也。張衡《西京賦》：散似驚波。〔補注〕杜甫《壯游》：「崆峒殺氣黑，少海旌旗黄。」宋葉廷珪《海録碎事·帝王》：「天子比大海，太子比少海。」《韓非子・外儲説左上》《淮南子・墬形訓》均有「少海」之名，所指爲渤海，太子之喻義或由此引申。

〔七〕〔錢注〕《廣雅》：歔欷，悲也。〔補注〕一人，指天子。《書・太甲下》：「一人元良，萬邦以貞。」

〔八〕〔錢注〕任昉《王文憲集序》：悲纏教義。

〔九〕〔錢注〕沈約《立太子詔》：自昔哲后，降及近代，莫不立儲樹嫡，守器承祧。〔補注〕守器，守護國家之重器。太子主宗廟之器，故借指太子。承祧，承繼奉祀祖先之宗廟，亦借指太子。

〔一〇〕〔錢注〕《吴志・孫登傳》：登，權長子也。魏黄初二年，立爲太子。嘗失盛水金馬盂，覺得其主，左右所爲，不忍致罰。《初學記》：《晉東宫舊事》：「皇太子有銅水羊一枚，管自副。」

〔一一〕〔錢校〕聞，原作「開」，今據胡本改正。〔錢注〕《南齊書・文惠太子傳》：既正位東儲，善立名尚。

〔一二〕〔錢注〕《初學記》：徐廣《東宫頌》：「命服惟九，龍旗鸞旌。」又《晉東宫舊事》：「崇福門雞鳴戟十張。」〔補注〕太子門戟曰雞戟。

〔一三〕〔錢注〕阮籍《詠懷詩》：列仙停修齡。

〔一四〕〔補注〕黄離，喻太子。《易・離》：「六二，黄離，元吉。」本指日旁之雲彩，因受日光照射，色多赤黄。唐人多以黄離喻太子。如劉禹錫《蘇州賀册皇太子箋》：「伏惟皇太子殿下，允膺上嗣，光啓東朝，蒼震發前星之輝，黄離表重輪之瑞。」瞿蜕園箋證謂，古人以明兩作離喻太子。

《易·離》：「明兩作離，大人以繼明照於四方。」孔疏：「離爲日，日爲明。今有上下二體，故云明兩作離也。」《文選·謝靈運〈擬魏太子鄴中集詩·王粲〉》：「不謂息肩願，一旦值明兩。」呂延濟注：「武帝既明，而太子又明，故謂太子爲明兩也。」）蒼震，《易·説卦》：「帝出乎震。」又：「萬物出乎震。震，東方也。」蒼爲東方之色，故曰蒼震。太子居東宫，故曰蒼震。

〔一五〕〔錢注〕潘尼《皇太子集應令詩》：置酒宣猷庭，擊鐘靈沼濱。

〔一六〕〔補注〕《禮記·文王世子》：「文王之爲世子也，凡學，世子及學士必時。春夏學干戈，秋冬學羽籥，皆於東序。……秋學禮，執禮者詔之；冬讀書，典書者詔之。」

〔一七〕〔錢注〕《漢書·武五子傳》：太子據，元狩元年立爲皇太子。及冠就宫，上爲立博望苑，使通賓客。

〔一八〕〔補注〕監撫，監國、撫軍，爲皇太子之職責。《左傳·閔公二年》：「（太子）君行則守，有守則從，從曰撫軍，守曰監國，古之制也。」君主外出，太子留守，代行處理國政，謂之監國；從君出征，謂之撫軍。梁簡文帝《昭明太子集序》：「皇上垂拱巖廊，積成庶務，式總萬幾，副是監撫。」

〔一九〕〔錢校〕將，疑當作「水」。〔錢注〕劉向《列仙傳》：王子喬，周靈王太子晉也。好吹笙，作鳳皇鳴。遊伊、洛之間，道士浮丘公接以上嵩高山。三十餘年後，求之於山上，見柏良曰：「告我家，七月七日，待我於緱氏山巔。」至時，果乘白鶴駐山頭，望之不得到，舉手謝時人，數日而去。《山海經》：蔓渠之山，伊水出焉。〔按〕謂太子仙逝。

〔二〇〕〔錢注〕《山海經》：西北海之外有榣山，其上有人，號曰太子長琴。顓頊生老童，老童生祝融，祝融生太子長琴，是處榣山。

〔二一〕〔錢注〕《逸周書·太子晉解》：王子曰：「吾後三年，上賓於帝所。」〔補注〕上賓，作客於天帝之所，喻指逝世。

〔二二〕〔錢注〕《史記·扁鵲傳》：扁鵲過虢，虢太子死，扁鵲曰：「若太子病，所謂尸蹷者也。」乃使弟子子陽，厲鍼砥石，以取外三陽五會，有間，太子蘇。

〔二三〕〔錢注〕東方朔《神異經》：東方有宫，建以五色青石，門有銀榜，以青石碧鏤，題曰「天地長男之宫」。《楚辭·離騷》：長太息以掩涕兮。〔補注〕太子居東宫，東方屬木，於色爲青，故稱太子所居爲青宫。

〔二四〕〔錢注〕陸機《皇太子宴玄圃宣猷堂有令賦詩》李善注：《洛陽記》曰：「東宫之北曰玄圃園。」梁元帝《鄭衆論》：豈不痛鼻酸心，憶洛陽之宫陛。

## 爲濮陽公皇太子薨慰宰相狀〔一〕

右，今月日，得本道進奏院狀報，今月日，皇太子奄違儲貳〔二〕。伏以皇太子，道著武闈〔三〕，位高象輅〔四〕。方將傳輝蘭殿〔五〕，積慶桂宫〔六〕。花枕畫轓〔七〕，永綏福履〔八〕；銅扉銀牓〔九〕，克懋温文〔一〇〕。豈謂釁結洊雷〔一一〕，禍纏重海〔一二〕。商山羽翼，嗟綺季之俱還〔一三〕；緱嶺雲霞，與浮丘而莫返〔一四〕。相公恩深銘釜〔一五〕，地屬持衡〔一六〕。攀東序以心傷〔一七〕，望春坊而目斷〔一八〕。某忝蒙委寄，常竊寵榮。不獲齒列班行，奔波慰叙〔一九〕。下情無任悲咽遑迫之至！

**【校注】**

〔一〕本篇原載清編《全唐文》卷七七三第一二頁、《樊南文集補編》卷二。〔按〕與上篇《爲濮陽公奉慰皇太子薨表》同時作，詳上篇注〔一〕按語。

〔二〕〔錢注〕袁宏《後漢紀》：太子，國之儲貳，巨命所繫。〔補注〕奄違，忽然違棄，謂逝世。

〔三〕〔錢注〕王融《三月三日曲水詩序》：儲后睿哲在躬，妙善居質，出龍樓而問豎，入虎闈而齒胄。按：唐諱「虎」，故作「武」。〔補注〕虎闈，路寢之旁門。《周禮·地官·師氏》《左傳·昭公十一年》均有「虎門」，係路寢門（闈爲宫中小門）。又，古時國子學稱「虎闈」，因其地在虎門之左。《文選·王融〈三月三日曲水詩序〉》李善注：「《周禮》曰：師氏以三德教國子，居虎門之左。」《禮記·祭義》：「天子設四學，當入學而太子齒。」

〔四〕〔錢注〕《宋書·禮志》：泰始四年，建安王休仁參議東宫車服，宜降天子二等，驂駕四馬，乘象輅。詔可。〔補注〕象輅，亦作象路，以象牙爲飾之車，爲帝王所乘。《周禮·春官·巾車》：

「象路，朱，樊纓七就，建大赤以朝，異姓以封。」鄭玄注：「象路，以象飾諸末。」

〔五〕〔錢注〕《初學記》：《漢武故事》：帝生於猗蘭殿，四歲立爲膠東王，七歲立爲皇太子。

〔六〕〔錢注〕《漢書·成帝紀》：帝，元帝太子也。初居桂宫。上嘗急召，太子出龍樓門，不敢絶馳道。

〔七〕〔錢注〕《初學記》：《晉東宫舊事》：「皇太子有大漆枕，銀花鐶鈕自副。」《後漢書·輿服志》：皇太子安車，朱班輪，青蓋，金華蚤，黑櫨文畫幡。

〔八〕〔補注〕《詩·周南·樛木》：「樂只君子，福履綏之。」毛傳：「履，禄；綏，安也。」

〔九〕〔錢注〕《漢書·成帝紀》注：張晏曰：「門樓上有銅龍，若白鶴、飛廉之爲名也。」銀牓，見《爲濮陽公奉慰皇太子薨表》注〔三〕。

〔一〇〕〔補注〕《禮記·文王世子》：「禮樂交錯於中，發形於外，是故其成也懌，恭敬而温文。」温文，温和有禮。

〔一一〕〔補注〕《易·震》：「洊雷震。君子以恐懼修省。」孔穎達疏：「洊，重也，因仍也。雷相因仍，乃爲威震也。」又《易·説卦》以震卦象徵長子，因以「洊雷」比喻太子。庾信《哀江南賦》：「遊洊雷之講肆，齒明離之胄筵。」此處當用後義。

〔一二〕〔錢注〕崔豹《古今注》：漢明帝爲太子，樂人作歌詩四章，曰：「日重光，月重輪，星重輝，海重潤。」

〔一三〕〔錢注〕《史記·留侯世家》：上欲易太子，及燕，置酒，太子侍，四人從，年皆八十有餘，鬚眉皓白，衣冠甚偉。上怪之。四人前對，各言名姓，曰東園公、甪里先生、綺里季、夏黄公。上乃大驚。四人皆曰：「竊聞太子仁孝，恭敬愛士，天下莫不延頸欲爲太子死者，故臣等來耳。」上曰：「煩公幸卒調護太子。」四人爲壽畢，趨去。上召戚夫人曰：「彼四人輔之，羽翼已成，難動矣。」《漢書·王貢兩龔鮑傳序》：漢興有園公、綺里季、夏黄公、甪里先生。此四人者，當秦之世，避而入商雒深山。

〔一四〕見《爲濮陽公奉慰皇太子薨表》注〔一九〕。

〔一五〕〔錢注〕《魏志·鍾繇傳》：文帝在東宫，賜繇五熟釜，爲之銘曰：「於赫有魏，作漢藩輔。厥相惟鍾，實幹心膂。靖恭夙夜，匪遑安處。百寮師師，楷兹度矩。」

〔一六〕〔錢注〕《白帖》：奉持衡之職，必在至公。〔補注〕持衡，持斗柄。璇、衡爲北斗七星中之二星。一至四爲斗魁，又名「璇璣」；五至七爲斗柄，又名「玉衡」。持衡，喻執掌權柄，此指宰相之職。

〔一七〕〔補注〕《禮記·王制》：「夏后氏養國老於東序。」鄭玄注：「東序、東膠亦大學，在國中王宫之東。」又《文王世子》：「學干戈羽籥於東序。」故用爲太子之典。餘參《爲濮陽公論皇太子表》「東序承榮」注。

〔一八〕〔錢注〕《通典》：隋罷詹事，分東宫，置門下坊、典書坊，以分統諸局。唐置詹事府，以統衆務；置左右二春坊，以領諸局。〔按〕魏、晉以來稱太子宫爲春坊，又稱春宫。「望春坊而目斷」之「春坊」即太子宫之代稱，非指太子宫所屬官署左右春坊，參《爲濮陽公論皇太子表》注〔二七〕編著者補注。

〔一九〕〔錢注〕仲長統《昌言》：救患赴急，跋涉奔波者，憂樂之盡也。

## 爲濮陽公與周學士狀〔一〕

學士時仰高標，世推直道，果當清切〔二〕，以奉恩私。地接蓬山〔三〕，居遥閬苑〔四〕。敢期塵路〔五〕，獲望冰容〔六〕？然前者猶蒙問以好音〔七〕，致之尺牘〔八〕，是何眷遇，孰可欽承？某自領藩條，累蒙朝奬。皆因學士每於敷奏〔九〕，輒記姓名，深憂李廣之不侯〔一〇〕，曲辨孟舒之長者〔一一〕。不有所自，安能及兹？方限征行，末由款謁，空餘深戀，貯在私誠。伏惟特賜信察。

【校注】

〔一〕本篇原載《全唐文》卷七七四第一九頁、《樊南文集補編》卷四。題内「濮陽」二字，《全文》作「河東」，錢注本同，據岑仲勉説改。〔張箋〕（編大中五年至九年居柳仲郢東川幕期間，云）不能詳其何年。〔岑仲勉曰〕余按《箋》三，開成三年下《爲河東公上楊相》等八狀（編著者按：包括《爲河東公上鄭相公狀》在内），經張氏考定「河東」爲「濮陽」之訛，已無疑問，獨此一篇猶成漏網，其實亦代茂元作也。説詳《翰學壁記注補》周墀條。（《平質》已缺證《爲河東公與周學士狀》條）〔按〕岑説是。據《重修承旨學士壁記》：「周墀，開成二年十二月二十五日，自考功員外郎、知制誥充翰林學士。三年十一月十六日，加職方郎中。」此狀之周學士，正開成三年充翰學之周墀。題内「河東」亦「濮陽」之誤。味狀内「某自領藩條，累蒙朝奬。皆因學士每於敷奏，輒記姓名」等語，蓋指其既加工部尚書，又加兵部尚書之事。狀當上於開成三年春夏間茂元加兵部尚書之後，是年十一月十六日周墀加職方郎中之前。

〔二〕〔錢注〕劉楨《贈徐幹》詩：拘限清切禁。〔補注〕清切，指清貴而接近皇帝之官職，如翰林學士。白居易《夏日獨直寄蕭侍御》：「翰林清切司。」

〔三〕〔錢注〕《後漢書・竇章傳》：學者稱東觀爲老氏臧室，道家蓬萊山。〔補注〕此與下「閬苑」均泛指仙境，用以喻指清貴之翰苑。

〔四〕〔錢注〕《淮南子》：崑崙之上，是謂閬風。又上是謂玄圃。《太平御覽》：《集仙録》曰：「王母者，龜山金母也，所居實在春山崑崙之圃，閬風之苑。」

〔五〕〔錢注〕王融《謝竟陵王示法制啓》：灑法水於塵路。〔補注〕塵路，與「蓬山」「閬苑」仙境相對之塵俗仕路。

〔六〕〔錢注〕王融《離合賦物爲詠》：冰容慚遠鑒。〔補注〕《莊子・逍遥遊》：「藐姑射之山有神人居焉，肌膚若冰雪，綽約若處子。」冰容當用之，猶神仙之容顏。

〔七〕〔補注〕《詩·檜風·匪風》：「誰將西歸，懷之好音。」潘岳《爲賈謐作贈陸機》：「發言爲詩，俟望好音。」問，遺，贈。

〔八〕〔補注〕《史記·扁鵲倉公列傳》：「緹縈通尺牘，父得以後寧。」尺牘，謂書信。

〔九〕〔補注〕《書·舜典》：「敷奏以言。」敷奏，向君主陳奏。

〔一〇〕〔錢注〕《史記·李將軍傳》：廣嘗與望氣王朔燕語，曰：「自漢擊匈奴而廣未嘗不在其中，而諸部將校尉以下，才能不及中人，然以擊胡軍功取侯者數十人，而廣不爲人後，然無尺寸之功以得封邑者，何也？豈吾相不當侯耶？」

〔一一〕見《爲尚書濮陽公涇原讓加兵部尚書表》注〔四一〕。

## 爲濮陽公涇原謝冬衣狀〔一〕

右，某月日，中使某至，奉宣聖旨，賜臣及大將兼諸鎮防秋兵馬等〔二〕，前件敕書手詔並冬衣者，臣並已準詔旨宣示給散訖。恩極解衣〔三〕，榮加降璽〔四〕，戴山未重〔五〕，負日非暄〔六〕。臣謬領藩垣〔七〕，適當戎狄。唯憑廟算〔八〕，矗振軍威〔九〕。絶漠獵迴〔一〇〕，幸無警急〔一一〕；高烽火過〔一二〕，但報平安〔一三〕。直以地勢多陰〔一四〕，川形稍背，三伏常聞於屏箑〔一五〕，九秋尋訝於垂繒〔一六〕。代馬暫嘶〔一七〕，隴山無葉〔一八〕；燕鴻未過〔一九〕，涇水先冰〔二〇〕。是以每降王臣，仍迂御筆〔二一〕。緘封垂露〔二二〕，寵錫禦冬〔二三〕。非玉女裁成〔二四〕，即仙人織出〔二五〕。徒驚在笥〔二六〕，莫覩因鍼〔二七〕。始顧孱微，深懼不勝冠帶〔二八〕；旋蒙被服，便如能執干戈〔二九〕。遍逮軍前，歷霑麾下。達喜氣而陳根復秀〔三〇〕，動歡聲而蟄户潛開〔三一〕。華楚成行，曳婁塞路〔三二〕。其山南、宣歙三道大將等〔三三〕，雖久居炎燠，不慣嚴凝〔三四〕，亦既更衣〔三五〕，皆忘易地。賈餘勇而例思盡敵〔三六〕，感鴻私而咸願殺身〔三七〕。各限征行，不獲陳謝。臣與大將等無任瞻天戀闕感恩屏營之至。

【校注】

〔一〕本篇原載《文苑英華》卷六三三第五頁、清編《全唐文》卷七七二第一七頁、《樊南文集詳注》卷二。〔按〕馮譜繫開成三年冬，張箋繫開成四年初。朝廷所賜冬衣，當於冬令送達諸鎮。涇原地處北邊，「燕鴻未過，涇水先冰」，寒衣送達當在冬初。張箋所繫時日稍遲。

〔二〕〔馮注〕《舊書·陸贄傳》：河隴陷蕃以來，西北邊常以重兵守備，謂之「防秋」。皆河南、江淮諸鎮之軍，更番戍役。〔按〕即下文「山南、宣歙三道」之將士。

〔三〕〔徐注〕《漢書·韓信傳》：漢王解衣衣我，推食食我。

〔四〕〔馮注〕降璽書，即敕書手詔也。《漢書·循吏傳》：二千石有治理效，輒以璽書勉勵。

〔五〕〔徐注〕《列子》：大壑中有五山，天帝使巨鼇戴之。〔馮注〕《莊子》：狂接輿曰：「其於治天下也，猶涉海鑿河而使蚊負山也。」〔補注〕戴山，語出《楚辭·天問》：「鼇戴山抃，何以安之？」句意則謂感戴君恩之重如戴山也。

〔六〕〔馮注〕《列子》：宋國有田夫，常衣緼黂，僅以過冬。暨春東作，自曝於日，不知天下有廣厦、隩室、綿纊、狐貉，顧其妻曰：「負日之暄，人莫知者，以獻吾君，當有重賞。」〔補注〕謂勝於負日之暄，既切君恩之温暖，又關合冬衣之暖。

〔七〕〔徐注〕《詩》：价人維藩，大師維垣。〔補注〕藩垣，藩籬與垣墻，此喻屏障一方之方鎮。

〔八〕〔馮注〕《孫子》：夫未戰而廟勝，得算之多者也。〔徐注〕孫楚書：廟勝之算，應變無窮。

〔九〕振，《英華》作「展」，注：集作「振」。

〔一〇〕漠，《英華》注：集作「塞」。

〔一一〕〔馮注〕曹植《白馬篇》：邊城多警急，虜騎數遷移。〔徐注〕《史記·信陵君傳》：公子與魏王博，而北境傳舉烽，言趙寇至，且入界。公子止王曰：「趙王田獵耳，非爲寇也。」復博如故。

〔一二〕〔馮校〕烽，似當作「峰」。〔馮注〕《説文》：𤇾燧，候表也。邊有警則舉火。《衛公兵法》：烽臺於高山四顧險絶處置之，無山亦於孤迥道平地置。

〔一三〕〔徐注〕《唐六典》：凡烽候所置，大率相去三十里。其放烽有一炬、二炬、三炬、四炬者，隨賊多少而爲差焉。《新書》：哥舒翰麾下來告急，上不時召見。及暮，平安火不至，上始懼。案：鎮戍每日初夜放煙一炬，謂之平安火。

〔一四〕〔徐注〕《漢書・鼂錯傳》：胡貉之地，積陰之處也。

〔一五〕〔徐注〕潘岳《秋興賦》：屏輕箑，釋纖絺。〔補注〕屏箑，去扇不用，謂三伏不熱。

〔一六〕〔徐注〕《玉臺新詠》傅玄有《歷九秋篇》。謝惠連《雪賦》：裸壤垂繒。〔補注〕謂九月深秋即下雪。

〔一七〕〔馮注〕《戰國策》：蘇秦説秦惠王曰：「大王之國，北有胡貉代馬之用。」按：古詩每言「代馬」，注謂代郡之邑。《典略》曰：「代馬，陰之精。」〔補注〕《文選・曹植〈朔風詩〉》：「仰彼朔風，用懷魏都。願騁代馬，倏忽北徂。」劉良注：「代馬，胡馬也。」

〔一八〕〔徐注〕《漢書・地理志》「隴西郡」注：應劭曰：「隴底在其西也。」

〔一九〕〔徐注〕李涉詩：南隨越鳥北燕鴻。

〔二〇〕〔徐注〕《三秦記》：涇水出开頭山，至高陵縣而入渭，與渭水合流三百里，清濁不相雜。

〔二一〕〔徐注〕《北史・彭城王勰傳》：帝令勰爲露布辭，及就，尤類帝文，有人見者，咸謂御筆。〔補注〕御筆，即上文「敕書手詔」。

〔二二〕〔徐注〕《法書要録》：漢曹喜工篆隸，善懸針垂露之法。〔補注〕垂露，指垂露書。《初學記》卷二一引王愔《文字志》：「垂露書，如懸針而勢不遒勁，阿那若濃露之垂，故謂之垂露。」按：垂露，又與君主垂雨露之恩關合。庾信《謝明皇帝賜絲布等啓》：「垂露懸針，書恩不盡。」

〔二三〕〔徐注〕《詩》：我有旨蓄，亦以禦冬。

〔二四〕〔馮注〕《述異記》：瑯琊郡靈山有方石，昔有神女于此搗衣，謂之「玉女擣衣砧」。又：萍鄉西津玉女岡，天將雨，先湧五色氣於石間，俗謂玉女披衣。按：《晉書·志》：安成郡萍鄉縣。故此事亦見《安成記》，有刊作「斗鄉」者，誤。〔徐注〕《禮記》：國君取夫人之辭曰：「請君之玉女，與寡人共有敝邑。」〔按〕此「玉女」與下「仙人」對舉，即泛稱仙女。《神異經·東荒經》：「（東王公）恒與一玉女投壺。」

〔二五〕〔徐注〕《北史·畢衆敬傳》：獻仙人文綾一百疋。

〔二六〕〔徐注〕《書》：惟衣裳在笥。

〔二七〕覩，《全文》作「匪」，《英華》同。《英華》注：集作「覩」。兹據改。〔補注〕謂仙衣之成不用針線刀尺。極贊其做工之精緻。

〔二八〕〔馮注〕《後漢書·梁冀傳》：諷衆人共薦其子胤爲河南尹，胤一名胡狗。時年十六，容貌甚陋，不勝冠帶，道路見者，莫不嗤笑焉。

〔二九〕執干戈，見《爲安平公兖州謝上表》注〔三六〕。

〔三〇〕〔徐注〕氾勝之引古語：土長冒橛，陳根可拔，耕者急發。〔補注〕秀，抽穗開花。

〔三一〕〔徐注〕《禮記》：仲秋之月，蟄蟲坏户。

〔三二〕〔徐注〕《詩》：子有衣裳，弗曳弗婁。〔補注〕《詩》孔疏：「曳者，衣裳在身，行必曳之；婁與曳連，則同爲一事。」

〔三三〕〔馮注〕此防秋兵也。山南有東、西兩道，與宣歙爲三。

〔三四〕〔馮注〕《禮記》：天地嚴凝之氣，始于西南，而盛于西北。

〔三五〕〔馮注〕《漢書·灌夫傳》：坐皆起更衣。

〔三六〕〔徐注〕《左傳》：齊高固入晉師曰：「欲勇者賈余餘勇。」又：先丹木曰：「是服也，狂夫阻之，曰『盡敵而反』，敵可盡乎？」

〔三七〕〔徐注〕《漢書·宣元六王傳》：張博書：「願殺身報德。」〔補注〕鴻私，猶鴻恩。

〔蔣士銓曰〕玉谿雕鏤已極，氣格漸卑。學者問津此種，由是而王、楊，而徐、庾，日變月化，以臻至善。（《忠雅堂評選四六法海》卷二）

## 爲尚書濮陽公賀鄭相公狀〔一〕

右伏見今月某日制書，以相公累請退閒〔二〕，特從休澣〔三〕，式崇階級〔四〕，無廢平章〔五〕。元老道尊〔六〕，必用三王之禮〔七〕；中樞務重〔八〕，猶當五日爲期〔九〕。伏惟相公德契昭融〔一〇〕，言成啓沃〔一一〕。太丘家法，若守官司〔一二〕；京兆門風，宜書甲令〔一三〕。仰攀日月，高拱星辰〔一四〕。爲堯闢四聰，禹來五諫〔一五〕。

始者以釁生鼎飪〔一六〕，禍接藩維〔一七〕。前殿朝迴〔一八〕，莫收金印〔一九〕；凶門師出〔二〇〕，空委油幢〔二一〕。當是非擾攘之間，即内外危疑之際〔二二〕，相公克凝庶績〔二三〕，顯執大權，爲易于難，制動以静。皂襘斯入，無聞鮑永之兵〔二四〕；黄閣洞開，例醉曹參之酒〔二五〕。然後澄清流品，提絜紀綱。補吏盡去刻深〔二六〕，用人不由黨援〔二七〕。咸有一德〔二八〕，于今三年〔二九〕。深惟逃責之規〔三〇〕，載切避榮之旨〔三一〕。削藁章數〔三二〕，免冠請頻〔三三〕。張良却粒之懷，錙銖軒冕〔三四〕；范蠡扁舟之志，夢想江湖〔三五〕。異代結交〔三六〕，殊時合志。果當渥澤〔三七〕，爰峻等威〔三八〕。祇奉青宫〔三九〕，監臨東觀〔四〇〕。教温文于漢宇〔四一〕，總端揆于秦官〔四二〕。百辟之劍佩以隨〔四三〕，六館之生徒是屬〔四四〕。手扶帝座〔四五〕，身帶天光〔四六〕。何澄闕朝，寧妨理事〔四七〕；杜夷就第，無曠執經〔四八〕。焕發丹青〔四九〕，光昭簡素〔五〇〕。乾惕無咎〔五一〕，謙尊以光〔五二〕。

某謬奉詔條〔五三〕，嘗承廟算〔五四〕。慚指蹤而未曾獲兔〔五五〕，仰儀刑而徒歎登龍〔五六〕。亦冀終遂息肩〔五七〕，永當褫帶〔五八〕。地遊蒙穀，更趨方外之神人〔五九〕；洞入華陽，猶認山中之宰相〔六〇〕。羈牽尚爾〔六一〕，抃賀無期。瞻望輝光，伏增攀戀。

## 【校注】

〔一〕本篇原載清編《全唐文》卷七七三第一六頁、《樊南文集補編》卷二。〔錢箋〕（鄭相公）鄭覃也。《舊唐書》本傳：大和九年十月，遷尚書右僕射，兼判國子祭酒。李訓、鄭注伏誅，召覃入禁中草制敕，明日以本官同平章事。旋加弘文館大學士。開成三年二月，進位太子太師。十二月，三上章求罷，詔落太子太師，餘如故，仍三五日一入中書，商量政事。〔張箋〕（開成三年）十二月丙午，守太子太師、尚書右僕射、門下侍郎、國子祭酒、同平章事鄭覃罷太子太師，仍三五日入中書。（《舊・紀》）○此賀其罷政退閒也。〔按〕丙午爲十二月二十二日，狀應上於其後，約十二月末。據《新唐書・宰相表》，鄭覃罷相在開成四年五月丙申，此時雖罷太子太師，仍爲宰相，唯三五日入中書而已。

〔二〕〔錢注〕《後漢書・孔融傳》：及退閑職，賓客日盈其門。〔補注〕退閒，謂退職閑居。

〔三〕〔錢注〕《初學記》：休假亦曰休沐。漢律，吏五日得一下沐。言休息以洗沐也。書記所稱曰歸休，亦曰休急、休澣。〔補注〕鮑照《玩月城西門廨中》：「休澣自公日，宴慰及私辰。」休澣，本指官吏按例休假。此謂從其所請，平日可不上班，唯三五日一入中書。

〔四〕〔錢注〕《鶡冠子》：臣不虚貴階級。〔補注〕階級，指尊卑上下之等級。

〔五〕〔錢注〕《新唐書・百官志》：貞觀八年，僕射李靖以疾辭位。詔疾小瘳，三兩日一至中書門下平章事。而平章之名蓋起于此。

〔六〕〔補注〕《詩·小雅·采芑》：「方叔元老，克壯其猶。」毛傳：「元，大也。五官之長，出於諸侯，曰天子之老。」此指年資位望皆高之重臣。

〔七〕〔補注〕《禮記·學記》：「能爲師，然後能爲長；能爲長，然後能爲君。故師也者，所以學爲君也。是故擇師不可不慎也。《記》曰：『三王四代唯其師。』此之謂乎？」

〔八〕〔錢注〕《通典》：魏、晉以來，中書監令掌贊詔命，記會時事，典作文書。以其地任樞近，多承寵任，是以人固其位，謂之鳳皇池焉。

〔九〕〔補注〕《詩·小雅·采緑》：「終朝采藍，不盈一襜。五日爲期，六日不詹。」此即「三五日一入中書」之意。

〔一〇〕〔補注〕《詩·大雅·既醉》：「昭明有融，高朗令終。」毛傳：「融，長；朗，明也。」昭融，借指帝王之鑒察。契，合。

〔一一〕〔補注〕《書·説命上》：「啓乃心，沃朕心。」啓沃，指竭誠開導、輔佐君主。

〔一二〕〔錢注〕《後漢書·陳寔傳》：寔字仲弓，除太丘長。卒謚文範先生。子紀亦以至德稱。兄弟孝養，閨門雍和，後進之士皆推慕其風。〔補注〕《左傳·隱公五年》：「若夫山林川澤之實，器用之資，皁隸之事，官司之守，非君所及也。」杜預注：「小臣有司之職，非諸侯之所親也。」《新唐書·鄭覃傳》：「覃清正退約，與人未嘗串狎。位相國，所居第不加飾，内無妾媵。女孫適崔皋，官裁九品衛佐，帝重其不昏權家。覃之侍講，每以厚風俗、黜朋比再三爲天子言，故終爲相。」

〔一三〕〔錢注〕《魏書·韋閬杜銓傳》：閬京兆杜陵人，銓京兆人。史臣曰：「韋、杜舊族門風，名亦不殞。」《漢書·叙傳》：著于甲令。〔補注〕甲令，朝廷頒佈之重要法令。《新唐書·鄭珣瑜傳》謂其「性嚴重少言，未嘗以私託人，而人亦不敢謁以私」，其子鄭覃「疾惡多所不容，世以爲太過，憚之」，覃子裔綽「峭立有父風」。

〔一四〕〔補注〕《論語·爲政》：「子曰：『爲政以德。譬如北辰，居其所而衆星共（拱）之。』」北辰，北極星。此謂鄭覃忠心拱衛君主如衆星之拱北辰。

〔一五〕〔錢注〕《鬻子》：禹治天下，以五聲聽，門懸鼓、鐘、鐸、磬，而置鞀。爲銘於簨簴曰：「教寡人以道者擊鼓，教寡人以義者擊鐘，教寡人以事者振鐸，語寡人以憂者擊磬，語寡人以獄訟者揮鞀。」此之謂五聲。〔補注〕《書·舜典》：「月正元日，舜格于文祖，詢于四岳，闢四門，明四目，達四聰。」孔穎達疏：「達四方之聰，使爲己遠聽聞四方也。」五諫，五種進諫方式，諸書所載名目各有不同。《説苑·正諫》：「諫有五：一曰正諫，二曰降諫，三曰忠諫，四曰戇諫，五曰諷諫。」《白虎通·諫諍》：「人懷五常，故有五諫，謂諷諫、順諫、窺諫、指諫、陷諫。」然皆與「禹」無關。頗疑此句「禹」與上句「堯」皆借喻文宗（上句闢四聰係舜事，非堯事）。

〔一六〕〔補注〕《易·鼎》：「鼎，元吉，亨。《象》曰：鼎，象也。以木巽火，亨飪也。」鼎飪，喻治國之大臣、宰相。相傳傅説以調鼎烹飪之事向武丁喻説治國之理，故云。此當指甘露之變之主謀者宰相李訓。

〔一七〕〔補注〕藩維，藩鎮，當指與李訓共謀之鳳翔節度使鄭注、邠寧節度使郭行餘、太原節度使王璠等。

〔一八〕〔錢注〕《史記·高祖紀》：蕭丞相營作未央宮，立東闕、北闕、前殿、武庫、太倉。〔補注〕前殿，此指文宗所昇之含元殿，參注〔三二〕。

〔一九〕〔補注〕《漢書·百官公卿表》：丞相、相國金印紫綬。「莫收金印」，指宰相死於甘露之變。參注〔三二〕。

〔二〇〕〔錢注〕《淮南子》：將已受斧鉞、爪鬋，設明衣，鑿凶門而出。〔補注〕凶門，北向之門。師出凶門，示必死之決心。此當指宦官所率禁兵露刃出，遇人即殺之情事，即《有感二首》（其二）「兇徒劇背城」意。

〔二一〕〔錢注〕《晉書·輿服志》：皂輪車上加青油幢，朱絲繩絡。諸王三公有勳德者，特加之。〔補注〕空委油幢，當與上「莫收金印」意類，指李訓、王涯、賈餗、舒元輿等大批朝官被殺戮，空委坐車。

〔二二〕〔錢注〕《舊唐書·李訓》《鄭注》等傳：文宗性守正嫉惡，以宦者權寵太過，心不堪之。因鄭注得幸王守澄，俾之援訓，冀黄門之不疑也。大和九年九月，訓同平章事。訓既秉權衡，即謀誅内豎。雖爲鄭注引用，及禄位俱大，勢不兩立，出注爲鳳翔節度使。約以其年十一月誅中官，須假兵力，乃以郭行餘爲邠寧節度使，王璠爲太原節度使，羅立言權知京兆大尹事，韓約爲金吾衛使，李孝本權知中丞事，冀璠、行餘未赴鎮間，廣令召募豪俠及金吾臺府之從者，俾集其事。是月二十一日，帝御紫宸。班定，韓約奏：「金吾左仗院石榴樹，夜來有甘露。」訓奏曰：「甘露降祥，俯在宮禁。陛下宜親幸左仗觀之。」上出紫宸門，由含元殿東階昇殿，令宰相兩省官先往視之，既還，曰：「臣等恐非真甘露。」上乃令左右軍中尉、樞密內臣往視之。既去，訓召王璠、郭行餘曰：「來受敕旨！」璠恐悚不能前，行餘獨拜殿下。時兩鎮官健，皆執兵在丹鳳門外。訓已令召之，惟璠從兵入，邠寧兵竟不至。中尉、樞密至左仗，聞幕下有兵聲，驚恐走出，內官迴奏，韓約氣懾汗流。中官又奏曰：「事急矣，請陛下入內。」訓呼金吾衛士來護乘輿。內官決殿後罘罳，舉輿疾趨，訓攀呼曰：「陛下不得入內。」金吾衛士隨訓入。立言、孝本率從人上殿縱擊，內官死傷者數十人。訓時愈急，邐迤入宣政門。帝瞋目叱訓，內官郄志榮奮拳擊其胸，訓仆地。帝入東上閤門，門即闔。須臾，內官率禁兵露刃出，遇人即殺。宰相王涯、賈餗、舒元輿方中書會食，聞難出走，諸司從吏死者六七百人。訓走入終南山，出山，爲盩厔鎮將宗楚所得，械送京師，乃斬訓。注與訓謀事有期，欲中外協勢。聞訓事發，自鳳翔率親兵赴闕，聞敗，乃還。監軍使張仲清已得密詔，伏兵斬注。仇士良鞫涯反狀，涯實不知其故，榜笞不勝其酷，乃令手書反狀，自誣與訓同謀。獄具，與王璠、羅立言、賈餗、舒元輿、李孝本，腰斬於獨柳樹下。坐訓而族者，凡十一家，人以爲冤。〔補注〕擾攘，混亂。

〔三三〕〔補注〕《書·堯典》：「允釐百工，庶績咸熙。」孔傳：「績，功也。言衆功皆廣。」庶績，猶各種事業。

〔二四〕〔錢注〕《東觀漢記》:鮑永拜僕射,行將軍事。性好文德,雖行將軍,常衣皂襜褕,路稱「鮑尚書兵馬」。〔補注〕皂襜,黑色單衣,爲非正朝之服,因其寬大而長作襜襜然之狀,故名。

〔二五〕〔錢注〕《漢舊儀》:丞相廳事閣曰黄閣。不敢洞開朱門,以別於人主,故以黄塗之。《史記·曹相國世家》:參代蕭何爲漢相國,舉事無所變更,擇郡國吏木詘於文辭、重厚長者,即召除爲丞相史。吏之言文刻深,欲務聲名者,輒斥去之。日夜飲醇酒。賓客見參不事事,來者皆欲有言。至者,參輒飲以醇酒;間之,欲有所言,復飲之,醉而後去,終莫得開説。〔按〕「皂襜」二句,即申説「爲易于難,制動以静」意,謂其唯以安定爲務。

〔二六〕見注〔二五〕「吏之言文刻深,欲務聲名者,輒斥去之」。〔補注〕刻深,苛刻、嚴酷。

〔二七〕〔錢注〕援,去聲。

〔二八〕〔補注〕《書·泰誓中》:「乃一德一心,立定厥功,惟克永世。」孔傳:「汝同心立功,則能長世以安民。」

〔二九〕〔補注〕《詩·豳風·東山》:「自我不見,于今三年。」按:三年,指自甘露之變迄開成三年末。

〔三〇〕〔錢注〕任昉《爲齊明帝讓宣城郡公表》:四海之議,於何逃責。

〔三一〕〔錢注〕夏侯湛《東方朔畫贊》:退不終否,進亦避榮。

〔三二〕〔錢注〕《漢書·孔光傳》:光典樞機十餘年,時有所言,輒削草藁。

〔三三〕〔錢注〕《戰國策》：田單免冠徒跣肉袒而進，退而請死罪。〔補注〕謂屢求罷官退閑。

〔三四〕〔錢注〕《史記・留侯世家》：留侯稱曰：「今以三寸舌爲帝者師，封萬户，位列侯，此布衣之極，於良足矣。願棄人間事，欲從赤松子遊耳。」乃學辟穀，道引輕身。任昉《南徐州蕭公行狀》：丘園東國，錙銖軒冕。

〔三五〕〔錢注〕《史記・貨殖傳》：范蠡既雪會稽之耻，乃乘扁舟浮於江湖。

〔三六〕〔錢注〕《陳書・蕭允傳》：鄱陽王出鎮會稽，允爲長史，帶會稽郡丞。行經延陵季子廟，設蘋藻之薦，託異代之交，爲詩以叙意。〔補注〕承上文，謂與功成身退之張良、范蠡異代同志，不戀名位富貴。

〔三七〕〔錢注〕《後漢書・鄧騭傳》：被雲雨之渥澤。〔補注〕渥澤，喻君主之恩澤。

〔三八〕〔補注〕《左傳・文公十五年》：「伐鼓于朝，以昭事神，訓民事君，示有等威，古之道也。」杜預注：「等威，威儀之等差。」峻等威，謂提高其品級，即下四句所云。

〔三九〕〔錢注〕謂爲太子太師。青宫，見《爲濮陽公奉慰皇太子薨表》注〔三〕。〔補注〕加太子太師在開成三年三月庚午，見《新書・宰相表》。

〔四〇〕〔錢注〕謂加弘文館大學士。《舊唐書・職官志》：門下省弘文館。後漢有東觀，魏有崇文館，皆著撰文史，鳩聚學徒之所。武德初，置修文館，後改爲弘文館。〔按〕覃加弘文館大學士事在加太子太師之前，參注〔一〕。武后垂拱後，以宰相兼領館務。

〔四一〕温文，見《爲濮陽公皇太子薨慰宰相狀》注〔一〇〕。宇，《全文》作「字」，據錢校改。〔錢校〕「字」，疑當作「宇」。〔錢注〕顔延之《車駕幸京口侍遊蒜山作》：巖險去漢宇，襟衛徙吴京。

〔四二〕〔錢注〕謂爲僕射。《舊唐書·職官志》：尚書省，尚書令總領百官，儀刑端揆，其屬有六尚書。凡庶務，皆會而決之。左右僕射各一員，貳令之職。自不置令，僕射總判省事。《漢書·百官公卿表》：僕射秦官。〔按〕覃加尚書右僕射在大和九年十月，在甘露之變前。

〔四三〕〔補注〕《書·洛誥》：「汝其敬識百辟享，亦識其有不享。」孔傳：「奉上謂之享。言汝爲王，其當敬識百君諸侯之奉上者，亦識其有違上者。」此「百辟」指諸侯。「百辟之劍佩以隨」之「百辟」則指百官。《宋書·孔琳之傳》：「羨之内居朝右，外司輦轂，位任隆重，百辟所瞻。」岑參《和賈至舍人早朝大明宫之作》：「金闕曉鐘開萬户，玉階仙仗擁千官。花迎劍佩星初落，柳拂旌旗露未乾。」此即「總領百官」意。

〔四四〕〔錢注〕謂兼判國子祭酒。《舊唐書·職官志》：國子監祭酒，掌邦國儒學訓導之政令。有六學：一國子學、二太學、三四門、四律學、五書學、六算學。《後漢書·馬融傳》：融常坐高堂，施絳紗帳，前授生徒，後列女樂。〔按〕覃兼國子祭酒亦大和九年十月事。

〔四五〕〔錢注〕《太平御覽》：《天官星占》曰：「紫微者，天之帝座也。」

〔四六〕〔補注〕《左傳·莊公二十二年》：「有山之材，而照之以天光。」天光，指日光。此喻皇帝之光輝。

〔四七〕〔錢注〕《晉書·何準傳》：準子澄。安帝即位，遷尚書左僕射。時澄脚疾，固讓，特詔不朝，坐家視事。

〔四八〕〔錢注〕《晉書·杜夷傳》：夷爲祭酒，辭疾未嘗朝會，皇太子三至夷第，執經問義。《舊唐書·鄭覃傳》：覃長於經學，稽古守正。以宰相兼判國子祭酒，奏太學置五經博士各一人。緣無職田，請依王府官例，賜禄粟，從之。又進《石壁九經》一百六十卷。

〔四九〕〔錢注〕《漢書·蘇武傳》：雖古竹帛所載，丹青所畫，何以過子卿？〔補注〕焕發，照射。丹青，指史籍。古以丹册記勳，青史記事。

〔五〇〕〔補注〕簡素，竹簡與絹帛，指書籍典册。

〔五一〕〔補注〕《易·乾》：「君子終日乾乾，夕惕若厲，無咎。」孔穎達疏：「言每恒終竟此日，健健自强，勉力不有止息。」

〔五二〕〔補注〕《易·謙》：「謙，尊而光，卑而不可踰。」孔疏：「尊者有謙而更光明盛大。」

〔五三〕〔錢注〕《漢書·百官公卿表》：武帝元封五年，初置部刺史，掌奉詔條察州。注：《漢官典質儀》曰：「刺史班宣，周行郡國，省察治狀，黜陟能否，斷治冤獄，以六條問事。非條所問，即不省。」〔補注〕詔條，皇帝所頒考察官吏之條令。謬奉詔條，謙稱己任涇州刺史、涇原節度使。

〔五四〕廟算，見《爲濮陽公涇原謝冬衣狀》注〔八〕。

〔五五〕〔錢注〕《史記·蕭相國世家》：高祖以蕭何功最盛，封爲酇侯。功臣皆曰：「何反居臣等上，何也？」帝曰：「諸君知獵乎？」夫獵，追殺獸兔者，狗也。而發蹤指示獸處者，人也。今諸君徒能得走獸耳，功狗也。至如蕭何發蹤指示，功人也。」群臣皆莫敢言。

〔五六〕〔錢注〕《後漢書·李膺傳》：膺獨持風裁，以聲名自高，士有被其容接者，名爲登龍門。

〔五七〕〔補注〕《左傳·襄公二年》：「鄭成公疾，子駟請息肩於晉。」息肩，卸去負擔。此指休官。

〔五八〕〔補注〕褫帶，解下革帶，謂辭官。《易·訟》：「上九，或錫之鞶帶，終朝三褫之。」褫，解也。

〔五九〕〔錢注〕《淮南子》：若士者，古之神仙也。燕人盧敖，秦時遊于北海，經于太陰，入于玄闕，至于蒙穀之山，而見若士焉。欣欣然方迎風軒輊而舞。敖曰：「夫子殆可與敖爲友乎？」若士曰：「吾與汗漫期於九垓之外，不可以久住。」乃舉臂竦身，遂入雲中。《莊子》：子桑户、孟子反、子琴張三人相與友。子桑户死，或編曲，或鼓琴而歌，孔子曰：「彼遊方之外者也。」

〔六〇〕認，《全文》作「詔」，從錢校據胡本改正。〔錢注〕《南史·陶弘景傳》：弘景上表辭禄。止於句容之句曲山，恒曰：「此山下是第八洞宮，名金陵華陽之天。」乃中山立館，自號華陽隱居。屢加禮聘，並不出。國家每有吉凶征討大事，無不前以諮詢。時人謂爲山中宰相。

〔六一〕〔錢注〕《後漢書·申屠蟠傳》：彼豈樂羈牽哉！

〔張采田曰〕文中用典甚切。

# 爲濮陽公上陳相公狀三〔一〕

某當道行軍司馬崔璫〔二〕，朝奏在城，今月十七日得狀云：今月十二日，于太清宫齋宿處〔三〕，獲謁見相公。伏承首座相公〔四〕，特論某所請不許吐蕃交馬，事合大體。當時魏謩起居備録其事者〔五〕。伏以本道與鳳翔，節制雖殊〔六〕，封疆相接，俱當料敵〔七〕，同切成謀〔八〕。蕞爾寇戎〔九〕，不循盟誓〔一〇〕，稽留重使〔一一〕，侮易大朝〔一二〕。既以非時，又稱繼好〔一三〕。深慮得請〔一四〕，便有乘機。遂敢竊獻情誠，屢陳箋疏〔一五〕。言雖當病，事且侵官〔一六〕。加以思惟，方憂罪責。不謂相公更因敷奏〔一七〕，深賜褒稱。使賈誼上書，達于天聽〔一八〕；山濤立論，著在史官〔一九〕。榮冠一時，名留百古。顧兹非望〔二〇〕，皆有所因。仰戴恩輝，略逾涯分。謹當坐以待旦〔二一〕，居無求安〔二二〕。墾叔子之田疇〔二三〕，修李興之政具〔二四〕。忽承後命，有以先登〔二五〕。驫冀驅馳〔二六〕，用爲報效。伏惟始終恩賜知察。

**【校注】**

〔一〕本篇原載清編《全唐文》卷七七三第一六頁、《樊南文集補編》卷一一。〔張箋〕案文云：「獲謁見相公。伏承首座相公，特論某所請不許吐蕃交馬，事合大體，當時魏謩起居備録其事者。」《舊書·魏謩傳》：「開成三年，轉起居舍人。」則狀爲其時所上。〔按〕《通鑑·文宗開成三年》：正月，「上命起居舍人魏謩獻其祖文貞公笏」。可證三年正月魏謩已任起居舍人。又，陳夷行至開成四年四月罷爲吏部侍郎。則此狀當上於此前。開成四年春商隱已釋褐爲秘書省校書郎，故狀應上於開成三年。狀内「首座相公」，即指陳夷行（詳注〔四〕），而據《新唐書·宰相表》，陳夷行開成三年九月己巳始正位即真爲門下侍郎，狀當上於其後。

〔二〕〔錢注〕《舊唐書·職官志》：節度使行軍司馬一人。〔按〕《大唐故嶺南觀察支使試大理評事崔君（恕）墓誌銘并序》，攝嶺南經略推官、前試太常寺奉禮郎崔瑨撰。時代稍早（長慶四年撰，下距開成三年凡十四年），或即一人。《新唐書·百官志》：「行軍司馬，掌弼戎政。居則習蒐狩，有役則申戰守之法，器械、糧糒、軍籍、賜予皆專焉。」李翰《淮南節度行軍司馬廳壁記》：「軍出于内謂之將，鎮于外謂之使，佐其職者謂之行軍司馬。」係節度使之上佐，多由文人充任。

〔三〕〔錢注〕《舊唐書·玄宗紀》：天寶二年，改西京玄元廟爲太清宫，東京爲太微宫，天下諸郡爲紫極宫。又《禮儀志》：昊天上帝、五方帝、皇地祇、神州及宗廟爲大祀，散齋四日，致齋三日。齋官皆於散齋之日，集於尚書省受誓戒，太尉讀誓文。致齋之日，三公於尚書省安置；餘官各於本司。若皇城内無本司，於太常郊社、太廟署安置。又：凡欲郊祀，必先朝太清宫。

〔四〕〔錢注〕《春明退朝録》：唐制宰相四人，首相爲太清宫使，次三相皆帶館職：弘文館大學士、監修國史、集賢殿大學士，以此爲序。按：《新唐書・宰相表》：陳夷行於開成三年二月入相（編著者按：錢氏引《新唐書・宰相表》有誤，應爲開成二年四月入相），其前居相位者，尚有李固言、鄭覃、李石。至三年正月則楊嗣復、李珏同時入相。此首座未知何指。〔按〕開成三年正月丙子後，宰相在位者鄭覃、陳夷行、楊嗣復、李珏。狀稱陳夷行爲相公，似與所云「首座相公」有別。然細審狀文，前云「伏承首座相公，特論某所請不許吐蕃交馬，事合大體。當時魏謩起居備録其事者」，後云「不謂相公更因敷奏，深賜褒稱。使賈誼上書，達于天聽；山濤立論，著在史官」，則所謂「首座相公」實即相公陳夷行。據《新唐書・宰相表》，夷行於開成三年九月己巳，始正位爲門下侍郎，狀應作於其後。

〔五〕〔錢注〕《舊唐書・文宗紀》：上自開成初復故事，每入閤，左右執事立於螭頭之下，君臣論奏得以備書，故開成政事最詳於近代。又《魏謩傳》：開成三年，轉起居舍人。又《職官志》：起居舍人二員，從六品上。《新唐書・藝文志》：《文宗實録》四十卷，魏謩監修。〔補注〕《新唐書・百官志》：「天子御正殿，則（起居）郎居左，（起居）舍人居右。有命，俯陛以聽，退而書之，季終以授史官。……大和九年，詔入閤日，起居郎、舍人具紙筆立螭頭下，復貞觀故事。」

〔六〕鳳翔，見《爲彭陽公上鳳翔李司徒狀》注〔一〕。節制，見《上鳳翔李司徒狀》注〔八〕。

〔七〕〔錢注〕《戰國策》：不料敵而輕戰。〔補注〕料敵，估量、判斷敵情。

〔八〕〔補注〕成謀，成算，已定之計劃打算。

〔九〕〔補注〕《左傳·昭公七年》：「鄭雖無腆，抑諺曰『蕞爾國』，而三世執其政柄。」蕞爾，小也。

〔一〇〕〔補注〕《左傳·昭公十六年》：「昔我先君桓公與商人皆出自周，庸次比耦以艾殺此地，斬之蓬蒿藜藿，而共處之，世有盟誓以相信也。」

〔一一〕〔錢注〕《史記·匈奴傳》：漢留匈奴使，匈奴亦留漢使。又《龜策傳補》：無所稽留。《戰國策》：發重使使之楚。〔補注〕重使，負有全權重任之使臣。

〔一二〕〔錢注〕《魏志·明帝紀》注：《魏略》：「亮又侮易益土。」〔補注〕侮易，欺凌、輕視。

〔一三〕〔補注〕《左傳·襄公元年》：「凡諸侯即位，小國朝之，大國聘焉。以繼好結信，謀事補闕，禮之大者也。」

〔一四〕〔補注〕《左傳·僖公十年》：「夷吾無禮，余得請於帝矣，將以晉畀秦，秦將祀余。」得請，謂所請獲准。

〔一五〕〔錢注〕按：《全唐文》卷六百八十四，載王茂元《奏吐蕃交馬事宜狀》云：「右臣得所由狀報，吐蕃請於鳳翔交馬者。臣伏以吐蕃衆則犬羊，心唯蛇豕。不思率服，但逞姦欺。國家務以懷柔，極其撫御。敦惠好於非類，擇使命於本朝。容養甚宏，錫賚非薄。昔魏酬倭國，止於銅鏡鉗文；漢遺單于，不過犀毘綺袷。並一介之使，將萬里之恩。豈若陛下選彼周行，取於宗屬。而敢淹停曠日，留止彌年。久已迴車，又請交馬。視其詭詐，難以保明；深算機宜，未可容許。臣又見蕃中人來説云：其首領素已年侵，更兼心疾，不恤其衆，連誅舊臣。差徵無時，凶荒累歲。

以此遂違盟約，仍致逗遛。今恐事出多端，致由群下，上欺聖德，旁損廟謨。翻覆難知，善惡未決。竊計君奕，合有表章。伏望更敕群臣商量，且命界首止絶。儻須存遠馭，要示殊恩，但言彼蕃來往不時，邊將奏論甚切，亦無妨國體，未阻戎心。臣自擁節旄，亟踰星琯，修裝器械，蓄積糧儲。又時巡訪川源，討尋蹊隧。每當衝要，必有隄防。增築故城，穿濬新塹。徧箱鹿角，未易可當；木柹魚膏，不曾虛棄。雖臨摇落，免有寇攘，忖彼物情，未能□衆。其若便侵亭障，自起煙塵，臣且率勵當軍，猶可獨當一面。況其鄰道，悉是强兵，敢忘充國之請行，不慮張宗之辭難。伏乞聖恩鑒臣鐵石，納臣芻蕘，使其畏懾威靈，挫平姦宄。臣不勝憤激懇迫之至。」《吴志・吕蒙傳》：每陳大事，常口占爲箋疏。〔張箋〕（《奏吐蕃交馬事宜狀》）文極古樸，未知亦由義山代作否？〔按〕涇原王茂元幕有掌書記裴遽，詳《爲濮陽公陳許奏韓琮等四人充判官狀・裴遽》：「臣昔忝鑿門，辟爲記室，屬辭而宿構無異，論兵而故校多歸。」故狀文亦可能爲裴蘧所擬。

〔一六〕〔補注〕《左傳・成公十六年》：「國有大任，焉得專之？且侵官，冒也；失官，慢也；離局，姦也。」侵官，侵越權限而侵犯其他官員之職權。此指侵犯鳳翔節度使陳君奕之職權。

〔一七〕〔補注〕《書・舜典》：「敷奏以言。」孔傳：「敷，陳；奏，進也。」

〔一八〕〔錢注〕《漢書・賈誼傳》：誼數上疏，陳政事，多所欲匡建。

〔一九〕〔錢注〕似用暗合孫吴事。《晉書・山濤傳》：吴平之後，帝詔天下罷軍役。濤論用兵之本，以爲不宜去州郡武備，其論甚精。于時咸以爲不學孫、吴而暗與之合。《漢書・藝文志》：古之王者，世有史官。

〔二〇〕〔錢注〕《漢書·息夫躬傳》：欲求非望。

〔二一〕〔補注〕《書·太甲上》：「先王昧爽丕顯，坐以待旦，旁求俊彦，啓迪後人，無越厥命以自覆。」

〔二二〕〔補注〕《論語·學而》：「子曰：『君子食無求飽，居無求安。』」

〔二三〕〔錢注〕《晉書·羊祜傳》：祜字叔子。帝將有滅吴之志，以祜爲都督荆州諸軍事。吴石城守去襄陽七百餘里，每相遥害。祜患之，竟以詭計，令吴罷守。於是戍邏減半，分以墾田八百餘頃。

〔二四〕〔錢注〕按《後漢書·盧芳傳》：李興引兵至單于庭迎芳。《蜀志·諸葛亮傳》注：晉劉弘觀亮故宅，命太傅掾李興爲文。《吴志·朱然傳》：魏將李興等斷然後道。○以上三人，皆無政績可考，疑「興」當作「恂」。《後漢書·李恂傳》：「拜兖州刺史，遷張掖太守。後復徵拜謁者，使持節領西域副校尉。西域殷富，多珍寶，諸國侍子及督使賈胡數遺恂奴婢、宛馬、金銀、香罽之屬，一無所受。北匈奴數斷西域車師、伊吾，隴沙以西，使命不得通。恂設購賞，遂斬虜帥，縣首軍門。自是道路夷清，恩威並行。遷武威太守。」文與羊祜作對。蓋因不許吐蕃交馬，益修邊備也。〔按〕錢氏疑「興」當作「恂」，近是。據《後漢書·李恂傳》，恂「安定臨涇人」。時茂元鎮涇原，正恂之舊里，故引恂事爲喻。又傳載恂「拜侍御史，持節使幽州，宣布恩澤，慰撫北狄，所過皆圖寫山川、屯田、聚落百餘卷，悉封奏上，肅宗嘉之」。此亦「修政具」之一例。

〔二五〕〔補注〕《左傳·僖公九年》：「齊侯將下拜，孔曰：『且有後命。』」後命，續發之命令。《左傳·

隱公十一年》:「潁考叔取鄭伯之旗蝥弧以先登。」

〔二六〕冀,《全文》作「異」,據錢校改。

## 爲濮陽公補保定尉張鴇巡官牒〔一〕

前件官,卑棲州縣,富有文辭。過蘭成射策之年〔二〕,誠思屈跡〔三〕;當陸展染髭之日,難議折腰〔四〕。屬賓榻方施〔五〕,使車旁午〔六〕,假其候館〔七〕,聊免没階〔八〕。事須差攝館驛巡官〔九〕,仍立行隨副使、行軍已下。〔一〇〕。

**【校注】**

〔一〕本篇原載清編《全唐文》卷七七八第一七頁、《樊南文集補編》卷八。〔錢注〕《新唐書·地理志》:保定縣,上,屬關内道涇州。又《百官志》:節度使館驛,巡官四人。〔按〕張氏《會箋》與《上張雜端狀》同繫開成四年,當因其不能定編具體時間而殿於涇幕所撰諸文後。據後《爲濮陽公與丁學士啓》,開成四年閏正月,商隱尚在涇原幕。然是年春已釋褐爲秘省校書郎,故本篇及下篇最遲當在釋褐之前作。

〔二〕〔錢注〕《周書·庾信傳》:信字蘭成。庾信《哀江南賦》:王子洛濱之歲,蘭成射策之年。〔補

注〕《庾子山集・滕王逌原序》：「年十五，侍梁東宮講讀……玉墀射策，高等甲科。」即《哀江南賦》所云「蘭成射策之年」。

〔三〕〔錢注〕任昉《宣德皇后令》：劍氣凌雲，而屈迹於萬夫之下。〔補注〕屈迹，猶屈身。謂屈居卑僚。

〔四〕〔錢注〕《宋書・謝靈運傳》：臨川王義慶招集文士，何長瑜以韻語序義慶州府僚佐云：「陸展染鬢髮，欲以媚側室。青青不解久，星星行復出。」折腰，見《上張雜端狀》「五斗米安可折腰」注。

〔五〕〔錢注〕《後漢書・徐穉傳》：陳蕃爲太守，在郡不接賓客，唯穉來，特設一榻，去則懸之。

〔六〕〔錢注〕《漢書・霍光傳》：使者旁午。注：一縱一横爲旁午。猶言交横也。

〔七〕〔補注〕《周禮・地官・遺人》：「五十里有市，市有候館，候館有積。」鄭玄注：「候館，樓可以觀望者也。」此指接待過往官員之驛館。

〔八〕〔補注〕《論語・鄉黨》：「没階，趨進，翼如也。」没階，下盡臺階。没階趨走，形容縣尉迎送上司卑屈之禮。

〔九〕差攝，見《爲濮陽公涇原署營田副使賓牒》注〔二六〕。

〔一〇〕〔錢注〕《舊唐書・職官志》：節度使，副使一人，行軍司馬一人，判官二人，掌書記一人，參謀無員數，隨軍四人。

# 爲濮陽公上張雜端狀〔一〕

保定賢弟昨至〔二〕，纔獲披承，已欽夷雅〔三〕。是觀玉季，如對金昆〔四〕。陸有機、雲〔五〕，劉惟繇、岱〔六〕。豈惟昔日，獨有齊名？況不羞小官，無辭委吏〔七〕，一枝桂既經在手〔八〕，五斗米安可折腰〔九〕？候館屈才〔一〇〕，固難維縶〔一一〕；前籌佇美〔一二〕，即議轉遷〔一三〕。端公厚賜眷知〔一四〕，又聯姻好，今兹折簡〔一五〕，復輟吹篪〔一六〕。此時敢曰恩門，他日便爲世故〔一七〕。永言欣會，難以諮陳，伏惟亮察。

【校注】

〔一〕本篇原載清編《全唐文》卷七七五第一二三頁、《樊南文集補編》卷七。題首「爲濮陽公」四字《全文》原缺，據岑仲勉説補。〔錢注〕《新唐書·百官志》：侍御史久次者一人知雜事，謂之雜端。〔張箋〕是涇原時作（繫開成四年）。〔岑仲勉曰〕文有「保定賢弟昨至」語……狀又云：「是觀玉季，如對金昆。……況不羞小官，無辭委吏，一枝桂既經在手，五斗米安可折腰？候館屈才，固難維縶；前籌佇美，即議轉遷。端公厚賜眷知，又聯姻好。」與《補保定尉張鴟巡官牒》「過蘭成射策之年，誠思屈跡；當陸展染髭之日，難議折腰。屬賓榻方施，使車旁午，假其候館，聊免没階」，語氣正合。然「維縶」「轉遷」，不切商隱身分，是此狀亦代茂元作，應補「爲濮陽公」四字也。《祭張書記文》列名「安定張某」，馮注六（按：指《樊南文集詳注》卷六）疑皆茂元婿。以「又聯姻好」句覘之，張某殆雜端子弟，惜皆缺其名矣。雜端余頗疑即曾充牛僧孺淮南副使之張鷺，但乏碻證。（《平質》已缺證《上張雜端狀》條）〔按〕岑説可信，兹於題首補「爲濮陽公」四字。此「張雜端」當即《祭張書記文》中之「安定張某」（茂元婿，商隱連襟）與本狀中之保定賢弟（張鴞）之父，故狀以機、雲兄弟擬其二子。此狀蓋與《爲濮陽公補保定尉張鴞巡官牒》後先同時作。鴞補巡官後抵涇原，故商隱代擬此狀。參上篇注〔一〕按語。

〔二〕〔錢箋〕有《爲濮陽公補保定尉張鴞巡官牒》，疑即其人也。《新唐書·地理志》：保定縣，上，屬關内道涇州。《顔氏家訓》：凡與人言，稱彼祖父母、世父母、父母及長姑，皆加「尊」字；自叔父已下，則加「賢」字，尊卑之差也。

〔三〕〔錢注〕任昉《王文憲集序》：夷雅之體，無待韋絃。〔補注〕夷雅，平和閒雅。

〔四〕〔錢注〕《南史·王份傳》：份子琳，琳長子銓，美風儀，善占吐，雖學業不及弟錫，而孝行齊焉。時人以爲玉昆金友。〔補注〕金昆玉季，對人兄弟之美稱。玉季，指保定尉張鴞；金昆，指其兄，即茂元之婿「安定張某」。

〔五〕〔錢注〕《晉書·陸雲傳》：雲少與兄機齊名，號曰二陸。

〔六〕〔錢注〕《吴志・劉繇傳》：繇字正禮，兄岱字公山。繇州辟部濟南，平原陶丘洪薦繇，欲令舉茂才，刺史曰：「前年舉公山，奈何復舉正禮乎？」洪曰：「若明使君用公山於前，擢正禮於後，所謂御二龍於長塗，騁騏驥於千里，不亦可乎？」

〔七〕〔補注〕委吏，古代管理糧倉之小官。《孟子・萬章下》：「孔子嘗爲委吏矣，曰：『會計當而已矣。』」

〔八〕〔錢注〕《晉書・郤詵傳》：武帝問詵曰：「卿自以爲何如？」詵對曰：「臣舉賢良對策，爲天下第一，猶桂林之一枝，崑山之片玉。」

〔九〕〔錢注〕《晉書・陶潛傳》：潛爲彭澤令，郡遣督郵至縣，吏白應束帶見之，潛歎曰：「吾不能爲五斗米折腰，拳拳事鄉里小人邪！」解印去縣。

〔一〇〕候館，見《爲濮陽公補保定尉張鵙巡官牒》注〔七〕。

〔一一〕〔補注〕《詩・小雅・白駒》：「皎皎白駒，食我場苗。縶之維之，以永今朝。」縶，絆；維，繫。此指挽留賢者，參本篇鄭玄箋。

〔一二〕前籌，見《爲濮陽公附送官告中使回狀》注〔五二〕。

〔一三〕〔錢注〕王粲《爵論》：爵自一級轉登十級，而爲列侯，譬猶秩自百石，轉遷而至於公也。

〔一四〕〔錢注〕《通典》：侍御史號爲臺端，他人稱之曰端公。其知雜事者，謂之雜端。

〔一五〕〔補注〕折簡，折半之簡。古人以竹簡作書。《資治通鑑・魏邵陵厲公嘉平三年》胡注：「漢制：簡長二尺，短者半之。蓋單執一札謂之簡。折簡者，折半之簡，言其禮輕也。」此句「折簡」疑即裁紙寫信之意。

〔一六〕〔補注〕《詩·小雅·何人斯》：「伯氏吹壎，仲氏吹篪。」篪，狀如笛之管樂器。此以「吹篪」切「仲氏」。

〔一七〕〔補注〕世故，猶世交。

## 爲濮陽公涇原署營田副使賓牒〔一〕

員外簪紱傳芳〔二〕，珪璋挺秀〔三〕。藴請纓之壯志〔四〕，擅夢筆之雄才〔五〕。諷于後庭〔六〕，賦推麗則〔七〕；試于前殿〔八〕，策號賢良〔九〕。猶以有感一言，來從三揖〔一〇〕。卑栖嶺表〔一一〕，遠蹈海隅。綿歷四周，往還萬里。洎節旄移所〔一二〕，省閣將歸〔一三〕，永懷求舊之誠〔一四〕，尚鬱圖南之勢〔一五〕。且爲邦猶聞乎去食〔一六〕，制敵難曠于運籌〔一七〕。兼仗折衝〔一八〕，是資談笑〔一九〕。諸葛亮意在蔣琬，果以成功〔二〇〕；趙莊子善彼欒書，竟能集事〔二一〕。既見君子〔二二〕，竊慕古人〔二三〕。幸當屈以求伸〔二四〕，無惜翔而後集〔二五〕。事須請攝節度副使〔二六〕。

【校注】

〔一〕本篇原載清編《全唐文》卷七七八第一七頁、《樊南文集補編》卷八。〔錢注〕濮陽公、涇原，見《爲尚書濮陽公涇原讓加兵部尚書表》注〔一〕。營田副使，見同文注〔三〕。〔按〕張采田《會箋》繫開成四年，當是因不能定編何年而與下篇同繫涇幕期間所撰諸文之最後。然商隱開成四年春已釋褐爲秘書省校書郎，釋褐前吏部試判。故此文最晚當在商隱任秘書省校書郎之前。參上二篇注〔一〕。文有「卑栖嶺表，遠蹈海隅。綿歷四周，往還萬里。洎節旄移所，省閤將歸，永懷求舊之誠，尚鬱圖南之勢」等語，錢云「茂元由嶺南節度移鎮涇原，此副使當其舊僚也」，是。按節度使多兼領營田使，此當爲協助節度使分掌屯田諸事宜者。

〔二〕紱，《全文》作「袚」，誤，據錢校改。〔錢注〕《舊唐書·職官志》：尚書諸司員外郎，從第六品上階。按：唐代官制，員外置者甚多，不獨郎也。陸機《晉平西將軍孝侯周處碑》：簪紱揚名。〔補注〕員外，當是此副使任幕職時所帶京銜。簪紱，冠簪與纓帶，借指仕宦。

〔三〕〔錢注〕劉峻《辨命論》：珪璋特秀。〔補注〕《禮記·聘義》：「珪璋特達，德也。」珪璋，玉製禮器。此以珪璋挺秀喻資質優異，才德出衆。

〔四〕〔錢注〕《漢書·終軍傳》：南越與漢和親，乃遣軍使南越，說其王，欲令入朝，比內諸侯，軍自請：「願受長纓，必羈南越王而致之闕下。」

〔五〕〔錢注〕《南史·江淹傳》：淹嘗夢一丈夫，自謂郭璞，謂淹曰：「吾有筆在卿處多年，可以見還。」淹乃探懷中，得五色筆一以授之。爾後爲詩，絶無美句，時人謂之才盡。

〔六〕〔錢注〕《漢書·王褒傳》：太子喜褒所爲《甘泉》及《洞簫頌》，令後宮貴人左右皆誦讀之。〔補注〕諷，背誦，誦讀。

〔七〕〔錢注〕揚子《法言》：詩人之賦麗以則，辭人之賦麗以淫。

〔八〕〔錢注〕《史記·高祖紀》：蕭丞相營作未央宫，立東闕、北闕、前殿、武庫、太倉。〔補注〕前殿，君主坐朝之正殿。

〔九〕〔錢注〕《漢書·武帝紀》：元光元年，詔曰：「賢良明於古今王事之體，受策察問，咸以書對，著之於篇。」於是董仲舒、公孫弘等出焉。〔補注〕《史記·孝文本紀》：「及舉賢良方正能直言極諫者，以匡朕之不逮。」

〔一〇〕來從，《全文》作「從來」，錢校據胡本校正，從之。〔補注〕《禮記·聘義》：「聘禮……三揖而後至階，三讓而後升，所以致尊讓也。」《周禮·秋官·司儀》：「賓三揖三讓，登，再拜受幣。」三揖三讓爲古代迎賓之禮。來從三揖，謂其來爲幕賓也。

〔一一〕〔錢注〕《後漢書·酈炎傳》：修翼無卑棲。

〔一二〕〔錢注〕茂元由嶺南節度移鎮涇原。此副使，當其舊僚也。〔按〕茂元罷鎮嶺南爲大和九年四月事（《舊書·文宗紀下》：大和九年四月，「丙戌，以桂管觀察使李從易爲廣州刺史、嶺南節度使」。即代茂元），而九年十月，「癸未，以前廣州節度使王茂元爲涇原節度使」。張采田謂其間

「必有入莅京職事，《陳情表》云『誓以歸彼冗員，處之散地』可見。故紀文書『前廣州刺史』也」。

〔一三〕〔錢注〕《後漢書·獻帝紀》：於是尚書令以下，皆詣省閣謝。餘詳《爲濮陽公賀牛相公狀》注〔一二〕及「假名省署」句箋。〔按〕此即自廣州歸入莅京職事。

〔一四〕〔補注〕《書·盤庚上》：「人惟求舊，器非求舊，惟新。」

〔一五〕見《爲濮陽公賀牛相公狀》注〔三〕。〔補注〕謂其仕途未達，壯志未伸。

〔一六〕〔補注〕《論語·顏淵》：「子貢問政，子曰：『足食，足兵，民信之矣。』子貢曰：『必不得已而去，於斯三者何先？』曰：『去兵。』子貢曰：『必不得已而去，於斯二者何先？』曰：『去食。自古皆有死，民無信不立。』」

〔一七〕〔錢注〕《蜀志·諸葛亮傳》注：張儼《默記》曰：「制敵以智。」〔補注〕《史記·高祖本紀》：「夫運籌策帷帳之中，決勝於千里之外，吾不如子房。」曠，缺。

〔一八〕〔錢注〕《晏子春秋》：仲尼曰：「夫不出樽俎之間，而知千里之外，其晏子之謂也。可謂折衝矣。」〔補注〕折衝，使敵之戰車後撤，指制敵取勝。

〔一九〕〔錢注〕左思《詠史詩》：吾慕魯仲連，談笑却秦軍。

〔二〇〕〔錢注〕《蜀志·蔣琬傳》：琬字公琰。丞相亮開府，辟爲東曹掾，遷爲參軍長史，加撫軍將軍。亮數外出，琬常足食足兵以相供給。亮每言：「公琰託志忠雅，當與吾共贊王業者也。」亮卒，以琬爲尚書令。俄而遷大將軍，録尚書事。琬神守舉止有如平日，由是衆望漸服。

〔二一〕〔補注〕《左傳·宣公十二年》：「趙莊子曰：『欒伯，善哉！實其言，必長晉國。』」按：欒書，即欒武子，春秋晉大夫，領下軍，後代郤克爲中軍元帥。晉厲公六年，率師伐鄭，楚兵救鄭，大敗楚師於鄢陵。晉由此威震諸侯。事又見《左傳·成公十八年》及《史記·晉世家》。集事，成事、成功。《左傳·成公二年》：「此車一人殿之，可以集事。」

〔二二〕〔補注〕《詩·周南·汝墳》：「既見君子，不我遐棄。」又《鄭風·風雨》：「既見君子，云胡不喜。」

〔二三〕〔錢注〕曹植《七啓》：竊慕古人之所志。

〔二四〕〔補注〕《易·繫辭下》：「尺蠖之屈，以求信（伸）也。」

〔二五〕〔補注〕《論語·鄉黨》：「翔而後集。」

〔二六〕〔錢注〕《通典》：其未奉報者稱攝。

## 爲濮陽公與丁學士狀〔一〕

近頻附狀，伏計相次達上。自學士罷領南臺〔二〕，復還内署〔三〕，朝委攸重〔四〕，時論愈歸。夫一時效功，逐惡者鷹隼〔五〕；千年呈瑞，應聖者鸞皇〔六〕。擊搏殊能，翱翔異品。當在紫庭無事〔七〕，應《韶》《濩》以來儀〔八〕；豈復白野有求〔九〕，與雲羅而並出〔一〇〕？唯聽後命〔一一〕，爰副具瞻〔一二〕。

某才謝適時，仕無明略〔一三〕。久乘亭障〔一四〕，長奉鼓鼙〔一五〕。猿臂漸衰〔一六〕，燕頷相誤〔一七〕。弊廬仍在〔一八〕，白首未歸〔一九〕。顧皋壤以興嗟〔二〇〕，念路歧而增歎〔二一〕。當依餘眷〔二二〕，庶愜後圖〔二三〕。仰望音徽，不勝丹赤〔二四〕。

**【校注】**

〔一〕本篇原載清編《全唐文》卷七七三第一九頁、《樊南文集補編》卷二。〔錢箋〕《舊唐書·文宗紀》：開成三年十一月，以翰林學士丁居晦爲御史中丞。正與茂元同時。文云「罷領南臺，復還內署」，意其後尚有再入翰林之事，而紀文不載，《新》《舊》二書亦俱無專傳可考。前有《爲濮陽公賀丁學士啓》。〔張箋〕《翰苑群書·學士壁記》：「丁居晦，開成四年閏正月自御史中丞改中書舍人。五年二月二日賜紫，其年三月十三日遷户部侍郎、知制誥，其月二十三日卒官，贈吏部侍郎。」此賀其由御史中丞改中書舍人也。〔按〕文云「自學士罷領南臺，復還內署，朝委攸重，時論僉歸」，當非乍改中書舍人時所上，張謂「賀其由御史中丞改中書舍人」，似未全合。狀謂「久乘亭障，長奉鼓鼙。猿臂漸衰，燕頷相誤。弊廬仍在，白首未歸」，頗有久鎮邊地、思入居京職之意，或希丁爲其援手也。是年春義山釋褐爲秘書省校書郎，釋褐前必由吏部試判。此狀當係義山仍居涇幕時作，繫開成四年春，閏正月至三月間。

〔二〕〔錢注〕《通典》：御史臺，梁及後魏、北齊謂之南臺。〔補注〕以其在宫闕西南，故稱南臺。御史中丞爲御史臺之副長官，故云「罷領南臺」。

〔三〕〔錢注〕《新唐書·百官志》：學士之職，本以文學、言語被顧問，出入侍從，因得參謀議，納諫諍，其禮尤寵；而翰林者，待詔之所也。唐制，文書詔令，中書舍人掌之。自太宗時，名儒學士時時召以草制，然猶未有名號。乾封以後，始號北門學士。玄宗初，置翰林待詔，既而又選文學之士，號翰林供奉。開元又改翰林供奉爲學士，別置學士院，專掌内命。凡拜免將相、號令征伐，皆用白麻。其後，選用益重，而禮遇益親，號爲内相。凡充其職者無定員，自諸曹尚書下至校書郎，皆得與選。《漢書·孔光傳》：行内署門户。〔補注〕内署，指翰林院，因院設於宫禁之内，故稱。唐初，中書省設中書舍人，負責起草詔命。至玄宗開元二十六年，置翰林學士，掌内制；中書舍人掌外制。然唐時尚無嚴格區别，故亦稱「内署」。

〔四〕朝委，見《爲彭陽公上鳳翔李司徒狀》注〔二〕。

〔五〕〔補注〕《左傳·文公十八年》：「見無禮於其君者，誅之，如鷹鸇之逐鳥雀也。」《漢書·孫寶傳》：「以立秋日署(侯)文東部督郵。入見，勑曰：『今日鷹隼始擊，當順天氣，取姦惡，以成嚴霜之誅。』」

〔六〕〔錢注〕《後漢書·仇覽傳》：時考城令河内王涣，政尚嚴猛。聞覽以德化人，置爲主簿，謂覽曰：「主簿聞陳元之過，不罪而化之，得無少鷹鸇之志耶？」覽曰：「以爲鷹鸇，不若鸞鳳。」

〔七〕〔錢注〕《宋書·符瑞志》：周成王少，周公旦攝政，鳳皇翔庭。成王援琴而歌曰：「鳳皇翔兮於紫庭，余何德兮以感靈？」

〔八〕〔補注〕《左傳·襄公二十九年》：「見舞《韶濩》者。」杜預注：「殷湯樂。」《文選·王屮〈頭陀寺碑文〉》：「步中《雅》《頌》，驟合《韶》《護》。」李善注引鄭玄曰：「《韶》，舜樂；《護》，湯樂也。」《書·益稷》：「《簫韶》九成，鳳皇來儀。」孔傳：「儀，有容儀。備樂九奏而致鳳皇，則餘鳥獸不待九而率舞。」

〔九〕〔錢曰〕（白野）未詳。〔補注〕白野，疑用《詩·小雅·白駒》：「皎皎白駒，食我場苗。縶之維之，以永今朝。」寓求賢之意。

〔一〇〕〔錢注〕鮑照《舞鶴賦》：掩雲羅而見羈。

〔一一〕後命，見《爲濮陽公上陳相公狀三》注〔二五〕。

〔一二〕具瞻，見《爲濮陽公上陳相公狀一》注〔一四〕。

〔一三〕〔錢注〕《漢書·辛慶忌傳》：明略威重，任國柱石。〔補注〕明略，高明之謀略。

〔一四〕〔錢注〕《戰國策》：卒戍四方守亭障者參列。〔補注〕乘，登。亭障，邊塞要地設置之堡壘。

〔一五〕〔補注〕《禮記·樂記》：「君子聽鼓鼙之聲，則思將帥之臣。」鼓鼙，大鼓與小鼓，古代軍中樂器。

〔一六〕〔錢注〕《史記·李將軍傳》：廣爲人長，猿臂，其善射亦天性也。

〔一七〕〔錢注〕《後漢書·班超傳》：相者指曰：「生燕頷虎頸，飛而食肉，此萬里封侯相也。」

〔一八〕〔補注〕《禮記·檀弓下》：「君之臣免於罪，則有先人之敝廬在，君無所辱命。」

〔一九〕〔錢注〕潘岳《金谷集作詩》：白首同所歸。

〔二〇〕〔錢注〕《莊子》：山林與？皋壤與？使我欣欣然而樂與？樂未畢也，哀又繼之。

〔二一〕〔錢注〕《列子》：楊朱見歧路而泣之，爲其可以南，可以北。

〔二二〕〔錢校〕當，疑當作「常」。

〔二三〕〔補注〕《左傳·桓公六年》：「以爲後圖，少師得其君。」後圖，今後之計。

〔二四〕〔錢注〕《魏志·張既傳》注：《魏略》：「誠謂將軍亦宜遣一子，以示丹赤。」

## 上河中鄭尚書狀〔一〕

不審近日尊體何如？尚書居敬行簡〔二〕，自誠而明〔三〕，踐履華資〔四〕，彰灼休問〔五〕。頃者廉車察俗〔六〕，露冕臨人〔七〕，當分陝水旱之餘，控二京舟車之會〔八〕。空懸竹使〔九〕，不坐棠陰〔一〇〕。閉閤而四民自安〔一一〕，移書而百城向化〔一二〕。爰歸司會，是總掄材〔一三〕。且去四聰八達之謡〔一四〕，鄙拔十得五之少〔一五〕。不容私謁〔一六〕，大闢公途〔一七〕。論辯有光，訾相無失〔一八〕。蔡廓之不署紙尾〔一九〕，王惠之莫發書封〔二〇〕。欲以儗人〔二一〕，實在異日。固合便登台座〔二二〕，光贊帝謨。蓋以德水名都〔二三〕，條山巨鎮〔二四〕，北控并、代〔二五〕，東接周、韓〔二六〕，作皇都之股肱，擁朔方之兵甲〔二七〕。是以暫勞大旆〔二八〕，惠此一方。浹以仁聲，先之和氣。昔何武之揚州入輔〔二九〕，黄霸自潁川登庸〔三〇〕。今古一時，賢哲相望。側聆後命，是亦非遥。某早獲趨承，常深獎眷。末由祇謁，無任馳誠。

【校注】

〔一〕本篇原載清編《全唐文》卷七七五第四頁、《樊南文集補編》卷五。〔錢箋〕（河中鄭尚書）鄭肅也。《舊唐書》本傳：檢校禮部尚書，兼河中尹、河中節度使。又《文宗紀》：開成四年閏月，以吏部侍郎鄭肅檢校禮部尚書、河中晉絳慈隰等州節度使。又《地理志》：河中節度治河中府，管蒲、晉、絳、慈、隰等州。〔按〕據《舊唐書·文宗紀》，鄭肅出鎮河中在開成四年閏（正）月甲申朔。狀云「是以暫勞大旆，惠此一方」，似出鎮未久。編開成四年春。狀末云「某早獲趨承，常深獎眷」，與商隱身份經歷不甚合，疑題首脱「代濮陽公」四字。王茂元大和六年左右曾「叨相青宫」，爲太子輔導官。而鄭肅大和六年曾以太常卿兼魯王府長史，同年十月，魯王永册爲太子。故二人早已結識。

〔二〕〔補注〕《論語·雍也》：「居敬而行簡，以臨其民，不亦可乎？」居敬，謂持身恭敬。行簡，行事簡易。

〔三〕〔補注〕《禮記·中庸》：「自誠明謂之性，自明誠謂之教。誠則明矣，明則誠矣。」誠明，至誠之心與完美之德性。

〔四〕〔錢注〕《魏書·李彪傳》：本闕華資。〔補注〕華資，顯貴之地位。

〔五〕〔補注〕休問，美好之聲譽。

〔六〕車，《全文》作「居」，蓋聲誤，據錢校改。〔錢注〕《舊唐書·崔郾傳》：凡三按廉車，率由清簡。《白帖》：觀察使觀風察俗，振領提綱。〔補注〕廉車，觀察使赴任所乘之車。此指其爲陝虢觀察使事，見注〔八〕。

〔七〕〔錢注〕《藝文類聚》：《華陽國志》：郭賀爲荆州刺史，明帝到南陽巡狩，賜三公服，敕行部去襜露冕，使百姓見之，以彰有德。

〔八〕〔錢注〕《舊唐書·鄭肅傳》：開成初，出爲陝虢都防禦觀察使。《後漢書·張衡傳》：擬班固作《二京賦》。〔補注〕《公羊傳·隱公五年》：「自陝而東者，周公主之；自陝而西者，召公主之。」傳周初周公旦、召公奭分陝而治。陝虢觀察使治陝州。此「分陝」即指陝虢觀察使轄區。

〔九〕〔錢注〕《史記·文帝紀》：二年九月，初與郡守相爲銅虎符、竹使符。注：應劭曰：「銅虎符第一至第五，當發兵，遣使者至郡合符，符合乃聽受之。竹使符以竹箭五枚，長五寸，鐫刻篆書，第一至第五。」

〔一〇〕〔錢注〕《史記·燕召公世家》：召公巡行鄉邑，有棠樹，決獄政事其下。謝莊《宋孝武帝哀册文》：陝左清郊，棠陰虛館。

〔一一〕〔錢注〕《漢書・韓延壽傳》：延壽守左馮翊，民有兄弟相與訟田，延壽大傷之，曰：「幸得備位，爲郡表率，不能宣明教化，至令民有骨肉争訟，咎在馮翊。」因入卧傳舍，閉閤思過。於是訟者深自悔，皆自髡肉袒謝，願以田相移，終死不敢復争。〔補注〕四民，指士、農、工、商。《書・周官》：「司空掌邦土，居四民，時地利。」

〔一二〕〔錢注〕《後漢書・賈琮傳》：琮即移書告示，各使安其資業。又：百城聞風，自然竦震。

〔一三〕〔錢注〕《舊唐書・鄭肅傳》：開成二年九月，召拜吏部侍郎。〔補注〕《周禮・天官・司會》：「司會掌邦之六典八法八則之貳，以逆邦國都鄙官府之治。以九貢之法，致邦國之財用；以九賦之法，令田野之財用；以九功之法，令民職之財用；以九式之法，均節邦之財用。掌國之官府郊野縣都之百物財用，凡在書契版圖者之貳，以逆群吏之治，而聽其會計。」司會，主管財政經濟，及對群官政績之考察。《周禮・地官・山虞》：「凡邦工入山林而掄材，不禁。」掄材，此指選拔人材。「司會」「掄材」，指吏部侍郎考察、選拔官吏之職責。

〔一四〕聰，《全文》作「總」，涉上句「總」字而誤。從錢校據胡本改正。〔錢注〕《魏志・諸葛誕傳》注：《世語》曰：「是時，當世俊士夏侯玄、諸葛誕、鄧颺之徒，共相題表，以玄、疇四人爲『四聰』，誕、備八人爲『八達』。」〔補注〕《書・舜典》：「明四目，達四聰。」

〔一五〕〔錢注〕《蜀志・龐統傳》：統性好人倫，每所稱述，多過其才。時人問之，答曰：「拔十失五，猶得其半，而可以崇邁世教，使有志者自勵，不亦可乎？」任昉《爲范雲讓吏部封侯第一表》：拔十得五，尚曰比肩。

〔一六〕〔錢注〕《史記·申屠嘉傳》：嘉爲人廉直，門不受私謁。

〔一七〕〔錢注〕《晉書·阮种傳》：營職不干私義，出心必由公塗。

〔一八〕〔錢注〕《國語》：桓公召而與之語，訾相其質，足以比成事。解：訾，量也；相，視也。

〔一九〕〔錢注〕《宋書·蔡廓傳》：廓徵爲吏部尚書，録尚書徐羨之曰：「黄門郎以下，悉以委蔡，自此以上，故宜共參同異。」廓曰：「我不能爲徐干木署紙尾也。」遂不拜。干木，羨之小字也。選案黄紙，録尚書與吏部尚書連名，故廓云「署紙尾」也。

〔二〇〕書，錢注本作「私」，未出校，疑涉上文「私謁」而誤。〔錢注〕《宋書·王惠傳》：以蔡廓爲吏部尚書，不肯拜，乃以惠代焉。惠被召即拜。人有與書求官者，得輒聚置閣上，及去職，印封如故時。談者以廓之不拜，惠之即拜，雖事異而意同也。

〔二一〕〔補注〕《禮記·曲禮下》：「儗人必於其倫。」鄭玄注：「儗，猶比也。」

〔二二〕〔補注〕台座，指宰相之位。

〔二三〕〔錢注〕《史記·始皇紀》：二十五年，更名河曰德水。《戰國策》：名都數十。〔補注〕德水名都，指河中府，即蒲州。下「條山巨鎮」同指。

〔二四〕〔錢注〕《元和郡縣志》：河中府河東縣雷首山，一名中條山。吴均《八公山賦》：若夫神基巨鎮，卓犖荆河。

〔二五〕〔錢注〕《舊唐書·地理志》：鎮州領縣井陘，漢縣，武德元年，改爲并州。貞觀七年，廢并州屬河北道。又：代州中都督府屬河東道。〔按〕并，并州，即太原府。《新唐書·地理志》：「太原府太原郡，本并州，開元十一年爲府。」并州、代州均屬河東道，以其在河中府之北，故曰「北控并、代」，錢注并州誤。

〔二六〕〔錢注〕（周、韓）指陳許。本集《爲濮陽公陳許舉人自代狀》：臣所部乃秦、韓戰伐之鄉，周、鄭交圻之地。《漢書·地理志》：周地，柳、七星、張之分野也。今之河南洛陽、穀城、平陰、偃師、鞏、緱氏，是其分也。韓地，角、亢、氐之分野也。韓分晉得南陽郡及潁川之父城、定陵、襄城、潁陽、潁陰、長社、陽翟、郟，東接汝南，西接弘農，得新安、宜陽，皆韓分也。

〔二七〕〔錢注〕《舊唐書·地理志》：河中府，隋河東郡。《史記·季布傳》：布爲河東守。孝文時，人有言其賢者，孝文召欲以爲御史大夫。復有言其勇，使酒難近。至留邸一月見罷，布因進曰：「陛下無故召臣，此人必有以臣欺陛下者。今臣至，無所受事罷去，此人必有以毁臣者。臣恐天下有識聞之，有以窺陛下也。」上默然良久，曰：「河東吾股肱郡，故特召君耳。」《新唐書·方鎮表》：朔方節度使。廣德二年，罷河中、振武節度，以所管七州隸朔方。大曆十四年，析置河中、振武、邠寧三節度。（按：錢注引《方鎮表》文字有誤，今據原書改正。）

〔二八〕〔補注〕《左傳·僖公二十八年》：「城濮之戰，晉中軍風於澤，亡大旆之左旃。」大旆，此指節度使之旌旗。

〔二九〕〔錢注〕《漢書·何武傳》：武遷揚州刺史五歲，入爲丞相。

〔三〇〕〔錢注〕《漢書·黄霸傳》：霸爲潁川太守，治爲天下第一。五鳳三年，代丙吉爲丞相。〔補注〕登庸，指選拔任用爲宰相。語本《書·堯典》：「帝曰：『疇咨若時登庸。』」

# 爲楊贊善奏請東都灑掃狀〔一〕

右，臣先臣贈太保某〔二〕，塋在河南縣界〔三〕。臣自終喪紀，便參朝倫〔四〕。三年贊道於宫庭〔五〕，千里違離於墳墓。竊惟令式，合許芟除〔六〕。追遠興情，敢希榮于陸曄〔七〕；報恩未死，寧自誓于羲之〔八〕。伏乞聖慈，特從丹懇〔九〕。

【校注】

〔一〕本篇原載《文苑英華》卷六四四第七頁、清編《全唐文》卷七七三第八頁、《樊南文集詳注》卷二。〔徐注〕《新書·地理志》：東都，隋置，武德四年廢。貞觀六年號洛陽宫，顯慶二年曰東都，光宅元年曰神都，神龍元年復曰東都。天寶元年曰東京，上元二年罷京。肅宗元年復爲東都。〔馮注〕《舊書·志》：河南道河南府，隋大業元年，自故洛城西移十八里置新都，今都城是也。按：楊氏，如於陵贈司空、嗣復贈左僕射，皆弘農人也，與此不合。惟楊元卿於吴元濟叛時，詭辭離蔡，毀家效順，由是官於朝；至大和五年節度河陽，就加司空，改汴宋亳觀察使；大和七年，年七十，寢疾歸洛陽，詔授太子太保，卒贈司徒。子延宗，開成中爲磁州刺史，以罪誅，事詳《舊》《新書·傳》。此云「贈太保」，「塋在河南縣」，必即元卿，而《傳》之「贈司徒」，或小誤也。延宗當先爲贊善，後乃刺磁。此文約爲開成四年作。〔按〕《唐故桂州員外司户滎陽鄭府君墓誌銘并叙》曾提及「故汴州節度使楊公元卿前鎮三城」，與《傳》所云合。《傳》謂「延宗開成中爲磁州刺史，坐謀逐河陽節度使以自立，爲其黨所告，臺司推鞫得實，誅之」，馮謂「先爲贊善，後乃刺磁」，固是，然謂開成四年作此狀，似稍遲。因無確證，暫依馮氏繫開成四年。

〔二〕某，《英華》作「其」（屬下句）。

〔三〕〔徐注〕《地理志》：河南府，治河南縣。

〔四〕參，《英華》作「忝」。〔徐注〕《左傳》：齊孝公卒，有齊怨，不廢喪紀，禮也。〔補注〕《禮記·文王世子》：「喪紀以服之輕重爲序，不奪人親也。」鄭玄注：「紀，猶事也。」朝倫，猶朝班。

〔五〕〔馮注〕似爲莊恪太子官屬。〔補注〕贊善大夫爲東宮官，正五品上，掌傳令，諷過失，贊禮儀，以經教授諸郡王。莊恪太子卒於開成三年十月。

〔六〕〔徐注〕《舊書·憲宗紀》：元和元年二月，詔常參官寒食拜墓，在畿内聽假日往還，他州府奏取進止。〔補注〕芟除，此指刈除墳墓上之雜草。

〔七〕曄，《全文》避玄燁諱改「煜」。〔徐注〕《晉書·陸曄傳》：蘇峻平，加衛將軍，以勳進爵爲公。咸和中，求歸鄉里拜墳墓，因以卒。

〔八〕〔徐注〕《晉書·王羲之傳》：稱病去郡，於父母墓前自誓。朝廷以其誓苦，亦不復徵之。

〔九〕從，《英華》注：一作「鑒」，集作「允」。

## 爲濮陽公陳情表〔一〕

臣某言：臣聞事君以忠者，所宜效死；食君之禄者，亦戒妨賢〔二〕。苟非内慊私誠，外憂官謗〔三〕，則安肯固辭武節〔四〕，强委信圭〔五〕，拒七命賜國之榮〔六〕，捨萬里封侯之策〔七〕？必知不可，安敢無言。臣某中謝。

臣因緣代業〔八〕，遭逢聖時〔九〕，竊嘗有志四方〔一〇〕，不掃一室〔一一〕。奉隨武之家事，無媿陳辭〔一二〕；纂鄧傳之門風，不傷清議〔一三〕。屬者每憂不試〔一四〕，深恥因媒〔一五〕。自薦之書，朝投象魏〔一六〕；殊常之澤，暮降芸香〔一七〕。其後契闊星霜，羈離戎旅。從軍王粲，徒感所知〔一八〕；草檄陳琳〔一九〕，亦常交辟〔二〇〕。呂元膺東京保釐之日〔二一〕，李師道天平畔換之時〔二二〕，潛入其徒，盈于留邸〔二三〕。臣此時尚持白簡〔二四〕，猶著青袍〔二五〕。元膺知臣傳劍論兵〔二六〕，本于仁信〔二七〕；佩鞬插羽〔二八〕，亦識孤虛〔二九〕。俾以發姦〔三〇〕，假之捕盜〔三一〕，幸無容刃〔三二〕，以及焚巢〔三三〕。

旋帶銀章〔三四〕，俄分竹使〔三五〕。隼旟楚峽〔三六〕，出以分憂〔三七〕；熊軾郞城〔三八〕，忽然通貴〔三九〕。豈意復踰五嶺〔四〇〕，更授再麾〔四一〕。中間叨相青宮〔四二〕，忝司緹騎〔四三〕，纔通閨籍〔四四〕，又處藩條〔四五〕。越井朝臺〔四六〕，備經艱險；貪泉湞水〔四七〕，益勵平生。是甘馬革之言〔四八〕，常懼武皮之誚〔四九〕。及聖造遠流南極〔五〇〕，許拱北辰〔五一〕，黄犢留官〔五二〕，胡牀掛柱〔五三〕，如生羽翼〔五四〕，若出嬰羅〔五五〕，誓以歸彼冗員，處之散地〔五六〕。

俄以朝那闕守〔五七〕，昆壤須人〔五八〕，一去闕庭〔五九〕，五罹寒燠。處京畿五百里之内〔六〇〕，控蕃寇數十州之多。提鼓燒烽，增埤濬洫〔六一〕。雖國家遠追上策〔六二〕，不事交争〔六三〕；然蛇豕難防〔六四〕，犬羊易縱，苟罷嚴徹警，則負約渝盟〔六五〕。臣自受命以來，爲日斯久，未嘗一日不修戰格〔六六〕，未嘗一日不數軍儲〔六七〕。使士有鬭心，人無虚額，使之偵候〔六八〕，咸亦聞知〔六九〕。尚未能率厲驍雄，揣摩鋒鏑〔七〇〕，遠收麻壘〔七一〕，直取艾亭〔七二〕。成大朝經武之威〔七三〕，畢微臣報主之分。可書竹帛〔七四〕，不辱旂常〔七五〕。

蓋以久處炎荒，備薰瘴毒〔七六〕，内摇心力，外耗筋骸。雖馬援據鞍，尚能矍鑠〔七七〕；而班超攬鏡，不覺蕭衰〔七八〕。恐無以早就大功，久當重任。自思已熟，求退爲宜〔七九〕。伏惟皇帝陛下，道冠百王，功高三代，照臨若日，覆露如天〔八〇〕。況今國不乏人，時稱多士〔八一〕，有才略在臣之右，齒髮少臣之年〔八二〕，俾代處是邦〔八三〕，遞臨斯位，以之責效，誰曰不然！俾前達後生〔八四〕，皆無蔽滯；由中及外，得以交相。成陛下適時之方〔八五〕，減微臣固寵之責〔八六〕。臣不勝祈恩懇迫之至。謹差某官某奉表以聞〔八七〕。

【校注】

〔一〕本篇原載《文苑英華》卷六〇二第五頁、清編《全唐文》卷七七一第一七頁、《樊南文集詳注》卷一。〔徐箋〕此王茂元爲涇原節度求代表也。《舊書·文宗紀》：大和九年，李訓、鄭注用事。是歲冬十月癸未，以前廣州節度使王茂元爲涇原節度使。踰月而甘露之變作。「中人掎摭」其事，當在此際。而表云「一去闕庭，五罹寒暑」，蓋中人得其重賂，故能久帥涇原。其陳情當在開成四年之秋冬，去文宗之升遐無幾矣。〔馮箋〕按《舊書·職官志》：「凡諸軍鎮使、副使以上皆四年一替。」茂元鎮涇原，至開成四年冬滿四年之期，此表亦循例也。上表後當即受代入朝。〔按〕茂元大和九年十月出鎮涇原，至開成四年十月任期已滿。此表云「一去闕庭，五罹寒暑」，係從大和九年至開成四年首尾所歷年數。表當爲開成四年十月任期已滿時所上。時已入冬，與「五罹寒燠」正合。

〔二〕〔徐注〕《説苑》：虞丘子謂楚莊王曰：「臣爲令尹，處士不升，妨群賢路。」

〔三〕〔徐注〕《左傳》：敢辱高位，以速官謗。

〔四〕〔馮注〕《周禮》：掌節，凡邦國之使節，山國用虎節，土國用人節，澤國用龍節，皆金也，以英蕩輔之。《漢書》：元封元年詔曰：「朕將巡邊垂，擇兵振旅，躬秉武節。」《舊書・職官志》：旌以專賞，節以專殺。〔補注〕武節，將帥憑以專制軍事之符節。非「虎節」之諱改。

〔五〕信，《英華》作「侯」，注：集作「信」。〔馮注〕《周禮・大宗伯》：以玉作六瑞，侯執信圭。注曰：信，當爲「身」，聲之誤也。〔補注〕《周禮》鄭玄注云：「身圭、躬圭，蓋皆象以人形爲瑑飾，文有麤縟耳，欲其慎行以保身。圭皆長七寸。」或謂信圭係受到天子信用之象徵，故以喻指皇帝予以委任之印信。「强委」之「委」，係「棄」義。

〔六〕〔馮注〕《周禮・大宗伯》：以九儀之命，正邦國之位。壹命受職，再命受服，三命受位，四命受器，五命賜則，六命賜官，七命賜國，八命作牧，九命作伯。

〔七〕〔馮注〕《後漢書・班超傳》：相者曰：「祭酒布衣諸生耳，而當封侯萬里之外。」後永元中，爲西域都護，封定遠侯。又：超久在絶域，年老思土，上疏曰：「臣不敢望到酒泉郡，但願生入玉門關。」

〔八〕〔徐注〕盧諶詩序：因緣運會，得蒙接事。《孔叢子》：仲尼大聖，自兹以降，世業不替也。〔補注〕因緣，憑藉。代業，世業，唐諱「世」作「代」。

〔九〕逢，《英華》注：集作「遇」。

〔一〇〕嘗，《英華》作「常」，注：集作「嘗」。〔徐注〕《左傳》：姜氏謂（晉）公子曰：「子有四方之志。」

〔馮注〕《禮記》：男子生，桑弧蓬矢六，射天地四方。男子之所有事也，必先有志於其所有事。

〔一二〕〔馮注〕《後漢書·陳蕃傳》：蕃庭宇蕪穢，蕃曰：「大丈夫處世，當掃除天下，安事一室乎？」

〔一三〕《英華》原注〕《左傳》范武子即士會，士會即隨會。至隋，始改「隨」爲「隋」。〔馮注〕《左傳》：子木問范武子之德於趙孟，對曰：「夫子之家事治，言于晉國無隱情，祝史陳信於鬼神無愧辭。」

〔一三〕纂，馮注本作「慕」。〔徐注〕《後漢書·鄧禹傳》：禹有子十三人，各使守一藝。修整閨門，教養子孫，皆可以爲後世法。顯宗即位，拜爲太傅。《晉書·山簡傳》：郭泰、許劭之倫，明清議於草埜。〔馮注〕《後漢書·鄧禹傳》：自祖、父，禹教訓子孫，皆遵法度，閨門静居。按：清議之於鄧氏，俟考。

〔一四〕〔馮注〕曹植《求自試表》：微才不試，没世無聞；禽息鳥視，終於白首。

〔一五〕〔徐注〕《説苑》：孟嘗君曰：「縷因針而入，不因針而急；嫁女因媒而成，不因媒而親。」〔馮注〕《韓詩外傳》：宋玉因其友見楚襄王，襄王待之無以異，乃讓其友。友曰：「夫薑桂因地而生，不因地而辛；女因媒而嫁，不因媒而親。子之事王未耳，何怨於我？」按：此則謂恥求人薦舉也。

〔一六〕〔馮注〕《周禮》：太宰正月之吉，縣治象之法于象魏。注曰：象魏，闕也。疏曰：周公謂之象魏，雉門之外兩觀，闕高魏魏然，孔子謂之觀。

〔一七〕〔徐注〕《晉書·裴頠傳》：臣亦不敢聞殊常之詔。魚豢《魏略》：芸香辟紙魚蠹，故藏書臺曰芸臺。〔馮箋〕《新書·傳》：茂元少好學，德宗時上書自薦，擢試校書郎，改太子贊善大夫。

〔一八〕〔徐注〕王粲《從軍詩》：從軍有苦樂，但問所從誰。所從神且武，焉得久勞師？

〔一九〕草，《英華》作「掌」，注：集作「草」。〔徐注〕《典略》：陳琳字孔璋。草檄文成，以呈太祖。太祖先苦頭風，是日疾發，卧讀琳所作，翕然而起曰：「此愈我疾。」

〔二〇〕〔徐注〕《魏志》：琳被太祖辟爲丞相掾屬。〔馮注〕《魏志》：太祖以爲軍謀祭酒，管記室。按：此則茂元嘗爲書記。

〔二一〕〔徐注〕《書》：王以成周之衆，命畢公保釐東郊。箋：《舊書》：吕元膺，字景文，鄆州東平人。元和中代權德輿爲東都留守。〔馮注〕《新書·傳》：元膺署茂元防禦判官。〔補注〕保釐，治理百姓，保護扶持使之安定。

〔二二〕道，《英華》作「古」。畔，《英華》注：集作「叛」。換，《全文》作「援」，誤，據《英華》改。〔徐注〕《漢書·叙傳》：項氏畔換，黜我巴蜀。注：强恣貌。箋：師古，當作「師道」。《舊書·李正己傳》：師道，師古異母弟。師古死，其奴不發喪，潛遣使迎師道於密而立之。元和元年十月，加檢校工部尚書，充平盧軍及淄青節度副大使，知節度事。自正己至師道，竊有鄆、曹等十二州六十年矣。《新書·方鎮表》：元和十五年，賜鄆曹濮節度使號天平軍。〔馮注〕《南史·宋武帝紀》：劉毅叛換，志肆姦暴。《玉篇》引《詩》云：無然伴換。注：伴換，猶跋扈也。按：叛、畔古通。「叛逆」每云「叛換」，其字甚多。《舊書·李正己傳》：（元和）十年，王師討蔡州。初，師道置留邸於河南府，兵諜雜以往來，吏不敢辨。因吴元濟北犯汝、鄭，郊畿多警，防禦兵盡戍伊闕。師道潛以兵數十百人内其邸，謀焚宮闕而肆殺掠。既烹牛饗衆矣，明日將出，會有小將詣留守吕元膺告變。

〔二三〕〔馮注〕《漢書·季布傳》：至，留邸。師古曰：郡國朝宿之舍在京師率名邸。《舊書·憲宗紀》：元和十年八月，淄青節度李師道陰與嵩山僧圓淨謀反，勇士數百人伏於東都進奏院，乘洛城無兵，欲竊發焚燒宮殿而肆行剽掠。小將楊進、李再興告變，留守吕元膺乃出兵圍之，賊突圍而出，入嵩岳山棚，盡擒之。訊其首，僧圓淨主謀也。僧臨刑歎曰：「誤我事，不得使洛城流血。」

〔二四〕〔徐注〕《晉書》：傅玄每有奏劾，或值日暮，捧白簡，整簪帶，坐而待旦。案《代僕射濮陽公遺表》云：「藍衫不脱，竹簡仍持。」與此同意。白簡即竹簡。《唐會要》：武德四年，詔五品以上執象笏，六品以下執竹木笏。《初學記》云：笏，手板也。〔馮注〕按徐説固是，而《初學記》引崔篆《御史箴》曰：「簡上霜凝，筆端風起。」又引《宋書》：顔延之爲御史中丞，何尚之與之書曰：「絳騶清路，白簡深劾。」《通典》曰：「魏時御史八人，當大會殿中，簪白筆側陛而坐，以奏不法。」蓋御史以糾察彈劾爲職，凡彈事曰「輒奉白簡以聞」。此則不計品階之高下者。

〔二五〕〔徐注〕《古詩》：青袍似春草。案：（《遺表》所云）藍衫即青袍。杜氏《通典》：「貞觀四年，令八品、九品以上服青。」時茂元爲元膺防禦判官，判官例以御史充，故青袍，義山詩所謂「青袍御史」是也。〔馮注〕按《唐會要》《舊書·志》，六品、七品服緑，八品、九品服青。後以深青亂紫，改著碧青、碧藍，仍相類也。

〔二六〕〔馮注〕《史記·太史公自序》：在趙者以傳劍論顯。服虔曰：世善傳劍也。蘇林曰：傳，手搏論而釋之。又《自序·孫子吴起贊》曰：非信仁廉勇，不能傳劍論兵書也。〔徐注〕《後漢書·馬援傳》：帝常言，伏波論兵與我意合。

〔二七〕〔徐注〕《孫子》：將者，智、信、仁、勇、嚴也。

〔二八〕〔馮注〕《左傳》：左執鞭弭，右屬櫜鞬。羽，箭也。〔補注〕鞬，馬上盛弓矢之具。

〔二九〕〔徐注〕《漢書·藝文志》：五行家有《風后孤虚》二十卷。《後漢書·方術傳》：孤虚之術。注曰：孤謂六甲之孤辰，若甲子旬中，戌亥無干，是爲孤也。對孤爲虚。《趙彦傳》：朝廷令宗資討泰山殘賊，彦爲資陳孤虚之法。〔馮注〕《抱朴子》：太公曰：「從孤擊虚，萬人無餘，一女子當百丈夫。」〔補注〕孤虚，古代方術用語。以十天干順次與十二地支相配爲一旬，所餘之兩地支稱爲孤，與「孤」相對者爲「虚」。古代常用以推算吉凶禍福及事之成敗。

〔三〇〕〔徐注〕《漢書·趙廣漢傳》：其發姦擿伏如神。

〔三一〕〔徐注〕《後漢書·劉玄傳》注：漢法，十里一亭，亭置一長，捕賊掾專捕盜賊也。

〔三二〕刃，《英華》注：集作「忍」。〔馮注〕用投刃皆虚之義，見《天台山賦》，本《莊子》庖丁遊刃有餘之語也。

〔三三〕〔徐注〕《易》：鳥焚其巢，旅人先笑後號咷。〔馮箋〕《舊書·吕元膺傳》：元膺追兵伊闕，圍留邸，半月無敢進攻。防禦判官王茂元殺一人而後進。或有毀其墉而入者。賊衆突出，轉掠郊墅，東濟伊水，望山而去。元膺誡境上兵，重購捕之。數月，官兵圍於谷中，盡獲之。

〔三四〕〔徐注〕《漢書·百官公卿表》：凡吏秩比二千石以上皆銀印青綬。注：《漢舊儀》云：「銀印背龜紐，其文曰章。」

〔三五〕〔徐注〕《漢書·文帝紀》注：應劭曰：「竹使符，皆以竹箭五枚，長五寸。鐫刻篆書第一至第五。」〔馮注〕《漢書·文帝紀》：二年初，與郡守爲銅虎符，竹使符。張晏曰：符以代古之圭璋，從簡易也。師古曰：各分其半，右留京師，左以與之。

〔三六〕隼旟，見《爲安平公謝除兖海觀察使表》注〔三〕。〔馮注〕楚峽，歸州也。《晉書·志》：秭歸，故楚子國。《舊書·志》：歸州，隋巴東郡之秭歸縣，其屬縣即古巫縣，夔子之地，巫峽在其境。本集《祭文》有「秭歸爲牧」句可證。《文苑英華》有茂元作《三閭大夫屈先生祠堂銘》，中云：「元和十五年，余刺建平之再歲也。」歸州在晉爲建平郡矣。徐氏以爲峽州，誤也。茂元文止傳此篇。

〔三七〕〔徐注〕《晉書·宣帝紀》：固辭，天子曰：「此非以爲樂，乃分憂耳。」詳見《代彭陽公遺表》「惟切分憂」注。〔按〕指出任刺史之職。

〔三八〕〔徐注〕《後漢書·輿服志》：三公列侯伏熊軾黑轓。《漢書·地理志》：江夏郡竟陵縣有鄖鄉。楚鄖公邑。箋：鄖城，謂郢州。〔馮注〕《舊書·志》：郢州長壽縣，漢竟陵縣地，屬江夏郡。又均州有鄖鄉縣，漢錫縣地，屬漢中郡。則此云「鄖城」，斷不指均，而當指郢矣。〔補箋〕《祭外舅贈司徒公文》：「乃乘驄馬，來臨秭歸……遷去鄖城，仍臨蔡壤。」王茂元任歸州刺史在元和十四年至長慶元年末，其移刺郢州當在長慶二年至寶曆元年。參郁賢皓《唐刺史考》。

〔三九〕〔徐注〕《南史·蕭琛傳》：近於通貴。〔馮注〕《南史·沈慶之傳》：慶之既通貴。字習見。〔補注〕通貴，通達顯貴。

〔四〇〕〔徐注〕《漢書·張耳傳》：南有五嶺之戍。注：裴氏《廣州記》云：「大庾、始安、臨賀、桂陽、揭陽，是爲五嶺。」〔馮注〕《史記·始皇本紀》：三十三年，發諸人遣戍。注曰：五嶺，《廣州記》云：「大庾、始安、臨賀、揭楊、桂陽。」《輿地志》云：「一曰臺嶺，亦名塞上，今名大庾；二曰騎田；三曰都龍；四曰萌諸；五曰越嶺。」《後漢書·吴祐傳》：踰越五嶺。注曰：領者，西自衡山之南，東至於海，一山之限耳。別標名則有五焉。按：都龍，或作「都龐」；萌諸，或作「萌渚」；而越嶺即始安也。餘參《爲尚書濮陽公涇原讓加兵部尚書表》「屬者出征海嶠」注。

〔四一〕再麾，見《代安平公華州賀聖躬痊復表》注〔二四〕。〔馮箋〕按《舊書·文宗紀》：大和二年四月，以邕管經略使王茂元爲容管經略使。《地理志》：邕州朗寧郡，容州普寧郡，皆屬嶺南道。二經略使，嶺南五管中之都督府也。（茂元）本傳略之矣。凡節度、觀察、經略等使辭日，賜雙旌雙節，見《百官志》。再麾者，即雙旌之義。或謂因移鎮故再麾，謬也。下有《爲滎陽公桂州謝上表》云「叨賜再麾」，時固初出鎮也。唐文以雙旌爲再麾者極多。二句謂踰嶺而兩爲經略。〔補箋〕《祭外舅贈司徒公文》：「容山至止，郎（朗）寧去思。」按王茂元任邕管經略使約在大和元年至二年四月，任容管經略使在大和二年四月至五年左右。

〔四二〕〔馮注〕《神異經》：東明山中有宫，青石爲牆，門有銀牓，以青石碧鏤題曰「天地長男之宫」。〔補注〕此「青宫」借指太子東宫。東方屬木，於色爲青，故稱太子宫爲青宫。叨相青宫，指其爲東宫官屬。

〔四三〕〔徐注〕《環濟要略》：司隸出，從緹騎。《通典》：漢執金吾，緹騎二百人，持戟五百二十人。輿服導從，光生滿路。唐爲左右金吾衛，置大將軍一人，將軍二人副其事。〔馮注〕《周禮注疏》：緹，其色紅赤。今時五伯緹衣，古兵服之遺色。《後漢書·志》：執金吾緹騎二百人。據此，茂元爲金吾衛將軍，《紀》文不誤。《舊·傳》云「元和中爲右神策將軍」，誤矣。而東宫官有賓客、詹事、少詹事，茂元必一爲之，傳又遺之矣。〔張箋〕《補編·祭文》亦云：「既相温文，旋遷徼衛。複道親警，嚴更密隸。統臨緹騎，東都之上將今官；意氣朱旗，南嶽之諸劉昔誓。」《新書·百官志》：「太子賓客正三品，掌侍從規諫，贊相禮儀。」是茂元之罷容管，必以賓客等官内召，又除金吾將軍而後出使也。

〔四四〕〔徐注〕謝朓詩：既通金閨籍。〔馮注〕按金閨即金門。此謂方居京職。《三輔黄圖》：漢宫門各有禁，非侍衛通籍之臣不敢妄入。《史記·魏其侯傳》：太后憎竇嬰，除嬰門籍，不得入朝請。〔補注〕《漢書·元帝紀》「令從官給事宫司馬中者，得爲大父母父母兄弟通籍」顔師古注引應劭曰：「籍者，爲二尺竹牒，記其年紀、名字、物色，懸之宮門，案省相應，乃得入也。」

〔四五〕〔徐曰〕謂出帥嶺南。〔馮注〕《隋書・公孫景茂傳》：宜升戎秩，兼進藩條。《舊書・紀》：大和七年正月，以右金吾衛將軍王茂元爲嶺南節度使。《舊書・傳》：檢校工部尚書、嶺南節度使。在安南招懷蠻落，頗立政能。按《舊書・志》：廣州刺史充嶺南五府經略使，安南都督亦所屬也。但此「安南」字未知無誤否。

〔四六〕〔徐注〕《太平御覽》：《郡國志》曰：「廣州越井岡，一云越王井，言趙佗誤墜酒杯於井，遂浮出石門，故諺曰『石門通越井』也。」《明一統志》：越秀山在廣州府城内，上有越王臺故址，昔尉佗因山爲之。又有越王井，一名趙佗井，南漢劉氏號爲玉龍泉。《水經注》：尉佗舊治處，負山帶海，博敞渺目。佗因岡作臺，北面朝漢。圓基千步，直峭百尺，頂上二畝，複道迴環，朔望升拜，名曰朝臺。王象之《輿地紀勝》：朝臺在廣州番禺縣西五里。案：李涉《鷓鴣詞》云：「越岡連越井，越鳥更南飛。」即此越王井也。〔馮注〕《寰宇記》：天井岡，廣州南海縣北四里。《南越志》：天井岡下有越王井，深百餘尺，云是趙佗所鑿。諸井鹹鹵，惟此井甘泉，可以煮茶。昔有人誤墜酒杯於此井，遂流出石門，故詩云「石門通越井」。

〔四七〕〔《英華》原注〕《漢・武帝紀》：「下湞水。」湞水出湞陽縣，今屬英州，改作真陽。集作「湞」，非。〔徐注〕《晉書》：吳隱之爲廣州，石門有貪泉，傳云飲者貪。隱之酌而飲之，爲詩曰：「若使夷、齊飲，終當不易心。」《漢書》：樓船將軍楊僕出豫章，下湞水。師古曰：湞，音丈庚反。

《水經注》:溱水南逕湞陽縣,西出湞陽峽,左則湞水注之。水出南海龍川縣西,逕湞陽縣南,右注溱水,故應劭曰「湞水西入溱」也。《元和郡縣志》:石門水一名貪泉,出廣州南海縣西三十里平地。湞水在韶州曲江縣東一里。《太平寰宇記》:曲江,漢舊縣,以湞水屈曲爲名。

〔四八〕〔馮注〕《後漢書·馬援傳》:援謂孟冀曰:「男兒要當死於邊野,以馬革裹尸還葬耳,何能卧牀上在兒女子手中邪?」冀曰:「諒爲烈士當如此矣。」

〔四九〕〔徐注〕《揚子》:羊質而虎皮,見草而悦,見狼而戰。箋:《遺表》云:「兩踰嶺嶠,四建牙旗。」是茂元官嶺南者再也。自鄖城遷者似是郡守,而下文云「中間叨相青宫,忝司緹騎」,則又自嶺南入爲京職……恐初解嶺南而還,别授儲官,史載之不詳耳。

〔五〇〕〔徐注〕《淮南子》:章亥自北極步至南極。〔補注〕聖造,聖恩。南極,南方極遠之地,此指嶺南。

〔五一〕〔補注〕《論語·爲政》:「爲政以德,譬如北辰,居其所,而衆星共(拱)之。」此謂許其供職朝廷。

〔五二〕〔徐注〕《晉書·羊祜傳》:祜兄子篇,爲鉅平侯,奉祜嗣。篇歷官清慎,有私牛於官舍產犢,及遷而留之。〔馮注〕又《王遜傳》:遜遷上洛太守,私牛馬在郡生駒犢者,秩滿悉以付官。《魏略》:時苗建安中入丞相府,出爲壽春令,乘薄軬車黄牸牛,布被囊。居官歲餘,牛生一犢,及其去,留其犢,曰:「令來時本無此犢,犢是淮南所生有也。」

〔五三〕〔徐注〕《魏略》:裴潛爲兖州刺史,嘗作一胡牀,及其去也,留以掛柱。〔馮注〕程大昌《演繁露》：胡牀本自虜來，隋改名交牀，唐時又名繩牀。裴潛事，見《魏志・傳》注。

〔五四〕〔馮注〕《禮記》：羽翼奮。〔徐注〕魏文帝詩：身輕生羽翼。

〔五五〕〔徐注〕郭璞《江賦》：慦神使之嬰羅。〔馮注〕唐人每以嶺外爲險遠，故云。

〔五六〕〔馮注〕《後漢書》：蔡邕論長吏之還朝者，若器用優美，不宜處之冗散。〔徐箋〕此言解嶺南節度而歸，惟願爲冗散也。

〔五七〕〔徐注〕《漢書・地理志》：安定郡有朝那縣。應劭曰：（《史記》）「故戎那邑」也。案：朝那故城在今陝西平涼府城東南。唐涇州安定郡治保定縣，即今府治平涼縣，古朝那地也。

〔五八〕〔徐注〕楊惲《報孫會宗書》：安定山谷之間，昆夷舊壤。《新書・方鎮表》：大曆三年，置涇原節度使，治涇州。貞元六年，涇原節度領四鎮北庭行軍節度使。元和四年，增領行渭州。〔馮注〕《舊書・志》：涇原節度領涇、原、渭、武四州。

〔五九〕〔徐注〕潘岳《西征賦》：竊託慕于闕庭。

〔六〇〕內，《全文》作「地」，此從《英華》。〔補注〕《周禮・地官・大司徒》：「乃建王國焉，制其畿方千里而封樹之。」賈公彦疏：「王畿千里，以象日月之大，中置國城，面各五百里。」《元和郡縣圖志》卷三：「涇州東南至上都四百八十里。」

〔六一〕〔馮注〕埤，與「陴」同，城上女墻也。如《左傳》：「授兵登陴。」此與《漢書・劉向傳》「增埤爲高」之義相類而微異。〔補注〕洫，護城河。

〔六二〕追，《英華》注：集作「敦」。

〔六三〕〔徐注〕《漢書・匈奴傳》：王莽欲窮追匈奴。嚴尤諫曰：「匈奴爲害，未聞上世有必征之者也。後世三家，周、秦、漢征之，然皆未有得上策者也。周得中策，漢得下策，秦無策焉。」

〔六四〕〔徐注〕《左傳》：申包胥曰：「吴爲封豕長蛇，以薦食上國。」

〔六五〕〔徐箋〕自廣德元年涇原没于吐蕃以後，頻復頻陷。〔馮箋〕按唐與吐蕃，肅、代時已與會盟，而德宗建中四年有清水之盟，貞元三年有平涼川之盟。平涼川近涇州。是時已劫盟，渾瑊奔而免。自後使命往來，屢申盟好，而寇掠時有。《舊書・吐蕃傳》曰：「雖每遣行人來修舊好，背惠食言，不顧禮義。」而涇州廣德元年曾爲吐蕃所陷，自後入寇，此州每被其兵。皆詳史文。

〔六六〕日，《英華》作「食」。〔馮注〕《舊書・張仁愿傳》：爲朔方軍總管，於河北築三受降城，不置壅門及却敵戰格之具。或曰：「邊城禦賊之所，不爲守備，何也？」仁愿曰：「寇至當併力出戰，迴顧望城，猶須斬之，何用守備，生其退恧之心？」《通典》：笓籬戰格，於女牆上跳出三尺，用避矢石。

〔六七〕日，疑當作「食」。〔徐注〕《左傳》：歸而飲至，以數軍實。〔馮注〕《吴志・周魴傳》：輦貲運糧，以爲軍儲。

〔六八〕〔馮注〕偵候，探候也。史文屢見。〔徐注〕《晉書・桓玄傳》：玄偵候還云：「裕軍四塞，不知多少。」

〔六九〕〔馮箋〕《舊書・吐蕃傳》：涇州之西，惟有連雲堡，每偵候賊之進退。貞元三年九月，吐蕃陷之，涇州不敢開西門，樵蘇殆絶。按：採此以見涇州偵候之要地耳。至四年三月，《通鑑》仍書「劉昌復築連雲堡」也。又《太平御覽》引《唐書》：「元和中，涇原節度使段祐請城涇州西北之臨涇城。其界有青石嶺。」亦連雲堡之地。

〔七〇〕摩，《英華》作「磨」。〔補注〕鋒鏑，刀刃與箭鏃。

〔七一〕〔馮注〕《初學記》：《秦州記》曰：「枹罕城西有麻壘，壘中可容萬衆。」

〔七二〕〔馮注〕《漢書・地理志》：天水郡豲道縣騎都尉治密艾亭。按：秦州本天水郡，時陷於吐蕃，故云。

〔七三〕〔馮注〕《左傳》：子姑整軍而經武乎？〔徐注〕《後漢書・杜篤傳》：辛氏秉義經武。〔補注〕經武，整治武備。

〔七四〕〔徐注〕《後漢書・鄧禹傳》：禹曰：「但願垂功名於竹帛耳。」〔馮注〕《吴越春秋》：樂師曰：「名可留於竹帛。」

〔七五〕〔馮注〕《周禮・春官・司常》：日月爲常，交龍爲旂。《夏官・司勳》：凡有功者，銘書於王之太常，祭於大烝，司勳詔之。

〔七六〕薰，《英華》作「熏」。〔徐注〕《番禺雜編》：嶺外二三月爲青草瘴，四五月爲黄梅瘴，六七月爲新木瘴，八九月爲黄茅瘴。〔馮注〕按《太平御覽》引《郡國志》：「容州瘴氣，春爲青草瘴，秋爲黄茅瘴。」蓋嶺外已有瘴，至南尤多瘴癘也。茂元歷邕、容、廣州，故云。

〔七七〕〔馮注〕《後漢書·馬援傳》：援年六十二，據鞍顧盼，以示可用。帝笑曰：「矍鑠哉，是翁也！」遂遣率馬武等征五溪。

〔七八〕〔徐注〕《後漢書·班超傳》：超自以久在絶域，年老思土，上疏曰：「臣超犬馬齒殲，常恐年衰，奄忽僵仆。」超妹昭亦上書請超曰：「超年最長，今且七十，衰老被病，頭髮無黑。」《晉書·王衍傳》：在車中攬鏡自照。

〔七九〕〔徐注〕《後漢書·韋彪傳》：詔曰：「中被篤疾，連上求退。」

〔八〇〕〔徐注〕《晉語》：是先主覆露子也。注：露，潤也。《淮南子》：帝者覆露昭導，普施而無私。〔馮注〕《漢書·嚴助傳》：陛下垂德惠以覆露之。〔補注〕覆露，蔭庇，養育。

〔八一〕〔補注〕《書·多方》：「猷告爾有方多士，暨殷多士。」《詩·大雅·文王》：「濟濟多士，文王以寧。」多士，衆多賢士。

〔八二〕〔徐注〕《漢書》：高后令大謁者張澤報冒頓書曰：「年老氣衰，髮齒墮落。」

〔八三〕〔馮校〕上三字似有一衍。

〔八四〕〔馮校〕「俾」字重，或疑作「庶」。

〔八五〕〔徐注〕《晉書·王羲之傳》：遺謝安書曰：「豈非適時之宜邪？」

〔八六〕〔馮注〕《漢書·韓王信傳》：韓增寬和自守，保身固寵，不能有所建明。

〔八七〕某官某，《全文》作「某官」，據《英華》補。

〔蔣士銓曰〕大是卑近，存以備覽。（《忠雅堂評選四六法海》卷二）

## 祭韓氏老姑文〔一〕

猗歟我家，世奉玄德〔二〕。讓弟受封〔三〕，勤王賜國〔四〕。名芳彝鼎〔五〕，勳盈史册。季孟國、高〔六〕，秦晉欒、郤〔七〕。恭惟柔範，載稟淵塞〔八〕。既作女師〔九〕，乃爲嬪則〔一〇〕。潁水波清〔一一〕，梁園月明〔一二〕。言旋百兩〔一三〕，且拜雙旌〔一四〕。託侯令弟〔一五〕，配國名卿。入從述職，出輔專征〔一六〕。螽斯不妬〔一七〕，鳳凰和鳴〔一八〕。此時同慶，東郡分榮〔一九〕。使者責梁〔二〇〕，公子專魏〔二一〕。帝念元昆，人思仲氏。杖節赴敵〔二二〕，斬芻盡瘁〔二三〕。無以家爲〔二四〕，或從王事〔二五〕。

《禮》優内子〔二六〕，《詩》美夫人〔二七〕。冕紘瑱紞〔二八〕，山蕨澗蘋〔二九〕。子元罕見〔三〇〕，冀缺如賓〔三一〕。《緑衣》有感，翟茀仍新〔三二〕。遽歎夜川〔三三〕，遄聞晝哭〔三四〕。原阡舊署〔三五〕，孟鄰斯卜〔三六〕。閒居獻壽〔三七〕，作賦之官〔三八〕。弓裘望襲〔三九〕，菽水承歡〔四〇〕。福善餘基〔四一〕，好謙舊祉。復自良人，集於之子。

爰從上蔡〔四二〕，去臨易水〔四三〕。空報登壇〔四四〕，未聞曳履〔四五〕。鼂父先歸，莫之能比〔四六〕。趙母上言，蓋不得已〔四七〕。寒暄結患〔四八〕，燥濕爲疵〔四九〕。徒虚百禄〔五〇〕，靡效三醫〔五一〕。嗚呼！壽夭所賦，彭殤不移〔五二〕。誰能了悟，孰不憂悲！何兹達識，乃克先知。同易簀以就正〔五三〕，如買棺而指期〔五四〕。苟有所累，安能及斯！

道遠轘轅〔五五〕，程遥河、洛。建旐臨塗〔五六〕，移舟就壑〔五七〕。日慘林嶺〔五八〕，風淒灌薄。積靄茫茫。行煙漠漠〔五九〕。某等誠深通舊，情協先親。始自童子，至於成人，年將二紀，恩冠六姻〔六〇〕。念升堂之如昨〔六一〕，慟幽夜之無晨〔六二〕。歌停行路，舂輟比鄰〔六三〕。雖寓辭之有所，終含酸而莫伸〔六四〕。壺清媿酎〔六五〕，俎薄羞芹〔六六〕。惟餘彤管，有美清塵〔六七〕。嗚呼尚饗〔六八〕！

【校注】

〔一〕本篇原載《文苑英華》卷九九一第四頁、清編《全唐文》卷七八二第二二頁、《樊南文集詳注》卷六。《英華》題下原注：故易定韓尚書太夫人。《全文》無此注。〔馮箋〕題首當亦有「爲某」字也。細檢史書，乃知「易定韓尚書太夫人」者，韓弘弟韓充之妻，而易定節度韓威之母也。此云

「勤王賜國」，疑亦代李氏之人所作。史於傳、表，皆不載充之子威，然以史文合之，則確然無疑矣。《舊書·韓弘韓充傳》：弘於貞元十五年檢校工部尚書、汴州刺史、宣武軍節度使。訖平吴元濟、誅李師道，弘乃入朝，在鎮二十餘年。充亦依兄主親兵。韓氏必婚於汴州，故「潁水」以下六句云然也。充以親逼權重，元和六年單騎走洛陽。朝廷亮其節，擢右金吾衛將軍。十五年，代姪公武爲鄜坊節度使、檢校工部尚書，所謂「入從述職，出輔專征」也。時弘以司徒、中書令兼河中尹、河中晉絳節度等使。長慶二年二月，充換義成軍、鄭滑節度使。兄弟皆秉節鉞，寵冠一時。義成治滑州，故曰「此時同慶，東郡分榮」也。是年七月，汴州軍亂，逐李愿，立都將李岕。朝廷以充久在汴，衆心悦附，命爲宣武節度，兼統義成之師討之。梁、魏，即汴州，用信陵事切梁、魏，又切兄弟。下文接云「元昆」「仲氏」，惟思其舊績，故有此新授也。《紀》云：「八月，充發軍入汴，營于千塔。」《新書·傳》謂「戰郭橋，破之」，《通鑑》云「斬首千餘級」，故有「杖節」二語。汴人素懷充，皆踴躍相賀。充密籍部伍間，得構惡者千餘人。一日下令，并父母妻子立出之，敢逡巡境内者斬，軍政大理。四年八月，暴疾卒。時充當多内寵，薄其夫人，得疾或由於好色，故「子元」以下六句云然也。《紀》書「開成三年十月，易定軍亂，不納新使李仲遷，立張璠子元益爲留後。十一月，以蔡州刺史韓威爲定州刺史、義武軍節度、北平軍等使」，與「爰從上蔡，去臨易水」合，則必充之子矣。《通鑑》云「義武節度張璠疾甚，戒其子元益舉族歸朝。及薨，軍中欲立元益，不納李仲遷，宰相欲發兵討之。上以易定地狹人貧，緩之當自生變，乃除元益代州刺史。軍中果有異議，以不便李仲遷爲辭，朝廷爲之罷仲遷。待張元益出定州，乃除韓威爲節度」。至開成五年八月，又有「易定軍亂，逐節度使陳君賞。君賞謀誅亂卒，軍城復安」之事，則君賞赴鎮，必更在前，而韓威之何以去易定，檢閲不得。玩「空報登壇，未聞曳履」諸句，豈威竟有不急承詔命之事，其母乃不得已而自上奏歟？抑有他故，乃即改除君賞歟？史皆疏漏，無可再考。又按：《舊・紀》大和八年十二月，書「以棣州刺史韓威爲安南都護」，與易定之既除韓威，而旋改授陳君賞相類。則韓威之不即赴鎮，可參觀矣。〔張箋〕此義山自祭。韓太夫人當是義山族姑，馮氏謂代西平家作，誤。又云：玩文用「黽父」「趙母」故實，韓威當更有獲罪賜死事，其得罪未必因羈延赴鎮之故。考《舊・紀》九月先書「以易州刺史李仲遷爲義武軍節度使」，又云「易定軍亂，不納新使李仲遷，立張璠子元益爲留後」，則韓威赴鎮，或即討元益，因兵敗被貶死，惜史傳無可徵實也。（張編開成四年。）〔岑仲勉曰〕（張箋）乃拾馮説而衍之者。馮之誤，余已辨正於《方鎮表正補》。黽父、趙母，無非表其有先見，謂韓氏姑幸止威不令赴鎮，否則早如君賞之被逐。此等隸事，不易恰切，故爲斷章取義，猶之姑是女性而乃用黽父典實耳。張箋常以不可泥看爲辭，此處反躬蹈其弊。（《平質》乙承訛《祭韓氏老姑文》條）又曰：馮注：……謂威不赴鎮，誠得厥解。但馮於文内「黽父先歸，莫之能比；趙母上言，蓋不得已」四句，又注云「則韓威當是僞言赴鎮而乃羈延以得罪也」（吴氏《考證》襲其説），則大失厥恉。蓋威不赴鎮，必上書辭謝，及朝廷不許，乃由其母上書自陳病狀，故以「黽父先歸」爲比，且言其出於不得已也。下文「何兹達識，乃克先知」，亦與稱母病相照應。由是言之，則韓威再辭不拜，朝廷乃即改除君賞，《補國史》繫其事於開成三年爲不虛，（按：開成三年《通鑑考異》引《補國史》：「（張元益）全家赴闕，詔以神策軍使陳君賞爲帥。」）今《表》三年韓威後應續著君賞，四年則單著君賞删却韓威，然後其情節乃得貫通無滯也。（《唐方鎮年表正補》）〔按〕韓氏老姑爲商隱之族姑。文首「猗歟我家，世奉玄德。讓弟受封，勤王賜國」，即指《北史·序傳》「涼武昭王李暠子翻，晉昌郡太守；翻子寶，魏太武帝時授沙州牧、燉煌公；長子承，太武賜爵姑臧侯，遭父喪，承應傳先封，以自有爵，乃以本封讓弟茂，時論多之」之事。馮氏於注内雖引此，然疑此文爲李姓他人如西平者作，非也。然文又云「某等誠深通舊，情協先親」，則亦非義山一人自祭，或兼同族兄弟而致祭也。據《舊唐書·文宗紀》，韓威除易定在開成三年十一月壬申。其母由患病至去世，再至長途歸葬（「道遠轘轅，程遥河、洛。建旐臨塗，移舟就壑」），其間時日必不甚短。張氏《會箋》繫開成四年，可從。又據《册府元龜》卷一四〇《帝王部·旌表四》：「開成四年十二月，贈故易定觀察判官兼侍御史李士季給事中……士季爲易定節度張璠從事，璠卒之初，士季知留務，三軍欲立璠之子元益，士季不從，遂爲亂兵所害。至是，舉褒贈之典。」士季被害後，朝廷又任命易州刺史李仲遷爲定州刺史、充義武軍節度使（時在開成三年九月壬申）。十月，「易定軍亂，不納新使李仲遷，立張璠子元益爲留後」（《舊·紀》），故十一月「壬申，以蔡州刺史韓威爲定州刺史、義武軍節度」（同上），韓威之未赴任，當因上述軍亂情事也。

〔二〕〔補注〕《詩·周頌·潛》：「猗與漆、沮，潛有多魚。」鄭玄箋：「猗與，歎美之言也。」《書·舜典》：「玄德升聞，乃命以位。」玄德，潛蓄不著於外之德性。〔馮曰〕李氏源出周柱下史，故曰「世奉玄德」也。

〔三〕〔馮注〕《北史·序傳》：涼武昭王之孫寶，魏太武時授沙州牧、燉煌公。長子承，太武賜爵姑臧侯。寶卒，承應傳先封，以自有爵，乃以本封讓弟茂，時論多之。「讓弟受封」，似當指此。《新書·表》，承後爲姑臧房，茂後爲燉煌房。文所序，當爲承、茂之裔。《表》於武陽、姑臧、燉煌、丹陽四房下，别標李陵之裔，魏賜姓丙氏、唐賜姓李氏一支；又標隴西李氏、後徙京兆一支，此則西平王之祖父也。《舊·傳》云：「晟代居隴右。」而先世未曾遠溯，不知亦出自姑臧、燉煌否？「勤王賜國」，似指西平。然序汴州之亂，語無迴護，「季孟國、高」二語，亦與西平家世尊貴不合。勤王立功，李族不乏其人。其屬何房，無可確定。觀起句所云，必本是李氏，非以功賜姓者也。〔按〕《請盧尚書撰李氏仲姊河東裴氏夫人誌文狀》云：「昔我先君姑臧公以讓弟受封，故子孫代繼德禮，蟬聯之盛，著於史諜。」是《祭韓氏老姑文》所謂「猗歟我家，世奉玄德。讓弟受封，勤王賜國」，即指商隱先世李承「讓弟受封」事，與西平無涉。馮氏未見《補編》，故有此疑。

〔四〕〔馮注〕《左傳》：狐偃言於晉侯曰：「求諸侯莫如勤王。」〔按〕「勤王賜國」事俟考，當亦商隱先世事，而非近如西平之立功受爵者。

〔五〕〔徐注〕《禮記》：衛孔悝鼎銘：「悝拜稽首曰：『對揚以辟之，勤大命施於烝彝鼎。』」〔補注〕謂於彝鼎上勒文紀功，名垂後世。

〔六〕〔徐注〕季孟國、高，謂在國、高之間。《論語》：以季孟之間待之。〔補注〕國、高，國子、高子之並稱。二人均爲春秋時齊國上卿。《左傳・僖公十二年》：「管仲辭曰：『臣，賤有司也，有天子之二守國、高在。』」杜注：「國子、高子。天子所命，爲齊守臣，皆上卿也。」

〔七〕〔徐注〕秦晉欒、郤，謂與欒、郤爲匹。〔補注〕欒、郤，欒書、郤克，春秋時晉大夫，曾先後爲晉中軍元帥。

〔八〕〔徐注〕《詩》：仲氏任只，其心塞淵。《晉書・袁宏傳贊》曰：公衡沖達，秉志淵塞。〔補注〕柔範，猶閨範。淵塞，見識深遠，篤厚誠實。

〔九〕〔徐注〕宋玉《神女賦》：顧女師。善曰：古者皆有女師，教以婦德。《漢書・外戚傳》：班婕妤誦《詩》及《窈窕》《德象》《女師》之篇。〔馮注〕《詩》：言告師氏。傳曰：師，女師也。

〔一〇〕〔徐注〕謝朓《哀册》：思媚諸姑，貽我嬪則。〔補注〕嬪則，爲婦之準則。

〔一一〕〔馮注〕《漢書・灌夫傳》：夫字仲孺，潁陰人也。宗族賓客爲權利，橫潁川。潁川兒歌之曰：「潁水清，灌氏寧；潁水濁，灌氏族。」

〔一二〕〔徐注〕《西京雜記》：梁孝王遊於忘憂之館，集諸遊士，使各爲賦，公孫乘爲《月賦》。〔按〕梁園，見《上令狐相公狀二》注〔二〇〕。

〔一三〕旋，《英華》作「從」。〔補注〕《詩・召南・鵲巢》：「之子于歸，百兩御之。」毛傳：「百兩，百乘也。諸侯之子嫁於諸侯，送御皆百乘。」

〔一四〕〔補注〕雙旌，唐代節度使領刺史者出行時之儀仗。《新唐書·百官志四下》：「節度使掌總軍旅，顓誅殺。……辭日，賜雙旌雙節。」「言旋」二句謂姑出嫁並拜見擔任節度使之韓弘。參題注引馮箋。

〔一五〕託，《英華》作「計」，注：集作「託」。〔徐注〕謝靈運詩：末路值令弟。

〔一六〕〔徐注〕《禮記·王制》：諸侯賜弓矢，然後征。《晉書·虞預傳》：疏曰：「淮夷作難，召伯專征。」〔按〕事詳題注引馮箋。

〔一七〕〔徐注〕《詩序》：《螽斯》，后妃子孫衆多也。言若螽斯不妬忌，則子孫衆多也。

〔一八〕〔徐注〕《左傳》：懿氏卜妻敬仲，其妻占之曰：「吉。是謂鳳凰于飛，其鳴鏘鏘。」

〔一九〕郡，《英華》作「都」，注：集作「群」。均誤。〔徐注〕《魏書·地形志》：東郡，秦置，治滑臺城。〔馮注〕《舊書·志》：滑州，隋東郡，武德元年改，以有古滑臺也。〔按〕事詳題注引馮箋。

〔二〇〕〔馮注〕《漢書·文三王傳》：梁王使人刺殺爰盎及他議臣十餘人，賊未得也。天子遣使冠蓋相望於道，覆按梁事。使者責二千石急，梁相軒丘豹及内史安國皆泣諫王。王乃令羊勝、公孫詭皆自殺，出之。上由此怨望於梁王。○此只取梁地，不用事實。

〔二一〕〔馮注〕《史記·魏世家》：惠王三十一年，徙治大梁。又《信陵君傳》：魏公子無忌者，魏安釐王異母弟也。安釐王二十年，秦昭王已破趙長平軍，又進兵圍邯鄲。公子姊爲趙惠文王弟平原君夫人，數遺魏王及公子書，請救於魏。魏王使將軍晉鄙救趙，留軍壁鄴。平原君使者冠蓋相屬。魏王畏秦，終不聽。公子從侯生計，殺晉鄙，將晉鄙軍擊秦，秦軍解去。公子留趙十年，秦日夜出兵東伐魏，公子趣駕歸救魏。魏王見公子泣，以上將軍印授公子，公子遂將。使使遍告諸侯，諸侯各遣將救魏。公子率五國兵破秦軍，乘勝逐至函谷關。公子威振天下。○此取信陵魏王之弟，比前充爲弘弟，兼取歸魏將兵，以喻來鎮汴州，非取救趙事也。特詳引，使易辨耳。〔按〕事詳題注引馮箋。

〔二二〕〔徐注〕《晉書·宣帝紀》：諸葛亮復來挑戰，帝將出兵以應之。辛毗杖節立軍門，帝乃止。〔馮曰〕杖節臨戎，史書屢見。

〔二三〕〔徐注〕《後漢書·第五倫傳》：倫攝會稽太守。雖爲二千石，躬自斬芻養馬。〔按〕事詳題注引馮箋。芻，飼草。

〔二四〕〔馮注〕《漢書·霍去病傳》：上爲治第，令視之，對曰：「匈奴不滅，無以家爲也。」

〔二五〕〔馮注〕《易·坤》卦：或從王事，無成有終，地道也，妻道也，臣道也。

〔二六〕〔徐注〕《左傳》：趙姬以叔隗爲內子而己下之。《禮記》：卿之配曰內子，大夫之配曰孺人，曰命婦。

〔二七〕〔徐注〕《詩序》：《鵲巢》，夫人之德也。〔補注〕《詩·召南·鵲巢》：「維鵲有巢，維鳩居之。」此似以鳩佔鵲巢暗喻後婦之得寵，而正室不妬，故美之，須與前「螽斯不妬」合看。

〔二八〕〔徐注〕《魯語》：敬姜曰：「王后親織玄紞，公侯之夫人加之以紘綖。」《左傳》：臧哀伯諫曰：「衡紞紘綖，昭其度也。」〔馮注〕注曰：衡，維持冠者；紞，冠之垂者；紘，纓從下而上者；綖，冠上覆。疏曰：紞者，縣瑱之繩，垂於冠兩旁。《詩》：玉之瑱也，充耳琇瑩。傳曰：充耳謂之瑱。箋云：充耳所以縣瑱，或謂之紞紘，纓皆以結冠於人首。

〔二九〕〔徐注〕《詩序》：《草蟲》，大夫妻能以禮自防也。其詩曰：「陟彼南山，言采其蕨。」《采蘋》，大夫妻能循法度也。能循法度，則可以承先祖，共祭祀矣。其詩曰：「于以采蘋，南澗之濱。」

〔三〇〕〔徐注〕《漢書·朱博傳》：博字子元，夜寢早起，妻希見其面。

〔三一〕〔徐注〕《左傳》：初，臼季使過冀，見冀缺耨，其妻饁之敬，相待如賓。

〔三二〕〔徐注〕《詩序》：《緑衣》，衛莊姜傷己也。妾上僭，夫人失位而作是詩也。《碩人》，閔莊姜也，其詩曰：「翟茀以朝。」〔補注〕翟茀，古代貴族婦女所乘之車，車簾兩邊或車廂兩旁以翟羽爲飾。

〔三三〕夜，徐注本作「逝」，非。〔馮曰〕夜川，哀輓常語。

〔三四〕〔徐注〕《禮記》：穆伯之喪，敬姜晝哭。文伯之喪，晝夜哭。孔子曰：「知禮矣！」〔按〕參題注引馮箋。

〔三五〕〔徐注〕《漢書·游俠傳》：京兆尹曹氏葬茂陵，民謂其道爲京兆阡。原涉慕之，迺買地開道立表，署曰南陽阡。人不肯從，謂之原氏阡。

〔三六〕〔徐注〕《列女傳》：孟母舍近墓。孟子之少也，嬉戲爲墓間之事，踴躍築埋。孟母曰：「此非所以居處子也。」乃去舍市旁，其子嬉戲爲賈，又曰：「此非所以居處子也。」乃舍學宫之旁。其子遊戲，乃設俎豆揖讓進退。曰：「此可以居處子矣。」長遂成大儒。

〔三七〕〔徐注〕潘岳《閒居賦序》：太夫人在堂，有羸老之疾，尚何能違膝下色養，而屑屑從斗筲之役乎？乃作《閒居》之賦曰：「稱萬壽以獻觴，咸一懼而一喜。」

〔三八〕〔馮注〕曹大家《東征賦》：惟永初之有七兮，余隨子兮東征。注曰：子穀爲陳留長，大家隨至官，作《東征賦》。

〔三九〕〔補注〕弓裘，謂父子世代相傳之事業。《禮記·學記》：「良冶之子，必學爲裘；良弓之子，必學爲箕。」高適《古樂府飛龍曲留上陳左相》：「相門連户牖，卿族嗣弓裘。」

〔四〇〕〔徐注〕《禮記》：孔子曰：「啜菽飲水盡其歡，斯謂之孝。」

〔四一〕基，《全文》作「慶」，此從《英華》。〔徐注〕《書》：天道福善禍淫。

〔四二〕〔徐注〕《〔舊書〕·地理志》：蔡州汝南郡，領上蔡縣。

〔四三〕〔馮注〕《水經》：易水出涿郡故安縣閻鄉西山。〔按〕臨易水，指任義武軍節度使。參題注引馮箋。

〔四四〕〔徐注〕《漢書·韓信傳》：蕭何曰：「王必欲拜之，擇日齋戒，設壇場，具禮，乃可。」王許之。〔補注〕登壇，指除韓威爲易定節度使。

〔四五〕〔馮注〕《漢書·鄭崇傳》：哀帝擢爲尚書僕射，數諫諍，每見，曳革履，上笑曰：「我識鄭尚書履聲。」〔補注〕未聞曳履，謂韓威未拜受任命。

〔四六〕〔馮注〕《漢書·鼂錯傳》：錯所更令三十章，諸侯讙譁。錯父從潁川來，謂錯曰：「劉氏安矣而鼂氏危，吾去公歸矣。」遂飲藥死，曰：「吾不忍見禍逮身。」

〔四七〕〔馮注〕《史記·趙奢傳》：趙王以奢子括爲將，代廉頗。其母上書言於王曰：「括不可使將，願王勿遣。王終將之，即有不稱，妾得無隨乎？」王許諾。及括敗，王以母先言，竟不誅也。○細玩語氣，似言不比在治所先歸，而乃在家上書。則韓威當是僞言赴鎮，而乃羈延以得罪也。

〔按〕詳題注引岑箋。

〔四八〕患，《英華》作「恙」。

〔四九〕〔補注〕疵，小病。《素問·本病論》：「民病温疫，疵發風生。」

〔五〇〕〔徐注〕《詩》：百禄是荷。

〔五一〕〔馮注〕《列子》：楊朱之友季梁得疾，七日大漸。其子謁三醫，一曰矯氏，二曰俞氏，三曰盧氏，診其所疾。俄而季梁之疾自瘳。

〔五二〕〔馮注〕《莊子音義》：彭祖名鏗，堯臣，封於彭城。歷虞、夏至商，年七百歲。《世本》云：「姓籛名鏗，年八百歲。」一云周時，即老子也。殤子，短命者也，或云年十九以下爲殤。王羲之《蘭亭序》：齊彭、殤爲妄作。〔徐注〕《莊子》：莫壽乎殤子，而彭祖爲夭。

〔五三〕〔徐注〕《禮記》：曾子寢疾，病，曾元、曾申坐於足，童子曰：「華而睆，大夫之簀與？」曾子曰：「然，斯季孫之賜也，我未之能易也。元，起易簀！」曾元曰：「夫子之病革矣，不可以變。」曾子曰：「吾何求哉！吾得正而斃焉，斯已矣。」舉扶而易之，席未安而没。

〔五四〕〔馮注〕《後漢書·謝夷吾傳》：豫尅死日，如期果卒。敕其子曰：「漢末當亂，必有發掘之禍。」使懸棺下葬，墓不起墳。時博士渤海郭鳳好圖讖，先自知死期，豫令弟子市棺斂具，至其日而終。按：文用郭鳳事。以上數聯，其母當以憂而死也。《檀弓》：買棺外内易。〔按〕謂韓氏老姑有先見之明，得免死於兵亂之域易定也。參題注引岑箋。

〔五五〕〔徐注〕《左傳》：使候出諸轘轅。《初學記》：轘轅關在洛陽。

〔五六〕旐，《英華》作「兆」，誤。〔補注〕建旐，樹靈旐也。

〔五七〕〔馮注〕《莊子》：藏舟於壑，藏山於澤，謂之固矣。然而夜半有力者負之而走，昧者不知也。郭注曰：方言生死變化之不可逃，故先舉固逃之極然，然後明以必變之符。

〔五八〕〔徐曰〕林嶺，疑是「林巒」。

〔五九〕〔徐注〕謝脁詩：生煙紛漠漠。

〔六〇〕〔徐注〕《隋書》：鄭善果母謂善果曰：「今此秩俸，當須散贍六姻。」〔馮注〕《北史·序傳》：顯貴門族，榮益六姻。

〔六一〕〔馮注〕《吴志》：周瑜字公瑾。初，孫堅徙家於舒，堅子策與瑜同年，獨相友善，瑜推道南大宅以舍策，升堂拜母，有無通共。

〔六二〕〔徐注〕《（文選）·陸機〈挽歌〉》：大暮安可晨。注：張奂遺令曰：「地底冥冥，長無曉明。」

〔六三〕〔徐注〕《曲禮》：鄰有喪，春不相。里有殯，不巷歌。《史記·商君傳》：趙良曰：「五羖大夫死，童子不歌謠，春者不相杵。」《漢書·孫寶傳》：寶祭竈，請比鄰。

〔六四〕〔徐注〕江淹《恨賦》：亦復含酸茹歎。

〔六五〕酎，《英華》作「酹」，注：集作「酎」。〔徐注〕《漢書》注：酎，三重釀醇酒也。

〔六六〕〔補注〕《列子·楊朱》：「昔人有美戎菽、甘枲莖芹萍子者，對鄉豪稱之。鄉豪取而嘗之，蜇於口，慘於腹。衆哂而怨之，其人大慚。」此以芹喻祭品微薄。

〔六七〕〔徐注〕《詩》：静女其孌，貽我彤管。傳：古者后夫人，必有女史彤管之法。史不記過，其罪殺之。事無大小，記以成法。〔補注〕彤管，古代女史記事所用之杆身朱漆之筆。此指筆。清塵，贊美韓氏老姑之清高風範。謝靈運《述祖德詩》：「苕苕歷千載，遥遥播清塵。」

〔六八〕尚饗，《英華》作「哀哉」，馮本從之。

## 爲渤海公謝罰俸狀〔一〕

右臣伏準御史臺牒，奉恩旨，以臣不先覺察妖賊賀蘭進興等〔二〕，宜罰兩月俸料者〔三〕。

伏以霧市微妖〔四〕，潢池小寇〔五〕，有乖先覺，上黷宸聽〔六〕。昔漢以捕盜不嚴〔七〕，猶加黜削〔八〕；晉以發姦無狀，亦峻科條〔九〕。豈若皇帝陛下，恩極好生〔一〇〕，德惟宥過〔一一〕。與其漏網〔一二〕，止以罰金〔一三〕。臣與寮屬等無任戴恩宥罪屏營之至〔一四〕。

**【校注】**

〔一〕本篇原載《文苑英華》卷六二八第五頁，清編《全唐文》卷七七二第一八頁，《樊南文集詳注》卷二。題内「渤海」二字，《英華》《全文》均誤作「濮陽」，據馮浩校箋改。〔馮箋〕舊作「濮陽」，誤，今改正。按：「濮陽」爲王茂元。考茂元由涇原入朝，似曾爲御史中丞，然在武宗已即位時，而此事乃開成四年，茂元尚在涇原，何云「不覺察」哉？且身爲中丞，又何云「準御史臺牒」哉？必非也。《舊書·紀》：「開成四年閏正月，高元裕爲御史中丞。」《高元裕傳》：「開成四年，爲御史中丞。藍田縣人賀蘭進與里内五十餘人相聚念佛，神策鎮將皆捕之。以爲謀逆，當大辟。元裕疑其冤，請出進等付臺覆問，然後行刑，從之。」即此事也。史作「進」，此作「進興」，《新書·魏謩傳》亦作「進興」。《傳》曰：「元裕建言未報，謩又言獄不在有司，法有輕重，何從而知？帝詔神策軍以官兵留仗内，餘付御史臺。臺憚仇士良，不敢異，卒皆誅死。」蓋高元裕在臺既疑此事有冤，而元裕遷京尹，此案方定，故以「不先覺察」責之。所叙自明，乃誤「渤海」爲「濮陽」也，故竟改正。〔張箋〕案《文集·爲尚書渤海公舉人自代狀》云：「臣謬蒙抽擢，素乏材能。況又方營鄗、畢，肇建園陵，苟推擇之不先，則顛覆而斯在。」是元裕尹京，必在文宗將葬，七、八月間。……馮氏改「濮陽」爲「渤海」，謂代元裕之作，今從之。惟謂事在開成四年，恐未確，疑是開成五年元裕未爲京兆以前事。《傳》文從「爲御史中丞」叙下，乃連類而及之耳，年月前後，無庸泥定也。〔按〕馮氏據《舊唐書・文宗紀》所載開成四年高元裕爲御史中丞時賀蘭進興一案，證題内「濮陽」當作「渤海」，得其實，今從之。然罰俸一事之具體時間，尚難定論。《新書・魏謩傳》：「始謩之進，李珏、楊嗣復實推引之。武宗立，謩坐二人黨，出爲汾州刺史。俄貶信州長史。」《舊書・魏謩傳》則謂：「武宗即位，李德裕用事，謩坐楊、李之黨，出爲汾州刺史。楊、李貶官，謩亦貶信州長史。」則謩之貶汾刺，似當在開成五年正月辛卯武宗既立之後，其年八月楊嗣復、李珏出爲湖南觀察使、桂管觀察使之前。而賀蘭進興一案，文宗「自臨問，詔命斬囚以徇，御史中丞高元裕建言……未報。謩上言……帝停决，詔神策軍以官兵留仗内，餘付御史臺。臺憚士良，不敢異，卒皆誅死」（《新書・魏謩傳》）。然則賀蘭進興一案之處理與謩之上言，固在開成四年十月文宗因感傷「不能全一子」而「舊疾遂增」之前，是時文宗尚能正常理事，謩亦未遷諫議大夫（詳見《通鑑》）。然狀既云「伏準御史臺牒，奉恩旨，以臣不先覺察妖賊賀蘭進興等」，則其時元裕當已離御史中丞任。《全唐文》卷七六四蕭鄴《大唐故吏部尚書贈尚書右僕射渤海高公神道碑》云：「擢拜御史中丞……議者以爲風憲振職，自元和以來，惟公爲稱首，進尚書右丞，改京兆尹。」知元裕任京兆尹前尚任尚書右丞一職。故罰俸之事亦有可能在元裕任尚書右丞之時，其時文宗或尚在位也。張箋舉《爲尚書渤海公舉人自代狀》，謂元裕尹京必在文宗將葬（開成五年）七、八月間。然《爲渤海（疑爲「京兆」之誤）公舉人自代狀》絶非上於開成五年七、八月間文宗將葬時，而係會昌六年所上（詳該狀注〔一〕按語），此不贅。故酌編本篇於開成四年。

〔二〕見注〔一〕引馮箋。

〔三〕〔補注〕俸料，唐代官員除俸禄外，又給食料、厨料等（折成錢鈔謂之料錢），二者合稱「俸料」。唐趙元一《奉天録》卷二：「泚（朱泚）以國家府庫之殷，重賞應在京城公卿家屬，皆月給俸料，以安衆心。」

〔四〕〔徐注〕《後漢書·張霸傳》：霸子楷，字公超，隱居弘農山中，學者隨之，所居成市，後華陰山南遂有公超市。性好道術，能作五里霧。時關西人裴優亦能爲三里霧，自以不如楷，從學之，楷避不肯見。桓帝即位，優遂行霧作賊，事覺，被考，引楷，言從學術，楷坐繫廷尉詔獄。

〔五〕〔馮注〕《漢書·循吏傳》：宣帝以龔遂爲渤海太守，謂遂曰：「君欲何以息其盜賊？」遂對曰：「海濱遐遠，不霑聖化，其民困於飢寒而吏不恤，故使陛下赤子盜弄陛下之兵於潢池中耳。」〔補注〕潢池，池塘。

〔六〕〔馮注〕二句指疑有冤而奏請也，必元裕何疑。

〔七〕捕，《英華》注：集作「逋」。

〔八〕〔馮注〕《漢書・元后傳》：王賀字翁孺，爲武帝繡衣御史，逐捕魏郡群盜堅盧等黨與，翁孺皆縱不誅，以奉使不稱免。歎曰：「吾聞活千人有封子孫，吾所活者萬餘人，後世其興乎？」〔徐注〕《漢書・酷吏傳》：作沈命法曰：「群盜起不發覺，發覺而弗捕滿品者，二千石以下至小吏主者皆死。」

〔九〕〔徐曰〕未詳。《漢書・丙吉傳》：召東曹案邊長吏，瑣科條其人。〔馮曰〕晉事，檢之《刑法志》，未有符者，俟再考。〔補注〕發姦，揭發壞人壞事。《韓非子・制分》：「發姦之密，告過者免罪受賞，失姦者必誅連刑。」峻科條，猶云處以嚴刑峻法，科條指法律條文。徐注引《漢書・丙吉傳》之「科條」指分類整理成條款、綱目，非其義。晉事未詳。

〔一〇〕〔補注〕《書・大禹謨》：「好生之德，洽于民心。」

〔一一〕德，《英華》注：集作「仁」。〔補注〕《書・大禹謨》：「皋陶曰：『帝德罔愆，臨下以簡，御衆以寬，罰弗及嗣，賞延於世。宥過無大，刑故無小。』」

〔一二〕〔馮注〕《漢書・酷吏傳》：號爲罔漏吞舟之魚。《老子》：天網恢恢，疏而不失。

〔一三〕〔徐注〕《漢書・張釋之傳》：釋之奏當此人犯蹕，當罰金。

〔一四〕〔馮注〕寮屬，當謂在臺時之寮屬。

# 爲濮陽公上華州陳相公狀〔一〕

伏蒙榮賜手筆〔二〕。某揣摩莫效〔三〕，耽玩無聞〔四〕。不過功曹，平生素分〔五〕；願爲小相，曩昔殊榮〔六〕。而幸遇清朝〔七〕，遂階貴仕〔八〕。玉門關外，何成異域之功〔九〕；灞水亭邊，徒有舊時之號〔一〇〕。此皆頃在邊上日〔一一〕，相公方調殷鼎〔一二〕，正運漢籌〔一三〕，不復軍租〔一四〕，仍寬虜級〔一五〕，已得入叨九扈，克罷再麾〔一六〕。恩顧未酬〔一七〕，音徽仍繼。禮踰名品〔一八〕，事越等倫。望星宿于三台〔一九〕，背惟浹汗〔二〇〕；感《春秋》之一字〔二一〕，心不容銘〔二二〕。仰望旌門〔二三〕，恨無羽翼〔二四〕。下情云云。

**【校注】**

〔一〕本篇原載清編《全唐文》卷七七三第一四頁、《樊南文集補編》卷二。〔錢箋〕（華州陳相公）陳夷行也。《舊唐書》本傳：開成二年四月，同平章事。四年九月，出爲華州刺史。《新唐書·地理志》：華州屬關内道。〔按〕《舊唐書·文宗紀》：開成五年七月制：「檢校禮部尚書、華州刺史陳夷行復爲中書侍郎同平章事。」則此狀應上於開成五年七月陳夷行由華州入相前。又狀稱

「己得入叨九扈，克罷再麾」，則當上於茂元已罷涇原，入朝爲司農卿之後。按茂元入朝在開成五年正月辛巳（初四）文宗卒後（詳注〔一六〕）。故此狀應上於開成五年正月至七月間。

〔二〕〔錢注〕《後漢書·趙壹傳》：仁君忽一匹夫，於德何損？而遠辱手筆，追路相尋，誠足愧也。〔補注〕手筆，指書信。

〔三〕〔錢注〕《戰國策》：蘇秦夜發書陳篋數十，得太公《陰符》之謀，伏而讀之，簡練以爲揣摩。〔補注〕揣摩，揣度對方，以相比合，係戰國時策士之游說術。

〔四〕〔錢注〕《晉書·皇甫謐傳》：謐耽玩典籍，忘寢與食，時人謂之「書淫」。

〔五〕〔錢注〕《後漢書·馬武傳》：帝與功臣諸侯讌語，從容言曰：「諸卿不遭際會，自度爵禄何所至乎？」高密侯禹對曰：「臣少嘗學問，可郡文學博士。」帝曰：「卿鄧氏子，志行修整，何爲不掾功曹？」〔補注〕素分，本分。

〔六〕〔補注〕《論語·先進》：「宗廟之事，如會同，端章甫，願爲小相焉。」小相，儐相，諸侯祭祀、盟會時之司儀官。

〔七〕〔錢注〕《後漢書·史弼傳》：使臣得於清朝，明言其失。

〔八〕〔補注〕《左傳·僖公二十三年》：「夫有大功而無貴仕，其人能靖者與有幾？」杜預注：「貴仕，貴位。」

〔九〕〔錢注〕《後漢書·班超傳》：超嘗投筆嘆曰：「大丈夫無它志略，猶當效傅介子、張騫，立功異域，以取封侯，安能久事筆硯間乎？」後封定遠侯。超久居絶域，年老思土，上疏曰：「臣不敢望到酒泉郡，但願生入玉門關。」〔補注〕此言未能如班超之立功異域，收復陷没于吐蕃之河西、隴右地區。

〔一〇〕〔錢注〕《史記·李將軍傳》：廣家居數歲，嘗夜從一騎出，還至霸陵亭。霸陵尉醉，呵止廣，廣騎曰：「故李將軍。」尉曰：「今將軍尚不得夜行，何乃故也！」《漢書·地理志》：霸水出藍田谷，北入渭。〔補注〕此謂己投閒賦散。

〔一一〕〔錢注〕（邊上）謂涇原。

〔一二〕〔錢注〕《史記·殷本紀》：阿衡（伊尹）欲干湯而無由，乃爲有莘氏媵臣，負鼎俎，以滋味説湯，至於王道。〔補注〕《韓詩外傳》卷七：「伊尹，故有莘氏僮也。負鼎操俎調五味，而立爲相，其遇湯也。」調鼎，調和鼎鼐，喻指任宰相。

〔一三〕〔錢注〕《史記·留侯世家》：高帝曰：「運籌策帷帳中，決勝千里外，子房功也。」

〔一四〕〔錢校〕復，疑當作「擾」。〔錢注〕《史記·馮唐傳》：唐曰：「臣大父言，李牧爲趙將居邊，軍市之租皆自用饗士，賞賜決於外，不從中擾也。」〔按〕復，償還。不復軍租，似指不要求償還所欠軍租。

〔一五〕〔錢注〕《史記·馮唐傳》：唐曰：「今臣竊聞魏尚爲雲中守，其軍市租盡以饗士卒，私養錢。且尚坐上功首虜差六級，陛下下之吏，削其爵。由此言之，雖得廉頗、李牧，弗能用也。」〔按〕謂寬限其應斬獲之戎虜首級。

〔一六〕〔錢注〕謂涇原罷鎮入朝爲司農卿。本集馮氏曰：凡節度、觀察、經略等使，辭日賜雙旌雙節，見《百官志》。「再麾」，即雙旌之義。〔補注〕《左傳·昭公十七年》：「九扈爲九農正。」杜預注：「扈有九種也……以九扈爲九農之號，各隨其宜以教民事。」九扈，傳爲少皞時主管農事之官名，故用以借指司農卿。王茂元自涇原入朝爲司農卿，在開成五年正月辛巳（初四）文宗卒後。《爲濮陽公陳許謝上表》云：「旋屬皇帝陛下，荆枝協慶，棣萼傳輝。臣得先巾墨車，入拜丹陛。」《爲外姑祭張氏女文》云：「及登農揆，去赴天朝。」均可證。

〔一七〕〔錢注〕《南齊書·劉瓛傳》：有乖恩顧。

〔一八〕〔錢注〕《宋書·范泰傳》：既可以甄其名品。〔補注〕名品，名位品級。

〔一九〕〔錢注〕《晉書·天文志》：三台六星，三公之位也。在人曰三公，在天曰三台。

〔二〇〕〔錢注〕《史記·陳丞相世家》：文帝問右丞相周勃曰：「天下一歲決獄幾何？」勃謝曰：「不知。」問：「天下一歲錢穀出入幾何？」勃又謝不知，汗出沾背，愧不能對。

〔二一〕〔錢注〕《穀梁傳集解序》：一字之褒，寵踰華衮之贈。〔補注〕杜預《春秋經傳集解序》謂《春秋》「以一字爲褒貶」。

〔二二〕〔錢注〕《吴志·周魴傳》：銘心立報，永矣無貳。

〔二三〕〔補注〕《周禮·天官·掌舍》：「爲帷宫，設旌門。」賈公彦疏：「食息之時，則張帷爲宫，樹立旌旗以表門。」

〔二四〕〔錢注〕徐淑《答夫詩》：恨無兮羽翼，高飛兮相追。

## 爲濮陽公上淮南李相公狀一〔一〕

某初到京即附狀，伏計上達。某幼嘗困學〔二〕，晚亦獻書〔三〕。自履宦途〔四〕，常依德宇〔五〕。果蒙陶冶〔六〕，遂至顯榮。無陸賈籍甚之名〔七〕，遂王華富貴之願〔八〕。然實脂膏不潤〔九〕，冰蘗居懷〔一〇〕。頃在藩方，常憂典憲〔一一〕。請田五輩，遠戒于貪夫〔一二〕；投香一斤，近追于廉士〔一三〕。及移邊鄙〔一四〕，屢易星霜。魏尚莫計于收租〔一五〕，李牧不聞于捕虜〔一六〕。獲修覲禮〔一七〕，復忝卿曹〔一八〕。位重大農〔一九〕，榮兼右掞〔二〇〕。當金穀之任〔二一〕，爲后稷之官〔二二〕。供億既切于堯厨〔二三〕，主掌實關于周庾〔二四〕。諒非巧宦〔二五〕，亦異當仁〔二六〕。相公顧遇特深，音徽遠降〔二七〕，存十年之長〔二八〕，垂一字以褒〔二九〕。雖蕭何之自下周昌〔三〇〕，曾難比數；仲尼之兄事子産〔三一〕，莫可等夷。捧緘悸魂〔三二〕，伸紙流汗〔三三〕。方縈職署〔三四〕，獨曠門墻。仰望恩輝〔三五〕，伏馳魂夢。

【校注】

〔一〕本篇原載清編《全唐文》卷七七三第九頁、《樊南文集補編》卷二。題內「濮陽」，《全文》作「汝南」，據錢校改。〔錢箋〕「汝南」，疑當作「濮陽」，下三狀同。此下，上淮南李相公文凡三首，第三狀有「元和六年」之語，既指李吉甫而言，則相公自屬德裕。即第二狀云「恩詔榮徵」，亦與武宗初立徵召德裕相符，其爲贊皇已無疑義。惟標題「汝南」，則文爲周墀而作。首篇云「位重大農，榮兼右揆」，似爲墀判度支時語。然事在大中元年，時德裕已分司東都，與節度淮南之時，中隔武宗一朝，年不相及，其可疑者一也。且「大農」乃司農卿，而非度支，「右揆」乃僕射之稱，亦非周墀所歷之官，其可疑者二也。又「及移邊鄙」等語，當與西戎接壤，而墀刺華之後，旋移鄂岳、江西、鄭滑三鎮，地不相接，其可疑者三也。竊謂「汝南」乃「濮陽」之譌。第一狀，當爲王茂元由涇原入朝時作。據《外舅司徒公文》云「鄙卿曹之四至」，與「復忝卿曹」之語合；「農官望集」，與「位重大農」之語合；「省揆名在」，與「榮兼右揆」之語合。由此推之，則所云「及移邊鄙」者，乃其節度涇原也。又前所云「晚亦獻書」者，乃其上書自薦也。蓋茂元入朝，爲文宗初崩時事，時德裕尚鎮淮南。及德裕由淮南入相，則茂元已出鎮陳許，故第二狀云「叨忝圭符」，第三狀云「伏限守藩，中外相左，無緣接晤」。此茂元與德裕修書通問之由，而屬之汝南，終難强合者也。再後《爲汝南公與蘄州李郎中狀》云「罷護六戎，歸塵九署」，似即茂元之罷鎮涇原，入爲農卿。又云「時逼園陵」，即武宗初立，召爲將作監事，而與周墀事迹亦不相合，是「汝南」仍當爲

「濮陽」之譌。惟連改四題，近於武斷，故詳列其説以質知者。《舊唐書・地理志》：淮南節度使，治揚州，管揚、楚、滁、和、舒、壽、廬等州，使親王領之。〔張箋〕考茂元之出鎮陳許，事在會昌元年，時德裕正位台席久矣，安得復云「淮南相公」，第二狀（「叨忝圭符」）特指其從前敭歷而言。第三狀則謂方在京服官，無由迎謁耳。錢説似小誤。〔按〕錢氏箋「相公」爲德裕，詳辨「汝南」乃「濮陽」之譌，考辨精確。然謂第二狀爲德裕已由淮南入相、茂元已出鎮陳許時所上則非，且在引證狀文時改第三狀「伏限守官，莫由迎謁」之原文爲「伏限守藩，中外相左，無緣接晤」，以就其茂元時已出鎮陳許之説，尤屬訛謬。張箋謂第二狀「叨忝圭符」指茂元從前敭歷，第三狀謂方在京服官，無由迎謁，亦確。惟謂茂元出鎮陳許在會昌元年，則誤，詳《爲濮陽公陳許謝上表》注〔一〕。本狀當上於開成五年正月文宗逝世，武宗繼立，召茂元入朝任職之後，同年七月召李德裕自淮南入朝之前。德裕入相月份，商隱《太尉衛公會昌一品集序》謂「四月某日入覲」，張氏《會箋》從之。《舊書・李德裕傳》則謂「武宗即位，七月召德裕於淮南，九月授門下侍郎、同平章事」，《通鑑》更具體記載爲「九月甲戌朔，至京師；丁丑，以德裕爲門下侍郎、同平章事」。岑仲勉、傅璇琮則力辨德裕入相當以史書爲可信（岑説詳見《玉谿生年譜會箋平質》乙承訛《李德裕入相月》條，傅説詳見《李德裕年譜》）。狀首云「某初到京即附狀，伏計上達」，則上此狀時離「初到京」已有一段時日。且茂元「初到京即附狀」上德裕後，德裕又有狀回復（「音徽遠降」「捧緘」）。故此狀之寫作時間，約當開成五年春夏間。

〔二〕〔補注〕《論語·季氏》：「生而知之者，上也；學而知之者，次也；困而學之，又其次也；困而不學，民斯爲下矣。」

〔三〕獻書，見《爲尚書濮陽公涇原讓加兵部尚書表》注〔二〕〔三〕。

〔四〕〔錢注〕《梁書·伏挺傳》：常以其父宦途不至，深怨朝廷。

〔五〕〔錢注〕《國語》：今君之德宇，何不寬裕也。〔補注〕德宇，有德者之屋宇，喻蔭庇。

〔六〕〔錢注〕《抱朴子》：陶冶庶類。

〔七〕〔錢注〕《史記·陸賈傳》：游漢廷公卿間，名聲籍甚。〔補注〕籍甚，盛大，言聲名得所藉而益甚。

〔八〕見《爲濮陽公附送官告中使回狀》注〔三〕。

〔九〕〔錢注〕《後漢書·孔奮傳》：奮守姑臧長，力行清潔，或以爲身處脂膏，不能以自潤，徒益苦辛耳。

〔一〇〕〔補注〕冰蘗居懷，喻寒苦自守。屢見。劉言史《初下東周贈孟郊》：「素堅冰蘗心，潔立保賢貞。」

〔一一〕〔錢注〕《後漢書·應劭傳》：典憲焚燎。〔補注〕典憲，法典、法令。此謂常憂觸犯典章法令。

〔一二〕〔錢注〕《史記·王翦傳》：翦將兵六十萬人，始皇自送至灞上。翦行，請美田宅園池甚衆。既至關，使使還請善田者五輩。賈誼《鵩鳥賦》：貪夫殉財兮。〔補注〕五輩，五批、五次。

〔一三〕〔錢注〕《晉書·吴隱之傳》：後至自番禺，其妻劉氏齎沈香一斤。隱之見之，遂投於湖亭之水。〔按〕以上數句，言其在嶺南任節鎮期間清廉自守。

〔一四〕〔補注〕《左傳·襄公四年》：「邊鄙不聳，民狎其野，穡人成功。」移邊鄙，此指移鎮涇原。

〔一五〕〔錢注〕《史記·馮唐傳》：唐曰：「臣大父言，李牧爲趙將居邊，軍市之租皆自用饗士，賞賜決於外，不從中擾也。今臣竊聞魏尚爲雲中守，其軍市租盡以饗士卒，私養錢。且尚坐上功首虜差六級，陛下下之吏，削其爵。由此言之，雖得廉頗、李牧，弗能用也。」

〔一六〕〔錢注〕《史記·李牧傳》：牧常居代、雁門，備匈奴，爲約曰：「匈奴即入盜，急入收保，有敢捕虜者斬。」

〔一七〕〔補注〕《儀禮·覲禮》：「覲禮第十。」賈公彦疏：「鄭《目録》云：『覲，見也。諸侯秋見天子之禮。』」獲修覲禮，此指文宗逝世、武宗繼立後將茂元自涇原徵召入朝，即《爲濮陽公陳許謝上表》「旋屬皇帝陛下，荆枝協慶，棣萼傳輝，臣得先巾墨車，入拜丹陛」之謂。

〔一八〕〔錢注〕《通典》：漢以太常、光禄勳、衛尉、太僕、廷尉、大鴻臚、宗正、大司農、少府謂之九寺大卿。後漢九卿而分屬三司，多進爲三公，各有署曹掾吏，隨事爲員。〔補注〕復忝卿曹，指茂元入朝爲司農卿之事。參注〔一九〕。

〔一九〕〔錢注〕《舊唐書·職官志》：司農寺卿一員，從三品上。〔補注〕大農，即大司農。九卿之一，北齊時稱司農寺卿，隋、唐同。《史記·平準書》：「桑弘羊爲治粟都尉，領大農。」

〔二〇〕〔錢注〕《舊唐書・職官志》：尚書省左、右僕射各一員，從二品。〔補注〕商隱《爲外姑祭張氏女文》云：「及登農揆，去赴天朝。」《祭外舅贈司徒公文》云：「省揆名在，農官望集。」與此狀之「位重大農，榮兼右揆」同指茂元自涇原入朝後任司農卿，加檢校右僕射。揆指宰相之職位，右揆，指右僕射。農揆，謂司農卿兼右僕射。省揆，謂尚書省右僕射，因係檢校官，故云「名在」「榮兼」。

〔二一〕〔錢注〕揚雄《大司農箴》：時惟大農，爰司金穀。

〔二二〕〔補注〕后稷，古代農官。《書・舜典》：「帝曰：『棄，黎民阻飢，汝后稷，播時百穀。』」

〔二三〕〔錢注〕《帝王世紀》：堯時厨中自生肉脯，薄如翣，摇則風生，使食物寒而不臭，名曰翣脯。〔補注〕《左傳・隱公十一年》：「寡人唯是一二父兄，不能共（供）億。」供，給；億，安。供億，猶供給。堯厨，猶御厨。

〔二四〕〔錢注〕庾信《哀江南賦》：我之掌庾承周，以世功而爲族。〔補注〕《周禮・考工記・陶人》：「庾實二觳，厚半寸，脣寸。」孫詒讓《正義》注引戴震曰：「量之數，斗二升曰觳，十斗曰斛，二斗四升曰庾。」此處「庾」泛指糧庫。《周禮》有庾人，掌管倉儲。《新唐書・百官志》：司農寺，卿一人，從三品。掌倉儲委積之事。凡京都百司官吏禄廩、朝會、祭祀所須，皆供焉。

〔二五〕〔錢注〕《史記・汲黯傳》：黯姑姊子司馬安，文深巧善宦，官四至九卿。

〔二六〕〔補注〕《論語・衛靈公》：「當仁不讓於師。」

〔二七〕〔錢注〕陸機《演連珠》：乘風載響，則音徽自遠。〔補注〕音徽，美稱對方書信。

〔二八〕〔補注〕《禮記·曲禮上》：「十年以長，則兄事之。」按：茂元年長德裕十二歲。

〔二九〕〔錢注〕《穀梁傳集解序》：一字之褒，寵踰華衮之贈。

〔三〇〕〔錢注〕《史記·周昌傳》：昌爲人彊力，敢直諫，自蕭、曹等皆卑下之。

〔三一〕〔錢注〕《家語》：孔子曰：「夫子産於民爲惠主，於學爲博物，吾以兄事之，而加愛敬。」

〔三二〕〔錢注〕《説文》：緘，束篋也。《水經注》：窺深悸魂。〔補注〕緘，此指書信。

〔三三〕〔錢注〕吴質《答東阿王書》：發函伸紙。

〔三四〕〔錢注〕《後漢書·楊震傳》：而今枝葉賓客，布列職署。

〔三五〕〔錢注〕江淹《爲建平王謝賜石硯書》：空賁恩輝。

# 爲濮陽公與蘄州李郎中狀〔一〕

某本無宦業〔二〕，過沐朝恩。罷護六戎〔三〕，歸塵九署〔四〕。以任兼金穀〔五〕，時逼園陵〔六〕，有愧交親〔七〕，未遑簡問〔八〕。解攜稍久〔九〕，諸趣如何？山公醉時〔一〇〕，謝守吟罷〔一一〕，茗芽含露〔一二〕，餦餭迎風〔一三〕。遠想音容，杳動心素〔一四〕。惟珍重珍重〔一五〕！

【校注】

〔一〕本篇原載清編《全唐文》卷七七三第一二頁、《樊南文集補編》卷二。題内「濮陽」二字，《全文》作「汝南」，據錢校改。詳見《爲濮陽公上淮南李相公狀一》注〔一〕。〔錢箋〕《新唐書·地理志》：蘄州，屬淮南道。《舊唐書·職官志》：尚書左右諸司郎中，從第五品上階。李郎中，未詳。〔岑仲勉曰〕《唐詩紀事》四七，李播登元和進士第，以郎中典蘄州。《廣記》二六一，唐郎中李播典蘄州。又《劉夢得文集》二八有《送蘄州李郎中赴任》詩。余嘗薈合數證，謂播初典蘄應在會昌二已前（參《方鎮表正補》荆南盧弘宣）；今參此文，又知開成五年播已出守，與余前説合。此李郎中即播，更無疑矣。《樊川集》九《進士龔軺誌》：「會昌五年十二月，某自秋浦守桐廬，路由錢塘——時刺史趙郡李播曰。」同集一〇《杭州南亭子記》：「趙郡李子烈播，立朝名人也，自尚書比部郎中出爲錢塘。」知播系出趙郡，字子烈。惟比中是典蘄已前所官，抑典蘄後又入爲比中，無可確考矣。（《平質》己缺證《蘄州李郎中》條）〔按〕朱金城《白居易年譜》謂白氏《送蘄春李十九使君赴郡》之「蘄春李十九使君」即李播，繫此詩於開成三年，瞿蜕園《劉禹錫集箋證》亦繫其《送蘄州李郎中赴任》於同時。郁賢皓《唐刺史考》謂李播開成三年春至五年在蘄州刺史任。本篇有「任兼金穀，時逼園陵」語，「任兼金穀」指爲司農卿；「時逼園陵」，錢氏謂指「武宗初立，召爲將作監事」，聯繫《爲濮陽公上淮南李相公狀二》「況今者時逼藏弓」之語，當均指開成五年八月壬戌文宗葬章陵之事。故此狀當上於此前不久。又狀有「龥簹迎風」語，雖書信套語，亦可揣知其時天氣尚熱。約開成五年七月間作。

〔二〕〔錢注〕馬融《長笛賦》：宦夫樂其業。〔補注〕宦業，猶政績。

〔三〕〔補注〕六戎，泛指西北邊地少數民族，參見《爲濮陽公附送官告中使回狀》注〔二四〕。護，監視。罷護六戎，指罷涇原節度使所擔負之監視西北邊地少數民族之職事。

〔四〕〔補注〕九署，即九卿之署。據《新唐書·百官志》，唐内府設太常寺、光禄寺、衛尉寺、宗正寺、太僕寺、大理寺、鴻臚寺、司農寺、太府寺，寺各有卿一人。茂元入朝後任司農卿。塵，污，謙稱任職。

〔五〕〔補注〕任兼金穀，指司農寺之職事，見《爲濮陽公上淮南李相公狀一》注〔三〕。

〔六〕〔補注〕園陵，帝王墓地。時逼園陵，指文宗葬章陵之時間已逼近。據《新唐書·武宗紀》：開成五年八月，「壬戌，葬元聖昭獻孝皇帝于章陵」。又《王茂元傳》：「召爲將作監。」將作監掌土木工匠之政。

〔七〕〔錢注〕《荀子》：交親而不比。〔補注〕交親，親戚朋友、親朋故舊。

〔八〕〔補注〕簡問，通書信。

〔九〕〔錢注〕陸機《赴洛詩》：拊膺解攜手。〔補注〕解攜，分手。

〔一〇〕〔錢注〕《晉書·山濤傳》：濤飲酒至八斗方醉。〔補注〕《世説新語·任誕》：「山季倫爲荊州，時出酣暢，人爲之歌曰：『山公時一醉，徑造高陽池。日莫倒載歸，茗艼無所知。復能乘駿馬，倒著白接䍦。舉手問葛彊，何如并州兒？』」

〔一一〕〔錢注〕《宋書·謝靈運傳》：靈運出爲永嘉太守，郡有名山水，所至輒爲詩詠，以致其意。

〔一二〕〔錢注〕陸羽《顧渚山記》：王智深《宋録》曰：「豫章王子尚，訪曇濟道人于八公山，道人設茶茗，子尚味之曰：『此甘露也，何言茶茗？』」〔補注〕《新唐書·地理志》：「蘄州蘄春郡，上。土貢：白紵、簟、鹿毛筆、茶、白花蛇、烏蛇脯。」劉禹錫《送蘄州李郎中赴任》有「薤葉照人呈夏簟，松花滿盌試新茶」之句，可證蘄州産茶。茗芽，指茶芽。含露，狀新采製之茶似猶含露之清香。

〔一三〕〔錢注〕白居易詩注：蘄州出䪥葉簟。〔按〕白居易《寄李蘄州》有句云：「簟冷秋生薤葉中。」自注：「蘄州出好笛并薤葉簟。」䪥，同「薤」。

〔一四〕〔補注〕心素，亦作「心愫」，即心意、心願。王羲之《雜帖》：「足下不返，重遣信往問，願知心素。」

〔一五〕〔馮注〕王僧孺《與何炯書》：離别珍重。

## 爲侍郎汝南公華州謝加階狀〔一〕

右臣伏奉今月某日制書，加賜臣階朝散大夫者〔二〕。榮從日下〔三〕，恩自天中〔四〕。臣聞周室設官，實重大夫之號〔五〕；漢臣異禮，則加朝請之名〔六〕。若臣者辨乏談天〔七〕，文非擲地〔八〕。貪叨華顯，綿歷光陰。當陛下御極之初，分陛下憂人之寄〔九〕。金章紫綬，已塵求瘼之榮〔一〇〕，崇級清階〔一一〕，更切昇高之望〔一二〕。循揣斯久〔一三〕，怔忪莫寧〔一四〕。惟當勤奉詔條，所希麤贖官謗〔一五〕。誠深感勵，情切違離。犬戀主而空深〔一六〕，蚊負山而何力〔一七〕。無任感恩望闕結戀屏營之至。

【校注】

〔一〕本篇原載《文苑英華》卷六二八第四頁，清編《全唐文》卷七七二第一四頁、《樊南文集詳注》卷二。〔徐注〕《新書·百官志》：其辨貴賤、叙勞能則有品有爵有勳有階，以時考覈而升降之，所以任群材、治百事。〔馮注〕按《舊書·志》：華爲上州，刺史從三品。朝請大夫從第五品上階，朝散大夫從第五品下階。唐制，職與階不齊，詳《代彭陽公遺表》注〔四三〕。《舊書·周墀傳》：墀字德升，汝南人，長慶二年擢進士第，開成四年拜中書舍人。武宗即位，出爲華州刺史、鎮國軍潼關防禦等使。後至大中時，封汝南男。《新書·傳》：武宗即位，以疾改工部侍郎，出爲華州刺史。按《舊書·紀》《陳夷行傳》：開成五年七月，以檢校禮部尚書、華州刺史召入，復同平章事。則周墀代陳刺華，亦在此際也。〔按〕馮譜繫開成五年，張箋改繫會昌元年。馮譜是。周墀出守華州，在開成五年七月陳夷行自華州召入之時，狀云：「當陛下御極之初，分陛下憂人之寄。金章紫綬，已塵求瘼之榮；崇級清階，更切昇高之望。」由「御極之初」出鎮華州至加階，一氣叙下，玩其語氣，加階事仍在武宗即位之當年。周墀開成五年三月十三日改工部侍郎知制誥（據丁居晦《重修承旨學士壁記》），故稱「侍郎汝南公」。其後開成五年十月作《獻華州周大夫十三丈啓》題稱「大夫」，即本狀謝加階之「朝散大夫」，可證本狀當作於開成五年十月之前，離七月赴華州任時不遠。兹編開成五年秋。

〔二〕〔徐注〕《百官志》：朝請大夫從五品上，朝散大夫從五品下。

〔三〕〔徐注〕《晉書》：陸雲與荀隱素未相識，嘗會張華座，雲抗手曰：「雲間陸士龍。」隱曰：「日下荀鳴鶴。」鳴鶴，隱字。〔補注〕古以帝王比日，故稱帝王所在之京都爲日下。「日下」事又見《世説新語·排調》。

〔四〕〔補注〕天中，天之中央。《晉書·天文志》：「北斗七星在太微北，七政之樞機，陰陽之元本也。故運乎天中，而臨制四方，以建四時，而均五行也。」此與「日下」同指京都、朝廷。

〔五〕〔徐注〕《詩》：三事大夫。〔補注〕周代在國君之下有卿、大夫、士三等，各等又分上、中、下三級。

〔六〕請，《英華》作「散」，注：集作「請」。〔馮注〕《漢書·成帝紀》：宗室朝請。注曰：請，音才性反。《後漢書·二十八將論》：雖寇、鄧之高勳，耿、賈之鴻烈，分土不過大縣數四，所加特進、朝請而已。按：《晉書·志》：「奉朝請本不爲官，無員。漢東京罷三公、外戚、宗室、諸侯多奉朝請，奉朝會請召而已。」蓋職閑而階崇者也。而《漢官解詁》曰：「三輔職如郡守，獨奉朝請，則以爲榮矣。」今以華州爲上輔，故引用之。《漢律》：「諸侯春朝天子曰朝，秋曰請。」漢時無「朝散」之名也。又按：朝請、朝散，雖同五品，然既分上下階，不應以朝散而用朝請，更疑授朝請而上文誤刊作「散」耳。〔按〕未可定。異禮，殊異之禮遇。

〔七〕辨，《英華》作「辯」，字通。〔徐注〕《史記·荀卿傳》：齊人頌曰：「談天衍。」應劭曰：著書所言多大事，故齊人號「談天鄒衍」。

〔八〕〔徐注〕《世説》：孫興公作《天台山賦》成，以示范榮期云：「卿試擲地，要作金石聲。」

〔九〕分憂，見《代彭陽公遺表》注〔六五〕。

〔一〇〕〔補注〕求瘼，訪求民間疾苦。《南史·循吏傳序》：「日昃聽政，求瘼卹隱。」塵，污。此言爲郡守。

〔一一〕〔徐注〕《晉書·王愷傳》：愷、愉並少踐清階。〔補注〕此謂加朝散大夫之階。

〔一二〕切，《英華》作「竊」，非。〔補注〕切，合也。

〔一三〕〔補注〕循揣，尋思。

〔一四〕〔徐注〕王褒《四子講德論》：百姓怔忪。〔補注〕怔忪，驚恐不安。

〔一五〕〔徐注〕《左傳》：敢辱高位，以速官謗。

〔一六〕〔徐注〕潘岳《西征賦》：猶犬馬之戀主，竊託慕於闕庭。

〔一七〕〔徐注〕《莊子》：狂接輿曰：「其於治天下也，猶涉海鑿河，而使蚊負山也。」

# 爲濮陽公祭太常崔丞文〔一〕

年月日，惟靈泰岳繁祉〔二〕，安平望族〔三〕。潤地勢於長源〔四〕，構堂基於修麓〔五〕。藍田之産，宜有良玉〔六〕；徂徠之林，宜無凡木〔七〕。

昔我待子，松玉之間，冀十城之得價〔八〕，望千尋而可攀〔九〕。大年不登〔一〇〕，逸足方駛〔一一〕。松欲秀而先蠹，玉將攻而遽毁。聞問之時〔一二〕，歎悼何已！

惟我承乏，受命南征〔一三〕，一言相許〔一四〕，攜手同行〔一五〕。夐絶萬里，飄泊雙旌〔一六〕。念兩婢之價倍，媿五羖之酬輕〔一七〕。地接殊鄰〔一八〕，風移中土〔一九〕。五嶺三江〔二〇〕，炎飈瘴雨〔二一〕。釣犀之潭〔二二〕，跕鳶之渚〔二三〕。席上從容，幕中宴語〔二四〕。先防載苡之謗〔二五〕，更示投香之所〔二六〕。因使庸虚〔二七〕，不罹罪罟〔二八〕。越井之酋〔二九〕，甘綏之女〔三〇〕，時清則銅鏑納厨〔三一〕，歲稔則銀簪叩鼓〔三二〕。豈我之自，惟子是與。

相從來覲，又往於涇〔三三〕。風埃古戍，霜雪孤亭。偏裻之服〔三四〕，縵胡之纓〔三五〕。塞迴而晨嚴刁斗〔三六〕，沙平而夜警兜零〔三七〕。指吾以虜隙，勉吾以武經〔三八〕。正尉窮邊，俄還京邑〔三九〕。北庭減價〔四〇〕，南轅雪泣〔四一〕。章臺辟掾，方喜趙嘉之來〔四二〕；棘署選丞〔四三〕，仍見譙玄之入〔四四〕。是焉踐歷，更俟飛翻〔四五〕。況乎鳳沼，又接鴒原〔四六〕。何釁成乎燥濕，而厲結乎寒暄〔四七〕。未及西山之藥〔四八〕，旋爲東嶽之魂〔四九〕。憶昔舊許員歸〔五〇〕，青門出餞〔五一〕，樂作而歎起〔五二〕，杯行而淚泫〔五三〕。俱容與於風波〔五四〕，共沉吟於鐘箭〔五五〕。揮袂如昨〔五六〕，郵書甚頻〔五七〕。雖遥道里〔五八〕，未闊聲塵〔五九〕。孰謂念歸之日，翻爲有慟之晨。嗚呼哀哉！

仿佛荒阡，依稀古陌〔六〇〕。徐動丹旐〔六一〕，永歸玄宅〔六二〕。願執紼而身遠〔六三〕，想移舟而目極〔六四〕。迥野秋思〔六五〕，群山暮色。悵白髮之衰翁〔六六〕，哭青雲之舊客〔六七〕。聊兹寄奠，莫寫西悲〔六八〕。已乎崔子，爲吾歆之〔六九〕！

【校注】

〔一〕本篇原載《文苑英華》卷九八九第九頁、清編《全唐文》卷七八一第一一頁、《樊南文集詳注》卷六。〔馮箋〕（章臺辟掾，方喜趙嘉之來；棘署選丞，仍見譙玄之入）崔由涇原入爲京尹掾，茂元亦入朝爲太常，故仍選爲丞。（馮譜編開成五年。）〔張箋〕（馮氏）所測近似，故據編（開成五年）。〔按〕商隱《爲濮陽公上陳相公狀三》有「某當道行軍司馬崔瑨」其人。《新唐書·百官志四下》：「行軍司馬掌弼戎政。居則習蒐狩，有役則申戰守之法，器械、糧糒，賜予皆專焉。」係節度使幕府之高級僚佐。文中述及崔某在涇原時「指吾以虜隙，勉吾以武經」，與行軍司馬之職合，或即崔瑨乎？據戴偉華《唐方鎮文職僚佐考》引崔瑨撰《大唐故嶺南觀察支使試大理評事崔君（恕）墓誌銘并序》，知瑺曾於長慶三至四年鄭權任嶺南節度使時攝嶺南經略推官。又據本文，瑺曾從茂元至嶺南，爲嶺南節度使幕從事。崔之卒當在開成五年茂元入調京職之後，出鎮陳許之前。參文中「迥野秋思」之語，其葬當在秋天。故祭文當爲開成五年秋作。馮浩謂茂元入朝爲太常（卿），此誤解本文「棘署」二句所致。詳後辨。

〔二〕岳，徐注本作「社」。〔馮校〕一作「社」，誤。〔馮注〕《周語》：胙四岳國，命爲侯伯，賜姓曰姜，氏曰有吕。又：齊、許、申、吕，由大姜。《左傳》：夫許，太岳之胤也。注曰：太岳，神農之後，堯四岳也。又：齊東郭偃臣崔武子，曰：「今君出自丁，臣出自桓。」《新書·表》：齊丁公伋嫡子季子讓國叔乙，食采於崔，遂爲崔氏。《元和郡縣志》：恒州獲鹿縣井陘口，今名土門口。南山下有土門崔家，爲天下甲族，源出博陵安平矣。

〔三〕安平，《英華》誤作「平安」。〔馮注〕《後漢書·崔駰傳》：涿郡安平人也。按：《新書·表》崔氏定著十房，其七曰博陵安平房，八、九、十曰博陵大、二、三房。〔徐注〕《姓譜》：東萊侯生二子：伯基、仲牟。伯基居清河東武城，仲牟居博陵安平。

〔四〕〔徐注〕《易》：地勢坤。

〔五〕〔徐注〕《詩》：自堂徂基。〔馮注〕（二句）謂源遠地高。

〔六〕〔馮注〕《吴志·諸葛恪傳》：瑾長子也，少知名。《江表傳》曰：恪少有才名，權見而奇之，謂瑾曰：「藍田生玉，真不虚也。」《宋書》文帝美謝莊，同此語。

〔七〕徠，《英華》作「來」。〔徐注〕《詩》：徂徠之松。《水經注》：汶水西南流逕徂徠山西，山多松柏，《詩》所謂「徂徠之松」也。《鄒山記》曰：「徂徠山在梁甫奉、高、博三縣界，猶有美松，亦曰尤崍之山也。」〔馮注〕唐以前最重門地，故先叙家世。

〔八〕〔徐注〕《史記·藺相如傳》：秦王欲以十五城易趙王和氏璧。〔馮注〕按潘岳《西征賦》：「辱十城之虚壽，奄咸陽以取儁。」謂澠池之會，秦群臣請以趙十五城爲秦王壽，藺相如亦請以秦咸陽爲趙王壽。而王僧孺詩：「十城屢請易，千金幾争聘。」庾信文：「價重十城，名高千馬。」則皆舉成數言也。

〔九〕〔徐注〕《藝文類聚》：《神境記》曰：「滎陽郡南有石室，室後孤松千丈。」袁宏詩：森森千丈松，磊砢非一節。〔馮注〕《世説》：庾子嵩目和嶠，森森如千丈松，施之大厦，有棟梁之用。

〔一〇〕〔徐注〕《莊子》：小年不及大年。〔補注〕大年，壽長。

〔一一〕〔馮注〕傅毅《舞賦》：良駿逸足。《説文》：駛，疾也。《正韻》：駛、駛同。《蜀志·楊洪傳》：洪領蜀郡太守，書佐何祗有才策功幹，舉郡吏。數年爲廣漢太守，洪尚在蜀郡。《益部耆舊傳》曰：每朝會，祗次洪坐，嘲祗曰：「君馬何駛？」祗曰：「故吏馬不敢駛，但明府未著鞭耳。」衆傳之以爲笑。

〔一二〕〔馮注〕《漢書·嚴助傳》：數年不聞問。〔補注〕聞問，聞音訊，此謂聞凶問。

〔一三〕〔徐注〕《左傳》：攝官承乏。〔馮注〕《吴志·薛綜傳》：子珝，珝弟瑩。孫皓時，瑩獻詩曰：「珝忝千里，受命南征。」箋：大和七年正月，王茂元爲嶺南節度使。詳《年譜》。〔補注〕承乏，承繼空缺之職位。任官之謙詞。

〔一四〕〔徐注〕《漢書·伍被傳》：（淮南）王（安）曰：「男子之所死者一言耳。」師古曰：言男子感氣，相許一言，不顧其死。

〔一五〕〔補注〕《詩·邶風·北風》：「惠而好我，攜手同行。」

〔一六〕〔徐注〕《新書·百官志》：節度使賜雙旌雙節。行則建節，樹六纛。儲光羲詩：今之太守古諸侯，出入雙旌垂九旒。案：雙旌唯節度領刺史者有之，諸州不與焉。今則通用爲太守之故事矣。〔馮注〕唐自中葉後，刺史多典兵。

〔一七〕〔徐注〕《世説》：祖光禄常自爲母炊爨作食，王平北以兩婢餉之，因取爲中郎。人有戲之者曰：「奴價倍婢。」祖云：「百里奚亦何必輕於五羖之皮邪？」注：祖納，温嶠薦爲光禄大夫。《王乂別傳》：乂爲平北將軍。〔馮注〕《晉書·祖納傳》：納少孤貧，自炊爨以養母。平北將軍王敦聞之，遺其二婢，辟爲從事中郎。有戲之曰：「奴價倍婢。」納曰：「百里奚何必輕於五羖皮耶！」按：《世説》注作「王平北乂」。《史記·秦本紀》：晉虜虞大夫百里傒，以爲秦繆公夫人媵於秦。百里傒亡秦走宛。繆公聞百里傒賢，欲重贖之，恐楚人不與，乃請以五羖羊皮贖之。楚人與之。繆公與語國事，大悦，授之國政，號曰「五羖大夫」。

〔一八〕〔徐注〕揚雄《長楊賦》：遐方疏俗，殊鄰絶黨之域。

〔一九〕〔徐注〕吴大鴻臚張儼《默記》：魏氏誇中土。〔補注〕謂南中風俗與中土不同。

〔二〇〕〔徐注〕《初學記》：沈懷遠《南越志》曰：「廣信江、始安江、鬱林江亦爲三江，在越也。」五嶺見《爲濮陽公陳情表》「豈意復踰五嶺」注。

〔二一〕颷，《全文》作「風」，據《英華》改。〔補注〕炎颷，當即今之熱帶風暴。

〔二二〕〔徐注〕《太平御覽》：鄧德明《南康記》曰：「贛潭在郡下。昔有長者於此潭以釣爲事，恒作漁父歌，其聲慷慨。忽綸動，須臾一物，形似水牛，眼光如鏡。或言水犀浮躍逐綸，角帶金鏁，釣客因引得鏁出水數十丈，鏁斷，餘數尺，是珍寶。」《明一統志》：金鎖潭在廣州府清遠縣東三十里，相傳秦時崑崙貢犀牛，帶金鎖走入潭中。晉時有羅公者釣潭中，收綸得金索，曳之，有犀牛出，掣斷其索，得一尺許。按：贛潭不隸桂管（編著者按：當作「嶺南」或「廣州」），當以在清遠者爲是。〔馮注〕《藝文類聚》：竺法真《登羅山疏》曰：「增城縣南有列渚洲，洲南又有午潭。北岸有石，周員三丈。漁人見金鎖牛常出水，盤鎖此石上。縣民張安釣於石上，躡得金鎖數十尋，俄有物從水中引之，力不能禁，以刃斷之，唯得數尺，遂致大富。」《太平御覽》《寰宇記》皆載此，晉義熙中事也。又《寰宇記》：清遠縣金鎖潭，秦時崑崙貢犀牛，帶金鎖走入潭中。晉時有漁人周重寀者，釣得金鎖，牽之，見犀牛，掣之不得，忽斷，得金鏁一尺。《御覽》又引《南康記》云云，蓋一事而屢見。

〔二三〕〔馮注〕《後漢書・馬援傳》：援勞饗軍士，從容謂官屬曰：「當吾在浪泊、西里間，下潦上霧，毒氣重蒸，仰視飛鳶，跕跕墮水中。」〔徐注〕跕跕，墮貌，音都牒、泰牒二反。

〔二四〕〔補注〕《國語·周語中》：「交酬好貨皆厚，飲酒宴語相説也。」宴語，閒談，閒宴時共語。

〔二五〕苡，《英華》作「薏」。〔馮注〕《後漢書·馬援傳》：在交阯，常餌薏苡實，用能輕身省慾，以勝瘴氣。南方薏苡實大，軍還，載之一車。及卒後，有上書譖之者，以爲前所載還，皆明珠文犀。

〔二六〕〔馮注〕《晉書》：吴隱之，隆安中爲廣州刺史，歸自番禺，其妻劉氏齎沈香一斤，隱之見之，遂投於湖亭之水。《寰宇記》：沈香浦，在今南海縣西北二十里石門之内，亦曰投香浦。

〔二七〕〔徐注〕徐陵《與王僧智書》：還顧庸虚，未應偕此。〔補注〕庸虚，謙稱才能低下，學識淺薄。

〔二八〕〔馮注〕《詩》：罪罟不收，靡有夷瘳。

〔二九〕酋，《英華》作「首」，馮本從之。〔徐曰〕當作「酋」。越井，見《爲濮陽公陳情表》「越井朝臺」注。〔馮曰〕首爲首領，如《王方慶傳》有「都督廣州管内諸州首領」之語。徐氏謂當改「酋」，不必也。〔按〕作「首」雖亦通，然《全文》作「酋」，與徐校合。

〔三〇〕〔徐校〕甘，疑作「南」。〔馮注〕《舊書·地理志》：廣州南海郡四會縣，武德五年於縣治北置南涹州。貞觀八年改湞州，十三年省。涹，《新書·志》作「綏」。按：徐説未是，甘綏當是地名，甘或是姓，謂蠻中之女也。俟再考。下二句分頂。

〔三一〕銅，《英華》注：集作「筒」。非。〔馮注〕《博物志》：交州山夷，名曰俚子，弓長數尺，箭長尺餘，以燋銅爲鏑，塗毒藥於鏑鋒，中人即死。燋銅者，故燒器。其長老能别燋銅聲，以物杵之，其聲得燋毒者，偏鑿取以爲箭鏑。《南州異物志》：交、廣之界，民曰烏滸，有棘厚十餘寸，破以作弓，削竹爲矢，以銅爲鏃，長八寸，毒藥傅矢。按：厨爲庖屋，又櫝也。此謂納箭於櫝，猶《左傳》「知莊子抽矢菆，納諸厨子之房」。注曰：「房，箭舍也。」義固相通。或疑即誤「房」爲「厨」，則未然。

〔三二〕〔徐注〕《後漢書·馬援傳》：於交阯得駱越銅鼓。注：裴氏《廣州記》曰：「狸獠鑄銅爲鼓，鼓唯高大爲貴，面闊丈餘。初成，懸於庭。剋晨置酒，招致同類，來者盈門。豪富子女，以金銀爲大釵，執以叩鼓。叩竟，留遺主人也。」

〔三三〕〔徐箋〕《新書·王茂元傳》：鄭注用事，遷涇原節度使。

〔三四〕裻，《英華》注：集作「喪」，非。〔馮注〕《晉語》：公使申生伐東山，衣之偏裻之衣。〔補注〕韋昭注：「裻在中，左右異，故曰偏。」裻，衣背縫。以背縫爲界，衣服兩半之顔色不同。亦指戎衣。《文選·左思〈魏都賦〉》：「齊被練而銛戈，襲偏裻以讃列。」吕向注：「偏裻，戎衣名。」此處「偏裻之服」即指戎衣。

〔三五〕〔徐注〕《莊子》：趙太子悝謂莊周曰：「吾生所見劍士，皆縵胡之纓。」〔補注〕縵胡纓，武士冠纓，亦指武服。縵胡，粗而無紋理之帽帶。左思《魏都賦》：「三屬之甲，縵胡之纓。」

〔三六〕〔徐注〕《漢書·李廣傳》：不擊刁斗自衛。孟康曰：刁斗以銅作鐎，受一斗，晝炊飯食，夜擊持行，故名曰刁斗。今在滎陽庫中也。蘇林曰：形如鋗，無緣。師古曰：鐎音譙，温器。鋗即銚也。今俗或呼銅銚。按：刁如字，俗掉尾作「刁音貂」，謬也。

〔三七〕兜零，見後《爲中丞滎陽公桂州賽城隍神文》「合烽櫓以保民」注。〔馮注〕兜零施於高物。〔補注〕兜零，籠子。《史記·魏公子列傳》「北境傳舉烽」裴駰集解引文穎則曰：「作高木櫓，櫓上作桔槔，桔槔頭兜零，以薪置其中，謂之烽。」與《漢書·賈誼傳》注引文穎曰稍有不同。

〔三八〕兩「吾」字，《英華》均作「我」。〔徐注〕《左傳》：隨武子曰：「兼弱攻昧，武之善經也。」〔補注〕武經，兵書。

〔三九〕俄，《英華》作「我」，注：集作「忽」。

〔四〇〕〔徐注〕《新書·地理志》：北庭大都護府，屬隴右道。〔馮曰〕涇原在北方，故云。〔按〕此「北庭」非專指北庭大都護府，馮解是。因崔瑨還京，故戎幕爲之減色，因云「北庭減價」。

〔四一〕轅，《英華》注：一作「園」。雪，《英華》作「屑」，誤。〔徐注〕《左傳》：令尹南轅返旆。

〔四二〕〔徐注〕《後漢書》：趙岐，京兆長陵人，初名嘉，辟司空掾，復爲皮氏長。會河東太守劉祐去郡，而中常侍左琯兄滕代之。岐恥疾宦官，即自西歸。京兆尹延篤復以爲功曹。〔補注〕章臺，漢長安街名。《漢書·張敞傳》載敞「守京兆尹……時罷朝會，過走馬章臺街，使御吏驅，自以便面拊馬」。此以「章臺」代指京兆尹。謂崔爲京兆尹辟爲掾屬。

〔四三〕〔馮注〕李涪《刊誤》：凡言九寺，皆曰棘卿。《周禮》「三槐九棘」，三公九卿之任也。近代惟大理得言棘卿，下寺則否。九卿皆樹棘木，大理則於棘下訊鞫其罪，所謂司寇聽刑於棘木之下。

按：棘署，無妨統稱。《萬花谷》：楊收曰：「漢制，總群官而合聽曰省，分務而專治曰寺。」按：此「棘署」，明謂太常也。《周禮·秋官》：「朝士，掌外朝之法。左九棘，孤卿大夫位焉；右九棘，公侯伯子男位焉。」《漢書·表》：「太常，博士屬焉。」《後漢書·志》：「太常卿，每選試博士，奏其能否。」《北史》：「邢邵請置學，奏云：『槐宮棘寺，顯麗於中。』」《白帖》：「太常卿居九寺之先，冠九列之首。」其稱太常爲棘署者以此。若大理卿之稱棘署，則專以聽訟棘木之下爲義也。崔由涇原入爲京尹掾，茂元亦入朝爲太常，故仍選爲丞。〔按〕古代九卿統稱棘卿，唐以後專稱大理寺卿。王讜《唐語林·補遺三》：「凡言九寺，皆曰棘卿。《周禮》：『三槐九棘。』槐者，懷也，上佐天子，懷來四夷。棘者，言其赤心以奉其君。皆三公九卿之任也。唐世惟大理得言棘卿，他寺則否。」洪邁《容齋四筆·官稱别名》：「唐人好以它名標榜官稱……司農爲走卿，大理爲棘卿。」此爲「棘卿」由統稱轉爲專稱之情況。至於「棘署」，則當統指九卿之署。結合下句「譙玄」用典，當指崔爲棘署中之太常寺丞。

〔四四〕〔馮注〕《後漢書·獨行傳》：譙玄，巴郡閬中人。成帝永始二年，詣公車，對策高第，拜議郎。後遷太常丞，以弟服去職。〔按〕茂元末爲太常卿，馮箋非。茂元自涇原入京，任司農卿、將作監，加檢校右僕射，未任它職。

〔四五〕傒，《英華》作「徯」，馮本從之。〔徐注〕王粲《贈蔡子篤詩》：苟非鴻雕，孰能飛翻？〔馮注〕「徯」有平、上二聲。〔補注〕徯，等待、期望。

〔四六〕〔馮注〕《晉書》：荀勖守中書監。久之，守尚書令。勖久在中書，專管機事，及失之，甚悃悵。或有賀之者，勖曰：「奪我鳳凰池，諸君賀我耶！」謝莊《讓中書令表》：璧門天邃，鳳沼神深。《詩》：脊令在原，兄弟急難。按：必其昆弟爲中書舍人，諸崔中未及細考。

〔四七〕二句中「乎」字，《英華》均作「於」。〔徐注〕《左傳》：子罕曰：「吾儕小人，皆有闔廬以辟燥濕寒暑。」徐陵書：亟積寒暄。

〔四八〕〔馮注〕魏文帝詩：西山一何高，高高殊無極。上有兩仙童，不飲亦不食。與我一丸藥，光耀有五色。

〔四九〕〔徐注〕《日知録》：嘗考《史記》《漢書》，未有泰山考鬼之説。自哀、平之際讖緯之書出，然後有如《遁甲開山圖》所云：「泰山在左，亢父在右，亢父知生，梁父知死。」《博物志》所云：「泰山一曰天孫，言爲天帝之孫，主召人魂魄，知生命之長短者。」其見於史者，則《後漢書·方術傳》：許峻自云「嘗篤病三年不愈，乃謁泰山請命」。《烏桓傳》：「死者魂靈歸赤山，赤山在遼東西北數千里，如中國人死者魂神歸泰山也。」《三國志·管輅傳》：謂其弟辰曰：「但恐至泰山治鬼，不得治生人，如何？」而古辭《怨歌行》云：「齊度游四方，各繫泰山録。人間樂未央，忽然歸東嶽。」陳思王《驅車篇》云：「魂神所繫屬，逝者感斯征。」劉楨《贈五官中郎將》詩云：「常恐游岱宗，不復見故人。」應璩《百一詩》云：「年命在桑榆，東嶽與我期。」然則鬼論之興，其在東京之世乎？

〔五〇〕〔徐注〕「員」與「云」同。《左傳》：楚靈王曰：「昔吾皇祖伯父昆吾，舊許是宅。」〔馮注〕《左傳》：諸侯伐鄭，晉荀罃至於西郊，東侵舊許。注曰：許之舊國，鄭新邑。

〔五一〕〔徐注〕《三輔黄圖》：長安城東出，南頭第一門曰霸城門，民間或曰青門。《漢書·疏廣傳》：公卿大夫故人邑子設祖道，供帳東都門外。〔馮曰〕此非茂元鎮陳許時也。細玩通篇，蓋崔丞家在舊許。此因病急歸，而茂元在京出餞之也。

〔五二〕〔徐注〕《左傳》：享曹太子，初獻，樂奏而歎，施父曰：「曹太子其有憂乎！非歎所也。」

〔五三〕〔徐注〕王粲《公宴詩》：但愬杯行遲。

〔五四〕俱，《全文》作「但」，據《英華》改。容與，《英華》注：集作「悔吝」。非。〔徐注〕屈原《九章》：船容與而不進兮，淹回水而凝滯。銑曰：容與，徐動貌。謝靈運詩：辛勤風波事。〔馮注〕《九章》：順風波而流從兮，焉洋洋而爲客。

〔五五〕鐘，徐本作「羽」，誤。〔馮注〕《後漢書·志》：孔壺爲漏，浮箭爲刻。《後漢書·賈復傳》：帝召諸將議兵事，未有言，沈吟久之。《古詩十九首》：沈吟聊躑躅。○時崔以病歸，必由水程，而其算將盡也。

〔五六〕〔徐注〕《晉書·夏侯湛傳》：抵疑曰：「揮袂出風雲。」〔補注〕揮袂，揮手告别，徐注非。

〔五七〕〔徐注〕《後漢書·張衡傳》：奏記曰：「使人未返，復獲郵書。」

〔五八〕〔徐注〕《後漢書·寇恂傳》：長安道里居中，應接近便。〔補注〕據《元和郡縣圖志》，許州至上都長安一千二百六十里。

〔五九〕〔補注〕聲塵，猶音訊。

〔六〇〕〔徐注〕沈約詩：荒阡亦交互。《風俗通》：南北曰阡，東西曰陌。

〔六一〕〔補注〕丹旐，出喪所用紅色銘旌。

〔六二〕〔徐注〕《魏志·文帝紀》注：鄄城侯植爲誄曰：「背三光之昭晰兮，歸玄宅之冥冥。」〔補注〕玄宅，指墳墓。

〔六三〕〔徐注〕《禮記》：助喪必執紼。〔馮注〕《檀弓》：弔於葬者必執引，若從柩及壙，皆執紼。〔補注〕執紼，喪葬時手執牽引靈柩之大繩以助行進。

〔六四〕目極，《全文》作「莫及」，據《英華》改。〔馮注〕《莊子》：藏舟於壑，藏山於澤，謂之固矣，然而夜半有力者負之而走，昧者不知也。郭注曰：方言生死變化之不可逃，故先舉固逃之極然，然後明之以必變之符。〔補注〕移舟，以喻事物之必變，不可固守，常用以喻指生命之變故。

〔六五〕野，《全文》作「夜」，據《英華》改。

〔六六〕悵，《全文》作「恨」，據《英華》改。

〔六七〕〔徐注〕《史記·伯夷傳》：非附青雲之士，惡能施於後世？〔補注〕青雲，喻志向遠大。舊客，指舊日之幕賓。

〔六八〕〔徐注〕《詩》：我東曰歸，我心西悲。〔馮曰〕茂元尚在京，故曰西悲。

〔六九〕吾，《英華》作「我」。〔補注〕歆，饗也。謂祭祀時神靈享用祭品之香氣。

## 爲弘農公上虢州後上中書狀〔一〕

右，某伏奉某日制書出守〔二〕，以某日到任上訖。伏以境臨東雍〔三〕，地帶上陽〔四〕，内匪沃饒〔五〕，外繁傳置〔六〕。遘驕陽積潦之患〔七〕，困苗螟葉蠶之灾〔八〕。將活齊人〔九〕，在擇良牧〔一〇〕。某因緣儒術，塵汙郡符〔一一〕，皆由相公假以羽毛〔一二〕，飾之丹雘〔一三〕。隼飛旟上〔一四〕，懼失於頒條〔一五〕；熊伏軾前〔一六〕，恐乖於求瘼〔一七〕。唯當夙宵罔懈〔一八〕，深薄爲虞〔一九〕。冀勞來而有成〔二〇〕，庶疲羸而獲泰。下情無任云云。

【校注】

〔一〕本篇原載清編《全唐文》卷七七四第一九頁、《樊南文集補編》卷五。〔錢箋〕按弘農爲楊氏郡望，而《新唐書·宰相世系表》無歷職與之相合者。惟《舊唐書·楊虞卿傳》云：「虢州弘農人。從兄汝士，開成四年卒。子知温，登進士第，累官至禮部郎中、知制誥，入爲翰林學士、户部侍郎，轉左丞。出爲河南尹、陝虢觀察使。」約計時代相及。又與下兩篇「曲臺」「維桑」「兩考官」

並合，似爲近之。然河南尹、陝虢觀察使皆不治虢州，未敢牽合。《新唐書·地理志》：虢州弘農郡，雄，屬河南道。《舊唐書·職官志》：上州刺史，從第三品。〔張箋〕（將本篇及《爲弘農公虢州上後上三相公狀》《爲弘農公上兩考官狀》統置於不編年文，並加案語云）以文中「出守郡符」及「近郡」語推之，是虢州刺史，非陝虢觀察使也。《翰苑群書·學士題名》：「楊知温大中十一年九月八日自禮部郎中充。十二年十月十一日拜中書舍人。十四年十月拜工部侍郎知制誥。」則爲陝虢在咸通間，錢説未的。《劉夢得集》有《寄楊虢州與之舊姻》詩，首云：「避地江湖知幾春，今來本郡擁朱輪。」必即其人。《夢得外集》又有《祭虢州楊庶子文》云：「維大和六年月日。」中叙楊之仕履甚詳，云：「歷佐侯藩，拾遺君前，克揚直聲，不愠左遷。五剖竹符，皆有聲績，南湘潛化，巴人啞啞。比陽布和，戰地盡闢；壽春武斷，姦吏奪魄。滎波砥平，士庶同適。朝典陟明，俾臨本州。静治三載，卧分主憂。直氣潛消，頹几不留。九天難問，萬化同休。」則楊於大和六年卒於虢，而祭文言「静治三載」，其出刺當在大和三、四年間。惜名無考耳。檢《夢得集》，又有《寄唐州楊八歸厚》詩，合之祭文「比陽布和」二語，似虢州即爲歸厚也。此狀乃楊赴任時作，中云「因緣儒術，塵汙郡符」，皆與祭文合。惟第二狀「拔自曲臺」語不符，或楊尚有入莅京職事，祭文所叙從略歟？據《劉集》頗可編年。〔岑仲勉曰〕按《夢得集》之楊虢州爲歸厚，誠屬無疑。然唐人重郎官，歷典五州，曾未省略，何此獨不言？是知《李集》弘農公之必非歸厚也。以余求之，此弘農公殆什九爲名傳於今而曾注《荀子》之楊倞。沈亞之《送韓北渚赴江西序》：「北渚賓仕於江西府，其友相與訊其將處者而誰歟？曰：有弘農生倞耳。」倞爲汝士族子，曾官主客郎中，其前一名爲高少逸（《郎官柱》），約在開成中，則與曲臺（禮部）合。倞元和末注《荀子》，則與因緣儒術合。會昌四年葬之《馬紓志》，撰人題汾州刺史楊倞，合諸《郎官題名》之時代，刺汾已前，當曾典守他州。循此推之，倞自主中出刺虢州，約當開成四、五年（據《新·表》，四年七月甲辰至五年八月庚午期内，宰相三人），即商隱守弘農尉時代作。弘農，虢州郭下，宜乎有此代勞矣。若在大和三、四年，則商隱猶未及冠，僅露頭角，今大和六年已前，尚無編年文可考。謝上表狀，詎竟委諸後生小子乎？考訂既竟，欣然有得，蓋由此知儒家之楊倞與詩人之商隱，曾發生一段因緣，前頭史家所未道及也。（《平質》已缺證十五《弘農公》條）〔按〕岑説雖未有實證能證明楊倞曾刺虢州，然於兩狀内之「曲臺」「儒術」等關鍵詞語頗能相合，尤可注意者，爲此説與商隱作尉弘農之時間恰好相合，從而得以合理解釋商隱何以有此代作。檢《唐刺史考》，李景讓約開成三、四年任虢州刺史，四年入爲禮部侍郎，開成五年虢刺空缺，則楊倞或即在李景讓入爲禮侍時或稍後由主中出刺虢州。商隱赴弘農尉任在開成四年夏秋間（參《李商隱詩歌集解》第一册《出關宿盤豆館對叢蘆有感》按語）。則是年七月至翌年八月期間均有可能代作此狀（商隱開成五年九月初三所作《與陶進士書》猶稱弘農尉李某）。二狀又有「遘驕陽積潦之患，困苗螟葉蠈之灾」「平原境内，盡死飛蝗」之語，查《新唐書·五行志》，「開成五年七月，霖雨」，「開成五年夏，幽、魏、博、鄆、曹、濮、滄、齊、德、淄、青、兖、海、河陽、淮南、虢、陳、許、汝等州螟蝗害稼。占曰：國多邪人，朝無忠臣，居位食禄，如蟲與民争食，故比年蟲蝗」。可見此次蝗灾範圍遍及今河南、北及山東地區。蝗灾之前通常有旱情，灾後又逢「霖雨」，故狀内有上引記叙灾情之語。據此，狀或開成五年七、八月間所上，楊之刺虢亦在其時。

〔二〕〔錢注〕顔延之《五君詠》：一麾乃出守。

〔三〕〔錢注〕《舊唐書·地理志》：華州，隋京兆郡之鄭縣。《隋書·地理志》：京兆郡鄭縣。後魏置東雍州，有少華山。〔按〕虢州與華州鄰接，故云「境臨東雍」。

〔四〕〔錢注〕《左傳》注：上陽，虢國都，在弘農陜縣東南。

〔五〕内，《全文》作「爲」，據錢校改。〔補注〕《左傳·成公六年》：「必居郇瑕氏之地，沃饒而近鹽。」沃饒，土地肥沃，物産豐饒。

〔六〕〔錢注〕《漢書·文帝紀》：太僕見馬遺財足，餘皆以給傳置。〔補注〕傳置，驛站。外繁傳置，謂虢州地當東、西京間交通要道，送往迎來之務繁劇。

〔七〕〔錢注〕《春秋考異郵》：旱之爲言，悍也，陽驕蹇所置也。《説文》：潦，雨水大貌。

〔八〕〔錢注〕《詩·大田》傳：食心曰螟，食葉曰螣，食根曰蟊，食節曰賊。

〔九〕〔錢注〕《漢書·食貨志》注：齊，等也。無有貴賤，謂之齊民，猶今言平民矣。按：唐諱「民」，故作「人」。

〔一〇〕〔錢注〕《吴志·陸凱傳》：胤，凱弟也。評：胤身絜事濟，著稱南土，可謂良牧矣。〔補注〕良牧，此指郡守、刺史。
〔一一〕郡符，見《爲安平公賀皇躬痊復上門下狀》「忝分符竹」注。〔補注〕唐代郡守用銅魚符。
〔一二〕〔錢注〕《陳書·蕭引傳》：引善隸書，高宗嘗披奏事，指引署名曰：「此字筆勢翩翩，如鳥之欲飛。」引謝曰：「此乃陛下假其羽毛耳。」
〔一三〕〔補注〕《書·梓材》：「若作梓材，既勤樸斲，惟其塗丹雘。」丹雘，供塗飾之紅色顔料。此喻恩澤。
〔一四〕〔補注〕《周禮·春官·司常》：「鳥隼爲旟，龜蛇爲旐……州里建旟，縣鄙建旐。」隼旟，畫有隼鳥之旗幟，古代爲州郡長官所建。
〔一五〕〔補注〕頒條，頒佈律條。漢代刺史以六條考察州郡官吏。屢見。
〔一六〕熊軾，見《爲安平公賀皇躬痊復上門下狀》「對熊軾以自悲」注。
〔一七〕〔錢注〕《後漢書·循吏傳序》：光武長於民間，廣求民瘼，觀納風謡。
〔一八〕〔補注〕《詩·大雅·抑》：「夙興夜寐，灑埽庭内，維民之章。」
〔一九〕〔補注〕《詩·小雅·小旻》：「戰戰兢兢，如臨深淵，如履薄冰。」
〔二〇〕〔補注〕《詩·小雅·鴻雁序》：「萬民離散，不安其居，而能勞來還定，安集之。」勞來，以恩德招之使來。

## 爲弘農公虢州上後上三相公狀〔一〕

某本無遠韻〔二〕,實謝修途〔三〕。鄒衍文辭,敢逃怪忤〔四〕;揚雄鉛槧,終取寂寥〔五〕。豈意相公拔自曲臺〔六〕,致之近郡〔七〕。貴從剖竹〔八〕,感在維桑〔九〕。雖恩獎之是懷〔一〇〕,亦憂兢而斯在〔一一〕。但當課其錢鎛〔一二〕,督以杼機〔一三〕。使渤海田中,永無佩犢〔一四〕;平原境内,盡死飛蝗〔一五〕。免斯人溝壑之虞,贖他日簡書之責〔一六〕。伏惟特賜恩察。

【校注】

〔一〕本篇原載清編《全唐文》卷七七四第二〇頁、《樊南文集補編》卷五。〔按〕繫年考證見上篇注〔一〕。三相公,據《新唐書·宰相表》,開成四年七月甲辰至五年五月,宰相有楊嗣復、李珏、崔鄲;開成五年五月至八月,宰相有崔鄲、崔珙、李珏。如兩狀作於開成五年七、八月間,則三相公爲崔鄲、崔珙、李珏。

〔二〕〔補注〕《晉書·庾敳傳》:「敳字子嵩,長不滿七尺,而腰帶十圍,雅有遠韻。」

〔三〕〔補注〕張華《情詩》之四:「懸邈極修途,山川阻且深。」此指仕進之長途。

〔四〕〔錢注〕《史記·孟荀傳》:騶衍深觀陰陽消息而作怪迂之變,《終始》《大聖》之篇十餘萬言,其語閎大不經。

〔五〕〔錢注〕《西京雜記》：揚子雲常懷鉛提槧，從諸計吏，訪殊方絶域四方之語。左思《詠史詩》：寂寂揚子宅，門無卿相輿。寥寥空宇中，所講在玄虚。

〔六〕〔錢注〕《漢書·藝文志》：《曲臺后蒼記》九篇。注：曲臺，天子射宫也。西京無太學，於此行禮也。〔補注〕《文選·司馬相如〈長門賦〉》：「覽曲臺之央央。」李善注：「《三輔黄圖》曰：『未央東有曲臺殿。』」漢時作天子射宫，又立爲署，置太常博士弟子，爲著記校書之處。岑仲勉謂曲臺指禮部，楊倞在出刺虢州前爲主客郎中，係禮部屬官，故云「拔自曲臺」，詳上篇注〔一〕引岑氏説。

〔七〕〔錢注〕《漢書·王莽傳》：粟米之内曰内郡，其外曰近郡。〔補注〕《元和郡縣圖志》：虢州，西北至上都四百三十里。

〔八〕〔補注〕剖竹，猶剖符。古代帝王分封諸侯、功臣時，以竹符爲信證，剖分爲二，君臣各執其一。後又稱授州郡長官爲剖竹，參見《爲安平公賀皇躬痊復上門下狀》「忝分符竹」注。唐代郡守用銅魚符爲信證。

〔九〕〔補注〕《詩·小雅·小弁》：「維桑與梓，必恭敬止。」維桑，指故鄉。虢州爲弘農公（楊倞）之郡望，亦可能即爲其家居之地，故云。

〔一〇〕〔錢注〕《宋書·王弘傳》：過蒙恩奬。

〔一二〕〔錢注〕《宋書·王景文傳》：以此居貴位要任，常有致憂兢理不？

〔一三〕〔補注〕《詩·周頌·臣工》：「命我衆人，庤乃錢鎛。」錢鎛，本爲兩種農具，此指農耕之事。課，督促。

〔一三〕〔錢注〕《説文》：縢，機持經者也；杼，機之持緯者。〔補注〕杼機，指紡織。

〔一四〕〔錢注〕《漢書·龔遂傳》：爲渤海太守，民有帶持刀劍者，使賣劍買牛，賣刀買犢，曰：「何爲帶牛佩犢？」

〔一五〕〔錢注〕《後漢書·趙憙傳》：憙遷平原太守，青州大蝗，侵入平原界輒死。

〔一六〕〔補注〕斯人，斯民。《孟子·梁惠王下》：「凶年饑歲，君之民老弱轉乎溝壑，壯者散而之四方者，幾千人矣。」《詩·小雅·出車》：「豈不懷歸，畏此簡書。」毛傳：「簡書，戒命也。」

## 上華州周侍郎狀〔一〕

某文非勝質〔二〕，黠不半癡〔三〕。辛勤一名〔四〕，契闊九品〔五〕。獻書指佞，遠愧南昌〔六〕；懸棒申威，近慚北部〔七〕。竊思頃者，伏謁於遊梁之際〔八〕，受知於入洛之初〔九〕。彭羕自媒，率多徑進〔一〇〕；禰衡懷刺，幸不虚投〔一一〕。爾後以地隔仙凡，位殊貴賤，十鑽槐燧，一拜蓮峰〔一二〕。眄睞未忘〔一三〕，吹噓尚切〔一四〕。已吟棄席〔一五〕，忽詠歸荑〔一六〕。儻或求忠信於十室之間〔一七〕，感意氣於一言之會，聖人門下，不聞互鄉〔一八〕；童子車中，匪輕壯士〔一九〕。則猶希薄伎，獲蔭清光。雖曠闕於門牆〔二〇〕，長彷彿於旌棨〔二一〕。驥疲吴坂，已逢伯樂而鳴〔二二〕；蝶過漆園，願入莊周之夢〔二三〕。下情無任攀戀感激之至。

**【校注】**

〔一〕本篇原載清編《全唐文》卷七七五第一一頁、《樊南文集補編》卷六。〔錢箋〕（華州周侍郎）周墀也。《新唐書》本傳：武宗即位，以疾改工部侍郎，出爲華州刺史。《新唐書·地理志》：華州，屬關内道。〔張箋〕（繫會昌元年）案文有「已吟棄席，忽詠歸荑」語，當是江鄉歸途作，意在希冀入幕，其後爲汝南公代作諸表，似可互證。〔按〕張氏繫年誤。《舊書·文宗紀》：開成五年「秋七月制：檢校禮部尚書、華州刺史陳夷行復爲中書侍郎同平章事」。周墀之由工部侍郎出爲華州刺史當與夷行之入朝同時。狀又謂己「辛勤一名，契闊九品。獻書指佞，遠愧南昌；懸棒申威，近慚北部」，用縣尉典，可證其時商隱尚在弘農尉任，未移家關中從調（商隱自濟源移家長安在開成五年九月末，見《上河陽李大夫狀一》及《上李尚書狀》），故此狀當上於開成五年九月前，約七、八月間。馮、張「江鄉之游」之誤，已另有辨正。

〔二〕〔補注〕《論語·雍也》：「質勝文則野，文勝質則史。文質彬彬，然後君子。」

〔三〕〔錢注〕《晉書·顧愷之傳》：愷之在桓温府，常云：「愷之體中，癡黠各半，合而論之，正得平耳。」

〔四〕〔補注〕一名，指登進士第，獲得功名。

〔五〕〔錢注〕謂補弘農尉。《新唐書·地理志》：虢州弘農縣，緊。《舊唐書·職官志》：上縣、中縣尉，從第九品上階。〔補注〕契闊，勤苦貌。

〔六〕〔錢注〕《漢書·梅福傳》：福補南昌尉，後去官歸。是時，成帝委任大將軍王鳳。鳳專執擅朝，王氏寖盛，灾異數見，群臣莫敢正言。福上書，上不納。張華《博物志》：堯時，有屈軼草生於庭，佞人入朝，則屈而指之，一名指佞草。〔按〕梅福所上書，具載《漢書》本傳，内有「方今君命犯而主威奪，外戚之權日以益隆」等語，即指王鳳專權而言。

〔七〕〔錢注〕《魏志·武帝紀》：除洛陽北部尉。注：《曹瞞傳》曰：「太祖初入尉廨，繕治四門，造五色棒，懸門左右各十餘枚，有犯禁者，不避豪彊，皆棒殺之。」荀悦《申鑒》：高祖雖能申威於秦、項，而屈於商山四公。

〔八〕〔錢注〕《史記·梁孝王世家》：孝王築東苑，方三百餘里，招延四方豪傑，自山以東游説之士，莫不畢至。〔補注〕《史記·司馬相如列傳》：「是時梁孝王來朝，從游説之士齊人鄒陽、淮陰枚乘、吴莊忌夫子之徒，相如見而説之，因病免，客游梁。梁孝王令與諸生同舍，相如得與諸生游士居數歲。」

〔九〕〔錢注〕《晉書·陸機傳》：機太康末，與弟雲俱入洛，造太常張華。華素重其名，如舊相識。

〔一〇〕〔錢注〕《蜀志·彭羕傳》：羕欲納説先主，乃往見龐統。統與羕非故人，又適有賓客，羕徑上統牀卧。統客既罷，往就羕坐。羕又先責統食，然後共語。統大善之，遂致之先主。曹植《求自試表》：夫自衒自媒者，士女之醜行也。

〔一一〕〔錢注〕《後漢書·禰衡傳》：建安初，來遊許下。始達潁川，乃陰懷一刺，既而無所之適，至於刺字漫滅。〔按〕此句反用其事。刺，名刺，竹木爲之。猶今之名片。

〔一二〕〔錢注〕馮《譜》：義山於開成三年試宏詞。時座主爲周墀。而墀爲華州刺史，在武宗之初，與「十鑽槐燧」不合。然唐人於應舉之前，必干謁當途以通聲氣，或義山與墀相知有素，不必定始於應舉時也。《初學記》：《華山記》曰：「華山頂生千葉蓮花。」〔補注〕《周禮·夏官·司爟》「四時變國火，以救時疫」鄭玄注：「鄭司農説以鄹子曰：『春取榆柳之火，夏取棗杏之火……冬取槐檀之火。』」槐燧，以槐木取火之器。十鑽槐燧，謂十年。據狀文「伏謁於遊梁之際，受知於入洛之初」及「十鑽槐燧」語，商隱初謁周墀約在大和中。商隱大和五年在令狐楚天平幕時，楚「歲給資裝，令隨計上都」，始參加進士試。「遊梁」指在楚幕；「入洛」指抵京應試。商隱之「伏謁」「受知」周墀當在此時。自大和五年至開成五年，首尾十年，與「十鑽槐燧」正合。「一拜蓮峰」，謂拜謁見任華州刺史之周墀。

〔一三〕〔錢注〕任昉《到大司馬記室箋》：咳唾爲恩，眄睞成飾。〔補注〕眄睞，眷顧。

〔一四〕〔錢注〕《後漢書·鄭太傳》：孔公緒清談高論，嘘枯吹生。〔補注〕《宋書·沈攸之傳》：「卵翼吹嘘，得升官秩。」吹嘘，此指獎掖。

〔一五〕〔補注〕《韓非子·外儲説左上》：「（晉）文公反國，至河，令籩豆捐之，席蓐捐之，手足胼胝、面目黧黑者後之。咎犯聞之而夜哭。公曰：『寡人出亡二十年，乃今得反國，咎犯聞之不喜而哭，意不欲寡人反國邪？』犯對曰：『籩豆所以食也，席蓐所以卧也，而君捐之；手足胼胝，面目黧黑，勞有功者也，而君後之。』」事又見《淮南子·説山訓》：「文公棄荏席，後黴黑，咎犯辭歸。」「棄席」字當本此。此以自喻淪棄。

〔一六〕〔補注〕《詩·邶風·静女》：「自牧歸荑，洵美且異。」鄭箋：「洵，信也。茅，絜白之物也。自牧田歸荑，其信美而異者，可以供祭祀，猶貞女在窈窕之處，媒氏達之，可以配人君。」

〔一七〕〔補注〕《論語·公冶長》：「子曰：『十室之邑，必有忠信如丘者焉，不如丘之好學也。』」

〔一八〕〔錢校〕聞，疑當作「問」。〔補注〕《論語·述而》：「互鄉難與言，童子見，門人惑。子曰：『與其進也，不與其退也。唯何甚？人潔己以進，與其潔也。不保其往也。』」鄭玄注：「互鄉，鄉名也。其鄉人言語自專，不達時宜，而有童子來見孔子。門人怪孔子見之。」皇侃疏：「言凡教化之道，唯進是與，唯退是抑，故無來而不納。」此似借孔子見互鄉人，以美周墀之「無來而不納」。

〔一九〕〔錢注〕《史記·季布傳》：季布者，楚人也。項羽使將兵，數窘漢王。及項羽滅，高祖購求季布千金。布匿濮陽周氏。周氏乃髡鉗季布，衣褐衣，置廣柳車中，并與其家僮數十人，之魯朱家所，賣之。朱家乃乘軺車之洛陽，見汝陰侯滕公曰：「以季布之賢，而漢求之急如此，此不北走胡，即南走越耳。夫忌壯士以資敵國，此伍子胥所以鞭荆平王之墓也。君何不從容爲上言耶？」

〔二〇〕〔補注〕《論語・子張》：「夫子之牆數仞，不得其門而入，不見宗廟之美，百官之富，得其門者或寡矣。」按：商隱開成三年春參加博學宏辭科考試，周墀判吏部西銓，已被録取上之中書，因中書長者云「此人不堪」，遂抹去之。故此云「曠闕於門牆」，未能成爲周墀之門生。

〔二一〕〔錢注〕謝朓《始出尚書省》詩：載筆陪旌棨。李善注：韋昭《漢書注》曰：「棨，戟也。」

〔二二〕〔錢注〕劉琨《答盧諶詩序》：昔騄驥倚輈於吴坂，長鳴於伯樂，知與不知也。

〔二三〕〔錢注〕《莊子》：昔者莊周夢爲蝴蝶，栩栩然蝴蝶也；俄而覺，則蘧蘧然周也。《史記・莊子傳》：莊子，蒙人也，名周，嘗爲蒙漆園吏。

## 爲濮陽公上淮南李相公狀二〔一〕

伏承恩詔榮徵。聖上肇自漢藩〔二〕，顯當殷鼎〔三〕，必先求舊，以謹惟新〔四〕。夫昭貴族而理近官〔五〕，爲邦之遠算〔六〕；險不懟而怨不怒〔七〕，事君之大忠〔八〕。相公受寄累朝〔九〕，允懷明德〔一〇〕。傅巖克申三命，未盡嘉謀〔一一〕；晉室更作五軍，尚慚多讓〔一二〕。喜愠罔形于用捨，是非無撓于去留。簡素騰輝〔一三〕，鐘彝溢美〔一四〕。而又志唯逃富〔一五〕，道惡多藏〔一六〕。

關尹之糗一筐，皆因君賜〔一七〕；江氏之田半頃，豈爲孫謀〔一八〕？固合長在廟廷，永光帝載〔一九〕。使庶政絶貪婪之患〔二〇〕，大朝無黨比之憂〔二一〕。況今者時逼藏弓〔二二〕，禮當輔主〔二三〕。元侯功大〔二四〕，獨申攀送之哀〔二五〕；伯父位尊〔二六〕，使率駿奔之列〔二七〕。移寒在律〔二八〕，鼓物須雷〔二九〕，凡在含靈〔三〇〕，莫不延頸〔三一〕。某早蒙恩異，獲奉輝光。蔣琬牛頭，省占佳夢〔三二〕；謝安麈尾，屢聽清談〔三三〕。果得叨忝圭符〔三四〕，留連旗鼓〔三五〕。捫心自愧〔三六〕，没齒難忘〔三七〕。竊計軒車〔三八〕，已臻伊、洛〔三九〕。佇見方明展事〔四〇〕，庭燎陳儀〔四一〕。雨將至而柱礎先知〔四二〕，風欲來而巢居盡識〔四三〕。下情無任欣抃踴躍之至，伏惟特賜恩察。

**【校注】**

〔一〕本篇原載清編《全唐文》卷七七三第一〇頁、《樊南文集補編》卷二。題内「濮陽」二字，《全文》作「汝南」，據錢校改。詳《爲濮陽公上李相公狀一》注〔一〕。〔錢箋〕《舊唐書·李德裕傳》：開成二年，授淮南節度副大使、知節度事。五年正月，武宗即位。七月，召德裕於淮南。〔按〕狀云「伏承恩詔榮徵」，「竊計軒車，已臻伊、洛，佇見方明展事，庭燎陳儀」，顯係德裕奉詔内調，已離淮南使府，未達長安，行至洛陽一帶時，代茂元馳狀致意之作。案德裕於開成五年七月内召，九月甲戌（初一）抵京師，則行至伊、洛一帶時當在八月。文云「況今者時逼藏弓，禮當輔主。元侯功大，獨申攀送之哀」，係指是年八月壬戌（十九）文宗將葬章陵之事，則又可證狀當上於此前不久。故今編此狀於開成五年八月上中旬。文内「果得叨忝圭符，留連旗鼓」，係承上「某早蒙恩異」而言，乃追述大和七年德裕爲相時王茂元任嶺南節度使事，與開成五年九月茂元任陳許觀察使事無涉，詳「叨忝圭符」注。

〔二〕漢藩，錢氏箋注本作「海藩」，「海」字顯誤，當依《全唐文》作「漢藩」。〔錢注〕《顔氏家訓》：上荆州必稱峽西，下揚都言去海郡。〔按〕錢氏在無别本依據之情況下擅改「漢」爲「海」，絶不可通；又引《顔氏家訓》「下揚都言去海郡」以釋「海藩」，則更將「海藩」屬之在淮海之德裕，尤屬舛誤。漢藩，用漢文帝以代王繼立事。《漢書·文帝紀》：「孝文皇帝，高祖中子也，母曰薄姬。高祖十一年，誅陳豨，定代地，立爲代王，都中都。十七年秋，高后崩，諸吕謀爲亂，欲危劉氏。丞相陳平、太尉周勃、朱虚侯劉章等共誅之，謀立代王……遂即天子位。」唐武宗之繼位，情況與漢文類似，《新唐書·武宗紀》：「武宗……穆宗第五子也……始封潁王……開成五年正月，文宗疾大漸，神策軍護軍中尉仇士良、魚弘志矯詔廢皇太子成美復爲陳王，立潁王爲皇太弟。辛巳，即皇帝位于柩前。」故用漢文以代王入承大統之典以喻指武宗以潁王立爲帝。商隱《爲李貽孫上李相公啓》「始者主上以代邸承基」，即本篇「聖上肇自漢藩」之意。肇，起也。

〔三〕〔錢注〕《史記·殷本紀》：阿衡（伊尹）欲干湯而無由，乃爲有莘氏媵臣，負鼎俎，以滋味説湯，至于王道。〔補注〕當，值，遇。殷鼎，此即指以調鼎味説湯之伊尹。顯當殷鼎，謂武宗顯值伊尹式之賢才德裕。

〔四〕〔補注〕求舊，謂用人務求故老舊臣。《書·盤庚上》：「人惟求舊，器非求舊，惟新。」《詩·大雅·文王》：「周雖舊邦，其命維新。」惟新，更新政治。《書·胤征》：「殲厥渠魁，脅從罔治。舊染汙俗，咸與惟新。」此「惟新」係自新義，非本文所用。

〔五〕〔錢注〕《國語》：晉文公至自王城，公屬百官，賦職任功，昭舊族，愛親戚。胥、籍、狐、箕、欒、郤、柏、先、羊舌、董、韓，實掌近官。諸姬之良，掌其中官；異姓之能，掌其遠官。〔補注〕昭，顯揚。近官，朝官，因其接近帝王，故稱。《國語》韋昭注：「十一族，晉之舊姓，近官朝廷者。」理，通「賚」，賞賜。

〔六〕〔錢注〕《後漢書·朱祐等傳論》：然原夫深圖遠算。

〔七〕〔錢注〕《國語》：彘之亂，宣王在召公之宮，國人圍之，召公曰：「昔吾驟諫王，王不從，以及此難。今殺王子，王其以我爲懟而怒乎？夫事君者險而不懟，怨而不怒，況事王乎？」乃以其子代宣王，宣王長而立之。

〔八〕〔錢注〕《荀子》：以德復君而化之，大忠也。〔按〕參見注〔七〕。

〔九〕〔錢注〕按《舊唐書》本傳：德裕元和中累辟諸府從事，十四年入朝。至武宗初，歷事憲、穆、敬、文、武五朝。《後漢書·朱暉等傳贊》：朱生受寄。〔補注〕受寄，受朝廷之委託，付以重任。

〔一〇〕〔補注〕明德，指才德兼備之人。《詩·大雅·皇矣》：「帝遷明德，串夷載路。」朱熹集傳：「明德，謂明德之君，即太王也。」

〔一一〕〔補注〕《書・説命上》：「高宗夢得説，使百工營求諸野，得諸傅巖。作《説命》三篇。……爰立作相，王置諸其左右，命之曰：『朝夕納誨，以輔台德。若金，用汝作礪；若濟巨川，用汝作舟楫；若歲大旱，用汝作霖雨。』」《説命》有上中下三篇，故稱「三命」。

〔一二〕〔補注〕《左傳・僖公三十一年》：「秋，晉蒐于清原，作五軍以禦狄，趙衰爲卿。」孔疏：「《晉語》云：文公命趙衰爲卿，讓於欒枝、先軫；後又使爲卿，讓於狐偃、狐毛；卒，又使爲卿，讓於先且居。公曰：『趙衰三讓，其所讓皆社稷之衛也。』」五軍，上、中、下軍、新上軍、新下軍。

〔一三〕〔錢注〕荀勖《穆天子傳序》：序古文《穆天子傳》者，太康二年，汲縣民不准盜發古塚所得書也，皆竹簡素絲編。〔按〕簡素，古代用以書寫之竹簡與絹帛，猶簡册。錢注以「竹簡素絲編」釋簡素，非。

〔一四〕〔錢注〕《莊子》：夫兩喜必多溢美之言。〔補注〕鐘彝，青銅禮器，指刻在鐘鼎彝器上之文字。

〔一五〕〔錢注〕《國語》：鬬且語其弟曰：「昔鬬子文三舍令尹，無一日之積，恤民之故也。」成王聞子文之朝不及夕也，於是乎每朝設脯一束，糗一筐，以羞（進獻食物）子文。成王每出子文之禄，必逃，王止而後復。人謂子文曰：「人生求富，而子逃之，何也？」對曰：「夫從政者以庇民，民多曠者，而我取富焉，是勤民以自封也，死無日矣！吾逃死，非逃富也。」

〔一六〕〔錢注〕《老子》：多藏必厚亡。

〔一七〕見注〔一五〕。

〔一八〕〔錢注〕江淹《與交友論隱書》：望在五畝之宅，半頃之田，鳥赴簷上，水帀階下，則請從此隱，長謝故人。〔補注〕《詩·大雅·文王有聲》：「詒厥孫謀，以燕翼子。」王維《裴僕射濟州遺愛碑》：「其爲身計，保乎忠貞；將爲孫謀，貽以清白。」朱熹《詩集傳》解「詒厥孫謀，以燕翼子」云：「謀及其孫，則子可以無事矣。」

〔一九〕〔補注〕《書·舜典》：「咨四岳，有能奮庸熙帝之載，使宅百揆，亮采惠疇。」孔傳：「載，事也。」帝載，帝王之事業。

〔二〇〕〔錢注〕《楚辭·離騷》注：愛財曰貪，愛食曰婪。

〔二一〕〔錢注〕王逸《九思》：貪枉兮黨比。〔補注〕黨比，結黨朋比。

〔二二〕〔錢注〕《史記·封禪書》：黄帝采首山銅，鑄鼎於荆山下。鼎既成，有龍垂胡髯下迎黄帝。黄帝上騎，群臣後宫從上者七十餘人，龍乃上去。餘小臣不得上，乃悉持龍髯，龍髯拔，墮，墮黄帝之弓。百姓仰望黄帝既上天，乃抱其弓與胡髯號，故後世因名其處曰鼎湖，其弓曰烏號。庾信《周祀圜丘歌》：弓藏高隴，鼎没寒門。〔補注〕藏弓，帝王安葬之諱辭。時逼藏弓，謂其時迫近文宗葬章陵（八月壬戌）之日。

〔二三〕〔錢注〕《漢書·昭帝紀》：以侍中奉車都尉霍光爲大司馬、大將軍，受遺詔輔少主。

〔二四〕〔補注〕元侯，諸侯之長。《左傳·襄公四年》：「《三夏》，天子所以享元侯也，使臣弗敢與聞。」

〔二五〕〔補注〕攀送之哀，指臣下攀送已故君主之哀，見注〔二二〕。

〔二六〕〔補注〕《書·康王之誥》：「今予一二伯父尚胥暨顧，綏爾先公之臣服于先王。」孔傳：「天子稱同姓諸侯曰伯父。」此借指李德裕。商隱《太尉衛公會昌一品集序》：「（武宗）詔曰：『淮海伯父，汝來輔予。』」

〔二七〕〔補注〕駿奔，疾奔。《書·武成》：「邦甸侯衛，駿奔走，執豆籩。」《詩·周頌·清廟》：「濟濟多士，秉文之德，對越在天，駿奔走在廟。」使率駿奔之列，謂使之爲相率領朝廷中濟濟多士之行列。

〔二八〕〔錢注〕阮籍《詣蔣公奏記》李善注：劉向《別録》曰：「鄒衍在燕，有谷寒，不生五穀。鄒子吹律而温，生黍。」

〔二九〕〔補注〕《易·繫辭上》：「鼓之以雷霆，潤之以風雨。」又：「鼓萬物而不與聖人同憂。」韓康伯注：「萬物由之以化，故曰鼓萬物也。」

〔三〇〕〔錢注〕《春秋元命苞》：含靈盛壯。〔補注〕含靈，有靈性之人類。

〔三一〕〔錢注〕《列子》：天下丈夫女子，莫不延頸舉踵，而願安利之。

〔三二〕〔錢注〕《蜀志·蔣琬傳》：琬夜夢有一牛頭在門前，意甚惡之。呼問占夢趙直，直曰：「牛角及鼻，『公』字之象。君位必當至公，大吉之徵也。」

〔三三〕〔錢注〕《晉書·謝安傳》：羲之謂曰：「今四郊多壘，宜思自效。而虚談廢務，浮文妨要，恐非當今所宜。」安曰：「秦任商鞅，二世而亡，豈清言致患耶？」按：《謝安傳》無麈尾事，似因《南齊書·陳顯達傳》有「塵尾王、謝家物」一語，從而牽合耳。〔按〕古人清談時每執麈尾，謝安善清談，故云。

〔三四〕〔錢注〕王融《永明十一年策秀才文》：頃深汰珪符。〔張箋〕特指其從前歷歷而言。〔補箋〕《舊唐書·文宗紀》：大和七年正月，「以右金吾衛將軍王茂元爲嶺南節度使」。二月，守兵部尚書「李德裕以本官同中書門下平章事」。是則茂元嶺南節度使之任命，實與李德裕之任宰相無涉。爲述恩誼，不妨作此語。且文云「叨忝圭符，留連旗鼓」，則并二月以後之任期亦包括在内，並無矛盾。

〔三五〕見《爲濮陽公附送官告中使回狀》注〔八〕。

〔三六〕〔錢注〕《後漢書·申屠剛傳》注：《烈士傳》：「内手捫心，知不如子。」

〔三七〕〔補注〕《論語·憲問》：「奪伯氏駢邑三百，飯疏食，没齒無怨言。」《禮記·大學》：「君子賢其賢而親其親，小人樂其樂而利其利，此所以没世不忘也。」

〔三八〕〔錢注〕《左傳》注：軒，大夫車。

〔三九〕〔錢注〕(伊洛)謂東都。《新唐書·地理志》：河南道，其大川伊、洛。〔補注〕杜甫《北征》：「伊洛指掌收，西京不足拔。」

〔四〇〕〔錢注〕《漢書·律曆志》：太甲元年，使伊尹作《伊訓》，曰：「惟太甲元年十有二月乙丑朔，伊尹祀于先王，誕資有牧方明。」言雖有成湯、太丁、外丙之服，以冬至越茀祀先王于方明。注：

《覲禮》：「諸侯覲天子，爲壇十有二尋，加方明于其上。」又注：方明者，神明之象也，以木爲之，方四尺，畫六采，東青，西白，南赤，北黑，上玄，下黄。《宋書・禮志》：日時展事，可以延敬。〔補注〕方明，上下四方神明之象。古代諸侯朝見天子時所置。

〔四一〕〔補注〕《周禮・秋官・司烜氏》：「凡邦之大事，共墳燭庭燎。」鄭玄注：「墳，大也。樹於門外曰大燭，於門内曰庭燎，皆所以照衆爲明。」古代朝覲時設庭燎（庭中照明之火炬）。《詩・小雅・庭燎》：「夜如何其？夜未央，庭燎之光。君子至止，鸞聲將將。」

〔四二〕〔錢注〕《淮南子》：山雲蒸而柱礎潤。

〔四三〕〔錢注〕張華《情詩》李善注：《春秋漢含孳》曰：「巢居之鳥先知風。」

## 爲濮陽公上淮南李相公狀三〔一〕

不審自跋涉道路〔二〕，尊體何如？伏計不失調護。昔周文纘十五王之緒，顯正舊邦〔三〕；襄孫總十一德之基，方寧故國〔四〕。今惟新之曆〔五〕，始叶卜于姬公〔六〕；作輔之臣〔七〕，又徵言于單子〔八〕。以今況古〔九〕，千載一時。

某竊思章武皇帝之朝，元和六年之事〔一〇〕：鎮南建議，初召羊公〔一一〕；征北求人，先咨謝傅〔一二〕。故得齊刳封豕〔一三〕，蔡剔長鯨〔一四〕。伏惟相公清白傳資〔一五〕，馨香襲慶〔一六〕。始自辛卯〔一七〕，至于庚申〔一八〕，雖號歷四朝〔一九〕，而歲纔三紀〔二〇〕。淮王堂構〔二一〕，既高大壯之規〔二二〕；漢相家聲〔二三〕，復有急徵之詔〔二四〕。桂苑之舊賓未老〔二五〕，金縢之遺字猶新〔二六〕。燮理雖繫于陰陽〔二七〕，怵惕固深于霜露〔二八〕。

且廣陵奧壤，江都巨邦〔二九〕，爰在頃時，亦經蕪政〔三〇〕。風移厭劾〔三一〕，俗變侵凌〔三二〕。家多紛若之巫〔三三〕，户絶孌兮之女〔三四〕。相公必寘于理〔三五〕，大爲其防〔三六〕。鄴中廢河伯之祠〔三七〕，蜀郡破水靈之廟〔三八〕。然後教之厚俗〔三九〕，喻以有行〔四〇〕。用榛栗棗修〔四一〕，遠父母兄弟〔四二〕。隱形吐火〔四三〕，知非鬼不祭之文〔四四〕；抱布貿絲〔四五〕，識爲嫁曰歸之旨〔四六〕。化高方岳〔四七〕，威動列城〔四八〕。陳於太史之詩〔四九〕，列在諸侯之史〔五〇〕。

今者重持政柄，復注皇情〔五一〕，便當佐禹陳謨〔五二〕，輔堯考績〔五三〕。鄉誅下比〔五四〕，朝舉養廉〔五五〕。中臺獎枕杫之郎〔五六〕，外郡表斬芻之婦〔五七〕。然後司成立學〔五八〕，謁者求書〔五九〕，大講廢官〔六〇〕，咸修闕政〔六一〕，致于仁壽〔六二〕，煦以和平〔六三〕。凡在生靈，孰不欣望。

某早塵下顧，曾奉指蹤〔六四〕。江左單衣〔六五〕，每留夢寐；柳城素几〔六六〕，行覲尊顏。伏限守官〔六七〕，莫由迎謁。空知抃賀，不可奮飛〔六八〕。下情無任瞻望踴躍之至！

【校注】

〔一〕本篇原載清編《全唐文》卷七七三第一〇頁、《樊南文集補編》卷二。題内「濮陽」二字，《全文》作「汝南」，據錢校改，詳《爲濮陽公上淮南李相公狀一》注〔一〕。〔錢箋〕《舊唐書·李德裕傳》：「開成五年九月，授門下侍郎、同平章事。」及德裕由淮南入相，則茂元已出鎮陳許，故第二狀云「叨忝圭符」，第三狀云「伏限守藩，中外相左，無緣接晤」，此茂元與德裕修書通問之由。〔張箋〕第三狀則謂方在京服官，無由迎謁耳。〔按〕文云「始自辛卯，至于庚申」，「不審自跋涉道路，尊體何如」，明此狀係開成五年庚申徵召德裕入朝途中，商隱代茂元迎賀之作。下又云「柳城素几，行覩尊顔。伏限守官，莫由迎謁」，則德裕此時已過伊洛（第二狀謂「竊計軒車，已臻伊、洛」）而行近京師，即將面謁。時茂元仍在朝爲官，故云「伏限守官，莫由迎謁」，錢箋竟將此二句改爲「伏限守藩，中外相左，無緣接晤」，以證成其茂元時已出鎮陳許之説，甚屬訛謬。德裕九月初一（甲戌）抵京師（見第一狀注〔一〕），故本篇約作於開成五年八月下旬。

〔二〕〔錢注〕《詩·載馳》傳：草行曰跋，水行曰涉。

〔三〕〔錢注〕《國語》：自后稷之始基靖民，十五王而文始平之。〔補注〕纘緒，繼承先王之餘緒、世業。《詩·魯頌·閟宫》：「奄有下土，纘禹之緒。」《禮記·中庸》：「武王纘大王、王季、文王之緒，壹戎衣而有天下。」顯，明。舊邦，指周。

〔四〕〔錢注〕《國語》：晉孫談之子周適周，事單襄公。襄公曰：「周將得晉國，其行也文。夫敬，文之恭也；忠，文之實也；信，文之孚也；仁，文之愛也；義，文之制也；知，文之輿也；勇，文之帥也；教，文之施也；孝，文之本也；惠，文之慈也；讓，文之材也。此十一者，夫子皆有焉。被文相德，非國何取？」及厲公之亂，召周子而立之，是爲悼公。解：談，晉襄公之孫惠伯談也。周者，談之子，晉悼公之名。按：唐自高祖至武宗凡十五世。又武宗由潁邸入繼大統。觀此可知義山隸事之密。

〔五〕惟新，見《爲濮陽公上淮南李相公狀二》注〔四〕。

〔六〕〔補注〕《書·泰誓中》：「朕夢協朕卜，襲于休祥，戎商必克。」姬公，指周公姬旦。《文心雕龍·史傳》：「自周命維新，姬公定法。」

〔七〕〔錢注〕《後漢書·郎顗傳》：文、武創德，周、召作輔。

〔八〕〔補注〕單子，指單襄公。參見注〔四〕。

〔九〕〔錢注〕《魏志·杜畿傳》：以今況古，陛下自不督必行之罰，以絕阿黨之原耳。

〔一〇〕〔錢注〕《舊唐書·憲宗紀》：憲宗聖神章武孝皇帝。元和六年正月，以淮南節度使、中書侍郎、同平章事趙國公李吉甫復知政事。〔按〕德裕，吉甫子。

〔一一〕〔錢注〕《晉書·羊祜傳》：帝將有滅吴之志，以祜爲都督荆州諸軍事。後寢疾，求入朝面陳伐吴之計，舉杜預自代。又《杜預傳》：帝密有滅吴之計，而朝議多違，惟預、羊祜、張華與帝意合。祜病，舉預自代。祜卒，拜鎮南將軍、都督荆州諸軍事。《史記·公孫弘傳》：始與臣等建此議，今皆倍之。〔補箋〕此二句殆指李吉甫引薦武元衡事。《新唐書·李吉甫傳》：「始，吉甫當國，經綜政事，衆職咸治。引薦賢士大夫，愛善無遺……與武元衡連位，未幾節度劍南，屢言元衡材，宜還爲相。」《通鑑·憲宗元和八年》：「三月甲子，徵前西川節度使、同平章事武元衡入知政事。」此以羊祜比吉甫，以杜預比元衡。吉甫、元衡均宰相中力求對叛鎮用兵者，元和九年伐淮西叛鎮吴元濟之決策，吉甫力主之。吉甫元和九年十月暴病卒後，憲宗「悉以用兵事委武元衡」（《通鑑·元和十年》）。

〔二二〕〔錢注〕《晉書·謝玄傳》：苻堅彊盛，邊境數被侵寇，朝廷求文武良將可以鎮禦北方者，安乃以玄應舉。又《謝安傳》：安薨，贈太傅。〔補箋〕此二句殆指請任薛平爲義成節度使事。《新唐書·李吉甫傳》：「（魏博）田季安疾甚，吉甫請任薛平爲義成節度使，以重兵控邢、洺，因圖上河北險要所在。帝張於浴堂門壁，每議河北事，必指吉甫曰：『朕日按圖，信如卿料矣。』」薛平任義成節度使，事見《通鑑·元和七年》。

〔二三〕〔錢注〕《舊唐書·李師道傳》：自李正己至師道，竊有鄆、曹等十二州六十年矣。元和十年，王師討蔡州，師道使賊燒河陰倉，斷建陵橋。初，師道置留邸於河南府。吴元濟北犯汝、鄭，防禦兵盡戍伊闕，師道潛以兵内其邸，謀焚宫闕而肆殺掠。會有小將詣留守吕元膺告變，元膺追伊闕兵圍之，賊衆突出，入嵩山，官軍共圍之谷中，盡獲之。及誅吴元濟，師道恐懼，上表乞聽朝旨，請割三州。師道婢有號蒲大姊、袁七孃者曰：「自先司徒以來，有此十二州，奈何一旦無苦而割之耶？」師道從之而止。乃詔諸軍討伐。十年十二月，武寧節度李愿遣將王智興擊破師道之衆。十三年，滄州節度鄭權、徐州李愬、魏博田弘正、陳許李光顔諸軍四合，累下城栅。師道使劉悟將兵當魏博軍，既敗，乃召將吏謀曰：「今天子所誅，司空一人而已。悟與公等皆被驅逐就死地，何如轉禍爲福？」乃以兵趣鄆州，擒師道而斬其首送於魏博軍，元和十四年二月也。按：《舊唐書·李吉甫傳》：「元和九年冬，暴病卒。」誅師道在十四年二月，事出其後。文蓋以群帥成功，推本宰輔用人之力耳。鄭亞《會昌一品集序》亦言「圖蔡料齊，外定内理」也。〔補注〕封豕，大豬，喻貪暴者。《左傳·昭公二十八年》：「（伯封）實有豕心，貪惏無饜，忿纇無期，謂之封豕。」

〔一四〕〔錢注〕《舊唐書·李吉甫傳》：淮西節度吴少陽卒，其子元濟請襲父位。吉甫以爲淮西内地，不同河朔，宜因時而取之，頗叶上旨，始爲經度淮西之謀。又《吴元濟傳》：元濟，少陽長子也。初攝蔡州刺史。及父死，不發喪，以病聞。因假爲少陽表，請元濟主兵務。少陽判官楊元卿先奏事在京師，得盡言經略淮西事於宰相李吉甫。元和十年正月，詔元濟在身官爵並宜令削奪，合兵進討。六月，命裴度爲宰相，淮右用兵之事，一以委之。十一年春，諸軍雲合。十二年正月，李愬表請軍前自效。十一月，愬夜出軍，其月十日夜，至蔡州城下，坎墻而畢登，賊不之覺。十一日，攻衙城，擒元濟至京，斬之於獨柳。〔補注〕《左傳·宣公十二年》：「古者明王伐不敬，取其鯨鯢而封之，以爲大戮。」劉知幾《史通·敘事》：「論逆臣則呼爲問鼎，稱巨寇則目以長鯨。」

〔一五〕〔錢注〕《新唐書・李德裕傳》：德裕，元和宰相吉甫子也。《後漢書・楊震傳》：震性公廉，子孫常蔬食步行。或欲令爲開産業，震不肯，曰：「使後世稱爲清白吏子孫，以此遺之，不亦厚乎？」

〔一六〕〔補注〕《書・酒誥》：「弗惟德馨香，祀登聞于天。」《國語・周語上》：「其德足以昭其馨香，其惠足以同其民人。」

〔一七〕〔錢注〕（辛卯）元和六年。

〔一八〕〔錢注〕（庚申）開成五年。

〔一九〕〔錢注〕（四朝）憲、穆、敬、文。

〔二〇〕〔補注〕自元和六年（八一一）至開成五年（八四〇），前後歷三十年。此云「三紀」，蓋取約數。

〔二一〕〔錢注〕《漢書・淮南王傳》：上憐淮南王廢法不軌，自使失國早夭，乃立淮南王三子，王淮南故地，三分之，阜陵侯安爲淮南王。〔補注〕《書・大誥》：「若考作室，既厎法，厥子乃弗肯堂，矧肯構？」孔傳：「以作室喻治政也，父已致法，子乃不肯爲堂基，況肯構立屋乎？」堂構，喻繼承祖上之遺業。按：元和三年九月，德裕之父吉甫曾任淮南節度使，德裕亦於開成二年授淮南節度副大使知節度事，後先相繼，故云「淮王堂構」。

〔二二〕〔補注〕《易・繫辭下》：「上古穴居而野處，後世聖人易之以宫室，上棟下宇，以待風雨，蓋取諸《大壯》。」《大壯》卦上震下乾，震爲雷，乾爲天（天形似圓蓋），其卦象爲上有雷雨，下有御雨之圓蓋，故云創建宫室以避風雨係取象於《大壯》。後以《大壯》爲創建宫室之典。此謂德裕節度淮南能光大父業。

〔二三〕〔錢注〕《漢書·平當傳》：當爲丞相，卒，子晏以明經歷位大司徒。漢興，唯韋、平父子至宰相。司馬遷《報任少卿書》：隤其家聲。

〔二四〕〔錢注〕《漢書·鮑宣傳》：急徵故大司馬傅喜。《舊唐書·李德裕傳》：初，德裕父吉甫年五十一，出鎮淮南，五十四自淮南復相。今德裕鎮淮南復入相，一如父之年，亦爲異事。

〔二五〕〔錢注〕左思《吴都賦》劉逵注：吴有桂林苑、落星樓，樓在建鄴東北十里。〔按〕此處「桂苑之舊賓」上承「淮王堂構」，既高大壯之規」而言，當指往日吉甫節度淮南時之幕賓。蓋因漢淮南王劉安賓客作《招隱士》，賦中有「桂樹叢生兮山之幽」、「攀援桂枝兮聊淹留」之句，遂以「桂苑」指淮南幕府。據戴偉華《唐方鎮文職僚佐考》，元和三至五年李吉甫鎮淮南時文職僚佐有孔戡、楊同慈、崔國禎、王起、張某等人，其中王起與李德裕交情頗篤。

〔二六〕〔錢校〕字，原作「事」，今據胡本改正。〔按〕錢校是，兹從之。金縢，事見《書·金縢》，見《爲安平公賀皇躬痊復上門下狀》注〔八〕。

〔二七〕〔補注〕《書·周官》：「立太師、太傅、太保，兹惟三公，論道經邦，燮理陰陽。」燮理陰陽，指任宰相之職。

〔二八〕〔補注〕《書·冏命》：「怵惕惟厲，中夜以興，思免厥愆。」孔傳：「言常悚懼惟危，夜半以起，思所以免其過悔。」《禮記·祭義》：「霜露既降，君子履之，必有悽愴之心，非其寒之謂也。春雨露既濡，君子履之，必有怵惕之心，如將見之。」

〔二九〕〔錢注〕《舊唐書・地理志》：揚州，隋江都郡。武德九年改爲揚州。天寶元年改爲廣陵郡。乾元元年復爲揚州。自後置淮南節度使。《晉書・孝武帝紀》：又三吴奥壤，股肱望郡。

〔三〇〕〔補注〕蕪政，雜亂無章之之政教風俗。按：此二句所指當即下文所述當地之迷信風俗。參注〔三八〕所引李德裕在浙西觀察使任上變弊風、除淫祠之事。淮南地區之迷信風俗，本傳雖未載，然於浙西地區可約略見之。或德裕鎮淮南時，亦有類似革除蕪政弊俗之事，而史未載。

〔三一〕〔錢注〕《魏志・董卓傳》注：《獻帝起居注》曰：「李傕喜鬼怪左道之術，常有道人及女巫，歌謳擊鼓下神，祠祭六丁，符劾厭勝之具，無所不爲。」〔補注〕厭劾，指用迷信之法消灾除邪。

〔三二〕〔補注〕《禮記・經解》：「聘覲之禮廢，則君臣之位失，諸侯之行惡，而倍畔侵陵之敗起矣。」

〔三三〕〔補注〕《易・巽》：「巽在牀下，用史巫紛若，吉無咎。」孔穎達疏：「紛若者，盛多之貌。」

〔三四〕〔補注〕《詩・邶風・静女》：「静女其孌。」毛傳：「既有静德，又有美色。」

〔三五〕〔錢注〕《後漢書・齊武王縯傳》：朕不忍置之于理。《禮・月令》注：理，治獄官也。

〔三六〕〔補注〕《禮記・坊記》：「大爲之坊（通「防」），民猶踰之。」大防，指大的原則界限。

〔三七〕〔錢注〕《史記・滑稽傳》褚先生補曰：西門豹爲鄴令，會長老，問之民所疾苦。長老曰：「苦爲河伯娶婦。」豹問其故，對曰：「鄴三老、廷掾常歲賦斂百姓，收取其錢，爲河伯娶婦，與祝巫共分其餘錢持歸。當其時，巫行視人家女好者，即娉取。爲治齋宫河上，女居其中。共粉飾之，如嫁女牀席，令女居其上，浮之河中。始浮，行數十里乃没。」至其時，豹往會之，呼河伯婦來，視之曰：「是女子不好，煩大巫嫗爲入報河伯，得更求好女，後日送之。」即使吏卒共抱大巫嫗投之河中，有頃，復投三弟子。豹曰：「巫嫗、弟子不能白事，煩三老爲入白之。」復投三老河中。鄴吏民大驚恐。從是以後，不敢復言爲河伯娶婦。

〔三八〕〔錢注〕《抱朴子》：第五公誅除妖道，而既壽且貴；宋廬江罷絶山祭，而福禄永終；文翁破水靈之廟，而身吉民安；魏武禁淫祀之俗，而洪慶來假。《舊唐書・李德裕傳》：德裕爲浙西觀察使。江嶺之間，信巫祝，惑鬼怪，有父母兄弟厲疾者，舉室棄之而去。德裕欲變其風，擇鄉人之有識者，諭之以言，繩之以法。數年之間，弊風頓革。屬郡祠廟，按方志前代名臣、賢后則祠之，四郡之内，除淫祠一千一十所。〔補注〕水靈，水神。

〔三九〕〔錢注〕《後漢書・荀淑傳》：所以崇國厚俗篤化之道也。

〔四〇〕〔補注〕《詩・邶風・泉水》：「女子有行，遠父母兄弟。」有行，謂出嫁。

〔四一〕〔補注〕《左傳・莊公二十四年》：「女贄，不過榛、栗、棗、脩，以告虔也。」

〔四二〕〔錢注〕《新唐書・李德裕傳》：德裕節度劍南西川，蜀人多鬻女爲人妾。德裕爲著科約，凡十三而上，執三年勞；下者五歲。及期則歸之父母。餘見注〔四〇〕。

〔四三〕〔錢注〕《晉書・夏統傳》：女巫章丹、陳珠能隱形匿影，吞刀吐火。

〔四四〕〔補注〕《論語・爲政》：「非其鬼而祭之，諂也。」

〔四五〕〔補注〕《詩・衛風・氓》：「氓之蚩蚩，抱布貿絲，匪來貿絲，來即我謀。」

〔四六〕〔錢校〕爲，當作「謂」。〔補注〕《易・漸》：「女歸，吉。」孔穎達疏：「女人……以夫爲家，故謂嫁曰歸也。」

〔四七〕〔補注〕《書・周官》：「王乃時巡，考制度于四岳。諸侯各朝于方岳，大明黜陟。」方岳，四方之山岳，古指東岳泰山、西岳華山、南岳霍山（一云衡山）、北岳恒山。

〔四八〕〔補注〕《左傳・僖公十五年》：「賂秦伯以河外列城五。」

〔四九〕〔補注〕《禮記・王制》：「命大師陳詩，以觀民風。」鄭玄注：「陳詩，謂采其詩而視之。」孔穎達疏：「此謂王巡守見諸侯畢，乃命其方諸侯大師是掌樂之官，各陳其國風之詩，以觀其政令之善惡。」按：據此，「太史」或爲「大師」之誤，蓋涉下句「史」字而誤。

〔五〇〕〔補注〕春秋時列國皆有史。《孟子・離婁下》：孟子曰：「王者之迹熄而《詩》亡，《詩》亡然後《春秋》作。晉之《乘》、楚之《檮杌》、魯之《春秋》，一也。其事則齊桓、晉文，其文則史。孔子曰：『其義則丘竊取之矣。』」

〔五一〕〔錢注〕按：德裕先於大和七年二月入相，八年九月罷出，見《舊書》本傳。此時由淮南徵入復相也。〔補注〕《左傳・昭公七年》：「三世執其政柄，其用物也弘矣，其取精也多矣。」

〔五二〕〔補注〕《書・大禹謨》：「臯陶矢厥謨，禹成厥功，帝舜申之，作《大禹》《臯陶謨》《益稷》。」孔穎達疏：「臯陶爲帝舜陳其謀。」

〔五三〕〔補注〕《書·舜典》：「三載考績。三考，黜陟幽明。」孔傳：「三年有成，故以考功。九歲則能否幽明有別，黜退其幽者，升進其明者。」

〔五四〕〔錢注〕《國語》：有不慈孝於父母，不長弟於鄉里，驕躁淫暴，不用上者，有則以告，有而不告，謂之下比。〔補注〕下比，謂庇護壞人。比，勾結、庇護。誅，責罰。

〔五五〕〔錢注〕《漢書·董仲舒傳》：立學校之官，州郡舉茂材孝廉，皆自仲舒發之。

〔五六〕〔錢注〕應劭《漢官儀》：尚書爲中臺。《後漢書·鍾離意傳》：藥崧家貧爲郎，常獨直臺上，無被，枕杫，食糟糠。帝每夜入臺，輒見崧，問其故，甚嘉之。《方言》：（杫）俎机也。西南蜀漢之間曰杫。

〔五七〕〔錢注〕《漢書·嚴安傳》：今外郡之地或幾千里。《後漢書·第五倫傳》：倫拜會稽太守，躬自斬芻養馬，妻執炊爨。

〔五八〕〔補注〕《禮記·文王世子》：「樂正司業，父師司成。」孔穎達疏：「父師主太子成就其德行也。」

〔五九〕〔錢注〕《漢書·成帝紀》：河平三年，光禄大夫劉向校中秘書，謁者陳農使使求遺書於天下。〔補注〕謁者，掌賓贊受事，即爲天子傳達。

〔六〇〕〔補注〕《論語·堯曰》：「謹權量，審法度，脩廢官，四方之政行焉。」廢官，有職而無其官，或有官而不稱其職。

〔六一〕〔補注〕《漢書·嚴助傳》：「朝有闕政，遺王之憂。」

〔六二〕〔錢注〕《漢書·王吉傳》：毆一世之民，躋之仁壽之域。〔補注〕仁壽，謂有仁德而長壽。《論語·雍也》：「知者動，仁者静；知者樂，仁者壽。」

〔六三〕〔補注〕《易·咸》：「聖人感人心而天下和平。」《易林·蒙之小畜》：「陰陽順叙，以成和平。」

〔六四〕指蹤，見《爲尚書濮陽公賀鄭相公狀》注〔五五〕。

〔六五〕〔錢注〕《晉書·王覽傳》：覽子裁。覽後奕世多賢才，興於江左矣。裁子導，别有傳。又《王導傳》：導善於因事。時帑藏空竭，庫中惟有練數千端，鬻之不售，而國用不給。導患之，乃與朝賢俱制練布單衣，於是士人翕然競服之，練遂踴貴。其爲時所慕如此。

〔六六〕〔錢注〕《魏志·毛玠傳》：玠以儉率人。太祖平柳城，班所獲器物，特以素屏風、素馮几賜玠曰：「君有古人之風，故賜君古人之服。」〔補注〕《新唐書·李德裕傳》：「不喜飲酒，後房無聲色娱。」

〔六七〕〔錢注〕魏文帝《與朝歌令吴質書》：塗路雖局，官守有限。

〔六八〕〔補注〕《詩·邶風·柏舟》：「静言思之，不能奮飛。」

## 與陶進士書〔一〕

去一月多故，不常在，故屢辱吾子之至，皆不覿。昨又垂示《東岡記》等數篇，不惟其辭彩奥大，不宜爲冗慢無勢者所窺見，且又厚紙謹字，如貢大諸侯卿士及前達有文章積學者，何其禮甚厚而所與之甚下耶〔二〕？

始僕小時，得劉氏《六説》讀之〔三〕，嘗得其語曰：「是非繫於褒貶，不繫於賞罰；禮樂繫於有道，不繫於有司。」密記之。蓋嘗於《春秋》法度〔四〕，聖人綱紀，久羨懷藏，不敢薄賤。聯綴比次〔五〕，手書口詠，非惟求以爲己而已，亦祈以爲後來隨行者之所師禀。

已而被鄉曲所薦，入來京師〔六〕，久亦思前輩達者〔七〕，固已有是人矣。有則吾將依之。繫鞵出門，寂寞往返其間，數年，卒無所得，私怪之。而比有相親者曰：「子之書，宜貢於某氏某氏，可以爲子之依歸矣。」即走往貢之。出其書，乃復有置之而不暇讀者；又有默而視之，不暇朗讀者；又有始朗讀，而中有失字壞句不見本義者〔八〕。進不敢問，退不能解，默默已已，不復咨歎。故自大和七年後，雖尚應舉〔九〕，除吉凶書〔一〇〕，及人憑倩作牋啓銘表之外，不復作文。文尚不復作，況復能學人行卷耶〔一一〕？

時獨令狐補闕最相厚〔一二〕，歲歲爲寫出舊文納貢院〔一三〕。既得引試，會故人夏口主舉人〔一四〕，時素重令狐賢明，一日見之於朝，揖曰：「八郎之交誰最善〔一五〕？」綯直進曰「李商隱」者，三道而退，亦不爲薦託之辭，故夏口與及第〔一六〕。然此時實於文章懈退，不復細意經營述作，乃命合爲夏口門人之一數耳〔一七〕！爾後兩應科目者〔一八〕，又以應舉時與一裴生者善，復與其挽拽〔一九〕，不得已而入耳。前年乃爲吏部上之中書〔二〇〕，歸自驚笑，又復懊恨周、李二學士以大法加我〔二一〕。夫所謂博學宏辭者〔二二〕，豈容易哉！天地之灾變盡解矣，人事之興廢盡究矣，皇王之道盡識矣，聖賢之文盡知矣，而又下及蟲豸草木鬼神精魅，一物已上，莫不開會〔二三〕。此其可以當博學宏辭者邪？恐猶未也。設他日或朝廷或持權衡大臣宰相，問一事，詰一物，小若毛甲〔二四〕，而時脱有盡不能知者〔二五〕，則號博學宏辭者，當其罪矣〔二六〕！私自恐懼，憂若囚械。後幸有中書長者曰〔二七〕：「此人不堪。」抹去之。乃大快樂，曰：「此後不能知東西左右〔二八〕，亦不畏矣！」

去年入南場作判〔二九〕，比於江淮選人，正得不憂長名放耳〔三〇〕。尋復啓與曹主〔三一〕，求尉於虢〔三二〕。實以太夫人年高，樂近地有山水者〔三三〕；而又其家窮，弟妹細累〔三四〕，喜得賤薪菜處相養活耳。始至官，以活獄不合人意，輒退去〔三五〕。將遂脱衣置笏，永夷農牧〔三六〕。會今太守憐之，催去復任〔三七〕。逕使不爲升斗汲汲，疲瘁低儽耳〔三八〕。然至於文字章句，愈怗息不敢驚張〔三九〕。嘗自呪願得時人曰：「此物不識字，此物不知書。」是吾生獲「忠肅」之謚也〔四〇〕。而吾子反殷勤如此者，豈不知耶？豈有意耶？不知則可，有意則已虛矣。

然所以拳拳而不能忘者，正以往年愛華山之爲山，而有三得〔四一〕：始得其卑者朝高者〔四二〕，復得其揭然無附著〔四三〕，而又得其近而能遠〔四四〕。思欲窮搜極討，灑豁襟抱〔四五〕。始以往來番番〔四六〕，不遂其願。間者得李生於華郵〔四七〕，爲我指引巖谷，列視生植〔四八〕，僅得其半。又得謝生於雲臺觀〔四九〕，暮留止宿，旦相與去，愈復記熟。後又復得吾子於邑中〔五〇〕，至其所不至者，於華之山無恨矣。三人力耶？今李生已得第，而又爲老貴人從事〔五一〕，雲臺生亦顯然有聞於諸公間，吾子之文粲然成就如是。我不負華之山，而華之山亦將不負吾子之三人矣。以是思得聚會，話既往探歷之勝。至於切磋善惡，分擘進趨，僕此世固不待學奴婢下人，指誓神佛而後已耳。吾子何所用意耶？

明日東去〔五二〕。既不得面，寓書惘惘。九月三日，弘農尉李某頓首。

【校注】

〔一〕本篇原載《唐文粹》卷九〇總五八九頁、清編《全唐文》卷七七六第四頁、《樊南文集詳注》卷八。〔徐曰〕陶進士不知其名，豈即《紀事》所謂「華山尉」耶！〔馮曰〕未可定。〔按〕商隱《華山尉》云：「陶生，有恒人。善養，又善與人遊，又善爲官。會昌時，生病骨熱且死。是年長安中進士爲陶生誄者數十人。生在時，吾已得之矣；及既死，吾又得之。」單憑「陶生」及「生在時，吾已得之」之語，固難定陶進士之爲陶生也。據文末所載月日及文内「前年乃爲吏部上之中書」「去年入南場作判」之記述，本篇當爲開成五年九月三日所作。

〔二〕〔補注〕所與，所結交。甚下，謙言己之地位低下。

〔三〕〔徐注〕《新書·藝文志》：經解類有劉迅《六説》五卷。《劉迅傳》：迅續《詩》《書》《春秋》《禮》《樂》五説書成，不以示人。李邯鄲《書目》：迅作《六説》以繼六經，標作書之誼而著其目，惟《易》闕而不叙。〔馮注〕《舊書·傳》：劉知幾子迅，右補闕，撰《六説》五卷。《國史補》：劉迅著《六説》以探聖人之旨，唯説《易》不成。行於代者，五篇而已，識者伏其精峻。

〔四〕〔補注〕杜預《春秋經傳集解序》：「《春秋》雖以一字爲褒貶，然皆須數句以成言。」孔穎達疏：「褒則書字，貶則稱名。」

〔五〕〔補注〕聯綴比次，集合編排（經書的）有關材料。

〔六〕來，《文粹》《全文》皆同，馮本作「求」。〔馮注〕求，謂入京求舉也。〔補注〕被鄉曲所薦，謂經府試由地方推舉入京參加禮部試，即爲鄉貢進士。

〔七〕久，《文粹》作「又」，馮本從之。〔馮注〕又亦，謂又將求知己也。

〔八〕中，《全文》作「終」，誤，據《文粹》改。〔馮曰〕譏誚太毒。〔補注〕失字壞句，諷其不識字、讀破句。

〔九〕〔補注〕大和五年、六年、七年、九年及開成二年商隱均爲鄉貢進士，參加禮部試。據此句，大和七年之前，商隱必曾應舉。參見《上崔華州書》「凡爲進士者五年」注。

〔一〇〕〔補注〕吉凶書，爲吉事、凶事所作之文。《周禮·春官·天府》：「凡吉凶之事，祖廟之中，沃盥，執燭。」鄭玄注：「吉事，四時祭也；凶事，后王喪。」

〔一一〕〔馮注〕唐人應舉者，卷軸所爲詩文，投之卿大夫，謂之行卷。〔按〕唐人行卷之記載，見於趙彦衛《雲麓漫鈔》、程大昌《演繁露》、錢易《南部新書》等書。「所謂行卷，就是應試的舉子將自己的文學創作加以編輯，寫成卷軸，在考試以前送呈當時在社會上、政治上和文壇上有地位的人，請求他們向主司即主持考試的禮部侍郎推薦，從而增加自己及第的希望的一種手段。」（程千帆《唐代進士行卷與文學》）另有考試前向主司納省卷之規定，與行卷有别。

〔一二〕〔補注〕令狐補闕，令狐綯，開成二年爲左補闕。馮浩《玉谿生年譜》云：「《彭陽遺表》（商隱開成二年十一月代擬）已稱左補闕綯，《舊書·綯傳》：『服闋後，改左補闕。』小疏也。」張采田《會箋》云：「案《陶進士書》述未得第事，亦稱令狐補闕，馮説是矣。」張氏又引《舊書·李德裕傳》開成二年（五月）德裕授淮南節度副大使，拾遺令狐綯等連章論德裕妄奏錢帛事，以證其時綯尚爲拾遺，其改左補闕當在秋冬間。

〔一三〕〔馮曰〕唐時進士必先寫舊文納貢院，不徒憑一日之短長也。〔按〕寫舊文納貢院，即所謂納省卷。元結《文編序》：「天寶十二年，漫叟以進士獲薦，名在禮部。會有司考校舊文，作文編納於有司。」可見納省卷係禮部對應試舉子之規定。納省卷通常在考試前一年冬天，亦有在考試當年正、二月者。李肇《國史補》卷下：「開元二十四年，考功郎中李昂，爲士子所輕詆。天子以郎署權輕，移職禮部，始置貢院。」貢院爲科舉考試場所。

〔一四〕〔補注〕夏口，指現任鄂岳觀察使高鍇。主舉人，主持科舉考試。詳注〔一六〕。

〔一五〕交，《文粹》作「友」。〔補注〕八郎，指令狐綯。綯行八。商隱有《令狐八拾遺綯見招送裴十四歸華州》。

〔一六〕〔徐注〕《新書》本傳：開成二年，高鍇知貢舉。令狐綯雅善鍇，奬譽甚力，故擢進士第。《舊書·高鍇傳》：大和七年，遷中書舍人。九年十月，以本官權知禮部貢舉。開成元年，爲禮部侍郎。凡掌貢部三年，每歲登第者四十人。選擢雖多，頗得實才，抑豪華，擢孤進，至今稱之。尋轉吏部侍郎。其年九月，出爲鄂州刺史、御史大夫、鄂岳觀察使。○書稱「夏口」，以此也。〔馮曰〕（亦不爲薦託之辭）正深於薦託也，乃云爾哉。鍇出爲鄂岳觀察使，故稱「夏口公」，而不稱其郡望，則是時鍇尚在鄂岳也。餘詳《年譜》。《十道志》：鄂州，漢江夏郡。《江夏記》曰：一名夏口。沙陽、夏汭、鄂渚、釣渚，皆其名。〔按〕高鍇約開成五年九、十月間卒於鄂岳任上，接替其任者爲崔蠡，見吴廷燮《唐方鎮年表》。崔蠡約開成五年十月到鄂岳任。商隱撰此書時，高鍇尚未卒於鄂岳任。參見《爲濮陽公陳許舉人自代狀》注〔一〕按語。

〔一七〕〔馮曰〕味此數句，其感令狐淺矣，時必已漸乖也。

〔一八〕〔徐注〕（兩應科目）謂舉博學宏辭及南場試判。〔馮注〕兩應科目，係他科也。《通考》列唐一代進士，每曰是年進士幾十幾人，諸科幾人。開成二年，有諸科三人。徐氏謂即下博學宏詞、南場試判，非也。〔張箋〕徐樹穀箋……是也。馮氏謂指他科，引《通考》開成二年諸科爲證，不知義山登第，過關試後即東下。冬，又有興元之行。唐時應吏部試，皆始於孟冬，終於季春。則所謂應他科者，更在何時邪？〔按〕徐、張説是。科目，指唐代分科選拔官吏之名目。《雲麓漫鈔》卷六：「唐科目至繁，《唐書·志》多不載。」其天子自詔曰制舉，見於史者凡五十餘科，故謂之科目。此處乃指博學宏辭科與書判拔萃科，係吏部主持。

〔一九〕拽，《全文》誤「洩」，據《文粹》改。

〔二〇〕〔馮注〕宏詞試於吏部，如《舊書·紀》咸通二年，試吏部宏詞選人是也，故曰「吏部上之中書」。〔張箋〕蓋唐代選人應科目者，皆先試於吏部。取中後，銓曹銓擬，上之中書，以待覆審。（《唐會要》曰：「其銓綜也，南曹綜覈之，廢置與奪之，銓曹注擬之，尚書僕射兼書之，門下詳覆之，覆成而後過官。」是也。）玩書語，當是宏詞之試，已取中於吏部，至銓擬注官之後，始被中書駁下也。〔按〕張説是。

〔二一〕〔馮注〕周，周墀也。見《爲侍郎汝南公華州謝加階狀》注〔一〕。李未知何人，疑爲讓夷。《舊書·傳》：「讓夷，大和初爲右拾遺，充翰林學士，轉左補闕。三年，遷職方員外郎、左司郎中充職。九年，拜諫議大夫。開成元年，以本官兼起居舍人事。二年，拜中書舍人。」讓夷既先充翰林學士，則轉郎官，必如周墀之兼内職，開成時爲舍人，亦與學士同職也。〔張箋〕周、李二學士，周謂周墀，李即李回。《補編·上（座主）李相公狀》稱回爲座主。《詩集·華州周大夫宴席》自注：「西銓。」《舊書·職官志》：「吏部三銓：尚書爲尚書銓，侍郎二人，分中銓、東銓。」《唐會要》：「乾元二年，改中銓爲西銓。」凡銓事吏部主之，然亦有他官兼判者……墀蓋於是年權判西銓，回蓋於是年充宏詞考官，義山爲所考取注擬。受知之深，故書中特舉之。〔按〕張箋是。商隱又有《爲湖南座主隴西公賀馬相公登庸啓》，亦稱李回爲座主。大法，大刑，即下所謂「憂若囚械」。

〔二二〕〔補注〕《通典》卷十五《選舉》三：「選人有格限未至而能試文三篇，謂之『宏詞』；試判三條，謂之『拔萃』，亦曰『超絶』。詞美者得不拘限而授職。」《新唐書·選舉志》：「凡試判登科謂之『入等』，甚拙者謂之『藍縷』。選未滿而試文三篇謂之『宏詞』，試判三條謂之『拔萃』。中者即授官。」王鳴盛《十七史商榷》：「此蓋指登第後未得就選，故曰『選未滿』，中宏詞、拔萃即授官。」宏詞試由吏部官員主持。具體之考官可由他官充任。

〔二三〕〔補注〕開會，通曉理解。

〔二四〕〔補注〕甲，甲爪。

〔二五〕〔補注〕脱，偶或。盡不能知，似當作「不能盡知」。或解「盡」爲「終」。

〔二六〕其，《全文》作「有」，據《文粹》改。〔馮注〕謂他人不足罪，惟舉宏博者當之也。《左傳》：子孔當罪。

〔二七〕〔馮曰〕中書長者，必令狐綯輩相厚之人。〔張曰〕似之。義山以婚於王氏，致觸朋黨之忌。〔按〕商隱試宏博在前，入涇幕在後，與王氏成婚更在入幕後。試宏博時尚無遭令狐綯所忌之婚姻背景，馮説似乏據。

〔二八〕〔馮注〕《後漢書·逢萌傳》：詔書徵萌，託以老耄，迷路東西，不知方面所在。

〔二九〕〔馮注〕南場，謂吏部。〔補注〕南場，即南院，唐代官署，屬吏部，負責選拔人材。李肇《唐國史補》卷下：「自開元二十二年，吏部置南院，始縣長名，以定留放。」去年南場作判，指開成四年試書判拔萃科。

〔三〇〕〔徐注〕《新書·選舉志》：高宗總章二年，司列少常伯裴行儉始設長名牓，引銓注法。按此書所言，則義山兩應科目，皆在尉弘農之前。〔馮注〕《舊書·裴行儉傳》：咸亨初，爲吏部侍郎，始設長名、姓歷、牓引、銓注等法。封演《聞見録》：高宗龍朔之後，以不堪任職者衆，遂出長牓，放之冬集，俗謂之長名。《舊書·李峴傳》：爲荆南節度、江陵尹、知江淮選補使。後又知江淮舉選，置銓洪州。《新書·選舉志》：其後江南、淮南、福建，大抵因歲水旱，皆遣選補使，即選其人。而廢置不常，選法又不著。按：《通典》：「黔中、嶺南、閩中郡縣之官，不由吏部，以京官五品以上一人充使就補，御史一人監之，四歲一往，謂之南選。」唐初制也。其後立制不一。考之《唐會要》，則貞元時，停福建選補；長慶以後，每停黔、嶺選補。開成五年，嶺南節度盧鈞奏海嶠擇吏與江淮不同，嶺中往弊是南選，今弊是北選。餘詳《爲滎陽公桂州舉王克明等充縣令主簿狀》「既經久而不謀，亦柔良而曷寄」注。則其時閩、嶺選補久停，故此專言江淮也。又按：南場作判，乃吏部常例，試判非謂拔萃也。拔萃自在尉弘農罷後，詳年譜。徐氏誤會而駁本傳之非，則轉謬矣。〔補注〕《通鑑·中宗景龍三年》：「中書侍郎兼知吏部侍郎、同平章事崔湜，吏部侍郎同平章事鄭愔俱掌銓衡……選法大壞。湜父挹爲司業，受選人錢，湜不之知，長名放之。」胡三省注引宋白曰：「長名牓定留放，留者入選，放者不得入選。」參注〔二九〕引李肇《唐國史補》。二句係牢騷憤語，謂己參加書判拔萃科考試，比同於江淮地區之候選士人，正得以不憂被長名牓放落而已。南塲作判，已見注〔二九〕。馮力辨其非試拔萃，非，參見注〔一八〕。

〔三一〕〔補注〕曹主，負責選補官吏之長官。《新唐書·百官志一》：「吏部郎中，掌文官階品、朝集、禄賜，給其告身、假使，一人掌選補流外官。員外郎二人，從六品上，一人判南曹。」

〔三二〕〔馮注〕《舊書》本傳：釋褐秘書省校書郎，調補弘農尉。〔補注〕弘農爲虢州治。

〔三三〕〔補注〕約開成元年，商隱奉母居濟源。《上令狐相公狀六》作於開成二年登進士第後東歸濟源省母時，狀有云：「雖濟上漢中，風煙特異；而恩門故國，道里斯同。北堂之戀方深，東閤之知未謝。」濟源與虢州相距不遠，故云「近地」。

〔三四〕〔補注〕細累，年幼牽累。

〔三五〕〔徐注〕《新書》本傳：以活獄忤觀察使孫簡，將罷去。〔按〕參《任弘農尉獻州刺史乞假歸京》詩。

〔三六〕〔補注〕夷，等同。陸機《謝平原内史表》：「苟削丹書，得夷平民，則塵洗天波，謗絶衆口。」

〔三七〕〔徐注〕《新書》本傳：會姚合代簡，諭使還官。〔馮注〕《新書·傳》：姚崇曾孫合，元和中進士及第，調武功尉。善詩，世號「姚武功」者。歷陝虢觀察使，終秘書監。按《舊書·傳》，崇玄孫合。餘詳《年譜》。陝虢觀察即自領陝州刺史，故曰「今太守」也。姚合於開成四年八月涖陝，而五年冬暮，又别有京兆公涖陝，見代作賀表。則此書在五年九月也。

〔三八〕〔馮注〕《説文》：儽，垂貌，一曰嬾解。落猥切。〔補注〕低儽，疲困貌。

〔三九〕怗，《全文》作「帖」，據《文粹》改。〔馮注〕《公羊傳·僖公四年》：卒怗荆。《玉篇》：怗，服也，静也。〔補注〕怗息，安静貌，與「驚張」（張皇）義相反。

〔四〇〕〔補注〕《左傳·文公十八年》：「高辛氏有才子八人……忠肅共懿，宣慈惠和，天下之民謂之『八元』。」孔疏：「忠者，與人無隱，盡心奉上也；肅者，敬也，應機敏達，臨事恪勤也。」

〔四一〕〔馮注〕《通典》：華州，西至京兆府百八十里，東至弘農二百三十五里，西岳華山在焉。鄭縣有少華，華陰縣，大華山在南，有潼關。

〔四二〕《文粹》脱「得」字。

〔四三〕〔補注〕揭然，高聳、高舉貌。

〔四四〕〔馮曰〕似全以華山喻己之於令狐：始居其門，今不復附著，跡雖遠而心猶近，以爲迴護之詞。下文「切磋」數句意尤明顯。陶進士必與令狐有相涉者，而令狐氏華原人也。〔按〕「近而能遠」，似指貌若近而心則遠，與馮箋意正相反。

〔四五〕〔補注〕謂窮遊盡探華山之幽勝，以暢懷抒襟。

〔四六〕〔補注〕番番，一次又一次。此處有「匆匆」義。

〔四七〕〔補注〕間者，近來。郵，驛站。

〔四八〕〔補注〕生植，生物、植物。

〔四九〕〔馮注〕雲臺觀在華山，觀側有莊，唐、宋説部中屢見。〔補注〕雲臺觀在華山雲臺峰上，北周道士焦道廣建。又，宋建隆二年陳摶亦曾建雲臺觀。

〔五〇〕《文粹》無「復」字。〔馮注〕邑中，似即華陰縣。

〔五一〕〔補注〕從事，指幕僚。

〔五二〕〔馮曰〕《與陶進士書》九月「東去」，而次年還京乃在春時……則江鄉之游，不過數月耳。（《玉谿生年譜》）〔按〕馮浩蓋謂九月三日乃商隱南游江鄉之首途，岑仲勉已辨其以「東去」爲「南游」之誤，及江鄉之游之並不存在。編著者已另有辨正。此「東去」當是「東去」濟源移家，詳《上河陽李大夫狀一》注〔一〕。

〔馮浩曰〕感述既淺，憤懣殊深，與《别令狐書》大異矣。

# 上河陽李大夫狀一〔一〕

不審自拜違後尊體何如？二十五翁尚書，挺生公族〔二〕，作範儒流〔三〕，踐履道義之門〔四〕，優游名教之樂〔五〕。伏計頤衛，無爽康寧〔六〕。此蓋人所禱祠，神保正直〔七〕。下情伏增抃賀之至。

富平重鎮〔八〕，成皋巨防〔九〕。自頃太守非魏尚之才〔一〇〕，司馬失穰苴之令〔一一〕，坐隳戎律，乾没軍租〔一二〕。誰謂殷若長城〔一三〕，翻見盡爲敵國〔一四〕。二十五翁允膺宸眷，出總藩條。心作靈臺〔一五〕，潛運黄公之略〔一六〕；手爲天馬〔一七〕，暗開玄女之符〔一八〕。單車以馳，杖節而入，盡羈駭獸〔一九〕，先殪捷猿〔二〇〕。然後蘇彼疲羸，惠此鰥寡〔二一〕。免飛芻輓粟之弊〔二二〕，除横征擅賦之門〔二三〕。昨者故侯，實有逆子〔二四〕，敢因微策，密有他圖。人得而誅〔二五〕，天奪之魄〔二六〕，盡窮餘黨，半在中權〔二七〕。此際誠合絶洹水之波〔二八〕，腥長平之草〔二九〕。二十五翁曲分蘭艾〔三〇〕，大别淄、澠〔三一〕，飛魂不冤，枯骨猶愧〔三二〕。此真所謂仁者之勇無敵〔三三〕，丈人之師以貞〔三四〕。名冠百城〔三五〕，功高一代。

而又梁園竹苑，素多詞賦之賓〔三六〕；淮浦桂叢，廣集神仙之客〔三七〕。以思柔之旨酒，用順氣之和聲〔三八〕。初筵有儀〔三九〕，一石不亂〔四〇〕。某才非擲地〔四一〕，辯乏談天〔四二〕。著撰不工，王隱文寧逮意〔四三〕；嬾慢相會，嵇康志有所安〔四四〕。而早預宗盟〔四五〕，又連姻媾〔四六〕。曲蒙賞會，略過輩流〔四七〕。況拔自州人〔四八〕，昇爲座客〔四九〕，將何以詠歌盛德〔五〇〕，祇奉深恩？靦冒不容〔五一〕，顧瞻自失。

伏以仍世羈宦〔五二〕，厥家屢遷。占數爲民〔五三〕，莫尋喬木〔五四〕；畫宫受弔〔五五〕，曾乏弊廬〔五六〕。近以親族相依，友朋見處，卜鄰上國〔五七〕，移貫長安〔五八〕。始議聚糧〔五九〕，俄霑厚賜。衣裾輕楚〔六〇〕，疋帛珍華〔六一〕，負荷不勝，推讓何及！雖婁公説漢，不問乎褐衣帛衣〔六二〕；而孔子觀周，亦資於一車一豎〔六三〕。策微往哲，事過前修。倘非因不失親，愛忘其醜〔六四〕，退惟蹇薄〔六五〕，安所克堪？白露初凝〔六六〕，朱門漸遠〔六七〕。西園公子，恨軒蓋之難攀〔六八〕；東道主人，仰館穀而猶在〔六九〕。丹霄不泯，白首知歸〔七〇〕。伏惟終始憐察。

**【校注】**

〔一〕本篇原載清編《全唐文》卷七七五第一二頁、《樊南文集補編》卷六。〔錢箋〕（河陽李大夫）李執方也。是編（按：指《樊南文集補編》）所録，河陽李大夫、李尚書、易定李尚書、許昌李尚書、忠武李尚書，皆李執方也。而官職互歧，原編錯亂，遂致迷其先後。今故略稽時代而論列之。按：《舊唐書·文宗紀》：「開成二年六月，以左金吾衛將軍李執方爲河陽三城懷州節度使。」義山亦於是時婚於王氏（編著者按：義山婚於王氏在開成三年入涇原幕後）。本集《爲韓同年上河陽李大夫啓》，馮箋以執方爲茂元妻兄弟。二李交誼，前無可考，似始於此。是編《上河陽李大夫》二狀，首篇言何弘敬拒命，事在開成五年，下云「卜鄰上國，移貫長安，始議聚糧，俄霑厚賜」，是即本集《祭姪女文》所云「移家關中」也。自開成五年至會昌四年，中閲五載，亦與「寄瘞爾骨，五年於兹」語合，是狀當作於開成五年也。次篇云「衈以長途，假之駿足」，與《上李尚書狀》云「昨者伏蒙恩造，重有霑賜，兼假長行人乘」等，似皆爲同時之作。惟執方之鎮易定，史無明文，而馮譜列之陳許之前，亦由參會文義而得。考會昌三年，王茂元卒，而《上易定李尚書狀》即詳叙其事，則此狀當作於會昌三、四年之間也。《舊唐書·武宗紀》，會昌四年九月，忠武軍節度王宰移鎮河東。似執方當於此時代鎮。忠武爲陳許軍名，此《上許昌李尚書》二狀，首篇云「伏承旌幢，尋達忠武」，自爲尚未受任之詞。次篇則專叙茂元歸葬之事，是當作於會昌四年也。至《上忠武李尚書狀》，云「先皇以倦勤厭代，聖上以睿哲受圖」，則作於宣宗即位之初，時必執方尚未去鎮。後云「果應急召，咸副僉諧」，似尚有内召還朝之事。又前有《爲滎陽公與昭義李僕射狀》，似大中初年又出鎮昭義。偏檢史文，苦無可考。新、舊《唐書》皆不爲執方立傳，馮譜參觀互證，已費苦心，愚更不能别求確證以實之矣。（錢箋原置《上許昌李尚書狀一》題下，今按編年文次序酌移於此。）《舊唐書·地理志》：河陽三城懷州節度使，治孟州，領孟、懷二州。〔張箋〕考義山移家從調，以《贈别令狐補闕》詩證之，事在本年夏初，《補編》有《上河陽李大夫》二狀、《上李尚書》一狀，皆移家時執方假騾馬賜物致謝之作。惟中一狀云「昨者故侯……功高一代」云云，所言即指（何）弘敬事。使弘敬盜位果在十一月，則與義山移家之時不合。且十一月義山正留滯江潭，安得有此？若謂移家當在會昌元年，《祭姪女文》所謂「五年於兹」者，溯之又相歧異矣。玩狀「白露初凝，朱門漸遠」二語，寫景乃秋時，則弘敬事必更在前，斷非十一月。

〔按〕狀在叙述移家事及蒙執方厚賜後云「白露漸凝，朱門漸遠」，顯係自濟源移家前致謝執方厚賜之口吻。「白露初凝」指通常爲農曆九月之寒露季節，已届深秋，張氏謂移家事在夏初，顯誤。商隱《與陶進士書》作於開成五年九月三日，末仍署「弘農尉李某」，可證其時尚未移家，移家當在此後。商隱移家長安前，當先至河陽拜謁李執方，得其厚贈，此狀當是拜别後至濟源時所上，故篇首云「不知自拜違後尊體何如」。自濟源移家前夕，又得執方賜借騾馬草料等，故復有狀二。二狀蓋濟源移家前一時先後之作。至於張氏所謂「留滯江潭」之江鄉之遊，純屬子虚烏有，已另有辨正；而張氏所疑「昨者故侯」一節，岑仲勉已正其誤，詳注。狀上於開成五年九月上中旬。

〔一〕〔錢注〕左思《蜀都賦》：揚雄含章而挺生。〔補注〕公族，諸侯或君主之同族。此指唐皇室同族。語本《詩·魏風·汾沮洳》：「殊異乎公族。」執方行二十五。

〔三〕〔錢注〕《漢書·藝文志》：儒家者流，出於司徒之官。

〔四〕〔補注〕《易·繫辭上》：「成性存存，道義之門。」

〔五〕〔錢注〕《晉書·樂廣傳》：王澄、胡毋輔之等任放爲達，或至裸體者，廣聞而笑曰：「名教内自有樂地，何必乃爾？」

〔六〕〔補注〕頤衛，猶保養。《書·洪範》：「五福：一曰壽，二曰富，三曰康寧，四曰攸好德，五曰考終命。」康寧，無疾病。

〔七〕〔補注〕《書·洪範》：「無反無側，王道正直。」又：「三德：一曰正直，二曰剛克，三曰柔克。」按：錢氏以爲「神保」語本《詩》，然《詩·小雅·楚茨》凡三言「神保」，均美稱先祖神靈，疑非所用。此句「神保正直」即神祐正直之意。

〔八〕〔錢注〕《元和郡縣志》：河陽縣南城在縣西，四面臨河，即孟津之地，亦謂之富平津。周、隋爲宫，貞觀置鎮。

〔九〕〔錢注〕《新唐書·地理志》：孟州汜水縣東南有成皋故關。《戰國策》：齊有長城巨防，足以爲塞。〔補注〕成皋，春秋時爲鄭之虎牢。楚、漢相争時，劉邦、項羽曾相持於此，漢初於此置成皋縣，爲歷代軍事重鎮，故曰「巨防」。

〔一〇〕〔錢注〕謂李泳之亂。《通鑑》：文宗開成二年六月，河陽軍亂，節度使李泳奔懷州。泳，長安市人，寓籍禁軍，以賂得方鎮。所至恃所交結，貪殘不法，其下不堪命，故作亂。丁未，貶泳澧州長史。戊申，以左金吾將軍李執方爲河陽節度使。魏尚，見《爲濮陽公上淮南李相公狀一》注〔一五〕。

〔一一〕〔錢注〕《史記·司馬穰苴列傳》：齊景公召穰苴，以爲將軍，穰苴曰：「願得君之寵臣以監軍。」景公使莊賈往，穰苴與莊賈約曰：「旦日日中，會於軍門。」夕時，莊賈乃至。於是遂斬莊賈，以徇三軍。

〔一二〕〔錢注〕《漢書·張湯傳》：始爲小吏，乾没。注：如淳曰：「豫居物以待之，得利爲乾，失利爲没。」師古曰：「乾音干。」軍租，見《爲濮陽公上淮南李相公狀一》注〔一五〕。〔補注〕乾没，此指侵吞公家財物。

〔一三〕〔錢注〕《宋書·檀道濟傳》：道濟見收，脱幘投地曰：「乃復壞汝萬里之長城。」〔補注〕㕦，高峻貌。

〔一四〕〔錢注〕《史記·吴起傳》：若君不修德，舟中之人，盡爲敵國也。

〔一五〕〔錢注〕《莊子》：靈臺者，有持而不知其所持而不可持者也。注：靈臺者，心也。

〔一六〕〔錢注〕李康《運命論》：張良受黄石之符，誦《三略》之説。李善注：《黄石公記序》曰：「黄石者，神人也。有《上略》《中略》《下略》。」〔補注〕黄公，指秦末之黄石公，又稱圯上老人，曾授《太公兵法》於張良。詳《史記·留侯世家》。

〔一七〕〔錢注〕《真誥》：手爲天馬，鼻爲仙源。

〔一八〕〔錢注〕《史記·五帝紀》注：《正義》曰：「《龍魚河圖》云：『黄帝攝政，有蚩尤兄弟八十一人，威振天下，誅殺無道。萬民欽命黄帝行天子事，黄帝以仁義不能禁止蚩尤，乃仰天而歎。天遣玄女下授黄帝兵符，伏蚩尤。』」

〔一九〕〔錢注〕《吴志·薛綜傳》：卒聞大軍之至，鳥驚獸駭。〔補注〕羈，拘繫。

〔二〇〕〔錢注〕《淮南子》：猨得木而捷。《通鑑》：河陽軍士既逐李泳，日相扇欲爲亂。九月，李執方索得首亂者七十餘人，悉斬之，餘黨分隸外鎮，然後定。

〔二一〕〔補注〕《書・無逸》：「懷保小民，惠鮮鰥寡。」《孟子・梁惠王下》：「老而無妻曰鰥，老而無夫曰寡，老而無子曰獨，幼而無父曰孤，此四者，天下之窮民而無告者。」

〔二二〕〔錢注〕《史記・主父偃傳》：又使天下蜚芻輓粟。〔補注〕飛芻輓粟，迅速運送糧草。

〔二三〕〔錢注〕《史記・平準書》：不敢言擅賦法矣。〔補注〕擅賦，擅立名目之賦税。

〔二四〕〔錢注〕《新唐書・藩鎮・魏博傳》：何進滔居魏十餘年，開成五年死，子重順襲。武宗詔河陽李執方、滄州劉約諭朝京師，或割地自效，不聽命。時帝新即位，重起兵，乃授福王綰節度大使，以重順自副，賜名弘敬。《後漢書・城陽恭王祉傳》：祉以故侯嫡子。《魏志・楊阜傳》：汝背父之逆子。〔張箋〕「昨者故侯……功高一代」云云，所言即指弘敬事。〔岑仲勉曰〕余按《通鑑》二四六，進滔卒於十月，差雖一月，要不在秋前。狀文「故侯」一段，實承上執方處分河陽亂事言，「故侯」指李泳。《通鑑》云：「節度使李泳奔懷州，軍士焚府署，殺泳二子。」當即狀之「逆子」。史文過略，未得其情耳。「故侯」猶前侯，非已故之謂。如曰不然，狀方叙河陽亂事，如轉入魏博，自應特提，今云「昨者故侯」，於語安乎？重霸自知留後，朝廷且屬兩鎮使相勸，未敢討叛，商隱可遽稱曰「逆子」乎？執方、劉約之勸，重霸均不聽命，則蘭艾淄澠，更屬無着。試問執方有力處分魏博乎？（《平質》戊錯會《魏博節度使何進滔卒》條）〔按〕岑氏考辨箋釋是。

〔二五〕〔錢注〕《莊子》：爲不善乎顯明之中者，人得而誅之。

〔二六〕〔補注〕《左傳・宣公十五年》：「劉康公曰：『不及十年，原叔必有大咎，天奪之魄矣。』」

〔二七〕〔補注〕《左傳·宣公十二年》:「前茅慮無,中權,後勁。」杜預注:「中軍制謀,後以精兵爲殿。」此句中之「中權」則爲主將之義。司空圖《復安南碑》:「中權令峻,按虎節以風生;上將策奇,指龍編而天落。」

〔二八〕〔錢注〕《新唐書·地理志》:魏州領洹水縣。《水經》:洹水出上黨泫氏縣,東過隆慮縣北,又東北出山,過鄴縣南,又東過内黄縣北。〔按〕錢氏誤解「昨者故侯,實有逆子」爲魏博鎮何進滔、何重順父子事,殆因此句「洹水」而致。以爲洹水流經鄴縣、内黄,鄰近魏州,洹水縣又曾屬魏州,而李執方又適曾諭重順朝京師,遂引重順事爲解。實則此句「絶洹水之波」當與下句「腥長平之草」同爲用典。戰國時蘇秦説趙肅侯,使韓、魏、齊、楚、燕、趙六國將相會於洹水之上,定盟合力抗秦。《戰國策·趙策二》:「令天下之將相,相與會于洹水之上。」「絶洹水之波」,殆指執方率軍平亂之盛大聲勢。又《韓非子·初見秦》:「昔者紂爲天子,將率天下甲兵百萬,左飲於淇溪,右飲於洹谿,淇水竭而洹水不流。」或活用此典以形容執方之壯盛聲威,「絶洹水之波」即「洹水不流」也。

〔二九〕〔錢注〕《史記·秦紀》:昭襄王四十七年,秦攻趙,使武安君白起擊,大破趙於長平,四十餘萬盡殺之。

〔三〇〕〔錢注〕《楚辭·離騷》:户服艾以盈要(腰)兮,謂幽蘭其不可佩。

〔三一〕〔錢注〕《吕氏春秋》:淄、澠之合,易牙嘗而知之。〔補注〕淄、澠二水,均在今山東省境内,其味不同。

〔三二〕〔錢注〕《漢書·尹賞傳》：生時諒不謹，枯骨後何葬。〔補注〕飛魂、枯骨，即《通鑑》所載「李執方索得首亂者七十餘人，悉斬之」。

〔三三〕〔補注〕《論語·憲問》：「仁者必有勇。」

〔三四〕〔補注〕《易·師》：「師貞，丈人，吉，無咎。」孔穎達疏：「師，衆也；貞，正也；丈人，謂嚴莊尊重之人。言爲師之正，唯得嚴莊丈人監臨主領，乃得吉無咎。」

〔三五〕〔錢注〕《後漢書·賈琮傳》：琮即移書告示，各使安其資業。又：百城聞風，自然竦震。

〔三六〕〔錢注〕《史記·梁孝王世家》注：平臺一名修竹苑。餘見《上令狐相公狀二》注〔二〇〕。

〔三七〕〔錢注〕淮南王（按：應作「淮南小山」）《招隱士》：桂樹叢生兮山之幽。餘見《上令狐相公狀二》注〔一九〕。

〔三八〕〔補注〕《詩·小雅·鹿鳴》：「我有旨酒，以燕樂嘉賓之心。」《禮記·樂記》：「正聲感人而順氣應之，順氣成象而和樂興焉。」順氣，和順正直之氣。

〔三九〕〔補注〕《詩·小雅·賓之初筵》：「賓之初筵，温温其恭。其未醉止，威儀反反。」

〔四〇〕〔錢注〕《太平御覽》：《魏略》曰：「王陵表滿寵年邁，過耽酒。帝令還朝，問以方事以察之。寵既至，進見，飲酒至一石不亂。」

〔四一〕〔錢注〕《晉書·孫綽傳》：綽作《天台賦》初成，以示范榮期曰：「卿試擲地，當作金石聲也。」

〔四二〕〔錢注〕《史記·孟荀傳》：騶衍之術迂大而閎辨，奭也文具難施，淳于髡久與處，時有得善言。故齊人頌曰：「談天衍，雕龍奭，炙轂過髡。」〔補注〕《史記·孟子荀卿列傳》裴駰集解引劉向《别録》：「騶衍之所言，五德終始，天地廣大，盡言天事，故曰『談天』。」

〔四三〕〔錢注〕《晉書·王隱傳》：隱雖好著述，而文辭鄙拙，蕪舛不倫。

〔四四〕〔錢注〕嵇康《與山巨源絶交書》：縱逸來久，情意傲散，簡與禮相背，嬾與慢相成。

〔四五〕〔補注〕《左傳·隱公十一年》：「周之宗盟，異姓爲後。」此「宗盟」指天子與諸侯之盟會。而本句之宗盟指同宗、同姓。

〔四六〕〔錢注〕本集馮氏曰：執方爲王茂元妻兄弟。《説文》：婣，壻家也；媾，重婚也。

〔四七〕〔補注〕賞會，賞愛理解。或謂參與玩賞聚會。《晉書·車胤傳》：「又善於賞會，當時每有盛坐而胤不在，皆云：『無車公不樂。』」輩流，同輩。

〔四八〕〔錢注〕《舊唐書》商隱本傳：懷州河内人。按：時懷州尚隸河陽節度，至會昌三年，始别置刺史，見《爲懷州刺史上後上門下狀》注〔一〕。

〔四九〕〔錢注〕《後漢書·孔融傳》：融字文舉，好士，喜誘益後進，賓客日盈其門，常歎曰：「坐上客恒滿，尊中酒不空，吾無憂矣。」

〔五〇〕〔錢注〕王褒《四子講德論》：吾所以詠歌之者，美其君術明而臣道得也。

〔五一〕〔補注〕靦冒，靦顔蒙受。《周書·文帝紀上》：「靦冒恩私，遂階榮寵。」

〔五二〕〔錢注〕《漢書·叙傳》：仍世作相。《晉書·張翰傳》：人生貴適志，何能羈宦數千里以要名爵乎？〔補注〕《舊唐書·李商隱傳》：「曾祖叔恒，年十九登進士第，位終安陽令。祖俌，位終邢州録事參軍。父嗣。」父嗣曾爲獲嘉令，見《請盧尚書撰李氏仲姊河東裴氏夫人誌文狀》。其《請盧尚書撰曾祖妣誌文狀》云：「始夫人既孀，教邢州君以經業得禄，寓居於滎陽。」故其家自祖父一輩起即自懷遷鄭。

〔五三〕〔錢注〕《漢書·叙傳》：大臣名家，皆占數于長安。〔補注〕占數，上報家中人數，入籍定居。占數爲民，謂在寓居之現地申報户口落籍爲民。

〔五四〕〔補注〕《孟子·梁惠王下》：「所謂故國者，非謂有喬木之謂也，有世臣之謂也。」喬木，指故居舊里。

〔五五〕〔補注〕《禮記·檀弓下》：「哀公使人弔蕢尚，遇諸道，辟於路，畫宫而受弔焉。」注：「畫宫，畫地爲宫象。」

〔五六〕〔補注〕《禮記·檀弓下》：「曾子曰：『蕢尚不如杞梁之妻之知禮也。齊莊公襲莒于奪，杞梁死焉。其妻迎其柩於路，而哭之哀。莊公使人弔之，對曰：君之臣不免於罪，則將肆諸市朝，而妻妾執；君之臣免於罪，則有先人之敝廬在，君無所辱命。』」此謂先人之敝廬已不可復尋。

〔五七〕〔補注〕上國，指京師。江淹《四時賦》：「憶上國之綺樹，想金陵之蕙枝。」商隱《越燕二首》（其一）：「上國社方見，此鄉秋不歸。」《杏花》：「上國昔相值，亭亭如欲言；異鄉今暫賞，脈脈豈無恩？」所指均京師。《左傳·昭公二十七年》：「吴子……使延州來季子聘于上國。遂聘于晉，以觀諸侯。」此「上國」指中原各諸侯國，與「卜鄰上國」之「上國」義有異。

〔五八〕〔錢注〕《隋書·于義傳》：善安等各懷恥愧，移貫他州。《新唐書·地理志》：長安縣屬京兆府。餘詳注〔一〕。〔按〕此「長安」指京城。然商隱此次移家，居於樊南，正屬長安縣管轄。

〔五九〕〔錢注〕《莊子》：適千里者三月聚糧。

〔六〇〕〔補注〕輕楚，輕軟鮮麗。

〔六一〕〔錢注〕《漢後書·西南夷傳》：懷抱匹帛。又《懿獻梁皇后紀》：服御珍華。

〔六二〕〔錢注〕《史記·劉敬傳》：敬過洛陽，高帝在焉。（婁敬）脱輓輅，衣其羊裘，見齊人虞將軍曰：「臣願見上言便事。」虞將軍欲與之鮮衣，（婁）敬曰：「臣衣帛，衣帛見；衣褐，衣褐見。終不敢易衣。」

〔六三〕一豎，《全文》作「二豎」，據錢校改。〔錢注〕《史記·孔子世家》：孔子適周，魯君與之一乘車，兩馬，一豎子俱。

〔六四〕〔錢注〕《晉書·劉曜載記》：且陛下若愛忘其醜，以臣微堪指授，亦當能輔導義光，仰遵聖軌。

〔六五〕〔錢注〕《釋名》：蹇，跛蹇也。病不能作事，今託病似此，而不宜執事役也。〔補注〕蹇薄，駑鈍淺薄。

〔六六〕〔錢注〕左思《蜀都賦》：白露凝，微霜結。〔補注〕吴澄《月令七十二候集解》：「寒露，九月節，露氣寒冷,將凝結也。」

〔六七〕〔錢注〕魯褒《錢神論》:排朱門,入紫闥。〔補注〕本句「朱門」指顯貴者之門户,實指執方所居。朱門漸遠,是行程中口吻。

〔六八〕〔錢注〕曹植《公讌詩》:公子敬愛客,終宴不知疲。清夜遊西園,飛蓋相追隨。

〔六九〕〔補注〕《左傳·僖公三十年》:「若舍鄭以爲東道主,行李之往來,共(供)其乏困,君亦無所害。」此以東道主人指李執方。又《僖公二十八年》:「楚師敗績……晉師三日館穀,及癸酉而還。」館穀,此指食宿款待。

〔七〇〕〔錢注〕潘岳《金谷集作詩》:白首同所歸。

## 上河陽李大夫狀二〔一〕

祗承人迴〔二〕,伏奉誨示,并賜借騾馬及野戍館熟食、草料等〔三〕。將遠燕昭之臺,猶入鄭莊之館〔四〕。退自循揣,實踰津涯。況又䘏以長途,假之駿足。一日而至〔五〕,借車非類於東方〔六〕;千里以遥〔七〕,乘騾更同於薊子〔八〕。拜違漸遠,負荷彌深。還望恩光,不勝攀戀。

## 【校注】

〔一〕本篇原載清編《全唐文》卷七七五第一四頁、《樊南文集補編》卷六。〔按〕狀爲謝執方賜借騾馬、草料等而上。據篇末「拜違漸遠」語，當是自濟源登程後所上，與前狀同時而稍後，約開成五年九月下旬。

〔二〕〔錢注〕《通鑑·唐肅宗紀》注：所由人有所監典，祗承人聽指呼、給使令而已。〔補注〕祗承人，侍者。

〔三〕〔錢注〕《唐會要》：諸道不合給驛券人等，承前皆給路次轉達牒，令州縣給熟食程糧草料，自今以後，宜委門下省檢勘。〔補注〕野戍館，野外駐軍之哨所館舍。

〔四〕〔錢注〕鮑照《放歌行》：將起黄金臺。李善注：王隱《晉書》曰：「段匹磾討石勒，進屯故安縣故燕太子丹金臺。」《上谷郡圖經》曰：「黄金臺，易水東南十八里，燕昭王置千金於臺上，以延天下之士。」二説既異，故具引之。《史記·鄭當時傳》：當時字莊。常置驛馬長安諸郊，請謝賓客，夜以繼日。〔補注〕此以燕昭臺喻指執方使府，以鄭莊館喻備有驛馬之野戍館。

〔五〕〔補注〕《左傳·莊公十二年》：「南宫萬奔陳，以乘車輦其母，一日而至。」按：此以「一日而至」狀其速度之快，且切「乘車輦其母」。

〔六〕〔錢注〕《漢書·東方朔傳》：朔之文辭，有從公孫弘借車，劉向所録。

〔七〕〔補注〕《禮記·王制》：「自江至於衡山，千里而遥；自東河至於東海，千里而遥；自東河至於西河,千里而近;自西河至於流沙,千里而遥。」此以「千里以遥」指自濟源至長安之大致路程。

〔八〕〔錢注〕葛洪《神仙傳》:京師貴人欲見薊子訓,而無緣致之。子訓比居有年少,爲太學生,諸貴人呼語,爲一致子訓來。書生歸事子訓,子訓曰:「吾某月某日當往。」期日去所居,以其日中時到京師,是不能半日行千餘里。既至,凡二十三處,便有二十三子訓各在一處,於是遠近大驚。子訓去,適出門,諸貴人到門,書生言適去東陌上乘青騾者是也,各走馬逐之不及。〔補注〕此亦極言其千里以遥,旦夕可至。

## 上李尚書狀〔一〕

昨者伏蒙恩造〔二〕,重有霑賜〔三〕,兼假長行人乘等,以今月十日到上都訖〔四〕。既獲安居,便從常調〔五〕。成兹志願,皆自知憐〔六〕。伏以無褐無車〔七〕,古人屢有;饋飧受館〔八〕,諸侯不常。皆才可持危扶顛〔九〕,辯或離堅合異〔一〇〕,尚有歷七十國而不遇其主〔一一〕,曠五百歲而方希一賢〔一二〕。道之難行〔一三〕,運不常會,苟至於此,知如之何!

某始在弱齡〔一四〕,志惟絶俗,每北窗風至〔一五〕,東皋暮歸〔一六〕,彭澤無絃〔一七〕,不從繁手〔一八〕;漢陰抱甕,寧取機心〔一九〕?巖桂長寒〔二〇〕,嶺雲鎮在〔二一〕。誓將適此〔二二〕,實欲終焉。

其後以婚嫁相縈，弟兄未立，陽貨有迷邦之誚〔二三〕，王華生處世之心〔二四〕。靡顧《移文》〔二五〕，言從初服〔二六〕。幸李公之閽者，不拒孔融〔二七〕；讀蔡氏之家書，未歸王粲〔二八〕。麤聞六蔽〔二九〕，聊玩九流〔三〇〕。行與時違，言將俗背。方朔雖彊於自舉〔三一〕，匡衡竟中於丙科〔三二〕。駕鼓未休〔三三〕，搶榆而止〔三四〕。然竊觀古昔之事，遐聽上下之交，有合自一言〔三五〕，獎因片善〔三六〕，不以齒序〔三七〕，不以位驕。想見其人，可與爲友。近古以降，斯風頓微，處貴有隔品之嚴〔三八〕，於道絶忘形之契。中間柳澹年猶乳抱，李北海因與結交〔三九〕；裴逖跡困泥塗，王右丞常所前席〔四〇〕。時之不可，人以爲悲。愚雖甚微，頗嚮斯義。自頃昇名貢籍〔四一〕，厠足人流〔四二〕，未嘗輒慕權豪，切求紹介〔四三〕。用脅肩諂笑，以競媚取容〔四四〕。袁生之門，但聞有雪〔四五〕；墨子之突，曾是無煙〔四六〕。每虞三揖之輕〔四七〕，略以千鈞自重〔四八〕。

閤下念先市骨〔四九〕，志在采葑〔五〇〕，引以從遊，寄之風興〔五一〕，玳筵高敞〔五二〕，畫舸徐牽〔五三〕。分越加籩〔五四〕，事殊設醴〔五五〕。憐賈生之少〔五六〕，恕禰衡之狂〔五七〕。此際舉觴而恨異漏卮，對案而慚非巨壑〔五八〕。謝家東土，延賓而別待車公〔五九〕；王令臨邛，爲客而先言犬子〔六〇〕。彼之榮重，殊謂寂寥。伏問聲塵〔六一〕，已移弦晦〔六二〕。隋王朱邸，方同故掾之心〔六三〕；燕地黄金〔六四〕，更落他人之手。追攀未及〔六五〕，結戀無任。瞻望門墻，若在霄漢。伏惟始終識察。

【校注】

〔一〕本篇原載清編《全唐文》卷七七五第六頁、《樊南文集補編》卷五。〔錢箋〕（李尚書）李執方也。詳《上河陽李大夫狀一》注〔一〕。〔張箋〕考義山移家從調，以《贈別令狐補闕》詩證之，事在本年（按：指開成五年）夏初。《補編》有《上河陽李大夫》二狀、《上李尚書》一狀，皆移家時執方假騾馬賜物致謝之作。又曰：唐時内外官從調者，不限已仕、未仕，選人期集，始於孟冬，終於季春。〔岑仲勉曰〕夫移家而後從調，移家（張）《箋》繫於五年之夏，則從調應在開成五之冬會昌元之春。（《平質》乙承訛《開成末江鄉之遊》條）又曰：《祭外舅文》：「公在東藩，愚當再調。」東藩指忠武。再調在開成五年冬，亦一旁證。（同上《王茂元爲陳許》條）〔按〕狀有「伏蒙恩造，重有霑賜，兼假長行人乘等，以今月十日到上都訖。既獲安居，便從常調」之語，係移家抵達長安後所上。此前之《上河陽李大夫狀一》有「近以親族相依，友朋見處，卜鄰上國，移貫長安。始議聚糧，俄霑厚賜……白露初凝，朱門漸遠」等語，係移家前夕所上，時值深秋寒露季節。《與陶進士書》作於開成五年九月初三，書末猶署「弘農尉李某」，明其時尚未辭尉從調，張謂移家從調在夏初，顯誤。書末有「明日東去」語，馮浩解爲南遊江鄉，以《上河陽李大夫狀一》「白露初凝，朱門漸遠」語參證之，此「東去」殆即去濟源移家也。義山至濟源移家，當先至河陽李執方使府，其時約在九月中旬。然後方至濟源。移家登程約在九月下旬。本狀有「伏問聲塵，已移弦晦」語，謂河陽拜別執方已過下旬，然則「今月十日到上都訖」之「今月」定指十月無疑。此狀當上於開成五年十月十日或稍後。商隱此次移家辭尉，本爲常調，孟冬十月正常調開始之時。然據此後諸狀，商隱移家關中後不久即赴陳許。茂元鎮陳許，招其前往，《祭外舅贈司徒公文》云：「公在東藩，愚當再調。賁帛資費，銜書見召。水檻幾醉，風亭一笑。」其時約在十月下旬。在陳許幕爲茂元草擬表狀牒文多篇，歲末年初，又曾寓華州周墀幕，有爲周墀、韋琮所擬表狀。即此亦可證開成五年九月至會昌元年正月，商隱絶無馮、張所謂「江鄉之遊」。事關本年商隱重要行蹤，故於考證本篇繫年時詳辨之。

〔二〕〔錢注〕梁簡文帝《謝敕使入光嚴殿禮拜啓》：臣粗蒙恩造。〔補注〕恩造，頌稱帝王或顯貴之栽培。

〔三〕〔錢注〕梁簡文帝《謝賜玉佩啓》：恩發内府，猥垂霑賜。

〔四〕〔錢注〕《舊唐書·肅宗紀》：元年建卯月，以京兆府爲上都。餘詳《上河陽李大夫狀一》注〔一〕及本篇注〔一〕按語。〔補注〕長行，遠行。人乘，僕役與騾馬。

〔五〕〔錢注〕曹植《與吴季重書》：前日雖因常調，得爲密坐。《新唐書·選舉志》：三歲而又試，三試而不中第，從常調。本集馮氏曰：列傳中既爲内外官從調試判與拔萃者甚多，其以尉而試判者亦時見。箋：此文爲移家京師後作，已詳《上河陽李大夫狀一》注〔一〕矣。再考《新唐書》商隱本傳：「調弘農尉，以忤孫簡將罷去。會姚合代簡，諭使還官。」而姚合之觀察陝虢，《舊·紀》列諸開成四年。下文云「駕鼓未休，搶榆而止」，又《上河東公啓》云「虞寄爲官，何嘗滿秩」，蓋義山以才人爲末吏，本非心所樂爲，必其還官未久，旋即辭任，故開成五年即移家京師，以求試判。厥後會昌二年，又以書判拔萃，參觀互證，原委瞭然。馮氏以《祭姪女文》之赴調，誤爲謁選，遂以移家關中爲釋褐時事，列諸開成四年，而與《譜》内會昌二年從調試判之説轉相矛盾，故詳考而附辨之。〔補注〕常調，按常規遷選官吏。錢氏引曹植《與吴季重書》之「常調」係「平常戲狎」義，非此句常調之義。

〔六〕〔補注〕謂得以實現移家從調之願望，均緣執方之恩知垂憐。

〔七〕〔錢注〕《戰國策》：齊人有馮煖者，使人屬孟嘗君，願寄食門下，孟嘗君笑而受之。左右以君賤之也，食以草具。居有頃，倚柱彈其劍，歌曰：「長鋏歸來乎，食無魚。」左右以告，孟嘗君曰：「食之。」居有頃，復彈其鋏，歌曰：「長鋏歸來乎，出無車。」左右以告，孟嘗君曰：「爲之駕。」於是乘其車，揭其劍，過其友曰：「孟嘗君客我。」〔補注〕《詩·豳風·七月》：「無衣無褐，何以卒歲？」

〔八〕〔補注〕《左傳·僖公二十三年》：「晉公子重耳之及于難也……及曹，曹共公聞其駢脅，欲觀其裸。浴，薄而觀之。僖負羈之妻曰：『吾觀晉公子之從者，皆足以相國。若以相，夫子必反其國。反其國，必得志于諸侯。得志于諸侯而誅無禮，曹其首也。子盍蚤自貳焉？』乃饋盤飧，寘璧焉。公子受飧反璧。」饋飧，進獻飯食。按：晉公子重耳出亡途中，「過衛，衛文公不禮焉。出于五鹿，乞食于野人，野人與之塊」，「及鄭，鄭文公亦不禮焉」。此即所謂「饋飧受館，諸侯不常」。以反襯李執方在商隱移家時所給予之多方資助，參見《上河陽李大夫狀一》《上河陽李大夫狀二》。

〔九〕〔補注〕《論語・季氏》：「危而不持，顛而不扶。」持危扶顛，扶持危殆局面。

〔一〇〕〔錢注〕《莊子》：公孫龍問於魏牟曰：「龍少學先生之道，長明仁義之行，合同異，離堅白，困百家之知，窮衆口之辨。」〔補注〕合同異，戰國時惠施學派之哲學命題與基本觀點，即合異爲同；離堅白，戰國時公孫龍學派之哲學命題，即分開石之堅與白之兩種屬性。此喻善辯。

〔一一〕〔錢注〕李康《運命論》：應聘七十國，而不一獲其主。李善注：《説苑》：「趙襄子謂子路曰：『吾嘗問孔子曰：「先生事七十君，無明君乎？」孔子不對，何謂賢也？』」

〔一二〕〔錢注〕《顔氏家訓》：古人云千載一聖，猶旦暮也；五百年一賢，猶比髆也。

〔一三〕〔補注〕《論語・公冶長》：「道不行，乘桴浮于海。」

〔一四〕〔錢注〕陶潛《始作鎮軍參軍經曲阿》詩：弱齡寄事外。〔補注〕《禮記・曲禮上》：「二十曰弱，冠。」

〔一五〕〔錢注〕《晉書・陶潛傳》：爲彭澤令。義熙三年，解印去縣。嘗言夏月虛閑，高卧北窗之下，清風颯至，自謂羲皇上人。性不解音，而畜素琴一張，絃徽不具，每朋酒之會，則撫而和之。〔補注〕陶潛《與子儼等疏》：「常言：五六月中，北窗下卧，遇涼風暫至，自謂是羲皇上人。」此爲《晉書・陶潛傳》所本。

〔一六〕〔錢注〕陶潛《歸去來辭》：登東皋以舒嘯。

〔一七〕見注〔一五〕。

〔一八〕〔錢注〕馬融《長笛賦》：繁手累發，密櫛疊重。

〔一九〕〔錢注〕《莊子》：子貢過漢陰，見一丈人，方將爲圃畦，鑿隧而入井，抱甕而出灌。子貢曰：「有械於此，鑿木爲機，後重前輕，挈水若抽，數如泆湯，其名爲槔。」爲圃者曰：「吾聞之，有機械者，必有機事；有機事者，必有機心。吾非不知，羞而不爲也。」

〔二〇〕〔補注〕淮南小山《招隱士》：「桂樹叢生兮山之幽，偃蹇連蜷兮枝相繚。山氣巃嵸兮石嵯峨，谿谷嶄巖兮水曾波。猿狖群嘯兮虎豹嘷，攀援桂枝兮聊淹留。」

〔二一〕〔錢注〕陶弘景《答詔詩》：山中何所有？嶺上生白雲。〔補注〕鎮，常也，長也。

〔二二〕〔補注〕《詩·魏風·碩鼠》：「誓將去女，適彼樂土。」

〔二三〕〔補注〕《論語·陽貨》：「陽貨欲見孔子，孔子不見。歸孔子豚。孔子時其亡也而往拜之，遇諸塗。謂孔子曰：『來！予與爾言。』曰：『懷其寶而迷其邦，可謂仁乎？』」迷邦，謂有才德而不爲國家所用。

〔二四〕〔錢注〕《宋書·王華傳》：華少有志行，以父存亡不測，布衣蔬食，不交游，如此十餘年，爲時人所稱美。高祖欲收其才用，乃發廞喪問，使華制服，服闋，歷職著稱。〔補注〕《宋書·王華傳》：「會稽孔寧子……與華並有富貴之願……華每閒居諷詠，常誦王粲《登樓賦》曰：『冀王道之一平，假高衢而騁力。』」

〔二五〕〔錢注〕《齊書・孔稚圭傳》：鍾山在都北，其先周彥倫隱於此山，後應詔出爲海鹽縣令，欲却過此山，孔生乃假山靈之意移之，使不許得至。

〔二六〕〔錢注〕《楚辭・離騷》：退將復修吾初服。〔按〕《離騷》「初服」謂未仕時之服，似非此句「初服」之意。《書・召誥》：「王乃初服。」謂開始從事某項事務。此指初入仕。

〔二七〕〔錢注〕《後漢書・孔融傳》：河南尹李膺以簡重自居，不妄接士賓客，敕外自非當世名人及與通家，皆不得白。融欲觀其人，語門者曰：「我是李君通家子弟。」門者言之。膺請融問曰：「高明祖父嘗與僕有恩舊乎？」融曰：「然。先君孔子與君先人李老君同德比義而相師友，則融與君累世通家。」衆坐莫不歎息。

〔二八〕〔錢注〕《魏志・王粲傳》：粲徙長安，左中郎將蔡邕見而奇之。時邕賓客盈坐，聞在門，倒屣迎之曰：「此王公孫也，有異才，吾不如也。吾家書籍文章，盡當與之。」

〔二九〕〔補注〕六蔽，不好學引起之六種弊病，語本《論語・陽貨》：「子曰：『由也，女聞六言、六蔽矣乎？……好仁不好學，其蔽也愚；好知不好學，其蔽也蕩；好信不好學，其蔽也賊；好直不好學，其蔽也絞；好勇不好學，其蔽也亂；好剛不好學，其蔽也狂。』」

〔三〇〕〔錢注〕《漢書・藝文志》：儒家者流，出於司徒之官；道家者流，出於史官；陰陽家者流，出於羲和之官；法家者流，出於理官；名家者流，出於禮官；墨家者流，出於清廟之官；從横家者流，出於行人之官；雜家者流，出於議官；農家者流，出於農稷之官；小説家者流，出於稗官。諸子十家，其可觀者九家而已。

〔三一〕〔錢注〕《漢書·東方朔傳》：武帝初即位，四方士多上書言得失，自衒鬻者以千數。朔初來上書，文辭不遜，高自稱譽，上偉之。

〔三二〕〔錢注〕《史記·張丞相傳》：褚先生補曰：「匡衡才下，數射策不中，至九乃中丙科。」〔按〕此謂已多次應舉，方登下第。

〔三三〕〔錢注〕《後漢書·循吏傳序》：建武十三年，異國有獻名馬者，日行千里，詔以馬駕鼓車。〔補注〕駕鼓，本以稱頌漢光武帝不務玩好，崇尚節儉之美德。後用作大材小用之典。杜甫《送從弟亞赴安西判官》：「吾聞駕鼓車，不合用騏驥。」此句即用其義。

〔三四〕見《爲濮陽公賀牛相公狀》注〔三〕。〔補注〕搶榆，短程飛掠。

〔三五〕〔錢注〕《宋書·周朗等傳論》：徒以一言合旨，仰感萬乘。

〔三六〕〔錢注〕《陳書·世祖紀》：每有一言入聽，片善可求，何嘗不褒獎抽揚，緘書紳帶。

〔三七〕〔錢校〕序，胡本作「叙」。

〔三八〕〔錢注〕《新唐書·竇易直傳》：初，元和中，鄭餘慶議僕射上儀，不得與隔品官亢禮。易直爲中丞，奏駁之。及爲僕射，乃自用隔品致恭，爲時鄙笑。〔補注〕隔品，指官位相隔一品。唐玄宗尊崇張説，命僕射視事，坐受御史中丞、左右丞、吏部侍郎四品官廷拜之禮，後遂成故事，稱隔品致敬。《新唐書・陳夷行傳》：「比日左右丞、吏部侍郎、御史中丞皆爲僕射拜階下，謂之隔品致敬。」按：唐代僕射從二品，而左右丞、吏部侍郎、御史中丞爲正、從四品，故爲隔品。

〔三九〕〔錢注〕《新唐書・宰相世系表》：柳氏淡，字中庸，洪府户曹參軍。又《文藝傳》：李邕爲汲郡、北海太守。邕雖詘而文名天下，時稱李北海。柳并弟淡（原作「談」，據《新唐書・宰相世系表》改），字中庸。《魏書・尒朱榮傳》：寄治乳抱之日。《戰國策》：論行而結交者，立名之士也。

〔四〇〕〔錢注〕《新唐書・文藝傳》：王維三遷尚書右丞。别墅在輞川，地奇勝，有華子岡、欹湖、竹里館、柳浪、茱萸沜、辛夷塢。與裴迪游其中，賦詩相酬爲樂。按：裴迪之名屢見於《右丞集》，而裴逖則無，未知别有一人否。《史記・商君傳》：鞅見，孝公與語，不自知膝之前於席也。〔補注〕泥塗，喻卑下之地位。《左傳・襄公三十年》：「武不才，任君之大事，以晉國之多虞，不能由吾子，使吾子辱在泥塗久矣，武之罪也。」前席，事又見《史記・賈生列傳》。

〔四一〕〔錢注〕范攄《雲溪友議》：文宗元年秋，詔禮部高侍郎鍇復司貢籍。〔補注〕貢籍，貢士之名册、貢士之行列。《新唐書・選舉志》：「唐制，取士之科……由學館者曰生徒，由州縣者曰鄉貢，皆升於有司而進退之。」《唐摭言・統序科第》：「自武德辛巳歲四月一日，敕諸州學士及早有明經及秀才、俊士、進士明於理體、爲鄉里所稱者，委本縣考試，州長重覆，取其合格，每年十月隨物入貢。斯我唐貢士之始也。」

〔四二〕〔錢注〕《莊子》：然則厠足而墊之致黃泉，人尚有用乎？《蜀志・龐統等傳評》：龐統雅好人流。〔按〕錢引《蜀志》之「人流」係評論人物之意，非此句「人流」之義。此句「人流」指具有某種社會地位之同類人。《顏氏家訓・後娶》：「河北鄙於側出，不預人流。」即此義。

〔四三〕〔錢注〕《戰國策》：勝請爲紹介而見之於將軍。

〔四四〕〔錢注〕張衡《西京賦》：列爵十四，競媚取榮。

〔四五〕見《上令狐相公狀四》注〔三〕。

〔四六〕〔錢注〕《文子》：墨子無黔突，孔子無暖席，非以貪禄慕位，欲起天下之利，除萬民之害也。〔補注〕黔突，被炊煙熏黑之煙囱。《淮南子・修務訓》：「孔子無黔突，墨子無煖席。」高誘注：「黔言其突，竈不至於黑，坐席不至於温，歷行諸國，汲汲於行道也。」此謂貧困而不能舉炊。

〔四七〕〔補注〕《周禮・夏官・司士》：「孤卿特揖，大夫以其等旅揖，士旁三揖。」鄭玄注引鄭司農云：「卿、大夫、士，皆君之所揖。」《左傳・哀公二年》：「君夫人在堂，三揖在下。」杜注：「三揖，卿、大夫、士。」

〔四八〕〔錢注〕左思《詠史詩》：賤者雖自賤，重之若千鈞。

〔四九〕〔錢注〕本集馮氏曰：閣、閤音義每通。《戰國策》：郭隗先生曰：「古有以千金求千里馬者，涓人求之，馬已死，買其骨五百金。君大怒，涓人曰：『死馬且買之五百金，況生馬乎？馬今至矣。』不期年，千里馬之至者三。」

〔五〇〕〔補注〕采葑，謂不因其短而舍其所長。《詩・邶風・谷風》：「采葑采菲，無以下體。」葑，即蔓菁，葉、根、莖均可食，然根、莖味苦，故云無因其根、莖（下體）味苦而舍棄其葉。

〔五一〕〔補注〕《詩・大序》：「故《詩》有六義焉：一曰風，二曰賦，三曰比，四曰興，五曰雅，六曰頌。」

〔五二〕〔錢注〕劉楨《瓜賦》：熏玳瑁之筵。〔補注〕玳筵，謂豪華、珍貴之宴席。

〔五三〕〔錢注〕梁元帝《赴荆州泊三江口詩》：畫舸覆緹油。

〔五四〕〔補注〕《左傳・昭公六年》：「夏，季孫宿如晉，拜莒田也。晉侯享之，有加籩。」杜預注：「籩豆之數，多於常禮。」分，指禮儀之界限。籩，竹製禮器。

〔五五〕〔錢注〕《漢書・楚元王傳》：元王敬禮申公等，穆生不耆酒，元王每置酒，常爲穆生設醴。〔補注〕醴，甜酒。

〔五六〕〔錢注〕《史記・賈生傳》：賈生名誼，年十八，以能誦詩書聞於郡中。吴廷尉爲河南守，聞其秀才，召置門下，甚幸愛。孝文皇帝初立，吴公徵爲廷尉，乃言賈生年少，頗通諸子百家之書，文帝召以爲博士。

〔五七〕〔錢注〕《後漢書・禰衡傳》：孔融既愛衡才，數稱述於曹操。操欲見之，而衡素相輕疾，自稱狂病，不肯往。

〔五八〕〔錢注〕曹植《與吴質書》：食若填巨壑，飲若灌漏卮。《初學記》：《東觀漢記》曰：「尹敏，字幼季，與班彪相厚，每相與談，常對案不食，晝即至暝，夜即徹明。」

〔五九〕〔錢注〕《晉書・車胤傳》：胤善於賞會，當時每有盛坐而胤不在，皆云「無車公不樂」。謝安遊集之日，輒開筵待之。〔補注〕東土，即東土山，謝安在金陵城東南比照會稽東山所築之山，一名土山。《晉書》云謝安于土山營墅，樓館林竹甚盛，每攜中外子姪往來遊集，即此東土山。

〔六〇〕〔錢注〕《史記·司馬相如傳》：相如字長卿，少時，其親名之曰犬子。相如素與臨邛令王吉相善，相如往，舍都亭。臨邛中多富人，卓王孫、程鄭相謂曰：「令有貴客，爲具召之。」并召令。令既至，長卿謝病不能往，臨邛令不敢嘗食，自往迎相如。相如不得已，彊往，一坐盡傾。

〔六一〕問，《全文》作「聞」，據錢校改。〔補注〕問，隔。聲塵，尊稱對方之聲容風采。謂與執方分別相隔。

〔六二〕〔錢注〕《釋名》：晦，灰也。月死爲灰，月光盡似之也。弦，月半之名也，其形一旁曲，一旁直，若張弓弦也。〔補注〕已移弦晦，謂已過一月中之下弦及月末，即下旬。商隱拜違李執方約在九月中下旬之交，至作此書時（十月十日）正所謂「移弦晦」。

〔六三〕〔錢注〕《南齊書·謝朓傳》：朓歷隨王文學。子隆好辭賦，朓以文才，尤被賞愛。世祖敕朓還朝，遷新安王中軍記室，朓箋辭子隆曰：「皋壤搖落，對之惆悵；歧路東西，或以嗚邑。」謝朓《拜中軍記室辭隨王箋》：唯待青江可望，候歸艎於春渚；朱邸方開，效蓬心於秋實。

〔六四〕〔錢注〕《上谷郡圖經》：黄金臺，易水東南十八里，燕昭王置千金於臺上，以延天下之士。

〔六五〕〔錢校〕及，胡本作「即」。

中國古典文學基本叢書

# 李商隱文編年校注（修訂本）

第五册

劉學鍇
余恕誠 著

中華書局

# 爲故鄜坊李尚書夫人王鍊師黄籙齋文〔一〕

以妾某所佩圖籙〔二〕，先經遺墜〔三〕，今復尋獲，乞恩歸罪。據辭上詣虛無自然元始天尊、太上大道君、太上老君〔四〕、太上丈人〔五〕、三十六部尊經、玄中大法師〔六〕、所佩籙中靈官將吏〔七〕、三界官屬、一切靈化〔八〕、嵩洛名山衆真高隱〔九〕。妾運從往業，慶及今生，獲以愚蒙，早佩經法〔一〇〕。而注念不謹〔一一〕，修奉多違〔一二〕，殃與時增，善隨日削。莫忘塵累，備極艱虞。兒息凋零〔一三〕，孫姪孤藐〔一四〕。一辭西雍〔一五〕，久寓東周〔一六〕。五遷家居，十變年序。

昨者以所授寶籙，盛以雕奩〔一七〕，既忘誨盜之資〔一八〕，果有擔囊之酷〔一九〕。遂使金科玉篆〔二〇〕，見辱於宵人〔二一〕；神將靈官〔二二〕，久凌於暴客〔二三〕。尋求未獲，披露無因〔二四〕。分已名繫幽官，位標黑籍〔二五〕，萬劫永沉於狴犴，九玄同役於河源〔二六〕。而罪重憂深，誠專感達，始聞尋索，旋得蹤由。爰以吉辰，迎歸靜曲〔二七〕，修存香火，拂拭塵埃。瑶緘錯落以如新〔二八〕，錦帙爛斑而若舊〔二九〕。永懷釁戾，不敢遑安〔三〇〕。

今輒請高真〔三一〕，仰陳薄具〔三二〕，負荆泥首〔三三〕，引劍投軀〔三四〕。伏乞太上三尊、十方衆聖〔三五〕，曲流殊渥，旁敕玄司〔三六〕，録其歸咎之誠〔三七〕，許以自新之路〔三八〕。使良緣漸固，真路稍通。既勤肉血之餘，長奉靈仙之戒〔三九〕。苟其重渝今誓，猶涉初心，請候真科，以從冥考〔四〇〕。

【校注】

〔一〕本篇原載清編《全唐文》卷七八〇第三〇頁、《樊南文集補編》卷一一。題内「鄜」字，《全文》作「麟」，據錢校改。〔錢箋〕《舊唐書・地理志》：麟州、坊州並屬關内道。《新唐書・方鎮表》有鄜坊節度使，而無麟坊。然麟、坊並稱亦見史文，或嘗别設使耶？抑「麟」即「鄜」字之訛耶？李尚書，未詳。《唐六典》：德高思精謂之鍊師。〔張箋〕（入不編年文。）〔按〕錢疑「麟」即「鄜」之訛，甚是。麟州係開元十二年析勝州之連谷、銀城置，十四年州廢；天寶元年復置，其年改爲新秦郡。乾元元年復爲麟州。州治在今神木附近，與坊州（州治在今陝西黄陵）遠不相及，必無以麟、坊設使之理。而鄜、坊二州則緊相連接，自上元以來即設節度，必「鄜」訛作「麟」也。查《唐方鎮年表》，與商隱時代相近曾任鄜坊節度使而帶尚書銜者，唯李昌元一人。昌元開成五年至會昌三年任鄜坊節度使。《金石萃編》有《李光顔碑》，碑開成五年八月十四日建。碑文云：「嗣子昌元，鄜坊丹延等州觀察處置等使、檢校户部尚書、兼御史大夫。」或即其人。文有「一辭西雍，久寓東周。五遷家居，十變年序」之語，如自會昌三年下推，則此文約作於大中五年商隱赴東川前短期居洛時。酌編此待進一步考證。

〔二〕見《上鄭州李舍人狀二》注〔三〕。

〔三〕〔錢注〕《辯正論》：自黄、老風澆，容服亦變，若失符籙，則倒銜手版，逆風掃地，楊枝百束，自斫自負。

〔四〕見《爲馬懿公郡夫人王氏黄籙齋文》注〔一四〕〔一五〕〔一六〕。

〔五〕〔錢注〕《雲笈七籤》：《清虚真人王君内傳》云：「西城真人乃將君觀玄洲，須臾而至，四面大海，懸濤千丈，洲上宫闕，朱閣、樓觀、瓊室、瑶房，不可稱記。西城真人曰：『此仙都之府，太上丈人處之。』乃將君入紫桂宫，見丈人著流霞羽袍，冠芙蓉之冠，腰帶神光，手把火鈴，侍女數百，龍虎衛階。太上丈人與西城真人相禮而已，相攜共坐，君時侍側焉。」

〔六〕見《爲馬懿公郡夫人王氏黄籙齋文》注〔二〇〕〔二二〕。

〔七〕靈官，見《爲馬懿公郡夫人王氏黄籙齋第二文》注〔八〕。

〔八〕見《爲馬懿公郡夫人王氏黄籙齋文》「三界官屬」注及「洞天林谷一切棲隱諸靈仙」注。〔補注〕靈化，即靈仙。

〔九〕〔錢注〕《雲笈七籤》：十大洞天，第一王屋山洞，周迴萬里，號曰小有清虚之天，在洛陽、河陽兩界，去王屋縣六十里，屬西城王君治之。三十六小洞天，第六中嶽嵩山洞，周迴三千里，名曰司馬洞天，在東都登封縣，仙人鄧靈山治之。又：是衆真之所經，神仙之所歷，學者之所由也。

〔一〇〕〔錢注〕《雲笈七籤》：不依法而受經，虧損俯仰之格，徒勞於神，無益於求仙也。

〔一一〕〔錢注〕《雲笈七籤》：若其注念不散，專炁致和，由朴之至也，得一之速也。

〔一二〕見《上鄭州李舍人狀四》「加領真階」注。〔補注〕修奉，修行供奉。

〔一三〕〔補注〕息，兒子。

〔一四〕〔補注〕《左傳・僖公九年》：「以是藐諸孤辱在大夫，其若之何？」孤藐，幼年喪父，失去依靠。

〔一五〕〔錢注〕《新唐書・地理志》：京兆府本雍州，開元元年爲府。〔按〕雍爲古九州之一，今陝西、甘肅大部地區均屬之。《周禮・夏官・職方氏》：「乃辨九州之國……正西曰雍州。」此句「西雍」恐非指唐之京兆府，而係指古雍州，實指鄜、坊之地。

〔一六〕〔錢注〕《舊唐書・地理志》：東都，周之王城，平王東遷所都也。〔按〕東周，此指洛陽。

〔一七〕〔錢注〕《説文》：籢，鏡籢也。臣鍇曰：今俗作「匳」。

〔一八〕〔補注〕《易・繫辭上》：「慢藏誨盜，冶容誨淫。」

〔一九〕〔錢注〕《莊子》：將爲胠篋探囊發匱之盜而爲守備，則必攝緘縢，固扃鐍，此世俗之所謂知也。然而巨盜至，則負匱揭篋擔囊而趨，惟恐緘縢扃鐍之不固也。〔補注〕酷，灾禍。

〔二〇〕〔錢注〕《周書・武帝紀》：金科玉篆，秘賾玄文，所以濟養黎元，扶成教義。〔補注〕金科玉篆，本指貴重之法令與古文字，此指道教之律令符籙，亦即王鍊師所佩圖籙。

〔二一〕〔錢注〕《莊子》：宵人之離外刑者，金木訊之。〔補注〕宵人，小人。

〔二二〕〔錢注〕《史記・封禪書》：八神將，自古而有之。

〔二三〕〔補注〕《易·繫辭下》：「重門擊柝，以待暴客。」

〔二四〕〔錢注〕《後漢書·蔡邕傳》：宜披露失得。〔補注〕披露，顯露、暴露。錢引《後漢書·蔡邕傳》「披露失得」係陳述義，非本句所用。

〔二五〕〔錢注〕《酉陽雜俎》：罪簿有黑緣白簿，赤丹編簡。〔補注〕幽官，陰官；黑籍，陰間之名籍。

〔二六〕〔錢注〕《黄庭内景經》：違盟負約，七祖受考於暘谷、河源，身爲下鬼，考於風刀。揚子《法言》：劍客論曰：「劍可以愛身。」曰：「狴犴使人多禮乎？」〔補注〕狴犴，指牢獄。九玄，猶九幽、九冥、九泉，指陰間幽冥之地。《楚辭·招魂》所謂「幽都」。

〔二七〕〔補注〕静曲，僻静之處。

〔二八〕〔錢注〕《説文》：緘，束篋也。〔補注〕瑶緘，藏書之玉篋，此指藏圖籙之玉篋。錯落，閃耀、閃爍。

〔二九〕〔錢注〕《説文》：帙，書衣也。〔按〕錦帙，此指包裹圖籙之錦緞。

〔三〇〕〔補注〕《詩·小雅·四牡》：「王事靡盬，不遑啓處。」束晳《補亡詩·南陔》：「眷戀庭闈，心不遑安。」遑安，安逸。

〔三一〕〔錢注〕《雲笈七籤》：了達則上聖可登，曉悟則高真可陟。〔補注〕高真，得道成仙者，此指道士。

〔三二〕〔錢注〕司馬相如《長門賦》：修薄具而自設兮。〔補注〕薄具，不豐盛之肴饌。

〔三三〕〔錢注〕《史記·廉頗藺相如傳》：廉頗肉袒負荆，因賓客至藺相如門謝罪。《通鑑·晉武帝紀》注：泥頭者，以泥塗其頭也。

〔三四〕〔錢注〕《史記·白起傳》：武安君引劍將自剄。鮑照《出自薊北門行》：投軀報明主。〔補注〕投軀，置身。謂引劍而加諸身，非「獻身」之義。

〔三五〕見《爲滎陽公黄籙齋文》「伏乞太上三尊，十方衆聖」注。

〔三六〕見《爲相國隴西公黄籙齋文》「積愆咎於玄司」注。

〔三七〕〔補注〕《左傳·桓公十八年》：「禮成而不反，無所歸咎。」咎，罪責。

〔三八〕〔錢注〕《史記·孝文紀》：雖復欲改過自新，其道無由也。

〔三九〕〔補注〕太清境九仙之八爲靈仙，見《雲笈七籤》。又泛指神仙。

〔四〇〕見《爲馬懿公郡夫人王氏黄籙齋文》「冀當冥考」注。〔補注〕真科，仙家之律條。

## 陳寧攝公井令牒〔一〕

聞寧前爲公井令，疲羸之甿，戴之如父母〔二〕；囊橐之盜〔三〕，畏之猶神明〔四〕。所謂伊人〔五〕，何臻此術？還臨舊部〔六〕，勉繼前修〔七〕

## 【校注】

〔一〕本篇原載清編《全唐文》卷七七九第四頁、《樊南文集補編》卷九。〔錢箋〕《新唐書·方鎮表》：榮州、昌州，皆東川節度所領。以下二牒（指本篇及下篇）皆當爲柳仲郢作。《新唐書·地理志》：公井縣，中下，屬劍南道榮州。《舊唐書·職官志》：諸州中下縣，令一人，從七品上。〔張箋〕（繫大中五年至九年商隱在東川柳仲郢幕期間，謂）不能詳其何年。〔按〕文云「聞寧前爲公井令」，當是柳仲郢節度東川前，陳寧已爲公井令，到任後聞其政績命其仍臨舊部。故今繫本篇於大中五年冬。題上應有「爲河東公」四字，下篇同此。

〔二〕見《獻華州周大夫十三丈啓》注〔二〕。

〔三〕見《上河南盧給事狀》「而囊橐輒露」注。〔補注〕《莊子·胠篋》：「將爲胠篋探囊發匱之盜而爲守備，則必攝緘縢，固扃鐍，此世俗之所謂知也。然而巨盜至，則負匱揭篋擔囊而趨，唯恐緘縢扃鐍之不固也。」囊橐之盜，疑兼用此，謂巨盜也。

〔四〕〔錢注〕《韓非子》：周主亡玉簪，令吏求之三日，不能得也。周主令人求，而得之家人之屋間。周主曰：「吾知吏之不事事也，求簪三日不得之。吾令人求之，不移日而得之。」於是吏皆聳懼，以爲君神明也。

〔五〕〔補注〕《詩·秦風·蒹葭》：「所謂伊人，在水一方。」

〔六〕〔補注〕舊部，此指公井縣。

〔七〕〔補注〕《楚辭·離騷》：「謇吾法夫前修兮，非世俗之所服。」前修，前賢，此指前代循吏。

## 周宇爲大足令牒〔一〕

宇，君子人也，詩家者流〔二〕。常亦觀光〔三〕，厄於時命〔四〕。噫！有卓、魯之政事〔五〕，與顔、謝之篇章〔六〕，較其爲名，不相上下。無謂大足小而辭之。

【校注】

〔一〕本篇原載清編《全唐文》卷七七九第四頁、《樊南文集補編》卷九。〔錢箋〕《新唐書·地理志》：大足縣，下，屬劍南道昌州。《舊唐書·職官志》：諸州下縣，令一人，從七品下。〔按〕當與前牒同作於大中五年冬。參前牒注〔一〕。

〔二〕〔錢注〕《漢書·藝文志》：右歌詩二十八家。〔按〕周宇當以能詩稱，觀下文「顔、謝之文章」可知。

〔三〕〔補注〕《易·觀》：「觀國之光，利用賓于王。」觀光，觀覽國之盛德光輝。此指至國都考察國情，參加科舉考試。

〔四〕〔補注〕嚴忌《哀時命》：「哀時命之不及古人兮，夫何予生之不遘時。」時命，命運。厄於時命，指科舉考試失利。

〔五〕〔錢注〕《後漢書·卓茂魯恭傳贊》：卓、魯款款，情慤德滿。仁感昆蟲，愛及胎卵。〔按〕卓、魯皆以循吏見稱，詳傳。

〔六〕〔錢注〕《南史·顔延之傳》：延之與陳郡謝靈運俱以辭采齊名，自潘岳、陸機之後，文士莫及。江右稱「潘陸」，江左稱「顔謝」焉。

## 上河東公啓〔一〕

商隱啓：兩日前於張評事處伏睹手筆〔二〕，兼評事傳指意，於樂籍中賜一人以備紉補〔三〕。某悼傷以來，光陰未幾。梧桐半死〔四〕，方有述哀〔五〕；靈光獨存〔六〕，且兼多病。眷言息胤，不暇提攜。或小於叔夜之男〔七〕，或幼於伯喈之女〔八〕。檢庾信荀娘之啓〔九〕，常有酸辛〔一〇〕；詠陶潛通子之詩〔一一〕，每嗟漂泊〔一二〕。

所賴因依德宇〔一三〕，馳驟府庭〔一四〕，方思效命旌旄〔一五〕，不敢載懷鄉土。錦茵象榻〔一六〕，石館金臺〔一七〕，入則陪奉光塵〔一八〕，出則揣摩鉛鈍〔一九〕。兼之早歲，志在玄門〔二〇〕；及到此都，更敦夙契〔二一〕。自安衰薄〔二二〕，微得端倪〔二三〕。至於南國妖姬〔二四〕，叢臺妙妓〔二五〕，雖有涉於篇什，實不接於風流。

况張懿仙本自無雙〔二六〕，曾來獨立〔二七〕。既從上將，又託英僚。汲縣勒銘，方依崔瑗〔二八〕；漢庭曳履，猶憶鄭崇〔二九〕。寧復河裏飛星〔三〇〕，雲間墮月〔三一〕，窺西家之宋玉〔三二〕，恨東舍之王昌〔三三〕？誠出恩私，非所宜稱。伏惟克從至願，賜寢前言，使國人盡保展禽〔三四〕，酒肆不疑阮籍〔三五〕。則恩優之理〔三六〕，何以加焉。干冒尊嚴，伏用惶灼。謹啓。

【校注】

〔一〕本篇原載《文苑英華》卷六六五第七頁、清編《全唐文》卷七七八第六頁、《樊南文集詳注》卷四。《英華》題作《上河東公啓三首》，此爲第一首。徐本同。馮譜編大中七年。〔張箋〕（編大中五年。附案云）《補編·獻相國京兆公啓》亦云：「……期既迫於從公，力遂乖於攜幼。安仁揮涕，奉倩傷神。男小於嵇康之男，女幼於蔡邕之女……」蓋妻喪未除，故餘哀見之楮墨也。若在六年，則悼亡已閱年餘，縱使伉儷情深，豈宜輕形尺牘，瀆人尊聽哉？〔按〕馮氏繫年顯然過晚。商隱妻王氏卒於大中五年暮春。啓云「某悼傷以來，光陰未幾」，離王氏之卒必爲時未久。且啓中「眷言息胤，不暇提攜。或小於叔夜之男，或幼於伯喈之女」等句，與作於大中五年冬之《獻相國京兆公啓》「期既迫於從公」六句，《五言述德抒情詩一首四十韻獻上杜七兄僕射相公》「悼傷潘岳重」之句，辭、意均類似，其爲同時之作明顯，當從張氏《會箋》繫大中五年冬。

〔二〕〔補箋〕《爲河東公謝相國京兆公啓》：「伏候簡書，來至敝邑，則專請張覿評事奉啓狀申陳。」此句之「張評事」當即張覿。或謂係《爲同州張評事謝辟啓》之張濳，非。評事，大理評事，爲張覿所帶憲銜。手筆，指柳仲郢親筆所寫書信或諭示。

〔三〕〔徐注〕崔令欽《教坊記》：西京右教坊在光宅坊，左教坊在延政坊。右多善歌，左多工舞。東京兩教坊俱在明義坊，而右在南，左在北也。按：凡妓女隸教坊籍。《禮記·内則》曰：衣裳綻裂，紉箴請補綴。〔馮注〕諸州皆有樂籍。〔補注〕樂籍，樂户之名籍。古時官妓屬樂部。此「樂籍」亦即商隱詩《病中聞河東公樂營置酒口占寄上》之「樂營」。備紉補，謂爲侍妾。

〔四〕〔徐注〕枚乘《七發》：龍門之桐，高百尺而無枝，其根半死半生。〔補注〕此喻妻死己存。

〔五〕方，徐本一作「才」，馮本作「才」。〔徐注〕（《文選》）江淹《雜體詩》有潘黄門岳《述哀》。良曰：謂悼婦詩。〔按〕即潘岳之《悼亡詩》三首。此指己所賦悼亡諸詩。

〔六〕獨，馮本一作「猶」。見《上兵部相公啓》「扶持固在於神明」注。〔補注〕此喻唯己獨存。

〔七〕〔馮注〕《晉書·嵇康傳》：康字叔夜。又：男年八歲，未及成人。〔按〕商隱子袞師生於會昌六年，此時僅六歲，故云「小於叔夜之男」。

〔八〕〔馮注〕《後漢書》：蔡邕字伯喈。《蔡琰别傳》：琰字文姬，邕之女，少聰慧秀異。年六歲，邕鼓琴絃絶，琰曰：「第二絃。」邕故斷一絃，琰曰：「第四絃。」〔按〕商隱《驕兒詩》中言及其驕兒袞師之「阿姊」，此時其年當已在七歲以上，而啓云「幼於伯喈之女」，當是袞師之下更有幼女，此時年尚不足六歲。

〔九〕〔徐注〕庾信集有《謝趙王賚息荀娘絲布啓》。〔按〕庾信有子庾立，見《北史·庾信傳》，倪璠疑「荀娘」或即庾立之小字。

〔一〇〕〔徐注〕杜甫詩：鏤骨抱酸辛。

〔一一〕〔徐注〕陶潛《責子詩》：通子年九齡，但覓梨與栗。

〔一二〕〔徐注〕許靖《與曹公書》：漂薄風波。薄、泊同。

〔一三〕〔馮注〕《國語》：寺人勃鞮曰：「今君之德宇，何不寬裕也？」《晉書·陸玩傳》：搢紳之徒，廕其德宇。〔徐注〕《魏志·王粲等傳評》曰：然其沖虛德宇，未若徐幹之粹也。〔補注〕德宇，本指德澤恩惠之庇廕。此猶頌稱有德者之門宇。

〔一四〕〔徐注〕《南史·謝朓傳》：榮立府庭，恩加顔色。〔補注〕馳驟，奔走。

〔一五〕〔補注〕旌旄，指節度使之旌旗旄節。

〔一六〕〔徐注〕潘岳《寡婦賦》：易錦茵以苫席。《戰國策》：孟嘗君之楚，獻象牀，其直千金。〔補注〕象牀，象牙裝飾之坐卧用具。

〔一七〕〔補注〕石館，碣石館；金臺，黄金臺。均爲燕昭王用以招納賢才之臺館。喻指柳仲郢幕府。

〔一八〕光塵，見《爲張周封上楊相公啓》「誓奉光塵」注。〔按〕此敬稱柳仲郢之風采。

〔一九〕〔徐注〕《史記·蘇秦傳》：得周書《陰符》，伏而讀之，期年以出揣摩，曰：「此可以説當世之君矣。」〔馮注〕《戰國策》：蘇秦得《陰符》之謀，伏而讀之，簡練以爲揣摩。鉛鈍，見《爲安平公謝除兖海觀察使表》「鉛刀淬一割之用」注。〔補注〕揣摩鉛鈍，謙稱自己雖如鉛刀之鈍，然摩練之尚有一割之用。

〔二〇〕〔馮注〕《老子》：玄之又玄，衆妙之門。〔按〕玄門一般指道教，然亦可指稱佛教。如慧遠《三報論》：「推此以觀，則知有方外之賓，服膺妙法，洗心玄門。」唐劉孝孫《遊靈山寺》：「永懷筌了義，寂念啓玄門。」商隱早歲曾在玉陽山學道，此「志在玄門」自當指道教。然至東川後則耽於禪悦佛理，下云「及到此都，更敦夙契」，當指耽於佛教。

〔二一〕〔徐注〕徐陵《爲貞陽侯書》：親鄰之道，夙契逾深。〔補注〕敦，崇尚、篤信。夙契，平素之投合。

〔二二〕〔徐注〕禰衡《鸚鵡賦》：嗟禄命之衰薄。

〔二三〕〔補注〕《莊子·大宗師》：「反覆終始，不知端倪。」端倪，頭緒。謂對佛理稍解頭緒。

〔二四〕〔徐注〕《古詩》：美人出南國，灼灼芙蓉姿。〔馮注〕陳思王（曹植）《雜詩》：南國有佳人，容華若桃李。又《名都篇》：名都多妖女，京洛出少年。

〔二五〕〔徐注〕《漢書·地理志》：藂臺在邯鄲，趙武靈王築。《古詩》：燕趙多佳人，美者顔如玉。曹植《七啓》：才人妙妓，遺世絶俗。〔馮注〕張平子（衡）《東京賦》：趙建叢臺於後。薛綜曰：《史記》：「趙武靈王起叢臺，太子圍之三月。」按：《太平御覽》引《史記》亦云。而今所刊《史記·趙世家》云「沙丘異宮」，不云「叢臺」。《後漢書·志》：趙國邯鄲縣有叢臺。《漢書·

志》:趙地倡優,女子彈絃跕躧,游媚富貴,徧諸侯之後宫。《後漢書・梁冀傳》:發取妓女御者。明北監刊本附劉攽曰:案古無「妙女」,當作「妓」。按:此則舊本作「妙女御者」,刊時改之耳,似可爲此「妙」字之據。

〔二六〕自,《全文》作「是」,誤,據《英華》改。〔徐注〕《古詩(爲焦仲卿妻作)》:精妙世無雙。

〔二七〕〔馮注〕《漢書・外戚傳》:李延年歌曰:「北方有佳人,絶世而獨立。一顧傾人城,再顧傾人國。」

〔二八〕〔馮注〕《後漢書・崔瑗傳》:遷汲令,開稻田數百頃,百姓歌之,遷濟北相。《崔氏家傳》:瑗爲汲令,開渠造稻田,長老歌之曰:「天降神明君,錫我慈仁父。臨民布德澤,恩惠施以序。穿溝廣灌溉,決渠作甘雨。」遷濟北宰,官吏男女號泣,共壘石作壇,立碑頌德而祠之。○文用斯事,非謂瑗自善銘頌。〔按〕二句即「方依汲縣勒銘之崔瑗」之意。

〔二九〕〔徐注〕《漢書》:鄭崇字子游,擢尚書僕射,數諫諍,每見,曳革履。上曰:「我識鄭尚書履聲。」〔馮注〕「汲縣」頂「英僚」,「漢庭」頂「上將」,皆以喻其所歡。〔按〕二句即「猶憶漢庭曳履之鄭崇」之意。「既從」六句,蓋謂張懿仙既與「上將」(當指某一節度使)相伴,又曾依托於節度使幕中某一僚屬。方依、猶憶,言其爲時未久。

〔三〇〕〔馮注〕用織女渡河。非用女人星浴於渭,乳長七尺之事(事見《陳留耆舊傳》,徐注引之,今删)。〔補注〕《荆楚歲時記》:「天河之東有織女,天帝之子也。年年織機杼勞役,織成雲錦天衣。天帝憐其獨處，許嫁河西牽牛郎，嫁後遂廢織絍。天帝怒，責令歸河東，惟每年七月七日夜，渡河一會。」《文選·洛神賦》注引曹植《九詠》注：「牽牛爲夫，織女爲婦。織女牽牛之星各處河鼓之旁，七月七日乃得一會。」

〔三一〕墮，《英華》作「墜」，注：集作「墮」。〔徐注〕謝靈運詩：可憐誰家郎，緣流乘素舸。但問情若爲，月就雲中墮。〔補注〕謝靈運《東陽溪中贈答詩》共二首，徐注僅引後一首，意藴未顯。前首云：「可憐誰家婦，緣流洒素足。明月在雲間，迢迢不可得。」

〔三二〕〔徐注〕宋玉《登徒子好色賦》：臣東家之子，嫣然一笑，惑陽城，迷下蔡。然此女登墻窺臣三年，至今未許也。

〔三三〕〔徐注〕《襄陽耆舊傳》：王昌字公伯，爲東平相、散騎常侍。早卒。婦，任城王子文女也。樂府：人生富貴何所望，恨不早嫁東家王。〔馮曰〕辨詳《詩集·代應》《水天閑話舊事》。〔按〕王昌爲唐代豔情詩中常出現之人物，如崔顥《古意》：「十五嫁王昌，盈盈出畫堂。」商隱詩中更多所提及，如馮氏所云《代應》《水天閑話舊事》，其人當爲一風流少年，惜出處已無考。

〔三四〕〔徐注〕《家語》：魯人有獨處室者，鄰之嫠婦室壞，趨而託焉。魯人閉户不納。婦人曰：「子何不如柳下惠然？嫗不逮門之女，國人不稱其亂（以上六字據馮注補）。」魯人曰：「柳下惠則可，我固不可。」注：以體覆之曰嫗。〔補注〕春秋魯大夫展獲，字季，又字禽，曾爲士師官，食邑柳下，謚惠，故稱柳下惠。《荀子·大略》：「柳下惠與後門者同衣而不見疑。」後門者，即無宿處之女。

〔三五〕〔徐注〕《世説》：阮公鄰家婦有美色，當壚沽酒。阮與王安豐常從婦飲酒。阮醉，便眠其婦側。夫始殊疑之，伺察終無他意。

〔三六〕優，《英華》作「憂」，誤。

〔蔣士銓曰〕唐調之善者。（《忠雅堂評選四六法海》卷三）

# 爲河東公上西川相國京兆公書〔一〕

姚熊頃時鬪毆，偶在坤維〔二〕。阿安未容決平〔三〕，遽詣風憲〔四〕。當道頻奉臺牒〔五〕，令差從事往推〔六〕。去就之間，殊爲未適。顧惟敝府，託近貴藩，雖蒙與國之恩〔七〕，猶在附庸之列〔八〕。仰遵教指，尚懼尤違〔九〕。敢遣賓僚，往專刑獄？自奉臺牒，夙夜兢惶。今謹差節度判官李商隱侍御往〔一〇〕。以今月十八日離此。某素無材效，早沐恩憐，獲接仁風〔一一〕，實爲天幸。頗希終始，以奉恩光。事大之心〔一二〕，朝暾是誓〔一三〕。其他並附李侍御口述，伏惟照察〔一四〕。

【校注】

〔一〕本篇原載清編《全唐文》卷七七六第一頁、《樊南文集詳注》卷八。徐注本無此篇，馮注本據《成都文類》收入。〔馮箋〕此見《成都文類》，宋慶元五年，建安袁説友爲四川安撫制置使兼知成都府事，集成刊行者，當必可據。合之《述德抒情詩》「歸期過舊歲」，則至東川幕，即有西川之役，大中六年冬也。若因此而謂蜀中諸詩，皆此一時所作，則必不然。辨詳《年譜》及各篇下矣。余多病，不能再訂，後之能誦玉谿詩者，其細辨之。〔張箋〕此爲義山差赴西川推獄之迹，馮譜列於（大中）六年，余意亦當在是年（按：指大中五年）之冬。〔按〕書載《全唐文》，本之《永樂大典》，又載南宋人所編之《成都文類》，證之商隱其他詩文（《獻相國京兆公啓》《五言述德抒情詩一首四十韻獻上杜七兄僕射相公》），又均符合，其爲商隱之作固無疑。馮因定商隱赴東蜀辟在大中六年，故云此篇大中六年冬作，當依張箋，改繫大中五年冬。文有「今月十八日」，此「今月」殆爲十二月。東、西川密邇，路程不過數日，此行又專爲推獄而往，必不可能延滯月餘（如十一月十八日赴西川，翌年初方返，則延滯太久）。商隱詩《今月二日不自量度輒以詩一首四十韻干瀆尊嚴》，説明《五言述德抒情詩》係「今月二日」獻上杜悰，此「今月」應爲大中六年正月，與「歸期過舊歲」合。故此書應作於大中五年十二月十八日前夕。相國京兆公，指杜悰。

〔二〕〔補注〕坤維，指蜀地，此指成都。《易·坤》：「西南得朋。」《文選·張協〈雜詩〉之二》：「大火流坤維。」李善注：「《淮南子》曰：『坤維在西南。』」

〔三〕〔補注〕決平，公平斷案。《禮記·月令》：「（孟秋之月）審斷決，獄訟必端平。」

〔四〕〔補注〕風憲，此指御史臺。

〔五〕〔補注〕臺牒，御史臺之公文。

〔六〕〔馮注〕因阿安人控御史臺，故牒下東川，令遣官赴西川會讞也。《舊書·紀》：大中四年，魏謩奏：「諸道州府百姓詣臺訴事，多差御史，恐煩勞州縣，請令諸道觀察使幕中判官帶憲銜者委令推劾。如累推有勞，能雪冤滯，御史臺闕官，便奏用。」從之。《北夢瑣言》：杜悰凡莅藩鎮，未嘗斷獄，繫囚死而不問。在鳳翔洎西川繫囚，無輕無重，任其殍殕。人有從劍門拾得裹漆器文書，乃成都具獄案牘，略不垂愍。

〔七〕〔補注〕與國，友邦、盟國。《管子·八觀》：「與國不恃其親，而敵國不畏其彊。」東、西川爲親鄰，故稱「與國」。

〔八〕〔補注〕《詩·魯頌·閟宫》：「錫之山川，土田附庸。」言東川之於西川，實同附屬於大國之小國。

〔九〕〔馮注〕《書》：弗永遠念天威，曰吾民罔尤違。〔補注〕尤違，過失。

〔一〇〕〔馮注〕本傳：檢校工部郎中。此專曰「侍御」，是舉憲銜稱之。〔按〕檢校工部郎中，見《舊書》本傳，《新書》則謂「檢校工部員外郎」。此檢校銜是否確有，頗可疑。《劍州重陽亭銘并序》末署「太學博士河内李商隱撰」，宋本《義山詩集》亦題「太學博士李商隱撰」，均未及所謂「檢校工部郎中」或「檢校工部員外郎」。頗疑修史者據商隱《詩集・杜工部蜀中離席》題内「杜」或作「辟」而附會其曾辟「檢校工部郎中」或「檢校工部員外郎」也。至「侍御」銜，則在徐州盧弘止幕時已得。

〔一二〕仁風，馮注本作「仁封」。

〔一三〕〔補注〕事大，小國侍奉大國。《周禮・夏官・大司馬》：「比小事大，以和邦國。」鄭玄注：「比猶親。使大國親小國，小國事大國，相合和也。」

〔一三〕〔補注〕《詩・王風・大車》：「謂予不信，有如曒日。」曒，日初出貌。朝曒，早上的太陽。

〔一四〕惟，《全文》作「爲」，據馮本改（馮本係據《成都文類》所載）。〔馮曰〕公移率筆，本不足存，後人拾遺得之，則又不欲棄置也。

## 獻相國京兆公啓一〔一〕

某啓：人禀五行之秀〔二〕，備七情之動〔三〕，必有詠歎，以通性靈〔四〕。故陰慘陽舒〔五〕，其塗不一；安樂哀思〔六〕，厥源數千。遠則鄘、邶、曹、齊〔七〕，以揚領袖〔八〕；近則蘇、李、顏、謝，用極菁華〔九〕。嘈囋而鐘鼓在懸〔一〇〕，焕爛而錦繡入翫〔一一〕。刺時見志，各有取焉。

某爰自弱齡〔一二〕，側聞古義。留連薄宦〔一三〕，感念離群〔一四〕。東至泰山，空吟《梁父》〔一五〕；南游郢澤，徒和《陽春》〔一六〕。游於自得之場〔一七〕，實竊德音之選〔一八〕。伏惟相公，既康大政〔一九〕，復振斯文〔二〇〕。論風雨則秋栟芬華〔二一〕，語霜霰則春條零落〔二二〕。發軔於風、力〔二三〕，解鞍於伊、咎〔二四〕。宫商資正始之音〔二五〕，寒暑協中和之序〔二六〕。是故贄其纓拾〔二七〕，俟彼斧斤〔二八〕，神氣雖怯於大巫〔二九〕，名字願聞於下客〔三〇〕。

舊詩一百首，謹封如別。延之設問，希鮑昭之一言〔三一〕；何遜著名，繫沈約之三讀〔三二〕。干冒嚴重，延望恩輝，進退之間，若據泉谷〔三三〕。伏惟俯賜容納。謹啓〔三四〕。

【校注】

〔一〕本篇原載《文苑英華》卷六五七第八頁、清編《全唐文》卷七七八第一頁、《樊南文集詳注》卷三。〔馮箋〕京兆公亦非杜悰也。玩《詩集·述德抒情》二篇「早歲乖投刺，今晨幸發蒙」，與此情境迥別。《舊書·紀》：大中元年七月，尚書户部侍郎、知制誥、翰林學士承旨韋琮以本官同中書門下平章事。《新書·表》作三月。二年十一月，琮罷爲太子詹事、分司東都，《新書·表》同。《新書·傳》云：「世顯仕，琮進士及第。」敘歷官甚略。《舊書》無傳。而《紀》云：「元年三月，魏扶奏放進士，其封彦卿、崔琢、鄭延休三人，實有詞藝，以父兄見居重位，不得令中選。詔韋琮重考覆，勅放及第。帝雅好儒士，留心貢舉之得失。每山池曲宴，學士詩什屬和。」則韋在當時，文采大著，故有「大政」「斯文」之語也。彼「秃角犀」（按：指杜悰）焉能與於此？〔張箋〕京兆公，徐氏以爲杜悰，是也。此蓋推獄西川時獻詩爲贄，而先之以啓，故有「綴拾」「斧斤」語。《補編》有與此同題者（按：指「某啓：昔師曠薦音」一篇），大可參證。馮氏妄疑韋琮，無據。又案：余近得馮氏《文注》初稿，亦定此篇京兆公爲杜悰，惟繫之會昌四年悰拜相時，誤。〔按〕此京兆公指杜悰，生平仕歷詳《獻相國京兆公啓》「昔師曠薦音」校注〔一〕。《爲河東公上西川相國京兆公書》云：「今謹差節度判官李商隱侍御往，以今月十八日離此。」《獻相國京兆公啓》（昔師曠薦音）云：「去前月二十四日，誤干英眄，輒露微才。八十首之寓懷，幽情罕備；三十篇之擬古，商較全疏。……伏恐本府已有追符，即日徑須上路。」《詩集·五言述德抒情詩一首獻上杜七兄僕射相公》云：「檻危春水暖，樓迥雪峰晴……歸期過舊歲，旅夢繞殘更。」《今月二日不自量度輒以詩一首四十韻干瀆尊嚴》云：「巒嶺晴留雪，巴江晚帶楓。」據此二啓二詩，商隱赴西川推獄之活動日程及與杜悰之交往可考知如下：大中五年十二月十八日離梓州，約二十二、三日抵成都。二十四日上本啓及舊詩一百首獻杜悰。大中六年正月初二獻《五言述德抒情詩四十韻於杜悰，受到悰之獎譽，繼又獻上《今月二日不自量度》一首四十韻。以本啓與《五言述德抒情詩一首四十韻獻上杜七兄僕射相公》對照，「自昔流王澤，由來仗國禎」一節，即啓所謂「既康大政」；「故事留臺閣，前驅且旆旌」一節，即啓所謂「復振斯文」。「雅宴初無倦，長歌底有情」，「誰知杜武庫，只見謝宣城」，於其詩酒風流之美贊頌備至。其爲同時之作無疑。

〔二〕〔徐注〕《禮記》：人者，五行之秀氣也。

〔三〕〔徐注〕《禮記》:何謂人情?喜、怒、哀、懼、愛、惡、欲,七者弗學而能。

〔四〕〔徐注〕《詩序》:情動於中而形於言,言之不足故嗟歎之,嗟歎之不足故永歌之。鍾嶸《詩評》:嗣宗《詠懷》之作,可以陶性靈,發幽思。〔補注〕《晉書·樂志》:「夫性靈之表,不知所以發于詠歌。」

〔五〕〔徐注〕《西京賦》:夫人在陽時則舒,在陰時則慘,此牽乎天者也。

〔六〕〔徐注〕《禮記》:治世之音安以樂,其政和;亂世之音怨以怒,其政乖;亡國之音哀以思,其民困。

〔七〕〔徐注〕《詩》疏:邶、鄘、衛三國,三監故地也,紂都焉。武王分朝歌而北謂之邶,南謂之鄘,東謂之衛,以封諸侯。衛後并得邶、鄘之地。《邶》《鄘》之詩皆爲衛事,而猶繫其故國之名者,不與衛之滅國也。曹者,兗州陶丘之北地名,武王以封弟振鐸,其封域在雷夏、菏澤之野,昭公好奢而任小人,曹之變風始作。齊,太師吕望封於齊,都營丘,通工商之業,便魚鹽之利,民多歸之。後五世,哀公政衰,荒淫怠慢,紀侯譖之於周懿王,使烹焉,齊之變風始作。〔馮注〕皆《國風》。

〔八〕〔徐注〕梁簡文帝《與湘東王書》:文章未墜,必有英絶領袖之者。〔馮注〕《晉書·裴秀傳》:時人語曰:「後進領袖有裴秀。」字習見。〔補注〕揚領袖,猶作表率、揭規範。

〔九〕蘇李,《英華》作「李蘇」。〔馮注〕漢蘇武、李陵爲五言之祖。《文選》有蘇、李贈答詩。〔徐注〕鍾嶸《詩評序》:謝客爲元嘉之雄,顔延年爲輔。《竹書紀年》:帝載歌曰:「鼚乎鼓之,軒乎舞之，菁華已竭，褰裳去之。」〔補注〕謂蘇、李、顔、謝之詩，發展到華采大備之程度。菁，華也。

〔一〇〕鐘鼓，《英華》作「鼓鐘」。〔徐注〕陸機《文賦》：務嘈囋而妖冶。濟曰：嘈囋，浮豔聲。〔補注〕謂聲音喧鬧如鐘鼓在懸而齊奏。形容詩之宫商聲律日趨複雜。

〔一一〕見《爲同州張評事謝辟啓》「文乖綺繡，學乏縑緗」注。〔補注〕焕爛，文采斑爛。此謂詩之文采如錦繡之斑爛在目，殊堪玩賞。

〔一二〕〔補注〕弱齡，弱冠之年。《禮記·曲禮上》：「二十曰弱，冠。」任昉《王文憲集序》：「時司徒袁粲，有高世之度，脱落塵俗。見公弱齡，便望風推服……時粲位亞台司，公年始弱冠。」

〔一三〕〔徐注〕任昉表：薄宦東朝，謝病下邑。〔補注〕留連，滯留。薄宦，卑微之官職。陶潛《尚長禽慶贊》：「尚子昔薄宦，妻孥共早晚。」

〔一四〕〔徐注〕《禮記》：子夏曰：「吾離群而索居，亦已久矣。」

〔一五〕〔徐注〕《蜀志》：諸葛亮，瑯琊人。父珪，泰山郡丞。亮早孤，躬耕隴畝，好爲《梁父吟》，自比管仲、樂毅。〔馮箋〕此謂昔在崔兖海幕。〔補注〕東至泰山，與短期在崔戎兖海觀察使幕之宦游經歷有關；空吟《梁父》，慨己之志向抱負不能實現。當亦與崔戎遽逝，知己不存有關。即《安平公詩》所慨「古人常歎知己少，况我淪賤艱虞多」之意。

〔一六〕陽春，見《獻侍郎鉅鹿公啓》「聞郢中之《白雪》」句注。〔馮箋〕似謂開成、會昌間江鄉之遊，詳《年譜》。〔按〕開成五年秋至會昌元年春，商隱絶不可能有所謂「江鄉之遊」，見著者《李商隱開成末南遊江鄉説再辨正》（《文學遺産》一九八〇年三期）、《〈李商隱開成末南遊江鄉説再辨正〉補證》（《文史》四〇輯）、本書《爲濮陽公陳許謝上表》注〔一〕及商隱代王茂元撰擬之陳許諸表狀啓牒。此句「南遊郢澤」當指大中元、二年桂幕往返途經江陵、潭州一帶。徒和《陽春》，或指與鄭亞、李回等徒有唱和，而鄭、李旋貶。而「空吟」「徒和」，正見知音不在，切上文「感念離群」。

〔一七〕〔馮注〕郭象注《逍遥遊》曰：「小大雖殊，而放於自得之場，逍遥一也。」意謂詩學自有心得。〔補注〕《禮記·中庸》：「君子無入而不自得焉。」《孟子·離婁下》：「君子深造之以道，欲其自得之也。自得之則居之安，居之安則資之深，資之深則取之左右逢其原，故君子欲其自得之也。」自得，自有心得。

〔一八〕〔徐注〕《禮記》：天下大定，然後正六律，和五聲，弦歌詩頌，此之謂德音。

〔一九〕康，《英華》作「秉」，注：集作「康」。〔補注〕康，安也。《書·益稷》：「（皋陶）乃賡載歌曰：『元首明哉，股肱良哉，庶事康哉！』」

〔二〇〕〔補注〕《論語·子罕》：「天之將喪斯文也，後死者不得與於斯文也。」斯文，指禮樂教化、典章制度。此指詩文。

〔二一〕枿，《英華》作「卉」，馮本從之。〔馮注〕《詩·小雅》「秋日淒淒，百卉俱腓」，故反言「秋卉芬華」。若「枿」，《爾雅》：「餘也。」注：「伐餘木也。」何獨秋哉！〔按〕枿，亦指樹木砍伐後新芽萌生，並可泛指花木新芽萌生。

〔二二〕〔徐注〕劉峻《廣絶交論》：叙温燠則寒谷成暄，論嚴苦則春藂零葉。〔按〕二句蓋贊其詩文之妙於形容，謂論風雨之滋潤則秋天之枯株亦可發芽開花，狀霜霰之摧抑則春天之枝條亦因之零落凋殘。

〔二三〕〔徐注〕風、力，風后、力牧。詳《爲某先輩獻集賢相公啓》注〔三〕。《楚辭》：朝發軔兮天津。〔按〕應上文「既康大政」。

〔二四〕〔徐注〕《後漢書·班固傳》：奏記曰：「詳唐、殷之舉，察伊、皋之薦。」〔補注〕解鞍，猶息駕。伊，伊尹；皋，皋陶。二句蓋即《五言述德抒情詩》「故事留臺閣，前驅且旆旌」之意，言其建伊、皋之事業後旋調外任。

〔二五〕〔徐注〕《詩序》：《周南》《召南》，正始之道，王化之基。〔馮注〕按《宋書·樂志》《通典》引魏侍中繆襲奏《周禮注》云：「漢《安世歌》，猶周《房中》之樂也。往昔議者，以《房中》歌后妃之德以風天下、正夫婦，宜改《安世》之名曰《正始之樂》。」此指文帝改《安世》爲《正始》言之。襲此奏，固在明帝太和初矣。《魏志》文帝黄初四年注引《魏書》曰：「有司奏改漢氏宗廟《安世樂》曰《正世樂》。」乃刊本或誤「始」爲「世」也。此云「正始之音」，自用《詩》義。若《晉書》衛玠與王敦、謝鯤言語彌日，敦謂鯤曰：「不意永嘉之末，復聞正始之音。」正始，魏齊王芳年號。時何晏、王弼善談《老》《易》，爲清言之祖，故云然也。注家每誤引。

〔二六〕〔徐注〕《漢書·地理志》：混同天下，壹之乎中和，然後王教成也。〔馮注〕即燮理陰陽之意。《周禮·保章氏》：「以十有二風察天地之和。」亦其義也。

〔二七〕〔徐注〕《禮記》：野外軍中無贄，以纓、拾、矢可也。〔馮注〕《禮記》注曰：非爲禮之處，用時物相禮而已。纓，馬繁纓也。拾謂射韝。〔補注〕贄，見面禮。纓，套馬之革帶；拾，射箭用之皮製護袖。

〔二八〕〔馮注〕求其裁成也。

〔二九〕〔馮注〕《吴志》注：《吴書》曰：「張紘見陳琳作《武庫賦》《應機論》，與琳書，深歎美之。琳答曰：『僕在河北，此間率少於文章，易爲雄伯。今景興在此，足下與子布在彼，所謂小巫見大巫，神氣盡矣。』」

〔三〇〕〔徐注〕《列士傳》：孟嘗君上客食肉，中客食魚，下客食菜。〔馮注〕按《史記·平原君傳》：平原君謂毛遂曰：「先生處勝門下，三年於此矣。左右未有所稱誦，勝未有所聞。」及定從（縱），自楚而歸，遂以爲上客。然則其始固下客也。「願聞」二字用此，蓋獻詩猶自薦也。

〔三一〕〔徐注〕《南史·顔延之傳》：延之嘗問鮑照，己與靈運優劣。照曰：「謝五言如初發芙蓉，自然可愛；君詩若鋪錦列繡，亦雕績滿眼。」〔馮注〕唐人每以鮑照爲「昭」，避武后嫌名也。

〔三二〕〔徐注〕《南史·何遜傳》：沈約嘗謂遜曰：「吾每讀卿詩，一日三復，猶不能已。」

〔三三〕〔徐注〕《詩》：進退維谷。〔馮注〕言如臨淵俯谷，中心恐懼。〔按〕泉，淵也，避唐高祖諱改。

〔三四〕〔馮曰〕專論風雅，不及政事。使韋正居相位，必不應爾。當是韋分司東都，而義山途次相遇，玩「纓拾」句可悟，在三年還京時之前無疑也。〔按〕以京兆公爲韋琮之誤，已見前注〔一〕。而謂此京兆公非「正居相位」，則是。

# 獻相國京兆公啓二〔一〕

某啓：昔師曠薦音〔二〕，玄鶴下舞；后夔作樂，丹鳳來儀〔三〕。是則師曠之絲桐〔四〕，以玄鶴知妙；后夔之金石〔五〕，以丹鳳彰能。然而師曠之前，撫徽軫者不少〔六〕；后夔之後，諧律吕者至多。曾不聞玄鶴每來，丹鳳常至。豈鳴皋藻質〔七〕，或有所私；巢閣靈心〔八〕，不能無黨？以今慮古，愚竊疑焉。

伏惟相公正始敦風〔九〕，中和執德〔一〇〕。衛玠談道，當海内之風流〔一一〕；張華聚書，見天下之奇秘〔一二〕。自頃出持戎律，入踐台司〔一三〕，暗合孫、吴，乃山濤餘力〔一四〕；自比管、樂，亦孔明戲言〔一五〕。斯皆盡紀朝經，全操樂職〔一六〕。雖魯庭更僕〔一七〕，魏館易衣〔一八〕，欲盡揄揚〔一九〕，終成漏略。而復調元氣之暇〔二〇〕，居外相之餘〔二一〕，偃仰縑緗〔二二〕，留連章句，亦師曠之玄鶴，后夔之丹鳳不疑矣。

若某者，幼常刻苦，長實流離〔二三〕。鄉舉三年〔二四〕，纔霑下第〔二五〕；宦遊十載〔二六〕，未過上農〔二七〕。顧筐篋以生塵〔二八〕，念機關而將蠹〔二九〕。其或綺霞牽思〔三〇〕，珪月當情〔三一〕，烏鵲繞枝〔三二〕，芙蓉出水〔三三〕，平子《四愁》之日〔三四〕，休文《八詠》之辰〔三五〕，縱時有斐然〔三六〕，終乖作者〔三七〕。去前月二十四日，誤干英眄〔三八〕，輒露微才〔三九〕。八十首之寓懷〔四〇〕，幽情罕備〔四一〕；三十篇之擬古〔四二〕，商較全疏〔四三〕。過豐隆以操槌〔四四〕，對西子以窺鏡〔四五〕。比其闊略〔四六〕，仍未等倫。然猶斧藻是思〔四七〕，丹青不足〔四八〕，亟揮柔翰〔四九〕，屢贊神鋒〔五〇〕。詎成褒德之詞，自是抒情之日〔五一〕。言無萬一〔五二〕，讀有再三〔五三〕。不謂恕以蕭稂〔五四〕，加之金艧〔五五〕，頻開莊驛〔五六〕，累泛融尊〔五七〕。揖西園之上賓〔五八〕，必稱佳句〔五九〕；攜東山之妙妓〔六〇〕，或配新聲〔六一〕。是以疑玄鶴之有私，意丹鳳之猶黨者，蓋在此也。

始榮攀奉〔六二〕，俄歎艱屯〔六三〕。以樂廣之清羸〔六四〕，披揚雄之瘨眩〔六五〕。遥煩攻療〔六六〕，旋曠趨承。遊梁苑以無期〔六七〕，竄漳濱而有日〔六八〕。矧以游丁鰥孑，不忍羈孤〔六九〕，期既迫於從公〔七〇〕，力遂乖於攜幼〔七一〕。安仁揮涕〔七二〕，奉倩傷神〔七三〕。男小於嵇康之男〔七四〕，女幼於蔡邕之女〔七五〕。每蒙顧問，必降咨嗟〔七六〕。撫身世以知歸，望門墻而益戀。

當今允推常武〔七七〕，將慶休辰。軒后之憶先、鴻〔七八〕，殷帝之思盤、説〔七九〕。詳觀天意，取在坤維〔八〇〕。弼光宅之功〔八一〕，議置器之所〔八二〕。載求列辟〔八三〕，誰敢抗衡〔八四〕？愚此際儻必辨杯蛇〔八五〕，不驚牀蟻〔八六〕，尚冀從下執事〔八七〕，爲太平民，望謝傅之蒲葵〔八八〕，詠召公之棠樹〔八九〕。恭惟慎調寢膳，克副人祇〔九〇〕。

伏恐本府已有追符〔九一〕，即日徑須上路，倚大夏之節杖〔九二〕，入彭澤之籃輿〔九三〕。不復拾級賓階〔九四〕，致辭公府〔九五〕。故欲仰青田之叙感〔九六〕，瞻丹穴以興懷〔九七〕。秃逸少之鹿毛〔九八〕，書情莫竭；盡休明之繭紙〔九九〕，寫戀難窮。企望旌幢〔一〇〇〕，無任隕淚感激之至。謹啓。

【校注】

〔一〕本篇原載清編《全唐文》卷七七八第一頁、《樊南文集補編》卷八。〔錢箋〕本集有《獻相國京兆公啓》，徐氏以爲杜悰，馮氏以爲韋琮（原作「悰」，今正，下同）。今核之是啓，而知其必爲杜悰也。考悰於會昌四年由淮南入相，文中「出持戎律，入踐台司」，當指其事。若韋琮，固未嘗出鎮也。又云「詳觀天意，取在坤維」，則尤爲節度西川之確證。義山於大中六年（按：此沿馮譜之誤，當依張箋作五年）奉河東公命往西川推獄，故本集有《爲河東公上西川相國京兆公書》。是篇云「伏恐本府已有追符，即日徑須上路」，知爲臨行投獻之作。若文中「玄鶴」「丹鳳」之喻，與本集啓内「大（當作「復」）振斯文」等語，則文人獻諛，例多溢美。馮氏必以「秃角犀」爲疑，則《詩集·述德抒情詩》，何又以爲杜悰耶？餘詳《爲河東公謝相國京兆公第三啓》注〔一〕。〔張箋〕案《五言述德抒情詩》曰：「歸期過舊歲，旅夢繞殘更。」《補編·獻相國京兆公啓》曰：「伏恐本府已有追符，即日徑須上路。」「不復拾級賓階，致辭公府。」「企望旌幢，無任隕淚。」則由西川返梓，當在春初矣。〔按〕錢氏考定兩篇《獻相國京兆公啓》之京兆公均爲杜悰，張氏繫本篇於大中六年春，均確。以大中六年春初所作之《五言述德抒情詩一首四十韻獻上杜七兄僕射相公》《今月二日不自量度輒以詩一首四十韻干瀆尊嚴伏蒙仁恩俯賜披覽奬踰其實情溢於辭顧惟疏蕪曷用酬戴輒復五言四十韻詩一章獻上亦詩人詠歎不足之義也》二詩與二《獻相國京兆公啓》對照，語意多有相似者，其爲同時投獻杜悰之詩、文無疑。《五言述德抒情詩》云：「故事留臺閣，前驅且旆旌。」此啓云：「而復調元氣之暇，居外相之餘。」同指其由宰相而出鎮東、西川。《述德抒情詩》云：「有客趨高義，於今滯下卿。」此啓云：「幼常刻苦，長實流離。鄉舉三年，纔霑下第；宦遊十載，未過上農。」《述德抒情詩》云：「悼傷潘岳重。」此啓云：「安仁揮涕，奉倩傷神。」同抒其流滯之慨、悼傷之情。而啓所謂「詎成褒德之詞，自是抒情之日」，即詩題所云「述德抒情」。前後二啓辭意亦有相似者，前啓云：「宫商資正始之音，寒暑協中和之序。」後啓云：「相公正始敦風，中和執德。」前啓云：「何遜著名，繫沈約之三讀。」後啓云：「言無萬一，讀有再三。」前啓云：「神氣雖怯於大巫。」後啓云：「過豐隆以操槌，對西子以窺鏡。」可證前後二詩二啓均爲上同一對象杜悰。

〔二〕〔錢注〕《韓非子》：平公問師曠曰：「清商固最悲乎？」師曠曰：「不如清徵。」師曠援琴而鼓。一奏之，有玄鶴二八道南方來，集於郎門之垝；再奏之而列；三奏之延頸而鳴，舒翼而舞，音中宫商之聲，聲聞於天。謝超宗《齊北郊樂歌》：禮獻物，樂薦音。〔補注〕薦，進獻。

〔三〕〔補注〕《書·益稷》：「夔曰：『戛擊鳴球，搏拊琴瑟以詠，祖考來格。虞賓在位，群后德讓，下管鼗鼓，合止柷敔。笙鏞以間，鳥獸蹌蹌。《簫韶》九成，鳳皇來儀。』夔曰：『於，予擊石拊石，百獸率舞，庶尹允諧。』」夔，舜時主管音樂之官。

〔四〕〔錢注〕《初學記》：桓譚《新論》曰：「神農氏繼宓犧而王天下，於是始削桐爲琴，繩絲爲絃。」

〔五〕〔補注〕金石，指鐘磬一類樂器。《國語·楚語》：「而以金石匏竹之昌大、囂庶爲樂。」韋昭注：「金，鍾也；石，磬也。」

〔六〕〔錢注〕《太平御覽》：《琴書》曰：「上圓而斂，象天也；下方而平，法地。十三徽配十二律，餘一象閏也。中翅八寸，象八風。腰廣四寸，象四時。軫圓，象陽轉而不窮也。」〔補注〕徽，琴徽，繫琴絃之繩。後亦以指七絃琴琴面十三個指示音節之標識。徽軫，琴腹下轉動琴絃之軸。撫徽軫，即撫琴。

〔七〕〔錢注〕鮑照《舞鶴賦》：鍾浮曠之藻質。〔補注〕《詩·小雅·鶴鳴》：「鶴鳴于九皋，聲聞于天。」藻質，華美之體質。或云鶴以藻爲食，故稱鶴爲藻質。

〔八〕〔錢注〕《尚書中侯》：黄帝時，天氣休通，五得期化，鳳凰巢阿閣，讙于樹。〔補注〕阿閣，四面有檐霤之樓閣。巢閣靈心，指鳳凰。

〔九〕見上篇注〔二五〕。

〔一〇〕〔補注〕《禮記·中庸》：「喜怒哀樂之未發謂之中，發而皆中節謂之和。中和者，天下之大本也；和也者，天下之達道也。致中和，天地位焉，萬物育焉。」餘參見上篇注〔三六〕。

〔一一〕〔錢注〕《晉書·衛玠傳》：玠風神秀異，好言玄理。瑯琊王澄有高名，少所推服，每聞玠言，輒歎息絶倒。故時人語曰：「衛玠談道，平子絶倒。」永嘉六年卒。丞相王導教曰：「此君風流名士，海内所瞻，可修薄祭，以敦舊好。」

〔一二〕〔錢注〕《晉書·張華傳》：華雅愛書籍，天下奇秘，世所希有者，悉在華所。

〔一三〕〔錢注〕《後漢書·陳蕃傳》：臣位列台司。〔補注〕出持戎律，謂外歷方鎮；入踐台司，謂入爲宰輔。參注〔一〕錢箋。

〔一四〕〔錢注〕《晉書·山濤傳》：吴平之後，帝詔天下罷軍役。濤論用兵之本，以爲不宜去州郡武備，其論甚精。于時咸以爲不學孫、吴而暗與之合。

〔一五〕〔錢注〕《蜀志·諸葛亮傳》：亮字孔明，躬耕隴畝，每自比於管仲、樂毅。

〔一六〕〔錢注〕《漢書·王褒傳》：神爵、五鳳之間，天下殷富，數有嘉應。上頗作歌詩，欲興協律之事。於是益州刺史王襄欲宣風化於衆庶。聞王褒有俊才，使作《中和》《樂職》《宣布》詩，選好事者令依《鹿鳴》之聲，習而效之。〔補注〕朝經，朝廷之典章制度。王褒《四子講德論》：「浮遊先生、陳丘子曰：『所謂《中和》《樂職》《宣布》之詩，益州刺史之所作也。刺史見太上聖明，股肱竭力，德澤洪茂，黎庶和睦，天人並應，屢降瑞福，故作三篇之詩，以歌詠之也。』」後用爲稱頌太守之詞。此處用典，兼切杜悰鎮西川。

〔一七〕〔補注〕《禮記·儒行》：魯哀公曰：「敢問儒行。」孔子對曰：「遽數之不能終其物，悉數之乃留，更僕未可終也。」陳澔集説：「卒遽而數之，則不能終言其事；詳悉數之，非久留不可。僕，臣之擯相者。久則疲倦，雖更代其僕，亦未可得盡言之也。」魯庭，魯之朝廷。更僕，更僕難數，極言其未可得盡言之，即下「終成漏略」意。

〔一八〕〔錢注〕《魏志·荀彧傳》注：張衡《文士傳》曰：「孔融數薦衡于太祖，太祖聞其名，圖欲辱之，乃録爲鼓史。後至八月朝，大宴，賓客並會。時鼓史擊鼓過，皆當脱其故服，易著新衣。次衡，衡擊爲《漁陽》參撾，容態不常，音節殊妙。坐上賓客聽之，莫不慷慨。過不易衣，吏呵之，乃當太祖前，以次脱衣，裸身而立，徐徐乃著褌帽畢，復擊鼓參撾，而顔色不怍。」

〔一九〕〔錢注〕班固《西都賦序》：雍容揄揚。

〔二〇〕〔錢注〕班固《東都賦》：降烟煴，調元氣。〔補注〕調元氣，即調和陰陽，執掌大政，指任宰相。

〔二一〕〔錢注〕《晉書·羊祜傳論》：超居外相，宏總上流。〔補注〕外相，在地方上主政者，此指節鎮。《舊唐書·武宗紀》：會昌五年，五月，杜悰罷知政事，出爲劍南東川節度使。又《宣宗紀》：大中二年，二月，東川節度使杜悰徙西川節度使。

〔二二〕縑緗，見《上令狐相公狀二》「置彼縑緗」注。〔按〕本指書寫書卷之淺黄色細絹，此指書卷。

〔二三〕〔補注〕流離，流轉離散。《漢書·劉向傳》：「死者恨於下，生者愁於上，怨氣感動陰陽，因之以饑饉，物故流離以十萬數。」錢注謂「流離」出《詩》，按《詩·邶風·旄丘》「瑣兮尾兮，流離之子」之「流離」係梟之别名，非此句「流離」之義。

〔二四〕〔錢注〕《後漢書·章帝紀》：夫鄉舉里選，必累功勞。〔補注〕鄉舉，即鄉貢。《新唐書·選舉志》：「每歲仲冬，州、縣、館、監舉其成者送之尚書省；而舉選不由館、學者，謂之鄉貢，皆懷牒自列于州、縣，試已……既至省，皆疏名列到。」韓愈《贈張童子序》：「始自縣考試定其可舉者，然後升於州若府，其不能中科者，不與是數焉。州若府總其屬之所升，又考試之如縣，加察詳焉。定其可舉者，然後貢於天子而升之有司，其不能中科者，不與是數焉。謂之鄉貢。」據岑仲勉《玉谿生年譜會箋平質》，商隱於大和七年、九年及開成二年三次被鄉貢，參加進士試。商隱《上崔華州書》亦云：「始爲故賈相國所憎，明年病不試，又明年復爲今崔宣州所不取。」至開成二年方登進士第。然大和七年前實已參加進士試，見《上崔華州書》「凡爲進士者五年」編著者按。

〔二五〕〔錢注〕《後漢書·皇甫規傳》：以規爲下第。〔按〕下第，指登進士第之等第。進士有甲、乙兩科。名次亦有先後。

〔二六〕〔錢注〕《漢書·司馬相如傳》：長卿久宦遊不遂，而困來過我。〔補注〕商隱開成四年（八三九）釋褐爲秘書省校書郎，至作此啓之大中五年（八五一）首尾十三年。此言「宦遊十年」蓋約舉成數。

〔二七〕〔錢注〕顏延之《陶徵士誄》：「禄等上農。」已上四語，事詳馮訂年譜。〔補注〕上農，指種植條件較好、收益較多之上等農民。《管子·揆度》：「上農挾五，中農挾四，下農挾三。」《孟子·萬章下》：「上農夫食九人。」趙岐注：「其所得穀，足以食九口。」

〔二八〕〔錢注〕《宋書·建平宣簡王宏傳》：兩宫所遺珍玩，塵於笥篋。〔補注〕筐篋，竹編狹長形箱子。筐篋生塵，謂家貧無所儲藏。

〔二九〕而，錢注本作「其」，未出校。〔錢注〕《漢書·藝文志》：技巧者，習手足，便器械，積機關，以立攻守之勝者也。《子華子》：户樞之不蠹，以其運故也。〔補注〕機關將蠹，謂閉户不出，與外界很少來往。

〔三〇〕〔錢注〕謝朓《晚登三山還望京邑》詩：餘霞散成綺。〔補注〕商隱詩《謝先輩防記念拙詩甚多異日偶有此寄》「曉用雲添句」，即此意。

〔三一〕〔錢注〕江淹《别賦》：秋月如珪。〔補注〕當，值。珪月當情，亦謂未圓之秋月正引離思。

〔三二〕〔錢注〕魏武帝《短歌行》：月明星稀，烏鵲南飛。繞樹三匝，何枝可依。

〔三三〕〔錢注〕鍾嶸《詩品》：湯惠休曰：「謝詩如芙蓉出水。」〔補注〕曹植《洛神賦》：「遠而望之，皎若太陽升朝霞；迫而察之，灼若芙蓉出渌波。」

〔三四〕〔錢注〕《後漢書·張衡傳》：衡字平子。張衡《四愁詩序》：張衡不樂久處機密，陽嘉中出爲河間相，鬱鬱不得志，爲《四愁詩》。

〔三五〕〔錢注〕《梁書·沈約傳》：約字休文。《金華志》：《八詠詩》，南齊隆昌元年太守沈約所作，題於玄暢樓，時號絶唱，後人因更「玄暢」爲「八詠」樓云。《八詠詩》：一、《登臺望秋月》；二、《會圃臨春風》；三、《歲暮愍衰草》；四、《霜來怨落桐》；五、《夕行聞夜鶴》；六、《晨征聽曉鴻》；七、《解佩去朝市》；八、《被褐守山東》。

〔三六〕〔補注〕《論語·公冶長》：「子在陳，曰：『歸與！歸與！吾黨之小子狂簡，斐然成章，不知所以裁之。』」斐然，富有文采，文章可觀。此謂己雖有文采斐然之詩作。

〔三七〕〔補注〕作者，專指從事文章撰述或藝術創作者。吴質《答東阿王書》：「實賦頌之宗，作者之師也。」此謂終有異於真正之作者。

〔三八〕〔錢注〕謝朓《和伏武昌登孫權故城》詩：俯仰流英眄。〔補注〕英眄，奕奕有神之目光。干，冒犯。

〔三九〕〔錢注〕王逸《楚辭章句序》：班固謂之露才揚己。

〔四〇〕〔錢注〕《晉書·阮籍傳》：作《詠懷詩》八十餘篇，爲時所重。

〔四一〕〔補注〕《詩品》卷上：「晉步兵阮籍……《詠懷》之作，可以陶性靈，發幽思，言在耳目之内，情寄八荒之表……厥旨淵放，歸趣難求。」二句謂己之詩作，無阮籍《詠懷詩》之幽深情思旨趣。

〔四二〕〔錢注〕江淹《雜體詩序》：今作三十首詩，斅其文體。〔補注〕江淹《雜體詩三十首》，分擬古離别、李都尉從軍、班婕妤詠扇至休上人怨别共三十體，故謂之「擬古」。《詩品》卷中：「文通詩體總雜，善於摹擬。」

〔四三〕〔補注〕商較，研究比較。《晉書·文苑傳》：「試商較而論之。」此謂己之擬古諸作，在仔細研究比較前人之作方面，不如江淹之《雜體詩》。疏，疏略。

〔四四〕〔錢注〕《淮南子》：季春三月，豐隆乃出，以將其雨。注：豐隆，雷也。王充《論衡》：圖畫之工，圖雷之狀，纍纍如連鼓之形。又圖一人若力士之容，使之左手引連鼓，右手推椎，若擊之狀。

〔四五〕〔錢注〕楊修《答臨淄侯牋》：見西施之容，歸憎其貌者也。〔補注〕謂面對西施而照鏡，不自知美醜妍媸之懸絶。

〔四六〕〔補注〕闊略，粗疏。

〔四七〕〔錢注〕揚子《法言》：吾未見好斧藻其德，若斧藻其楶者歟？〔補注〕斧藻，文飾，修飾。

〔四八〕〔補注〕丹青，絢麗之色彩。謂修飾詞采使更絢麗。

〔四九〕〔錢注〕左思《詠史詩》：弱冠弄柔翰。〔補注〕柔翰，毛筆。

〔五〇〕〔錢注〕《晉書·王澄傳》：嘗謂衍曰：「兄形似道，而神峰太儁。」〔補注〕神峰，又作「神鋒」，謂氣概、風標，有風度俊邁之意。峰，喻秀拔。《世説新語·賞譽》作「神鋒」。

〔五一〕〔補注〕二句切《五言述德抒情詩一首四十韻獻上杜七兄僕射相公》詩題「述德抒情」而言，謂己之詩褒揚杜悰功德方面多有欠缺，僅抒一己之情而已。

〔五二〕〔錢注〕《後漢書·曹世叔妻傳》：敢不披肝露膽，以效萬一。〔補注〕謂己詩在褒揚悰之功德方面尚不及其萬分之一。

〔五三〕〔錢校〕「讀」當作「瀆」，見《易》。〔按〕錢校非。《易·蒙》：「初筮告，再三瀆，瀆則不告。」瀆係褻瀆、輕慢之意。然此句「讀有再三」即本集《獻相國京兆公啓》「何遜著名，繫沈約之三讀」之意，用《南史·何遜傳》沈約謂何遜曰「吾每讀卿詩，一日三復，猶不得已」，形容杜悰對己獻詩之稱賞，與《易·蒙》「再三瀆」無涉。

〔五四〕〔補注〕《詩·王風·采葛》：「彼采蕭兮。」《曹風·下泉》：「浸彼苞稂。」蕭，艾蒿；稂，莠草。

〔五五〕〔錢注〕江淹《雜體詩·擬陳思王贈友》：辭義麗金雘。〔補注〕金雘，鏤金塗青，引申指雕飾。二句謂未料想到杜悰不僅原諒自己詩作之粗陋，而且加以誇飾獎譽。

〔五六〕〔錢注〕《史記·鄭當時傳》：當時字莊。常置驛馬長安諸郊，請謝賓客，夜以繼日。

〔五七〕〔錢注〕《後漢書·孔融傳》：融字文舉，好士，喜誘益後進，賓客日盈其門，常歎曰：「坐上客恒滿，尊中酒不空，吾無憂矣。」〔補注〕二句謂悰頻開客館，設宴招待。

〔五八〕〔錢注〕曹植《公讌詩》：公子敬愛客，終宴不知疲。清夜遊西園，飛蓋相追隨。

〔五九〕〔錢注〕《世説》：孫興公作《天台賦》成，以示范榮期，每至佳句，皆輒云：「應是我輩語。」

〔六〇〕〔錢注〕《晉書·謝安傳》：安雖放情丘壑，然每游賞，必以妓女從，累違朝旨，高卧東山。〔按〕謝安早年辭官隱居會稽之東山。後又遊憩於金陵之東山。

〔六一〕〔錢注〕《國語》：平公説新聲。〔補注〕新聲，新製之樂曲。此謂悰攜妓遊宴時，將商隱所獻詩配上新曲歌唱。
〔六二〕〔錢注〕《陳書・姚察傳》：特以東朝攀奉，恩紀繆加。〔補注〕攀奉，陪奉。
〔六三〕〔補注〕艱屯，指境遇艱難。
〔六四〕〔錢注〕似係衛玠，因臆記而誤。《晉書・衛玠傳》：年五歲，風神秀異。其後多病，體羸。妻父樂廣有海内重名，議者以爲婦公冰清，女婿玉潤。
〔六五〕〔錢注〕揚雄《劇秦美新》：臣嘗有顛眴病。李善注：賈逵《國語注》曰：「眩，惑也。」「眴」與「眩」古字通。〔補注〕瘨眩、顛眴，即俗之所謂羊癇風。拔，犯也。
〔六六〕〔錢注〕《孔叢子》：梁丘據遇虺毒，三旬而後瘳，朝齊君。齊君會大夫衆賓而慶焉，大夫衆賓並復獻攻療之方。
〔六七〕〔錢注〕《史記・梁孝王世家》：孝王築東苑，方三百餘里，招延四方豪傑，自山以東遊説之士，莫不畢至。〔按〕此以「梁苑」喻指杜悰幕府。
〔六八〕〔錢注〕劉楨《贈五官中郎將》詩：余嬰沉痼疾，竄身清漳濱。〔按〕此以「漳濱」喻指東川幕府。商隱《病中聞河東公樂營置酒口占寄上》：「可憐漳浦卧，愁緒獨如麻。」《梓州罷吟寄同舍》：「漳濱多病竟無憀。」均可證。
〔六九〕〔錢注〕謝莊《月賦》：羈孤遞進。〔補注〕游丁，猶游子。鰥孑，指己喪妻鰥居獨處。羈孤，羈旅孤獨。

〔七〇〕〔補注〕《詩·魯頌·泮水》："無小無大，從公于邁。"按："期既迫於從公"，謂因佐梓州幕追隨柳仲郢，行期迫促。或指幕府事有程期，時間緊迫。

〔七一〕〔錢注〕《戰國策》：孟嘗君就國於薛，未至百里，民扶老攜幼，迎君道中終日。〔按〕商隱係隻身赴東川幕，其子衮師及女兒寄養於長安，詩集有《楊本勝説於長安見小男阿衮》。

〔七二〕〔錢注〕潘岳《悼亡詩》：撫衿長歎息，不覺涕霑胸。〔按〕安仁，潘岳字。此即《五言述德抒情詩》"悼傷潘岳重"之意。

〔七三〕〔錢注〕《魏志·荀彧傳》注：《晉陽秋》曰：荀粲字奉倩，婦病亡未殯，傅嘏往唁粲，粲不哭而神傷。

〔七四〕〔錢注〕嵇康《與山巨源絶交書》：男年八歲，未及成人。〔按〕衮師生於會昌六年，至大中六年爲七歲，故云。

〔七五〕〔錢注〕《後漢書·陳留董祀妻傳》：同郡蔡邕之女也，名琰，字文姬。注：劉昭《幼童傳》曰："邕夜鼓琴，絃絶，琰曰：『第二絃。』邕曰：『偶得之耳。』故斷一絃問之，琰曰：『第四絃。』並不差謬。"〔按〕《藝文類聚》卷四四樂部四"琴"引《蔡琰别傳》亦載其事，謂其時琰"年六歲"。商隱《驕兒詩》有"階前逢阿姊，六甲頗輸失"之語，此"阿姊"長於衮師。如大中六年有尚幼於伯喈之女者，則爲衮師之妹矣。而《上河東公啓》亦云："眷言息胤，不暇提攜。或小於叔夜之男，或幼於伯喈之女。"

〔七六〕〔錢箋〕本集《樊南乙集序》，爲大中七年所作，中云「三年以來，喪失家道」，故馮譜定其喪妻在大中五年。又詩集有《悼傷後赴東蜀辟至散關遇雪》詩，則爲大中六年作。本集《上河東公啓》有云：「悼傷以來，光陰未幾。」《述德抒情詩》亦有「悼傷潘岳重」之語，知其悼亡未久，餘哀未忘也。〔按〕張采田《會箋》卷四大中五年附考云：「案馮氏年譜之繆，莫甚於以王氏之卒繫諸五年，而以蜀辟繫之六年也。」錢氏沿馮譜之誤，故謂《悼傷後赴東蜀辟至散關遇雪》作於大中六年。然謂作此啓時「餘哀未忘」，則是。「每蒙」二句謂杜悰對商隱喪妻别子之境遇深表同情。

〔七七〕〔錢注〕《詩序》：《常武》，召穆公美宣王也。〔補注〕此以周宣王伐叛中興喻指唐宣宗使唐室中興。

〔七八〕〔錢注〕《史記·五帝紀》：黄帝者，姓公孫，名曰軒轅，舉風后、力牧、常先、大鴻以治民。〔補注〕憶，思也。

〔七九〕〔補注〕《書》有《盤庚》《説命》。《盤庚序》：「盤庚五遷，將治亳殷，民咨胥怨，作《盤庚》三篇。」《史記·殷本紀》：「盤庚渡河南，復居成湯之故居，乃五遷……治亳，行湯之政。然後百姓由寧，殷道復興，諸侯來朝，以其遵成湯之德也。……帝小辛立，殷復衰。百姓思盤庚，乃作《盤庚》三篇。」《書·説命》：「王(殷高宗武丁)庸作書以誥曰：『以台正于四方，惟恐德弗類，兹故弗言。恭默思道，夢帝賚予良弼，其代予言。』乃審厥象，俾以形旁求于天下。説築傅巖之野，惟肖，爰立作相。」盤庚爲殷之中興君主，傅説爲佐武丁中興之賢臣。此句謂「殷帝之思盤、説」，如分指盤庚、傳説，則義不可通，當是偶疏。

〔八〇〕〔補注〕坤維，指西南，此指西川。典出《易·坤》，屢見。

〔八一〕〔錢注〕《書序》：昔在帝堯，聰明文思，光宅天下。〔補注〕弼，輔佐。光宅，廣有天下。

〔八二〕〔錢注〕《漢書·賈誼傳》：誼上疏陳政事曰：「今人之置器，置諸安處則安，置諸危處則危。天下之情，與器亡以異，在天子之所置之。」

〔八三〕〔補注〕列辟，指諸侯。此指各地方鎮。

〔八四〕敢，《全文》作「取」，誤。據錢校改。

〔八五〕見《上河南盧給事狀》「曾疑樂廣之弓」注。〔補注〕應劭《風俗通·怪神·世間多有見怪驚怖以自傷者》：予之祖父郴爲汲令，賜主簿杜宣酒。時北壁上有懸赤弩，照於杯，形如蛇。宣畏惡之，然不敢不飲，其日便得胸腹痛切。郴還聽事，顧見懸弩。使宣於故處設酒，杯中故復有蛇，宣遂解。

〔八六〕〔錢注〕《晉書·殷仲堪傳》：仲堪父師嘗患耳聰，聞牀下蟻動，謂之牛鬬。〔按〕「必辨杯蛇」「不驚牀蟻」，謂不妄自猜疑，神經過敏。

〔八七〕〔補注〕《左傳·僖公二十六年》：「寡君聞君親舉玉趾，將辱於敝邑，使下臣犒執事。」下執事，手下具體辦事人員。不直言對方，而謙言下執事。此指杜悰。

〔八八〕見《爲濮陽公賀楊相公送土物狀》「謝安敦素，猶取於蒲葵」注。

〔八九〕〔補注〕《詩·召南·甘棠》:「蔽芾甘棠,勿剪勿伐,召伯所茇。」《史記·燕召公世家》:「召公巡行鄉邑,有棠樹,決獄政事其下……召公卒,而民人思召公之政,懷棠樹不敢伐,哥(歌)詠之,作《甘棠》之詩。」

〔九〇〕〔補注〕人祇,民之敬望。

〔九一〕〔補注〕本府,指東川節度使府。追符,催還之公文。

〔九二〕〔錢注〕《史記·大宛傳》:張騫曰:「臣在大夏時,見邛竹杖,問曰:『安得此?』大夏國人曰:『吾賈人往市之身毒。』」

〔九三〕〔錢注〕《晉書·陶潛傳》:潛素有脚疾,乘籃輿,令一門生、二兒共舉之。〔補注〕潛曾爲彭澤令。籃輿,轎子。二句謂己扶杖乘轎而回。

〔九四〕〔補注〕《禮記·曲禮上》:「拾級聚足,連步以上。」拾級,逐級登階。《書·顧命》:「大輅在賓階面,綴輅在阼階面。」賓階,西階,古時賓主相見,賓自西階上。

〔九五〕〔錢注〕《漢書·陳遵傳》:並入公府。

〔九六〕〔錢注〕《初學記》:《永嘉郡記》曰:「有洙沐溪,去青田九里,此中有一雙白鶴,年年生子,長大便去,只惟餘父母一雙在耳。精白可愛,多云神仙所養。」

〔九七〕〔錢注〕《山海經》:丹穴之山,有鳥如雞,五采而文,名曰鳳凰。

〔九八〕〔錢注〕《晉書·王羲之傳》:羲之字逸少。崔豹《古今注》:牛亭問曰:「世稱蒙恬造筆,何也？」答曰：「蒙恬始造秦筆耳，以枯木爲管，鹿毛爲柱，羊毛爲披。」

〔九九〕〔錢注〕《吴志·趙達傳》注：《吴録》曰：「皇象字休明，幼工書。」《世説》：王羲之書《蘭亭序》，用蠶繭紙。

〔一〇〇〕〔補注〕旌幢，猶旌旗，指節度使之雙旌。

## 爲河東公謝相國京兆公啓〔一〕

某啓：今月某日，得當道萬安驛狀報〔二〕，伏承遣兵馬使陳朗賫幣帛鞍馬辟召小男者〔三〕。未敢尋盟〔四〕，遽兹聞喜〔五〕。遐瞻閶闔〔六〕，恨乏羽毛。伏以自有搢紳〔七〕，誰無交結〔八〕。朋友不全素諾，在古殊多；父子同受深知，當今罕見〔九〕。豈期令德，圖於所難。男珪曾未成人，纔沾下第〔一〇〕。辨仲謀之菽麥，雖則有餘〔一一〕；況安石之芝蘭，竊將不可〔一二〕。忽依大府〔一三〕，便厠英僚〔一四〕。東吴之哈〔一五〕，恐自此始；西園之譏〔一六〕，未知如何。此皆相公以某謬接藩維〔一七〕，久依繩墨，克降由衷之信〔一八〕，將酬事大之心〔一九〕。不然，則安得拔童子於舞雩〔二〇〕，禮諸生於白社〔二一〕！身枝獲慶〔二二〕，城府知歸〔二三〕。感激恩光，丁寧教誡。永言銘鏤，尚昧端倪〔二四〕。伏候簡書〔二五〕，來至敝邑，則專請張覿評事奉啓狀申陳。慕義無窮〔二六〕，措辭莫盡。攀附惶戢〔二七〕，不能究陳。謹啓。

【校注】

〔一〕本篇原載《文苑英華》卷六五四第二頁、清編《全唐文》卷七七六第一四頁、《樊南文集詳注》卷四。《文苑英華》連下篇題作《爲河東公謝相國京兆公啓二首》，徐本、馮本從之。〔徐箋〕《舊書·柳公綽傳》：公綽字起之，京兆華原人。子仲郢，字諭蒙，元和十三年進士擢第。咸通初以兵部尚書加金紫光禄大夫、河東男，食邑三百户。俄出爲興元尹、山南西道節度使。杜悰辟其子珪，正在此時，故曰「謬接藩維，久依繩墨」。《杜悰傳》：悰京兆萬年人。大中初出鎮西川，俄復入相。〔馮箋〕按《舊書·白敏中傳》：大中七年，爲西川節度。蓋代杜悰也。悰於大中二年二月節度西川，七年移淮南，仲郢於六年鎮東川，故（柳）珪得被其辟。《舊書·宣宗紀》書六年四月白敏中調鎮西川，悰本傳云「俄復入相」，皆誤。備詳《年譜》及《詩集注》。徐氏疑爲悰再鎮西川，而以仲郢鎮興元合之，尤謬。又按：袁説友《成都文類》失載此數篇，豈以題無「西川」字不細檢點歟？他詩文亦有失載者。〔按〕馮箋糾徐氏之誤誠是，然柳仲郢乃大中五年七月移鎮東川，杜悰則於大中六年四月移鎮淮南，白敏中代之。《舊書·宣宗紀》所載白敏中移鎮西川之年月不誤。詳見張采田《會箋》卷四大中五、六兩年有關考證，此不具引。此啓及下啓乃代柳仲郢謝杜悰辟其子柳珪爲幕僚而作。據《舊書·柳仲郢傳》，柳珪大中五年登進士第。而《爲柳珪上京兆公謝衣絹啓》云：「去春成名，首秋歸覲。」則受杜悰辟聘在大中六年。《新書・柳珪傳》載：「杜悰鎮西川，表在幕府，久乃至。會悰徙淮南，歸其積俸，珪不納。」則珪之被辟，下距悰之徙鎮淮南（大中六年四月）應有一段時間，故此啓及下啓之寫作時間約在大中六年三月之初。詳參見《爲柳珪上京兆公謝辟啓》注〔一〕。

〔二〕〔補注〕萬安驛，在綿州。本萬安縣，天寶元年更名羅江。有白馬關。由萬安驛乘舟順内江而下可至梓州。唐時由成都至梓州，當多取此道。東川節度使管梓、綿、劍、普、榮、遂、合、渝、瀘等州，故云「當道萬安驛」。

〔三〕〔補注〕小男，指柳仲郢子柳珪。

〔四〕〔徐注〕《左傳》：諸侯討貳，則有尋盟。〔馮注〕《左傳》：晉人將尋盟。字屢見。又：《成三年》：晉荀庚來聘，且尋盟。衛孫良夫來聘，且尋盟。〔補注〕尋盟，重温前盟。《左傳・哀公十二年》：「今吾子曰：『必尋盟。』若可尋也，亦可寒也。」杜預注：「尋，重也；寒，歇也。」孔疏：「諸言尋盟者，皆以前盟已寒，更温之使熱。」

〔五〕〔徐注〕《漢書・武帝紀》：（元鼎六年冬）將幸緱氏，至左邑桐鄉，聞南越破，以爲聞喜縣。〔按〕句意蓋謂忽聞此辟召小男之喜訊。

〔六〕闓，《英華》作「闢」，馮本從之。徐本作「闓」。〔按〕闓闥、闢闥，皆門户之義。《文選・左思〈吴都賦〉》：「闓闥譎詭，異出奇名。」李周翰注：「言門户譎詭而奇異也。」

〔七〕〔馮注〕《史記》：薦紳先生難言之。徐廣曰：薦紳，即縉紳也。古字假借。〔徐注〕《漢書》：搢紳先生之徒。〔補注〕縉紳、搢紳，插笏於紳帶間。借指士大夫。

〔八〕〔徐注〕《吴志·孫皈傳》：善於交結。

〔九〕罕，《英華》注：集作「未」。

〔一〇〕〔徐箋〕《舊書》：仲郢三子：珪、璧、玭。珪字鎮方，大中五年登進士第。累辟使府，早卒。

〔一一〕辨，《全文》誤作「辦」，據《英華》改。〔徐注〕《吴志》：孫權字仲謀。陳琳《檄吴文》：孫權小子，未辨菽麥。善曰：《左傳》：「周子有兄而無慧，不能辨菽麥。」

〔一二〕〔徐注〕《晉書·謝安傳》：安謂兄子玄曰：「子弟亦何豫人事，而欲使其佳？」玄曰：「譬如芝蘭玉樹，欲使其生於庭階耳。」

〔一三〕〔徐注〕《漢書·郅都傳》：旁十餘郡（守），畏都如大府。〔按〕大府，本指丞相府。此似指成都府。

〔一四〕〔徐注〕任昉表：英俊下僚，不可限以位貌。

〔一五〕〔徐注〕左思《吴都賦》：東吴王孫，囅然而咍。善曰：楚人謂相笑爲咍。

〔一六〕〔馮注〕曹植《公讌詩》：「公子敬愛客，終宴不知疲。清夜遊西園，飛蓋相追隨。」此聯（按：指「東吴」「西園」一聯）用《蜀都賦》，又以「西園」寓西川。

〔一七〕〔徐曰〕謂興元與劍南接壤。〔按〕指東、西川鄰接。

〔一八〕衷，馮本作「中」。〔徐注〕《左傳》：信不由中，質無益也。

〔一九〕見《爲河東公上西川相國京兆公書》注〔三〕。

〔二〇〕拔，《英華》作「按」，注：集作「拔」。〔補注〕《論語·先進》：「子路、曾皙、冉有、公西華侍坐。……（皙）曰：『莫春者，春服既成，冠者五六人，童子六七人，浴乎沂，風乎舞雩，詠而歸。』夫子喟然歎曰：『吾與點（皙）也！』」

〔二一〕〔馮注〕《晉書·隱逸傳》：董京與隴西計吏俱至洛陽，被髮而行，逍遥吟詠，常宿白社中。孫楚數就社中與語。

〔二二〕〔徐注〕《禮記》：身也者，親之枝也。

〔二三〕〔馮注〕《國語》：「衆心成城。」又，心爲丹府。故「城府」以喻心。如《晉書·愍帝紀論》「干寶有言曰『昔高祖宣皇帝性深阻，有若城府，而能寬裕以容納』」之類。

〔二四〕〔徐注〕《莊子》：反覆終始，不知端倪。

〔二五〕候，《英華》作「俟」。

〔二六〕〔徐注〕鄒陽《上梁王書》：行合於志，而慕義無窮也。

〔二七〕戢，《英華》作「戰」，注：集作「戢」。

# 爲河東公謝相國京兆公第二啓〔一〕

某啓：伏奉榮示，伏蒙辟署某第二子前鄉貢進士珪充攝劍南西川安撫巡官并賜公牒舉者〔二〕。某去月得楊侍御書題〔三〕，微傳風旨〔四〕。初如吉夢〔五〕，終謂戲談〔六〕。非不尋思〔七〕，莫得端緒〔八〕。今乃竟詢仲胤，果降嘉招〔九〕。伸紙發緘〔一〇〕，悸魂流汗〔一一〕。何者？某頃居班列〔一二〕，已奉陶甄。口裏雌黄〔一三〕，屢加雕焕〔一四〕；胸中雲夢〔一五〕，過沐涵濡〔一六〕。掀之以順風〔一七〕，暖之以愛日〔一八〕。兹辰議報，不在他門。一昨叨裂土田〔一九〕，謬分旗蓋〔二〇〕，適當東道〔二一〕，獲事西鄰〔二二〕。豈望信在言前〔二三〕，榮流意外。坤維接畛〔二四〕，何酬上相之知〔二五〕；《坎》卦成占〔二六〕，遂報中男之喜〔二七〕。且渠譽乖郄桂〔二八〕，名愧謝蘭〔二九〕，未學《周南》《召南》〔三〇〕，纔得一科一第。縱解問絹〔三一〕，不能負薪〔三二〕。將何以與先生並行，從大夫之後〔三三〕，仰塵帷幄，佇雜簪纓〔三四〕？

況襟帶禺同〔三五〕，咽喉巴濮〔三六〕，求於安撫〔三七〕，必也機謀。深慮異時，莫副虚佇〔三八〕。然竊尋史傳所載，語父子之間，雖石苞獨異石崇〔三九〕，而山濤不知山簡〔四〇〕。亦豈敢保其孱陋〔四一〕，遽遺退藏〔四二〕？但當授以一經〔四三〕，訓之大杖〔四四〕，庶將寡過，以謝明恩。

染翰銜情〔四五〕，封牋寫抱。小人多事，拜台席以猶賒；童子何知〔四六〕，上賓階而在即。瞻望闍闉〔四七〕，死生以之。伏惟深賜鑒信。謹啓。

【校注】

〔一〕本篇原載《文苑英華》卷六五四第三頁、清編《全唐文》卷七七六第一五頁、《樊南文集詳注》卷四。《英華》連上篇合題《爲河東公謝相國京兆公啓二首》，此爲其二。徐本、馮本從之。〔按〕此篇當作於大中六年三月六日。詳見《爲柳珪上京兆公謝辟啓》注〔一〕。

〔二〕〔馮注〕按《舊書·仲郢傳》：「子珪、璧、玭。」《新書·傳》：「子璞、珪、璧、玭。」據此云「第二子」，則璞果爲兄也。《唐摭言》：「投刺謂之鄉貢，得第謂之前進士。」此謂由鄉貢而得第者。《册府元龜·幕府部》：其辟署未有官者，皆謂之攝。

〔三〕御，徐本一作「郎」，誤。〔馮箋〕楊侍御，楊收也，時爲西川幕官。見《舊書·傳》。〔按〕《舊唐書·楊收傳》：「悰移鎮西川，復管記室。……收即密達意於西蜀杜公，願復爲參佐，悰即表爲節度判官……乃辟（楊）嚴爲觀察判官。兄弟同幕，爲兩使判官，時人榮之。」又見《新唐書》卷一八四《楊收傳》。

〔四〕〔徐注〕《漢書·嚴助傳》：令助諭意風旨於南越。

〔五〕〔馮注〕《周禮·春官》：占夢以日月星辰占六夢之吉凶。季冬，聘王夢，獻吉夢于王，王拜而受之。

〔六〕〔徐注〕《詩》：不敢戲談。

〔七〕〔徐注〕傳亮表：臣伏尋思。

〔八〕〔徐注〕《漢書·宣元六王傳》：既開端緒，願卒成之。

〔九〕〔徐注〕潘岳詩：弱冠忝嘉招。〔補注〕仲胤，次子，即柳珪。

〔一〇〕〔徐注〕吴質《答東阿王書》：發函伸紙，是何文采之巨麗，而慰喻之綢繆乎！

〔一一〕〔馮注〕《漢書·田延年傳》：大將軍（霍光）曰：「當發大議時，震動朝廷。」光因舉手自撫心曰：「使我至今病悸。」悸音揆。〔徐注〕師古曰：悸，心動也。《漢書·楊敞傳》：敞驚懼不知所言，汗出洽背。

〔一二〕〔徐注〕《蜀志·費詩傳》：論其班列。〔馮注〕潘岳《夏侯常侍誄》：從班列也。任昉《求立太宰碑表》：亦從班列。〔補注〕班列，朝班之行列。會昌四年七月至五年五月，杜悰任宰相期間，柳仲郢任諫議大夫、京兆尹。然仲郢遷京尹，乃李德裕所薦。

〔一三〕〔徐注〕劉峻《廣絶交論》：雌黄出其唇吻。《晉陽秋》：王衍能言，於意有不安者，輒更易之，號「口中雌黄」。〔按〕事又見《晉書·王衍傳》。口裹雌黄，此猶口頭評論。

〔一四〕〔馮注〕謝惠連《秋懷》詩：丹青暫雕焕。〔補注〕雕焕，光采鮮麗。此謂口頭表揚，屢使增光添采。

〔一五〕〔馮注〕司馬相如《子虛賦》：秋田乎青丘，傍偟乎海外，吞若雲夢者八九，其於胸中，曾不蔕芥。

〔一六〕〔補注〕涵濡，滋潤。

〔一七〕〔徐注〕《荀子》：吾嘗順風而呼，聲非加疾，而聞者彰，君子生非異也，善假於物也。〔馮注〕王子淵(褒)《聖主得賢臣頌》：翼乎如鴻毛遇順風。

〔一八〕〔徐注〕《左傳》：賈季曰：「趙衰，冬日之日也；趙盾，夏日之日也。」注：冬日可愛，夏日可畏。〔馮注〕《禮記》：煖之以日月。

〔一九〕一，徐本無此字。裂，《全文》作「列」，據《英華》改。〔徐注〕《左傳》：分之土田陪敦。〔馮注〕《詩·魯頌》曰：錫之山川，土田附庸。《漢書·諸侯王表》：剖裂疆土。《陳湯傳》：裂土受爵。按：「一昨」字及「頃居班列」，當是仲郢初鎮東川，珪即被辟。〔按〕仲郢初鎮東川在大中五年七月，而柳珪被辟在大中六年三月，已見上篇注〔一〕。「頃居班列」二句指仲郢會昌年間任諫議大夫、京兆尹時得到杜悰之培養教育，與柳珪被辟事無涉。

〔二〇〕〔徐注〕《吳志》：陳紀曰：舊記黄旗紫蓋，運在東南。〔補注〕旗蓋，本指黄旗紫蓋狀之雲氣，古以爲出天子之祥瑞。此借指節度使之旌旗車仗。上句「裂土田」亦以裂土封侯指出爲節鎮。

〔二一〕〔補注〕《左傳·成公十三年》：「東道之不通，則是康公絶我好也。」又《僖公三十年》：「若舍鄭以爲東道主，行李之往來，共其乏困，君亦無所害。」因東川在西川之東，故云「適當東道」。

〔二二〕〔徐注〕《易》：東鄰殺牛，不如西鄰之禴祭。〔馮注〕《左傳》：西鄰責言，不可償也。〔按〕此以

「西鄰」指西川。「事」用小國事大國之義。

〔二三〕〔馮注〕《後漢書·王良傳》：同言而信，則信在言前。

〔二四〕〔馮注〕《淮南子》：坤維在西南。揚雄《蜀都賦》：下按地紀，則坤宫奠位。〔徐注〕張協詩：大火流坤維。〔補注〕謂東西川同處西南蜀地而接壤。

〔二五〕〔馮注〕《周禮·大宗伯》：朝覲會同，則爲上相。《史記》：陸賈謂陳平曰：「足下位爲上相。」〔徐注〕《晉書·宣五王傳》：占曰「不利上相」。〔按〕杜悰會昌四年七月爲相，五年五月罷。見《新唐書·宰相表》。

〔二六〕占，《全文》作「名」，據《英華》改。參見下注。

〔二七〕〔徐注〕《易·（説卦）》：坎再索而得男，故謂之中男。〔按〕中男，此謂次子。

〔二八〕郄，《全文》作「郗」，據《英華》改。見《謝宗卿啓》「攀郄詵之桂樹」注。〔補注〕此謂柳珪雖登進士第，然其譽殊遜對策第一之郄詵。

〔二九〕謝蘭，見上篇注〔二三〕。

〔三〇〕〔補注〕《論語·陽貨》：「子謂伯魚曰：『女爲《周南》《召南》矣乎？人而不爲《周南》《召南》，其猶正墻面而立也與！』」

〔三一〕〔馮注〕《晉陽秋》：胡威父質爲荆州，威自京都省之。告歸臨辭，質賜絹一疋。威跪曰：「大人清高，不審於何得此？」質曰：「是吾俸禄之餘，故以爲汝糧耳。」威受而去。

〔三二〕〔徐注〕《禮記》：問庶人之子，幼，曰：「未能負薪也。」

〔三三〕〔補注〕《論語・憲問》：「陳成子弑簡公。孔子沐浴而朝，告於哀公曰：『陳恒弑其君，請討之。』公曰：『告夫三子。』孔子曰：『以吾從大夫之後，不敢不告也。君曰告夫三子者！』之三子告，不可。孔子曰：『以吾從大夫之後，不敢不告也。』」

〔三四〕〔徐注〕徐陵《爲貞陽侯書》：朝服簪纓。

〔三五〕〔徐注〕李尤《函谷山銘》：函谷險要，襟帶咽喉。《漢書・地理志》：越雟郡青蛉縣禺同山有金馬、碧雞。〔補注〕襟帶，山川屏障環繞，如襟似帶。形容形勢險要。青蛉爲漢縣，以地有青蛉水出西而東入江而得名，治所在今雲南大姚縣。

〔三六〕〔徐注〕《左傳》：巴、濮、楚、鄧，吾南土也。〔馮注〕《尚書・牧誓》傳：叟、髳、微在巴蜀，庸、濮在江、漢之南。互詳《爲柳珪謝京兆公啓》「控三巴百濮之雄」句注。

〔三七〕〔徐注〕《隋書・衛立傳》：詔立安撫關中。〔按〕杜悰辟署柳珪爲劍南西川安撫巡官，故云。

〔三八〕〔補注〕虚佇，虚心期待。謂珪之才能不能稱杜悰之深切期望。

〔三九〕〔徐注〕《晉書・石崇傳》：父苞臨終，分財物與諸子，獨不與崇。其母以爲言。苞曰：「此兒雖小，後自能得。」

〔四〇〕〔徐注〕《晉書・山簡傳》：簡性温雅有父風，年二十餘，濤不之知也。簡歎曰：「吾年幾三十，而不爲家公所知。」

〔四一〕豈，《英華》注：集作「安」。

〔四二〕〔徐注〕《易》：退藏於密。〔補注〕退藏，謂隱退避藏，不露形迹。

〔四三〕〔馮注〕《漢書·韋賢傳》：鄒、魯諺曰：「遺子黄金滿籯，不如一經。」

〔四四〕〔馮注〕《家語》：曾子耘瓜，誤斬其根。曾晳怒，建大杖擊其背。孔子曰：「舜事瞽瞍，小棰則待過，大杖則逃走。」〔徐注〕《帝王世紀》：舜能和諧，大杖則避，小杖則受。

〔四五〕〔徐注〕謝惠連詩：朋來當染翰。

〔四六〕〔徐注〕《左傳》：范文子曰：「國之存亡，天也，童子何知焉？」

〔四七〕見前啓注〔六〕。

## 爲柳珪上京兆公謝辟啓〔一〕

某啓：散兵馬使陳朗至，伏奉榮示，兼奉公牒，伏蒙召署攝成都府參軍充安撫巡官者。師襄鼓缶〔二〕，或近翫人〔三〕；和氏搜珉〔四〕，能無驚物〔五〕？跪受高命，莫知所裁。某藏豹不堅〔六〕，雕龍末巧〔七〕，徒承庭訓〔八〕，遂厠人曹。比衛家之一兒〔九〕，天懸鵬鷃〔一〇〕；望鄴中之七子〔一一〕，風逸馬牛〔一二〕。已忝決科〔一三〕，敢思筮仕〔一四〕。

伏惟相公，以仁義禮智信爲基構〔一五〕，用温良恭儉讓爲藩籬〔一六〕。堯時則業貫夔、龍〔一七〕，殷代則道符尹、説〔一八〕。入秉文教〔一九〕，出曜兵權〔二〇〕。揮神鋒而劍合陰陽〔二一〕，述雅誥而筆開造化〔二二〕。況天有井絡〔二三〕，地稱坤維〔二四〕，控三巴百濮之雄〔二五〕，帶南詔西山之險〔二六〕。人稱奧府〔二七〕，帝謂殊藩〔二八〕。固已廣集英豪，用資參佐〔二九〕。玳簪珠履〔三〇〕，緑水紅蓮〔三一〕，成籍籍於淮山〔三二〕，致憧憧於燕路〔三三〕。

若某者，徒將慕藺〔三四〕，何足望回〔三五〕？又安敢拂其塵埃〔三六〕，加以冠履〔三七〕？伏思相公，直以大人頃居班列，獲奉恩私〔三八〕。羅照乘於驪淵〔三九〕，覬歸昌於鳳穴〔四〇〕，未見其可，處之不疑。曾不念木朽石頑〔四一〕，雕鎸莫就〔四二〕；榆瞑豆重〔四三〕，性分難移。古人所以有以榮爲憂〔四四〕，受恩如敵〔四五〕，斯言之作，珪也有焉。

今月六日辰時，輒奉辟書，具聞晨省〔四六〕，仰承嚴旨〔四七〕，便定行期。而又内奮弟兄，外誘交友，傅翼類虎〔四八〕，生角如麟〔四九〕。事誠實於顯榮，勢莫知其報效。但須旬日，方拜旌旄〔五〇〕。唯當洗心爲齋〔五一〕，延頸以望〔五二〕。持千尋之建木〔五三〕，想像瓌姿〔五四〕；周萬頃之澄波〔五五〕，比量曠度〔五六〕。戴恩揣己，投命依仁〔五七〕。神之聽之〔五八〕，百生如一。謹啓。

【校注】

〔一〕本篇原載《文苑英華》卷六五四第四頁、清編《全唐文》卷七七七第一四頁、《樊南文集詳注》卷四。《英華》連下二啓合題《爲柳珪謝京兆公啓三首》，徐本、馮本從之。〔馮箋〕《東觀奏記》有云：珪居家不稟於義方，奉國豈盡於忠節？刑部尚書柳仲郢上表稱屈，太子少師柳公權又訟侵毁之枉，上令免珪官，在家修省。按：此《新書》所采，疑未足憑。〔按〕此啓當與《爲河東公謝相國京兆公第二啓》同時作。蓋《爲河東公謝相國京兆公啓》（即第一啓）乃得萬安驛狀報，知杜悰已遣兵馬使陳朗賫幣帛鞍馬辟召柳珪時所上，第二啓及此啓則陳朗既抵東川攜杜悰信件及公牒到府時所上，前後相差約數日間。本篇云：「今月六日辰時，輒奉辟書，具聞晨省，仰承嚴旨，便定行期。……但須旬日，方拜旌旄。」杜悰大中六年四月移鎮淮南，五月端陽啓程（《爲河東公復相國京兆公第二啓》云：「伏承鳳詔已頒，鷁舟期艤，日臨端午，路止半千。」），假定此啓作於三月六日，則原定旬日之後「方拜旌旄」，應在三月中旬赴召至西川。而《新書·珪傳》：「杜悰鎮西川，表在幕府，久乃至。會悰徙淮南，歸其積俸，珪不納；悰舉故事爲言，卒辭之。」悰徙淮南既在四月，則珪之到幕應在悰奉詔移鎮稍前。假設悰四月下旬奉詔，則珪之實際到幕時間約在四月中旬，較原定時間約遲一整月，謂之「久乃至」，並「歸其積俸」，大體相合。如二月六日奉辟書，原定二月中旬赴西川，而遲至四月中旬方到幕，雖亦可謂「久乃至」，然揆之情理，無乃太久，與諸啓所抒寫之感激之情有所不合。故今定此啓與《爲河東公謝相國京兆公第二啓》作於大中六年三月六日，而《爲河東公謝相國京兆公啓》則作於三月六日前數日内。

〔二〕〔徐注〕《論語》：擊磬襄。《家語》：孔子學琴於師襄子，襄子曰：「吾雖以擊磬爲官，然能於琴。」《易》：不鼓缶而歌。〔馮注〕《史記・李斯傳》：擊甕叩缻。《淮南子》：窮鄉之社，扣瓮鼓缶，相和而歌。

〔三〕〔徐注〕《書》：玩人喪德。〔補注〕翫，戲弄。《書》孔傳：「以人爲戲弄則喪其德。」蔡沈集傳：「玩人，即上文狎侮君子之事。」此處蓋以善擊磬之師襄喻杜悰，以缶自喻，謂悰辟己爲錯愛。詳注〔五〕。

〔四〕〔徐注〕《韓子》：楚人卞和得玉璞於荆山，獻厲王，王使人相之，曰：「石也。」刖右足。及武王即位，獻之，刖左足。文王即位，和乃抱其璞而哭於荆山。王使玉人治之，得寶玉，名曰「和氏之璧」。〔馮注〕《禮記》：君子貴玉而賤碈（珉，似玉之石）。

〔五〕〔徐箋〕師襄、和氏，以比杜悰。言師襄善磬，乃降而擊缶；和氏辨玉，乃混取珉石。喻辟己非其人也。《淮南子》云：「窮鄉之社，扣瓮鼓缶，自以爲樂，試爲之擊建鼓，撞巨鐘，始知瓮缶之足羞也。」珉，石之美者，似玉而非。〔補注〕驚物，使人吃驚、驚世駭俗。

〔六〕〔徐注〕劉向《列女傳》：陶答子妻曰：「妾聞南山有玄豹，霧雨七日，不下食者，何也？欲以澤其衣毛，而成其文章，故藏以遠害。」

〔七〕〔徐注〕《史記》：談天衍，雕龍奭。〔馮注〕《後漢書・崔駰傳贊》曰：崔爲文宗，世擅雕龍。《北史》：魏劉勰撰《文心雕龍》。〔補注〕雕龍，喻善於修飾文辭。

〔八〕〔徐注〕《北史・皇甫績傳》：績歎曰：「我無庭訓，養於外氏。」〔補注〕語本《論語・季氏》：陳亢問於伯魚（孔鯉）曰：「子亦有異聞乎？」對曰：「未也。嘗獨立，鯉趨而過庭。（孔子）曰：『學《詩》乎？』對曰：『未也。』『不學《詩》，無以言。』鯉退而學《詩》。他日又獨立，鯉趨而過庭。曰：『學《禮》乎？』對曰：『未也。』『不學《禮》，無以立。』鯉退而學《禮》。聞斯二者。」此即所謂「庭訓」。據《新唐書·柳公綽傳》：「幼孝友，性質嚴重，起居皆有禮法。屬文典正，不讀非聖書。」《柳仲郢傳》：「有父風矩，僧孺歎曰：『非積習名教，安及此邪？』」

〔九〕〔徐注〕《世説》：衛洗馬天韻標令，論者以爲出王眉子、平子、武子之右。時人爲之語曰：「諸王三子，不如衛家一兒。」〔馮注〕《晉書·衛玠傳》：琅邪王澄及王玄、王濟並有盛名，皆出玠下。世云「王家三子，不如衛家一兒」。

〔一〇〕〔馮注〕《莊子》：鵬背若泰山，翼若垂天之雲，摶扶摇羊角而上者九萬里。斥鴳笑之曰：「我騰躍而上，不過數仞而下，翱翔蓬蒿之間，此亦飛之至也。而彼且奚適也？」此小大之辨也。「鴳」，亦作「鷃」。

〔一一〕〔徐注〕《文選》謝靈運有《擬魏太子鄴中集詩》八首。魏文帝《典論》：今之文人，魯國孔融、廣陵陳琳、山陽王粲、北海徐幹、陳留阮瑀、汝南應瑒、東平劉楨。斯七子者，於學無所遺，於辭無所假。〔馮注〕按《魏志·王粲傳》曰：「始文帝爲五官將，及平原侯植，皆好文學。」而王粲叙至劉楨六人，下文云：「自邯鄲淳等亦有文采，而不在此七人之例。」玩其文義，以文帝爲帝，不入此數，而陳思王與王粲等合爲七人，與注中引《典論》兼孔文舉言之者異也。謝靈運《擬鄴中集詩》八首，冠以魏太子，其序云：「建安末，余時在鄴宮，朝遊夕讌，究歡愉之極。」「今昆弟友朋，二三諸彦，共盡之矣。」餘則王粲、陳琳、徐幹、劉楨、應瑒、阮瑀、平原侯植七人。此爲「七子」之定目也。若核文舉之被禍，與鄴中不可細合。《小學紺珠》標建安七子，首以孔融，而不及陳思王，似非也。乾隆戊寅，四明陳朝輔新刻《建安七子》，序曰：「陳壽《志》叙陳思王至劉公幹爲建安七子。謝康樂因之作《鄴中集》詩。」按：此説是也。凡去陳思而登孔文舉者，皆承文帝猜嫌之誤耳。

〔一二〕〔徐注〕《左傳》：齊侯伐楚，楚子使與師言曰：「君處北海，寡人處南海，惟是風馬牛不相及也。」注：牛馬風逸，蓋末界之微事。〔馮注〕《書·費誓》：馬牛其風。傳曰：馬牛其有風佚。《左傳正義》曰：風，放也。牝牡相誘謂之風。不相及，取喻不相干也。

〔一三〕〔徐注〕揚雄《法言》：或人啞爾笑曰：「須以發策決科。」〔補注〕決科，謂參加射策，決定科第。後指參加科舉考試。已忝決科，謂已已忝登科第。

〔一四〕〔補注〕《左傳·閔公元年》：「初，畢萬筮仕於晉，遇屯之比。」筮仕，將出仕卜問吉凶。此指初仕、入仕。

〔一五〕〔補注〕董仲舒《賢良策》：「夫仁、義、禮、智、信，五常之道，王者所當修飭也。」

〔一六〕〔補注〕《論語·學而》：「子貢曰：『夫子温、良、恭、儉、讓以得之。』」何晏集解引鄭玄曰：「言夫子行此五德而得之。」

〔一七〕〔補注〕《書·舜典》:「伯拜稽首,讓于夔、龍。」孔傳:「夔、龍,二臣名。」夔爲樂官,龍爲諫官。喻指輔弼良臣。

〔一八〕〔補注〕尹,伊尹;説,傅説。均殷商賢輔。

〔一九〕〔徐注〕《書》:三百里揆文教,二百里奮武衛。

〔二〇〕〔馮注〕兵權,見《太史公自叙》,此謂掌兵之權。〔補注〕《管子·兵法》:「今代之用兵者不然,不知兵權者也。」指用兵之計謀。與此句「兵權」義異。此指節度使所掌之軍權。

〔二一〕〔馮注〕《吴越春秋》:干將鑄劍二枚,陽曰干將,陰曰莫耶,陽作龜文,陰作漫理。

〔二二〕〔徐注〕李賀詩:筆補造化天無功。〔補注〕《書序》:「至于夏、商、周之書,雖設教不倫,雅誥奥義,其歸一揆。」雅誥,雅正之文告、訓誡。

〔二三〕〔徐注〕《河圖括地象》:岷山之精,上爲井絡,帝以建昌,神以會福。〔按〕見左思《蜀都賦》劉逵注引。劉曰:「言岷山之地,上爲東井(井宿)維絡;岷山之精,上爲天之井星也。」

〔二四〕坤維,見《爲河東公謝相國京兆公第二啓》注〔二四〕。

〔二五〕〔徐注〕常璩《華陽國志》:獻帝初平元年,征東中郎將趙潁建議,分巴爲三郡。潁欲得巴舊名,故白益州牧劉璋以墊江以上爲巴郡,江南龐羲爲太守,治安漢;以江州至臨江爲永寧郡,朐忍至魚腹爲固陵郡。建安六年,魚腹蹇胤白璋争巴名,璋乃改永寧爲巴郡,以固陵爲巴東郡,徙羲爲巴西太守。是爲「三巴」。左思《蜀都賦》:於東則左綿巴中,百濮所充。劉逵曰:濮,夷也。

《傳》云：「麇人率百濮。」今巴中七姓有濮也。〔補注〕百濮，古代稱西南少數民族。《左傳・文公十六年》「麇人率百濮聚於選，將伐楚」孔疏：「濮夷無君長總統，各以邑落自聚，故稱百濮也。」

〔二六〕〔徐注〕《新書・南蠻傳》：夷語王爲「詔」。其先渠帥有六，自號「六詔」，曰蒙巂詔、越析詔、浪穹詔、遼睒詔、施浪詔、蒙舍詔。兵將不能相君，蜀諸葛亮討定之。蒙舍詔在諸部南，故稱南詔。《高適傳》：西山三城列戍，民疲於役，適上書論之。案：西山即雪山，又名雪嶺，在成都西，正控吐蕃。〔馮注〕《舊書・吐蕃傳》：劍南西山與吐蕃、氐、羌鄰接。按：岷山連嶺而西，不知紀極，皆曰「西山」。備詳《玉谿生詩集注・送從翁從東川弘農尚書幕》「南詔知非敵，西山亦屢驕」二句注。

〔二七〕〔徐注〕焦氏《易林》：江、河、淮、海，天之奥府。〔馮注〕《北史・魏宗室安定王休傳》：竊以馮翊古城，寔惟西藩奥府。《後漢書・崔駰傳》：崔篆《慰志賦》：「騁六經之奥府。」〔按〕本句「奥府」指物産聚藏之所，言其豐饒。

〔二八〕〔徐注〕《晉書・四夷傳論》曰：高節不群，亦殊藩之秀也。〔馮注〕唐時西川使府，重於列鎮。

〔二九〕已，《英華》注：一作「以」。英豪，《英華》作「豪英」。〔徐注〕《晉書・王浚傳》：參佐皆内叙。〔補注〕參佐，輔助。唐趙元一《奉天録》卷四：「參佐帷幄，大興王師。」亦指幕僚。

〔三〇〕〔馮注〕《史記・春申君傳》：趙使欲夸楚，爲瑇瑁簪，刀劍室以珠玉飾之。春申君客三千餘人，其上客皆躡珠履，趙使大慚。

〔三一〕見《爲白從事上陳許李尚書啓》「蓮幕含誠」注。

〔三二〕〔徐注〕《漢書·劉屈氂傳》：上怒曰：「事籍籍如此，何謂秘也？」王逸《楚辭序》：漢淮南王安好士，八公之徒分造詩賦，或稱大山、小山。〔馮注〕《漢書·燕剌王旦傳》：骨籍籍兮亡居。注曰：籍籍，縱横貌。《司馬相如傳》：它它籍籍，填阬滿谷。按：此言來遊者交錯也。《漢書·淮南王安傳》：招致賓客方術之士數千人。王逸《楚辭·招隱序》：《招隱士》者，淮南小山之所作也。按：「淮山」用典耳，非悰已移淮南也。〔補注〕籍籍，衆多貌。句謂悰幕府賓客衆多，人材濟濟。

〔三三〕〔徐注〕《易》：憧憧往來，朋從爾思。庾信碑：樂毅羈旅，猶思燕路。〔補注〕燕路，指通往燕昭王招賢之路。《史記·燕召公世家》：「郭隗曰：『王必欲致士，先從隗始。況賢於隗者，豈遠千里哉！』於是昭王爲隗改築宫而師事之。樂毅自魏往，鄒衍自齊往，劇辛自趙往。士争趨燕。」憧憧，往來不絶貌。

〔三四〕〔馮注〕《史記·司馬相如傳》：其親名之曰犬子。既學，慕藺相如之爲人，更名相如。

〔三五〕〔補注〕《論語·公冶長》：「子謂子貢曰：『女與回也孰愈？』對曰：『賜也何敢望回？回也聞一以知十，賜也聞一以知二。』」望，比也。

〔三六〕敢，《英華》注：集作「可」。〔徐注〕《漢書·王吉傳》：朝則冒霧露，晝則披塵埃。〔馮注〕取彈冠之意。〔補注〕《楚辭·漁父》：「吾聞之，新沐者必彈冠，新浴者必振衣。」王逸注：「拂土芥也。」此以彈冠拂塵喻將欲出仕。

〔三七〕履，《英華》作「屨」。〔徐注〕《漢書·匡衡傳》：衡免冠徒跣待罪，天子使謁者詔衡冠履。

〔三八〕〔徐注〕《後漢書·馮異傳》：上書曰：「充備行伍，過蒙恩私。」〔按〕《爲河東公謝相國京兆公第二啓》「某頃居班列，已奉陶甄」，即此二句意。

〔三九〕〔徐注〕《史記·田敬仲世家》：梁惠王謂齊宣王曰：「寡人有徑寸之珠照車前後各十二乘者十枚。」《莊子》：河上有家貧窮者，其子没淵，得千金之珠。其父曰：「夫珠必在驪龍頷下，子得之，必遭其睡也。」

〔四〇〕〔徐注〕《韓詩外傳》：鳳擧（鳴）曰上翔，集鳴曰歸昌。《山海經》：丹穴之山，有鳥名曰鳳凰。〔馮注〕按《初學記》引《論語摘衰聖》：「鳳行鳴曰歸嬉，止鳴曰提扶，夜鳴曰善哉，晨鳴曰賀世，飛鳴曰郎都。」《太平御覽》引《韓詩外傳》：「其鳴也，雄曰節節，雌曰足足，昏鳴曰固常，晨鳴曰發明，晝鳴曰保章，擧鳴曰上翔，集鳴曰歸昌。」他本轉引，每多脱誤。

〔四一〕〔徐注〕韓愈詩：我心安得如石頑。〔補注〕《論語·公冶長》：「宰予晝寢。子曰：『朽木不可雕也，糞土之墻不可杇也。』」頑，堅也。

〔四二〕〔徐注〕《魏都賦》：木無雕鎪。《史記·龜策傳》：鑴石拌蚌，傳賣於市。〔補注〕承上謂木朽不可雕，石頑不可鑴也。

〔四三〕〔徐注〕嵇康《養生論》：豆令人重，榆令人瞑。

〔四四〕〔徐注〕《晉書·羊祜傳》：夙夜戰慄，以榮爲憂。

〔四五〕〔徐注〕按《左傳》：臾駢曰：「前志有之曰：『敵惠敵怨，不在後嗣。』」注：「敵猶對也。」語蓋本此。〔馮注〕《説苑》：受恩者尚必報。按：受恩如敵，必圖報也。俟再檢所本。

〔四六〕〔徐注〕《禮記》：凡爲人子之禮，冬温而夏清，昏定而晨省。

〔四七〕〔徐注〕《南史·袁昂傳》：循復嚴旨，若臨萬仞。

〔四八〕〔馮注〕《韓詩外傳》：「無爲虎傅翼，將飛入宫，擇人而食。」此取義不同。

〔四九〕〔徐注〕《漢書·郊祀志》：郊雍，獲一角獸，若麃然。有司曰：「陛下肅祗郊祀，上帝報享，錫一角獸，蓋麟云。」〔馮注〕《詩》：麟之角。

〔五〇〕〔馮箋〕《新書·珪傳》：杜悰表在幕府，久乃至。會悰徙淮南，歸其積俸，珪不納。悰舉故事爲言，卒辭之。

〔五一〕「唯」字《全文》脱，徐本同，據《英華》補。〔馮注〕《易》：聖人以此洗心。《莊子》：仲尼語顔回曰：「氣也者，虚而待物者也。唯道集虚，虚者，心齋也。」〔按〕洗心，清除私心雜念。

〔五二〕〔徐注〕《荀子》：小人莫不延頸舉踵。

〔五三〕〔馮注〕《海内南經》：有木，其狀如牛，引之有皮，若纓黄蛇，其名曰建木，在窫窳西，弱水上。又《海内經》：有鹽長之國，有木名曰建木，百仞無枝，有九欘，下有九枸，大皞爰過，黄帝所爲。《淮南子》：建木在都廣，衆帝所自上下，日中無景，呼而無響，蓋天地之中也。〔徐注〕《吕氏春秋》：白人之南，建木之下，日中無影，蓋天地之中也。

〔五四〕〔徐注〕宋玉《神女賦》：瓌姿瑋態。

〔五五〕頃，《全文》誤「傾」，據《英華》改。〔徐注〕《後漢書·黄憲傳》：憲字叔度。郭林宗曰：「叔度汪汪若千頃陂，澄之不清，淆之不濁，不可量也。」〔馮注〕《南史·王惠傳》：荀伯子曰：「靈運固自蕭散直上，王郎有如萬頃陂焉。」

〔五六〕〔徐注〕夏侯湛《東方朔畫贊》：遠心曠度。

〔五七〕投，《英華》作「授」，注：集作「投」。〔徐注〕《後漢書·臧洪傳》：書曰：「臧洪投命於君親。」《論語》：依於仁。《集解》：依，倚也。仁者功施於人，故可倚。

〔五八〕〔補注〕《詩·小雅·伐木》：「神之聽之，終和且平。」

# 爲柳珪上京兆公謝衣絹啓〔一〕

某啓：伏蒙榮示，賜及前件衣服段及束絹等，謹依處分捧受訖。伏以大人自處通班〔二〕，彌修儉德〔三〕。田園惟恐蕪没〔四〕，子弟不免飢寒〔五〕。去春成名〔六〕，首秋歸覲〔七〕。雖才非張載，未刊劍閣之銘〔八〕；而志慕胡威，敢問荆州之絹〔九〕。豈意相公〔一〇〕，復以簡書召署，筐篚加恩〔一一〕。古者贖百里奚，纔持五羖〔一二〕；誚程不識，猶惜一錢〔一三〕。況某碌碌無奇〔一四〕，容容自守〔一五〕，敢邀厚幣〔一六〕，來自雄藩？品目難名，珍纖可玩〔一七〕。仰李膺之德，尚未登門〔一八〕；讀戴聖之書〔一九〕，已驚潤屋〔二〇〕。下情無任戴荷悚懼之至。謹啓。

【校注】

〔一〕本篇原載《文苑英華》卷六五四第四頁、清編《全唐文》卷七七七第一五頁、《樊南文集詳注》卷四。《英華》連上篇及下篇合題《爲柳珪謝京兆公啓三首》，此爲三首之二。徐本、馮本從之。〔按〕《爲河東公謝相國京兆公啓》云：「今月某日，得當道萬安驛狀報，伏承遣兵馬使陳朗賫幣帛鞍馬辟召小男者。」可知辟署之公牒與聘錢、馬係同時送達東川，故本篇及下篇當與上篇同作於大中六年三月六日。詳上篇注〔一〕。

〔二〕〔徐注〕徐陵《讓表》：洪私過誤，寘以通班。〔補注〕通班，通于朝班，指顯要官職。

〔三〕〔補箋〕《新唐書·柳仲郢傳》：「每私居内齋，束帶正色，服用簡素。」《柳玭傳》：「玭常述家訓以戒子孫曰：……余幼聞先公僕射（按：指仲郢）言：『立己以孝悌爲基，恭默爲本，畏怯爲務，勤儉爲法。』」

〔四〕〔徐注〕陶潛《歸去來辭》：歸去來兮，田園將蕪胡不歸？

〔五〕〔徐注〕《南史·蕭惠基傳》：子洽，位南徐州中從事。清身率職，饋遺一無所受，妻子不免飢寒。〔馮注〕《魏志·鄭渾傳》：「渾清素在公，妻子不免饑寒。」此類事頗多。

〔六〕春,徐本作「歲」。〔徐注〕《易》:善不積不足以成名。〔補注〕成名,此指登進士第。

〔七〕秋,徐本作「春」。〔徐箋〕大中五年,珪登進士第。此云「去歲成名,首春歸覲」,則西川之辟乃六年事也。〔馮箋〕珪於五年登第,仲郢於六年七月拜東川之命。此云「去春」,是五年春;「首秋」,似六年初秋也。故從《英華》本。其被辟約在七年春矣。〔按〕徐箋解釋純正,馮箋則支離矣。總因誤考仲郢移鎮東川在大中六年七月之故。已詳張氏《會箋》大中五年考證仲郢移鎮東川之時間條目。

〔八〕〔馮注〕《晉書》:張載字孟陽。父收,蜀郡太守。載博學有文章。太康初,至蜀省父,經劍閣。載以蜀人恃險好亂,因著銘以作誡。益州刺史張敏見而奇之,乃表上其文。武帝遣使鐫之於劍閣山焉。《舊書·志》:劍州劍門,縣界大劍山,即梁山也。北三十里有小劍山。大劍山有劍閣道,三十里至劍處,張載刻銘。〔徐注〕《明一統志》:大劍山在保寧府劍州北二十五里,峭壁中斷,兩崖相嵌,如門之闢,如劍之植,故又名劍門山。

〔九〕見《爲河東公謝相國京兆公第二啓》注〔三〕。

〔一〇〕意,《英華》作「謂」,注:集作「意」。

〔一一〕〔補注〕《詩·小雅·鹿鳴序》:「《鹿鳴》,燕群臣嘉賓也。既飲食之,又實幣帛筐篚,以將其厚意。然後忠臣嘉賓,得盡其心矣。」筐篚,盛物竹器,方曰筐,圓曰篚。

〔一二〕見《爲滎陽公謝除盧副使等官狀》「懼殺皮之廢禮」注。

〔一三〕〔馮注〕《漢書·灌夫傳》：灌夫駡灌賢曰：「平生毁程不識不直一錢，今乃效女曹兒呫囁耳語！」〔按〕事首見於《史記·魏其武安侯列傳》：「（灌）夫無所發怒，乃駡臨汝侯（灌賢，灌嬰之孫）曰：『生平毁程不識不直一錢，今日長者爲壽，乃效女兒呫囁耳語！』」

〔一四〕〔馮注〕《史記·平原君傳》：毛遂奉銅盤而跪進之楚王曰：「王當歃血而定從，次者吾君，次者遂。」遂定從於殿上。毛遂左手持盤血，而右手招十九人曰：「公相與歃此血於堂下。公等碌碌，所謂因人成事者也。」

〔一五〕容容，徐本一作「庸庸」，馮本作「庸庸」，曰：作「容容」非。〔徐注〕《後漢書·左雄傳》：容容多厚福。〔馮注〕《後漢書》：馮衍《顯志賦》曰：「獨慷慨而遠覽兮，非庸庸之所識。」〔按〕《英華》殘宋本、《全文》均作「容容」。容容，隨衆附和貌，與「自守」意正合。《史記·張丞相列傳》：「其治容容隨世俗浮沉，而見謂諂巧。」《漢書·翟方進傳》：「朕誠怪君，何持容容之計，無忠固意，將何以輔朕帥道群下？」顔師古注：「容容，隨衆上下也。」徐本一作「庸庸」，未知何據。《四部叢刊》影常熟瞿氏所藏舊鈔本《李義山文集》亦作「容容」。

〔一六〕〔徐注〕《漢書·曹參傳》：聞膠西有蓋公，善治黄老言，使人厚幣請之。

〔一七〕〔徐注〕《魏志·陳留王紀》：常道鄉公詔曰：方寶纖珍，歡以效意。〔補注〕珍纖，指幣帛。

〔一八〕〔馮注〕《後漢書》：李膺字元禮，以聲名自高，士有被其容接者，名爲「登龍門」。

〔一九〕書，《英華》注：集作「經」。〔徐注〕《漢書·儒林傳》：后蒼説《禮》數萬言，號曰《后氏曲臺記》，授梁戴德、戴聖、沛慶普。由是《禮》有大、小戴，慶氏之學。〔馮注〕《隋書·經籍志》：初，《禮記》凡五種，合二百十四篇，戴德删其煩重，合爲八十五篇，戴聖又删爲四十六篇。漢末馬融遂傳小戴之學。又足《月令》《明堂位》《樂記》，合四十九篇。

〔二〇〕〔徐注〕《禮記·大學》曰：富潤屋。〔補注〕潤屋，使居室華麗生輝。此猶言潤屋之資，指幣帛。

## 爲柳珪上京兆公謝馬啓〔一〕

某啓：伏奉榮示，令將前件馬及行官延接者〔二〕。某將仕大藩，苦無遠道〔三〕。特蒙恩禮，曲賜優崇〔四〕。扶以武夫，濟之良馬。經過燕館〔五〕，將耀於鳴騶〔六〕；夢寐梁園〔七〕，只思於飛鞚〔八〕。感佩之至，不任下情，謹啓。

【校注】

〔一〕本篇原載《文苑英華》卷六五四第五頁、清編《全唐文》卷七七七第一六頁、《樊南文集詳注》卷四。《英華》連上二篇合題爲《爲柳珪謝京兆公啓三首》，此爲其三。徐本、馮本從之。〔按〕與《爲柳珪上京兆公謝辟啓》同時作，詳前二啓注〔一〕。

〔二〕〔補注〕行官，唐代官名，稱受上官差遣、往來四方干辦公事者。韓愈《與孟尚書書》：「行官自南迴，過吉州，得吾兄二十四日手書數番。」《通鑑·廣德二年》「子儀使牙官盧諒至汾州」胡注：「節鎮、州、府皆有牙官、行官……行官使之行役出四方。」

〔三〕〔馮注〕《管子》：造父有以感轡策，故遬獸可及，遠道可致。〔補注〕《説苑·尊賢》：「是故游江海者託於船，致遠道者託於乘。」此以「遠道」代指馬。

〔四〕特，《全文》作「得」，據《英華》改。〔徐注〕《北史·袁充傳》：賞賜優崇，儕輩莫之比。

〔五〕〔徐注〕謂碣石宫。《史記》：騶衍如燕，昭王築碣石宫，身親往師之。

〔六〕〔徐注〕孔稚圭《北山移文》：鳴騶入谷。注：言徵車也。〔補注〕鳴騶，隨從顯貴出行、傳呼喝道之騎卒。

〔七〕〔徐注〕《西京雜記》：梁孝王好宫室苑囿之樂，築兔園，園有雁池，池間有鶴洲、鳧渚。謝惠連《雪賦》：梁王不悦，遊於兔園。迺置旨酒，命賓友召鄒生，延枚叟。相如末至，居客之右。〔補注〕燕館、梁園，均借指西川幕府。

〔八〕鞚，徐本作「控」。〔徐注〕「控」與「鞚」通，馬勒也。鮑照《擬古詩》：飛鞚越平陸。

## 謝河東公和詩啓〔一〕

商隱啓：某前因假日〔二〕，出次西溪〔三〕，既惜斜陽，聊裁短什〔四〕。蓋以徘徊勝境，顧慕佳辰〔五〕，爲芳草以怨王孫〔六〕，借美人以喻君子〔七〕。思將玳瑁，爲逸少裝書〔八〕；願把珊瑚〔九〕，與徐陵架筆〔一〇〕。斐然而作〔一一〕，曾無足觀。不知誰何，仰達尊重〔一二〕。果煩屬和〔一三〕，彌復兢惶〔一四〕。

某曾讀《隋書》，見楊越公地處親賢〔一五〕，才兼文武〔一六〕，每舒繡錦〔一七〕，必播管絃。當時與之握手言情，披襟得侶者，惟薛道衡一人而已〔一八〕。及觀其唱和，乃數百篇，力均聲同〔一九〕，德鄰義比〔二〇〕：彼若陳葛天氏之舞〔二一〕，此乃引穆天子之歌〔二二〕；彼若言太華三峰〔二三〕，此必曰潯陽九派〔二四〕。神功古跡，皆應物無疲〔二五〕；地理人名，亦争承不闕〔二六〕。後來酬唱，罕繼聲塵。

常以斯風〔二七〕，望於哲匠〔二八〕。豈知今日，屬在所天〔二九〕。坐席行衣〔三〇〕，分爲七覆〔三一〕；煙花魚鳥，置作五衢〔三二〕。詎能狎晉之盟〔三三〕，實見取鄫之易〔三四〕。不以釁鼓〔三五〕，惠莫大焉。恐懼交縈〔三六〕，投措無地〔三七〕。來日專冀謁謝，伏惟鑒察，謹啓。

【校注】

〔一〕本篇原載《文苑英華》卷六五六第五頁、清編《全唐文》卷七七八第一〇頁、《樊南文集詳注》卷四。馮譜編大中七年，張箋編大中六年。〔按〕柳仲郢所和之商隱詩，係《詩集》中五言排律《西溪》，詩有云：「悵望西溪水，潺湲奈爾何！不驚春物少，只覺夕陽多。」詩當作於春暮。商隱在東川，雖歷經大中六、七、八、九年四春，然此爲柳仲郢首次和詩，時間當較早，張編大中六年春，可從。張箋《西溪》詩云：「龍孫、鳳女，即龍種、鳳雛意，分憶在京之子女。……妻喪未除，餘哀猶在，故觸類增悽也。今編是年（大中六年）。」詩作於前，啓則稍後。柳仲郢之和詩今佚。

〔二〕假，徐本一作「暇」，馮本作「暇」。〔徐注〕《離騷》：聊假日以媮樂。《晉令》：急假者五日一急，一歲中以六十日爲限。〔馮注〕（假日）此謂休假也。《初學記》：漢律，吏五日得一下沐，言休息以洗沐也。《通鑑》注：唐制，十日一休沐，謂之旬休。

〔三〕〔馮注〕西溪在梓州。《四川通志》：西溪在潼川府西門外。〔補注〕次，至也。

〔四〕〔徐注〕義山佐柳仲郢幕，集中西溪詩頗多，仲郢所和，乃「悵望西溪水」六韻。有引放翁《筆記》華州鄭縣之西溪亭者，誤也。

〔五〕〔補注〕顧慕，眷戀思慕。

〔六〕見《上河東公謝辟啓》「見芳草則怨王孫之不歸」注。

〔七〕〔徐注〕《離騷》：恐美人之遲暮。張衡《四愁詩序》：屈原以美人爲君子。

〔八〕〔徐注〕《漢書》注：瑇瑁如龜，其甲相覆而生若甲然，甲上有斑文。《晉書》：王羲之，字逸少，善隸書，爲古今之冠。〔馮注〕《南州異物志》：瑇瑁如龜，生南方海中，大者如蘧篨。背上有鱗，發取其鱗，因見其文。《嶺表録異》：玳瑁惟腹背甲有斑點。《法書要録》：梁虞龢《論書表》曰：「二王縑素書珊瑚軸二帙，紙書金軸二帙，又紙書玳瑁軸五帙。」

〔九〕〔徐注〕《本草》：珊瑚似玉紅潤，生海底磐石上，一歲黄，三歲赤。海人先作鐵網沉水底，貫中而生，絞網出之，過時不取則腐。

〔一〇〕架，《英華》作「駕」，注：一作「架」。〔徐注〕《陳書·徐陵傳》：陵字孝穆。世祖、高宗之世，國家有大手筆，皆陵草之。〔馮曰〕「徐陵架筆」未詳。羅隱詩亦云「徐陵筆硯珊瑚架」。歐陽公集：錢思公有珊瑚筆格，平生尤所珍惜。餘再考。〔補注〕徐陵《玉臺新詠序》：「周王璧臺之上，漢帝金屋之中，玉樹以珊瑚作枝，珠簾以玳瑁爲押。……琉璃硯匣，終日隨身；翡翠筆牀，無時離手。」周振甫謂：「這裏作珊瑚架筆，當是平仄關係。這是説，這首《西溪》，字寫得不如王羲之，不值得裱起來用珊瑚作軸；詩寫得不如徐陵，不值得用珊瑚作筆架。」可備一解。疑此二句係借逸少、徐陵表達對柳仲郢書法、詩作之贊譽。

〔一一〕〔徐注〕魏文帝《（與吴質）書》：德璉常斐然有述作之意。〔補注〕《論語·公冶長》：「子在陳，曰：『歸與！歸與！吾黨之小子狂簡，斐然成章，不知所以裁之。』」此處即取「斐然成章，不知所以裁之」之義，係自謙。

〔一二〕重，徐曰：《文儷》作「覽」。〔按〕尊重，係對尊貴者之敬稱，「重」字不誤，作「覽」者臆改。杜牧《上李太尉論北邊事啓》：「敢以管見，上干尊重。」

〔一三〕〔徐注〕宋玉《對楚王問》：客有歌於郢中者，其始曰《下里巴人》，國中屬而和者數千人；歌《陽春白雪》，朝日魚離，含商吐角，絶節赴曲，國中唱而和之者不過數人。蓋其曲彌高，其和彌寡。〔按〕通行本《文選·宋玉〈對楚王問〉》作「其爲《陽春白雪》，國中屬而和者不過數十人」，引商刻羽，雜以流徵，國中屬而和者，不過數人而已。是其曲彌高，其和彌寡」，與徐注引有異。

〔一四〕兢，《英華》作「驚」，注：集作「兢」。

〔一五〕〔徐注〕《隋書·楊素傳》：素字處道，弘農華陰人。平陳，封越國公。〔馮注〕按素後爲煬帝猜忌，改封楚國。而越國封名久著，故仍稱之。〔補注〕任昉《齊竟陵文宣王行狀》：「地尊禮絶，親賢莫貳。」親賢，指親戚賢臣。楊素與隋王室同姓，位望尊崇，故稱。

〔一六〕〔馮注〕《隋書·楊素傳》：詔曰：上柱國、尚書左僕射、越國公素，懷佐時之略，包經國之才。論文則辭藻縱横，語武則權奇間出。

〔一七〕繡錦，《英華》作「錦繡」。〔補注〕繡錦，喻華美之詩文。

〔一八〕〔徐注〕《隋書·楊素傳》：素善屬文，工草隸，性疏而辯，高下在心。朝臣之内，頗推高熲，敬牛弘，厚接薛道衡，視蘇威蔑如也。嘗以五言詩七百字贈道衡，詞氣宏拔，風韻秀上，爲一時盛作。有集十卷。《薛道衡傳》：道衡字玄卿，河東汾陰人。每至構文，必隱坐空齋，蹋壁而卧，聞户外有人便怒，其沈思如此。高熲、楊素雅相推重，聲名籍甚，無競一時。有集七十卷（此句係據馮注補）。

〔一九〕均，《英華》作「鈞」，音義同。

〔二〇〕〔補注〕《論語·里仁》：「子曰：『德不孤，必有鄰。』」何晏集解：「方以類聚，同志相求，故必有鄰，是以不孤。」比，並也。

〔二一〕〔馮注〕《吕氏春秋》：昔葛天氏之樂，三人摻牛尾，投足以歌八闋：一曰《載民》，二曰《玄鳥》，三曰《遂草木》，四曰《奮五穀》，五曰《敬天常》，六曰《達帝功》，七曰《依地德》，八曰《總萬物之極》。司馬相如《上林賦》：聽葛天氏之歌。〔徐注〕張揖曰：葛天氏，三皇時君號也。

〔二二〕乃，《英華》作「必」。〔徐注〕《穆天子傳》：祭公飲天子酒，乃歌《䆻天》之詩，天子命歌《南山有䑋》，乃紹宴樂。又：北風雨雪，有凍人，天子作詩三章以哀民，曰「我徂黄竹」云云。〔馮注〕《穆天子傳》有西王母爲天子謡、天子答謡，又有《黄澤謡》、《黄竹詩》三章諸篇。

〔二三〕〔徐注〕《初學記》：《華山記》云：頂上方七里，有三峰直上，晴霽可睹。〔按〕太華三峰，指蓮花、玉女、松檜三峰；或説指芙蓉、玉女、明星三峰；亦有謂指蓮花、仙掌、落雁三峰者。

〔二四〕〔馮注〕《漢書·地理志》：廬江郡尋陽縣。《禹貢》：「九江在南，皆東合爲大江。」又：九江郡。應劭曰：江自尋陽分爲九。郭璞《江賦》：流九派乎潯陽。

〔二五〕〔徐注〕《隋書·劉曠傳》：每以誠恕應物。〔補注〕應物，猶以恰當事物對之，指詩文中之對偶，徐注引「以誠恕應物」係待人接物之義，非其義。

〔二六〕闕，《英華》作「屈」，義似較長。〔徐注〕《左傳》：子産争承。〔補注〕此「争承」亦争相承應對答之意，均指詩文之偶對。

〔二七〕常，《英華》作「嘗」。

〔二八〕〔徐注〕殷浩詩：哲匠感蕭晨。〔補注〕哲匠，有高超才藝之文人。

〔二九〕〔徐注〕《左傳》：箴尹克黄曰：「君，天也。」陸機表：不敢上訴所天。善曰：何休《墨守》云：「君者，臣之天也。」〔馮注〕《蜀志》：郤正《釋譏》云：「託身所天。」《吴志・孫皎傳》：甘寧曰：「輸效力命，以報所天。」〔補注〕所天，所依靠之人，此指幕主。

〔三〇〕〔徐注〕《史記・滑稽傳》：時坐席中，酒酣。《襄陽記》：荀令君至人家，三日坐席猶香。〔馮注〕徐陵《春日》詩：落花承步履，流澗寫行衣。

〔三一〕〔徐注〕《左傳》：邲之戰，士季使鞏朔、韓穿帥七覆於敖前，故上軍不敗。〔補注〕七覆，七處埋伏，七處伏兵。

〔三二〕衝，《英華》作「衡」，注：集作「衝」。徐本、馮本作「衡」。〔徐注〕案《通典》：太公對武王曰：「可爲四衝陣。」《太平御覽》引諸葛亮《軍令》云：「連衝陣狹而厚。」是「衝」乃陣名也。「五衝」疑即「五陳」。《左傳・昭元年》：「晉中行穆子禦狄於太原……爲五陳以相離。兩於前，伍於後，專爲右角，參爲左角，偏爲前拒。」是謂五陳。此聯蓋與「七覆」同用《左傳》事，改「陳」爲「衝」，諧聲病耳。有四衝，則亦可言五衝也。〔馮注〕「五陳」杜注云：「皆臨時處置之名。」《正義》曰：「布置使相遠也。」似此「置作」字亦合。然《唐石經》作「伍陳」，不作「五」。又《左傳・僖三十一年》：「晉作五軍以禦狄。」謂三軍、上下新軍也。文豈以河東公晉地人，故皆用晉事乎？然未可定指也。《風后握奇經》曰：「天有衡，地有軸，前後有衝。」則衡、衝皆陳名，與五時之陣、五行之陣，皆屢見兵家書，而究無「五衡」明文。衝、衡二字，義每互用，不必改。其用典宜再考。〔補注〕「坐席行衣」四句，謂尋常景物中均設有埋伏、布有陣勢，蓋贊其用典之巧妙。

〔三三〕〔徐注〕《左傳》：楚人曰：「晉、楚狎主諸侯之盟也久矣，豈專在晉？」〔補注〕狎，交替。狎主，交替主持。此謂豈能更迭主盟，取晉而代之。

〔三四〕〔徐注〕《左傳》：取鄫，言易也。莒亂，著丘公立而不撫鄫，鄫叛而來，故曰取。凡克邑不用師徒曰取（此句係據馮注補）。〔補注〕取，指容易地征服別國或打敗敵軍。《左傳・襄公十三年》：「師救邿，遂取之。凡書『取』，言易也。」

〔三五〕〔徐注〕《左傳》：吳子使其弟蹶由犒師，楚人執之，將以釁鼓。〔馮注〕《左傳》：君以軍行，祓社釁鼓。又：孟明稽首曰：「君之惠，不以纍臣釁鼓。」〔補注〕釁鼓，戰爭時殺人塗血於鼓以祭，亦有殺牲釁鼓者。

〔三六〕交縈，《英華》作「欣榮」。〔徐曰〕一作「欣榮」，非。〔馮曰〕既恐懼，又欣榮也。徐刊本作「交縈」，失其義矣。〔按〕即前「彌復兢惶」意。

〔三七〕措，《英華》作「錯」，字通。〔馮注〕《易》：苟錯諸地而可矣。

〔于在衡、于光華曰〕（「爲芳草以怨王孫」六句）詞致欵深。○唐荊川曰：情致纏綿，沁人肺腑。

# 爲興元裴從事賀封尚書加官啓〔一〕

伏承天恩，榮加寵秩〔二〕，伏惟感慰。伏以蓬、果兇徒，遂爲逋寇〔三〕，三里霧未能成市〔四〕，五斗米乃欲誘人〔五〕。聯接坤維〔六〕，依憑艮險〔七〕，靡跳鋒刃〔八〕，冒觸罾罶〔九〕。尚書四丈機在掌中〔一〇〕，兵存堂上〔一一〕，爰擇幕府〔一二〕，俾帥軍行〔一三〕。羊祜理戎，輕裘緩帶〔一四〕；祭遵臨敵，投壺雅歌〔一五〕。一舉而張角師殲〔一六〕，再戰而孫恩黨盡〔一七〕。長清沴氣〔一八〕，永變巫風〔一九〕。雖合勢於三川〔二〇〕，實先鳴於二子〔二一〕。仰惟殊渥，允謂簡勞〔二二〕。當從銓管之榮〔二三〕，便執陶鈞之柄〔二四〕。蒼生之望，孰不喁喁〔二五〕！

某早忝生徒，復叨參佐〔二六〕。漢祖以蕭何爲人傑〔二七〕，晏子以仲尼爲聖相〔二八〕。當今昌運，繫我師門〔二九〕。雞樹鳳池〔三〇〕，不勝心禱。無任抃賀之至。

**【校注】**

〔一〕本篇原載清編《全唐文》卷七七七第六頁、《樊南文集補編》卷七。題下原注：裴即封之門生。

〔錢箋〕封尚書，封敖也。《新唐書》本傳：「大中中，興元節度使。蓬、果賊依雞山寇三川，敖遣副使王贄捕平之，加檢校吏部尚書。」裴從事，未詳。興元，見《爲彭陽公興元請尋醫表》注〔一〕。《後漢書·百官志》：將軍有從事中郎二人，職參謀議。〔按〕《舊唐書·封敖傳》：「宣宗即位，遷禮部侍郎。大中二年，典貢部，多擢文士。轉吏部侍郎、渤海男，食邑七百户。四年，出爲興元尹、御史大夫、山南西道節度使。」是其主貢舉及裴從事之登進士第乃大中二年事。《通鑑》載，大中五年十月，「蓬、果群盜依阻雞山，寇掠三川。以果州刺史王贄弘充三川行營都知兵馬使以討之」。大中六年二月，「王贄弘討雞山賊，平之」。此啓作於大中六年二月鎮壓蓬、果人民反抗鬬争之後，因已聞封敖加官消息，酌編三月。

〔二〕〔補注〕《左傳·昭公八年》：「子旗曰：『子胡然？彼孺子也，吾誨之，猶懼其不濟；吾又寵秩之，其若先人何？』」寵秩，謂寵而加授官秩。

〔三〕〔錢注〕《通鑑》：宣宗大中五年十月，蓬、果群盜依阻雞山，寇掠三川，以果州刺史王贄弘充三川行營都知兵馬使，六年二月討平之。是時山南西道節度使封敖奏巴南妖賊言辭悖慢，上怒甚。崔鉉曰：「此皆陛下赤子，迫於飢寒，盜弄陛下兵於谿谷間，不足辱大軍，但遣一使者可平矣。」乃遣京兆少尹劉潼詣果州招諭之。賊投弓列拜請降。潼歸館。而王贄弘引兵已至山下，竟擊滅之。《新唐書·地理志》：蓬州、果州並屬山南西道。〔補注〕《通鑑》胡注：「雞山在蓬、果二州之界，而群盜依阻以寇掠三川，則其結根也廣矣。三川，謂東、西川及山南西道也。」逋寇，流寇。《通鑑》：「潼上言請不發兵攻討，且曰：『今以日月之明燭愚迷之衆，使之稽顙歸命，其勢甚易。所慮者，武臣恥不戰之功，議者責欲速之效耳。』潼至山中，盜彎弓待之，潼屏左右直前曰：『我面受詔赦汝罪，使汝復爲平人。聞汝木弓射二百步，今我去汝十步，汝真欲反者，可射我！』賊皆投弓列拜，請降。潼歸館，而王贄弘與中使似先義逸引兵已至山下，竟擊滅之。」詳引其事，見所謂「兇徒」「逋寇」者，實飢寒交迫之百姓。

〔四〕〔錢注〕《後漢書·張楷傳》：楷字公超，隱居弘農山中，學者隨之，所居成市。後華陰山南遂有公超市。性好道術，能作五里霧。時裴優亦能爲三里霧，自以不如楷，從學之。楷避不肯見。優行霧作賊，事覺被考，引楷，言從學術，後以事無驗見原。

〔五〕〔錢注〕《後漢書·劉焉傳》：張魯祖父陵，順帝時，客於蜀，學道鶴鳴山中，造作符書，以惑百姓。受其道者，輒出米五斗，故謂之米賊。〔按〕據「三里霧」「五斗米」及所謂「妖賊」，其時蓬、果人民當以道術相號召，聚而起事。

〔六〕〔錢注〕《淮南子》：坤維在西南。

〔七〕〔錢注〕《初學記》：楊文《易卦序論》云：「險而止，山也；險而動，泉也。動静皆蒙險，故曰山。」〔補注〕《易·説卦》：「艮爲山。」艮險，指雞山險阻。

〔八〕〔錢注〕《説文》：䟴，僵也。一曰：跳也。〔補注〕䟴跳，猶跳躍。

〔九〕罿，《全文》誤作「罿」，據錢注本改。〔錢注〕《國語》：且其狀方上而鋭下，宜觸冒人。郭璞《江賦》：罳罳比船。李善注：罳罳，皆網名也。

〔一〇〕〔錢注〕《史記·滑稽傳補》：東方生曰：「動發舉事，猶如運之掌中。」〔補注〕尚書四丈，指封敖。封敖行四，故稱。

〔一一〕〔錢注〕張協《雜詩》：何必操干戈，堂上有奇兵。

〔一二〕〔錢注〕《史記·李牧傳》：市租皆輸入莫府。《索隱》曰：崔浩云：「將帥理無常處，以幕帟爲府署，故曰幕府。」當作「幕」。

〔一三〕〔補注〕《左傳·僖公三十三年》：「以一命命郤缺爲卿，復與之冀，亦未有軍行。」杜預注：「雖登卿位，未有軍列。」軍行（音杭），軍職。此「軍行」指軍隊。

〔一四〕〔錢注〕《晉書·羊祜傳》：祜在軍中，常輕裘緩帶，身不被甲。治戎，見《左傳》，避諱作「理」。〔補注〕《左傳·成公三年》：「二國治戎，臣不才，不勝其任，以爲俘馘。」治戎，作戰，治軍。

〔一五〕〔錢注〕《後漢書·祭遵傳》：遵爲將軍，取士皆用儒術，對酒設樂，必雅歌投壺。《書史會要》：封敖屬辭美贍，而字亦美麗。〔補注〕投壺，古代宴會禮制，亦爲文娱活動。賓主依次用矢投向盛酒之壺口，以投中多少決勝負。負者飲酒。詳見《禮記·投壺》。

〔一六〕〔錢注〕《後漢書·靈帝紀》：中平元年，鉅鹿人張角自稱黄天，其部帥有三十六萬，皆著黄巾，同日反叛。《爾雅》：殲，盡也。〔補注〕《左傳·襄公二十五年》：「九世之卿族，一舉而滅之，可哀也哉！」

〔一七〕〔錢注〕《晉書·孫恩傳》：世奉五斗米道，叔父泰，師杜子恭，傳其術。扇動百姓，私集徒衆。會稽王道子誅之。恩逃於海，聚合亡命，志欲復仇，旬日之中，衆數十萬。後窮蹙赴海自沈，妖黨及妓妾謂之水仙，投水從死者百數。

〔一八〕〔錢注〕《漢書·五行志》：氣相傷謂之沴。沴猶臨莅不和意也。〔補注〕沴氣，灾害不祥之氣。

〔一九〕〔補注〕《書·伊訓》：「敢有恒舞于宫，酣歌于室，時謂巫風。」此指蓬、果起事者以道教巫術相號召之宗教迷信手段。

〔二〇〕〔錢注〕（三川）謂東、西川及山南西道。〔補注〕合勢，指東、西川及山南西道均對蓬、果起事者取合圍進討之勢。

〔二一〕〔補注〕《左傳·襄公二十一年》：「平陰之役，先二子鳴。」二子，當指封敖、王贄弘。

〔二二〕〔錢注〕傅亮《爲宋公求加贈劉前軍表》：念功簡勞，義深追遠。〔補注〕簡勞，檢視勞績。

〔二三〕銓，《全文》作「鈐」，從錢校改。〔補注〕銓管，掌管選拔任用官吏。此指正式擔任吏部尚書之職位。

〔二四〕〔錢注〕《漢書·鄒陽傳》注：張晏曰：「陶家名模下圜轉者爲鈞。」〔補注〕謂即將執掌宰相職位。

〔二五〕〔錢注〕《漢書·司馬相如傳》注：喁喁，衆口向上也。〔補注〕喁喁，仰望期待貌。

〔二六〕〔錢注〕《魏志·王基傳》：歸功參佐。〔補注〕裴爲封敖主貢舉時登進士第之門生，故云「早忝生徒」，參注〔一一〕。參佐，指幕僚。

〔二七〕見《爲滎陽公上西川李相公狀》「不如蕭何，見漢祖之高論」注。

〔二八〕〔錢注〕《晏子春秋》：仲尼，聖相也。

〔二九〕〔錢注〕《後漢書·班固傳》：經學稱於師門。

〔三〇〕雞樹，見《爲濮陽公上賓客李相公狀一》「雞樹後生」注。鳳池，見《爲安平公賀皇躬痊復上門下表》「望鳳池而結戀」注。

# 爲河東公謝相國京兆公第三啓〔一〕

伏奉別紙榮示，欲令男珪仰從麾旆〔二〕。感激重顧，寢興失常。相公爰自奥區，將臨巨鎮〔三〕。當求國器〔四〕，以耀戎旃〔五〕。渠書劍無聞〔六〕，癡黠相半〔七〕。昨者謬蒙與國〔八〕，命厠群僚〔九〕。發遣以來〔一〇〕，憂慚未定，豈可再升上榻〔一一〕，重託後車〔一二〕，混七子之聲塵〔一三〕，列三公之掾屬〔一四〕！所虞辱命，安敢顧私〔一五〕？況古之在三，父生師教〔一六〕。今世既無師道〔一七〕，所奉之主當焉〔一八〕。渠雖甚愚，亦知斯義。倘得永依油幕〔一九〕，長侍絳紗〔二〇〕，雖闕晨昏〔二一〕，乃在霄漢。向垂詢度〔二二〕，伏用兢惶。以渠將遠依投〔二三〕，猶須教督〔二四〕，伏望許乘驛馬〔二五〕，假道弊藩，三五日即遣榜小舟〔二六〕，倍程下水〔二七〕，必令界內，得及軍前。恩紀綢繆〔二八〕，光榮浹洽。雖萬里將遠，實人心不孤。言路情塗〔二九〕，所難申喻。伏紙搦管，死生以之〔三〇〕。

**【校注】**

〔一〕本篇原載清編《全唐文》卷七七六第一六頁、《樊南文集補編》卷七。〔錢箋〕本集有《爲河東公謝相國京兆公啓》二首，皆因柳珪被辟而作，時杜悰節度西川也。此啓及下二首，則於悰移鎮淮南時上。考悰自西川遷淮南，《舊唐書》紀、傳皆不載。惟《新唐書·傳》云：「會昌初，爲淮南節度使。踰年召同平章事。未幾，以本官罷，出爲劍南東川節度使，徙西川，復鎮淮南。」而不詳其年月。《詩集·述德抒情詩》，馮氏曰：「二書《悰傳》年月，皆不細。考《宰相表》，悰由淮南入相，在會昌四年閏七月，罷相在五年五月。其移鎮西川則在大中二年二月，見《通鑑考異》。至三年十月，始奏取維州。又《舊書·紀》及《白敏中傳》，李回於大中元年八月節度西川，二年正月左遷湖南觀察。白敏中於五年出鎮邠寧，七年移西川節度。然則悰洵於二年二月由東川移西川，而七年始移淮南。故柳仲郢六年鎮東川，其子柳珪，被悰辟聘也。」考證精確，不能易矣。《新唐書·宰相世系表》：杜氏出自祁姓，成王滅唐，改封唐氏子孫於杜城，京兆杜陵縣是也。〔張箋〕（大中六年）四月，西川節度使杜悰遷淮南節度使，邠寧節度使白敏中檢校司徒，爲西川節度使。附考云：檢《舊・紀》，是年（按：指大中六年）秋七月丙辰書：「前淮南節度使李珏卒，贈司空。」則悰之遷鎮，蓋代李珏，其在是年無疑。《新書・宰相表》是年又書：「四月甲辰，白敏中檢校司徒、平章事、西川節度使。」是敏中又代悰鎮西川也。《補編・爲河東公復相國京兆公第一啓》云：「今月某日，已遣某職鮮于位奉啓狀謁賀新寵。伏承決取峽路，東指廣陵。」《第二啓》云：「今月某日，潘押衙侍御至。伏蒙仁恩，榮賜手筆數幅。伏承鳳詔已頒，鷁舟期艤。日臨端午，路止半千。不獲親祝松年，躬攀檜楫。持百錢而莫追劉寵，聞五鼓而空憶鄧攸。感恩戀德，不知所爲。」敏中既於四月除西川，則悰之離鎮在五月端節明矣。……考《樊川集》有《册贈李珏司空制書》「大中六年五月十六日壬午，皇帝若曰：咨爾淮南節度使李珏」云云，則珏洵於六年春夏之交卒矣。……又案《唐會要・祥瑞門》載「大中六年九月二日，淮南節度使杜悰奏：海陵、高郵兩縣百姓，於官河洒得聖米」云云，此尤爲悰是年移鎮之確據。馮譜誤列七年，因之又取義山赴蜀及西川推獄，皆列諸六年，仍沿《舊・紀》駁文，宜其分悼亡之年與赴辟之年爲二也。〔按〕張氏考辨杜悰自西川移鎮淮南之年月甚確，當從。啓有「相公爰自奧區，將臨巨鎮」語，是悰初奉移鎮詔命時上，參《爲河東公復相國京兆公第二啓》「日臨端午」之文，本篇約上於大中六年四月下旬。

〔二〕〔錢注〕《舊唐書・柳仲郢傳》：子珪大中五年登進士第，累辟使府，早卒。〔補注〕此「從麾旆」謂隨悰爲淮南使府幕僚。

〔三〕〔補注〕奥區，指西川。巨鎮，指淮南，唐時天下之盛，有「揚一益二」之諺，見洪邁《容齋隨筆·唐揚州之盛》。

〔四〕〔錢注〕《史記·晉世家》：楚成王曰：「晉公子賢，而困於外久，從者皆國器，此天所置，庸可殺乎？」〔補注〕《漢書·韓安國傳》「天子以爲國器」顔師古注：「言其器用重大，可施於國政也。」

〔五〕〔錢注〕謝朓《拜中軍記室辭隨王箋》：契闊戎旃。

〔六〕見《爲濮陽公上陳相公狀二》注〔五〕。

〔七〕見《上華州周侍郎狀》注〔三〕。

〔八〕〔補注〕與國，友邦，此指鄰接之方鎮西川。

〔九〕〔錢注〕本集《爲柳珪謝京兆公啓》：伏蒙召署攝成都府參軍、充安撫巡官者。

〔一〇〕〔補注〕發遣，打發，使離去。錢注引《舊唐書·食貨志》「差長綱發遣」之「發遣」，係發運之意，非本句之義。

〔一一〕見《上鄭州李舍人狀三》注〔四〕。

〔一二〕〔補注〕《詩·小雅·緜蠻》：「命彼後車，謂之載之。」後車，侍從所乘之車。曹丕《與朝歌令吴質書》：「從者鳴笳以啓路，文學託乘於後車。」此以「託後車」指爲幕僚佐吏。

〔一三〕〔錢注〕魏文帝《典論·論文》：今之文人，魯國孔融、廣陵陳琳、山陽王粲、北海徐幹、陳留阮瑀、汝南應瑒、東平劉楨，斯七子者，於學無所遺，於辭無所假。《魏志·王粲傳》：始文帝爲五官將，及平原侯植皆好文學，粲與北海徐幹、廣陵陳琳、陳留阮瑀、汝南應瑒、東平劉楨，並見友善。自邯鄲淳等亦有文采，而不在此七人之例。〔按〕參《爲柳珪上京兆公謝辟啓》「望鄴中之七子」注。

〔一四〕〔錢注〕崔寔《政論》：三公則天子之股肱，掾屬則三公之喉舌。〔補注〕沈詢《授杜悰淮南節度使制》：「汝爲司空，兼持邦憲。」故云「三公」。

〔一五〕〔錢注〕《史記·蔡澤傳》：盡公而不顧私。

〔一六〕〔錢注〕《國語》：欒共子曰：「人生於三，事之如一：父生之，師教之，君食之。」

〔一七〕〔補注〕韓愈《師説》：「師道之不傳也久矣。」

〔一八〕〔錢注〕潘岳《閑居賦序》：所奉之主，即太宰魯武公其人也。〔補注〕所奉之主，此指所侍奉之幕主。

〔一九〕〔錢注〕《宋書·劉穆之傳》：蕭瑀《與顔竣書》曰：「朱修之三世叛兵，一旦居荆州青油幕下。」〔補注〕油幕，塗油之帳幕，此借指將帥之幕府。

〔二〇〕〔補注〕絳紗，即絳紗帳，借指師門、講席。見《爲山南薛從事謝辟啓》注〔一六〕。

〔二一〕〔補注〕《禮記·曲禮上》：「凡爲人子之禮，冬溫而夏凊，昏定而晨省。」

〔二二〕〔補注〕《詩·大雅·板》：「先民有言：詢于芻蕘。」《國語·晉語四》：「及其即位也，詢於八虞而諮於二虢，度於閎夭而謀於南宮。」韋昭注：「度，亦謀也。」詢度，徵求意見、商議。

〔二三〕〔錢注〕《樂府·石城樂》：城中諸少年，出入見依投。〔補注〕遠依投，謂柳珪將遠依杜悰於淮南幕。

〔二四〕〔錢注〕楊惲《報孫會宗書》：賜書教督。

〔二五〕〔錢注〕《舊唐書·職官志》：凡三十里一驛。

〔二六〕〔錢注〕《楚辭·九懷》：榜船兮下流。〔補注〕榜，船槳，此指劃船。

〔二七〕〔錢注〕《水經注》：下水五日，上水百日也。

〔二八〕〔錢注〕《蜀志·劉先主傳》：先主至京見權，綢繆恩紀。〔補注〕恩紀，猶恩情；綢繆，情意殷切貌。

〔二九〕〔錢注〕陳琳《爲袁紹檄豫州》：杜絶言路。《梁書·張充傳》：情塗猖隔。〔按〕此「言路」與「情塗」對舉見義，錢引非。

〔三〇〕〔補注〕《左傳·昭公四年》：「子産曰：『何害！苟利社稷，死生以之。』」

## 爲河東公復相國京兆公啓〔一〕

今月某日，已遣某職鮮于位，奉啓狀謁賀新寵〔二〕。至某日，復遣脚力某乙奉啓，仰諮行李〔三〕，願就坦夷。今日蒙降專人，且云告别，正書輝握〔四〕，横涕霑襟〔五〕。實影響以疚懷〔六〕，豈平生之易感！伏承決取峽路〔七〕，東指廣陵〔八〕。相公亟歷雄藩〔九〕，惟循儉德〔一〇〕，空持經笥〔一一〕，不事橐裝〔一二〕。固以忠貫波神〔一三〕，仁懷風伯〔一四〕，自然利涉〔一五〕，安有畏途〔一六〕？雖二江雙流〔一七〕，懸蜀土去思之懇〔一八〕；而一日千里〔一九〕，慰揚州來暮之謡〔二〇〕。封域匪遐〔二一〕，藩宣爲累〔二二〕。不獲仰瞻使節〔二三〕，竊止仙舟〔二四〕。感戀之誠，寄喻無所。今遣節度判官李商隱侍御〔二五〕，往渝州及界首已來〔二六〕，備具餼牽〔二七〕，指揮館遞〔二八〕。伏惟俯從祖軷〔二九〕，暫駐征帆。南望煙波，恨無毛羽。下情不任瞻戀感激之至。

**【校注】**

〔一〕本篇原載清編《全唐文》卷七七六第一六頁、《樊南文集補編》卷七。錢、張箋均見《爲河東公謝相國京兆公第三啓》注〔一〕。〔按〕文云「今日蒙降專人，且云告別……伏承決取峽路，東指廣陵」，是杜悰已定東下行期路綫，即將啓程時所上。參《爲河東公復相國京兆公第二啓》「日臨端午」之語，本篇約上於大中六年四月末。

〔二〕〔補注〕新寵，指悰新授淮南節度使之寵命。

〔三〕〔補注〕行李，語本《左傳·僖公三十年》：「行李之往來，共其乏困。」本指使者。此指行旅。

〔四〕〔補注〕正書，此指杜悰以正楷書寫之書啓。

〔五〕〔錢注〕《家語》：反袂拭面，涕泣沾衿。

〔六〕〔錢注〕顔延之《秋胡詩》：影響豈不懷？謝莊《月賦》：悄焉疚懷。

〔七〕〔錢注〕峽路，見《爲滎陽公上西川李相公狀》「朝白帝而暮江陵」句注引《水經注》。張協《雜詩》：峽路峭且深。〔按〕自成都赴揚州，有水陸二途：陸路取道長安、洛陽，再經汴渠南下；水路則由成都沿岷江南下至戎州，沿長江經渝州、三峽而東下。據上文「仰諮行李，願就坦夷」之語，仲郢似有希其走相對坦夷之陸路之意，而杜悰則「決取峽路」，故有下文「自然利涉，安有畏途」數語。

〔八〕〔錢注〕《舊唐書·地理志》：揚州，隋江都郡。武德九年，改爲揚州。天寶元年改爲廣陵郡。乾元元年復爲揚州。自後置淮南節度使。

〔九〕〔補注〕亟，屢。悰曾歷鳳翔、忠武、淮南、東川、西川節度使。此次又遷淮南節度使，故云「亟歷雄藩」。

〔一〇〕〔補注〕《書·太甲上》：「慎乃儉德，惟懷永圖。」《易·否》：「君子以儉德辟難。」

〔一一〕〔錢注〕《後漢書·邊韶傳》：腹便便，五經笥。

〔一二〕〔補注〕橐裝，指珠寶財物之聚藏。《漢書·陸賈傳》：「賜賈橐中裝，直千金。」

〔一三〕〔錢注〕《列子》：孔子自衛反魯，息駕於河梁而觀焉。有懸水三千仞，圜流九十里，魚鼈弗能遊，黿鼉弗能居。有一丈夫，方將厲之，遂度而出。孔子問之，對曰：「始吾之入也，先以忠信；及吾之出也，又從以忠信。忠信措吾軀於波流，而吾不敢以用私，所以能入而復出者以此也。」《淮南子》高誘注：陽侯，陵陽國侯也。其國近水，休水而死。其神能爲大波，有所傷害，因謂之陽侯之波。

〔一四〕〔錢注〕蔡邕《獨斷》：風伯，神，箕星也。其象在天，能興風。〔補注〕懷，歸服。《禮記・禮器》：「君子有禮，則外諧而内無怨，故物無不懷仁。」

〔一五〕〔補注〕《易・需》：「貞吉，利涉大川。」

〔一六〕〔錢注〕《莊子》：畏途者，日殺一人，則父子兄弟相戒。

〔一七〕〔錢注〕左思《蜀都賦》：帶二江之雙流。劉逵注：江水出岷山，分爲二江，經成都南，東流經之，故曰「帶」也。〔補注〕《史記・河渠書》：「蜀守冰鑿離碓，辟沫水之害，穿二江成都之中。」張守節《正義》引任豫《益州記》：「二江者，郫江、流江也。」

〔一八〕〔錢注〕《漢書・循吏傳》：所居民富，所去見思。

〔一九〕千里，《全文》作「十旦」。〔錢曰〕疑當作「千里」。《荀子》：夫驥一日而千里。〔按〕錢疑「十旦」當作「千里」，甚是，然引《荀子》以證則非。此處當用《水經注・江水》：「有時朝發白帝，暮到江陵，其間千二百里，雖乘奔御風，不以疾也。」今據改。

〔二〇〕來暮之謡，見《爲中丞滎陽公桂州上後上中書門下狀》注〔一五〕引《後漢書・廉范傳》。

〔二一〕〔補注〕《周禮・春官・保章氏》：「以星土辨九州之地所封，封域皆有分星。」東、西川二鎮鄰接，故云「封域非遐」。

〔二二〕〔補注〕《詩·大雅·崧高》：「四國于蕃，四方于宣。」藩宣，即藩垣，喻衛國之藩鎮重臣。

〔二三〕〔補注〕《周禮·地官·掌節》：「凡邦國之使節，山國用虎節，土國用人節，澤國用龍節。」鄭玄注：「使節，使卿大夫聘於天子諸侯，行道所執之信也。」此以「使節」指稱派駐一方之節度使。節度使出使，持雙旌雙節。

〔二四〕〔錢注〕《後漢書·郭太傳》：太字林宗，遊於洛陽，始見河南尹李膺，遂相友善。後歸鄉里，衣冠諸儒送至河上，林宗唯與李膺同舟而濟。衆賓望之，以爲神仙焉。〔補注〕仙舟，此指杜悰所乘之官船。

〔二五〕〔錢注〕《新唐書·百官志》：節度使兼觀察使，又有判官、支使、推官、巡官、衙推各一人。又：至德後，諸道使府參佐，皆以御史爲之，謂之外臺。〔按〕商隱《樊南乙集序》：「（大中五年）七月，尚書河東公守蜀東川，奏爲記室。十月，得見吴郡張黯見代，改判上軍。……明年，記室請如京師，復攝其事。」作此啓時商隱之正式身份仍爲節度判官，故稱。商隱在徐幕已得「侍御」憲銜，在東川幕仍帶此銜，故稱「李商隱侍御」。

〔二六〕〔錢注〕《新唐書·地理志》：渝州屬劍南道。《後漢書·劉祐傳》：每至界首，輒改易輿服，隱匿財寶。〔按〕杜悰自成都取峽路赴揚州，所經沿江之瀘州屬東川節度使管轄，渝州屬山南西道。此句「界首」似指東、西川接壤之所。

〔二七〕〔補注〕《左傳·僖公三十三年》：「使皇武子辭焉，曰：『吾子淹久於敝邑，唯是脯資餼牽竭矣。』」餽牽,泛指糧、肉等食品。

〔二八〕〔錢注〕《唐會要》:元和五年正月,考功奏:「諸道節度使觀察等使,各選清强判官一人,專知郵驛。」〔補注〕館遞,驛站所設館舍。

〔二九〕〔錢注〕《詩·烝民》箋:祖者,將行犯軷之祭也。〔按〕出行時祭祀路神稱祖軷。

# 爲河東公復相國京兆公第二啓〔一〕

今月某日,潘押衙侍御至〔二〕,伏蒙仁恩,榮賜手筆數幅。某獲依大國,竊曰親鄰〔三〕,將欲違離,彌驚顧遇。但當洵涕〔四〕,用對緘封〔五〕。伏承鳳詔已頒〔六〕,鷁舟期艤〔七〕,日臨端午〔八〕,路止半千〔九〕。不獲親祝松年〔一〇〕,躬攀檜楫〔一一〕。持百錢而莫追劉寵〔一二〕,聞五鼓而空憶鄧攸〔一三〕。仰望旌幢,恨非巾履〔一四〕。自觀符竹,乃是網羅〔一五〕。縱詞窮於刀筆之間〔一六〕,終事溢於肺腸之外。感恩戀德,不知所爲。

【校注】

〔一〕本篇原載清編《全唐文》卷七七六第一七頁、《樊南文集補編》卷七。〔按〕文云「伏承鳳詔已頒,鷁舟期艤，日臨端午，路止半千」，啓當上於大中六年端午前夕。

〔二〕〔錢注〕《通鑑·唐玄宗紀》注：押牙者，盡管節度使牙内之事。侍御，已見上篇注〔二五〕。

〔三〕竊，《全文》作「切」，從錢校改。

〔四〕洵，《全文》作「眴」，從錢校改。〔錢注〕《國語》：無瘠色，無洵涕。解：洵音愔，無聲涕出，爲洵涕也。

〔五〕〔補注〕緘封，指書信，亦即上文「手筆」。

〔六〕〔錢注〕《晉書·石季龍載記》：戲馬觀上安詔書，五色紙在木鳳之口，鹿盧迴轉，狀若飛翔焉。〔補注〕謂任命杜悰爲淮南節度之詔書已頒佈。

〔七〕〔錢注〕《淮南子》：龍舟鷁首。高誘注：鷁，大鳥也。畫其象著船首。《漢書·項籍傳》注：如淳曰：「南方人謂整船向岸曰檥。」〔補注〕《文選·左思〈蜀都賦〉》：「艤輕舟。」劉逵注：「應劭曰：『艤，正也。』一曰：『南方俗謂正船迴濟處爲艤。』」此曰「鷁舟期艤」，當指官船待發。

〔八〕〔錢注〕周處《風土記》：仲夏端午。端，初也。俗重五日，與夏至同。

〔九〕〔錢注〕《舊唐書·員半千傳》：半千本名餘慶，少與齊州人何彦先同師事學士王義方，義方嘉重之，嘗謂之曰：「五百年一賢，足下當之矣。」因改名半千。〔按〕路止半千，當是自梓州至成都之大致里程，參下文「不獲親祝松年，躬攀檜楫」自明。

〔一〇〕〔補注〕松年，指長壽。觀此句，似杜悰之生日在五月端陽節。

〔二〕〔補注〕《詩·衛風·竹竿》：「淇水滺滺，檜楫松舟。」

〔三〕〔錢注〕《後漢書·劉寵傳》：寵拜會稽太守，郡中大化，徵爲將作大匠。山陰縣有五六老叟，人齎百錢以送寵，寵爲人選一大錢受之。

〔三〕〔錢注〕《晉書·鄧攸傳》：吴郡闕守，帝以授攸，後稱疾去職。吴人歌之曰：「紞如打五鼓，雞鳴天欲曙。鄧侯拖不留，謝令推不去。」

〔四〕〔錢注〕《魏志·荀彧傳》注：張衡《文士傳》曰：「禰衡著布單衣，疏巾履，坐太祖營門外。」〔按〕恨非巾履，謂己不能如隨身佩用之巾履隨杜悰而往也。即陶淵明《閑情賦》「願在衣而爲領」「願在裳而爲帶」「願在絲而爲履」之意。

〔五〕〔錢注〕《金樓子》：楚國龔舍，隨楚王朝未央宫，見赤蜘蛛大如粟，四面羅網，有蟲觸之，不得出而死。乃歎曰：「仕宦者，人之羅網，豈可久淹歲月耶？」

〔六〕〔錢注〕《漢書·郅都傳》：臨江王欲得刀筆爲書謝上。注：刀，所以削治書也。古者書於簡牘，故必用刀焉。

## 爲河東公上西川白司徒相公賀冬啓〔一〕

伏以水謝舊箒〔二〕，灰驚新律〔三〕，乘陰閉陽開之候〔四〕，見詠功祝壽之辰。伏惟相公，便自坤維〔五〕，更承兑澤〔六〕。遽收武節〔七〕，長轉洪鈞〔八〕。昔風后之佐軒皇〔九〕，不爲外相〔一〇〕；傅説之毗殷帝〔一一〕，無敢專征〔一二〕。獲奉恩知，實所欣賴。屬緣戎鎮，闕詣軒庭。數攀戀以誠深，與願望而俱切。

【校注】

〔一〕本篇原載清編《全唐文》卷七七六第一七頁、《樊南文集補編》卷七。〔錢箋〕（西川白司徒相公）白敏中也。《舊唐書》本傳：大中七（按：當爲六）年，進位特進、劍南西川節度副大使、知節度等事。《新唐書》本傳：檢校司徒，徙劍南西川。西川，見《爲滎陽公上西川李相公狀》注〔一〕。司徒，見《爲彭陽公上鳳翔李司徒狀》注〔一〕。蔡邕《獨斷》：冬至陽氣起，君道長，故賀。〔張箋〕（編大中六年冬。）〔按〕白敏中大中六年四月由邠寧徙鎮西川。此啓有「昔風后之佐軒皇，不爲外相；傅説之毗殷帝，無敢專征」之語，當是敏中移鎮西川後不久，即大中六年冬所上。如爲七、八年所上，則以上數語不免有過時之嫌。且東、西川鄰接，賀冬啓自亦以敏中到西川任之當年即上爲近理。故編大中六年冬至前。

〔二〕〔補注〕《集韻·董韻》：「筩，候管。」水爲仲冬之月羽音之象（見《禮記·月令》「仲冬之月……其音羽」孔疏）。水謝舊筩，猶「辭舜琯」、「灰驚新律」。

〔三〕〔錢注〕《後漢書·律曆志》：候氣之法，以木爲案，每律各一，從其方位，以葭莩灰抑其内端，案曆而候之，氣至灰去。

〔四〕〔錢注〕揚雄《甘泉賦》：帥爾陰閉，霅然陽開。〔補注〕古人以爲每年冬至陰氣盡而陽氣開始復生，謂之「一陽來復」，見《易·復》孔穎達疏。

〔五〕〔補注〕《易·坤》：「西南得朋。」《文選·張協〈雜詩〉之二》：「大火流坤維，白日馳西陸。」李善注：「《淮南子》曰：『坤維在西南。』」此指蜀地。

〔六〕〔補注〕《易·兑》：「《兑》，亨、利、貞。」孔疏：「以《兑》是象澤之卦，故以兑爲名。」兑澤，此指帝王恩澤。

〔七〕〔錢注〕《漢書·武帝紀》：躬秉武節。〔按〕《新唐書·白敏中傳》：「會党項數寇邊，鉉言宜得大臣鎮撫。天子嚮其言，故敏中以司空、平章事兼邠寧節度、招撫制置使。……踰年，檢校司徒，徙劍南西川。」敏中招討党項、出鎮邠寧在大中五年三月及五月，八月党項平。六年四月即徙西川。此所謂「遽收武節」。

〔八〕〔補注〕轉洪鈞，喻執掌國家軍政大權。

〔九〕〔錢注〕《史記·五帝紀》：黄帝者，姓公孫，名曰軒轅，舉風后、力牧、常先、大鴻以治民。《正義》曰：《帝王世紀》云：「黄帝夢大風，吹天下之塵垢皆去，又夢人執千鈞之弩，驅羊萬群。帝寤而歎曰：『風爲號令，執政者也；垢去土，后在也。天下豈有姓風名后者哉？夫千鈞之弩，異力者也；驅羊數萬群，能牧民爲善者也。天下豈有姓力名牧者哉？』於是依二占以求之，得風后於海隅，登以爲相；得力牧於大澤，進以爲將。」

〔一〇〕〔錢注〕《晉書·羊祜傳論》：超居外相，宏總上流。〔補注〕外相，在地方上主政者。唐時常稱帶宰相銜出鎮者，略同於使相。

〔一一〕〔錢注〕《詩·節南山》箋：毗，輔也。〔補注〕《書·説命上》：「説築傅巖之野……爰立作相，王置諸其左右。」殷帝，指殷高宗武丁。

〔一二〕〔錢注〕《竹書紀年》：王命西伯得專征伐。〔按〕《全唐文》卷七六三沈珣（詢）《授白敏中西川節度使制》：「洎羌寇憑陵，殿兹西土，戎醜斂路，栅堡相望。既收功於邠、郊，宜移旆於井絡。」專征，即指平党項事，亦可包鎮西川。

## 爲河東公上尚書侍郎給事賀冬啓〔一〕

伏以水謝舊簫〔二〕，灰驚新律〔三〕，乘陰閉陽開之候〔四〕，見詠功祝壽之辰。伏惟某官，道以和光〔五〕，謙而受益〔六〕。皇恩三接〔七〕，且聞宣室之言〔八〕；清禁九重〔九〕，續奉台階之寄〔一〇〕。膺時納祐〔一一〕，與國同休。某方守藩維，闕趨門屏〔一二〕。無任結戀之至。

【校注】

〔一〕本篇原載清編《全唐文》卷七七六第一七頁、《樊南文集補編》卷七。〔錢注〕《舊唐書·職官志》：尚書正三品，侍郎正四品上，給事中正五品上。〔張箋〕（將本篇及以下三篇賀冬啓統繫於大中五年至九年居東川柳仲郢幕期間，云）不能詳其何年。〔按〕本篇與以下三篇賀冬啓及《爲河東公上西川白司徒相公賀冬啓》，分賀宰相、尚書侍郎給事中、翰林學士、方鎮武臣，在《全唐文》中次第緊相承接，且用語、格式均相類，當爲同時有計劃撰擬之一組應酬書啓。撰寫此類書啓，爲幕中掌書記之職責，而商隱大中五年冬初居梓幕時任節度判官，至「明年（大中六年），記室請如京師，復攝其事」（《樊南乙集序》），故大中五年冬商隱不可能作此組書啓。白敏中大中六年四月始由邠寧移鎮西川，故此組書啓只可能作於大中六年之後。大中九年十一月，柳仲郢已内徵，則此組書啓亦不可能作於九年冬至前。然則唯有大中六、七、八三年中之某一年方可能上此組書啓。而本篇前四句與《爲河東公上西川白司徒相公賀冬啓》文字全同，顯爲同時之作，而《爲河東公上西川白司徒相公賀冬啓》以作於大中六年之可能性最大，故此組書啓殆均爲大中六年冬至前所上。

〔二〕〔三〕〔四〕見上篇注〔二〕〔三〕〔四〕。

〔五〕〔錢注〕《老子》：挫其鋭，解其紛，和其光，同其塵。湛兮似或存，吾不知誰之子，象帝之先。〔補注〕和光，謂才華内藴，不露鋒芒。

〔六〕〔補注〕《書·大禹謨》：「滿招損，謙受益。」

〔七〕〔補注〕三接，三度接見。語本《易·晉》：「晉，康侯用錫馬蕃庶，晝日三接。」孔穎達疏：「晝日三接者，言非惟蒙賜蕃多，又被親寵頻數，一晝之間，三度接見也。」

〔八〕〔補注〕《史記·屈原賈生列傳》：「孝文帝方受釐，坐宣室。上因感鬼神事，而問鬼神之本。賈生因具道所以然之狀。至夜半，文帝前席。」宣室，漢未央宫前之正室，即宣室殿。

〔九〕〔錢注〕傅咸《申懷賦》：穆穆清禁。

〔一〇〕〔補注〕謂將繼任宰相之職。

〔一一〕祐，錢注本作「祜」。〔補注〕納祐，猶納福。

〔一二〕〔錢注〕蔡邕《協和昏賦》：既臻門屏，結軌下車。

## 爲河東公上四相賀冬啓〔一〕

伏以節在一陽〔二〕，慶歸三壽〔三〕。君子既聞於齋戒〔四〕，小人寧望於禱祈。伏惟相公，芝鶴延年，松龜定命，上毗左契〔五〕，下轉洪鈞。立蒿柱之前〔六〕，長辭舜琯〔七〕；侍土階之側〔八〕，永數堯蓂〔九〕。某方限戎行〔一〇〕，不獲拜賀。攀戀之至，實倍常倫。

【校注】

〔一〕本篇原載清編《全唐文》卷七七六第一八頁、《樊南文集補編》卷七。〔錢箋〕柳仲郢於大中六年出鎮，核諸《新唐書・宰相表》，是時居相位者，崔鉉、令狐綯、魏謩、裴休諸人，而四相難以確指。《春明退朝録》：唐制，宰相四人，首相爲太清宮使，次三相皆帶館職，弘文館大學士、監修國史、集賢殿大學士，以此爲序。〔按〕本篇與《爲河東公上西川白司徒相公賀冬啓》《爲河東公上尚書侍郎給事賀冬啓》均爲大中六年冬至前所上，詳《爲河東公上尚書侍郎給事賀冬啓》注〔一〕。錢箋沿馮譜，謂仲郢出鎮東川在大中六年雖誤，然所列大中六年四相則正此啓所上者。

〔二〕〔錢注〕曹植《冬至獻韈表》：千載昌期，一陽佳節。〔補注〕《易・復》：「七日來復。」孔疏：「十一月一陽生。」又：「后不省方。」孔疏：「冬至一陽生，是陽動用而陰復於静也。」參《爲河東公上西川白司徒相公賀冬啓》注〔四〕。

〔三〕〔補注〕《詩・魯頌・閟宫》：「三壽作朋，如岡如陵。」三壽，猶三老。

〔四〕〔補注〕《禮記・祭義》：「宫室既脩，牆屋既設，百物既備，夫婦齋戒，沐浴盛服，奉承而進之。」

〔五〕〔錢注〕《老子》：聖人執左契而不責于人。〔補注〕左契，即左券。古代契約分爲兩片，左片稱左券、左契，由債權人收執，作爲索償之憑證。此句「左契」指執左契之聖人，即君主。毗，輔佐。

〔六〕〔錢注〕《大戴禮記》：周時德澤洽和，蒿茂大，以爲宫柱，名蒿宫也。（此天子之路寢也。）

〔七〕〔錢校〕辭，疑當作「調」。蓋誤「調」爲「詞」，而又轉作「辭」耳。〔錢注〕《大戴禮記》：舜以天德嗣堯，西王母來獻其白琯。〔按〕錢校似可從。

〔八〕〔錢注〕《史記·太史公自序》：墨者亦尚堯舜道，言其德行曰：「堂高三尺，土階三等。」

〔九〕蓂，《全文》作「萱」，從錢校據胡本改正。〔錢注〕張衡《東京賦》李善注：田俅子曰：「堯爲天子，蓂莢生於庭，爲帝成曆。」〔補注〕堯蓂，傳爲堯階前所生之瑞草。每月初一生一莢，至十五積十五莢。十六日起，日落一莢，月末而盡，小建則餘一莢，萎而不落。見《竹書紀年》卷上。

〔一〇〕〔補注〕《左傳·成公二年》：「下臣不幸，屬當戎行，無所逃隱。」

## 爲河東公上翰林院學士賀冬啓〔一〕

伏以周正且至〔二〕，魯朔爰來〔三〕。禱祠既集於良辰，戩穀且歸於内署〔四〕。伏惟學士，靈龜薦壽〔五〕，威鳳均祥〔六〕。居石室於西崑〔七〕，自通仙路〔八〕；坐銀臺於東海〔九〕，不接人寰〔一〇〕。豈惟與國同休，兼亦後天而老〔一一〕。某方叨戎律，正遠霄階〔一二〕。拜賀末由〔一三〕，結戀增劇。

【校注】

〔一〕本篇原載清編《全唐文》卷七七六第一八頁、《樊南文集補編》卷七。翰林學士，見《爲濮陽公與丁學士狀》注〔三〕。〔按〕啓上於大中六年冬至前,詳《爲河東公上尚書侍郎給事賀冬啓》注〔一〕。

〔二〕且,《全文》作「具」,據錢校改。〔補注〕周正,周曆正月,即農曆十一月。《史記·曆書》:「夏正以正月,殷正以十二月,周正以十一月。」冬至通常在夏曆十一月。

〔三〕〔補注〕《左傳·隱公元年》:「春,王周正月。」魯爲周之諸侯國,奉周之正朔。魯朔即周朔。《春秋·隱公元年》「春,王正月」孔疏:「受命之王,必改正朔,繼世之王,奉而行之,每歲頒於諸侯,諸侯受王正朔,故言『春,王正月』。」

〔四〕〔補注〕戩穀,福禄。《詩·小雅·天保》:「天保定爾,俾爾戩穀。」内署,指翰林院,見《爲濮陽公與丁學士狀》注〔三〕。

〔五〕〔錢注〕任昉《述異記》:壽萬年曰靈龜。

〔六〕〔錢注〕《漢書·宣帝紀》:南郡獲白虎、威鳳爲寶。〔補注〕威鳳,瑞鳥。鳳有威儀,故稱。

〔七〕〔錢注〕《史記·太史公自序》:遷爲太史令,紬史記、石室、金匱之書。劉向《列仙傳》:赤松子者,神農時雨師也。至崑崙山上,常止西王母石室中。〔補注〕西崑,指西方崑崙群玉之山,傳爲古帝王藏書之所。《穆天子傳》卷二:「天子北征,東還,乃循黑水,癸巳,至于群玉之山……先王之所謂策府。」此借指翰林院。

〔八〕〔錢注〕《水經注》:隱淪仙路,骨謝懷靈。〔補注〕仙路,宫禁中之道路。翰林院之門爲九仙門。

〔九〕〔錢注〕《舊唐書·職官志》：翰林院，天子在大明宫。其院在右銀臺門内，待詔之所。郭璞《遊仙詩》：神仙排雲出，但見金銀臺。〔補注〕《文選·張衡〈思玄賦〉》：「聘王母於銀臺兮，羞玉芝以療飢。」舊注：「銀臺，王母所居。」李肇《翰林志》：「唐興，太宗始於秦王府開文學館，擢房玄齡、杜如晦一十八人，皆以本官兼學士……時人謂之登瀛洲。」《通鑑·武德四年》「士大夫得預其選者，時人謂之登瀛洲」胡三省注：「自來相傳海中有三神山，蓬萊、方丈、瀛洲，人不能至，至則成仙矣，故以爲喻。」

〔一〇〕〔錢注〕鮑照《舞鶴賦》：厭人寰之喧卑。

〔一一〕〔錢注〕王嘉《拾遺記》：閶河之北，有紫桂成林，其實如棗，群仙餌焉。韓終《采藥》四言詩云：「閶河之桂，實大如棗。得而食之，後天而老。」

〔一二〕〔錢注〕《茅君九錫玉册文》：使君從容霄階。〔補注〕霄階，猶天階，指朝廷宫禁。

〔一三〕拜，《全文》作「珪」，據錢校改。

## 爲河東公上方鎮武臣賀冬啓〔一〕

伏惟克隆多福〔二〕，永對休辰。以竹苞松茂之姿〔三〕，奉周扆漢帷之化〔四〕。某方叨藩任，款賀無由。瞻戀之誠，寄喻無所。

## 【校注】

〔一〕本篇原載清編《全唐文》卷七七六第一八頁、《樊南文集補編》卷七。〔按〕啓上於大中六年冬至前，見《爲河東公上尚書侍郎給事賀冬啓》注〔一〕。

〔二〕〔補注〕克隆，興隆，昌盛。《南齊書·褚淵王儉傳贊》：「民譽不爽，家稱克隆。」《北史·周紀下論》：「嗚呼！以文皇之經啓鴻基，武皇之克隆景業，未踰二紀，不祀忽諸。」《詩·大雅·文王》：「永言配命，自求多福。」

〔三〕〔補注〕《詩·小雅·斯干》：「如竹苞矣，如松茂矣。」孔疏：「以竹言苞，而松言茂，明各取一喻，以竹筍叢生而本概，松葉隆冬而不彫，故以爲喻。」竹苞松茂之姿，喻其根基穩固，枝葉繁茂不彫。既頌其節，亦祝其壽。

〔四〕〔錢注〕《家語》：孔子觀於明堂，覩四門之墉，有周公相成王，抱之負斧扆，南面以朝諸侯之圖焉。《漢書·東方朔傳》：孝文皇帝集上書囊以爲殿帷。〔補注〕扆，古代宫殿户、牖之間謂之扆，亦指置於門窗之間之屏風。君主臨朝聽政，負扆（背靠屏風）而坐。《淮南子·氾論訓》：「周公繼文王之業……負扆而朝諸侯。」奉周扆漢帷之化，謂其奉行朝廷之政令教化，忠於皇室。

# 爲崔從事寄尚書彭城公啓〔一〕

福啓：福聞雀辭楊館，常懷寶篋之恩〔二〕；燕別張巢，永結雕梁之戀〔三〕。推誠況物，某有類焉。始者尚書晞髮丹山〔四〕，騰身紫府〔五〕，曉趨清禁，則瓊樹一枝〔六〕；夜直皇闈〔七〕，則金釭二等〔八〕。人寰莫見，塵路難逢。而某志在諱窮〔九〕，勇於求益〔一〇〕，輒干皁隸〔一一〕，自露菲葑〔一二〕。寶肆迴腸〔一三〕，只期和氏〔一四〕；毉門投足〔一五〕，永念倉公〔一六〕。果蒙愍彼顓愚，溢爲品目〔一七〕。勾萌始達〔一八〕，依周囿以揚翹〔一九〕；滴瀝纔分，託靈光而振響〔二〇〕。輕軒短羽〔二一〕，驟化窮鱗〔二二〕。每欲陶冶肺肝，耕耘筆硯〔二三〕，麤調宮徵，以謝陽秋〔二四〕。而義有多塗，情非一概，辭繁轉野〔二五〕，意密彌賒。雖塗逭如韓遂之書〔二六〕，反覆若葛洪之紙〔二七〕，終無髣髴，可得端倪〔二八〕？

去歲洛陽，獲陪良宴，頻趨絳帳〔二九〕，累坐青氈〔三〇〕。況聞懇拒台階〔三一〕，請從藩屏〔三二〕。舉郗超之幕畫〔三三〕，數阮瑀之軍書〔三四〕，懸以嘉招，形於善謔〔三五〕。何言違阻，復積光陰。潼水千波〔三六〕，巴山萬嶂〔三七〕，接漏天之霧雨〔三八〕，隔嶓冢之煙霜〔三九〕。皓月圓時，樹有何依之鵲〔四〇〕；悲風起處，巖無不斷之猿〔四一〕。煎向義之初心〔四二〕，軫懷仁之勁氣〔四三〕。竊惟秦鏡〔四四〕，當察衛桃〔四五〕。

一昨伏承擁節浚郊〔四六〕，建牙隋岸〔四七〕，將求捧幣申好，裂裳就塗〔四八〕，接枚叟之餘光，奉鄒生之末座〔四九〕。又伏慮旋登殷夢〔五〇〕，俄奉周畋〔五一〕，徵詔已行，拜塵無及〔五二〕。徘徊失措，抑鬱誰聊。必也華榻長懸〔五三〕，簡書無廢，即割任安之席，堪哂無圖〔五四〕；負田叔之鈐，可嗟非據〔五五〕。伏惟慎安寢膳，勉護興居〔五六〕，早秉信圭〔五七〕，速調大鼎〔五八〕。至於禱祝，實倍等倫。半菽思貯於神倉〔五九〕，一勺願投於靈海〔六〇〕。道之云遠，更開殷浩之函〔六一〕；書不盡言，重灑楊朱之淚〔六二〕。攀戀感激，不知所裁。伏惟俯賜鑒照，謹啓。

【校注】

〔一〕本篇原載《文苑英華》卷六六五第六頁、清編《全唐文》卷七七七第七頁、《樊南文集詳注》卷四。徐、馮注本題内「崔從事」下旁注小字「福」字。〔馮箋〕崔福於咸通十年尚爲比部員外郎，則其從事東川之時，必非甚遠。以時考之，此彭城公者，蓋大中時劉瑑也。《舊書・傳》：「瑑，彭城人，開成初進士擢第。會昌末，累遷尚書郎、知制誥，正拜中書舍人。大中初，轉刑部侍郎，出爲河南尹。遷檢校工部尚書、汴州刺史、宣武軍節度使。十一年五月，移鎮河東。十二月，拜户部侍郎，尋同平章事。」《新書・傳》：「瑑，大中初擢翰林學士。時始復關、隴，書詔夜數十，捉筆遽成，辭皆允切。」餘與《舊・傳》略同。證之《舊・紀》，則大中五年，瑑爲刑部侍郎。九年十一月，以河南尹充宣武軍節度。而十一年八月，又以鄭涯充宣武節度，則瑑當於是時移太原矣。十二月即入爲户侍。十二年三月以本官同平章事。玩啓中「擁節」以下數聯，當爲瑑在宣武未移太原之時所寄。其云「潼水」「巴山」者，謂已在東川幕也。其云「去歲洛陽」者，謂瑑尹河南時，約在大中六年。則東川必即柳仲郢幕。或意有不合，故寄書宣武，求踐昔約，所謂「割任安之席」也。情事朗然矣。文爲十年所作。余初因詩集中題有訛「彭陽」爲「彭城」者，遂定此爲寄令狐文公，真疏謬矣。〔張箋〕（編大中九年）此啓乃是年瑑初鎮宣武時作。「去歲洛陽，獲陪良宴」，「懇拒台階，請從藩屏」云云，當指大中八年。或其時崔因事請如東都，得與瑑相見，及回梓而仲郢適於是年内召矣，故别希就瑑。觀啓中「樹有何依之鵲」，「巖無不斷之猿」，可見非意有所不合也。馮説小疏。〔岑仲勉曰〕（張）《箋》四承《舊·紀》系（河南尹劉瑑遷宣武）大中九年十一月。按瑑遷宣武，《方鎮年表》二正爲七年，已無可疑。《啓》之「去歲洛陽，獲陪良宴」，正洽馮注所謂瑑尹河南約在大中六年。《啓》又云：「一昨伏承擁節浚郊，建牙隋岸，將求捧幣申好，裂裳就塗。」應是聞宣武命後不久所上，「樹有何依之鵲」，或因室家遠離，故欲改就，不得謂馮説小疏也。（《平質》乙承訛十四《河南尹劉瑑遷宣武》條）〔按〕馮、張二箋繫年均誤。劉瑑移鎮宣武，當在大中七年。吴廷燮《唐方鎮年表·宣武》：「按《舊·紀》，瑑爲宣武在九年十一月，以許渾《中秋夕上大梁劉尚書》詩考之，恐《舊·紀》不可據。又《匋齋藏石記·李晝墓誌》：『服除，大梁率劉公八座辟爲掌書記。大中八年，擢授萬年尉。』此劉公即劉瑑鎮宣武在八年前之證。」吴氏考證劉瑑遷宣武在大中八年之前，證據確鑿。證以啓内「去歲洛陽，獲陪良宴」一節，則所謂「去歲」，當指「擁節浚郊，建牙隋岸」之前一年，即大中六年。其時崔福或曾因事至洛陽，曾受到時任河南尹之劉瑑款待，並曾有邀其入幕之意。時隔一年後，崔又有入劉瑑汴州幕之意，故有「半菽思貯於神倉，一勺願投於靈海」之祈望語。然則啓當上於大中七年。唯崔福大中五年七月爲柳仲郢所辟，入東川幕，在幕主柳仲郢尚未調任之情況下又謀他就，或因所署觀察巡官之職在幕僚中地位較低，有所不滿，加以東川路途遥遠，氣候不適應等原因，遂有轉依劉瑑之想。

〔二〕見《謝座主魏相公啓》「楊雀銜環」注。

〔三〕〔徐曰〕「燕别張巢」未聞。或引張建封妾關盼盼燕子樓事以當之。然義山去建封時不遠，恐未必遂據爲故實也。今按《南史·孝義傳》張景仁下附衛敬瑜妻事云：「妻年十六而敬瑜亡，父母舅姑咸欲嫁之。女截耳置盤中爲誓乃止。所住户有燕巢，常雙飛來去。後忽孤飛，女感其偏棲，乃以縷繫脚爲誌。後歲，此燕果復來，猶帶前縷。女爲詩曰：『昔年無偶去，今春猶獨歸。故人恩獨重，不忍復雙飛。』」此與「永結雕梁之戀」語意頗合，啓曰「張巢」，恐後人誤以爲景仁之事而妄改，未可知也。〔馮曰〕用事未詳。《張氏家傳》：「禧字彦祥，除敦煌令。嘗有鶴負矢集禧庭，以甘草湯洗之。傅藥留養十餘日，瘡愈飛去。月餘，啣赤玉珠二枚，置禧廳前。」此與「楊雀」同見《太平御覽》報恩類，意相近，而事不符也。若《博物志》：「常山張顥爲梁相，有山鵲飛翔近地，令人擿之，化爲圓石，椎破之，得一金印，文曰『忠孝侯印』。顥上之，藏之秘府。」《搜神記》：「長安有張氏者，鳩自外入，止氏牀，氏披懷祝之，曰：『爲我福也，來入我懷。』鳩遂入懷，以手探之，得一金帶鉤，遂寶之。子孫昌盛，貲財萬倍。」皆非此所用。若徐刊本引《南史・孝義傳》張景仁下附載衛敬瑜妻繫縷燕脚之事，尤謬。〔按〕視義山用槐安國事（見《爲李貽孫上李相公啓》「蟻言樹大」句注），此句未必不用燕子樓近事。

〔四〕〔徐注〕《山海經》：丹穴之山，有鳥名曰鳳皇。〔馮注〕屈原《九歌》：與女沐兮咸池，晞女髮兮陽之阿。按：兼用《楚辭》「新沐者必彈冠」，以喻登仕，如陸雲《九愍》云：「朝彈冠以晞髮。」

〔五〕〔徐注〕《雲笈七籤・軒轅本紀》：東到青丘，見紫府先生，受《三皇内文大字》，以劾召萬神。〔補注〕《抱朴子・地真》：「昔皇帝東到青丘，過風山，見紫府先生，受《三皇内文》，以劾召萬神。」又《祛惑》：「及到天上，先過紫府，金牀玉几，晃晃昱昱，真貴處也。」此以「紫府」「丹山」借指翰林院。

〔六〕〔馮注〕《楚辭》：折瓊枝以繼佩。《淮南子》：崑崙上有玉樹、珠樹、璇樹、瑶樹。亦即瓊樹之義。〔徐注〕李陵贈蘇武詩：思得瓊樹枝，以解長飢渴。〔補注〕《晉書・王戎傳》：「王衍神姿高徹，如瑶林瓊樹。」

〔七〕皇，馮云：一作「黄」。誤。〔馮注〕曹嘉《贈石崇詩》：入侍於皇闈。

〔八〕〔徐注〕何晏《景福殿賦》：落帶金釭，此焉二等。《漢書・（外戚傳）》：趙昭儀居昭陽舍，壁帶往往爲黄金釭。注：壁帶，壁之横木露出如帶者，以金爲釭，若車釭之形。釭音工。〔補注〕金釭，宫殿壁門横木上之飾物。

〔九〕〔徐注〕《莊子》：孔子曰：「我諱窮久矣，而不免，命也。」

〔一〇〕〔補注〕《論語·憲問》：「闕黨童子將命。或問之曰：『益者與？』子曰：『吾見其居於位也，見其與先生並行也，非求益者也，欲速成者也。』」益，進益、長進。

〔一一〕〔徐注〕《左傳》：皂隸之事，官司之守。

〔一二〕〔徐注〕《詩》：采葑采菲，無以下體。〔補注〕葑菲，謂雖鄙陋而或有一德可取，係謙辭。

〔一三〕〔徐注〕《雲笈七籤》：恍若晨景之曄寶肆。司馬遷《〈報任少卿〉書》：腸一日而九迴。

〔一四〕〔馮注〕《宋書·隱逸傳》：劉柳薦周續之曰：「恢燿和肆，必在連城之寶。」餘見《爲尚書渤海公舉人自代狀》「荆岑挺價」注。

〔一五〕〔徐注〕《莊子》：毉門多疾。張衡《應問》：捷徑邪至，吾不忍以投足。

〔一六〕〔馮注〕《史記·倉公傳》：太倉公者，齊太倉長，姓淳于氏，名意。同郡元里公乘陽慶，悉以禁方予之，傳黄帝、扁鵲之脈書，五色診病，知人死生及藥論甚精，爲人治病多驗。

〔一七〕品目，《英華》作「題品」。〔補注〕品目，品評。溢，過分，所謂溢美之評。

〔一八〕〔徐注〕《月令》：勾者畢出，萌者盡達。〔補注〕勾萌，草木嫩芽。

〔一九〕揚，徐、馮注本均一作「陽」，非。〔徐注〕陸機《擬古詩》：譬彼向陽翹。〔馮注〕鄭曼季詩：春草揚翹。〔補注〕揚翹，猶舉葉。翹，指翹起之葉片。

〔二〇〕〔徐注〕王延壽《魯靈光殿賦》：動滴瀝以成響，殷雷應其若驚。善曰：言簷垂滴瀝，纔成小響，室内應之，其聲似雷之驚也。

〔二一〕輕軒，《英華》作「遥輕」，注：集作「徑軒」。均誤。〔徐注〕《晉書·葛洪傳》：大塊禀我以尋常之短羽。〔馮注〕謂使其輕舉而軒翥也。

〔二二〕〔徐注〕劉長卿詩：滄海一窮鱗。〔馮曰〕以上數聯，謂藉其力以筮仕。

〔二三〕〔徐注〕華嶠《後漢書》：班超投筆歎曰：「大丈夫安能久事筆耕乎？」〔馮曰〕《後漢書·班超傳》，已見《爲安平公兗州謝上表》「昔惟久事筆硯」注。〔按〕此「耕耘筆硯，麤調宫徵」，指撰寫音韻諧和之駢體文章，以答謝劉瑑之厚遇。又《傳》注曰：《續漢書》作「久弄筆研乎」。

〔二四〕〔徐注〕孫盛著《晉陽秋》，陽秋，即春秋也。避鄭太后諱，故以「春」爲「陽」。〔補注〕陽秋，謂褒貶，此偏義於褒獎，即上「溢爲品目」意。《晉書·褚裒傳》：「譙國桓彝見而目之曰：『季野有皮裏陽秋。』言其外無臧否，而内有所褒貶也。」

〔二五〕繁，《英華》作「煩」。

〔二六〕〔徐注〕《魏志·武帝紀》：馬超與韓遂等叛。超等屯渭南。公與遂書，多所點竄，如遂改定者，超等愈疑遂。案：塗逭，猶塗竄也。

〔二七〕若，《英華》作「類」，注：集作「若」。〔徐注〕《晉書·葛洪傳》：洪躬自伐薪，以貿紙筆，夜輒寫書誦習，以儒學知名。《藝文類聚》：《抱朴子》曰：「洪家貧，常乏紙，每所寫，皆反覆有字，人少能讀。」

〔二八〕〔補注〕髣髴，梗概、大略。《莊子・大宗師》：「反覆終始，不知端倪。」端倪，猶頭緒。可，豈也。四句謂反覆塗抹修改，終未能表達己之心緒。

〔二九〕見《爲舉人獻韓郎中琮啓》「方馬融則絳帳雙褰」注。

〔三〇〕見《爲滎陽公桂州謝上表》「青氈不落於寇偷」注。

〔三一〕〔補注〕謂懇拒宰相之職位。

〔三二〕〔補注〕謂請求出鎮而爲藩屏之臣。

〔三三〕〔徐注〕《世説》：桓宣武與郗超議芟夷朝臣，條牒既定，其夜同宿。明晨起，呼謝安、王坦之入，擲疏示之。郗猶在帳内，謝含笑曰：「郗生可謂入幕賓也。」〔按〕餘見《爲張周封上楊相公啓》「髯參短簿」注。

〔三四〕〔徐注〕《漢書・息夫躬傳》：軍書交馳而輻輳。〔按〕餘見《爲山南薛從事謝辟啓》「念陳、阮之才華」注。

〔三五〕〔徐注〕《詩》：善戲謔兮，不爲虐兮。〔馮注〕《梁書・任昉傳》：始，高祖與昉過竟陵王西邸，從容謂昉曰：「我登三府，當以卿爲記室。」昉亦戲曰：「我若登三事，當以卿爲騎兵。」至是引昉，符昔言焉。昉奉箋曰：「昔承清宴，屬有緒言，提挈之旨，形乎善謔。豈謂多幸，斯言不渝。」以上叙曾於洛陽與劉宴飲戲談。〔按〕暗含不渝前言之意。

〔三六〕見《上河東公謝辟啓》「潼水名都」注。

〔三七〕〔馮注〕《元和郡縣志》：巴嶺在南鄭縣南一百九里，東傍臨漢江，與三峽相接。山南即古巴國。〔徐注〕《漢中舊志》：巴山縣亘深遠，冬夏積雪不消，中包孤雲、兩角、米倉諸山，南接四川巴州之小巴山。〔按〕此句「巴山」係泛指巴地之山，曰「萬嶂」可知。

〔三八〕〔馮注〕《漢書・志》：犍爲郡僰道縣，故僰侯國。《元和郡縣志》：戎州管僰道、義賓、開邊、南溪、歸順五縣。開邊縣南大梨山、小梨山。《太平寰宇記》：大黎山、小黎山四時霖霪不絕，俗人呼爲大漏天、小漏天。其諸山自嘉州以來，每峰相接，高低隱伏，奔走三峽。按：凡山水毒瘴蒸爲霧雨，皆可曰「漏天」也。開邊縣宋時廢。唐義賓、歸順縣，本漢𨛜䣕縣地，唐初尚有𨛜䣕縣，後乃改析，而《舊書・志》或作「郁鄢」，誤矣。

〔三九〕〔徐注〕《書》：嶓冢導漾，東流爲漢。《唐六典》：山南道名山曰嶓冢。《元和郡縣志》：嶓冢山在興元府金牛縣東二十八里。按：金牛故城在今陝西漢中府寧羌州西北，嶓冢山在州北九十里，漢水出焉。〔馮注〕《通典》：梁州金牛縣嶓冢山。按：俗以嶓冢爲分水嶺。詳《詩集・自南山北歸經分水嶺》題注。

〔四〇〕〔馮注〕魏武帝《短歌行》：月明星稀，烏鵲南飛。繞樹三匝，何枝可依。

〔四一〕〔徐注〕李陵《答蘇武書》：但聞悲風蕭條之聲。《格物論》：猿性急而腸斷，哀鳴則腸俱斷而死。〔馮注〕《搜神記》：人得猿子殺之，猿母自擲而死，破腸視之，寸寸斷裂。

〔四二〕初，《英華》注：集作「孤」。馮本從之。

〔四三〕〔馮注〕《禮記》：君子有禮，故物無不懷仁。

〔四四〕〔馮注〕《西京雜記》：高祖初入咸陽宫，有方鏡，廣四尺，高五尺九寸。表裏有明。人直來照之，影則倒見；以手捫心，則見腸胃五臟。

〔四五〕〔馮注〕《衛風》：「投我以木桃，報之以瓊瑶。」此取「永以爲好」之義。以上皆謂己在東川相念之忱，公當知之也。

〔四六〕〔徐注〕《詩》：孑孑干旄，在浚之郊。〔馮注〕《通鑑》注：浚郊，謂大梁之郊。大梁有浚水。按：唐人稱汴州節度皆曰浚郊。

〔四七〕〔馮注〕《地理志》：汴州有浚儀縣，本春秋衛地。汴河，隋所增濬，故云隋岸。〔補注〕建牙，本指出師前樹立軍旗，此指武臣出鎮。

〔四八〕〔徐注〕《墨子》：公輸欲以楚攻宋，墨子聞之，自魯往，裂裳裹足，十日至郢。〔馮注〕《吴越春秋》：申包胥之秦求救楚，晝馳夜趨，足踵蹠劈，裂裳裹膝。

〔四九〕〔馮注〕枚乘、鄒陽，皆梁孝王客。詳《漢書》。又謝惠連《雪賦》：梁王不悦，遊於兔園，乃置旨酒，命賓友，召鄒生，延枚叟。

〔五〇〕〔馮注〕《書·説命》篇：夢帝賚予良弼，其代予言。説作傅巖之野，惟肖，爰立作相。

〔五一〕見《爲某先輩獻集賢相公啓》「于畋問卜，始載磻谿」注。〔補注〕二句謂又慮朝廷即將徵入爲相。

〔五二〕〔馮注〕《後漢書·趙咨傳》：徵拜議郎，復拜東海相。之官，道經滎陽。令燉煌曹暠，咨之故孝廉也，迎路謁候，咨不爲留，暠送之亭次，望塵不及。《晉書·潘岳傳》：岳與石崇等諂事賈謐，每候其出，輒望塵而拜。○此用趙咨事。

〔五三〕〔徐注〕袁宏《漢紀》：陳蕃在豫章，爲徐穉獨設一榻，去則懸之。〔馮注〕《後漢書·徐穉傳》：穉，豫章南昌人。陳蕃爲太守，不接賓客，穉來，特設一榻，去則縣之。

〔五四〕〔馮注〕《史記·田叔傳》：任安與田仁會，俱爲衛將軍舍人。衛將軍從此兩人過平陽主，主家令兩人與騎奴同席而食，此二子拔刀列斷席别坐。按：謂便當舍他人而來就。

〔五五〕〔徐注〕鈐，當作「鉗」。《史記·田叔傳》：叔爲趙王張敖郎中，漢下詔捕趙王，惟孟舒、田叔等十餘人赭衣自髡鉗，稱王家奴，隨趙王敖之長安。〔馮注〕按《史記·平準書》：「釱左趾。」《索隱》曰：「釱，脚踏鉗也。音大計反。」《説文》：「釱，鐵鉗也。從金，大聲。特計切。」《爾雅序》「六藝之鈐鍵」疏云：「《説文》：鈐，鑠也。」又考《集韻》：「鈐，釱也。」則知「釱」與「鉗」與「鈐」，皆義相通矣。《爾雅》疏所引，今《説文》無之，當是流傳遺脱耳。

〔五六〕〔徐注〕徐陵書：願百年之老，興居多福。

〔五七〕秉，《英華》作「乘」。〔按〕乘，超越。信圭，見《爲濮陽公陳情表》「强委信圭」注。信圭爲侯爵所執，唐之方鎮即相當於古之侯爵。「早乘信圭，連調大鼎」，謂超越列侯之位而任調和鼎鼐之宰相。則似作「乘」是。

〔五八〕見《爲舉人上翰林蕭侍郎啓》「鼎鼐之司」注。

〔五九〕〔馮注〕按《史記·項羽本紀》：「歲饑民貧，士卒食芋菽。」《漢書》作「半菽」。徐廣曰：「半，五升器也。」臣瓚曰：「士卒食蔬菜，以菽雜半之。」《索隱》曰：「芋，蹲鴟也；菽，豆也。王劭曰：半，量器名，容半升也。」若劉孝標《廣絶交論》「莫肯廢其半菽，罕有落其一毛」，則直謂「半豆」耳。此句意作量器，尤與「一勺」對。神倉，見《爲舉人上翰林蕭侍郎啓》「增流衍於神倉」注。

〔六〇〕〔徐注〕《禮記》：今夫水一勺之多。木華《海賦》：於廓靈海，長爲委輸。

〔六一〕見《爲張周封上楊相公啓》「寓尺牘而畏達空函」注。

〔六二〕〔馮注〕《列子》：楊子見歧路而泣之，爲其可以南，可以北。

〔蔣士銓曰〕樊南手筆，氣焰雖短，熨貼自平。存爲初學程式，固不患於迷途也。（《忠雅堂評選四六法海》卷三）

〔于在衡、于光華曰〕起得超逸。○湯臨川曰：娟娟楚楚，暢所欲言。（《古文分編集評》四集卷二）

# 梓州道興觀碑銘并序〔一〕

總天下之事，教分爲三〔二〕；處域中之大，道居其一〔三〕。發軔於希夷之境〔四〕，解鞍於寥廓之場〔五〕。覽若士之遊，九垓尚隘〔六〕；稽豎亥之步〔七〕，六合非遐〔八〕。徒欲洞視焦螟〔九〕，遥驅野馬〔一〇〕，折尺棰而求盡〔一一〕，循白環而待窮〔一二〕，則玄籥猶嚴〔一三〕，空筌尚滯〔一四〕。輷摧地盡〔一五〕，莫知象帝之家〔一六〕；蓋朽天穿〔一七〕，未覩谷神之隧〔一八〕。柔皮具紙，折骨疏毫〔一九〕，雖竭慮於九三〔二〇〕，終致迷於萬一〔二一〕。洎飛龜藏義〔二二〕，猛馬垂文〔二三〕，貫王屋之流珠〔二四〕，方摧中冀〔二五〕；封吴宫之合璧〔二六〕，始會塗山〔二七〕。變浩劫之桑田〔二八〕，注群黎之耳目〔二九〕。聞其大較〔三〇〕，未可殫論。

【校注】

〔一〕本篇原載清編《全唐文》卷七七九第二二頁、《樊南文集補編》卷九。〔錢注〕《舊唐書·地理志》：劍南東川節度使，治梓州。管梓、綿、劍、普、榮、遂、合、渝、瀘等州。又：梓州，隋新城郡。武德元年，改爲梓州。天寶元年，改爲梓潼郡。乾元元年，復爲梓州。乾元後，分蜀爲東、西川，梓州恒爲東川節度使治所。按：詩集馮注，引宋王象之所考潼川府碑記曰：「《道興觀碑》《道士胡君新井碣銘》，並見《李義山集》。」〔張箋〕（編大中七年。）〔岑仲勉曰〕按商隱在梓，後先五歲，大中五赴梓幕時有《散關遇雪》詩，則抵梓在秋末冬初，歲底復上西川。若擬爲五年作，其可能性殊甚少也。（《平質》甲勑誤《商隱疑年》條）〔按〕文云：「予也五郡知名，三河負氣……屬以魚車受寵，璧馬從知……謝文學之官之日，歧路東西；陸平原壯室之年，交親零落。」叙及大中五年受柳仲郢辟聘赴東川幕事，岑謂作於五年之可能性甚少，固是，然據此段行文之口吻，作銘時離赴辟亦不可能時間過久（「屬以」云云，係叙近事口吻）。在《全唐文》中，此篇置於《唐梓州慧義精舍南禪院四證堂碑銘并序》之前，而《四證堂碑銘》明標大中七年，則本篇或當作於大中六年或七年。

〔二〕〔錢注〕《隋書·李士謙傳》：客問三教優劣，士謙曰：「佛，日也；道，月也；儒，五星也。」〔補注〕《北史·周本紀下》：「集群官及沙門道士等。帝升高座，辨釋三教先後。以儒教爲先，道教次之，佛教爲後。」

〔三〕〔錢注〕《老子》：道大、天大、地大，人亦大。域中有四大，而王居其一焉。人法地，地法天，天法道，道法自然。

〔四〕〔錢注〕《楚辭·離騷》：朝發軔於蒼梧兮。《老子》：視之不見名曰夷，聽之不聞名曰希。〔補注〕希夷之境，虚寂玄妙之境。

〔五〕〔錢注〕《史記·李將軍傳》：令曰：「皆下馬解鞍。」《楚辭·遠遊》：下峥嶸而無地兮，上寥廓而無天。〔補注〕《老子》：「有物混成，先天地生，寂兮寥兮，獨立不改。」河上公注：「寥者，空無形。」賈誼《鵩鳥賦》：「寥廓忽荒兮，與道翱翔。」李善注：「寥廓忽荒，元氣未分之貌。」

〔六〕〔錢注〕《淮南子》：若士者，古之神仙也。燕人盧敖，秦時遊于北海，經于太陰，入于玄闕，至于蒙穀之山，而見若士焉。欣欣然方迎風軒輊而舞。敖曰：「夫子殆可與敖爲友乎？」若士曰：「吾與汗漫期于九垓之外，不可以久住。」乃舉臂竦身，遂入雲中。〔補注〕九垓，九層，指天。

〔七〕〔錢注〕《淮南子》：禹使大章步自東極，至于西極，二億三萬三千五百里七十五步。使豎亥步自北極，至于南極，二億三萬三千五百里七十五步。

〔八〕遐，錢本作「遥」，未出校。〔錢注〕《莊子》：六合之外，聖人存而不論；六合之内，聖人論而不議。〔補注〕六合，天地四方。

〔九〕〔錢校〕視，胡本作「見」。〔錢注〕《列子》：江浦之間生麽蟲，其名曰焦螟，群飛而集於蚊睫，弗相觸也。棲宿去來，蚊弗覺也。黄帝與容成子居空桐之上，同齋三月，心死形廢。徐以神視，塊然見之，若嵩山之阿；徐以氣聽，砰然聞之，若雷霆之聲。

〔一〇〕〔錢注〕《莊子》：野馬也，塵埃也，生物之以息相吹也。〔補注〕郭象注：「野馬者，游氣也。」成玄英疏：「此言青春之時，陽氣發動，遥望藪澤之中，猶如奔馬，故謂之野馬也。」或説，野馬即塵埃。

〔一一〕〔錢注〕《莊子》：一尺之棰，日取其半，萬世不竭。〔補注〕棰，杖，棍棒。

〔一二〕〔錢注〕《竹書紀年》：帝舜九年，西王母來朝，獻白環玉玦。〔補注〕《孫子·勢》：「奇正相生，如循環之無端，孰能窮之？」

〔一三〕〔錢注〕《小爾雅》：鍵謂之籥。〔補注〕籥，通「鑰」，鎖鑰。玄籥，猶玄關，喻入道之法門。

〔一四〕〔錢注〕謝靈運《入華子岡詩》：羽人絶彷彿，丹丘徒空筌。〔補注〕《莊子·外物》：「筌者所以在魚，得魚而忘筌。」

〔一五〕摧，《全文》作「推」，從錢校據胡本改正。〔錢注〕宋玉《大言賦》：方地爲輿，圓天爲蓋。〔補注〕輈，車轅，此指車，即「方地爲輿」之「輿」。

〔一六〕〔錢注〕《老子》：挫其鋭，解其紛，和其光，同其塵。湛兮似或存，吾不知誰之子，象帝之先。〔補注〕河上公注：「道自在天帝之前，此言道乃先天地生也。」象帝，天帝。

〔一七〕〔補注〕《淮南子·原道訓》：「以天爲蓋，以地爲輿。」參注〔一五〕引宋玉《大言賦》。

〔一八〕〔錢注〕《老子》：谷神不死，是謂玄牝。玄牝之門，是謂天地根。綿綿若存，用之不勤。〔按〕谷神，諸家解歧異，或説指空虚無形、變化莫測、永恒不滅之道；或説指生養之神，亦即「道」；或説指保養五臟之神。

〔一九〕〔錢注〕《智度論》：釋迦文佛爲菩薩時，有魔語：「我有佛所説一偈，汝能以皮爲紙，以骨爲筆，以血爲墨，書寫此偈，當以與汝。」

〔二〇〕〔錢注〕《抱朴子》：道經有《九三經》。

〔二一〕〔錢注〕《後漢書·曹世叔妻傳》：敢不披露肝膽，以效萬一。〔補注〕《文子·下德》：「老子曰：『欲治之主不世出，可與治之臣不萬一。以不世出求不萬一，此至治所以千歲不一也。』」

〔二二〕〔錢注〕《抱朴子》：《靈寶經》有《正機》《平衡》《飛龜授袟》凡三篇，皆仙術也。

〔二三〕〔錢注〕《藝文類聚》：《尚書中候》曰：「帝堯即政，榮光出河，休氣四塞，龍馬銜甲，赤文緑色，甲似龜背，五色，有列星之文、斗政之度、帝王録紀、興亡之數。」《詩集·驕兒詩》：猛馬氣佶傈。

〔二四〕流，《全文》作「深」。〔錢校〕深，當作「流」。《抱朴子》：昔黄帝生而能言，役使百靈，可謂天授自然之體者也。猶復不能端坐而得道，故陟王屋而授丹經，到鼎湖而飛流珠。〔按〕《爲滎陽公黄籙齋文》亦作「吴宫合石，王屋流珠」，錢校是，兹據改。

〔二五〕〔錢注〕《逸周書·嘗麥解》：黄帝執蚩尤，殺之於中冀。

〔二六〕〔錢注〕《抱朴子》：吴王伐石以治宫室，而於合石之中得紫文金簡之書，使使者以問仲尼，而欺仲尼曰：「吴王閑居，有赤雀銜書，以置殿上，不知其義。」仲尼曰：「此乃靈寶之方，長生之法，禹之所服，隱在水邦，年齊天地，朝於紫庭者也。禹將仙化，封之名山石函之中，乃今赤雀銜之，殆天授也。」

〔二七〕〔補注〕《左傳·哀公七年》：「禹合諸侯於塗山，執玉帛者萬國。」杜預注：「塗山在壽春東北。」

〔二八〕〔錢注〕《度人經》：惟有元始浩劫之家，部制我界。葛洪《神仙傳》：王遠字方平，至蔡經家，因遣人召麻姑相問。麻姑來,自説:「接侍以來,已見東海三爲桑田。向到蓬萊,水又淺於往昔會時略半也,豈將復還爲陵陸乎?」方平笑曰:「聖人皆言海中行復揚塵也。」

〔二九〕〔錢注〕《老子》:百姓皆注其耳目。

〔三〇〕〔補注〕《史記·貨殖列傳》:「此其大較也。」司馬貞《索隱》:「大較猶大略也。」

及夫秘篆抽奇〔三一〕,隱書詮奥〔三二〕,摧藏鳥跡〔三三〕,鬱勃龍光〔三四〕。太上七言〔三五〕,掞靈才之縹緑〔三六〕;玄中九錫〔三七〕,賁神物之便蕃〔三八〕。則固可促軫求音〔三九〕,援柯搴秀〔四〇〕。存之則總橐籥於虚空〔四一〕,遺之則喪輜重於修塗〔四二〕。故泣辜痺坐之君〔四三〕,挺紀握圖之主〔四四〕,何嘗不留連於太一〔四五〕,怊悵於上元〔四六〕。考名都爲望幸之宫〔四七〕,因爽塏爲集靈之地〔四八〕。一言以蔽〔四九〕,百代可知〔五〇〕。

## 【校注】

〔三一〕〔錢注〕《雲笈七籤》:八顯者,一曰天書,八會是也;二曰神書,雲篆是也;三曰地書,龍鳳之象是也;四曰内書,龜、龍、魚、鳥所吐者也;五曰外書,鱗、甲、毛、羽所載也;六曰鬼書,雜體微昧,非人所解者也;七曰中夏書,草藝、雲篆是也;八曰戎夷書,類於昆蟲者也。〔補注〕秘篆,用類似篆書之形體書寫之道教秘籍。抽奇,抽繹奇義。

〔三二〕〔錢注〕《漢武内傳》：王母又告夫人曰：「吾嘗憶與夫人共登玄隴朔野及曜真之山，視王子童、王子立就吾求請太上隱書。」

〔三三〕〔錢注〕成公綏《嘯賦》李善注：摧藏，自抑挫之貌。《魏書·釋老志》：上師李君手筆有數篇，其餘皆正真書曹趙道覆所書。古文鳥迹，篆隸雜體，辭義約辨，婉而成章。〔補注〕鳥跡，鳥篆。蔡邕《隸勢》：「鳥跡之變，乃惟佐隸。蠲彼繁文，崇此簡易。」《後漢書·酷吏傳·陽球》「或鳥篆盈簡」李賢注：「八體書有鳥篆，象形以爲字也。」

〔三四〕〔錢注〕《漢武内傳》：帝於尋真臺七月七日夜，見西王母乘紫雲輦來，雲彩鬱勃，盡爲香氣。《杜陽雜編》：武帝好神仙術，修隆真室，内設玳瑁之帳，火齊之牀，焚龍光之香，薦無憂之酒。

〔三五〕〔錢注〕《黄庭内景經》：太上大道玉晨君閑居蕊珠，作七言。

〔三六〕〔錢注〕《舊唐書·經籍志》：其集賢院御書，經庫皆鈿白牙軸，黄縹帶，紅牙籤；史書庫鈿青牙軸，縹帶，緑牙籤；子庫皆雕紫檀軸，紫帶，碧牙籤；集庫皆緑牙軸，朱帶，白牙籤，以分别之。

〔補注〕掞，照耀。

〔三七〕〔錢注〕《廬山諸道人遊石門詩》：端坐運虚輪，轉彼玄中經。劉向《列仙傳》：茅濛，成陽南關人也。師鬼谷先生，授長生術，白日昇天。其孫盈得道於金陵句曲山，受金匱九錫之命，爲司命真君。

〔三八〕〔補注〕賁，文飾。《左傳·襄公十一年》：「樂只君子，福禄攸同。便蕃左右，亦是帥從。」杜預

注：「便蕃，數也。」便蕃，猶頻繁。

〔三九〕〔錢注〕《古詩》：絃急知柱促。〔補注〕軫，絃樂器上繫絃之小柱。

〔四〇〕〔錢注〕顔延年《秋胡詩》：窈窕援高柯。〔補注〕秀，此指花。

〔四一〕〔錢校〕空，疑當作「室」。〔錢注〕《老子》：天地之間，其猶橐籥乎？虚而不屈，動而愈出。《莊子》：虚室生白，吉祥止止。〔補注〕橐籥，冶鑄所以吹風熾火之器。此喻造化、自然。

〔四二〕〔錢注〕《老子》：重爲輕根，静爲躁君，是以聖人終日行不離輜重。

〔四三〕〔錢注〕《説苑》：禹出，見罪人，下車問而泣之。《韓非子》：平公腓痛足痺，而不敢壞坐。

〔四四〕〔錢注〕張衡《東京賦》：處妃攸館，神用挺紀。《初學記》：《尚書考靈曜》曰：「四千五百六十歲，精反初，握命几，起河圖，聖受思。」〔補注〕《文選》李善注：「傳曰：『成王遷九鼎於洛邑，卜年七百，卜世三十。』後皆如其言。故云神所挺紀，謂告年紀之處也。」握圖，猶握符，謂膺天命而有天下。符，指帝王受命於天之符命。

〔四五〕〔錢注〕《史記·封禪書》：天神貴者太一，太一佐者五帝。〔按〕此「太一」非天神太一，而係指「道」。《莊子·天下》：「建之以常無有，主之以太一。」成玄英疏：「太者廣大之名，一以不二爲稱。言大道曠蕩，無不制圍，括囊萬有，通而爲一，故謂之太一也。」《吕氏春秋·大樂》：「道也者，至精也。不可爲形，不可爲名，彊爲之（名），謂之太一。」

〔四六〕〔錢注〕宋玉《高唐賦》：怊悵自失。《漢武内傳》：上元夫人，三元上元之官，統領十萬玉女名籙者。〔按〕此「上元」疑指上天。

〔四七〕〔錢注〕《史記·封禪書》：於是郡國各除道，繕治宫觀名山神祠，所以望幸也。蔡邕《獨斷》：天子車駕所至，見令長、三老、官屬，親臨軒作樂，賜以食帛，民爵有級，或賜田租，故謂之幸。

〔四八〕〔錢注〕《三輔黄圖》：集靈宫在華陰縣界，武帝宫名也。〔補注〕《左傳·昭公三年》：「子之宅近市，湫隘囂塵，不可以居，請更諸爽塏者。」杜預注：「爽，明；塏，燥。」

〔四九〕〔補注〕《論語·爲政》：「《詩》三百，一言以蔽之，曰：思無邪。」

〔五〇〕〔補注〕《論語·爲政》：「子曰：『殷因於夏禮，所損益，可知也；周因於殷禮，所損益，可知也；其或繼周者，雖百世，可知也。』」唐諱「世」，故作「代」。

梓州道興觀者，五帝盤遊〔五一〕，九仙卜築〔五二〕。銅梁對軫〔五三〕，還疑鑄鼎之山〔五四〕；錦浦均流〔五五〕，未怯乘槎之水〔五六〕。天彭割壤〔五七〕，井絡分躔〔五八〕，挺夏后之靈妃〔五九〕，滯《震》漦之遊女〔六〇〕。乃知君王化鳥，資是思歸〔六一〕；力士挽牛，非將適遠〔六二〕。往者大夫遺行，著文自貶於巴歌〔六三〕；中聞協律設官〔六四〕，作樂豈遺於渝舞〔六五〕？照以火井〔六六〕，潤之蜜房〔六七〕。五色九苞，鎮飛神鳳〔六八〕；三毛孫孔，屢集文犀〔六九〕。雖膏雨常霑〔七〇〕，使星時入〔七一〕，而君平至死不出靈關〔七二〕，元彦平生未離嚴道〔七三〕。亦中州之藩服〔七四〕，上古之名區〔七五〕。

【校注】

〔五一〕〔錢注〕葛洪《枕中書》：太昊氏爲青帝，治岱宗山；顓頊氏爲黑帝，治太恒山；祝融氏爲赤帝，治衡霍山；軒轅氏爲黄帝，治嵩高山；金天氏爲白帝，治華陰山。〔補注〕盤遊，遊樂。《書·五子之歌》：「（太康）乃盤遊無度，畋于有洛之表，十旬弗反。」

〔五二〕〔錢校〕卜，胡本作「下」。〔錢注〕《雲笈七籤》：太清境有九仙：第一上仙，二高仙，三大仙，四元仙，五天仙，六真仙，七神仙，八靈仙，九至仙。《史記·周紀》：成王在豐，使召公復營洛邑，如武王之意。周公復卜，申視，卒營築，居九鼎焉。

〔五三〕〔錢注〕左思《蜀都賦》：外負銅梁於宕渠。劉逵注：銅梁，山名，在巴東。〔補注〕軫，盛多湊集貌。

〔五四〕〔錢注〕《史記·封禪書》：黄帝采首山銅，鑄鼎於荆山下。鼎既成，有龍垂胡髯下迎黄帝。

〔五五〕〔錢注〕《華陽國志》：蜀郡道西城，故錦官也。錦江，織錦濯其中則鮮明，濯他江則不如，故命曰錦里也。

〔五六〕見《爲度支盧侍郎賀畢學士啓》「恨非犯斗之星，暫經寥泬」注。

〔五七〕〔錢注〕《華陽國志》：秦孝文王以李冰爲蜀守，冰能知天文地理，謂汶山爲天彭門。乃至湔，及縣，見兩山對如闕，因號天彭闕。

〔五八〕躔，《全文》誤作「纏」，從錢校據胡本改正。〔錢注〕《華陽國志》：華陽之壤，梁、岷之域，其國則巴、蜀矣，其分野輿鬼、東井。左思《蜀都賦》劉逵注：《河圖括地象》曰：「岷山之地，上爲井絡，帝以會昌，神以建福。」《方言》：躔，曆行也。日運爲躔，月運爲逡。〔補注〕劉逵注：「言岷山之地，上爲東井維絡。」躔，日月星辰在黄道上運行及其軌迹。

〔五九〕〔錢注〕《華陽國志》：禹娶於塗山，辛、壬、癸、甲而去。生子啓，呱呱啼，不及視。三過其門而不入，務在救時。今江州塗山是也。〔補注〕挻，生也。

〔六〇〕漦，《全文》作「蒙」，據錢校改。〔錢注〕《漢書·叙傳》：《幽通賦》：「《震》鱗漦于夏廷兮，帀三正而滅姬。」注：應劭曰：「《易·震》爲龍，鱗蟲之長也。漦，沫也。」《國語》：夏之衰也，二龍止于夏庭，而曰：「余，褒之二君。」夏帝請其漦而藏之，三代莫發。至厲王之末，發而觀之，漦流于庭，化爲玄黿，入王後宫，童妾既齔而遭之，既笄而孕，無夫而生子。王懼而棄之。宣王之時，童謡曰：「檿弧箕服，實亡周國。」有夫婦賣是器者，見後宫童妾所棄妖子，哀而收之。夫婦亡奔褒。褒人有罪，請入所棄女，是爲褒姒。《水經注》：褒水又南逕褒縣故城東，褒中縣也，本褒國矣。

〔六一〕〔錢注〕左思《蜀都賦》：鳥生杜宇之魄。劉逵注：《蜀記》曰：「昔有人姓杜名宇，王蜀，號曰望帝。宇死，俗説云：宇化爲子規。子規，鳥名也。蜀人聞子規鳴，皆曰望帝也。」

〔六二〕〔錢注〕《華陽國志》：秦惠王作石牛五頭，朝瀉金其後，曰牛便金。蜀人悦之，使使請石牛，惠王許之。乃遣五丁迎石牛，既不便金，怒遣還之。

〔六三〕見《上令狐相公狀二》「《白雪》懷羞」注。

〔六四〕〔錢注〕《漢書·禮樂志》：武帝定郊祀之禮，乃立樂府，采詩夜誦，有趙、代、秦、楚之謳。以李延年爲協律都尉。

〔六五〕〔錢注〕《後漢書·南蠻傳》：閬中有渝水，其人多居水左右，天性勁勇。初，爲漢前鋒，數陷陣。俗喜歌舞，高祖觀之曰：「此武王伐紂之歌也。」乃命樂人習之，所謂《巴渝舞》也。

〔六六〕〔錢注〕左思《蜀都賦》：火井沈熒於幽泉，高焰飛煽於天垂。劉逵注：蜀郡有火井，在臨邛縣西南。火井，鹽井也。欲出其火，先以家火投之，須臾許，隆隆如雷聲，焰出通天，光輝十里。以筒盛之，接其光而無炭也。〔按〕此「火井」非鹽井，乃今所謂天然氣井也。

〔六七〕蜜，《全文》作「密」，據錢校改。〔錢注〕左思《蜀都賦》：蜜房郁毓被其阜。

〔六八〕〔錢注〕《山海經》：丹穴之山，有鳥如雞，五采而文，名曰鳳凰。《論語摘衰聖》：鳳有六象九苞。〔補注〕九苞，指鳳凰之九種特徵。《初學記》卷三〇引《論語摘衰聖》：「九苞者，一曰口包命，二曰心合度，三曰耳聽達，四曰舌詘伸，五曰彩色光，六曰冠矩州，七曰距鋭鉤，八曰音激揚，九曰腹文户。」鎮，長久，常。

〔六九〕孫，原注：疑。〔錢校〕當作「一」。〔錢注〕《酉陽雜俎》：犀三毛一孔。〔按〕孫，細小。字或不誤。

〔七〇〕〔錢注〕《太平寰宇記》：大黎山、小黎山四時霖霪不絶，俗呼爲大漏天、小漏天。

〔七一〕〔錢注〕《後漢書·李郃傳》：郃署幕門候吏。和帝即位，分遣使者，皆微服單行，各至州縣，觀采風謡。使者二人，當到益部投郃候舍，時夏夕露坐，郃因仰觀問曰：「二君發京師時，寧知朝廷遣二使耶？」二人驚相視，問何以知之，郃指星示云：「有二使星向益州分野，故知之耳。」

〔七二〕〔錢注〕《漢書·王貢兩龔鮑傳序》：蜀有嚴君平，修身自保，卜筮于成都市。左思《蜀都賦》：廓靈關以爲門。劉逵注：靈關，山名也，在成都西南漢壽界。

〔七三〕〔錢注〕《晉書·譙秀傳》：秀字元彦，巴西人也。少而静默，不交於世。李雄據蜀，具束帛安車徵之，不應。桓温滅蜀，上疏薦之。朝廷以秀年在篤老，兼道遠，故不遣徵使，敕所在四時存問。《漢書·地理志》：蜀郡領嚴道縣。

〔七四〕〔錢注〕《漢書·司馬相如傳》注：中州，中國也。〔補注〕古代分王畿以外之地爲九服，其封國區域離王畿最遠者稱藩服，詳《周禮·夏官·職方氏》。

〔七五〕〔錢注〕左思《蜀都賦》：夫蜀都者，蓋兆基於上世，開國於中古。劉逵注：揚雄《蜀王本紀》曰：「蜀王之先名蠶叢、柏濩、魚鳧、蒲澤、開明。是時人萌，椎髻左言，不曉文字，未有禮樂。從開明上到蠶叢，積三萬四千歲。」

昔隋室以緑字騰芳〔七六〕，赤符宣慶〔七七〕。尋思馬湩〔七八〕，悦閬苑之遐遊〔七九〕；顧慕龍鱗〔八〇〕，羡喬山之僞葬〔八一〕。爰依翠阜〔八二〕，式寫丹丘〔八三〕。其始也漢苑澄泉〔八四〕，華陰移土〔八五〕。林中夸父，即貢宏材〔八六〕；橋畔秦皇，仍分怪石〔八七〕。取方中於絳闕〔八八〕，摹《大壯》於玄都〔八九〕。臺實九層〔九〇〕，觀惟一柱〔九一〕。瑶房疊葺〔九二〕，陽樹攢融〔九三〕。俄以九縣告哀〔九四〕，三靈改物〔九五〕，五芝八桂〔九六〕，芻蕘者往焉〔九七〕；四户三階〔九八〕，椎埋者至矣〔九九〕。祝融有醉〔一〇〇〕，回禄無厭〔一〇一〕。始爝火以興端〔一〇二〕，終櫺煙而合氣〔一〇三〕。五明之扇〔一〇四〕，將劫燒以争飛〔一〇五〕；十絶之幡〔一〇六〕，逐崑熛而亂墜〔一〇七〕。既災巢鳦〔一〇八〕，亦斃池魚〔一〇九〕。悲哀欲甚於戊辰〔一一〇〕，厭勝不聞於壬癸〔一一一〕。旋爲散地〔一一二〕，便接蕪城〔一一三〕。田鼠誰燻〔一一四〕，封狼莫射〔一一五〕。梧雕碧甃〔一一六〕，光風驟失於孫枝〔一一七〕；草没彤闈〔一一八〕，浩露空溥於弟蔓〔一一九〕。我國家克將威命〔一二〇〕，允富貞期〔一二一〕。李出伊墟，洪惟命氏〔一二二〕；檜生陳郡，藹有昇仙〔一二三〕。誓牧野之辰〔一二四〕，則盤古與天皇秉鉞〔一二五〕；入咸陽之後〔一二六〕，則尊盧與栗陸輂車〔一二七〕。納萬國於堂皇〔一二八〕，攜九州於掌握〔一二九〕。彼獨夫之所廢〔一三〇〕，俟明辟以攸興〔一三一〕。斯觀復建蜺旌，還張翠蓋〔一三二〕。不勞置臬〔一三三〕，而鸝閣飛來〔一三四〕；無待直繩〔一三五〕，而虬堂化出〔一三六〕。三宫主籙〔一三七〕，八治威魔〔一三八〕。羅郁倘遊，遽分條脱〔一三九〕；安妃乍至，或送交梨〔一四〇〕。

**【校注】**

〔七六〕緑字，見注〔二三〕。〔按〕指河圖上之緑色文字。此即指河圖。

〔七七〕〔錢注〕《後漢書・光武紀》：光武先在長安時，同舍生彊華自關中奉赤伏符曰：「劉秀發兵捕不道，四夷雲集龍鬬野，四七之際火爲主。」

〔七八〕〔錢注〕《穆天子傳》：至于巨蒐之人爾奴，乃獻白鵠之血，以飲天子；因具牛羊之湩，以洗天子之足。注：湩，乳也。

〔七九〕〔錢注〕《淮南子》：崑崙之上，是謂閬風。《太平御覽》：《集仙録》曰：「王母者，龜山金母也。所居實在春山崑崙之圃，閬風之苑。」

〔八〇〕〔錢曰〕見《爲濮陽公上淮南李相公狀二》「時逼藏弓」注。〔按〕錢氏謂此句用《史記・封禪書》黄帝鑄鼎成騎龍上天，小臣持龍髯而髯拔之事。然彼言「龍髯」，而非「龍鱗」。疑此「龍鱗」係喻指皇帝之衮衣龍袍。杜甫《秋興八首》之五：「雲移雉尾開宫扇，日繞龍鱗識聖顔。」仇兆鰲注：「龍鱗，謂衮衣之龍章。」參下注。

〔八一〕〔錢注〕《史記・封禪書》：上北巡朔方，還祭黄帝冢橋山。上曰：「吾聞黄帝不死，今有冢，何也？」或對曰：「黄帝已仙，上天，群臣葬其衣冠。」

〔八二〕〔錢注〕張協《七命》：登翠阜，臨丹谷。

〔八三〕〔錢注〕《楚辭・遠遊》：仰羽人於丹丘兮，留不死之舊鄉。〔補注〕寫，仿效、摹仿。

〔八四〕〔錢注〕《三輔黄圖》：甘泉苑，武帝置。

〔八五〕〔錢注〕《晉書・張華傳》：初，吴之未滅也，斗、牛之間常有紫氣；平吴之後，紫氣愈明。華聞豫章人雷焕妙達緯象，乃要焕宿，因登樓仰觀。華曰：「是何祥也？」焕曰：「寶劍之精，上徹於天耳。」華曰：「在何郡？」焕曰：「在豫章豐城。」華即補焕爲豐城令。焕到縣，掘獄屋基，得一石函，中有雙劍，並刻題，一曰龍泉，一曰太阿。其夕斗、牛間氣不復見焉。焕以南昌西山北巖下土以拭劍，光芒豔發。遣送一劍并土與華，留一自佩。華得劍，寶愛之。以南昌土不如華陰赤土，報焕書曰：「詳觀劍文，乃干將也。莫邪何復不至？雖然，天生神物，終當合耳。」因以華陰土一斤致焕，焕更以拭劍，倍益精明。華誅，失劍所在。焕卒，子華爲州從事，持劍行經延平津，劍忽於腰間躍出，墮水。使人没水取之，不見劍，但見兩龍各長數丈，蟠縈有文章，没者懼而反。

〔八六〕〔錢注〕《山海經》：夸父與日逐走，入日，渴，欲得飲。飲於河、渭，河、渭不足；北飲大澤，未至，道渴而死。棄其杖，化爲鄧林。

〔八七〕〔錢注〕任昉《述異記》：秦始皇作石橋於海上，欲過海觀日出處。有神人驅石去，不速，神人鞭之，皆流血。今石橋其色猶赤。〔補注〕《書·禹貢》：「岱畎，絲、枲、鉛、松、怪石。」孔傳：「怪異好石似玉者。」按：句中之「怪石」泛指怪異之石。

〔八八〕〔錢注〕《雲笈七籤》：絳闕排廣霄，披丹登景房。〔補注〕《詩·鄘風·定之方中》：「定之方中，作于楚宫。揆之以日，作于楚室。」按：定星每年十月黄昏時出現于南方天空正中，古人于此時始營建房屋。

〔八九〕〔錢注〕左思《魏都賦》：思重爻，摹《大壯》。《玉京經》：玄都在玉京山，有七寶城，太上無極大道虚皇君之所治也。〔補注〕《大壯》，《易》六十四卦之一。卦形，即乾下震上，爲陽剛盛長之象。《易·繫辭下》：「上古穴居而野處，後世聖人易之以宮室，上棟下宇，以待風雨，蓋取諸《大壯》。」按《大壯》之卦象爲上有雷雨，下有御雨之圓蓋，故云創建宮室以避風雨係取象于《大壯》。

〔九〇〕〔錢注〕《老子》：九層之臺，起於累土。

〔九一〕〔錢注〕《渚宮故事》：宋臨川王義慶鎮江陵，於羅公洲立觀，甚大而惟一柱，號一柱觀。

〔九二〕〔錢注〕東方朔《十洲記》：崑崙山上有積石瑶房、流精之闕、瓊華之室，西王母所治也。〔補注〕茸，重疊、累積。疊茸，即重疊。

〔九三〕〔錢校〕融，疑當作「榮」。〔錢注〕謝莊《侍東耕詩》：陰臺承寒彩，陽樹迎初熏。〔按〕融有暖和之義。陽樹攢融，謂朝陽之樹已攢聚融和晴暖之氣。

〔九四〕〔錢注〕《後漢書·光武紀贊》：九縣飈回。注：九縣，九州也。〔補注〕《詩·小雅·四月》：「君子作歌，維以告哀。」按：九縣告哀，謂隋文帝逝世，舉國告哀。

〔九五〕〔錢注〕《春秋元命苞》：造起天地，鑄演人君，通三靈之貺，交錯同端。〔補注〕三靈，指天、地、人。改物，改變前朝之文物制度，語本《左傳·昭公九年》：「文之伯也，豈能改物？」杜預注：「言文公雖霸，未能改正朔，易服色。」

〔九六〕〔錢注〕孫綽《遊天台山賦》：八桂森挺以凌霜，五芝含秀而晨敷。

〔九七〕〔補注〕芻蕘,割草采薪。《孟子·梁惠王下》:「文王之囿方七十里,芻蕘者往焉,雉兔者往焉,與民同之。」此反用之,謂觀中珍奇樹木花草,遭到割草采薪者破壞。

〔九八〕〔錢注〕《大戴禮記》:明堂四户八牖。班固《西都賦》:重軒三階。

〔九九〕〔錢注〕《漢書·趙敬肅王彭祖傳》注:椎殺人而埋之,故曰椎埋。〔補注〕二句謂觀内窗户臺階,遭人偷盜。

〔一〇〇〕〔補注〕《吕氏春秋·孟夏》:「其神祝融。」高誘注:「祝融,顓頊氏後,老童之子吴回也,爲高辛氏火正,死爲火官之神。」

〔一〇一〕〔補注〕回禄,傳説中火神。《左傳·昭公十八年》:「郊人助祝史除於國北,禳火於玄冥、回禄。」杜預注:「回禄,火神。」

〔一〇二〕〔錢注〕《莊子》:日月出矣,而爝火不息。〔補注〕成玄英疏:「爝火,猶炬火也,亦小火也。」

〔一〇三〕〔補注〕《周禮·春官·大宗伯》:「以槱燎祀司中、司命、飌師、雨師。」槱,聚集木柴燃燒。

〔一〇四〕〔錢注〕崔豹《古今注》:舜既受堯禪,廣開視聽,求賢人以自輔,故作五明扇焉。〔補注〕五明扇,儀仗中所用之一種掌扇,神宫中亦有之。陸游《老學庵筆記》卷九:「天下神霄,皆賜威儀,設於殿帳座外,面南,東壁,從東第一架六物:曰錦纖、曰絳節、曰寶蓋、曰珠幢、曰五明扇。」此即指道觀中之儀仗五明扇。

〔一〇五〕〔錢注〕《初學記》:曹毗《志怪》曰:「漢武鑿昆明池極深,悉是灰墨,無復土。以問東方朔,朔曰：『臣愚不足以知之，可試問西域胡。』帝以朔不知，難以核問。至後漢明帝時，外國道人來，入洛陽。時有憶朔言者，乃試以武帝時灰墨問之。胡人曰：『《經》云天地大劫將盡則劫燒。此劫燒之餘。』乃知朔言有旨。」

〔一〇六〕〔錢注〕《太平御覽》：《列仙傳》曰：「東卿大臣見降，侍從七人，一人執華幡，一名十絶靈幡。」

〔一〇七〕〔錢注〕用《書》「火炎崑岡」意。《説文》：熛，火飛也。〔按〕《書·胤征》：「火炎崑岡，玉石俱焚。」「五明」四句，謂觀内之幡扇儀仗亦同焚于大火。

〔一〇八〕〔錢注〕《越絶書》：吴東宫周一里二百七十步路，西宫在長秋，周一里二十六步。秦始皇十一年，守宫者照燕，失火燒之。〔補注〕鳦，燕。《詩·邶風·燕燕》「燕燕于飛」毛傳：「燕燕，鳦也。」

〔一〇九〕〔錢注〕《藝文類聚》：《風俗通》曰：「城門失火，禍及池中魚。舊説池中魚人姓李，居近城，城門失火，延及其家，仲災燒死。于謹《百家書》曰：『宋城門失火，因汲池水以沃灌之，池中空竭，魚悉露死。喻惡之滋，并中傷良謹也。』」

〔一一〇〕〔錢注〕庾信《哀江南賦序》：粤以戊辰之年。又：唯以悲哀爲主。〔按〕梁武帝太清二年，歲在戊辰。是年八月戊戌，侯景舉兵反。《梁書·侯景傳》：「景於是百道攻城，持火炬燒大司馬、東西華諸門……又燒城西馬厩、士林館、太府寺……又燒南岸民居營寺，莫不咸盡。……城中積屍不暇埋瘞，又有已死而未斂，或將死而未絶，景悉聚而燒之，臭氣聞十餘里。」兵火之酷如此，故云「悲哀欲甚於戊辰」。

〔二一〕〔錢注〕《魏志·董卓傳》注：《獻帝起居注》曰：「李傕喜鬼怪左道之術，常有道人及女巫，歌謳擊鼓下神，祠祭六丁，符劾厭勝之具，無所不爲。」《雲笈七籤》：《黄庭遁甲緣身經》：「若欲辟火者，書六壬六癸符，并呼其神，又呼甲子神姓名字，云與我同行，即不被燒熱。」〔補注〕厭勝，古代巫術，謂能以詛咒制勝、壓服人或物。

〔二二〕旋，《全文》作「旅」，據錢校改。〔錢注〕《史記·黥布傳》：兵法，諸侯戰其地爲散地。〔補注〕散地，語本《孫子·九地》：「諸侯自戰其地，爲散地。」《史記》裴駰集解引《漢書音義》曰：「謂散滅之地。」按：此處與「蕪城」對舉，意即荒蕪殘破之地。

〔二三〕〔錢注〕鮑照《蕪城賦》李善注：孝武帝時，臨海王子頊鎮荆州，明遠爲其下參軍，隨至廣陵。子頊叛逆，照見廣陵故城荒蕪，乃漢吴王濞所都，亦叛逆爲漢所滅，感爲此賦以諷之。

〔二四〕〔補注〕《詩·豳風·七月》：「穹窒熏鼠，塞向墐户。」《禮記·月令》：「（季春之月）桐始華，田鼠化爲鴽。」

〔二五〕〔錢注〕張衡《思玄賦》：彎威弧之拔剌兮，射嶓冢之封狼。〔按〕張賦之「封狼」指天狼星。

〔二六〕〔錢校〕雕，疑當作「彫」。〔按〕雕、彫字通。〔錢注〕魏武帝《猛虎行》：雙桐生井上，枝葉自相加。《說文》：甃，井壁也。

〔二七〕驟，《全文》作「聚」，據錢校改。〔錢注〕《楚辭·招魂》：光風轉蕙，氾崇蘭些。傅毅《琴賦》：

乃弁伐其孫枝。〔補注〕光風，雨止日出時之和風。孫枝，樹幹上長出之新枝。

〔一一八〕〔錢注〕謝朓《酬王晉安詩》：日旰坐彤闈。〔補注〕彤闈，朱漆之宫門。

〔一一九〕溥，《全文》作「溥」，據錢本改。〔錢注〕陸雲《九愍》：挹浩露於蘭林。〔補注〕《詩·鄭風·野有蔓草》：「野有蔓草，零露溥兮。」《左傳·隱公元年》：「（祭仲）對曰：『姜氏何厭之有？不如早爲之所，無使滋蔓。蔓，難圖也。蔓草猶不可除，況君之寵弟乎！』」

〔一二〇〕〔補注〕《書·胤征》：「爾衆士同力王室，尚弼予欽承天子威命。」

〔一二一〕〔錢注〕《後漢書·周王徐姜申屠傳贊》：貞期難對。〔補注〕貞期，政治清明之世。

〔一二二〕〔錢注〕《新唐書·宗室世系表》：李氏出自嬴姓，皋陶爲堯大理，歷虞、夏、商世爲大理，以官命族爲理氏。至紂之時，理徵以直道不容於紂，得罪而死。其妻陳國契和氏與子利貞逃難於伊侯之墟，食木子得全，遂改理爲李氏。〔補注〕洪，大也。命氏，指李氏。

〔一二三〕〔錢注〕《太清記》：亳州太清宫有八檜，老子手植，根株枝幹皆左細。李唐之盛，一枝再生。《史記·老子傳》：老子者，楚苦縣厲鄉曲仁里人也。注：《地理志》曰苦縣屬陳國。〔補注〕《太平廣記》卷一引葛洪《神仙傳》：「老子之母，適至李樹下而生老子，生而能言，指李樹曰：『以此爲我姓。』」李唐皇室自言爲老子之後，故云「仙李蟠根」，此「昇仙」亦同。

〔一二四〕〔補注〕《書·牧誓》：「甲子昧爽，王朝至于商郊牧野乃誓。」

〔一二五〕〔錢注〕《路史》：天地之初，有渾敦氏出爲之治。注：即代所謂盤古氏者，神靈一日九變，蓋元混之初，陶融造化之主也。《六韜・大明》云：「召公對文王曰：『天道淨清，地德生成，人事安寧。戒之勿忘，忘者不祥。盤古之宗，不可動也，動者必凶。』」又《史》：繼之以天皇氏、地皇氏、人皇氏。〔補注〕《詩・商頌・長發》：「武王載旆，有虔秉鉞。」秉鉞，持斧。此謂武王伐紂，盤古及天皇均持斧相助。此喻唐之興。

〔二六〕〔錢注〕《史記・高帝紀》：漢元年，沛公兵先諸侯至霸上，秦王子嬰降軹道旁，遂西入咸陽。

〔二七〕〔錢注〕司馬貞《補三皇本紀》：大庭氏、柏皇氏、中央氏、卷須氏、栗陸氏、驪連氏、赫胥氏、尊盧氏、渾沌氏、昊英氏、有巢氏、朱襄氏、葛天氏、陰康氏、無懷氏，斯蓋三皇已來，有天下者之號。

〔二八〕〔錢注〕《漢書・胡建傳》：列坐堂皇上。注：堂無四壁曰皇。〔補注〕此即萬方來朝之意。

〔二九〕〔錢注〕《史記・陸賈傳》：爲社稷計，在兩君掌握耳。〔補注〕此即天下一統之意。

〔三〇〕〔補注〕《書・泰誓》：「獨夫受，洪惟作威，乃汝世讎。」按：此借指隋煬帝。

〔三一〕〔補注〕《書・洛誥》：「朕復子明辟。」明辟，明君。此指唐天子。

〔三二〕〔錢注〕宋玉《高唐賦》：蜺爲旌，翠爲蓋。〔補注〕蜺旌，彩飾之旗。《文選・司馬相如〈上林賦〉》「拖蜺旌」李善注引張揖曰：「析羽毛，染以五采，綴以縷爲旌，有似虹蜺之氣也。」翠蓋，飾以翠羽之車蓋。

〔三三〕〔補注〕《周禮・考工記・匠人》：「置槷以縣，眂以景。」鄭玄注：「槷，古文臬，假借字。於所平之地中央樹八尺之臬，以縣正之，眂之以其景。」置臬，設置測量之表柱。

〔一三四〕〔錢注〕《全唐詩話》：徐彦伯爲文，多變易求新，以鳳閣爲鷃閣，龍門爲虬户。

〔一三五〕〔補注〕《書·説命上》：「惟木從繩則正，后從諫則聖。」《荀子·勸學》：「木直中繩。」

〔一三六〕〔錢注〕《楚辭·九歌》：魚鱗屋兮龍堂。

〔一三七〕〔錢注〕葛洪《枕中書》：玄都玉京七寶山週圍九萬里，在大羅之上。城上七寶宫，宫内七寶臺，有上中下三宫如一宫。上宫是盤古真人、元始天王、太元聖母所治；中宫太上真人、金闕老君所治；下宫九天真皇、三天真王所治。

〔一三八〕〔錢注〕《雲笈七籤》：《玄都律》第十六云：「治者，性命、魂之所屬也。」《五嶽名山圖》云：「陽平治、鹿堂治、鶴鳴治、漓沅治、葛璝治、庚除治、秦中治、真多治，右八治是上品，並是後漢漢安元年太上老君所立。昌利治、隸上治、湧泉治、稠稉治、北平治、本竹治、蒙秦治、平蓋治，右八治是中品，置如前云。雲臺治、濜口治、後城治、公慕治、平岡治、主簿治、玉局治、北邙治，右八治是下品，置如前云。」又：威魔滅試，迴轉五星。

〔一三九〕〔錢注〕《真誥》：蕚緑華者，九疑山得道女羅郁也。年可二十許，上下青衣，顔色絶整。晉升平中，降羊權家，贈權詩一篇，并火澣布手巾一條，金玉條脱各一枚。條脱似指環而大，異常精好。謂權曰：「慎無泄我下降之事。」授權尸解藥，亦化形而去。〔補注〕條脱，一種螺旋形臂飾，一副二枚。

〔一四〇〕〔錢注〕《真誥》：晉興寧三年，衆真降楊羲家，紫微王夫人與一神女俱來，年可十三四許。紫微夫人曰：「此太虚元君金臺李夫人之少女也。」詣龜山學道成，署爲紫清上宫九華真妃，於是賜姓安，名鬱嬪，字靈簫。」真妃手握三棗，一枚見與，一枚與紫微夫人，自留一枚，各食之。葛洪《神仙傳》：許穆得道，紫微夫人與之金漿、交梨、火棗，此飛騰藥也。

開元十七年，太守張公重構石臺，并投火齊〔一四二〕。九枝散影〔一四三〕，二等分光〔一四三〕。且異金華，送江南之夜讌〔一四四〕；寧同蠟炬，佐洛下之晨炊〔一四五〕。號爲殊庭〔一四六〕，多歷年所。元和初，妖興益部，釁稔坤維〔一四七〕。鍾會之窺覦〔一四八〕，劉璋之闇懦〔一四九〕。梁横宋矢〔一五〇〕，樓舞袁幢〔一五一〕。將禾麥於親鄰〔一五二〕，欲丘樊於福地〔一五三〕。遂使嵇瓜斷蒂〔一五四〕，董杏分株〔一五五〕。瓊蘇入燃腹之間〔一五六〕，飿飯在抽腸之裹〔一五七〕。黄昏望斷〔一五八〕，不見青牛〔一五九〕；昧旦神興〔一六〇〕，唯逢白馬〔一六一〕。殆逾三紀，闕校二官〔一六二〕。

【校注】

〔一四二〕〔錢注〕班固《西都賦》李善注：《韻集》曰：「玫瑰，火齊珠也。」〔補注〕《梁書·諸夷傳·中天竺國》：「火齊狀如雲母，色如紫金，有光耀。别之，則薄如蟬翼；積之，則如紗縠之重沓也。」其形狀顯非所謂寶珠。按《太平御覽》卷八〇八引晉吕静《韻集》：「琉璃，火齊珠也。」則火齊似琉璃之别名。聯繫下文「九枝散影，二等分光」，此「火齊」當是如玻璃一類可以製作燈之材料，而非圓轉之珠。投，贈。

〔四二〕〔錢注〕《西京雜記》：高祖入咸陽宮，周行府庫，有青玉九枝燈。〔補注〕九枝燈，一幹九枝之燈。

〔四三〕〔錢注〕何晏《景福殿賦》：落帶金釭，此焉二等。

〔四四〕〔錢注〕《梁書・羊侃傳》：魏使陽斐與侃在北嘗同學，有詔令侃延斐同宴，至夕，侍婢百餘人，俱執金花燭。

〔四五〕〔錢注〕《晉書・石崇傳》：崇財産豐積，與貴戚王愷、羊琇之徒以奢靡相向。愷以粭沃釜，崇以蠟代薪。

〔四六〕〔錢注〕《史記・封禪書》：上親禪高里，祠后土，臨渤海，將以望祠蓬萊之屬，冀至殊庭焉。注：殊庭，蓬萊中仙人庭也。〔補注〕《書・君奭》：「故殷禮陟配天，多歷年所。」年所，年數。

〔四七〕初，錢本作「中」，未出校。〔錢注〕《舊唐書・劉闢傳》：闢，貞元中進士，韋皋辟爲從事。永貞元年，韋皋卒，闢自爲西川節度留後，表請降節鉞，朝廷不許。除給事，便令赴闕。闢不奉詔。時憲宗初即位，以無事息人爲務，遂授闢劍南西川節度使。闢益兇悖，遂舉兵圍梓州，於是令高崇文將神策兵討之。元和元年正月，崇文出師，三月收復東川，九月收成都府，擒闢檻送京師，戮於子城西南隅。《後漢書・公孫述傳》：由是威震益部。〔補注〕釁，禍亂。稔，醖釀成熟。任昉《奏彈劉整》：「惡積釁稔，親舊側目。」坤維，指西南蜀地。

〔一四八〕〔錢注〕《魏志・鍾會傳》：司馬文王欲大舉圖蜀，會亦以爲蜀可取。景元三年，以會爲鎮西將軍。四年，會統十餘萬衆，進軍向成都，劉禪降。會内有異志，獨統大衆，威震西土。加猛將鋭卒皆在己手，遂謀反。矯太后遺詔，使會起兵廢文王。諸軍鼓譟，争赴殺會。《後漢書・河間孝王開傳》：窺覦神器。

〔一四九〕〔錢注〕《後漢書・劉焉傳》：張魯以璋闇懦，不復承順。《蜀志・劉二牧傳》：劉焉卒，州大吏趙韙等貪璋温仁，共上璋爲益州刺史。璋遣法正連好先主，勑所主供奉。先主入境如歸，是歲建安十六年也。明年，先主還兵南向。十九年，進圍成都，璋開城出降。〔按〕此以劉璋闇弱喻指其時鎮東川之李康。

〔一五〇〕〔錢注〕《闕子》：宋景公使弓工爲弓，九年來見，曰：「臣之精盡于弓矣。」獻弓而歸，三日而死。公張弓東向而射，矢踰西霜之山，集彭城之東，其餘力逸勁，飲羽于石梁。

〔一五一〕〔錢注〕《後漢書・公孫瓚傳》：袁紹大攻瓚，瓚使行人齎書告子續曰：「袁氏之攻，狀若鬼神，梯衝舞吾樓上，鼓角鳴于地中。」〔補注〕幢，古代衝城陷陣之戰車，即所謂「梯衝」。

〔一五二〕〔補注〕《左傳・哀公十七年》：「楚白公之亂，陳人恃其聚而侵楚，楚既寧，將取陳麥。楚人問帥於大師子穀與葉公諸梁，子穀曰：『右領差車與左史老，皆相令尹、司馬以伐陳，其可使也。』子高曰：『率賤，民慢之，懼不用命焉。』子穀曰：『觀丁父，鄀俘也，武王以爲軍率，是以克州、蓼，服隨、唐，大啓群蠻；彭仲爽，申俘也，文王以爲令尹，實縣申、息，朝陳、蔡，封畛於汝。唯其任也，何賤之有？』……王卜之，武城尹吉。使帥師取陳麥。陳人御之，敗，遂圍陳。秋，七月己卯，楚公孫朝帥師滅陳。」

〔一五三〕丘樊，見《上鄭州蕭給事狀》注〔三〕。〔錢注〕伊世珍《瑯環記》：張華遊於洞宮，別是天地，宮室嵯峨，每室各有奇書。華問地名，對曰：「嫏環福地。」

〔一五四〕〔錢注〕嵇含《瓜賦》：世云三芝，瓜則處全焉。

〔一五五〕〔錢注〕葛洪《神仙傳》：董奉居山，日爲人治病，亦不取錢。重病愈者，使栽杏五株，輕者一株。如此數年，計得十萬餘株，鬱然成林。

〔一五六〕〔錢注〕《南嶽夫人傳》：夫人在王屋山，王子喬等降，夫人設瓊蘇綠酒。《後漢書·董卓傳》：吕布持矛刺卓，乃尸卓於市。守尸吏然火置卓臍中，光明達曙。

〔一五七〕在，錢本作「入」，未出校。〔錢注〕《太平御覽》：《登真隱訣》曰：「太極真人青精飷飯方。」按：《彭祖傳》云：「大宛有青精先生，能一日九食，亦能終歲不飢。」即是此矣。《通鑑·梁元帝紀》：承聖元年，侯瑱追及侯景於松江，擒彭雋。瑱生剖雋腹，抽其腸，猶不死，手自收之。乃斬之。

〔一五八〕〔錢注〕《楚辭·九章》：昔君與我成言兮，曰黄昏以爲期。

〔一五九〕〔錢注〕劉向《列仙傳》：老子爲周柱下史。後周德衰，乃乘青牛車去，入大秦，過函關。關令尹喜待而迎之，知真人也，乃强使著書，作《道德上下經》二卷。

〔一六〇〕神，錢本作「晨」，未出校。〔補注〕《詩・鄭風・雞鳴》：「女曰雞鳴，士曰昧旦。」

〔一六一〕〔錢注〕葛洪《神仙傳》：蘇仙公，桂陽人也。仙去，見白馬常在嶺上，改牛脾山爲白馬嶺。〔按〕此「白馬」用《南史・賊臣傳・侯景》：「先是，大同中童謡曰：『青絲白馬壽陽來。』景渦陽之敗，求錦，朝廷所給青布，及是皆用爲袍，采色尚青。景乘白馬，青絲爲轡，欲以應謡。」後因稱侯景爲「白馬小兒」。此處借指叛臣劉闢之士兵將領。錢注誤。

〔一六二〕三，錢本作「二」，未出校。見《上鄭州李舍人狀二》注〔二〕。

開成元年，連帥馮公擁蓋巴西，揚麾左蜀〔一六三〕。永惟愛女〔一六四〕，名列通仙〔一六五〕。許長史之全家，皆推道氣〔一六六〕；茅東卿之繼世，並有靈風〔一六七〕。乃夢寐遐規〔一六八〕，丹青往制〔一六九〕。既分趙璧〔一七〇〕，兼施魏珠〔一七一〕。擬聳闕於天台〔一七二〕，狀重樓於句曲〔一七三〕。頓還舊觀〔一七四〕，且介通莊〔一七五〕。嗟乎！欻駕方留〔一七六〕，化機潛迫，削墨則公輸復去〔一七七〕，飛梯則宋翟還歸〔一七八〕。或沙版仍虚〔一七九〕，或芝寮未豁〔一八〇〕，或菡萏闕垂於倒井〔一八一〕，或椒聊罕遍於周垣〔一八二〕。圖石室於西崑，猶資粉墨〔一八三〕；畫銀臺於東海，尚渴鉛黄〔一八四〕。仙家寧有廢興〔一八五〕，人世自多休戚。

【校注】

〔一六三〕〔錢注〕《舊唐書·馮宿傳》：大和九年，出爲劍南東川節度使。開成元年十二月卒。《華陽國志》：漢獻帝初平元年，征東中郎將趙穎建議白益州牧劉璋，以墊江以上爲巴郡。龐義爲太守。江州至臨江爲永寧郡，朐忍至魚腹爲固陵郡。巴遂分矣。建安六年，璋改永寧爲巴郡，以固陵爲巴東，徙義爲巴西太守。是謂「三巴」。〔補注〕《禮記·王制》：「十國以爲連，連有帥。」古稱十國諸侯之長爲連帥，唐常指節度使、觀察使。巴西、左蜀，均指東川。商隱《上河東公謝辟啓》：「射江奥壤，潼水名都，俗擅繁華，地多材雋。指巴西則民皆譙秀，訪臨邛則客有相如。」譙秀爲巴西西充國人，唐時其地爲果州之西充，與梓州鄰接。故此處以巴西指梓州。又唐綿州有巴西縣，與此同名而異指。左蜀，猶東蜀。

〔一六四〕〔錢注〕《晏子》：景公有愛女，請嫁於晏子。

〔一六五〕〔錢注〕孫綽《遊天台山賦》：肆覲天宗，爰集通仙。〔補注〕通仙，衆仙。

〔一六六〕〔錢注〕《晉書·許邁傳》：邁一名映，句容人也。偏遊名山，後入臨安西山，改名玄，字遠遊，莫測所終，皆謂羽化矣。《上清源流經目注序》：許邁之第五弟謐，真位爲上清佐卿。謐之第三子玉斧，長名翽，字道翔，郡舉上計掾，不赴，後爲上清仙公。《詩集》馮氏曰：穆即謐也。道書玉斧稱許掾。玉斧子黄民，黄民子豫之，皆得仙。《真誥》言登升者三人：先生邁、長史謐、掾玉斧也。度世者五人：玉斧兄虎牙，玉斧子黄民，黄民長子榮，黄民二女道育、瓊輝也。又玉斧之姑適黃家，曰黃娥，本名娥皇，亦得度世。徐陵《天台山館徐則法師碑》：蕭然道氣。

〔一六七〕〔錢注〕《洞仙傳》：茅濛字初成，東卿司命君盈之高祖也。《太平御覽》：《太玄真經茅盈内紀》曰：「秦始皇三十年九月庚子，盈曾祖於華山之中乘雲駕龍，白日升天。是時，其邑謡歌曰：『神仙得者茅初成，駕龍上昇入泰清。時下九州戲赤城，繼世而往在我盈，帝若學之臘嘉平。』始皇聞謡歌乃有尋仙之志，因改臘曰嘉平。」《魏志·管輅傳》注：《輅别傳》曰：「靈風可懼。」

〔一六八〕遐，《全文》作「假」，據錢校改。〔補注〕夢寐，想象。

〔一六九〕〔錢注〕《後漢書注補志序》：儀祀得於往制。〔補注〕丹青，本指繪畫，此猶摹寫、規摹之意。

〔一七〇〕〔錢注〕《史記·藺相如傳》：趙惠文王時得楚和氏璧。

〔一七一〕〔錢注〕《史記·田完世家》：威王與魏王會田於郊，魏王問曰：「王亦有寶乎？」威王曰：「無有。」梁王曰：「若寡人國小也，尚有徑寸之珠照車前後各十二乘者十枚，奈何以萬乘之國而無寶乎？」

〔一七二〕〔錢注〕孫綽《遊天台山賦》：雙闕雲竦以夾路。

〔一七三〕〔錢注〕《梁書·陶弘景傳》：弘景除奉朝請，永明十年上表辭禄，止於句容之勾曲山。中山立館，更築三層樓，弘景處其上，弟子居其中，賓客至其下。

〔一七四〕〔錢注〕《晉書·王羲之傳》：庾翼與羲之書云：「吾昔有伯英章草十紙，過江顛狽亡失，嘗歎妙迹永絶。忽見足下答家兄書，焕若神明，頓還舊觀。」

〔一七五〕〔錢注〕王屮《頭陀寺碑》：通莊九折。〔補注〕謂馮宿重建之道興觀處於大路旁。

〔一七六〕〔錢注〕《楚辭・九歌》：龍駕兮帝服，聊翱遊兮周章。靈皇皇兮既降，猋遠舉兮雲中。〔補注〕欻，迅疾、忽然。欻駕方留，謂馮宿之車駕方留東蜀。下句「化機潛迫」謂大化之期已經暗自迫近，指馮宿於開成元年十二月旋卒。

〔一七七〕〔錢注〕王褒《聖主得賢臣頌》：使離婁督繩，公輸削墨。〔補注〕削墨，正其繩墨，猶規劃。

〔一七八〕〔錢注〕《墨子》：公輸爲楚造雲梯之械，成，將以攻宋。子墨子聞之，見公輸盤曰：「聞子爲梯，將以攻宋，宋何罪之有？」公輸盤服。〔補注〕宋翟，宋之墨翟。

〔一七九〕〔錢注〕《楚辭・招魂》：紅壁沙版，玄玉之梁些。王逸注：沙，丹沙也。言堂上四壁皆堊之令紅白，又以丹沙畫飾軒版。

〔一八〇〕〔錢注〕張衡《西京賦》李善注：《蒼頡篇》曰：「寮，小窗也。」〔補注〕豁，開。

〔一八一〕〔錢注〕王延壽《魯靈光殿賦》：圓淵方井，反植荷蕖。發秀吐榮，菡萏披敷。緑房紫菂，窋咤垂珠。〔補注〕倒井，指藻井，傳統建築中天花板上之裝飾，其上往往畫有荷花圖案。闕垂於倒井，謂藻井上之圖案未繪。

〔一八二〕〔補注〕《詩・唐風・椒聊》：「椒聊之實，蕃衍盈升。」椒聊，即椒。古代宮室以椒和泥塗壁。此謂四周之牆壁尚未以椒和泥塗飾。

〔一八三〕〔補注〕劉向《列仙傳》：「赤松子者，神農時雨師也……往往至崑崙山上，常止西王母石室中。」

石室，謂神仙洞府。此謂西方崑崙山上神仙洞府之圖畫，尚未畫成。

〔一八四〕〔錢注〕江淹《扇上綵畫賦》：空青生峨嵋之陽，雌黄出嶓冢之陰，丹石發王屋之岫，碧髓挺青峻之岑。粉則南陽鉛澤，墨則上黨松心。郭璞《遊仙詩》：神仙排雲出，但見金銀臺。〔補注〕郭璞《遊仙詩》李善注：「齊威、宣、燕昭使人入海，求蓬萊、方丈、瀛洲。此三神山者，仙人及不死之藥皆在焉，而黄金白銀爲宫闕。」此謂東海中蓬萊仙山之宫闕，亦未繪成。

〔一八五〕〔錢注〕東方朔《十洲記》：瀛洲在東海中，洲上多仙家，風俗似吴人，山川如中國。

今皇帝騈闐靈貺〔一八六〕，合沓真符〔一八七〕。爰顧寶臣〔一八八〕，來頒瑞節〔一八九〕。尚書河東公〔一九〇〕，華嵩衡霍〔一九一〕，麟鳳龜龍〔一九二〕。霈膏雨於豐年〔一九三〕，燿福星於分野〔一九四〕。加以融徽妙闥〔一九五〕，棲照玄津〔一九六〕，書聖琴言〔一九七〕，《論衡》《棋品》〔一九八〕。徵君虚幌〔一九九〕，未遠軍牙〔二〇〇〕；都講曲檽〔二〇一〕，更聯賓閣〔二〇二〕。周柱史之論上士〔二〇三〕，張河間所謂仙夫〔二〇四〕。有猷而九牧具瞻〔二〇五〕，無待而三元共獎〔二〇六〕。女道士長樂馮行真〔二〇七〕、廬江何真靖等〔二〇八〕，並下元受事〔二〇九〕，《大洞》刊名〔二一〇〕。積雪通襟〔二一一〕，高霞映抱〔二一二〕。鍊氣則縠仙留訣〔二一三〕，迴顔則桂父陳方〔二一四〕。華嶽洗頭〔二一五〕，豈肯秦臺吹管〔二一六〕？陽城掉臂〔二一七〕，安能魯殿窺窗〔二一八〕？永念洪紛〔二一九〕，每勤玄貺〔二二〇〕。義行於得衆，事集於和光〔二二一〕。郡人焦太元等若干人〔二二二〕，卓、鄭遥源〔二二三〕，嚴、枚遠冑〔二二四〕。懸情紫簡〔二二五〕，禀化朱陵〔二二六〕。争攜莫逆之交〔二二七〕，共就列真之宇〔二二八〕。靈姿載穆〔二二九〕，景從多儀〔二三〇〕，嶽瀆奔趨〔二三一〕，人天雜集〔二三二〕。十洲儻見〔二三三〕，三島如昇〔二三四〕。氣轉金樞〔二三五〕，則雲歸鴛瓦〔二三六〕；漏移銅史〔二三七〕，則星入鰕簾〔二三八〕。焕冰碧以交輝〔二三九〕，儼環玭而迭映〔二四〇〕。縱時更溟涬〔二四一〕，代變鴻濛〔二四二〕，於玄黄未判之中〔二四三〕，存轇轕無垠之狀〔二四四〕。

**【校注】**

〔一八六〕〔錢注〕《晉書·夏統傳》：士女駢闐。《後漢書·光武紀贊》：世祖誕命，靈貺自甄。〔補注〕駢闐，多貌。靈貺，神靈賜福。句即「靈貺駢闐」意。

〔一八七〕〔錢注〕王褒《洞簫賦》：薄索合沓。《舊唐書·玄宗紀》：初，太白山人李渾言太白山金星洞有帝福壽玉版石記，求得之，乃封太白山爲神應公，金星洞爲嘉祥公，所管華陽縣爲貞符縣。按：《舊唐書·宣宗紀》，宣宗初立，誅道士劉玄靖等十二人，以其説惑武宗，排毁釋氏故也。至大中十一年，訪聞羅浮山處士軒轅集善能攝生，延齡益壽，乃遣使迎之。《通鑑》則會昌六年四月，聽政，杖殺道士趙歸真等數人，流羅浮山人軒轅集於嶺南。是年十月，即受三洞法籙於衡山道士劉玄静。是亦宣宗奉道之證也。

〔一八八〕〔錢注〕《漢書·杜周傳》：誠國家雄俊之寶臣也。〔補注〕寶臣，可器重信賴之臣。劉向《説苑·至公》：「老君在前而不踰，少君在後而不豫，是國之寶臣也。」

〔一八九〕〔補注〕瑞節，古代朝聘時用作憑信之玉製符節。《周禮·地官·調人》：「弗辟則與之瑞節，而以執之。」此云「來頒瑞節」，當指頒賜道觀之絳節一類儀仗。

〔一九〇〕〔錢注〕《新唐書·宰相世系表》：秦并天下，柳氏遷於河東。《舊唐書·柳仲郢傳》：大中六（當作「五」）年，轉梓州刺史、劍南東川節度使。

〔一九一〕〔錢注〕《爾雅》：河南華、河西嶽、河東岱、河北恒、江南衡。又：泰山爲東嶽，華山爲西嶽，霍山爲南嶽，恒山爲北嶽，嵩高爲中嶽。

〔一九二〕〔補注〕《禮記·禮運》：「何謂四靈？麟、鳳、龜、龍謂之四靈。」二句謂柳仲郢爲山中之華嵩衡霍，人中之麟鳳龜龍。

〔一九三〕〔補注〕《詩·小雅·黍苗》：「芃芃黍苗，陰雨膏之。」

〔一九四〕〔錢注〕《史記·天官書》：察日月之行，以揆歲星順逆。《正義》曰：《天官》云：「歲星所居國，人主有福。」《國語》：伶州鳩曰：「歲之所在，則我有周之分野。」〔補注〕此以「福星」指柳仲郢；分野，謂蜀之分野。

〔一九五〕〔錢注〕《禮·曲禮》注：梱，門限也。〔補注〕徽，善；妙閫，猶妙門，佛、道指領悟精微教理之門徑。語本《老子》：「玄之又玄，衆妙之門。」

〔一九六〕〔錢注〕王屮《頭陀寺碑》：玄津重柵。〔補注〕棲照，凝神觀照。玄津，此指道教之法門津梁。

〔一九七〕〔錢注〕《梁書·王志傳》：志善草隸，當時以爲楷法。徐希秀亦號能書，常謂志爲書聖。王褒《洞簫賦》：師襄、嚴春不敢竄其巧令兮。李善注：《七略》有莊春言琴。〔補注〕此謂仲郢工書善琴。

〔一九八〕〔錢注〕《後漢書·王充傳》：充好論説，始若詭異，終有理實。以爲俗儒守文，多失其真，乃閉門潛思，著《論衡》八十五篇，二十餘萬言。釋物類同異，正時俗嫌疑。《南史·梁簡文紀》：所著《棋品》五卷。又《柳惲傳》：梁武帝好弈棋，使惲品定棋譜，登格者二百七十八人，第其優劣，爲《棋品》三卷，惲爲第二焉。《舊唐書·柳仲郢傳》：仲郢退公，布卷不捨晝夜，《九經》《三史》一鈔，魏、晉已來《南》《北史》再鈔，分門三十卷，號《柳氏自備》。《新唐書·藝文志》：《柳仲郢集》二十卷。

〔一九九〕〔錢注〕江淹《雜體詩·擬王徵君微〈養疾〉》：鍊藥矚虚幌，汎瑟卧遥帷。〔補注〕虚幌，透光之窗簾帷幔。

〔二〇〇〕〔錢注〕封演《聞見記》：近人通謂府廷爲公衙，即古之公朝也。字本作「牙」。《詩》云：「祈父！予王之爪牙。」故軍前大旗謂之牙旗，軍中號令，必至其下。近代尚武，是以通呼公府爲公牙，府門爲牙門，變轉而爲衙也。〔補注〕謂仲郢雖吟徵君虚幌之詩，而未遠節度使之軍府。

〔二〇一〕〔錢注〕《世説》：支道林、許掾諸人共在會稽王齋頭，支爲法師，許爲都講。江淹《雜體詩·擬許徵君〈自序〉》：「曲櫺激鮮飇，石室有幽響。」李善注：《晉中興書》曰：「高陽許詢字玄度，寓居會稽，司徒蔡謨辟不起。詢有才藻，善屬文，時人士皆欽愛之。」

〔二〇二〕〔補注〕《漢書·公孫弘傳》：「數年至宰相封侯。於是起客館，開東閣以延賢人。」按：閤，小門。通「閣」。錢注本作「榻」。此謂更開幕府延賓客。

〔二〇三〕〔錢注〕劉向《列仙傳》：老子爲周柱下史。《老子》：上士聞道，勤而行之。

〔二〇四〕〔錢注〕《後漢書·張衡傳》：《思玄賦》：「天不可階仙夫希，柏舟悄悄吝不飛。」又：永和初，出爲河間相。

〔二〇五〕〔補注〕猷，謀略。九牧，九州之長。《周禮·秋官·掌交》：「九牧之維。」《禮記·曲禮下》：「九州之長，入天子之國曰牧。」鄭玄注：「每一州之中，天子選諸侯之賢者以爲之牧也。」具瞻，爲衆人所瞻望。語本《詩·小雅·節南山》：「赫赫師尹，民具爾瞻。」

〔二〇六〕〔錢注〕《關尹子》：天非自天，有爲天者；地非自地，有爲地者。譬如屋宇、舟車，待人而成。彼不自成，知彼有待，知此無待，上不見天，下不見地，內不見我，外不見人。《魏書·釋老志》：道家之原出於老子，有三元、九府、百十二官，一切諸神，咸所統攝。〔補注〕《莊子·逍遥遊》：「夫列子御風而行，泠然善也，旬有五日而後反。彼於致福者，未數數然也。此雖免乎行，猶有所待者也。若夫乘天地之正，而御六氣之辯，以遊無窮者，彼且惡乎待哉？」《雲笈七籤》卷五六：「夫混沌分後，有天地水三元之氣，生成人倫，長養萬物。」此句「三元」指道教信奉之天官、地官、水官三神。

〔二〇七〕〔錢注〕《新唐書·地理志》：隴右道臨州、江南道福州，並有長樂縣。

〔二〇八〕〔錢注〕《新唐書·地理志》：廬江縣屬淮南道廬州。

〔二〇九〕〔錢注〕《雲笈七籤》：臍下三寸號命門丹田宫，下元嬰兒居其宫，四方各一寸，白氣衝天外，映照七萬里，變化大小，飛形恍惚，在意存之。下元嬰兒諱胎精字元陽，位爲黄庭元王。其右有寶鎮弼卿一人，是津氣、津液之神結煙昇化也，入在丹田宫。弼卿諱歸明字谷玄。此二人共治丹田下元宫，並著黄繡羅衣，貌如嬰孩始生之狀。黄庭元王左手把太白星君，右手執《玉晨金真經》，弼卿執《太上素靈經》九庭生景符，坐俱向外，或相向也。内以鎮守四胎津血腸胃膀胱之府，外以消災散禍，辟却萬邪。三魂七魄一日三來朝，而受事於主焉。〔按〕此「下元」似指道教之下元節。受事，謂接受道觀中之職事或職務。

〔二一〇〕〔錢注〕《黄庭内景經》：即受《隱芝大洞經》。〔按〕道教經典分洞真、洞玄、洞神三部，合稱「三洞」。洞真爲上乘，洞玄爲中乘，洞神爲下乘。後亦借指道教之名山洞府。

〔二一一〕〔錢注〕《楚辭·九歌》：凘冰兮積雪。〔補注〕《莊子·逍遥遊》：「藐姑射之山有神人居焉，肌膚若冰雪，綽約若處子。」

〔二一二〕〔錢注〕孔稚珪《北山移文》：使我高霞孤映。

〔二一三〕〔錢注〕《吕氏春秋》：沈尹筮曰：「餐霞鍊氣，我不如子。」《漢書·郊祀志》：王莽興神仙事，起八風臺，作樂其上。順風作液湯，又種五粱禾於殿中，各順色置其方面。先煮鶴髓、毒冒、犀玉二十餘物漬種，言此黄帝穀仙之術也。〔補注〕鍊氣，道家吐納導引之長生術。穀仙，古代方士謂種穀求金之術。

〔二四〕〔錢注〕《黄庭内景經》：可以迴顔填血腦。劉向《列仙傳》：桂父者，象林人也。色黑而時白時黄時赤，常服桂及葵，以龜腦和之。〔補注〕迴顔，返老還童。

〔二五〕〔錢注〕《太平廣記》：《集仙録》：明星玉女者，居華山，服玉漿，白日昇天。玉女祠前有五石臼，號曰玉女洗頭盆。

〔二六〕〔錢注〕劉向《列仙傳》：蕭史，秦穆公時人也。善吹簫，能致孔雀、白鶴於庭。公女弄玉好之，公遂以女妻焉。日教弄玉作鳳鳴。居數年，吹似鳳聲，鳳皇來止其屋。公爲作鳳臺，夫婦止其上，不下數年，一旦皆隨鳳皇飛去。〔補注〕謂其無神仙伴侣之事。

〔二七〕〔錢注〕宋玉《登徒子好色賦》：嫣然一笑，惑陽城，迷下蔡。〔補注〕《史記·孟嘗君列傳》：「日暮之後，過市朝者掉臂而不顧。」

〔二八〕〔錢注〕王延壽《魯靈光殿賦》：神仙岳岳於棟間，玉女窺窗而下視。〔補注〕言彼等雖美豔，而於人間情愛則掉臂不顧，安有玉女窺窗之事。

〔二九〕〔錢注〕揚雄《甘泉賦》：上洪紛而相錯。〔補注〕《文選》劉良注：「其上廣大光彩交錯也。」

〔三〇〕〔錢注〕沈約《爲齊竟陵王解講疏》：玄貺悠邈。〔補注〕玄貺，上天之賜。

〔三一〕和光，見《爲河東公上尚書侍郎給事賀冬啓》注〔五〕。

〔二二〕〔錢校〕太，胡本作「大」。

〔二三〕〔錢注〕《史記·貨殖傳》：蜀卓氏之先，趙人也，用鐵冶富。秦破趙，遷卓氏，乃求遷致之臨邛，即鐵山鼓鑄，富至僮千人。程鄭，山東遷虜也，亦冶鑄賈，椎髻之民，富埒卓氏，俱居臨邛。

〔二四〕〔錢注〕《史記·司馬相如列傳》：梁孝王來朝，從遊説之士齊人鄒陽、淮陰枚乘、吴莊忌夫子之徒，相如見而説之。〔按〕嚴，嚴忌，即莊忌。忌本姓莊，避明帝諱，改姓嚴，《漢書·司馬相如傳》作「嚴忌」。

〔二五〕〔錢注〕《雲笈七籤》：《太上太真科》云：「玉牒金書，七寶爲簡，又名紫簡。」〔補注〕紫簡，泛指道經。

〔二六〕〔錢注〕《初學記》：故南嶽衡山，朱陵之靈臺，太虚之寶洞，上承冥宿，銓德鈞物。〔補注〕朱陵，即朱陵洞天，道家所稱三十六洞天之一。

〔二七〕〔錢注〕《莊子》：子桑户、孟子反、子琴張相與語曰：「孰能相與於無相與，相爲於無相爲？」三人相視而笑，莫逆於心，遂相與爲友。

〔二八〕〔錢注〕左思《吴都賦》：增岡重阻，列真之宇。〔按〕列真之宇，當指女道士馮行真、何真靖之居。

〔二九〕〔錢注〕蔡邕《光武濟陽宫碑》：誕育靈姿。

〔三〇〕〔錢注〕賈誼《過秦論》：贏糧而景從。〔補注〕景從，狀趨從之盛。

〔三一〕嶽，見注〔九二〕。〔錢注〕《釋名》：天下大水四，謂之四瀆，江、淮、河、濟也。

〔三二〕〔錢注〕《蓮社高賢僧叡傳》：羅什翻《法華經》，以竺法護本云「天見人，人見天」，什曰：「以此言過質耳。」叡曰：「將非人天兩接，兩得相見。」什喜，遂用其文。〔補注〕此「人天」猶言人間與天上，即凡與仙。

〔三三〕洲，《全文》作「州」，據錢校改。〔錢注〕東方朔《十洲記》：漢武帝聞王母説，巨海之中，有祖洲、瀛洲、玄洲、炎洲、長洲、元洲、流洲、生洲、鳳麟洲、聚窟洲。有此十洲，乃人迹所稀絶處。

〔三四〕如，《全文》作「加」，據錢校改。〔錢注〕葛洪《神仙傳》：海上有三神山，曰蓬萊，曰方丈，曰瀛洲，謂之三島。

〔三五〕〔錢注〕木華《海賦》：大明摭轡於金樞之穴。〔補注〕《宋書·順帝紀》：「朕襲運金樞，纂靈瑤極。」金樞，指北斗第一星天樞星。錢注引《海賦》之「金樞」指月没之西方，似非所用。以下數句謂時間推移。

〔三六〕〔錢注〕《白帖》：鴛鴦甑瓦。

〔三七〕〔錢注〕陸倕《新刻漏銘》：銅史司刻，金徒抱箭。〔補注〕銅史，指漏刻儀上之銅製仙人像。《文選》李善注：「張衡《漏水轉渾天儀制》曰：『蓋上又鑄金銅仙人，居左壺；爲胥徒，居右壺：皆以左手抱箭，右手指刻，以別天時早晚。』」

〔三八〕〔錢注〕楊慎《丹鉛録》：《爾雅》以鰝爲大鰕出海中者，長二三丈，遊行則豎其鬚，高於水面，鬚長數尺，可爲簾。

〔二三九〕〔錢注〕《三輔黄圖》：董偃以玉晶爲盤，貯冰於膝前，玉晶與冰相潔。

〔二四〇〕〔錢注〕何晏《景福殿賦》：垂環玭之琳琅。李善注：《爾雅》曰：「肉好若一謂之環。」《説文》曰：「玭，珠也。」

〔二四一〕涬，《全文》作「滓」，據錢校改。〔錢注〕《莊子》：大同乎溟涬。注：自然氣也。

〔二四二〕〔錢注〕《子華子》：渾淪鴻濛，道之所以爲宗也。〔補注〕《太平御覽》卷一引《三五曆紀》：「未有天地之時，混沌狀如雞子，溟涬始牙，濛鴻滋萌，歲在攝提，元氣肇始。」溟涬、鴻濛，均狀宇宙未形成前自然之氣混沌之貌。

〔二四三〕〔錢注〕揚雄《劇秦美新》：玄黄剖判，上下相嘔。〔補注〕玄黄，天地。

〔二四四〕〔錢注〕王延壽《魯靈光殿賦》：洞轇轕乎其無垠也。李善注：郭璞曰：「言曠遠深邈貌。」

行真等因標石闕〔二四五〕，來訪銀書〔二四六〕。予也五郡知名，三河負氣〔二四七〕。顔延年之縱誕，未能斟酌當時〔二四八〕；王子敬之寒温，徒欲保全舊物〔二四九〕。屬以魚車受寵〔二五〇〕，璧馬從知〔二五一〕，《子虚賦》既恨别時〔二五二〕，《樂職詩》空勞動思〔二五三〕。況乎無仲祖之韶潤〔二五四〕，有彦輔之清羸〔二五五〕，髮短於孟嘉〔二五六〕，齒危於許隱〔二五七〕。謝文學之官之日，歧路東西〔二五八〕；陸平原壯室之年，交親零落〔二五九〕。方欲春臺寫望〔二六〇〕，秋水凝情〔二六一〕，問句漏之丹砂〔二六二〕，餌華陽之白蜜〔二六三〕。惠而好我〔二六四〕，式契初心。聊復攀逸軌以裁襟〔二六五〕，撫空懷而選義〔二六六〕。揚子雲醬瓿之説〔二六七〕，蔡伯喈齏臼之言〔二六八〕。斯文儻繫於污隆〔二六九〕，後世何妨於知罪〔二七〇〕。稽首歸命〔二七一〕，乃爲銘曰：

【校注】

〔二六五〕〔錢注〕陸倕《石闕銘》李善注：劉璠《梁典》：「詔使爲《漏刻》《石闕》二銘，冠絶當世。」〔補注〕標，樹立，建立。

〔二六六〕〔錢注〕陸倕《新刻漏銘》：金字不傳，銀書未勒。〔補注〕銀書，猶銀字，以銀粉書寫之文字。此指銘文及序。訪，尋求。

〔二六七〕〔錢注〕《後漢書·竇融傳》：是時酒泉太守梁統、金城太守厙鈞、張掖都尉史苞、酒泉都尉竺曾、敦煌都尉辛肜，融皆與厚善。及更始敗，融與梁統議曰：「天下擾亂，未知何歸。河西斗絶在羌胡中，當推一人爲大將軍，共全五郡。」乃推融行河西五郡大將軍事。《史記·高帝紀》：悉發關内兵收三河士，南浮江漢以下，願從諸侯王擊楚之殺義帝者。注：河南、河東、河内。〔補注〕負氣，憑恃意氣，不肯屈居人下。義山祖籍河内，故云。「五郡」則泛指。

〔二六八〕〔錢注〕《宋書·顔延之傳》：延之字延年，好酒疏誕，不能斟酌當時。

〔二六九〕〔錢注〕《晉書·王獻之傳》：獻之字子敬，嘗與兄徽之、操之俱詣謝安。二兄多言俗事，獻之寒温而已。又：夜卧齋中，有偷人入其室，盜物都盡。獻之徐曰：「偷兒！青氈我家舊物，可特置之。」

〔二五〇〕〔錢注〕《戰國策》：齊人有馮煖者，使人屬孟嘗君，願寄食門下。孟嘗君笑而受之。左右以君賤之也，食以草具。居有頃，倚柱彈其劍，歌曰：「長鋏歸來乎，食無魚。」左右以告，孟嘗君曰：「食之。」居有頃，復彈其鋏，歌曰：「長鋏歸來乎，出無車。」左右以告，孟嘗君曰：「爲之駕。」於是乘其車，揭其劍，過其友曰：「孟嘗君客我。」〔按〕此謂自己受到幕主柳仲郢之禮聘厚遇。

〔二五一〕〔錢注〕《戰國策》：齊欲伐魏，魏使人謂淳于髡曰：「能解魏患，唯先生也。敝邑有寶璧二雙、文馬二駟，請致之先生。」〔補注〕從知，追隨所知者（幕主）。

〔二五二〕〔錢注〕《史記·司馬相如傳》：客遊梁，著《子虛》之賦，上讀而善之，曰：「朕獨不得與此人同時哉！」〔補注〕別時，異時，不同時。指不逢賞識之明主。

〔二五三〕樂職詩，見《獻相國京兆公啓二》「斯皆盡紀朝經，全操樂職」注。

〔二五四〕〔錢注〕《晉書·阮裕傳》：裕骨氣不及逸少，簡秀不如真長，韶潤不如仲祖，思致不如殷浩，而兼有諸人之美。又《王濛傳》：濛字仲祖。

〔二五五〕〔錢曰〕似誤衛玠爲樂廣。注見《獻相國京兆公啓二》「以樂廣之清羸」注。〔按〕樂廣字彦輔，《晉書》本傳僅言其「神姿朗徹」。

〔二五六〕〔錢注〕《晉書·孟嘉傳》：嘉爲征西桓温參軍。温宴龍山，寮佐畢集，有風至，吹嘉帽墮落，嘉不之覺。

〔二五七〕〔錢注〕《酉陽雜俎》：仙人鄭思遠常騎虎，故人許隱齒痛求治，鄭曰：「唯得虎鬚，及熱插齒間即愈。」鄭爲拔數莖與之，因知虎鬚治齒也。

〔二五八〕〔錢注〕《南齊書·謝脁傳》：脁歷隨王文學。子隆好辭賦，脁以文才，尤被賞愛。世祖敕脁還朝，遷新安王中軍記室。脁箋辭子隆曰：「皋壤摇落，對之惆悵；歧路東西，或以嗚邑。」《列子》：楊朱見歧路而泣之，爲其可以南，可以北。

〔二五九〕〔錢注〕《晉書·陸機傳》：爲平原内史。陸機《歎逝賦序》：余年方四十，而懿親戚屬，亡多存寡；昵交密友，亦不半在。〔張箋〕時義山正四十矣……唯「壯室」當作「强仕」，或係筆誤歟？〔按〕張箋是。陸賦明言「余年方四十」，則作「壯室」必誤，當作「强仕」。《禮記·曲禮上》：「三十曰壯，有室；四十曰强，而仕。」交親零落，當指其妻子王氏於是年（大中五年）逝世及前此親故零落之情事。唯此「壯室」或義山偶然筆誤。參《爲濮陽公與劉稹書》「纔加壯室之年」注。

〔二六〇〕〔錢注〕《老子》：衆人熙熙，如享太牢，如登春臺。

〔二六一〕〔錢注〕《莊子》：秋水時至，百川灌河。〔按〕似用《詩·秦風·蒹葭》「蒹葭蒼蒼，白露爲霜。所謂伊人，在水一方」之意。

〔二六二〕〔錢注〕《晉書·葛洪傳》：洪好神仙導養之法，以年老，欲煉丹以祈遐壽，聞交阯出丹砂，求爲句漏令。

〔二六三〕〔錢注〕《南史・陶弘景傳》：弘景上表辭禄，詔許之，敕所在月給茯苓五斤，白蜜二升，以供服餌。又：弘景上表辭禄，止於句容之句曲山，恒曰：「此山下是第八洞宫，名金陵華陽之天。」乃中山立館，自號華陽隱居。

〔二六四〕〔補注〕《詩・邶風・北風》：「惠而好我，攜手同行。」

〔二六五〕〔錢注〕《吴志・虞翻傳》注：《會稽典録》曰：「潁川有巢、許之逸軌。」

〔二六六〕〔錢注〕陸機《文賦》：故時撫空懷而自惋。又：然後選義按部。

〔二六七〕〔錢注〕《漢書・揚雄傳》：雄字子雲，草《太玄》，劉歆嘗觀之，謂雄曰：「空自苦。今學者有禄利，然尚不能明《易》，又如《玄》何！吾恐後人用覆醬瓿也。」

〔二六八〕〔錢注〕《後漢書・蔡邕傳》：邕字伯喈。又《孝女曹娥傳》注：《會稽典録》曰：邯鄲淳作曹娥碑文，蔡邕題曰：「黄絹幼婦，外孫齏臼。」餘見《上李舍人狀三》「文詞所得，妙非幼婦之碑」注。

〔二六九〕〔補注〕《禮記・樂記》：「是故治世之音安以樂，其政和；亂世之音怨以怒，其政乖；亡國之音哀以思，其民困。聲音之道，與政通矣。」劉知幾《史通・載文》：「國有否泰，世有污隆。」污，衰落。

〔二七〇〕〔補注〕《孟子・滕文公下》：「《春秋》，天子之事也。是故孔子曰：『知我者，其惟《春秋》乎！罪我者，其惟《春秋》乎！』」知罪，謂人對己之毀譽。

〔二七一〕〔錢注〕《雲笈七籤》：《朝真儀》云：「正一盟威弟子某甲稽首歸身、歸命、歸神。」

道實彊名，先天地生〔二七二〕。淵默未眹〔二七三〕，寂寥無聲〔二七四〕。中黄立極，元陽降精〔二七五〕。隱軫金闕〔二七六〕，開華玉京〔二七七〕。

於穆猶龍，誕予靈族，尼山設問，函關著録〔二七八〕。開以九籥〔二七九〕，轉之一轂〔二八〇〕。乃命雲孫〔二八一〕，納于大麓〔二八二〕。

雲孫有慶，開國於唐〔二八三〕。允文允武，宜君宜王〔二八四〕。充庭疊瑞〔二八五〕，罄宇儲祥〔二八六〕，連珠合璧〔二八七〕，氣紫雲黄〔二八八〕。

大澤斬蛇〔二八九〕，新野得馬〔二九〇〕。泗水亭長〔二九一〕，邯鄲使者〔二九二〕。《乾》在地上〔二九三〕，《豐》照天下〔二九四〕。仁及隱微，謙稱孤寡〔二九五〕。

載鼇五緯〔二九六〕，肆覲三尊〔二九七〕。虔恭真質，偃曝靈恩〔二九八〕。彌縫宇宙〔二九九〕，把握乾坤。邐迤邃宇〔三〇〇〕，參差妙門〔三〇一〕。

惟此左川〔三〇二〕，西南奥壤。古有經始〔三〇三〕，今存顯敞〔三〇四〕。瑶林瓊樹〔三〇五〕，銅池寶網〔三〇六〕。玉女雲衣〔三〇七〕，仙人露掌〔三〇八〕。

吴宮火構〔三〇九〕，僰道兵來〔三一〇〕。聊於一氣，示有三災〔三一一〕。壞因化往〔三一二〕，成由運開。

太顛寶貝〔三一三〕，聲伯瓊瑰〔三一四〕。

長樂肇端，廬江纘美〔三一五〕。英蕤秀萼〔三一六〕，旋綱步紀〔三一七〕。克蹈前武〔三一八〕，能新舊址〔三一九〕。媚此綺都〔三二〇〕，鄰於錦里〔三二一〕。

我之刊嶽，帝與令封〔三二二〕。青雲干呂〔三二三〕，白日高舂〔三二四〕。道心結課〔三二五〕，天爵疇庸〔三二六〕。沈研勝韻〔三二七〕，款至玄蹤〔三二八〕。

載念弱齡，恭聞隱語〔三二九〕。蕙纕蘭佩〔三三〇〕，鴻儔鵠侶〔三三一〕。願騰華藻〔三三二〕，請事充舉〔三三三〕。如曰不然，吾將誰與〔三三四〕！

【校注】

〔二七二〕〔錢注〕《老子》：有物混成，先天地生。寂兮寥兮，獨立而不改，周行而不殆，可以爲天下母。吾不知其名，故彊字之曰道。〔按〕通行本「吾不知其名」下作「字之曰道，强爲之名曰大」。

〔二七三〕〔錢注〕《莊子》：尸居而龍見，淵默而雷聲。〔補注〕淵默，深沉静默。眹，朕兆。《莊子・齊物論》：「必有真宰，而特不得其眹。」

〔二七四〕〔錢注〕司馬相如《上林賦》：悠遠長懷，寂漻無聲。〔補注〕《老子》：「聽之不聞，名曰希。」又：「大音希聲。」餘參注〔二七二〕。

〔二七五〕〔錢注〕《抱朴子》：道經有《中黄經》《元陽子經》。《列子》：天地亦物也，物有不足，故昔者女媧氏鍊五色石，以補其闕，斷鼇之足，以立四極。《漢楊震碑》：乃台吐曜，乃嶽降精。〔補注〕中黄，疑指中央之神黄帝。《禮記・月令》：「中央土，其日戊己，其帝黄帝，其神后土。」

〔二七六〕〔錢注〕揚雄《蜀都賦》：隱軫幽輵。葛洪《枕中書》：吾復千年之間，當招子登太上金闕，朝宴玉京也。〔補注〕隱軫，衆盛貌。

〔二七七〕〔原注〕其一。〔錢注〕葛洪《枕中書》：元始天王在天中心之上，名曰玉京山。

〔二七八〕〔錢注〕《史記・老子傳》：老子姓李氏，名耳，周守藏室之史也。孔子適周，將問禮於老子，老子曰：「子所言者，其人與骨皆已朽矣，獨其言在耳。吾聞之，良賈深藏若虚，君子盛德，容貌若愚。去子之驕氣與多欲，態色與淫志，是皆無益於子之身。吾所以告子，若是而已。」孔子去，謂弟子曰：「吾今日見老子，其猶龍耶！」老子見周之衰，乃遂去，至關，關令尹喜曰：「子將隱矣，彊爲我著書。」於是老子乃著書上下篇，言道德之意五千餘言而去。陸機《前緩聲歌》：遊仙聚靈族。《後漢書・牟長傳》：著録前後萬言。〔補注〕於穆，對美好事物贊歎之辭。《詩・周頌・維天之命》：「維天之命，於穆不已。」

〔二七九〕〔錢注〕鮑照《升天行》：五圖發金記，九籥隱丹經。〔補注〕鄭玄《易緯》注曰：「齊、魯之間，名門户及藏器之管曰籥，以藏經。而丹有九轉，故曰九籥也。」《雲笈七籤》卷七九：「黄帝九籥玉匱内真玄文，此書是三天太上撰次所出，曾聞之於先達也。」則九籥爲道家藏經之器具。

〔二八〇〕〔錢注〕《老子》：三十輻，共一轂。當其無，有車之用。

〔二六一〕〔錢注〕《爾雅》：仍孫之子爲雲孫。

〔二六二〕〔原注〕其二。〔補注〕《書・舜典》：「納于大麓，烈風雷雨弗迷。」孔傳：「麓，録也，納舜使大録萬機之政。」大麓，猶總領，謂領録天子之事。

〔二六三〕〔補注〕《易・師》：「上六，大君有命，開國承家，小人勿用。」

〔二六四〕〔補注〕《詩・魯頌・泮水》：「允文允武，昭假烈祖。」又《大雅・假樂》：「干禄百福，子孫千億。穆穆皇皇，宜君宜王。」

〔二六五〕〔錢注〕張衡《東京賦》：龍輅充庭。

〔二六六〕〔錢注〕謝莊《宋明堂歌》：浹地奉渥，罄宇承秋靈。

〔二六七〕〔錢注〕《漢書・律曆志》：日月如合璧，五星如連珠。〔補注〕合璧，喻日月同升。五星連珠，指金、木、水、火、土五行星同時出現於一方。古人以此爲祥瑞。

〔二六八〕〔原注〕其三。〔錢注〕《太平御覽》：應劭《漢官儀》曰：「高祖在沛，隱芒碭山。每遊，上輒不欲令吕后知。常在深僻處，后亦常知其處。高祖問曰：『何以知之？』后曰：『君所居處，上有紫氣。』」《藝文類聚》：《春秋演孔圖》曰：「黄帝之將興，黄雲升於堂。」

〔二六九〕〔錢注〕《史記・高祖紀》：高祖被酒，夜徑澤中，前有大蛇當徑。高祖醉，乃前拔劍擊斬蛇。後人來至蛇所，有一老嫗夜哭。人問何哭，嫗曰：「吾子白帝子也，化爲蛇當道，今爲赤帝子斬之，故哭。」

〔二九〇〕〔錢注〕《後漢書·光武紀》：王莽末，寇盜鋒起，光武避吏新野。宛人李通等以圖讖説光武云：「劉氏復起，李氏爲輔。」光武初不敢當，然獨念兄伯升素結輕客，必舉大事，且王莽敗亡已兆，遂與定謀，起於宛。光武初騎牛，殺新野尉，乃得馬。

〔二九一〕水，錢本作「上」。〔錢注〕《史記·高祖紀》：高祖常有大度，及壯試爲吏，爲泗水亭長。

〔二九二〕〔錢注〕《後漢書·光武紀》：更始至洛陽，遣光武行大司馬事，持節北度河，鎮慰州郡。進至邯鄲，故趙繆王子林詐以卜者王郎爲成帝（子）子輿，立爲天子，都邯鄲。光武以王郎新盛，乃北徇薊。王郎移檄購光武十萬户，而故廣陽王子劉接起兵薊中以應郎。城内擾亂，言邯鄲使者方到。於是光武趣駕南轅，至饒陽，官屬皆乏食，光武乃自稱邯鄲使者，入傳舍，傳吏方進食。

〔二九三〕〔補注〕《易·説卦》：「乾爲天，爲圜，爲君……坤爲地。」乾在地上，即天覆地載，稱頌帝王仁德廣被。

〔二九四〕〔補注〕《易·豐》：「豐亨，王假之，勿憂，宜日中。」孔穎達疏：「用夫豐亨無憂之德，然後可以君臨萬國，偏照四方，如日中之時，偏照天下，故曰宜日中也。」豐照天下，謂王者之德如中天之日，遍照天下。

〔二九五〕〔原注〕其四。〔錢注〕《老子》：王侯自謂孤、寡、不穀。

〔二九六〕〔錢注〕張衡《西京賦》：五緯相汁，以旅於東井。〔補注〕五緯，金、木、水、火、土五星。

〔二九七〕〔錢注〕《雲笈七籤》：三尊者，道尊、經尊、真人尊。〔補注〕《書·舜典》：「歲二月，東巡守，至于岱宗，柴。望秩于山川，肆覲東后。」三尊，當指道教所尊奉之元始天尊、靈寶天尊、道德天尊。錢注非。

〔二九八〕〔錢注〕王僧達《答延年詩》：南榮共偃曝。〔補注〕真質，仙質。偃曝，偃伏曝日，示恭謹。

〔二九九〕〔補注〕彌縫，縫合，補救。語本《左傳·僖公二十六年》：「桓公是以糾合諸侯，而謀其不協，彌縫其闕，而匡救其災。」

〔三〇〇〕〔錢注〕《集韻》：邐迤，旁行連延也。《楚辭·招魂》：高堂邃宇，檻層軒些。

〔三〇一〕〔原注〕其五。〔錢注〕《老子》：玄之又玄，衆妙之門。

〔三〇二〕〔錢注〕（左川）謂東川。

〔三〇三〕〔補注〕《詩·大雅·靈臺》：「經始靈臺，經之營之。」經始，開始營建。

〔三〇四〕〔錢注〕曹植《七啓》：閑宫顯敞。

〔三〇五〕〔錢注〕《世説》：王戎云：「太尉神姿高徹，如瑶林瓊樹，自然是風塵外物。」〔按〕此即美言道觀中之林樹。

〔三〇六〕池，《全文》作「林」，涉上句「林」字而誤，從錢校據胡本改正。〔錢注〕《漢書·宣帝紀》：金芝九莖，産於函德殿銅池中。注：如淳曰：「銅池，承霤也。」《楚辭·招魂》：網户朱綴，刻方連些。

〔三〇七〕〔錢注〕任昉《述異記》：萍鄉西津有玉女岡，天當雨，輒先涌五色氣於石間，俗謂玉女披衣。

〔按〕此句疑指觀中神像，如《聖女祠》所云「無質易迷三里霧，不寒長著五銖衣」者。

〔三〇八〕〔原注〕其六。〔錢注〕《三輔黄圖》：神明臺，武帝造，祭仙人處。上有承露盤，有銅仙人舒掌捧銅盤玉杯，以承雲表之露。以露和玉屑服之，以求仙道。

〔三〇九〕吴宫火爑，見本篇注〔一〇八〕。〔錢注〕《廣韻》：爑，舉火也。

〔三一〇〕〔錢注〕《漢書·地理志》：犍爲郡僰道縣，古僰侯國。《新唐書·地理志》：戎州本犍爲郡，治僰道縣。〔按〕此指元和初劉闢據蜀叛亂事，參序。

〔三一一〕〔錢注〕《雲笈七籤》：《太始經》云：「湛湛空虚，於幽原之中，而生一氣焉。」《文殊所問經》：云何劫濁，三災起時。更相殺害，饑饉疾病。〔補注〕《莊子·大宗師》：「彼方且與造物者爲人，而遊乎天地之一氣。」此「一氣」指天地萬物本原的混沌之氣。佛教謂劫末所起之三種災害——刀兵、疫癘、饑饉爲三災。又稱水、火、風爲「大三災」，見下注。

〔三一二〕壞，《全文》作「壤」，從錢校據胡本改正。〔補注〕壞，佛教所稱「四劫」（成、住、壞、空）之一，謂水、火、風等「大三災」毁滅衆生與世界之時期，凡歷二十小劫。化往，造化變遷。下句「成」亦四劫之一，指世界産生時期。成、壞均切道興觀之興廢。

〔三一三〕〔錢注〕木華《海賦》：豈徒積太顛之寳貝？李善注：《琴操》曰：「紂徙文王於羑里，擇日欲殺之。於是太顛、散宜生、南宫适之屬，得水中大貝以獻，紂立出西伯。」

〔三一四〕〔原注〕其七。〔補注〕《左傳·成公十七年》：「初，聲伯夢涉洹，或與己瓊瑰食之。」杜預注：

「瓊，玉；瑰，珠也。」

〔二五〕〔補注〕長樂，即上文所謂「女道士長樂馮行真」；廬江，即上文所謂「廬江何真靖」。纘，繼也。

〔二六〕〔錢注〕嵇康《琴賦》：飛英蕤於昊蒼。江淹《雜體詩・擬殷東陽仲文興矚》：青松挺秀萼。

〔二七〕〔錢注〕《雲笈七籤》：春步七星，名曰步三綱；夏步七星，名曰躡六紀；秋步七星，名曰行六害；冬步七星，名曰登六紀。

〔二八〕〔錢注〕《詩・生民》傳：武，迹也。〔補注〕《楚辭・離騷》：「忽奔走以先後兮，及前王之踵武。」

〔二九〕〔錢注〕《玉篇》：址，基也。

〔三〇〕〔錢注〕《華陽國志》：其卦值《坤》，故多斑綵文章。〔補注〕綺都，繁華之都邑，此指梓州。

〔三一〕〔原注〕其八。〔補注〕錦里，指成都，見本篇注〔五五〕。

〔三二〕〔錢注〕《孝經鉤命決》：封於泰山，考績燔燎。禪於梁父，刻石紀號。

〔三三〕〔錢注〕東方朔《十洲記》：月支國王遣使獻猛獸，使者曰：「臣國有常占，東風入律，百旬不休；青雲干吕，連月不散。當知中國時有好道之君。」〔補注〕干吕，猶入吕，指陰氣調和。古稱律爲陽、吕爲陰，故云。

〔三四〕〔錢注〕《淮南子》：日經于泉隅，是謂高春。

〔三五〕〔錢注〕孔稚珪《北山移文》：常綢繆於結課。〔補注〕道心，悟道之心。結課，結束考課。

〔二六〕〔錢注〕陸機《漢高祖功臣頌》：帝疇爾庸。〔補注〕天爵，天子所封之爵位。疇庸，酬功。

〔二七〕〔錢注〕王屮《頭陀寺碑》：道勝之韻，虛往實歸。〔補注〕勝韻，深妙之道理。

〔二八〕〔原注〕其九。〔錢注〕孫綽《遊天台山賦》：躡二老之玄蹤。〔補注〕《三國志・蜀志・許靖傳》：「申陳舊好，情義款至。」

〔二九〕〔錢注〕《晉書・葛洪傳》：考覽奇書既不少矣，率多隱語，難可卒解。〔按〕此「隱語」當指道教經典之秘文。商隱於文宗大和三年入令狐楚幕前數年，曾在玉陽山學道，時年在十七八左右，故稱「弱齡」。

〔三〇〕〔錢注〕《楚辭・離騷》：扈江蘺與辟芷兮，紉秋蘭以爲佩。又：既替余以蕙纕兮，又申之以攬茝。〔補注〕蕙纕，香草作的佩帶。

〔三一〕〔錢注〕左思《蜀都賦》：其中則有鴻儔鵠侶，鷫鷺鵜鶘。〔按〕鴻儔鵠侶，喻高潔、傑出之輩。此指道侶。

〔三二〕〔錢注〕宋玉《神女賦》：被華藻之可好兮。〔按〕華藻，美好之文辭，此指碑銘。

〔三三〕〔錢注〕《通典》：開元二十九年，京師置崇玄館，諸州置道學，生徒有差，謂之道舉。舉送、課試與明經同。〔按〕充舉，疑即充當舉薦，聊作此文之意。

〔三四〕〔原注〕其十。〔錢注〕顏延之《庭誥文》：如固不然，其誰與歸？

# 唐梓州慧義精舍南禪院四證堂碑銘并序〔一〕

聖敬文思和武光孝皇帝陛下〔二〕在宥七年〔三〕，尚書河東公作四證堂於梓州慧義精舍之南禪院，圖益州静衆無相大師〔四〕、保唐無住大師〔五〕、與洪州道一大師〔六〕、西堂智藏大師四真形於屋壁〔七〕。化身作範〔八〕，南朝則閣號三休〔九〕；神足傳芳〔一〇〕，東蜀則堂名四證。乃今銓義，與古求徒〔一一〕。綵扎既新〔一二〕，睟容伊穆〔一三〕。爰命詞客，式揚道風。蓋惟麈玉柄於玄津〔一四〕，初流二諦〔一五〕；隱金椎於覺路〔一六〕，終駕一乘〔一七〕。理在無言〔一八〕，情殊有待〔一九〕。慧間雲布〔二〇〕，誰争潤礎之功〔二一〕；禪際河流〔二二〕，匪競浮槎之遠〔二三〕。旁詢地志〔二四〕，遐考山經〔二五〕，昆陵未曰天齊〔二六〕，泰嶽徒稱日觀〔二七〕。定竺乾於身毒，郭璞之言有徵〔二八〕；證羅衛於華胥，王劭之書可信〔二九〕。雖復一緣既演〔三〇〕，五夢斯呈〔三一〕，闃寂雙林〔三二〕，崩騰八國〔三三〕。而心心授印〔三四〕，寧闕乾鵲之祥〔三五〕；頂頂傳珠〔三六〕，未待驪龍之寐〔三七〕。吾知之矣，代有人焉〔三八〕。

【校注】

〔一〕本文原載清編《全唐文》卷七八〇第一頁、《樊南文集補編》卷一〇。〔錢箋〕梓州，見《梓州道興觀碑銘》注〔一〕。本集《上河東公啓》：「於此州長平山慧義精舍經藏院特創石壁五間，金字勒上件經七卷。」馮氏曰：「《明一統志》：潼川州北長平山，岡長而平，州本唐梓州。按：唐（趙）蕤爲梓州郪縣長平山安昌巖人，可取證也。」趙明誠《金石録》：《唐四證臺記》，一作《四證堂碑》，李商隱撰，正書無姓名，大中七年十一月。〔按〕篇首云「聖敬文思和武光孝皇帝陛下在宥七年」，文當作於大中七年。據趙明誠《金石録》，其寫作之下限當在是年十一月之前。佛教謂參悟、修行得道爲「證」，四證，指碑銘所稱静衆無相大師、保唐無住大師、道一大師、西堂智藏大師。

〔二〕〔錢注〕宣宗徽號。見《爲滎陽公賀白相公加刑部尚書啓》「述成徽册」注。

〔三〕〔錢注〕《莊子》：聞在宥天下，不聞治天下也。在之也者，恐天下之淫其性也；宥之也者，恐天下之遷其德也。〔補注〕在宥，指任物自在，無爲而化。贊美帝王之仁政、德化。

〔四〕「静」字下《全文》脱「衆」字。〔錢校〕以下文推之，此處疑脱「衆」字。〔按〕錢校是，兹據補。〔錢注〕《漢書·地理志》：益州郡，武帝元封二年開。《神僧傳》：釋道僊，一名僧僊，居山二十八年，復遊井絡。隋蜀王秀作鎮岷絡，有聞王者，尋遺追召，全不承命。王親領兵仗，往彼擒之，忽雲雨雜流，雹雪崩下，乃遥歸懺禮，因又天明雨霽。王躬盡敬，便爲説法，重發信心，乃邀還成都之静衆寺，厚禮崇仰，舉國恭敬，號爲「僊闍梨」焉。按：此則「静衆」當是寺名。又《傳》：釋無相，新羅國人也。是彼土王第三子。玄宗召見，隸於禪定寺，號無相，遂入深溪谷巖下坐禪。有黑犢二，交角盤礴於座下，近身甚急，毛手入其袖，其冷如冰，捫摸至腹，相殊不傾動。每入定，多是五日爲度。忽雪深，有二猛獸來，相自洗拭，裸卧其前，願以身施其食。二獸從頭至足嗅帀而去。往往夜間坐牀下，搦虎鬚毛。既而山居稍久，衣破髮長，獵者疑是異獸，將射之，復止。復搆精舍於亂墓間。成都縣令楊翌疑其幻惑，乃追至，命徒二十餘人曳之。徒近相身，一皆戰慄，心神俱失。頃之，大風卒起，沙石飛颺，直入廳事，飄簾捲幕，楊翌叩頭拜伏，懺畢風止，奉送舊所。嘗指浮圖前柏曰：「此樹與塔齊，塔當毁矣。」至會昌廢毁，正與塔齊。又言：「寺前二小池，左羹右飯。」齋施時少，則令淘浚之，果來供設。其神異多此類也。至德元年卒。按：下文叙玄宗内禪事，據傳正與同時，且與「退從谷隱」一段亦合，當即其人也。

〔五〕〔錢注〕按大川《五燈會元》，五祖下四世，益州保唐寺無住禪師，當即其人也。〔補注〕《五燈會元》卷二《益州無相禪師法嗣·保唐無住禪師》：「益州保唐寺無住禪師，初得法於無相大師。乃居南陽白崖山，專務宴寂。經累歲，學者漸至，勤請不已。自此垂誨，雖廣演言教，而唯以無念爲宗。」

〔六〕〔錢注〕《新唐書·地理志》：洪州屬江南西道。〔補注〕《五燈會元》卷三《南嶽讓禪師法嗣·江西馬祖道一禪師》：「江西道一禪師，漢州什邡縣人也。姓馬氏。本邑羅漢寺出家。容貌奇異，牛行虎視，引舌過鼻，足下有二輪文。幼歲依資州唐和尚落髮，受具於渝州圓律師。唐開元中，習禪定於衡嶽山中，遇讓和尚。同參六人，唯師密受心印。……大曆中，隸名於鍾陵開元寺。時連帥路嗣恭聆風景慕，親受宗旨。由是四方學者，雲集座下。……師入室弟子一百三十九人，各爲一方宗主，轉化無窮。師於貞元四年正月中登建昌石門山，於林中經行，見洞壑平坦，謂侍者曰：『吾之朽質，當於來月歸茲地矣。』……二月一日沐浴，跏趺入滅。元和中，謚大寂禪師。」

〔七〕智，《全文》作「知」，從錢校據胡本改正。〔按〕《五燈會元》亦作「西堂智藏禪師」。〔補注〕《五燈會元》卷三：「虔州西堂智藏禪師，虔化廖氏子。八歲從師，二十五具戒。有相者覩其殊表，謂之曰：『骨氣非凡，當爲法王之輔佐也。』師遂參禮大寂，與百丈海禪師同爲入室，皆承印記。……師元和九年四月八日歸寂。憲宗謚大宣教禪師，穆宗重謚大覺禪師。」

〔八〕〔錢注〕《三身金光明最勝王經》：一切如來有三種身：化身、應身、法身。

〔九〕〔錢注〕《北史·序傳》：北朝自魏以還，南朝從宋以降。《法苑珠林》：梁祖登極之後，崇重佛教，造等身金銀像兩軀於重雲殿。侯景篡位，猶存供養。太尉王僧辯誅景，修復臺城。會元帝陷於江陵，江南無主，辯乃通款於齊，迎貞陽侯蕭淵明爲帝，遣女婿杜龕典衛宫闕。龕欲毁二像爲梃，先令數卒上三休閣，令壞佛項。椎鑿始舉，二像一時迴顧眄之。

〔一〇〕〔錢注〕王屮《頭陀寺碑》李善注：《瑞應經》曰：「佛已神足適鬱單、日象。」〔補注〕神足，猶高足。梁慧皎《高僧傳・義解一・竺道潛》：「凡此諸人，皆潛之神足。」錢注非。無住係無相法嗣，智藏爲道一入室，故云「神足傳芳」，參注〔五二〕〔一七〕。

〔一一〕〔錢注〕《莊子》：成而上比者，與古爲徒。

〔一二〕扎，錢注本作「札」。〔錢注〕《説文》：札，牒也。〔按〕緗扎既新，指佛經書卷之錦帙彩色鮮明如新。《爲馬懿公郡夫人王氏黄籙齋第二文》：「圖書不蠹，緗扎如舊，靈文若新。」可類證。

〔一三〕〔錢注〕王融《三月三日曲水詩序》：睟容有穆，賓儀式序。〔補注〕《文選・王屮〈頭陀寺碑文〉》：「象設既闢，睟容已安。」象設指佛像。睟容，温和慈祥之儀容。穆亦和也。

〔一四〕〔錢注〕《晉書・王衍傳》：每捉玉柄麈尾，與手同色。王屮《頭陀寺碑》：玄津重枻。〔補注〕玄津，佛法。

〔一五〕〔錢注〕梁昭明太子《令旨解二諦義》：所言二諦者，一是真諦，一是俗諦。真諦亦名第一義諦，俗諦亦名世諦。〔補注〕凡隨順世俗，説現象之幻有，爲俗諦；凡開示佛法，説理性之真空，爲真諦。二諦互相聯繫，爲大乘佛教基本原則之一。

〔一六〕〔錢注〕賈山《至言》：秦爲馳道於天下，道廣五十步，三丈而樹，厚築其外，隱以金椎，樹以青松。《法苑珠林》：返覺路於初心，僧祇之期難滿。

〔一七〕〔錢注〕沈約《内典序》：登四衢之長陌，遊一乘之廣路。〔補注〕《法華經・方便品》：「十方佛土之中，唯有一乘法，無二亦無三，除佛方便説。」一乘，謂引導教化一切衆生成佛之唯一方法或途徑。

〔一八〕〔錢注〕《維摩經》：時維摩詰默然無言。

〔一九〕有待，見《梓州道興觀碑銘》注〔三〇〕。

〔二〇〕〔錢注〕梁昭明太子《講席將訖賦三十韻詩》：因兹闡慧雲。〔補注〕謂佛法如雲慧被衆生。

〔二一〕〔錢注〕《淮南子》：山雲蒸而柱礎潤。

〔二二〕〔錢注〕王屮《頭陀寺碑》李善注：《僧祇律》曰：「如《大涅槃經》説，世尊向熙連禪河，力士生地，堅固林雙樹間。」〔補注〕禪河，本指古印度之熙連禪河，傳説佛在涅槃前曾入此河沐浴，後因以謂修習禪定之境界。

〔二三〕見《爲度支盧侍郎賀畢學士啓》「恨非犯斗之星，暫經寥泬」注。

〔二四〕〔錢注〕《漢書・敘傳》：述《地理志》第八。〔按〕地志、山經皆泛指。

〔二五〕〔錢注〕《漢書・藝文志》：《山海經》十三篇。

〔二六〕〔錢注〕王嘉《拾遺記》：崑崙山有昆陵之地，其高出日月之上。《史記・封禪書》：齊所以爲齊，以天齊也。

〔二七〕〔錢注〕《後漢書・祭祀志》注：應劭《漢官》馬第伯《封禪儀記》曰：「泰山東山名曰日觀。日觀者，鷄一鳴時，見日始欲出，長三丈所。」

〔二八〕〔錢注〕《史記・大宛傳》：大夏在大宛西南，其東南有身毒國。《索隱》曰：身音乾，毒音篤。

孟康云：「即天竺也，所謂浮圖胡也。」《山海經》：東海之内，北海之隅，有國名曰天毒。郭璞注：天毒即天竺國，貴道德，有文書金銀錢貨，浮屠出此國中。

〔二九〕信，錢注本作「證」，未出校。劭，《全文》作「邵」，據《隋書》改。〔錢注〕《瑞應經》：菩薩下當世作佛，託生天竺迦維羅衛國，父王名曰静，夫人曰妙。迦維羅衛者，天地之中央。《隋書·王劭傳》：文帝受禪，拜著作郎。採人間歌謡，引圖書讖緯，依約符命，捃摭佛經，撰爲《皇隋靈感志》，合三十卷，奏之。按：《法苑珠林》唐貞觀十三年十月，敕問法琳法師佛誕之日，對引王劭《齊誌》云云，似亦一證，但原書皆不得見耳。華胥，見《爲中丞滎陽公赴桂州至湖南敕書慰諭表》「載想大庭之養」注。

〔三〇〕〔錢注〕《法華經》：諸佛世尊，惟以一大事因緣，故出現於世。〔補注〕一緣，一種機緣或因緣。《法華玄義》卷一上：「一根一緣，同一道味。」

〔三一〕〔錢注〕《過現因果經》：善慧投佛出家，白言世尊我昨得此五種奇夢：一者夢卧大海，二者夢枕須彌，三者夢諸衆生入我身内，四者夢手執日，五者夢手執月。

〔三二〕〔錢注〕何遜《行經孫氏陵》詩：闃寂今如此。雙林，見本篇注〔三〕。〔補注〕雙林，釋迦牟尼涅槃處。據《大般涅槃經》，佛在拘尸那城阿夷羅跋提河邊娑羅雙樹前入般涅槃。此處借指寺院。

〔三三〕〔錢注〕謝靈運《述祖德詩》：崩騰永嘉末。梁簡文帝《奉阿育王寺錢啓》：臣聞八國同祈，事高於法本。

〔三四〕〔錢注〕《傳燈録》：慧可云：「諸佛法印可得聞乎？」師曰：「法印匪從人得。」可云：「我心未寧，乞師與安。」師曰：「將心來，與汝安。」〔補注〕心印，謂不依賴言語，以心互相印證。《黄檗山斷際禪師傳心法要》：「自如來付法迦葉已來，以心印心，心心不異。」《壇經・頓漸品》：「師曰：『吾傳佛心印，安敢違於佛經。』」心心授印，謂無相傳授無住，道一傳授智藏，均以心印證，而不訴諸言語。

〔三五〕〔錢注〕張華《博物志》：故太尉常山張顥爲梁相。天新雨後，有鳥如山鵲，飛翔近地，市人擲之，稍下墮，民争取之，即爲一圓石。言縣府，顥令椎破之，得一金印，文曰「忠孝侯印」。《西京雜記》：陸賈云：「乾鵲噪而行人至。」〔按〕乾鵲，即喜鵲。《論衡・龍虚》：「狌狌知往，乾鵲知來。」吴曾《能改齋漫録・辨誤一》：「鵲者，陽鳥，先物而動，先事而應。」二句蓋謂四禪師心心相授，與乾鵲授印之事迥不相涉。

〔三六〕〔錢注〕《虚空藏經》：虚空藏菩薩身二十由旬，頂上如意珠作紫金色。〔補注〕《祖庭事苑・雪竇祖英下》：「頂珠，佛頂珠，即世尊頂，圓如珠，常放光明，非今繪塑者别加首飾。」

〔三七〕〔錢注〕《莊子》：河上有家貧恃緯蕭而食者，其子没於淵，得千金之珠，其父曰：「夫千金之珠，必在九重之淵，而驪龍頷下，子能得珠者，必遭其睡也。」〔按〕二句謂四禪師頂珠相傳，本即天成，非取自驪龍頷下之珠。

〔三八〕〔補注〕代有人焉，即代代相傳，法嗣相繼。

惟無相大師表海遐封〔三九〕，辰韓顯族〔四〇〕。始其季味〔四一〕，夙挺真機。見金夫以有躬〔四二〕，援寶刀而敗面〔四三〕。大師得因上行〔四四〕，豁悟迷塗〔四五〕。載驗土風，東國素稱君子〔四六〕；旋觀沙界〔四七〕，西方是有聖人〔四八〕。遂西謁明師，遇其堅卧，俄烘一指〔四九〕，誓續千燈〔五〇〕。火鼠衣光〔五一〕，燭龍引焰〔五二〕，熣如燈蠟〔五三〕，霅若煎膏〔五四〕。師乃引與之言，歎未曾有〔五五〕。退從谷隱〔五六〕，惟製草衣〔五七〕。曳屨用自牧之荑〔五八〕，結束引難圖之蔓〔五九〕。農夫乍去，或議裁縫〔六〇〕；薙氏云歸〔六一〕，方聞襞積〔六二〕。寧思天柱〔六三〕，詎學水田〔六四〕。鮮華不望於鬱泥〔六五〕，密緻那期於刻貝〔六六〕？加以峰危鳥道〔六七〕，林絶人蹊〔六八〕，梁罝之鹽，鄰殊莫致〔六九〕；鬱單之米〔七〇〕，界絶難通。於是橡栗無求〔七一〕，凫茈不掘〔七二〕，想餘糧於蓬堁〔七三〕，調美膳於苔垣〔七四〕。吞沙了異於羅旬〔七五〕，得塊返欣於重耳〔七六〕。昔平輿釋子，猶餌石帆〔七七〕；隴右沙門，尚餐松葉〔七八〕。比若斯等，方信莫同。章仇兼瓊〔七九〕，擁節内江〔八〇〕，分符右蜀〔八一〕。因其百請，始議一來。遇羯虜亂華〔八二〕，鑾旌外狩〔八三〕，局皇圖於巴、濮〔八四〕，指赤縣於犍、牂〔八五〕。猰㺄磨牙〔八六〕，鯨鯢奮鬣〔八七〕。上皇顯圖内禪〔八八〕，自恃真期，久披宸襟，徐叩妙鍵〔八九〕。無慚漢室，空禮清涼之臺〔九〇〕；有陋魏朝，徒建須彌之殿〔九一〕。道含九主〔九二〕，恩浸四生〔九三〕，獲永固於靈根〔九四〕，實仰資於圓智〔九五〕。

【校注】

〔三九〕〔補注〕《子華子·晏子問黨》：「且齊之爲國也，表海而負隅。」表海，臨海。遐封，遥遠之封域。新羅爲唐之屬國，唐高祖時封樂浪郡王、新羅王。

〔四〇〕〔錢注〕《後漢書·東裔傳》：韓有三種：一曰馬韓，二曰辰韓，三曰弁辰。〔補注〕《北史·新羅傳》：「新羅者，其先本辰韓種也。地在高麗東南，居漢時樂浪地。」

〔四一〕味，原注：疑。〔錢校〕似當作「妹」。〔按〕似是。

〔四二〕〔補注〕金夫，剛强之男子。或説指多金之男子。躬，身。語本《易·蒙》：「六三，勿用取女，見金夫，不有躬，無攸利。」

〔四三〕〔錢注〕《魏志·武帝紀》注：《曹瞞傳》云：「乃陽敗面喎口。」〔補注〕《穀梁傳·僖公元年》：「孟勞者，魯之寶刀也。」

〔四四〕〔錢注〕《梁書·庾詵傳》：夜中忽見一道人，自稱願公，容止甚異，呼詵爲上行先生，授香而去。〔補注〕《易·謙》：「天道下濟而光明，地道卑而上行。」上行，上升。此似指無相自新羅來中國學佛。

〔四五〕〔錢注〕沈約《八關齋詩》：迷途既已復，豁悟非無漸。

〔四六〕〔補注〕《左傳·成公九年》：「樂操土風，不忘舊也。」按：此「土風」指鄉土歌謠樂曲，而「載驗土風」之「土風」則指當地風俗。東國，東方之國，此指新羅。《國語·吴語》：「昔楚靈王……

踰諸夏而圖東國。」《山海經·海外東經》：「君子國在其北……其人好讓不争。」

〔四七〕〔錢注〕《金剛般若經》：諸恒河所有沙數，佛世界如是，寧爲多不？

〔四八〕〔錢注〕《列子》：西方之人有聖者焉，不治而不亂，不言而自信，不化而自行，蕩蕩乎民無能名焉。〔按〕西方聖人，指佛陀，即釋迦牟尼。

〔四九〕〔錢注〕《法苑珠林》：《法華經》云：「若有發心欲得阿耨菩提者，能然手指，乃至足一指，供養佛塔，勝以國城、妻子及三千大千國土珍寶而供養者。」

〔五〇〕〔錢注〕《法苑珠林》：如《菩薩本行經》云：「佛言，我昔無數劫來，放捨身命於閻浮提作大國王。便持刀授與左右，敕令剜身作千燈處，出其身肉，深如大錢，以酥油灌中而作千燈。」

〔五一〕〔錢注〕東方朔《神異經》：南方有火山，生不燼之木，晝夜火然，火中有鼠重百斤，毛長二尺餘，恒在火中。《史記·滑稽傳》：楚莊王有所愛馬死，優孟曰：「請爲大王六畜葬之，衣以火光，葬之於人腹腸。」

〔五二〕〔錢注〕《山海經》：西北海之外有神，人面蛇身而赤，直目正乘，其瞑乃晦，其視乃明，是燭九陰，是謂燭龍。

〔五三〕〔錢校〕燈，疑當作「然」。〔錢注〕《説文》：熣，灼也。《晉書·周顗傳》：以所然蠟燭投之。

〔五四〕〔錢注〕《説文》：雪雪，震電貌。《莊子》：膏火自煎也。〔按〕雪，此指光耀閃爍之狀。

〔五五〕〔錢注〕《過現因果經》：爾時王民龍天八部，見此奇特，歎未曾有。

〔五六〕〔錢注〕《水經注》：山棲遁逸之士，谷隱不羈之民，有道則見。〔補注〕《法言·問神》：「谷口鄭子真，不屈其志而耕乎巖石之下，名震于京師。」此「谷隱」即《神僧傳》所謂「遂入深溪谷巖下坐禪」。參注〔四〕。

〔五七〕〔錢注〕《後漢書·黨錮傳序》：解草衣而致卿相。〔按〕原作「解草衣而升卿相」。草衣，隱者之衣。此指以草編成之衣。

〔五八〕〔補注〕《易·謙》：「謙謙君子，卑以自牧。」牧，養。《詩·邶風·静女》：「自牧歸荑，洵美且異。」荑，白嫩之茅草。此謂足下所履係自編之茅草鞋。

〔五九〕〔補注〕結束，扎縛，捆扎。《左傳·隱公元年》：「無使滋蔓，蔓，難圖也。」此謂捆縛用滋長難割之蔓草。

〔六〇〕〔錢注〕《周禮·縫人》注：女工，女奴曉裁縫者。

〔六一〕〔補注〕《周禮·秋官·序官》：「薙氏，掌殺草。」按：薙氏，指除草之農民。

〔六二〕〔錢注〕《漢書·司馬相如傳》：《子虚賦》：「襞積褰縐。」注：襞積，即今之裙襵。〔按〕此處用作動詞。二句謂有農夫見其穿草衣，乃爲之縫製布料僧衣。

〔六三〕〔錢注〕《吴越春秋》：禹傷父功不成，愁然沈思，乃案《黄帝中經曆》，蓋聖人所記，曰：「在於九山東南天柱，號曰宛委。」禹乃東巡，登衡嶽，夢見赤繡衣男子，自稱玄夷蒼水使者，聞帝使文命於斯，故來候之。

〔六四〕〔錢注〕《括地志》：佛上山四望，見福田疆畔，因製七條衣割截之法於此，今袈裟衣是也。

〔六五〕〔錢注〕梁簡文帝《謝賚納袈裟啓》：奉宣敕旨，垂賚鬱泥細納袈裟一緣。〔補注〕鬱泥，鬱金草染出之顔色。此切上句水田衣。

〔六六〕緻，《全文》作「致」，從錢校據胡本改正。〔錢注〕潘岳《謝雉賦》：表厭躡以密緻。《梁書・婆利國傳》：有石名蚶貝羅，初采之柔軟，及刻削爲物，乾之，遂大堅彊。〔補注〕《詩・小雅・巷伯》：「萋兮斐兮，成是貝錦。」四句謂無相深谷坐禪，衣不求精緻華鮮。

〔六七〕〔錢注〕《南中八志》：鳥道四百里，以其險絶，獸猶無蹊，特上有飛鳥之道耳。

〔六八〕〔補注〕人蹊，人可以通行的小路。

〔六九〕罝，《全文》作「置」，據錢校改。〔錢注〕《白帖》：天竺國有梁罝鹽。揚雄《長楊賦》：遐方疏俗，殊鄰絶黨之域。

〔七〇〕〔錢注〕《南齊書・高逸傳論》：鬱單粳稻，已異閻浮，生天果報，自然飲食。

〔七一〕〔錢注〕《列子》：柱厲叔事莒敖公，自爲不知己者，居海上，夏日則食菱芡，冬日則食橡栗。〔補注〕橡栗，櫟樹之果實。《莊子・盜跖》：「晝拾橡栗，暮栖木上，故命之曰有巢氏之民。」

〔七二〕〔錢注〕《後漢書・劉玄傳》：王莽末，南方饑饉，人庶群入野澤，掘鳧茈而食之。注：《爾雅》云：「芍，鳧茈。」郭璞曰：「生下田中，苗似龍鬚而細，根如指頭，黑色，可食。」〔按〕即今所謂荸薺。

〔七三〕〔錢注〕《淮南子》：昔容成之時，置餘糧於畝首。左思《魏都賦》劉逵注：《列仙傳》：「昌容者，常山道人也，自稱殷王女，食蓬蔂根二百餘年，而顏色如年二十人。」《漢書・賈山傳》：曾不得蓬顆蔽冢而託葬焉。注：顆，謂土塊。蓬顆，言塊上生蓬者耳。

〔七四〕〔錢注〕《魏書・胡叟傳》：春秋當祭之前，則先求旨酒美膳。《太平御覽》：《太平經》云：「陶弘景，字通明，少絶肥羶，晚惟進飷苔、紫菜、生薑。」〔補注〕苔垣，生長苔鮮之牆垣。

〔七五〕〔錢注〕《法苑珠林》：《羅旬踰經》云：「佛在世時，有婆羅門子薄福，相師占之無相。年至十二，父母逐出，遂行乞食，乃到祇洹。佛以大慈，以手摩頂，頭髮即墮，袈裟著身。佛爲立名，名羅旬踰。時共五部，僧每出分衛，而羅旬踰所在之部，以空鉢還。佛知其意，使目連與羅旬踰俱各分爲一部，經歷過五百億國，遂不得食。目連即到佛所，佛鉢中尚有餘食。舍利弗白佛言，願乞餘飯與羅旬，鉢便入地百丈，舍利弗以道力手尋鉢即得，以還羅旬，適欲食之，便誤覆鉢，倒去飯食，皆散水中。羅旬還坐定意，自思念言，皆由罪報，應所當受。便自思惟，結解垢除，得羅漢道，即便食土而般涅槃。」

〔七六〕〔補注〕《左傳・僖公二十三年》：「晉公子重耳之及于難也，晉人伐諸蒲城……遂奔狄……處狄十二年而行。過衛，衛文公不禮焉。出于五鹿，乞食于野人，野人與之塊，公子怒，欲鞭之。子犯曰：『天賜也。』稽首受而載之。」塊，土塊。

〔七七〕〔錢曰〕本事未詳。《漢書・地理志》：平輿縣屬汝南郡。《水經注》：所謂修修釋子，眇眇禪棲者也。左思《吴都賦》劉逵注：石帆生海嶼上，草類也。〔補注〕石帆爲珊瑚蟲之一種，呈樹枝形，骨骼爲角質，著生於海底礁石間。

〔七八〕〔錢注〕《太平廣記》：《宣室志》：「僧契虚，本姑臧李氏子。自孩提好浮圖氏法，年二十，髡髮衣褐，居長安佛寺中。及禄山破潼關，玄宗西幸蜀門，契虚遁入太白山，採柏葉食之，自是絶粒。」《後漢書·楚王英傳》注：精佛教者爲沙門。沙門，漢言息也。蓋息意去欲，而歸於無爲。○隴右，見《爲湖南座主隴西公賀馬相公登庸啓》注〔一〕。

〔七九〕〔錢注〕《舊唐書·玄宗紀》：開元二十七年十二月，以益州司馬章仇兼瓊權劍南節度等使。

〔八〇〕〔錢注〕江統《函谷關賦》：終軍棄繻，擁節飛榮。《新唐書·地理志》：内江縣屬劍南道資州。〔按〕此「内江」非指内江縣，乃指流經成都一帶之内江，借指成都。

〔八一〕〔錢注〕（右蜀）謂西川。

〔八二〕〔錢箋〕此下三十七句，似明皇幸蜀，無相、無住兩僧並有保護之功，但正史不載。或係緇流附會其詞耳。《韻會》：羯，地名。上黨武鄉羯室，晉匈奴別部入居之，後因號爲羯。〔補注〕羯虜亂華，此以西晉末五胡之一羯族亂華，借指安史之亂。杜甫《詠懷古跡》之一：「羯胡事主終無賴。」亦以羯胡借指安禄山。

〔八三〕〔錢注〕《舊唐書·安禄山傳》：禄山營州柳城雜種胡人，以驍勇聞。天寶三載，爲范陽節度使，陰有逆謀。十四載，反於范陽。天下承平日久，人不知戰，朝廷驚恐。以高仙芝、封常清等相次爲大將以擊之。禄山令嚴肅，無不一當百，遇之必敗。十二月渡河。十五載正月，竊號燕國。五月，王師盡没，關門不守，明皇幸蜀。謝瞻《張子房詩》：鑾旌歷頽寢。

〔八四〕〔錢注〕班固《東都賦》：披皇圖，稽帝文。〔補注〕《左傳·昭公九年》：「巴、濮、楚、鄧，吾南土也。」孔穎達疏：「巴，巴郡……建寧郡南有濮、夷地。」揚雄《蜀都賦》：「東有巴賨，綿亘百濮。」古稱西南少數民族爲百濮。皇圖，此指唐王朝實際控制之版圖。

〔八五〕〔錢注〕《史記·孟子傳》：中國名曰赤縣神州。左思《蜀都賦》：於前則跨躡犍、牂。李善注：《漢書·志》有犍爲郡、牂牁郡，並屬益州。

〔八六〕〔錢注〕《山海經》：南海之外有猰貐，狀如貙，龍首，食人。揚雄《長楊賦》：昔有彊秦，封豕其土，窫窳其民，鑿齒之徒，相與磨牙而争之。

〔八七〕〔錢注〕張衡《西京賦》：奮鬣被般。〔補注〕《左傳·宣公十二年》：「古者明王伐不敬，取其鯨鯢而封之，以爲大戮。」杜預注：「鯨鯢，大魚名，以喻不義之人吞食小國。」鯨鯢、猰貐，此均喻指安、史叛鎮。

〔八八〕〔錢注〕《舊唐書·玄宗紀》：大寶十五載六月，將謀幸蜀，及行，百姓遮路乞留皇太子，願戮力破賊收復京城，因留太子。七月丁卯，詔以皇太子充天下兵馬元帥。庚辰，車駕至蜀郡。八月，靈武使至，始知皇太子即位。上用靈武册稱上皇，詔稱誥。

〔八九〕〔錢注〕《方言》：户鑰，自關而東，陳、楚之間謂之鍵。〔補注〕妙鍵，此指佛理開悟之機。

〔九〇〕〔錢注〕《魏書·釋老志》：漢明帝遣郎中蔡愔等，使於天竺，寫浮圖遺範。愔又得佛經四十二章，及釋迦立像。明帝令畫工圖佛像，置清涼臺。

〔九一〕〔錢注〕《魏書·釋老志》：太祖好黄老，頗覽佛經。天興元年，作五級佛圖、耆闍崛山及須彌山殿，加以繢飾。

〔九二〕〔錢注〕《史記·殷本紀》：伊尹處士，湯使人聘迎之，五反然後肯往，從湯言素王及九主之事。注：九主者，三皇五帝及夏禹也。或曰，九主謂九皇也。

〔九三〕〔錢注〕《慎子》：聖王在上位，天下無軍兵之事，故諸侯不私相攻，而民不私相鬬也，則民得盡一生矣。聖王在上，則君積於德化，而民積於用力，故婦人爲其所衣，丈夫爲其所食，則民無凍餓，民得二生矣。聖王在上，則君積於仁，吏積於愛，民積於順，則刑罰廢而無夭遏之誅，民得三生矣。聖王在上，則使人有時，而用之有節，則民無厲疾，民得四生矣。《法苑珠林》：《般若經》云：「一者卵生，二者胎生，三者濕生，四者化生。」按：二義不同，故並存之。〔按〕四生，當指佛教所分世界衆生爲卵、胎、濕、化四生。徐陵《東陽雙林寺傅大士碑》：「梁高祖武皇帝紹隆三寶，弘濟四生。」

〔九四〕〔錢注〕《漢書·禮樂志》：華熀熀，固靈根。〔按〕錢注引《漢書·禮樂志》之「靈根」指神木之根，非本句所用。本句之「靈根」用《文選·張衡〈南都賦〉》：「固靈根於夏葉，終三代而始蕃。」李周翰注：「劉累自夏而遷於此，故云『固靈根於夏葉』，終於殷周秦三代，然後漢興乃蕃盛。」

靈根，以靈木之根喻祖先。獲永固於靈根，謂李唐之祖業得以永固。

〔九五〕〔錢注〕《法苑珠林》：圓智湛照。〔補注〕圓智，指佛教圓融之智。

時無住大師尋休劍術〔九六〕，早罷鈐經〔九七〕，韜綦連之四弓〔九八〕，捨步陸之七箭〔九九〕。徑欣道在〔一〇〇〕，罔憚人遐。坎軻汾陰〔一〇一〕，飄飄益部〔一〇二〕。聿來胥會，默合玄符〔一〇三〕。本惟肅於尊顔〔一〇四〕，竟克諧於妙果〔一〇五〕。優孟之同楚相，不亦遼哉〔一〇六〕！丑父之類齊侯，竟何爲也〔一〇七〕？事雖可引，義則殊歸〔一〇八〕。宴坐窮崿〔一〇九〕，化行奥壤。頂輪降祉〔一一〇〕，肉髻開祥〔一一一〕。及將寓信衣〔一一二〕，乃誤因罷士〔一一三〕。經過九隧〔一一四〕，流落六群〔一一五〕。彼既懸定於傳刀〔一一六〕，此亦熟驚於胠篋〔一一七〕。璧留曲阜，詎爲張伯所藏〔一一八〕；劍出豐城，豈是雷華可佩〔一一九〕。適來適去〔一二〇〕，悉見悉知〔一二一〕。故得大梵下從〔一二二〕，通仙右繞〔一二三〕。臂舒百福〔一二四〕，眉曜千光〔一二五〕。靈禽例散於覺花，瑞獸常銜於忍草〔一二六〕。寧止山神且屆，但送甘松〔一二七〕；藩后絶臨，空分沈水〔一二八〕。凡兹異迹，未可殫論。杜相國鴻漸、崔僕射旰〔一二九〕，並望切龍門〔一三〇〕，情殷荷擔〔一三一〕，留迷待指〔一三二〕，出病求攻〔一三三〕。克揚静衆之名，特峻保唐之號。蜀誠有矣〔一三四〕，楚亦宜然。

【校注】

〔九六〕〔錢注〕《史記·刺客傳》：魯句踐已聞荆軻之刺秦王，私曰：「嗟乎！惜哉，其不講於刺劍之術也。」

〔九七〕〔錢注〕《隋書·經籍志》：《太公陰符鈐録》一卷。〔補注〕《後漢書·方術傳序》「鈐決之符」李賢注：「兵法有《玉鈐篇》。」

〔九八〕見《爲滎陽公賀幽州張相公狀》「綦連四弓」注。

〔九九〕〔錢注〕按《周書·陸通傳》，賜姓步六孤氏，然無七箭事。惟《齊書·武陵王曄傳》云：「後於華林賭射，上敕曄疊破，凡放六箭，五破一皮，賜錢五萬。」疑「步陸」或「武陵」之誤。

〔一〇〇〕〔錢注〕《莊子》：東郭子問於莊子曰：「所謂道惡乎在？」莊子曰：「無所不在。」

〔一〇一〕〔錢注〕《揚子》：方輪廣軸，坎軻其輿。《漢書·地理志》：河東郡有汾陰縣。

〔一〇二〕飆，《全文》作「遥」，從錢校據胡本改。〔錢注〕《後漢書·公孫述傳》：由是威震益部。

〔一〇三〕〔錢注〕揚雄《劇秦美新》：玄符靈契，黄瑞湧出。

〔一〇四〕〔錢注〕《法苑珠林》：《鴦掘魔經》云：「汙染伽藍，不愧尊顔。」

〔一〇五〕〔錢注〕《淨住子》：藉如此之勝因，獲若斯之妙果。〔補注〕妙果，佛果、正果。

〔一〇六〕〔錢注〕《史記·滑稽傳》：優孟者，故楚之樂人也。楚相孫叔敖善待之，病且死，屬其子曰：「我死必貧困，若往見優孟，言我孫叔敖之子也。」居數年，其子貧困，負薪逢優孟與言。優孟即爲孫叔敖衣冠，抵掌談語，歲餘，像孫叔敖。莊王置酒，優孟前爲壽，莊王大驚，以爲孫叔敖復生也，欲以爲相。優孟請歸與婦計之。三日，復來曰：「婦言楚相不足爲也，孫叔敖持廉至死，方今妻子窮困，負薪而食，不足爲也。」於是莊王謝優孟，乃召孫叔敖子，封之寢丘四百户，以奉其祀。

〔一〇七〕〔補注〕《左傳·成公二年》：「齊師敗績，逐之，三周華不注。……逢丑父與公易位。將及華泉，驂絓於木而止。丑父寢於轏中，蛇出於其下，以肱擊之，傷而匿之，故不能推車而及。……丑父使公下如華泉取飲，鄭周父御佐車，宛茷爲右，載齊侯以免。」

〔一〇八〕歸，錢注本作「塗」，未出校。

〔一〇九〕〔錢注〕《維摩詰經》：宴坐者，不干三界現身意，是爲宴坐。不起滅定，而現諸威儀，是爲宴坐。不舍道法，而現凡夫事，是爲宴坐。心不住内，亦不在外，是爲宴坐。於諸見不動，而修行三十七道，是爲宴坐。不斷煩惱，而入涅槃，是爲宴坐。劉楨《處士國文甫碑》：潛心窮巖。

〔一一〇〕〔錢注〕《般若經》：如來頂上，烏瑟膩沙，高顯周圓，猶如天蓋，是三十二。

〔一一一〕〔錢注〕《楞嚴經》：世尊從肉髻中涌出百寶光，光中涌出千葉寶蓮。

〔一一二〕〔錢注〕《傳燈録》：達摩初至，人未知信，所以傳衣，以明得法。〔補注〕佛教禪宗師徒傳法，以法衣爲憑信，故稱信衣。

〔一一三〕〔錢注〕《國語》：罷士無伍，罷女無家。〔補注〕韋昭注：「罷，病也。無行曰罷。」《荀子·王霸》：「無國而不有賢士，無國而不有罷士。」

〔二四〕〔錢注〕班固《西都賦》：九市開場，貨別隧分。〔補注〕《史記・魯周公世家》：「魯人三郊三隧。」裴駰《集解》引王肅曰：「邑外曰郊，郊外曰隧。」隧，猶今之遠郊區。九隧，泛言周圍郊畿之地。

〔二五〕〔錢注〕王融《淨行頌》：六群倘未一，七衆固恒齊。〔補注〕《莊子・在宥》：「今我願合六氣之精，以育群生。」群，群有，猶衆生、萬物。

〔二六〕〔錢注〕《晉書・王覽傳》：呂虔有佩刀，工相之，以爲必三公可服此刀。虔謂王祥曰：「卿有公輔之量，故以相與。」祥臨薨，以刀授覽。

〔二七〕胠，《全文》作「祛」，據錢注及《莊子・胠篋》改。〔錢注〕《莊子》：將爲胠篋探囊發匱之盜而爲守備，則必攝緘縢，固扃鐍，此世俗之所謂知也。然而巨盜至，則負匱揭篋擔囊而趨，惟恐緘縢扃鐍之不固也。

〔二八〕〔錢注〕《後漢書・鍾離意傳》注：《意別傳》曰：「意爲魯相，出私錢修夫子車，身入廟，拭几席劍履。男子張伯除堂下草，土中得玉璧七枚，伯懷其一，以六枚白意。堂下牀首有懸甕，意發之，得素書，文曰：『後世修吾書，董仲舒；護吾車，拭吾履，發吾笥，會稽鍾離意。璧有七，張伯藏其一。』意即召問伯，果服焉。」

〔二九〕見《梓州道興觀碑銘》注〔八五〕。

〔二〇〕〔錢注〕《莊子》：適來，夫子時也；適去，夫子順也。

〔二一〕〔錢注〕《金剛經》：如來悉知悉見。

〔二二〕〔錢注〕《釋迦譜》：佛往摩詰提國，第一夜四天王衆，第二夜帝釋衆，第四夜大梵衆，各下聽法。

〔二三〕〔錢注〕孫綽《遊天台山賦》：肆覲天宗，爰集通仙。〔補注〕通仙，謂衆仙。

〔二四〕〔錢注〕《法苑珠林》：《法華經》云：「收佛舍利，作八萬四千寶塔，即於八萬四千塔前，然百福莊嚴臂七萬二千歲，而以供養。」

〔二五〕〔錢注〕《法華經》：世尊於靈山會上，爲諸大衆説二十八品，放眉間白毫相，光照三千大千世界。

〔二六〕〔錢校〕常，胡本作「多」。〔錢注〕梁簡文帝《相宫寺碑》：雪山忍辱之草，天宫陁樹之花。

〔二七〕〔錢注〕《神僧傳》：釋惠主，俗姓賈氏，始州永歸人。南山藏伏，惟食松葉，異類禽獸，同集無聲，或有山神送茯苓、甘松香來，獲此供養焉。

〔二八〕〔錢校〕「絶」字疑誤。〔錢注〕王嘉《拾遺記》：軒轅黄帝詔使百辟群臣受德教者，先列圭玉於蘭蒲席上，然沈榆之香，舂雜寶爲屑，以沈榆之膠，和之爲泥，以塗泥分别尊卑華戎之位也。《西京雜記》：羊勝《屏風賦》：「藩后宜之，壽考無疆。」

〔二九〕〔錢注〕《舊唐書·杜鴻漸傳》：廣德二年，拜兵部侍郎、同中書門下平章事。永泰元年，劍南西川兵馬使崔旰殺節度使郭英乂，據成都，自稱留後。明年，命鴻漸以宰相兼充山、劍副元帥，劍南西川節度使，以平蜀亂。鴻漸酷好浮圖道，不喜軍戎。既至成都，懼旰雄武，乃以劍南節制表讓於旰。又《崔寧傳》：本名旰。朝廷因鴻漸之請，加成都尹，兼西山防禦使、西川節度行軍司馬，仍賜名曰寧。大曆二年，鴻漸歸朝，遂授寧西川節度使。寧在蜀十餘年，地險兵强，肆侈窮欲，將吏妻妾，多爲所淫污。朝廷患之而不能詰。累加尚書左僕射。

〔三〇〕〔錢注〕《蓮社高賢傳》：法師慧持至成都郫縣，居龍淵寺，大弘佛寺，升其堂者號登龍門。〔按〕《後漢書·黨錮傳·李膺》：「膺獨持風裁，以聲名自高。士有被其容接者，名爲登龍門。」爲「登龍門」所本，然此句自用《蓮社高賢傳》慧持事。

〔三一〕〔錢注〕《法苑珠林》：如《善恭敬經》云：「佛告阿難，若有從他聞一四句偈，或抄或寫，書之竹帛，所有名字於若干劫，取彼和尚、阿闍黎等，荷擔肩上，或時背負，或以頂戴，復將一切音樂之具，供養是師。作如是事，尚自不能具報師恩。」〔補注〕《五燈會元》卷二《益州無相禪師法嗣·保唐無住禪師》：「唐相國杜鴻漸出撫坤維，聞師名，思一瞻禮，遣使到山延請。時節度使崔寧亦命諸寺僧徒遠出，迎引至空慧寺。時杜公與戎帥召三學碩德俱會寺中，公問曰：……公與大衆作禮稱讚，踴躍而去。師後居保唐寺而終。」可爲「並望切龍門，情殷荷擔」二句參證。

〔三二〕指，《全文》作「楯」，據錢校改。〔錢注〕崔豹《古今注》：黄帝與蚩尤戰於涿鹿之野，蚩尤作大霧，軍士皆迷路，於是作指南車以示四方，擒蚩尤。〔按〕此即指點迷津之意。

〔三三〕〔補注〕《左傳·成公十年》：「晉侯……疾病，求醫于秦……醫至，曰：『疾不可爲也，在肓之上，膏之下，攻之不可，達之不及，藥不至焉，不可爲也。』」

〔一三四〕矣，錢注本作「之」，未出校。

惟洪州道一大師舌相標奇〔一三五〕，足文現異〔一三六〕。俯愛河而利涉〔一三七〕，靡頓牛行〔一三八〕；過朽宅以銜悲〔一三九〕，頻迴象眎〔一四〇〕。早從上首〔一四一〕，略動遐心〔一四二〕。攜仁壽之剃刀〔一四三〕，振天台之錫杖〔一四四〕。遄違百濮〔一四五〕，直出三巴〔一四六〕。拂衡嶽以徜徉〔一四七〕，指曹溪而悵望〔一四八〕。都遺喻筏〔一四九〕，盡滅化城〔一五〇〕。罷懸柝於頓門〔一五一〕，抗前旌於超地〔一五二〕。披荆西裹〔一五三〕，坐樹南康〔一五四〕，有感則通，無聞不聳。翳黿思遇〔一五五〕，哽虎求探〔一五六〕。化漢水之漁人〔一五七〕，奚求往哲？度青蘿之獵客〔一五八〕，肯愧前修？

**【校注】**

〔一三五〕舌，《全文》作「古」，據錢校改。〔錢注〕《般若經》：如來舌相薄淨廣長，是二十六。〔補注〕《五燈會元》卷三《南嶽讓禪師法嗣第一世·江西馬祖道一禪師》：「容貌奇異，牛行虎視，引舌過鼻。」

〔一三六〕〔錢注〕《般若經》：如來兩足文同綺畫，是爲第四。〔補注〕《五燈會元》卷三《江西馬祖道一禪師》：「足下有二輪文。」

〔三七〕〔錢注〕梁武帝《捨道歸佛文》：出愛河之深際。〔補注〕愛河，情欲。佛教謂其害如河之可以溺人，故稱。《楞嚴經》卷四：「愛河乾枯，令汝解脱。」《易・需》：「貞吉，利涉大川。」

〔三八〕〔錢注〕《四十二章經》：僧行道如牛負深泥中，疲極不敢左右顧。

〔三九〕〔錢注〕《法華經》：三界無安，猶如火宅。〔補注〕朽宅，佛教用以喻充滿衆苦之塵世。《法華經・譬喻品》：「國邑聚落有大長者……其家廣大，唯有一門。多諸人衆……止住其中。堂閣朽故，牆壁隤落，柱根腐敗，梁棟傾危……欻然火起，焚燒舍宅。長者諸子，若十、二十或至三十，在此宅中。」

〔四〇〕〔錢注〕《涅槃經》：譬如王者告一大臣，汝牽一象以示盲者，時彼衆盲，各以手觸。〔按〕佛教稱象教，佛像稱象設，佛祖之德稱象德，佛法稱象駕，此「象眎（視）」疑指道一大師之視。

〔四一〕〔錢注〕《蓮社高賢・慧持傳》：徒屬三百，師爲上首。〔補注〕佛家稱一座大衆中之主位爲上首。亦以指寺院中之首座。

〔四二〕〔補注〕《詩・小雅・白駒》：「毋金玉爾音，而有遐心。」遐心指與人疏遠之心。此句「略動遐心」謂避世遠俗之心。

〔四三〕〔錢注〕《隋書・煬帝紀》：仁壽初，奉詔巡撫東南。是後高祖每避暑仁壽宮，恒令上監國。四年七月，高祖崩，上即皇帝位於仁壽宮。隋煬帝《入朝遣使參智顗書》：剃刀十口。〔補注〕《法苑珠林》卷十七引《道宣律師感應記》：「佛告阿難：『汝往菩提樹金剛座西塔，取我七寶剃刀並浴金剛盆，我欲剃髮。』」《五燈會元》卷三《江西馬祖道一禪師》：「幼歲依資州唐和尚落髮，受具於渝州圓律師。」

〔一四四〕〔錢注〕《隋書·徐則傳》：晉王廣鎮揚州，知其名，手書召之。將請受道法，則辭以時日不便。其後夕中命侍者取香火，如平常朝禮之儀，至於五更而死。晉王下書曰：「天台真隱東海徐先生，杖錫猶存，示同俗法，宜遣使人送還天台。」

〔一四五〕〔補注〕遄違，急速離去。《左傳·文公十六年》：「麇人率百濮聚於選，將伐楚。」百濮，古稱西南少數民族，此指巴蜀。

〔一四六〕三巴，見《梓州道興觀碑銘》注〔一六三〕。

〔一四七〕〔錢注〕隋煬帝《重遺匡山參智顗書》：仰承已往衡山，至當稍久。〔補注〕《五燈會元》卷三《江西馬祖道一禪師》：「唐開元中，習禪定於衡嶽山中，遇讓和尚。同參六人，唯師密受心印。」

〔一四八〕〔錢注〕《傳燈録》：梁天監元年，有僧智藥，汎舶至韶州曹溪水口，聞其香，嘗其味，曰：「此水上流有勝地。」遂開山，立名寶林。乃云：「此去百七十年，當有無上法寶在此演法。」今六祖南華是也。〔補注〕曹溪，禪宗南宗別號。以六祖慧能在曹溪寶林寺演法而得名。柳宗元《曹溪大鑒禪師碑》：「凡言禪，皆本曹溪。」故云「指曹溪而悵望」。按：六祖大鑒禪師慧能法嗣有南嶽懷讓禪師，而道一大師則又讓禪師之法嗣，見《五燈會元》卷三。

〔一四九〕〔錢注〕《金剛經》：知我説法，如筏喻者，法尚應捨，何況非法。

〔一五〇〕〔錢注〕《法華經》：以方便力於險道中，化作一城。〔補注〕化城，一時幻化之城郭，佛教以喻小乘境界。佛欲使衆生均得大乘佛果，恐其畏難，先説小乘涅槃，猶如化城，衆生途中暫以止息，進而求取真正佛果。

〔一五一〕〔錢注〕梁簡文帝《賀洛陽平啓》：關候罷柝。《傳燈録》：諸佛出世，爲一大事，故隨機小大，遂有三乘頓、漸以爲教門。〔補注〕頓門，指主頓悟之法門，即南宗禪。

〔一五二〕〔錢注〕《漢書·終軍傳》：驃騎抗旌。《唐類函》：如悟三空，終超十地。〔補注〕抗，舉。

〔一五三〕〔錢注〕《法苑珠林》：魏太山丹嶺寺釋僧照，以魏普泰年，行至滎山，見飛流下有穴孔，因穴而入，行可五六里，便得出穴。外有微徑，其東北上，可行數里，得石渠，闊三兩步，北有瓦舍三口，形甚古陋，西頭室裏有一沙門，端坐儼然，飛塵没膝。四望瞻眺，惟見茂林懸澗，非有人居，須臾之間，逢一神僧，年可六十，相見欣然，傾慰若舊。問所從來，答云：「我同學三人，來此避世，一人外行未返，一人死來極久，似入滅定，今在西屋内，汝見之未？」

〔一五四〕〔錢注〕干寶《搜神記》：南康郡南東望山，有三人入山，見山頂有果樹，衆果畢植，行列整齊如人行，甘子正熟。三人共食至飽，乃懷二枚，欲出示人，聞空中語云：「催放雙甘，乃聽汝去。」〔補注〕《五燈會元》卷三《江西馬祖道一禪師》：「始自建陽佛迹嶺，遷至臨川，次至南康龔公山。」「披荆西裏，坐樹南康」二句指此。釋迦牟尼曾到伽耶畢波羅樹下静坐思維四諦、十二因緣之理，最後達到覺悟。「坐樹」用此。

〔一五五〕〔錢注〕未詳。鼅，疑當作「龍」。劉向《列仙傳》：馬師皇者，黄帝馬醫。有病龍下，垂耳張口，師皇鍼其脣，飲以甘草湯而愈。後一日，負之而去。

〔一五六〕〔錢注〕《晉書·郭文傳》：嘗有猛獸忽張口向文，文視其口中有横骨，乃以手探去之。猛獸明旦致一鹿於其室前。按：《太平廣記》引《神仙拾遺》與此事同。《晉書》諱「虎」作「獸」，而義山文反不諱，何耶？〔補注〕探，探取。

〔一五七〕〔錢注〕《法苑珠林》：後梁南襄陽景空寺釋法聰，南陽新野人。初，聰住禪堂，每有白鹿白雀馴伏棲止。行住所及，慈救爲先。因見屠者驅豬百餘頭，聰三告曰：「解脱首楞嚴。」豬遂繩解去。諸屠大怒，將事加手，並仡然不動，便歸過悔罪，因斷殺業。又於漢水漁人牽網，如前三告，引網不得，方復歸心，空網而返。注：出唐《高僧傳》。

〔一五八〕〔錢注〕《法苑珠林》：周益州沙門釋僧崖，嘗隨伴捕魚，得已分者，用投諸水，謂伴曰：「殺非好業，我今舉體皆現生瘡，誓斷獵矣。」遂燒其獵具。時獵首領數百人，共築池塞，資以養魚。崖率衆重往彼觀望，忽有異蛇長一尺許，頭尾皆赤，須臾長大，乃至丈餘，圍五六尺，獽衆奔散，蛇便趣水，舉尾入雲，赤光偏野，久久乃滅。尋爾衆聚，具論前事，崖曰：「此無憂也，但斷殺業，蛇不害人。」勸停池堰，衆未之許。俄而隄防決壞，遂即出家，又焚身。後八月中，獽人牟難當者，於就嶠山頂行獵，搦箭弓弩，舉眼望鹿，忽見崖騎一青麖，獵者驚曰：「汝在益州已燒身死，今那在此？」崖曰：「誰道許誑人耳，汝能燒身不？射獵得罪也，汝當勤力作田矣！」便爾別去。注：

出唐《高僧傳》。謝萬《蘭亭集詩》：青蘿翳岫。

智藏大師以松闕之英，梓潭之靈〔一五九〕，目廣青蓮〔一六〇〕，脣飴赤果〔一六一〕。自有來而致敬〔一六二〕，由無取以相歡〔一六三〕。緜邈星霜，留連几杖。初聞四句〔一六四〕，誠爲入室之賓〔一六五〕；末聽三幡〔一六六〕，了是無師之智〔一六七〕。遽援坐席〔一六八〕，令傳了經〔一六九〕。非取履於下邳，還稱可教〔一七〇〕；異服膺於泗水〔一七一〕，更謂不如。明牧前歸〔一七二〕，英人後感〔一七三〕，相紫階則生金吐義〔一七四〕，禮白塔則盡竹書名〔一七五〕。彼四大士者〔一七六〕，皆行貫迦維〔一七七〕，名高記莂〔一七八〕。且夫紛綸藻繪〔一七九〕，列慈氏之雲臺〔一八〇〕；合沓緗囊〔一八一〕，貯聖王之蓬閣〔一八二〕。

**【校注】**

〔一五九〕〔錢注〕《初學記》：《輿地志》曰：「歸美山有石城，高數丈，有二石夾左右，石形似松，□（儼）如雙闕。」《南康記》曰：「梓潭，昔有梓樹巨圍，葉廣丈餘，垂柯數畝，吴王伐樹作船，使童男女挽之，船自飛下水，男女皆溺死，至今潭中有歌唱之音。」注：已上虔州。〔補注〕《五燈會元》卷三《馬祖一禪師法嗣・西堂智藏禪師》：「虔州西堂智藏禪師，虔化廖氏子。」《新唐書・地理志》：虔州南康郡。虔化爲虔州屬縣。

〔一六〇〕〔錢注〕《法華經》：妙音菩薩目如廣大青蓮花葉。

〔一六一〕〔錢注〕《法華經》：如來甚希有，以功德智慧故，其眼長廣而紺青色，脣色赤好如蘋婆果。〔補注〕《五燈會元》卷三《西堂智藏禪師》：「八歲從師，二十五具戒。有相者覩其殊表，謂之曰：『骨氣非凡，當爲法王之輔佐也。』」

〔一六二〕〔錢注〕沈約《釋迦文佛像銘》：有來必應，如泥在鈞。

〔一六三〕〔錢注〕《法苑珠林》：文殊問經，佛説偈云：「日月照諸華，無有恩報想，如來無所取，不求報亦然。」

〔一六四〕四句，見本篇注〔一三〕。

〔一六五〕室，《全文》作「實」，據錢校改。入室之賓，見《爲濮陽公上楊相公狀》「列王濛之對掌，宜屬劉惔」注。

〔一六六〕〔錢注〕孫綽《遊天台山賦》：消一無於三幡。李善注：三幡，色一也，色空二也，觀三也。〔按〕道家謂色、空、觀三者最易摇蕩人心，故以三幡爲喻。

〔一六七〕〔錢注〕《淨住子》：何謂爲佛，自覺覺彼，無師大智，五分法身也。〔補注〕賈島《送賀蘭上人》：「無師禪自解，有格句堪誇。」《五燈會元》卷三《西堂智藏禪師》：「師遂參禮大寂（道一禪師），與百丈海禪師同爲入室，皆承印記。」「初聞」數句指此。

〔一六八〕〔錢注〕《南史・陸厥傳》：時有王斌者，嘗敝衣於瓦官寺聽雲法師講《成實論》，無復坐處，惟僧正慧超尚空席，斌直坐其側。

〔一六九〕〔錢注〕《寶積經》：依趣於了義經，不依趣不了義經。〔補注〕了經，了義經。佛教謂真實之義、最圓滿之義諦爲了義。宗密《圓覺經略疏》卷七：「《大寶積經》云……若諸經中宣説世俗，名不了義；宣説勝義，名爲了義。宣説作業煩惱，名不了義；宣説煩惱業盡，名爲了義。宣説厭離生死，趣求涅槃，名不了義；宣説生死涅槃，無二無別，名爲了義。宣説種種文句差別，名不了義；宣説甚深難見難覺，名爲了義。」《五燈會元》卷三《西堂智藏禪師》：「馬祖滅後，師唐貞元七年，衆請開堂。」

〔一七〇〕〔錢注〕《史記·留侯世家》：良嘗閒步遊下邳圯上，有一老父，衣褐，至良所，直墮其履圯下，顧謂良曰：「孺子，下取履！」良愕然，欲毆之。良爲其老，强忍，下取履。父曰：「履我！」良業爲取履，因長跪履之。父以足受，笑而去。良殊大驚，隨目之。父去里所復還，曰：「孺子可教矣。」

〔一七一〕〔補注〕《禮記·中庸》：「得一善，則拳拳服膺而弗失之矣。」服膺，衷心信奉。泗水，春秋時孔子曾在泗上講學授徒。《禮記·檀弓上》：「吾與女事夫子於洙、泗之間。」《五燈會元》卷三《西堂智藏禪師》：「（馬）祖曰：『子末年必興於世。』」

〔一七二〕〔錢注〕謝瞻《王撫軍庾西陽集詩》：對筵曠明牧。〔補注〕明牧，賢明之牧守。疑指路嗣恭，大曆七年爲江西觀察使。《五燈會元》卷三《西堂智藏禪師》：「屬連帥路嗣恭延請大寂（道一禪師）居府，應期盛化。師回郡，得大寂付授衲袈裟，令學者親近。」

〔一七三〕〔錢注〕崔駰《達旨》：英人乘斯時也。

〔一七四〕〔錢注〕釋法顯《佛國記》：佛從忉利天上來向下，下時化作三道寶階，佛在中道七寶階上行。梵天王亦化作白銀階，在右邊執白拂而侍。天帝釋化作紫金階，在左邊執七寶蓋而侍。《太平御覽》：《魏志》曰：「繁昌縣授禪石碑中生金，表送上，群臣聲賀。」

〔一七五〕〔錢注〕《梁書·扶南國傳》：西河離石縣有胡人劉薩阿遇疾暴亡，十日更蘇，説云：「見觀世音語云：『汝緣未盡，若得活，可作沙門。洛下、齊城、丹陽、會稽並有阿育王塔，可往禮拜。』語竟，如墮高巖，忽然醒悟。」因此出家，名慧達，遊行禮塔。李肇《國史補》：既捷，列書其姓名於慈恩寺塔，謂之題名。

〔一七六〕〔錢注〕梁簡文帝《同泰寺故功德正智寂師墓銘》：惟兹大士，才敏學優。〔按〕四大士，即上述無相、無住、道一、智藏四大師。

〔一七七〕〔錢注〕《魏書·釋老志》：釋迦，即天竺迦維衛國王之子。天竺其總稱，迦維別名也。

〔一七八〕〔錢注〕梁簡文帝《善覺寺碑》：穆貴嬪宿植達因，已于恒沙佛所，經受記莂。〔補注〕記莂，亦作「記別」，指佛爲弟子預記死後生處及未來成佛因果、國名、佛名等事。

〔一七九〕〔錢注〕陳琳《爲曹洪與魏文帝書》：遊睢、涣者學藻繢之綵。

〔一八〇〕〔錢注〕《法苑珠林》：西云彌勒，此云慈氏。雲臺，見《爲彭陽公上鳳翔李司徒狀》「雲臺議功」注。〔按〕此即上文所云圖益州静衆無相大師、保唐無住大師，與洪州道一大師、西堂智藏大師四真形於屋壁。

〔一八一〕〔錢注〕梁昭明太子《詠書帙詩》：幸雜緗囊用，聊因班女織。〔補注〕緗囊，淺黄色之書套。此指佛經書卷。

〔一八二〕〔錢注〕《法苑珠林》：《長阿含經》云：「世間有轉輪聖王，成就七寶，有四神德。」《後漢書・竇章傳》：學者稱東觀爲老氏臧室，道家蓬萊山。

我幕府河東公〔一八三〕，天瑞地寶，甘雨卿雲〔一八四〕。總海内之風流〔一八五〕，盛漳濱之模楷〔一八六〕。號鳴文苑〔一八七〕，陟降朝階〔一八八〕。自作我上都，統以京尹〔一八九〕，輦轂之下〔一九〇〕，紱冕所興〔一九一〕。本之以强宗近親〔一九二〕，因之以豪猾大俠〔一九三〕。丙吉爲相，出遇横屍〔一九四〕；袁盎免官，歸逢刺客〔一九五〕。公貞能盪蟲〔一九六〕，正可辟邪〔一九七〕。殷貨殖於五都〔一九八〕，無勞走馬〔一九九〕；屏椎埋於三輔〔二〇〇〕，何必問羊〔二〇一〕。託宿於天官，假道於雒宅〔二〇二〕。五年夏，以梁山蟻聚〔二〇三〕，充國鴟張〔二〇四〕，命馬援以南征〔二〇五〕，委鍾繇以西事〔二〇六〕。大張鄰援〔二〇七〕，尋覆賊巢。既而軍壘無喧，郡齋多暇〔二〇八〕。紗爲管帽〔二〇九〕，布是孫衾〔二一〇〕。神仙中人〔二一一〕，方其攜手〔二一二〕；風塵外物〔二一三〕，乃以關身〔二一四〕。夢裏題詩〔二一五〕，醉中裁簡〔二一六〕。臨池筆落〔二一七〕，動草琴休〔二一八〕。至於三堅八正之言〔二一九〕，四攝六通之説〔二二〇〕，則理超文外，照在機先。修竹長松，不曾形迹〔二二二〕；孤峰澹澗，未覺親疏〔二二三〕。鄙物物以肇端，自如如而取證〔二二三〕。屬者以洪州讚同范泰〔二二四〕，律若張融〔二二五〕。王澄徒服其嘉言〔二二六〕，孟顗不知其慧業〔二二七〕。三大師靈儀未集〔二二八〕，華構將成〔二二九〕，乃進牘求真〔二三〇〕，移書抒意。

【校注】

〔一八三〕〔補注〕指東川節度使柳仲郢。河東爲柳氏郡望。

〔一八四〕〔補注〕《史記·天官書》：「若煙非煙，若雲非雲，郁郁紛紛，蕭索輪囷，是謂卿雲。卿雲，喜氣也。」

〔一八五〕見《獻相國京兆公啓二》「衛玠談道，當海内之風流」注。

〔一八六〕〔錢注〕庾信《哀江南賦》：文詞高於甲觀，模楷盛於漳濱。〔按〕此以「漳濱」借指東川幕府係人材薈萃之所，如當年之鄴下風流。

〔一八七〕〔錢校〕號，疑當作「飛」。〔錢注〕《後漢書》始有《文苑傳》。〔按〕「號鳴」與下句「陟降」對文，不必疑誤。

〔一八八〕〔錢注〕張衡《東京賦》：方將數諸朝階。〔按〕陟降朝階，疑指柳仲郢會昌朝屢任朝官事。仲郢會昌初三遷吏部郎中，爲李德裕所知，遷諫議大夫。又曾於會昌六年權知吏部尚書銓事。

〔一八九〕〔錢注〕《舊唐書·柳仲郢傳》：會昌中，李德裕奏爲京兆尹。班固《西都賦》：實用西遷，作我上都。張衡《西京賦》：封畿千里，統以京尹。〔補注〕《通鑑・會昌五年》：「（二月）李德裕以柳仲郢爲京兆尹。」

〔一九〇〕〔錢注〕司馬遷《報任少卿書》：僕賴先人緒業，得待罪輦轂下二十餘年矣。

〔一九一〕〔錢注〕班固《西都賦》：英俊之域，紱冕所興。

〔一九二〕〔錢注〕《後漢書・龐參傳》：參爲漢陽太守。郡人任棠者，有奇節。參到，先候之，棠不與言，但以薤一大本，水一盂，置户屏間，自抱孫兒，伏於户下。參思其微意，曰：「水者，欲吾清也。拔大本薤者，欲吾擊强宗也。抱兒當户，欲吾開户恤孤也。」《東觀漢記》：孝明皇帝以皇子立爲東海公，時天下墾田皆不實，詔下州郡檢覆，州郡各遣使奏其事。世祖見陳留吏牘上有書曰：「潁川、弘農可問，河南、南陽不可問。」因詰吏，時帝在幄後曰：「河南帝城多近臣，南陽帝鄉多近親，田宅逾制，不可爲準。」世祖令虎賁詰問，乃首服如帝言。

〔一九三〕〔錢注〕《史記・酷吏傳》：濟南瞯氏，宗人三百餘家，豪猾，二千石莫能制。於是景帝乃拜郅都爲濟南太守。又《季布傳》：滕公心知朱家大俠，意季布匿其所。

〔一九四〕見《爲濮陽公賀楊相公送土物狀》注〔五〕。

〔一九五〕〔錢注〕《漢書・袁盎傳》：盎病免家居，景帝時時使人問籌策。梁王欲求爲嗣，盎進説，其後語塞。梁王以此怨盎，使人刺殺盎安陵郭門外。

〔一九六〕〔補注〕《易・蠱》：「象曰：山下有風，蠱，君子以振民育德。」又：「九二，幹母之蠱，不可貞。」

貞蟲，謂整肅其事。

〔一九七〕〔錢注〕《急就篇》：射魃辟邪除群凶。

〔一九八〕〔錢注〕班固《西都賦》：州郡之豪桀，五都之貨殖。《漢書·食貨志》：王莽於長安及五都立五均官，更名長安東西市令，及洛陽、邯鄲、臨菑、宛、成都市長皆爲五均司市師。

〔一九九〕〔錢注〕《漢書·張敞傳》：敞爲京兆尹，時罷朝會，過走馬章臺街，使御史驅，自以便面拊馬。

〔二〇〇〕〔錢注〕《漢書·百官公卿表》：右扶風與左馮翊、京兆尹是謂三輔。椎埋，見《梓州道興觀碑銘》注〔九九〕。

〔二〇一〕〔錢注〕《漢書·趙廣漢傳》：廣漢守京兆尹，滿歲爲真。善爲鉤距，以得事情。鉤距者，設欲知馬賈，則先問狗，已問羊，又問牛，然後及馬。參伍其賈，以類相準，則知馬之貴賤不失實矣。

〔二〇二〕〔錢注〕《舊唐書·柳仲郢傳》：改右散騎常侍，權知吏部尚書銓事。宣宗即位，李德裕罷相，出仲郢爲鄭州刺史。周墀入輔政，遷爲河南尹。《莊子》：假道於仁，託宿於義。〔補注〕《書·召誥》：「越三日戊申，太保朝至于洛，卜宅。」天官，指吏部；雒宅，指河南尹。

〔二〇三〕〔錢注〕謂蓬、果賊。詳《爲興元裴從事賀封尚書加官啓》注〔一〕〔三〕。張載《劍閣銘》：巖巖梁山，積石峨峨。《魏志·董卓傳》注：華嶠《漢書》曰：「恐百姓驚動，麋沸蟻聚爲亂。」〔補注〕梁山，在今陝西渭南市華州區。張載《劍閣銘》李善注引揚雄《益州箴》：「巖巖岷山，古曰梁州。」按，此梁州爲山名。

〔二〇四〕〔錢注〕《後漢書·郡國志》：充國縣屬巴郡，分閬中置。鴟張，見《爲滎陽公賀幽州破奚寇上中書狀》「頗復鴟張」注。

〔二〇五〕見《上容州李中丞狀》「馬伏波遠征交阯」注。

〔二〇六〕〔錢注〕《魏志·荀彧傳》：彧曰：「鍾繇可屬以西事，則公無憂矣。」又《鍾繇傳》：太祖方有事山東，以關右爲憂，乃表繇持節督關中諸軍，委之以後事。

〔二〇七〕〔錢注〕援，去聲。

〔二〇八〕〔錢注〕謝靈運《齋中讀書詩》李善注：永嘉郡齋也。〔補注〕謝詩有句云：「卧疾豐暇豫，翰墨時間作。」此即「郡齋多暇」所本。

〔二〇九〕〔錢注〕《魏志·管寧傳》：寧常著皂帽、布襦袴、布裙。

〔二一〇〕〔錢注〕《史記·平津侯傳》：公孫弘以爲人臣病不儉節，爲布被，食不重肉。

〔二一一〕〔錢注〕《世説》：王右軍見杜弘治，歎曰：「面如凝脂，眼如點漆，此神仙中人。」又：孟昶嘗見王恭乘高輿披鶴氅，于時微雪，歎曰：「此真神仙中人！」

〔二一二〕〔補注〕《詩·邶風·北風》：「惠而好我，攜手同行。」

〔二一三〕見《梓州道興觀碑銘》注〔二〇五〕。

〔二一四〕〔錢注〕徐謙《短歌行》：榮辱豈關身。

〔二一五〕見《爲滎陽公上浙西鄭尚書啓》「空屬池塘之思」注。

〔二六〕〔錢注〕《世説》：魏朝封晉文王爲公，備禮九錫，文王固謙不受。司空鄭沖馳遣信就阮籍求文。初，時在袁孝尼家，宿醉扶起，書札爲之，無所點定，乃寫付使。時人以爲神筆。

〔二七〕〔錢注〕《晉書·王羲之傳》：張芝臨池學書，池水盡黑。

〔二八〕〔錢注〕《酉陽雜俎》：舞草出雅州，人或近之歌，至抵掌謳曲，必動葉如舞也。《夢溪筆談》：高郵人桑景舒，性知音，尤善樂律。舊傳有虞美人草，聞人作《虞美人》曲，則枝葉皆動，他曲不然。景舒試之，誠如所傳。乃詳其曲聲，曰皆吴音也。他日取琴，試用吴音製一曲，對草鼓之，枝葉亦動，乃謂之《虞美人操》。《舊唐書·柳仲郢傳》：仲郢退公，布卷不舍晝夜，《九經》《三史》一鈔，魏、晉已來《南》《北史》再鈔，分門三十卷，號《柳氏自備》。《新唐書·藝文志》：《柳仲郢集》二十卷。

〔二九〕〔錢注〕《維摩經》：起三堅法于六合中。王屮《頭陀寺碑》李善注：《大品經》説八正曰：「正見、正思維、正語、正業、正命、正精進、正念、正定。」

〔三〇〕〔錢注〕《法苑珠林》：《菩薩藏經》云：「何等爲四？所謂布施、愛語、利行、同事。如是名爲四種攝法。」《般若經》：一神境通、二天耳通、三他心通、四宿住隨念通、五天眼通、六漏盡通。

〔補注〕《舊唐書·柳仲郢傳》：「又精釋典，《瑜伽》《智度大論》皆再鈔，自餘佛書，多手記要義，小楷精謹，無一字肆筆。」

〔三一〕曾，疑當作「會」。會，匹配。

〔三二〕〔補注〕吴均《與顧章書》：「森壁争霞，孤峰限日，幽岫含雲，深谿蓄翠。」覺，較也。

〔三三〕〔錢注〕《金剛經》：如如不動。〔補注〕《莊子・在宥》：「有大物者，不可以物；物而不物，故能物。」成玄英疏：「不爲物用而用於物者也。」支道林《逍遥論》：「物物而不物於物，則遥然不我得。」此均指人對萬物之役使、支配，與本句義不符。本句「物物」指爲物所役使，故云「鄙物物」。王維《謁璿上人》詩序：「色空無得，不物物也。」即此義。如如，指永恒存在之真如。白居易《讀禪經》：「攝動是禪禪是動，不禪不動即如如。」又，佛教謂諸法皆平等不二之法性理體爲如如。慧遠《大乘義章》卷三：「諸法體同，故名爲如……彼此皆如，故曰如如。」此似取後義。

〔三四〕〔錢注〕《宋書・范泰傳》：暮年事佛甚精，於宅西立祇洹精舍。

〔三五〕〔錢注〕《南齊書・張融傳》：永明中，遇疾，爲《問律自序》曰：「吾昔嗜僧言，多肆法辨。」

〔三六〕〔錢注〕《晉書・胡毋輔之傳》：澄嘗與人書曰：「彦國吐佳言，如鋸木屑，霏霏不絶，誠爲後進領袖也。」

〔三七〕〔錢注〕《宋書・謝靈運傳》：會稽太守孟顗事佛精懇，而爲靈運所輕，嘗謂顗曰：「得道應須慧業文人，生天當在靈運前，成佛必在靈運後。」

〔三八〕〔錢注〕《淨住子》：所以垂形丈六，表現靈儀。〔補注〕洪州三大師，指洪州道一大師。靈儀，指遺像。

〔二二九〕〔錢注〕陸雲《歲暮賦》:痛華構之丘荒。

〔二三〇〕〔錢注〕謝莊《月賦》:抽毫進牘。〔補注〕真,寫真,畫像。

江西廉使大夫汝南公〔二三一〕,黄中秉德〔二三二〕,業尚資仁〔二三三〕。動之則瑶瑟瓊鐘,鏘洋清廟〔二三四〕;静之則明河亮月〔二三五〕,浩蕩華池〔二三六〕。遠應同聲〔二三七〕,函緘遺貌〔二三八〕。試殿中監〔二三九〕、魯郡鄒從古〔二四〇〕,家承作繪〔二四一〕,藝有傳神〔二四二〕。授以齋修,俾之雕焕〔二四三〕。情勞若病,思苦如癡。拂壁但見其塵鶩〔二四四〕,倚柱不知於雷震〔二四五〕。妙分塗掌〔二四六〕,巧寫應身〔二四七〕。如安所洗之腸〔二四八〕,若見不沾之足〔二四九〕。詎同袁奮,畫一室之維摩〔二五〇〕;略等戴逵,寫五天之羅漢〔二五一〕。

【校注】

〔二三一〕〔錢注〕似即周墀,見《爲汝南公賀元日朝會上中書狀》注〔一〕及《上江西周大夫狀》注〔一〕。〔按〕錢箋非。周墀任江西觀察使,在會昌四年至六年十一月。六年十一月,調任義成軍節度、鄭滑觀察等使。大中五年卒於劍南東川節度使任上,柳仲郢即代其職者。安得大中七年尚「遠應同聲,函緘遺貌」,自江西觀察使任上函寄道一圖像於東川乎?此「汝南公」乃周敬復。《舊唐書·宣宗紀》:大中四年,「十二月,以華州刺史周敬復爲光禄大夫、檢校左散騎常侍,兼洪州刺史、江南西道團練觀察使」。《文苑英華》卷三八五楊紹復《授周敬復尚書右丞制》云：「江南西道都團練使、觀察處置等使、檢校右散騎常侍周敬復……可尚書右丞。」嚴耕望《唐僕尚丞郎表》謂周敬復大中七年前後由江西觀察遷右丞。據商隱此文，則大中七年敬復固仍在江西觀察任也。

〔三二〕〔補注〕黄中，古以五色配五行五方，土居中，故以黄爲中央正色。心居五臟之中，故稱黄中。《易·坤》：「君子黄中通理，正位居體，美在其中，而暢於四支，發於事業，美之至也。」黄中爲内德，故云「黄中秉德」。

〔三三〕〔錢注〕《宋書·蔡興宗傳》：以業尚素立見稱。庾信《奉和永豐殿下言志詩》：資仁一毁譽。〔補注〕業尚，學業品德。資仁，以仁爲資。

〔三四〕〔錢注〕王儉《褚淵碑文》：鏘洋遺烈。〔補注〕鏘洋，金玉碰擊發聲。錢引王儉文係「德音」之義。《詩·周頌·清廟》：「於穆清廟，肅雝顯相。」

〔三五〕〔錢注〕《樂府·七日夜女歌》：素月明河邊。嵇康《雜詩》：皎皎亮月。

〔三六〕〔錢注〕《楚辭·離騷》：怨靈修之浩蕩兮。又《七諫》：鼉黽游乎華池。〔補注〕潘岳《河陽縣作二首》之一：「洪流何浩蕩。」錢引《離騷》之「浩蕩」爲荒唐之義。

〔三七〕〔補注〕《易·乾》：「同聲相應，同氣相求。」

〔三八〕〔錢校〕函，胡本作「亟」；遺，胡本作「道」。

〔二三九〕〔錢注〕《舊唐書·職官志》：殿中省，監一員，從三品。

〔二四〇〕〔錢注〕《新唐書·地理志》：兖州魯郡，屬河南道。

〔二四一〕〔補注〕《易·師》：「開國承家，小人勿用。」此言鄒氏係繪畫世家。

〔二四二〕〔錢注〕《晉書·顧愷之傳》：愷之善丹青，圖寫特妙。每畫人成，或數年不點目精，人問其故，答曰：「四體妍蚩，本無闕少於妙處，傳神寫照，正在阿堵中。」〔按〕《世説》作「本無關於妙處」。

〔二四三〕〔錢注〕謝惠連《秋懷詩》：丹青暫彫焕。〔補注〕齋修，齋戒修行。雕焕，猶雕繪。

〔二四四〕〔錢注〕《南史·齊江夏王鋒傳》：字宣穎，高帝第十二子也。年四歲，好學書，晨興不肯拂窗塵。先畫塵上，學爲書字。〔按〕圖四大師真形於屋壁，故云「拂壁塵驚」，狀其繪畫之迅疾有力。事未詳。

〔二四五〕〔錢注〕《世説》：夏侯太初嘗倚柱作書，時大雨，霹靂破所倚柱，衣服焦然，神色無變，書亦如故。

〔二四六〕〔錢注〕《高僧傳》：佛圖澄者，西域人也。本姓白，少出家，清真務學，誦經數百萬言。以永嘉四年來適洛陽，志弘大法。善念神咒，能役使鬼物，以麻油雜臙脂塗掌，千里外事皆徹見掌中，如對面焉。

〔二四七〕應身，見本篇注〔八〕。〔補注〕應身，指佛、菩薩爲度化衆生，隨宜顯現各種形象不同之化身。

〔二四八〕〔錢注〕《晉書·佛圖澄傳》：佛圖澄，天竺人也。腹旁有一孔，常以絮塞之，平旦至流水側，從腹旁孔中引出五臟六腑，洗之訖，還内腹中。

〔二四九〕〔錢注〕《魏書·釋老志》：統萬平，惠始自習禪至於没世，稱五十餘年，未嘗寢卧。或時跣行，雖履泥塵，初不汙足，色愈鮮白，世號之曰白脚師。

〔二五〇〕〔錢注〕本事未詳。《魏志·袁術傳》：術子燿，燿子奮。《後漢書·西域傳論》注：《維摩經》曰：「維摩詰三萬二千師子坐，高八萬四千由旬，高廣嚴淨，來入維摩方丈室，包容無所妨礙。」

〔二五一〕〔錢注〕《晉書·戴逵傳》：逵字安道，工書畫。《梁書·師子國傳》：晉義熙初，始遣獻玉像，歷晉、宋世在瓦官寺。寺先有徵士戴安道手製佛像五軀，及顧長康維摩畫圖，世人謂爲三絶。《修行本起經》：得一心者，萬邪滅矣，謂之羅漢。羅漢者，真人也。按：王維《六祖碑序》云：「談笑語言，曾無戲論，故能五天重跡，百越稽首。」「諸天」，釋典習見，「五天」之名未詳。〔按〕五天，疑指五天竺，古印度之區域分東天竺、南天竺、西天竺、北天竺、中天竺五部分。

況刹懸慧義，山聳長平〔二五二〕。花市分區〔二五三〕，香城轉軫〔二五四〕。龕流迴漢〔二五五〕，梯倚重霄〔二五六〕。桂處吴剛〔二五七〕，榆邊傅説〔二五八〕。轡迴羲仲〔二五九〕，則日欲摧輪〔二六〇〕；門啓蘇林〔二六一〕，則天堪倚杵〔二六二〕。斯堂也〔二六三〕，爰初置臬〔二六四〕，靡託金材。或以篔簹〔二六五〕，參於棼橑〔二六六〕。如堪韜布，恐劉肇以裁筒〔二六七〕；苟可當箛，慮蔡邕而製笛〔二六八〕。公遂養之弘棟〔二六九〕，易以榮椽〔二七〇〕。黄楠可訪於下巢〔二七一〕，翠篠罔攀於清渭〔二七二〕。漸鴻得桷〔二七三〕，賀燕依梁〔二七四〕。望同老氏之春臺〔二七五〕，牢若文翁之石室〔二七六〕。本乎初念，逮彼成功，自一毛半菽之微〔二七七〕，至雕玉布金之麗〔二七八〕，皆不資官廩〔二七九〕，無取軍租〔二八〇〕。非飲馬之餘錢〔二八一〕，則遺盜之舊布〔二八二〕。將遺涪川習定〔二八三〕，鄭道降魔〔二八四〕。苟能浣爾之塵勞〔二八五〕，莫不涉子之閫奥〔二八六〕。

## 【校注】

〔二五二〕見本篇題下注，即注〔一〕。

〔二五三〕〔錢注〕《成都古今記》：二月花市。

〔二五四〕〔錢注〕梁武帝《摩訶般若懺文》：同到香城，共見寶臺。〔補注〕香城，指佛國。

〔二五五〕〔錢注〕《廣韻》：龕，塔也。又云塔下室。左思《蜀都賦》：流漢湯湯。〔補注〕迴漢，指銀河。

〔二五六〕〔錢注〕《史記·大宛傳》注：《括地志》曰：「天竺國在崑崙山南，佛上天青梯，今變爲石入地，惟餘十二磴。」阮籍《詠懷詩》：翔風拂重霄。

〔二五七〕〔錢注〕《酉陽雜俎》：異書言月桂高五百丈，下有一人，常斫之，樹隨創隨合。人姓吴，名剛，學仙有過，謫令伐樹。

〔二五八〕〔錢注〕《初學記》：榆星。注：《古樂府》曰：「天上何所有？歷歷種白榆。」《莊子》：傅說乘東維，騎箕尾，而比於列星。

〔二五九〕〔錢注〕《楚辭·離騷》注：羲和，日御也。〔補注〕《書·堯典》：「乃命羲、和，欽若昊天，曆象日月星辰，敬授人時。」羲、和分指羲氏、和氏。傳説堯曾命羲仲、羲叔及和仲、和叔兩對兄弟分駐四方以觀天象製曆法，此句「羲仲」既云「轡迴」，明是日御，然日御名羲和非羲仲，恐誤記也。

〔二六〇〕摧，《全文》作「推」，從錢校據胡本改正。〔錢注〕《列子》：日出之初，大如車輪。〔按〕駕日車，故曰「輪」。

〔二六一〕〔錢注〕《太平御覽》：葛洪《神仙傳》曰：「蘇仙公名林，字子元，周武王時人也。」《樂府・神絃歌・宿阿曲》：蘇林開天門，趙尊閉地户。

〔二六二〕〔錢注〕《初學記》：《河圖挺佐輔》曰：「百世之後，地高天下，不風不雨，不寒不暑，民復食土，皆知其母，不知其父。如此千歲之後，而天可倚杵，洶洶隆隆，曾莫知其終始。」

〔二六三〕斯堂也，三字錢本脱。

〔二六四〕〔補注〕《周禮・考工記・匠人》：「置槷以縣，眡以景。」鄭玄注：「槷，古文臬假借字。於所平之地中央樹八尺之臬，以縣正之，眡之以其景。」置槷，設置測日影之表柱。此則指四證堂測量施工時。

〔二六五〕〔錢注〕左思《吴都賦》劉逵注：《異物志》曰：「篔簹生水邊，長數丈，圍一尺五六寸，一節相去五六尺，或相去一丈。廬陵界有之。」〔補注〕篔簹，大竹。

〔二六六〕〔錢注〕班固《西都賦》：列棼橑以布翼。《説文》：棼，複屋棟也。橑，椽也。

〔二六七〕〔錢注〕《晉書・王戎傳》：南郡太守劉肇，賂戎筒中細布五十端，爲司隸所糾，以知而未納，故得不坐，然議者尤之。〔按〕韜，藏。此承上「篔簹」言。

〔二六八〕〔錢注〕馬融《長笛賦》：裁已當簻便易持。李善注：簻，馬策也。《後漢書・蔡邕傳》注：張騭《文士傳》曰：「邕告吴人曰：『吾昔常經會稽高遷亭，見屋椽竹東間第十六，可以爲笛。』取用，果有異聲。」

〔二六九〕〔錢注〕盧諶《贈劉琨詩》：上弘棟隆。

〔二七〇〕以，錢注本作「之」。〔錢注〕《戰國策》：趙獻榮椽，因以爲蘭臺。〔補注〕榮椽，經斫飾之屋椽。

〔二七一〕〔錢注〕《法苑珠林》：隋天台山瀑布寺釋慧達，姓王氏，襄陽人，晚爲沙門惠雲邀請，遂上廬嶽，造西林寺重閣七間，欒櫨重疊，光耀鮮華。初造之日，誓用黄楠，闔境推求，了無一樹，皆欲改用餘木，達曰：「誠心在此，豈更餘求？必其有徵，松變爲楠；若也無感，閣成無日。」衆懼其言，四出追求，乃於境内下巢山，感得一谷，並是黄楠。而在窮澗幽深，無由可出。達尋行崖壁，忽見一處晃有光明，窺見其中可得通道，唯有五尺餘，並天崖，遂牽曳木石，至於江首。途中灘覆，簰筏並壞，及至廬阜，不失一根。閣遂得成，弘冠前構。注：出唐《高僧傳》。

〔二七二〕〔錢注〕《史記・貨殖傳》：渭川千畝竹。《説文》：筱，箭屬，小竹也。潘岳《西征賦》：北有清渭濁涇。

〔二七三〕〔補注〕《易・漸》：「六四，鴻漸于木，或得其桷。」孔穎達疏：「鳥而之木，得其宜也。……之木而遇堪爲桷之枝，取其易直可安也。」桷，方形屋椽。

〔二七四〕〔錢注〕《淮南子》：大厦成而燕雀來賀。

〔二七五〕〔錢注〕《老子》：衆人熙熙，如享太牢，如登春臺。

〔二七六〕〔錢注〕《華陽國志》：文翁立文學精舍講堂，作石室，一作玉室。永初後，堂遇火，太守陳留高眹更修立，又增造二石室。

〔二七七〕〔錢注〕劉峻《廣絶交論》：莫肯費其半菽，罕有落其一毛。

〔二七八〕〔錢注〕沈約《内典序》：範金琢玉，圖容寫狀。《經律異相》：須達多長者欲營精舍請佛住，有祇陀太子園，廣八十頃，可居，太子戲曰：「滿以金布，便當相與。」長者出金布八十頃，精舍告成。故曰祇樹給孤獨園。〔按〕雕玉布金，謂四證堂雕飾華美，佛像金碧輝煌。錢引《經律異相》似與句意無涉。

〔二七九〕〔錢注〕《吴志·陸凱傳》：然坐食官廩，歲歲相承。

〔二八〇〕見《爲濮陽公上淮南李相公狀一》「魏尚莫計於收租」注。

〔二八一〕〔錢注〕《太平御覽》：《三輔決録》曰：「項仲山飲馬渭水，日與三錢以償之。」

〔二八二〕〔錢注〕《後漢書·王烈傳》：烈字彦方，以義行稱鄉里。有盜牛者，主得之，盜請罪曰：「刑戮是甘，乞不使王彦方知也。」烈聞而使人謝之，遺布一端。

〔二八三〕〔錢注〕《新唐書·地理志》：郪縣、涪城縣並屬梓州。《水經》：涪水出廣魏涪縣西北，南至小廣魏與梓潼合。《法苑珠林》：《西域傳》云：「秣菟羅國有習定衆供養目連塔。」〔補注〕習定，謂養静以止息妄念。《景德傳燈録·慧能大師》：「京城禪德皆云，欲得會道，必須坐禪習定，若不因禪定而得解脱者，未之有也。」

〔二八四〕〔錢注〕《蜀志·姜維傳》：於是引軍由廣漢郪道以審虚實。《宋書·夷蠻傳》：天魔降伏，莫不歸化。

〔二八五〕〔錢注〕《淨住子》：去諸塵勞，入歸信門。

〔二八六〕〔補注〕《三國志·魏志·管寧傳》：「娱心黄老，游志六藝，升堂入室，究其閫奥。」

又院有緇叟〔二八七〕，族高隴西〔二八八〕。頃據方壇〔二八九〕，時稱律虎〔二九〇〕；晚修圓覺〔二九一〕，世謂義龍〔二九二〕。石磬朝吟〔二九三〕，銅瓶夜滿〔二九四〕。不扃外户〔二九五〕，靡立中闈〔二九六〕。公喻以傳香〔二九七〕，假其譚柄〔二九八〕。且山、毛綜覈〔二九九〕，未挂支提〔三〇〇〕；許、郭輩流〔三〇一〕，偏遺梵行〔三〇二〕。斯固天機有裕〔三〇三〕，世網無纏〔三〇四〕。盍裒縟於縑緗〔三〇五〕，可鋪舒於琬琰〔三〇六〕。

【校注】

〔二八七〕〔錢注〕《梁書·范縝傳》：捨縫掖，引緇衣。

〔二八八〕隴西，見《爲湖南座主隴西公賀馬相公登庸啓》注〔一〕。〔按〕此老僧當本李唐宗室。

〔二八九〕〔錢注〕《太平御覽》：王子年《拾遺記》曰：「伏羲坐於方壇之上，聽八風之氣，乃畫八卦。」〔補注〕方壇，佛家講經説法之法壇。

〔二九〇〕〔錢注〕《十國春秋》：釋贊□（寧）著述毘尼，時人謂之「律虎」。

〔二九一〕〔錢注〕《圓覺經》：如來圓覺，亦復如是。〔補注〕圓覺，指佛家修成圓滿正果之靈覺之道。

〔二九二〕〔錢注〕方夏《廣韻藻》：齊釋惠榮精於講辨，號曰「義龍」。

〔二九三〕〔錢注〕《法苑珠林》：東晉初，沙門帛道猷，或云竺道猷，聞天台石梁，終古無度，乃揭錫獨往，而趣石梁。將欲直度，不惜形命。夜宿梁東，便聞西寺磬聲經唄，又聞曰：「却後十年，當來此住，何須苦求？」

〔二九四〕〔錢注〕《高僧傳》：釋僧會，俗姓康氏。赤烏十年，初達建業，有司奏有胡人入境。孫權召會，詰問有何靈驗，會曰：「如來遷迹，忽逾千載，道骨舍利，神曜無方。」請期七日，潔齋静室，以銅瓶加几，燒香禮請。期畢，寂然無應。更請三七日，日暮猶無所見。既入五更，忽聞瓶中鏗然有聲，果獲舍利。權即爲建塔。〔按〕石磬二句，形容老僧朝吟佛經、夜汲銅瓶之生活，未必有事。

〔二九五〕〔錢注〕徐陵《廣州刺史歐陽頠德政碑》：新垣既築，外户無扃。

〔二九六〕闈，《全文》作「圍」，從錢校據胡本改正。〔錢注〕《藝文類聚》：陳琳《宴會詩》曰：「高會宴中闈。」

〔二九七〕〔錢注〕庾肩吾《和太子重雲殿受戒詩》：傳香引上德，列伎進名臣。〔補注〕傳香，傳戒。佛教謂向信徒傳授戒律，舉行受戒儀式。

〔二九八〕〔補注〕譚柄，清談時所執之拂塵。按：二句似謂仲郢假之以慧義經舍住持之職事。

〔二九九〕〔錢注〕任昉《爲范尚書讓吏部封侯第一表》：在魏則毛玠公方，居晉則山濤識量。《晉書·山濤傳》：濤再居選職十有餘年，所奏甄拔人物，各爲題目，時稱「山公啓事」。《魏志・毛玠傳》：玠爲尚書僕射，典選舉。注：《先賢行狀》曰：「玠雅量公方，在官清恪。其典選舉，拔貞實，斥華僞，進遜行，抑阿黨。」《漢書・宣帝紀贊》：綜核名實。

〔三〇〇〕〔錢注〕《翻譯名義》：有舍利名塔，無舍利名支提。〔按〕支提，塔、剎之别名。此指剎。顔真卿《使過瑶臺寺有懷圓寂上人》：「及爾不復見，支提猶岌然。」

〔三〇一〕〔錢注〕《後漢書・郭太許劭傳》：郭太性明知人，好獎訓士類。許劭少俊名節，好人倫，多所賞識。故天下言拔士者，咸稱許、郭。

〔三〇二〕〔錢注〕《維摩詰所説經》：示有妻子，常修梵行。〔補注〕梵行，清淨除欲之行。

〔三〇三〕〔錢注〕《莊子》：其耆欲深者，其天機淺。

〔三〇四〕〔錢注〕陸機《赴洛道中作》：世網嬰我身。

〔三〇五〕〔錢注〕陶潛《雜詩》李善注：《文字集略》曰：「裛，坌衣香也。」《説文》：縟，繁采色也。《北堂書鈔》：《晉中經簿》曰：「盛書有縑帙、青縑帙、布帙、絹帙。」梁昭明太子《文選序》：詞人才子，則名溢於縹囊；飛文染翰，則卷盈乎緗帙。

〔三〇六〕〔錢注〕《博雅》：鋪，布也。舒，展也。《竹書紀年》：桀伐岷山，岷山莊王女于桀二女，曰琬、曰琰。桀受二女，無子，斲其名于苕華之玉，苕是琬，華是琰也。〔補注〕琬琰，碑石之美稱。二句謂在淺黄色細絹上書寫繁采之碑文，並刻寫於碑石。《全唐文》「琰」省作「炎」，避嘉慶諱。

愚也中兵被召〔三〇七〕，上士聯榮〔三〇八〕，敢同譙郡之功曹〔三〇九〕，願作山陰之都講〔三一〇〕。何言此事，叨謂當仁。矧紅磴時尋〔三一一〕，多逢翠碣〔三一二〕；紫榛乍倚〔三一三〕，每見丹碑〔三一四〕。龍門慕新野之能〔三一五〕，江夏服盈川之富〔三一六〕。恨不疆埸俯接〔三一七〕，旗鼓親交〔三一八〕。貫其三屬之犀皮〔三一九〕，焚彼十重之鹿角〔三二〇〕。以靈才結課〔三二一〕，用逸思酬恩。來者難誣，前言不戲。庶使禰衡讀後〔三二二〕，重峻文科；王粲背時〔三二三〕，更昇鄉品〔三二四〕。其詞曰：

【校注】

〔三〇七〕〔錢注〕《晉書·職官志》：至魏，尚書郎有中兵、外兵。〔補注〕魏置中兵曹掌畿内之兵。此處當指其被徵辟爲節度判官。

〔三〇八〕〔錢注〕《老子》：上士聞道，勤而行之。〔補注〕此句「上士」猶上客，謂己在幕僚中職位較高，得與上客比肩聯榮。

〔三〇九〕〔錢注〕《酉陽雜俎》：譙郡有功曹磵。天統中，濟南來府君出除譙郡，時功曹清河崔公恕，弱冠有令德。時春夏積旱，來公有思水色，恕獨見一青烏於磵中，乍飛乍止，烏起，見一石，以鞭撥之，清泉涌出。

〔三一〇〕見《梓州道興觀碑銘》注〔三〇二〕。

〔三一一〕〔錢注〕謝靈運《入華子崗詩》：石磴瀉紅泉。

〔三二〕〔錢注〕《後漢書・竇憲傳》注：方者謂之碑，圓者謂之碣。

〔三三〕〔錢注〕何晏《景福殿賦》：綷以紫榛。

〔三四〕〔錢注〕《水經注》：蔡邕以嘉平四年，奏求正定六經文字，靈帝許之。邕乃自書丹於碑。

〔三五〕〔錢注〕《舊唐書・王勃傳》：絳州龍門人。王勃《梓州慧義寺碑銘》：爰有庾子山者，文場之俊客也。自黄旗東掃，青蓋西還，承有晉之衣纓，作大周之杞梓。嘉聲内振，健筆旁流。翠碣高懸，丹書未缺。瓊鐘俯徹，猶參吐鳳之音；石鏡傍臨，尚寫回鸞之跡。《周書・庾信傳》：南陽新野人。

〔三六〕〔錢注〕《新唐書・宗室世系表》：後漢會稽太守高陽侯徙居江夏，遂爲江夏李氏。其後元哲徙居廣陵，元哲生善，善生邕。杜甫《八哀詩・贈秘書監江夏李公邕》：論文到崔、蘇，指盡流水逝。近伏盈川雄，未甘特進麗。《舊唐書・楊炯傳》：則天初，左轉梓州司法參軍，秩滿，選授盈川令。楊炯《梓州惠義寺重閣銘》：長平山兮建重閣，上穹窿兮下磅礴，紛披麗兮駢交錯，嚴色相兮沖寂寞。誰所爲兮天匠作。〔按〕二句蓋以曾在梓州任職或撰寫慧義寺碑銘之王勃、楊炯自喻，而以庾信、李邕喻柳仲郢，謂彼此欽慕推伏。《舊唐書・楊炯傳》：「（張）説曰：『楊盈川文思如懸河注水，酌之不竭。』」此即所謂「盈川之富」。

〔三七〕埸，《全文》、錢本均誤作「場」，今改正。〔補注〕《左傳・桓公十七年》：「疆埸之事，慎守其一，而備其不虞。」孔穎達疏：「疆埸，謂界畔也。」

〔二八〕〔錢注〕《魏志·管輅傳》注：《輅別傳》曰：琅琊太守單子春欲得見輅，輅造之，問子春：「今欲與輅爲對者，若府君四坐之士邪？」子春曰：「吾欲自與卿旗鼓相當。」

〔二九〕〔錢注〕《漢書·刑法志》：魏氏武卒，衣三屬之甲。注：如淳曰：「上身一、髀褌一、脛繳一，凡三屬也。」〔補注〕《周禮·冬官·考工記》：「函人爲甲，犀甲七屬，兕甲六屬，合甲五屬。」屬，量詞，特指成套之鎧甲。此云「貫」，似爲層、重之義。

〔三〇〕〔錢注〕《魏志·徐晃傳》：太祖令曰：「賊圍塹鹿角十重，將軍致戰全勝，多斬首虜。」〔補注〕鹿角，軍營防御物，以帶枝之樹木削尖埋於營地周圍，以阻止敵人。

〔三一〕〔錢注〕孔稚珪《北山移文》：常綢繆於結課。〔補注〕結課，終結考課。呂延濟注：「結課，考第也。」

〔三二〕〔錢注〕《後漢書·禰衡傳》：黄祖長子射，嘗與衡俱遊，共讀蔡邕所作碑文，射愛其辭，還，恨不繕寫。衡曰：「吾雖一覽，猶能識之，惟其中石缺二字爲不明。」因書出之。射馳使寫碑還校，如衡所書，莫不歎伏。

〔三三〕〔錢注〕《魏志·王粲傳》：粲與人共行，讀道邊碑，人問曰：「卿能暗誦乎？」曰：「能。」因使背而誦之，不失一字。

〔三四〕昇，錢注本作「增」，未出校。〔錢注〕《世説》：温公初受劉司空使勸進，母崔氏固駐之，嶠絶裾而去。迄於崇貴，鄉品猶不過也。

熙矣無上，怡然至真〔三二五〕。壽長滴海〔三二六〕，劫遠吹塵〔三二七〕。蒼茫去聖，造次求仁〔三二八〕。誰從多轍，自涉殊榛〔三二九〕。

婆斯南遊〔三三〇〕，達摩東止〔三三一〕。智劍拭土〔三三二〕，信珠澄水〔三三三〕。道在肝膽〔三三四〕，化行竹葦〔三三五〕。廬阜伸拳〔三三六〕，城安得髓〔三三七〕。

猗歟靜衆，來隔天潯〔三三八〕。遺珪擲組〔三三九〕，燼指求心〔三四〇〕。柔管代毳〔三四一〕，掬土延陰〔三四二〕。蘚含檀鉢〔三四三〕，露澀瓊針〔三四四〕。

鳴光天靈〔三四五〕，倉絲地望〔三四六〕。勢隔巖道〔三四七〕，人同寶相〔三四八〕。梵衆來格〔三四九〕，魔軍内向〔三五〇〕。犀枕金爐〔三五一〕，冰崖雪嶂。

從容大寂〔三五二〕，挺拔曹溪〔三五三〕。情超地位〔三五四〕，意小天倪〔三五五〕。呦呦苑鹿，喔喔園雞〔三五六〕。融心露鏡〔三五七〕，刮膜橫篦〔三五八〕。

末有西堂，克流英盼〔三五九〕。翦拂慧炬〔三六〇〕，貫穿戒線〔三六一〕。金浦涵月〔三六二〕，瓊岩躍電〔三六三〕。雲母飄花，流黃舉扇〔三六四〕。

我公有命，咨爾丹青〔三六五〕。恢崇大厦〔三六六〕，寫載真形〔三六七〕。簷垂義網，户綴玄扃〔三六八〕。三生聚石〔三六九〕，九子垂鈴〔三七〇〕。

公實挺姿〔三七一〕，囊涵天壤〔三七二〕。捧日孤起〔三七三〕，橫秋直上〔三七四〕。謝安麈尾〔三七五〕，王恭鶴鼇〔三七六〕。灰琯迎和〔三七七〕，霜鐘進爽〔三七八〕。

六通勝範〔三七九〕，四證微筌〔三八〇〕。蜂音出妙〔三八一〕，鳥偈留玄〔三八二〕。傳真得果〔三八三〕，聚福成田〔三八四〕。遼遼鵬壑〔三八五〕，眇眇龜年〔三八六〕。

掩靄巴山〔三八七〕，繁華蜀國〔三八八〕。世界嚴静〔三八九〕，人天腷臆〔三九〇〕。崇基式固，芳音無斁〔三九一〕。長現優曇〔三九二〕，永觀摩勒〔三九三〕。

【校注】

〔三七五〕〔錢注〕《金剛般若經》：無上甚深微妙法。《翻譯名義集》：無著曰：「大乘教者，至真之理也。」〔補注〕無上，無上道。指如來所得之道，更無過上，故名。《法華經·方便品》：「正直捨方便，但説無上道。」又佛教稱大乘爲無上乘，謂爲至極之佛法。

〔三七六〕〔錢注〕《泥洹經》：一滴水者，喻一發微少善根。大海者，喻佛如來。

〔三七七〕〔錢注〕《法華經》：一塵爲一劫。〔補注〕佛教稱一世爲一劫，無量無邊劫爲塵劫。

〔三七八〕〔補注〕《論語·里仁》：「君子無終食之間違仁，造次必於是，顛沛必於是。」又《述而》：「求仁而得仁，又何怨？」

〔三七九〕〔錢注〕《漢書·司馬相如傳》：《上林賦》：「隃絶梁，騰殊榛。」注：殊榛，特立株枿也。〔按〕榛，草木叢生貌，有荒廢、荒蕪義。「殊榛」承上「多轍」，指殊異之荒途。

〔三〇〕〔錢注〕《後漢書・西域傳論》注：《本行經》曰：「釋迦菩薩觀我今何處成道，利益衆生。乃觀見宜於南閻浮提生。命諸同侶，波斯匿王等諸王中生，皆作國王。」〔按〕婆斯，即波斯匿王，爲古中印度拘薩羅國國王，與釋迦牟尼同歲。時人稱釋迦爲日光，稱婆斯爲月光。

〔三一〕〔錢注〕《舊唐書・僧神秀傳》：昔後魏末，有僧達摩者，本天竺王子出家，入南海，得禪宗妙法，齎衣鉢航海而來，至梁詣武帝。

〔三二〕〔錢注〕《金光明經》：以智慧劍破煩惱城。拭土，見《梓州道興觀碑銘》注〔八五〕。

〔三三〕〔錢注〕《智度論》：若清水珠入水即淨。

〔三四〕〔錢注〕《莊子》：自其異者視之，肝膽楚越也。〔補注〕《莊子・知北游》：「東郭子問於莊子曰：『所謂道，惡乎在？』莊子曰：『無所不在。』」

〔三五〕〔錢注〕《維摩詰經》：譬如甘蔗竹葦稻麻叢林。

〔三六〕〔錢注〕《傳燈録》：江州刺史李渤問歸宗禪師云：「大藏教明得箇甚麽？」宗舉拳示之，李不會，宗云：「措大空讀萬卷書，拳頭也不識。」

〔三七〕〔錢注〕《傳燈録》：達摩將没，命門人各言所得。達摩曰：「道副得吾皮，總持得吾肉，道育得吾骨。」最後，慧可禮拜，依位而立，師云：「汝得吾髓矣。」

〔三八〕〔錢注〕謝莊《宋孝武宣貴妃誄》：散靈魄於天潯。〔補注〕天潯，天涯。静衆無相大師本新羅國人，故云「來隔天潯」。

〔三九〕〔錢注〕左思《詠史詩》：臨組不肯緤，對珪不肯分。〔補注〕組，組帶；珪，玉製符信。無相本新羅王子，辰韓顯族。此言其舍棄人間富貴，悟道出家。

〔四〇〕見本篇注〔四九〕。

〔四一〕〔錢注〕見《梓州道興觀碑銘》注〔一九〕。〔按〕此句即上文「惟製草衣，曳履用自牧之荑，結束引難圖之蔓」意。管，係「菅」之訛。錢注恐非。

〔四二〕掬，《全文》作「掏」，據錢校改。〔錢注〕《阿育王經》：佛在世時，入王舍城乞食，見二小兒，一名德勝，二名無勝，弄土爲戲，擁以爲城、舍宅、倉庫，以土爲麨，著於倉中。見佛相好，德勝歡喜，掬倉中土名爲麨者，奉上世尊。〔按〕意即上文「得塊返欣於重耳」。

〔四三〕〔錢注〕《水經注》佛鉢青玉也，受三斗許。〔按〕意即上文「調美膳於苔垣」。

〔四四〕〔錢注〕《傳燈録》：十五祖迦郍提婆尊者因謁龍樹，知是智人，令侍者以滿鉢水置於座前，提婆睹之，乃以針投契於龍樹，即爲法嗣。

〔四五〕〔錢注〕《宋書·禮志》：元勳上烈，融章未分，嗚光委緒，歇而罔藏。《蜀志·諸葛亮傳》注：《蜀記》曰：「英哉吾子，獨含天靈。」

〔四六〕〔錢校〕倉絲，疑當作「蒼舒」。〔錢注〕《北齊書·王晞傳》：殿下今日地望，欲避周公得耶？〔補注〕《左傳·文公十八年》：「昔高陽氏有才子八人：蒼舒、隤敳、檮戭、大臨、尨降、庭堅、仲容、叔達。」

〔二四七〕〔錢注〕《漢書・地理志》：蜀郡領嚴道縣。

〔二四八〕〔錢注〕王屮《頭陀寺碑》：金姿寶相，永藉閑安。〔補注〕寶相，佛之莊嚴形象。

〔二四九〕見本篇注〔二三〕。〔補注〕梵衆，僧徒。格，至。

〔二五〇〕〔錢注〕《水經注》：菩薩到貝多樹下，東嚮而坐。時魔王遣三玉女從北來試，魔王自從南來試，菩薩以足指按地，魔兵却散，三女變爲老姥。

〔二五一〕〔錢注〕隋煬帝《答智顗遺旨書》：犀角如意，蓮華香爐，遠以垂別，輒當服之無斁，永充法事。

〔二五二〕〔錢注〕《傳燈録》：大梅常禪師初參大寂，問如何是佛，大寂云：「即心是佛。」〔按〕大寂，道一禪師謚號，見前注。

〔二五三〕曹溪，見本篇注〔一四八〕。

〔二五四〕〔錢注〕《南齊書・豫章文獻王傳》：自以地位隆重，深懷退素。

〔二五五〕〔錢注〕《莊子》：和之以天倪。〔補注〕天倪，自然之分際，自然之道。

〔二五六〕〔錢注〕《説文》：喔，雞鳴也。《楞嚴經》：我在鹿苑，及于雞園，觀見如來最初成道。〔補注〕《詩・小雅・鹿鳴》：「呦呦鹿鳴，食野之苹。」

〔二五七〕〔錢注〕《傳燈録》：身是菩提樹，心如明鏡臺。

〔二五八〕横，《全文》誤作「模」，從錢校據胡本改正。〔錢注〕《涅槃經》：有如盲人詣良醫，醫即以金鎞刮其眼膜。

〔二五九〕〔錢注〕謝朓《和伏武昌登孫權故城詩》：俯仰流英盼。〔按〕西堂，指智藏大師。

〔二六〇〕〔錢注〕蕭子良《與南郡太守劉景蕤書》：燭昏霾於慧炬。〔補注〕慧炬，無幽不照之智慧。《涅槃經》：「汝於佛性猶未明了，我有慧炬，能爲照障。」

〔二六一〕〔錢注〕《增一阿含經》：阿那律尊者以凡常之法而縫衣裳，便作是念：得道阿羅漢，誰與我貫鍼？

〔二六二〕〔錢注〕梁簡文帝《與廣信侯重述内典書》：金池動月，玉樹含風。當於此時，足稱法樂。

〔二六三〕見《爲滎陽公桂州署防禦等官牒・段協律》注〔六〕。

〔二六四〕〔錢注〕《淮南子》：雲母來水。又：夏至而流黄澤。〔補注〕流黄，指絹。《樂府・相逢行》：「大婦織綺羅，中婦織流黄。」

〔二六五〕〔錢注〕《漢書・蘇武傳》：雖古竹帛所載，丹青所畫，何以過子卿？

〔二六六〕見本篇「況刹懸慧義」一段。

〔二六七〕〔錢注〕王延壽《魯靈光殿賦》：寫載其狀，託之丹青。

〔二六八〕〔補注〕《老子》：「玄之又玄，衆妙之門。」

〔二六九〕〔錢注〕袁郊《甘澤謡》：李源與圓觀爲忘言交。自荆江上，見婦人錦襠負甖而汲，圓觀曰：「是某託身之所。更後十二年，杭州天竺寺外與君相見。」是夕圓觀亡。後源詣餘杭，有牧豎歌曰：「三生石上舊精魂，賞月吟風不要論。慚愧情人遠相訪，此身雖異性常存。」

〔二七〇〕〔錢注〕《西京雜記》：趙飛燕女弟居昭陽殿，上設九金龍，皆銜九子金鈴。〔補注〕《南史·齊廢帝東昏侯紀》：「莊嚴寺有玉九子鈴。」

〔二七一〕〔錢注〕曹冏《六代論》：挺不世之姿。

〔二七二〕囊，《全文》作「褰」，據錢校改。〔錢注〕嚴遵《道德指歸論》：包裹天地，含囊陰陽。

〔二七三〕〔錢注〕《魏志·程昱傳》注：《魏書》曰：「昱少時常夢上泰山，兩手捧日。昱私異之，以語荀彧。彧白太祖，太祖曰：『卿當爲我腹心。』昱本名立，太祖乃加『日』其上，更名昱也。」

〔二七四〕〔錢注〕孔稚珪《北山移文》：霜氣橫秋。〔補注〕謂其如清秋之鶚隼，横空直上。

〔二七五〕見《爲濮陽公上淮南李相公狀二》「謝安麈尾」注。

〔二七六〕見本篇注〔三二〕。

〔二七七〕〔錢注〕《後漢書·律曆志》：候氣之法，以木爲案，每律各一，從其方位，以葭莩灰抑其内端，案曆而候之，氣至灰去。

〔二七八〕〔錢注〕《山海經》：豐山有九鐘焉，是知霜鳴。

〔二七九〕六通，見本篇注〔三〇〕。

〔二八〇〕筌，《全文》作「詮」，從錢校據胡本改正。

〔二八一〕〔錢注〕《酉陽雜俎》：東都龍門有一處，相傳廣成子所居也。天寶中，北宗雅禪師者於此建蘭若，庭中多古桐，披幹拂地。一年中，桐始華，有異蜂聲如人吟詠。禪師諦視之，具體人也，但有翅，長寸餘。

〔三八二〕〔錢注〕《法苑珠林》：《正法念經》云：「生於天上，作爲智慧鳥，能説偈頌。」

〔三八三〕〔錢注〕《南史·到溉傳》：及卒，顔色如恒，手屈二指，即佛道所云得果也。

〔三八四〕〔錢注〕《淨住子》：能生善種，號曰福田。〔補注〕佛家以爲供養布施，行善修德，能受福報，猶播種田畝而有收穫，故曰福田。

〔三八五〕見《爲濮陽公賀牛相公狀》注〔三〕。

〔三八六〕〔錢注〕郭璞《遊仙詩》：借問蜉蝣輩，寧知龜鶴年？

〔三八七〕〔錢注〕陸雲《九愍》：雲掩靄而荒野。《水經注》：巴水出晉昌郡宣漢縣巴嶺山。〔按〕「巴山」泛指東巴一帶之山，猶《夜雨寄北》「巴山夜雨漲秋池」之巴山。

〔三八八〕〔補注〕此即《上河東公謝辟啓》「射江奥壤，潼水名都，俗擅繁華」之意。

〔三八九〕〔錢注〕《法苑珠林》：其彌陀佛，亦有嚴淨不嚴淨世界，如釋迦佛。

〔三九〇〕〔錢注〕《廣韻》：腷臆，意不泄也。人天，見《梓州道興觀碑銘》注〔三〕。〔按〕人天腷臆，即《梓州道興觀碑銘》之「人天雜集」也。

〔三九一〕〔補注〕無斁，無終、無盡。

〔三九二〕〔錢注〕《法華經》：佛告舍利弗，如是妙法，如優曇鉢花，時一現耳。

〔三九三〕〔錢注〕《雜阿含經》：時大王只有半箇訶摩勒果在手，令送寺中。〔按〕摩勒，即刻寫，亦即《上河東公第二啓》所謂「金字勒上件經」之「勒」。此指刻寫之碑銘。錢注非。

## 道士胡君新井碣銘并序〔一〕

梓潼帥所治城東北一里〔二〕，有宫曰紫極宫〔三〕，宫有道士曰胡君宗一。東都佐漢，尚書即諫於探籌〔四〕；南國仕梁，遊擊還聞於奉鏡〔五〕。既還閨紫府〔六〕，納陛丹臺〔七〕，遂擺落家聲〔八〕，而削除世系〔九〕。今乃玄元之遐胄〔一〇〕，玉皇之後昆〔一一〕。青骨緑筋，玄丘白誌〔一二〕，洞士之鬒面〔一三〕，處子之肌膚〔一四〕。舌響瓊鐘〔一五〕，骨摇金鑠〔一六〕。霞烘帔薄〔一七〕，籜嫩冠欹〔一八〕。開天上之文房〔一九〕，應收筆硯〔二〇〕；入人間之武庫，未見戈矛〔二一〕。其禀質之秀也如此。

【校注】

〔一〕本篇原載清編《全唐文》卷七八〇第七頁、《樊南文集補編》卷一〇。〔錢箋〕《雲笈七籤》：胡尊師名宗，自稱曰「蠻」，居梓州紫極宫。嘗沿江入峽，道中遇神人授真仙之道。辨博賅贍，文而多能，齋醮之事，未嘗不冥心滌慮以祈感通。梓之連帥皆賢相重德，幕下盡皆時英碩才，如周相國、李義山，畢加敬致禮。其志亦泊如也。泊解化東蜀，顯跡涪陵，方知其蛇蟬之蜕，得道延永爾。餘見《梓州道興觀碑銘》注〔一〕。〔張箋〕（編大中七年。）〔按〕文云「尚書河東公作鎮之三載也」，柳仲郢大中五年鎮東川，此文當作於七年。《輿地記勝》潼川路潼川府載碑記曰：《道士胡君新井碣銘》，見《李義山集》。

〔二〕見《梓州道興觀碑銘》注〔一〕。

〔三〕見《爲濮陽公上陳相公狀三》注〔三〕。

〔四〕〔錢注〕《後漢書·胡廣傳》：廣遷尚書僕射。順帝欲立皇后，而貴人有寵者四人，莫知所建。議欲探籌，以神定選。廣與尚書郭虔、史敞上疏諫，帝從之。

〔五〕〔錢注〕《梁書·王珍國傳》：珍國爲遊擊將軍，還寧朔將軍。義師起，東昏召珍國，以衆還京師，入頓建康城。義師至，使珍國出屯朱雀門，爲王茂軍所敗，乃入城。仍密遣郄纂奉明鏡獻誠於高祖。按：奉鏡事與「胡」無涉，惟《梁書·武帝紀》云：永元三年十月，東昏遣征虜將軍王珍國率軍（主）胡虎牙等，列陣於航南大路，一時土崩，珍國斬東昏，送首義師。文疑因此牽合。

〔六〕〔錢注〕《爾雅》：宮中之門謂之闈，其小者謂之閨。《抱朴子》：項曼都言：「到天上，先過紫府，金牀玉几，晃晃昱昱。」

〔七〕〔錢注〕《漢書·王莽傳》：朱户納陛。注：孟康曰：「納，内也。謂鑿殿基際爲陛，不使露也。」《唐類函》：《真人周君傳》曰：紫陽真人周義山，字委通。過羨門子，乞長生要訣。羨門子曰：「子名在丹臺玉室之中，何憂不仙？」〔按〕納陛，古代帝王賜給有殊勳之大臣或諸侯之「九錫」之一，鑿殿基爲登升之陛級，納于簷下，不使露而升。「還闈」二句，謂已入道而居宫觀。

〔八〕〔錢注〕陶潛《飲酒詩》：擺落悠悠談。

〔九〕〔錢注〕《魏志·管寧傳》注：傅子曰：「寧著《氏姓歌》，以原本世系。」〔按〕謂略而不叙其家聲世系。

〔一〇〕〔錢注〕《舊唐書·高宗紀》：乾封元年二月己未，次亳州，幸老君廟，追號曰太上玄元皇帝。《唐會要》：天寶二載正月十五日，加太上玄元皇帝號爲大聖祖玄元皇帝。

〔一一〕〔錢注〕《初學記》：《龜山元録經》曰：「高上玉皇、上聖帝君、九天玉真，皆德空洞以爲字，合二氣以爲名。」〔按〕道教稱天帝曰玉皇大帝，簡稱玉帝、玉皇。李白《贈别舍人弟臺卿之江南》：「入洞過天地，登真朝玉皇。」後昆，子孫、後代。《書·仲虺之誥》：「垂裕後昆。」

〔一二〕〔錢注〕干寶《搜神記》：蔣子文常自謂己骨青，死當爲神。《酉陽雜俎》：白誌在腹，名在璚簡者；目有緑筋，名在金赤書者，皆上仙也。其次腹有玄丘，亦仙相。〔按〕誌，通「痣」。

〔一三〕〔錢注〕《初學記》：西涼武昭王《賢明魯顔回頌》曰：「問一洞士，速于神機。」

〔一四〕〔錢注〕《莊子》：藐姑射之山，有神人居焉，肌膚若冰雪，綽約若處子。

〔一五〕〔錢注〕《後漢書·盧植傳》：身長八尺二寸，音聲如鐘。

〔一六〕〔錢注〕《淨住子》：若善莊嚴，不解衆生肢節，得佛鉤鎖骨相。〔補注〕遍體骨節相連，謂之鏁骨。唐張讀《宣室志》卷七：「夫鎖骨連絡如蔓，故動摇肢體，則有清越之聲，固其然矣。昔聞佛氏書言，佛身有舍利骨，菩薩之身有鎖骨。」故以得道之人聯結如鎖狀之骨節爲鎖骨。

〔一七〕〔錢注〕《新唐書・司馬承禎傳》：廬天台不出，睿宗命其兄承禕就起之，問其術，錫寶琴、霞文帔，還之。〔補注〕《太平御覽》道部十七引《太極金書》曰：「元始天帝被九色羅帔丹絳之裾，珠繡霞帔。」霞帔，神仙道流之服。

〔一八〕〔錢注〕《南齊書・明僧紹傳》：歸住江乘攝山，高祖遺竹根如意，筍籜冠。〔補注〕《史記・高祖本紀》：「高祖爲亭長，乃以竹皮爲冠。」《後漢書・輿服志》：「長冠，一曰齋冠。……初，高祖微時，以竹皮爲之。」此指道士冠。

〔一九〕〔錢注〕《梁書・江革傳》：任昉與革書云：「此段雍府妙選英才，文房之職，總卿昆季。」

〔二〇〕〔錢注〕《晉書・陸機傳》：君苗見兄文，輒欲燒其筆硯。

〔二一〕〔錢注〕《世説》：裴令公曰：「見鍾士季，如觀武庫，但睹矛戟。」〔補注〕武庫，喻學識淵博，幹練多能。《晉書・杜預傳》：「預在内七年，損益萬機，不可勝數。朝野稱美，號曰『杜武庫』，言其無所不有也。」

青囊藥聖〔二二〕，緗袠方神〔二三〕。華陽之洞裏茯苓〔二四〕，湯谷之肆中甘草〔二五〕。神憂智藏〔二六〕，鬼謝秋夫〔二七〕。以刮雲長者爲凶〔二八〕，以鍼孟德者爲忍〔二九〕。郭太醫四難之説〔三〇〕，無乃疏乎？徐從事九轉之方〔三二〕，既聞命矣。其造微之術也又如此。

【校注】

〔三二〕〔錢注〕王嘉《拾遺記》：周昭王夢有人衣服並皆毛羽，因名羽人。問以上仙之術，羽人乃以指畫王心，應手即裂。王乃驚寤，因患心疾，即却膳撤樂。移於旬日，忽見所夢者復來，語王曰：「先欲易王之心。」乃出方寸緑囊，中有續脈丸，補血精散，以手摩王之臆，俄而即愈。王即請此藥，貯以玉缶，緘以金繩。〔補注〕《晉書·郭璞傳》：「有郭公者，客居河東，精於卜筮，璞從之受業。公以青囊中書九卷與之，由是遂洞五行、天文、卜筮之術。」

〔三三〕袠，《全文》作「扆」，據錢校改。〔錢注〕《北堂書鈔》：《華佗別傳》云：「佗以緑縑爲書袠，中有秘要之方。」

〔三四〕見《梓州道興觀碑銘》注〔二三〕。

〔三五〕〔錢曰〕未詳。〔補注〕湯谷，或即暘谷、陽谷，神話傳説中日出、日浴之處。《楚辭·天問》：「出自湯谷，次于蒙汜，自明及晦，所行幾里？」《書·堯典》：「分命羲仲，宅嵎夷，曰暘谷。」江淹《空青賦》：「陽谷之樹，崦嵫之泉，西海之草，炎洲之煙……皆咫尺八極，鏡見四荒。」《三洞珠囊》卷三：「甘草丸方，出《南嶽魏夫人傳》。」《黄庭内景經》務成子注叙曰：「扶桑大帝君命暘谷神仙王傳魏夫人。」《太平御覽》道部十三引《上元寶經》：「清虛王真人授南岳魏夫人穀仙甘草丸方。」

〔二六〕〔錢注〕《隋書·許智藏傳》：智藏以醫術自達。秦孝王俊有疾，上馳召之。後夜中夢其亡妃崔氏泣曰：「本來相迎，比聞許智藏將至，其人若至，當必相苦，爲之奈何？」明夜，俊又夢崔氏曰：「妾得計矣，當入靈府中以避之。」及智藏至，爲俊診脈曰：「疾已入心，即當發癎，不可救也。」果如言。

〔二七〕〔錢注〕《南史·張融傳》：徐熙子秋夫，仕至射陽令。嘗夜有鬼呻，聲甚悽慘。秋夫問何須，答言姓某，家在東陽，患腰痛死。雖爲鬼，痛猶難忍，請療之。秋夫曰：「云何厝法？」鬼請爲芻人，案孔穴鍼之。秋夫如言，爲灸四處，又鍼肩井三處，設祭埋之。明日見一人謝恩，忽然不見。

〔按〕上句「亡妃崔氏」亦鬼也，因對仗避複改「神」。

〔二八〕〔錢注〕《蜀志·關侯（羽）傳》：字雲長，嘗爲流矢所中，貫其左臂，醫曰：「矢鏃有毒，毒入于骨，當破臂作創，刮骨去毒。」便伸臂令醫劈之，言笑自若。

〔二九〕〔錢注〕《後漢書·華佗傳》：曹操積苦頭風眩，佗鍼，隨手而差。《魏志·武帝紀》：字孟德。

〔三〇〕四，《全文》作「兩」，據錢校改。〔錢注〕《後漢書·郭玉傳》：和帝時，爲太醫丞，醫療貴人，時或不愈。帝乃令貴人羸服變處，一鍼即差。問其狀，對曰：「夫貴者處尊高以臨臣，臣懷怖懾以承之，其爲療也，有四難焉：自用意而不任臣，一難也；將身不謹，二難也；骨節不彊，不能使藥，三難也；好逸惡勞，四難也。」

〔三一〕〔錢注〕按《隋書·經籍志》所録徐氏方書甚多，撰者徐叔響、徐嗣伯、徐大山、徐文伯、徐悦、徐滔、徐奘諸人。此「從事」未知何指，抑别有人也。又有《太極真人九轉還丹經》一卷。

〔三二〕〔錢注〕《漢書·食貨志》：酒者，天之美禄，帝王所以頤養天下。

膺是美禄〔三二〕，以資玄遊。歎楚俗之醉稀〔三三〕，怨中山之醒早〔三四〕。歷城伏日〔三五〕，會稽暮春〔三六〕。麴枕凌晨〔三七〕，蓮筩落晚〔三八〕。覆景升之伯雅〔三九〕，倒季倫之接䍦〔四〇〕。比者解酲〔四一〕，多調琬涎〔四二〕；向來已渴〔四三〕，例用瓊漿〔四四〕。千鍾粗戒於初筵〔四五〕，百榼未成於荒宴〔四六〕。其寄情之遠也又如此。

## 【校注】

〔三三〕〔錢注〕《楚辭·漁父》：世人皆濁我獨清，衆人皆醉我獨醒。

〔三四〕〔錢注〕干寶《搜神記》：狄希，中山人也。能造千日酒。州人劉玄石好飲酒，往求之。希飲之曰：「只此一杯，可眠千日也。」石至家醉死，家人葬之。經三年，希曰：「玄石必應酒醒。」往石家，命鑿塚破棺看之，方見開目張口，引聲而言曰：「快哉，醉我也！」

〔三五〕〔錢注〕《酉陽雜俎》：歷城北有使君林。魏正始中，鄭公慤三伏之際，每率賓僚避暑於此，取大蓮葉置硯格上，盛酒二升，以簪刺葉，令與柄通，屈莖上輪囷，如象鼻，傳噏之，名爲碧筩杯。

〔三六〕〔錢注〕王羲之《蘭亭集序》：永和九年，歲在癸丑，暮春之初，會于會稽山陰之蘭亭。

〔三七〕〔錢注〕劉伶《酒德頌》：捧甖承槽，銜杯漱醪，奮髯箕踞，枕麴藉糟。

〔三八〕見注〔三五〕。

〔三九〕〔錢注〕《後漢書·劉表傳》：字景升。馬總《意林》：《典論》曰：「荆州牧劉表，跨有南土。子弟驕貴，以酒器名三爵：上者名伯雅，受九勝；中雅受七勝；季雅受五勝。」

〔四〇〕〔錢注〕《晉書·山簡傳》：簡字季倫。餘見《爲濮陽公上漢南李相公狀》「山太守習池之宴」注。

〔四一〕酲，《全文》作「醒」，據文義及錢注改。〔錢注〕《世説》：劉伶病酒渴甚，從婦求酒，跪而呪曰：「天生劉伶，以酒爲名，一飲一石，五斗解酲。」

〔四二〕〔錢校〕涎，疑當作「液」。〔錢注〕王嘉《拾遺記》：王母薦穆王琬液清觴。〔按〕《拾遺記》卷三作「西王母……薦清澄琬琰之膏以爲酒」，無「琬液」之文。疑「涎」爲「琰」之誤。

〔四三〕〔錢注〕《山海經》：北嚻之山，有鳥焉，其狀如烏，人面，名曰「⿱般鳥鶥」。宵飛而晝伏，食之已渴。〔按〕錢注引《山海經》與酒無涉，疑非，此當承上文用劉伶「病酒渴甚，從婦求酒」事。《楚辭·九思》有「吮玉液兮止渴」之句，或爲此句所本。

〔四四〕〔錢注〕《楚辭·招魂》：華酌既陳，有瓊漿些。

〔四五〕粗，《全文》作「初」，涉下「初」字而誤，從錢校據胡本改正。〔補注〕《詩·小雅·賓之初筵》：「賓之初筵，左右秩秩。」

〔四六〕〔錢注〕《孔叢子》：昔有遺諺：「堯舜千鍾，孔子百觚，子路嗑嗑，（尚飲十榼）。」古之聖賢無不能飲也。顏延之《五君詠》：韜精日沈飲，誰知非荒宴。

不橫何筯〔四七〕，靡對朱杯〔四八〕。崑崙之禾〔四九〕，徒稱於商徼〔五〇〕；桄榔之麪〔五一〕，浪出於丹區〔五二〕。朱鳥含津〔五三〕，蒼龍鍊氣〔五四〕。用庖書爲外典〔五五〕，以《食蔬》爲空言〔五六〕。日彩九芒〔五七〕，便同業鼎〔五八〕；露華五色〔五九〕，已當僖盤〔六〇〕。其絕累之至也如此〔六一〕。

【校注】

〔四七〕〔錢注〕《晉書·何曾傳》：食日萬錢，猶曰無下箸處。

〔四八〕〔錢注〕《漢書·朱博傳》：博爲人廉儉，不好酒色遊宴。自微賤至富貴，食不重味，案上不過三杯。

〔四九〕〔錢注〕《山海經》：海内崑崙之墟，在西北，帝之下都，上有木禾，長五尋，大五圍。

〔五〇〕〔錢注〕商徼，猶言西域。

〔五一〕〔錢注〕《後漢書·西南夷傳》：句町縣有桄榔木，可以爲麪。〔補注〕桄榔，俗稱糖樹，肉穗花序之汁可製糖，莖中之髓可製澱粉。《太平御覽》木部九引《博物志》：「蜀中有樹名桄榔，皮裏出屑如麪，用作餅食之，謂之桄榔麪。」《南方草木狀》卷中：「桄榔樹似栟櫚……皮中有屑如麪，多者至數斛，食之與常麫無異。」

〔五二〕〔錢注〕丹區，猶言南邦。

〔五三〕〔錢注〕《黄庭内景經》：朱鳥吐縮白石源。注：朱鳥舌象，白石齒象，吐縮導引津液，謂陰陽之氣，流通不絶，故曰源。

〔五四〕〔錢注〕《雲笈七籤》：《老君存思圖》云：「凡行道時所存，清旦先思青雲之色，帀滿齋堂中，青龍師子備守前後。次思青氣從師肝中出，如雲之昇，青龍師子在青氣中往復。弟子家合宅大小之身，仙童玉女，天仙飛仙，日月星宿，五帝兵馬，九億萬騎，監齋直事，三界官屬，羅列左右。」〔補注〕《雲笈七籤》卷十四：《黄庭遁甲緣身經》曰：「夫肝者，震之氣，水之精，其色青，其象如懸匏。肝主魂，其神如龍。」

〔五五〕〔錢注〕《蓮社高賢・慧遠傳》：安師許令不廢外典。〔補注〕《易・繫辭下》：「庖犧氏……始作八卦。」孔穎達疏：「《帝王世紀》：『太皥……取犧牲以充庖廚，故號曰庖犧氏。』」庖書，此指《易》。佛、道二家以儒經爲外典。

〔五六〕〔錢注〕《齊書・虞悰傳》：悰善爲滋味，和齊皆有方法。豫章王嶷盛饌享賓，謂悰曰：「今日肴羞，寧有所遺？」悰曰：「恨無黄頷臛，何曾《食蔬》所載也。」按：蔬，《南史》作「疏」。

〔五七〕彩，錢本作「色」，未出校，疑涉下「色」字而誤。〔錢注〕《真誥》：日有九芒，月有十芒，方諸有服日月法。〔按〕《真誥》卷九原文爲：「東卿司命曰：『先師王君，昔見授《太上明堂玄真上經》，清齋休糧，存日月在口中，晝存日，夜存月，令大如環。日赤色，有紫光九芒；月黄色，有白光十芒。存咽服光芒之液，常密行之無數。』」

〔五八〕〔錢校〕業，疑當作「莘」。〔錢注〕《史記·殷本紀》：阿衡（伊尹）欲干湯而無由，乃爲有莘氏媵臣，負鼎俎，以滋味説湯，至於王道。

〔五九〕〔錢注〕郭憲《洞冥記》：東方朔遊吉雲之地，曰：「其國俗以雲氣爲吉凶。若樂事，則滿室雲起，五色照人，著於草樹，皆成五色露珠，甚甘。」帝曰：「吉雲露可得乎？」朔乃東走，至夕而返，得玄露青露，跪以獻。帝徧賜群臣，得嘗者，老者皆少，疾者皆愈。

〔六〇〕〔補注〕《左傳·僖公二十四年》：晉公子重耳至曹，僖負羈「乃饋盤飧寘璧焉」。

〔六一〕〔補注〕絶累，絶去牽累。以上皆言其辟穀導引之術。

至於直置形骸〔六二〕，混齊歌笑〔六三〕，或久留白社〔六四〕，或暫詣丹麾〔六五〕。遲迴而稍至牆東〔六六〕，倏忽而還居竈北〔六七〕。由來箕踞，禰正平未曰狂生〔六八〕；所過糞除，王彦伯齊稱道士〔六九〕。則固非一端可定，二教能拘〔七〇〕。諒不測於仙階〔七一〕，亦難論其鄉品〔七二〕。然而能持慈寶〔七三〕，不蠹玄樞〔七四〕，忽聞濟物之功，聊有寄言之路。尚書河東公作鎮之三載也〔七五〕，雨苗均惠〔七六〕，風草馳聲〔七七〕。郄元帥之《詩》《書》〔七八〕，那宜奪席〔七九〕；曹相國之黄、老〔八〇〕，未足争鞭〔八一〕。君忽唱曰，斯民也，凡帶城闉〔八二〕，畢趨宮井。且鑾沙易濫〔八三〕，賓壤多疏〔八四〕，不可家置銀牀〔八五〕，人開玉甃〔八六〕。其或踆烏未上〔八七〕，趙尊之户扇方扃〔八八〕；顧兔猶毚〔八九〕，曼倩之窗欞未啓〔九〇〕。則詞人卧病〔九一〕，莫冀霑脣〔九二〕；窮子號寃〔九三〕，無容灑面〔九四〕。況北通上路，南際殊鄰〔九五〕，有渡漢之靈牛〔九六〕，有還燕之駿馬〔九七〕。少陽用事〔九八〕，抱瑩角以來思〔九九〕；畏景無陰〔一〇〇〕，踠奔蹄而至止〔一〇一〕。苟虧上善〔一〇二〕，或致中乾〔一〇三〕。

**【校注】**

〔六二〕〔錢注〕江淹《雜體詩·擬殷東陽仲文興矚》：直置忘所宰。《莊子》：修行無有而外其形骸。

〔六三〕〔錢注〕虞播《阮籍銘》：混齊榮辱。阮籍《詠懷詩》：歌笑不終宴，俛仰復欷歔。

〔六四〕〔錢注〕《晉書·董京傳》：京至洛陽，被髮而行，逍遥吟詠，常宿白社中。

〔六五〕〔錢注〕梁昭明太子《和武帝遊鍾山大愛敬寺》詩：谷虚流鳳管，野緑映丹麾。〔補注〕丹麾，指節度使府。

〔六六〕〔錢注〕《後漢書·逢萌傳》：王君公儈牛自隱，時人謂之論曰：「避世牆東王君公。」

〔六七〕還，《全文》作「遷」，從錢校據胡本改正。〔錢注〕《後漢書·向栩傳》：栩性卓詭不倫，恒讀《老子》，狀如學道。常於竈北坐板牀上，如是積久，板乃有膝踝足指之處。

〔六八〕〔錢注〕《後漢書·禰衡傳》：衡字正平。曹操聞衡善擊鼓，召爲鼓史。衡爲《漁陽》參撾，聲節悲壯，顔色不怍。孔融退而數之。見操説衡狂疾，今求得自謝。衡乃坐大營門，以杖捶地大罵。

吏白：「外有狂生，坐於營門。」

〔六九〕〔錢校〕「彦」字衍，「齊」字下脱一字。〔錢注〕《後漢書·第五倫傳》：倫自以爲久宦不達，遂將家屬客河東，變姓名，自稱王伯齊。載鹽往來太原、上黨，所過輒爲糞除而去，陌上號爲道士。

〔七〇〕〔錢注〕《梁書·徐勉傳》：以孔、釋二教，殊途同歸，撰《會林》五十卷。

〔七一〕〔錢注〕《雲笈七籤》：斯乃秉化自然，仙階深妙者也。

〔七二〕見《唐梓州慧義精舍南禪院四證堂碑銘》注〔三四〕。

〔七三〕〔錢注〕《老子》：吾有三寶，持而寶之。一曰慈，二曰儉，三曰不敢爲天下先。

〔七四〕〔錢注〕《子華子》：户樞之不蠹，以其運故也。〔補注〕《吕氏春秋·盡數》：「流水不腐，户樞不螻，動也。」唐馬總《意林》卷二引作「户樞不蠹」。

〔七五〕〔補注〕柳仲郢大中五年出鎮東川，作鎮之三年，指大中七年。

〔七六〕〔補注〕《詩·小雅·大田》：「有渰萋萋，興雨祁祁。雨我公田，遂及我私。」

〔七七〕〔補注〕《論語·顏淵》：「子欲善而民善矣。君子之德風，小人之德草。草上之風，必偃。」

〔七八〕〔補注〕《左傳·僖公二十七年》：「冬，楚子及諸侯圍宋，宋公孫固如晉告急。先軫曰：『報施救患，取威定霸，於是乎在矣。』……於是乎蒐于被廬，作三軍，謀元帥。趙衰曰：『郤縠可。臣亟聞其言矣，説《禮》《樂》而敦《詩》《書》。《詩》《書》，義之府也；《禮》《樂》，德之則也。德義，利之本也……君其試之。』乃使郤縠將中軍。」〔補注〕郄同郤。《廣韻·陌韻》：「郤，俗從炁。」

〔七九〕〔錢注〕《後漢書·戴憑傳》：憑舉明經，帝令群臣能説經者，更相詰難，義有不通，輒奪其席以益通者。憑遂重坐五十餘席。

〔八〇〕〔錢注〕《史記·曹相國世家》：曹參爲齊丞相，其治要用黄、老術。故相齊九年，齊國安集，大稱賢相。

〔八一〕〔錢注〕《晉書·劉琨傳》：琨與范陽祖逖爲友，聞逖被用，曰：「吾枕戈待旦，志梟逆虜，常恐祖生先吾著鞭。」

〔八二〕〔錢注〕《説文》：闉，城内重門也。

〔八三〕〔錢注〕《宋書·夷蠻傳》：宜都、天門、巴東、建平、江北諸郡，蠻所居，皆深山重阻，人跡罕至焉。〔補注〕濫，鬆散。

〔八四〕〔錢注〕揚雄《蜀都賦》：東有巴賨，綿亘百濮。〔補注〕賨，古代西南地區少數民族。《華陽國志·巴志》：「閬中有渝水，賨民多居水左右，天性勁勇。」

〔八五〕〔錢注〕《樂府·淮南王篇》：後園鑿井銀作牀，金餅素綆汲寒漿。〔補注〕銀牀，井欄，此代指井。

〔八六〕〔錢注〕《初學記》：江逌《井賦》曰：「穿重壤之十仞兮，搆玉甃之百節。」〔補注〕甃，井壁。此指井。

〔八七〕〔錢注〕《淮南子》：日中有踆烏，而月中有蟾蜍。注：踆，猶蹲也，謂三足烏。〔按〕踆烏，指日。

〔八八〕〔錢注〕《樂府·神絃歌·宿阿曲》：蘇林開天門，趙尊閉地户。按：江淹《恨賦》李善注引司馬彪《續漢書》曰：「趙壹閉門却掃，非德不交。」又《後漢書·趙壹傳》「不道屈尊門下」注：「尊謂壹也，敬之故號尊。」未知《神絃曲》之趙尊即趙壹與？抑别一人也。《説文》：扇，扉也。

〔八九〕〔錢注〕《楚辭·天問》：厥利維何，而顧兔在腹？注：言月中有兔，何所貪利，居月之腹，而顧望乎？《説文》：㲋，狡兔也。〔補注〕顧兔，古代神話傳説謂月中陰精積成兔形。亦以爲月之别名。㲋，微。

〔九〇〕〔錢注〕《漢書·東方朔傳》：字曼倩。《漢武故事》：西王母降，東方朔於朱鳥牖中窺之。《説文》：櫺，楯間子也。

〔九一〕〔錢注〕似用相如消渴事。《史記·司馬相如傳》：相如常有消渴疾。

〔九二〕〔錢注〕《史記·秦始皇紀贊》：酒未及濡脣。

〔九三〕〔補注〕《左傳·宣公十二年》：「楚子伐蕭……還無社與司馬卯言，號申叔展。叔展曰：『有麥麴乎？』曰：『無。』『有山鞠窮乎？』曰：『無。』『河魚腹疾奈何？』曰：『目於眢井而拯之。』『若爲茅絰，哭井則已。』明日蕭潰，申叔視其井，則茅絰存焉，號而出之。」杜注曰：「還無社，蕭大夫。」

〔九四〕〔錢注〕陸機詩：秋風夕灑面。

〔九五〕〔錢注〕張載《劍閣銘》：南通邛、僰，北達褒、斜。枚乘《上書重諫吴王》：游曲臺，臨上路，不如朝夕之池。揚雄《長楊賦》：遐方疏俗，殊鄰絶黨之域。〔補注〕上路，大路、通衢。殊鄰，異域。

〔九六〕〔錢注〕吴均《續齊諧記》：桂陽成武丁有仙道，忽謂其弟曰：「七月七日，織女當渡河去，吾已被召，與爾别矣。」弟問曰：「織女何事渡河？去當何還？」答曰：「織女暫詣牽牛，吾復三年當還。」明日，失武丁。至今曰「織女嫁牽牛」。〔補注〕《玉燭寶典》卷七：「陳思王《九詠》曰：乘迴風兮浮漢渚，目牽牛兮眺織女，交有際兮會有期。」注曰：「牽牛爲夫，織女爲婦，雖爲匹偶，歲一會也。」漢，銀河。

〔九七〕〔錢注〕《戰國策》：郭隗先生曰：「古有以千金求千里馬者，涓人求之，馬已死，買其骨五百金。君大怒，涓人曰：『死馬且買之五百金，況生馬乎？馬今至矣。』不期年，千里馬之至者三。」

〔九八〕見《爲濮陽公賀楊相公送土物狀》注〔五〕。

〔九九〕〔錢注〕《世説》：王君夫有牛，名八百里駮，常瑩其蹄角。〔補注〕《詩·小雅·無羊》：「爾羊來思，其角濈濈。爾牛來思，其耳濕濕。」

〔一〇〇〕〔錢注〕《左傳》注：夏日可畏。

〔一〇一〕〔錢注〕《後漢書·班固傳》：馬踠餘足。注：踠，猶屈也。〔補注〕《詩·小雅·庭燎》：「君子至止，鸞聲將將。」按：「畏景」二句，承上「靈牛」「駿馬」，謂夏日炎炎，牛馬將因乾渴無水而踠足。

〔一〇二〕〔錢注〕《老子》：上善若水。

〔一〇三〕〔補注〕《左傳·僖公十五年》：「亂氣狡憤，陰血周作，張脈僨興，外彊中乾。」

君乃於宮之西南，載攷《水經》〔一〇四〕，仍窮井德〔一〇五〕。一八四八，鮑侍郎遽爾廋辭〔一〇六〕；九二九三，鄭司農藹然深義〔一〇七〕。將就厥志，必求所同。時則有若我同僚六君子者〔一〇八〕：竇將軍之府內，玄甲朱旗〔一〇九〕；王太尉之幕中，紅蓮緑水〔一一〇〕。偕崇虛室〔一一一〕，並攝靈臺〔一一二〕。陰功共矢於三千〔一一三〕，久眎同期於八百〔一一四〕。倒夫筐篋〔一一五〕，竭以杼機〔一一六〕。君乃指此甘涼，畢其溝沼。煙移宋畚〔一一七〕，雷動劉鍬〔一一八〕。晉塊咸除〔一一九〕，涇泥盡漉〔一二〇〕。靡踰浹日〔一二一〕，遂洌寒泉〔一二二〕。復博采貞珉〔一二三〕，遐求怪璞〔一二四〕。混沌之鑿〔一二五〕，幾裂雲根〔一二六〕；樸屬之車〔一二七〕，争馳風磴〔一二八〕。武都引鏡〔一二九〕，東海分橋〔一三〇〕。下壁立以呈堅〔一三一〕，上觚稜而顯巧〔一三二〕。方流與潔〔一三三〕，靈沼分清〔一三四〕。丹竈飛華〔一三五〕，寧有代僵之李〔一三六〕？赤簫遺響〔一三七〕，終無半死之桐〔一三八〕。隅落松門〔一三九〕，藩籬檜殿〔一四〇〕。未飛劫燼〔一四一〕，尚紐坤維〔一四二〕。武夷重讌於曾孫〔一四三〕，宣岳更歌於阿母〔一四四〕。亦永絶無禽之咎〔一四五〕，終微射鮒之虞〔一四六〕。君更以我輩數人，一時之彦〔一四七〕，具惟方臯〔一四八〕，盍議雕刊。

疑余曾夢綵毫〔一四九〕，或吞文石〔一五〇〕。屢迴隆顧〔一五一〕，亟□斯文。八斗知慚〔一五二〕，四科奚取〔一五三〕？天長地久〔一五四〕，同銜寫琰之規〔一五五〕；古往今來〔一五六〕，無復結茆之困〔一五七〕。言之不足〔一五八〕，乃作銘云：

【校注】

〔一〇四〕〔錢注〕《隋書·經籍志》：《水經》三卷，郭璞注。又：《水經》四十卷，酈善長注。

〔一〇五〕〔補注〕《易·井》：「井養而不窮也。」孔穎達疏：「歎美井德，愈汲愈生，給養於人，無有窮已也。」

〔一〇六〕廋，《全文》作「庾」，據錢注本改。〔錢注〕《南史·臨川烈武王道規傳》：道規薨，義慶襲封臨川王。好文義。東海鮑照有辭章之美，引爲佐吏國臣。照貢詩言志，義慶奇之，尋擢爲國侍郎。鮑照《井字謎》：二形一體，四支八頭。四八一八，飛泉仰流。《國語》：范文子曰：「有秦客廋辭於朝。」〔補注〕廋辭，隱語、謎語。

〔一〇七〕〔錢注〕《後漢書·鄭玄傳》：公車徵爲大司農，以病自乞還家。左思《吴都賦》「無異射鮒於井谷」劉逵注：《易·井》卦曰：「九二，井谷射鮒。」鄭玄云：「九二，《坎》爻也。坎爲水，上直《巽》。九三，《艮》爻也。艮爲山，山下有井，必因谷水，所生魚無大魚，但多鮒魚耳，言微小也。夫感動天地，此魚之至大；射鮒井谷，此魚之至小。故以相況。」王粲《登樓賦》「畏井渫之莫食」李善注：《周易》曰：「井渫不食，爲我心惻。」鄭玄曰：「謂已浚渫也，猶臣修正其身以事君也。」

〔一〇八〕〔補注〕與商隱同在東川柳仲郢幕之同僚有崔福、張黯、鮮于位、張覿（見《樊南文集》及《補編》）、楊籌（字本勝，見《玉谿生詩》）、李仁范、崔涓等。

〔一〇九〕〔錢注〕《後漢書·竇憲傳》：憲拜車騎將軍，以執金吾耿秉爲副。與北單于戰於稽落山，大破之。遂登燕然山，刻石勒漢威德，令班固作銘。班固《封燕然山銘》：玄甲耀日，朱旗絳天。

〔一一〇〕〔錢注〕《南齊書·王儉傳》：儉薨，追贈太尉。《南史·庾杲之傳》：杲之字景行，王儉用爲衛將軍長史。蕭緬與儉書曰：「盛府元僚，實難其選。庾景行汎渌水，依芙蓉，何其麗也！」時人以入儉府爲蓮花池，故緬書美之。

〔一一一〕〔錢注〕《莊子》：虚室生白，吉祥止止。

〔一一二〕〔錢注〕《莊子》：靈臺者，有持而不知其所持而不可持者也。注：靈臺者，心也。〔按〕虚室、靈臺雖均有「心」義，然此二句之虚室、靈臺，則實指道觀中之室與臺也。攝，固也。

〔一一三〕〔錢注〕《太平廣記》：内修密行，功滿三千，然後黑籍除名，清華定録。〔補注〕吴筠《遊仙》詩之五：「豈非陰功著，乃致白日升。」《真誥》卷五：「積功滿千，雖有過，故得仙。」《雲笈七籤》卷八九《諸真語論》：天尊告聖行真士曰：「有三千善，則爲聖真仙曹掾。」

〔一一四〕〔錢注〕《老子》：有國之母，可以長久，是謂深根固柢，長生久視之道。《列子》：彭祖之智，不出堯舜之上，而壽八百。〔按〕眎，同「視」，活也。

〔一五〕〔錢注〕《世説》：王右軍郗夫人謂二弟司空、中郎曰：「王家見二謝，傾筐倒庋；見汝輩來，平平爾。汝可無煩復往。」

〔一六〕杼，《全文》作「抒」，據錢校改。〔錢注〕《説文》：幐，機持經者也；杼，機之持緯者。

〔一七〕〔補注〕《左傳·宣公十一年》：「楚左尹子重侵宋，王待諸郔。令尹蔿艾獵城沂，使封人慮事，以授司徒，量功命日，分財用，平板榦，稱畚築，程土物……事三旬而成，不愆于素。」

〔一八〕〔錢注〕《晉書·劉伶傳》：伶常乘鹿車，攜一壺酒，使人荷鍤而隨之，謂曰：「死便埋我。」《爾雅》：鍬，謂之鍤。

〔一九〕〔補注〕《左傳·僖公二十三年》：「晉公子重耳……過衛，衛文公不禮焉。出于五鹿，乞食于野人，野人與之塊。公子怒，欲鞭之。子犯曰：『天賜也。』稽首受而載之。」

〔二〇〕〔錢注〕《漢書·溝洫志》：涇水一石，其泥數斗。《説文》：漉，浚也。〔按〕「煙移」四句，寫鑿井過程中鍬挖、畚運泥土。

〔二一〕〔補注〕《國語·楚語下》：「遠不過三月，近不過浹日。」韋昭注：「浹日，十日也。」《周禮·天官·太宰》「挾日而斂之」鄭注：「從甲至甲謂之挾日，凡十日。」《釋文》曰：「挾字又作浹，同。」

〔二二〕〔補注〕《易·井》：「井洌寒泉，食。」

〔二三〕〔錢注〕《説文》：珉，石之美者。

〔二四〕璞,《全文》作「琭」。〔錢校〕「琭」字字書所無,疑「璞」字之誤。〔按〕錢説是,兹據改。怪,奇也。

〔二五〕〔錢注〕《莊子》:南海之帝爲儵,北海之帝爲忽,中央之帝爲渾沌。儵與忽相與遇於渾沌之地,渾沌待之甚善。儵與忽謀報渾沌之德曰:「人皆有七竅,以視聽食息,此獨無有,嘗試鑿之。」日鑿一竅,七日而渾沌死。

〔二六〕〔錢注〕陸機《感時賦》:凝行雨於雲根。〔補注〕宋孝武帝《登樂山詩》:「屯煙擾風穴,積水溺雲根。」《天中記》:「詩人多以雲根爲石,以雲觸石而生也。」此「雲根」當指山石,承上二句「貞珉」「怪璞」。

〔二七〕〔補注〕《周禮·考工記序》:「察車自輪始。凡察車之道,欲其樸屬而微至;不樸屬無以爲完久也,不微至無以爲戚速也。」鄭玄注:「樸屬,猶附著堅固貌也。」

〔二八〕〔錢注〕鮑照《過銅山掘黄精詩》:既類風門磴,復象天井壁。〔補注〕風磴,山巖上之石級。

〔二九〕〔錢注〕《華陽國志》:武都有一丈夫化爲女子,蜀主納爲妃,不習水土,無幾物故。蜀王遣五丁之武都擔土,爲妃作冢,蓋地數畝,高七丈,上有石鏡。

〔三〇〕〔錢注〕任昉《述異記》:秦始皇作石橋於海上,欲過海觀日出處。有神人驅石去,不速,神人鞭之,皆流血。今石橋其色猶赤。〔按〕「武都」二句,蓋言其遠引武都之鏡石,復分東海之橋石也,仍承「博采貞珉,遐求怪璞」二句。

〔三一〕〔錢注〕張載《劍閣銘》：壁立千仞。〔按〕此言井壁直而堅。

〔三二〕〔錢注〕班固《西都賦》：設璧門之鳳闕，上觚稜而棲金爵。〔補注〕觚稜，宮闕上轉角處之瓦脊成方角稜瓣之形。此句似狀井欄之形。

〔三三〕〔錢注〕顔延之《贈王太常詩》：玉水記方流。〔按〕《文選》李善注：「《尸子》曰：『凡水，其方折者有玉，其圓折者有珠也。』」方流，作直角轉折的水流。此謂玉水分與其潔淨。

〔三四〕〔補注〕《詩·大雅·靈臺》：「王在靈沼，於牣魚躍。」《文選·班固〈西都賦〉》：「神池靈沼，往往而在。」靈沼，池沼之美稱。

〔三五〕〔錢注〕《抱朴子》：武都舞陽有丹砂井。江淹《別賦》：守丹竈而不顧。〔補注〕《抱朴子·仙藥》：「丹砂汁因泉漸入井，是以飲其水而得壽。」

〔三六〕〔錢注〕《古樂府》：桃生露井上，李樹生桃旁。蟲來齧桃根，李樹代桃僵。

〔三七〕〔錢注〕《太平御覽》：《白澤圖》曰：「井神曰吹簫女子。」《晉書·呂纂載記》：盜發張駿墓，得赤玉簫。〔按〕《太平御覽》妖異部二引《白澤圖》云：「故井之精名觀，狀如美女，好吹簫，以其名呼之，即去。」

〔三八〕〔錢注〕枚乘《七發》：龍門之桐，高百尺而無枝，其根半死半生。魏武帝《猛虎行》：雙桐生井上，枝葉自相加。

〔三九〕〔錢注〕《博雅》：隅，陬角也。聚落，尻也。謝靈運《入彭蠡湖口》詩李善注：顧野王《輿地志》

曰：「自入湖三百三十里，窮於松門，東西四十里，青松偏於兩岸。」〔補注〕松門，當指道院之門，因植松，故云。隅落，指房屋之角落。牛僧孺《玄怪録·崔紹》：「崔、李之居，復隅落相近。」

〔一四〇〕〔錢注〕《太清記》：亳州太清宫有八檜，老子手植，根株枝榦皆左細。李唐之盛，一枝再生。

〔一四一〕見《梓州道興觀碑銘》注〔一〇五〕。

〔一四二〕〔補注〕坤維，指西南，蜀地，屢見。

〔一四三〕〔錢注〕《史記·封禪書》：祠武夷君用乾魚。《索隱》曰：「顧氏案：《地理志》云建安有武夷山，溪有仙人葬處，即《漢書》所謂武夷君。是時，既用越巫勇之，疑即此神。今案：其祀用乾魚，不享牲牢，或如顧説。」陸羽《武夷山記》：武夷君於八月十五日置幔亭，化虹橋，通山下村人。是日太極玉皇太姥、魏真人、武夷君三座，空中告呼村人爲曾孫，命男女分坐會酒肴。須臾樂作，乃命行酒，令彭令昭唱人間可哀之曲。〔按〕商隱《武夷山》詩云：「只得流霞酒一杯，空中簫鼓幾時迴？武夷洞裏生毛竹，老盡曾孫更不來。」

〔一四四〕於，錢本作「夫」，未出校。〔錢注〕顔延之《赭白馬賦》：覲王母於崑墟，要帝臺於宣岳。《漢武内傳》：阿母今以瓊笈妙韞，發紫臺之文，賜汝八會之書，《五嶽真形》，至珍且貴矣。

〔一四五〕〔補注〕《易·井》：「井泥不食，舊井無禽。」禽，獸也。

〔一四六〕〔補注〕《易·井》：「井谷射鮒，甕敝漏。」餘見本篇注〔一〇七〕。

〔一四七〕〔錢注〕陸雲《與楊彦明書》：清才俊類，一時之彦。

〔一四八〕臬，《全文》誤作「臭」，據錢校改。〔錢注〕《周禮》：匠人建國，水地以縣，置槷。注：於所平之地中樹八尺之臬，以縣正之，眡之其景，將以正四方也。

〔一四九〕見《爲濮陽公涇原署營田副使賓牒》注〔五〕。

〔一五〇〕〔錢注〕《西京雜記》：弘成子少時有人授以文石，吞之，遂大明悟，爲天下通儒。

〔一五一〕〔錢校〕隆，胡本作「降」。

〔一五二〕〔錢注〕《釋常談》：謝靈運嘗曰：「天下才有一石，曹子建獨占八斗，我得一斗，天下共分一斗。」

〔一五三〕見《上鄭州李舍人狀三》注〔三〕。

〔一五四〕〔錢注〕《老子》：天長地久。天地所以能長且久者，以其不自生，故能長生。

〔一五五〕寫琰，《全文》作「瀉炎」，據錢校改。〔錢注〕〔寫琰〕即勒石之意。唐玄宗《孝經序》「寫之琬琰，庶有補於將來」，可證也。注見《唐梓州慧義精舍南禪院四證堂碑銘》注〔一〇八〕。〔按〕炎，當因避清仁宗嘉慶諱（顒琰）而改，又因此誤「寫」爲「瀉」。

〔一五六〕〔錢注〕《淮南子》：往古來今謂之宙。

〔一五七〕見本篇注〔九三〕。〔按〕結茆，即茅經。

〔一五八〕〔補注〕《禮記·樂記》：「言之不足，故長言之；長言之不足，故嗟嘆之；嗟嘆之不足，故不知手之舞之、足之蹈之也。」

光芒井絡〔一五九〕，鬱勃天彭〔一六〇〕。於惟教父〔一六一〕，誕此仙卿〔一六二〕。聞□秦畤〔一六三〕，見臘嘉平〔一六四〕。黄寧虚位〔一六五〕，緑字題名〔一六六〕。

徐瓠留犀〔一六七〕，扁、桑分水〔一六八〕。虢魘趙夢〔一六九〕，齊痁秦痔〔一七〇〕。金繩續脈〔一七一〕，玉管捐髓〔一七二〕。蛇膽明眸〔一七三〕，虎鬚牢齒〔一七四〕。

酕醄過市〔一七五〕，酩酊經壚〔一七六〕。潯陽傲令〔一七七〕，富渚狂奴〔一七八〕。三春竹葉〔一七九〕，九日茱萸〔一八〇〕。延年裸袒〔一八一〕，孟祖號呼〔一八二〕。

黿咽存元，熊經養秀〔一八三〕。曠矣鼎鼐，悠哉籩豆〔一八四〕。穢若食帶〔一八五〕，鄙同探轂〔一八六〕。竹實雖繁〔一八七〕，山梁不齅〔一八八〕。

爰嗟繘井〔一八九〕，載隔騫林〔一九〇〕。拜異疏勒〔一九一〕，穿殊漢陰〔一九二〕。膏融土脈〔一九三〕，乳瀵泉心〔一九四〕。匠得鳧舄〔一九五〕，工分鳳簪〔一九六〕。

吾黨具來〔一九七〕，藩條是贊〔一九八〕。千尋建木〔一九九〕，萬丈絶岸〔二〇〇〕。華裾上榻〔二〇一〕，白珩素案〔二〇二〕。明月離雲，鉤星在漢〔二〇三〕。

燕、齊賓客〔二〇四〕，楊、許師資〔二〇五〕。《養生》著論〔二〇六〕，《招隱》裁詩〔二〇七〕。玄中領悟〔二〇八〕，塵外襟期。共防綆短〔二〇九〕，同慮瓶羸〔二一〇〕。古有三巴，今分二蜀〔二一一〕。縈紆九折〔二一二〕，峥嶸七曲〔二一三〕。玄鶴華表〔二一四〕，仙人棋局〔二一五〕。我刻斯銘，永瞰朝旭〔二一六〕。

**【校注】**

〔一九九〕〔錢注〕《史記·天官書》：填星，其色黄，光芒。《華陽國志》：華陽之壤，梁、岷之域，其國則巴、蜀矣，其分野輿鬼、東井。〔補注〕左思《蜀都賦》：「岷山之精，上爲井絡。」劉逵注：「《河圖括地象》曰：『岷山之地，上爲井絡，帝以會昌，神以建福，上爲天井。』言岷山之地，上爲東井維絡；岷山之精，上爲天之井星也。」

〔二〇〇〕天彭，見《梓州道興觀碑銘》注〔五七〕。〔補注〕鬱勃，氣勢旺盛貌。

〔二〇一〕〔錢注〕《老子》：故物或損之而益，或益之而損。人之所教，我亦教之。彊梁者不得其死，吾將以爲教父。〔補注〕教父，教戒之始。然下句云「誕此仙卿」，則「教父」似指道士胡宗一之父。或即本文首段所云「玄元之遐胄，玉皇之後昆」，指老子而言。

〔二〇二〕卿，《全文》作「鄉」，據錢校改。〔錢注〕葛洪《枕中書》：墨翟爲太極仙卿，治馬跡山。〔按〕仙卿，猶仙官，指道士胡宗一。

〔二〇三〕〔錢注〕《史記·封禪書》：秦襄公既侯，(居)西垂，自以爲主少皞之神，作西時，祠白帝。其後文公作鄜畤，郊祭白帝焉。宣公作密畤於渭南，祭青帝。靈公作吴陽上畤，祭黄帝；作下畤，祭炎帝。獻公作畦畤櫟陽而祀白帝。

〔一六四〕見《梓州道興觀碑銘》注〔一〇七〕。

〔一六五〕見《上鄭州李舍人狀二》「黄寧虚位」注。

〔一六六〕〔原注〕其一。〔錢注〕《太平御覽》：《金書玉字上經》曰：「骨命已定於玄閣，緑字已有生名仙籍故也。」

〔一六七〕〔錢注〕《南史·張融傳》：徐熙好黄、老，隱於秦望山，有道士過，求飲，留一瓠䫿與之曰：「君子孫宜以道術救世。」熙開之，乃《扁鵲鏡經》一卷，因精心學之，遂名震海内。〔補注〕犀，葫蘆之子。《詩·衛風·碩人》：「齒如瓠犀。」此指葫蘆内所含之物，即《扁鵲鏡經》。

〔一六八〕〔錢注〕《史記·扁鵲傳》：扁鵲少時爲人舍長，舍客長桑君過，閒與語曰：「我有禁方，年老欲傳與公。」乃出其懷中藥予扁鵲：「飲是以上池之水，三十日當知物矣。」乃悉取其禁方書，盡與扁鵲。扁鵲以其言飲藥三十日，視見垣一方人，以此視病，盡見五藏癥結，特以診脈爲名耳。

〔一六九〕〔錢注〕《史記·扁鵲傳》：扁鵲過虢，虢太子死，扁鵲曰：「若太子病，所謂尸蹷者也。」乃使弟子子陽，厲鍼砥石，以取外三陽五會，有間，太子蘇。又：趙簡子疾，五日不知人。扁鵲入視病，出曰：「血脈治也而何怪！不出三日必間，間必有言也。」居二日半，簡子寤曰：「我之帝所甚樂。」

〔一〇〕〔錢注〕《莊子》：秦王有病，召醫，破癰潰痤者得車一乘，舐痔者得車五乘。〔補注〕痁，瘧疾。《左傳·昭公二十年》：「齊侯疥，遂痁。」

〔一一〕見本篇注〔三〕。

〔一二〕捐，《全文》作「損」，旁注：疑。從錢校據胡本改正。〔錢注〕王嘉《拾遺記》：浮提之國獻神通善書二人。出肘間金壺四寸，中有黑汁如淳漆，佐老子撰《道德經》垂十萬言。及金壺汁盡，二人刳心瀝血以代墨焉，遞鑽腦骨，取髓代爲膏燭。及髓血皆竭，探懷中玉管，中有丹藥之屑，以塗其身，骨乃如故。

〔一三〕〔錢注〕《晉書·顔含傳》：含嫂樊氏因疾失明，含盡心奉養。醫須蚺蛇膽，無由得之。含嘗晝獨坐，忽有一青衣童子持一青囊授含，開視乃蛇膽也。

〔一四〕〔原注〕其二。〔按〕注見《梓州道興觀碑銘》注〔二七〕。

〔一五〕〔錢注〕《廣韻》：酕醄，醉也。《史記·刺客傳》：荆軻嗜酒，日與狗屠及高漸離飲於燕市。酒酣以往，高漸離擊筑，荆軻和而歌於市中相樂也。已而相泣，旁若無人者。

〔一六〕〔錢注〕《晉書·王戎傳》：戎常經黄公酒壚下過，顧謂後車客曰：「吾昔與嵇叔夜、阮嗣宗酣暢於此，竹林之遊，亦預其末。自嵇、阮云亡，吾便爲時之所羈紲。今日視之雖近，邈若山河。」酩酊，見《爲濮陽公上漢南李相公狀》「山太守習池之宴」注。

〔一七〕〔錢注〕《宋書·陶潛傳》：潛字淵明，尋陽柴桑人也，爲彭澤令。〔補注〕《晉書·陶潛傳》：「郡遣督郵至縣，吏白應束帶見之。潛歎曰：『吾不能爲五斗米折腰，拳拳事鄉里小人邪！』」（《宋書》及《南史》本傳作「我不能爲五斗米折腰，向鄉里小人！」）

〔一七八〕〔錢注〕《後漢書·嚴光傳》：光少與光武同遊學。光武即位，隱身不見。帝令以物色訪之，至，舍於北軍。司徒侯霸與光素舊，遣使奉書。光口授曰：「懷仁輔義天下悦，阿諛順旨要領絶。」霸得書，封奏之。帝笑曰：「狂奴故態也。」除爲諫議大夫，不屈，乃耕於富春山。（後人名其釣處爲嚴陵瀨焉。）

〔一七九〕〔錢注〕張協《七命》：乃有荆南烏程，豫北竹葉。李善注：蒼梧竹葉青，宜城九醖酒也。

〔一八〇〕〔錢注〕《西京雜記》：宮内九月九日，佩茱萸，食蓬餌，飲菊華酒，令人長壽。

〔一八一〕〔錢注〕《南史·顔延之傳》：延之字延年。文帝嘗召延之，傳詔頻不見，常日但酒店裸袒挽歌，了不應對。

〔一八二〕〔原注〕其三。〔錢注〕《晉書·光逸傳》：逸字孟祖。胡毋輔之與謝鯤、阮放、畢卓、羊曼、桓彝、阮孚閉室酣飲。逸將排户入，守者不聽，逸便於户下脱衣露頂於狗竇中窺之而大叫。輔之驚曰：「他人決不能爾，必我孟祖也。」

〔一八三〕〔錢注〕《抱朴子》：或問聰耳之道，曰：「能龍導虎引，熊經龜咽，燕飛蛇屈鳥伸，天俛地仰，令赤黄之景，不去洞房，猿據兔驚，千二百至，則聰不損也。」〔補注〕龜咽，猶龜息，言呼吸調息如龜。熊經，如熊攀樹而懸。均導引養生之法。

〔一八四〕〔補注〕鼎鼐，喻宰輔顯貴。籩豆，古代祭祀及宴會時常用之兩種禮器。竹製爲籩，木製爲豆。此借指禮儀制度。謂遠離仕宦及禮教。

〔一八五〕〔錢注〕《莊子》：即且甘帶。注：即且，蜈蚣；帶，蛇也。

〔一八六〕〔錢注〕《史記·趙世家》：公子成、李兑圍主父宫，主父欲出不得。探雀鷇而食之，三月餘餓死。〔補注〕鷇，由母哺食之幼鳥。

〔一八七〕〔錢注〕《詩·卷阿》箋：鳳凰之性，非梧桐不棲，非竹實不食。

〔一八八〕〔原注〕其四。〔補注〕《論語·鄉黨》：「『山梁雌雉，時哉時哉！』子路共之，三嗅而作。」《集解》曰：「言山梁雌雉得其時，而人不得其時，故歎之。子路以其時物，故共具之，非本意，不苟食，故三嗅而作起也。」此以「山梁」指雉。齅、嗅同。枚乘《七發》「山梁之餐，豢豹之胎，小飰大歠，如湯沃雪，此亦天下之至美也」，亦以「山梁」指雉。

〔一八九〕〔補注〕繘井，用繩汲井水。《易·井》：「汔至，亦未繘井，羸其瓶，凶。」孔穎達疏：「汲水未出而覆，喻修德未成而止，所以致凶也。」

〔一九〇〕騫，《全文》作「搴」，據錢校改。騫林，見《上鄭州李舍人狀二》「騫林合唱」注。

〔一九一〕〔錢注〕《後漢書·耿恭傳》：恭爲戊己校尉，以疏勒城傍有澗水可固，五月，乃引兵據之。匈奴遂於城下擁絶澗水。恭於城中穿井十五丈不得水，吏士渴乏，恭乃整衣服向井再拜，有頃，水泉奔出。

〔一九二〕見《上李尚書狀》「漢陰抱甕」注。

〔一九三〕〔錢注〕張衡《東京賦》：農祥晨正，土膏脈起。

〔一九四〕〔錢注〕《爾雅》：瀵，大出尾下。〔補注〕《爾雅》邢昺疏：「尾，猶底也。言源深大出於底下者名瀵。瀵，猶灑散也。」乳，指噴湧而出之乳狀泉水。又《説文》：「瀵，水漫也。」

〔一九五〕〔錢注〕《後漢書·王喬傳》：喬爲葉令，常自縣詣臺，臨至，輒有雙鳧從東南飛來，舉羅張之，但得一隻舄焉。

〔一九六〕工，《全文》作「上」，從錢校據胡本改正。〔原注〕其五。〔錢注〕《後漢書·輿服志》：太皇太后、皇太后簪上爲鳳皇爵，以翡翠爲毛羽。〔按〕《太平御覽》服用部二十引梁陽濟《泄井得金釵》詩，或與此句所云有關。

〔一九七〕來，《全文》作「采」，據錢校改。〔補注〕《論語·公冶長》：「吾黨之小子狂簡。」《詩·小雅·頍弁》：「豈伊異人，兄弟具來。」謂幕府同僚具來。

〔一九八〕〔補注〕漢代州刺史以六條考察州郡官吏，因以「藩條」指州刺史、節度使。此指梓州刺史、東川節度使柳仲郢。

〔一九九〕〔錢注〕《淮南子》：建木在都廣，衆帝所自上下，日中無影，呼而無響，蓋天地之中也。孫綽《遊天台山賦》：建木滅景於千尋。

〔二〇〇〕〔錢注〕郭璞《江賦》：絶岸萬丈，壁立赮駁。

〔二〇一〕上榻，見《上鄭州李舍人狀三》注〔四〕。

〔二〇二〕珩，《全文》作「桁」，從錢校據胡本改正。〔錢注〕《國語》：楚之白珩猶在乎？《梁書·郭祖深傳》：祖深常服故布襦，素木案，食不過一肉。〔補注〕珩，佩上横玉。

〔二〇三〕〔原注〕其六。〔錢注〕何晏《景福殿賦》：烈若鉤星在漢。李善注：《廣雅》曰：「辰星或謂之鉤星。」〔按〕「千尋」六句均贊柳仲郢之風範氣度。

〔二〇四〕〔錢注〕《史記·封禪書》：自齊威、宣之時，騶子之徒論著終始五德之運，及秦帝，而齊人奏之，故始皇采而用之。而宋毋忌、正伯僑、充尚、羨門子高最後，皆燕人，爲方仙道，形解銷化，依於鬼神之事。騶衍以陰陽主運顯於諸侯，而燕、齊海上之方士傳其術不能通，然則怪迂阿諛苟合之徒自此興，不可勝數也。

〔二〇五〕〔錢注〕《太平廣記》：《神仙感遇傳》曰：「貞白先生陶弘景得楊、許真書，遂登岩告静。撰《真誥隱訣》，注《老子》等書二百餘卷。」《老子》：善人者，不善人之師；不善人者，善人之資。

〔二〇六〕〔錢注〕《晉書·嵇康傳》：康嘗修養性服食之事，以爲神仙禀之自然，非積學所得。至於導養得理，則安期、彭祖之倫可及，乃著《養生論》。

〔二〇七〕〔錢注〕左思有《招隱詩》。〔按〕淮南小山有《招隱士》，係招隱士出仕，與左思詩招人歸隱意正相反。此自指招歸隱。

〔二〇八〕見《梓州道興觀碑銘》注〔三七〕。

〔二〇九〕〔錢注〕《荀子》：短綆不可以汲深井之泉。

〔二一〇〕〔原注〕其七。〔補注〕《易·井》：「汔至，亦未繘井，羸其瓶，凶。」羸，損毀。

〔二一一〕三巴、二蜀，並見《梓州道興觀碑銘》注〔一六三〕。

〔二一二〕〔錢注〕班固《西都賦》：步甬道以縈紆。《漢書·王尊傳》：王陽爲益州刺史，行部至邛郲九折坂，歎曰：「奉先人遺體，奈何數乘此險！」注：應劭曰：「在蜀郡嚴道縣。」

〔二一三〕〔錢注〕《漢書·司馬相如傳》注：峥嶸，深遠貌。《四川通志》：七曲山在梓潼縣北。〔補注〕《太平寰宇記》劍南東道劍州梓潼縣，引《郡國志》云：「（張）惡子昔至長安，見姚萇謂曰：『却後九年，君當入蜀，若至梓潼七曲山，幸當見尋。』」

〔二一四〕〔錢注〕《搜神後記》：丁令威本遼東人，學道於靈虚山，後化鶴歸遼，集城門華表柱。有少年欲射之，乃飛，徘徊空中言曰：「有鳥有鳥丁令威，去家千年今始歸。城郭如故人民非，何不學仙冢纍纍。」遂高沖上天。

〔二一五〕見《爲濮陽公補顧思言牒》注〔四〕。

〔二一六〕暾，《全文》誤「啲」，據錢校改。〔原注〕其八。〔錢注〕《楚辭·九歌》：暾將出兮東方。注：始出，其形暾暾而盛大也。《説文》：旭，旦日出皃。

# 上河東公第二啓〔一〕

商隱啓：某聞周朝貝葉，列妙引於王褒〔二〕；梁日枳園，灑芳詞於沈約〔三〕。必資乎鴻筆麗藻〔四〕，刻乎貞金翠珉〔五〕，然後可以充足人天〔六〕，發揮龍象〔七〕。苟其曖昧〔八〕，即匪莊嚴〔九〕。爰託亨塗〔一〇〕，夙聞妙喻。雖從幕府〔一一〕，常在道場〔一二〕。猶恨出俗情微〔一三〕，破邪功少〔一四〕。二百日斷酒，有謝蕭綱〔一五〕；十一年長齋〔一六〕，多慚王奐〔一七〕。仰戀東閣〔一八〕，未歸西林〔一九〕。

近者財俸有餘，津梁是念〔二〇〕。適依勝絶，微復經營。伏以《妙法蓮華經》者，諸經中王，最尊最勝〔二一〕。始自童幼，常所護持〔二二〕。或公幹漳濱，有時疾瘵〔二三〕；或謝安海上，此日風波〔二四〕。恍惚之間〔二五〕，感驗非少。今年于此州長平山慧義精舍經藏院〔二六〕，特刱石壁五間，金字勒上件經七卷〔二七〕。既成勝果〔二八〕，思託妙音〔二九〕。

伏惟尚書有夫子之文章〔三〇〕，備如來之行願〔三一〕。不逢惠遠，已飛廬岳之書〔三二〕；未見簡棲，便制頭陀之頌〔三三〕。是敢右繞三匝〔三四〕，仰希一言。庶使鵝殿增輝〔三五〕，龍宮發色〔三六〕。流傳沙界〔三七〕，震動風輪〔三八〕。報恩於蓮目果脣〔三九〕，奪美於江毫蔡絹〔四〇〕。伏希道念，特降神鋒〔四一〕。瞻望旌幢〔四二〕，擕持碪斧〔四三〕，曝身布髮〔四四〕，以候還辭〔四五〕。無任懇迫之至，謹啓〔四六〕。

【校注】

〔一〕本篇原載《文苑英華》卷六六五第八頁、清編《全唐文》卷七七八第七頁、《樊南文集詳注》卷四。《英華》此爲《上河東公啓三首》之第二首（第一首係辭張懿仙啓，已見前），徐本從之。《全文》則三首分題。馮注本將三首中之後二首改題《上河東公啓二首》，此爲第一首，繫大中八年。〔張箋〕（編大中七年）案《乙集序》曰：「三年已來，喪失家道，平居忽忽不樂，始刻意事佛。……是夕大中七年十一月十日夜。」又義山居東川，頗耽禪悦，於長平山慧義精舍經藏院，自出財俸，特創石壁五間，金字勒《妙法蓮花經》七卷，啓仲郢爲記文，見集中，亦當在是年。〔按〕《英華》將本篇、下篇及辭張懿仙之《上河東公啓》合題爲《上河東公啓三首》，顯因其同爲上柳仲郢之啓而合之，實則第一首辭張懿仙之啓係商隱「悼傷以來，光陰未幾」時所上，作於大中五年冬，已見該篇題注。本篇則大中七年請柳仲郢作記時所上，下篇乃謝仲郢撰《金字法華經記》而作，乃先後同時所上，張箋是。題則依《全文》分題。

〔二〕〔徐注〕周王襃《經藏願文》：盡天竺之書，窮貝多之葉。〔馮注〕《酉陽雜俎》：貝多樹葉，出摩伽陀國，西土用以寫經。長六七丈，經冬不凋。〔補注〕妙引，美妙之文辭。

〔三〕〔馮注〕梁沈約《枳園寺刹下石記》：晉故車騎將軍瑯琊王邵，於太祖文獻公清廟之北造枳園精舍，其始則芳枳樹籬，故名因事立。〔按〕「周朝」「梁日」二句，分切「經藏」與「精舍」。

〔四〕〔馮注〕郭璞《爾雅序》：英儒贍聞之士，洪筆麗藻之客。〔徐注〕劉勰《文心雕龍》：鴻筆之徒，莫不洞曉。劉峻《廣絶交論》：遒文麗藻，方駕曹、王。

〔五〕〔馮注〕謂刻之金石。

〔六〕〔馮注〕《隋書·經籍志》：釋迦在世教化四十九年，乃至天龍人鬼並來聽法，弟子得道，以百千萬億數。《因果經》：此生利益一切人天。《妙法蓮華經》：我此土安隱，天人常充滿。按：佛有十號，無上士、調御丈夫、天人師，皆佛之稱號也。習見諸經。《菩薩善戒經》：如來具足十種名號：如來、應供、正遍知、明行足、善逝、世間解、無上士、調御大夫、天人師、佛世尊。〔徐注〕《景德傳燈録》：佛年十九，欲出家，號人天師。〔按〕人天，佛教稱六道輪回中之人道與天道，亦泛指諸世間、衆生。《魏書·釋老志》：「人天道殊，卑高定分。」

〔七〕〔徐注〕《易》：六爻發揮，旁通情也。〔馮注〕《楞嚴經》：云何發揮，證知此心不生滅地。《維摩經》：菩薩勢力，譬如龍象蹴踏，非驢所堪。《大般涅槃經》：如來亦名大象王，亦名大龍王。《大智度論》：那伽或名龍，或名象，是諸羅漢中最大力，以是故言如龍如象。水行中龍力大，陸行中象力大，故負荷大法者，比之龍象。

〔八〕〔徐注〕何晏《景福殿賦》：其奥秘則翳蔽曖昧。

〔九〕〔馮注〕《維摩經》：譬如寶莊嚴佛，無量功德，寶莊嚴土一切大衆，散未曾有。按：七寶莊嚴，功德之所。莊嚴，諸經習見。《法華經》中有《妙莊嚴王本事品》。〔按〕此「莊嚴」似指佛菩薩像端莊威嚴。《大唐西域記·摩揭陁國下》：「見觀自在菩薩妙相莊嚴，威光赫奕。」

〔一〇〕〔馮校〕「爰」字上當脱一「某」字。〔補注〕亨塗，大道。此指柳仲郢幕府。

〔一一〕〔徐注〕《東觀漢記》：衛青大克匈奴，武帝拜大將軍於幕中，因號幕府。〔馮注〕《史記·李牧傳》注：崔浩云：「出征爲將帥，軍還則罷，理無常處，以幕帟爲府署，故曰幕府。」

〔一二〕〔馮注〕《法華經》：佛出釋氏宫，坐於道場。《南史·庾詵傳》：宅内立道場，環繞禮懺，六時不輟。《翻譯名義集》：《止觀》云：「道場，清淨境界。」〔徐注〕惠忠禪師《安心偈》：直心真實，菩薩道場。《法苑珠林》：古德寺誥或名道場，即無生廷也；或名爲寺，即公廷也。或名淨住舍，或名法同舍，或名出世間舍，或名精舍，或名清淨無極園，或名金剛淨刹，或名寂滅道場，或名遠離惡處，或名親近善處。〔按〕此「道場」即指佛寺。宋趙彦衛《雲麓漫鈔》卷六：「漢明帝夢金人，而摩騰竺法始以白馬陁經入中國，明帝處之鴻臚寺。後造白馬寺居之，取鴻臚寺之義。隋曰道場，唐曰寺，本朝則大曰寺，次曰院。」

〔一三〕〔馮注〕《景德傳燈録》：太子不如密多求出家曰：「我若出家，不爲俗事，當爲佛事。」

〔一四〕〔馮注〕《大般涅槃經》：出家修道，樂於閑寂，爲破邪見。晁氏《讀書志》：唐釋法琳撰《破邪論》二卷，辨傅奕所排毁。《法苑珠林》有《破邪篇》。

〔一五〕〔徐注〕《梁簡文帝集·答湘東王書》曰：吾自至都以來，意志忽怳。雖開口而笑，不得真樂，不復飲酒，垂二十旬。

〔一六〕〔馮注〕《毗羅三昧經》：佛説食有四種：旦，天食；午，法食；暮，畜生食；夜，鬼神食。佛斷六趣，故日午時，是法食時也。過此已後，同於下趣，非上食時。

〔一七〕〔徐注〕《南齊書》：王奂爲都督諸軍事、雍州刺史，上謂王晏曰：「奂於釋氏，實自專至。其在鎮，或以此妨務。」後有罪被收。奂聞兵入，禮佛未及起，軍人斬之。按：史但言奂奉佛，而無十一年長齋之文，蓋見他書。〔馮注〕沈約《枳園寺刹下石記》：尚書僕射奂，食不過中者一十一載。按：《四十二章經》：「沙門受佛法者，日中一食，樹下一宿，愼不再矣。」《本起經》：「佛答迦葉，古佛道法，過中不飯。」《報恩經》云：「夫八齋法，通過中不食。」《毗婆沙論》云：「夫齋者，過中不食。」支僧載外國事曰：「奉佛道人及沙門到冬，未中前，飲少酒，過中，不復飯。」《法苑珠林》：「食中有六者，其六中後不飲漿。」沈約有《述僧中食論》，即此「長齋」之義。

〔一八〕見《爲絳郡公上崔相公啓》「望孫弘之東閤」注。〔按〕東閤，此指柳仲郢門下。

〔一九〕〔徐注〕《高僧傳》：沙門慧永居在西林，與慧遠同門遊好，遂邀同止。刺史桓伊以學徒日衆，更爲遠建東林寺。〔馮注〕《蓮社高賢傳》：法師慧永至尋陽，築廬山舍宅爲西林。按：傳中劉程之初解褐爲府參軍，性好佛理，乃之廬山，傾心自託遠公，劉裕旌其號曰「遺民」，遂於西林澗北別立禪坊。句當用此。然餘人亦皆不應徵辟。

〔二〇〕〔徐注〕《華嚴經贊》：苦海作津梁。〔馮注〕《佛説生經》：比丘言，佛道爲最正覺，吾等蒙度，以爲橋梁。《世説》：庾公嘗入佛圖見卧佛，曰：「此子疲於津梁。」《蓮社高賢傳》：雷次宗曰：「及今未老，尚可厲志成西歸之津梁。」〔補注〕津梁，喻濟渡衆生。

〔二一〕〔馮注〕《法華經》：如諸小王中，轉輪聖王最爲第一，此經亦復於衆經中最爲其尊。又如帝釋於三十三天中王，此經亦復於諸經中王。如佛爲諸法王，此經亦復諸經中王。《因果經》：我於一切天人之中，最尊最勝。《大般涅槃經》：最尊最勝，衆經中王。

〔二二〕〔徐注〕《法苑珠林》：先白衆僧曰：「佛法難值，應共護持。」〔馮注〕《法華經》：勤加精進，護持誦讀。

〔二三〕癩，《全文》作「薾」，《英華》作「疹」，徐注本、馮注本作「疢」。〔按〕疹、疢、疥、癩音義並同，均疾病之義，「薾」爲疲倦、羸弱之義，「薾」字當是「癩」字之誤，今改正。〔馮注〕劉楨詩：余嬰沉痼疾，竄身清漳濱。自夏涉玄冬，彌曠十餘旬。

〔二四〕〔徐注〕《世説》：謝太傅盤桓東山時，與孫興公諸人汎海戲，風起浪涌，孫、王諸人色並遽，便唱使還。太傅神情方王，吟嘯不言。舟人以公貌閑意説，猶去不止。既風轉急浪猛，諸人皆諠動不坐，公徐云：「如此將無歸。」衆人即承響而回。〔馮曰〕義山多疾。又如桂管歸途，破帆壞槳，頗非汎語。

〔二五〕〔徐注〕《老子》：道之爲物，惟恍惟惚。〔按〕恍惚，迷茫不可知之狀。蓋承上謂或罹疾或遇險，於恍惚迷茫中自有對佛理之感驗。

〔二六〕〔徐注〕《明一統志》：四川潼川州北有長平山，岡長而平。蓋即此所謂長平山也。州本唐梓州，爲東川節度使治所。《釋迦譜》：息心所棲，故曰精舍。《文選》有謝靈運《石壁精舍還湖中詩》，《謝靈運集》有《石壁立招提精舍詩》。〔馮注〕按唐趙蕤爲梓州郪縣長平山安昌巖人，可取證也。《高僧傳》：漢攝摩騰，中天竺人。明帝遣中郎蔡愔往天竺尋訪佛法，見摩騰，乃要還漢地。明帝於城西門外立精舍以處之，漢地有沙門之始也，今洛城西雍門外白馬寺是也。按：謝承《後漢書》，如趙昱、陳寔、周磐之流，皆有立精舍事，范書中亦屢見。謝靈運有石壁精舍，李善曰：「今讀書齋是也。」又有《石壁立招提精舍詩》，則皆禪理也。《史記·大宛列傳》注引《浮圖經》云：「佛生處名祇洹精舍，在舍衛國南四里，是長者須達所起。」諸經中習見。《通鑑》注：今儒釋肄業之地，通曰精舍。

〔二七〕〔徐注〕《白帖》：梁武帝於元光殿坐師子座講金字經。〔馮注〕金字經，見《梁書·武帝紀》。此義山所手勒者。《法華經》：此《法華經》，若自書，若使人書，所得功德，以佛智慧籌量，多少不得其邊。〔按〕金字，指以金粉書就之文字。金字書，則指佛教經文。元稹《清都夜境》詩：「閑開蕊珠殿，暗閲金字經。」勒，寫也。

〔二八〕〔馮注〕蕭子良《淨住子》：善則天人勝果。又：人天勝果，堪爲道器。《王僧孺集·禮佛文》：藉妙因於永劫，招勝果於兹地。

〔二九〕妙，《英華》作「其」，馮本作「圓」，均非。〔馮注〕《圓覺經》：諸菩薩承佛圓音，不因修習而得善利。按：徐氏以意改「妙音」。《法華經》：「以一妙音演暢斯義。」字亦習見。愚意必是「圓音」，兼取圓滿之義。《英華》缺，誤作「其」耳。〔按〕馮校非，《全文》正作「妙音」，非徐氏意改。然徐氏引《法華經》「妙音菩薩目如廣大青蓮華葉」，以「妙音」爲菩薩名，亦非。此「妙音」蓋起下指倩柳仲郢所作之記文。

〔三〇〕〔補注〕《論語·公冶長》：「子貢曰：『夫子之文章，可得而聞也；夫子之言性與天道，不可得而聞也。』」

〔三一〕〔馮注〕《魏書·釋老志》：釋迦前有六佛，釋迦繼六佛而成道，處今賢劫。又言將來有彌勒佛，繼釋迦而降世。釋迦即天竺迦維衛國王之子，《本起經》説之備矣。按：佛皆稱如來，諸經言七佛，身並紫金色。徐陵《雙林寺傅大士碑》：「七佛如來，十方並現。」而凡專稱我佛如來者，釋迦牟尼佛也。《魏書·志》云：「所謂佛者，本號釋迦文者，譯言能仁，謂德充道備，堪濟萬物也。」《菩薩本起經》云：「佛精念天下衆善，悼哀萬民，意欲教之。」諸經每言萬行具足，普度衆生，所謂行願也。〔補注〕行願，謂身心修養之境界。

〔三二〕〔馮注〕《高僧傳》：惠遠届潯陽，見廬峰清淨，足以息心。刺史桓伊復於山東立房殿，即東林是也。三十餘年，影不出山，迹不入俗。每送客，常以虎溪爲界。《蓮社高賢傳》：司徒王謐、護軍王默並遥致敬禮，王謐有書往反。又曰：宋武討盧循，設帳桑尾，遣使馳書於遠公，遺以錢帛。

遠法師《廬山記》：《山海經》曰：「廬江三天子都。」有匡俗先生者，出自殷、周之際，隱遁避世，潛居其下。或云俗受道於仙人，而共遊其嶺，即巖成館，故時人謂爲神仙之廬。

〔三三〕〔徐注〕（《文選》注引）《姓氏英賢録》曰：王屮字簡棲，琅邪臨沂人也。有學業，爲《頭陀寺碑》，文詞巧麗，爲世所重。碑在鄂州，題云「齊國録事參軍瑯邪王屮製」，屮音徹。〔馮注〕按《困學紀聞》云：「王巾字簡栖，《説文通釋》以爲王屮。」王氏此條未下斷語。《文選》舊本及《藝文類聚》諸書所引固皆作「巾」也。近何義門遂校改作「屮」，云古「左」字，蓋本之《説文》：「屮，ナ手也，象形。」然不如且從舊。

〔三四〕敢，《全文》作「故」，據《英華》改。〔徐注〕《法華經》：右遶三匝，合掌恭敬。〔馮注〕凡菩薩以下，修敬佛世尊皆如是。

〔三五〕〔徐注〕鵝殿，即佛坐殿。多種經中皆有此名。《佛遊天竺本記》：達嚫國有迦葉佛伽藍，穿大石作之，有五重，最下者爲雁形、雁堂。毗舍離爲佛作堂，形如雁字（當作「子」）。按：《爾雅》云：「舒雁，鵝。」鵝亦雁之屬也。〔馮注〕余檢《佛國記》，石室五重，最下作象形，次師子形、馬形、牛形，最上作鴿形。則未知孰是也。諸經云：世尊行步如鵝王。又：菩薩於菩提樹下，有五百青雀、五百白鵝等隨菩薩行。而《善時鵝王經》云：爾時鵝王以清淨心利益天衆，與諸鵝衆圍遶而往。見彼天衆，遊戲山林，或遊華園，或遊枝葉，蔭覆宮室，或於虚空坐寶宮殿云云。爾時鵝王昇七寶山，以美妙音説此偈頌，天衆心得清淨，白鵝王言於此天中，汝是天主。似可爲此句取證。而「鵝殿」二字，究無明據。徐説皆非也。《萬花谷》引《要覽》：毗舍離於大林爲佛作堂，形如雁子，一切具足。按：徐氏誤作「雁字」。《雜寶藏經》有白鵝不親善鸛雀事，爾時鵝者，即我身是也，謂即是佛身。〔按〕佛教稱佛有三十二相，其一爲「鵝王」，其手指、足指之間有縵網似鵝之足，故名。鵝殿之爲佛殿，或因此。

〔三六〕〔徐注〕《法華經》：智積菩薩問文殊師利：「仁往龍宫，所化衆生，其數幾何？」復庵和尚《華嚴論贊》：龍樹菩薩發心入龍宫看藏。〔馮注〕《别行疏》：龍有四種，其四伏藏，守轉輪王大福人藏。〔補注〕《海龍王經·請佛品説》載，海龍王詣靈鷲山，聞佛説法，信心歡喜，欲請佛至大海龍宫供養。佛許之。龍王即入大海化作大殿，佛與諸比丘菩薩共涉寶階入龍宫，受諸龍供養，爲説大法。故稱佛寺爲龍宫，言其爲講經説法之所。

〔三七〕〔徐注〕《金剛般若經》：諸恒河所有沙數佛世界，如是，寧爲多否？《彌陀疏抄》：恒河在西域無熱河側，沙至微細，佛近彼河説法。〔馮注〕《法華經》：佛以恒河沙等三千大千世界爲一佛土。又：佛言我娑婆世界，自有六萬恒河沙菩薩，一一菩薩，多有六萬恒河沙屬眷，能於我滅後，護持誦讀，廣説此經。〔補注〕沙界，謂多如恒河沙數之世界。

〔三八〕〔馮注〕《立世阿毗曇論》：有大神通威德諸天，若欲震動大地，即能令動。若諸比丘有大神通及大威德，令地亦能震動。《樓炭經》：地深九億萬里，第四是地輪，第五水輪，第六風輪。《華嚴經》：金輪水際外有風輪。《翻譯名義》引《俱舍》云：世間風輪最居下，則知世界依風而住。

〔補注〕風輪，佛教所謂四輪（風輪、水輪、金輪、空輪）之一。張説《唐陳州龍興寺碑》：「觀夫廣大無相者，虚空也，四輪倚之而住。」

〔三九〕〔徐注〕《法華經》：妙音菩薩，目如廣大青蓮華葉。又曰：如來甚希有，以功德智慧故，脣色赤好如頻婆果。按：佛氏有《報恩經》。〔馮注〕《楞嚴經》：縱觀如來青蓮花眼。

〔四〇〕〔馮注〕蔡絹，當用蔡邕題曹娥碑後「黄絹」之字，詳《爲舉人上翰林蕭侍郎啓》「人人虀臼」注，非用《後漢書》宦者蔡倫爲紙也。江毫，見《爲山南薛從事謝辟啓》「曾無綵筆」注。

〔四一〕特，馮注本作「得」，非。〔馮曰〕（神鋒）謂筆鋒也。

〔四二〕〔馮注〕《漢書·韓延壽傳》：建幢棨，植羽葆。《唐職林》：方鎮降拜，必遣内使持幢節就第宣命。

〔四三〕見《代僕射濮陽公遺表》「污陛下之鈇鑕」注。

〔四四〕布，《全文》作「晞」，據《英華》改。〔馮注〕《後趙録》：天大旱，石虎詣佛圖澄祠稽顙曝露，二白龍降祠下，雨沛千里。《法苑珠林》：那伽羅曷國城東石塔，昔世尊值燃燈佛授記，敷鹿皮衣，布髮掩泥之地。按：《修行本起經》：「儒童菩薩布髮著地，定光佛蹈之。」《因果經》：「善慧仙人脱鹿皮衣布地，不足掩泥，又解髮以覆之。普光如來即便踐之而坐。」皆爲釋迦牟尼佛之前世。《佛祖統紀》：北齊文宣帝以沙門法上爲國師，帝布髮於地，令上踐之升座。洪容齋《續筆》：南唐後主淫於浮圖氏，歙人汪焕諫言：「梁武帝刺血寫佛經，散髮與僧踐，終餓死於臺城。」梁武布髮,習見。

〔四五〕候,《英華》作「俟」。

〔四六〕〔馮曰〕按《舊書·傳》:「仲郢精釋典,《瑜伽》《智度大論》皆再鈔,自餘佛書,多手記要義。」故義山啓求撰記。

# 上河東公第三啓〔一〕

商隱啓:伏奉榮示,伏蒙仁恩,賜撰《金字法華經記》一首〔二〕。正冠薦笏,跪捧伏讀。聽儀鳳之簫管,祇恐曲終〔三〕;對仙客之棋枰,仍憂路盡〔四〕。欣榮羨慕,造次失常。

昨者爰託翠珉,將翻貝夾〔五〕。方資護念〔六〕,麤冀標題〔七〕。換骨惟望於一丸〔八〕,剜身止求于半偈〔九〕。豈謂尚書,載持夢筆,仰拂文星〔一〇〕,入不二法門〔一一〕,住第一義諦〔一二〕。儒童菩薩,始作仲尼〔一三〕;金粟如來,方爲摩詰〔一四〕。鋪舒于無上〔一五〕,藻輝于至真〔一六〕。而又以七喻之微〔一七〕,較五常之要〔一八〕,脗然合契〔一九〕,永矣同塗。既令弟子言《詩》〔二〇〕,又與聲聞受記〔二一〕。一佛出世〔二二〕,萬人所望〔二三〕。不知孱微,何以負荷!

便當刻之鳥篆〔二四〕,置彼龍宫〔二五〕。此則吹之以宋玉之風〔二六〕,照之以謝莊之月〔二七〕;彼則傳之於赤髭疏主〔二八〕，示之於白足禪師〔二九〕。然後負箒趨門〔三〇〕，前騶入廄〔三一〕。以鈐奴爲歡友〔三二〕，與車御爲良朋〔三三〕。冀必從公〔三四〕，以謝嘉命。過此而往，不知所圖。下情無任距躍感激歡喜信受之至〔三五〕！謹啓。

【校注】

〔一〕本篇原載《文苑英華》卷六六五第八頁、清編《全唐文》卷七七八第八頁、《樊南文集詳注》卷四。《英華》此爲《上河東公啓三首》之三，徐本從之。馮注本爲《上河東公啓二首》之二。〔按〕啓云：「伏奉榮示，伏蒙仁恩，賜撰《金字法華經記》一首。」則此篇爲謝仲郢賜撰《金字法華經記》而上，與上篇爲同時先後之作，當亦大中七年作。參上篇注〔一〕。

〔二〕〔馮校〕《英華》無「賜」字。〔按〕殘宋本《英華》有「賜」字，馮氏所據當是明本。

〔三〕〔徐注〕《書》：《簫韶》九成，鳳凰來儀。

〔四〕〔馮注〕虞喜《志林》：信安山石室，王質入其室，見二童子方對棋，看之。局未終，視其所執伐薪柯，已爛朽。遽歸鄉里，已非矣。按：又見《述異記》「晉時王質以伐木入山」。而《太平御覽》引之作《晉書》。《搜神後記》：嵩高山北有大穴，晉初，嘗有一人誤墮穴中。循穴而行，計可十餘日，忽曠然見明。又有草屋，中有二人對坐圍棋，局下有一杯白飲，墜者飲之。歸洛下，問張華，華曰：「此仙館大夫，所飲者玉漿也。」《吴志·韋曜傳》：所志不出一枰之上，所務不過方罫之間。又曰:一木之枰,枯棋三百。〔徐注〕《説文》:棋局爲枰。〔補注〕任昉《述異記》卷上:「信安郡石室山,晉時王質伐木,至,見童子數人,棋而歌,質因聽之。童子以一物與質,如棗核,質含之,不覺飢。俄頃,童子謂曰:『何不去?』質起,視斧柯爛盡。既歸,無復時人。」

〔五〕昨,《全文》作「前」,據《英華》改。夾,徐注本、馮注本作「莢」。貝夾,見上篇注〔二〕。〔補注〕翻,寫。

〔六〕〔徐注〕《法華經》:教菩薩法,佛所護念。〔馮注〕《妙法蓮華經》:此《法華經》,現在諸佛之所護念。〔補注〕護念,佛教謂令外惡不入爲護,内善得生爲念。

〔七〕〔徐注〕《南史·宋宗室傳》:義康稠人廣坐,每標題所憶,以示聰明。〔補注〕標題,指標識於書畫器物上之題記文字。徐注引非其義。

〔八〕〔徐注〕《漢武内傳》:王母謂帝曰:「子但愛精握固,閉氣吞液,一年易氣,二年易血,三年易精,四年易脈,五年易髓,六年易骨,七年易筋,八年易髮,九年易形。」杜甫詩:相哀骨可换,亦遺馭清風。魏文帝詩:西山一何高,高高殊無極。上有兩仙童,不飢亦不食。與我一丸藥,光耀有五色。服藥兩三日,身輕生羽翼。〔馮注〕换骨,即易骨,此則謂换骨神丹也。詩云「服藥四五日,身輕生羽翼」,斯换骨之類也。

〔九〕〔馮注〕《報恩經》:轉輪聖王向一婆羅門白言:「大師解佛法耶?爲我解説。」婆羅門言:「若能就王身上剜作千瘡,灌滿膏油,安施燈炷,然以供養者,吾當爲汝解説。」爾時大王作是事已,婆羅門即便爲王而説半偈，王聞法已，心生歡喜。又：大轉輪王見一切衆生，起大悲心，剜身千燈，求此半偈。〔按〕「一丸」「半偈」，均切題記。

〔一〇〕夢筆，見《爲山南薛從事謝辟啓》「曾無綵筆」注。文星，見《爲李貽孫上李相公啓》「文星留伏於筆間」注。

〔一一〕〔馮注〕《維摩經》：維摩詰謂衆菩薩言：「諸仁者，云何菩薩入不二法門？各隨所樂説之。」又：諸菩薩各各説已，於是文殊師利問維摩詰，何等是菩薩入不二法門？時維摩詰默然無言。文殊師利歎曰：「善哉，善哉！乃至無有文字語言，是真入不二法門。」〔補注〕《維摩詰經·入不二法門品》：「如我意者，於一切法無言無説，無示無識，離諸問答，是爲入不二法門。」佛家謂平等而無差異之至道爲不二法門。唐裴漼《少林寺碑》：「沙門跋陀者，天竺人也，空心玄粹，惠性淹遠，傳不二法門，有甚深道業。」

〔一二〕〔徐注〕《十輪經》：諸佛、菩薩、辟支及四沙門果是七種人，名爲第一義。僧在家得勝果者亦名爲第一義。《法苑珠林》：梁武帝問達摩，如何是聖諦第一義？答曰：「廓然無聖。」〔馮注〕《楞伽經》：第一義者，聖智自覺所得，非言説妄想覺境界。梁昭明《解二諦義》：真諦，亦名第一義諦；俗諦，亦名世諦。《涅槃經》言，出世人所知，名第一義諦；世人所知，名爲世諦。《翻譯名義集》：《中觀論》云：「諸佛依二諦爲衆生説法，一以世俗諦，二第一義諦。」〔補注〕佛教謂最上至深之妙理爲第一義。《大乘入楞伽經·集一切法品》：「第一義者是聖樂處，因言而入，非即是言。第一義者是聖智内自證境，非言語分別智境。言語分別不能顯示。」

〔一三〕〔徐注〕《造天地經》：寶曆菩薩下生世間，號曰伏羲；吉祥菩薩下生世間，號曰女媧；摩訶迦葉號曰老子，儒童菩薩號曰仲尼。〔馮曰〕《造天地經》，乃武后僞周時經目末卷斥爲僞經者，此豈斥削所遺者乎？宋羅璧《識餘三教》一條，引而辯之。陳善《捫蝨新語·學佛者不知孔子》一條，引永明壽禪師《萬善同歸論》曰：「《起世界經》云：佛言我遣二聖者往震旦行化，即下生老子、孔子是也。」其怪誕何足辯哉！《子史精華》引《辯正論》：太昊本應聲大士，仲尼即儒童菩薩。

〔一四〕〔徐注〕《發迹經》：淨名大士是往古金粟如來。《維摩經》：毗邪離大城中有長者，名維摩詰。〔馮注〕《淨名經妙義鈔》：梵言「維摩詰」，此云「淨名」。〔補注〕金粟如來，佛名，即維摩詰大士。維摩，意爲淨名。常以維摩詰泛指修大乘佛法之居士。二句蓋謂仲郢兼通儒、釋。

〔一五〕〔徐注〕《金剛般若經》：無上甚深微妙法。〔馮注〕《文殊師利般涅槃經》：爲説實義於無上道，得不退轉。〔補注〕佛教謂涅槃爲無上法，謂大乘爲無上乘（至極之佛法）。

〔一六〕〔馮注〕《千佛因緣經》：「有發無上正真之道。」《月明菩薩經》：「願無上如來至真等正覺。」字皆至多，偶引此耳。《翻譯名義集》：無著曰：「大乘教者，至真之理也。」〔徐注〕《法苑珠林》：故經中來至佛所云「南無無所著，至真等正覺」，是名口業，稱歎如來德也。

〔一七〕〔徐注〕《法華經》：七喻：火宅、窮子、藥草、化城、繫珠、頂珠、醫子。載《教乘法數》。

〔一八〕要，徐注本、馮注本一作「典」。〔徐注〕《列子》：楊朱曰：「人肖天地之類，懷五常之性。」《漢書・禮樂志》：合五氣之和，導五常之行。按：佛書云：一不殺，配仁。慈愛好生曰仁，五行之木亦主於仁。仁則不殺，配仁也。二不盜，配智。邪正明了曰智，五行之水亦主于智。智則不盜，配智也。三不邪淫，配義。制事合宜曰義，五行之金亦主于義。義則不邪淫，故以不邪淫配義也。四不妄語，配信。真實不欺曰信，五行之土亦主于信。信則不妄語，故以不妄語配信也。五不飲酒，配禮。處事有則曰禮，五行之火亦主于禮。禮則妨于過失，故以不飲酒配禮也。〔馮注〕《魏書・釋老志》：佛有五戒，去殺、盜、淫、妄言、飲酒，大意與仁、義、禮、智、信同，名爲異耳。

〔一九〕〔徐注〕《莊子》：爲其吻合。〔補注〕《後漢書・張衡傳》：「驗之以事，合契若神。」

〔二〇〕〔馮注〕此用《論語》，言既是儒宗，又通釋典也。舊引（按：指徐注引）《隋書・經籍志》「釋迦謝世，弟子大迦葉與阿難等，追共撰述，爲十二部」者誤矣。〔補注〕《論語・八佾》：「子夏問曰：『「巧笑倩兮，美目盼兮，素以爲絢兮。」何謂也？』子曰：『繪事後素。』曰：『禮後乎？』子曰：『起予者商也，始可與言《詩》已矣。』」

〔二一〕受，《英華》注：集作「授」。〔馮注〕《法華經》：爾時慧命須菩提、摩訶迦葉等白佛言：「我等今於佛前聞授聲聞阿耨多羅三藐三菩提記，心甚歡喜。不謂於今忽然得聞希有之法，深自慶幸。」按：聲聞小果，非大乘希有之法。「弟子」「聲聞」，皆以自比。〔徐注〕《傳燈録》：因聲聞而悟者名聲聞果。《金剛經》:燃燈佛於我授記。〔補注〕聲聞,佛家稱聞佛之言教,證四諦(苦、集、滅、道)之理的得道者,常指羅漢。

〔二二〕〔徐注〕《隋書·經籍志》:佛經云,末法已後,衆生愚鈍,無復佛教,而業行轉惡,年壽漸短。經數百千載間,乃至朝生夕死。然後有大水火、大風之災,一切除去之。而更立生人,又歸淳樸,謂之小劫。每一小劫則一佛出世。〔馮注〕李燾《長編》:太宗尤重内外制之任,嘗謂近臣曰:「聞朝廷選一舍人,六親相賀,諺以爲一佛出世,豈容易哉!」按:雖宋事,必唐時傳斯語也。

〔二三〕〔徐注〕《詩》:行歸于周,萬民所望。

〔二四〕〔馮注〕《晉書》:衛恒《四體書勢》:「黄帝之史沮誦、倉頡,眺彼鳥跡,始作書契。」〔補注〕鳥篆,篆體古文字,形如鳥之爪跡,故名。《後漢書·酷吏傳·陽球》「或鳥篆盈簡」李賢注:「八體書有鳥篆,象形以爲字也。」

〔二五〕龍宫,指佛寺,見上篇注〔三六〕。

〔二六〕〔徐注〕宋玉《風賦》:此大王之雄風也。

〔二七〕〔徐注〕謝莊《月賦》:委照而吴業昌。〔按〕謝莊《月賦》:「美人邁兮音塵闕,隔千里兮共明月。」

〔二八〕〔馮注〕《洛陽伽藍記》:佛耶舍,比名覺明,日誦三萬言,洞明三藏,於羅什法師共出《毗婆沙論》及《四分律》,爲人髭赤,時號爲「赤髭三藏」。按:《蓮社高賢傳》作佛馱邪舍,罽賓國婆羅門種也，善解《毗婆沙論》，時人號「赤髭論主」。

〔二九〕於，《全文》作「以」，據《英華》改。〔徐注〕《法苑珠林》：魏太武時，沙門曇始甚有神異，足不躡履，跣行泥穢中，奮足便淨，色白如面，俗號「白足阿練」也。

〔三〇〕見《爲同州任侍御上崔相國啓》「擁篲瞻門」注。

〔三一〕騶，《英華》作「芻」，徐本、馮本從之。〔按〕當作「騶」。前騶，官吏出行時在前面開路。

〔三二〕鈴，《全文》作「鉗」，《英華》作「鈐」，均誤，從馮校改。蓋「鈴」先形誤爲「鈐」，繼又誤爲音同之「鉗」也。歡，《英華》作「勸」，注：集作「歡」。〔馮注〕「鈴奴」，鈴下也，蓋給使於鈴閣者。「鈴奴」「車御」分承「門」「厩」。徐刊本作「鉗奴」，誤也。

〔三三〕〔徐注〕《晉書・胡毋輔之傳》：常過河南門下飲。河南騶王子博箕坐其傍，輔之叱使取火。子博曰：「我卒也，惟不乏吾事則已，安復爲人使？」輔之因就與語，薦之河南尹樂廣，召爲功曹。《南史・謝幾卿傳》：詣道邊酒壚，停車褰幔，與車前三騶對飲。〔馮曰〕甘爲執鞭。不必拘定何事。

〔三四〕〔徐注〕《詩》：無小無大，從公于邁。

〔三五〕〔徐注〕《左傳》：距躍三百，曲踴三百。注：距躍，超越也；曲踴，跳踴也。〔馮注〕《佛説賢首經》：「踴躍歡喜。」《金剛般若經》：「衆生得聞是經，信解受持。」凡踴躍、歡喜、信受之字，習見諸經。〔補注〕信受，信仰、相信并接受。《梁書・文學傳下・任孝恭》：「孝恭少從蕭寺雲法師讀經論，明佛理，至是蔬食持戒，信受甚篤。」

## 樊南乙集序〔一〕

余爲桂林從事日，嘗使南郡，舟中序所爲四六，作二十編〔二〕。明年正月，自南郡歸。二月府貶〔三〕。選爲盩厔尉〔四〕，與班縣令武功劉官人同見尹〔五〕，尹即留假參軍事，專章奏〔六〕。屬天子事邊，康季榮首得七關；數月〔七〕，李玭得秦州〔八〕；月餘，朱叔明又得長樂州，而益丞相亦尋取維州〔九〕，聯爲章賀〔一〇〕。時同寮有京兆韋觀文、河南房魯〔一一〕、樂安孫朴、京兆韋嶠〔一二〕、天水趙璜〔一三〕、長樂馮顓、彭城劉允章〔一四〕。是數輩者，皆能文字。每著一篇，則取本去〔一五〕。是歲，葬牛太尉〔一六〕，天下設祭者百數。他日尹言：「吾太尉之薨，有杜司勳之誌〔一七〕，與子之奠文〔一八〕，二事爲不朽〔一九〕。」

十月，尚書范陽公以徐戎凶悍〔二〇〕，節度闕判官，奏入幕〔二一〕。故事〔二二〕，軍中移檄牒刺〔二三〕，皆不關決記室〔二四〕，判官專掌之。其關記室者，記室假，故余亦參雜應用〔二五〕。明年府薨〔二六〕，選爲博士，在國子監太學〔二七〕，始主事講經〔二八〕，申誦古道，教太學生爲文章〔二九〕。七月〔三〇〕，尚書河東公守蜀東川〔三一〕，奏爲記室。十月，得見吴郡張黯見代，改判上軍〔三二〕。

時公始陳兵新作教場〔三三〕，閱數軍實〔三四〕。判官務檢舉條理〔三五〕，不暇筆硯。明年，記室請如京師，復攝其事〔三六〕。自桂林至是，所爲已五六百篇，其間可取者四百而已。

三年以來，喪失家道〔三七〕，平居忽忽不樂，始尅意事佛，方願打鐘掃地，爲清涼山行者〔三八〕，於文墨意緒闊略〔三九〕。爲置大牛篋〔四〇〕，塗逭破裂〔四一〕，不復條貫〔四二〕。十月，弘農楊本勝始來軍中〔四三〕，本勝賢而文，尤樂收聚牋刺，因懇索其素所有，會前四六置京師不可取者，乃强聯桂林至是所可取者〔四四〕，以時以類，亦爲二十編，名之曰《四六乙》〔四五〕。此事非平生所尊尚〔四六〕，應求備卒〔四七〕，不足以爲名，直欲以塞本勝多愛我之意〔四八〕。遂書其首。是夕大中七年十一月十日夜，火盡燈暗，前無鬼鳥〔四九〕，一如大中元年十月十二日夜時〔五〇〕。書罷，永明不成寐〔五一〕。

【校注】

〔一〕本篇原載《文苑英華》卷七〇七第一頁、清編《全唐文》卷七七九第一八頁、《樊南文集詳注》卷七。〔按〕據篇末記時，此序作于大中七年十一月十日夜。

〔二〕〔補注〕詳參前《樊南甲集序》「大中元年」一段。二十編，即前序所謂二十卷。

〔三〕〔補箋〕據《爲滎陽公與前浙東楊大夫啓》及此句，鄭亞貶赴循州當在大中二年二月二十三日。

〔四〕〔徐注〕《新書・地理志》：鳳翔府扶風郡，領盩厔縣。〔馮注〕《通典》：盩厔，漢縣。山曲曰盩，水曲曰厔。屬京兆府。〔補注〕《舊唐書・地理志》：「盩厔，隋縣，武德三年屬稷州，貞觀三年還雍州。」後曾改隸鳳翔府，旋復隸雍州京兆府。按：商隱大中二年三、四月間離桂林北歸，約九月中下旬抵長安。選補爲盩厔尉在返京後。

〔五〕功，《全文》《英華》均作「公」。〔徐曰〕疑作「功」。《新書・地理志》：京兆府京兆郡，領武功縣。《日知録》：南人稱士人爲官人。《昌黎集・王適墓志銘》：「一女，憐之必嫁官人，不以與凡子。」是唐時有官者方得稱官人也。杜子美《逢唐興劉主簿》詩云：「劍外官人冷。」〔馮注〕按《左傳》：「官人肅給。」後代史文，如《北齊書・循吏・宋世良傳》：爲殿中侍御史，詣河北括户還，孝莊勞之曰：「若官人皆如此用心，便是更出一天下也。」《孟業（原引作「郎基」，據《北齊書》改）傳》：州府官人。《酷吏・盧裴傳》：遷尚書左丞，伺察官人罪失，動即奏聞，朝士重跡屏氣。《隋書・王韶傳》：晉王廣鎮并州，除行臺右僕射，後進位柱國。文帝幸并州，詔謝曰：「臣比衰暮，殊不解作官人。」《許善心傳》：攝黄門侍郎，留守京師。煬帝先易留守官人，出除巖州刺史。《循吏・梁彦光傳》：四海之内，凡曰官人。《王伽傳》：官人無慈愛之心，不加曉示，致令陷罪。《酷吏・趙仲卿傳》：鞭笞長吏，官人戰慄。《舊書・高祖紀》：官人百姓，賜爵一級。《武宗紀》：赴選官人多京債。李衛公《論潞磁等州縣令録事參軍狀》云：官人皆由選擇，可委輯綏。〇蓋官人本統内外貴賤，各隨其宜以稱之，其後乃於令長掾屬及赴選筮仕者習稱也。前人辨之未備，故詳引焉。班縣令或班姓而即令盩厔者。武公，徐氏疑作「武功」，武功屬京兆府，劉官人似官於武功者。《新書·表》有京兆武功劉氏，亦可舉稱，然皆未可定。《尚書·皋陶謨》：能官人。按：此最始者，其後隨宜稱用，不足詳引。〔按〕徐、馮説是，兹據改。盩厔與武功相鄰，同屬京兆府，兩縣之令、尉同謁京尹，自在情理之中。又，班，等同也。班縣令，即職位相等之縣令。武功，係縣令之籍貫。則當點爲「與班縣令武功劉官人同見尹」。《舊唐書》本傳謂「京兆尹盧弘正奏署掾曹」，《新唐書》同，馮譜、張箋已糾其誤。張箋：「馮氏曰：『尹稱牛僧孺曰吾太尉，當是牛氏宗黨。』與弘正必不合。案《舊·紀》大中五年有京兆尹韋博罰俸事，或即其人歟？」岑仲勉《平質》則謂在李拭、韋博之間，尚有一人曾任京尹，「博固許即樊南文之京尹，然仍待確證也」。

〔六〕〔徐注〕本傳：京兆尹盧弘正奏署掾曹，令典章奏。〔馮注〕本傳以尹爲盧弘正，誤，詳《年譜》。假參軍，假法曹參軍也，詳《偶成轉韻七十二句贈四同舍》詩（「手封狴牢屯制囚」句下）箋。

〔七〕月，《英華》注：集作「日」。非。

〔八〕〔馮箋〕按杜牧《題永崇西平王宅太尉愬院六韻》結云：「隴山兵十萬，嗣子握雕弓。」注曰：「今鳳翔李尚書，太尉長子。」其名其地其時皆合，必即此李玭也。可以略補愬傳之闕。《英華·授李玭鳳翔節度使制》：生王侯之大家，傳帶礪之盛業。〔按〕李玭大中三至四年在鳳翔節度使任，見《唐方鎮年表》。

〔九〕〔馮箋〕《舊書·杜悰傳》：李德裕鎮西川，吐蕃首領悉怛謀以維州城降，執政者與德裕不協，勒還其城。至是復收之，亦不因兵刃，乃人情所歸也。〔按〕杜悰會昌四年七月拜相，五年五月罷爲東川節度使。大中二年二月徙西川節度使，治益州，故稱「益丞相」。

〔一〇〕〔馮箋〕《舊書·宣宗紀》：大中三年正月，涇原節度使康季榮奏，吐蕃以秦、原、安樂三州及石門等七關之兵民歸國。詔靈武節度使朱叔明、邠寧節度使張君緒各出本道兵馬應接其來。六月，季榮收復原州，石門、驛藏、木峽、制勝、六盤、石峽等六關訖，張君緒奏收復蕭關，敕於蕭關置武州，改安樂爲威州。七月，三州七關軍民，皆河、隴遺黎，數千人見於闕下。上御延喜門撫慰，令其解辮，賜之冠帶。八月，鳳翔節度使李玭奏收復秦州。九月，西川節度使杜悰收復維州。〔徐曰〕《詩集》中《偶成轉韻》云：「平明赤帖使修表，上賀嫖姚收賊州。」即此事也。〔按〕商隱爲收復三州七關所代擬之賀表今均佚。

〔一一〕〔徐注〕《宰相世系表》：（房）魯字詠歸。〔馮注〕《宰相世系表》「房魯字詠歸」者，玄齡之裔，然非河南。似非此人也。《文粹》有房魯《上節度使書》。《全唐詩話》：「長安木塔院，有進士房魯題名處。」似即其人。

〔一二〕〔馮曰〕韋嶠未必即韋蟾之誤，詳《詩集·和孫朴韋蟾孔雀詠》題注。〔按〕《新唐書·宰相世系表四上》有「（韋）嶠，秋官侍郎」，時代不合，顯非此韋嶠。

〔一三〕〔徐注〕《宰相世系表》：（趙）璜字祥牙。〔馮注〕《唐詩紀事》：開成三年登第。〔補注〕《唐故處州刺史趙府君墓誌》：「君諱璜，字祥牙。其先自秦滅同姓，降居天水。……先君諱伉，自建中至元和，伯仲五人，登進士第，時號卓絶。……君生三歲而孤，與兄璘、弟珪，年齒相差……嗜學工文，才調清逸……開成三年，禮部侍郎高公鍇奬拔孤進，君與再從兄璉同時登進士第，余（撰墓誌者趙璜之兄趙璘，時守衢州刺史）是時亦以前進士吏部考判高等……會昌末，始選授秘書省校書郎。宰相有以辭華上聞者，特除鄠縣尉。尚書韋公損節度武昌，奏監察、殿中二御史，皆掌書記。府罷，歷京兆府户曹、大理正、秘書丞，階至朝散大夫……及刺縉雲也，余前此自祠部郎守信安，浙河之東，封疆鄰接……以咸通三年四月十一日，遭大病于郡廨，享年五十九。」又據《唐故進士趙君（珪）墓誌銘》，大中元年，「次兄京兆府鄠縣尉璜，乞假護喪東歸」，與商隱此序對照，可推知至大中三年趙璜仍任鄠縣尉，故與同屬畿縣之盩厔縣尉商隱熟悉，亦可進一步推知此處所列舉之韋、房等七人均爲京兆府之僚屬及畿縣令、尉。

〔一四〕〔馮注〕《新書·劉伯芻傳》：孫允章，字藴中。咸通中，爲禮部侍郎，後爲東都留守。〔補注〕《陝西金石志》卷一九有《故楚國夫人贈貴妃楊氏墓誌銘并序》，翰林學士、朝議郎、守尚書户部郎中、知制誥、賜紫金魚袋臣劉允章奉敕撰，時在咸通六年四月。

〔一五〕〔補注〕本，稿本、底稿。《南史·蕭藻傳》：「自非公宴，未嘗妄有所爲，縱有小文，成輒棄本。」

〔一六〕〔徐注〕《新書》：牛僧孺，字思黯。宣宗立，徙衡、汝二州。還，爲太子少師。卒，贈太尉。〔馮注〕《舊書·牛僧孺傳》：穆宗長慶三年，同平章事。敬宗時，封奇章郡公。後至大中初卒，贈太子太師，謚文貞。《新書・傳》：贈太尉，謚曰文簡。按：贈與謚二書不同。《北夢瑣言》又云：「大中初卒，未賜謚。白敏中入相，乃奏定謚曰『簡』。」無「文」字。《唐文粹》有李珏撰《牛僧孺神道碑》云：「大中戊辰歲十月二十九日薨，己巳歲五月十九日葬。」〔按〕據杜牧《唐故太子少師奇章郡開國公贈太尉牛公墓誌銘并序》，太尉自是贈官。己巳爲大中三年，故「是歲」即指大中三年。

〔一七〕〔徐注〕《新書》：杜牧，字牧之。歷黃、池、睦三州刺史。入爲司勳員外郎，常兼史職。人號爲「小杜」，以別杜甫云。〔馮注〕《舊書・杜牧傳》：遷司勳員外郎、史館修撰。《太平廣記》引《唐闕史》：牧在牛僧孺揚州幕，惟以宴遊爲事，出没倡樓。僧孺密教卒三十人，易服隨後潛護之。及徵拜御史，僧孺餞之，命侍兒取一小書簏，對牧發之，乃街卒密報，凡數十百，悉曰：「某夕杜書記過某家無恙。」牧慚泣拜謝，終身感焉。故爲誌極言其美。〇誌文見《文粹》。曰「吾太尉」，（京兆尹）當是牛氏宗黨。

〔一八〕〔徐曰〕（奠文）今不傳。

〔一九〕《英華》注：（「事」下）集有「文」字。

〔二〇〕〔徐注〕（范陽公）盧弘正。〔馮注〕（十月）四年十月，辨詳《年譜》。〔按〕此處「十月」承上文「是年」，自指大中三年十月。張氏《會箋》已正馮譜之誤，詳見《會箋》大中三年附考。盧弘正，應從《新書》作「盧弘止」。《新唐書・盧弘止傳》：「出爲武寧節度使。徐自王智興後，吏卒驕沓，銀刀軍尤不法。弘止戮其尤無狀者。」此即所謂「徐戎凶悍」。

〔二一〕〔馮注〕是判官，非掌書記（按：兩《唐書》誤爲掌書記），詳《年譜》。〔按〕商隱在徐幕任判官，非掌書記。其《偶成轉韻七十二句贈四同舍》云：「廷評日下握靈蛇，書記眠時吞彩鳳。」書記即「四同舍」之一，其非自指甚明。戴偉華《唐方鎮文職僚佐考》謂商隱此序中之「判官」乃幕僚之通稱，非指職掌。然上文謂「徐戎凶悍，節度闕判官」，此「判官」顯爲判理軍政事務之僚屬，非職掌文牘之掌書記。下文謂「改判上軍」，「判官務檢舉條理，不暇筆硯」，亦實指判官之職，非通稱。又，弘止奏辟商隱入幕在大中三年十月，而商隱由京赴幕已是閏十一月末或十二月初，《偶成轉韻》「臘月大雪過大梁」可證。

〔二二〕〔補注〕故事，舊例。

〔二三〕檄，《英華》作「易」。〔馮校〕《英華》只作「易」，徐刊本作「檄」，今從之。〔馮注〕《晉書·葛洪傳》：洪所著移檄章表。《舊書·職官志》：諸司自相質問，其義有三：關、刺、移。關謂關通其事，刺謂刺舉之，移謂移其事於他司。〔補注〕移檄，官文書移與檄之合稱。《文心雕龍·檄移》：「故檄移爲用，事兼文武。」歐陽修《與陳員外書》：「凡公之事，上而下者，則曰符曰檄；問訊列對，下而上者，則曰狀；位等相以往來，曰移曰牒。」

〔二四〕〔補注〕關決，參與決策、參與處理。

〔二五〕〔補注〕假，告假。或解爲「假吏」之假，暫代也。應用，指駢體四六之文。《直齋書録解題》別集類：「《樊南甲乙集》四十卷……皆表章啓牒四六之文。既不得志於時，歷佐藩府，自茂元、亞之外，又依盧弘正、柳仲郢，故其所作應用若此之多。」周煇《清波雜志》：「四六應用，所貴翦裁。」疑唐時已有此稱。參雜應用，或謂偶亦作駢文表狀書啓。現存商隱駢文，盧幕期間所作者僅《爲尚書范陽公賀吏部李相公啓》《爲度支盧侍郎賀畢學士啓》二首，此或即「參雜應用」者。

〔二六〕〔馮注〕弘正遷宣武節度使，仍遽卒於徐鎮。〔按〕馮譜謂弘止卒于大中六年，誤，當是五年，張氏《會箋》已正之，詳《會箋》大中三年附考。至於遷宣武節度，仍遽卒於徐鎮之説，係據《舊唐書·盧弘正傳》「鎮徐四年，遷檢校兵部尚書、汴州刺史、宣武軍節度、宋亳潁觀察等使，卒於鎮」及《新唐書·盧弘止傳》「徙宣武，卒于鎮」之記載而作出之推斷，張氏《會箋》亦贊同其説。

〔二七〕〔補注〕《新唐書·百官志三》：「國子監……掌儒學訓導之政，總國子、太學、廣文、四門、律、書、算凡七學。」「太學，博士六人，正六品上……掌教五品以上及郡、縣公子孫、從三品曾孫爲生者。五分其經以爲業，每經百人。」

〔二八〕始主事講經，《英華》注：集作「始復欲注書講經」。非。

〔二九〕太學生，《英華》注：三字集作「天下學生」。非。

〔三〇〕〔馮注〕（大中）六年七月。〔按〕馮注誤。張氏《會箋》已正爲大中五年七月。詳《會箋》大中五年「七月，河南尹柳仲郢爲梓州刺史、東川節度使」條附考。

〔三一〕〔徐注〕（尚書河東公）柳仲郢。

〔三二〕〔馮注〕在徐已爲判官，此故求改也。又曰：判官稍高於掌書記。在徐幕已爲判官，而仲郢乃奏爲記室，義山必至洛情懇而奏改也，無仲郢私改之理。

〔三三〕陳兵新作教場，「作教」二字，《英華》訛倒，注：集作「新練兵作教場」。非。

〔三四〕軍，《英華》作「兵」，非。〔馮注〕《左傳》：在軍，無日不討軍實而申儆之。又：歸而飲至，以數軍實。〔補注〕閱數軍實，檢閱軍隊，統計軍用器械糧餉。

〔三五〕〔補注〕檢舉條理，檢查治理。

〔三六〕〔補注〕謂復代理掌書記之職事。

〔三七〕〔補注〕《易·家人》：「父父、子子、兄兄、弟弟、夫夫、婦婦而家道正。」喪失家道，此指喪妻。商隱妻王氏卒于大中五年，故云「三年以來，喪失家道」。

〔三八〕〔馮注〕《太平御覽》引《水經注》：五臺山有五巒巍然，故曰五臺。晉永嘉三年，鴈門郡人五百餘家，避亂入此山，見山中人爲先驅，因而不返，遂寧巖野。往還之士，稀有望見其村居者。至詣尋訪，莫知所在，故俗人以爲仙者之都矣。中臺之山，山頂方三里，西北陬有一泉，水不流，謂之太華泉。蓋五臺之層秀。《仙經》云：「此山名爲紫府，仙人居之。」其九臺之山，冬夏常冰雪，不可居，即文殊師利嘗鎮毒龍之所。今多佛寺，四方僧徒，善信之士，多往禮焉。按：今本《水經注》脱去，而《寰宇記》引之，互有省節。今合校正一二字也。《寰宇記》「仙人居之」下，又有「《内經》以爲清凉山」句。「其九臺之山」，似訛「北」爲「九」耳。《元和郡縣志》：「五臺山在代州五臺縣東北百四十里，《道經》以爲紫府山，《内經》以爲清涼山。」當亦本酈注也。《華嚴大疏》：「歲積堅冰，夏仍飛雪，曾無炎暑，故曰『清涼』。」《法苑珠林》：「文殊將五百仙人往清涼之山，即斯地也。」《通鑑》注：「五峰頂無林木，有如壘土之臺，故曰五臺。」〔徐注〕朱弁《曲洧舊聞》：「『代州清涼山清涼寺，始見于《華嚴經》，蓋文殊示現之地也。』在五臺山之西五臺縣。

〔三九〕〔補注〕闊略，粗疏、不講究。

〔四〇〕大牛，《英華》注：集作「太平」。非。

〔四一〕〔補注〕塗逌，塗改。

〔四二〕〔補注〕條貫，整理。

〔四三〕〔徐注〕《宰相世系表》：（楊）籌，字本勝，監察御史。〔馮注〕餘詳《詩集·楊本勝説於長安見小男阿衮》題注。

〔四四〕〔補注〕謂收集先前所作四六文棄置於京師無可取者（未收入《樊南甲集》者），以及自桂幕至今可取者（即上文所謂「其間可取者四百而已」）。

〔四五〕乙，《英華》作「一」，誤。名之曰，《英華》注：三字集作「爲」。

〔四六〕尊，《英華》作「專」，誤。

〔四七〕〔補注〕應求，應人之請求；備卒，應付倉卒之須。

〔四八〕〔補注〕多，稱賞。

〔四九〕〔馮注〕《荆楚歲時記》：正月，夜多鬼車鳥度，家家搥門打户，捩狗耳，滅燈燭以禳之。門，一作「牀」。《嶺表録異》：有如鵂留，名鬼車，出秦中，而嶺外尤多。春夏之間，遇陰晦飛鳴，愛入人家，爍人魂氣。或云九首，曾爲犬齧下一首，常滴血也。血滴之家，即有凶咎。○前序言月明，此以無鬼鳥言非陰晦，亦月明時也。〔補注〕鬼鳥，即鬼車鳥。《酉陽雜俎》：「鬼車鳥，相傳此鳥昔有十首，能收人魂，一首爲犬所噬。秦中天陰，有時有聲，聲如力車鳴，或言是水雞過也。」李時珍《本草綱目・禽・鬼車鳥》：鬼車鳥別名「鬼鳥、九頭鳥、蒼鸆、奇鶬」。

〔五〇〕十（月），《英華》注：集作「十二」。非。句下注：是序前四六（即《樊南甲集》）之夕。

〔五一〕《英華》注：集作「書罷永歎，際明而不成寐」。

## 爲同州張評事謝辟啓〔一〕

潛啓：伏奉榮示，伏蒙猥賜奏署，今月某日，敕旨授官。承命恐惶〔二〕，不知所措。某文乖綺繡，學乏縑緗〔三〕。負米東郊〔四〕，止勤色養〔五〕；獻書北闕〔六〕，未奉明恩。撫京洛之塵，素衣穿穴〔七〕；訪江湖之路，白髮徘徊〔八〕。大夫榮自山陽〔九〕，來臨沙苑〔一〇〕，固以室盈東箭〔一一〕，門咽南金〔一二〕，豈謂搜揚，乃加孱眇〔一三〕。府稱蓮沼〔一四〕，慚無倚馬之能〔一五〕；地號雲門〔一六〕，竊有化龍之勢〔一七〕。便居帷幄〔一八〕，遽別蓬蒿〔一九〕，袁生有望於樵蘇〔二〇〕，楚子永辭於藍縷〔二二〕。刻諸肌骨，知所依歸〔二三〕。伏惟特賜鑒察，謹啓。

【校注】

〔一〕本篇原載《文苑英華》卷六五四第一頁、清編《全唐文》卷七七七第一〇頁、《樊南文集詳注》卷四。《文苑英華》題爲《爲同州張評事謝辟并聘錢啓二首》，徐本、馮本題爲《爲同州張評事潛謝辟并聘錢啓二首》。兹從《全唐文》與下篇《爲同州張評事謝聘錢啓》分題。〔徐注〕《舊書·地理志》：同州，上輔，領縣六，馮翊、郃陽、白水、澄城、韓城、夏陽，同州刺史領之。〔馮箋〕按《太平廣記》引野史：「會昌二年，鄭顥狀元及第，第二人張潛。」《通鑑·大中十二年》：「右補闕内供奉張潛疏論藩府羨餘，上嘉納之。」時頗相合，不知即此人否？又按：初疑即祭文之張書記，亦王茂元婿，今細核必非也。未知何年所作。亦見《闕史》。此啓似在其未第時。〔張箋〕（置不編年文。）〔按〕《唐闕史》：「會昌二年，禮部柳侍郎璟再司文柄，都尉（指鄭顥，後尚萬壽公主爲駙馬都尉，故稱）以狀頭及第，第二人姓張名潛。」此張潛即商隱爲其代撰謝啓之張評事潛。潛與鄭顥爲同年進士，故鄭顥父祗德奏署張潛爲同州從事。鄭祗德被任命爲同州刺史在大中七年冬，其由楚州（山陽）赴京入謝並奏署張潛爲同州從事的時間約當大中八年春。此時商隱由梓幕短期歸京，故有此二謝啓之代作。詳見本書附録《李商隱梓幕期間歸京考》。

〔二〕惶，《英華》注：一作「懼」。

〔三〕〔徐注〕陸機《文賦》：藻思綺合，清麗芊眠，爛若縟繡，悽若繁絃。《初學記》：《范子計然》曰：「今富者綺繡羅紈，素綈冰錦。」《後漢書·宦者傳》：自古書契多編以竹簡，其用縑帛者謂之爲紙。《北堂書鈔》：《晉中興書》曰：「傅玄盛書有青縑袠。」《説文》：緗，帛淺黄色也。蕭統《文選序》：飛文染翰，則卷盈乎緗帙。〔補注〕綺繡，喻文采華麗。縑緗，喻繁富之書籍。

〔四〕〔徐注〕《家語》：子路曰：「昔者由也爲親百里負米。」

〔五〕〔徐注〕《荀氏家訓》：荀顗色養烝烝，以孝聞。〔補注〕《論語·爲政》：「子游問孝。子曰：『今之孝者，是謂能養……』子夏問孝，子曰：『色難。』」色養，謂和顔悦色奉養父母或承順父母顔色。

〔六〕〔徐注〕《漢書·高帝紀》：蕭何治未央宫，立東闕、北闕。師古曰：未央殿雖南嚮，而上書奏事謁見之徒，皆詣北闕。公車司馬亦在北焉。〔馮曰〕則是以北闕爲正門。

〔七〕〔徐注〕陸機詩：京洛多風塵，素衣化爲緇。〔馮注〕此謂遊京而久無知己。

〔八〕〔馮注〕潘岳《秋興賦序》：余春秋三十有二，始見二毛。以太尉掾兼虎賁中郎將，寓直于散騎之省。高閣連雲，陽景罕曜。僕野人也，譬猶池魚籠鳥，有江湖山藪之思。○此謂無所之適，而抱遲暮之感，不必用此序也。〔補注〕江湖之路，謂歸隱之路。

〔九〕〔馮注〕《通典》：淮陰郡。晉安帝時立山陽郡，隋初廢。大唐爲楚州，或爲淮陰郡。理山陽縣。〔補注〕大夫，當指現任同州刺史帶御史大夫銜者。

〔一〇〕〔徐注〕《水經注》：洛水東逕沙阜北，俗名沙苑。《元和郡縣志》：沙苑在同州馮翊縣南十二里，其處宜六畜，置沙苑監。〔補注〕杜甫《留花門》詩：「沙苑臨清渭，泉香草豐潔。」此以「沙苑」指同州。

〔一一〕〔馮注〕《爾雅》：東南之美者，有會稽之竹箭焉。

〔一二〕〔徐注〕《詩》：大賂南金。《晉書·薛兼傳》：兼，丹陽人，清素有器宇，少與同郡紀瞻、廣陵閔鴻、吴郡顧榮、會稽賀循齊名，號爲五儁。初入洛，司空張華見而奇之，曰：「皆南金也。」《顧衆》《虞潭傳》：衆，吴郡人；潭，會稽人。贊曰：顧實南金，虞惟東箭。〔馮注〕史臣曰：顧、紀、賀、薛等，並南金東箭，世胄高門。

〔一三〕〔補注〕孱眇，自謙淺陋愚昧。

〔一四〕〔補注〕用蓮幕事，屢見。

〔一五〕〔馮注〕《世説》：桓宣武北征，袁虎時從，被責免官。會須露布文，唤袁倚馬前令作。手不輟筆，俄得七紙。

〔一六〕〔馮注〕《寰宇記》：同州澄城縣雲門谷。《水經注》云：「雲門谷水源出澄城縣界。」按：此爲今本《水經注》之缺文，詳具《禹貢錐指》「漆沮既從」句下。

〔一七〕〔徐注〕《辛氏三秦記》：河津一名龍門，去長安九百里，水懸絶，龜魚之屬莫能上。江海大魚薄集龍門下，上則化爲龍矣，不得上，曝鰓水次也。〔馮注〕《通典》：同州韓城縣有龍門山，即禹

「導河至于龍門」是也。魚集龍門，上即爲龍，皆在此。

〔一八〕〔徐注〕《漢書》：高祖曰：「運籌帷幄之中，決勝千里之外，吾不如子房。」

〔一九〕〔徐注〕《三輔決録》：張仲蔚，扶風人，隱身不仕，所居蓬蒿没人。

〔二〇〕〔徐注〕應璩《與曹長思書》：幸有袁生，時步玉趾，樵蘇不爨，清談而已。〔補注〕樵蘇，砍柴刈草。此指日常生計。

〔二一〕藍，《全文》作「籃」，據《英華》改。《英華》注：集作「襤」。〔徐注〕《左傳》：若敖、蚡冒，篳路藍縷，以啓山林。〔馮注〕《左傳》注曰：藍縷，敝衣。疏曰：服虔云：「言其縷破藍藍然。」按：《史記》作「藍蔞」，後人承用，又作「繿縷」。《左傳》：楚子曰：「先王熊繹，辟在荆山，篳路藍縷，以處草莽。」

〔二二〕〔徐注〕《書》：我先王亦永有依歸。

## 爲同州張評事謝聘錢啓〔一〕

潛啓：錢若干，伏蒙仁恩賜備行李。重非半兩〔二〕，輕異五銖〔三〕。子母相權〔四〕，飢寒頓解〔五〕。細看銅郭〔六〕，徐憶牙籌〔七〕。雖云神有魯褒〔八〕，便恐癖如和嶠〔九〕。辦裝無闕〔一〇〕，通刺有期〔一一〕。感戴之誠〔一二〕，不知所喻。謹啓。

**【校注】**

〔一〕本篇原載《文苑英華》卷六五四第一頁、清編《全唐文》卷七七七第一一頁、《樊南文集詳注》卷四。《文苑英華》連上篇合題《爲同州張評事謝辟并聘錢啓二首》。〔按〕與上篇同時作，約大中八年初春，詳上篇注〔一〕。

〔二〕〔徐注〕《漢書·食貨志》：秦并天下，銅錢質如周錢，文曰「半兩」，重如其文。《武帝紀》：建元五年，罷三銖，行半兩錢。

〔三〕〔徐注〕《漢書·食貨志》：武帝時，有司言三銖錢輕，輕錢易作姦詐，迺更請郡國鑄五銖錢，周郭其質，令不可得摩取鋊。

〔四〕〔徐注〕《周語》：景王將鑄大錢，單穆公曰：「古者天災降戾，于是乎量資幣，權輕重，以振救民。民患輕，則爲之作重幣以行之，于是乎有母權子而行；若不堪重，則多作輕而行之，亦不廢重，于是乎有子權母而行。」〔按〕謂國家鑄錢，以重幣爲母，輕幣爲子，權其輕重而使行，以利于民。

〔五〕〔徐注〕《後漢書·馮異傳》：光武謂諸將曰：「昨得公孫豆粥，飢寒俱解。」《西京雜記》：苦飢寒，逐彈丸。

〔六〕〔徐注〕《漢書》：武帝時民間鑄錢多輕，公卿請令京師鑄官赤仄。注：赤銅爲其郭也。〔馮注〕《漢書·志》注：孟康曰：「周匝爲郭，文漫皆有。」〔補注〕銅郭，銅錢之邊郭。此指銅錢。

〔七〕〔徐注〕王隱《晉書》：王戎好治生，園田周遍天下。翁嫗二人，常以象牙籌晝夜算計家資。

〔八〕云，《英華》注：集作「虞」。馮本從之。〔馮注〕《晉書·隱逸·魯褒傳》：《錢神論》曰：錢之爲體，爲世神寶。親之如兄，字曰「孔方」。失之則貧弱，得之則富昌。

〔九〕〔徐注〕《語林》：杜預道王武子有馬癖，和長輿有錢癖，已有《左傳》癖。〔補注〕《晉書·杜預傳》：「時王濟解相馬，又甚愛之，而和嶠頗聚斂，預常稱『濟有馬癖，嶠有錢癖』。」

〔一〇〕〔徐注〕《漢書·劉安傳》：特賜辨裝錢。〔馮注〕《漢書·兩龔傳》：王莽遣使迎龔勝，先賜六月禄直以辨裝。《後漢書·劉平傳》：詔徵平等，特賜辨裝錢。

〔一一〕〔徐注〕《世説》：禰正平自荊州北遊許都，書一刺，懷之漫滅而無所適。〔補注〕通刺，出示名刺以求延見。

〔一二〕〔徐注〕《吴志·朱桓傳》：除餘姚長，士民感戴之。

## 爲山南薛從事謝辟啓〔一〕

傑遜啓：今月某日，伏蒙辟奏節度掌書記敕下。徒有長裾〔二〕，曾無綵筆〔三〕。初疑誤聽，久乃知歸〔四〕。感激慚惶，不知所喻。某受天和氣，而鮮雄才〔五〕，幸承舊族之華，遂竊名場之價〔六〕。頃者湮淪孤賤〔七〕，綿隔音塵〔八〕，其後從事梓潼〔九〕，經塗天漢〔一〇〕。初筵末席〔一一〕，披霧睹天〔一二〕。自爾以來，懷恩莫極。鄭玄之腰腹，若掛丹青〔一三〕；崔琰之鬚眉，常存夢寐〔一四〕。方思捧持杖屨〔一五〕，厠列生徒〔一六〕；豈望便上仙舟〔一七〕，遽塵蓮府〔一八〕？尚書士林圭臬〔一九〕，翰苑龜龍〔二〇〕，方殿大藩〔二一〕，將求記室。是才子懸心之地〔二二〕，詞人效命之秋〔二三〕。豈伊疏蕪〔二四〕，堪此選擢〔二五〕。思曾、顔之供養〔二六〕，念陳、阮之才華〔二七〕，自公及私，終榮且忝。

伏以家室憂繁初解〔二八〕，山川跋涉未任〔二九〕。須至季秋，方離上國〔三〇〕。撫躬泣下，尚遥郭隗之門〔三一〕；閉目夢遊，已入孔融之座〔三二〕。下情無任攀戀銘鏤之至！

【校注】

〔一〕本篇原載《文苑英華》卷六五四第二頁、清編《全唐文》卷七七七第一〇頁、《樊南文集詳注》卷三。徐注本、馮注本題内「從事」下有「傑遜」二小字置行側。〔徐箋〕案山南有東道、西道。東道理襄州，西道理梁州。表云「從事梓潼，經塗天漢，初筵末席，披霧睹天」，蓋西道也。《新書·方鎮表》：建中元年，升山南西道觀察使爲節度使。興元元年，兼興元尹，增領果、閬二州。《宰相世系表》：薛保遜，字遜之，司農卿。《舊書》：薛廷老，遷給事中，開成三年卒。子保遜，登進士第，位亦至給事中。○「傑」當作「保」無疑。《摭言》載，薛保遜好爲巨編，號「金剛杵」，闠媪以易脂燭，嘗得倍價。其人亦非俊物。〔馮箋〕唐人稱興元直曰「山南」，以西京言之，爲南山也。稱襄州每曰「漢南」矣。此必西道興元府也。又按：傑遜當爲河東舊族，而無可考。徐氏謂必「保遜」之訛……余檢《表》有「（薛）存誠弟子庭傑，右拾遺」，亦見大中十一年九月《紀》文，似「傑」字不應上同，豈果訛「保」爲「傑」歟？《唐摭言》云：「保遜好行巨編，自號『金剛杵』，大中朝以侵侮諸叔，自起居舍人貶洗馬而卒。」《北夢瑣言》云：「大中年，保遜爲舉場頭角，人皆體倣。」又曰：「恃才與地，號爲浮薄。後謫授澧州司馬，殞於郡。」則與司農卿大異，疑皆有誤。而與此自叙情態，亦殊不類。安知薛氏必無傑遜者？當從闕如。又按：此府主曾職翰林也。細檢翰林諸人：王源中，大和八年辭内職，十一月出鎮，九年十月爲刑部尚書，見《紀》文。鄭瀚（按：岑仲勉謂「瀚」爲「澣」之訛），開成二年十一月出鎮，四年春卒。王起，會昌四年秋出鎮，大中元年卒。封敖，大中三年正月出鎮，十一年拜太常卿，皆見《紀》《傳》。敖在鎮頗久，詳《詩集・寄興元渤海尚書》。今思王源中似太早。瀚爲宰相餘慶子。餘慶曾鎮山南，瀚來復繼前美。起四典貢舉。此啓中皆無其意。則似封敖無疑也。啓言赴梓中途，得叨宴飲，其後不久被辟。雖未能細定何年，當在大中三、四年間也。按：保遜事見《唐摭言》《北夢瑣言》者，必無「山南從事」之蹟，不可混牽。〔張箋〕《通鑑》於（大中）三年之末，書「山南西道節度使鄭涯奏取扶州」，是則封敖之前，鄭涯實鎮之，而封非於三年春初至興元也。馮説（按：指馮謂此啓所上之山南西道節度使爲封敖）確甚。原譜仍列（封敖出鎮興元）三年，今從《舊・傳》。（按：《舊唐書・封敖傳》：「轉吏部侍郎、渤海男……四年，出爲興元尹、御史大夫、山南西道節度使。」）〔岑仲勉曰〕余按起以僕射出除，此稱尚書則必非王起。若敖則大中六年蓬果平寇後始加尚書（參《方鎮年表》四及拙著《全唐文札記》），亦難確定其爲敖。澣自刑尚出除，然啓文不頌先德，誠如馮云弗類。源中自禮尚出，於時商隱已歷居令狐、崔戎之幕，徒曰太早，未克祛疑。唯啓有云：「其後從事梓潼，經塗天漢……自爾以來，懷恩莫極。」則府主在任，似總一年已上，源中官山南不足一年，殆非是也。此外曾充翰林而鎮興元者尚有鄭涯，其時期當爲大中元至四年（《方鎮年表》迄三年不確），惜涯以何官除授，未有所知（涯，舊、新《唐書》都無傳，啓祝頌詞少，亦頗相類），封敖之證，猶有存疑也。（《翰林學士壁記注補》十）〔戴偉華曰〕薛傑遜爲興元從事在開成元年至二年（按：令狐楚鎮山南時），其佐梓潼當大和末。《樊川文集》卷一四《祭故處州李使君（方玄）文》：「復與友人故薛子威，邂逅釋願，如相爲期，放論劇談，各持是非。」疑薛傑遜即薛威。（《唐方鎮文職僚佐考》）。按：李方玄大和九年至開成元年馮宿鎮東川時爲觀察判官。）〔按〕馮譜、張箋均繫此啓於大中四年，以所上對象爲封敖。大中四年夏秋間，封敖確已出鎮興元。《唐文拾遺》卷二九有封敖《修斜谷路奏》，云：「當道先准詔令臣檢討却修置斜谷路者……去七月二十日畢功，通過商旅騾馬擔馱往來，七月二十二日已具聞奏訖。」《唐會要》卷八六載此奏于大中四年八月。七月二十畢功，修置開始必在此前。然大中四年斷不可能作此啓。四年商隱在徐州盧弘止幕，雖其間有奉使入關之行，然在此情況下適遇薛傑遜，又由薛倩其作謝啓，可能性甚小。且薛之被辟，非在府主初出鎮時，而係在鎮已有相當長時間之後，視啓内「從事梓潼，經塗天漢……自爾以來，懷恩莫極……豈望便上仙舟，遽塵蓮府」之文，自「經塗天漢」到「遽塵蓮府」時間必不短，岑謂「府主在任，似總一年已上」，近之。啓又云「尚書士林圭臬」，而封敖大中六年二月平蓬、果後方加檢校吏部尚書（商隱有《爲興元裴從事賀封尚書加官啓》），則大中四、五兩年，均不可能作此啓也。然否定四年、五年作此啓並不等於否定此啓所謝對象爲封敖，「尚書士林圭臬」之語，恰可證明此啓上於大中六年二月封敖加檢校吏部尚書之後。又據「伏以家室憂繁初解，山川跋涉未任，須至季秋，方離上國」之語及薛曾「從事梓潼」之事，可推知其過程如下：約大中五年，薛「從事梓潼，經塗天漢」，與封敖見面，旋至梓州，與商隱同幕。後以「家室憂繁」之事回長安。大中六年二月封敖加尚書，後奏辟薛爲掌書記，薛則答以「須至季秋」方能離長安前往興元。因與薛有同在梓幕之誼，代作此謝啓自屬順理成章之事。至於王源中，自亦不排斥有此可能，然因在鎮時間不足一年，與啓内所言情況確有難以吻合之處。戴謂杜牧《李使君祭文》之「薛子威」疑即薛傑遜，已乏實證；謂傑遜所謝之幕主即令狐楚，尤不可合。楚早居相位，開成元年四月，以檢校左僕射出爲山南西道節度使，豈得以「尚書」稱之。其他諸人，皆可排除。此啓作時，薛傑遜身在長安，其時商隱正好由梓州回長安，故有此代作。啓當作於大中八年初春，詳見《李商隱梓幕期間歸京考》。

〔二〕〔徐注〕鄒陽《上吴王書》：飾固陋之心，則何王之門不可曳長裾乎？〔馮注〕謝朓《辭隨王牋》：長裾日曳，後乘載脂。

〔三〕〔徐注〕《南史》：江淹常夢一丈夫，自稱郭璞，謂淹曰：「吾有筆在卿處多年，可見還。」淹乃探懷中，得五色筆一以授之。爾後爲詩絶無美句。

〔四〕〔補注〕知歸，知所歸依。

〔五〕〔徐注〕《後漢書·仲長統傳》：統謂高幹曰：「君有雄志，而無雄才。」〔馮曰〕句疑有脱字。

〔六〕〔徐注〕《南史·張敷傳》：於是名價日重。〔補注〕名場，指科舉考場。竊名場之價，謂登第。

〔七〕〔徐注〕黄香疏：江淮孤賤。〔補注〕湮淪，淪落、埋没。

〔八〕〔徐注〕謝莊《月賦》：美人邁兮音塵闕，隔千里兮共明月。

〔九〕〔徐注〕《元和郡縣志》：梓州射洪縣有梓潼水，與涪江合流。〔馮注〕《舊唐·志》：東川節度治梓州。又：梓州梓潼郡，以梓潼水爲名，郡治郪縣。餘詳《上河東公謝辟啓》「潼水名都」注。〔補注〕從事梓潼，謂爲東川節度使幕府之僚屬。

〔一〇〕〔徐注〕《爾雅》注：箕、斗之間，天漢之津梁。《漢書·蕭何傳》：項羽立沛公爲漢王，何曰：「語曰『天漢』，其稱甚美。」〔馮注〕《通典》：今之梁州，秦漢中郡。〔補注〕天漢，此借指山南西道節度使府所在之興元府（漢中郡）。《漢書》顔師古注引孟康曰：「言地之有漢，若天之有河漢，名號休美。」

〔一一〕〔徐注〕《詩》：賓之初筵。〔馮注〕《禮記·鄉飲酒義》：「啐酒，於席末。」此則謙言居席之末。

〔一二〕〔徐注〕王隱《晉書》：樂廣爲尚書郎，尚書令衛瓘見而奇之，曰：「此人，人之水鏡，見之瑩然若披雲霧而睹青天也。」徐幹《中論》：文王畋於渭水，遇太公釣，召而與之言，載之而歸。文王之識也，灼然若驅雲而見白日，霍然如開霧而睹青天。《野客叢書》：今用披霧睹青天事，多指樂廣。梁孝元詩「還思逢樂廣，能令雲霧褰」，駱賓王詩「情披樂廣天」是也。不知此語已先見徐幹《中論》，晉人蓋引此語以美樂廣耳。〔按〕披雲霧睹青天，又見《世説新語·賞譽》衛伯玉（瓘）贊樂廣。

〔一三〕〔馮注〕《後漢書·鄭玄傳》：袁紹總兵冀州，要玄大會，玄至，延升上坐。身長八尺，飲酒一石，秀眉明目，容儀温偉。依方辯對，莫不歎服。

〔一四〕〔徐注〕《魏志》：崔琰聲姿高暢，眉目疏朗，鬚長數尺，甚有威重。朝士瞻望，太祖亦敬憚焉。庾信碑：差有崔琰之鬚眉，非無鄭玄之腰帶。

〔一五〕〔徐注〕《禮記》：侍坐於君子，君子欠伸，撰杖屨。

〔一六〕〔徐注〕《後漢書》：馬融爲世通儒，教養諸生。常坐高堂，施絳紗帳，前授生徒，後列女樂。弟子以次相傳，鮮有入其室者。

〔一七〕〔徐注〕《後漢書》：郭泰字林宗，遊於洛陽。始見河南尹李膺，膺大奇之，由是名震京師。後歸鄉里，衣冠諸儒送至河上，車數千輛。林宗惟與李膺同舟而濟，衆賓望之，以爲神仙。〔馮注〕仙舟，猶言仙路，取登進之義，不拘李、郭。《詩集》「仙舟尚惜乖雙美」，以言科第矣。〔按〕馮解非。「便上仙舟」與下「遽塵蓮府」對文，意亦一貫，謂得尚書之禮遇而遽入幕府也，與科第無涉，上文「竊名場之價」已言登第事。《詩集・奉和太原公送前楊秀才戴兼招楊正字戎》「仙舟尚惜乖雙美」，亦指茂元不能同時羅致楊戴、楊戎兄弟入涇原幕也，非指科第，參《李商隱詩歌集解》第一册該詩著者按語。

〔一八〕〔徐注〕《南史》：王儉用庾杲之爲衛將軍長史。蕭緬與儉書曰：「庾景行（杲之）泛渌水，依芙蓉，何其麗也！」時以儉府爲蓮花池。

〔一九〕〔徐注〕陳琳檄文：士林憤痛。陸倕《石闕銘》：陳圭置臬。善曰：《周禮》：「土圭之法，測土深，正日影，以求地中。」又：「匠人建國求地中，置槷以懸，視其影。」〔馮注〕《周禮・考工記》注曰：槷，古文「臬」。於所平之地中央，樹八尺之臬，以縣正之。眡（視）之以其景，將以正四方也。〔補注〕圭臬，古代測日影、正四時與測度土地之儀器。此喻典範。

〔二〇〕〔徐注〕揚雄《解嘲》：執蝘蜓而笑龜龍。〔馮注〕蔡邕《郭有道碑》：望形表而影附，聆嘉聲而響和者，猶百川之歸巨海，鱗介之宗龜龍。〔補注〕《禮記・禮運》：「何謂四靈？麟鳳龜龍，謂之四靈。」此以「龜龍」喻傑出人物。

〔二一〕〔徐注〕《詩》：殿天子之邦。〔補注〕《詩・小雅・采菽》毛傳：「殿，鎮也。」

〔二二〕〔馮注〕《戰國策》：楚王曰：「心摇摇如懸旌，而無所終薄。」〔徐注〕《晉書・涼武昭王傳》：表曰：「四海顒顒，懸心象魏。」

〔二三〕〔馮注〕《史記・信陵君傳》：朱亥曰：「此乃臣效命之秋也。」〔徐注〕《後漢書・袁紹傳》：上書曰：「此誠愚臣效命之一驗也。」

〔二四〕〔徐注〕謝脁詩：邑里向疏蕪。〔按〕此「疏蕪」係自謙淺陋蕪雜，徐注引非其義。

〔二五〕〔馮注〕《漢書·師丹傳》：尚書劾咸、欽：「幸得以儒官選擢備腹心。」

〔二六〕〔徐注〕《禮記》：曾子曰：「參，直養者也，安能爲孝乎？」《後漢書·清河王慶傳》：慶垂涕曰：「生雖不獲供養，得終奉祭祀，私願足矣。」〔馮注〕《家語》：曾參志存孝道，齊嘗聘欲以爲卿而不就，曰：「吾不忍遠親而爲人役。」後母遇之無恩，而供養不衰。《史記》：曾參，孔子以爲能通孝道，故授之業。作《孝經》。按：曾子之孝習見矣。《家語》孔子説顔回之行，引《詩》「永言孝思，孝思維則」。《後漢書·延篤傳》論仁孝前後曰：「仁孝同質而生。純體之者，則互以爲稱，虞舜、顔回是也。若偏而體之，則各有其目，公劉、曾參是也。」是可徵顔子之孝。

〔二七〕〔徐注〕《魏志》：太祖並以陳琳、阮瑀爲司空軍謀祭酒，管記室，軍國書檄，多琳、瑀所作也。〔馮注〕又：文帝書與吴質曰：孔璋章表殊健，元瑜書記翩翩，致足樂也。

〔二八〕繁，《英華》作「繫」。〔補注〕憂繁，憂念繁雜之事務。

〔二九〕〔徐注〕《左傳》：文公躬擐甲胄，跋履山川。《詩》：大夫跋涉。

〔三〇〕〔徐注〕《左傳》：巫臣始通吴於上國。〔馮注〕方可出都。〔按〕此「上國」指京都，徐注引非其義。

〔三一〕〔徐注〕《戰國策》：燕昭王將欲報讎，往見郭隗先生，郭隗對曰：「王誠博選國中之賢者而朝其門下，天下之士必趨於燕矣。今王誠欲致士，先從隗始。」

〔三〕〔徐注〕張璠《漢記》：孔融拜大中大夫，每嘆曰：「座上客常滿，尊中酒不空，吾無憂矣。」〔馮注〕《後漢書·孔融傳》：性寬容少忌，好士，喜誘益後進，賓客日盈其門，常嘆曰：「坐上客常滿，樽中酒不空，吾無憂矣。」

# 劍州重陽亭銘并序〔一〕

陪臣未嘗屢睹天子宫闕〔二〕，矧得舞殿陛下耶！然下國伏地讀甲乙丙丁詔書〔三〕，亦有以識天子理意，尺度堯、舜，不差毫撮〔四〕，於絶遠人意尤在。不然者，安得用江陵令〔五〕，使上水六千里，挽大小虎牙、灔澦、黄牛險，以治普安〔六〕？□令既爲侯，講天子意，三年大理。田訟斷休，市賈平，獄户屈膝，落民不識胥吏〔七〕，四方賓頗來繫馬靡牛〔八〕。□樹膚不生。乃大鐘險道，緄石見土〔九〕，其平可容《考工》車四軌〔一〇〕，建爲南北亭，以經勞餞。又亭東山，號曰重陽，以醉風日。南北經貫〔一一〕，若出平郡，無有噫□，□三年，民恐即去，遮觀□□請留〔一二〕。□□東山，實在亭下。侯蔣氏，名侑〔一三〕，文曰：

仁之爲道，隆磊英傑。天簡其勞〔一四〕，羡以事物。爲君之□，□蔣是□〔一五〕。撮取不窮，如武有庫〔一六〕。蔣之有世，以仁爲歸〔一七〕。伯氏之宜，仲氏之思。厥弟承之，繩而不紈〔一八〕。以令爲侯，天子之德。汝侯爲理，劍有盈昃〔一九〕。君南臣北，父坐子伏〔二〇〕。飲牛漚菅〔二一〕，田訟以直〔二二〕。市正獄清〔二三〕，謁歸告休〔二四〕。朝雨滂沱〔二五〕，濕其帩頭〔二六〕。民樂以康，願有顯庸〔二七〕。

侯作南亭，北亭是雙。至於東山，乃三其功〔二八〕。摧險爲夷，大石是扛〔二九〕。亦既三年，民走乞留。伯氏南梁，重弓二矛〔三〇〕。古有魯、衛〔三一〕，惟我之曹。惟仁之歸，有世在下。其攄其超，尾馬鬛馬〔三二〕。惟蔣之融，由唐厖㗇〔三三〕。惟是亭銘，得其贔且〔三四〕。唐大中八年九月一日，太學博士河内李商隱撰〔三五〕。

【校注】

〔一〕本篇原載清編《全唐文》卷七七九第二一一頁，徐樹穀《李義山文集箋注》卷一〇據《全蜀藝文志》采入，馮浩《樊南文集詳注》卷八載此文。〔馮注〕《舊書·志》：劍南道劍州普安郡，屬東川節度使。篇末附按：此文徐氏采之《全蜀藝文志》，而余取原書覆校者也。《金石録》無跋語。亭屢建屢圮，碑文必多剥落矣。今所登者，缺字尚少，詞義略見古趣。使果出義山手，何無矯然表異者乎？義山自稱，或曰玉谿，或曰樊南，其郡望則隴西，故他人稱之曰成紀。此書「河内」，雖合史傳，而準之文翰，則可疑也。徐刊本作「河南」，豈别有據，抑傳寫之訛歟？鄭氏《通志·金石略》亦載之，但作「大和八年劍州」，不言何人文、何人書，則更可疑矣。余頗疑碑文久漫漶，而楊用修爲補全之，恐未可篤信也。今且附列於此。又按：余疑用修爲補全者，更有可旁證也。序《全蜀藝文志》，用修所最矜喜者，得《漢太守樊敏碑》於蘆山，《漢孝廉柳莊敏碑》於黔江也。序言二碑皆無銷訛，刻猶古劄，實則《柳碑》僅存其名，而未能追補矣。孝廉諱「敏」，何爲加「莊」字哉？《巴郡太守樊君碑》，趙氏《金石録》云「首尾完好」，摘載其大略。至明弘治中，李一本磨洗出之，不可讀者過半。《通志·金石略》亦列之，而注曰：「未詳。」用修何以竟得一字無損之原刻哉？洪氏《隸釋》，《孝廉柳敏碑》有闕字，而文本不多，碑在蜀中。《巴郡太守樊敏碑》頗全，惟後共闕七字，碑在黎州，用修據此而補全之，則亦易矣。其所録字句，有與趙氏、洪氏異者，不備列。而顧亭林於《樊碑》云：「重刻本，字甚拙惡。」但未及考其何時重刻也。統爲核之，用修所云，何可盡信哉！〔按〕馮氏疑此篇原碑文久漫漶，而楊用修（慎）爲補全之，未可篤信，蓋以其出《全蜀藝文志》，而未及見《全唐文》之故。今知此篇既載《全唐文》，而《全唐文》所收義山文又本之《永樂大典》。《大典》所收又本之義山文集。（其文集所收此碑銘可能自碑拓出，故有多處闕字。）且《全唐文》所載本篇之文字，與徐、馮二氏據《全蜀藝文志》所録之文字幾全部相同。據此即可證此文絶非楊慎補全者。且文中提及蔣侑、蔣係弟兄分别擔任劍州刺史、興元節度使之職，與篇末所書年月及商隱寄幕東川之時間，時、地、人無一不合，絶非後世作僞或臆補者可得而爲。故此文之爲商隱所作殆無可疑。至于篇末署「太學博士河内李商隱撰」，馮注已指出「義山由太學博士出充梓幕，此仍書京職，而宋本《詩集》，亦首標太學博士李商隱義山，不及他銜者，重王朝，尊儒職也」，故是亦不足疑也。且《金石録》亦云此碑「李商隱撰，正書，無姓名，大中八年九月」。則北宋時所見與《全唐文》《全蜀藝文志》所載正相吻合，更無可疑矣。

〔二〕〔馮注〕時在梓幕，故首曰陪臣。〔補注〕《左傳・襄公二十一年》「天子陪臣」杜預注：「諸侯之臣稱於天子曰陪臣。」東川節度使相當於古之諸侯，商隱爲東川幕僚，故自稱陪臣。曰「未嘗屢睹天子宫闕」，亦與商隱所歷京職（秘書省校書郎、正字、太學博士）爲時均甚短相合。

〔三〕〔馮注〕《漢書・紀》注：令有先後，故有令甲、令乙、令丙。〔徐注〕《玉海》：漢詔有制詔、親詔、密詔、特詔、優詔、中詔、清詔、手筆、下詔、遺詔。令有下令、著令、挈令及令甲、令乙、令丙。〔補注〕下國，此指東川方鎮。

〔四〕〔補注〕尺度，猶丈量、衡量。撮，本量器名，此泛指少量。《漢書・律曆志上》：「量多少者不失圭撮。」顔注引應劭曰：「四圭曰撮，三指撮之也。」

〔五〕〔馮注〕《舊書・志》：江陵縣，晉桓温所築城也。〔徐注〕《新書》：江陵府江陵郡領江陵縣。〔補注〕蔣侑在任劍州刺史之前爲江陵令。參詳下句注。

〔六〕〔徐注〕《水經注》：荆門在南，上合下開。闇徹山南有門，像虎牙，在北，石壁色紅，間有白文，類牙形。并以物像受名。此二山，楚之西塞也。又：白帝城西有孤石，冬出二十餘丈，夏没，名灔澦堆。土人云：「灔澦大如象，瞿塘不可上；灔澦大如馬，瞿塘不可下。」人以此爲水候。又：黄牛山下有灘，名曰黄牛灘，南岸重嶺疊起，最外高崖間有色，如人負刀牽牛，人黑牛黄，成就分明，既人迹所絶，莫得究焉。此巖既高，加江湍紆迴，雖途逕信宿，猶望見此物，故行者謡曰：「朝發黄牛，暮宿黄牛。」《新書》：劍州普安郡領普安縣。〔馮注〕《水經注》：江水又東逕魚復縣故城南，江中有孤石爲灔澦石，冬出水二十餘丈，夏則没，亦有裁出處矣。按：酈注止此。前明刊本又有小注曰：「李膺《益州記》云：『灔澦堆，夏水漲没數十丈，其狀如馬，舟人不敢進。』又曰：『猶豫，言舟子取途，不決水脈，故猶豫也。』《樂府》作『淫豫』，《坤元録》作『冘豫』。」此朱謀㙔《注箋》也，不可混引。《樂府詩集》：《淫豫歌》二首：「灔澦大如馬，瞿塘不可下；灔預大如牛，瞿塘不可流。」按：《寰宇記》：諺曰：「灔澦大如樸，瞿塘不可觸。」又有「如馬」「如鼈」「如龜」，共八句。范石湖《吴船録》引《舊圖》云：「灔澦大如象，瞿塘不可上。」與「如樸」「如馬」共六句，皆非《水經注》之文。「如馬」「如牛」「如樸」六句，李肇《國史補》有之，「流」作「留」。《水經注》：江水又東逕黄牛山下，有灘名曰黄牛灘。又：江水又東歷荆門、虎牙之間，荆門在南，虎牙在北。餘詳《詩集·荆門西下》及《風》「楚色分西塞」句下注。按：江水東下，蔣由江陵令遷劍州，溯江而上也。〔按〕據下文「三年大理」之語，蔣侑自江陵令遷劍州刺史，當在大中六年。挽，挽舟也。

〔七〕〔補注〕落民，猶居民。《列女傳・楚老萊妻》：「老萊子乃隨其妻而居之，民從而家者，一年成落，三年成聚。」

〔八〕〔馮注〕縻，《説文》：牛轡也。按：縻、靡可通。見《易・中孚》卦。

〔九〕〔馮注〕《毛詩・小戎》篇傳曰：緄，繩也。

〔一〇〕〔馮注〕《周禮・冬官・考工記》：匠人涂度以軌，經塗九軌，環塗七軌，野塗五軌。〔按〕四軌，謂道路之寬可容四輛車並排行駛。

〔一一〕貫，《全文》作「貰」，非，據馮本改。〔補注〕經貫，南北向之道路，此猶經過。

〔一二〕〔馮校〕當謂「遮觀察使請留」。

〔一三〕〔馮箋〕按《舊書・蔣乂傳》：乂常州義興人。子係、伸、偕、仙、佶。伸，大中末同平章事。《新書・傳》云：乂徙家河南。《新書・表》亦載之。此蔣侑頗似同族，無可考。

〔一四〕〔補注〕簡勞，檢視勞績。

〔一五〕〔馮校〕《全蜀藝文志》多一空格。

〔一六〕見《爲某先輩獻集賢相公啓》「武庫常開」注。

〔一七〕〔補注〕《論語・顔淵》：「子曰：『克己復禮爲仁。一日克己復禮，天下歸仁焉。』」此謂以仁爲指歸。

〔一八〕〔徐注〕《韻會》：絿，急也。〔馮注〕《廣韻》《集韻》(絿)並同「綵」。《詩》：不競不絿。傳曰：

緎，急也。按：以韻論「紈」字疑有舛。

〔一九〕〔徐注〕《易》：日中則昃，月盈則食。〔馮注〕此謂當盈者盈，在昃者昃。〔補注〕劍，指劍州之民。盈昃，盈滿或虧缺。

〔二〇〕〔馮注〕《周易乾鑿度》：君南面，臣北面，父坐子伏，此其不易也。《周禮·地官》：大司徒，施十有二教。五曰以儀辨等，則民不越。鄭氏注曰：儀謂君南面，臣北面，父坐子伏之屬。

〔二一〕〔馮注〕《魏志·管寧傳》注引《高士傳》曰：寧鄰有牛暴寧田者，寧爲牽牛著涼處，自爲飲食，過於牛主。牛主大慚，若犯嚴刑。是以左右無鬬訟之聲。《左傳》：武城人拘鄫人之漚菅者，曰：「何故使吾水滋？」〔補注〕漚菅，水浸茅草使之柔韌。

〔二二〕田，徐本作「由」，誤。

〔二三〕〔徐注〕《漢書·曹參傳》：慎毋擾獄、市。〔補注〕獄，獄訟；市，市集交易。

〔二四〕〔馮注〕《唐類函》：李斐《漢書》曰：「告，請也，言請休謁也。」漢律，使二千石有予告，有賜告。顔師古曰：告或謂謝，謝亦告也。○此似言政簡獄清，吏得以無事告休，非蔣告休也，觀下「三年」可知。〔徐注〕《白帖》：杜欽言於王鳳曰：「今有司以爲予告得歸，賜告不得。夫三最予告也，或病滿賜告，詔恩也。」〔補注〕謁歸，告假歸里；告休，告假休息。

〔二五〕滂沱，馮本作「滂滂」。〔徐注〕《詩》：崇朝其雨。

〔二六〕〔馮注〕《後漢書·獨行傳》：向栩似狂生，好被髮，著絳綃頭。注曰：《説文》：「綃，生絲也。」

此當作「幧」。《古詩》云：「少年見羅敷，脱巾著幧頭。」鄭氏注《儀禮》云：「如今著幓頭，自項中而前交額上，却繞髻也。」《晉書·五行志》：太元中，人不復著帩頭。天戒若曰，頭者元首，帩者助元首爲儀飾者也。今忽廢之，若人君無輔佐也。《廣韻》：斂髮謂之幧頭。按：古詩《陌上桑》作「脱帽著帩頭」，則幧、帩通用。此似以言政簡吏閒，風雨應節。揚子《方言》：絡頭，帕頭也，幧頭也。〔補注〕帩頭，男子包髮之紗巾。

〔二七〕〔補注〕顯庸，猶顯明之功勞。《新唐書·韓愈傳》：「東巡泰山，奏功皇天。具著顯庸，明示得意，使永永年服我成烈。」

〔二八〕〔補注〕三其功，指建南、北亭及東山重陽亭。

〔二九〕〔馮注〕《説文》：扛，横關對舉也。《後漢書》：費長房令十人扛樓下酒器。〔補注〕扛，雙手舉重物，抬物。《説文》段注：「以木横持門户曰關。凡大物而兩手對舉之曰扛……即無横木而兩手對舉之，亦曰扛。即兩人以横木對舉一物，亦曰扛。」

〔三〇〕〔馮注〕按「南梁」不一地。《史記》：魏伐趙，戰於南梁。《通典》：「汝州，戰國時謂之南梁。」必非所用也。《隋書·志》：「巴西郡，梁置南梁、北巴州。」《北史·賀若敦傳》：「巴西人譙淹據南梁州。」此即唐時之閬州。皆係古名，非當時習稱者。唐人習稱梁州興元府曰「南梁」，如劉禹錫《彭陽唱和集後引》「開成元年，公鎮南梁」，又《山南西道節度使廳壁記》云「於是按南梁故事」，《山南西道驛路記》云「南梁人書事于牘」之類是也。重弓二矛，爲節鎮之儀，此必其兄鎮興元也。《舊書·傳》：蔣係，宣宗時吏部侍郎，改左丞，出爲興元節度使。○係爲乂之長子，與「伯氏」亦合，第侑非親兄弟耳。《詩》：二矛重弓。〔按〕據《唐方鎮年表》及《唐刺史考》，大中八年至十一年，蔣係任興元尹、山南西道節度使。馮浩《玉谿生詩箋注》將《行至金牛驛寄興元渤海尚書》詩繫於大中十一年商隱罷東川幕隨柳仲郢還朝途中，顯誤。此當是大中八年之前封敖尚在興元任時商隱另有一次行經金牛驛至京或至興元之行程。此詩之繫年當改。

〔三一〕〔徐注〕《論語》：魯、衛之政，兄弟也。

〔三二〕〔徐注〕應瑒《慜驥賦》：鬱神足而不攄。張協《七命》：天驪之駿，逸態超越。《神異經》：西南大宛，宛丘有良馬，其大二丈，鬣至膝，尾委地，蹄如汗，腕可握，日行千里。〔馮注〕以天馬比其昆季，兄爲鬣，弟爲尾，如龍頭龍尾之評。徐刊本作「尾馬鬣馬」，今從《全蜀藝文志》原本也（按：馮本作「尾鬣馬馬」）。《法苑珠林》五十二卷中，有懷度道人云「馬馬」之字。

〔三三〕厖，《全文》作「龐」，據馮本改。徐本亦誤作「龐」。〔徐注〕成公綏詩：翼翼萬禩，明明顯融。龐（應作「厖」）音茫，厚也。《左傳》：民生敦龐（厖）。〔馮注〕厖，莫江切，厚也。《詩》：純嘏爾常矣。傳曰：嘏，大也。箋曰：予福曰嘏。《説文》：嘏，大遠也。古雅切。〔補注〕融，昌盛、顯明。

〔三四〕〔徐注〕毛萇《詩傳》：且，辭也。〔馮注〕下、馬、嘏、且叶韻，「且」字不可誤讀。

〔三五〕内，《全文》、徐刊本均作「南」，據馮本改。〔馮注〕義山由太學博士出充梓幕，此仍書京職，而宋本《詩集》，亦首標太學博士李商隱義山，不及他銜者，重王朝，尊儒職也。《金石録》：此碑，李商隱撰，正書，無姓名，大中八年也。《全蜀藝文志》：碑在隆慶府東山之陽，石刻今存，亭圮。後宋治平中再建，明正德中又建。《四川通志》：重陽亭在劍門驛東鳴鶴山上，今圮。按：《四川通志》藝文類竟不收此。王阮亭《秦蜀後記》：劍州東南一里鶴鳴山，有李商隱《重陽亭記》。

按：豈近時人重建歟？

# 爲舉人上翰林蕭侍郎啓〔一〕

某啓：某聞師曠之琴，不鼓之則無以召玄鶴〔二〕；楊羲之石，不用之即無以聘應龍〔三〕。物既有之，言亦猶是。伏惟侍郎學士，絪緼降秀，翕闢資華〔四〕。天上比方，但有文星矗爾〔五〕；人間擬議，未將太華爲然〔六〕。爰自妙齡，遂肩名輩。當時人物，何戢惟效於褚公〔七〕；邇日風流，杜乂難方於衛玠〔八〕。加以弘成與石〔九〕，郭璞傳毫〔一〇〕，渙水倘來，皆逢藻繢〔一一〕；荆峰若至，只有璆琳〔一二〕。合沓縑緗〔一三〕，縱横筆硯〔一四〕。《三都》作序，不勞皇甫士安〔一五〕；萬乘爲寮，只有東方曼倩〔一六〕。

况從近歲，且有外虞。傅介子在樓蘭國中，奇功未就〔一七〕；班仲升於玉門關外，報命猶賒〔一八〕。雖太平之業已隆，而震耀之威尚作〔一九〕。侍郎又綢繆武帳〔二〇〕，密勿皇闈〔二一〕。九天九地之兵，寧因舊學〔二二〕？七縱七擒之術，固已玄通〔二三〕。用視草之工〔二四〕，解按劍之怒〔二五〕。手爲天馬〔二六〕，心繪國圖〔二七〕。九重之中，暫煩前箸〔二八〕；萬里之外，輒散衡車〔二九〕。位誠在於論思〔三〇〕，功已參於鎮撫〔三一〕。圖書之府〔三二〕，鼎鼐之司〔三三〕。伊、咎懸遺恨之誠〔三四〕，夔、説貯妨賢之愧〔三五〕。載惟後命〔三六〕，夫豈踰時〔三七〕！

抑某又聞之，昔管仲經邦，賓客有二〔三八〕；周公待士，吐握皆三〔三九〕。丙丞相之車茵，寧彈醉客〔四〇〕？平津侯之賓館，不礙布衣〔四一〕。並脂粉簡編〔四二〕，冠纓圖史〔四三〕。後之披卷〔四四〕，皆若升堂〔四五〕。侍郎美譽旁流〔四六〕，高節彌折〔四七〕。擔簦者成市，躡蹻者如雲〔四八〕。此乃前賢後賢，不殊軌轍；往哲來哲，非異門牆。縱燕有黄金之臺〔四九〕，齊爲碣石之館〔五〇〕，料其棟宇，必已荒蕪〔五一〕。

若某者陋若左思〔五二〕，醜同王粲〔五三〕，鬢眉不及於崔琰〔五四〕，腰腹無預於鄭玄〔五五〕。若值庭蘭〔五六〕，固多慚德〔五七〕；如逢巖電〔五八〕，不望齊名〔五九〕。重以惠劣禰生〔六〇〕，專非董氏〔六一〕，殊顔回之易鑄〔六二〕，若宰我之難雕〔六三〕。徒欲萬卷咸披〔六四〕，且乏五行俱下〔六五〕。叨從歲賦〔六六〕，勉致文編〔六七〕。户户醬瓿，唯聞見辱〔六八〕；人人虀臼，不肯留題〔六九〕。再困於魚登〔七〇〕，一慚於雁序〔七一〕。然天付直氣，家傳義方〔七二〕，雖在顓蒙〔七三〕，不苟述作。《廣絶交》之論，抑有旨焉〔七四〕；移太常之書，非無爲也〔七五〕。

頃者曾干閽侍〔七六〕，獲拜堂皇〔七七〕，既容納之有加〔七八〕，遂希望之滋甚〔七九〕。爾後以毛傷垣彈〔八〇〕，鱗損任鉤〔八一〕，拔刺不還〔八二〕，噞喁無暇〔八三〕，既乖受教，便以經時〔八四〕。今孝秀員來〔八五〕，風霜已積。秦人屢出，自欲焚舟〔八六〕；楚卒數奔，誰教拔旆〔八七〕？是以更持魚目，當夜肆以沽諸〔八八〕；復挈豚蹄，祝天時之未已〔八九〕。義誠多愧，志亦可憐。倘蒙猶枉鉛華〔九〇〕，更施丹雘〔九一〕，俾其恩地〔九二〕，不在他門。雖不及采椽〔九三〕，備枝梧於大廈〔九四〕；亦庶乎稊米〔九五〕，增流衍於神倉〔九六〕。與夫九九之能〔九七〕，猶或萬萬相遠〔九八〕。誠深詞切，聲急響煩。仰郭泰之龜龍〔九九〕，望仲尼之日月〔一〇〇〕。濡毫伏紙〔一〇一〕，億萬常心〔一〇二〕。干冒尊嚴〔一〇三〕，伏用戰灼〔一〇四〕。謹啓。

**【校注】**

〔一〕本篇原載《文苑英華》卷六六一第一〇頁、清編《全唐文》卷七七七第二〇頁、《樊南文集詳注》卷四。〔馮箋〕《新書·蕭鄴傳》：鄴及進士第，累遷監察御史、翰林學士。出爲衡州刺史。大中中召還翰林，拜中書舍人。遷户部侍郎，以工部尚書同中書門下平章事。按：必即此人。《新書》言在官無足稱道，《舊書》無傳。《新書·表》：大中十一年七月，以兵部侍郎同平章事。

此亦爲柳璧作，而以兄珪得第考之，則當在大中七、八年矣。〔張箋〕（大中八年）五月，翰林學士承旨蕭寘遷户部侍郎、知制誥，依前充職（《翰苑群書·重修學士壁記》）。附考云：蕭鄴，《學士壁記》則載：「鄴，大中五年正月自考功郎中充翰林學士。七年六月十二日遷户部侍郎、知制誥，依前充。」合之啓文，是二蕭並通也。然考之《仲郢傳》：「璧兄珪，大中五年登進士第。」而「璧於大中九年登進士第」，若蕭鄴則八年十二月已守本官判户部出院矣。此啓是應舉時代作，似於寘較合。〔岑曰〕鄉貢進士例於上年十月二十五日集户部，生徒亦以十月送尚書省，正月乃就禮部試（見《登科記考凡例》）。則干薦行卷之文，早應於秋、冬間試爲之，柳璧九年登第，此啓最遲是八年作，又未見於寘較合，張説仍未有以難馮氏也。（《翰林學士壁記注補》十一）〔按〕據《重修承旨學士壁記》：蕭鄴大中五年正月二十八日自考功郎中充，二月一日加知制誥，七月十四日遷中書舍人；六年七月二十七日加承旨；七年六月十二日遷户部侍郎、知制誥，並依前充；八年十二月十八日守本官，判户部出院。此啓爲柳璧應試前行卷投獻而作，據啓内「今孝秀員來，風霜已積」，作啓時約在初冬，時鄴尚未出院也。故蕭鄴、蕭寘均有可能。啓疑爲柳璧省父於東川時倩義山代作。

〔三〕〔馮注〕《韓子》：平公問師曠：「清商固宜悲乎？」師曠曰：「不如清徵。」師曠援琴一奏，有玄鳥二八，道南方來，集於廊門之扈。再奏之，成行而列。三奏，延頸而鳴，舒翼而舞，音中宮商。公大悦，提觴而起，爲師曠壽。按：「二八」或作「二雙」，「廊門之扈」或作「廟門之外」，又或作

「郭門」，當誤。《初學記》引《韓子》：「師曠鼓琴，有玄鶴啣珠於中庭舞。」〔徐注〕《瑞應圖》：玄鵠，王者知音樂之節則至。《白帖》：鶴滿三百六十歲則色純黑。

〔三〕〔徐注〕薛瑩《龍女傳》：震澤中洞庭山南有洞穴，梁武帝召問杰公，公曰：「此洞穴蓋東海龍王第七女掌龍王珠藏。若遣使通信，可得寶珠。」有甌越羅子春兄弟上書請通。帝命杰公問曰：「汝家制龍石尚在否？」答曰：「在。」謹齎至都，試取觀之，公曰：「汝此石能制徵風召雨戎虜之龍，不能制海王珠藏之龍。昔桐柏真人教楊羲、許謐、茅容乘龍，各贈制龍石一片，今亦應在。」帝敕命求之於茅山華陽隱居陶弘景，得石兩片，公曰：「是矣。」《山海經》：應龍處南極，殺蚩尤，與夸父不得復上，應龍遂在地。故下數旱。旱而爲應龍狀，乃得大雨。〔馮注〕諸仙喻授楊羲事具《真誥》。〔按〕事又見《梁四公記》。

〔四〕〔徐注〕《易》：天地絪緼，萬物化醇。又：夫坤，其静也翕，其動也闢。〔馮注〕《易》：闔户謂之坤，闢户謂之乾。〔補注〕絪緼，指天地陰陽二氣交互作用之狀態。

〔五〕見《爲李貽孫上李相公啓》「文星留伏於筆間」注。

〔六〕〔馮注〕太華，華山也。非泰山、華山二嶽。

〔七〕〔徐注〕《南史·何戢傳》：戢字惠景，美容儀，動止與褚彦回相慕，時人號爲「小褚公」。

〔八〕〔徐注〕《南史·王儉傳》：儉常謂人曰：「江左風流宰相，惟有謝安。」蓋自況也。〔馮注〕《晉書·衛玠傳》：玠字叔寶，拜太子洗馬。京師人士，聞其姿容，觀者如堵。玠勞，疾遂甚，卒，時年二十七。時人謂玠被看殺。後劉惔、謝尚共論中朝人士,或問:「杜乂可方衛洗馬不?」尚曰:「安得相比,其間可容數人。」惔又云:「杜乂膚清,叔寶神清。」

〔九〕〔馮注〕《西京雜記》:弘成子少時,有人授以文石,大如燕卵,吞之,遂爲天下通儒。後成子病,吐出文石,以授五鹿充宗,又爲碩學也。

〔一〇〕見《爲山南薛從事謝辟啓》「曾無綵筆」注。

〔一一〕〔徐注〕《(文選)·陳琳〈爲曹洪與魏文帝書〉》:遊睢、涣者,學藻繢之綵。善曰:《漢書》:「灌嬰,睢陽販繒者也。」《陳留記》:「襄邑,涣水出其南,睢水經其北。」傳云:「睢、涣之間出文章,故其黼黻絺繡,日月華蟲,以奉於宗廟御服焉。」

〔一二〕〔徐注〕《莊子》:南方有鳥,其名爲鳳,以璆、琳、琅玕爲食。〔馮注〕《書·禹貢》:雍州,厥貢惟璆、琳、琅玕。《爾雅》:西北之美者,有崑崙墟之璆、琳、琅玕焉。荆峰,見《爲尚書渤海公舉人自代狀》「荆岑挺價」注。

〔一三〕〔馮注〕王子淵(褒)《洞簫賦》:薄索合沓。注曰:合沓,重沓也。《説文》:繒,帛也。縑,并絲繒也。緗,帛淺黄色也。《釋名》:緗,桑也,如桑葉初生之色也。縹猶漂,淺青色也。

〔一四〕〔徐注〕《高唐賦》:縱横相追。〔補注〕此即杜甫《戲爲六絶句》其一「凌雲健筆意縱横」之「縱横」。

〔一五〕〔馮注〕《晉書·文苑傳》:左思賦《三都》成,自以其作不謝班、張,恐以人廢言,安定皇甫謐有高譽，思造而示之，謚稱善，爲其賦序。《皇甫謐傳》：謐字士安，自號玄晏先生。

〔一六〕〔徐注〕夏侯湛《東方朔畫贊》：大夫諱朔，字曼倩，平原厭次人也。又：戲萬乘若寮友。

〔一七〕〔馮注〕《漢書·傅介子傳》：介子與樓蘭王坐飲，陳物示之，飲酒皆醉。謂王曰：「天子使我私報王。」王起，隨介子入帳中屏語，壯士二人從後刺之，刃交胸，立死。遂持王首還詣闕，封介子爲義陽侯。

〔一八〕升，《英華》作「叔」，誤。〔馮注〕《後漢書·班超傳》：焉耆王廣、尉犂王汎及北鞬支等相率詣超。超吏士收廣、汎等於陳睦故城，斬之，傳首京師。更立元孟爲焉耆王。於是西域五十餘國悉皆納質内屬焉。餘見《代安平公遺表》「生入舊關，望絶班超之請」注、《爲濮陽公陳情表》「而班超攬鏡，不覺蕭衰」注。按：用傅、班二事，求之實事，未見符合者。大約回紇烏介自會昌間敗後，走保黑車子，朝臣銜命而往者，每有阻閡。而大中三年，吐蕃論恐熱與尚婢婢相攻殺，河西鄯、廓等州，赤地五千里，皆見史書。故此聯概言邊功未竟也。

〔一九〕〔馮注〕《左傳》：爲刑罰威獄，使民畏忌，以類其震曜殺戮。注：雷震電曜，天之威也，聖人作刑戮以象類之。〔徐注〕《漢書·叙傳》：天威震耀。

〔二〇〕〔馮注〕《史記》：上嘗坐武帳中。注：織成爲武士象。〔徐注〕《漢書·汲黯傳》：武帝嘗坐武帳中，黯前奏事。孟康曰：今御武帳，置兵闌五兵於帳中也。〔補注〕綢繆武帳，猶運籌帷幄。

〔二一〕闈，《全文》作「圖」，據《英華》改。〔補注〕密勿，勤勉努力。

〔二二〕〔徐注〕《北堂書鈔》：《太公兵法》云：武王曰：「休息士衆，皆有處乎？」太公曰：「休兵頓息，如從九天之上向九地之下，獨往獨來，有莫見者。」《書·盤庚》：予小子，舊學于甘盤。〔馮注〕《玄女兵法》：凡行兵之道，天地大寶，得者全勝，失者必負。九地九天，各有表裏。三奇六壬，主威軍士。《玄女三宫戰法》：九天之上，六甲子也；九天之下，六癸酉也。子能順之，萬全可保。《孫子兵法》：善守者，藏於九地之下；善攻者，動於九天之上。《後漢書·皇甫嵩傳》：有餘者動於九天之上，不足者陷於九地之下。按：曰守、曰陷，隨所取義，故不同也。

〔二三〕〔馮注〕《蜀志》注：《漢晉春秋》曰：諸葛亮在南中，所在戰捷，生得孟獲，使觀於營陣之間，問曰：「此軍何如？」獲對曰：「向者不知虚實，故敗。今蒙賜觀看營陣，若祇如此，即定易勝耳。」亮笑，縱使更戰。七縱七擒，而亮猶遣獲，獲止不去，曰：「公，天威也，南人不復反矣。」遂至滇池，南中平。蔡邕《郭有道碑》：於休先生，明德通玄。《老子》：微妙玄通，深不可測。

〔二四〕見《爲汝南公華州賀南郊赦表》「慚視草以無能」注。

〔二五〕〔徐注〕《説苑》：秦王按劍而坐。鮑照詩：天子按劍怒，使者遥相望。

〔二六〕〔徐注〕《真誥》：手爲天馬，鼻爲仙源。〔馮注〕《集仙録》：楚莊王時，有乞食翁歌曰：「清晨案天馬，來請太真家。」乞食翁者，西域真人馬延壽，周宣王時人也。天馬，手也。以手按鼻下，杜絶百邪。

〔二七〕〔馮注〕《梁書·裴子野傳》：勅使撰《方國使圖》，廣述懷來之盛，自要服至于海表，凡二十國。

〔二八〕見《爲濮陽公陳許奏韓琮等四人充判官狀》「委以前籌」注。

〔二九〕散，《英華》作「敢」，徐本、馮本從之。〔徐校〕衡，疑作「衝」。《春秋感精符》：作衝車厲武將。《魏明帝紀》注：郝昭守陳倉城，諸葛亮起雲梯、衝車以臨城。〔馮注〕《春秋感精符》：齊、晉並爭，吴、楚更謀，競作天子之事，作衡車勵武將，輪有刃，衡有劍，以相振懼。按：《御覽》引此本作「衡車」，乃徐氏采之而作「衝」，且曰文中「衡」字疑作「衝」，想刻本有異耳。然「衡」與「衝」義相類，如《御覽》引《東觀漢記》既云「王尋、王邑兵甲衝輣」，又云「或衡車撞城」；《淮南子》「所擊無不碎，所衡無不陷」，此類通用極多。〔按〕衝車，古代用以衝城攻堅之兵車。《淮南子・覽冥訓》：「大衝車，高重京。」高誘注：「衝車，大鐵著其轅端，馬被甲，車被兵，所以衝于敵城也。」作「輒敢衝車」不詞。「輒散衝車」者，常使敵之衝車喪失也。

〔三〇〕見《爲汝南公華州賀南郊赦表》「況臣嘗備論思」注。

〔三一〕〔徐注〕《左傳》：鄧曼曰：「夫固謂君訓衆而好鎮撫之。」箋：《舊書》：吐蕃寇涇原，命中使以禁軍援之。穆宗謂宰臣曰：「用兵有必勝之法乎？」（蕭）俛對曰：「兵者凶器，戰者危事，聖王不得已而用之。如或縱肆小忿，輕動干戈，使敵人怨結，師出無名，非惟不勝，乃自危之道也。固宜深慎。」帝然之。〔補注〕鎮撫，安撫。《左傳・昭公十五年》：「諸侯之封也，皆受明器於王室，以鎮撫其社稷。」此謂蕭侍郎位雖在於獻納論思，而功實兼有封疆大臣安撫邊鄙之績。

〔三二〕見《爲李貽孫上李相公啓》「文星留伏於筆間」注。

〔三三〕〔馮注〕《爾雅》：鼎絶大謂之鼐。《漢書·彭宣傳》：三公鼎足承君。《後漢書·明帝紀》：《易》曰鼎象三公。

〔三四〕遺恨，《英華》作「遺帳」，注：集作「爲恨」。均非。徐本、馮本作「遺悵」。〔馮注〕謂不能早薦，故抱遺恨也。暗用史鰌（按：當作「魚」）事，見《代彭陽公遺表》「更陳尸諫」注。〔補注〕伊，伊尹；咎，臯陶。

〔三五〕〔徐注〕《説苑》：虞丘子謂楚莊王曰：「臣爲令尹，處士不升，妨群賢路。」〔補注〕夔，舜時樂官；説，傅説。

〔三六〕〔徐注〕《左傳》：齊侯將下拜，孔曰：「且有後命。」

〔三七〕〔馮曰〕以上數句，頌其將爲相。

〔三八〕〔馮注〕《管子》：管仲會國用三分，二在賓客，其一在國。

〔三九〕〔馮注〕《史記·魯世家》：伯禽代就封於魯，周公戒伯禽曰：「我一沐三捉髮，一飯三吐哺，起以待士，猶恐失天下之賢人。子之魯，慎無以國驕人。」

〔四〇〕見《爲同州任侍御上崔相國啓》「丙茵多恕」注。

〔四一〕〔馮注〕《西京雜記》：平津侯營客館，招天下之士，其一曰欽賢館，次曰翹材館，次曰接士館。而躬身菲薄，所得奉禄，以奉待之。按：「不礙布衣」字，未及檢明。平津食故人高賀以脱粟，覆以布被事，亦詳《西京雜記》，似可旁證。餘已見《爲絳郡公上崔相公啓》「望孫弘之東閤」注。

〔四二〕〔徐注〕徐陵《王勸碑》：網羅圖籍，脂粉藝文。〔馮注〕《北堂書鈔》：桓範云：「學者，人之脂粉也。」〔補注〕脂粉，此指潤飾。

〔四三〕〔徐注〕《北史·崔浩傳》：國家積德，著在圖史。

〔四四〕〔徐注〕《南史·王藻傳》：晝拱袂而披卷。

〔四五〕〔補注〕《論語·先進》：「由也升堂矣，未入於室也。」

〔四六〕旁，《英華》、馮本作「滂」。〔馮校〕一作「旁」，非。〔按〕作「旁流」可通，參見《爲絳郡公上史館李相公啓》「雨露旁流」校注。〔徐注〕《晉書·王羲之傳》：羲之少有美譽。

〔四七〕〔馮注〕《戰國策》：武安君曰：「主折節以下其臣。」〔徐注〕《漢書·田蚡傳》：非痛折節以禮屈之，天下不肅。

〔四八〕見《上尚書范陽公啓》「便當焚遊趙之簦，毀入秦之屩」二句注。〔馮注〕蹻、屩同。

〔四九〕見《爲白從事上陳許李尚書啓》「金臺結想」注。

〔五〇〕見《爲濮陽公陳許奏韓琮等四人充判官狀》「慕碣石之築宫」注。〔馮注〕《史記》注：碣石宫在幽州西三十里寧臺之東。〇此豈以鄒衍齊人，不妨言齊，抑別有據耶？〔按〕對偶避複。上句已言燕，此不得不避複以改「齊」也。

〔五一〕〔徐注〕《易》：上棟下宇，以待風雨。《魏都賦》：崤、函荒蕪。

〔五二〕見《爲舉人獻韓郎中琮啓》「若某者，雖陋若左思」注。

〔五三〕〔馮注〕《魏志》：蔡邕聞王粲在門，倒屣迎之。粲至，年既幼弱，容狀短小，一坐盡驚。邕曰：「此王公孫也，有異才，吾不如也。」又曰：劉表以粲貌寢，而體弱通俛，不甚重也。松之曰：貌寢，謂貌負其實也。通俛，簡易也。

〔五四〕見《爲山南薛從事謝辟啓》「崔琰之鬚眉」注。

〔五五〕見《爲山南薛從事謝辟啓》「鄭玄之腰腹」注。

〔五六〕見《爲河東公謝相國京兆公啓》「況安石之芝蘭」注。

〔五七〕〔徐注〕《書》：成湯放桀于南巢，惟有慚德。

〔五八〕〔馮注〕《晉書·王戎傳》：戎字濬沖，父渾。戎幼而穎悟，神彩秀徹，視日不眩。裴楷見而目之曰：「戎眼爛爛如巖下電。」戎年十五，少阮籍二十歲，而籍與之交，謂渾曰：「共卿言，不如共阿戎談。」

〔五九〕〔徐注〕《後漢書·黨錮傳》：范滂母曰：「汝今得與李、杜齊名，死亦何恨！」

〔六〇〕〔徐注〕「惠」與「慧」同。《後漢書》：禰衡字正平，少有才辯，嘗讀蔡邕所撰碑文，一覽識之。孔融《薦禰衡表》：目所一見，輒誦於口；耳所暫聞，不忘於心。性與道合，思若有神。

〔六一〕〔馮注〕《漢書·董仲舒傳》：下帷講論，弟子傳以久次相授業，或莫見其面。蓋三年不窺園，其精如此。

〔六二〕〔徐注〕《揚子》：或曰：「人可鑄與？」曰：「孔子鑄顔回矣。」

〔六三〕〔補注〕《論語·公冶長》:「宰予晝寢。子曰:『朽木不可雕也,糞土之牆不可杇也。』」

〔六四〕〔徐注〕《博物志》:蔡邕有書近萬卷,漢末年載數車與王粲。〔馮注〕《梁書·任昉傳》:聚書萬餘卷,率多異本。又《張纘傳》:纘好學,兄緬有書萬餘卷,晝夜披讀,殆不輟手。按:萬卷事屢見。《後漢書》:鄭康成博稽六藝,粗覽傳記,時睹秘書緯術之奥,凡所注著百餘萬言。梁昭明《十二月啓》:「萬卷常披,習鄭玄之逸氣。」似古以鄭氏爲首稱也。

〔六五〕〔徐注〕《後漢書·應奉傳》:奉字世叔,讀書五行俱下。

〔六六〕〔徐注〕元稹酬白居易詩:昔歲俱充賦。〔馮注〕歲賦,歲舉之進士也。《漢書·鼂錯傳》:以臣充賦,甚不稱明詔求賢之意。〔補注〕歲賦,猶歲貢。《漢書·食貨志》:「諸侯歲貢少學之異者於天子。」《漢書·蔡邕傳》:「臣聞古者取士,必使諸侯歲貢。」《新唐書·選舉志》:「由學館者曰生徒,由州縣者曰鄉貢,皆升於有司而進退之。」

〔六七〕〔馮注〕唐時應試者必以卷軸投諸先達貴人,冀其譽賞成名。此云「文編」是也。〔按〕即所謂「行卷」。商隱《與陶進士書》:「文尚不復作,況復能學人行卷耶?」程大昌《演繁露·唐人行卷》:「唐人舉進士必行卷者,爲緘軸,録其所著文以獻主司也。」

〔六八〕瓿,《英華》作「甌」,非。〔馮注〕《漢書·揚雄傳》:以爲經莫大於《易》,故作《太玄》。劉歆觀之,謂雄曰:「今學者尚不能明《易》,又如《玄》何?吾恐後人用覆醬瓿也。」

〔六九〕〔徐注〕《世説》:魏武帝嘗過曹娥碑下,楊修從。碑背上見題作「黄絹幼婦,外孫虀臼」八字。

修曰：「黄絹，色絲也，於字爲『絶』；幼婦，少女也，於字爲『妙』；外孫，女子也，於字爲『好』；虀臼，受辛也，於字爲『辤』。所謂絶妙好辤也。」

〔七〇〕見《爲張周封上楊相公啓》「蹬流十二，免使魚勞」注。〔補注〕魚登，猶魚化龍登龍門。困於魚登，喻應舉失利。

〔七一〕〔原注〕其長兄兩舉及第。〔徐注〕《禮記》：兄之齒雁行。〔馮注〕此知爲柳璧作。謂慚其兄珪之及第也。璧後至僖宗幸蜀，授翰林學士，累遷諫議大夫。

〔七二〕〔徐注〕《左傳》：教之以義方，弗納于邪。

〔七三〕〔補注〕顓蒙，愚昧。《漢書·揚雄傳》：「天降生民，倥侗顓蒙。」

〔七四〕〔馮注〕《南史·任昉傳》：昉好交結，奬進士友，時人慕之，號曰「任君」，言如漢之三君也。及卒，其子流離，不能自振，生平舊交，莫有收恤。西華冬月著葛帔練裙，道逢平原劉孝標，泫然矜之，乃著《廣絶交論》以譏其舊交。到溉見其論，抵几於地，終身恨之。

〔七五〕無，《英華》注：集作「敢」。〔徐注〕《漢書》：劉歆欲建立《左氏春秋》及《毛詩》《逸禮》《古文尚書》皆列於學官。哀帝令歆與五經博士講論其義，諸博士或不肯置對，歆因移書太常博士責讓之。

〔七六〕〔補注〕閽侍，守門之奴僕。

〔七七〕〔徐注〕《漢書·胡建傳》：諸校列坐堂皇（上）。注：（室）無（四）壁曰皇。〔補注〕堂皇，此指官吏治事之廳堂。

〔七八〕〔徐注〕《隋書·文四子傳》：詔曰：「容納不逞。」

〔七九〕〔徐注〕《南史·梁宗室傳》：更收士衆，希望非常。

〔八〇〕垣，《英華》作「崇」，注：集作「榮」。〔徐注〕《南齊書》：垣榮祖善彈，彈鳥毛盡而鳥不死。海鵠群翔，榮祖登城西樓彈之，無不折翅而下。《南史》：垣榮祖字華先，崇祖從父兄也。善彈，登西樓，見翔鵠雲中，謂左右：「當生取之。」於是彈其兩翅，毛脱盡，墜地無傷，養毛生後飛去，其妙如此。案：二史所載，則「崇」作「榮」爲是。然二名截去「祖」字，又不著其姓，殊覺未安，不如云「垣彈」爲無弊也。〔按〕徐説是。依下句「任鉤」例，此句亦應標「垣」姓。《全文》正作「垣」。

〔八一〕〔馮注〕《莊子》：任公子爲大鈎巨緇，五十犗以爲餌，蹲乎會稽，投竿東海，期年不得魚。已而大魚食之。任公子得若魚，離而腊之，自制河以東，蒼梧以北，莫不厭若魚者。

〔八二〕拔刺，《全文》作「拔刺」，據《英華》及上下文義改，詳按語。〔馮注〕《易林》：「一夫兩心，拔刺不深。」此句頂「傷彈」，非「撥刺」之作「拔刺」也。不遷，疑「不遑」之訛。〔按〕與下句「無暇」對文，似作「不遑」是。然《上令狐相公狀一》云：「然猶摧頹不遷，拔刺未化。」與此處「毛傷」「鱗損」之意相近。而「拔刺」「噞喁」皆連綿字作對，作「拔刺」則與「噞喁」不對。故此二句宜作「拔刺不遷，噞喁無暇」。拔刺不遷，謂如魚躍而未登龍門也。

〔八三〕〔徐注〕左思賦：泝洄順流，噞喁沈浮。〔馮注〕《文子》：水濁則魚噞喁。《吴都賦》注：噞喁，魚在水中群出動口貌。

〔八四〕〔徐注〕《古詩》：但感别經時。

〔八五〕員，《全文》作「爰」，據《英華》改。《英華》注：集作「爰」，非。〔徐注〕「員」與「云」同。《隋書》：詔曰：「四海之内，豈無孝秀？」〔馮注〕周必大跋《文苑英華》曰：賦多用「員」字，非讀《秦誓》正義，安知今日之「云」字乃「員」之省文。〔補注〕孝秀，即孝廉、秀才之并稱，爲漢以來、隋唐以前薦舉人材之兩種科目。此借指鄉貢。

〔八六〕〔徐注〕《左傳》：秦伯伐晉，濟河焚舟，取王官，及郊，晉人不出。遂自茅津濟，封殽尸而還。〔補注〕濟河焚舟，示必死。雍陶《離家後作》：「出門便作焚舟計，生不成名死不歸。」用意與此二句類似。

〔八七〕〔徐注〕《左傳》：晉人或以廣隊不能進，楚人惎之脱扃，少進。馬還，又惎之拔旆投衡，乃出，顧曰：「吾不如大國之數奔也。」

〔八八〕〔徐注〕任昉《到大司馬記室牋》：維此魚目，唐突璵璠。注：魚目似珠。張協《雜詩》：魚目笑明月。〔馮注〕《文選》注：《雒書》曰：「秦失金鏡，魚目入珠。」《韓詩外傳》曰：「白骨類象，魚目似珠。」《周禮·司市》：夕市，夕時而市。販夫販婦爲主。桓譚《新論》：扶風邠亭部，言本太王所處，其人有會日，相與夜市。按：俟再考。

〔八九〕〔徐注〕《史記·滑稽傳》：淳于髡曰：「有禳田者，操一豚蹄，酒一盂，而祝曰：『甌窶滿篝，汙邪滿車，五穀蕃熟，穰穰滿家。』臣見其所持者狹而所欲者奢，故笑之。」

〔九〇〕〔徐注〕《洛神賦》：鉛華不御。

〔九一〕〔徐注〕《書》：若作梓材，既勤樸斲，惟其塗丹雘。〔補注〕枉鉛華、施丹雘，猶賜顔色、施恩澤。

〔九二〕〔馮注〕唐人稱師門爲恩地。

〔九三〕采，《英華》注：集作「衰」，疑作「榱」。〔徐注〕《韓子》：堯、舜采椽不刮，茅茨不翦。〔補注〕采椽，櫟木或柞木椽子。

〔九四〕〔馮注〕《史記·項羽本紀》：莫敢枝梧。注曰：梧音悟，枝梧猶枝捍也。小柱爲枝，邪柱爲梧，今屋梧邪柱是也。《淮南子》：大厦成而燕雀來賀。

〔九五〕〔徐注〕《莊子》：計中國之在海内，不似稊米之在太倉乎！〔補注〕稊米，小米，喻其細小。

〔九六〕〔徐注〕左思《吴都賦》：覼海陵之倉，則紅粟流衍。〔馮注〕《禮記》：季秋之月，藏帝耤之收于神倉。〔補注〕流衍，充溢。神倉，古時藏祭祀用穀物之處所。

〔九七〕能，《英華》注：集作「推」，非。〔馮注〕《韓詩外傳》：齊桓公設庭燎，爲使人欲造見者，期年，而士不至。東野鄙人有以九九見者，曰：「夫九九薄能耳，而君猶禮之，況賢於九九者乎？」桓公曰：「善。」《漢書·梅福傳》：今臣所言，非特九九也。師古曰：九九算術，若今《九章》《五曹》之輩。〔徐注〕《管子》：虙戲作九九之數以合天道，而天下化之。《漢書·梅福傳》：上書曰：「齊桓之時，有以九九見者，桓公不逆，欲以致大也。」〔補注〕九九，算術乘法。上古時係由九九自上而下，而至一一。

〔九八〕〔馮注〕《漢書·鼂錯傳》：今陛下令行禁止之勢，萬萬於五伯。〔徐注〕木華《海賦》：萬萬有餘。

〔九九〕〔徐注〕蔡邕《郭有道碑》：先生諱泰，字林宗。望形表而影附，聆嘉聲而響和者，猶百川之歸巨海，鱗介之宗龜龍也。

〔一〇〇〕〔補注〕《論語·子張》：「子貢曰：『君子之過也，如日月之食焉。過也人皆見之，更也人皆仰之。』」

〔一〇一〕〔徐注〕《晉書·劉琨傳》：臣俯尋聖旨，伏紙飲淚。

〔一〇二〕〔馮注〕庾信表：覩維新之慶，實倍萬恒情。

〔一〇三〕嚴，《英華》作「威」。

〔一〇四〕〔徐注〕《晉書·王濬傳》：上書曰：「豈惟老臣獨懷戰灼。」

〔蔣士銓曰〕一二虚活處稍近古人，其餘俗調不可學也。（《忠雅堂評選四六法海》卷三）

## 爲某先輩獻集賢相公啓〔一〕

某啓：某竊覩貞觀朝書〔二〕，伏見文皇帝因夢吹塵，方求風后〔三〕；於畋問卜，始載磻溪〔四〕。事偉於王圖〔五〕，道光於帝載〔六〕，下惟敷衽〔七〕，上則虛襟〔八〕。纏綿圖緯之前〔九〕，窈窕天人之際〔一〇〕。崇基立極，四足雖斷於神鼇〔一一〕；開物成功〔一二〕，七竅仍沾於混沌〔一三〕。禹羞乘權〔一四〕，舜恥彈琴〔一五〕。白烏已見於將雛〔一六〕，朱草仍聞於滯穗〔一七〕。共工、蚩尤之輩〔一八〕，與貳負同拘〔一九〕；豕韋、晉耳之徒〔二〇〕，與七騶共御〔二一〕。是以今上以貽謀負扆〔二二〕，相公以餘慶持衡〔二三〕。用十一德之資〔二四〕，贊七百年之祚〔二五〕。古猶今也〔二六〕，仁豈遠乎〔二七〕！

伏惟相公日觀同光〔二八〕，天球並價〔二九〕。揚鋒露鍔，則武庫常開〔三〇〕；散藻摛華〔三一〕，則文星鎮見〔三二〕。一言悟主〔三三〕，三接承恩〔三四〕。季孟伊、繇〔三五〕，友朋蕭、邴〔三六〕。漢皇發論，十萬常愧於淮陰〔三七〕；齊后推誠，一一皆歸於仲父〔三八〕。百度既已貞矣〔三九〕，九流又復清焉〔四〇〕。牆東竈北〔四一〕，隱淪者咸欲呈材〔四二〕；猿飲鳥言〔四三〕，僻陋者皆思入貢〔四四〕。莊生獻臂〔四五〕，楊子拔毛〔四六〕。三百篇之《詩》，更無諷刺〔四七〕；二百年之史，永絶譏嫌〔四八〕。斯乃百代可知，一言以蔽〔四九〕。豈立錐側管〔五〇〕，可折箠尋環〔五一〕。巍乎焕乎，盛矣美矣。

若某者剖心寡竅〔五二〕，對面多牆〔五三〕。小比焦螟，敢矜巢窟〔五四〕；微同觸氏，寧務戰爭〔五五〕？徒以簪紱承家，階庭受訓〔五六〕，堂中得桂〔五七〕，已有前叨〔五八〕；幕下開蓮〔五九〕，仍當後忝〔六〇〕。所宜括囊無咎〔六一〕，綵服爲榮〔六二〕，絶方朔之上書〔六三〕，罷禰衡之投刺〔六四〕。直以措心賢路〔六五〕，誓志昌時，既慕義無窮，思有道則見〔六六〕。伏惟相公，霧能蔚豹〔六七〕，雷可燒龍〔六八〕。爲百氏之指南〔六九〕，作九州之木鐸〔七〇〕。任安、彦國，已在於廐中〔七一〕；揚子、馬卿，並歸於門下〔七二〕。而猶渴飢未副，影響無寧〔七三〕。請客者不解衾裯〔七四〕，當關者空存皮骨〔七五〕。此某所以淮山遠至〔七六〕，漢棧斯來〔七七〕，望姬旦之吐飧〔七八〕，冀張華之倒屣〔七九〕。以昇堂客衆，擁篲人多〔八〇〕，苟無鬷蔑之言〔八一〕，難佐仲宣之陋〔八二〕。今輒以常所著文若干首上獻〔八三〕，伏惟少迴巖電〔八四〕，微駐台星〔八五〕，固無望於討論，庶或觀於指趣〔八六〕。儻蕭稂可刈〔八七〕，萓蒯無遺〔八八〕，蒙文宣一字之褒〔八九〕，得玄晏《三都》之序〔九〇〕，便若神巫去厲〔九一〕，司命添年〔九二〕。禱祝之誠，造次於是〔九三〕。門遥閶闔〔九四〕，路隔瀛洲〔九五〕。於人世存思〔九六〕，空移氣序〔九七〕；以塵中仰望，未見端倪〔九八〕。希陪上士之流〔九九〕，終預群仙之末〔一〇〇〕。祈恩望德，乃百斯生。干冒威嚴，下情無任惶懼感激之至。謹啓〔一〇一〕。

**【校注】**

〔一〕本篇原載《文苑英華》卷六五七第七頁、清編《全唐文》卷七七七第一八頁、《樊南文集詳注》卷四。《英華》題内無「某」字。〔徐箋〕《舊書·魏謩傳》：謩字申之，鉅鹿人。大中二年十月兼户部侍郎，尋以本官同平章事，兼集賢大學士。謩乃徵之五世孫也。〔馮箋〕《舊書·魏謩傳》：

五代祖文貞公徵。謩大和七年登進士第。文宗以謩魏徵之裔，頗奇待之。至宣宗大中二年，爲御史中丞，兼户部侍郎。尋以本官同平章事，兼集賢大學士。十年，以本官平章事、成都尹、西川節度使。謩儀容魁偉，言論切直。上前論事，他宰相必委曲規諷，惟謩讜言無所畏避。宣宗每曰：「魏謩綽有祖風，名公子孫，我心重之。」然竟以語辭太剛爲令狐綯所忌，罷之。按《新書・紀》《表》，謩爲相，大中五年十月；罷相鎮蜀，十一年二月。此啓代柳玨作，求其以京職舉用。詳注中。其先頌文貞，非惟述其世德，亦實事宜然也。按：柳玨當於（大中）八、九年間由杜悰淮南幕省父東川，乃入都而獻此啓，故云然（按：指啓内「此某所以淮山遠至，漢棧斯來」句）也。〔按〕魏謩大中五年十月至十一年二月在相位（據《新書・宰相表》）。柳玨大中五年登進士第（《舊書・傳》），六年辟淮南幕。杜悰大中六年四月至九年七月在淮南節度使任。柳仲郢大中五年至九年在東川節度使任。柳玨如從淮南幕府至東川省父，然後入都獻此啓，只可能在大中七、八、九三年内（馮氏謂八、九年，乃因其將杜悰移鎮淮南繫於七年）。在此三年中，可能性最大者當屬大中九年七月杜悰罷鎮淮南，爲太子太傅、分司之後，柳仲郢内徵之前。故此啓最有可能之寫作時間爲大中九年秋。

〔二〕覩，《英華》作「觀」，注：集作「覩」。徐本從《英華》作「觀」。

〔三〕〔馮注〕《帝王世紀》：黄帝夢大風吹天下之塵垢皆去，又夢人執千鈞之弩，驅羊萬群，帝寤而歎曰：「風爲號令執政者也。垢去土，『后』在也。千鈞之弩，異力者也。驅羊數萬群，能牧民爲善者也。天下豈有姓風名后，姓力名牧者也？」依二占而求之，得風后於海隅，登以爲相；得力牧於大澤，進以爲將。

〔四〕〔徐注〕《史記·齊太公世家》：吕尚以漁釣干周西伯。西伯將出獵，卜之，曰：「所獲非龍非彲，非虎非羆。所獲霸王之輔。」於是西伯獵，果遇太公於渭之陽，載與俱歸，立爲師。《水經注》：渭水之右，磻溪水注之。谿中有泉，謂之兹泉，《吕氏春秋》所謂太公釣兹泉也。

〔五〕圖，《英華》注：集作「塗」。非。

〔六〕〔徐注〕《書》：咨四岳，有能奮庸熙帝之載。〔補注〕帝載，帝王之事業。

〔七〕〔徐注〕《離騷》：跪敷衽以陳辭兮。〔補注〕敷衽，解開襟衽，以示坦誠。

〔八〕〔徐注〕《晉書·涼後主傳》：汜稱疏曰：「虚襟下士，廣招英儁。」〔馮注〕《晉書·載記》：劉元海形貌非常，太原王渾虚襟友之，命子濟拜焉。按：此爲虚受之義。

〔九〕〔馮注〕《後漢書·光武帝紀》：李通以圖讖説光武云：「劉氏復起，李氏爲輔。」注曰：圖，《河圖》也。讖，符命之書。讖，驗也。按：讖緯之書，始於前漢之末，盛於東漢。〔徐注〕任昉序：圖緯著王佐之符。

〔一〇〕〔徐注〕董仲舒《賢良策》：天人相與之際，甚可畏也。〔馮注〕《漢書·儒林傳》：明天人分際，通古今之誼。按：《説文》：「窈，深遠也。」《爾雅》：「窕，閑也。」《詩·周南》傳：「窈窕，幽閑也。」故曹攄詩「窈窕山道深」，皆取深遠之義。謝靈運詩：羅縷豈闕辭，窈窕究天人。

〔一二〕神，《英華》注：集作「巨」。〔馮注〕《列子》：天地亦物也，物有不足，故昔者女媧氏鍊五色石以補其闕，斷鼇之足以立四極。〔徐注〕沈約碑文：崇基巖巖，長瀾瀰瀰。

〔一三〕〔徐注〕《易》：開物成務。〔補注〕開物，通曉萬物之理。

〔一三〕〔徐注〕《莊子》：儵與忽謀報混沌之德曰：「人皆有七竅，此獨無有，嘗試鑿之。」七日而混沌死。

〔一四〕橇，《英華》作「韋」，字通。徐本誤作「韡」。〔徐注〕《史記·夏本紀》：禹陸行乘車，水行乘船，泥行乘橇，山行乘樺。〔馮注〕樺，一作「橋」，音丘遥反，又音紀録反。〔補注〕《史記》裴駰集解引如淳曰：「樺車，謂以鐵如錐頭，長半寸，施之履下，以上山不蹉跌也。」張守節《正義》：「上山，前齒短，後齒長；下山，前齒長，後齒短也。」

〔一五〕〔補注〕《禮記·樂記》：「昔者舜作五絃之琴，以歌《南風》。」

〔一六〕烏，《英華》誤作「馬」。〔徐注〕孫柔之《瑞應圖》：白烏，宗廟肅敬則至。《晉書·樂志》：吴歌雜曲，一曰《鳳將雛》。〔補注〕白烏，白羽之烏，古以爲祥瑞之物。《東觀漢記·王阜傳》：「甘露降，白烏見，連有瑞應。」

〔一七〕〔徐注〕《詩》：彼有遺秉，此有滯穗。朱草，見《爲汝南公以妖星見賀德音表》「人知朱草之祥」注。〔補注〕滯，遺落、遺漏。

〔一八〕〔馮注〕《帝王世紀》：女媧氏末年，諸侯有共工氏，任智刑以强，霸而不王。《歸藏》：共工人面蛇身朱髮。《楚辭》注：共工名康回。《列子》：共工氏與顓頊争爲帝，怒而觸不周之山，折天柱，絶地維。《龍魚河圖》：黄帝時，蚩尤兄弟八十一人，並獸身人面，銅頭鐵額，食砂石子，威振天下。天遣玄女下授黄帝兵信神符，制伏蚩尤。

〔一九〕〔馮注〕《山海經·海内西經》：貳負之臣曰危，危與貳負殺窫窳，帝乃梏之疏屬之山，桎其右足，反縛兩手與髮，繫之於山上木，在開題西北。傳曰：漢宣帝使人上郡發盤石，石室中得一人，跣裸被髮反縛，械一足。以問群臣，莫能知。劉子政按此言對之。〔徐注〕劉逵《吴都賦注》：漢宣帝擊磻石於上郡，陷，得石室，其中有反縛械人。劉向曰：「此貳負之臣也。」

〔二〇〕豖韋，見《賀相國汝南公啓》「刀杌彭、韋」注。〔徐注〕《左傳》：晉文公名重耳。

〔二一〕騶，徐本作「雄」，誤。〔徐曰〕自此以上，謂太宗平亂、魏徵佐命之事。〔馮注〕《禮記》：季秋之月，天子乃教於田獵，以習五戎，班馬政，命僕及七騶咸駕。疏曰：天子馬有六種，種别有騶，又有總主之人，故爲七騶。按：此聯謂隋季、國初諸僭竊者皆削平臣服也。「七騶」，言歸我駕馭，作「七雄」者誤。

〔二二〕〔徐注〕《詩》：貽厥孫謀。《禮記》：天子負斧依南向而立。〔馮注〕《禮記》注曰：負之言背也。斧依，爲斧文屏風於户牖之間，於前立焉。「依」，本又作「扆」，同，於豈反。

〔二三〕〔徐注〕《易》：積善之家，必有餘慶。《後漢書·祭祀志》：九世之帝，方明聖，持衡拒。〔馮注〕《詩》：實維阿衡，實左右商王。箋曰：阿，依；衡，平也。伊尹，湯所依倚而取平，故以爲官名。

按：《書・君奭》篇，伊尹於太甲時改曰保衡。阿衡、保衡皆公官。《漢書・王莽傳》：上書者八千餘人，咸曰：「伊尹爲阿衡，周公爲太宰，宜采稱號，加公爲宰衡。」〔補注〕持衡，執掌權柄爲相。

〔二四〕〔馮注〕《國語》：晉孫談之子周適周，事單襄公。襄公曰：「周將得晉國，其行也文。夫敬，文之恭也；忠，文之實也；信，文之孚也；仁，文之愛也；義，文之制也；知，文之輿也；勇，文之帥也；教，文之施也；孝，文之本也；惠，文之慈也；讓，文之材也。此十一者，夫子皆有焉。被文相德，非國何取？」及厲公之亂，召周子而立之，是爲悼公。〔徐注〕《後漢書・楊彪傳》：大會公卿，議曰：「高祖都關中十有一世，光武宫洛陽，於今亦十世矣。」〔按〕馮、徐二氏解不同，馮解爲優。「十一德」指魏氏之德。魏徵謚「文貞」，故云文之十一德。

〔二五〕〔徐注〕《左傳》：成王定鼎于郟鄏，卜世三十，卜年七百。

〔二六〕〔補注〕《左傳・昭公十二年》：「今猶古也。」

〔二七〕〔補注〕《論語・述而》：「子曰：『仁遠乎哉？我欲仁，仁斯至矣。』」

〔二八〕見《爲安平公兖州謝上表》「高尋日觀」注。

〔二九〕〔徐注〕《書》：大玉、夷玉、天球、河圖，在東序。〔補注〕天球，玉名。《書・顧命》孫星衍注引鄭玄曰：「天球，雍州所貢之玉，色如天者。」又引馬融曰：「球，玉磬。」

〔三〇〕〔徐注〕《莊子》：天子之劍，以燕谿石城爲鋒，齊岱爲鍔。《史記・樗里子傳》：至漢，興武庫，正直其墓。《晉書·杜預傳》：朝野稱美，號曰「杜武庫」，言其無所不有也。〔馮注〕《漢書》：高祖七年，蕭何立前殿、武庫、太倉。
〔三一〕〔徐注〕班固《答賓戲》：摛藻如春華。
〔三二〕文星，見《爲李貽孫上李相公啓》「文星留伏於筆間」注。〔馮注〕《新書·藝文志》：魏謩有集十卷。又有《魏氏手略》二十卷。〔補注〕鎮見，常現。
〔三三〕〔徐注〕《漢書·車千秋傳》：特以一言寤意，旬月取宰相封侯，世未嘗有也。
〔三四〕三，《英華》誤「二」。〔徐注〕《易》：晝日三接。
〔三五〕〔徐注〕伊尹、咎繇。
〔三六〕〔徐注〕蕭何、邴吉。〔補注〕季孟、友朋，猶伯仲，相比並之意。
〔三七〕〔馮注〕《史記·淮陰侯傳》：上問曰：「如我將幾何？」信曰：「陛下不過能將十萬。」上曰：「於君何如？」曰：「臣多多而益善耳。」
〔三八〕〔馮注〕《韓非子》：齊桓公時，晉客至，有司請禮。桓公曰「告仲父」者三，而優笑曰：「易哉爲君，一曰仲父，二曰仲父。」桓公曰：「吾聞君人者勞於索人，佚於使人。吾得仲父已難矣，得仲父之後，何爲不易乎？」〔徐注〕《吴志·張昭傳》：孫策笑曰：「昔管子相齊，一則仲父，二則仲父，而桓公爲霸者宗。」
〔三九〕〔徐注〕《書》：百度惟貞。〔補注〕百度，百事、百種制度。貞，正。

〔四〇〕清，徐本作「諳」，非。〔徐注〕郭璞《爾雅序》：誠九流之津涉，六藝之鈐鍵。邢昺疏：案《漢書·藝文志》：儒家者流，出於司徒之官；道家者流，出於史官；陰陽家者流，出於羲和之官；法家者流，出於理官；名家者流，出於禮官；墨家者流，出於清廟之官；從横家者流，出於行人之官；雜家者流，出於議官；農家者流，出於農稷之官。此九流之大旨也。〔馮曰〕謂其官方任才，非謂其博綜流略。詳見《爲絳郡公上崔相公啓》「以無偏無黨定九流」注。〔按〕馮注是。此「九流」非指各種學術思想流派，乃指官人之九品。

〔四一〕〔徐注〕《後漢書·逸民傳》：王君公儈牛自隱，時人語曰：「避世牆東王君公。」〔馮注〕《後漢書·獨行傳》：向栩常於竈北坐板牀上，如是積久，板乃有膝踝足指之處。郡禮請辟，公府辟皆不到。後特徵，到，拜趙相，徵拜侍中。

〔四二〕〔徐注〕桓譚《新論》：天下神人五，一曰神仙，二曰隱淪。〔馮曰〕此則謂隱逸者。

〔四三〕〔徐注〕《管子》：墜岸三仞，人之所大難也，而猿猱飲焉。《漢書·西域傳》：烏秅國，山居田石間，有白草，累石爲室，民接手飲。師古曰：自高山下谿澗中飲水，故接連其手如猿之爲。韓愈《送區册文》：小吏百餘家，皆鳥言夷面。〔馮注〕《水經注》：烏秅之西有縣渡之國，引繩而度，其民接手而飲，所謂猿飲也。《後漢書·度尚傳》：長沙太守抗徐初試守宣城長，悉移深林遠藪椎髻鳥語之人置於縣下。

〔四四〕〔徐注〕《左傳》：莒子曰：「僻陋在夷。」〔馮注〕《禮記·射義》：諸侯歲獻貢士於天子。〔補

注〕《周禮·秋官·小行人》：「令諸侯春入貢，秋獻功，王親受之，各以其國之籍禮之。」

〔四五〕〔徐注〕《莊子》：子輿曰：「浸假而化予之左臂以爲雞，予因以求時夜；浸假而化予之右臂以爲彈，予因以求鴞炙。」

〔四六〕〔徐注〕《列子》：禽子問楊朱曰：「去子體之一毛，以濟一世，汝爲之乎？」楊子曰：「世固非一毛之所濟。」〔馮注〕此極言無人不樂爲用也。

〔四七〕〔徐注〕《詩序》：上以風化下，下以風刺上。〔補注〕《文心雕龍·書記》：「詩人諷刺。」

〔四八〕〔徐注〕杜預《春秋序》：附於二百四十二年行事，王道之正、人倫之紀備矣。《後漢書·馬嚴傳》：閉門自守，猶復慮致譏謙。

〔四九〕以，《英華》作「可」，注：集作「以」。〔補注〕《論語·爲政》：「子曰：『殷因於夏禮，所損益，可知也；周因於殷禮，所損益，可知也。其或繼周者，雖百世，可知也。』」又：「子曰：『《詩》三百，一言以蔽之，曰：思無邪。』」

〔五〇〕〔徐注〕《莊子》：魏牟謂公孫龍曰：「（子乃）規規（然）而求之以察，索之以辯，是直用管闚天，用錐指地也，不亦小乎！」〔馮注〕《吕氏春秋》：無立錐之地。庾信《哀江南賦》：遂側管以窺天。

〔五一〕折箠，《全文》作「折齒」，馮本作「拆齒」，均非，據《英華》改。〔徐注〕《左傳》：鮑子曰：「女忘君之爲孺子牛而折其齒乎，而背之也？」《晉書·羊祜傳》：祜年五歲時，令乳母取所弄金環。

乳母曰：「汝先無此物。」祜即詣鄰人東垣桑樹中探得之。〔馮注〕按齒以錐言，環以管言。立錐則不可拆齒，側管則不可尋環。以喻無能贊美也。如東方朔《答客難》「以筦闚天，豈能通其條貫」之意。尋環，猶循環。《戰國策》：「必令其言如循環。」「拆齒」，從《文苑英華》與《韻府》「錐」字所引。徐刊本作「折」。「折」，《英華》作「拆」。《佩文韻府》「錐」字下引此四句，亦作「拆齒」，俟再校。此二句當有出處，未詳。〔補注〕折箠，語本《莊子·天下》：「一尺之捶，日取其半，萬世不竭。」捶、棰、箠並通，杖也。立錐，故不能如箠之折。「箠」誤爲「齒」，文義遂不可通。馮本據《英華》誤文（當是明刊本）作「拆」，亦非。徐注則益支離矣。《史記·高祖本紀論》：「三王之道若循環，終而復始。」

〔五二〕剖，《英華》注：集作「刳」。〔馮注〕《史記·殷本紀》：比干强諫紂，紂怒曰：「吾聞聖人心有七竅，剖比干，觀其心。」

〔五三〕〔徐注〕《書》：不學牆面。〔補注〕《書》孔傳：「人而不學，其猶正牆面而立。」《論語·陽貨》：「人而不爲《周南》《召南》，其猶正牆面而立也與！」

〔五四〕窟，徐本作「穴」。〔徐注〕《列子》：江浦之間生麽蟲，名曰焦螟，群飛而集於蚊睫。〔馮注〕《晏子》：景公問曰：「天下有極細乎？」晏子對曰：「有。東海有蟲，巢於蚊睫，再乳再飛，而蚊不爲驚，命曰焦冥。」

〔五五〕〔馮注〕《莊子》：戴晉人曰：「有國於蝸之左角者曰觸氏，國於蝸之右角者曰蠻氏，時相與争地而戰，伏尸數萬，逐北旬有五日而後反。」君曰：「噫！其虚言與？」

〔五六〕〔補注〕簪紱，冠簪與纓帶，喻顯宦。階庭受訓，事見《論語·季氏》：陳亢問於伯魚曰：「子亦有異聞乎？」對曰：「未也。嘗獨立，鯉趨而過庭。曰：『學《詩》乎？』對曰：『未也。』『不學《詩》，無以言。』鯉退而學《詩》。他日又獨立，鯉趨而過庭。曰：『學《禮》乎？』對曰：『未也。』『不學《禮》，無以立。』鯉退而學《禮》。聞斯二者。」此指父訓。

〔五七〕〔馮注〕《演繁露》：郄詵試東堂得第。東堂者，晉宫之正殿也。得桂，見《謝宗卿啓》「攀郄詵之桂樹」注。按：《儀禮·大射》：「皆俟於東堂。」故選士之地，稱以東堂。而晉時太極東堂實爲策問之所。唐時尚書省都堂亦謂之東堂，如《舊》《新書·宋璟傳》中所書者。故凡言省試，皆言「射策東堂」也。

〔五八〕〔馮注〕謂已得第。

〔五九〕〔補注〕用蓮幕事，屢見前。

〔六〇〕〔馮注〕謂已曾從事使府。

〔六一〕括，《英華》作「結」，徐、馮本從之。〔徐注〕《易》：括囊無咎無譽。〔馮注〕《易》王弼注：括結否閉，賢人乃隱。〔補注〕括囊，結束袋口，喻緘口不言。

〔六二〕〔徐注〕《高士傳》：老萊子年七十，作嬰兒戲，著五色斑爛衣，取水上堂，跌仆卧地，爲小兒啼。〔馮注〕《孝子傳》：老萊子年七十，父母俱存，至孝蒸蒸，常著斑爛之衣。

〔六三〕〔徐注〕《漢書・東方朔傳》：武帝初即位，四方士多上書言得失，自衒鬻者以千數。朔初來上書，文辭不遜，高自稱譽，上偉之，令待詔公車。

〔六四〕見《爲舉人獻韓郎中琮啓》「更奉禰衡之刺」注。

〔六五〕〔徐注〕《漢書・劉向傳》：更生使其外親上言進望之等，以通賢者之路。〔馮注〕《漢書》：董仲舒《詣公孫弘記室書》：「大開蕭相國求賢之路。」

〔六六〕〔補注〕賈誼《新書・數寧》：「苟人迹之所能及，皆鄉風慕義，樂爲臣子耳。」《論語・公冶長》：「子謂南容，『邦有道，不廢；邦無道，免於刑戮』。」又《衛靈公》：「邦有道，則仕；邦無道，則可卷而懷之。」

〔六七〕見《爲柳珪上京兆公謝辟啓》「某藏豹不堅」注。

〔六八〕雷，《英華》作「燔」，注：集作「雷」。〔馮注〕《北夢瑣言》：魚將化龍，雷爲燒尾。《談苑》：士人初登第，必展歡宴，謂之「燒尾」。説者云：「虎化爲人，惟尾不化，須爲燒去，乃得成人。」又云：「新羊入群，抵觸不相親附，燒其尾乃定。」又云：「魚躍龍門化龍時，必雷電燒其尾乃化。」按：唐人詩文，燒尾多言龍矣。而《老學庵筆記》（應作《封氏聞見記》）曰：「貞觀中，太宗嘗問朱子奢燒尾事，子奢以羊事對。」

〔六九〕〔徐注〕《漢書・叙傳》：總百氏，贊篇章。崔豹《古今注》：黄帝與蚩尤戰於涿鹿之野，蚩尤作大霧，軍士皆迷路。帝作指南車。《蜀志》：許靖，字文休。南陽宋仲子與蜀郡太守書曰：「文休有當世之具，足下當以爲指南。」

〔七〇〕〔徐注〕《書》：每歲孟春，遒人以木鐸狥于路。《論語》：儀封人曰：「天將以夫子爲木鐸。」〔補注〕木鐸，以木爲舌之銅質大鈴，古代宣布政教法令時，巡行振鳴以引起注意。此取《論語》「以夫子爲木鐸」之意，謂魏謩乃上天以之爲宣揚政教者。

〔七一〕〔徐注〕《史記·田叔傳》：褚先生曰：「田仁故與任安相善，俱爲衛將軍舍人，居門下，家貧，無錢用以事將軍家監，家監使養惡齧馬。兩人同牀卧，仁竊言曰：『不知人哉，家監也！』任安曰：『將軍尚不知人，何乃家監也！』」《晉書·胡毋輔之傳》：輔之字彦國，擅高名，有知人之鑒。《王尼傳》：初爲護軍府軍士，胡毋輔之與王澄、傅暢、劉輿、荀邃、裴遐欲解之，乃齎羊酒詣護軍門。門吏疏名呈護軍，護軍歎曰：「諸名士持羊酒來，將有以也。」尼時以給府養馬，輔之等入，遂坐馬厩下，與尼炙羊飲酒，醉飽而去，竟不見護軍。護軍大驚，即與尼長假，因免爲兵。〔馮注〕按《輔之傳》云：嘗過河南門下飲，河南騶王子博箕坐其傍，輔之叱使取火，博曰：「我卒也，惟不乏吾事則已，安能爲人使！」輔之因就與語，歎曰：「吾不及也！」薦之河南尹樂廣，擢爲功曹。其甄拔人物若此。○既云「騶人」，則亦與「厩中」類矣。

〔七二〕〔徐注〕《漢書·揚雄傳》：雄年四十餘，自蜀來至遊京師。大司馬車騎將軍王音奇其文雅，召以爲門下史。《司馬相如傳》：字長卿，事景帝爲武騎常侍，非其好也。時梁孝王來朝，從游説之士鄒陽、枚乘、嚴忌夫子之徒。相如見而説之，因病免，客遊梁。

〔七三〕〔馮注〕《魏志・邴原傳》注：太祖聞原至，大驚喜，曰：「君遠自屈，誠副飢渴之心。」〔補注〕《書・大禹謨》：「惠迪吉，從逆凶，惟影響。」孔傳：「吉凶之報，若影之隨形，響之應聲，言不虚。」二句謂其求賢若渴，士有所求，無不響應，汲汲然無有寧時。

〔七四〕請客，見《爲白從事上陳許李尚書啓》「賓驛初開」注。〔徐注〕《詩》：抱衾與裯。

〔七五〕存，《英華》作「有」。〔馮注〕《東觀漢記》：汝郁載病徵詣公車，臺遣兩當關扶入，拜郎中。○此言其愛才好士請客，當關者皆疲於迎接也。

〔七六〕淮山，見《爲柳珪上京兆公謝辟啓》「成籍籍於淮山」注。

〔七七〕〔馮注〕《史記・高祖本紀》：漢王之國，去輒燒絶棧道。注：棧道，閣道也。險絶之處，傍鑿山巖，而施版梁爲閣。按：柳珪當於（大中）八、九年間由杜悰淮南幕省父東川，乃入都而獻此啓。故云然也。非至十年謩罷相鎮西川時。〔按〕詳注〔一〕按語。

〔七八〕見《爲舉人上翰林蕭侍郎啓》注〔三九〕。

〔七九〕〔徐注〕《後漢書》：蔡邕聞王粲在門，倒屣迎之曰：「此王公孫，有異才，吾不如也。」案《晉書》：張華性好人物，誘進不倦，至於窮賤侯門之士有一介之善者，便咨嗟稱詠，爲之延譽。又：陸機與弟雲俱入洛，造太常張華。華素重其名，如舊相識。曰：「伐吴之役，利獲二俊。」〔張華〕倒屣事未聞。

〔八〇〕〔徐注〕《史記》：鄒衍如燕，燕昭王擁篲先驅，列弟子之坐受業焉。〔補注〕《論語・先進》：「子曰:『由也升堂矣,未入於室也。』」《顏氏家訓·誡兵》:「仲尼門徒,升堂者七十有二。」

〔八一〕見《爲舉人獻韓郎中琮啓》注〔二六〕。

〔八二〕見《爲舉人上翰林蕭侍郎啓》注〔五三〕。

〔八三〕常,《英華》作「嘗」,通。

〔八四〕見《爲舉人上翰林蕭侍郎啓》注〔五八〕。

〔八五〕〔馮注〕《史記·天官書》:魁下六星,兩兩相比者名曰三能。三能色齊,君臣和。能音台。《晉書·天文志》:三台六星,三公之位也。在人曰三公,在天曰三台。

〔八六〕〔徐注〕《晉書·徐邈傳》:開釋文義,標明指趣。〔補注〕《論語·憲問》:「爲命,裨諶草創之,世叔討論之。」

〔八七〕〔徐注〕《詩》:洌彼下泉,浸彼苞稂。又:洌彼下泉,浸彼苞蕭。〔補注〕蕭,艾蒿;稂,莠草。

〔八八〕〔徐注〕《左傳》引《詩》曰:雖有絲麻,無棄菅蒯。〔補注〕菅蒯,茅草。

〔八九〕〔徐注〕《通鑑》:開元二十七年,追封孔子爲文宣王。《穀梁傳》:一字之褒,寵踰華衮;片言之貶,辱過斧鉞。

〔九〇〕見《爲舉人上翰林蕭侍郎啓》注〔一五〕。

〔九一〕厲,《英華》作「癘」,誤。〔馮注〕《莊子》:鄭有神巫曰季咸,知人之死生存亡、禍福壽夭,期以歲月旬日若神。按:厲是惡鬼。《左傳》:「鬼有所歸,乃不爲厲。」又,病也。《漢書·嚴安傳》:

民不夭厲。《周禮》：男巫冬堂贈無方無算，春招弭以除疾病。女巫歲時祓除釁浴。劉向《説苑》：古者有菑（災）者謂之厲，君使有司弔死問疾，憂以巫醫。

〔九二〕〔徐注〕《周禮·大宗伯》：以槱燎祀司中、司命。《莊子》：吾使司命復生子形。《史記·天官書》：斗魁戴匡六星曰文昌宫，一曰上將，二曰次將，三曰貴相，四曰司命，五曰司中，六曰司禄。《晉書·天文志》：司命主壽。《御覽》引《隨巢子》云：司命益年而民不夭。

〔九三〕〔補注〕《論語·里仁》：「君子無終食之間違仁，造次必於是，顛沛必於是。」

〔九四〕〔徐注〕《離騷》：吾令帝閽開關兮，倚閶闔而望予。注：閶闔，天門也。

〔九五〕〔徐注〕《漢書·郊祀志》：蓬萊、方丈、瀛洲三神山者，其傳在勃海中，去人不遠，蓋嘗有至者，諸僊人及不死之藥皆在焉。

〔九六〕〔徐注〕《雲笈七籤》有《老君存思圖》。〔補注〕存思，用心思索。《雲笈七籤》卷四三：「是故爲學之基，以存思爲首；存思之功，以五藏爲盛。」

〔九七〕〔徐注〕《南史·沈約傳》：約曰：「公自至京邑，已移氣序。」

〔九八〕〔徐注〕《莊子》：反覆終始，不知端倪。

〔九九〕〔徐注〕《老子》：上士聞道，勤而行之。

〔一〇〇〕〔徐注〕《集仙録》：群仙畢集，位高者乘鸞，次乘麒麟，次乘龍。〔馮曰〕𧬈兼集賢，乃翰林之最尊者。而珪既辭使府，冀入詞垣，故數聯云爾。

〔一〇〕〔馮曰〕按《新書·傳》：珪以藍田尉直弘文館，遷右拾遺。而給事中蕭倣、鄭裔綽謂珪不能事父，封還其詔。仲郢訴其子「冒處諫議爲不可，謂不孝則誣。請勒就養」。詔可。始，公綽治家埒韓滉，及珪被廢，士人愧悵。終衛尉少卿。○據此，則未免躁進致累，蓋在此啓後也。然《舊書》並無之。《新書》所采，未必皆實，疑出愛憎之手，柳氏不至被此也。故爲辨之。

〔蔣士銓曰〕縱横之氣盡減，雕琢之辭可觀。（《忠雅堂評選四六法海》卷三）

# 爲京兆公乞留瀘州刺史洗宗禮狀〔一〕

臣得當管瀘州官吏百姓李繼等，及瀘州所管五縣百姓張思忠等〔二〕，并羈縻州土刺史韋文賞等狀稱〔三〕：前件官到任已來，勵精爲理〔四〕，多方以蘇疲病〔五〕。況郡連戎、僰，地接巴、黔〔六〕，作業多仰於茗茶〔七〕，務本不同於秀麥。宗禮□□□□□□□□□貊之邦，纔識囷倉之積〔八〕。伏冀宸嚴〔九〕，俯哀縣道〔一〇〕，特許量留宗禮更一二年。

【校注】

〔一〕本篇原載清編《全唐文》卷七七二第一五頁、《樊南文集補編》卷一。〔錢箋〕本集京兆公，徐氏多以爲杜悰。按《新書·杜悰傳》，會昌中，同平章事。劉稹平，進左僕射，未幾，罷，出爲劍南東川節度使，徙西川。《舊書·地理志》：「劍南東川節度使，管梓、綿、劍、普、榮、遂、合、渝、瀘等州。」文云「當管瀘州」，當爲東川時事。杜悰由東川徙西川，史無年月，馮氏據《通鑑考異》定爲大中二年二月。考義山於大中六（按：當依張氏《會箋》作「五」）年赴柳仲郢東川幕，是年冬，推獄西川，始見杜悰，故有《獻京兆公》諸啓。若悰鎮東川之日，義山方在桂管，何緣爲其作文？其可疑者此也。又本集《爲京兆公陝州賀南郊赦表》，馮氏以與杜悰事迹不符，箋爲韋温。然温傳亦無鎮東川事，似當別有一人。存以俟考。《新唐書·地理志》：瀘州瀘川郡，下。《舊唐書·職官志》：下州刺史一員，正四品下。〔吴廷燮《唐方鎮年表·劍南東川》〕（大中十年至十二年，節度使韋有翼。引商隱此狀、俟圭《梓州東山觀音院記》、《文苑英華·韋有翼授東川節度使制》。）俟圭《梓州東山觀音院記》：「十年秋，川主尚書韋公請居慧義院……」按仲郢入爲鹽鐵使，有翼自鹽鐵使出鎮，大中九年也。〔張箋〕考柳仲郢内召，在大中九年，已詳譜。而《舊·紀》大中十二年又有「崔慎由梓州刺史、劍南東川節度，代韋有翼，以有翼爲吏部侍郎」之文，則有翼鎮梓必在前，其爲代仲郢無疑。《全唐文》有《授有翼東川制》，而俟圭《梓州東山觀音院記》「十年秋，川主尚書韋公請居慧義院」云云，尤爲確證。然則此文洵爲代有翼者。其在梓府初罷，新舊交替時歟？〔按〕吴、張説是，此狀當繫大中九年十一月，柳仲郢内徵之制已到東川、韋有翼已蒞東川任之時。

〔二〕〔錢注〕《新唐書·地理志》：瀘州領縣五：瀘川、富義、江安、合江、綿水。

〔三〕〔錢注〕《新唐書·地理志》：自太宗平突厥，西北諸蕃及蠻夷稍稍内屬，即其部落列置州縣。其大者爲都督府，以其首領爲都督、刺史，皆得世襲。大凡府州八百五十六，號爲羈縻云。納州都寧郡、薩州黄池郡、晏州羅陽郡、鞏州因忠郡、奉州、浙州、順州、思峨州、淯州、能州、高州、宋州、長寧州、定州，右隸瀘州都督府。《漢書·司馬相如傳》：蓋聞天子之於夷狄也，其義羈縻，勿絶而已。注：羈，馬絡頭也；縻，牛紖也。

〔四〕〔錢注〕《漢書·魏相傳》：宣帝始親萬機，厲精爲治。按：唐諱「治」作「理」。此下疑脱四字一句、六字一句。

〔五〕〔補注〕《左傳·成公十六年》：「奸時以動，而疲民以逞。」疲病，困窮。蘇，蘇息。

〔六〕〔錢注〕《元和郡縣志》：瀘州，春秋戰國時爲巴子國。秦并天下，爲巴郡地。武帝分置犍爲郡，今州即犍爲郡之江陽、符二縣地。《新唐書·地理志》：戎州本犍爲郡，治僰道縣；渝州本巴郡，并屬劍南道。又：黔州屬江南道。〔補注〕瀘州東北接連渝州，爲古巴郡地；東南連接黔中道地區，故云「地接巴、黔」。

〔七〕〔錢注〕《史記·高祖紀》：不事家人生産作業。《爾雅》：檟，苦荼。注：樹小如梔子，冬生葉，可煮作羹飲。今呼早采者爲荼，晚采者爲茗，一名荈，蜀人名之苦荼。

〔八〕〔錢注〕《考工記·匠人》疏：地上爲之，方曰倉，圜曰囷。

〔九〕〔錢注〕江淹《建平王之南徐州刺史辭闕表》：託慕宸嚴。

〔一〇〕〔錢注〕司馬相如《喻巴蜀檄》：亟下縣道。《漢書·百官公卿表》：縣有蠻夷曰道。

# 上任郎中狀〔一〕

伏以華省名曹〔二〕，南臺雜事，秩雖亞於獨坐〔四〕，事實同於二丞〔五〕。向非十九兄貌可窒邪〔六〕，名堪鎮俗〔七〕，即孰得允膺邦直〔八〕，顯副帝俞〔九〕？在望實之猶歸〔一〇〕，固選倚而爲重。竊惟後命〔一一〕，且踐中司〔一二〕。詎比晉臣，獨號一臺之妙〔一三〕；豈同梁代，先資八幅之祥〔一四〕？某被沐恩知，淹延歲序。徒嗟却埽〔一五〕，久曠升堂〔一六〕。望赤棒以兢魂〔一七〕，想絳紗而增戀〔一八〕。下情無任抃賀之至。

## 【校注】

〔一〕本篇原載清編《全唐文》卷七七五第二三頁、《樊南文集補編》卷七。錢校據胡本題作《上考功任郎中狀》。〔錢箋〕本集有《爲同州任侍御憲上崔相國啓》，馮氏引《宰相世系表》：「任憲，字亞司，高宗相雅相來孫，易定節度使迪簡子。」此狀有「華省名曹，南臺雜事」之語，或即其人與？

《舊唐書·職官志》：吏部考功郎中一員，從五品上。〔張箋〕（將本篇列入不編年文。云）詳彼啓似爲幕僚，此狀所言確爲京職。《唐郎官石柱題名》户部郎中、度支郎中、祠部郎中皆有任憲名，而考功郎中未載，其前後莅官無考，不能定爲何年作也。〔岑仲勉曰〕余按《全唐文》七七五收此篇，題無「考功」字，然今《郎官柱》考中欄甚殘泐，不能斷其誤否也。據《柱題名》憲歷官祠外、祠中（非度中，參拙著《郎官柱題名》）、户中、勳中，狀之「華省名曹，南臺雜事」，賀任氏以郎中兼侍御史知雜事也。其爲憲可無疑。循題名次序，狀應晚年所作。（《平質》己缺證十四《上考功任郎中狀》條）〔按〕岑説可從。商隱《爲同州任侍御憲上崔相國啓》作於大中五年夏秋間（詳該文注〔一〕），時任憲尚以侍御銜爲同州幕僚，則其歷任祠中、户中、勳中及以郎中兼侍御史知雜事必在其後。具體年月雖難詳考，然岑謂「狀應晚年所作」，則大體近是。據《郎官石柱題名》所載憲歷官祠外、祠中、户中、勳中等職，及新任以郎中兼侍御史知雜事推之，此狀當上於商隱東川幕罷歸來後，姑繫大中十年。題内不應有「考功」二字，郎中指尚書省左司郎中，詳注〔五〕。

〔二〕〔錢注〕潘岳《秋興賦》：獨展轉於華省。〔補注〕華省，清貴者之省署，此指尚書省。名曹，著名之官職，此指郎中。唐人好以他名標榜官稱，尚書丞郎、郎中相呼爲「曹長」，參《國史補》卷下。

〔四〕〔錢注〕《北堂書鈔》：《漢舊儀》曰：「御史中丞，朝會獨坐，出討姦猾，内與尚書令、司隸校尉會同，皆專席，京師號之『三獨坐』也。」〔補注〕御史臺之正副長官爲御史大夫、御史中丞。《通典》：侍御史「號爲臺端，他人稱之曰端公，其知雜事者謂之雜端，最爲雄劇」。此因侍御史知雜事佐中丞大夫以綜庶事，故云「秩亞獨坐」。

〔五〕〔錢注〕《舊唐書·職官志》：尚書省，左右丞各一員。〔補注〕此句切「郎中」。《新唐書·百官志》：尚書省，「左丞一人，正四品上；右丞一人，正四品下。掌辯六官之儀，糾正省内，劾御史舉不當者。……郎中各一人，從五品上；員外郎各一人，從六品上。掌付諸司之務，舉稽違，署符目，知宿直，爲丞之貳」。任憲所任之官職，當爲尚書左右丞之副貳，左司或右司郎中，而非屬於吏部之考功郎中。如爲吏部之考功郎中，其職事（掌文武百官功過、善惡之考法及其行狀）何能「同於二丞」？惟是尚書左右丞之副貳左右司郎中，方可云「事實同於二丞」也。錢引胡本題作《上考功任郎中狀》，而文中用典，則無一切「考功」者，亦可證其誤。題當從《全唐文》。《郎官石柱題名》右司郎中無任憲，然左司郎中則下截殘闕，任憲所任殆左司郎中也。

〔六〕〔錢注〕《梁書·張緬傳》：遷御史中丞，權繩無所顧望，號爲勁直。高祖乃遣畫工圖其形於臺省，以勵當官。《説文》：窒，塞也。

〔七〕〔錢注〕何劭《贈張華詩》：鎮俗在簡約。〔補注〕謂任憲之名（憲）可抑制庸俗之世風。憲，法令。

〔八〕〔補注〕《詩·鄭風·羔裘》：「彼其之子，邦之司直。」司直，主正人之過者。此借指侍御史之職。西漢置丞相司直，助丞相檢舉不法。唐代大理寺有司直六人，從六品上。又東宮官屬亦有司直。

〔九〕〔補注〕《書·舜典》：「帝曰：『俞，咨禹，汝平水土，惟時懋哉！』」帝俞，指皇帝之允諾、同意（任命）。

〔一〇〕〔錢校〕猶，疑當作「攸」。〔錢注〕《晉書·温嶠傳》：願遠存周禮，近參人情，則望實惟允。〔補注〕望實，名望與實績。

〔一一〕〔補注〕《左傳·僖公九年》：「齊侯將下拜，孔曰：『且有後命。』」後命，續發之任命。

〔一二〕〔錢注〕《後漢書·百官志》：御史中丞一人。注：丞故二千石爲之，或遷侍御史高第，執憲中司，朝會獨坐。〔補注〕謂將升登御史中丞之職。

〔一三〕〔錢注〕《晉書·衛瓘傳》：瓘拜尚書令，與尚書郎索靖俱善草書，時人號爲「一臺二妙」。〔按〕此就任憲「且踐中司」而言，謂其不同於晉臣之獨任尚書郎也。

〔一四〕祥，《全文》作「詳」，據錢校改。〔錢校〕幅，胡本作「輻」。詳，當作「祥」。〔錢注〕《梁書·樂藹傳》：藹，天監初，遷御史中丞。初，藹發江陵，無故於船得八車幅，如中丞健步避道者，至是果遷焉。

〔一五〕〔錢注〕江淹《恨賦》：敬通見抵，罷歸田里，閉關却埽，塞門不仕。〔補注〕却埽，閉門謝客，不復掃徑迎客。

〔一六〕〔補注〕《儀禮·鄉射禮》：「皆由其階，階下揖，升堂揖。」升堂，登上廳堂，謂登門拜謁。

〔一七〕〔錢注〕《北齊書·琅邪王傳》：魏氏舊制，中丞出，清道，與皇太子分路行。王公皆遥住車，去牛頓軛於地，以待中丞過。其或遲違，則赤棒棒之。

〔一八〕〔錢注〕《後漢書·馬融傳》：融常坐高堂，施絳紗帳，前授生徒，後列女樂。

# 未編年文

## 韓城門丈請爲子姪祭外姑公主文〔一〕

伏惟靈圓蓋垂慶〔二〕，方輿薦祉〔三〕。彩炯金沙〔四〕，芳流瑶水〔五〕。振馥掩蕙〔六〕，懷穠耀李〔七〕。前朝則稟謝成篇〔八〕，東漢則儀班問史〔九〕。後宫承露〔一〇〕，别殿相風〔一一〕。屏高雪透，簾虚霧蒙〔一二〕。武帝之黄金屋裏〔一三〕，阿母之碧綺疏中〔一四〕。方星婺對，比月娥同〔一五〕。魯館未築，堯親尚宴〔一六〕。吹管邀雲〔一七〕，投壺笑電〔一八〕。憑淑倚柔，含芳吐蒨〔一九〕。樓欲起而鳳來〔二〇〕，橋將横而鵲遍〔二一〕。

唐推姜姓，周重崔門〔二二〕。王子敬以筆劄取〔二三〕，何平叔以姿貌論〔二四〕。女愧前師〔二五〕，嬪慚後則〔二六〕。比神仙而作配，豈工容而校德〔二七〕？揚歷中外〔二八〕，便蕃寵榮〔二九〕。旁規不替〔三〇〕，内助無傾〔三一〕。劍分沈躍〔三二〕，桐半死生〔三三〕。機殘緯斷〔三四〕，琴怨絃驚〔三五〕。唐邑荒臺〔三六〕，沁園古木〔三七〕，往往遺翰〔三八〕，依依灺燭〔三九〕。皋平風緊〔四〇〕，川斜日速〔四一〕。雖有祭以呈文〔四二〕，終無城而驗哭〔四三〕。怨能感物，憂可傷人〔四四〕。膏肓語夜〔四五〕，痟首藏春〔四六〕。五聲誰驗〔四七〕？九折非神〔四八〕。空留遺範，竟掩光塵〔四九〕。嗚呼哀哉！

某自辱嘉姻〔五〇〕，亟移年序〔五一〕。試種玉而有感〔五二〕，實坦牀之無譽〔五三〕。因依高義〔五四〕，俛仰清規〔五五〕。假華□之繩墨，保私門之鼎彝。恩重事著，德流慶垂。既歡琴瑟〔五六〕，亦賦《螽斯》〔五七〕。今則窀穸有期〔五八〕，聲容漸隔，表署古道〔五九〕，啓揚曲陌〔六〇〕。九醖斯在〔六一〕，八珍如昔〔六二〕。縱有寫於千辭，終難期於再覿〔六三〕。嗚呼哀哉！敢緣愛女，冀望遺靈〔六四〕。固將不昧，儻或來聽！

**【校注】**

〔一〕本篇原載清編《全唐文》卷七八二第一頁、《樊南文集補編》卷一二。〔錢箋〕《新唐書·地理志》：韓城縣屬關内道同州。門丈，未詳何人。文中有「唐推姜姓，周重崔門」二語，考《新唐書·宰相世系表》，崔氏出自姜姓，此公主必下嫁崔氏者也。惟《宰相世系表》及《公主傳》所載諸崔尚主者甚多，今標題不載封邑，難以確指耳。《爾雅》：妻之母爲外姑。〔張箋〕（置不編年文。）〔按〕《新唐書·諸帝公主傳》，憲宗十八女，無嫁崔姓者；穆宗八女，亦無嫁崔姓者；敬、文、武諸帝女，皆不著下嫁駙馬姓氏。無從確考，置不編年文。

〔二〕〔錢注〕宋玉《大言賦》：方地爲輿，圓天爲蓋。

〔三〕〔補注〕薦祉，獻福。

〔四〕〔錢注〕曹植《遠遊篇》:夜光明珠,下隱金沙。

〔五〕〔錢注〕王融《三月三日曲水詩序》:穆滿八駿,如舞瑶水之陰。李善注:《穆天子傳》曰:「天子觴西王母於瑶池之上。」

〔六〕〔錢注〕《楚辭·離騷》注:蕙,香草也。〔補注〕振馥,散發香氣。掩,超過、蓋過。

〔七〕〔補注〕《詩·召南·何彼穠矣》:「何彼穠矣,唐棣之華。」鄭玄箋:「何乎彼戎戎者,乃栘之華。興者,喻王姬顏色之美盛。」穠,狀花之華美茂盛。

〔八〕見《請盧尚書撰李氏仲姊河東裴氏夫人誌文狀》「劉、謝文采」注。

〔九〕〔錢注〕《後漢書·曹世叔妻傳》:班彪女也,名昭。兄固,著《漢書》,其八表及《天文志》未及竟而卒。和帝詔昭就東觀藏書閣踵而成之。帝數召入宫,令皇后貴人師事焉。〔補注〕「前朝」二句贊其文才。

〔一〇〕〔錢注〕宋玉《登徒子好色賦》:願王勿與出入後宫。《三輔黄圖》:神明臺,武帝造,祭仙人處。上有承露盤,有銅仙人舒掌捧銅盤玉杯,以承雲表之露。以露和玉屑服之,以求仙道。〔補注〕謂受帝之恩寵。

〔一一〕〔錢注〕謝莊《宋孝武宣貴妃誄》:别殿雲懸。《三輔黄圖》:郭延生《述征記》曰:「長安宫南有靈臺,上有相風銅烏,遇風乃動。」〔補注〕《拾遺記》:「少昊母曰皇娥,游窮桑之浦。有神童稱爲帝子,與皇娥讌戲泛於海。以桂枝爲表,結芳茅爲旌,刻玉爲鳩置於表端,言知四時之候。今之相風，蓋其遺象。」此以「相風」切皇娥、公主。

〔一二〕〔錢注〕王嘉《拾遺記》：越王貢西施、鄭旦於吴，吴處以椒華之房，貫細珠爲簾幌，朝下以蔽景，夕捲以待月。二人當軒並坐，理鏡艷妝於珠幌之内，若雙鸞之在煙霧，沚水之漾芙蕖。

〔一三〕〔錢注〕《漢武故事》：帝爲膠東王，年數歲，長公主指問曰：「兒欲得婦否？」曰：「欲得。」指其女，「阿嬌好否？」笑對曰：「好。若得阿嬌，當作金屋貯之。」

〔一四〕〔錢注〕《漢武内傳》：阿母今以瓊笈妙韞，發紫臺之文，賜汝八會之書，《五嶽真形》，至真且貴矣。《漢武故事》：西王母降，東方朔於朱鳥牖中窺之。《説文》：䆗，門户疏窗也。

〔一五〕〔錢注〕《史記·天官書》：婺女。《索隱》曰：《爾雅》云：「須女謂之務女。」或作「婺」字。《淮南子》：羿請不死之藥於西王母，姮娥竊之，奔月宫爲月精。謝莊《宋孝武宣貴妃誄》：望月方娥，瞻星比婺。〔補注〕婺女，星宿名，即女宿，二十八宿之一。

〔一六〕〔補注〕《春秋·莊公元年》：「三月，夫人孫于齊。夏，單伯送王姬。秋，築王姬之館于外。冬……王姬歸于齊。」魯莊公主持周王姬之婚事，派大夫將王姬迎至魯國，在城外築館住下，然後送至齊國與齊侯成婚。後以「魯館」稱貴族女子出嫁時外住之所。《書·堯典》：「釐降二女于嬀汭，嬪于虞。」宴，通「晏」。「魯館」二句，謂公主尚未下嫁。

〔一七〕〔錢注〕《南部煙花記》：簫一名吹雲箏。〔補注〕遏雲，猶遏雲、阻雲。《列子·湯問》：「薛譚學謳於秦青，未窮青之技，自謂盡之，遂辭歸。秦青弗止。餞於郊衢，撫節悲歌，聲振林木，響遏行雲。」

〔一八〕〔錢注〕《藝文類聚》：《莊子》曰：「玉女投壺，天爲之笑則電。」《太平御覽》：《神異經》曰：「東王公與玉女投壺，脱誤不接，天爲之笑，開口流光，今電是也。」按：本文云：「每投千二百矯，矯出而脱誤不接，在天爲之笑。」「矯」一作「梟」，「開口」二字是注文。

〔一九〕〔錢注〕《玉篇》：蒨，青葱之貌。

〔二〇〕〔錢注〕劉向《列仙傳》：蕭史，秦穆公時人也，善吹簫，能致孔雀、白鶴於庭。公女弄玉好之，公遂以女妻焉。日教弄玉作鳳鳴。居數年，吹似鳳聲，鳳皇來止其屋，公爲作鳳臺。夫婦止其上，不下數年。一旦皆隨鳳皇飛去。

〔二一〕〔錢注〕《白帖》：《淮南子》云：「烏鵲填河成橋，渡織女。」〔補注〕「樓欲起」二句謂公主將下嫁。

〔二二〕見注〔一〕引《新唐書·宰相世系表》。

〔二三〕〔錢注〕《晉書·王獻之傳》：字子敬，工草隸，善丹青，以選尚新安公主。筆劄，見《爲濮陽公補仇坦牒》注〔三〕。

〔二四〕〔錢注〕《魏志·何晏傳》：晏長於宫省，又尚公主，少以才秀知名。注：晏字平叔。《魏略》曰：「晏性自喜，動静粉白不去手，行步顧影。」〔補注〕二句謂駙馬崔某長於筆劄而姿容秀美。

〔二五〕〔錢注〕宋玉《神女賦》：顧女師，命太傅。

〔二六〕〔錢注〕謝朓《齊敬皇后哀策文》：貽我嬪則。

〔二七〕〔錢注〕班固《東都賦》：案六經而校德。〔補注〕《禮記·昏義》：「教以婦德、婦言、婦容、婦功。」婦容，指婦女端莊柔順之容態。婦功，指紡織、刺繡、縫紉等。

〔二八〕〔錢注〕左思《魏都賦》：優賢著於揚歷。〔補注〕《三國志·魏志·管寧傳》：「優賢揚歷，垂聲千載。」裴注：「《今文尚書》曰『優賢揚歷』，謂揚其所歷試。」本指顯揚賢者居官之治績，後多指仕宦之經歷。

〔二九〕〔補注〕《左傳·襄公十一年》：「樂只君子，福禄攸同。便蕃左右，亦是帥從。」便蕃，頻繁、屢次。「揚歷」二句謂崔某歷官中外，屢受榮寵。

〔三〇〕〔補注〕旁規，指妻子從旁之規勸。替，廢棄。

〔三一〕〔錢注〕《魏志·文德郭皇后傳》：在昔帝王之治天下，不惟外輔，亦有内助。

〔三二〕〔錢注〕鮑照《贈故人馬子喬詩》：雙劍將别離，先在匣中鳴。煙雨交將夕，從此遂分形。雌沉吴江裏，雄飛入楚城。餘見《梓州道興觀碑銘》注〔八五〕。

〔三三〕〔錢注〕枚乘《七發》：龍門之桐，高百尺而無枝，其根半死半生。〔補注〕二句謂公主辭世。

〔三四〕〔錢注〕庾信《思舊銘》：孀機嫠緯，獨鶴孤鸞。

〔三五〕〔錢注〕《漢書·郊祀志》：泰帝使素女鼓五十絃瑟，悲，帝禁不止，故破爲二十五絃。

〔三六〕〔錢注〕《漢書·東方朔傳》：館陶公主號竇太主，堂邑侯陳午尚之。又《地理志》：臨淮郡有堂邑縣。〔按〕此「唐邑」疑即篇首「唐推姜姓」之「唐」，本指唐堯，關合唐朝，故「唐邑」疑即指唐公主之封邑，與「堂邑」無涉。

〔三七〕〔錢注〕《後漢書·竇憲傳》：憲恃宫掖聲勢，遂以賤直請奪沁水公主園田，主逼畏不敢計。《漢書·地理志》：河内郡有沁水縣。〔按〕沁園，此指公主園林。

〔三八〕〔錢注〕曹植《柳頌序》：故著斯文，表之遺翰。

〔三九〕〔錢注〕《説文》：灺，燭妻也。

〔四〇〕〔錢注〕司馬相如《哀二世賦》：注平皋之廣衍。

〔四一〕〔錢注〕陶潛《遊斜川詩序》：悲日月之遂往，悼吾年之不留。

〔四二〕〔錢注〕《梁書·劉孝綽傳》：孝綽三妹，並有才學，徐悱妻文尤清拔。悱，僕射徐勉子。爲晉安郡，卒，妻爲祭文，辭甚悽愴。勉本欲爲哀文，既覩此文，於是閣筆。

〔四三〕〔錢注〕《列女傳》：杞梁妻，齊杞梁殖之妻也。齊莊公襲莒，殖戰而死，杞梁之妻哭之，城爲之崩。

〔四四〕〔錢注〕孔融《論盛孝章書》：若使憂能傷人，此子不得復永年矣。

〔四五〕見《爲司徒濮陽公祭忠武都押衙張士隱文》「昔夢膏肓之豎」注。

〔四六〕〔補注〕《周禮·天官·疾醫》：「春時有痟首疾。」痟首，頭痛病。

〔四七〕〔補注〕《周禮·天官·疾醫》：「以五氣、五聲、五色眡其死生。」五聲，病人之五種聲音，即呼、笑、歌、哭（或悲）、呻，醫者借以診察病情。

〔四八〕〔錢注〕《楚辭·九章》：九折臂而成醫兮。

〔四九〕〔錢注〕繁欽《與魏文帝牋》：冀事速訖，旋侍光塵。〔補注〕光塵，敬稱對方之風采。

〔五〇〕〔錢注〕潘岳《懷舊賦》：余十二而獲見於父友東武戴侯楊君……慨然懷舊而賦之曰：余總角而獲見，承戴侯之清塵，名余以國士，眷余以嘉姻。

〔五一〕〔錢注〕《陳書·高祖紀》：仰憑衡佐，亟移年序。

〔五二〕〔錢注〕干寶《搜神記》：楊公伯雍性篤孝，父母亡，葬無終山，遂家焉。山高無水，公汲水作義漿於坡頭，行者皆飲之。三年，有一人就飲，以一斗石子使種之，云：「玉當生其中，後當得好婦。」有徐氏者，女甚有行，時人來求，多不許。公乃試求，徐氏戲云：「得白璧一雙來，當聽爲婚。」公至所種玉田中，得白璧五雙以聘。徐氏大驚，遂以女妻公。

〔五三〕〔錢注〕《晉書·王羲之傳》：郗鑒使門生求女婿於導，導令就東廂徧觀子弟，門生歸曰：「王氏諸少並佳，然聞信至，咸自矜持。惟一人在東牀，坦腹食，獨若不聞。」鑒曰：「正此佳婿邪！」訪之，乃羲之也，遂以女妻之。

〔五四〕〔錢注〕《史記·信陵君傳》：勝所以自附爲婚姻者，以公子之高義，爲能急人之困。

〔五五〕〔錢注〕《魏志·邴原傳》注：《原別傳》曰：「清規邈世。」

〔五六〕〔補注〕《詩·周南·關雎》：「窈窕淑女，琴瑟友之。」

〔五七〕〔補注〕《詩・周南・螽斯》：「螽斯羽，詵詵兮，宜爾子孫，振振兮。」孔穎達疏：「此以螽斯之多，喻后妃之子。而言羽者，螽斯羽蟲，故舉羽以言多也。」《螽斯序》：「《螽斯》，后妃子孫衆多也。」

〔五八〕〔補注〕《左傳・襄公十三年》：「若以大夫之靈，獲保首領以殁於地，惟是春秋窀穸之事，所以從先君於禰廟者，請爲『靈』若『厲』，大夫擇焉。」杜預注：「窀，厚也；穸，夜也。厚夜猶長夜。春秋謂祭祀，長夜謂葬埋。」

〔五九〕〔錢注〕《漢書・原涉傳》：涉自以先人墳墓儉約，非孝也，乃大治起冢舍，周閣重門。初，武帝時京兆尹曹氏葬茂陵，民謂其道爲京兆阡，涉慕之，乃買地開道立表，署曰南陽阡，人不肯從，謂之原氏阡。〔補注〕表，墓表，即墓碑。道，墓前或墓室前之甬道。

〔六〇〕〔錢注〕陸機《答張士然詩》：回渠繞曲陌。

〔六一〕〔錢注〕張衡《南都賦》：酒則九醖甘醴，十旬兼清。李善注：《魏武集・上九醖奏》曰：「三日一釀，滿九斛米止。」《廣雅》曰：「醖，投也。」

〔六二〕〔補注〕《周禮・天官・膳夫》：「珍用八物。」鄭玄注：「珍，謂淳熬、淳母、炮豚、炮牂、擣珍、漬、熬、肝膋也。」指八種烹飪法。此指各種珍饈美味。

〔六三〕〔錢注〕《爾雅》：覿，見也。

〔六四〕〔錢注〕蔡邕《祖德頌》：斯乃祖禰之遺靈。

# 爲潼關鎮使張琯補後院都知兵馬使兼押衙牒〔一〕

右件官，質茂松筠，誠高金石〔二〕，謙能養勇，義實輕生〔三〕。頃分職近關〔四〕，別屯要地〔五〕。時奮猿臂〔六〕，誓探虎雛〔七〕。既守禦而有經〔八〕，諒追奔之可犯〔九〕。況又秦中共事〔一〇〕，海内相從。酬知能誓於始終，于役不辭其暴露〔一一〕。脂車秣馬〔一二〕，昔嘗爲我以前驅〔一三〕；被甲執兵，今合撫予之後勁〔一四〕。仍榮心膂〔一五〕，兼總牙璋〔一六〕。事須補充押衙。

【校注】

〔一〕本篇原載清編《全唐文》卷七七九第四頁、《樊南文集補編》卷九。〔錢箋〕潼關鎮使，周墀也，見《爲汝南公賀元日朝會上中書狀》注〔一〕。《舊唐書·地理志》：潼關防禦鎮國軍使，華州刺史領之。又《楊志誠傳》：大和五年，爲幽州後院副兵馬使。《通鑑·唐玄宗紀》注：押牙者，盡管節度使牙内之事。〔張箋〕（置不編年文。且附考云）考文云：「況又秦中共事，海内相從。」又云：「脂車秣馬，昔嘗爲我以前驅；被甲執兵，今合撫予之後勁。」《新書·墀傳》：「武宗即位，以疾改工部侍郎，出爲華州刺史。」其前未嘗踐歷方鎮，與牒語不合。此潼關鎮使，當別是一人。本集之例，凡爲墀代作者，皆稱汝南公，標題固自不同也。何年所作無考。〔按〕張氏謂潼關鎮使非周墀,甚是。杜牧《唐故東川節度使檢校右僕射兼御史大夫贈司徒周公墓誌銘》述墀生平宦歷頗詳,亦未載其任華州刺史前曾歷方鎮。當别是一人。兹依張箋暫置不編年文内。

〔二〕〔錢注〕《荀子》:其誠可比於金石。〔補注〕《禮記·禮器》:「其在人也,如竹箭之有筠也,如松柏之有心也。二者居天下之大端矣。故貫四時而不改柯易葉。」

〔三〕〔補注〕《孟子·告子上》:「生,亦我所欲也;義,亦我所欲也。二者不可得兼,舍生而取義者也。」

〔四〕〔補注〕近關,此指離京城近之關隘。語本《左傳·襄公十四年》:「(蘧伯玉)遂行,從近關出。」句中「近關」指潼關。

〔五〕〔錢注〕《後漢書·荀彧傳》:此實天下之要地,而將軍之關河也。〔按〕此「要地」亦指潼關。

〔六〕〔錢注〕《史記·李將軍傳》:廣爲人長,猿臂,其善射亦天性也。

〔七〕見《爲滎陽公桂管補逐要等官牒·王公衡》注〔二〕。

〔八〕〔錢注〕《史記·孟子荀卿傳》:蓋墨翟,宋之大夫,善守禦,爲節用。

〔九〕〔錢注〕李陵《答蘇武書》:追奔逐北。

〔一〇〕〔錢注〕《漢書·高帝紀》注:秦中,謂關中,秦地也。

〔一一〕〔補注〕《詩·王風·君子于役》:「君子于役,不知其期。」《左傳·襄公三十一年》:「不敢輸幣,亦不敢暴露。」暴露,露天而處,無所遮蔽,即所謂露處野宿。

〔一二〕〔錢注〕曹植《應詔詩》：星陳夙駕，秣馬脂車。〔補注〕秣馬脂車，餵馬及爲車軸塗油脂，指準備作戰。

〔一三〕〔補注〕《詩・衛風・伯兮》：「伯也執殳，爲王前驅。」

〔一四〕〔補注〕《左傳・宣公十二年》：「軍行，右轅，左追蓐，前茅慮無，中權，後勁。」後勁，殿後之精兵。撫予後勁，指任後院都知兵馬使之職。

〔一五〕〔補注〕《書・君牙》：「今命爾予翼，作股肱心膂。」心膂（脊骨），喻主要輔佐。

〔一六〕〔補注〕《周禮・春官・典瑞》：「牙璋以起軍旅，以治兵守。」牙璋，古代用以發兵之兵符。

## 爲閑厩使奏判官韓勵改名狀〔一〕

右前件官名與再從叔故嬀州參軍自勵向下一字同〔二〕。伏以韓自勵頃因宦遊，殁于幽朔，羈孤未返〔三〕，親黨莫知。近始言歸，因之合族〔四〕。雖爲子之道，則慎更名于已孤〔五〕；而諸父之來〔六〕，固難舉諱于其側〔七〕。伏請改名融。謹録奏聞，伏聽勑旨。

【校注】

〔一〕本篇原載《文苑英華》卷六四四第七頁、清編《全唐文》卷七七三第八頁、《樊南文集詳注》卷二。

〔徐注〕《新書·百官志》：聖曆中，置閑廄使，以殿中丞、監承恩遇者爲之，分領殿中太僕之事，而專掌輿輦牛馬。自是宴游供奉，殿中丞、監皆不預聞。〔馮曰〕此狀未詳何年。〔張箋〕（置不編年文。）

〔二〕〔馮注〕《爾雅》：父之從父晜弟爲從祖父，父之從祖晜弟爲族父，再從叔即族父也。〔補注〕《新唐書·地理志》：河北道，嬀州嬀川郡。「本北燕州，武德七年平高開道，以幽州之懷戎置。貞觀八年更名。」

〔三〕〔徐注〕謝莊《月賦》：親懿莫從，羈孤遞進。〔補注〕《文選》李善注：「羈客孤子也。」

〔四〕〔徐注〕《禮記》：合族以食。〔馮注〕《禮記·大傳》：旁治昆弟合族以食，序以昭穆。《坊記》：君子因睦以合族。

〔五〕〔馮注〕《禮記》：君子已孤不更名。

〔六〕之，《英華》注：集作「具」。馮本從之。〔馮注〕《詩》：既有肥羜，以速諸父。又：豈伊異人，兄弟具來。《漢書·淮南王安傳》：武帝以安屬爲諸父。〔補注〕諸父，伯叔父。

〔七〕〔馮注〕《禮記》：妻之諱不舉諸其側。按：《詩·伐木》篇傳：「天子謂同姓諸侯、諸侯謂同姓大夫，皆曰父。」此同姓親親之辭，不謂其尊於我也。而後之凡云諸父者，則皆謂其與父同輩也。蓋兄弟當諱。《禮記·雜記》疏曰：「父之兄弟於己爲伯叔，子與父同，是有諱也。」此「諸父」承上「合族」，指自勵之兄弟，故己不可於其側稱名而犯所諱也。

# 容州經略使元結文集後序〔一〕

次山有《文編》〔二〕，有《詩集》，有《元子》〔三〕，三書皆自爲之序。次山見舉於弱夫蘇氏，始有名〔五〕；見取於公浚楊公〔六〕，始得進士第〔七〕；見憎於第五琦、元載〔八〕，故其將兵不得授，作官不至達〔九〕。母老不得盡其養，母喪不得終其哀〔一〇〕，間二十年。其文危苦激切，悲憂酸傷於性命之際〔一一〕。自《占心經》已下若干篇，是外曾孫遼東李惲辭收得之〔一二〕，聚爲《元文後編》。

次山之作，其綿遠長大，以自然爲祖〔一三〕，元氣爲根〔一四〕，變化移易之。太虛無狀〔一五〕，大賁無色〔一六〕，寒暑攸出，鬼神有職。南斗北斗，東龍西虎〔一七〕，方嚮物色〔一八〕，欻何從生？啞鐘復鳴〔一九〕，黄雉變雄〔二〇〕，山相朝捧，水信潮汐〔二一〕。若大壓然，不覺其興；若大醉然，不覺其醒。其疾怒急擊，快利勁果，出行萬里，不見其敵。高歌酣顔，入飲於朝，斷章摘句，如娠始生〔二二〕。狼子豽孫〔二三〕，競於跳走，翦餘斬殘，程露血脈〔二四〕。其詳緩柔潤，壓抑趨儒〔二五〕，如以一國買人一笑，如以萬世換人一朝。重屋深宫，但見其脊；牽綍長河〔二六〕，不知其載。死而更生，夜而更明，衣裳鐘石，雅在宫藏〔二七〕。其正聽嚴毅，不滓不濁，如坐正人，照彼佞者。子從其翁，婦從其姑。豎尨爲門，懸木爲牙〔二八〕，張蓋乘車，屹不敢入；將刑斷死，帝不得赦。其碎細分擘〔二九〕，切截纖顆，如墜地碎，若大咽餘〔三〇〕。鋸取朽蠹，櫟蟒出毒〔三一〕，刺眼楚齒〔三二〕，不見可視。顧顛跲錯雜，汙瀦傷損〔三三〕，如在危處，如出夢中〔三四〕。其總旨會源，條綱正目，若國大治，若年大熟。君君堯、舜〔三五〕，人人羲皇。上之視下，不知有尊〔三六〕；下之望上，不知有篡〔三七〕。辮頭鑿齒〔三八〕，扶服臣僕〔三九〕，融風彩露〔四〇〕，飄零委落。耋老者在〔四一〕，童齔者蕃〔四二〕。邪人佞夫，指之觸之，薰薰熙熙〔四三〕，不識其故。吁，不得盡其極也〔四四〕！

而論者徒曰：次山不師孔氏，爲非。嗚呼！孔氏於道德仁義外有何物？百千萬年，聖賢相隨於塗中耳。次山之書曰：「三皇用真而恥聖，五帝用聖而恥明，三王用明而恥察〔四五〕。」嗟嗟此書，可以無書〔四六〕。孔氏固聖矣，次山安在其必師之邪〔四七〕！

【校注】

〔一〕本篇原載《唐文粹》卷九三總六一二頁、清編《全唐文》卷七七九第一六頁、《樊南文集詳注》卷七。〔馮箋〕《新書·元結傳》：後魏常山王遵十五代孫。少不羈，十七乃折節向學，事元德秀，擢進士第。國子司業蘇源明見肅宗，問天下士，薦結可用。結上時議三篇，擢右金吾兵曹參軍，攝監察御史，出佐使府。代宗立，丐侍親歸樊上。授著作郎，益著書。久之，拜道州刺史。進授容管經略使，罷還京師，卒。〔按〕據顏真卿《唐故容州都督兼御史中丞本管經略使元君表墓碑銘》，大曆三年，「轉容府都督兼侍御史、本管經略使……六旬而收復八州……大曆四年夏四月，拜左金吾衛將軍兼御史中丞，管使如故……七年正月朝京師，上深禮重，方加位秩，不幸遇疾……夏四月庚午，薨於永崇坊之旅館」。本文爲元結《文集》之序，馮譜、張箋均未編年。按本文與《上崔華州書》文旨相近，或作於開成二年前後，具體作年難以詳考。

〔二〕〔馮注〕《新書·藝文志》：集類，元結《文編》十卷。《英華》載《文編序》曰：天寶十二年，漫叟以進士獲薦，名在禮部。會有司考校舊文，作《文編》納于有司。又曰：叟在此州，今五年矣。乃次第近作，合於舊編，分爲十卷，復命曰《文編》，時大曆三年也。

〔三〕〔馮注〕《元結傳》：作《自釋》曰：「河南，元氏望也；結，元子名也；次山，結字也。少居商餘山，著《元子》十篇，故以元子爲稱。天下兵興，逃亂入猗玗洞，始稱猗玗子。後家瀼濱，乃自稱浪士。及有官，人以爲浪者亦漫爲官乎，呼爲漫郎。既客樊上，漫遂顯。當以漫叟爲稱。」《藝文志》：儒家類，《元子》十卷。又《浪説》七篇，《漫説》七篇。小説家類，元結《猗犴子》一卷。按：顏魯公所撰墓碑，作「猗玗」字。是次山詩集，《志》不載，其《篋中集》一卷，乃選本，非此所指。

〔五〕舉，《文粹》、徐本、馮本均作「譽」。〔按〕舉，薦也。〔徐注〕《元結傳》：國子司業蘇源明見肅宗，問天下士，薦結可用。《文藝傳》：蘇源明，京兆武功人，初名預，字弱夫。

〔六〕楊，馮本改作「陽」。〔馮注〕《元結傳》：禮部侍郎陽浚。按：《摭言》亦作「陽」，《文粹》作「楊」。陽、楊字古通，《吕覽》稱楊朱曰陽生。

〔七〕〔馮注〕《文編序》：陽公見《文編》，歎曰：「以上第汙元子耳，有司得元子是賴。」明年，都堂策問群士，竟在上第。〔徐注〕《元結傳》：天寶十二載，舉進士。禮部侍郎陽浚見其文，曰：「一第慁子耳，有司得子是賴。」果擢上第，復舉制科（以上四字據馮注補）。

〔八〕〔徐注〕《新書》：第五琦，字禹珪，京兆長安人。乾元二年，進同中書門下平章事。元載，字公輔，鳳翔岐山人，拜同中書門下平章事。〔馮注〕《新書·表》：元載，寶應元年，同中書門下平章事。〔按〕元結見憎於第五琦、元載，不見於史籍及其他文獻記載。孫望《元次山集前言》推測元結永泰元年罷官去職可能與其時任宰相之元載及判度支、諸道鹽鐵轉運鑄錢等使之第五琦「見憎」有關。商隱《上崔華州書》云：「凡爲進士者五年。始爲故賈相國所憎。明年，病不試。又明年，復爲今崔宣州所不取。」《與陶進士書》云：「前年乃爲吏部上之中書……後幸有中書長者曰：『此人不堪。』抹去之。乃大快樂。」對照此數句，可見商隱蓋借元結之「見憎」於權貴以自抒憤鬱。

〔九〕〔周振甫箋〕肅宗立，元結攝領山南東道府，治襄州。代宗立，固辭歸去，此即「將兵不得授，作官不至達」。

〔一〇〕〔馮注〕《元結傳》：經略容管，身諭蠻豪，綏定八州。會母喪，人皆詣節度府請留，加左金吾衛將軍，民樂其教，至立石頌德。〔補注〕元結《讓容州表》：「爲國展效，死當不避，敢憚艱危？但以老母念臣疾疹日久……臣將就路，老母悲泣……臣欲扶持板輿，南之合浦，則老母氣力，艱於遠行。臣欲奮不顧家，則母子之情，禽獸猶有。」此即「母老不得盡其養」。大曆四年，以丁母憂，寄柩永州，懼亡母旅櫬歸葬無日，作《再讓容州表》。

〔二〕〔補注〕《易·乾》：「乾道變化，各正性命。」孔疏：「性者，天生之質，若剛柔遲速之别；命者，人所禀受，若貴賤夭壽之屬。」

〔三〕《文粹》注「是，句。〔按〕《文粹》編者蓋謂「是」字屬上，當點爲「自《占心經》以下若干篇是」。〔徐注〕《宰相世系表》有遼東李氏。〔馮曰〕惲辭無可考。〔按〕或謂本篇係《元文後編》之序。然題明標《元結文集》，恐非《後編》之序。此處言「自《占心經》已下若干篇，是外曾孫遼東李惲辭收得之，聚爲《元文後編》」，蓋謂此新編之《元結文集》，其中《占心經》以下若干篇，爲李惲辭新聚之《後編》，意本明白。因元結已爲《文編》作序，商隱爲新編《元結文集》所作之序，遂題「後序」。

〔三〕〔徐注〕《老子》：人法地，地法天，天法道，道法自然。

〔四〕〔徐注〕揚雄《解嘲》：大者含元氣。《老子》：玄牝之門，是謂天地根。〔補注〕《白虎通》：「地者，元氣所生，萬物之祖。」《漢書·律曆志上》：「太極元氣，函三爲一。」

〔五〕〔徐注〕《莊子》：道不游太虚。《老子》：是謂無狀之狀。〔補注〕太虚，指宇宙。

〔一六〕〔徐注〕《易》：賁，無色也。〔補注〕《易·序卦傳》：「賁者，飾也。」集合多種彩飾則無色。大賁無色，指其文章絢爛之極歸於平淡。或指其文章無一定色彩。

〔一七〕〔徐注〕《史記·天官書》：北斗七星，所謂璇、璣、玉衡，以齊七政。又：南斗爲廟，其北建星。〔馮注〕《史記·天官書》：衡殷南斗。又曰：北宮，南斗爲廟。又曰：東宮蒼龍。又曰：西宮，參爲白虎。〔補注〕南斗，即斗宿六星。東龍，指東方角、亢、氐、房、心、尾、箕七宿；西虎，指西方奎、婁、胃、昴、畢、觜、參七宿。

〔一八〕〔補注〕方響，同「方響」，古代磬類打擊樂器，由十六枚大小相同、厚薄不一之長方鐵片組成，分兩排懸於架上，以小鐵槌擊之。始創於梁，爲隋、唐燕樂中常用樂器。或云「方響」即方向。物色，形狀。

〔一九〕〔馮注〕《舊書·張文瓘傳》：虔威子文收，尤善音律，嘗裁竹爲十二律吹之，備盡旋宫之義。時太宗召文收於太常，令與祖孝孫參定雅樂。太樂有古鍾十二，近代惟用其七，餘有五，俗號啞鐘，莫能通者。文收吹律調之，聲皆響徹。

〔二〇〕〔徐注〕《舊書·五行志》：高宗文明後，天下頻奏雌雉化爲雄，或半化未化，兼以獻之。則天臨朝之兆。〔馮注〕《爾雅》：鳪雉。注曰：黄色，鳴自呼。〔周振甫曰〕這是指元結的文章像方響復生，啞鐘復鳴，黄雉變雄，即這種拙樸的文章復鳴變雄，成爲一時的雄文了。

〔二一〕〔徐注〕《初學記》：海口有朝夕，潮以逆河水。《韻府》：朝爲潮，夕爲汐。〔馮注〕王充《論衡》：水者，地之血脈，隨氣進退而爲潮。《抱朴子》：潮汐者，朝來也，夕至也。一月之中，天再東再西，故朝水再大再小。郭璞《江賦》：吐納靈潮，或夕或朝。〔周振甫曰〕這是指他的文章像山的主峰，水的潮汐，爲衆所擁護信從。

〔二二〕摘，《文粹》作「適」（疑本作「擿」，與「摘」同）。始，徐本作「如」，誤。

〔二三〕豽，《全文》作「豹」，據《文粹》改。〔徐注〕《左傳》：狼子野心。豽，本作「貀」。《說文》：漢律，能捕豺貀，購百錢。《異物志》：貀獸出朝鮮，似狸，蒼黑色，無前兩足，能捕鼠。〔馮注〕《爾雅》：狼，牡貛牝狼，其子獥。又：貀無前足。注曰：晉時得一獸，似狗，豹文，有角兩足。即此類也。〔郁賢皓曰〕「其疾」五句，形容元結文章的鋭利勁疾。（《唐代文選》，下同）

〔二四〕〔補注〕程，呈現。程露，猶呈露。此謂剪除多餘之支蔓，使文章之血脈呈露顯現。

〔二五〕〔馮注〕《説文》：「儒，柔也。」《北史·王晞傳》：「武成本忿其儒緩，因奏事，大被訶叱，而雅步宴然。」此「趨儒」意相近也。〔補注〕詳緩，安詳和緩。壓抑，沉着。

〔二六〕〔馮注〕《詩》：汎汎楊舟，紼纚維之。傳：紼，繂也。疏曰：繂竹爲索，所以維持舟者。繂是大絙。〔郁賢皓曰〕「重屋」二句，意謂元結文章深藏少露，含蓄深沉。

〔二七〕〔補注〕鐘石，樂器，鐘與磬。《管子·七臣七主》：「鐘石絲竹之音不絕。」或謂「鍾石」指糧食，六斛四斗爲一鍾，百斤爲一石。

〔二八〕〔補注〕牙，牙門旗竿。《後漢書·袁紹傳》：「拔其牙門。」李賢注：「《真人水鏡經》曰：『凡軍始出，立牙竿必令完堅，若有折，將軍不利。』牙門旗竿，軍之精也。」〔郁賢皓曰〕「豎麾」四句，謂元結文章氣象森嚴。

〔二九〕〔徐注〕《西京賦》：擘肌分理。

〔三〇〕〔《文粹》注〕咽，上聲。

〔三一〕〔馮注〕《爾雅·釋樂》郭注：敔如伏虎，背上有二十七鉏敔，刻以木，長尺櫟之。《廣韻》：櫟，捎也。《集韻》：擊也。按：「櫟」與「擽」通。〔補注〕《漢書·司馬相如傳上》：「射游梟，櫟蜚遽。」顔注引張揖曰：「櫟，梢也。」《文選·潘岳〈射雉賦〉》：「櫟雌妬異，倏來忽往。」徐爰注：「櫟，擊搏也。」

〔三二〕〔《文粹》注〕楚，去聲。〔補注〕楚，酸痛。

〔三三〕〔徐注〕《禮記》：汙其宮而瀦焉。〔補注〕汙瀦，污水聚積。

〔三四〕出，《全文》作「在」，據《文粹》改。

〔三五〕《全文》「君君」上衍「若」字，據《文粹》删。

〔三六〕有，徐本、馮本一作「其」。

〔三七〕有，徐本、馮本一作「其」。

〔三八〕〔馮注〕《淮南子》：海外三十六國，南方鑿齒民。注曰：吐一齒出口下，長三尺。按：《南夷志》：「黑齒金齒銀齒諸蠻，皆鑿齒之類。」此以言遠方種類，非用《山海經》「大荒之中，有人曰鑿齒，羿殺之」也。　辮頭，見《太尉衛公會昌一品集序》「望衣冠而有慕」注。

〔三九〕〔補注〕扶服，同「匍匐」。〔徐注〕《書》：我罔爲臣僕。

〔四〇〕〔徐注〕《左傳・昭公十八年》：夏五月，火始昏見。丙子，風。梓慎曰：「是謂融風，火之始也。」《吕氏春秋》：東北曰融風。《洞冥記》：東方朔語武帝曰：「吉雲之國，雲氣著草木，成五色露。」江淹《雜體詩》：露彩方汎豔。〔馮注〕《淮南子》：距日冬至四十五日，條風至。注曰：艮卦風，一名融。《易緯》：立春，條風至。○此以發生萬物言。〔補注〕融風，和風。

〔四一〕〔補注〕《左傳・僖公九年》：「以伯舅耋老，加勞，賜一級，無下拜。」杜預注：「七十曰耋。」

〔四二〕〔補注〕《説文》：「男八月生齒，八歲而齔；女七月生齒，七歲而齔。」

〔四三〕〔補注〕薰薰，酒醉貌。《文選・張衡〈東京賦〉》：「君臣歡康，具醉薰薰。」吕延濟注：「君臣歡康盡醉，酒氣薰薰然。」熙熙，和樂貌。《老子》：「衆人熙熙，如享太牢，如春登臺。」

〔四四〕〔馮箋〕晁氏《讀書志》：結性耿介，自謂與世聱牙，豈獨其行事而然，其文辭亦如之。然其辭義幽約，譬古鐘磬，不諧於俚耳，而可尋玩。在當時，名出蕭、李下，至韓愈稱數唐之文人，獨及結云。

〔四五〕〔周振甫曰〕三皇講真淳，以聖德爲恥，因爲有了聖德的人，即有不道德的人，故以爲恥。五帝講聖德，以英明爲恥，聖德是講道德，英明是講智慧，道德高於智慧。三王講究英明，以察察爲恥。英明是智慧，察察是弄小聰明和權術，權術不如智慧。

〔四六〕書，《全文》作「乎」，據《文粹》改。〔補注〕可以無書，謂有元結此書，其他一切書均可不再有。

〔四七〕〔馮曰〕按本傳：「初爲文，瑰邁奇古。」此篇是矣。要以造意爲主。意緒可尋，則詞源易泝，凡所依據推演，讀古者自知之。

〔錢鍾書曰〕葛洪《〈關尹子〉序》……顯出唐宋人之手……序中一節云：「洪每味之：泠泠然若躡飛葉而遊乎天地之混溟，茫茫乎若履横校而浮乎大海之渺漠……」此中晚唐人序詩文集慣技，杜牧《李昌谷詩序》是其著例，牧甥裴延翰《樊川文集序》「竊觀仲舅之文」云云，亦即是體。他如顧況《右拾遺吴郡朱君集序》、張碧《詩自序》、李商隱《容州經略使元結文集後序》、吴融《奠陸龜蒙文》，皆犖犖大者。（《管錐編》第四册《全上古三代秦漢三國六朝文》一四八《全晉文》卷一一六葛洪《〈關尹子〉序》）

## 李賀小傳〔一〕

京兆杜牧爲《李長吉集序》〔二〕，狀長吉之奇甚盡，世傳之。長吉姊嫁王氏者，語長吉之事尤備。長吉細瘦，通眉〔三〕，長指爪，能苦吟疾書，最先爲昌黎韓愈所知〔四〕。所與遊者，王參元〔五〕、楊敬之〔六〕、權璩〔七〕、崔植爲密〔八〕。每旦日出，與諸公遊，未嘗得題然後爲詩，如他人思量牽合以及程限爲意〔九〕。恒從小奚奴騎距驉〔一○〕，背一古破錦囊，遇有所得，即書投囊中。及暮歸，太夫人使婢受囊〔一一〕，出之，見所書多，輒曰：「是兒要當嘔出心始已耳。」上燈與食，長吉從婢取書，研墨疊紙足成之，投他囊中。非大醉及弔喪日，率如此。過亦不復省〔一二〕。王、楊輩時復來探取寫去〔一三〕。長吉往往獨騎往還京雒，所至或時有著，隨棄之。故沈子明家所餘四卷而已〔一四〕。

長吉將死時，忽晝見一緋衣人，駕赤虬，持一版，書若太古篆或霹靂石文者〔一五〕，云當召長吉，長吉了不能讀，欻下榻叩頭，言：「阿㜷老且病〔一六〕，賀不願去。」緋衣人笑曰：「帝成白玉樓，立召君爲記。天上差樂〔一七〕，不苦也。」長吉獨泣，邊人盡見之〔一八〕。少之〔一九〕，長吉氣絶。嘗所居窗中〔二○〕，勃勃有煙氣〔二一〕，聞行車嘒管之聲〔二二〕。太夫人急止人哭，待之如炊五斗黍許時〔二三〕，長吉竟死〔二四〕。王氏姊非能造作謂長吉者，實所見如此〔二五〕。

嗚呼，天蒼蒼而高也，上果有帝耶？帝果有苑囿宮室觀閣之玩耶〔二六〕？苟信然，則天之高邈，帝之尊嚴，亦宜有人物文彩愈此世者，何獨番番於長吉〔二七〕，而使其不壽耶？噫！又豈世所謂才而奇者，不獨地上少，即天上亦不多耶〔二八〕？長吉生二十四年〔二九〕，位不過奉禮太常中〔三○〕，當世人亦多排擯毁斥之。又豈才而奇者，帝獨重之，而人反不重耶？又豈人見會勝帝耶〔三一〕？

## 【校注】

〔一〕本篇原載《唐文粹》卷九九總六四六頁、清編《全唐文》卷七八〇第一七頁、《樊南文集詳注》卷八。〔馮曰〕長吉事蹟無多，而《宋史·藝文志》傳記類曰：「李商隱《李長吉小傳》五卷。」是誤「一」爲「五」也。〔按〕馮譜、張箋均未編年。篇首謂「京兆杜牧爲《李長吉集序》……世傳之」，杜牧序作於大和五年，商隱此傳當作於杜序已在文壇流傳相當一段時日之後。傳文中提及「長吉姊嫁王氏者，語長吉之事尤備」，本篇所述李賀平日行事及臨終時情景，即來自王氏姊所言。設王氏姊年長賀三歲，當生於貞元三年（七八七），至大中元年商隱赴桂幕時（八四七）年已六十一歲。大中年間商隱連續流寓桂幕、徐幕、梓幕，在長安時間甚少。且其時王氏姊是否仍健在亦未可知。故此傳以大和五年後至大中元年前一段時間所作之可能性較大。馮浩以爲長吉姊嫁王氏者，疑即嫁王茂元弟王參元（詳注〔五〕），則此文材料之來源當在開成三年商隱娶茂元女以後聞諸王氏姊者。故此傳作年之上限可推至開成三年以後。

〔二〕徐注本無「李」字。〔徐注〕《新書·文藝傳》：李賀字長吉，系出鄭王後。〔馮注〕《舊書·傳》：李賀字長吉，宗室鄭王之後。〔補注〕杜牧爲京兆萬年人，宰相杜佑之孫，《李賀歌詩叙》（即《李長吉集序》）末署「京兆杜牧爲其序」。

〔三〕〔補注〕通眉，兩眉相連。

〔四〕〔徐注〕《宰相世系表》：韓愈字退之，吏部侍郎，謚曰文。〔馮注〕《舊書·傳》：父名晉肅，以是不應進士，韓愈爲之作《諱辯》，賀竟不就試。〔補注〕《新唐書·李賀傳》：「七歲能辭章。韓愈、皇甫湜始聞未信，過其家，使賀賦詩，援筆輒就如素構，自目曰《高軒過》。二人大驚，自是有名。」張固《幽閒鼓吹》：「李賀以歌詩謁韓吏部，吏部時爲國子博士分司，送客歸，極困。門人呈卷，解帶旋讀之，首篇《雁門太守行》曰：『黑雲壓城城欲摧，甲光向日金鱗開。』却援帶，命邀之。」《高軒過》有「龐眉書客感秋蓬」語，顯非七歲作。以詩謁韓愈事，據「時爲國子博士分司」語，當在元和二年，詳參錢仲聯《夢苕盦專著二種·李賀年譜會箋》。

〔五〕〔馮注〕按《文粹》作「參元」，本集《代僕射濮陽公遺表》云「季弟參元」矣。《新書》刊本或作「恭元」，誤也。柳子厚《賀王參元失火書》云：「京城人多言足下家有積財，士之好廉名者，皆畏忌，不敢道足下之善。」亦與茂元家積財相合也。柳書當爲元和十年以前永州司馬時所作。然則參元應舉，久而不售矣。長吉姊嫁王氏者，疑即參元所娶也。《書史會要》工於翰墨類中有王參元。〔錢仲聯曰〕賀姊適參元，有可能。參元爲鄜坊節度使王栖曜之子，涇原節度使濮陽郡侯王茂元之弟。賀父晉肅爲邊上從事，疑即在鄜坊節度使幕府，由賓僚而成爲姻婭。而李商隱則爲茂元之婿，於參元爲姪婿，故有可能聞參元妻「語長吉之事」，而著爲小傳。馮説未可概斥爲附會也。（《李賀年譜會箋》）〔補注〕王參元於元和二年登進士第。曾爲武寧軍節度掌書記，時間在元和六年至十三年間，幕主李愿。

〔六〕〔徐注〕《新書》：楊敬之，字茂孝，元和初擢進士第，轉大理卿，檢校工部尚書，兼祭酒，卒。〔補

注〕楊敬之二子戎、戴曾先後爲王茂元涇原幕僚屬，見詩集《奉和太原公送前楊秀才戴兼招楊正字戎》。

〔七〕〔徐注〕《舊書·權德輿傳》：子璩，中書舍人。〔補注〕權璩任中書舍人係宰相李宗閔所薦。又楊敬之曾坐李宗閔黨貶連州刺史。

〔八〕〔徐注〕《新書》：崔植字公修，祐甫弟廬江令嬰甫子也。祐甫病，謂妻曰：「吾殁，當以廬江次子主吾祀。」終服，補弘文生。長慶初，拜中書侍郎、同中書門下平章事。

〔九〕〔補注〕牽合，此謂勉强牽合題目作詩，以符合某種固定的程式規範。程限，即程式界限。

〔一〇〕驢，《全文》作「驢」，據《文粹》改。〔馮注〕陸龜蒙《笠澤叢書·書〈李賀小傳〉（後）》作「騎駏驉」。《漢書·匈奴傳》：奇畜則橐駝、驒奚。師古曰：驒奚，駏驉類。按：《廣韻》：「駏驉，獸似驢也。」故用之。或作「距驢」，誤。〔補注〕奚奴，北方少數民族之爲奴者。

〔一一〕〔馮校〕受，一作「探」，誤。

〔一二〕〔馮曰〕《新書·賀傳》多採此（段）文。〔補注〕省，記。

〔一三〕〔補注〕謂從錦囊探取詩稿並抄寫而去。

〔一四〕〔馮注〕《舊書·傳》：手筆敏捷，尤長於歌篇，其文思體勢，如崇巖峭壁，萬仞崛起。當時文士從而效之，無能髣髴者。其樂府詞數十篇，至於雲韶樂工，無不諷誦。《新書·志》：《李賀集》五卷。《宋史·志》：《李賀集》一卷，又《外集》一卷。〔補注〕杜牧《李賀歌詩叙》：「大和五年十月中，半夜時，舍外有疾呼傳緘書者……及發之，果集賢學士沈公子明書一通，曰：『吾亡友李賀，元和中義愛甚厚，日夕相與起居飲食。賀且死，嘗授我平生所著歌詩，離爲四編，凡若干首。數年來東西南北，良爲已失去，今夕……閲理篋帙，忽得賀詩前所授我者。……子厚於我，與我爲賀集序。』」

〔一五〕〔補注〕太古篆，遠古之篆文。道教符書多此類文字。霹靂石文，傳説中雷神打雷時用石斧，筆畫形狀如同石斧之文字即稱霹靂石文。

〔一六〕嬭，《文粹》作「禰」，誤。〔原注〕長吉學語時呼太夫人云。〔補注〕《玉篇》：「嬭，齊人呼母也。」

〔一七〕〔補注〕差，最也，頗也。

〔一八〕〔馮注〕《左傳》：「吴人踵楚，而邊人不備。」謂邊疆之人也。此則謂旁近之人。

〔一九〕〔馮校〕一無「之」字，誤。

〔二〇〕嘗，《文粹》作「常」。

〔二一〕勃勃，《文粹》作「教教」。〔補注〕勃勃，煙氣上升貌。

〔二二〕〔補注〕《詩·商頌·那》：「嘒嘒管聲，既和且平。」嘒，形容管聲清亮。

〔二三〕〔馮注〕《困學紀聞》曰：《天官書》云：「熟五斗米頃。」句本於此。

〔二四〕〔馮注〕《太平廣記》引《宣室志》：李賀卒後，夢太夫人鄭氏云：「上帝遷都於月圃，構新宫，名曰白瑶。召賀與文士數輩，共爲新宫記。帝又作凝虚殿，使賀輩纂樂章。」按：此種記載，無煩核實。

〔三五〕〔補注〕造作，假造、虚構。實所見如此，謂王氏姊親見李賀將死時情景。

〔三六〕〔馮校〕苑，一作「園」。

〔三七〕〔馮校〕番番，一作「眷眷」，誤。〔補注〕番番，煩擾，由一次又一次之義引申。

〔三八〕即，《文粹》作「耶」（連上句），馮本從之。

〔三九〕〔馮箋〕按《舊書·傳》：「卒年二十四。」據此文也。《新書·傳》作「二十七」，據杜牧所作《李賀詩集序》也。杜之序，作於大和五年辛亥，而曰「賀死後十五年矣」，則當卒於元和十二年丁酉矣。賀之生年，未可遽考，故卒年未定孰是。《新書·傳》云：「賀七歲能辭章，韓愈、皇甫湜始聞未信，過其家，使賦詩。賀援筆輒就，自目曰《高軒過》。」此蓋采自《唐摭言》也。然詩云：「龐眉書客感秋蓬，誰知死草生華風，我今垂翅附冥鴻。」其非七歲明矣。近人吴江沈絜箋注昌谷詩，而謂此篇正屬避嫌名不敢舉進士之時，賀年當一十有九。余以《高軒過》題下原注「韓員外愈、皇甫侍御湜見過」考之，韓於元和四年六月，改都官員外郎，守東都省；五年，爲河南令；六年行職方員外郎，至京師；七年兼國子博士；八年改郎中矣。皇甫之稱侍御，未可細考何時，《新書》所叙甚略，且錯亂，然有云：愈令河南，厚遇之。而賀集有《河南府試樂詞》，則並讐訪李，必元和四五年事，故詩曰「東京才子，文章鉅公」也，其爲賀非七歲尤明。則當作「二十七」爲是。〔按〕李賀卒時年二十七，今學界多從杜叙。

〔三〇〕〔馮校〕一無「中」字。〔馮注〕《舊書·傳》：補太常寺協律郎。《舊書·志》：太常寺屬奉禮郎二人，從九品上；協律郎二人，正八品上。○賀當以奉禮升協律。〔按〕錢仲聯《李賀年譜會箋》謂賀元和五年爲奉禮郎，至八年春稱病辭官東歸鄉里。

〔三一〕〔馮箋〕陸龜蒙《笠澤叢書·書〈李賀小傳〉後》：吾聞淫畋漁者，謂之暴天物。天物不可暴，又可抉擿刻削露其情狀乎？使自萌卵至于槁死，不能隱，天能不致罰耶！長吉夭，東野窮，玉溪生官不挂朝籍而死，正坐是哉，正坐是哉！按：魯望云：「内壹鬱，則外揚爲聲音。」今讀其詩，初心非願隱逸也，斯亦假以自歎歟！〔按〕末段就長吉之才而奇及其不幸遭遇抒慨，自寓不遇之意即在其中。感慨淋漓，文勢亦夭矯騰挪，富於變化。

〔劉淮曰〕李義山作賀傳云：長吉將死時，忽見一緋衣人，召長吉赴玉樓作記云云。詳觀此語，甚不經，亦無病亂譫語耳。夫天一氣物，何以玉樓爲？必若召爲記，當時先韓吏部矣，萬萬無此理。蓋如「鬼才」等語，大率好事者爲之，重以見賀才絶出云。（《李長吉詩集後序》）

〔焦竑曰〕義山既表長吉之作，而其自運幾與之埒。長吉氣韻，義山詞藻，所操者異，而總非食烟火人所能辨。（《李賀詩解序》）

〔劉士鏻曰〕（「未嘗得題然後爲詩」眉批）無題者，在集中。（「是兒要當嘔出心始已耳」眉批）直語。（「長吉將死時，忽晝見一緋衣人」眉批）事大奇。（「嗚呼……而使其不壽耶」眉批）長吉原非地上人，不過偶謫人間耳。（「又豈世所謂才而奇者……天上亦不多耶」眉批）有激之言。（「又豈才而奇者……又豈人見會勝帝耶」眉批）感慨尤深。（《删補古今文致》卷六）

〔方胥城曰〕借長吉作文，言下時有激昂意。直壯心不堪牢落耳。（同上）

## 象江太守〔一〕

滎陽鄭璠〔二〕，自象江得怪石六：其三聳而鋭上；又一，如世間道士存思，圖畫人肺胃肝腎，次第懸絡者〔三〕；又一，空中而隱外，若癰瘻殃疝病不作物者〔四〕；又一，色紺冰而理平漫〔五〕，彈之好聲。

璠爲象江，三年不病瘴，平安寢食。及還長安，無家居〔六〕，婦兒寄止人舍下〔七〕。計輂六石〔八〕，道費俸六十萬。璠嗜好有意〔九〕，極類前輩人。

【校注】

〔一〕本篇原載《唐文粹》卷一〇〇總六五二頁、清編《全唐文》卷七八〇第一八頁、《樊南文集詳注》卷八。《文粹》列「傳録紀事」類，與《華山尉》《齊魯二生》《宜都内人》統曰「五紀」。《全唐文》

與下四篇列「紀事」。徐注本列「雜著」類「紀事」，馮注本列「雜記」類。〔按〕雜記四題五篇非一時一地之作。本篇提及鄭璠爲象江太守三年，還長安無家居之事，當爲璠罷象州還京後作。象州屬桂州都督府，商隱或有可能在桂幕期間與鄭璠結識，或得知其人。大中二年陳陶有《南海送韋七使君赴象州任》（據今人陶敏考證），韋某或即接替鄭璠任象州刺史者。如推斷近是，則此文或有可能作於大中三年，彼時商隱自身亦窮困潦倒（見《偶成轉韻七十二句贈四同舍》《上尚書范陽公啓》），故於象江太守之「及還長安，無家居，婦兒寄止人舍下」之境況深有感焉。

《太平廣記》卷四二九、《續玄怪録》卷四《張逢》謂：「南陽張逢，貞元末薄遊嶺表，行次福州福唐縣橫山店……見人問曰：『福州鄭録事名璠，計程宿前店，見説何時發？』」時代與商隱相隔較久，疑非一人。〔馮注〕《舊書·志》：象州象山郡，屬嶺南道桂州都督府。又曰：非秦之象郡，秦象郡今合浦縣。按：象州在柳州東南約二百里矣。《元和郡縣志》：郭下陽壽縣有陽水。《太平寰宇記》：武仙縣有鬱林水。凡水之在象州者，皆可曰「象江」也。

〔二〕見注〔一〕按語。

〔三〕〔馮注〕《雲笈七籤》有《老君存思圖》。又《太乙帝君經》：求道者甘寒苦以存思。《真誥》：迴元者，太上更新之日也，常以其日思存古事。按：道書每以吉日思存，心願飛仙。而「古事」或作「吉事」，即指登仙也。疑「古」字誤。〔補注〕《雲笈七籤》卷四三：「是故爲學之基，以存思爲首；存思之功，以五藏爲盛。」存思，用心思索。懸絡，懸挂牽絡。

〔四〕瘻瘻,《全文》作「瘻瘻」,據《文粹》改。作,馮云:一作「好」。〔馮注〕《説文》:瘻,罷(疲)病也。又:瘻,頸瘤也。嵇康《養生論》:頸處險而瘻。張華《博物志》:山居多瘻,飲泉水之不流者也。《史記·倉公傳》:湧疝也,令人不得前後溲。又:病氣疝,難前後溲,蹶陰之絡結小腹,則腫痛。又:牡疝在鬲下,上連肺。《説文》:疝,腹痛也。《素問》:岐伯曰:「病名心疝,少腹當有形也。」按:瘻瘻殃疝,皆比空中隱外,但瘻係老病耳,殃則統言疾殃,尤不類。檢字書,疾,音血,《廣韻》:「瘡裹空也。」與「空中」頗合,似緣相近而有訛,然未可臆定。〔補注〕隱,宏大。空中而隱外,謂中空而外廓大。瘻瘻,患粗脖子病。殃疝病,患小腸氣。不作物,不成樣子。

〔五〕冰,《文粹》《全文》原注:去聲。〔馮注〕紺冰,謂紺色而無光也。《吴越春秋》:干將鑄劍二枚,陽曰干將,陰曰莫耶,陽作龜文,陰作漫理。〔補注〕理,紋理。平漫,指紋理浸蝕剥落,模糊不清。

〔六〕居,馮校:一作「召」。非。

〔七〕〔馮注〕《後漢書》:張禹以田宅推與伯父,身自寄止。按:今本《文粹》(居)作「召」,似歸後無家,故召婦兒同寄人舍下。徐刊本作「居」,俟再考定。〔按〕馮氏所據《文粹》字誤。《四部叢刊》影宋校明嘉靖刊本《文粹》及《全唐文》均作「居」,屬上句。《後漢書·第五倫傳》注引《三輔决録注》曰:「頡字子陵,爲郡功曹,州從事……洛陽無主人,鄉里無田宅,客止靈臺中,或十日不炊。」此「寄止」即「客止」之義，客居、寄居也。
〔八〕〔補注〕輂，運。
〔九〕〔補注〕有意，謂意趣不同世俗。

## 華山尉〔一〕

陶生，有恒人，善養〔二〕，又善與人遊，又善爲官。會昌時，生病骨熱且死〔三〕。是年長安中進士爲陶生誄者數十人。生在時，吾已得之矣；及既死，吾又得之〔四〕。

**【校注】**

〔一〕本篇原載《唐文粹》卷一〇〇總六五二頁、清編《全唐文》卷七八〇第一八頁、《樊南文集詳注》卷八。〔馮注〕尉，縣尉也。《舊書·志》：華州，初名華山郡，屬縣有華陰。其殆尉於此耶？〔按〕馮譜、張箋均未編年。徐氏疑此「華山尉」即《與陶進士書》之陶進士（書作於開成五年九月），馮氏以爲未可定。《與陶進士書》云：「後又得吾子於邑中。」邑中當即華陰縣，與陶生官華陰尉似合。本文作於「會昌時」陶生死後，視文中以追憶口吻叙「是年長安中進士爲陶生誄」之事，文似當作於大中年間。詳不可考。

〔二〕〔補注〕養，指養生。

〔三〕時，《文粹》、徐本、馮本均作「初」。〔補注〕骨熱，當即指今之所謂骨癆、骨結核。有發燒症狀。

〔四〕〔補注〕生在時，吾已得之，殆即指《與陶進士書》所謂「後又得吾子於邑中」；及既死，吾又得之，似指其「善與人遊」，以其死後爲其作誄者數十人一事而得之也。

# 齊魯二生〔一〕

## 程驤

右一人字蟠之，其父少良，本鄆盜人也〔二〕，晚更與其徒畜牝馬草贏一〔三〕，私作弓矢刀仗〔四〕，學發冢抄道〔五〕。常就迥遠坑谷無廬徼處〔六〕，依大林木，蚤夜偵候作姦〔七〕。李師古貪諸土貨，下令衈商〔八〕，鄆與淮海競〔九〕，出入天下珍寶，日日不絶〔一〇〕。少良致貲以萬數〔一一〕，每旬時歸，妻子輒置食飲勞其黨。後少良老，前所置食有大臠連骨〔一二〕，以牙齒稍脱落，不能食，其妻輒起請黨中少年曰：「公子與此老父椎埋剽奪十數年，竟不計天下有活人〔一三〕。今其尚不能食，況能在公子叔行耶〔一四〕？公子此去，必殺之草間，毋爲鐵門外老捕盜所狙快〔一五〕！」少良默憚之，出百餘萬謝其黨曰：「老嫗真解事，敢以此爲諸君别。」衆許之，與盟曰：「事後敗出〔一六〕，約不相引〔一七〕。」少良由是以其貲發舉貿轉〔一八〕，與鄰伍重信義，䘏死喪，斷魚肉葱薤，禮拜畫佛，讀佛書，不復出里閈〔一九〕，竟若大君子能悔咎前惡者〔二〇〕，十五年死。

子驤率不知。後一日，有過，其母罵之曰：「此種不良，庸有好事耶〔二一〕？」驤泣，問其語，母盡以少良時事告之〔二二〕。驤號泣數日不食，乃悉散其財。踰年，驤甚苦貧，就里中舉負〔二三〕，給薪水灑掃之事〔二四〕。讀書日數千言。里先生賢之，時與饘糗布帛〔二五〕，使供養其母。後漸通《五經》、歷代史、諸子雜家，往往同學人去其師，從驤講授〔二六〕。又其爲人寬厚滋茂〔二七〕，動静有繩墨，人不敢犯。烏重胤爲鄆帥〔二八〕，喜聞驤，與之錢數十萬，令市書籍，驤復以其餘賚諸生。其里閭故德少良者，亦常來與驤孳息其貨〔二九〕。數年，復致萬金〔三〇〕。驤固不以爲己有，繩契管揵〔三一〕，雜付比近〔三二〕，用度耗費〔三三〕，了不勘詰，道益高。開成初，相國彭城公遣其客張谷聘之〔三四〕，驤不起。

## 劉叉〔三五〕

右一人字叉，不知其所來。在魏，與焦濛、閻冰、田滂善〔三六〕。任氣重義，大軀，有聲力〔三七〕。常出入市井〔三八〕，殺牛擊犬豕，羅網鳥雀。亦或時因酒殺人，變姓名遁去，會赦得出。後流入齊、魯，始讀書，能爲歌詩。然恃其故時所爲，輒不能俯仰貴人〔三九〕。穿屐破衣〔四〇〕，從尋常人乞丐酒食爲活。

聞韓愈善接天下士〔四一〕，步行歸之。既至，賦《冰柱》《雪車》二詩〔四二〕，一旦居盧仝、孟郊之上；樊宗師以文自任，見叉拜之〔四三〕。後以争語不能下諸公，因持愈金數斤去，曰：「此諛墓中人所得耳，不若與劉君爲壽。」愈不能止，復歸齊、魯。

叉之行固不在聖賢中庸之列〔四四〕，然其能面道人短長，不畏卒禍，及得其服義，則又彌縫勸諫〔四五〕，有若骨肉。此其過人無限。

【校注】

〔一〕本篇原載《唐文粹》卷一〇〇總六五三頁、清編《全唐文》卷七八〇第一九頁、《樊南文集詳注》卷八。〔按〕馮譜、張箋均未編年。《程驤》一首提及「開成初，相國彭城公遣其客張谷聘之，驤不起」，則文當作於其後。具體作年不詳。二文均提及鄆地、齊魯，其材料來源或與商隱居鄆州令狐楚幕有關。

〔二〕〔馮注〕《舊書·志》：河南道鄆州東平郡。

〔三〕草羸一，《文粹》作「草一羸」，誤。〔馮注〕羸，《文粹》作「羸」，當誤，徐刊本作「草羸一」，今酌從之。俟再考。《古今注》：驢爲牡，馬爲牝，生騾；驢爲牝，馬爲牡，生駏。按：羸善走。《漢書・霍去病傳》注曰：單于自乘善走騾。《匡謬正俗》：牝馬謂之草馬。惟充蕃字，常牧於草，故稱草馬。《淮南子》曰：「馬爲草駒之時。」高誘注曰：「放在草中，故曰草駒。」是知「草」之得名，主於草澤矣。《字典》：驘，《六書正譌》：「俗作騾。」按《爾雅》：牝曰騇。注曰：草馬名。《魏志》：杜畿課民畜牸牛草馬。《北史・楊愔傳》：秃尾草驢。「草」爲牝畜之稱，今俗語猶然。

〔四〕仗，《文粹》作「杖」，通。〔補注〕《一切經音義》卷一三：「刀仗，人所執持爲仗，仗亦弓、矟、杵、棒之總名也。」

〔五〕〔馮注〕《集韻》：「抄」與「鈔」同。《通俗文》：遮取謂之抄。按：鈔盜、鈔略，屢見史書。〔補注〕發冢，盜墓；抄道，攔路搶劫。

〔六〕〔馮注〕《漢書》注：如淳曰：「所謂游徼循禁，備盜賊也。」《史記・秦本紀》：周廬設卒甚謹。《後漢書・班固傳》：周廬千列，徼道綺錯。注曰：宿衛之廬周於宫也。《前書》曰：「中尉掌徼巡京師。」按：十里一亭，十亭一鄉，鄉有三老、嗇夫、游徼，秦制已然，不僅京都之周廬徼道也。〔補注〕廬徼，駐有巡邏守備兵丁之廬舍。

〔七〕〔補注〕《史記・游俠列傳》：「（郭解）以軀借交報仇，藏命作姦剽攻。」作姦，作不法之事。

〔八〕〔補注〕《新唐書・藩鎮淄青横海・李正己附李師古傳》：「李正己，高麗人……逐（侯）希逸出之，有詔代爲節度使……遂有淄、青、齊、海、登、萊、沂、密、德、棣十州……復取曹、濮、徐、兖、鄆，凡十有五州。……因徙治鄆，以子納及腹心將守諸州。……（納）與（田）悦、李希烈、朱滔、王武俊連和，自稱齊王。興元初，帝下詔罪己，納復歸命……子師古、師道。師古以蔭累署青州刺史。納死，軍中請嗣帥，詔起爲右金吾衛大將軍、本軍節度使。……元和初卒。」傳未載其貪土貨，下令卹商事。其異母弟師道傳中亦未言及此事。

〔九〕競，《文粹》作「近」。〔補注〕淮海，指揚州。

〔一〇〕日日，《全文》作「日月」，據《文粹》改。

〔一一〕貲，《全文》作「資」，據《文粹》改。

〔一二〕〔馮注〕《史記·絳侯世家》：召條侯賜食，獨置大胾，無切肉。韋昭曰：胾，大臠也。〔補注〕大臠，大塊肉。

〔一三〕竟，《文粹》作「意」，誤。〔馮注〕椎埋，謂發冢，見《爲尚書渤海公舉人自代狀》「盡絕椎埋之黨」注。剽奪，謂抄道。

〔一四〕行，《文粹》《全文》原注：胡浪反。〔補注〕叔行，叔輩。

〔一五〕毋，《文粹》作「無」。〔馮注〕《史記·留侯世家》：良與客狙擊秦皇帝博浪沙中。注曰：狙，伏伺也。〔補注〕鐵門，牢獄門；老捕盜，老資格之捕快；狙快，迅速襲擊捕獲。

〔一六〕〔補注〕敗出，敗露。

〔一七〕〔補注〕謂相約互不牽引，供出同黨。

〔一八〕貲，《全文》作「資」，據《文粹》改。發，馮注本作「廢」。〔馮注〕《史記·仲尼弟子列傳》：子貢好廢舉，與時轉貨貲。注曰：廢舉謂停貯也。物賤則買而停貯，值貴即逐時轉易貨賣，取貲利也。《索隱》曰：劉氏云：「廢謂物貴而賣之，舉謂物賤而買之。」《貨殖傳》：子貢廢著鬻財於曹、魯之間。注曰：著，讀音如貯。《索隱》曰：《漢書》亦作「貯」。按：《漢書》作「發貯」。師古曰：「多有積貯，趣時而發。鬻，賣之也。」而《事文類聚》引《史記·貨殖傳》注，有「《漢書》作『發』」，非」五字，疑今本《史記索隱》有脱文耳。〔按〕廢、發字通，《全文》《文粹》均作「發舉」，商隱當據《漢書》耳，今仍不改從《史記》。

〔一九〕〔補注〕閈，里門。里閈，猶里巷。

〔二〇〕竟，《文粹》作「意」，誤。

〔二一〕〔補注〕此種不良，似雙關其父之名「少良」，故下文謂「毋盡以少良時事告之」。

〔二二〕〔徐校〕時，一作「之」。

〔二三〕〔馮注〕舉負，舉債也。《説文》：債者負也。今俗負財曰債。

〔二四〕〔補注〕謂供給柴、水，爲人灑水掃地。

〔二五〕〔補注〕饘，厚粥。糗，炒米粉。

〔二六〕〔補注〕謂同學之人離開本師，跟隨程驤，聽其講授。

〔二七〕〔補注〕滋茂，本指生長繁茂。此謂樂於助人。

〔二八〕〔徐注〕《舊書》：烏重胤，潞州牙將，卒贈太尉。重胤出自行間，雖古之名將，無以加焉。〔馮注〕《舊書·傳》：烏重胤，穆宗時爲天平軍節度、鄆曹濮等州觀察使。〔補注〕《舊唐書·穆宗紀》：長慶二年十月，「戊辰，興元節度使烏重胤來朝，移授天平軍節度使」。又《文宗紀上》：大和元年五月，「丙子，以天平軍節度使……烏重胤爲橫海軍節度使」。

〔二九〕常，《全文》作「嘗」，據《文粹》改。〔補注〕孳息其貨，使其錢財生利。

〔三〇〕〔馮校〕致，一作「置」。

〔三一〕〔補注〕繩契，猶繩約、繩索。揵，同「鍵」。關揵，鎖鑰。《老子》：「善閉無關鍵而不可開，善結無繩約而不可解。」

〔三二〕〔補注〕謂隨便交給近旁之人。

〔三三〕耗費，《文粹》作「費耗」。

〔三四〕〔馮注〕張谷，劉從諫之厚遇者也。從諫爲使相。從諫父悟，封彭城郡王。後郭誼與張谷遣人至王宰軍，請殺積以自贖，及誼斬劉稹時，并誅張谷。事見史書。

〔三五〕〔馮曰〕《新唐書·韓愈傳》附《劉叉》，全據此文，然刪節處，有未明豁者。

〔三六〕〔補注〕魏，指唐魏博鎮轄區。魏博鎮治魏州，領魏、博、貝、衛、澶、相六州。劉叉自稱彭城子，《唐才子傳》謂其河朔間人，或即魏博地區人。

〔三七〕聲，《全文》作「膂」，據《文粹》改。〔補注〕聲力，聲名氣力。

〔三八〕常，《文粹》作「嘗」。

〔三九〕〔補注〕謂不能俯事權貴。

〔四〇〕〔補注〕謂屐穿衣破。

〔四一〕〔徐校〕接，一作「友」。

〔四二〕〔補注〕二詩今存。

〔四三〕〔徐注〕《新書》：盧仝居東都，愈爲河南令，愛其詩，厚禮之。仝自號玉川子。孟郊，字東野，湖州武康人。愈一見爲忘形交。郊爲詩有理致，最爲愈所稱。〔馮注〕《新書·樊澤傳》：（樊澤）河中人，子宗師，學力多通解，著《春秋傳》《魁紀公》《樊子》凡百餘篇。韓愈稱宗師論議平正有經據，常薦其材云。

〔四四〕〔補注〕《論語·雍也》：「中庸之爲德也，其至矣乎！」又《子路》：「不得中行而與之，必也狂狷乎！狂者進取，狷者有所不爲也。」句意蓋謂又爲狂狷者流。此取義於放縱不拘禮法。

〔四五〕〔補注〕《楚辭·招魂》：「朕幼清以廉潔兮，身服義而未沬。」服義，服膺正義。彌縫，設法遮掩。

## 宜都内人〔一〕

武后篡既久，頗放縱，耽内習〔二〕，不敬宗廟，四方日有叛逆，防豫不暇。時宜都内人以唾壺進,思有以諫者。后坐帷下,倚檀几與語〔三〕,問四方事。宜都内人曰:「大家知古女卑於男耶?」后曰:「知。」内人曰:「古有女媧〔四〕,亦不正是天子,佐伏羲理九州耳。後世孃姥,有越出房閤斷天下事者,皆不得其正。多是輔昏主,不然抱小兒。獨大家革天姓〔五〕,改去釵釧,襲服冠冕,符瑞日至,大臣不敢動,真天子也。然今者内之弄臣狎人〔六〕,朝夕進御者〔七〕,久未屏去,妾疑此未當天意。」后曰:「何?」内人曰:「女,陰也;男,陽也。陽尊而陰卑。雖大家以陰事主天,然宜體取剛亢明烈,以消群陽,陽消然後陰得志也。今狎弄日至,處大家夫宫尊位〔八〕,其勢陰求陽也。陽勝而陰亦微,不可久也。大家始今日能屏去男妾,獨立天下,則陽之剛亢明烈可有矣。如是過萬萬歲,男子益削,女子益專〔九〕。妾之願在此。」后雖不能盡用,然即日下令誅作明堂者〔一〇〕。

【校注】

〔一〕本篇原載《唐文粹》卷一〇〇總六三五頁、清編《全唐文》卷七八〇第二一頁、《樊南文集詳注》卷八。〔按〕馮譜、張箋均未編年。《玉谿生詩集》有《利州江潭作》,係爲武后母感龍而孕生武后之傳説而發,大中五年冬赴梓幕途中作。然與本篇在寫作時間上未必相關。〔徐注〕《新書·地理志》:峽州夷陵郡,領宜都縣。〔馮注〕《舊書·志》:山南東道硤州夷陵郡宜都縣。

〔二〕〔馮注〕武后事詳史書。耽内習者，如《左傳》「齊侯好内」、《史記·倉公傳》「病得之内」之義。〔按〕謂其耽於男寵，如後所言「作明堂」之薛懷義。

〔三〕几，《全文》《文粹》均作「机」，涉上「檀」字偏旁而誤。馮本改「几」，是，兹從之。《通鑑考異》引亦作「几」。

〔四〕〔馮注〕《帝王世紀》：女媧氏，亦風姓也。承庖犧制度，亦蛇身人首。一號女希，是爲女皇。《廣韻》：女媧，伏羲之妹。《史記》司馬貞《補三皇本紀》：太皞庖犧氏，風姓，蛇身人首，亦曰宓犧氏。崩，女媧氏代立，亦風姓，蛇身人首，號曰女希氏。蓋宓犧之後，已經數世，金木輪環，周而復始。特舉女媧，以其功高而充三皇也。女媧氏没，神農氏作。神農氏母，有媧氏之女。《帝王世紀》：女媧氏承庖犧制度，一號女希，是爲女皇。按：上古荒遠難稽，似其初以女媧爲氏，未嘗明言女身，乃有是爲女皇之説。《淮南子》《風俗通》皆云「伏羲之妹」，甚至僞造《三墳》，有「后女媧」三字，追誣神聖，可云無忌憚矣。《通鑑》「殺僧懷義」下注（《考異》）全引此條，而曰此蓋文人寓言。〔按〕古代神話傳説謂伏羲、女媧兄妹結爲夫婦，反映上古血族婚制度。女媧繼伏羲爲帝之傳説，與武后繼高宗而立之情况類似，故宜都内人舉以爲説。

〔五〕〔補注〕謂革李唐而建武周。按：天姓，《通鑑考異》引作「夫姓」。

〔六〕「今」下《文粹》無「者」字。

〔七〕進，馮注本作「侍」，未知何據。《文粹》亦作「進」。

〔八〕〔補注〕《禮記·郊特牲》：「玄冕齋戒，鬼神陰陽也。」孔疏：「鬼神陰陽也者，陰陽謂夫婦也。」此謂武則天之男寵處於夫之尊位。

〔九〕〔補注〕專，謂專擅權力。按：「萬萬歲」，《通鑑考異》作「萬萬世」。

〔一〇〕〔徐注〕《通鑑》：武后命更造明堂、天堂，仍以懷義充使，懷義内不自安，言多不順，后陰使人毆殺之。〔馮注〕《舊書·薛懷義傳》：則天欲隱其迹，乃度爲僧。造明堂，懷義充使督作。又於北起天堂。證聖中，薛師恩漸衰，恨怒，焚明堂、天堂並爲灰燼，則天又令充使督作。後令太平公主令壯士縊殺之。

〔司馬光曰〕此蓋文士寓言。（《通鑑》卷二〇五《考異》）

## 斷非聖人事〔一〕

堯去子，舜亦去子〔二〕，周公去弟〔三〕，後世人以爲能斷，此絶不知聖人事者。斷之爲義，疑而後定者也；聖人所行無疑，又安用斷！聖人持天下以道〔四〕，民不得知；聖人理天下以仁義，民不得知。害去其身，未仁也；害去其家，未仁也；害去其國，亦未仁也；害去其天下，亦未仁也；害去其後世，然後仁也。宜而行之謂之義〔五〕。子不肖去子，弟不順去弟，家國天下後世，皆蒙利去害矣。不去則反宜。然而爲之，堯、舜、周公未嘗疑，又安用斷！故曰：斷非聖人事。

【校注】

〔一〕本篇原載《唐文粹》卷四八總三五五頁、清編《全唐文》卷七八〇第二二頁。二書均置「析微」類。又載《樊南文集詳注》卷八。〔按〕此篇及下篇均無可徵實，不能編年。馮譜、張箋亦均未編年。

〔二〕〔補注〕指堯不傳位於子而遜位於舜，舜不傳位於子而遜位於禹，事見《書·堯典》及《舜典》《大禹謨》，又見《史記·五帝本紀》。據《史記·五帝本紀》，堯子名丹朱，舜子名商均，皆不肖，故以帝位授舜、禹。

〔三〕〔補注〕指周公誅其弟管叔、放其弟蔡叔事。周武王崩，成王幼，周公攝政。管叔鮮與蔡叔度流言于國，謂「周公將不利于孺子」，周公避居東都。後成王迎周公歸，管、蔡懼，挾商紂子武庚叛。成王命周公討伐，誅殺武庚及管叔，流放蔡叔。事見《書·金縢》《史記·管蔡世家》。

〔四〕〔補注〕持，掌管、主持。

〔五〕〔補注〕韓愈《原道》：「博愛之謂仁，行而宜之之謂義。」古「義」「宜」二字常通用。

## 讓非賢人事〔一〕

世以爲能讓其國、能讓其天下者爲賢，此絶不知賢人事者。能讓其國，能讓其天下，是不苟取者耳。湯故時非無臣也，然其卒佐湯，有升陑之役、鳴條之戰，竟何人哉？非伊尹不可也〔二〕。武故時非無臣也，然其卒佐武，有牧野之誓、白旗之懸，果何人哉？非太公望不可也〔三〕。苟伊尹之讓汝鳩、仲虺〔四〕，太公望之讓太顛、閎夭〔五〕，則商、周之命其集乎〔六〕？故伊尹之醜夏復歸，太公望之發揚蹈厲〔七〕，當此時，雖百汝鳩、百仲虺，伊尹不讓也；百太顛、百閎夭，太公望亦不讓也。故曰：讓非賢人事。

【校注】

〔一〕本篇原載《唐文粹》卷四八總三五五頁、清編《全唐文》卷七八〇第二二頁，均置「析微」類。又載《樊南文集詳注》卷八。〔按〕無可徵實，不能編年。馮譜、張箋亦均未編年。《舊唐書》本傳謂「商隱能爲古文，不喜偶對，從事令狐楚幕，楚能章奏，遂以其道授商隱，自是始爲今體章奏」，《新唐書》本傳亦云「商隱初爲文瑰邁奇古，及在令狐楚府，楚本工章奏，因授其學。商隱儷偶長短，而繁縟過之」。然商隱歷事戎幕，固多駢體章奏書啓之作，仍時有古文如《上崔華州書》《别令狐拾遺書》《與陶進士書》及《樊南甲集序》《樊南乙集序》等，不能因二書之記叙而斷其古文均早期之作也。

〔二〕〔徐注〕《書序》：伊尹相湯伐桀，升自陑，遂與桀戰于鳴條之野，作《湯誓》。〔補注〕孔傳：「桀都安邑，湯升道從陑，出其不意。陑在河曲之南。」孔疏：「陑，當是山阜之地……陑在河曲之南，蓋今潼關左右。」《太平寰宇記》謂陑即雷首山，在今永濟市南。鳴條，在今山西運城夏縣西。故時，舊時，指湯當時。

〔三〕〔徐注〕《書序》：武王戎車三百兩，虎賁三百人，與受戰于牧野，作《牧誓》。〔馮注〕《史記·周本紀》：以黄鉞斬紂頭，懸太白之旗。〔補注〕太公望，即吕尚。《史記·齊太公世家》載，吕尚窮困年老，釣于渭濱。文王出獵，遇之，與語大悦，曰：「自吾先君太公曰『當有聖人適周，周以興』，子真是邪？吾太公望子久矣。」故號之曰「太公望」，載與俱歸，立爲師。

〔四〕〔馮校〕《文粹》無「苟」字。〔按〕《叢刊》影明校宋本《文粹》有「苟」字。〔徐注〕《書序》：伊尹去亳適夏，既醜有夏，復歸于亳。入自北門，乃遇汝鳩、汝方，作《汝鳩》《汝方》。又：湯歸自夏，至于大坰，仲虺作誥。〔補注〕《史記·殷本紀》作「伊尹去湯適夏」，「女鳩、女房」。二人爲湯之賢臣，所作《女鳩》《女房》爲《尚書》佚篇。仲虺，湯之賢臣，所作《仲虺之誥》，今存。

〔五〕〔徐注〕《書》：亦惟有若虢叔，有若閎夭，有若散宜生，有若泰顛，有若南宮括。〔補注〕《史記·

周本紀》：「西伯曰文王……篤仁、敬老、慈少。……太顛、閎夭、散宜生、鬻子、辛甲大夫之徒皆往歸之。」又：「帝紂乃囚西伯于羑里，閎夭之徒患之，乃求有莘氏美女、驪戎之文馬、有熊九駟、他奇怪物，因殷嬖臣費仲而之紂，紂大悅。」

〔六〕〔補注〕集，降。句意謂天命將不再降于商、周，使之繼夏、殷而立新朝。

〔七〕〔徐注〕《禮記》：發揚蹈厲，太公之志也。〔補注〕孔疏：「言武樂之舞，發揚蹈厲象太公威武鷹揚之志也。」《史記·樂書》「發揚蹈厲」張守節正義：「發，初也。揚，舉袂也。蹈，頓足蹋地。厲，顏色勃然如戰色也。」是「發揚蹈厲」本指舞蹈時動作之威武。此以形容精神奮發，意氣昂揚。

## 蝨賦〔一〕

亦氣而孕〔二〕，亦卵而成〔三〕。晨鳧露鵠〔四〕，不如其生〔五〕。汝職惟齧，而不善齧〔六〕。回臭而多〔七〕，跖香而絶〔八〕。

【校注】

〔一〕本篇原載《唐文粹》卷七總六一頁、清編《全唐文》卷七七一第一頁、《樊南文集詳注》卷八。

〔按〕馮譜、張箋均不編年。商隱《驕兒詩》有「爺昔好讀書，懇苦自著述。顦顇欲四十，無肉畏蚤虱」之語，寓諷與此近似。《驕兒詩》作於大中三年春，此篇則無可徵實，難以編年。

〔二〕〔馮注〕初生以氣。〔補注〕《易·繫辭上》：「精氣爲物，遊魂爲變。」王充《論衡·自然》：「天地合氣，萬物自生。」王符《潛夫論·本訓》：「麟龍、鸞鳳、蝥賊、蝝蝗，莫不氣之所爲也。」氣，此指形成宇宙萬物最根本之物質實體。

〔三〕〔馮注〕相生似卵。

〔四〕鳧，《文粹》、馮本作「鷖」；鴞，《文粹》、徐本、馮本均作「鶴」，通。〔徐校〕鳧，一作「鷖」，非。〔徐注〕鶴，古通作「鴞」。張協《七命》：晨鳧露鴞。善曰：《説苑》云「魏文侯嗜晨鳧」也。蘇武《與李陵書》：晨鳧失群，不足以喻疾。《藝文類聚》：《廣志》曰：「晨鳧肥而耐寒，宜爲臛。」〔馮注〕《詩》：鳧鷖在涇。《説文》：鷖，鳧屬。《韓詩外傳》：魏文侯嗜晨鳧。周處《風土記》：鳴鶴戒露。此鳥性警，至八月，白露降，流於草上，滴滴有聲，則高鳴相警，徙所宿處。

〔五〕如，《全文》作「知」，據《文粹》改。〔徐注〕《藝文類聚》：《吴録》曰：「婁縣有石首魚，至秋化爲冠鳧，鳧頭中猶有石也。」師曠《禽經》：鶴以聲交而孕。張華注：雄鳴上風，雌承下風則孕。鮑照《舞鶴賦》：散幽經以驗物，偉胎化之仙禽。善曰：浮丘公《相鶴經》云：「雄雌相視，目睛不轉，則孕。」《正字通》：内典云：「鶴影生。」今俗言鶴雌雄相隨，如道士步斗，履其跡則孕。《淮南子》：牛馬之氣蒸不能生蝨，蝨之氣蒸，不能生牛馬，故化生於外，非生於内也。《抱朴子》：夫蝨生於我，我非蝨之父母，蝨非我之子孫也。〔馮注〕淮南八公《相鶴經》：雄雌相視，目睛不轉，則孕。〔補注〕謂鳧鶴之生，不如蝨之易而繁多。

〔六〕〔徐注〕《説文》：蝨，齧人蟲也。《太平御覽》：《夢書》曰：蟣蝨爲憂，齧人身也。

〔七〕〔徐注〕《南史·卞彬傳》：彬作《蚤蝨賦序》曰：余居貧，布衣十年不製，一袍之緼，有生所託。爲人多病，起居甚疏，縈寢敗絮，不能自釋，澡刷不謹，澣沐失時，四體秅秅，加以臭穢，故葦席蓬纓之間，蚤蝨猥流，探揣擭撮，日不替手。〔補注〕回，顔回。謂顔回雖賢而貧，故臭而多蝨，備受咬齧。

〔八〕〔徐注〕沈括《筆談》：古人藏書辟蠹用芸。芸，香草，今謂之七里香者是也。南人採置席下，能去蚤蝨。〔補注〕跖，盜跖。謂盜跖雖暴且富，然香而蚤蝨斷絶不生。〔徐箋〕義山《蝨賦》，刺朝士也。《商君書》以仁義禮樂爲蝨官。曰：「六蝨成俗，兵必大敗。」《御覽》：「庾峻曰：今山林之士，利出一官，商君謂之六蝨，韓非謂之五蠹。」故義山託以興刺。回賢而貧，貧故臭；跖暴而富，富故香。蝨惟回之齧，而不恤其賢；惟跖之避，而莫敢攖其暴，是以不善齧矣。世之虐煢獨而畏高明，侮鰥寡而畏彊禦者，何以異於此！義山殆深知蝨者。魯望偶有感於趨時之輩，朝衛暮霍，惟疏鬣奎蹄之間望走，以爲廣宫安室者，故作《後蝨賦》以矯之。蓋蝨惟去身就頭，故白變爲黑。苟常在衣中，則衣雖黑而蝨仍白矣。惟去頭就身，故黑化爲白。苟常在髮中，則髮雖白而蝨仍黑矣。彼趨時變色，棄瘠涵腴者，豈非恒德之賊乎！意各有存，辭遂相反，非真謂義山不知蝨也。

# 附陸龜蒙後蝨賦并序

余讀玉谿生《蝨賦》，有就顔避跖之歎，似未知蝨，作《後蝨賦》以矯之。衣緇守白，髮華守黑。不爲物遷，是有恒德。小人趨時，必變顔色。棄瘠逐腴，乃蝨之賊。

# 蝎賦〔一〕

夜風索索，緣隙憑壁〔二〕。弗聲弗鳴，潛此毒螫〔三〕。厥虎不翅，厥牛不齒〔四〕。爾今何功，既角而尾〔五〕？

【校注】

〔一〕本篇原載《唐文粹》卷七總六一頁、清編《全唐文》卷七七一第一頁、《樊南文集詳注》卷八。〔按〕馮譜、張箋均不編年。此賦亦無可徵實，難以繫年。〔徐注〕（蝎）本作「蠍」，省作「蝎」。

《詩》：彼君子女，卷髮如蠆。箋：蠆，螫蟲也。尾末揵然。疏：《左傳》：「已爲蠆尾。」言其尾有毒也。《釋文》：蠆，敕邁反。《通俗文》云：「長尾爲蠆，短尾爲蠍。」蠍音虛伐反。《左傳·僖二十二年》：臧文仲曰：「蠭蠆有毒。」疏：《説文》：「蠆，毒蟲也。」《通俗文》云：「蠆長尾謂之蠍，蠍毒傷人曰蛆，張列反，字或作『蜇』。」《莊子》：老聃曰：「其人知憯於蠆蠍之尾。」按：《晉書·庾峻傳》：「唯有處士之名而無爵列于朝者，商君謂之六蝎。」然則「六蝨」「六蝎」並出商君之書，義山所以賦此二物也。〔馮注〕《晉書·庾峻傳》：有朝廷之士，又有山林之士，此先王之宏也。秦塞斯路，利出一官。雖有處士之名，而無爵列於朝者，商君謂之六蝎，韓非謂之五蠹。時不知德，惟爵是聞。

〔二〕〔徐注〕《御覽》：《魏志》曰：「彭城夫人夜之廁，蠆螫其手。」《北史》曰：「齊後主夜索蠍一斗，比曉時，得三升。」〔補注〕杜甫《早秋苦熱相仍》：「常愁夜來皆是蝎，況乃秋後轉多蠅。」

〔三〕〔徐注〕陶弘景《名醫别録注》：蠍有雌雄，雄螫人，痛止一處；雌者痛牽諸處。段成式《酉陽雜俎》：鼠負蟲巨者化爲蠍，蝸能食之。方書中蠍螫者以蝸涎塗之，或以木椀合之，痛立止。〔馮注〕《漢書·陳萬年傳》：毒螫加於吏民。

〔四〕〔徐注〕《漢書》：董仲舒對策曰：「夫天亦有所分予，予之齒者去其角，傅其翼者兩其足，是所受大者不得取小也。」注：師古曰：「謂牛無上齒則有角，其餘無角者則有上齒。傅，讀曰『附』，附著也，言鳥不四足。」按：厥虎不翅，謂虎有四足則無翼也；厥牛不齒，謂牛有兩角則無上齒也。

〔五〕今，《文粹》《全文》均作「兮」，據《後村詩話》續集卷二所引改。〔徐箋〕《蠍賦》，刺處士也。葛洪云：「蠍前謂之螫，後謂之蠆。」蓋前即其角，後即其尾也。凡物受大者不得取小，故虎無翅，牛無齒。而蠍既有角以螫人於前，又有尾以毒人於後，果何功而得此？揚子《法言》：或問酷吏，曰：「虎哉虎哉，角而翼者也。」《詩集・井泥篇》云：「猛虎與雙翅，更以角副之。」其即此「角而尾」之謂與？〔馮曰〕二首刺小人之陰毒傷人者，朝士處士，不必分説。〔按〕徐引《井泥》「猛虎」二句以參證誠是，然謂「刺處士」則拘。此蓋深慨陰毒害人之輩若得天助，既賦予其螫人之角，又賦予其刺人之尾。意殊憤憤，借問天以隱刺在上者賦予惡毒小人以重權，助其肆虐也。可與商隱《張惡子廟》「如何鐵如意，獨自與姚萇」，《咸陽》「自是當時天帝醉，不關秦地有山河」等句合參。

〔王芑孫曰〕自古短篇，以魏孫諶《果然賦》爲最，凡十八字。其次則唐李商隱之《蝨賦》《蝎賦》凡三十二字。又其次則羅隱《秋蟲賦》凡四十字，皆兩韻。漢以來一韻之賦甚多，顧無如是短者，即此亦見謀篇之道。（《淵雅堂外集・讀賦卮言・謀篇》）

## 虎賦〔一〕

西白而金〔二〕，其獸惟虎〔三〕。何彼列辰，自虎而鼠〔四〕？善人瘠，讒人肥。汝不食讒，畏汝之飢。

【校注】

〔一〕《全唐文》《全唐文拾遺》《全唐文續拾》及《樊南文集詳注》《樊南文集補編》均未收本篇與下篇《惡馬賦》。載於《後村詩話》續集卷二,《適園叢書》本。同卷又載《蝎賦》《惡馬賦》,於《惡馬賦》之末有劉氏原注云:「已上三賦見《玉谿集》。」其下又節録商隱《與陶進士書》「夫所謂博學宏詞者……是我生獲忠肅之謚也」一段,謂「其論激矣」。今陳尚君輯校《全唐文補編》卷七八亦收此二賦。〔按〕《蝎賦》已載《唐文粹》及《全唐文》,《虎賦》與《惡馬賦》當同爲商隱之佚賦。《新唐書·藝文志》及《宋史·藝文志》均著録商隱賦一卷,今《唐文粹》及《全唐文》均僅載《蝨賦》《蝎賦》二篇,可見必有遺佚。劉氏謂「已上三賦見《玉谿集》」,是必南宋時所見《玉谿集》中仍載《虎賦》與《惡馬賦》,其爲商隱所作無疑。《後村詩話》所載之《蝎賦》文字與《文粹》《全唐文》有個别不同(「爾兮何功」,《後村詩話》作「爾今何功」,似以《後村詩話》所録爲優),然係全文,則所録《虎賦》《惡馬賦》亦爲全璧。兹據補。《後村詩話》四集又載《後村大全集》。二佚賦作年均不詳。

〔二〕金,原作「今」,誤,據國家圖書館藏明抄殘本《後村詩話》改。〔補注〕班固《白虎通·五行》:「金在西方。」古以五行(木、火、土、金、水)配屬中央與四方,西方屬金。《吕氏春秋·孟秋紀》：「某日立秋，盛德在金。」高誘注：「盛德在金，金主西方也。」《漢書·五行志上》：「金，西方，萬物既成，殺氣之始也。」古又以五方與五色相配。《周禮·考工記》：「畫繢之事，雜五色，東方謂之青，南方謂之赤，西方謂之白，北方謂之黑，天謂之玄，地謂之黄。」《淮南子·時則訓》：「孟秋之月……天子衣白衣，乘白駱，服白玉，建白旗。」高誘注：「白，順金色也。」故曰「西白而金」，作「今」者，蓋「金」之聲誤，兹改正。

〔三〕〔補注〕《史記·天官書》：「參爲白虎。」西方七宿奎、婁、胃、昴、畢、觜、參總稱白虎。

〔四〕〔補注〕列辰，猶列宿。虎，指參宿；鼠，指虚宿。《淮南子·天文訓》「二十八宿」高誘注：「二十八宿：東方，角、亢、氐、房、心、尾、箕；北方，斗、牛、女、虚、危、室、壁；西方，奎、婁、胃、昴、畢、觜、參；南方，井、鬼、柳、星、張、翼、軫也。」列辰自虎而鼠，似指由西而北之方向。

## 惡馬賦〔一〕

彼騎而囓，孰爲其主？彼芻而蹄〔二〕，孰爲其圉〔三〕？五里之堠〔四〕，十里之亭，癬燥飢渴〔五〕，不擇重輕。亭有饞吏，曝之爲腊〔六〕。又毒其吏，立死於櫪。

【校注】

〔一〕本篇載《後村詩話》續集卷二，《適園叢書》本。詳《虎賦》注〔一〕。作年不詳。

〔二〕〔補注〕芻，以草餵養。蹄，踢。

〔三〕〔補注〕圉，養馬人。

〔四〕〔補注〕堠，古時築於路旁用以分界或計里數之土壇，每五里築單堠，十里築雙堠。

〔五〕〔補注〕癬燥，因患癬而焦燥。

〔六〕〔補注〕腊，乾肉。《適園叢書》本誤「腊」爲「臘」。

# 佚句

## 馮浩輯李商隱文佚句

李涪《刊誤·釋怪》引李商隱文曰：「儒者之師曰魯仲尼，仲尼師聃猶龍，不知聃師竺乾，善入無爲，稽首正覺，吾師吾師。」

《通鑑考異》引《實録》注引《東觀奏記》云：「令狐相綯夢德裕曰：『某已謝明時，幸相公哀之，許歸葬故里。』……既而於帝前論奏，許其子蒙州立山尉曄護喪歸葬。又，是時柳仲郢鎮東蜀，設奠於荆南，命從事李商隱爲文曰：『恭承新渥，言還舊止。』又云：『身留蜀郡，路隔伊川。』」

《河南邵氏聞見後録》：李義山《樊南四六集》，載《爲鄭州天水公言甘露事表》云：「辛臣王涯等，或久服顯榮，或超蒙委任，徒思改作，未可與權。敷奏之時，已彰虚僞；伏藏之際，又涉震驚。」

《漫叟詩話》：嘗見曲中使柳三眠事，不知所出。後讀玉谿生《江之嫣賦》云：「豈如河畔牛星，隔歲止聞一過；不比苑中人柳，終朝剩得三眠。」注云：「漢苑中有柳，狀如人形，一日三起三眠。」（編著者按：《彦周詩話》引此作「豈如河畔牛星，隔年祇聞一度；不及苑中人柳，終朝剩得三眠」。）

《野客叢書》：《張敞傳》「長安中浩穰」注，穰音人掌反，只此一音。李商隱作平聲用：「曲蒙恩澤，方尹浩穰。既殊有截之歡，合首無疆之祝。」

又：王勃云云一條，引李商隱曰：「青天與白水環流，紅日共長安俱遠。」馮浩按：未知果爲樊南筆否？

《演繁露》卷七：唐人舉進士必行卷者，爲緘軸，録其所著文以獻主司也。其式見《李義山集·新書序》（卷七），曰：「治紙工率一幅以墨爲邊準（程大昌注：今俗呼解行也），用十六行式（程注：言一幅解爲墨邊十六行也），率一行不過十一字（程注：此式至本朝不用）。」

又：「節將入界，每州縣須起節樓，本道亦至界首，衙仗前引，旌幢中行，大將打珂，金鉦鼓角隨後。」右出李商隱所撰《使範》。

《漁樵閒話》：李義山賦三怪物，述其情狀，真所謂得體物之精要也。「其一物曰：臣姓猾狐氏，帝名臣曰巧彰，字臣曰九規，而官臣爲佞魖焉。佞魖之狀，領佩水漩，手貫風輪，其能以烏爲鶴，以鼠爲虎，以蚩尤爲誠臣，以共工爲賢主，以夏姬爲廉，以祝鮀爲魯，誦節義于寒浞，贊韶曼于嫫母。其一物曰：臣姓濳弩氏，帝名臣曰攜人，字臣曰銜骨，而官臣爲讒䰱焉。讒䰱之狀，能使親爲疏，同爲殊，使父膾其子，妻羹其夫。又持一物，狀若豐石，得人一惡，乃劅乃刻。又持一物，大如長篲，得人一善，掃掠蓋蔽。諂啼僞泣，以就其事。其一物曰：臣姓狼浮氏，帝名臣曰欲得，字臣曰善覆，而官臣爲貪魃焉。貪魃之狀，頂有千眼，亦有千口，鼠牙蠶喙，通臂衆手。常居于倉，亦居于囊。頰鉤骨箕，環聯琅璫，或時敗累，囚于牢狴，拳梏屨校，叢棘死灰。僥倖得釋，他日復爲。」馮浩按：此見陶氏《説郛》、陳氏《秘笈》，皆以《漁樵閒話》爲蘇軾撰。余檢晁氏《讀書志》曰：「《漁樵閒話》二卷，設漁樵問答，及史傳雜事，不知何人所爲。」馬氏《通考》，亦引晁氏之語。是則後人爲之，謬託蘇公，適滋本書之不足信耳。故下引王氏一條爲互證焉。

《漁樵閒話録》（節録）：漁曰：「李義山賦三怪物，述其情狀，真所謂能得體物之精要也。『其一物曰：臣姓猾狐氏，帝名臣曰巧彰，字臣曰九尾，而官臣爲佞魖焉。佞魖之狀，領佩丰，手貫風輪，其能以烏爲鶴，以鼠爲虎，以蚩尤爲誠臣，以共工爲賢王，以夏姬爲廉，以祝鮀爲魯，誦節義於寒浞，贊韶曼於嫫姆。其一物曰：臣姓濳弩氏，帝名臣曰攜人，字臣曰銜骨，而官臣爲讒䰱。讒䰱之狀，能使親爲疏，同爲殊，使父膾其子，妻羹其夫。又持一物，狀若豐石，得人一惡，乃鑱乃刻；又持一物，大如長簪，得人一善，掃掠蓋蔽。諂啼僞泣，以就其事。其一物曰：臣姓狼貪氏，帝名臣曰欲得，字臣曰善覆，而官臣爲貪魃。貪魃之狀，頂有千眼，亦有千口，鼠牙蠶喙，通臂衆手。常居於倉，亦居於囊。頰鈎骨箕，環聯琅璫，或時敗累，囚於牢狴。拳梏履校，蘱棘死灰。僥倖得釋，他日復爲。』嗚戲！義山狀物之怪，可謂中時病矣。」

注：此節佚文録自中華書局一九八六年版之孔凡禮校點本《蘇軾文集·蘇軾佚文彙編卷七》附《漁樵閒話録》。整理者據明趙開美編《東坡雜著五種》本轉録，以《説郛》及《龍威秘書》本校勘。文字與馮浩所引録校定者不同。附録於後備參考。

《困學紀聞》：李義山賦怪物，言佞魖、讒魗、貪魃，曲盡小人之情狀，魑魅之夏鼎也。

又：商隱誌王仲元云：「第五兄參元教之學。」馮浩按：即《李賀小傳》之王參元。

楊伯嵒《臆乘》：《莊子》云：「雲氣不待族而雨族聚也，未聚而雨，言澤少也。」李義山《雪賦》云：「雲市飄蕩，當從於月；月窟淅瀝，合隨於雲。」市云族云，市亦奇字。

《明一統志》：桂林府形勝：「水環湘、桂，山類蓬、瀛。」唐李義山文。（編著者按：商隱《爲滎陽公黄籙齋文》云：「況此府水環湘、桂，山類蓬、瀛。」此文現存，收入《樊南文集補編》卷一一。馮氏未見，故以爲佚句。錢注已指出。當删。）

《謝華啓秀》：長溪清潯，流影不去。注曰：李義山。馮按：楊升庵所纂數條，皆見本集，此獨無之。

《西清詩話》：義山《雜纂》，品目數十，蓋以文滑稽者。其一曰殺風景，謂「清泉濯足，花上曬褌，背山起樓，燒琴煮鶴，對花啜茶，松下喝道」。馮按：《説郛》載《雜纂》一卷，爲類四十一。所云殺風景者，與此有異同也。余初擬刊文集之後，但其他可採用者甚少，而措語皆不雅馴，故不足附。（編著者按：義山《雜纂》今所見傳本已非原本。《西清詩話》所引，其中「清泉濯足」「燒琴煮鶴」「對花啜茶」三則，今所見諸本均無。）

史容《黄山谷外集詩注·次韻答柳通叟求田問舍》之詩「蛾眉見妬且障羞」，注引李義山《美人賦》：「枕有光而照淚，屏無影而障羞。」

《佩文韻府》一東「馮」字韻：李商隱《上河東公啓》：「棠猶念召，郟尚思馮。」馮按：袁宏《後漢紀》：馮魴拜郟令，郟賊圍縣舍，魴力戰，光武嘉之曰：「此健令也。」又「窺」字韻：李商隱啓：「竊仰洪鈞，來窺皎鏡。」又「豹」字韻引李商隱文：「學殊半豹，技愧全牛。」馮曰：愚以輯《佩文韻府》時，必徧徵古籍。今此注本既不得在京都見《永樂大典》，復不能取《佩文韻府》字字搜尋。甚矣，老病里居之可歎也。志其三字，以鳴歉懷。

（以上自馮浩《樊南文集詳注》卷八所附「逸句」引録。商隱佚句之外的文字及馮氏按語、校語、注釋有删節。）

## 新輯佚句

《美人賦》　桂旗則左日右月，棠舟則鷁首燕尾。（晏殊《類要》卷一二）

《小園愁思賦》　寶鞭玉勒，班騅滅没以飛來；翠幙白簾，青雀龍邛而遥渡。（晏殊《類要》卷一三）

《令狐（楚）墓誥（疑當作「誌」）》　爲中書舍人兼翰林學士，司神聲而爲帝言。其深如混茫，其高大如天涯。（晏殊《類要》卷一六）

《杏花賦》　沈持進書讀二萬卷，鄭康成酒飲三百杯。（晏殊《類要》卷二八）

《孝賦》（按：《類要》作「義山録《孝賦》曰……」，故此賦是否爲義山作，尚待考。）　陳焦食而更思，死六日而重起，令威坑而未足（？），法（去？）千年而復歸。（晏殊《類要》卷三〇）

《閒賦》 我夸力以搏虎兮，彼區區于祝側究蠆。（晏殊《類要》卷三四）

〔編著者附識〕以上五則商隱佚句，係據陳尚君先生《晏殊〈類要〉研究》一文所提供之綫索檢閱輯出。陳文云：晏殊《類要》「引李商隱《樊南集》近三十則，有《閑賦》《杏花賦》《小園愁思賦》《美人賦》四賦殘文，他書未見」。特此標明，並致謝意。《令狐（楚）墓誥（誌）》殘文，陳文未及。

# 附録

## 李商隱文佚篇篇目

《才論》

《聖論》

《樊南甲集序》：「樊南生十六能著《才論》《聖論》，以古文出諸公間。」

《彭陽公墓誌銘》

商隱有《撰彭陽公誌文畢有感》詩。

《爲尚書渤海公舉人自代狀》

按：此篇有目無文。現題下之文係會昌六年所作《代京兆公舉人自代狀》，説見《爲尚書渤海公舉人自代狀》注〔一〕按語。

《奠牛僧孺文》

爲京兆尹賀收復三州七關及維州諸表

《樊南乙集序》：「尹即留假參軍事，專章奏。屬天子事邊，康季榮首得七關，數月，李玭得秦州，月餘，朱叔明又得長樂州，而益丞相亦尋取維州，聯爲章賀。……是歲，葬牛太尉，天下設祭者百數。他日尹言：『吾太尉之薨，有杜司勳之誌，與子之奠文，二事爲不朽。』」

《爲汝南公賀元日朝會上中書狀》

按：此篇有目無文。現題下之文係會昌二年四月賀上尊號文，説見《爲汝南公賀元日朝會上中書狀》注〔一〕引錢箋。

爲滎陽公與韋廑、李玭、裴元裕諸牒

《爲滎陽公論安南行營將士月糧狀》：「臣緣乍到，未敢抗論。已牒韋廑、李玭，并牒元裕，請詳物理，續具奏聞。」

《上韋舍人狀》

《上韋舍人狀》：「某淹滯洛下，貧病相仍。去冬專使家僮起居，今春亦憑令狐郎中附狀。」託令狐所附之狀今佚。

《紫極宫銘》

《上李舍人狀二》：「前者伏奉指命，令選紀紫極宫功績……章詞雖立，點竄未工。」

《上李舍人狀三》：「紫極刊銘，合歸才彦……牽彊以成，尤累非少。」

《爲八戒和尚謝復三學山精舍表》

見《全蜀藝文志·懷安軍碑記》。

# 李商隱文分體目録

## 表

代安平公華州賀聖躬痊復表　文宗大和八年正月十四五日

爲安平公謝除兖海觀察使表　大和八年三月末

爲安平公兖州謝上表　大和八年五月五日

代安平公遺表　大和八年六月十一日

爲彭陽公興元請尋醫表　文宗開成二年十月下旬

代彭陽公遺表　開成二年十一月十二日

爲令狐博士緒補闕綯謝宣祭表　開成二年十二月

| | |
|---|---|
| 爲尚書濮陽公涇原讓加兵部尚書表 | 開成三年春夏間 |
| 爲濮陽公論皇太子表 | 開成三年九月上旬末 |
| 爲濮陽公奉慰皇太子薨表 | 開成三年十月下旬初 |
| 爲濮陽公陳情表 | 開成四年十月 |
| 爲濮陽公陳許謝上表 | 開成五年十一月 |
| 爲汝南公華州賀赦表 | 武宗會昌元年正月十日或稍後 |
| 爲京兆公陝州賀南郊赦表 | 會昌元年正月中旬 |
| 爲汝南公以妖星見賀德音表 | 會昌元年十一月十六七日 |
| 爲汝南公賀彗星不見復正殿表 | 會昌元年十二月末 |
| 爲汝南公賀元日御正殿受朝賀表 | 會昌二年正月二或三日 |
| 代僕射濮陽公遺表 | 會昌三年九月二十日前 |
| 爲王侍御瓘謝宣弔并賻贈表 | 會昌三年九月下旬 |
| 爲懷州李中丞謝上表 | 會昌三年十一月初 |
| 爲河南盧尹賀上尊號表 | 會昌五年正月上旬 |
| 爲中丞滎陽公赴桂州至湖南敕書慰諭表 | 宣宗大中元年五月八日或稍後 |

## 狀

爲濮陽公上楊相公狀二　開成三年七月十二日前

爲濮陽公上漢南李相公狀　開成三年秋

爲濮陽公上楊相公狀　開成三年九月下旬

爲濮陽公上李相公狀二　開成三年九月下旬

爲濮陽公上陳相公狀一　開成三年九月下旬

爲濮陽公賀陳相公送土物狀　開成三年九月下旬

爲濮陽公賀楊相公送土物狀　開成三年九月下旬

爲濮陽公賀李相公送土物狀　開成三年九月下旬

爲濮陽公奏臨涇平涼等鎮准式十月一日起燒賊路野草狀　開成三年九月

爲濮陽公賀牛相公狀　開成三年九月末或十月初

爲濮陽公皇太子薨慰宰相狀　開成三年十月下旬初

爲濮陽公與周學士狀　開成三年春夏至十一月十六日前

爲濮陽公涇原謝冬衣狀　開成三年冬

爲尚書濮陽公賀鄭相公狀　開成三年十二月末

| | |
|---|---|
| 爲濮陽公上陳相公狀三 | 開成三年 |
| 爲濮陽公上張雜端狀 | 開成三年春至四年春期間 |
| 爲濮陽公與丁學士狀 | 開成四年春 |
| 上河中鄭尚書狀 | 開成四年春 |
| 爲楊贊善奏請東都灑掃狀 | 開成四年 |
| 爲渤海公謝罰俸狀 | 開成四年 |
| 爲濮陽公上華州陳相公狀 | 開成五年正月至七月間 |
| 爲濮陽公上淮南李相公狀一 | 開成五年春夏間 |
| 爲濮陽公與蘄州李郎中狀 | 開成五年七月 |
| 爲侍郎汝南公華州謝加階狀 | 開成五年秋 |
| 爲弘農公上虢州後上中書狀 | 開成五年七、八月間 |
| 爲弘農公虢州上後上三相公狀 | 開成五年七、八月間 |
| 上華州周侍郎狀 | 開成五年七、八月間 |
| 爲濮陽公上淮南李相公狀二 | 開成五年八月上中旬 |
| 爲濮陽公上淮南李相公狀三 | 開成五年八月下旬 |

| | |
|---|---|
| 上河陽李大夫狀一 | 開成五年九月上中旬 |
| 上河陽李大夫狀二 | 開成五年九月下旬 |
| 上李尚書狀 | 開成五年十月十日或稍後 |
| 爲濮陽公陳許奏韓琮等四人充判官狀 | 開成五年十月 |
| 爲濮陽公許州請判官上中書狀 | 開成五年十月 |
| 爲濮陽公上賓客李相公狀一 | 開成五年十月下旬 |
| 爲濮陽公陳許舉人自代狀 | 開成五年十一月 |
| 爲濮陽公上賓客李相公狀二 | 開成五年十一月 |
| 上劉舍人狀 | 武宗會昌元年 |
| 爲鹽州刺史奏舉李孚判官狀 | 會昌元年 |
| 爲汝南公賀元日朝會上中書狀 | 會昌二年四月二十四五日 |
| 爲懷州刺史上後上門下狀 | 會昌三年十一月初 |
| 爲懷州刺史舉人自代狀 | 會昌三年十一月初 |
| 上易定李尚書狀 | 會昌三年冬 |
| 上許昌李尚書狀一 | 會昌四年十月 |

| | |
|---|---|
| 上許昌李尚書狀二 | 會昌四年十月 |
| 上容州李中丞狀 | 會昌四年春至五年春期間 |
| 上鄭州李舍人狀一 | 會昌五年春暮 |
| 上座主李相公狀 | 會昌五年五月十九日後 |
| 爲弘農公上兩考官狀 | 會昌五年六月 |
| 上李舍人狀一 | 會昌五年五、六月間 |
| 上鄭州李舍人狀二 | 會昌五年七月十五日稍後 |
| 上鄭州李舍人狀三 | 會昌五年秋 |
| 上鄭州李舍人狀四 | 會昌五年秋 |
| 上李舍人狀二 | 會昌五年秋 |
| 上李舍人狀三 | 會昌五年深秋 |
| 上李舍人狀四 | 會昌五年十月二十一日前 |
| 上孫學士狀 | 會昌五年十月二十一日前 |
| 上江西周大夫狀 | 會昌五年歲末 |
| 賀翰林孫舍人狀 | 會昌六年二月下旬 |

| | |
|---|---|
| 爲滎陽公上荆南鄭相公狀一 | 大中元年三月七日前 |
| 爲滎陽公上淮南李相公狀 | 大中元年三月七日前 |
| 爲滎陽公與浙西李尚書狀 | 大中元年三月七日前 |
| 爲滎陽公與京兆李尹狀 | 大中元年三月七日前 |
| 爲滎陽公與河南崔尹狀 | 大中元年三月七日前 |
| 爲滎陽公與容州韋中丞狀 | 大中元年三月七日前 |
| 爲中丞滎陽公赴桂州長樂驛謝敕設饌狀 | 大中元年三月七日 |
| 爲中丞滎陽公謝借飛龍馬送至府界狀 | 大中元年三月上旬末 |
| 上度支盧侍郎狀 | 大中元年三月下旬 |
| 上漢南盧尚書狀 | 大中元年閏三月初 |
| 爲滎陽公謝荆南鄭相公狀 | 大中元年閏三月中旬 |
| 爲滎陽公上集賢韋相公狀一 | 大中元年閏三月二十八日或稍後 |
| 爲滎陽公上弘文崔相公狀一 | 大中元年閏三月二十八日或稍後 |
| 爲滎陽公上史館白相公狀一 | 大中元年閏三月二十八日或稍後 |
| 爲滎陽公上門下李相公狀一 | 大中元年閏三月二十八日或稍後 |

爲滎陽公赴桂州在道換進賀端午銀狀　大中元年四月中旬
爲滎陽公上史館白相公狀二　大中元年四、五月間
爲滎陽公上衡州牛相公狀　大中元年五月上中旬
爲滎陽公進賀壽昌節銀零陵香麝靴竹靴狀　大中元年五月下旬
爲中丞滎陽公桂州上後上中書門下狀　大中元年六月九日
爲滎陽公桂州舉人自代狀　大中元年六月十日左右
爲滎陽公上集賢韋相公狀二　大中元年六月九日後
爲滎陽公上弘文崔相公狀二　大中元年六月九日後
爲滎陽公上史館白相公狀三　大中元年六月九日後
爲滎陽公上門下李相公狀二　大中元年六月九日後
爲滎陽公與度支盧侍郎狀　大中元年六月九日後
爲滎陽公與魏中丞狀　大中元年六月九日後
爲滎陽公端午謝賜物狀　大中元年六月中下旬
爲滎陽公論安南行營將士月糧狀　大中元年六月中下旬
爲滎陽公賀幽州破奚寇上中書狀　大中元年六月下旬

| | |
|---|---|
| 爲滎陽公賀幽州張相公狀 | 大中元年六月下旬 |
| 爲滎陽公與裴盧孔楊韋諸郡守狀 | 大中元年六、七月間 |
| 爲滎陽公舉王克明等充縣令主簿狀 | 大中元年六、七月間 |
| 爲滎陽公上集賢韋相公狀三 | 大中元年夏秋間 |
| 爲滎陽公上弘文崔相公狀三 | 大中元年夏秋間 |
| 爲滎陽公賀牛相公狀 | 大中元年七月 |
| 爲滎陽公與度支周侍郎狀 | 大中元年七月 |
| 爲滎陽公上門下李相公狀三 | 大中元年六月中旬至八月中旬間 |
| 爲滎陽公上西川李相公狀 | 大中元年八月末 |
| 爲滎陽公上通義崔相公狀 | 大中元年八月末 |
| 爲滎陽公上僕射崔相公狀一 | 大中元年八月末 |
| 爲滎陽公奏請不叙録將士狀 | 大中元年秋 |
| 爲滎陽公請不叙將士上中書狀 | 大中元年秋 |
| 爲滎陽公上僕射崔相公狀二 | 大中元年九月 |
| 爲滎陽公上李太尉狀（伏奉别紙榮示） | 大中元年九月上旬 |

（計一百五十一篇）

## 啓

| | |
|---|---|
| 爲韓同年瞻上河陽李大夫啓 | 文宗開成三年春夏間 |
| 爲濮陽公賀丁學士啓 | 開成三年八月十四日稍後 |
| 爲張周封上楊相公啓 | 開成三年秋冬間 |
| 獻舍人河東公啓 | 開成五年九、十月間 |
| 獻華州周大夫十三丈啓 | 開成五年十月 |
| 爲濮陽公上四相賀正啓 | 開成五年十二月 |
| 獻舍人彭城公啓 | 武宗會昌元年 |
| 爲李貽孫上李相公啓 | 會昌四年四、五月間 |
| 爲舍人絳郡公上李相公啓 | 會昌四年八月中旬 |
| 爲絳郡公上史館李相公啓 | 會昌四年八月至十一月間 |
| 爲白從事上陳許李尚書啓 | 會昌四年十月 |
| 爲絳郡公上崔相公啓 | 會昌五年春 |

| | |
|---|---|
| 爲滎陽公上馬侍郎啓 | 大中二年中下旬之間 |
| 爲滎陽公與三司使大理盧卿啓 | 大中二年中下旬之間 |
| 爲滎陽公與前浙東楊大夫啓 | 大中二年二月二十一或二十二日 |
| 爲湖南座主隴西公賀馬相公登庸啓 | 大中二年六月上旬 |
| 賀相國汝南公啓 | 大中二年六月上旬 |
| 獻襄陽盧尚書啓 | 大中二年八月下旬 |
| 謝鄧州周舍人啓 | 大中二年八、九月之間 |
| 謝座主魏相公啓 | 大中三年五月五日後 |
| 謝宗卿啓 | 大中三年五月五日後 |
| 上尚書范陽公啓 | 大中三年十月 |
| 上尚書范陽公第二啓 | 大中三年十月至十一月間 |
| 上尚書范陽公第三啓 | 大中三年十月至十一月間 |
| 爲尚書范陽公賀吏部李相公啓 | 大中四年春 |
| 爲度支盧侍郎賀畢學士啓 | 大中四年二月二十三日稍後 |
| 端午日上所知劍啓 | 疑大中四年五月五日 |

端午日上所知衣服啓　疑大中四年五月五日
上時相啓　大中五年暮春
上兵部相公啓　大中五年春夏之交
爲同州任侍御上崔相國啓　大中五年夏秋間
上河東公謝辟啓　大中五年七月
上河東公謝聘錢啓　大中五年七月
爲東川崔從事謝辟啓　大中五年七月
爲東川崔從事謝聘錢啓　大中五年七月
爲舉人獻韓郎中琮啓　大中五年七月
上河東公啓　大中五年冬
獻相國京兆公啓一　大中五年十二月二十四日
獻相國京兆公啓二　大中六年正月初
爲河東公謝相國京兆公啓　大中六年三月初
爲河東公謝相國京兆公第二啓　大中六年三月六日
爲柳珪上京兆公謝辟啓　大中六年三月六日

| | |
|---|---|
| 爲柳珪上京兆公謝衣絹啓 | 大中六年三月六日 |
| 爲柳珪上京兆公謝馬啓 | 大中六年三月六日 |
| 謝河東公和詩啓 | 大中六年暮春 |
| 爲興元裴從事賀封尚書加官啓 | 大中六年三月 |
| 爲河東公謝相國京兆公第三啓 | 大中六年四月下旬 |
| 爲河東公復相國京兆公啓 | 大中六年四月末 |
| 爲河東公復相國京兆公第二啓 | 大中六年五月初 |
| 爲河東公上西川白司徒相公賀冬啓 | 大中六年冬至前 |
| 爲河東公上尚書侍郎給事賀冬啓 | 大中六年冬至前 |
| 爲河東公上四相賀冬啓 | 大中六年冬至前 |
| 爲河東公上翰林院學士賀冬啓 | 大中六年冬至前 |
| 爲河東公上方鎮武臣賀冬啓 | 大中六年冬至前 |
| 爲崔從事寄尚書彭城公啓 | 大中七年 |
| 上河東公第二啓 | 大中七年 |
| 上河東公第三啓 | 大中七年 |

爲同州張評事謝辟啓　大中八年初春

爲同州張評事謝聘錢啓　大中八年初春

爲山南薛從事謝辟啓　大中八年初春

爲舉人上翰林蕭侍郎啓　大中八年初冬

爲某先輩獻集賢相公啓　大中九年秋

（計七十六篇）

## 牒

爲大夫博陵公兖海署盧鄯巡官牒　文宗大和八年五月五日稍後

爲濮陽公補保定尉張⿰石鳥巡官牒　文宗開成三年春至四年春間

爲濮陽公涇原署營田副使賓牒　開成三年春至四年春間

爲濮陽公陳許補王琛衙前兵馬使牒　開成五年十一月

爲濮陽公補盧處恭牒　開成五年十一月

爲濮陽公補仇坦牒　開成五年十一月

| | |
|---|---|
| 爲濮陽公補顧思言牒 | 開成五年十一月 |
| 爲滎陽公桂州署防禦等官牒 | 宣宗大中元年六、七月間 |
| 爲滎陽公桂管補逐要等官牒 | 大中元年六、七月間 |
| 陳寧攝公井令牒 | 大中五年冬 |
| 周宇爲大足令牒 | 大中五年冬 |
| 爲潼關鎮使張瑄補後院都知兵馬使兼押衙牒 | 不編年 |

（計十二篇）

## 祝文

| | |
|---|---|
| 爲安平公兖州祭城隍神文 | 文宗大和八年五月上旬末 |
| 爲懷州李使君祭城隍神文 | 武宗會昌三年十一月上旬 |
| 爲李懷州祭太行山神文 | 會昌三年十一月上旬 |
| 賽城隍神文 | 會昌四年春夏間 |
| 爲舍人絳郡公鄭州禱雨文 | 會昌五年春 |

| | |
|---|---|
| 爲中丞滎陽公賽理定縣城隍神文 | 大中元年八月 |
| 賽蘭麻神文 | 大中元年八月 |
| 賽侯山神文 | 大中元年八月 |
| 賽建山神文 | 大中元年八月 |
| 賽石明府神文 | 大中元年八月 |
| 賽莫神文 | 大中元年八月 |
| 爲中丞滎陽公祭桂州城隍神祝文 | 大中元年八月二十七日 |

（計二十七篇）

## 祭文

| | |
|---|---|
| 代李玄爲崔京兆祭蕭侍郎文 | 文宗開成二年秋 |
| 奠相國令狐公文 | 開成三年六月二十九日 |
| 祭韓氏老姑文 | 開成四年 |
| 爲濮陽公祭太常崔丞文 | 開成五年秋 |

爲絳郡公祭宣武王尚書文　會昌五年
爲外姑隴西郡君祭張氏女文　會昌五年
爲滎陽公祭呂商州文　宣宗大中元年秋
爲滎陽公祭長安楊郎中文　大中元年九月
韓城門丈請爲子姪祭外姑公主文　不編年

（計二十四篇）

## 箴

太倉箴　文宗大和七年十月

（計一篇）

## 碑銘

刑部尚書致仕贈尚書右僕射太原白公墓碑銘并序　宣宗大中三年閏十一月初四後

梓州道興觀碑銘并序　大中六或七年

唐梓州慧義精舍南禪院四證堂碑銘并序　大中七年十一月之前

道士胡君新井碣銘并序　大中七年

劍州重陽亭銘并序　大中八年九月一日

（計五篇）

## 書

別令狐拾遺書　文宗開成元年

上崔華州書　開成二年正月十一至二十四日間

與陶進士書　開成五年九月三日

爲濮陽公與劉稹書　武宗會昌三年五月七日至十三日間

爲河東公上西川相國京兆公書　宣宗大中五年十二月十八日前

（計五篇）

## 序

太尉衛公會昌一品集序附鄭亞改本　宣宗大中元年九月中旬
樊南甲集序　大中元年十月十二日
樊南乙集序　大中七年十一月十日
容州經略使元結文集後序　不編年

（計四篇）

## 行狀

請盧尚書撰故處士姑臧李某誌文狀　武宗會昌三年冬
請盧尚書撰曾祖妣誌文狀　會昌三年冬
請盧尚書撰李氏仲姊河東裴氏夫人誌文狀　會昌三年冬

（計三篇）

## 黄籙齋文



（計六篇）

## 傳



（計一篇）

## 雜文

| | |
|---|---|
| 象江太守 | 不編年 |
| 華山尉 | 不編年 |
| 齊魯二生 | 不編年 |
| 宜都内人 | 不編年 |
| 斷非聖人事 | 不編年 |
| 讓非賢人事 | 不編年 |

（計六篇）

## 賦

| | |
|---|---|
| 蝨賦 | 不編年 |
| 蝎賦 | 不編年 |

虎賦（新輯佚）　不編年

惡馬賦（新輯佚）　不編年

（計四篇）

**佚句**

## 李義山文集序

（清）徐樹穀

古人之讀書也，必先論世。論世云者，非徒審其所遭之時變，即文章運會，亦因斯以見。今世盱文之士，類皆尊韓、歐爲極軌，貶徐、庾爲疲曳，下逮王、駱、温、李之流，甚者以奴隸斥之，否者亦欲拑勒韃鞠以救之。斯爲惑於皮傅之説，而未詳乎論世之旨者也。

夫日月之行有歲差，江河之流有變徙，故章蔀之算日積，世運之遷日降，衰輓之俗不能返乎大庭，則知叔季之文詎能方乎墳典。即以漢世論之，如彪、固父子，劉騊駼、蔡邕之倫，其文類多排比，已未克蹤緒西京，其遞降而爲徐、庾、温、李也，世使之也。今觀義山之作，藴匵古今，陶冶藝略，煎熬鬻割而和大羹，斲準施弦而諧韶奏，可謂奇矣。蓋世有升降，文有科品，假使回班、揚之腕以裁章表，竭崔、蔡之才而爲啓狀，未知其與義山孰先而孰後也，矧其致曲者乎！

予弟自强，少尚斯編，苦其斷缺，後得善本於閩中，爲之注解，冥搜博採，歷年乃成。予因參之史傳，考證時事，復爲之箋。昔禰衡爲黄祖作書記，輕重疏密，各得體宜。祖持其手曰：「處士此正如祖腹中所欲言。」義山之文，率爲人屬稾，抽心呈貌，纏綿麗密，所謂代人哀則哀，代人諛則諛，斯皆文人之失職者也。予獨竊怪當世之士怢不自覩，區區以空單荒頓之學命爲古文，而詆訶徐、庾之徒，見謂闒冗下材，習其詞者，比之左官外附。試叩以義山辭句所自來，輒眙瞤失對，詭曰：「此果單耳，予烏從識之？」是蓋闇於文章運會之變，未嘗返而論其世也，毋亦舍其所穴見而務殖於學乎？則斯編其曷可廢也歟！

康熙戊子冬月，崑山徐樹穀書。

## 李義山文集序

（清）徐炯

自太極剖判，而奇耦已分。凡天下之物，必有對待，未有是奇而非耦者，其於文也何獨不然？「九州攸同，四隩既宅」，則見於《禹貢》；「覯閔既多，受侮不少」，則見於《邶風》。「巢隕諸樊，閽戕戴吴」，《左氏》造其端；「文堙棗野，武作《瓠歌》」，班史託其始。此皆屬對精切，聲病克諧，駢儷之文，濫觴於此矣。洎乎魏、晉，富麗爲工，踵事增華，兹風勿替。子建、孔璋、士衡、安仁之流，每作一篇，中間字句駢儷居半。至齊、梁而其體始純，其調益新。迄徐、庾而徵事彌博，設色彌豔。世或以紫鄭目之，而好之者終不絶也。唐初四傑，仍蹈斯軌。雖燕、許大手筆，亦不廢對偶。下迨元和，文體始一大變。遠紹周、秦，近宗西漢，以雄深雅健爲上。子瞻謂昌黎起八代之衰，非虚語也。

義山初亦學古文，不喜對偶，及佐令狐楚幕，楚能章奏，以其道授義山，自是始爲今體。香豔不如徐、庾，而體要獨存；宏壯不逮四傑，而風標獨秀。至於誄奠之辭，直與潘岳爲伯仲。同時温庭筠、段成式皆能四六，實不及也。使義山專攻古文，度不能遠過乎孫樵、劉蜕。今集中略存數首，已見一斑。而《樊南甲乙》之製，獨能軼倫超群，如此其美，乃知才人之技雖無適不可，亦當棄短以就長。廉頗喜用趙人，樂毅常思燕路，意之所嚮，殆不可强而違矣。

歲庚午，余典試閩中，得善本以歸。伯兄侍御見而悦之，因爲箋其指要，以注屬余。余竊不自揆，蒐討群籍，句疏而字釋之，而以伯兄之箋分見於其下，釐爲十卷，藏諸篋衍以備遺忘。其間可疑者尚有二十餘條，事稍僻隱，未能悉考。友人以其適於時用也，請亟行之，余不獲已，遂以授剞劂。海内博物君子，倘惠而好我，正其謬而補其缺，當更爲續注以附其後云。

康熙戊子暢月，崑山徐炯書於花谿别墅。

# 箋注李義山文集凡例

（清）徐炯

《唐書·藝文志》有李商隱《樊南甲集》二十卷、《乙集》二十卷，蓋即《舊唐書》本傳所稱「商隱有《表狀集》四十卷」者也。義山章奏之學受諸彭陽公，皆駢儷之文，故義山自序其《甲》《乙》二集，名之曰《樊南四六》。章奏即表狀，而啓亦下達上之制，此皆義山佐幕時所作，是之謂四六，他文不在此例。按《新書·藝文志》於《樊南》二集外，更有《文》《賦》一卷，而《宋史·藝文志》又有李商隱《文集》八卷、《别集》二十卷，蓋他文皆出於此。今掇諸書所載者，以流别爲次，曰祭文、祝文、箴、序、檄、書、傳、碑銘、雜著，凡若干篇附於其後，其間亦有駢儷非樊南四六類也，薈蕞成編，不可以一集名，故但稱《李義山文集》。

義山諸集於今見存者，惟《玉溪生詩》三卷，餘皆不傳，其篇目無可考據。樊南自序《甲集》有四百三十三件，《乙集》亦取四百篇，計共八百有奇。今裒得表狀啓纔九十一首，則其所散逸者多矣。他文亦然。即《樊南集序》中所稱《才論》《聖論》及《牛太尉奠文》，皆當時得意之筆，今亦不可得見，則其餘可知。清芬鴻藻，彫零磨滅，爲之三歎。

吴江朱處士長孺刻所著《愚菴集》内有《新編李義山文集序》云：「檢閲《文苑英華》《唐文粹》《御覽》《玉海》諸部，蒐緝義山文，凡得若干首，釐爲五卷。又以新、舊《唐書》考證時事，略爲詮釋，而因題其首。」愚菴之言如此。余聞之，亟向松陵索其注稿，友人攜以來示，則其所謂考證時事、略爲詮釋者，亦未詳備，而典故所出，則概乎未之及也。伯兄侍御因爲箋，以補其時事之所遺。而余則博稽典故以爲之注，元元本本，索隱鈎深，始知義山之文無一字無來歷也。

愚菴序題云《新編李義山文集》，則未經箋注可知。其蒐緝頗勤，獨闕狀之一體，而閩本李集有之。林孝廉吉人舉贈攜歸，已而核之，則諸狀皆《英華》所有也，長孺偶遺之耳。又《劍州重陽亭銘》乃長洲顧孝廉俠君於《全蜀藝文志》檢得，録以示余，今并爲補入，餘皆仍長孺之舊字句。則閩本缺訛差少，頗藉以校正云。

所釋故事，必詳其書名，惡無徵也。一事而數書並見，則取其最先者。彼此小異，或兼載之；其有大相剌謬者，則棄短從長，務歸於一。

自宋靖康之變，内府典籍一空。唐人所讀之書，今有不可得見者矣。故義山所用之事,間有難於證據者,謹遵夫子闕疑之訓,不敢以影響之言輒爲傅會。

烱又識。

## 李義山文集箋注提要(《四庫提要》集部别集類四)

《李義山文集箋注》十卷,通行本。國朝徐樹穀箋,徐烱注。樹穀字藝初,康熙乙丑進士,官至山東道監察御史。烱字章仲,康熙壬戌進士,官至直隸巡道,皆崑山人。考《舊書·李商隱傳》稱,有《表狀集》四十卷。《新唐書·藝文志》稱,李商隱《樊南甲集》二十卷、《乙集》二十卷、《玉溪生詩》三卷、《文》《賦》一卷。《宋史·藝文志》稱,李商隱《文集》八卷、《四六甲乙集》四十卷、《别集》二十卷、《詩集》三卷。今惟《詩集》三卷傳,文集皆佚。國朝吴江朱鶴齡始裒輯諸書,編爲五卷,而闕其狀之一體。康熙庚午,烱典試福建,得其本於林佶,採摭《文苑英華》所載諸狀補之,又補入《重陽亭銘》一篇,是爲今本。鶴齡原本雖略爲詮釋,而多所疏漏,蓋猶未竟之稾。樹穀因博考史籍,證驗時事,以爲之箋。烱復徵其典故訓詁,以爲之注。其中《上崔華州書》一篇,樹穀斷其非商隱作,近時桐鄉馮浩注本則辨此書爲開成二年春初作,崔華州乃崔龜從,非崔戎,故賈相國乃賈餗,非賈耽，崔宣州乃崔鄲，非崔群，引據《唐書》紀、傳，證樹穀之誤疑。又《重陽亭銘》一篇，炯據《全蜀藝文志》採入，馮浩注本則辨其碑末結銜及鄉貫皆可疑，知爲舊碑漫漶，楊慎僞補足之，援慎僞補樊敏、柳敏二碑，證炯之誤信。又據《成都文類》採入《爲河東公上西川相國京兆公書》一篇，及逸句九條，皆足補正此本之疏漏。然《上京兆公書》乃案牘之文，本無可取，逸句尤無關宏旨，故仍以此本著於録焉。

## 樊南文集詳注序

（清）錢維城

余年十八九時，好讀李義山集，其詩則吴江朱長孺本也，其文則崑山徐藝初本也。孟子稱誦詩讀書，必知其人，論其世。義山之爲人，史稱其「放利偷合」「詭薄無行」，朱氏論之詳矣。雖「涣丘之公」，或以爲褒譽之過；然以背令狐而即濮陽爲「偷合」，則彼背公私黨，不顧是非者，翻得稱志節乎？朱氏之言未必非平情之論也。且文與行雖爲兩途，能文之士未必無遺行，而學者表彰前哲，尊其文必先推其行。其有負俗之累，取譏當時，尤當揣其時局，或出於不得已之情，迫於無可奈何之勢，而白之於衆惡之中，使其行顯而文益光。況義山名不掛朝籍，徒以取憎於僉險之令狐綯，遂使終身抑鬱不得志以死，此千古才人所爲讀「九日尊前」之句而欷歔泣下者也。何忍吹毛索瘢，助之呵詆，以申令狐之憤而揚太牢之餤哉！朱氏縱有過情，要爲善善；湛園翻駁，吾無取諸。善乎孟亭馮侍御之言曰：「義山蹤迹名位，絶無與黨局。即綯惡其背恩，僅一家私事，不必各徇偏見，妄分牛、李。」真可謂義山知己矣。夫黨局不係乎名位，東漢鈎黨，太學諸生猶得持之。若義山僕僕書記，不過飢驅餬口耳。其慇憂世變，不忘忠愛，見於詩歌者，往往託爲神仙兒女隱約不可深解之辭，未嘗抵掌軒渠，高論國是，與昔之月旦品題臧否人倫者異矣，義山誠何心於黨事哉！侍御雅好李集，取朱氏、徐氏及凡諸家之爲箋疏者，盡抉其疏誤而訂正之。别立年譜，一以《祭姊文》爲主而定其生卒之歲；生卒既定，中間出處事實，犂然就班，隱語寓言，均可參悟，於今乃見李生真面目矣。書成，命其文集曰《樊南文集詳注》，屬予序。昔杜預爲《左傳釋例》，尚書郎摯虞甚重之，曰：「左丘明本爲《春秋》作傳，而《左傳》遂自孤行。《釋例》本爲傳設，其所發明，何但《左傳》，故亦孤行。」侍御養疾丘園，寄情墳典，聊資傳釋，以代草《玄》。豈特玉溪功臣，即以爲孟亭文集也可。爰繹其緒論以應之。其詩注大司寇香樹師别有序。

乾隆三十年，歲次乙酉，長至，茶山同學弟錢維城序。

# 樊南文集詳注發凡四條

（清）馮浩

李義山詩集三卷，唐、宋史志無異辭也。文集則義山自編《樊南甲集》《乙集》各二十卷，體皆四六，故《新唐書·藝文志》更有《賦》一卷、《文》一卷。《宋史·藝文志》於《甲》《乙》集四十卷外，更云《文集》八卷、《别集》二十卷。閱時漸久，數乃大增，何歟？迄於今集本竟不可得，不知海内藏書家猶有之否？吴江朱長孺從《文苑英華》《文粹》而彙輯之，偶漏狀之一體，玉峰徐章仲補之，又因顧俠君得《全蜀藝文志》中《劍州重陽亭銘》一首。而志中更有書一首，余又爲補采。余抱病里居，無由博搜群籍。徐湛園曰：「幼曾於閩中徐興公書目見有義山文集。」今玉峰箋本得之林吉人，不知即興公架上者否？愚亦未遑遠訪也。周必大之跋《英華》有曰：「修書官於權德輿、李商隱輩，或全卷收入。」是又若所取之過多者。然準之史志，甚悵寥寥，即《甲》《乙》集中所自負之作，已竟逸矣。徐氏刊本名《李義山文集》，余以四六尚居十之八，改標《樊南文集》，稍見當時手編之遺意。

徐氏刊本注則章仲炯爲之，箋則其兄藝初樹穀爲之，用心交勤矣。此外未見有他注本。宋王楙《野客叢書》有劉鍇注樊南序之名，鍇，真宗咸平二年擢進士，官至户部郎中、鹽鐵副使，與楊文公同時。而《談苑》及他書有作徐鍇者。觀不知「灰釘」一事，豈以博學之楚金乃有此耶？愚以爲當屬劉鍇，傳述岐舛耳。《宋史·劉蟠傳》：子鍇。《續通鑑長編》：真宗大中祥符五年，有「先是直史館劉鍇」之名。今無可訪求矣。

徐氏注頗詳，但冗贅訛舛之處迭出，余爲之删補辨正改訂者過半；至原箋創始誠難，而疏略太甚，余徧繙兩《書》、《通鑑》，以知人論世之法，爲披霧掃塵之舉，或直而證之，或曲而悟之，或錯綜左右而交成之，或貫穿前後而會印之，用使事盡詳明，文尤精確。其無可徵定者，表一、狀一、啓六、祭文一，及無多雜著已耳。樊南生有知，或不訶其多事也乎！

徐刊本分類而仍凌亂，余既訂定年譜，並列詩文，故得於分類之中各寓按年之次；偶有不可編者，附之各體之末。

自來注家每曰「所釋故事，必求其祖」，究之孰副所言哉？況事有古人已用而後人用其所用者，豈數典必出於開山，成章盡由於鑿空歟？余所改注，蘄不違乎作者之意焉耳！乃知其援引精切，揮灑縱横，思若有神，文不加點，徐、庾而下，趙宋以來，誰復與之抗衡藝苑哉！其弗關輕重，未盡剖覈者，病夫之心液腹笥不足以完之也。未解者數條，請俟之博物君子。

桐鄉馮浩孟亭甫書

# 李義山詩文集後跋

（清）馮寶圻

藏書之厄多矣，而兵燹尤甚；子孫不能守其祖父之書者有矣，而書板尤甚。書板而遇兵燹，而竟能守，而竟免於厄，是不可不志。

謹案《玉谿生詩詳注》三卷、《樊南文集詳注》八卷，先曾王父侍御公譔，乾隆庚子刊行；《蘇文忠詩合注》五十卷，先王父方伯公譔，乾隆癸丑刊行。數十年來，海内翻刊日衆，而原板久藏於家。家故在郡城東，當咸豐庚申粵逆陷城，寶圻已率家人先避於外，凡十一徙，始至滬城，先世圖籍幸獲保全，以故板得無恙。然回憶爾時風雨泥塗，流離狼狽，涉江沿海，心力摧敝，賊氛既匝地，書板又叢疊堆積，非取攜閒物，蓋惴惴乎有千鈞一髮之勢，而僅得不墜。其不墜也可幸，其不墜而不能無闕也，亦不幸之幸。此豈寶圻之能守先澤以免於厄歟？抑亦先曾王父、先王父之靈有以默鑒而陰護之也。

同治戊辰，覓得初印本於滬上，乃於從公之暇，先取《玉谿》《樊南》二書板逐一覈對，補其闕者若干，修其漫漶者若干，既成，因志之如此。樊南文有歸安錢楞仙司成補編，較此本增二百有三篇，從《永樂大典》及《全唐文》録出，箋注精善，宜合觀之。《蘇詩合注》

篇葉較廣,力有未贍,姑竢來兹。

同治七年大吕之月,曾孫男寶圻謹書於上海滬防軍次。

# 樊南文集補編序

(清)吴棠

同年生錢楞仙少司成,少躋通顯,壯年勇退,覃精博洽,海内宗之。同治壬戌,余承乏漕河,延君主講崇實書院。君循循善誘,條晰其良楛而殿最之,不及期年,士風丕變。公餘之暇,朝夕過從,飫聞緒論,益歎君之才有不盡於是者。而夷然沖澹,奬掖後學,爲尤不可及也。君於書無所不窺,隨手箋記,皆成條理。尤好樊南李氏之學,嘗以馮氏採本未盡賅備,因手録《全唐文》所收二百三篇,與哲弟篪仙廣文分任箋注之役。既有成書,間以示余。博而不雜,簡而能該,參伍鉤校,絶非苟作。諷玩再四,愛不去手,爰付手民,以廣流布。使士林讀之,知精能於藝文者,必根柢乎經史,其亦知所嚮往矣。

同治五年歲次丙寅秋八月,盱眙吴棠撰。

# 樊南文集補編序

（清）高錫蕃

稽文泉一册，半佚《太玄》擬《易》之經；訂昭諫八編，尚遺「秋雲如羅」之賦。自昔零珠錯落，斷璧沈霾，亶歸搜燼於炱餘，不致終淪於韋擿。然亦孤蘭之偶閟，匪如《唐棣》之都删，從未有網羅前聞，紬繹墜緒。叢殘失次，方嗟舊誥俄空；爛脱無嫌，頓喜全篇跳出。以云補亡，斯稱憙古已。《樊南甲集》編於大中元年丁卯商隱方爲鄭亞掌書記時，《乙集》則編於七年癸酉在盧弘正（編著者按：當爲柳仲郢）東川幕中，卷各二十，體皆四六。考《唐·志》而僅贏一卷之作，按《宋史》而遞增八卷之繁。嗣是崑體真傳，贋鼎易混；禮堂手寫，足本無聞。朱長孺彙收之，而尚待於徐補；顧俠君甄采之，而尤備於馮箋。世之吮素觿毫，妃青螺黛，莫不家藏緗帙，人握靈珠，謂可綜金鑰之樞鈐，匯玉溪之支派矣。然而河東有辟書之任，何以作奏偏稀？濮陽有重祭之文，何以前篇不録？安陽府君爲明德所自出，而未聞叙述清芬；令狐相公曾屢啓以陳情，而不復留存隻字。疑有瓊瑰之寶，莫垂竹帛之光，資攟掇於藝林，庶披張於文苑。我同歲生楞仙太史榮躋甲觀，博覽丁函，《鳳髓龍筋》，早冠承明之鉅製；邛花巴竹，適滋思古之幽情。乃者芸館含香，蘭臺撰史，無雙席上，畢探中秘之奇；第七車邊，大發瑶華之采。嘗取《欽定全唐文》所收商隱駢體文（編著者按：《全唐文》所收商隱文，並非全爲駢體文）録之，視今本多至二百三首，釐爲四册，名曰《補編》。如窺豹斑而已得其全，譬探驪珠而悉騰其耀，信體裁之咸具，乃韜晦之必彰。緬惟顔魯公之佚篇，留氏補之於宋；蜀韋莊之遺集，毛氏補之於明。俾賸馥與殘膏，均霑後學；擬翼經而輔道，無愧功臣。據古方今，何多讓焉！猥以錫蕃幼耽鼮異，汎涉群書；壯學蟲雕，粗知偶句。卅載而編珠綴貝，敢言清麗爲文；千里而斷梗飄蓬，差同名宦不進。屬爲校正其字，弁言其端。嗟嗟！蜀水湘雲，總才人之落漠；恩牛怨李，亦季世之譏彈。而惟是上計淹車，芳華抛瑟，年年金綫，衹辦嫁衣；朵朵紅蓮，空妍府幕。僅得此筆花退豔，巢鳥餘痕，猶復香落溷中，偕李賀而泯没；劍埋獄底，俟雷煥而鋒銛。固由激傲恃才，干造物之所忌；亦屬蹇屯遘遇，極文士之同悲也。竊濡穎而欷然，顧鋟梨而雪此。搴衣欲裂，君幸能拾獺之殘；托鉢誰依，我已覺抽蠶之盡。

道光二十有七年歲在丁未夏四月，烏程高錫蕃撰。振倫按：《上令狐相公》七狀，是楚非綯，序中「令狐」二句微誤。

# 樊南文集補編自序

（清）錢振倫

《樊南文集》原目不可見。《四庫全書》著録，乃崑山徐氏本，藝初爲箋，章仲爲注者也。其文皆採自《文苑英華》，凡一百五十首。厥後桐鄉馮氏注出，頗糾其箋注之誤，而於篇目無甚出入。其引明《文瀾閣書目》義山文集十册，崑山葉氏《菉竹堂書目》義山文集十一册，固疑其不止於此矣。振倫曩官京師，恭誦《欽定全唐文》七百七十一之（按：當作「至」）七百八十二所收李義山文，較諸徐、馮注本多至二百三首，惜未知採自何書，曾手録之。咸豐改元，以憂返里，復偕弟振常分任箋注之役。嗣見阮文達所譔《胡書農學士傳》云「從《永樂大典》録出樊南佚文四百餘首」，乃恍然於所由來。而數尚不合，亟從學士子次瑶孝廉乞得録本對校之，則即此二百三首，其間字句小有異同，亦藉以考定。《永樂大典》今存翰林院敬一亭，悔未及對校。又知文達所謂四百餘首者，或合徐本之百五十首約略言之，非此二百三首外，尚有佚文二百首爲《全唐文》所未採也。庚申，賊擾江、浙，倉卒渡江而北，平生書篋，悉付灰燼，而此本居然獨存。展卷重觀，如隔世事。所注間有未備，比因主講袁浦，同年吴仲宣漕帥富藏書，獲從乞借補注之，編爲十二卷。夫以振倫兄弟之譾陋，上方徐氏昆季，誠不可道里計，惟是頻年捃摭之功，不忍輕棄。今兹稿本粗定，尚冀有好事如馮氏者糾余之失，更合本集以成完書，則此編其猶嚆矢也已。

同治三年歲在甲子孟冬之月，歸安錢振倫書。

## 樊南文集補編凡例

(清)錢振倫

一　徐、馮注本雖由綴集而成，但行世已久，不得不謂之本集。是編有與相涉者，悉於題下注明，以便互勘。

一　文首標題，按其年月。有必不可通者，當爲傳抄之誤，今各疏所疑於下，不敢擅易原題。

一　文有箋注，例加於首見之篇，惟王茂元一生仕履，備詳於《外舅司徒公文》，非詳引史傳，則散見於前者，轉難稽核，故特立此變例。

一　帝虎、魯魚，書中恒有。是編如張佚誤「秩」，劉惔誤「恢」，尚易辨也。若雒陽之誤「維揚」，廣漢之誤「廣陵」，則似是而非，必經妄人臆改，兹就灼知者摘正之。此外未注諸條，固緣見書苦少，抑未必無點畫之譌也。

一　《祭韋太尉文》二首，確爲符載之作，故退一字别之。仍依原第録注其文，以備參考。

一　《玉谿生詩》題有《彭陽公誌文》，本集文中所述，有《才論》《聖論》《奠牛太尉文》；補編文中所述，有《紫極宫銘》；馮氏引《金石録》有《佛頌》；《全蜀藝文志》有懷安軍碑記《爲八戒和尚謝復三學山精舍表》，皆知其題而佚其文。近人孫梅《四六叢話》内載義山《修華嶽廟記》，云出《華嶽集志》，今附卷末，然亦未敢深信也。

一　馮氏《玉谿生年譜》，於無可取證之中，旁搜互勘，酌定年月，用心亦良苦矣。惟是編行狀等篇，爲馮氏所未見，故譜中不無臆斷而譌。今糾正數條，附於書後。

一　振倫家乏藏書，且罕知交。是編初創，武康王松齋孝廉誠曾爲蒐採數十條。及其將成，江山劉彦清農部履芬又爲删節數百條。但遺漏舛誤，終不能免。大雅君子續有見示，當别爲補注一卷，以志多聞之益。

# 李商隱文集歷代史志書目著録

《崇文總目·别集類》　《玉谿生賦》一卷。《樊南四六甲集》二十卷，《樊南四六乙集》二十卷。

《新唐書・藝文志四》　李商隱《樊南甲集》二十卷、《乙集》二十卷。又《賦》一卷、《文》一卷。

《通志・藝文略》　《玉谿生賦》一卷。《樊南四六甲集》二十卷，又《樊南四六乙集》二十卷。

《郡齋讀書志・別集類中》　李商隱《樊南甲集》二十卷、《乙集》二十卷。又，《文集》八卷。

《直齋書録解題・別集類上》　《李義山集》八卷。《樊南甲乙集》四十卷。又《玉谿生集》三卷，李商隱自號。此集即前卷中賦及雜著也。

《文獻通考・經籍考・集》　李商隱《樊南甲集》二十卷、《乙集》二十卷。又，《文集》八卷。

《宋史・藝文志七》　李商隱《賦》一卷，又《雜文》一卷。《文集》八卷，又《四六甲乙集》四十卷、《別集》二十卷。

《唐才子傳・李商隱》　《樊南甲集》二十卷、《乙集》二十卷。又《賦》一卷、《文》一卷。

《文淵閣書目·文集》《李義山文集》一部，十册，闕。塾本十一册。

《菉竹堂書目》卷三《李義山文集》十一册。

《世善堂藏書目録》卷下《樊南集》四十八卷。

《稽瑞樓書目·小橱叢書》《李義山文集》五卷。

《文瑞樓藏書目録·集部·唐人文集》《李商隱文集》十卷。

《鐵琴銅劍樓藏書目録》《李義山文集》五卷。稽瑞樓精鈔本。馮氏藏本。原分三卷，此五卷本，朱長孺得之重編者也。

# 存目文

## 《爲成魏州賀瑞雪慶雲日抱戴表》

本篇載《文苑英華》卷五六一賀祥瑞類。徐氏箋注本據以收入該書卷一。馮浩《樊南文集詳注》不收此文，於該書卷一之末加按云：「朱長孺編《義山文集》，而徐氏刊本從之，有《爲成魏州賀瑞雪慶雲日抱戴表》。此表載《文苑英華》賀祥瑞類中。其上篇商隱《爲汝南公賀彗星不見表》；此篇題下缺書人名，亦並不書『前人』；其下篇則李嶠《賀雪表》。蓋一類中，又各以小類爲次也。《英華》有崔融《爲魏州成使君賀白狼表》，筆法正同。崔融於武后聖曆中，自魏州參軍入授著作佐郎，故其先有代魏州之作。而魏州地在河朔，中葉後，藩鎮擅命，至文宗、武宗時則何進滔父子所據。魏州既爲節度治所，刺史乃其自領，安得更有他使君哉？其承上篇而誤收無疑，故竟削去。」〔按〕馮氏考辨是。成魏州，即成大辨。《楊炯集》卷七有《唐贈荆州刺史成公神道碑》，云：「我大周叙《洪範》，作武成……制贈荆州刺史……長子司衛少卿兼檢校魏州刺史大辨。」崔融《爲魏州成使君賀白狼表》又見清編《全唐文》卷二一八。又《全唐文》卷六二六呂温有《爲成魏州賀瑞雪慶雲日抱戴表》。郁賢皓《唐刺史考》謂：「按呂温中唐時人，其時魏州刺史無姓成者。與成大辨時代亦不相及，疑作者名誤。」玆依馮考入存目文。

## 《爲柳州鄭郎中謝上表》

本篇載《文苑英華》卷五八五藩鎮謝官類。目録標李商隱，然卷五八五本文題下闕題作者姓名。徐氏箋注本收入該書卷一。清編《全唐文》卷七七二李商隱文中有此文。馮浩《樊南文集詳注》不收此文，於卷一之末加按語云：「此表見《文苑英華》藩鎮謝官表類第二卷中，其一類中又暗分刺史小類，略叙時代。此表之上首，于邵《爲福建李中丞謝上表》，此首題下缺人名，下則李邕《淄州刺史謝上表》等十六首也。李商隱《爲安平公謝除兗海觀察表》在上卷，《爲安平公兗州謝上表》在下卷，皆不相接。故他書引此表句同上首作于邵也。祇因本集有紀象江太守鄭璠事，此表云：『二紀鑾陬，三提郡印，惟貞苦節，以奉休辰。』似與紀事有相近者，疑即一人，先後守象守柳。故《粤西文載》亦從徐刊本作義山。然柳州、象州地既異矣，表雖自述清廉，而云『渭水之陰，敝廬斯託』，與紀事云『還長安無家居』不細合。且由象州還長安，非由柳州也。玩其句調圓麗而短勁，乃中唐以前筆法，與樊南四六自異，則《英華》雖漏人名，未嘗錯簡。其十六首中有于邵《武州刺史謝上表》，則此首即于邵亦疑非是，況可强屬之商隱哉！余初因其誤，繼存其疑，今則斷其必非，而亦削之矣。」〔按〕馮氏考辨是，今入存目文。郁賢皓《唐刺史考》謂鄭某刺柳約代宗時，似亦據《英華》置于邵《爲福建李中丞謝上表》之後而大略言之。

《爲賈常侍祭韋太尉文》

《爲西川幕府祭韋太尉文》

二篇載清編《全唐文》卷七八一李商隱文内，又載《全唐文》卷六九一符載文内。《文苑英華》卷九八六作符載文。錢氏《樊南文集補編》卷一二退一字録此二文，於其前加按語云：「考載本蜀人，二首之外，更有《上西川韋令公書》《上韋尚書書》《劍南西川幕府諸公寫真讚》《爲劉尚書祭韋太尉文》，足徵與韋皋同時也。再考《舊唐書·劉闢傳》，韋皋没於永貞元年八月，而義山生於元和中，年不相及，當係誤收。」〔按〕錢氏考辨是，兹入存目文。韋皋貞元元年至永貞元年鎮西川，符載在西川幕爲支使。《太平廣記》卷一九八引《北夢瑣言》：「唐符載字厚之，蜀郡人，有奇才……韋皋鎮蜀，辟爲支使。」此二文自爲永貞元年八月韋皋卒後符載所代擬。

《代諸郎中祭太尉王相國文》

本篇載清編《全唐文》卷七八二李商隱文内，又載《全唐文》卷六一〇劉禹錫文内。錢氏《樊南文集補編》卷一二收入此文，作商隱文。張采田《玉谿生年譜會箋》大和四年編年文中列此文，加按語云：「案此篇《全唐文》與劉禹錫互見，字句微有異同，而《劉賓客外集》亦載之，論文格似近夢得，或非義山之文也。」岑仲勉《玉谿生年譜會箋平質》丁失鵠謂此非商隱文，云：「按文云：『維大和四年月日，某官等敬祭於……元亮等（或早挹清塵，或晚承汎愛）。』元亮即趙元亮，見《郎官柱》左中。諸郎中左中最高，故由元亮領銜，覈其時代正合。四年初禹錫方以郎中充集賢，必在與祭之列，所以由其秉筆。若商隱則是歲方居天平幕，無緣捉刀。倘謂千里外求教於年未弱冠之書生，南省中衮衮諸公，其能堪耶？故就事實論，可斷必非李文。」瞿蜕園《劉禹錫集箋證》亦以爲此篇爲禹錫文，外集卷一〇本篇箋證云：「王播之卒，禹錫已有挽詩，見本集卷三十。……且文中之玄亮等當是禹錫素交之崔玄亮，與商隱年輩不相接。惟據《玄亮傳》，大和四年（八三〇）已自太常少卿拜諫議大夫，與題中之諸郎中字又不相合，爲可異耳。」〔按〕祭文中「元亮」，岑、瞿說不同，岑說爲優。而此文非商隱作，岑說考辨甚精。玆入存目文。

《修華嶽廟記》

孫梅《四六叢話》云：「商隱此記，《樊南甲乙集》無之，獨見於《華嶽全集》，爲諸家蒐羅之所不及。」錢氏《樊南文集補編》據以收入，附於卷末「補遺」，并加按語云：「文中有『開成元年』句，考大和九年王茂元出鎮涇原，其明年即開成元年，義山正在茂元幕中，自涇至華，地亦不遠，此時地之相及者也。惟唐自高祖至文宗，中隔太、高、中、睿、玄、肅、代、德、順、憲、穆、敬十二宗，内中宗、睿宗並高宗子，敬宗、文宗並穆宗子，以世數計之，實十二世，文云『闡皇風於五葉』，則當爲玄宗。《舊唐書・玄宗紀》，先天二年九月封華嶽神爲金天王，是年十二月改元開元，豈『開成』即『開元』之譌耶？至『元舅常英』，徧檢《新》

《舊》二書《后妃》《外戚》諸傳，並無其人，『荀尚』等皆不可考。『征東』『立節』二將軍亦唐代所無，皆屬可疑。其文格簡樸，與義山諸作不類。以别無顯證，姑存之。」〔按〕此篇據丁志軍先生考證，應爲北魏時代碑文。丁文載《安徽師範大學學報》二〇一〇年第一期。

# 李商隱梓幕期間歸京考

劉學鍇

「不揀花朝與雪朝，五年從事霍嫖姚。」(《梓州罷吟寄同舍》)從大中五年(八五一)冬到九年冬，李商隱在東川節度使(治梓州)柳仲郢幕府首尾生活了五個年頭。這是李商隱一生中寄幕時間最長的一次。在這長達五年的時間裏，商隱有没有回過長安？此前馮浩的《玉谿生年譜》、錢振倫的《玉谿生年譜訂誤》、張采田的《玉谿生年譜會箋》、岑仲勉的《玉谿生年譜會箋平質》都從未提出商隱梓幕期間曾回長安的問題。但細審商隱詩文及有關材料，却發現在這五年中，商隱曾回過長安，而且在詩文中留下了回京的印跡。最初引起我對這一行蹤的思考的，是他的《留贈畏之》七律：

清時無事奏明光，不遣當關報早霜。中禁詞臣尋引領，左川歸客自迴腸。郎君下筆驚鸚鵡，侍女吹笙弄鳳凰。空記大羅天上事，衆仙同日詠《霓裳》。

題下原注云：「時將赴職梓潼，遇韓朝迴三首（按：『三首』二字係後人誤增之衍文）。」據「赴職梓潼」字，詩似當爲大中五年赴梓幕前夕所作。但詩中却出現了「左川（即東川）歸客」的字樣，這就和題下注「時將赴職梓潼」發生了直接的矛盾。因爲按通常的理解，「左川歸客」只能是指從東川歸來的羈客。如果是大中五年將赴東川時作此詩，如何能在尚未成行的情況下忽又自稱「左川歸客」？如果是大中十年東川幕罷歸京之後作此詩，如何又在題下注中稱「時將赴職梓潼」？這種顯然的矛盾只有在一種情況下才能得到合理的解釋，這就是梓幕期間商隱曾回過長安，這首《留贈畏之》是商隱自長安返回梓州前贈給韓瞻的。但由於當時並未在商隱其他詩文中發現梓幕期間曾回長安的證據，因此只好將「左川歸客」解爲「左川思歸客」，並引王維《寒食汜上作》「廣武城邊逢暮春，汶陽歸客淚沾巾」之「歸客」爲證。但尚未赴梓即自稱「左川思歸客」，這解釋仍顯得相當勉强。

再次引發對這一問題的思考，是緣于被馮浩、張采田繫於梓州府罷歸途（馮譜繫大中十一年春，張箋繫大中十年春）的《行至金牛驛寄興元渤海尚書》：

樓上春雲水底天，五雲章色破巴箋。諸生個個王恭柳，從事人人庾杲蓮。六曲屏風江雨急，九枝燈檠夜珠圓。深慚走馬金牛路，驟和陳王白玉篇。

題内「興元渤海尚書」，馮浩據《舊唐書·封敖傳》「（大中）四年，出爲興元尹、御史大夫、山南西道節度使,歷左散騎常侍。十一年,拜太常卿」及《新唐書·封敖傳》「加檢校吏部尚書,還爲太常卿」之文,定爲封敖,將此詩繫于大中十一年商隱隨柳仲郢自東川還朝途次。張采田改繫大中十年春,同樣認爲「興元渤海尚書」是封敖。但封敖任山南西道節度使的時間下限,是否如馮譜所考遲至大中十一年,或如張箋所考遲至大中十年,却是絶大的疑問。因爲李商隱有一篇《劍州重陽亭銘并序》提供了大中八年九月山南西道節度使已是蔣係的證據。序云:「侯蔣氏,名侑。」銘云:「伯氏南梁,重弓二矛。古有魯、衛,唯我之曹。」末署「大中八年九月一日,太學博士河南(内)李商隱撰」。據《舊唐書·蔣乂傳》:「子係、伸、偕、仙、佶。」又《蔣係傳》:「轉吏部侍郎,改左丞,出爲興元節度使,入爲刑部尚書。」《宣宗紀》:大中十一年十月,「以山南西道節度使、中散大夫、檢校禮部尚書、興元尹、上柱國、賜紫金魚袋蔣係權知刑部尚書」。以上記載與《劍州重陽亭銘并序》相互參證,可以確知,最遲在大中八年九月,山南西道節度使已是蔣係,至大中十一年十月方離任。因此,《行次金牛驛寄興元渤海尚書》這首詩絶不可能是大中十年(馮譜爲十一年)春梓幕罷歸途次所作,而只能是大中八年九月之前,封敖仍在山南西道節度使任上時所作。而大中五年商隱赴東川幕,時值深秋,有《悼傷後赴東蜀辟至散關遇雪》詩可證,與此詩「樓上春雲」語不合。這就説明,大中五年秋至大中八年九月之間的某個春天,商隱曾有一次「走馬金牛路」之行。金牛路爲蜀道之南棧，自今陝西勉縣而西，南至今四川劍門關口的一段棧道。從詩意看，詩人因「走馬金牛路」而行色匆匆，未能在山南幕參與封敖及幕僚的詩酒之會，故寄此詩以「驟和陳王白玉篇」。

真正可以作爲商隱梓幕期間曾有返京之行證據的，是他所寫的一篇向未編年的文章《爲同州張評事（潛）謝辟啓》（同時作的還有一篇《爲同州張評事謝聘錢啓》，不録）：

潛啓：伏奉榮示，伏蒙猥賜奏署，今月某日敕旨授官。承命恐惶，不知所措。某文乖綺繡，學乏縑緗。負米東郊，止勤色養；獻書北闕，未奉明恩。撫京洛之塵，素衣穿穴；訪江湖之路，白髮徘徊。大夫榮自山陽（楚州），來臨沙苑（同州），固以室盈東箭，門咽南金，豈謂搜揚，乃加孱眇。府稱蓮沼，慚無倚馬之能；地號雲門，竊有化龍之勢。便居帷幄，遽別蓬蒿。袁生有望于樵蘇，楚子永辭于藍縷。刻諸肌骨，知所依歸。伏惟特賜鑒察，謹啓。

這是商隱爲一個名叫張潛的士人代撰的謝辟啓。啓中提到奏署張潛爲同州從事（從「慚無倚馬之能」之語，可以推知當是擔任文字工作）的這位新任同州刺史，乃是「榮自山陽，來臨沙苑」。馮浩、張采田對此同州刺史缺考，故將此啓及謝聘錢啓均列於不編年文。據《隋唐五代墓誌彙編·洛陽卷》第十四册《唐故范陽盧氏滎陽鄭夫人墓誌》（大中十二年五月十二日）：「父曰祇德……自河南（少尹）爲汾州刺史……由汾州入爲右庶子。未數月，出爲楚州團練使……時以關輔亢沴，民窮爲盜，不可止，朝廷借公治馮翊……自馮翊廉問洪州……夫人即公長女也。」鄭祇德係宣宗女婿鄭顥（尚萬壽公主）之父，楚州即山陽，馮翊即同州。《東觀奏記》卷上：「大中五年，（白）敏中免相，爲邠寧都統。行有日，奏上曰：頃者陛下愛女下嫁貴臣郎婿鄭顥，赴昏楚州。」可證顥父鄭祇德大中五年已在楚州任。又據《唐人墓誌彙編·唐故承奉郎大理司直沈（中黄）府君墓誌銘》（大中十二年四月十五日）：「散騎鄭公祇德出刺山陽，持檄就門，辟爲從事，奏授廷評。纔及期歲，丁先夫人憂。既除喪，復補大理司直……未暇考績，旋嬰痼疾，荼爾三年，奄然一旦，終於長安延康里，享年六十有七，時大中十二年歲次戊寅二月九日也。」郁賢皓《唐刺史考全編》據上述材料考鄭祇德刺楚州在大中五年至七年，而謂其刺同州約大中六年至八年。按《通鑑·大中九年》：十二月，「江西觀察使鄭祇德以其子顥尚主通顯，固求散地，甲午，以祇德爲賓客、分司」。可證鄭祇德刺同州的時間當在大中七至九年，方與其前後歷官之年相承接。祇德之由楚州遷同州，據上引《唐故范陽盧氏滎陽鄭夫人墓誌》，乃因其時「關輔亢沴，民窮爲盜，不可止」，故「朝廷借公治馮翊」。其具體時間正可從《通鑑》的有關記載中得到佐證。《通鑑·大中七年》：「冬，十二月，左補闕趙璘請罷來年元會，止御宣政。

上以問宰相，對曰：『元會大禮，不可罷，況天下無事。』上曰：『近華州奏有賊光火劫下邽，關中少雪，皆朕之憂，何謂無事！雖宣政亦不可御也。』」「有賊光火劫下邽，關中少雪」，正是《鄭夫人墓誌》所謂「關輔亢沴，民窮爲盜，不可止」。因此，鄭祇德之由楚州遷同州，當在大中七年冬。《唐闕史》：「會昌二年，禮部柳侍郎璟再司文柄，都尉（指鄭顥，後尚主爲駙馬都尉，故稱）以狀頭及第，第二人姓張名潛。」此張潛當即商隱爲其代撰謝啓之張評事潛。潛與祇德子顥爲同年進士，故祇德奏署張潛爲同州從事。祇德接到同州刺史的任命後，當自楚州赴京入謝，時約在大中八年春，其奏署張潛爲同州從事即在其時。同州、長安距梓州三千里，張潛絶不可能馳書數千里，請遠在梓州的商隱代撰此區區二謝啓。換言之，只有在下列兩種情況下，商隱方有可能爲張潛代撰謝啓。一是張潛時在梓州，或即梓府幕僚，但這在謝辟啓和謝聘錢啓中都無任何跡象，梓府幕僚中亦無張潛其人（時梓府幕僚中張姓者有大理評事張觀、掌書記張黯，無張潛），故這種可能性可以排除。另一種可能是鄭祇德奏署張潛爲同州從事，敕旨下時，商隱正好在長安，故張潛得以就便請商隱代撰謝啓。在排除了上一種可能以後，唯一能成立的只有後一種可能性。即鄭祇德奏署張潛爲同州從事時，商隱已從梓州回到了長安。如前所考，鄭祇德被任命爲同州刺史在大中七年冬，其由楚州回到長安並奏署張潛爲同州從事的時間約當大中八年春，商隱代撰之二謝啓即作於此時。

爲避免孤證之嫌,不妨再舉出一證,這就是商隱的《爲山南薛從事(傑遜)謝辟啓》:

傑遜啓:今月某日,伏蒙辟奏節度掌書記敕下。徒有長裾,曾無彩筆。初疑誤聽,久乃知歸。感激慚惶,不知所喻。某受天和氣,而鮮雄才,幸承舊族之華,遂竊名場之價。頃者湮淪孤賤,綿隔音塵。其後從事梓潼,經塗天漢。初筵末席,披霧睹天。自爾以來,懷恩莫極。鄭玄之腰腹,若掛丹青;崔琰之鬚眉,常存夢寐。方思捧持杖屨,厠列生徒;豈望便上仙舟,遽塵蓮府?尚書士林圭臬,翰苑龜龍,方殿大藩,將求記室。是才子懸心之地,詞人效命之秋。豈伊疏蕪,堪此選擢。思曾、顔之供養,念陳、阮之才華,自公友私,終榮且忝。伏以家室憂繁初解,山川跋涉未任,須至季秋,方離上國。撫躬泣下,尚遥郭隗之門;閉目夢遊,已入孔融之座。下情無任攀戀銘鏤之至!

這是爲新被山南西道節度使辟奏爲節度掌書記的薛傑遜代撰的謝辟啓。馮浩據啓内稱幕主爲「尚書士林圭臬,翰苑龜龍」,定此山南西道節度使爲封敖,云:「啓言赴梓中途,得叨宴飲,其後不久被辟。雖未能細定何年,當在大中三、四年間也。」張采田《會箋》謂封敖出鎮山南,實在大中四年,故編此啓于大中四年。按:謂此山南西道節度使爲封敖,可信，但編大中四年則非。因爲根據啓中所叙，薛傑遜先是在赴梓州爲東川幕府從事的途中經過興元，受到其時已在山南節度使任的封敖的款待，「自爾以來，懷恩莫極」，而後才受到封敖的奏辟。也就是説，薛傑遜自「從事梓潼，經途天漢」，結識封敖，到此番被辟爲山南節度書記，其間有相當長的時間距離，封敖並非大中四年剛被任命爲山南西道節度使時辟奏傑遜爲書記，因此編大中四年顯然過早。此其一。其二，啓稱封敖爲「尚書」。據《舊唐書·封敖傳》：「（大中）四年，出爲興元尹、御史大夫、山南西道節度使。」可證其初出鎮時所帶憲銜爲御史大夫。《新唐書·封敖傳》：「大中中，歷平盧、興元節度使。……蓬、果賊依雞山，寇三川，敖遣副使王贄（《通鑑》作王贄弘）捕平之，加檢校吏部尚書。」《通鑑·大中六年》：「春，二月，王贄弘討雞山賊，平之。是時，山南西道節度使封敖奏巴南妖賊言辭悖慢，上怒甚。崔鉉曰：『此皆陛下赤子，迫於飢寒，盜弄陛下兵于溪谷間，不足辱大軍，但遣一使者可平矣。』乃遣京兆少尹劉潼詣果州招諭之。……而王贄弘與中使似先義逸引兵已至山下，竟擊滅之。」可見，封敖加檢校吏部尚書是在大中六年二月雞山事平後。商隱有《爲興元裴從事賀封尚書加官啓》云：「伏承天恩，榮加寵秩，伏惟感慰。伏以蓬、果凶徒，遂爲通寇……尚書四丈機在掌中，兵存堂上……一舉而張角師殲，再戰而孫恩黨盡。」即叙因平雞山而加檢校吏部尚書事。可證薛傑遜被奏辟入山南幕，最早當在大中六年二月封敖加官之後，這時商隱早已在梓幕。其三，啓又云：「伏以家室憂繁初解，山川跋涉未任，須至季秋，方離上國。」説明作此啓時，薛傑遜既不在梓州，也不在興元，而是身在長安。這就和《爲同州張評事（潛）謝辟啓》一樣，有一個商隱作啓時身在何地的問題。如此時商隱身在梓州，薛傑遜必不可能馳書三千里請遠在梓州的商隱代作此啓；只有商隱身在長安，爲薛代作此啓，方合乎情理。從啓中提到薛曾「從事梓潼」的經歷看，薛很可能曾是商隱的梓幕同僚，因此二人早已結識。後薛因「家室憂繁」之事離梓幕回長安，而後又受封敖奏辟爲山南西道節度書記，其時商隱正好由梓州回長安，故有此代作。總之，這篇啓再次證明大中六年二月封敖加檢校吏部尚書後至大中八年九月之前封敖罷山南西道節度使這段時期，商隱曾回過長安，並爲薛傑遜撰此啓。

還可以再提供一個證據，這就是商隱的一首詩《贈庾十二朱版》：

固漆投膠不可開，贈君珍重抵瓊瑰。君王曉坐金鑾殿，只待相如草詔來。

庾十二，指庾道蔚。原注：「時庾在翰林，朱書版也。」張采田《會箋》云：「考《翰苑群書·重修承旨學士壁記》：『（庾）道蔚大中六年七月十五日自起居舍人充。七年九月十九日加司封員外郎。九年八月十三日加駕部郎中知制誥，並依前充。十年正月十四日守本官出院，尋除連州刺史。』與《紀》不合（按《舊唐書·宣宗紀》，大中三年九月，起居郎庾道蔚充翰林學士)。《樊川集》有《庾道蔚守起居舍人充翰林學士》等制,杜牧于大中五年冬自湖州刺史召拜考功郎中知制誥,此制即其時所作。則道蔚充學士,自當以《壁記》爲定。道蔚十年正月十四日始出院,此詩必義山初從東川歸時作也。」張氏考庾道蔚充翰林學士的時間,當以《壁記》爲定,甚是。但將《贈庾十二朱版》詩繫于大中十年正月十四道蔚出院稍前,且謂商隱正月十四前已自東川歸抵長安,則誤。據張氏《會箋》考證,柳仲郢内徵爲吏部侍郎的時間在大中九年十一月。但仲郢接到内徵的制書後,並未立即啓程返京,而是等待新任東川節度使韋有翼到任後方離任回京。商隱有《爲京兆公乞留瀘州刺史洗宗禮狀》,乃是韋有翼到任後商隱爲其代撰。則仲郢與商隱自梓州啓程還京,當遲至大中九年末甚至十年初。以梓州至長安二千九百里需時約五十天計算,其到京的時間當在大中十年二月末或三月初。據自梓回京途次所作《重過聖女祠》「一春夢雨常飄瓦」之句,其到京的時間當在暮春三月,其時庾道蔚早已出翰林院。這就證明,《贈庾十二朱版》不可能是大中十年正月十四日稍前所作,而是作于大中六年七月十五日以後到大中十年正月以前的某一年内。這又再次證明,在此期間商隱曾回過長安,否則不可能有《贈庾十二朱版》這首詩。

剩下的問題就是考證商隱究竟在什麽時候回過長安。不妨大致排一下商隱入梓幕後的工作經歷和詩文寫作時間表：

大中五年十月，商隱抵梓州，改任節度判官。當年十二月十八日，奉命差赴西川推獄。

大中六年年初返梓。其時東川節度書記「吴郡張黯……請如京師」，商隱乃以節度判官「復攝其事」，一身二任，工作十分繁忙。現存梓幕文章中，大中六年代攝節度書記期間所作的佔有很大比重。這一年的五月，還曾奉柳仲郢之命，至渝州界首迎送赴淮南節度使任的原西川節度使杜悰。

大中七年，仍在梓幕寫了不少文章。梓幕期間三篇精心結撰的長文《梓州道興觀碑銘并序》《唐梓州慧義精舍南禪院四證堂碑銘并序》《道士胡君新井碣銘并序》，至少有兩篇作于本年。此時商隱離開長安已有三年，一雙幼小的兒女遠離自己，寄養在長安，思歸念子的情結變得十分深重，詩中一再出現强烈的懷歸情緒：

萬里憶歸元亮井，三年從事亞夫營。——《二月二日》

三年苦霧巴江水，不爲離人照屋梁。——《初起》

江海三年客，乾坤百戰場。——《夜飲》

三年已制思鄉淚，更入新年恐不禁。——《寫意》

這一系列詩篇，一方面説明直到大中七年深秋，商隱仍然没有回過長安，另一方面也説明他的思歸情緒已經强烈到難以禁受的程度。正好這年十月，「弘農楊本勝（楊籌，字本勝，楊漢公子）始來軍中」，帶來了商隱的兒子衮師在長安的情況，商隱有《楊本勝説于長安見小男阿衮》詩：

聞君來日下，見我最嬌兒。漸大啼應數，長貧學恐遲。寄人龍種瘦，失母鳳雛癡。語罷休邊角，青燈兩鬢絲。

詩語淺情深，結聯於深夜的寂静中現出詩人青燈映照鬢絲的身影，尤爲慘然。楊籌帶來的嬌兒「寄人龍種瘦，失母鳳雛癡」的消息無疑給商隱本已難制的思鄉之情再增添了無法承受的重量，商隱當時恨不得立即插翅飛回長安的心情完全可以想見。

幕主柳仲郢對商隱的處境、心情一直相當同情體貼。早在商隱剛到梓州不久，就打算將使府樂營中一位美貌歌妓張懿仙賜給商隱，以安慰商隱客中的寂寞，後因商隱婉辭而作罷。但商隱在婉辭此事的《上河東公啓》中所抒寫的「某悼傷已來，光陰未幾。梧桐半死，方有述哀；靈光獨存，且兼多病。眷言息胤，不暇提攜。或小於叔夜之男，或幼于伯喈之女。檢庾信荀娘之啓，常有酸辛；味陶潛通子之詩，每嗟漂泊」。這種極爲深摯的懷念亡妻、眷念兒女的感情，肯定給仲郢留下了深刻印象。大中六年暮春，商隱因遊梓州西溪觸景興感,寫下「不驚春物少,只覺夕陽多……鳳女彈瑶瑟,龍孫撼玉珂。京華他夜夢,好好寄雲波」(《西溪》)的詩篇,柳仲郢看到後,還寫了和詩(事見商隱《謝河東公和詩啓》)。在梓幕期間,仲郢與商隱常有詩文唱酬。可見仲郢不但同情商隱的境遇心情,而且關注其詩文的寫作。商隱在大中七年寫的一系列懷歸念子的詩篇,柳仲郢不會不看到,而增添對商隱的同情。在這種情況下,即使商隱自己因幕府工作繁忙不便提出回京探望兒女的要求,仲郢也勢必主動提出讓商隱回京(當然可以順便給一個差事,以便用奉使的名義回京)。

商隱現存梓幕期間大中七、八兩年的編年文可以爲我們提供一個梓州、長安往返的時間上下限。《樊南乙集序》云:「三年已來,喪失家道,平居忽忽不樂……十月,弘農楊本勝始來軍中……因懇索其素所有(箋刺)……以時以類,亦爲二十編,名之曰《四六乙》……是夕大中七年十一月十日夜,火盡燈暗,前無鬼鳥。」可證直到大中七年十一月十日編定《樊南乙集》時,商隱尚羈居梓幕。而《劍州重陽亭銘》末署「大中八年九月一日,太學博士河内李商隱撰」,可證大中八年九月一日商隱已在劍州。也就是説,商隱梓州、長安往返的時間當在大中七年十一月十日至八年九月一日這近十個月的時期内。據《舊唐書·地理志》,長安至梓州二千九百里(商隱《赴職梓潼留别畏之員外同年》亦云「京華庸蜀三千里」)。又據《通鑑·大中十二年》胡三省注:「唐制:凡陸行之程,馬日七十里,步及驢日五十里,車三十里。水行之程,舟之重者泝河日三十里,江四十里,餘水四十五里。空舟泝河四十里,江五十里,餘水六十里。沿流之舟,則輕重同制,河日一百五十里,江一百里,餘水七十里。」梓州、長安往返,既有陸程,又有水程,以平均日行六十里計,單程約需五十天到兩個月,往返則約需四個月。從大中七年商隱一系列思鄉念子的詩篇看,其自梓返京的啓程時間很可能就在十一月十日編定《樊南乙集》後不久。其到達長安的時間約在大中八年正月。聯繫上文所考鄭祗德由楚州遷同州的時間及祗德到京後奏署張潛的時間,二者正好相合。因此,可以大體斷定《爲同州張評事(潛)謝辟啓》《謝聘錢啓》當作于大中八年正月商隱抵達長安後不久,而《爲山南薛從事(傑遜)謝辟啓》及《贈庾十二朱版》亦當爲同時先後之作。《爲山南薛從事謝辟啓》提到「須至季秋,方離上國」,也説明作啓在季秋之前的某個時節。考慮到商隱此次回京探望兒女,帶有明顯的照顧性質,他在京居住的時間不可能太長,大約仲春最多暮春之初即動身返梓。《行至金牛驛寄興元渤海尚書》詩有「樓上春雲水底天」之句,寫景切春暮,殆即自京返梓途中所作。因爲急於趕回梓州擔任幕職,商隱返梓時可能取駱谷路由長安至興元,再由興元西行經金牛道入蜀,故先已在興元見過封敖並拜讀其詩,未及賡和,即已續發,遂于金牛道上「驟和陳王白玉篇」，寄呈此詩。

回過頭來再看《留贈畏之》，並聯繫其他詩作，就更能證實此詩是大中八年由京返梓前留贈韓瞻之作，而非大中五年深秋赴職梓潼前所作。因爲大中五年赴梓前夕，其連襟韓瞻設宴相送，瞻子韓偓即席賦詩，商隱日後追憶此事，有《韓冬郎即席爲詩相送一座盡驚他日余方追吟連宵侍坐徘徊久之句有老成之風因成二絶寄酬兼呈畏之員外》。而《留贈畏之》詩中的「郎君下筆驚鸚鵡」即指「韓冬郎即席爲詩相送，一座盡驚」的情事。如果韓瞻設宴餞别是在商隱赴梓前夕（商隱走的那天，韓瞻一直送商隱到咸陽，商隱《赴職梓潼留别畏之員外同年》云：「京華庸蜀三千里，送到咸陽見夕陽」），那麽寫在餞行、送行之前的《留贈畏之》就不可能出現餞行時的情事，這正反過來證明《留贈畏之》是「韓冬郎即席爲詩相送」和韓瞻送行以後寫的詩，「郎君下筆驚鸚鵡」是商隱這位「左川歸客」對當年情事的追憶與感慨。又大中五年冬，韓瞻出爲普州刺史（「普」原作「魯」，從葉葱奇説改），商隱有《迎寄韓魯（普）州瞻同年》云：「積雨晚騷騷，相思正鬱陶。不知人萬里，時有燕雙高。寇盜纏三輔（自注：『時興元賊起，三川兵出』），莓苔滑百牢。聖朝推衛索，歸日動仙曹。」尾聯預祝其平亂功成後歸朝，名動仙曹。而《留贈畏之》詩有「中禁詞臣尋引領」之句，又正是「聖朝」二句之意。這也證明《留贈畏之》當作于韓瞻自普州刺史回朝之後。韓瞻大中五年出刺，此時當已還朝（韓瞻還朝後曾任虞部郎中，後又出爲鳳州刺史）。

綜上考述，商隱由於思鄉念子情切，曾于大中七年仲冬由梓啓程返京，約八年初春抵京。在京期間，曾分别爲新奏署爲同州從事的張濳及山南西道節度書記薛傑遜代撰謝辟啓、謝聘錢啓共三首，又有《贈庾十二朱版》詩。約在大中八年仲春末或暮春初啓程返梓，行前往訪韓瞻，遇韓朝迴，作《留贈畏之》。暮春末過金牛道。約是年夏抵梓。九月一日作《劍州重陽亭銘》。考出的這次歸京之行，涉及對三篇文章和三首詩的正確繫年，對舊説作了糾正。

由於這次回京，釋放了鬱結已久的思念家鄉和子女的情懷。回梓以後，大中八、九兩年所作的詩中，没有再出現先前那種强烈而頻繁的思鄉情緒，甚至連罷幕時作的《梓州罷吟寄同舍》和歸京途次作的《籌筆驛》《重過聖女祠》中也没有出現思鄉的詩句（《因書》詩也只説「生歸話辛苦」而未言思家），這正從反面證明商隱在「三年已制思鄉淚」之後的確回過一次長安。

# 上崔華州書凡爲進士者五年新説

劉學鍇

據宋拓《雁塔題名帖》，大和九年四月一日，商隱曾與令狐綯、蔡京、令狐緯（後改名緘）同登大雁塔并刻石題名，稱李商隱爲「前進士」（是年二月九日，商隱曾參加進士試，落第，知舉崔鄲）。此「前進士」非指已登進士第尚未過吏部關試者甚明，實爲唐人習稱「鄉貢進士」之省。按商隱自大和五年以鄉貢進士身份參禮部試起，五、六、七年三爲賈餗所憎而落第。八年未參試，九年參試又落第。五至九年，四次參試落第。因此，商隱《上崔華州書》（開成二年正月上）中自稱「凡爲進士者五年」，并非指應進士試的總次數（總次數四次），而是指自大和五年以鄉貢進士身份參進士試的年數。因爲從大和五年至九年正好是五年，而參試只有四次。結論是：「凡爲進士者五年」指的是以鄉貢進士身份參試所歷的年數，而非大和五至九年參試的次教。開成二年登第那次不在内。

# 修訂本後記

《李商隱文編年校注》自二〇〇二年由中華書局出版以來，共印三次。重印過程中，曾得到鄧小軍、趙庶洋等學者之幫助。此次再版，改動幅度最大，故稱修訂本。一是責編錢蕾博士提出更换參校底本（參校本中，徐樹穀、徐炯箋注之《李義山文集箋注》原用《四庫全書》本，本次改爲清康熙四十七年徐氏花溪草堂刻本；馮浩箋注之《樊南文集詳注》，錢振倫、錢振常箋注之《樊南文集補編》，原皆用《四部備要》本，今分别改爲清乾隆四十五年德聚堂刻、同治七年桐鄉馮寶圻重修本，清同治五年吴氏望三益齋刻本）。所换諸參校底本，或爲最早原刻本，或爲後出轉精之修補本；但工作量極大，也極繁瑣，需要花費大量時間與精力，且須極大的細心和耐心。好在中華書局編輯部已對錢蕾博士一年多來所做的工作進行了簡要客觀之説明，讀者自可從中約略看出錢蕾博士對修訂本作出的貢獻。至於我自己，這次修訂，主要是對商隱生平經歷之新考證、文章繫年考辨及思想内容之闡釋，乃至題目的更改，其中頗有與修訂前相反者。總之，修訂的幅度也相當大。以我目前的年齡、精力，小的補正或許會有，但大的修訂恐只能留待後賢了。

就目前讀書界的狀況而言，《李商隱文編年校注》恐怕仍屬「小衆書」，除研究李商隱或駢文者之外，花大量精力與時間去讀它的人恐怕不會太多。我與錢蕾博士初次見面，她提出全面更換參校底本時，我曾戲言，自己做李文編年校注，確實收穫良多，我的一系列重要考證文章均得益於此。她笑謂：「我就是想把這部小衆書做成一部傳世書（此書曾忝列國家圖書獎）。」這話讓我肅然動容，如此大量細緻的工作如由其他青年學人來做，我理所當然應署上某某補訂。但以出版社責編的身份署補訂之名，似無此先例，我只能客觀叙述情況以表達對她這種高度負責精神的敬意。這些年在出版社部分編輯中常有「爲他人作嫁衣」之感慨，故往往以「文責作者自負」爲藉口，對書稿僅作一般技術性處理。結果對書的質量、出版社的聲譽均有消極影響。儘管此書修訂本還可能存在某些問題，但錢蕾博士這種高度負責的精神仍值得發揚。

學術乃天下之公器。作者、編者、讀者均可對書稿之失誤提出修訂意見，合力促成後出轉精之傳世之書。

劉學鍇

二〇二四年八月十四日

中華書局
初版責編｜馬　蓉　寧德偉

中國古典文學基本叢書

# 李商隱文編年校注（修訂本）

第四册

劉學鍇 余恕誠 著

中華書局

# 爲滎陽公上浙西鄭尚書啓〔一〕

不審近日諸況何若？第高標令範〔二〕，早映朝端〔三〕；惠露仁風〔四〕，載光藩寄〔五〕。況地雄東海，郡控南徐〔六〕。當皇心妙簡之難〔七〕，是國用取資之地〔八〕。斯焉假道，以副具瞻〔九〕。況忝亢宗〔一〇〕，允俟嘉會。此方且多雜俗，又異奥區，但餘江山〔一一〕，記在方誌〔一二〕。然將以比西州東府〔一三〕，白下朱方〔一四〕，則亦遼豕爲慚〔一五〕，葉龍知懼矣〔一六〕。而里閭凋弊，谿洞幽遐，内惟短材〔一七〕，常愧尸禄。道路綿邈〔一八〕，懷抱淒涼，未期雲霧之披〔一九〕，空屬池塘之思〔二〇〕。餘并附某乙口述。

【校注】

〔一〕本篇原載清編《全唐文》卷七七六第一〇頁、《樊南文集補編》卷七。〔錢箋〕《新唐書·鄭朗傳》：開成中，擢起居郎，累遷諫議大夫，爲侍講學士。由華州刺史入拜御史中丞、户部侍郎。爲鄂岳、浙西觀察使。進義武、宣武二節度，歷工部尚書判度支、御史大夫，復爲工部尚書、同中書門下平章事。○考朗之入相，在大中七年，見《舊唐書·宣宗紀》。以時代推之，其觀察浙西或當在大中之初，與鄭亞刺桂同時，疑即其人也。《舊唐書·地理志》：浙江西道節度使治潤州，管潤、蘇、常、杭、湖等州。或爲觀察使。〔張箋〕考鄭朗由鄂岳遷浙西。《新書·方鎮表》：「盧商大中元年三月除武昌。」則朗之徙鎮，必在其時。錢説確矣。兹據以入譜(按：張箋大中元年書：鄭朗爲浙西觀察使)。又案：《補編》又有《爲滎陽公與浙西李尚書狀》，係亞初到桂時。考《新書·李景讓傳》，出爲浙西觀察使，入爲尚書左丞。惟未詳何年，鄭朗當是代景讓者也。〔按〕《爲滎陽公與浙西李尚書狀》係大中元年三月七日鄭亞離京赴任時所上，張謂「初到桂時」，非。時鄭朗尚在鄂岳任。朗之由鄂岳遷浙西，當在三月七日後，與盧商遷鄂岳同時。鄭朗時檢校工部尚書，《全唐文》卷七八八蔣伸《授鄭光河中節度使鄭朗汴州節度使制》稱「浙江道觀察使、檢校工部尚書鄭朗」。此篇有「此方且多雜俗，又異奥區，但餘江山，記在方誌」等語，係鄭亞到桂後所上。亞六月九日抵桂，商隱九月末十月初離桂林奉使江陵，啓當作於此段時間内。然此類書啓，例皆到任後不久即上，故其作時大抵不出大中元年六、七月間。

〔二〕〔錢校〕第，當作「弟」。〔按〕字通。

〔三〕〔錢注〕《宋書·王弘傳》：位副朝端。

〔四〕〔錢校〕露，胡本作「霑」。〔錢注〕沈約《齊故安陸昭王碑文》：惠露霑吴，仁風扇越。〔按〕當作「惠露仁風」，方與「高標令範」對文。

〔五〕〔錢注〕《北史·楊侃傳》：朕停卿蕃寄，移任此者，正爲今日。

〔六〕〔錢注〕《宋書·州郡志》：晉永嘉大亂，幽、冀、青、并、兖州及徐州之淮北流民，相率過淮，亦有過江左晉陵界者。晉成帝咸和四年，又徙流民之在淮南者於晉陵諸縣，其徙過江南及留在江北者，並立僑郡縣以司牧之。安帝義熙七年，始分淮北爲北徐，淮南猶曰徐州。武帝永初二年，加徐州曰南徐，而淮北但曰「徐」。文帝元嘉八年，更以江南爲南徐州，治京口，割揚州之晉陵、兖州之九郡僑在江南者屬焉。〔按〕南徐州治京口，即唐之潤州州治，浙西觀察使府所在。

〔七〕〔錢注〕《魏志·高貴鄉公紀》：宜妙簡德行，以充其選。〔補注〕《後漢書·儒林傳序》：「時樊準、徐防並陳敦學之宜，又言儒職多非其人，於是制詔公卿妙簡其選。」妙簡，猶精選。

〔八〕〔錢注〕王融永明十一年《策秀才文》：若終畝不税，則國用靡資。〔按〕安史亂後，北方中原地區受到戰亂嚴重破壞，加以藩鎮割據，不向朝廷繳納賦税，朝廷每年收入，主要來自浙西、浙東、宣歙、淮南、江西、鄂岳、福建、湖南等八道四十九州。見李吉甫《元和國計簿》。

〔九〕〔補注〕《莊子·天運》：「古之至人，假道於仁，託宿於義。」假道，猶借助，由借路之義引申。《左傳·僖公二年》：「晉荀息請以屈産之乘，與垂棘之璧，假道于虞以伐虢。」《詩·小雅·節南山》：「赫赫師尹，民具爾瞻。」具瞻，指宰輔重臣。此謂借助浙西之任，入爲宰輔。

〔一〇〕亢宗，見《爲滎陽公桂管補逐要等官牒·鄭琡牒》注〔六〕。

〔一一〕〔補注〕謂桂管地區多江山之勝。參《爲滎陽公奉慰積慶太后上謚表》「守藩江嶺」注。

〔一二〕〔錢注〕皇甫謐《三都賦序》：其鳥獸草木，則驗之方志。

〔一三〕〔錢注〕《初學記》：山謙之《丹陽記》曰：「東府城池，則晉簡文爲會稽王時第，東則丞相會稽王道子府。道子領揚州，故俗稱東府。」又曰：「揚州廨，王敦所創，開東南西三門，俗謂之西州。」注：已上潤州。

〔一四〕〔錢注〕《元和郡縣志》：上元縣本金陵地，隋平陳，於石頭城置蔣州，以江寧縣屬焉。武德九年，改爲白下。又：潤州本春秋吴之朱方邑。

〔一五〕〔錢注〕朱浮《爲幽州牧與彭寵書》：往時遼東有豕，生子白頭，異而獻之。行至河東，見群豕皆白，懷慚而還。

〔一六〕〔錢注〕任昉天監三年《策秀才文》：非懼真龍。李善注：《莊子》曰：「子張見魯哀公，哀公不禮。去曰：『君之好士，有似葉公子高之好龍也。葉公好龍，室屋彫文，盡以寫龍。於是天龍聞而下之，窺頭於牖，拖尾於堂。葉公見之，棄而退走，失其魂魄，五色無主。是葉公非好真龍也，好夫似龍而非龍也。今君之好士，好夫似士而非士者也。』」按：《藝文類聚》《太平御覽》《困學紀聞》引同。他書引此，多作《申子》。

〔一七〕〔錢注〕陸機《豪士賦序》：運短才而易聖哲所難者哉！

〔一八〕〔錢注〕左思《吴都賦》劉逵注：綿邈，廣遠貌。

〔一九〕〔錢注〕《晉書·樂廣傳》：廣善談論，尚書令衛瓘見而奇之曰：「此人之水鏡，見之瑩然，若披雲霧而睹青天也。」〔補注〕謂未能親見其面。

〔二〇〕〔錢注〕《南史·謝惠連傳》：惠連年十歲，能屬文，族兄靈運嘉賞之，云：「每有篇章，對惠連輒得佳語。」嘗於永嘉西堂，思詩竟日不就，忽夢見惠連，即得「池塘生春草」，大以爲工。〔補注〕屬，託。謂空託夢寐之思。鄭亞與朗同宗，故用此典。

## 爲滎陽公上陳許高尚書啓〔一〕

伏見制書，尚書克懷懋德，以贊明時〔二〕。殊祥取貴於龜龍，大樂受鈞於金石〔三〕。以秩宗典禮〔四〕，以司馬總戎〔五〕。況潁水遺封，許田奥壤〔六〕，鞏、洛亘其後〔七〕，宛、葉居其前〔八〕。版籍則方城之外人〔九〕，幕府則淮陽之勁卒〔一〇〕。唯兹巨防〔一一〕，實屬當仁〔一二〕。荀爽驟拜司空〔一三〕，黄霸入爲丞相〔一四〕。遺蹤且在〔一五〕，後命非遥〔一六〕。早忝恩知〔一七〕，倍注誠款。

【校注】

〔一〕本篇原載清編《全唐文》卷七七六第一〇頁、《樊南文集補編》卷七。〔錢注〕《舊唐書·地理志》：「忠武軍節度使，治許州，管陳、許、蔡三州。」高尚書，未詳。〔張箋〕高尚書，高銖也。表兄吴廷燮曰：「杜牧《薦韓乂啓》：『大和八年，自淮南有事至越，見韓君於境上。』後云：『蕭、高二連帥至，即日造於廬，詢以政事。』此謂蕭俶、高銖。銖爲浙東觀察使，在大和九年，見《舊·傳》。啓又曰：『及高至許下，厚禮辟之。』高即高銖，忠武治許下，『至許下』，即爲忠武也。《新·傳》：『銖歷義成節度使。大中初，遷禮部尚書，徙太常卿。』合以義山啓『以秩宗典禮，以司馬董（按：原文作『總』）戎』，則銖由禮部尚書爲忠武，加兵部尚書，後乃徙太常卿也。本傳失載。」（吴）所解似確，今據書。〔按〕吴考是，其説又略見其《唐方鎮年表·忠武》。啓當上於鄭亞抵桂之後，見任命高銖爲陳許節度使之制書而作，則銖之爲陳許當在大中元年三至六月間。啓約作於是年六、七月間。

〔二〕以，《全文》作「心」，從錢校據胡本改正。〔補注〕《書·畢命》：「惟公懋德，克勤小物。」懋德，勉行大德。此謂盛德。曹植《求自試表》：「志欲自效於明時，立功於聖世。」

〔三〕〔補注〕《禮記·禮運》：「何謂四靈？麟鳳龜龍，謂之四靈。」古人以爲龜龍乃靈物，後常以喻傑出人物。《禮記·樂記》：「大樂與天地同和，大禮與天地同節。」「金石絲竹，樂之器也。」

〔四〕〔補注〕《書·舜典》：「咨伯，汝作秩宗。」秩宗爲古代掌宗廟祭祀之官。此指禮部尚書。《新唐書·百官志》：「禮部，尚書一人，正三品……掌禮儀、祭享、貢舉之政。」參注〔一〕引吴廷燮考證。

〔五〕〔補注〕《書·周官》：「司馬掌邦政，統六師，平邦國。」〔錢注〕庾信《長孫儉神道碑》：龍驤總戎，或似平吴之號。〔按〕此指兵部尚書。

〔六〕見《上許昌李尚書狀一》「潁水云清，許田斯闢」二句注。

〔七〕〔錢注〕《新唐書·地理志》：河南道河南府領洛陽、鞏縣。按：《漢書·地理志》河南郡同。

〔八〕〔錢注〕《新唐書·地理志》：山南東道鄧州南陽縣，武德三年置宛州，八年廢。又：河南道汝州領葉縣。按：《漢書·地理志》：宛、葉俱屬南陽郡。

〔九〕〔錢注〕《周禮·司民》注：版，今户籍也。〔補注〕《左傳·僖公四年》：「楚國方城以爲城，漢水以爲池。」杜預注：「方城山在南陽葉縣南。」

〔一〇〕〔錢注〕《史記·李牧傳》：市租皆輸入莫府。《索隱》曰：崔浩云：「將帥理無常處，以幕帟爲府署，故曰幕府。」當作「幕」。《舊唐書·地理志》：陳州，隋淮陽郡。《史記·灌夫傳》：上以爲淮陽天下交，勁兵處，故徙夫爲淮陽太守。

〔一一〕防，《全文》作「訪」，原注：疑。此據錢校改正。〔錢注〕《戰國策》：「齊有長城巨防，足以爲塞。」防，此讀去聲。左思《蜀都賦》：「豁險吞若巨防。」與「嶂」「向」等字爲叶。

〔一二〕〔補注〕《論語·衛靈公》：「當仁不讓於師。」

〔一三〕〔錢注〕《後漢書·荀爽傳》：獻帝即位，徵爽拜平原相，行至宛陵，復追爲光禄勳；視事三日，進拜司空。

〔一四〕〔錢注〕《漢書·黄霸傳》：霸爲潁川太守，治爲天下第一。五鳳三年，代丙吉爲丞相。

〔一五〕〔錢校〕且，疑當作「具」。

〔一六〕〔補注〕後命，續發之任命，語本《左傳·僖公九年》：「齊侯將下拜，孔曰：『且有後命。』」

〔一七〕知，《全文》作「加」，從錢校據胡本改正。

# 爲滎陽公黄籙齋文〔一〕

臣伏聞系自象先〔二〕，道尊玄教〔三〕。有無名之璞〔四〕，不可雕鎪〔五〕；開衆妙之門〔六〕，未嘗關揵〔七〕。達人大觀〔八〕，上士勤行〔九〕。始有胥、連〔一〇〕，爰交尊、陸〔一一〕，皆稟混成之教〔一二〕，以凝懸解之功〔一三〕。及至化漸澆漓，真元稍散，七千神虎〔一四〕，窮蹈籍之姿〔一五〕；九百毒龍〔一六〕，恣貪殘之患。乃復吴宫合石〔一七〕，王屋流珠〔一八〕，方班萬國之朝，始定百靈之位〔一九〕。大之則籠羅八極〔二〇〕，居蔕芥之微〔二一〕；小之則陶冶一身，後天地而老〔二二〕。上維皇屋〔二三〕，下及蒸人，莫不受煉朱陵〔二四〕，施功酆部〔二五〕。故五臘二直〔二六〕，八節三元〔二七〕，咸開懺拔之科〔二八〕，用顯修崇之旨。

臣某幸生昭代，素稟玄風。每秋水凝情〔二九〕，春臺寫望〔三〇〕，暢靈襟而抽思〔三一〕，若振羽毛〔三二〕；動玄籥以開懷，如餐沆瀣〔三三〕。因循官牒〔三四〕，漸染君恩。既乖紫氣之占〔三五〕，遂阻丹丘之會〔三六〕。五嶺之表，再麾始臨〔三七〕。撫凋瘵之民人〔三八〕，壓蠻髦之雜俗〔三九〕。竊恐見聞所及，未契玄科〔四〇〕；舉措之間，有踰真裕〔四一〕。或散爲疾瘼，或遘作凶饑。敢薦真師，式陳妙會。況此府水環湘、桂，山類蓬、瀛〔四二〕，固亦武陵之谿，桃源接境〔四三〕；平昌之井，荆水通津〔四四〕。洞乳凝華〔四五〕，喦煙結氣。浮丘別館，薊子郵亭〔四六〕。豈直發地五千，獨稱於太華〔四七〕；去天三百，惟迷於武功〔四八〕？實幸廉車，得親靈境。今則涼飈已戒，溽暑尋徂〔四九〕。九外八遐〔五〇〕，静無氛翳；二元三景〔五一〕，藹有輝光。雲篆鳥章〔五二〕，珠巾琳几〔五三〕，略皆備物，粲有加儀。

伏乞太上三尊〔五四〕，十方衆聖〔五五〕，曲流玄澤，大降鴻慈，先俾清朝，克逢多福。南面慶千春之壽〔五六〕，北辰康億載之歡〔五七〕。三事百官〔五八〕，共綏天禄；四夷萬有〔五九〕，長叶帝謨。然後所部封疆，當州寮屬，皆無虚士〔六〇〕，屢有豐年〔六一〕。臣齋功獲申〔六二〕，道念增厚，式揚藩任，妙選宸心。慶靈長被於身枝〔六三〕，清裕永霑於家屬〔六四〕。則仰荷大道無極之恩。臣限以嚴扃〔六五〕，屬兹戎寄〔六六〕，不獲躬齎素簡〔六七〕，親詣黄壇〔六八〕，望紫府以馳誠〔六九〕，向清都而潔慮〔七〇〕。謹附臣李道琮墨辭上啓。惶恐，謹辭。

【校注】

〔一〕本篇原載清編《全唐文》卷七八〇第二二三頁、《樊南文集補編》卷一一。黄籙齋，見《上鄭州李舍人狀二》注〔三〕。〔按〕文云「今則涼飆已戒，溽暑尋徂」，當作於夏末秋初，約大中元年六月末七月初。黄籙齋，道教潔齋法之一。《通鑑·唐僖宗光啓三年》：「與鄭杞、董瑾謀因中元夜，邀高駢至其第建黄籙齋。」胡注：「黄籙大齋者，普召天神、地祇、人鬼而設醮焉，追懺罪根，冀升仙界。」此文黄籙齋當係中元節（七月十五）舉行者，文作於其前。

〔二〕〔錢注〕《老子》：挫其鋭，解其紛，和其光，同其塵，湛兮似或存，吾不知誰之子，象帝之先。〔補注〕「象帝之先」河上公注：「老子言我不知『道』所以生，『道』自在天帝之前，乃先天帝生也。」

〔三〕〔錢注〕荀勖《晉四廂樂歌》：玄教氤氲。〔補注〕玄教，此指道教。《老子》有「玄之又玄，衆妙之門」語。

〔四〕〔錢注〕《老子》：吾將鎮之以無名之璞。

〔五〕〔錢注〕左思《魏都賦》：木無雕鎪。

〔六〕〔錢注〕《老子》：玄之又玄，衆妙之門。

〔七〕〔錢注〕《老子》：善閉者，無關揵而不可開。

〔八〕〔錢注〕賈誼《鵩鳥賦》：達人大觀兮，物無不可。

〔九〕〔錢注〕《老子》：上士聞道，勤而行之。

〔一〇〕〔補注〕胥、連，赫胥氏、驪連氏，參下注。

〔一一〕〔錢注〕司馬貞《補三皇本紀》：大庭氏、柏皇氏、中央氏、卷須氏、栗陸氏、驪連氏、赫胥氏、尊盧氏、渾沌氏、昊英氏、有巢氏、朱襄氏、葛天氏、陰康氏、無懷氏。斯蓋三皇已來，有天下者之號。

〔按〕尊、陸，即尊盧氏、栗陸氏。

〔一二〕〔補注〕《老子》：「有物混成，先天地生。」王弼注：「混然不可得而知，而萬物由之以成，故曰混成也。」混成之教，指道教。

〔一三〕〔錢注〕《莊子》：老聃死，秦失弔之，三號而出。弟子曰：「弔焉若此，可乎？」曰：「始也，吾以爲其人也，而今非也。適來，夫子時也；適去，夫子順也。安時而處順，哀樂不能入也。古者謂是帝之縣解。」〔補注〕懸解，天然之解脱。

〔一四〕千，《全文》作「十」，據錢本注文改。〔錢注〕《雲笈七籤》：老君曰：「神虎玉符，太上道君常所寶，秘藏於太陵靈都瓊宮玉房之裏，衛以巨獸，捍以毒龍，神虎七千，備于玉闕也。」

〔一五〕〔錢注〕司馬相如《上林賦》：人臣之所蹈籍。

〔一六〕〔錢注〕《後漢書·西域傳》注：葱嶺冬夏有雪，有毒龍，若犯之則風雨晦冥，飛砂揚礫。過此難者，萬無一全也。〔補注〕《新五代史·唐莊宗神閔敬皇后劉氏傳》：「吾有毒龍五百，當遣一龍揭片石，常山之人，皆魚鼈也。」此以毒龍喻殘暴者。

〔一七〕見後《梓州道興觀碑銘》「封吴宮之合璧」注。

〔一八〕見後《梓州道興觀碑銘》「貫王屋之流珠」注。

〔一九〕〔錢注〕班固《東都賦》：禮神祇，懷百靈。

〔二〇〕〔錢注〕晉張韓《不用舌論》：鸚䳇猩猩，鼓弄於籠羅。《淮南子》：八紘之外，乃有八極也。〔補注〕籠羅，猶包羅、牢籠，作動詞用。

〔二一〕〔錢注〕賈誼《鵩鳥賦》：細故蔕芥兮，何足以疑？

〔二二〕〔錢注〕《莊子》：後天地凝而不爲老。

〔二三〕〔補注〕《晉書·恭帝紀論》：「去皇屋而歸來，灑丹書而不恨。」皇屋，天子所居宮室，借指朝廷。

〔二四〕〔錢注〕《雲笈七籤》：《三元品戒》云：「今日受鍊，罪滅福生。」《初學記》：故南嶽衡山，朱陵之靈臺，太虚之寶洞，上承冥宿，銓德鈞物。〔補注〕朱陵，道教所稱三十六洞天之一，在今湖南衡山縣。

〔二五〕〔錢注〕《唐類函》：《茅君内傳》曰：「羅酆山之洞，周一萬五千里，名曰『北帝死生之天』。皆鬼神所治，五帝之官、考謫之府也。」《太平御覽》：《三洞珠囊》曰：「高上玉清刻石隱銘曰：『酆都山在北，内有空洞，洞中有六宫。』書此銘於宫北壁，制檢群凶不使横暴，生民學者，得佩此刻石文，則北酆落名，南宫度命，爲其真人。」

〔二六〕〔錢注〕《雲笈七籤》：《八道秘言》曰：「正月一日名天臘，五月五日名地臘，七月七日名道德臘，十月一日名民歲臘，十二月節日名侯王臘。此五臘日，並宜修齋，並祭祀先祖。」《明真科》

云：「月一日，初八日，十四日，十五日，十八日，二十三日，二十四日，二十八日，二十九日，三十日，已上爲十直齋日。」「二直」未詳。〔按〕二直，似指每月初一、十五齋日。

〔二七〕〔錢注〕《雲笈七籤》：凡八節之日，是上天八會大慶之日也。其日諸天大聖尊神，上會靈寶玄都玉京上宫，朝慶天真，奉戒持齋，遊行誦經。此日修齋持戒，宗奉天文者，皆爲五帝所舉，書名《玉曆》。又：立春爲建善齋，春分爲延福齋，立夏爲長善齋，夏至爲朱明齋，立秋爲遐齡齋，秋分爲謝罪齋，立冬爲遵善齋，冬至爲廣慶齋。又：《三元品戒經》云：「正月七日，天地水三官檢校之日，可修齋。」《聖紀》云：「正月七日名舉遷賞會齋，七月七日名慶生中會齋，十月五日名建生大會齋。三官考覈功過，依日齋戒，呈章賞會，可祈景福。」〔按〕道教稱天、地、水爲三元，亦以之稱所奉天官、地官、水官三神。然此「三元」則指正月十五上元、七月十五中元、十月十五下元。

〔二八〕〔錢注〕《雲笈七籤》：《道教靈驗記》云：「解冤釋結，除宿報之灾，惟黄籙道場，可以懺拔。冤魂生天，疾病自損，過此不知也。」

〔二九〕〔錢注〕《莊子》：秋水時至，百川灌河。

〔三〇〕〔錢注〕《老子》：衆人熙熙，如享太牢，如登春臺。

〔三一〕〔補注〕抽思，抒發情思。《楚辭·九章·抽思》：「與美人之抽思兮，并日夜而無正。」

〔三二〕〔錢注〕干寶《搜神記》：淮南王安，好道術，盛禮設樂，以享八公，援琴而絃歌曰：「明明上天，照四海兮，知我好道，公來下兮。公將與余，生羽毛兮，升騰青雲，蹈梁甫兮。觀見三光，遇北斗兮，驅乘風雲，使玉女兮。」〔補注〕振羽毛，謂振羽飛升登仙。

〔三三〕〔錢注〕《楚辭·遠遊》：食六氣而飲沆瀣兮，漱正陽而合朝霞。〔補注〕沆瀣，清露。

〔三四〕〔錢注〕《後漢書·李固傳》：其列在官牒者。〔補注〕官牒，記載官吏姓名、爵禄之簿籍。

〔三五〕〔錢注〕《史記·老子傳》注：《索隱》曰：「《列仙傳》：老子西遊，關令尹喜望見紫氣浮關，而老子果乘青牛而過也。」

〔三六〕〔錢注〕《楚辭·遠遊》：仰羽人於丹丘兮，留不死之舊鄉。

〔三七〕〔補注〕五嶺之表，此指桂管。再麾，一對旌旗。唐制：節度使專制軍事，賜雙旌雙節，旌以專賞，節以專殺。

〔三八〕〔錢注〕《説文》：凋，半傷也。瘵，病劣也。

〔三九〕〔補注〕《詩·小雅·角弓》：「如蠻如髦，我是用憂。」蠻髦，猶蠻夷。

〔四〇〕〔錢注〕《雲笈七籤》：玄科秘訣，本有冥期。〔補注〕玄科，道教之規章。

〔四一〕〔錢校〕裕，疑當作「格」。〔錢注〕《太平御覽》：《金根經》云：「青宫之内，北殿上有仙格，格上有學仙簿籙，領仙玉郎之典也。」

〔四二〕〔錢注〕按：馮氏蒐輯逸句，引此二語，出《明一統志》桂林府形勝。湘水，見《爲滎陽公桂州署防禦等官牒·段球牒》「湘南越北」注。《水經注》：桂水出桂陽縣北界山，北逕南平縣而東北流，届鐘亭，右會鍾水，通爲桂水也。故應劭曰：「桂水出桂陽，東北入湘。」《列子》：渤海之東有大海，其中有山，一曰岱輿，二曰員嶠，三曰方壺，四曰瀛洲，五曰蓬萊。

〔四三〕〔錢注〕陶潛《桃花源記》：晉太元中，武陵人，捕魚爲業。緣溪行，忘路之遠近，忽逢桃花林。

〔四四〕〔錢注〕《水經注》：滙水又北逕平昌縣故城東，荆水注之。城之東南角有臺，臺下有井，與荆水通。物墜於井，則取之荆水。

〔四五〕〔錢注〕《桂海虞衡志》：桂林山中，洞穴最多，所産鐘乳。

〔四六〕浮丘，見《爲濮陽公奉慰皇太子薨表》「悼深伊將」注。薊子，見《上河陽李大夫狀二》「乘騾更同於薊子」注。

〔四七〕〔錢注〕《山海經》：太華之山，削成而四方，其高五千仞。

〔四八〕〔錢校〕迷，疑當作「述」。〔錢注〕《水經注》：渭水又逕武功縣故城北。《地理志》曰：「縣有太一山，古文以爲終南。」杜預以爲「中南」也。亦曰太白山，在武功縣南，不知其高幾何。俗云：「武功、太白，去天三百。」

〔四九〕〔補注〕班婕妤《怨歌行》：「常恐秋節至，涼飈奪炎熱。」戒，通「届」，至。《禮記·月令》：「（季夏之月）土潤溽暑，大雨時行。」

〔五〇〕〔錢注〕《雲笈七籤》：《太上飛行九神玉經》云：「潤流九外。」陶潛《閑情賦》：惣遥情於八遐。

〔五一〕〔錢注〕《雲笈七籤》：三合五離，混化二元。又：三景保守，令我得真。

〔五二〕見後《梓州道興觀碑銘》「及夫秘篆抽奇」「攡藏鳥迹」注。

〔五三〕〔錢注〕《太平御覽》：《太玄經》曰：「《老子傳授經戒籙儀注訣》曰：『以局脚小案置經，絲巾復上。』」

〔五四〕〔錢注〕《雲笈七籤》：三尊者，道尊、經尊、真人尊。〔按〕道教稱元始天尊、靈寶天尊、道德天尊爲「三尊」。道教最高最尊之神名前常冠「太上」二字以示尊崇，錢注疑非。

〔五五〕〔錢注〕《雲笈七籤》《老君存思圖》云：「見三尊竟，仍存十方天尊，相隨以次，同詣玄臺。朝禮太上，嚴整威儀，爲一切軌則。北方無極太上道德天尊服色黑，羽儀多玄。東方服色青，羽儀多碧。南方服色赤，羽儀多丹。西方服色白，羽儀多素。東北方服色青黑，又多黄。東南方服色青赤，又多黄。西南方服色赤白，又多黄。西北方服色白黑，又多黄。上方服色玄紫，又多蒼。下方服色黄紅，又多緑。」

〔五六〕〔錢注〕謝朓《酬德賦》：度千春之可並。〔補注〕南面，指君主。

〔五七〕〔補注〕北辰，北極星，喻君主。《論語·爲政》：「子曰：『爲政以德，譬如北辰，居其所而衆星共之。』」

〔五八〕〔補注〕《詩·小雅·雨無正》：「三事大夫，莫肯晝夜。」孔穎達疏：「三事大夫唯三公耳。」錢氏謂「三事」，出《書》。然《書·立政》「任人、凖夫、牧，作三事」，爲三種官職，與「三事百官」之「三事」義有别，今不取。

〔五九〕〔錢注〕何承天《報應問》：群生萬有，往往如之。〔補注〕萬有，萬物。

〔六〇〕〔錢注〕《陳書·姚察傳》：名下定無虚士。

〔六一〕〔補注〕《詩·周頌·豐年》：「豐年多黍多稌，亦有高廩。」

〔六二〕〔錢注〕《雲笈七籤》：《本相經》云：「虔心者惟罄一心，丹誠十極，燒香禮拜，惟求於道。捨財者市諸香油，八珍百味。營饌供具，屈請道士。及以凡器，歸心啓告，委命至真。内泯六塵，外齊萬境，冥心静慮，歸神於道。克成道果，永契無爲。救濟存亡，拔度灾苦。隨其分力，福降不差。功德輕重，各在時矣。」

〔六三〕〔錢注〕謝靈運《撰征賦序》：慶靈將升。〔補注〕慶靈，先人之積善與福蔭。謝靈運《歸途賦》：「承百世之慶靈，遇千載之優渥。」《禮記·哀公問》：「身也者，親之枝也。」

〔六四〕〔錢注〕《晉書·續咸傳》：當時稱其清裕。《史記·平準書》：賈人有市籍者，及其家屬，皆無得籍名田以便農。〔補注〕清裕，清正寬厚。

〔六五〕〔錢注〕張衡《周天大象賦》：天關嚴扃於畢野。〔補注〕嚴扃，森嚴之門户。此指嚴守邊疆。

〔六六〕〔錢注〕《南齊書·蕭景先傳》：今謬充戎寄。

〔六七〕〔錢注〕《雲笈七籤》：凡欲入静朝真，具衣褐，執簡當心，定神存思，然後閉氣入静。

〔六八〕黄壇，見《上鄭州李舍人狀二》注〔三〕。

〔六九〕〔錢注〕《抱朴子》：項曼都言：「到天上，先過紫府，金牀玉几，晃晃昱昱。」

〔七〇〕〔錢注〕《列子》：化人之宮，出雲雨之上，實爲清都紫微。〔補注〕清都，神話傳説中天帝所居宮闕。《楚辭·遠遊》：「集重陽入帝宮兮，造旬始而觀清都。」《列子·周穆王》：「清都、紫微、鈞天、廣樂，帝之所居。」

# 爲滎陽公上集賢韋相公狀三〔一〕

伏見制書，伏承加集賢殿大學士〔二〕。恩極台階〔三〕，榮兼秘殿〔四〕。通鳳池于册府〔五〕，擢雞樹于書林〔六〕。中外具瞻〔七〕，遐邇增慰。相公黄中稟氣〔八〕，素尚資仁〔九〕。片玉一枝〔一〇〕，已光于昔日；前籌五鼎〔一一〕，果慶于兹辰。況又高步瀛洲〔一二〕，領官仙掖〔一三〕，佇見亡書必復〔一四〕，墜簡重編。使三千之徒〔一五〕，並受其義；俾百家之説〔一六〕，各有所安。芟翦繁蕪〔一七〕，整綴差謬〔一八〕。某早承重獎，今守遐藩〔一九〕。雖榮廉問之權〔二〇〕，實羨校讎之吏〔二一〕。仰瞻門闌〔二二〕，俯抱肺肝。陳賀末由，伏深感戀。

**【校注】**

〔一〕本篇原載清編《全唐文》卷七七三第二三頁、《樊南文集補編》卷三。〔張箋〕此賀其加集賢殿大學士也。本傳無考。〔按〕狀云「今守遐藩」，係到桂管任後所上，當在《爲滎陽公上集賢韋相公狀二》（六月九日到任時所上）之後，約大中元年夏秋間。上韋琮第一、第二狀題内之「集賢」二字，係商隱本年十月編《樊南甲集》時所加。

〔二〕集賢殿大學士，見《爲滎陽公謝集賢韋相公狀》注〔一〕，參《爲濮陽公上陳相公狀三》注〔四〕。

〔三〕〔錢注〕《漢書·東方朔傳》：願陳《泰階六符》。注：孟康曰：「泰階，三台也，每台二星，凡六星。」應劭曰：「《黄帝泰階六符經》曰：『太階者，天之三階也。上階爲天子，中階爲諸侯公卿大夫，下階爲士庶人。』」〔按〕此謂其任宰相。

〔四〕〔錢注〕《舊唐書·職官志》：集賢殿書院，開元十二年置。漢、魏以來職在秘書。開元十三年，與學士張説等宴於集仙殿，因改名集賢。王延壽《魯靈光殿賦》：乃立靈光之秘殿。〔按〕此謂加集賢殿大學士。

〔五〕〔錢注〕鳳池，屢見。《穆天子傳》：天子北征東還，至於群玉之山，先王之所謂策府。〔按〕策府，即册府，此指集賢殿書院。鳳池，指宰相之職。

〔六〕〔錢注〕雞樹，見《爲濮陽公上賓客李相公狀一》注〔一三〕。《後漢書·和帝紀》：永元十三年，帝幸東觀，覽書林，閲篇籍，選術藝之士以充其官。〔按〕雞樹，切宰相；書林，切集賢殿大學士。

〔七〕〔補注〕具瞻，爲衆人所瞻望。語本《詩·小雅·節南山》：「赫赫師尹，民具爾瞻。」

〔八〕〔補注〕《易·坤》：「君子黄中通理，正位居體，美在其中，而暢於四支，發於事業，美之至也。」

黄中，本指人之心臟，亦可喻指内德。

〔九〕〔補注〕任昉《王文憲集序》：「或功銘鼎彝，或德標素尚。」素尚，樸素高尚之情操。

〔一〇〕〔錢注〕《晉書·郤詵傳》：武帝問詵曰：「卿自以爲何如？」詵對曰：「臣舉賢良對策，爲天下第一，猶桂林之一枝，崑山之片玉。」

〔一一〕〔錢注〕前籌，見《爲濮陽公附送官告中使回狀》「漢祖何妨於銷印」注。《漢書·主父偃傳》：大丈夫生不五鼎食，死則五鼎烹耳。〔補注〕五鼎食，列五鼎而食，借指高官厚禄及顯貴者之豪奢生活。

〔一二〕〔錢注〕《舊唐書·褚亮傳》：太宗留意儒學，乃於宫城西起文學館，以待四方文士。於是杜如晦、房玄齡、于志寧、蘇世長、薛收、褚亮、姚思廉、陸德明、孔穎達、李玄道、李守素、虞世南、蔡允恭、顔相時、許敬宗、薛元敬、蓋文達、蘇勖，並以本官兼文學館學士。及薛收卒，復徵劉孝孫入館。尋遺圖其狀貌，藏之書府。預入館者，時所傾慕，謂之登瀛洲。

〔一三〕〔錢注〕《漢書·高后紀》：入未央宫掖門。注：非正門，而在左右兩掖，若人之有臂掖。〔補注〕唐時中書、門下兩省在宫中左右掖，因以仙掖借指中書、門下兩省。領官仙掖，謂其同中書門下平章事。

〔一四〕〔錢注〕《漢書·張安世傳》：上行幸河東，嘗亡書三篋，詔問莫能知，唯安世識之，具作其事。後購求得書，以相校，無所遺失。

〔一五〕〔錢注〕孔安國《尚書序》：先君孔子，討論墳典，斷自唐、虞以下，訖于周。芟夷繁亂，剪裁浮辭，舉其宏綱，撮其機要，足以垂世教，典謨訓誥誓命之文凡百篇。三千之徒，並受其義。

〔一六〕〔錢注〕《淮南子》：百家異説，各有所出。

〔一七〕〔錢注〕《隋書・經籍志》：於是採摘孔翠，芟翦繁蕪。

〔一八〕〔錢注〕《北史・崔鴻傳》：删正差謬。〔補注〕整綴差謬，謂整理連綴書籍之錯亂。

〔一九〕〔錢注〕《吴志・虞翻傳》注：《會稽典録》曰：「感侵遐藩。」

〔二〇〕〔補注〕廉問，察訪查問，指任觀察使。

〔二一〕〔錢注〕左思《魏都賦》：讎校篆籀。李善注：《風俗通》曰：「劉向《别録》：『讎校，一人讀書，校其上下，得謬誤爲校；一人持本，一人讀書，若怨家相對爲讎。』」〔補注〕《新唐書・百官志二》：集賢殿書院，「校書四人，正九品下；正字二人，從九品上」。

〔二二〕〔錢注〕《詩・東方之日》傳：闥，門内也。

## 爲滎陽公上弘文崔相公狀三〔一〕

伏見制書，伏承天恩榮加崇文館大學士〔二〕。某竊尋舊史，常仰清門〔三〕。魏、齊以來，閥閲相繼〔四〕，皆當代才子〔五〕，翰林主人〔六〕。相公傳慶降祥，重規疊矩〔七〕。漢籌殷鼎〔八〕，已慶于台階〔九〕；玉軸芸籤〔一〇〕，重光于册府〔一一〕。仰惟成命〔一二〕，實屬當仁。某過沐恩光,末由陳賀。感激瞻戀,不任下情。

【校注】

〔一〕本篇原載清編《全唐文》卷七七三第二四頁、《樊南文集補編》卷三。〔張箋〕當與第一狀(按:鄭亞閏三月二十八到達潭州時所上)相繼上。惟文云:「伏見制(原作「除」,據《全唐文》改正)書,伏承天恩榮加崇文館大學士。」而標題則皆稱「弘文」,豈有訛歟?辛臣兼館職,史傳中多不備書,頗難詳考也。〔按〕《舊唐書·職官志》:「弘文館:後漢有東觀,魏有崇文館,宋有玄、史二館,南齊有總明館,梁有士林館,北齊有文林館,後周有崇文館,皆著撰文史、鳩聚學徒之所也。武德初置修文館,後改爲弘文館。後避太子諱,改曰昭文館。開元七年,復爲弘文館,隸門下省。」是唐之弘文館,即魏、周之崇文館。而東宫官屬之崇文館學士,則「掌東宫經籍圖書,以教授諸生,凡課試舉送如弘文館」。故狀文内之「崇文館」,實即題内之「弘文」。商隱詩《代秘書贈弘文館諸校書》,題稱「弘文館」,而詩則云「崇文館裏丹霜後,無限紅梨憶校書」,與此同例。本篇當作於狀一、狀二之後,與《爲滎陽公上集賢韋相公狀三》大體同時,約大中元年夏秋間。

〔二〕〔錢注〕《舊唐書·職官志》:崇文館學士,掌東宫經籍圖書,以教授諸生。凡課試舉選如弘文館。《新唐書·百官志》:崇文館學士二人。乾元初,以宰相爲學士,總館事。〔按〕錢氏引《舊唐書》之「崇文館學士」爲東宫官，與崔元式所加之兼職「崇文館大學士」顯非一事，崔所加者實即弘文館大學士，參注〔一〕。

〔三〕〔補注〕清門，清貴之門第。白居易《博陵崔府君神道碑銘》：「長源遠派，大族清門。」

〔四〕〔錢注〕按《新唐書·宰相世系表》：元式出博陵大房。其先鑒，後魏東徐州刺史、安平康侯。仲哲，後魏司徒行參軍、安平縣男。而齊則未詳。惟第二房育王，北齊起部郎。昂，北齊祠部尚書。第三房，暹，北齊尚書右僕射。觖，北齊散騎常侍。閥閲，《史記·高祖功臣侯年表》：古者人臣功有五品：以德立宗廟定社稷曰勳，以言曰勞，用力曰功，明其等曰伐，積日曰閲。〔補注〕閥閲，此泛指祖先有功業之世家。

〔五〕〔補注〕《左傳·文公十八年》：「昔高陽氏有才子八人。」才子，指德才兼備者。

〔六〕〔錢注〕揚雄《長楊賦序》：藉翰林以爲主人，子墨爲客卿以諷。〔補注〕翰林主人，泛指辭人文士。

〔七〕〔錢注〕《蜀志·郤正傳》：動若重規，静若疊矩。

〔八〕〔錢曰〕屢見。〔按〕漢籌，用張良借座前之箸（筷子）爲漢高祖謀劃事，見《爲濮陽公附送官告中使回狀》「漢祖何妨於銷印」注；殷鼎，用伊尹負鼎俎以滋味説湯事，見《爲濮陽公上淮南李相公狀二》注〔三〕。

〔九〕台階，見《爲滎陽公上集賢韋相公狀三》注〔三〕。

〔一〇〕〔錢注〕庾信《哀江南賦》：乃使玉軸揚灰。《舊唐書·經籍志》：其集賢院御書，經庫皆鈿白牙軸，黄縹帶，紅牙籤；史書庫鈿青牙軸，縹帶，緑牙籤；子庫皆雕紫檀軸，紫帶，碧牙籤；集庫皆緑牙軸，朱帶，白牙籤，以分別之。〔補注〕玉軸，卷書之玉鑲書軸；芸籤，書籤。芸香置書中可避蠹蟲。

〔一一〕册府，見《爲滎陽公上集賢韋相公狀三》注〔五〕。

〔一二〕〔補注〕《書·周書·武成》：「華夏蠻貊，罔不率俾。恭天成命，肆予東征。」又《書·周書·召誥》：「王末有成命，王亦顯。」《詩·周頌·昊天有成命》：「昊天有成命，二后受之。」

## 爲滎陽公賀牛相公狀〔一〕

伏見除書，伏承遷寵。相公允膺四輔〔二〕，光贊六朝〔三〕。靜則龍蟄存神，在一水而無悶〔四〕；動則鳳翔覽德，自千仞以來儀〔五〕。雖世塗則有汙隆〔六〕，而吾道終無消長〔七〕。憶昨暫非利往〔八〕，遠適荒陬〔九〕，仲尼之不陋九夷〔一〇〕，子文之能安三已〔一一〕。永言閫閾〔一二〕，實冠品流。今者復自衡陽〔一三〕，去臨汝水〔一四〕。以舊丞相，兼老成人〔一五〕。竊計中塗，即有新命。俯移高尚〔一六〕，還處燮和〔一七〕。欲將不爲蒼生〔一八〕，其若仰孤清廟〔一九〕！

某昨者幸因行役〔二〇〕，得奉輝光〔二一〕。伏蒙賜以從容，降之談吐。語百代之損益〔二二〕，定九流之否臧〔二三〕。調以道心〔二四〕，附之禪理。始知全德〔二五〕，不可度思〔二六〕。此時退以語人，便將心卜，恐未可絶張良之粒，具范蠡之舟〔二七〕。今則果然，不差懸料。伏望遠離下土〔二八〕，促動前騶〔二九〕。復昔日之九遷〔三〇〕，慰今晨之四海。

某限當廉察，未冀趨承。於抃賀而則深，顧辭離而漸遠〔三一〕。南荒受任，方榮便道而來〔三二〕，東閤重開〔三三〕，畏在他人之後。瞻戀恩顧〔三四〕，不任下情。伏惟俯賜照察。

**【校注】**

〔一〕本篇原載清編《全唐文》卷七七四第九頁、《樊南文集補編》卷四。〔錢箋〕（牛相公）牛僧孺也。《新唐書》本傳：「宣宗立，徙衡、汝二州，還爲太子少師卒。」此狀賀其徙汝也。〔張箋〕《舊·紀》書守太子太師於本年（按：指大中元年）六月，今從之。紀文「太師」乃「少師」之訛也。〔按〕《舊·紀》僅書「以金紫光禄大夫、守太子少保、分司東都、上柱國、奇章郡開國公、食邑二千户牛僧孺守太子太（少）師」，未及其何時由衡州徙汝州。然大中元年五月初八鄭亞、商隱一行仍滯留長沙（見《爲中丞滎陽公赴桂州至湖南敕書慰諭表》），在長沙時有《爲滎陽公上衡州牛相公狀》。由長沙赴桂林途中又曾便道拜訪當時仍在衡州之牛僧孺（見本狀），於六月九日抵達桂林。由此可推知僧孺之由衡移汝，約在大中元年六月。除書自長安傳至桂林，約在七月，狀上於其時。

〔二〕〔補注〕《書·洛誥》：「誕保文武受民，亂爲四輔。」又，《書·益稷》有「四鄰」，《史記·夏本紀》作「四輔」。孔傳以「四輔」爲「四維之輔」。後賈誼《新書》、《尚書大傳》有「疑、承、輔、弼」爲「四輔」之説。指君主身邊之四位輔佐。

〔三〕牛僧孺仕歷，參見《爲濮陽公賀牛相公狀》注〔三〕。〔錢注〕《新唐書·牛僧孺傳》：元和初，以賢良方正對策，調伊闕尉，改河南，遷監察御史，進累考功員外郎、集賢殿直學士。穆宗初，以庫部郎中知制誥，徙御史中丞，以户部侍郎同中書門下平章事。尋遷中書侍郎。敬宗立，進封奇章郡公。是時，政出近倖，數表去位，授武昌節度使、同平章事。文宗立，李宗閔當國，屢稱僧孺賢，復以兵部尚書平章事，進門下侍郎、弘文館大學士。固請罷，乃檢校尚書左僕射平章事，爲淮南節度副大使。開成初，表解劇鎮，以檢校司空爲東都留守。三年，召爲尚書左僕射，以足疾不任謁，檢校司空、平章事，爲山南東道節度使。會昌元年，下遷太子少保。進少師。明年，以太子太傅留守東都。按：六朝謂憲、穆、敬、文、武、宣也。

〔四〕〔補注〕《易·繫辭下》：「尺蠖之屈，以求信（伸）也；龍蛇之蟄，以存身也。」《易·乾》：「《文言》曰：……遯世無悶，不見是而無悶。樂則行之，憂則違之。」

〔五〕〔錢注〕賈誼《弔屈原文》：鳳皇翔于千仞之上兮，覽德輝焉下之。〔補注〕《書·益稷》：「《簫韶》九成，鳳凰來儀。」

〔六〕〔錢注〕《魏志·何夔傳》注：孫盛曰：「委身世塗。」〔補注〕《禮記·檀弓上》：「吾先君子無所失道，道隆則從而隆，道污則從而污。」鄭玄注：「污，猶殺也。」世塗有汙隆，謂世道有衰盛，政治有亂治。

〔七〕〔補注〕《易·泰》：「内君子而外小人，君子道長，小人道消也。」

〔八〕〔補注〕《易·復》：「七日來復，利有攸往。」暫非利往，反用其義。

〔九〕〔錢注〕《新唐書·牛僧孺傳》：劉稹誅，而石雄軍吏得從諫與僧孺交結狀，又河南少尹吕述言：「僧孺聞稹誅，恨歎之。」武宗怒，黜爲太子少保，分司東都，累貶循州長史。《説文》：陬，阪隅也。

〔一〇〕〔補注〕《論語·子罕》：「子欲居九夷。」九夷，古代稱東方之九種民族，亦指其所居之地。

〔一一〕〔補注〕《論語·公冶長》：「令尹子文三仕爲令尹，無喜色；三已之，無愠色。」三已，多次罷官。

〔一二〕〔錢注〕劉峻《廣絶交論》：蹈其閫閾，若升闕里之堂。〔補注〕閫閾，門限、門户。

〔一三〕〔補注〕《書·禹貢》：「荆及衡陽，惟荆州。」衡陽，衡山之陽。

〔一四〕〔錢注〕《水經》：汝水出河南梁縣勉鄉西天息山。〔補注〕臨，治理。臨汝水，謂其任汝州長史。

〔一五〕〔補注〕《書·盤庚上》：「汝無侮老成人，無弱孤有幼。」老成人指年高有德者。《詩·大雅·蕩》：「雖無老成人，尚有典刑。」老成人指舊臣。此處所用當爲前者。

〔一六〕〔補注〕《易·蠱》：「不事王侯，高尚其事（志）。」高尚，此指高潔之志行。

〔一七〕〔補注〕《書·顧命》：「燮和天下，用答揚文武之光訓。」燮和，協和，此指宰相職務。

〔一八〕見《爲滎陽公上河中崔相公狀 一》「如蒼生何」注。

〔一九〕〔補注〕《詩·周頌》有《清廟》篇,《詩序》謂「《清廟》,祀文王也」。清廟即太廟,帝王之宗廟。孤,辜負。

〔二〇〕行役,見《爲滎陽公上集賢韋相公狀 一》注〔二〕。

〔二一〕〔補注〕《易·大畜》:「剛健篤實,輝光日新。」

〔二二〕〔補注〕損益,增減。《漢書·禮樂志》:「王者必因前王之禮,順時施宜,有所損益,即民之心,稍稍制作,至太平而大備。」

〔二三〕〔錢注〕《漢書·藝文志》:儒家者流,出於司徒之官。道家者流,出於史官。陰陽家者流,出於義和之官。法家者流,出於理官。名家者流,出於禮官。墨家者流,出於清廟之官。從横家者流,出於行人之官。雜家者流,出於議官。農家者流,出於農稷之官。小説家者流,出於稗官。諸子十家,其可觀者九家而已。

〔二四〕〔錢注〕《南齊書·武帝紀》:自今公私,皆不得出家爲道,惟年六十,必有道心,聽朝賢選序。〔按〕《書·大禹謨》「人心惟危,道心惟微」之道心指天理、義理;《高僧傳·義解四·釋道温》「義解足以析微,道心未易可測」之道心及錢注引《南齊書·武帝紀》之道心指悟道(佛道)之心,均非此句之義。「調以道心」與「附之禪理」並提,道心當指道家之玄理。

〔二五〕〔錢注〕《莊子》:形全猶足以爲爾,而況全德之人乎?

〔二六〕〔補注〕《詩·大雅·抑》:「神之格思,不可度思。」

〔二七〕二事分見《爲尚書濮陽公賀鄭相公狀》「張良却粒之懷,錙銖軒冕」注、「范蠡扁舟之志,夢想江湖」注。

〔二八〕〔補注〕《書·舜典》有「帝釐下土,方設居方」之文,下土指四方、天下,非商隱此句所用。此下土蓋指荒遠偏僻之地,亦即上文「荒陬」之義。王符《潛夫論》:「細民冤結,無所控告,下土邊遠,能詣闕者,萬無數人。」

〔二九〕〔錢注〕《南史·王融傳》:車前豈可乏八騶?〔補注〕前騶,官吏出行時在前開道之侍役。

〔三〇〕〔錢注〕《東觀漢紀》:馬援《與楊廣書》曰:「車丞相高祖園寢郎,一月九遷爲丞相。」

〔三一〕漸,錢注本作「尚」,未出校。

〔三二〕〔錢注〕《漢書·兩龔傳》:遂於家受詔,便道之官。〔按〕錢引《漢書·兩龔傳》之「便道」係拜官或受命後不入朝謝恩,直接赴任之義;商隱此句「便道」乃順路之義,蓋指自潭州赴桂林時便路拜謁也。

〔三三〕東閤,見《爲滎陽公上集賢韋相公狀一》注〔三〕。

〔三四〕恩,《全文》作「思」,據錢校改。

## 爲滎陽公與度支周侍郎狀〔一〕

伏見除書〔二〕，伏承以小司馬掌邦計〔三〕，伏惟感慰。侍郎致君業廣，圖國功深〔四〕。頃在內朝〔五〕，則裨大政。昭獻御極〔六〕，名高侍從之臣〔七〕；昭肅握圖〔八〕，迹在循良之傳〔九〕。今上講求群辟〔一〇〕，深念大藩〔一一〕。以自江之西，雖豫章爲奥壤〔一二〕；而居河之上〔一三〕，推白馬爲要津〔一四〕。爰陟廉車，以登將席〔一五〕。長城萬里〔一六〕，大國三軍〔一七〕。雪諸儒之懦名〔一八〕，盡將軍之威令〔一九〕。果承紫詔〔二〇〕，來駕墨車〔二一〕。向闕馳心〔二二〕，敭廷識貌〔二三〕。清秋一鶚〔二四〕，碧海孤峰〔二五〕。天子動容〔二六〕，群僚服美。便合入居台鉉〔二七〕，以慰華夷。然以天下之賦輿〔二八〕，海內之財幣，是資經費〔二九〕，宜屬成謀。苟失當仁〔三〇〕，則乖大計。故晉室有鬻綀之乏〔三一〕，漢臣興造幣之端〔三二〕。是不得人，何以爲國？仰惟餘地〔三三〕，已不同年〔三四〕。矧又秩貳夏官〔三五〕，任毗司馬〔三六〕。昔祈父爪士〔三七〕，未有兼官〔三八〕；方朔侍郎〔三九〕，不聞鼇務〔四〇〕。倚之爲相〔四一〕，今也其時。某伏限守藩，莫由申賀。山河百二〔四二〕，已抱歸心；風水五千〔四三〕，況兼離戀。瞻望門宇〔四四〕，不任懇誠。

【校注】

〔一〕本篇原載清編《全唐文》卷七七三第二〇頁、《樊南文集補編》卷三。題内「滎」字，《全文》作「濮」，據錢校改。〔錢箋〕周侍郎，周墀也。墀先爲江西觀察使，遷義成節度使，故文有「自江以西」「居河之上」四語。《舊唐書·宣宗紀》：「大中元（錢注本誤作「十」）年，以義成軍節度使周墀爲兵部侍郎、判度支。」則狀當上於此時。時鄭亞觀察桂管，所謂「伏限守藩」也；若王茂元，已卒於會昌三年，則與判度支之年不相及。又文中「昭獻」爲文宗謚，「昭肅」爲武宗謚，則所謂「今上」者，定爲宣宗。據此以推，其誤「滎」爲「濮」，更無疑義。《唐會要》：故事，度支案，郎中判入，員外判出，侍郎總統押案而已。官銜不言專判度支。開元以後，時事多故，遂有他官來判者，或尚書、侍郎專判，乃曰度支使，或曰判度支使，或曰知度支事，或曰勾當度支，雖名稱不同，其實一也。〔張箋〕（大中元年）六月，以義成軍節度使周墀爲兵部侍郎、判度支。户部侍郎判度支、充鹽鐵轉運使盧弘正（止）出爲義成軍節度使。〔按〕岑仲勉《平質》已缺證十《義成周墀入爲兵侍》條亦謂周墀大中元年二月後内召。周墀入爲兵侍判度支、盧弘止由户侍判度支出爲義成軍節度使，蓋互易者。鄭亞六月九日抵桂林後，商隱有《爲滎陽公與度支盧侍郎狀》，其時周墀尚在義成，盧亦未出鎮義成。周墀入爲兵侍判度支雖在六月，而除書至桂林當已七月，此狀亦當上於大中元年七月。

〔二〕除書，見《爲滎陽公上李太尉狀》（伏見除書）注〔二〕。

〔三〕「承」字《全文》脱,錢校據胡本補,兹從之。〔補注〕《周禮·夏官》有小司馬,爲司馬之副職,此借指兵部侍郎。《書·周官》:「司馬掌邦政,統六師,平邦國。」孔傳:「夏官卿主戎馬之事,掌國征伐,統正六軍,平治王邦四方國之亂者。」後常以司馬指兵部尚書,故以小司馬稱兵部侍郎。邦計,此指國家之財政收支。掌邦計,謂周墀判度支。

〔四〕〔補注〕《左傳·昭公元年》:「圖國忘死,貞也。」

〔五〕〔補注〕内朝,古代天子處理政事之場所,在路門外,亦謂之「治朝」。《禮記·玉藻》:「朝服以日視朝於内朝。」鄭玄注:「此内朝,路寢門外之正朝也。」另《周禮·秋官·朝士》鄭玄注:「内朝之在路門内者,或謂之燕朝。」此爲處理政事後休息之所。本文「頃在内朝」之「内朝」實泛指朝廷。

〔六〕〔錢注〕《舊唐書·文宗紀》:謚曰元聖昭獻皇帝,廟號文宗。

〔七〕〔錢注〕《舊唐書·周墀傳》:大和末,累遷至起居郎,補集賢學士,轉考功員外郎,仍兼起居舍人事。開成二年,以本官知制誥,尋召充翰林學士。三年,遷職方郎中。四年,正拜中書舍人,内職如故。班固《兩都賦序》:故言語侍從之臣,若司馬相如、虞丘壽王、東方朔、枚皋、王褒、劉向之屬,朝夕論思,日月獻納。

〔八〕〔錢注〕《舊唐書·武宗紀》:謚曰至道昭肅孝皇帝,廟號武宗。《初學記》:《尚書考靈曜》曰:「四千五百六十歲,精反初,握命几,起河圖,聖受思。」〔補注〕握圖,猶握符,謂帝王握有受命於天之符命。

〔九〕〔錢注〕《舊唐書·周墀傳》：武宗即位，出爲華州刺史。改鄂岳觀察使（按：周墀未遷鄂岳，此誤載），遷洪州刺史、江南西道觀察使。《史記·太史公自序》：奉法循理之吏，不伐功矜能，百姓無稱，亦無過行。作《循吏列傳》。按：《晉書》《宋書》《梁書》《魏書》有《良吏傳》，《南齊書》有《良政傳》，餘多作「循吏」。〔按〕杜牧《唐故東川節度使檢校右僕射兼御史大夫贈司徒周公墓志銘》：「遷公江西觀察使、兼御史大夫。公既得八州，施展教令，申明約束。」即所謂「循良」也。

〔一〇〕〔錢注〕《史記·禮書》：今上即位。〔補注〕《書·周官》：「六服群辟，罔不承德。」孔傳：「六服諸侯，奉承周德。」群辟，諸侯，借指節度使。

〔一一〕〔錢注〕梁昭明太子《貽明山賓令》：明祭酒雖出撫大藩。

〔一二〕〔錢注〕《舊唐書·地理志》：江南西道洪州，隋豫章郡。奥壤，見《爲濮陽公上淮南李相公狀三》「且廣陵奥壤」注。

〔一三〕〔補注〕《詩·小雅·巧言》：「彼何人斯，居河之麋。」麋，通「湄」，水邊。

〔一四〕〔錢注〕《史記·荆燕世家》：劉賈渡白馬津。注：黎陽一名白馬津，在滑州。《古詩》：先據要路津。

〔一五〕〔錢注〕《舊唐書·周墀傳》：大中初，檢校禮部尚書、義成軍節度使、鄭滑觀察等使。按：《舊唐書·宣宗紀》在會昌六年十一月。《舊唐書·崔鄲傳》：凡三按廉車，率由清簡。《後漢書·

王常傳》:位次與諸將絶席。〔補注〕廉車,觀察使所乘之車。周墀遷鄭滑,當依《舊唐書·宣宗紀》,爲會昌六年十一月。

〔一六〕〔錢注〕《宋書·檀道濟傳》:道濟見收,脱幘投地曰:「乃復壞汝萬里之長城。」

〔一七〕〔補注〕《周禮·夏官·司馬》:「凡制軍,萬有二千五百人爲軍。王六軍,大國三軍,次國二軍,小國一軍。」

〔一八〕〔錢注〕《漢書·兒寬傳》:寬爲人温良,有廉知自將,善屬文,然懦於武,口弗能發明也。時張湯爲廷尉,廷尉府盡用文史法律之吏,而寬以儒生在其間,見謂不習事,不署曹,除爲從史。

〔一九〕〔錢注〕《史記·絳侯周勃世家》:已而之細柳軍,軍士吏被甲,鋭兵刃,彀弓弩持滿。天子先驅至,不得入。先驅曰:「天子且至!」軍門都尉曰:「將軍令曰:『軍中聞將軍令,不聞天子之詔。』」居無何,上至,又不得入。於是上乃使使持節詔將軍:「吾欲入勞軍。」亞夫乃傳言開壁門。壁門士吏謂從屬車騎曰:「將軍約,軍中不得驅馳。」於是天子乃按轡徐行。至營,將軍亞夫持兵揖曰:「介胄之士不拜,請以軍禮見。」天子爲動,改容式車,使人稱謝:「皇帝敬勞將軍。」成禮而去。

〔二〇〕〔補注〕紫詔,即紫泥詔。皇帝詔書用紫泥封,上蓋璽印。參《爲濮陽公附送官告中使回狀》「紫泥猶濕」注。

〔二一〕〔補注〕《周禮·春官·巾車》:「大夫乘墨車。」鄭玄注:「墨車,不畫也。」

〔二二〕〔錢注〕陸機《謝平原内史表》：馳心輦轂。

〔二三〕〔錢注〕《漢書·王商傳》：爲人多質，有威重，長八尺餘，身體鴻大，容貌甚過絶人。河平四年，單于來朝，引見白虎殿。丞相商坐未央廷中，單于前，拜謁商。商起，離席與言。單于仰視商貌，大畏之，遷延却退。天子聞而歎曰：「此真漢相矣！」

〔二四〕〔錢注〕鄒陽《上書吴王》：臣聞鷙鳥累百，不如一鶚。

〔二五〕〔錢注〕東方朔《十洲記》：東海之東，復有碧海。

〔二六〕見注〔一九〕引《史記·絳侯周勃世家》「天子爲動，改容式車」。

〔二七〕〔錢注〕《北齊書·韓軌傳》：歷登台鉉。〔補注〕台鉉，猶台鼎。鉉，鼎耳，代指鼎。鼎三足，有三公之象，以喻宰輔。

〔二八〕〔補注〕《左傳·成公二年》：「群臣帥賦輿，以爲魯、衛請。」杜預注：「賦輿，猶兵車。」古以田賦出兵，故稱兵車爲賦輿。此句「賦輿」即賦税。

〔二九〕見《爲滎陽公論安南行營將士月糧狀》注〔一九〕。

〔三〇〕〔補注〕《晉書·石苞傳論》：「若夫經爲帝師，鄭沖於焉無愧；孝爲德本，王祥所以當仁。」當仁，當之無愧。

〔三一〕練，《全文》作「練」，從錢校據胡本改正。鬻練之乏，見《爲濮陽公上淮南李相公狀三》「江左單衣」注。

〔三二〕〔錢注〕《漢書·武帝紀》：元狩四年，有司言縣官用度不足，請收銀錫，造白金及皮幣以足用。〔按〕句云「漢臣興造幣之端」，似用鄧通鑄錢事。《史記·佞幸列傳》：「鄧通，蜀郡南安人也……（文帝）賜鄧通蜀嚴道銅山，得自鑄錢，鄧氏錢布天下。」

〔三三〕〔錢注〕《莊子》：其游刃必有餘地。

〔三四〕〔錢注〕賈誼《過秦論》：則不可同年而語矣。

〔三五〕〔補注〕《周禮》載周時設置六官，以司馬爲夏官，掌軍政與軍賦。唐武則天時，曾改兵部尚書爲夏官。周墀入拜兵部侍郎，爲兵部尚書之副職，故云「秩貳夏官」。

〔三六〕參見注〔三〕及注〔三五〕。

〔三七〕〔補注〕《詩·小雅·祈父》：「祈父！予王之爪牙。」毛傳：「祈父，司馬也，職掌封圻之兵甲。」

〔三八〕〔錢注〕《管子》：使能不兼官。

〔三九〕〔錢注〕東方朔《答客難》：官不過侍郎，位不過執戟。

〔四〇〕〔錢注〕《舊唐書·玄宗紀》：老疾不堪釐務者與致仕。〔補注〕釐務，管理政事。

〔四一〕〔錢注〕《史記·韓長孺傳贊》：天子方倚以爲相。

〔四二〕〔錢注〕《史記·高祖紀》：秦形勝之國，帶河山之險，縣隔千里，持戟百萬，秦得百二焉。注：蘇林曰：「得百中之二焉。秦地險固，二萬人足當諸侯百萬人也。」

〔四三〕〔錢注〕《舊唐書·地理志》：桂州至京師，水陸路四千七百六十里。

〔四四〕〔錢注〕《説文》：宇，屋邊。

# 爲滎陽公上門下李相公狀三〔一〕

伏見恩制，伏承屢貢昌言〔二〕，請均兼職〔三〕。副天道福謙之旨〔四〕，遵玄元象易之文〔五〕。果降絲綸〔六〕，式光鈞軸〔七〕。永言欣荷，難以鋪陳。且《詩》戒從事獨賢〔八〕，《傳》美同班相卹〔九〕。知之甚衆，行之實難〔一〇〕。苟未研味道樞〔一一〕，探詳物理，則安得盡賢哲之至賾〔一二〕，合經典之大猷〔一三〕？凡在含生〔一四〕，罕不伏義〔一五〕。況朝廷道先報本〔一六〕，業重承祧〔一七〕，必用親賢〔一八〕，以奉宫廟〔一九〕。若華委照〔二〇〕，仙李垂陰〔二一〕。恢大君無忝之功〔二二〕，稟聖祖永存之慶〔二三〕。某早蒙恩異，雖遠拜辭，擊節嚮風〔二四〕，撫牀竊抃〔二五〕。末由陳賀，攀戀伏深。

## 【校注】

〔一〕本篇原載清編《全唐文》卷七七四第四頁、《樊南文集補編》卷三。〔按〕狀爲賀李回陳讓兼職、宣宗制書勉勵而作。時李回尚未出鎮西川。李回於大中元年八月丙申（初三）罷相出鎮，此狀當上於未聞李回罷相消息之時，約當大中元年六月中旬至八月中旬期間。

〔二〕〔補注〕《書·皋陶謨》：「禹拜昌言曰：『俞！』」孔穎達疏：「禹乃拜受其當理之言。」昌言，猶善言，正當之言論。

〔三〕〔錢注〕按《舊唐書·李回傳》，回既相，累加中書侍郎，歷户、吏二尚書，充山陵使。其陳讓兼職，史文不載。

〔四〕〔補注〕《易·謙》：「天道虧盈而益謙。」

〔五〕〔錢注〕《舊唐書·高宗紀》：乾封元年二月己未，次亳州，幸老君廟，追號曰太上玄元皇帝。「象易」，未詳，或「象帝」之訛。〔按〕《易·繫辭下》：「是故易者，象也。象也者，像也。」然此處「象」係「效法」之義。象《易》，謂效法《易》道。具體當指《易》之以屈求伸、以退爲進之道。其時宣宗、白敏中務反會昌之政，李德裕、鄭亞或居閒、或外放，李回亦不安於相位，故陳讓兼職。狀内贊美李回此種做法。《老子》所宣揚之道，與《易》道相通，故云「遵玄元象《易》之文」。

〔六〕〔補注〕《禮記·緇衣》：「王言如絲，其出如綸；王言如綸，其出如綍。」絲綸，指帝王詔令，即篇首「恩制」。

〔七〕〔錢注〕《列女傳》：文伯相魯，敬姜謂之曰：「服重任，行遠道，正直而固者，軸也。軸可以爲相。」〔補注〕鈞，製陶器所用轉輪。鈞以製陶，軸以轉車，鈞軸喻宰輔重臣。

〔八〕〔補注〕《詩·小雅·十月之交》：「黽勉從事，不敢告勞。無罪無辜，讒口囂囂……四方有羡，我獨居憂。民莫不逸，我獨不敢休。」

〔九〕〔補注〕《左傳·襄公二十六年》：「秦伯之弟鍼如晉修成，叔向命召行人子員。行人子朱曰：『朱也當御。』三云，叔向不應。子朱怒曰：『班爵同，何以黜朱於朝？』撫劍從之。」

〔一〇〕〔補注〕《書·説命中》：「説拜稽首曰：『非知之艱，行之惟艱。』」孔傳：「言知之易，行之難。」

〔一一〕道樞，見《爲濮陽公上賓客李相公狀一》注〔二〕。

〔一二〕得，錢注本作「能」。〔錢注〕《後漢書·崔駰傳》：竫潛思於至賾兮。〔補注〕至賾，極深奧微妙之理。《易·繫辭上》：「言天下之至賾而不可惡也。」

〔一三〕〔補注〕大猷，大道。《尚書序》：「及秦始皇滅先代典籍，焚書坑儒……漢室龍興，開設學校，旁求儒雅，以闡大猷。」

〔一四〕〔錢注〕曹植《對酒行》：含生蒙澤。

〔一五〕〔錢注〕《漢書·賈誼傳》：守節而伏義。〔按〕伏，通「服」。陳子昂《唐水衡監丞李府君墓志銘》：「縉紳高其才，烈士伏其義。」

〔一六〕〔補注〕《禮記·郊特牲》：「唯社，丘乘共粢盛，所以報本反始也。」報本，謂受恩思報，不忘本原。本指祖宗。

〔一七〕承祧，見《爲濮陽公奉慰皇太子薨表》「賢可承祧」注。

〔一八〕〔錢注〕《舊唐書·李回傳》：回，宗室郇王禕之後。〔補注〕《禮記·表記》：「今父之親子也，親賢而下無能。」《文選·任昉〈齊竟陵文宣王行狀〉》：「地尊禮絶，親賢莫貳。」

〔一九〕〔補注〕宫廟，猶宗廟。《詩·周頌》有《清廟》，《魯頌》有《閟宫》。

〔二〇〕〔錢注〕《淮南子》：若木在建木西，末有十日，其華下照地。《北史·宗室傳論》：分枝若木，疏派天潢。謝莊《月賦》：委照而吴業昌。

〔二一〕〔錢注〕葛洪《神仙傳》：老子母到李樹下，生老子，生而能言，指李樹曰：「以此爲我姓。」〔補注〕李唐統治者自言爲老子之後，故云「仙李垂陰」。

〔二二〕〔補注〕《易·師》：「大君有命，開國承家。」孔穎達疏：「大君，謂天子也。」《書·君牙》：「今命爾予翼，作股肱心膂，纘乃舊服，無忝祖考。」孔疏：「無辱累祖考之道。」

〔二三〕〔錢注〕《唐會要》：天寶二載正月十五日，加太上玄元皇帝號爲大聖祖玄元皇帝。八載六月十五日，加號爲大聖祖大道玄元皇帝。

〔二四〕〔錢注〕《魏志·王朗傳》注：《魏略》：「承旨之日，撫掌擊節。」司馬相如《喻巴蜀檄》：喁喁然皆嚮風慕義。

〔二五〕〔補注〕牀，坐具。《説文》：「牀，安身之几坐。」

## 爲滎陽公上西川李相公狀〔一〕

伏見除書，伏承新命〔二〕。某竊惟故事〔三〕，頗服前言〔四〕。令王之守四海也〔五〕，尊胥附之友〔六〕，立禦侮之臣〔七〕。周室之均五等也〔八〕，命晉、楚更盟〔九〕，俾周、召分理〔一〇〕。必配之重德，倚以奧區〔一一〕，然後可以祇承大君，表率群辟〔一二〕。今中秘黄門之重〔一三〕，胥禦之所處也；井絡廣漢之大〔一四〕，侯伯之所分也。本以英靈，烜之事任〔一五〕。猶在神明所祐，禱祝有成。苟非上材，曷處斯寄！

伏惟相公，指南儒術〔一六〕，華蓋詞林〔一七〕。擅揚、馬之文章〔一八〕，富伊、皋之業望〔一九〕。自顯扶皇極〔二〇〕，允踐台階〔二一〕，不如蕭何，見漢祖之高論〔二二〕；以告仲父，識齊桓之格言〔二三〕。故得四翟八蠻〔二四〕，九流萬國〔二五〕，波恬巨浸〔二六〕，草偃高風〔二七〕。而又成則不居〔二八〕，亢而知退〔二九〕，雖延睿想，終協玄機〔三〇〕。

況井、鬼分疆〔三一〕，岷、峨會險〔三二〕，殷富則銅山丹穴〔三三〕，精靈則雁水犀津〔三四〕。池留萬歲之名〔三五〕，橋有七星之號〔三六〕。碧雞使者〔三七〕，部下時來〔三八〕；白鳳詞人〔三九〕，座中常滿〔四〇〕。以功成名遂之日〔四一〕，處既富且貴之尊。意氣良辰，優游豐福〔四二〕。爲古今之圭表〔四三〕，兼將相之安危〔四四〕。訪於前修〔四五〕，無以擬議。

某早承顧念，曾被陶埏〔四六〕。今者五嶺之衝〔四七〕，再麾是守〔四八〕。灌漏卮而填巨壑〔四九〕，尚隔盃盤；朝白帝而暮江陵〔五〇〕，空吟風水。感知懷戀，無喻下情。更須旬月，遣專使起居。伏惟俯賜照察。

【校注】

〔一〕本篇原載清編《全唐文》卷七七四第八頁、《樊南文集補編》卷四。〔錢箋〕（西川李相公）李回也。《舊唐書》本傳：武宗崩，充山陵使，祔廟竟，出爲成都尹、劍南西川節度。《新唐書·宰相表》：大中元年八月，李回爲劍南西川節度使。《舊唐書·地理志》：劍南西川節度使治成都府，管彭、蜀、漢、眉、嘉、資、簡、維、茂、黎、雅、松、扶、文、龍、戎、翼、邛、巂、姚、柘、恭、當、悉、奉、疊、静等州，使親王領之。〔按〕據《新唐書·宣宗紀》及《宰相表》，李回罷相，出鎮西川在大中元年八月丙申（初三），除書至桂林，當已八月末。狀蓋上於其時。

〔二〕〔補注〕《書·金縢》：「公曰：『體，王其罔害。予小子，新命于三王。』」新命，新任命，多指昇遷。此指出鎮西川之任命。

〔三〕〔錢注〕《漢書·公孫弘傳》：其後以爲故事。〔補注〕故事，先例、舊日之典章制度。

〔四〕〔補注〕《易·大畜》：「君子以多識前言往行，以畜其德。」孔穎達《尚書正義序》：「斯乃前言往行足以垂法將來者也。」

〔五〕〔補注〕《左傳·成公八年》：「三代之令王，皆數百年保天之禄。」令王，賢明之君主。

〔六〕〔補注〕《尚書大傳》：「周文王胥附、奔輳、先後、禦侮，謂之四鄰。」此「四鄰」指文王左右四位輔弼之臣。胥附之取名，含使疏遠者親附之意。

〔七〕〔補注〕《詩·大雅·緜》：「予曰有禦侮。」孔穎達疏：「禦侮者，有武力之臣，能折止敵人之衝突者，是能扞禦侵侮，故曰禦侮也。」

〔八〕〔補注〕《孟子·萬章下》：「天子一位，公一位，侯一位，伯一位，子男同一位，凡五等也。」孫奭疏：「《孟子》所言則周制，而《王制》所言則夏、商之制也。」

〔九〕〔補注〕《左傳·襄公二十七年》：「（宋公及諸侯之大夫爲會於宋）晉、楚爭先。晉人曰：『晉固爲諸侯盟主，未有先晉者也。』楚人曰：『子言晉、楚匹也，若晉常先，是楚弱也。且晉、楚狎主諸侯之盟也久矣，豈專在晉？』」杜預注：「狎，更也。」

〔一〇〕〔補注〕《史記·燕召公世家》：「自陝以西召公（奭）主之，自陝以東周公（旦）主之。」分理，分治。

〔一一〕奥區，見《爲滎陽公上門下李相公狀二》注〔五〕。

〔一二〕〔補注〕《書·周官》：「六服群辟，罔不承德。」群辟，謂四方諸侯。

〔一三〕〔錢注〕中秘，見《爲濮陽公上楊相公狀》注〔四〕。《舊唐書·職官志》：門下侍郎，隋曰黄門侍郎，龍朔爲東臺侍郎，咸亨改爲黄門，垂拱改爲鸞臺，天寶改爲門下，乾元改爲黄門，大曆復爲門下侍郎。回爲中書侍郎轉門下，見《爲滎陽公上門下李相公狀一》注〔一〕。

〔一四〕漢，《全文》作「陵」，據錢校改。〔錢注〕左思《蜀都賦》劉逵注：《河圖括地象》曰：「岷山之地，上爲井絡，帝以會昌，神以建福。」《漢書·地理志》：廣漢郡，高帝置，屬益州。

〔一五〕〔錢校〕烜，胡本作「炟」。〔錢注〕《玉篇》：烜，火盛貌。劉孝威《蜀道難》篇：君平子雲寂不嗣，江漢英靈已信稀。

〔一六〕〔錢注〕《蜀志・許靖傳》：靖字文休。南陽宋仲子與蜀郡太守書：「文休倜儻瑰瑋，有當世之具，足下當以爲指南。」崔豹《古今注》：黄帝與蚩尤戰於涿鹿之野，蚩尤作大霧，軍士皆迷路，於是作指南車以示四方，擒蚩尤。舊説周公所作也。越裳氏使者迷其歸路，周公錫以軿車五乘，皆爲司南之制。《史記・儒林傳序》：天下並争於戰國，儒術既絀焉。

〔一七〕〔錢注〕張衡《西京賦》：華蓋承辰。薛綜注：華蓋星覆北斗，王者法而作之。陸倕《感知己賦》：文究辭林。〔補注〕華蓋，帝王或貴官車上之傘蓋。崔豹《古今注・輿服》：「華蓋，黄帝所作也。與蚩尤戰於涿鹿之野，常有五色雲氣，金枝玉葉，止於帝上，有花葩之象，故因而作華蓋也。」此猶「冠冕」之義。

〔一八〕〔錢注〕《華陽國志》：司馬相如耀文上京，揚子雲齊聖廣淵，斯蓋華、岷之靈標，江、漢之精華也。

〔一九〕〔補注〕伊，伊尹；皋，皋陶。業望，功業位望。

〔二〇〕〔補注〕《書・洪範》：「五，皇極，皇建其有極。」皇極，本指帝王統治天下之準則，即所謂大中至正之道。此即指皇帝。

〔二一〕〔補注〕台階，三台星亦名泰階，故稱台階。古人以爲有三公之象，因以指三公之位或宰輔。

〔二二〕〔錢注〕《史記・高祖紀》：高祖曰：「夫運籌策帷帳之中，決勝於千里之外，吾不如子房；鎮國家，撫百姓，給餽饟，不絶糧道，吾不如蕭何；連百萬之軍，戰必勝，攻必取，吾不如韓信。此三者，皆人傑也。」

〔二三〕〔錢注〕《韓非子》：齊桓公時，晉客至，有司請禮，桓公告仲父者三。而優笑曰：「易哉爲君！一曰仲父，二曰仲父。」桓公曰：「吾聞君人者，勞於索人，佚於使人，吾得仲父已難矣。得仲父之後，何爲不易乎？」《論語比考讖》：賜問曰：「格言成法，亦可以次序也。」

〔二四〕〔補注〕《周禮·秋官·序官》：「象胥每翟上士一人。」孫詒讓正義：「翟者，蠻夷閩貉戎狄之通稱。」四翟，猶四周少數民族。《周禮·夏官·職方氏》：「辨其邦國、都鄙、四夷、八蠻、七閩、九貉、五戎、六狄之人民。」

〔二五〕〔錢注〕本集馮氏曰：九流本出《漢書·藝文志》。自《漢書·古今人表》列九等之序，而魏陳群依之，以爲九品官人之法，歷朝因之，至隋始罷。「銓衡九流」「澄叙九流」，史文習見。

〔二六〕〔錢注〕《周禮·職方氏》注：浸，可以爲陂灌溉者。

〔二七〕〔補注〕《論語·顔淵》：「君子之德風，小人之德草。草上之風，必偃。」喻在上者以德化民，則民之向化，如風吹草伏，相率從善。

〔二八〕見《爲濮陽公上賓客李相公狀 一》注〔一四〕。

〔二九〕〔補注〕《易·乾》：「上九，亢龍有悔。」孔穎達疏：「上九，亢陽之至，大而極盛，故曰亢龍。此自然之象。以人事言之，似聖人有龍德，上居天位，久而亢極。物極則反，故有悔也。」亢而知退，謂居高位而知謙退。

〔三〇〕〔錢注〕嵇康《答釋難宅無吉凶攝生論》:若玄機神妙,不言之化,自非至精,孰能與之?

〔三一〕〔錢注〕《華陽國志》:華陽之壤,梁、岷之域,其國則巴、蜀矣,其分野輿鬼、東井。〔按〕井,井宿,二十八宿中朱鳥七宿之第一宿,亦稱東井、鶉首。鬼,鬼宿,二十八宿中朱雀七宿之第二宿。

〔三二〕〔錢注〕《山海經》:岷山,江水出焉。《華陽國志》:犍爲南安縣南,有峨眉山,去縣八十里。

〔三三〕〔錢注〕《史記·西南夷傳》:以此巴蜀殷富。又《佞幸傳》:文帝賜鄧通蜀嚴道銅山。《後漢書·郡國志》:廣漢郡葭萌。注:《華陽國志》:「有水通于漢川,有金銀礦,民洗取之。」〔補注〕丹穴,丹砂礦。《史記·貨殖列傳》:「巴蜀寡婦清,其先得丹穴,而擅其利數世,家亦不訾。清,寡婦也,能守其業,用財自衛,不見侵犯。」錢注本「丹穴」誤爲「金穴」,故引《華陽國志》「有金銀礦」之文。

〔三四〕〔錢注〕左思《吴都賦》:精靈留其山阿。祝穆《方輿勝覽》:雁江在漢州洛縣南,曾有金雁,故名。又有《金雁橋記》云:「廣漢境中獨洛、雁二水最勝。」《華陽國志》:李冰爲蜀守,外作石犀五頭以厭水精,穿石犀溪於江南,命曰犀牛里。後二轉,置犀牛二頭,一在府市市橋門,今所謂石牛門是也,一在淵中。

〔三五〕〔錢注〕《華陽國志》:成都縣築城取土,去城十里,因以養魚,今萬歲池是也。

〔三六〕〔錢注〕《華陽國志》:蜀郡治少城西南,兩江有七橋。長老傳言,李冰造七橋,上應七星。

〔三七〕〔錢注〕《漢書·郊祀志》:宣帝時,或言益州有金馬碧雞之神,可醮祭而致。於是遣諫大夫王褒，使持節而求之。

〔三八〕〔錢注〕《魏志・司馬芝傳》：各爲部下之計。

〔三九〕〔錢注〕《西京雜記》：揚雄著《太玄經》，夢吐鳳凰集《玄》之上，頃而滅。

〔四〇〕〔錢注〕《後漢書・孔融傳》：融字文舉，好士，喜誘益後進，賓客日盈其門，常歎曰：「坐上客恒滿，尊中酒不空，吾無憂矣。」

〔四一〕〔錢注〕《老子》：功成名遂身退，天之道。

〔四二〕〔錢注〕《國語》：則此五者，而受天之豐福。〔補注〕豐福，大福。優游，語本《詩・大雅・卷阿》：「伴奂爾游矣，優游爾休矣。」悠閒自得貌。

〔四三〕〔錢注〕《周禮・大司徒》注：土圭之長，尺有五寸，以夏至之日，立八尺之表，其景適與土圭等，謂之地中。今潁川陽城地爲然。〔補注〕圭表，此猶標準。

〔四四〕見《爲濮陽公上楊相公狀》注〔五〕。

〔四五〕〔錢注〕《楚辭・離騷》：謇吾法夫前修兮。

〔四六〕陶埏，見《爲滎陽公上史館白相公狀二》「苟陶埏於莊、惠」注。〔按〕武宗朝，鄭亞曾得李回之助而升遷，詳《舊唐書・鄭畋傳》及《爲滎陽公桂州謝上表》「中間帖掌臺綱」以下十句並注。「曾被陶埏」之語，殆非虚語。

〔四七〕〔錢注〕《史記・秦始皇紀》注：《廣州記》云：「五嶺者，大庾、始安、臨賀、揭陽、桂陽。」《輿地志》云：「一曰臺嶺，亦名塞上，今名大庾；二曰騎田；三曰都龍；四曰萌渚；五曰越嶺。」

〔四八〕再麾，見《爲濮陽公上華州陳相公狀》「克罷再麾」注。

〔四九〕〔錢注〕曹植《與吴質書》：食若填巨壑，飲若灌漏卮。

〔五〇〕〔錢注〕《水經注》：自三峽七百里中，兩岸連山，略無闕處，重巖疊嶂，隱天蔽日。至於夏水襄陵，沿泝阻絶，或王命急宣，有時朝發白帝，暮到江陵，其間千二百里，雖乘奔御風，不以疾也。

## 爲滎陽公上通義崔相公狀〔一〕

門下相公出鎮坤維〔二〕，相公進扶宸極〔三〕。某竊尋前史，仰考昌時，必有上台〔四〕，號曰當國〔五〕。姬姓則魯周公居君牙、君陳之上〔六〕，漢室則蕭相國在張良、韓信之先〔七〕。專吐嘉猷，獨融明命〔八〕。伏惟相公，克懷懿德〔九〕，允遇休期。一自燮調〔一〇〕，屢彰勳伐〔一一〕。恥君不及於堯舜〔一二〕，遠過前人；舉賢不避於親讎〔一三〕，深符直道〔一四〕。果兹優寵，首在注懷。外耀國華〔一五〕，内榮官族〔一六〕。鳳池浴日〔一七〕，聊均潤於同人〔一八〕；雞樹侵雲〔一九〕，憶分陰於猶子〔二〇〕。曠百千歲，無三四人。凡在含靈，敢不從化。况某早蒙恩顧，今獲驅馳。伏限頒條〔二一〕，莫由陳賀。檻猿絆驥〔二二〕，敢嘆於拘留；丘室膺門〔二三〕，實懸於誠抱。抃賀攀戀，不任下情。伏惟俯賜恩察。

【校注】

〔一〕本篇原載清編《全唐文》卷七七四第一二頁、《樊南文集補編》卷四。〔錢箋〕此「崔相公」别無事迹可尋，惟篇首云：「門下相公出鎮坤維，相公進扶宸極。」考大中元年八月，李回出鎮西川，崔必代其位者。滎陽諸作，多在大中元年。維時崔鉉尚鎮河中，崔鄲自西川移鎮淮南，獨元式於是年同平章事。此時繼爲首相，理爲近之。又按《北夢瑣言》有云：「唐通義相國崔魏公鉉鎮揚州。」鉉即元式兄子。又《全唐文》薛逢《上翰林韋學士啓》，内有「通義相公」云云。薛逢，會昌進士，正與義山同時，雖相公未知何指，要爲當時習見之辭矣。考《新唐書·宰相世系表》，崔氏定著十房，元式屬博陵大房。《地理志》：定州博陵郡，屬河北道。《藩鎮盧龍傳》：朱滔封通義郡王。又《宣武彰義澤潞傳》：吴少誠幽州潞人，擢封通義郡王。意「通義」即「博陵」耶？再考《舊唐書·高祖紀》云：「立皇高祖已下四廟於長安通義里第。」《唐會要》云興聖寺、九華觀並在通義坊。或因所居坊里而名之耶？更俟詳考。〔張箋〕（繫大中元年，在《爲滎陽公上西川李相公狀》後。）〔岑曰〕狀上元式，説確不易。錢猶未檢及《新唐書》表也。門下侍郎在唐爲首相、定制兩員，回以會昌五年除，資在元式之上，回既去，斯元式代居首揆，故曰進扶宸極也。《長安志》九，西二街通義坊，荆南節度使同中書門下平章事魏國公崔鉉宅。（《翰林學士壁記注補》十）〔按〕錢、岑説可信。狀文有「雞樹侵雲，憶分陰於猶子」之語，元式兄子鉉入相在前（會昌三年四月），時任河中節度，故云「憶分陰於猶子」。《爲滎陽公上河中崔相公狀二》云：「天恩刑部相公登庸，伏惟感慰。刑部相公盛烏衣之遊，相公稟青雲之秀。」以阮籍、阮咸及謝混叔侄爲喻，與本狀可互參。據此，本篇之「通義相公」爲元式更可證。元式於大中元年三月以刑部尚書、判度支爲門下侍郎、同中書門下平章事，此時復代李回爲首相。李回出鎮西川在大中元年八月丙申（初三），消息傳至桂林，當已届八月末。故狀應上於此時。至於薛逢啓中提及之「通義相公」，當指崔鉉，逢曾在鉉任河中節度期間任其幕僚，見《舊唐書·文苑傳·薛逢》。

〔二〕坤維，見《爲滎陽公上西川崔相公狀》「佇見坤維返駕」注。

〔三〕〔錢注〕《魏志·文帝紀》注：魏王上書曰：「情達宸極。」〔補注〕宸極，北極星，借指帝王。進扶宸極，謂其進位首相。

〔四〕〔錢注〕阮籍《奏記詣蔣公》：居上台之位。〔補注〕上台，指宰輔。《晉書·劉寔傳》：「聖詔殷勤，必使寔正位上台。」

〔五〕〔補注〕《左傳·襄公二十七年》：「辛巳，崔明來奔，慶封當國。」杜預注：「當國，秉政。」

〔六〕〔補注〕《書·君陳序》：「周公既没，命君陳分正東郊成周，作《君陳》。」《書·君陳》：「王若曰：『君陳……命汝尹兹東郊，敬哉！昔周公師保萬民，民懷其德，往慎乃司，兹率厥常，懋昭周公之訓。』」《書・君牙序》：「穆王命君牙爲周大司徒，作《君牙》。」《書・君牙》：「王若曰：『嗚呼！君牙。惟乃祖乃父，世篤忠貞，服勞王家，厥有成績，紀于太常。』」

〔七〕〔錢注〕按：《史記・高祖功臣侯年表》侯第，酇第一，留第六十二，而淮陰不載侯第，疑由以謀逆誅，國除不録。然酇侯第居一，則淮陰斷不能居酇之上明甚。特無明文可證耳。《漢書・高惠高后孝文功臣表》同。〔補注〕《史記・蕭相國世家》：「漢五年，既殺項羽，定天下，論功行封。群臣争功，歲餘功不決。高祖以蕭何功最盛，封爲酇侯，所食邑多……高帝曰：『夫獵，追殺獸兔者，狗也；而發蹤指示獸處者，人也。今諸君徒能得走獸耳，功狗也；至如蕭何，發蹤指示，功人也。』」《漢書・蕭何傳》所載略同。「姬姓」二句舉周、漢之事，謂崔元式如周公、蕭何功最高，當居首相之位。

〔八〕〔補注〕《書・君陳》：「爾有嘉謀嘉猷，則入告爾后于内。」嘉猷，治國之善道。《書・太甲上》：「伊尹作書曰：『先王顧諟天之明命，以承上下神祇。』」

〔九〕〔補注〕《詩・大雅・烝民》：「天生烝民，有物有則。民之秉彝，好是懿德。」懿德，美德。

〔一〇〕〔錢注〕謝莊《爲北中郎拜司徒章》：「燮調之重，遂臻非據。」〔補注〕燮調，指宰相職務。

〔一一〕勳伐，見《爲汝南公賀元日朝會上中書狀》注〔八〕。

〔一二〕〔補注〕《書・周書・冏命》：「惟予一人無良，實賴左右前後有位之士匡其不及，繩愆糾謬，格其非心，俾克紹先烈。」《孟子・萬章》：「（伊尹曰）吾豈若使是君爲堯舜之君哉？」

〔一三〕〔補注〕《左傳·襄公二十一年》：「祁大夫外舉不棄讎，内舉不失親。」

〔一四〕〔補注〕《禮記·雜記》：「其餘則直道而行之是也。」

〔一五〕〔錢注〕《國語》：季文子曰：「吾聞以德榮爲國華，不聞以妾與馬。」

〔一六〕〔補注〕《左傳·隱公八年》：「官有世功，則有官族。邑亦如之。」杜預注：「謂取其舊官舊邑之稱以爲族，皆稟之時君。」此句「官族」猶官宦世家之意。《晉書·索靖傳》：「累世官族，父湛，北地太守。」

〔一七〕〔補注〕鳳池，中書省稱鳳凰池，喻指宰相職位。屢見。

〔一八〕〔補注〕《易·同人》：「同人于野，亨。」孔穎達疏：「同人，謂和同於人。」此同人指同官宰相者。

〔一九〕〔補注〕雞樹，指中書省，語本《三國志·魏書·劉放傳》注，屢見。

〔二〇〕猶，《全文》作「遊」，據錢校改。〔錢校〕遊，疑當作「猶」。猶子，見《禮記》。元式兄子鉉入相在前，時罷爲河中節度。

〔二一〕〔補注〕頒條，頒布律條，指郡守之職。屢見。

〔二二〕〔錢注〕《淮南子》：兩絆騏驥，而求其致千里；置猿檻中，則與豚同。非不巧捷也，無所肆其能也。

〔二三〕〔錢注〕膺門，《後漢書·李膺傳》：「膺獨持風裁，以聲名自高，士有被其容接者，名爲登龍門。」丘室，似用《論語》「升堂」「入室」意（按：《論語·先進》：「由也升堂矣，未入於室也。」），唐人固不避孔子諱也。劉峻《廣絶交論》：「蹈其閫閾，若升闕里之堂；入其隩隅，謂登龍門之阪。」亦兩事並隸。

## 爲滎陽公上僕射崔相公狀一〔一〕

伏見除書，伏承新命〔二〕。相公廟鼎調味〔三〕，戎麾著功〔四〕。佩印來歸〔五〕，執圭入覲〔六〕。朱暉黄髮〔七〕，尹勳清操〔八〕。想名氏而疑古〔九〕，儼風容而在今〔一〇〕。固合重處化源〔一一〕，再毗昌運。而道唯養退，志在遠權〔一二〕。慮不節以成嗟〔一三〕，恐知進而無亢〔一四〕。餐餔典訓〔一五〕，寢興雋賢〔一六〕。堅拒注懷〔一七〕，退守師長〔一八〕。然竊惟故實〔一九〕，式見優崇：胡廣五遷，方膺此寵〔二〇〕；荀顗四讓，始受今榮〔二一〕。皆名絶品流，事高銓攝〔二二〕。伏想當仁有裕，得請爲娱〔二三〕。從容於鳳池雞樹之間〔二四〕，焜燿以蒼玉皂襜之飾〔二五〕。雅稱鎮物〔二六〕，孤風動人〔二七〕。凡在含靈，孰不仰止〔二八〕！某早承重顧〔二九〕，今守遐方。唯嘆羈留，莫伸抃賀。望蘭臺之祕邃，天上人間〔三〇〕；附桂水之平生，一日千里〔三一〕。攀戀之至，無任下情。伏惟俯賜恩察。

## 【校注】

〔一〕本篇原載清編《全唐文》卷七七四第一頁、《樊南文集補編》卷三。〔錢箋〕（僕射崔相公）崔鄲也。詳《爲滎陽公上僕射崔相公狀二》注〔一〕。〔張箋〕（大中元年）八月丙申，西川節度使、檢校尚書右僕射崔鄲内召，李回罷爲劍南西川節度使。附案云：狀云：「伏見除書，伏承新命。」又云：「佩印來歸，執圭入覲。」「而道唯養退，志在遠權。」「堅拒注懷，退守師長。然竊惟故實，式見優崇：胡廣五遷，方膺此寵；荀覬（當作「顗」）四讓，始受今榮。」「凡在含靈，孰不仰止！」是鄲之罷西川，乃以守尚書右僕射内召也。鄲前雖檢校尚書右僕射，乃宣宗即位時例加者，此則真除，不得并爲一事。〔按〕據《新唐書·宣宗紀》及《宰相表》，李回罷爲劍南西川節度使在大中元年八月丙申（初三），崔鄲内召蓋同時之任命。此狀爲亞「守遐方」即在桂時見除書申賀之作，計除書到桂之日，約在八月末。

〔二〕新命，新的任命，多指昇遷。語本《書·金縢》，詳《爲滎陽公上西川李相公狀》注〔二〕。

〔三〕〔錢注〕《易·鼎》卦注：《革》去故而《鼎》成新，故爲烹飪調和之器也。〔補注〕此用《史記·殷本紀》「伊尹……負鼎俎，以滋味説湯」事，指崔鄲曾任宰輔重臣。

〔四〕〔錢注〕沈約《爲安陸公謝荆州章》：識謝戎麾。〔補注〕此指其任劍南西川節度使。鄲會昌元年十一月出鎮西川，至大中元年八月内召，前後七年。

〔五〕〔錢注〕《史記·蘇秦傳》：秦爲從約長，并相六國，嘆曰：「使吾有雒陽負郭田二頃，吾豈能佩六國相印乎？」

〔六〕〔補注〕執圭，古代大夫始得執圭。入覲，指諸侯秋天入朝朝見天子。《詩·大雅·韓奕》：「韓侯入覲，以其介圭，入覲于王。」

〔七〕〔錢注〕《後漢書·朱暉傳》：國家樂聞駮議，黄髮無愆。注：黄髮，老稱，謂朱暉也。〔補注〕《後漢書·朱暉傳》：「元和中，肅宗巡狩，告南陽太守問暉起居，召拜爲尚書僕射。」

〔八〕〔錢注〕《後漢書·尹勳傳》：勳家世衣冠，家族多居貴位者，而勳獨持清操，不以地埶尚人。〔補注〕又：「（勳）後舉高第，五遷尚書令。」

〔九〕〔錢注〕《魏志·常林傳》注：《魏略》：沐並，字德信，河間人也。至正始中，爲三府長史。時吴使朱然、諸葛瑾攻圍樊城，遣船兵於峴山東斫材，牂牁人兵作食，有先孰者，呼後孰者言：「共食來。」後孰者答曰：「不也。」呼者曰：「汝欲作沐德信耶？」其名流布，播於異域如此。雖自華夏，不知者以爲前世人也。

〔一〇〕〔錢注〕《後漢書·竇皇后紀》：風容甚盛。

〔一一〕〔錢注〕按：《史記·主父偃傳》：「故賢主獨觀萬化之原。」《漢書·董仲舒傳》：「太學者，教化之本原也。」《匡衡傳》：「長安，天子之都，此教化之原本。」皆不定指宰執。觀《舊唐書·鄭覃弟朗傳》云：「俄參化原，以提政柄。」則固唐人習用之辭矣。似即中書政本之意。〔按〕化源，本指教化之本源，亦指掌教化之位。《舊唐書·李渤傳》：「若言不行，計不從，須奉身速退，不宜尸素於化源。」崔鄲於開成四年七月至會昌元年十一月曾居相位，此次真拜僕射，故曰「重處化源」。

〔一二〕〔錢注〕《漢書·張安世傳》：其匿名跡、遠權勢如此。

〔一三〕〔補注〕《易·節》：「不節之嗟，又誰咎也？」不節，不遵守法度。

〔一四〕〔補注〕《易·乾》：「知進退存亡而不失其正者，其唯聖人乎？」又：「上九，亢龍有悔。」孔穎達疏：「上九，亢陽之至，大而極盛，故曰亢龍。此自然之象。以人事言之，似聖人有龍德，上居天位，久而亢極，物極則反，故有悔也。」謂居高位而不知謙退，則盛極而衰，不免有悔。無亢，即無亢龍之悔，由其知進退之故。

〔一五〕〔錢注〕《説文》：餐，吞也。餔，日加申時食也。

〔一六〕〔補注〕《詩·大雅·抑》：「夙興夜寐，洒埽庭内，維民之章。」寢興，即夙興夜寐，勤勞輔國之意。

〔一七〕〔錢注〕（注懷）似即「注意」，取諧聲病耳，見《爲濮陽公上楊相公狀》注〔五〕。〔按〕句意謂堅辭相位。

〔一八〕〔錢注〕《魏志·賈詡傳》：尚書僕射，官之師長，天下所望。

〔一九〕〔錢注〕《國語》：魯侯賦事行刑，而咨于故實。〔補注〕故實，有參考借鑑意義之舊事。即下舉胡廣、荀顗之事。

〔二〇〕〔錢注〕《後漢書·胡廣傳》：廣舉孝廉，試以章奏，安帝以廣爲天下第一。旬日拜尚書郎，五遷尚書僕射。

〔二一〕覬，《全文》作「覬」，據錢校改。〔錢校〕覬，當作「覬」。〔錢注〕《晉書·荀覬傳》：覬甥陳泰卒，覬代泰爲僕射，領吏部，四辭而後就職。鮑照《轉常侍上疏》：未冀末望，便荷今榮。

〔二二〕〔錢注〕《説文》：銓，衡也。《廣韻》：攝，録也。

〔二三〕〔補注〕《左傳·僖公十年》：「余得請於帝矣。」得請，謂所請獲准。

〔二四〕鳳池、雞樹，見《爲濮陽公上賓客李相公狀一》注〔一〇〕〔一二〕、《爲安平公賀皇躬痊復上門下狀》「望鳳池而結戀」注。

〔二五〕〔錢注〕《晉書·職官志》：尚書令，秩千石，銅印墨綬，冠進賢兩梁冠，納言幘，五時朝服，佩水蒼玉。僕射，服秩印綬與令同。皂襜，見《爲尚書濮陽公賀鄭相公狀》「皂襜斯入」注。〔補注〕《舊唐書·輿服志》：「二品以下，五品以上，佩水蒼玉。」《左傳·昭公三年》：「不腆先君之適，以備内官，焜燿寡人之望。」焜燿，照耀。

〔二六〕〔錢注〕《晉書·謝安傳》：其矯情鎮物如此。〔補注〕鎮物，謂使衆人鎮定。

〔二七〕〔錢注〕王僧達《祭顔光禄文》：孤風絶侶。

〔二八〕〔補注〕《詩·小雅·車舝》：「高山仰止，景行行止。」

〔二九〕〔錢注〕《魏志·王粲傳》注：《文士傳》：「蒙將軍父子重顧。」〔按〕崔鄲會昌初爲相，鄭亞於會昌元年入朝爲監察御史，故云。

〔三〇〕〔錢注〕《漢書·百官公卿表》：御史大夫有兩丞，秩千石，一曰中丞，在殿中蘭臺，掌圖籍秘書。〔按〕此「蘭臺」指蘭省，即尚書省，因尚書郎握蘭含香，故稱。《爲濮陽公陳許謝上表》：「蘭臺假號，棘署參榮。」蘭臺即指尚書省，蘭臺假號，指爲檢校尚書省僕射。而崔鄲内召則真除耳。錢注非。

〔三一〕〔錢注〕江淹《雜體詩·擬休上人怨别》：桂水日千里，因之平生懷。

## 賽舜廟文〔一〕

年月日，昭賽虞舜之祠。伏以帝狩南荒〔二〕，神留下土〔三〕。翠華莫返，積怨慕於他年〔四〕；大麓不迷〔五〕，烜威靈於終古〔六〕。比憂嘉種〔七〕，少冒愆陽〔八〕。抗簡陳詞〔九〕，潔樽引咎〔一〇〕。果蒙憑《離》掣電，跨《巽》揚風〔一一〕，布霑渥於九皋〔一二〕，起焦枯於一瞬〔一三〕。敢陳瑶席〔一四〕，輒事蘭羞〔一五〕。帝其罷奏南琴〔一六〕，停吹西琯〔一七〕，使東皇太乙〔一八〕，兼預於靈遊〔一九〕；俾山鬼江斐〔二〇〕，無藏於沴氣〔二一〕。庶將善政，以奉明輝。

## 【校注】

〔一〕本篇原載《文苑英華》卷九九七第二頁、清編《全唐文》卷七八一第六頁、《樊南文集詳注》卷五。〔徐注〕《太平寰宇記》：桂州臨桂縣虞山下有皇潭，言舜南巡遊此，因名。今訛曰「黄潭」，亦曰「舜潭」，舜廟在焉。桂林舊志：虞山在臨桂縣東北五里，一名舜山，左臨灕水，後臨黄潭，其下有洞，宋張栻名之曰「韶音洞」。南有平原，舜祠在焉。《明一統志》：舜山層巖臨江，有舜祠。唐韓雲卿爲記，刻于崖石，宋張栻重修。〔馮注〕莫休符《桂林風土記》：臨桂縣舜祠，在虞山之下。有澄潭，號黄潭。古老相承，言舜南巡，曾遊此潭。今每遇歲旱，張旗震鼓，請雨多應。〔按〕錢振倫於《樊南文集補編·爲中丞滎陽公賽理定縣城隍神文》題下箋云：「以下五篇（按：指《爲中丞滎陽公賽理定縣城隍神文》《賽侯山神文》《賽建山神文》《賽莫神文》《賽石明府神文》）並酬雨之文。本集《爲中丞滎陽公桂州賽城隍神文》以下十七篇，皆同時所作。」張采田《會箋》卷三大中元年編年文中，將《爲中丞滎陽公桂州賽城隍神文》置於《爲滎陽公論安南行營將士月糧狀》之後，《爲滎陽公進賀壽昌節銀零陵香麝靴竹靴狀》之前；將《祭桂州城隍神祝文》置於《爲滎陽公上通義崔相公狀》之後，《爲滎陽公賀老人星見表》之前；將《爲中丞滎陽公賽理定縣城隍神文》以下二十篇置於《爲滎陽公黄籙齋文》之後，《太尉衛公會昌一品集序》之前。張箋繫時近是。商隱在桂府，代鄭亞所作祭城隍神及他神之文共二十二篇。其中《爲中丞滎陽公桂州賽城隍神文》標明日期爲大中元年六月十四日，係鄭亞初抵桂林時商隱所代擬

（亞六月九日抵桂林），乃地方長官初蒞任時例行之祭祀。《祭桂州城隍神祝文》標明日期爲大中元年八月二十七日，乃「春祈秋報」，謝神祐豐收之「常典」。而其他二十篇，雖未標明月日，但其内容，則均爲久旱不雨，禱神得雨後謝神之祝文，故此二十篇當爲同時所擬之一組文章，其寫作時間當在《祭桂州城隍神祝文》之前。蓋《祭桂州城隍神祝文》已言其時「露白雷收，蟲坏水涸」，而其他二十篇祝文則均言「果蒙憑《離》掣電，跨《巽》揚風，布霑渥於九皋，起焦枯於一瞬」，「尚興甘雨，以救公田」，「果能櫜籥風頭，索綯雨脚，不資畎澮，將致倉箱」，「果能愛我大田，貺余膏澤」……可證皆爲禱神得雨時所作，而《祭桂州城隍神祝文》則爲秋收後所作，二者所反映非一時之景象甚明。此二十篇當在稍前。題前亦均當有「爲滎陽公」字。今仍舊題。

〔二〕荒，《英華》作「方」。〔徐注〕《禮記》：舜崩於蒼梧之野，蓋三妃未之從也。注：南巡而崩。《史記》：舜踐帝位三十九年，南巡狩，崩於蒼梧之野，葬於江南九疑，是爲零陵。〔馮注〕《禮記》注曰：舜征有苗而死。帝嚳立四妃，象后妃四星。舜不告而取，不立正妃，但三妃，謂之三夫人。疏曰：《帝王世紀》云：「長妃娥皇，無子。次妃女英，生商均。次妃癸比，生二女，霄明、燭光是也。」《山海經》以爲二女，此云「三」者，當以《記》爲正。《山海經》不可用。《後漢書·趙咨傳》：「舜葬蒼梧，二妃不從。」亦屢見。按：郭璞注《山海經》，力辨洞庭二女爲天帝之二女，處江爲神，即《列仙傳》江妃二女；《離騷》所謂湘夫人稱帝子者，實非舜妃，舜妃固生不從征，死不從葬。其説甚精。今且資詩賦家之引用可耳。又按：《禮記》「三妃」，他書徵引多作「二妃」，疑自古有訛字。

〔三〕〔徐注〕《詩》：禹敷下土方。〔補注〕下土，指偏遠之地，與上「南荒」相應。王符《潛夫論・三式》：「細民冤結，無所控告，下土邊遠，能詣闕者，萬無數人。」

〔四〕慕，《英華》作「望」，徐、馮注本從之。〔徐注〕司馬相如《上林賦》：建翠華之旗。〔補注〕翠華，以翠羽爲飾之旗幟或車蓋，係天子儀仗。此指代舜。怨慕，指舜妃之思慕。

〔五〕〔徐注〕《書》：納于大麓，烈風雷雨弗迷。〔補注〕《書・舜典》孔傳：「麓，録也。納舜使大録萬機之政，陰陽和，風雨時，各以其節，不有迷錯愆伏。」《淮南子・泰族訓》：「既入大麓，烈風雷雨而不迷。」高誘注：「林屬於山曰麓。堯使舜入林麓之中，遭大風雨不迷也。」二説不同，商隱似用後説。

〔六〕烜，《英華》注：集作「炟」。〔徐注〕屈原《九歌》：長無絶兮終古。〔補注〕烜，顯赫。

〔七〕〔徐注〕《詩》：誕降嘉種。

〔八〕〔徐注〕《左傳》：冬無愆陽，夏無伏陰。〔補注〕愆陽，本指冬季温和，陽氣過盛，有悖節令。此指天旱。

〔九〕〔徐注〕《離騷》：跪敷衽以陳辭兮。

〔一〇〕〔徐注〕《左傳》：臧孫命北面重席，新樽絜之。〔補注〕引咎，謂因天旱而地方長官引咎自責。

〔一一〕〔徐注〕《易》：《離》爲電，《巽》爲風。〔補注〕憑、跨，據也。

〔一二〕〔徐注〕《詩》：既優既渥，既霑既足。又：鶴鳴于九皋。〔補注〕九皋，此指廣大之田野。

〔一三〕〔徐注〕《淮南子》：（堯時）十日並出，草木焦枯。

〔一四〕陳，《英華》作「布」，徐本、馮本從之。〔徐注〕屈原《九歌》：瑶席兮玉瑱。〔馮曰〕「布」字複，且音不諧，當作「敷」，或作「陳」。〔按〕《全文》正作「陳」。

〔一五〕〔徐注〕《九歌》：蕙肴蒸兮蘭藉。〔補注〕羞，美味食品，通「饈」。《楚辭·離騷》：「折瓊枝以爲羞兮，精瓊靡以爲粻。」

〔一六〕南琴，見《代僕射濮陽公遺表》「親沐舜風」注。

〔一七〕西琯，見《爲滎陽公進賀冬銀等狀》「白琯舒和」注。〔徐曰〕舜時西王母獻白玉琯，故謂之西琯。〔補注〕罷奏南琴，停吹西琯，謂罷吹暖熱之炎風。

〔一八〕〔馮注〕《九歌·東皇太乙》注曰：太乙，神名，天之尊神。祠在楚東，以配東帝，故云東皇。

〔一九〕〔徐注〕《漢郊祀歌》：九重開，靈之斿。

〔二〇〕〔徐注〕《九歌·山鬼》注：《家語》「木石之怪，夔、罔兩」，豈謂此耶？《吴都賦》：江妃于是往來。斐，即「妃」字。〔馮注〕《九歌》：《湘君》《湘夫人》《山鬼》。按：「江斐」即湘君、湘夫人也。然雜列舜妃，似於義欠合。《文選·吴都賦》注「良曰：江妃解珮與鄭交甫者」，則可與郭璞之説相證合也。文意總用《九歌》，聊贅辨之。

〔三〕〔徐注〕《後漢書·五行志》：説云：氣之相傷謂之沴。〔補注〕《莊子·大宗師》：「陰陽之氣有沴。」天地四時之氣不和而生之灾害爲沴。

## 賽越王神文〔一〕

年月日，賽於越王之神。惟神輝焯殊姿〔二〕，抑揚奇表〔三〕。秦魚既爛〔四〕，則聊帝南荒〔五〕；漢鹿有歸〔六〕，則稱臣北闕〔七〕。覽英雄之載籍〔八〕，信王霸之朋遊〔九〕。言念遺祠，猶存屬邑〔一〇〕。尚興甘雨，以救公田〔一一〕。敢陳沼澗之毛〔一二〕，用報京坻之積〔一三〕。神其永司兹土〔一四〕，長庇吾人，福佑柔良〔一五〕，驅除疫癘〔一六〕。今來古往，常教威著越城〔一七〕；萬歲千秋，勿使魂歸真定〔一八〕。神乎不昧，來鑒斯言。

【校注】

〔一〕本篇原載《文苑英華》卷九九七第二頁、清編《全唐文》卷七八一第七頁、《樊南文集詳注》卷五。〔馮注〕《史記·南越尉佗傳》：尉佗姓趙氏。秦二世時，南海尉任囂病且死，召龍川令趙佗行南海尉事。囂死，佗即聚兵自守。秦已破滅，佗即擊并桂林、象郡，自立爲南越武王。〔按〕事又見《漢書·兩粤傳》。本篇繫時與《賽舜廟文》同，詳該篇注〔一〕按語。

〔二〕輝，《英華》作「耀」。

〔三〕〔補注〕抑揚，控馭自如貌。奇表，非凡之儀表。

〔四〕〔徐注〕《公羊傳》：梁亡，自亡也，魚爛而亡。〔馮注〕《史記·秦始皇本紀》：河決不可復壅，魚爛不可復全。

〔五〕〔馮注〕《史記·尉佗傳》：高后時，佗乃自尊號爲南越武帝。又：文帝時，佗爲書謝曰：「老夫妄竊帝號，聊以自娱。自今以後，去帝制。」〔徐注〕尉佗稱帝在高后時，此以爲秦漢之際，小誤。

〔六〕〔馮注〕《史記·淮陰侯傳》：蒯通對高祖曰：「秦失其鹿，天下共逐之，高材疾足者先得焉。」

〔七〕〔徐注〕《漢書·高帝紀》：七年，蕭何治未央宫，立東闕、北闕。十一年，立南海尉它爲南粤王，使陸賈即授璽綬。它稽首稱臣。

〔八〕〔徐注〕《史記·伯夷傳》：夫學者，載籍極博。

〔九〕〔馮注〕按《隋書·經籍志》：「《南越志》八卷，沈氏撰。《漢末英雄記》八卷，王粲撰。《王霸記》三卷，潘傑撰。」可與此二句旁證，然不必泥也。

〔一〇〕屬，《英華》作「鹿」，誤。注：集作「屬」。〔馮注〕《太平寰宇記》：臨桂縣越王廟，鄉黨祈禱之所。又荔浦縣亦有廟。

〔一二〕〔補注〕《詩·小雅·大田》：「雨我公田，遂及我私。」

〔一三〕澗，《英華》作「沚」，馮本從之。〔馮注〕《左傳》：澗谿沼沚之毛，潢汙行潦之水，可薦于鬼神，可羞于王公。〔補注〕毛，指植物。

〔一四〕〔徐注〕《詩》：曾孫之庾，如坻如京。〔補注〕坻，山；京，高丘。

〔一五〕兹，《英華》作「此」，馮本從之。

〔一六〕佑，《英華》作「祐」。〔徐注〕揚雄《長楊賦》：受神人之福佑。

〔一六〕疫，《英華》作「疾」，馮本從之。〔徐注〕《史記》：（鄉秦之禁）適足以資賢者爲驅除難耳。馬融《廣成頌》：召方相驅癘疫。《吴志·朱桓傳》：往遇疫癘，穀食荒貴。〔馮注〕《魏志·賈逵傳》注：《魏略》曰：「士民頗苦勞役，又有疾癘。」《周禮·春官·大宗伯》：以荒禮哀凶札。注曰：札，謂疫癘。又《大祝》：天灾彌祀。注曰：天灾，疫癘水旱也。又《夏官·方相氏》：毆疫。注曰：驚毆疫癘之鬼。

〔一七〕〔徐注〕《元和郡縣志》：故越城，在桂州全義縣西南五十里。漢高后時，遣周竈擊南越。趙佗踞險爲城，竈不能踰嶺。即此。按：全義今爲興安縣，在桂林府東北一百二十里。〔馮曰〕（越城）亦可統指越地。

〔一八〕〔馮注〕《史記·傳》：尉佗者，真定人也。又：文帝爲佗親冢在真定，置守邑，歲時奉祀。按：兼用漢高帝幸沛時語意，見《獻侍郎鉅鹿公啓》「動沛中之舊老」注。

## 賽北源神文〔一〕

年月日，賽於北源之神。惟神雖臨南服〔二〕，實號北源。湘浦降神，近驚於騷客〔三〕；淲池浸稻，遠協於詩人〔四〕。果能橐籥風頭〔五〕，索綯雨脚〔六〕，不資畎澮〔七〕，將致倉箱。聊申信於澗毛〔八〕，庶通靈於水府〔九〕。神其抑揚蘭佩〔一〇〕，麾掉桂旗〔一一〕，拍川后之肩〔一二〕，攬波神之袂〔一三〕，共來於此，饗報留思〔一四〕。

**【校注】**

〔一〕本篇原載《文苑英華》卷九九七第四頁、清編《全唐文》卷七八一第七頁、《樊南文集詳注》卷五。〔徐注〕北源者，湘、灕二水之源也。《漢書·地理志》：零陵縣陽海山，湘水所出，北至酃入江。《水經注》：湘水出始安陽海山。湘、灕同源，分爲二水。南爲灕水，北則湘川。《元和郡縣志》：湘水出全義縣東南八十里陽朔山下。按：陽朔即陽海也，在今興安縣東南九十里，全義直桂之北，故號爲北源。〔馮注〕北源者，專謂湘水之源也。《漢書·地理志》：又有離水，南至廣信入鬱林。宋柳開《湘灕二水説》曰：二水始一水也，出於海陽山，西北至興安縣東五里嶺上始分二水，嶺即名分水嶺也。〔按〕文云「湘浦降神，近驚於騷客」，北源當指湘水之源。本篇作時同《賽舜廟文》，詳該篇注〔一〕按語。

〔二〕〔補注〕古分王畿以外地區爲五服，故稱南方爲南服。《文選・謝瞻〈王撫軍庾西陽集别時爲豫章太守庾被徵還東〉》詩：「祗召旋北京，守官反南服。」李善注：「南服，南方五服也。」

〔三〕〔徐注〕《九歌・湘夫人》：帝子降兮北渚。

〔四〕〔徐注〕《詩》：滮池北流，浸彼稻田。〔補注〕滮，水流貌。

〔五〕〔徐注〕《老子》：天地之間，其猶橐籥乎？〔補注〕橐籥，本指冶煉時用以鼓風吹火之風箱，此用作動詞鼓動之義。

〔六〕〔徐注〕《詩》：宵爾索綯。〔馮注〕杜工部詩：雨脚但如舊。〔補注〕索綯，製繩索。此狀雨柱如同搓製繩索。

〔七〕不，馮注本作「下」，校云：一作「不」，非。畎，馮注本一作「溝」。〔徐注〕《書》：禹曰：「濬畎澮距川。」〔馮注〕《周禮・地官・遂人》：十夫有溝，千夫有澮。〔按〕畎澮，田間水溝。不資畎澮，謂不憑藉畎澮之灌溉，而可致豐收。意本順暢銜接，馮注本别無所據，改爲「下資畎澮」，意反隔斷。

〔八〕澗，《英華》作「潤」，誤。見《賽越王神文》「敢陳沼澗之毛」注。

〔九〕〔馮注〕按《晉書・天文志》：「井西南四星曰水府，主水之官也。」而凡河海江湖皆曰水府。互詳《爲舍人絳郡公鄭州禱雨文》「禱請於水府真官」注。

〔一〇〕抑,《英華》作「揖」,誤。〔馮注〕《離騷》:紉秋蘭以爲佩。
〔一一〕〔馮注〕《九歌》:辛夷車兮結桂旗。
〔一二〕〔徐注〕郭璞《遊仙詩》:左挹浮丘袖,右拍洪崖肩。《洛神賦》:川后静波。注:川后,河伯也。
〔一三〕〔徐校〕「神」當作「臣」。《莊子》:予東海之波臣也。〔按〕波神,即水神,唐詩中習見。
〔一四〕〔馮校〕《粤西文載》作「共來此饗,以報留恩」,皆尚有誤。

## 賽靈川縣城隍神文〔一〕

年月日,賽於靈川縣城隍之神。高壘深溝〔二〕,用資固護〔三〕;興雲澡雨〔四〕,諒俟威靈。惟神能感至誠,將成大稔〔五〕。逐清泠之耕父,不使揚光〔六〕;迴沮澤之蟠龍,皆令灑潤〔七〕。式陳微報,願鑒惟馨〔八〕。

**【校注】**

〔一〕本篇原載《文苑英華》卷九九七第四頁、清編《全唐文》卷七八一第五頁、《樊南文集詳注》卷五。〔徐注〕《新書·地理志》:桂州靈川縣,龍朔二年析始安置。在今桂林府北五十里。〔按〕繫時同《賽舜廟文》,詳該篇注〔一〕按語。

〔二〕〔徐注〕《左傳》：臾駢曰：「秦不能支，請深壘固軍以待之。」〔補注〕《孫子·虛實》：「故我欲戰，敵雖高壘深溝，不得不與我戰者，攻其所必救也。」

〔三〕〔徐注〕（鮑照）《蕪城賦》：觀基扃之固護。

〔四〕渫，《英華》作「深」，誤。注：集作「泄」。〔徐注〕張衡《南都賦》：朝雲不興而潢潦獨臻。《魏都賦》：蓄爲屯雲，渫爲行雨。〔馮注〕按《詩》：「有渰萋萋，興雨祈祈。」「興雨」本作「興雲」，毛傳以「祈祈」爲雲，而《呂氏春秋·務本篇》引《詩》「有晻淒淒，興雲祁祁」，可爲確證也。乃《顏氏家訓》、陸氏《釋文》、孔氏《正義》皆曰「定本作『興雨』」。趙氏《金石録》曰：「《無極山碑》銘文有曰：『興雲祁祁。』乃知漢以前本皆作『興雲』，顏説初無所據。」《顏氏家訓》云：「渰已是陰雲，何勞復云『興雲』耶？俗寫誤耳。班固《靈臺》詩：『祁祁甘雨。』此其證也。」按：《前漢書·食貨志》：「興雲祁祁。」《後漢書·左雄傳》「興雨祁祁」，則似始誤耳。然唐人仍習用「祁」「雲」字也。〔補注〕渫，泄。

〔五〕〔徐注〕《左傳》：不可以五稔。注：稔，熟也。

〔六〕〔徐注〕（張衡）《東京賦》：囚耕父於清泠。《南都賦》：耕父揚光於清泠之淵。注：有神耕父，處豐山，常游清泠之淵，見《山海經》。〔馮注〕《山海經·中山經》：豐山，神耕父處之，常遊清泠之淵，出入有光，見則其國爲敗。《後漢書·志》：南陽郡西鄂。注曰：郭璞曰：「清泠水在西鄂縣山上，神來時水赤光耀。」《南都賦》注：「耕父，旱鬼也。」按：《文選》賦注不采此語。

〔七〕〔徐注〕《蜀都賦》：潛龍蟠於沮澤，應鳴鼓而興雨。〔馮注〕《方言》：龍未升天曰蟠龍。

〔八〕馨，《英華》作「饗」。

## 賽荔浦縣城隍神文〔一〕

年月日〔二〕，賽於荔浦縣城隍之神。嗟我疲民〔三〕，每虞艱食〔四〕。寒耕熱耨，始望於秋成〔五〕；鑠石流金〔六〕，幾傷於歲事〔七〕。遠資靈顧，式布層陰〔八〕。無煩管輅之占〔九〕，不待欒巴之噀〔一〇〕。竊陳薄奠〔一一〕，用答豐年。神其據有高深〔一二〕，主張生植〔一三〕，同功田祖〔一四〕，比義雨師〔一五〕。無假怒於潛龍〔一六〕，勿縱威於虐魃〔一七〕。守兹縣邑，富我京坻〔一八〕。

【校注】

〔一〕本篇原載《文苑英華》卷九九七第四頁、清編《全唐文》卷七八一第五頁、《樊南文集詳注》卷五。〔徐注〕《新書·地理志》：桂州有荔浦縣。在今平樂府西七十五里。〔馮注〕《水經》：灕水南過蒼梧荔浦縣。《元和郡縣志》：桂州荔浦縣，漢舊縣，因荔水爲名。〔按〕繫時同《賽舜廟文》，見該篇注〔一〕按語。

〔二〕《英華》無此三字。

〔三〕疲，馮注本一作「貧」。

〔四〕〔補注〕艱食，糧食匱乏。《書・益稷》：「曁稷播，奏庶艱食鮮食。」孔傳：「艱，難也，衆難得食處，則與稷教民播種之。」

〔五〕〔徐注〕《爾雅》：秋爲收成。

〔六〕〔馮注〕《招魂》：十日代出，流金鑠石。〔徐注〕《淮南子》：大熱，鑠石流金，火弗爲益其烈。

〔七〕〔徐注〕《禮記・王制》曰：休老勞農成歲事。〔馮注〕《詩》：歲事來辟，稼穡匪解。

〔八〕〔徐注〕江淹詩：日落長沙渚，層陰萬里生。

〔九〕見《爲舍人絳郡公鄭州禱雨文》「樹杪占風」注。

〔一〇〕〔馮注〕《神仙傳》：欒巴，蜀郡人。爲尚書郎，正旦大會，巴後到。賜百官酒，又不飲，而西南向噀之。有司奏巴不敬，巴曰：「臣適見成都市上火，臣故漱酒爲雨以救之，非敢不敬。」詔發驛書問，成都已奏言：「正旦失火，有大雨從東北來，火乃止，著人皆作酒氣。」

〔一一〕奠，《英華》注：集作「具」。

〔一二〕〔補注〕高深，高壘深溝，見上篇注〔二〕。指城、池。

〔一三〕〔補注〕主張，主宰。《莊子・天運》：「天其運乎？地其處乎？日月其争於所乎？孰主張是？孰維綱是？」

〔一四〕〔徐注〕《詩》：田祖有神，秉畀炎火。〔補注〕《詩・小雅・甫田》：「琴瑟擊鼓，以御田祖。」田祖,傳説中之始耕田者,即神農氏。

〔一五〕義,《英華》作「議」,誤。注:集作「義」。〔徐注〕《廣雅》:雨師屏翳。〔按〕餘詳《賽龍蟠山神文》「鞭驅屏翳」注。

〔一六〕潛龍,馮注本一作「龍潛」,非。〔徐注〕《易》:潛龍勿用。〔按〕餘詳《賽堯山廟文》「大驅蟠澤之龍」注。

〔一七〕虐魃,馮注本一作「魃厲」。詳《爲舍人絳郡公鄭州禱雨文》「伏以旱魃爲虐」注。

〔一八〕見《賽越王神文》「用報京坻之積」注。

## 賽永福縣城隍神文〔一〕

年月日,賽於永福縣城隍之神。夫考室立家〔二〕,先立户竈〔三〕;聚人開邑〔四〕,首起城池。固有明靈,降而鑒治。惟神克揚嘉霔〔五〕,廣育黎民。聊爲粢粱〔六〕,少申肴醖。神其節宣四氣〔七〕,扶佑三時〔八〕。勿使畢星,但稱於好雨〔九〕;無令田祖,獨擅於有神〔一〇〕。永馨蘋藻之誠〔一一〕,長挾金湯之勢〔一二〕。

【校注】

〔一〕本篇原載《文苑英華》卷九九七第三頁、清編《全唐文》卷七八一第五頁、《樊南文集詳注》卷五。《徐注》《新書·地理志》：桂州永福縣，武德四年析始安置。在今桂林府永寧州東南八十里。《馮注》《元和郡縣志》：桂州永福縣，武德四年析始安縣之永福鄉置。〔按〕繫時同《賽舜廟文》，見該篇注〔一〕按語。

〔二〕《徐注》《詩序》：《斯干》，宣王考室也。《左傳》：師服曰：「天子建國，諸侯立家。」《補注》《漢書·翼奉傳》「大行考室之禮」顏師古注引李奇曰：「凡宫新成，殺牲以釁祭，致其五祀之神，謂之考室。」此指相地作屋。

〔三〕立，《英華》作「在」，馮注本從《粤西文載》作「存」。《徐注》《禮記》：王爲群姓立七祀，曰司命，曰中霤，曰國門，曰國行，曰泰厲，曰户，曰竈。又：庶士、庶人立一祀，或立户，或立竈。

〔四〕《徐注》《易》：何以聚人曰財。〔按〕「人」即「民」，此句即《爲中丞滎陽公桂州賽城隍神文》之「大邑聚人」，非用《易》語。

〔五〕《補注》霔，時雨。張九齡《賀雨狀》：「德音纔發，甘霔滂沱。」

〔六〕爲，《英華》作「薦」；粢，《全文》作「茨」，據《英華》改。《徐注》《詩》：曾孫之稼，如茨如梁。《馮校》茨粱，一作「粢粱」。《馮注》《論衡》：粢粱之粟，莖穗怪奇。〔按〕徐注引《詩·小雅·甫田》「如茨如梁」，係形容曾孫之糧堆高大如屋頂如屋梁，非此句之義。此「粢粱」指穀物。

《楚辭·招魂》:「稻粢穱麥,挐黄粱些。」粱,通「粱」。

〔七〕〔補注〕《左傳·昭公元年》:「君子有四時:朝以聽政,晝以訪問,夕以修令,夜以安身。於是乎節宣其氣,勿使有所壅閉湫底,以露其體。」杜預注:「宣,散也。」四氣,即指朝、晝、夕、夜四時之氣。

〔八〕〔補注〕《左傳·桓公六年》:「絜粢豐盛,謂其三時不害而民和年豐也。」三時,指春、夏、秋三季農作之時。

〔九〕〔徐注〕《書》:星有好風,星有好雨。注:好風者,箕星;好雨者,畢星。〔補注〕畢爲二十八宿之一,有星八,其分佈之狀似田獵用之畢網。古人以爲此星主兵、主雨。《詩·小雅·漸漸之石》:「月離于畢,俾滂沱矣。」毛傳:「月離陰星則雨。」

〔一〇〕見《賽荔浦縣城隍神文》「同功田祖」注。

〔一一〕誠,《全文》作「忱」,《英華》作「城」,均誤,據徐注本、馮注本改。〔補注〕蘋、藻,水草,古時常采作祭祀之用。《詩·召南·采蘋》:「于以采蘋?南澗之濱;于以采藻?于彼行潦。」

〔一二〕見《爲安平公兗州祭城隍神文》「爰假金湯」注。

## 賽曾山蘇山神文〔一〕

年月日,賽於曾山、蘇山之神。惟神守在出雲〔二〕,職惟通氣〔三〕。果從望歲〔四〕,載潤嘉生〔五〕。將申昭報之儀，敢闕馨香之獻。神其遐瞻惟岳，廣納遊塵，勉揚少女之風〔六〕，勤詠曾孫之稼〔七〕。無令渥澤，盡歸涇水之湫泉〔八〕；勿使威靈，不及歷山之仙室〔九〕。我辭有激，神儻聽焉。

**【校注】**

〔一〕本篇原載《文苑英華》卷九九七第五頁、清編《全唐文》卷七八一第八頁、《樊南文集詳注》卷五。〔徐注〕《廣西通志》：蘇山，在平樂府賀縣（馮注引作「修仁縣」）北，高數百丈。宋皇祐間，知縣狄遵晦討寇於縣北十里山下，夢蘇武神，因禱焉。師捷，請于朝，即建廟祀武，因名。前有一石壁，水從上滴下，遇旱則禱雨於此。又：縣西十里有甑山。舊《通志》：瑞雲山在賀縣西十里，高千餘丈，舊名幽山，唐李刺史郃更名曰丹甑。宋守鄧壁以此山多雲氣，改今名。上有泉注於池，名曰仙池（馮注引作「唐刺史李郃見有彩雲不散，更名曰瑞雲」，「大和四年，慶雲見丹甑山，是年李郃來任」）。今按：唐時已有蘇山，則必非因皇祐建廟而得名。曾山疑即甑山，以甑爲曾，蓋傳寫之誤。甑山有仙池，蘇山有石壁水，皆禱雨之所，故文引「湫泉」「仙室」以爲喻。〔馮注〕《新書·地理志》：昭州平樂郡、賀州臨賀郡，皆桂管所領。按：《舊》《新書·劉蕡傳》：「大和二年，李郃謂人曰：『劉蕡不第，我輩登科，實厚顔矣！』請以所授官讓蕡，事雖不行，人士多之。」《新·傳》云郃時爲河南府參軍事，後歷賀州刺史。《唐摭言》作「郃」，而《新書·藝文志》亦作「郤」，則「郤」字是也。然豈四年即守賀哉？《名勝志》曰：「甑山，舊名幽山，李郤來遊，名『瑞雲』。」今檢《太平寰宇記》，幽山在臨賀西四十里，南接蒼梧，北通道州。則宋時尚名幽山也。志書多流傳失實，皆不足據。〔按〕繫時同《賽舜廟文》，見該篇注〔一〕按語。

〔二〕〔徐注〕《禮記》：天降時雨，山川出雲。

〔三〕〔徐注〕《易》：山澤通氣。

〔四〕〔徐注〕《左傳》：國人望君如望歲焉。

〔五〕〔徐注〕《漢書·郊祀志》：故神降之，嘉生。應劭曰：嘉穀也。〔補注〕嘉生，茂盛之穀物。《國語·周語下》：「陰陽序次，風雨時至，嘉生繁祉，人民龢利。」

〔六〕勉，徐注本作「免」，誤。見《爲舍人絳郡公鄭州禱雨文》「樹杪占風」注。

〔七〕〔補注〕《詩·小雅·甫田》：「曾孫之稼，如茨如梁。」

〔八〕涇，《英華》作「濕」，注：集作「涇」。〔徐注〕《漢書·郊祀志》：湫淵，祠朝那。蘇林曰：湫淵，在安定朝那縣，方四十里，停水不流。師古曰：此水今在涇州界，清澈可愛，不容穢濁，或諠污，輒興雲雨。土俗亢旱，每于此求之。相傳云龍之所居也（此句係據馮注補）。《太平廣記》：《靈應傳》云：「涇州之東二十里，有故薛舉城。城之陽有美女湫，廣袤數里，其水湛然碧，莫有測其深淺者，鄉人立祠於旁，曰九娘子神，歲之水旱，祓禱皆得啓請。」〔馮曰〕按《英華》作「濕」，而注曰：集作「涇」。考《水經注》濕水條下云：「燕京山之大池，在山原之上，世謂之天池。澂渟鏡淨，若安定朝那之湫淵也。」又云：「陽門水與神泉水出葦壁北。水有靈，陽旱愆期，多禱請焉。」則作「濕」亦實可，溼水特尤顯耳。

〔九〕不，《英華》作「下」，誤。注：集作「不」，是。山，馮云：當作「陽」。〔徐注〕（歷山仙室）未詳。王融序：紀言事于仙室。或曰「山」「室」二字誤。《御覽》引《列仙傳》云：歷陽有彭祖仙窟，請雨輒得。〔馮注〕按《列仙傳》：「歷陽有彭祖仙室，前世禱請風雨，莫不輒應。常有兩虎在祠左右，今日祠訖，即有虎跡。」此句所用也。「山」當作「陽」。而《輿地記》歷陽山在和州，則節「陽」字而稱「歷山」，亦無礙。徐氏引《水經注》濟水、河水條下，皆有歷山，皆有舜廟、舜井者，非也（編著者按：徐氏此注已删去）。或云蒲阪西之歷山。其《水經》上文又有云「河水南逕子夏石室」，蓋即謁泉山。而《水經注》云：「暘雨愆時，謁禱是應，故錫其名。」文用此亦可。然合兩地爲一事，必非也。亦見《法苑珠林》所引，出《搜神記》。

## 賽白石神文〔一〕

年月日，賽於白石之神。惟神載烜明靈〔二〕，克標懿號。軒珠耀彩〔三〕，儻非瑶水之源〔四〕；荆璞流輝〔五〕，即是玉山之路〔六〕。昨者俯憂旱歲〔七〕，俾禱遺祠。果能愛我大田〔八〕，貺余膏澤〔九〕，不俟于公之雪獄〔一〇〕，無煩洛令之曝身〔一一〕。敢命子男，爰修蘋藻。神其仰濟天澤〔一二〕，俯佑歲功，無萌可轉之心〔一三〕，以負惟馨之禮〔一四〕。尚饗〔一五〕。

【校注】

〔一〕本篇原載《文苑英華》卷九九七第五頁、清編《全唐文》卷七八一第八頁、《樊南文集詳注》卷五。〔徐注〕《靈川縣志》：白石湫在縣南三十五里，李商隱詩「龍移白石湫」即此。亦曰白石潭、白石潀。灕江自白石而下，深潭廣浸，與湘江埒。潭上有白石鎮。《明一統志》：白石湫在府城北七里。〔馮注〕《寰宇記》：靈川縣，銀江水出西山下，東流合灕水。按：《名勝志》：「白石潭與銀江接。」白石神事蹟，詳《詩集·桂林》五律「龍移白石湫」句。〔按〕繫時同《賽舜廟文》，詳該篇注〔一〕按語。

〔二〕烜，《英華》注：集作「炟」。

〔三〕〔徐注〕《莊子》：黄帝遊于赤水之北，登於崑崙之丘而南望，還歸，遺其玄珠于赤水。

〔四〕儻，徐注本作「尚」，誤。〔馮曰〕儻，猶豈也。或作「尚」，因「倘」字而訛。〔徐曰〕瑶，疑作「璿」。〔按〕瑶水，即瑶池。《文選·王融〈三月三日曲水詩序〉》：「至如夏后兩龍，載驅璿臺之上；穆滿八駿，如舞瑶水之陰。」劉良注：「瑶水，瑶池也。」徐云「瑶」疑作「璿」，非。

〔五〕見《爲尚書渤海公舉人自代狀》「前件官荆岑挺價」注。

〔六〕〔徐注〕《山海經》：玉山是西王母所居。注：山多玉石。〔馮按〕白石神是女子，故用瑶池、玉山比之。

〔七〕昨者，《英華》作「一昨」。

〔八〕〔補注〕《詩·小雅·大田》：「大田多稼，既種既戒，既備乃事。」鄭玄箋：「大田，謂地肥美可墾耕，多爲稼，可以授民者也。」

〔九〕貺，馮云：一作「饒」。

〔一〇〕雪，《英華》作「祈」，誤。注：集作「雪」。徐注本作「折」，亦誤。〔馮注〕《漢書·于定國傳》：定國，東海郯人也。父于公，爲縣獄史，郡決曹，決獄平。郡中爲之立生祠。東海有孝婦，少寡，亡子，養姑甚謹。姑欲嫁之，終不肯。姑曰：「我老，久累丁壯，奈何？」其後，姑自經死，姑女告吏：「婦殺我母。」孝婦自誣服。于公以爲此婦以孝聞，必不殺也。太守竟論殺孝婦，郡中枯旱三年。後太守至，于公曰：「孝婦不當死，前太守强斷之，咎黨在是乎？」太守祭孝婦冢，因表其墓，天立大雨。

〔一一〕〔徐注〕《水經注》：《長沙耆舊傳》云：祝良，字召卿，爲洛陽令。歲時亢旱，天子祈雨不得，良乃曝身階庭，告誠引罪。自晨至午，紫雲沓起，甘雨登降。人爲歌曰：「天久不雨，烝人失所。天王自出，祝令特苦。精符感應，滂沱下雨。」〔馮注〕按《水經注》一作「石卿」，《北堂書鈔》作「名卿」，《太平御覽》作「邵卿」，召、邵同也。

〔一二〕濟，《英華》注：集作「流」。

〔一三〕〔徐注〕《詩》：我心匪石，不可轉也。
〔一四〕〔徐注〕《周禮》：黍稷非馨，明德惟馨。
〔一五〕《英華》、馮注本無「尚饗」二字。

## 賽龍蟠山神文〔一〕

年月日，賽於龍蟠山之神。惟神降治山川，流恩縣道〔二〕。龍幡鳳蓋〔三〕，克懋於靈司；蟻穴鸛巢〔四〕，式揚於利澤〔五〕。至誠有達，昭報無虧。神其叱咤飛廉〔六〕，鞭驅屏翳〔七〕，尚令吾土〔八〕，屢有豐年〔九〕，不無行潦之羞〔一〇〕，以謝油雲之惠〔一一〕。

【校注】

〔一〕本篇原載《文苑英華》卷九九七第五頁、清編《全唐文》卷七八一第八頁、《樊南文集詳注》卷五。題内「蟠」字，《英華》作「幡」。〔馮校〕（首句）《文載》無「山」字。又曰：《英華》（題及首句）皆作「幡」，或誤，至下文（指「龍幡鳳蓋」）則必當作「幡」矣。〔馮注〕《太平御覽》乳穴魚一條引《嶺表録異》曰：全義嶺之西南有盤龍山，山有乳洞，又有一溪，號爲靈水溪，溪内有魚，皆修尾四足，丹其腹，游泳自若，魚人不敢捕之。原注云：今桂州靈川縣也。《寰宇記》：龍蟠山，在桂州東北，屬興安縣。本名盤龍山，天寶六載敕改。山有石洞，洞門數重，人秉燭遊，常見龍跡，其大如盌。洞中之水有魚，四足，有角，人不敢傷，恐致風雨。〔徐注〕《明一統志》：龍蟠山在興安縣東十五里。〔按〕《英華》作「龍蟠山」，當即因文中「龍蟠鳳蓋」而致誤。繫時同《賽舜廟文》，見該篇注〔一〕按語。

〔二〕流恩，《英華》作「濟思」，誤。注：（濟）集作「流」。〔補注〕《史記·司馬相如列傳》：「檄到，亟下縣道，使咸知陛下之意。」裴駰《集解》：「《漢書·百官表》曰：『縣有蠻夷曰道。』」

〔三〕蟠，徐注本作「蟠」，誤。

〔四〕鸛，《英華》作「鵲」，誤。〔徐注〕《詩》：鸛鳴于垤。〔馮注〕《詩》傳曰：垤，螘塚也。將陰雨則穴處先知之。鸛好水，長鳴而喜也。箋曰：鸛，水鳥，將陰雨則鳴。《毛詩義疏》：鸛泥其巢，一旁爲池，含水滿之，取魚置池中食。

〔五〕〔補注〕《莊子·天運》：「利澤施於萬世，天下莫知也。」成玄英疏：「有利益恩澤，惠潤群生。」

〔六〕其，《英華》作「威」，非。注：集作「其」。叱咤，《英華》作「叱叱」，非。〔徐注〕《呂氏春秋》：風師曰飛廉。〔馮注〕《史記·淮陰侯傳》：項王喑噁叱咤，千人皆廢。

〔七〕〔馮注〕《廣雅》：雨師謂之屏翳。按：《文選·洛神賦》：「屏翳收風。」注曰：「王逸云：『雨師。』韋昭云：『雷師。』然說屏翳者雖多，並無明據。曹植《誥咎文》：『河伯典澤，屏翳司風。』植既皆爲風師，不可引他說以非之。」《選》注詳慎如此。而此作雨師也。〔按〕除雨師、雷師、風師諸説外，尚有雲神説。《楚辭·九歌·雲中君》王逸注：「雲神，豐隆也，一曰屏翳。」

〔八〕尚，《英華》作「向」，誤。注：集作「尚」，是。吾，《英華》作「五」，誤。〔按〕尚，疑當作「倘」。

〔九〕〔徐注〕《詩》：綏萬邦，屢豐年。

〔一〇〕見《賽越王神文》「敢陳沼澗之毛」注。〔補注〕行潦，溝中流水。此指祭祀之酒食。羞，進獻食物。

〔一一〕謝，《英華》作「請」。惠，《全文》作「會」，據《英華》改。〔馮注〕《史記·司馬相如傳》：《封禪書頌》曰：「自我天覆，雲之油油。甘露時雨，厥壤可游。滋液滲漉，何生不育？」《西京雜記》：雨雲曰油雲。

## 賽陽朔縣名山文〔一〕

年月日，賽於陽朔縣名山之神。惟神受命上玄〔二〕，奠茲南服。雲臺、日觀〔三〕，遠讓於高標〔四〕；蓬島、崑丘〔五〕，遐通於爽氣〔六〕。峻若藏刀之嶺〔七〕，崇如倚劍之門〔八〕。是宜銓管陰司，拘囚異物〔九〕，爲神仙之下府，開龍虎之殊庭〔一〇〕。屬歲不寧〔一一〕，旱既太甚。馳誠疊嶂，託意通波〔一二〕。果聞雷出地中〔一三〕，電流巖下〔一四〕。既茲霑足，敢薦香芬〔一五〕。願終如響之靈〔一六〕，無怠孔明之鑒〔一七〕。尚饗。

【校注】

〔一〕本篇原載《文苑英華》卷九九七第五頁、清編《全唐文》卷七八一第八頁、《樊南文集詳注》卷五。

〔二〕〔徐注〕《元和郡縣志》：陽朔縣，北至桂州一百四十里，開皇十年置，取陽朔山爲名。山今在縣北門外，本名陽海山，亦名零陵山。相近有龍頭山、白鶴山、西人山、威南山、畫山，蓋皆陽朔之支峰也。〔馮注〕《水經注》：陽海山即陽朔山也。應劭曰：「湘（水）出零陵山。」蓋山之殊名也，山在始安縣北。《元和郡縣志》：桂州陽朔縣，本漢始安縣地，開皇十年分置，取山爲名。吴武陵《陽朔縣廳壁題名》：群山發海嶠而北，又發衡、巫而南，咸會於陽朔。孤崖絶巘，森聳駢植，凡數百里，灕江、荔水羅織其下。縣界山間，東制邕、容、交、廣之衝，南扼賓、巒、巖、象之隘。《寰宇記》：陽朔山自永州零陵縣西南，迤邐岡巒，連亘不絶。〔按〕繫時同《賽舜廟文》，見該篇注〔一〕按語。

〔三〕〔補注〕揚雄《甘泉賦》：「惟漢十世，將郊上玄。」上玄，天也。

〔三〕〔徐注〕《華山記》：嶽東北有雲臺峰，其山兩峰崢嶸，四面懸絶，上冠景雲，下通地脈，嶷然獨秀，有若雲臺。下有穴，昔有人入此穴，出東方山行，云經黄河底，上聞流水聲。日觀，見前《爲安平公兖州謝上表》「高尋日觀」注。

〔四〕〔徐注〕左思《蜀都賦》：陽烏迴翼乎高標。

〔五〕〔徐注〕《史記》：蓬萊、方丈、瀛洲，此三神山，諸仙人及不死藥在焉。《水經注》：三成爲崑崙丘。《崑崙説》曰:「崑崙之山三級,下曰樊桐,一名板松;二曰玄圃,一名閬風;上曰層城,一名天庭,是謂天帝之居。」〔馮注〕《山海經》:崑崙之丘,是實惟帝之下都。

〔六〕〔徐注〕《世説》:王子猷作桓車騎參軍。……王以手板拄頰云:「西山朝來,致有爽氣。」

〔七〕〔徐注〕《水經注》:涞水又南逕藏刀山下,層巖壁立,直長干霄。遠望崖側,有若積刀,鐶鐶相比,咸悉西首。

〔八〕〔馮注〕《舊書·志》:「劍州劍門,縣界大劍山,即梁山也。北三十里有小劍山。大劍山有劍閣道,三十里至劍處,張載刻銘。」桂林山皆峻峭,所謂「山如碧玉簪」也,故云。又宋玉《大言賦》:長劍耿介倚天外。

〔九〕〔補注〕《史記·屈原賈生列傳》:「化爲異物兮,又何足患!」司馬貞《索隱》:「謂死而形化爲鬼,是爲異物也。」

〔一〇〕殊,《英華》作「神」,非。〔徐注〕《漢書·郊祀志》:(將以)望祀蓬萊之屬,幾至殊庭焉。師古曰:蓬萊中仙人庭也。

〔一一〕「歲」字下《英華》有「之」字,注:集無「之」字。〔馮注〕《書》:山川鬼神,亦莫不寧。

〔一二〕〔徐注〕曹植《洛神賦》:託微波而通辭。

〔一三〕〔徐注〕《易》:雷出地奮,豫。

〔一四〕流,《英華》作「濟」,非。注:集作「流」。〔馮注〕《晉書·王戎傳》:戎幼而穎悟,神彩秀徹,視日不眩。裴楷見而目之曰：「戎眼爛爛如巖下電。」

〔一五〕香，《英華》注：集作「聲」（當是「馨」之誤）。馮注本作「馨」。

〔一六〕〔徐注〕《易》：其受命也如響。〔補注〕謂神之靈應如響之應聲，狀其迅疾。

〔一七〕怠，《英華》注：集作「大」。誤。〔徐注〕《詩》：祀事孔明。〔補注〕《文選·張衡〈思玄賦〉》：「彼天監之孔明兮，用棐忱而祐仁。」吕向注：「言天監視甚明，用輔祐誠信仁德矣。」王維《冬筍記》：「天高聽卑，神鑒孔明。」此謂神鑒甚明，徐注引《詩》「祀事孔明」，係潔淨鮮明之義，非此句所用。

# 賽海陽神文〔一〕

年月日，賽於海陽之神。頃傷多稼，將困驕陽。未逢玉女之披衣〔二〕，空見土龍之矯首〔三〕。式祈嘉霔〔四〕，果降明輝。神其享彼蘭羞，挹兹桂酒〔五〕。輔成於多黍多稌〔六〕，助施於好風好雨〔七〕。庶厲業官〔八〕，以酬玄澤。

【校注】

〔一〕本篇原載《文苑英華》卷九九七第六頁、清編《全唐文》卷七八一第九頁、《樊南文集詳注》卷五。

〔徐注〕海陽，即陽海。《太平寰宇記》：陽海山在郡北一百七十里，屬興安縣。其山自零陵縣西南迤邐岡巒，連亘不絶。《明一統志》：海陽山在興安縣南九十里，舊名陽海山，湘、灕二水所自出。山下有巖幽深，行數百丈至水泉處，闊不盈尺，其深叵測。〔按〕繫時同《賽舜廟文》，見該篇注〔一〕按語。

〔二〕逢，徐注本作「聞」，非。玉女披衣，見《爲濮陽公涇原謝冬衣狀》「非玉女裁成」注。

〔三〕〔徐注〕魏應璩《與廣川長岑文瑜書》：土龍矯首於玄寺。〔馮注〕《淮南子》：土龍致雨。許慎注曰：湯遭旱，作土龍以象雲從龍也。〔補注〕土龍，以土製成之龍，古代用以乞雨。《淮南子·説山訓》：「聖人用物，若用朱絲約芻狗，若爲土龍以求雨。」

〔四〕〔補注〕嘉霔，及時好雨。

〔五〕〔徐注〕屈原《九歌》：奠桂酒兮椒漿。

〔六〕〔徐注〕《詩》：豐年多黍多稌。〔補注〕稌，粳稻。

〔七〕施，《英華》注：集作「調」。好風好雨，《英華》作「好雨好風」。〔馮注〕《書》：星有好風，星有好雨。傳曰：箕星好風，畢星好雨。按：「稌」有平、上二音，而《詩》注、疏則音「杜」，故從《英華》本（按：馮注本作「好雨好風」）。

〔八〕〔馮校〕業，《文載》作「漢」，誤。〔補注〕業官，職事之官。

# 賽堯山廟文〔一〕

年月日，賽於堯山之廟。伏以帝巡遐徼〔二〕，天作高山〔三〕。既比敬於軒臺〔四〕，亦分功於農井〔五〕。是留遺廟，以慰斯民。昨者時雨忽愆，秋陽稍亢。永言嘉霔〔六〕，實自玄恩。大驅蟠澤之龍〔七〕，盡發潛泉之蜧〔八〕。倉箱興詠，將慶於農夫〔九〕；灌浸呈功，不愆於豎子〔一〇〕。敢兹昭報，冀降明靈〔一一〕。

【校注】

〔一〕本篇原載《文苑英華》卷九九七第六頁、清編《全唐文》卷七八一第六頁、《樊南文集詳注》卷五。〔馮注〕莫休符《桂林風土記》：堯山在府東北，隔大江與舜祠相望，遂名堯山。山有廟絶靈，公私饗奠不絶，相傳爲秦時建。北接湖山，連亘千餘里。《寰宇記》：桂州靈川縣堯山，在州城北四十四里。按：《山海經·中山經》，堯山在洞庭之山東南，又共三百三十九里。似與桂林地勢不符，豈亦連亘耶？《水經》：「匯水過含洭縣南，出洭浦關爲桂水。」注曰：「洭水又東南，左合陶水，東出堯山。山盤紆數百里，山下有平陵，有大堂基，耆舊云堯行宫所。」王韶之《始興記》云：「堯山長嶺，望如陣雲。陵上有大堂基十餘處，謂曰堯故亭，即其行宫。」《郡國志》云：「廣州堯山，高四千丈，自番禺、交阯見之。」含洭縣，漢、晉時屬桂州，唐貞觀初始屬廣州。皆此堯山之盤亘也。明人張羽王《桂勝》云：「高亦爲桂諸山之冠。上有平田，曰天子田。」〔徐注〕《輿地紀勝》引《寰宇記》：堯山在静江府城東北四十里。《圖經》云：「堯山在水東。」《明一統志》：按史傳，堯封履不到蒼梧。以西與舜山相對，人慕堯、舜之風，因名堯祠。宋張栻重修，有記刻於石。又龍池在堯山，鄉民禱雨屢應，歲久湮塞，宋經略張維重浚，以石甃之。〔按〕此堯山當以莫休符《桂林風土記》、《寰宇記》所記爲準，與他書所記連亘數百里之堯山非一事。本篇作時同《賽舜廟文》，見該篇注〔一〕按語。

〔二〕〔馮注〕《淮南子》：堯巡狩行教，動勞天下，周流五嶽。動，一作「勤」。賈誼《新書》：堯教化及雕題，蜀、越，撫交阯，身涉流沙，西見王母，北中幽都。按：堯巡於此可考。《寰宇記》云：「堯封履不到蒼梧，以其西與舜祠相對，遂名堯山。」此論拘矣。《竹書紀年》：帝堯五年，初巡狩四岳。《後漢書·朱穆傳》：唐帝崇山。注曰：《尚書》：「放驩兜于崇山。」孔安國注曰：「崇山，南裔也。」《山海經》曰：「有驩頭之國，帝堯葬焉。」郭璞注曰：「驩頭，驩兜也。」按：《山海經》諸篇中云：「帝堯、帝嚳、帝舜葬于岳山。」又曰：「狄山，帝堯葬于陽，帝嚳葬于陰。」又曰：「蒼梧之山，帝舜葬于陽，帝丹朱葬于陰。」又曰：「蒼梧之野，舜與叔均之所葬也。」注曰：「岳山即狄山，蒼梧之山即九疑山。」皆祇可依文引用耳。

〔三〕〔徐注〕《詩》：天作高山，大王荒之。

〔四〕敬，馮云：一作「敞」，誤。〔馮注〕《山海經》：西王母之山，有軒轅臺，射者不敢西向，畏軒轅之臺。

〔五〕功，馮云：一作「光」，誤。〔馮注〕《荆州記》：隨郡北界有厲鄉村，村南有重山，山下一穴，相傳云神農所生。周圍一頃二十畝，有九井。神農既育，九井自穿。《水經注》：汲一井則衆水自動。《漢書》注：厲鄉，故厲國也。厲讀曰賴。

〔六〕霔，《英華》作「霑」，誤。

〔七〕〔馮注〕《文選·蜀都賦》：潛龍蟠於沮澤，應鳴鼓而興雨。注曰：巴東有澤水，謂有神龍，不可鳴鼓，鼓鳴其旁即雨。

〔八〕蜧，《英華》作「介」，注：集作「蜧」。〔馮注〕《淮南子》：黑蜧致雨。注曰：神蛇也，潛於神淵，能興雲雨。又：黑蜧神虬，潛泉而居，將雨則躍。按：行雨皆鱗介之屬，作「介」亦通。莫休符《風土記》：天將降雨，則雲霧四起，風雨立至。每歲農耕候雨，輒以堯山雲卜期。《一統志》：堯山有龍池。

〔九〕〔徐注〕《詩》：農夫之慶。〔補注〕《詩·小雅·甫田》：「乃求千斯倉，乃求萬斯箱。」

〔一〇〕豎，《英華》注：集作「壯」。馮云：《文載》作「監」。均誤。〔徐注〕《史記》：龐涓曰：「遂成豎子之名。」〔馮注〕「灌浸呈功」，似言井利，故上曰「分功農井」也。豎子，似爲井事，檢之未得。《御覽》引《白澤圖》，曰井神，曰吹簫女子，亦無豎子事。今俗稱井泉童子，不知何所據始。或謂尊帝堯，故自稱豎子，亦未然。俟再考。〔按〕上云「分功於農井」，蓋謂堯山興雲作雨，其功可分井泉灌溉之效；此言「灌浸呈功，不愆於豎子」，則謂時雨普降，霑惠衆人，雖豎子亦無差失也，未必用事。

〔一二〕冀，徐注本作「奠」，誤。

# 賽古欖神文〔一〕

年月日〔二〕，賽於古欖之神。惟神爰因碩果〔三〕，遂啓靈祠。瓜美邵平，且傳舊志〔四〕；李標朱仲，亦茂前經〔五〕。昨者瘴暑爲灾〔六〕，油雲不起，式存心禱，慮作神羞。神能感氣蜧泉〔七〕，傳祥鸛垤〔八〕，使宋生抒賦，始悦於雄風〔九〕；高氏讀書，忽驚於暴雨〔一〇〕。化太甚旱，爲大有年〔一一〕。將見助於歡康，敢忘懷於昭賽！

【校注】

〔一〕本篇原載《文苑英華》卷九九七第六頁、清編《全唐文》卷七八一第九頁、《樊南文集詳注》卷五。〔徐注〕古欖，蓋橄欖樹之最大者。王存《九域志》：静江府理定縣，有橄欖山。《嶺表録異》云：橄欖，樹身聳拔，皆高數丈。其子深秋方熟。有野生者，子繁樹峻，不可梯緣，但刻其根下方寸許，納鹽於其中，一夕子皆自落。按：趙璘《因話録》：「南人長林中大樹，謂之有神。」豈以古欖歷年既久，神所憑依，故賽之邪？〔馮注〕《舊唐・志》：桂州理定縣，本漢始安縣。《寰宇記》：橄欖山在理定邑界。〔按〕本篇作時同《賽舜廟文》，見該篇注〔一〕按語。

〔二〕年，《英華》作「某」。

〔三〕〔徐注〕《易》：碩果不食。

〔四〕〔徐注〕《漢書・蕭何傳》：召平，秦東陵侯。秦破，爲布衣，種瓜長安城東，瓜美，故世謂東陵瓜，自召平始也。

〔五〕〔徐注〕《（文選）・潘岳〈閑居賦〉》：房陵朱仲之李。善曰：王逸《荔枝賦》云：「房陵縹李。」傅玄《李賦》：乃有河沂黄建，房陵縹青，一樹三色，異味殊名。任昉《述異記》：房陵定山有朱仲李園三十六所。李尤《果賦》「三十六園朱李」是也。〔馮注〕《荆州記》：房陵縣有朱仲者，家有縹李，代所希有。

〔六〕者，《英華》作「日」。癉，《英華》作「瘴」，誤。〔馮注〕《漢書・嚴助傳》：南方暑濕，近夏癉熱。〔補注〕癉，厚、盛。《國語・周語》：「古者，太史順時覛土，陽癉憤盈，土氣震發。」韋昭注：「癉，厚也。」

〔七〕見《賽堯山廟文》「盡發潛泉之蜧」注。

〔八〕見《賽龍蟠山神文》「蟻穴鸛巢」注。

〔九〕〔補注〕宋玉《風賦》:「楚襄王游於蘭臺之宫,宋玉、景差侍。有風颯然而至,王迺披襟而當之,曰:『快哉此風!寡人所與庶人共者邪?』宋玉對曰:『……此所謂大王之雄風也。』」

〔一〇〕〔馮注〕《後漢書·逸民傳》:高鳳字文通。妻常之田,曝麥於庭,令鳳護雞。時天暴雨,而鳳持竿誦經,不覺潦水流麥。妻還怪問,鳳方悟之。

〔一一〕〔徐注〕《春秋》:宣公十有六年,冬,大有年。

〔蔣士銓曰〕此義山在鄭滎陽幕中作也。杜牧之亦有《池州祭木瓜神文》,中云:「禱神之際,甘雨隨至,槁然凶歲,化爲豐年。」可見當時長吏留心民事,猶有偏走群望遺意。(《忠雅堂評選四六法海》卷八)

# 爲中丞滎陽公祭全義縣伏波神文〔一〕

年月日,觀察處置使、兼御史中丞鄭某,謹遣全義縣令韋必復,以酒牢之奠,昭賽於漢伏波將軍新息侯馬公。越城舊疆〔二〕,漢將遺廟,一派湘水,萬重楚山。比潁川袁氏之臺,悲同異日〔三〕;方汝水周公之渡,感極當時〔四〕。

嗚呼!昔也投隙建功〔五〕,因時立志〔六〕。隗將軍坐談西伯,棄去無歸〔七〕;梁伯孫自降王姬，雖來不起〔八〕。以若畫之眉宇〔九〕，開聚米之山川〔一〇〕。扶風里中，詎守錢而爲虜〔一一〕；德陽殿下〔一二〕，寧相馬以推工〔一三〕？悵望關西，趨馳隴右〔一四〕。事嫂冠戴〔一五〕，誡姪書成〔一六〕。龍伯高之故人，出言有所〔一七〕；公孫述之刺客，相待何輕〔一八〕！鳶泊啓行〔一九〕，蠻溪請往〔二〇〕。銅留鑄柱〔二一〕，革誓裹尸〔二二〕。男兒自立邊功〔二三〕，壯士猶羞病死〔二四〕。

灕、湘之滸，祠宇依然。豈獨文宣之陵，不生刺草〔二五〕；更若武侯之壠，仍有深松〔二六〕。向我來思，停車展敬，一樽有奠〔二七〕，五馬忘歸〔二八〕。及申望歲之祈，又辱有秋之澤〔二九〕。雲興柱礎〔三〇〕，電繞墻藩〔三一〕。何煩玉女之投壺，方聞天笑〔三二〕；不待樵人之取箭，已見風迴〔三三〕。敢忘黍稷之馨，用報京坻之賜〔三四〕？

屬以時非行縣〔三五〕，不獲躬詣靈壇〔三六〕。詞託煙波，意傳天壤。既謝三時之降〔三七〕，兼論千載之交。勿負至誠，以孤玄契〔三八〕。

【校注】

〔一〕本篇原載《文苑英華》卷九九八第六頁、清編《全唐文》卷七八一第一頁、《樊南文集詳注》卷五。題首「爲中丞滎陽公」六字，《英華》無，徐本、馮本從之；神，《英華》作「廟」，馮注本從之。〔徐注〕《新書・地理志》：桂州全義縣，本臨源，武德四年析始安置，大曆三年更名。〔馮注〕《元和郡縣志》：全義縣本漢始安縣地。武德四年，分置臨源縣，大曆三年改全義。《後漢書·馬援傳》：援字文淵，扶風茂陵人。建武十七年，交阯女子徵側、徵貳反，攻没其郡，九真、日南、合浦蠻夷皆應之，寇略嶺外六十餘城。璽書拜援伏波將軍，南擊交阯。援緣海而進，隨山刊道千餘里。十八年春，軍至浪泊上，與賊戰，破之，追徵側等，數敗之。明年正月，斬徵側、徵貳。封援爲新息侯。擊九真賊餘黨，嶠南悉平。援所過輒爲郡縣治城郭，穿渠灌溉，以利其民。與越人申明舊制以約束之，自後駱越奉行馬將軍故事。按《郡國志》：南海、蒼梧、鬱林、合浦、交阯、九真、日南郡七，屬交州刺史部，朱勃訟其「斬滅徵、側，克平一州」是也。《環濟要略》：伏波，船涉江海，欲波浪伏息也。〔按〕文云「向我來思，停車展敬。一樽有奠，五馬忘歸。及申望歲之祈，又辱有秋之澤……屬以時非行縣，不獲躬詣靈壇。詞託煙波，意傳天壤」，當是大中元年六月初鄭亞赴桂途經全義縣（即今之興安縣）時，曾停車謁伏波廟。此次則因「及申望歲之祈，又辱有秋之澤」，爲報伏波神之賜雨，而遣全義縣令代爲致祭。徐注別引《明一統志》「伏波山又名伏波巖，突起千尺，與獨秀山相望，下有伏波廟，祀漢馬援」云云，乃桂林之伏波廟，與全義縣伏波廟顯屬二事，今删之。作時同《賽舜廟文》，見該文注〔一〕按語。

〔二〕見《賽越王神文》「常教威著越城」注。

〔三〕〔馮注〕《水經注》：潁水東側，有公路城，袁術所作也。又：潁水又東南，汝水枝津注之。水上承汝水别瀆，東南逕召陵縣故城南。又東逕公路臺，臨水方百步，袁術所築也。枝汝歷汝陰縣故城西北，東入潁水。

〔四〕〔徐注〕《水經注》：汝水逕成安縣故城北。又東爲周公渡，藉承休之徽號，而有周公之嘉稱也。《漢書·恩澤侯表》：武帝元鼎四年，封姬嘉爲周子南君。再傳以罪棄市，其弟延年紹封。初元五年，更封爲周承休侯。〔補注〕方，比；極，抵也。

〔五〕〔徐注〕《後漢書·公孫述傳論》曰：不能因隙立功，以會時變。〔補注〕投隙，伺機。

〔六〕〔徐注〕《馬援傳》：援嘗謂賓客曰：「丈夫爲志，窮當益堅，老當益壯。」

〔七〕伯，《英華》作「北」，誤。〔馮注〕《後漢書·隗囂傳》：隗囂，天水成紀人也。季父崔，聞更始立而莽兵連敗，謀起兵應漢。咸謂囂素有名，好經書，遂共推爲上將軍。論曰：若囂命會符運，敵非天力，雖坐論西伯，豈多嗤乎？注曰：言不遇光武爲敵，則不讓西伯也。按：「坐談」，猶坐論，非郭嘉謂「劉表坐談客耳」之義。《馬援傳》：援避地涼州，因留西州，隗囂甚敬重之。建武四年，囂遣援奉書洛陽，援歸隴右，囂雅信援，故遣長子恂入質，援因將家屬隨恂歸洛陽。〔按〕後隗囂發兵拒漢，馬援曾爲漢陳滅囂之術。此言「棄去無歸」，謂棄隗囂而去不復歸隴西也。

〔八〕梁伯孫，《英華》作「忍指松」，誤。注：（松）集作「孫」。梁松，字伯孫。〔徐注〕《馬援傳》：援嘗有疾，梁松來候之，獨拜牀下，援不答。諸子問曰：「梁伯孫帝婿，大人奈何獨不爲禮？」援曰：「我乃松父友也，雖貴，何得失其序乎？」

〔九〕〔馮注〕《馬援傳》：援爲人明須髮，眉目如畫。

〔一〇〕〔馮注〕《馬援傳》：建武八年，帝西征囂。援於帝前聚米爲山谷，指畫形勢，開示衆軍所從道徑往來，分析曲折，昭然可曉。帝曰：「虜在吾目中矣。」〔徐注〕又：帝自西征囂至漆，援因説囂有必破之狀。

〔一一〕〔徐注〕《馬援傳》：轉游隴、漢間，因處田牧，至有牛馬羊數千頭，穀數萬斛。既而歎曰：「凡殖貨財産，貴其能施賑也，否則守錢虜耳。」乃盡散以班昆弟故舊。按：援，扶風茂陵人。

〔一二〕德陽，《英華》注：本傳作「宣陽」。〔馮注〕《漢宫殿名》：北宫中有德陽殿。《漢官典職》：德陽殿周旋容萬人，激洛水於殿下。

〔一三〕〔徐注〕《馬援傳》：援善别名馬，於交阯得駱越銅鼓，乃鑄爲馬式，還上之。馬高三尺五寸，圍四尺四寸。有詔置於宣德殿下。按：《藝文類聚》引《東觀漢記》云：「詔置馬德陽殿下。」義山本此，不可謂誤。〔馮按〕文以「宣德」爲「德陽」，《英華辨證》已疑之。愚考援於二十四年征五溪蠻，明年病卒。而《鍾離意傳》：永平三年，大起北宫，意上疏諫，後出爲魯相。德陽殿成，百官大會。帝思意言，謂公卿曰：「鍾離尚書若在，此殿不立。」然則置馬德陽，誠已有誤，義山又踵其誤耳。

〔一四〕關，《全文》作「闕」，據《英華》改。趨，《英華》作「超」；右，《英華》作「首」，誤。〔徐注〕《馬援傳》：來歙奏言隴西侵殘，非馬援莫能定。十一年夏，璽書拜援隴西太守，使太中大夫來歙持節送援西歸隴右。〔馮注〕援家本關西，久留隴右。二句遡其來歸光武之先，非指建武十一年拜援隴西太守。〔按〕馮解是。

〔一五〕戴，《英華》作「帶」，誤。〔徐注〕《馬援傳》：敬事寡嫂，不冠不入廬。〔馮注〕《東觀漢記》：雖在閫內，必幘然後見。

〔一六〕〔徐注〕《馬援傳》：兄子嚴、敦並喜譏議，而通輕俠客。援在交阯，還書誡之。

〔一七〕出，《英華》作「其」。〔徐注〕《馬援傳》：誡兄子書曰：「龍伯高敦厚周慎，口無擇言，謙約節儉，廉公有威，吾愛之重之，願汝曹效之。」

〔一八〕〔徐注〕《馬援傳》：（建武四年冬）囂使援奉書洛陽，引見於宣德殿。援曰：「臣與公孫述同縣，少相善。臣前至蜀，述陛戟而後進臣。臣今遠來，陛下何知非刺客奸人，而簡易若是？」〔馮曰〕「述」字舊作「淵」，集作「弘」，俱誤，《英華辨證》已改定矣。

〔一九〕泊，《英華》作「跕」。〔馮注〕《馬援傳》：援勞饗軍士，從容謂官屬曰：「當吾在浪泊、西里間，下潦上霧，毒氣重蒸，仰視飛鳶，跕跕墮水中。」〔補注〕《詩·大雅·公劉》：「弓矢斯張，干戈戚揚，爰方啓行。」

〔二〇〕〔徐注〕《馬援傳》：武威將軍劉尚擊武陵五溪蠻夷，深入，軍没，援因復請行，遂征五溪（以上四字據馮注補）。〔馮注〕《南史·蠻傳》：居武陵者有雄溪、樠溪、辰溪、西溪、武溪，謂之五溪蠻。《十道志》：楚文王滅巴，巴子兄弟五人，流入黔中，各爲一溪之長，故號「五溪」。

〔二一〕〔徐注〕《廣州記》：馬援討平交阯，於嶠南立銅柱以表漢之極界。〔馮注〕《水經注》俞益期箋曰：馬文淵立兩銅柱於林邑，岸北有遺兵十餘家，不返，居壽泠岸南而對銅柱。悉姓馬，自婚姻，交州以其流寓，號曰「馬流」。《林邑記》曰：馬援樹兩銅柱於象林南界，與西屠國分漢之南疆也。

〔二二〕〔徐注〕《馬援傳》：援謂孟冀曰：「男兒要當死於邊野，以馬革裹屍還葬耳，何能卧牀上在兒女子手中邪！」冀曰：「諒爲烈士當如此矣。」

〔二三〕自，《英華》作「已」，徐本、馮本從之。

〔二四〕〔馮注〕《馬援傳》：進營壺頭。賊乘高守隘，船不得上。會暑甚，士卒多疫死，援亦中病，遂困。賊每升險鼓譟，援輒曳履以觀之，左右哀其壯志，莫不爲之流涕。《武陵記》：壺頭山邊有石窟，即援所穿室也。室内有蛇如百斛船大，云是援之餘靈也。

〔二五〕刺，馮云：一作「棘」。〔徐注〕《水經注》：魯縣泗水南有夫子冢。《皇覽》曰：「弟子各以四方奇木來植，故多諸異樹，不生棘木刺草。」〔馮注〕《舊書・禮儀志》：開元二十七年制：夫子既稱先聖，可追謚爲文宣王。《孔叢子》：夫子墓在魯城北泗水上。

〔二六〕〔徐注〕《蜀志・諸葛亮傳》：亮遺命葬漢中定軍山，因山爲墳，冢足容棺。景耀六年，魏鎮西將軍鍾會征蜀，至漢川，令軍士不得於亮墓所左右芻牧樵採。《水經注》：沔陽故城，南臨漢水，對定軍山。諸葛亮之死也，遺令葬於其山。因即地勢，不起墳壟。唯深松茂柏，攢蔚川阜，莫知墓塋所在。

〔二七〕奠，《英華》作「典」，注：集作「奠」。

〔二八〕五馬，見《爲懷州李中丞謝上表》「更屯五馬」注。

〔二九〕〔徐注〕《書》：若農服田力穡，乃亦有秋。

〔三〇〕〔徐注〕《淮南子》：山雲蒸，柱礎潤。

〔三一〕〔徐注〕揚雄《甘泉賦》：雷儵忽於墻藩。

〔三二〕方聞，馮云：一作「乍開」，非。〔徐注〕《神異經》：東王公與玉女投壺，梟而脱誤不接者，天爲之笑，開口流光，今電是也。

〔三三〕〔馮注〕孔靈符《會稽記》：會稽山有石室，云是仙人射堂，東高巖有射的石如射侯。南有白鶴山，此鶴爲仙人取箭。漢太尉鄭弘，嘗采薪，得一遺箭。頃有人覓，弘還之，問何所欲，弘識其神人也，曰：「常患若耶溪載薪爲難，願旦南風，暮北風。」後果然。故若耶溪風，至今猶然，呼爲「鄭公風」也。按：「風迴」，兼用《書・金縢》「天乃雨，返風，禾則盡起」。

〔三四〕見《賽越王神文》「用報京坻之積」注。

〔三五〕〔馮注〕行縣，刺史巡行屬縣，如《漢書・雋不疑傳》：「爲京兆尹，行縣録囚。」亦曰行部，如《後漢書・光武帝紀》：「考察黜陟，如州牧行部事。」〔按〕行縣多在春季進行，故云「時非行縣」，亦稱「行春」。

〔三六〕〔徐注〕應璩《〈與岑文瑜〉書》：躬自暴露，拜起靈壇。

〔三七〕降,《英華》作「澤」,與上文複,非。三時,見《賽永福縣城隍神文》「扶佑三時」注。

〔三八〕〔補注〕玄契,猶默契、神合。

〔孫梅曰〕義山之祭伏波,功除旱魃。此弔古者所爲一往而情深也。……魏晉哀章,尤尊潘令;晚唐奠醊,最重樊南。(《四六叢話》卷二五《叙祭誄》)

## 爲中丞滎陽公賽理定縣城隍神文〔一〕

都防禦觀察處置等使兼御史中丞鄭某〔二〕,謹差理定縣令某〔三〕,具酒肴昭賽於縣城隍之神。日者穴蟻不封〔四〕,商羊未舞〔五〕,爰憂即日,將害有秋〔六〕。我告於神,神能感我。雲纔作葉〔七〕,雨已垂絲〔八〕。既開豐稔之祥,敢怠馨香之報〔九〕?神其無羞小邑,勿替玄功〔一〇〕,永作蔭於城郭溝池〔一一〕,長想報於禾麻菽麥〔一二〕。守臣奉職〔一三〕,孰敢不虔!

**【校注】**

〔一〕本篇原載清編《全唐文》卷七八一第四頁、《樊南文集補編》卷一一。〔錢注〕《漢書·郊祀志》注:賽謂報其所祈也。《新唐書·地理志》:理定縣,中,屬桂州。箋:以下五篇(按:指本篇及《賽侯山神文》《賽建山神文》《賽莫神文》《賽石明府神文》），並酬雨之文，本集《爲中丞滎陽公桂州賽城隍神文》以下十七篇，皆同時所作。〔按〕《爲中丞滎陽公賽理定縣城隍神文》等五篇，蓋與《賽舜廟文》等十五篇同時作。《爲中丞滎陽公桂州賽城隍神文》作于大中元年六月十四日。《祭桂州城隍神祝文》作于大中元年八月二十七日，《賽舜廟文》等二十篇則八月二十七日稍前作。詳見《賽舜廟文》注〔一〕按語。

〔二〕見《爲中丞滎陽公赴桂州至湖南敕書慰諭表》注〔一〕。

〔三〕〔錢注〕《新唐書·百官志》：中縣，令一人，正七品上。

〔四〕〔錢注〕《東觀漢記》：沛獻王輔善《京氏易》。永平五年秋，京師少雨，上自爲卦，以《周易林》卜之，其繇曰：「蟻封穴户，大雨將集。」明日大雨。上問輔，輔曰：「《蹇》，《艮》下《坎》上。《艮》爲山，《坎》爲水，山出雲爲雨，蟻穴居而知雨，將雲雨，蟻封穴，故以蟻爲興文。」〔補注〕封，指蟻穴外隆起之小土堆。

〔五〕〔錢注〕《家語》：天將大雨，商羊鼓舞。〔補注〕《論衡·變動》：「商羊者，知雨之物也。天且雨，屈其一足起舞矣。」商羊，傳説中鳥名。

〔六〕〔補注〕有秋，有收成。《書·盤庚上》：「若農服田力穡，乃亦有秋。」

〔七〕〔錢注〕崔豹《古今注》：黄帝與蚩尤戰於涿鹿之野，常有五色雲氣，金枝玉葉，止於帝上，有花葩之象，因而作華蓋。〔按〕雲葉，指雲片、雲朵，語習見，如陸機《雲賦》：「金柯分，玉葉散。」雲纔作葉，謂雲方成朵、成片。

〔八〕〔錢注〕張協《雜詩》：密雨如散絲。

〔九〕〔補注〕《書·酒誥》：「弗惟德馨香，祀登聞于天。」《左傳·僖公五年》：「若晉取虞，而明德以薦馨香，神其吐之乎？」馨香，此指用作祭品之黍稷。

〔一〇〕〔補注〕替，廢棄。玄功，神功，謂宇宙自然之功。

〔一一〕〔補注〕《禮記·禮運》：「城郭溝池以爲固。」溝池，護城河。

〔一二〕〔補注〕《詩·豳風·七月》：「黍稷重穋，禾麻菽麥。」

〔一三〕〔補注〕《禮記·玉藻》：「凡自稱：天子曰予一人，伯曰天子之力臣，諸侯之於天子，曰某土之守臣某。」

## 賽蘭麻神文〔一〕

年月日，賽於蘭麻之神。頃者杲日揚威，融風扇暴〔二〕，禾乃盡偃〔三〕，人何以堪〔四〕！神能倏忽應時〔五〕，逡巡布潤〔六〕。雲旗直集〔七〕，不資秦地之決渠〔八〕；雨陣斜飛，更甚成都之救火〔九〕。永懷靈祐，敢薦嘉肴。神其與蕙同芳〔一〇〕，爲蓬扶直〔一一〕。勿虛嘉號〔一二〕，以累豐年。

【校注】

〔一〕本篇原載《文苑英華》卷九九七第六頁、清編《全唐文》卷七八一第一一頁、《樊南文集詳注》卷五。題内「賽」字，《全文》作「祭」，篇首「賽於蘭麻之神」，「賽」字《全文》亦作「祭」。〔按〕商隱桂幕所作酬雨文共二十篇，其餘十九篇，《英華》《全文》均作「賽××神文」，此篇不應例外，故據《英華》改定。〔馮注〕《寰宇記》：蘭麻山屬理定縣界，在府城西南。從府至柳州，路經此山。過溪，山中有毒，峭絶險隘，更無别路。其山自衡嶽南亘到此，入柳州、象州。按：柳子厚詩：「桂州西南又千里，灕水鬭石麻蘭高。」麻蘭即蘭麻。《舊書·志》：「柳州在桂州西四百七里。」「千里」之言，不必泥也。〔徐注〕《廣西舊通志》：蘭麻山在桂林府永福縣西南四十里，唐桂帥遇旱禱此。其流爲下漏水，又有木皮江遶山入大江。〔按〕作時同《賽舜廟文》，見該篇注〔一〕按語。

〔二〕〔馮注〕《左傳》：梓慎曰：「是謂融風，火之始也。」注曰：東北曰融風。〔按〕此猶言熱風。

〔三〕〔徐注〕《書》：天大雷電以風，禾盡偃。

〔四〕〔徐注〕《晉書·桓温傳》：樹猶如此，人何以堪！〔馮注〕《左傳》：民不堪命矣！

〔五〕〔徐注〕屈原《九歌》：儵而來兮忽而逝。

〔六〕〔補注〕逡巡，頃刻。

〔七〕〔徐注〕《九歌》：乘迴風兮載雲旗。

〔八〕〔馮校〕一無兩「之」字。〔馮注〕《漢書·溝洫志》：趙中大夫白公奏穿渠。引涇水，首起谷口，尾入櫟陽，注渭中，袤二百里，溉田四千五百餘頃，名曰白渠。民歌曰：「田於何所？池陽、谷口。鄭國在前，白渠起後。舉臿爲雲，決渠爲雨。」

〔九〕〔馮注〕《後漢書·方術傳》：樊英隱壺山之陽，暴風從西方起，英曰：「成都市火甚盛。」因含水西向潄之。乃記其日時。客後有從蜀來，云：「是日大火，黑雲卒從東起，大雨，火滅。」餘又見《賽荔浦縣城隍神文》「不待欒巴之噀」注。

〔一〇〕〔徐注〕宋玉《九辯》：以爲君獨服此蕙兮，羌無以異於衆芳。〔補注〕屈原《離騷》：「余既滋蘭之九畹兮，又樹蕙之百畝。」

〔一一〕〔徐注〕《荀子》：蓬生麻中，不扶自直。〔馮注〕《大戴禮記》：孔子曰：「蓬生麻中，不扶自直。」

〔一二〕勿，《英華》作「苟」，誤。注：集作「勿」。

## 賽侯山神文〔一〕

惟神越嶠分雄〔二〕，魯嵒學峻〔三〕。慰農夫之望歲〔四〕，揚少女之微風〔五〕。變彼枯荄〔六〕，化爲嘉穀〔七〕。將期大稔〔八〕，敢薦惟馨〔九〕。神其貺我秋成〔一〇〕，羨余民食。無俾董生之説，空閉陽門〔一一〕；勿令夷水之風，屢鞭陰石〔一二〕。苟歲既登矣，則神永歆焉〔一三〕。

【校注】

〔一〕本篇原載清編《全唐文》卷七八一第九頁、《樊南文集補編》卷一一。〔錢注〕《新唐書・地理志》：桂州臨桂縣有侯山。〔按〕與《賽舜廟文》同時作，見該篇注〔一〕按語。本篇及以下三篇亦均代鄭亞作，題首省去「爲滎陽公」字。

〔二〕越嶠，即越城嶠，見《爲尚書濮陽公涇原讓加兵部尚書表》注〔二七〕。

〔三〕〔補注〕《詩・魯頌・閟宫》：「泰山巖巖，魯邦所詹。」

〔四〕〔補注〕《左傳・昭公三十二年》：「閔閔焉如農夫之望歲，懼以待時。」歲，指豐收。

〔五〕〔錢注〕《魏志・管輅傳》：輅過清河倪太守，時天旱，倪問輅雨期，輅曰：「今夕當雨。」注：《輅别傳》曰：「輅既刻雨期，至日向暮，了無雲氣，衆人並嗤輅。輅言：『樹上已有少女微風，又少男風起，其應至矣。』須臾，果有艮風。日未入，有山雲樓起，到鼓一中，大雨河傾。」

〔六〕彼，《全文》作「俾」，據錢校改。〔錢注〕《説文》：荄，草根也。潘岳《悼亡詩》：枯荄帶墳隅。

〔七〕〔補注〕《書・吕刑》：「稷降播種，農殖嘉穀。」

〔八〕〔錢注〕《後漢書・許楊傳》：累歲大稔。

〔九〕見《爲中丞滎陽公賽理定縣城隍神文》注〔九〕。

〔一〇〕〔錢注〕《管子》：秋成，五槩之所會，此之謂秋之秋。

〔一一〕〔錢注〕《漢書·董仲舒傳》：仲舒以春秋灾異之變，推陰陽所以錯行，故求雨閉諸陽縱諸陰，止雨反是。注：謂若閉南門禁舉火，及開北門水灑人之類是也。

〔一二〕〔錢注〕《水經注》：夷水自沙渠入縣，水流淺狹，東逕難留城南，城即山也。西面上里餘，得石穴，二大石磧並立穴中，俗名陰陽石。旱則鞭陰石，多雨則鞭陽石。

〔一三〕〔補注〕歆，饗，謂祭祀時神靈享用祭品之香氣。永歆，猶永享馨香之祭。

## 賽建山神文〔一〕

夫神必依人〔二〕，山惟鎮地〔三〕。式融靈命〔四〕，必建玄司〔五〕。前者憂切藴隆〔六〕，念深流鑠〔七〕。詎言膏澤，忽致有秋〔八〕！敢備杯盤，麤陳肴蔌〔九〕。神其留歡屏翳，通意馮夷〔一〇〕。叶時雨於東皋〔一一〕，卷陽雲於南裔〔一二〕。我民奉事，無或不虔。

【校注】

〔一〕本篇原載清編《全唐文》卷七八一第一〇頁、《樊南文集補編》卷一一。〔錢注〕《元和郡縣志》：建水出桂州建陵縣北建山。〔按〕與《賽舜廟文》同時作，見該篇注〔一〕按語。

〔二〕〔補注〕《左傳·僖公五年》：「（晉獻）公曰：『吾享祀豐絜，神必據我。』（宫之奇）對曰：『臣聞之，鬼神非人實親，惟德是依。……神所馮依，將在德矣。』」

〔三〕〔錢注〕《樂府·登名山行》：名山本鎮地。

〔四〕靈，錢注本作「景」，未知何據。〔補注〕靈命，神靈之意志。鮑照《從過舊宫》：「靈命藴川瀆，帝寶伏篇圖。」

〔五〕〔錢注〕陶弘景《真靈位業圖序》：懼貽謫玄府，絡咎冥司。〔按〕玄司，猶神司，神靈之司。

〔六〕〔補注〕《詩·大雅·雲漢》：「旱既大甚，藴隆蟲蟲。」藴隆，指暑氣鬱結隆盛。

〔七〕〔錢注〕《楚辭·招魂》：十日代出，流金鑠石些。

〔八〕〔補注〕曹植《贈徐幹》：「良田無晚歲，膏澤多豐年。」有秋，屢見。

〔九〕備，錢注本作「薦」，未出校。〔補注〕《詩·大雅·韓奕》：「其殽維何？炰鼈鮮魚。其蔌維何？維筍及蒲。」肴，魚肉；蔌，蔬菜。

〔一〇〕〔錢注〕干寶《搜神記》：雨師曰屏翳。又：宋時弘農馮夷，華陰潼鄉隄首人也。以八月上庚日渡河溺死，天帝署爲河伯。

〔一一〕〔錢注〕潘岳《秋興賦》：耕東皋之沃壤兮。

〔一二〕〔錢注〕《漢書·司馬相如傳》：《子虚賦》：「於是楚王乃登陽雲之臺。」張華《博物志》：南越之國，與楚爲鄰，五嶺已前，至于南海，負海之邦，交阯之土，謂之南裔。〔補注〕陽雲，此指炎熱之暑雲。

## 賽石明府神文〔一〕

惟神化洽虞琴〔二〕，享存欒社〔三〕。銅章墨綬〔四〕，應非百里之才〔五〕；嘯虎吟龍〔六〕，猶續三時之雨〔七〕。余也謬當廉部，未及行春〔八〕。飛梟懷葉令之庭〔九〕，沸井想延陵之廟〔一〇〕。神其論交異代〔一一〕，降福斯民〔一二〕。常俾旗雲〔一三〕，庇我嘉穀〔一四〕。聊兹薦報，庶或感通。

【校注】

〔一〕本篇原載清編《全唐文》卷七八一第一〇頁、《樊南文集補編》卷一一。〔錢注〕趙與旹《賓退録》：明府，漢人以稱太守，唐人以稱縣令。〔按〕石明府，錢、張均不詳。據篇首「惟神化洽虞琴，享存欒社」之語，當是石姓縣令有惠政，民衆立祠祭祀，奉之爲神者。詳不可考。又據「未及行春」語，石明府所宰之縣當爲桂州屬縣。本篇作時同《賽舜廟文》，見該篇注〔一〕按語。

〔二〕〔錢注〕《吕氏春秋》：宓子賤治單父，彈鳴琴，身不下堂，而單父治。〔補注〕宓子賤，春秋魯人，名不齊，孔子弟子。《論語·公冶長》：「子謂子賤，『君子哉若人！魯無君子者，斯焉取斯？』」

彈琴而治單父事，見《吕氏春秋·察賢》。虙，同「宓」。

〔三〕〔錢注〕《史記·欒布傳》：燕、齊之間，皆爲欒布立社，號曰欒公社。

〔四〕〔錢注〕應劭《漢官儀》：邑宰銅章墨綬。

〔五〕〔錢注〕《蜀志·龐統傳》：統字士元，守耒陽令，在縣不治，免官。吴將魯肅遺先主書曰：「龐士元非百里才也，使處治中、别駕之任，始當展其驥足耳。」按：又見《蔣琬傳》，詳《爲滎陽公桂州署防禦判官等牒·李克勤》「蔣琬沈醉」注。〔按〕古時一縣所轄之地約方百里，見《漢書·百官公卿表上》。

〔六〕〔錢注〕王褒《聖主得賢臣頌》：虎嘯而谷風洌，龍興而致雲氣。

〔七〕〔錢注〕《荆楚歲時記》：六月必有三時雨，田家以爲甘澤。〔補注〕三時，指夏至後半個月。庾信《奉和夏日應令》詩：「五月炎蒸氣，三時刻漏長。」明周之璵《農圃六書·占侯·五月占》：「夏至後半月爲三時。頭時三日，中時五日，三時七日。」時已八月，故云「猶續三時之雨」。

〔八〕〔錢注〕《後漢書·鄭弘傳》：弘少爲鄉嗇夫，太守第五倫行春，見而深奇之。〔補注〕廉部，觀察使之别稱。行春，官吏春日出巡屬部。《後漢書·鄭弘傳》李賢注：「太守常以春行所主縣，勸人農桑，振救乏絶。」

〔九〕葉，《全文》作「鄴」，據錢校改。〔錢注〕《後漢書·王喬傳》：喬爲葉令，常自縣詣臺，臨至，輒有雙鳧從東南飛來，舉羅張之，但得一隻舄焉。

〔一〇〕〔錢注〕劉敬叔《異苑》：句容縣有延陵季子廟，廟前井及瀆，恒自涌沸，故曰「沸井」。

〔一一〕〔錢注〕《陳書·蕭允傳》：鄱陽王出鎮會稽，允爲長史，帶會稽郡丞，行經延陵季子廟，設蘋藻之薦，託異代之交，爲詩以叙意。

〔一二〕〔補注〕《左傳·襄公二年》：「降福孔偕。」斯民，指老百姓。

〔一三〕〔錢注〕《楚辭·九歌》：乘迴風兮載雲旗。

〔一四〕〔錢注〕《國語》：玉足以庇廕嘉穀。

## 賽莫神文〔一〕

惟神克扇明靈〔二〕，居余屬邑。能作殷臣之雨〔三〕，欲豐唐叔之禾〔四〕。輒以良時，爰陳薄奠〔五〕。神其俯臨上席〔六〕，少解靈衣〔七〕，舞朱鳳於南方〔八〕，召玄龍於北極〔九〕。永調和氣，無易至誠。

【校注】

〔一〕本篇原載清編《全唐文》卷七八一第一〇頁、《樊南文集補編》卷一一。錢、張於「莫神」均未詳。〔按〕瑶族隋、唐時稱莫徭，聚居於今廣西。《隋書·地理志下》：「長沙郡又雜有夷蜒，名曰莫傜，自云其先祖有功，常免傜役，故以爲名。」莫神，疑是當地少數民族莫傜所奉之神。本篇作時同《賽舜廟文》。

〔二〕〔錢注〕揚雄《趙充國頌》：明靈惟宣。〔補注〕扇，顯揚；明靈，聖明之神靈。

〔三〕〔補注〕殷臣，指傅說。《書·說命上》：「（傅）說築傅巖之野，惟肖。爰立作相，王置諸其左右。命之曰：『朝夕納誨，以輔台德。若金，用汝作礪；若濟巨川，用汝作舟楫；若歲大旱，用汝作霖雨。』」

〔四〕〔錢注〕《書序》：唐叔得禾，異畝同穎。

〔五〕〔錢注〕《後漢書·橋玄傳》：裁致薄奠。

〔六〕〔錢注〕郭緣生《述征記》：周靈王二十三年，起昆明之臺，時有萇弘能招致神異。王登臺，忽見二人乘空而至，乘游飛之輦，駕以青螭，其衣皆縫緝毛羽。王即迎之上席。

〔七〕〔錢注〕《楚辭·九歌》：靈衣兮披披，玉佩兮陸離。

〔八〕〔錢注〕干寶《搜神記》：漢代十月十五日，以豚酒入靈女廟，擊筑奏曲，連臂蹋地爲節，歌《赤鳳來》，巫俗也。〔補注〕朱鳳，即朱雀，古代傳説中之祥瑞動物，四靈之一。杜甫《朱鳳行》：「君不見瀟湘之山衡山高，山巔朱鳳聲嗷嗷。」

〔九〕〔錢注〕陸雲《爲顧彦先贈婦詩》：棄置北辰星，問此玄龍焕。〔補注〕玄龍，猶黑龍。《淮南子·覽冥訓》：「於是女媧鍊五色石以補蒼天，斷鼇足以立四極，殺黑龍以濟冀州。」高誘注：「黑龍，水精也。」

## 爲中丞滎陽公祭桂州城隍神祝文〔一〕

維大中元年，歲次丁卯，八月甲午朔，二十七日庚申，桂州管内都防禦觀察處置等使、正議大夫、使持節桂州諸軍事〔二〕、守桂州刺史、兼御史中丞、上柱國〔三〕、賜紫金魚袋鄭某〔四〕，謹遣直官攝功曹參軍、文林郎、守陽朔縣令莊敬質，謹以旨酒庶羞之奠，敬祭於城隍之神〔五〕。濬洫崇墉〔六〕，所以固吾圉〔七〕；春祈秋報〔八〕，所以輔農功〔九〕。今露白雷收，蟲坏水涸〔一〇〕。念時暘而時雨〔一一〕，將乃積而乃倉〔一二〕。敢以吉辰，式陳常典。神其保兹正直〔一三〕，歆彼馨香〔一四〕。聿念前修，勿虧明鑒。昔房豹變樂陵之井味〔一五〕，任延易九真之土風〔一六〕。豈獨人謀，抑由冥助〔一七〕。今猶古也，神實聽之。

【校注】

〔一〕本篇原載《文苑英華》卷九九五第五頁、清編《全唐文》卷七八一第四頁、《樊南文集詳注》卷五。《英華》題首無「爲中丞滎陽公」六字，徐本、馮本從之。〔徐注〕何孟春《餘冬序録》：城隍之祀，莫詳其始。先儒謂既有社，不應復有城隍。唐李陽冰《縉雲城隍記》謂祀典無之，惟吴越有爾。然成都城隍祠，大和中李德裕所建，張説有《祭城隍文》，杜牧有《祭黄州城隍文》，則不獨吴越爲然。又，蕪湖城隍建於吴赤烏二年，高齊慕容燕、梁武陵王祀城隍神，皆書於史，又不獨唐而已。宋以來其祀徧天下，或賜廟額，或頒封爵，或遷就傅會，各指一人爲神之姓名。如鎮江、慶元、寧國、太平、華亭、蕪湖等郡邑，皆以爲紀信；隆興、贛、袁、江、吉、建昌、臨江、南康皆以爲灌嬰是也。陸游云：「唐以來，郡縣皆祭城隍，今世尤謹，守、令謁見，儀在他神祠上。社稷雖尊，特以令式從事，至祈禳報賽，獨城隍而已。」〔按〕據篇首所紀時日，文作於大中元年八月二十七日。六月十四日，鄭亞抵達桂林後數日，商隱有《爲中丞滎陽公桂州賽城隍神文》。此祝文係報神豐收而作。文中未提及祈雨事，故知此文與《賽舜廟文》等二十篇非一時之作。「念時暘而時雨，將乃積而乃倉」係泛言風調雨順，五穀豐登，與祈雨得應有别。

〔二〕〔馮注〕《新書·百官志》：武德初，邊要之地，置總管以統軍，加號使持節。《通典》：加號爲使持節，而實無節，但頒銅魚符而已。

〔三〕〔馮注〕按《職官志》：正議大夫正四品上，上柱國正第二品，御史中丞正四品下。桂州爲中州刺史，正四品上。階、職之不齊如此。至觀察、防禦，與節度使相等，外官之最尊者，各帶本官以出也。

〔四〕〔馮注〕《舊書·輿服志》：高祖改銀菟符爲銀魚符。高宗時，京官文武職事四品、五品，並給隨身魚。賜新魚袋，飾以銀。垂拱二年，諸州都督刺史，並准京官帶魚袋。天授元年，改内外所佩魚並作龜。久視元年，三品以上袋用金飾，四品用銀，五品用銅。神龍初，依舊佩魚袋。又曰：開元以後，恩制賜賞緋紫，例兼魚袋章服，因之佩者衆矣。

〔五〕敬，《英華》無此字，徐本、馮本從之。

〔六〕〔徐注〕左思《魏都賦》：崇墉濬洫，嬰堞帶涘。〔補注〕崇墉，高城；濬洫，深池。

〔七〕〔徐注〕《左傳》：鄭莊公曰：「寡人之使吾子處此，不惟許國之爲，亦聊以固吾圉也。」〔補注〕圉，邊境、疆域。

〔八〕「徐注」《詩序》：《噫嘻》，春夏祈穀於上帝也。《豐年》，秋冬報也。

〔九〕〔徐注〕《周語》：無有求利於(其)官，以干農功。

〔一〇〕今露白，《英華》作「金白露」，非。雷，徐注本作「電」，非。〔徐注〕《禮記》：孟秋之月，涼風至，白露降。仲秋之月，雷始收聲，蟄蟲坏户，殺氣浸盛，陽氣日衰，水始涸。〔補注〕坏，通「培」「坯」。坏户，謂昆蟲在地裏封塞巢穴。

〔一一〕〔徐注〕《書》：曰肅，時雨若；曰乂，時暘若。〔補注〕時雨，應時之雨；時暘，應時之陽光。

〔一二〕〔徐注〕《詩》：迺積迺倉。

〔一三〕〔徐注〕《左傳》：内史過曰：「神，聰明正直而壹者也。」

〔一四〕〔徐注〕《左傳》：季梁曰：「所謂馨香，無讒慝也。」〔補注〕馨香，指用作祭品之黍稷。

〔一五〕〔徐注〕《北史》：房豹字仲幹。河清中，遷樂陵太守。郡瀕海，水味多鹹苦。豹命鑿一井，遂得甘泉，遐邇以爲政化所致。

〔一六〕土風，《英華》作「風土」，注：集作「土風」。〔馮注〕《後漢書·循吏傳》：任延字長孫，南陽宛人。詔徵爲九真太守。九真不知牛耕，延乃令鑄田器，教之墾闢。又駱越之民無嫁娶禮法，各因淫好，不識父子之性、夫婦之道。延乃使男女皆以年齒相配。同時相娶者二千餘人。是歲風雨順節，穀稼豐衍。〔徐注〕又：初，平帝時漢中錫光爲交阯太守，化聲侔于延，嶺南華風始於二守焉。

〔一七〕抑，《英華》作「仰」，誤。

## 爲滎陽公奏請不叙録將士狀〔一〕

使當道將士及管内昭、賀等州軍士共二千一百二十六人〔二〕，準去年五月五日制，叙勳階使司去，今年四月二十五日具將士姓名及甲授年月日申省訖。右臣當道將士等，遠當戎寄，式控遐陬，乘解愠之和〔三〕，寧親矢石〔四〕；望拱辰之列〔五〕，實隔煙波。近者朝廷奄靖北方〔六〕，惟荒東道〔七〕，當陰山之哭虜〔八〕，靡效纖埃〔九〕；及天井之摧凶〔一〇〕，不横寸草〔一一〕。徒以皇帝陛下非煙結彩〔一二〕，瀼露流光〔一三〕，向明纔及於鳳樓，布澤遠霑於蠻徼〔一四〕。

固合同承國慶〔一五〕，共禀朝榮。伏以當管近無豐年，亦經小水，海上有分屯之卒〔一六〕，邕南有未返之師〔一七〕。歉冗食於居人〔一八〕，困裹糧於戎士〔一九〕。臣初叨廉問，方切拊循〔二〇〕，雖拾級升階〔二一〕，各思受寵；而濡毫執簡〔二二〕，無以爲資〔二三〕。仰慮後期，敢忘積懼？伏見比者諸道有物力未足者，聖恩弘貸〔二四〕，許且權未叙録〔二五〕。竊緣往例〔二六〕，冒此上陳。伏冀天慈，曲垂矜許〔二七〕。臣與將士等無任感激冒昧戰越之至。

【校注】

〔一〕本篇原載《文苑英華》卷六四四第六頁、清編《全唐文》卷七七二第二四頁、《樊南文集詳注》卷二。題内「滎陽公」下，馮云：一有「桂州」字。馮譜、張箋均繫大中元年。馮譜置《爲滎陽公進賀正銀狀》《爲滎陽公謝賜冬衣狀》之後；張箋置《爲滎陽公進賀壽昌節銀零陵香麝靴竹靴狀》《爲滎陽公與度支周侍郎狀》之後。〔按〕據狀内「伏以當管近無豐年，亦經小水」及下狀「況近年不甚登穰，亦經水澇」等語，與大中元年桂管湖湘一帶先水後旱情況頗合，似是秋收後所上。蓋因連年收成不佳，物力不足，故進狀請求暫停叙録將士。酌編大中元年秋。叙録，按功勞大小授官獎勵。

〔二〕軍士，《英華》誤作「軍事將士」。〔徐注〕《新書·方鎮表》：桂管，開耀後置經略使，領桂、梧、賀、連、柳、富、昭、蒙、嚴、環、融、古、思唐、龔十四州，治桂州。

〔三〕〔馮注〕《禮記》：舜作五絃之琴以歌《南風》。《家語》曰：南風之薰兮，可以解吾民之愠兮；南風之時兮，可以阜吾民之財兮。

〔四〕見《爲王侍御瓘謝宣弔並賻贈表》「皆冒矢石」注。

〔五〕〔補注〕《論語·爲政》：「爲政以德，譬如北辰，居其所，而衆星共（拱）之。」拱辰之列，指朝廷百官拱衛君主之班列。

〔六〕〔馮注〕北謂回鶻。〔按〕視下文「當陰山之哭虜」語，馮注是。

〔七〕〔徐注〕《左傳》：燭之武見秦伯曰：「若舍鄭以爲東道主，行李之往來，共（供）其乏困。」〔馮注〕「東道」字屢見《左傳》，此則謂澤潞。〔補注〕荒，據有。《詩·魯頌·閟宫》：「奄有龜蒙，遂荒大東。」毛傳：「荒，有也。」上句「奄」，此句「荒」，均本《詩》語。

〔八〕〔馮注〕《漢書·匈奴傳》：侯應曰：「陰山東西千餘里，單于依阻其中，治作弓矢，是其苑囿也。孝武出師斥奪此地，攘之於幕（漠）北，邊境得用少安。邊長老言匈奴失陰山之後，過之未嘗不哭也。」〔徐注〕謂回鶻。〔按〕指會昌三年破回鶻事。

〔九〕〔徐注〕《魏都賦》：風無纖埃。〔馮注〕此言無一塵之效。《文選·曹子建表》：塵露之微，補益山海。注引謝承《後漢書》：楊喬曰：「猶塵附泰山，露集滄海，雖無補益，款誠至情，猶不敢默。」〔按〕即杜詩「未有涓埃答聖朝」之意。

〔一〇〕〔徐注〕謂劉稹。《漢書·地理志》：上黨郡有天井關，今在山西澤州東南。〔馮注〕《後漢書·

紀》注曰：今太行山上關南有天井泉三所。〔按〕天井摧凶，謂討滅劉稹之叛。

〔一二〕〔徐注〕《漢書·終軍傳》：軍無横草之功。〔馮注〕師古曰：言行草中，使草偃卧，故云「横草」。

〔補注〕喻功勞之輕微。

〔一三〕彩，《英華》注：集作「蔭」。非煙，見《爲河南盧尹賀上尊號表》「非煙浪井」注。

〔一三〕〔徐注〕《詩》：零露瀼瀼。〔補注〕瀼瀼，露濃貌。瀼露，喻皇帝之恩澤。

〔一四〕〔馮注〕按戰功皆在會昌時，而宣宗初立，猶以此爲詞，普行慶賞也。

〔一五〕承，《全文》作「成」，徐本同，誤。據《英華》改。

〔一六〕〔徐注〕《新書·南蠻傳》：安南桃林人者，居林西原七綰洞，首領李由獨主之，歲歲戍邊。李琢之在安南也，奏罷防冬兵六千人，謂由獨可當一隊，遏蠻之入。〔按〕徐注非，詳下句馮注。

〔一七〕〔徐注〕《新書·地理志》：邕州朗寧郡，屬嶺南道。《南蠻傳》：大中時，李琢爲安南經略使，苛墨自私，以斗鹽易一牛，夷人不堪，結南詔將段酋遷陷安南都護府，號白衣没命軍。南詔發朱弩佉苴三千助守。〔馮注〕按邕管之南當指南蠻邊事，即《爲滎陽公桂州謝上表》云「控西原而遏寇」，《爲中丞滎陽公桂州賽城隍神文》云「既禦寇於西原」是也。屯邊本有兵甲，或小小蠢動，史文所不必詳耳。徐氏以李涿在安南事證之，然《新書·南蠻傳》年月不甚明晰，而《通鑑》載於大中十二年，雖有「初，安南都護李涿」之文，然《考異》中詳辨擅罷林西原防冬戍卒爲大中八年事，則必非此時事矣。〔按〕二句似指管内正常戍守之外的分兵。「海上有分屯之卒」，蓋即

《論安南行營將士月糧狀》「使當道先准詔發遣行安南行營將士五百人」，此五百人之月糧錢米，均由桂管負擔。「邕南有未返之師」，似即同狀所云「三百人扭在邕管行營」者。馮氏未見此狀，故有上述推測。時安南經略使爲裴元裕，已見《月糧狀》。

〔一八〕〔馮注〕《説文》：歉，食不滿。《漢書·成帝紀》：避水它郡國，在所冗食之。注曰：冗，散也。散廪食使生活。食讀曰飤。《谷永傳》：流散冗食，餧死於道。○頂上「小水」。《周禮》：地官之屬，稾人，掌（共）外内朝冗食者之食。注：冗食者，謂留治文書，若今尚書之屬諸直上者。疏：冗，散也。散吏以上直不歸家食，稾人供之，因名冗食者。〔補注〕冗食，謂由公家供給廪食。居人，即居民。此謂因遭水災需由公家供給糧食者。

〔一九〕〔徐注〕《左傳》：裹糧坐甲，固敵是求。〔馮注〕頂上「分屯」。〔補注〕裹糧，謂攜帶熟食乾糧，以備出征。

〔二〇〕〔徐注〕《漢書·淮南王傳》：拊循百姓。〔補注〕拊循，安撫。《荀子·富國》：「垂事養民，拊循之，唲嘔之。」

〔二一〕級，《全文》誤作「綴」，據《英華》改。〔徐注〕《禮記》：主人與客讓登，主人先登，客從之，拾級聚足，連步以上。〔補注〕此「級」「階」指勳官之品級。

〔二二〕〔徐注〕《左傳》：南史氏執簡以往。〔補注〕簡，簡策，句指書勳於簡策。

〔二三〕〔馮注〕謂無以叙其功也。〔補注〕謂因財力不足，無以叙官酬功也。

〔二四〕弘，《全文》作「洪」，當是諱改，此從《英華》。〔徐注〕《晉書·徐邈傳》：邈言於帝曰：「會稽王奉上純一，宜加弘貸。」〔補注〕弘貸，寬貸。

〔二五〕〔徐注〕《晉書·劉聰傳》：或有勳舊功臣，而弗見叙録。

〔二六〕〔徐注〕《隋書》：觀德王雄讓表曰：「臣實面墻，敢緣往例。」〔補注〕往例，即上文「比者諸道有物力未足者……許且權未叙録」之前例。

〔二七〕〔徐注〕《晉書·慕容翰傳》：天慈曲愍。梁邵陵王啓：伏願天慈，曲垂矜許。

## 爲滎陽公請不叙將士上中書狀〔一〕

右某當管將士，本一千五百人〔二〕。有北境兩度行營〔三〕，有西原十鎮防戍〔四〕。既部伍皆更招收數額〔五〕，則轉增加糧料，不經申破〔六〕，留州自備〔七〕，累政相成〔八〕。況近年不甚登穰〔九〕，亦經水潦〔一〇〕。拏舟負弩〔一一〕，尚歎于征途；穭穀神蠶〔一二〕，未豐于下舍〔一三〕。今縱仰承渥澤，合進勳階〔一四〕，將徵簡禮之資〔一五〕，盡有囊裝之許〔一六〕。雖祁寒暑雨，小民不識于天時〔一七〕；而露冕褰帷〔一八〕，長吏合宣其人願〔一九〕。輒以具狀奏聞訖。伏乞相公俯推近例〔二〇〕，許且權停。干冒尊嚴，無任戰灼之至。

【校注】

〔一〕本篇原載清編《全唐文》卷七七三第二一頁、《樊南文集補編》卷三。〔錢箋〕本集有《爲滎陽公奏請不叙録將士狀》。〔按〕當與《爲滎陽公奏請不叙録將士狀》同時所作，約大中元年秋。參上篇注〔一〕按語。

〔二〕〔錢曰〕見《爲滎陽公論安南行營將士月糧狀》。〔按〕此即《月糧狀》所云「當道繫敕額兵，數只一千五百人」。上篇云「使當道將士及管内昭、賀等州軍士共二千一百二十六人」，與此所云相差六百二十六人，其增加之數額，即《月糧狀》所云「至於堅守城池，備禦倉庫，供承職掌，傳遞文書，並是當使方圓衣糧，招收驅使」。亦即本篇下文所謂「既部伍皆更招收數額」者。定額之外，一切供應皆由地方籌措，故下言「不經申破」。

〔三〕〔錢注〕按「兩度行營」，似指邕管、容管，然皆在桂管西南，其北境則荆南也，未知何指。〔按〕北境，當指桂管之北境。「兩度行營」具體所指不詳。

〔四〕原，《全文》作「京」，據錢校改。西原十鎮防戍，見《爲滎陽公論安南行營將士月糧狀》注〔四〕。

〔五〕〔補注〕指在敕定一千五百人數額外，增招之兵士六百二十六人。

〔六〕〔錢注〕《唐會要》：貞元二年，敕左右金吾及十六衛將軍，並宜加給料錢及隨身幹力糧課等。

〔補注〕申破，申報。

〔七〕見《爲滎陽公論安南行營將士月糧狀》。〔按〕即《月糧狀》所謂「並是當使方圓衣糧，招收驅使」。

〔八〕〔錢注〕《魏書·竇瑗傳》：前後累政，咸見告訟。

〔九〕〔錢注〕《爾雅》：登，成也。《博雅》：穰，豐也。

〔一〇〕〔錢注〕《廣韻》：澇，淹也。〔按〕上篇亦言「伏以當管近無豐年，亦經小水」。

〔一一〕〔錢注〕《莊子》：方將杖拏而引其船。《史記·司馬相如傳》：拜相如爲中郎將，因巴蜀吏幣物以賂西夷。至蜀，縣令負弩矢先驅。〔補注〕拏，船槳。拏舟，撑船。負弩，背負弓箭。此「拏舟負弩」指以舟船運送糧草與身帶武器戍守。

〔一二〕〔錢注〕《後漢書·光武紀》：初，王莽末，天下旱蝗，黄金一斤，易粟一斛。至是野穀旅生，麻尗尤盛，野蠶成繭，被於山阜，人收其利焉。注：旅，寄也。不因播種而生，故曰旅。今字書作「穭」。

〔一三〕〔錢注〕《晉書·華表傳》：頻稱疾，歸下舍。〔補注〕下舍，私宅。

〔一四〕〔錢注〕《新唐書·百官志》：其辨貴賤，叙勞品，則有品、有爵、有勳、有階。

〔一五〕〔錢注〕《春秋》注：遇者草次之期，二國各簡其禮，若道路相逢遇也。

〔一六〕〔錢注〕《陳書·徐陵傳》：由來宴賜，凡厥囊裝。〔按〕「將徵」二句，承上謂叙録將士勳階後，即應徵收簡單禮儀所需之資費（指增加俸給），增發相應之財物。

〔一七〕〔補注〕《書·君牙》：「冬祁寒，小民亦惟曰怨咨。」蔡沈集傳：「祁，大也。」

〔一八〕〔錢注〕《藝文類聚》：《華陽國志》：「郭賀爲荆州刺史，明帝到南陽巡狩，賜三公服，敕行部去襜露冕，使百姓見之，以彰有德。」《後漢書·賈琮傳》：琮爲冀州刺史。舊典：傳車驂駕，垂赤帷裳，迎於州界。及琮之部，升車言曰：「刺史當遠視廣聽，糾察美惡，何有反垂帷裳以自掩塞乎？」乃命御者褰之。

〔一九〕〔錢注〕《漢書·景帝紀》：吏六百石以上皆長吏也。《荀子》：一足以爲人願。〔補注〕長吏，此指地方長官。人願，猶民願。

〔二〇〕〔補注〕即《爲滎陽公奏請不叙録將士狀》所謂「伏見比者諸道有物力未足者，聖恩弘貸，許且權未叙録」之「往例」。

## 爲滎陽公賀老人星見表〔一〕

臣某言〔二〕，臣得本道進奏院狀報，司天監李景亮奏八月六日寅時老人星見于南極，其色黄明潤大者〔三〕。聖惟合德〔四〕，神實效祥，必垂有爛之文〔五〕，以表無疆之祚〔六〕。臣某中賀。臣聞玄象示人〔七〕，昊穹凝命〔八〕。曜爲經而宿爲紀〔九〕，則有常名〔一〇〕；斗挹酒而牛服箱〔一一〕，或標虚號〔一二〕。未若候時而出，有道則彰。居五福之先〔一三〕，在三辰之列〔一四〕。伏惟皇帝陛下，昭明《老》契，游泳《莊》環〔一五〕，式是中秋〔一六〕，呈兹上瑞。況見於午位〔一七〕，又屬寅時,仰考玄符〔一八〕,乃有深意。自南耀彩,將弘解愠之風〔一九〕;近曉流光,欲助無私之日〔二〇〕。皇心載裕〔二一〕,靈鑒孔昭〔二二〕。凡居率土之濱〔二三〕,皆慶後天之壽〔二四〕。臣誤蒙重寄,實遠清光〔二五〕。送玄燕於梁間〔二六〕,傷時自切;望白榆於天上〔二七〕,厥路無由。賀聖戀恩,無任蹈舞屏營之至。

【校注】

〔一〕本篇原載《文苑英華》卷五六一第四頁、清編《全唐文》卷七七二第一頁、《樊南文集詳注》卷一。《英華》原注:宣宗。〔徐箋〕《舊書·百官志》:凡景星慶雲爲大瑞,其名物六十有四。大瑞則百官詣闕奉賀,餘瑞歲終員外郎以聞,有司告廟。〔按〕張《箋》大中元年編年文將本篇置於《爲滎陽公祭桂州城隍神祝文》之後。司天監奏八月六日老人星見,消息傳至桂林,當在八月底九月初,表上於其時。老人星見注〔三〕。

〔二〕言,《英華》作「官」,誤。

〔三〕〔徐注〕《史記·天官書》:狼比地有大星曰南極老人。老人見,治安;不見,兵起。常以秋分時候之南郊。《晉書·天文志》:老人星見則治平,主壽昌。《唐會要》:開元間敕有司置壽星壇,以千秋節日修祠,祭老人星,著之常式。《玉海》:開元七年八月,老人星見,色黄。又:二十四年八月庚戌,老人星見。太史奏《孫氏瑞應圖》云:「王者承天,則老人星見,臨其國。」《黄帝占》云：「老人星一名壽星，色黄明大，則主壽昌，天下多賢士。」陛下以千秋節日祀於星壇，而祭期將臨，美應先至，請付史官。

〔四〕〔補注〕合德，猶同德。《論衡・譴告》：「天人同道，大人與天合德。」

〔五〕〔徐注〕《詩》：明星有爛。

〔六〕〔徐注〕《書》：無疆惟休。

〔七〕〔補注〕玄象，天象。謂日月星辰在天所成之象。《後漢書・郅惲傳》：「惲乃仰占玄象。」

〔八〕〔徐注〕《易》：君子以正位凝命。〔補注〕《易・鼎》王弼注：「凝者，嚴整之貌也……凝命者，以成教命之嚴也。」

〔九〕紀，《全文》作「緯」，據《英華》改。〔徐曰〕《英華》作「紀」，此傳寫之誤。當作「宿爲經而曜爲緯」。《穀梁傳》：列星爲恒星，亦曰經星。《禮記》：宿離不貸，無失經紀。注：二十八宿爲經，七曜爲紀。案：紀即緯。《西京賦》：五緯相汁，以旅於東井。薛綜注云：五緯，五星也。〔馮曰〕按徐説似是而非。其所引《禮記》注，見《太平御覽》，而漢鄭氏注「經紀」，謂天文進退度數。《穀梁傳》：「七曜爲之盈縮。」注曰：「日月五星。」《左傳》：「天以七紀。」注曰：「二十八宿四七。」《漢書・志》：「凡天文，經星常宿中外官」云云。張衡《靈憲》：「文曜麗乎天，其動者有七，日月五星是也。」《晉書》於天文經星二十八舍、十二次度數、七曜，分而志之。蓋列曜皆經星，而七曜尤其大者，東方角、亢，北方斗、牛等二十八星，以星體謂之星，以日月會於其星即名宿，亦名辰，亦名次，亦名房，又名舍。度數進退遲速於此考驗，所謂無失經紀也。文初未有誤，本作「紀」，不作「緯」。徐氏乃作「緯」而疑之，辨之，斯誠誤會矣。

〔一〇〕有，《英華》作「曰」。〔補注〕《老子》：「名，可名，非常名。」常名，永恒之名。

〔一一〕〔徐注〕《詩》：維北有斗，不可以挹酒漿。又：睆彼牽牛，不以服箱。

〔一二〕號，《英華》作「稱」。

〔一三〕〔徐注〕《書》：五福，一曰壽，二曰富，三曰康寧，四曰攸好德，五曰考終命。

〔一四〕〔徐注〕《左傳》：三辰旂旗。注：三辰，日月星也。

〔一五〕環，《全文》《英華》均作「寰」，《英華》注：集作「環」。茲據改。〔徐注〕《晉書·阮籍等傳論》曰：「馳騁莊門，排登李室。」二語本此。〔馮注〕按《老子》有《任契》篇，曰：「聖人執左契。」《莊子》有「道樞……得其環中，以應無窮」之語，故曰「《老》契」「《莊》環」。〔按〕馮注是。

〔一六〕式，《英華》作「戒」，誤。注：集作「式」。〔馮校〕（式）一作「屆」。

〔一七〕午位，見《爲京兆公陝州賀南郊赦表》「定午位」注。〔補注〕老人星見於南極，故云「見於午位」。

〔一八〕〔徐注〕《北史·崔宏傳》：斯乃利見之玄符。〔補注〕玄符，謂上天顯示之瑞徵。《文選·揚雄〈劇秦美新〉》：「玄符靈契，黄瑞湧出。」李善注：「玄符，天符也。」

〔一九〕風，《全文》作「心」，據《英華》改。〔徐注〕《家語》：舜彈五絃之琴，造《南風》之詩曰：「南風之薰兮，可以解吾民之愠兮；南風之時兮，可以阜吾民之財兮。」

〔二〇〕〔徐注〕《禮記》：天無私覆，地無私載，日月無私照。

〔二一〕〔徐注〕謝靈運詩：皇心美陽澤。

〔二二〕〔徐注〕《晉書·袁宏傳贊》曰：靈鑒洞照。

〔二三〕凡，《全文》作「況」，據《英華》改。〔補注〕《詩·小雅·北山》：「溥天之下，莫非王土；率土之濱，莫非王臣。」

〔二四〕〔徐注〕《莊子》：後天地終而不爲老。《藝文類聚》：韓終《采藥詩》曰：「闇河之桂，實大如棗，得而食之，後天而老。」

〔二五〕〔徐注〕《漢書·鼂錯傳》：對策曰：「然莫能望陛下清光。」

〔二六〕〔徐注〕《禮記》：仲秋之月，玄鳥歸。注：玄鳥，鷰也，謂去蟄也。

〔二七〕望，《英華》注：集作「數」。〔徐注〕古樂府：天上何所有，歷歷種白榆。案：《初學記》引此句，以白榆爲星。

〔蔣士銓曰〕聲調勻適，清婉而和。佳處在此，短處亦在此。（《忠雅堂評選四六法海》卷二）

## 爲滎陽公上僕射崔相公狀二〔一〕

得進奏院狀報〔二〕，伏承尋達上京〔三〕。賢相還朝，元侯入覲〔四〕。皇闈曉闢〔五〕，朱旗將金印同歸〔六〕；碧落宵清〔七〕，台座與將星俱耀〔八〕。事光聞聽，道合休明〔九〕。況相公瑞玉揚輝，貞金抱質。冠明舜日，袖舉堯風〔一〇〕。挺山立之奇姿〔一一〕，鬱鼎角之殊相〔一二〕。固已表儀朝列，傾注宸襟。鳳澡刷其前池〔一三〕，鸞翺翔于故闕〔一四〕。淺深魏、丙，陟降蕭、曹〔一五〕。凡在含靈〔一六〕，莫不增抃。況某忝當寵寄，曾奉恩光。伏想嚴道來儀〔一七〕，方明展事〔一八〕。漢營前箸，張子房不讓成功〔一九〕；齊井新柴，管敬仲豈辭殊禮〔二〇〕。限縈廉察，闕備班行。且未卜於登門〔二一〕，徒有賀於華國〔二二〕。抃躍攀戀，伏深下情。

【校注】

〔一〕本篇原載清編《全唐文》卷七七三第二四頁、《樊南文集補編》卷三。題内「僕射」二字，《全文》作「弘文」，依錢校改。〔錢箋〕〔崔相公〕崔鄲也。「弘文」當作「僕射」。按此編（指《樊南文集補編》）上崔相公凡三人：弘文，元式也；河中，鉉也；僕射，鄲也。因姓氏爵位相同，故各冠二字别之。《舊唐書·元式傳》略甚，《新唐書·傳》載其觀察湖南，與前第一狀合。而此狀語意多不相類。惟《新唐書·崔鄲傳》言文宗末，擢同中書門下平章事，罷爲劍南西川節度使。宣宗初，檢校尚書僕射。《舊唐書·紀》會昌六年文同。又《新唐書·宰相表》，大中元年八月，李回爲劍南西川節度使。是李回鎮蜀之前，崔鄲當有還朝之事。《僕射崔相公第一狀》，定爲崔鄲。職是之由，合之此狀「嚴道來儀」語，尤得確證。其爲同時之作無疑，必標題誤也。再按《僕射崔相公第二狀》云：「過潭州日，得與輿人詠我台座。」正與元式觀察湖南事合，是彼處「僕射」亦當爲「弘文」之誤。傳寫互易，古書恒有，不經分析，索解苦難。今故仍其原題，而詳列其説如右。〔按〕錢説是。文云「賢相還朝，元侯入覲」，又云「限縈廉察」，當爲鄭亞已在桂管任賀崔鄲由西川還朝而作。《爲滎陽公上僕射崔相公狀一》爲在桂見崔鄲内召之除書時所上，約作於大中元年八月末（見該篇注〔一〕）。此篇則計其還朝路程及時日「尋達上京」時所上。成都至長安二千一十里，故本篇作時當已九月。

〔二〕進奏院，見《爲濮陽公奉慰皇太子薨表》注〔二〕。

〔三〕〔錢注〕班固《幽通賦》：有羽儀於上京。〔補注〕上京，指西京長安。

〔四〕〔補注〕《左傳·襄公四年》：「三《夏》，天子所以享元侯也，使臣弗敢與聞。」元侯，諸侯之長。《詩·大雅·韓奕》：「韓侯入覲，以其介圭，入覲于王。」鄭玄箋：「諸侯秋見天子曰覲。」崔鄲内召正值秋季。

〔五〕〔錢注〕傅咸《贈何劭王濟詩》：明明闢皇闈。

〔六〕〔錢注〕班固《封燕然山銘》：玄甲耀日，朱旗絳天。《漢書·百官公卿表》：丞相、相國金印紫綬。〔補注〕將，與也。

〔七〕〔補注〕碧落，指青天。

〔八〕〔錢注〕《宋書·顔延之傳》：此三台之坐，豈可使刑餘居之？《史記·天官書》：中宮斗魁戴匡六星，曰文昌宮：一曰上將，二曰次將，三曰貴相，四曰司命，五曰司中，六曰司禄。又：南宮五帝坐後傍一大星，將位也。〔補注〕台座，指鄆曾爲相；將星，指鄆爲節度使。

〔九〕〔補注〕《左傳·宣公三年》：「楚子問鼎之大小輕重焉。對曰：『在德不在鼎……德之休明，雖小，重也；其姦回昏亂，雖大，輕也。』」

〔一〇〕〔錢注〕似「堯日」「舜風」之互文。〔補注〕堯日，見《史記·五帝本紀》：「帝堯者，放勛。其仁如天，其知如神，就之如日，望之如雲。」舜風，見《爲滎陽公進賀壽昌節銀零陵香麝靴竹靴狀》注〔一四〕。然舜日堯風亦可泛稱太平盛世。

〔一一〕〔補注〕《禮記·玉藻》：「立容，辨卑毋諂，頭頸必中，山立時行。」孔穎達疏：「山立者，若住立則嶷如山之固，不搖動也。」

〔一二〕〔錢注〕《後漢書·李固傳》：固貌狀有奇表，鼎角匿犀。注：鼎角者，頂有骨如鼎足也。匿犀，伏犀也。

〔一三〕〔錢注〕鳳池，屢見。《齊書·卞彬傳》：澡刷不謹。〔補注〕鳳澡前池，喻崔鄆以丞相身分還朝，下句義同。

〔一四〕〔錢注〕宋孝武帝《擬漢武帝李夫人賦》：想金聲於鸞闕。

〔一五〕〔錢注〕《漢書·魏相丙吉傳贊》：近觀漢相，高祖開基，蕭、曹爲冠；孝宣中興，丙、魏有聲。〔補注〕蕭、曹，蕭何、曹參；丙、魏，丙吉、魏相。《漢書》卷三九有《蕭何曹參傳》，卷七四有《魏相丙吉傳》。

〔一六〕〔錢注〕《春秋元命苞》：含靈盛壯。

〔一七〕〔錢注〕《漢書・地理志》：蜀郡領嚴道縣。

〔一八〕方明展事，見《爲濮陽公上淮南李相公狀二》「佇見方明展事」注。

〔一九〕見《爲濮陽公附送官告中使回狀》「漢祖何妨於銷印」注。

〔二〇〕〔錢注〕《管子》：桓公將與管仲飲，十日齋戒，掘新井而柴焉。注：新井而柴蓋覆之，取其清潔示敬也。《漢書・匈奴傳》：漢寵以殊禮。

〔二一〕〔補注〕《後漢書・李膺傳》：「膺獨持風裁，以聲名自高，士有被其容接者，名爲登龍門。」

〔二二〕〔補注〕《周禮・春官・典路》：「凡會同軍旅，弔於四方，以路從。」鄭玄注：「王出於事無常，王乘一路，典路以其餘路從行，亦以華國。」華國，光耀國家。

## 爲滎陽公祭呂商州文〔一〕

惟靈族光釣渭〔二〕，慶顯歌《齊》〔三〕，竹分東箭〔四〕，玉奪南珪〔五〕。委蛇霄路〔六〕，睥睨雲梯〔七〕。淺牙洞鼠〔八〕，短刃分犀〔九〕。古聖堂奧〔一〇〕，前賢町畦〔一一〕。湔腸效藥〔一二〕，刮膜留篦〔一三〕。彈琴而放臣見釋〔一四〕，買賦而妬后還閨〔一五〕。

既步京國〔一六〕，亦薦鄉里〔一七〕。與田蘇游〔一八〕，有太叔美〔一九〕。鄴都才運〔二〇〕，洛陽年齒〔二一〕。何晏神仙〔二二〕，張良女子〔二三〕。禮闈之擅譽也如彼〔二四〕，册府之傳名兮若此〔二五〕。囊成内殿之帷〔二六〕，書貴皇都之紙〔二七〕。中臺南省〔二八〕，諫署戎藩，才難價重〔二九〕，政舉人存。

蓮池易曉〔三〇〕，蘭圃多暄〔三一〕。涵波獨躍，弄影孤翻。王粲樓中，常經暇日〔三二〕；揚雄宅裏，幾弔遺魂〔三三〕。參差覯閔〔三四〕，萋菲成冤〔三五〕。漢庭毁誼〔三六〕，楚國讒原〔三七〕。建禮門内，明光殿外〔三八〕，直金既肆於猜疑〔三九〕，魏被竟從於沙汰〔四〇〕。蒙犯霜露〔四一〕，支離埃壒〔四二〕。厲山遥鬱於朝嵐〔四三〕，溠水傍奔其素瀨〔四四〕。猶懷毒草，過農井以低窺〔四五〕；尚憶神珠，向隨臺而獨酹〔四六〕。渚宫貳尹〔四七〕，相府中郎〔四八〕。將申蠖屈〔四九〕，欲復鴛行〔五〇〕。朱轓意氣，皂蓋輝光〔五一〕。訓説則馬季長之居南郡〔五二〕，風流則殷仲文之守東陽〔五三〕。

劉寵一錢〔五四〕，鄧攸五鼓〔五五〕。遂解郡符，來登書府〔五六〕。儒林文囿〔五七〕，瑶山瓊圃。鉛槧朝閲〔五八〕，芸籤夜數〔五九〕。瓜當鄭灼之心〔六〇〕，錐在蘇秦之股〔六一〕。是從佐理，於彼東周〔六二〕。雷喧洛派，雹掣嵩丘〔六三〕。玉泉嘉月〔六四〕，金谷清秋〔六五〕。陳思王之羅韤〔六六〕，郭有道之仙舟〔六七〕。不無賦詠，聊以優游〔六八〕。

漢入嶢關〔六九〕，晉分陰地〔七〇〕。藉賢太守之政，有古諸侯之貴〔七一〕。載揚筆陣〔七二〕，復清劍氣〔七三〕。長卿消渴〔七四〕，士安風痺〔七五〕。逝川幾歎於不迴〔七六〕，朝露俄聞於溘至〔七七〕。

嗚呼！昔也風塵投分，平生少年。雕龍競巧〔七八〕，倚馬争妍〔七九〕。開襟隨岸〔八〇〕，促膝伊川〔八一〕。月中乃共誇科桂〔八二〕，池裏亦相矜幕蓮〔八三〕。劉樗屢擲〔八四〕，畢甕多眠〔八五〕。中以世務紛綸〔八六〕，物情推斥〔八七〕，撫事傷年，減歡加戚〔八八〕。路泣楊朱〔八九〕，絲悲墨翟〔九〇〕。縱風至而音來，竟月同而地隔〔九一〕。

逮予廉部〔九二〕，及子頒條〔九三〕。華樽旨酒，綺席嘉肴〔九四〕。各懸章綬，俱失簞瓢〔九五〕。雖論金而契在〔九六〕，終照玉而顔凋〔九七〕。子牟之思魏闕〔九八〕，望之之憶漢朝〔九九〕。誠知舌在〔一〇〇〕，不覺魂消〔一〇一〕。書斷三湘〔一〇二〕，哀聞五嶺〔一〇三〕。天涯地末〔一〇四〕，高秋落景。重疊憂端〔一〇五〕，縱横淚綆〔一〇六〕。漏虬夜促〔一〇七〕，隙駒朝騁〔一〇八〕。怨藻續之無睢〔一〇九〕，惜《陽春》之亂郢〔一一〇〕。言念令季〔一一一〕，託余屬城〔一一二〕。鴒原雁序〔一一三〕，昔日懽情；鑾圻瘴嶠，今朝哭聲〔一一四〕。愍支體遽亡於手足〔一一五〕，況弟兄不如其友生〔一一六〕！

嗚呼！厚夜依臺〔一一七〕，窮泉訪路〔一一八〕。已已金骨〔一一九〕，嗟嗟玉樹〔一二〇〕。莫和哀挽〔一二一〕，空陳薄具〔一二二〕。銜萬里之遐誠，託千辭之寄喻。異時松楸枯朽〔一二三〕，羊虎傾頽〔一二四〕。草宿苔厚〔一二五〕，門平闕摧〔一二六〕。尚期越禮〔一二七〕，用寫餘哀〔一二八〕。靈今不昧，儻或來哉！

## 【校注】

〔一〕本篇原載《文苑英華》卷九九〇第三頁、清編《全唐文》卷七八二第九頁、《樊南文集詳注》卷六。題首「爲滎陽公」四字，《英華》《全文》并無，據徐、馮箋校補。〔徐箋〕《新書·地理志》：「關内道，商州上洛郡，領縣六：上洛、豐陽、洛南、商洛、上津、乾元。」詳文意，似代鄭亞，故有「三湘」「五嶺」之語。〔馮箋〕《舊書·志》：山南西道，商州上洛郡。按：《新書·藝文志》：「吕述《黠戛斯朝貢圖傳》一卷。」注曰：「字修業，會昌秘書少監，商州刺史。」必即此人也。玩「隋岸」「伊川」數聯，是吕與鄭少年同在汴州、洛陽，以文章相切劘，似未第而已在人幕也。鄭亞元和十五年擢進士第，吕與之同年。後又同在幕中，鄭爲文饒賞識。而文中所叙，詞意深摯，則吕必亦爲文饒所賞。中間「參差」「萋菲」「紛綸」「推斥」，謂黨局之翻覆。亞爲文饒浙西從事，而文中不之及，其所叙者似荆南、西蜀。未知其中果有爲文饒出鎮時否，無可追尋核實矣。〔按〕《會箋》編大中元年，置《太尉衛公會昌一品集序》之後。據「昔也風塵投分」一段及「逮予廉部，及子頒條」，「言念令季，託余屬城」等句，此文顯係代鄭亞作，兹從徐、馮説於題首補「爲滎陽公」四字。吕述長慶元年又登賢良方正、直言極諫科，除秘書省校書郎，改右拾遺。開成三年七月，自鹽鐵推官、祠部郎中拜睦州刺史，《唐文拾遺》卷二九存其在睦州所作文二篇。另據本文，述曾先後在荆南、西川幕，以郎官出貶隨州，遷江陵少尹。入爲秘書少監。會昌四年，任河南少尹。其與鄭亞同幕，當在荆南、西川幕。本文據「高秋落景」語，當作於大中元年秋。

〔二〕見後《賀相國汝南公啓》「周事吕尚，則命爲太公」注。
〔三〕〔徐注〕《左傳》：吴公子札請觀於周樂。爲之歌《齊》，曰：「美哉！泱泱乎，大風也哉！表東海者，其太公乎？」
〔四〕見《爲滎陽公桂州舉人自代狀》「東箭含筠」注。
〔五〕〔馮注〕按《開山圖》：「禹開宛委山，得赤珪如日，碧珪如月，長尺二寸。」「南珪」似用此。猶云「東箭」「南金」也。非僅《周禮》（當爲《儀禮·覲禮》）六玉，南方曰璋之義。
〔六〕〔徐注〕《詩》：退食自公，委蛇委蛇。〔補注〕委蛇，雍容自得貌。
〔七〕〔徐注〕《漢書·田蚡傳》：辟睨兩宮間。師古曰：辟睨，傍視也。「辟」本作「睥」，與「睥」同。謝靈運詩：共登青雲梯。〔馮注〕《玉篇》：睨，魚計切。《説文》云：「衺視也。」睥，普計切。左睥右睨。
〔八〕〔徐注〕牙，弩牙也。〔馮注〕《魏志·杜襲傳》：臣聞千鈞之弩，不爲鼷鼠發機。《釋名》：弩柄曰臂，鉤弦者曰牙。
〔九〕〔馮注〕王褒《聖主得賢臣頌》：干將，水斷蛟龍，陸剸犀革。
〔一〇〕〔徐注〕《後漢書·班固傳》：窮先聖之壼奥。
〔一一〕〔徐注〕《莊子》：彼且爲無町畦，亦與之爲無町畦。〔補注〕町畦，此指界域。
〔一二〕〔馮注〕《史記·扁鵲傳》：虢中庶子曰：「上古時，醫有俞跗，湔浣腸胃，漱滌五藏。」

〔一三〕〔徐注〕《涅槃經》：有盲人請良醫，醫即以金篦刮其眼膜。

〔一四〕〔徐注〕《左傳》：晉侯觀于軍府，見鍾儀，問曰：「南冠而縶者誰也？」有司對曰：「鄭人所獻楚囚也。」使稅之。問其族，對曰：「伶人也。」使與之琴，操南音。公使歸求成。

〔一五〕賈，《英華》作「賫」，誤。〔徐注〕《長門賦序》：武帝陳皇后得幸，頗妬，別居長門宫，愁悶悲思。聞司馬相如工爲文，奉黄金百斤，爲相如、文君取酒。相如爲文以悟主上，皇后復得幸。〔馮曰〕前輩謂此文爲後人擬作。

〔一六〕〔徐注〕曹植《王仲宣誄》：我公實嘉，表揚京國。

〔一七〕〔徐注〕《晉書・沈充傳》：頗以雄豪聞於鄉里。〔補注〕二句謂爲州縣薦舉赴京參加進士試。

〔一八〕〔馮注〕《左傳》：晉韓獻子告老，公族穆子有廢疾，將立之。辭曰：「無忌不才，請立起也。與田蘇游，而曰好仁，立之可乎？」

〔一九〕〔徐注〕《左傳》：北宫文子言於衛侯曰：「子太叔美秀而文。」

〔二〇〕見後《爲柳珪上京兆公謝辟啓》「望鄴中之七子」注。

〔二一〕見《爲絳郡公祭宣武王尚書文》「賈生草疏」注。

〔二二〕〔徐注〕《世説》：何晏七歲，明惠若神，魏武帝奇愛之。〔馮注〕《魏志》：何晏少以才秀知名。《初學記》：《何晏别傳》曰：「晏年七八歲，慧心天悟，形貌絶美，出遊行，觀者盈路，咸謂神仙之類。」

〔二三〕〔馮注〕《史記·留侯贊》：余以爲其人計魁梧奇偉，至見其圖，狀貌如婦人好女。

〔二四〕〔補注〕禮闈，禮部舉行之科舉考試。禮闈擅譽，謂其登進士第而擅譽於應舉士子間。事在元和十五年。

〔二五〕〔馮注〕按《册府元龜》：長慶元年，賢良制科吕述及第。文中「册府傳名」，指此。

〔二六〕〔徐注〕《漢書·東方朔傳》：孝文皇帝集上書皂囊爲殿帷。

〔二七〕〔馮注〕《晉書·文苑傳》：左思《三都賦》成，豪貴之家競相傳寫，洛陽爲之紙貴。〔徐注〕曹植詩：肅承明詔，應會皇都。

〔二八〕〔補注〕中臺，指尚書省。秦、漢時尚書稱中臺。南省，亦指尚書省。唐中書、門下、尚書三省均在大内之南，而尚書省更在門下、中書二省之南，故稱。屢見不具引。

〔二九〕〔補注〕《論語·泰伯》：「才難，不其然乎？」

〔三〇〕〔補注〕用蓮幕事，屢見。

〔三一〕〔馮注〕嵇康《琴賦》：「三春之初，乃攜友生。涉蘭圃，登重基。」以蘭比朋友，謂同在幕僚。〔補注〕《易·繫辭上》：「二人同心，其利斷金；同心之言，其臭如蘭。」故有「蘭交」之稱。馮謂以蘭比朋友，以此。此句疑用屈原《離騷》：「余既滋蘭之九畹兮，又樹蕙之百畝。」以蘭圃喻幕府。

〔三二〕常，《英華》作「嘗」，字通。事見《爲裴懿無私祭薛郎中衮文》「王粲之憂不堪」注。

〔三三〕〔徐注〕左思《詠史詩》：寂寂揚子宅，門無卿相輿。《漢書·揚雄傳》：又怪屈原文過相如，至不容，作《離騷》，自投江而死。乃作書，往往摭《離騷》文而反之，自岷山投諸江流以弔屈原，名曰《反離騷》。〔馮注〕《成都記》：縣有嚴君平、司馬相如、揚雄宅，草玄亭遺跡尚存。按：「遺魂」即指揚雄。徐氏引雄作《反離騷》以弔屈原爲證，與文意左矣。以上歷言其成進士，官秘省，洊爲御史、郎官，出居使府也。似在荆南、西蜀。〔按〕馮注是。「王粲」四句，蓋言其在荆南、西蜀幕期間，閒遊訪古之事。段文昌大和四至六年爲荆南節度使，六至九年爲西川節度使，吕述可能在荆南、西川幕，鄭亞亦當此時與之同幕。

〔三四〕覯閔，《英華》作「遘憫」，誤。〔徐注〕《詩》：覯閔既多，受侮不少。〔補注〕覯閔，遭憂。

〔三五〕〔徐注〕《詩》：萋兮斐兮，成是貝錦。〔補注〕萋斐，花紋錯雜貌。喻讒言。

〔三六〕〔馮注〕《漢書·賈誼傳》：乃毁誼曰。餘已見《爲絳郡公祭宣武王尚書文》「賈生草疏」注。又按王氏《困學紀聞》曰：「宋景文云：『賈生思周鬼神，不能救鄧通之譖。』考之漢史，無之，蓋誤。」乃近人閻百詩引《風俗通義》：「誼與鄧通俱侍中同位，惡通爲人，數廷譏之，由是遷長沙王太傅，渡湘水，弔屈原，亦自傷爲鄧通所愬也。」今愚檢《史》《漢》，孝文帝在位先後共二十三年，賈誼死於文帝十二年，年三十三。其先被召爲博士，年二十餘也。誼至長沙三年，乃爲《鵩賦》，首云「單閼之歲」，係文帝六年。則其由京出傅長沙，乃文帝三、四年也。鄧通雖未詳其年，然文帝初數年，斷無遽幸鄧通之理。閻所引者誣僞，不可信也。因附辨之。

〔三七〕〔馮注〕《史記·屈原列傳》："上官大夫心害其能，讒之。王怒而疏屈平。"又曰："令尹子蘭聞之大怒，卒使上官大夫短屈原於頃襄王。遷之江濱。"

〔三八〕〔徐注〕《三秦記》："桂宫中有明光殿，皆金玉珠璣爲簾箔，金戺玉階，晝夜光明。"〔補注〕建禮門，漢宫門名，爲尚書郎值勤之處。《文選·沈約〈和謝宣城〉詩》："晨趨朝建禮，晚沐卧郊園。"李善注引《漢官典職》："尚書郎晝夜更直於建禮門内。"明光殿係漢桂宫殿名。

〔三九〕見《爲裴懿無私祭薛郎中衮文》"亦償金而類直"注。

〔四〇〕見《爲安平公謝除兖海觀察使表》"常襆被而待行"注。〔按〕二句分用直不疑、魏舒典，二人均爲尚書郎官，切吕述以郎官而出貶。

〔四一〕〔徐注〕《左傳》："子太叔曰：'跋涉山川，蒙犯霜露。'"

〔四二〕〔徐注〕《莊子》："支離其形者，猶足以養其身，終其天年，又況支離其德者乎？"《魏都賦》："越埃壒而資始。"翰曰："埃壒，塵昏之氣。"〔馮注〕班固《西都賦》："軼埃壒之混濁。"〔補注〕支離，流離，流浪。

〔四三〕〔徐注〕《帝王世紀》："神農本起烈山，故曰烈山氏，一曰厲山氏。"《春秋》："僖公十有五年，齊師、曹師伐厲。"注："厲，楚與國。義陽隨縣北有厲鄉。"《太平御覽》："《荆州圖記》曰：'永陽縣西北二百三十里厲鄉山東有石穴，昔神農生於厲鄉，《禮》所謂烈山氏也。春秋時爲厲國。穴高三十丈，長二百丈，謂之神農穴。'"《韻府》："嵐，山氣也。"〔馮注〕《三皇本紀》："神農本起烈山，故《左傳》稱烈山氏。亦曰厲山氏。《禮》曰：厲山氏之有天下。注曰：厲山，今隨之厲鄉也。《廣韻》：嵐，山氣也。

〔四四〕〔徐注〕《左傳》：除道梁溠，營軍臨隨。注：溠水在義陽厥縣西，東南入溳水。任昉行狀：素瀨交輝。《説文》：瀨，水流沙上也。〔馮注〕嵇康《酒會詩》：朝翔素瀨，夕棲靈洲。

〔四五〕〔徐注〕《淮南子》：神農嘗百草之滋味，一日而七十毒。《荆州記》：隨郡重山有一穴，傳云神農所生，地有九井。神農既育，九井自穿。

〔四六〕獨，《英華》作「猶」，注：集作「獨」。〔馮注〕《淮南子》：隨侯之珠。高誘曰：隨侯見大蛇傷斷，以藥傅而塗之。後蛇於江中銜大珠以報之，蓋明月珠也。《後漢書·志》：南陽郡隨縣西，有斷蛇丘。《搜神記》：蛇銜珠徑盈寸，純白而夜光，可以燭堂。《寰宇記》：隨縣有隨侯堂。按：「堂」與「臺」同。〔徐曰〕「厲山」至此，謂吕自省郎謫官隨州。〔馮曰〕即切其地，兼寓排擯愛護之意，蓋指黨局。

〔四七〕〔徐注〕《左傳》：王在渚宫。《明一統志》：在江陵故城東南，梁元帝即位渚宫即此。按：「渚宫貳尹」，謂自隨遷江陵府少尹也。〔馮注〕《通典》：(渚宫)在今荆州江陵縣。《新書·志》：江陵府，尹一人，少尹二人，掌貳府州之事。

〔四八〕〔馮注〕《南史·朱修之傳》：宋元嘉中，累遷司徒從事中郎。文帝謂曰：「卿曾祖昔爲王導丞相中郎，卿今又爲王弘中郎，可謂不忝爾祖矣。」按：「少尹」詳《爲賀拔員外上李相公啓》「亞尹諸府」注矣。此以故相鎮江陵，而呂爲之貳，兼幕職，故曰「相府中郎」也。《舊書·李程傳》：「元和中爲西川節度行軍司馬。」《新書·傳》：「李夷簡鎮西川，辟成都少尹。」則少尹以行軍司馬爲之，可以類證。〔按〕故相出鎮江陵者，大和四年至六年有段文昌，開成三年至會昌三年有李石。前已推測大和四至六年、六至九年呂述與鄭亞同在荆南、西川幕，則此處由郎官出貶隨州，復遷江陵少尹之時，當在文昌鎮荆南期間。會昌初呂述已任秘書少監，撰《黠戛斯朝貢圖傳》，李德裕爲之序（事在會昌三年）。會昌四年，述任河南少尹。據述《移城隍廟記》，述之任睦州刺史，在開成三至五年。其由睦州刺史入爲秘書少監，在會昌初年。然則述任江陵少尹必在開成三年以前。在開成三年以前鎮荆南之故相而又辟鄭亞、呂述二人同爲幕僚者，唯段文昌有較大可能。故呂述之任江陵府少尹當在大和四至六年間。開成三年七月任睦州刺史前，呂述任鹽鐵推官、祠部郎中，見《嚴州圖經》。

〔四九〕〔徐注〕《易》：尺蠖之屈，以求信（伸）也。

〔五〇〕〔徐注〕杜甫詩：五更三點入鵷行。〔補注〕鴛行，朝官之班行。

〔五一〕〔徐注〕《白頭吟》：男兒重意氣，何用錢刀爲？朱幡、皂蓋，並見《爲懷州李中丞謝上表》「皂蓋朱幡」注。〔補注〕二句蓋謂其又外任刺史。參注〔五六〕。

〔五二〕〔徐注〕《後漢書·馬融傳》：融字季長，桓帝時爲南郡太守。嘗欲訓《左氏春秋》，及見賈逵、鄭衆注，但著《三傳異同説》。〔馮注〕《後漢書·馬融傳》：注《孝經》、《論語》、《詩》、《易》、三

《禮》、《尚書》。〔按〕此句切吕述爲江陵少尹，似謂其在江陵任上曾有訓説經典之著述。

〔五三〕〔徐注〕庾信《枯樹賦》：殷仲文風流儒雅，海内知名。代異時移，出爲東陽太守。〔馮注〕《晉書·殷仲文傳》：仲文素有名望，自謂必當朝政。怏怏不得志，忽遷爲東陽太守。〔按〕此切吕述外任刺史，謂其風流儒雅如殷仲文。參注〔五六〕。

〔五四〕見《爲裴懿無私祭薛郎中衮文》「劉錢贈行」注。

〔五五〕〔徐注〕《晉書·鄧攸傳》：攸爲吴郡守，俸禄無所受，唯飲吴水而已。後稱疾去職，數千人留牽攸船，不得進。攸乃小停，夜中發去。吴人歌曰：「紞如打五鼓，鷄鳴天欲曙。鄧侯挽不留，謝令推不去。」

〔五六〕〔徐注〕孔安國《尚書序》：藏之書府，以待能者。〔馮注〕當入爲秘書省監或少監。〔按〕解郡符，疑指解睦州刺史任。據《嚴州圖經》：「吕述，開成三年七月二十三日自鹽鐵推官、祠部郎中拜。」又據吕述《移城隍廟記》，可證其開成五年六月一日猶在睦州刺史任。則其由睦州刺史内召應在此後。《李文饒文集》卷二《黠戛斯朝貢圖傳序》云：「乃詔太子詹事韋宗卿、秘書少監吕述往蕊賓館，以展私覿，稽合同異。」則述入朝當爲秘書少監。

〔五七〕〔徐注〕《漢書·成帝紀》：詔曰：「儒林之官，四海淵源。」《文選序》：歷觀文囿，泛覽辭林。

〔五八〕見《爲絳郡公祭宣武王尚書文》「出記懷鉛」注。

〔五九〕見《爲安平公謝除兖海觀察使表》「芸閣讎書」注。

〔六〇〕〔馮注〕《南史》：鄭灼字茂昭，勵志儒學。少時，嘗夢與皇侃遇，侃謂曰：「鄭郎開口。」侃因唾灼口中，自後義理益進。常蔬食，講授多苦心熱。若瓜時，輒偃卧以瓜鎮心，起便讀誦。

〔六一〕〔馮注〕《戰國策》：蘇秦讀書欲睡，引錐自刺其股，血流至足。

〔六二〕〔馮注〕當遷東都少尹。〔補注〕《新唐書·牛僧孺傳》：「劉稹誅，而石雄軍吏得從諫與僧孺、李宗閔交結狀。又河南少尹吕述言：『僧孺聞稹誅，恨歎之。』武宗怒，黜爲太子少保，分司東都。」劉稹誅在會昌四年八月。可證其時吕述已爲河南少尹。

〔六三〕電掣，《英華》注：集作「雲納」。馮注本從之。〔徐注〕潘岳《懷舊賦》：前瞻太室，傍眺嵩丘。良曰：太室、嵩丘，皆中嶽名。

〔六四〕〔徐曰〕玉泉未詳。按：玉泉當在河南縣界。《懷慶府志》：「濟源縣瀧水北有玉泉。唐盧仝嘗汲此泉烹茶，亦名玉川井。」則在河北，恐非。又《明一統志》：「宜陽縣東南有噴玉泉。」地亦回遠。《新書·王綝傳》：「武后幸玉泉祠。」疑即其地。〔馮按〕王綝即王方慶。《舊·傳》云則天嘗幸萬安山玉泉寺，方慶以山徑危懸，諫止之。《新書·志》：河南府壽安縣西南四十里萬安山。則玉泉即在其地，蓋即噴玉泉也。徐氏未細考，而又疑非噴玉，疏矣。

〔六五〕〔徐注〕石崇《金谷詩序》：余有别廬在河南縣界金谷澗中，或高或下，有清泉、茂林、衆果、竹柏，藥草之屬，莫不畢備。《水經注》：穀水又東，左會金谷水。水出大白原，東南流歷金谷，又東南逕晉衛尉石崇之故居也。《明一統志》：金谷園在河南府城西十三里。

〔六六〕〔徐注〕《洛神賦》：凌波微步，羅襪生塵。

〔六七〕見《爲山南薛從事謝辟啓》「豈望便上仙舟」注。

〔六八〕〔補注〕《詩·大雅·卷阿》：「伴奂爾游矣，優游爾休矣。」又《左傳·襄公二十一年》：「《詩》曰：『優哉游哉，聊以卒歲。』」

〔六九〕〔馮注〕《漢書·高祖紀》：沛公攻武關入秦。秦子嬰遣將將兵拒嶢關。沛公引兵繞嶢關，踰蕢山，大破之，遂至藍田。《太康地理志》：嶢關在武關之西。〔徐注〕應劭曰：嶢音堯，嶢山之關。李奇曰：在上洛北，藍田南，武關之西。

〔七〇〕〔馮注〕《左傳》：晉趙盾自陰地侵鄭。又：蠻子赤奔晉陰地，楚司馬眅起豐、析與狄戎，以臨上洛。使謂陰地之命大夫士蔑曰：「將通于少習以聽命。」注曰：陰地，河南、山北，自上洛以東至陸渾。又曰：少習，商縣武關也。將大開武關道以伐晉。《水經注》：丹水自商縣東南流，歷少習出武關。京相璠曰：「楚通上洛，阸道也。」按：嶢關、陰地皆商州境。嶢山之關在上洛北，藍田南也。三晉時，陰地屬韓。蘇秦説韓宣惠王曰：「西有宜陽，商版之塞。」

〔七一〕守，《全文》誤作「府」，據《英華》改。〔徐曰〕謂吕自東都遷商州刺史。

〔七二〕〔徐注〕《太平御覽》：王右軍《題衛夫人筆陣圖後》曰：「紙者，陣也；筆者，刀矟也；墨者，鍪甲也；硯者，城池也；本領者，將軍也；心意者，將副也。」

〔七三〕〔徐注〕任昉《宣德皇后令》：劍氣凌雲，而屈跡於萬夫之下。〔補注〕《晉書·張華傳》載，張華望豐城有劍氣，乃以雷焕爲豐城令，焕掘得雙劍，一與華，一自佩。華、焕死後，焕子持劍經延平津，劍從腰間躍出墮水，化爲二龍而没。

〔七四〕〔馮注〕《史記》：相如善著書，常有消渴疾。

〔七五〕〔馮注〕《晉書・皇甫謐傳》：年二十，始就鄉人席坦受書。帶經而農，博綜百家，以著述爲務。後得風痹疾，猶手不輟卷。

〔七六〕〔徐注〕鮑照詩：東海迸逝川，西山道落暉。〔補注〕《論語・子罕》：「子在川上曰：『逝者如斯夫，不舍晝夜！』」此以「逝川」喻逝世。商隱《安平公詩》：「五月至止六月病，遽頽泰山驚逝波。」

〔七七〕〔徐注〕江淹《恨賦》：朝露溘至，握手何言。注：李陵謂蘇武曰：「人生如朝露，何久自苦如此！」

〔七八〕〔馮注〕《史記》：談天衍，雕龍奭。《後漢書・崔駰傳贊》曰：崔爲文宗，世擅雕龍。《北史》：魏劉勰撰《文心雕龍》。〔補注〕雕龍，喻善於修飾文辭。

〔七九〕見《代彭陽公遺表》「時推倚馬」注。

〔八〇〕〔徐注〕王粲《登樓賦》：向北風而開襟。〔馮注〕按《地理志》：汴州有浚儀縣，本春秋衛地。汴河，隋所增濬，故云隋岸。謂汴州也。

〔八一〕〔徐注〕杜甫詩：夜如何其初促膝。《左傳》：辛有適伊川。注：周地伊水也。〔馮注〕《南史・

王瞻傳》：嘗詣劉彦節，直登榻曰：「君侯是公孫，僕是公子，引滿促膝，惟余二人。」

〔八二〕〔徐注〕虞喜《安天論》：俗傳月中有仙人桂樹，今視其初生，見仙人之足，漸以成形，桂樹復生。《酉陽雜俎》：月中有桂，高五百丈，下有一人常斫之，樹創隨合。人姓吴名剛，西河人，學仙有過，謫令伐樹。〔馮注〕《晉書》：郤詵對武帝曰：「臣舉賢良對策，爲天下第一，猶桂林之一枝，崑山之片玉。」

〔八三〕〔馮曰〕（幕蓮）屢見。（二句）謂同登第，同在幕。

〔八四〕〔馮注〕《晉書・劉毅傳》：後於東府聚樗蒲大擲，一判應至數百萬。又《何無忌傳》：劉毅家無儋石之儲，樗蒲一擲百萬。〔補注〕樗蒲，古之博戲。漢馬融有《樗蒲賦》。

〔八五〕〔徐注〕《晉書》：畢卓爲吏部郎，比舍郎酒熟，卓夜至其甕間盜飲之，醉卧其下，爲掌酒者所縛。

〔八六〕中，《英華》作「終」。務，《英華》作「路」。〔徐注〕《後漢書・井丹傳》：京師爲之語曰：「五經紛綸井大春。」〔補注〕紛綸，雜亂繁多。

〔八七〕〔補注〕推斥，推移，變易。劉楨《贈五官中郎將》其三：「四節相推斥，歲月忽欲殫。」

〔八八〕〔徐注〕《南史・齊武帝諸子傳》：嶷上表曰：「撫事未往，載傷心目。」〔馮曰〕鄭亞爲李相從事之後，人多嫉忌，久之不調。會昌初始入朝。吕商州當亦被黨局之累，可以互會。

〔八九〕〔徐注〕《淮南子》：楊朱見歧路而哭之，爲其可以南，可以北。

〔九〇〕〔徐注〕《淮南子》：墨子見練絲而泣之，爲其可以黄，可以黑也。

〔九一〕〔徐注〕謝莊《月賦》：美人邁兮音塵闕，隔千里兮共明月。

〔九二〕〔補注〕廉部，觀察使之别稱。此指任桂管觀察使。

〔九三〕〔馮曰〕吕君當亦於大中元年至商州。〔補注〕頒條，頒布律條，指任州刺史。

〔九四〕〔徐注〕《（文選）·陸倕〈石闕銘〉》：焚其綺席。善曰：《六韜》：「紂時婦人，以文綺爲席，衣以綾紈者三千人。」《詩》：雖無嘉殽，式食庶幾。

〔九五〕瓢，《英華》作「飄」，誤。〔補注〕《論語·雍也》：「一簞食，一瓢飲，在陋巷，人不堪其憂，回也不改其樂。賢哉回也！」

〔九六〕〔徐注〕《易》：二人同心，其利斷金。

〔九七〕〔徐注〕陸機詩：玉顔侔瓊蕤。〔馮注〕玉貌、玉顔，習用語。

〔九八〕見《爲懷州李中丞謝上表》「子牟江海之思」注。

〔九九〕見《爲汝南公華州賀南郊赦表》「蕭望之願立本朝」注。

〔一〇〇〕〔徐注〕《史記·張儀傳》：楚相亡璧，門下意張儀，掠笞數百，其妻曰：「子毋讀書游説，安得此辱乎？」張儀謂其妻曰：「視吾舌尚在否？」妻笑曰：「舌在也。」曰：「足矣。」

〔一〇一〕〔徐注〕江淹《别賦》：黯然銷魂者，唯别而已矣。

〔一〇二〕〔徐注〕《梁書》：天監中寶誌道人爲符書云：「起自汝、蔡，訖于三湘。」後侯景果起於懸瓠汝水之南，而敗於巴陵三湘之浦。《元和郡縣志》：侯景浦在巴陵縣東北十二里，本名三湘浦。《岳州府志》:三湘浦在臨湘縣南四十五里城陵磯下。以湘水合瀟水曰瀟湘,合蒸水曰蒸湘,合沅水曰沅湘,故曰三湘也。〔馮注〕《湘中記》:湖、嶺之間,湘水貫之,無出湘之右者,凡水皆會焉。與瀟水合,則曰瀟湘;與蒸水合,則曰蒸湘;與沅水合,則曰沅湘。

〔一〇三〕見《爲濮陽公陳情表》「豈意復踰五嶺」注。

〔一〇四〕〔徐注〕《古詩》:各在天一涯。〔按〕此「天涯地末」即指桂管邊遠之地。

〔一〇五〕〔徐注〕杜甫詩:憂端齊終南。〔馮曰〕似寓李相失勢之懼。

〔一〇六〕〔徐注〕王粲詩:涕下如綆縻。

〔一〇七〕〔徐注〕孫綽《漏刻銘》:靈虯吐注,陰蟲承瀉。

〔一〇八〕見《代僕射濮陽公遺表》「隙無留影之駒」注。

〔一〇九〕繢,《英華》作「繪」,非。無,《英華》作「亡」。〔馮注〕《文選·陳琳〈爲曹洪與魏文帝書〉》:遊睢、渙者,學藻繢之綵。善曰:《陳留記》:「襄邑,渙水出其南,睢水經其北。」傳云:「睢、渙之間出文章,故其黼黻絺繡,日月華蟲,以奉于宗廟御服焉。」

〔一一〇〕見《獻侍郎鉅鹿公啓》「聞郢中之《白雪》」注。

〔一一一〕〔補注〕令季,指吕述之弟吕佋,參《爲滎陽公桂州署防禦等官牒·吕佋》。

〔一一二〕〔徐注〕陸機《吴趨行》:屬城咸有士。

〔一一三〕〔補注〕《詩·小雅·常棣》:「脊令在原,兄弟急難。」鴒原,喻兄弟友愛。《禮記·王制》:「父之齒隨行，兄之齒雁行，朋友不相踰。」雁序，喻兄弟。

〔二四〕朝，《全文》作「日」，據《英華》改。

〔二五〕〔馮注〕《儀禮》：昆弟，四體也。《漢書・武五子傳》：昭帝賜燕王璽書：「王骨肉至親，敵吾一體。」《後漢書・袁譚傳》：王修曰：「兄弟者，左右手也。」

〔二六〕其，《英華》注：集作「於」。〔徐注〕《詩》：雖有兄弟，不如友生。

〔二七〕〔徐注〕《左傳》：從先君於窀穸。注：窀，厚也；穸，夜也。〔補注〕厚夜，喻人死永埋地下，處黑暗中，如同長夜。夜臺，指墳墓、陰間。

〔二八〕〔徐注〕潘岳《哀永逝文》：襲窮泉兮朽壤。〔馮曰〕夜臺、泉路，哀輓習語。

〔二九〕〔徐注〕《十洲記》：東海之西岸有扶桑，人食其椹，體骨皆作金色，高飛翔空。〔馮注〕按《文選・鮑明遠〈代君子有所思〉》：「蟻壤漏山阿，絲淚毀金骨。」「山阿」，李善作「山河」，注引傅休奕《口銘》曰：「蟻孔潰河，溜穴傾山。」而金骨之堅，又引鄒陽上書曰：「衆口鑠金，積毀銷骨。」今玩本詩，只言貴人身死之事，非指讒言，必當作「山阿」方合。金骨，道家常語，如李白《感興》詩「西山玉童子，使我鍊金骨」之類。至《十洲記》「仙人食扶桑之椹，一體皆作金光色」，意亦同，而無「骨」字，徐氏引之，而改「一體」爲「體骨」，謬也。

〔三〇〕玉樹，見《代李玄爲崔京兆祭蕭侍郎文》「顧埋玉之難追」注。

〔三一〕〔徐注〕《隋書・煬三子傳》：虞世基《哀册文》曰：「聽哀挽之淒楚。」

〔二二〕薄，徐注本一作「奠」。

〔二三〕〔徐注〕謝脁《哀策文》：「映輿錽於松楸。」錽，馬亡反。注：馬冠也。〔補注〕墓地多植松楸，代指墳墓。

〔二四〕〔馮注〕《水經注》潁水條下曰：汝水別瀆又東逕蔡岡北，岡上有平陽侯相蔡昭冢。冢有石闕，闕前有二碑，碑字淪碎，不可復識，羊虎傾低，殆存而已。又睢水條下曰：睢陽縣漢太尉喬公墓。冢東有廟，廟南立二柱，有二石羊，二石虎；廟東北有石駝，有二石馬。又瓠子水條下曰：成陽縣有仲山甫冢。冢西有石廟，羊虎傾低，破碎略盡。〔徐注〕姚旅露書：今人墓前有石羊石虎。按：石羊，天禄也，似鹿非鹿，名曰挑拔。石虎，辟邪也，似虎非虎，而能食虎。《輯柳編》謂石麟、辟邪乃帝王陵寢所用，故改用羊、虎。然漢宗資非帝王，墓前已用天鹿、辟邪矣。

〔二五〕〔徐注〕《禮記》：朋友之墓，有宿草而不哭焉。

〔二六〕闕，《英華》注：集作「關」。非。〔徐注〕門謂墓門，闕謂碑闕。《詩》：墓門有梅。《水經注》：汝水東南流，逕弘農太守張伯雅墓。塋四周壘石爲垣表，二石闕，夾對石獸於闕下。又：蔡昭冢有石闕，闕前有二碑，碑字淪碎不可復識。宋樂府：三更書石闕，憶子夜啼碑。又：石闕生口中，銜碑不得語。〔馮注〕山謙之《丹陽記》：大興中，議者言「漢司徒許或墓闕，可徙施之」，王茂弘弗欲。按：「或」字疑。「墓闕」，漢碑中習見。

〔二七〕〔徐注〕顔延之《五君詠》：越禮自驚衆。

〔三六〕〔徐注〕《晉書·袁石虔傳》：況在餘哀，豈得辭事？按：此言他日過墓時，雖久而猶哀，違宿草不哭之義，故云「越禮」也。

## 爲滎陽公祭長安楊郎中文〔一〕

年月日，謹以云云之奠，祭於宗尹郎中之靈。昔莊南華之言物故，則曰若巨室之偃歸人〔二〕；陶貞白之語玄機，則曰雖頑仙不如才鬼〔三〕。邈矣高論〔四〕，皭然深旨〔五〕。有感斯文〔六〕，屬在之子。黄河九曲〔七〕，泰華三峰〔八〕。潼亭之右〔九〕，陰晉之東〔一〇〕。泱莽佳氣〔一一〕，肸蠁孤風〔一二〕。生民之秀，惟子之宗〔一三〕。既懼四知，亦畏三惑〔一四〕。昔佐《赤符》〔一五〕，實毗皇極〔一六〕。坦蕩王道，昭宣帝則〔一七〕。丹青不朽，琬琰是刻〔一八〕。狀日昇東〔一九〕，侔辰在北〔二〇〕。

子之伯仲，不忝前人。粉飾賢路〔二一〕，抑揚薦紳〔二二〕。雲間日下，國華席珍。排龍掩陸，突鶴摧荀〔二三〕。卓爾風標〔二四〕，朗然流品〔二五〕。妍若春輝，烈如冬凛。燕石知媿〔二六〕，齊竽自審〔二七〕。咸指路以光銷〔二八〕，盡登門而聲寑〔二九〕。難售者價重，難知者聲清。披沙揀金〔三〇〕，由是不媿；烏散花落〔三一〕，於今有情〔三二〕。劉儒十行〔三三〕，孫弘三道〔三四〕。直路猶弦〔三五〕，蠹政如埽〔三六〕。筆海驚波，詞園鞠草〔三七〕。文場不寫於中心，册苑空留於秘寶〔三八〕。晉千里國，漢第一功〔三九〕。建幢油碧〔四〇〕，啓幕蓮紅〔四一〕。賓高主擇〔四二〕，韻合人同〔四三〕。固不能加減陳掾〔四四〕，亦可以喜怒桓公〔四五〕。衣繡含香〔四六〕，省蘭臺柏〔四七〕。赤管朝操〔四八〕，青縑夜襞〔四九〕。佐計相則生聚有經〔五〇〕，贊地官而孤終協籍〔五一〕。

于惟荔浦〔五二〕，言念金昆〔五三〕。毁冠裂帶〔五四〕，雪泣星奔〔五五〕。宅裏之荆枝半謝〔五六〕，嶺頭之梅萼空繁〔五七〕。陟岡望兄，詞客之情何極〔五八〕；歸縣見姊，騷人之恨猶存〔五九〕。乃擢戎曹，遂荒京令〔六〇〕。將换清切〔六一〕，以扶明聖。不知者壽〔六二〕，難言者命〔六三〕。未謁季良之醫〔六四〕，已革曾參之病〔六五〕。

嗚呼！平生世路〔六六〕，繾綣交期〔六七〕。孫金盧米〔六八〕，百賦千詩〔六九〕。桂林崑嶠〔七〇〕，一片一枝。終以浮沉〔七一〕，因兼險夷〔七二〕。對皐壤之摇落，成老大之傷悲〔七三〕。尚冀他年，或陶良夜，酒筵琴席，燈闌月榭〔七四〕，俱開怨别之襟〔七五〕，並息分岐之駕。短願未果〔七六〕，良辰不借〔七七〕。竟鬱結於深衷〔七八〕，倏淹淪於大化。況南康解榻〔七九〕，早降清光；會稽繼組〔八〇〕，昨辱餘芳〔八一〕。情分逾極〔八二〕，銜哀更長〔八三〕。三十年之間，難追往事；五千里之外〔八四〕，正恨殊鄉。地闊山深，川寒樹古，杳杳玄夜，荒荒宿莽〔八五〕。生金認石〔八六〕，埋玉恨土〔八七〕。寄奠緘辭，呼風泣雨〔八八〕。噫嘻噫嘻〔八九〕，宗尹之魂來否？

【校注】

〔一〕本篇原載《文苑英華》卷九九〇第四頁、清編《全唐文》卷七八二第一一頁、《樊南文集詳注》卷六。題首「爲滎陽公」四字，《英華》《全文》均無，據馮箋校增。〔徐箋〕《舊書·楊虞卿傳》：虞卿，虢州弘農人。從兄汝士。汝士弟魯士，字宗尹，本名殷士，長慶元年進士擢第。其年詔翰林覆試，殷士與鄭朗等俱覆落，因改名魯士。後登制科，位不達而卒。初，汝士中第，有時名，遂歷清貫。其後諸子皆至正卿，鬱爲昌族。所居靖恭里，知温兄弟並列門戟。咸通中，昆仲子孫在朝行方鎮尚十餘人。〔馮箋〕《新書·宰相世系表》：魯士，長安令。《舊書·職官志》：諸司郎中從五品，上階。長安縣令正五品，上階。《文苑英華》有《授兵部郎中楊魯士長安縣令制》。按：此亦代鄭亞作。楊漢公移鎮浙東，亞代之鎮桂管，見狀文，此云「繼組」「餘芳」是也。鄭亞與楊氏，黨不同而交情故不相礙。〔按〕據《唐會要》卷七六：寶曆元年四月，賢良方正直言極諫科楊魯士及第。《舊唐書·敬宗紀》：寶曆元年四月，中書舍人鄭涵等考定制舉人，勅下後數日，上謂宰相：「楊魯士等皆涉物議，宜與外官。」乃授城固尉。宰臣請其罪名，不報。又，白居易有《開成二年三月三日禊洛濱留守裴令公召檢校禮部員外郎楊魯士等一十五人合宴舟中詩》。馮譜、張箋均繫本篇於大中元年，次《爲滎陽公祭吕商州文》後。文有「川寒」字，當是深秋時，作於大中元年九月。

〔二〕〔徐注〕《舊書·玄宗紀》：〔天寶元年〕莊子號曰南華真人，所著書改爲真經。劉熙《釋名》：漢已來，謂死爲物故，言（其）諸物皆就朽故也。《莊子》：莊子妻死，方箕踞鼓盆而歌曰：「人且偃然寢於巨室，而我噭噭然隨而哭之，自以爲不通乎命，故止也。」〔補注〕《列子·天瑞》：「古者謂死人爲歸人。」

〔三〕〔徐注〕《南史》：陶弘景，字通明，十歲得葛洪《神仙傳》，便有養生之志。終身不娶，止於句容之句曲山，自號華陽陶隱居。大同二年卒，謚貞白先生。晏殊《類要》引《法書要録》：陶隱居《與梁武帝啓》云：「每以爲（得）作才鬼，亦當勝於頑仙。」〔馮曰〕此隱居與梁武帝論王右軍書蹟之啓。

〔四〕〔徐注〕蔡邕《袁揚碑》：邈矣高蹤，孰能克兹。〔補注〕葛洪《抱朴子·嘉遯》：「聖化之盛，誠如高論。」高論指莊子、陶弘景之論。

〔五〕〔徐注〕《史記·屈原傳》：皭然泥而不滓者也。

〔六〕〔徐注〕王羲之《蘭亭序》：亦將有感於斯文。

〔七〕〔徐注〕《藝文類聚》：《物理論》曰：「河色黄赤，衆川之流，蓋濁之也。百里一小曲，千里一大曲，九曲以達於海。」

〔八〕〔馮注〕《初學記》：《華山記》云：「山頂上方七里，其上有三峰直上，晴霽可睹。」

〔九〕潼，《英華》作「陽」，注：集作「潼」。〔徐注〕《後漢書·楊震傳》：改葬於華陰潼亭。注：墓在潼關西大道之北，其碑尚存。

〔一〇〕〔徐注〕《漢書·地理志》：京兆尹華陰縣，故陰晉，秦惠文王五年更名寧秦，高帝八年更名華陰。太華山在南。

〔一一〕〔徐注〕謝朓詩：晨光復泱漭。〔補注〕泱漭，瀰漫貌。

〔一二〕〔馮注〕司馬相如《上林賦》：郁郁菲菲，衆香發越。肸蠁布寫，晻薆咇茀。司馬彪曰：肸，過也。芬芳之過，若蠁之布寫也。郭璞曰：香氣盛馝馞也。〔補注〕肹蠁，散布瀰漫貌。肹，同「肸」。孤風，猶高風。

〔一三〕〔馮注〕李肇《國史補》：楊氏震自號爲關西孔子，至今七百年子孫猶在閿鄉故宅，天下一家而已。《新書·表》：魯士爲越公房楊氏，漢太尉震之裔。

〔一四〕〔馮注〕《後漢書·楊震傳》：故所舉荆州茂才王密，夜懷金十斤以遺震曰：「暮夜無知者。」震曰：「天知，神知，我知，子知，何謂無知？」密愧而出。震中子秉，性不飲酒，早喪夫人，遂不復娶，所在以淳白稱。嘗從容言曰：「我有三不惑：酒、色、財也。」贊曰：震畏四知，秉去三惑。

〔一五〕〔徐注〕《後漢書·光武紀》：同舍生彊華奉《赤伏符》至曰：「劉秀發兵捕不道。」

〔一六〕〔徐注〕《詩》：天子是毗。《書·洪範》曰：五皇極。〔補注〕毗，輔佐。皇極，此指皇室。

〔一七〕〔徐注〕楊修箋：遠近觀者，徒謂能宣昭懿德。《詩》：不識不知，順帝之則。

〔一八〕琰，《全文》諱改爲「玉」，據《英華》改。琬琰，見後《上兵部相公啓》「終斑琬琰」注。

〔一九〕昇，《英華》作「其」。〔徐注〕《詩》：如日之升。

〔二〇〕〔補注〕《爾雅·釋天》:「北極謂之北辰。」

〔二一〕〔徐注〕《吴志·周瑜傳》:諸葛瑾、步騭連名上疏曰:「故將軍周瑜子胤,昔蒙粉飾,受封爲將。」〔馮注〕《史記·滑稽傳》:共粉飾之。按:凡言賞譽恩顧之事,每借云修飾、粉飾。

〔二二〕〔馮箋〕按《新書·楊虞卿傳》:虞卿善柔,倚權幸爲奸利。歲舉選者,皆走門下,升沉在牙頰間。當時有蘇景胤、張元夫,而虞卿兄弟汝士、漢公爲人所奔向,故語曰:「欲趨舉場,問蘇、張;蘇、張猶可,三楊殺我。」〇魯士爲三楊兄弟,必亦參與其事。此叙其操文場進退之柄也。

〔二三〕〔馮注〕《晉書》:陸雲字士龍。雲與荀隱素未相識,嘗會張華坐,華曰:「今日相遇,可勿爲常談。」雲因抗手曰:「雲間陸士龍。」隱曰:「日下荀鳴鶴。」鳴鶴,隱字也。雲又曰:「既開青雲睹白雉,何不張爾弓,挾爾矢?」隱曰:「本謂是雲龍騤騤,乃是山鹿野麋。獸微弩强,是以發遲。」華撫手大笑。

〔二四〕〔馮注〕《漢書·景十三王傳贊》:夫惟大雅,卓爾不群。河間獻王近之矣。沈約《安陸昭王碑》:風標秀舉,清暉映世。

〔二五〕〔徐注〕王儉碑:外康流品。

〔二六〕燕石,見後《爲同州任侍御上崔相國啓》「寶同燕石」注。

〔二七〕齊竽,見《爲張周封上楊相公啓》「竽將濫吹」注。

〔二八〕〔徐注〕《論衡》:火滅光銷而獨在。

〔二九〕見後《爲舉人上翰林蕭侍郎啓》「醜同王粲」注。

〔三〇〕〔馮注〕《世説》：孫興公云：「陸文若披沙揀金，往往見寶。」

〔三一〕〔徐注〕謝朓詩：鳥散餘花落。

〔三二〕〔馮箋〕《舊書·穆宗紀》：長慶元年四月，詔：「國家本求才實，浮薄之徒，扇爲朋黨，謂之關節。干擾主司，每歲策名，無不先定。昨令重試，意在精覈，不於異常之中，固求深僻題目。孤竹管是祭天之樂，出於《周禮》正經，呈試之文，都不知其本事。宣示錢徽，宜其懷愧。」《錢徽傳》：段文昌託楊憑之子渾之於徽，李紳亦託舉子周漢賓。及榜發，皆不中選。而李宗閔婿蘇巢及楊汝士季弟殷士俱及第。故文昌、紳大怒，内殿面奏。上令王起、白居易於子亭重試，内出題目《孤竹管賦》《鳥散餘花落詩》。孔温業、趙存約、竇洵直所試粗通，與及第；裴譔特賜及第；鄭朗等十人並落下。貶錢徽爲江州刺史，中書舍人李宗閔劍州刺史，補闕楊汝士開江令。○只舉「鳥散花落」者，美其詩而諱其賦也。

〔三三〕〔馮注〕《後漢書·劉儒傳》：桓帝時，下策博求直言，儒上封事十條，極言得失，辭甚忠切。

〔三四〕〔徐注〕《漢書·公孫弘傳》：元光五年，復徵賢良文學。菑川國復推上弘。太常奏弘第居下。策奏，天子擢弘對爲第一。〔馮注〕《漢書》「弘對曰」、「弘復上疏曰」、「弘對曰」，合之則爲三道。

〔三五〕〔徐注〕《後漢書·五行志》：順帝末，京都童謡曰：「直如弦，死道邊。」

〔三六〕〔徐注〕《史記》：韓非子作《五蠹》。《索隱》曰：五蠹，蠹政之事有五也。《禮記》：埽而更之。

〔三七〕〔徐注〕《新書·藝文志》：王義方《筆海》十卷，張仲素《詞圃》十卷。（馮曰：即此「筆海」「詞園」之義。）《詩》：踧踧周道，鞠爲茂草。〔按〕筆海、詞園，泛指文苑。鞠草，謂雜草塞道，形容衰敗荒蕪景象。

〔三八〕〔徐注〕（班固）《典引》：御東序之秘寶。〔馮箋〕《舊書·敬宗紀》：寶曆元年三月，御試制舉人。考定，敕下後數日，上謂宰臣曰：「韋端符、楊魯士皆涉物議，宜與外官。」乃授端符白水尉，魯士城固尉。○此「劉儒」以下所叙也。「文場」二句，惜其外授而不得以清選起家。按：寶曆元年，御試賢良方正能直言極諫科也。魯士之名見《御覽》所列科舉制中。

〔三九〕〔馮注〕《漢書·蕭何傳》：位爲相國，功第一，爲一代宗臣。按：裴度封晉國公，史稱爲中興宗臣。《舊書·傳》：「大和四年爲山南東道節度。八年，留守東都，當時名士，皆從之游。開成二年，復爲北都留守、河東節度。」此數年中，宗尹必曾在其幕，故特舉以美之。考開成二年，白居易《祓禊洛濱詩序》，留守裴令公召一十五人合宴，中有檢校禮部員外郎楊魯士，可參悟也。

〔四〇〕〔馮注〕《晉書·輿服志》：皂輪車，上加青油幢，朱絲繩絡，諸王三公有勳德者特加之。

〔四一〕〔補注〕用「蓮幕」事，屢見。

〔四二〕〔徐注〕《左傳》：周諺有之曰：「山有木，工則度之；賓有禮，主則擇之。」

〔四三〕〔徐注〕袁宏《三國名臣叙贊》：景山恢誕，韻與道合。

〔四四〕〔徐注〕未詳。按《典略》：「魏太祖嘗使阮瑀作書與韓遂，時太祖適近出，瑀隨從，因於馬上具草，書成呈之。太祖擥筆欲有所定，而竟不能增損。」非陳琳事也。此恐是一時之誤。〔馮曰〕琳、瑀並稱，恐是偶誤。

〔四五〕見《爲張周封上楊相公啓》「髯參短簿」注。

〔四六〕〔補注〕衣繡，指侍御史。漢時繡衣直指由侍御史充任，故亦稱「繡衣御史」。含香，指尚書郎。應劭《漢官儀》卷上：「尚書郎含雞舌香伏其下奏事。」

〔四七〕〔補注〕省蘭，即蘭省，指尚書省。臺柏，漢御史臺中列植柏樹。此指御史臺。

〔四八〕〔補注〕赤管，杆身漆朱之筆。漢代尚書丞、尚書郎每月賜赤管大筆一雙。《漢官儀》：「尚書令、僕、丞、郎，月給赤管大筆一雙。」

〔四九〕〔馮注〕蔡質《漢官典職》：尚書郎入直臺中，官供新青縑白綾被，或錦被，晝夜更宿。

〔五〇〕〔徐注〕《漢書》：張蒼居相府，主郡國上計者，號計相。《左傳》：伍員曰：「越十年生聚，十年教訓。」〔馮注〕《漢書·張蒼傳》「遷爲計相」注曰：「專主計籍，故號計相。」《索隱》曰：「主天下書計及計吏。」《玉海》：「漢以計相經國用。」此句蓋謂度支、轉運之屬官。故曰「生聚」。

〔五一〕地，《英華》作「一」，非。注：集作「地」，是。而，《英華》注：集作「則」。孤終，見《爲濮陽公陳許舉人自代狀》「孤終靡失」注。地官，亦見同狀「以副地官」注。

〔五二〕〔徐注〕《新書·地理志》：桂州始安郡領荔浦縣。

〔五三〕〔徐注〕謂其兄汝士。《詩》：言念君子。〔馮注〕《南史》：王銓、王錫，孝行齊焉，時人以爲玉昆金友。〔按〕金昆非汝士，見注〔五五〕。

〔五四〕裂，《英華》注：集作「褫」。〔馮注〕《左傳》：裂冠毁冕。《後漢書·逸民傳》：漢室中微，士蘊藉義憤，裂冠毁冕，相攜持而去之。《易》：或錫之鞶帶，終朝三褫之（按：馮本「裂」作「褫」）。

〔五五〕〔徐注〕庾信詩：雪泣悲去魯。《吴志·陸抗傳》疏曰：「星奔電邁，俄然行至。」箋：《舊書》：魯士兄汝士，字慕巢，元和四年進士擢第，又登博學宏辭科。累辟使府，長慶元年爲右補闕。坐弟殷士貢舉覆落，貶開江令，入爲户部員外，再遷職方郎中。大和三年，以本官知制誥，九年爲户部侍郎，位至吏部尚書卒。《新書》：富州開江郡龍平縣，武德四年析置博勞、歸化、安樂、開江四縣，尋以蒼梧、豪静、開江隸梧州。〔馮注〕宗尹之兄死於荔浦，宗尹往奔其喪而歸也。於史無可考。〔按〕據《唐故朝議大夫守國子祭酒致仕上騎都尉賜紫金魚袋贈右散騎常侍楊府君（寧）墓誌銘并序》，寧「有子四人：汝士、虞卿、漢公，咸著名實；幼曰殷士（即魯士），已階造秀」。其中汝士會昌元年遷刑部尚書，卒於會昌中，史未言其晚年有貶官事；漢公大中元年秋正在浙東觀察使任，咸通三年左右方卒。惟虞卿大和九年貶虔州司馬，再貶虔州司户卒。證以下文「嶺頭之梅蕚空繁」之句，此數句乃指虞卿之卒於虔州，而魯士自荔浦「雪泣星奔」，前往虔州奔喪也。大庾嶺在虔州南，故有「嶺頭」句。「于惟荔浦」，乃魯士爲官之地，非其兄之卒地也。馮注誤解，則所謂「宗尹之兄死於荔浦」者，殆不知所指。徐謂指汝士貶開江，亦誤。

〔五六〕見《爲濮陽公陳許謝上表》「荆枝協慶」注。

〔五七〕萼，《英華》注：集作「蕚」。〔徐注〕《白帖》：大庾嶺上梅，南枝落，北枝開。〔補箋〕《新唐書·楊虞卿傳》：「大和九年……貶虔州司户參軍，死。」《新唐書·地理志》：虔州南康郡，縣七。南康，有大庾山。虔化，有梅嶺山。

〔五八〕詞，《英華》作「詩」，馮本從之。〔徐注〕《詩》：陟彼岡兮，瞻望兄兮。

〔五九〕〔徐注〕《水經注》：江水東過秭歸縣南。袁崧曰：「屈原有賢姊，聞原放逐，亦來歸，喻令自寬全。鄉人冀其見從，因名曰秭歸，即《離騷》所謂『女嬃嬋媛以詈余』也。」《漢書·地理志》：南郡有秭歸縣。注：孟康曰：「秭音姊。」

〔六〇〕〔馮注〕按：所叙則宗尹自幕府入爲秘書、御史，又爲户部度支官屬，然後以兵部郎中出令長安。〔按〕漏書「于惟荔浦」爲官一節。荒，據有，指擔任。

〔六一〕〔馮注〕劉楨《贈徐幹詩》：「拘限清切禁。」此以中書、翰院言之。〔補注〕清切，指清貴而接近君主之官職。白居易《夏日獨直寄蕭侍御》：「憲臺文法地，翰林清切司。」

〔六二〕〔徐注〕《史記》：蔡澤曰：「富貴，吾所自有；所不知者，壽也。」

〔六三〕〔補注〕《論語·子罕》：「子罕言利與命與仁。」

〔六四〕良，《英華》注：集作「梁」。〔馮曰〕即季梁。良、梁古通，如王良，《荀子》作「王梁」。事見《爲賀拔員外上李相公啓》「三醫畢訪」注。

〔六五〕〔徐注〕《禮記》：曾子寢疾，病，曾元曰：「夫子之病革矣。」革，紀力反。〔補注〕革，亟，危急。

〔六六〕〔徐注〕（劉峻）《廣絶交論》：世路險巇，一至於此。

〔六七〕〔徐注〕《左傳》：繾綣從公。

〔六八〕孫金，見《爲侍郎汝南公華州謝加階狀》「文非擲地」注。盧米，見《獻侍郎鉅鹿公啓》「慚非八米」注。

〔六九〕〔徐注〕《漢書·藝文志》：枚皋賦百二十篇。杜甫《贈李白》詩：敏捷詩千首。

〔七〇〕見《祭吕商州文》注〔八三〕。

〔七一〕〔徐注〕《漢書·袁盎傳》：盎病免家居，與閭里浮湛相隨行。師古曰：湛讀曰沉。

〔七二〕〔徐注〕盧諶《贈劉琨詩序》：委身之日，夷險以之。銑曰：夷，平也。

〔七三〕見《爲張周封上楊相公啓》「皋壤摇落，老大傷悲」注。

〔七四〕〔徐注〕嵇康《絶交書》：時與親舊叙闊，陳説平生，濁酒一杯，彈琴一曲，志願畢矣。謝莊《月賦》：去燭房，即月殿，芳酒登，鳴琴薦。庾信《哀江南賦》：月榭風臺，池平樹古。

〔七五〕怨，《英華》作「愁」。

〔七六〕願，《英華》《全文》均作「景」。《英華》注：集作「短願來果」。〔按〕作「願」是，兹據改。

〔七七〕〔徐注〕左思詩：逍遥撰良辰。

〔七八〕〔徐注〕顔延之《五君詠》：深衷自此見。

〔七九〕南康解榻，見後《爲崔從事寄尚書彭城公啓》「必也華榻長懸」注。〔馮注〕《地理志》：「虔州南康郡。」楊虞卿貶虔州司户卒，故云。〔按〕此益可證「嶺頭之梅萼空繁」係指虞卿卒於虔州貶所，而非馮氏所謂「宗尹有兄卒於荔浦」。

〔八〇〕〔徐注〕《漢書》：嚴助，會稽吴人。上問所欲，對曰：「願爲會稽太守。」於是拜爲太守。朱買臣，字翁子，吴人也。會邑子嚴助貴幸，薦買臣，上拜會稽太守。上謂買臣曰：「富貴不歸故鄉，如衣繡夜行。今子何如？」買臣衣故衣，懷其印綬，步歸郡邸。〔馮注〕《地理志》：「越州會稽郡。」《楊漢公傳》：「擢桂管、浙東觀察使。」漢公宦跡，《舊書》甚略，今據《新書》，正與文合。漢公坐虞卿，下除舒州刺史，徙湖、亳、蘇三州。擢桂管、浙東觀察。後數歷藩鎮。〔按〕馮注是。商隱《爲滎陽公與浙東楊大夫啓》亦云「方知繼組之難，不止頒條之事」。繼組，猶繼官、繼任。此謂己爲漢公之繼任。

〔八一〕〔徐注〕《晉書·儒林傳論》曰：餘芳遺烈，焕乎可紀。〔馮曰〕（「況南康」二句）言早被虞卿之知，近繼漢公之政，故尤哀宗尹也。

〔八二〕情，《英華》注：集作「積」。馮本從之。

〔八三〕〔徐注〕《晉書·王敦傳》：詔曰：「銜哀從役，朕甚愍之。」

〔八四〕〔馮注〕《舊書·志》：桂州至京師，水、陸路四千七百六十里。

〔八五〕荒荒，《英華》注：集作「茫茫」。〔徐注〕《離騷》：夕攬中洲之宿莽。

〔八六〕〔徐注〕王隱《晉書》：永嘉初,陳國項縣賈逵石碑之中生金,人鑿取賣,賣已復生。此江東之瑞。

〔八七〕見《代李玄爲崔京兆祭蕭侍郎文》「顧埋玉之難追」注。

〔八八〕泣,《英華》作「涕」,馮本從之。

〔八九〕二「嘻」字,《英華》均作「戲」。〔徐注〕《詩》:噫嘻成王。

〔蔣士銓曰〕筆庸詞懦。(《忠雅堂評選四六法海》卷八)

## 爲滎陽公與魏博何相公啓〔一〕

不審近日尊體如何?伏計不失調護。鄴都奥壤〔二〕,漢相威名〔三〕。出則主諸侯之名〔四〕,以除叛亂;入則峻將軍之令〔五〕,以養疲羸。作大君之膂腸〔六〕,樹列國之標表〔七〕。名光圖史,勳溢旂常〔八〕。凡在小藩,永佩高義〔九〕。屬封疆僻左〔一〇〕,民落凋殊〔一一〕,奇貨難求〔一二〕,使材莫稱。相公曲垂記獎,先降尊嚴。李押衙侍御〔一三〕,右職名家〔一四〕,多聞好禮〔一五〕,遠持書幣〔一六〕,逕冒風波。受賜逾涯,傳情曲盡。載思復命〔一七〕,未得其人,輒託還裝〔一八〕,用申微獻〔一九〕。路遥漳水〔二〇〕,夢隔頓丘〔二一〕,未期胥命於蒲〔二二〕,但仰餘波及晉〔二三〕。

勤拳夙夜，師慕忠貞。伏惟仁恩，亦賜知察。

【校注】

〔一〕本篇原載清編《全唐文》卷七七六第八頁、《樊南文集補編》卷七。〔錢箋〕（魏博何相公）何弘敬也。《舊唐書・何進滔傳》：大和三年，據魏博等州節度使，爲魏帥十餘年卒。子弘敬襲其位，朝廷遣使勸令歸闕，別俟朝旨，不從，竟就加節制。《新唐書・何進滔傳》：進滔，開成五年死，子重順襲，武宗賜名弘敬，討劉稹，加東面招討使。澤潞平，加同中書門下平章事。《舊唐書・地理志》：魏博節度使治魏州，管魏、貝、博、相、澶、衛六州。〔按〕張《箋》編大中元年，次《爲滎陽公賀老人星見表》後，《爲滎陽公上浙西鄭尚書》前。據啓，係弘敬先遣使持書幣至桂林，亞則「輒託還裝，用申微獻」。按常理，弘敬當得知鄭亞已抵桂林之消息後方遣使持書幣前往，則其遣使之時間當已在七、八月間。使者抵桂林之時間則更晚。故此啓寫作之時間或在大中元年仲秋至深秋。

〔二〕〔錢注〕《水經注》：魏因漢祚，後都洛陽，以譙爲先人本國，許昌爲漢之所居，長安爲西京之遺迹，鄴爲王業之本基，故號五都也。〔按〕魏之鄴都，在唐爲相州屬縣，爲魏博鎮所管領。

〔三〕見《爲滎陽公與度支周侍郎狀》「駁廷識貌」注。

〔四〕〔補注〕主名，確定名稱、名分。《禮記・大傳》：「同姓從宗，合族屬；異姓主名，治際會。」下句

「除叛亂」，指討滅劉稹。

〔五〕峻將軍之令，見《爲滎陽公與度支周侍郎狀》「盡將軍之威令」注。

〔六〕〔補注〕膂，脊骨。《書·君牙》：「今命爾予翼，作股肱心膂。」

〔七〕〔錢注〕郭璞《江賦》李善注：標，表也。

〔八〕〔補注〕《周禮·春官·司常》：「日月爲常，交龍爲旂……王建大常，諸侯建旂。」旂常，王侯之旗幟。

〔九〕〔錢注〕《戰國策》：夫救趙，高義也。

〔一〇〕〔錢注〕魏文帝《與朝歌令吴質書》：足下所治僻左。

〔一一〕〔錢校〕殊，疑當作「殘」。〔錢注〕《博雅》：落，居也。

〔一二〕〔錢注〕《史記·吕不韋傳》：此奇貨可居。

〔一三〕「押」字下《全文》脱「衙」字，據錢校補。〔錢注〕《通鑑·玄宗紀》注：押牙者，盡管節度使牙内之事。《新唐書·百官志》：至德後，諸道使府參佐，皆以御史爲之。謂之外臺。〔補注〕唐代稱殿中侍御史、監察御史爲侍御，詳趙璘《因話録》卷五。

〔一四〕〔錢注〕《漢書·貢禹傳》注：右職，高職也。

〔一五〕〔補注〕《禮記·曲禮上》：「博聞彊識而讓，敦善行而不怠，謂之君子。」

〔一六〕〔錢注〕《戰國策》：吾所使趙國者，小大皆聽吾言，則受書幣。

〔一七〕〔補注〕《左傳・成公九年》：「夏，季文子如宋致女，復命，公享之。」
〔一八〕〔錢注〕《南史・王珍國傳》：見珍國還裝輕素。
〔一九〕微，《全文》作「徵」，錢校據胡本改，兹從之。
〔二〇〕〔錢注〕《水經》：漳水過鄴縣西。
〔二一〕〔補注〕《詩・衛風・氓》：「送子涉淇，至于頓丘。」頓丘，春秋衛邑，唐屬魏州。
〔二二〕〔補注〕《春秋・桓公三年》：「夏，齊侯、衛侯胥命于蒲。」楊伯峻注：「胥命者，諸侯相見，約言而不歃血。」此指諸侯（方鎮）相約見面。
〔二三〕〔補注〕《左傳・僖公二十三年》：「其波及晉國者，君之餘也，其何以報？」

## 爲滎陽公上李太尉狀〔一〕

伏奉别紙榮示，伏承以所撰武宗一朝册書誥命并奏議等一十五軸，編次已成，爰命庸虚〔二〕，俾之序引〔三〕。捧緘汗下，揣己魂飛。久自安排，方見髣髴。作《春秋》而救亂〔四〕，由有素臣〔五〕；删《風》《雅》以刺時〔六〕，寧遺《小序》〔七〕？式蒙善誘〔八〕，安敢固辭〔九〕！

伏惟武宗皇帝，英斷無疑，睿姿不測〔一〇〕。緑疇緝美〔一一〕，瑞鼎刊規〔一二〕。太尉妙簡宸襟〔一三〕，式光洪祚〔一四〕。有大手筆〔一五〕，居第一功〔一六〕。在古有夙搆之疑〔一七〕，食時之敏〔一八〕。

片辭相炫〔一九〕，小道可嗤〔二〇〕，將以擬人〔二一〕，固不同日〔二二〕。榮示中所引國朝文士〔二三〕，實炳儒林。然其間有行實非優〔二四〕，附會成累〔二五〕，終衰鳳德〔二六〕，或露圭瑕。豈若世顯華宗，代光相座〔二七〕，潔隨武之家事〔二八〕，纂鄧傅之門風〔二九〕。廟戰之權〔三〇〕，風行於萬里；國儉之禮〔三一〕，日聞於四方。言不失誣〔三二〕，事皆傳信〔三三〕。固合藏於中禁〔三四〕，付在有司〔三五〕，居《微誥》《說命》之間〔三六〕，爲帝《典》皇《墳》之式〔三七〕。

某更祈旬月，庶立紀綱。先深鄙陋之慚〔三八〕，已望優容之德。甘瓜苦蒂，必興歎於墨子〔三九〕；羔裘豹袖，足貽刺於詩人〔四〇〕。荷戴之餘〔四一〕，兢惕又積，伏惟特賜照察。

【校注】

〔一〕本篇原載清編《全唐文》卷七七五第三頁、《樊南文集補編》卷五，題首「爲滎陽公」四字，《全文》無，據錢箋補。〔錢箋〕（李太尉）李德裕也。題首當有「爲滎陽公」字。《舊唐書·李德裕傳》：自開成五年冬回紇至天德，至會昌四年八月平澤潞，其籌度機宜，選用將帥，起草指蹤，皆獨決於德裕。以功兼守太尉，進封衛國公。《舊唐書·職官志》：太尉、司徒、司空各一員，謂之三公，並正一品。本集有《太尉衛公會昌一品集序》。〔按〕張氏《會箋》編大中元年，置《太尉衛公會昌一品集序》後。《樊南文集詳注》卷七附録鄭亞改定之《太尉衛國公李德裕會昌一品制集序》（又見清編《全唐文》卷七三〇）云：「歲在丁卯，亞自左掖出爲桂林。九月，公書至自洛，以典誥制命示於幽鄙，且使爲序，以集成書。」商隱代擬此序之初稿。此狀係德裕來書到桂林後所上。狀云「更祈旬月，庶立紀綱」，謂望稍寬旬月，以撰成此序之綱要，則當在撰序之前十天半月。商隱九月末十月初奉使江陵，此狀約九月上旬作，序則約九月中旬撰。張箋稍疏。

〔二〕〔補注〕庸虛，平庸空疏。謙辭。

〔三〕〔錢注〕《會昌一品別集·與桂州鄭中丞書》：某當先聖御極，再參樞務，兩度册文，及《宣懿太后祔廟制》、《聖容贊》、《幽州紀聖功碑》、《討回紇制》、《討劉稹制》、五度《黠戛斯書》、兩度用兵詔敕，及先聖《改名制》、《告昊天上帝文》，并奏議等，勒成十五卷。貞觀初，有顏、岑二中書；代宗朝，常相；元和初，某先太師忠（懿）公。一代盛事，皆所潤色。小子詞業淺近，獲繼家聲。武宗一朝，册命典誥，軍機羽檄，皆受命撰述，偶副聖情。伏恐製序之時，要知此意。伏惟詳悉，謹狀。《史記·孔子世家》：編次其事。《文心雕龍》：詮文則與序引共紀。〔補注〕引，文體名，大略如序而稍短，唐以來始有此體。序引，指作序。

〔四〕〔錢注〕《史記·太史公自序》：撥亂世，反之正，莫近於《春秋》。

〔五〕〔錢注〕杜預《春秋左氏傳序》：仲尼自衛反魯，修《春秋》，立素王，丘明爲素臣。

〔六〕〔錢注〕《後漢書·明帝紀》注：故詠《關雎》，説淑女正容儀以刺時。〔補注〕删《風》《雅》，指孔子删《詩》。《史記·孔子世家》：「古者《詩》三千餘篇，及至孔子，去其重，取可施于禮義，上采契、后稷，中述殷、周之盛，至幽、厲之缺，始于衽席，故曰：《關雎》之亂以爲《風》始，《鹿鳴》爲

《小雅》始，《文王》爲《大雅》始，《清廟》爲《頌》始。三百五篇，孔子皆弦歌之，以求合《韶》《武》《雅》《頌》之音。禮樂自此可得而述，以備王道，成六藝。」删《風》《雅》以刺時，蓋謂孔子删存之《風》詩、《雅》詩多刺時之作。

〔七〕〔錢注〕《詩·關雎》疏：沈重云：「案鄭（玄）《詩譜》意，《大序》是子夏作，《小序》是子夏、毛公合作。卜商意有不盡，毛更足成之。」或云《小序》是東海衛敬仲所作。〔按〕「作《春秋》」數句，以杜預注《左傳》及子夏、毛公作《詩小序》爲喻，以明爲《會昌一品集》作序之必要。

〔八〕〔補注〕《論語·子罕》：「夫子循循然善誘人。」

〔九〕〔補注〕《書·大禹謨》：「禹拜稽首固辭。」

〔一〇〕〔錢注〕《舊唐書·武宗紀》：史臣曰：昭肅雄謀勇斷，振已去之威權；運策勵精，拔非常之俊傑。屬天驕失國，潞孽阻兵，不惑盈廷之言，獨納大臣之計。戎車既駕，亂略底寧。紀律再張，聲名復振。足以蹈章武出師之迹，繼元和戡亂之功。《晉書·謝玄傳》：實由陛下文武英斷，無思不服。又《劉殷傳》：今殿下以神武睿姿，除殘反政。

〔一一〕〔錢注〕《淮南子》：洛出丹書，河出緑圖。本集馮氏曰：圖、疇義同。〔補注〕緑圖，即籙圖，頗似漢之讖緯之書，蓋預言人世禍福之書。《墨子·非攻下》：「河出緑圖，地出乘黄。」《北堂書鈔·地部》引《隨巢子》云：「姬氏之興，河出緑圖。」

〔一二〕〔錢注〕《揚子》：次五鼎，大可觴。注：五爲天子，故稱大鼎。古者天子世孝，天瑞之鼎，諸侯世孝，天子鑄鼎以錫之。

〔一三〕〔錢注〕《魏志·高貴鄉公紀》：宜妙簡德行，以充其選。

〔一四〕〔錢注〕《後漢書·黄瓊傳》：興復洪祚。〔補注〕洪祚，隆盛之國運。

〔一五〕〔錢注〕《晉書·王珣傳》：珣夢人以大筆如椽與之，既覺，語人云：「此當有大手筆事。」俄而帝崩，哀册謚議，皆珣所草。

〔一六〕〔錢注〕《史記·蕭相國世家》：漢定天下，論功行封，位次蕭何第一。

〔一七〕〔錢注〕《魏志·王粲傳》：粲善屬文，舉筆便成，無所改定，時人常以爲宿搆。

〔一八〕〔錢注〕《漢書·淮南王安傳》：安入朝，上使爲《離騷》傳，旦受詔，日食時上。

〔一九〕〔補注〕《後漢書·獨行傳序》：「片辭特趣，不足區别。」片辭，簡短之言辭。

〔二〇〕〔補注〕《論語·子張》：「雖小道，必有可觀者焉。」

〔二一〕〔補注〕《禮記·曲禮下》：「儗人必於其倫。」儗，通「擬」。

〔二二〕〔錢注〕《戰國策》：夫破人之與破於人也，臣人之與臣於人也，豈可同日而言之哉！《新唐書·李德裕傳》：元和後，數用兵，宰相不休沐，或繼火乃得罷。德裕在位，雖遽書警奏，皆從容裁決，率午漏下還第，休沐輒如令，沛然若無事時。其處報機急，帝一切令德裕作詔。

〔二三〕士，《全文》作「字」，從錢校據胡本改正。〔按〕「滎示中所引國朝文士」，指李德裕《與桂州鄭中丞書》中所稱舉之「貞觀初，有顔、岑二中書；代宗朝，常相；元和初，某先太師忠懿公」。參

《會昌一品集序》。

〔二四〕〔錢注〕《晉書·顔含傳》：其雅重行實，抑絶浮僞如此。〔補注〕行實，生平事蹟。《新唐書·儒學·顔師古傳》：「俄拜秘書少監，專刊正事……然多引後生與讎校，抑素流，先貴勢，雖商賈富室子，亦竄選中，由是素議薄之，斥爲郴州刺史。未行，帝惜其才，讓曰：『卿之學，信可稱者，而事親居官，朕無聞焉。今日之行，自誰取之？』」《新唐書·常衮傳》：「懲元載敗，室賣官之路。然一切以公議格之，非文詞者皆擯不用，故世謂之『黯伯』，以其黯黯無賢不肖之辨云。」此或即所謂「行實非優」云者。

〔二五〕〔補注〕附會，依附。

〔二六〕〔補注〕《論語·微子》：「楚狂接輿歌而過孔子曰：『鳳兮，鳳兮，何德之衰！』」鳳德，指德行名望。

〔二七〕詳《爲濮陽公上淮南李相公狀三》「某竊思章武皇帝之朝」至「漢相家聲，復有急徵之詔」一節及注。

〔二八〕隨，疑當作「范」。〔補注〕《左傳·襄公二十七年》：「子木問於趙孟曰：『范武子之德何如？』對曰：『夫子之家事治，言於晉國無隱情，其祝史陳信於鬼神無愧辭。』」隨武子，未見其有家事治之事，或商隱一時誤記。

〔二九〕〔錢注〕《後漢書·鄧禹傳》：禹篤行淳備，事母至孝。有子十三人，各使守一藝。修整閨門，教養子孫，皆可以爲後世法。資用國邑，不修産利。顯宗即位，拜爲太傅。

〔三〇〕〔錢注〕《淮南子》：廟戰者帝，神化者王。所謂廟戰者，法天道也；神化者，法四時也。〔補注〕廟戰，朝廷對戰争之籌劃決策。《淮南子·兵略訓》：「凡用兵者，必先自廟戰……故運籌於廟堂之上，而決勝乎千里之外矣。」

〔三一〕〔補注〕《禮記·檀弓下》：「國奢則示之以儉，國儉則示之以禮。」

〔三二〕〔補注〕《禮記·表記》：「是故君有責於其臣，臣有死於其言，故其受禄不誣。」

〔三三〕〔錢注〕《史記·三代世表》：信以傳信，疑以傳疑。

〔三四〕〔錢注〕《魏書·高閭傳》：閭昔在中禁，有定禮正樂之勳。

〔三五〕〔錢注〕《漢書·高惠高后文功臣表》：臧諸宗廟，副在有司。

〔三六〕〔補注〕《書》有《微子》《微子之命》及《説命》篇。

〔三七〕〔錢注〕孔安國《尚書序》：伏羲、神農、黄帝之書，謂之《三墳》，言大道也；少昊、顓頊、高辛、唐、虞之書，謂之《五典》，言常道也。

〔三八〕〔錢注〕司馬遷《報任少卿書》：恨私心有所未盡鄙陋。

〔三九〕〔錢注〕馬總《意林》：《墨子》：「甘瓜苦蒂，天下物無全美。」

〔四〇〕〔補注〕《詩·鄭風·羔裘》：「羔裘豹飾，孔武有力。彼其之子，邦之司直。」《小序》云：「《羔裘》，刺朝也，言古之君子以風其朝焉。」羔裘，紫羔製之皮衣，古爲諸侯、卿、大夫朝服。豹飾，緣以豹皮。

〔四二〕〔錢注〕任昉《到大司馬記室箋》：不勝荷戴屏營之情。

## 太尉衛公會昌一品集序〔一〕

唐葉十五，帝謚昭肅，始以太弟〔二〕，茂對天休〔三〕。遂臨西宮〔四〕，入高廟〔五〕，將以準則九土，指麾三靈〔六〕。乃顧左右曰：「我祖宗並建豪英〔七〕，範圍古昔〔八〕。史卜宵夢，震嗟不寧〔九〕。是用能文，惟睿掌武〔一〇〕，以永大業。今朕奉承天命，顯登乃辟〔一一〕，庸不知帝賚朕者，其誰氏子焉〔一二〕？」左右惕兢威靈，迷撓章指〔一三〕，周訥揚吃〔一四〕，不能仰酬。既三四日，乃詔曰：「淮海伯父〔一五〕，汝來輔予。」霞披霧消，六合快望〔一六〕。四月某日入覲，是月某日登庸〔一七〕。淵角奇姿，山庭異表〔一八〕。爲九流之華蓋〔一九〕，作百度之司南〔二〇〕。帝由是盡付玄機〔二一〕，允厭神度〔二二〕。左右者咸不知其夢邪卜邪〔二三〕。金門朝罷〔二四〕，玉殿宴餘，獨銜日光〔二五〕，静與天語。帝亦幽闡〔二六〕，徵《召誥》《説命》之旨〔二七〕，定元首股肱之契〔二八〕，曰：「我將俾爾以大手筆〔二九〕，居第一功〔三〇〕。麒麟閣中〔三一〕，霍光且圖於勳伐〔三二〕；玄洲苑上，魏收別議於文章〔三三〕。光映前修，允兼具美。我意屬此，爾無讓焉。」公拜稽首曰：「臣某何敢以當之。在昔太宗有臣，曰師古曰文本〔三四〕；高宗有臣，曰嶠曰融〔三五〕；玄宗有臣，曰説曰瓌〔三六〕；代宗有臣，曰衮〔三七〕；至於憲祖，則有臣禰廟曰忠公〔三八〕。並禀太白以傅精神〔三九〕，納非煙而敷藻思〔四〇〕。才可以淺深魏、邴〔四一〕，道可以升降伊、皋〔四二〕。而又富僧孺之新事〔四三〕，識庾持之奇字〔四四〕。清風濯熱〔四五〕，白雪生春〔四六〕。淮南王食時之工〔四七〕，裴子野昧爽之獻〔四八〕。疑王粲之夙構〔四九〕，無禰衡之加點〔五〇〕。然後可以弘宣王略，輝潤天文〔五一〕。豈伊乏賢，可纂舊服〔五二〕？」帝又曰：「舜何人也，回何人也〔五三〕！朕思丕承〔五四〕，汝勉善繼，無忝乎爾之先〔五五〕。」公復拜稽首曰：「《易》曰『中心願也』，《詩》曰『何日忘之』〔五六〕，臣敢不夙夜在公〔五七〕，以揚鴻烈〔五八〕！」

**【校注】**

〔一〕本篇原載《文苑英華》卷七〇六第五頁、清編《全唐文》卷七七九第一〇頁、《樊南文集詳注》卷七。《英華》題内「品」字下有「制」字，題下有原注：代桂府滎陽公。〔徐箋〕《新書·李德裕傳》：澤潞平，策功拜太尉，進封趙國公。德裕固讓，言：「唐興太尉凡七人，尚父子儀乃不敢拜。近王智興、李載義皆超拜保、傅，蓋重惜此官。裴度爲司徒十年，亦不遷。臣願守舊秩足矣。」帝曰：「吾恨無官酬公，毋固辭。」德裕又陳：「先臣封于趙，冢孫寬中始生，字曰三趙，意將傳嫡，不及支庶。臣前益封，已改中山。臣先世皆嘗居汲，願得封衛。」從之，遂改衛國公。
〔馮箋〕《舊書·李德裕傳》：自開成五年冬回紇至天德，至會昌四年八月平澤潞，其籌度機宜，選用將帥，起草指蹤，皆獨決於德裕，以功兼守太尉，進封衛國公。按：《英華》會昌二年四月《上尊號玉册文》，德裕已攝太尉，至四年乃即真也。《李文饒別集·與桂州鄭中丞書》曰：「某當先聖御極，再參樞務，兩度册文及《宣懿太后祔廟制》、《聖容贊》、《幽州紀聖功碑》、《討回鶻制》、《討劉稹制》、五度《黠戛斯書》、兩度用兵詔敕及先聖《改名制》、《告昊天上帝文》并奏議等，勒成十五卷。貞觀初，有顏、岑二中書；代宗朝，常相；元和初，某先太師忠（懿）公。一代盛事，皆所潤色。小子詞業淺近，獲繼家聲，武宗一朝，册命、典誥、軍機、羽檄，皆受命撰述，偶副聖情。伏恐製序之時，要知此意。」此序規模，全遵來示也。唐賢掌制誥者，每勒爲制集，以彰榮遇。常衮、楊炎、元稹、權德輿皆有制集。此則原本（編著者按：指商隱代鄭亞所擬原稿，即本篇）無「制」字，而改本（指鄭亞修改之定稿，亦載《英華》卷七〇六，在本篇前；又見《李文饒文集》卷首）有之，則題中當分別書也。〔按〕馮譜、張箋均編大中元年，次《樊南甲集序》前。鄭亞改本《太尉衛國公李德裕會昌一品制集序》云：「歲在丁卯，亞自左掖，出爲桂林。九月，公書至自洛，以典誥制命示於幽鄙，且使爲序，以集成書。」《爲滎陽公上李太尉狀》云：「伏奉別紙榮示，伏承以所撰武宗一朝册書誥命并奏議等一十五軸，編次已成，爰命庸虚，俾之序引。」狀上於德裕《與桂州鄭中丞書》到桂以後，時尚未撰序，故狀末又云：「某更祈旬月，庶立紀綱。先深鄙陋之慚，已望優容之德。」祈其稍假旬月。如德裕書九月上旬抵桂，則序之撰成，約當九月中旬。據《樊南甲集序》，大中元年十月十二日，商隱已在奉使江陵途次之衡湘一帶，則九月下旬已將自桂林出發。

〔二〕〔徐箋〕《新書·武宗紀》：武宗至道昭肅孝皇帝，諱炎，穆宗第五子也。文宗疾大漸，神策軍護軍中尉仇士良、魚弘志矯詔廢皇太子成美復爲陳王，立潁王爲皇太弟，即皇帝位於柩前。〔馮箋〕《舊》《新書·紀》：文宗暴疾，宰相李玨、知樞密劉弘逸奉密旨，以皇太子監國。神策軍中尉仇士良、魚弘志矯詔廢皇太子成美，迎潁王於十六宅爲皇太弟。文宗崩，宣遺詔，即皇帝位於柩前。

〔三〕〔徐注〕《易》：先王以茂對時育萬物。《左傳》：用能協於上下，以承天休。〔馮注〕《書》：以承天休。〔補注〕茂，勉也；天休，天賜福祐。

〔四〕臨，《英華》注：去聲。〔馮注〕臨，音力鴆反。《左傳》：「鄭人卜臨於大宮。」注：「臨，哭也。」此將即位而哭文宗。哭、臨字，史文常見。《舊書·劉栖楚傳》：諫敬宗曰：「西宮密邇，未過山陵。」而《紀》書迎文宗於江邸，赴西宮成服。蓋靈駕在西宮，制皆如此。

〔五〕〔補注〕高廟，指宗廟。《後漢書·光武帝紀上》：「壬子，起高廟，建社稷於洛陽。」李賢注：「光武都洛陽，乃合高祖以下至平帝爲一廟，藏十一帝主於其中。」

〔六〕〔徐注〕《漢書·陳平傳》：天下指麾即定矣。〔馮注〕《揚雄傳》：方將上獵三靈之流。〔補注〕

三靈，此指日、月、星。《漢書・揚雄傳》顏師古注引如淳曰：「三靈，日、月、星垂象之應也。」《南史・宋紀上》：「三靈垂象，山川告祥。」

〔七〕〔馮注〕《漢書・鼂錯傳》：大禹得咎繇而爲三王祖，今陛下講於大禹及高皇帝之建豪英也。

〔八〕〔徐注〕《易》：範圍天地之化而不過。《曲禮》：必則古昔稱先王。〔補注〕範圍，效法。

〔九〕〔徐注〕史卜，用文王事，見《爲某先輩獻集賢相公啓》「于畋問卜，始載磻谿」注；宵夢，用武丁事，見下文。〔馮注〕又史卜亦可用《尚書》「枚卜功臣」，後人每用爲擇相之典，不拘禹受命事也。宵夢亦可用黄帝得風、力事。皆見《爲某先輩獻集賢相公啓》「因夢吹塵，方求風后」注、《爲崔從事福寄尚書彭城公啓》「旋登殷夢，俄奉周畋」注。〔按〕「枚卜功臣」出《書・大禹謨》：「枚卜功臣，惟吉之從。」枚卜，一一占卜。古以占卜選官。史卜、宵夢，謂武宗選求宰輔。

〔一〇〕〔徐曰〕「掌武」當作「常武」，見《賀相國汝南公啓》「運推《常武》」注。〔馮注〕按《漢書》，太尉掌武事，故後世稱太尉爲「掌武」。此句似能文惟睿之掌武，以點明太尉，後人固以「掌武」稱衛公也。然於義未安，俟再考。〔按〕掌武固可指稱太尉，如孫光憲《北夢瑣言》卷四：「唐吴融侍郎策名後，曾依相國太尉韋公昭度，以文筆求知。每起草先呈，皆不稱旨，吴乃祈掌武親密俾達其誠。」洪邁《容齋四筆・官稱別名》亦云：「唐人好以它名標牓官稱……太尉爲掌武。」然此處承上文似謂須尋求能文且掌武者爲宰輔，以永固大業，非直以「掌武」指太尉也。

〔一一〕〔補注〕辟，天子，君主。《書・泰誓下》：「爾衆士其尚迪果毅，以登乃辟。」孔傳：「登，成也；

成汝君之功。」

〔一二〕〔徐注〕《書》：夢帝賚予良弼，其代予言。《楚語》：白公子張曰：「昔殷武丁能聳其德，至於神明，以入於河，自河徂亳，於是乎三年默以思道。又使以象旁求四方之賢，得傅説以來，升以爲公，而使朝夕規諫。」

〔一三〕〔補注〕迷撓，迷亂；章指，此指皇帝之意旨。

〔一四〕〔徐注〕《漢書·周昌傳》：昌爲人吃，又盛怒，曰：「臣口不能言，然臣期期知其不可。」《揚雄傳》：雄口吃，不能劇談。

〔一五〕〔徐注〕《儀禮·覲禮》曰：同姓大國則曰伯父，小邦則曰叔父。《漢書·賈誼傳》：《疏》曰：「今自王侯三公之貴，天子之所改容而禮之也，古天子之所謂伯父伯舅也。」注：師古曰：「天子呼諸侯長者同姓，則曰伯父；異姓，則曰伯舅也。伯，長也。」按：德裕雖出趙郡，而姓則同爲李氏，亦可稱伯父。時爲淮海軍節度使，故曰「淮海伯父」也。

〔一六〕消，《全文》作「銷」，據《英華》改。怏，徐本作「快」，校云：《英華》作「怏」，是。或云當作「觖望」。然「觖望」者，謂不滿所望而怨也，與上下文義不協，恐非。〔馮按〕《英華》本作「快」，徐刊本乃作「怏」，而有此疑也。「觖望」亦有止作冀望解者，見《後漢書·臧洪傳》。而古帖、古書中「快然」「快抃」又頗有作「怏」者，疑古人偶誤通耳。〔按〕《全文》正作「快望」。又，《爲滎陽公賀崔相公轉户部尚書啓》亦云「華夷快望」。

〔一七〕〔徐注〕《書》:疇咨若時登庸。《舊書》:開成五年九月,以德裕爲吏部尚書、同中書門下平章事。〔馮箋〕按《舊書·傳》,武宗即位之年七月,召德裕於淮南,九月爲相。此云「四月」「是月」,兼玩上文「既三四日」之語,與史大異,豈史之紀、傳、表皆誤耶?抑此文舛耶?〔張箋〕(開成五年)四月,召淮南節度使檢校尚書左僕射李德裕,既至,以爲吏部尚書、同中書門下平章事。並附考云:考《會昌一品集》有《宣懿太后祔廟制》云:「朕因載誕之日,展承顔之敬。」又有《宣懿皇后祔陵廟狀》云:「臣等伏以園寢已安,神道貴静。光陵因山久固,僅二十年;福陵近又修崇,足彰嚴奉。今若再因合祔,須啓二陵,或慮聖靈不安。又以陰陽避忌,亦有所疑。臣等商量祔太廟,不移福陵,實爲允便。」宣懿祔廟事在六月。《舊書·武宗紀》云:「五月中書奏,六月十二日皇帝載誕之辰,請以其日爲慶陽節,祔宣懿太后於太廟。」又云「初,武宗欲啓穆宗陵祔葬,中書門下奏曰」云云,其文即節録《會昌一品集》此篇,則其時德裕已登台席矣。若使七月内召,九月登庸,祔廟大禮,非所躬遇,安得有此等制、狀哉?然則紀、傳時月,洵不足信也。今據本集酌定之。〔岑曰〕余按張氏所持最强之據,爲李商隱《(會昌一品)集序》,但考《通鑑》二四六:「召淮南節度使李德裕入朝。九月甲戌朔,至京師;丁丑,以德裕爲門下侍郎、同平章事;庚辰,德裕入謝,言於上曰……」到京,入謝,各有的日,他書未之見。又下叙進言一段,與《新書·德裕傳》互有詳略。宋及司馬當日尚見德裕自著之《文武兩朝獻替記》(《考異》曾引之),上所云云,必本自此記,其爲强證,遠勝於商隱之《序》也。張引《舊·記》「初,武宗欲啓穆陵」

一節，今《會要》二一叙於開成五年二月追謚宣懿之下，可見各書紀載有異。《舊·紀》自武宗以後，失次者甚多，安見「紀、傳時月洵不足信」之不可適用於此節耶？抑《懿后祔廟制》，《會要》一六又書在會昌元年六月，《舊·紀》之紀年，亦難專信。「展承顔之敬」係針對下文太皇太后言；載誕之節，歷年皆有，尤不限於開成五年。合此以觀，所稱四月入相，殊未敢信。德裕入相先後，於牛黨之造謡排擠，極有關係，不可不詳審也。（見《平質》乙承訛《李德裕入相月》條）〔傅璇琮《李德裕年譜》曰〕按岑氏之説通達可信，《宣懿太后祔廟制》確應在會昌元年（詳見後譜），未能據此以定德裕入相之時月。日本僧人圓仁於開成五年八月二十日由五台山步行抵長安，逐日記載在京師之見聞。《入唐求法巡禮行記》卷三，開成五年九月五日記云：「夜，繫念毗沙門，誓願乞示知法人。聞揚州節度使李德裕有敕令入京，九月三日，入内，任宰相。」圓仁時在長安，以當時人記當時事，當屬可信。圓仁前在揚州時，曾謁見德裕，在其《行記》中有詳細叙述。若德裕本年四月已任相，圓仁當不可能於九月尚有如此之記述。且圓仁於九月五日記「聞」德裕有敕令入京，九月三日入内，任宰相，與《舊·紀》記德裕於九月初一日召入、拜相亦大致相合。據此，則德裕拜相仍應定爲九月，其敕令入京則可能在七月，辦理移交，稽延時日，至京當已是八月底矣。〔按〕李德裕之實際入相時月，洵在九月，岑、傅説辨甚詳審，當從。兹更補一證。商隱《爲濮陽公上淮南李相公狀二》云：「況今者時逼藏弓，禮當輔主。元侯功大，獨申攀送之哀；伯父位尊，使率駿奔之列。……竊計軒車，已臻伊、洛。」文宗葬章陵在開成五年八月十七日，此云「時逼藏弓」，即指文宗葬期迫近，則狀之作當距此不遠，約七月底八月初，而此時德裕尚在赴召途中之伊、洛一帶。如是年四月已内召爲相，必無此等語。此亦可證敕令入京在七月，到京爲八月底，九月方拜相。然商隱此序之「四月某日入覲，是月某日登庸」，「四」字容或爲「九」字之誤，而上文之「既三四日」似不可能再誤。意者，當日武宗即位之初，或即有詔徵德裕入相之意，而其時牛黨之李珏、楊嗣復正居相位，必有阻撓之圖，故正式下詔徵德裕入京，乃延至七月。而《序》爲强調武宗對德裕之倚賴，故將武宗即位之初選相之言亦皆記録。然則，「四月某日入覲」雖誤，上文「顧左右」「既三四日」等語則未必皆誤也。

〔一八〕〔馮注〕《文選·任彦昇〈王文憲集序〉》：淵角殊祥，山庭異表。注曰：《論語讖考讖》曰：「顔回有角額，似月形。淵，水也。月是水精，故名淵。」《摘輔象》曰：「子貢山庭斗繞口。謂面有三庭，言山在中，鼻高有異相也。」

〔一九〕〔馮注〕張衡《西京賦》：華蓋承辰。薛綜注：華蓋星覆北斗，王者法而作之。〔補注〕華蓋，此猶冠冕之意。九流，見《爲滎陽公上西川李相公狀》「九流萬國」注。此猶九流人物之意。

〔二〇〕〔徐注〕左思《吴都賦》：指南司方。注：指南車上有木人，手常指南，故曰司方。〔馮注〕〔司南〕已見《爲李貽孫上李相公啓》「群生指南」注。又《晉書·志》：司南車，一名指南車，刻木爲仙人，衣羽衣立車上，車雖回運，而手常指南。〔補注〕百度，百事，各種制度。《書·旅獒》：「不役耳目，百度惟貞。」

〔二一〕玄機，見《爲河南盧尹賀上尊號表》「玄機獨運」注。

〔二二〕厭，《英華》注：入聲。〔徐注〕《詩》：神之格思，不可度思。〔補注〕厭，滿足。玄機、神度，猶所謂神機妙算。

〔二三〕夢邪卜邪，見注〔九〕。

〔二四〕〔補注〕金門，金明門，唐時宫門名。金明門内爲翰林院所在。《舊唐書·職官志二》：「翰林院。天子在大明宫，其院在右銀臺門内。在興慶宫，院在金明門内。若在西内，院在顯福門。」亦可指金馬門，漢代宫門名，學士待詔之處。

〔二五〕銜，《英華》注：集作「含」。

〔二六〕〔徐注〕《易》：微顯闡幽。〔補注〕幽闡，闡明幽深之理。

〔二七〕〔補注〕《召誥》，《尚書》篇名。成王在豐，欲宅洛邑，使召公先相宅，作《召誥》。見《書序》。《説命》，《尚書》篇名。高宗夢得説，使百工營求諸野，得諸傅巖，作《説命》三篇。見《書序》。

〔二八〕〔徐注〕《書》：乃賡載歌曰：「元首明哉，股肱良哉。」〔補注〕此謂武宗、德裕君明臣賢，相互契合。

〔二九〕大手筆，見《爲滎陽公上李太尉狀》（伏奉别紙榮示）「有大手筆」注。〔馮按〕古人有謂事非吉祥，不當用者，然歷代史傳，皆已習用，故不必忌也。

〔三〇〕見《爲滎陽公上李太尉狀》（伏奉别紙榮示）「居第一功」注。

〔三一〕麒麟，《英華》原作「凌煙」，彭叔夏《辨證》已改正。參下注。

〔三二〕見《爲懷州刺史舉人自代狀》「麟閣舊圖」注。

〔三三〕收，《英華》誤作「牧」，注：集作「收」。〔馮注〕《北史·魏收傳》：齊武成帝於華林别起玄洲苑，備山水臺觀之麗。詔於閣上畫收，其見重如此。自武定二年以後，國家大事詔命、軍國文詞，皆收所作。每有警急，受詔立成。或時中使催促，收筆下有同宿構。《文苑傳》：齊天保中及河清、天統之辰，自李愔以下，在省惟撰述除官詔旨，其關涉軍國文翰，多是魏收作之。〔補注〕二句蓋謂霍光惟有勳伐，魏收惟善文章，而德裕則既功高而有文章，故云「且圖」「别議」，以明霍、魏之不足，而德裕則「允兼具美」也。

〔三四〕〔徐注〕《舊書》：顔籀，字師古。博覽群書，善屬文。高祖朝，遷中書舍人，專掌機密。于時軍國多務，凡有制誥，皆成其手。師古達于政理，册奏之工，時無及者。太宗踐祚，擢拜中書侍郎。岑文本，字景仁，博考經史，善屬文。貞觀元年，擢拜中書舍人，漸蒙親顧。初，武德中詔誥及軍國大事文皆出於顔師古。至是文本所草詔誥，或衆務繁湊，即命書僮六七人隨口並寫，須臾悉成，亦殆盡其妙。〔馮注〕《新書·儒學傳》：顔師古字籀。按：師古似以字行，則以字爲名可也。以原名爲字，唐初尚有一字字乎？

〔三五〕〔徐注〕《舊書》：李嶠，趙州贊皇人。爲兒童時夢有神人遺之雙筆，自是漸有學業。高宗時爲鳳閣舍人，朝廷每有大手筆，皆特令嶠爲之。崔融，齊州全節人，爲文典麗，當時罕有其比。朝廷所須《洛出寶圖頌》《則天哀册文》及諸大手筆，並手敕付融。

〔三六〕〔徐注〕《舊書》：張説字道濟。前後三秉大政，掌文學之任凡三十年。爲文俊麗，用思精密。朝廷大手筆，皆特承中旨撰述，天下詞人，咸諷誦之。按：蘇瓌景雲中卒，不及事玄宗。「瓌」當作「頲」。《舊書》：瓌子頲，少有俊才。玄宗時與李乂對掌文誥。上謂頲曰：「前朝有李嶠、蘇味道，謂之蘇李。今有卿及李乂，亦不讓之。卿所製文誥，可録一本封進，題云臣某撰，朕要留中披覽。」其禮遇如此。〔馮注〕《舊書·傳》：張説……開元時爲尚書左丞相、集賢院學士，封燕國公。又：蘇瓌，字昌容，中宗景龍三年轉尚書右僕射、同中書門下三品，進封許國公。睿宗景雲元年十一月薨。又：瓌子頲，少有俊才。神龍中，拜中書舍人，父子同掌機密。瓌薨，襲爵許國公。玄宗以爲中書侍郎，掌文誥。……開元四年，遷紫微侍郎、同紫微黄門平章事。〔按〕徐謂「瓌」當作「頲」，是。燕國公張説、許國公蘇頲玄宗時均以文章顯世，時號「燕許大手筆」，見《新唐書·蘇頲傳》。此義山一時誤記。

〔三七〕〔徐注〕《舊書》：常衮，京兆人，寶應二年選爲翰林學士、知制誥。永泰元年，遷中書舍人。衮文章俊拔，當時推重，與楊炎同爲舍人，時稱爲「常楊」。按：鄭亞改本云「常、楊繼美於代宗之世」，謂常衮、楊炎也，疑此脱「曰炎」二字。〔馮注〕《舊書·傳》：常衮……大曆時，拜門下侍郎、同平章事。按：李（德裕）之來書止云「常相」，乃改本增之耳。〔按〕馮説是。

〔三八〕〔徐注〕《左傳》：楚子告大夫曰：「所以從先君於禰廟者。」《舊書》：李吉甫，字弘憲，趙郡人。

父栖筠，代宗朝爲御史大夫，名重於時。吉甫少好學，能屬文，年二十七爲太常博士，該洽多聞，尤精國朝故實，沿革折衷，時多稱之。憲宗嗣位，以考功郎中知制誥，旋召入翰林爲學士，轉中書舍人。二年，擢吉甫爲中書侍郎、平章事。九年卒，贈司空，謚曰忠（懿）。〔馮注〕《舊書·傳》：（元和）三年九月，充淮南節度使，六年正月再入相。〔補注〕父死，神主入廟後稱「禰」。《公羊傳·隱公元年》「惠公者何？隱之考也」何休注：「生稱父，死稱考，入廟稱禰。」

〔三九〕傳，《全文》作「傳」，《英華》同。《英華》注：集作「傳」。兹據改。〔馮注〕《史記·天官書》：察日行以處位太白。《索隱》曰：太白晨出東方曰啓明，故察日行以處太白之位。《東方朔别傳》：朔遊鴻濛，忽遇母採桑於白海之濱，有黄眉翁指母以語朔曰：「昔爲我妻，託形爲太白之精，今汝亦此星之精也。」《風俗通》：東方朔太白星精，黄帝時爲風后，堯爲務成子，周爲老子，越爲范蠡，齊爲鴟夷，變化無常也。〔徐注〕《舊書·文藝傳》：李白字太白，白之生，母夢長庚星，因以命之。

〔四〇〕非煙，見《爲河南盧尹賀上尊號表》「非煙浪井」注。

〔四一〕〔馮注〕《漢書》：魏相字弱翁，宣帝時爲丞相，封高平侯。丙吉字少卿。宣帝詔：「朕微眇時，御史大夫吉與朕有舊恩，其封吉爲博陽侯。」後五歲，代魏相爲丞相。《西都賦》：蕭、曹、魏、丙，謀謨乎其上。〔徐注〕潘岳《西征賦》：懷夫蕭、曹、魏、邴之相。

〔四二〕〔補注〕伊、皋，伊尹、皋陶。劉向《九歎·愍命》：「三苗之徒以放逐兮，伊、皋之倫以充廬。」

〔四三〕〔馮注〕《南史》：王僧孺聚書至萬餘卷，多異本，無所不睹。其文麗逸，多用新事，人所未見者，時重其富博。

〔四四〕見《爲李貽孫上李相公啓》「庾持奇字」注。

〔四五〕〔補注〕《詩·大雅·烝民》：「吉甫作誦，穆如清風。」

〔四六〕白雪，見《獻侍郎鉅鹿公啓》「聞郢中之《白雪》」注。

〔四七〕見《爲滎陽公上李太尉狀》「食時之敏」注。

〔四八〕〔徐注〕《南史·裴子野傳》：梁武帝敕爲書喻魏相元乂，其夜受旨，及五鼓，敕催令速上。子野徐起操筆，昧爽便就。及奏，武帝深嘉焉。

〔四九〕見《爲滎陽公上李太尉狀》「在古有夙構之疑」注。

〔五〇〕〔徐注〕禰衡《鸚鵡賦序》：衡因爲賦，筆不停綴，文不加點。

〔五一〕〔補注〕天文，此指皇帝之詔諭。

〔五二〕纂，《英華》注：集作「纘」。〔補注〕伊，語助詞。纂，繼承。舊服，前人之事業。《書·仲虺之誥》：「天乃錫王勇智，表正萬邦，纘禹舊服。」纘，通「纂」。

〔五三〕下「也」字，《英華》作「哉」。〔補注〕《孟子·滕文公上》：「舜何人也，予何人也，有爲者亦若是。」

〔五四〕〔徐注〕《書》：「丕顯哉！文王謨；丕承哉！武王烈。」〔補注〕丕承，謂帝王承天受命。

〔五五〕「忝」下《英華》有「辱」字。

〔五六〕曰，《英華》注：集作「云」。〔補注〕《易·泰》：「不戒以孚，中心願也。」《詩·小雅·隰桑》：「中心藏之，何日忘之。」

〔五七〕〔補注〕《詩·召南·采蘩》：「于以用之，公侯之宫。被之僮僮，夙夜在公。」「夙夜在公」語本此。而意則兼用《詩·大雅·烝民》：「夙夜匪解，以事一人。」又《禮記·祭統》：「其勤公家，夙夜不解。」

〔五八〕鴻，《全文》作「宏」，徐本作「弘」，此從《英華》。〔補注〕鴻烈，大功業。《漢書·揚雄傳下》：「典謨之篇，雅頌之聲，不温純深潤，則不足以揚鴻烈而章緝熙。」

會一日，上明發於法宫之中〔五九〕，念兆人之衆，顧九州之廣，永懷不待之痛〔六〇〕，式重如存之敬〔六一〕。公伏奏曰：「惟先后懋守丕基，允資内助〔六二〕，秀南頓嘉禾之瑞〔六三〕，開烈山神井之祥〔六四〕。德駕河洲〔六五〕，淑肩沙麓〔六六〕。將顯降嬀之配〔六七〕，未弘褒紀之恩〔六八〕。淪美椒塗〔六九〕，掩華蘭掖〔七〇〕。緣山破茢，夙聞齊主之悲〔七一〕；採石傳形，早降漢皇之慟〔七二〕。今繞樞有慶〔七三〕，鳴社承輝〔七四〕，而懿號未彰，貞魂莫祔〔七五〕，恐無以懋遵聖緒，光慰孝思。」公於是承命，有宣懿祔廟之制〔七六〕。

【校注】

〔五九〕法，《英華》注：集作「清」。非。〔徐注〕《詩》：明發不寐。《漢書·鼂錯傳》：處於法宮之中，明堂之上。〔補注〕法宮，宮室正殿，帝王處理政事之處。

〔六〇〕〔馮注〕《家語》：孔子適齊，中路聞哭者甚哀，丘吾子也，曰：「夫樹欲静而風不停，子欲養而親不待。往而不來者，年也；不可再見者，親也。」遂投水而死。孔子曰：「小子識之，斯足爲戒矣。」《韓詩外傳》（丘吾子也）作「皋魚也」，（遂投水而死）作「立槁而死」，餘同。

〔六一〕〔補注〕《詩·秦風·渭陽序》：「《渭陽》，康公念母也……我見舅氏，如母存焉。」《論語·八佾》：「祭如在，祭神如神在。」

〔六二〕允，《英華》注：集作「永」。非。〔徐注〕《魏志·后妃傳》：棧潛疏曰：「在昔帝王之治天下，不惟外輔，亦有内助。」〔補注〕先后，先帝，指穆宗。武宗爲穆宗子。懋，勤勉。丕基，大業。允，確實。

〔六三〕頓，《英華》注：集作「潁」，非。〔徐注〕《後漢書·光武紀》：南頓令欽生光武。論曰：是歲縣界有嘉禾生，一莖九穗，因名光武曰秀。〔補注〕秀，結實。

〔六四〕見《賽堯山廟文》「亦分功於農井」注、《祭吕商州文》「厲山遥鬱於朝嵐」注。〔補注〕句意謂誕生帝王之祥，指誕生武宗。

〔六五〕〔徐注〕《詩序》：《關雎》，后妃之德也。其詩曰：關關雎鳩，在河之洲。

〔六六〕見《爲懷州刺史舉人自代狀》「沙麓遺芳」注。〔補注〕肩,比肩。謂賢淑可與漢之元后(漢成帝后)比肩。

〔六七〕〔徐注〕《書》:釐降二女于嬀汭,嬪于虞。《水經注》:蒲坂縣南有歷山,舜所耕處也。有舜井,嬀、汭二水出焉。南曰嬀水,北曰汭水,《尚書》所謂「釐降二女于嬀汭」也。孔安國曰:「居嬀水之内焉。」季長曰:「水所出曰汭。」然則「汭」似非水名,而今見有二水,異源同歸,西注於河。○嬀音居危反。

〔六八〕〔徐注〕《春秋·桓公九年》:春,紀季姜歸于京師。《漢書·外戚恩澤侯表》:薄昭、竇嬰、上官、衛、霍之侯,以功受爵;其餘后父據《春秋》褒紀之義,帝舅緣《大雅》申伯之意,寖廣博矣。應劭曰:《春秋》,天子將納后於紀,紀本子爵也,故先褒爲侯,言王者不取於小國。〔馮注〕《春秋·桓公二年》:秋七月,紀侯來朝。《公羊傳》注曰:稱侯者,天子將娶于紀,與奉宗廟,重莫大焉,故封之百里。《穀梁傳》注曰:隱二年稱子,今稱侯,蓋時王所進。又:九年春,紀季姜歸于京師。〔補注〕謂宣懿嫁穆宗,尚未受到褒揚之恩。

〔六九〕淪,《全文》《英華》均作「渝」。《英華》注:集作「論」。〔馮校〕舊作「渝」,集作「論」,皆非。今改定(作「淪」)。〔按〕馮校是,兹據改。淪美,與下句「掩華」,均言宣懿之去世。渝、論均「淪」之形訛。〔徐注〕顔延之《元皇后哀策》:蘭殿長陰,椒塗弛衛。〔馮注〕《漢官儀》:皇后稱椒房,取其實蔓衍盈升。以椒塗室,取温煖,祛惡氣也。

〔七〇〕〔馮注〕《漢武故事》：武帝生猗蘭殿。〔補注〕蘭掖，掖庭之美稱，后宮嬪妃所居。

〔七一〕〔徐注〕「芿」本作「艿」。《列子》：趙襄子狩于中山，藉艿燔林，扇赫百里。《樂苑》：南齊時朱碩仙善歌吳聲《讀曲》。武帝出遊鍾山，幸何美人墓，碩仙歌曰：「一憶所歡時，緣山破芿荏。山神感儂意，磐石鋭鋒動。」帝神色不悦，曰：「小人不遜弄我。」時朱子尚亦善歌，復爲一曲曰：「暧暧日欲暝，歡騎立踟蹰。太陽猶尚可，且願停須臾。」於是俱被賞賚。〔馮注〕《説文》：艿，草也。從艸，乃聲。如乘切。《玉篇》：艿音仍。《説文》曰：「草不芟，新草又生曰艿。」又：芿，而證切。草芟陳者，又生新者。按：「荏」「動」不同韻，晉宣武舞曲《軍鎮篇》「鎮」「動」二字爲韻，與此（指朱碩仙所歌）同例。

〔七二〕〔馮注〕《拾遺記》：「漢武帝思李夫人。李少君曰：『闇海有潛英之石，其色青，刻之爲人像，神悟不異真人。使此石像往，則夫人至矣。』乃遣人至闇海，十年而還，得此石。命工人刻作夫人形，置於輕紗幕裏，宛若生時。」事亦見《漢書·外戚傳》。

〔七三〕今，《英華》脱此字。〔馮注〕《帝王世紀》：神農氏之末，少典氏娶附寶，見大電光繞北斗樞星照郊，感附寶，孕十二月，生黄帝於壽丘。

〔七四〕〔徐注〕《藝文類聚》：《春秋潛潭巴》曰：「里社鳴，此里有聖人，其呴則百姓歸之。」宋均注云：「社里之君也，鳴則教令行，惟聖人能之。呴，鳴之怒也。」

〔七五〕〔徐注〕《後漢書·趙咨傳》：敕子胤曰：「亡者元氣去體，貞魂游散。」〔馮注〕妃不祔廟，故云。

〔七六〕〔徐箋〕《新書》:穆宗宣懿皇后韋氏,失其先世。穆宗爲太子,后得侍,生武宗。長慶時册爲妃。武宗立,妃已亡,追册爲皇太后,上尊謚。有司奏太后陵宜别制號,帝乃名所葬園曰福陵。既又問宰相:「葬從光陵,與但祔廟,孰安?」奏言:「神道安于静。光陵因山爲固,且二十年,不可更穿。福陵崇築,已有所,當遂就臣等請,奉主祔穆宗廟便。」由是奉后合食穆宗室。〔馮曰〕「於是有」句法,仿《左傳》「吕相絶秦」體格。

初,文宗皇帝思宗社之靈,祧祖之重,傳於夏啓,既不克終〔七七〕;歸於與夷〔七八〕,又未能立〔七九〕。乃推帝堯敦叙九族之道〔八〇〕,弘魏文榮樂諸弟之志〔八一〕。常曰:「潁邸,吾寧忘邪〔八二〕?」及武宗讓踰三四〔八三〕,位當九五〔八四〕,出潛離隱〔八五〕,躍泉在天〔八六〕,揚八彩於堯眉〔八七〕,挺二肘於湯臂〔八八〕。故外則上公列辟〔八九〕,内則常侍貴人〔九〇〕,咸願擬議形容〔九一〕,依稀彩飾。公搢圭歸美〔九二〕,吮墨摛詞,詠日月之光華〔九三〕,知天者之務也〔九四〕;贊乾坤之易簡,作《易》者之事乎〔九五〕!公於是有聖容之贊〔九六〕。

【校注】

〔七七〕〔徐箋〕(《新書》)文宗莊恪太子永,大和六年立,開成三年廢之。是年暴薨。帝悔之曰:「朕有天下,反不能全一兒乎?」〔補注〕用夏禹傳位子啓喻傳位太子。不克終,指太子永被廢及暴薨。

〔七八〕與，《英華》作「余」，注：《左傳》作「與」。見下注。

〔七九〕又，《英華》注：集作「亦」。〔徐注〕《左傳》：宋穆公疾，召大司馬孔父而屬殤公焉，曰：「先君舍與夷而立寡人，寡人弗敢忘，請子奉之以主社稷。」宋穆公卒，殤公即位。箋：（《新書》）陳王成美，敬宗第五子也。開成四年，帝乃立成美爲皇太子。典册未具而帝崩。〔按〕與夷爲宋穆公姪，成美爲唐文宗姪，故以穆公立與夷喻文宗立成美爲皇太子。文宗崩，仇士良立武宗，賜成美死，故云「又未能立」。

〔八〇〕〔徐注〕《書·堯典》：克明俊德，以親九族。〔馮注〕《皋陶謨》：惇叙九族。〔補注〕敦叙九族，謂使九族親厚而有序。惇，同「敦」。

〔八一〕志，《英華》注：集作「意」。〔徐注〕魏文帝《典論》：年壽有時而盡，榮樂止乎其身。按：子桓爲嗣之後，猜忌諸弟，攜隙日深，故曹植《求通親親表》曰：「恩紀之違，甚於路人；隔閡之異，殊于胡越。」而此云「弘魏文榮樂諸弟之志」，真不可解。豈謂南皮之游，西園之宴，少小追逐時與？〔馮按〕《典論·論文》，並不涉兄弟事，而《舊書·穆宗五子傳》贈懷懿太子湊制亦云：「念周宣好愛之分，長慟莫追；覽魏文榮樂之言，軫懷無已。」則唐人習用之也。本集《爲鹽州刺史奏舉李孚判官狀》（推魏文榮樂之旨）亦用之爲敦族之義矣。魏文有《玄武陂詩》曰：「兄弟共行遊，驅車出西城。忘憂共容與，暢此千秋情。」稍見友于之誼，而亦無「榮樂」字。《魏志》，文帝惟於趙王幹，親待隆於諸弟，以文帝爲嗣，幹母有力，且太祖遺令故也。其他則傳評所云「骨肉之恩乖，《常棣》之義廢」矣。又北魏高祖孝文帝，篤愛諸弟，其《紀》文曰：「撫念諸弟，始終曾無纖介，惇睦九族，禮敬俱深。」《彭城王勰傳》曰：「勰以寵受頻煩，乃曰：『臣聞兼親疏而兩，並異同而建，此既成文於昔，臣願誦之於後。陳思求而不允，愚臣不請而得，非獨曹植遠羨於臣，是亦陛下踐魏文而不顧。』高祖大笑，執勰手曰：『二曹才名相忌，吾與汝以道德相親，緣此而言，無慚前烈。』」味其語，實引曹魏事爲比例。然則「榮樂諸弟」必別有所據，未及徧考群書，或古籍已逸耳。「榮樂」字既不見《魏書》，且北魏孝文不得直稱魏文，説者謂直用北魏事，非矣。按：《典論・論文》云：「至若引氣不齊，巧拙有素，雖在父兄，不能以移子弟。蓋文章經國之大業，不朽之盛事，年壽有時而盡，榮樂止乎其身。」是謂富貴榮樂，身亡則止，不如文章不朽。於諸弟何干？此句且闕疑可耳。

〔八二〕常，《英華》作「嘗」，通。〔徐箋〕《舊書・文宗紀》：開成二年五月壬申，上幸十六宅，與諸王宴樂。決十六宅内官范文喜等三人，以供諸王食物不精故也。十月庚子慶成節，上幸十六宅，與諸王宴樂。四年六月庚申，上幸十六宅安王、潁王院宴樂，賜與頗厚。〔馮箋〕文宗屢幸十六宅，與諸王宴樂，皆見《舊・紀》。但武宗之立，由於宦官矯詔，彌縫反啓嫌疑矣。改本删之爲是。

〔八三〕〔徐注〕《漢書・文帝紀》：代王西鄉讓者三，南鄉讓者再。

〔八四〕〔徐注〕《易》：九五，飛龍在天，利見大人。又：飛龍在天，乃位乎天德。

〔八五〕〔馮注〕《易・乾》：初九，潛龍勿用。《文言》曰：「潛之爲言也，隱而未見。」九二，見龍在田。

注曰：出潛離隱，故曰見龍。

〔八六〕〔馮注〕《易·乾》：「九四，或躍在淵。」諱「淵」爲「泉」。〔徐箋〕《舊書·武宗紀》：開成五年正月二日，文宗暴疾。宰相李珏、知樞密劉弘逸奉密旨，以皇太子監國。兩軍中尉仇士良、魚弘志矯詔迎潁王于十六宅。四日，文宗崩，宣遺詔：皇太弟宜於柩前即位。〔補注〕此謂武宗即帝位。

〔八七〕〔馮注〕《春秋元命苞》：堯眉八彩，是謂通明。曆象日月，璇璣玉衡。《尚書大傳》：堯八眉者，如「八」字者也。〔補注〕《孔叢子·居衛》：「昔堯身修十尺，眉分八采。」

〔八八〕〔徐校〕「二」當作「四」。《帝王世紀》：湯臂四肘。〔馮校〕（二）當作「三」。〔馮注〕按《春秋元命苞》：「湯臂四肘，是謂神剛，象月推移，以綏四方。」又，《白虎通》：「湯臂三肘，是謂柳翼，攘去不義，萬民蕃息。」則作「三肘」，尤諧聲矣。

〔八九〕〔徐注〕《書·微子之命》：庸建爾于上公。〔補注〕班固《典引》：「德臣列辟，功君百王。」列辟，公卿諸官。

〔九〇〕則，《英華》脱。〔徐注〕《後漢書·宦者傳》論曰：漢興，仍襲秦制，置中常侍官。至於孝武帝，數宴後庭，故潛游離館，請奏機事，多以宦人主之。《漢書·李廣傳》：上使中貴人從廣。服虔曰：内臣之貴幸者。〔馮注〕《後漢書·宦者傳》：中興之初，内宫悉用閹人，不復雜調它士。按：兼及閹人，語殊贅設。改本專從求仙引起，乃爲善於立言。

〔九一〕〔徐注〕《易》：擬議以成其變化。又：擬諸其形容。〔補注〕擬議形容，謂摹擬其容顏。下句「依稀」亦擬寫、摹畫意。

〔九二〕〔徐注〕《晉書·傅咸傳》：咸致書曰：「至於論功，當歸美於上。」〔補注〕搢圭，猶插笏。

〔九三〕〔徐注〕《吕氏春秋》：虞帝《卿雲歌》曰：「日月光華，旦復旦兮。」

〔九四〕務，《全文》作「事」，據《英華》改。

〔九五〕〔徐注〕《易》：乾以易知，坤以簡能。又：易簡之善，配至德。〔補注〕易簡，平易簡約。

〔九六〕〔徐箋〕按鄭亞《序》云：「公乃範貞金，模聖表。」當是鑄金爲像也。史無其事，不可得而詳。今本《一品集》有《仁聖文武至神大孝皇帝真容贊序》云：「於是圖輕素，寫良金，擬鑑形於止水，若凝視於清鏡。五彩既彰，穆穆皇皇。居列仙之館，近玄祖之光。蓋以昭燕翼之謀，顯丕承之德矣。」觀此，則又似繪素之後更鑄金也。

天寶季年，物豐時泰。骨鯁者慕周偃武〔九七〕，肉食者效晉清談〔九八〕。豕不豶牙〔九九〕，蠆因搖尾〔一〇〇〕。氛興燕、易〔一〇一〕，駕狩巴、梁〔一〇二〕。九十年鑾輅不東〔一〇三〕，三千里華戎遂隔〔一〇四〕。日者上玄降鑒，元聖恢奇〔一〇五〕，遂於首亂之邦，先有納忠之帥〔一〇六〕。復我疆理，平我讎仇〔一〇七〕。負羽蒙輪〔一〇八〕，已聞於深入〔一〇九〕；赤茀邪幅〔一一〇〕，將事於駿奔〔一一一〕。陳萬賄以展儀〔一一二〕，備四旂而告捷〔一一三〕。仍願於箕星之分〔一一四〕，巫閭之旁〔一一五〕，追琢貞珉〔一一六〕，彰灼來葉，以文上請，屬意宗臣〔一一七〕。公乃更夢江毫〔一一八〕，重呑羅鳥〔一一九〕，町畦河、濟〔一二〇〕，呼嘯神祇〔一二一〕。述烈聖之英猷〔一二二〕，答藩維之深懇〔一二三〕。既事包理亂〔一二四〕，思屬安危，不惟嵩岳降神〔一二五〕，固亦文星助彩〔一二六〕。螭蟠黿戴〔一二七〕，蟲篆鳥章〔一二八〕。構思而君苗硯焚〔一二九〕，灑翰而元常筆閣〔一三〇〕。公於是有《幽州紀聖功》之碑〔一三一〕。

【校注】

〔九七〕骾，《英華》作「鯁」。〔徐注〕《漢書·陳平傳》：平謂漢王曰：「彼項王骨鯁之臣，亞父、鍾離昧、龍且、周殷之屬，不過數人耳。」《鮑宣傳》：上書曰：「朝臣亡有大儒骨鯁，白首耆艾，魁壘之士。」《書》：乃偃武修文。

〔九八〕〔徐注〕《左傳》：曹劌曰：「肉食者鄙，未能遠謀。」〔馮注〕晉人多尚清談，如《晉書·王衍傳》：惟談《老》《莊》爲事，矜高浮誕，遂成風俗。後爲石勒所殺。將死，顧而言曰：「嗚呼！吾曹雖不如古人，向若不祖尚浮虛，戮力以匡天下，猶可不至今日。」

〔九九〕〔徐注〕《易》：豶豕之牙，吉。程傳：豕之有牙，百方制之，終不能使改。惟豶其勢，則性自調伏，雖有牙，亦不能爲害。《韻會》：豶，牡豬去勢也。〔馮注〕《易》注曰：豕牙橫猾剛暴，難制之物。豶牙，禁暴抑盛。疏曰：褚氏云：「豶，除也。」

〔一〇〇〕〔徐注〕《左傳》：鄭子産作丘賦，國人謗之曰：「其父死于路，已爲蠆尾，以令於國，國將若之何?」〔馮注〕《詩》:卷髮如蠆。箋曰:蠆,螫蟲也。尾末揵然。疏曰:《左傳》:「已爲蠆尾。」言其尾有毒也。《左傳》:臧文仲曰:「君無謂邾小,蜂蠆有毒,而況國乎?」〔補注〕蠆,蝎子一類毒蟲。《左傳》孔疏引《通俗文》云:「蠆長尾謂之蠍。」

〔一〇一〕〔徐注〕謂安禄山叛范陽。

〔一〇二〕〔徐注〕謂玄宗幸蜀。

〔一〇三〕〔徐注〕《西都賦》:大輅鳴鑾。善曰:《白虎通》:「天子大輅。」《新書·儒學傳》:敬播謂人曰:「鑾輿不復東矣。」〔馮注〕《禮記》:鸞車,有虞氏之路也。《周禮·夏官》:大馭,掌馭玉路。凡馭路儀,以鸞和爲節。應劭《漢官鹵簿》:乘輿大駕御鳳凰車,以金根爲副,建龍旗,駕四馬,施八鸞,猶周金輅也。○謂安、史亂後,車駕不復至東都。〔補注〕張衡《東京賦》:「乘鑾輅而駕蒼龍。」鑾輅,猶鑾駕。

〔一〇四〕〔徐注〕《西京賦》:隔閡華戎。〔馮注〕謂隴右諸郡陷吐蕃者。

〔一〇五〕〔馮注〕上玄,謂天;元聖,謂老子,非《湯誥》之「聿求元聖」。枚乘《七發》:馳騁恢奇。〔按〕元聖,大聖人,此指武宗,視下文「遂於首亂之邦,先有納忠之帥」可見。白居易《叙德書情四十韻上宣歙崔中丞》:「元聖生乘運,忠賢出應期。」元聖亦指聖君。恢奇,弘揚奇偉。

〔一〇六〕〔馮注〕首亂之邦,謂范陽;納忠之帥,謂張仲武。〔按〕詳見注〔三〕。

〔一〇七〕二句《英華》注:集作「疆理我邊鄙,臧獲我仇讎」。〔補注〕復我疆理,指盧龍軍亂,雄武軍使張仲武克幽州」，平我讎仇，指張仲武破回鶻事。詳注〔三一〕。

〔一〇八〕〔馮注〕《國語》：晉獻公伐翟柤，郤叔虎被羽先升，遂克之。揚雄《羽獵賦》：賁、育之倫，蒙盾負羽，杖鏌邪而羅者以萬計。《後漢書・賈復傳》：被羽先登。注曰：被，猶負也；析羽爲旌旗，將軍所執。又《漢制考》：被羽先升。注曰：繫鳥羽於背，若今軍將負旄矣。〔徐注〕《左傳》：晉伐偪陽，圍之，狄虒彌建大車之輪，而蒙之以甲，以爲櫓，左執之，右拔戟，以成一隊。孟獻子曰：「《詩》所謂『有力如虎』者也。」〔補注〕負羽，背負羽旗。非背負羽箭。

〔一〇九〕〔徐注〕《漢書・霍去病傳》：去病出北地，遂深入。

〔一一〇〕〔徐校〕「茀」當作「芾」。《詩》：赤芾在股，邪幅在下。〔馮曰〕「茀」可通「芾」。〔補注〕赤芾，赤色蔽膝，大夫以上所服。《詩・曹風・候人》：「彼其之子，三百赤芾。」朱熹集傳：「芾，冕服之韠也……大夫以上，赤芾乘軒。」邪幅，纏裹足背至膝之布，即今所謂綁腿。《詩・小雅・采菽》毛傳：「諸侯赤芾邪幅。幅，偪也，所以自偪束也。」鄭箋：「偪束其脛，自足至膝，故曰在下。」《左傳・桓公二年》「帶裳幅舄」孔疏：「邪纏束之，故名邪幅。」

〔一一一〕〔補注〕《書・武成》：「邦甸侯衛，駿奔走，執豆籩。」《詩・周頌・清廟》：「對越在天，駿奔走在廟。」駿奔，疾速奔走。

〔一一二〕萬，《英華》注：集作「方」。〔補注〕《逸周書・明堂》：「頒度量而天下大服，萬國各致其方賄。」方賄，土産。萬賄，猶多種財物。

〔一三〕四旍,《英華》注:集作「駟介」。旍,馮注本作「旗」。〔徐注〕「旍」當作「旗」。四旗,謂四方之旗。《周禮·考工記》曰:龍旂九斿,以象大火也;鳥旟七斿,以象鶉火也;熊旗六斿,以象伐也;龜蛇四斿,以象營室也。《左傳》:晉侯獻楚俘于王,駟介百乘,徒兵千。〔馮注〕「旗」本作「旍」,小誤。集作「駟介」。《左傳》「晉侯獻楚俘于王,駟介百乘,徒兵千」,然非所用。《隋書·禮儀志》:「有繼旗四以施軍旅:一曰麾,以供軍將;二曰旞,以供師帥;三曰旟,以供旅帥;四曰旆,以供倅長。」必用此也。

〔一四〕願,《英華》注:集無「願」字。〔馮注〕《史記·天官書》:尾、箕幽州。〔補注〕箕星之分野爲幽州。

〔一五〕〔徐注〕《周禮·(夏官)·職方氏》:東北曰幽州,其山鎮曰醫無閭。

〔一六〕〔徐注〕《詩》:追琢其章。《頭陀寺碑》:貞石南刊。〔補注〕謂刻石立碑。

〔一七〕〔徐注〕《漢書·蕭曹傳贊》曰:爲一代之宗臣。〔按〕宗臣有二義,一爲世所敬仰之名臣,《漢書·蕭曹傳贊》之「宗臣」即此義;一爲與君主同宗之臣,《國語·魯語下》「男女之饗,不及宗臣」即此義。此處似取後義,即前所謂「淮海伯父」也。

〔一八〕見《爲山南薛從事謝辟啓》「曾無綵筆」注。

〔一九〕見《爲舉人獻韓郎中琮啓》「未吞瑞鳥」注。

〔二〇〕畦,《全文》《英華》作「疃」。《英華》注:集作「畦」。是,兹據改。〔馮注〕《莊子》:「彼且爲無町畦，亦與之爲無町畦。」若《詩》「町畽鹿場」，傳曰：「鹿跡也。」非所用矣。〔補注〕町畦，本田界之義，此處用作動詞「規劃」之義。河、濟，黄河、濟水。

〔二一〕〔徐注〕宋玉《招魂》：招具該備，永嘯呼些。

〔二二〕烈，《全文》《英華》作「列」。《英華》注：集作「烈」。是，兹據改。〔補注〕烈聖，有功業之聖主，此指武宗。

〔二三〕藩維，《英華》注：集作「大藩」。

〔二四〕包，《英華》作「苞」，馮本從之。

〔二五〕〔補注〕《詩・大雅・崧高》：「崧高維岳，駿極於天。維岳降神，生甫及申。」崧，通「嵩」。

〔二六〕見《爲李貽孫上李相公啓》「文星留伏於筆間」注。

〔二七〕戴，《英華》注：集作「載」。〔徐注〕《隋書・禮儀志》：五品以上立碑，螭首龜趺。

〔二八〕〔徐注〕《漢書・藝文志》：六體者，古文、奇字、篆書、隸書、繆篆、蟲書也。師古曰：蟲書，謂爲蟲鳥之形，所以書幡信也。許慎《説文序》：黄帝之史倉頡見鳥獸蹏㢠之迹，初造書契。衛恒《四體書勢》：蟲跂跂以若動，鳥似飛而未揚。《拾遺記》：蟲章鳥篆之書。〔馮注〕《魏略》：邯鄲淳善《蒼》《雅》蟲篆、許氏字指。《晉書・衛恒傳》：《四體書勢》曰：「黄帝之史沮誦、倉頡，眺彼鳥跡，始作書契。」又曰：「秦有八體，四曰蟲書。王莽時改定六書，六曰鳥書。」

〔二九〕〔馮注〕《晉書・陸機傳》：弟雲嘗與書曰：「君苗見兄文，輒欲燒其筆硯。」

〔三〇〕〔馮注〕《魏志》：鍾繇字元常。《王粲傳》注：粲才既高，辯論應機。鍾繇、王朗等雖爲卿相，至於朝廷議奏，皆閣筆不能措手。〔徐注〕《書斷》：梁武帝論書云：「鍾繇書如雲鵠游天，群鵝戲海。」

〔三一〕〔徐箋〕《新書·藩鎮傳》：張仲武，范陽人。會昌初爲雄武軍使。是時回鶻爲黠戛斯所破，烏介可汗託天德塞上，而仲武遣其屬吴仲舒入朝，請以本軍討回鶻，即拜仲武副大使。會回鶻特勤那頡啜擁赤心部七千帳逼漁陽，仲武使其弟仲至與别將游奉寰等率鋭兵三萬破之，獲馬牛橐佗（駝）旗纛不勝計，遣吏獻狀。由是不敢犯五原塞。烏介失勢，往依康居，盡徙餘種寄黑車子部，回鶻遂衰。名王貴種，相繼降捕幾千人。仲武表請立石以紀聖功，帝詔德裕爲銘，揭碑盧龍，以告後世。〔馮箋〕《舊書·張仲武傳》：會昌時，爲盧龍節度使。時回鶻侵邊，有將特勤那頡啜擁赤心宰相一族七千帳，東逼漁陽。仲武遣其弟仲至與别將遊奉寰等，率鋭兵三萬人，大破之，獲馬牛橐佗旗纛不可勝計，仲武表請於薊北立《紀聖功銘》，帝詔德裕爲之銘。餘互詳《爲李貽孫上李相公啓》「毳幕天驕，行遣其種落」注。碑文載《舊書·仲武傳》。按《幽州紀聖功》之銘，專爲破那頡啜，蓋此功專在幽州，爲仲武所獨也。其後逐烏介，迎公主，則劉沔、石雄之功居多，而其地在振武軍也。那頡啜走，爲烏介所殺。

天街之北，獯鬻攸居〔三二〕。結以闕氏〔三三〕，降我皇女〔三四〕。奉春君婁敬，嘗爲遠使〔一三五〕；下杜人楊望，長作畫工〔一三六〕。乘以無年，遂忘舊好〔一三七〕。分偵邏於甌脱〔一三八〕，遺祭酹於蹛林〔一三九〕。俾我刁斗晨驚，兜零夜設〔一四〇〕。公乃上資宸斷，旁耀軍謀〔一四一〕，心作靈臺〔一四二〕，手爲天馬〔一四三〕。充國四夷之學，此日方知〔一四四〕；薛公三策之徵，他時未爽〔一四五〕。既而鬼《箱》飛辨〔一四六〕，邳石降籌〔一四七〕，不使郭閎仍讒於段熲〔一四八〕，寧教李邑更毁於班超〔一四九〕。勢協聲同，火熸水灌〔一五〇〕。遂得朝還貴主，暮遁名王〔一五一〕。轄柳塞之歸車〔一五二〕，復梅妝而向闕〔一五三〕。及晉城赤狄〔一五四〕，喪帥歸珪〔一五五〕，有閼伯之弟兄〔一五六〕，誕景升之兒子〔一五七〕。將憑蜀閣〔一五八〕，欲恃吴錢〔一五九〕，姑務連雞〔一六〇〕，靡思縛虎〔一六一〕。既垂文誥〔一六二〕，尚有群疑〔一六三〕。公乃挺身而進曰：「重耳在喪，不聞利父〔一六四〕；衛朔受貶，衹以拒君〔一六五〕。今天井雄藩〔一六六〕，金橋故地〔一六七〕，跨摇河北，脅倚山東〔一六八〕。豈可使明皇舊宫〔一六九〕，坐爲汙俗〔一七〇〕；文宗外相〔一七一〕，行有匪人〔一七二〕？」忠謀既陳，上意旋定。俄又埃昏晉水，霧塞唐郊〔一七三〕。殊懿公之東徙渡河〔一七四〕，若紀侯之大去其國〔一七五〕。稽於時議，憚在宿兵〔一七六〕。公又揚笏而言曰：「彼地則義師〔一七七〕，帥惟宗室〔一七八〕，乃玄王勤商之邑〔一七九〕，后稷造周之邦〔一八〇〕。瓜瓞具存〔一八一〕，堂構斯在〔一八二〕。苟虧策畫，不襲仇讎〔一八三〕。則是獎夙沙縛主之風〔一八四〕，長冒頓射親之俗〔一八五〕。昔武安君用鉞〔一八六〕，坑卒四十一萬〔一八七〕；齊桓公受胙，立功一十二國〔一八八〕。今真將軍爲時而出〔一八九〕，賢諸侯代不乏人〔一九〇〕。況其俗産代地之名駒〔一九一〕，富管涔之良璞〔一九二〕，有抱樹辭榮之節〔一九三〕，有漆身報德之風邪〔一九四〕！」躡足以謀〔一九五〕，屈指而定〔一九六〕。謝安之圍碁尚劫〔一九七〕，曹參之飲酒正酣〔一九八〕。適有軍書〔一九九〕，果聞戎捷〔二〇〇〕。邯午謝泉〔二〇一〕，丕豹出奔〔二〇二〕。樂毅不歸〔二〇三〕，鄒陽已去〔二〇四〕。砥磨周鉞〔二〇五〕，水淬鄭刀〔二〇六〕，萬里來袁尚之頭顱〔二〇七〕，一家葬蚩尤之肩髀〔二〇八〕。何其纂立大效〔二〇九〕，樹建嘉績，若是之速與〔二一〇〕？宗英可汗〔二一一〕，既畏王威〔二一二〕，遂聞請吏〔二一三〕。留犂徑路〔二一四〕，對湩酪以知羞〔二一五〕；毳幕氈裘〔二一六〕，望衣冠而有慕〔二一七〕。大畢、伯士之亂〔二一八〕，呼韓單于之師〔二一九〕。或執玉而朝靈囿〔二二〇〕，或解辮而拜甘泉〔二二一〕。並垂於册書，光彼明命〔二二二〕。百王共貫〔二二三〕，三代同規。公於是奉命有討北狄之詔，伐上黨之制，諭回鶻之命五，慰堅昆之書四〔二二四〕。

【校注】

〔一三〕〔徐注〕《史記・天官書》：（太史公曰）自河山以南者中國。中國於四海内則在東南，爲陽。陽則日、歲星、熒惑、填星；占於街南，畢主之。其西北則胡、貉、月氏諸衣旃裘引弓之民，爲陰。陰則月、太白、辰星；占於街北，昴主之。《晉書・天文志》：昴爲旄頭，胡星也。昴、畢間爲天街。《漢書・匈奴傳》：唐、虞以上有山戎、獫狁、獯鬻，居於北邊。師古曰：皆匈奴別號。《舊書・回紇傳》：其先匈奴之裔也。在後魏時號鐵勒部落，臣屬突厥，又謂之特勒，後稱迴紇焉。

在薛延陀北境，居娑陵水側，去長安六千九百里。〔馮注〕《史記正義》曰：街南爲華夏之國，街北爲夷狄之國。

〔三三〕氏，《英華》注：集作「支」。〔徐注〕《漢書·韓王信傳》：上乃使人厚遺閼氏。師古曰：閼氏，匈奴單于之妻也。閼音於連反。氏音支。

〔三四〕〔補注〕漢以皇女嫁匈奴君主爲閼氏。此指唐以公主下嫁回紇，詳注〔三六〕。

〔三五〕嘗，徐注本、馮注本作「常」，通。〔徐注〕《漢書·婁敬傳》：賜姓「劉」，號曰「奉春君」。上使敬復往使匈奴。還言：「匈奴不可擊。」上怒，遂往，至平城，匈奴果出奇兵，圍高帝白登，七日然後得解。《匈奴傳》：使劉敬奉宗室女翁主爲單于閼氏。

〔三六〕〔徐注〕《漢書·匈奴傳》：元帝以後宮良家子王嬙字昭君賜單于。〔馮注〕《西京雜記》：元帝使畫工圖形，案圖召幸。諸宮人多賂畫工，獨王嬙不肯。匈奴求美人，上按圖以昭君行，及去，召見，貌爲後宮第一。乃窮按其事。畫工有杜陵毛延壽，安陵陳敞，新豐劉白、龔寬，下杜楊望、樊育，同日棄市。〔徐箋〕按《舊書·迴紇傳》，肅宗乾元元年，始以幼女封爲寧國公主，出降迴紇可汗。德宗貞元四年，復以咸安公主降迴紇。至穆宗長慶二年，以憲宗嘗許其繼好，因封第十妹爲太和公主出降。唐與迴紇凡和親者三，故有是語。

〔三七〕見《爲李貽孫上李相公啓》「屢緣喪荒，亟致攜貳」注。〔補注〕無年，饑荒之年。《周禮·地官·均人》：「凡均力政，以歲上下：豐年則公旬用三日焉，中年則公旬用二日焉，無年則公旬用一日焉。」

〔一三八〕〔徐注〕《漢書·蘇武傳》：李陵復至海上，語武區脱捕得雲中生口。注：區脱，匈奴邊境爲候望之室也。區，讀與「甌」同。《匈奴傳》：東胡與匈奴中間有棄地莫居千餘里，各居其邊爲甌脱。注：甌脱，作土室以伺也。偵邏，見《爲滎陽公桂州謝上表》「絶戎人偵邏之姦」注。

〔一三九〕遺，《全文》作「遣」，據《英華》改。祭酹，《英華》注：集作「酧祭」。〔馮注〕《史記·匈奴傳》：五月，大會蘢城，祭其先、天地、鬼神。秋，馬肥，大會蹛林。《漢書音義》曰：匈奴秋社，八月中，皆會祭處。蹛音帶。鄭氏云：蹛林，地名。顔師古曰：蹛者，遶林木而祭也。按：遺，餘也。又去聲，餽也。《周禮》「遺人」注：「以物餽贈也。」《左傳》：「請以遺之。」此「遺」字似此解。秋時馬肥，每利入寇。〔徐注〕師古曰：鮮卑之俗，自古相傳，秋天之祭，無林木者尚豎柳枝，衆騎馳遶三周迺止。此其遺法。

〔一四〇〕刁斗，見《爲濮陽公祭太常崔丞文》「塞迴而晨嚴刁斗」注。兜零，見《爲中丞滎陽公桂州賽城隍神文》「合烽櫓以保民」注。

〔一四一〕耀，《英華》作「輝」，注：集作「耀」。

〔一四二〕見《爲裴懿無私祭薛郎中衮文》「靈臺委鑒」注。

〔一四三〕〔馮注〕《真誥》：手爲天馬，鼻爲仙源。《集仙録》：楚莊王時，有乞食翁歌曰：「清晨案天馬，來請太真家。」乞食翁者，西城真人馬延壽，周宣王時人也。天馬，手也。以手按鼻下，杜絶百邪。〔按〕此借狀起草文誥時下筆如飛，氣勢騰疾。

〔一四四〕見《爲李貽孫上李相公啓》「充國爲學，盡通四夷」注。

〔一四五〕見《爲李貽孫上李相公啓》「薛公料敵，先陳三策」注。

〔一四六〕〔徐注〕《風俗通義》：鬼谷先生，六國時從横家。《鬼谷子》飛箝之辭，可引而南，可引而北。〔馮注〕《史記》：蘇秦、張儀師事鬼谷先生。《隋書·志》：《鬼谷子》三卷。《周禮·春官·典同》疏：《鬼谷子》有《飛鉗》《揣》《摩》之篇。飛箝者，言察是非語，飛而鉗持之。鉗、箝同。

〔一四七〕〔馮注〕《漢書·張良傳》：良遊下邳圯上，有一老父衣褐，至良所，出一編書曰：「讀是則爲王者師。後十年興。十三年，孺子見我，濟北穀城山下黄石，即我已。」其書乃《太公兵法》。〔按〕事始見於《史記·留侯世家》。籌，用前籌事，屢見前注。

〔一四八〕〔馮注〕《後漢書·段熲傳》：熲遷護羌校尉。延熹四年，諸種羌共寇并、凉二州。熲將湟中義從討之。凉州刺史郭閎貪共其功，稽固熲軍，使不得進。義從役久，戀鄉舊，皆悉反叛。郭閎歸罪於熲，熲坐徵下獄，輸作左校。羌遂陸梁，覆没營塢。於是吏人守闕訟熲以千數。朝廷知爲所誣，起復爲護羌校尉，遷并州刺史。

〔一四九〕〔馮注〕《後漢書·班超傳》：李邑始到于寘，而值龜兹攻疏勒，恐懼不敢前，因上書陳西域之功不可成，又盛毁超擁愛妻，抱愛子，安樂外國，無内顧心。帝知超忠，乃切責邑。○此數語，言其力破群議。

〔一五〇〕〔徐注〕《左傳》:聲子曰:「王夷師熸。」注:吴、楚之間謂火滅爲熸。熸,子潛反。〔馮注〕《史記·趙世家》:知伯率韓、魏攻晉陽,歲餘,引汾水灌其城,城不浸者三版。《魏世家》:秦引河溝灌大梁,城壞,遂滅魏。

〔一五一〕〔徐注〕《後漢書·竇憲傳》:今貴主尚見枉奪,何況小人哉!《漢書·匈奴傳》:虜名王貴人以百數。師古曰:名王,謂有大名,以别諸小王也。

〔一五二〕〔馮注〕《山海經》:雁門山。注曰:即北陵、西隃,雁之所出。在高柳北。〔徐注〕《漢書·地理志》:代郡高柳縣,西部都尉治。《後漢書·盧芳傳》:芳復入居高柳。注:縣名。故城在今雲州定襄縣。王融《迴文詩》:枝大柳塞北。《白帖》:榆關柳塞。

〔一五三〕〔馮注〕《太平御覽》引《宋書》:武帝女壽陽公主人日卧於含章簷下,梅花落公主額上,成五出之花,拂之不去,皇后留之,自後有梅花妝。按:敗回紇,平澤潞、太原,皆詳《爲河南盧尹賀上尊號表》《爲李貽孫上李相公啓》,不更箋。此段謂逐烏介,迎太和公主還朝也。

〔一五四〕〔徐注〕《漢書·匈奴傳》:晉文公攘戎翟,居於西河圁、洛之間,號曰赤翟、白翟。師古曰:《春秋》所書晉滅赤狄潞氏、郤缺獲白狄子者。〔馮注〕赤翟即潞州,屢見。〔按〕春秋時狄之一支赤狄,大體上分佈於今山西長治一帶(即唐之潞州)。

〔一五五〕帥,《英華》作「師」,誤。〔徐注〕《白虎通》:諸侯薨,使臣歸瑞珪于天子者何?嗣子諒闇,歸之者,讓之義也。〔補注〕喪帥,此指澤潞節度使劉從諫卒。

〔一五六〕〔徐注〕《左傳》：子産曰：「高辛氏有二子，伯曰閼伯，季曰實沈，居於曠林，不相能也，日尋干戈，以相征討。」

〔一五七〕〔徐注〕《後漢書·劉表傳》：表字景升，二子琦、琮。表病甚，以琮爲嗣。會曹操軍至，琦走江南，琮舉州請降。箋：劉從諫卒，詔潞府令稹護從諫之喪歸洛陽，稹拒朝旨。稹，從諫之姪也。〔馮注〕《吴志·孫權傳》注：《吴歷》曰：曹公出濡須，權數挑戰，公堅守不出。權乃自乘輕船，從濡須口入公軍，行五六里，迴還作鼓吹。公見其舟船器仗軍伍整肅，歎曰：「生子當如孫仲謀。劉景升兒子，若豚犬耳。」按：稹爲從諫之姪，故有此二語。然未顯豁，宜改本删之也。《新書·傳》《通鑑》：稹父從素，爲右驍衛將軍，武宗召見，令以書諭稹，稹不從。然此事殊不足信。

〔一五八〕見後《爲柳珪上京兆公謝衣絹啓》「未刊劍閣之銘」注。

〔一五九〕見《爲李貽孫上李相公啓》「曾微吴國之錢」注。

〔一六〇〕見《爲李貽孫上李相公啓》「勢將冀於連雞」注。

〔一六一〕靡，《英華》注：集作「不」。〔馮注〕《後漢書·吕布傳》：布降曹操，顧謂玄德曰：「卿爲坐上客，我爲降虜，繩縛我急，獨不可一言耶？」操笑曰：「縛虎不得不急。」二句爲河朔三鎮欲爲輔車之勢，未肯恭行征討也。不如改本寫得詳重。〔按〕「將憑蜀閣，欲恃吴錢」，謂劉稹憑藉太行之險與澤潞之經濟實力，以與朝廷對抗；「姑務連雞，靡思縛虎」，則謂稹企圖連結河北三鎮，不思將來兵敗被縛之結果。均就劉稹一邊立論。

〔一六二〕垂，《英華》作「乘」，注：集作「垂」，是。〔馮注〕《周語》：祭公謀父曰：「有文告之辭。」〔補注〕此指德裕於會昌三年四月代武宗撰《賜何重順詔》《賜張仲武詔》，爲討劉稹預作準備，非指下詔討劉稹。

〔一六三〕〔徐注〕《易》：遇雨之吉，群疑亡也。〔馮箋〕《通鑑》：他宰相皆以爲國力不支，且劉悟有功，不可絶其嗣。從諫養精兵十萬，糧支十年，如何可取？請以稹權知軍事。諫官及群臣上言者亦然。〔補箋〕《會昌一品集》卷十五《論昭義三軍請劉稹勾當軍務狀》云：「從諫……爰自近歲，頗聚甲兵，招致亡命之徒，遂成逋逃之藪。怵于邪説，自謂雄豪。及寢疾彌留，罔思臣節，又令紀綱舊校，誘動軍情，樹置騃童，再圖兵柄……此而可容，孰不可忍。固須廣詢廷議，以盡群情。臣等商量，望令兩省、御史臺并文官四品以上、武官三品以上，于尚書省集議奏，未審可否。」狀末注：「會昌三年五月二日。」《舊唐書·武宗紀》於會昌三年五月載朝臣集議情況云：「宰臣百僚進議狀，以『昆戎未殄，塞上用兵，不宜中原生事。潞府請以親王遥領，令稹權知兵馬事，以俟邊上罷兵』。獨李德裕以爲澤潞内地，前時從諫許襲，已是失斷。自後跋扈難制，規脅朝廷。以稹豎子，不可復踐前車，討之必殄。武宗性雄俊，曰：『吾與德裕同之，保無後悔。』自是諫官上疏言不可用兵相繼。」《舊唐書·李德裕傳》：「初議出兵，朝官上疏相繼，請依從諫例，許之繼襲，而宰臣四人，亦有以出師非便者。德裕奏曰：『如師出無功，臣請自當罪戾。請不累李紳、讓夷等。』」據傅璇琮《李德裕年譜》考證，會昌三年五月，宰相爲李德裕、李讓夷、李紳三人。

〔一六四〕〔徐注〕《禮記》：晉獻公之喪，秦穆公使人弔公子重耳，且曰：「亡國恒於斯，得國恒於斯。」舅犯曰：「父死之謂何？又因以爲利！孺子其辭焉。」

〔一六五〕見《爲李貽孫上李相公啓》「衛朔拒大君之詔」注。

〔一六六〕見《爲滎陽公奏請不叙録將士狀》「及天井之摧凶」注。

〔一六七〕見《爲河南盧尹賀上尊號表》「復金橋之故地」注。

〔一六八〕見《爲濮陽公與劉稹書》「恃河北而河北無儲，倚山東而山東不守」注。

〔一六九〕見《爲河南盧尹賀上尊號表》「清明皇之舊宫」注。

〔一七〇〕〔補注〕《書·胤征》：「舊染汙俗，咸與維新。」

〔一七一〕〔徐注〕徐陵《爲貞陽侯重與王太尉書》：外相内相，終當相屈。〔馮箋〕唐之使相，則外相也。從諫，大和時加同平章事。

〔一七二〕有，《英華》注：集作「宥」。〔馮注〕《易》：比之匪人。

〔一七三〕〔徐曰〕謂太原楊弁之亂。

〔一七四〕徙，《英華》作「涉」，注：集作「徙」。〔馮注〕《左傳》：狄人伐衛，衛懿公戰于熒澤，衛師敗績，狄入衛，遂從之。又敗諸河，宵濟，立戴公以廬于曹。

〔一七五〕見《爲白從事上陳許李尚書啓》「紀侯去國」注。〔馮曰〕二句謂李石出奔汾州。〔補箋〕《通鑑·會昌四年》：「春，正月，乙酉朔，楊弁帥其衆剽掠城市，殺都頭梁季叶，李石（自太原）奔汾州。

弁據軍府，釋賈群之囚，使其姪與之俱詣劉稹，約爲兄弟。稹大喜。石會關守將楊珍聞太原亂，復以關降於稹。」

〔一七六〕見《爲絳郡公上李相公啓》「原野有宿兵之餽」注。〔馮箋〕《通鑑》：楊弁請稹約爲兄弟。朝議諠然，或言兩地皆應罷兵。

〔一七七〕見《爲李貽孫上李相公啓》「遂使起義堂邊」注。

〔一七八〕〔徐曰〕謂李石。〔馮注〕《新書·宗室宰相傳》：李石，襄邑恭王神符五世孫。

〔一七九〕玄，《英華》注：集作「文」，非。〔徐注〕《詩·商頌》：玄王桓撥。傳：玄王，契也。〔馮注〕《國語》：玄王勤商，十有四世而興。后稷勤周，十有五世而興。《水經注》：契始封商，上洛商縣也。

〔一八〇〕〔徐注〕《詩》：即有邰家室。傳：邰，姜嫄之國也。堯見天因邰而生后稷，故國后稷於邰。《漢書·地理志》：右扶風斄縣，周后稷所封。師古曰：讀與「邰」同，音胎。〔馮注〕《左傳》：《周書》曰：「文王所以造周。」〔按〕唐高祖李淵以太原爲基地開創唐王朝，此以「玄王（商代祖先）勤商之邑，后稷（周代祖先）造周之邦」，喻指唐高祖興起之地太原。

〔一八一〕〔徐注〕《詩》：緜緜瓜瓞。

〔一八二〕見《爲懷州李中丞謝上表》「瞻父堂而益懼」注。餘詳《爲河南盧尹賀上尊號表》「清明皇之舊宮」注。

〔一八三〕襲，《英華》作「習」，誤。〔馮注〕《左傳》：楚文夫人曰：「令尹不尋諸仇讎。」子元曰：「婦人不忘襲讎，我反忘之。」〔補注〕襲，掩其不備而攻。《通鑑·會昌四年》正月載李德裕語，有「昔韓信破田榮（横），李靖擒頡利，皆因其請降，潛兵掩襲……望即遣供奉官至行營，督其進兵，掩其無備」之語。

〔一八四〕見《爲李貽孫上李相公啓》「夙沙自縛其主」注。

〔一八五〕見《爲李貽孫上李相公啓》「冒頓忍射其親」注。

〔一八六〕鉞，《英華》作「戕」，非。

〔一八七〕〔徐校〕一，疑作「五」。〔徐注〕《史記·白起傳》：趙括軍敗，卒四十萬降。武安君乃挾詐而盡坑殺之，前後斬首虜四十五萬人，趙人大震。〔馮按〕《史記·趙奢傳》云：「數十萬之衆降，秦悉阬之。趙前後所亡凡四十五萬。」而《國策》與《史記》，又有言坑趙降卒四十二萬，數皆小異。

〔一八八〕〔徐注〕《左傳》：會于葵丘，王使宰孔賜齊侯胙，曰：「天子有事于文、武，使孔賜伯舅胙。」《史記》：譜十二諸侯，自共和訖孔子。按：《年表》所列，周、魯、齊、晉、秦、楚、宋、衛、陳、蔡、曹、鄭、燕、吴，凡十四國。而云「十二諸侯」者，尊周而内魯，故其數止於十二也。〔馮注〕《史記索隱》曰：篇言十二，實叙十三者，賤夷狄不數吴，又霸在後故也。不數吴而叙之者，闔閭霸盟上國也。按：《史記年表》，首冠以周，末則吴也。凡十四國，周爲天王，故《索隱》專以吴爲言耳。桓公葵丘之會，王人與諸侯爲八。而《國語》云：「一戰帥服三十一國，遂南征伐楚。」皆與此不合。此汎指中國諸侯,如《史記》所表耳。〔按〕《史記·十二諸侯年表》中記共和元年至周敬王四十三年間周、吴與魯、齊、晉、秦、楚、宋、衛、陳、蔡、曹、鄭、燕十二諸侯國之紀年及大事,因周爲天子,吴至春秋後期方興,故周、吴不在十二諸侯之列。

〔一八九〕〔馮注〕(真將軍)周亞夫事,見《爲濮陽公陳許謝上表》「貞師而不爲兒戲」注。又《史記·趙世家》:姑布子卿相無卹曰:「此真將軍矣。」

〔一九〇〕〔補注〕代,世。此指討伐劉稹諸節度使。

〔一九一〕〔徐注〕《西京雜記》:文帝自代還,有良馬九匹,皆天下駿也。《初學記》:何承天《纂文》曰:「馬一歲爲馵,二歲爲駒,八歲爲馴。」〔馮注〕《戰國策》:蘇秦説秦惠王曰:「大王之國,北有胡貉代馬之用。」按:古詩每言「代馬」,注謂代郡之邑。《典略》曰:「代馬,陰之精。」

〔一九二〕〔徐注〕《水經注》:汾水出太原汾陽縣北管涔山。王褒《聖主得賢臣頌》:及至巧冶,鑄干將之樸。〔馮注〕按《爾雅》:「西方之美者,有霍山之多珠玉焉。」《山海經》「《北次二經》之首,在河之東,其首枕汾,其名曰管涔之山,其下多玉」句所用也。徐氏……引管涔王使二童子獻劉曜神劍一口,誤矣(按:已删)。《史記》:蘇厲《遺趙王書》:「代馬胡犬不東下,昆山之玉不出,此三寶者,亦非王有。」即此二句之用意也。

〔一九三〕〔徐注〕《水經注》:王肅《喪服(要)記》曰:「昔魯哀公祖載其父,孔子曰:『寧設《桂樹》乎?』哀公曰:『不也。《桂樹》者,起于介子推。子推,晉人也。文公有内難,出國之狄,子推隨其行,割肉以續軍糧。後文公復國，忽忘子推，子推奉唱而歌，文公始悟，當受爵禄。子推奔介山，抱木而燒死，國人葬之，恐其神魂霣於地，故作《桂樹》焉。吾父生於宫殿，死於枕席，何用《桂樹》爲？』」《琴操》：介子綏作龍蛇之歌而隱，文公求之，不肯出，乃燔左右木，子綏抱木而死。按：子綏即子推也。〔補注〕《左傳·僖公二十四年》：「晉侯賞從亡者，介之推不言禄，禄亦弗及。推曰：『獻公之子九人，唯君在矣。惠、懷無親，外内弃之。天未絶晉，必將有主。主晉祀者，非君而誰？天實置之，而二三子以爲己力，不亦誣乎？竊人之財，猶謂之盜。况貪天之功以爲己力乎？下義其罪，上賞其姦，上下相蒙，難與處矣。』其母曰：『盍亦求之，以死，誰懟？』對曰：『尤而效之，罪又甚焉。且出怨言，不食其食。』其母曰：『亦使知之，若何？』對曰：『言，身之文也，身將隱，焉用文之？是求顯也。』其母曰：『能如是乎？與女偕隱。』遂隱而死。晉侯求之不獲，以緜上爲之田，曰：『以志吾過，且旌善人。』」《史記·晉世家》本《左傳》，均未載抱木而燔死事。事蓋後出。

〔一四〕〔馮注〕《戰國策》：豫讓刃其扞曰：「欲爲智伯報讎。」漆身爲厲，滅鬚去眉，自刑以變其容，又吞炭爲啞變其音。趙襄子面數豫讓曰：「子獨何爲報讎之深也？」豫讓曰：「智伯以國士遇臣，臣故國士報之。」

〔一五〕〔徐注〕《漢書·陳平傳》：淮陰侯信破齊，自立爲假齊王，使使言之（以上四字據馮注補）。漢王怒而罵。平躡漢王，漢王寤，乃厚遇齊使。孟康曰：躡，謂躡漢王足。〔按〕事始見《史記·陳丞相世家》。

〔一九六〕見《爲滎陽公賀幽州破奚寇表》「爰施吉語」注。

〔一九七〕〔馮注〕《晉書·謝安傳》：玄等既破堅，有驛書至。安方對客圍棋，看書既竟，便攝放牀上，了無喜色，棋如故。客問之，徐答云：「小兒輩遂已破賊。」圍棋有「劫」，習見之事。

〔一九八〕見《爲張周封上楊相公啓》「上國醉曹參之酒」注。

〔一九九〕〔徐注〕樂府《木蘭詩》：軍書十二卷，卷卷有爺名。〔按〕「適有軍書」之「軍書」指軍中告捷之文書，徐注引非。

〔二〇〇〕〔徐注〕《春秋》：莊公三十有一年，齊侯來獻戎捷。

〔二〇一〕邯午，《全文》作「牛邯」，《英華》作「邯牛」，均誤，從徐、馮本改。〔徐注〕《左傳》：晉趙鞅謂邯鄲午曰：「歸我衛貢五百家，吾舍諸晉陽。」午許諾。歸告其父兄，父兄皆曰：「不可。衛是以爲邯鄲，而置諸晉陽，絶衛之道也，不如侵齊而謀之。」乃如之，而歸之於晉陽。趙孟怒，遂殺午。〔馮注〕《左傳》：「初，衛侯伐邯鄲午於寒氏，城其西北而守之，宵熸。」注曰：「午衆宵散。」此曰「謝衆」，當用「午衆宵散」。抑豈以殺午比殺薛茂卿耶？〔按〕邯鄲本衛邑，後屬晉，午爲宰。詳下注〔二〇四〕引馮箋。

〔二〇二〕〔徐注〕《左傳》：丕鄭之如秦也，言於秦伯曰：「吕甥、郤稱、冀芮，實爲不從。若重問以召之，臣出晉君，君納重耳，蔑不濟矣。」秦伯使泠至報問，且召三子。郤芮曰：「幣重而言甘，誘我也。」遂殺丕鄭、祁舉及七輿大夫，皆里、丕之黨也。丕豹奔秦。〔馮注〕又：丕豹奔秦，言於秦伯曰：「晉侯背大主而忌小怨，民弗與也，伐之必出。」《史記》：丕鄭子豹奔秦，説繆公曰：「晉君無道，百姓不親，可伐也。」繆公陰用豹。晉興兵將攻秦，繆公發兵使丕豹將，自往擊之，戰於韓，虜晉君歸。〔按〕馮引爲句意所用。

〔二〇三〕〔馮注〕《戰國策》：昌國君樂毅爲燕昭王攻齊，下七十餘城。昭王死，惠王即位，用齊人反間，疑樂毅而使騎劫代之將。樂毅奔趙，趙封以爲望諸君。齊田單詐騎劫，卒敗燕軍復齊。燕王悔懼，乃使人讓樂毅且謝之。望諸君乃獻書報燕王。《史記》：樂毅卒於趙。

〔二〇四〕陽，《英華》作「衍」，徐本同，誤。〔馮按〕舊作「鄒衍」。今考《漢書·傳》，鄒陽仕吳，吳王濞陰有邪謀，陽奏書諫，吳王不内其言，於是鄒陽、枚乘、嚴忌皆去之梁。若鄒衍，則自齊適梁，適趙，適燕，皆見尊禮，無所爲「已去」之事，且與下文複矣。《爲濮陽公與劉稹書》亦用此二事，故改定（編著者按：《全文》正作「鄒陽」）。《新書·傳》有劉稹將薛茂卿事，已詳《爲裴懿無私祭薛郎中衮文》矣（按：詳該文注〔一〕引馮箋）。又有李佐之者，爲從諫觀察支使，娶其從祖妹。後其奴告佐之漏軍中虛實，稹殺之。李師晦見從諫恣横，假言求長生不與事，請居涉。及稹敗，帝擢爲伊闕令。李丕爲昭義大將，軍中疾其才，丕懼，乞爲游奕深入，遂歸朝，帝擢爲刺史，詳《詩集·行次昭應縣道上送户部李郎中充昭義攻討》。而從諫妻弟裴問爲賊守邢州，與刺史崔嘏自歸成德軍，洺州王釗歸魏博。《通鑑》有稹再從兄匡周爲中軍使兼押牙，郭誼患之，言於稹，稹使匡周稱疾不入。匡周怒曰:「我出,家必滅矣!」文先叙昭義事未竟,插入太原事,至「果聞戎捷」句,則謂太原已定矣。此四句(按:指「邯午謝衆」四句)又指昭義諸人之攜落而歸正者,然未可確爲分指,以下(按:指「砥磨周鉞」四句)則謂誅劉稹也,數語殊添支節,(鄭亞)改本删之而作分叙,方爲明暢。又按:《新書·傳》:「弁與稹連和,稹諸將言『我求承襲,彼叛卒也』,乃械其使送京師。使康良佺屯鼓腰嶺,敗太原兵,生禽卒七百,帝猶不赦稹。」而《通鑑》只書弁遣其姪與賈群俱詣稹,約爲兄弟,稹大喜。及吕義忠擒弁後,王逢擊昭義將康良佺,敗之,良佺退屯鼓腰嶺。無曾敗太原兵事。竊意昭義焉肯加兵太原,《新書》採唐末雜史説部,所謂「事增於前」者,要未一一皆實也。附標於此,餘可類推。〔按〕「邯午」四句,謂劉稹部衆紛紛叛離。

〔二〇五〕〔徐注〕《書·牧誓》:王左杖黄鉞,右秉白旄以麾。

〔二〇六〕〔徐注〕《史記·天官書》:火與水合爲淬。《漢書·王褒傳》:清水淬其鋒。師古曰:淬謂燒而内水中以堅之也。《周禮·考工記》曰:鄭之刀。

〔二〇七〕尚,《英華》作「紹」,誤。見《爲滎陽公賀幽州破奚寇表》「遂分袁尚之頭顱」注。

〔二〇八〕見《爲滎陽公賀幽州破奚寇表》「仍裂蚩尤之肩髀」注。

〔二〇九〕效,《英華》注:集作「功」。

〔二一〇〕〔徐箋〕以上言平劉稹、楊弁之亂。

〔二一一〕〔徐注〕本黠戛斯之君長。〔馮注〕《漢書·叙傳》:河間賢明,爲漢宗英。〔補注〕《通鑑·會昌五年》：「詔册黠戛斯可汗爲宗英雄武誠明可汗。」馮注引「爲漢宗英」指漢皇室中才能傑出者。

〔三二〕王，《英華》作「皇」。

〔三三〕〔馮注〕《史記·司馬相如傳》：邛、筰之君長，聞南夷與漢通，得賞賜，欲願爲内臣妾，請吏比南夷。《西南夷傳》：冉駹皆振恐，請臣置吏，滇王舉國降，請置吏入朝。〔補注〕請吏，請求爲臣，謂願臣服。《文選·沈約〈齊故安陸昭王碑文〉》「迴首請吏」李周翰注：「謂願歸帝命以爲臣也。」

〔三四〕〔馮注〕《漢書·匈奴傳》：韓昌、張猛與呼韓邪單于及大臣俱登匈奴諾水東山，刑白馬。單于以徑路刀金留犁撓酒，以老上單于所破月氏王頭爲飲器者，共飲血盟。應劭曰：徑路，匈奴寶刀。金，契金也。留犁，飯匕也。撓，和也。契金著酒中，撓攪飲之。〔師古曰〕契，刻也。

〔三五〕湩，《全文》作「潼」，誤，據《英華》改。〔馮注〕《漢書·匈奴傳》：中行説曰：「得漢食物皆去之，以視不如重酪之便美也。」師古曰：重，乳汁也。音竹用反，本作「湩」。《釋名》：酪，乳汁所作。

〔三六〕〔徐注〕李陵《答蘇武書》：韋韝毳幕，以禦風雨；氈肉酪漿，以充飢渴。《漢書·司馬相如傳》：旃裘之君長咸震怖。〔補注〕毳幕，游牧民族所居氈帳。旃裘，以獸毛製成之衣裘。

〔三七〕〔馮注〕《漢書·終軍傳》：白麟、奇木對曰：「殆將有解編髮、削左衽、襲冠帶、要衣裳而蒙化者焉。」師古曰：編讀曰辮。

〔二八〕大，《英華》作「文」，注：（文畢）集作「大異」。均誤。胤，《英華》作「範」，誤。〔徐曰〕當作「大畢」「伯仕」。《周語》：穆王將征犬戎，祭公謀父諫曰：「今自大畢、伯仕之終也，犬戎氏以其職來王。」注：大畢、伯仕，犬戎之二君。按：此喻堅昆。

〔二九〕〔徐注〕今《會昌一品集序》本作「呼韓谷蠡之師」。《漢書·匈奴傳》：匈奴共立稽侯狦爲呼韓邪單于。發兵西擊握衍朐鞮單于。單于敗走，恚自殺。呼韓邪單于歸庭，乃收其兄呼屠吾斯在民間者立爲左谷蠡王。師古曰：谷音鹿。蠡音盧奚反。按：此喻回鶻。上大畢、伯仕二人，此呼韓、谷蠡亦二人，後改「谷蠡」爲「單于」，妄也。〔馮注〕改本作「呼韓谷蠡之師」，此「單于」二字誤。《漢書·匈奴傳》：謂天爲「撐犁」，謂子爲「孤塗」。單于者，廣大之貌，言其象天單于然也。置左右賢王、左右谷蠡。又：乃立其兄爲左谷蠡王。其冬，共立日逐王薄胥堂爲屠耆單于，發兵東襲呼韓邪單于，呼韓邪敗走。屠耆單于以其長子爲左谷蠡王，少子爲右谷蠡王。〔按〕「呼韓單于」當依鄭亞改本作「呼韓谷蠡」，徐、馮説是。然或義山原文之誤。

〔三〇〕〔徐曰〕「囿」當作「臺」。《後漢書·明帝紀》：永平二年，宗祀光武皇帝于明堂。禮畢，登靈臺，使尚書令持節詔驃騎將軍，三公曰：「烏桓、濊貊咸來助祭，單于侍子亦皆陪位。」按：靈臺改曰靈囿，避聲病故也。然臺、囿同在一處，義亦無甚害。

〔三一〕〔徐注〕《隋書·突厥傳》：大業三年，詔曰：「襲冠解辮，同彼臣民。」《漢書·匈奴傳》：呼韓邪單于正月朝天子於甘泉宮，漢寵以殊禮，賜以冠帶衣裳。

〔三二〕明,《英華》注:集作「名」。〔馮曰〕按:「彼」,改本作「被」,或謂以賜姓名,用名以命之,似非也。〔補注〕明命,聖明之命令。《禮記·大學》:「《太甲》曰:『顧諟天之明命。』」

〔三三〕〔徐注〕《漢書·武帝紀》:制曰:「帝王之道,豈不同條共貫。」

〔三四〕〔徐箋〕《新書·黠戛斯傳》:古堅昆國也,或曰結骨。在伊吾之西,焉耆之北,白山之旁。人赤髮緑瞳,未始通中國。貞觀二十二年,聞鐵勒入臣,即遣使獻方物。二月,酋長入朝,太宗勞饗之,酒酣,奏願持笏,以其地爲堅昆府,隸燕然都護。高宗世,再來朝。景龍中,獻方物。玄宗世,四朝。乾元中,爲回紇所破。其後回紇衰。會昌中,其酋長阿熱破殺回紇可汗,焚其牙及金帳,遂徙牙牢山之南,使使者衛送太和公主還朝,爲烏介可汗邀取。阿熱無以通於朝,復遣注吾合素上書言狀。行三歲,至京師。而武宗大悦,命太僕卿趙蕃持節臨慰其國,詔宰相即鴻臚寺見使者,使譯官考山川國風。宰相德裕上言:「貞觀時,遠國皆來。顔師古請如《周官》集四夷朝事爲《王會篇》。今黠戛斯大通中國,宜爲《王會圖》以示後世。」詔以鴻臚所得繢著之,又詔阿熱著宗正屬籍。按:鄭亞改本於烏介事下結云:「公於是有討北狄之詔。」於劉稹、楊弁事下結云:「公於是有伐上黨之制,平晉陽之敕。」於宗英事下結云:「公於是有謝回鶻之命五,慰堅昆之書四。」界限劃然,殊勝此總結。〔馮箋〕《通鑑》:黠戛斯,古之堅昆,唐初結骨也。其君長曰阿熱,攻回鶻,大破之,焚其牙帳蕩盡,得太和公主。自謂李陵之後,與唐同姓,遣人奉公主歸唐,爲回鶻烏介可汗所邀奪。會昌二年十月,遣將軍至天德軍,言今出兵求索公主。三年二月,遣使獻名馬，德裕奏：「黠戛斯已自稱可汗，今欲藉其力，不可吝此名。若慮其不臣，當與之約，必如回鶻稱臣，乃行册命。又當叙同姓以親之，使執子孫之禮。」上從之。命德裕草《賜黠戛斯可汗書》，中有云：「可汗受氏之源，與我同族。今回鶻殘兵，散投山谷，可汗既與爲怨，須盡殲夷。」六月入貢，又賜之書。四年三月，遣將軍入貢，請發兵之期，集會之地，上又賜之詔諭。○文中「宗英可汗」以下，謂此事也。又其時回鶻之將嗢没斯帥衆内附，乃賜國姓，并賜其弟數人名，遂爲朝臣，故有「大畢、伯士」數語，言其或來朝貢，或遂臣附也。《會昌一品集》有《異域歸忠傳序》，謂嗢没斯；有《黠戛斯朝貢圖傳序》，謂堅昆；又其時賜回鶻可汗及劉沔答回鶻宰相諸書，皆德裕所草，俱載集中。《通鑑》：自回鶻至塞上，及黠戛斯入貢，每有詔敕，上多命德裕草之。德裕請委翰林學士，上曰：「學士不能盡人意，須卿自爲之。」改本小結束處，殊勝原文。

每牙管既拔〔二二五〕，芝泥將乾〔二二六〕，上輒曰：「爾有獨斷，朕無疑謀〔二二七〕，固俟沃心〔二二八〕，不可假手〔二二九〕。」公亦分陰可就〔二三〇〕，落簡如飛。故每有急宣，關於密畫，内庭外制，皆不與聞〔二三一〕。此又豈可與美《洞簫》而諷於後庭〔二三二〕，聞《子虚》而嗟不同世者〔二三三〕，論功而校德邪？其有勢切疾雷〔二三四〕，機難終日〔二三五〕，屬宣室未召〔二三六〕，武帳不開〔二三七〕，公莫暇昌言〔二三八〕，且陳密疏。賈太傅之憂國，固動深誠〔二三九〕；山吏部之論兵，詎因夙習〔二四〇〕？凡所奏御，罕或依違〔二四一〕。及武宗下武重光〔二四二〕，崇名再易〔二四三〕，公又觀圖東序〔二四四〕，按牒西崑〔二四五〕，率億兆同心〔二四六〕，列公卿定議，以一十四字〔二四七〕，垂百千萬年〔二四八〕。藻縟辭華，鋪舒名實。秦晉於玉檢瑶繩之内〔二四九〕，平勃於緑疇讒鼎之間〔二五〇〕。方將命禮官、召儒者，訪匡衡后土之議〔二五一〕，採公玉《明堂》之圖〔二五二〕，考肆覲之禮於梁生〔二五三〕，取封禪之書於犬子〔二五四〕。盡皇王之盛事，極臣子之殊功。而軒鼎將成〔二五五〕，禹書就掩〔二五六〕，然猶進先嘗之藥〔二五七〕，獻高手之醫〔二五八〕，藏周旦請代之書〔二五九〕，追漢宣易名之義〔二六〇〕，作爲大誥〔二六一〕，祈於昊天〔二六二〕。始終一朝，紹續九德〔二六三〕。其功伐也既如彼〔二六四〕，其制作也又如此。故合詔誥奏議碑贊等，凡一帙一十五卷，輒署曰《會昌一品集》云。紀年，追聖德也；書位，旌官業也。不言制禁〔二六五〕，崇論道也〔二六六〕。

**【校注】**

〔二四五〕〔補注〕牙管，象牙筆管。此指毛筆。

〔二四六〕乾，《英華》注：集作「熟」。〔徐注〕《春秋運斗樞》：黄龍五彩，負圖出，置舜前。圖以黄玉爲匣，白玉檢，黄金繩，芝爲泥，封兩端。文曰：「天皇帝符璽。」

〔二四七〕朕，《英華》注：集作「我」。

〔二四八〕〔馮注〕《書》：啓乃心，沃朕心。〔補注〕孔穎達疏：「當開汝心所有，以灌沃我心，欲令以彼所見教己未知故也。」沃心，使内心受啓發。

〔二九〕不可，《全文》作「可不」，據《英華》改。〔徐注〕《左傳》：鄭伯曰：「鬼神實不逞於許君，而假手於我寡人。」〔按〕此「假手」指請他人代筆。謂詔誥均由德裕起草。《隋書・儒林傳・劉炫》：「至於公私文翰，未嘗假手。」

〔三〇〕〔馮注〕《晉書・陶侃傳》：侃曰：「大禹聖者，乃惜寸陰；至於衆人，當惜分陰。」

〔三一〕〔補注〕内庭，即内制，指翰林學士所掌詔誥。外制，指中書舍人所掌詔誥。此謂無論内制外制，均由德裕起草，翰林學士、中書舍人均不參加。

〔三二〕〔徐注〕《漢書・王褒傳》：元帝爲太子，喜褒所爲《洞簫頌》，令後宮貴人左右皆誦讀之。

〔三三〕〔徐注〕《漢書・司馬相如傳》：蜀人楊得意爲狗監，侍上，上讀《子虛賦》而善之，曰：「朕獨不得與此人同時哉！」得意曰：「臣邑人司馬相如自言爲此賦。」

〔三四〕〔馮注〕《易》：動萬物者，莫疾乎雷。《六韜》：用兵之道，使如疾雷，不及掩耳。〔徐注〕《晉書・載記》：苻堅親送王猛於霸東，謂曰：「此捷濟之機，所謂疾雷不及掩耳。」

〔三五〕〔馮注〕《易》：君子見幾而作，不俟終日。

〔三六〕見《爲滎陽公賀幽州破奚寇表》「寄夢寐於宣室」注。

〔三七〕〔馮注〕《史記》：上嘗坐武帳中。注：織成爲武士象。

〔三八〕〔補注〕《書・皋陶謨》：「禹拜昌言曰：『俞！』」孔疏：「禹乃拜受其當理之言。」昌言，善言、正論。

〔二三九〕固，《英華》作「故」，馮本從之。動，《英華》注：集作「洞」。非。〔馮曰〕用《治安策》論封建事。〔補注〕《漢書·賈誼傳》：「誼數上疏陳政事，多所欲匡建。其大略曰：『臣竊惟事勢可爲痛哭者一，可爲流涕者二，可爲長太息者六。』」此即所謂「動深誠」也。

〔二四〇〕〔馮注〕《晉書·山濤傳》：吴平之後，帝詔州郡悉去兵。濤論用兵之本，不宜去州郡武備，其論甚精。于時咸以濤不學孫、吴，而暗與之合。餘見《爲濮陽公陳許奏韓琮等四人充判官狀》「論兵」注。

〔二四一〕〔馮注〕《舊書·封敖傳》：敖草《封衛國公制》曰：「遏横議於風波，定奇謀於掌握。意皆我同，言不他惑。」德裕口誦此數句，撫敖曰：「陸生有言，所恨文不逮意。如卿此語，秉筆者不易措言。」解其所賜玉帶遺之。○以上二小段，乃來書中所云「并奏議等」也。

〔二四二〕〔徐注〕《詩序》：《下武》，繼文也。武王有聖德，復受天命，能昭先人之功焉。《書》：昔君文王、武王，宣重光。〔補注〕《詩·大雅·下武》：「下武維周，世有哲王。」下武，謂有聖德能繼先王功業。此以武王繼文王之業喻指武宗繼文宗。重光，喻累世聖德，輝光相承。

〔二四三〕〔補注〕《通鑑·會昌二年》：四月，「丁亥，群臣上尊號曰仁聖文武至神大孝皇帝」。又《會昌五年》：「正月，己酉朔，群臣上尊號曰仁聖文武章天成功神德明道大孝皇帝。」此即所謂「崇名再易」。

〔二四四〕〔徐注〕《書》：天球、《河圖》，在東序。〔補注〕東序，古代宮室之東廂房，爲藏圖書、秘籍之所。《文心雕龍・正緯》：「昔康王《河圖》，陳於東序。」

〔二四五〕〔徐注〕《漢書・禮樂志》：宮童效異，披圖案諜。《穆天子傳》：天子西登崑崙，至於群玉之山，先王之所謂册府。

〔二四六〕同，《全文》作「歸」，徐本同，非，據《英華》改。〔補注〕《書・泰誓中》：「受有億兆夷人，離心離德；予有亂臣十人，同心同德。」此活用之。

〔二四七〕即注〔二○八〕會昌五年所上十四字尊號。

〔二四八〕百，《英華》注：集作「億」。

〔二四九〕〔徐注〕《左傳》：懷嬴曰：「秦、晉，匹也。」《白虎通》：封禪，金泥銀繩。《漢書》：登封泰山。應劭曰：刻石紀號，有金泥玉檢之封。〔按〕餘詳《爲滎陽公賀幽州破奚寇表》「玉檢金泥」注。

〔二五○〕〔徐注〕《魏略》：王朗《與許文休書》曰：游談於平、勃之間。《韓子》：齊伐魯，索讒鼎，以其贗往。按：「録疇」未詳。黄帝所受，乃録圖，非録疇也。或字之誤也。〔馮注〕《左傳》：讒鼎之銘。注曰：讒，鼎名也。正義曰：服虔云：「疾讒之鼎，《明堂位》所云『崇鼎』是也。」一云：「讒，地名，禹鑄九鼎於甘讒之地。」二者並無案據。按：此爲叔向與晏子語也。而《韓子》「齊伐魯，索讒鼎，以其贗往」，則是古物而在魯者。餘見《爲汝南公賀元日御正殿受朝賀表》「光耀瑶圖」注與《爲滎陽公賀幽州破奚寇表》「録圖《洪範》」注。「圖」「疇」義同，當用《洪範》。《淮南子·俶真訓》：洛出丹書，河出緑圖。〔補注〕秦晉、平勃，本指地位相等，此用作動詞，有斟酌考校之意。緑疇，即籙圖，預言人世禍福之書，頗似漢之讖緯書。《墨子·非攻下》：「河出緑圖，地出乘黄。」

〔三二〕〔徐注〕《漢書·郊祀志》：匡衡以甘泉泰畤、河東后土之祠，宜可徙置長安，願與群吏定議。

〔三三〕〔徐注〕《漢書·郊祀志》：濟南人公玉帶上黄帝時《明堂圖》。明堂中有一殿，四面無壁，以茅蓋通水，水圜宫垣，爲復道，上有樓，從西南入，名曰昆侖。天子從之入，以拜祀上帝。

〔三三〕〔徐注〕《書》：肆覲東后。〔馮注〕《後漢書·祭祀志》：建武三十年，群臣言宜封禪泰山，不許。三十二年，上感《河圖會昌符》之文，乃詔梁松等復按索《河》《洛》讖文言九世封禪事者。松等列奏，乃許焉。《梁松傳》：松博通群書，明習故事，與諸儒修明堂，辟雍、郊祀、封禪禮儀，常與論議。〔補注〕肆覲，語本《書·舜典》：「歲二月，東巡守，至于岱宗。柴，望秩于山川，肆覲東后。」原指以禮見東方諸侯之君，此指封禪泰山時見諸侯之禮。

〔三四〕犬，《英華》誤作「天」。〔徐注〕《漢書·司馬相如傳》：少時好讀書，學擊劍，名犬子。既學，慕藺相如之爲人也，更名相如。後爲郎，病免，家居茂陵。天子使所忠往取其書，而相如已死，有遺札書言封禪事。所忠奏焉。天子異之，遂禮中岳，封于泰山，至梁甫，禪肅然。

〔三五〕〔徐注〕《漢書·郊祀志》：黄帝采首山銅，鑄鼎於荆山下。鼎既成，有龍垂胡顒，下迎黄帝。黄帝上騎，群臣後宫從上龍七十餘人。後世因名其處曰鼎湖。

〔二五六〕〔徐注〕《史記》：上會稽，探禹穴。張晏曰：禹巡狩至會稽而崩，因葬焉。上有孔穴，民間云禹入此穴。孔靈符《會稽記》：會稽山南有宛委山，其上有石，俗呼石匱，壁立干雲。昔禹治洪水，厥功未就，乃躋於此山，發石匱，得金簡玉字，以知山河體勢。於是疏導百川，各盡其宜。〔馮曰〕此兼用禹穴，見表狀中，非用《靈寶要略》與《吴地記》「吴王闔閭時，靈威丈人入包山洞，取《靈寶經》二卷，孔子云『禹之書也』」事（按：徐注引此，已删之）。〔補注〕「軒鼎」二句，謂武宗將逝。

〔二五七〕〔徐注〕《禮記》：君有疾，飲藥，臣先嘗之；親有疾，飲藥，子先嘗之。

〔二五八〕〔徐注〕《初學記》：司馬彪《續漢書》曰：「東平王蒼到國，病，詔遣太醫丞將高手醫視病。」《晉書·謝玄傳》：詔遣高手醫一人，令自消息。〔馮注〕《漢官儀》：丞相有疾，朝廷遣中使太醫高手。

〔二五九〕〔徐注〕《書序》：武王有疾，周公作《金縢》。〔馮注〕《書·金縢》：王有疾，弗豫，周公告太王、王季、文王。史乃册祝曰：「以旦代某之身。」公歸，乃納册於金縢之匱中。

〔二六〇〕〔徐注〕《漢書·宣帝紀》：初名病已。元康二年，詔曰：「聞古天子之名，難知而易諱也。今百姓多上書觸諱以犯罪者，朕甚憐之，其更諱詢。」箋：《武宗紀》：本名瀍。會昌六年三月，壬寅，上不豫，制改御名炎。《一品集·改名制》旨云：漢宣帝柔服北夷，弘宣祖業，功德之盛，侔於周宣。御曆十年，乃從美稱。朕遠惟大漢之事，近稟聖祖之謀，爰擇嘉名，式遵令典，敬承天意，永保弘休，宜改名爲炎。仍令所司，擇日分命宰臣，告天地宗廟。其舊名中外表章不得更有迴避。布告遐邇，咸使聞知。按：易名似謚，當云「更名」，此亦義山偶失檢點處也。

〔二六一〕〔徐注〕《書序》：武王崩，三監及淮夷叛。周公相成王，將黜殷，作《大誥》。〔按〕此「大誥」指朝廷之重要文告，詳下注。

〔二六二〕〔徐注〕《書·召誥》曰：惟恭奉幣用供王，能祈天永命。〔馮曰〕《一品集》有《武宗改名告天地文》。〔按〕此「祈於昊天」之文即《武宗改名告天地文》，亦即上句所謂「大誥」。文稱：「臣近因微恙，已及二時……伏願舍臣咎僁，許臣改悔，永保宗廟，以安邦家。」祈天賜其永年。

〔二六三〕〔徐注〕《書》：九德咸事。〔馮曰〕紹續，即來書所云「獲繼家聲」也。〔補注〕九德，又見《書·皋陶謨》《左傳·昭公二十八年》，謂賢者所具多種優良品德。

〔二六四〕〔馮注〕《史記》：古者人臣功有五品，以德立宗廟定社稷曰勳，以言曰勞，用力曰功，明其等曰伐，積日曰閱。

〔二六五〕禁，《全文》作「集」，據《英華》改。〔補注〕禁，制也。制禁，指帝王之命令。《書·周官》：「司寇掌邦禁。」

〔二六六〕〔補注〕《書·周官》：「立太師、太傅、太保，茲惟三公，論道經邦，燮理陰陽。」此謂書名不稱制禁，係崇尚論道經邦之故。

惟公字文饒，姓李氏，趙郡人。蓋大昴中丘〔二六七〕，有風雨翕張之氣；叢臺高邑〔二六八〕，有山河隱軫之靈〔二六九〕。萃於直躬〔二七〇〕，慶是全德〔二七一〕。許靖廊廟之器〔二七二〕，黄憲師表之姿〔二七三〕。何晏神仙〔二七四〕，叔夜龍鳳〔二七五〕。宋玉閒麗〔二七六〕，王衍白皙〔二七七〕。馬援之眉宇〔二七八〕，盧植之音聲〔二七九〕。此其妙水鏡而爲言〔二八〇〕，託丹青而爲裕〔二八一〕。至於好禮不倦〔二八二〕，用和爲貴〔二八三〕，敬一人而取悦〔二八四〕，謙六位而無咎〔二八五〕。意以默識〔二八六〕，確乎寡辭〔二八七〕。車匠胡奴，罔迷於半面〔二八八〕；背碑覆局，無俟於專心〔二八九〕。聿成儉訓〔二九〇〕，不有長物〔二九一〕；昔猶卑官，端坐心齋〔二九二〕。江革分謝朓之舊襦，便爲卧具〔二九三〕；周正得袁憲之談柄，常在講筵〔二九四〕。五車自娱〔二九五〕，三篋能識〔二九六〕。麗則孔門之賦〔二九七〕，清新鄴下之詩〔二九八〕。重以多能〔二九九〕，推於小學〔三〇〇〕。王子敬之隸法遒媚〔三〇一〕，皇休明之草勢沈著〔三〇二〕。異時相逼〔三〇三〕，當代罕儔〔三〇四〕。不妄過人〔三〇五〕，慎於取友。與李、杜齊名者少〔三〇六〕，願僑、札交睨者稀〔三〇七〕。故能應是昌時，媚於天子〔三〇八〕。憲章皇極，燮理玄穹〔三〇九〕。燭燿家聲，粉飾國史〔三一〇〕。侔帝典之灝灝噩噩〔三一一〕，尊王道之蕩蕩平平〔三一二〕。而又不節怨嗟〔三一三〕，知進憂亢〔三一四〕。張良竟稱多病〔三一五〕，王充方務頤神〔三一六〕。無潁陽之善田〔三一七〕，乏好畤之巨産〔三一八〕。何曾之食既去〔三一九〕，虞悰之鮓方嘗〔三二〇〕，憂其厚味〔三二一〕，有爽和氣。肴蔌無在〔三二二〕，琴鶴有餘〔三二三〕。成萬古之良相，爲一代之高士〔三二四〕。繄爾來者，景山仰之〔三二五〕。

【校注】

〔二六七〕昴，《英華》作「鼎」，注：集作「昴」，是。〔徐注〕《漢書·地理志》：常山郡，領中丘縣。又：趙地，昴、畢之分野。《晉書·載記》：趙攬曰：「昴者，趙之分也。」

〔二六八〕〔徐注〕《地理志》：趙州，領高邑縣。叢臺，見後《上河東公啓》「叢臺妙妓」注。

〔二六九〕有，《英華》作「名」，注：集作「有」。〔馮注〕《左傳》：表裏山河。注曰：晉國外河而内山。揚雄《蜀都賦》：方轅齊轂，隱軫幽輵。謝靈運詩：隱軫邑里密，緬邈江海遼。沈約詩：上瞻既隱軫，下睇亦溟濛。按：「隱軫」字自有據，不必引《甘泉賦》（振殷轔而軍裝）也。互見《祭張書記文》「隱軫（轔）原野」注。〔按〕隱軫，又作「隱賑」，衆盛富饒。

〔二七〇〕〔補注〕《論語·子路》：「吾黨有直躬者，其父攘羊，而子證之。」直躬，以直道立身。

〔二七一〕〔補注〕《莊子·天地》：「天下之非譽，無益損焉，是謂全德之人哉！」

〔二七二〕〔徐注〕《蜀志·許靖傳》注：《萬機論》曰：「許文休者，大較廊廟器也。」

〔二七三〕表，《英華》作「長」。〔徐注〕《後漢書·黄憲傳》：憲年十四，荀淑竦然異之。謂憲曰：「子，吾之師表也。」〔馮曰〕以下改本全删，尤見大體。

〔二七四〕見《祭呂商州文》「何晏神仙」注。

〔二七五〕〔徐注〕《晉書》：嵇康字叔夜，美詞氣，有風儀。〔馮注〕《嵇康别傳》：康長七尺八寸，偉容色。雖土木形骸，不加自飾厲，而龍章鳳姿，天質自然。

〔二七六〕〔徐注〕宋玉《登徒子好色賦》：玉爲人，體貌閑麗，口多微辭。

〔二七七〕〔徐注〕《晉書》：王衍神情明秀，風姿詳雅。《世説》：王夷甫恒捉白玉柄麈尾，與手都無分别。《漢書》：霍光爲人白皙。〔馮注〕《左傳》：有君子白皙。

〔二七八〕見《祭全義縣伏波神文》「以若畫之眉宇」注。

〔二七九〕〔徐注〕《後漢書》：盧植字子幹，音聲如鐘。

〔二八〇〕〔徐曰〕蒙上「音聲」。〔馮注〕《蜀志·李嚴傳》注：習鑿齒曰：「夫水至平而邪者取法，鏡至明而醜者亡怒。水鏡之能窮物而無怨者，以其無私也。況大人君子，爵之而非私，誅之而不怒，天下有不服者乎？」《晉書·樂廣傳》：尚書令衛瓘見而奇之，命諸子造焉，曰：「此人之水鏡，見之瑩然，若披霧而睹青天。」

〔二八一〕〔徐曰〕「裕」當作「格」，蒙上「眉宇」，即《東觀漢記》所謂「馬援眉目如畫」也。〔馮按〕《英華》作「裕」，徐氏疑當作「格」，今思衛公名裕，然生者不相避名，且二名不偏諱。「爲裕」，猶有餘裕也。「格」字必非。余疑其本作「譽」，音訛爲「裕」，細玩亦非也。桓寬《鹽鐵論》：公卿者，四海之表儀，神化之丹青也。〔補注〕丹青，疑指「丹青地」，即朝廷廟堂，丹墀、青瑣之合稱。裕，寬容。《易·繫辭下》：「益，德之裕也。」韓康伯注：「能益物者，其德寬大也。」

〔二八二〕〔馮注〕《禮·射義》：好學不倦，好禮不變。

〔二八三〕〔補注〕《論語·學而》：「有子曰：『禮之用，和爲貴。』」

〔二六四〕〔徐注〕《孝經》：敬一人而千萬人悦。

〔二六五〕六，《全文》《英華》作「三」。《英華》注：集作「六」。是，兹據改。徐本作「三」，馮本作「六」。〔徐注〕《易·謙》：九三曰：勞謙君子，有終，吉。〔馮曰〕徐氏引《謙》卦九三，以解「三位」，似未全也。作「六」字是。〔補注〕六位，即《易》卦之六爻。《易·乾》：「大明終始，六位時成。」《易·謙》：「謙，亨，君子有終。」

〔二六六〕意，《英華》注：集作「點」。〔馮曰〕似「黯」字之訛。〔徐注〕孔融《薦禰衡表》：弘羊潛計，安世默識。《初學記》：陳壽《益部耆舊傳》曰：「趙閎字温柔，幼時讀《尚書》，默識其章句。」

〔二六七〕〔徐注〕《易》：吉人之辭寡。

〔二六八〕車，《英華》注：集作「連」，非。〔徐注〕《後漢書·應奉傳》：奉少聰明，自爲童兒及長，凡所經履，莫不暗記。注：謝承《書》曰：「奉少爲上計吏，許訓爲計掾，俱到京師。訓自發鄉里，在路晝頓暮宿，所見長吏、賓客、亭長、吏卒、奴僕，訓皆密疏姓名，欲試奉。還郡，出疏示奉，奉云：『前食潁川綸氏都亭，亭長胡奴名禄，以飲漿來，何不在疏？』坐中皆驚。」又云：「奉年二十時，嘗詣彭城相袁賀，賀時出行，閉門，造車匠於内，開扇出半面視奉，奉即委去。後數十年於路見車匠，識而呼之。」

〔二六九〕〔徐注〕《魏志·王粲傳》：粲與人共行，讀道邊碑，因使背而誦之，不失一字。觀人圍棋，局壞，粲爲覆之，不誤一道。《孟子》：今夫弈之爲數，小數也，不專心致志，則不得也。

〔二九〇〕成，《英華》作「承」。

〔二九一〕〔徐注〕《晉書·王恭傳》：恭曰：「吾平生無長物。」

〔二九二〕〔馮注〕《莊子》：仲尼語顏回曰：「氣也者，虛而待物者也。唯道集虛。虛者，心齋也。」〔按〕《莊子·人間世》此節全文爲：「回曰：『敢問心齋。』仲尼曰：『若一志，無聽之以耳而聽之以心，無聽之以心而聽之以氣。耳止於聽，心止于符。氣也者，虛而待物者也。唯道集虛。虛者，心齋也。』」心齋，謂屏除雜念，使心境虛靜專一。

〔二九三〕〔徐注〕《南史》：謝朓大雪中，見江革敝絮單席，耽學不倦，乃脱襦并割氈與之。

〔二九四〕常，《英華》注：集作「嘗」。〔馮注〕《南史》：袁憲字德章，憲父君正遣門客與憲候博士周弘正。會弘正將升講坐，弟子畢集，乃延憲入室，授以麈尾，令憲豎義。時謝岐、何妥遞起義端，弘正亦起數難，終不能屈。按：句中「得」字似誤。〔按〕似是「袁憲得周正之談柄」之誤倒，「得」字不誤。清談時所執拂麈（即所謂「麈尾」）稱「談柄」。

〔二九五〕五車，見《爲安平公兗州奏杜勝等四人充判官狀》「三篋能知，五車盡究」注。

〔二九六〕同上。

〔二九七〕〔徐注〕揚子《法言》：詩人之賦麗以則，詞人之賦麗以淫。如孔氏之門用賦也，則賈誼登堂，相如入室矣。

〔二九八〕〔徐注〕任昉《薦士表》：辭賦清新，屬言玄遠。善曰：《陸機陸雲別傳》云：「雲亦善屬文，清新不及機，而口辯持論過之。」鍾嶸《詩品序》：降及建安，曹公父子，篤好斯文；平原兄弟，鬱爲文棟。劉楨、王粲爲其羽翼。次有攀龍託鳳，自致于屬車者，蓋將百計。彬彬之盛，大備於時矣。

〔補注〕曹操爲魏王，定都於鄴，故址在今河北臨漳縣西南鄴鎮東。

〔二九九〕〔補注〕《論語・子罕》：「大宰問於子貢曰：『夫子聖者與？何其多能也！』子貢曰：『固天縱之將聖，又多能也。』」

〔三〇〇〕〔徐注〕《漢書・藝文志》：凡小學家四十五篇。〔馮注〕又：古者八歲入小學。《周官》保氏掌養國子，教之六書。

〔三〇一〕〔馮注〕《晉書・王羲之傳》：子獻之工草隸。按：王僧虔謂獻之遠不及父，而媚趣過之。《晉書》采以入傳。《書斷》謂小真書筋骨緊密，不減於父。〔徐注〕竇蒙《述書賦注》：羊欣字敬元，泰山人，宋中散大夫，與丘道護同受獻之筆法。張懷瓘《書斷》：沈約云：「敬元尤長於隸書，子敬之後，可以獨步。」時人云：「買王得羊，不失所望。」

〔三〇二〕〔馮注〕《吴録》：皇象，字休明，廣陵江都人，工書，中國善書者不能及也。王僧虔《名書録》：吴人皇象能草，世稱沈著痛快。《宣和書譜》：皇象官至侍中，工八分篆草，初學章草，沈著痛快。論者以象書比龍蠖蟄啓，伸槊腹行，當時以爲章草入神。

〔三〇三〕時，《英華》作「代」，注：集作「時」。

〔三〇四〕代，《英華》作「世」，注：集作「代」。

〔三〇五〕過，《英華》作「遇」，注：（不妄遇人）集作「不忘過人」，非。〔馮注〕《後漢書》：第五倫不敢妄過人食。○此則泛言交游耳。

〔三〇六〕〔徐注〕《後漢書·黨錮傳》：范滂詣其母，就與之訣，母曰：「汝今得與李、杜齊名，死亦何恨！」〔補注〕李、杜，指李膺、杜密。《後漢書·黨錮傳·杜密》：「黨事既起，免歸本郡，與李膺俱坐，而名行相次，故時人亦稱李、杜焉。」

〔三〇七〕願，《英華》注：集作「須」。非。見《爲滎陽公端午謝賜物狀》「常衣國僑之紵」注。

〔三〇八〕〔徐注〕《詩》：百辟卿士，媚于天子。

〔三〇九〕〔補注〕《禮·中庸》：「憲章文、武。」《書·洪範》：「皇建其有極。」二句謂建立帝王統治之準則，調和陰陽。

〔三一〇〕〔補注〕燭燿，猶光耀；粉飾，謂增彩。

〔三一一〕〔徐注〕揚子《法言》：虞夏之書渾渾爾，商書灝灝爾，周書噩噩爾。〔補注〕灝灝，廣大貌；噩噩，嚴肅正大貌。

〔三一二〕見《爲汝南公以妖星見賀德音表》「成陛下無偏之道」注。

〔三一三〕〔徐注〕《易》：不節若則嗟若。

〔三一四〕〔徐注〕《易》：亢之爲言也，知進而不知退。

〔三一五〕〔馮注〕《史記》：留侯從入關。留侯性多病，即道引不食穀。

〔三六〕〔徐注〕《後漢書・王充傳》：肅宗特詔公車徵，病不行，年漸七十，造《養性書》十六篇，裁節嗜欲，頤神自守。〔馮曰〕時德裕已爲分司閑職，故云。〔按〕大中元年二月，以東都留守李德裕爲太子少保，分司東都。見《舊唐書・宣宗紀》。

〔三七〕〔徐注〕「潁」當作「頻」。《史記》：王翦言不用，因謝病，歸老于頻陽。李信敗，王翦將兵六十萬人。王翦行，請美田宅園池甚衆，大破荆軍。〔馮注〕《漢書・翟方進傳》：汝南舊有鴻隙大陂，郡以爲饒。成帝時，關東數水，陂溢爲害，方進遂奏罷之。及翟氏滅，鄉里歸惡，言方進請陂下良田不得而奏罷陂云。○潁陽，漢屬潁川郡，鴻隙陂正在其地，故曰「潁陽善田」，舊注引王翦事而疑當作「頻陽」，誤矣。〔按〕潁陽，潁水之北，傳説古高士巢父、許由隱居于此。故以「潁陽田」或「潁上田」借指歸隱之處或歸隱之資。《莊子・讓王》：「故許由娱於潁陽而共伯得乎共首。」《後漢書・逸民傳序》：「是以堯稱則天，不屈潁陽之高；武盡美矣，終全孤竹之絜。」無潁陽之善田，猶《上尚書范陽公啓》所謂「無文通半頃之田，乏元亮數間之屋」之意。馮、徐注均非。

〔三八〕〔徐注〕《漢書・陸賈傳》：賈，楚人也。以好畤田地善，往家焉。師古曰：好畤，即今雍州好畤縣。

〔三九〕去，《英華》作「疏」，注：（既疏）集作「疏去」。〔按〕《英華》注謂集作「疏去」，與下句「方嘗」不對，非。作「疏」亦不合平仄。或疑《英華》注係作「疏」而旁注「去」，後闌入爲「疏去」。〔馮注〕

《晉書·何曾傳》：曾爲丞相，加侍中，拜太尉，進爵爲公，領司徒，進太傅。曾性奢豪，厨膳滋味，過於王者。每燕見，不食太官所設，帝輒命取其食。食日萬錢，猶曰無下箸處。

〔三〇〕〔馮注〕《南史·虞悰傳》：悰爲侍中，祠部尚書，武帝就悰求諸飲食方，悰秘不出。上醉後，體不快，悰乃獻醒酒鯖鮓一方而已。○此二句，借食味以言罷相居東也。然何曾事，畢竟與上下句不倫，改本盡删之矣。〔補注〕鮓，腌、糟之魚類食品。

〔三一〕〔徐注〕《周語》：單襄公曰：「厚味實腊毒。」嵇康《養生論》：識厚味之害性，故棄而弗顧。

〔三二〕蔌，《英華》注：疑作「荻」。在，《英華》注：集作「任」。〔馮曰〕《英華》作「無在」，集作「無任」，皆不可通。此必作「佐」，謂肴蔌之外，無厚味佐之也，故改定。〔徐注〕《詩》：其肴維何？炰鼈鮮魚。其蔌維何？維筍及蒲。〔按〕《英華》《全文》均作「無在」，馮注本改「無佐」。然此言「肴蔌」，「肴」實已包舉「炰鼈鮮魚」一類厚味，似不得再言「無厚味以佐之」。「肴蔌無在」，當即上文「何曾之食既去」之義，馮改疑非。

〔三三〕〔徐注〕伏知道《爲王寬與婦義安主書》：愁隨玉軫，琴鶴恒驚。〔補注〕琴鶴，高士之象徵。

〔三四〕爲，《英華》注：集作「作」。〔馮注〕晉皇甫謐著《高士傳》。

〔三五〕〔徐注〕《詩》：景山與京。傳：景山，大山也。〔馮注〕按《詩》：「高山仰止，景行行止。」毛傳：「景，大也。」鄭箋：「景，明也。有明行者則而行之，有高德者則慕仰之。」此與高山合爲景山，似兼用《詩傳》「景山，大山」之義，改本專曰「景行」。

某昔在左曹〔二六〕，每事先帝〔二七〕。雖詭詞望利〔二八〕，不接於話言〔二九〕；而申義約文〔三〇〕，庶窺於風采〔三一〕。代天之言既集〔三二〕，蟠地之樂難忘〔三三〕。蓋屬才華〔三四〕，用爲序引。以鄒衍之迂怪〔三五〕，將穎嚴之淺近〔三六〕，忽焉承命，何所措辭。五嶺幽遐，八桂森爽〔三七〕。莫逢博約〔三八〕，寧遇切磋〔三九〕。處無價之場，率然占玉〔四〇〕；登不枯之岸，麤爾論珠〔四一〕。雖常有意焉，亦不知量也。某叩頭再拜上〔四二〕。

**【校注】**

〔二六〕〔馮注〕亞以給事中出，故曰「左曹」，即左掖也。〔按〕見《爲滎陽公桂州謝上表》「備給事於左曹」注。

〔二七〕每，《英華》注：集作「實」。〔補注〕先帝，指武宗。

〔二八〕〔徐注〕《穀梁傳》：造辟而言，詭辭而出。注：辟，君也。詭辭而出，不以實告人也。傅亮表：造膝詭辭，莫見其際。〔馮注〕《禮記》：事君大言入則望大利，小言入則望小利。

〔二九〕話言，《英華》作「言話」，非。

〔三〇〕申，《全文》、徐本誤作「深」，據《英華》改。〔馮注〕孔安國《尚書序》：承詔作傳，約文申義，敷暢厥旨。

〔三一〕窺，《全文》誤作「歸」，據《英華》改。〔徐注〕《漢書·王莽傳》：欲有所爲，微見風采。

〔三二〕〔徐注〕《書・皋陶謨》曰：天工人其代之。〔補注〕代天之言，指德裕所作制誥册文等。

〔三三〕〔徐注〕《禮記》：及夫禮樂之極乎天而蟠乎地。〔補注〕《莊子・刻意》：「精神四達並流，無所不極，上際於天，下蟠於地。」《管子・内業》：「一言之解，上察於天，下極於地，蟠滿九州。」尹知章注：「若能解道之一言，則能察天極地，而中滿於九州。蟠，委地也。」此似用《管子》。

〔三四〕〔徐注〕《北史・崔瞻傳》：盧思道曰：「舉世重其風流，所以才華見没。」

〔三五〕〔馮注〕《史記》：騶衍深觀陰陽消息而作怪迂之變，《終始》《大聖》之篇十餘萬言。其語閎大不經，必先驗小物，推而大之，至於無垠。〔徐注〕《史記・荀卿傳》：騶衍之術，迂大而閎辯。

〔三六〕〔徐注〕杜預《春秋序》：末有潁子嚴者，雖淺近，亦復名家。〔馮注〕按《左傳》「西狩獲麟」疏：潁容字子嚴，陳郡人，與賈逵、服虔並舉，即此人。〔補注〕將，與也。

〔三七〕〔補注〕《山海經・海内南經》：「桂林八樹，在番隅東。」此以「八桂」指桂林。

〔三八〕〔補注〕《論語・雍也》：「君子博學於文，約之以禮。」

〔三九〕〔補注〕《詩・衛風・淇奧》：「有匪君子，如切如磋，如琢如磨。」

〔四〇〕〔馮注〕《尹文子》：魏田父耕於野，得玉徑尺，置於廡下，明照一室，大怖，棄之於遠野。鄰人取之，獻魏王，王召玉工望之相之。玉工望之，再拜賀曰：「天下之寶，此無價以當之。五都之城，僅可一觀。」

〔四一〕登，《英華》注：集作「立」。見《爲李貽孫上李相公啓》「珠岸迴光，庶及不枯之草」注。〔馮注〕

《梁書·顧協傳》：貢玉之士，歸之潤山；論珠之人，出於枯岸。

〔四二〕《英華》注：集無此六字。〔按〕末段頗似序後爲鄭亞代擬之附言。

## 附鄭亞改本

### 太尉衛公會昌一品制集序〔一〕

綸綍之興〔二〕，載籍之始，先王發號施令〔三〕，明罰敕法〔四〕，蓋本於此也。唐、虞之盛，二典存焉。夏、殷之隆，厥有訓誥。自《胤征》《甘誓》，乃有誓命之書。皆三代之文，一王之法也〔五〕。虞、夏之際，代祀綿遠，其代工掌制之名氏〔六〕，莫得而知。至於成湯、太甲，則有仲虺、伊尹，爲之訓誥。高宗得傅説，則有《説命》之篇；周公、召公相成王，則有《洛誥》《酒誥》《周官》《顧命》。秦始皇并一區宇，丞相李斯，實掌其言。漢興，當秦焚書之後，侍從之臣，皆不習文史，蕭、曹之輩，又乏儒、墨之用。每封功臣，建子弟，其辭多天子爲之。縱委於執翰者，亦非彰灼知名之士。武帝使司馬相如視草，率皆文章之流，以相如非將相器也〔七〕。厥後寖微寖長〔八〕，下於魏、晉，亦代有其人。我高祖革隋，文物大備。在貞觀中，則顏公師古、岑公文本興焉。在天后時，則李公嶠、崔公融出焉。燕、許角立於玄宗之朝〔九〕，常、楊繼美於代宗之世〔一〇〕。洎憲宗皇帝，英武啓運，雄圖赫張，中興之業，高映前古。其時則先太師忠公，翱翔内署，有密勿贊佐之績，平吳定蜀，實惟其功〔一一〕。及登樞衡，作霖雨，尊王室，卑諸侯，圖蔡料齊，外定内理〔一二〕，顯王言於典誥，彰帝範於圖籍，紀在徽册，播於無窮。特進、太子少保分司東都衛公，長慶中，事惠皇〔一三〕，爲翰林學士，訓誥之業彰於前聞〔一四〕。昭肅皇帝統握乾符，寤寐良弼，詔自淮海，復升台庭〔一五〕。盡付玄機，允厭神度。每彤墀奏罷〔一六〕，别承天睠。帝亦講《伊訓》《説命》之旨〔一七〕，定元首股肱之契，以太平之制度，上古之文教，咸屬於公焉。

會先太后懿號未立，帝明發有永懷之痛，公述沙麓神井之瑞，贊繞樞懷日之慶〔一八〕，懋遵聖緒，光慰孝思，於是承命有宣懿祔廟之制。及武宗郊昊天，拜清廟，文物胥備，朝廷有禮〔一九〕，華夷述職，河朔修貢〔二〇〕，乃顯神庥，薦徽號，奉揚一德，以示萬方，於是撰《仁聖文武至神大孝》之册〔二一〕。封域無虞〔二二〕，天子翛然有求玄之思〔二三〕，乃範貞金，模聖表，隆準日角〔二四〕，燭於宫庭，中外臣僚，咸欲以頌山河而褒日月也〔二五〕，公於是有聖容之贊。天街之北，獯鬻攸居，因饑憑陵，怙衆强禦。嚴之以刁斗，而勃爾無懼；申之以文告，而腆然不率〔二六〕。天子震怒，旋命征之。公獨運沈機，上資宸斷〔二七〕，萬里勝負，決於帷中，雷霆既震〔二八〕，犬羊遂潰〔二九〕。疣贅披抉〔三〇〕，腥膻解離〔三一〕，遁其名王，復我貴主，公於是有《討北狄》之詔。天寶末，薊門爲首亂之地〔三二〕。瘡痏榛棘〔三三〕，襲世未平。至是漁陽帥仲武〔三四〕，掃除妖孽〔三五〕，臧獲仇讎〔三六〕，奉揚威神，乃底康靖。仍願勒石於盧龍之塞〔三七〕，以叙聖功〔三八〕。飛章上聞，帝用允若。公祗膺明命〔三九〕，舒展格言，呼嘯神祇，吐納嵩、華，當晝而文星見，不寐而白鳳來。成諸侯不朽之勳〔四〇〕，尊元后無私之化〔四一〕。公於是有《幽州紀聖功》之碑〔四二〕。潞帥劉從諫死，其子因關河之嶮，恃甲兵之衆，請爵争地，屢聞王庭〔四三〕。中外疑迷，互撓天聽。帝將耀神武〔四四〕，公累罄忠謀〔四五〕，且言曰：「重耳在喪，不聞利父；雄渠受戮，祇以拒君〔四六〕。況明皇舊宫，天井内地，跨連河北〔四七〕，脅倚山東，豈可行有匪人〔四八〕，坐爲汙俗？若是可忍〔四九〕，孰不可容！」沃心無疑，躡足乃定。又曰：「上黨居天下之脊，當河朔之喉，今漳水雄兵〔五〇〕，常山勁卒〔五一〕，是爲脣齒，實懼因依。不若乘其未萌〔五二〕，制其將動。」帝俞其奏，乃妙選使臣，以勞諭之；嚴立刑賞，以勸戒之。魏侯鎮侯〔五三〕，戮力從命〔五四〕，絶壺關之右臂，收泜水之上游〔五五〕。獲兹渠魁，在此成算。又輳門叛將，横水餘凶〔五六〕，竊上相之旌旗，盗晉陽之管鑰〔五七〕，帝怒斯赫，人心愈疑，咸以師老於郊，梟巢尚固，議罷兵者蚊聚，請宥過者雷同。公又揚笏而言曰：「彼地則義師，帥分宗室〔五八〕，是玄祖勤商之邑〔五九〕，后稷造周之邦，瓜瓞具存，堂構斯在。苟虧策畫，不襲仇讎，則是奬彌牟逐主之風〔六〇〕，長冒頓射親之俗。《詩》稱『築室于道』，《書》謂『疑謀勿成』。」由是洞啓宸衷，大破群議。運籌制勝，舉無遺策；防微慮遠，必契神機。授鉞之臣，伏膺承命。謝安之圍棋尚劫，曹參之飲酒方酣。果有軍書，繼聞戎捷〔六一〕，砥磨周鉞，水淬鄭刀〔六二〕，萬里來袁尚之頭顱〔六三〕，二冢葬蚩尤之肩髀。歡聲雖震於朝市，喜氣不見於形容。何其纂立功勳，鎮定風俗，若是之重也〔六四〕。公於是有《伐上黨》之制，《平晉陽》之敕〔六五〕。宗英可汗〔六六〕，獻琛輸賮〔六七〕，越自絶漠〔六八〕，通於本朝，大畢、伯仕之胤，呼韓谷蠡之師〔六九〕，或執玉而朝靈囿，或解辮而拜甘泉，並垂於策書〔七〇〕，光被明命。公於是有諭回鶻之命五，慰堅昆之書四〔七一〕。文章等於訓傳，機事出於神明，固將偃仰邳石之符，傲睨鬼《箝》之録，聞之者可以袪聾瞶，得之者可以弼邦國〔七二〕。每牙管既拔，芝泥將熟〔七三〕，嘗於前席，親授筆札，公亦分陰可就，落簡如飛。時有急宣，關於密畫，内庭外制，皆不與聞。或勢切疾雷，機難終日，宣室未召，武帳莫開，公則手疏封章，達於旒扆〔七四〕。當乙夜觀書之際，未嘗不稱美再三。此又豈可與傳《洞簫》而諷於後庭〔七五〕，聞《子虚》而嗟不同世者論功校德耶？

歲在乙丑〔七六〕，群公常伯〔七七〕，以天子之道，貫於神祇。一年而風雨攸序，灾沴不作；三年殲醜虜〔七八〕，興北伐之詩；四年誅狡童，詠東征之歌〔七九〕。而又移摩尼之風〔八〇〕，壞浮圖之俗〔八一〕，偃兵反樸，四海胥定，思欲增鴻名，光下武〔八二〕，公乃觀東序之圖，按西崑之諜，鋪舒名實，藻縟文采〔八三〕，類于上帝，爲唐神宗。公於是纂《章天成功神德明道》之册文。號位既畢，華夷會同，方將命禮官，召儒者，訪匡衡后土之議，采公玉《明堂》之圖，考肆覲之禮於梁生，取封禪之書於犬子〔八四〕，盡皇王之盛事，極臣子之殊功。而軒鼎將成，禹書就掩，然猶進先嘗之藥，獻高手之醫，藏周旦請代之書，追漢宣易名之美，作爲《大誥》〔八五〕，祈于昊天。始終一朝，紹續九德〔八六〕。其功伐也既如彼〔八七〕，其制作也又如此。故合武宗一朝册命典誥奏議碑贊軍機羽檄，凡兩帙二十卷〔八八〕，輒署曰《會昌一品制集》。紀年，追聖德也；書位，旌官業也。

歲在丁卯〔八九〕，亞自左掖，出爲桂林。九月，公書至自洛〔九〇〕，以典誥制命示於幽鄙，且使爲序，以集成書。尋玄珠不究於倪域〔九一〕，聽希聲莫窮於高下〔九二〕。承命震恐〔九三〕，幾移朝夕，援筆而復止者三四。伏念江陸修盪〔九四〕，辭讓不及，因齋絜以序焉。夫全功難持〔九五〕，大名難兼〔九六〕，日赫於晝而乏清媚，月皎於夜而無温煦〔九七〕。冬之爲候也，則雪霜飄暴，凍入肌髮；夏之爲用也，則金流石爍，火走膚脉，如陽春高秋者希焉。南則瘴風毒虺之爲厲也，北則獯戎黠虜之爲患也，如洛陽咸秦者幾焉〔九八〕。鵰鷲不傅之以馳騁，驊騮不授之以騫翥，如應龍者鮮焉〔九九〕。仲尼，聖賢之宗也，位止於司寇；老聃〔一〇〇〕，道德之祖也，官不過柱史，如姬旦者幾焉〔一〇一〕。是以保衡、傅説，佐佑殷宗〔一〇二〕；召公、畢公，寅亮周室。咸著大訓，克爲元龜。書契以來，未之多有。李斯以刻石紀號之文勝〔一〇三〕，而不在休明之運，又何足數哉〔一〇四〕！周勃、霍光，雖有勳伐，而不知儒術；枚皋、嚴忌，善爲文筆〔一〇五〕，而不至巖廊〔一〇六〕。自是以降，其類實繁。惟公藴開物致君之才，居元弼上公之位，建靖難平戎之業，垂經天緯地之文，萃於厥躬〔一〇七〕，慶是全德，蓋四序之陽春，九州之咸、洛，品彙之應龍，人倫之姬旦〔一〇八〕。後之學者，其景行之云爾〔一〇九〕。

【校注】

〔一〕本篇原載《唐文粹》卷九一總五九七頁、《文苑英華》卷七〇六第一頁、清編《全唐文》卷七三〇第一六頁、《樊南文集詳注》卷七。又見《李文饒文集》卷首。《文苑英華》卷七〇六兼收鄭亞、李商隱之序，於卷末注云：「右《李德裕集》兩序，前篇鄭亞爲桂帥時所撰，今集用之，其後篇疑亞先委判官李商隱代作，亞復改定，故有異同。」《唐文粹》題作《唐丞相太尉衛國公李德裕會昌一品制集序》，此從《英華》及《全唐文》。〔徐箋〕今《一品集》序用此，乃鄭亞改定義山作也。典嚴正大，真燕、許手筆，較原作更爲得體，故附録之。〔馮箋〕題從《文粹》，而首有「丞相」二字，唐無其名，故删之（按：馮本題作《太尉衛國公李德裕會昌一品制集序》）。《舊書·鄭畋傳》：父亞，字子佐，聰悟絶倫，文章秀發。李德裕在翰林，以文干謁，深知之。餘詳《爲滎陽公桂州謝上表》。按：原稿非不華贍莊重，然大有矜持之態，且未全得體，一經點竄，氣象迥殊矣。文章之工拙，匪徒學問所爲，亦有氣局福分主之。是説也，余驗之久而益信。起結兩段全改，中間詞藻，取諸原本，而别運以清機。讀者細爲體味，可以得文章進境矣。

〔二〕綍，《文粹》作「紼」。《英華》注：文集、蜀集並作「紼」。〔按〕綍、紼通。

〔三〕〔馮注〕《書·冏命》：發號施令，罔有不臧。

〔四〕〔馮注〕《易》：雷電噬嗑，先王以明罰敕法。

〔五〕〔馮注〕《史記·太史公自序》：孔子作《春秋》，垂空文以斷禮義，當一王之法。

〔六〕工，《英華》《全文》作「王」，此從《文粹》《一品集》。〔補注〕《書·皋陶謨》：「無曠庶官，天工人其代之。」孔疏：「天不自治，立君乃治之；君不獨治，爲臣以佐之。」代工，謂人臣輔君，以代行天之使命。

〔七〕《英華》「相」下有「之」字。

〔八〕寖微寖長，《全文》《英華》作「寖以微長」，此從《文粹》《一品集》。

〔九〕〔徐注〕《新書·蘇瓌傳》：瓌子頲，襲父爵許國公，後與張説以文章顯，稱望略等，故時號燕、許大手筆。按：張説封燕國公。〔按〕餘詳上篇「玄宗有臣，曰説曰瓌」注。

〔一〇〕世，《全文》《英華》作「代」，此從《文粹》《一品集》。〔馮曰〕避諱也。〔徐注〕《新書》：楊炎，字公南，鳳翔天興人，遷中書舍人，與常衮同時知制誥，衮長於除書，而炎善德音。自開元後，言制詔者稱常、楊云。

〔一一〕實，《全文》《英華》作「時」，此從《文粹》。

〔三〕〔馮箋〕《舊書・李吉甫傳》：憲宗即位，劉闢反，帝命誅討之。計未決。吉甫密贊其謀，兼請廣徵江淮之師，由三峽路入，以分蜀寇之力。由是甚見親信。元和二年春，擢爲中書侍郎、平章事。至六年正月，自淮南節度授中書侍郎、平章事，封趙國公。至淮西節度吴少陽卒，子元濟請襲位，吉甫以爲淮西内地，不同河朔，且四境無黨援，國家常宿數十萬兵以守禦，宜因時而取之，始爲經度淮西之謀。九年冬，暴病卒。《新書・傳》：李錡在浙西請領鹽鐵，又求宣、歙，吉甫言：「錡不臣有萌，若益以鹽鐵之饒、采石之險，是趣其反也。」帝寤。劉闢拒命，高崇文圍鹿頭未下，吉甫言：「漢、晉、宋、梁凡五攻蜀，由江道者四。且宣、洪、蘄、鄂强弩，號天下精兵，請起其兵，擣三峽之虚，則賊勢首尾不救，崇文懼舟師成功，人有鬭志矣。」帝從之。劉闢平，吉甫功居多。又度李錡必反，曰：「錡，庸材，所畜乃亡命群盗，非有鬭志，討之必克。徐州嘗敗吴兵，江南畏之，若起其衆爲先鋒，可以絶除後患。韓弘在汴州，多憚其威，詔弘子弟率兵爲掎角，則賊不戰而潰。」從之。錡衆聞徐、梁兵興，果斬錡降。以功封贊皇縣侯，徙趙國公。自蜀平，帝鋭意欲取淮西。及元濟擅立，吉甫與帝意合。又請自往招元濟，苟不悛，得指授群帥俘賊以獻天子。不許，固請至流涕，帝慰勉之。會暴卒。按：李錡事，《舊書・傳》不載；《新書・傳》，平李錡在吉甫爲相後。今文皆作在内署時，則以阻其鹽鐵、宣歙之請也。元和十三年，討平淄青李師道，在吉甫卒後，所云「料齊」，二《書・傳》皆不載。《舊・傳》云：「及爲相，患方鎮貪恣，乃上言使屬郡刺史得自爲政。」《新・傳》云：「姑息藩鎮，有終身不易地者。吉甫爲相歲餘，凡易三十六鎮，殿最分明。」此所謂「卑諸侯」也。

〔一三〕〔馮注〕《舊書・紀》：穆宗睿聖文惠孝皇帝。

〔一四〕前，《英華》《文粹》作「傳」，誤。〔馮注〕《檀弓》：我未之前聞也。《舊書・李德裕傳》：穆宗即位，召入翰林充學士。禁中書詔，大手筆多詔德裕草之。長慶元年，轉考功郎中、知制誥。二年，轉中書舍人，學士如故。

〔一五〕〔馮注〕《舊書・傳》：初，德裕父吉甫，年五十出鎮淮南，五十四自淮南復相。今德裕鎮淮南，復入相，一如父之年，亦爲異事。

〔一六〕彤墀，《英華》注：集作「彤庭」。《一品集》同。

〔一七〕《伊訓》《説命》，《全文》《英華》作「伊尹、傅説」，此從《文粹》《一品集》。

〔一八〕〔馮注〕《史記・外戚世家》：景帝王夫人夢日入其懷，此貴徵也。生男即武帝。

〔一九〕見《爲汝南公華州賀南郊赦表》「奉郊禋以定天位」注。

〔二〇〕〔馮曰〕唐自再失河朔，終不能復，故以河朔修貢爲撫馭之盛事。

〔二一〕〔馮注〕會昌二年四月上尊號，注見前。按：此段原稿所無。今先叙太后祔廟爲引，而以兩次尊號之册，挈武宗一朝之始終，包諸詔書碑贊於内，尤見森嚴。

〔二二〕〔馮注〕陸機《辨亡論》：烽燧罕警，封域寡虞。

〔二三〕〔馮箋〕《舊書・武宗紀》：帝在藩時，頗好道術修攝之事。即位之秋，召道士趙歸真等八十一人於三殿修金籙道場，帝親受法籙。餘見《爲河南盧尹賀上尊號表》「鳳書招黃老之徒」注。

〔二四〕〔徐注〕《漢書》：高祖爲人，隆準而龍顏。《東觀漢記》：光武隆準日角。

〔二五〕以，《一品集》、徐本無此字。〔徐注〕《詩》：如山如河。《南史·江祐傳》：帝胛上有赤誌，晉壽太守王洪範罷任還，上袒示之，曰：「人皆謂此是日月相，卿幸無泄之。」

〔二六〕而，《文粹》《一品集》作「又」。腆，《英華》注：集作「坦」。《一品集》同。〔馮注〕腆然，疑「嘸然」之訛。《漢書·韓信傳》：諸將嘸然，陽應曰諾。〔按〕腆然，即腆顏，厚顏無恥貌。沈約《奏彈王源》：「明目腆顏，曾無愧畏。」率，順服。馮疑「嘸然」之訛，非。

〔二七〕宸，《一品集》作「神」。馮本從《一品集》。

〔二八〕〔馮注〕《爾雅》：疾雷爲霆。

〔二九〕遂，《英華》作「遽」。

〔三〇〕〔徐注〕《莊子》外篇：附贅懸疣，出乎形哉而移於性。《舊書》：俞文俊《上天后疏》：「人氣不和而疣贅生。」

〔三一〕〔馮注〕《禮記·月令》：春其臭羶，秋其臭腥。《國語》：子犯曰：「偃之肉腥臊。」《廣韻》：腥，豕臭肉；羶，羊臭。〔徐注〕《抱朴子》：誠欲遠彼腥膻，而即此清淨也。〔按〕腥膻，喻指西北邊異族。此謂回鶻分崩離析。

〔三二〕〔馮曰〕薊門，即范陽之地。

〔三三〕瘡痏，《一品集》作「長安並蒙」。

〔三四〕是，《全文》《英華》作「於」，據《文粹》《一品集》改。「帥」字下《全文》《英華》有「帥」字，據《文粹》删。《一品集》「帥」下有「張」字。

〔三五〕妖孽，《一品集》作「僭亂」。〔馮按〕《一品集》多訛字，今且並列之耳。

〔三六〕〔徐注〕《方言》：荆、淮、海岱，雜齊之間，罵奴曰臧，罵婢曰獲。齊之北鄙、燕之北郊，凡民男而聟婢謂之臧，女而婦奴謂之獲。亡奴謂之臧，亡婢謂之獲。皆異方罵奴婢之醜稱也。〔馮注〕《漢書·司馬遷傳》：臧獲婢妾。晉灼曰：臧獲，敗敵所被虜獲爲奴隸者。

〔三七〕盧龍，《一品集》作「陰山」，誤。〔徐注〕《魏志·田疇傳》：豈可賣盧龍之塞，以易爵賞？《魏書·地形志》：北平郡新昌縣有盧龍山。〔馮曰〕此叙破那頡啜，詳原稿。

〔三八〕叙，《一品集》作「顯」。

〔三九〕祇膺，《一品集》作「極涣汗」；膺，《文粹》作「應」，非。

〔四〇〕成，《一品集》作「彰」。

〔四一〕尊，《一品集》作「廣」。私，《一品集》作「爲」。

〔四二〕《全文》《英華》無「聖」字，據《文粹》《一品集》補。

〔四三〕「請爵争地，屢聞王庭」八字，《一品集》作「乃敢揚聲進討，拒命王庭」，誤。

〔四四〕將耀，《一品集》作「凝思奮」。

〔四五〕罄,《全文》《文粹》作「獻」,此從《英華》《一品集》。忠,《英華》注:集作「奇」。《一品集》同。

〔四六〕雄渠,馮云:當作「鬻拳」。拒,徐本作「抵」,馮云:當作「懼」。〔徐注〕《漢書·景帝紀》:吴王濞、膠西王卬、楚王戊、趙王遂、濟南王辟光、菑川王賢、膠東王雄渠皆舉兵反,諸將破七國,斬濞,卬及雄渠皆自殺。〔馮按〕舊本皆作「雄渠受戮」,徐氏引漢景帝時吴、楚七國反,中有膠東王雄渠以證之。今考《史》《漢》,皆止言雄渠與吴、楚反,漢擊破誅之,未嘗獨有他事也。《左傳》:「鬻拳强諫楚子,楚子弗從,臨之以兵,懼而從之。鬻拳曰:『吾懼君以兵,罪莫大焉。』遂自刖也。」文定用此事,言以兵懼君,由於忠愛,尚自納於刑,況稱兵作亂哉!《漢書·禮樂志》注:「抵,忤也,冒犯也。」亦可通。然若果用此事,則疑「懼」字之訛也。按:范寧《春秋穀梁傳序》:「《左氏》以鬻拳兵諫爲愛君。」況其乖大義也。與此引用之意相合。〔按〕馮校於八字之中連改三字,且絶無版本證據,實不可從。且鬻拳事與劉稹反叛情事毫不相似,迂曲作解,亦乖文意。徐氏引膠東王雄渠反叛事以證,切合劉稹身份情事,實無可疑。「拒」者,拒絶、抵制。吴、楚七國之反,爲拒削藩;劉稹之叛,則意圖世襲而拒歸朝之旨,其情事亦相類,不必更「獨有他事」也。

〔四七〕連,《英華》作「摇」。

〔四八〕有,《英華》注:一作「育」。誤。

〔四九〕徐本作「若可忍也」。

〔五〇〕〔馮注〕《史記·河渠書》：西門豹引漳水溉鄴，以富魏之河内。《水經注》：濁漳水出上黨長子縣西發鳩山，東過壺關縣北，故黎國也。有黎亭縣，有壺口關。清漳水出上黨沾縣西北少山大黽谷，至武安縣，南入於濁漳。

〔五一〕〔馮注〕《書》：「太行、恒山至于碣石。」《漢書·地理志》「常山郡」注曰：「恒山在西。避文帝諱，改常山。」漳水，謂魏博節度；常山，謂成德節度。

〔五二〕其，《文粹》作「於」。

〔五三〕〔馮注〕成德軍節度治恒州，元和十五年避穆宗名，改鎮州，故又稱鎮冀節度。

〔五四〕〔馮箋〕按：此述德裕奏請遣李回使諭魏帥何弘敬、鎮帥王元逵事。詳《爲李貽孫上李相公啓》「所謀者河朔遺事」句下注。此實克平昭義之要策，時亞亦從李回行。故較原稿所叙，更中要害。時告魏、鎮二帥，以王師不欲輕出山東，請公等取邢、洺、磁三州以報天子。二將聽命，皆櫜鞬道左，讓制使先行。事具史書。

〔五五〕〔馮注〕《水經注》濁漳水條下：枝水，俗謂之祗，一作泜水。水承白渠於稾縣之烏子堰。昔在楚、漢，陳餘不納左車之計，悉衆西戰，韓信遣奇兵自間道出，立幟於其壘，師奔失據，遂死泜上。

〔五六〕横，《英華》作「潢」，誤。

〔五七〕詳《爲河南盧尹賀上尊號表》「舉陶唐之故俗」句下注、《爲李貽孫上李相公啓》「此廟戰之功二也」句下注。

〔五八〕帥分，《英華》《文粹》作「師介」，誤。《英華》注：集作「師分」。亦誤。

〔五九〕玄祖，《英華辨證》：《英華》作「文王」，恐非。

〔六〇〕〔馮注〕彌牟，衛將軍文子也。《左傳》：哀公二十五年五月，衛褚師比、公孫彌牟、公文要、司寇亥、司徒期，因三匠與拳彌以作亂，皆執利兵，譟以攻公。衛侯出奔宋。二十六年，叔孫舒帥師會越臯如納衛侯，公不敢入，師還，立悼公，南氏相之。注曰：南氏即彌牟。○叙力主戰伐，以破群疑，較原稿更詳重。

〔六一〕繼，《一品集》作「奏」。

〔六二〕水，《文粹》作「兵」，誤。

〔六三〕尚，《英華》《文粹》作「紹」，誤。

〔六四〕《文粹》無「也」字。

〔六五〕〔馮曰〕上黨謂積，晉陽謂弁。

〔六六〕英，《英華》作「華」，誤。

〔六七〕輸，徐本作「貢」；賚，《一品集》作「寶」。

〔六八〕漠，《全文》《文粹》《一品集》均作「域」，此從《英華》。

〔六九〕大，《全文》《文粹》《英華》《一品集》均作「文」，據馮注本改。谷，《文粹》作「鹿」。

〔七〇〕策書，《英華》注：集作「史册」。《一品集》同。

〔七一〕〔馮曰〕此叙黠戛斯事，而兼及回鶻嗢没斯内附，皆詳原稿與《爲李貽孫上李相公啓》「列在周廬」句下注。

〔七二〕得，馮云：一作「傳」。

〔七三〕熟，《英華》注：一作「乾」。

〔七四〕手疏，《文粹》、集本、《一品集》作「疏于」。扆，《文粹》與集本作「衮」。《一品集》作「冕」。

〔七五〕傳，《英華》注：集作「賦」。《一品集》同。

〔七六〕〔徐注〕會昌五年也。

〔七七〕〔馮注〕《書》：左右常伯、常任。傳曰：常所長事，常所委任，謂三公六卿。《舊書·職官志》：龍朔二年，改尚書爲太常伯，侍郎爲少常伯。

〔七八〕三，《全文》作「二」，《一品集》作「一」。此從馮注本。〔馮曰〕《英華》《文粹》皆作「二」，今從《一品集》（作「三」）。〔按〕《叢刊》影明本作「一」不作「三」，馮氏所據未知何本。然按之事實，則擊回鶻之事確在會昌三年，下「四年誅狡童，詠東征之歌」可證此處爲會昌之具體紀年。

〔七九〕〔徐注〕《詩序》：《六月》，宣王北伐也；《東山》，周公東征也。

〔八〇〕移，《文粹》、集本、《一品集》均作「伐」。〔徐注〕《圓覺經》：清淨摩尼寶珠映于五色，隨方各現。注：性照圓明也。〔馮箋〕文以摩尼統言釋教也。又考《舊書·回鶻傳》，元和初，始以摩尼至。其法日晏食，飲水茹葷屏湩酪。《憲宗紀》：元和二年正月，回紇請於河南府、太原府置摩尼寺，許之。《武宗紀》：會昌三年，摩尼寺僧莊宅錢物，差官點檢抽收。蓋此寺僧皆回鶻人，始立於元和時，而會昌時亦毀之。《紀》文所謂大秦穆護祆僧，皆勒歸俗也。《通鑑》注曰：大秦穆護，又釋氏之外教，如回鶻摩尼之類。祆，胡神也。唐制，祠部歲祀磧西諸州火祆。《官品令》有祆正，蓋主祆僧也。《景教流行中國碑頌》：貞觀十二年，詔曰：「大秦國阿羅本遠將經像來獻上京，濟物利人，宜行天下。」所司於義興坊造大秦寺一所，度僧廿一人。《通鑑》：憲宗元和元年，回鶻入貢，始以摩尼偕來，於中國置寺處之。其法日晏乃食，食葷而不食湩酪。注：回鶻之摩尼，猶中國之僧也，其教與天竺又異。

〔八一〕〔徐注〕《後漢書·西域傳》：天竺國修浮屠道，不殺伐，遂以成俗。〔馮曰〕此謂拆寺之事，見《爲河南盧尹賀上尊號表》「鳳書招黄老之徒」句下注。

〔八二〕下，馮云：一作「神」。非。

〔八三〕采，《英華》注：集作「質」。《一品集》同，誤。

〔八四〕書，徐本作「文」。犬，《英華》作「天」，《一品集》作「太」，均誤。

〔八五〕爲，《文粹》作「于」，誤。

〔八六〕〔馮曰〕此一段與宣懿祔廟一段爲首尾。

〔八七〕功，《全文》《文粹》誤作「攻」，據《英華》改。《英華》注：（功伐）集作「攻閥」。《一品集》作「功閥」。均非。

〔八八〕〔馮曰〕與(李序)十五卷不同。

〔八九〕〔徐曰〕大中元年也。

〔九〇〕〔馮曰〕宣宗即位,德裕罷相,屢貶。至大中元年七月,再貶潮州司馬。此書至之時,已貶潮州矣。〔按〕馮箋誤。德裕貶潮州,在大中元年十二月戊午。《唐大詔令集》卷五八載《李德裕潮州司馬制》,文末署「大中元年十二月」,可證《舊·紀》書德裕貶潮州司馬於大中元年七月之誤,而《新·紀》及《通鑑》則是。

〔九一〕不究於,《英華》作「莫究其」。〔徐注〕《莊子》:黄帝游乎赤水之北,登於崑崙之丘,遺其玄珠,使知索之而弗得,使離朱索之而弗得,使喫詬索之而不得也,乃使象罔,象罔得(之)。

〔九二〕〔徐注〕《老子》:大音希聲。

〔九三〕恐,《文粹》、集本、《一品集》作「惴」。

〔九四〕修,徐本作「盡」,誤。

〔九五〕持,《全文》作「恃」,據《英華》《文粹》改。〔馮注〕《荀子》:天地無全功。按:此下全改,莊嚴團聚,大有東漢遺風。

〔九六〕兼,《英華》注:集作「堅」。誤。〔馮曰〕大名以人物言,字屢見。

〔九七〕温,徐本作「陽」,非。

〔九八〕洛陽,《文粹》《一品集》作「雒邑」。

〔九九〕見《爲舍人絳郡公鄭州禱雨文》「伏以旱魃爲虐，應龍不興」注。

〔一〇〇〕老，《文粹》、集本、《一品集》均作「師」。

〔一〇一〕〔馮曰〕以上以天地人物立論。

〔一〇二〕《英華》注：集本作「左右殷王」。

〔一〇三〕〔馮箋〕《史記·秦始皇本紀》：二十八年，上泰山，刻所立石，其辭曰云云。登之罘，立石頌德焉。登琅琊，立石刻頌秦德曰云云。二十九年，登之罘，刻石，其辭曰云云。三十二年，之碣石，刻碣石門，其辭曰云云。三十七年，上會稽，立石刻頌秦德，其文曰云云。

〔一〇四〕〔馮曰〕以上數語，應起段。

〔一〇五〕筆，《英華》作「華」。

〔一〇六〕巖廊，《文粹》作「巖廟」，集本、《一品集》作「廊廟」。〔馮注〕《漢書·董仲舒傳》：虞舜之時，遊於巖廊之上。文穎曰：巖廊，殿下小屋。晉灼曰：堂邊廡。巖廊謂嚴峻之廊也。

〔一〇七〕萃，《文粹》作「粹」，通。厥，《英華》作「直」。《一品集》連下句作「粹乎厥躬，由是人仰德」。

〔一〇八〕《一品集》、集本「旦」下有「也」字。〔馮曰〕純是東京法度。

〔一〇九〕《文粹》、集本、《一品集》均無「云爾」二字。《文粹》「景」下脱「行」字。

〔愛新覺羅·玄燁曰〕本以讚德裕之製作，而益見國家功德之崇隆。品裁宏廓，筆墨皆靈。（《古

文評論・鄭亞文》）

〔蔣士銓曰〕《文苑英華》載《衛公集序》凡二：其一即是篇；其一爲李商隱代滎陽公作。中間十同七八，但首尾迥異。今《一品集》及《文粹》皆用此篇，當是商隱代作後或經（鄭）亞改定耳。二作相較，此篇似爲有體，故録之。李公集有《與鄭中丞書》，所謂「公書至自洛」者是也。今此序全本其意。○別具一格，可襲取其模式而變通之，存此以備一格。○（「考肆覲之禮於梁生，取封禪之書於犬子」眉批）唐人有此對法，使後人爲此必詫之矣。「犬子」二字對復不巧。（《忠雅堂評選四六法海》卷六）

## 爲滎陽公謝賜冬衣狀〔一〕

右，中使某至，奉宣恩旨，賜臣冬衣一副、大將衣四副，兼賜臣手詔一通者。八行帝語〔二〕，窅降于重霄；一襲天衣〔三〕，俯迴于窮節〔四〕。臣當時準詔給散訖。臣叨蒙重寄，適控遐陬。地雖五鎮之衝〔五〕，氣得四時之正。每玄冥應律〔六〕，顓頊司辰〔七〕，當一日之鑿冰，則殊豳野〔八〕；及兩楹之飛雪，無異朔山〔九〕。重以賨布少温〔一〇〕，蠻緜乏暖〔一一〕，方求麗密〔一二〕，以禦嚴凝〔一三〕；豈望司服頒衣〔一四〕，貴臣傳詔。綾裁飛鵠〔一五〕，絮裛仙蠶〔一六〕，白分椒壁之光〔一七〕，紫奪蘭芽之色〔一八〕。已均下將，仍逮連營。晏子狐裘故弊，何彰于國儉〔一九〕；王恭鶴氅風流，不自于君恩〔二〇〕。被服有輝，負戴無力。謹當上宣殊渥，下拊多寒〔二一〕，均大詔于瑯琊〔二二〕，變無襦于蜀郡〔二三〕。纚令康泰，以塞貪叨〔二四〕。臣與大將等無任望闕感恩抃舞屏營之至。

【校注】

〔一〕本篇原載《文苑英華》卷六三三第五頁、清編《全唐文》卷七七三第一頁、《樊南文集詳注》卷二。〔馮校〕（「滎陽公」下）一有「桂州」字。〔按〕馮譜、張箋均編大中元年，置於《爲滎陽公進賀冬銀乳白身狀》之後、《樊南甲集序》之前。此狀正式上奏，固必待朝廷所賜冬衣到達桂林以後。然商隱是年十月十二日已在奉使江陵途中（《樊南甲集序》作于十月十二日，中有「削筆衡山，洗硯湘江」語，可證其時商隱已抵衡湘一帶），其自桂林啓程當在九月末或十月初。故此等例行公文當在啓程前即已草就備用。今訂本文作于大中元年九月末或十月初。

〔二〕見《爲安平公謝端午賜物狀》注〔一〇〕。

〔三〕〔馮注〕梁簡文帝《望同泰寺浮圖詩》：「天衣盡六銖。」字習見佛書、道書，而帝王之服每曰「天衣」。餘詳《爲安平公謝端午賜物狀》注〔一〕。〔按〕此「天衣」猶仙衣，喻指皇帝所賜之衣，非帝王所服之衣。

〔四〕〔馮注〕《月令》：季冬，日窮于次，月窮于紀。〔徐注〕顔延之詩：徂生入窮節。〔按〕據此，朝廷冬衣當在季冬前到達。表爲預擬可知。

〔五〕〔徐注〕《新書・地理志》：永徽後，以廣、桂、容、邕、安南府皆隸廣府都督統攝，謂之五府節度使，名五管。〔馮注〕《舊書・志》：嶺南道五管，廣州刺史充嶺南五府經略使，統桂管、容管、安南、邕管四經略使。〔按〕此言桂林地當五府之衝要，蓋赴容管、邕管、安南必經之地。

〔六〕〔補注〕《禮記・月令》：「（孟冬、仲冬、季冬之月）其帝顓頊，其神玄冥。」玄冥，冬神。

〔七〕〔徐注〕《禮記》：孟冬之月，其帝顓頊。

〔八〕〔徐注〕《詩・豳風》：二之日，鑿冰沖沖。

〔九〕〔徐注〕鮑照詩：胡風吹朔雪，千里度龍山。集君瑶臺上，飛舞兩楹間。范成大《桂海虞衡志》：靈川、興安之間有嚴關，朔雪至此輒止，大盛則度關至桂州城下，不復南矣。北城舊有樓曰「雪觀」，所以夸南州也。

〔一〇〕〔馮注〕《後漢書・南蠻傳》：秦置黔中郡，漢改武陵，歲令大人輸布一匹，小口二丈，是謂「賨布」。《晉書・食貨志》：夷人輸賨布户一匹，遠者或一丈。

〔一一〕〔徐注〕左思《吴都賦》：鄉貢八蠶之緜。善曰：劉欣期《交州記》云：「一歲八蠶繭，出日南也。」〔馮注〕按：嶺南以木棉花爲布，《南史》「海南諸國出古貝木花，如鵝毳，紡之作布」是也。後乃俗呼爲吉貝。二句似兼可指此。

〔一二〕〔馮注〕《漢書・王褒傳》：夫荷旃被毳者，難與道純緜之密麗。

〔一三〕〔徐注〕《禮記》：天地嚴凝之氣，始於西南而盛於西北。

〔一四〕〔徐注〕《周禮·春官》有司服。

〔一五〕〔馮注〕《晉書·盧志傳》：帝賜志鶴綾袍一領。鵠、鶴通。謝惠連詩：客從遠方來，贈我鶴文綾。《舊書·董晉傳》：在式朝官皆是綾袍衹。按：唐制，袍三品以上服綾，鵠則袍上之紋。

〔一六〕絜，《英華》注：集作「素」。仙蠶，見《爲安平公謝端午賜物狀》注〔三〕。

〔一七〕〔徐注〕《漢官儀》：以椒塗室，取其温煖。《晉書·石崇傳》：崇塗屋以椒。《初學記》：漢省中皆胡粉塗壁。〔馮曰〕句意兼用之。

〔一八〕〔徐注〕鮑照《白紵歌》：桃含紅萼蘭紫芽。〔按〕此謂袍色紫，紫爲三品之服，見《新書·車服志》。

〔一九〕故弊，《英華》注：一作「舊飾」。何，《英華》注：一作「故」。〔徐注〕《禮記》：晏子一狐裘三十年。曾子曰：「國奢則示之以儉，國儉則示之以禮。」

〔二〇〕〔徐注〕《晉書》：王恭披鶴氅，涉雪而行。

〔二一〕〔徐注〕《左傳》：申公巫臣曰：「師人多寒。」王巡三軍，拊而勉之，三軍之士，皆如挾纊。

〔二二〕〔馮注〕《漢書·朱博傳》：遷瑯琊太守。齊部舒緩，勅功曹：「官屬多褎衣大袑，不中節度，自今掾史衣皆去地三寸。」師古曰：袑音紹，謂大袴也。

〔二三〕見《爲濮陽公陳許舉人自代狀》注〔一二〕。

〔二四〕〔徐注〕《後漢書·梁冀傳》：皆貪叨凶淫。

## 爲滎陽公進賀冬銀等狀〔一〕

右臣伏以黄鍾應候〔二〕，白琯舒和〔三〕。近訪晉儀，禮同元日〔四〕；遐觀魯史，事重朔朝〔五〕。伏惟皇帝陛下，與天同休，如日之盛。將融漢道〔六〕，兼舉周正〔七〕。臣方駕廉車，闕稱壽酒。心懸土炭，空循太史之書〔八〕；身遠江湖，徒積子牟之戀〔九〕。苟無納賮，曷慶履長〔一〇〕？前件銀等〔一一〕，稟和于天地之爐〔一二〕，擢粹于神仙之府〔一三〕，豈爲方賄〔一四〕，且自地征〔一五〕。對三品之金〔一六〕，庶陪白璧；廁一丸之藥〔一七〕，請暎玄霜〔一八〕。私白身等〔一九〕，雖長在遐鄉，而生知望闕，比從訓示，堪備指呼。冀因物以達誠，竊先時而效祝。七百年之卜，願過成周〔二〇〕；八千歲爲春，敢徵蒙叟〔二一〕。干冒陳進，兢越無任。

**【校注】**

〔一〕本篇原載《文苑英華》卷六四〇第六頁、清編《全唐文》卷七七三第四頁、《樊南文集詳注》卷二。題内「銀等」二字，《英華》注：集作「銀乳白身」；「滎陽公」下，馮云：一有「桂州」字。馮譜、張箋均編大中元年，置《樊南甲集序》前。〔按〕賀冬銀須於冬至日前送達京師，是年冬至日在十一月初十。則賀冬銀之自桂林啓運當在十月上旬左右，商隱九月末或十月初奉使江陵前須將賀狀擬就備用。

〔二〕〔徐注〕《禮記》：仲冬之月，律中黄鍾。

〔三〕〔徐注〕《大戴禮》：舜以天德嗣堯，西王母來獻（其）白琯。《後漢書·律曆志》：候氣之法，殿中候玉律十二，惟二至乃候。《晉書·律曆志》：舜時西王母獻昭華之琯，以玉爲之。及漢章帝時，零陵文學史奚景於泠道舜祠下得白玉琯，度以爲尺，相傳謂之漢官尺。〔補注〕舒和，舒發陽和之氣。冬至後白天漸長，古人以爲陽氣初動，故稱冬至爲「一陽生」。《易·復》「后不省方」孔穎達疏：「冬至一陽生，是陽動用而陰復於静也。」

〔四〕〔徐注〕《晉書·禮志》：魏、晉冬至日受方國及百僚稱賀，因小會，其儀亞於獻歲之旦。

〔五〕〔徐注〕《左傳》：公既視朔，遂登觀臺以望而書，禮也。

〔六〕〔徐注〕謝莊《月賦》：淪精而漢道融。善曰：融，明也。

〔七〕〔馮注〕周正建子，冬至之月。

〔八〕循，《英華》注：集作「思」。〔馮注〕《史記·天官書》：冬至短極，縣土炭。孟康曰：先冬至三日，縣土炭于衡兩端，輕重適均。冬至日陽氣至則炭重，夏至日陰氣至則土重。晉灼曰：蔡邕《律曆記》：「候鍾律權土炭，冬至陽氣應黄鍾通，土炭輕而衡仰；夏至陰氣應蕤賓通，土炭重而衡低。進退先後，五日之中。」《漢書·天文志》同。《李尋傳》：致治感陰陽，猶鐵炭之低昂。孟康曰：以鐵易土耳。先冬、夏至，縣鐵炭于衡各一端，令適停。冬陽氣至，炭仰而鐵低；夏陰氣至，炭低而鐵仰。以此候二至也。《淮南子》：陽氣爲火，陰氣爲水，水勝故夏至濕，火勝故冬至燥，燥故灰輕，濕故灰重。按：今本《史》《漢》作「土炭」，而《後漢書·志》《晉書·志》作「土灰」，《淮南子》作「灰」，或作「炭」，而諸解不能合一。唐王起《懸土炭賦》已主「冬至炭重，夏至土重」爲定論矣。

〔九〕〔馮校〕積，一作「切」，誤。〔馮注〕《莊子》：中山公子牟身在江海之上，心居魏闕之下。注曰：魏之公子，封中山名牟。

〔一〇〕〔徐注〕《玉燭寶典》：冬至日極南，景極長，陰陽日月萬物之始，律當黄鍾，其管最長，故有履長之賀。曹植《冬至表》：亞歲迎祥，履長納慶。

〔一一〕等，馮注本作「乳」。

〔一二〕〔馮校〕稟和，《文載》作「和鎔」。〔徐注〕賈誼《鵩鳥賦》：天地爲爐兮造化爲工，陰陽爲炭兮萬物爲銅。

〔一三〕〔徐注〕《後漢書·竇章傳》注：蓬萊，海中神山，爲仙府，幽經秘録並皆在焉。案：此爲石鍾乳，觀下文「厠一丸之藥」可知。〔馮曰〕凡名山皆可謂神仙之府。

〔一四〕〔馮注〕《史記·孔子世家》：昔武王克商，通道九夷百蠻，使各以其方賄來貢。〔補注〕《逸周書・明堂》：「頒度量而天下大服，萬國各致其方賄。」方賄，土産，地方所産之財物。

〔一五〕〔徐注〕《周禮・大司徒》：制天下之地征。案《新書・地理志》：嶺南諸州，皆貢銀。韶、連二州，貢鍾乳。〔馮注〕柳宗元《乳穴記》：楚越之山多産石鍾乳，於連於韶者獨名於世。〔按〕《桂海虞衡志》：桂林山中，洞穴最多，所産鍾乳。

〔一六〕〔徐注〕《書》：揚州，厥貢惟金三品。

〔一七〕厠，《英華》作「撰」，注：集作「厠」。〔馮注〕魏文帝詩：西山一何高，高高殊無極。上有兩仙童，不飲亦不食。與我一丸藥，光耀有五色。

〔一八〕〔馮注〕《御覽》引《漢武内傳》：西王母曰：「仙之上藥，有玄霜絳雪。」〔徐注〕《太平廣記》：裴航至藍橋驛，見雲英。航曰：「願納厚禮，妻之可乎？」嫗乃使求玉杵、臼，杵刀圭藥，百日，以女妻之，超爲上仙。詩曰：「玄霜擣盡見雲英。」玄霜，藥名也。

〔一九〕〔徐校〕私，一作「乳」，非。〔徐注〕《舊書・敬宗紀》：寶曆二年，詔朝官及方鎮人家不得置私白身。《王元逵傳》：段氏進食二千盤，并御衣戰馬、公主妝奩及私白身、女口等。《新書・宦者傳》：是時諸道歲進閹兒，號「私白」，閩、嶺最多。

〔二〇〕〔馮注〕《左傳》：成王定鼎于郟鄏，卜世三十，卜年七百。

〔二一〕〔徐注〕《莊子》：上古有大椿者，以八千歲爲春，八千歲爲秋。《史記》：莊子者，蒙人也，嘗爲蒙漆園吏。

# 爲滎陽公進賀正銀狀〔一〕

伏以運當聖日，節在王春〔二〕。近則入金門而排玉堂〔三〕，歡於上壽〔四〕；遠則梯重山而浮漲海〔五〕，務以獻琛〔六〕。臣受國恩深，守藩地阻。明珠大貝〔七〕，南異于百蠻〔八〕；翠羽犀皮〔九〕，北殊于三楚〔一〇〕。前件銀出非大冶〔一一〕，貨在中金〔一二〕，敢以元正，式陳方賄〔一三〕。望闕憶銀臺之峻，尚隔仙寮〔一四〕；瞻天仰銀漢之流，莫階霄路〔一五〕。馳心獻祝，因物達誠，干冒宸嚴，不任兢越。

【校注】

〔一〕本篇原載《文苑英華》卷六四〇第二頁、清編《全唐文》卷七七三第三頁、《樊南文集詳注》卷二。馮譜、張箋均繫大中元年。馮譜置《樊南甲集序》前，張箋置《樊南甲集序》後。〔按〕賀正銀最遲須在大中元年十二月初自桂林啓送，而此時商隱方奉使江陵。故此狀亦應爲奉使江陵前預擬，繫大中元年九月末或十月初。馮編《樊南甲集序》前，較得其實。

〔二〕〔徐注〕杜甫詩：「王春度玉墀。」〔補注〕《公羊傳·隱公元年》：「元年春，王正月。……春者何?歲之始也;王者孰謂?謂文王也。」

〔三〕〔徐注〕揚雄《解嘲》:歷金門上玉堂有日矣。〔補注〕金門,即金馬門,漢宮門名,學士待詔之處,門旁有銅馬,故名。玉堂,漢宮殿名,在建章宮南。

〔四〕〔馮注〕《史記·表》:《大事記》:「未央宮成,置酒前殿,太上皇輦上坐,帝奉玉卮上壽,殿上稱萬歲。」又《叔孫通傳》:諸侯王以下至吏以次奉賀畢,復置法酒。諸侍坐殿上皆伏抑首,以尊卑次起上壽。觴九行,謁者言罷酒。

〔五〕〔徐注〕謝承《後漢書》:交阯七郡土獻皆從漲海出入。《南史》:扶南國東界即大漲海。韓愈《潮州謝上表》:州南近界漲海連天。〔馮注〕《初學記》:案南海,大海之別有漲海。《隋書·志》:龍川郡海豐縣有漲海。《舊書·志》:循州海豐縣南五十里,即漲海,渺漫無際。宋顏延之序:棧山航海,踰沙軼漠之貢。梁王僧孺謝啓:航海梯山,獻琛奉貢。〔補注〕梯,登也。

〔六〕〔徐注〕《詩》:憬彼淮夷,來獻其琛。〔補注〕毛傳:「琛,寶也。」

〔七〕〔徐注〕《晉書·華譚傳》:譚曰:「明珠文貝,生於江鬱之濱。」《書》:大貝鼖鼓,在西房。〔馮注〕《禮斗威儀》:德至淵泉,則江海出明珠。《爾雅》:貝大者魧。注曰:大貝如車渠。車渠謂車輞,即魧屬,出日南。《南越志》:土産明珠大貝。

〔八〕〔徐注〕《詩》:因時百蠻。《隋書·南蠻傳序》:南蠻雜類,與華人錯居,曰蜒,曰獽,曰俚,曰獠,曰㐌。俱無君長,隨山洞而居,古先所謂百越是也。〔馮曰〕此謂不如廣州、安南多珠貝之産。

〔九〕〔馮注〕《周書》：湯使伊尹爲四方獻令，正南甌鄧、桂國、損子、産里、百濮、九菌，請令以珠璣、瑇瑁、象齒、文犀、翠羽、菌鶴、短狗爲獻。孔晁注：六者南蠻之別名。《左傳》：晉公子重耳對楚子曰：「羽毛齒革，則君地生焉。」

〔一〇〕〔徐注〕《（文選）·阮籍〈詠懷詩〉》：三楚多秀士。善曰：孟康《漢書注》：「舊名江陵爲南楚，吴爲東楚，彭城爲西楚。」翰曰：三楚謂楚文王都郢，昭王都鄀，考烈王都壽春。

〔一一〕〔徐注〕《莊子》：大冶鑄金，金踊躍曰：「我且必爲鏌鋣。」大冶必以爲不祥之金。〔馮注〕《莊子》：今以天地爲大鑪，以造化爲大冶，惡乎往而不可哉！

〔一二〕〔徐注〕《漢書·食貨志》：金有三等：黄金爲上，白金爲中，赤金爲下。孟康曰：白金，銀也；赤金，丹陽銅也。

〔一三〕方賄，見上篇注〔一四〕。〔補注〕《新唐書·地理志》：「桂州……土貢：銀、銅器、麖皮鞾、簟。」

〔一四〕峻，《全文》作「嶠」，據《英華》改。隔，《英華》注：集作「阻」。寮，《英華》作「僚」，誤。〔徐注〕《後漢書·張衡傳》：《思玄賦》曰：「聘王母於銀臺兮，羞玉芝以療飢。」注：銀臺，仙人所居也。郭璞《遊仙詩》：神仙排雲出，但見金銀臺。〔馮注〕此謂銀臺門内翰林學士院也。李肇《翰林志》：翰林院在銀臺門北，麟德殿西厢重廊之後。學士院在翰林之南，別户東向，引鈴門外，雖宣事不敢入。

〔一五〕銀,《英華》注:集作「河」。〔馮注〕《白帖》:天河謂之天漢、銀漢、銀河。

## 爲滎陽公上白相公杜相公崔相公韋相公鳳翔崔相公賀正啓〔一〕

伏以律中太蔟〔二〕,月貞孟陬〔三〕,迎祥既積於元正〔四〕,善祝方資於難老〔五〕。伏惟相公,金相轉瑩〔六〕,玉德踰貞〔七〕。小甘茂之十官〔八〕,倅叔敖之三相〔九〕。使巖廊之上〔一〇〕,永作吾家;挻埴之功〔一一〕,長爲己任。某方臨戎鎮〔一二〕,拜賀末由。攀戀禱祠,不任丹懇。伏惟鑒察。

【校注】

〔一〕本篇原載清編《全唐文》卷七七六第七頁、《樊南文集補編》卷七。題内「滎」字,《全文》作「濮」,從錢校改。「韋」字,《全文》作「馬」,據岑仲勉説改。〔錢箋〕考《新書·宰相表》,白敏中於會昌六年五月同平章事。杜悰於會昌四年閏七月同平章事,五年五月爲尚書右僕射。崔元式於大中元年三月同平章事。馬植於大中二年正月同平章事,而《舊唐書·紀》於會昌六年六月已書以户部侍郎本官同平章事。又《舊(當作「新」)唐書·崔珙傳》:會昌初同平章事,坐保護劉從諫,貶澧州、恩州。宣宗即位,召還爲太子賓客,出爲鳳翔節度使。是五相同時,當在大中初年，與鄭亞觀察桂管年正相及。若王茂元則會昌三（底本誤「二」，今改正）年已卒，不可强通矣。〔張箋〕（大中二年）五月，户部侍郎、鹽鐵轉運使馬植本官同平章事。附考云：馬植本年五月入相，李回貶湖南在二月，《補編》有《爲湖南座主隴西公賀馬相公登庸啓》可證，錢氏據《表》謂（馬登庸）在正月，誤矣，至《舊・紀》又錯出於會昌六年六月，則尤不足據。此「馬相公」（指本篇題内之「馬相公」）必有訛，否則係後來追稱。杜相公上亦應有「西川」字。（張箋繫本文於大中元年冬，置本年編年文之最後。）〔岑曰〕鄭亞居桂管先後只一年，則賀正必二年之正。今據《新書・宰相表》，元、二年間之宰相，尚有韋琮，不應缺漏。馬植二年五月始相，相公雖可追稱，然試問啓中「伏惟相公……小甘茂之十官，倅叔敖之三相」，能適用於致植之箋乎？「馬」字直是「韋」訛。崔相公則兼門下之元式及河中之鉉也。時（杜）悰方在東川，作「西川」亦誤。（《平質》丁失鵠七）〔按〕岑説甚是。馬植大中二年五月始拜相，作此啓時植尚爲刑部侍郎（大中二年二月商隱有《爲滎陽公上馬侍郎啓》），何得與其他諸相並列？此「馬相公」必「韋相公」之訛。自大中元年三月起，商隱爲鄭亞代擬上韋琮之狀有《爲滎陽公謝集賢韋相公狀》《爲滎陽公上集賢韋相公狀一》《爲滎陽公上集賢韋相公狀二》《爲滎陽公上集賢韋相公狀三》，於離京、抵潭、到桂、賀加集賢殿學士等，均分别上狀，何獨此賀正啓獨遺正在宰相任之韋琮，此絶不可能之事。今從岑説，改題内「馬相公」爲「韋相公」。又，賀正啓須在大中二年正月初一前到達朝廷，自桂林發出至遲不得過元年十二月初，而彼時商隱正在江陵，故此啓亦爲大中元年九月末或十月初商隱奉使江陵前預擬，張置《樊南甲集序》後，小疏。

〔二〕〔補注〕《禮記·月令》：「孟春之月……律中太蔟，其數八。」注：「律，候氣之管，以銅爲之。中，猶應也。孟春氣至，則太蔟之律應。應，謂吹灰也。」按：古人將十二律與十二月相配，太蔟配正月，故以太蔟爲正月之别稱。《吕氏春秋·音律》：「太蔟之月，陽氣始生，草木繁動。」高誘注：「太蔟，正月。」

〔三〕〔錢注〕《爾雅》：正月爲陬。《楚辭·離騷》：攝提貞于孟陬兮。〔補注〕貞，正。

〔四〕〔錢注〕崔瑗《三珠釵箴》：元正上日，百福孔靈。

〔五〕〔補注〕《禮記·檀弓下》：「晉獻文子成室，晉大夫發焉。張老曰：『美哉輪焉，美哉奂焉！歌於斯，哭於斯，聚國族於斯。』文子曰：『武也，得歌於斯，哭於斯，聚國族於斯，是全要領以從先大夫於九京也。』北面再拜稽首。君子謂之善頌善禱。」《詩·魯頌·泮水》：「既飲旨酒，永錫難老。」難老，長壽。

〔六〕〔補注〕王逸《〈離騷〉序》：「所謂金相玉質，百世無匹，名垂罔極，永不刊滅者矣。」《詩·大雅·棫樸》：「追琢其章，金玉其相。」毛傳：「相，質也。」

〔七〕貞，《全文》作「資」，涉上文「資」字而誤。〔錢曰〕疑當作「貞」。〔按〕錢校是，兹據改。〔錢注〕《初學記》：《吴先賢傳·上虞令史胄讚》曰：「猗猗上虞，金鎣玉貞。」〔補注〕《禮記·聘義》：「君子比德於玉焉，温潤而澤，仁也。」《梁書·王僧辯傳》：「金相比映，玉德齊温。」

〔八〕〔錢注〕《戰國策》：楚王問於范環曰：「寡人欲置相於秦，甘茂可乎？」對曰：「惠王之明，武王之察，張儀之好譖，甘茂事之，取十官而無罪，茂誠賢者也。」

〔九〕〔錢注〕《史記·循吏傳》：孫叔敖三得相而不喜，知其材自得之也。《周禮·戎僕》注：倅，副也。〔補注〕倅，以之爲倅。

〔一〇〕〔錢注〕《漢書·董仲舒傳》：蓋聞虞舜之時，游於巖廊之上，垂拱無爲，而天下太平。〔補注〕巖廊，高峻之廊廡。此指朝廷。桓寬《鹽鐵論·憂邊》：「今九州同域，天下一統，陛下優游巖廊，覽群臣極言。」

〔一一〕〔錢注〕《老子》：埏埴以爲器。〔補注〕埏埴，和泥製作陶器。喻宰相陶冶培植之功。

〔一二〕〔錢注〕《舊唐書·李叔明傳》：代宗以戎鎮重寄許之。

## 爲滎陽公上荆南鄭相公狀二〔一〕

不審近日尊體何如？道濟明時，德彰暗室〔二〕。固已神祇薦祉〔三〕，寒暑均和。竊料寢興〔四〕，常保休祜〔五〕。下情無任抃慰之誠。近者上臺〔六〕，出爲外相〔七〕。伏思元老〔八〕，已注宸心。況十叔相公師律克貞〔九〕，功成允懋〔一〇〕。運籌調鼎〔一一〕，已著於他年；反風起禾〔一二〕，更在於今日。不唯宗族，實係蒸黎。伏惟俯爲休明〔一三〕，善加頤養〔一四〕。某實無材術，叨處察廉。惟當規奉上游〔一五〕，因依下顧〔一六〕。庶將兢惕，以免悔尤。尋欲慎擇時才，式將好幣〔一七〕。屬楚南越北〔一八〕，苦異繁華；捆載橐裝〔一九〕，更無珍妙〔二〇〕。又虞菲廢〔二一〕，以辱藩條。靦冒之誠〔二二〕，陳喻無所。李支使商隱〔二三〕，雖非上介〔二四〕，曾受殊恩。常願拜叔子於荆州，更諮魯史〔二五〕；謁季長於南郡，重議《齊論》〔二六〕。抒其投迹之心〔二七〕，遂委行人之任〔二八〕。其他誠款，附以諮申。伏惟俯賜恩察。

【校注】

〔一〕本篇原載清編《全唐文》卷七七四第五頁、《樊南文集補編》卷三。〔張箋〕案《樊南甲集序》：「冬如南郡。」《乙集序》：「余爲桂林從事日，嘗使南郡。」集有《自桂林奉使江陵途中感懷寄獻尚書》詩，自注：「公與江陵相國韶叙叔姪。」「韶」當是「譜」誤。時鄭肅節度荆南，與鄭亞同宗，義山奉亞命往使。〔按〕《樊南甲集序》作于大中元年十月十二日，時商隱「削筆衡山，洗硯湘江」，舟行至衡湘一帶。此狀係自桂林啓程前商隱爲鄭亞代擬，於抵江陵時面呈鄭肅者。當作於九月末或十月初。張氏《會箋》置於《樊南甲集序》之前，是。

〔二〕〔錢注〕《宋書·阮長之傳》：一生不侮暗室。〔補注〕劉向《列女傳·衛靈夫人》：「靈公與夫人夜坐，聞車聲轔轔，至闕而止，過闕復有聲。……夫人曰：『此蘧伯玉也……衛之賢大夫也，仁而有智，敬以事上。此其人必不以闇昧廢禮，是以知之。』」駱賓王《螢火賦》：「類君子之有道，入暗室而不欺。」

〔三〕〔錢注〕《宋書・禮志》：百神薦祉。

〔四〕〔補注〕《詩・衛風・氓》：「夙興夜寐。」寢興，猶起居。

〔五〕〔錢注〕班固《西都賦》：究休祐之所用。〔補注〕休祐，吉慶。

〔六〕〔錢注〕《北史・孫紹傳》：主案舞筆於上臺。〔補注〕《晉書・天文志上》：「三台六星，兩兩而居……在人曰三公，在天曰三台，主開德宣符也。西近文昌二星曰上台。」此「上臺」即「三台」中之上台，喻指三公宰輔等重臣。

〔七〕〔錢注〕《晉書・羊祜傳論》：超居外相，宏總上流。〔補注〕《新唐書・鄭肅傳》：「（會昌）五年，以檢校尚書右僕射同中書門下平章事，與李德裕叶心輔政。宣宗即位，遷中書侍郎，罷爲荆南節度使。」出爲外相即指罷爲荆南節度使。蓋緣其與德裕叶心輔武宗之故。

〔八〕〔補注〕《詩・小雅・采芑》：「方叔元老，克壯其猶。」毛傳：「元，大也。五官之長，出於諸侯，曰天子之老。」

〔九〕〔補注〕《易・師》：「師貞，丈人，吉，無咎。」孔疏：「師，衆也；貞，正也。」師律克貞，謂軍隊紀律嚴正。

〔一〇〕〔補注〕懋，盛大。

〔一一〕〔補注〕《史記・高祖本紀》：「夫運籌策帷帳之中，決勝於千里之外，吾不如子房。」又《殷本紀》：「伊尹名阿衡。阿衡欲干湯而無由，乃爲有莘氏媵臣，負鼎俎，以滋味説湯，致于王道。……湯舉任以國政。」《韓詩外傳》卷七：「伊尹……負鼎操俎調五味，而立爲相，其遇湯也。」運籌調鼎，指任宰相籌畫國事。

〔一二〕〔補注〕《書·金縢》：「王出郊，天乃雨，反風，禾則盡起。」《後漢書·和帝紀》：「成王出郊而反風。」李賢注：「成王疑周公，天乃大風，禾則盡偃；王乃出郊祭，天乃反風起禾。」此以周公見疑於成王，復釋疑而重新倚任，喻鄭肅將重新被宣宗任用爲相。

〔一三〕惟，《全文》作「爲」，涉下「爲」字而誤。錢校據胡本改正，兹從之。〔補注〕《左傳·宣公三年》：「楚子問鼎之大小、輕重焉，對曰：『在德不在鼎。……德之休明，雖小，重也。』」休明，此指美好清明之盛世。

〔一四〕〔錢注〕《漢書·食貨志》：酒者，天之美禄，帝王所以頤養天下。〔補注〕《後漢書·馬融傳》：「夫樂而不荒，憂而不困，先王所以平和府藏，頤養精神，致之無疆。」

〔一五〕上游，見《爲滎陽公上荆南鄭相公狀一》注〔一〇〕及本篇注〔七〕。

〔一六〕〔錢注〕《宋書·王僧達傳》：不能因依左右。

〔一七〕〔錢注〕《國語》：若諸侯之好幣具，而導之以訓辭，寡君其可以免罪於諸侯，而國民保焉。〔補注〕式將，敬持。

〔一八〕見《爲滎陽公上弘文崔相公狀二》注〔三〕。〔補注〕楚南，指荆南，即江陵；越北，指桂林。

〔一九〕〔錢注〕《管子》：垂橐而入，攟載而歸。《史記·陸賈傳》：尉佗賜陸生橐中裝，直千金。

〔二〇〕〔錢注〕徐淑《答秦嘉書》：察天下之珍妙。

〔二一〕〔補注〕《禮記·坊記》：「故君子不以菲廢禮。」菲，微薄。

〔二二〕〔錢注〕《顔氏家訓》：靦冒人間，不敢墜失。〔補注〕靦冒，慚愧冒昧。

〔二三〕〔錢注〕本集《樊南甲集序》：大中元年，被奏入嶺，當表記。冬，如南郡。支使，見《爲尚書濮陽公涇原讓加兵部尚書表》注〔三〕引《新唐書·百官志》。

〔二四〕〔補注〕《儀禮·聘禮》：「宰執書告備具于君，授使者，使者受書授上介。」上介，古代外交使團之副使或軍政長吏之高級助理。非上介，此切「支使」，其地位在副使之下。

〔二五〕荆，《全文》作「蓟」。據錢校改。〔錢校〕「蓟」當作「荆」。《晉書·羊祜傳》：祜字叔子，都督荆州諸軍事。按：合下二句觀之，乃用江陵故事，「蓟」必「荆」之誤也。然注《左傳》者，乃杜預非羊祜，或義山偶誤憶耶？〔補注〕魯史，指《春秋》。

〔二六〕長，《全文》作「良」，據錢校改。〔錢校〕「良」當作「長」。《後漢書·馬融傳》：融字季長，桓帝時，爲南郡太守。才高學博，爲世通儒，注《孝經》、《論語》、《詩》、《易》、三《禮》、《尚書》。〔補注〕漢時《論語》有今文《齊論》《魯論》及古文《古論》三家。傳《魯論》者夏侯勝、蕭望之、韋賢及其子玄成。漢末，鄭玄就《魯論》篇章考之《齊論》《古論》作注，鄭注本獨傳，《齊論》《古論》皆亡。

〔二七〕〔錢注〕《莊子》：多物將往，投迹者衆。〔補注〕投迹，投身。

〔二八〕〔錢注〕劉劭《人物志》：辨給之材，行人之任也。〔補注〕《管子·侈靡》：「行人可不有私。」尹知章注：「行人，使人也。」

# 樊南甲集序〔一〕

樊南生十六能著《才論》《聖論》〔二〕，以古文出諸公間。後聯爲鄆相國〔三〕、華太守所憐〔四〕，居門下時，敕定奏記〔五〕，始通今體〔六〕。後又兩爲秘省房中官〔七〕，恣展古集〔八〕，往往咽噱於任、范、徐、庾之間〔九〕。有請作文，或時得好對切事〔一〇〕，聲勢物景，哀上浮壯〔一一〕，能感動人。十年京師寒且餓〔一二〕，人或目曰：韓文、杜詩、彭陽章檄〔一三〕，樊南窮凍人或知之〔一四〕。仲弟聖僕〔一五〕，特善古文，居會昌中進士爲第一二〔一六〕，常表以今體規我，而未焉能休〔一七〕。

大中元年，被奏入嶺當表記〔一八〕，所爲亦多。冬如南郡〔一九〕，舟中忽復括其所藏，火燹墨汙〔二〇〕，半有墜落。因削筆衡山，洗硯湘江〔二一〕，以類相等色〔二二〕，得四百三十三件，作二十卷，喚曰《樊南四六》〔二三〕。四六之名，六博、格五、四數、六甲之取也〔二四〕，未足矜。十月十二日夜月明序。

【校注】

〔一〕本篇原載《文苑英華》卷七〇七第一頁、清編《全唐文》卷七七九第一八頁、《樊南文集詳注》卷七。〔徐箋〕《舊書》本傳：商隱有《表狀集》四十卷。《新書·藝文志》：李商隱《樊南甲集》二十卷，《乙集》二十卷，《玉谿生詩》三卷，文、賦一卷。《宋史·藝文志》：李商隱《文集》八卷、《四六甲乙集》四十卷、《别集》二十卷、《詩集》三卷。今惟詩傳。〔馮箋〕義山自序文稱樊南生也。《史記·樊噲傳》：「賜食邑杜之樊鄉。」《索隱》曰：「杜陵有樊鄉。《三秦記》曰：『長安正南，山名秦嶺，谷名子午，一名樊川，一名御宿。』樊鄉即樊川也。」《元和郡縣志》曰：「樊川一名後寬川，在萬年縣南三十五里。」蓋其地當京城之南。唐人居城南者甚多，而「樊南」之字，如張禮《遊城南記》云：「西倚高崖，東眺樊南之景。」地志諸書亦屢見也。義山未第之前，往來京師，文名已著。及開成中移家關中，必居樊南之地，故以自稱。文所云「十年京師寒且餓」，「樊南窮凍人或知之」，而詩有云「白閣自雲深」，又「迴望秦川樹如薺」，實指京郊景物言之無疑也。或謂懷州河内縣本漢野王縣，《左傳》杜注曰：「樊一名陽樊，野王縣西南有陽城。」似義山仍從懷州取義，必不然也。《説文》：樊，京兆杜陵鄉。徐鍇《繫傳》曰：即樊川，漢曰御宿，在長安南，終南山北，連芙蓉園、曲江也。（《樊南文集詳注》卷一）〔按〕樊鄉地在今長安縣韋曲鎮東南樊川一帶。唐代,今杜曲至韋曲沿潏河川道仍稱樊川或御宿。序作於大中元年十月十二日夜赴江陵舟中。

〔二〕才,《英華》注:集作「十」。誤。〔按〕二文今佚。

〔三〕〔徐注〕(鄆相國)令狐楚。〔按〕令狐楚元和十四年拜中書侍郎同平章事,大和三年任天平軍節度、鄆曹濮觀察使,故稱。

〔四〕〔徐注〕(華太守)崔戎。〔按〕大和七年,崔戎任華州刺史。商隱受知於令狐楚,在楚鎮天平時;受知於崔戎,則在戎任華州刺史時。故稱「鄆相國」「華太守」,正標明初受恩知之地。

〔五〕〔補注〕《文心雕龍·書記》:「迄至後漢,稍有名品。公府奏記,而郡將奏牋。」奏記,漢時指向公府等長官陳述意見之文書。此泛指章奏公牘。敕定,敕令寫定。

〔六〕〔徐箋〕《舊書》本傳:商隱能爲古文,不喜偶對。從事令狐楚幕,楚能章奏,遂以其道授商隱,自是始爲今體。《新書》:商隱初爲文,瑰邁奇古,楚工章奏,因授其學。商隱儷偶長短,而繁縟過之。〔補注〕今體,此指四六文。唐時章奏等公私文書,例用駢體。

〔七〕〔馮箋〕一爲開成四年,試判釋褐;一爲會昌二年,又以書判拔萃。以上皆詳《年譜》。〔補注〕房,指官署及辦公處所。商隱曾先後爲秘書省校書郎、正字。

〔八〕〔馮注〕《通典》:秘書省雖非要劇,然好學君子亦求爲之,四部圖籍,粲然畢備。

〔九〕〔徐注〕任昉、范雲、徐陵、庾信。咽噱,當作「嗢噱」。庾元威《論書》曰:許慎門徒,居然嗢噱。

嵇康《琴賦》：嗢噱終日。注：服虔《通俗篇》：「樂不勝謂之嗢噱。」嗢，烏没切；噱，巨略切。〔馮注〕《魏志》注：太子又書與繇曰：「執書嗢噱，不能離手。」咽噱即嗢噱。〔按〕咽噱，謂讀書有會心處而歡不自禁。任、范、徐、庾，均駢文名家。

〔一〇〕〔補注〕好對，工巧的對句；切事，貼切的典實。

〔一一〕哀，《英華》作「衷」，誤。注：集作「哀」。〔補注〕元稹《叙詩寄樂天書》：「聲勢沿順、屬對穩切者爲律詩。」又《唐故工部員外郎杜君墓係銘并序》：「穩順聲勢，謂之爲律詩。」聲勢，指文章之聲韻氣勢。哀上，指聲情激切昂揚。浮壯，清揚激壯。

〔一二〕〔補注〕商隱開成五年移家長安，至作此序時首尾八年。「十年京師」殆舉成數。

〔一三〕〔徐注〕韓愈、杜甫、令狐楚。箋：樊南之詩，不師漢、魏，而師少陵；其文不師班、馬，而師昌黎；其四六不師徐、庾，而師彭陽。平生述作，於數語見之。〔補箋〕《舊唐書·令狐楚傳》：「楚才思俊麗，德宗好文，每太原奏至，能辨楚之所爲。」楚爲彭陽人，大和九年，進封彭陽郡開國公。《新唐書·藝文志》著録其《表奏集》十卷。

〔一四〕〔補注〕樊南窮凍人，商隱自指。或於「凍」字下斷句，誤。此承上文，謂己於韓文、杜詩、令狐楚章奏皆深有所得。

〔一五〕「聖僕」二字下《英華》有原注：羲叟。

〔一六〕〔補注〕進士，指應進士試之士子。此謂羲叟於會昌年間諸應進士試之士人中居第一二。

〔一七〕表，《英華》注：集無「表」字。焉，《全文》《英華》均作「爲」。《英華》注：集作「焉」。是，茲從之。

〔一八〕當，《英華》注：去聲。〔補注〕入嶺，指至嶺南之桂林。表記，職司章表奏記之掌書記。

〔一九〕〔徐注〕《新書·地理志》：江陵府江陵郡，本荆州南郡。〔馮注〕《漢書·地理志》：南郡，秦置江陵縣，故楚郢都。《舊書·志》：荆州江陵府，荆南節度使治。

〔二〇〕〔《英華》注〕燹，息淺反。汙，烏污反。〔馮注〕汙，烏故切。《玉篇》：燹，野火也。〔補注〕燹，此指燒。《新唐書·循吏傳·羅讓》：「讓慘然爲燹券，召母歸之。」

〔二一〕〔錢鍾書曰〕謂削衡山之筆，洗湘江之硯，即以山爲筆鋒，江爲硯池。（見《管錐編》第四册《全上古三代秦漢三國六朝文》二三三《全陳文》卷一一海墨、樹筆、天紙）〔按〕此「削筆」「洗硯」猶筆削改定之意。

〔二二〕〔補注〕謂分類編次。色，種類。

〔二三〕〔馮注〕《宣和書譜》：觀其四六藁草，方其刻意致思，排比聲律，筆畫雖真，本非用意，然字體妍媚，意氣飛動，亦可尚也。

〔二四〕〔徐注〕四數，未詳。鮑弘《博塞經》：各投六箸，行六棊，故曰「六博」。《漢書·吾丘壽王傳》：以善格五召待詔。師古曰：即今戲之簺也。《禮記·內則》：九年教之數日。注：朔望與六甲也。王應麟《小學紺珠》：六甲，甲子、甲戌、甲申、甲午、甲辰、甲寅也。《漢志》云：日有六甲，辰有五子。〔馮注〕《楚辭》：琨蔽象棋，有六博些。注曰：投六箸，行六棋，故云「六博」。鮑弘《博經》：用十二棋，六白、六黑。《説文》：簺，行棋相塞謂之簺。鮑弘《簺經》：簺有四采，塞白乘五是也。至五即格不得行，故謂之格五。《禮記》：六年教之數與方名。注曰：方名，東西。王粲《儒吏論》：古者八歲入小學，學六甲五方書計之事。按：六年所教之數，一至十也。五方即方名，此云「四數」，其四方四時之謂歟？〔補注〕六甲，以天干地支相配計算時日，其中有六甲日，故稱。此謂四六文係博戲與兒童初學識方位數干支一類。故曰「不足矜」。

## 於江陵府見除書狀〔一〕

伏承榮兼史職〔二〕，伏惟感慰。十三丈學士學洞九流〔三〕，文窮三變〔四〕，果解殊選〔五〕，允用當仁〔六〕。千載興懷，一時定法〔七〕。使馬遷死且不朽，猶畏後生〔八〕；若王隱魂而可知，必慚非擬〔九〕。凡厥儒學，以爲光榮。況某嘗被恩知，曾蒙講教〔一〇〕，唯望精聞變例〔一一〕，竊見先經〔一二〕。雖類偃、商，終一辭而不措〔一三〕；庶同《公》《穀》，許二傳以兼行〔一四〕。伏計清光，必賜念記。方之遐嶠〔一五〕，臨上孤舟。仰望玉音〔一六〕，俯佩金諾〔一七〕。下情不任攀賀結戀之至。

【校注】

〔一〕本篇原載清編《全唐文》卷七七四第二一一頁、《樊南文集補編》卷五。〔錢箋〕「十三丈學士」爲周墀，有《獻華州周大夫十三丈啓》可證也。《舊唐書·周墀傳》：宣宗初，入朝爲兵部侍郎、判度支。而不言兼史職，蓋朝官兼領，史略之耳。義山於大中元年應鄭亞之辟，文有「方之遐嶠」語，必將赴桂管、道出江陵時作。又：墀先於文宗時補集賢學士；後同平章事，復監修國史。均與義山赴桂之年不相及，未可以前後歷職偶同，遂爲牽引也。《新唐書·地理志》：江陵府，屬山南東道。〔張箋〕文稱「十三丈」，有「榮兼史職」及「方之遐嶠」語，必爲本年（按：指大中元年）使南郡時作。……考墀監修國史，在二年拜相後，豈是年即已兼領史館乎？《傳》無可證，或別是一人也。〔岑仲勉曰〕按此題不合，應云賀某某狀；其「於江陵府見除書」，係狀内之詞，接下「伏承榮兼史職」而言。後人既佚其題，遂截狀首七字以代耳。十三丈錢氏謂指周墀……余意錢説頗可信，墀或帶集賢學士、史館修撰，與拜相後之監修國史小異也。（《平質》已缺證七《於江陵府見除書狀》條）〔按〕錢謂「十三丈」指周墀；岑謂題有誤，「於江陵府見除書」係狀首之詞，均甚是。謂墀或帶集賢學士、史館修撰，亦近是。然錢謂狀上於大中元年商隱應鄭亞辟，將赴桂管，道出江陵時（時當閏三月下旬初）；張謂「必爲本年（大中元年）使南郡時作」，則均非。狀既云「於江陵府見除書」，又云「方之遐嶠，臨上孤舟」，自必作于自江陵赴桂林時，而非如張説在大中元年「使南郡時」。大中元年閏三月下旬初鄭亞一行自江陵續發赴桂時，周墀尚外任鄭滑節度使，至是年六月方入朝爲兵部侍郎、判度支（詳參張氏《會箋》卷三大中元年六月「以義成軍節度使周墀爲兵部侍郎、判度支」條），當無「榮兼史職」之事，唯有大中二年正月初商隱自江陵返回桂林時，方可有周墀「榮兼史職」之事（其時墀入朝任兵侍判度支已半載之久），亦方可云「方之遐嶠，臨上孤舟」。此「榮兼史職」，當如岑氏所云係集賢學士兼史館修撰，與杜牧以司勳員外郎而兼史館修撰同例。狀當作於大中二年正月初自江陵返桂林臨發前。

〔二〕〔錢注〕《後漢書·張衡傳》：自去史職，五載復還。

〔三〕丈，《全文》作「大」，錢校：當作「丈」。兹從之。洞，《全文》作「同」，錢校：疑當作「洞」。兹從之。又，錢注本「學洞九流」上脱「學士」二字，且未出校，疑涉下「學」字而脱。「大」字固「丈」字之誤，然「學士」二字并非衍文。商隱《與陶進士書》已稱周墀、李回爲「周、李二學士」，此時周墀又帶集賢學士、史館修撰（參注〔一〕引岑説），則「十三丈學士」不誤。九流，見《爲滎陽公賀牛相公狀》注〔三〕。

〔四〕〔錢注〕《宋書·謝靈運傳論》：自漢至魏四百餘年，辭人才子，文體三變。

〔五〕〔錢校〕解，疑當作「階」。〔按〕錢校近是。殊選，破格選拔，指「榮兼史職」。

〔六〕〔補注〕當仁，當仁不讓之省，語本《論語·衛靈公》。此猶言當之無愧。

〔七〕〔補注〕此二句切修史。

〔八〕〔錢注〕《史記·太史公自序》：罔羅天下放失舊聞，略推三代，録秦、漢，上記軒轅，下至於兹，著十二本紀，作十表、八書、三十世家、七十列傳，凡百三十篇，爲《太史公書》。〔補注〕《左傳·襄公二十四年》：「穆叔如晉。范宣子逆之，問焉，曰：『古人有言曰：「死而不朽。」何謂也？』……（穆叔曰）『豹聞之，大上有立德，其次有立功，其次有立言，雖久不廢，此之謂不朽。』」《論語·子罕》：「子曰：『後生可畏，焉知來者之不如今也？』」

〔九〕擬，《全文》作「法」，今從錢校據胡本改正。〔錢注〕《晉書·王隱傳》：太興初，典章稍備，乃召隱及郭璞俱爲著作郎，令撰晉史。〔按〕魂而可知，錢本作「魂而有知」，義似稍長，然未知何據。

〔一〇〕〔錢注〕本集《與陶進士書》：前年乃爲吏部上之中書，又復懊恨周、李二學士以大法加我。夫所謂博學宏詞者，豈容易哉！馮氏曰：周，周墀也。〔補注〕商隱詩《華州周大夫宴席》：「郡齋何用酒如泉，飲德先時已醉眠。若共門人推禮分，戴崇争得及彭宣？」直以「門人」自居。此即所謂「曾蒙講教」也。

〔一一〕〔錢注〕杜預《春秋左氏傳序》：諸稱「書」「不書」「先書」「故書」「不言」「不稱」「書曰」之類，皆所以起新舊、發大義，謂之變例。

〔一二〕〔錢注〕杜預《春秋左氏傳序》：傳或先經以始事，或後經以終義。

〔一三〕〔錢注〕曹植《與楊德祖書》：昔尼父之文辭，與人通流，至於制《春秋》，游、夏之徒，乃不能措一辭。

〔一四〕〔錢注〕《漢書·儒林傳》：武帝時，公孫弘爲《公羊》學，上因尊《公羊》家。宣帝即位，聞衛太子好《穀梁》，時蔡千秋爲郎，召與《公羊》家並説，上善《穀梁》説。

〔一五〕〔補注〕嶠，此指五嶺。遐嶠，指嶺南之桂林。

〔一六〕〔錢注〕王褒《四子講德論》：望聽玉音。

〔一七〕〔錢注〕《史記·季布傳》：曹丘生揖季布曰：「楚人諺曰：『得黄金百斤，不如得季布一諾。』足下何以得此聲於梁、楚閒哉？」

## 爲滎陽公賀白相公加刑部尚書啓〔一〕

相公克佐昌期，允符俊德〔二〕。耀握中之至寶〔三〕，高價難酬〔四〕；縱堂上之奇兵〔五〕，善師無敵〔六〕。述成徽册，導降恩波〔七〕。由中秘書〔八〕，兼大司寇〔九〕。羅含吞鳳，追佳夢於當年〔一〇〕；少皞爽鳩〔一一〕，集芳塵於此日〔一二〕。百蠻仰化〔一三〕，九縣畏威〔一四〕。某早奉陶甄，謬當藩服〔一五〕，雖深抃賀，未卜趨承。遵《吕刑》而但戒守官〔一六〕，望魯酒而必期盡醉〔一七〕。抃躍瞻戀，不任下情。

【校注】

〔一〕本篇原載清編《全唐文》卷七七六第九頁、《樊南文集補編》卷七。〔錢箋〕（白相公）白敏中也。《新唐書・宰相表》:大中二年正月,敏中兼刑部尚書。《舊唐書・職官志》:刑部尚書一員,正三品。餘見《爲滎陽公上史館白相公狀一》注〔二〕。〔按〕據《新唐書・宰相表》,白敏中加刑部尚書在大中二年正月丙寅(初五),消息傳至桂林,當已在正月末或二月初,啓當上於其時。

〔二〕〔補注〕《書・堯典》:「克明俊德,以親九族。」孔傳:「能明俊德之士任用之,以睦高祖玄孫之親。」俊德,才能傑出者。錢本此句作「克懷俊德」,「克」字顯涉上句而誤,「懷」字錢氏未出校。

〔三〕〔錢注〕劉琨《重贈盧諶詩》:握中有懸璧,本自荆山璆。

〔四〕〔錢注〕《後漢書・邊讓傳》:非所以章瓌瑋之高價,昭知人之絶明也。

〔五〕〔錢注〕張協《雜詩》:何必操干戈,堂上有奇兵。

〔六〕〔錢注〕《漢書・刑法志》:故曰:「善師者不陳。」

〔七〕〔錢注〕《舊唐書・宣宗紀》:大中二年正月,宰臣率文武百寮上徽號曰「聖敬文思和武光孝皇帝」。御宣政殿,獻受册訖,宣德音。《宋書・柳元景傳》:宜崇賁徽册,以旌忠懿。丘遲《侍宴樂遊苑送張徐州應詔詩》:肅穆恩波被。〔補注〕《通鑑・大中二年》:「正月,甲子,群臣上尊號曰聖敬文思和武光孝皇帝,赦天下。」「導降恩波」之「恩波」即指赦天下。

〔八〕中秘書,見《爲濮陽公上楊相公狀》注〔四〕。〔補注〕此指白敏中所任中書侍郎、同中書門下平章事之職。

〔九〕〔補注〕《周禮·秋官·大司寇》：「大司寇之職，掌建邦之三典，以佐王刑邦國，詰四方。」此指稱刑部尚書。

〔一〇〕〔錢注〕《晉書·羅含傳》：含嘗晝卧，夢一鳥，文彩異常，飛入口中，自此後藻思日新。〔按〕白敏中爲相前，曾充翰林學士，拜中書舍人，遷户部侍郎知制誥，充翰林學士承旨，爲皇帝起草詔敕，故云。

〔一一〕〔補注〕《左傳·昭公二十年》：「昔爽鳩氏始居此地。」杜預注：「爽鳩氏，少皞氏之司寇也。」

〔一二〕〔錢注〕陸雲《登臺賦》：蒙紫庭之芳塵兮。

〔一三〕〔補注〕《詩·大雅·韓奕》：「以先祖受命，因時百蠻。」百蠻，古南方少數民族總稱。

〔一四〕〔錢注〕《後漢書·光武紀贊》：九縣飈回。注：九縣，九州也。

〔一五〕〔補注〕藩服，古九服之一。古代分王畿以外之地爲九服，其封國區域離王畿最遠者曰藩服，詳《周禮·夏官·職方氏》。

〔一六〕〔補注〕《書》有《吕刑》篇，係周穆王時有關刑法之文書，由于吕侯之請命，故名。《左傳·僖公五年》：「守官廢命不敬。」此切白敏中加刑部尚書。

〔一七〕〔錢注〕《莊子》：魯酒薄而邯鄲圍。〔補注〕此申抃賀之意。

# 爲滎陽公賀韋相公加禮部尚書啓〔一〕

相公祥金淬刃〔二〕，群玉排峰〔三〕。樂和而六鳳來儀〔四〕，氣正而路牛無喘〔五〕。歸美既彰於天載〔六〕，懋官旋踐於春卿〔七〕。《周官》則曰諧萬人〔八〕，《虞書》則曰典三禮〔九〕。苟非全氣〔一〇〕，孰贊昌期？係萬國之懸誠，加一人之德色。某早蒙恩異，今創辭離〔一一〕。蘭省春深〔一二〕，伏謁尚遥於八座〔一三〕；桂林夜静，仰占惟見於三台〔一四〕。抃賀末由，戀結空極。

【校注】

〔一〕本篇原載清編《全唐文》卷七七六第一一頁、《樊南文集補編》卷七。〔錢箋〕（韋相公）韋琮也。詳《爲滎陽公謝集賢韋相公狀》注〔一〕。《新唐書》本傳：兼禮部尚書。《舊唐書·職官志》：禮部尚書一員，正三品。〔按〕《新唐書·宰相表》：「大中二年正月丙寅（初五），敏中兼刑部尚書，元式兼户部尚書，琮兼禮部尚書。」則此啓當上於大中二年正月末或二月初。參上篇注〔一〕。

〔二〕〔錢注〕《莊子》：大冶鑄金，金踴躍曰：「我且必爲鏌鋣。」大冶必以爲不祥之金。《漢書·王褒傳》注：淬，謂燒而内水中以堅之也。

〔三〕〔錢注〕《穆天子傳》：天子北征東還，至於群玉之山，先王之所謂策府。〔補注〕《晉書・裴楷傳》：「楷風神高邁，容儀俊爽，博涉群書，特精理義，時人謂之玉人，又稱見裴叔則（裴楷字）如近玉山，映照人也。」此似以玉山之排列贊美韋琮之容儀風姿。

〔四〕〔錢注〕《山海經》：丹穴之山，有鳥如雞，五采而文，名曰鳳凰。〔補注〕《書・益稷》：「《簫韶》九成，鳳皇來儀。」孔傳：「儀，有容儀。」鳳凰來儀，爲吉祥之兆。

〔五〕見《爲濮陽公賀楊相公送土物狀》注〔五〕。

〔六〕〔補注〕《詩・大雅・文王》：「命之不易，無遏爾躬。宣昭義問，有虞殷自天。上天之載，無聲無臭。儀刑文王，萬邦作孚。」《詩・小雅・桑扈》：「交交桑扈，有鶯其羽。君子樂胥，受天之祜。」

〔七〕〔補注〕《書・仲虺之誥》：「德懋懋官，功懋懋賞。」懋官，謂授官以示勉勵。春卿，指禮部尚書。周代春官爲六卿之一，掌邦禮，故稱。

〔八〕曰，《全文》作「日」，據錢校改。〔補注〕《周禮・春官・大宗伯》：「以禮樂合天地之化，百物之産，以事鬼神，以諧萬民，以致百物。」

〔九〕曰，《全文》作「日」，據錢校改。〔補注〕《書・舜典》：「帝曰：『咨四岳，有能典朕三禮？』僉曰：『伯夷』。」

〔一〇〕〔補注〕全氣，指純全之氣。《新唐書・五行志一》：「以謂人禀五行之全氣以生，故於物爲最靈。」

〔二〕〔補注〕創，傷也。

〔三〕〔錢注〕《白帖》：郎官曰蘭省。〔補注〕蘭省，此指尚書省。因尚書郎握蘭含香，故稱。見《漢官儀》卷上。

〔三〕〔錢注〕《晉書·職官志》：後漢以三公曹、吏部曹、民曹、客曹、二千石曹、中都官曹，合爲六曹，并令、僕二人，謂之八座尚書。

〔四〕三台，見《爲滎陽公上集賢韋相公狀三》注〔三〕。

# 爲滎陽公賀崔相公轉户部尚書啓〔一〕

伏見某月日恩制，伏承榮加寵命。伏以聖上能順考古道〔二〕，相公以浚明有家〔三〕。夜思晝行〔四〕，則袁安之每念王室〔五〕；柔遠能邇〔六〕，則吴漢之不離公門〔七〕。躬贊休辰，首獻明號〔八〕，克宣天澤，榮轉地官〔九〕。擾《周禮》之兆人，選同農父〔一〇〕；寬《虞書》之五教，任比司徒〔一一〕。宗社降輝，華夷快望。況某叨蒙任使，早被恩知。未期黄閣之趨〔一二〕，預祝《緇衣》之美〔一三〕。抃賀瞻戀，不任下情。

【校注】

〔一〕本篇原載清編《全唐文》卷七七八第五頁、《樊南文集補編》卷八。題首原脱「爲滎陽公」四字，據張采田説增。〔錢箋〕《新唐書·崔鉉傳》：「會昌三年，同中書門下平章事。澤潞平，兼户部尚書。」《崔元式傳》：「宣宗初，同中書門下平章事，進兼户部尚書。」是二崔並可通也。文内有「首獻明號」句，考《舊唐書·武宗紀》：「會昌五年正月，宰臣李德裕、杜悰、李讓夷、崔鉉，太常卿孫簡等上徽號。」執此以推，似鉉爲近。又《宣宗紀》：「大中二年正月，宰臣率文武百僚上徽號。」時元式已居相位，未必不預其列。終無以斷其孰是也。《舊唐書·職官志》：户部尚書一員，正三品。〔張箋〕案錢説固通，然文有「某叨蒙任使，早被恩知」語，似代鄭亞桂幕作，則崔相公定爲元式無疑，有《爲滎陽公上崔相公》諸啓可證，姑編此（按：張箋編大中二年春）。〔按〕張説是。《新唐書·宰相表》：「大中二年正月丙寅（初五），敏中兼刑部尚書，元式兼户部尚書，琮兼禮部尚書。」《全唐文》已有《爲滎陽公賀白相公加刑部尚書啓》《爲滎陽公賀韋相公加禮部尚書啓》，二啓均分别有「某早奉陶甄，謬當藩服」，「某早蒙恩異，今創辭離」之語，與本篇「某叨蒙任使，早被恩知」語相類，均切合鄭亞身份而不合商隱身份，故此篇題必脱「爲滎陽公」四字。據《通鑑》，大中二年正月甲子（初三），群臣上尊號曰「聖敬文思和武光孝皇帝」，元式之兼户部尚書在丙寅（初五）。制書到桂林日，必已知甲子上尊號之事及「首獻明號」者。故此啓當與上白、韋二啓同作於大中二年正月末或二月初。

〔二〕〔錢注〕《書》「曰若稽古帝堯」傳：若，順；稽，考也。能順考古道而行之者，帝堯。

〔三〕〔補注〕《書·皋陶謨》：「日宣三德，夙夜浚明有家，日嚴祇敬六德，亮采有邦。」蔡沈集傳：「浚，治也；亮，亦明也；有家，大夫也；有邦，諸侯也。浚明、亮采，皆言家邦政事明治之義。」浚明，明治，治理清明。

〔四〕〔錢注〕《孔叢子》：孟軻問子思曰：「堯、舜、文、武之道可力而致乎？」子思曰：「彼人也，我人也，稱其言，履其行，夜思之，晝行之，滋滋焉，汲汲焉，如農之赴時，商之趨利，惡有不至者乎？」

〔五〕袁，《全文》作「裴」，據錢校改正。〔錢曰〕裴，當作「袁」。《東觀漢記》：袁安爲司徒，每朝會，憂念王室，未嘗不流涕。

〔六〕〔補注〕《書·舜典》：「柔遠能邇。」孔傳：「柔，安；邇，近……言當安遠，乃能安近。」

〔七〕〔錢注〕《東觀漢記》：吴漢爲人，質厚少文，鄧禹及諸將多相薦舉，再三召見，其後勤勤不離公門。

〔八〕〔錢注〕揚雄《甘泉賦》：雍神休，尊明號。〔補注〕明號，顯赫之稱號。事參見注〔一〕大中二年上徽號之記載。

〔九〕〔補注〕《周禮·地官·序官》：「乃立地官司徒，使帥其屬而掌邦教，以佐王安擾邦國。」武后曾改户部爲地官，故稱户部（尚書）爲地官。

〔一〇〕〔補注〕《書·周官》：「司徒掌邦教，敷五典，擾兆民。」擾，安撫，和順。《周禮》，當指《周官》。

農父，古官名，司徒之尊稱。《書・酒誥》：「薄違農父，若保宏父。」孔傳：「農父，司徒。」孔穎達疏：「父者，尊之辭，以司徒教民五土之藝，故言農父也。」

〔一一〕〔補注〕《書・舜典》：「帝曰：『契！百姓不親，五品不遜，汝作司徒，敬敷五教在寬。』」孔穎達疏：「文十八年《左傳》云：『布五教於四方：父義、母慈、兄友、弟恭、子孝。』是布五常之教也。」

〔一二〕〔補注〕《漢舊儀》卷上：「（丞相）聽事閣曰黄閣。」唐時門下省亦稱黄閣。崔元式爲門下侍郎、同中書門下平章事。句謂未能定趨拜於黄閣相府之期。

〔一三〕〔補注〕《詩・鄭風・緇衣》：「緇衣之宜兮，敝，予又改爲兮。」毛傳：「緇，黑色。卿士聽朝之正服也。」《詩序》謂《緇衣》係贊美鄭武公父子之詩，一説爲贊美武公好賢之詩。

## 爲滎陽公與浙東楊大夫啓〔一〕

不審近日諸趣何如？越水稽峰〔二〕，乃天下之勝概；桂林孔穴〔三〕，成夢中之舊遊〔四〕。遐想風姿，無不暢愜。一分襟袖，三變寒暄〔五〕。雖思逸少之蘭亭〔六〕，敢厭桓公之竹馬〔七〕。況去思遺愛〔八〕，遐布歌謡；酒興詩情，深留景物。庾樓吟望〔九〕，謝墅遊娱〔一〇〕，方知繼組之難〔一一〕，不止頒條之事。今者冰消雪薄，江麗山春〔一二〕，訪古跡於暨羅〔一三〕，探異書於禹穴〔一四〕，不知兩樂，何者爲先？幸謝故人〔一五〕，勉自遵攝，未期展豁，惟望音符〔一六〕。其他并附喬可方口述〔一七〕。

【校注】

〔一〕本篇原載清編《全唐文》卷七七六第一二頁、《樊南文集補編》卷七。題内「大夫」上原脱「楊」字，錢本據胡本補入，兹從之。〔錢箋〕（浙東楊大夫）楊漢公也。《新唐書》本傳：「擢桂管、浙東觀察使。」本集《爲滎陽公赴桂州在道進賀端午銀狀》：「謹以前觀察使楊漢公封印進上。」是鄭亞代漢公之任也。《舊唐書・地理志》：浙江東道節度使或爲觀察使，治越州。管越、衢、婺、温、台、明等州，中都督府。〔按〕大夫，御史大夫，爲楊漢公所帶之憲銜。啓有「今者冰消雪薄，江麗山春」語，而未及鄭亞左遷循州情事，當上於大中二年商隱自南郡歸抵桂林後，鄭亞貶循之前，時值仲春。而據《爲滎陽公與前浙東楊大夫啓》「近已遣押衙喬可方，齎少信幣聘謁，計程已過衡湘」語，本啓當早於後啓二十天左右。又據後啓「今月二十日，專使林押衙至，緘詞重疊，贈貺豐厚」及「以今月二十三日南去」之語，後啓當作於大中二年二月二十一日或二十二日，然則本啓之作約在二月初，正值南方江浙一帶「冰消雪薄，江麗山春」之時。

〔二〕〔錢注〕《越絶書》：禹始也憂民救水，到大越，上茅山，大會計，爵有德，封有功，更名茅山曰會稽。〔補注〕越水，指鏡湖；稽峰，即會稽山。鏡湖在會稽山北麓。

〔三〕〔錢校〕孔，疑當作「乳」。〔錢注〕《桂海虞衡志》：桂林山中，洞穴最多，所産鐘乳。〔按〕「孔穴」字常見，指穴洞。然作「乳穴」似更切。柳宗元有《零陵郡復乳穴記》。

〔四〕〔補注〕楊漢公會昌五年至大中元年五月在桂管觀察使任。大中元年五月，授浙東觀察使，故云桂林爲其「舊遊」之地。

〔五〕〔補注〕三變寒暄，謂歷大中元年夏、秋、冬三季，今又變而爲春。

〔六〕〔錢注〕《晉書·王羲之傳》：羲之字逸少，嘗與同志宴集於會稽山陰之蘭亭。〔按〕事詳羲之《蘭亭集序》。

〔七〕〔錢注〕《晉書·殷浩傳》：桓温語人曰：「少時吾與浩共騎竹馬，我棄去，浩輒取之，故當出我下也。」〔補注〕此蓋以桓温喻楊，以殷浩喻己，謂桂林爲楊「棄去」，己則猶樂此不厭也。

〔八〕〔錢注〕《漢書·循吏傳》：所居民富，所去見思。〔補注〕《左傳·昭公二十年》：「及子産卒，仲尼聞之，出涕曰：『古之遺愛也。』」此句「遺愛」指遺留仁愛恩惠爲百姓追懷。

〔九〕見《上許昌李尚書狀一》「望月登樓，庾亮祇應不淺」注。

〔一〇〕〔錢注〕《晉書·謝安傳》：安於土山營墅，樓館林竹甚盛，每攜中外子姪，往來遊集。

〔一一〕〔錢注〕《説文》：組，綬屬。〔補注〕繼組，猶繼任。

〔一二〕〔錢注〕《山海經》：浙江出三天子都，在其東，在閩西北，入海餘暨南。

〔一三〕〔錢注〕《越絶書》：句踐索美女以獻吴王，得諸暨羅山賣薪女西施、鄭旦。

〔一四〕〔錢注〕《吴越春秋》：禹登宛委山，發金簡之書。案金簡玉字，得通水之理。《史記·太史公自序》：上會稽，探禹穴。〔補注〕賀知章《纂山記》：「黄帝號宛委穴爲赤帝陽明之府，於此藏書。大禹始於此穴得書，復於此穴藏之，人因謂之禹穴。」（轉引自王琦《李太白詩注·送二季之江東》「禹穴藏書地」句注）

〔一五〕〔錢注〕李陵《答蘇武書》：幸謝故人，勉事聖君。

〔一六〕〔錢注〕《晉書·陳敏傳》：音符道闊。〔補注〕展豁，猶開懷暢叙。音符，猶音信。

〔一七〕〔錢注〕喬可方爲押衙，見後《爲滎陽公與前浙東楊大夫啓》。

## 爲滎陽公上宣州裴尚書啓〔一〕

近已有狀，不審諸況比復何如？待詔漢廷，俱成老大〔二〕；留歡湘浦，暫復清狂〔三〕。思如昨辰，又已改歲〔四〕。以公美之才之望〔五〕，固合早還廊廟〔六〕，速泰寰區。而辜負明時，優游外地，豈是徐公多風亭月觀之好〔七〕，爲復孟守專生天成佛之求〔八〕？幸當審君子之行藏〔九〕，同丈夫之憂樂〔一〇〕，乃故人之深望也。李處士藝術深博〔一一〕，議論縱横〔一二〕，敢曰賢於仲尼，且慮失之子羽〔一三〕。云於江沔〔一四〕，要有淹留，便假以節巡〔一五〕，託之好幣〔一六〕，十一月初離此訖。末由披盡，勤戀增誠，其他並付使人口述。

【校注】

〔一〕本篇原載清編《全唐文》卷七七六第九頁、《樊南文集補編》卷七。〔錢箋〕（宣州裴尚書）裴休也。《舊唐書》本傳：休字公美，長慶中，從鄉賦登第。又應賢良方正，升甲科。大和初，歷諸藩辟召，入爲監察御史、右補闕、史館修撰。會昌中，自尚書郎歷典數郡。大中初，累官户部侍郎，充諸道鹽鐵轉運使，轉兵部，領使如故。《新唐書》本傳：更内外任，至大中時，以兵部侍郎領鹽鐵轉運使。按：二傳於休典郡，皆櫽括其辭，並不明指宣州，今以文稱「公美」定之耳。又按：文中有「云於江沔，要有淹留」之語，當爲大中元年冬義山奉使南郡時作。第宣州屬江南西道，非自桂至荆州所經，頗疑「宣」字或有訛誤。然《太平廣記》引《松窗雜録》云：「裴休廉察宣城，未離京，同省閣名士遊賞紫雲樓。」則宣州固有確據。〔張箋〕初疑李處士即係義山，考義山由正字奏辟幕職，狀中皆稱「李支使」，斷無再稱處士之理。此「李處士」蓋别一人，當是先赴江沔，後使宣歙。據《甲集序》，義山使南郡在十月，而處士則十一月初離桂林，必在江沔與義山相晤，故代作此啓也。（張箋繫本篇於大中元年冬，置《於江陵府見除書狀》後。）〔岑仲勉曰〕（張）《箋》三繫（裴休爲宣歙觀察）會昌六年誤，應依《方鎮年表考證》作大中元年。《爲滎陽公上宣州裴尚書啓》作於元年之初，所云李處士十一月初離此訖，係追述六年底事，其時休當在湘任，「託之好幣」者，託致湖南，非託致宣州也。如此説法，情事便通。若張氏所據《唐語林》載「裴相爲宣州觀察，朝謝後閒行曲江遇廣德令」事，下云「宣宗在藩邸聞之，常與諸王爲笑樂」，則説部不經之談。蓋休從湖南調宣歙,安得有朝謝閒行曲江之事?如謂追赴闕而後外除,亦與啓「辜負明時,優游外地」及「託之好幣,十一月初離此訖」情節不相合也。(《平質》戊錯會十二《裴休爲宣歙觀察》條)〔按〕錢、張、岑諸家繫年均誤。岑繫大中元年初,顯與啓内「待詔漢廷,俱成老大;留歡湘浦,暫復清狂」之語扞格。所謂「留歡湘浦」,明指大中元年閏三月末至五月上旬,鄭亞赴桂途經潭州因水漲而滯留期間,受到當時任湖南觀察使之裴休歡宴款待之情景,如岑氏所云此啓作於大中元年初,則「留歡湘浦,暫復清狂。思如昨辰,又已改歲」云云直不知所指。「留歡湘浦」既指大中元年夏鄭、裴湘浦歡聚事,則「又已改歲」明謂作此啓時已是大中二年春。此固爲啓中提供之基本事實與繫年之基本依據,亦爲考辨其他問題之基本前提。錢、張均謂啓作於大中元年冬義山奉使南郡時(錢説較含糊,張則明言李處士在江沔與義山相晤,故代作此啓),此説亦與「思如昨辰,又已改歲」明顯矛盾。「十一月初離桂林」,抵江沔(依張説指江陵)不過十一月底或十二月初,何得云「又已改歲」?且十一月初李處士離桂林時,裴休尚在湘任也。裴休由湖南改宣歙,據其《黄檗山斷際禪師傳心法要序》:「大中二年,廉於宛陵。」及盧肇《宣州新興寺碑銘并序》:「宣城新興寺者,會昌四年既毀,大中二祀,故相國太尉裴公之所立也。公諱休,字公美……大中二年拜宣城。」均明言裴休爲宣歙觀察使在大中二年。再參《通鑑·大中二年》:「正月乙酉(廿四日),西川節度使李回坐不能直吴湘冤,左遷湖南觀察使。」(《舊書·宣宗紀》載此事於是年二月,與正月廿四相差不過旬日。《舊書·李回傳》謂在元年冬，當誤，張氏《會箋》已有辨。）然則李回之左遷湖南，與裴休之由湖南移宣歙，當先後同時之任命。唯大中元年十一月初，李處士離桂林時，裴休仍在湘任，如其時鄭亞「假以節巡，託之好幣」，當致書幣於潭州任上之裴休，且當早已收到。而據啓中之行文口吻及文題，此李處士當是不久前奉命派往宣城致書幣于裴休者，因其在江沔要有淹留，到達宣城之時可能稍晚，故啓中特爲提及。然則「十一月初」或爲「二月初」之誤，裴之由湖南遷宣歙，則可能在正月初。文末之「使人」乃指此次攜啓之使者。此文之作時，當在大中二年二月上中旬之間，鄭亞貶制未到桂林時。

〔二〕俱，《全文》作「但」。錢校：胡本作「俱」。兹從之。〔錢注〕《漢書·揚雄傳》：初，雄年四十餘，自蜀來至，遊京師。大司馬王音奇其文，薦雄待詔。歲餘，奏《羽獵賦》，除爲郎，給事黄門。當成、平間，三世不徙官。及莽篡位，以耆老久次，轉爲大夫，恬於勢利乃如是。《樂府·長歌行》：老大徒傷悲。箋：休於長慶中登第，歷五朝而尚居外郡，故有是語。《太平廣記》：《南楚新聞》：宣宗常謂侍臣曰：「裴休真措大也。」〔按〕文宗大和二年，裴休、鄭亞俱應賢良方正能直言極諫科，登第，見《登科記考》卷二〇。此正所謂「待詔漢廷」。「俱成老大」，則同切二人當前情況而言，謂俱老大無成，輾轉僻郡也。下二句「留歡湘浦，暫復清狂」亦綰合兩人去歲歡聚而言。

〔三〕〔錢注〕《水經注》：湘水又北，左會瓦官水口，湘浦也。《漢書·昌邑王傳》：清狂不惠。按：

此當有實事。〔補注〕湘浦，指湘水邊之潭州。清狂，放逸不羈，即杜詩「放蕩齊趙間，裘馬頗清狂」之「清狂」，與《漢書・昌邑王傳》「清狂不惠」爲癡顛義者有别。

〔四〕〔補注〕《詩・豳風・七月》：「嗟我婦子，曰爲改歲，入此室處。」改歲，由舊歲入新歲。

〔五〕〔錢注〕《晉書・虞駿傳》：駿歷吴興太守，王導嘗謂駿曰：「孔愉有公才而無公望，丁潭有公望而無公才，兼之者其卿乎？」

〔六〕合，《全文》作「令」，據錢校改。

〔七〕〔錢注〕《宋書・徐湛之傳》：湛之出爲南兗州刺史，起風亭、月觀、吹臺、琴室，招集文士，盡游玩之適。時有沙門釋惠休善屬文，辭采綺豔，湛之與之甚厚。

〔八〕〔錢注〕《宋書・謝靈運傳》：會稽太守孟顗事佛精懇，而爲靈運所輕，嘗謂顗曰：「得道應須慧業文人，生天當在靈運前，成佛必在靈運後。」〔補注〕生天，佛教謂行十善者死後轉生天道。《正法念處經・觀天品》：「一切愚癡凡夫，貪著欲樂，爲愛所縛，爲求生天，而修梵行，欲受天樂。」《舊唐書・裴休傳》：「家世奉佛，休尤深於釋典。」

〔九〕〔補注〕《論語・述而》：「用之則行，舍之則藏。」

〔一〇〕〔錢注〕趙至《與嵇茂齊書》：豈能與吾同大丈夫之憂樂者哉！

〔一一〕〔錢注〕《後漢書・安帝紀》：校定東觀五經、諸子傳記、百家藝術。〔補注〕藝術，泛指六藝以及術數方技等各種技術技能。《後漢書・伏湛傳》「藝術」李賢注：「藝，謂書、數、射、御；術，謂醫、方、卜、筮。」

〔一二〕〔錢注〕揚雄《解嘲》：「一從一横，論者莫當。」

〔一三〕〔錢注〕《史記·仲尼弟子傳》：「澹臺滅明狀貌甚惡，欲事孔子，孔子以爲材薄。退而修行，南遊至江，名施乎諸侯。孔子聞之，曰：『吾以貌取人，失之子羽。』」〔補注〕《史記·仲尼弟子列傳》：「澹臺滅明，字子羽。」

〔一四〕〔錢注〕《後漢書·法雄傳》：「南郡濱帶江、沔。」

〔一五〕節巡，見《爲尚書濮陽公涇原讓加兵部尚書表》注〔三〕。〔補注〕假以節巡，指假以節度使巡官之職。

〔一六〕好幣，見《爲滎陽公上荆南鄭相公狀二》「式將好幣」注。

## 爲滎陽公上馬侍郎啓〔一〕

蒙恩左遷〔二〕，不任感懼。某謬居職守，實昧官常〔三〕。不能束矢窮辭〔四〕，鈞金就直〔五〕。屢移時序，竟致紛拔〔六〕。故府李相公案吏之初，具獄來上〔七〕，某久爲賓佐，方副臺綱〔八〕。若其間必有阿私〔九〕，則先事固當請託〔一〇〕。實無一字〔一一〕，難誑九泉。崔監察是湖南李相公門生〔一二〕，是某所拜雜端日御史〔一三〕。遠差推事〔一四〕，既無所囑求；近欲叫冤，豈遽能止遏？不知何怨，乃爾相窮！容易操心，加誣唱首〔一五〕。門生之分，尚或若斯；常僚之情〔一六〕，固無足算。九重邃邈，五嶺幽遐。若從彼書辭，信其文致〔一七〕，即處以嚴譴〔一八〕，未曰當辜〔一九〕。直遇侍郎，察以疏蕪，知非侮謷〔二〇〕，照姦吏之推過〔二一〕，略崔子之枝辭〔二二〕。特念遠藩〔二三〕，獲用寬典〔二四〕，纔移廉部，尚處頒條〔二五〕。實繄如燭之明，敢不知風所自〔二六〕。末由謁謝，空抱款誠。

【校注】

〔一〕本篇原載清編《全唐文》卷七七六第一一頁、《樊南文集補編》卷七。〔錢箋〕（馬侍郎）馬植也。《舊唐書》本傳：宣宗即位，行刑部侍郎。《新唐書·李德裕傳》：吳汝納訟李紳殺吳湘事，而大理卿盧言、刑部侍郎馬植、御史中丞魏扶言：「紳殺無罪，德裕徇成其冤。」《舊唐書·鄭畋傳》：父亞，大中二年，吳汝納訴冤，貶循州刺史。又《李紳》等傳：吳湘爲江都尉，爲部人所訟贓罪，兼娶百姓顏悦女爲妻。李紳令觀察判官魏鉶鞫之，贓狀明白，伏法。湘妻顏，顏繼母焦，皆笞而釋之。及揚州上具獄，物議以李德裕素憎吳氏，疑紳織成其罪。諫官論之，乃差御史崔元藻覆獄，據款伏妄破程糧錢，計贓準法。顏悦女則稱是悦先娶王氏女，非焦所生，與揚州案小有不同。德裕以元藻無定奪，奏貶崖州司户。及德裕罷相，群怨方搆。湘兄進士汝納詣闕訴冤，言「紳在淮南，恃德裕之勢，枉殺臣弟」。追元藻覆問。元藻既恨德裕，陰爲崔鉉、白敏中、令狐綯所利誘，即言「湘雖坐贓，罪不至死，顔悦實非百姓。此獄是鄭亞首唱，元壽協李恪鍛成，李回便奏」。遂下三司詳鞫。故德裕再貶，李回、鄭亞等皆竄逐。吴汝納、崔元藻數年並至顯官。

〔岑仲勉曰〕湘受贓有據，見《舊・本紀》大中二年覆審之狀，狀稱：「節度使李紳追湘下獄，計贓處死，具獄奏聞。朝廷疑其冤，差御史崔元藻往揚州按問，據湘雖有取受，罪不至死。」可見湘受贓是實，出入只數量問題。考《唐律疏議》一一：「諸監臨主司受財而枉法者……十五匹絞。」今大中覆判竟未舉出湘受財多少以證其罪不至死，顯係有意出脱，構成德裕之罪名。然主判者李紳，最多不過錯在失人，更非德裕直接負責也。涉湘事，《雲溪友議》卷一及卷三各有記載，可參看。（《隋唐史・唐史》第四十五節《吉甫何以受謗》）〔按〕《通鑑》大中二年正月書：「西川節度使李回、桂管觀察使鄭亞坐前不能直吴湘冤，乙酉（廿四），回左遷湖南觀察使，亞貶循州刺史。」《舊唐書・宣宗紀》則書此事於二月。商隱《樊南乙集序》亦謂大中二年「二月府貶」。相互參證，當以《通鑑》之記載爲準。蓋朝廷貶制，當在正月乙酉（廿四）發出，因屬嚴譴，故二十餘日即可到達桂林。《爲滎陽公與前浙東楊大夫啓》云：「今月二十日，專使林押衙至，緘詞重疊，贈貺豐厚。……某頃副憲綱，昧於官守，早乖審克，久乃發揚……尚蒙恩宥，獲頒詔條。……以今月二十三日南去。」細審啓文，可推知貶制當在二月中旬到達桂林。林押衙至桂林時，亞已接貶制，故啓於「今月二十日，專使林押衙至」之後，即接叙已被貶之事及南去之日期。商隱「二月府貶」之文，蓋指二月中旬鄭亞接到貶制之時。而此啓及下《爲滎陽公與三司使大理盧卿啓》則作於大中二年二月中旬奉貶制之後,二月二十三日之前。因亞與李回同時被貶,故此啓已稱「湖南李相公」。據《登科記考》,鄭亞、馬植係大和二年賢良方正能直言極諫科同登第者。

〔二〕〔錢注〕《漢書·周昌傳》:吾極知其左遷。注:是時尊右而卑左,故謂貶秩位爲左遷。

〔三〕〔補注〕官常,官之常職。語本《周禮·天官·大宰》:「以八灋治官府……四曰官常,以聽官治。」

〔四〕〔補注〕《周禮·秋官·大司寇》:「以兩造禁民訟,入束矢於朝,然後聽之。」鄭玄注:「必入矢者,取其直也……古者一弓百矢,束矢,其百个與?」

〔五〕〔補注〕《周禮·秋官·大司寇》:「以兩劑禁民獄,入鈞金三日,乃致於朝,然後聽之。」鄭玄注:「必入金者,取其堅也。三十斤曰鈞。」束矢、鈞金,古代民間訴訟應繳納之財物,後指處理訟事。

〔六〕〔補注〕紛披,紛亂。

〔七〕〔錢注〕《舊唐書·李紳傳》:會昌四年十一月,守僕射平章事,後出爲淮南節度使。六年卒。《漢書·丙吉傳》:客或謂吉曰:「君侯爲漢相,姦吏成其私,然無所懲艾。」吉曰:「夫以三公之府,有案吏之名,吾竊陋焉。」又《于定國傳》:具獄上府。〔補注〕案吏,懲辦下屬官吏。此指江都尉吴湘。具獄,據以定罪之全部案卷。《漢書·于定國傳》:「于公争之,弗能得,乃抱其具獄，哭於府上，因辭疾去。」顔師古注：「具獄者，獄案已成，其文備具也。」按：文稱「故府李相公」，似亞昔日曾從事李紳幕府。考紳大和七年閏七月至九年四月任浙東觀察使，開成元年六月至五年九月任宣武軍節度使，開成五年九月任淮南節度使，會昌四年至六年復鎮淮南。紳初鎮淮南時亞已入朝，歷任監察御史、史館修撰、刑部郎中等職，其爲李紳幕僚唯浙東、宣武二鎮方有可能，而以任職浙東幕府之可能性較大。

〔八〕〔錢注〕《舊唐書·鄭畋傳》：父亞。會昌初，始入朝爲監察御史，累遷刑部郎中，中丞李回奏知雜。按《通鑑》：殺吴湘在會昌五年。臺綱，見《爲濮陽公附送官告中使回狀》「顯分霜憲」注。〔補注〕鄭亞在長慶二年至大和三年，曾爲李德裕浙西幕府從事，後又可能從事浙東李紳幕，故云「久爲賓佐」。方副臺綱，指任御史臺知雜事侍御史，主持臺中事務。《舊唐書·王播傳》：「遷工部郎中，知臺雜，刺舉綱憲。」

〔九〕〔錢注〕《莊子》：必服恭儉，拔出公忠之屬，而無所阿私，民孰敢不輯？

〔一〇〕〔錢注〕《漢書·何武傳》：除吏先爲科例，以防請託。

〔一一〕〔錢注〕陸機《謝平原内史表》：片言隻字，不關其間。

〔一二〕〔錢注〕《舊唐書·李回傳》：會昌三年，兼御史中丞。潞賊平，同平章事。大中元年冬，坐與李德裕親善，改潭州刺史、湖南觀察使。《新唐書·選舉志》：舉人既及第，綴行通名詣主司第，則謂門生。〔按〕史未見李回曾知貢舉，主持進士試。唯開成三年，曾主持博學宏辭科考試，商隱啓、狀中屢稱之爲「座主」。崔元藻是否在開成三年曾參加宏博試,待考。

〔一三〕〔錢注〕《新唐書·百官志》:侍御史久次者一人知雜事,謂之雜端。〔按〕據《舊唐書·鄭畋傳》,御史中丞李回曾薦奏鄭亞爲刑部郎中知雜事。

〔一四〕〔補注〕推事,勘斷案件。張鷟《朝野僉載》:「敕令差能推事人勘當取實。」

〔一五〕〔錢注〕《漢書·王尊傳》:浸潤加誣。《宋書·蔡興宗傳》:若一人唱首,則俯仰可定。〔補注〕容易,猶輕慢放肆。操心,猶持心。唱首,即首唱。崔元藻謂「此獄是鄭亞首唱」,參注〔一〕。

〔一六〕〔錢校〕常,疑當作「嘗」,見《左傳》。〔按〕常僚,常參官中之同僚。武元衡《賓三中丞去歲有臺中五言四韻未及酬報》詩:「在昔謬司憲,常僚惟有君。」《新唐書·百官志》:「文官五品以上及兩省供奉官、監察御史、員外郎、太常博士,日參,號常參官。」錢疑作「嘗」,恐非。

〔一七〕〔錢注〕《漢書·路温舒傳》:奏當之成,雖咎繇聽之,猶以爲死有餘辜。何則?成練者衆,文致之罪明也。〔補注〕文致,舞文弄法,致人于罪。

〔一八〕〔錢注〕《説文》:譴,謫問也。〔補校〕以,《全文》作「於」,當誤。《爲滎陽公與三司使大理盧卿啓》:「若據其證逮,按彼詞連,則處以嚴科,無所逃責。」亦可證字當作「以」,兹改正。

〔一九〕〔錢注〕《宋書·徐羨之傳》:雖伏法者當辜,而在宥者靡容。

〔二〇〕〔補注〕《左傳·昭公七年》:「及正考父佐戴、武、宣,三命兹益共,故其鼎銘云:『一命而僂,再命而傴,三命而俯,循墻而走,亦莫余敢侮。饘於是,鬻於是,以餬余口。』」

〔二一〕〔錢注〕《史記·張湯傳》：姦吏並侵漁。《魏志·齊王芳紀》注：習鑿齒曰：「若乃諱敗推過，歸咎萬物。」〔補注〕照，洞察。

〔二二〕〔補注〕《易·繫辭下》：「中心疑者其辭枝。」孔穎達疏：「中心於事疑惑，則其心不定，其辭分散，若閒枝也。」按：此處枝辭，猶言無根據亂説之辭。崔子，指崔元藻。

〔二三〕〔錢注〕《魏書·太宗紀》：遠蕃助祭者數百國。〔按〕桂管爲僻遠之藩鎮，故云「遠藩」。

〔二四〕〔錢注〕《周書·武帝紀》：道有沿革，宜從寬典。

〔二五〕〔補注〕謂雖罷桂管觀察使，猶任循州刺史。

〔二六〕〔補注〕宋玉《風賦》：「王曰：『夫風，始安生哉？』宋玉對曰：『夫風，生于地，起于青蘋之末。』」

# 爲滎陽公與三司使大理盧卿啓〔一〕

蒙恩左遷，不任感懼。某頃以疏拙，謬副紀綱〔二〕，不能辨軍府之獻囚〔三〕，折王庭之坐獄〔四〕。將踰五載〔五〕，終辱三司。過實已招〔六〕，咎將誰執〔七〕？故府李相公〔八〕，知舊之分〔九〕，與道爲徒〔一〇〕。戎幕賓筵〔一一〕，雖則深蒙獎拔；事蹤筆跡〔一二〕，實非曲有指揮。逝者難誣，言之罔愧。且崔監察元藻是湖南李相公首科門生〔一三〕，是某所薦御史〔一四〕。將赴淮海〔一五〕，私間尚不囑求；及還京師，公共豈能遏塞？昨蒙辨引，稍近加誣〔一六〕。座主既不免於款中〔一七〕，雜端固無逃於筆下〔一八〕。乘時幸遠，背惠加誣。既置對之莫由〔一九〕，豈自明之有望〔二〇〕？若據其證逮〔二一〕，按彼詞連〔二二〕，則處以嚴科〔二三〕，無所逃責〔二四〕。猶賴九天知其乖運〔二五〕，伏念非欲固用深文〔二六〕，不從鍛鍊之科〔二七〕，得在平反之數〔二八〕。揣心知幸，感分增榮〔二九〕。拜謝末由，惶戀無極。

【校注】

〔一〕本篇原載清編《全唐文》卷七七六第一二頁、《樊南文集補編》卷七。〔錢箋〕（大理盧卿）盧言也。詳《爲滎陽公上馬侍郎啓》注〔一〕。《新唐書·百官志》：刑部尚書一人，侍郎一人。凡鞫大獄，以尚書、侍郎與御史中丞、大理卿爲三司使。《舊唐書·職官志》：大理寺卿一員，從三品。〔張箋〕案香山《長慶集·開成二年三月三日禊洛濱詩》，有留守裴令公召駕部員外郎盧言名，即此人。〔按〕此啓與《爲滎陽公上馬侍郎啓》同時所上，具體寫作時間約當大中二年二月中下旬間，詳上篇注〔一〕按語。今人周勛初有《盧言考》。

〔二〕〔錢注〕《唐會要》：伏以御史臺臨制百司，糾繩不法，若事簡則風憲自肅，事煩則紀綱轉輕。〔補注〕紀綱，指臺憲。副紀綱，即《爲滎陽公上馬侍郎啓》之「副臺綱」，指鄭亞任刑部郎中知雜事。

〔三〕〔補注〕《左傳·成公九年》：「晉侯觀于軍府，見鍾儀，問之曰：『南冠而縶者誰也？』有司對曰：『鄭人所獻楚囚也。』使税(解)之，召而弔之。」此反用，謂己不能辨吴湘之寃而解之。

〔四〕〔補注〕《左傳·襄公十年》：「王叔之宰與伯輿之大夫瑕禽坐獄於王庭，士匄聽之。」杜預注：「獄，訟也。」坐獄，訴訟雙方互相辯論。折獄，判决訴訟案件。《易·豐》：「君子以折獄致刑。」

〔五〕〔補注〕吴湘案，《通鑑·會昌五年》二月紀其事，云：「淮南節度使李紳按江都令吴湘盜用程糧錢，强娶所部百姓顔悦女，估其資裝爲臟，罪當死。……議者多言其寃，諫官請覆按，詔遣監察御史崔元藻、李稠覆之，還言：『湘盜程糧錢有實；顔悦本衢州人，嘗爲青州牙推，妻亦士族，與前獄異。』德裕以爲無與奪，二月，貶元藻端州司户、稠汀州司户。不復更推，亦不付法司詳斷，即如紳奏，處湘死。諫議大夫柳仲郢、敬晦皆上疏争之，不納。」是五年二月實貶元藻及處决吴湘之時，此案則在四年於淮南審理。自會昌四年至大中二年，首尾已歷五載，故云。

〔六〕〔錢注〕《宋書·彭城王義康傳》：即情原釁，本非己招。

〔七〕〔補注〕《詩·小雅·小旻》：「發言盈庭，誰敢執其咎？」鄭玄箋：「事若不成，誰云已當其咎責者。」執咎，謂承擔罪責，不憚任過。

〔八〕〔錢注〕謂李紳。參《爲滎陽公上馬侍郎啓》注〔七〕。

〔九〕〔補注〕知舊，知己舊交。唐人常以知己、知舊指對己有知遇之恩的府主。

〔一〇〕〔補注〕徒，侣也。此言與李紳純以道交。

〔一一〕〔錢注〕《北史·万俟普等傳論》：策名戎幕。〔補注〕《詩·小雅·賓之初筵》：「賓之初筵，温温其恭。」〔按〕戎幕、賓筵，均指幕府。「戎幕」二句，益見鄭亞曾在李紳幕府任幕僚。

〔一二〕筆，《全文》作「畫」，據錢校改。〔錢校〕畫，疑當作「筆」。陸機《謝平原内史表》：事蹤筆跡，皆可推校。

〔一三〕〔錢注〕湖南李相公，李回也。詳《爲滎陽公上馬侍郎啓》注〔三〕。〔按〕李回宦歷，未曾任禮部侍郎，知貢舉，唯開成三年曾爲博學宏詞科主考官，疑崔元藻爲是年登第者。

〔一四〕某，《全文》作「其」，錢本據胡本改正，兹從之。〔按〕《爲滎陽公上馬侍郎啓》亦云「是某所拜雜端日御史」。

〔一五〕〔補注〕指崔元藻被朝廷派往淮南覆按吴湘案時。

〔一六〕加誣，見《爲滎陽公上馬侍郎啓》注〔一五〕。

〔一七〕〔錢注〕《摭言》：有司謂之座主。〔按〕座主，此指李回。款，供詞。《通鑑·天授二年》：「來俊臣鞫之，不問一款，先斷其首，乃僞立案奏之。」胡三省注：「獄辭之出於囚口者爲款。」

〔一八〕〔錢注〕《新唐書·百官志》：侍御史久次者一人知雜事，謂之雜端。〔按〕雜端，此指鄭亞自己。

〔一九〕〔錢注〕《漢書·劉向傳》：恭、顯白令詣獄置對。注：置對者，立爲對辭。〔補注〕置對，猶答辯。

〔二〇〕〔錢注〕《史記·淮南王安傳》：被遂亡之長安，上書自明。

〔二一〕〔錢注〕《史記・杜周傳》：章大者連逮證案數百，小者數十人。〔補注〕《史記・五宗世家》：「請逮勃所與姦諸證左。」證逮，逮捕與案情有關連之人。

〔二二〕〔錢注〕《史記・淮南王安傳》：於是廷尉以王孫建辭連淮南王太子遷聞。〔補注〕辭連，供辭牽連。

〔二三〕〔錢注〕《宋書・自序》：故同之嚴科。

〔二四〕〔錢注〕任昉《爲齊明帝讓宣城郡公表》：四海之議，於何逃責？

〔二五〕〔錢注〕《楚辭・離騷》：指九天以爲正兮。注：九天，謂中央八方也。按：《書》「服念五六日，至于旬時」，字本作「服」；而吳質《答東阿王書》引此，即作「伏念」，則二字之通用久矣。若析「伏念」屬下讀，義雖可通，而文勢未合。〔按〕「伏念」二字當屬下讀。伏，敬詞；念，念及。致書尊上多用之。

〔二六〕〔錢注〕《史記・酷吏傳》：張湯與趙禹共定諸律令，務在深文。〔補注〕深文，謂制定或援用法律條文苛細嚴峻。

〔二七〕〔錢注〕《漢書・路温舒傳》：治獄之吏，皆欲人死，上奏畏却，則鍛練而周内之。〔補注〕鍛鍊，謂羅織罪名，陷人于罪。

〔二八〕〔錢注〕《漢書・劉德傳》：多所平反罪人。注：蘇林曰：「反音幡，幡罪人辭，使從輕也。」

〔二九〕〔錢注〕曹植《七啓》：感分遺身。〔補注〕感分，猶感恩。

# 爲滎陽公與前浙東楊大夫啓〔一〕

近已遣押衙喬可方〔二〕，齎少信幣聘謁，計程已過衡湘〔三〕。方將遐仰清風〔四〕，不謂先霑膏雨〔五〕。今月二十日，專使林押衙至，緘詞重疊，贈貺豐厚〔六〕，皆晉地之所生也〔七〕，而秦不産一物焉〔八〕。使乎方來，已承徵詔〔九〕。下車投刃〔一〇〕，則致謳謡；高浪順風〔一一〕，難窺飛止。滎聞休暢〔一二〕，何樂如之！

某頃副憲綱〔一三〕，昧於官守，早乖審克〔一四〕，久乃發揚〔一五〕。舊吏常僚〔一六〕，微有誣引〔一七〕；小藩遠地，難自辨明。若從文致之科〔一八〕，合用投荒之典〔一九〕。尚蒙恩宥〔二〇〕，獲頒詔條。省罪撫心〔二一〕，不任感懼。鄙人嚮學之後〔二二〕，操心有歸〔二三〕。至於率履公塗〔二四〕，承迎親友，雖多乖時態，或不愧座銘〔二五〕。又用高明〔二六〕，常所照信。至於機微之會〔二七〕，用捨之間〔二八〕，既有命有時〔二九〕，亦何思何慮！更將尚口〔三〇〕，彌失處躬。

以今月二十三日南去〔三一〕。家無甚累〔三二〕，官忝古侯〔三三〕。外以勸課蠻夷〔三四〕，内以訓摩子弟，惟將悔過，以立後圖〔三五〕。鄧禹之止望功曹〔三六〕，赤也之願爲小相〔三七〕，古猶有是，余獨何人！不因遭值聖明〔三八〕，階緣叨竊〔三九〕，則循陽郡守〔四〇〕，乃山東書生禱祠之所求也〔四一〕。

負責雖懼〔四二〕，循涯則驚〔四三〕。多謝故人，慎加頤保，騰凌紫闥〔四四〕，步武青雲〔四五〕，時因南風〔四六〕，不至遐棄〔四七〕。厚幸。

**【校注】**

〔一〕本篇原載清編《全唐文》卷七七六第一三頁、《樊南文集補編》卷七。〔錢箋〕此爲漢公去任後作，詳《爲滎陽公與浙東楊大夫啓》注〔一〕。〔張箋〕案《嘉泰會稽志》：「大中元年，漢公自桂管授浙東觀察使，二年二月召。」贊寧《高僧傳·知玄傳》又有「大中三年誕節，詔諫議李貽孫、給事楊漢公」語，故啓云：「使乎方來，已承徵召。」是漢公罷鎮，與鄭亞貶循同時也。〔按〕《會稽掇英總集·唐太守題名記》云：「楊漢公，大中元年五月自桂管觀察使授，二年二月追赴闕。」與《嘉泰會稽志》所載合。漢公遣林押衙自會稽出發時，朝廷内召之命尚未抵會稽，而二月二十日林押衙抵桂林時，朝廷内召漢公之命已達，故云「使乎方來，已承徵召」，題亦稱「前浙東楊大夫」矣。據啓内「今月二十日，專使林押衙至」及「以今月二十三日南去」之文，此啓當作於二月二十一、二兩日内。

〔二〕〔錢注〕《通鑑·唐玄宗紀》注：押衙者，盡管節度使牙内之事。

〔三〕〔錢注〕《水經注》：衡山東西二面，臨映湘川，自長沙至此，江湘七百里中有九背，故漁者歌曰：「帆隨湘轉，望衡九面。」〔按〕衡湘，當指衡陽一帶之湘江。自桂林赴浙東，桂林至潭州一段走湘江水路。桂林至衡陽一千三百五十七里，按通常速度，當須二十天左右。則喬可方出發及前啓寫作時間約在二月初，參《爲滎陽公與浙東楊大夫啓》注〔一〕。

〔四〕〔補注〕《詩·大雅·烝民》：「吉甫作誦，穆如清風。」毛傳：「清微之風，化養萬物者也。」

〔五〕〔補注〕《左傳·襄公十九年》：「小國之仰大國也，如百穀之仰膏雨焉。」膏雨，滋潤作物之霖雨，用典雅切「小國之仰大國」。此喻指「緘詞重疊，贈貺豐厚」。

〔六〕〔錢注〕《宋書·廬江王禕傳》：往必清閑，贈貺豐厚。

〔七〕〔錢注〕按：此似用「羽毛齒革，則君地生焉」，但《左傳》指楚非晉，或誤臆耶？〔按〕「羽毛齒革，則君地生焉」，見《左傳·僖公二十三年》，係晉公子重耳出亡至楚時，與楚王之對話。

〔八〕〔錢注〕李斯《上秦始皇書》（即《諫逐客書》）：今陛下致崑山之玉，有和、隨之寶，垂明月之珠，服太阿之劍，乘纖離之馬，建翠鳳之旗，樹靈鼉之鼓。此數寶者，秦不生一焉。

〔九〕〔補注〕謂林押衙方抵桂林，已接奉朝廷徵召（漢公）入朝之消息。

〔一〇〕刃，《全文》作「刄」，錢本據胡本改正，茲從之。〔錢注〕沈約《齊故安陸昭王碑》：下車敷化，風動神行。孫綽《遊天台山賦》：投刃皆虚，目中無全。〔補注〕下車，語本《禮記·樂記》：「武王克殷，反商，未及下車，而封黄帝之後於薊。」投刃，典出《莊子·養生主》，謂庖丁解牛，三年後所見皆非全牛，只見其骨節皆空虚，「彼節者有間，而刀刃者無厚，以無厚入有間，恢恢乎其於游刃必有餘地矣」。「下車」二句，蓋謂其在浙東任上有惠政，爲民謳歌。

〔一一〕〔錢注〕郭璞《遊仙詩》：高浪駕蓬萊。王褒《聖主得賢臣頌》：翼乎如鴻毛遇順風。〔補注〕《宋書·宗慤傳》：「慤年少時，（叔父）炳問其志，慤曰：『願乘長風，破萬里浪。』」「高浪」二句，謂其内召任京職，如高浪順風，難以預測其遠大前程。

〔一二〕〔錢注〕李陵《答蘇武書》：榮問休暢，幸甚幸甚。〔補注〕榮聞，美好之聲譽。休暢，休美暢通。

〔一三〕〔錢注〕陳琳《爲袁紹檄豫州》：不顧憲綱。〔按〕此「副憲綱」與《爲滎陽公與三司使大理盧卿啓》之「副紀綱」，《爲滎陽公上馬侍郎啓》之「副臺綱」，均指鄭亞任刑部郎中知雜事。

〔一四〕〔補注〕《書·吕刑》：「五過之疵：惟官、惟反、惟内、惟貨、惟來。其罪惟均，其審克之。」審克，猶審核、查實。

〔一五〕〔錢注〕謂吴湘之獄，詳《爲滎陽公上馬侍郎啓》注〔一一〕。〔補注〕發揚，猶揭發、揭露。

〔一六〕〔錢注〕《吴志·陸抗傳贊》：軍中舊吏，知吾虚實者。常僚，見《爲滎陽公上馬侍郎啓》注〔一六〕。〔按〕舊吏常僚，指崔元藻，時任監察御史，爲刑部郎中知雜事鄭亞之屬僚。

〔一七〕〔錢注〕《宋書·自序》：或財利相鬭，妄相誣引。

〔一八〕文致，見《爲滎陽公上馬侍郎啓》注〔一七〕。

〔一九〕〔錢注〕揚雄《逐貧賦》：投棄荒遐。

〔二〇〕〔錢注〕《宋書·王弘傳》：若垂恩宥，則法廢不可行。

〔二一〕〔錢注〕《漢書·田延年傳》：光因舉手自撫心曰：「使我至今病悸。」〔按〕撫心，猶捫心自問，錢注引非其義。

〔二二〕〔錢注〕《莊子》：汝鄙人也。《史記·伏生傳》：是時張湯方鄉學。〔按〕鄉、嚮通。

〔二三〕〔補注〕操心，所執持之心志。《史記·傅靳蒯成列傳論》：「蒯成侯周緤操心堅正，身不見疑。」

〔二四〕〔錢注〕《晉書·阮种傳》：營職不干私義，出心必由公塗。

〔二五〕座銘，見《爲尚書濮陽公涇原讓加兵部尚書表》「銘座循墻」注。

〔二六〕乂，《全文》作「又」，據錢校改。〔錢校〕「又」字，胡本作「周」。愚按：當作「乂用」，蓋合《尚書》「乂用三德」「高明柔克」耳。〔按〕《書·洪範》有「乂用三德」之語，孔傳：「治民必用剛、柔、正直之三德。」又有「高明柔克」之語，孔傳：「高明謂天，言天爲剛德，亦有柔克，不干四時，喻臣當執剛以正君，君亦當執柔以納臣。」

〔二七〕〔補注〕機微，事物變化之最初徵兆。

〔二八〕〔補注〕用捨，語本《論語·述而》：「子謂顔淵曰：『用之則行，舍之則藏，唯我與爾有是夫。』」

〔二九〕〔錢注〕《鶡冠子》：既有時有命。

〔三〇〕〔補注〕《易·困》：「有言不信，尚口乃窮也。」尚口，徒尚口説。孔穎達疏：「處困求通，在於修德；非用言以免困。徒尚口説，更致困窮。」

〔三一〕〔錢注〕（南去）謂貶循州刺史。見《爲滎陽公上馬侍郎啓》注〔一〕。

〔三二〕〔錢注〕《後漢書·百官志》注：其有家累者，與之關内之邑，食其租税也。

〔三三〕〔錢注〕曹冏《六代論》：且今之州牧郡守，古之方伯諸侯。〔按〕官忝古侯，指爲循州刺史。

〔三四〕見《爲滎陽公論安南行營將士月糧狀》注〔四〕。

〔三五〕〔補注〕《左傳·桓公六年》：「以爲後圖，少師得其君。」

〔三六〕見《爲濮陽公上華州陳相公狀》注〔五〕。

〔三七〕〔補注〕《論語·先進》：「子路、曾晳、冉有、公西華侍坐。……『赤，爾何如？』對曰：『非曰能之，願學焉。宗廟之事，如會同，端章甫，願爲小相焉。』」小相，諸侯祭祀、盟會時之司儀官、儐相。

〔三八〕〔錢注〕《後漢書·劉寵傳》：年老遭值聖明。

〔三九〕〔錢注〕《魏志·高貴鄉公紀》注：《魏氏春秋》曰：「階緣前緒。」《蜀志·諸葛亮傳》：叨竊非據。〔補注〕階緣，攀附；叨竊，謙稱無才德而據位。

〔四〇〕循陽，《全文》作「修揚」，據錢校改。〔錢校〕按《舊唐書·地理志》：「循州，隋龍川郡，領河源縣。循江一名河源水，自虔州雩都縣流入。」而《隋書·地理志》河源縣下注：「有脩江。」意「循」「脩」二字形似致訛，而「揚」又當作「陽」歟？〔按〕《元和郡縣圖志》卷三十四循州：「循江西自河源縣界流入，西去縣五十里。」「河源縣……循江經縣東南，去縣二百步。」是當作「循江」。循江又名河源水。循陽郡守，即指循州刺史。

〔四一〕〔錢曰〕按馮氏以洛都爲山東，前《上江西周大夫狀》注〔八〕已引其說。鄭亞，滎陽人，則在洛陽之東矣。

〔四二〕〔錢注〕馮衍《與陰就書》：負責之臣，欲言不敢。〔補注〕負責，失職。

〔四三〕〔錢注〕任昉《到大司馬記室牋》：顧己循涯，實知麈忝。〔補注〕循涯，省察本分。

〔四四〕〔錢注〕《後漢書·崔駰傳》：駰擬揚雄作《達旨》曰：「不以此時攀台階，窺紫闥，據高軒，望朱闕，蒙竊惑焉。」

〔四五〕〔錢注〕《國語》：夫目之察度也，不過步武尺寸之間。《史記·范睢傳》：須賈曰：「賈不意君能自致於青雲之上。」

〔四六〕〔錢注〕李陵《答蘇武書》：時因北風，復惠德音。〔按〕循州在嶺南，楊漢公内召在朝廷任職，故云因南風而惠德音。

〔四七〕〔補注〕《詩·周南·汝墳》：「既見君子，不我遐棄。」遐棄，遠相抛棄。

## 爲湖南座主隴西公賀馬相公登庸啓〔一〕

伏見某月日恩制，相公登庸〔二〕。凡在藩方，莫不稱慶。相公恢弘廣度〔三〕，疏越正聲〔四〕。君子卷舒〔五〕，不違於仁義〔六〕；丈夫憂樂〔七〕，唯繫於邦家。吴漢之不離公門〔八〕，袁安之每念王室〔九〕。今果明臺納諫〔一〇〕，武帳陳謨〔一一〕，寧勞夢卜之資〔一二〕，自契鹽梅之望〔一三〕。況聖上儲精垂思〔一四〕，保大定功〔一五〕，推軒后師臣之規〔一六〕，得周成畏相之道〔一七〕，三古之英華未遠〔一八〕，百王之損益可知〔一九〕。仗乎元臣〔二〇〕，佇啓休運，以不忝不忘貞百度〔二一〕，以無偏無黨定九流〔二二〕。仁遠乎哉〔二三〕？古猶今也〔二四〕。斯固祖宗降意，華夏同誠。

某早忝恩光，今當譴責〔二五〕。思昔時之叨位〔二六〕，愧汗仍流；賀今日之登賢〔二七〕，歡心莫寄。矧復系通屬籍〔二八〕，任處藩條，至於馳誠，實倍常品。伏惟鑒察。

**【校注】**

〔一〕本篇原載清編《全唐文》卷七七六第一九頁、《樊南文集補編》卷七。〔錢箋〕湖南座主，李回也。見《上座主李相公狀》注〔一〕及《爲滎陽公上馬侍郎啓》注〔一〕。《新唐書·宗室世系表》：「李氏出自嬴姓。曇字貴遠，趙柏人侯，入秦爲御史大夫，生四子：崇、辨、昭、璣。崇爲隴西房。」馬相公，植也。《舊唐書·馬植傳》：宣宗即位，行刑部侍郎，轉户部侍郎，俄以本官同平章事。《書·堯典》：帝曰：「疇咨若時登庸。」〔張箋〕（大中二年）五月，户部侍郎、鹽鐵轉運使馬植本官同平章事。附考云：《舊·紀》書三月己酉由禮部尚書登庸，《表》書在正月乙卯，均誤。《補編·爲滎陽公上馬植啓》，事在二月，尚稱侍郎，未入相也。〔按〕《新唐書·宣宗紀》大中二年書：「五月己未朔，日有食之。崔元式罷。兵部侍郎、判度支周墀，刑部侍郎、諸道鹽鐵轉運使馬植，同中書門下平章事。」《通鑑》同。張氏據《新·紀》定馬植任宰相在五月，是。商隱約是年三月啓程北返,五月端陽時已在潭州,有《楚宫》(湘波如淚色漻漻)、《潭州》詩。馬植五月廿一爲相(詳下篇注〔一〕),制書至潭州,約半月左右(長安至潭州二四四五里),此賀啓當作於大中二年六月上旬左右。《舊·紀》書三月己酉由禮部尚書登庸,然是年三月辛酉朔,無己酉,亦可證「三月」之誤。

〔二〕〔錢注〕按《舊唐書·宣宗紀》,事在大中二年三月己酉。〔按〕《舊·紀》誤,詳注〔一〕。

〔三〕〔錢注〕孔安國《尚書序》:所以恢弘至道。傅毅《舞賦》:舒恢炱之廣度兮。

〔四〕〔補注〕《禮記·樂記》:「《清廟》之瑟,朱紘而疏越,壹唱而三歎,有遺音者矣。」《荀子·樂論》:「正聲感人而順氣應之。」

〔五〕〔補注〕卷舒,猶屈伸、進退、隱顯。《論語·衛靈公》:「君子哉蘧伯玉!邦有道,則仕;邦無道,則可卷而懷之。」

〔六〕〔補注〕《論語·里仁》:「君子無終食之間違仁,造次必於是,顛沛必於是。」

〔七〕〔錢注〕趙至《與嵇茂齊書》:豈能與吾同大丈夫之憂樂者哉?

〔八〕〔錢注〕《東觀漢記》:吴漢爲人,質厚少文,鄧禹及諸將多相薦舉,再三召見,其後勤勤不離公門。

〔九〕〔錢注〕《東觀漢記》:袁安爲司徒,每朝會,憂念王室,未嘗不流涕。

〔一〇〕〔錢注〕《管子》:黄帝立明臺之議者,上觀於賢也。〔補注〕明臺,傳爲黄帝聽政之所。《文選·

王融〈永明十一年策秀才文〉》：「思政明臺，訪道宣室。」張銑注：「明臺，明堂也，天子布政之宮。」此泛指帝王議政之所。

〔一一〕〔錢注〕《史記·汲黯傳》：上嘗坐武帳中，黯前奏事，上不冠，望見黯，避帳中，使人可其奏。其見敬禮如此。〔補注〕武帳，置有兵器之帷帳，帝王或大臣所用。《漢書》顔師古注引孟康曰：「今御武帳，置兵闌五兵於帳中也。」王先謙補注引沈欽韓曰：「帳置五兵，蓋以蘭錡圍四垂，天子御殿之制如此。」或説，係織有武士像之帷帳。

〔一二〕見《爲濮陽公上楊相公狀》注〔九〕〔一〇〕。

〔一三〕〔補注〕《書·説命下》：「若作和羹，爾惟鹽梅。」此以鹽梅喻指調和鼎鼐之宰相。契，合。

〔一四〕〔錢注〕《漢書·揚雄傳》：《甘泉賦》：「惟夫所以儲精垂思，感動天地，逆釐三神者。」

〔一五〕〔補注〕《左傳·宣公十二年》：「夫武，禁暴、戢兵、保大、定功、安民、和衆、豐財者也。」保大，安居高位。定功，建立功業。

〔一六〕〔錢注〕《帝王世紀》：黄帝以風后配上台，天老配中台，五聖配下台，謂之三公。其餘知天規，紀地典。力牧、常先、封胡、孔甲等，或以爲師，或以爲將。《後漢書·陳元傳》：臣聞師臣者帝，賓臣者霸。

〔一七〕〔補注〕《書·酒誥》：「成王畏相，惟御事厥棐有恭，不敢自暇自逸。」孔傳：「猶保成其王道，畏敬輔相之臣，不敢爲非。」據孔傳，成王係保成王道之意，非指周成王。

〔一八〕〔錢注〕《漢書·藝文志》：人更三聖，世歷三古。〔補注〕三古，指上古、中古、下古，所指時限諸説不一。英華，言花木之美，以喻帝王之德化，見《文選·揚雄〈長楊賦〉》「英華沉浮」李善注。

〔一九〕〔補注〕《論語·爲政》：「子張問：『十世可知也？』子曰：『殷因於夏禮，所損益，可知也；周因於殷禮，所損益，可知也。其或繼周者，雖百世，可知也。』」

〔二〇〕〔錢注〕《晉書·劉寔傳》：古之哲王，莫不師其元臣。〔補注〕元臣，重臣。

〔二一〕〔補注〕《詩·大雅·假樂》：「不愆不忘，率由舊章。」不愆，無過失。《書·旅獒》：「不役耳目，百度惟貞。」貞，定；百度，百事，各種制度。

〔二二〕〔補注〕《書·洪範》：「無偏無陂，遵王之義。」孔傳：「偏，不平；陂，不正。」九流，指九品官人法所評定之九品人物，見《爲滎陽公上西川李相公狀》「九流萬國」注。

〔二三〕〔補注〕《論語·述而》：「子曰：『仁遠乎哉？我欲仁，仁斯至矣。』」

〔二四〕〔錢注〕《莊子》：冉求問於仲尼曰：「未有天地可知邪？」仲尼曰：「可，古猶今也。」

〔二五〕〔錢注〕謂吴湘之獄，見《爲滎陽公上馬侍郎啓》注〔一〕。《漢書·嚴延年傳》：事下御史中丞，譴責延年。〔按〕錢氏謂「某」字下疑脱「昔」字，《全唐文》「某」字下有「早」字，不脱文。

〔二六〕〔錢注〕《南齊書·王儉傳》：臣逢其時，而叨其位。

〔二七〕〔錢注〕《宋書·周朗傳》：若以賢未登，則今日之登賢若此。

〔二八〕〔錢注〕《史記·商君傳》：宗室非有軍功論，不得爲屬籍。〔補注〕屬籍，指宗室譜籍。李回係唐宗室，故云，參注〔一〕。《新唐書・李回傳》：「李回字昭度，新興王德良六世孫。」

## 賀相國汝南公啓〔一〕

某啓：日者慶屬中興〔二〕，運推《常武》〔三〕，仰窺金版〔四〕，遐考瑶圖〔五〕。順祖之孝思，丹青曾、閔〔六〕；憲皇之武烈，刀机彭、韋〔七〕。聖上初九潛泉〔八〕，登三佩契〔九〕，以后稷岐嶷爲小慧〔一〇〕，故人莫得知；以漢皇雲物爲下祥〔一一〕，故神無所豫〔一二〕。洎陟元后〔一三〕，洪維長君〔一四〕。固必降非常之人〔一五〕，輔維新之政。

伏惟閤下昭回降彩〔一六〕，沆瀣融精〔一七〕，往執靈鉺〔一八〕，正星辰之分野〔一九〕；今調鏤鼎〔二〇〕，猶日月之得天〔二一〕。昔軒后師臣〔二二〕，成王畏相〔二三〕，殷奉伊尹，則謂之元聖〔二四〕；周事吕尚，則命爲太公〔二五〕。此王者之所以尊賢傑而不以爲疑也。至於姬旦《金縢》，不與燕召同列〔二六〕；仲尼麟史，不令游、夏措辭〔二七〕。甘盤尊舊學之名〔二八〕，夷吾居仲父之位〔二九〕，此又賢傑之所以自負其道而不以爲讓也。上下交感，人祇協從。是我后夷姦秉哲之辰〔三〇〕，實閤下宰物匡時之日〔三一〕。清廟係心〔三二〕，蒼生延首〔三三〕，允也無間，樂哉惟時。

某早奉輝光〔三四〕，常蒙咳唾〔三五〕。牛心致譽〔三六〕，麈尾交談〔三七〕。而契闊十年〔三八〕，流離萬里〔三九〕，《扶風歌》則劉琨抱膝〔四〇〕，《白頭吟》則鮑昭撫膺〔四一〕。重至門闌〔四二〕，空餘皮骨〔四三〕。方從初服〔四四〕，無補大鈞〔四五〕。穿履敝衣〔四六〕，正同東郭〔四七〕；槁項黄馘，乃類曹商〔四八〕。未知伏謁之期〔四九〕，徒切太平之賀〔五〇〕。下情無任抃舞踴躍之至〔五一〕。謹啓。

**【校注】**

〔一〕本篇原載《文苑英華》卷六五二第七頁、清編《全唐文》卷七七八第三頁、《樊南文集詳注》卷三。〔徐箋〕《舊書・宣宗紀》：大中二（原作「三」，據《舊書・紀》改）年三月己酉，兵部侍郎、判度支周墀本官平章事。《周墀傳》：大中初，汝南男，食邑三百户。〔馮箋〕《舊書・紀》：大中元年六月，以義成軍節度使周墀爲兵部侍郎、判度支。二年三月，周墀本官平章事。三年三月，中書侍郎、同平章事、汝南縣開國子周墀檢校刑部尚書，充東川節度使。按：杜牧作《墓誌》云：「二年五月，以本官平章事。後一月，正位中書侍郎。」此啓當在二年秋所寄賀，非遲至三年春初也。〔張箋〕案《樊川集・周墀墓誌》：「今天子即位二年五月，以本官平章事。」《新・紀》同，《舊・紀》則在三月。考牧之内召在大中二年，而《上周相公啓》有「伏奉三月八日敕，除司勳員外郎、史館修撰」語，其時已稱相公，則《墓誌》「五月」，疑係「正月」之誤。《文集・賀相國汝南公啓》云：「契闊十年，流離萬里。」「重至門闌，空餘皮骨。方從初服，無補大鈞。」「未知伏謁之期，徒切太平之賀。」玩語氣是在二月桂州府罷留滯未歸時作，可以互參，故今從《新・表》（按

《新・表》書：正月己卯，「兵部侍郎、判度支周墀同中書門下平章事」）。〔岑仲勉曰〕余按牧《上周相公啓》：「不意相公拔自污泥，昇於霄漢。」則牧轉官斷在墀拜相後。墀相，《新・紀》及《通鑑》均不著日，是（牧）啓之三月八日，亦得爲正月八日訛，所誤在彼不在此也。（《新・表》書正月，「己卯」上當奪「五月」字。）況《樊川集》三《除官歸京睦州雨霽詩》：「秋半吴天霽……時節到重陽。」如果三月下詔，何至八、九月間始離睦任，「三」爲舛文，可無疑矣。（《玉谿生年譜會箋平質》戊錯會十四《周墀入相月》條）〔按〕張箋辨周墀入相在大中二年正月，所據者一爲《新書・宰相表》，一爲杜牧《上周相公啓》「伏奉三月八日勑，除尚書司勳員外郎、史館修撰」之文。然《新・表》所載，與《新・紀》即顯然抵牾，且《表》於「正月丙寅，敏中兼刑部尚書，元式兼户部尚書，琮兼禮部尚書」之後，係另行書：「己卯，刑部侍郎、諸道鹽鐵轉運使馬植同中書門下平章事。元式罷爲刑部尚書。兵部侍郎、判度支周墀同中書門下平章事。」於「己卯」二字上空兩格，未頂格書，岑氏謂「己卯」上當奪「五月」字，甚是。《舊・紀》雖書周墀拜相於大中二年三月，然亦與馬植拜相並書。植之拜相，證之《爲滎陽公上馬侍郎啓》（上於大中二年二月），斷不在二年正月；亦不可能在三月（三月無己卯）；而商隱五月端陽已在潭州，又有《爲湖南座主隴西公賀馬相公登庸啓》，則必爲五月己卯（廿一）拜相無疑。再證以杜牧《周墀墓誌銘》及《通鑑》，馬植、周墀於大中二年五月己卯（廿一）同拜相，殆可定論。至於張氏舉出杜牧《上周相公啓》「伏奉三月八日敕，除司勳員外郎、史館修撰」之文，以證墀正月拜相之是，岑仲勉已舉牧

《除官歸京睦州雨霽》詩以駁之。牧之蓋二年八月奉詔，九月自睦啓程歸京，則「三月八日」或當爲「八月八日」之誤也。周墀既與馬植同於大中二年五月己卯（廿一）拜相，則此啓之作時亦當與《爲湖南座主隴西公賀馬相公登庸啓》同時，即大中二年六月上旬。啓云「契闊十年，流離萬里……重至門闌，空餘皮骨……未知伏謁之期，徒切太平之賀」，亦顯爲罷桂幕北歸途次口吻。

〔二〕〔馮注〕《詩序》：《烝民》，尹吉甫美宣王也。任賢使能，周室中興焉。〔徐注〕《漢書·宣帝紀贊》曰：功光祖宗，業垂後嗣，可謂中興，侔德殷宗、周宣矣。

〔三〕〔徐注〕《詩序》：《常武》，召穆公美宣王也。有常德以立武事，因以爲戒然。

〔四〕〔徐注〕《太公金匱》：武王曰：「請著金版。」〔馮注〕《莊子·徐無鬼》：《金板》《六弢》。按：金版、金匱，通用語，見《代僕射濮陽公遺表》「鏤金垂烈」句注。〔補注〕金版，亦作「金板」，天子祭告上帝鏤刻告詞之金屬板，亦用以銘記大事，使不磨滅，與用指兵書之《金版》不同。《周禮·秋官·職金》：「旅于上帝，則共其金板。」

〔五〕見《爲汝南公賀元日御正殿受朝賀表》「光耀瑶圖」句注。

〔六〕〔徐注〕《揚子》：炳若丹青。《晉書·羊祜傳》：主上天縱至孝，有曾、閔之性。箋：史臣韓愈曰：「順宗居儲位二十年，天下陰受其賜。」〔馮注〕《莊子·外物篇》：孝未必愛，故曾參悲。陸氏《音義》曰：曾參至孝，爲父所憎，嘗見絶糧而後蘇。《後漢書·陰興傳》：詔曰：「興在家仁孝，有曾、閔之行。」《舊書・李泌傳》：順宗在春宮，妃蕭氏母郜國公主交通外人，德宗疑其有他，連坐貶黜者數人，皇儲亦危。泌百端奏説，上意方解。《通鑑》：太子遣人謝泌曰：「若必不可救，欲先自仰藥。」泌曰：「必非此慮，願太子起敬起孝。」間一日，上獨召泌，流涕曰：「皆如卿言，太子仁孝，實無它也。」〔補注〕閔，指閔損，字子騫。《論語・先進》：「子曰：『孝哉閔子騫！人不間於其父母昆弟之言。』」蔡邕《陳留太守胡公碑》：「孝于二親，養色寧意，蒸蒸雍雍，雖曾、閔、顔、萊，無以尚也。」丹青，增輝。謂順宗之孝，較曾、閔更加增輝。

〔七〕武，《全文》作「功」，據《英華》改。烈，《英華》作「力」，非。〔馮注〕《史記・項羽本紀》：如今人方爲刀俎，我爲魚肉。〔徐注〕《魏志》：文帝詔曰：「孫權如几上肉。」《鄭語》：史伯曰：「彭姓，彭祖、豕韋、諸稽，則商滅之矣。」注：彭祖，大彭也。豕韋、諸稽，其後別封也。大彭、豕韋爲商伯，其後世失道，殷復興而滅之。徐陵《九錫文》：驅馭於韋、彭。箋：（《舊書》）史臣蔣係曰：「憲宗果能翦削亂階，誅除群盜，睿謀英斷，近古罕儔。唐室中興，章武而已。」〔馮注〕《鄭語》：史伯曰：「大彭、豕韋爲商伯矣。」宣宗爲順宗之孫，憲宗之第十三子，故特叙之。〔補注〕刀机彭、韋，謂斬除藩鎮割據勢力。

〔八〕〔徐注〕泉，讀若「淵」。《易・乾》：初九，潛龍勿用。〔補注〕《周易》李鼎祚集解引馬融曰：「物莫大於龍，故借龍以喻天之陽氣也。初九，建子之月，陽氣始動於黃泉，既未萌芽，猶是潛伏，故曰潛龍也。」此以「初九潛泉」喻宣宗未居帝位，隱而未顯。

〔九〕〔馮注〕按《老子》云：「聖人執左契。」「有德司契。」故後世用爲帝王受命之符。「登三」雖本相如《難蜀文》（「上咸五，下登三」），然不專主三王之解。如《舊書·音樂志》「登三處大，得一居貞」，蓋《老子》云：「域中有四大，而王居其一焉。道大，天大，地大，王亦大。」此所謂「登三」者，謂帝王與道、天、地三者並尊也。乃合用《老子》語，非用「咸五登三」。〔按〕登三，超越三王之上。

〔一〇〕〔徐注〕《詩》：克岐克嶷，以就口食。〔補注〕《詩·大雅·生民序》：「《生民》，尊祖也。后稷生於姜嫄，文、武之功，起於后稷，故推以配天焉。」「克岐」二句，係形容后稷生而聰慧之狀。

〔一一〕〔徐注〕《左傳》：凡分、至、啓、閉，必書雲物。〔馮注〕《史記·高祖本紀》：高祖隱芒碭山澤巖石之間，吕后與人俱求，常得之。吕后曰：「季所居，上常有雲氣。」〔補注〕雲物，雲之色彩。《周禮·春官·保章氏》：「以五雲之物，辨吉凶、水旱降豐荒之祲象。」鄭玄注：「物，色也。視日旁雲氣之色。……鄭司農云：『以二至二分觀雲色，青爲蟲，白爲喪，赤爲兵荒，黑爲水，黄爲豐。』」本指觀雲色而辨吉凶。此處「雲物」猶所謂祥雲瑞氣。

〔一二〕〔馮注〕《舊書·宣宗紀》：長慶元年，封光王。會昌六年三月一日，武宗疾篤，遺詔立爲皇太叔。翌日，即帝位，時年三十七。帝外晦而内明，嚴重寡言，幼時，宫中以爲不慧。十餘歲時，遇重疾沈綴，忽有光輝燭身，蹶然而興。歷大和、會昌朝，愈事韜晦，群居游處，未嘗有言。文宗、武宗幸十六宅宴集，强誘其言以爲戲劇，謂之「光叔」。〔補注〕豫，預告、預示。

〔一三〕〔徐注〕《書》：帝曰：「來，禹，汝終陟元后。」〔補注〕元后，天子。

〔一四〕維，《英華》作「惟」，通。〔徐注〕《左傳》：晉襄公卒，靈公少，晉人以難故，欲立長君。〔馮注〕又：陳僖子曰：「少君不可以訪，是以求長君。」〔補注〕洪維，句首語助詞。《書·多方》：「洪惟圖天之命，弗永寅念於祀。」

〔一五〕〔徐注〕《漢書·武帝紀》：詔曰：「蓋有非常之功，必待非常之人。」

〔一六〕〔徐注〕《詩》：倬彼雲漢，昭回于天。〔補注〕昭回，此指日月。

〔一七〕〔徐注〕《楚辭·遠遊》曰：餐六氣而飲沆瀣。注：沆瀣，夜半氣也。〔馮注〕賈誼《惜誓》：攀北極而一息兮，吸沆瀣以充虚。〔補注〕沆瀣，露水，傳爲仙人所飲。

〔一八〕〔徐注〕《左傳》：公卜使王黑以靈姑銔率，吉。請斷三尺而用之。注：靈姑銔，公旗也。〔補注〕孔穎達疏：「靈姑銔者，齊侯旌旗之名。……《禮》，諸侯當建交龍之旂，此靈姑銔蓋是交龍之旂，當時爲之名，其義不可知也。」

〔一九〕〔徐注〕《周禮·保章氏》：以星土辨九州之地所封，封域皆有分星，以觀妖祥。《左傳》：伯瑕對晉侯曰：「日月之會，是謂辰。」《周語》：伶州鳩曰：「歲之所在，則我有周之分野也。」《初學記》：《周官》天星皆有州國分野。角、亢、氐，兖州；房、心，豫州；尾、箕，幽州；斗、牽牛、婺女，揚州；虚、危，青州；營室、東壁，并州；奎、婁、胃，徐州；昴、畢，冀州；觜觿、參，益州；東井、鬼，雍州；柳、七星、張，三河；翼、軫，荆州。〔馮注〕《周禮》：馮相氏掌十有二辰、二十有八星之位，以會天位。杜牧作《周墀墓誌》：由華州刺史遷江西觀察使，遷鄭滑觀察使。期歲，入拜兵部侍郎兼户部。

〔二〇〕〔徐注〕《吴都賦》：形鏤於夏鼎。王屮《頭陀寺碑》：既鏤文於鐘鼎。〔補注〕《史記·殷本紀》：「阿衡欲干湯而無由，乃爲有莘氏媵臣，負鼎俎，以滋味説湯，致于王道。」《韓詩外傳》卷七：「伊尹，故有莘氏僮也，負鼎操俎調五味，而立爲相，其遇湯也。」調鼎，喻任宰相治國。

〔二一〕得，徐本、馮本一作「行」。〔徐注〕《易》：日月得天而能久照。

〔二二〕〔徐注〕《後漢書·張衡傳》注：《春秋内事》曰：「黄帝師於風后。」《漢紀》：陳元疏曰：「師臣者帝，賓臣者王。」〔馮注〕《帝王世紀》：黄帝以風后配上台，天老配中台，五聖配下台，謂之三公。其餘知天、規紀、地典、力牧、常先、封胡、孔甲等，或以爲師，或以爲將。《晉書·王導傳論》：軒轅，聖人也，杖師臣而授圖。

〔二三〕成，《英華》注：集作「商」。〔徐注〕《書》：自成湯咸至于帝乙，成王畏相。傳：從湯至帝乙，中間之王，猶保成其王道，畏敬輔相之臣，不敢爲非。〔馮曰〕（成）自當作「商」，下文又用「殷」，無礙也。數句内「殷」「周」皆複見。〔按〕《爲湖南座主隴西公賀馬相公登庸啓》作於同時，亦云「推軒后師臣之規，得周成畏相之道」，可證商隱即將「成王」誤解爲周成王。亦可證字本作「成」。

〔二四〕〔徐注〕《書》：聿求元聖，與之戮力。〔補注〕孔傳：「大聖，陳力，謂伊尹。」

〔二五〕〔徐注〕《史記·齊世家》：呂尚以漁釣奸（干）周西伯。西伯出獵，遇太公于渭之陽，與語，大悦，曰：「自我先君太公曰：『當有聖人適周，周以興。』子真是邪？吾太公望之久矣。」故號之曰「太公望」，載與俱歸，立爲師。

〔二六〕〔徐注〕《書》：王有疾，弗豫。二公曰：「我其爲王穆卜。」周公曰：「未可以戚我先王。」公乃自以爲功。史乃册祝曰：「以旦代某之身。」乃納册於金縢之匱中，王翼日乃瘳。《史記·燕召公世家》：召公奭，與周同姓，姓姬氏。周武王滅紂，封召公於北燕。〔馮曰〕數典乃及《金縢》，唐人無避忌若此。《金縢》中之二公，召公、太公也，此作「燕召」，小誤。

〔二七〕〔馮注〕《春秋》：哀公十有四年春，西狩獲麟。注曰：仲尼因魯史而修中興之教，絶筆於「獲麟」之一句。《史記·孔子世家》：狩大野，獲獸，仲尼視之，曰：「麟也，吾道窮矣。」乃因史記作《春秋》，筆則筆，削則削，子夏之徒，不能贊一辭。〔補注〕《論語·先進》：「子曰：『從我於陳、蔡者，皆不及門也。』……文學：子游、子夏。」曹植《與楊德祖書》：「昔尼父之文辭，與人通流。至於制《春秋》，游、夏之徒乃不能措一辭。」

〔二八〕〔徐注〕《書》：台小子，舊學于甘盤。〔補注〕孔傳：「學先王之道。甘盤，殷賢臣有道德者。」

〔二九〕〔徐注〕《韓子》：齊桓公之時，晉客至，有司請禮，桓公曰「告仲父」者三。而優笑曰：「易哉爲君，一曰仲父，二曰仲父。」〔馮注〕《戰國策》：「昔者齊公得管仲，時以爲仲父。」詳見《管子》。〔補注〕《荀子·仲尼》：「（齊桓公）倓然見管仲之能足以託國也……遂立以爲仲父。」楊倞注：

「仲者，夷吾之字；父者，事之如父。」

〔三〇〕〔徐注〕《書》：在昔殷先哲王，迪畏天，顯小民，經德秉哲。〔補注〕夷，鏟除、誅滅。秉哲，持有才智。

〔三一〕匡，《英華》作「康」，避宋太祖諱改。日，《英華》作「夕」，非。〔徐注〕《南史》：劉湛弱年便有宰物情，常自比管、樂。《晉書・文六王傳》：齊王攸曰：「吾無匡時之用。」

〔三二〕《英華》「心」字下有「矣」字。〔徐注〕《詩》：於穆清廟。《晉書・慕容廆傳》：係心京師。〔補注〕清廟，帝王之宗廟。此借指朝廷。

〔三三〕《英華》「首」字下有「矣」字。〔徐注〕《書》：帝光天之下，至於海隅蒼生。《晉書・謝安傳》：安石不出，如蒼生何！曹植《誄》：延首歎息。〔馮注〕延首，猶延頸。《列子》：孔丘、墨翟，天下丈夫女子莫不延頸舉踵而願安利之。

〔三四〕〔徐注〕《易》：君子以剛健篤實輝光。

〔三五〕〔徐注〕《莊子》：孔子遊乎緇帷之林，有漁父者下船而來，孔子曰：「幸聞咳唾之音。」〔馮注〕趙壹《嫉邪賦》：勢家多所宜，咳唾自成珠。夏侯湛《抵疑》：咳唾成珠玉，揮袂出風雲。〔補注〕《莊子・漁父》：「竊待於下風，幸聞咳唾之音以卒相丘也。」又《秋水》：「子不見夫唾者乎？噴則大者如珠，小者如霧。」此以「咳唾」喻蒙對方言語稱譽。

〔三六〕〔徐注〕《語林》：王右軍年十一，周顗異之。時絕重牛心炙，坐客來，未啖，先割啖右軍，乃知名。

〔三七〕〔馮注〕《晉書·孫盛傳》：殷浩擅名一時，與抗論者，惟盛而已。盛嘗詣浩談論對食，奮擲麈尾，毛悉落飯中。〔徐注〕《世説補》：何次道往丞相許，丞相以麈尾指坐，呼何共坐曰：「來，來，此是君坐。」

〔三八〕〔徐注〕《詩》：死生契闊。〔補注〕契闊，此指久别。與《詩·邶風·擊鼓》「死生契闊」指勤苦者義别。《後漢書·獨行傳·范冉》：「行路倉卒，非陳契闊之所，可共到前亭宿息，以叙分隔。」

〔三九〕〔徐注〕《詩》：流離之子。〔馮曰〕會昌元、二年，代周墀賀表，至此方七年，而約舉成數也。時自桂管歸，故曰「萬里」。

〔四〇〕抱，《英華》一作「跪」，誤。〔徐注〕劉琨《扶風歌》：抱膝獨摧藏。〔按〕《扶風歌》爲劉琨赴并州刺史任途中作，有「朝發」「暮宿」等語，聲情慷慨悲壯，切合作者北歸途次情景。

〔四一〕〔徐注〕鮑昭（照）《白頭吟》：古來共如此，非君獨撫膺。

〔四二〕〔徐注〕班固《答賓戲》：皆及時君之門闈。〔馮曰〕謂將重至墀門。而下云「方從初服」「未知伏謁之期」，則必先還故鄉，未至京師也。此二句虚擬之詞。餘詳年譜。〔按〕馮謂「重至門闈」爲「將重至墀門」，二句係虚擬之詞，誠是。然謂此行先返故鄉，未至京師則非。張氏《會箋》卷三大中二年及岑氏《平質》均已辨之。此不具引。「方從初服」「未知伏謁之期」見下注。

〔四三〕〔徐注〕杜甫詩：三年奔走空皮骨，信有人間行路難。

〔四四〕〔補注〕屈原《離騷》：「悔相道之不察兮，延佇乎吾將反。回朕車以復路兮，及行迷之未遠。步余馬于蘭皋兮，馳椒丘且焉止息。進不入以離尤兮，退將復修吾初服。」初服，未入仕時之服。古時官吏退職稱復返初服。潘岳《西征賦》：「甄大義以明責，反初服於私門。」此句謂已罷幕北歸，重修昔時未仕之服，故下句云「無補大鈞」。

〔四五〕〔徐注〕《漢書·賈誼傳》：大鈞播物。〔補注〕《文選·賈誼〈鵩鳥賦〉》李善注：「如淳曰：『陶者作器於鈞上。此以造化爲大鈞。』」此以「大鈞」喻宰相治國。

〔四六〕〔馮注〕《莊子》：衣弊履穿，貧也。

〔四七〕東，《全文》《英華》均作「北」。〔徐校〕北，當作「東」。〔馮注〕《史記·滑稽傳》：東郭先生久待詔公車，貧困飢寒，衣弊履不完，行雪中，履有上無下，足盡踐地。〔按〕徐校是，兹據改。

〔四八〕乃，《英華》注：集作「仍」。〔馮注〕《莊子》：宋人有曹商者，見莊子曰：「夫處窮閭阨巷，困窘織屨，槁項黄馘者，商之所短也。」〔補注〕槁項黄馘，猶面黄肌瘦。

〔四九〕〔馮注〕《史記·張耳傳》：李良道逢趙王姊，從百餘騎，良望見，以爲王，伏謁道旁。〔按〕時商隱方在歸京途次，且在潭州滯留，未知何時抵京拜謁，故云。與返故鄉無涉。

〔五〇〕〔馮注〕謂立相得人，太平可慶。如《後漢書》班固薦謝夷吾曰：「堯登稷、契，政隆太平；舜用皋陶，政致雍熙。」〔徐注〕《漢書·食貨志》：（餘）三年食，進業曰登，再登曰平，三登曰泰平。

〔五一〕舞，《英華》作「賀」。

## 上度支歸侍郎狀〔一〕

不審近日尊體何如？伏計不失調護。昔周以冢宰治國用〔二〕，漢以丞相領軍儲〔三〕，典故具存〔四〕，選倚爲重。侍郎自膺新寵，益副僉諧〔五〕。竊計旬時，便歸樞務〔六〕。某幸因科第，受遇門墻。辱累已來〔七〕，孤殘僅在。牋封曠絶，歲序淹遐。棄席遺簪〔八〕，託誠無地。伏計亦賜哀察〔九〕。至冬初赴選，方遂起居未間〔一〇〕。下情不任攀戀。

【校注】

〔一〕本篇原載清編《全唐文》卷七七五第一〇頁、《樊南文集補編》卷六。〔錢箋〕度支，見《爲滎陽公與度支周侍郎狀》注〔一〕。歸侍郎，未詳。〔張箋〕《〔舊〕・紀》本年（指大中二年）六月有「户部侍郎兼御史大夫、判度支崔龜從奏」云云，則龜從判度支確在是年，蓋代周墀也。《補編・上度支歸侍郎狀》云：「某幸因科第，受遇門墻，辱累已來，孤殘僅在。」又云：「至冬初赴選，方遂起居（未間）。」義山是年桂府罷歸，留滯巴楚，冬至京，選爲盩厔尉，皆與狀語合。狀當是年（指大中二年）五月間作。惟考大中初無歸姓其人判度支者，蓋崔龜從之誤，因歸、龜聲近而訛也。開成元年，義山曾上書龜從求舉，狀中「幸因科第」二語，即指是耳。〔按〕張説大體可信。惟謂

「歸」「龜」聲近致訛，則解釋有未盡處。蓋題不可能取其名中一字而題爲《上度支龜侍郎》也。如必曰聲近致訛，初亦非傳鈔翻刻過程中産生之訛誤，而係作者當年撰稿或編集時本應書「崔侍郎」而意中有「崔龜從」之名，遂誤姓爲名，書爲「龜侍郎」也，而「歸侍郎」則又可能爲傳鈔翻刻時疑「龜」爲「歸」之音誤而改。輾轉致訛，遂迷本來面目。據《新唐書·宣宗紀》及《通鑑》，大中二年五月，以兵部侍郎、判度支周墀及刑部侍郎、鹽鐵轉運使馬植并同平章事，崔龜從之代墀判度支當在同時。兹依張説繫大中二年。作時當與上二啓同在六月。題内「歸」字則仍其舊。

〔二〕〔補注〕《禮記·王制》：「冢宰制國用，必於歲之杪，五穀皆入，然後制國用。」鄭玄注：「制國用，如今度支經用。」《書·周官》：「冢宰掌邦治，統百官，均四海。」冢宰爲六卿之首、衆長之長，相當於後世之宰相。

〔三〕〔錢注〕《史記·張丞相傳》：張蒼封爲北平侯，遷爲計相一月，更以列侯爲主計四歲。蒼善用算律曆，故令蒼以列侯居相府，領主郡國上計者。〔按〕張蒼無以丞相領軍儲事，錢注疑誤。此當用蕭相國事。《史記·蕭相國世家》：「漢王引兵東定三秦，何以丞相留收巴蜀，填撫諭告，使給軍食。……關中事：計户口轉漕給軍……上以此專屬任何關中事。」此即所謂「漢以丞相領軍儲」也。又：「關内侯鄂君進曰：『……夫漢與楚相守滎陽數年，軍無見糧，蕭何轉漕關中，給食不乏。』」亦此意。

〔四〕〔錢注〕《後漢書·胡廣傳》：祖宗典故，未嘗有也。〔補注〕典故，典制成例。

〔五〕〔補注〕《書·舜典》記舜徵詢意見以任命臣工之事，多有「僉曰」「汝諧」之語，後遂以「僉諧」指遴選、任命重臣。

〔六〕樞務，見《爲濮陽公上楊相公狀》注〔四〕。〔按〕此指朝廷中樞之政務，即宰相之職務。據《舊唐書·宣宗紀》，大中二年十一月，崔龜從同平章事。

〔七〕〔錢注〕《晉書·范弘之傳》：實懼辱累清流。

〔八〕〔錢注〕棄席，見《爲濮陽公上賓客李相公狀二》（按：查該文，無「棄席」注）。《韓詩外傳》：孔子出游少源之野，有婦人中澤而哭。孔子使弟子問焉，婦人曰：「鄉者刈蓍薪，亡吾蓍簪，吾是以哀也。非傷亡簪，蓋不忘故也。」〔補注〕《淮南子·説山訓》：「文公棄荏席，後黴黑，咎犯辭歸。」事又見《韓非子·外儲説左上》。後以「棄席」喻被拋棄之功臣。此借以自傷淪棄。

〔九〕計，《全文》作「許」，據錢校改。

〔一〇〕〔補注〕起居未間，謂起居不隔，常能面謁。蓋作狀時商隱猶在北歸長安途中，故云。或以「未間」屬下句，非。

## 獻襄陽盧尚書啓〔一〕

伏蒙仁恩，賜及前件衣服、疋段、漆器等〔二〕。謹依榮示捧領訖。衣雜綵繒〔三〕，重輝婁褐〔四〕；器兼丹漆〔五〕，載耀顏瓢〔六〕。悚戴之誠〔七〕，不任陳謝。昨日伏奉榮示，猥以拙製〔八〕，形於重言〔九〕。夫廣野之氣，或成宮闕〔一〇〕；擊轅之音，有中風雅〔一一〕。蓋其偶會，豈曰必然。又安足介寵、慎之仰占〔一二〕，動夔、牙之傾聽〔一三〕？三兄尚書，早貞文律〔一四〕，久味道腴〔一五〕，永惟一字之褒〔一六〕，便是百生之慶。昨晚又伏蒙遠遣軍吏〔一七〕，重降手筆，揄揚轉極，撫納滋深〔一八〕。

某爰自弱齡，叨從名輩〔一九〕，邅迴二紀，慶弔一空〔二〇〕。詞苑招魂〔二一〕，文場出涕。重膺疊翮〔二二〕，零落無遺；高幹修條〔二三〕，凋摧略盡。乘風匪順〔二四〕，無水憂沉〔二五〕。豈謂窮塗〔二六〕，再逢哲匠〔二七〕！昇堂辱顧，披卷交談〔二八〕，不獨垂之空言〔二九〕，屬又存之真蹟〔三〇〕。爰增懦氣〔三一〕，載動初心。庶或武陵之溪，微接桃源之境〔三二〕；平昌之井，暗通荊水之津〔三三〕。況異物以達誠〔三四〕，弭中阿而攀德〔三五〕。南嚮旌旆，實所知歸。

【校注】

〔一〕本篇原載清編《全唐文》卷七七八第五頁、《樊南文集補編》卷八。〔錢箋〕（襄陽盧尚書）盧簡辭也。詳《上漢南盧尚書狀》注〔一〕。《新唐書·地理志》：襄州襄陽郡。〔張箋〕案此啓桂管巴蜀歸途時作，故有「窮途」「哲匠」語。（繫大中二年秋）〔按〕商隱大中二年桂管歸途於九月抵達商於之東，有《九月於東逢雪》可證。襄陽離商州約九百里，計其里程時日，抵襄陽約在八月下旬。此啓爲離襄陽後致謝之作，故有「南嚮旌旆」語。

〔二〕〔錢注〕《新唐書·地理志》：襄州土貢漆器。

〔三〕〔錢注〕《漢書·賈誼傳》：漢歲致金絮采繒以奉之。

〔四〕〔錢注〕《史記·劉敬傳》：（婁）敬過洛陽，高帝在焉，脱輓輅，衣其羊裘，見齊人虞將軍曰：「臣願見上言便事。」虞將軍欲與之鮮衣，敬曰：「臣衣帛，衣帛見；衣褐，衣褐見，終不敢易衣。」〔補注〕婁褐，貧士黔婁之褐衣。據《列女傳·魯黔婁妻》載：黔婁死，曾子往弔，見其以布被覆尸，覆頭則足見，覆足則頭見。「婁褐」與「顔瓢」皆言其貧，而婁敬未言其貧，疑用黔婁事。

〔五〕〔補注〕《左傳·宣公二年》：「役人曰：『從有其皮，丹漆若何！』」

〔六〕〔補注〕《論語·雍也》：「賢哉，回也！一簞食，一瓢飲，在陋巷，人不堪其憂，回也不改其樂。」

〔七〕戴，《全文》作「載」，錢校據胡本改正，茲從之。〔錢注〕江總《謝宮爲製讓詹事表啓》：紙罄蘭臺，未書悚戴。

〔八〕〔補注〕拙製，謙稱己之詩作。商隱當有詩投獻盧簡辭。

〔九〕〔補注〕《莊子·寓言》：「寓言十九，重言十七。」陸德明《釋文》：「謂爲人所重者之言也。」

〔一〇〕〔錢注〕《史記·天官書》：海旁蜃氣象樓臺，廣野氣成宮闕。

〔一一〕〔錢注〕曹植《與楊德祖書》：夫街談巷説，必有可采；擊轅之歌，有應風雅。

〔一二〕〔錢注〕（竈、慎）裨竈、梓慎，並見《左傳》。張衡《思玄賦》：慎、竈顯以言天兮，占水火而妄訊。〔補注〕《左傳·昭公二十四年》：「夏五月，乙未朔，日有食之。梓慎曰：『將水。』昭子曰：『旱也。日過分，而陽猶不克，克必甚，能無旱乎？』……秋八月，大雩，旱也。」又《昭公十八年》：「夏五月，火始昏見。丙子，風。梓慎曰：『是謂融風，火之始也。七日，其火作乎？』戊寅，風甚；壬午，大甚。宋、衛、陳、鄭皆火。梓慎登大庭氏之庫以望之，曰：『宋、衛、陳、鄭也。』數日皆來告火。裨竈曰：『不用吾言，鄭又將火。』鄭人請用之，子産不可……亦不復火。」

〔一三〕〔錢注〕《漢書·揚雄傳》：《甘泉賦》：「若夔、牙之調琴。」注：夔，舜典樂也。牙，伯牙也。

〔一四〕〔錢注〕陸機《文賦》：普辭條與文律。〔補注〕《文心雕龍·通變》：「文律運周，日新其業。」按：句中「文律」指文章寫作規律。

〔一五〕〔錢注〕《荀子》：味道之腴。〔補注〕道腴，道之精髓。

〔一六〕〔錢注〕《穀梁傳集解序》：一字之褒，寵踰華衮之贈。

〔一七〕伏，《全文》作「復」，錢校據胡本改正，兹從之。〔補注〕《周禮·夏官·大司馬》：「諸侯載旂，軍吏載旗。」此指軍中佐吏。

〔一八〕滋，《全文》作「兹」，據錢校改。〔錢注〕《魏志·田疇傳》：疇悉撫納。

〔一九〕〔錢注〕《晉書·蔡謨傳》：名輩不同，階級殊懸。〔按〕句中「名輩」即「名流」之義，與錢引「名輩」義爲名望行輩者不同。「弱齡」即弱冠；「名輩」殆指令狐楚，參下注。

〔二〇〕〔補注〕邅迴，困頓，不順利。慶弔，慶賀與弔慰。按：商隱自文宗大和三年初謁令狐楚於東都，至作啓時，已歷二十年，仕途困頓，故云「邅迴二紀」，係舉成數。慶弔一空，殆指交親或亡或疏。

〔二一〕〔錢注〕王逸《楚辭序》：《招魂》者，宋玉之所作也。〔按〕此殆承上句謂知遇謝世，屢作《招魂》式之弔祭詩文也。

〔二二〕〔錢注〕潘岳《射雉賦》：前剔重膺，傍截疊翮。

〔二三〕〔錢注〕左思《蜀都賦》：擢修幹，竦長條。

〔二四〕〔錢注〕《宋書·宗慤傳》：願乘長風破萬里浪。

〔二五〕〔錢注〕《莊子》：與世違，而心不屑與之俱，是陸沉者也。注：人中隱者，譬無水而沈，曰陸沈。〔按〕此與上句「乘風匪順」皆就己之遭遇處境言，蓋謂無所憑藉依託也。

〔二六〕〔錢注〕《吴越春秋》：遇一窮途君子，而輒飯之。〔補注〕《晉書·阮籍傳》：「時率意獨駕，不由徑路，車迹所窮，輒慟哭而反。」顔延之《五君詠·阮步兵》：「物故不可論，途窮能無慟。」

〔二七〕〔錢注〕殷仲文《南州桓公九井作》：哲匠感蕭晨。〔補注〕哲匠，此指明達而富才能之大臣。商隱大中元年南赴桂林途經襄陽時，曾逢盧簡辭，有《上漢南盧尚書狀》；此次北歸再經襄陽，故云「再逢」。

〔二八〕〔錢注〕《魏書·崔鴻傳》：披卷則人人而是。

〔二九〕〔錢注〕《史記·太史公自序》：我欲載之空言，不如見之於行事之深切著明也。〔補注〕空言，指褒貶是非之言。

〔三〇〕〔錢注〕《梁書·王僧辯傳》：令以真跡上呈。〔補注〕屬，續；真蹟，指盧之手書，即上文「榮示」。

〔三一〕〔錢注〕袁宏《三國名臣序贊》：懦夫增氣。

〔三二〕〔錢注〕陶潛《桃花源記》：晉太元中，武陵人捕魚爲業，緣溪行，忘路之遠近，忽逢桃花林。

〔三三〕〔錢注〕《水經注》：滙水又北逕平昌縣故城東，荆水注之。城之東南角有臺，臺下有井，與荆水通。物墜於井，則取之荆水。〔按〕據「庶或武陵之溪」二句，似商隱有希企盧簡辭援其入幕或薦引其入幕之意。

〔三四〕〔錢注〕《南齊書·張融傳》：融年弱冠，道士同郡陸修静以白鷺羽麈尾扇遺融，曰：「此既異物，以奉異人。」〔補注〕異物，珍奇之物。

〔三五〕〔錢注〕顔延之《秋胡詩》：弭節停中阿。〔補注〕中阿，丘陵之中，山灣中。《詩·小雅·菁菁者莪》：「菁菁者莪，在彼中阿。」

## 謝鄧州周舍人啓〔一〕

伏蒙榮示，兼賜及腰褥靴裁具酒筒盞杓匙筯等，捧戴感激，不知所爲〔二〕。伏念仰辱恩光，嘗多違遠〔三〕，風波結愬〔四〕，皐壤銜誠〔五〕。始邂逅於江津〔六〕，又差池於門宇〔七〕。遞蒙厚賜，以重離憂。文革錦茵〔八〕，終成虛飾；杯杓匕筯〔九〕，誰與爲歡〔一〇〕！孤燭扁舟〔一一〕，寒更永夜〔一二〕，迴腸延首〔一三〕，書不盡言〔一四〕。伏計亦賜信察。

【校注】

〔一〕本篇原載清編《全唐文》卷七七八第一四頁、《樊南文集補編》卷八。〔錢注〕《新唐書・地理志》：鄧州屬山南東道。《舊唐書・職官志》：中書舍人六員，正五品上。〔張箋〕案周舍人未詳。義山大中元年隨鄭亞赴桂管，《上（度支）盧侍郎狀》有「某行已及鄧州」語；二年自巴蜀歸，《陸發荆南》詩有「鄧橘未全黄」語。一正春夏之交，一在秋，皆與此啓「孤燭扁舟，寒更永夜」寫景不符，則當是開成五年湖湘歸途作矣。是時義山方赴嗣復幕，至則嗣復已貶，失意而歸，所謂「始邂逅於江津，又差池於門宇」也。惟黄陵相别，乃係春雪之時，而文中所叙，又似冬令，要無庸泥看矣。（張箋繫會昌元年春。）〔岑仲勉曰〕「鄧橘」一句是《歸墅》詩，非《陸發荆南》詩，張引誤。橘至仲冬始全黄，不限於秋景，集有《九月於東逢雪》，於、鄧相近，「寒更」句亦不定表冬深。啓冠鄧州，是周當官州刺。舍人者，稱其前此之内官要職也。考《翰學壁記》，周敬復會昌二年九月守中書舍人出院，大中四年十二月自華州刺史授江西觀察，中間七年歷官不詳，余信此周舍人必即敬復。蓋自西掖出歷數州刺史。邂逅江津，即追溯李與周相識之始，與烏有之赴幕無關。循此推之,啓作於大中二年歸途,可無疑也。江鄉南遊,本是杜撰,何怪寫景不符。(《平質》已缺證四《鄧州周舍人》條)〔按〕張繫會昌元年春初,顯誤。開成五年秋至會昌元年春初之所謂「江鄉之遊」,純屬子虚烏有,已另有辨,詳《李商隱開成末南遊江鄉説再辨正》(《文學遺産》一九八〇年三期)及《〈李商隱開成末南遊江鄉説再辨正〉補證》(《文史》四十輯)。會昌元年春初,商隱正寓周墀華州幕,有《爲汝南公華州賀赦表》可證。此啓開篇「伏蒙榮示,兼及腰褥靴裁具酒筒盞杓匙筯等」,與大中二年秋桂管歸途所作《獻襄陽盧尚書啓》開篇「伏蒙仁恩,賜及前件衣服疋段漆器等」相類,當同爲歸途經襄、鄧時感謝方鎮州刺餽贈之書啓。「孤燭扁舟,寒更永夜」之景象,亦與桂管歸途所作《夢令狐學士》「山驛荒凉白竹扉,殘燈向曉夢清暉。右銀臺路雪三尺,鳳詔裁成當直歸」之景象相類。其爲大中二年秋桂管歸途經鄧州時所上無疑,約八月下旬或九月上旬。至於周舍人,其爲鄧州刺史固無疑,是否即周敬復,則尚待進一步考定。

〔二〕〔補注〕《左傳·宣公十二年》:「桓子不知所爲。」

〔三〕〔錢校〕嘗,疑當作「常」。

〔四〕〔錢注〕李陵《與蘇武詩》:風波一失所,各在天一隅。

〔五〕〔錢注〕《南齊書·謝朓傳》:朓歷隨王文學。子隆好辭賦,朓以文才,尤被賞愛。世祖敕朓還朝,遷新安王中軍記室。朓箋辭子隆曰:「皋壤摇落,對之惆悵。歧路東西,或以嗚邑。」

〔六〕〔錢注〕郭璞《江賦》：「躋江津而起漲。〔補注〕《詩·鄭風·野有蔓草》：「邂逅相遇，適我願兮。」〔岑仲勉曰〕邂逅江津，即追溯李與周相識之始。

〔七〕〔補注〕《詩·邶風·燕燕》：「燕燕于飛，差池其羽。」差池門宇，似謂登門造訪錯失未遇，當指自京赴桂途經鄧州時。

〔八〕〔錢注〕《漢書·東方朔傳》注：革，生皮也。《説文》：茵，車重席。〔補注〕文革，指靴；錦茵，即腰褥。

〔九〕〔錢注〕《宋書·沈慶之傳》：太祖妃上世祖金鏤匕箸及杅杓，上以賜慶之，曰：「卿辛勤匪殊，歡宴宜等。」

〔一〇〕〔錢注〕李陵《答蘇武書》：舉目言笑，誰與爲歡？

〔一一〕〔錢注〕江淹《銅爵妓》詩：孤燭映蘭幕。

〔一二〕〔錢注〕梁元帝《燕歌行》：遥遥夜夜聽寒更。謝靈運《擬太子鄴中集詩》：永夜繫白日。

〔一三〕〔錢注〕宋玉《神女賦》：佪腸傷氣。曹植《王仲宣誄》：延首歎息。

〔一四〕〔補注〕《易·繫辭上》：「書不盡言，言不盡意。」

## 謝座主魏相公啓〔一〕

羲叟啓：伏奉前月二十八日敕旨，授秘書省校書郎、知宗正表疏〔二〕；續奉今月五日敕,改授河南府參軍,依前充職者〔三〕。小宗伯之取士〔四〕,早辱搜揚〔五〕;大宗正之薦賢〔六〕,又蒙抽擢。未淹旬日,再授班資〔七〕。任重本枝〔八〕,職齊載筆〔九〕。方殊王逸,惟注《楚辭》〔一〇〕;有異郝隆,但攻蠻語〔一一〕。此皆相公事均卵翼〔一二〕,勢作風雲〔一三〕,特於汩没之中〔一四〕,俯借扶摇之便〔一五〕。孔龜效印,未議於酬恩〔一六〕;楊雀銜環,徒聞於報惠〔一七〕。感忭之至,罔知所裁。謹啓。

【校注】

〔一〕本篇原載《文苑英華》卷六五三第二頁、清編《全唐文》卷七七七第一三頁、《樊南文集詳注》卷三。題下自注:爲弟作。〔徐箋〕《舊書·宣宗紀》:大中三年四月,魏扶同中書門下平章事。六月卒。(按:據《新唐書·宰相表》,魏扶係大中四年六月戊申卒。)《新書·世系表》:扶字相之。(商隱)本傳:弟羲叟,亦以進士及第,累爲賓佐。〔馮箋〕羲叟元年得第,此則三年筮仕。(馮譜、張箋均繫大中三年。)〔按〕據《新唐書·宰相表》,魏扶四月乙酉(初一)拜相,啓云「伏奉前月二十八日敕旨,授秘書省校書郎、知宗正表疏;續奉今月五日敕,改授河南府參軍,依前充職者……未淹旬日,再授班資」,可證此狀最早當上於大中三年五月五日之後,最晚在五月末。

〔二〕〔馮注〕《舊書·志》:宗正寺,卿一人,少卿二人。〔補注〕宗正寺,掌天子族親屬籍,以别昭、穆。有知宗子表疏官一人。羲叟蓋以秘書省校書郎而兼知宗正表疏者。

〔三〕授，《英華》作「换」，注：集作「授」。〔馮注〕《舊書・志》：秘書(省)，有校書郎，正九品上階。河南府參軍，正八品下階。〔張箋〕《謝宗卿啓》曰：「曲蒙題目，猥被薦聞」，「即以今月某日發赴所職」。此宗正卿當是由宗正出尹河南者，羲叟前已知其表疏，故今又辟奏府僚也。〔按〕出尹河南説可疑，詳下篇注〔一〕。

〔四〕〔徐注〕《周禮・春官》：小宗伯，中大夫二人。〔補注〕宗伯，周代六卿之一，掌宗廟祭祀，即後世禮部職責之一部分。因稱禮部尚書爲大宗伯、禮部侍郎爲少宗伯。大中元年，魏扶爲禮部侍郎主貢舉，奏所放進士三十三人，羲叟於是年登進士第，見《舊唐書・宣宗紀》、《唐會要》卷七六。商隱有《獻侍郎鉅鹿公啓》。

〔五〕〔徐注〕桓温《薦譙秀表》：訪諸故老，搜揚潛逸。〔補注〕曹植《文帝誄》：「搜揚側陋，舉湯代禹。」搜揚，搜求舉拔。

〔六〕〔馮注〕按：大宗正，謂宗(正)卿也。《通典》：「後魏有宗正卿、少卿，北齊亦然。」《北史》傳文中，大宗正屢見。唐時幕府辟署奏充，習云「薦賢」，下篇「猥被薦聞」是也。徐刊本作「(大)中正」，而引魏、晉州郡大小中正，誤矣。〔按〕大宗正之薦賢，即《謝宗卿啓》「曲蒙題目，猥被薦聞」，指蒙宗正卿李某之稱譽薦舉，得以再次受到遷擢，改授河南府參軍。非謂宗正卿遷河南尹，辟署爲河南府參軍。

〔七〕〔補注〕班資，官階與資格。

〔八〕〔徐注〕《詩》：本支百世。〔補注〕任重本枝，切「知宗正表疏」之「宗正」。

〔九〕〔徐注〕《禮記》：史載筆。〔補注〕《梁書·任昉傳》：「昉雅善屬文，尤長載筆。」職齊載筆，謂職掌草擬表疏。

〔一〇〕《英華》「注」字下有「於」字。〔馮注〕《後漢書·文苑傳》：王逸，字叔師，元初中，舉上計吏，爲校書郎。順帝時爲侍中，著《楚辭章句》。

〔一一〕《英華》「攻」字下有「於」字。〔徐注〕《世説》：郝隆爲桓公南蠻參軍，作詩一句云：「娵隅躍清池。」蠻名魚爲「娵隅」。公問何爲作蠻語，隆曰：「千里投公，始得蠻府參軍，那得不作蠻語！」

〔一二〕〔徐注〕《左傳》：子西曰：「勝如卵，予翼而長之。」

〔一三〕作，《英華》作「借」，蓋涉下「俯借扶摇之便」而誤。〔徐注〕潘岳誄：跨騰風雲。

〔一四〕〔徐注〕杜甫詩：世儒多汨没。〔補注〕汨没，埋没、沉淪。

〔一五〕〔馮注〕《莊子》：北冥有魚，其名爲鯤；化而爲鳥，其名爲鵬，怒而飛，其翼若垂天之雲。鵬之徙於南冥也，水擊三千里，摶扶摇而上者九萬里。〔補注〕扶摇，盤旋而上之暴風。此謂憑藉扶摇之風而直上青雲。

〔一六〕〔馮注〕《晉書·孔愉傳》：愉字敬康，會稽山陰人，以討華軼功封餘不亭侯。愉嘗行經餘不亭，見籠龜於路者，愉買而放於溪中。龜中流左顧者數四。及是鑄侯印，而印龜左顧，三鑄如初。

印工以告，愉悟，遂佩焉。

〔一七〕〔馮注〕《續齊諧記》：弘農楊寶，字文淵。年九歲，至華陰山北，見一黄雀爲鴟梟所搏，墜於樹下，爲螻蟻所困。寶取歸，置諸梁上，爲蚊所嚙。乃移置巾箱中，啖以黄花。百日毛羽成，朝去暮還，宿巾箱中。積年，忽與群雀俱來，哀鳴遶堂，數日乃去。爾夕三更，寶讀書未卧，有黄衣童子拜曰：「我西王母使臣，昔使蓬萊，不慎爲鴟鳥所搏，蒙君仁愛見救，今當受賜南海，不得奉侍。」以白玉環四枚與之，曰：「令君子孫絜白，且位登三事，當如此環矣。」寶之孝大聞天下，名位日隆。子震，震生秉，秉生賜，賜生彪。四世名公，爲東京盛族。蔡邕《論》曰：昔黄雀報恩而至。

## 謝宗卿啓〔一〕

羲叟啓：伏蒙奏署知表疏官〔二〕。伏奉前月二十八日敕旨，授秘書省校書郎；續奉今月五日敕，改授河南府參軍者。某少實艱屯，長無才術〔三〕，徒以與周同姓〔四〕，從魯諸儒〔五〕，託阮籍之竹林〔六〕，攀郤詵之桂樹〔七〕，曲蒙題目〔八〕，猥被薦聞。惟我大朝〔九〕，克崇宗祏〔一〇〕，叙文昭武穆之位〔一一〕，敦紹堯纘禹之親〔一二〕，豈以斯文，失於能者！況一蒙旌録〔一三〕，再忝恩榮，班資將厠於郤超〔一四〕，職業幾踰於孫楚〔一五〕，感結所至，死生以之〔一六〕。即以今月某日，發赴所職。登門在近〔一七〕，縮地是思〔一八〕。惟勒肺肝〔一九〕，恨無毛羽〔二〇〕。伏惟特賜恩督〔二一〕，謹啓。

【校注】

〔一〕本篇原載《文苑英華》卷六五三第二頁、清編《全唐文》卷七七七第二四頁、《樊南文集詳注》卷三。題下自注：爲弟作。〔馮箋〕宗卿，即宗正卿，當兼尹河南。〔按〕宗卿，不詳其人。《唐會要》卷六五宗正寺：「開元二十年七月七日詔：宗正寺官員，悉以宗子爲之。」「二十五年七月勅：其宗正卿、丞及主簿，擇宗室中才行者補授。」是宗正卿當爲李姓宗室。然查《唐刺史考》，孫穀，大中二年十二月二十四日除河南尹兼御史大夫，見《重修承旨學士壁記》。而《舊唐書·柳仲郢傳》：「（周墀）罷知政事，同列有疑仲郢與墀善，左授秘書監。數月，復出爲河南尹。」周墀罷相在大中三年四月，見《新書·宣宗紀》及《宰相表》。如柳仲郢於四、五月間左授秘書監，則其復出爲河南尹之時間約在大中三年秋。據《金石補正》卷七五《再建圓覺塔志》：「大中庚午歲八月十五日，詔河南尹河東公再建斯塔。」知大中四年柳仲郢在河南尹任。直至五年七月，方調任東川節度使。然則，大中三年秋至五年秋，柳仲郢一直在河南尹任上。孫穀與柳仲郢，均非李唐宗族，按例均不能擔任宗正卿。其爲河南尹前之官職，孫爲户部侍郎知制誥，柳爲秘書監，均與宗正寺無關。故無論如馮氏所云宗卿係兼尹河南，或如張氏所云係出尹河南，皆與實際情況不符。然據「登門在近，縮地是思」二句，作啓時此宗卿確在洛陽，或其家在洛臨時回洛也。作啓時間則在大中三年五月五日以後，參上篇注〔二〕。

〔二〕蒙，《英華》作「奉」，注：集作「蒙」。

〔三〕術，《英華》注：集作「運」。〔徐注〕《晉書·杜夷傳》：高操之士，有此艱屯。

〔四〕〔馮注〕《史記》：召公奭與周同姓。〔按〕商隱、羲叟爲李唐王室遠支，屬李氏姑臧大房，見《新唐書·宰相世系表》及商隱《請盧尚書撰李氏仲姊河東裴氏夫人誌文狀》，故云「與周同姓」。

〔五〕〔馮注〕《史記·儒林傳》：魯中諸儒，講誦習禮樂，絃歌之音不絶。〔徐注〕《漢書·叔孫通傳》：臣願徵魯諸生與臣弟子共起朝儀。

〔六〕〔徐注〕《晉書》：阮籍、嵇康、山濤、向秀、劉伶、王戎、阮咸，共爲竹林之遊。

〔七〕〔徐注〕《晉書》：郤詵對武帝曰：「臣舉賢良對策，爲天下第一，猶桂林之一枝，崑山之片玉。」

〔按〕此言登第。

〔八〕〔馮注〕《晉書》：山濤再居選職，所奏甄拔人物，各爲題目，時稱「山公啓事」。〔補注〕題目，品評。《世説新語·政事》：「山司徒（濤）前後選，殆周遍百官，舉無失才。凡所題目，皆如其言。」

〔九〕〔徐注〕王粲詩：晝日處大朝。

〔一〇〕〔徐注〕《左傳》：原繁對曰：「先君桓公，命我先人，典司宗祏。」〔補注〕宗祏，宗廟中藏神主之石室。此指宗廟、宗室。

〔一二〕〔徐注〕《左傳》：富辰曰：「管、蔡、郕、霍、魯、衛、毛、聃、郜、雍、曹、滕、畢、原、豐、郇，文之昭也；邘、晉、應、韓，武之穆也。」〔補注〕古代宗法制度，宗廟或宗廟中神主之排列次序，始祖居中，以下父子（祖、父）遞爲昭穆，左爲昭，右爲穆。

〔一三〕〔徐注〕《書》：纘禹舊服。班彪《王命論》：唐據火德而漢紹之。

〔一三〕〔馮注〕《魏志·高貴鄉公紀》注：太尉華歆表曰：「故漢大司農鄭，爲世儒宗。文皇帝旌録先賢，拜適（嫡）孫小同爲郎中。」〔補注〕旌録，表彰敘録。

〔一四〕郗，《全文》《英華》均作「郄」，據徐注本改。〔徐注〕《晉書·郗超傳》：超字嘉賓，桓温辟爲征西大將軍掾。温遷大司馬，又轉爲參軍，府中語曰：「髯參軍，短主簿，能令公喜，能令公怒。」超髯，王珣短故也。〔按〕此切「河南府參軍」。

〔一五〕〔馮注〕《晉書·孫楚傳》：楚字子荆，才藻卓絶，爽邁不群，多所陵傲。年四十餘，始參鎮東軍事。後復參石苞驃騎軍事。楚侮易於苞，初至，長揖曰：「天子命我參卿軍事。」〔按〕此兼切「參軍」「知表疏」。

〔一六〕〔徐注〕《左傳》：苟利社稷，死生以之。

〔一七〕〔馮注〕《後漢書》：李膺字元禮，以聲名自高，士有被其容接者，名爲登龍門。〔按〕據「登門在近」句，宗卿其時當在洛陽。或家居於洛也。

〔一八〕〔馮注〕《神仙傳》：費長房能縮地脈，千里存在目前宛然，放之復舒如舊。

〔一九〕勒，《英華》作「動」，徐注本同。〔馮校〕勒，《英華》作「勤」，徐刊本作「動」，必刊刻之誤，故竟改正。〔按〕殘宋本《英華》作「動」不作「勤」。馮校是，《全唐文》正作「勒」。

〔二〇〕〔徐注〕即不能奮飛之意。

〔二一〕劄，《英華》作「察」。

# 上尚書范陽公啓〔一〕

某啓：仰蒙仁恩，俯賜手筆，將虚右席〔二〕，以召下材〔三〕。承命恐惶〔四〕，不知所措。某幸承舊族，蚤預儒林。鄴下詞人〔五〕，夙蒙推奬〔六〕；洛陽才子〔七〕，濫被交遊。而時亨命屯，道泰身否〔八〕。成名踰于一紀，旅宦過于十年〔九〕。恩舊彫零，路歧悽愴〔一〇〕。薦禰衡之表，空出人間〔一一〕；嘲揚子之書〔一二〕，僅盈天下〔一三〕。

去年遠從桂海〔一四〕，來返玉京〔一五〕。無文通半頃之田〔一六〕，乏元亮數間之屋〔一七〕。隘傭蝸舍〔一八〕，危託燕巢〔一九〕。春畹將遊，則蕙蘭絶徑〔二〇〕；秋庭欲掃，則霜露霑衣〔二一〕。勉調天官，獲昇甸壤〔二二〕。歸惟却掃〔二三〕，出則卑趨。仰燕路以長懷〔二四〕，望梁園而結慮〔二五〕。

尚書道光士範〔二六〕，德冠民宗〔二七〕。愷悌之化既流〔二八〕，鎮静之功方懋〔二九〕。竊思上國投刺〔三〇〕，東都及門〔三一〕，惟交抵掌之談〔三二〕，遂辱知心之契〔三三〕。載惟浮泛〔三四〕，頻涉光陰〔三五〕。豈期咫尺之書〔三六〕，終訪蓬蒿之宅〔三七〕。感義增氣〔三八〕，懷仁識歸〔三九〕。便當焚遊趙之簦〔四〇〕，毁入秦之屩〔四一〕。束書投筆〔四二〕，仰副嘉招〔四三〕。謁謝未間，下情無任感戀之至。謹啓。

【校注】

〔一〕本篇原載《文苑英華》卷六五四第六頁、清編《全唐文》卷七七八第一一頁、《樊南文集詳注》卷四。《英華》連下二篇合題《上尚書范陽公啓三首》，此爲第一首。徐本、馮本從之。此依清編《全唐文》三首分標。〔徐箋〕《舊書》：盧簡辭，范陽人，弟弘正，大中三年檢校户部尚書，出爲徐州刺史、武寧軍節度使、徐泗濠觀察等使。（商隱）本傳：弘正鎮徐州，又從爲掌書記。〔馮箋〕弘正三年出鎮，四年十月始奏義山入幕爲判官，詳《年譜》。〔張箋〕（大中三年）十月，盧弘正鎮徐州，奏（商隱）爲判官，得侍御史。案《乙集序》：「二月府貶，選爲盩厔尉。與班縣令武公劉官人同見尹，尹即留假參軍事，專章奏。屬天子事邊，康季榮首得七關……聯爲章賀……是歲葬牛太尉，天下設祭者百數……」觀《序》述收復河湟事，則留假參軍在是年（按：指大中三年）。……又案《舊書》本傳：「三年入朝，京兆尹盧弘正奏署掾曹（按：京尹非弘止，馮譜已糾之）。明年，令狐綯作相，商隱屢啓陳情，綯不之省。弘正鎮徐州，又從爲掌書記。」馮譜信之，因列徐辟於四年。然《乙集序》明言：「十月，尚書范陽公以徐戎凶悍，節度闕判官，奏入幕。」則固在是年（按：指大中三年）也。且係奏爲判官，非掌書記，時初得侍御史……薛逢《重送徐州李從事商隱》詩「蓮府望高秦御史」可證。……《序》言「屬天子事邊」及「是歲葬牛太尉」「十月，尚書范陽公奏入幕」者，「是歲」蓋指大中三年，而十月即是歲之十月，不蒙上「明年」言也。由是推之，義山之入徐幕，實在大中三年。〔岑仲勉曰〕（張）《箋》三作弘正，云：「《新·傳》弘正皆作弘止，《世系表》仍作正。」按：《郎官石柱題名》吏中、金中均弘止，作「正」誤。（《平質》乙承訛十三《盧弘止》條）〔按〕《通鑑·大中三年》：「五月，徐州軍亂，逐節度使李廓……以義成節度使盧弘止爲武寧節度使。」是弘止之遷鎮徐州，在大中三年五月徐州軍亂之後。而因「徐戎凶悍，節度闕判官」，而於是年閏十一月奏辟商隱爲節度判官。然是年閏十一月商隱撰《刑部尚書致仕贈尚書右僕射太原白公墓碑銘并序》時，猶在長安（詳該文注〔一〕）。復據《偶成轉韻七十二句贈四同舍》「臘月大雪過大梁」之句，商隱離長安赴徐幕約在閏十一月末。而本篇及下篇，自當作於「奏入幕」之時，即大中三年十月。

〔二〕〔馮注〕古稱僚幕中之重者爲右職，義山時爲判官，故曰右席。〔補注〕手筆，指手書。《後漢書·趙壹傳》：「仁君忽一匹夫，於德何損？而遠辱手筆，追路相尋，誠足愧也。」古以右爲尊，故以右席稱重要職位。

〔三〕〔徐注〕《漢書·儒林傳》：其不事學若下材及不能通一藝，輒罷之。〔馮注〕《漢書·王嘉傳》：

吏或居官數月而退。中材苟容求全，下材懷危内顧。按：《通典・選舉》叙漢博士弟子，「其不事學若下材及不能通一藝，輒罷之」。今《史》《漢・儒林傳》皆作「不材」，而《通考》則承《通典》作「下材」。〔按〕《史記・儒林列傳》《漢書・儒林傳》均作「下材」，馮氏所據者誤文耳。

〔四〕惶，徐本作「懼」。

〔五〕〔馮注〕《魏志》：始，文帝爲五官將，及平原侯植，皆好文學，王粲與徐幹、陳琳、阮瑀、應瑒、劉楨並見友善。餘互見《爲柳珪上京兆公謝辟啓》「望鄴中之七子」注。詞人非七子可盡，詳《魏志》。

〔六〕獎，《英華》作「與」。

〔七〕〔馮注〕潘岳《西征賦》：「賈生洛陽之才子。」此亦汎言，如駱賓王啓有云：「洛陽才子，潘、左爲先覺。」〔按〕商隱諸狀、啓常言「洛下名生」（《爲安平公兖州奏杜勝等四人充判官狀》《爲滎陽公桂州舉人自代狀》），所指均爲賈誼，詳二篇注。

〔八〕〔補注〕《易・坤》：「品物咸亨。」亨，通達順利。《易・屯》：「《彖》曰：屯，剛柔始交而難生。」屯，艱難。泰，通；否，失利。《泰》《否》，均《易》卦名。

〔九〕〔徐箋〕開成二年丁巳，商隱登進士第，至大中三年己巳應徐州辟，凡十三歲。〔馮箋〕開成二年，登進士第；四年，爲校書郎，調弘農尉。至是則或踰一紀，或過十年。

〔一〇〕〔補注〕恩舊彫零，指對自己有恩誼之世交親戚（如令狐楚、崔戎、王茂元）均已亡故。《淮南子·説林訓》："楊子見逵路而哭之，爲其可以南，可以北。"阮籍《詠懷》："楊朱泣歧路，墨子悲素絲。"

〔一二〕〔馮注〕《後漢書·文苑·禰衡傳》：孔融上疏薦之曰："使衡立朝，必有可觀。若衡等輩，不可多得。"〔按〕二句蓋謂雖有薦己之表疏，而不見用。

〔一三〕〔馮注〕《漢書·揚雄傳》：雄方草《太玄》，泊如也。或嘲雄以玄尚白，而雄解之，號曰《解嘲》。

〔一三〕〔補注〕僅，幾乎，接近。〔蔣士銓云〕"僅"字唐宋以前作"足"字義。不似近人作得半之義也。（《忠雅堂評選四六法海》卷三）

〔一四〕〔徐注〕謂桂州。江淹《雜體詩》：文軫薄桂海。

〔一五〕〔徐注〕《靈寶本元經》：自玄都玉京以下，有三十六天。《雲笈七籤》：《三洞經》曰："玄都上有九曲峻嶒，鳳臺瓊房玉室處於九天之上，玉京之陽。"李白詩：手把芙蓉朝玉京。儲光羲詩：余亦翱翔歸玉京。〔馮注〕（玉京）以喻帝京，詩家習用。

〔一六〕〔徐注〕江淹《與交友論隱書》：望在五畝之宅，半頃之田。鳥赴簷上，水匝階下。則請從此隱（此句係據馮注補）。《梁書》：淹字文通。

〔一七〕〔徐注〕陶潛《歸園田居》詩：方宅十餘畝，草屋八九間。《晉書》：潛字元亮。

〔一八〕〔徐注〕《魏志》注：臣松之案《魏略》云："焦先及楊沛並作瓜牛廬，止其中。"以爲"瓜"當作"蝸"。蝸牛，螺蟲之有角者也，俗或呼爲黄犢。先等作圜舍，形如蝸牛蔽，故謂之蝸牛廬。《莊子》：「有國於蝸之左角者曰觸氏，國於右角者曰蠻氏。時相與争地而戰，伏尸數萬，逐北旬有五日而後反。」謂此物也。〔馮注〕《古今注》：蝸牛，陵螺也。野人結圓舍如其殼，故曰蝸牛之舍。〔按〕商隱《自喜》詩云：「自喜蝸牛舍，兼容燕子巢。緑筠遺粉籜，紅藥綻香苞。虎過遥知穽，魚來且佐庖。慢行成酩酊，鄰壁有松醪。」馮、張均繫永樂閒居時。然與「隘傭蝸舍，危託燕巢」二句相參，頗疑詩亦同時作。蓋商隱自桂管歸後爲京兆掾曹時賃蝸舍於京郊鄉間也。是時生活之拮據於此可見。

〔一九〕〔徐注〕《左傳》：吴公子札宿於戚，聞鐘聲焉，曰：「夫子之在此也，猶燕之巢於幕上。」〔補注〕杜預注：「言至危。」此以巢幕關合爲京兆府掾曹，專章奏。此京兆尹馮浩以爲當是牛黨，疑爲韋博。岑仲勉則認爲李拭、韋博之間尚有一人任京兆尹。分見馮譜、岑氏《平質》。或因京尹傾向牛黨，故商隱自感處境艱危也。

〔二〇〕〔徐注〕《離騷》：余既滋蘭之九畹兮，又樹蕙之百畝。

〔二一〕〔徐注〕《漢書·伍被傳》：今臣亦將見宫中生荆棘，露沾衣也。謝莊《月賦》：佳期可以還，微霜霑人衣。〔補注〕曹丕《善哉行》：「谿谷多風，霜露沾衣。」

〔二二〕勉，《全文》作「免」，據《英華》改。〔徐曰〕謂京兆奏署掾曹。〔馮曰〕謂爲京縣尉，京兆奏署掾曹。此京尹非盧弘正，弘正於三年五月出鎮矣。下云「仰望長懷」，即詩（《偶成轉韻七十二句贈四同舍》）中「此時聞有燕昭臺」之意。詳《年譜》。〔補注〕調，調補官職。天官，指吏部。徇壤，指盩厔。《樊南乙集序》：「二月府貶，選爲盩厔尉，與班縣令、武功劉官人同見尹，尹即留假參軍事，專章奏。」

〔二三〕〔徐注〕《後漢書・馮衍傳》：衍字敬通，京兆杜陵人。爲司隸從事，西歸故郡，閉門自保，不敢復與親故通。江淹《恨賦》：敬通見抵，罷歸田里，閉關却掃，塞門不仕。〔補注〕却掃，不再掃徑迎客。

〔二四〕〔馮注〕孔融《論盛孝章書》：嚮使郭隗倒懸，而王不解，則士亦將高翔遠引，莫有北首燕路者矣。〔補注〕燕路，通往燕昭王招賢臺之路，此借指徐州盧弘止幕。《史記・燕召公世家》：「郭隗曰：『王必欲致士，先從隗始。況賢于隗者，豈遠千里哉！』於是昭王爲隗改築宮而師事之。樂毅自魏往，鄒衍自齊往，劇辛自趙往，士爭趨燕。」

〔二五〕〔徐注〕《西京雜記》：梁孝王好宮室苑囿之樂，築兔園，園有雁池，池間有鶴洲、鳧渚。謝惠連《雪賦》：梁王不悦，遊於兔園，迺置旨酒，命賓友，召諸生，延枚叟，相如末至，居客之右。〔按〕此以「梁園」喻指盧幕。

〔二六〕〔馮注〕蔡伯喈《陳太丘碑文》：謚曰文範先生，文爲德表，範爲士則，存誨没號，不亦宜乎？〔徐注〕《魏志・鄧艾傳》：讀故太丘長陳寔碑文，言「文爲世範，行爲士則」，艾遂自名範，字士則。〔補注〕《世説新語・德行》：「陳仲舉言爲士則，行爲士範。」

〔二七〕〔馮注〕任彦昇《王文憲集序》：既道在廊廟，則理擅民宗。〔補注〕民宗，百姓之宗仰，民之宗師。

〔二八〕〔徐注〕《詩》：豈弟君子，遐不作人。〔馮注〕班固《西都賦》：流大漢之愷悌。《舊書・盧弘正傳》：大中初，户部侍郎充鹽鐵轉運使。安邑、解縣兩池積弊，課入不充。弘正特立新法，課入加倍，至今賴之。○似此句兼指之。〔補注〕《禮記・表記》：「《詩》云：『凱弟君子，民之父母。』凱以强教之，弟以説（悦）安之。」愷悌之化，指其治民和順平易。

〔二九〕〔徐注〕《晉書・劉毅傳》：疏曰：「欲敦風俗，鎮静百姓。」〔馮箋〕弘正初至徐，定銀刀都之亂，見史書。此言其定亂後，綏和鎮静。〔按〕事具見兩《唐書》及《通鑑》。《舊唐書・盧弘正傳》：「徐方自智興之後，軍士驕怠，有銀刀都尤勞姑息，前後屢逐主帥。弘正在鎮期年，皆去其首惡，喻之忠義，訖於受代，軍旅無譁。」鎮静，鎮之使静，指平息銀刀都之驕縱作亂。懋，盛大貌。《書・皋陶謨》：「政事懋哉懋哉！」

〔三〇〕刺，《英華》作「技」，誤。注：集作「刺」。〔補注〕投刺，投名刺求見。見《爲白從事上陳許李尚書啓》「未伸投刺之誠」句注。

〔三一〕〔補注〕《論語・先進》：「從我於陳、蔡者，皆不及門也。」及門，登門受業、登門求教。

〔三二〕〔徐注〕《戰國策》：蘇秦與李兑抵掌而談。《説文》：抵，側擊也。〔馮注〕《戰國策》：蘇秦説秦王於華屋之下，抵掌而談。

〔三三〕〔馮注〕李陵《答蘇武書》：人之相知，貴相知心。〔補注〕二句蓋謂己與弘止雖僅作抵掌之快談，遂蒙弘止以知心相交契。

〔三四〕〔補注〕浮泛，漂泊。《詩・小雅・菁菁者莪》：「汎汎楊舟，載沉載浮。」此以「浮泛」指己飄泊寄幕。

〔三五〕頫，《英華》注：集作「頗」。〔按〕二句即「徂遷歲律，浮汎軍裝」（《爲滎陽公桂州謝上表》）意。

〔三六〕〔徐注〕《史記》：廣武君曰：「奉一介咫尺之書。」〔馮注〕《戰國策》：范座遺信陵君書曰：「趙王以咫尺之書來，而魏王輕爲之殺無罪之座。」「座」，一本作「痤」。《漢書・韓信傳》：發一乘之使，奉咫尺之書。師古曰：八寸曰咫。言或長咫，或長尺，喻輕率也。〔按〕古代用作信札之木簡長僅盈尺，故稱書信爲咫尺之書。

〔三七〕〔馮注〕《三輔決録》：張仲蔚，平陵人，隱身不仕，所居蓬蒿没人，博物好屬詩賦。

〔三八〕〔徐注〕袁宏《三國名臣贊序》：懦夫增氣。

〔三九〕〔徐注〕《禮記》：君子有禮，故物無不懷仁。

〔四〇〕〔徐注〕《史記・平原君（虞卿列）傳》：虞卿躡蹻擔簦，説趙孝成王。〔補注〕簦，有長柄之笠，類今之傘。

〔四一〕〔徐注〕《戰國策》：蘇秦去秦而歸，羸縢履蹻。〔補注〕屩，同「蹻」，以麻、草編成之履。

〔四二〕〔馮曰〕爲判官，非書記，故曰「束書投筆」。〔補注〕《後漢書・班超傳》：「家貧，常爲官傭書以供養。久勞苦，嘗輟業投筆歎曰：『大丈夫無它志略，猶當效傅介子、張騫立功異域，以取封侯，安能久事筆研間乎？』」

〔四三〕〔馮注〕潘岳詩：弱冠忝嘉招。

〔蔣士銓曰〕稍有氣概，便自出群。（《忠雅堂評選四六法海》卷三）

## 上尚書范陽公第二啓〔一〕

某啓：某猥以謏聞〔二〕，仰承嘉命〔三〕。處囊引喻，未施下客之能〔四〕；在握稱珍，遂忝上卿之列〔五〕。循揣斯久〔六〕，兢惶不任。况尚書學總百家〔七〕，術窮《三略》〔八〕。文鋒筆力，抉揚、馬之懸門〔九〕；劍氣弓聲〔一〇〕，割韓、彭之右地〔一一〕。永言賓畫，宜在民宗〔一二〕。豈意非才，旋蒙過聽。未至居右，既乏相如之譽〔一三〕；後來在上，終興汲黯之嗟〔一四〕。手足分榮〔一五〕，里閭交慶。行吟花幕〔一六〕，卧想金臺〔一七〕。未離紫陌之塵〔一八〕，已夢清淮之月〔一九〕。依仁佩德〔二〇〕，白首知歸〔二一〕。伏惟俯賜恩察。謹啓。

**【校注】**

〔一〕本篇原載《文苑英華》卷六五四第六頁、清編《全唐文》卷七七八第一二頁、《樊南文集詳注》卷四。《英華》連上篇及下篇合題《上尚書范陽公啓三首》，徐本、馮本從之。此依《全唐文》分題。〔按〕上篇云「仰蒙仁恩，俯賜手筆，將虛右席，以召下材」，此篇云「未離紫陌之塵，已夢清淮之月」，雖同爲赴幕前之謝啓，上篇似是初接弘止辟聘書啓時之答啓，此篇則似專爲辟爲判官而致謝，當在稍後。無從細考具體月日，約在大中三年十月至十一月間。

〔二〕〔徐注〕《禮記》：足以謏聞，不足以動衆。謏，思了反。〔補注〕謏，小。謏聞，小有聲名。

〔三〕〔馮注〕《後漢書·周燮等傳序》曰：司徒侯霸辟閔仲叔云云。仲叔恨曰：「始聞嘉命，且喜且懼。」

〔四〕處囊引喻，見《爲鹽州刺史奏舉李孚判官狀》「錐處平原之囊，必將穎脱」句注。〔馮注〕《列士傳》：孟嘗君上客食肉，中客食魚，下客食菜。〔按〕未施下客之能，疑用《史記·孟嘗君列傳》馮諼客孟嘗君，爲其焚券市義、助其復相位事。又見《戰國策·齊策》。又《孟嘗君列傳》載，客之最下坐者有能爲狗盜、雞鳴者，助其脱秦難事。亦所謂「施下客之能」也。

〔五〕〔徐注〕《禮記》：儒有席上之珍以待聘。〔馮注〕《後漢書·孟嘗傳》：「南海多珍，掌握之內，價盈兼金。」劉琨《重贈盧諶詩》：「握中有懸璧，本自荆山璆。」璧以喻諶，諶爲琨之故吏。春秋列國有上卿，故以比己爲判官。判官於幕職中稍高。

〔六〕〔補注〕循揣，尋思。

〔七〕〔徐注〕《淮南子》：百家異説，各有所出。〔馮注〕《後漢書》注：諸子百六十九家。言百家，舉全數也。《漢書·賈誼傳》：廷尉（吴公）言誼年少，頗通諸家之書，文帝召以爲博士。

〔八〕〔徐注〕李康《運命論》：張良受黄石之符，誦《三略》之説。〔馮注〕《隋書·經籍志》：《黄石三略》三卷。注曰：下邳神人撰。

〔九〕〔徐注〕庾信詩：四照起文鋒。《南史·杜之偉傳》：徐勉嘗見其文，重其有筆力。《左傳》：偪陽人啓門，諸侯之士門焉。縣門發，郰人紇抉之以出門者。「縣」與「懸」同。《文心雕龍》：陳思稱揚、馬之作趣幽旨深。〔馮注〕文鋒，猶詞鋒。《論衡》：「谷子雲、唐子高章奏百上，筆有餘力。」字皆屢見。〔補注〕懸門，城門所設之門閘。平時掛起，有警時放下。揚、馬，揚雄、司馬相如。

〔一〇〕〔徐注〕任昉《宣德皇后令》：劍氣凌雲，而屈跡於萬夫之下。《隋書·長孫晟傳》：突厥大畏之，聞其弓聲，謂爲霹靂。〔馮曰〕字皆習見，不拘此二事。「劍氣」，用斗、牛間紫氣事。

〔一一〕〔徐注〕《漢書·匈奴傳》：郅支單于引其衆西，欲攻定右地。〔馮注〕《漢書·陳湯傳》：「郅支以爲呼韓邪破弱降漢，不能自還，即西收右地。」《老子》：「君子居則貴左，用兵則貴右。」「偏將軍居左，上將軍居右。」此當與《詩集》中「尚書文與武」及「武威將軍使中俠」數句相證。《漢書·魏相傳》：欲因匈奴衰弱，出兵擊其右地，使不敢復擾西域。〔補注〕韓、彭，韓信、彭越。右地，猶要地。

〔一二〕〔徐注〕任昉《王儉集序》：莫不北面人宗。〔補注〕賓晝，協助謀劃，指幕賓。民宗，見上篇注〔二七〕。

〔一三〕見上篇注〔二五〕。〔補注〕謂己雖如司馬相如之後至而忝居右席（指辟署判官），然實乏相如之才名。

〔一四〕〔徐注〕《漢書·汲黯傳》：見上言曰：「陛下用群臣，如積薪耳，後來者居上。」〔馮曰〕盧已在鎮年餘（按：方數月。馮謂商隱大中四年十月至盧幕，故云「年餘」），今見辟爲判官，故措語云爾。

〔一五〕〔馮注〕《儀禮》：昆弟，四體也。《漢書·武五子傳》：昭帝賜燕王璽書：「王骨肉至親，敵吾一體。」《後漢書·袁譚傳》：王修曰：「兄弟者，左右手也。」按：弟羲叟爲盧氏之婿，故云。〔按〕羲叟爲盧氏婿，見《詩集·寄太原盧司空三十韻》「羲之當妙選」句自注：「小弟羲叟早蒙眷以嘉姻。」

〔一六〕〔徐注〕（花幕）即蓮幕。

〔一七〕〔徐注〕《寰宇記》：燕昭王金臺，在易州易縣東南三十里。〔馮注〕《白帖》：燕昭王置千金於臺上，以延天下士，謂之黄金臺。《太平御覽》引《史記》與此同。

〔一八〕〔徐注〕《水經注》：漳水北徑祭陌西，田融以爲紫陌。趙建武十一年，造紫陌浮橋於水上，即此處。案：紫陌謂長安之道路，如賈至《早朝》亦曰「銀燭朝天紫陌長」。蓋借用其字，非必泥鄴中。〔按〕此謂未離京城。

〔一九〕〔徐注〕《書》：海、岱及淮惟徐州。李頎詩：清淮奉使千餘里。〔馮注〕梁何遜詩：月映清淮流。

〔二〇〕〔補注〕《論語·述而》：「子曰：『志於道，據於德，依於仁，遊於藝。』」依仁，以仁爲依循之標準。

〔二一〕〔徐注〕潘岳《金谷集詩》：投分寄石友，白首同所歸。

## 上尚書范陽公第三啓〔一〕

某啓：絹若干，右特蒙仁恩，賜備行李，謹依數捧領訖。嘉命猥臨，厚賚仍及。捉襟見肘，免類於前哲〔二〕；裂裳裹踵，無取於昔人〔三〕。感佩私恩〔四〕，不知所喻。謹啓。

【校注】

〔一〕本篇原載《文苑英華》卷六五四第七頁、清編《全唐文》卷七七八第一二頁、《樊南文集詳注》卷四。《英華》連上二篇合題《上尚書范陽公啓三首》，徐本、馮本從之。今仍依《全唐文》分題。〔按〕啓云「嘉命猥臨，厚賚仍及」，此啓當在前二啓稍後，專爲謝聘絹而上。

〔二〕〔馮注〕《莊子》：曾子居衛，正冠而纓絶，捉襟而肘見，納履而踵決。

〔三〕〔馮注〕《吴越春秋》：申包胥之秦求救楚，晝馳夜趨，足踵蹠劈，裂裳裹膝。《墨子》：公輸欲以楚攻宋，墨子聞之，自魯往，裂裳裹足，十日至郢。〔徐注〕《淮南子》：楚將攻宋，墨子聞之，自宋趨而往。一日一夜，足重繭而不休息，裂裳裹之，至郢見楚王。

〔四〕私恩，《英華》作「恩私」。〔補注〕《韓非子·飾邪》：「必明於公私之分，明法制，去私恩。」

## 與白秀才狀〔一〕

杜秀才翺至，奉傳旨意〔二〕，以遠追先德〔三〕，思耀來昆〔四〕，欲俾虚蕪〔五〕，用備刊勒〔六〕。承命揣己，悲惶莫任。伏思大和之初，便獲通剌〔七〕，昇堂辱顧，前席交談〔八〕。陳、蔡及門，功稱文學〔九〕；江、黄預會，尋列《春秋》〔一〇〕。雖迹有合離，時多遷易，而永懷高唱〔一一〕，嘗託餘暉〔一二〕。遂積分陰〔一三〕，俄踰一紀〔一四〕。今弟克承堂構〔一五〕，允紹家聲，將欲署道表阡〔一六〕，繼志述事，必在博求雄筆，〔一七〕鴻生〔一八〕。豈謂愛忘〔一九〕，忽兹謀及〔二〇〕！悚怍且久，辛酸不勝，欲遂固辭〔二一〕，慮乖莫逆〔二二〕。表嚴平於蜀郡，誰不願爲〔二三〕？叙郭泰於介休，亦惟無愧〔二四〕。庶磨鉛鈍〔二五〕，聊慰松扃〔二六〕。伏紙向風，悲憤交積。

【校注】

〔一〕本篇原載清編《全唐文》卷七七五第二三頁、《樊南文集補編》卷七。〔錢箋〕本集《太原白公墓碑》云：「子景受，大中三年自潁陽尉典治集賢御書，來京師，乃件右功世，以命其客取文刻碑。」是秀才即景受也。考《舊唐書·白居易傳》：「無子，以其姪孫嗣。」《新唐書·宰相世系表》：「景受，孟、懷觀察支使，以從子繼。」至公自撰《醉吟先生墓志》云：「有三姪：長味道，次景回，次晦之。」又云：「樂天無子，以姪孫阿新爲之後。」則與《舊書》合，而與《新書》不合。故汪立名《香山年譜》疑其復以從子承祧，而遂更其名。馮氏據義山所撰碑銘，謂公存時，已名景受。又引《文粹·殤子辭》，謂公没後，阿新亦殤，又以景受爲繼。蓋《新書》世系乃據後追録，不嫌與《舊書》歧出也。《國史補》：進士通稱謂之秀才。〔按〕與白秀才二狀及《白公墓碑銘并序》係先後同時作。據《樊南乙集序》：「（大中三年）十月，尚書范陽公以徐戎凶悍，節度闕判官，奏入幕。」《偶成轉韻七十二句贈四同舍》：「臘月大雪過大梁。」商隱離京赴徐州約在大中三年閏十一月末。又據《刑部尚書致仕贈尚書右僕射太原白公墓碑銘并序》：「子景受，大中三年，自潁陽尉典治集賢御書，侍太夫人弘農郡君楊氏來京師……乃件右功世，以命其客取文刻碑。……今右僕射平章事敏中，果相天子，復憲宗所欲得開七關，城守四州，以集巨伐。仲冬南至，備宰相儀物，擎跪齋栗，給事寡嫂。」可證《墓碑銘》當完成於大中三年冬至（閏十一月初四）日之後。二狀之寫作則稍在前。

〔二〕〔錢注〕《史記·陳涉世家》：卜者知其指意。

〔三〕〔錢注〕《晉書·桓玄傳》：皆仰憑先德遺愛之利，玄何功焉！

〔四〕〔錢注〕《爾雅》：玄孫之子爲來孫，來孫之子爲晜孫。

〔五〕〔補注〕虚蕪，謙稱文辭浮淺蕪雜。

〔六〕〔補注〕謂撰寫碑銘以備刻石立碑。

〔七〕〔錢注〕《釋名》：書姓字於奏上曰書刺，作再拜起居字，皆使書盡邊。下官刺曰長刺，書中央一行。又曰爵里刺，書其官爵及郡縣鄉里也。〔按〕通刺，出示名刺以求延見。大和三年三月，白居易罷刑部侍郎，以太子賓客分司東都。四月至洛陽，居履道里第。是年三月，令狐楚爲東都留守。商隱於是年以所業文干楚於洛陽，年方弱冠。其通刺於白居易，亦當在是年。

〔八〕〔錢注〕《史記·商君傳》：鞅見，孝公與語，不自知膝之前於席也。〔補注〕《論語·先進》：「子曰：『由也升堂矣，未入於室也。』」此以入門弟子自喻。前席，事又見《史記·賈生列傳》。

〔九〕〔補注〕《論語·先進》：「從我于陳、蔡者，皆不及門也。」及門，指受業弟子。《論語·先進》：「文學：子游、子夏。」文學，孔門四科之一，指文章博學。

〔一〇〕〔補注〕《春秋·僖公二年》：「秋，九月，齊侯、宋公、江人、黄人盟于貫。」江、黄，春秋時小國名。劉向《新序·善謀上》：「齊桓公時，江國、黄國，小國也。在江、淮之間，近楚。」此以江、黄小國預大國之會謙稱己曾參預當時白居易等著名文士之盛會。

〔一一〕〔錢注〕陸機《演連珠》：臣聞絶節高唱，非凡耳所悲。〔按〕錢本脱句首「而」字。

〔一二〕〔錢注〕《史記·甘茂傳》：臣聞貧人女與富人女會績，貧人女曰：「我無以買燭，而子之燭光幸有餘，子可分我餘光，無損子明，而得一斯便焉。」

〔一三〕〔錢注〕《晉書·陶侃傳》：至於衆人，當惜分陰。

〔一四〕〔補注〕自大和三年（八二九）至大中三年（八四九），首尾二十一年，謂「踰一紀」，約略言之耳。

〔一五〕〔補注〕《書·大誥》：「若考作室，既厎法，厥子乃弗肯堂，矧肯構？」堂構，喻繼承祖先遺業。弟，指白敏中，時任宰相。

〔一六〕〔錢注〕《漢書·原涉傳》：涉自以先人墳墓儉約，非孝也，乃大治起冢舍，周閣重門。初，武帝時京兆尹曹氏葬茂陵，民謂其道爲京兆阡。涉慕之，乃買地開道立表，署曰南陽阡，人不肯從，謂之原氏阡。〔補注〕阡，墳塚。表，墓碑。道，墓前甬道。

〔一七〕〔錢校〕此處疑脱二字。

〔一八〕〔錢注〕揚雄《羽獵賦》：於兹乎鴻生鉅儒，俄軒冕，雜衣裳。

〔一九〕〔錢注〕《晉書·劉曜載記》：且陛下若愛忘其醜，以臣微堪指授，亦當能輔導義光，仰遵聖軌。

〔二〇〕〔補注〕《書·洪範》：「汝則有大疑，謀及乃心，謀及卿士，謀及庶人，謀及卜筮。」此似取義於「謀及庶人」。

〔二一〕〔補注〕《書·大禹謨》：「禹拜稽首固辭。」

〔二二〕〔錢注〕《莊子》：子桑户、孟子反、子琴張相與語曰：「孰能相與於無相與，相爲於無相爲？」三人相視而笑，莫逆於心，遂相與爲友。

〔二三〕〔錢注〕《蜀志·許靖傳》注：《益部耆舊傳》曰：「王商爲蜀郡太守，與嚴君平、李弘立祠作銘，以旌先賢。」

〔二四〕〔錢注〕《後漢書·郭太傳》：太字林宗，太原界休人也。卒時，四方之士千餘人，皆來會葬。同志者乃共刻石立碑。蔡邕爲文，既而謂涿郡盧植曰：「吾爲碑多矣，皆有慚德，惟郭有道無愧色耳。」

〔二五〕〔錢注〕班固《答賓戲》：搦朽磨鈍，鉛刀皆能一斷。

〔二六〕松，《全文》作「招」，據錢校改。〔錢注〕《説文》：扃，外閉之關也。〔補注〕松扃，指植松樹之墳墓。墓地多植松，故稱。

## 與白秀才第二狀〔一〕

前狀中啓述事，比者與杜秀才商量，只謂卜於下邽，克從先次〔二〕。所以須待相國意緒〔三〕，方敢遠應指揮。今狀，聞便龍門〔四〕，仰遵遺令〔五〕，事同踴塔〔六〕，兆異佳城〔七〕。敢於不朽之文〔八〕，須演重宣之義〔九〕，則不敢更稽誠意，俟命强宗〔一〇〕。敬惟照亮。

【校注】

〔一〕本篇原載清編《全唐文》卷七七五第二四頁、《樊南文集補編》卷七。〔按〕作於大中三年十一月，當在前狀稍後，參前狀注〔一〕。

〔二〕〔錢注〕《舊唐書·白居易傳》：居易太原人，北齊五兵尚書建之仍孫。建立功高齊，賜田韓城，子孫家焉。遂移籍同州。至建曾孫温，徙於下邽，今爲下邽人焉。《新唐書·地理志》：下邽縣屬關内道華州。〔補注〕卜，占卜選擇墓地。先次，先人墓旁。

〔三〕〔錢注〕《舊唐書·白居易傳》：敏中，居易從父弟也。會昌末，同平章事。宣宗即位，加右僕射。五年罷相。十一年二月，檢校司徒、平章事、江陵尹、荆南節度使。〔按〕據《新唐書·宣宗紀》，會昌六年五月乙巳，大赦，翰林學士承旨、兵部侍郎白敏中同中書門下平章事。《舊唐書·宣宗紀》載敏中爲相在是年四月。均在宣宗即位之後。《舊·傳》微誤。意緒，猶意思、心意。下句「遠應指揮」亦指應相國之指揮。

〔四〕〔錢注〕《新唐書·地理志》：龍門縣屬河東道河中府。〔按〕錢注誤。白居易葬龍門，即洛陽西南之伊闕口（俗名龍門）。《新唐書·地理志》：河南縣：「龍門山，東抵天津，有伊水石堰。」與河東道之龍門縣無涉。參下注。

〔五〕〔錢注〕《舊唐書·白居易傳》：會昌中，以刑部尚書致仕。與香山僧如滿結香火社，每肩輿往來，白衣鳩杖，自稱香山居士。大中元年（按：應從《新唐書·白居易傳》及商隱《白公墓碑銘》

作會昌六年）卒。遺命不歸下邽，可葬於香山如滿師塔之側，家人從命而葬焉。

〔六〕〔錢注〕《顔氏家訓》：千里寶幢，百由旬座，化成淨土，踴出妙塔。〔補注〕踴塔，指多寶塔之湧現。據説古代東方寶淨國有佛曰多寶如來，曾作大誓願云：滅度之後，十方國有説《法華經》處，彼之塔廟必湧現其前，以爲證明。事見《法華經·見寶塔品》。

〔七〕〔錢注〕張華《博物志》：漢滕公薨，求葬東都門外，公卿送喪，駟馬不行，跼地悲鳴，跑蹄下地，得石，有銘曰：「佳城鬱鬱，三千年，見白日。吁嗟滕公居此室。」遂葬焉。

〔八〕文，錢注本作「言」，未出校。〔補注〕《左傳·襄公二十四年》：「大上有立德，其次有立功，其次有立言，雖久不廢，此之謂不朽。」

〔九〕〔錢注〕劉孝綽《栖隱寺碑》：敢宣重説，敬勒雕鐫。〔補注〕重宣，佛教語。謂教主説法告一段落，以偈頌重複概括精義。

〔一〇〕〔錢注〕《後漢書·郭伋傳》：强宗右姓，各擁衆保營。〔按〕强宗，此指白敏中。

## 刑部尚書致仕贈尚書右僕射太原白公墓碑銘并序〔一〕

公以致仕刑部尚書，年七十五，會昌六年八月薨東都〔二〕，贈右僕射〔三〕。十一月，遂葬龍門〔四〕。子景受〔五〕，大中三年自潁陽尉典治集賢御書〔六〕，侍太夫人弘農郡君楊氏來京師〔七〕，胖胖兢兢〔八〕，奉公之遺，畏不克既，乃件右功世〔九〕，以命其客取文刻碑，文曰：

公字樂天，諱居易，前進士〔一〇〕，避祖諱〔一一〕，選書判拔萃〔一二〕，注秘省校書〔一三〕。元年，對憲宗詔策〔一四〕，語切不得爲諫官，補盩厔尉〔一五〕。明年試進士，取故蕭遂州澣爲第一〔一六〕。事畢，帖集賢校理〔一七〕。一月中，詔由右銀臺門入翰林院〔一八〕，試文五篇〔一九〕。明日，以所試制《加段佑兵部尚書領涇州》〔二〇〕，遂爲學士〔二一〕，右拾遺〔二二〕。滿將擬官，請掾京兆〔二三〕，以助供養〔二四〕，授户曹〔二五〕。

時上受襄陽、荆州入疏獻物在約束外〔二六〕，公密詆二帥，且曰非善良，後雖與宰相，不厭禍〔二七〕。其後禮官竟以多殺不辜謚于頔爲「厲」〔二八〕。李師古襲父事逆〔二九〕，務作項領，以謾儕曹〔三〇〕，上錢六百萬，贖文貞故第以與魏氏〔三一〕。公又言：「文貞第正堂用太宗殿材〔三二〕，魏氏歲臘鋪席〔三三〕，祭其先人。今雖窮，後當有賢。即朝廷覆一瓦，魏氏有分，彼安肯入賊所贖第耶〔三四〕？」上由是賜錢直券〔三五〕，以居其孫。在職三年，每讌見，多前笏留上輦〔三六〕，是否意詔〔三七〕，湔剔抉摩〔三八〕，望及少年〔三九〕，見天下無一事〔四〇〕。五年〔四一〕，會憂，掩坎廬墓〔四二〕。公以七年，以左贊善大夫著吉〔四三〕。武相遇盜殊絶，賊棄刃天街〔四四〕，日比午，長安中盡知。公次紙爲疏〔四五〕，言元衡死狀，不得報，即貶江州〔四六〕。移忠州刺史〔四七〕。穆宗用爲司門員外〔四八〕，四月，知制誥，加秩主客，真守中書舍人，叙緋〔四九〕。受旨起田孝公代恒陽〔五〇〕，孝公行，贈錢五百萬，拒不内[五一]。燕、趙相殺不已，公又上疏列言河朔畔岸[五二]，復不報，又貶杭州[五三]。既至，築堤捍江，分殺水孔道，用肥見田[五四]。發故鄴侯泌五井[五五]，渟儲甘清，以變飲食。循錢塘上下，民迎禱祠神，伴侣歌舞[五六]。徙右庶子[五七]，出蘇州[五八]，授秘書監，换服色[五九]。遷刑部侍郎[六〇]。乞官分司，得太子賓客，除河南尹，復爲舊官[六一]。進階開國[六二]。九年除同州，不上[六三]。改太子少傅，申百日假[六四]。又二歲，得所蒙官[六五]。

白氏由楚入秦[六六]。秦自不直杜郵事[六七]，封子仲太原[六八]，以有其後。祖某，鞏縣令[六九]。考季庚，襄州别駕[七〇]，贈太保。一女妻譚氏[七一]。始公生七月，能展書指「之」「無」二字，横縱不誤[七二]。既長，與弟行簡俱有名[七三]。故李刑部建[七四]、庾左丞敬休[七五]，友最善。家居以户小飲薄酒，朔望晦輒不肉食[七六]。攜鄧同、韋楚，白服遊人間[七七]。姓名過海，流入雞林、日南有文字國[七八]。爲中書舍人三日，如建中詔書[七九]，上鄭公覃自代，後爲相，稱質直[八〇]。文宗時，文貞公果有孫起使下，數歲，至諫議大夫，賢可任，爲今上御史中丞[八一]。他日，景受嘗跪曰：「大人居翰林，六同列五具爲相[八二]，獨白氏亡有。」公笑曰：「汝少以待。」其曾祖弟，今右僕射平章事敏中，果相天子[八三]，復憲宗所欲得開七關[八四]，城守四州[八五]，以集巨伐[八六]。仲冬南至，備宰相儀物，擎跪齋栗[八七]，給事寡嫂[八八]。永寧里中有兄弟家，指嚮健慕[八九]，以信公知人。集七十五卷，元相爲序[九〇]。系曰：

公之先世〔九一〕用談説聞〔九二〕。肅、代代憂〔九三〕，布蹤河南〔九四〕。陰德未校〔九五〕，公有弟昆。本跋不搖〔九六〕，乃果敷舒〔九七〕。匪骼匪臑〔九八〕，噫其醇腴〔九九〕。於鄉洎邦，取用不窮。天子見之，層陛玉堂。徵徵其中〔一〇〇〕，上汰唐、禹〔一〇一〕。帝爲輦留，續緒襞縷〔一〇二〕。歲終當遷，户曹是取。

瞱白其華〔一〇三〕，嚼不痕緇〔一〇四〕。用從棄遺〔一〇五〕，至道天子。疇誰與伍？率中道止〔一〇六〕。納筆攝麾，綽三郡理〔一〇七〕。既去刑部，倏東其居〔一〇八〕。大尹河南，翦其暴逋〔一〇九〕。君有三輔，臣有田畝〔一一〇〕。臣衰君强，謝不堪守〔一一一〕。

翊翊申申〔一一二〕，君子之文。不僭不怒〔一一三〕，惟君子武〔一一四〕。君子既貞，兩有其矩。孰永厥家？曾祖之弟〔一一五〕。坤柄巽繩〔一一六〕，以就大計。匪哲則知，亦有教詔〔一一七〕。益哀其收〔一一八〕，揠莠而導〔一一九〕。刻詩於碑，以報百世。公老於東，遂葬其地〔一二〇〕。

【校注】

〔一〕本篇原載《唐文粹》卷五八總四〇五頁、清編《全唐文》卷七八〇第一〇頁、《樊南文集詳注》卷八。《唐文粹》題首有「唐」字。〔徐注〕《舊書・白居易傳》：字樂天，太原人。北齊五兵尚書建之仍孫。建生士通，士通生志善，志善生温，温生鍠，鍠生季庚，季庚生居易。初，建（立功於高齊），賜田於韓城，子孫家焉，遂移籍同州。至温，徙於下邽。今爲下邽人。〔馮注〕《金石録》：唐《醉吟先生傳》并墓碑。注曰：傳，白居易自撰；碑，李商隱撰；譚邠正書。大中五年四月。（馮譜編大中三年。）〔張箋〕（大中五年四月）此乃立碑之時，而文實作於三年也。〔按〕文云：「子景受，大中三年自潁陽尉典治集賢御書，侍太夫人弘農郡君楊氏來京師……以命其客取文刻碑。」又云：「其曾祖弟，今右僕射平章事敏中，果相天子，復憲宗所欲得開七關，城守四州，以集巨伐。仲冬南至，備宰相儀物，擎跪齋栗，給事寡嫂。」可證碑文之撰成，不早於大中三年仲冬之「南至」（即冬至）日。查是年冬至在閏十一月初四，則文當作成於此日之後。又據《唐會要》卷七九謚法門：「故太子少傅白居易，大中三年十二月，中書侍郎平章事白敏中上疏請行謚典，從之。下太常，謚曰文。」而碑文未稱謚，可見當作於十二月請謚賜謚之前。又本年十二月，商隱已在赴徐州途中，《偶成轉韻七十二句贈四同舍》云「臘月大雪過大梁」。故碑文當作於大中三年閏十一月。

〔二〕〔徐注〕《舊書·白居易傳》：會昌中，請罷太子少傅，以刑部尚書致仕。與香山僧如滿結香火社，每肩輿往來，白衣鳩杖，自稱香山居士。大中元年卒，時年七十六，贈尚書右僕射。遺命不歸下邽，可葬於香山如滿師塔之側，家人從命而葬焉。按：樂天之卒年，《新書》與此（碑）同，《舊書》遲一歲，恐誤。當以墓碑爲實。〔馮注〕《新書·傳》：會昌初，以刑部尚書致仕。六年，卒。宋陳直齋撰《白文公年譜》云：《舊書》卒年非也。《左傳》：使女寬守闕塞。注曰：洛陽西南伊闕口也，俗名龍門。《新書・地理志》：河南縣龍門山，東抵天津，有伊水石堰。按：龍門香山，在伊水上。《白香山詩集》中言之最多，其開龍門八節石灘，尤快心功德也，葬此亦宜。而公自撰墓誌：「葬於下邽縣臨津里北原，祔先塋也。」是則遺命改之矣。又按：自撰墓志云：「大曆六年，生於新鄭縣東郭宅。會昌六年□月，卒於東都履道里私第，春秋七十有五。」此墓碑與墓志合，故陳直齋謂《舊書》卒年非也。

〔三〕〔補注〕《新唐書・百官志》：尚書省，「左右僕射，各一人，從二品，掌統理六官，爲令之貳，令闕則總省事」。唐初，與中書令、侍中同爲宰相。玄宗後，不加同中書門下平章事之左右僕射僅理尚書省事。常作爲榮譽官銜贈與顯宦高官。陳譜作「左僕射」，誤。

〔四〕詳見注〔二〕。

〔五〕〔徐注〕《舊書》：居易無子，以其姪孫嗣。〔馮注〕《新書・表》：景受，孟懷觀察支使，以從子繼。陳直齋曰：「公自喪阿崔，終身無子。自爲墓誌云：『以姪孫阿新爲後。』又云：『三姪曰味道、景回、晦之。』《唐書・世系表》載公『子景受，以從子繼』。碑亦云景受。按：公舍其姪，而以姪孫爲後，既不可解；而所謂阿新者，即景受乎？則昭穆爲失次。不然，則治命終不用耶？」本朝汪立名撰《白香山年譜》：「公自撰《醉吟先生墓志》云：『三姪：長味道，巢縣丞；次景回，淄州司兵參軍；次晦之，舉進士。』並不詳何人子。又云：『樂天無子，以姪孫阿新爲之後。』觀墓碑及史表，則非阿新明矣。公之墓志，預作於會昌初，豈其後復易以從子承祧，而遂更其名乎？《表》有景受生邦翰，司封郎中；邦翰生思齊，鄭州録事參軍；行簡子味道，成都少尹。」按：景受與景回，爲兄弟行。文中所云，是公存時，已名景受也。公自言姪孫爲後，則阿新、景受似爲二人也。以姪孫爲後，古已有之，如《晉書》之荀顗、阮孚是已。豈阿新又殤，乃又以景受爲後乎？或疑阿新升一輩，以「景」同排，必不然也。《續資治通鑑長編》：真宗景德四年，以唐刑部尚書致仕白居易孫利用爲河南府助教，常令修奉墳塋影堂。按：《文粹》篇後有《殤子辭》，其下有「弘農楊氏」四字，如作文人名例，辭云「子有令子，儉衣削食，以紀先功，志刊貞石。彼蒼不遺，俾善莫隆。今子建立，痛冤無窮」，此可細思而悟其事也。其云紀功刊石，已即碑序中「件右功世，取文刻碑」之意，然「志刊貞石，彼蒼不遺」，乃有其志而未及爲者，若景受則實取文刻碑矣。余謂阿新越次爲嗣，是白公、楊氏所愛，定於存時者，不意公没後，阿新亦殤。此《殤子辭》，必爲阿新。其曰「令子」，即阿新；其曰「今子」，乃景受。蓋阿新殤後，又以景受爲繼。而郡君痛冤無窮，自以辭志之也。《文粹》必因其附刻碑側，故兼登之，否則何煩旁及哉！據辭追揣，情事宜然。《舊》《新》傳、表之異，可以互通矣。〔陳寅恪曰〕世所謂《醉吟先生墓誌銘》者……乃一僞撰之文（參岑仲勉先生《白集醉吟先生墓誌銘存疑》，載《歷史語言研究所集刊》第玖本），而陳、汪二氏俱未嘗致疑，遂於論及樂天後嗣時，乃欲調和此僞誌與李碑之衝突，宜其扞格而不能通也。……然則樂天後嗣之問題，所可考見者，惟其前立之子先死，後立之子爲景受耳。或以樂天以姪孫爲嗣之事，亦見於《舊唐書》壹陸陸《白居易傳》，似可以信據爲言者。其實《舊·傳》中又有「仍自爲墓志」之説，其「以姪孫爲嗣」之記載，是否即得之於僞文，殊未可知也。（《元白詩箋證稿·白樂天之先祖及後嗣》）〔按〕顧學頡編纂注釋之《白居易家譜》（中國旅游出版社一九八三年版）《後記》云：「今據《譜系》確知係其兄幼文之次子景受爲居易嗣，即商請李商隱爲樂天撰墓碑之人，《譜系》與墓碑之説吻合。」

〔六〕〔補注〕典治集賢御書，掌管整理集賢殿御書。《新唐書·百官志》：中書省，集賢殿書院，有校書四人，正九品下；正字二人，從九品上。

〔七〕〔徐注〕《舊書》：居易妻，楊穎士從父妹也。〔馮注〕陳直齋云：於虞卿、汝士爲從兄弟。〔按〕楊氏爲虢州弘農人，故云。居易妻楊氏封弘農郡君。

〔八〕〔補注〕胖胖，安舒貌。兢兢，戒慎貌。

〔九〕〔補注〕件，分列。功世，功業世系。

〔一〇〕〔馮注〕按《唐摭言》：「投刺謂之鄉貢，得第謂之前進士。」此三字代及第也。〔按〕登進士第在貞元十六年。

〔一一〕〔馮注〕陳直齋曰：避祖諱者，公祖名鍠，與「宏」同音，言所以不應宏詞也。《摭言》云：「白公試宏詞，賦考落。」誤也。按《摭言》：宏詞賦題《斬白蛇劍》也。

〔一二〕〔馮注〕《舊書·傳》：元稹爲集序曰：「樂天一舉擢上第。明年，中拔萃甲科。由是《性習相近遠》《玄珠》《斬白蛇劍》等賦洎百節判，新進士競相傳於京師。」不云「試宏詞」，而賦題則合矣。

又按：若果避「鍠」音，則下文祖諱，自可明書，何乃亦僅云「祖某」耶？是尚可疑。按《文苑英華》載公自爲墓志，高祖志善，曾祖温，王父鍠，先大夫季庚。《舊書·傳》作「庾」，其上云：「北齊五兵尚書建之仍孫。建生士通，士通生志善。」《傳》云：「太原人。建立功於高齊，賜田韓城，子孫家焉，遂移籍同州。至温徙下邽，今爲下邽人。」此皆不書，其云「避祖諱」者，不可妄揣。陳直齋乃以祖名鍠與「宏」同音，所以不應宏詞，以釋避諱，并以《摭言》爲誤，未知其何據，似妄斷矣。《廣韻》，「鍠」在十二庚下，户盲切，《説文》音皇。「宏」在十三耕下，户萌切。音相近而細別。且禮不諱嫌名也。又《英華》載公祖《故鞏縣令白府君行狀》，諱鍠也；又載公父《襄州別駕白府君狀》，諱季庚，字子申，則作「庾」似誤。又按《唐摭言》云：「白公試宏詞，賦考落。登科之人，賦皆無聞，白公之賦，傳於天下。」所謂不捷聲價益振也。元微之已云「《斬白蛇賦》傳於京師」，則是實試宏詞，雖被黜，而賦自傳誦。公自爲墓志云：「累登進士、拔萃、制策三科。」宏詞不捷，自不言耳。陳直齋避「宏」同「鍠」音之説，雖或當有所據，然下文「祖某」「考季庚」，其亦諱祖，又何説歟？竟難妄揣，或別有意，當闕疑。

〔一三〕〔徐注〕《舊書》：貞元十四年，始以進士就試，禮部侍郎高郢擢昇甲科，吏部判入等，授秘書省校書郎。〔馮注〕自爲墓志云「累登進士、拔萃、制策三科」，亦不云試宏詞，然《摭言》節録《白蛇賦》句，而曰「白公之賦傳天下，登科之人，賦並無聞」，則當以考落故不叙，而賦自傳誦，微之仍叙入，《摭言》當不誤也。〔補注〕注，銓叙官職。居易中拔萃科，授秘書省校書郎，分別在貞元十八年冬、十九年春。其《養竹記》云：「貞元十九年春，居易以拔萃選及第，授校書郎。」唐代選制以十一月爲期，至次年三月畢。

〔一四〕〔補注〕指應對憲宗主持之制舉考試。是年春與元稹居華陽觀，閉户累月，揣摩時事，撰成《策林》七十五篇。四月，應才識兼茂明於體用科，與元稹等同登第。見《登科記考》卷一六。參下注。

〔一五〕〔馮注〕《舊書·傳》：元和元年四月，憲宗策試制舉人，應才識兼茂明於體用科，策入第四等，授盩厔縣尉，集賢校理。〔按〕授集賢校理係元和二年。補盩厔尉則在元年四月二十八日。因對策語切直入四等（乙等，唐代制科例無一、二等）。

〔一六〕〔馮注〕蕭澣，見《代李玄爲崔京兆祭蕭侍郎文》注〔一〕。按《舊書·紀》《傳》，長慶元年，白居易與賈餗、陳岵同考制策。而此於元和時即試取蕭澣，當如今之爲同考官也。〔徐注〕《舊書》：大和九年，貶刑部侍郎蕭澣爲遂州刺史。〔按〕元和二年秋，自盩厔尉調充進士考官，有《進士策問五道》。蕭澣開成元年卒於遂州貶所，故云「故蕭遂州澣」。

〔一七〕帖，《文粹》作「怗」。〔徐曰〕怗，通作「貼」。〔馮注〕《舊書·志》：集賢院修撰官、校理官無常員，以官人兼之。〔補注〕帖，通「貼」，兼。居易於進士試畢兼集賢校理。

〔一八〕一，《文粹》無此字。〔徐注〕李肇《翰林志》：翰林院在銀臺門北、麟德殿西廂重廊之後，學士院在翰林之南，别户東向，引鈴門外，雖宣事不敢入。

〔一九〕〔補注〕謂爲皇帝試草詔制五篇，今白集有《奉勑試制書詔批答詩等五首》。

〔二〇〕〔補注〕段佑，《舊唐書》卷一五二、《新唐書》卷一七〇有傳。《舊唐書·德宗紀下》：貞元十九年五月，「甲戌，以涇原節度留後段佑爲涇州刺史、兼御史大夫、四鎮北庭行軍、涇原節度使」。白集卷五四有《除段佑檢校兵部尚書右神策軍大將軍制》，係涇原任内加檢校官。佑任涇原節度使至元和三年三月。

〔二一〕〔馮注〕《舊書·傳》：元和二年十一月，召入翰林爲學士。〔補注〕《通鑑·元和二年》：十一月，「盩厔尉、集賢校理白居易作樂府及詩百餘篇，規諷時事，流聞禁中，上見而悦之，召入翰林爲學士」。白居易《奉勑試制書詔批答詩等五首》題下自注：「元和二年十一月四日，自集賢院召赴銀臺候進旨。五日，召入翰林，奉勑試制詔等五首。翰林院使梁守謙奉宣：宜授翰林學士。數月，除左拾遺。」

〔二二〕〔馮注〕《舊書·傳》：三年五月，拜左拾遺。獻疏曰：「蒙恩授臣左拾遺，依前翰林學士。」《新書》亦作「左」，此獨作「右」，當誤。〔按〕居易《祭楊夫人文》亦云「維元和三年歲次戊子……將仕郎、守左拾遺、翰林學士太原白居易」，「右」字當誤。拜左拾遺在元和三年四月二十八日，見《初授拾遺獻書》，書亦稱「翰林學士、將仕郎、守左拾遺臣白居易」。

〔二三〕掾，《全文》作「椽」，據《文粹》改。〔補注〕謂左拾遺任職期滿將調任新職，請求在京兆府任掾曹。

〔二四〕〔補注〕謂以助供養母親,詳下注。

〔二五〕〔徐注〕《新書》:左拾遺歲滿,帝以資淺,且家素貧,聽自擇官……詔可。〔馮注〕《舊書·傳》:五年當改官,居易奏曰:「臣聞姜公輔爲内職,求爲京府判司,爲奉親也。臣有老母,乞如公輔例。」於是,除京兆府户曹參軍。〔按〕左拾遺,從八品上。京兆府户曹參軍,正七品下。

〔二六〕受,《文粹》作「愛兵」。〔補注〕謂憲宗接受襄陽、荆州兩地方鎮上疏所獻財物在規定之限額以外。時山南東道節度使(治襄陽)于頔、荆南節度使(治江陵)裴均,即下文之「二帥」。

〔二七〕厭,《文粹》注:入聲。〔補注〕謂以後即使給與于頔、裴均宰相之職銜,亦必爲禍不已。《新唐書·白居易傳》:「是時于頔入朝,悉以歌舞人内禁中,或言普寧公主取以獻,皆頔嬖愛,居易以爲不如歸之,無令頔得歸曲天子。」《通鑑·元和四年》:「山南東道節度使裴均恃有中人之助,於德音後進銀器千五百餘兩。翰林學士李絳、白居易等上言:『均欲以此嘗陛下,願却之。』」《白香山集》卷四一有《論于頔裴均狀》《論于頔所進歌舞人事宜狀》《論裴均進奉銀器狀》。

〔二八〕〔徐注〕《新書》:于頔拜山南東道節度使,請升襄州爲大都督府。廣募戰士,儲糧械,㦚然有專漢南意。卒贈太保。太常謚曰「厲」。次子季友,尚憲宗永昌公主,拜駙馬都尉,求改頔謚,會徐泗節度使李愬亦爲更請,賜謚曰「思」。〔馮注〕二帥,襄爲于頔,荆爲裴均,徐氏以荆南爲嚴綬,誤也(按:徐此注已删)。《舊書·紀》曰:「元和三年四月,以荆南節度裴均爲右僕射、判度支。五月,均請以荆南雜錢萬貫修尚書省,從之。九月,均同平章事、襄州刺史,充山南東道節度使。四年四月，均進銀器一千五百兩，以違敕，付左藏庫。」是則均先鎮荆州，後鎮襄陽也。陳直齋《白公年譜》曰：元和三年，有《論裴均進奉狀》。而此亦云荆州，則在均未鎮襄陽前耳。《于頔傳》曰：「頔於貞元十四年節度山南東道，聚斂虐殺，專以淩上威下爲務。累遷至左僕射、平章事。憲宗即位，威肅四方，頔稍戒懼，以子季友求尚主，憲宗以長女永昌公主降焉。頔入朝，册拜司空、平章事。内官梁守謙掌樞密，有梁正言者，自言與守謙宗盟情，頔子敏與之遊處。正言取頔財賄，言賂守謙，以求出鎮。久之無效，敏誘正言之僮，支解棄溷中。事發，付臺按問，貶頔爲恩王傅，改授太子賓客。敏流雷州，賜死。元和十年，王師討淮蔡，諸侯貢財助軍，頔進銀七千兩、金五百兩、玉帶二，詔不納，復還之。十三年卒，贈太保，謚曰『厲』。季友訴於穆宗，賜謚曰『思』。」《新書·居易傳》：「元和四年，天子以旱甚，下詔蠲貸，居易建言，頗采納。是時于頔入朝，悉以歌舞人納禁中，或言公主取以獻，皆頔嬖愛。居易以爲不如歸之，無令頔歸曲天子。」蓋頔以從襄陽入朝，故稱「襄陽」。進奉前後皆有，而此所書，則元和三、四年間事也。「後雖與宰相，不厭禍」者，言不懼禍而悛也。頔既以使相入爲相，而行賄殺人，均亦以財交權倖，任將相凡十餘年，荒縱無法度，皆所謂「不厭禍」也。王彦威議于頔謚曰：「跋扈立名，滿盈不戒。及入覲後，又子罪官貶，連起國獄。謹按殺戮不辜曰厲，愎狠遂過曰厲，請謚爲厲。」〔按〕王彦威有《贈太保于頔謚議》，見清編《全唐文》卷七二九。

〔二九〕古，徐、馮均曰當作「道」，是。〔馮注〕師古、師道皆李納子，師古先襲，元和初卒。異母弟師道又襲。集中凡值李師道，皆作師古，是不可解。〔按〕李師道元和元年至十四年爲平盧淄青節度使。十三年，朝廷令五鎮之師進討。十四年二月，淄青都知兵馬使劉悟斬李師道請降。事見兩《唐書》本傳及《通鑑》。

〔三〇〕〔馮注〕《漢書》：季布曰：「今噲奈何以十萬衆横行匈奴中，面謾？」師古曰：謾，欺誑也，音嫚，又莫連反。又，「欺謾」字見《宣帝紀》。〔補注〕務作項領，謂力求作（藩鎮）首領。以謾儕曹，以欺誑同列之藩鎮，獵取美譽。

〔三一〕〔馮注〕《舊書·傳》：「淄青節度使李師道進絹，爲魏徵子孫贖宅。」《新書·傳》作「上私錢」，蓋以絹准錢也。〔補注〕文貞，魏徵謚號。時徵玄孫因家貧，將故宅質於人，故有贖宅之事。

〔三二〕〔馮注〕《舊書·魏徵傳》：徵有疾，稱綿惙。徵宅先無正寢，太宗欲爲小殿，輟其材爲徵營構，五日而成。

〔三三〕〔補注〕歲臘，年終臘祭。鋪席，古喪禮之一，大斂前在尸體下鋪放墊席。後爲祭掃禮儀之一。此指祭祀祖先之儀。

〔三四〕〔徐注〕《新書·白居易傳》：李師道上私錢六百萬爲魏徵孫贖故第，居易言：「徵任宰相，太宗用殿材成其正寢，後嗣不能守，陛下猶宜以賢者子孫贖而賜之。師道人臣，不宜掠美。」帝從之。〔馮注〕《舊書·傳》：居易諫曰：「徵是先朝宰相，太宗賜殿材，成其正室，尤與諸家第宅不同。子弟典貼，自可官中爲之收贖，而令師道掠美，事實非宜。」憲宗深然之。按：韋述《兩京記》有永興坊西門北魏徵宅，太宗幸焉。宋敏求《長安志》：「永興坊，開元中，此堂猶在，家人不謹，遺火燒之，子孫哭臨三日，朝士赴弔。後裔孫謩相宣宗，居舊第焉。」〔按〕白集卷四一有《論魏徵舊宅狀》。

〔三五〕〔補注〕直，抵。券，指抵押之契據。

〔三六〕〔補注〕前笏，持笏上前，指奏事。上輦，皇帝車駕，此指皇帝。

〔三七〕〔補注〕謂對皇帝之詔旨提出當否之意見。

〔三八〕〔補注〕《新唐書·白居易傳》：「居易被遇憲宗時，事無不言，湔剔抉摩，多見聽可。」湔，洗滌；剔，挑選；抉摩，抉擇切磋。

〔三九〕〔補注〕謂名望聞及少年。

〔四〇〕〔馮曰〕以上皆爲拾遺兼内職時事，《舊·傳》叙於京兆户曹之前。〔補注〕見天下無一事，即《新書·傳》「事無不言」之意。

〔四一〕〔馮注〕《舊書·傳》：六年四月，丁母陳夫人之喪，退居下邽。九年冬，入朝，授太子左贊善大夫。汪立名曰：《潁川縣君事狀》云：「元和六年四月三日，殁於長安宣平里第。」元稹《祭文》亦作「六年」，碑作「五年」誤。

〔四二〕〔馮注〕《禮·檀弓》：延陵季子葬長子於嬴、博之間，其坎深不至於泉。既葬而封，廣輪掩坎，其高可隱也。《漢書·劉向傳》：「封墳掩坎，其高可隱。」廬墓事，史文習見。〔補注〕掩坎，掩埋墓穴。

〔四三〕著，《文粹》作「箸」。〔馮注〕著吉，服闋即吉而爲官也。按：「箸」有被服也之義，本通用，故從《文粹》。

〔四四〕刃，《全文》《文粹》均作「刀」，據徐本、馮本改。〔補注〕《通鑑·元和十年》：「上自李吉甫薨，悉以用兵事委武元衡。李師道所養客説李師道曰：『天子所以鋭意誅蔡者，元衡贊之也，請密往刺之。元衡死，則他相不敢主其謀，争勸天子罷兵矣。』師道以爲然，即資給遣之。……六月，癸卯，天未明，元衡入朝，出所居靖安坊東門，有賊自暗中突出射之，從者皆散走。賊執元衡馬行十餘步而殺之，取其顱骨而去。又入通化坊擊裴度，傷其首。」殊絶，指斷首而死。天街，此泛指京城之大街，非專指。

〔四五〕〔馮注〕按公與微之書：「僕擢在翰林，身是諫官，月請諫紙。」又詩云：「月慚諫紙二百張。」此云「次紙」，豈急不暇擇，用次等紙乎？俟再考。

〔四六〕〔徐注〕《新書》：是時，盜殺武元衡，京師震擾。居易首上疏，請亟捕賊，刷朝廷恥，以必得爲期。宰相嫌其出位，不悦，貶江州司馬。〔馮注〕《舊書·志》：江南西道，江州潯陽郡。《舊書·傳》：十年七月，盜殺宰相武元衡，居易首上疏論其冤，急請捕賊，以雪國恥。宰相以宫官非諫職，不當先諫官言事，會有掎摭居易浮華無行，貶授江州司馬。

〔四七〕〔馮注〕《舊書·志》：山南東道，忠州南賓郡。《舊書·傳》：十三年冬，量移忠州刺史。

〔四八〕〔馮注〕《舊書·傳》：十四年冬，召還京師，拜司門員外郎。按：十五年正月，憲宗暴崩。閏月，穆宗即位。陳直齋所定年譜，自忠州召入，在十五年冬。〔按〕此言「穆宗用爲司門員外」，是。據朱金城《白居易年譜》，自忠州召還，在元和十五年夏。陳譜、汪譜、陳寅恪《元白詩箋證稿》均誤繫于元和十五年冬。

〔四九〕〔馮注〕《舊書·傳》：明年，轉主客郎中、知制誥，加朝散大夫，始著緋。〔岑曰〕《舊唐書·穆宗紀》：元和十五年十二月丙申（二十八），以司門員外郎白居易爲主（客郎）中、知（制）誥。長慶元年十月壬午（十九），遷中書舍人。《文粹》五八李商隱《白居易碑》：「移忠州刺史。穆宗用爲司門員外，四月知制誥，加秩主客。」與《白氏集》六〇《舉人自代狀》不符（按：狀末云：「長慶元年正月四日，新授朝議郎、守尚書主客郎中、知制誥臣白居易狀奏」），事實上顯有錯誤，同時人及子孫所述亦不可盡信如此。（《郎官石柱題名新考訂·主客郎中》）〔按〕岑氏據《舊書·傳》、白氏《舉人自代狀》糾本篇此處時間之誤，甚是。叙緋，著緋色官服。唐制，四品服深緋，五品服淺緋。中書舍人正五品上。叙，序次，按級別分等次。

〔五〇〕恒，《全文》作「衡」，誤，《文粹》作「恒」，係避宋真宗諱缺末筆，兹據《文粹》改。〔馮注〕《舊書·田布傳》《李愬傳》：長慶元年，鎮州軍亂，害田弘正，都知兵馬使王廷凑爲留後。時李愬由潞州節度遷魏博節度，病不能治軍，無以捍廷凑，朝廷乃急詔起復田布代愬帥魏博。《新書·表》：田布，魏博節度使、檢校工部尚書、孝公。按：《地志》：「魏州，漢魏郡元城縣之地。」在恒山之南，故曰「代恒陽」，徐刊本作「衡」，誤甚。

〔五一〕〔馮注〕《新書·傳》：「田布拜魏博節度使，命持節宣諭。布遺五百縑，詔使受之，辭曰：『布父讎國恥未雪，人當以物助之。方諭問旁午，若悉有所贈，則賊未殄，布貲竭矣。』詔聽辭餉。」此亦以錢准縑。

〔五二〕〔馮注〕（畔岸）背畔傲岸意。〔補注〕燕、趙，指幽州、成德鎮。穆宗長慶元年七月，幽州盧龍軍都知兵馬使朱克融囚其節度使張弘靖以反，成德軍大將王廷湊殺其節度使田弘正以反。事見《新書·紀》。

〔五三〕〔徐注〕《新書》：是時河朔復亂，合諸道兵出討，遷延無功。居易進忠不見聽，乃丐外遷，爲杭州刺史。〔馮注〕《舊書·志》：江南東道，杭州餘杭郡。《舊書·傳》：時制御乖方，河朔復亂，居易累上疏論其事，天子不能用，乃求外任。七月，除杭州刺史。《年譜》：長慶二年七月。

〔五四〕〔徐注〕見，音現。〔補注〕分殺水孔道，開通殺減水勢的支渠。見田，現有之良田。

〔五五〕〔徐注〕《新書》：居易始築堤捍錢塘湖，鍾洩其水，溉田千頃。復浚李泌六井，民賴其汲。《玉海》：六井，相國井、西井、金牛井、方井、白龜池、小方井也。白樂天治湖浚井，刻石湖上。本朝熙寧六年，陳襄修六井。元祐五年，蘇軾復治六井，改作瓦筒。按：六井，此作「五井」，蓋大、小方井合爲一也。〔馮注〕諸書皆言六井，此獨作「五」，似偶誤耳，徐氏以大小方井合爲一，然地不相連也。近刊《杭州府志》，以「六井」爲「五井」，似其時金牛井已就湮廢，故云。〔補注〕《舊唐書·李泌傳》：「會澧州刺史闕，（常）衮盛陳泌理行，以荆南凋瘵，遂輟泌理之……無幾，改杭州刺史，以理稱。」其刺杭在建中二年至興元元年之間。白居易《錢塘湖石記》：「其郭中六井，李泌相公典郡日所作。」李泌貞元三年拜中書侍郎、同中書門下平章事，累封鄴縣侯。

〔五六〕〔馮注〕（迎禱祠神）似謂民多往來迎神而禱祠之，見民情之喜樂也。

〔五七〕〔馮注〕《舊書·傳》：秩滿，除太子左庶子，分司東都。按：元相序載《舊·傳》者作「右」，此亦作「右」。二《書》皆作「左庶子」，豈以右召而轉左耶？

〔五八〕〔馮注〕《舊書·傳》：寶曆中，復出爲蘇州刺史。《舊書·志》：江南東道，蘇州吴郡。《年譜》：寶曆元年三月。

〔五九〕〔補注〕秘書監爲從三品，改服紫色官服。

〔六〇〕〔馮注〕《舊書·傳》：文宗即位，徵拜秘書監，賜金紫。大和二年正月，轉刑部侍郎，封晉陽縣男。〔按〕大和元年二月徵爲秘書監，二年二月遷刑部侍郎。

〔六一〕〔馮曰〕（復爲舊官）謂重授賓客也。公《罷府歸舊居》詩，係重授賓客歸履道宅作。

〔六二〕〔補注〕指進封爲馮翊縣開國侯，參注〔六四〕。

〔六三〕〔補注〕不上，未赴任。凡除官到任謂之上。

〔六四〕〔馮注〕《漢律》：賜告者，病滿三月當免，天子優賜其告，使得印綬將官屬歸家理疾。按：十旬爲長告，《香山集》有《百日假滿少傅官停自喜言懷》之詩。

〔六五〕所，馮本改「病」。〔馮注〕《舊書·傳》：（大和）三年，稱病東歸，求爲分司官，除太子賓客。大和已後，李宗閔、李德裕朋黨事起，天子亦無如之何。楊穎士、楊虞卿與宗閔善，居易愈不自安，懼以黨人見斥，乃求致身散地，冀於遠害。凡所居官，未嘗終秩，率以病免。五年，除河南尹。七年，復授賓客分司。開成元年，除同州刺史，辭疾不拜，授太子少傅，進封馮翊縣開國侯。四年冬，得風疾。餘已見注〔一〕。〔徐注〕《新書》：會昌六年卒，宣宗以詩弔之，遺命薄葬，毋請謚。敏中爲相，請謚，有司曰「文」。〔按〕馮本改「得所薨官」爲「得病薨官」，然羌無版本依據。《文粹》《全文》均作「得所薨官」，蓋謂病薨得所贈右僕射之官也。

〔六六〕〔補注〕白居易《故鞏縣令白府君事狀》：「白氏芈姓，楚公族也……楚殺白公，其子奔秦，代爲名將。」

〔六七〕〔徐注〕《戰國策》：白起爲秦將，賜死杜郵。〔馮注〕《史記》：白起曰：「我何罪於天，而至此哉？」良久，曰：「長平之戰，降者數十萬人，我盡坑之，是足以死。」武安君死非其罪，秦人憐之，鄉邑皆祭祀焉。〔補注〕不直，枉也。謂以賜死白起於杜郵之事爲冤枉。

〔六八〕〔馮注〕《新書·表》：始皇思起功，封其子仲於太原，故世爲太原人。

〔六九〕〔徐注〕《舊書》：（祖）鍠，歷酸棗、鞏二縣令。

〔七〇〕〔馮注〕《舊書·傳》：父季庚，授朝散大夫、大理少卿，賜緋魚袋，徐泗觀察判官。歷衢州、襄州別駕。

〔七一〕〔馮注〕《墓誌》：適監察御史譚宏謩。

〔七二〕公生，《全文》作「生公」，據《文粹》乙。橫縱，《全文》作「縱橫」，據《文粹》乙。〔馮曰〕見《舊書》公與微之書中。〔補注〕白居易《與元九書》：「僕始生六七月時，乳母抱弄於書屏下，有指『之』字、『無』字示僕者，僕口未能言，心已默識。後有問此二字者，雖百十其試而指之不差。」

〔七三〕〔馮注〕《舊書·傳》：行簡字知退，擢進士，累官主客郎中，文筆有兄風，辭賦尤精密。居易友愛過人，兄弟相待如賓客。行簡子龜兒，多自教習，以至成名。當時友悌，無以比焉。

〔七四〕〔徐注〕《新書》：李遜弟建，字杓直，召拜刑部侍郎。〔按〕《舊唐書》卷一五五、《新唐書》卷一六二有傳。

〔七五〕〔徐注〕《新書》：庾敬休，字順之，鄧州新野人。再爲尚書左丞。〔按〕《舊唐書》卷一八七、《新唐書》卷一六一有傳。

〔七六〕〔補注〕户小，酒量小。白居易《久不見韓侍郎戲題四韻以寄之》：「户大嫌甜酒，才高笑小詩。」趙璘《因話録》：「（譚簡）問崔公：『飲酒多少？』崔公曰：『户雖至小，亦可引滿。』」〔馮注〕《舊書·傳》：儒學之外，尤通釋典，常以忘懷處順爲事。在湓城，立隱舍於廬山遺愛寺。《新書·傳》：暮節惑浮屠道尤甚，至經月不食葷，稱香山居士。

〔七七〕〔馮注〕公《薦韋楚狀》：伊闕山平泉處士韋楚，隱居樂道二十餘年。大和六年，河南尹臣白居易狀奏。又，詩題稱「韋徵君拾遺」。又，《醉吟先生傳》：平泉客韋楚爲山水友。〔補注〕白服，白衣。居易《香山居士寫真詩序》自稱「白衣居士」。

〔七八〕〔徐注〕《漢書·地理志》：日南郡，故秦象郡，武帝元鼎六年開。元稹《白氏長慶集序》：雞林賈人求市頗切，自云本國宰相每以一金换一篇，其僞者宰相輒能辨别之。自篇章已來，未有如是流傳之廣者。〔馮注〕《舊書·東夷傳》：新羅國漸有高麗、百濟之地，龍朔三年，詔以其國爲雞林州都督府。

〔七九〕〔補注〕《舊唐書·德宗紀》：建中元年正月，辛未，「常参官、諸道節度觀察防禦等使、都知兵馬使、刺史、少尹、畿赤令、大理司直評事等授訖，三日内於四方館上表，讓一人以自代」。

〔八〇〕「稱」字《全文》脱，據《文粹》補。〔徐注〕《新書》：鄭覃以父蔭補弘文校書郎。李訓誅，帝召覃視詔禁中，遂拜同中書門下平章事，封滎陽郡公。〔馮注〕《舊書·鄭覃傳》：故相珣瑜之子。文宗大和九年，遷尚書右僕射。訓、注伏誅，召覃入草制敕，以本官同平章事。覃少清苦貞退，位至相國，人皆仰其素風。

〔八一〕〔徐注〕《新書·魏徵傳》：文宗詔訪其後五世孫謩用之，官至宰相。〔馮注〕《舊書·魏謩傳》：楊汝士牧同州，辟爲防禦判官。汝士入朝，薦爲右拾遺。至開成四年，累遷諫議大夫。宣宗大中二年爲給事中，遷御史中丞。餘詳《爲某先輩獻集賢相公啓》注〔一〕。

〔八二〕具，《文粹》作「且」，誤。〔馮注〕公詩有「同時六學士，五相一漁翁」之句。五相：裴垍、王涯、杜元穎、崔群、李絳。

〔八三〕〔補注〕《新唐書·白敏中傳》:「敏中字用晦,少孤,承學諸兄。長慶初,第進士……武宗雅聞居易名,欲召用之。是時,居易足病廢,宰相李德裕言其衰苶不任事,即薦敏中文詞類其兄而有器識,即日知制誥,召入翰林爲學士。進承旨。宣宗立,以兵部侍郎同中書門下平章事……歷尚書右僕射、門下侍郎,封太原郡公。自員外,凡五年十三遷。」

〔八四〕《文粹》原注:句絶。

〔八五〕七關、四州,見《樊南乙集序》「屬天子事邊,康季榮首得七關;數月,李玭得秦州;月餘,朱叔明又得長樂州;而益丞相又尋取維州,聯爲章賀」一段及注。〔補注〕《新唐書·吐蕃傳下》:「憲宗常覽天下圖,見河湟舊封,赫然思經略之,未暇也。」

〔八六〕〔馮注〕巨伐,猶曰大功也。然白氏宰相惟敏中一人,若謂其世代至此而極大,亦通,故未可定。〔按〕馮云「伐」一作「代」,《文粹》作「代」。然《文粹》明作「伐」,《全文》亦正作「伐」,馮氏所云或誤本。杜牧有《今皇帝陛下一詔徵兵不日功集河湟諸郡次第歸降臣獲睹聖功輒獻歌詠》及《奉和白相公聖德和平致兹休運歲終功就合詠盛明呈上三相公長句四韻》詩,所詠即收復四州七關之「功」。作「代」者顯非。

〔八七〕〔補注〕南至,即冬至。《逸周書·周月》:「惟一月既南至,昏昴畢見,日短極,基踐長,微陽動於黄泉,陰降慘於萬物。」《左傳·僖公五年》:「春,王正月,辛亥,朔,日南至。」杜預注:「周正月,今十一月。冬至之日,日南極。」據《二十史朔閏表》,大中三年之冬至日當在閏十一月初四。

〔馮注〕《莊子》:擎跽曲拳,人臣之禮也。〔補注〕擎跪,拱手跪拜。《書·大禹謨》:「夔夔齋慄。」齋慄,敬慎恐懼貌。

〔八八〕〔補注〕給事,侍奉也。由「供職」義引申而來。《史記·衛將軍驃騎列傳》:「其父鄭季,爲吏,給事平陽侯家。」

〔八九〕〔補注〕指嚮,猶指點;健慕,甚爲羨慕。永寧里,長安街東第三街第四坊,有白敏中宅。《唐兩京城坊考》謂:「蓋白公有楊憑舊宅,敏中所居,即樂天第也。」

〔九〇〕〔徐注〕《舊書》:居易有文集七十五卷,長慶末,浙東觀察使元稹爲之序曰:「樂天自杭州刺史以右庶子召還,予時刺會稽,因得盡徵其文,手自排纘,成五十卷,凡二千二百五十一首。前輩多以前集、中集爲名,予以爲陛下明年當改元,長慶訖於是矣,因號《白氏長慶集》。大凡人之文皆有所長,樂天長可以爲多矣。夫諷諭之詩長於激,閒適之詩長於遣,感傷之詩長於切,五字律詩百言而上長於贍,五字七字百言而下長於情,賦、贊、箴、誡之類長於當,碑記、叙事、制誥長於實,啓奏表狀長於直,書檄、辭册、剖判長於盡。總而言之,不亦多乎哉!」人以爲積序盡其能事。居易嘗寫其文集送江州東、西二林寺,洛城香山聖善寺等,如佛書雜傳例流行之。按《新書》:元稹字微之,河南人,宫中呼元才子,進同中書門下平章事。〔馮注〕汪立名《白集凡例》曰:《新唐書·藝文志》曰:「《白氏長慶集》七十五卷。」考公前集爲《長慶集》,元相勘定。公之殁,去長慶末二十有二年;距微之殁,亦十有五年。今後集具在,奈何以《長慶集》括公之作乎？此誤相承已久，至今莫辨也。按：《舊書·傳》：「文集七十五卷、《經史事類》三十卷，並行於世。」長慶末，浙東觀察元稹爲序，序全載《傳》中，中云：「長慶四年，樂天自杭州刺史以右庶子召還。予時刺會稽，因得盡徵其文，手自排纘，成五十卷。前輩多以前集、中集爲名，予以爲陛下明年當改元，長慶訖於是矣，因號《白氏長慶集》。」然則《舊書》本全叙其畢生著述，而引元序爲評贊，初非括其生平也。此文云「集七十五卷，元相爲序」，語則稍混，《新書·藝文志》緣此致誤耳。汪氏既糾《新·志》之失，何可没《舊·傳》之是哉！《唐語林》：大中末，諫官疏請白居易謚，上曰：「何不讀《醉吟先生墓表》？」卒不賜謚。弟敏中在相位，奏立神道碑，使李商隱爲之。《北夢瑣言》：敏中奏定居易謚曰「文」。《舊書·傳》：元稹字微之，河南人。應才識兼茂明於體用科，登第者十八人，稹第一，除右拾遺。與居易同門生（按：傳無此語）。穆宗時，宫中呼爲元才子，召入翰林，爲中書舍人、承旨學士。長慶二年，拜平章事。（白居易）《自撰墓誌》：外以儒行修其身，中以釋教治其心，旁以山水風月歌詩琴酒樂其志，前後著文集七十卷，合三千七百二十首。近者《事類集要》三十部，合一千一百三十門，時人目爲《白氏六帖》。死無請謚，無建神道碑，但於墓前立一石，刻吾《醉吟先生傳》一本可矣。語訖，命筆自銘其墓云。宋敏求《春明退朝録》：唐白文公自勒文集，寫本寄藏廬山東林寺，又藏龍門香山寺。高駢鎮淮南，取東林（白）集而有之，香山（白）集經亂亦不復存。其後履道宅爲普明僧院，唐明宗子從榮又寫本寘院之經藏，今本是也。《北夢瑣言》：白太傅與元相國友善，以詩道著名，時號「元白」，其輓元詩云云。洎自撰墓誌云與彭城劉夢得爲詩友，殊不言元公，時人疑其隙終也。汪立名曰：開成三年，先生之齒六十有七，微之殁久矣，《醉吟先生傳》所謂如滿爲空門友，韋楚爲山水友，夢得爲詩友，皇甫朗之爲酒友，皆就當時在洛之人而言，非該舉平生也。公晚年哭微之詩甚多，感悼悽愴，如在初没，隙終之語，豈不大謬耶？按：《舊書·劉禹錫傳》：遷太子賓客，分司東都，晚年與少傅白居易友善，唱和往來，居易因集其詩而序之，中有「余與微之唱和頗多，二十年來爲文友詩敵，今垂老，復遇夢得」云云。則晚年詩友，自以元逝劉存專言之。其後哭夢得詩首云「四海齊名白與劉」，結云「應共微之地下遊」，並無存没異情之跡，何可妄逞浮薄，揣誣前哲哉！〔按〕會昌五年夏五月一日，居易作《白氏長慶集後序》云：「白氏前著《長慶集》五十卷，元微之爲序。《後集》二十卷，自爲序。今又續《後集》五卷，自爲記。前後七十五卷，詩筆大小凡三千八百四十首。」《後序》作於居易卒前一年，是白氏文集確爲七十五卷，惟元稹作序者爲其《前集》五十卷耳。《新唐書·藝文志》不誤。

〔九一〕先世，《文粹》作「世先」。

〔九二〕〔馮曰〕未詳。〔按〕謂以善談説而聞名。

〔九三〕〔徐注〕下「代」讀曰「世」。〔馮注〕肅、代，肅宗、代宗時也。

〔九四〕〔徐曰〕「南」字非韻，恐誤。〔馮曰〕「南」字叶韻，徐氏疑其誤，非也。

〔九五〕〔徐曰〕「校」，疑是「報」。〔馮注〕《論語》注：「校，報也。」徐氏疑（校）當作「報」，亦非。

〔九六〕跋，《全文》作「枝」，據《文粹》改。〔馮注〕《禮記》：「燭不見跋。」注曰：「跋，本也。」疏曰：「本，把處也。」此云「本跋」，猶言本根。徐刊本作「本枝」，誤。

〔九七〕〔補注〕謂其果然敷舒繁榮。喻指白敏中果然登相位。

〔九八〕〔徐注〕《説文》：禽獸之骨曰骼。〔馮注〕《禮記·少儀》「臂臑」疏曰：謂肩脚也。《招魂》：肥牛之腱，臑若芳些。〔補注〕臑，動物之前肢。《儀禮·特牲饋食禮》：「尸俎：右肩、臂、臑、肫、胳。」胡培翬正義引《禮經釋例·釋牲》：「肩下謂之臂，臂下謂之臑。」

〔九九〕噫，《文粹》注：烏介反。〔補注〕醇腴，質厚味美。「匪骼」二句言其德澤豐厚。

〔一〇〇〕〔補注〕徵徵，屢屢徵詢。

〔一〇一〕〔補注〕汰，過。唐，指唐堯。

〔一〇二〕〔補注〕續緒襞縷，接續絲緒，折疊布縷，喻爲拾遺補闕之事。

〔一〇三〕曄，《全文》諱改「煜」，據《文粹》回改。〔徐注〕《詩序》：《白華》，孝子之絜白也。〔按〕此言居易潔白光明。非拆用《詩經》篇名，與孝子無涉。

〔一〇四〕緇，《文粹》注：上聲。見《祭長安楊郎中文》「皭然深旨」注。〔補注〕謂皎潔而無緇痕。

〔一〇五〕〔補注〕用從，用之則從；棄遺，棄之則遺去。

〔一〇六〕止，《文粹》誤作「上」。〔補注〕《孟子·盡心上》：「中道而立，能者從之。」

〔一〇七〕〔徐注〕〔三郡〕謂江、杭、蘇三州。

〔一〇八〕〔補注〕謂辭去刑部侍郎之職，隨即乞官分司東都，在洛陽安居。
〔一〇九〕〔補注〕謂任河南尹期間，翦除暴徒逃犯。
〔一一〇〕田，《全文》作「四」，據《文粹》改。三輔，見《爲尚書渤海公舉人自代狀》「伏以内史故事，例帶銀青」句下注。
〔一一一〕〔徐注〕謂除同州不上。〔馮注〕臣年已衰，君方申嚴吏治，故力不能副也。〔按〕君强，謂君年富力强。
〔一一二〕申申，《全文》《文粹》作「伸伸」，據馮注本改。〔馮注〕《韓詩外傳》：孔子曰：「《關雎》之事大矣哉，馮馮翊翊。」《漢書・禮樂志》：「附而不驕，正心翊翊。」餘見《論語》。宋《永至樂》：申申嘉夜，翊翊休朝。〔補注〕翊翊，恭敬貌。申申，和舒貌。《論語・述而》：「子之燕居，申申如也。」
〔一一三〕〔補注〕《詩・大雅・抑》：「不僭不賊，鮮不爲則。」
〔一一四〕〔補注〕武，足跡，此指踵其步武。
〔一一五〕〔馮注〕同曾祖之弟。〔按〕指白敏中。
〔一一六〕〔徐注〕《易》：坤爲柄，巽爲繩。〔補注〕坤柄巽繩，謂以權柄繩直，以成就大計。
〔一一七〕〔補注〕教詔，教誨。《戰國策・燕策一》：「齊、趙，强國也，今主君幸教詔之，合從以安燕，敬以國從。」《新唐書・白敏中傳》：「少孤，承學諸兄。」「文詞類其兄而有器識。」

〔二八〕〔補注〕《易·謙》：《象》曰：「君子以裒多益寡，稱物平施。」裒，削減。

〔二九〕導，《全文》作「禚」，此從《文粹》。導、禚同。〔補注〕揠莠，拔除莠草。

〔三〇〕〔馮注〕謂葬龍門也。

## 爲尚書范陽公賀吏部李相公啓〔一〕

伏見今月某日制書，伏承榮加寵命，伏惟感慰。伏以天垂北斗〔二〕，國有南宫〔三〕，伊法象之所存〔四〕，實根源之是繫。伏惟相公中丘降瑞〔五〕，太昴垂芒〔六〕。列子以謂神全〔七〕，孟子之言性善〔八〕。抑揚今古，秀絶天人。動之則舟檝鹽梅〔九〕，不忘於康濟〔一〇〕；静之則風松霞月，莫究其孤高。擅文武之無雙〔一一〕，處品流之第一。自頃事有消長〔一二〕，時屬往居〔一三〕，未啓金縢〔一四〕，且分竹使〔一五〕。而能用玄元易守之道〔一六〕，體金人不動之微〔一七〕，神明無闕於保持，柯葉罔聞於易置〔一八〕。龍樓入護〔一九〕，虎節出征〔二〇〕。重安四海之心，實慶一人之福〔二一〕。

今又薦承雨露〔二二〕，顯執銓衡〔二三〕。惟彼天官，是稱冢宰〔二四〕。周以太保領〔二五〕，晉以侍中兼〔二六〕。步驟雖殊〔二七〕，考課斯在〔二八〕。固當復持大柄〔二九〕，重上泰階〔三〇〕。未求李重之箴〔三一〕，已作皋陶之誥〔三二〕。伏計仰緣宗社，慎保寢興。

某早奉恩知，又牽事任，支離門下〔三三〕，辛苦兵間〔三四〕。非騏驥盛壯之時〔三五〕，有手足凋零之痛〔三六〕。遐思賀訴，唯動禱祠。戀德依仁，不勝丹赤。

【校注】

〔一〕本篇原載清編《全唐文》卷七七六第一九頁、《樊南文集補編》卷七。〔錢箋〕范陽公，盧弘正（按：當從《新唐書》作「止」）也。《舊唐書·盧弘正傳》：范陽人。《新唐書》「正」作「止」。卒，贈尚書右僕射。餘詳《爲度支盧侍郎賀畢學士啓》注〔一〕。李相公，珏也。《新唐書·李珏傳》：開成中，同中書門下平章事。始，莊恪太子薨，帝意屬陳王。既而帝崩，中人引宰相議所當立，珏曰：「帝既命陳王矣。」已而武宗即位，終以議所立，貶江西觀察使（按：當爲桂管觀察使），再貶昭州刺史。宣宗立，内徙郴、舒二州，以太子賓客分司東都，遷河陽節度使，以吏部尚書召。〔張箋〕（大中四年）李珏召爲吏部尚書。案《舊書·珏傳》：「大中二年崔鉉、白敏中逐李德裕，徵入朝，爲户部尚書。出爲河陽節度使，入爲吏部尚書。累遷淮南節度使。大中七年卒，贈司空。」而召拜吏部尚書，不詳何時。考《舊·紀》，是年河陽節度使已有李拭，則珏之内召，必在三、四兩年間也。以《補編》有《爲范陽公賀吏部李相公啓》，姑載是年。〔岑仲勉曰〕余按《方鎮年表》四，河陽，大中三年著珏及拭，説當不誤，但所引《樊南》《樊川》兩文（按：指《爲尚書范陽公賀吏部李相公啓》及杜牧《上河陽李尚書書》），仍非碻證。考《會稽太守題名記》，拭在浙東，三年十月追赴闕，當即代珏。故四年九月拭又自河陽遷太原也（後一節見《舊·紀》一八下）。（《平質》丙欠碻十五《李珏召爲尚書》條）〔按〕岑説近是。然拭三年十月追赴闕，到京後再任命爲河陽節度使，及李珏之由河陽節度使徵入爲吏部尚書，其間尚有一段時日。商隱大中三年「臘月大雪過大梁」，抵徐州當已在臘月底。故此啓之作時或在大中四年春。

〔二〕〔錢注〕《後漢書·李固傳》：固對策曰：「陛下之有尚書，猶天之有北斗也。」

〔三〕〔錢注〕《後漢書·鄭弘傳》：弘爲尚書令，前後所陳有補益王政者，皆著之南宫，以爲故事。〔補注〕南宫，尚書省之别稱。謂尚書省象列宿之南宫，故稱。唐及以後，尚書省六部統稱南宫。

〔四〕〔補注〕《易·繫辭上》：「是故法象莫大乎天地，變通莫大乎四時。」法象，自然界一切事物現象之總稱。

〔五〕〔錢注〕《新唐書·李珏傳》：其先出趙郡，客居淮陰。《漢書·地理志》：常山郡領中丘縣。

〔六〕〔錢注〕《漢書·地理志》：趙地，昴、畢之分野。《史記·蕭相國世家》注：《索隱》曰：「《春秋緯》：蕭何感昴精而生，典獄制律。」

〔七〕〔錢注〕《列子》：夫醉者之墜於車也，雖疾不死。骨節與人同，而犯害與人異，其神全也。彼得全於酒而猶若是，而況得全於天乎？

〔八〕〔補注〕《孟子·告子上》：「人性之善也，猶水之就下也。人無有不善，水無有不下。」又《滕文公上》：「孟子道性善，言必稱堯舜。」

〔九〕〔補注〕《書·説命上》：「説築傅巖之野，惟肖。爰立作相。王置諸其左右。命之曰：『朝夕納誨，以輔台德。若金，用汝作礪；若濟巨川，用汝作舟楫；若歲大旱，用汝作霖雨。』」又《説命下》：「若作和羹，爾惟鹽梅。」此以渡河之舟楫、調羹之鹽梅喻宰輔之治國。

〔一〇〕〔補注〕《書·蔡仲之命》：「康濟小民，率自中。」康濟，安撫救助（民衆）。

〔一一〕〔錢注〕《魏志·王淩傳》注：《魏氏春秋》曰：「淩文武俱擅，當今無雙。」

〔一二〕〔錢注〕謂以議立貶外。〔補注〕《易·泰》：「内君子而外小人，君子道長，小人道消也。」

〔一三〕〔補注〕《左傳·僖公九年》：「送往事居，耦俱無猜，貞也。」杜預注：「往，死者；居，生者。」時屬往居，謂時值文宗逝世、武宗初立。

〔一四〕〔補注〕《書·金縢序》：「武王有疾，周公作《金縢》。」孔穎達疏：「武王有疾，周公作策書告神，請代武王死。事畢，納書於金縢之匱。」《金縢》：「公歸，乃納册于金縢之匱中。王翼日乃瘳。武王既喪，管叔及其群弟乃流言於國，曰：『公將不利於孺子。』……秋，大熟，未穫，天大雷電以風，禾盡偃，大木斯拔，邦人大恐。王與大夫盡弁，以啓金縢之書，乃得周公所自以爲功代武王之説。」未啓金縢，喻李珏忠貞之品質尚未大白之時。

〔一五〕〔補注〕《漢書·文帝紀》：「初與郡守爲銅虎符、竹使符。」分竹使，謂持竹制信符爲郡守。唐代州刺史持銅魚符，此「竹使」乃泛指州郡長官之符信。李珏在武宗即位後，貶昭州刺史。後内徙郴、舒二州刺史，故云。詳注〔一〕。

〔一六〕〔錢注〕《舊唐書・高宗紀》：乾封元年二月己未，次亳州，幸老君廟，追號曰太上玄元皇帝。《文子》：老子曰：「治世之職易守也，其事易爲也，其禮易行也，其責易償也。」〔按〕《老子》：「多言數窮，不如守中。」「致虚極，守静篤。」「知其雄，守其雌。」「知其白，守其黑。」「知其榮，守其辱。」

〔一七〕〔錢注〕《後漢書・西域傳》：世傳明帝夢見金人，以問群臣，或曰：「西方有神名曰佛。」《金剛經》：如如不動。〔補注〕《大乘百法明門論疏》卷下：「第四静慮以上唯有捨受現行，不爲苦樂所動，故名不動。」佛菩薩不爲生死、煩惱所動，稱不動尊。

〔一八〕〔補注〕《禮記・禮器》：「如竹箭之有筠也，如松柏之有心也……故貫四時而不改柯易葉。」

〔一九〕〔錢注〕謂爲太子賓客。龍樓，見《爲濮陽公皇太子薨慰宰相狀》注〔六〕。

〔二〇〕〔錢注〕謂節度河陽。〔補注〕《周禮・地官・掌節》：「凡邦國之使節，山國用虎節，土國用人節，澤國用龍節，皆金也。」此「虎節」泛指節度使之符節。

〔二一〕〔補注〕《書・吕刑》：「一人有慶，兆民賴之，其寧惟永。」孔傳：「天子有善，則兆民賴之，其乃安寧長久之道。」《書・太甲》：「一人元良，萬邦以貞。」孔傳：「一人，天子。」

〔二二〕〔錢注〕《詩・蓼蕭》箋：露者，天所以潤萬物，喻王者恩澤不爲遠國則不及也。

〔二三〕〔錢注〕傅玄《吏部尚書箴》：處喉舌者，患銓衡之無常，不患於不明。〔補注〕銓衡，主管選拔官吏之職位。《新唐書·百官志》：吏部，「掌文選、勳封、考課之政，以三銓之法官天下之材」。

〔二四〕〔補注〕《周禮·天官·冢宰》：「惟王建國，辨方正位，體國經野，設官分職，以爲民極。乃立天官冢宰，使帥其屬，而掌邦治，以佐王均邦國。」唐武后光宅元年改吏部爲天官，旋復舊。故稱吏部爲天官。

〔二五〕〔錢注〕《書》：乃同召太保奭。傳：冢宰第一，召公領之。

〔二六〕〔錢注〕《通典》：侍中，漢代爲親近之職，魏、晉選用，稍增華重，而大意不異。舊遷列曹尚書，美遷中領護、吏部尚書。

〔二七〕〔錢注〕《説文》：驟，馬疾步也。〔補注〕《後漢書·曹褒傳》：「且三五步驟，優劣殊軌。」又《崔寔傳》：「故聖人執權，遭時定制，步驟之差，各有云設。」步驟，本指緩行與疾走，此指事之程序次第。

〔二八〕〔錢注〕《漢書·京房傳》：房奏考功課吏法。

〔二九〕〔補注〕《禮記·禮運》：「是故禮者，君之大柄也。所以别嫌明微，儐鬼神，考制度，别仁義。」句中「大柄」指（宰輔）大權。

〔三〇〕泰階，指相位。見《爲滎陽公上集賢韋相公狀三》注〔三〕。

〔三一〕〔錢注〕《北堂書鈔》：李重爲《吏部尚書箴》序曰：「重忝曹郎，銓管九流，品藻清濁，雖祗慎莫知所寄。」又，李重《選部尚書箴》云：「唯以選曹，尤鍾其劇。三季陵遲，請謁互起。書□（牘）

交横，貨題若市，屬請難從，亦不可杜。唯在善察，所簡舉主。」

〔三二〕〔補注〕《書》有《皋陶謨》。

〔三三〕〔錢注〕《新唐書·盧弘止傳》：累遷給事中。《舊唐書·職官志》：門下省給事中四員。〔補注〕支離，殘缺不中用。門下，猶門庭之下。錢謂門下省，疑非。

〔三四〕〔錢注〕此似弘正（止）出鎮徐州時語。説見《爲度支盧侍郎賀畢學士啓》注〔一〕。《新唐書·盧弘止傳》：徐自王智興後，吏卒驕沓，銀刀軍尤不法，弘止戮其尤無狀者。終弘止治，不敢譁。《後漢書·隗囂傳》：帝積苦兵間。〔按〕弘止大中三年五月即已調任武寧軍節度，并平銀刀都之亂，所謂「辛苦兵間」，當可包括涖任徐州以來治軍之事。然「支離門下，辛苦兵間」二句係概叙弘止前此之「事任」，則所謂「辛苦兵間」不僅可包鎮徐之事，且可包括前此鎮滑（義成軍）乃至會昌四年劉稹平後，「爲三州及河北兩鎮宣慰使」之事。

〔三五〕〔錢注〕《戰國策》：燕有田光先生者，其智深，其勇沉，太子避席而請曰：「燕、秦不兩立，願先生留意也。」田光曰：「臣聞騏驥盛壯之時，一日而馳千里；至其衰也，駑馬先之。今太子聞光盛壯之時，不知吾精已消亡矣。」

〔三六〕〔錢曰〕事未詳。〔岑仲勉曰〕應是簡辭卒於三年。此可補《舊》《新》傳之略。〔按〕據《新唐書·盧簡辭傳》：「徙山南東道。坐事貶衢州刺史，卒。」則簡辭係卒於衢州任上。弘止係簡辭之弟。

# 爲度支盧侍郎賀畢學士啓〔一〕

伏見除書，伏承榮加寵命，伏惟感慰。伏以振域中之綱紀，屬在南臺〔二〕；極河内之文章，歸於西署〔三〕。唯茲出入，不在尋常。郎中學士，吞鳥推華〔四〕，奪袍著美〔五〕，纔端風憲〔六〕，俄上雲衢〔七〕。昨暮繡衣〔八〕，尚遣蒼鷹出使〔九〕；今辰綵筆〔一〇〕，遂令丹鳳銜書〔一一〕。聞仙家勿洩之言〔一二〕，見人世未知之事。便當圖南勢就〔一三〕，拱北功成〔一四〕。擊水摶風〔一五〕，一舉千里〔一六〕。

某常懷疇曩〔一七〕，叨奉眷知。乏仰冰雪之清標，空聞金石之孤韻。敢言投分，自賀知人〔一八〕。今則坎軻藩維〔一九〕，淹留氣律〔二〇〕，兵法雖慚於《金版》〔二一〕，夢魂猶識於銀臺〔二二〕。恨非犯斗之星，暫經寥泬〔二三〕；徒用映淮之月，遠比輝光〔二四〕。抃賀之餘，兼有倚望，伏冀必賜監察〔二五〕。

**【校注】**

〔一〕本篇原載清編《全唐文》卷七七六第二〇頁、《樊南文集補編》卷七。〔錢箋〕盧侍郎，弘正（止）

也。《新唐書・盧弘止傳》：「劉稹平，爲三州及河北兩鎮宣慰使，還，拜工部侍郎，以户部領度支。踰年出爲武寧軍節度使。」商隱本傳：「弘止鎮徐州，表爲掌書記（按：據《樊南乙集序》，當爲節度判官）。」前《爲滎陽公與度支盧侍郎狀》《上度支盧侍郎狀》，皆弘正（止）判度支時作。此文有「坎坷藩維」之語，疑與前啓（按：指《爲尚書范陽公賀吏部李相公啓》）並爲徐府所作。而題首仍書「度支」者，意唐人結銜多帶京職，仍題其原官耳。畢學士，諴也。《舊唐書・畢諴傳》：宣宗即位，爲户部員外郎，歷駕部、倉部，改職方郎中，兼侍御史知雜。期年召爲翰林學士。○度支，見《爲滎陽公與度支周侍郎狀》注〔一〕引《唐會要》。學士，見《爲濮陽公與丁學士狀》注〔三〕。〔張箋〕畢諴充翰林學士，在大中四年二月十三日，見《重修學士壁記》。此啓有「映淮之月」語，是徐幕作。惟題恐誤。弘正（止）已出鎮，不書范陽公而書其京銜，似未合也。余初疑爲弘正（止）初鎮義成時作，細玩亦非。容再覈。又云：啓有「坎軻藩維」及「徒用映淮之月」語，是義山大中四年徐幕作……惟盧弘正（止）由度支侍郎，除義成節度使，又徙武寧，而題猶稱其京銜，殊不可解，豈義山追録時臆記之訛歟？〔岑曰〕度支侍郎當尚書之誤，張氏所疑是也。（《翰林學士壁記注補》十一）〔按〕啓爲賀畢諴充翰林學士而作，時間在大中四年二月十三日稍後（畢諴入翰林時間，詳見《翰林學士壁記注補》十一考證）均無疑。時義山在徐幕。惟此前應盧弘止辟聘之三啓及代盧賀李珏任户部尚書之啓，均已稱「尚書范陽公」，而此啓獨稱其從前之京職，其題確有舛誤，或作者編《樊南乙集》時誤題也。

〔二〕南臺，指御史臺。見《爲濮陽公與丁學士狀》注〔二〕。

〔三〕〔錢校〕河，疑當作「海」。〔錢注〕《文獻通考》：至德以後，軍國務殷，其入直者，並以文詞共掌誥敕，自此北翰林院始無學士之名。其後又置東翰林院於金鑾殿之西，隨上所在而遷，取其便穩。〔岑曰〕皆言諴自侍御史知雜入充也。（《翰林學士壁記注補》十一）〔按〕翰林院在大明宫之西側，麟德殿西重廊之後，故稱「西署」。

〔四〕見《爲滎陽公賀白相公加刑部尚書啓》「羅含吞鳳」注。

〔五〕〔錢注〕《舊唐書·文苑傳》：宋之問善五言詩，則天幸洛陽龍門，令從官賦詩，左史東方虬詩先成，則天以錦袍賜之。及之問詩成，則天稱其詞愈高，奪虬錦袍以賞之。

〔六〕風憲，見《爲濮陽公附送官告中使回狀》「顯分霜憲」注。〔按〕古代御史掌糾彈百官、正吏治之職，故以「風憲」稱御史之職。畢諴曾任侍御史知雜事，故云。

〔七〕〔錢注〕《晉書·郗阮華袁傳論》：對揚天問，高步雲衢。〔補注〕《新唐書·百官志》：「開元二十六年，又改翰林供奉爲學士，别置學士院，專掌内命。……其後，選用益重，而禮遇益親，至號爲内相，又以爲天子私人」。故以「上雲衢」爲喻。雲衢，天路。

〔八〕〔錢注〕《漢書·百官公卿表》：侍御史有繡衣直指，出討姦猾，治大獄。武帝所置，不常置。

〔九〕〔錢注〕《史記·酷吏傳》：郅都爲中尉，獨先嚴酷，致行法不避貴戚，號曰蒼鷹。

〔一〇〕辰，錢注本作「晨」，通。〔錢注〕潘岳《螢火賦》：援彩筆以爲銘。〔補注〕《南史·江淹傳》：

「(淹)又嘗宿於冶亭，夢一丈夫自稱郭璞，謂淹曰：『吾有筆在卿處多年，可以見還。』淹乃探懷中得五色筆一以授之。」五色筆，又稱綵筆，喻美富之文才。此切充翰林學士。

〔一二〕〔錢注〕《太平御覽》：《河圖録運法》曰：「黄帝坐玄扈閣上，與大司馬容光、左右輔將周昌等百二十人，觀鳳皇銜書。」《晉書·石季龍載記》：戲馬觀上安詔書，五色紙在木鳳之口，鹿盧迴轉，狀若飛翔焉。〔補注〕翰林學士「專掌内命，凡拜免將相，號令征伐，皆用白麻」。(《新唐書·百官志》)

〔一三〕〔錢注〕東方朔《十洲記》：瀛洲在東海中，洲上多仙家，風俗似吴人，山川如中國。〔補注〕翰林學士職掌禁密，故云。

〔一三〕圖南，見《爲濮陽公賀牛相公狀》注〔三〕。

〔一四〕〔補注〕拱北，拱北辰。《論語·爲政》：「爲政以德，譬如北辰，居其所，而衆星共(拱)之。」此謂拱衛君主。

〔一五〕見《爲濮陽公賀牛相公狀》注〔三〕。

〔一六〕〔錢注〕《史記·留侯世家》：鴻鵠高飛，一舉千里。

〔一七〕〔錢注〕盧諶《贈劉琨詩》：借曰如昨，忽爲疇曩。

〔一八〕〔錢注〕阮瑀《爲武帝與劉備書》：投分寄意。《漢書·馮奉世傳》：宣帝召見韓增曰：「賀將軍所舉得其人。」〔按〕據「自賀知人」句，似盧弘止於畢諴有薦舉汲引之事。宣宗即位後，盧弘止曾任户部侍郎判度支，而畢諴時任户部員外郎，「知人」之事當在此時。

〔一九〕〔錢注〕《揚子》:方輪廣軸,坎軻其輿。〔補注〕此謂困頓不得志於方鎮藩國之外任。

〔二〇〕〔補注〕氣律,本指樂律與節氣相應,此猶言時日、歲月。

〔二一〕〔錢注〕《莊子》:女商曰:「吾所以説吾君者,横説之則以《詩》《書》《禮》《樂》,從説之則以《金版》《六弢》。」〔按〕《金版》,兵書名。

〔二二〕〔錢注〕《舊唐書·職官志》:翰林院。天子在大明宫。其院在右銀臺門内,待詔之所。

〔二三〕〔錢注〕張華《博物志》:舊説天河與海通。近世有人居海渚者,年年八月,有浮槎去來不失期。乃多齎糧,乘槎而去。忽忽不覺晝夜,奄至一處,有城郭狀,屋舍甚嚴。遥望宫中多織婦,見一丈夫牽牛渚次飲之。人問此是何處,答曰:「君還至蜀,訪嚴君平則知之。」因還如期。後至蜀,問君平,曰:「某年月日,有客星犯牽牛宿。」計年月,正是此人到天河時也。江淹《雜體詩·擬謝臨川靈運遊山》:丹井復寥泬。〔補注〕寥泬,此指廣遠之天空。

〔二四〕〔錢注〕何遜《與胡興安夜别詩》:露濕寒塘草,月映清淮流。〔按〕唐時徐州濱淮水。

〔二五〕〔補注〕監,通「鑒」。他篇均作「鑒察」。

## 端午日上所知劍啓〔一〕

商隱啓:五金鑄衛形威邪神劍一口,銀裝漆鞘,紫錦囊盛〔二〕,傳自道流〔三〕,頗全古製〔四〕。未遇良工之鑒〔五〕，常爲下客所彈〔六〕。龍藻雖繁〔七〕，鵜膏稍薄〔八〕。敢因五日，仰續千齡〔九〕。厠玉玦於君侯〔一〇〕，擬象環於夫子〔一一〕。所冀更蒙千濯〔一二〕，重許三鄉〔一三〕。使武士讓鋒〔一四〕，佞臣喪魄〔一五〕。無荆王之遇敵，手以麾城〔一六〕；有漢相之策勳，腰而上殿〔一七〕。嘉辰祝願〔一八〕，平日禱祠。伏惟恩憐，特賜容納。謹啓。

**【校注】**

〔一〕本篇原載《文苑英華》卷六六五第九頁、清編《全唐文》卷七七八第一六頁、《樊南文集詳注》卷四。〔馮注〕「所知」指府主，唐人常語也。時在何幕則莫辨。〔按〕此篇馮譜、張箋均未編年。商隱所歷諸幕中，兖海幕係五月五日到任，似不可能於乍到之日即上獻寶劍。興元幕、陳許幕、桂管幕均無端午在幕之迹，亦可排除。其餘鄆州幕、太原幕、徐州幕、東川幕則均有可能。此啓與下《端午日上所知衣服啓》當爲同時之作。後啓有云：「伏願永延松壽，常慶蕤賓。遠比趙公，三十四年當國；近同郭令，二十四考中書。」祝府主長壽，並當國爲相。考商隱在徐州盧幕時有《偶成轉韻七十二句贈四同舍》詩，末云：「借酒祝公千萬年，吾徒禮分常周旋。收旗卧鼓相天子，相門出相光青史。」大意與《端午日上所知衣服啓》中祝願語相近。此或可備參，然終乏確證。姑附編於徐幕時。

〔二〕〔徐注〕《西京雜記》：高祖斬蛇劍，開囊拔鞘，輒有風氣射人。

〔三〕〔徐注〕孔稚圭《北山移文》：覈玄玄於道流。

〔四〕全，《全文》作「同」，據《英華》改。〔馮曰〕一作「同」，非。

〔五〕〔徐注〕《吴越春秋》：越王允常聘區冶子作名劍五枚。秦客薛燭善相劍，王取純鈎示之。薛燭矍然望之曰：「沈沈如芙蓉始生于湖。」又：楚昭王得湛盧之劍，召風胡子問之，對曰：「區冶子已死，雖有傾城量金珠玉，猶不可與，況駿馬、萬户之都乎？」〔馮注〕《藝文類聚》諸書所引皆同，而《越絶書》「昔者越王句踐有寶劍五，聞於天下，客有能相劍者名薛燭，王召而示之」，與此略有同異。允常即勾踐父也。

〔六〕常，《英華》作「嘗」，通。〔馮注〕《戰國策》：齊人有馮煖者，貧乏不能自存，使人屬孟嘗君，願寄食門下。孟嘗君曰：「客何能？」曰：「客無能也。」居有頃，倚柱彈其劍，歌曰：「長鋏歸來乎！」

〔七〕〔徐注〕左思《魏都賦》：劍則鼉文龍藻。〔馮注〕曹毗《魏都賦》：劍則流彩之珍，素質之寶，乍虹蔚波映，或鼉文龍藻。〔補注〕龍藻，龍形之紋飾。左思《魏都賦》無「劍則鼉文龍藻」語，徐氏蓋誤以《太平御覽》卷三四四引曹毗《魏都賦》爲左思《魏都賦》也。

〔八〕〔馮注〕《爾雅》：鷉，須鸁。注曰：鷉，鷿鷉，似鳧而小，膏中瑩刀。鷉音梯，鸁音螺。按：馬融《廣成頌》「水禽鷿鷉」注引揚雄《方言》：「野鳧也，好没水中，膏可以瑩刀劍。」《爾雅注》正同矣。又《爾雅》：「鵜，鴮鸅。」注曰：「今之鵜鶘也，俗呼之爲淘河。」此與鷉異。《説文》亦分兩種。而後人每作「鸊鵜」，乃俗通耳。
〔九〕〔補注〕張九齡《奉和聖製登封禮畢洛城酺宴》詩：「運與千齡合，歡將萬國同。」此祝府主長壽。
〔一〇〕見《爲濮陽公論皇太子表》「求玦莫從」注。
〔一一〕〔徐注〕《禮記》：孔子珮象環五寸。
〔一二〕〔徐注〕張協《七命》：乃鍛乃鑠，萬辟千灌。〔補注〕《文選》李善注：「辟，謂疊之；灌，謂鑄之。」
〔一三〕鄉，《全文》作「卿」，據《英華》改。《英華》注：一作「卿」，非。〔徐注〕張協《七命》：價兼三鄉，聲貴二都。〔馮注〕《文選》注曰：《越絶書》：「句踐示薛燭純鈎，曰：『客有買之者，有市之鄉二，駿馬千匹，千户之都二，可乎？』薛燭曰：『雖傾城量金，珠玉滿河，猶不得此一物，何足言焉！』」然實二鄉，而云「三」者，避下文也。按：《吴越春秋》則作「有市之鄉三十」，《蜀志·郤正傳》注引《越絶書》作「有市之鄉三」。是「三」字有據，非避下句也。「滿河」，《越絶》刊本作「竭河」。或謂用《後漢》賜三名臣劍事，當作「三卿」，文義必不然也。
〔一四〕〔馮注〕《韓詩外傳》：君子避三端：文士筆端，武士鋒端，辯士舌端。
〔一五〕〔徐注〕《漢書·朱雲傳》：雲曰：「臣願賜上方斬馬劍，斬佞臣一人頭以厲其餘。」
〔一六〕〔馮注〕《越絶書》：楚王召風胡子而問之曰：「聞吴有干將，越有區冶子，寡人願齎邦之重寶奉子，因吴王請此二人作劍。」乃令風胡子之吴，見區冶子、干將，作鐵劍三枚：一曰龍淵，二曰太阿，三曰工市。晉、鄭聞而求之，不得，興師圍楚，三年不解。王引太阿之劍，登城而麾之，三軍破敗，士卒迷惑，流血千里，晉、鄭之頭畢白。按：「工市」，一作「工布」，《越絶書》已然。

〔一七〕〔馮注〕《漢書·蕭何傳》：論功行封，上以何功最盛，先封爲酇侯。列侯畢已受封，奏位次，令何第一，賜帶劍履上殿，入朝不趨。

〔一八〕〔徐注〕《晉書·佛圖澄傳》：乃唱云：「衆僧祝願。」

## 端午日上所知衣服啓〔一〕

商隱啓：右件衣服等，弄杼多疏〔二〕，紉鍼未至〔三〕。浼李固之奇表〔四〕，累王衍之神鋒〔五〕。敢恃深恩，竊陳善祝〔六〕。伏願永延松壽〔七〕，常慶蕤賓〔八〕。遠比趙公，三十六年當國〔九〕；近同郭令，二十四考中書〔一〇〕。肝膈所藏〔一一〕，神明是聽〔一二〕。仰塵尊重，實用兢惶。謹啓。

【校注】

〔一〕本篇原載《文苑英華》卷六六五第九頁、清編《全唐文》卷七七八第一七頁、《樊南文集詳注》卷四。〔按〕難以定編，詳上篇注〔一〕。姑暫編大中四年端午。

〔二〕〔徐注〕《古詩》：纖纖出素手，札札弄機杼。
〔三〕〔徐注〕《禮記・内則》：衣裳綻裂，紉箴請補綴。〔按〕「弄杼」二句，謂織工、做工均欠精良。
〔四〕〔徐注〕《後漢書・李固傳》：固貌狀有奇表，鼎角匿犀，足履龜文。〔補注〕浼，沾污。
〔五〕〔徐注〕《世説》：王平子目太尉：「阿兄形似道，而神鋒太儁。」〔馮注〕《晉書・王澄傳》：澄嘗謂衍曰：「兄形似道，而神峰太儁。」按：《世説》作「神鋒」。而如梁簡文帝論王規曰：「風韻遒上，神峰標映。」似「峰」字爲是。然作「鋒」亦多，疑通用。〔按〕神峰，謂氣概、風標，有風度峻邁之意。峰、鋒，喻秀拔。《南史・王規傳》：「王威明風韻遒上，神峰標映，千里絶迹，百尺無枝，實俊人也。」
〔六〕〔徐注〕《左傳》：晏子曰：「雖其善祝，豈能勝億兆（人）之詛！」
〔七〕〔徐注〕《漢書・王吉傳》：心有堯、舜之志，而體有喬、松之壽。〔馮注〕松壽，只取如松柏之壽，舊引《漢書・王吉傳》「體有喬、松之壽」，乃指仙人伯喬及赤松子，非此所用。〔按〕馮注是。
〔八〕見《爲滎陽公端午謝賜物狀》「蕤賓有酬酢之義」注。
〔九〕六，《英華》作「四」；年，《英華》作「歲」，注：集作「年」。〔徐注〕《舊書・長孫無忌傳》：貞觀十一年，改封趙國公。按《帝紀》：太宗即位，遷吏部尚書。又進尚書右僕射。又進册司空，知門下、尚書省事。又進位司徒。又爲太子太師，同中書門下三品。高宗即位，進太尉，檢校中書令。顯慶四年，方黔州安置，故云。許敬宗曰：「爲宰相三十年，百姓畏其威。」亦約略之辭耳。

〔馮注〕蓋無忌於太宗即位之初，已當國矣。貞觀共二十三年，高宗永徽六年，加顯慶四年，則三十四年，作「六」字者，誤也。許敬宗奏言「爲宰相三十年」者，《新書·宰相表》書：「貞觀二年正月罷。」「七年十一月，又爲司空。」核其爲相，實共二十九年。一聯中兩「四」字，無礙。

〔一〇〕〔馮注〕《舊書·郭子儀傳》：史臣裴垍曰：「汾陽王天下以其身爲安危者，殆二十年。校中書令考二十有四。」《北夢瑣言》：温、李齊名。李義山謂曰：「近得一聯，句云『遠比召公，三十六年宰輔』，未得偶句。」温曰：「何不云『近同郭令，二十四考中書』？」按：「召」字當誤刊也。《全唐詩話》引此，固作「趙公」，要皆不足信。〔按〕温、李聯句事雖未必可信，然可見此聯屬對之工，流傳之廣。從長孫無忌任相首尾年數看，確爲三十四年，然律詩、駢文爲牽就對偶聲律而改數字者，并不罕見。此聯當亦爲求對偶之工而改「四」爲「六」者。

〔一一〕〔徐注〕《吴志·周魴傳》：拳拳輸情，陳露肝膈。

〔一二〕〔徐注〕《詩》：神之聽之。

## 上時相啓〔一〕

商隱啓：暮春之初，甘澤承降〔二〕，既聞霑足〔三〕，又欲開晴。實關燮和，克致豐阜。繁陰初合，則傅説爲霖〔四〕；媚景將開，則趙衰呈日〔五〕。獲依恩養，定見昇平。絶路左之喘牛，用鷺丙吉〔六〕；無厩中之惡馬，以役任安〔七〕。偃仰興居〔八〕，惟有歌詠。瞻仰閫閾〔九〕，不勝肺肝。謹啓。

【校注】

〔一〕本篇原載《文苑英華》卷六六五第七頁、清編《全唐文》卷七七八第五頁、《樊南文集詳注》卷四。〔馮箋〕時相，未詳何人。玩「獲依恩養」句，或令狐子直乎？〔張箋〕（入不編年文。）〔按〕馮箋近是。商隱所歷文、武、宣三朝宰相中，與之有「恩養」之誼者，惟令狐綯一人（啓中「恩養」雙關時相、時雨之恩澤滋養）。故雖無其他顯證，據「獲依恩養」定其爲上令狐綯之啓，大體可信。《英華》此文緊承《上兵部相公啓》之後，或即同時之作。啓有「暮春之初」句，則或大中五年暮春所上。時令狐綯拜相僅半載，商隱或有希其汲引之意，故有此啓。

〔二〕承，《英華》作「仍」。〔按〕承，接續。字不誤。

〔三〕〔徐注〕《詩》：既霑且足，生我百穀。

〔四〕〔徐注〕《書·説命》：若歲大旱，用汝作霖雨。

〔五〕〔馮注〕《左傳》：趙衰，冬日之日也；趙盾，夏日之日也。注：冬日可愛，夏日可畏。《禮記》：煖之以日月。

〔六〕〔馮注〕《漢書·丙吉傳》：行逢人逐牛，牛喘吐舌。吉止駐，使騎吏問逐牛行幾里矣。掾史或以讖吉。吉曰：「方春少陽用事，未可太熱，恐牛近行用暑故喘。此時氣失節，三公典調和陰陽，職所當憂，是以問之。」

〔七〕〔馮注〕《史記·田叔傳》：褚先生曰：「田仁故與任安相善，俱爲衛將軍舍人，居門下，家貧，無錢用以事將軍家監，家監使養惡齧馬。兩人同牀卧，仁竊言曰：『不知人哉，家監也！』任安曰：『將軍尚不知人，何乃家監也！』」

〔八〕〔徐注〕《詩》：或棲遲偃仰。〔補注〕偃仰，此係「俯仰」義，與「棲遲偃仰」之爲安居、游樂之義有別。

〔九〕仰《英華》作「望」，注：集作「仰」。

〔蔣士銓曰〕未極縱横，稍能熨貼。（《忠雅堂評選四六法海》卷三。按：《法海》題作《上宰相啓》，不知何據。）

## 上兵部相公啓〔一〕

商隱啓：伏奉指命，令書元和中太清宫寄張相公舊詩上石者〔二〕，昨一日書訖。伏以賦曠代之清詞，宣當時之重德〔三〕，昔以道均稷、契，始染江毫〔四〕；今幸慶襲韋、平〔五〕，仍鐫宋石〔六〕。依於檜井〔七〕，陷彼椒墻〔八〕。扶持固在於神明〔九〕，悠久必同於天地〔一〇〕。況惟菲陋〔一一〕，早預生徒，仰夫子之文章〔一二〕，曾無具體〔一三〕；辱郎君之謙下〔一四〕，尚遺濡翰〔一五〕。空塵寡和之音〔一六〕，素乏入神之妙〔一七〕。恩長感集，格鈍慚深。但恐涕洟〔一八〕，終斑琬琰〔一九〕。下情無任戰汗之至！

【校注】

〔一〕本篇原載《文苑英華》卷六六五第六頁、清編《全唐文》卷七七八第四頁、《樊南文集詳注》卷四。〔馮箋〕《新書・宰相表》：大中四年十月，翰林學士承旨、兵部侍郎令狐綯守本官、同中書門下平章事。按：《舊書・紀》在十一月。《新書・表》：「五年四月，綯爲中書侍郎兼禮部尚書。」自後不復兼兵部。此必在赴徐辟之前也。〔張箋〕本集有《上兵部相公啓》，蓋在（大中五年四月乙卯）未兼禮部前，時義山已罷徐幕還京矣。（按：張繫大中五年。）〔按〕馮氏因誤將商隱赴徐州盧弘止幕之時間定于大中四年，故謂此啓作于赴徐辟之前。然其赴徐幕實在大中三年閏十一月（詳《刑部尚書致仕贈尚書右僕射太原白公墓碑銘并序》注〔一〕及張氏《會箋》大中三年附考）。大中四年商隱在徐幕，約是年夏曾奉使入京（詳《李商隱生平若干問題考辨・徐幕奉使》），然令狐綯爲相在十月，故大中四年不能爲此啓。商隱于大中五年春暮歸京（見《李商隱生平若干問題考辨・王氏逝世時間》），而綯五年四月乙卯（十三）爲中書侍郎兼禮部尚書，故此啓當作于此前，即五年春夏之交，商隱自徐幕歸京之時。

〔二〕〔徐注〕《舊書》：天寶二年三月，改西京玄元廟爲太清宫，東京爲太微宫，天下諸郡爲紫極宫。《新書·宰相表》：元和九年六月，河中節度使張弘靖爲刑部尚書、同中書門下平章事。〔馮注〕《春明退朝録》：唐制，宰相四人，首相爲太清宫使，次三相皆帶館職，弘文館大學士、監修國史、集賢殿大學士，以此爲序。按：補詳之，兼爲前「史館相公」之證。亳州老子廟同京師稱太清宫。唐之宰相有兼太清宫使者，略見《百官志》。宣武節度兼亳州太清宫使，如《宣宗紀》大中十一年鄭涯事，可類推也。張弘靖於元和九年爲相，後至十四年代韓弘鎮汴，而令狐楚是年爲相，則「太清宫寄張相」詩者，似以兩地皆領太清宫也。張與令狐（楚）傳，皆在所略耳。下文「宋石」「檜井」，緊切亳州，疑上石於彼處。〔張箋〕案《宣和書譜》載李義山正書《月賦》、行書《四六本藁草》，云：「李商隱佐令狐楚，授以章奏之學，遂得名一時。蓋其爲文瑰邁奇古，不可跂及。觀《四六藁草》，方其刻意致思，排比聲律，筆畫雖真，亦本非用意，然字體妍媚，意氣飛動，亦可尚也。」《澠水燕談録》：「錢塘沈振蓄一琴，名冰清，腹有晉陵子銘。晉陵子，杜牧之道號。篆法類李義山筆。」《玉堂嘉話》：「李陽冰篆二十八字，後有韋處厚、李商隱題。商隱字體絶類《黄庭經》。」是義山當日以善書稱。《金石録》所載義山所書碑數種，惜皆不傳矣。因啓有「令書元和舊詩」語，附著之。

〔三〕宣，《英華》作「貽」。

〔四〕見《爲山南薛從事謝辟啓》「曾無綵筆」注。

〔五〕見《爲李貽孫上李相公啓》「韋、平掩耀」注。〔補注〕謂楚、綯先後拜相。

〔六〕〔馮注〕《後漢書・郡國志》：梁國碭山縣，出文石。《説文》：碭，文石也。《元和郡縣志》：宋州，本周之宋國。碭山縣，以山出文石故名縣。汴宋節度使管汴、宋、亳、潁四州。按：《匡謬正俗》曰：「秦始皇《嶧山刻石文》云：『刻兹樂石。』蓋嶧山近泗，故用磬石，他刻石文則無此語也。近代文士，遂總用碑碣之事，失之矣。」此固自用「宋石」，或疑訛「樂」爲「宋」者，非也。

〔七〕〔馮注〕《後漢書・志》：陳國苦縣有賴鄉。注云：伏滔《北征記》曰：「有老子廟，廟中有九井，水相通。」《古史考》曰：「有曲仁里，老子里也。」《北史・王劭傳》：陳留老子祠有枯柏。《爾雅》：柏葉松身曰檜。按：《太清記》：「亳州太清宫有八檜，老子手植，枝幹皆左紐。」《雲笈七籤》言「九井三檜，宛然常在。武德中，枯檜再生」。《舊書・紀》：「高宗乾封元年，封禪泰山、社首，還次亳州，幸老君廟，追號曰太上玄元皇帝，創造祠堂，改谷陽縣爲真源縣。」其後自明皇以上六聖御容列侍於左右。〔徐注〕《括地志》：苦縣在亳州谷陽縣界，有老子宅及廟，廟中有九井尚存。

〔八〕陷，《全文》作「蹈」，誤，據《英華》改。〔徐注〕謂刻詩於石，陷置壁間也。椒墻，即椒壁。按：唐祖玄元，故其廟飾一如宫禁。《文選》注：向曰：「椒房，以椒塗壁，后妃居之。」

〔九〕〔徐注〕《魯靈光殿賦序》：自西京未央、建章之殿，皆見隳壞，而靈光巋然獨存，豈非神明依憑支持以保漢室者也？〔馮注〕揚雄《甘泉賦》：神莫莫而扶傾。〔補注〕《後漢書·王逸傳》：「（逸）子延壽，字文考，有儁才，少遊魯國，作《靈光殿賦》。」《文選》第十一卷宫殿有王文考《魯靈光殿賦》一首並序。

〔一〇〕〔補注〕《禮記·中庸》：「博厚配地，高明配天，悠久無疆。」

〔一一〕菲陋，《英華》作「陋質」，注：集作「菲陋」。〔補注〕鮑照《紹古辭》：「橘生湘水側，菲陋人莫傳。」菲陋，謙言低劣。

〔一二〕〔徐注〕夫子，謂令狐楚。

〔一三〕〔補注〕《孟子·公孫丑上》：「子夏、子游、子張皆有聖人之一體。冉牛、閔子、顔淵，則具體而微。」

〔一四〕〔徐注〕郎君，謂綯。《（文選）·應璩〈與滿公琰書〉》：外嘉郎君謙下之德，内幸頑才見誠知己。銑曰：滿炳父寵，爲太尉，璩嘗事之，故呼曰「郎君」。〔馮注〕門生故吏，承其先世恩誼，乃有此稱。《唐摭言》：義山師令狐文公，呼小趙公（按：指令狐綯）爲郎君。

〔一五〕〔徐注〕劉楨詩：叙意於濡翰。〔馮注〕按《淳熙秘閣續法帖》第七卷有李商隱書。《萬花谷前集·琴類》冰清琴條下有云「篆法類李義山」，則義山并工篆。

〔一六〕〔徐曰〕謂綯詩。寡和之音，見《謝河東公和詩啓》「果煩屬和」注。〔按〕寡和之音，當指令狐楚詩，即太清宫寄張相公詩。塵，污也。

〔一七〕〔徐曰〕謂己書。張懷瓘《書斷》：李斯小篆入神，大篆入妙。伯喈八分、飛白入神，大篆、小篆、隸書入妙。〔馮注〕蔡邕《篆勢》：「體有六篆，妙巧入神。」字習見。

〔一八〕〔徐注〕《易》：齎咨涕洟。〔馮注〕謂感楚之舊恩。

〔一九〕〔徐注〕《書·顧命》：赤刀、大訓、弘璧、琬琰在西序。《周禮·考工記》曰：琬圭、琰圭，皆九寸。〔馮注〕按：《周禮·典瑞》：「琬圭以治德，琰圭以易行。」《汲冢竹書》曰：「桀伐岷山，得女二人，曰琬曰琰。斲其名於苕華之玉，苕是琬，華是琰。」故後之碑版皆用之，如蔡邕《胡公碑》：「銘諸琬琰。」唐明皇《孝經序》：「寫之琬琰。」而貞琰、翠琰、貞珉、翠珉、豐琰、豐碑，並習用。又按：義山工書，頗有碑碣，今皆湮佚矣。略見《詩集》箋中。〔按〕琰，《全文》避嘉慶諱作「炎」，今回改。《英華》作「琰」。

## 爲同州任侍御上崔相國啓〔一〕

憲啓：憲質異楚材〔二〕，寶同燕石〔三〕。重以羈丱〔四〕，即丁憫凶〔五〕。瞻遺構以闕然〔六〕，不堪多難〔七〕；奉成書而未就〔八〕，無處求生〔九〕。藐是流離〔一〇〕，屢經寒暑〔一一〕。逮於既冠〔一二〕，猶恤無家〔一三〕。叨承師友之規，獲忝簪纓之列。此皆相公推孔、李之素分〔一四〕，念國、高之舊家〔一五〕，鎪朴雕頑〔一六〕，披聾抉瞶〔一七〕，沐膏雨以令植〔一八〕，假順風而使飛〔一九〕。不然，則安得獲驪龍之珠〔二〇〕，假獬豸之角〔二一〕？榮皆過望，感豈勝言！而猶悵望下風〔二二〕，徘徊高義，望賀燕以難去〔二三〕，撫棲烏而不寧者〔二四〕，蓋以相公以伊、臯之事業佐大君〔二五〕，以揚、馬之文章輔昌運〔二六〕，一登宣室〔二七〕，遂借前籌〔二八〕。以有征無戰之方〔二九〕，彰明下武〔三〇〕；以永逸暫勞之勢〔三一〕，恢拓中華。不舞梯幢〔三二〕，不鳴金鼓〔三三〕，復數千里之沃野〔三四〕，刷十五聖之包羞〔三五〕。彼圍穀而穀人不知〔三六〕，入鄭而鄭陴皆哭〔三七〕。方茲決勝〔三八〕，彼有多慚。

今百職聿修，九功咸叙〔三九〕。萬國佇登封之禮〔四〇〕，五山傾望幸之祥〔四一〕。鰈至鶼來〔四二〕，茅歸楛入〔四三〕，馳湯驟夏，轢漢陵周〔四四〕。若憲者雖不能行舞舜戈〔四五〕，坐耕堯壤〔四六〕，至於獻千載河清之序〔四七〕，裁二王助祭之詩〔四八〕，歌詠相庭，發揮帝載〔四九〕，則其志願，亦或庶幾。伏希孫閤時開〔五〇〕，丙茵多恕〔五一〕，克懋山公之德〔五二〕，終全趙氏之孤〔五三〕。擁篲瞻門〔五四〕，封函即路〔五五〕。苑沙宮樹，雖吟左輔之風煙〔五六〕；良夜慶霄〔五七〕，唯望中台之晷度〔五八〕。感恩撫己，誓志投誠。仰惟輝光，終賜埏埴〔五九〕。下情無任感激攀倚惶戀之至〔六〇〕！

【校注】

〔一〕本篇原載《文苑英華》卷六六一第一〇頁、清編《全唐文》卷七七六第二一頁、《樊南文集詳注》卷三。題内「任侍御」下，徐、馮注本均旁注小字「憲」字。〔徐箋〕考《新書·宰相世系表》，任憲，字亞司，高宗相雅相來孫也。崔鄲、崔珙相文宗，崔鉉相武宗，崔龜從、崔慎由相宣宗。自開成以至大中，作相者有五崔焉，此崔相國者不知謂誰。據啓云：「彰明下武，恢拓中華。不舞梯幢，不鳴金鼓，復數千里之沃野，刷十五聖之包羞。」則此崔相國謂龜從也。《舊書·宣宗紀》：大中二年十一月，以户部侍郎，判度支崔龜從本官同平章事。三年春正月，涇原節度使康季榮奏，吐蕃宰相論恐熱以秦、原、安樂三州及石門等七關之兵民歸國，詔靈武、邠寧各出本道兵馬應接其來。七月，三州七關軍人百姓，皆河、隴遺黎，數千人見於闕下，上御延喜門撫慰，令其解辮，賜之冠帶。八月下制曰：「左衽輸款，邊壘連降，刷恥建功，所謀必尅，實樞衡妙算，將帥雄稜，副玄元不争之文，絶漢武遠征之悔。」與此啓所謂「不舞梯幢，不鳴金鼓」意正相合。又唐與吐蕃和親，自高祖至武宗，凡十五帝，至宣宗而吐蕃始弱，來歸故地。《會昌一品集序》云：「唐葉十五，帝謚昭肅。」昭肅者，武宗也，故曰「刷十五聖之包羞」，其爲龜從無疑矣。《舊書·龜從傳》云「大中四年同平章事」，非也，《新書》亦承其誤。以此啓證之，《宣紀》爲是。〔馮箋〕《舊書·良吏·任迪簡傳》：京兆萬年人，節度易定，除工部侍郎。按：〔崔龜從爲相〕《舊》《新書》傳、表皆作「四年」，文云「一登宣室，遂借前籌」者，謂未爲相時，已參謀議，下文乃以恢復河、隴之功歸之，此致頌之法，非必《宣紀》獨是也。《傳》云龜從於開成三年自華州入爲户部侍郎，四年權判吏部尚書銓事，大中四年爲相。而會昌年間之官職失載，未及詳考。〔張箋〕（大中二年十一月）以户部侍郎、判度支崔龜從本官同平章事。（下引徐氏箋）案啓叙「一登宣室，遂借前籌」於收復河、湟前，徐説極確。……此啓必大中三年義山在京代作者，至四年則赴徐幕矣。〔按〕馮辨崔龜從爲相在大中四年，雖有理而乏確證。查《唐大詔令集》卷四九《崔龜從平章事制》，末注「大中四年六月」，與兩《唐書·崔龜從傳》、《新書·宣宗紀》、《新書·宰相表》均合，當以《唐大詔令集》所載爲準。義山大中四年固在徐幕，然五年春夏之交，即已罷徐幕歸京，並任太學博士，至秋冬間方赴蜀辟。而崔龜從大中五年十一月始罷爲宣武節度使。故此啓當爲大中五年夏秋間作。

〔二〕〔馮注〕《左傳》：聲子曰：「如杞梓皮革，自楚往也。惟楚有材，晉實用之。」

〔三〕〔馮注〕《荀子》：宋之愚人得燕石於梧臺之東，藏之以爲大寶。周客觀之，掩口而笑曰：「其於瓦甓不差。」主人大怒曰：「商賈之言，醫匠之口。」藏之愈固，守之彌謹。按：《闞子》作「藏以華櫝十重，緹巾一襲。客掩口胡盧而笑」。又《水經注》：「聖水東逕玉石山，謂之玉石口，山多珉玉燕石，故以名之。」則燕石自珉類也。

〔四〕〔徐注〕《詩》：總角丱兮。《穀梁傳》：羈貫成童，不就師傅，父之罪也。「貫」與「丱」通。〔補注〕羈丱，猶羈角。羈，束也；丱，兒童髮髻之樣式。羈丱，指童年。

〔五〕丁，《全文》誤作「定」，據《英華》改。〔補注〕丁，當，遭逢。憫凶，指父母之喪。袁宏《後漢紀·獻帝紀下》：「天子使御史大夫郗慮持節策命曹操爲公，曰：『朕以不德，少遭憫凶。』」

〔六〕見《爲懷州李中丞謝上表》「瞻父堂而益懼」注。

〔七〕〔馮注〕《詩》：未堪家多難。

〔八〕見《爲白從事上陳許李尚書啓》「奉成書而未遂」注。

〔九〕〔徐注〕庾信《〈哀江南〉賦》：傅燮之但悲身世，無處求生。

〔一〇〕是，《全文》誤作「視」，據《英華》改。〔徐注〕庾信賦：藐是流離，至於暮齒。

〔一一〕〔徐注〕《詩》：載離寒暑。

〔一二〕於，《英華》注：集作「乎」。〔徐注〕《禮記》：男子二十而冠。

〔一三〕見《爲鹽州刺史奏舉李孚判官狀》「雖何恤於無家」注。

〔一四〕〔馮注〕《後漢書》：孔融字文舉，孔子二十世孫也。年十歲，隨父詣京師。時河南尹李膺。融造膺門，語門者曰：「我是李君通家子弟。」門者言之。膺請融問曰：「高明祖、父，常與僕有恩舊乎？」融曰：「然。先君孔子與君先人李老君同德比義而相師友，則融與君累世通家。」衆坐莫不歎息。

〔一五〕國高，《全文》作「高國」，據《英華》乙。此處下字宜平。〔徐注〕《左傳》：齊侯伐晉夷儀，敝無存之父將室之，辭，以與其弟曰：「此役也，不死，反必娶於高、國。」〔馮注〕高氏、國氏，齊之貴族，屢見《左傳》。

〔一六〕〔徐注〕《魏都賦》：木無雕鎪。

〔一七〕〔馮注〕枚叔（乘）《七發》：伸傴起躄，發瞽披聾，而觀望之也。

〔一八〕〔徐注〕《詩》：芃芃黍苗，陰雨膏之。

〔一九〕〔馮注〕王子淵（褒）《聖主得賢臣頌》：翼乎如鴻毛遇順風。

〔二〇〕〔馮注〕《莊子》：河上有家貧恃緯蕭而食者，其子没於淵，得千金之珠。其父曰：「夫千金之珠，必在九重之淵而驪龍頷下，子能得珠者，必遭其睡也。」獲珠，喻及第。

〔二一〕〔馮注〕《漢官儀》：侍御史，周官也，爲柱下史。冠法冠，一名柱後，以鐵爲柱，言其審固不撓，或言以獬豸角形爲冠。餘見《爲汝南公賀元日御正殿受朝賀表》「儼神羊而莫動」注。〔徐注〕《新書》：法冠者，御史大夫、中丞、御史之服也。一名獬豸冠。

〔二二〕〔徐注〕《左傳》：晉大夫三拜稽首曰：「群臣敢在下風。」

〔二三〕〔徐注〕《淮南子》：大厦成而燕雀來賀。

〔二四〕寧，《全文》作「安」，據《英華》改。〔徐注〕魏武帝樂府：月明星稀，烏鵲南飛。繞樹三帀，何枝可依。

〔二五〕〔補注〕《易·師》：「大君有命，開國承家。」大君，天子。伊皋，伊尹、皋陶。

〔二六〕〔馮注〕（揚馬）揚雄、司馬相如。

〔二七〕〔徐注〕《漢書·賈誼傳》：文帝思誼，徵之，及入見，上方受釐，坐宣室。〔補注〕《史記·屈原賈生列傳》：「後歲餘，賈生徵見。孝文帝方受釐，坐宣室。上因感鬼神事，而問鬼神之本。賈生因具道所以然之狀。至夜半，文帝前席，既罷，曰：『吾久不見賈生，自以爲過之，今不及也。』」宣室，漢未央殿前正室。

〔二八〕見《爲濮陽公陳許奏韓琮等四人充判官狀》「委以前籌」注。

〔二九〕〔馮注〕《漢書·嚴助傳》：淮南王安上書曰：「臣聞天子之兵，有征而無戰，言莫敢校也。」《文選》陳孔璋書：王者之師，有征無戰。

〔三〇〕〔補注〕《詩·大雅·下武》：「下武維周，世有哲王。」下武，謂有聖德能繼先王功業。

〔三一〕〔徐注〕揚雄《諫不受單于朝書》：不一勞者不久佚，不暫費者不永寧。

〔三二〕〔馮注〕《詩》：以爾鈎援，與爾臨衝。傳曰：鈎，鈎梯也，所以鈎引上城者。臨，臨車；衝，衝車。箋曰：墨子稱公輸般作雲梯以攻宋，即鈎梯也。餘詳《爲濮陽公與劉稹書》「駭樓上之梯衝」注。〔補注〕幢，即「衝」，衝城陷陣之戰車。《詩·大雅·皇矣》「與爾臨衝」陸德明釋文：「衝，昌容反。《說文》作『幢』，幢陣車也。」

〔三三〕〔徐注〕《左傳》：金鼓以聲氣也。

〔三四〕〔徐注〕《漢書·張良傳》：關中左殽、函，右隴、蜀，沃野千里。〔馮注〕此謂三州七關之地。

〔三五〕〔徐注〕《易·否》：六三，包羞。案：吐蕃和親自貞觀始，高祖尚未與之通。太宗至武宗實十四聖也。〔馮注〕如前云「雪高廟稱臣之羞」。雖夷種不一，而同爲外夷也，故曰「十五聖」。徐氏謂吐蕃和親，實始貞觀，至武宗止十四帝，非也。〔按〕「十五聖」自從高祖算起，此概言歷朝，不必强分也。包羞，孔疏云：「位不當所包承之事，惟羞辱已。」猶含羞忍耻也。

〔三六〕〔徐曰〕圍，疑作「違」。《左傳》：齊陳成子救鄭及留舒，違穀七里，穀人不知。〔馮注〕《左傳》注曰：言其整也。按：文義似當作「違」，或者義山偶誤記耳。〔按〕違，距離。杜預注：「違，去也。」義山當誤記「違」爲「圍」，故云「彼圍穀而穀人不知」。

〔三七〕〔徐注〕《左傳》：宣公十二年，春，楚子圍鄭旬有七日。鄭人卜行成，不吉；卜臨於大宫，且巷出車，吉。國人大臨，守陴者皆哭。〔補注〕鄭陴，鄭之守城者。

〔三八〕〔補注〕《史記·高祖本紀》：「夫運籌策帷帳之中，決勝於千里之外，吾不如子房。」

〔三九〕九功，《英華》作「五工」，注：集作「九功」。〔徐注〕《書》：九功惟叙。〔補注〕《漢書·百官公卿表》：「自周衰，官失而百職亂。」百職，各種職位與事務。

〔四〇〕見《爲安平公兖州謝上表》「備萬乘登封之所」注。

〔四一〕〔徐注〕《史記·封禪書》：天下名山八，而三在蠻夷，五在中國。華山、首山、太室、太山、東萊，此五山，黄帝之所常遊，與神會。《漢書·郊祀志》：「郡國各除道，繕治宫館、名山、神祠所，以望幸矣。」五山，謂五嶽也。〔馮注〕《爾雅·釋山》：河南華，河西嶽，河東岱，河北恒，江南衡。疏曰：篇首載此五山者，以爲中國名山也。又：泰山爲東嶽，華山爲西嶽，霍山爲南嶽，恒山爲北嶽，嵩山爲中嶽。疏曰：群書言五嶽，皆數嵩高不數嶽，而鄭注《大司樂》：「嶽在雍州。」蓋鄭有所據，更見異意也。其正名五嶽，必取嵩高爲定解。按：《周禮注疏》或刊作「嵩在雍州」者，誤。

〔四二〕〔徐注〕《封禪書》：東海致比目之魚，西海致比翼之鳥。韋昭曰：各有一目，不比不行，其名曰鰈。各有一翼，不比不飛，其名曰鶼鶼。

〔四三〕〔徐注〕《書》：荆州貢包匭菁茅。《魯語》：武王克商，肅慎氏貢楛矢石砮。〔補注〕菁茅，香草，祭祀時用以縮酒。或説，菁與茅爲二物。《書》孔傳：「菁以爲菹，茅以縮酒。」楛矢，楛木作桿之箭。

〔四四〕〔徐注〕班固《典引》：孕虞育夏，甄殷陶周。〔馮注〕用帝驟王馳之意，見《爲濮陽公論皇太子表》「步驟雖殊」注。句法本班固《典引》「孕虞育夏，甄殷陶周」。〔補注〕謂可步趨夏商，超越周漢。

〔四五〕憲，徐本、馮本作「某」。〔徐曰〕「戈」當作「干」。《書》：帝乃誕敷文德，舞干羽于兩階，七旬有苗格。

〔四六〕〔馮注〕《列子》：帝堯時《擊壤歌》曰：「日出而作，日入而息，耕田而食，鑿井而飲，帝力何有於我哉！」

〔四七〕〔馮注〕《文選》注：京房《易傳》：「河千年一清。」《宋書·臨川王傳》：元嘉中，河、濟俱清，鮑照爲《河清頌》，其序甚工。〔徐注〕《拾遺記》：丹丘千年一燒，黄河千年一清。皆至聖之君，以爲大瑞。

〔四八〕〔馮注〕《詩序》：《振鷺》，二王之後，來助祭也。正義曰：周公、成王之時，已致太平，諸侯助祭，二王之後，亦在其中，故詩人述其事而爲此歌焉。○此二句言歌詠太平也。《舊書·職官志》：隋、周二王之後，酅公、介公。

〔四九〕〔補注〕帝載，帝王之事業。《書·舜典》：「咨四岳，有能奮庸熙帝之載，使宅百揆，亮采惠疇。」孔傳：「載，事也。」

〔五〇〕見《爲絳郡公上崔相公啓》「望孫弘之東閤」注。

〔五一〕丙，《英華》作「邴」。〔徐注〕《漢書·丙吉傳》：馭吏耆酒，常從吉出，醉歐（嘔）丞相車上。西曹主吏白欲斥之，吉曰：「此不過汙丞相車茵耳。」遂不去也。〔馮注〕丙，姓，古通作「邴」。《漢書·丙吉傳》《後漢書·班固傳》《西都賦》及《文選》皆作「邴」。

〔五二〕〔徐注〕《晉書·（忠義傳）》：嵇紹字延祖，魏中散大夫康之子也。十歲而孤，事母孝謹。以父得罪，靖居私門。山濤領選，啓武帝詔徵之，起家爲秘書丞。

〔五三〕見《爲張周封上楊相公啓》「存趙氏之孤」注。

〔五四〕〔馮注〕用《史記》「魏勃欲見齊相曹參，乃早夜掃齊相舍人門。舍人得勃，見之參，因以爲舍人。參言之齊王，拜爲内史」，非用燕昭事鄒衍、魏文侯事子夏也。〔補注〕篲，掃帚。商隱《酬别令狐補闕》「彈冠如不問，又到掃門時」，亦用魏勃掃門典。

〔五五〕〔徐注〕《南史·朱齡石傳》：爲元帥伐蜀，帝別有函封付齡石，署曰：「至白帝乃開。」〔按〕未必有事典。

〔五六〕〔馮注〕《元和郡縣志》：沙苑宜六畜，置沙苑監，在同州馮翊縣。興德宮在馮翊縣。○同州，漢左馮翊地，唐人習稱「左馮」。《後漢書·光武帝紀》注：三輔，謂京兆、左馮翊、右扶風，皆在長安中，分領諸縣。〔徐注〕謝朓詩：風煙四時犯。

〔五七〕〔徐注〕謝瞻詩：慶霄薄汾陽。注：即慶雲也。〔馮注〕顧愷之《風賦》：惠風飈以送融，慶霄霏以將雨。按：此猶言雲霄。

〔五八〕〔徐注〕《玉海》：《事始》曰：「黄帝以風后配上台，天老配中台，五聖配下台，爲三公也。」〔按〕餘見《爲李貽孫上李相公啓》「六符斯炳」注。〔補注〕晷度，在日晷儀上投射之日影長短之度數。古人據日晷度數變化測定時序時間，認爲晷度變化與人事變化相應，與吉凶休咎相聯。

〔五九〕〔馮注〕《老子》：埏埴以爲器。河上公曰：埏，和也；埴，土也。和土爲器也。

〔六〇〕倚，徐本一作「荷」，非。

〔蔣士銓曰〕亦未盡致。（《忠雅堂評選四六法海》卷三）

## 上河東公謝辟啓〔一〕

商隱啓：伏奉手筆，猥賜奏署。某少而孱藾〔二〕，長則艱屯。有志爲文，無資就學〔三〕。雖雜賦八首，或庶于馬遷〔四〕；而讀書五車，遠慚于惠子〔五〕。契闊湖嶺〔六〕，淒涼路岐〔七〕，罕遇心知〔八〕，多逢皮相〔九〕。昔魯人以仲尼爲佞〔一〇〕，淮陰以韓信爲怯〔一一〕。聖哲且猶如此，尋常安能免乎〔一二〕？是以艮背却行〔一三〕，求心自處〔一四〕。羅含蘭菊〔一五〕，仲蔚蓬蒿〔一六〕，見芳草則怨王孫之不歸〔一七〕，撫高松則歎大夫之虚位〔一八〕。不可終否〔一九〕，屬於高明〔二〇〕。

伏惟尚書春日同和，秋霜共冽〔二一〕。叔子則九代清德〔二二〕，稚春則七葉素儒〔二三〕。君子立言，永爲周禮〔二四〕；正人得位，長作歲星〔二五〕。今者初陟將壇〔二六〕，始敷賓席〔二七〕。射江奥壤〔二八〕，潼水名都〔二九〕，俗擅繁華〔三〇〕，地多材儁〔三一〕，指巴西則民皆譙秀〔三二〕，訪臨邛則客有相如〔三三〕。舉纖繳以下冥鴻〔三四〕，執定鏡而求西子〔三五〕。惟所指命，便爲丹青〔三六〕。若某者，又安可炫露短材〔三七〕，叨塵記室？鹽車款段，徒逢伯樂而鳴〔三八〕；土鼓迂疏，恐致文侯之卧〔三九〕。承命知忝，撫懷自驚。終無喻蜀之能〔四〇〕，但誓依劉之願〔四一〕。未獲謁謝，下情無任感激攀戀之至。謹啓。

【校注】

〔一〕本篇原載《文苑英華》卷六五四第五頁、清編《全唐文》卷七七八第九頁、《樊南文集詳注》卷四。《英華》連下篇合題《獻河東公啓二首》，徐本、馮本從之。〔徐箋〕《舊書・文苑傳》：商隱爲徐州掌書記（按：當爲節度判官），府罷入朝，復以文章干令狐綯，乃補太學博士。會河南尹柳仲郢鎮東蜀，辟爲節度判官、檢校工部郎中。大中末……商隱廢罷還鄭州，未幾病卒。〔馮箋〕《舊書・傳》：柳仲郢，京兆華原人，尚書公綽子。元和十三年進士擢第，大中六年自河南尹爲梓州刺史、東川節度使（按：《舊唐書・柳仲郢傳》僅言「大中年轉梓州刺史、劍南東川節度使」，未言「六年」，此馮氏爲就己説而擅加）。仲郢辟商隱爲判官，詳《年譜》。河東，柳氏郡望也。仲郢後至咸通初封河東男。《文苑英華・授仲郢東川節度使制》云：「大宗伯、大司憲，兼而寵之，以表殊獎。」則是兼禮部尚書、御史大夫也。（按：馮譜編此啓與下啓於大中六年。）〔張箋〕（大中五年）七月，河南尹柳仲郢爲梓州刺史、東川節度使。附考云：《補編・四證堂碑銘》述仲郢事曰：「（大中）五年夏，以梁山蟻聚，充國鴟張，命馬援以南征，委鍾繇以西事。大張鄰援，尋覆賊巢。既而軍壘無喧，郡齋多暇」云云。「蟻聚」「鴟張」，指大中五年蓬、果賊擾三川事。是則仲郢之除東川，在是年夏秋間矣。……仲郢當於六月拜東川之命，其赴鎮不妨稍遲。今據《（樊南）乙集序》書於七月，則情事兩得矣。〔按〕張箋是。據《樊南乙集序》：「七月，尚書河東公守蜀東川，奏爲記室。十月，得見吴郡張黯見代，改判上軍。」是仲郢初辟商隱爲記室，後乃改判官。本篇當上於大中五年七月。末云「未獲謁謝」，則商隱作啓時或猶在長安也。然據《七月二十八日夜與王鄭二秀才聽雨後夢作》《七月二十九日崇讓宅讌作》，七月末商隱已在洛陽，《崇讓宅東亭醉後沔然有作》亦稱「新秋仍酒困」，則商隱應辟後即回洛陽矣。

〔二〕薾，《英華》作「儒」，注：集作「苶」。〔補注〕孱，瘦弱；薾，羸弱。

〔三〕資，徐本作「時」，誤。〔馮注〕袁宏《漢紀》：郭泰年二十，爲縣小吏。乃言於母，欲就師問。母曰：「無資，奈何？」林宗（泰字）曰：「無用資爲。」遂辭母而行。至城皋屈伯彦精廬，三年之後，藝兼游、夏。《魏志》注：邴原家貧早孤，鄰有書舍，原過其旁而泣。師曰：「欲書可耳。」答曰：「無錢資師。」曰：「不求資也。」於是遂就書。

〔四〕〔徐注〕《漢書·藝文志》：司馬遷賦八篇。

〔五〕〔徐注〕《莊子》：惠子（施）多方，其書五車。

〔六〕〔徐注〕湖，謂洞庭；嶺，謂五嶺也。商隱佐鄭亞幕於桂州。及亞坐李德裕黨貶循州刺史，商隱仍隨亞在嶺表，故云。〔馮注〕湖嶺，謂從事桂管。路岐，似泛指徐方。〔按〕徐氏據兩《唐書》誤載，故云商隱隨亞在循州。馮譜、張箋已正之。亞貶循，商隱北歸。

〔七〕〔補注〕《淮南子·説林訓》：「楊子見逵路而哭之，爲其可以南，可以北。」阮籍《詠懷》：「楊朱泣岐路，墨子悲染絲。」淒涼路岐，承上句仍指桂管之行，非指在徐州幕。商隱桂管之行諸詩，頗多路歧之歎。如《離席》：「楊朱不用勸，只是更沾巾。」《荆門西下》：「洞庭浪闊蛟龍惡，却羡楊朱泣路歧。」而在徐幕，則「心事稍樂」（馮浩評語）。

〔八〕〔徐注〕李陵《答蘇武書》：人之相知，貴相知心。

〔九〕〔徐注〕《論衡》：延陵季子出遊，路有遺金，呼薪者曰：「取彼地金來。」薪者曰：「子皮相之士也。」〔馮注〕《御覽》引《吴越春秋》：季札去徐，歸道逢男子，五月披裘採薪。道旁有委金一器，季札顧謂薪者曰：「取此金。」薪者曰：「五月披裘採薪，寧是拾金者乎？」札下車禮之，曰：「子姓爲何？」薪者曰：「子皮相之士，何足以告姓字乎？」《韓詩外傳》所云略同。《史記》：酈生入，揖沛公曰：「以目皮相，恐失天下之能士。」

〔一〇〕〔補注〕《論語·憲問》：「微生畝謂孔子曰：『丘何爲是栖栖者與？無乃爲佞乎？』孔子曰：『非敢爲佞也，疾固也。』」

〔一一〕〔馮注〕《史記·淮陰侯傳》：淮陰屠中少年有侮信者，曰：「若雖長大，帶刀劍，中情怯耳。能死，刺我；不能死，出我袴下。」信孰視之，俛出袴下，蒲伏。一市人皆笑信，以爲怯。徐廣曰：袴，一作「胯」，股也。《漢書》作「跨」，同。

〔一二〕乎，《英華》作「矣」，注：集作「乎」。

〔一三〕〔徐注〕《易》：艮其背，不獲其身；行其庭，不見其人。〔補注〕艮，止；背，相背而不見。艮背，謂不動物欲之念。

〔一四〕求，《全文》作「冰」，徐本同，據《英華》改。〔馮曰〕徐刊本作「冰」，非。承上文，謂自求其心無外慕，不尤人也。

〔一五〕〔徐注〕《晉書·羅含傳》：含致仕還家，階庭忽蘭菊叢生，以爲德行之感。

〔一六〕〔馮注〕《三輔决録》：張仲蔚，平陵人，隱身不仕，所居蓬蒿没人，博物好屬詩賦。

〔一七〕歸，《英華》注：集作「遊」。馮本從之。〔徐注〕劉安《招隱士》：王孫遊兮不歸，春草生兮萋萋。〔馮注〕孔稚圭《北山移文》：「或嘆幽人長往，或怨王孫不游。」文意則謂不出仕。

〔一八〕〔徐注〕《漢官儀》：秦始皇上封泰山，風雨暴至，休於松下，因封其樹爲五大夫。《漢書》注：五大夫，秦第九爵名。〔補注〕《史記·秦始皇本紀》：「二十八年……議封禪望祭山川之事。乃遂上泰山，立石，封，祠祀。下，風雨暴至，休于樹下，因封其樹爲五大夫。」此事之首見。

〔一九〕〔徐注〕《易》：物不可以終否。

〔二〇〕〔馮注〕按：此「高明」，暗謂所天也。宋孔平仲《雜説》謂明公閤下之類，亦可謂之高明，而引李膺稱孔融高明。夫融之謁膺，時年十歲，高明之稱，以後進待之也。絶非此義，何其疏誤哉！〔補注〕高明，此謂顯貴者，以指柳仲郢。《書·洪範》：「無虐煢獨，而畏高明。」孔傳：「單獨者不侵虐之，寵貴者不枉法畏之。」《文選·揚雄〈解嘲〉》：「高明之家，鬼瞰其室。」劉良注：「高明富貴之家，鬼神窺望其室，將害其滿盈之志矣。」屬，托。

〔二一〕洌，《全文》作「烈」，徐本同，據《英華》改。〔徐注〕孫楚書：志厲秋霜。

〔二二〕〔徐注〕《晉書·羊祜傳》：祜字叔子，泰山南城人，世吏二千石，至祜九世，並以清德聞。

〔二三〕〔徐注〕《晉書·（儒林）·氾毓傳》：毓字稚春，濟北盧人也。奕世儒素，敦睦九族。客居青州，逮毓七世。時人號其家「兒無常父，衣無常主」。箋：《舊書》：柳公綽理家甚嚴，子弟克禀誡訓，言家法者，世稱柳氏。仲郢有父風，動修禮法。牛僧孺歎曰：「非積習名教，安能及此！」

〔馮注〕（柳）玭有《誡子弟書》，蓋家法相承也。

〔二四〕〔徐注〕《左傳》：韓宣子觀書於太史氏，見《易·象》與《魯春秋》，曰：「周禮盡在魯矣。」〔馮箋〕《新書·志》：柳仲郢《柳氏自備》三十卷，集二十卷。

〔二五〕〔馮注〕《漢書·天文志》：歲星曰東方春木，於人五常仁也。歲星所在，國不可伐。《晉書·天文志》：歲星所居久，其國有德厚，五穀豐昌。又曰：進退有度，奸邪息。又曰：歲星精降於地爲貴臣。按：立言則爲周禮，在位則如歲星。非用東方朔爲歲星事。〔按〕徐注引《漢書·東方朔傳》：「正諫似直。」又引《東方朔別傳》：「朔嘗言：『能知朔者惟太王公耳。』朔卒後，武帝召太王公問之，曰：『爾知東方朔乎？』曰：『不知。』『公何所能？』曰：『頗善星曆。』帝問：『諸星具在否？』曰：『具在。獨不見歲星十八年，今復見耳。』帝歎曰：『東方朔在朕旁十八年，而不知是歲星哉！』慘然不樂。」東方朔佯狂避世於朝廷，與柳氏之世代謹修禮法迥然有別，當非所用。馮注是。

〔二六〕陟，《英華》作「涉」，誤。〔補注〕謂柳仲郢初任劍南東川節度使。

〔二七〕〔補注〕謂開幕府延賓僚。《儀禮·大射》：「小臣設公席于阼階上，西鄉；司宮設賓席于户西，南面。」此以「賓席」指幕僚。

〔二八〕江，《全文》作「洪」，據《英華》改。奥，《英華》作「澳」，誤。注：集作「奥」。注詳下。

〔二九〕〔徐注〕《新書・地理志》：劍南道梓州梓潼郡。治射洪縣。案：東川節度治梓州，兼領刺史。《明一統志》：梓潼水在潼川州鹽亭縣南，源出劍州陰平縣竇圌山，流經綿州入縣界下白馬河，入涪江。《舊書・地理志》：（婁）縷灘東六里有射江，語訛爲「洪」。〔馮注〕《舊書・志》：梓州梓潼郡，以梓潼水爲名。郡治郪縣。又：魏分置射洪縣。《元和郡縣志》：射洪縣梓潼水，其急如箭，奔射涪江。

〔三〇〕〔徐注〕《西都賦》：窈窕繁華。〔馮注〕蜀地最爲繁麗。《華陽國志》曰：漢家食貨，以爲稱首。〔補注〕繁華，猶奢華。與通常指繁榮美盛義有别。

〔三一〕〔徐注〕《晉書・慕容廆傳》：以文章才雋任居樞要。〔馮注〕左思《蜀都賦》：「江、漢炳靈，世載其英。」考四海而爲雋，當中葉而擅名。」謂相如、君平、王褒、揚雄之流。

〔三二〕〔徐注〕桓温《薦譙元彦表》：「巴西譙秀，植操貞固。抱德肥遯，杜門絶迹，不面僞庭。」善曰：孫盛《晉陽秋》云：「譙秀字元彦，巴西人，譙周孫。性清静不交於俗。李雄盜蜀，安車徵秀，秀不應，躬耕山藪。」〔按〕商隱詩《梓潼望長卿山至巴西復懷譙秀》云：「梓潼不見馬相如，更欲南行問酒壚。行到巴西覓譙秀，巴西唯是有寒蕪。」意與此正相反。參下句。

〔三三〕〔馮注〕《史記・司馬相如傳》：素與臨邛令王吉相善，吉曰：「長卿久宦遊不遂，而來過我。」於是相如往，舍都亭。臨邛令繆爲恭敬。富人卓王孫、程鄭乃相謂曰：「令有貴客，爲具召之。并召令。」

〔三四〕〔徐注〕《列子》：蒲且子之弋，弱弓纖繳，乘風振之，連雙鶬於青雲之際。《史記·楚世家》云：楚人有好以弱弓微繳加歸鴈之上者。揚子《法言》：鴻飛冥冥，弋者何篡焉？〔馮注〕《抱朴子》：飛高繳以下輕鴻。〔補注〕纖繳，繫細生絲繩之箭矢。

〔三五〕〔馮注〕《韓非子》：搖鏡則不得爲明。劉晝《新論》：鏡形如杯，以照西施。鏡縱則面長，鏡横則面廣，非西施貌易，所照變也。按：舊刻别解及馬氏《繹史微言》注中有劉晝《新論》。晝字孔昭，北齊時人。隋、唐史志，皆無此書名。

〔三六〕〔補注〕丹青色艷而不易泯滅，故以喻始終不渝。《後漢書·公孫述傳》：「陳言禍福，以明丹青之信。」

〔三七〕炫，《全文》誤「眩」，據《英華》改。〔徐注〕陸機《豪士賦》：運短才而易聖哲所難。

〔三八〕〔徐注〕《戰國策》：驥伏鹽車而上太行，負轅不能上。伯樂遭之，下車攀而哭之。於是仰而鳴，欣伯樂之知己也。《後漢書·馬援傳》：乘下澤車，御款段馬。注：款，猶緩也，言形段遲緩也。

〔三九〕〔徐注〕《禮記·禮運》曰：禮之初，蕢桴而土鼓。《樂記》：魏文侯曰：「吾端冕而聽古樂，則惟恐卧。」

〔四〇〕能，《英華》注：集作「心」。非。〔馮注〕《史記·司馬相如傳》：唐蒙使略通夜郎西僰中，發巴蜀吏卒千人。郡又多爲發轉漕萬餘人,用興法誅其渠帥,蜀民大驚恐。上聞之,乃使相如責唐蒙,因諭告巴蜀民以非上意。按:兼寓不屑爲書記之意。詩集「曾逐東風」之《柳》詩可證。

〔四二〕〔徐注〕《魏志》:王粲字仲宣,山陽高平人。獻帝西遷,粲從至長安。以西京擾亂,乃之荆州依劉表。

〔蔣士銓曰〕筆致尚清,故無雜響。(《忠雅堂評選四六法海》卷三)

## 上河東公謝聘錢啓〔一〕

某啓:伏蒙示及賜錢三十五萬以備行李,謹依榮示捧領訖。伏以古求良材,必有禮幣。一束芻皆堪貺美〔二〕,五羖皮未曰輕齎〔三〕。況某跡忝諸生,名非前哲〔四〕。尚遥玉帳〔五〕,已賚金錢〔六〕。訪蜀郡之卜人,懸之莫竭〔七〕;遇河間之姹女,數且難窮〔八〕。未草檄以愈風〔九〕,不執鞭而獲富〔一〇〕。敢將潤屋〔一一〕,且以騰裝〔一二〕。戴荷之誠,寄喻無地〔一三〕。

**【校注】**

〔一〕本篇原載《文苑英華》卷六五四第六頁、清編《全唐文》卷七七八第一〇頁、《樊南文集詳注》卷四。《英華》連上篇合題《獻河東公啓二首》，此爲其二。徐本、馮本從之。〔按〕此篇當上於大中五年七月，較上篇稍後。詳上篇注〔一〕。

〔二〕〔徐注〕《詩》：生芻一束，其人如玉。〔馮注〕《詩》箋曰：女行所舍，主人之餼雖薄，要就賢人，其德如玉然。按：謂主人賢，則薄餼亦當就。〔補注〕生芻，鮮草。陳奂傳疏：「芻所以萎白駒，託言禮所以養賢人。」故用作敬禮賢者之典。

〔三〕見《爲滎陽公謝除盧副使等官狀》「懼羖皮之廢禮」注。

〔四〕〔徐注〕《左傳》：賴前哲以免也。

〔五〕〔徐注〕《抱朴子》：兵在太乙玉帳之中，不可攻也。《漢書·藝文志》：兵家，有《玉帳經》一卷。

〔六〕〔馮注〕《史記·平準書》：農工商交易之路通，而龜貝金錢刀布之幣興焉。〔補注〕玉帳，此指主帥所居營帳，取如玉之堅意。

〔七〕〔徐注〕《漢書·王貢兩龔傳》：蜀有嚴君平，卜筮於成都市，裁日閲數人，得百錢，足自養，則閉肆下簾而授《老子》。

〔八〕〔徐注〕《後漢書·五行志》：桓帝初，京師童謡曰：「河間姹女工數錢，以錢爲室，金爲堂。」〔補注〕姹女，少女、美女。

〔九〕見《爲濮陽公陳情表》「草檄陳琳」二句注。

〔一〇〕〔補注〕《論語·述而》：「富而可求也，雖執鞭之士，吾亦爲之。」

〔二〕〔徐注〕《禮記·大學》曰:富潤屋。〔補注〕潤屋,使居室華麗生輝。

〔三〕〔補注〕枚乘《七發》:「其波涌而雲亂,擾擾焉如三軍之騰裝。」騰裝,整理行裝。

〔三〕〔馮箋〕按上篇云「叨塵記室」,蓋初辟爲書記。尋改判官,辨詳《年譜》矣。義山文字,雖多遺逸,然在徐在梓,竟無一首表狀,亦可悟非書記也。在梓仍多代草者,蓋資其才藻以應辟應舉,非書記之例。詩所以有《柳下暗記》之作也。在徐之移檄牒刺,竟全闕矣。〔按〕《樊南乙集序》:「(大中五年)七月,尚書河東公守蜀東川,奏爲記室。十月,得見吴郡張黯見代,改判上軍。時公始陳兵新作教場,閱數軍實,判官務檢舉條理,不暇筆硯。明年,記室請如京師,復攝其事。自桂林至是,所爲已五六百篇,其間可取者,四百而已。」則大中五年七月柳仲郢初辟商隱爲記室,十月改判官。六年又攝記室,直至大中七年楊籌爲東川幕僚時仍代書記之職也。馮氏謂在梓無一首表狀,僅據《文苑英華》所載言之,不免以偏概全,義山在梓所爲表狀,蓋亦遺佚多矣。

## 爲東川崔從事謝辟啓〔一〕

福啓:伏奉公牒,伏蒙辟署觀察巡官。某早辱梯媒,獲沾科第〔二〕。吴公之薦賈誼,未塞前叨〔三〕;竇融之舉班彪,仍當後忝〔四〕。仰觀蓮幕〔五〕,俯度桂科〔六〕。卵翼不自他門〔七〕，頂踵實非己物〔八〕。但齎灰粉〔九〕，遠逐旌幢〔一〇〕。雖有命以酬，實無言可謝。伏惟俯賜鑒諒〔一一〕。

【校注】

〔一〕本篇原載《文苑英華》卷六五四第二頁、清編《全唐文》卷七七七第九頁、《樊南文集詳注》卷四。《英華》連下篇合題《爲東川崔從事謝辟并聘錢啓二首》，徐本、馮本從之，作《爲東川崔從事福謝辟并聘錢啓二首》。馮譜繫大中六年，誤；張箋繫大中五年，是。〔徐注〕《舊書·地理志》：劍南東川節度使治梓州，管梓、綿、劍、普、榮、遂、合、渝、瀘等州。《新書·世系表》：崔福字昌遠，員外郎。〔馮箋〕按《舊書·崔戎傳》不及其子，《新書》止雍一人。而《舊·紀》懿宗咸通十年，賜和州刺史崔雍死，雍之親黨原、福、朗、庚、序皆貶。時福以比部員外郎貶昭州司户。《通鑑》書曰「兄弟五人」。今合之《宰相世系表》，庚，《表》作「庾」，與序皆爲戣子。原，《表》作「厚」，與雍、福、裕皆爲戎子。朗爲戢子。但未知《表》皆可據否？福於乾符三（原作「二」，據《舊·紀》改）年由主客郎中爲汾州刺史，見《舊書·紀》。程午橋（夢星）箋（商隱）詩，以福爲崔八，其何據哉？又按：東川，即柳（仲郢）幕也。〔岑仲勉曰〕仲郢遷東川約大中五年，在李頻詩（《漢上逢同年崔八》）崔八登第之前（李頻及此崔八爲大中八年進士），則與福無可牽合，況《啓》又云「某早辱梯媒，獲沾科第」乎？惟商隱既代福爲文，友情儘非落漠，以擬《早梅有贈》之崔八，亦非毫無理由者。（《唐人行第録》，《中華書局》二〇〇四年版，一〇三頁）〔按〕此啓及下啓均當作於大中五年七月柳仲郢由河南尹遷東川節度使後。商隱之辟署記室當稍在前。此崔福或即崔戎之子崔福。

〔二〕〔馮注〕福當因其挈維得第。〔補注〕梯媒，薦引。

〔三〕〔徐注〕《漢書·賈誼傳》：河南守吴公聞其秀材，召置門下。文帝聞河南守吴公治平爲天下第一，徵以爲廷尉。廷尉乃言誼年少，頗通諸家之書，文帝召以爲博士。《南史·王微傳》：微歎曰：「我兄無事而屏廢，我何得叨忝踰分？」《齊書·高帝諸子傳》：賤曰：「上蕃首僚，於兹再忝；河南雌伏，自此重叨。」〔補注〕塞，報答。叨，猶忝。

〔四〕〔馮注〕《後漢書·班彪傳》：彪避地河西，大將軍竇融以爲從事，深敬待之，接以師友之道。及融徵還京師，光武問曰：「所上章奏，誰與參之？」融對曰：「皆從事班彪所爲。」帝雅聞彪材，因召入見，舉司隸茂才，拜徐令。

〔五〕見《爲山南薛從事謝辟啓》「遽塵蓮府」注。

〔六〕〔馮注〕唐人以得第爲折桂，習用語。

〔七〕《英華》「自」字下有「於」字，馮本從之。卵翼，見《謝座主魏相公啓》「此皆相公事均卵翼」注。

〔八〕《英華》「非」字下有「其」字，馮本從之。〔馮注〕言願舍身以報。〔補注〕《孟子·盡心上》：「墨子兼愛，摩頂放踵利天下，爲之。」句謂一身皆柳所賜。

〔九〕齎，《英華》作「賫」，音義同。皆持、抱義。疑當作「齏」，碎也。〔馮注〕不惜灰粉此身。〔徐注〕《南史·茹法亮傳》：灰盡粉滅，匪朝伊夕。

〔一〇〕〔補注〕旌幢，指賜節度使之雙旌。

〔一一〕諒，《英華》作「亮」。

## 爲東川崔從事謝聘錢啓〔一〕

福啓：錢若干，伏蒙賜備行李。竊以白馬從軍〔二〕，青梟受聘〔三〕。磨文難滅〔四〕，校貫知多〔五〕。陸賈方驗於火花〔六〕，郭況莫矜於金穴〔七〕。感戴之至，不任下情。謹啓。

【校注】

〔一〕本篇原載《文苑英華》卷六五四第二頁、清編《全唐文》卷七七七第九頁、《樊南文集詳注》卷四。《英華》與上篇合題《爲東川崔從事謝辟并聘錢啓二首》，此爲其二。徐、馮本從之，「崔從事」下旁注小字「福」。〔按〕作於大中五年七月，較上篇稍後。

〔二〕〔馮注〕《後漢書·李憲傳》：陳衆爲揚州牧歐陽歙從事，乘單車，駕白馬，説憲餘黨而降之，號「白馬陳從事」云。《英雄記》：公孫瓚常乘白馬。又白馬數十疋，選騎射之士，號爲「白馬義從」，以爲左右翼。胡甚畏之，相告曰：「當避白馬長史。」〔徐注〕《魏志·龐悳傳》：悳親與關羽交戰，常乘白馬，軍中謂之「白馬將軍」，皆憚之。〔按〕以馮注引《後漢書·李憲傳》陳衆「白馬陳從事」之事爲切。從軍，特指爲軍幕從事。商隱詩《悼傷後赴東蜀辟至散關遇雪》：「劍外從軍遠。」

〔三〕〔馮注〕《搜神記》：南方有蟲，其形若蠶而大，其子著草葉如蠶種。殺其母以塗錢，以其子塗貫，用錢貨市，旋則自還，名曰「青蚨」。○後世如《酉陽雜俎》則作「青蚨」。

〔四〕〔徐注〕《魏志·（周宣傳）》：文帝夢磨錢文，欲令滅而更明。周宣占之曰：「此陛下家事。」

〔五〕校，徐本作「枝」，校曰：「『枝』當作『校』」。〔徐注〕《史記·平準書》：京師之錢，累百鉅萬，貫朽而不可校。〔補注〕校，計數、查點。

〔六〕〔馮注〕《西京雜記》：陸賈曰：「目瞤得酒食，燈火華得錢財。故目瞤則咒之，火華則拜之。」

〔七〕〔馮注〕《後漢書·郭皇后紀》：后弟陽安侯況，遷大鴻臚。帝數幸其第，賞賜金錢縑帛，豐盛莫比，京師號況家爲「金穴」。

## 爲舉人獻韓郎中琮啓〔一〕

某啓：某少承嚴訓，早學古文。非聖之書，未嘗關慮〔二〕；《論都》之賦〔三〕，頗亦留神。徒以不授彩毫〔四〕，未吞瑞鳥〔五〕，馳名江左，陸機莫及於才多〔六〕；擅譽鄴中，王粲終聞於體弱〔七〕。上下群士，差池累年〔八〕。頃者輒露疏蕪〔九〕，不思狂簡〔一〇〕，捧爝火以干日御，動已光銷〔一一〕；抱布鼓以詣雷門，忽然聲寢〔一二〕。不謂郎中搜材路廣〔一三〕，登客門寬〔一四〕。望犬附書〔一五〕，冀雞談《易》〔一六〕，特垂題目〔一七〕，曲賜丹青〔一八〕。旋屬滎嶓從行〔一九〕，神州視膳〔二〇〕，同孟陽之覲蜀〔二一〕，比孝若之歸齊〔二二〕。雖佩恩私，竟乖陳謝。光陰荏苒，誠抱勤拳。今此秋期〔二三〕，遂有天幸〔二四〕。更奉禰衡之刺〔二五〕，敢無鄙蔑之言〔二六〕。

某在京多時，自夏有疾。失外郡薦名之限〔二七〕，俯神皋試士之期〔二八〕。物情既集於宗師〔二九〕，公選果歸於令季〔三〇〕。懷材者皆云道泰，抱器者自謂時來〔三一〕。以卞和爲玉人，無不收之瓊玖〔三二〕；得蹇修爲媒氏，無不嫁之娉婷〔三三〕。是以願託一拳〔三四〕，潛布百兩〔三五〕，顧方流而有記〔三六〕，慮良會之猶賒〔三七〕。伏惟郎中與先輩賢弟〔三八〕，價重兩劉〔三九〕，譽高二陸〔四〇〕，比李膺則仙舟對棹〔四一〕，方馬融則絳帳雙褰〔四二〕。

若某者，雖陋若左思〔四三〕，瘦同沈約〔四四〕，無庾信之腰腹〔四五〕，乏崔琰之鬚眉〔四六〕。然至於感分識歸，銜誠議報，將酬楊寶，則就雀求環〔四七〕；欲答孔愉，則從龜覓印〔四八〕。推其異類，不後他人。謹復軸新文〔四九〕，重干清鑒〔五〇〕。馬卿室邇〔五一〕，孔子墻高〔五二〕，遲面莫由，隳肝無所〔五三〕。任重道遠〔五四〕，方懷驥坂之長鳴〔五五〕；一日三秋〔五六〕，空詠《馬嵬》之清什〔五七〕。知深可恃〔五八〕，言切成煩〔五九〕。幽谷未見於鶯喬〔六〇〕，曲沼空勤於鳧藻〔六一〕。仰瞻几閣〔六二〕，伏待簡書。謹啓。

## 【校注】

〔一〕本篇原載《文苑英華》卷六五七第六頁、清編《全唐文》卷七七七第二二頁、《樊南文集詳注》卷三。〔馮箋〕韓琮，見前《爲濮陽公陳許奏韓琮等四人充判官狀》注〔三〕。又《東觀奏記》曰：「大中中，韓琮嘗爲中書舍人。」則當由郎中遷也。按：此代柳仲郢子璧作。然在大中六年赴東川幕之前也。《舊書·柳仲郢傳》：「爲京兆尹，改右散騎常侍。宣宗即位，出爲鄭州刺史。周墀入輔政，遷爲河南尹。踰月，召拜户部侍郎。居無何，墀罷相，仲郢左授秘書監。數月，復出爲河南尹。」考墀於二年五月爲相，三年四月罷。此「滎嶓」「神州」，謂（璧）隨仲郢於鄭、洛。下云「光陰荏苒」，又云「今此秋期」，約在三、四年間也。《舊·傳》云：「璧，大中九年登進士第。」此篇定爲代璧者，以「馬嵬」句爲證也。尤袤《全唐詩話》：宣宗因白樂天詩，命取永豐柳兩枝植禁中。白感上知爲詩，洛下文士，無不繼作。韓常侍琮時爲留守，亦和。按：《白香山集》附東都留守韓琮、河南尹盧貞和作，是會昌末年事。然六年三月，武宗崩，宣宗已即位矣。〔張箋〕案文有「一日三秋，空詠《馬嵬》之清什」語，《舊書·柳仲郢子璧傳》：「文格高雅，嘗爲《馬嵬》詩，詩人韓琮、李商隱嘉之。」馮氏據此定爲代璧作，似之，附此（按：張箋附編大中五年）。璧大中九年登進士第，見《傳》。又案：《馬嵬》詩當是録於行卷以爲贄者，琮賞之，故以爲言。嘗檢程大昌《演繁露》：「唐人舉進士必行卷者，爲緘軸其所著文，以獻主司。其式見《李義山集·新書序》，曰：『治紙工率一幅，以墨爲邊準，用十六行式，率一行不過十一字。』」此可考唐時行卷程式。《新書序》當是義山佚篇，《演繁露》於下注「卷七二」字，今《樊南》全集已亡，無從詳其次第矣。〔按〕馮譜編大中四年。然大中四年商隱在徐州盧弘止幕，雖其間有奉使入關之行，然僅行程中途經洛陽，似無緣代柳璧作此啓。題稱韓郎中琮，當先考知琮任户部郎中之時間。按勞格、趙鉞《郎官石柱題名考》卷六引《東觀奏記》中語云：「《廣州節度使紇干臮貶慶王府長史分司東都制》，舍人韓琮之詞。」紇干臮貶慶王府長史在大中八年（見吴廷燮《唐方鎮年表》），時韓琮任中書舍人。其爲户部郎中當在此前，約大中五年前後。故岑仲勉《郎官石柱題名新考訂》云：「商隱《獻韓郎中琮啓》在大中五年。」岑氏之繫年，較馮氏更爲合理。大中五年七月，柳仲郢由河南尹遷東川節度使，奏商隱爲記室（見《樊南乙集序》），商隱曾至東都洛陽，有《崇讓宅東亭醉後沔然有作》《七月二十八日夜與王鄭二秀才聽雨後夢作》《七月二十九日崇讓宅讌作》等詩。時柳璧隨侍仲郢在東都，正準備參加京兆府試，故有此代作。兹編大中五年七月。

〔二〕〔馮注〕《漢書·揚雄傳》：非聖哲之書不好也。

〔三〕〔馮注〕《後漢書·文苑·杜篤傳》：光武時，篤以關中表裏山河，先帝舊京，不宜改營洛邑，乃上奏《論都賦》。《舊書·柳公綽傳》：家甚貧，有書千卷，不讀非聖之書，爲文不尚浮靡。

〔四〕授,《英華》注:集作「受」,非。見《爲山南薛從事謝辟啓》注〔三〕。

〔五〕〔徐注〕《幽明録》:桂陽羅君章晝寢,夢得一鳥,五色雜耀,不似人間物。夢中因取吞之,遂勤學讀《九經》,以清才稱。〔馮注〕《藝文類聚》:《羅含傳》曰:「含少時晝卧,忽夢一鳥文色異常,飛來入口。含因驚起,心胸間如吞物,意甚怪之。叔母謂曰:『鳥有文章,汝後必有文章,此吉祥也。』含於是才藻日新。」按:瑞鳥謂鳳。梁昭明《十二月啓》:「吞羅含之彩鳳,辯囿日新。」

〔六〕才,《英華》作「材」,注:集作「才」。〔徐注〕《晉書》:陸機天才秀逸,辭藻宏麗。張華嘗謂之曰:「人之爲文,常恨才少,而子更患其多。」

〔七〕〔徐注〕魏文帝《與吴質書》:仲宣獨自善於辭賦,惜其體弱,不足起其文。至於所善,古人無以遠過。〔補注〕鄴中,指魏都城鄴。王粲、陳琳、徐幹、阮瑀、應瑒、劉楨及孔融以文學齊名,同居鄴中,稱鄴中七子(即建安七子)。宋謝靈運有《擬魏太子鄴中集詩·王粲》。

〔八〕〔徐注〕《詩》:燕燕于飛,差池其羽。箋:謂張舒其尾翼。〔馮注〕《左傳》:譬之草木,吾臭味也,而何敢差池。〔補注〕差池,錯失。表示事情乖迕,不如人意,與「參差」義近。

〔九〕〔補注〕疏蕪,謙稱己淺陋蕪雜。

〔一〇〕〔補注〕狂簡,志向高遠而處事疏闊。《論語·公冶長》:「吾黨之小子狂簡,斐然成章,不知所以裁之。」

〔一一〕〔徐注〕《莊子》:堯讓天下於許由曰:「日月出矣,而爝火不息,其於光也,不亦難乎!」《廣雅》：日御曰羲和。

〔一二〕〔徐注〕《漢書·王尊傳》：尊曰：「毋持布鼓過雷門。」注：師古曰：「會稽城門有大鼓，越擊此鼓，聲聞洛陽。」〔馮注〕《漢書》師古注：布鼓，以布爲鼓，故無聲。

〔一三〕搜，《全文》作「授」，據《英華》改。〔徐注〕《南史·謝莊傳》：於時搜才路狹。

〔一四〕〔補注〕登客門寬，暗用《後漢書·黨錮傳·李膺》「膺獨持風裁，以聲名自高，士有被其容接者，名爲登龍門」，而反其意。

〔一五〕〔馮注〕《述異記》：陸機有快犬曰黄耳，常將自隨。機羈旅京師，久無家問，戲語犬曰：「汝能賫書馳取消息否？」因試爲書，盛以竹筒，繫之犬頸。犬出驛路，走向吴。到家，既得答，仍馳還洛，往還裁半月。

〔一六〕〔馮注〕《幽明録》：晉兖州刺史沛國宋處宗，常愛一長鳴雞，爲置窗間。後雞作人語，與處宗論，極有玄旨，終日不輟。處宗由此玄功大進。按：《顔氏家訓》：「《莊》《老》《周易》，總謂三玄。」〔徐注〕魏、晉諸人以《老》《易》並稱，皆謂之玄。玄即《易》也。〔按〕此亦以雞犬之通靈自喻也。

〔一七〕見《謝宗卿啓》「曲蒙題目」注。

〔一八〕〔補注〕丹青，猶顔色。

〔一九〕〔徐注〕《書》：豫州，滎波既豬。本作「滎播」，或作「滎嶓」，即滎澤也。〔馮注〕（滎嶓）謂鄭州也。按:《禹貢》「滎波既豬」疏曰:「馬、鄭、王本皆作『滎播』。」《史記》:「滎播既都。」《藝文類聚》引揚雄《豫州箴》曰:「滎播枲漆。」《水經注》引闞駰曰:「滎波,嶓澤名也。」吕忱云:「嶓水在滎陽。」則知「播」「嶓」古通用,不可云誤。

〔二〇〕〔徐注〕《史記・鄒衍傳》:中國名赤縣神州。《左傳》:太子朝夕視君膳。〔馮注〕按:京都稱神州,如《北史・柳彧傳》稱雍州爲神州,此則謂洛州河南府也。晉左思《詠史詩》:「皓天舒白日,靈景曜神州。列宅紫宫裏,飛宇若雲浮。峨峨高門内,藹藹皆王侯。」《晉書・桓温傳》:「眺矚中原,慨然曰:『遂使神州陸沉。』」雖通指淪没之十二州,而首重洛都之陷也。《舊書・紀》:則天皇后光宅元年,改東都爲神都。《魏元忠傳》:儀鳳中,元忠赴洛陽,上封事云:「神州化首,萬國共尊。」

〔二一〕〔馮注〕《晉書》:張載字孟陽,父收,蜀郡太守。載博學有文章。太康初,至蜀省父,經劍閣。載以蜀人恃險好亂,因著銘以作誡。

〔二二〕〔徐注〕《晉書》:夏侯湛,字孝若,譙國譙人也。祖威,魏兖州刺史。父莊,淮南太守。湛幼有盛才,文章最富,善構新詞。案:湛《東方朔畫贊序》:「朔,平原厭次人。建安中,分厭次以爲樂陵郡,故又爲郡人。」「大人來守此國,僕自京都言歸定省。睹先生之縣邑,想先生之高風。」注:「此國,謂樂陵也。父爲樂陵太守,史傳不載。」《漢書・地理志》:「平原郡屬青州。」故曰「歸齊」也。〔按〕「同孟陽之覲蜀,比孝若之歸齊」二句承上「滎嶓從行,神州視膳」用覲父典,非謂柳璧覲柳仲郢於東川，如孟陽之覲父於蜀也。如謂覲仲郢於東川，則與下文「光陰荏苒」不合。

〔二三〕〔徐注〕《詩》：秋以爲期。〔馮注〕《唐音癸籤》：每秋七月，士子從府州覓解，故有「槐花黄，舉子忙」之諺。

〔二四〕〔馮注〕《漢書·霍去病傳》：去病敢深入，常先其大軍，軍亦有天幸，未嘗困絶。

〔二五〕〔馮注〕《禰衡别傳》：衡初遊許下，乃懷一刺，既到而無所之適，至於刺字漫滅。

〔二六〕〔馮注〕《左傳》：昔叔向適鄭，鬷蔑惡，欲觀叔向，從使之收器者而往，立於堂下，一言而善。叔向將飲酒，聞之，曰：「必鬷明也。」下執其手以上，曰：「子少不颺，子若無言，吾幾失子矣。」

〔二七〕〔補注〕唐制，鄉貢進士例於十月二十五日集户部，生徒亦以十月送尚書省。《新唐書·選舉志上》：「唐制，取士之科，多因隋舊，然其大要有三：由學館者曰生徒，由州縣者曰鄉貢，皆升於有司而進退之……其天子自詔者曰制舉。」《唐摭言·統序科第》：「自武德辛巳歲四月一日，敕諸州學士及早有明經及秀才、俊士、進士明於理體，爲鄉里所稱者，委本縣考試，州長重覆，取其合格，每年十月隨物入貢。」此謂己因自夏有疾而未參加地方爲推選貢士而舉行之秋試，失去外郡貢舉士子之期。

〔二八〕〔徐注〕《西京賦》：實惟地之奥區神皋。〔按〕徐氏引張衡《西京賦》之「神皋」，意指神明所聚之地，非此句之義。此句「神皋」指京畿。《文選·任昉〈齊竟陵文宣王行狀〉》：「公内樹寬明，外施簡惠。神皋載穆，轂下以清。」李周翰注：「神皋，良田也，謂都畿之内。」俯，臨近。

〔二九〕〔徐注〕《漢書·藝文志》：儒家者流，宗師仲尼，以重其言。注：宗，尊也。〔補注〕宗師，爲衆所崇仰，堪稱師表者。此指韓郎中。

〔三〇〕〔馮注〕《漢書·董仲舒傳》：制曰：「廣延四方之豪俊，郡國諸侯公選賢良修絜博習之士。」以上謂外郡薦送已後期矣，而京兆正當試期。韓之弟試京兆而入選。〔按〕似謂韓琮之弟爲考官，故下云「以卞和爲玉人」。

〔三一〕〔補注〕《易·繫辭下》：「君子藏器於身，待時而動，何不利之有？」

〔三二〕〔徐注〕《詩》：報之以瓊玖。卞和，見《爲柳珪上京兆公謝辟啓》「和氏搜珉」注。〔補注〕玉人，玉工。以卞和爲玉人，喻以識良材者爲考官，故云「無不收之瓊玖」。此指韓琮之弟爲考官者。

〔三三〕婷，《英華》作「娗」，注：集作「婷」。〔徐注〕《離騷》：吾令豐隆椉雲兮，求虙妃之所在。解佩纕以結言兮，吾令蹇修以爲理。注：蹇修，人名。《周禮》：媒氏，掌萬民之判。辛延年詩：不意金吾子，娉婷過吾廬。杜甫詩：喚人看腰裹，不惜嫁娉婷。〔馮注〕此則男女通用，而後人皆以謂婦女，字本從女也。〔按〕蹇修爲媒，指韓郎中琮爲之薦引。

〔三四〕〔補注〕一拳，指己之拳拳之心。司馬遷《報任安書》：「拳拳之忠，終不能自列。」繁欽《定情詩》：「何以致拳拳，綰臂雙金環。」

〔三五〕〔徐注〕《詩》：之子于歸，百兩御之。〔馮注〕《左傳》：高齮以錦示子猶曰：「魯人買之，百兩一布。」〔按〕百兩，百輛車，特指結婚時所用之車輛。

〔三六〕記，《全文》《英華》均誤作「託」，據馮校改。〔徐注〕顔延之詩：玉水記方流，璿源載圓折。〔馮曰〕舊作「有託」，必誤，今爲改正。《淮南子》：水圓折者有珠，方折者有玉。

〔三七〕〔馮注〕《古詩》：今日良宴會，歡樂難具陳。

〔三八〕〔馮注〕按《唐摭言·進士篇》：「互相推敬謂之先輩，俱捷謂之同年。」則韓之弟亦尚在應舉中。其曰「公選」者，似此時當入選也。韓郎中兄弟，能爲人薦助者，故以「玉人」「媒氏」比之。〔按〕稱「先輩賢弟」，則其時琮弟已登進士第無疑，馮謂「尚在應舉中」，殆誤。至謂琮兄弟能爲人薦助，故以玉人、媒氏比之，則是。然玉人琢玉成器，比考官之舉拔賢才，似更切。「公選」謂其主持考選也。

〔三九〕〔徐注〕《晉書》：劉琨，字越石；兄輿，字慶孫，並名著當時。京都爲之語曰：「洛中奕奕，慶孫、越石。」劉峻《辨命論》：近世有沛國劉瓛，瓛弟璡，並一時秀士也。〔馮注〕《南史》：劉瓛好學，博通儒業，冠於當時。士子貴游，莫不下席受業，以比古之曹、鄭。弟璡，儒雅不及瓛，而文采過之。

〔四〇〕〔徐注〕《晉書》：陸雲少與兄機齊名，雖文章不及機，而持論過之，號曰「二陸」。

〔四一〕見《爲山南薛從事謝辟啓》「豈望便上仙舟」注。

〔四二〕〔馮注〕《後漢書·馬融傳》：融爲世通儒，教養諸生，常有千數。常坐高堂，施絳紗帳，前授生徒，後列女樂，弟子以次相傳，鮮有入其室者。

〔四三〕〔徐注〕《世説》:潘岳(妙)有姿容,少時挾彈出洛陽道,婦人遇者莫不連手共縈之。左太沖絶醜,亦復效岳遨遊,於是群嫗齊共亂唾之,委頓而返。

〔四四〕〔徐注〕《南史》:沈約有志台司,梁武帝不用,以書陳情於徐勉,言己老病,革帶常應移孔。

〔四五〕〔徐注〕《周書·庾信傳》:身長八尺,腰帶十圍,容止頹然,有過人者。

〔四六〕見《爲山南薛從事謝辟啓》「崔琰之鬚眉」注。

〔四七〕見《謝座主魏相公啓》「楊雀銜環」注。

〔四八〕見《謝座主魏相公啓》「孔龜效印」二句注。

〔四九〕軸,《英華》作「陳」,注:集作「袖」。〔按〕作「軸」是,用作動詞。參下注。

〔五〇〕〔馮注〕軸文重干,唐人所謂「温卷」也。柳子厚有《上權補闕温卷啓》。凡舉人獻文,必以卷軸。《國史補》:京兆府考而升者,謂之等第。外府不試而貢者,謂之拔解。然亦須預託人爲詞賦,非謂白薦。造請權要,謂之關節。激揚聲價,謂之還往。《唐摭言》:叙京兆府解送曰「神州解送」。自開元、天寶之際,率以在上十人,謂之等第,必求名實相副,以滋教化之源。小宗伯倚而選之,或至渾化。不然,十得其七八。暨咸通、乾符,則爲形勢吞嚼,臨制近同及第,得之者互相誇詫,貞實之士不復齒,所以廢置不常。又曰:得之者搏躍雲衢,梯階蘭省,即六月冲霄之漸也。今所傳者,始於元和景戌歲,次叙名氏,目曰《神州等第録》。《萬花谷後集》科舉類有《神州等第録》一條。又曰:大中七年,韋澳爲京兆尹,牓曰:「近日以來,互争强弱,多務奔馳,曾非考核，盡繫經營。奥學雄文，例舍於貞方寒素；增年矯貌，盡取於朋比群强。雖中選者曾不足云，而争名者益熾其事。今年並以納策試前後爲定，不更分等第之限。」按：韋澳爲京兆尹，《通鑑》書於十年，似《摭言》七年誤。其他每年多置等第，此聲氣之總也。韓之弟必高第，或爲首解，而試事尚可薦送。韓兄弟必有氣燄，能提挈科第，故贊美祈請若此。舉場風氣，即禮法之家，亦不免乎！〔按〕琮弟疑爲考官，故贊美祈請若此。

〔五一〕〔馮注〕「室邇」用《詩經》。「馬卿」，用相如家居茂陵。此當以文章言之。且韓若爲京兆萬年人，尤可相比，非用病免閑居也。〔補注〕《詩・鄭風・東門之墠》：「東門之墠，茹藘在阪。其室則邇，其人甚遠。」此以司馬相如之能文喻琮，「室邇」者，謂其人則遠，故下云「遲面莫由」。

〔五二〕〔補注〕《論語・子張》：「夫子之墻數仞，不得其門而入，不見宗廟之美，百官之富。」此以「門墻」喻指師門，其爲指琮弟爲考官之意更顯。蓋以門墻桃李自期。

〔五三〕〔徐注〕《漢書・蒯通傳》：臣願披心腹，墮肝膽。

〔五四〕〔補注〕《論語・泰伯》：「曾子曰：『士不可以不弘毅，任重而道遠。』」

〔五五〕見《爲張周封上楊相公啓》「然或顧逢伯樂，但伏鹽車」注。

〔五六〕〔徐注〕《詩》：一日不見，如三秋兮。

〔五七〕〔徐注〕《舊書・肅宗紀》：楊國忠諷玄宗幸蜀，至馬嵬頓，六軍不進。大將軍陳玄禮請誅楊氏，於是誅國忠，賜貴妃自盡。《陝西通志》：馬嵬坡在西安府興平縣西二十五里。案：義山有《馬嵬》詩二首，或琮亦賦之也。〔馮注〕《舊書·柳仲郢子璧傳》：「文格高雅，嘗爲《馬嵬》詩，詩人韓琮、李商隱嘉之。」意是諸人唱和之作也。〔按〕此云「空詠《馬嵬》之清什」，當指韓琮之《馬嵬》詩。王茂元鎮涇原時，琮已在幕，與商隱同在涇幕。韓、李之《馬嵬》唱和詩，或即涇幕時所賦，而流傳當時，故啓有此句。韓《馬嵬》詩已佚。璧詩亦不存。

〔五八〕〔徐注〕謝靈運詩：知深覺命輕。

〔五九〕〔徐注〕《左傳》：嘖有煩言。

〔六〇〕〔徐注〕《詩》：伐木丁丁，鳥鳴嚶嚶。出自幽谷，遷于喬木。〔補注〕謂己尚未登科第，如鶯之自幽谷遷于喬木。

〔六一〕〔馮注〕《後漢書·杜詩傳》：將帥和睦，士卒鳧藻。注曰：言其和睦歡悦，如鳧之戲於水藻也。《述異記》：梁孝王築平臺，有蒹葭洲、鳧藻洲。〔徐注〕《魏志·文帝紀》注：臣妾遠近，莫不鳧藻。

〔六二〕〔徐注〕《漢書·刑法志》：文書盈於几閣。〔補注〕几閣，橱架。韋應物《燕居即事》詩：「几閣積群書，時來北窗閱。」此似以「几閣」指几案。

〔蔣士銓曰〕漸開庸俗之派，喜其尚有清氣。（《忠雅堂評選四六法海》卷三）

中國古典文學基本叢書

# 李商隱文編年校注（修訂本）

第三册

劉學鍇
余恕誠 著

中華書局

# 重祭外舅司徒公文〔一〕

嗚呼哀哉！人之生也，變而往耶？人之逝也，變而來耶〔二〕？冥寞之間，杳惚之内〔三〕，虚變而有氣，氣變而有形，形變而有生〔四〕。今將還生於形〔五〕，歸形於氣，漠然其不識，浩然其無端〔六〕，則雖有憂喜悲歡，而亦勿能措於其間矣〔七〕！苟或以變而之有，變而之無，若朝昏之相交，若春夏之相易，則四時見代，尚動於情，豈百生莫追，遂可無恨？倘或去此，亦孰貴於最靈哉〔八〕！

嗚呼！公之世胄勳華，職官揚歷〔九〕，並已託於寄奠，備在前文〔一〇〕。今所以重具酒牢，載形翰墨，蓋意有所未盡，痛有所難忘。以公之平生恩知〔一一〕，曩昔顧盼，屬纊之夕，不得聞啓手之言〔一二〕；祖庭之時，不得在執紼之列〔一三〕。終哀且痛，其可道耶〔一四〕！

嗚呼！七十之年，人誰不及？三公之位，人誰不登？何數月之間，不及從心之歲〔一五〕！聞天有慟，方登論道之司〔一六〕。時泰命屯，才長運否，爲善何益，彼蒼難知！昔澤怪既明，告赦釋桓公之病〔一七〕；陰德未報，夏侯知丙吉不亡〔一八〕。何昔有其傳，今無其證？豈人言之不當，將天道之或欺？雖北海懸定薨期〔一九〕，長沙前覺灾至〔二〇〕，僵如巨室〔二一〕，去若歸人〔二二〕，處順不憂〔二三〕，得正之喜〔二四〕。在公之德斯盛，在物之痛何言！矧乎再軫慮居〔二五〕，屢垂理命〔二六〕，簡子將戰之誓，惟止桐棺〔二七〕；晏嬰送死之文，寧思石槨〔二八〕。素車樸馬〔二九〕，疏巾弊帷〔三〇〕，成一代之清規，揚百年之休問〔三一〕。所謂有始有卒，高朗令終〔三二〕。

嗚呼！往在涇川〔三三〕，始受殊遇，綢繆之迹〔三四〕，豈無他人〔三五〕。樽空花朝，燈盡夜室，忘名器於貴賤〔三六〕，去形迹於尊卑。語皇王致理之文〔三七〕，考聖哲行藏之旨〔三八〕，每有論次，必蒙褒稱。及移秩農卿〔三九〕，分憂舊許〔四〇〕，羈牽少暇〔四一〕，陪奉多違。跡疏意通，期賒道密〔四二〕。紵衣縞帶，雅貺或比於僑、吴〔四三〕；荆釵布裙，高義每符於梁、孟〔四四〕。今則已矣，安可贖乎〔四五〕！嗚呼哀哉！

千里歸塗，東門故第〔四六〕。數尺素帛，一爐香煙。耿賓從之云歸〔四七〕，儼盤筵而不御〔四八〕。小君多恙〔四九〕，諸孤善喪〔五〇〕，登堂輒啼，下馬先哭〔五一〕。含懷舊極，撫事新傷。植玉求歸，已輕於舊日〔五二〕；泣珠報惠〔五三〕，寧盡於兹辰〔五四〕？況邢氏吾姨〔五五〕，蕭門仲妹〔五六〕，愛深猶女，思切仁兄〔五七〕，撫嫠緯以增摧〔五八〕，闔孀閨而永慟〔五九〕。草荄土梗〔六〇〕，旁助酸辛；高鳥深魚，遥添怨咽。

嗚呼！精神何往，形氣安歸？苟才能有所未伸，勳庸有所未極，則其强氣〔六一〕，宜有異聞。玉骨化於鍾山〔六二〕，秋柏實於裘氏〔六三〕。鶩愚駭俗，佇有聞焉。嗚呼！姜氏懷安之規，既聞之矣〔六四〕；畢萬名數之慶，可稱也哉〔六五〕！篋有遺經，匣藏傳劍〔六六〕。積茲餘慶〔六七〕，必有揚名。愚方遁迹丘園〔六八〕，游心墳素〔六九〕，前耕後餉〔七〇〕，并食易衣〔七一〕。不忮不求〔七二〕，道誠有在；自媒自衒〔七三〕，病或未能〔七四〕。雖吕範以久貧〔七五〕，幸冶長之無罪〔七六〕。昔公愛女，今愚病妻。内動肝肺，外揮血淚。得仲尼三尺之喙，論意無窮〔七七〕；盡文通五色之毫，書情莫既〔七八〕。嗚呼哀哉！公其鑒之〔七九〕。

**【校注】**

〔一〕本篇原載《文苑英華》卷九九一第七頁（按：《英華》篇末注：此篇原編入九百九十卷文舊門，今移于此）、清編《全唐文》卷七八二第一九頁、《樊南文集詳注》卷六。〔徐注〕《新書》：王茂元卒，贈司徒，謚曰威。〔馮箋〕王茂元卒於會昌三年九月，見《代僕射濮陽公遺表》，詳《年譜》，此重祭，大率在四年也。〔按〕張采田《會箋》將本篇繫於會昌五年春，與《爲王從事妻万俟氏祭先舅司徒文》《爲王秀才妻蘇氏祭先舅司徒文》同編。岑仲勉《平質》乙承訛《李執方爲陳許》條謂馮譜將李執方爲陳許節度使繫於會昌四年，張箋謂執方遷陳許，正當澤潞初平時，「此緣未參《劉沔碑》也（《方鎮年表》二）。茂元喪歸洛，或許遲至五年耳」。前已考明《祭外舅贈司徒公文》及《爲王從事妻万俟氏祭先舅司徒文》《爲王秀才妻蘇氏祭先舅司徒文》同作於會昌四年仲春，此《重祭外舅司徒公文》自當作於會昌四年仲春之後。《上許昌李尚書狀 一》云：「伏承旌幢，尋達忠武。」《上許昌李尚書狀二》云：「王十二郎、十三郎扶引靈筵，兼侍從郡君，今年八月至東洛訖。」可推知《重祭外舅司徒公文》當作於茂元靈柩到達洛陽時。然「今年八月」之「今年」究屬何年，則必先考明李尚書（執方）於何時由易定遷鎮忠武（治許昌），方可確定。馮浩、張采田均謂李執方之遷忠武，係代王宰。《會箋》卷三云：「案王宰移鎮太原，《通鑑》作十二月，據《金石續編·王宰〈靈石縣記石〉》云：『嗣至四年八月十日，梟迮首獻闕下。至九月，將歸許昌，軍次温縣，天使持節至，又授寵詔，遷鎮北門。十月過此。』則《舊·紀》不誤（按：《舊·紀》載王宰移鎮太原在九月）。」又云：「《文苑英華》有封敖《授李執方陳許節度使盧弘宣易定節度使合制》，而《通鑑》則書盧弘宣爲義武（即易定）節度使於會昌五年正月，似稍遲，與王宰自記不合，仍當以集爲據（指執方移鎮陳許當在四年八月）。」張氏引史料未周，論證有疏。岑氏雖注意到劉沔曾有陳許之除，然未曾考明沔實未到任。《太子太傅贈司徒劉沔碑》所載「自河陽又遷光禄大夫檢校司空，鎮許昌」，乃碑文照例歷舉其所除拜官職，而未言其是否到任。而《新唐書·劉沔傳》則云：「（劉）稹平，進檢校司徒，徙忠武節度使，以病改太子少保。」特爲點明因病改授官職而實未到忠武任（《舊書·劉沔傳》不書徙忠武，當亦緣其實未到任）。然則朝廷因劉沔改官，旋即任命李執方移鎮忠武，自是情理中事。再就李執方離易定時間考之。《通鑑》載盧弘宣除易定之時間爲會昌五年正月，而執方授忠武又與盧弘宣授易定爲同制，似執方之移鎮忠武亦當爲五年正月。然考《新書·盧弘宣傳》：「徙義武節度使。弘宣性寬厚，政目簡省，人便安之。然犯者不甚貸。河朔故法，偶語軍中則死，弘宣始除之。初，詔賜其軍粟三十萬斛，貯飛狐，弘宣計輓費不能滿直，敕吏守之。明年春，大旱，教民隨力往取。時幽、魏饑甚，獨易定自如。至秋，悉收所貸，軍食以饒。」據此，弘宣除易定在春旱教民往取飛狐貯粟之前一年甚明。復考《新書·五行志》：「會昌五年春，旱。」是則弘宣除易定實在四年。《通鑑》盧弘宣節度易定一段，與上引《新書·傳》文字基本相同，而易「明年春，大旱」五字爲「會春旱」三字，其致誤處顯然。總之，辨明劉沔實未到陳許任及盧弘宣之除易定在會昌四年，則李執方於會昌四年九月自易定移陳許可以無疑，王茂元之靈柩於會昌四年八月運抵洛陽亦可無疑。茂元靈柩運抵洛陽後，自必隨即舉行葬禮，本篇當作於其時。本年八月，商隱有《爲馮從事妻李氏祭從父文》《爲舍人絳郡公上李相公啓》，其時商隱已在洛、鄭，故有此代作。茂元靈柩抵洛時，商隱正在洛陽，故有《重祭外舅司徒公文》之作。

〔二〕變而來耶，《英華》作「變之來耶」。耶，馮注本均作「邪」。

〔三〕惚，徐注本、馮注本作「忽」。〔徐注〕謝惠連《祭古冢文》：既不知其名字遠近，故假爲之號曰冥漠君。〔補注〕冥寞之間，指蒼茫幽遠的天地之間，與「杳惚之内」義近。

〔四〕〔馮注〕《莊子》：察其始而本無生，而本無形，而本無氣。雜乎芒芴之間，變而有氣，氣變而有形，形變而有生，今又變而之死，是相與爲春秋冬夏四時行也。

〔五〕還，《英華》作「歸」。

〔六〕端，《英華》作「歸」。

〔七〕勿，《英華》作「忽」，誤。能措，《英華》注：二字集作「用」。馮本此句作「而亦勿用於其間矣」。

〔八〕〔徐注〕《書》：惟人萬物之靈。〔馮曰〕以上皆本《莊子》而翻論之。

〔九〕〔補注〕《三國志·魏志·管寧傳》：「優賢揚歷，垂聲千載。」揚歷，本指顯揚其所經歷，此指仕宦經歷。

〔一〇〕〔馮曰〕（前文）惜已失傳矣。按：茂元初喪，義山必有事，故未躬爲往弔。此則方至王氏，故重祭之。大可與《年譜》互證。〔按〕馮氏未見《永樂大典》及後來據《大典》收入《全唐文》之《祭外舅贈司徒公文》，故有「惜已失傳」之語。

〔一一〕恩知，《英華》作「之恩」，誤。

〔一二〕屬纊，猶臨終。見《代安平公遺表》「命餘屬纊」注。〔補注〕《論語·泰伯》：「曾子有疾，召門弟子曰：『啓予足，啓予手！』」啓手之言，此指臨終之言。按：茂元臨終時，商隱當在洛陽，其《代僕射濮陽公遺表》《爲王侍御瓘謝宣弔並賻贈表》即作於洛陽。茂元卒於萬善軍中，故商隱時未在側，乃有「屬纊之夕，不得聞啓手之言」之語。

〔一三〕〔補注〕《禮記·檀弓上》：「小斂於户内，大斂於阼，殯於客位，祖於庭，葬於墓。」祖庭，送殯前舉行之祭奠，參《祭外舅贈司徒公文》注〔三九〕。執紼，見《爲濮陽公祭太常崔丞文》「願執紼而身遠」注。二句謂茂元會昌四年仲春寓殯萬善之時，未能參與執紼牽引靈車之行列。《祭外舅贈司徒公文》：「將觀祖載，遂迫瘥殤。」

〔一四〕可，《英華》注：集作「何」。誤。〔補注〕終，既。

〔一五〕〔馮曰〕茂元筮仕德宗之末，至會昌三年，已四十餘年，約六十九歲而卒。〔補注〕《論語·爲政》：「七十而從心所欲，不踰矩。」

〔一六〕〔徐注〕謂贈司徒。〔按〕餘見《爲王侍御瓘謝宣弔并賻贈表》「降憫册於上公」注。謂茂元之訃音聞於君，方贈司徒而登三公之位也。

〔一七〕告，《英華》注：集作「吉」。誤。〔徐注〕《莊子》：桓公田於澤，管仲御，見鬼焉。公撫管仲之手曰：「仲父何見？」對曰：「臣無所見。」公反，誒詒爲病，數日不出。齊士有皇子告敖者曰：「澤有委蛇，見之者殆乎霸。」桓公囅然而笑曰：「此寡人之所見者也。」於是正衣冠而坐，不終日而不知病之去也。

〔一八〕〔馮注〕《漢書·丙吉傳》：封吉爲博陽侯。臨當封，吉疾病。上憂吉疾不起，夏侯勝曰：「此未死也，臣聞有陰德者，必饗其樂以及子孫。」後病果愈。《文子》：老子曰：「夫有陰德者，必有陽報。」

〔一九〕〔馮注〕《後漢書·鄭玄傳》：鄭玄，北海高密人也。建安五年春，夢孔子告之曰：「起，起，今年歲在辰，來年歲在巳。」既寤，以讖合之，知命當終。有頃寢疾，其年卒。

〔二〇〕見《代李玄爲崔京兆祭蕭侍郎文》「賈誼壽之不長」注。

〔二一〕〔馮注〕《莊子》：莊子妻死，方箕踞鼓盆而歌曰：「人且偃然寢於巨室，而我噭噭然隨而哭之，自以爲不通乎命，故止也。」注曰：以天地爲室也。

〔二二〕見《代彭陽公遺表》「謂死爲歸人」注。

〔二三〕〔徐注〕《莊子》：適來，夫子時也；適去，夫子順也。安時而處順，哀樂不能入也。

〔二四〕之，疑當作「而」。得正，見《祭韓氏老姑文》「同易簀以就正」注。〔馮注〕此謂死於王事，得其正也。

〔二五〕〔馮注〕《檀弓》：喪不慮居，爲無廟也。注曰：慮居，謂賣舍宅以奉喪。餘見《代彭陽公遺表》「以至慮居」注。

〔二六〕〔徐注〕理，讀曰「治」。〔馮注〕治命也。諱「治」爲「理」。〔補注〕治命，死前神智清醒時之遺囑。

〔二七〕〔徐注〕《左傳》：趙簡子誓曰：「若其有罪，絞縊以戮。桐棺三寸，不設屬辟，素車樸馬，無入於兆，下卿之罰也。」〔補注〕桐木棺質地樸素，示薄葬。

〔二八〕〔馮注〕《禮記》：有若曰：「晏子遣車一乘，及墓而反。大夫五个，遣車五乘。晏子焉知禮？」曾子曰：「國奢則示之以儉。」疏曰：葬父晏桓子，惟用一乘。又：昔者夫子居於宋，見桓司馬自爲石槨，三年而不成，夫子曰：「若是之靡也，死不如速朽之愈也。」〔補注〕文，指禮。

〔二九〕〔馮注〕《左傳》疏：素車，不以翣柳飾車。樸馬，馬不鬄落。此以載柩也。〔補注〕《周禮·春官・巾車》「素車」鄭注：「以白土堊車也。」凶、喪事所用。樸馬，未剪飾髦鬣之馬。

〔三〇〕〔徐注〕《吴志・吕岱傳》：遺令殯以素棺，疏巾布構。《禮記》：仲尼曰：「吾聞之也，敝帷不棄。」〔馮注〕《魏志・徐宣傳》：遺令布衣疏巾，斂以時服。《周禮・天官・幕人》注曰：帷幕皆以布爲之。《儀禮・士喪禮》：奠于尸東帷堂。又：布巾環幅。《檀弓》：曾子曰：「尸未設飾，故帷堂，小斂而徹帷。」

〔三一〕年，《英華》作「古」。〔補注〕百年，猶一生。休問，美名。

〔三二〕朗，《全文》作「明」，《英華》注：集作「朗」。是，兹據改。〔馮注〕《詩》：高朗令終。〔補注〕高朗，猶高明。令，善也。

〔三三〕〔徐注〕謂爲涇原節度使。〔按〕謂己在涇原幕時。

〔三四〕〔馮注〕《詩》：「綢繆束薪，三星在天。」言婚姻之事。《蜀志・先主傳》：孫權進妹固好，先主見權，綢繆恩紀。〔徐注〕盧諶《贈劉琨詩序》：綢繆之旨，有同骨肉。

〔三五〕〔徐注〕《詩》：豈無他人，不如我同父。

〔三六〕器，《英華》注：集作「品」。〔補注〕名器，此指尊卑貴賤之等級。《左傳・成公二年》：「唯器與名，不可以假人，君之所司也。」杜注：「器，車服；名，爵號。」

〔三七〕文，《英華》注：集作「源」。

〔三八〕〔補注〕《論語・述而》：「子謂顔淵曰：『用之則行，舍之則藏，惟我與爾有是夫！』」

〔三九〕〔補注〕指開成五年由涇原入朝任司農卿。詳馮譜、張箋開成五年下。

〔四〇〕〔徐注〕《左傳》：晉荀罃至於西郊，東侵舊許。〔馮注〕《左傳》注：許之舊國，鄭新邑。〔徐箋〕《新書·王茂元傳》：鄭注敗，悉出家貲餉兩軍，得不誅，封濮陽郡侯。召爲將作監。領陳許節度使。〔按〕《新書》本傳漏書入朝任司農卿。

〔四一〕〔馮注〕《後漢書·申屠蟠傳》：彼豈樂覊牽哉！〔補注〕覊牽，覊絆牽制，指自己因事繁而受牽制。商隱開成五年秋自濟源移家長安，隨即應茂元之召赴陳許幕。短期逗留後，五年底即已至華州周墀幕。會昌元年商隱爲調官奔忙，二年春以書判拔萃任秘書省正字。旋丁母憂家居。從開成五年至會昌三年四月茂元移鎮河陽，四年間商隱與茂元相離之時居多，故下句云「陪奉多違」。

〔四二〕賒，徐本、馮本作「奢」。〔補注〕賒，長。

〔四三〕貺，徐本、馮本作「況」。〔馮注〕國僑，子産也。《左傳》：吴公子札聘于鄭，見子産，如舊相識，與之縞帶，子産獻紵衣焉。〔補注〕雅貺，高雅之贈與。

〔四四〕〔馮注〕《後漢書·梁鴻傳》：鴻字伯鸞，扶風平陵人也，聘同縣孟氏。及嫁，始以裝飾入門。七日而鴻不答。妻乃跪牀下請罪。鴻曰：「吾欲裘褐之人，可與俱隱深山者爾。」乃更爲椎髻，著布衣，操作而前。鴻大喜曰：「能奉我矣！」字之曰德耀，名孟光。《御覽》引《列女傳》：孟光荆釵布裙。

〔四五〕乎，《英華》注：集作「兮」。〔徐注〕《詩》：如可贖兮，人百其身。

〔四六〕〔馮注〕《後漢書·志》：「洛陽，周公所城洛邑也。東城門名鼎門。」以下十句，是在東都崇讓里。〔補注〕《述征記》：「洛陽崇讓坊，有河陽節度使王茂元宅。」按：崇讓宅在洛陽長夏門之東第四街從南第一坊，地處洛陽城之東南隅。「千里歸塗」，指商隱所在之地蒲州永樂至洛陽之距離而極言之。《爲王從事妻万俟氏祭先舅司徒文》亦云「遠國千里」，則指商隱當時所在之長安樊南至茂元靈柩所歸之洛陽之距離。前則寄奠，此則親弔，故云「歸塗」。永樂距東都約六百里（據《元和郡縣圖志》），「千里」蓋誇張形容之詞。

〔四七〕〔馮注〕《左傳》：車馬有所，賓從有代。〔補注〕耿，顯明貌。

〔四八〕〔徐注〕《後漢書·王渙傳》：渙喪西歸，道經弘農，民庶皆設槃案於路。〔補注〕二句蓋謂雖賓從弔客紛至，而茂元之靈則面對盤筵而不能進食。

〔四九〕恙，徐注本作「患」。〔補注〕小君，周代稱諸侯之妻。《春秋·僖公二年》：「夏五月辛巳，葬我小君哀姜。」《穀梁傳·莊公二十二年》：「以其爲公配，可以言小君。」此指茂元妻。

〔五〇〕〔馮注〕《檀弓》：顔丁善居喪。

〔五一〕登，《英華》作「昇」，馮本從之。〔徐注〕《喪大紀》：始卒，主人啼，兄弟哭。

〔五二〕〔馮注〕《搜神記》：羊公雍伯，洛陽人。性篤孝，父母亡，葬無終山，遂家焉。山高無水，公汲作義漿於阪頭，行者皆飲之。三年，有一人就飲，以一斗石子與之，云：「玉當生其中。」又語云：

「後當以得婦。」言畢不見。乃種其石。數歲，時時往，見玉子生石中。北平徐氏女，甚有行，人多求，不許。公乃試求焉，徐氏笑以爲狂，乃戲云：「得白璧一雙來，當爲婚。」公至所種石中，得五雙，聘徐氏，遂以女妻公。天子異之，拜爲大夫，於種玉處四角，作大石柱各一丈，中央一頃地，名曰玉田。按：《水經注》引此，「羊」作「陽」，「雍伯」一作「翁伯」，而《藝文類聚》《太平御覽》引之皆作「羊」，故從之。洪氏《隸釋・漢碑武梁祠堂畫像》中有義槳羊公，「槳」即漿也。今《搜神記》傳本作「陽」；或作「楊」，尤謬。又按：《集古録》《隸釋》漢碑中「歐陽」亦作「歐羊」，則此「陽」「羊」亦可通借。〔按〕此謂己雖得婚於王氏，然已輕於昔日植玉求娶之羊公。蓋謂己之家貧。

〔五三〕泣，《英華》作「立」，誤。注：集作「泣」。

〔五四〕〔徐注〕《吴都賦》：淵客慷慨而泣珠。《博物志》：南海外有鮫人，水居如魚，不廢績織，其眼泣則能出珠。出人間賣綃，臨去，從主人索器，泣而出珠與主人。〔按〕此謂茂元之恩知，己將終身報答，豈止於今日而已。

〔五五〕〔徐注〕《詩》：東宮之妹，邢侯之姨。〔補注〕《詩・衛風・碩人》叙寫齊莊公之女莊姜，首章云：「碩人其頎，衣錦褧衣。齊侯之子，衛侯之妻，東宮之妹，邢侯之姨，譚公維私。」《左傳・隱公三年》：「衛莊公娶於齊東宮得臣之妹曰莊姜，美而無子，衛人所爲賦《碩人》也。」

〔五六〕〔馮曰〕未詳。《南史・蕭惠開傳》：「妹適桂陽王休範。」又《惠基傳》：「劉彦節是惠基妹夫。」

核其事跡，非所引用，俟別考。〔按〕蕭門，南朝齊、梁皇室均姓蕭，「蕭門」或借指皇室支派。或云：當時稱大家女爲蕭娘，此當指大家之女。

〔五七〕思，《全文》作「恩」，據《英華》改。〔徐注〕《後漢書·趙壹傳》：壹報曰：「實望仁兄，昭其懸達。」〔馮注〕《晉書·長沙王乂傳》：成都王穎復乂書曰：「本謂仁兄，同其所懷。」按：《後漢書·趙壹傳》，書稱皇甫規爲「仁兄」。後人謂二漢未嘗相呼爲仁兄。疑當作「仁君」。然其後已習用。

〔五八〕〔徐注〕《左傳》：嫠不恤其緯，而憂宗周之隕，爲將及焉。〔補注〕嫠，寡婦；緯，織物之横綫。

〔五九〕〔徐注〕《淮南子》：婦人不孀。〔馮注〕何以忽及孀婦哉？承上敘來，似有茂元之繼女，義山稱爲姨者。但「仁兄」何指？豈謂茂元平日撫愛此女，追思其父乎？或疑茂元之姨，隴西郡君之妹，以義山之妻爲猶女，則以「思切仁兄」指茂元。未可妥合，且與上文不接也。〔張箋〕案此二篇（指《爲王從事妻万俟氏祭先舅司徒文》《爲王秀才妻蘇氏祭先舅司徒文》）即《重祭外舅文》所謂「邢氏吾姨，蕭門仲妹，愛深猶女，思切仁兄」者也。蓋万俟氏，茂元甥女，即嫁茂元族姪；蘇氏，茂元表妹，即嫁茂元族弟。二人皆幼撫於王氏。推之文中用典，無不皆合。馮氏未見《補編》，臆測多舛。〔按〕馮氏所測固未必是，張氏所箋亦未確。蓋王從事妻万俟氏與王秀才妻蘇氏均爲茂元之甥女兼姪媳（見二篇注〔一〕編著者按語），則非義山之「姨」，且二文中均無万俟氏、蘇氏守寡之跡象，與本篇「嫠緯」「孀閨」語亦未合。此處所指當是另一人，其人爲茂元之姪女，於義山爲「姨」，於義山妻王氏則爲「妹」，其時方寡。「愛深猶女，思切仁兄」指茂元而言，茂元思弟之情切而愛姪女之情深也。詳不可考。

〔六〇〕〔徐注〕《説文》：荄，草根也。《莊子》：魏文侯曰：「吾所學者真土梗耳。」〔補注〕草荄土梗，謂無知之物。土梗，泥塑偶像，泥俑。

〔六一〕〔馮注〕《莊子》：身非汝有也，是天地之委形也，天地之彊陽氣也，又胡可得而有邪？〔補注〕《孔子家語·好生》：「君子而强氣，則不得其死；小人而强氣，則刑戮荐蓁。」此句「强氣」似指剛强之魂魄。《左傳·昭公七年》：「用物精多，則魂魄强，是以有精爽。」

〔六二〕鍾，《英華》作「終」，非。注：集作「鍾」。〔徐注〕《淮南子》：鍾山之玉，炊以爐炭，三日三夜而色澤不變，得天地之精也。〔馮注〕《搜神記》：蔣子文，廣陵人也，常自謂青骨，死當爲神。漢末爲秣陵尉，逐賊至鍾山下，賊擊傷額縛之，遂死。及吴先主之初，其故吏見文乘白馬，執白羽，侍從如平生，謂曰：「我當爲此土地神，爾可宣告百姓，爲我立祠，將大啓佑孫氏。」孫主使使者封子文爲中都侯，爲立廟堂。轉號鍾山爲蔣山。按：定用此事，以没而爲神祝之也。修道成神，身有玉骨，道書屢見。「鍾」或作「終」，則與上「植玉」事複，誤矣。

〔六三〕秋，《全文》《英華》均作「楸」，據馮校改。〔馮校〕「秋」誤作「楸」，今正之。〔馮注〕《莊子》：鄭人緩也，呻吟裘氏之地。三年而爲儒，使其弟墨。儒、墨相與辯，其父助翟。十年而緩自殺。其父夢之曰：「使而子爲墨者予也。闔胡嘗視其良，既爲秋柏之實矣？」郭注曰：翟，緩弟名。緩怨其父助弟，故感激自殺，死而見夢，謂己既自化爲儒，又化弟令墨。弟由己化而不能順己，己以良師而使怨死，精誠之至，故爲秋柏之實。陸德明曰：呻吟，學問之聲。「良」或作「埌」，音浪，冢也。言何不試視緩墓上，已化爲秋柏之實。○文所用乃此也。徐氏引《檀弓》柳莊死，衛公與之邑裘氏（按：徐注誤，今删），余初采《水經注》澮水條下「陳留縣裘氏鄉，有澹臺子羽塚」，皆非也。統玩語氣，頗有不平。豈茂元家饒於財，時小有言語之傷乎？末云「吕範久貧，治長無罪」，亦可想見。

〔六四〕〔馮注〕《左傳》：晉公子重耳及齊，齊桓公妻之，公子安之。從者以爲不可，將行。姜曰：「行也！懷與安實敗名。」

〔六五〕哉，《英華》注：集作「夫」。〔馮注〕《左傳》：賜畢萬魏。卜偃曰：「畢萬之後必大。萬，盈數也；魏，大名也。以是始賞，天啓之矣。」〔補注〕「姜氏」二句，謂茂元在時，曾有不可懷安之規勸，其後世必有光大舊業之慶。

〔六六〕〔馮注〕《漢書·韋賢傳》：鄒、魯諺曰：「遺子黄金滿籯，不如一經。」傳劍，見《爲濮陽公陳情表》「元膺知臣傳劍論兵」注。

〔六七〕〔補注〕《易·坤》：「積善之家，必有餘慶。」

〔六八〕〔徐注〕《易》：賁于丘園。〔補注〕遁迹丘園，指居於蒲州永樂。商隱於會昌四年春楊弁太原之亂平後，移家永樂，有《大鹵平後移家到永樂縣居書懷十韻》可證。作此祭文時，商隱家已在永樂近半載。方,正也。

〔六九〕〔徐注〕潘岳《閑居賦》:傲墳素之長圃。〔補注〕墳素,泛指古代典籍。

〔七〇〕〔馮注〕《左傳》冀缺事,見《祭韓氏老姑文》「冀缺如賓」注。《魏志·常林傳》:常林,河内温人也。注引《魏略》曰:林少單貧,自非手力,不取之於人。性好學,漢末爲諸生,帶經耕鋤,其妻常自餽餉之。林雖在田野,相敬如賓。

〔七一〕〔馮注〕《禮記》:儒有易衣而出,並日而食。

〔七二〕〔補注〕《詩·邶風·雄雉》:「不忮不求,何用不臧?」不忮,不嫉妬;不求,不貪求。

〔七三〕見《爲張周封上楊相公啓》「自衒之士」注。

〔七四〕〔徐注〕枚乘《七發》:太子曰:「僕病未能也。」

〔七五〕〔馮注〕《吴志》:吕範字子衡,汝南細陽人,有容觀姿貌。邑人劉氏,家富女美,範求之。女母嫌,欲勿與。劉氏曰:「觀吕子衡寧當久貧者邪?」遂與之婚。

〔七六〕〔補注〕《論語·公冶長》:「子謂公冶長,『可妻也。雖在縲紲之中,非其罪也』。以其子妻之。」

〔七七〕〔馮注〕《莊子》:仲尼之楚,楚王觴之。仲尼曰:「丘也聞不言之言矣,未之嘗言,於此乎言之。丘願有喙三尺。」

〔七八〕見《爲山南薛從事謝辟啓》「曾無綵筆」注。〔馮曰〕又暗用《恨賦》《别賦》。

〔七九〕鑒,《英華》作「監」。

# 上許昌李尚書狀一〔一〕

伏承旌幢〔二〕，尋達忠武〔三〕。二十五翁尚書克有懿德〔四〕，允叶休期。式揚扞屏之功〔五〕，嘗在重難之地。頃者河橋作鎮，當街亭失律之初〔六〕；上谷受符，值卿子喪元之後〔七〕。折簡之詰〔八〕，單車繼來，致伊鮠䫋之邦〔九〕，服我平明之化〔一〇〕。況茲間歲〔一一〕，亟立殊勳，虜帳夷妖〔一二〕，壺關伐叛〔一三〕。旁藉巨援〔一四〕，遥藉聲言。十萬橫行，樊噲長思破敵〔一五〕；三年有勇〔一六〕，仲由且使知方〔一七〕。實兼文武之全才，以處親賢之重寄〔一八〕。今者靈臺偃伯〔一九〕，衢室歸尊〔二〇〕，永言台鉉之司，合屬間、平之胤〔二一〕。豈令歲序〔二二〕，久滯藩維？潁水云清〔二三〕，許田斯闢〔二四〕，汝南古多賢士〔二五〕，淮陽舊號勁兵〔二六〕。政令既明，歡娛多有。投壺雅宴，祭遵豈以爲妨〔二七〕；望月登樓，庾亮祇應不淺〔二八〕。載懷往歲，屢奉初筵〔二九〕。今則貧病相仍，起居未卜。遠思鄒、馬，方陪密雪之遊〔三〇〕；遐望荀、陳，尚阻德星之會〔三一〕。瞻望恩顧，不任下情。

【校注】

〔一〕本篇原載清編《全唐文》卷七七五第五頁、《樊南文集補編》卷五。〔錢箋〕（許昌李尚書）李執方也。《舊唐書·武宗紀》，會昌四年九月，忠武軍節度王宰移鎮河東。似執方當於此時代鎮。忠武爲陳許軍名，此《上許昌李尚書》二狀，首篇云「伏承旌幢，尋達忠武」，自爲尚未受任之詞。次篇則專叙茂元歸葬之事，是當作於會昌四年也。《舊唐書·地理志》：忠武軍節度，治許州，管許、陳、蔡三州。又：許州領許昌縣。〔張箋〕李執方除陳許，史無明文。考集《爲白從事上陳許李尚書啓》云：「河橋三壘，當弟子之輿尸；易水一城，值將軍之下世。中間衛朔拒君，邢、洺起亂，紀侯去國，汾、晉挺灾。」又云：「今者趙北變風，淮南受賜，戎麾始至，賓驛初開。」《補編·上許昌李尚書第一狀》云：「況兹間歲，亟立殊勳。虜帳夷妖，壺關伐叛。旁資巨援，遥藉聲言。今者靈臺偃伯，衢室歸尊，永言台鉉之司，合屬問、平之胤。」第二狀又述茂元喪事云：「王十二郎、十三郎扶引靈筵，兼侍從郡君，今年八月至東洛訖。」則執方之遷鎮，正當澤潞初平時。馮氏謂代王宰，確不可易。《文苑英華》有封敖《授（李）執方陳許節度使盧弘宣易定節度使合制》，而《通鑑》則書盧弘宣爲義武節度使於會昌五年正月，似稍遲，與王宰自記（按：指《靈石縣記石》）不合。仍當以集爲據。〔岑仲勉曰〕（李執方爲陳許）馮譜系會昌四年，謂代王宰，（張）《箋》三從之……此緣未參《劉沔碑》也。茂元喪歸洛，或許遲至五年耳。（《平質》乙承訛八《李執方爲陳許》）〔按〕茂元喪歸洛之時間，在會昌四年八月，而非遲至五年，此二狀亦作於會昌四年八月之後，已於《重祭外舅司徒公文》編著者按語中詳辨之，此不重複。至於此二狀之具體時間，前狀云「伏承旌幢，尋達忠武」，乃執方已離易定行將到達許昌時所上。按王宰《靈石縣記石》云：「嗣至四年八月十日，梟迮首獻闕下。蒙恩獎寵，除左僕射。至九月，將歸許昌，軍次温縣，天使持節至，又授寵詔，遷鎮北門。十月過此。」王宰遷鎮河東，初以劉沔代宰鎮許昌，旋以病改太子太保，實未到任，朝廷乃更遣李執方移鎮陳許。假設九月上旬王宰移鎮河東，同時任命劉沔鎮陳許，等到劉沔因病不能赴鎮，上奏朝廷，朝廷再下制命李執方移鎮陳許、盧弘宣出鎮易定，執方辦理移交手續後赴陳許任，計其時間，當已一月左右。故前狀之寫作時間當在會昌四年十月，後狀則較此稍晚。

〔二〕〔錢注〕《新唐書·百官志》：節度使入境，州縣築節樓，迎以鼓角，衙仗居前，旌幢居中，大將鳴珂，金鉦鼓角居後，州縣齎印，迎於道左。〔補注〕旌幢，猶旌旗，唐制，節度使賜雙旌雙節。

〔三〕〔錢注〕《新唐書·方鎮表》：貞元十年，陳許節度賜號忠武軍節度使。

〔四〕〔補注〕二十五翁尚書，指李執方。執方行二十五。《詩·大雅·烝民》：「天生烝民，有物有則。民之秉彝，好是懿德。」懿，美也。

〔五〕〔錢注〕《漢書·陳餘傳》注：扞蔽，猶言藩屏也。

〔六〕〔錢注〕《通鑑》：文宗開成二年六月，河陽軍亂，節度使李泳奔懷州。泳，長安市人，寓籍禁軍，以賂得方鎮。所至恃所交結，貪殘不法，其下不堪命，故作亂。丁未，貶泳澧州長史。戊申，以左金吾將軍李執方爲河陽節度使。《晉書·杜預傳》：預以孟津渡險，有覆没之患，請建河橋於富平津。潘岳《爲賈謐作贈陸機》詩：藩岳作鎮。《蜀志·諸葛亮傳》：亮身率諸軍攻祁山，關中響震。魏明帝西鎮長安，命張郃拒亮，亮使馬謖督軍事在前，與郃戰於街亭。謖違亮節度，舉動失宜，大爲郃所敗。〔補注〕河橋作鎮，指任河陽節度使。街亭失律，借指河陽軍亂。《易·師》：「師出以律。失律，凶也。」

〔七〕〔錢注〕按本集《爲白從事上陳許李尚書啓》「易水一城，值將軍之下世」，馮氏引《舊·紀》開成五年八月易定節度陳君賞復定亂軍事。惟卒年無考。此云「喪元」，似當有亂軍共殺主帥之事，然亦别無確證。姑仍其説。《舊唐書·地理志》：易州，隋上谷郡。《史記·項羽紀》：楚王召宋義與計事而大説之，因置以爲上將軍，項羽爲次將，范增爲末將以救趙。諸别將皆屬宋義，號爲卿子冠軍。行至安陽，留四十日不進。至無鹽，飲酒高會。天寒大雨，士卒凍飢。項羽晨朝大將軍宋義，即其帳中斬宋義頭。〔按〕李執方任易定節度使，在會昌三年至四年間。據《通鑑》，會昌三年四月丁亥，以忠武節度使王茂元爲河陽節度使，則執方之由河陽移鎮易定當在此時，「卿子喪元」之事亦當在此前于易定發生。馮氏引《舊·紀》開成五年八月易定軍亂，逐節度使陳君賞，君賞鳩合豪傑數百人復入城，盡誅謀亂兵士，軍中復安事以箋「易水一城，值將軍之下世」，與「將軍下世」之情事絶不符合。當如錢氏所云「有亂軍共殺主帥之事」。復檢史籍，《舊唐書·文宗紀》：開成三年九月，「辛未，易定節度使張璠卒。壬申，以易州刺史李仲遷爲定州刺史，充義武軍節度使」，十月「易定軍亂，不納新使李仲遷，立張璠子元益爲留後」。而《册府元龜》卷一四〇《帝王部·旌表四》載：「開成四年十二月，贈故易定觀察判官兼侍御史李士季給事中……士季爲易定節度張璠從事，璠卒之初，士季知留務，三軍欲立璠之子元益，士季不從，遂爲亂兵所害。至是，舉褒贈之典。」乃恍然悟所謂「卿子喪元」乃指易定節度留後李士季爲亂兵所害之事。此事發生在開成三年十月，離李執方移鎮易定之時間已歷五年，繼張元益任易定節度使者爲陳君賞，故馮氏乃引陳君賞誅亂事以解之，不知與「將軍下世」不合也。李士季事雖歷五年，然云「值卿子喪元之後」，則無礙也，爲强調李執方出鎮之地爲「重難之地」，自不妨作此等語。元，頭顱。

〔八〕〔錢校〕誥，疑當作「詔」。〔錢注〕《晉書·宣帝紀》：三年春正月，王淩詐言吴人塞滁水，請發兵以討之。帝潛知其計，不聽。夏四月，帝自帥中軍汎舟沿流，九日而到甘城。淩計無所出，乃迎於武丘，面縛水次，曰：「淩若有罪，公當折簡召淩，何苦自來耶？」帝曰：「以君非折簡之客故耳。」〔補注〕折簡，折半之簡，言其禮輕。漢制，簡長二尺，短者半之。

〔九〕〔錢注〕《易·困》卦疏：鼿甈，動摇不安之辭。〔補注〕伊，彼也。《書·秦誓》：「邦之杌隉，曰由一人。」疏：「邦之杌隉，危而不安，曰由所任一人之不賢也。」

〔一〇〕〔錢注〕諸葛亮《出師表》：若有作姦犯科，及爲忠善者，宜付有司，論其刑賞，以昭陛下平明之治。〔補注〕平明，平正明察。

〔一一〕〔錢注〕《漢書·食貨志》注：間歲，隔一歲。

〔一二〕〔錢注〕《舊唐書·武宗紀》：會昌元年八月，迴鶻烏介可汗遣使告難，言本國爲黠戛斯所攻破散，今奉太和公主南投大國。時烏介至塞上，表借天德城以安公主，仍乞糧儲牛羊供給。二年三月，以劉沔充河東節度使。八月，烏介可汗過天德，至杞頼峰北，俘掠雲、朔北川，劉沔出師守雁門諸關。詔以迴鶻犯邊，漸侵内地，或攻或守，於理何安，公卿集議可否。宰相李德裕以擊之爲便。乃徵發許、蔡、汴、滑等六鎮之師，以劉沔、張仲武、李思忠爲招討使，皆會軍於太原。三年二月，劉沔奏：「昨率諸道之師至大同軍，遣前鋒石雄襲迴鶻牙帳，雄大敗迴鶻於殺胡山，烏介可汗被創而走。已迎得太和公主至雲州。」是日，百寮稱賀。遣中使迎公主。時烏介可汗中箭，走投黑車子，詔黠戛斯出兵攻之。三月，太和公主至京師。〔按〕參《爲李貽孫上李相公啓》注〔六六〕引馮浩箋。

〔一三〕〔錢注〕謂討劉稹。詳《爲滎陽公與昭義李僕射狀》注〔四〕。《新唐書·地理志》：潞州領壺關縣。〔按〕參《爲李貽孫上李相公啓》「而潞寇不懲兩豎之兇」一節及注。

〔一四〕援，《全文》作「拔」，據錢校改。〔錢校〕拔，疑當作「援」，用《左傳》「大援」意，讀去聲。〔補注〕《左傳·桓公十一年》：「君多内寵，子無大援，將不立。」《通鑑》會昌四年正月，「辛卯，詔……以易定千騎，宣武、兗海步兵三千討楊弁」，此即「旁資巨援」之一例。時執方正在易定節度使任。

〔一五〕〔錢注〕《史記·季布傳》：單于嘗爲書嫚吕后，吕后大怒，召諸將議之。上將軍樊噲答曰：「臣願得十萬衆，横行匈奴中。」

〔一六〕年，《全文》作「千」，據錢校改。詳注〔一七〕。

〔一七〕〔補注〕《論語·先進》：「子路率爾而對曰：『千乘之國，攝乎大國之間，加之以師旅，因之以饑饉，由也爲之，比及三年，可使有勇，且知方也。』」知方，知禮法。

〔一八〕〔錢注〕按《會昌一品集·與執方書》云：「尚書藩方重寄，宗室信臣。」知執方於唐爲屬籍，惜徧檢史文，世系無考。〔補注〕親賢，親戚兼賢臣，皇室中賢者。

〔一九〕見《爲舍人絳郡公上李相公啓》注〔三九〕。

〔二〇〕見《爲舍人絳郡公上李相公啓》注〔四〇〕。

〔二一〕〔錢注〕《漢書·河間獻王德傳》：修古好學，實事求是，被服儒術，造次必於儒者。《後漢書·東平憲王蒼傳》：少好經書，雅有智思。王儉《侍太子九日宴玄圃詩》：漢稱間、平，周云魯、衛。〔補注〕台鉉，猶台鼎，喻宰輔重臣。鉉，鼎耳，指代鼎。鼎三足，有三公之象，故以喻宰輔。間、平之胤，指王室後代。

〔二二〕令，錢本作「今」，校云：疑當作「令」。〔按〕《全文》正作「令」。錢本作「今」，未知所據。

〔二三〕〔錢注〕《舊唐書·地理志》：許州，隋潁川郡。《史記·灌夫傳》：夫，潁陰人也。宗族賓客，爲權利横於潁川。潁川兒歌曰：「潁水清，灌氏寧；潁水濁，灌氏族。」

〔二四〕〔補注〕《左傳·桓公元年》：「三月，公會鄭伯于垂，鄭伯以璧假許田。」二句蓋謂李執方之鎮陳許，政必清平而田萊盡闢。

〔二五〕〔錢注〕《舊唐書·地理志》：蔡州，隋汝南郡。《隋書·經籍志》：《汝南先賢傳》五卷，魏周斐撰。

〔二六〕淮陽，《全文》誤作「維揚」，據錢校改。〔錢校〕維揚，當作「淮陽」。《舊唐書·地理志》：陳州，隋淮陽郡。《史記·灌夫傳》：上以爲淮陽天下交，勁兵處，故徙夫爲淮陽太守。

〔二七〕〔錢注〕《後漢書·祭遵傳》：遵爲將軍，取士皆用儒術，對酒設樂，必雅歌投壺。〔補注〕投壺，古代宴會禮制，亦爲文娱活動，賓主依次用矢投向盛酒之壺口，以投中多少决勝負，負者飲酒。詳《禮記·投壺》。

〔二八〕〔錢注〕《晉書·庾亮傳》：亮在武昌，諸佐吏殷浩之徒，乘秋夜往共登南樓，俄而不覺亮至，諸人皆起避之。亮曰：「諸君少住，老子於此處興復不淺。」便據胡牀，與浩等談詠竟坐。

〔二九〕〔補注〕《詩·小雅·賓之初筵》：「賓之初筵，温温其恭，其未醉止，威儀反反。」

〔三〇〕〔錢注〕謝惠連《雪賦》：梁王不悦，遊於兔園。乃置旨酒，命賓友，召鄒生，延枚叟，相如末至，居客之右。俄而微霰零，密雪下。王乃授簡於司馬大夫曰：「侔色揣稱，爲寡人賦之。」〔補注〕此想像陳許幕文士陪奉宴遊情景。

〔三一〕〔錢注〕《太平御覽》：《異苑》曰：「汝南陳仲弓與諸息姪，就潁川荀季和父子。于是德星爲之聚。太史奏：『五百里内有賢人聚。』」〔補注〕此謂遥望陳許，恨不能與諸賢聚會。

# 上許昌李尚書狀二〔一〕

王十二郎、十三郎〔二〕，扶引靈筵〔三〕，兼侍從郡君〔四〕，今年八月至東洛訖〔五〕。聲塵永已〔六〕，門館依然。仲宣非女婿之才，昔慚劉氏〔七〕；安仁當國士之遇，今感戴侯〔八〕。仰計交情，良深軫悼。下情不任感慟之至。

**【校注】**

〔一〕本篇原載清編《全唐文》卷七七五第六頁、《樊南文集補編》卷五。〔按〕狀一係執方已離易定將達陳許時所上，時在會昌四年十月，此篇則執方抵鎮後上，當較前狀稍晚。詳前狀編著者按。

〔二〕〔錢注〕按《詩集》有《王十二兄與畏之員外相訪見招小飲》詩，又有《送王十三校書分司》詩。〔按〕本集又有《爲王侍御瓘謝宣弔并賻贈表》，馮浩謂：「瓘，王茂元子也。《茂元傳》不附載。《隴西郡君祭女文》云：『七女五男。』此當其長也。」此王侍御瓘或即扶引靈筵之王十二也，與其弟王十三均在茂元河陽軍中效力，《爲王侍御瓘謝宣弔并賻贈表》云：「如臣弟兄，皆冒矢石。」故扶引靈筵回洛。

〔三〕〔錢注〕《梁書·劉歊傳》：施靈筵，陳棺槨，設饋奠，建丘隴，蓋欲令孝子有追思之地耳。〔補

注〕靈筵，供亡靈之几筵。

〔四〕〔錢注〕《新唐書・百官志》：凡外命婦，四品，母、妻爲郡君。〔按〕此即茂元妻隴西郡君，執方之姊妹。

〔五〕〔錢注〕《韋氏述征記》：洛陽崇讓坊有河陽節度使王茂元宅。

〔六〕〔錢注〕《梁書・劉峻傳》：余聲塵寂寞。〔按〕此句「聲塵」乃聲容風采之意，與「光塵」義近。聲塵永已，謂茂元之聲容風采永不復存。錢注引《梁書・劉峻傳》之「聲塵」係聲名意。

〔七〕〔錢注〕《魏志・王粲傳》：粲字仲宣。張華《博物志》：王粲避地荆州，依劉表。表有女，愛粲才，欲以妻之，嫌其形陋周率，乃謂曰：「君才過人而體貌躁，非女婿才。」

〔八〕〔錢注〕《晉書・潘岳傳》：岳字安仁。潘岳《懷舊賦》：余十二而獲見於父友東武戴侯楊君，始見知名，遂申之以婚姻。而道元、公嗣，亦隆世親之愛，不幸短命，父子凋殞。慨然懷舊而賦之曰：余總角而獲見，承戴侯之清塵，名余以國士，眷余以嘉姻。〔按〕此以「戴侯」指執方，商隱爲其甥女婿。

## 爲絳郡公上史館李相公啓〔一〕

某啓：伏以秉大鈞者以物得其所爲先，執大化者以材適於任爲急。將以致理，在明命官。使輕重合宜，大小有裕，然後人稱其職，職無廢人，此相公之所明知也〔二〕。某材術素寡，聲光莫聞〔三〕。偶叨承平，謬登華顯〔四〕。洎分符竹使〔五〕，絶籍金閨〔六〕，一授專城〔七〕，再易灰琯〔八〕。且解巾臨郡，前賢攸重〔九〕；一麾出守，昔人所榮〔一〇〕。雖積戀於本朝〔一一〕，實俯光於單緒〔一二〕。況又此州，管叔舊國〔一三〕，帝鴻遺墟〔一四〕，接彼嵩、鄗〔一五〕，浸以京、索〔一六〕。聚山東之右族，邇洛表之宸居〔一七〕。内揣非才，頗虚信任〔一八〕。而復以通莊所自〔一九〕，假道攸繁〔二〇〕，載惟餞迓之勞〔二一〕，實半頒宣之務〔二二〕。必屬於壯齒〔二三〕，付彼全人，用以責功〔二四〕，僅能集事〔二五〕。

某早年被病，晚歲加深，衣袴無取於潔清〔二六〕，藩溷動淹於景刻〔二七〕。徇己則坐隳物務〔二八〕，業官則立致蕭衰。欲俱濟於公私〔二九〕，實加憂於寤寐〔三〇〕。矧兹仍歲，適有外虞〔三一〕。降卒征人，旬時併集；飛芻輓粟〔三二〕，星火爲期〔三三〕。以此疚心，彌深舊恙。

今寰瀛大定〔三四〕，雨露旁流〔三五〕。高步翰飛〔三六〕，一呼而至；雲羅場藿〔三七〕，萬里無遺。將調斯人，以求良牧〔三八〕。得才爲美，今也其時。儻蒙允賛聰明，曲聽奏記〔三九〕，俯憐衰薾〔四〇〕，稍賜優容，則亦不敢便掛簪纓〔四一〕，遽離陶冶〔四二〕。江湖偏郡，襦袴須人〔四三〕，無根節之難〔四四〕，少舟車之會，俾之養理，使得便安〔四五〕。庶鸁致人謡，以酬廟算。則某所謂材有稱職，時無廢人，凡在宦途，皆仰時化。伏惟試賜恩察。違離漸久，刺謁末由〔四六〕。昔在丘門〔四七〕，常忝四科之列〔四八〕；今瞻魯史〔四九〕，將期一字之恩〔五〇〕。下情無任感戀兢惶之至。

【校注】

〔一〕本篇原載《文苑英華》卷六六一第六頁、清編《全唐文》卷七七七第四頁、《樊南文集詳注》卷三。〔馮箋〕（史館李相公）李紳也。《舊書·紳傳》：會昌元年，由淮南節度入爲兵部侍郎、同平章事、監修國史。《新書·宰相表》作二年二（原誤「八」，據《新書·宰相表》改）月入相。《通鑑》與《表》同。又《舊書·紀》《新書·表》及《通鑑》皆書四年七月紳罷相，復鎮淮南。而文云「今寰瀛大定，雨露滂流」，乃是四年八月劉稹傳首京師之後。《舊書·紳傳》云：「四年暴中風恙，足緩不任朝謁，拜章求罷。十一月守僕射、平章事，復出爲淮南節度。」以文證之，《舊·傳》爲是。〔張箋〕（會昌元年）二月壬寅，以淮南節度使李紳爲中書侍郎、同平章事，監修國史。考《會昌一品集·請尊憲宗爲不遷廟狀》，會昌元年三月十一日已列中書侍郎李紳名，則《新書·表》疑誤，故今從《舊書》。惟遷守右僕射、監修國史，或當稍後耳。又會昌四年書：十一月，李紳守僕射平章事，出爲淮南節度使。案紳之出鎮，蓋代杜悰，悰由淮南入相在七月，《舊·紀》似不應誤。史館係宰相兼職，此李相公或別是一人。惟會昌中宰相姓李者，紳之外則有李回、李讓夷，本傳皆不言其監修國史，既苦無確證，姑據《舊·傳》書之。〔岑仲勉曰〕張氏所謂《一品集》，未審何本。《叢刊》本狀末署「司空兼門下侍郎平章事×、右（左）僕射兼門下侍郎平章事×、右僕射兼中書侍郎平章事×、中書侍郎平章事×」（《畿輔》本缺），初未明著紳名，不過依文考證，知爲德裕、陳夷行、崔珙及紳耳。德裕爲司空，夷行、珙除僕射，《新·紀》《表》及《新·珙傳》在二年（《舊·德裕傳》亦書二年下，與《舊·紀》異）。復次，元王惲《玉堂嘉話》一：「唐李紳拜相，門下，……可守中書侍郎同中書門下平章事，散官、勳、封如故，主者施行。會昌二年二月十二日，……次右僕射兼中書侍郎平章事臣珙宣奉。」二月十二日即丁丑，與《新·表》同年正月己亥珙先爲右僕射正符，然則《一品集》之元年，固得爲二年訛。《叢刊》本魯乙頗多，具詳拙著《伐叛集編證》。或曰，《新書·紳傳》稱「居（相）位四年」，由二年至四年，不足四年也。余按《新·傳》出宋祁手，多剪裁《舊書》成之，其纂撰在《新·紀》《表》前，故常不相謀。此句實脱胎《舊·傳》，不能據以爲《舊書》張目。抑杜悰固代紳鎮淮南者（《方鎮年表》），紳如以元年二月壬寅朔内召，悰亦應同時出除，顧《通鑑》是年三月乙未（二十四日）下悰猶户部尚書；又《考異》引《獻替記》，元年三月二十四日三相爲珙、鄲、夷行，此紳非元年入相之確證。（《唐史餘瀋·李紳命相年》）〔按〕紳之由淮南入相，當依《新·表》及《通鑑》在會昌二年。杜牧《上宰相求湖州第二啓》云：「會昌元年四月，兄慥自江守蘄……（某）明年七月出守黄州……時西川相國兄（悰）始鎮揚州。」杜牧會昌二年七月出守黄州，杜悰之鎮淮南與之同時而稍前，杜悰出鎮淮南，係代由淮南入相之李紳，則李紳之入相在二年二月可知。岑考甚確。至於紳之罷相年月，當依《舊書》本傳作會昌四年十一月，本篇「今寰瀛大定，雨露旁流」，可證會昌四年八月劉稹平定後紳尚在相位也。文當作於四年八月至十一月間。

〔二〕《英華》「所」字下有「以」字。注：集無此字。

〔三〕〔徐注〕郤正《釋譏》：有聲有寂，有光有翳。〔補注〕聲光，聲譽光彩。

〔四〕〔徐注〕崔寔《政論》：承平日久，漸敝而不悟。〔補注〕華顯，顯貴。

〔五〕見《爲汝南公賀彗星不見復正殿表》「坐縈符竹」注。

〔六〕〔補注〕金閨，指金馬門。金馬門所懸門牒，牒上有名者始准進入，稱金閨籍。絶籍金閨，指不再在朝爲官。鮑照《侍郎報滿辭閤疏》：「金閨雲路，從茲自遠。」

〔七〕〔徐注〕古樂府：四十專城居。〔補注〕《論衡・辨祟》：「居位食禄，專城長邑，以千萬數。」指主宰一城之州牧、太守。

〔八〕易，馮注本一作「賜」，非。〔馮注〕《後漢書・志》：候氣之法，每律從其方位，以葭莩灰抑其内端，案曆而候之，氣至者灰去。〔徐注〕《玉泉記》：立春之日，取宜陽金門山竹爲琯，河内葭草爲灰以候陽氣。〔補注〕謂再移歲序。褒當以會昌二年出刺絳州，轉鄭州，至四年已再易歲序。

〔九〕〔馮注〕《後漢書・韋彪傳》：豹子著，以經行知名，屢徵不就。後就家拜東海相，詔書逼切，不得已，解巾之郡。《吴志・薛綜傳》：綜子瑩，孫皓時獻詩曰：「釋放巾褐，受職剖符。」謂綜守郡也。注曰：既服冠冕，故解幅巾。

〔一〇〕見《代安平公華州賀聖躬痊復表》「惟臣獨以一麾」注。

〔一一〕見《爲汝南公華州賀南郊赦表》「蕭望之願立本朝」注。

〔一二〕〔補注〕單緒，謂寒門後代。張九齡《登郡南城樓》詩：「平生本單緒，邂逅承優秩。」

〔一三〕〔馮注〕《史記·周本紀》：武王封弟叔鮮於管。〔徐注〕《括地志》：鄭州管城縣，今州外城，即管國城，是叔鮮所封也。

〔一四〕〔徐注〕《左傳》：季文子使太史克對曰：「昔帝鴻氏有不才子。」《史記》：軒轅黄帝一曰帝鴻。《水經注》：洧水東逕新鄭故城中。《帝王世紀》云：「或言縣故有熊氏之墟，黄帝之所都也。鄭氏徙居之，故曰新鄭。」

〔一五〕鄗，《全文》《英華》均作「嶢」，從徐、馮校改。〔徐校〕嶢，當作「鄗」。〔馮注〕《左傳》：楚次于管以待之，晉師在敖、鄗之間。注曰：熒陽京縣東北有管城，敖、鄗二山在熒陽縣西北。按：《元和郡縣志》，敖、鄗在滎澤縣。不可與鄆州盧縣之舊爲碻磝城混也。《英華》作「嶅嶢」，今從《左傳》改。《後漢書·郡國志》：滎陽有敖亭。注曰：《左傳·宣十二年》：「晉師在敖、鄗之間。」秦立爲敖倉。

〔一六〕〔徐注〕《漢書·高帝紀》：與楚戰滎陽南京、索間。應劭曰：京，縣名。今有大索、小索亭。按：京、索，二水名也。見《水經注》。〔馮注〕《水經》：濟水又東，索水注之。《通典》：滎陽縣有京水、索水，楚、漢戰於京、索間是也。《元和郡縣志》：鄭州滎陽縣，京水出縣南平地，索水出縣南二十五里小陘山。古大索城，今縣理是也。

〔一七〕〔馮注〕謂近東都。

〔一八〕頗虚信任，《英華》作「頗榮斯任」。注：斯，集作「所」。〔按〕因揣己非才，故謂頗虚負朝廷之信任。若作「頗榮斯任」，則與下文不相應。

〔一九〕〔徐注〕《爾雅》：五達謂之康，六達謂之莊。

〔二〇〕〔徐注〕《左傳》：晉荀息假道于虞以伐虢。

〔二一〕〔徐注〕毛萇《詩傳》：祖而舍軷，飲酒于其側曰餞。《公羊傳》：晉郤克與臧孫許同時而聘于齊，齊人使跛者迓跛者，以眇者迓眇者。〔補注〕餞迓，迎送宴餞。

〔二二〕〔補注〕謂迎送宴餞之勞幾佔刺史公務之半。

〔二三〕〔徐注〕《後漢書·杜詩傳》：疏曰：「及臣齒壯。」《隋書·令狐熙傳》：表曰：「昔在壯齒，猶不如人。」〔補注〕屬，託附。

〔二四〕〔徐注〕曹植表：舍罪責功，明君之典也。

〔二五〕〔徐注〕《左傳》：張侯曰：「此車一人殿之，可以集事。」〔補注〕集事，成事、成功。

〔二六〕〔馮注〕《漢書·周仁傳》：景帝拜仁爲郎中令。仁爲人陰重不泄。常衣弊補衣溺袴，故爲不潔清，以是得幸。

〔二七〕〔徐注〕謂如厠不能速出。《正字通》：溷，亂也，濁也，又厠也。〔馮注〕《晉書·左思傳》：思欲賦《三都》，構思十年，門庭藩溷皆著筆紙，遇得一句，即便疏之。

〔二八〕隳，《全文》作「墮」，據《英華》改。〔徐注〕《晉書·裴頠傳》：王衍之徒，不以物務自嬰。〔補注〕徇己，猶營私。物務，事務、政事。

〔二九〕欲，《英華》作「願」，注：集作「欲」。

〔三〇〕〔徐注〕《易》：其於人也爲加憂。〔補注〕《易林·屯之乾》：「耿耿寤寐，心懷大憂。」《後漢書·質帝紀》「寤寐永歎」李賢注引《詩》云：「寤寐永歎，唯憂用老。」

〔三一〕矧，《英華》作「坐」，注：集作「矧」。〔徐注〕《南史·齊高帝諸子傳》：舊楚蕭條，仍歲多故。《晉書·王遜等傳論》曰：内難薦臻，外虞不息。〔按〕外虞，指回鶻侵擾邊地。

〔三二〕〔馮注〕《漢書·嚴安傳》：飛芻輓粟，以隨其後。〔補注〕飛芻輓粟，謂飛速運送糧草。《漢書》顏師古注：「運載芻槀，令其疾至，故曰飛芻也。輓謂引車船也。」

〔三三〕〔徐注〕李密《陳情表》：州司臨門，急如星火。

〔三四〕〔馮注〕《史記·鄒衍傳》：中國名曰赤縣神州。中國外如赤縣神州者九，於是有裨海環之。如此者九，乃有大瀛海環其外，天地之際焉。〔徐注〕《晉書·地理志》：寰瀛之内，可得而言也。

〔三五〕旁，《英華》作「雱」。馮注本作「滂」，曰：一作「旁」，非。〔按〕旁流，廣泛流布。《淮南子·主術訓》：「旁流四達，淵泉而不竭。」顧野王《進玉篇啓》：「德廣所覃，旁流江漢。」白居易《王澤流人心感策》：「夫欲使王澤旁流，人心大感，則在陛下恕己及物而已。」作「旁」不誤。「滂流」亦廣泛流布義。

〔三六〕〔徐注〕《後漢書·（儒林）·謝該傳》：孔融書曰：「今尚父鷹揚，方叔翰飛。」〔馮注〕按章懷注引《采芑》詩「鴥彼飛隼，翰飛戾天」，與今本作「其飛」異，當緣《小宛》之詩「翰飛戾天」、《常武》之詩「如飛如翰」互相類也。又「鴥」字，注疏作「鴪」，而章懷注作「鴥」，亦與今「鴥」字異耳，聊贅辨之。

〔三七〕〔徐注〕江淹《雜體詩》：雲羅更四陳。《詩》：皎皎白駒，食我場藿。〔補注〕《文選·鮑照〈舞鶴賦〉》：「厭江海而遊澤，掩雲羅而見羈。」呂延濟注：「雲羅，言羅高及雲。」《詩·小雅·白駒》：「皎皎白駒，食我場苗。縶之維之，以永今朝。所謂伊人，於焉逍遥？皎皎白駒，食我場藿。」毛傳：「宣王之末，不能用賢，賢者有乘白駒而去者。」鄭箋：「願此去者，乘其白駒而來，使食我場中之苗，我則絆之繫之，以永今朝，愛之欲留之。」後用以爲延攬人才之典。

〔三八〕調，《英華》作「謂」。〔徐注〕《晉書·姚興傳》：胡威謂興曰：「伏仗良牧惠化。」

〔三九〕〔補注〕《文心雕龍·奏記》：「迄至後漢，稍有名品，公府奏記，而郡將奏牋。」漢時向公府長官陳述意見之文書稱「奏記」。此即指所上之書啓。

〔四〇〕〔徐注〕謝靈運詩：疲薾慚貞堅。〔補注〕衰薾，衰弱疲倦，自指。

〔四一〕〔徐注〕《後漢書·逸民傳》：逢萌即解冠挂東都城門，歸，將家屬浮海，客於遼東。

〔四二〕陶，《英華》作「鑪」，注：集作「陶」。

〔四三〕〔馮注〕《後漢書》：廉范字叔度，建初中，遷蜀郡太守，百姓歌之曰：「廉叔度，來何暮？不禁火，民安作。平生無襦今五袴。」

〔四四〕〔馮注〕《後漢書》：虞詡爲朝歌長，故舊皆弔。詡笑曰：「志不求易，事不避難，不遇槃根錯節，何以别利器乎！」

〔四五〕〔徐注〕《漢書·薛宣傳》：思省吏職，求其便安。《南史·王勱傳》：勱爲政清簡，吏人便安之。

〔四六〕〔徐注〕《南史·劉繪傳》：繪爲南康相，郡人有姓賴，所居名穢里，刺謁繪。

〔四七〕丘，《全文》作「孔」，據《英華》改。〔馮注〕《列子》：子貢茫然自失，歸家淫思，七日不寢不食，以至骨立。顔回重往喻之，乃反丘門。

〔四八〕〔補注〕《論語·先進》：「德行：顔淵、閔子騫、冉伯牛、仲弓。言語：宰我、子貢。政事：冉有、季路。文學：子游、子夏。」邢昺疏：「夫子門徒三千，達者七十有二，而此四科唯舉十人者，但言其翹楚者耳。」

〔四九〕〔補注〕魯史，指《春秋》。此切紳監修國史而言。

〔五〇〕〔馮注〕《穀梁傳集解序》：一字之褒，寵踰華衮之贈。〔按〕一字之恩，當指上述移刺偏郡之請求得到恩准。

## 爲白從事上陳許李尚書啓〔一〕

某啓：伏奉公牒，辟署節度巡官，兼伏奉榮示，賜及疋帛等。才異當仁〔二〕，事從非望〔三〕。拜受失度，跪捧難勝〔四〕。某符彩無奇〔五〕，局量有限〔六〕。徒以杜林外氏，學富文華〔七〕；謝朗舉宗，皆親儒墨〔八〕。齠年有志〔九〕，壯歲無名〔一〇〕，瞻遺構以自驚〔一一〕，奉成書而未遂〔一二〕。重以零丁屬釁〔一三〕，息類非蕃〔一四〕，決稚圭之甲科〔一五〕，則行有違離之苦；效敬通之却掃〔一六〕，則坐無供養之資。徘徊盛時，鬱抑衷懇〔一七〕，敢思聘召，忽賜降臨。尚書分戚天家〔一八〕，揚輝王國〔一九〕，攻文而丹青讓巧〔二〇〕，論兵而鈎鉻慚能〔二一〕。頃者言自執金〔二二〕，雄推受脤〔二三〕。河橋三壘〔二四〕，當弟子之輿尸〔二五〕；易水一城〔二六〕，值將軍之下世〔二七〕。功深式遏〔二八〕，道著綏和〔二九〕。中間衛朔拒君〔三〇〕，邢、洺起亂〔三一〕，紀侯去國，汾、晉挻灾〔三二〕。語其巢穴之間〔三三〕，在我封鄰之側〔三四〕。而又潛調遠轡〔三五〕，密運良籌，輕敵殘人，則勇於不敢〔三六〕；伐謀持重〔三七〕，則令在必行。

今者趙北變風〔三八〕，淮南受賜〔三九〕，戎麾始至〔四〇〕，賓驛初開〔四一〕。固合大選英髦，以充僚屬。豈期思慮〔四二〕，遂及孱微。賁帛豐盈，寓圭重復〔四三〕。慈親喜問，孀姊號驚〔四四〕。姓名遂列於群英，簪笏遽光於單緒〔四五〕。感深肌骨，戴重丘山。未伸投刺之誠〔四六〕，已定糜軀之誓〔四七〕。伏以久將棲託〔四八〕，兼議扶迎〔四九〕，更涉旬時，方遂行李〔五〇〕。漆園之蝶，濫入莊周之夢〔五一〕；竹林之蝨，永依中散之身〔五二〕。蓮幕含誠〔五三〕，金臺結想〔五四〕。仰瞻恩顧，伏撓精魂。謹奉啓陳謝。謹啓。

【校注】

〔一〕本篇原載《文苑英華》卷六五四第七頁、清編《全唐文》卷七七七第八頁、《樊南文集詳注》卷三。〔徐箋〕李尚書，乃李執方。〔馮箋〕按李執方爲河陽三城懷州節度使，《爲韓同年瞻上河陽李大夫啓》是也。執方之移陳許，《紀》不書，今參考史文合之此啓，蓋當會昌三年，王宰代王茂元爲陳許節度、兖澤潞招討，至四年九月，王宰移命太原，而執方自易定節度移鎮陳許，《紀》文所書不全耳。《文苑英華》有《授李執方陳許節度盧弘宣易定節度合制》，蓋盧代李帥易水矣。《舊》《新書·何進滔傳》：大和三年，魏博軍人害史憲誠，推立進滔，朝廷因授節度，十餘年卒。時爲開成五年。子弘敬襲。武宗詔河陽李執方、滄州劉約諭朝京師，不聽命。考《會昌一品集》有《與李執方書》，正此事也。《通鑑》書在五年十一月。然則執方於會昌初猶在河陽明矣。《舊書》則訛河陽爲河中，故附辨之。又按：李執方世系，徧檢史文，竟無可考，乃箋斯集者之遺憾也。《英華》制詞：執方檢校吏部尚書、兼御史大夫、充陳許節度使。〔按〕啓云「今者趙北變風，淮南受賜，戎麾始至，賓驛初開」，當是李執方初至陳許時所上，約在會昌四年十月，詳《上許昌李尚書狀一》編著者按。白從事未詳。

〔二〕〔補注〕《論語·衛靈公》：「當仁不讓於師。」此謂當之無愧。

〔三〕〔馮注〕《左傳》：鄭伯曰：「君之惠也，孤之願也，非所敢望也。」〔徐注〕《漢書·息夫躬傳》：欲求非望。

〔四〕〔徐注〕《魏略》：太子與鍾繇書曰：「寶玦初至，捧匣跪發。」

〔五〕見《爲安平公兖州奏杜勝等四人充判官狀》注〔七〕。

〔六〕〔馮注〕《晉書·外戚·褚裒傳》：祖䂮，有局量，以幹用稱。〔補注〕局量，器量、氣度。

〔七〕〔馮注〕《漢書·藝文志》：《蒼頡》多古字，俗師失其讀，宣帝時徵齊人能正讀者，張敞從受之，傳至外孫之子杜林，爲作訓故。《杜鄴傳》：鄴字子夏，少孤，其母張敞女，鄴從敞子吉學問，得其家書。吉子竦，又幼孤，從鄴學問，亦著於世。鄴子林，建武中位至大司空，其正文字，過於鄴、竦，故世言小學者由杜公。〔徐注〕《後漢書·杜林傳》：林字伯山，家既多書，又外氏張竦父子喜文采，林從竦受學，時稱通儒。

〔八〕〔徐注〕《南史·謝晦傳》：據子朗，字長度，位東陽太守。論曰：謝氏自晉以降，雅道相傳，可謂德門。〔馮注〕《南史·謝晦傳》：晦祖朗，字長度，位東陽太守。絢、瞻、晦、皭、遯，皆其（按：指謝晦）孫；而澹、裕、恂、微、純、述、朓、方明、惠連、靈運、超宗、幾卿，皆其門也。

〔九〕〔徐注〕《大戴禮》：男八歲而齔，女七歲而齔。《韓詩外傳》：男子八月生齒，八歲而齠齒；女子七月生齒，七歲而齔齒。《釋名》：齔，洗也。毁洗故齒，更生新也。案：毁齒，男曰齠，女曰齔。然《周禮》云：「未齔者不爲奴。」則齔亦男女可通。齠，音迢；齔，音櫬。

〔一〇〕〔徐注〕《禮記》：三十曰壯，有室。〔補注〕《國語·晉語一》：「爲人子者，患不從，不患無名。」

〔一一〕見《爲懷州李中丞謝上表》注〔四七〕。

〔一二〕〔徐注〕《漢書·司馬遷傳》：父談且卒，執遷手而泣曰：「余固周室之太史也，汝復爲太史，則續吾祖矣。」遷俯首流涕曰：「小子不敏，請悉論先人所次舊聞，弗敢闕。」庾信賦：受成書之顧託。

〔一三〕〔徐注〕李密《陳情表》：零丁孤苦。〔補注〕屬釁，逢禍。

〔一四〕〔補注〕息類，子嗣。

〔一五〕甲，《英華》注：集作「射」。〔徐注〕《漢書·匡衡傳》：衡字稚圭，射策甲科，以不應令，除爲太常掌故。〔補注〕《法言·學行》：「或曰：『書與經同，而世不尚，治之可乎？』曰：『可。』或人啞爾笑曰：『須以發策決科。』」李軌注：「射以決科，經以策試。」決科，謂參加射策，決定科第。此指參加科舉考試。

〔一六〕〔馮注〕《後漢書》：馮衍字敬通，爲司隸從事，西至故郡，閉門自保，不敢復與親故通。江淹《恨賦》：敬通見抵，罷歸田里，閉關却掃，塞門不仕。〔補注〕却掃，不再掃徑迎客，謂閉門謝客。

〔一七〕〔徐注〕司馬遷書：是以抑鬱而無誰語。

〔一八〕〔徐注〕《後漢書·曹節傳》：車馬服玩，擬於天家。〔馮注〕《會昌一品集·與執方書》：尚書藩方重寄，宗室信臣。

〔一九〕〔徐注〕《詩》：思皇多士，生此王國。〔補注〕王國，指天子之國。《書·立政》：「以長我王國。」

〔二〇〕〔補注〕丹青，此指畫工。

〔二一〕論，《英華》誤「諭」。〔徐注〕《方言》：鉤，宋、楚、陳、魏之間謂之鹿觡，或謂之鉤格。自關而西謂之鉤。案：鉤，謂曲兵也。觡，《説文》：「骨角之名。」唐末鄭傳守歙州，設鹿角以禦黄巢是也。〔馮注〕《淮南子》：桀之力制觡，伸鉤，索鐵，歙金。

〔二二〕〔徐注〕《後漢書·百官志》：執金吾一人，中二千石。胡廣曰：衛尉巡行宮中，則金吾徼於外，相爲表裏，以擒討姦猾。〔馮注〕又：（執金吾）掌宮外，戒司非常水火之事。月三繞行宮外，及主兵器。吾，猶「禦」也。《通典》：漢執金吾，唐爲左右金吾衛，置大將軍一人，將軍二人。

〔二三〕〔徐注〕《左傳》：戎有受脤。〔馮注〕又：帥師者受命於廟，受脤於社。注曰：脤，宜社之肉，盛以脤器。宜，出兵祭社之名。〔補注〕祭畢以社肉頒賜衆人，謂之受脤。二句謂執方以金吾衛將軍出鎮。《舊唐書·文宗紀》：開成二年六月戊申，「以左金吾衛將軍李執方爲河陽三城懷州節度使」。

〔二四〕見《爲懷州李中丞謝上表》注〔一七〕。

〔二五〕〔徐注〕《易》：長子帥師，弟子輿尸。〔馮箋〕《舊書·紀》：開成二年六月丙午，河陽軍亂，逐節度使李泳。戊申，執方出鎮。《通鑑》：李泳奔懷州，軍士焚府署，殺泳二子，大掠數日。泳貪殘不法，下不堪命，故作亂。泳貶澧州長史。河陽軍士日相扇，執方索得首亂者七十餘人，悉斬之，然後定。〔補注〕《易·師》：「《象》曰：長子帥師，以中行也；弟子輿尸，使不當也。」輿尸，以車運尸。

〔二六〕一，《英華》注：集作「二」。〔徐注〕《水經》：易水出涿郡故安縣閻鄉西山。

〔二七〕〔徐注〕鮑照樂府（《東武吟》）：將軍既下世，部曲亦罕存。箋：《新書》：大中三年四月，幽州盧龍軍節度使張仲武卒，其子直方自稱留後。四年八月軍亂。〔馮箋〕易水事，徐氏引大中四年張直方盧龍軍亂，誤甚，即會昌元年張絳之事，亦非也，蓋幽州、易定各有節度。考開成五年八月，易定節度陳君賞復定亂軍事，見《舊書・紀》及《通鑑》，其卒年無考。然會昌四年正月，《通鑑》書：「以易定千騎助討楊弁。」蓋太原、潞州皆恃邢、洺爲援，而易定與之接壤，觀下文所敘，正指出兵助討。然則君賞卒後，當會昌三、四年，執方移鎮易定。及王宰移太原，執方乃移陳許。此句指君賞之卒無疑也。〔按〕將軍之下世，指開成三年十月易定軍亂，三軍欲立張璠之子元益，節度留後李士季不從，爲亂兵所害事。詳《上許昌李尚書狀一》注〔七〕編著者按。馮謂指陳君賞之卒，誤。

〔二八〕〔補注〕《詩・大雅・民勞》：「式遏寇虐，無俾民憂。」鄭箋：「式，用；遏，止也。」

〔二九〕〔補注〕綏和，安和。《魏書・趙逸傳》：「久之，拜寧朔將軍、赤城鎮將，綏和荒服，十有餘年，百姓安之。」

〔三〇〕〔徐注〕《春秋》：莊公六年春，王正月，王人子突救衛。夏六月，衛侯朔入于衛。《左傳》：衛侯入，放公子黔牟於周。《公羊傳》：衛侯朔何以名？絶。曷爲絶之？犯命也。注：犯天子命尤重。案：諸侯伐衛納朔，而王使子突救之，意即定黔牟，不欲使朔得入，而朔竟入衛，逐黔牟，是無王命也，故曰「拒君」。〔馮注〕《春秋》：桓公十有六年十有一月，衛侯朔出奔齊。《穀梁傳》：朔之名，惡也，天子召，而不往也。《舊書·紀》：會昌三年四月，劉從諫卒，三軍以其姪稹爲留後。遣使齎詔令稹護喪歸洛陽，稹拒朝旨。

〔三一〕〔徐箋〕邢、洺二州，昭義節度使所兼領也。此謂劉稹拒命作亂。

〔三二〕挻，《全文》作「挺」，據《英華》改。〔徐注〕《左傳》：紀侯大去其國，違齊難也。箋：汾水、晉水，皆在太原界中。此謂楊弁逐太原節度使李石。〔馮注〕按《漢書·賈誼傳》：「主上有敗，則因而挻之矣。」服虔曰：「挻，起也。」《晉書·食貨志》：「挻亂江南。」又《四夷傳論》曰：「振鴞響而挻灾。」義皆同也。舊誤作「挺」，今改正。

〔三三〕〔徐注〕《晉書·涼武昭王傳》：憑守巢穴。

〔三四〕〔補注〕謂劉稹所踞之邢、洺等州鄰近易定節度使之封疆。

〔三五〕〔徐注〕《晉書·孫楚傳》：遺孫皓書曰：「長轡遠御。」

〔三六〕〔徐注〕《後漢書·賈復傳》：光武大驚曰：「所以不令賈復别將者，爲其輕敵也。」〔馮注〕《左傳》：殘民以逞。《老子》：勇於敢則殺，勇於不敢則活。此兩者或利或害。

〔三七〕〔馮注〕《孫子》：上兵伐謀，其次伐交。《漢書·韓安國傳》：梁孝王使安國扞吳兵，安國持重，吳不能過梁。又《趙充國傳》：充國尤能持重，愛士卒，先計而後戰。

〔三八〕〔徐注〕《後漢書·公孫瓚傳》：前此有童謡曰：「燕南垂，趙北際，中央不合大如礪，唯有此中可避世。」瓚自以爲易地當之，遂徙鎮焉。〔補注〕易定在趙州之北，故以「趙北」指易定。變風，變風易俗，頌揚執方鎮易定之治績。

〔三九〕〔徐注〕伏滔《正淮論》：淮南者，三代揚州之分也。當春秋時，吴、楚、陳、蔡之輿地；戰國之末，楚全有之。〔馮注〕《新書·地理志》：陳州淮陽郡。按：謂自易定遷陳許。〔按〕此「淮南」實指陳許節度使之轄區，似當作「淮陽」，陳、許、蔡均在淮水之北。

〔四〇〕〔徐注〕徐陵《爲貞陽侯書》：將恐戎麾，便濟江表。

〔四一〕〔徐注〕《漢書》：鄭當時常置驛馬長安諸郊，請謝賓客，夜以繼日。〔補注〕賓驛，此指幕府。

〔四二〕思，《英華》作「恩」，注：集作「思」。

〔四三〕〔馮注〕《易》：賁于丘園，束帛戔戔。《禮記》：大夫執圭而使，所以申信也。按：寓，寄也，託也。故遣使曰「寓圭」。〔補注〕賁，華美光彩貌。賁帛，指禮聘賢士所賜之絹帛。

〔四四〕〔馮注〕白與李（執方）必戚誼，故叙此情話。觀前引杜林、謝朗可知矣。

〔四五〕遽，《英華》注：集作「再」。單緒，見《爲絳郡公上史館李相公啓》注〔三〕。

〔四六〕投刺，《英華》作「刺股」，非。注：集作「投刺」。〔馮注〕劉熙《釋名》：書姓字於奏上，作「再拜起居」字，皆使書盡邊。下官刺曰長刺，書中央一行。又曰爵里刺，書其官爵及郡縣鄉里。按：此三者，至今用之也。「投刺」字見《後漢書·童恢傳》，掾屬來去，謁見必投刺。此以言初充掾屬。

〔四七〕〔徐注〕盧諶《詩序》：意氣之間，糜軀不悔。注：《楚辭》云：「子胥諫而糜軀。」

〔四八〕〔徐注〕《世説》：謝公與王右軍書曰：「敬和棲託好佳。」

〔四九〕〔馮注〕《晉書·荀崧傳》：「雖無扶迎之勳。」此則謂奉母而行。

〔五〇〕〔補注〕行李，此指行旅。

〔五一〕〔徐注〕《莊子》：昔莊周夢爲蝴蝶，栩栩然蝶也。《史記》：莊子者，蒙人也，名周，常爲蒙漆園吏。

〔五二〕〔徐注〕《晉書》：嵇康拜中散大夫。《與山巨源絶交書》：性復多蝨，把搔無已。〔按〕竹林，見《爲李貽孫上李相公啓》「長積竹林之戀」注。

〔五三〕〔馮注〕《南史》：庾杲之爲王儉衛將軍長史。蕭緬與儉書曰：「盛府元僚，實難其選。庾景行汎緑水，依芙蓉，何其麗也！」時人以入儉府爲蓮花池，故美之。

〔五四〕〔馮注〕《白帖》：燕昭王置千金於臺上，以延天下士，謂之黄金臺。《太平御覽》引《史記》，與此同。

## 爲裴懿無私祭薛郎中衮文〔一〕

伏惟靈佐商宣業〔二〕，朝薛傳規〔三〕。門峥層構，堂嶫崇基〔四〕。玉生藍岫〔五〕，芝産銅池〔六〕。梧高佇鳳〔七〕，蓮馥停鼂〔八〕。有美令人〔九〕，載稱清劭〔一〇〕。訓在《詩》《書》〔一一〕，樂惟名教〔一二〕。王、謝標格〔一三〕，曹、劉才調〔一四〕。清如濯熱之風〔一五〕，明若觀朝之燎〔一六〕。靈臺委鑒〔一七〕，虚室融和〔一八〕。秋水望闊〔一九〕，春臺上多〔二〇〕。鄉塾掉鞅〔二一〕，文林厲戈〔二二〕。硯横河漢〔二三〕，紙落煙波〔二四〕。澤宫《貍首》〔二五〕，棘埸楊葉〔二六〕。箭去星慚〔二七〕，弓懸月怯〔二八〕。

兩書上第〔二九〕，五辟名公〔三〇〕。馬卿賦雪〔三一〕，陳琳愈風〔三二〕。平臺竹苑〔三三〕，淮山桂叢〔三四〕。營分細柳〔三五〕，幕染芙蓉〔三六〕。顯備臺僚，榮從憲秩〔三七〕。冠峨鐵勁〔三八〕，衣明繡密〔三九〕。霜下端簡〔四〇〕，風生落筆〔四一〕。庭夜烏迴〔四二〕，天秋隼疾〔四三〕。帝念允職〔四四〕，任於諫垣〔四五〕。依違絶想，從容敢言〔四六〕。攀檻而空留跡在〔四七〕，削藁而不見書存〔四八〕。女史護衣〔四九〕，太官供食〔五〇〕。伏奏多可〔五一〕，分曹著績〔五二〕。帳暖錦麗〔五三〕，闈明粉白〔五四〕。既題柱以如田〔五五〕，亦償金而類直〔五六〕。漢榮出牧〔五七〕，晉議州兵〔五八〕，廉袴歌送〔五九〕，劉錢贈行〔六〇〕。濟南之誅巨猾〔六一〕，揚州之試諸生〔六二〕。虎去江静〔六三〕，珠來岸明〔六四〕。神豈好謙〔六五〕，天寧秩禮〔六六〕。蠹華國之明品〔六七〕，喪士林之模楷〔六八〕。使爲善者奪氣，求仁者解體〔六九〕。已不駐乎卿雲〔七〇〕，竟何窺於伏濟〔七一〕。長洲樹古，茂苑山春〔七二〕。橘税既集〔七三〕，茶征是親〔七四〕。鵠度雪而去遠〔七五〕，鵠下亭而唳頻〔七六〕。

翟虜氛興〔七七〕，殷楹夢起〔七八〕。帳入飛鵩〔七九〕，牀驚鬬蟻〔八〇〕。鄭玄知數〔八一〕，阮瞻無鬼〔八二〕。終自膏肓〔八三〕，傅於骨髓〔八四〕。嗚呼哀哉！丹霄萬里〔八五〕，建木千尋〔八六〕，坦坦清路，幢幢翠陰〔八七〕。三襲臺迴〔八八〕，九重禁深〔八九〕。中懸旒扆〔九〇〕，下集華簪〔九一〕。無非東箭，盡是南金〔九二〕。或扶傾作棟〔九三〕，或望旱爲霖〔九四〕。顯允明公〔九五〕，宜膺百福〔九六〕。夜暗神昧〔九七〕，天長景促。青女變霜〔九八〕，羲和納旭〔九九〕。悄隨掌以銷璣〔一〇〇〕，慨周閑之喪騄〔一〇一〕。永惟清族，本富才人，有弟則陸〔一〇二〕，無兄不荀〔一〇三〕。原鴒奕奕〔一〇四〕，沼雁馴馴〔一〇五〕。珩奇動楚〔一〇六〕，璧貴傾秦〔一〇七〕。永矣彼蒼〔一〇八〕，胡然人事！但續椿壽〔一〇九〕，徒高鶴位〔一一〇〕。摧壓光價〔一一一〕，掩淪聲味〔一一二〕。潁不濁而殄灌宗〔一一三〕，淮未絶而傾王氏〔一一四〕。

某因承中外〔一一五〕，獲奉恩知。通孔、李道德之舊〔一一六〕，兼盧、劉姻戚之私〔一一七〕。鑄顔有契〔一一八〕，全趙爲期〔一一九〕。静龍門之風水〔一二〇〕，剷羊腸之嶮巇〔一二一〕。空欲銘恩，何酬樹德〔一二二〕？庇孤根於高援〔一二三〕，許嘉姻於弱植〔一二四〕。將歡宋子〔一二五〕，俄放湘南〔一二六〕。綬黄楚徼〔一二七〕，鬢白昭潭〔一二八〕。歸止未卜〔一二九〕，棄予是甘〔一三〇〕。許靖之悲方極〔一三一〕，王粲之憂不堪〔一三二〕。猶辱重言〔一三三〕，將敦故約。玉無改行〔一三四〕，金不如諾〔一三五〕。勖大義於幽沉，軫遐心於漂泊。使者尚在，凶書已來〔一三六〕。雁足空遠〔一三七〕，魚腸不回〔一三八〕。淚和峽雨〔一三九〕，哭振巴雷〔一四〇〕。孰澆枯鮒〔一四一〕，誰熱寒灰〔一四二〕？今則言去郴江〔一四三〕，當移澧浦〔一四四〕，稍脱疑網〔一四五〕，猶罹罪罟。念申慟以無期〔一四六〕，豈沈冤之可吐！嗚呼哀哉！

執紼路阻〔一四七〕，佳城望賒〔一四八〕。凌空乏翼〔一四九〕，上漢無槎〔一五〇〕。或期他日，式返中華，認楊公之石鳥〔一五一〕，撫周苞之辟邪〔一五二〕。況良冶規存〔一五三〕，遺經業在〔一五四〕，臧孫有後〔一五五〕，魏萬必大〔一五六〕，敢期陋質，終託餘光〔一五七〕。韋、平之紹續無望〔一五八〕，秦、晉之婚姻豈忘〔一五九〕！絮酒無幾〔一六〇〕，生芻是將〔一六一〕。辭多失次〔一六二〕，淚數無行〔一六三〕。冀桂旌之不遠〔一六四〕，降蘭佩之餘芳〔一六五〕。嗚呼哀哉！尚饗。

【校注】

〔一〕本篇原載《文苑英華》卷九九〇第一頁、清編《全唐文》卷七八一第一七頁、《樊南文集詳注》卷六。題内「衮」字，《英華》係小字置行側。〔徐箋〕「無」字疑衍文。《新書·世系表》：裴懿，太子舍人。按：薛衮乃懿之姻戚。玩文意，薛乃出守蘇、湖之間而卒者。時懿謫嶺外，未得躬親其窆，故有「或期他日，式返中華」云云。〔馮箋〕唐人有「姻懿」之稱，如《北夢瑣言》「薛澤與楊鑣姻懿」是也。此「懿」字，似以戚誼言。無私，即裴衡乎？徐氏採《宰相世系表》「太子舍人裴懿」而疑「無」字爲衍文，不悟世次之大遠也。今檢《表》有裴衡，字無私，憲宗相垍之弟輩，而思謙之兄輩也。思謙當即見《唐摭言》開成時科第事者，時次似可合。而本集有《寄裴衡》詩，疑即此無私也。史傳劉從諫之妻裴氏，爲代宗相冕之裔，其父敞。則裴與昭義爲親戚矣。題中「懿」字亦非衍文，蓋裴與薛是戚懿，或與義山亦有戚懿，且書題故爲贅字，以稍晦之耳。《新書·傳》《通鑑》：劉稹叛時，賊將薛茂卿破科斗寨，擒河陽馬繼等四大將，火十七栅，距懷州纔十餘里，以無劉稹之命，故不敢入。後以冀厚賞失望，乃密與王宰通謀。茂卿入澤州，密召宰進攻，當爲内應。宰疑，不敢進。稹知之，誘茂卿至潞州，殺之，并其族。朝廷贈茂卿博州刺史，事在會昌三年秋冬也。此薛郎中者，必茂卿兄弟，因聞茂卿爲賊用，故憂懼而死。文曰「翟虜氛興，殷楹夢起」是也。其族爲劉稹所害，故曰「殄灌宗」「傾王氏」也。用典精妙絶倫。得據一二以參悟其全，可謂文猶史矣。裴之遠謫，當亦有所牽累。《新書·傳》《通鑑》：裴氏弟問爲稹守邢州，密謀歸國，閉城斬城中大將四人，請降於王元逵。亦見《舊書·紀》文。玩「稍脱疑網，猶罹罪罟」二語，似可推見也。所箋雖無明證，而大要必然矣。（馮譜繫會昌四年。）〔張箋〕案《全唐文》載劉三復《請誅劉從諫妻裴氏疏》云：「雖以裴問之功，或希減等，而國家有法，難議從輕。」此疏當會昌四年澤潞平後，似可與「稍脱羅網」二語參證，則祭文亦必同時作也。（張亦繫會昌四年。）〔岑曰〕（張）説極矯强，不可從。文本不著年，《箋》因疑薛郎中與劉稹將薛茂卿爲兄弟，又裴涉稹妻裴氏（按：裴氏爲劉從諫妻，岑氏誤），故系之此年。余按《郎官柱》左外祠中有薛褒（《集刊》八本一分拙著），浙西觀察使苹子，《吴興志》一四，「薛褒會昌六年八月十日自安州刺史拜，卒官。」其下一人爲令狐綯，大中元年三月授，則褒卒官似在二月。考《祭文》云，「漢榮出牧，晉議州兵」，言薛郎中之出守也。「橘税既集，茶征是親，鷁度雪（按：原誤作「雪」，據本篇改。下同）而去遠，鵠下亭而唳頻……終自膏肓，傅於骨髓。」征茶、雪水皆湖州用典，

（《元和志》二五，「貞元以後，每歲以進奉顧山紫筍茶役工三萬人，累月方畢。」又霅溪一名苕溪。）言薛郎中之守湖而卒也。唐人重内官，故稱郎中。合比之，知衮爲褒之壞字，斷無疑矣。唯文言「翟虜氛興，殷楹夢起」，與大中元年不符，意《吴興志》之除授年月及接替，或不實不盡歟？文内殄灌宗、傾王氏二句，弗可泥看。至「將歡宋子，俄放湘南……今則言去彬（郴）江，當移澧浦，稍脱疑網，猶罹罪罟」，不過言初謫郴州，今雖量移澧州，尚未還我本原耳。張謂因積妻牽累，恐未必然。（《平質》已缺證《爲裴懿無私祭薛郎中衮文》條）〔按〕徐箋顯誤。馮箋謂裴懿無私即裴衡，誠是。岑氏謂薛郎中係薛褒，題内「衮」字乃「褒」之壞字，説亦不爲無據。據《吴興志》，自會昌三年至大中元年，歷任湖州刺史者先後有李宗閔（會昌三年五月自東都分司太子賓客授，尋貶漳州刺史）、姚勗（會昌三年六月二十九日自尚書左司郎中授，後遷吏部郎中）、薛褒（會昌六年八月十日自安州刺史拜，卒官）、令狐綯（大中元年三月二十一日自左司郎中授），其中薛姓原任郎中卒於湖州任者唯褒一人，而「褒」「衮」形近，極易致訛。然薛褒會昌六年八月十日始拜湖州刺史，如令狐綯大中元年三月繼任前褒方去世，與祭文内「翟虜氛興，殷楹夢起……終自膏肓，傅於骨髓」等語時間上顯然不合，故岑氏疑《吴興志》之除授年月及接替，或不實不盡。考令狐綯之由郎中出刺湖州，《舊書·令狐綯傳》書會昌五年。馮浩據此並以商隱《寄令狐郎中》詩（作於五年秋）證之，謂出刺在五年冬。然商隱《上韋舍人狀》作於會昌六年三月宣宗即位後，狀猶云「去冬專使家僮起居，今春亦憑令狐郎中附狀」，可證會昌六年春令狐綯仍在長安任郎中。大中元年六月，商隱有《酬令狐郎中見寄》，首云「望郎臨古郡，佳句灑丹青」，知其時綯已在湖州任，玩其口吻，亦似到郡未久。故《吴興志》關於薛襃、令狐綯除授年月及接替之記載，未必不實不盡。退一步言，即令綯之出刺湖州提前至會昌六年春暮（較《吴興志》之記載提前一年），薛襃之遷任湖州刺史時間亦相應提早一年，其卒年亦在會昌六年春，而與文中所述情況在時間上仍難符合。蓋據祭文所述，薛郎中當於伐劉稹之戰事未起時即已出刺湖州，及「翟虜氛興，殷楹夢起」，遂病入膏肓，而卒于任。自患病至病卒，時間當不太長。據文内「静龍門之風水，剷羊腸之嶮巇」之語，作祭文時已在會昌四年八月平定劉稹之後。故就祭文内容而言，馮編會昌四年較爲合理。至於薛郎中之爲袞爲襃以及與《吴興志》記載之歧異，只可存疑。《吴興志》之記載如有錯誤，唯一有可能者當爲姚勖、薛襃二人刺湖時間之先後易位。蓋會昌三年六月二十九日，討伐劉稹之戰争尚未正式開始，薛於此時出刺湖州，至同年八月中旬，「薛茂卿破科斗寨，擒河陽大將馬繼等，焚掠小寨一十七，距懷州纔十餘里」（《通鑑》），則正所謂「翟虜氛興」，遂「殷楹夢起」而病入膏肓。然其卒時當在此後不久，故繼任湖刺者接替之時間仍當提前至會昌四年，而不可能遲至六年八月也。文又云「執紼路阻，佳城望睽，凌空乏翼，上漢無槎」，則作祭文時裴尚在澧州，不得親臨弔祭，故云。

〔二〕〔徐注〕《左傳》：薛之皇祖奚仲，居薛以爲夏車正。奚仲遷於邳，仲虺居薛，以爲湯左相。

〔三〕〔馮注〕《左傳》：滕侯、薛侯來朝，争長。公使羽父辭于薛侯曰：「寡人若朝于薛，不敢與諸任齒。」

〔四〕〔補注〕嶫，高聳貌。

〔五〕見《爲濮陽公祭太常崔丞文》「藍田之産，宜有良玉」注。

〔六〕〔徐注〕《漢書·宣帝紀》：金芝九莖，産於函德殿銅池中。

〔七〕佇，《英華》作「駐」。〔徐注〕《韓詩外傳》：鳳止黄帝東園，集梧樹，食竹實，没身不去。〔馮曰〕用《詩·卷阿》篇。〔補注〕《詩·大雅·卷阿》：「鳳皇鳴矣，于彼高岡。梧桐生矣，于彼朝陽。」

〔八〕〔馮注〕《史記·龜策傳》：龜千歲乃遊蓮葉之上。

〔九〕〔徐注〕《詩》：吾無令人。

〔一〇〕載，《全文》作「再」，據《英華》改。〔補注〕清劭，美好。潘岳《楊仲武誄》：「弱冠流芳，雋聲清劭。」

〔一一〕書，徐本、馮本作「禮」。〔徐注〕《漢書·韋賢傳》：兼通《禮》《尚書》，以《詩》教授，號稱鄒、魯大儒，本始三年爲丞相，封扶陽侯。《叙傳》：扶陽濟濟，聞《詩》聞《禮》。〔馮注〕（訓在《詩》《禮》）見《論語》。〔按〕《論語·季氏》：「鯉趨而過庭，曰：『學《詩》乎？』對曰：『未也。』『不學《詩》，無以言。』鯉退而學《詩》。他日又獨立，鯉趨而過庭，曰：『學《禮》乎？』對曰：『未也。』『不學《禮》，無以立。』鯉退而學《禮》。」

〔一二〕〔徐注〕《世説》：王平子、胡毋彦國諸人皆以任放爲達，或有裸體者。樂廣笑曰：「名教中自有樂地，何爲乃爾也！」

〔一三〕見《爲張周封上楊相公啓》「比王、謝之子弟」注。

〔一四〕〔徐注〕曹植、劉楨也。劉勰《文心雕龍》：揚、班之倫，曹、劉以下。

〔一五〕〔徐注〕《詩》：誰能執熱，逝不以濯？

〔一六〕〔徐注〕《詩》：庭燎之光。傳：庭燎，大燭。箋：於庭設火燭，使諸侯早來朝。

〔一七〕〔徐注〕《莊子》：不可納於靈臺。注：靈臺者，心也。〔馮注〕《莊子》：靈臺者有持，而不知其所持。又：聖人之心，静乎天地之鑒也。

〔一八〕室，《英華》作「空」。〔馮注〕《莊子》：瞻彼闋者，虚室生白。注曰：闋，空也。白，日光所照也。喻心能空虚，則純白獨生。

〔一九〕〔徐注〕《莊子》：秋水時至，百川灌河，兩涘渚涯之間，不辨牛馬。

〔二〇〕〔徐注〕《老子》：衆人熙熙，如登春臺。

〔二一〕〔徐注〕《禮記》：古之教者，家有塾。〔馮注〕《左傳》：樂伯曰：「掉鞅而還。」注曰：掉，正也。〔按〕掉鞅，本指駕戰車入敵營挑戰時，下車整理馬頸上之皮帶，以示御術高超，從容閑暇。此喻從容顯示才華。

〔二二〕厲，《英華》作「勵」，徐本、馮本從之。〔徐注〕公孫乘《月賦》：文林辨囿。〔馮曰〕此謂文場。〔按〕厲，磨礪。

〔二三〕〔徐注〕《論衡》：漢作書者多，司馬子長、揚子雲，河、漢也；其餘涇、渭也。〔馮注〕以河、漢比硯池，謂文章奇麗。

〔二四〕〔徐注〕潘岳《楊荆州誄》：翰動若飛，紙落如雲。杜甫《飲中八仙歌》：揮毫落紙如雲烟。

〔二五〕〔馮注〕《禮記》：諸侯歲貢士於天子，天子試之於射宫。又：天子將祭，必先習射於澤。澤者，所以擇士也。已射於澤，而後射於射宫，射中者得與於祭。注曰：澤，宫名也。又：諸侯以《貍首》爲節。〔按〕《貍首》，古代逸詩篇名。共二章，諸侯行射禮時歌之。

〔二六〕〔徐注〕《新書·舒元輿傳》：元和中，舉進士，入列棘圍，席坐廡下。李肇《國史補》：得第謂之前進士。其都會謂之舉場。《戰國策》：養由基去楊葉百步，射之，百發百中。〔馮曰〕棘場，棘闈也。〔按〕棘場，指科舉考場。唐時試士，以棘圍試院以防弊端，故云。

〔二七〕〔馮注〕《周禮》：司弓矢，掌八矢之法，枉矢。注曰：枉矢者，取名變星，飛行有光。〔徐注〕賀凱詩：帶星飛夏箭。

〔二八〕懸，《英華》作「迴」。〔徐注〕庾信《馬射賦》：弓如明月對堋。

〔二九〕〔徐注〕《新書·選舉志》：凡進士試時務策五道，帖一大經。經、策全通爲甲第，策通四、帖過四以上爲乙第。

〔三〇〕〔馮注〕謂屢爲藩鎮從事也。名公，名德而爲公者。《晉書》，劉兆、徐苗皆五辟公府，然此不必拘。〔徐注〕《選舉志》：沈既濟疏：「六品以下，或僚佐之屬，聽州府辟用。」

〔三一〕〔徐注〕謝惠連《雪賦》：（梁王）授簡於司馬大夫曰：「抽子秘思，騁子妍辭，侔色揣稱，爲寡人賦之。」

〔三二〕〔補注〕《三國志·魏書·陳琳傳》裴注引《典略》：「琳作諸書及檄，草成呈太祖。太祖先苦頭風，是日疾發，卧讀琳所作，翕然而起曰：『此愈我病。』」

〔三三〕〔徐注〕《漢書》：梁孝王廣睢陽城，治複道，自宫連屬於平臺三十餘里。枚乘《兔園賦》：修竹檀欒夾池水。《水經注》：（睢陽）城東二十里有平臺，梁王與鄒、枚、相如之徒，極遊於其上。睢水東南流，歷於竹圃，水次緑竹蔭渚，菁菁實望，世人言梁王竹園也。

〔三四〕〔徐注〕淮南《招隱士》：桂樹藂生兮山之幽。〔馮按〕（兩句謂）曾在汴州、楚州使府。

〔三五〕見《爲賀拔員外上李相公啓》「名汙柳營」注。

〔三六〕〔補注〕用蓮幕事，屢見。

〔三七〕從，《英華》作「徙」，非。注：集作「從」。〔按〕憲秩，御史之職位。此借指幕官所帶憲銜。上句「臺」指御史臺。

〔三八〕〔徐注〕《通典》：侍御史一名柱後史，謂冠以鐵爲柱。〔馮注〕《漢官儀》：侍御史，周官也。爲柱下史，冠法冠，一名柱後，以鐵爲柱，言其審固不撓。或言以獬豸角形爲冠。

〔三九〕〔馮注〕《漢書·百官公卿表》：侍御史有繡衣直指，出討姦猾，治大獄。武帝所置，不常置。《雋不疑傳》：武帝末，暴勝之爲直指使者，衣繡衣，持斧，逐捕盜賊。

〔四〇〕端簡，《全文》作「簡端」，據《英華》乙。〔徐注〕《通典》：御史爲風霜之任，故曰「霜臺」。《御史故事》：按事彈奏，白簡爲重，黄簡爲輕。

〔四一〕〔徐注〕崔篆《御史箴》：簡上霜凝，筆端風起。〔按〕餘參見《爲濮陽公陳情表》「臣此時尚持白簡」注。

〔四二〕見《爲安平公兖州謝上表》「粤自烏臺」注。

〔四三〕〔馮注〕《漢書·孫寶傳》：立秋日，敕曰：「今鷹隼始擊，當取姦惡，以成嚴霜之誅。」

〔四四〕允，《全文》作「充」，據《英華》改。

〔四五〕〔徐注〕元稹詩：諫垣陳好惡。〔馮曰〕薛蓋以幕官入爲御史，補拾遺、尚書郎中，出而守郡。以下歷叙之。〔按〕諫垣指任拾遺。

〔四六〕〔徐注〕謝承《後漢書》：夏勤從容論議。

〔四七〕見《爲濮陽公論皇太子表》「當車折檻」注。

〔四八〕〔徐注〕《漢書·孔光傳》：光典樞機十餘年，時有所言，輒削草藁。

〔四九〕〔徐注〕《漢官儀》：尚書郎入直臺廨中，給女侍史二人，皆選端正，指使從直，女侍史執香爐燒薰以從入臺中，給使護衣服。

〔五〇〕太，《全文》作「大」，據《英華》改。〔馮注〕《漢官儀》：尚書郎，太官供食，湯官供餅餌五熟果實，下天子一等。

〔五一〕伏奏,見《代李玄爲崔京兆祭蕭侍郎文》「明光多伏奏之勤」注。〔馮注〕《史記·始皇本紀》:制曰:「可。」注曰:群臣有所奏請,天子答之曰「可」。

〔五二〕〔馮注〕《後漢書·志》:成帝初置尚書四人,分爲四曹。世祖分爲六曹。侍郎三十六人,一曹有六人。蔡質《漢儀》:尚書郎初從三署詣臺試,初上臺稱守尚書郎,中歲滿稱尚書郎,三年稱侍郎。〔徐注〕《初學記》:西漢置尚書郎四人。光武分尚書爲六曹,每一尚書則領六郎,凡三十六郎焉。

〔五三〕見《爲絳郡公上崔相公啓》「青縑赤管」注。

〔五四〕見《爲滎陽公謝賜冬衣狀》「白分椒壁之光」注。

〔五五〕〔馮注〕《三輔決録》:田鳳爲尚書郎,儀容端正,每入奏事,靈帝目送之,因題柱曰:「堂堂乎張,京兆田郎。」

〔五六〕〔徐注〕《漢書·直不疑傳》:不疑爲郎,事文帝,其同舍有告歸,誤將持其同舍郎金去。已而同舍郎覺亡金,意不疑,不疑謝有之,買金償。後告歸者至而歸金,亡金郎大慚,以此稱爲長者。

〔五七〕〔徐注〕《後漢書·光武紀》:初斷州牧,自還奏事。〔補注〕《漢書·百官公卿表》:「監御史,秦官,掌監郡。漢省,丞相遣史分刺州,不常置,武帝元封五年,初置部刺史,掌奉詔條察州……成帝綏和元年更名牧,秩二千石。」師古注:「《漢官典職儀》云:『刺史班宣,周行郡國,省察治狀,黜陟能否,斷治冤獄,以六條問事。』」

〔五八〕〔徐注〕《左傳》：晉於是乎作州兵。

〔五九〕見《爲濮陽公陳許舉人自代狀》注〔一二〕。

〔六〇〕〔馮注〕《後漢書·循吏傳》：劉寵拜會稽太守，徵爲將作大匠。有五六老叟，自若邪山谷間出，人齎百錢以送寵曰：「自明府下車以來，狗不夜吠，民不見吏，今聞當見棄去，故自扶奉送。」寵爲人選一大錢受之。

〔六一〕〔徐注〕《漢書·郅都傳》：濟南瞯氏宗人三百餘家，豪猾，二千石莫能制，於是景帝拜都爲濟南守。至則誅瞯氏首惡，餘皆股栗。

〔六二〕〔徐注〕《漢書·何武傳》：武爲揚州刺史，行部必先即學官見諸生，試其誦論，問以得失。

〔六三〕〔馮注〕《後漢書·宋均傳》：均遷九江太守。郡多虎暴，數爲民患。均到，下記屬縣：退姦貪，進忠善，一去檻穽。其後傳言虎相與東游渡江。

〔六四〕〔馮注〕《後漢書·循吏傳》：孟嘗遷合浦太守。海出珠寶，常通商販，貿糴糧食。先時守宰貪穢，珠遂漸徙於交趾郡界。人物無資，貧者餓死於道。嘗到官，革易前敝，去珠復還。高誘注《淮南子》「淵生珠而岸不枯」曰：有光明，故岸不枯。互見《爲李貽孫上李相公啓》「珠岸迴光，庶及不枯之草」注。

〔六五〕〔徐注〕《易》：鬼神害盈而福謙，人道惡盈而好謙。

〔六六〕〔馮注〕《書》：天秩有禮，自我五禮有庸哉？傳曰：天次秩有禮，當用我公、侯、伯、子、男五等之禮以接之，使有常。

〔六七〕〔補注〕華國，光耀國家。《周禮·春官·典路》：「凡會同軍旅，弔於四方，以路從。」鄭玄注：「王出於事無常，王乘一路，典路以其餘路從行，亦以華國。」

〔六八〕〔徐注〕《吴志·魯肅傳》：交游士林。《後漢書》：天下模楷李元禮。

〔六九〕〔徐注〕《左傳》：諸侯聞之，其誰不解體？〔補注〕《孫子·軍争》：「故三軍可奪氣。」

〔七〇〕卿雲，見《爲河南盧尹賀上尊號表》「非煙浪井」注。

〔七一〕伏，《英華》作「洑」。見《爲濮陽公陳許奏韓琮等四人充判官狀》「濟伏而清」注。〔馮曰〕以上叙其凋喪停頓之事，未可詳定。

〔七二〕〔徐注〕《漢書·枚乘傳》：修治上林，不如長洲之苑。服虔曰：吴苑。孟康曰：以江水洲爲苑也。韋昭曰：長洲在吴東。《吴都賦》：佩長洲之茂苑。〔馮按〕此謂蘇州，與《詩集·陳後宫》所用不同。蓋《吴都賦》云：「造姑蘇之高臺，臨四遠而特建。帶朝夕之濬池，佩長洲之茂苑。窺東山之府，則瓌貨溢目；覵海陵之倉，則紅粟流衍。」李善注皆引枚乘上書語。曰帶、曰佩、曰窺、曰覵，正四遠之境。《漢書注》所云吴苑者，乃指吴王移都廣陵也。後人誤承上句，而以長洲茂苑轉屬姑蘇矣。互詳《詩集·陳後宫》「茂苑城如畫」注。按：茂苑，揚州、蘇州皆可用，此則定謂蘇州。

〔七三〕〔徐注〕任昉《述異記》：越多橘柚園，越人歲出橘税。葉夢得《書傳》：橘性極畏寒，今吴中橘亦惟洞庭東、西兩山最盛。地必面南，爲屬級次第便受日。

〔七四〕〔徐注〕《新書·食貨志》：貞元九年，諸道鹽鐵使張滂奏：「出茶州縣若山及商人要路以三等定估，十税其一。」歲得錢四十萬緡。《舊書·德宗紀》：茶之有税自此始。〔馮注〕《元和郡縣志》：湖州長城縣西北顧山，貞元以後，每歲以進奉顧山紫筍茶，役工三萬人，累月方畢。《新書·志》：蘇州土貢柑、橘。常州、湖州土貢紫筍茶。

〔七五〕去，徐本作「未」，誤。〔徐注〕鶂與鷁同。鶂，水鳥，似鷺而大，高飛能風雨。《春秋》：僖公十有六年，六鶂退飛過宋都。按：上文言「長洲」「茂苑」，則薛衮嘗官於吴郡。霅水在吴興界中。〔馮注〕《元和郡縣志》：烏程縣霅溪水一名大溪水，一名苕水。自長城、安吉流至湖州城南，與餘不溪、苧溪水合，流入太湖。《寰宇記》：凡四水合爲一溪，曰苕溪、前溪、餘不溪、霅溪。東北流合太湖。字書云：「霅者，四水激射之聲。」

〔七六〕〔徐注〕《晉書·陸機傳》：華亭鶴唳，豈可復聞乎！〔馮注〕《元和郡縣志》：華亭縣西華亭谷，陸遜、陸抗宅在其側。按：薛守吴郡，移吴興郡也。《白香山集》，守蘇州時，有《揀貢橘書情》詩、《即事寄崔湖州》詩，又有《夜聞賈常州崔湖州茶山境會想羨歡宴》詩。蓋洞庭兩山貢橘，太守親往揀之；湖州、常州貢茶，兩太守合至茶山征收。《湖州府志》：「唐時分山造茶，宴會於啁山之懸脚嶺，有會景亭，以嶺中爲分界也。」華亭屬蘇州。言移吴興，而聲息尚聞耳。〔按〕如薛係由蘇州移刺湖州，則與《吴興志》所載薛褒由安州刺史拜顯然不合，益見岑説可疑。

〔七七〕〔徐注〕《左傳》：楚氛甚惡。注：氛，氣也，言楚有襲晉之氣。〔馮注〕《國語》：晉獻公田，見翟柤之氛。餘見《代僕射濮陽公遺表》。〔按〕翟虜，指叛鎮劉稹，徐注引《新書·回鶻傳》，疑指回鶻「入雲、朔，剽横水，殺掠甚衆」之事，誤。今删之，馮注是。

〔七八〕〔馮注〕《禮記》：夫子曰：「殷人殯於兩楹之間。丘也，殷人也，予疇昔之夜，夢坐奠於兩楹之間。予殆將死也。」

〔七九〕〔徐注〕《西京雜記》：賈誼在長沙，鵩鳥集其承塵。俗以鵩鳥至人家，主人死。誼作《鵩鳥賦》。按：《釋名》：「承塵，施於上以承塵土。」蓋即此所謂「帳」也。〔馮注〕見《代李玄爲崔京兆祭蕭侍郎文》「賈誼壽之不長」注。又《御覽》引《書儀》曰：「誼在湘南，六月三庚日，鵩鳥來，時以南方毒惡，以助太陽銷鑠萬物。」是又一解也。

〔八〇〕〔徐注〕《世説》：殷仲堪父病虚悸，聞牀下蟻動，謂是牛鬬。〔馮注〕《晉書·殷仲堪傳》：父師，嘗患耳聰，聞牀下蟻動，謂之牛鬬。《續晉陽秋》云：有失心病。

〔八一〕〔徐注〕《後漢書·鄭玄傳》：（建安五年春）玄夢孔子告之曰：「起，起，今年歲在辰，來年歲在巳。」既寤，以讖合之，知命當終。有頃寢疾，其年六月卒，年七十四。

〔八二〕〔徐注〕《幽冥録》：阮瞻素秉無鬼論，有一鬼通姓名，作客詣之，變爲鬼形，須臾便滅。阮年餘病死。〔馮注〕《晉書·傳》：阮瞻素執無鬼論，物莫能難。忽有一客通名，談名理甚有才辯。及鬼神之事，反覆甚苦。客遂屈，乃作色曰：「鬼神，古今聖賢所共傳，君何得獨言無？即僕便是鬼。」於是變爲異形，須臾消滅。瞻默然，意色大惡。後歲餘，病卒。

〔八三〕見《代安平公遺表》「念兹二豎，徒訪秦醫」注。

〔八四〕〔馮注〕《史記·扁鵲傳》：扁鵲過齊，齊桓侯客之。入朝見，曰：「君有疾在腠理，不治將深。」桓侯曰：「寡人無疾。」後五日，曰：「君有疾在血脈。」後五日，曰：「君有疾在腸胃間。」後五日，扁鵲望見桓侯而退走。曰：「疾之居腠理也，湯熨之所及也；在血脈，鍼石之所及也；在腸胃，酒醪之所及也；其在骨髓，雖司命無奈之何。今臣是以無請也。」桓侯遂死。

〔八五〕〔徐注〕賈謐詩：青青寒雲，上拂丹霄。《北堂書鈔》：《雜字解詁》云：「霄，摩天赤氣也。」

〔八六〕〔馮注〕《（山海經）·海内南經》：有木，其狀如牛，引之有皮，若纓黄蛇，其名曰建木，在窫窳西，弱水上。又《海内經》：有鹽長之國，有木名曰建木，百仞無枝，有九欘，下有九枸，大皞爰過，黄帝所爲。《淮南子》：建木在都廣，衆帝所自上下，日中無景，呼而無響，蓋天地之中也。

〔八七〕幢幢，《全文》作「曈曈」，據《英華》改。〔按〕「坦坦」二句分承「丹霄」二句。

〔八八〕迥，《英華》誤作「迴」。〔徐注〕《魏書》：李騫《釋情賦》云：「對九重之清切，望八襲之峥嶸。」蓋「襲」即「重」也。〔馮注〕《爾雅·釋丘》云：三成爲崑崙丘。注曰：崑崙山三重。又《釋山》云：三襲，陟。注曰：襲亦重。《水經注》：崑崙説曰：「崑崙之山三級，下曰樊桐，一名板松；二曰玄圃，一名閬風；上曰增城，一名天庭，是謂太帝之居。」

〔八九〕〔馮注〕《楚辭·天問》：圓則九重，孰營度之？〔補注〕《楚辭·九辯》：「君之門以九重。」

〔九〇〕〔徐注〕(旒扆)謂冕旒黼扆。
〔九一〕〔徐注〕錢起詩:羞將白髮對華簪。
〔九二〕見《爲同州張評事謝辟啓》「室盈東箭,門咽南金」注。
〔九三〕〔徐注〕《後漢書·隗囂傳》:扶傾救危。
〔九四〕〔徐注〕《書·説命》:若歲大旱,用汝作霖雨。
〔九五〕〔徐注〕《詩》:顯允方叔。〔按〕顯允,明信。
〔九六〕〔徐注〕《詩》:干禄百福。
〔九七〕〔徐注〕史照《通鑑疏》引諺云:福至心靈,禍來神昧。
〔九八〕〔徐注〕《淮南子》:秋三月,青女乃出,以降霜雪。高誘曰:青女,青腰玉女,主霜雪也。
〔九九〕〔徐注〕《廣雅》:日御曰羲和。《詩》:旭日始旦。
〔一〇〇〕〔徐注〕劉琨《答盧諶詩序》:夜光之珠,何得專翫於隨掌?〔馮注〕詳見下《爲滎陽公祭吕商州文》「尚憶神珠,向隨臺而獨酹」注。
〔一〇一〕〔徐注〕《穆天子傳》:天子命駕八駿之乘,右服華留而左騄耳。周閑,見《爲中丞滎陽公謝借飛龍馬送至府界狀》「將復周閑」注。
〔一〇二〕〔徐注〕《世説》:蔡司徒在洛,見陸機兄弟住參佐廨中三間瓦屋,士龍住東頭,士衡住西頭。〔馮注〕《晉書》:陸雲少與兄機齊名,號曰二陸。

〔一〇三〕〔馮注〕《後漢書・荀淑傳》：淑有子八人。儉、緄、靖、燾、汪、爽、肅、專。並有名稱，時人謂八龍。初，荀氏里名西豪，潁陰令苑康以昔高陽氏才子八人，改其里曰高陽里。

〔一〇四〕〔徐注〕《詩》：脊令在原，兄弟急難。

〔一〇五〕〔馮注〕沼雁，借用梁園雁池。《禮記》：兄之齒雁行。

〔一〇六〕〔馮注〕《晉語》：楚王孫圉聘于晉，趙簡子問曰：「楚之白珩猶在乎？其爲寶也幾何矣。」〔按〕白珩，古時佩玉上部之横玉，形似磬，或似半環。

〔一〇七〕見《爲濮陽公祭太常崔丞文》「冀十城之得價」注。〔按〕連城璧，事見《史記・廉頗藺相如列傳》：「趙惠文王時，得楚和氏璧。秦昭王聞之，使人遺趙王書，願以十五城請易璧。」

〔一〇八〕〔徐注〕《詩》：彼蒼者天。

〔一〇九〕〔徐注〕《莊子》：上古有大椿者，以八千歲爲春，八千歲爲秋。〔馮按〕《莊子》本文，大椿之上，有曰：「楚之南有冥靈者，以五百歲爲春，五百歲爲秋。」此句是假借取義，言冥然者反多壽也。

〔一一〇〕〔徐注〕《左傳》：狄人伐衛。衛懿公好鶴，鶴有乘軒者。將戰，國人受甲者皆曰：「使鶴，鶴實有禄位，余焉能戰！」

〔一一一〕〔徐注〕《隋書・盧思道傳》：《孤雁賦》云：「剪拂吹嘘，長其光價。」

〔一一二〕〔馮校〕淹，舊作「掩」，誤。〔按〕馮本作「淹」。《英華》《全文》皆作「掩」，「掩」亦可通。〔徐注〕《中論》：六塵：色、聲、香、味、觸、法。〔馮注〕《毗尼藏經》：「聲、色、香、味、觸、法，能坌污人之淨心，故云六塵。」此言俱歸淪滅。

〔一三〕見《爲濮陽公陳許謝上表》「經過潁上，水濁而强族皆除」注。

〔一四〕〔馮注〕《晉書·王導傳》：初，導渡淮，使郭璞筮之，曰：「吉，無不利。淮水絶，王氏滅。」其後子孫繁衍，竟如璞言。

〔一五〕《英華》注：集作「某甲因中外」。〔馮按〕一有「甲」字者，當時諱之，故曰「某甲」也。《後漢書·列女傳》：文姬詩曰：「又復無中外。」《南史·謝弘微傳》：中外姻親。

〔一六〕見《爲同州任侍御上崔相國啓》「此皆相公推孔、李之素分」注。

〔一七〕〔徐注〕《〈文選〉·劉琨〈答盧諶詩〉》：郁穆舊姻，嬿婉新婚。善曰：臧榮緒《晉書》：「琨妻即諶之從母。」諶《贈琨詩》：申以婚姻，著以累世。向曰：婚姻謂諶妹嫁琨弟。

〔一八〕〔徐注〕《揚子》：或曰：「人可鑄與？」曰：「孔子鑄顔回矣。」

〔一九〕見《爲張周封上楊相公啓》「存趙氏之孤」注。

〔二〇〕〔馮注〕見《爲同州張評事謝辟啓》「竊有化龍之勢」注。又《辛氏三秦記》：江海大魚，集龍門下數千，登者化龍，不登者點額暴腮。

〔二一〕見《爲河南盧尹賀上尊號表》「據九折之險」注。〔馮曰〕（龍門、羊腸）皆暗指晉地。

〔二二〕〔馮注〕《書·泰誓》：樹德務滋。〔徐注〕《韓子》：孔子曰：「善爲吏者樹德。」

〔二三〕〔馮注〕《國語》：董叔將取於范氏，曰：「欲爲繫援焉。」此言結姻也。〔徐注〕《文選》有謝靈運

《田南樹園激流植援》詩，銑曰：引流水種木爲援，如牆院也。

〔二四〕〔徐注〕《左傳》：子産如陳，曰：「其君弱植。」

〔二五〕〔徐注〕《詩》：豈其取妻，必宋之子？

〔二六〕〔徐注〕《文選序》：楚人屈原，遂放湘南。〔馮注〕湘南，長沙、衡陽之境。〔按〕湘南包括之地域頗廣，自桂州至衡、潭皆可曰湘南。商隱《寄成都高苗二從事》之「命斷湘南病渴人」，湘南即指桂州。然本文之「湘南」據下「言去郴江」之句，自指郴州而言。

〔二七〕〔馮注〕《後漢書·輿服志》：四百石、三百石、二百石，黄綬，淳黄。

〔二八〕鬒，徐本一作「鬢」。〔馮注〕《水經注》：湘水北過臨湘縣，逕石潭山西。又北逕昭山西，山下有旋泉，深不可測，故言昭潭無底也，亦謂之湘州潭。

〔二九〕〔徐注〕《詩》：既曰歸止，曷又懷止？

〔三〇〕〔徐注〕《詩》：將安將樂，棄予如遺。

〔三一〕見《爲李郎中祭舅竇端州文》「許靖他鄉」二句注。

〔三二〕〔徐注〕王粲《登樓賦》：登茲樓以四望兮，聊假日以銷憂。〔馮曰〕許靖，謂薛；王粲，裴自謂。

〔按〕許、王均自謂。

〔三三〕辱，《英華》作「如」，誤。〔補注〕重言，爲世人所尊重者之言。語本《莊子·寓言》。

〔三四〕〔徐注〕《周語》：先民有言曰：「改玉改行。」〔馮注〕《國語·周語》注曰：「佩玉所以節行步也。尊卑遲速有節，服其服器，行其禮。」此以珮玉不改，行亦不改取意。

〔三五〕見《爲張周封上楊相公啓》「一諾之恩斯及」注。

〔三六〕〔徐注〕《北史·李順傳》：吉凶書記，皆合典則。〔按〕此「凶書」指訃音。

〔三七〕〔徐注〕《漢書·蘇武傳》：天子射上林中，得雁，足有繫帛書，言武等在某澤中。

〔三八〕〔徐注〕《古詩》：客從遠方來，遺我雙鯉魚。呼童烹鯉魚，中有尺素書。〔馮注〕王僧孺詩：「尺素在魚腸，寸心憑雁足。」言空煩使者遠來，而竟不及作報書矣。

〔三九〕〔馮注〕《詩》：泣涕如雨。〔徐注〕《説苑》：鮑叔死，管子舉上衽而哭之，泣下如雨。

〔四〇〕〔馮注〕《世説》：顧長康拜桓宣武墓，哭之，聲如震雷破山，淚如傾河注海。按：上文「楚徼」「昭潭」，指郴州也。郴在衡山之南，與嶺、廣接；澧州在郴州西北千餘里，較近巴陵、巫峽也。下文方云去郴移澧，而此乃云「峽雨」「巴雷」。其凶書之來，及一切蹤跡，不可妄爲之解也。

〔四一〕見《爲張周封上楊相公啓》「貸潤監河」注。

〔四二〕熱，《英華》作「爇」。見《代僕射濮陽公遺表》「復然無望於死灰」注。

〔四三〕郴，《全文》作「彬」，誤，據《英華》改。〔徐注〕《水經注》：黄水出郴縣西黄岑山，北流注於耒水，謂之郴口。《新書·地理志》：郴州桂陽郡，治郴縣。《元和郡縣志》：郴水流經州東一里。《輿地紀勝》：郴水在郴縣南四十里，源出黄岑山，至郴口合耒水。〔馮注〕《漢書·志》：桂陽郡郴縣耒山，耒水所出，西至湘南入湖。《十三州志》：日華水出郴縣華山，西至湘南縣入湘。

《舊書·志》：郴州桂陽郡，理郴縣。

〔一四四〕〔徐注〕屈原《九歌》：遺余佩兮澧浦。按：裴祭薛在郴州，時又量移澧州而欲去也。〔馮注〕《水經》：澧水出武陵充縣西，歷山東，過零陽縣、作唐縣，至長沙下雋縣入江。注曰：澧水注于洞庭湖，謂之澧江口也。《舊書·志》：澧陽郡治澧陽縣。按：《舊書》，郴州、澧州，皆江南西道。《新書》，郴州江南西道，澧州山南東道。

〔一四五〕〔馮注〕《大般涅槃經》：汝今所有疑網毒箭，我善拔出。

〔一四六〕申，《英華》作「深」，誤。

〔一四七〕執紼，見《爲濮陽公祭太常崔丞文》「願執紼而身遠」注。

〔一四八〕〔徐注〕滕公石槨銘語。〔馮注〕《史記·夏侯嬰傳》，《索隱》引《博物志》曰：公卿送嬰葬，至東都門外，馬不行，踣地悲鳴，得石槨，有銘曰：「佳城鬱鬱，三千年見白日，吁嗟滕公居此室。」乃葬之。《三輔故事》曰：俗謂之馬冢。按：《西京雜記》作滕公生時事。滕公曰：「嗟乎天也，吾死其即安此乎！」死遂葬焉。今以《索隱》《藝文類聚》較可信，故據之。

〔一四九〕〔徐注〕《古詩》：諒無晨風翼，焉能凌風飛。

〔一五〇〕見《爲濮陽公陳許謝上表》「羨海槎之不繫」注。

〔一五一〕楊，徐曰：一作「羊」，非。烏，《英華》作「馬」，徐本、馮本從之。〔馮注〕《西京雜記》：陳縞入終南山採薪，見張丞相墓前石馬。〔徐箋〕按《後漢書·楊震傳》：順帝即位，下詔以禮改葬於華陰潼亭，遠近畢至。先葬十餘日，有大鳥高丈餘，集震喪前悲鳴，淚下霑地，葬畢乃飛去。於是時人立石鳥象於其墓所。注引謝承《書》曰：其鳥五色，高丈餘，翼長二丈三尺，人莫知其名也。此文「石馬」當作「石鳥」，蓋冢前石馬所在多有，隨舉一人皆可，何必楊公。故知「馬」爲「鳥」字之誤。「楊」或作「羊」，亦謬。〔馮按〕徐説似是，然俟再考。楊、羊漢時可通用，非謬也。

〔二五三〕〔馮校〕周，當作「州」。〔徐注〕《漢書·西域傳》：烏弋山離國有桃拔、師子、犀牛。孟康曰：桃拔一名符拔，似鹿，長尾。一角者或爲天鹿，兩角者或爲辟邪。《後漢書·靈帝紀》注：今鄧州南陽縣北有宗資碑，旁有兩石獸，鐫其髆，一曰天禄，一曰辟邪。按：《後漢書》，宦官封侯無所謂「周苞」者。據《水經注》：「湍水東逕犨縣故城北，出於魚齒山下，水南有漢中常侍、長樂太僕、吉侯苞冢。冢前有碑基，西枕岡城，開四門，門有兩石獸。墳傾墓毀，碑、獸淪移。人有掘出一獸，猶全不破，甚高壯，頭去地減一丈許，作制甚工。左髆上刻作『辟邪』字，其碑云：『六帝四后，是諮是諏。』蓋仕自安帝，没于桓后也。」義山蓋用此事。今《水經注》本訛缺最多。「吉」恐是「周」字之誤。或集誤以「吉」爲「周」亦未可知。史無其人，莫可考矣。〔馮按〕今武英殿聚珍版，取《永樂大典》校正《水經注》，作「吉成侯州苞冢」，則「周」當作「州」也。《後漢書·宦者·曹騰傳》：「桓帝得位，騰與長樂太僕州輔等七人，以定策功，皆封亭侯，騰爲費亭侯。」宋趙明誠《金石録》：「吉成侯州輔碑，名字已殘闕，其額題曰：『漢故中常侍、長樂太僕、吉成侯州君之銘。』輔名姓見范氏《後漢書》。」此碑載當時詔書云「其封輔爲葉吉成侯」，以此知其名輔。而注

《水經》云「吉成侯州苞冢」，其詞云「六帝四后，是諮是諏」。今驗銘文，實有此語。獨以輔爲苞，蓋誤。當取漢史及此碑爲正。余得州君墓碑，意墓石左膊「辟邪」字猶存。託人訪求之，踰年持以見寄。其一「辟邪」，道元所見也；其一乃「天禄」，字差大，皆完好可喜。按：洪氏《隸釋》亦載之。蓋封輔爲葉之吉成亭侯，輔即苞也。或輔名而苞字，碑闕弗可考矣。《隸釋》詳載碑陰州姓者乃十有三人。《廣韻》：「州，姓。」《左傳》晉州綽。《集古録》《金石録》《隸釋》皆云「漢人簡質，雖姓氏亦假用之」，則「州」「周」亦可假用。按：《漢書·古今人表》，華州即華周。亦爲切證。

〔一五三〕〔補注〕《禮記·學記》：「良冶之子，必學爲裘。」孔穎達疏：「言積世善冶之家，其子弟見其父兄世業陶鑄金鐵，使之柔合以補治破器，皆令全好，故此子弟仍能學爲袍裘，補續獸皮，片片相合，以至完全也。」後以「良冶」借指教子有方之父。

〔一五四〕〔馮注〕《漢書·韋賢傳》：鄒、魯諺曰：「遺子黄金滿籯，不如一經。」參見《爲李貽孫上李相公啓》「韋、平掩耀」注。

〔一五五〕〔徐注〕《左傳》：桓公二年，取郜大鼎於宋。臧哀伯諫。周内史聞之曰：「臧孫達其有後於魯乎！君違不忘諫之以德。」

〔一五六〕〔馮注〕《左傳》：賜畢萬魏。卜偃曰：「畢萬之後必大。萬，盈數也；魏，大名也。以是始賞，天啓之矣。」

〔一五七〕〔徐注〕《漢書·王莽傳》：誠上沐陛下餘光。

〔一五八〕紹，《英華》作「貂」，誤。見《爲李貽孫上李相公啓》「韋、平掩耀」注。〔馮按〕《宰相世系表》，裴氏宰相甚多，此取相門出相之意。

〔一五九〕〔徐注〕《左傳》：晉侯之入也，秦穆公屬賈君焉。注：穆姬，申生姊，秦穆夫人。〔馮注〕按《左傳》，晉、秦屢爲婚姻，吕相絶秦曰：「我獻公及穆公相好，申之以盟誓，重之以婚姻也。」薛郎中自圖速死，其女昔許字裴，恐有變計，特遣使以敦夙約。使來之後，薛尋卒矣。故詳述其事，以報死者。

〔一六〇〕〔徐注〕謝承《後漢書》：徐穉諸公所辟，雖不就，有死喪負笈赴弔。嘗於家豫炙雞一隻，以一兩綿絮漬酒中，暴乾以裹雞，徑到所起冢墜外，以水漬綿使有酒氣。斗米飯，白茅爲藉，以雞置前，醊酒畢，留謁則去，不見喪主。

〔一六一〕〔徐注〕《後漢書·徐穉傳》：郭林宗有母憂，穉往弔之，置生芻一束於廬前而去。

〔一六二〕〔徐注〕《北史·高允傳》：景穆曰：「天威嚴重，允迷亂失次耳。」

〔一六三〕淚，《英華》作「涕」。〔徐注〕《庾信傳》：垂淚有千行。

〔一六四〕〔徐注〕屈原《九歌》：辛夷車兮結桂旗。

〔一六五〕〔徐注〕《離騷》：紉秋蘭以爲佩。

〔蔣士銓曰〕「但續椿壽，徒高鶴位」，即所謂「使君輩存，令此人死也」，一經鑪錘，醖藉多少。〇

氣格平近，留之爲初學先路。（《忠雅堂評選四六法海》卷八）

## 上容州李中丞狀〔一〕

二十一翁儒學上流，簪纓雅望〔二〕，自還郡印〔三〕，復坐卿曹〔四〕。激水搏風〔五〕，匪伊朝夕，不謂復行萬里，又擁再麾〔六〕。竊料徵還，不出歲杪〔七〕。馬伏波遠征交阯，去歷三年〔八〕；葛丞相深入不毛，時當五月〔九〕。苟夙夜匪懈〔一〇〕，即福禄無疆〔一一〕。區區下情，誠望在此。某方卧疴一室〔一二〕，收跡他山〔一三〕，仰望伏熊〔一四〕，但羨飛鳥。下情不任結戀之至。

【校注】

〔一〕本篇原載清編《全唐文》卷七七五第一五頁、《樊南文集補編》卷六。〔錢箋〕《舊唐書·地理志》：容管經略使治容州，管容、辯、白、牢、欽、巖、禺、湯、瀼、古等州。李中丞未詳。〔張箋〕狀云：「某方卧疴一室，收跡他山。」似會昌中在洛居憂時作，但無可定編矣。（按：張置不編年文中。）〔按〕吴廷燮《唐方鎮年表·容管》會昌三年下引《新書·宗室世系表》：讓皇帝房，「容管經略使、左庶子景仁」，諫議大夫景儉弟。又於四年下引李商隱《上容州李中丞狀》，謂此容州李中丞即李景仁，會昌二至四年在容管經略任。吴氏之説大體可信。商隱會昌二年至五年居母喪,先後閒居京郊、永樂、洛陽,其中會昌五年所作詩文頗多述己卧病之語,如「某淹滯洛下,貧病相仍」(《上韋舍人狀》)、「茂陵秋雨病相如」(《寄令狐郎中》)等,與狀「卧痾一室」語相合。或當作於五年也。「寄跡他山」語,於寓居永樂爲合,則亦有可能作於四年春至五年春期間。吴氏謂李景仁爲容管,在會昌二至四年,非有其他確證,則會昌五年或仍在任也。韋廑會昌六年至大中二年繼任容管經略使,亦可旁證。

〔二〕〔補注〕簪纓,顯貴。雅望,矚望、厚望。

〔三〕〔錢注〕《漢書·朱買臣傳》:初,買臣免,待詔,常從會稽守邸者寄居飯食。拜爲太守,買臣衣故衣,懷其印綬,步歸郡邸。直上計時,會稽吏方相與群飲,不視買臣。買臣入室中,守邸與共食,食且飽,少見其綬。守邸怪之,前引其綬,視其印,會稽太守章也。〔按〕自還郡印,指離州刺史任。似與朱買臣事無涉。觀下「復坐卿曹」可知。

〔四〕〔錢注〕《通典》:漢以太常、光禄勳、衛尉、太僕、廷尉、大鴻臚、宗正、大司農、少府謂之九寺大卿。後漢九卿而分屬三司,多進爲三公,各有署曹掾史,隨事爲員。

〔五〕〔錢注〕宋玉《風賦》:翱翔於激水之上。《莊子》:北冥有魚,其名爲鯤。化而爲鳥,其名爲鵬。海運則將徙於南冥。南冥者,天池也。鵬之徙於南冥也,水擊三千里,摶扶摇而上者九萬里。

〔六〕〔補注〕再麾,一對旌旗。唐制,節度使專制軍事,給雙旌雙節。旌以專賞,節以專殺。此指李中丞任容管經略使。

〔七〕〔補注〕《禮記・王制》：「冢宰制國用，必於歲之杪，五穀皆入，然後制國用。」

〔八〕〔錢注〕《後漢書・馬援傳》：十七年，交阯女子徵側、徵貳反。璽書拜援伏波將軍，南擊交阯。十八年春，軍至浪泊上，與賊戰，數敗之。明年正月，斬徵側、徵貳，傳首洛陽。按：十七年，爲世祖建武辛丑歲。

〔九〕〔錢注〕諸葛亮《出師表》：五月渡瀘，深入不毛。

〔一〇〕〔補注〕《詩・大雅・烝民》：「既明且哲，以保其身，夙夜匪懈。」

〔一一〕〔補注〕《詩・周南・樛木》：「樂只君子，福履綏之。」履，禄。又《大雅・鳧鷖》：「公尸燕飲，福禄來成。」

〔一二〕〔錢注〕謝靈運《登池上樓》詩：卧痾對空林。

〔一三〕〔錢注〕盧諶《贈劉琨詩序》：收迹府朝。〔補注〕《詩・小雅・鶴鳴》：「它山之石，可以攻玉。」鄭箋：「它山喻異國。」按：此句「他山」，即「他鄉」之意。收跡他山，似指寄跡永樂。

〔一四〕〔錢注〕《後漢書・輿服志》：三公列侯伏熊軾黑轓。

## 爲河南盧尹賀上尊號表〔一〕

臣某言：臣得本道進奏院狀，知宰臣某等奉上尊號，以光洪休，耀列聖之睿圖〔二〕，表三宮之慈訓〔三〕，凡在生物，孰不歡心。臣某中賀。

臣聞善言天者必推功於廣覆，善言日者必詠德於大明〔四〕。然後物仰玄穹〔五〕，人知景曜〔六〕，皇王擬象，今古同規。伏惟仁聖文武章天成功神德明道大孝皇帝陛下，體天垂蔭，法日流輝〔七〕，宏上德以纘戎〔八〕，啓下武而膺運〔九〕。頃從臨御，旋致治平〔一〇〕。雨塊風條〔一一〕，時推順適；苗螟葉蟘〔一二〕，坐致銷亡。是以銀甕石碑〔一三〕，非煙浪井〔一四〕，神而告瑞，史不絶書〔一五〕。

且獯鬻爲灾，周、秦乏策〔一六〕；金行火運，不絶於侵陵〔一七〕；瀚海陰山，幾渝於約誓〔一八〕。而敢乘衰運，來犯昌朝〔一九〕。陛下乃赫以天威〔二〇〕，授之宏略〔二一〕，一伐而單于僅免〔二二〕，三鼓而貴主來還，滅大邦之仇讐〔二三〕，攄累聖之忿憤〔二四〕。及晉陽逐帥，代馬新羈〔二五〕，陛下又濬發宸襟，委諸廟畫〔二六〕，浹辰而前軍就路〔二七〕，逾月而元惡膏碪〔二八〕。靜豐、沛之遺疆〔二九〕，舉陶唐之故俗〔三〇〕。蕞爾潞子〔三一〕，復生孽童〔三二〕，脱縗冀恩〔三三〕，止柩拒詔〔三四〕，據九折之險〔三五〕，有五州之人〔三六〕，藪澤逋逃〔三七〕，糞土租税〔三八〕。陛下又遠揚神斷，深詔徂征〔三九〕。合鎮、魏之强藩〔四〇〕，出韓、彭之鋭將〔四一〕，夷其巢窟〔四二〕，去彼根株〔四三〕，清明皇之舊宮〔四四〕，復金橋之故地〔四五〕。曾非曠歲，集此丕功〔四六〕。固已至化潛融，事光於玉版〔四七〕；玄機獨運〔四八〕，理溢於瑶編〔四九〕。

況又志切希夷〔五〇〕，道存沖漠〔五一〕，慕遺蹤于姑射〔五二〕，載動堯心；思順請于崆峒，欲勞軒拜〔五三〕。遠揚聖祖〔五四〕，載佇神孫。俾異法皆袪，多門就掩〔五五〕。麟殿正玄元之座〔五六〕，鳳書招黄老之徒〔五七〕。將以休有萬齡〔五八〕，臨兹兆衆，使咸踐壽昌之域，俱游富庶之鄉。巍乎焕乎，盛矣美矣。故得人祇協欲，華夏均懷，願加尊顯之稱〔五九〕，以報財成之美〔六〇〕。宰臣等果能陳大義，允建鴻名〔六一〕，伊尹暨湯，咸有一德〔六二〕；咎繇謨禹，克纘九功〔六三〕。述盡善於王猷〔六四〕，標具美於帝籙〔六五〕。南山稱壽〔六六〕，北辰降光〔六七〕。永終無極之年〔六八〕，長奉上清之號〔六九〕。臣幸丁昌運，方守洛京，空深戀闕之誠，不在稱觴之列。舉頭見日〔七〇〕，雖悲千里之遥；側管窺天〔七一〕，且慶百年之幸〔七二〕。無任徘徊望闕蹈舞踴躍之至。

【校注】

〔一〕本篇原載《文苑英華》卷五六九第四頁、清編《全唐文》卷七七二第八頁、《樊南文集詳注》卷一。《英華》題下原注：武宗會昌五年。〔徐箋〕《舊書·武宗紀》：會昌五年春正月己酉朔，宰臣李德裕、杜悰、李讓夷、崔鉉，太常卿孫簡等率文武百寮上徽號曰「仁聖文武章天成功神德明道皇帝」。《新書》「明道」下有「大孝」二字，此表亦有之，蓋《舊書》傳寫者之遺脱耳。唐制，京兆、河南、太原各置尹一員，從三品。〔馮箋〕按盧尹爲盧貞，見《白香山集》。香山七老會，貞與秘書監狄兼謩以年未七十，雖與會而不及列。《唐詩紀事》：「貞字子蒙，會昌五年爲河南尹。」而七老會中又有盧貞，亦作「真」，前侍御史内供奉官，年八十三，不可誤合爲一人也。餘詳《玉谿生年譜》。（馮譜云：《白香山集》有《題府中水堂贈盧尹中丞》詩。又會昌五年三月舉七老會，河南尹盧貞年未七十，與會而不及列。又《詔取永豐柳植禁苑感賦詩》河南尹盧貞和。）〔按〕上尊號之事在會昌五年正月初一，消息傳至洛陽而上表慶賀，表當作於正月上旬。盧尹名貞，别號南郭子。事跡散見《因話録》卷六、《舊唐書・文宗紀》、《新唐書・孝友傳》等。馮氏引《唐詩紀事》「貞字子蒙，會昌五年爲河南尹」之文，實誤。字子蒙之盧貞，名亦作「真」，曾官侍御史内供奉，與元稹多有唱和（今均不傳），白居易有《覽盧子蒙侍御舊詩，多與微之唱和，感今傷昔，因贈子蒙，題於卷後》。盧真晚年居洛陽，會昌五年三月二十一日，與胡杲、吉皎、鄭據、劉真、張渾、白居易於白氏洛陽履道里私第相聚爲七老會，寫有《七老會詩》，同年夏，又合李元爽、僧如滿爲九老會，此字子蒙之盧真未曾任河南尹。《唐詩紀事》卷四十九馮氏所引者固誤，清編《全唐詩》卷四六三盧貞小傳亦誤兩盧貞爲一人。

〔二〕〔徐注〕顔延之詩：睿圖炳睟。《隋書・薛道衡傳》：《高祖文皇帝頌》曰：「尚想叡圖。」

〔三〕慈，《全文》作「義」，據《英華》改。《英華》注：集作「義」。〔徐注〕《晉書・后妃傳》：詔曰：「朕少遭憫凶，慈訓無稟。」〔馮箋〕《舊書・后妃傳》：憲宗懿安皇后尊爲太皇太后，居興慶宮；穆宗恭僖皇后尊爲皇太后，居義安殿；貞獻皇后尊爲皇太后，居大内。文宗時號三宮太后。武宗即位，供養彌謹。貞獻徙居積慶殿。

〔四〕〔馮注〕《禮記》：大明生于東。〔按〕大明，此指日。《易·乾》「大明終始」李鼎祚集解引侯果曰：「大明，日也。」

〔五〕〔徐注〕《晉書·載記》：胡義周作頌曰：「仁被蒼生，德格玄穹。」

〔六〕〔徐注〕《後漢書·鄧后紀》：劉毅上書曰：「敷宣景燿，勒勳金石。」〔馮注〕班固《答賓戲》：「含景曜，吐英精。」曜、燿同。

〔七〕流，《英華》作「輪」。

〔八〕〔徐注〕《老子》：上德不德，是以有德。《詩》：纘戎祖考。〔補注〕纘戎，指繼承光大帝業。

〔九〕〔馮注〕《詩序》：《下武》，繼文也。武王有聖德，復受天命，能昭先人之功焉。

〔一〇〕〔補箋〕武宗即位僅五年而擊回鶻、平澤潞，故云。

〔一一〕《英華》作「雨順風調」，非。〔馮注〕《西京雜記》：董仲舒云：「太平之時，風不鳴條，開甲散萌而已；雨不破塊，潤葉津莖而已。」按：「鳴」一作「搖」，「散」一作「破」。

〔一二〕蟘，《英華》作「蟲」，非。〔徐注〕《詩》：去其螟螣，及其蟊賊。傳：食心曰螟，食葉曰螣，食根曰蟊，食節曰賊。陸氏《釋文》：「螣」字亦作「蚮」，徒得反，《說文》作「蟘」。

〔一三〕銀甕石碑，見《爲汝南公賀元日御正殿受朝賀表》注〔一四〕〔一五〕。

〔一四〕〔徐注〕《史記》：若煙非煙，若雲非雲，郁郁紛紛，蕭索輪囷，是謂卿雲。《瑞應圖》：王者清淨則浪井出。〔馮注〕《典略》：浪井不鑿自成。〔補注〕卿雲，即慶雲，一種彩雲，古人視爲祥瑞。《竹書紀年》卷上：「十四年，卿雲見，命禹代虞事。」浪井，自然生成之井。梁簡文帝《七勵》：「漾醴泉於浪井。」徐陵《孝義寺碑》：「嘉禾自秀，浪井恒清。」

〔一五〕〔徐注〕《左傳》：女叔侯曰：「史不絶書，府無虚月。」

〔一六〕〔徐注〕《漢書·匈奴傳》：唐、虞以上有山戎、獫允、薰鬻居於北邊。餘見《爲濮陽公陳情表》注〔六六〕。

〔一七〕〔徐注〕《晉書》：董養曰：「白者金色，國之行也。」《漢書·高帝紀》注：臣瓚曰：「漢承堯緒，爲火德。」〔馮注〕《漢書·高帝紀贊》：漢承堯運，斷蛇著符，旗幟上赤，協于火德。〔按〕謂晉代漢，匈奴仍爲患。

〔一八〕〔徐注〕《漢書·匈奴傳》：驃騎封于狼居胥山，禪姑衍，臨瀚海而還。又：郎中侯應曰：「北邊塞至遼東，外有陰山，東西千餘里，是其苑囿也。」

〔一九〕〔馮注〕《詩》：朝既昌矣。〔按〕昌朝，昌盛之朝，指唐朝。馮注引《詩》非其義。是時回鶻已衰，故云「衰運」，詳下箋。

〔二〇〕〔徐注〕《詩》：王赫斯怒。《左傳》：天威不違顔咫尺。

〔二一〕〔徐注〕《晉書·應詹傳》：疏曰：「頃者大事之後，遐邇皆想宏略。」

〔二二〕〔馮注〕《戰國策》：齊王遁而走莒，僅以身免。

〔二三〕〔徐注〕《詩》：蠢爾蠻荆，大邦爲仇。

〔二四〕〔徐注〕班固《封燕然山銘》：將上以攄高、文之宿憤。箋：《舊書·武宗紀》：會昌元年八月，回鶻烏介可汗遣使告難，言「本國爲黠戛斯所攻，故可汗死，今部人推爲可汗。緣本國破散，今奉太和公主南投大國」。時烏介至塞上，大首領嗢没斯與赤心宰相相攻，殺赤心，率其部下數千帳遁西域，天德防禦使田牟以聞。烏介又領其相頡于迦斯上表，借天德城以安公主，仍乞糧儲牛羊供給。金吾大將軍王會、宗正少卿李師偃往其牙宣慰，令放公主入朝，賑粟二萬碩。三年二月，劉沔奏：「昨率諸道之師至大同軍，遣石雄襲回鶻牙帳。雄大敗回鶻于殺胡山，烏介可汗被創而走，已迎得太和公主至雲州。」是日御宣政殿，百寮稱賀。〔馮曰〕餘備詳《爲李貽孫上李相公啓》。

〔二五〕〔徐注〕《後漢書·班超傳》：疏曰：「代馬依風。」〔馮注〕《戰國策》：蘇秦説秦惠王曰：「大王之國，北有胡貉代馬之用。」按：古詩每言代馬，注謂代郡之邑。《典略》曰：「代馬，陰之精。」《李陵答蘇武書》：策疲乏之兵，當新羈之馬。〔按〕晉陽事見本篇注〔三〇〕。

〔二六〕〔馮曰〕謂委任李德裕。

〔二七〕〔徐注〕《左傳》：浹辰之間。注：浹（辰），十二日也。

〔二八〕〔徐注〕「碪」本作「椹」。《史記》：范睢曰：「臣之胸不足以當椹質，要不足以待斧鉞。」《索隱》：椹音陟林反，莝椹也。按：椹音斟，俗從石作「碪」，腰斬者以椹爲藉，以鈇斫之，如剉草然。故陳餘《遺章邯書》云：「身伏鈇質。」「質」或作「鑕」。

〔二九〕静，《英華》作「淨」。沛，《英華》作「泒」，非。〔徐注〕《漢書·高帝紀》：豐沛邑中陽里人也。〔按〕後以豐沛代指帝王故鄉。如杜甫《别張十三建封》：「汾晉爲豐沛。」此即以豐沛代指唐高祖李淵發祥之地。

〔三〇〕陶唐，徐注本作「唐堯」。〔徐注〕《詩序》：此晉也，而謂之唐，本其風俗，憂深思遠，儉而用禮，乃有堯之遺風焉。按：晉陽本唐堯所封，高祖襲封唐國公，由太原起義兵而有天下，故云。〔馮箋〕：《舊書·武宗紀》：會昌三年，討劉稹。十二月，横水軍至太原，便催上路。軍人以歲將除，欲候過歲，期既速，軍情不悦。都頭楊弁乘士卒流怨，激之爲亂。四年春正月乙酉朔，楊弁逐太原節度使李石。壬子，河東監軍使吕義忠收復太原，生擒楊弁，盡斬其亂卒，百寮稱賀。〔馮箋〕《舊書·紀》《李石傳》：初，劉沔破迴鶻，留三千人戍横水，及討澤潞，王逢軍榆社，訴兵少。詔李石以太原之卒赴之，石乃割横水戍卒千五百人，令别將楊弁率之，以赴王逢。十二月二十八日軍至太原。舊例，發軍人二縑，石以支計不足，人給一疋，便催上路，不候過歲，軍情不悦，都頭楊弁激士卒爲亂。（下略）餘互詳《爲李貽孫上李相公啓》。

〔三一〕〔徐注〕謂劉從諫。《左傳》：子産曰：「抑諺曰『蕞爾國』，而三世執其政柄。」按：潞州，本春秋潞子國。〔馮注〕《後漢書·郡國志》注：《上黨記》曰：「潞，濁漳也。」

〔三二〕〔徐曰〕謂劉稹。

〔三三〕〔徐曰〕上表請授節鉞。

〔三四〕止，《全文》作「上」，據《英華》改。〔徐曰〕拒旨不護喪歸洛。

〔三五〕〔徐注〕《漢書・地理志》：上黨壺關縣有羊腸坂。《吕氏春秋》：九山，有太行羊腸。高誘曰：羊腸，其山盤紆如羊腸，在太原晉陽地。《焦氏易林》：羊腸九縈。〔馮注〕《左傳》：哀四年，齊伐晉壺口。杜預曰：路縣東有壺口關。《郡國志》：晉陽萬谷根山即羊腸坂也。按：古人言羊腸者每即云九折。餘互詳《爲懷州李中丞謝上表》「太行會險」句注。

〔三六〕〔徐注〕《舊書・地理志》：昭義軍節度使治潞州，領潞、澤、邢、洺、磁五州。

〔三七〕〔徐注〕《書》：爲天下逋逃主萃淵藪。〔補注〕藪澤，猶薈聚。逋逃，逃亡之罪人。按《新唐書・藩鎮傳・劉稹》：「李仲京，訓之兄，爲蕭洪府判官，擢監察御史。王渥，璠之子。王羽，涯族孫。韓茂章、茂實，約之子。賈庠，餗子。郭台，行餘子。甘露難作，皆羸服奔從諫，從諫衣食之。」藪澤逋逃，當指此。

〔三八〕〔馮注〕《左傳》：榮季謂子玉曰：「況瓊玉乎，是糞土也，而可以濟師，何愛焉？」《史記・貨殖傳》：計然曰：「貴出如糞土，賤取如珠玉，財幣欲其行如流水。」十年國富，厚賂戰士，遂報强吴。〔徐注〕《後漢書・袁紹傳》：輕榮財於糞土。

〔三九〕〔徐注〕《書》：帝曰：「咨禹，惟時有苗弗率，汝徂征。」

〔四〇〕〔徐曰〕謂成德王元逵、魏博何弘敬。

〔四一〕〔徐曰〕謂劉沔、王茂元等。《後漢書·謝該傳》：韓、彭之將，征討亂暴。〔馮曰〕討澤潞之諸將。詳《年譜》。〔按〕韓，韓信；彭，彭越。《通鑑·會昌三年》：五月「辛丑，制削奪劉從諫及子稹官爵，以元逵爲澤潞北面招討使，何弘敬爲南面招討使，與夷行、劉沔、茂元合力攻討……以武寧節度使李彦佐爲晉絳行營諸軍節度招討使」。

〔四二〕〔徐注〕《晉書·謝玄傳》：疏曰：「巢窟宜除。」

〔四三〕〔徐注〕《漢書·趙廣漢傳》：郡中盜賊，閭里輕俠，其根株窟穴所在，及吏受取請銖兩之奸，皆知之。《戰國策》：張儀説秦王曰：「削株掘根，無與禍鄰，禍乃不存。」

〔四四〕皇，《英華》作「王」。〔徐注〕《舊書·玄宗紀》：景龍二年，兼潞州别駕。開元十一年，幸并州、潞州，别改其舊宅爲飛龍宫。

〔四五〕〔徐注〕《玉海·地志》：金橋在上黨南二里，嘗有童謡云：「聖人執節度金橋。」景龍三年十月二十五日，玄宗經此橋之京師。

〔四六〕〔徐箋〕《舊書》：會昌三年四月，昭義節度使劉從諫卒，三軍以從諫姪稹爲兵馬留後，上表請節鉞。尋遣使齎詔潞府，令稹護從諫之喪歸洛陽。稹拒朝旨。《劉稹傳》：詔以成德王元逵、魏博何弘敬爲招討使，與河東劉沔、河陽王茂元合兵討之。四年七月，大將郭誼斬稹，傳首京師。《地理志》：成德軍節度使治恒州，領恒、趙、冀、深四州。魏博節度使治魏州，管魏、貝、博、相、澶、衛六州。河東節度使治太原府，管汾、遼、沁、嵐、石、忻、憲等州。〔馮曰〕以上事跡詳見《爲李貽孫上李相公啓》。

〔四七〕〔徐注〕徐陵碑：皇帝以陶唐啓國，致玉版於河宗。王子年《拾遺記》：堯聖德光洽，河洛之濱，得玉版方尺，圖天地之形。〔馮注〕《漢書·鼂錯傳》：刻于玉版，藏于金匱。〔按〕玉版，象徵祥瑞、盛德或預示休咎之有圖形、文字之玉片。

〔四八〕〔徐注〕《晉書·慕容垂傳》：堅報曰：「玄機不弔。」〔按〕玄機，神妙之機宜、謀略。

〔四九〕〔補注〕瑶編，指珍貴的書史典册。李嶠《爲百僚賀瑞石表》：「考皇圖於金册，搜瑞典於瑶編。」

〔五〇〕〔徐注〕《老子》：視之不見，名曰夷；聽之不聞，名曰希。

〔五一〕〔徐注〕揚子《太玄》：沖漠無眹。〔按〕沖漠，空寂。

〔五二〕〔徐注〕《莊子》：堯見四子藐姑射之山，汾水之陽，窅然喪其天下。

〔五三〕〔徐注〕《莊子》：黄帝聞廣成子在於崆峒之上，故往見之。黄帝順下風膝行而進，再拜稽首而問。

〔五四〕揚，《英華》作「惟」，注：集作「揚」。徐注本作「推」。〔馮注〕《新書》：天寶二年，加號玄元皇帝曰大聖祖。《唐會要》：會昌元年勅：我聖祖降誕昌辰，宜改爲降聖節。

〔五五〕〔馮注〕《左傳》：子産曰：「晉政多門。」〔按〕武宗崇道反佛，此處「異法」「多門」，主要針對佛教而言。

〔五六〕〔徐注〕《舊書·文宗紀》：上降誕日，僧徒道士講論於麟德殿。上謂宰臣曰：「降誕日設齋，起自近遠，朕緣相承已久，未可便革。」按：舊時釋居道上，今武宗去釋氏，故玄元得正其位。〔馮箋〕按武宗會昌元年，道士趙歸真等於三殿造九天道場。諸事備載《舊·紀》。

〔五七〕〔徐注〕陸翽《鄴中記》：石虎詔書以五色紙銜木鳳皇口中，飛下端門。《舊書·武宗紀》：會昌元年三月，造靈符應聖院於龍首池。六月，以衡山道士劉玄靖爲銀青光禄大夫，充崇玄館學士，賜號廣成先生，令與道士趙歸真於禁中修法籙。箋：《舊書·武宗紀》：會昌四年三月，以道士趙歸真爲左右街道門教授先生。時帝志學神仙，師歸真。歸真乘寵，每對，排毁釋氏，言非中國之教，蠹耗生靈，盡宜除去。帝頗信之。七月，澤潞平。五年春正月己酉朔，勅造望仙臺於南郊壇。趙歸真遂與道士鄧元起、劉玄靖排毁釋氏，而拆寺之請行焉。凡天下所拆寺四千六百餘所，還俗僧尼二十六萬五百人，收充兩税户。拆招提、蘭若四萬餘所，收膏腴上田數千萬頃，收奴婢爲兩税户十五萬人，隸僧尼，屬主客，顯明外國之教。勒大秦穆護、祆三千餘人還俗，不雜中華之風。按：祆，虚焉切，讀若軒，胡神名也。〔馮注〕《新書·藝文志》：《破胡集》一卷。注曰：會昌沙汰佛法詔勅。

〔五八〕齡，徐注本作「靈」，誤。

〔五九〕〔徐注〕《説苑》：無以尊顯吾親。〔按〕尊顯之稱，即所上之尊號。

〔六〇〕〔徐注〕《易》：后以財成天地之道。〔補注〕財，通「裁」。財成，謂裁度以成。孔穎達疏：「君當翦財成就天地之道。」

〔六一〕建，徐云：一作「進」。〔徐注〕（司馬）相如《封禪文》：前聖所以永保鴻名而常爲稱首。

〔六二〕〔徐注〕《書》：惟尹躬暨湯，咸有一德。

〔六三〕纘，《英華》作「讃」。〔徐注〕《漢書·百官公卿表》：咎繇作士。師古曰：咎音皋，繇音弋昭反。《書》：九功惟叙。

〔六四〕〔徐注〕《詩》：王猷允塞。

〔六五〕〔馮注〕陸機《漢高祖功臣頌》：赫矣高祖，飛名帝録。注曰：孔子曰：「五帝出受録圖。」按：録、籙同。此猶言載在史編也。

〔六六〕〔徐注〕《詩》：如南山之壽，不騫不崩。《漢書·武帝紀》：元封元年，詔曰：「親登嵩高，咸聞呼萬歲者三。」又：太始三年，登之罘，浮大海，山稱萬歲。

〔六七〕〔徐注〕《初學記》：《荆州星占》曰：「北辰一名天關，一名北極。北極者，紫宫天座也。」《漢郊祀歌》：體招摇，若永望，星留俞，塞隕光。師古曰：俞，答也。言衆星留神，答我饗薦。降其光耀，四面充塞也。〔馮注〕《北史·杜弼傳》：安得使北辰降光，龍宫韞櫝。

〔六八〕終，《英華》注：一作「於」。〔徐注〕《汲冢周書》：道天莫如無極。〔馮注〕曹植詩：年若王父無終極。

〔六九〕〔徐注〕《初學記》：《上清天三君列紀經》曰：「上清真人姓桓字芝，乃中皇時人也。」〔馮注〕玉清、太清、上清，習見道經。《集古録》：唐《會昌投龍文》，武宗自稱承道繼玄昭明三光弟子、南嶽炎上真人。

〔七〇〕見《爲安平公赴兖海在道進賀端午馬狀》注〔九〕。

〔七一〕側，《英華》作「測」。〔徐注〕《莊子》：以管窺天，以錐指地。東方朔《答客難》：以管窺天，以蠡測海。

〔七二〕年，《英華》作「生」。

## 爲舍人絳郡公鄭州禱雨文〔一〕

年月日，鄭州刺史李某，謹請茅山道士馮角，禱請於水府真官〔二〕。伏以旱魃爲虐〔三〕，應龍不興〔四〕，困杲日於詩人〔五〕，苦密雲於《易》象〔六〕。生物斯瘁，民食攸艱〔七〕。某叨此分憂，俯慙無政，爰求真侶，虔禱陰靈。減哺表勤〔八〕，褰帷引咎〔九〕。伏乞下通滎、播〔一〇〕，上導天潢〔一一〕，合爲膏澤之原，用息蘊隆之患〔一二〕。其於效信，敢或逡巡〔一三〕？暴露託詞〔一四〕，焦勞結慮。泉間候氣〔一五〕，樹杪占風〔一六〕，惟望玉女之披衣〔一七〕，敢駭商羊之鼓舞〔一八〕？竊希玄感〔一九〕，聽察丹誠〔二〇〕。

## 【校注】

〔一〕本篇原載《文苑英華》卷九九六第七頁、清編《全唐文》卷七八一第一頁、《樊南文集詳注》卷五。馮譜編會昌三年，張箋編會昌五年。〔按〕張箋繫年是。《上李舍人狀一》云：「自春又爲鄭州李舍人邀留，比月方還洛下。」該狀作於會昌五年，鄭州李舍人即本篇題稱「舍人絳郡公」之李褒。又據《新唐書·五行志》：「會昌五年春，旱。」參證文内「旱魃爲虐」之語，可定此文係會昌五年春爲鄭州刺史李褒邀留期間代作。

〔二〕〔徐注〕木華《海賦》：水府之内，極深之庭。晉樂府：神靈亦道同，真官今來下。〔馮按〕高真、仙官、真人、真官之稱，道書習見。《晉書·天文志》：「井西南四星曰水府，主水之官也。」而凡河海江湖皆曰水府。

〔三〕〔徐注〕《詩》：旱魃爲虐，如惔如焚。〔馮注〕《詩》傳曰：魃，旱神也。箋曰：旱氣生魃。按：《山海經·大荒北經》：「有山名曰不句，海水入焉。有係昆之山者，有人衣青衣，名曰黄帝女魃。黄帝令應龍攻蚩尤，應龍畜水，蚩尤請風伯、雨師縱大風雨。黄帝乃下天女曰魃。雨止，遂殺蚩尤。魃不得復上，所居不雨。叔均言之帝，後置之赤水之北。」《詩》疏則專引《神異經》：「南方有人，長二三尺，袒身而目在頂上，走行如風，名曰魃。所見之國大旱，赤地千里。一名旱母。遇者得之，投溷中即死，旱灾消。」而又曰：「此言旱神，蓋是鬼魅之物，不必生於南方，可以爲人所執獲也。」蓋因箋意謂旱氣生魃，不必本有之者。浩又聞之家祖少司寇公曰：「北方之屍，入土不腐敗者，或能致旱。他處土皆焦坼，此反微潤，則鄉人疑其中成魃致旱，必共掘毁之，謂之『打旱魃』。而其子孫以發墓具訟，甚爲案牘之累。」家祖官山東時，力戒勸之。前明韓忠定公參政山東，有禁打魃事。此言正與之合。蓋其事不一而爲旱同也。《神異經》本文曰：「名曰魃，俗曰旱魃。」

〔四〕〔馮注〕《山海經》：大荒東北隅，有山名曰凶犁土丘。應龍處南極，殺蚩尤與夸父，不得復上，故下數旱。旱而爲應龍之狀，乃得大雨。注曰：應龍，龍有翼者，今之土龍本此。〔補注〕《後漢書·張衡傳》：「夫女魃北而應龍翔，洪鼎聲而軍容息。」李賢注：「應龍，能興雲雨者也。」應龍不興，即指不興雲雨。

〔五〕〔馮注〕《詩》：其雨其雨，杲杲出日。

〔六〕〔徐注〕《易》：密雲不雨。

〔七〕〔徐注〕《書》：暨稷播，奏庶艱食鮮食。〔按〕艱食，糧食匱乏。

〔八〕〔徐注〕魏武帝樂府：周公吐哺，天下歸心。〔馮注〕減哺猶減膳。不敢云減膳也。〔按〕減膳爲帝王專用詞語。

〔九〕〔徐注〕《後漢書·賈琮傳》：舊典，傳車驂駕，垂赤帷裳。琮爲冀州刺史，命褰之。百城聞風，自然竦震。

〔一〇〕〔徐注〕《水經注》：《左傳·襄公十一年》，諸侯伐鄭，西濟於濟隧。京相璠曰：「鄭地。」言濟水、滎澤中北流，至衡雍西，與出河之濟會，南去新鄭百里，斯蓋滎、播、河、濟，往復逕通矣。〔馮注〕《水經》：「濟水又東合滎、瀆。」注曰：瀆水受河水，有石門，謂之滎口石門也。地形殊卑，蓋故滎、播所道，自此始也。〔按〕滎、播，即滎、波。二水名。《史記·夏本紀》：「滎、播既都。」《周禮·夏官·職方氏》：「豫州……其川滎、雒，其浸波、溠。」

〔一一〕導，《全文》作「達」，據《英華》改。〔徐注〕《史記·天官書》：西宫咸池曰天五潢。〔馮注〕《史記·天官書》：漢者金之散氣，其本曰水。絶漢曰天潢。《後漢書·張衡傳》：乘天潢之汎汎兮，浮雲漢之湯湯。〔按〕此「天潢」即天河。謂導天河以救旱。

〔一二〕〔馮注〕《詩》：旱既大甚，蘊隆蟲蟲。〔按〕蘊隆，暑氣鬱結而隆盛。

〔一三〕敢或，《全文》作「或敢」，據「英華」乙。〔徐注〕《漢書·司馬相如傳》：逡巡避席。〔馮注〕《史記·秦始皇本紀》：賈生曰：「九國之師，逡巡遁逃。」〔按〕此句「逡巡」係拖延義。徐、馮注引均非其義。

〔一四〕〔馮注〕《後漢書·獨行傳》：諒輔，廣漢新都人。仕郡爲五官掾。時夏大旱，輔乃自暴庭中，慷慨咒曰：「若至日中不雨，乞以身塞無狀。」積薪柴，聚茭茅，將自焚焉。未及日中，天雲晦合，須臾澍雨，一郡沾潤。世稱其至誠。

〔一五〕見《賽堯山廟文》「盡發潛泉之蜧」注。

〔一六〕〔馮注〕《魏志·管輅傳》：過清河倪太守，時天旱，倪問輅雨期，輅曰：「今夕當雨。」到鼓一中，竟成快雨。注曰：輅既刻雨期，倪猶未信。至日向暮，輅言：「樹上已有少女微風，又有陰鳥和鳴；又少男風起，衆鳥和翔，其應至矣。」須臾，果有艮風鳴鳥，東南有山雲樓起，大雨河傾。

〔一七〕〔徐注〕王采《安成記》：萍鄉西城津有玉女岡，天當雨，輒先漏五色氣於石間，俗呼爲玉女披衣。

〔按〕餘詳《爲濮陽公涇原謝冬衣狀》「非玉女裁成」注。

〔一八〕〔馮注〕《家語》：齊有一足之鳥，飛集殿前，舒翅而跳。齊侯使使聘魯問孔子。孔子曰：「此鳥名曰商羊，水祥也。昔童兒有屈其一脚跳且謡曰：『天將大雨，商羊鼓儛。』今其應至矣。急治溝渠，修隄防。」頃之，大霖雨。

〔一九〕〔徐注〕《晉書·呂光傳》：光曰：「吾聞李廣利精誠玄感。」〔按〕玄感，冥冥中之感應。

〔二〇〕〔徐注〕《隋書》：觀德王雄讓表云：「特鑒丹誠。」

## 爲絳郡公上崔相公啓〔一〕

某啓：某本洛下諸生〔二〕，東莞舊族〔三〕，驫沾科第，薄涉藝文，謬藉時來，因成福過〔四〕。青縑赤管〔五〕，已忝於清華〔六〕；黄紙紫泥〔七〕，仍參於宥密〔八〕。相公早容薄伎〔九〕，獲寄光塵〔一〇〕。别殿朝迴〔一一〕，禁林夜直〔一二〕，每披襟素，常賜話言〔一三〕。知蔣琬之爲公，敢矜先見〔一四〕；哀馬卿之多病，亦辱來言〔一五〕。圭律未遐〔一六〕，銘鏤斯在。

相公鹽梅調味〔一七〕，舟楫濟時〔一八〕。晉水擒兇〔一九〕，韓都蕩梗〔二〇〕，以不剛不柔貞百度〔二一〕，以無偏無黨定九流〔二二〕。若某者實有何能，可叨出牧？絳田已非厥任〔二三〕，滎波轉過其材〔二四〕。間歲已來〔二五〕，爲政非易，有南遷之降虜〔二六〕，有西出之成師〔二七〕。資扉所供〔二八〕，饟牽之備〔二九〕，未嘗造次，敢怠躬親。今梟獍掃除〔三〇〕，馬牛歸放〔三一〕，將使坐臻富庶，必先用得才能。此地名高六雄〔三二〕，實控東道，分憂之寄〔三三〕，自昔爲榮。況在疏蕪，敢忘涯分〔三四〕！但以輶軒坌至〔三五〕，賦貢川流，非惟撫字之難〔三六〕，兼有送迎之遽〔三七〕。舊痾加甚〔三八〕，朽質難堪。假故稍頻，曠廢爲懼〔三九〕。又以宦游既久，故里多違，陶令之田園將蕪，向平之婚嫁未畢〔四〇〕。顧惟羈絆〔四一〕，未可歸休〔四二〕。

竊敢遠疏丹誠，上干清重〔四三〕，非獨祈恩於時宰〔四四〕，實將誓款於己知〔四五〕。儻蒙以然諾爲心〔四六〕，誠明濟物〔四七〕，垂憂不逮，賜議所安，則吳、楚之間，郡邑非少〔四八〕，不當衝要〔四九〕，或異膏腴〔五〇〕，使之頒條，庶可求瘼。一昨賊平之後〔五一〕，啓事尋成〔五二〕，冰霜始嚴，筆札未暇〔五三〕，又伏慮内庭展顧〔五四〕，稱已推遷〔五五〕；外郡寓詞，頗乖流品，沈吟有日，鬱抑經時〔五六〕。今則情素坐煎〔五七〕，驅馳行久〔五八〕，若猶緘默，是負陶甄〔五九〕。伏惟曲賜恩鑒。誠懸書殿〔六〇〕，戀積台階〔六一〕。比殷浩之空函〔六二〕，情同事異；望孫弘之東閤〔六三〕，魂往形留〔六四〕。下情無任感激攀戀之至〔六五〕！謹啓〔六六〕。

【校注】

〔一〕本篇原載《文苑英華》卷六六一第七頁、清編《全唐文》卷七七七第五頁、《樊南文集詳注》卷三。〔徐箋〕《舊書》：會昌三年五月，崔鉉同中書門下平章事。〔馮箋〕《英華》此爲四。《新書·宰相表》：會昌三年五月，翰林學士承旨、中書舍人崔鉉爲中書侍郎、同中書門下平章事。按：同時崔珙亦爲相。然《新書·珙傳》：會昌三年罷相。此文乃澤潞平後所上，且有「禁林夜直」之語，故知是鉉非珙。玩文中後半，此啓成於四年八、九月，而上於五年之初。《表》書五年五月，鉉亦罷相矣。〔按〕馮譜繫會昌四年（蓋據箋語中「成於四年八、九月」繫之）；張箋繫會昌五年。啓云「一昨賊平之後，啓事尋成，冰霜始嚴，筆札未暇」，「沈吟有日，鬱抑經時」，啓成後擱置一段時間始上，而據「冰霜始嚴，筆札未暇」語推測，上啓時當已非「冰霜」之候，故馮箋謂上於五年之初，近之。酌編會昌五年春。所上四啓除《爲絳郡公上李相公啓》在會昌五年五月十九日李回拜相以後所作外，其他三啓當同作於會昌四年秋冬間（上限爲八月劉稹既平以後，下限爲十一月李紳罷相之前）。而此啓所上時間則稍後。

〔二〕〔徐注〕《世説》：人問顧長康：「何以不作洛生詠？」答曰：「何至作老婢聲？」注：洛下諸生，詠音重濁，故云老婢聲。〔按〕詳見《爲安平公兗州奏杜勝等四人充判官狀》「右件官洛下名生」注。

〔三〕東莞，《全文》作「山東」，據《英華》改。〔馮注〕《漢書·志》：瑯琊郡東莞縣。《晉書·志》：東莞郡，太康中置東莞縣，故魯鄆邑。餘見《爲舍人絳郡公上李相公啓》題下注。

〔四〕過，《全文》作「遇」，據《英華》改。〔按〕《爲舍人絳郡公上李相公啓》有「竟使懼因福過，疾以憂成」語，可證當作「過」，不作「遇」。

〔五〕〔徐注〕《漢官儀》：尚書郎起草更直，給青縑帳。《通典》：丞、郎月賜赤管大筆一雙。〔馮注〕蔡質《漢官典職》：尚書郎入直臺中，官供新青縑白綾被，或錦被，晝夜更宿，帷帳畫，通中枕，卧旃褥，冬夏隨時改易。氈、旃通用。《漢官儀》：尚書令、僕、丞、郎，月給赤管大筆一雙，隃麋大墨一枚、小墨一枚。《後漢書·應劭傳》：時始遷都於許，舊章湮没，書記罕存。劭乃綴輯所聞，著《漢官禮儀故》。按：《隋書·志》「《漢官解詁》三篇」，蓋王隆撰《漢官篇》，胡廣爲之解詁也。《漢官》五卷，應劭注。《漢官儀》十卷，應劭撰。《漢官典職儀式選用》二卷，蔡質撰。皆在職官類中。《漢舊儀》五卷，衛宏撰，在儀注類中。《舊唐書·志》「《漢官解故事》三卷」，無人名。余疑即《解詁》也。《新書·志》「蔡質《漢官典儀》一卷，丁孚《漢官儀式選用》一卷」，似分二卷爲各一卷也。而《漢舊儀》作四卷。惟應劭二書，與《隋·志》同。《太平御覽》書目，列《漢舊儀》、應劭《漢官儀》、《漢官典職》、《漢官解詁》四種。至明修《宋史·志》，則《漢舊儀》三卷、《漢官儀》一卷、《漢官典儀》一卷，當是闕軼者多矣。今細檢《後漢書》注所引「《漢舊儀》曰」、「《漢官》曰」、「胡廣注曰」、「胡廣《漢制度》曰」、「應劭《漢官儀》曰」、「應劭《漢官》曰」、「應劭《漢官名秩》曰」、「蔡質《漢儀》曰」、「丁孚《漢儀》曰」之類，雖稱名尚可條分，而辭義皆相承述，難以剖定。且蔡質所撰，胡廣所解，傳注中或亦稱蔡質《漢官儀》、胡廣《漢官儀》，則并其名而通借矣。兹故因端而詳徵之，以資好古之考核。

〔六〕清華，《英華》作「華資」，注：集作「清華」。〔徐注〕《北史·楊休之傳》：典選稍久，非其所好，每謂人曰：「此官實自清華。」〔馮注〕《初學記》：《齊職儀》曰：「初，秦有給事黄門之職，漢因之。自魏及晉，置給事黄門侍郎，與散騎常侍並清華，代謂之『黄散』。」〔按〕清華，此指職位清高顯貴。

〔七〕〔徐注〕《新書》：高宗上元詔曰：「詔敕施行，既爲永式，比用白紙，多有蟲蠹，宜令今後皆用黄紙。」〔馮注〕《漢舊儀》：皇帝六璽，皆以武都紫泥封之。

〔八〕〔徐注〕《詩》：夙夜基命宥密。〔補注〕宥密，深密，機密。

〔九〕〔徐注〕任昉《王儉集序》：以薄伎效德。

〔一〇〕見《爲張周封上楊相公啓》「誓奉光塵」注。

〔一一〕〔徐注〕謝莊誄：離宫天邃，别殿雲懸。

〔一二〕〔徐注〕《西都賦》：集禁林而屯聚。〔按〕禁林，翰林院之别稱。元稹《寄浙西李大夫》詩：「禁林同直話交情，無夜無曾不到明。」

〔一三〕話，《英華》作「語」，注：集作「話」。〔徐注〕《左傳》：君子曰：「古之王者，並建聖哲，樹之風聲，著之話言。」〔馮注〕《詩》：告之話言。

〔一四〕〔馮注〕《蜀志·蔣琬傳》：夜夢有一牛頭在門前，流血滂沲，呼問占夢趙直，直曰：「見血，事分明也；牛角及鼻，『公』字之象。君位必當至公，大吉之徵也。」後遷大將軍、録尚書事，封安陽亭侯。《蜀志·蔣琬傳》：除廣都長，衆事不理。先主將加罪戮。軍師將軍諸葛亮請曰：「蔣琬社稷之臣，非百里之才也。」

〔一五〕〔徐注〕《西京雜記》：相如素有消渴疾。〔馮注〕《史記》：相如善著書，常有消渴疾。

〔一六〕〔馮注〕《周禮·地官·大司徒》：以土圭之法測土深，正日景，以求地中。注曰：土圭，所以致四時日月之景也。〔按〕圭，測日影之儀器；律，律琯，測候季節變化之器具。詳《爲絳郡公上史館李相公啓》「再易灰琯」注。圭律，猶言光陰、時間。

〔一七〕鹽，《英華》注：集作「羹」。〔徐注〕《書》：若作和羹，爾惟鹽梅。

〔一八〕舟，《英華》注：集作「川」。見《爲舍人絳郡公上李相公啓》「舟檝呈功」注。

〔一九〕〔徐曰〕謂誅楊弁。〔按〕事詳《爲李貽孫上李相公啓》「惟彼參伐」一段。

〔二〇〕〔徐曰〕謂平劉稹。〔按〕事詳《爲李貽孫上李相公啓》「而潞寇不懲兩豎之兇」一段。〔馮注〕《漢書·地理志》：上黨，本韓之别都也，遠韓近趙，後卒降趙。按：《漢書》刊本或訛作「别郡」。《通典》曰：「潞州，戰國初爲韓之别都。」可取證也。

〔二一〕〔徐注〕《詩》：不剛不柔，敷政優優。《書》：百度惟貞。〔按〕貞，正；百度，百事，各種制度。

〔二二〕〔徐注〕《書》：無偏無黨，王道蕩蕩。〔馮注〕按：九流，本出《漢書·藝文志》「儒家者流，出於司徒之官」之類。《志》言「諸子十家,其可觀者九家而已」,故後世去小説家稗官,而止曰九流,如《爾雅序》「九流之津涉」是也。《漢書·古今人表》,列九等之序,而魏陳群依之以爲九品官人之法。《通典》:魏文帝延康元年,吏部尚書陳群立九品官人之法,州郡皆置大小中正,各以本處人在諸公卿及臺省郎吏有德充才盛者爲之,區别所管人物,定爲九等。晉依魏制,内官吏部尚書、司徒、左長史,外官州有大中正,郡國有小中正,皆掌選舉。若吏部選用,必下中正,徵其人居及祖父官名。至隋開皇中,方罷九品及中正,於是海内一命之官,州郡無復辟署矣。「銓衡九流」「澄叙九流」,史文習見。

〔二三〕〔徐注〕《左傳》:晉人謀去故絳,韓獻子曰:「不如新田。」〔按〕絳田,此指絳州。

〔二四〕〔馮注〕《禹貢》:豫州滎波既豬。傳曰:滎澤波水。〔按〕滎波,此指鄭州。

〔二五〕〔徐注〕《漢書·食貨志》:間歲萬餘人。師古曰:間歲,隔一歲。

〔二六〕見《爲絳郡公上李相公啓》「加之以降虜移鄉」注。

〔二七〕成,《全文》誤作「戎」,據《英華》改。〔徐注〕謂討劉稹。《左傳》:成師以出,又何濟焉。〔按〕成師,大軍。

〔二八〕見《爲懷州李中丞謝上表》「有資扉之須」注。

〔二九〕〔徐注〕《左傳》:皇武子辭曰:「吾子淹久於敝邑,唯是脯資餼牽竭矣。」〔按〕餼牽,指糧、肉等食品。杜預注:「生曰餼。牽,謂牛、羊、豕。」

〔三〇〕〔馮注〕《漢書·郊祀志》：古天子常以春解祠，祠黄帝用一梟、破鏡。張晏曰：梟，惡逆之鳥。方士虚誕，云令神仙之帝食惡逆之物，使天下爲逆者破滅訖竟，無有遺育也。孟康曰：梟，鳥名，食母；破鏡，獸名，食父。黄帝欲絶其類，使百吏祠皆用之。〔徐注〕《晉書·崔懿之傳》：謂靳準曰：「汝心如梟獍，必爲國患。」案：獍即破鏡，古今字異耳。

〔三一〕〔徐注〕《書》：歸馬于華山之陽，放牛于桃林之野。

〔三二〕〔馮注〕《通典》：開元中，定天下州府，其鄭、陜、汴、絳、懷、魏六州爲六雄。〔按〕鄭州排序在六雄之首，故云。

〔三三〕分憂，見《代彭陽公遺表》「惟切分憂」注。

〔三四〕〔徐注〕《隋書·史詳傳》：循涯揣分，實爲幸甚。

〔三五〕〔徐注〕《風俗通》：周、秦常以歲八月遣輶軒之使，採異國方言。孔融《薦禰衡表》：溢氣坌涌。周翰曰：坌，塵也，音蒲悶切。〔馮注〕陸士衡《漢高祖功臣頌》：輶軒東踐，漢風載徂。〔按〕輶軒，使臣所乘輕車，此指使臣。

〔三六〕〔徐注〕《舊書》：陽城爲道州刺史，賦税不登，觀察使數加誚讓，州上考功第，城自署曰：「撫字心勞，催科政拙，考下下。」〔按〕撫字，指對百姓之安撫體恤。

〔三七〕〔徐注〕《晉書·虞預傳》：預上記曰：「自頃長吏輕多去來，送故迎新，交錯道路。」〔按〕此「送迎」即送往迎來之謂。遽，急也。

〔三八〕疴,《英華》作「痾」,義同。〔徐注〕潘岳《閑居賦》:舊痾有痊。

〔三九〕〔徐注〕《晉書·陳群傳》:參佐掾屬,多設解故,以避事任。《謝玄傳》:又自陳既不堪攝職,慮有曠廢。〔補注〕《漢書·孔光傳》:「百官群職曠廢,姦軌放縱,盜賊並起。」曠廢,猶廢弛。

〔四〇〕向,《英華》作「尚」。〔馮注〕《晉書·陶潛傳》:歸去來兮,田園將蕪胡不歸。向平事,見《爲舍人絳郡公上李相公啓》「有婚嫁之累」注。

〔四一〕〔徐注〕(《魏志·陳思王傳》注引)《魏略》:植上書曰:「固當羈絆於世繩,維繫於禄位。」

〔四二〕〔徐注〕《韓詩外傳》:田子方爲相,歸休,得金百鎰。

〔四三〕〔徐注〕《晉書·劉喬傳》:劉弘與喬牋曰:「披露丹誠,不敢不盡。」《丁潭傳》:賀循曰:「郎中令職望清重,實宜審授。」〔補注〕清重,猶清貴。此指崔相公。

〔四四〕〔馮注〕《南史·劉瓛傳》:濟陽蔡仲熊禮學博聞,執經議論,往往與時宰不合。

〔四五〕〔徐注〕張衡《思玄賦》:恃己知而華予兮。〔按〕己知,猶知己。

〔四六〕〔馮注〕《史記·張耳傳》:貫高,趙國立名義不侵爲然諾者也。上賢貫高能立然諾。〔按〕暗用季布事,詳《爲李貽孫上李相公啓》「河東百金」注。

〔四七〕〔徐注〕嵇康書:是乃君子思濟物之意也。

〔四八〕非,《英華》作「不」,注:集作「非」。

〔四九〕不,《英華》作「非」,注:集作「不」。〔徐注〕謝靈運詩:河兖當衝要。

〔五〇〕〔徐注〕《漢書·賈誼傳》：高皇帝割膏腴之地，以王諸公。

〔五一〕一，《全文》無，據《英華》增。

〔五二〕〔補注〕啓事，陳述事情之函件。沈約《謝賜甘露啓》：「不任欣賀，謹以啓事謝以聞。」此即指所上之書啓。

〔五三〕〔馮注〕《史記·司馬相如傳》：上許令尚書給筆札。《漢書·游俠傳》：樓護與谷永俱爲五侯上客，長安號曰「谷子雲筆札，樓君卿脣舌」，言其皆信用也。

〔五四〕展，《英華》作「曩」，非。〔按〕展顧，猶展視。

〔五五〕〔徐注〕謝靈運詩：逐物遂推遷。〔按〕推遷，遷移官職，當指由絳州刺史調遷鄭州刺史。

〔五六〕抑，《英華》作「悒」。

〔五七〕〔徐注〕鄒陽《上梁王書》：披心腸，見情素。〔馮注〕《戰國策》：蔡澤曰：「公孫鞅事孝公，竭智謀，示情素。」

〔五八〕〔徐注〕諸葛亮《出師表》：遂許先帝以驅馳。

〔五九〕見《爲李貽孫上李相公啓》「陶冶於無形之外」注。

〔六〇〕〔馮注〕集賢殿，又稱集賢書院，本藏書之所，史官所居。崔以翰林爲相，故用之也。唐詩中屢見。〔按〕崔鉉當帶集賢殿大學士之館職，故云。非因以翰林爲相。

〔六一〕〔補注〕台階，指宰輔重臣。三台星亦名泰階，故稱台階，古以爲三公之象。

〔六二〕見《爲張周封上楊相公啓》「寓尺牘而畏達空函」注。

〔六三〕〔徐注〕《漢書·公孫弘傳》：元朔中，封丞相弘爲平津侯。於是起客館，開東閣，以延賢人，與參謀議。

〔六四〕〔徐注〕陸雲《答兄機詩》：神往同逝感，形留悲參商。

〔六五〕無任感激攀戀，《英華》作「不任感戀兢惶」。

〔六六〕《英華》無此二字。

〔蔣士銓曰〕邊幅雖儉，而意趣揮霍，故復可觀。（《忠雅堂評選四六法海》卷三）

## 上鄭州李舍人狀一〔一〕

伏奉榮示，伏蒙賜及麥粥餅啖餳酒等〔二〕，謹依捧領訖。某慶耀之辰，早蒙抽擢〔三〕；孤殘之後〔四〕，仍被庇庥〔五〕。獲於芟薙之時〔六〕，累受珍精之賜。恩同上客〔七〕，禮異編氓〔八〕。桑梓有光〔九〕，里閭加敬〔一〇〕。負米之養〔一一〕，雖無及於終身；求粟於人〔一二〕，幸不慚於往聖〔一三〕。下情不任感恩隕涕之至。

【校注】

〔一〕本篇原載清編《全唐文》卷七七五第一六頁、《樊南文集補編》卷六。〔錢箋〕（鄭州李舍人）李褒也。詳後《上李舍人狀一》注〔一〕。《新唐書・地理志》：鄭州滎陽郡，雄，屬河南道。《舊唐書・職官志》：中書舍人六員，正五品上。〔張箋〕（會昌五年）義山春赴鄭州李舍人褒之招……案《補編・上李舍人第一狀》云：「……自春，又爲鄭州李舍人邀留，比月方還洛下。」……赴鄭州李舍人之招，則在本年二、三月間。〔按〕李褒會昌四年在鄭州刺史任，有《唐文續拾》卷五李潛《尊勝經幢後記》、《千唐志・唐故綿州刺史江夏李公墓志銘并序》可證。而商隱會昌四年暮春移家至永樂，直至翌年春仍居永樂，有《永樂縣所居一草一木無非自栽今春悉已芳茂因書即事一章》可證。而此狀有「恩同上客，禮異編氓。桑梓有光，里閭加敬」之語，説明其時商隱已居鄭州。而據狀首賜麥粥餅啖餳酒之語，時令當在春暮。

〔二〕〔補注〕《荆楚歲時記》：「去冬節一百五日，即有疾風甚雨，謂之寒食。禁火三日，造餳大麥粥。」《鄴中記》：「寒食三日，作醴酪，又煮粳米及麥爲酪，擣杏仁煮作粥。」宋黄朝英《緗素雜記・餳粥》：「寒食清明多用餳粥事。」《玉燭寶典》：「寒食節，今人悉爲大麥粥，研杏仁爲酪，引餳沃之。」

〔三〕〔錢注〕《南史・王鎮惡傳》：吾等因託風雲，並蒙抽擢。〔按〕商隱蒙李褒抽擢事不詳，其時當在會昌二年母喪前。

〔四〕〔錢箋〕義山母喪，當在會昌二年。詳《請盧尚書撰李氏仲姊河東裴氏夫人誌文狀》。

〔五〕〔錢注〕《爾雅》：庇、庥，廕也。

〔六〕〔錢注〕《説文》：芟，刈草也。薙，除草也。〔補注〕芟薙之時，指掃墓時刈除墳上雜草。據此，商隱此次鄭州之行，既應李褒之邀，亦祭掃親人墳墓。

〔七〕〔補注〕《禮記·曲禮上》：食至起，上客起。〔按〕上客，貴賓。

〔八〕〔補注〕編氓，編入户籍之平民。《史記·高祖本紀》：「諸將與帝爲編户民，今北面爲臣，此常怏怏。」編氓，即編户民。

〔九〕〔補注〕《詩·小雅·小弁》：「維桑與梓，必恭敬止。」桑梓，借指鄉親父老。

〔一〇〕〔錢注〕《説文》：閭，里門也。

〔一一〕〔錢注〕《家語》：子路見於孔子曰：「昔者由也事二親之時，常食藜藿之實，爲親負米百里外。」

〔一二〕〔補注〕《莊子·外物》：「莊周家貧，故往貸粟於監河侯。監河侯曰：『諾。我將得邑金，將貸子三百金可乎？』莊周忿然作色曰（下略）。」

〔一三〕〔補注〕《史記·孔子世家》：「陳、蔡大夫……乃相與發徒役圍孔子于野，不得行，絶糧，從者病，莫能興。」

# 上座主李相公狀〔一〕

伏見恩制，相公以五月十九日登庸〔二〕。清廟降靈〔三〕，蒼生受福，動植之內〔四〕，歡呼畢同。某下情不任抃賀踴躍之至。相公稟潤咸池〔五〕，承光太極〔六〕，業傳殷相〔七〕，族預周盟〔八〕。爲群生之司南，作九流之華蓋〔九〕。自頃文場鞠旅〔一〇〕，册府揚鑣〔一一〕，坐奮英詞，折班、馬之方駕〔一二〕；入陳嘉話〔一三〕，納鼂、董之降旗〔一四〕。百家無抗禮之人〔一五〕，六藝絶措詞之士〔一六〕。

一昨秋官分寵，風憲兼司〔一七〕，克揚典刑〔一八〕，肅整嚴裁〔一九〕。重以潞潛逆孽，帝命耑征〔二〇〕。賁赫之告變雖來〔二一〕，蒯徹之説詞未已〔二二〕。人懷顧望，師有逗留〔二三〕。相公歛笏忘家〔二四〕，單車就路〔二五〕，明宣朝旨，密授兵機〔二六〕，謀窮《遁甲》之精〔二七〕，辯得《鈐經》之要〔二八〕。遽使戎臣釋位〔二九〕，謀士資忠〔三〇〕，兇渠計盡而就誅，逆黨死前而知悔〔三一〕。太行九折〔三二〕，復連洛宅之封疆〔三三〕；啓聖千門〔三四〕，更降明皇之嘆息〔三五〕。寧聞伐善，愈恐書勳〔三六〕。魯司寇三日之間，戮正卯於兩觀之下〔三七〕；漢司隸一旬之內，取張朔於合柱之中〔三八〕。並罪得匹夫〔三九〕，功非方面〔四〇〕，苟將擬議，良匪同途。而又代、朔舊戎〔四一〕，沙陲小梗〔四二〕，既謀元帥〔四三〕，果在賢王〔四四〕。相公復以全謀，副司戎重〔四五〕，遠揚威畫，尋以懷柔。牋函屢獻於懿宗〔四六〕，氈闕亟征於内府〔四七〕。雖西京哲輔，例有重封〔四八〕；東晉元僚，率多兼領〔四九〕，亦罕有下韝必中〔五〇〕，投刃皆虛〔五一〕。曠百代以求人，誰一日而争長〔五二〕？今果允扶下武〔五三〕，顯踐中樞〔五四〕，贊光宅之大猷〔五五〕，調復古之元氣〔五六〕。往者傅巖佇相，唯升版築之夫〔五七〕；渭水載占，止獲竿緡之叟〔五八〕。又豈若相公，本枝分慶〔五九〕，出自流輝〔六〇〕。襲康叔之親賢〔六一〕，稟太丘之道德〔六二〕。蕭何家諜，不聞代有鼎司〔六三〕；鄧禹外門，詎是族傳宰匠〔六四〕？苟非君子之澤〔六五〕，寧光史氏之書。佇見扶祐休期，修明盛禮。南鶼東鰈〔六六〕，徒煩饗帝之羞〔六七〕；魯甸梁山〔六八〕，待瘞事天之檢〔六九〕。

某嘗因薄伎，猥奉深知。麟角何成〔七〇〕，牛心早啖〔七一〕，及兹沈滯，獲廕燮調，瞻絳帳以增懷〔七二〕，望台星而興嘆〔七三〕。昔吴公薦賈〔七四〕，非宜銓管之司〔七五〕；孔子鑄顔〔七六〕，未是陶鈞之力〔七七〕。比誼恩重，方淵感深。嗟睹奥以未期〔七八〕，但濡毫而抒懇。崔氏之乃心紫闕〔七九〕，陳生之思入京城〔八〇〕。千古揆懷，一時均慮。臨風託使，指景依人〔八一〕。柱礎成潤於輿雲〔八二〕，轍鮒何階於泛海〔八三〕。下情無任抃賀踴躍攀戀感激之至。

【校注】

〔一〕本文原載清編《全唐文》卷七七五第一頁、《樊南文集補編》卷五。〔錢箋〕（座主李相公）李回也。《新唐書·武宗紀》：會昌五年五月，李回爲中書侍郎、同中書門下平章事。本集《與陶進士書》：前年乃爲吏部上之中書，又復懊恨周、李二學士以大法加我。夫所謂博學宏辭者，豈容易哉？按：周爲周墀，李當即回也。《摭言》：有司謂之座主。〔按〕文云「相公以五月十九日登庸」，狀當上於其後。時商隱居洛陽，閒居多病，狀有希冀入京，望回援手之意。

〔二〕〔補注〕《書·堯典》：「帝曰：『疇咨若時登庸。』」登庸，選拔任用，此指爲相。

〔三〕〔補注〕《詩·周頌·清廟》：「於穆清廟，肅雝顯相。」清廟，古帝王之宗廟，即太廟。

〔四〕〔補注〕《周禮·地官·大司徒》：「辨五地之物生。一曰山林，其動物宜毛物，其植物宜早物。」

〔五〕〔錢注〕《舊唐書·李回傳》：回，宗室郇王禕之後。《史記·天官書》：西宫咸池曰天五潢。〔補注〕咸池，神話中日浴之處。《楚辭·離騷》：「飲余馬於咸池兮，揔余轡乎扶桑。」《淮南子·天文訓》：「日出於暘谷，浴於咸池。」古以日喻君，「稟潤咸池」，猶言其承帝室之餘潤，謂其爲宗室之後也。

〔六〕〔錢注〕《舊唐書·地理志》：皇城謂之西内，正殿曰太極。〔補注〕此「太極」與「咸池」相對，當即指北極星。《晉書·天文志上》：「北極，北辰最尊者也……天運無窮，三光迭耀，而極星不移，故曰居其所而衆星共（拱）之。」此以太極喻帝王。

〔七〕〔錢注〕《史記·殷紀》：帝大戊立伊陟爲相。注：伊涉，伊尹之子。

〔八〕〔補注〕《左傳·隱公十一年》：「春，滕侯、薛侯來朝，争長。薛侯曰：『我先封。』滕侯曰：『我周之卜正也；薛，庶姓也。我不可以後之。』公使羽父請於薛侯曰：『君與滕君，辱在寡人。周諺有之曰：「山有木，工則度之；賓有禮，主則擇之。」周之宗盟，異姓爲後。』」

〔九〕〔錢注〕崔豹《古今注》：黄帝與蚩尤戰於涿鹿之野，蚩尤作大霧，軍士皆迷路，於是作指南車以示四方，擒蚩尤。舊説周公所作也，越裳氏使者迷其歸路，周公錫之以軿車五乘，皆爲司南之制。本集馮氏曰：九流本出《漢書·藝文志》，自《漢書·古今人表》列九等之序，而魏陳群依之，以爲九品官人之法，歷朝因之，至隋始罷。銓衡九流，澄叙九流，史文習見。〔補注〕《古今注·輿服》：「華蓋，黄帝所作也。與蚩尤戰於涿鹿之野，常有五色雲氣，金枝玉葉，止於帝上，有花葩之象，故因而作華蓋也。」按：司南、華蓋，同出《古今注》，同傳爲黄帝所造，是爲的對。華蓋，此猶冠冕之意。

〔一〇〕〔錢注〕劉孝綽《司空安成王碑》：義府文場，詞人髦士。〔補注〕《詩·小雅·采芑》：「鉦人伐鼓，陳師鞠旅。」鞠旅，向軍隊發出出征號令，此猶號令意。

〔一一〕〔錢注〕《穆天子傳》：天子北征東還，至於群玉之山，先王之所謂策府。傅毅《舞賦》：揚鑣飛沫。〔按〕册府，此猶言文壇、翰院。

〔一二〕〔錢注〕《後漢書·班固傳論》：司馬遷、班固父子，其言史官載籍之作，大義燦然著矣。議者咸稱二子有良史之才。遷文直而事核，固文贍而事詳。張衡《西京賦》：方駕授饔。李善注：鄭玄《儀禮注》曰：「方，併也。」

〔一三〕〔錢注〕張協《七命》：敬聽嘉話。〔按〕嘉話，善言。

〔一四〕〔錢注〕《漢書·藝文志》：董仲舒百二十三篇。鼂錯三十一篇。《史記·三王世家》：降旗奔師。《舊唐書·李回傳》：長慶初，進士擢第。又登賢良方正制科。

〔一五〕〔錢注〕《淮南子》：百家異説，各有所出。〔補注〕《史記·貨殖列傳》：「子貢結駟連騎……所至，國君無不分庭與之抗禮。」

〔一六〕〔錢注〕曹植《與楊德祖書》：昔尼父之文辭，與人通流，至於制《春秋》，游、夏之徒，乃不能措一辭。〔補注〕六藝，此指儒家經典六經。

〔一七〕〔錢注〕《新唐書·李回傳》：會昌中，以刑部侍郎兼御史中丞。〔補注〕秋官，指刑部；風憲，指御史臺。

〔一八〕〔補注〕《書·舜典》：「象以典刑。」典刑，常刑。

〔一九〕〔錢注〕裁，去聲。任昉《奏彈范縝》：不有嚴裁，憲准將頹。

〔二〇〕〔錢注〕謂討劉稹。見《爲滎陽公與昭義李僕射狀》注〔四〕。

〔二一〕〔錢注〕《史記·黥布傳》：漢四年，立布爲淮南王。十一年，高后誅淮陰侯。夏，漢誅彭越。因大恐，陰令人部聚兵，候伺旁郡警急。布所幸姬疾，請就醫，醫家與中大夫賁赫對門，赫厚餽遺，從姬飲醫家。姬侍王，譽赫長者也。王疑其與亂，怒，欲捕赫。赫乘傳詣長安上變，言布謀反有端。〔按〕《通鑑·會昌三年》：「昭義節度使劉從諫……薨，積秘不發喪……使押牙姜崟奏求國醫，上遣中使解朝政以醫問疾……解朝政至上黨，劉積見朝政曰：『相公危困，不任拜詔。』……解朝政復命，上怒，杖之，配恭陵。」「賁赫之告變」，疑指此類事。

〔二〕〔錢注〕《史記·淮陰侯傳》：蒯通知天下權在韓信，以相人説信曰：「相君之面，不過封侯，又危不安。相君之背，貴乃不可言。」〔按〕《通鑑·會昌三年》：「從諫尋薨，積秘不發喪。（孔目官）王協爲積謀曰：『正當如寶曆年樣爲之。不出百日，旌節自至。但嚴奉監軍，厚遺敕使，四境勿出兵，城中暗爲備而已。』」

〔三〕〔錢注〕《漢書·韓安國傳》：廷尉當恢逗橈，當斬。注：應劭曰：「逗，曲行避敵也；橈，顧望也。軍法語也。」如淳曰：「軍法：行而逗留畏愞者要（腰）斬。」〔按〕《通鑑·會昌三年》：「上以澤潞事謀於宰相，宰相多以爲回鶻餘燼未滅，邊境猶須警備，復討澤潞，國力不支，請以劉積權知軍事。諫官及群臣上言者亦然。李德裕……對曰：『積所恃者河朔三鎮。但得鎮、魏不與之同，則積無能爲也。若遣重臣往諭王元逵、何弘敬……苟兩鎮聽命，不從旁沮撓官軍，則積必成擒矣。』」「五月……以武寧節度使李彦佐爲晉絳行營諸軍節度招討使……自發徐州，行甚緩，又請休兵於絳州，兼請益兵。李德裕言於上曰：『彦佐逗遛顧望，殊無討賊之意……』」「八月……王元逵前鋒入邢州境已逾月，何弘敬猶未出師，元逵屢有密表，稱弘敬懷兩端。」凡此，皆所謂「人懷顧望，師有逗留」也。

〔二四〕〔錢注〕劉孝威《奉和簡文帝太子應令詩》：智囊前斂笏。

〔二五〕〔錢注〕《漢書·龔遂傳》：渤海左右郡盜賊並起。遂爲渤海太守，至界，郡發兵以迎，遂皆遣還，單車獨行至府，郡中翕然，盜賊亦皆罷。〔按〕事見注〔三〕。

〔二六〕事見注〔三〕。

〔二七〕〔錢注〕《隋書·經籍志》：《黄帝陰陽遁甲》六卷。〔按〕遁甲，古代方士術數之一。起於《易緯乾鑿度》太乙行九宫法，盛於南北朝，神其説者以爲出於黄帝、風后及九天玄女。《後漢書·方術傳序》李賢注：「遁甲，推六甲之陰而隱遁也。今書《七志》有《遁甲經》。」

〔二八〕〔錢注〕《隋書·經籍志》：《太公陰符鈐録》一卷。〔按〕《後漢書·方術傳序》李賢注：「兵法有《玉鈐篇》及《玄女六韜要決》。」

〔二九〕〔錢注〕秦二世《嶧山刻石文》：戎臣奉詔。〔補注〕釋位，離去本職。《左傳·昭公二十六年》：「諸侯釋位，以閒王政。」杜預注：「閒，猶與也。去其位，與治王之政事。」戎臣釋位，指節度使離鎮奉命征討劉稹。

〔三〇〕〔錢注〕《史記·周紀》：於是封功臣謀士。劉琨《答盧諶》詩：資忠履信。〔按〕資忠，實行忠義之道。語本潘岳《閒居賦》：「是以資忠履信以進德，修辭立誠以居業。」

〔三一〕〔錢注〕誅劉稹事，詳《爲滎陽公與昭義李僕射狀》注〔四〕。《舊唐書·李回傳》：會昌三年，劉積據潞州邀求旄鉞，朝議不允，加兵問罪。武宗懼積陰附河朔三鎮，以沮王師，乃命回奉使河朔。魏博何弘敬、鎮冀王元逵皆具櫜鞬郊迎。回喻以朝旨，言澤潞密邇王畿，不同河北，自艱難以來，唯魏、鎮兩藩，列聖皆許襲，而積無功，欲效河朔故事，理即大悖。聖上但以山東三郡，境連魏、鎮，用軍便近，王師不欲輕出山東，請魏、鎮兩藩衹收山東三郡。弘敬、元逵俯僂從命。《太平廣記》：《芝田録》曰：會昌中，王師討昭義，久未成功，賊之遊兵，往往散出山下，剽掠邢、洺、懷、孟。又發輕卒數千，短兵接鬬，王師大敗，東都及境上諸州聞之大震，都統王宰、石雄等皆堅壁自守。武宗召李德裕等謂之曰：「王宰、石雄不與朕殺賊，頻遣中使促之，尚聞逗撓依違，豈可令賊黨坐至東都耶？卿今日可爲朕别與制置軍前事宜。」德裕歸中書，即召御史中丞李回，具言上意曰：「中丞必一行，責戎帥早見成功。」回刻時受命，於是具名以聞曰：「今欲以御史中丞李回爲催陣使。」帝曰：「可。」即日李自銀臺戒路，有邸吏五十導從，至河中，緩轡以進，俟王宰等至河中界迎候，乃行。二帥至翼城東，道左執兵如外府列校迎候儀。禮成，二帥旁行，俛首俟命。回于馬上厲聲曰：「今日當直令史安在？」群吏躍馬聽命，回曰：「責破賊限狀來。」二帥鞠躬流汗，而請以六十日破賊，過約，請行軍中令。於是二帥大懼，率親軍而鼓之，士卒齊進。凡五十八日，攻拔潞城，梟劉積首以獻。〔按〕《通鑑·會昌三年》：秋，七月，「上遣刑部侍郎兼御史中丞李回宣慰河北三鎮，令幽州乘秋早平回鶻，鎮、魏早平澤潞。……李回至河朔，何弘敬、王元逵、張仲武皆具櫜鞬郊迎，立于道左，不敢令人控馬，讓制使先行。自兵興以來，未之有也。回明辯有膽氣，三鎮無不奉詔」。事在會昌三年七月，而澤潞之平，在會昌四年八月，錢注引《太平廣記·芝田録》謂「五十八日，攻拔潞城，梟劉稹首以獻」，殆小説家言，不足信。又，「逆黨死前而知悔」，似指昭義大將郭誼謀殺劉稹以圖自贖事，詳《通鑑·會昌四年八月》。

〔三二〕〔錢注〕《史記·魏世家》：斷羊腸。注：羊腸坂道，在太行山上，南口懷州，北口潞州。《漢書·地理志》：上黨壺關縣有羊腸坂。按：古人言羊腸者，每即云九折。

〔三三〕〔補注〕《書·召誥序》：「成王在豐，欲宅洛邑，使召公先相宅，作《召誥》。」《召誥》：「越三日戊申，太保朝至于洛，卜宅。」此「洛宅」即指洛陽。

〔三四〕〔錢注〕《舊唐書·玄宗紀》：景龍二年，兼潞州别駕。開元十一年正月，幸潞州，别改其舊宅爲飛龍宫。《新唐書·地理志》：潞州上黨縣有啓聖宫，本飛龍，玄宗故第，開元十一年置，後又更名。《史記·封禪書》：於是作建章宫，度爲千門萬户。

〔三五〕〔錢注〕《舊唐書·玄宗紀》：群臣上謚曰至道大聖大明孝皇帝，廟號玄宗。

〔三六〕〔補注〕《論語·公冶長》：「願無伐善，無施勞。」《左傳·昭公四年》：「（杜洩）曰：『夫子受命於朝而聘於王，王思舊勳而賜之路，復命而致之君。君不敢逆王命而復賜之，使三官書之。吾子爲司徒，實書名；夫子爲司馬，與工正書服；孟孫爲司空，以書勳……』」

〔三七〕〔錢注〕《家語》：孔子爲司寇，七日誅亂政大夫少正卯，戮之於兩觀之下。

〔三八〕〔錢注〕《後漢書・李膺傳》：膺拜司隸校尉，時張讓弟朔爲野王令，貪殘無道，聞膺厲威嚴，懼罪逃還京師，因匿兄讓第舍，藏於合柱中。膺率將吏卒破柱取朔，付洛陽獄。受辭畢，即殺之。讓訴冤於帝，詔膺入殿，御親臨軒，詰以不先請便加誅辟之意。膺對曰：「昔仲尼爲魯司寇，七日而誅少正卯，今臣到官已積一旬，私懼以稽留爲愆，不意獲速疾之罪。」

〔三九〕〔補注〕《左傳・昭公六年》：「匹夫爲善，民猶則之，況國君乎？」

〔四〇〕〔錢注〕《後漢書・馮異傳》：專命方面，施行恩德。

〔四一〕〔錢注〕《新唐書・武宗紀》：會昌三年十月，党項羌寇鹽州。十一月，寇邠寧。兖王岐爲靈、夏六道元帥、安撫党項大使，御史中丞李回副之。《漢書・地理志》：代郡屬幽州，朔方郡屬并州。

〔四二〕〔錢注〕曹植《白馬篇》：揚聲沙漠垂。《方言》：凡草木刺人，自關而東，或謂之梗，或謂之劌。

〔四三〕〔補注〕《左傳・僖公二十七年》：「(晉)作三軍，謀元帥。」

〔四四〕〔錢注〕《舊唐書・武宗五子傳》：兖王岐會昌二年封。《戰國策》：大王，天下之賢王也。

〔四五〕〔錢注〕《魏志・鍾會傳》：攝統戎重。〔補注〕戎重，軍事重任。副司戎重，即指任安撫党項副使。

〔四六〕〔錢注〕《舊唐書・職官志》：箋啓上皇太子，然於其長亦爲之。〔補注〕懿宗，皇室宗親，指兖王岐。

〔四七〕〔錢注〕桓寬《鹽鐵論》：采氈文罽，充於內府。〔補注〕氈罽，氈與毛毯。

〔四八〕〔錢注〕《史記·樊噲傳》：以却敵斬首捕虜賜重封。注：兼二號也。《晉書·謝玄傳》：雖哲輔傾落，聖明方融。〔補注〕西京，指建都於長安之西漢。哲輔，賢能之大臣。重封，加封兩爵號。

〔四九〕〔錢注〕《宋書·蔡興宗傳》：「改授臣府元僚。」《南史·庾杲之傳》：「盛府元僚。」並指屬僚。此借用。〔補注〕元僚，猶賢佐、重臣。兼領，兼任。東晉重臣，如王導、温嶠、陶侃、謝安、庾亮等人，多兼領他職，事詳諸傳。

〔五〇〕〔錢注〕《東觀漢記》：善吏如良鷹，下韝即中。張衡《西京賦》薛綜注：韝，臂衣。

〔五一〕〔錢注〕孫綽《遊天台山賦》：投刃皆虚，目牛無全。〔補注〕《莊子·養生主》：「彼節者有間，而刀刃者無厚，以無厚入有間，恢恢乎其於遊刃必有餘地矣。」即「投刃皆虚」意。

〔五二〕〔補注〕《論語·先進》：「子路、曾晳、冉有、公西華侍坐，子曰：『以吾一日長乎爾，毋吾以也。』」

〔五三〕〔補注〕《詩·大雅·下武》：「下武維周，世有哲王。」下武，謂有聖德能繼先王功業。扶，輔佐。

〔五四〕中樞，見《爲尚書濮陽公賀鄭相公狀》注〔八〕。

〔五五〕〔錢注〕《書序》：昔在帝堯，聰明文思，光宅天下。〔補注〕光宅，廣有。大猷，治國之大道，《詩·小雅·巧言》：「奕奕寢廟，君子作之；秩秩大猷，聖人莫之。」

〔五六〕〔錢注〕班固《東都賦》：降烟熅，調元氣。

〔五七〕〔錢注〕《史記·殷紀》：帝武丁思興復殷，夜夢得聖人，名曰説。使百工營求之野，得説於傅險中。是時，説爲胥靡，築於傅險。武丁舉以爲相，殷國大治。〔按〕事本《書·説命上》：「王庸作書以誥曰:『……夢帝賚予良弼,其代予言。』乃審厥象,俾以形旁求于天下。説築傅巖之野,惟肖,爰立作相。」

〔五八〕止,原作「正」,據錢校改。〔錢注〕《史記·齊世家》:太公望吕尚嘗窮困,年老矣,以漁釣奸周西伯。西伯將出獵,卜之,曰:「所獲非龍非彲,非虎非羆。所獲霸王之輔。」於是果遇太公於渭之陽,載與俱歸,立爲師。《説文》:竿,竹梃也。緡,釣魚繳也。

〔五九〕〔補注〕本枝,同一家族之嫡系與庶出子孫。《詩·大雅·文王》:「文王孫子,本支百世。」

〔六〇〕出自,原校:疑。

〔六一〕〔錢注〕《書·康誥》傳:以三監之民,國康叔爲衛侯,周公懲其數叛,故使賢母弟主之。

〔六二〕〔錢注〕《後漢書·陳寔傳》:寔除太丘長。論曰:據於德故物不犯,安於仁故不離群,行成乎身,而道訓天下,故凶邪不能以權奪,王公不能以貴驕。

〔六三〕〔錢注〕《史記·蕭相國世家》:高祖以蕭何功最盛,封爲酇侯,後嗣以罪失侯者,四世絶。天子輒復求何後,封續酇侯。《漢書·禮樂志》注:蘇林曰:「諜,譜第之也。」班固《爲第五倫薦謝夷吾表》:宜當拔擢,使登鼎司。

〔六四〕〔錢注〕《後漢書·鄧禹傳》:訓,禹第六子也。訓五子:騭、京、悝、弘、閶。論曰:漢世外戚,自東、西京十有餘族,非徒豪横盈極,自取灾故,必以貽釁後主,以至顛敗,悲哉!騭、悝兄弟,委遠時柄,忠勞王室,而終莫之免,斯樂生所以泣而辭燕也。《蜀志·馬良傳》:爲天下宰匠,欲大收物之力，而不量才節任，隨器付業，難乎其可與言智者也。

〔六五〕〔補注〕《孟子·離婁下》：「孟子曰：『君子之澤，五世而斬。』」

〔六六〕〔錢注〕《爾雅》：東方有比目魚焉，不比不行，其名謂之鰈。南方有比翼鳥焉，不比不飛，其名謂之鶼鶼。

〔六七〕〔錢校〕徒，疑當作「從」。〔補注〕饗帝，祭祀天帝。《禮記·禮器》：「是故因天事天，因地事地，因名山升中于天，因吉土以饗帝于郊。」羞，進獻食物。

〔六八〕〔錢注〕梁山，見《詩》。此改禹甸爲魯甸，似指梁父。《史記·封禪書》：管仲曰：「古有封泰山、禪梁父者七十二家。」〔按〕《詩·大雅·韓奕》：「奕奕梁山，維禹甸之。」鄭玄箋：「梁山，今左馮翊夏陽西北。」此梁山在今陝西韓城境。然「魯甸梁山」之梁山，明指梁父，視下句「事天之檢」可知。

〔六九〕〔錢注〕《漢書·武帝紀》注：孟康曰：「刻石紀號，有金策石函金泥玉檢之封焉。」〔補注〕事天之檢，封禪所用之玉牒書之封篋。古代帝王在泰山上築土爲壇，報天之功，稱封；在泰山下梁父山上辟場祭地，稱禪。瘞，埋。此蓋謂李回當能輔佐君主成不朽之功業，異日登封泰山。

〔七〇〕〔錢注〕《太平御覽》：蔣子《萬機論》曰：「諺曰『學如牛毛，成如麟角』，言其少也。」

〔七一〕〔錢注〕《晉書·王羲之傳》：羲之年十三，嘗謁周顗，顗察而異之。時重牛心炙，坐客未噉，顗先割啗羲之，於是始知名。

〔七二〕〔錢注〕《後漢書·馬融傳》：融常坐高堂，施絳紗帳，前授生徒，後列女樂。

〔七三〕〔補注〕台星，指三台星，見《晉書·天文志上》，喻宰輔。屢見。

〔七四〕〔錢注〕《史記·賈生傳》：賈生名誼，年十八，以能誦詩屬書聞於郡中。吴廷尉爲河南守，聞其秀才，召置門下，甚幸愛。孝文皇帝初立，吴公徵爲廷尉，乃言賈生年少，頗通諸子百家之書，文帝召以爲博士。

〔七五〕〔錢注〕《晉書·阮放傳》：放遷吏部郎，在銓管之任，甚有稱績。〔按〕銓管之司，掌管選授官職之部門。

〔七六〕〔錢注〕揚子《法言》：或問：「世言鑄金，金可鑄歟？」曰：「吾聞覿君子者問鑄人，不問鑄金。」或曰：「人可鑄歟？」曰：「孔子鑄顔淵矣。」

〔七七〕〔錢注〕《漢書·鄒陽傳》注：張晏曰：「陶家名模下圜轉者爲鈞。」

〔七八〕〔錢注〕孔融《薦禰衡表》：初涉藝文，升堂覩奥。〔補注〕《論語·先進》：「由也升堂矣，未入於室。」奥，室内深處。覩奥亦即入室之意。

〔七九〕〔錢注〕《後漢書·崔駰傳》：駰擬揚雄作《達旨》曰：「不以此時攀台階，窺紫闥，據高軒，望朱闕，蒙竊惑焉。」

〔八〇〕〔錢注〕《漢書·陳萬年傳》：萬年子咸，爲南陽太守。時王音輔政，信用陳湯，咸數賂遺湯，予書曰：「即蒙子公力，得入帝城，死不恨。」

〔八一〕〔錢注〕《魏志·文帝紀》注：鄄城侯植爲誄曰：「指景自誓。」
〔八二〕〔錢注〕《淮南子》：山雲蒸而柱礎潤。
〔八三〕〔錢注〕《莊子》：莊周曰：「周昨來，車轍中有鮒魚焉，曰：『我東海之波臣也，君豈有升斗之水而活我哉？』周曰：『我激西江之水而迎子，可乎？』鮒魚忿然作色曰：『曾不如早索我於枯魚之肆。』」

## 爲絳郡公上李相公啓〔一〕

某少悲羈緤〔二〕，不承師友之親規〔三〕；晚學文章，麤致鄉曲之名譽〔四〕。謬汙官秩，遂彰華纓〔五〕。握蘭清曹〔六〕，視草禁掖〔七〕。貪叨過極〔八〕，憂責非寧〔九〕。蚤爲寒暑所侵〔一〇〕，頗染肺腸之疾〔一一〕。自頃以慶雲結蔭〔一二〕，宸極繫心〔一三〕，當就望以推誠〔一四〕，於煎調而寡裕〔一五〕。前歲伏蒙任使，奉遠承明〔一六〕，值朝廷興問罪之師〔一七〕，原野有宿兵之餽〔一八〕，絳城甚苦〔一九〕，鄭駟非完〔二〇〕。加之以降虜移鄉〔二一〕，仍之以貴臣銜命〔二二〕，飛輓之外〔二三〕，將迎實繁〔二四〕。旁奉廟謨，上遵詔旨〔二五〕。動繁調發，居勞撫安〔二六〕。抱疾以臨，爲日斯久。

伏幸姦兇克乂，濡澤橫流〔二七〕，是大朝黜陟之初〔二八〕，良冶埏鎔之始〔二九〕。此郡路通四境，名冠六雄〔三〇〕，軒蓋以來〔三一〕，原野交錯〔三二〕。萑蒲有聚〔三三〕，武吏貽憂〔三四〕。雖清時無杼柚之虞，而常日有逋懸之賦〔三五〕。必在假之賢守，屬以强材。然後謡詠克興〔三六〕，公私不廢。豈可使某素兼痾恙，本乏良能〔三七〕，久於是邦，以主東道〔三八〕？饋飧將藥甌並進〔三九〕，假牒與公案相隨〔四〇〕。含意不言〔四一〕，貪榮是罪〔四二〕。相公漢籌始運，殷鼎將調〔四三〕，度材任官，歸於至當；存誠愛物〔四四〕，決在無頗〔四五〕。竊敢自託緘封，遠干樽俎〔四六〕。俯期恩意〔四七〕，以保衰微。且某運偶昌期，年初知命〔四八〕，豈不願臨劇郡，稍冀榮途〔四九〕？但以力有所不任，心有所不逮，雖欲勉强，實憂傾敗。彼吴楚偏鄉，非舟車要路。永言凋瘵〔五〇〕，亦藉緝綏。儻特降優容，遥聞擬議，則朽質有報恩之所，羸軀收曠位之譏。宿疢或痊〔五一〕，理劇未晚〔五二〕。伏惟試賜裁度。鄉風披懇〔五三〕，服義陳詞〔五四〕。仰台耀以瞻輝，望洪鈞而佇惠〔五五〕。干冒尊聽〔五六〕，伏積兢惕。謹啓。

【校注】

〔一〕本篇原載《文苑英華》卷六六一第五頁、清編《全唐文》卷七七七第二頁、《樊南文集詳注》卷三。〔馮箋〕（李相公）李回也。《英華》此爲二。按：云「姦宄克乂」，是昭義平矣。「漢籌始運，殷鼎將調」，是初爲相也。回於用兵時奉使河朔，賊平，同平章事，正相合。徐氏誤以「貴臣銜命」

指回使河朔，不知自京師至河朔，其途不由鄭州。此貴臣乃李彥佐、王茂元之流，即《爲舍人絳郡公上李相公啓》所謂「元戎」「列鎮」也。《新書・表》：會昌五年五月，户部侍郎判户部李回爲中書侍郎、同中書門下平章事。大中元年八月，回節度西川。〔按〕商隱《上座主李相公狀》：「伏見恩制，相公以五月十九日登庸。」與《新・紀》合。而啓云「相公漢籌始運，殷鼎將調」，是回初任宰相時，啓當上於會昌五年五月下旬或稍後。

〔二〕絏，《英華》作「屑」，徐本作「紲」，並同。詳《代安平公遺表》「臣少而羈絏」句注。

〔三〕親，《英華》注：集無此字。

〔四〕名，《英華》注：集無此字。見《爲張周封上楊相公啓》「譽輕鄉曲」句注。

〔五〕〔補注〕官秩，官吏之職位、俸禄。《荀子・王霸》：「百官則將齊其制度，重其官秩。」彯，飄動。彯纓，冠纓飄動，指在朝爲官。

〔六〕見《爲安平公謝除兖海觀察使表》「每含香而自嘆」句注。〔補注〕清曹，清要之官署。《事文類聚》：「山濤《啓事》曰：『舊選尚書郎，極清望也。』」此以清曹指尚書省諸曹郎官。

〔七〕見《爲汝南公華州賀南郊赦表》「當時仙禁，慚視草以無能」句注。

〔八〕〔補注〕《文子・上義》：「貪叨多欲之人，殘賊天下。」

〔九〕〔徐注〕《魏志・武帝紀》注：公上書謝曰：「自託聖世，永無憂責。」〔按〕餘見《爲滎陽公舉王克明等充縣令主簿狀》「一則輕微臣之憂責」句注。

〔一〇〕所，《英華》作「之」，注：集作「所」。

〔一一〕染，《英華》注：集作「有」。

〔一二〕〔徐注〕《竹書紀年》：舜在位十有四年，於是八風循通，慶雲藂聚。〔馮注〕《尚書大傳》：舜爲賓客，禹爲主人，百工相和而歌《卿雲》。《宋書·符瑞志》：舜在位十有四年，天大雷雨疾風，舜乃擁璿持衡而笑曰：「明哉！夫天下非一人之天下也。」乃薦禹於天，於時和氣普應，慶雲興焉，百公相和而歌《慶雲》。按：《卿雲歌》：「日月光華，旦復旦兮。」謂禪代也。《史記·天官書》：「卿雲見，喜氣也。」卿音慶。此當謂武宗即位之恩覃於宗室者。

〔一三〕繫，《英華》作「係」，同。〔徐注〕《晉書·傅咸傳》：億兆顒顒，戴仰宸極。

〔一四〕見《爲安平公謝除兖海觀察使表》「誓將竭誠，非敢養望」二句注。

〔一五〕〔徐注〕《南史·循吏傳》：孫謙，從子廉，凡貴要每食，廉必日進滋旨，皆手自煎調。案：煎調，謂湯藥之事。

〔一六〕〔徐注〕《西都賦》：承明、金馬，著作之庭。

〔一七〕〔補注〕當指會昌三年討伐叛鎮劉稹事。

〔一八〕〔徐注〕《左傳》：凡師一宿爲舍，再宿爲信，過信爲次。《舊書》：會昌三年春正月，以宿師于野，罷元會。

〔一九〕〔馮注〕《左傳》：士蔿城絳，以深其宫。

〔二〇〕馹，《英華》作「驛」，誤。完，《英華》作「遥」，注：集作「完」。〔徐注〕《左傳》：楚子乘馹，會師于臨品。楊慎《丹鉛録》：《孟子》「置郵傳命」，古注：「置，驛也；郵，馹也。」置緩郵速，驛遲馹疾，後世不達其義，以馹爲驛之省文。永樂中刻《春秋大全》，盡改《左傳》「馹」字爲「驛」，驛與馹溷而不分，故解經皆謬。〔馮注〕《左傳》：鄭公孫黑將作亂，子産在鄙聞之，乘遽而至。《爾雅·釋言》：馹，遽傳也。按：言恐賊兵至，故修城郭，整驛傳。苦，音古，惡也。如《考工記》「辨其良苦」，《史記·五帝紀》「器不苦窳」之「苦」。與《左傳》「楚圍渠丘，渠丘城惡」同意。

〔二一〕〔徐注〕謂烏介也。見《爲河南盧尹賀上尊號表》「攄累聖之忿憤」句注。〔馮注〕是時破逐烏介可汗，其衆多來降，遂命分隸諸道，事見史文，故曰「降虜移鄉」也。徐氏止云「謂烏介」，則烏介方走投黑車子，與絳、鄭二州何與哉！〔按〕馮注是。《通鑑·會昌三年》：二月，「詔停歸義軍（會昌二年六月，以嗢没斯所部爲歸義軍，以嗢没斯爲左金吾大將軍，充軍使），以其士卒分隸諸道爲騎兵，優給糧賜」。即所謂「降虜移鄉」。

〔二二〕〔徐注〕謂李回也，見《爲李貽孫上李相公啓》。〔馮曰〕此「貴臣」乃李彦佐、王茂元之流，即《爲舍人絳郡公上李相公啓》所謂「元戎」「列鎮」也。〔按〕馮注是。會昌三年五月，詔告中外削奪劉從諫、稹官爵，命諸鎮四面進兵攻討，時以徐泗節度使李彦佐爲晉絳行營諸軍節度、澤潞西南面招討使。九月，陳許節度使王宰充澤潞南面招討使，兼領河陽行營諸軍攻討使。李、王之部隊赴討叛前綫，均須道經鄭州。而先是會昌三年四月末，忠武節度使王茂元奉命移鎮河陽，未必率忠武之師前往也。

〔二三〕〔徐注〕《漢書·嚴安傳》：飛芻輓粟，以隨其後。

〔二四〕〔徐注〕《莊子》：無有所將，無有所迎。〔按〕將，送也。

〔二五〕遵，《全文》作「尊」，據《英華》改。

〔二六〕〔徐注〕《北史·蠕蠕傳》：道武撫安之。

〔二七〕〔徐注〕司馬相如《封禪文》：沾濡浸潤，協氣横流。

〔二八〕黜陟，《英華》作「陟降」，注：集作「黜陟」。〔補注〕《書·周官》：「諸侯各朝于方岳，大明黜陟。」

〔二九〕〔徐注〕《禮記》：良冶之子，必學爲裘；良弓之子，必學爲箕。〔補注〕埏，以水和土。埏鎔，喻培育、栽培。

〔三〇〕六雄，見《爲絳郡公上崔相公啓》「此地名高六雄」句注。

〔三一〕以，《英華》作「已」。

〔三二〕錯，《英華》注：集作「午」。

〔三三〕見《爲舍人絳郡公上李相公啓》「常雜萑蒲之聚」注。

〔三四〕〔馮注〕《漢書·何並傳》：並徙潁川太守，使文吏治潁川鍾威、陽翟趙季、李款三人獄，武吏往捕之。

〔三五〕〔徐注〕《詩》：大東小東，杼軸其空。《漢書・成帝紀》：詔曰：「諸逋租賦所振貸勿收。」〔馮注〕《北史・辛雄傳》：逋懸租調，宜悉不征。〔按〕逋懸，拖欠之租賦。

〔三六〕謡，《英華》作「清」，注：集作「謡」。

〔三七〕〔馮注〕《後漢書・循吏傳》：亦一時之良能也，今綴集以爲《循吏篇》云。

〔三八〕見《爲舍人絳郡公上李相公啓》注〔二八〕。

〔三九〕〔徐注〕揚雄《方言》：甂，自關而西謂之甂，其大者謂之甌。

〔四〇〕與，《英華》作「以」。〔徐注〕《南史・王球傳》：未可以文案責也。〔補注〕公案，官府案件文卷。

〔四一〕〔補注〕《古詩十九首・今日良宴會》：「齊心同所願，含意俱未申。」

〔四二〕〔徐注〕《晉書・陶侃傳》：表曰：「臣非貪榮於疇昔，而虛讓於今日。」

〔四三〕漢籌，見《爲李貽孫上李相公啓》「奉規於帷幄」注。殷鼎，見《爲濮陽公上淮南李相公狀二》「顯當殷鼎」注。

〔四四〕愛，《英華》注：集作「受」。非。

〔四五〕〔徐注〕《書》：人用側頗僻。注：頗，不平也。〔馮注〕《書》：無偏無陂。「頗」與「陂」義同。本作「頗」，唐明皇改作「陂」。

〔四六〕〔徐注〕《晏子春秋》：不出樽俎之間，而折衝千里之外。

〔四七〕意，《英華》注：集作「旨」。

〔四八〕〔補注〕《論語·爲政》：「五十而知天命。」按：據此，李褒當生於唐德宗貞元十二年（七九六）左右。

〔四九〕〔徐注〕《法苑珠林》：晉李恒問榮途貴賤。

〔五〇〕〔徐注〕木華《海賦》：天綱浡潏，爲凋爲瘵。翰曰：凋，傷也；瘵，病也。〔馮注〕《爾雅》：瘵，病也。

〔五一〕〔馮注〕《越語》有「疾疹」字。張衡《思玄賦》：「思百憂以自疹。」疢、疹、疢並同。〔按〕馮本作「疹」。

〔五二〕〔馮注〕《漢書·酷吏傳》：尹賞能治劇，徙爲頻陽令。《後漢書·袁安傳》：三府舉安能理劇，拜楚郡太守。

〔五三〕〔徐注〕《楚辭》：長嚮風而舒情。

〔五四〕〔馮注〕《大戴禮記》：祈奚曰：「趙文子服義而行信。」《楚辭》：身服義而未沫。謝朓《辭隨王牋》：服義徒擁。〔徐注〕《離騷》：就重華而陳辭。

〔五五〕〔徐注〕王褒《四子講德論》：鴻鈞之世，何物不樂。〔馮曰〕「鴻」「洪」古字通。〔按〕台耀，猶三台星。古以喻三公及宰相。

〔五六〕聽，《英華》作「德」，注：集作「雄」。均非。〔徐曰〕當作「聽」，集作「雄」，非。〔馮曰〕「尊德」自可，但德、惕音犯，似「德」字誤。

# 爲弘農公上兩考官狀〔一〕

伏見前月十九日恩制，座主相公登庸〔二〕。某科等受恩，伏增榮抃。閣下同德比義〔三〕，契重交深。載惟爰立之榮〔四〕，佇見彙征之吉〔五〕。下情不任迎賀踴躍之至，伏惟照察。

**【校注】**

〔一〕本篇原載清編《全唐文》卷七七四第二一〇頁、《樊南文集補編》卷五。〔岑曰〕唐代制科常特派考官三、四人，與其選者率是清要。（楊）倞於元和、長慶間已入仕，則在開成中較爲前輩，而開成四、五年新入相者如崔鄲、崔珙（按，原誤作「英」，據《新唐書》改），當憲、穆兩朝，並未躋清要，何忽來座主登庸也？忽悟樊南文題目，今多訛衍，狀末述己之地位，爲舊體書啓應有之義，今狀末無典守州條語，況求諸《新·表》，開成四、五年鄲、珙（按：原誤作「瑛」，據《新唐書》改）均非十九日登庸，惟《新·紀》《表》書李回入相於會昌五年五月乙丑，即十九日也。然則此狀乃商隱與其同年等所上，故曰「某科等」。商隱稱回曰座主，連張氏所舉兩例，合此而三矣。商隱是時尚居洛陽，故曰「前月恩制」。與回同爲開成三年弘詞等制科考官之兩人，惜姓名無可考

（《登科記考》二二亦漏書回是歲爲考官，可補入）。然一考官登庸而賀及其同僚，得此可略見唐人書牘酬應之繁瑣也。「爲弘農公」四字應衍，並改編會昌五年。（《玉谿生年譜會箋平質》己缺證十六《爲弘農公上兩考官狀》條）〔按〕此篇錢氏、張氏於「兩考官」均無箋證，岑氏所考甚是。狀當上於會昌五年六月（據狀首「前月十九日」語），題内「爲弘農公」四字，係鈔寫時涉上二題（《爲弘農公上虢州後上中書狀》《爲弘農公虢州上後上三相公狀》）而致誤。然原題似亦不可能僅爲《上兩考官狀》，在「上兩考官狀」之前或當有「與同年等」數字。

〔二〕〔錢注〕《摭言》：有司謂之座主。〔補注〕《書·堯典》：「帝曰：『疇咨若時登庸。』」登庸，選拔任用。此指任用爲宰相。

〔三〕〔錢注〕《後漢書·孔融傳》：先君孔子，與君先人李老君，同德比義而相師友。〔按〕此言李回與另一考官同德比義。

〔四〕〔補注〕《書·説命》：「爰立作相，王置諸其左右。」爰立，指拜相。

〔五〕〔補注〕《易·泰》：「初九，拔茅茹，以其彙，征吉。」孔穎達疏：「彙，類也，以類相從。……征，行也。」彙征，連類而及。按：此謂將見另一考官亦連類而及，加以重用。

## 上李舍人狀一〔一〕

不審近日尊體何如？伏計不失調護。去冬二十八叔拜迎軒騎〔二〕，已託從者附狀起居。及二十三叔歸闕之時，某適有私故，淹留他縣〔三〕，阻拜清光。自春又爲鄭州李舍人邀留，比月方還洛下，以此久闕附狀，用抒下情。頃者二十三叔固辭内廷〔四〕，屈典外郡〔五〕，避榮之心有素，頒條之績又彰。今則假道選曹〔六〕，復登綸閣〔七〕，光揚星次〔八〕，焕發天聲〔九〕，爲一代之宗師〔一〇〕，留萬古之謨訓〔一一〕。凡在儒墨，孰不歡忻。況某早奉輝光，猥至成立〔一二〕，下情豈任抃賀踴躍之至。

【校注】

〔一〕本篇原載清編《全唐文》卷七七五第一八頁、《樊南文集補編》卷六。〔錢箋〕前四狀（按：指《上鄭州李舍人狀》一、二、三、四）皆爲鄭州李舍人作。馮箋：「義山從叔名褒，會昌中，出爲鄭州刺史。」本集有四啓一文，既可互證，而詩集有《鄭州獻從叔舍人褒》詩，似爲崇信道流者，即前第二狀所云「進受治籙，兼建妙齋」，第四狀所云「紫極宫中，大延法衆」也。此下七狀，則皆不以「鄭州」冠首。第二、第三狀，皆爲紫極宫作文之事，則與前兩狀所云既合，又褒以中書舍人供職内廷，而出爲郡守，未免失意，故第五狀有「去關鍵於寵辱，忘階阯於高卑」諸語。又本集爲褒歷抵時相之啓（按：指《爲舍人絳郡公上李相公啓》《爲絳郡公上史館李相公啓》《爲絳郡公上崔相公啓》《爲絳郡公上李相公啓》），大率以棲心寂静，不耐煩劇爲詞，第六狀云「已卜江南隱居，轉貼都下舊宅」，似褒已抗志高隱，而義山尼之者。然據此類推，則舍人之仍爲李褒，似屬可信。

惟既係上褒而作，則此篇所謂「鄭州李舍人」者，又係何人？且諸狀皆稱十二叔，則所稱二十三叔，又何所指？衹此一篇，不惟與前四狀引義不倫，且與後六狀自相歧異，疑不能明也。〔張箋〕考諸狀皆稱李褒爲「十二叔」，此稱「二十三叔」，且有「鄭州李舍人」語，則此李舍人（指本篇所上之李舍人）必非李褒。褒由舍人出刺鄭州，罷官居洛，見第七狀。此「李舍人」則實官舍人也，狀云：「今則假道選曹，復登綸閣。」可以互證。其先云「固辭内廷，屈典外郡」者，乃述其從前歇歷耳。所稱「二十八叔」，蓋此李舍人之弟，亦與褒無涉。當由輯《永樂大典》者以題中姓氏官號從同，故類而編之，不可不辨。又案《英華》有《授李褒虢州刺史制》，當是褒後所歷官。《會稽掇英總集》載《唐會稽太守題名記》：「李褒大中三年自前禮部侍郎，除禮部尚書授。六年八月追赴闕。」則褒在大中時頗通貴也。〔按〕本篇題内之李舍人顯非李褒，錢、張辨證是。岑仲勉疑此篇題内之「李舍人」名訥，詳其所著《翰林學士壁記注補》。訥會昌四年任吏部員外郎知制誥。後遷禮部郎中知制誥，正拜中書舍人，然其任中舍之時與本篇之作時不合。《上李舍人狀》二至七諸狀之李舍人仍爲李褒，詳各篇注〔一〕。本篇有「自春又爲鄭州李舍人邀留，比月（近月）方還洛下」之語，他狀又有「夏秋以來，疾苦相繼」，「某自還京洛，常抱憂煎，骨肉之間，病恙相繼」等語，則商隱之由鄭抵洛，當在會昌五年初夏。此狀之作，殆在會昌五年五、六月間。

〔二〕〔錢注〕《韓非子》：田子方從齊之魏，望翟黄乘軒騎駕出。〔補注〕軒騎，車騎，尊稱李舍人。

〔三〕〔錢箋〕詩集有《大鹵平後移家到永樂縣居書懷十韻》，事當在會昌四年，此「他縣」疑即永樂。

下文所稱（鄭州）李舍人，疑即李褒。考本集爲絳郡公四啓，皆作於澤潞既平之後，楊弁就縛，劉稹繼平，年月正相合也。永樂爲僑寓，鄭州爲作客，是終以東都爲定居，故下文又云「方還洛下」，説詳後狀（按：指《上李舍人狀三》）。《爾雅》：淹留，久也。〔按〕前言「去冬」，接叙「二十三叔（即此篇題内之李舍人）歸闕」，下言「自春」，則李舍人之歸闕當在會昌四年冬，其時商隱正在永樂，詩集有《四年冬以退居蒲之永樂渴然有農夫望歲之志遂作憶雪又作殘雪詩各一百言以寄情于游舊》可證，「他縣」自指永樂。謂永樂爲僑寓自可，然謂鄭州爲作客，洛陽爲定居則非，辨詳後狀。

〔四〕〔錢注〕《文獻通考》：玄宗初，待詔内庭，止於應和詩賦文章而已。詔誥所出，本中書舍人之職。軍興之際，促迫應務，權令學士代之。

〔五〕〔錢注〕《漢書·蕭望之傳》：以望之爲平原太守。望之雅意在本朝，遠爲郡守，内不自得，乃上疏曰：「願陛下選明經術、温故知新、通於幾微謀慮之士，以爲内臣，與參政事。外郡不治，豈足憂哉！」〔按〕岑氏以爲此篇之李舍人爲李訥。然訥開成五年充翰林學士。會昌二年，遷職方員外郎。三年四月出守本官。四年任吏部員外郎知制誥。後遷禮部郎中知制誥，正拜中書舍人。其間並無「固辭内廷，屈典外郡」之宦歷，由中書舍人出爲華州刺史已在大中四年左右。《文苑英華》卷三八二有崔嘏《授李訥中書舍人李言大理少卿制》，嘏大中元年爲中書舍人，二年正月坐草李德裕制不盡言其罪貶端州刺史，其授李訥中書舍人制當作於大中元年，訥之拜中舍蓋在此時。可證此篇之李舍人非李訥。

〔六〕〔錢注〕《吴志·顧譚傳》：薛綜爲選曹尚書。〔補注〕選曹，主管銓選官吏之部門，指吏部。

〔七〕〔錢注〕《初學記》：中書職掌綸誥。前代詞人，因謂之綸閣。〔按〕據「頃者二十三叔固辭内廷，屈典外郡……今則假道選曹，復登綸閣」數句，此李舍人當先任中書舍人（或知制誥），旋出守外郡。繼調回朝廷，任職於吏部，再重官中書舍人。

〔八〕〔錢注〕《後漢書·郡國志》注：乃推分星次，以定律度。〔補注〕古人爲説明日月五星之運行與節氣之變换，將黄赤道附近一周天按由西向東之方向分爲十二等分，謂之星次。

〔九〕〔錢注〕揚雄《甘泉賦》：天聲起兮勇士厲。〔補注〕天聲，猶天子之聲音。中書舍人職掌草擬制誥，故云。

〔一〇〕〔錢注〕《漢書·平帝紀》：其爲宗室，自太上皇以來，族親各以世氏郡國，置宗師以糾之，致教訓焉。《唐會要》：武德二年，詔曰：「宗緒之情，義超常品，宜有旌異，以明等級。天下諸宗姓任官者，宜在同列之上。無任職者，不在繇役之限。每州置宗師一人，以相統攝。」〔按〕錢注所引書之「宗師」乃宗正卿之屬官，掌宗室子弟之訓導，非商隱此句「宗師」之義。此「一代之宗師」，聯繫上下文「綸閣」「謨訓」，自指文章之宗師，亦即詩集《漫成五章》之一「當時自謂宗師妙」之「宗師」也。

〔一一〕〔補注〕《書·胤征》：「聖有謨訓，明徵定保。」謨訓，君主之謀略與訓誨。《尚書》有《大禹謨》

《伊訓》。此謂李舍人所撰之制詔將流傳後世。

〔三〕〔錢注〕《史記・晉世家》：輔我以行，卒至成立。

## 爲相國隴西公黄籙齋文〔一〕

臣忝系仙枝〔二〕，獲蒙道蔭〔三〕，早佩相印〔四〕，屢登齋壇〔五〕。雖八景三清〔六〕，麤聞科戒〔七〕；而七情五賊〔八〕，未勉修持。入輔出征〔九〕，緜時歷歲。伏慮政刑非當，賞罰或乖，積愆咎於玄司〔一〇〕，負委寄於皇渥〔一一〕。今謹齋薄具〔一二〕，仰獻微誠，伏乞太上三尊〔一三〕，十方衆聖〔一四〕，曲垂保祐，大賜滌除，俾善業克成〔一五〕，良願無擁〔一六〕。金柯玉葉〔一七〕，奉聖祖於千秋〔一八〕；黄屋丹墀〔一九〕，戴吾君於億載。百蠻康樂〔二〇〕，萬國乂安〔二一〕。然後散及冥塗〔二二〕，霑諸酆部〔二三〕。寒靈罷對，滯爽騰輝〔二四〕。俱升仁壽之方〔二五〕，共奉太平之化。

**【校注】**

〔一〕本篇原載清編《全唐文》卷七八〇第二四頁、《樊南文集補編》卷一一。〔錢箋〕文首有「忝系仙枝」語，必唐宗室也。《新唐書・宗室世系表》：宰相十一人。與義山同時者，程也，石也，回也。

回爲義山座主，有《爲湖南座主隴西公賀馬相公登庸啓》，此文或亦爲回而作。〔張箋〕（列不編年文）案：文云：「早佩相印，屢登齋壇。」又云：「入輔出征，緜時歷歲。」合之李回，亦不細符，惟李石差近，其永樂閒居時作歟？〔按〕李程卒於會昌二年，商隱與其無交往。李回會昌五年五月始拜相。此文如爲回作，據「早佩相印」「入輔出征，緜時歷歲」語，必在大中二年五月商隱自桂府北歸經潭州時，蓋前此回尚節度西川，後此則疊貶賀州，均無緣作此文；如繫會昌五、六年間作，則回甫拜相，不得言「早佩相印」。然大中二年五月回已責授湖南觀察使，以左遷之身份，似亦不宜有「伏慮政刑非（錢本作「未」）當，賞罰或乖」之語。張謂不細符，是也。張疑李石。據新、舊《唐書》紀、傳、表，李石於大和九年十一月甘露事變後即以户部侍郎判度支本官同中書門下平章事，與「早佩相印」者合；開成三年正月，出爲荆南節度使；會昌三年，由荆南遷河東，「檢校司空、平章事，兼太原尹、北都留守，充河東節度、管内觀察等使」；會昌四年，河東將楊弁作亂，逐石，詔以太子少傅分司東都；會昌五年正月，「以前太原節度使、檢校司空李石以本官充東都留守」，會昌六年四月猶在東都留守任（見《宣宗紀》），卒，年六十二。以上經歷，與「入輔出征，緜時歷歲」亦合。令狐楚鎮河東，引石爲副使，與商隱同幕。石鎮太原時，商隱有遊幕之迹（見《大鹵平後移家到永樂縣居書懷十韻寄劉韋二前輩二公嘗於此縣寄居》詩及《喜聞太原同院崔侍御臺拜兼寄在臺三二同年之什》詩）。此文之作，當在會昌五年夏秋間，時李石任東都留守，商隱則春末夏初自鄭至洛，閒居洛陽。故應石之請而有此作也。

〔二〕〔錢注〕葛洪《神仙傳》：老子母到李樹下，生老子，生而能言，指李樹曰：「以此爲我姓。」〔補注〕《新唐書·李石傳》：「李石字中玉，襄邑恭王神符五世孫。」商隱自稱唐宗室，亦言「陰陰仙李枝」，見《戲題樞言草閣三十二韻》詩。

〔三〕〔錢注〕《雲笈七籤》：迴輪曲降，道廕我身。

〔四〕見《爲滎陽公上僕射崔相公狀一》注〔五〕。〔補注〕《新唐書·宰相表下》：大和九年十一月乙丑，「户部侍郎、判度支李石守本官、同中書門下平章事」。

〔五〕〔錢注〕齋壇，見《上鄭州李舍人狀二》注〔三〕。以上文「獲蒙道蔭」例之，此齋壇似即指黄籙齋壇。惟李回曾爲湖南觀察使，或取登壇命將之義，互見《爲王秀才妻蘇氏祭先舅司徒文》「四陟齋壇」句注。〔按〕李石曾任荆南、河東節度使及東都留守，與「屢登齋壇」正合。齋壇指齋戒設壇拜將之將壇。

〔六〕〔錢注〕《太平御覽》：《上清洞真玉經》曰：「太上八景章，皆刻於東華仙臺，不宣於世。」三清，《雲笈七籤》：其三清境者，玉清、上清、太清是也。亦名三天，清微天、禹餘天、大赤天是也。

〔七〕〔錢注〕《隋書·經籍志》：後遇太上老君，授謙之爲天師，而又賜之《雲中音誦科誡》二十卷。

〔補注〕科戒，修道之戒律法規。

〔八〕〔錢注〕《法苑珠林》：《灌頂經》云：「我身中有是五賊，牽我入三惡道中。」〔補注〕《禮記·禮運》：「何謂人情？喜、怒、哀、懼、愛、惡、欲。」《陰符經》上：「天有五賊，見之者昌。」張果注：

「五賊者，命、物、時、功、神也。」

〔九〕〔錢注〕傅亮《爲宋公求加贈劉將軍表》：出征入輔，幸不辱命。〔按〕入輔，指任宰相；出征，指任荆南、河東節度使。

〔一〇〕〔錢注〕陶弘景《真靈位業圖序》：懼貽譴玄府，絡咎冥司。

〔一一〕〔錢注〕《宋書・元凶劭傳》：諸君或奕世貞賢，身□皇渥。

〔一二〕〔錢注〕司馬相如《長門賦》：修薄具而自設兮。〔補注〕薄具，不豐盛之肴饌。

〔一三〕見《爲滎陽公黄籙齋文》注〔四〕。

〔一四〕見《爲滎陽公黄籙齋文》注〔五〕。

〔一五〕〔錢注〕《法苑珠林》：如《智度論》説，殺害等是不善業，布施等是善業。

〔一六〕〔錢注〕《雲笈七籤》：三元八節朝隱祝曰：「上清玉帝、三素元君、太上高靈、仙都大神，今日吉日，八願開陳：上願飛霄長生神仙，中願天地合景風雲，下願五藏與我長存，次願七祖釋罪脱愆，又願帝君斫伐胞根，六願世世知慧開全，七願滅鬼馘斬六天，八願降靈徹聽東西。上願一合，莫不如言，願神願仙，上朝三元。」〔補注〕擁，阻塞。

〔一七〕〔錢注〕徐陵《在北齊與宗室書》：其後金柯玉葉，霞振雲從。〔補注〕喻皇室宗枝。

〔一八〕〔錢注〕《唐會要》：天寶二載正月十五日，加太上玄元皇帝號爲大聖祖玄元皇帝。八載六月十五日，加號爲大聖祖大道玄元皇帝。

〔一九〕見《爲安平公賀皇躬痊復上門下狀》注〔九〕。

〔二〇〕〔補注〕《詩·大雅·韓奕》：「以先祖受命，因時百蠻。」

〔二一〕〔補注〕《史記·孝武本紀》：「漢興已六十餘歲矣，天下乂安。」乂安，安定。

〔二二〕〔錢注〕《通鑑·唐高祖紀》注：釋氏以地獄、餓鬼、畜生爲三塗，言人之爲惡者，必墮此也。

〔二三〕見《爲滎陽公黄籙齋文》注〔二五〕。

〔二四〕〔錢注〕《雲笈七籤》：《靈寶洞玄自然九天生神章經》云：「感爽無凝滯，去留如解帶。」〔補注〕爽，精爽，神志。

〔二五〕〔補注〕《論語·雍也》：「知者動，仁者静；知者樂，仁者壽。」《漢書·王吉傳》：「敺一世之民，躋之仁壽之域。」

## 爲絳郡公祭宣武王尚書文〔一〕

伏惟曾構高基，往修峻址。俯爲明時，載生奇士〔二〕。杜林舅族，本富文理〔三〕；楊惲外門〔四〕，素多圖史〔五〕。朱檻有裕〔六〕，括羽成美〔七〕。逸足輕從東之道〔八〕，巨背狹圖南之水〔九〕。匡生明習〔一〇〕，董氏精專〔一一〕。魯壁墜簡，汲冢遺編〔一二〕。坐忘流麥〔一三〕，出記懷鉛〔一四〕。淹中莫敵〔一五〕，稷下誰先〔一六〕？朝有曲臺〔一七〕，時推奥學〔一八〕。明博士之高選〔一九〕，資衆儒之先覺〔二〇〕。殷、周損益〔二一〕，夔、夷禮樂〔二二〕，既得根源，盡除踳駁〔二三〕。

粉闈假道〔二四〕，諫署揚輝〔二五〕。吾寧訐訕〔二六〕？時好依違〔二七〕。周舉上章，惟求主悟〔二八〕；賈生草疏，豈畏人非〔二九〕。用之則至，捨之則歸〔三〇〕。旋領藩符〔三一〕，俄司國計〔三二〕。鋤革煩冗，修明課第〔三三〕。鄙晉室之鬻綀〔三四〕，小漢朝之造幣〔三五〕。前籌未借〔三六〕，斂笏還家〔三七〕。再北非罪〔三八〕，三黜何嗟〔三九〕。淮陽勁兵〔四〇〕，潁水豪族〔四一〕。既佩新印，仍推舊轂〔四二〕。杜當陽何嘗跨馬，雄士争推〔四三〕；祭征虜不廢投壺，師人自睦〔四四〕。夷門地古，梁苑藩雄〔四五〕。雙旌大旆〔四六〕，二矛重弓〔四七〕。無忌御車，惟求隱者〔四八〕；相如謝病，乃慕高風〔四九〕。方將副帝注心〔五〇〕，從時大願，率周廟之奔走〔五一〕，總漢庭之議論〔五二〕。人之不幸，今也則亡。莊子孰分其魍魎〔五三〕？秦醫莫救其膏肓〔五四〕。雁沼波瀾，空聞悲咽〔五五〕；兔園臺榭，祇見荒涼〔五六〕。

某獲顧尤深，蒙知甚早。公昔分茅〔五七〕，愚當視草〔五八〕。於劉向論思之時〔五九〕，贊孟舒長者之號〔六〇〕。及兹出守，實介親鄰〔六一〕。音徽繼好〔六二〕，寤寐依仁〔六三〕。常期異日，克奉清塵〔六四〕。何言永慟，屬此嘉辰〔六五〕。訃哀如昨，歸轍攸遵。林薄莽蒼〔六六〕，川原隱轔〔六七〕。想諸葛之旗鼓，空還舊壘〔六八〕；念伯喈之書籍，已付何人〔六九〕？候館攸開〔七〇〕，丹幡遽至〔七一〕。瞻望衛幕〔七二〕，連緜秦畤〔七三〕。寄奠申訣，緘詞寫意〔七四〕。終阻願於躬親，徒加哀於殄瘁〔七五〕。

嗚呼哀哉，尚饗！

【校注】

〔一〕本篇原載《文苑英華》卷九八九第七頁、清編《全唐文》卷七八一第一六頁、《樊南文集詳注》卷六。〔馮箋〕以「出守」「親鄰」之語，合之上諸相公啓，當在會昌間，乃王彦威也。《舊》《新書·傳》：彦威，太原人。世儒家，少孤貧，苦學，尤通三《禮》。舉明經甲科，未得調，求爲太常散吏，補檢討官。采隋已來吉凶五禮，條次彙分，號曰《元和新禮》，上之。拜博士。憲宗於元和十五年正月崩，有司議葬，用十二月。彦威言：「《春秋》之義，過期不葬則譏之。」有詔更用五月。淮南節度李夷簡以憲宗功高，宜特稱祖。彦威議謂非典訓，宜稱宗。從之。故事：祔廟之禮，先告太極殿，然後奉主入太廟。祔畢，不再告於太極殿。時執政令有司再告，彦威執議不可，執政怒。乃以祝版誤，削一階。彦威終不回屈。累遷司封郎中、弘文館學士、諫議大夫。以本官兼史館修撰，奏論僕射上事儀注。雖不從其議，論者稱之。興平縣民上官興殺人亡命，吏囚其父。興聞，自首請罪，時議減死。彦威以「原而不殺，是教殺人」詣中書投宰相面論，語訐氣盛。執政怒，左遷河南少尹。未幾，改司農卿。進拜平盧節度。開成元年，召拜户部侍郎、判度支。性剛訐自恃，嘗奏曰：「臣自計司按見管錢穀文簿，量入爲出，使經費必足，無所刻削。」因上《占額圖》，既而又進外鎮之仰度支者爲《供軍圖》。彦威既掌利權，心希大用，大結神策軍私恩。會邊軍上訴衣賜不時，兼之朽故。宰臣惡其所爲，令攝度支人吏付臺推訊。左授衛尉卿。三年七月，檢校禮部尚書，充忠武軍節度。會昌中，徙爲宣武節度使。卒，贈僕射，謚曰靖。○文中所叙，語皆符合，故詳引之。（王彦威之卒，馮譜列會昌二年，而繫本文於會昌三年。）〔張箋〕彦威開成三年七月節度忠武，見《舊·紀》及《傳》。《傳》云：「會昌中入爲兵部侍郎，歷方鎮，檢校兵部尚書卒，贈僕射。」《新·傳》則云：「徙節宣武卒。」考王茂元於會昌元年移忠武，彦威入爲兵部侍郎當在其時。其徙宣武及卒，不詳何年。本集義山爲絳郡公諸文，皆在澤潞平後。集有《爲絳郡公祭宣武王尚書文》云：「公昔分茅，愚當視草，於劉向論思之時，贊孟舒長者之號。及兹出守，實介親鄰。音徽繼好，寤寐依仁。何言永慟，屬此嘉辰。訃哀如昨，歸輤攸遵。」則彦威之鎮宣武，在會昌二年李褒未出守時，而卒於是年（按：指會昌四年）也。馮譜列彦威之卒於二年，無據。（張箋繫本文於會昌四年。）〔岑曰〕〔張〕《箋》三系會昌四年，似不如《方鎮年表》系五年之可信。（《玉谿生年譜會箋平質》丙欠碻《宣武王彦威卒》條）〔按〕張氏所考，雖揭出馮譜之誤，然於彦威徙宣武年、卒年及本文作年，仍有失考處，兹分述如下：一、彦威徙宣武。張氏據「及兹出守，實介親鄰」訂彦威節度宣武之時。然李褒從出守到與彦威成爲「親鄰」，尚有一段時間。李褒出守在會昌二年五月十九日（《翰苑群書·重修承旨學士壁記》），初守之地并不與宣武相鄰。「絳田已非厥任，滎波轉過其材」（《爲絳郡公上崔相公啓》），是乃先守絳州，後遷鄭州（岑仲勉《翰林學士壁記注補》謂李褒初守虢州，繼守絳、鄭，因與此處所考無礙，暫不具論）。彦威節度宣武，究竟在李褎守絳之前抑守鄭之前，單憑「及兹出守」二句，實屬模糊難定。查《劉禹錫集·外集》有《唐故監察御史贈尚書右僕射王公神道碑》，係爲彦威父王倰所作。文云：「季子彦威……檢校禮部尚書，充汴、宋、亳等州節度觀察處置等使。」可見禹錫撰碑時，彦威已在宣武任上。禹錫卒於會昌二年七月，享年七十一，係老病而終。是則彦威鎮宣武必在會昌二年七月前，且須在禹錫尚有精力爲人作長篇碑銘時（王倰碑千字以上）。其鎮宣武之確切時間，當依吴廷燮《唐方鎮年表》定於開成五年九月（或十月）間，蓋李德裕由淮南入相，開成五年九月，以宣武節度使李紳代德裕鎮淮南（《舊·紀》），而王彦威則由忠武徙節宣武，王茂元又由朝官出爲忠武節度使。據《爲濮陽公陳許舉人自代狀》及同時代作諸表狀，茂元確於開成五年十月出鎮陳許，則彦威之徙鎮宣武亦自必在同時。彦威鎮宣武之時間自開成五年至會昌五年，故李褎徙刺鄭州時得與彦威成爲「親鄰」。二、彦威卒年。商隱爲李褎所作諸文，多在會昌四年八月劉稹亂平後至五年間，王彦威之卒當亦不早於四年秋之前。《唐方鎮年表》訂彦威卒於會昌五年，大體可信。三、本文作年。文云：「訃哀如昨，歸櫬攸遵。林薄莽蒼，川原隱嶙。想諸葛之旗鼓，空還舊壘；念伯喈之書籍，已付何人？」所寫情景並非初卒，而係歸葬之時。「候館攸開，丹旙遽至。瞻望衛幕，連綿秦畤。寄奠申訣，緘詞寫意。」彦威葬地當在長安附近。靈柩由汴州運往秦地，途經鄭州，時李褎正在鄭州刺史任上，故有此代作之祭文。因祭文作於歸葬時，距彦威之卒已有一段時日，故祭文當作於會昌五年而不可能如張箋之訂於四年。

〔二〕〔徐注〕《漢書·江充傳》：充爲人魁岸，容貌甚壯。帝望見而異之，曰：「燕、趙固多奇士。」

〔三〕見《爲白從事上陳許李尚書啓》「徒以杜林外氏」注。

〔四〕門，《全文》作「孫」，《英華》作「甥」，均非。《英華》注：集作「門」。是，兹據改。

〔五〕〔馮注〕《漢書·司馬遷傳》：遷既死，後其書稍出。宣帝時，遷外孫楊惲祖述其書，遂宣布焉。〔徐注〕《漢書·楊惲傳》：惲母，司馬遷女也。惲始讀外祖《太史公記》，頗爲《春秋》，以材能稱。

〔六〕〔徐注〕「朱檻」當作「朱藍」。《藝文類聚》：譙子曰：「夫交之道，猶素之白也。染之以朱則赤，染之以藍則青。」王充《論衡》：「彼姝者子，何以與之？」其傳曰：「譬猶練絲，染之藍則青，染之朱則赤。」按：今《毛傳》無此文，蓋魯、齊、韓三家語也。〔馮注〕朱檻，謂朱其檻，猶曰丹雘。《尚書·梓材》傳：「塗以漆，丹以朱。」此謂藻飾之施，綽有餘裕也。但未考所本。徐氏引《論衡》「譬猶練絲，染之藍則青，染之朱則赤」，疑爲「朱藍」之誤。余檢袁宏《漢紀》：郭泰嘗止陳國，童子魏昭求入其房，供給灑掃，曰：「經師易遇，人師難遭。欲以素絲之質，附近朱藍。」朱藍，丹彩皆可喻學術。此似取丹彩。〔按〕《西京雜記》卷四：「方騰驤而鳴舞，憑朱檻而爲歡。」朱檻指紅色欄干。與下句「括羽」指箭末羽毛對文。

〔七〕〔馮注〕《家語》：孔子曰：「君子不可不學。」子路曰：「南山有竹，不揉自直，斬而用之，達于犀革。以此言之，何學之有？」孔子曰：「括而羽之，鏃而礪之，其入之不亦深乎？」子路敬受教。

〔徐注〕王僧孺《爲蕭監利求入學啓》：樸斲成於丹雘，篠簜資於括羽。〔按〕括，通「栝」。括羽，箭末羽毛。喻修學益智，增進才力。

〔八〕〔徐注〕《漢書》：《郊祀歌》曰：「天馬來，歷無草。徑千里，從東道。」

〔九〕〔馮注〕《莊子》：背負青天而莫之夭閼者，而後乃今將圖南。餘見《爲安平公謝除兖海觀察使表》「擺波濤而鯤鱗纔變」注。

〔一〇〕〔馮注〕《漢書·匡衡傳》：學者多上書薦衡經明，當世少雙。蕭望之奏衡經學精習。

〔一一〕〔馮注〕《漢書·董仲舒傳》：下帷講論，弟子傳以久次相授業，或莫見其面。蓋三年不窺園，其精如此。

〔一二〕見《爲安平公兖州奏杜勝等四人充判官狀》「自魯壁所壞，汲冢之藏」注。

〔一三〕〔馮注〕《後漢書·逸民傳》：高鳳字文通。妻常之田，曝麥於庭，令鳳護雞。時天暴雨，而鳳持竿誦經，不覺潦水流麥。妻還怪問，鳳方悟之。

〔一四〕〔徐注〕《西京雜記》：揚雄懷鉛提槧，從計吏訪四方語，作《方言》。〔按〕鉛，鉛粉，用以書寫。

〔一五〕〔徐注〕《漢書·藝文志》：《禮》古經者，出於魯淹中。蘇林曰：里名也。〔馮注〕《史記正義》：《七録》云：「古經出魯淹中，其書周宗伯所掌五禮威儀之事，有六十六篇，無敢傳者。後博士侍其生得十七篇，鄭氏注，今之《儀禮》是也。餘篇皆亡。」《儀禮》疏：古文十七篇，與高堂生所傳相似。按：以下皆叙其議禮。

〔一六〕誰,《英華》作「惟」,誤。〔馮注〕《史記·田完世家》:宣王喜文學游説之士,自如騶衍、淳于髡、田駢、接予、慎到、環淵之徒皆賜列第,爲上大夫,不治而議論。是以齊稷下學士復盛。《索隱》曰:《齊地記》:「齊城西門側系水左右有講室趾。」〔徐注〕曹植書:田巴毁五帝,罪三王,呰五伯於稷下。善曰:魯連子云:「齊之辯者曰田巴,辯於徂丘而議於稷下。」《七略》云:「齊有稷城門也。」

〔一七〕見《代彭陽公遺表》「曲臺備位」注。

〔一八〕〔馮注〕《後漢書·法真傳》:學窮典奥。

〔一九〕〔徐注〕《魏志·劉馥傳》:疏曰:「宜高選博士,取行爲人表,經任人師者,掌教國子。」

〔二〇〕〔補注〕《孟子·萬章上》:「天之生此民也,使先知覺後知,使先覺覺後覺也。」

〔二一〕〔補注〕《論語·爲政》:「子張問:『十世可知也?』子曰:『殷因於夏禮,所損益,可知也;周因於殷禮,所損益,可知也。其或繼周者,雖百世,可知也。』」

〔二二〕〔徐注〕《書》:帝曰:「有能典朕三禮?」僉曰:「伯夷。」帝曰:「俞,咨伯,汝作秩宗。」又:帝曰:「夔,命汝典樂。」

〔二三〕〔徐注〕《晉書·藝術傳論》曰:迂誕難可根源。《孝經序》:踳駁尤甚。〔馮箋〕《新書·藝文志》:王彦威《元和曲臺禮》三十卷,又《續曲臺禮》三十卷,《唐典》七十卷。《文選·魏都賦》:謀踳駁於王義。注引《莊子》曰:惠施,其道踳駁,言惡也。「踳」讀曰「舛」。舛,乖也。

駁，色雜不同也。按：今《莊子》直作「舛駁」。

〔二四〕道，《英華》作「途」，注：集作「道」。〔徐注〕《漢官儀》：省中皆胡粉塗壁，故曰「粉署」。〔馮曰〕謂遷司封。

〔二五〕〔徐注〕《後漢書·李膺傳》：荀爽書曰：「虹蜺揚輝。」〔馮曰〕謂遷諫議大夫。

〔二六〕〔補注〕《論語·陽貨》：「惡訐以爲直者。」何晏集解引包咸曰：「訐，謂攻發人之陰私。」《禮記·少儀》：「爲人臣下者，有諫而無訕。」孔疏：「訕爲道説君之過惡及謗毁也。」

〔二七〕〔馮注〕依違，本《詩·小旻》篇（按：《詩·小雅·小旻》：「謀之其臧，則具是違。謀之不臧，則具是依。」），後人合用。《後漢書》：第五倫奉公盡節，言事無所依違。〔徐注〕《南史·鄭鮮之傳》：時或談論人皆依違不敢難。

〔二八〕〔徐注〕《後漢書·周舉傳》：舉上書言當世得失，辭甚切正。尚書郭虔、應賀等見之歎息，共上疏稱舉忠直，欲帝置章御坐，以爲規誡。〔馮按〕舉議北鄉侯無它功德，不宜稱謚；又拜舉諫議大夫。皆此所取義。

〔二九〕疏，《英華》注：一作「諫」。〔馮注〕《史記·賈生傳》：超遷至大中大夫。生以爲當改正朔，易服色，法制度，定官名，興禮樂，乃悉草具其事。孝文帝謙讓未遑也。天子議以爲任公卿之位。絳、灌、東陽侯、馮敬之屬盡害之，乃短賈生曰：「雒陽之人，年少初學，專欲擅權，紛亂諸事。」於是天子後亦疏之，不用其議，以爲長沙王太傅。○此叙奏論諸事。

〔三〇〕〔馮曰〕暗謂左遷河南少尹，改司農卿。〔按〕《論語·述而》：「子謂顔淵曰：『用之則行，舍之則藏，唯我與爾有是夫。』」

〔三一〕〔馮曰〕謂爲平盧節度。〔按〕王彦威爲平盧軍節度使在大和九年二月，見《舊唐書·文宗紀》。

〔三二〕〔馮曰〕爲户部判度支。〔按〕在開成元年，見《舊書·王彦威傳》。又《舊書·文宗紀》：開成元年七月「甲午，以金吾衛大將軍陳君賞爲平盧軍節度使，代王彦威；以彦威爲户部侍郎、判度支」。

〔三三〕〔徐注〕《漢書·陳萬年傳》：元帝擢咸爲御史中丞，總領州郡奏事，課第諸刺史。〔按〕課第，考核政績并加以叙次。

〔三四〕練，《英華》作「練」，注：集作「陳」，疑作「練」。〔按〕作「練」是。〔馮注〕《晉書·王導傳》：時帑藏空竭，庫中惟有練數千端，鬻之不售。導乃與朝賢俱制練布單衣，於是士人競服之，練遂踊貴。《説文》：練，布屬，所菹切。《廣韻》：練，葛。按：舊誤作「鬻練」，《英華辨證》所改定也。而今刊《晉書》作「練」，誤矣。《廣韻》所葅切。《集韻》山於切。並音「蔬」。《説文》新附字。〔徐注〕《隋書·姚察傳》：門生送南布花練。《桂海虞衡志》：練子出兩江州洞，似苧，織有花，曰花練。

〔三五〕〔馮注〕《漢書·武帝紀》：元狩四年，有司言縣官用度不足，請收銀錫，造白金及皮幣以足用。《新書·藝文志》：王彦威《占額圖》一卷。

〔三六〕見《爲濮陽公陳許奏韓琮等四人充判官狀》「委以前籌」注。

〔三七〕〔徐注〕盧思道《勞生論》：斂笏升階。〔按〕古時官員朝會時皆持手版，端持近身以示恭敬，謂之斂笏。

〔三八〕〔徐注〕《史記·刺客傳》：曹沫者，魯人，以勇力事魯莊公爲魯將，與齊戰，三戰三北。齊桓公與魯會於柯。曹沫執匕首劫桓公，桓公乃許盡還魯之侵地。《管晏傳》：管仲曰：「吾嘗三戰三北，鮑叔不以吾爲怯，知吾有老母也。」此云「再北」，蓋避下「三」字。〔馮注〕謂又左遷，《紀》云：「爲衛尉卿，分司東都。」此用孟明敗于殽，敗于彭衙。秦伯云：「大夫何罪？」又云：「夫子何罪？」詳《左傳》。徐氏引曹沫、管仲，皆三戰三北，而云避下「三」字，故作「再」，必不然矣。

〔三九〕〔補注〕《論語·微子》：「柳下惠爲士師，三黜。人曰：『子未可以去乎？』曰：『直道而事人，焉往而不三黜？』」

〔四〇〕〔徐注〕《漢書·灌夫傳》：武帝即位，以爲淮陽天下郊，勁兵處，故徙夫爲淮陽太守。

〔四一〕見《爲濮陽公陳許謝上表》「水濁而强族皆除」注。〔馮曰〕謂節度忠武。

〔四二〕〔馮注〕《漢書·馮唐傳》：唐對曰：「臣聞上古王者遣將也，跪而推轂，曰：『閫以外將軍制之。』」

〔四三〕士，《英華》注：集作「武」。〔徐注〕《晉書·杜預傳》：孫皓既平，振旅凱入，以功進爵當陽縣侯。預身不跨馬，射不穿札，而每任大事，輒居將率之列。

〔四四〕〔馮注〕《後漢書·祭遵傳》：建武二年，拜征虜將軍，封潁陽侯。取士皆用儒術，對酒設樂，必雅歌投壺。

〔四五〕〔馮注〕謂改鎮宣武（汴州）。〔按〕夷門，見《代彭陽公遺表》「榮彼夷門」注。梁園，見《上令狐相公狀二》「梁園早厠於文人」注。

〔四六〕〔徐注〕《左傳》：城濮之戰，晉中軍風於澤，亡大旆之左旃。雙旌，見《爲懷州李中丞謝上表》「早建雙旌」注。

〔四七〕〔徐注〕《詩》：二矛重弓。箋：備其折壞也。

〔四八〕〔馮注〕《史記·信陵君傳》：魏公子無忌，封信陵君。爲人仁而下士，致食客三千人。魏有隱士曰侯嬴，年七十，家貧，爲大梁夷門監者。公子乃置酒大會賓客，坐定，公子從車騎，虚左，自迎侯生。侯生攝敝衣冠，直上載公子上坐，不讓。公子執轡愈恭。

〔四九〕〔徐注〕謂病免遊梁。詳見《爲某先輩獻集賢相公啓》「揚子、馬卿，並歸於門下」注。〔馮曰〕言其愛士，人皆傾慕。〔按〕馮解是。

〔五〇〕〔徐注〕《晉書·庾冰傳》：由是朝野注心，咸曰賢相。

〔五一〕〔徐注〕《書·武成》曰：祀於周廟，邦甸侯衛，駿奔走，執豆籩。〔馮注〕《詩》：駿奔走在廟。

〔五二〕〔馮曰〕仍引到議禮，以其所專長也。

〔五三〕〔馮注〕《莊子》：衆罔兩問於景曰：「若向也俯今也仰，向也括今也披髮，向也坐今也起，向也行今也止，何也？」景曰：「予有而不知其所以。予，蜩甲也，蛇蜕也，似之而非也。」

〔五四〕救，《英華》作「究」。見《代安平公遺表》「念兹二豎，徒訪秦醫」注。

〔五五〕悲，《英華》作「怨」。雁沼，即雁池，見《上令狐相公狀二》「梁園早厠於文人」注。

〔五六〕〔馮曰〕皆切梁苑。見《上令狐相公狀二》「梁園早厠於文人」注。

〔五七〕〔馮注〕孔安國《書·禹貢傳》：王者封五色土爲社，建諸侯，則各割其方色土與之。使立社，燾以黄土，苴以白茅。茅取其潔，黄取王者覆四方。

〔五八〕當，《全文》《英華》均作「嘗」。《英華》注：集作「當」。按：作「當」是，兹據改。視草，見《爲汝南公華州賀南郊赦表》「當時仙禁，慚視草以無能」注。

〔五九〕見《爲汝南公華州賀南郊赦表》「況臣嘗備論思」注。

〔六〇〕〔馮注〕《史記·田叔傳》：孝文問之曰：「公知天下長者乎？公，長者也，宜知之。」叔頓首曰：「故雲中守孟舒，長者也。」

〔六一〕見注〔一〕。〔按〕汴、鄭相鄰，故云。

〔六二〕〔徐注〕王儉《褚彦回碑》：音徽與春雲等潤。〔按〕音徽，此指書信。徐注引非其義。

〔六三〕〔補注〕《論語·述而》：「子曰：『志於道，據於德，依於仁，遊於藝。』」

〔六四〕見《爲懷州李中丞謝上表》「清塵不遠」注。

〔六五〕嘉，《英華》作「佳」。

〔六六〕〔徐注〕《莊子》:「適莽蒼之野者,三日聚糧。」蒼,上聲。

〔六七〕轔,《英華》作「磷」,誤。〔徐注〕揚雄《甘泉賦》:振殷轔而軍裝。善曰:殷轔,言盛多也。殷,音隱。

〔六八〕〔徐注〕《晉漢春秋》:楊儀等整軍而出,宣王追焉。姜維令儀反旗鳴鼓,若將向宣王者,宣王不敢逼。儀結陣而去。《蜀志·諸葛亮傳》:亮卒(此二字據馮注補)。及軍退,宣王按行其營壘處所,曰:「天下奇才也。」

〔六九〕書,《英華》注:集作「經」。〔馮注〕《後漢書·董祀妻傳》:文姬爲胡騎所獲,曹操痛邕無嗣,以金璧贖之。操問曰:「夫人家先多墳籍,猶憶識之不?」文姬曰:「昔亡父賜書四千許卷,流離塗炭,罔有存者。今所誦憶,裁四百餘篇耳。」《魏志·王粲傳》:左中郎將蔡邕見而奇之,曰:「吾家書籍文章,盡當與之。」《博物志》:邕有書近萬卷,末年,載數車與王粲。粲亡後,粲子預魏諷反被誅。邕所與粲書,悉入粲從子業。按:彦威是無子也。

〔七〇〕候館,見《爲舍人絳郡公上李相公啓》「館餼稍乖」注。

〔七一〕〔徐注〕丹幡,丹旐也。

〔七二〕〔徐注〕《詩》:瞻望弗及,佇立以泣。《禮記》:布幕,衛也。縿幕,魯也。〔馮注〕《禮記》注:幕,所以覆棺上。縿,縑也,讀如「綃」。衛,諸侯禮;魯,天子禮。

〔七三〕秦,《英華》作「泰」,非。〔馮注〕《史記·封禪書》:秦襄公始爲諸侯,居西垂,作西畤,祀白帝。

文公作鄜時。宣公作密時於渭南，祭青帝。靈公作吴陽上時，祭黄帝；作下時，祭炎帝。獻公得金瑞，作畦時櫟陽祀白帝。按：秦時不一地，此似泛言葬地近西京。

〔七四〕緘，《英華》誤作「纖」。

〔七五〕〔徐注〕《詩》：人之云亡，邦國殄瘁。

## 上鄭州李舍人狀二〔一〕

伏承中元〔二〕，進受治籙，兼建妙齋〔三〕。十二叔叶潤靈津〔四〕，凝華霄極〔五〕。既窮理於多能之聖〔六〕，復格神於衆妙之門〔七〕。固以紫簡題名〔八〕，黄寧虚位〔九〕，合兼上治〔一〇〕，式統高真〔一一〕。況齊直是因〔一二〕，符圖載演〔一三〕，赦地官而校善，合天衆以標虔〔一四〕。湯谷傳經〔一五〕，當同昔日；鶱林合唱〔一六〕，復現今時。信九館之靈遊〔一七〕，實三清之盛會〔一八〕。某常憑元慶〔一九〕，屬預嘉招〔二〇〕，今者遐啓雲裝〔二一〕，且縈塵累〔二二〕，不獲觀光鶴嶺〔二三〕，贊禮鹿堂〔二四〕。空吟有待之詩〔二五〕，徒鬱非才之恨〔二六〕。伏惟亦賜鑒察。

**【校注】**

〔一〕本篇原載清編《全唐文》卷七七五第一六頁、《樊南文集補編》卷六。〔按〕狀有「伏承中元，進受治籙，兼建妙齋」之語，當作於會昌五年七月十五中元節稍後。

〔二〕〔錢注〕《初學記》：《道經》云：「七月十五日，中元之日，地官勾校搜選衆人，分別善惡。諸天聖衆，普詣宫中，簡定劫數，人鬼傳録，餓鬼囚徒，一時俱集。以其日作玄都大獻於玉京山，採諸花果，世間所有奇異物，玩弄服飾，幡幢寶蓋，莊嚴供養之具，清膳飲食，百味芬芳，獻諸衆聖。及與道士於其日夜講誦是經，十方大聖，齊詠靈篇，囚徒餓鬼，當時解脱，一切俱飽滿，免於衆苦，得還人中。若非如斯，難可拔贖。」

〔三〕〔錢注〕《隋書·經籍志》：道經者，其受道之法，初受《五千文籙》，次受《三洞籙》，次受《洞玄籙》，次受《上清籙》。籙皆素書，紀諸天曹官屬佐吏之名有多少，又有諸符，錯在其間，文章詭怪，世所不識。受者必先潔齋，然後齎金鐶一，并諸贄幣，以見於師。師受其贄，以籙授之，仍剖金鐶，各持其半，云以爲約。弟子得籙，緘而佩之。其潔齋之法，有黄籙、玉籙、金籙、塗炭等齋。爲壇三成，每成皆置緜蕝，以爲限域。傍各開門，皆有法象。齋者亦有人數之限，以次入於緜蕝之中，魚貫面縛，陳説愆咎，告白神祇，晝夜不息，或一二七日而止。其齋數之外有人者，並在緜蕝之外，謂之齋客，但拜謝而已，不面縛焉。《唐六典》：齋有七名：一曰金籙大齋，二曰黄籙齋，三曰明真齋，四曰三元齋，五曰八節齋，六曰塗炭齋，七曰自然齋。〔補注〕道教稱所居之祠廟爲治。

〔四〕〔錢注〕《爾雅》：箕、斗之間，漢津也。〔補注〕靈津，指天河。晉道安《檄魔文》：「領衆九百億，飲馬靈津。」叶潤靈津，謂其爲皇室支派，猶「天潢支派」「稟潤咸池」之謂。下句意相類。

〔五〕〔錢注〕梁簡文帝《爲長子大器讓宣城王表》：徒以結慶璿源，乘蔭霄極。〔補注〕霄極，天空最高處，喻皇室。

〔六〕〔補注〕《論語・子罕》：「大宰問於子貢曰：『夫子聖者與？何其多能也！』子貢曰：『固天縱之將聖，又多能也。』」

〔七〕〔錢注〕《老子》：「玄之又玄，衆妙之門。」〔補注〕格，感通。

〔八〕〔錢注〕《雲笈七籤》：《太上太真科》云：「玉牒金書，七寶爲簡，又名紫簡。」

〔九〕〔錢注〕《黄庭經》：何不食氣太和精，故能不死入黄寧。注：即黄庭也。〔按〕《黄庭内景經・百穀》梁丘子注：「黄寧，黄庭之道成也。」錢注引有脱誤。

〔一〇〕〔錢注〕《雲笈七籤》：《太真科》下卷所説云：「第五星宿治二十有八，名上治，一名内治，又名正治。是上皇元年七月七日，無上玄老太上大道君所立上中下品二十八宿要訣。」

〔一一〕〔錢注〕《雲笈七籤》：了達則上聖可登，曉悟則高真可陟。

〔一二〕〔錢注〕《雲笈七籤》：《三天内解經》曰：「夫爲學道，莫先乎齋。外則不染塵垢，内則五藏清虚，降真致神，與道合居。能修長齋者，則道合真，不犯禁戒也。故天師遺教，爲學不修齋直，冥如夜行不持火燭，此齋直應是學道之首。夫欲啓靈告冥，建立齋直者，宜先散齋，不使宿穢，臭腥消除，肌體清潔，無有玷汙，然後可得入齋。不爾，徒加洗沐，臭穢在肌膚之内，湯水亦不能除。」〔補注〕《雲笈七籤》卷三七《齋戒》：「齋者，齊也。齊整三業。」「外則不染塵垢，内則五臟清虚。降真致神，與道合居。」

〔一三〕〔錢注〕《梁書·陶弘景傳》：始從東陽孫遊岳受符圖經法。

〔一四〕〔錢注〕並見上注〔二〕。〔補注〕道教以天官、地官、水官爲三官。《宋史·方伎傳上·苗守信》：「三元日，上元天官，中元地官，下元水官，各主録人之善惡。」

〔一五〕〔錢注〕《太上黄庭内景經》：扶桑太帝君命湯谷神仙王傳魏夫人。

〔一六〕騫，《全文》作「褰」，據錢校改。〔錢注〕《雲笈七籤》：月暉之圍，縱廣二千九百里，白銀、琉璃、水精映其内，城郭人民，與日宫同，有七寶浴池八騫之林生乎内。〔按〕《雲笈七籤》卷二三：「比十七日至二十九日，於騫林樹下，採三氣之華，拂日月之光也。」又《玉谿生詩·寓懷》「騫樹無勞援」馮浩注引《三洞宗玄》：「最上一天名曰大羅，在玄都玉京之上，紫微金闕，七寶騫樹、麒麟師子化生其中，三世天尊治在其内。」

〔一七〕〔錢注〕《太平御覽》：《集仙録》曰：「每歲三元大節，諸天各有上真下遊洞天，以觀其善惡。」九館，見《爲馬懿公郡夫人王氏黄籙齋第二文》注〔八二〕。

〔一八〕〔錢注〕《雲笈七籤》：其三清境者，玉清、上清、太清是也。亦名三天：清微天、禹餘天、大赤天是也。又：《金鑠流珠經》曰：「古來呼齋曰社會，今改爲齋會。」

〔一九〕〔錢注〕張華《晉四廂樂歌》：稱元慶，奉聖觴。

〔二〇〕〔錢注〕潘岳《河陽縣作》：弱冠忝嘉招。

〔二一〕〔錢注〕江淹《雜體詩·擬謝光禄莊郊遊》：雲裝信解黻，煙駕可辭金。〔補注〕雲裝，猶雲裳，仙人以雲霓爲衣裳，故稱。

〔二二〕〔錢注〕《淨住子》：去諸塵累，乃可歸信。

〔二三〕〔錢注〕江淹《别賦》李善注：張僧鑒《豫章記》曰：「鸞岡西有鶴嶺，王子喬控鶴所經過處。」〔補注〕《易·觀》：「觀國之光，利用賓于王。」鶴嶺，仙道所居之山嶺。梁簡文帝《應令詩》：「臨清波兮望石鏡，瞻鶴嶺兮睇仙莊。」《列仙傳·王子喬》載王子喬（即周靈王太子晉）嘗乘白鶴駐緱氏山頭。

〔二四〕〔錢注〕《周禮·司儀》注：入贊禮曰相。《雲笈七籤》：二十八治，第二鹿堂山治，治在漢州綿竹縣界北鄉，去成都三百里，上有仙室、仙臺，古人度世之處。昔永壽元年，太上老君將張天師於此治上，與四鎮太歲、大將軍、川廟百鬼共折石爲要，皆從正一盟威之道。山有松柏，五龍仙穴，能通船渡。持火入穴，三日不盡。治應亢宿，號長發之，治王八十年。

〔二五〕〔錢注〕王筠《和皇太子懺悔詩》：超然故無著，逍遥新有待。〔補注〕《莊子·逍遥遊》：「夫列子御風而行，泠然善也，旬有五日而後反。彼於致福者，未數數然也。此雖免乎行，猶有所待者也。若夫乘天地之正，而御六氣之辯，以遊無窮者，彼且惡乎待哉！」郭注：「非風則不得行，斯必有待也，唯無所不乘者無待耳。」

〔二六〕〔錢注〕《漢武内傳》：西王母曰：「劉徹好道，然形慢神穢，雖當語之至道，殆恐非仙才也。」

# 上鄭州李舍人狀三〔一〕

昨者累旬陪侍座下〔二〕，賚賜稠疊，宴樂頻仍。雖曾參不列於四科〔三〕，昔嘗爲恨；而徐穉再升於上榻〔四〕，今實爲榮。庥蔭光塵〔五〕，激切誠抱〔六〕。嚮望門館，不任下情。伏惟特賜恩亮〔七〕。

【校注】

〔一〕本篇原載清編《全唐文》卷七七五第一七頁、《樊南文集補編》卷六。〔按〕狀謂「昨者累旬陪侍座下」，又謂「嚮望門館」，當是會昌五年春商隱在鄭州受李褒禮遇，到洛陽後致意申謝之作。因原編在《上鄭州李舍人狀二》之後，酌編會昌五年秋。

〔二〕座，《全文》作「坐」，從錢校據胡本改正。

〔三〕〔補注〕《論語・先進》：「德行：顔淵、閔子騫、冉伯牛、仲弓。言語：宰我、子貢。政事：冉有、季路。文學：子游、子夏。」邢昺疏：「夫子門徒三千，達者七十有二，而此四科惟舉十人者，但言其翹楚者耳。」〔錢注〕《後漢書・鄭康成（玄）傳》：仲尼之門，考以四科。〔按〕此謙言己未列於門牆。

〔四〕〔錢注〕《後漢書·徐穉傳》：陳蕃爲太守，在郡不接賓客，唯穉來，特設一榻，去則懸之。

〔五〕〔錢注〕《爾雅》：庇、庥，蔭也。繁欽《與魏文帝牋》：冀事速訖，旋侍光塵。〔補注〕光塵，敬辭，謂對方之風采。

〔六〕〔錢注〕《漢書·賈山傳》：其言多激切。

〔七〕〔補注〕恩亮，猶亮察。

## 上鄭州李舍人狀四〔一〕

陳尊師至，伏承紫極宫中〔二〕，大延法衆〔三〕，遷受治職〔四〕，加領真階〔五〕。景氣晏清〔六〕，章辭御徹〔七〕。此固誠通無始〔八〕，跡契自然〔九〕。不然者，又安能於憧憧四達之衢〔一〇〕，建眇眇三清之事〔一一〕？

某良緣夙薄〔一二〕，俗累多縈〔一三〕，夏秋以來，疾苦相繼。仰瞻道會〔一四〕，有間初心〔一五〕。悔責之來，夙宵斯積。然但以望恩憐所至，乘濟度之因〔一六〕，期於異時，必獲覩奥〔一七〕。則燕昭雖乏於靈氣〔一八〕，陶君亦覬於頑仙〔一九〕。伏惟照察。某十月初始議西上，續勒家僮齎狀起居，諸具後幅諮。謹狀。

【校注】

〔一〕本篇原載清編《全唐文》卷七七五第一七頁、《樊南文集補編》卷六。〔按〕狀云「夏秋以來，疾苦相繼」，又云「某十月初始議西上」，當係會昌五年秋所作。《上李舍人狀二》提及李褒「令選紀紫極宮功績」，本篇則僅言「陳尊師至，伏承紫極宮中，大延法衆」，未及紫極刊銘之事，故本篇應在《上李舍人狀二》稍前。

〔二〕〔錢注〕《舊唐書·玄宗紀》：天寶二年，改西京玄元廟爲太清宮，東京爲太微宮，天下諸郡爲紫極宮。

〔三〕〔錢注〕沈約《法王寺碑》：祁祁法衆。〔補注〕法衆，此指道教信衆。

〔四〕〔補注〕治職，指道觀祠廟之職事。遷受，見下注。

〔五〕〔錢注〕《雲笈七籤》：《修行經》云：「生無道位，死爲下鬼。」若高人俗士，有希道之心，未能捨榮禄，初門不可頓受，可受三五階。若修奉有功，然更遷受。〔補注〕真階，猶仙階，仙官之品級。

〔六〕〔錢注〕揚雄《羽獵賦》：於是天清日晏。李善注：許慎《淮南子注》曰：「晏，無雲之處也。」

〔七〕御徹，見《爲馬懿公郡夫人王氏黄籙齋第二文》注〔九三〕。〔補注〕章辭，指道教拜章祈禱之表文。

〔八〕〔錢注〕《莊子》：出入無窮，與物無始。〔補注〕無始，指道。《老子》：「有物混成，先天地生。

寂兮寥兮，獨立而不改，周行而不殆，可以爲天下母。吾不知其名，字之曰道。」南朝齊明僧紹《正二教論》：「寂滅而道常，出乎無始，入乎無終。」

〔九〕〔錢注〕《老子》：人法地，地法天，天法道，道法自然。

〔一〇〕〔錢注〕《爾雅》：四達謂之衢。〔補注〕《易·咸》：「憧憧往來，朋從爾思。」憧憧，往來不絶貌。

〔一一〕三清，見《上鄭州李舍人狀二》注〔一八〕。

〔一二〕〔錢注〕《隋書·徐則傳》：冀得虔受上法，式建良緣。〔補注〕良緣，指仙道之緣。

〔一三〕〔錢注〕江逌《逸民箴》：鑒兹俗累，戒于顛蕩。〔補注〕俗累，即塵累，塵世之牽累。

〔一四〕〔錢曰〕見第二狀。

〔一五〕〔錢注〕沈約《謝齊竟陵王示華嚴纓絡啓》：因果悟其初心。〔補注〕初心，此謂昔日向道之心。

〔一六〕〔錢注〕《法苑珠林》：《雜寶藏經》云：「佛法寬廣，濟度無涯。」

〔一七〕〔錢注〕孔融《薦禰衡表》：初涉藝文，升堂覩奥。〔補注〕《論語·先進》：「由也升堂矣，未入於室也。」《三國志·魏志·管寧傳》：「娱心黄、老，游志六藝。升堂入室，究其閫奥。」此指覩道法之奥。

〔一八〕〔錢注〕郭璞《遊仙詩》：燕昭無靈氣，漢武非仙才。

〔一九〕〔錢注〕《法書要録·陶隱居〈與梁武帝啓〉》云：每以爲作才鬼，亦當勝於頑仙。

# 上李舍人狀二〔一〕

前者伏奉指命,令選紀紫極宫功績〔二〕。某自還京洛〔三〕,常抱憂煎,骨肉之間〔四〕,病恙相繼。章詞雖立〔五〕,點竄未工〔六〕。已懷鄙陋之憂,復有淹延之罪。更旬日始獲寄上,伏惟寬察。

【校注】

〔一〕本篇原載清編《全唐文》卷七七五第一八頁、《樊南文集補編》卷六。〔按〕《上鄭州李舍人狀四》有「伏承紫極宫中,大延法衆,遷受治職,加領真階」等語,本篇則云「前者伏奉指命,令選紀紫極宫功績」,所指同爲一事,而此篇在奉李褒命選紀紫極宫功績之後,當稍晚。狀又有「某自還京洛,常抱憂煎,骨肉之間,病恙相繼」之語,與《上鄭州李舍人狀四》「夏秋以來,疾苦相繼」語合,均當作於會昌五年秋,而此篇稍後。

〔二〕紫極宫,見《上鄭州李舍人狀四》注〔二〕。〔按〕商隱選紀紫極宫功績之文,今佚。

〔三〕〔錢箋〕本集《祭裴氏姊文》云:「四海無可歸之地,九族無可倚之親。既祔故丘,便同逋駭。」「及衣裳外除,旨甘是急,乃占數東甸,傭書販舂。」是義山既除父喪,即爲東都人(按:錢氏以爲

「東甸」即洛下）。占數，占户籍之數也。惟其登第之時，曾奉母濟上；赴調之日，又移家關中，轉徙不常，猝難尋其端緒。至前狀（按：指《上李舍人狀一》）云「淹留他縣」，自即指會昌四年移家永樂而言，然僦居不過年餘，五年仍即返洛。其下文云「方還洛下」，此狀云「自還京洛」，還者，自外而返於家之辭，是終以洛爲定居也。又下第四狀云「某已決取此月二十一日赴京」，「舍弟羲叟……早奉陶鈞之賜」，是義山還洛之後旋復赴京，而其弟尚留洛下，故《偶成轉韻》詩云「明年赴辟下昭桂，東郊慟哭辭兄弟」，知其自京赴桂，一過故居取别耳（按：錢氏謂「東郊」亦指洛下）。馮氏編年詩，於《井泥》以下諸篇，列諸開成四年，云自長安至東都；於《戊辰會静》諸篇，列諸大中二年，云自荆門至故鄉與東都。是明知義山有來往東都之迹，徒以未見此二狀，不能決義山之居洛。而又泥於「昔去」「今來」之句（按：《大鹵平後移家到永樂縣居書懷十韻》有「昔去驚投筆，今來分挂冠」之句），追系遷蒲於寶曆元年，并「東甸」句亦强疑爲蒲州，皆爲曲説。愚故類列而詳辨之。〔張箋〕義山上年移家居永樂，本年由鄭歸，定居東都，必仍攜家與弟羲叟同居，玩狀文「骨肉之間，病恙相繼」語可悟。〔按〕錢氏引《祭裴氏姊文》「既祔故丘，便同逋駭……及衣裳外除，旨甘是急，乃占數東甸，傭書販舂」一節，謂「義山既除父喪，即爲東都人」。然「東甸」非東都，乃指東都之郊甸（古以距都城一百里之外，二百里以内之地爲甸。《周禮·天官·大宰》「三曰邦甸之賦」賈公彦疏：「郊外曰甸，百里之外，二百里之内。」），此「東甸」實即指鄭州，詳參《祭裴氏姊文》注〔二四〕編著者按及《李商隱詩歌集解》第五册附録《李商隱生平若干問題考辨》「占數東甸」一節。至於《偶成轉韻》詩之「東郊慟哭辭兄弟」，更絶非指洛陽，而係指長安之東郊（下緊接云「韓公堆上跋馬時，迴望秦川樹如薺」可爲明證）。義山年青時期，是否有居洛之跡，尚難遽定。《柳枝五首序》云：「柳枝，洛中里孃也。……余從昆讓山，比柳枝居爲近。他日春曾陰，讓山下馬柳枝南柳下，詠余《燕臺詩》，柳枝驚問：『誰人有此？誰人爲是？』讓山謂曰：『此吾里中少年叔耳。』」據「吾里中少年叔」之語，似只能證明讓山居洛，不能斷定義山亦居洛也。至於錢氏據「方還洛下」「自還京洛」之「還」謂爲自外返家之辭，實不足以爲證，不過泛言自鄭州返抵洛陽耳。而《上韋舍人狀》「某淹滯洛下」之語，以「淹滯」言居洛，竟有羈留異鄉之感矣。義山與王氏結婚後，往來京、洛、鄭，固可常寓王茂元洛陽崇讓坊宅；即在茂元卒後，其詩中亦一再言及己居住崇讓宅（有《崇讓宅東亭醉後沔然有作》《七月二十九日崇讓宅宴作》《臨發崇讓宅紫薇》《正月崇讓宅》可爲顯證），而無一語言及己在洛陽有居宅。故錢氏定居洛下之説實難成立。

〔四〕〔錢注〕《史記·留侯世家》：骨肉之間，雖臣等百餘人何益？〔按〕據「某自還京洛」數句，只能説明其時商隱家人骨肉間病恙相繼，而不能證明其弟羲叟亦居洛。

〔五〕〔補注〕章詞雖立，指文章之文詞雖已成型。

〔六〕〔錢注〕《魏志·太祖紀》：他日，公又與遂書，多所點竄，如遂改定者。

# 上李舍人狀三〔一〕

紫極刊銘，合歸才彦，猥存荒薄〔二〕，蓋出恩私。牽彊以成〔三〕，尤累非少〔四〕。遠蒙寵獎，厚賜縑繒〔五〕。已有指揮，即命鐫紀〔六〕。文詞所得，妙非幼婦之碑〔七〕；惠賚踰涯，數過賁園之帛〔八〕。下情無任捧受戴荷之至〔九〕。

【校注】

〔一〕本篇原載清編《全唐文》卷七七五第一八頁、《樊南文集補編》卷六。〔按〕此狀係答謝李褒厚贈自己撰《紫極宫銘》潤筆資而作。當作於《上李舍人狀二》旬日之後，約會昌五年深秋。

〔二〕〔補注〕存，顧恤。荒薄，荒疏淺薄。

〔三〕〔錢注〕《北史·盧同傳》：同時久病牽彊。〔按〕此句「牽彊」猶勉强之意。

〔四〕〔錢注〕《宋書·謝方明傳》：且輕薄多尤累。〔補注〕尤累，猶錯誤。

〔五〕〔錢注〕《説文》：縑，并絲繒也。繒，帛也。〔按〕唐代潤筆資，多以縑帛爲贈。

〔六〕〔錢注〕蔡邕《太尉汝南李公碑》：鐫紀斯石。

〔七〕〔錢注〕《世説》：魏武嘗過曹娥碑下，楊修從，碑背上見題作「黄絹幼婦，外孫齏臼」八字，修曰：「黄絹，色絲也，於字爲『絶』；幼婦，少女也，於字爲『妙』；外孫，女子也，於字爲『好』；齏臼，受辛也，於字爲『辭』。所謂絶妙好辭也。」

〔八〕〔補注〕《易·賁》：「賁于丘園，束帛戔戔。」賁帛，本指帝王尊禮賢士所賜予之束帛，此指李褒之尊禮厚賜。

〔九〕受，《全文》誤「授」，從錢校據胡本改正。〔錢注〕梁簡文帝《重謝上降爲開講啓》：伏筆罄言，寧宣戴荷。

## 上李舍人狀四〔一〕

比者伏承尊體小有不安〔二〕，今已平退，下情無任欣抃。時向嚴冽〔三〕，伏惟特加頤攝〔四〕。某已決取此月二十一日赴京。東望門牆，違遠恩顧，寄誠誓款，實貫朝暾〔五〕。伏計亦賜識察。舍弟羲叟〔六〕，苦心爲文〔七〕，十二叔憫以弟兄孤介無徒〔八〕，辛勤求己〔九〕。伏唯當明祈日月，幽禱鬼神，願令手足之間，早奉陶鈞之賜。下情不任倚望感激隕涕之至。

【校注】

〔一〕本篇原載清編《全唐文》卷七七五第一九頁、《樊南文集補編》卷六。〔張箋〕《上鄭州李舍人第四狀》云：「某十月初始議西上。」《上李舍人第四狀》云：「時向嚴冽……某已決取此月二十一日赴京。」是入京正冬雪時矣。〔按〕張箋是。此狀作於會昌五年十月，二十一日之前。

〔二〕〔錢注〕枚乘《七發》：伏聞太子玉體不安。

〔三〕〔錢注〕《玉篇》：冽，寒氣也。

〔四〕〔錢注〕劉峻《與舉法師書》：道勝則肥，固應頤攝。

〔五〕〔錢注〕《楚辭·九歌》：暾將出兮東方。注：始出，其形暾暾而盛大也。〔補注〕《詩·王風·大車》：「謂予不信，有如皦日。」此謂指天日爲誓，誠可貫日也。

〔六〕〔錢注〕《舊唐書》商隱本傳：商隱弟羲叟，亦以進士擢第，累爲賓佐。魏文帝《與鍾大理書》：是以令舍弟子建，因荀仲茂時從容喻鄙旨。

〔七〕〔錢注〕本集《樊南甲集序》：仲弟聖僕，特善古文。原注：羲叟。

〔八〕〔錢注〕顏延之《拜陵廟作》：幼壯困孤介。〔補注〕孤介，耿直方正不隨流俗。徒，同類、侶。按：據此句，似商隱移家長安後，羲叟仍回鄭州家居，故得李褒之同情照拂。

〔九〕〔補注〕《論語·衛靈公》：「君子求諸己，小人求諸人。」何晏集解：「君子責己，小人責人。」

# 爲外姑隴西郡君祭張氏女文〔一〕

吾配汝先世，二十餘年〔二〕。七女五男〔三〕，撫之如一。往在南海〔四〕，令子云亡，藐爾兩孤〔五〕，未勝多難，提挈而至〔六〕，踰涇涉河〔七〕。十年之間，母子俱盡〔八〕。念汝差長，慰吾最深。女德婦容〔九〕，光映姻表〔一〇〕。秭歸爲牧〔一一〕，官閒俸優。實獲我心，用選良對〔一二〕。笄旒纚纚〔一三〕，環珮鏘鏘。螽斯鳳皇〔一四〕，兩有深慶。

汝夫文章〔一五〕，播於朋友〔一六〕。身否命屯，久而不第。郎寧、合浦〔一七〕，萬里乖離。汝寄京師〔一八〕，食貧終歲。頃吾南返，又往朝那〔一九〕。汝實從夫，適來岐下〔二〇〕。道途雖邇，面集猶妨。金馬碧雞〔二一〕，長懸魂夢。及登農、揆〔二二〕，去赴天朝。汝罷蒲津〔二三〕，聿來胥會。朝堂夜閣，曲榻温爐〔二四〕，稚子雛孫，滿吾懷抱。汝時不佑，忽爾孀殘〔二五〕。撫視冤傷，載慟心骨。

旋移許下，念汝支離〔二六〕。卜室築居，言遷潁上〔二七〕。潞童作孽〔二八〕，使節啓行〔二九〕。崎嶇關山，暴露戎旅〔三〇〕。汝失所怙〔三一〕，吾猶未亡〔三二〕。念汝弟昆，莫任堂構〔三三〕，牽哀挽痛，媮此殘生。日往月來，旋更歲序〔三四〕。吾衰汝少，吾病汝强。誰謂一朝，汝先吾逝。五男未冠，二女未笄。哀憤之深，難全禮道〔三五〕。章兒盧七〔三六〕，取以依吾。汝夫先丘，遠在江渚〔三七〕。群從之内〔三八〕，官名且稀。劉四頃年〔三九〕，固難返葬。始議權厝，遂得嘉占。白馬呈祥，眠牛薦吉〔四〇〕。里名三趙〔四一〕，地邇九城〔四二〕。風水無虞，巒岡信美。葬於所始〔四三〕，古爲達生〔四四〕。將命來、雲，自我爲祖〔四五〕。今汝之柩，斯焉是歸。

嗚呼！言自淮陽〔四六〕，已臨洛宅〔四七〕。素棺丹旐〔四八〕，託宿城隅〔四九〕。盤具杯醪，儼然已備。吾將臨汝，用雪沉冤。介婦諸孫〔五〇〕，憂吾衰齒〔五一〕，俯令推測，云有相妨。俗忌巫言，吾非甚信。牽衣擁路〔五二〕，固不可違〔五三〕。女使僕奴，寄辭而往。肝腸兼潰，血淚無行。

嗚呼！曩昔容華，生平淑婉，漠然不見，永矣何歸？將籍掛諸天〔五四〕，遥歸真路〔五五〕？將福興淨域〔五六〕，須赴上生〔五七〕？將爲釁累所招，遂淪幽界？將是療治不至，枉喪韶年？千感裝懷〔五八〕，萬疑疊慮，觸途氣結〔五九〕，舉目心摧。天實爲之，復將何訴？嗚呼汝弟，言護靈轜〔六〇〕，自始及今，必誠必信〔六一〕。棺衾華好，封隧幽深。永從汝夫，以安玄路。冤摧債結，殆不勝書〔六二〕。嗚呼有靈，領吾此意！

## 【校注】

〔一〕本篇原載《文苑英華》卷九九三第四頁、清編《全唐文》卷七八二第七頁、《樊南文集詳注》卷六。〔徐箋〕《爾雅》云：「妻之母爲外姑。」隴西郡君，王茂元妻之封號也。〔馮曰〕辨詳《祭張書記文》注〔一〇〕。（馮譜編會昌四年末。）〔張箋〕隴西郡君，王茂元妻李氏封號；張氏女，張五審禮妻也。以文中所叙推之，張氏女卒於會昌四年。此文將葬時作，當在會昌五年矣。〔按〕文云：「潞童作孽，使節啓行。崎嶇關山，暴露戎旅。汝失所怙，吾猶未亡……日往月來，旋更歲序……誰謂一朝，汝先吾逝。」是張氏女之卒，在茂元卒後一年，即會昌四年。張氏謂「此文將葬時作，當在會昌五年矣」，似較得其實。張氏女於其夫張審禮卒後，因茂元出鎮陳許而將其攜往潁上,後即居於其地,直至逝世。此次其靈柩由淮陽運往京師三趙里與張審禮合葬,路過洛陽,隴西郡君遣人設祭,故商隱有此代作。五年夏秋,商隱在洛陽。如是四年冬,則商隱在永樂,雖亦可遣人前往令其代撰,不免稍迂。

〔二〕〔馮注〕按茂元卒於會昌癸亥年,當六十九歲。逆數二十餘年,則爲元和之季,時茂元四十餘矣。郡君必爲繼室也。

〔三〕〔馮注〕此必有原配所遺、側室所出者。〔按〕視下句「撫之如一」,灼然可見。從下文所叙情況,可推知張氏女即原配所遺者之一。

〔四〕〔馮注〕《舊書·志》:秦置郡,一曰南海。唐置廣州都督府,治南海縣,即漢番禺縣。〔按〕此指大和七至九年王茂元任嶺南節度使期間。

〔五〕孤,徐注本作「姑」,誤。〔補注〕令子,賢郎。此「令子」似指茂元之長子。參注〔八〕。

〔六〕〔徐注〕《〈禮記〉·王制》:斑白者不提挈。

〔七〕〔徐曰〕「南海」至此,歷叙已從茂元仕宦所至。〔補注〕大和九年,王茂元由前嶺南節度使調任涇原節度使,罷嶺南任後可能曾短期任京職,「踰涇涉河」指此。

〔八〕〔馮箋〕大和七年,茂元鎮廣州。其先元和十五年,牧歸州。通玩上下文,則「令子」者,似茂元長子,子死而遺兩孫,十年間,兩孫與其母,又俱死矣。似與張氏女同爲元配所産,故承上「七女五男」而先叙之也。下文云「介婦」而不及「冢婦」,可以參悟。自大和七八年至會昌時,正十餘年。〔按〕馮箋是。下言「念汝差長」，謂張氏女於茂元之「七女五男」中差長，其爲茂元原配所生可知，而「令子」之爲茂元長子亦可大體肯定。

〔九〕〔徐注〕《禮記·（昏義）》：教以婦德、婦言、婦容、婦功。

〔一〇〕〔徐注〕《北史·楊津傳》：宗族姻表，罕相參候。〔補注〕姻表，由婚姻結成之親戚。

〔一一〕〔徐注〕《漢書·地理志》：南郡，領秭歸縣。〔按〕餘詳《爲濮陽公陳情表》「隼旟楚峽」注及《祭長安楊郎中文》「歸縣見姊」注。

〔一二〕用，《全文》作「因」，此從《英華》。〔馮曰〕女之許字張氏，在茂元牧歸州時。〔按〕據茂元《楚三閭大夫屈先生祠堂銘》「元和十五年，余刺建平之再歲也」之文，茂元元和十四、十五年刺歸州。如其時張氏女年十八，則當生於貞元末，其爲元配所生灼然。從「實獲我心」句可推知隴西郡君其時已爲茂元繼室。

〔一三〕〔馮注〕《離騷》：索胡繩之纚纚。〔補注〕旒，當指簪首之垂飾。纚纚，長而下垂貌。

〔一四〕〔馮注〕《詩序》：《螽斯》，后妃子孫衆多也，言若螽斯不妬忌，則子孫衆多也。《左傳》：懿氏卜妻敬仲，其妻占之，曰：「吉。是謂『鳳皇于飛，和鳴鏘鏘』。」

〔一五〕夫，《英華》作「天」，注：集作「夫」。〔按〕天亦夫也。《儀禮·喪服》：「夫者，妻之天也。」

〔一六〕朋友，《英華》作「友朋」。

〔一七〕〔徐注〕《詩》：歸寧父母。《漢書·地理志》：合浦郡，武帝元鼎六年開，屬交州。〔馮注〕《通典》：廉州合浦郡，理合浦縣。〔張箋〕「郎寧、合浦，萬里乖離」，此指邕管與嶺南，《祭外舅文》所謂「容山至止，郎寧去思」也。《舊書・地理志》：「邕管邕州，天寶元年改爲朗寧郡，乾元元年復爲邕州。」「郎寧」即「朗寧」，馮注以歸寧父母解之（按馮襲徐注），誤甚。

〔一八〕〔馮注〕（京師）當謂東京，非西京也，故下云「來岐下」。〔按〕揣馮氏之意，蓋因東都洛陽崇讓坊有前廣州節度使王茂元宅，故云。然「京師」習指西京長安，與「來岐下」亦不矛盾。

〔一九〕〔徐注〕《漢書・地理志》：安定郡有朝那縣。○謂遷涇原。〔補注〕南返，謂自嶺南返歸。

〔二〇〕〔馮注〕《舊書・志》：鳳翔府，武德時爲岐州，所屬縣有岐陽、岐山。○茂元鎮涇原，在大和九年十月，則張赴鳳翔，必開成元年事。〔按〕張氏女從夫至岐下，似因其夫張審禮任鳳翔節度使府幕僚。大和九年十一月至開成五年，陳君奕爲鳳翔節度使。

〔二一〕〔徐注〕《華陽國志》：蜻蛉縣碧雞、金馬，光影倏忽，民多見之。有山神，漢宣帝遣蜀郡王褒祭之，欲致雞、馬。〔馮注〕事見《漢書・郊祀志》。此則誤以爲陳倉寶雞也。陳倉屬鳳翔府。〔按〕馮浩《玉谿生詩集箋注》卷二《寄令狐學士》「從獵陳倉獲碧雞」注：《史記・封禪書》：「秦文公獲若石云，於陳倉北阪城祠之。其神來也常以夜，光輝若流星，從東南來集于祠城，則若雄雞，其聲殷云，野雞夜雊。以一牢祠，命曰陳寶。」《括地志》云：「寶雞神祠在岐州陳倉縣。」《漢書・郊祀志》又云：「宣帝即位，或言益州有金馬碧雞之神，可醮祭而至，於是遣大夫王褒使持節而求之。」如淳曰：「金形似馬，碧形似雞。」《九州要記》：「禺同山有金馬、碧雞之祠。」此别爲一事，詩乃誤合之，文集亦然。

〔二二〕〔馮注〕農，司農卿也；揆，端揆，僕射也。據此，則加僕射亦在武宗初立時。

〔二三〕〔徐注〕同州朝邑縣黄河東岸有蒲津關。〔馮注〕《通典》：蒲州河東郡，唐、虞所都蒲坂也。河東縣有蒲津關。《元和郡縣志》：河東郡改爲河中府。蒲坂關一名蒲津關，在河東縣西四里，造舟爲梁，其制甚盛。〔按〕《祭張書記文》叙及張審禮仕歷時僅言其「職高蓮幕，官帶芸香，青袍若草，白簡如霜」，似終身輾轉寄幕。則所謂「罷蒲津」，疑指罷河中節度使幕。開成四年正月，鄭肅出爲河中節度使，而會昌元年六月，孫簡已鎮河中。張審禮或在河中鄭肅幕。張之罷河中幕，當在開成五年茂元自涇原入朝後。

〔二四〕温，《英華》作「煴」，注：集作「温」。

〔二五〕〔補注〕指開成五年張審禮去世。去世前張爲朔方節度書記，見《祭張書記文》。

〔二六〕〔補注〕移許下，指開成五年十月，王茂元出爲陳許節度使。許州爲使府所在地。支離，此謂憔悴衰疲。

〔二七〕〔馮注〕《左傳》：諸侯遷於制田，知武子佐下軍，以諸侯之師侵鄭，至于鳴鹿。遂侵蔡，未反，諸侯遷于潁上，鄭子罕宵軍之。按：諸侯伐鄭也。杜注：「滎陽宛陵縣東有制澤，陳國武平縣西南有鹿邑。」而「潁上」無注。子罕夜禦諸侯之軍，則潁上在陳、鄭之間，春秋時鄭境也。文是用此。《元和郡縣志》，潁州汝陰郡、許州潁川郡、陳州淮陽郡所屬諸縣，多有潁水經流者，此則爲陳州所屬之境，故下云「言自淮陽」也。徐氏專引汝陰郡屬之潁上縣，非矣（徐注未録）。〔按〕《通典》：許州，「秦爲潁川郡」。《新唐書·地理志》：「許州潁川郡。」此「潁上」即指許州而言。

〔二八〕〔徐注〕謂劉稹之變。

〔二九〕〔補注〕《詩·大雅·公劉》：「弓矢斯張，干戈戚揚，爰方啓行。」啓行，出發。使節，此指王茂元由陳許節度使調任河陽節度使。

〔三〇〕〔徐注〕《漢書·陸賈傳》：崎嶇山海間。《宣帝紀》：詔曰：暴露軍旅。

〔三一〕〔徐注〕謂茂元征劉稹，卒於軍。

〔三二〕〔馮注〕《左傳》：而置于未亡人之側。〔徐注〕《左傳》「未亡人」注：婦人既寡，自稱未亡人。

〔三三〕〔補注〕《書·大誥》：「若考作室，既厎法，厥子乃弗肯堂，矧肯構？」堂構，指子承父業。

〔三四〕歲，《英華》作「氣」。〔徐注〕《易》：日往則月來，寒往則暑來。〔馮注〕「旋更歲序」，則張氏女於會昌四、五年卒也。〔按〕當卒於四年。

〔三五〕全，《英華》作「念」，注：集作「全」。

〔三六〕〔徐注〕謂張氏女二子也。

〔三七〕〔補注〕先丘，謂張審禮先人之墳墓。江渚，此指張審禮之故鄉江陵。《祭張書記文》：「始自渚宫，來遊帝里。」

〔三八〕〔徐注〕《晉書·王湊傳》：群從一門，並相與服事。〔補注〕群從，指堂兄弟及諸子姪。

〔三九〕〔馮曰〕（劉四頃年）四字未詳。（劉四）當亦張氏女之子，以幼稚不能返葬。〔按〕頃年，往年。聯繫下文，蓋謂開成五年張審禮亡故時其子劉四（當爲小名，如章兒盧七之類）尚小，不能返葬其父。上文章兒盧七，則張氏女所遺年紀更小之子，故隴西郡君將其取歸撫養。

〔四〇〕見《祭處士房叔父文》「眠牛有慶」四句注。

〔四一〕〔徐注〕《五代史·王建世家》：宗壽得王氏十八喪，葬之長安南三趙郵。〔馮注〕《太平寰宇記》：丙吉墓在雍州萬年縣南二十里三趙村。《長安志》：三趙城在高原之上，即所謂鴻固原。明人趙崡《石墨鐫華》云：漢宣帝杜陵下爲三趙村，猶存古名矣。

〔四二〕邇，《英華》作「爾」，通。徐本、馮本從之。〔徐注〕九城，謂帝城也。「爾」與「邇」通。三趙在長安之南，故曰「地爾九城」。按「九城」本《淮南子》。〔馮注〕按京師九門，故曰九城，見《太倉箴》「而況乎九門崇崇」注。

〔四三〕始，《英華》作「殆」，誤。〔徐注〕郭璞《葬經》：故葬者，葬其所始。

〔四四〕〔徐注〕謝靈運詩：達生幸可託。〔補注〕《莊子·達生》：「達生之情者，不務生之所無以爲。」

〔四五〕〔徐注〕《爾雅》：子之子爲孫，孫之子爲曾孫，曾孫之子爲玄孫，玄孫之子爲來孫，來孫之子爲晜孫，晜孫之子爲仍孫，仍孫之子爲雲孫。

〔四六〕〔馮曰〕（淮陽）陳州。已見上「言還潁上」注。〔按〕此「淮陽」泛稱陳許，不必專指陳州也。

〔四七〕〔徐注〕《書·洛誥》：既定宅。〔馮注〕遷柩已至洛，將往長安。

〔四八〕〔徐注〕蔡邕《陳太丘碑》：時服素棺，椁財周櫬。

〔四九〕〔徐注〕謝朓詩：徘徊憐暮景，惟有洛城隅。

〔五〇〕〔徐注〕《禮記》：介婦請於冢婦。〔補注〕嫡長子之妻爲冢婦，非嫡長子之妻爲介婦。

〔五一〕〔徐注〕《後漢書·韋彪傳》：犬馬衰齒。

〔五二〕〔徐注〕漢樂府：兒女牽衣啼。

〔五三〕違，《英華》注：集作「遲」。誤。

〔五四〕〔徐注〕《初學記》：道有《諸天内音經》。《立世論》：欲界諸天亦復如是。〔馮曰〕諸天，釋、道家語。〔按〕此泛言天界。

〔五五〕〔徐注〕徐陵《孝義寺碑》：咸歸至真。〔補注〕真路，即仙路。

〔五六〕淨，《英華》作「静」，徐本、馮本從之。〔馮注〕《南史·庾詵傳》：晚年尤遵釋教，夜中忽見一道人，呼詵爲上行先生，授香而去。亡年七十八。舉室咸聞空中唱「上行先生已生彌陀静域矣」。〔補注〕静域，即淨域，佛教指莊嚴清淨之極樂世界。

〔五七〕〔徐注〕《法苑珠林》：《雜寶藏經》云：「夫尋答言：『我是汝夫，以作塔寺功德因緣，得生天上。』」

〔五八〕感，《英華》注：集作「惑」。

〔五九〕〔徐注〕曹植詩：念我平生居，氣結不能言。

〔六〇〕〔徐注〕潘岳《哀永逝文》：俄龍輀兮門側。《説文》：輀，喪車也。
〔六一〕見《祭徐姊夫文》注〔三三〕。
〔六二〕殆，《英華》注：集作「文」。

## 上孫學士狀〔一〕

學士長離耀彩〔二〕，仁壽含明〔三〕，奮詞鋒而赤堇慚鉏〔四〕，鈞雅音而泗濱韜響〔五〕。纔踰壯室〔六〕，榮入禁林〔七〕。況自近年，仍多大政，藩方逆豎〔八〕，夷虜饑戎〔九〕，於雷霆赫怒之時〔一〇〕，在朝夕論思之地〔一一〕。謀惟入獻，事隔外朝〔一二〕，載覩掃蕩之勳，密見發揮之力。便當輟於内署〔一三〕，錫彼庶方〔一四〕，推《禹謨》《殷誥》之文〔一五〕，贊堯日舜風之化〔一六〕。伏惟爲國自重。

某早遊德宇〔一七〕，嘗接恩門〔一八〕。童冠相隨，陪舞雩於沂水〔一九〕；星灰未幾〔二〇〕，隔高宴於柏梁〔二一〕。蘭薄懷芳〔二二〕，瑶波佇潤〔二三〕。竊期光價〔二四〕，微借疏蕪。濡筆臨箋，不勝丹慊。

**【校注】**

〔一〕本篇原載清編《全唐文》卷七七五第一四頁、《樊南文集補編》卷六。〔錢箋〕後有《賀翰林孫舍人狀》云：「載遷星次，爰奉夏官。」考《舊唐書・武宗紀》：「會昌六年二月，以翰林學士、起居郎孫穀爲兵部員外郎充職。」正與相合。此狀有「逆豎」「饑戎」等語，自在劉稹、回鶻既平之後。年代相及，當爲一人。惟《新》《舊》二書不爲立傳，別無顯證耳。學士，見《爲濮陽公與丁學士狀》注〔一〕。〔張箋〕文有「況自近年，仍多大政，藩方逆豎，夷虜饑戎」，「載觀掃蕩之勳，密見發揮之力」語，當作於會昌五年。〔岑仲勉曰〕《箋》三沿《舊・紀》作孫穀，誤，應作「瑴」，參《壁記注補》。（《平質》乙承訛《孫學士》條）〔按〕張氏繫年可從，狀似上於會昌五年十月二十一日入京前。篇末「竊期光價，微借疏蕪」，蓋對孫穀有所希冀也。時商隱母喪期滿，等待起復，故有此狀。

〔二〕〔錢注〕《漢書・司馬相如傳》：《大人賦》：「前長離而後矞皇。」注：長離，靈鳥也。〔按〕又作「長麗」，見《漢書・禮樂志》。《後漢書・張衡傳》：「前長離使拂羽兮。」李賢注：「長離，即鳳也。」

〔三〕〔錢注〕陸機《與弟雲書》：仁壽殿前有大方銅鏡，立著庭中，向之便寫人形體了了。

〔四〕〔錢注〕袁淑《禦虜議》：展詞鋒之銳。《越絶書》：昔者越王句踐有寶劍五，聞於天下。客有能相劍者名薛燭，王取純鈞，薛燭對曰：「當造此劍之時，赤堇之山破而出錫，若耶之溪涸而出銅，雨師埽灑，雷公擊橐，蛟龍捧鑪，天帝裝炭，太一下觀，天精下之。歐冶乃因天之精神，悉其伎巧，造爲大刑三，小刑二：一曰湛盧，二曰純鈞，三曰勝邪，四曰魚腸，五曰巨闕。」

〔五〕〔補注〕《書·禹貢》：「嶧陽孤桐，泗濱浮磬。」孔傳：「泗水涯水中見石，可以爲磬。」鈞，調節樂音。韜，藏。

〔六〕〔補注〕《禮記·曲禮上》：「人生十年曰幼，學；二十曰弱，冠；三十曰壯，有室。」

〔七〕〔錢注〕班固《西都賦》：集禁林而屯聚。〔補注〕禁林，翰林院之別稱。元稹《寄浙西李大夫》：「禁林同直話交情，無夜無曾不到明。」

〔八〕〔錢注〕謂劉稹，詳《爲滎陽公與昭義李僕射狀》注〔四〕。

〔九〕〔錢注〕謂回鶻，詳《上許昌李尚書狀 一》注〔二〕。

〔一〇〕〔補注〕《三國志·吴志·陸遜傳》：「今不忍小忿，而發雷霆之怒，違垂堂之戒，輕萬乘之重，此臣之所惑也。」《詩·大雅·皇矣》：「王赫斯怒。」赫怒，盛怒。

〔一一〕〔錢注〕班固《兩都賦序》：故言語侍從之臣，若司馬相如、虞丘壽王、東方朔、枚皋、王褒、劉向之屬，朝夕論思，日月獻納。〔補注〕朝夕論思之地，指翰林學士院。

〔一二〕〔補注〕《周禮·秋官·朝士》：「朝士掌建邦外朝之法。」此「外朝」指天子處理朝政之所，相對於内朝、内署而言。謂内署之謀議密而不傳於外朝。

〔一三〕内署，即翰林院，見《爲濮陽公與丁學士狀》注〔三〕。

〔一四〕〔補注〕《禮記·曲禮下》：「庶方小侯入天子之國曰某人。」孔穎達疏：「庶，衆也；小侯，謂四夷之君，非爲牧者也。」

〔一五〕〔補注〕《書》有《大禹謨》《湯誥》。《殷誥》當即《湯誥》。

〔一六〕〔錢注〕《史記·五帝紀》:帝堯者放勳,其仁如天,其知如神,就之如日,望之如雲。《家語》:昔者,舜彈五絃之琴,造《南風》之詩,曰:「南風之薰兮,可以解吾民之愠兮;南風之時兮,可以阜吾民之財兮。」

〔一七〕〔補注〕《國語·晉語四》:「今君之德宇,何不寬裕也?」德宇,德澤恩惠之庇蔭。

〔一八〕〔補注〕恩門,恩府、師門。

〔一九〕〔補注〕《論語·先進》:「子路、曾晳、冉有、公西華侍坐……子曰:『何傷乎!亦各言其志也。』(曾晳)曰:『莫春者,春服既成,冠者五六人,童子六七人,浴乎沂,風乎舞雩,詠而歸。』夫子喟然歎曰:『吾與點也!』」按:據此句,商隱與孫瑴之間似有同門之誼。

〔二〇〕〔錢注〕《後漢書·律曆志》:候氣之法,以木爲案,每律各一,從其方位,以葭莩灰抑其内端,案曆而候之,氣至灰去。〔補注〕星灰,猶年月。星辰一年一周轉,故以指年。

〔二一〕〔錢注〕《漢書·武帝紀》:元鼎二年,起柏梁臺。《三輔黄圖》:柏梁臺在長安城中北闕内。《三輔舊事》云:「以香柏爲梁也。帝嘗置酒其上,詔群臣和詩,能七言詩者,乃得上。」

〔二二〕〔錢注〕《楚辭·招魂》:蘭薄户樹,瓊木籬些。〔補注〕蘭薄,蘭草叢生處。

〔二三〕〔錢注〕鮑照《登廬山望石門》詩:瑶波逐穴開。

〔二四〕〔錢注〕《魏書·李神儁傳》:汲引後生,爲其光價。〔補注〕光價,榮耀之身價。

# 上江西周大夫狀〔一〕

不審自到鎮尊體何如？德修其身〔二〕，功及於物，伏料福履〔三〕，常保康寧〔四〕。皇帝體上聖之姿〔五〕，膺下武之慶〔六〕，爰從近歲，式建崇功。代北清夷〔七〕，山東静謐〔八〕。雖神謀獨運，首開樽俎之間〔九〕；而國用取資〔一〇〕，終賴江、湘之入〔一一〕。今者方休三革〔一二〕，欲鑄五兵〔一三〕。燧火庖犧〔一四〕，鴻名肇建，明臺衢室〔一五〕，鳳曆將新〔一六〕。固當繁省以正幽明〔一七〕，更中外而化勞逸。有周室分陜之相〔一八〕，有漢庭就國之侯〔一九〕。則必夢想外藩〔二〇〕，東來群后〔二一〕，以文武兼資者持政柄〔二二〕，以理行尤異者講化原〔二三〕。實惟明公，合首列辟〔二四〕。伏惟爲國自重。某叨蒙恩顧〔二五〕，頗漸歲時，瞻賴之誠，造次於是〔二六〕。伏惟特賜信察。

【校注】

〔一〕本篇原載清編《全唐文》卷七七五第一一頁、《樊南文集補編》卷六。〔錢箋〕（江西周大夫）周墀也。按《舊唐書》本傳：「會昌六年十一月，遷洪州刺史、江南西道觀察使。」又《本紀》：「會昌六年三月，宣宗即位。十一月，以江西觀察使周墀爲義成軍節度、鄭滑觀察等使。」二者互異。

是文題標「江西」，而中云「代北清夷，山東静謐」，皆爲武宗時事。是墀觀察江西，自在宣宗即位以前，《舊・傳》誤矣。《舊唐書・地理志》：江南西道觀察使治洪州，管洪、饒、吉、江、袁、信、虔、撫等州。喪亂後，時升爲節度使。〔張箋〕（會昌四年）周墀遷洪州刺史、江西觀察使。附考云：杜牧之《樊川集・墀誌銘》曰：「武宗即位，以疾辭，出爲工部侍郎、華州刺史。李太尉德裕伺公纖失，四年不得，知愈治不可蓋抑，遷公江西觀察使。」墀開成五年出爲華州，以誌文「四年」數之，則遷江西必在是年也。又云：文有「皇帝體上聖之姿，膺下武之慶，爰從近歲，式建崇功。代北清夷，山東静謐」語，則狀上於會昌五年也。〔按〕張氏考墀移鎮江西之年在會昌四年，可信。據《廬山記》卷五云：「簡寂觀有《大孤山賦碑》，特進、太尉、平章事、衛國公李德裕文，會昌五年四月庚寅，江南西道都團練觀察處置使、朝議大夫、洪州刺史、兼御史大夫周墀立。」知會昌五年四月，周墀已在江西任。據狀内「鳳曆將新」語，狀應上於歲末，復據「近歲」語，狀當上於會昌五年末。又，題内之「大夫」，指墀所帶憲銜御史大夫。

〔二〕其，《全文》作「於」，從錢校據胡本改。

〔三〕〔補注〕《詩・周南・樛木》：「樂只君子，福履綏之。」

〔四〕〔補注〕《書・多士》：「非我一人奉德不康寧。」

〔五〕〔錢注〕王融《三月三日曲水詩序》：皇帝體膺上聖，運鍾下武。

〔六〕〔補注〕《詩・大雅・下武》：「下武維周，世有哲王。」鄭玄箋：「下，猶後也……後人能繼先祖者，維有周家最大。」下武，謂後王能繼承前王功業。

〔七〕代，《全文》誤作「岱」，據錢校改。〔錢校〕岱，當作「代」。〔錢注〕謂討回鶻。詳《上許昌李尚書狀一》注〔三〕。《新唐書・地理志》：代州有代北軍，永泰元年置。傅咸《贈何劭王濟》詩：王度日清夷。〔補注〕清夷，清平。

〔八〕〔錢注〕謂平劉稹。詳《爲滎陽公與昭義李僕射狀》注〔四〕。《詩集》馮氏曰：古者函關以東，皆謂之山東，六國惟秦在山西，故《過秦論》「山東豪傑並起」；而《後漢書・陳元傳》「陛下不當都山東」，謂洛都也。《爾雅》：謐，静也。

〔九〕〔錢注〕《晏子春秋》：仲尼曰：「夫不出樽俎之間，而知千里之外，其晏子之謂也，可謂折衝矣。」〔補注〕《戰國策・齊策五》：「此臣之所謂比之堂上，禽將户内，拔城於尊俎之間，折衝席上者也。」謂於酒宴談笑之間制服敵人。

〔一〇〕〔錢注〕王融《永明十一年策秀才文》：若終畝不税，則國用靡資。

〔一一〕〔錢注〕《南齊書・豫章文獻王傳》：荆州資費歲錢三十萬、布萬匹、米六萬斛。又以江、湘二州米十萬斛給鎮府。〔按〕此句「江湘」當指包括湘江流域在内的長江中下游地區。《行次西郊作一百韻》：「南資竭吴、越。」則謂國用取資於長江下游之吴、越。

〔一二〕休，《全文》誤作「體」，當是先誤爲「体」，又轉作「體」。〔錢注〕《國語》：齊桓公教大成，定三革，隱五刃，朝服以濟河，而無怵惕焉。解：三革，甲、胄、盾也。王粲《俞兒舞歌》：五刃三革休安，不忘備武樂修。

〔一三〕〔補注〕《周禮·夏官·司兵》：「掌五兵五盾。」鄭玄注引鄭司農云：「五兵者，戈、殳、戟、酋矛、夷矛也。」此爲車戰之五兵。步卒之五兵，有弓矢而無夷矛。「五兵」尚有其他多種説法，不備列。鑄五兵，謂銷兵器作農器。

〔一四〕〔錢注〕譙周《古史考》：古者茹毛飲血，燧人氏初作燧火。〔補注〕庖犧，即伏羲，相傳其始畫八卦。《周易正義》卷首《論易之三名》：「孔子曰：上古之時，人民無别，群物未殊，未有衣食器用之利。伏羲乃仰觀象於天，俯觀法於地，中觀萬物之宜，於是始作八卦。」

〔一五〕〔錢注〕《管子》：黄帝立明臺之議者，上觀於賢也；堯有衢室之問者，下聽於人也。

〔一六〕〔補注〕《左傳·昭公十七年》：「我高祖少皞摯之立也，鳳鳥適至，故紀於鳥，爲鳥師而鳥名。鳳鳥氏，曆正也。」鳳曆，歲曆也。據此句，狀當上於歲末。

〔一七〕〔錢校〕此處（「當」字下）疑脱一字。〔錢注〕《荀子》：使其曲直繁省，廉肉節奏，足以感動人之善心。〔補注〕《書·舜典》：「三載考績，三考黜陟幽明。」幽明，此指善惡、賢愚。

〔一八〕〔補注〕《史記·燕召公世家》：「其在成王時，召公爲三公。自陜以西，召公主之；自陜以東，周公主之。」

〔一九〕〔錢注〕《史記·絳侯周勃世家》：文帝以勃爲丞相，十餘月，上曰：「前日吾詔列侯就國，或未能行，丞相吾所重，其率先之。」乃免相就國。

〔二〇〕〔錢注〕《魏書·明帝紀》：哀帝以外藩援立。〔補注〕夢想，似暗用殷高宗夢傳説用以爲相事，見《書·説命》。

〔二一〕〔補注〕群后，四方諸侯及九州牧伯。《書·舜典》：「乃日覲四岳群牧，班瑞于群后。」

〔二二〕〔錢注〕《漢書·朱雲傳》：平陵朱雲，兼資文武。〔補注〕《左傳·昭公七年》：「三世執其政柄，其用物也弘矣，其取精也多矣。」

〔二三〕〔錢注〕《漢書·趙廣漢傳》：察廉爲陽翟令，以治行尤異，遷京輔都尉，守京兆尹。按：唐諱「治」，故作「理」。《史記·主父偃傳》：「故賢主獨觀萬化之原。」《漢書·董仲舒傳》：「太學者，教化之本原也。」《匡衡傳》：「長安，天子之都，此教化之原本。」皆不定指宰執。觀《舊唐書·鄭覃弟朗傳》云：「俄參化原，以提政柄。」則固唐人習用之辭矣。似即中書政本之意。〔按〕化原，又作「化源」，教化之本原，特指掌教化之位的宰相。《舊唐書·李渤傳》：「若言不行，計不從，須奉身速退，不宜尸素於化源。」

〔二四〕〔補注〕列辟，百官。首列辟，爲百官之首，指宰相。

〔二五〕〔補箋〕《與陶進士書》：「前年乃爲吏部上之中書，歸自驚笑，又復懊恨周、李二學士以大法加我。夫所謂博學宏辭者，豈容易哉！……後幸有中書長者曰：『此人不堪。』抹去之。乃大快樂。」開成三年商隱試博學宏辭，周墀判吏部西銓。開成五年末、會昌元年初，商隱又曾暫寓華州周墀幕。

〔二六〕〔補注〕《論語·里仁》:「君子無終食之間違仁,造次必於是,顛沛必於是。」造次,倉卒、匆忙。此謂無時或忘也。

## 賀翰林孫舍人狀〔一〕

伏承榮加寵命,伏惟感慰。舍人文苞雅誥〔二〕,道叶皇猷,爛雲藻以敷華〔三〕,叶天聲而應律。載遷星次〔四〕,爰奉夏官〔五〕。焕綵服於蘭堂〔六〕,耀瓊枝於粉署〔七〕。女侍使虚薰錦帳〔八〕,中謁者方奉芝泥〔九〕。聊用望郎〔一〇〕,以爲假道〔一一〕。佇當仰承睿旨,近執化權〔一二〕,侶四輔以燮和〔一三〕,合萬錢於供養〔一四〕。某厚承恩顧,未獲趨承,欣賀莫任,瞻戀斯極〔一五〕。

【校注】

〔一〕本篇原載清編《全唐文》卷七七五第二一一頁、《樊南文集補編》卷七。〔錢箋〕狀云:「載遷星次,爰奉夏官。」考《舊唐書·武宗紀》:「會昌六年二月,以翰林學士、起居郎孫轂(當作「瑴」)爲兵部員外郎充職。」正與相合。翰林,見《爲濮陽公與丁學士狀》注〔三〕。〔張箋〕考《舊書·紀》,轂(瑴)爲兵部員外郎充職,書於本年二月,而義山入京則在去歲(按:指會昌五年十月),《上鄭州李舍人狀》(按:當指《上李舍人狀四》)可證。此狀有「某厚承恩顧,未獲趨承,欣賀莫任,瞻戀斯極」語，豈義山是時尚未至京耶？抑秘閣事繁，未由趨賀，故先之以狀耶？抑或代人之作，而題首闕書「爲某某」耶？據《上李舍人第四狀》云：「時向嚴洌，某已決取此月二十一日赴京。」又第五狀云：「去歲陪游，頗淹樽俎；今茲違奉，實間山川。曲水冰開，章臺柳動。」一爲將赴京時作，一爲已到京時作。則義山入都，必無遲至本年二月之理。譜中已從諸狀載義山赴京於會昌五年矣。姑剖其異，閱者參之。〔岑仲勉曰〕合觀上韋之狀（指《上韋舍人狀》）「今者運屬長君，理當哲輔」，「某淹滯洛下，貧病相仍。去冬專使家僮起居，今春亦憑令狐郎中附狀」等語），斯五年至京説大有可疑，或後來行期有變，至五（按：當作「六」）年春末尚滯洛陽也。（《平質》丙欠稿《大中二年由桂歸洛陽》條）〔按〕義山會昌五年十月赴京事，既已見於《上李舍人狀四》，自不必疑；而《上李舍人狀五》證實義山六年仲春已在長安，亦不必疑。然《上韋舍人狀》有「去冬專使家僮起居，今春亦憑令狐郎中附狀」語，則又説明去冬今春商隱仍有一段時間在洛陽。唯一合理之解釋，當是五年十月下旬赴京後不久，旋又返洛，六年仲春再至長安。故有「去冬專使家僮起居，今春亦憑令狐郎中附狀」之事。孫穀改兵部員外郎，《舊書·紀》記載爲二月壬辰（二十一），此狀當上於其後。其時商隱必已在長安。而言「未獲趨承」，當是適有他事未能登門拜賀，故上此狀以申賀也。大中元年春，李拭「滎膺新命」，任京兆尹，商隱《爲滎陽公與京兆李尹狀》亦云「未期拜賀，無任馳思」，然不能因此認爲其時鄭亞不在長安。商隱《偶成轉韻七十二句贈四同舍》：「我時顦顇在書閣，卧枕芸香春夜闌。明年赴辟下昭桂，東郊慟哭辭兄弟。」亦可證會昌六年春，商隱不但已在長安，且已復官秘閣也。

〔二〕〔錢注〕孔安國《尚書序》：雅誥奥義，其歸一揆。

〔三〕〔錢注〕應瑒《撰征賦》：摛雲藻之雕飾。

〔四〕星次，見《上李舍人狀一》注〔八〕。〔補注〕遷星次，此指遷改其本官，即由起居郎遷兵部員外郎。

〔五〕〔補注〕《周禮》載周時設置六官，以司馬爲夏官，掌軍政與軍賦。唐武則天時，曾改兵部尚書爲夏官。此句謂其任兵部之屬官。

〔六〕〔錢校〕堂，疑當作「臺」。〔錢注〕《漢書·百官公卿表》：御史大夫有兩丞，秩千石，一曰中丞，在殿中蘭臺，掌圖籍秘書。〔按〕蘭臺唐指秘書省，與孫穀之官職無涉，錢校及注非。「蘭堂」，疑即蘭省，指尚書省，由尚書郎「握蘭含香」而來，參注〔八〕。

〔七〕〔補注〕《楚辭·離騷》：「溘吾遊此春宫兮，折瓊枝以繼佩。」商隱《韓同年新居餞韓西迎家室戲贈》：「南朝禁臠無人近，瘦盡瓊枝詠《四愁》。」此句蓋以「瓊枝」美孫，謂其爲瓊林瑶樹也。粉署，尚書省之别稱。《太平御覽》卷二一五引應劭《漢官儀》：「省皆胡粉塗畫古賢人烈女。」

〔八〕〔錢注〕《太平御覽》：《漢官儀》曰：「尚書郎給青縑白綾被或錦被、帷帳、氈褥、通中枕。太官供食，湯官供餅餌五熟菓實，下天子一等。給尚書郎史二人，女侍史二人，皆選端正。從直女侍，執香爐燒薰，從入臺護衣服，奏事明光殿。省皆胡粉塗畫古賢人烈女。郎握蘭含香，趣走丹握奏事，黄門郎與對揖。天子五時賜服。若郎處曹二年，賜遷二千石刺史。」〔按〕女侍使，似應作「女侍史」。虚薰錦帳，謂夜直草制誥，通宵不寐也。

〔九〕〔錢注〕《通典》：内謁者，後漢大長秋屬官，有中宫謁者三人，主報中章。後魏、北齊皆有中謁者僕射。隋内侍省有内謁者監六人，内謁者十二人，唐因之。《藝文類聚》：《河圖》曰：「舜以太尉即位，與三公臨觀，黄龍五采負圖出舜前，以黄玉爲柙，玉檢金繩，芝爲泥，章曰天黄帝符璽。」

〔補注〕芝泥，緘封書札物件之封泥，上蓋印章。

〔一〇〕〔錢注〕《北堂書鈔》：山濤《啓事》云：「舊選尚書郎，極清望也。」

〔一一〕〔補注〕《左傳・僖公二年》：「晉荀息請以屈産之乘，與垂棘之璧，假道于虞以伐虢。」此句「假道」猶今所謂以之爲跳板也。

〔一二〕〔補注〕化權，教化之權，指宰相之權。權德輿《賀外舅崔相國書》：「阜庶生物，操持化權。」

〔一三〕〔補注〕《書・洛誥》有「四輔」之稱，指君主之四位輔佐。燮和，調和，指宰相之職務，語本《書・顧命》：「燮和天下，用答文武之光訓。」

〔一四〕〔錢注〕《晉書・何曾傳》：食日萬錢，猶曰無下箸處。〔補注〕供養，指奉養之物品。《禮記・月令》：「收禄秩之不當，供養之不宜者。」

〔一五〕〔錢注〕邯鄲淳《贈答》詩：瞻戀我侯。

## 上李舍人狀五〔一〕

不審近日尊體何如？伏想沖虚真筌〔二〕，融心妙域，神明是保〔三〕，戩穀來成〔四〕。榮上淹留軒車〔五〕，已曠圭律〔六〕。井德無改〔七〕，玉音愈清〔八〕。此固擺脱常懷，秉持極摯〔九〕，去關鍵於寵辱〔一〇〕，忘階阯於高卑〔一一〕。彼殷浩空函，幾勞開閉〔一二〕；仲文枯樹，屢歎婆娑〔一三〕。比之清光，實有慚德〔一四〕。

今春華以煦〔一五〕，時服初成〔一六〕，竹洞松岡，蘭塘蕙苑，聚星卜會，望月舒吟〔一七〕。羊侃接賓，共其醒醉〔一八〕；謝安諸子，例有風流〔一九〕。優游名教之間〔二〇〕，保奉希夷之道〔二一〕。伏思受遇，素異諸生。去歲陪遊，頗淹樽俎；今兹違奉，實間山川。曲水冰開〔二二〕，章臺柳動〔二三〕，子牟豈忘於魏闕〔二四〕，嚴助蓋厭於承明〔二五〕。仰望恩憐，豈任攀戀！

況某冗煩有素〔二六〕，刻畫難施〔二七〕。韓信少時，罕蒙推擇〔二八〕；揚雄終歲，唯有寂寥〔二九〕。向非月旦貽評〔三〇〕，《陽春》獲賞〔三一〕，則孤根易拔〔三二〕，弱羽難飛〔三三〕。答《賓戲》以那停〔三四〕，草《客嘲》而莫暇〔三五〕。撫躬誓款，委己銜詞，下筆難休〔三六〕，戀柯何極。龍門不見，將同故掾之心〔三七〕；麟史可傳〔三八〕，徒立素臣之位〔三九〕。祇迎榮誨，遲慰孤誠。伏紙臨風，杳動心骨。

【校注】

〔一〕本篇原載清編《全唐文》卷七七五第一九頁、《樊南文集補編》卷六。〔按〕狀云「去歲陪遊，頗淹樽俎；今茲違奉，實間山川」，「去歲」二句，指會昌五年春商隱在鄭州李褒處「恩同上客」，「累句陪侍座下」之情況，「今」自指六年。狀又云「今春華以煦……曲水冰開，章臺柳動」，時令正值仲春。據「今茲違奉，實間山川」及「曲水」「章臺」語，商隱時在長安（如仍在洛陽，則洛、鄭相距僅百餘里，不得謂「實間山川」）。故此狀當上於會昌六年仲春商隱居長安時。

〔二〕〔錢注〕《莊子》：筌者所以在魚，得魚而忘筌；蹄者所以在兔，得兔而忘蹄；言者所以在意，得意而忘言。〔補注〕真筌，猶真諦。與下「妙域」均指道家之理。

〔三〕〔錢注〕《鶡冠子》：道乎道乎，與神明相保乎？

〔四〕〔補注〕戩穀，福禄。《詩·小雅·天保》：「天保定爾，俾爾戩穀。」

〔五〕滎上，見《上鄭州李舍人狀一》注〔一〕。〔按〕此指鄭州。〔補注〕淹留軒車，指久任鄭州刺史。

〔六〕〔補注〕圭律，指時間、光陰。圭指圭表，測量日影之儀器；律，指律琯，測候季節變化之器具。參《爲絳郡公上崔相公啓》「圭律未遐」注。

〔七〕〔補注〕《易·井》：「井養而不窮也。」孔穎達疏：「歎美井德，愈汲愈生，給養於人，無有窮已也。」

〔八〕〔錢注〕王褒《四子講德論》：望聽玉音。〔按〕此句「玉音」非稱對方之言辭，乃頌稱其清潤之德性。

〔九〕〔錢注〕《漢書·叙傳》：馳顔、閔之極摯。注：劉德曰：「摯，至也，人行之所極至。」

〔一〇〕〔錢注〕《老子》：善閉者，無關揵而不可開。又：寵辱若驚。

〔一一〕〔錢注〕《説文》：阯，基也。

〔一二〕〔錢注〕《晉書·殷浩傳》：浩廢爲庶人。後桓温將以浩爲尚書令，遺書告之，浩欣然許焉。將答書，慮有謬誤，開閉者數十，竟達空函，大忤温意，由是遂絶。

〔一三〕〔錢注〕《晉書·殷仲文傳》：仲文因月朔至大司馬府，府中有老槐樹，顧之良久而歎曰：「此樹婆娑，無復生意。」仲文素有名望，自謂必當朝政，又謝混之徒疇昔所輕者，並皆比肩，常怏怏不得志。

〔一四〕〔補注〕《書·仲虺之誥》：「成湯放桀于南巢，惟有慚德，曰：『予恐來世以台爲口實。』」慚德，因言行有缺失而内愧。

〔一五〕〔錢注〕蘇武古詩：努力愛春華。

〔一六〕見《上孫學士狀》注〔一九〕。〔補注〕時服，即春服、春裝。

〔一七〕聚星卜會，見《上許昌李尚書狀 一》注〔三〕。

〔一八〕〔錢注〕《梁書·羊侃傳》：侃不能飲酒，而好賓客交遊，終日獻酬，同其醉醒。

〔一九〕〔錢注〕《晉書·謝玄傳》：謝安嘗戒約子姪，因曰：「子弟亦何豫人事，而正欲使其佳？」玄答曰：「譬如芝蘭玉樹，欲使其生於庭階耳。」

〔二〇〕見《上河陽李大夫狀一》注〔五〕。

〔二一〕〔錢注〕《老子》：視之不見名曰夷，聽之不聞名曰希。〔補注〕希夷之道，指虚寂玄妙之道。

〔二二〕〔錢注〕《晉書·束晳傳》：武帝嘗問三日曲水之義，晳曰：「秦昭王以三日置酒河曲，見金人奉水心之劍曰：『令君制有西夏。』因此立爲曲水。」〔按〕此「曲水」指曲江，在長安東南。冰開，指仲春冰化。商隱有《與同年李定言曲水閒話戲作》詩，又有詩句「家近紅蕖曲水濱」，曲水均指曲江。視下句「章臺」可知。

〔二三〕〔錢注〕《漢書·張敞傳》：敞爲京兆尹，時罷朝會，過走馬章臺街，使御吏驅，自以便面拊馬。本集馮氏曰：章臺，本秦時臺也。楚懷王入秦，朝章臺。見《史記》。後名章臺街。唐人有《章臺柳》詩。

〔二四〕〔錢注〕《莊子》：中山公子牟，身在江海之上，心居乎魏闕之下。〔補注〕魏闕，宫門外兩邊高聳之樓觀，借指朝廷。

〔二五〕〔錢注〕《漢書·嚴助傳》：舉賢良對策，武帝善助對，擢爲中大夫。助侍燕從容，上問所欲，對願爲會稽太守。於是拜爲會稽太守，賜書曰：「君厭承明之廬，勞侍從之事，出爲郡吏。」

〔二六〕〔補注〕冗煩，平庸瑣碎。

〔二七〕〔錢注〕《晉書·周顗傳》：庾亮嘗謂顗曰：「諸人咸以君方樂廣。」顗曰：「何乃刻畫無鹽，唐突西施也？」〔按〕似取義於《論語·公冶長》：「宰予晝寢，子曰：『朽木不可雕也，糞土之牆不可杇也，於予與何誅！』」刻畫難施，即朽木不可雕之意。

〔二八〕〔錢注〕《史記·淮陰侯傳》：韓信始爲布衣時，貧無行，不得推擇爲吏。

〔二九〕〔錢注〕左思《詠史詩》：寂寂揚子宅，門無卿相輿。寥寥空宇中，所講在玄虛。〔補注〕《漢書·揚雄傳下》：「哀帝時，丁、傅、董賢用事，諸附離之者，或起家至二千石。時雄方草《太玄》，有以自守，泊如也。」

〔三〇〕〔錢注〕《後漢書·許劭傳》：劭好覈論鄉黨人物，每月輒更其品題，故汝南俗有月旦評焉。

〔三一〕見《上令狐相公狀二》注〔一四〕。

〔三二〕〔錢注〕《晏子春秋》：魯昭公曰：「吾少之時，内無拂而外無輔，譬之猶秋蓬也，孤其根而美枝葉，秋風至，根且拔矣。」

〔三三〕〔錢注〕鮑照《野鵝賦》：升弱羽於丹庭。

〔三四〕〔錢注〕《後漢書·班固傳》：固自以二世才術，位不過郎，感東方朔、揚雄自論，以不遭蘇、張、范、蔡之時，作《賓戲》以自通焉。

〔三五〕〔錢注〕《漢書·揚雄傳》：雄草《太玄》，或嘲雄以玄尚白，而雄解之，號曰《解嘲》。

〔三六〕〔錢注〕魏文帝《典論·論文》：傅毅之於班固，伯仲之間耳。而固小之，與弟超書曰：「武仲以能屬文，爲蘭臺令史，下筆不能自休。」

〔三七〕〔錢注〕謝朓《拜中軍記室辭隨王牋》：白雲在天，龍門不見。去德滋永，思德滋深。《南齊書·謝朓傳》：朓歷隨王文學。子隆好辭賦，朓以文才，尤被賞愛。世祖敕朓還朝，遷新安王中軍記室。〔補注〕龍門，用《後漢書·李膺傳》「士有被其容接者，名爲登龍門」。

〔三八〕〔錢注〕《史記·孔子世家》：及西狩見麟，曰：「吾道窮矣。」乃因史記作《春秋》。

〔三九〕〔錢注〕杜預《春秋左氏傳序》：仲尼自衛反魯，修《春秋》，立素王，丘明爲素臣。

## 上韋舍人狀〔一〕

舍人發揮帝業，潤飾王言〔二〕，三代典謨，焕然明具〔三〕；兩漢文雅〔四〕，庸可比儔？今者運屬長君〔五〕，理當哲輔〔六〕，固以復中書之典法〔七〕，舉政事之本根〔八〕，贊助嘉猷〔九〕，裨成睿化，則書辭典册，〔一〇〕乃綸閣之餘事也〔一一〕。況舍人以至公御物，盛德當官，率周廟之駿奔〔一二〕，極漢庭之議論〔一三〕，佇見顯司樞務〔一四〕，允致昇平。況在諸生〔一五〕，倚望尤切〔一六〕。

某淹滯洛下〔一七〕，貧病相仍。去冬專使家僮起居，今春亦憑令狐郎中附狀〔一八〕。伏審職業殷重，朝直頻繁〔一九〕，雖榮翰之未臨，豈遺簪之或忘〔二〇〕？某疏愚成性，采和難移〔二一〕，徒以頃蒙舍人，獎以小文〔二二〕，致之高第〔二三〕。果成荒棄，上負維持〔二四〕。無田可耕，有累未遺〔二五〕。薦門晝永〔二六〕，或曠日方餐；蓬户夜寒〔二七〕，則通宵罷寐〔二八〕。懷書竊愧〔二九〕，拂硯增悲。違奉音徽，若隔霄漢。量陂結戀〔三〇〕，但傾鳧藻之誠〔三一〕；德宇近心〔三二〕，尚阻燕泥之託〔三三〕。下情無任攀戀感激之至。

**【校注】**

〔一〕本篇原載清編《全唐文》卷七七五第一五頁、《樊南文集補編》卷六。〔錢注〕《舊唐書·職官志》：中書舍人六員，正五品上。〔張箋〕案韋舍人錢注不詳，疑當是韋有翼。《英華》載《玉堂遺範·授有翼東川節度制》曰：「陳藥石於諫曹，司黄素於右掖。」據《嚴州圖經》：「有翼，會昌五年三月自安州刺史拜。」則内召當在宣宗初。先官臺諫等官，而後正授中書舍人。狀爲義山大中二年歸洛後作，時正相合也。〔岑仲勉曰〕狀有云：「今者運屬長君，理當哲輔。」此種口氣，應屬會昌六年三月宣宗即位後不久之時，若在大中二年秋，則即位已逾兩載，不應如此行文。故余絶不敢傅會爲大中二年作也。……韋舍人，《箋》三疑有翼，然有翼是否二年官舍人，史無明文。苟依余所指，狀作於會昌六年，則韋舍人殆是韋琮。《翰學壁記》，琮於會昌四年九月拜中書舍人，惜下文闕佚。姑假其六年四月仍是中舍，不爲無理（參《壁記注補》）。（《平質》丙欠碻十三《大中二年由桂歸洛陽》條）〔按〕岑説可從。狀云：「某淹滯洛下，貧病相仍。去冬專使家僮起居，今春亦憑令狐郎中附狀。」所述居洛貧病情景，與會昌五年夏秋間言及已居東洛貧病狀況相合(參《上李舍人狀二》「某自還京洛,常抱憂煎,骨肉之間,病恙相繼」及《寄令狐郎中》「茂陵秋雨病相如」),可證本文「去冬」當指會昌五年冬,而「今春」自指「運屬長君」即宣宗初立之會昌六年春。故本篇作於會昌六年三月宣宗即位以後自無可疑。張氏繫大中二年桂管歸後,實誤。岑氏因狀有「去冬專使家僮起居,今春亦憑令狐郎中附狀」等語,對張氏《會箋》商隱五年十月服闋入京説表示懷疑,謂「或後來行期有變,至六年春末尚滯洛陽也」。按商隱《上李舍人狀五》作於會昌六年仲春(詳該篇注〔一〕編著者按),狀内有「去歲陪遊,頗淹樽俎;今兹違奉,實間山川。曲水冰開,章臺柳動。子牟豈忘於魏闕,嚴助蓋厭於承明」等語,可證六年仲春商隱已在長安,故岑氏「六年春末尚滯洛陽」之説顯與《上李舍人狀五》不符。本篇「某淹滯洛下,貧病相仍」,乃是追述會昌五年夏秋間之境況,非謂上此狀時仍淹滯洛陽。故下二語即接叙「去冬」「今春」之事。義山會昌五年十月二十一日赴京後,當不久又返洛陽,故有「去冬專使家僮起居,今春亦憑令狐郎中附狀」之事。據《吴興志》:「令狐綯大中元年三月二十一日自左司郎中授(湖州刺史)。」則會昌六年綯尚在左司郎中任,自可於六年春代商隱捎信問候。然前已證六年仲春商隱已在京,則令狐捎信之事當在六年之初春。商隱之自洛再次赴京,當即在六年之仲春也。

〔二〕〔錢注〕曹植《與楊德祖書》:昔丁敬禮嘗作小文,使僕潤飾之。〔補注〕發揮,宣揚、表現。潤飾,猶潤色。《論語·憲問》:「爲命,裨諶草創之,世叔討論之,行人子羽修飾之,東里子産潤色之。」《書·咸有一德》:「大哉王言。」《禮記·緇衣》:「王言如絲,其出如綸;王言如綸,其出如綍。」《新唐書·百官志》:中書舍人「掌侍進奏,參議表章。凡詔旨制敕、璽書册命,皆起草進畫,既下,則署行」。

〔三〕焕,《全文》作「燠」,誤,據錢校改。〔錢注〕《漢書·曹參傳》:且高皇帝與蕭何定天下,法令既明具。

〔四〕〔錢注〕《史記·儒林傳序》:臣謹案詔書律令下者,明天人分際,文章爾雅,訓辭深厚。

〔五〕〔錢注〕指宣宗。〔補注〕《左傳·哀公六年》:「少君不可以訪,是以求長君,庶亦能容群臣乎?」宣宗係憲宗第四子,於敬宗、文宗、武宗爲叔。

〔六〕〔補注〕哲輔,賢能之大臣。

〔七〕〔錢注〕《太平御覽》:《環濟要略》曰:「中書掌内事,密詔下州郡及邊將,不由尚書署也。後關百官,事益重。有令、僕射、丞、郎、令史。秩與尚書同。」〔補注〕典法,典章法規。《莊子·田子方》:「典法無更,偏令無出。」

〔八〕〔錢注〕《漢書·蕭望之傳》:望之以爲中書政本,宜以賢明之選。

〔九〕〔補注〕《書·君陳》:「爾有嘉謀嘉猷,則入告爾后于内,爾乃順之于外。」

〔一〇〕〔錢注〕《唐六典》:中書舍人掌侍奉、進奏,參議、表章。凡詔、旨、制、敕及璽書、册命,皆案典故起章草進。畫既下,則署而行之。其禁有四:漏洩、稽緩、違失、忘誤,所以重王命也。

〔一一〕〔錢注〕《初學記》：中書職掌綸誥，前代詞人，因謂之綸閣。

〔一二〕〔補注〕《書·武成》：「邦甸侯衛，駿奔走，執豆籩。」《詩·周頌·清廟》：「於穆清廟，肅雝顯相。濟濟多士，秉文之德。對越在天，駿奔走在廟。」率，指率多士；駿奔，急速奔走。

〔一三〕〔錢注〕《史記·樊酈滕灌傳贊》：垂名漢庭。〔按〕漢庭之議論，疑用《史記·留侯世家》張良藉前箸爲漢高祖籌畫事。

〔一四〕務，《全文》作「物」，涉上文「物」字而誤，據錢校改。樞務，見《爲濮陽公上楊相公狀》注〔四〕。

〔一五〕〔錢注〕《史記·秦始皇紀》：今諸生不師今而學古。

〔一六〕尤，《全文》作「猶」，據錢校改。

〔一七〕〔補注〕《左傳·昭公十四年》：「詰姦慝，舉淹滯。」杜預注：「淹滯，有才德而未叙者。」按：此句「淹滯」指久留。

〔一八〕〔錢注〕《舊唐書·令狐綯傳》：會昌五年，爲湖州刺史。大中二年，召拜考功郎中。〔按〕馮譜、張箋均據此書令狐綯出刺湖州在會昌五年，然與本篇「今春亦憑令狐郎中附狀」直接抵觸，當依《吴興志》在大中元年三月，詳注〔一〕按語。

〔一九〕〔錢注〕《宋書·王景文傳》：父僧朗，勤於朝直，未嘗違惰。陸雲《答兄平原》詩：錫命頻繁。

〔二〇〕〔錢注〕《韓詩外傳》：孔子出遊少源之野，有婦人中澤而哭，孔子使弟子問焉，婦人曰：「鄉者刈蓍薪，亡吾蓍簪，吾是以哀也。非傷亡簪，蓋不忘故也。」忘，去聲。〔補注〕榮翰未臨，謂韋舍人未有復信。

〔二一〕〔補注〕《禮記·禮器》:「君子曰:『甘受和,白受采,忠信之人可以學禮。』」孔穎達疏:「甘受和、白受采者,記者舉此二物,喻忠信之人可得學禮。甘爲衆味之本,不偏主一味,故得受五味之和;白是五色之本,不偏主一色,故得受五色之采。以其質素,故能包受衆味及衆采也。」

〔二二〕〔錢注〕《後漢書·蔡邕傳》:而今並以小文超取選舉。

〔二三〕〔錢注〕《漢書·鼂錯傳》:時對策者百餘人,惟錯爲高第。〔按〕據「頊蒙舍人,獎以小文,致之高第」等語,似韋舍人與商隱有座主門生之誼。然《新唐書·韋琮傳》過略,無從索考。《重修承旨學士壁記》:「韋琮,會昌二年二月十五日,自起居舍人、史館修撰充。其年十月十七日,加司勳員外郎;三年五月二十九日,轉兵部員外郎、知制誥;四年四月十五日,轉兵部郎中;九月四日,拜中書舍人,並依前充。」則爲考官之事或在此前。或此數句泛指得其揄揚,遂致高第。

〔二四〕〔補注〕維持,維護、幫助。

〔二五〕〔錢注〕《後漢書·百官志》注:其有家累者,與之關内之邑,食其租税也。〔補箋〕商隱《祭徐氏姊文》云:「伏以奉承大族,載屬衰門。三弟未婚,一妹處室。息胤猶闕,家徒索然。」此即所謂「有累未遷」。

〔二六〕〔錢注〕《史記·陳丞相世家》:家乃負郭窮巷,以弊席爲門。

〔二七〕〔補注〕《禮記·儒行》:「篳門圭窬,蓬户甕牖。」

〔二八〕〔錢注〕《莊子》：蚊蝱噆膚，則通宵不寐矣。
〔二九〕〔錢注〕《後漢書·崔琦傳》：懷書一卷，息輒偃而詠之。
〔三〇〕〔錢注〕《後漢書·郭太傳》：叔度之器，汪汪若千頃之陂。
〔三一〕〔錢注〕《後漢書·杜詩傳》：士卒鳧藻。注：言其和睦欽悦，如鳧之戲於水藻也。
〔三二〕〔錢校〕「近」字疑誤。
〔三三〕〔錢注〕《古詩》：思爲雙飛燕，銜泥巢君屋。

## 上忠武李尚書狀〔一〕

不審跋涉道路，尊候何似？伏計不失調護。先皇以倦勤厭代〔二〕，聖上以睿哲受圖〔三〕。系萬國之往居〔四〕，集兆人之悲慶。況二十五翁尚書，望兼勳舊，地屬親賢。績久著於藩垣〔五〕，任合歸於陶冶〔六〕。今者果應急召，咸副僉諧〔七〕，凡在有心，莫不延頸。竊料皇闈入謁〔八〕，紫殿承恩〔九〕，覩山立之端容〔一〇〕，睠鼎角之殊相〔一一〕，便當講惟新之政，備爰立之儀〔一二〕。伏惟促動前騶，速光後命〔一三〕，發仲父新柴之井〔一四〕，運留侯前箸之籌〔一五〕，允贊昌圖，亟登壽域〔一六〕，天下幸甚。某猥以庸薄，厚沐恩憐，荏苒光陰〔一七〕，纏綿詞旨，艱屯少裕〔一八〕，違奉淹時〔一九〕。家難頻臻〔二〇〕，人理中絶〔二一〕。未經殞訴〔二二〕，莫獲祇迎〔二三〕。仰望清光，實動丹款。伏惟特賜恩照。

【校注】

〔一〕本篇原載清編《全唐文》卷七七五第九頁、《樊南文集補編》卷六。〔錢箋〕（忠武李尚書）李執方也。詳《上河陽李大夫狀一》注〔一〕、《上許昌李尚書狀一》注〔一〕。狀云「先皇以倦勤厭代，聖上以睿哲受圖」，則作於宣宗即位之初，時必執方尚未去鎮。後云「果應急召，咸副僉諧」，似尚有内召還朝之事。〔張箋〕（會昌六年四月）忠武節度使李執方内召，户部侍郎盧簡辭檢校工部尚書、許州刺史，充忠武軍節度使。附考云：《舊書·食貨志》有「薛元賞、李執方、盧弘正、馬植相踵理之」語，《通鑑》：會昌六年四月，「鹽鐵使薛元賞貶」。然則代元賞領使，爲執方無疑。再檢《舊書·盧簡辭傳》：「大中初轉兵部侍郎，出爲忠武軍節度使。」則簡辭即代執方鎮陳許者。《補編》又有《爲滎陽公與昭義李僕射狀》及《上漢南盧尚書狀》，蓋大中元年執方又出鎮昭義，簡辭則自忠武遷山南東道也。《寰宇訪碑録》，會昌六年四月，大中元年二月，皆有執方華嶽題名，蓋一則赴徵，一則出鎮所經過耳。今據書。〔按〕張箋是。狀云「先皇以倦勤厭代，聖上以睿哲受圖」，顯係武宗方崩、宣宗新立口吻。而「今者果應急召，咸副僉諧」，則明謂執方奉召入京，篇首之「跋涉道路」，即赴召之行也。錢謂「必執方尚未去鎮」，微疏。時商隱已復官秘閣，故篇末有「祇迎」語。

〔二〕〔錢注〕《莊子》：千歲厭世，去而上仙。按：唐諱「世」作「代」。〔補注〕《書·大禹謨》：「朕宅帝位，三十有三載，耄期倦于勤。」

〔三〕〔錢注〕張衡《東京賦》：睿哲玄覽。《初學記》：《春秋合誠圖》曰：「帝坐玄扈洛上，與大司馬容光等臨觀，鳳皇銜圖置帝前，黄帝再拜受圖。」〔補注〕古代以爲出現河圖洛書爲帝王受命之祥瑞。《易·繫辭上》：「河出圖，洛出書，聖人則之。」《三國志·魏志·文帝紀》「君其祇順大體，饗兹萬國，以肅承天命」裴注引《獻帝傳》：「河圖洛書，天命瑞應。」

〔四〕〔補注〕《左傳·僖公九年》：「送往事居，耦俱無猜，貞也。」居，指生者；往，指死者。《易·乾》：「首出庶物，萬國咸寧。」

〔五〕〔補注〕《詩·大雅·板》：「价人維藩，大師維垣。」藩垣，指藩鎮。

〔六〕〔補注〕陶冶，燒製陶器，冶煉金屬，喻宰相治理國家，教化培育人材。

〔七〕〔補注〕《書·舜典》記帝舜征詢意見以任命臣工之事，多有「僉曰」「汝諧」之語，後遂以「僉諧」謂朝廷遴選、任命重臣。

〔八〕〔錢注〕傅咸《贈何劭王濟詩》：明明闢皇闈。

〔九〕〔錢注〕《三輔黄圖》：武帝又起紫殿，雕文刻鏤，黼黻以玉飾之。

〔一〇〕山立，《全文》作「山丘」，據錢校改。〔補注〕《禮記·玉藻》：「立容，辨卑毋讇，頭頸必中，山立時行。」孔穎達疏：「山立者，若住立則嶷如山之固，不摇動也。」按：《爲滎陽公上僕射崔相公狀二》正作「山立」。

〔一二〕〔錢注〕《後漢書·李固傳》：固貌狀有奇表，鼎角匿犀。注：鼎角者，頂有骨如鼎足也。

〔一三〕〔補注〕《書·胤征》：「舊染汙俗，咸與維新。」《詩·大雅·文王》：「周雖舊邦，其命維新。」此「維新」均有革故圖新或乃始更新之義。《書·説命》：「説築傅巖之野，惟肖，爰立作相，王置諸其左右。」

〔一三〕〔補注〕前騶，官吏出行時在前開道之侍役。後命，續發之任命。《左傳·僖公九年》：「齊侯將下拜，孔曰：『且有後命。』」

〔一四〕〔錢注〕《管子》：桓公將與管仲飲，十日齋戒，掘新井而柴焉。注：新井而柴蓋覆之，取其清潔示敬也。

〔一五〕〔補注〕前籌，用漢張良「藉前箸」爲高祖謀畫事，詳《史記·留侯世家》。屢見。

〔一六〕〔錢注〕《漢書·王吉傳》：驅一世之民，躋之仁壽之域。

〔一七〕〔錢注〕潘岳《悼亡詩》李善注：荏苒，猶漸也。

〔一八〕艱，《全文》作「難」，從錢校據胡本改正。〔錢注〕潘岳《懷舊賦》：塗艱屯其難進。

〔一九〕〔錢注〕梁任孝恭《辭縣啓》：顧慕階墀，不願違奉。

〔二〇〕難，《全文》作「艱」，據錢校改。〔錢注〕《史記·樂書》：悲彼家難。〔按〕商隱《祭徐氏姊文》：

「始某兄弟，初遭家難。」《祭裴氏姊文》：「某年方就傅，家難旋臻。」家難頻臻，指父母先後去世，商隱母卒於會昌二年冬。

〔二〕〔錢注〕《漢書·許皇后傳》：恐失人理。〔補注〕人理，做人的道德規範。《莊子·漁父》：「其用於人理也，事親則慈孝，事君則忠貞。」此言「人理中絶」，蓋謂父母雙亡，不得盡孝養之人倫也。

〔三〕〔錢校〕訴，疑當作「折」。

〔三〕祇，《全文》作「祈」，從錢校據胡本改正。

## 上河南盧給事狀〔一〕

不審近日尊體何如？考履納祥〔二〕，爲善降福，伏料寢味，常保康寧〔三〕。給事顯自瑣闈〔四〕，出臨鼎邑〔五〕，登兹周甸〔六〕，訓此殷頑〔七〕。鋒芒不鈍，而綮肯自分〔八〕；桴鼓稀鳴，而囊橐輒露〔九〕。方今惟新庶政，允佇嘉謀〔一〇〕，載考前人，聿求往躅〔一一〕，袁司徒入膺論道〔一二〕，杜鎮南出授專征〔一三〕，並資尹正之能〔一四〕，適致超昇之拜。伏惟特爲休運，善保起居，下情所望。

某頑魯無堪，退縮有素〔一五〕。賦成誰薦〔一六〕？食絶唯歌〔一七〕。上累門牆，頗淹星律〔一八〕。

屬人生之坎坷〔一九〕，逢世路之推遷〔二〇〕。浮泛常多〔二一〕，違離蓋數。臨風仰德〔二二〕，伏紙含誠。緬洛方清〔二三〕，瞻嵩比峻〔二四〕。敢同上客，曾疑樂廣之弓〔二五〕；惟羨小民，慚倚庾雲之碣〔二六〕。下情無任瞻戀感激之至。

**【校注】**

〔一〕本篇原載清編《全唐文》卷七七五第二二頁、《樊南文集補編》卷七。〔錢箋〕（河南盧給事）盧貞也。本集有《爲河南盧尹上尊號表》，馮氏曰：「盧尹爲盧貞，見《白香山集》。香山七老會，貞與秘書狄兼謩以年未七十，雖與會而不及列。《唐詩紀事》：貞字子蒙，會昌五年，爲河南尹。」《舊唐書·職官志》：京兆、河南、太原等府尹各一員，從三品。〔張箋〕此云：「登茲周甸，訓此殷頑。」又云：「方今惟新庶政，允佇嘉謀。」是宣宗即位後，貞尚尹洛。題稱給事，乃書其京銜，即文中所謂「顯自瑣闈，出臨鼎邑」也。（張箋繫會昌六年。）〔按〕會昌朝先後有兩盧姓者曾爲河南尹。一爲會昌元年任河南尹之盧某，《白居易集》卷三五《會昌元年春五絶句》之三《盧尹賀夢得會中作》之盧尹即是。此「盧尹」朱金城《白居易年譜》謂即會昌五年任河南尹之盧貞，郁賢皓《唐刺史考》則疑爲另一人，陳冠明《唐詩人盧貞考辨》謂是另一盧貞（或云當作「盧真」），字子蒙，曾爲侍御史、内供奉者。另一爲會昌五年任河南尹之盧貞。五年正月，商隱有《爲河南盧尹賀上尊號表》。其年三月，白居易爲七老會，「河南尹盧貞，以年未七十，雖與會而不及列」（白詩《胡吉鄭劉盧張等六賢皆多年壽予亦次焉偶于弊居合成尚齒之會七老相顧既醉甚歡》自注）。錢、張均據商隱曾爲盧貞撰擬賀上尊號表，而謂此「盧給事」即會昌五年任河南尹之盧貞，張氏又據「方今惟新庶政，允佇嘉謀」之文，謂宣宗即位後，貞尚尹洛，而繫此狀於會昌六年，可從。宋王讜《唐語林》云：「白居易葬龍門山，河南尹盧貞刻《醉吟先生傳》于石，立於墓側。」錢易《南部新書》亦載其事。且云其石「至今猶存」。白居易會昌六年八月卒，十一月葬龍門，則似會昌六年十月盧貞猶在任。然此記載與崔璪任河南尹之時間有衝突（見《爲滎陽公與河南崔尹狀》注〔一〕），恐未可憑信。然此狀作於會昌六年三月宣宗即位後一段時間内則無疑。

〔二〕〔補注〕考，成也。履，躬行正道。《易·履》：「履道坦坦，幽人貞吉。」

〔三〕〔補注〕《書·多士》：「非我一人奉德不康寧。」康寧，安寧。

〔四〕〔錢注〕《後漢書·百官志》：黄門侍郎，掌侍從左右，給事中，關通中外。注：《漢舊儀》：「黄門郎屬黄門令，日暮對青瑣門外，名曰夕郎。」〔按〕瑣闈，即青瑣門，切盧貞曾任給事中。瑣，指連瑣圖案。

〔五〕〔補注〕《左傳·桓公二年》：「武王克商，遷九鼎于雒邑。」鼎邑，指洛陽。出臨鼎邑，謂任河南尹。

〔六〕〔錢注〕《國語》：夫先王之制，邦内甸服。〔按〕洛邑爲東周都城，此「周甸」即指洛陽及其附近地區，亦即唐之河南府。

〔七〕〔補注〕《書·畢命》：「毖殷頑民，遷于洛邑，密邇王室，式化厥訓。」《書·多士序》：「成周既成，遷殷頑民。」

〔八〕綮，《全文》作「肯」，據錢校改。〔錢注〕《莊子》：庖丁爲文惠君解牛，曰：「臣之所好者，道也，進乎技矣。臣以神遇而不以目視，官知止而神欲行，依乎天理，批大郤，導大窾，因其固然。技經肯綮之未嘗，而況大軱乎！今臣之刀十九年矣，所解數千牛矣，而刀刃若新發於硎。」〔補注〕肯綮，筋骨結合之處，喻要害、關鍵。

〔九〕〔錢注〕《漢書·張敞傳》：敞守京兆尹，枹鼓稀鳴，市無偷盜。又：拜冀州刺史，賊連發，不得。廣川王姬昆弟及王同族宗室劉調等通行爲之囊橐，敞圍守王宫，果得之殿屋重轑中。注：言容止賊盜，若囊橐之盛物也。

〔一〇〕〔補注〕《書·君陳》：「爾有嘉謀嘉猷，則入告爾后于内，爾乃順之于外。」惟新，見《上忠武李尚書狀》注〔二〕。

〔一一〕〔補注〕往躅，昔時之事蹟。

〔一二〕〔錢注〕《後漢書·袁安傳》：安爲河南尹，政號嚴明，在職十年，京師肅然，名重朝廷。建初八年，遷太僕。元和三年，爲司空。章和元年，爲司徒。〔補注〕《書·周官》：「立太師、太傅、太保，兹惟三公。論道經邦，燮理陰陽。」論道，研究治國之道。入膺論道，入朝擔當三公之重任。

指爲相。

〔一三〕〔錢注〕《晉書·杜預傳》：預，泰始中，守河南尹，後拜鎮南大將軍。《竹書紀年》：王命西伯得專征伐。

〔一四〕〔錢注〕《後漢書·郡國志》注：應劭《漢官》曰：「尹，正也。」

〔一五〕〔錢注〕劉楨《贈五官中郎將》詩：小臣信頑鹵。《梁書·陳慶之傳》：皆謀退縮。

〔一六〕〔錢注〕《漢書·揚雄傳》：雄好辭賦，孝成帝時，客有薦雄文似相如者，上召雄待詔承明之庭。〔補注〕《史記·司馬相如列傳》：「蜀人楊得意爲狗監，侍上。上讀《子虛賦》而善之曰：『朕獨不得與此人同時哉！』得意曰：『臣邑人司馬相如自言爲此賦。』上驚，乃召問相如。」

〔一七〕〔錢曰〕見《上李尚書狀》「無褐無車」注。〔按〕錢氏謂此句用馮煖客孟嘗君「食無魚」之典，然此非「食絶」，疑非。此蓋用孔子困於陳蔡典。《史記·孔子世家》：「孔子遷于蔡三歲，吴伐陳，楚救陳，軍于城父。聞孔子在陳、蔡之間，楚使人聘孔子。孔子將往拜禮。陳、蔡大夫謀曰：『……孔子用于楚，則陳、蔡用事大夫危矣。』于是乃相與發徒役圍孔子于野。不得行，絶糧。從者病，莫能興。孔子講誦弦歌不衰。」此正所謂「食絶唯歌」也。唐人用孔子典以自況者頗多，無後世之諱。

〔一八〕〔補注〕星律，猶星管，古稱一周年。星，指二十八宿；律，指十二律管。此泛言歲月。

〔一九〕〔錢注〕《漢書·揚雄傳》注：坎坷，不平貌。

〔二〇〕〔錢注〕崔駰《達旨》：子苟欲勉我以世路。

〔二一〕〔補注〕浮泛，猶飄泊。

〔二二〕〔錢注〕楊修《答臨淄侯箋》：仰德不暇。

〔二三〕〔錢注〕潘岳《藉田賦》：清洛濁渠。〔補注〕方，比也。

〔二四〕〔補注〕《詩·大雅·崧高》：「崧高惟嶽，峻極於天。惟嶽降神，生甫及申。」崧，同「嵩」，嵩山。

〔二五〕〔錢注〕《晉書·樂廣傳》：廣遷河南尹，嘗有親客在坐，方欲飲，見杯中有蛇，意甚惡之，既飲而疾。于時河南廳事壁上有角，漆畫作蛇，廣意杯中蛇，即角影也。復置酒於前處，客所見如初，廣乃告其所以。客豁然意解，沈痾頓愈。

〔二六〕〔錢注〕按：庾信《哀江南賦》：「河南有胡書之碣。」文似用其事。而庾雲無考。惟《晉書·庾純傳》云：「字謀甫，博學有才藝，爲世儒宗，歷中書令、河南尹。」疑避憲宗諱而改。〔按〕唐以前各代正史紀傳中，無庾雲其人。疑字有誤。事不詳。

# 上李舍人狀六〔一〕

伏承尋到東洛，不審尊體何如？伏計不失調護。近數見崔芻言協律〔二〕，伏承已卜江南隱居，轉貼都下舊宅〔三〕。道心歸意，貫動昔賢〔四〕。然外以安危所注〔五〕，内以婚嫁之累〔六〕，竊惟時論，或阻心期〔七〕。況古之貞棲〔八〕，固有肥遁〔九〕，衣食不求於外，藥物自有其資〔一〇〕，乃可謝絶塵間，棲遲事表〔一一〕。儻猶未也，或撓修存〔一二〕。若更駐歲華，稍優俸入〔一三〕，向平無家事之累〔一四〕，葛洪有丹火之須〔一五〕，然後拂衣求心〔一六〕，抗疏乞罷〔一七〕。東都帳飲，見疏傅之云歸〔一八〕；勾曲樓居，樂陶公之不返〔一九〕。亦可以光昭紫籍〔二〇〕，振動玄門〔二一〕，留孤風以動人〔二二〕，垂雅裁以鎮俗〔二三〕。飲德歸義之士〔二四〕，所望在兹，伏惟更賜裁度。

某識雖蒙騃〔二五〕，業繼玄虚〔二六〕。一官一名，祇添戮笑〔二七〕；片辭隻韻〔二八〕，無救寒饑。實於浮泛之中，早有潛藏之願〔二九〕。異時仰陪仙裝〔三〇〕，歸從玄遊〔三一〕，庶或收楊、許之靈文，纂成《真誥》〔三二〕；按烏、張之藥法〔三三〕，薄駐流年〔三四〕。丹赤之誠，造次於是。其他並令羲叟口啓〔三五〕。不敢繁有諮具。

## 【校注】

〔一〕本篇原載清編《全唐文》卷七七五第二〇頁、《樊南文集補編》卷六。〔張箋〕狀云：「近數見崔芻言協律，伏承已卜江南隱居，轉貼都下舊宅。」……褒已罷鄭居洛，將歸隱江南……故有此狀也。（張繫會昌六年。）〔按〕文云「伏承尋到東洛」，「伏承已卜江南隱居」，似其時李褒因屢次上啓諸相請求調離鄭州刺史之任至江南偏遠州郡未果,已準備隱居江南,商隱上此狀勸其稍緩時日,「更駐歲華,稍優俸入,向平無家事之累,葛洪有丹火之須,然後拂衣求心,抗疏乞罷」。實則李褒卜居江南之打算並未實現。約在會昌末(見《唐刺史考》),又改授虢州刺史。大中三年,自前禮部侍郎授浙東觀察,六年八月追赴闕。據《上李舍人狀七》「十二叔淹留伊洛,已變炎涼」之語,褒之由鄭抵洛,約在會昌六年夏,此狀當上於其時。

〔二〕〔錢注〕《新唐書·宰相世系表》:安平三房崔氏。芻言,字詢之,昭義節度判官。《舊唐書·職官志》:太常寺協律郎二人,正八品上。

〔三〕〔錢注〕《南齊書·劉繪傳》:劉繪貼宅,别開一門。〔補注〕貼,以物質錢、抵押。李嶠《諫建白馬坂大像疏》:「亦有賣舍貼田,以供王役。」李褒係京兆人,故有「都下舊宅」。錢引疑非本句「貼」義。

〔四〕〔錢注〕《舊唐書·李讓夷傳》:開成元年,以本官兼知起居舍人事。時起居舍人李褒有痼疾,請罷官,帝曰:「讓夷可也。」〔補注〕謂其悟道之心、歸隱之志,貫通昔賢。

〔五〕〔錢注〕《史記·陸賈傳》:天下安,注意相;天下危,注意將。

〔六〕〔錢注〕《後漢書·向長傳》:長字子平,建武中,男女嫁娶既畢,敕斷家事勿相關。於是遂肆意,與同好北海禽慶俱遊五嶽名山。

〔七〕〔錢注〕陶潛《酬丁柴桑詩》:實欣心期,方從我遊。〔補注〕心期,心願。

〔八〕〔錢注〕《宋書·明帝紀》：若乃林澤貞棲，丘園耿潔。〔補注〕貞棲，退隱。

〔九〕〔補注〕《易·遯》：「上九，肥遯，無不利。」孔穎達疏：「肥，饒裕也……上九最在外極，無應於內，心無遺顧，是遯之最優，故曰肥遯。」遯，同「遁」。

〔一〇〕〔錢注〕《顏氏家訓》：神仙之事，未可全誣，但性命在天，或難種植。人生居世，觸途牽繫。幼少之日，既有供養之勤；成立之年，便增妻孥之累。衣食資須，公私勞役，而望遁跡山林，超然塵滓，千萬不過一爾。加以金玉之費，鑪器所須，益非貧士所辦。學如牛毛，成如麟角，華山之下，白骨如莽，何有可遂之理？

〔一一〕〔補注〕《詩·陳風·衡門》：「衡門之下，可以棲遲。」朱熹集傳：「此隱居自樂而無求者之詞。言衡門雖淺陋，然亦可以遊息。」事表，世事之外。

〔一二〕〔錢注〕《雲笈七籤》：若修存之時，恒令日月還面明堂中。日在左，月在右，令二景與目瞳合，氣相通也。

〔一三〕〔錢注〕《魏書·裴瑗傳》：悅散費無常，每國俸初入，一日之中，分賜極意。

〔一四〕見本篇注〔六〕。

〔一五〕〔錢注〕《晉書·葛洪傳》：洪好神仙導養之法，以年老，欲煉丹以祈遐壽，聞交阯出丹砂，求爲句漏令。

〔一六〕〔錢注〕《後漢書·楊彪傳》：明日便當拂衣而去。

〔一七〕〔錢注〕《漢書·揚雄傳》：《解嘲》曰：「獨可抗疏，時道是非。」

〔一八〕〔錢注〕《漢書·二疏傳》：疏廣爲太傅，兄子受爲少傅。在位五歲，上疏乞骸骨。公卿大夫故人邑子設祖道，供張東都門外，送者車數百兩。

〔一九〕〔錢注〕《梁書·陶弘景傳》：弘景除奉朝請，永明十年上表辭禄，止於句容之勾曲山。中山立館，更築三層樓，弘景處其上，弟子居其中，賓客至其下。

〔二〇〕〔錢注〕《雲笈七籤》：司命隱符，五老紫籍。〔補注〕紫籍，猶仙籍。道教稱仙人所居爲紫府。

〔二一〕〔錢注〕陶弘景《答朝士訪仙佛兩法體相書》：先生領袖玄門。〔補注〕《老子》：「玄之又玄，衆妙之門。」

〔二二〕〔錢注〕王僧達《祭顔光禄文》：孤風絶侶。

〔二三〕〔錢注〕何劭《贈張華詩》：鎮俗在簡約。〔補注〕雅裁，雅正之風度。

〔二四〕〔錢注〕謝靈運《擬太子鄴中集詩》：飲德方覺飽。鄒陽《上書吴王》：聖王砥節修德，則游談之士，歸義思名。

〔二五〕〔錢注〕《博雅》：騃，癡也。

〔二六〕〔錢注〕左思《詠史詩》：寂寂揚子宅，門無卿相輿。寥寥空宇中，所講在玄虚。〔補注〕玄虚，指玄遠虚無之道。

〔二七〕〔補注〕戮笑，恥笑。《公羊傳·莊公三十二年》：「不從吾言而不飲此，則必爲天下戮笑，必無後乎魯國。」

〔二八〕〔錢注〕江總《皇太子太學講碑》：雋句片言，諧五聲之節奏。〔補注〕片辭雋韻，指自己之詩文。

〔二九〕〔補注〕浮泛，猶浮游漂泊。潛藏之願，指隱居避世之願。

〔三〇〕〔原注〕裝，去聲。

〔三一〕〔補注〕玄遊，玄虚之遊，仙遊。

〔三二〕〔錢注〕《太平廣記》：《神仙感遇傳》曰：「貞白先生陶弘景得楊、許真書，遂登岩告静。撰《真誥》《隱訣》，注《老子》等書二百餘卷。」《太平御覽》：《靈寶經》曰：「靈文鬱秀，洞映上清。」〔補注〕楊，疑指楊羲，東晉道士，永和五年受《中黄制虎豹符》，興寧二年受《上清真經》；許，指許邁，與楊結神明交。

〔三三〕〔錢注〕烏張，未詳。《史記·倉公傳》：歲餘，菑川王時遣太倉馬長馮信正方，臣意教以案法逆順，論藥法，定五味及和齊湯法。〔補注〕烏，不詳。《隋書·經籍志》有《赤烏神鍼經》；張，指張仲景，有《張仲景方》十五卷。

〔三四〕〔錢注〕王筠《東南射山》詩：握髓駐流年。

〔三五〕羲叟，見《上李舍人狀四》注〔六〕。

# 爲尚書渤海公舉人自代狀〔一〕

某官周墀〔二〕

右臣伏準某年月日敕，内外文武官上後舉一人自代者〔三〕。伏以京邑爲四方之極，咸秦乃天下之樞〔四〕，必命英髦，以居尹正〔五〕。臣謬蒙抽擢〔六〕，素乏材能〔七〕，將何以風采章臺〔八〕，羽儀華圍〔九〕。況又方營鄗畢，肇建園陵〔一〇〕，苟推擇之不先〔一一〕，則顛覆而斯在。前件官莊栗以裕〔一二〕，簡嚴而寬。玉無寒温〔一三〕，松有霜雪〔一四〕。頃居内署〔一五〕，實事文皇〔一六〕。引裾而外朝莫知〔一七〕，視草而中言罔漏〔一八〕。洎分符近甸〔一九〕，廉印雄藩〔二〇〕，不狗物以沽名，善推誠而立斷。渾若全器〔二一〕，宜乎在庭。儻召以急宣，被之眷渥，必能明張條目〔二二〕，峻立隄防〔二三〕，肅千里之封畿〔二四〕，總五都之貨殖〔二五〕。軒臺禹穴〔二六〕，無虧充奉之儀〔二七〕；漢苑秦陵〔二八〕，盡絶樵埋之黨〔二九〕。特乞俯迴宸斷，用授當仁。免今日之叨恩，冀他時之上賞〔三〇〕。干冒陳薦，兢越殊深〔三一〕。

## 某官崔龜從〔三二〕

伏以内史故事，例帶銀青〔三三〕；尹正舊儀，平揖令僕〔三四〕。必資髦碩，方備次遷〔三五〕。臣特以鯫儒〔三六〕，猥丁昌運〔三七〕，位崇八座〔三八〕，官紹三王〔三九〕。況駕有上仙〔四〇〕，車當晏出〔四一〕，務煩厩置〔四二〕，役重津途〔四三〕。儻讓爵之不思〔四四〕，則敗官而斯疚〔四五〕。前件官荆岑挺價〔四六〕，赤堇揚鋒〔四七〕，稟松筠四序之榮〔四八〕，包金石一定之調〔四九〕。由中及外，自誠而明〔五〇〕。昨者故鄣利遷〔五一〕，朝臺受律〔五二〕，隱之清節，無媿于投香〔五三〕；江革歸資，唯聞于單舸〔五四〕。必能集同軌之會〔五五〕，奉因山之儀〔五六〕，使桴鼓稀鳴〔五七〕，建瓴流化〔五八〕。伏乞特迴鳳詔〔五九〕，以命龜從。成聖朝《棫樸》之詩〔六〇〕，減微臣維鵜之刺〔六一〕。干黷旒扆〔六二〕，伏用兢惶〔六三〕。

**【校注】**

〔一〕本篇原載《文苑英華》卷六三九第二頁、清編《全唐文》卷七七三第五頁、《樊南文集詳注》卷二。〔徐箋〕《世系表》：「高氏出自姜姓。齊太公之後高傒爲齊上卿。後漢有高洪者爲渤海太守，因居渤海蓨縣。」故渤海爲高氏之郡望。此「渤海公」不知何人，據狀云「風采章臺，羽儀華囿」，「内史故事」「尹正舊儀」，則其人蓋以尚書尹京兆者。或云計其時當是高元裕。〔馮箋〕按：

《舊書·高元裕傳》：「開成四年，改御史中丞，會昌中爲京兆尹。」《新書》於「御史中丞」下，書「累擢尚書左丞，領吏部選，出爲宣歙觀察」，不言尹京兆。二書所叙，互有詳略。證之此文及《英華》所載除吏尚制文，則由尹京進檢校尚書而觀察宣州也。徐曰：文宗於開成五年正月崩，八月葬，狀云「肇建園陵」，則尹京當在是年春也。按：《英華》又有崔嘏所撰《授高元裕等加階制》，蓋因肆赦霈澤，即上篇華州加階之時（編著者按：指馮注本此狀前一篇《爲侍郎汝南公華州謝加階狀》），而以尹京者冠之耳。文中所叙必文宗崩後未久也。《舊·傳》概云「會昌中」，稍疏矣。〔張箋〕（狀）云：「臣謬蒙抽擢，素乏材能……況又方營鄗畢，肇建園陵，苟推擇之不先，則顛覆而斯在。」是元裕尹京，必在文宗將葬，七、八月間。〔按〕此篇之題目與實際内容有明顯矛盾，疑題有誤。馮、張均謂渤海公爲高元裕，馮謂元裕任京兆尹在開成五年春，張則謂在七、八月，故馮譜、張箋均繫本文於開成五年。蕭鄴《大唐故吏部尚書贈尚書右僕射渤海高公神道碑》（有殘闕）云：「公諱元裕……（鄭）注敗，復入爲諫大夫，兼充侍講學士，尋兼太子賓客。……未幾，擢拜御史中丞……進尚書右丞，改京兆尹。未幾，授左散騎常侍，遷兵部侍郎，轉尚書左丞，知吏部尚書銓事。會恭僖皇太后陵寢有日，充禮儀使，公爲左右轄也。……尋改宣歙池□□□□使……入拜吏部尚書……遷檢校吏部尚書、山南西道節度觀察等使。……大中四年夏六月廿日，次於鄧，無疾暴薨於南陽縣之官舍，享年七十六。」碑文未言元裕任京兆尹之具體時間，然據《舊唐書·文宗紀》：開成四年九月，「丙午，以前江西觀察使敬昕爲京兆尹」。《通鑑·開成五年》：八月，「貶京兆尹敬昕爲郴州司馬」。坐龍輴陷也。而《金石萃編》卷八〇《華岳題名》：「正議大夫守京兆尹賜紫金魚袋崔郇、華州華陰縣令崔宏，會昌二年六月十六日，郇自汝海將赴闕庭，時與宏同謁廟而過。」可證高元裕之任京兆尹，確在開成五年八月至會昌二年間，乃接替被貶之敬昕繼任京尹者。然敬昕之被貶，據《通鑑·開成五年》載：「秋，八月，壬戌，葬元聖昭獻孝皇帝于章陵，廟號文宗。庚午，門下侍郎、同平章事李珏坐爲山陵使龍輴（載柩車）陷，罷爲太常卿。貶京兆尹敬昕爲郴州司馬。」明爲因文宗葬章陵時柩車陷塌之事而貶，其時章陵業已建成啓用，而絶非狀所云「方營鄗畢，肇建園陵」，「務煩賦置，役重津途」，乃尚未完成之役。故狀所云建園陵之事當另有所指，而絶非建文宗之章陵。尤爲矛盾者，乃狀中舉以自代之周墀、崔龜從此時所仕之官職與高元裕任京兆尹之時間有不可調和之矛盾。狀中言及周墀歷官時云：「頃居内署，實事文皇。引裾而外朝莫知，視草而中言罔漏。洎分符近甸，廉印雄藩。」自文宗時任内職叙到文宗卒後出爲華州刺史（分符近甸），再叙到出爲現任之江西觀察使（廉印雄藩）。據《唐方鎮年表》《唐刺史考》，周墀任江西觀察使在會昌四年至六年，狀中所謂「方營鄗畢，肇建園陵」，顯非指修建文宗章陵。又狀中叙及崔龜從歷官時云：「昨者故鄣利遷，朝臺受律。隱之清節，無愧於投香；江革歸資，唯聞於單舸。」故鄣利遷，指開成四年三月由户部侍郎出爲宣歙觀察使；朝臺受律，指會昌四年由宣歙觀察使遷嶺南節度使。「隱之」二句，不惟頌揚其清廉，且指其會昌五年自廣州歸朝。再合之「況駕有上仙，車當晏出」及

「奉因山之儀」等句，益可證此狀所謂「園陵」絶非文宗章陵。考《渤海高公神道碑》云：「轉尚書左丞，知吏部尚書銓事。會恭僖皇太后陵寢有日，充禮儀使，公爲左右轄也。」《唐刺史考》因謂「奉因山之儀」指會昌五年正月葬穆宗恭僖皇后于光陵柏城之外。然高元裕開成五年八月任爲京兆尹，而恭僖皇太后卒於會昌五年正月庚申（據《通鑑》），中間相隔六年，其時元裕早已不在京兆尹任，何能在六年前任京兆尹時肇建六年後之「園陵」？且恭僖係葬光陵東園，亦不得云「方營鄗畢，肇建園陵」。視「鄗畢」「園陵」，「軒臺禹穴」，「集同軌之會，奉因山之儀」等，用語引典均切已故之皇帝身份，而非皇后，故可斷「園陵」不指恭僖之葬地。再結合周墀、崔龜從之歷官考之，乃知所謂「方營鄗畢，肇建園陵」者，定指武宗之端陵也。武宗卒於會昌六年三月，八月葬端陵。而據《舊唐書・宣宗紀》，會昌六年十一月，「以江西觀察使周墀爲義成軍節度使、鄭滑觀察等使」，可證武宗會昌六年三月逝世時，周墀仍在江西觀察使任上，與狀所謂「廉印雄藩」合（惜崔龜從自嶺南歸後所任之現官缺考），故可證此狀當上於會昌六年三月至八月武宗已逝未葬之期間。此時之京兆尹自非高元裕（時元裕任宣歙觀察使），而係韋正貫。《新唐書・韋正貫傳》：「久之，進壽州團練使。宣宗立，以治當最，拜京兆尹、同州刺史。俄擢嶺南節度使。」蕭鄴《嶺南節度使韋公神道碑》：「今上初即位，以理行徵拜京兆尹。」會昌五年，京兆尹爲柳仲郢；會昌六年四月甲戌前，薛元龜以京兆少尹權知府事，四月甲戌貶崖州司户。大中元年三月，京兆尹爲李拭。韋正貫之任京兆尹，約當會昌六年四月至大中元年三月間。然則舉周墀、崔龜從以自代之新任京兆尹當爲韋正貫也。韋爲京兆人，如以狀之實際内容擬題，當作《爲京兆公舉人自代狀》。頗疑商隱曾爲高元裕、韋正貫各擬舉人自代狀，二狀相連，抄手脱寫《爲尚書渤海公舉人自代狀》之正文與《爲京兆公舉人自代狀》之文題，遂將前題與後文合而爲一。（此種情況，與《爲汝南公賀元日朝會上中書狀》頗爲相似，參該篇注〔一〕。）會昌六年三至八月，商隱正「羈官書閣，業貧京都」（《上李舍人狀七》），固可代韋作此狀也。又，韋曾爲天平軍節度判官，與商隱同在令狐楚幕，二人大和三至五年即已相識。

〔二〕〔補注〕周墀生平，具見《舊唐書》卷一七六、《新唐書》卷一八二本傳及杜牧《唐故東川節度使檢校右僕射兼御史大夫贈司徒周公墓誌銘》。

〔三〕〔馮注〕建中元年敕也。見《爲懷州刺史舉人自代狀》注〔三〕。

〔四〕京，徐注本作「商」，誤。秦，徐注本作「京」，誤。〔徐注〕《詩》：商邑翼翼，四方之極。〔馮注〕《戰國策》：范睢説秦昭王曰：「韓、魏，中國處而天下之樞也。王其欲霸，必親中國，以爲天下樞。」按：秦地勢實天下之樞，而皇居爲宸極，故云。〔補注〕極，指北極星。《文選·張衡〈西京賦〉》：「譬衆星之環極。」薛綜注：「極，北極也。」樞，天樞，北斗第一星，喻國家中央政權。

〔五〕〔徐注〕《漢書》注：張晏曰：「地絶高平曰京。十萬曰兆。尹，正也。」《通典》：開元初改雍州長史爲京兆尹，總理衆務。凡前代帝王所都皆曰尹。〔馮注〕《漢書·表》：内史，周官，秦因之，掌治京師。武帝太初元年，更名京兆尹。《爾雅·釋言》：尹，正也。

〔六〕〔徐注〕《南史·王鎮惡傳》：因託風雲，並蒙抽擢。〔補注〕蕭鄴《嶺南節度使韋公神道碑》：「今上初即位，以理行徵拜京兆尹。」此即所謂「謬蒙抽擢」。

〔七〕〔徐注〕《漢書·車千秋傳》：千秋無他材能學術。

〔八〕〔徐注〕《漢書·張敞傳》：敞爲京兆，時罷朝會，過走馬章臺街。注：孟康曰：「在長安中。」

〔馮注〕《漢書·王莽傳》：欲有所爲，微見風采。〔按〕此句「風采」係聲威名望顯赫之意，馮注引《漢書·王莽傳》之「風采」係表情、顏色之義，非所用。

〔九〕囿，《全文》作「省」，據《英華》改。〔徐注〕《易》：鴻漸于陸，其羽可用爲儀。案：華囿，即靈囿也。〔馮注〕泛言苑囿。班固《西都賦》：西郊則有上囿禁苑。〔補注〕羽儀，謂爲楷模。

〔一〇〕鄗畢，《全文》作「咸鎬」，《英華》作「咸鄗」，據馮校改。肇建，《英華》作「畢肇」，注：集作「肇建」。〔馮校〕今思「畢肇」無理，而「咸鎬」泛言京師，皆非也。合而繹之，當用《後漢書·潛夫論》曰：「鄗、畢之陵。」注曰：「周文王、武王葬畢，在鄗東南，今在長安西北。」以比將葬文宗於章陵也。故直改正之。「鄗」「鎬」古通。〔徐箋〕案《舊書·武宗紀》：開成五年八月十七日，葬文宗於章陵。〔按〕殘宋本《英華》此二句作「況又方營咸（注：集作「函」）鄗畢肇（注：集作「肇建」）園陵」，當是原文脱去「建」字之後，遂在「營」字下添一「咸」字，而將「畢」字誤屬下句，其致誤痕跡顯然。馮氏校注甚確，兹從之。然徐、馮均以爲此二句指將葬文宗於章陵，則誤。此當指方營建武宗所葬之端陵，辨已見注〔一〕編著者按語。

〔一一〕〔徐注〕《漢書·韓信傳》：家貧無行，不得推擇爲吏。〔補注〕推擇，推舉選擇。

〔一二〕〔補注〕《書·舜典》：「直而温，寬而栗。」孔傳：「寬弘而能莊栗。」莊栗，莊嚴、莊重。裕，寬容。

〔一三〕〔馮注〕《淮南子》：譬如鍾山之玉，炊以鑪炭，三日三夜而色澤不變，則至德天地之精也。〔徐注〕《杜陽雜編》：日本有玉棋子，冬温夏冷，謂之冷暖玉。

〔一四〕〔徐注〕《莊子》：霜雪既降，是以知松柏之茂。

〔一五〕〔補注〕《舊唐書·周墀傳》：「開成二年冬，以本官知制誥，尋召充翰林學士。三年，遷職方郎中。四年十月，正拜中書舍人，内職如故。」

〔一六〕〔補注〕文皇，指唐文宗。

〔一七〕〔徐注〕《魏志》：辛毗字佐治。帝欲徙冀州士家十萬户實河南，毗與朝臣俱求見，帝起入内，毗隨而引其裾，帝遂奮衣不還。

〔一八〕〔徐注〕《晉書》：羊祜歷事二世，典職機要，凡謀議皆焚其草，世莫得聞。○（周）墀久居内職，故云。

〔一九〕〔徐注〕謂出守華州。〔按〕華州距長安一百八十里，爲京師之近甸。

〔二〇〕〔徐注〕謂改鄂岳觀察使。〔馮注〕《舊書·周墀傳》：出爲華州刺史，改鄂岳觀察使。〔按〕廉印雄藩，例指外任觀察使。然徐、馮據《舊書》本傳謂改鄂岳觀察使則誤。周墀開成五年七月出爲華州刺史，至會昌三年猶在華州任。《唐摭言》卷三：「周墀任華州刺史。武宗會昌三年，王起僕射再主文柄，墀以詩寄賀。」杜牧《贈司徒周公墓誌銘》云：「武宗即位，以疾辭，出爲工部侍郎、華州刺史。……李太尉德裕伺公纖失，四年不得，知愈治不可蓋抑，遷公江西觀察使。」可證墀刺華四年，且所遷之職爲江西觀察使而非鄂岳觀察使。墀會昌四年至六年十一月在江西觀察使任。

〔二一〕渾，《英華》注：集作「藹」。〔補注〕全器，猶全才。

〔二二〕〔徐注〕《漢書·劉向傳》：各有條目。〔補注〕條目，此指法令、規章，徐注引指按内容分之細目，非此句條目之義。

〔二三〕〔徐注〕《漢書》：董仲舒對策曰：「其隄防完也。」〔馮注〕《禮記》：季春之月，命司空修利隄防。〔補注〕隄防，此喻管束之法規。

〔二四〕〔徐注〕《西都賦》：封畿之内，厥土千里，卓犖諸夏，兼其所有。〔補注〕《詩·商頌·玄鳥》：「邦畿千里，維民所止。」毛傳：「畿，疆也。」《周禮·夏官·職方氏》：「方千里曰王畿。」肅，整飭。

〔二五〕總，《英華》注：集作「殷」。〔徐注〕《西都賦》：七相五公，與夫州郡之豪傑，五都之貨殖，三選七遷，充奉陵邑。〔馮注〕《漢書·食貨志》：王莽於長安及五都立五均官，更名長安東西市令及洛陽、邯鄲、臨菑、宛、成都市長皆爲五均（司市師）。

〔二六〕軒，《英華》一作「燕」，非。〔徐注〕《山海經》：西王母之山，有軒轅臺，射者不敢西向，畏軒轅之臺。《漢書》：司馬遷南游江淮，上會稽，探禹穴。案：軒臺禹穴，喻陵寢也。

〔二七〕〔徐注〕《漢書·百官志》：太祝六人，正九品上，掌出納神主。祭祀則跪讀祝文。卿省牲則循牲告充以授大官。奉禮郎二人，從九品上，掌君臣服位以奉朝會祭祀之禮。又：公卿巡行諸陵，則主其威儀鼓吹而相其禮。〔馮注〕謂充奉山陵之事。〔按〕馮注是。充奉，即供給奉應。參注〔二五〕引《西都賦》。

〔二八〕〔馮注〕《史記·秦始皇本紀》：葬始皇驪山，奇器珍怪徙藏滿之。漢苑見注〔九〕。

〔二九〕〔馮注〕《史記·貨殖傳》：閭巷少年攻剽椎埋，劫人作姦，掘冢鑄幣，走死地如騖，其實皆爲財用耳。○此謂嚴捕盜賊。〔徐注〕（《史記》注）徐廣曰：（椎埋）椎殺人而埋之。或謂發冢也。

〔三〇〕〔馮注〕《漢書·蕭何傳》：上曰：「吾聞進賢受上賞，蕭何功雖高，待鄂君乃得明。」於是鄂千秋封爲安平侯。

〔三一〕殊，《英華》作「伏」。

〔三二〕〔徐箋〕《舊書》：崔龜從，字玄告，清河人。元和十二年擢進士第，又登賢良方正制科及書判拔萃二科。釋褐拜右拾遺，大和二年改太常博士。龜從長於禮樂，精歷代沿革，問無不通。累轉考功郎中、史館修撰。九年轉司勳郎中、知制誥。十二月正拜中書舍人。開成初，出爲華州刺史。三年入爲户部侍郎，判本司事。四年權判吏部尚書銓事。大中四年同平章事兼吏部尚書，六年罷相。累歷方鎮卒。〔按〕仕歷多闕，參下注。

〔三三〕〔徐注〕《通典》：武帝更名右内史爲京兆尹，左内史爲左馮翊，主爵都尉爲右扶風，是爲三輔，治長安城中，銀章青綬。

〔三四〕〔徐注〕（令僕）謂尚書令、尚書左右僕射。《晉書·殷浩傳》：桓温謂郗超曰：「浩有德有言，向使作令僕，足以儀刑百揆。」〔馮注〕按《後漢書·志》：司隸校尉。注引蔡質《漢儀》曰：職在典京師、外部諸郡，封侯、外戚、三公以下，無尊卑。司隸初除，謁大將軍、三公，通謁持板揖，公儀、朝賀無敬。臺召入宮對，見尚書持板，朝賀揖。《漢書·表》《晉書·志》《通典》諸書：漢武初置司隸校尉，察三輔、三河、弘農，後省復置，但爲司隸。後漢部河南尹、河内、右扶風、左馮翊、京兆尹、河東、弘農七部。至東晉渡江，乃罷其官，而其職爲揚州刺史也。唐無司隸校尉，而有京畿採訪使，亦其職也。蓋司隸固尊於尹，而職則相類相兼。「平揖令僕」，似即用此。〔按〕此謂京兆尹地位貴重，與令、僕相等。《舊唐書·職官志》：尚書左右僕射，京兆、河南、太原等七府牧從第二品，京兆尹從第三品。

〔三五〕〔徐注〕《漢書·田廣明傳》：功次遷河南都尉。

〔三六〕〔徐注〕《漢書》：沛公曰：「鯫生説我距關。」〔補注〕鯫生，淺薄愚陋之小人。《史記·項羽本紀》：「鯫生説我曰：『距關，毋内諸侯，秦地可盡王也。』」

〔三七〕〔徐注〕顔延之詩：復與昌運并。

〔三八〕〔馮注〕《晉書·職官志》：後漢以三公曹、吏部曹、民曹、客曹、二千石曹、中都官曹，合爲六曹，并令、僕二人，謂之八座尚書。〔徐注〕《晉書》：尚書夏侯駿曰：「官立八座，正爲此時。」乃獨爲駁議。《晉百官名》：尚書令、尚書僕射、六尚書，古爲八座尚書。

〔三九〕〔馮注〕《漢書·王吉傳》：吉子駿，遷司隸校尉，遷少府，成帝欲大用之，出爲京兆尹，試以政事。先是，京兆有趙廣漢、張敞、王尊、王章，至駿，皆有能名，故京師稱曰：「前有趙、張，後有三王。」按：八座謂尚書，三王謂京尹，是高以尚書左丞兼京尹也。〔按〕位崇八座，即上文「平揖令僕」之意。題既非《爲尚書渤海公舉人自代狀》，則馮謂高以尚書左丞兼京尹亦屬無的放矢。且《神道碑》謂高「進尚書右丞，改京兆尹」，不謂其兼京兆尹也，尚書右丞只能稱右丞而不得稱尚書也。原題脱。

〔四〇〕〔徐注〕《莊子》：千歲厭世，去而上仙，乘彼白雲，至于帝鄉。〔補注〕此用黄帝駕龍上仙事，指皇帝去世。《漢書·郊祀志》：「黄帝采首山銅鑄鼎於荆山下，鼎既成，有龍垂胡頿下迎黄帝，黄帝上騎，群臣、後宫從上龍七十餘人，龍乃上去。餘小臣不得上，乃悉持龍頿，龍頿拔，墮，墮黄帝之弓。百姓卬望黄帝既上天，乃抱其弓與龍頿號。」商隱《昭肅皇帝挽歌辭三首》之二：「旋駕鼎湖龍。」即「駕有上仙」意。

〔四一〕〔徐注〕《史記·范雎傳》曰：宫車一日晏駕。《集解》：應劭曰：「天子當晨起早作，如方崩殞，故稱晏駕。」韋昭曰：「凡初崩爲晏駕者，臣子之心，猶謂宫車當駕而晚出。」按：江淹《恨賦》：「一旦魂斷，宫車晚出。」從韋説也。

〔四二〕〔馮注〕《史記·田横傳》：至尸鄉厩置。瓚曰：厩置，置馬以傳驛也。

〔四三〕〔馮注〕《蜀志·許靖傳》：袁術扇動群逆，津途四塞。傅季友（亮）《爲宋公至洛陽謁五陵表》：伊、洛榛蕪，津塗久廢。〔補注〕二句謂皇帝去世，建造陵墓及安葬，沿途傳驛津渡之務役繁重。

〔四四〕〔徐注〕《詩》：受爵不讓，至于己斯亡。

〔四五〕敗，馮云：一作「效」。〔徐注〕《左傳》：貪以敗官爲墨。〔補注〕敗官，敗壞官職。

〔四六〕〔徐注〕王粲《登樓賦》：蔽荆山之高岑。〔馮注〕《韓子》：楚人卞和得璞玉於荆山，獻之武王，玉人相之曰：「石也。」王刖其左足。及文王即位，和又奉其璞玉，刖其右足。及成王即位，和乃抱其璞而哭於荆山之下，王乃使玉人剖其璞而得寶，遂名曰「和氏之璧」。《史記·藺相如傳》：趙惠文王時得楚和氏璧，秦昭王使人遺趙王書，願以十五城請易璧。相如願奉璧往使秦，城不入，臣請完璧歸趙。《文選·盧諶〈覽古詩〉》：趙氏有和璧，天下無不傳。秦人來求市，厥價徒空言。〔補注〕挺，突出、超群。

〔四七〕〔馮注〕《吴越春秋》：越王允常聘區冶子作名劍五枚，一曰純鈎。秦客薛燭善相劍，王取純鈎示之，薛燭曰：「臣聞王之造此劍，赤堇之山破而出錫，若耶之溪涸而出銅，蛟龍捧鑪，天帝裝炭，太一下觀。於是區冶子因天地之精，造爲此劍。」按：《藝文類聚》諸書皆作允常事，而《越絶書》則爲句踐事。

〔四八〕〔徐注〕《禮記》：如竹箭之有筠也，如松柏之有心也，二者居天下之大端矣，故貫四時而不改柯易葉。

〔四九〕〔馮注〕《淮南子》：聖人所由者道，道猶金石，一調不更。〔徐注〕沈約《宋書·（律志）》：（案《周禮》）調樂金石，有一定之聲，故造鐘磬者先律調之，然後施之於箱懸。

〔五〇〕〔補注〕《禮記·中庸》：「自誠明謂之性，自明誠謂之教，誠則明矣，明則誠矣。」鄭玄注：「由至誠而有明德，是聖人之性者也。」

〔五一〕〔徐注〕《漢書·地理志》：丹陽郡，領故鄣縣。案：縣本秦鄣郡治，是曰「故鄣」。唐爲廣德縣，屬宣州。今江南廣德州是也。《易》：利用爲依遷國。〔馮注〕《漢書·志》：丹陽郡，故鄣郡，屬江都，武帝更名丹陽，屬揚州，縣十七，宛陵。按：首曰宛陵，郡之治所也，餘不備引。《舊書·志》：江南西道宣州宣城郡。縣十，宣城縣，漢宛陵。宣州觀察使治宣州，管宣、歙、池等州。〔補箋〕《舊唐書·文宗紀下》：開成四年三月癸酉，「以户部侍郎崔龜從爲宣歙觀察使，代崔鄲。」「故鄣利遷」即指崔龜從遷宣歙觀察使事，兩《唐書》本傳未及。據《唐刺史考》，開成四年至會昌四年，崔龜從在宣歙觀察使任。

〔五二〕〔馮注〕《水經注》：尉佗舊治處，負山帶海。佗因岡作臺，北面朝漢，朔望升拜，名曰「朝臺」。前後刺史郡守遷除新至，未嘗不乘車升履，於焉逍遥。〔徐注〕《晉書·王渾等傳論》曰：二王屬當戎旅，受律遄征。〔補箋〕受律，受命出師。朝臺受律，指受朝廷任命，任嶺南節度使。龜從會昌四至五年任嶺南節度使，見《唐方鎮年表》《唐刺史考》。《文苑英華》卷四五五有封敖《授崔龜從嶺南節度使制》，云：「前宣州觀察使崔龜從……可檢校禮部尚書、兼御史大夫，充嶺南節度等使。」可證其由宣歙遷鎮嶺南。

〔五三〕〔徐注〕《晉書》：吴隱之，隆安中爲廣州刺史，歸自番禺。其妻劉氏齎沉香一斤，隱之見之，遂投於湖亭之水。〔馮注〕《寰宇記》：沈香浦，在今南海縣西北二十里石門之内，亦曰投香浦。〔補箋〕此句用投香典，既贊其清廉，亦切其自嶺南卸任歸朝。會昌五年盧貞已在嶺南節度使任，見《唐刺史考》，龜從之離嶺南任亦在五年。參下句益明。

〔五四〕〔馮注〕《南史》：江革除武陵王長史、會稽郡丞，稱職，乃除都官尚書。將還，贈遺一無所受，惟乘臺所給一舸，舸艚偏欹不得安卧。乃於西陵岸取石十餘片以實之，其清貧如此。按：《舊書・傳》：「開成三年，龜從自華州入爲户部侍郎。」《文宗紀》：「開成四年三月，以户部侍郎崔龜從爲宣歙觀察使。」而《舊・傳》於開成四年之後、大中四年之前皆遺漏，《新書》更率略。據此，則自宣歙移鎮嶺南而後入朝也。〔補箋〕此句用江革歸舸典，既贊其清廉，亦切其離任而歸。故狀必作于會昌五年龜從離嶺南後。顧馮譜、張箋又均繫本篇於開成五年，不思開成四年三月至五年僅一年時間内，龜從何能由户侍出鎮宣歙，又轉鎮嶺南，再從嶺南歸朝？徐氏謂「舉代時（崔）正在嶺南也」，亦誤。龜從自嶺南歸後所任之官職，惜乎不詳。大中二年十一月前，龜從任户部侍郎、判度支，然未必即是撰此狀時所任官職。

〔五五〕〔徐注〕《左傳》：天子七月而葬，同軌畢至；諸侯五月，同盟至；大夫三月，同位至；士踰月，外姻至。〔馮校〕此句上有脱文。〔補注〕同軌，指華夏諸侯國。《左傳》杜注：「言同軌，以別四夷之國。」

〔五六〕〔徐注〕《漢書·文帝紀贊》曰：治霸陵，皆瓦器，不得以金銀銅錫爲飾。因其山，不起墳。〔按〕《唐刺史考》云：「《狀》内『奉因山之儀』指會昌五年正月葬穆宗恭僖皇后於光陵柏城之外。」然此二句用典，均切帝王之葬，上文「鄗畢」「軒臺禹穴」「駕有上仙，車當晏出」亦無一不切帝王之逝世與葬地，故當指會昌六年三月後武宗之將葬於端陵，而非指恭僖皇太后之葬。

〔五七〕〔徐注〕《漢書·張敞傳》：敞守京兆尹，長安市偷盜尤多，百賈苦之。敞捕得數百人，盡行法罰，由是枹鼓稀鳴，市無偷盜。〔按〕桴、枹通。

〔五八〕〔馮注〕史記·高帝本紀》：田肯賀，因説高祖曰：「陛下得韓信，又治秦中，秦，形勝之國，地勢便利，其以下兵於諸侯，譬猶居高屋之上，建瓴水也。」如淳曰：瓴，盛水瓶也，居高屋之上而翻瓶水，言其向下之勢易也。按：翻，《漢書注》作「幡」，同。〔補注〕流化，言教化流布。

〔五九〕〔馮注〕陸翽《鄴中記》：石虎詔書以五色紙銜木鳳皇口中，飛下端門。

〔六〇〕〔徐注〕《詩序》：《棫樸》，文王能官人也。

〔六一〕〔徐注〕《詩》：維鵜在梁，不濡其翼；彼其之子，不稱其服。〔補注〕《詩·曹風·候人》鄭箋：「不稱者，言德薄而服尊。」維鵜之刺，指刺在位才德不稱職者。

〔六二〕〔補注〕旒，帝王之冕旒；扆，帝王座後之屏風。借指帝王。按：當指新即位之宣宗。

〔六三〕〔馮曰〕玩文義，皆因尹京舉代，而舉二人者，似元裕以京兆尹兼尚書左丞，例得舉二人，或舉一舉二，本皆可也。〔按〕狀非爲高元裕作，已詳注〔一〕編著者按。元裕亦非以京尹兼左丞，見蕭鄴《渤海高公神道碑》及注〔三九〕。

# 上李舍人狀七〔一〕

不審至今來尊體何如？伏以今年冽寒〔二〕，不並常歲，伏惟善加攝護，下情所望。十七郎文華質氣，掩軫輩流〔三〕，便當一鳴〔四〕，以赴衆望。舍弟介特好退〔五〕，龍鍾寡徒〔六〕，獲依彊宗〔七〕，頓見榮路〔八〕。忻慰之至，遠難諮陳，伏計亦賜鑒察。十二叔淹留伊洛，已變炎涼。龍蟄存神〔九〕，鳳翔覽德〔一〇〕，賢人事術，益以彰明。忝預生徒〔一一〕，敢用爲賀。某羈官書閣〔一二〕，業貧京都〔一三〕，徒成拜遠門闌〔一四〕，違奉恩教，東望結戀，夙宵匪寧。至來歲專欲求假起居未間〔一五〕，伏惟特賜榮誨。謹狀。

**【校注】**

〔一〕本篇原載清編《全唐文》卷七七五第二一一頁、《樊南文集補編》卷六。〔張箋〕時義山重官秘閣，故有此狀也。（張箋繫會昌六年。）〔按〕狀云「伏以今年冽寒，不並常歲」，「十二叔淹留伊洛，已變炎涼」，狀當上於會昌六年冬。時商隱復官秘書省正字，而李褒尚留東洛，未刺虢州也。

〔二〕今年冽寒，《全文》作「冬年例寒」，據錢校改。

〔三〕〔補注〕掩軫，超越。軫，盛也。

〔四〕〔錢注〕《史記·滑稽傳》：齊王曰：「此鳥不鳴則已，一鳴驚人。」

〔五〕〔錢注〕（舍弟）謂羲叟。見《上李舍人第四狀》注〔六〕。《方言》：物無偶曰特，獸無偶曰介。《宋書·何子平傳》：好退之士，彌以貴之。〔補注〕介特，孤高不隨流俗。

〔六〕〔錢注〕楊慎《丹鉛録》：龍鍾，似竹摇曳，不自持也。〔補注〕龍鍾，失意潦倒貌。

〔七〕〔錢注〕《後漢書·郭伋傳》：强宗右姓，各擁衆保營。〔補注〕彊宗，指同姓宗族中有勢力地位之家族。商隱謂李褒爲從叔。商隱《祭徐氏姊文》：「始某兄弟，初遭家難，内無强近，外乏因依。」羲叟居鄭州時，當得到李褒照拂，故云「獲依彊宗」。

〔八〕〔錢注〕《後漢書·左雄等傳論》：榮路既廣，觖望難裁。〔補注〕榮路，榮進之路。

〔九〕〔補注〕《易·繫辭下》：「尺蠖之屈，以求信也；龍蛇之蟄，以存身也。」

〔一〇〕覽，《全文》作「鑒」，據錢校改。〔錢注〕賈誼《弔屈原文》：鳳皇翔於千仞之上兮，覽德輝焉下之。

〔一一〕〔錢注〕《後漢書·馬融傳》：融常坐高堂，施絳紗帳，前授生徒，後列女樂。〔按〕據此句，羲叟當作爲鄭州所貢舉之士子至京師應進士試。會昌四、五年間，義叟蓋曾經州試合格選送尚書省就禮部試，故稱「生徒」。

〔一三〕〔錢箋〕詩集《偶成轉韻》云：「我時顛頷在書閣，卧枕芸香春夜闌。明年赴辟下昭桂，東郊慟哭辭兄弟。」是義山既除母喪，仍官秘省，事當在會昌六年。《世説》：張季鷹曰：「人生貴得適意爾，何能羈官數千里以要名爵？」

〔一三〕〔補注〕商隱《樊南甲集序》：「十年京師寒且餓，人或目曰：韓文、杜詩、彭陽章檄，樊南窮凍人或知之。」

〔一四〕〔錢校〕成，疑當作「以」。

〔一五〕問，錢校：胡本作「聞」。非。

## 爲賀拔員外上李相公啓〔一〕

某啓：某聞被彩飾於無用之姿，斯須或可；垂休光於不報之地，始卒攸難〔二〕。至有馬疲而尚服輕軒，席敝而猶存華幄〔三〕，推仁則極〔四〕，備用無聞。雖有切於戀思，宜自量其涯分。嗚呼！某者今甚類焉。翰柔莫申〔五〕，語苦難聽，聊憑牋素，用寫肺腸〔六〕。伏惟少霽尊嚴，猥賜披省。

某伏思早歲，仰累深知。龍尾貽譏，敢通交契〔七〕；牛心前啗，實愧時才〔八〕。世故推遷，年華荏苒。葭灰檀火，屢變於寒暄〔九〕；靈濟泥涇，遂分於清濁〔一〇〕。羇離管劄〔一一〕，僶俛絃歌〔一二〕，名汙柳營〔一三〕，顔慚花縣〔一四〕。竟以千金乏産〔一五〕，三徑無歸〔一六〕，初服莫從〔一七〕，迷津亟問〔一八〕。

屬者伏幸相公羹梅調味〔一九〕，川楫濟時〔二〇〕。起塌翼於衝風〔二一〕，活枯鱗於涸轍〔二二〕。登諸蘭署，轄彼芸籤〔二三〕。臺閣移文，語薛夏而無取〔二四〕；東南才子，並張率以何能〔二五〕？未報前叨，旋承後顧。版圖被召〔二六〕，花幕分榮〔二七〕。收駑駘於皁棧之中〔二八〕，刻蚣蝑於樂懸之上〔二九〕。勢高足跌，道泰身屯，未竭私誠，已嬰沉痼〔三〇〕。

況某素無靈氣〔三一〕，夙昧攝生，乏單豹養内之功〔三二〕，闕王吉實下之效〔三三〕。湫底莫適，節宣失中〔三四〕。然猶深願待年，少酬厚德。三醫畢訪〔三五〕，百藥皆投〔三六〕。竟非無妄之灾〔三七〕，莫見有瘳之候〔三八〕。濱於九死〔三九〕，复彼十旬〔四〇〕。取煖則煩，加寒必痢〔四一〕。髮寧支弁，帶不成圍〔四二〕。謝述心虛，方兹未逮〔四三〕；田光精竭，比此猶强〔四四〕。豈可尚占職員，但尸俸入，久塵物議〔四五〕，且速殘骸。

況相公職統薄違〔四六〕，時登衆寡〔四七〕，任崇按比〔四八〕，務繫孤終〔四九〕。職是賓僚〔五〇〕，豈宜虛曠〔五一〕。固不可下私微物，曲降深慈。憫將盡於桑榆〔五二〕，妨得材於杞梓〔五三〕。是以推枕興感，攝衾占辭，願申斂跡之期，以贖曠官之咎。祇聽裁旨，用息兢惶。必也舊履流恩〔五四〕，遺簪結念〔五五〕，恤以嫠孤非少〔五六〕，婚嫁未終〔五七〕，不使衰羸，便辭禄仕〔五八〕，致乎外地，睎以末光〔五九〕。未乖念録之仁，稍減憂慚之累〔六〇〕。亞尹諸府，别乘近郊〔六一〕。負荷無羞〔六二〕，饘餬有繼〔六三〕，則猶冀逢十全之藝〔六四〕，延一日之生。重登門牆，再就埏植〔六五〕。是所願也，非敢望也〔六六〕。

詞多力殆，感極涕繁〔六七〕。避席承言，未卜曾參之侍〔六八〕；封函抒款，畏遺殷浩之誠〔六九〕。瞻望清光，實動魂守〔七〇〕。伏惟特賜優詧〔七一〕。

【校注】

〔一〕本篇原載《文苑英華》卷六六一第八頁、清編《全唐文》卷七七六第二一頁、《樊南文集詳注》卷四。〔馮箋〕篇中「版圖」「花幕」之語，頗易歧混，細審乃可定之也。李相公者，蓋以宰臣而兼户部度支使者也。度支，即户部之職，而更有使，或即以户部領，或以他官判。與鹽鐵轉運使或合領，或分掌。其判户部者，或以户部之官判，或以他官判。唐時户部、度支、鹽鐵稱三司，皆有僚屬，既皆在司下佐理，亦每帶憲銜、郎官銜出赴諸道檢察。詳閲前後《紀》《傳》，可以互證，特《職官志》未細詳耳。文云「版圖被召」「花幕分榮」者，乃辟爲屬下判官，非外鎮也。題曰「員外」，是以户部員外兼判官矣。其以外地爲請者，明是懇在京之宰執也。文義已明。但大和九年十一月李石判度支，開成元年四五月李固言判户部，三年正月李珏判户部，會昌二年二三月李紳權判度支，五年五月李回判户部，詳諸傳與《宰相表》，斯李相公未考定何人矣。韓昌黎《科斗書後記》有元和末進士賀拔恕。《唐詩紀事》，長慶中，王起再主文柄，有不肯負故交白敏中之賀拔惎。惎爲白居易書《重修香山寺》詩，見《金石略》。此賀拔者，當在其後，亦未知何人也。一無徵實，不可臆斷。又按：細玩是判户部，非判度支，固言於開成二年十月出鎮西川，回於大中元年八月出鎮西川。此二相中，似李回較是。按：盧攜《臨池妙訣》曰：「近代賀拔員外惎、寇司馬章皆得名者。」又見米氏《書史》，謂與祭酒崔綽皆以鑒賞相尋。味其語，似當會昌時。而此啓中多言衰老之態，疑即長慶中與白敏中同進士第之人乎？相去約三十年。〔按〕張采田《會箋》引録馮箋，置不編年文中。考大中元年八月李回罷相後，至商隱逝世時，宰相無李姓者，故此啓不可能作於大中元年三月商隱赴桂管幕之後。而馮氏所列舉姓賀拔之二人中，惟賀拔惎有員外之官銜。據《登科記考》，與白敏中、賀拔惎同於長慶二年登進士第者，尚有周墀、裴休等人。而周墀、李回爲商隱試宏博時之銓選官與考官，與商隱頗有交往。如此啓爲賀拔惎作，殆因商隱與周墀、李回之關係也。惎長慶二年登第，至會昌五年已二十三年。然賀拔係先爲秘省官，再轉爲户部屬下判官。故如爲惎作，當在會昌六年，而非李回方拜相之五年。然此皆無確據，僅就馮箋推衍而已。

〔二〕〔補注〕休光，盛美之光華，此喻李相之美德恩光。始卒，始終。《莊子·寓言》：「始卒若環，莫得其倫。」

〔三〕服，《英華》誤作「報」。〔徐注〕《戰國策》：嬖色不敝席，寵臣不敝軒。鮑照詩：棄席思君幄，疲馬戀君軒。〔補注〕服輕軒，駕輕車。華幄，華麗之帷帳。

〔四〕推，《全文》作「懷」，據《英華》改。

〔五〕〔徐注〕左思詩：弱冠弄柔翰。

〔六〕用，《英華》注：一作「一」。

〔七〕〔馮注〕《魏略》：華歆、邴原、管寧俱游學相善，時人號三人爲一龍，歆爲龍頭，原爲龍腹，寧爲龍尾。〔按〕據此二句，賀拔與李相當早有交契。此以管寧之爲龍尾自喻，猶謙言附驥尾也。

〔八〕〔馮注〕《語林》：王右軍年十一，周顗異之。時絶重牛心炙，坐客來，未啖，先割啖右軍，乃知名。

〔九〕〔馮注〕《周禮》：司爟，掌行火之政令，四時變國火以救時疾。注曰：冬取槐檀之火。葭灰，見《爲絳郡公上史館李相公啓》「再易灰琯」注。

〔一〇〕〔徐注〕《漢書·溝洫志》：時人歌曰：「涇水一石，其泥數斗。」案：濟水伏見不常，故謂之「靈濟」。後魏文帝《祭濟文》曰：「惟瀆暢靈，協輝陰辟。」〔按〕此以靈濟濁涇分喻李相與己雲泥相判。

〔一一〕〔徐曰〕謂佐幕。〔馮曰〕謂書記。〔按〕《八瓊室金石補正》卷六五《慶唐觀李寰謁真廟題記》：「皇上御宇之三祀，春三月旬有八日，晉慈等州都團練觀察處置等使、檢校左散騎常侍、兼御史大夫、賜紫金魚袋李褒，齋沐虔潔，祠於神山慶唐觀。」同祠者中有觀察支使、試弘文館校書郎賀拔惎。時在長慶三年，即惎登第之次年。觀察支使亦可兼掌書記，商隱在桂幕即是。

〔一二〕〔徐注〕謂宰縣。顔延之詩：「僶俛見榮枯。」〔補注〕《論語·陽貨》：「子之武城，聞弦歌之聲，夫子莞爾而笑曰：『割雞焉用牛刀？』子游對曰：『昔者偃也聞諸夫子曰：「君子學道則愛人，小人學道則易使也。」』」朱熹集注：「時子游爲武城宰，以禮樂爲教，故邑人皆弦歌也。」僶俛，努力。

〔一三〕〔馮注〕《漢書·周亞夫傳》：文帝後六年，匈奴大入邊，以河内太守亞夫爲將軍，次細柳。〔補注〕此切在幕。應上「羈離管劄」。

〔一四〕〔徐注〕《白帖》：晉潘岳爲河陽令，遍樹桃李，人號河陽一縣花。〔補注〕此切爲縣令，應上「僶俛弦歌」。

〔一五〕〔馮注〕《史記·貨殖傳》：范蠡乘扁舟，浮於江湖，變名易姓，之陶爲朱公。以爲陶天下之中，諸侯四通，貨物所交易也。乃治産積居，與時逐，十九年之中，三致千金，再分散與貧交疏昆弟。後子孫修業，遂至巨萬。故言富者皆稱陶朱公。〔徐注〕《漢書》：諺曰：「千金之子，坐不垂堂。」

〔一六〕〔徐注〕《三輔決録》：蔣詡字元卿，隱於杜陵，舍中三徑，惟羊仲、求仲從之遊。二仲皆挫廉逃名之士。〔馮注〕《晉書·陶潛傳》：謂親朋曰：「聊欲弦歌，以爲三徑之資可乎？」又：《歸去來辭》：「三徑就荒，松菊猶存。」

〔一七〕〔補注〕屈原《離騷》：「進不入以離尤兮，退將復脩吾初服。」初服，未入仕時之服裝。

〔一八〕〔馮曰〕以上自叙。其人已漸老矣。〔補注〕《論語·微子》：「長沮、桀溺耦而耕，孔子過之，使子路問津焉。」孟浩然《南還舟中寄袁太祝》：「桃源何處是？遊子正迷津。」又佛教稱迷妄之境爲迷津。

〔一九〕見《爲絳郡公上崔相公啓》「相公鹽梅調味」注。

〔二〇〕見《爲舍人絳郡公上李相公啓》「舟檝呈功」注。

〔二一〕〔徐注〕杜甫詩：十年猶塌翼。《楚辭》：衝風起兮水揚波。〔馮注〕《漢書·韓安國傳》：衝風之衰，不能起毛羽。

〔二二〕洄，《英華》作「亂」。見《爲張周封上楊相公啓》「貸潤監河」注。

〔二三〕〔馮曰〕謂爲秘書省官。〔補注〕蘭署，即蘭臺，指秘書省。芸籤，以芸香草置書頁内可以辟蠹蟲，故稱。

〔二四〕〔馮注〕《魏志》注：薛夏，太和中以公事移蘭臺。蘭臺自以臺也，而秘書署耳，謂夏爲不得移，夏報之曰：「蘭臺爲外臺，秘書爲内閣，臺、閣一也，何不相移之有？」

〔二五〕〔馮注〕《南史·張率傳》：率梁天監中直文德待詔省。率侍宴賦詩，武帝别賜率詩曰：「東南有才子，故能服官政。余雖慚古昔，得人今爲盛。」後又謂曰：「秘書省天下清官，東南望胄，未有爲之者。今以相處，爲卿定名譽。」尋以爲秘書丞。

〔二六〕〔馮注〕《周禮・天官》：小宰，聽閭里以版圖。司會，掌國之官府、郊野、縣都之百物財用，凡在書契版圖者之貳，以逆群吏之治，而聽其會計。司書，掌邦中之版，土地之圖。按：地官大司徒事，已見《爲濮陽公陳許舉人自代狀》「及司版籍，以副地官」注。唐人拜户部者每曰「版圖之拜」，頻見史傳。而幕職之支使，本名支度使，亦其類也。此則定謂京職。《唐闕史》：近世逢掖，恥呼本字，南省官局，則曰版圖小績、春闈秋曹。《萬花谷》：板曹，謂户曹。

〔二七〕〔補注〕花幕，猶蓮幕。屢見。

〔二八〕〔徐注〕東方朔《七諫》：却騏驥而弗乘兮，策駑駘而取路。《莊子》：伯樂曰：「我善治馬。」編之以皁棧。〔馮注〕《孫卿子》：騏驥一日千里，駑馬十駕，則亦及之矣。《後漢書・蔡邕傳》：騁駑駘於修路，慕騏驥而增驅。〔補注〕皁，食槽；棧，馬脚下防濕之木板。皁棧，馬厩。收，《英華》作「牧」，誤。

〔二九〕〔徐注〕《説文》：簨虡，縣鐘鼓之器，飾猛獸之象於其足。《春秋・桓公五年》：秋，螽。注：蚣蝑之屬，爲灾，故書。案《考工記》：梓人爲簨虡，天下之大獸五。又有小蟲之屬，以爲雕琢，蚣蝑者，小蟲之屬也。《爾雅》：蜇螽，蚣蝑。郭璞曰：王蜙蜼也，俗呼嗜黍。〔馮注〕《考工記》：梓人爲筍虡，羸者、羽者、鱗者以爲筍虡。小蟲之屬，以爲雕琢。小蟲中有以股鳴者。注曰：股鳴，蚣蝑動股屬。疏曰：《七月》詩云：「五月斯螽動股。」陸璣《毛詩疏義》曰：《爾雅》云：

「螽斯，蚣蝑也。」揚雄云：「春黍也。」股似瑇瑁文，五月中兩股相搓作聲。蚣，宣龍切；蝑，相魚切。《爾雅·釋蟲》：蜙蝑。

〔三〇〕〔補注〕劉楨《贈五官中郎將》之二：「余嬰沉痼疾，竄身清漳濱。」

〔三一〕〔徐注〕郭璞詩：燕昭無靈氣，漢武非仙才。

〔三二〕〔馮注〕《莊子》：魯有單豹者，巖居而水飲，不與民共利。行年七十，而猶有嬰兒之色，餓虎殺而食之。有張毅者，高門縣薄，無不走也，行年四十，而有内熱之病以死。豹養其内而虎食其外，毅養其外而病攻其内。

〔三三〕〔徐注〕《漢書·王吉傳》：疏曰：「休則俛仰詘信以利形，進退步趨以實下，吸新吐故以練臧，專意積精以適神。於以養生，豈不長哉！」

〔三四〕〔馮注〕《左傳》：子産曰：「節宣其氣，勿使有所壅閉湫底以露其體。」注曰：湫，集也；底，滯也；露，羸也。血氣集滯而體羸露。

〔三五〕〔馮注〕《列子》：楊朱之友季梁得疾，七日大漸，其子謁三醫：一曰矯氏，二曰俞氏，三曰盧氏。診其所疾。俄而季梁之疾自瘳。

〔三六〕〔徐注〕司馬貞《三皇本紀》：神農嘗百草，始有百藥。

〔三七〕〔徐注〕《易》：无妄之疾，勿藥有喜。

〔三八〕〔馮注〕《書·金縢》：王翼日乃瘳。《史記·周本紀》：武王有瘳。〔徐注〕《漢書·公孫弘傳》：弘病甚，上書乞骸骨，因賜告居，數月有瘳，視事。

〔三九〕〔徐注〕《齊語》：桓公曰：「管夷吾射寡人中鉤，是以濱於死。」《楚辭》：雖九死其猶未悔。

〔四〇〕〔馮注〕《文選》謝朓詩：故鄉邈以敻。濟曰：敻，遠也。《書》：十旬弗反。劉楨詩：余嬰沈痼疾，竄身清漳濱。自夏涉玄冬，彌曠十餘旬。

〔四一〕痢，馮注本作「利」。〔馮注〕《漢書》：韋玄成當爲嗣，陽爲病狂，卧便利，妄笑語昏亂。按：師古曰：「便利，大小便。」則非痢疾之謂，然義本同也。「痢」，古作「利」。二句全用沈約《與徐勉書》。〔補注〕《梁書·沈約傳》：「與徐勉素善，遂以書陳情於勉曰：『……解衣一卧，支體不復相關。上熱下冷，月增日篤。取煖則煩，加寒必利。』」字正作「利」。

〔四二〕見《爲舍人絳郡公上李相公啓》「圍減帶緩」注。

〔四三〕〔徐注〕《南史》：謝述字景先，小字道兒，有心虚疾，性理時或乖謬。

〔四四〕〔徐注〕《史記·刺客傳》：田光曰：「今太子聞光盛壯之時，不知臣精已消亡矣。」

〔四五〕〔徐注〕《南史·謝幾卿傳》：醉則執鐸挽歌，不屑物議。

〔四六〕〔馮注〕《尚書·酒誥》：若疇圻父，薄違農父，若保宏父。傳曰：圻父，司馬；農父，司徒；宏父，司空。所順疇咨之司馬，能迫迴萬民之司徒，當順安之司空。按：薄違謂司徒。唐人固據傳疏引用。《困學紀聞》：荆公以違、保、辟絶句，朱文公以爲敻出諸儒之表。按：是則蔡氏因師言而從荆公。

〔四七〕〔徐注〕《周禮·（地官）》：鄉大夫以歲時登其夫家之衆寡，辨其可任者。國中自七尺以及六十有五，皆征之。其舍者，國中貴者、賢者、能者、服公事者、老者、疾者皆舍。〔補注〕《周禮·秋官·司民》：「掌登萬民之數，自生齒以上，皆書于版。」注：「版，户籍也。」

〔四八〕按比，見《爲濮陽公陳許舉人自代狀》「按比罔差」注。

〔四九〕〔徐注〕《周語》：仲山甫曰：「古者不料民而知其多少，司民協孤終。」注：無父曰孤。終，死也。〔按〕餘見《爲濮陽公陳許舉人自代狀》「孤終靡失」注。

〔五〇〕〔徐注〕《北史·裴延儁傳》：廣平公贊盛選賓僚，以伯茂爲文學。

〔五一〕〔徐注〕《書》：無曠庶官。王猛疏：督任弗可虚曠。

〔五二〕〔徐注〕《淮南子》：日西垂，景在樹端，謂之桑榆。〔按〕謂晚景也。

〔五三〕〔徐注〕《左傳》：聲子曰：「如杞梓皮革，自楚往也。惟楚有材，晉實用之。」

〔五四〕〔馮注〕賈誼《新書》：楚昭王與吴人戰，楚軍敗，昭王走，屨決背而行失之，行三十步，復旋取屨。左右問曰：「何惜一踦屨乎？」王曰：「楚國雖貧，豈愛一踦屨哉！惡與偕出弗與俱反也。」自是之後，楚國之俗皆無相弃者。

〔五五〕念，《英華》注：集作「欿」。〔馮注〕《韓詩外傳》：孔子遊少原之野，有婦人中澤而哭。夫子使弟子問焉，對曰：「鄉者刈蓍薪，亡吾蓍簪，是以哀也。」弟子曰：「刈蓍薪而亡蓍簪，有何悲焉？」曰：「非傷亡簪也，蓋不忘故也。」

〔五六〕〔徐注〕《淮南子》：婦人不孀。《禮記》：小而無父謂之孤。

〔五七〕見《上李舍人狀六》注〔六〕。

〔五八〕〔徐注〕《詩序》：君子遭亂，相招爲禄仕。箋：禄仕者，苟得禄而已，不求道行。

〔五九〕〔馮注〕《漢書·蕭曹傳贊》：依日月之末光。〔徐注〕《魏都賦》：彼桑榆之末光。

〔六〇〕〔徐注〕《吴志·諸葛恪傳》：與弟融書曰：「憂慚惶惶，所慮萬端。」

〔六一〕〔徐注〕亞尹，即少尹。别乘，即别駕。〔馮注〕《舊書·志》：京兆、河南、太原等府少尹，各二員，從四品下。永徽中，名爲司馬。開元初，改爲少尹。上州，别駕一人，從四品下；中州，正五品下；下州，從五品上。按：云「近郊」，則指畿輔上州言之。少尹之職，與别駕、長史等耳。故希其於二者援引改授也。後《祭吕商州文》「渚宫貳尹，相府中郎」可互證。

〔六二〕羞，《英華》作「差」，誤。〔徐注〕《左傳》：古人有言曰：「其父析薪，其子弗克負荷。」

〔六三〕〔馮注〕《左傳》：《正考父鼎銘》：「饘于是，粥于是，以餬余口。」

〔六四〕〔馮注〕《周禮》：醫師，歲終稽其醫事，以制其食。十全爲上，十失一次之，十失四爲下。

〔六五〕〔徐注〕《老子》：埏埴以爲器。〔補注〕埏，和也；埴，土也。言和泥製作陶器，喻陶冶、培育。

〔六六〕敢，《全文》作「所」，誤，據《英華》改。

〔六七〕極，《英華》注：集作「深」。涕，《英華》一作「成」，非。

〔六八〕〔徐注〕《孝經》：仲尼居，曾子侍。子曰：「先王有至德要道，以順天下，民用和睦，上下無怨，汝知之乎？」曾子避席曰：「參不敏，何足以知之！」

〔六九〕誠，《全文》作「書」，據《英華》改。事見《爲張周封上楊相公啓》「寓尺牘而畏達空函」注。

〔七〇〕〔徐注〕《管輅别傳》：何晏之視候，魂不守宅，血不華色。〔馮注〕《左傳》：無守氣矣。〔補注〕魂守，神魂。

〔七一〕優，徐本作「鑒」。

〔蔣士銓曰〕平淺極矣，尚自穩順。（《忠雅堂評選四六法海》卷三）

## 獻侍郎鉅鹿公啓〔一〕

某啓：今月某日，舍弟新及第進士羲叟處〔二〕，伏見侍郎所制《春闈於榜後寄呈在朝同年兼簡新及第諸先輩》五言四韻詩一首〔三〕。夫玄黄備采者繡之用〔四〕，清越爲樂者玉之奇〔五〕。固以慮合玄機〔六〕，運清俗累〔七〕，陟降於四始之際〔八〕，優游於六義之中〔九〕。竊計前時，承榮内署〔一〇〕，柏臺侍宴〔一一〕，熊館從畋〔一二〕，式以《風》《騷》〔一三〕，仰陪天籟〔一四〕，動沛中之舊老〔一五〕，駭汾水之佳人〔一六〕。非首義於論思〔一七〕，實終篇於潤色〔一八〕。光傳《樂録》〔一九〕，道焕詩家〔二〇〕。

況屬詞之工〔二一〕，言志爲最〔二二〕。自魯、毛兆軌〔二三〕，蘇、李揚聲〔二四〕，代有遺音〔二五〕，時無絶響〔二六〕。雖古今異制，而律吕同歸〔二七〕。我朝以來，此道尤盛。皆陷於偏巧〔二八〕，罕或兼材〔二九〕。枕石漱流〔三〇〕，則尚於枯槁寂寥之句〔三一〕；攀鱗附翼〔三二〕，則先於驕奢豔佚之篇〔三三〕。推李、杜則怨刺居多〔三四〕，效沈、宋則綺靡爲甚〔三五〕。至於秉無私之刀尺〔三六〕，立莫測之門牆〔三七〕，自非託於降神〔三八〕，安可定夫衆製〔三九〕？伏惟閤下，比其餘力〔四〇〕，廓此大中〔四一〕，足使同寮，盡懷博我〔四二〕；不知學者，誰可起予〔四三〕？

某比興非工，顓蒙有素〔四四〕。然早聞長者之論〔四五〕，夙託詞人之末〔四六〕。淹翔下位，欣託知音。抃賀之誠〔四七〕，翰墨無寄。況乎仲氏〔四八〕，實預諸生，榮沾洙、泗之風〔四九〕，高列偃、商之位〔五〇〕。仰惟厚德，願沐餘輝。輒罄鄙詞〔五一〕，上攀清唱〔五二〕。聞郢中之《白雪》〔五三〕，愧列千人；比齊日之黄門，慚非八米〔五四〕。干冒尊重，伏用兢惶。其詩五言四首〔五五〕，謹封如别〔五六〕。

【校注】

〔一〕本篇原載《文苑英華》卷六五六第五頁、清編《全唐文》卷七七八第一二頁、《樊南文集詳注》卷三。〔徐箋〕（侍郎鉅鹿公）即魏扶也。〔馮箋〕按《宰相世系表》：漢魏歆，鉅鹿太守，初居下曲陽，故以爲郡望。魏徵、謩、魏少遊，史皆書鉅鹿人。扶無傳，然既爲相，必有封號矣。扶字相之，見《表》。《舊書・紀》：大中元年三月，禮部侍郎魏扶奏放進士三十三人。（商隱）本傳：弟羲叟，進士及第，累爲賓佐。按：《太平御覽》載魏扶放及第二十三人，續放封彦卿等三人。蓋會昌三年敕「所放進士，自今但據才堪者，不要限人數」，故數較少也。《通考》所載同。則《舊・紀》有誤。〔張箋〕（大中元年）三月丁酉，禮部侍郎魏扶奏放進士三十三人。〔按〕徐松《登科記考》卷二二載：大中元年正月，禮部侍郎魏扶奏：「臣今年所放進士二十三人，續奏堪放及第三人封彦卿、崔琢、鄭延休等，實有詞藝，爲時所稱。皆以父兄見居重位，不敢令中選。取其所試詩賦封進，奏進止。」詔翰林學士承旨、户部侍郎知制誥韋琮等重考覆，盡合程度。其月二十五日，敕曰：「彦卿等所試文字，並合度程，可放及第。」《册府元龜》卷六四一、《唐會要》卷七六所載略同。《登科記考》并附考云：「《舊書》本紀作三月丁酉朔。按下言二十五日奉勑，是三月二十五日始放榜，似爲過遲。」徐考甚是。此外尚有兩點可資考證此年放榜之月份。一、韋琮拜相時間。《新書・紀》《新書・宰相表》均載韋琮于大中元年三月拜相，《舊書・紀》則載于元年七月，所載不一。考商隱有《爲滎陽公謝集賢韋相公狀》，云：「花犀腰帶一條，右伏蒙仁恩，俯寵行邁。駭雞等貴，晝隼增輝。」爲鄭亞赴桂林前拜謝韋琮賜帶贈行而作。亞三月七日啓程，而狀題已稱「韋相公」，故琮之拜相當在此之前，最遲在三月初。其以翰林學士承旨、户部侍郎知制誥身份重新覆考封彦卿等則肯定在二月二十五日之前。故放榜之時間絶不可能在三月二十五日。二、商隱得見放榜在赴桂前。啓云：「今月某日，舍弟新及第進士羲叟處，伏見侍郎所制《春闈於榜後寄呈在朝同年兼簡新及第諸先輩》五言四韻詩一首……輒罄鄙詞，上攀清唱。」可見三月七日商隱隨鄭亞赴桂前已放榜，並已見到魏扶之詩並和之。如放榜遲至三月二十五日，則彼時商隱已在赴桂途中，不可能見到魏詩並奉和。因此，本年進士放榜時間，當如《元龜》《會要》所載，在正月二十五日。本篇之作時，當在韋琮拜相前，即正月二十五日至三月初一段時間内。

〔二〕〔馮注〕《唐摭言》：近年及第未過關試，皆稱新及第進士。按：關試後則稱前進士。

〔三〕於，《全文》原作「放」，據《英華》改。〔徐注〕李肇《國史補》：互相推敬謂之先輩，有司謂之座主。〔馮注〕此呼門生爲先輩。而《北夢瑣言》：王凝知舉，司空圖登科，凝稱司空先輩。故《餘冬序録》以爲後輩士之通稱，不第互相呼也。〔補注〕《唐詩紀事》卷五一魏扶：「扶，登大和四年進士第。大中初，知禮闈，入貢院題詩云：『梧桐葉落滿庭陰，鎖閉朱門試院深。曾是當年辛苦地，不將今日負前心。』牓出，無名子削爲五言詩以譏之。李羲叟，義山弟也，是歲登第。義山因上魏公詩曰：『國以斯文重，公仍内署來。風標森太華，星象逼中台。朝滿遷鶯侣，門多吐鳳才。寧同魯司寇，只鑄一顔回。』」魏扶於放榜後所作之五言四韻律詩已佚，義山之和詩即《紀事》所載者，題爲《喜舍弟羲叟及第上禮部魏公》。五言四韻詩，即五律。

〔四〕采，《英華》作「綵」，注：集作「彩」。〔徐注〕《周禮·考工記》曰：五色備謂之繡。

〔五〕〔馮注〕《禮記》：君子比德于玉，叩之其聲清越以長，其終詘然樂也。

〔六〕見《爲河南盧尹賀上尊號表》「玄機獨運」句注。

〔七〕〔徐注〕《高僧傳·德威讃》曰：早祛俗累。〔補注〕沈約《東武吟行》：「霄轡一永矣，俗累從此休。」

〔八〕〔徐注〕《詩序》：《風》《小雅》《大雅》《頌》，是謂四始。〔馮注〕《史記·孔子世家》：《關雎》之亂以爲《風》始，《鹿鳴》爲《小雅》始，《文王》爲《大雅》始，《清廟》爲《頌》始。《詩序》箋曰：始者，王道興衰之所由。按：《史記》《大序》解有不同。〔按〕句意似取《詩大序》「四始」之義。

〔九〕義，徐本作「藝」，非。〔徐注〕《詩序》：《詩》有六義焉：一曰風，二曰賦，三曰比，四曰興，五曰雅，六曰頌。〔馮注〕《周禮》：大師教六詩，曰風，曰賦，曰比，曰興，曰雅，曰頌。

〔一〇〕〔徐注〕《漢書·孔光傳》：徙光爲帝太傅，位四輔，給事中，領宿衛供養，行内署門户，省服御食物。〔馮注〕魏曾兼翰林之職，故云。〔按〕商隱《喜舍弟羲叟及第上禮部魏公》亦云「公仍内署來」。魏扶於會昌二年八月充翰林學士，三年五月加知制誥。

〔一一〕〔馮注〕《漢書·武帝紀》：元鼎元年，起柏梁臺。《三輔黄圖》：以香柏爲梁也。帝嘗置酒其上，詔群臣和詩，能七言詩者乃得上。

〔一二〕〔馮注〕揚雄《長楊賦序》：雄從至射熊館，還，上《長楊賦》以諷。

〔一三〕〔徐注〕鍾嶸《詩品》：取效《風》《騷》，便可多得。〔馮注〕《國風》《離騷》。〔按〕此泛指《詩經》

《楚辭》。

〔一四〕〔徐注〕《莊子》：子游曰：「敢問天籟？」子綦曰：「夫吹萬不同，而使其自已也。」〔馮注〕天籟，比御製。

〔一五〕老，徐本作「宅」，非。徐曰：一作「老」，是。〔馮注〕《漢書·高帝紀》：上置酒沛宮，擊筑自歌曰：「大風起兮雲飛揚，威加海内兮歸故鄉，安得猛士兮守四方！」令兒皆和習之。上起舞，忼慨傷懷，泣數行下。謂沛父兄曰：「遊子悲故鄉，吾雖都關中，萬歲之後，吾魂魄猶思家沛。」〔按〕事首見於《史記·高祖本紀》。

〔一六〕〔徐注〕漢武帝《秋風辭》：蘭有秀兮菊有芳，懷佳人兮不能忘。泛樓船兮濟汾河，横中流兮揚素波。

〔一七〕見《爲汝南公華州賀南郊赦表》「況臣嘗備論思」注。

〔一八〕〔補注〕《論語·憲問》：「爲命，裨諶草創之，世叔討論之，行人子羽修飾之，東里子産潤色之。」

〔一九〕〔徐注〕《新書·藝文志》：釋智匠《古今樂録》十三卷。〔馮曰〕字亦屢見。

〔二〇〕〔徐注〕《漢書·藝文志》：右歌詩二十八家。

〔二一〕〔徐注〕《禮記》：比事屬辭。

〔二二〕〔徐注〕《書》：詩言志。〔馮注〕《詩序》：詩者，志之所之也，在心爲志，發言爲詩。

〔二三〕〔徐注〕《漢書·藝文志》：《詩經》二十八卷，魯、齊、韓三家。應劭曰：申公作魯《詩》，后蒼作齊《詩》，韓嬰作韓《詩》。《儒林傳》：毛公，趙人也，治《詩》，爲河間獻王博士。〔馮注〕《漢書·藝文志》：魯申公爲《詩》訓故，而齊轅固、燕韓生皆爲之傳。魯最爲近之。又有毛公之學，自謂子夏所傳，而河間獻王好之。《儒林傳》：申培公，魯人；轅固生，齊人；韓嬰，燕人。

〔二四〕〔徐注〕庾信《趙國公集序》：「蘇武、李陵，生於別離之世。」《文選》有蘇、李贈答詩。

〔二五〕〔徐注〕《禮記》：一倡而三歎，有遺音者矣。〔補注〕遺音，猶繼響，與下「絶響」相對。

〔二六〕〔徐注〕成公綏《嘯賦》：曲既終而絶響。

〔二七〕〔徐注〕《後漢書·律曆志》：聲有清濁，協以律吕。〔補注〕律吕，古代校正樂律之器具，此喻標準。

〔二八〕〔徐注〕《莊子》：巧言偏辭。〔補注〕偏巧，謂片面之工巧。

〔二九〕〔徐注〕《魏志·崔琰等傳評》曰：自非兼才，疇克備諸。〔馮注〕《魏志·杜恕傳》：中朝之人兼才者，勢不獨多。

〔三〇〕〔馮注〕魏武帝《秋胡行》：遨遊八極，枕石漱流飲泉。〔徐注〕《世説》：孫子荆年少時欲隱，語王武子當枕石漱流，誤曰「漱石枕流」。王曰：「流可枕，石可漱乎？」孫曰：「所以枕流，欲洗其耳；所以漱石，欲礪其齒。」〔補注〕枕石漱流，指山林隱逸生活。

〔三一〕寥，馮本作「寞」。〔徐注〕《後漢書·黨錮傳論》曰：遂乃榮華丘壑，甘足枯槁。〔補注〕枯槁寂寥，指詩之風格樸素恬淡、境界幽寂。

〔三二〕〔徐注〕《後漢書·〈光武帝紀〉》：耿純進曰：「天下士大夫從大王於矢石之間者，其計固望攀龍鱗、附鳳翼，以成其志耳。」〔補注〕攀鱗附翼，語本揚雄《法言·淵騫》：「攀龍鱗，附鳳翼，巽以揚之，勃勃乎其不可及也。」喻指依附帝王或權勢者成就功業。

〔三三〕〔徐注〕《魏志》：阮籍才藻豔逸。〔補注〕驕奢豔佚，指詩之風格華麗豔美。

〔三四〕〔徐注〕《新書·文藝傳》：杜甫少與李白齊名，時號「李杜」。〔馮注〕《舊書·文苑·杜甫傳》：是時，山東人李白亦以文奇取稱，時人謂之「李杜」。

〔三五〕〔徐注〕《新書·文藝傳》：及宋之問、沈佺期，又加靡麗。陸機《文賦》：詩緣情而綺靡。〔馮注〕《舊書·文苑·沈佺期傳》：善屬文，尤長七言之作，與宋之問齊名，時人稱爲「沈宋」。

〔三六〕〔馮注〕郭泰機《答傅咸詩》：衣工秉刀尺，棄我忽若遺。《晉書·李含傳》：傅咸上表理含曰：「含忠公清正，無令龐騰得妄弄刀尺。」此則取裁成之義。〔補注〕無私之刀尺，喻公正之裁度標準。

〔三七〕〔徐注〕《揚子》：在夷貉則引之，倚門牆則麾之。〔補注〕《論語·子張》：「夫子之牆數仞，不得其門而入，不見宗廟之美，百官之富，得其門者或寡矣。」

〔三八〕〔徐注〕《詩》：維嶽降神，生甫及申。〔補注〕此以四嶽降神而生之申伯（周宣王母舅）、仲山甫喻魏扶。

〔三九〕製，《全文》原作「制」，據《英華》改。

〔四〇〕比，《英華》作「皆」。

〔四一〕〔補注〕《易·大有》：「《大有》，柔得尊位大中，而上下應之，曰《大有》。」此以「大中」指無過與不及之中正之道。

〔四二〕〔徐注〕《詩》：我雖異事，及爾同寮。《左傳》：同官爲僚。〔補注〕《論語·子罕》：「顔淵喟然歎曰：『仰之彌高，鑽之彌堅，瞻之在前，忽焉在後。夫子循循然善誘人，博我以文，約我以禮，欲罷不能。』」博我，使我學識廣博，此指博我之人。蓋以孔子喻魏。

〔四三〕〔補注〕《論語·八佾》：「子曰：『起予者，商也，始可與言《詩》已矣。』」起予，啓發自己。

〔四四〕〔徐注〕《漢書·揚雄傳》：天降生民，倥侗顓蒙。〔補注〕顓蒙，愚昧。

〔四五〕〔徐注〕《漢書·張釋之傳》：絳侯、東陽侯稱爲長者，此兩人言事曾不能出口。

〔四六〕〔徐注〕《漢書·藝文志》：詩人之賦麗以則，辭人之賦麗以淫。「辭」與「詞」同。

〔四七〕賀，《英華》注：集作「贊」。

〔四八〕〔補注〕仲氏，指羲叟。《樊南甲集序》：「仲弟聖僕（原注：羲叟），特善古文。」

〔四九〕〔徐注〕《禮記》：曾子曰：「商，吾與女事夫子於洙、泗之間。」任昉《行狀》：弘洙、泗之風。

〔五〇〕〔徐注〕《漢書·儒林傳》：包商、偃之文學。〔補注〕偃，言偃，字子游；商，卜商，字子夏。均孔子弟子。《論語·先進》：「文學，子游、子夏。」

〔五一〕罄，《全文》原作「慶」，誤，據《英華》改。

〔五二〕〔徐注〕謝靈運詩：六引緩清唱。〔補注〕清唱，指魏扶原唱。

〔五三〕〔馮注〕《宋玉對楚王問》：客有歌於郢中者，其始曰《下里巴人》，國中屬而和者數千人；其爲《陽阿》《薤露》，屬而和者數百人；其爲《陽春白雪》，屬而和者不過數十人；引商刻羽，雜以流徵，屬而和者不過數人而已。是其曲彌高，其和彌寡。〔補注〕愧列千人，謙稱己之和詩列《下里巴人》亦感有愧。

〔五四〕米，《英華》注：集作「斗」，非。〔徐曰〕八米，集作「斗米」，非。《隋書·盧思道傳》：齊天保中，以司空行參軍兼員外散騎侍郎，直中書省。文宣帝崩，當朝文士共作挽歌十首，擇其善者用之。魏收等不過一二首，思道獨有八篇，故時人稱爲八米盧郎。《西齋叢説》：關中歲以六米、七米、八米爲上中下，言在縠取八米，取數之多也。《困學紀聞》：八米盧郎，或謂「米」當爲「采」。徐鍇云：「八米，以稻喻之，言十稻之中得八粒米也。」〔馮注〕《北史·盧思道傳》：後爲給事黄門侍郎。《初學記》：《齊職儀》曰：「初，秦有給事黄門之職，漢因之。自魏及晉，置給事黄門侍郎，與散騎常侍並清華，代謂之『黄散』。」〔補注〕八米，即八米盧郎之省。五代王鍇《贈禪月大師》：「神通力遍恒沙外，詩句名高八米前。」亦作八米。

〔五五〕四，《全文》原作「二」，據《英華》改。〔馮曰〕今止一首。〔按〕五言四首，疑爲「五言四韻」之誤。魏扶之原作爲五言四韻律詩一首，故商隱亦以五言四韻律詩《喜舍弟羲叟及第上禮部魏公》一首和之。

〔五六〕別，《英華》作「右」，注：集作「別」。〔按〕商隱《獻相國京兆公啓》亦云：「舊詩一百首，謹封如別。」無異文。字當作「別」，作「右」者誤。

# 爲滎陽公上李太尉狀〔一〕

伏見除書〔二〕，伏承光膺新命〔三〕，伏惟感慰。四海事畢〔四〕，兩階遇隆〔五〕。式光謙慤之誠〔六〕，克見隆崇之寵〔七〕。今者長君惟睿〔八〕，元子有文〔九〕。當深慮之所關，必殊勳而是賴。山濤則曰禱天下之選〔一〇〕，張佚則曰用天下之賢〔一一〕。西漢之命玄成，以相門才子〔一二〕；東都之昇鄧禹，因先帝舊臣〔一三〕。休哉二公，叶我一德〔一四〕。雖曰曠代，乃若合符。伏惟慎保起居，俯鎮風俗。俟金縢之有見〔一五〕，俾玉鉉之重光〔一六〕。某竊憶春初，曾蒙簡賜，故欲琴樽嵩嶺，魚釣平泉〔一七〕。豈貪行意之言〔一八〕，便阻具瞻之懇〔一九〕？伏惟少以家國爲念也。方抵藩任〔二〇〕，未即門闌〔二一〕，攀戀恩光〔二二〕，不任輸罄〔二三〕。伏惟特賜恩察。

**【校注】**

〔一〕本篇原載清編《全唐文》卷七七三第一三頁、《樊南文集補編》卷一一。題内「滎」字，原作「濮」，據錢振倫校改。〔錢箋〕濮，疑當作「滎」。按《舊唐書・李德裕傳》，會昌四年，以功兼守太尉。而王茂元三年已卒於河陽，義不可通。文云「長君惟睿」，當指宣宗初立之時。又云「玉鉉重光」，必在相位既罷之後。《傳》言宣宗即位，罷相，出爲東都留守。大中初，罷留守，以太子少保分司東都。篇首云「光膺新命」，當即指此，觀文内兩用太子保、傅事可見。考鄭亞於大中元年觀察桂管，時事相合，理爲近之。太尉，見《爲彭陽公上鳳翔李司徒狀》注〔二〕。〔張箋〕文有「方抵藩任，未即門闌」語，乃亞將赴桂州時作。〔按〕《舊唐書・宣宗紀》：大中元年二月，「以檢校太尉、東都留守李德裕爲太子少保、分司東都；以給事中鄭亞爲桂州刺史、御史中丞、桂管防禦觀察等使」。二人當同時任命。亞三月七日動身赴桂，此狀爲行前所上，約作於二月下旬或三月初。滎陽公，指鄭亞。詳下篇注〔一〕。

〔二〕〔錢注〕《北齊書・高德政傳》：德政見除書而起。〔補注〕除書，拜授官職之文書。《漢書・景帝紀》「初除之官」顔師古注引如淳曰：「凡言除者，除故官就新官也。」

〔三〕〔補注〕《書・武成》：「誕膺天命。」新命，指太子太保、分司東都之新任命。

〔四〕〔錢注〕《晉書・傅咸傳》：竊謂山陵之事既畢，明公當思隆替之宜。「四海」，似用「遏密八音」意。〔補注〕《書・舜典》：「帝乃殂落，百姓如喪考妣，三載，四海遏密八音。」孔傳：「遏，絶；密，静也。」遏密八音，指帝王死後停止舉樂。然此句「四海事畢」與「山陵之事既畢」無涉，乃追敘德裕（輔）佐武宗成就統一海内之業績，即《太尉衛公會昌一品集序》所謂「盡皇王之盛事，極臣子之殊功」，《爲李貽孫上李相公德裕啓》所謂「孤寇行静，萬方率同」之意，包括其擊破回鶻、平定澤潞及太原楊弁之亂等功績。錢注殆誤。視下句「兩階遇隆」益可見。

〔五〕〔補注〕《書·大禹謨》：「帝乃誕敷文德，舞干羽于兩階。」孔傳：「干，楯；羽，翳也。皆舞者所執。修闡文教，舞文舞於賓主階間，抑武事。」兩階遇隆，指劉稹平後，德裕以功進太尉事。

〔六〕〔錢注〕《後漢書·桓譚傳》：務執謙慤。〔補注〕謙慤，謙虚謹慎。

〔七〕〔錢注〕《後漢書·郎顗傳》：陛下宜加隆崇之恩。

〔八〕〔錢箋〕義山文，凡言「長君」，均指宣宗，玩以後諸篇文義可見。蓋宣宗以太叔入承大統，故云。《隋書·元德太子傳》：誕膺惟睿。〔補注〕《左傳·哀公六年》：「少君不可以訪，是以求長君，庶亦能容群臣乎？」《北史·隋越王侗傳》：「今海内未定，須得長君。」長君，指以年長者爲君，年長之君。

〔九〕〔補注〕《書·微子之命》：「王若曰：『猷，殷王元子。』」《詩·魯頌·閟宫》：「王曰叔父，建爾元子，俾侯于魯。」朱熹集傳：「叔父，周公也；元子，魯公伯禽也。」元子，嫡長子。此指宣宗之長子鄆王温。

〔一〇〕〔錢注〕任昉《齊竟陵文宣王行狀》李善注：山濤《啓事》曰：「保、傅不可不高天下之選，羊祜秉德義，克己復禮，東宫少事，養德而已。」

〔一一〕佚，《全文》原作「秩」，據錢校改。〔錢校〕秩，當作「佚」。《後漢書·桓榮傳》：建武二十八年，大會百官，詔問誰可傅太子者。群臣承望上意，皆言太子舅執金吾原鹿侯陰識可。博士張佚正色曰：「今陛下立太子，爲陰氏乎？爲天下乎？即爲陰氏，則陰侯可；爲天下，則固宜用天下之賢才。」帝稱善，即拜佚爲太子太傅。

〔二〕〔錢注〕《漢書·韋賢傳》：賢爲宰相，封扶陽侯。少子玄成，復以明經歷位至宰相。《史記·孟嘗君傳》：文聞將門必有將，相門必有相。〔補注〕《左傳·文公十八年》：「昔高陽氏有才子八人……齊聖廣淵，明允誠篤，天下之民謂之八愷。」此謂德裕以相門之子，復爲宰相。其父李吉甫元和時爲相。

〔三〕〔錢注〕《後漢書·鄧禹傳》：顯宗即位，以禹先帝元功，拜爲太傅，甚見尊寵。〔補注〕東都，指都洛陽之東漢。此處又切德裕在東都。

〔四〕〔錢箋〕「西漢」二句，述吉甫之門資；「東都」二句，述武宗之恩遇。觀此益知文爲宣宗時作。〔按〕錢氏謂「東都」二句述武宗之恩遇，非。觀其用鄧禹以先帝元功拜太傅事，可知其係切德裕在武宗朝有大功，故宣宗拜其爲太子少保、分司東都。

〔五〕〔補注〕《書·金縢序》：「武王有疾，周公作《金縢》。」孔疏：「武王有疾，周公作策書告神，請代武王死，事畢，納書於金縢之匱。」《金縢》：「武王既喪，管叔及其群弟乃流言於國，曰：『公將不利於孺子。』……秋大熟，未穫，天大雷電以風，禾盡偃，大木斯拔。邦人大恐。王與大夫盡弁，以啓金縢之書，乃得周公所自以爲功，代武王之説。」按：宣宗初即位，即惡李德裕之專，於會昌六年四月出爲荆南節度使，罷相位。故此處用金縢典，以暗切德裕受宣宗之忌。

〔一六〕〔補注〕《易·鼎》：「上九，鼎玉鉉，大吉無不利。」孔疏：「玉者，堅剛而有潤者也。上九，居鼎之終，鼎道之成，體剛處柔，則是用玉鉉以自舉者也，故曰鼎玉鉉也。」玉鉉，玉製舉鼎之具，狀如鉤，用以提鼎之兩耳。後亦以玉鉉喻指處於高位之大臣。玉鉉重光，喻重登相位。

〔一七〕〔錢注〕《舊唐書·李德裕傳》：東都於伊闕南置平泉别墅，清流翠篠，樹石幽奇。初未仕時，講學其中。及從官藩服，出將入相，三十年不復重遊，而題寄歌詩，皆銘之於石。

〔一八〕〔錢注〕《國語》：越滅吴，范蠡請從會稽之罰，王曰：「所不掩子之惡、揚子之美者，使其身無終没於越國。」對曰：「君行制，臣行意。」遂乘輕舟以浮於五湖。

〔一九〕〔補注〕《詩·小雅·節南山》：「赫赫師尹，民具爾瞻。」毛傳：「具，俱；瞻，視。」鄭箋：「此言尹氏汝居三公之位，天下之民俱視汝之所爲。」亦以「具瞻」指宰輔重臣。

〔二〇〕〔錢注〕《晉書·謝安傳》：安弟萬，爲西中郎將，總藩任之重。〔補注〕方抵藩任，謂方赴桂管之任。

〔二一〕〔錢注〕班固《答賓戲》：皆及時君之門闈。〔補注〕謂未能赴洛登門拜謁。

〔二二〕〔錢注〕江淹《詣建平王上書》：大王惠以恩光。

〔二三〕〔錢注〕陳後主《柔遠詔》：彼土酋豪，並輸罄誠款。

# 爲滎陽公謝除盧副使等官狀〔一〕

新授某官盧戡　新授某官任繕〔二〕

右臣得進奏官某狀報，臣所奏盧某等二人，奉某月日勑旨，賜授前件官充職者。臣謬當廉印，合啓幕庭。撫魚罩以興懷〔三〕，懼羖皮之廢禮〔四〕。盧戡與臣同年登第，少日論交，學富文雄，氣孤志逸〔五〕，玉清越而爲樂〔六〕，女舒脱以求媒〔七〕，實懷難進之規〔八〕，不起後時之歎〔九〕。任繕幼學孝悌〔一〇〕，潔静精微〔一一〕，得君子之時中〔一二〕，友鄉人之善者〔一三〕。匪因請託〔一四〕，實自諳知〔一五〕。皇帝陛下俯照遠藩，咸加命秩。南臺貼職〔一六〕，延閣分班〔一七〕，使戡有紆朱之榮〔一八〕，繕無衣白之見〔一九〕。已經聖鑒，可謂國華〔二〇〕。冀收規畫之功〔二一〕，共奉澄清之寄〔二二〕。不任感恩荷聖之至〔二三〕。

【校注】

〔一〕本篇原載《文苑英華》卷六一九第六頁、清編《全唐文》卷七七二第二一頁、《樊南文集詳注》卷二。〔馮注〕滎陽公，鄭亞也。《新書·宰相世系表》：鄭當時，漢大司農，居滎陽。又曰：滎陽鄭氏，鄭少鄰，少鄰生穆，穆生亞。《舊書·宣宗紀》：大中元年二月，以給事中鄭亞爲桂州刺史、御史中丞、桂管防禦觀察等使。《地理志》：嶺南西道桂管經略觀察使，治桂州。《文苑英華》有《授盧戡桂州副使制》，戡蓋前江陵縣令，時已閑居，而亞奏請也。〔按〕《新唐書·百官志》四下：「觀察使，副使、支使、判官、掌書記、推官、巡官、衙推、隨軍、要籍、進奏官各一人。」故副使爲觀察使之上僚。商隱則任觀察支使及掌書記（見《爲滎陽公上荆南鄭相公狀一》《樊南甲集序》，新、舊《唐書》謂爲判官，非）。此文有「使戡有紆朱之榮，繕無衣白之見」，盧戡與任繕之辟署，當於鄭亞赴桂州前獲朝廷批准，並於赴桂前至彤庭陛見。故此狀當作於大中元年三月七日啓程赴桂前。

〔二〕〔徐注〕《新書·宰相世系表》：盧戡，陝虢觀察使岳第三子。〔補注〕《新書·宰相世系表》：盧岳，字周翰。子載、戣、戡。《全唐文》卷七八四穆員《陝虢觀察使盧公墓誌銘》：「唐貞元四年夏六月，陝虢都防禦觀察轉運等使、陝州刺史、兼御史中丞范陽盧公壽六十，中疾於位，優詔得謝家東都履信里，秋七月甲戌，終於其寢……三子載、戣、戡，長齒未童。」是盧戡即岳之子。《授盧戡桂州副使制》載《文苑英華》卷四一二，崔嘏所撰，制云：「勅前江陵縣令盧戡等……戡尚義有聞，積學多識，去於榮進，樂在閑放。」據狀稱「盧戡與臣同年登第」，則戡當與亞於元和十五年登進士第，同年登第者尚有吕述（商隱有代鄭亞作《祭吕商州文》）、盧弘止及草盧戡任副使制之崔嘏。清勞格、趙鉞撰《唐尚書省郎官石柱題名考》卷十五金部郎中有任繕，又曾任主客郎中。《京兆金石録》：「《唐平盧節度孫公妻滎陽郡君鄭氏墓誌》，唐任繕撰，大中四年。」商隱作此狀時，任繕尚未入仕。

〔三〕〔徐注〕《詩序》：《南有嘉魚》，樂與賢也，太平之君子至誠，樂與賢者共之也。其一章曰：「南有嘉魚，烝然罩罩。」〔補注〕罩罩，魚擺尾摇動狀。撫魚罩以興懷，指興樂賢之懷。

〔四〕〔馮注〕《史記·秦本紀》：晉虜虞大夫百里傒，以爲秦繆公夫人媵於秦。百里傒亡秦走宛。繆公聞百里傒賢，欲重贖之，恐楚人不與，乃請以五羖羊皮贖之。楚人與之。繆公與語國事，大悦，授之國政，號曰「五羖大夫」。〔徐注〕《説苑》：秦穆公使賈人載鹽於虞，諸賈人買百里奚以五羊皮。穆公觀鹽，怪其牛肥，問其故，對曰：「飲食以時，使其不暴，是以肥也。」公令有司沐浴衣冠之，公孫支讓其卿位，號曰「五羖大夫」。

〔五〕〔補注〕孤，高。

〔六〕見《獻侍郎鉅鹿公啓》「清越爲樂者玉之奇」注。

〔七〕脱，《英華》作「退」，注：集作「脱」。〔徐注〕《詩》：舒而脱脱兮。箋：貞女欲吉士以禮來，脱脱然舒也。〔馮注〕《詩》傳：脱脱，舒遲也。

〔八〕〔補注〕《禮記·儒行》：「儒有衣冠中，動作慎；其大讓如慢，小讓如僞；大則如威，小則如愧。其難進而易退也，粥粥若無能也。」孫希旦集解引吕大臨曰：「非義不就，所以難進；色斯舉矣，所以易退。」《舊唐書·薛登傳》：「希仕者必修貞確不拔之操，行難進易退之規。」難進，謂慎於進取。

〔九〕〔馮注〕《史記·李斯傳》：時乎時乎，惟恐後時。○二句正謂方閑居也。徐刊本乃脱去。

〔一〇〕學，《英華》作「壯」。

〔一一〕〔徐注〕《禮記》：絜静精微，《易》教也。〔馮注〕《會稽典録》：山陰丁覽，清身立行，爲人精微潔淨，門無雜賓。按：丁覽，見《吴志·虞翻傳》注。

〔一二〕〔補注〕《禮記·中庸》：「君子之中庸也，君子而時中。」孔疏：「謂喜怒不過節也。」《易·蒙》：「蒙亨，以亨行，時中也。」孔疏：「言居蒙之時，人皆願亨，若以亨道行之，于時則得中也。」時中，謂立身行事合乎時宜，無過與不及。

〔一三〕〔補注〕《論語·衛靈公》：「事其大夫之賢者，友其士之仁者。」《禮記·緇衣》：「故君子之朋友有鄉，其惡有方。」鄭玄注：「鄉、方，喻輩類也。」

〔一四〕〔徐注〕《漢書·翟方進傳》：爲相公絜，請託不行郡國。

〔一五〕〔徐注〕《北史·唐邕傳》：精心勤事，莫不諳知。

〔一六〕〔徐注〕《通典》：御史臺亦謂之蘭臺寺，梁及後魏、北齊或謂之南臺。〔補注〕帖職，兼職，此指幕官兼憲職。

〔一七〕〔徐注〕《漢書·藝文志》：孝武建藏書之策，置寫書之官。注：如淳曰：「劉歆《七略》曰：『外則有太常、太史、博士之藏，内則有延閣、廣内、秘室之府。』」〔馮注〕（二句）盧授御史，任授秘書郎也。

〔一八〕〔馮注〕揚子《法言》：或曰：「使我紆朱懷金，其樂可量也。紆朱懷金之樂，不如顔氏子之樂。」〔徐注〕《後漢書·宦者傳論》曰：紆朱懷金者，布滿宫闈。〔補注〕紆朱，佩朱色印綬，謂地位顯貴。

〔一九〕〔徐注〕《日知録》：白衣者，庶人之服，然有以處士而稱之者。《史記·儒林傳》「公孫弘以《春秋》，白衣爲天子三公」，《後漢書·孔融傳》「與白衣禰衡跌蕩放言」，《晉書·閻纘傳》「薦白衣南安朱沖可爲太孫師傅」是也。《清波雜志》言前此仕族子弟未受官者皆衣白，令非跨馬及弔慰不敢用。〔馮注〕《後漢書·崔駰傳》：帝幸竇憲第，駰適在憲所，帝欲召見之，憲諫以爲不宜與白衣會。〔補注〕衣白之見，指以白衣身份陛見。

〔二〇〕〔徐注〕《魯語》：季文子曰：「吾聞以德榮爲國華。」〔補注〕國華，指國之傑出人材。《後漢書·方術傳論》：「至乃誚譟遠術，賤斥國華。」

〔二一〕〔徐注〕《吴志·胡綜傳》：規畫計較，應見納受。

〔二二〕〔徐注〕《後漢書·范滂傳》：滂登車攬轡，慨然有澄清天下之志。〔補注〕規畫，謀劃。澄清，安定。均就幕僚協助幕主之職事而言。

〔二三〕荷聖，《英華》注：集作「得賢」。

# 爲桂州盧副使謝聘錢啓〔一〕

戡啓：錢若干，伏蒙賜備行李，謹依數捧領訖。多若鑿山〔二〕，積如別藏〔三〕。丙科擢第〔四〕，未全染於桂香〔五〕；盛府從知〔六〕，却自驚於銅臭〔七〕。禮於是重，富而可求〔八〕。既不憂貧〔九〕，惟思報德〔一〇〕。伏惟俯鑒微懇。謹啓。

【校注】

〔一〕本篇原載《文苑英華》卷六五四第八頁、清編《全唐文》卷七七六第一三頁、《樊南文集詳注》卷三。徐本、馮本題内「盧副使」下小字旁注「戡」字。馮譜置《爲滎陽公桂州謝上表》《爲滎陽公謝借飛龍馬送至府界狀》《爲滎陽公長樂驛謝敕設狀》之後，張箋亦置《謝借飛龍馬狀》《長樂驛謝敕設狀》之後。〔按〕啓有「賜備行李」語，可證此啓當作於朝廷已批准鄭亞辟署盧戡爲副使之請，尚未啓程赴桂之前，即大中元年三月七日前，馮譜、張箋微誤。

〔二〕〔馮校〕山，或作「井」，非。〔馮注〕按：謂鑿山取銅也。《史記·平準書》：「即山鑄錢，吴、鄧氏錢布天下。」《風俗通》曰：「龐儉鑿井得錢數萬。」徐氏疑用之，誤矣。〔按〕《英華》《全文》均作「鑿山」。今删徐注。

〔三〕〔馮注〕《漢書·張安世傳》：安世以父子封侯，在位太盛，乃避不受禄。詔都内別臧張氏無名錢以百萬數。

〔四〕丙，徐本作「兩」，校：一作「丙」，是。〔徐注〕《漢書·儒林傳》：平帝時歲課博士弟子甲科四十人，爲郎（中）；乙科二十人，爲太子舍人；丙科四人，補文學掌故。《匡衡傳》：數射策不中，至九，乃中丙科。《通典》：明經雖有甲乙丙丁四科，自武德以來，唯有丙丁第而已。

〔五〕〔馮注〕戡與亞同年，故云。〔補注〕桂香，喻登第，用《晉書·郤詵傳》「臣舉賢良對策，爲天下第一，猶桂林之一枝，崑山之片玉」典。

〔六〕〔補注〕盛府，對地方軍政長官衙署之尊稱。此指桂管觀察使府。《南史·庾杲之傳》：「盛府元僚，實難其選。」從知，追隨知己（幕主）。

〔七〕〔徐注〕《後漢書·崔寔傳》：寔從子烈，時因傅母入錢五百萬，得爲司徒。問其子鈞：「何如？」曰：「論者嫌其銅臭。」

〔八〕〔補注〕《論語·述而》：「子曰：『富而可求也，雖執鞭之士，吾亦爲之。』」

〔九〕〔補注〕《論語·衛靈公》：「君子憂道不憂貧。」

〔一〇〕〔補注〕《論語·憲問》：「以直報怨，以德報德。」

# 爲滎陽公與昭義李僕射狀〔一〕

某素無才能，謬忝廉察，實憂尸禄〔二〕，有負疲人〔三〕。僕射地處親賢，情殷家國，累更重寄，亟立殊勳。上黨頃集兇徒，近爲王土〔四〕。瘡痍未復〔五〕，愁怨尚多。果枉雄才〔六〕，以孚至化。南則揚河橋之威斷〔七〕，北則煦上谷之仁聲〔八〕。下車政成〔九〕，投刃節解〔一〇〕。厚承恩顧，抃賀伏深。拜謁末由，無任瞻戀。到任續更有狀。

## 【校注】

〔一〕本篇原載清編《全唐文》卷七七四第一一頁、《樊南文集補編》卷四。〔錢箋〕（昭義李僕射）李執方也。執方始鎮河陽，旋移易定，並詳《上河陽李大夫狀一》注〔一〕。此文云：「南則揚河橋之威斷，北則煦上谷之仁聲。」是追頌其從前歟歷之功。又云：「上黨頃集兇徒，近爲王土。」自當在劉稹既平之後。考《舊唐書·盧鈞傳》，會昌四年，誅劉稹，以鈞檢校兵部尚書、昭義節度使。大中初，移宣武。意必執方代鈞出鎮也。《舊唐書·地理志》：昭義軍節度使治潞州，領潞、澤、邢、洺、磁五州。《舊唐書·職官志》：尚書省左右僕射各一員，從二品。〔張箋〕（大中元年二月）昭義節度使盧鈞檢校尚書右僕射充汴州刺史宣武軍節度使。李執方出爲昭義節度使。並附考云：案執方鎮昭義，史文無徵。考《補編·爲滎陽公與昭義李僕射狀》云（略），是執方出鎮昭義，正當鄭亞觀察桂管時。檢《舊書·盧鈞傳》（略），則執方之節度昭義，代鈞明矣。陳黯《華心篇》云：「大中初年，大梁連帥范陽公得大食國人李彦昇薦於闕下。」范陽公即盧鈞也。今據執方《華岳題名》合書於二月。〔按〕狀云「到任續更有狀」，本篇當作於大中元年三月七日赴桂府前夕。

〔二〕〔錢注〕《漢書·貢禹傳》：所謂素餐尸禄，汙朝之臣也。

〔三〕〔錢注〕潘岳《西征賦》：牧疲人於西夏。

〔四〕〔錢注〕《舊唐書·武宗紀》：會昌三年四月，昭義節度使劉從諫卒，三軍以從諫姪稹爲兵馬留後，上表請授節鉞，尋遣使齎詔令稹護從諫之喪歸洛陽，稹拒朝旨。詔會議劉稹可誅可宥之狀。李德裕以澤潞内地，前時從諫許襲，已是失斷，自後跋扈難制，規脅朝廷。以稹豎子，不可復踐前車，討之必殄。武宗性雄俊，曰：「吾與德裕同之，保無後悔。」七月，宰相奏：「秋色已至，鎮、魏須速誅劉稹，須遣使宣諭，兼偵軍情。」上即遣李回奉使。九月制：劉從諫贈官及先所授官爵并劉稹在身官爵，宜並削奪。成德軍節度使王元逵充北面招討使，魏博節度使何弘敬充東面招討使，徐泗節度使李彦佐爲西南面招討使，河陽節度使王茂元以本軍屯萬善，陳許節度使王宰充南面招討使。王茂元卒，宰代總萬善之師。十二月，宰奏收天井關。四年三月，以石雄爲西面招討。七月，王元逵奏邢州以城降，洺州、磁州以城降何弘敬，山東三州平。潞州大將郭誼、張谷、陳揚廷遣人至王宰軍，請殺稹以自贖。宰以聞，乃詔石雄率軍入潞州，誼斬稹首以迎雄。澤、潞等五州平。八月，王宰傳稹首與大將郭誼等一百五十人，露獻於京師，上御安福門受俘，百寮樓前稱賀。九月制：逆賊郭誼等並處斬於獨柳。又《地理志》：潞州，隋上黨郡。〔補注〕《詩·小雅·北山》：「溥天之下，莫非王土。」

〔五〕〔錢注〕《漢書·季布傳》注：痍，傷也。

〔六〕〔錢注〕《後漢書·仲長統傳》：君有雄志而無雄才。

〔七〕〔錢注〕《晉書·杜預傳》：預以孟津渡險，有覆没之患，請建河橋於富平津。《後漢書·梁商傳》：性慎弱，無威斷。〔補注〕《舊唐書·文宗紀下》：開成二年六月，「戊申，以左金吾衛將軍李執方爲河陽三城懷州節度使」。至會昌三年四月，王茂元代之。「揚河橋之威斷」，指李執方任河陽節度使時平息河陽軍亂之事，參見《上河陽李大夫狀一》。

〔八〕〔錢注〕《舊唐書·地理志》：易州，隋上谷郡。〔補注〕此句指李執方會昌三年至四年任易定節度使期間之仁政。

〔九〕〔錢注〕《漢書·叙傳》：班伯爲定襄太守。定襄聞伯素貴，年少，自請治劇，畏其下車作威，吏民竦息。〔補注〕下車，指到任。語本《禮記·樂記》：「武王克殷，反商，未及下車，而封黄帝之後於薊。」

〔一〇〕〔錢注〕孫綽《遊天台山賦》：投刃皆虚，目牛無全。〔補注〕《莊子·養生主》：「庖丁釋刀對曰：『……彼節者有間，而刀刃者無厚，以無厚入有間，恢恢乎其於遊刃必有餘地矣……動刀甚微，謋然已解。』」「投刃節解」本此。

# 爲中丞滎陽公與汴州盧僕射狀〔一〕

某謬蒙渥恩〔二〕，叨受廉察。顧循虚薄〔三〕，頗積兢惶。僕射克著殊勳，允承寵重。所至皆理〔四〕，無難不更。宣武兵多，大梁地要〔五〕。永言今昔〔六〕，常繼風流。不唯寄以安人，多是倚之爲相〔七〕。况當碩德〔八〕，尤注群情。某厚蒙恩知，倍深倚望。即以今月七日赴任，續更有狀。

【校注】

〔一〕本篇原載清編《全唐文》卷七七四第一二頁、《樊南文集補編》卷四。〔錢箋〕（汴州盧僕射）盧鈞也。《舊唐書》本傳：大中初，檢校尚書右僕射、汴州刺史、御史大夫、宣武軍節度、宋亳汴潁觀察等使。又《地理志》：宣武軍節度使治汴州，管汴、宋、亳、潁四州。〔按〕陳黯《華心》云：「大中初年，大梁連帥范陽公得大食國人李彦昇，薦於闕下，天子詔春司考其才。二年以進士第。」據此，「大中初年」必指元年。本篇爲鄭亞元年三月七日啓程赴桂前所上，狀文「即以今月七日赴任」可證。與前篇《爲滎陽公與昭義李僕射狀》同時作，參前文注〔一〕。

〔二〕渥恩，錢氏箋注本作「恩渥」，校云：「『恩渥』二字疑誤倒。」〔按〕《全唐文》作「渥恩」，不誤。渥，優厚。揚雄《劇秦美新》：「臣雄經術淺薄，行能無異，數蒙渥恩。」

〔三〕〔錢注〕《後漢書·法真傳》：太守虚薄。〔補注〕徐陵《爲貞陽侯重答王太尉書》：「忽荷不世之恩，仍致非常之舉，自惟虚薄，兢懼已深。」虚薄，空虚淺薄。

〔四〕〔錢注〕《後漢書·劉平傳》：所至皆理，由是一郡稱其能。

〔五〕〔錢注〕《史記·魏世家》：魏罃三十一年，徙治大梁。注：徐廣曰：「今浚儀。」〔按〕即唐汴州。

〔六〕永，原作「承」，據錢校改。

〔七〕〔錢注〕《史記·韓長孺傳贊》：天子方倚以爲相。〔補箋〕《新唐書·盧鈞傳》：「宣宗即位，改吏部尚書。會劉約自天平徙宣武，未至，暴死，家僮五百無所仰衣食，思亂，乃授鈞宣武節度使，人情妥然。」據此，「不唯寄以安人」或非泛語。

〔八〕〔補注〕碩德，大德。《晉書·隱逸·索襲傳》：「索先生碩德名儒，真可以諮大議。」《新唐書·盧鈞傳》：「所居官必有績，大抵根仁恕至誠而施於事。」

## 爲滎陽公謝集賢韋相公狀〔一〕

花犀腰帶一條，右伏蒙仁恩，俯寵行邁〔二〕。駭雞等貴〔三〕，畫隼增輝〔四〕。徒勤萬里之肺肝，愧乏十圍之腰腹〔五〕。仰從台衮〔六〕，來飾藩垣〔七〕。縱拜賜而有期〔八〕，懼立朝而無取。謹依處分捧領訖〔九〕。下情無任戴荷之至〔一〇〕。

【校注】

〔一〕本篇原載清編《全唐文》卷七七三第二二頁、《樊南文集補編》卷三。〔錢箋〕（集賢相公）韋琮也。《舊唐書·宣宗紀》：大中元年七月，尚書户部侍郎、知制誥、翰林學士承旨韋琮以本官同中書門下平章事。又《職官志》：集賢殿書院，每宰相爲學士者爲知院事。餘見《爲濮陽公上陳相公狀三》注〔四〕。〔按〕張采田《會箋》亦據《舊·紀》書韋琮拜相於大中元年七月。然《新唐書·宣宗紀》：大中元年三月，「翰林學士承旨、户部侍郎韋琮爲中書侍郎、同中書門下平章事」。《宰相表》同。鄭亞啓程赴桂在三月七日，本文有「伏蒙仁恩，俯寵行邁」之語，明爲赴桂前拜謝韋琮賜帶贈行而上。是韋琮之拜相當依《新書·紀》《表》在大中元年三月初。韋琮加集賢殿學士在鄭亞已抵達桂林之後（見後《爲滎陽公上集賢韋相公狀三》注〔一〕），本篇題内「集賢」二字，當係商隱編《樊南甲集》時追書。後《爲滎陽公上集賢韋相公狀一》《爲滎陽公上集賢韋相公狀二》題内之「集賢」二字並同。

〔二〕〔補注〕行邁，遠行。《詩·王風·黍離》：「行邁靡靡，中心如醉。」馬瑞辰《通釋》：「邁亦爲行。對行言，則爲遠行。」

〔三〕〔錢注〕左思《吴都賦》：駭雞之貴。李善注：《孝經援神契》曰：「神靈滋液，則犀駭雞。」宋衷曰：「角有光，雞見而駭也。」

〔四〕〔錢注〕《周禮·司常》「鳥隼爲旟」注：所畫異物，則異名也。〔補注〕畫隼，畫有鳥隼圖像之軍旗，係貴官儀仗。

〔五〕〔錢注〕《後漢書·東平王蒼傳》：蒼爲人美鬚髯，要（腰）帶十圍，顯宗甚愛重之。永平十一年，詔國中傅曰：「日者問東平王，處家何等最樂，王言爲善最樂。其言甚大，副是要腹矣。」

〔六〕〔錢注〕《風俗通》：劉矩叔方三登台衮。〔補注〕台衮，猶台輔，此指宰相。

〔七〕〔補注〕《詩·大雅·板》：「价人維藩，大師維垣。」毛傳：「藩，屏也；垣，牆也。」喻藩鎮。

〔八〕〔補注〕《禮記·玉藻》：「大夫拜賜而退，士待諾而退。」孔疏：「此一節明尊卑受賜拜謝之禮。」

〔九〕〔錢注〕《晉書·杜預傳》：預處分既定，乃啓請伐吴之期。〔按〕此句「處分」係吩咐義。錢注引非其義。

〔一〇〕〔錢注〕梁簡文帝《重謝上降爲開講啓》：伏筆罄言，寧宣戴荷。

## 爲滎陽公上河中崔相公狀一〔一〕

某因緣薄伎〔二〕，獲奉休期。左掖中臺〔三〕，已踰厥任；廉車憲印〔四〕，轉過其材。即以今月七日赴任。相公早於寮故，俯察孤愚，寄以夙期，霑之好款〔五〕。今者辭違稍遠，拜謁末由。捨魯首燕〔六〕，不勝私懇。河中帶朔方之兵甲〔七〕，爲皇都之股肱〔八〕。竊思宸襟，當注碩德。下車敷化〔九〕，期月有成。則必復還廟堂，重執時柄〔一〇〕。雖欲固讓，如蒼生何〔一一〕！伏惟俯爲明時，善加保重。到任當差專使起居，諸續陳啓。

【校注】

〔一〕本篇原載清編《全唐文》卷七七三第二五頁、《樊南文集補編》卷三。〔錢箋〕（河中崔相公）崔鉉也。《舊唐書》本傳：會昌末，同平章事，爲李德裕所嫉，罷相爲陝虢觀察使。宣宗即位，遷河中尹。又《地理志》：河中節度治河中府，管蒲、晉、絳、慈、隰等州。〔按〕吴廷燮《唐方鎮年表》卷四繫崔鉉鎮河中在會昌六年至大中三年。狀云「廉車憲印，轉過其材。即以今月七日赴任」，當是赴桂管觀察使任前，即三月七日前所作。

〔二〕〔錢注〕司馬遷《報任少卿書》：使得奏薄伎，出入周衛之中。〔補注〕因緣，憑藉。

〔三〕〔錢注〕《漢書·高后紀》：入未央宫掖門。注：非正門，而在左右兩掖，若人之有臂掖。〔補注〕左掖，指門下省。鄭亞出爲桂管觀察使前任給事中，屬門下省。中臺，指尚書省。《新唐書·鄭畋傳》：「父亞……李回任中丞，薦爲刑部郎中知雜事。」中臺指此。

〔四〕〔錢注〕《南史·何思澄傳》：自廷尉正遷治書侍御史。宋、齊以來，此職甚輕。天監初，始重其選，車前依尚書二丞，給三騶，執盛印青囊，舊事糾彈官印綬在前故也。〔補注〕廉車，指觀察使赴任時所乘之車。廉，通「覝」，考察，查訪。憲印，指所帶憲銜御史中丞。《舊唐書・宣宗紀》：大中元年二月，「以給事中鄭亞爲桂州刺史、御史中丞、桂管防禦觀察等使。」錢注非。

〔五〕〔補注〕好款，交好。按：據「相公早於寮故」四句，似鄭亞曾與崔鉉爲幕府同僚。崔鉉大和六年至九年曾在西川段文昌幕爲掌書記，開成三年至會昌三年又曾在荆南李石幕爲掌書記。鄭亞與鉉同幕疑在西川段文昌幕。

〔六〕〔錢注〕《史記・淮陰侯傳》：北首燕路。〔補注〕《禮記・禮運》：「孔子曰……吾舍魯，何適矣！」

〔七〕〔錢注〕《新唐書・方鎮表》：朔方節度使。寶應（當作「廣德」）二年，罷河中、振武節度，以所管七州隸朔方。大曆二（當作「十四」）年，析置河中、振武、邠寧三節度。

〔八〕〔錢注〕《舊唐書・地理志》：河中府，隋河東郡。《史記・季布傳》：布爲河東守。孝文時，人有言其賢者，孝文召，欲以爲御史大夫。復有言其勇，使酒難近。至，留邸一月見罷。布因進曰：「陛下無故召臣，此人必有以臣欺陛下者。今臣至，無所受事罷去，此人必有以毁臣者。臣恐天下有識聞之，有以窺陛下也。」上默然良久曰：「河東吾股肱郡，故特召君耳。」

〔九〕〔錢注〕沈約《齊故安陸昭王碑》：下車敷化，風動神行。〔按〕餘參見《爲滎陽公與昭義李僕射狀》注〔九〕。

〔一〇〕〔錢注〕《後漢書・鄧騭傳論》：委遠時柄。〔補注〕時柄，當世之權柄。此指相位。

〔一一〕〔錢注〕《晉書・殷浩傳》：深源不起，當如蒼生何！按：又見《謝安傳》。〔補注〕《晉書・謝安傳》：「中丞高崧戲之曰：『卿累違朝旨，高卧東山，諸人每相與言：安石不肯出，將如蒼生何！』」

## 爲滎陽公上河中崔相公狀二〔一〕

天恩刑部相公登庸〔二〕，伏惟感慰。刑部相公盛烏衣之遊，相公稟青雲之秀〔三〕。更歷殷肱之郡〔四〕，咸登鼎鼐之司〔五〕。凡在生靈，不任欣慶。昔疏廣家榮兩傳，止當儲護之朝〔六〕；王儉門有二台，不在休明之運〔七〕。將煩擬議，又豈同塗？某方守藩條〔八〕，闕陪賀客。唯願蕃昌姜姓，恢大崔門〔九〕。永令阮巷之間〔一〇〕，迭奉堯階之化〔一一〕。伏惟特賜恩察。

**【校注】**

〔一〕本篇原載清編《全唐文》卷七七三第二五頁、《樊南文集補編》卷三。〔按〕狀云「刑部相公登庸」，「刑部相公」指崔元式。《新唐書・宣宗紀》：大中元年三月，「刑部尚書、判度支崔元式爲門下侍郎、翰林學士承旨、户部侍郎韋琮爲中書侍郎：同中書門下平章事」。《宰相表》同。狀又云：「某方守藩條，闕陪賀客。」當是鄭亞方赴桂管任時所上，約三月七日稍前。琮與元式當在三月初同時拜相。

〔二〕〔錢箋〕謂崔元式也。詳《爲滎陽公上弘文崔相公狀一》注〔一〕。〔補注〕《書·堯典》：「帝曰：『疇咨若時登庸。』」登庸，指任用爲相。

〔三〕〔錢注〕《新唐書·宰相世系表》：安平大房，崔氏元略，子鉉，相武宗、宣宗。弟元式，相宣宗。《宋書·謝弘微傳》：謝混風格高峻，少所交納，唯與族子靈運、瞻、曜、弘微並以文義賞會，嘗共宴處，居在烏衣巷，故謂之烏衣之遊。《晉書·阮咸傳》：咸字仲容，任達不拘，與叔父籍爲竹林之遊。咸與籍居道南，諸阮居道北。顏延之《五君詠》：仲容青雲器，實禀生民秀。

〔四〕見《爲滎陽公上河中崔相公狀一》注〔八〕。〔補注〕此指崔鉉任河中尹、河中節度使。

〔五〕〔錢注〕班固《爲第五倫薦謝夷吾表》：宜當拔擢，使登鼎司。〔補注〕此指元式、鉉叔侄均登相位。

〔六〕〔錢注〕《漢書·二疏傳》：地節三年，立皇太子，廣爲少傅，數月，徙爲太傅。廣兄子受，亦以賢良舉爲太子家令，頃之，拜少傅。太子外祖父特進平恩侯許伯以爲太子少，白使其弟中郎將舜監護太子家。上以問廣，廣對曰：「太子國儲副君，師友必於天下英俊，不宜獨親外家許氏。且太子自有太傅、少傅，官屬已備，今復使舜護太子家，視陋，非所以廣太子德於天下也。」

〔七〕〔錢注〕《南齊書·王僧虔傳》：世祖即位，僧虔以風疾欲陳解，會遷侍中、左光禄大夫、開府儀同三司。僧虔謂兄子儉曰：「汝任重于朝，行當有八命之禮。我若復授此，則一門有二台司，實可畏懼。」乃固辭不拜。〔補注〕台，台司，指三公等宰輔大臣。休明，美好清明之世。語出《左傳・宣公三年》。

〔八〕〔錢注〕《隋書・公孫景茂傳》：宜升戎秩，兼進藩條。〔補注〕漢代州刺史以六條考察州郡官吏，故以藩條指州刺史之職。

〔九〕〔錢注〕《新唐書・宰相世系表》：崔氏出自姜姓。齊丁公伋嫡子季子讓國叔乙，食采於崔，遂爲崔氏。《史記・吕不韋傳》：吾能大子之門。〔補注〕《左傳・閔公元年》：「其必蕃昌。」

〔一〇〕見本篇注〔一三〕引《晉書・阮咸傳》。

〔一一〕〔錢注〕《史記・太史公自序》：墨者亦尚堯、舜道，言其德行曰：「堂高三尺，土階三等。」

## 爲滎陽公上西川崔相公狀〔一〕

不審近日尊體何如？玉壘延清〔二〕，錦城致爽〔三〕，伏料撫寧多暇〔四〕，福祐來成。相公白琯正音〔五〕，黄彝重器〔六〕。道既著於燮理〔七〕，績復彰於旬宣〔八〕。方今化切修文〔九〕，時當偃伯〔一〇〕，必資元老〔一一〕，以冠庶僚〔一二〕。雖羽儀未集於方明〔一三〕，而夢想固通於中夕〔一四〕。佇見坤維返駕〔一五〕，宣室虚襟〔一六〕，更躋湯、禹之姿，重講胥、庭之化〔一七〕。訪諸動植〔一八〕，望在旬時〔一九〕。況某仰奉恩知，獲階廉問，既殊常品，實倍私懷。赴任有程，瞻風未卜，結款詞訥〔二〇〕，依仁路賒〔二一〕。冀申毫髮之功，永奉陶甄之賜。即以今月七日進發，到府續差專使起居。伏惟恩察。

【校注】

〔一〕本篇原載清編《全唐文》卷七七四第九頁、《樊南文集補編》卷四。題内「崔」字，《全文》原作「張」，據錢校改。〔錢箋〕滎陽出鎮，在大中元年，此有時代之可考也。《舊唐書·宣宗紀》：「會昌六年四月，劍南西川節度使崔鄲檢校尚書右僕射，同中書門下平章事如故。」《新唐書·宰相表》：「大中元年八月，李回爲劍南西川節度使。」是崔、李即先後交替之人，不應中間復有所謂「張相公」者。若謂留後權知，則文中「道既著於燮理」，又爲使相出鎮之辭，亦不可通。頗疑「張」字爲「崔」字之訛。蓋此篇爲鄭亞甫至桂管時作，而崔鄲尚未離鎮，故有「佇見坤維返駕，宣室虚襟」之語。至前《弘文崔相公第三狀》（本書已依錢校改爲《爲滎陽公上僕射崔相公狀二》，在後）、《僕射崔相公第一狀》，則皆爲崔鄲還朝時作。合數篇以類推，雖編列錯亂，而尚有脉理之可尋。惟前此「弘文」「僕射」互易其題，此篇改「張」爲「崔」，皆無别本可證。易舊題以就己説，終不敢自以爲必然。姑存此説，以俟知者。〔張箋〕案錢説甚是，此必涉集中《賀幽州張相公》等題而誤。〔按〕錢氏考辨「張相公」乃「崔相公」之訛甚是。據《新唐書·宰相表》，會昌元年十一月癸亥，崔鄲檢校吏部尚書、同平章事、劍南西川節度使。而《舊唐書・宣宗紀》，會昌六年四月，劍南西川節度使崔鄲檢校尚書右僕射，同中書門下平章事如故。《新書・宣宗紀》，大中元年八月丙申，李回罷相。《通鑑》亦云：大中元年「八月丙申，以門下侍郎、同平章事李回同平章事，充西川節度使」。必於此時方徵崔鄲還朝，詳見《爲滎陽公上僕射崔相公狀一》及《爲滎陽公上僕射崔相公狀二》。故自會昌元年十一月至大中元年八月，任劍南西川節度使者唯崔鄲一人，斷無所謂「張相公」者。而此狀爲鄭亞作，狀又有「即以今月七日進發」之文，知必作於大中元年三月七日赴任前夕。彼時崔鄲仍在西川，故稱「西川崔相公」。錢氏謂「此篇爲鄭亞甫至桂管時作」，張氏《會箋》從之，編於抵達桂林後所上諸狀之後，則均徵誤。蓋文中「佇見坤維返駕，宣室虚襟」之語，乃尋常祝願之辭，非謂其時鄲已接内召之命，即將返京也。

〔二〕〔錢注〕左思《蜀都賦》：包玉壘而爲宇。劉逵注：玉壘，山名也，在成都西北。〔按〕玉壘山有二，一在唐茂州汶川縣東北四里（今四川汶川縣東北），見《元和郡縣圖志》卷三二；一在唐彭州導江縣西北二十九里（今四川都江堰市西北），見《元和郡縣圖志》卷三一。左思《蜀都賦》及本篇所云玉壘山當指後者。

〔三〕〔錢注〕《初學記》：《益州記》曰：「錦城在益州南，笮橋東，流江南岸，昔蜀時故錦官也，處號錦里，城墉猶在。」《晉書・王徽之傳》：西山朝來，致有爽氣耳。

〔四〕〔錢注〕韋孟《諷諫詩》：撫寧遐荒。〔補注〕撫寧，安撫平定。

〔五〕〔錢注〕《晉書·律曆志》：黄帝作律，以玉爲管，爲十二月音。至舜時，西王母獻昭華之琯，以玉爲之。及漢章帝時，零陵文學奚景於泠道舜祠下得白玉琯。則古者又以玉爲管矣。《淮南子》：姑洗生應鐘，比於正音，故爲和。〔補注〕事又見《大戴禮記·少閒》：「昔虞舜以天德嗣堯……西王母來獻其白琯。」

〔六〕〔補注〕《周禮·春官·司尊彝》：「秋嘗冬蒸，裸用斝彝、黄彝，皆有舟。」鄭玄注：「黄彝，黄目尊也。」黄彝，黄銅彝器。據稱刻人目爲飾，故又稱黄目尊。

〔七〕〔補注〕《書·周官》：「立太師、太傅、太保，兹惟三公，論道經邦，燮理陰陽。」故以燮理指宰相職務。崔鄲開成四年至會昌元年爲相，見《新書·宰相表》。

〔八〕〔補注〕《詩·大雅·江漢》：「王命召虎，來旬來宣。」旬宣，周遍宣示。此指其出鎮西川，宣示政教。

〔九〕〔補注〕《國語·周語上》：「有不享則修文。」修文，指修治典章制度，提倡禮樂教化。

〔一〇〕〔錢注〕《後漢書·馬融傳》：《廣成頌》曰：「命師於鞬櫜，偃伯於靈臺。」注：《司馬法》曰：「古者武軍三年不興，則凱樂凱歌，偃伯靈臺，答人之勞，告不興也。」偃，休也；伯，謂師節也；靈臺，望氣之臺也。

〔一一〕〔補注〕《詩·小雅·采芑》：「方叔元老，克壯其猶。」毛傳：「元，大也。五官之長，出於諸侯，曰天子之老。」此指年輩資望高之大臣。

〔一二〕〔補注〕張衡《思玄賦》：「戒庶僚以夙會兮，僉恭職而並迓。」庶僚，百官。

〔一三〕方明，見《爲濮陽公上淮南李相公狀二》「佇見方明展事」注。〔補注〕羽儀，語本《易·漸》：「鴻漸于陸，其羽可用爲儀。」孔疏：「處高而能不以位自累，則其羽可用爲物之儀表，可貴可法也。」

〔一四〕〔補注〕《書·説命上》：「夢帝賚予良弼，其代予言。乃審厥象，俾以形旁求于天下。説築傅巖之野，惟肖。爰立作相。」

〔一五〕〔錢注〕《淮南子》：坤維在西南。〔補注〕此以坤維指西蜀。

〔一六〕〔錢注〕《史記·賈生傳》：賈生徵見。孝文帝方受釐，坐宣室。上因感鬼神事，而問鬼神之本。賈生因具道所以然之狀。至夜半，文帝前席。《晉書·吐谷渾傳》：於是虚襟撫納，衆赴如歸。

〔一七〕胥庭之化，見《爲濮陽公上陳相公狀一》「欲人盡若胥、庭」注。

〔一八〕〔補注〕《周禮·地官·大司徒》：「辨五地之物生。一曰山林，其動物宜毛物，其植物宜早物。」

〔一九〕〔補注〕旬時，十天。語本《書·康誥》：「要囚，服念五六日，至于旬時。」

〔二〇〕〔錢注〕謝莊《與大司馬江夏王義恭箋》：良由誠淺辭訥，不足上感。

〔二一〕〔補注〕《論語·述而》：「子曰：『志於道，據於德，依於仁，遊於藝。』」依仁，此謂依循於有仁德者。

## 爲滎陽公上荆南鄭相公狀一〔一〕

某謬蒙恩渥，寄以察廉〔二〕。退省庸虚〔三〕，實深兢惕。伏幸塗經荆楚〔四〕，行拜旌麾〔五〕。冀於侍讌之餘〔六〕，得受發蒙之教〔七〕。即以今月七日赴任。桂林不惟雜俗〔八〕，實介遐荒〔九〕。然處於上游〔一〇〕，嘗是重德〔一一〕。餘波所及〔一二〕，孔道是因〔一三〕。龘仰仁聲，必康疲俗。況某早緣宗族〔一四〕，辱奉恩知。便路起居，率誠諂稟。庶常祗佩〔一五〕，用免悔尤。慰抃之深，先積卑懇。上路後續更有狀，伏惟照察。

**【校注】**

〔一〕本篇原載清編《全唐文》卷七七四第五頁、《樊南文集補編》卷三。〔錢箋〕（荆南鄭相公）鄭肅也。《舊唐書》本傳：會昌五年，同平章事。宣宗即位，罷相。《新唐書》本傳：宣宗即位，罷爲荆南節度使。《舊唐書·地理志》：荆南節度使，治江陵府，管歸、夔、峽、忠、萬、澧、朗等州。〔張箋〕（會昌六年九月）鄭肅罷爲荆南節度使。〔按〕據《新唐書·宰相表》：會昌六年四月丙子，李德裕檢校司徒、同平章事、荆南節度使。辛卯，鄭肅檢校尚書左僕射兼中書侍郎。九月，肅本檢校官、荆南節度使。《新書·紀》《通鑑》並同。是鄭肅乃代德裕鎮荆南，而德裕則解平章事，爲東都留守。本篇爲鄭亞赴桂管任前夕所上，作於大中元年三月七日前。

〔二〕〔錢注〕本集徐氏曰：（察廉）即廉察，以聲病倒用，非舉孝察廉之謂。〔補注〕指任觀察使。

〔三〕〔補注〕庸虚，才能低下，學識淺薄。《陳書·高祖紀上》：「僕本庸虚，蒙國成造。」

〔四〕〔補注〕《詩·商頌·殷武》：「撻彼殷武，奮伐荆楚。」按：荆楚，此指荆州地區。

〔五〕〔錢注〕《魏志·袁紹傳》注：《漢晉春秋》：「共衛旌麾。」〔補注〕旌麾，此指節度使之旌旗。《舊唐書·職官志》：「節度使……受命之日，賜之旌節。」

〔六〕〔錢注〕吴質《在元城與魏太子箋》：前蒙延納，侍宴終日。

〔七〕〔補注〕《易·蒙》：「初六，發蒙，利用刑人。」發蒙，啓發蒙昧。

〔八〕〔錢注〕《史記·秦始皇本紀》：略取陸梁地，爲桂林、象郡、南海。〔補注〕雜俗，各種習俗，指桂管地區華夷雜居。

〔九〕〔錢注〕史孝山《出師頌》：澤霑遐荒。

〔一〇〕〔錢注〕《史記·項羽紀》：地方千里，必居上游。〔補注〕《南史·謝晦傳》：「晦率衆二萬，發自江陵……晦據上流，檀鎮廣陵，各有强兵，足制朝廷。」此「上游」即指荆州形勝重地。正切鄭肅鎮荆南。

〔一一〕〔補注〕重德，大德之人。《漢書·車千秋傳》：「千秋居丞相位，謹厚有重德。」羅隱《投宣武鄭尚書二十韻》：「物情須重德，時論在明公。」

〔一二〕〔補注〕《書・禹貢》：「導弱水至于合黎，餘波入于流沙。」按：此以喻鄭肅之恩波。《左傳・僖公二十三年》：「其波及晉國者，君之餘也，其何以報君？」當用此意。

〔一三〕〔錢注〕《漢書・西域傳》：不當孔道。

〔一四〕〔補注〕商隱《自桂林奉使江陵途中感懷寄獻尚書》「明公念竹林」句自注：「公與江陵相國譜（原作「韶」，據張采田説改）叙叔侄。」又《爲滎陽公上荆南鄭相公狀二》：「況十叔相公師律克貞，功成允懋……不唯宗族，實係蒸黎。」可證肅與亞爲同宗叔侄。

〔一五〕〔補注〕祇佩，敬佩。

## 爲滎陽公上淮南李相公狀〔一〕

某素無材術，謬竊寵榮。論駁靡效於掖垣〔二〕，廉問更叨於藩服〔三〕。此皆相公十一丈早迴掄覽〔四〕，曲賜丹青〔五〕。知其平生，未始却曲〔六〕。振毛羽於衝風之末〔七〕，脱氛埃於剛氣之中〔八〕。雖曰至愚，實佩嘉貺〔九〕。即以今月七日赴任。瞻戀旌旆，徘徊路歧〔一〇〕。杳然向風，魂動心至。相公十一丈早參大政，克建殊勳。成則不居〔一一〕，惕而無咎〔一二〕。然今兹昌運，實屬長君〔一三〕。優游雖縱於宗臣〔一四〕，融治必資於宰匠〔一五〕。竊計明臺衢室〔一六〕，已懸夢思〔一七〕；豈復龍節霓旌〔一八〕，可淹偃息？伏惟特加寢膳，以副禱祠〔一九〕。歸奉休期，遠登壽域〔二〇〕。內修百職〔二一〕，外庇庶藩。則某雖僻在遐方，仰違德宇〔二二〕，片心朽質〔二三〕，萬里不孤。特希終始恩亮。到任即差專使起居，諸續陳啓。謹狀。

【校注】

〔一〕本篇原載清編《全唐文》卷七七四第六頁、《樊南文集補編》卷三。〔錢箋〕（淮南李相公）李讓夷也。《新唐書》本傳：武宗初，同中書門下平章事。宣宗立，爲大行山陵使，未復土，拜淮南節度使。淮南，見《爲濮陽公上淮南李相公狀一》注〔一〕。〔張箋〕（會昌六年）七月，李讓夷罷爲淮南節度使（《新·紀》參《新書·讓夷傳》）。附考云：《舊書·李紳傳》：「會昌六年，卒於淮南。」讓夷蓋代李紳也。《舊·紀》書「劍南東川節度使」，誤。〔按〕《新書·宰相表》：會昌六年「七月，讓夷檢校司空、同平章事、淮南節度使」。《通鑑·武宗會昌六年》：「秋，七月，壬寅，淮南節度使李紳薨。」是李讓夷出鎮淮南確在會昌六年七月李紳卒後。《新書·李讓夷傳》：「拜淮南節度使。以疾願還，卒於道。」而此狀有「即以今月七日赴任」，「廉問更叨於藩服」語，當上於大中元年三月七日稍前。讓夷「以疾願還，卒於道」之事在此之後。

〔二〕〔錢注〕《新唐書·百官志》：給事中四人，凡百司奏抄，侍中既審，則駁正違失。詔敕不便者，塗竄而奏還，謂之塗歸。季終，奏駁正之目。劉楨《贈徐幹詩》：誰謂相去遠，隔此西掖垣。〔按〕

鄭亞出任桂管觀察使前爲門下省給事中。故云。

〔三〕〔補注〕藩服，古九服之一。《周禮·夏官·職方氏》：「（鎮服）外方五百里曰藩服。」賈公彦疏：「言藩者，以其最在外爲藩籬。」藩服，此指遠藩。

〔四〕〔補注〕掄覽，選拔考察。

〔五〕〔錢注〕桓寬《鹽鐵論》：公卿者，四海之表儀，神化之丹青也。〔補注〕丹青，猶輝光顔色。

〔六〕〔錢注〕《莊子》：吾行却曲，無傷吾足。〔補注〕却曲，曲折。

〔七〕〔錢注〕《漢書·韓安國傳》：衝風之衰，不能起毛羽。注：衝風，疾風之衝突者也。

〔八〕〔錢注〕《楚辭·遠遊》：絶氛埃而淑郵兮。《抱朴子》：太清之中，其氣甚罡，剛能勝人也。師言鳶飛轉高，則但直舒兩翅，了不復扇摇之而自進者，漸乘剛炁故也。

〔九〕〔錢注〕魏文帝《與鍾大理書》：嘉貺益腆，敢不欽承。

〔一〇〕路岐，見《爲濮陽公與丁學士狀》「念路岐而增歎」注。

〔一一〕見《爲濮陽公上賓客李相公狀一》注〔一四〕。

〔一二〕〔補注〕《易·乾》：「君子終日乾乾，夕惕若厲，無咎。」

〔一三〕長君，見《爲滎陽公上李太尉狀》（伏見除書）注〔八〕。此指宣宗。

〔一四〕宗臣，見《爲濮陽公上賓客李相公狀二》「必屬宗臣」注。〔補注〕《詩·大雅·卷阿》：「伴奂爾游矣，優游爾休矣。」《左傳·襄公二十一年》：「《詩》曰：『優哉游哉，聊以卒歲。』」

〔一五〕〔錢注〕陸機《感丘賦》：隨陰陽以融治。《蜀志·馬良傳》：爲天下宰匠，欲大收物之力，而不量才節任，隨器付業，難乎其可與言智者也。

〔一六〕〔錢注〕《管子》：黄帝立明臺之議者，上觀於賢也；堯有衢室之問者，下聽於人也。〔補注〕《文選·王融〈永明十一年策秀才文〉》：「思政明臺，訪道宣室。」張銑注：「明臺，明堂也。天子布政之宫。」衢室，堯徵詢民意之所。

〔一七〕見《爲滎陽公上西川崔相公狀》注〔一四〕。

〔一八〕霓，錢注本作「蜺」，通。〔錢注〕宋玉《高唐賦》：蜺爲旌，翠爲蓋。〔補注〕《周禮·地官·掌節》：「凡邦國之使節，山國用虎節，土國用人節，澤國用龍節。」此泛指奉王命出使者所持之節。龍節霓旌，指節度使之旌節。

〔一九〕〔補注〕《周禮·春官·喪祝》：「掌勝國邑之社稷之祝號，以祭祀禱祠焉。」賈公彦疏：「禱祠，謂國有故，祈請求福曰禱，得福報賽曰祠。」

〔二〇〕壽域，見《爲濮陽公上淮南李相公狀三》「致于仁壽」注。

〔二一〕〔補注〕《漢書·百官公卿表上》：「自周衰，官失而百職亂。」

〔二二〕德宇，見《爲濮陽公上淮南李相公狀一》「常依德宇」注。

〔二三〕〔錢注〕《蜀志·許靖傳》注：《魏略》：「故乃猥以原壤之朽質，感夫子之清聽。」

## 爲滎陽公與浙西李尚書狀〔一〕

某材術素空，寵榮疊至。未申論駁〔二〕，俄忝察廉。尚書允贊休期，克抱全德。直以高堂指訓〔三〕，外地優閒〔四〕，尚稽廉部之名〔五〕，實積具瞻之望〔六〕。然賢豪出處，典册傳流，故有移孝作忠〔七〕，自家刑國〔八〕。推曾、顔之至行〔九〕，參丙、魏之嘉猷〔一〇〕。將使爲臣，皆規令範。出征入輔〔一一〕，尤叶群情。厚承恩憐，倍注誠款。即以今月七日赴任〔一二〕，到鎮更當有狀。

【校注】

〔一〕本篇原載清編《全唐文》卷七七四第一三頁、《樊南文集補編》卷四。〔錢箋〕（浙西李尚書）李景讓也。《新唐書》本傳：自右散騎常侍出爲浙西觀察使。《通鑑》：會昌六年九月，以右散騎常侍李景讓爲浙西觀察使。《舊唐書·地理志》：浙江西道節度使治潤州，管潤、蘇、常、杭、湖等州。或爲觀察使。〔按〕史均言其自右散騎常侍出爲浙西觀察使。此前亦未載其曾任尚書。則此「尚書」或爲鎮浙西時所加檢校官。狀上於大中元年三月七日鄭亞赴桂管任前夕。

〔二〕見《爲滎陽公上淮南李相公狀》注〔二〕。指任給事中職未久。下句「俄忝察廉」指任桂管觀察使。

〔三〕〔錢注〕《新唐書·李景讓傳》：景讓母鄭，治家嚴，身訓勤諸子。始，貧乏時，治墻得積錢，僮婢奔告，母曰：「士不勤而禄，猶菑其身，況無妄而得，我何取？」亟使閉坎。景讓爲浙西觀察使，嘗怒牙將，杖殺之，軍且謀變，母廷責曰：「爾填撫方面而輕用刑，一夫不寧，豈特上負天子，亦使百歲母銜羞泉下，何面目見先大夫乎？」將鞭其背，吏大將再拜請，不許，皆泣謝，乃罷，一軍遂定。〔按〕事亦見《通鑑·會昌六年》。

〔四〕〔補注〕指在外郡安閒爲官，未回朝任要職。

〔五〕〔補注〕廉部，即廉鎮，觀察使之别稱。

〔六〕具瞻，見《爲滎陽公上李太尉狀》（伏見除書）注〔一九〕。

〔七〕〔補注〕《孝經·廣揚名》：「君子之事親孝，故忠可移於君。」

〔八〕〔錢注〕王褒《周太保尉遲綱墓碑》：出忠入孝，自家刑國。〔補注〕刑，以禮法對待。《詩·大雅·思齊》：「刑于寡妻，至于兄弟，以御于家邦。」鄭玄箋：「文王以禮法接待其妻。」李翺《正位》：「古之善治其國者，先齊其家，言自家之刑于國也。」

〔九〕〔錢注〕本集《爲山南薛從事謝辟表》：「思曾、顏之供養。」馮氏曰：曾子之孝習見矣。《家語》説顏回之行，引《詩》「永言孝思，孝思維則」。《後漢書·延篤傳》論仁孝前後曰：「仁孝同質而生。純體之者，則互以爲稱，虞舜、顔回是也。若偏而體之，則各有其目，公劉、曾參是也。」是可徵顔子之孝。

〔一〇〕〔錢注〕《漢書·魏相丙吉傳贊》：近觀漢相，高祖開基，蕭、曹爲冠；孝宣中興，丙、魏有聲。〔補注〕《書·君陳》：「爾有嘉謀嘉猷。」嘉猷，治國之善道。丙吉、魏相，均以知大體，爲政寬平名重當時。

〔一一〕〔錢注〕傅亮《爲宋公求加贈劉將軍表》：出征入輔，幸不辱命。

〔一二〕七，原作「十」，據鄭亞赴桂管任前商隱代擬其他諸狀改正。

## 爲滎陽公與京兆李尹狀〔一〕

伏承榮膺新命，伏惟感慰。閣下深藴材謀〔二〕，久未登用，雖當劇任〔三〕，猶屈壯圖。然五歲之中，二都咸歷〔四〕：東京圭表〔五〕，已肅於殷頑〔六〕；西雍山河〔七〕，佇奔於晉盜〔八〕。便承寵擢，入贊休明〔九〕。注望之誠〔一〇〕，頃刻斯至。某實無材術，謬忝察廉。方蘇瘴嶠之疲羸，闕覿章臺之風彩〔一一〕。受釐辱召〔一二〕，對策叨名〔一三〕。雖覊旅於小藩，實寤寐於餘眷。未期拜賀，無任馳思。

【校注】

〔一〕本篇原載清編《全唐文》卷七七四第一四頁、《樊南文集補編》卷四。〔錢注〕《舊唐書・職官志》：京兆、河南、太原等府尹各一員，從三品。〔張箋〕（繫本篇於大中元年鄭亞抵桂管任以後，與《爲滎陽公與河南崔尹狀》同編。云）二尹未詳，俟考。〔岑箋〕余按狀云：「伏承榮膺新命……然五歲之中，二都咸歷，東京圭表，已肅於殷頑；西雍山河，佇奔於晉盜。」據《新書》一四六《李拭傳》：「仕歷宗正卿，京兆尹，河東鳳翔節度使，以秘書監卒。」又《通鑑》二四八：會昌五年，「夏四月壬寅，以陝虢觀察使李拭爲册黠戛斯可汗使」。然拭並未行。又唐《會稽太守題名記》，「李拭大中二年二月自京兆尹除檢校左散騎常侍授」，是商隱文之京兆李尹，斷是李拭。但會昌五年正月河南尹尚爲盧貞（按：見《爲河南盧尹賀上尊號表》注〔一〕），合觀上引《通鑑》，拭尹河南應在同年四月後，由會昌五年數至大中二年，亦不過四年，則疑狀「五歲之中」，應正作三歲（三、五互訛，例如前舉《樊川集》）。簡言之，則拭因册黠戛斯未行，同年改授河南尹。越兩歲，即大中元年，改京兆尹。《新・傳》甚略，故不詳河南尹也。拭去河南，璪繼其任，此狀與前一狀（按：指《爲滎陽公與河南崔尹狀》）蓋同時發矣。（《平質》已缺證九《京兆李尹》條）〔按〕岑氏考證精審，當從。《爲滎陽公與河南崔尹狀》有「到任後續更有狀」語，係大中元年三月七日赴桂管任前夕所作，本篇當同時作。張氏繫抵桂林任後作，微誤。又，考拭大中元年任京兆尹，係代韋正貫。《新唐書・韋正貫傳》云：「宣宗立，以治當最，拜京兆尹。」

〔二〕〔錢注〕趙璘《因話録》:古者三公開閤,郡守比古之侯伯,亦有閤,所以世之書題有閤下之稱。

〔三〕〔錢注〕蔡邕《司徒文烈侯楊公碑》:常伯劇任。〔補注〕劇任,政務繁重之要任。此指京兆尹。

〔四〕〔錢注〕班固《兩都賦序》:西土耆老,咸懷怨思,冀上之睠顧,而盛稱長安舊制,有陋洛邑之議,故臣作《兩都賦》。〔按〕五,岑仲勉以爲當作「三」,見注〔一〕。

〔五〕〔錢注〕張衡《東京賦》:土圭測景。《周禮·大司徒》注:土圭之長,尺有五寸,以夏至之日,立八尺之表,其景適與土圭等,謂之地中。今潁川陽城地爲然。〔補注〕圭表,喻典範、表率。

〔六〕〔補注〕《書·畢命》:「毖殷頑民,遷于洛邑,密邇王室,式化厥訓。」孔傳:「惟殷頑民,恐其叛亂,故徙於洛邑,密近王室,用化其教。」殷頑,本指殷代遺民中不服周朝統治之頑民,此指當地愚頑不化之奸猾之民。

〔七〕〔錢注〕《新唐書·地理志》:京兆府本雍州,開元元年爲府。〔補注〕《史記·高祖本紀》:「秦,形勝之國,帶河山之險,縣隔千里,持戟百萬,秦得百二焉。」《公羊傳·隱公五年》:「自陝而東者,周公主之;自陝而西者,召公主之。」

〔八〕〔補注〕《左傳·宣公十六年》:「士會將中軍,且爲太傅。於是晉國之盜逃奔於秦。」此反用其事。

〔九〕〔補注〕《左傳·宣公三年》:「楚子問鼎之大小、輕重焉,對曰:『在德不在鼎……德之休明,雖小,重也;其姦回昏亂,雖大,輕也。』」休明,美好清明之世。

〔一〇〕〔補注〕注望，矚目，期望。《三國志·蜀志·許靖傳》：「百姓之命，縣於執事，自華及夷，顒顒注望。」

〔一一〕〔錢注〕《漢書·張敞傳》：敞爲京兆尹，時罷朝會，過走馬章臺街，使御史驅，自以便面拊馬。〔補注〕章臺，漢長安街名。

〔一二〕宣室，見《爲滎陽公上西川崔相公狀》注〔一六〕。〔補注〕受釐，漢制祭天地五畤，皇帝派人祭祀或郡國祭祀後，皆以祭餘之肉歸致皇帝，以示受福。見《史記·屈原賈生列傳》裴駰集解引如淳注。《漢書·賈誼傳》顔師古注則以「釐」爲「禧」之借字，謂受釐爲受神之福。

〔一三〕〔錢注〕《漢書·武帝紀》：元光元年，詔曰：「賢良明於古今王事之體，受策察問，咸以書對，著之於篇。」於是董仲舒、公孫弘等出焉。〔補注〕《漢書·公孫弘傳》：「上策詔諸儒……時對者百餘人，太常奏弘第居下。策奏天子，擢弘對爲第一……拜爲博士，待詔金馬門。」又《董仲舒傳》：「武帝即位，舉賢良文學之士前後百數，而仲舒以賢良對策焉……天子覽其對而異焉。」按《新唐書·鄭畋傳》：「父亞……爽邁有文，舉進士、賢良方正、書判拔萃，三中其科。……李回任中丞，薦爲刑部郎中知雜事，拜給事中。」「受釐辱召，對策叨名」當指上述情事。

## 爲滎陽公與河南崔尹狀〔一〕

某實無績效〔二〕，謬竊寵榮。顧憂菲陋之姿〔三〕，必負澄清之寄〔四〕。十五丈周旋華貫〔五〕，彰灼休聲。尋合光輔大君〔六〕，俯成嘉運。直以避榮爲意〔七〕，勇退是謀〔八〕。大鬱物情，未副公議。然民資先覺〔九〕，材爲時生。苟卷懷而太深〔一〇〕，則燮理而何望〔一一〕？伏惟時以爲意也。末由拜謁，瞻戀伏深。到任後續更有狀。

【校注】

〔一〕本篇原載清編《全唐文》卷七七四第一四頁、《樊南文集補編》卷四。錢氏與張采田於河南崔尹均無考。張氏《會箋》編於大中元年鄭亞抵達桂管任後。〔吴廷燮《唐方鎮年表》卷上陝虢〕杜牧《（崔）璪授刑部尚書制》：「歘歷中外，道益光顯。左省駁議，不畏强禦。分憂陝服，尹兹東郊。政既安人，化能被俗。」此璪鎮陝在河南尹之前之證。以《樊南文集補·爲滎陽公與河南崔尹狀》考之，璪於大中元年爲河南尹。〔岑仲勉曰〕璪是宰相珙介弟，故狀文稱十五丈。《舊書》一七七本傳：「會昌初，出爲陝虢觀察使，遷河南尹，入爲御史中丞，轉吏部侍郎，大中初……」其紀年不足據也。（《平質》己缺證八《河南崔尹》條）〔《唐尚書省郎官石柱題名考》卷三吏部郎中〕崔璪（又吏外）。《新·表》博陵二房崔氏：同州刺史頲子，珦（見户外）弟（《舊·傳》：珙，瑨弟珦兄。《表》云珙，瑨兄）璪，刑部尚書。《舊·傳》：開成初爲吏部郎中，轉給事中。〔按〕狀有「到任後續更有狀」語，當爲大中元年三月七日鄭亞赴桂管任前夕所上。

〔二〕〔錢注〕《後漢書·荀彧傳》：原其績效，足享高爵。

〔三〕〔錢注〕鮑照《紹古辭》：菲陋人莫傳。〔補注〕菲陋，淺薄鄙陋。

〔四〕見《爲滎陽公謝除盧副使等官狀》注〔三〕。負，辜負。

〔五〕〔錢注〕沈約爲齊帝作《王亮王瑩加授詔》：京輔華貫，端副要重。〔補注〕華貫，顯要之行列。

〔六〕〔補注〕《左傳·昭公二十年》：「神人無怨，宜夫子之光輔五君，以爲諸侯主也。」光輔，多方面輔佐。《易·師》：「大君有命，開國承家。」孔疏：「大君，謂天子也。」

〔七〕〔錢注〕夏侯湛《東方朔畫贊》：退不終否，進亦避榮。

〔八〕〔錢注〕謝瞻《於安成答靈運詩》：勇退不敢進。

〔九〕〔補注〕《孟子·萬章上》：「天之生此民也，使先知覺後知，使先覺覺後覺也。」

〔一〇〕〔補注〕《論語·衛靈公》：「邦無道，則可卷而懷之。」卷，收；懷，藏。卷懷，藏身隱退。

〔一一〕〔補注〕《書·周官》：「立太師、太傅、太保，茲惟三公，論道經邦，燮理陰陽。」孔傳：「和理陰陽。」指宰相職務。

## 爲滎陽公與容州韋中丞狀〔一〕

伏料旌旆，將及容州。先以仁聲，浹之和氣。遠夷畏服〔二〕，疲俗乂安〔三〕。豈待經時，然後報政〔四〕？某素無材效，忽被恩榮。實幸小藩，得親奧壤〔五〕。仰承餘論，庶免曠官〔六〕。即以某月日進發，到任續差專使馳狀。

【校注】

〔一〕本篇原載清編《全唐文》卷七七四第一五頁、《樊南文集補編》卷四。〔錢箋〕（容州韋中丞）韋廑。詳《爲滎陽公論安南行營將士月糧狀》「已牒韋廑、李玭」下。《舊唐書·地理志》：容管經略使治容州，管容、辯、白、牢、欽、巖、禺、湯、瀼、古等州。〔張箋〕（繫本篇於大中元年鄭亞抵達桂管任後。）錢氏……所論甚確，此韋中丞當即韋廑也。〔按〕《唐故處士太原王府君（修本）墓誌銘并序》，武寧軍節度判官、朝散郎、檢校祠部郎中兼侍御史、賜緋魚袋韋廑撰，開成二年十月。當即本篇題内之韋中丞。狀有「即以某月日進發」語，當上於大中元年三月七日赴桂管任前夕。張氏誤繫於抵達桂管任後，或緣「到任」字誤解所致。實則「到任」連下乃指將來到任之時。據此狀，韋廑之任命爲容管經略使，當在鄭亞之任命爲桂管觀察使之前，故篇首有「伏料旌旆，將及容州」語。據《舊唐書·地理志》，容州至京師五千九百一十里，韋廑之赴任，或在大中元年春初乃至會昌六年末。

〔二〕〔錢注〕《新唐書·地理志》：瀼州、古州，貞觀十二年，李弘節開夷獠置；牢州，武德二年，以巴、蜀徼外蠻夷地置。〔補注〕《新唐書·南蠻傳下》：「西原蠻，居廣、容之南，邕、桂之西。」

〔三〕〔補注〕乂安，安定。《史記·孝武本紀》：「漢興已六十餘歲矣，天下乂安。」

〔四〕〔錢注〕《史記·魯世家》：魯公伯禽之初受封之魯，三年而後報政周公。太公亦封於齊，五月而報政周公。

〔五〕〔補注〕奥壤，富厚之沃壤，此美稱容管地區。桂管、容管轄地，相互鄰接。

〔六〕〔補注〕《書·皋陶謨》：「無曠庶官。」曠官，空居官位，不稱職。

## 爲中丞滎陽公赴桂州長樂驛謝敕設饌狀〔一〕

右，今月某日〔二〕，中使某奉宣進止〔三〕，就長樂驛賜臣及將吏等設饌者〔四〕。將承藩寄〔五〕，尚忝朝恩。絡繹八珍〔六〕，芬芳九醞〔七〕。臣階緣薄伎〔八〕，塵辱修塗〔九〕。揚執戟之讀書，雖無非聖〔一〇〕；董太中之對策，何補清時〔一一〕。忽委廉車，乍離閨籍〔一二〕，誠欣列土〔一三〕，實耿辭天。然猶食指告祥〔一四〕，朶頤有慶〔一五〕。爰于近驛，式降貴臣，酒自堯罇〔一六〕，饌分殷鼎〔一七〕，下霑將校，旁耀路岐〔一八〕。况臣平生，本實孤賤。懷書奉役，久無黔突之謀〔一九〕；入國展儀，且懵殽烝之禮〔二〇〕。飽期滿腹〔二一〕，醉更憂心〔二二〕。終虞負乘之灾〔二三〕，無報雲天之施〔二四〕。臣與將吏等無任望闕感恩結戀屏營之至。

【校注】

〔一〕本篇原載《文苑英華》卷六三二第二頁、清編《全唐文》卷七七三第二頁、《樊南文集詳注》卷二。題内「饌」字，《英華》、徐本、馮本均無。〔按〕鄭亞一行啓程赴桂林在大中元年三月七日。朝廷於長樂驛設饌必在其日，狀亦同日所上。參下注〔四〕。

〔二〕《英華》無「某」字。

〔三〕止，《英華》注：集作「旨」。〔補注〕進止，指聖旨。《通鑑·唐德宗貞元元年》：「泌曰：『辭日奉進止，以便宜從事。』」胡三省注：「自唐以來，率以奉聖旨爲奉進止，蓋言聖旨使之進則進，使之止則止。」作「旨」者非。

〔四〕〔馮注〕《長安志》：長樂驛在萬年縣東十五里長樂坡下，東去滋水驛，西去都亭驛。〔徐注〕薛調《劉無雙傳》：京兆尹以王仙客爲富平縣尹，知長樂驛。

〔五〕藩，《英華》作「闔」，注：集作「藩」。馮本從《英華》作「闔」。

〔六〕〔徐注〕《周禮》：凡王之饋，珍用八物。又：食醫掌和王八珍之齊。杜甫詩：御厨絡繹送八珍。〔補注〕《周禮·天官·膳夫》「珍用八物」鄭玄注：「珍，謂淳熬、淳母、炮豚、炮牂、擣珍、漬、熬、肝膋也。」

〔七〕〔徐注〕左思《蜀都賦》：芬芳酷烈。張衡《南都賦》：酒則九醖甘醴，十旬兼清，醪敷徑寸，浮蟻若蓱。《北堂書鈔》：魏武帝《上九醖酒奏》云：「臣故縣令南陽郭芝，有九醖春酒，苦難飲，增爲十釀，差甘易飲，今謹上獻。」又張華《上巳篇》云：「春醴踰九醞，冬清遇十旬。」成公綏《七唱》云：「香旗九醞，淵清十旬。」〔馮注〕《魏武帝集・上九醞酒法奏》：臣縣故令南陽郭芝，有九醞春酒法，三日一釀，滿九斛米止。

〔八〕〔徐注〕《晉書・外戚傳論》曰：階緣外戚，以致顯榮。

〔九〕〔馮注〕張華詩：懸邈極修途。〔徐注〕陶潛詩：目倦修塗異。

〔一〇〕〔徐注〕《漢書・揚雄傳》：非聖哲之書不好也。《解嘲》：位不過侍郎。東方朔《（答）客難》：官不過侍郎，位不過執戟。〔補注〕執戟，秦、漢時宮廷侍衛官。曹植《與楊德祖書》：「昔揚子雲先朝執戟之臣耳，猶稱壯夫不爲也。」

〔一一〕太，《全文》作「大」，據《英華》改。〔徐注〕《漢書・董仲舒傳》：武帝即位，舉賢良文學之士前後百數，而仲舒以賢良對策。三對既畢，天子以仲舒爲江都相。中廢爲中大夫。李陵《答蘇武書》：策名清時。〔馮注〕班固《兩都賦序》：太中大夫董仲舒。《漢書・百官公卿表》：大夫掌論議，有太中大夫、中大夫、諫大夫。按：《表》：「武帝太初元年，更名中大夫爲光禄大夫，秩比二千石，太中大夫秩比千石如故。」故班氏作太中大夫，是。

〔一二〕閨籍，見《爲濮陽公陳情表》「纔通閨籍」注。

〔一三〕〔補注〕列土，謂受封爲諸侯。此指出任方鎮。

〔一四〕〔徐注〕《左傳》：楚人獻黿于鄭靈公，公子宋與子家將見，子公之食指動，以示子家曰：「他日我如此,必嘗異味。」

〔一五〕〔徐注〕《易》:舍爾靈龜,觀我朵頤。〔補注〕朵頤,鼓腮嚼食。

〔一六〕〔馮注〕《孔叢子》:昔有遺諺:「堯、舜千鍾,孔子百觚,子路嗑嗑,尚飲十榼。」《魏志》注:張璠《漢紀》曰:太祖禁酒,孔融書嘲之曰:「堯不飲千鍾,無以成其聖。」〔徐注〕姚崇詩:堯樽臨上席。王維詩:陌上堯樽傾北斗。

〔一七〕殷鼎,《英華》作「禹膳」,注:集作「殷鼎」。〔馮注〕《帝王世紀》:湯思賢,夢見有人負鼎抗俎,對己而笑。湯求婚于有莘之君,遂嫁女于湯。以伊摯爲媵臣,乃負鼎抱俎見湯也。《楚辭·天問》:緣鵠飾玉,后帝是饗。注曰:伊尹烹鵠鳥之羹,修玉鼎以事湯,湯賢之,以爲相。〔徐注〕《説苑》:湯時大旱,使人持九足鼎祝山川而天大雨。〔按〕此不過謂所賜之饌係分御膳之美味,未必用事,僅取「殷鼎」字面而已。

〔一八〕〔徐注〕曹攄詩:素絲與路歧。〔按〕此「路歧」即通衢之意。與哭歧事無涉。

〔一九〕〔徐注〕《文子》:墨子無黔突。〔馮注〕《淮南子》:孔子無黔突。按:《漢書·志》:「《文子》九篇。老子弟子,與孔子同時。而稱周平王問,似依託者也。」《史記》:「墨翟,宋大夫。或曰並孔子時,或曰在其後。」《索隱》曰:「《别録》云:『墨子書有文子。文子,子夏之弟子,問於墨子。』則墨子在七十子後也。」據此可以知孔、墨之多互易矣。〔補注〕無黔突,煙囱不曾熏黑,言其奔波忙碌。《淮南子》「孔子無黔突」高誘注:「黔言其突,竈不至於黑……歷行諸國,汲汲於行道也。」

〔二〇〕〔徐注〕《左傳》：晉侯使士會平王室，定王享之，原襄公相禮，殽烝。武子私問其故。王聞之，召武子曰：「季氏而弗聞乎？王享有體薦，宴有折俎，公當享，卿當宴，王室之禮也。」疏：切肉爲殽。乃升於俎，故謂之殽烝。〔馮注〕《左傳》注曰：烝，升也，升殽於俎。享當體薦而殽烝，故怪問之。體解節折，升之於俎，物皆可食。〔補注〕殽烝，將煮熟之牲體節解，連肉帶骨放在俎上，以享賓客。

〔二一〕〔徐注〕《莊子》：偃鼠飲河，不過滿腹。

〔二二〕〔徐注〕《詩》：憂心如醉。

〔二三〕〔徐注〕《易》：負且乘，致寇至。〔補注〕《易》孔疏：「乘者，君子之器也；負者，小人之事也。施之於人，即在車騎之上而負於物也，故寇盜知其非己所有，於是競欲奪之。」此以「負乘」指居非其位，才不稱職，終致災禍。

〔二四〕〔徐注〕《易》：雲上於天，需，君子以飲食宴樂。

## 爲中丞滎陽公謝借飛龍馬送至府界狀〔一〕

右，中使某奉宣恩旨，以臣赴任，特借飛龍馬一匹并鞭轡等〔二〕，送至京兆府界者。臣謬奉恩榮，出叨廉問，豈期蹇步〔三〕，深軫皇慈。特命内臣，俾騰上駟〔四〕。梁懸蜀鐙〔五〕，几覆吴鞍〔六〕，每多曳練之疑〔七〕，不假著鞭之力〔八〕。倏踰秦甸〔九〕，將復周閑〔一〇〕。照地迴光〔一一〕，瞻天送影〔一二〕。長亭欲别，未期東道而來〔一三〕；雙闕儻嘶〔一四〕，願附北風之思〔一五〕。無任感恩戀闕雪涕屏營之至。

【校注】

〔一〕本篇原載《文苑英華》卷六三三第八頁、清編《全唐文》卷七七三第一頁、《樊南文集詳注》卷二。〔徐箋〕飛龍，厩名也。《新書・兵志》：尚乘，掌天子之御。左右六閑：一曰飛黄，二曰吉良，三曰龍媒，四曰騊駼，五曰駃騠，六曰天苑。總十二閑爲二厩，一曰祥麟，二曰鳳苑，以繫飼之。其後禁中又增置飛龍厩。《百官志》：以中官爲内飛龍使。〔馮箋〕《舊書・志》：尚乘局掌内外閑厩之馬。開元時仗内六閑，曰飛龍、祥麟、鳳苑、鵷鸞、吉良、六群等，號「六厩馬」。按：《新書・百官志》：「武后萬歲通天元年，置仗内六閑，亦曰六厩，以殿中丞檢校，以中官爲内飛龍使。」則非始開元時也。〔按〕狀云「送至京兆府界」，當在京兆府藍田縣東南與商州交界處。鄭亞一行三月七日啓程，至京兆府界當已在旬末，狀亦上於其時。

〔二〕一，《英華》注：集作「兩」。

〔三〕〔徐注〕謝瞻詩：蹇步愧無良。《説文》：蹇，跛也。

〔四〕〔徐注〕《史記·（孫子傳）》：田忌數與齊公子馳逐重射，孫子見其馬足不甚相遠，有上中下輩，於是謂田忌曰：「今以君之下駟與彼上駟，取君之上駟與彼中駟，取君中駟與彼下駟。」既馳三輩，而忌一不勝而再勝，卒得千金。

〔五〕〔徐注〕《初學記》：魏百官各有紫茸題高橋鞍一具。又：劉義恭啓曰：「賜臣供御金梁橋鞍，制作精巧，宜副龍駟。」《九州春秋》：劉備曰：「吾常身不離鞍，髀肉皆消。今不復騎，髀裏肉生。日月若馳，老將至矣。」案：鐙，馬鞍兩旁足所踏也。〔補注〕梁，馬鞍拱起處形如橋梁，故稱。《新唐書·地理志》：蜀州土貢有馬策，漢州土貢有蜀馬。

〔六〕〔馮注〕按《公羊傳》：「以髀爲席，以鞍爲几。」齊侯唁昭公于野井事也。與句意大異。蜀鐙、吴鞍，以地言。徐氏引蜀先主、吴大帝事，非也。〔按〕徐氏引《吴志》：「孫權每田獵，乘馬射虎，虎嘗突前攀持馬鞍。」與句意不切。蜀鐙、吴鞍，蓋言蜀、吴之鐙、鞍爲名産也。几，亦指馬鞍，其狀如几。

〔七〕〔徐注〕《論衡》：孔子與顔淵俱登魯東山，望吴閶門，謂顔淵曰：「爾何見？」曰：「一疋練，前有生藍。」子曰：「白馬盧芻也。」〔馮注〕謝莊《舞馬賦》：「寫秦坰之彌塵，狀吴門之曳練。」句意言速，猶曰飛練。

〔八〕〔徐注〕《晉書》：劉琨聞祖逖被用，曰：「枕戈待旦，常恐祖生先我著鞭。」

〔九〕〔補注〕秦甸，指關中地區。倏踰秦甸，指出京兆府界。

〔一〇〕〔徐注〕《周禮》:校人掌王馬之政,乘馬一師四圉,天子十二閑,馬六種。〔補注〕周閑,指天子之馬厩飛龍厩。周、秦皆指都城長安。復,送還。

〔一一〕〔徐注〕鮑照詩:鞍馬光照地。〔馮注〕《西京雜記》:武帝時,身毒國獻白光琉璃鞍,在暗室光照十丈。《古今注》:孫文臺獲青玉馬鞍,其光照衢。〔按〕照地迴光,不僅指鞍,亦指馬毛潤澤光滑,如白居易《采地黄者》所云「攜來朱門家,賣與白面郎。與君啖肥馬,可使照地光」也。

〔一二〕〔徐注〕崔豹《古今注》:秦始皇有七名馬,一曰躡景。《拾遺記》:周穆王馭八龍之駿,一名越影。《洞冥記》:東方朔得神馬,名曰步影。〔馮曰〕意兼取之。謂送馬影也。〔按〕馮解是。「瞻天」亦寓戀闕之意。

〔一三〕〔徐注〕庾信賦:十里五里,長亭短亭。《白帖》:十里一長亭,五里一短亭。《漢書》:《郊祀歌》曰:「天馬來,歷無草;徑千里,從東道。」

〔一四〕儻,《全文》作「尚」,據《英華》改。

〔一五〕〔徐注〕《古詩》:胡馬依北風。〔馮注〕《吴越春秋》:子胥曰:「胡馬望北風而立。」〔按〕此亦以胡馬北風之思寓戀闕之情。

## 上度支盧侍郎狀〔一〕

某行已及鄧州〔二〕,迴望門闌〔三〕,如隔霄漢。感知佩德,不任血誠〔四〕。某揣摩莫聞〔五〕，疏拙有素。侍郎獎其薄伎，夙降重言〔六〕。而時亨命屯，道泰身否〔七〕，屬茲淹躓〔八〕，不副提攜〔九〕。今者萬里銜誠，一身奉役〔一〇〕，湖嶺重複〔一一〕，骨肉支離〔一二〕。交、廣之歎袁忠〔一三〕，荆蠻之悲王粲〔一四〕，思人撫事，古亦猶今〔一五〕。惟當幽禱鬼神，明祈日月，伏願榮從司計〔一六〕，入贊大猷〔一七〕，鼓長檝以濟時〔一八〕，運洪鈞而播物〔一九〕。則某必冀言還上國〔二〇〕，來拜恩門，一吐漢相之茵〔二一〕，一握周公之髮〔二二〕，斯願畢矣，伏惟圖之。伏計亦賜念察。薛郎先輩〔二三〕，早敦分好〔二四〕，實慕風規。是敢託以緘題，致之几案，就有心懇，資其口陳〔二五〕。攀戀之誠，輸罄無地。

**【校注】**

〔一〕本篇原載清編《全唐文》卷七七五第一〇頁、《樊南文集補編》卷六。〔錢箋〕（度支盧侍郎）盧弘正（按：應作「止」）也。《新唐書》本傳：會昌中，劉稹平，爲河北兩鎮宣慰使，還拜工部侍郎，以户部領度支。《唐會要》：故事，度支案，郎中判入，員外判出，侍郎總統押案而已。官銜不言專判度支。開元以後，時事多故，遂有他官來判者，或尚書侍郎專判，乃曰度支使，或曰判度支使，或曰知度支事，或曰勾當度支，雖名稱不同，其實一也。按：文似爲隨鄭亞赴桂管時作。〔張箋〕（大中元年）六月，以義成軍節度使周墀爲兵部侍郎判度支；户部侍郎判度支、充鹽鐵轉運使盧弘正（止）出爲義成軍節度使。并附考略云：弘正（止）當於會昌六年代元式判度支，至大中元年二月又代執方充諸道鹽鐵也。《補編·上度支盧侍郎狀》云:「某行已及鄧州。」又云:「萬里銜誠,一身奉役,湖嶺重複,骨肉支離。」又《爲滎陽公與度支盧侍郎狀》云:「某今月九日到任上訖。」皆義山隨鄭亞赴桂州四五月間作。〔按〕鄧州距長安九百五十里(據《元和郡縣圖志》。《舊唐書·地理志》作九百二十里)。鄭亞等以三月七日自長安出發,到達鄧州約在三月下旬。張謂「四月」,稍疏。抵長沙方閏三月二十八日,抵鄧州至多二十日左右。時盧仍在度支任。據《偶成轉韻七十二句贈四同舍》,大和八年盧弘止任昭應縣令時,商隱與弘止即已結識。

〔二〕〔錢注〕《新唐書·地理志》:鄧州屬山南東道。

〔三〕〔錢注〕《戰國策》:張儀謂楚王曰:「儀之所甚願爲門闌之厮者,亦無先大王。」

〔四〕〔錢注〕《魏志·倉慈傳》:或有以刀畫面,以明血誠。

〔五〕〔錢注〕《戰國策》:蘇秦夜發書,陳篋數十,得太公《陰符》之謀,伏而讀之,簡練以爲揣摩。〔補注〕揣摩,戰國策士游説諸侯,往往揣度其心理,使游説投合其旨。又,司馬貞《史記索隱》引王劭之説認爲「《揣情》《摩意》是《鬼谷》之二章名」。

〔六〕〔錢注〕《莊子》:寓言十九,重言十七。〔補注〕《莊子·寓言》所謂「重言」注家之説紛歧,而此句「夙降重言」當爲意味深重之言,即所謂語重心長者也。

〔七〕〔補注〕《易·隨》「元亨利貞」孔穎達疏:「元亨者,於相隨之世,必大得亨通。」又《屯》:「《彖》

曰：屯，剛柔始交而難生。」又《泰》：「《象》曰：天地交，泰。」王弼注：「泰者，物大通之時也。」又《否》：「否之匪人。」陸德明《釋文》：「否，閉也，塞也。」

〔八〕〔錢注〕《方言》：漫，淹，敗也。溼敝爲漫，水敝爲淹。《説文》：躓，跆也。〔補注〕淹躓，指處境不順。

〔九〕〔補注〕《禮記·曲禮上》：「長者與之提攜，則兩手奉長者之手。」句中「提攜」爲照顧、扶植之意。

〔一〇〕〔錢注〕桓温《薦譙元彦表》：臣昔奉役。

〔一一〕複，《全文》作「復」，錢校據胡本改正，兹從之。湖嶺，指洞庭湖、五嶺。爲赴桂林途中所經，參《爲滎陽公上門下李相公狀一》「重湖吞吐」句注及《爲尚書濮陽公涇原讓加兵部尚書表》「屬者出征海嶠」句注。〔錢注〕顔延之《始安郡還都與張湘州登巴陵城樓作》：河山信重複。

〔一二〕〔錢注〕《莊子》：支離疏者，頤隱於齊，肩高於頂，會撮指天，五管在上，兩髀爲脅，挫鍼治繲，足以餬口，鼓筴播精，足以食十人。〔補注〕支離，分散，流離。

〔一三〕〔錢注〕《後漢書·袁閎傳》：閎弟忠，初平中，爲沛相，以清亮稱。及天下大亂，棄官客會稽上虞。後孫策破會稽，忠浮海南投交阯。

〔一四〕〔錢注〕《魏志·王粲傳》：粲以西京擾亂，乃之荆州依劉表。〔補注〕王粲《七哀詩》（其二）：「荆蠻非我鄉，何爲久滯淫？方舟泝大江，日暮愁我心……羈旅無終極，憂思壯難任。」

〔一五〕〔錢注〕《莊子》：冉求問於仲尼曰：「未有天地可知邪？」仲尼曰：「可，古猶今也。」

〔一六〕〔錢注〕《通典》：漢初，張蒼善算，以列侯主計居相府，領郡國上計者，謂之計相。殆今度支之任。

〔一七〕〔補注〕《詩·小雅·巧言》：「秩秩大猷，聖人莫之。」鄭玄箋：「猷，道也。大道，治國之禮法。」

〔一八〕〔補注〕《書·説命上》：「説築傅巖之野，惟肖，爰立作相。王置諸其左右，命之曰：『……若濟巨川，用汝作舟楫。』」鼓檝濟時用此。

〔一九〕〔補注〕《文選·張華〈答何劭〉之二》：「洪鈞陶萬類，大塊稟群生。」洪鈞，大鈞，指天。運洪鈞，喻宰相之職位。

〔二〇〕還，錢注本作「旋」，未出校。〔補注〕《左傳·昭公二十七年》：「（吴子）使延州來季子聘于上國，遂聘于晉，以觀諸侯。」孔穎達疏引服虔曰：「上國，中國也。」春秋時稱中原各諸侯國爲上國。此句「言還上國」之「上國」實爲京師之義。《通鑑·德宗建中二年》：「今海内無事，自上國來者，皆言天子聰明英武。」胡三省注：「時藩鎮竊據，自比古諸侯，謂京師爲上國。」商隱詩《越燕二首》之一：「上國社方見，此鄉秋不歸。」「上國」亦指京師。

〔二一〕〔錢注〕《漢書·丙吉傳》：吉爲丞相，上寬大，好禮讓。馭吏嘗從吉出，醉歐（嘔）丞相車上。西曹主吏白欲斥之，吉曰：「西曹地忍之，此不過汙丞相車茵耳。」遂不去也。

〔二二〕〔錢注〕《史記·魯世家》：周公戒伯禽曰：「我一沐三捉髮，一飯三吐哺，起以待士，猶恐失天下之賢人。」
〔二三〕〔錢注〕李肇《國史補》：「進士互相推敬，謂之先輩。」薛郎，未詳。〔按〕觀下文，知爲義山託之帶信者。
〔二四〕〔錢注〕劉安《屏風賦》：分好沾渥。〔補注〕分好，情誼。
〔二五〕〔錢注〕《漢書·蕭望之傳》：願賜清閑之宴，口陳灾異之意。

## 上漢南盧尚書狀〔一〕

某頃以聲跡幽沉，音輝懸邈，空滅許都之刺〔二〕，竟乖梁苑之遊〔三〕。於服義而徒深〔四〕，顧歸仁而尚阻〔五〕。今幸假塗奥壤〔六〕，赴召遐蕃〔七〕，越賈生賦鵩之鄉〔八〕，過王子登樓之地〔九〕。豈期此際，獲奉餘恩，而又詢劉、范之世親〔一〇〕，問欒、郤之官族〔一一〕。優其通舊，降以清談〔一二〕。言念古人，重難兄事〔一三〕。季布始拜於袁盎〔一四〕，蕭何近下於周昌〔一五〕。將用比方，彼有寥落。徒迫於祇役〔一六〕，嘗抱沉痾，空思韋曜之茶〔一七〕，莫及孔融之酒〔一八〕。遂不得仰霑美禄〔一九〕，一中聖人〔二〇〕，歌山簡倒載之歡〔二一〕，睹定國益明之量〔二二〕。草感上道〔二三〕，徘徊樂鄉〔二四〕。況蒙衛以武夫，假之駿馬，前騰郢路〔二五〕，却望漢皋〔二六〕。俯緣逐逐之姿〔二七〕，翻阻遲遲之戀〔二八〕。封箋寫邈，下筆難休〔二九〕。尚書三兄鎮静上游〔三〇〕，儀刑群后〔三一〕，平南讓勇，征北推能〔三二〕。固當已注宸襟，即歸台席〔三三〕。夫歲星降氣〔三四〕，嵩嶽生神〔三五〕，苟鼎飪之可逃〔三六〕，則天爵而何寄〔三七〕？伏惟特以蒼生爲慮也。

某材誠漏薄，志實辛勤。九考匪遷〔三八〕，三冬益苦〔三九〕。引錐刺股〔四〇〕，雖謝於昔時；用瓜鎮心〔四一〕，不慚於前輩〔四二〕。儻得返身湖嶺〔四三〕，歸道門墻，粗依鳴盜之餘〔四四〕，以奉陶鎔之賜。則尚可濡毫抒藝，殺竹貢能〔四五〕，記録咎繇之謨，注解傅巖之命〔四六〕。庶於此日，不後他人。伏惟始終識察。

【校注】

〔一〕本篇原載清編《全唐文》卷七七五第七頁、《樊南文集補編》卷六。〔錢箋〕（漢南盧尚書）盧簡辭也。《舊唐書》本傳：大中初，檢校刑部尚書、襄州刺史、山南東道節度使。餘見《爲濮陽公上漢南李相公狀》注〔一〕。後有《獻襄陽盧尚書啓》。〔按〕據《舊唐書·地理志》，襄陽在京師東南一千一百八十二里，計程約二十天可達。鄭亞一行大中元年三月七日自長安啓程，約三月下旬末可抵襄陽。狀云「前騰郢路，却望漢皋」，當上於由襄陽續發向荆州途中。則狀約作於閏三月初。

〔二〕〔錢注〕《後漢書·禰衡傳》：建安初，來遊許下，始達潁川，乃陰懷一刺，既而無所之適，至於刺字漫滅。〔補注〕刺，名刺，以竹木爲之，上書姓名、官職，猶今之名片。

〔三〕見《上令狐相公狀二》「梁園早厠於文人」注。

〔四〕〔錢注〕《楚辭·招魂》：身服義而未沬。

〔五〕〔補注〕《孟子·離婁上》：「民之歸仁也，猶水之就下，獸之走壙也。」漢楊興《説史高》：「將軍誠召置莫（幕）府，學士歙然歸仁。」按：二句「服義」「歸仁」皆對盧簡辭而言。

〔六〕〔錢注〕《戰國策》：將之薛，假途於鄒。〔補注〕奥壤，此指襄州。參《爲滎陽公與容州韋中丞狀》注〔五〕。

〔七〕蕃，錢注本作「藩」。〔錢注〕按：時義山隨鄭亞赴桂管。〔補注〕蕃，通「藩」。

〔八〕〔錢注〕《史記·賈生傳》：賈生爲長沙王太傅，三年，有鵩飛入舍。楚人命鵩曰服。賈生既以適居長沙，長沙卑濕，自以爲壽不得長，乃爲賦以自廣。

〔九〕〔錢注〕王粲《登樓賦》李善注：盛弘之《荆州記》曰：「當陽縣城樓，王仲宣登之而作賦。」

〔一〇〕范，《全文》作「苑」，據錢校改正。〔錢校〕苑，當作「范」，見《左傳》。〔錢注〕盧與李爲世親，見《請盧尚書撰曾祖妣志文狀》。〔補注〕《左傳·哀公三年》：「劉氏、范氏世爲婚姻。」潘岳《懷舊賦》：「始見知名，遂申之以婚姻，而道元、公嗣，亦隆世親之愛。」

〔一一〕〔補注〕欒郤，欒氏、郤氏。春秋晉靖侯孫爲欒，其後以欒爲氏，見《左傳·桓公二年》。又春秋晉公族郤獻子之後，以食邑爲氏。《左傳·昭公三年》：「欒、郤、胥、原、狐、續、慶、伯，降在皁隸。」杜預注：「八姓，晉舊臣之族也。」又《隱公八年》：「官有世功，則有官族，邑亦如之。」杜預注：「謂取其舊邑舊官之稱以爲族。」亦稱官宦世家爲官族。

〔一二〕〔錢注〕應璩《與侍郎曹長思書》：「樵蘇不爨，清談而已。」〔補注〕劉楨《贈五官中郎將》之二：「清談同日夕，情盼叙憂勤。」清談，此指清雅之談論。然非此句清談之義。《三國志·蜀志·許靖傳》：「靖雖年逾七十，愛樂人物，誘納後進，清談不倦。」此清談指清議，係對人物之評議。「降以清談」當用此義。

〔一三〕〔補注〕《禮記·曲禮上》：「十年以長則兄事之。」

〔一四〕〔錢校〕布，當作「心」，似臆記而誤。〔錢注〕《史記·季布傳》：季布弟季心，爲任俠，嘗殺人，亡之吴，從袁絲匿，長事袁絲。注：盎字絲。

〔一五〕〔錢注〕《史記·周昌傳》：昌爲人彊力，敢直諫，自蕭、曹等皆卑下之。

〔一六〕〔錢校〕「徒」下疑脱「以」字。

〔一七〕〔錢注〕《吴志·韋曜傳》：孫皓每饗宴，坐席無能否，率以七升爲限。曜素飲酒不過三升，初見，禮異時，常爲裁減，或密賜茶荈以當酒。

〔一八〕〔錢注〕《後漢書·孔融傳》：融字文舉，好士，喜誘益後進，賓客日盈其門，常嘆曰：「坐上客恒滿，尊中酒不空，吾無憂矣。」

〔一九〕〔錢注〕《漢書·食貨志》：酒者，天之美禄，帝王所以頤養天下。

〔二〇〕〔錢注〕《魏志·徐邈傳》：邈爲尚書郎，飲至於沈醉，校事趙達問以曹事，邈曰：「中聖人。」達白之太祖，太祖甚怒。渡遼將軍鮮于輔進曰：「平日酒客謂酒清者爲聖人，濁者爲賢人，邈性修慎，偶醉言耳。」文帝踐阼，問邈曰：「頗復中聖人否？」邈對曰：「時復中之。」

〔二一〕見《爲濮陽公上漢南李相公狀》「山太守習池之宴」注。

〔二二〕睹，《全文》作「暗」，據錢校改。〔錢注〕《漢書·于定國傳》：定國食酒至數石不亂，冬月請治讞，飲酒益精明。

〔二三〕〔錢注〕按：鮑照《登大雷岸與妹書》：「臨塗草蹙」。唐韋應物《送李侍御益赴幽州幕》詩：「契闊晚相遇，草感遽離群。」「蹙」「感」似同義。〔補注〕草感，匆忙、倉猝。

〔二四〕〔錢注〕《新唐書·地理志》：樂鄉縣，屬山南東道襄州。〔按〕樂鄉在襄州、荆州交界處。

〔二五〕〔錢注〕《楚辭·九章》：惟郢路之遼遠兮，魂一夕而九逝。

〔二六〕〔錢注〕張衡《南都賦》：遊女弄珠於漢皋之曲。李善注：《韓詩外傳》曰：「鄭交甫將南適楚，遵波漢皋臺下，乃遇二女，佩兩珠，大如荆雞之卵。」

〔二七〕〔補注〕逐逐，急於得利貌。語本《易·頤》：「虎視眈眈，其欲逐逐。」逐，音笛。然此句「逐逐」係奔忙匆遽之貌。

〔二八〕〔補注〕《詩·邶風·谷風》：「行道遲遲，中心有違。」

〔二九〕〔錢注〕魏文帝《典論·論文》：傅毅之於班固，伯仲之間耳。而固小之，與弟超書曰：「武仲以能屬文，爲蘭臺令史，下筆不能自休。」

〔三〇〕〔錢注〕《晉書·苻堅載記》：堅以關東地廣人殷，思所以鎮静之。《史記·項羽紀》：地方千里，必居上游。〔按〕餘見《爲滎陽公上荆南鄭相公狀一》「然處於上游」注。

〔三一〕〔補注〕儀刑，爲法，作模範。群后，四方諸侯及九州牧伯。《書·舜典》：「乃日覲四岳群牧，班瑞于群后。」此謂盧爲方鎮之模範。

〔三二〕〔錢注〕《通典》：平南將軍，晉盧欽、羊祜、胡奮等爲之；征北將軍，魏明帝太和中置，劉靖爲之，許允亦爲之。

〔三三〕〔錢注〕孔稚圭《爲王敬則讓司空表》：豈可加以正台之席？〔補注〕古以三公取象三台，故稱宰相之職位爲台席。

〔三四〕〔錢注〕《晉書·天文志》：歲星精降於地爲貴臣。劉向《列仙傳》：東方朔作深淺顯默之行，或忠言，或詼語，莫知其旨，疑其歲星精也。

〔三五〕〔補注〕《詩·大雅·崧高》：「崧高惟嶽，峻極於天。惟嶽降神，生甫及申。」

〔三六〕〔補注〕《易·鼎》：「鼎，元吉，亨。《象》曰：鼎，象也。以木巽火，亨飪也。」相傳傅説以調鼎烹飪之事向武丁喻説治國之理，故以鼎飪喻治理國政之重臣。

〔三七〕〔補注〕天爵，此指天子所封之爵位。《後漢書·宦者傳·吕强》：「高祖重約非功臣不侯，所以重天爵明勸戒也。」非《孟子·告子》所謂「仁義忠信，樂善不倦，此天爵也」。

〔三八〕〔錢注〕《蜀志・郤正傳》：正官不過六百石，假文見意，號曰《釋譏》。其辭曰：「九考不移，固其所執也。」〔補注〕《書・舜典》：「三載考績。三考，黜陟幽明。」九考爲二十七年。此泛言多次考績。

〔三九〕〔錢注〕《漢書・東方朔傳》：三冬文史足用。〔補注〕此「三冬」乃指冬季三月，非《漢書・東方朔傳》「三冬文史足用」指三年之意。楊炯《李舍人山亭詩序》：「三冬事隙，五日歸休。」即指整個冬季。

〔四〇〕〔錢注〕《戰國策》：蘇秦得太公《陰符》之謀，簡練以爲揣摩。讀書欲睡，引錐自刺其股。

〔四一〕〔錢注〕《陳書・鄭灼傳》：灼常蔬食，講授多苦心熱。若瓜時，輒偃卧以瓜鎮心，起便誦讀。

〔四二〕〔錢注〕孔融《論盛孝章書》：今之少年，喜謗前輩。

〔四三〕見《上度支盧侍郎狀》注〔一二〕。湖指洞庭湖，嶺指五嶺。謂自桂林歸經五嶺洞庭。

〔四四〕盜，《全文》作「益」，據錢校改。〔錢校〕益，當作「盜」。《史記・孟嘗君傳》：孟嘗君入秦，昭王乃止。囚孟嘗君，謀欲殺之。孟嘗君使人抵昭王幸姬求解。幸姬曰：「妾願得君狐白裘。」此時孟嘗君有一狐白裘，獻之昭王，更無他裘。孟嘗君患之，徧問客，莫能對。最下坐有能爲狗盜者曰：「臣能得狐白裘。」乃夜爲狗，以入秦宮藏中，取所獻狐白裘至，以獻秦王幸姬。幸姬爲言昭王，孟嘗君得出，馳去。至關，關法雞鳴而出客，孟嘗君恐追至，客之居下坐者有能爲雞鳴，而雞盡鳴，遂發傳出。出如食頃，秦追果至關，已後孟嘗君出，乃還。江淹《詣建平王上書》：備鳴盜淺術之餘，豫三五賤伎之末。

〔四五〕〔錢注〕《後漢書·吴祐傳》注：殺青者，以火炙簡令汗，取其青易書，復不蠹，謂之殺青，亦謂汗簡。義見劉向《别録》。

〔四六〕〔錢注〕《文心雕龍》：若夫注解爲書，所以明正事理。〔補注〕《書》有《皋陶謨》及《説命》。咎繇，同「皋陶」。《説命》，即傅巖之命。傅説曾築于傅巖之野，後立作相。

## 爲滎陽公謝荆南鄭相公狀〔一〕

伏蒙仁恩，賜及銀器綾紗茶藥等〔二〕。某雖征遐嶠〔三〕，亦守小藩〔四〕。就道已備資糧〔五〕，到鎮饟有俸入〔六〕。實無闕乏，可軫恩憐。方幸經途〔七〕，得遂拜覲〔八〕，稟同姓異殊之禮〔九〕，展小國事大之儀〔一〇〕，宴好頻仍〔一一〕，言教懇至。長途方即，厚賜仍加。俯稽推讓之誠〔一二〕，益重違離之戀。謹依滎示，别教捧領訖〔一三〕。下情云云。

**【校注】**

〔一〕本篇原載清編《全唐文》卷七七四第五頁、《樊南文集補編》卷三。〔按〕狀云「方幸經途，得遂拜覲……長途方即，厚賜仍加」，係代鄭亞自江陵續發時答謝荆南節度使鄭肅贈物送行之作。亞等抵達潭州之時間爲大中元年閏三月二十八日(見下抵達潭州後所上諸狀)。江陵至潭州七百餘里,計其程途,狀當作於閏三月中旬。

〔二〕〔錢注〕《新唐書·地理志》:江陵府土貢方紋綾。峽州、歸州、夔州土貢茶。澧州土貢紋綾。萬州土貢藥子。

〔三〕遐嶠,見《爲尚書濮陽公涇原讓加兵部尚書表》「屬者出征海嶠」注。此處指嶺外之桂林。

〔四〕〔錢注〕《史記·太史公自序》:諸侯大小爲藩,咸得其宜。

〔五〕〔補注〕《左傳·僖公四年》:「若出于陳、鄭之間,共其資糧屝屨,其可也。」資糧,泛指錢糧。

〔六〕〔錢注〕《新唐書·食貨志》:唐世百官俸錢,節度使三十萬,觀察使十萬。

〔七〕〔補注〕《周禮·考工記·匠人》:「國中九經九緯,經涂九軌。」本指南北向之道路,此泛言途經。

〔八〕〔錢注〕《晉書·温嶠傳》:闕拜覲之禮。

〔九〕〔補注〕《左傳·隱公十一年》:「周之同盟,異姓爲後。」鄭玄注:「庶姓,無親者也;異姓,昏姻也。」《詩·小雅·伐木》「兄弟無遠」孔疏:「禮有同姓、異姓、庶姓。同姓,揔上王之同宗,是父之黨也。異姓,王舅之親;庶姓,與王無親者。」

〔一〇〕〔補注〕《周禮·夏官·大司馬》:「比小事大,以和邦國。」鄭玄注:「比,猶親。使大國親小國,小國事大國,相合和也。」《孟子·梁惠王下》:「以小事大者,畏天者也。」《左傳·襄公二十八年》：「小事大，未獲事焉，從之如志，禮也。」「君小國，事大國，而惰傲以爲己心，將得死乎？」荆南爲雄藩。

〔一二〕〔補注〕《左傳·襄公三十一年》：「晉侯見鄭伯，有加禮，厚其宴好而歸之。」宴好，設宴招待並饋贈禮物。

〔一三〕〔補注〕《莊子·刻意》：「語仁義忠信，恭儉推讓，爲修而已矣。」

〔一三〕〔錢校〕教，胡本作「數」。

## 爲滎陽公上集賢韋相公狀一〔一〕

某行役〔二〕，以今月二十八日達潭州訖〔三〕。囊裝簡薄〔四〕，賓御單輕〔五〕，但承霖雨之功〔六〕，免值風波之阻〔七〕。計塗非遠，到任有期。方積懼于貪叨〔八〕，豈暇懷于啓處〔九〕？當道適臨遐徼〔一〇〕，奉遠宸居〔一一〕，輒亦導以簡書〔一二〕，頒之詔旨。省迎新之費〔一三〕，謀即舊而安。匪務先聲，實行素志。其于脂膏有戒〔一四〕，冰蘗自規〔一五〕，不惟禀以廟謀〔一六〕，固欲誓于神道〔一七〕。冀傾駑蹇〔一八〕，用副恩憐〔一九〕。苟渝斯言，是不能享。伏惟終賜恩察。俯揚征棹，仰望台庭〔二〇〕，敢階開閤之賓〔二一〕，唯羨吐茵之吏〔二二〕。下情無任結戀感激之至！

【校注】

〔一〕本篇原載清編《全唐文》卷七七三第二二頁、《樊南文集補編》卷三。〔錢曰〕箋、注並詳《爲滎陽公謝集賢韋相公狀》。〔按〕文云「今月二十八日達潭州訖」，「今月」指閏三月。鄭亞一行三月七日啓程赴桂林，路經江陵時曾滯留旬時（《爲滎陽公上門下李相公狀一》云：「南郡旬時，方集水潦；重湖吞吐，實亞滄溟。未濟之間，臨深是懼。」），長安至潭州二千四百四十五里（據《舊唐書・地理志》），計程到達潭州時應爲閏三月二十八日。此狀及以下數狀應上於其時。

〔二〕〔補注〕《詩・魏風・陟岵》：「嗟！予子行役，夙夜無已。」

〔三〕〔錢注〕《新唐書・地理志》：潭州屬江南西道。《舊唐書・地理志》：湖南觀察使治潭州。〔按〕時裴休在湖南觀察使任。參《爲滎陽公上宣州裴尚書啓》。

〔四〕〔補注〕徐陵《與楊僕射書》：「凡厥囊裝，行役淹留，皆已虛罄。」囊裝，此猶行李。

〔五〕〔錢注〕鮑照《詠史詩》：賓御紛颯沓。〔補注〕賓，賓客（幕賓）；御，馭手。

〔六〕〔補注〕《書・説命上》：「説築傅巖之野，惟肖，爰立作相，王置諸其左右，命之曰：『朝夕納誨，以輔台德。若金，用汝作礪；若濟巨川，用汝作舟楫；若歲大旱，用汝作霖雨。』」按：「霖雨之功」，雙闕天雨與韋琮爲相。

〔七〕〔錢注〕《家語》：不觀巨海，何以知風波之患。

〔八〕貪叨，見《爲濮陽公官後上中書門下狀》「以謝貪叨」注。

〔九〕〔補注〕《詩·小雅·四牡》:「王事靡盬,不遑啓處。」啓處,謂安居。

〔一〇〕〔錢注〕《漢書·鄧通傳》注:東北謂之塞,西南謂之徼。

〔一一〕〔錢注〕班固《典引》:宸居其域。

〔一二〕〔補注〕《左傳·閔公元年》:「簡書,同惡相恤之謂也。請救邢以從簡書。」《詩·小雅·出車》:「豈不懷歸,畏此簡書。」簡書,用以告誡、策命、盟誓、征召之文書。此謂先以文書告誡本道官屬。

〔一三〕〔錢注〕《漢書·黄霸傳》:數易長吏,送故迎新之費,及姦吏緣絶簿書,盗財物,公私費耗甚多。

〔一四〕〔補注〕《東觀漢記·孔奮傳》:「奮在姑臧四年,財物不增。惟老母極膳,妻子但菜食。或嘲奮曰:『直脂膏中,亦不能自潤。』而奮不改其操。」脂膏有戒,即脂膏不潤,喻居官清廉自守。事又見《後漢書·孔奮傳》,參《爲濮陽公上淮南李相公狀一》「然實脂膏不潤」注。

〔一五〕冰蘗,見《爲中丞滎陽公赴桂州至湖南敕書慰諭表》「食蘗自規」注。

〔一六〕〔錢注〕《後漢書·光武紀贊》:明明廟謀。

〔一七〕〔補注〕神道,此指神靈、神祇。韓愈《禘祫議》:「求之神道,豈遠人情?」

〔一八〕〔錢注〕班彪《王命論》:是故駑蹇之乘,不傾千里之塗。〔補注〕傾,盡。駑蹇,劣馬,謙稱才能庸劣。

〔一九〕〔錢注〕《南齊書·豫章文獻王傳》:奄奪恩憐。

〔二〇〕〔錢注〕沈約《齊太尉文憲王公墓銘》：台庭改觀。〔補注〕台庭，指宰相門庭。

〔二一〕〔錢注〕《漢書・公孫弘傳》：弘元朔中爲丞相，封平津侯。於是起客館，開東閣，以延賢人。〔補注〕閤，小門。不以賢者爲吏屬，故別開東向小門以延之。後世「閤」「閣」混用，每作「東閣」。

〔二二〕見《上度支盧侍郎狀》注〔二〕。

## 爲滎陽公上弘文崔相公狀一〔一〕

某行役，以今月二十八日達潭州訖。波恬風止，帆駛舟輕〔二〕。遠承殷檝之餘〔三〕，利濟熊湘之水〔四〕。況茲樂土〔五〕，嘗扇仁風〔六〕。式訪顛毛〔七〕，兼詢憩樹〔八〕。吏皆攀轅之士〔九〕，民皆遮道之人〔一〇〕。綿以歲時，深在肌骨。何武以兖州之政，黄霸以潁川之能，或入作尹京，或登爲國相〔一一〕。向若非相公清門重德〔一二〕，士範詞宗〔一三〕，則安能侔兖、潁之佳聲，兼何、黄之盛拜？況運當惟睿〔一四〕，聽屬虚襟〔一五〕，仰贊治平，固在朞月〔一六〕。伏惟善保尊體，以副沃心〔一七〕。某實乏異能，叨當問俗〔一八〕。未識褰帷之後〔一九〕，何酬大冶之恩〔二〇〕？唯當務以躬親〔二一〕，蠲其疾瘼〔二二〕，頒宣詔旨〔二三〕，諮稟廟謨〔二四〕。冀免尤違〔二五〕，庶可避辟〔二六〕。伏惟遠賜恩察。

【校注】

〔一〕本篇原載清編《全唐文》卷七七三第二三頁、《樊南文集補編》卷三。〔錢箋〕(弘文崔相公)崔元式也。《舊唐書》本傳:會昌六年,入爲刑部尚書。宣宗朝,以本官同平章事。《新唐書·宣宗紀》:大中元年三月,刑部尚書、判度支崔元式爲門下侍郎、同中書門下平章事。按:《舊唐書·武宗紀》:「會昌五年四月,以户部侍郎、判户部崔元式同平章事。」與傳文不合。考《爲滎陽公上河中崔相公狀二》云:「刑部相公登庸。」係指元式。鄭亞於大中元年觀察桂管,狀爲赴任時作。是元式實於大中元年三月由刑部尚書入相,《舊·紀》誤也,當從《新書》。《舊唐書·職官志》:弘文館學士,垂拱以後,皆宰相兼領,號爲館主。〔按〕狀云「某行役,以今月二十八日達潭州訖」,「今月」指閏三月(參《爲滎陽公上集賢韋相公狀一》注〔一〕),故本篇亦作於大中元年閏三月二十八日或稍後。唯崔元式加弘文館學士,事在撰此狀之後(參下《爲滎陽公上弘文崔相公狀二》),故此狀題内「弘文」二字,當係商隱編集時追書。

〔二〕〔錢注〕《説文》:駛,疾也。〔按〕鄭亞、商隱等自江陵續發向潭州水行途中,初曾遇風,《詩集·荆門西下》「一夕南風一葉危」之句可證。後風静波停,故云「波恬風止,帆駛舟輕」。

〔三〕〔補注〕《書·説命上》:「若濟巨川,用汝作舟楫。」高宗、傅説係殷朝君臣,故云「殷檝」。此處既指行役之舟楫，又雙關崔相公。

〔四〕〔錢注〕《史記·五帝紀》：黄帝南至于江，登熊、湘。注：《封禪書》曰：「南伐至于召陵，登熊山。」《地理志》曰：「湘山在長沙益陽縣。」〔補注〕《易·需》：「有孚，光亨貞吉，利涉大川。」

〔五〕〔補注〕《詩·魏風·碩鼠》：「誓將去女，適彼樂土。樂土樂土，爰得我所。」

〔六〕〔錢注〕《新唐書·崔元式傳》：累官湖南觀察使。《魏志·文帝紀》注：《獻帝傳》曰：「仁風扇鬼區。」〔按〕崔元式任湖南觀察使，在會昌二至三年，見吴廷燮《唐方鎮年表》、郁賢皓《唐刺史考》。

〔七〕〔錢注〕《國語》：班序顛毛，以爲民紀（統）。〔補注〕韋昭注：「顛，頂也；毛，髮也。」此處「顛毛」殆指老者。

〔八〕〔補注〕《詩·召南·甘棠》：「蔽芾甘棠，勿翦勿敗，召伯所憩。」《史記·燕召公世家》：「周武王之滅紂，封召公於北燕……召公巡行鄉邑，有棠樹，決獄政事其下，自侯伯至庶人各得其所，無失職者。召公卒，而民人思召公之政，懷棠樹不敢伐，哥（歌）詠之，作《甘棠》之詩。」「憩樹」用此，以頌元式觀察湖南時有惠政。

〔九〕〔錢注〕《白帖》：侯霸，臨淮太守。被徵，百姓攀轅卧轍不許去。〔按〕《後漢書》侯霸、第五倫、循吏孟嘗等傳，均有攀車卧道一類記載。

〔一〇〕〔錢注〕《後漢書·寇恂傳》：建安二年，拜潁川太守。七年，爲執金吾。明年，潁川盜賊群起，車駕南征，恂從至潁川，盜賊悉降。百姓遮道曰：「願從陛下復借寇君一年。」〔按〕遮，攔截。參上注。

〔一二〕〔錢注〕《漢書·何武傳》：武遷兗州刺史，入爲司隸校尉，徙京兆尹。又《黄霸傳》：霸爲潁川太守，治爲天下第一。五鳳三年，代丙吉爲丞相。《國語》：其從者皆國相也。

〔一三〕〔錢注〕《魏書·咸陽王禧傳》：王國舍人，應取八族及清修之門。〔補注〕清門，此指清貴之門第。

〔一四〕〔錢注〕《漢書·叙傳》：蔚爲辭宗。

〔一五〕見《爲滎陽公上李太尉狀》（伏見除書）注〔八〕。

〔一六〕〔錢注〕《晉書·吐谷渾傳》：於是虚襟撫納，衆赴如歸。

〔一七〕〔補注〕《論語·子路》：「子曰：『苟有用我者，期月而已可也，三年有成。』」邢昺疏：「期月，周月也，謂周一年之十二月也。」期月、朞月義同。

〔一八〕〔補注〕《書·説命上》：「啓乃心，沃朕心。」沃心，指以治國之道開導帝王。

〔一九〕〔補注〕《禮記·曲禮上》：「入竟（境）而問禁，入國而問俗，入門而問諱。」鄭玄注：「謂常所行與所惡也。」

〔二〇〕褰，錢注本作「搴」，通。〔補注〕《後漢書·賈琮傳》：「乃以琮爲冀州刺史。舊典，傳車驂駕，垂赤帷裳，迎於州界。及琮之部，升車言曰：『刺史當遠視廣聽，糾察美惡，何有反垂帷裳以自掩塞乎？』乃命御者褰之。百城聞風，自然竦震。」

〔一〇〕〔錢注〕《莊子》：以天地爲大鑪，以造化爲大冶。〔補注〕大冶之恩，猶培養教育之恩。

〔一一〕〔補注〕《詩·小雅·節南山》：「弗躬弗親，庶民弗信。」

〔一二〕〔錢注〕《爾雅》：瘼，病也。

〔一三〕頒，《全文》作「煩」，據錢校改。

〔一四〕〔錢注〕《後漢書·明德馬皇后傳》：内外諮稟。廟謨，見《爲濮陽公上陳相公狀二》「以奉廟謨」注。

〔一五〕〔補注〕《書·君奭》：「弗永遠念天威，越我民罔尤違。」尤違，過失。

〔一六〕〔錢注〕《國語》：況有怠惰，其何以避辟。〔補注〕避辟，免受法律制裁。

## 爲滎陽公上史館白相公狀一〔一〕

某行役，以今月二十八日達潭州訖〔二〕。輕帆直渡，長檝横飛。仰承金鉉之恩輝〔三〕，幸免石郵之留滯〔四〕。但以素無勳效〔五〕，謬奉寵榮，俯憂攬轡之時〔六〕，有辱洪鑪之賜〔七〕。然亦欲簡惠以臨雜俗〔八〕，誠明以待遠人。稟王符麴豉之規〔九〕，略黄霸米鹽之政〔一〇〕。使疲羸措手〔一一〕，頑梗革心〔一二〕。伏見恩制，伏承相公因緣新座，懇讓兼榮〔一三〕。仰讀綸言〔一四〕，實光鼎味〔一五〕。凡在生植，孰不歡呼。昔齊氏主盟，亦分三鼓〔一六〕；晉人興讓，遂立五軍〔一七〕。彼皆列國之僚，尚焕素臣之史〔一八〕。豈若相公，顯扶睿哲〔一九〕，克致昇平〔二〇〕。當注意於作相之時〔二一〕，盡同心於官僚之事〔二二〕。況典册之任〔二三〕，古今所難，繫百代之觀瞻，垂一王之楷法〔二四〕。固在專修凡例〔二五〕，謹授諸儒。則獸殿删儀〔二六〕，瀛洲集論〔二七〕，校其輕重，良有等夷。將令能業其官〔二八〕，必在各司其局〔二九〕。某早蒙榮顧〔三〇〕，遥奉休聲，徒勤仗節之心〔三一〕，未有望塵之路〔三二〕。抃賀之外，結戀伏增。

【校注】

〔一〕本篇原載清編《全唐文》卷七七四第二頁、《樊南文集補編》卷三。〔錢箋〕（史館白相公）白敏中也。《舊唐書》本傳：會昌末，同平章事，兼刑部尚書、集賢史館大學士。又《宣宗紀》：會昌六年四月，以兵部侍郎、翰林學士承旨白敏中守本官、同中書門下平章事。又《職官志》：史館，貞觀已後，多以宰相監修國史，遂成故事也。〔張箋〕（會昌六年）五月乙巳，以兵部侍郎、翰林學士承旨白敏中守本官、同中書門下平章事，兼集賢史館大學士。并附考云：（白敏中同平章事）《舊·紀》在四月，《舊·傳》則兼集賢史館，與兼刑部尚書并書。考《新書·宰相表》，敏中加刑部尚書在二年正月，而《補編·爲滎陽公上史館白相公》諸狀，皆鄭亞初到桂管時，則兼史館當在加刑部之前矣。〔按〕張氏謂白敏中兼集賢史館在加刑尚之前固是，然繫於會昌六年五月拜相時則非。此狀明言「伏見恩制，伏承相公因緣新座，懇讓兼榮」，下即言「典册之任，古今所難」，末又云「抃賀之外，結戀伏增」，其所「懇讓」之「兼榮」，即指史館兼職，「抃賀」之對象亦同指此。故此狀實爲見白敏中榮兼史職之制書後致賀之書信。白氏兼史館職之時間，以此狀推之，約在大中元年閏三月。狀則作於閏三月二十八日抵潭州後。

〔二〕見《爲滎陽公上集賢韋相公狀一》注〔三〕。

〔三〕〔補注〕《易·鼎》：「鼎黄耳，金鉉，利貞。」金鉉，貫穿鼎上兩耳之横杆，用以提鼎。喻宰輔重臣。

〔四〕〔錢注〕《通典》：《丁都護歌》：「都護初征時，儂亦惡聞許，願作石尤風，四面斷行旅。」《容齋五筆》：石尤風，不知其義，意其爲打頭逆風也。《困學紀聞》：石尤，李義山作「石郵」。《史記·太史公自序》：太史公留滯周南。〔按〕鄭亞、商隱一行離江陵向潭州進發途中，初曾遇風，故有此語。參《爲滎陽公上弘文崔相公狀一》注〔二〕。

〔五〕〔錢注〕《晉書·蔡謨傳》：且鑒所上者，皆積年勳效。〔補注〕勳效，猶功績。

〔六〕〔錢注〕《後漢書·范滂傳》：登車攬轡，慨然有澄清天下之志。〔按〕此則泛言登程。

〔七〕〔錢注〕《抱朴子》：鼓九陽之洪鑪。〔補注〕洪鑪，喻宰輔之陶冶。

〔八〕〔錢注〕《晉書·魏舒傳》：在州三年，以簡惠稱。《管子》：毋雜俗，毋異禮。〔補注〕雜俗，此指華、夷雜居之習俗。簡惠，指爲政寬簡不煩擾。

〔九〕〔錢注〕王符《潛夫論》：善者之養天民也，猶良工之爲麴豉也。起居以其時，寒温得其適，則一蔭之麴豉，盡美而多量。

〔一〇〕黄霸，《全唐文》原誤作「王霸」，錢氏據胡本改正，兹從之。〔錢注〕《漢書·黄霸傳》：爲潁川太守，米鹽靡密，初若繁碎，然霸精力能推行之。

〔一一〕〔錢注〕《後漢書·段熲傳》：人畜疲羸。〔補注〕疲羸，指困苦窮乏之民。錢注引「人畜疲羸」係衰弱之義。

〔一二〕〔錢注〕《方言》：凡草木刺人，自關而東，或謂之梗，或謂之劌。〔補注〕頑梗，愚妄而不順服之民。

〔一三〕〔補注〕兼榮，此指以宰相榮兼領史館。

〔一四〕〔補注〕《禮記·緇衣》：「王言如絲，其出如綸；王言如綸，其出如綍。」鄭玄注：「言言出彌大也。」此指皇帝之制書。

〔一五〕〔錢注〕《晉書·裴秀傳》：助和鼎味。〔按〕鼎味，用傅説以調和鼎味喻治理國政，以對武丁之問事。此喻指國政。

〔一六〕〔補注〕《左傳·莊公十五年》：「春，復會焉，齊始霸也。」《國語·齊語》：「有中軍之鼓，有國子之鼓，有高子之鼓。」

〔一七〕〔補注〕《左傳·僖公三十一年》：「秋，晉蒐于清原，作五軍以禦狄。趙衰爲卿。」杜預注：「二十八年，晉作三行，令罷之，更爲上下新軍。」「二十七年，命趙衰爲卿，讓於欒枝，今始從原大夫爲新軍帥。」孔穎達疏：「《晉語》云：『文公命趙衰爲卿，讓於欒枝、先軫；後又使爲卿，讓於狐偃；狐毛卒，又使爲卿，讓於先且居。公曰：「趙衰三讓，其所讓皆社稷之衛也。廢讓，是廢德也。」以趙衰故，蒐于清原，作五軍。使趙衰將新上軍，箕鄭佐之；胥嬰將下軍，先都佐之。』如彼文止謂趙衰作五軍，故特言趙衰爲卿以見之。於是舊三軍之將佐：先軫將中軍，郤溱佐之；先且居將上軍，狐偃佐之；欒枝將下軍，胥臣佐之。《國語》有其文。」按：五軍，指上、中、下軍、新上軍、新下軍。

〔一八〕〔錢注〕杜預《春秋左氏傳序》：仲尼自衛反魯，修《春秋》，立素王，丘明爲素臣。〔補注〕素王，有帝王之德而未居帝王之位者。素臣之史，指《春秋左氏傳》。

〔一九〕扶，《全唐文》作「夫」，據錢校改。〔錢注〕張衡《東京賦》：睿哲玄覽。〔補注〕睿哲，此頌稱宣宗聖明。

〔二〇〕〔錢注〕《漢書·梅福傳》注：張晏曰：「民有三年之儲曰升平。」

〔二一〕見《爲濮陽公上楊相公狀》注〔五〕。

〔二二〕〔補注〕《左傳·文公七年》：「同官爲寮。吾嘗同寮，敢不盡心乎？」

〔二三〕〔補注〕典册之任，此指史館之職。

〔二四〕〔補注〕《漢書·儒林傳序》：「（孔子）綴周之禮，因魯《春秋》，舉十二公行事，繩之以文、武之道，成一王法，至獲麟而止。」一王法，謂一代之法。

〔二五〕〔錢注〕杜預《春秋左氏傳序》：其發凡以起例，皆經國之常制，周公之垂法，史書之舊章，仲尼從而修之，以成一經之通體。

〔二六〕〔錢注〕《漢書·杜欽傳》：上盡召直言之士，詣白虎殿對策。按：唐諱「虎」，故作「獸」。〔補注〕《後漢書·孔奮傳》：「奇（孔奇）博通經典，作《春秋左氏删》。」李賢注：「删定其義也。」按：删儀，疑作「删義」。

〔二七〕見《爲滎陽公上集賢韋相公狀三》「高步瀛洲」注。

〔二八〕〔補注〕《左傳·昭公二十九年》：「夫物，物有其官，官脩其方，朝夕思之。一日失職，則死及之。失官不食。官宿其業，其物乃至。」業，職業，職事。此謂修其職事。

〔二九〕〔補注〕《禮記·曲禮上》：「進退有度，左右有局，各司其局。」孔疏：「各司其局者，軍行須監領，故主帥部分，各有所司部分也。」

〔三〇〕〔錢注〕張協《七命》：雖子大夫之所榮顧，亦吾人之所畏。

〔三一〕仗節，見《爲濮陽公官後上中書門下狀》「自擁節旄」注。

〔三二〕見《爲彭陽公上鳳翔李司徒狀》「未獲拜塵」注。

# 爲滎陽公上門下李相公狀一〔一〕

某行李〔二〕，今月二十八日已達潭州訖〔三〕。某曾無材術，謬忝恩榮。雖曰小藩〔四〕，且兼雜俗〔五〕。慮物斯至，撫躬不任。昨者迎迓之初，蠹停浮費〔六〕，至止之後〔七〕，務扇仁風〔八〕。苟或滿假爲心〔九〕，隳偷在念，豈爲顯責〔一〇〕，當逭幽誅〔一一〕。伏計亦賜信察。南郡旬時〔一二〕，方集水潦〔一三〕；重湖吞吐〔一四〕，實亞滄溟〔一五〕。未濟之間〔一六〕，臨深是懼〔一七〕；及揚帆鼓枻〔一八〕，則浪静風和。不吟行路之難〔一九〕，乃仗濟川之便〔二〇〕。儻聞見之下〔二一〕，指教所存，苟可輕其悔尤，敢不聳於諮稟。伏惟特賜留念。

【校注】

〔一〕本篇原載清編《全唐文》卷七七四第三頁、《樊南文集補編》卷三。〔錢箋〕（門下李相公）李回也。《舊唐書》本傳：潞賊平，同平章事，累加中書侍郎，轉門下。《新唐書·武宗紀》：會昌五年五月，户部侍郎李回爲中書侍郎、同中書門下平章事。按：《舊·紀》在會昌五年三月。後有《上座主李相公狀》云：「伏見恩制，相公以五月十九日登庸。」《舊·紀》疑誤，當從《新書》。

《舊唐書・職官志》：門下侍郎二員，掌貳侍中之職。凡政之弛張，事之與奪，皆參議焉。〔按〕狀有「某行李，今月二十八日已達潭州訖」之語，當作於大中元年閏三月二十八日抵達潭州後。

〔二〕〔補注〕《左傳・僖公三十年》：「行李之往來，共其乏困。」行李，此猶行旅，行役。

〔三〕見《爲滎陽公上集賢韋相公狀一》注〔三〕。

〔四〕〔錢注〕《史記・太史公自序》：諸侯大小爲藩，咸得其宜。

〔五〕雜俗，見《爲滎陽公上史館白相公狀一》注〔八〕。

〔六〕〔錢注〕《漢書・毋將隆傳》：不以民力供浮費。

〔七〕〔補注〕《詩・小雅・庭燎》：「君子至止，言觀其旂。」按：此句「至止」指抵達桂管任所。

〔八〕仁風，見《爲滎陽公上弘文崔相公狀一》注〔六〕。

〔九〕〔補注〕《書・大禹謨》：「克勤于邦，克儉于家，不自滿假。」滿假，自滿自大。

〔一〇〕〔錢校〕爲，疑當作「惟」。〔錢注〕《漢書・薛宣傳》：宣獨移書顯責之。

〔一一〕〔補注〕逭，行。《方言》第十二：「逭、遁，步也。」幽誅，神鬼之責罰。

〔一二〕〔錢注〕《漢書・地理志》：南郡，秦置。江陵縣，故楚郢都。《舊唐書・地理志》：荆州江陵府江陵縣，漢縣，南郡治所也。〔補注〕旬時，十日。語本《書・康誥》：「至于旬時。」

〔一三〕〔補注〕《禮記・曲禮上》：「水潦降，不獻魚鼈。」水潦，大雨。

〔一四〕〔錢注〕盛弘之《荆州記》：巴陵南有青草湖，周圍數百里。湖南有青草山，故名。（一名）洞庭湖。又：雲夢澤，一名巴丘湖。《巴陵舊志》：謂之重湖者，一湖之内，南名青草，北名洞庭，有沙洲間之也。鮑照《登大雷岸與妹書》：吞吐百川，寫泄萬壑。

〔一五〕〔錢注〕《初學記》：東海之别，有渤澥，故東海共稱渤海，又通謂之滄海。東海之别，又有溟海、員海。

〔一六〕〔補注〕《易·未濟》：「《象》曰：火在水上，未濟，君子以慎辨物居方。」此以「未濟」指未渡越江湖。

〔一七〕〔補注〕《詩·小雅·小旻》：「如臨深淵，如履薄冰。」

〔一八〕〔錢注〕謝靈運《遊赤石進帆海》詩：揚帆采石華。《楚辭·漁父》：漁父莞爾而笑，鼓枻而去。

〔一九〕〔錢注〕《樂府解題》：《行路難》，備言世路艱難，以及離别悲傷之意。

〔二〇〕〔補注〕《書·説命上》：「爰立作相，王置諸其左右，命之曰：『朝夕納誨，以輔台德。若金，用汝作礪；若濟巨川，用汝作舟楫。』」仗濟川之便，語意雙關，明謂度越江湖，兼關合仗李相公作宰輔之力。

〔二一〕〔錢注〕《後漢書·百官志》注：臣愚以爲刺史視事滿歲，可令奏事如舊典，問州中風俗，恐好惡過所道，事所聞見，考課衆職，下章所告，及所自舉有意者賞異之，其尤無狀，逆詔書，行罪法。

## 爲滎陽公赴桂州在道换進賀端午銀狀〔一〕

右臣伏以握丕圖而御物〔二〕。必相見於《離》〔三〕;推《小正》以辨時〔四〕,則盛德在夏〔五〕。故著爲令節,稽以舊章,通修任土之宜〔六〕,仰續後天之壽〔七〕。臣方乘傳置〔八〕,未至藩維〔九〕,前件銀已及中塗,實從前政。拜章獻祝,雖令尹以告新;納賮展儀,欲長府之仍舊〔一〇〕。謹以前觀察使楊漢公封印進上〔一一〕。千春屬慶〔一二〕,億載儲休。繫以藩條,闕覲丹墀之下〔一三〕;徵諸貨志,且媿白金爲中〔一四〕。干冒宸嚴,無任兢越。

【校注】

〔一〕本篇原載《文苑英華》卷六四〇第四頁、清編《全唐文》卷七七三第三頁、《樊南文集詳注》卷二。題内「换」字,《全文》原脱,據《英華》補。馮譜、張箋均編大中元年,置《爲滎陽公桂州謝上表》之前。〔按〕賀端午銀須在節前送達長安。桂州離長安四千二百餘里(《舊唐書·地理志》謂桂州至長安四千七百六十里,當有誤。因昭州至長安四千四百三十六里,而昭州至桂州二百二十里。故當爲四千二百餘里),此賀銀至遲在閏三月末或四月初即須啓送。題云「在道换進端午銀」，其換進之時地約在鄭亞一行抵達潭州以後尚未自潭州續發時，當在四月中旬左右。狀亦作於其時。

〔二〕以，《英華》注：集作「聞」。〔補注〕丕圖，大業、宏圖。御物，駕馭萬物。

〔三〕〔徐注〕《易》：《離》也者，明也，萬物皆相見，南方之卦也。聖人南面而聽天下，嚮明而治，蓋取諸此也。

〔四〕〔徐注〕《大戴禮・夏小正》云：五月，初昏，大火中。大火者，心也。心中，種黍菽糜時也，煮梅爲豆實也，蓄蘭爲沐浴也。〔馮注〕《隋書・經籍志》：《夏小正》一卷，漢戴德撰。

〔五〕〔徐注〕《禮記》：先立夏三日，太史謁之天子曰：「某日立夏，盛德在火。」

〔六〕〔補注〕《書・禹貢序》：「禹别九州，隨山濬川，任土作貢。」

〔七〕〔徐注〕《莊子》：後天地終而不爲老。

〔八〕〔馮注〕謂傳車驛馬。〔補注〕《漢書・文帝紀》：「太僕見馬遺財足，餘皆以給傳置。」顔師古注：「置者，置傳驛之所，因名置也。」王先謙補注引宋祁云：「傳，傳舍；置，厩置。」

〔九〕〔馮注〕王簡栖《頭陀寺碑文》：觀政藩維。〔補注〕《詩・大雅・板》：「价人維藩。」藩維，指藩國、方鎮。此指桂管。

〔一〇〕〔補注〕令尹，此泛指地方行政長官。令尹告新，謂己（鄭亞）新任桂管觀察使。賁儀，進貢之財物。長府，此當與上句「令尹」同指長於州郡之地方行政長官。謂進賀之端午銀，即用前任觀察使楊漢公所獻也。《論語·先進》：「魯人爲長府。」何晏集解引鄭玄曰：「長府，藏名也。藏財貨曰府。」疑非此句「長府」之義。

〔一一〕〔徐注〕《新書》：楊漢公，字用乂，虢州弘農人，累遷户部郎中、史館修撰，轉司封郎中。坐虞卿，下除舒州刺史。徙湖、亳、蘇三州，擢桂管、浙東觀察使。〔按〕據《舊唐書·宣宗紀》：大中元年二月，「以給事中鄭亞爲桂州刺史、御史中丞、桂管防禦觀察等使」。亞即前往桂管代楊漢公者。《會稽掇英總集·唐太守題名記》：「楊漢公，大中元年五月自桂管觀察使授。」五月當是漢公到浙東觀察使任之時。

〔一二〕〔馮校〕屬，《粤西文載》作「稱」。

〔一三〕〔徐注〕《漢書》：梅福上書曰：「願涉赤墀之塗。」《漢官儀》：漢尚書郎含香握蘭，奔趨丹墀。

〔一四〕〔馮注〕《漢書·食貨志》：金有三等：黄金爲上，白金爲中，赤金爲下。孟康曰：白金，銀也；赤金，丹陽銅也。

## 爲滎陽公上史館白相公狀二〔一〕

不審自經哀苦，尊體如何？王丞相之還臺，不無深感〔二〕；潘黄門之歸路，諒有餘悲〔三〕。然訪以玄言〔四〕，推之大觀〔五〕，苟陶埏於莊、惠〔六〕，豈蒂芥於彭、殤〔七〕！伏惟上答皇私，下裁沈痛〔八〕，俯安寢膳，以定樞機〔九〕。不以鍾情〔一〇〕，或虧常理。東門吴向無之説，則近傷慈〔一一〕；魏陽元自損之言，實存深旨〔一二〕。某早承恩矚〔一三〕，方此辭離，憂望之誠，頃刻無喻。伏惟俯收卑款，以慰遐藩，下情云云。

【校注】

〔一〕本篇原載清編《全唐文》卷七七四第二頁、《樊南文集補編》卷三。〔錢箋〕此似慰白相喪子之戚，事細無考。〔按〕張采田《會箋》卷三繫此文於《爲滎陽公上史館白相公狀 一》之後，《爲滎陽公上衡州牛相公狀》《爲滎陽公赴桂州在道進賀端午銀狀》之前，蓋以其爲赴桂途中在潭州逗留期間所上。《爲滎陽公上史館白相公狀三》爲大中元年六月九日到任後所上，而此狀有「方此辭離」語，當是赴桂道中作。約作於大中元年四、五月間。

〔二〕〔錢注〕《晉書·王導傳》：進位太傅，又拜丞相。子悦，事親色養，導甚愛之。先導卒。先是，導還臺，及行，悦未嘗不送至車後。悦亡後，導還臺，自悦常所送處哭至臺門。〔補注〕洪邁《容齋續筆·臺城少城》：「晉、宋間謂朝廷禁省爲臺，故稱禁城爲臺城。」晉之臺城，在今南京雞鳴山南。

〔三〕〔錢注〕《晉書·潘岳傳》：字安仁，遷給事黄門侍郎。潘岳《喪弱子辭序》：三月壬寅，弱子生，五月之長安。壬寅，次于新安之千秋亭。甲辰，而弱子夭。乙巳，瘞于亭東。〔補注〕潘岳又有

《思子詩》，有句云：「奈何念稚子，懷奇隕幼齡。追想存髫鬌，感道傷中情。」

〔四〕〔錢注〕《晉書·王衍傳》：衍妙善玄言。〔按〕此「玄言」殆指老、莊之學，即齊生死、等壽夭一類觀點，視下文可知。《老子》有「玄之又玄，衆妙之門」語，故云。

〔五〕大觀，見《爲濮陽公上賓客李相公狀二》「稟達人大觀之規」注。

〔六〕〔錢注〕《荀子》：然則聖人之於禮義，積僞也，亦陶埏而生之也。《莊子》：莊子妻死，惠子弔之。莊子則方箕踞鼓盆而歌。惠子曰：「不亦甚乎？」莊子曰：「人且偃然寢於巨室，而我噭噭然隨而哭之，自以爲不通乎命，故止也。」〔補注〕陶埏，謂陶人將陶土放入模型中製成陶器，喻造就培育。

〔七〕〔錢注〕賈誼《鵩鳥賦》：細故蔕芥兮，何足以疑？《莊子》：天下莫壽乎殤子，而彭祖爲夭。

〔八〕〔錢注〕任昉《南徐州蕭公行狀》：沈痛瘡鉅。

〔九〕〔錢注〕《漢書·張安世傳》：職典樞機。

〔一〇〕〔錢注〕《晉書·王衍傳》：衍嘗喪幼子，山簡弔之，衍悲不自勝，簡曰：「孩抱中物，何至於此？」衍曰：「聖人忘情，最下不及於情。然則情之所鍾，正在我輩。」

〔一一〕〔錢注〕《列子》：魏有東門吴者，子死而不憂，曰：「吾嘗無子之時不憂，今子死乃與向無子時同，吾奚憂也？」

〔一二〕〔錢注〕《晉書·魏舒傳》：舒字陽元，子混，清惠有才行，先舒卒，舒每哀慟，退而嘆曰：「吾不及莊生遠矣，豈以無益自損乎？」於是終服不復哭。

〔一三〕〔錢注〕《廣韻》：矚，視也。

## 爲中丞滎陽公赴桂州至湖南敕書慰諭表〔一〕

臣某言：今月八日，宣告使某官某至湖南觀察府，賚賜臣敕書一通，并慰諭臣所部將吏僧道耆老等。乾文昭錫〔二〕，兑澤旁流〔三〕，雖聞訃以銜哀〔四〕，亦戴恩而竊抃〔五〕。臣某中謝。臣伏聞積慶太后〔六〕，爰初遘疾〔七〕，皇帝陛下即不視朝〔八〕。慮切宸襟〔九〕，時連燀暑〔一〇〕。載想大庭之養〔一一〕，實懸方國之心〔一二〕。乃運屬歸真〔一三〕，書留具位〔一四〕。陛下又能咨宰輔酌中之請，稟聖賢推遠之懷〔一五〕，始率義以致憂〔一六〕，終據經而順變〔一七〕。獲情禮兼修之旨〔一八〕，成古今莫易之文〔一九〕。伏讀綸言〔二〇〕，實榮藩守〔二一〕。伏以時逢積水，行滯長沙〔二二〕，擁皂蓋而久留〔二三〕，載青旌而莫濟〔二四〕。未獲宣傳童艾〔二五〕，號召蠻夷〔二六〕。謹具當時宣示所將兵吏及迎候將校訖。惟冀下車已後〔二七〕，食蘗自規〔二八〕，仰憑垂露之文〔二九〕，麤守宣風之職〔三〇〕。臣與將吏等，無任感恩望闕屏營之至〔三一〕！

## 【校注】

〔一〕本篇原載清編《全唐文》卷七七二第一頁、《樊南文集補編》卷一。〔錢箋〕《舊唐書·宣宗紀》：大中元年二月，以給事中鄭亞爲桂州刺史、御史中丞、桂管防禦觀察等使。又《地理志》：嶺南西道桂管經略觀察使治桂州。又：湖南觀察使治潭州。又《宣宗紀》：大中元年四月，積慶太后蕭氏崩，謚曰貞獻。《新唐書·百官志》：凡王言之制有七。六曰論事敕書，戒約臣下則用之。〔按〕據《新唐書·宣宗紀》及《通鑑》，大中元年四月己酉（十五日），積慶太后蕭氏崩。本文稱「今月八日，宣告使某官某至湖南觀察府」，此「今月」當指五月。潭州距京師二千四百四十五里，敕書四月十五日自京師發出，抵潭州已在五月初。表又云「時逢積水，行滯長沙，擁皂蓋而久留，載青旌而莫濟」，則作表時滯留長沙（潭州）已久。鄭亞、商隱等於閏三月二十八日到達長沙，滯留至五月初八尚未續發，故云「久留」；如「今月」爲四月，則不得云「久留」也。據此，鄭亞抵達桂林時所上諸表狀之「今月九日」應爲六月九日，詳《爲滎陽公桂州謝上表》注〔一〕。本篇當作於大中元年五月八日或稍後。

〔二〕〔補注〕《易·乾》：「《乾》，元、亨、利、貞。」又《説卦》：「乾爲天……爲君。」乾文，指帝王之文。亦即題内敕書。昭，明。錫，賜。

〔三〕〔補注〕《易·兑》：「《兑》，亨、利、貞。」孔穎達疏：「以《兑》是象澤之卦，故以兑爲名。」因其象徵沼澤，故云兑澤。猶潤澤。《易緯乾鑿度》卷上：「☱，古澤字，今之兑。兑澤萬物，不有拒，上虛下實。」

〔四〕〔錢注〕《白虎通》：天子崩，訃告諸侯何？緣臣子喪君，哀痛憤懣，無能不告語人者也。諸侯欲聞之，又當持土地所出，以供喪事。故《禮》曰：「天子崩，遣使者訃諸侯。」嵇康《養生論》：曾子銜哀，七日不飢。

〔五〕戴，《全文》原作「感」，錢氏據胡本改正，茲從之。〔錢注〕《漢郃陽令曹全碑》：百工戴恩。曹植《求自試表》：夫臨博而企竦，聞樂而竊抃者，或有賞音而識道也。

〔六〕〔錢注〕《舊唐書・后妃傳》：穆宗貞獻皇后蕭氏，初入十六宅爲建安王侍者，生文宗皇帝。文宗踐阼，尊號曰皇太后。武宗即位，徙居積慶殿，號積慶太后。

〔七〕〔錢注〕《吴志・陸績傳》：遘疾遇厄。

〔八〕〔補注〕《禮記・曾子問》：「諸侯適天子，必告于祖，奠于禰，冕而出視朝。」視朝，臨朝聽政。

〔九〕〔錢注〕何遜《爲西豐侯九日侍宴樂遊苑詩》：宸襟動時豫。

〔一〇〕〔錢校〕煇，疑當作「燀」。《國語》：火無炎燀。〔按〕何晏《景福殿賦》：「冬不淒寒，夏無炎燀。」錢校似是。然「煇」有「熏灼」義，「煇暑」亦自可通。

〔一一〕〔錢注〕《列子》：黄帝憂天下之不治，退而閑居大庭之館，齋心服形，三月不親政事。晝寢而夢，遊於華胥氏之國，神遊而已。黄帝既寤，怡然自得。

〔一二〕方，《全文》作「萬」，錢氏據胡本改正，茲從之。〔補注〕《詩・大雅・大明》：「厥德不回，以受方國。」鄭玄箋：「方國，四方來附者。」按：此處「方國」指各地方鎮、州郡。

〔一三〕〔錢注〕《列子》：精神者，天之分；骨骸者，地之分。屬天清而散，屬地濁而聚。精神離形，各歸其真，故謂之鬼。鬼，歸也，歸其真宅也。

〔一四〕〔錢注〕任昉《宣德皇后令》：宣德皇后敬問具位。〔補注〕具位，具瞻之位，指三公宰相。語本《詩·小雅·節南山》：「赫赫師尹，民具爾瞻。」鄭玄箋：「此言尹氏汝居三公之位，天下之民俱視汝之所爲。」

〔一五〕〔錢注〕按：太后於宣宗爲嫂，此用《檀弓》「嫂叔之無服也，蓋推而遠之也」。〔補注〕《禮記·檀弓上》：「喪服，兄弟之子猶子也，蓋引而進之也；嫂叔之無服也，蓋推而遠之也。」

〔一六〕〔補注〕《左傳·昭公十五年》：「率義不爽。」《孝經·紀孝行》：「子曰：『孝子之事親也，居則致其敬，養則致其樂，病則致其憂，喪則致其哀，祭則致其嚴。五者備矣，然後能事親。』」

〔一七〕〔錢注〕《漢書·孔光傳》：上有所問，據經法以心所安而對。〔補注〕《禮記·檀弓下》：「喪禮，哀戚之至也；節哀，順變也。」

〔一八〕禮，《全文》作「理」，錢氏據胡本改正，兹從之。〔錢注〕《晉書·孝武文李太后傳》：太皇太后，名位允正，體同皇極，理制備盡，情禮兼申。

〔一九〕〔錢注〕《後漢書·王昌傳》：蓋聞爲國，子之襲父，古今不易。

〔二〇〕〔補注〕《禮記·緇衣》：「王言如絲，其出如綸；王言如綸，其出如綍。」

〔二二〕〔錢注〕《北史·齊清河王岳子勱傳》：頻歷蕃守。

〔二三〕〔錢注〕《舊唐書·地理志》：潭州，隋長沙郡。

〔二三〕〔錢注〕《後漢書·輿服志》：中二千石、二千石皆皂蓋，朱兩轓。

〔二四〕〔補注〕《禮記·曲禮上》：「前有水，則載青旌。」孔穎達疏：「青旌者，青雀旌，謂旌旗。軍行若前值水，則畫爲青雀旌旗幡，上舉示之。所以然者，青雀是水鳥，軍士望見則咸知前必值水而各防也。」

〔二五〕〔錢注〕《蜀志·彭羕傳》：數令羕宣傳軍事。《釋名》：十五曰童，五十曰艾。

〔二六〕〔錢注〕《國語》：以號召天下之賢士。

〔二七〕〔錢注〕《漢書·叙傳》：班伯爲定襄太守，定襄聞伯素貴，年少，自請治劇，畏其下車作威，吏民竦息。

〔二八〕〔錢注〕飲冰、食蘗，文中屢用。白香山詩：「三年爲刺史，飲冰復食蘗。」則不始於義山矣。「飲冰」，見《莊子》；「食蘗」，未詳所出。〔補注〕《莊子·人間世》：「今吾朝受命而夕飲冰。」飲冰，狀心情惶恐。食蘗，未詳最早出處。薛逢《與崔況秀才書》：「飲冰勵節，食蘗苦心。」與「食蘗自規」義近，蓋唐人常用語。蘗、糱同，指黄蘗，味苦。

〔二九〕〔錢注〕《法書要録》：漢曹喜工篆隸，善懸針垂露之法。〔按〕此處「垂露」指露珠垂滴，喻皇帝雨露恩澤。垂露之文，即慰諭之敕書。

〔三〇〕〔錢注〕《晉書·武帝紀》：詔曰：「郡國守相，三載一巡行屬縣，必以春，此古者所以述職宣風展義也。」〔補注〕宣風，宣揚風教德化。

〔三一〕〔錢注〕《魏書·高閭傳》：閭進陟北邙，上望闕表，以示戀慕之誠。《國語》：王親獨行，屏營仿徨於山林之中。〔補注〕屏營，惶恐。

# 爲滎陽公上衡州牛相公狀〔一〕

不審近日尊體何如？相公早輔大朝，顯有休績〔二〕。伊尹同德，臯陶矢謨〔三〕。並著在典經〔四〕，垂於名命〔五〕。而又載懷達節〔六〕，不有成功，神理佑謙，天道保退。伏料調護〔七〕，常極和寧〔八〕。然某竊計前經，遐追曩躅〔九〕，險而不墜，召公所以能諫〔一〇〕；約而無釁，重耳所以復還〔一一〕。況今慶屬休期，運推《常武》〔一二〕，必資國老〔一三〕，以立台庭。伏料即時，入膺榮召。凡在華夏，莫不禱祠。

某實乏勳庸〔一四〕，謬當廉察。將因行役，獲拜尊嚴〔一五〕。俯執輕橈〔一六〕，恨無飛翼。會昭潭積雨〔一七〕，南楚增波〔一八〕，尚滯旬時，若隔霄漢。齊心結念〔一九〕，常存李固之匿犀〔二〇〕；倚寐銜誠，已夢孫弘之脱粟〔二一〕。攀戀之至，猶積下情。

【校注】

〔一〕本篇原載清編《全唐文》卷七七四第一一頁、《樊南文集補編》卷四。〔錢箋〕（衡州牛相公）牛僧孺也。《新唐書》本傳：宣宗立，徙衡、汝二州，還爲太子少師卒。《通鑑》：會昌六年八月，以循州司馬牛僧孺爲衡州長史。《新唐書·地理志》：衡州，屬江南西道。餘詳《爲滎陽公賀牛相公狀》注〔三〕〔九〕。〔按〕張采田《會箋》卷三繫本篇於潭州逗留期間所上諸表狀之末。據《爲中丞滎陽公赴桂州至湖南敕書慰諭表》，大中元年五月八日鄭亞等猶滯留湖南觀察府潭州，其文云「伏以時逢積水，行滯長沙，擁皂蓋而久留，載青旌而莫濟」，與本篇所云「會昭潭積雨，南楚增波，尚滯旬時，若隔霄漢」正合，可推知本篇作時亦當與《敕書慰諭表》相近。文云「俯執輕橈，恨無飛翼」，狀當上於自潭州續發時，以鄭亞一行六月九日到桂管任之時及潭州至桂林之里程（一千三百十五里）推之，此狀當上於大中元年五月上中旬。

〔二〕〔錢注〕王粲《浮淮賦》：垂休績於來裔。〔按〕事詳《爲滎陽公賀牛相公狀》注〔三〕。休績，美績。

〔三〕〔補注〕《書·伊訓》：「伊尹乃明言烈祖（指湯）之成德，以訓于王。」《史記·殷本紀》：「伊尹名阿衡。阿衡欲干湯而無由，乃爲有莘氏媵臣，負鼎俎，以滋味説湯，致于王道。或曰：伊尹處士，湯使人聘迎之，五反，然後肯往從湯，言素王及九主之事。湯舉任以國政。」「帝太甲既立三年，不明，暴虐，不遵湯法，亂德，于是伊尹放之于桐宮。三年，伊尹攝行政當國，以朝諸侯。帝太甲居桐宮三年，悔過自責，反善。于是伊尹乃迎帝太甲而授之政。帝太甲修德，諸侯咸歸殷，百姓以寧。伊尹嘉之，乃作《太甲訓》三篇，褒帝太甲，稱太宗。」《書》有《臯陶謨》。矢，陳獻。《書・大禹謨序》：「臯陶矢厥謨。」孔穎達疏：「臯陶爲帝舜陳其謀。」

〔四〕〔錢注〕荀悦《漢紀》：垂之後世，則爲典經。

〔五〕〔錢注〕《國語》：方臣之少也，進秉筆贊爲名命，稱於前世，義於諸侯，而主弗志。〔補注〕名命，猶詔命、命令。

〔六〕〔補注〕《左傳・成公十五年》：「聖達節，次守節，下失節。」達節，能進能退，能上能下，而俱合於節義。

〔七〕〔補注〕調護，調養、保養。

〔八〕〔補注〕《禮記・燕義》：「和寧，禮之用也。此君臣上下之大義也。」《國語・周語中》：「故能光有天下，而和寧百姓。」按：此處「和寧」與上「調護」相承，當即身體安寧之意。

〔九〕〔錢注〕《漢書・叙傳》注：躅，迹也。〔補注〕曩躅，指前賢之足迹。詳下四句。

〔一〇〕見《爲濮陽公上淮南李相公狀二》「險不懟而怨不怒」注。〔按〕《國語》載召公言作「夫事君者險而不懟」。召，《全文》作「邵」，據《國語》改。

〔一一〕〔錢注〕《國語》：晉公子過鄭，鄭文公不禮焉，叔詹諫曰：「晉公子有三胙焉，天將啓之。同姓不婚，惡不殖也，狐氏出自唐叔。狐姬，伯行之子也，實生重耳，成而雋才，離違而得所，久約而無釁，一也；同出九人，唯重耳在，離外之患，而晉國不靖，二也；晉侯日載其怨，外内棄之，重耳日載其德，狐、趙謀之，三也。」〔補注〕釁，同「釁」。久約，長期窮困。無釁，無過失。

〔一二〕〔錢注〕《詩序》：《常武》，召穆公美宣王也。〔補注〕運推《常武》，猶言國運如周宣王之中興。

〔一三〕〔補注〕《左傳·僖公二十七年》：「國老皆賀子文。」孔穎達疏：「國老者，國之卿大夫士之致仕者也。」此指國之舊臣、老臣中位望尊崇者。

〔一四〕〔補注〕勳庸，功勳。《周禮·夏官·司勳》：「王功曰勳，國功曰功，民功曰庸。」

〔一五〕拜，《全文》作「報」，錢校據胡本改正。今從錢校。

〔一六〕〔錢注〕《博雅》：楫謂之橈。

〔一七〕〔錢注〕《舊唐書·地理志》：潭州以昭潭爲名。《水經注》：湘水逕昭山西，山下有旋泉，深不可測，故言昭潭無底也。亦謂之湘水潭。

〔一八〕〔錢注〕《史記·貨殖傳》：衡山、九江、江南、豫章、長沙，是南楚也。

〔一九〕〔錢注〕《古詩》：齊心同所願。

〔二〇〕〔錢注〕《後漢書·李固傳》：固貌狀有奇表，鼎角匿犀。注：鼎角者，頂有骨如鼎足也。匿犀，伏犀也。〔補注〕匿犀，謂額上之骨隆起，隱于髮内。

〔二一〕銜，錢注本作「含」，未出校。〔錢注〕《史記·平津侯傳》：公孫弘常稱以爲人臣病不儉節。爲丞相，封平津侯。食一肉脱粟之飯。

# 爲滎陽公至湖南賀聽政表〔一〕

臣某言：臣得本道進奏院狀報，月日，宰臣某等，懇悃上言〔二〕，請從聽斷〔三〕。特降優旨〔四〕，俯賜依從。普天率土〔五〕，莫不慶幸。臣某中謝。臣聞道惟應變〔六〕，合變則道昭；禮貴酌情，踰情則禮廢。苟非至德，曷取大中〔七〕？伏惟皇帝陛下，孝德兼躋〔八〕，聖猷允塞〔九〕。日兄稟義〔一〇〕，丘嫂延恩〔一一〕。始自爽和〔一二〕，遂停庶政，絶臣僚之陛見〔一三〕，奉藥膳於宮朝〔一四〕。及真宅言歸〔一五〕，寢園將祔〔一六〕，喪紀既聞於約禮〔一七〕，充奉已布於成規〔一八〕。遵大臣陳義之方〔一九〕，得王者自家之化〔二〇〕。臣方叨廉問〔二一〕，猶在道塗，雖清攬轡之心〔二二〕，且阻執圭之覲〔二三〕。湘波附奏〔二四〕，嶺嶠含誠。敢思瑣闥之前榮〔二五〕，實慕金閨之舊籍〔二六〕。無任望闕瞻天結戀屏營之至〔二七〕！

**【校注】**

〔一〕本篇原載清編《全唐文》卷七七二第二頁、《樊南文集補編》卷一。〔按〕文云「方叨廉問，猶在道塗」，「湘波附奏，嶺嶠含誠」，知上此表時尚在赴桂林途中，今湖南南部湘水上游靠近五嶺一帶，當在《爲中丞滎陽公赴桂州至湖南敕書慰諭表》稍後作，約大中元年五月中旬至下旬間。

〔二〕〔補注〕懇悃，懇切忠誠。

〔三〕〔錢注〕《漢書·叙傳》：中宗明明，夤用刑名，時舉傅納，聽斷惟精。〔補注〕《荀子·榮辱》：「政令法，舉措時，聽斷公。」聽斷，聽取陳述作出決斷。

〔四〕〔錢注〕《宋書·王弘傳》：仰延優旨。

〔五〕〔補注〕《詩·小雅·北山》：「溥天之下，莫非王土；率土之濱，莫非王臣。」

〔六〕〔錢注〕《史記·太史公自序》：與道同符，内可以治身，外可以應變。

〔七〕〔補注〕《易·大有》：「《大有》，柔得尊位大中，而上下應之，曰《大有》。」王弼注：「處尊以柔，居中以大。」後以「大中」爲無過與不及的中正之道。

〔八〕〔補注〕《周禮·地官·師氏》：「以三德教國子。一曰至德，以爲道本；二曰敏德，以爲行本；三曰孝德，以知逆惡。」鄭玄注：「孝德，尊祖愛親，守其所以生者也。」

〔九〕〔補注〕猷，謀。允塞，充滿。《詩·大雅·常武》：「王猶允塞，徐方既來。」

〔一〇〕〔錢注〕太后，穆宗妃。宣宗，穆宗弟。《春秋感精符》：人主兄日姊月。《大戴禮記》：孝子慈幼，允德秉義，約貨去怨，蓋柳下惠之行也。〔按〕日兄指穆宗。

〔一一〕〔錢注〕《漢書·楚元王傳》：高祖微時，常避事，時時與賓客過其丘嫂食。嫂厭叔與客來，陽爲羹盡，轑釜，客以故去。已而視釜中有羹，繇是怨嫂。注：張晏曰：「丘，大也，長嫂稱也。」

〔一二〕〔錢注〕《爾雅》：爽，差也；爽，忒也。〔補注〕爽和，謂身體違和、失調。

〔一三〕〔錢注〕《後漢書・霍諝傳》：又因陛見，陳聞罪失。

〔一四〕〔錢注〕《宋書・文帝路淑媛傳》：昔在蕃閫，常奉藥膳。《吴志・張温傳》：置俊乂於宫朝。

〔一五〕見《爲中丞滎陽公赴桂州至湖南敕書慰諭表》注〔一三〕。

〔一六〕〔錢注〕《後漢書・祭祀志》：古不墓祭。漢諸陵皆有園寢，承秦所爲也。説者以爲古宗廟，前制廟，後制寢，以象人之居，前有朝，後有寢也。《禮・檀弓》注：祔謂合葬。

〔一七〕〔補注〕《禮記・文王世子》：「喪紀以服之輕重爲序，不奪人親也。」鄭玄注：「紀，猶事也。」約禮，簡化禮制。《通鑑・漢安帝建光元年》：「孝文定約禮之制。」

〔一八〕充，《全文》作「克」。錢校：當作「充」。兹從錢校改。〔錢注〕班固《西都賦》：三選七遷，充奉陵邑。

〔一九〕〔錢校〕遵，胡本作「尊」。〔錢注〕《莊子》：屠羊説居處卑賤，而陳義甚高。

〔二〇〕〔錢注〕王褒《周太保尉遲綱墓碑》：出忠入孝，自家刑國。〔補注〕《詩・大雅・思齊》：「刑于寡妻，至于兄弟。」李翺《正位》：「古之善治其國者，先齊其家，言自家之刑於國也。」

〔二一〕〔錢注〕《史記・秦始皇紀》：吾使人廉問。《漢書・高祖紀》：廉問有不如詔者，以重論之。〔補注〕廉問，察訪查問。《新唐書・百官志四下》：「觀察處置使，掌察所部善惡，舉大綱。」鄭亞時任桂管防禦觀察等使，故云。

〔二二〕見《爲滎陽公上史館白相公狀一》注〔六〕。

〔二三〕〔補注〕《禮記・禮器》：「圭璋特。」孔疏：「諸侯朝王以圭，朝后執璋。」又《聘義》：「圭璋特達，德也。」孔疏：「行聘之時，唯執圭璋。」

〔二四〕〔錢注〕《戰國策》：食湘波之魚。

〔二五〕〔錢注〕亞以給事中出爲桂管觀察使。《後漢書・百官志》：黄門侍郎，掌侍從左右，給事中，關通中外。注：《漢舊儀》：「黄門郎屬黄門令，日暮對青瑣門外，名曰夕郎。」

〔二六〕〔錢注〕謝朓《始出尚書省》詩：既通金閨籍。〔補注〕《文選》李善注：「金閨，即金門也。《解嘲》曰：『歷金門，上玉堂。』應劭《漢書注》曰：『籍者，爲二尺竹牒，記其年紀、名字、物色，懸之宫門，案省相應，乃得入也。』」金閨籍，猶朝籍。

〔二七〕〔錢注〕傅咸《申懷賦》：實結戀之有違。

## 爲滎陽公進賀壽昌節銀零陵香麖靴竹靴狀〔一〕

右臣伏聞烈山神井，開農皇降聖之時〔二〕；南頓嘉禾，茂漢后誕祥之日〔三〕。伏惟皇帝
陛下，系傳太素〔四〕，瑞掩前朝。資南訛致育之功〔五〕，演北極居尊之慶〔六〕。臣方叨廉察〔七〕，已去班行〔八〕，莫階貢重之儀〔九〕，徒切維祺之禮〔一〇〕。前件物等，或潔凝圭錫〔一一〕，芳

厠蘭蕪〔一二〕，可傳御器之間〔一三〕，儻助薰風之末〔一四〕。其餘則攻皮合巧〔一五〕，截竹呈能〔一六〕。豈納職于屨人〔一七〕，願永康于天步〔一八〕。干冒陳進，兢越無任！

【校注】

〔一〕本篇原載清編《全唐文》卷七七三第四頁、《樊南文集補編》卷一。題内「麖」字，《全文》作「麃」，錢校據胡本改正，兹從之。〔錢箋〕《唐會要》：宣宗聖武獻文孝皇帝，諱忱，元和五年庚寅六月二十三日生于大明宫，以其日爲壽昌節。《南越志》：零陵香，生零陵山谷，葉如羅勒。《新唐書·地理志》：桂州土貢銀、麖皮鞾。《漢書·地理志》注：麖似鹿而小。〔張箋〕此鄭亞已抵桂後作。〔按〕錢氏以桂州土貢有銀與麖皮鞾注題内「銀」與「麖靴」，蓋亦以此表係鄭亞抵桂林後所上。然宣宗生日爲六月二十三日，此賀銀及賀物等必須在生日前送到。而鄭亞一行抵達桂林已是六月九日，距二十三日不到半月，如抵桂後方送生日賀禮，壽昌節前勢必不能送到。故此賀狀及賀禮當在赴桂途中發出，其時間約在五月下旬。

〔二〕〔錢注〕司馬貞《三皇本紀》：神農本起烈山，故《左氏》稱烈山氏，亦曰厲山氏，《禮》曰「厲山氏之有天下」是也。注：厲山，今隨之厲鄉也。盛弘之《荆州記》：隨郡北界有厲鄉村，村南有重山，山下一穴，相傳神農所生。周圍一頃二十畝，有九井。神農既育，九井自穿。

〔三〕〔錢注〕《後漢書·光武紀論》：皇考南頓君初爲濟陽令，以建平元年十二月甲子夜生光武於縣舍。是歲，縣界有嘉禾，一莖九穗，因名光武曰秀。《漢書·地理志》：南頓縣屬汝南郡。

〔四〕〔錢注〕《列子》：有太易，有太初，有太始，有太素。太易者，未見氣也；太初者，氣之始也；太始者，形之始也；太素者，質之始也。《雲笈七籤》：太始既没，而有太素。太素之時，老君下降爲師。

〔五〕〔補注〕《書·堯典》：「申命羲叔，宅南交，平秩南訛，敬致。」孔傳：「訛，化也。掌夏之官，平叙南方化育之事……四時同之，亦舉一隅。」《史記·五帝本紀》：「申命羲叔，居南交，便程南爲，敬致。」司馬貞《索隱》：「春言東作，夏言南爲，皆是耕作營爲勸農之事。」

〔六〕〔錢注〕《爾雅》：北極謂之北辰。〔補注〕《晉書·天文志上》：「北極，北辰最尊者也……天運無窮，三光迭耀，而極星不移，故曰『居其所而衆星共之』。」北極居尊，喻帝王。

〔七〕〔錢注〕《後漢書·第五種傳》：永壽中，以司徒掾清詔使冀州，廉察灾害，舉奏刺史、二千石以下，所刑免甚衆。〔按〕唐代對觀察使簡稱「廉察」。

〔八〕〔錢注〕亞先爲給事中。〔補注〕謂已離朝臣之班行。

〔九〕〔補注〕《左傳·昭公十三年》：「昔天子班貢，輕重以列。列尊貢重，周之制也。卑而貢重者，甸服也。鄭伯，男也，而使之從公侯之貢，懼弗給也。」

〔一〇〕〔錢校〕當用高禖事，「維」字疑有誤。〔按〕疑當作「徒切維祺之祝」。〔補注〕《詩·大雅·行葦》：「壽考維祺，以介景福。」鄭玄注：「祺，吉也。」禖，古人求子之祭。作「維禖之禮」與「賀壽昌節」無涉。祺、祼、祝、禮，形近致誤。

〔一一〕〔補注〕《詩·大雅·韓奕》：「韓侯入覲，以其介圭，入覲于王。王錫韓侯，淑旂綏章。」又《大雅·抑》：「白圭之玷，尚可磨也。」凝，疑當作「擬」，比也，與下句「厠」義近相對。

〔一二〕〔錢注〕《楚辭·九歌》：秋蘭兮蘼蕪。《漢書·司馬相如傳》注：蘼蕪，即穹窮苗也。〔補注〕厠，次，列。有「比並」之義。

〔一三〕〔錢注〕《大戴禮記》：御器在側，不以度少傅之任也。

〔一四〕〔錢注〕《家語》：昔者，舜彈五絃之琴，造《南風》之詩，曰：「南風之薰兮，可以解吾民之愠兮；南風之時兮，可以阜吾民之財兮。」

〔一五〕〔補注〕《周禮·冬官·考工記》：「凡攻木之工七，攻金之工六，攻皮之工五。」注：「攻，猶治也。」按：此指麢靴。

〔一六〕〔錢注〕馬融《長笛賦》：龍鳴水中不見已，截竹吹之聲相似。〔按〕此指竹靴。

〔一七〕〔補注〕《周禮·天官·屨人》：「掌王及后之服屨。」屨，單底鞋，多以麻、葛、皮等製成。

〔一八〕〔補注〕《詩·小雅·白華》：「天步艱難，之子不猶。」此以「天步」兼指天子之行步與國運。

## 爲滎陽公桂州謝上表〔一〕

臣某言：臣奉違禁掖，祗役遐陬〔二〕，雖懸就日之誠〔三〕，懼曠宣風之寄〔四〕。柔轡載揚於永路〔五〕，輕舸利濟於大川〔六〕。即以今月九日到任上訖。臣某中謝。臣系承儒訓〔七〕，生屬昌期〔八〕，初掛弁髦〔九〕，即親筐篋〔一〇〕。嘉樹無忘於封殖〔一一〕，青氈不落於寇偷〔一二〕。再擢詞科，一登册府〔一三〕。徂遷歲律，浮泛軍裝〔一四〕。忽彯華纓〔一五〕，俄列通籍。極望郎於南省〔一六〕，備給事於左曹〔一七〕。中間帖掌臺綱〔一八〕，分修國史〔一九〕。旋值孽童拒詔〔二〇〕，狂虜亂華〔二一〕，副中憲以急宣〔二二〕，佐維城而遥護〔二三〕。督晉氏遷延之役〔二四〕，絶戎人偵邏之姦〔二五〕。敢伐善以攘揄〔二六〕，固盡誠於養棟〔二七〕。伏惟皇帝陛下武推時夏〔二八〕，文號欽明〔二九〕，方將虔奉紫泥〔三〇〕，恭拜青瑣〔三一〕，豈意遽分專席〔三二〕，叨賜再麾〔三三〕。首南服以稱藩〔三四〕，控西原而遏寇〔三五〕。褰帷廉部〔三六〕，猶恐墜於斯文〔三七〕；橫槊令軍〔三八〕，實致憂於不武〔三九〕。雖期竭力，終懼敗官〔四〇〕。況俗雜華夷，地兼縣道〔四一〕，文身椎髻，漸尉佗南越之餘〔四二〕；叩鼓鳴鐘，傳士燮交州之態〔四三〕。網疏則魚漏〔四四〕，繩急則麏驚〔四五〕。欲經緯以合宜〔四六〕，顧韋弦而匪易〔四七〕。伏願陛下務修儉德〔四八〕，廣扇廉風〔四九〕。拾翠採珠〔五〇〕，不勤異物〔五一〕；驅犀逐象〔五二〕，用示深仁〔五三〕。始於問俗之時〔五四〕，便獲稱君之美〔五五〕。臣亦當求規水蘗〔五六〕，取戒脂膏〔五七〕，冀少息於群黎〔五八〕，庶免拘於司敗〔五九〕。三梁路阻〔六〇〕，九嶠山遥〔六一〕。浮江遇楚澤之萍〔六二〕，望國隔番禺之桂〔六三〕。遐思白鳥，鎮颺音於周囿之中〔六四〕；遠羨仙蓂，永固本於堯階之上〔六五〕。無任感恩望闕結戀屏營之至！

【校注】

〔一〕本篇原載《文苑英華》卷五八七第一頁，清編《全唐文》卷七七二第三頁、《樊南文集詳注》卷一。

〔徐箋〕《舊書·宣宗紀》：大中元年二月，以給事中鄭亞爲桂州刺史、御史中丞、桂管防禦觀察等使。三（按：當作「二」）年二月，責授循州刺史。案：《地理志》：嶺南西道，桂管經略觀察使，治桂州，管桂、昭、蒙、富、梧、潯、龔、鬱林、平、琴、賓、澄、繡、象、柳、融等州。循州，屬嶺南東道節度使。〔張箋〕桂林距京水陸路四千七百六十里（見《舊書·地理志》），而是年三月有閏。《補編·爲滎陽公赴桂州至湖南敕書慰諭表》，時積慶太后崩，事在四月，云：「時逢積水，行滯長沙。」《爲滎陽公至湖南賀聽政表》：「臣方叨廉問，猶在道塗。」《爲滎陽公上衡州牛相公狀》亦云：「會昭潭積雨，南楚增波，尚滯旬時，若隔霄漢。」合之本集《爲滎陽公赴桂州在道换進賀端午銀狀》及《偶成轉韻》詩「湘妃廟下已春盡，虞帝城前初日曛」，則抵桂當在五月初矣。〔按〕《舊唐書·宣宗紀》：大中元年，「四月，積慶太后蕭氏崩，謚曰貞獻，文宗母也」。未載具體日期。《新唐書·宣宗紀》則云：「四月己酉，皇太后崩。」《通鑑·宣宗大中元年》亦載：四月「己酉，積慶太后蕭氏崩」。是年四月乙未朔，己酉爲十五日。而《爲中丞滎陽公赴桂州至湖南敕書慰諭表》云：「今月八日，宣告使某官某至湖南觀察府，賚賜臣敕書一通……雖聞訃以銜哀……伏以時逢積水，行滯長沙，擁皂蓋而久留，載青旌而莫濟。」表中「今月」當爲五月，潭州距京師二千四百四十五里，敕書以日行二百里計，約需二十餘日。自四月十五至五月八日正二十二天。

五月八日猶在潭州，而潭州距桂林尚有一千二百六十里，故本篇「即以今月九日到任上訖」之「今月」必指六月，此表當上於大中元年六月九日抵達桂林後。亞等六月九日始抵桂林，尚有另一旁證。《爲中丞滎陽公桂州賽城隍神文》云：「維大中元年，歲次丁卯，六月甲午朔，十四日丁未，都防禦觀察處置等使、桂州刺史兼御史中丞鄭某，謹遣登仕郎、守功曹參軍陸秩，以庶羞之奠，祭於城隍之神……某初蒙朝獎，來佩藩符。」祭城隍神，爲地方官初莅任時之例行公事，如《爲安平公兖州祭城隍神文》《爲懷州李使君祭城隍神文》均然，後文明云「某謬蒙朝獎，叨領藩條，熊軾初臨，虎符適至」，尤爲初到任之口吻。如鄭亞五月九日即已到任，祭桂州城隍神之事必不遲至一月餘之後方舉行，唯其六月九日方到任，故於數日後即遣功曹參軍陸秩往祭。

〔二〕〔徐注〕王勃《廣州塔碑記》：相彼遐陬，實惟荒裔。

〔三〕見《爲安平公謝除兖海觀察使表》「猶賴雲日未遠」注。

〔四〕〔徐注〕《漢書·王褒傳》：益州刺史王襄欲宣風化於衆庶，使褒作《中和》《樂職》《宣布》詩，選好事者令依《鹿鳴》之聲習而歌之。〔馮注〕《漢書·王霸傳》：宣布詔令，百姓鄉化。按：刺史以班宣爲職，故每曰「宣風」，見《爲安平公兖州謝上表》（按：表有「宣布皇風」語）。

〔五〕〔徐注〕《左傳·襄公二十六年》：國子賦「轡之柔矣」。

〔六〕舠，《英華》作「船」，非。〔徐注〕《詩》：誰謂河廣，曾不容刀。箋：狹小船曰刀。《釋文》：刀如字，字書作「舠」。《南史·齊武帝諸子傳》：輕舠還闕。〔馮注〕按：赴桂先陸程，後水程。

〔補注〕《易·需》：「貞吉，利涉大川。」

〔七〕系，《英華》作「係」。〔徐注〕《晉書·荀崧傳》：參訓國子，以弘儒訓。

〔八〕〔徐注〕《南史·王茂等傳論》曰：王茂等運接昌期。

〔九〕〔徐注〕《左傳》：豈如弁髦而因以敝之。注：童子垂髦，始冠必三加冠，成禮而棄其始冠。疏：《士冠禮》：「始冠緇布冠，次加皮弁，次加爵弁。」《冠義》云：「緇布之冠，冠而敝之可也。」〔補注〕弁，黑色布帽。髦，童子眉際垂髮。古男子行冠禮，先加緇布冠，次加皮弁，後加爵弁，三加後即棄緇布冠不用，並剃去垂髦，理髮爲髻。「初掛弁髦」，即始冠之意。

〔一〇〕〔馮注〕《禮記》：入學鼓篋，孫其業也。疏曰：學士入學之時，大胥之官先擊鼓以召之，既至，發其筐篋以出其書。應璩《百一詩》：文章不經國，筐篋無尺書。《南史·劉苞傳》：家有舊書，例皆殘蠹，手自編緝，筐篋盈滿。〔徐注〕《漢書·賈誼傳》：俗吏所務，在于刀筆筐篋。〔按〕筐篋，本指盛書之箱，此即指書籍。

〔一一〕〔徐注〕《左傳》：韓宣子來聘，公享之，韓子賦《角弓》。既享，宴于季氏，有嘉樹焉，宣子譽之。武子曰：「宿敢不封殖此樹，以無忘《角弓》。」〔補注〕《左傳》杜預注：「封，厚也；殖，長也。」封殖，壅土培育。

〔一二〕〔徐注〕《世説》：王子敬夜齋中卧，有群盜入其室，王徐曰：「偷兒，青氈我家舊物，可特置之。」〔馮注〕《舊書·鄭畋傳》：曾祖鄰、祖穆，並登進士第。

〔一三〕〔徐注〕《册府》謂秘書省。《穆天子傳》：天子北征，東還，乃循黑水至于群玉之山，四轍中繩，先王之所謂策府。「册」與「策」同。〔馮注〕《舊書·鄭畋傳》：父亞，元和十五年擢進士第，又應賢良方正、直言極諫制科，吏部調選，又以書判拔萃。數歲之内，連中三科。〔補注〕詞科，科舉名目之一，主要選拔學問淵博，文辭清麗，能草擬朝廷日常文稿之人材。此處「再擢詞科」似指其前後兩次中進士科與制科。亞登賢良在大和二年，見《登科記考》，已在登進士科九年後，如登書判拔萃更在其後，則與「數歲之内，連中三科」之語顯然不合。故或疑其登進士第後不久，於長慶元年即以書判拔萃入仕，授職秘書省，「再擢詞科」應指進士科與書判拔萃，詳參《文史》三十一輯周建國《鄭亞事蹟考述》。

〔一四〕〔徐注〕揚雄《甘泉賦》：振殷轔而軍裝。〔馮注〕《畋傳》：亞爲李德裕浙西從事，累屬家艱，人多忌嫉，久之不調。〔周建國曰〕「徂遷歲律」一語則表明他在任職秘書省與從事浙西之間曾長期未獲升遷。……鄭亞以書判拔萃任職秘書省，不得早於長慶元年。而長慶二年，李德裕已出鎮浙西。如謂鄭亞於此時從行，「徂遷歲律」一語就解釋不通。由此可知長慶、寶曆間鄭亞未曾赴辟。……疑其赴辟或在大和二年制科登第後。細揣《迎弔》詩（按：指商隱《故驛迎弔故桂府常侍有感》詩）「二紀」「此時」兩句，與筆者的估計有相合處。張采田《玉谿生年譜會箋》繫此詩於大中五年秋（八五一），由此逆數至大和二年（八二八）符合「二紀」之數。（《鄭亞事蹟考述》）〔按〕周説可參。然此二句亦可解爲任職幕府爲時頗久，非指「徂遷歲律」之後方事戎幕。

〔一五〕纓，《英華》作「英」，非。〔徐注〕鮑照詩：仕子彯華纓。〔補注〕彯，飄動；華纓，彩色之冠纓。彯華纓，謂在朝爲官。

〔一六〕〔徐注〕《魏書》：孝文帝曰：「吏部郎必使才望兼允者。」陸游《筆記》：唐人本以尚書省在大明宫之南，故謂之南省。〔馮注〕《事文類聚》：山濤《啓事》曰：「舊選尚書郎，極清望也。」

〔一七〕〔徐注〕《漢書·楊敞傳》：子惲，名顯朝廷，擢爲左曹。案：左曹，謂門下省。沈佺期《自考功員外拜給事中》詩云：「南省推丹地，東曹拜瑣闈。」東曹，即左曹也。

〔一八〕〔徐注〕《通典》：御史爲風霜之任，舊制但聞風彈事提綱而已。《舊書·狄兼謩傳》：文宗顧謂之曰：「御史臺朝廷綱紀，臺綱正則朝廷理。」〔馮注〕《畋傳》：亞，會昌初始入朝，爲監察御史，累遷刑部郎中。中丞李回奏知雜，遷諫議大夫、給事中。《通典》：侍御史號爲臺端，他人稱之曰端公，其知雜事者謂之雜端，最雄劇。食坐之南，設横榻，謂之南牀，殿中、監察不得坐，亦謂之癡牀，言處其上者皆驕傲如癡。按：雜端佐中丞大夫以綜庶事，故曰「帖掌臺綱」也。〔補注〕帖，兼職。

〔一九〕〔徐箋〕《舊書·武宗紀》：會昌元年，李德裕奏改修《憲宗實録》，所載吉甫不善之迹，鄭亞希旨削之。三年十月，宰相監修國史李紳，兵部郎中、史館修撰判館事鄭亞進重修《憲宗實録》四十卷，頒賜有差。

〔二〇〕詔，《英華》注：集作「召」。〔徐曰〕謂劉稹。〔補箋〕《舊唐書·武宗紀》：會昌三年四月，「昭義節度使劉從諫卒，三軍以從諫姪稹爲兵馬留後，上表請授節鉞。尋遣使齎詔潞府，令稹護從諫之喪歸洛陽，稹拒朝旨」。「孽童拒詔」指此。

〔二一〕〔馮曰〕此謂党項，不指回鶻。〔按〕見下注〔二五〕。

〔二二〕〔徐注〕木華《海賦》：邊荒遽告，王命急宣。〔馮曰〕中憲，謂中丞李回。

〔二三〕維，《英華》作「威」，非。〔馮校〕刊本（按：指徐氏箋注本）作「微臣」，《英華》作「威城」，皆必不可通。細思方知爲「維城」之誤，用《詩》「宗子維城」，以指兖王岐也。〔按〕《全文》正作「維城」。維城，本指連城以衛國，此處用「宗子維城」，即借指皇子。

〔二四〕役，《英華》作「後」，非。〔徐注〕《左傳》：諸侯之大夫從晉侯伐秦，至于棫林，乃命大還。晉人謂之遷延之役。

〔二五〕〔徐注〕《後漢書·南匈奴傳》：南單于既居西河，亦列置諸部王，助爲捍戍，皆領部衆，爲郡縣偵邏耳目。北單于惶恐。〔馮箋〕《舊書·李回傳》：會昌三年，以户部侍郎兼御史中丞。武宗懼稹陰附河朔三鎮，命回使河朔。魏博何弘敬、鎮冀王元逵皆櫜鞬郊迎，回喻以朝旨，俯僂從命。《通鑑》：會昌三年十月，党項寇鹽州。十一月，邠寧奏党項入寇。李德裕奏：「党項愈熾，不可不爲區處。請以皇子兼統諸道，擇廉幹之臣爲之副，居于夏州，理其辭訟。」乃以兖王岐爲靈、夏等六道元帥兼安撫党項大使，御史中丞李回爲安撫副使，史館修撰鄭亞爲元帥判官，令齎詔往安撫党項及六鎮百姓。按：使諭河朔，亞亦從行，觀此數語可見。六鎮，《通鑑》注云：鹽、夏、靈武、涇原、振武、邠寧也。〔按〕《通鑑·會昌三年》：七月，「晉絳行營節度使李彦佐自發徐州，行甚緩，又請休兵於絳州，兼請益兵」。「八月……王元逵前鋒入邢州境已踰月，何弘敬猶未出師。元逵屢有密表，稱弘敬懷兩端。」此當即所謂「晉氏遷延之役」，而亞作爲李回之副手，奉朝命前往督責河朔三鎮討劉稹，故云「督晉氏遷延之役」。

〔二六〕〔徐注〕《左傳》：晉獻公欲以驪姬爲夫人，卜之，其繇曰：「專之渝，攘公之羭。」注：羭，美也。〔馮曰〕此指佐究王，唐人用典絶無忌諱。〔補注〕攘羭，本爲有損美名之意，此猶掠美。

〔二七〕棟，《英華》注：集作「楝」。徐本作「棟」。〔徐注〕棟，通作「棘」。《孟子》：養其樲棘。《爾雅》：樲，酸棗。注：樹小實酢。《小爾雅》：棘實謂之棗。陸佃《埤雅》：大者棗，小者棘。酸棗，棘也。〔馮注〕《魯語》：虢之會，季武子伐莒，楚人將以叔孫穆子爲戮。又：楚人乃赦之，穆子歸，武子勞之。穆子曰：「吾不難爲戮，養吾棟也。夫棟折而榱崩，吾懼壓焉。」注曰：武子正卿爲國棟。按：此以言佐李回也。或作「棟」，或作「棘」，皆誤。〔按〕馮校、注是。

〔二八〕〔徐注〕《詩》：肆于時夏。〔補注〕夏，大也。樂歌大者稱夏。

〔二九〕〔徐注〕《書》：欽明文思。〔補注〕陸德明《釋文》引馬融曰：「威儀表備謂之欽，照臨四方謂之明。」欽明，敬肅明察。多頌稱君主。

〔三〇〕〔徐注〕《漢舊儀》：天子信璽六，皆以武都紫泥封之。《西京雜記》：漢以武都紫泥爲璽室，加緑綈其上。

〔三一〕見《爲安平公謝除兖海觀察使表》「青瑣門前」注。

〔三二〕〔馮注〕謂兼御史中丞。《後漢書·志》「御史中丞」注引蔡質《漢儀》曰：朝會獨坐。《初學記》引《續漢書》曰：御史中丞與司隸校尉、尚書令會同，並專席而坐，故京師號曰「三獨坐」。

〔三三〕〔徐曰〕謂桂州刺史。〔馮曰〕謂觀察桂管，得賜雙旌也。〔按〕再麾，見《爲濮陽公陳情表》「更授再麾」注。

〔三四〕〔徐注〕《漢書·匈奴傳》：三世稱藩。〔補注〕古代王畿以外地區分爲五服，故稱南方爲南服。

〔三五〕〔徐注〕《詩》：式遏寇虐。〔馮注〕《新書·志》：嶺南道諸蠻州中，有西原州，隸安南都護府。《南蠻傳》：西原蠻居廣、容之南，邕、桂之西，其地西接南詔。自天寶初以後，屢爲寇害。敬宗時，黄氏、儂氏據州十八，侵掠諸州。嶺南節度常以兵五百戍横州，不能制。大和中討平之。《贊》云：及唐稍弱，西原、黄洞繼爲邊害，垂百餘年，及其亡也，以南詔。按：此句指戍兵言。〔按〕韓雲卿有《平蠻頌》，贊頌大曆年間李昌巙平定西原蠻叛亂之功，見《全唐文》卷四四一。

〔三六〕〔徐注〕《後漢書·賈琮傳》：舊典，傳車驂駕，垂赤帷裳。琮爲冀州刺史，命褰之。百城聞風，自然竦震。

〔三七〕〔補注〕《論語·子罕》：「天之將喪斯文也，後死者不得與於斯文也。」斯文，指禮樂教化、典章制度。

〔三八〕〔徐注〕《南史》：宋垣榮祖曰：「昔曹公父子，上馬横槊，下馬談詠。」

〔三九〕〔徐注〕《左傳》：荀瑩曰：「城小而固，勝之不武。」

〔四〇〕〔徐注〕《左傳》：貪以敗官爲墨。〔補注〕敗官，敗壞官職。謂爲官不法。

〔四一〕〔馮注〕《漢書·文帝紀》：有司請令縣道云云。又《百官公卿表》：縣大率方百里，列侯所食縣曰國，皇太后、皇后、公主所食曰邑，有蠻夷曰道。〔按〕漢制，邑有少數民族雜居者稱「道」，無者稱「縣」。《史記·司馬相如列傳》：「檄到，亟下縣道，使咸知陛下之意。」桂管地區華夷雜居，故云「地兼縣道」。

〔四二〕〔徐注〕《説苑》：諸發曰：「翦髮文身，爛然成章，以像龍子者，將避水神也。」《漢書·陸賈傳》：賈至，尉佗魋結箕踞見賈。《南粤傳》：趙佗，真定人也。秦已滅，即擊并桂林、象郡，自立爲南越武王。〔馮注〕《左傳》：斷髮文身，裸以爲飾。《漢書·志》：粤地文身斷髮以避蛟龍之害。《史記·尉佗傳》：高后時，佗乃自尊號爲南越武帝。又：文帝時，佗爲書謝曰：「老夫妄竊帝號，聊以自娱。自今以後，去帝制。」

〔四三〕〔馮注〕《吴志·士燮傳》：燮爲交趾太守。弟壹，合浦太守；䵋，九真太守；武，海南太守。兄弟並爲列郡，雄長一州，偏在萬里，威尊無上。出入鳴鐘磬，笳簫鼓吹，車騎滿道。當時貴重，震服百蠻，尉他不足踰也。䵋，于鄙反。

〔四四〕〔徐注〕《漢書·酷吏傳》：號爲罔漏吞舟之魚。〔馮注〕《老子》：天網恢恢，疏而不失。

〔四五〕〔徐注〕《説文》：麕，麞也。陸氏《釋文》：麕，亦作「麏」，又作「麇」，俱倫反。《草木疏》云：

「麏，麏也。青州人謂之麏。」黄氏《韻會》：麏性善驚，故從章。章者，慞惶也。案：麏膽甚怯，飲水見影輒奔。〔馮注〕沈約詩：驚麏去不息。

〔四六〕〔徐注〕《左傳》：晉成鱄曰：「經緯天地曰文。」〔馮注〕經緯，取縱横之義，以言經略也。

〔四七〕〔徐注〕《韓子》：西門豹性急，佩韋以自緩；董安于性緩，佩弦以自急。

〔四八〕〔徐注〕《書》：慎乃儉德，惟懷永圖。

〔四九〕〔徐注〕沈約碑：扇以廉風。

〔五〇〕〔徐注〕曹植《洛神賦》：或採明珠，或拾翠羽。《漢書·南粤王傳》：獻生翠四十雙。《王章傳》：妻子徙合浦，采珠致産數百萬。〔馮校〕《粤西文載》《四六法海》皆作「捐翠投珠」，似當從之。

〔五一〕〔徐注〕《書》：不貴異物賤用物，民乃足。

〔五二〕逐，《英華》注：集作「返」。〔馮注〕《新書·志》：嶺南道，厥貢孔翠、犀象。

〔五三〕〔補注〕《孟子·盡心上》：「仁言不如仁聲之入人深也。」李白《經亂離後天恩流夜郎憶舊遊書懷贈江夏韋太守良宰》：「深仁恤交道」。

〔五四〕〔徐注〕《魏書·崔琰傳》：仁聲先路，存問風俗。

〔五五〕〔徐注〕《禮記》：善則稱君，過則稱己，則民作忠。東方朔《非有先生論》：退不能揚君美以顯其功。

〔五六〕見《爲濮陽公陳許謝上表》「任棠水韰之規」注。韰，同「薤」。

〔五七〕〔徐注〕《後漢書》：孔奮爲姑臧長，力行清潔。或以爲身處脂膏，不能自潤，徒益苦辛耳。

〔五八〕群，《英華》注：集作「疲」。

〔五九〕敗，《英華》注：集作「隸」。非。見《爲汝南公以妖星見賀德音表》「免拘司敗」注。

〔六〇〕〔馮注〕按陽江經三石梁以東合瀧江，此所云「三梁」也。曹學佺《名勝志》：陽江源出靈川縣思磨山，流至郭西匯爲澄潭，歷西南文昌三石梁，東出瀧山，與瀧江合，對岸即桂林城。舊注（按：指徐注）引《尋陽記》廬山上三石梁，誤甚。

〔六一〕山，《英華》注：集作「封」。〔徐注〕晏殊《類要》引《吴録》曰：南野縣有大庾山、九嶺嶠以通廣州。〔馮注〕梁簡文帝《七勵》：經九嶠之夐阻。按：漢之南野縣，晉爲南康，唐之虔州南康郡也。

〔六二〕遇，《英華》注：一作「過」。〔馮注〕《家語》：楚昭王渡江，江中有物大如斗，圓而赤，直觸王舟。舟人取之，王使使問孔子，孔子曰：「此所謂萍實，可剖而食之，吉祥也。惟霸者爲能獲焉。吾昔聞童謡曰：『楚王渡江得萍實，大如斗，赤如日，剖而食之甜如蜜。』此是應也。」

〔六三〕〔徐注〕《山海經》：桂林八樹在番禺東。

〔六四〕〔徐注〕《詩》：王在靈囿，白鳥翯翯。

〔六五〕階，《英華》作「陛」。見《爲濮陽公陳許謝上表》「幾落堯蓂」注。

# 爲中丞滎陽公桂州上後上中書門下狀〔一〕

右某自辭北闕〔二〕，出守南荒〔三〕，嘗犯露以脂車〔四〕，無侵星而擁棹〔五〕。即以今月日到任上訖。桂陽始至〔六〕，荔浦初臨〔七〕。警宵鐘而尚誤晨趨〔八〕，聞暮鼓而由斯夕拜〔九〕。仰瞻鑪冶〔一〇〕，實隔煙雲。惟當恭守詔條〔一一〕，欽承廟筭〔一二〕，寬其竭馬〔一三〕，任其鞭羊〔一四〕。襦袴矗及于疲人〔一五〕，禮樂必資于君子。伏惟俯賜恩察。

【校注】

〔一〕本篇原載清編《全唐文》卷七七三第一〇頁、《樊南文集補編》卷三。〔錢箋〕本集有《爲滎陽公桂州謝上表》。徐氏曰：凡除官到任，謂之上。上日修表謝恩，謂之謝上。上，時掌切。〔按〕鄭亞大中元年六月九日抵達桂林，見《爲滎陽公桂州謝上表》注〔一〕。狀與謝上表當作於同時。

〔二〕辭，《全文》作「解」，據錢校改。

〔三〕〔錢注〕顔延之《五君詠》：一麾乃出守。王褒《移金馬碧雞文》：歸兮翔兮，何事南荒也。〔補注〕出守南荒，指任桂州刺史、桂管觀察使。古代五服中有「荒服」，稱離京師二千至二千五百里之邊遠地方。

〔四〕〔錢注〕謝靈運《山居賦》：犯露乘星。〔補注〕脂車，以油塗車軸，以利運轉。此借指駕車出行。

〔五〕〔錢校〕無，疑當作「每」。〔錢注〕鮑照《還都道中作詩》：侵星赴早路。

〔六〕〔錢注〕《漢書·地理志》：桂陽郡，高帝置，屬荆州。〔按〕此「桂陽」即指桂州，以其在桂水之陽，故稱。

〔七〕〔錢注〕《新唐書·地理志》：荔浦縣屬嶺南道桂州。〔補注〕《元和郡縣圖志》卷三七：「荔浦縣，本漢舊縣，因荔水爲名。」

〔八〕〔錢注〕沈約《和謝宣城詩》：晨趨朝建禮。〔補注〕言聞夜鐘鳴響而尚誤以爲清晨趨朝之時已到。

〔九〕〔補注〕應劭《漢官儀》卷上：「黄門侍郎，每日暮，向青瑣門拜，謂之夕郎。」漢時，黄門侍郎可加官給事中，因亦稱給事中爲夕郎。鄭亞出爲桂管觀察使前爲給事中，故云「聞暮鼓而由斯夕拜」。由，通「猶」。

〔一〇〕〔錢注〕《晉書·文苑傳》：其得鑪冶之門者，惟挾炭之子。

〔一一〕詔條，見《爲尚書濮陽公賀鄭相公狀》「某謬奉詔條」注。

〔一二〕廟算，見《爲汝南公賀元日朝會上中書狀》「嘗聞廟算」注。

〔一三〕〔錢注〕《莊子》：東野稷以御見莊公。顏闔曰：「稷之馬將敗。」公曰：「子何以知之？」曰：「其馬力竭矣，而猶求焉，故曰敗。」

〔一四〕〔錢注〕《列子》：君見其牧羊者乎？百羊爲群，使五尺童子荷箠而隨之，欲東而東，欲西而西。使堯牽一羊，舜荷箠而隨之，則不能前矣。

〔一五〕〔錢注〕《後漢書·廉范傳》：范遷蜀郡太守。成都民物豐盛，邑宇逼側，舊制禁民夜作，以防火災。而更相隱蔽，燒者日屬。范乃毁削令，但嚴使儲水而已。百姓爲便，乃歌之曰：「廉叔度，來何暮？不禁火，民安作。平生無襦今五袴。」潘岳《西征賦》：牧疲人於西夏。

# 爲滎陽公桂州舉人自代狀〔一〕

某官裴俅〔二〕

右臣伏準某年某月日敕，内外文武官上後舉一人自代者〔三〕。伏見前件官噩鄉茂族〔四〕，洛下名生〔五〕，處家國以必聞〔六〕，善兄弟而無痛〔七〕。而又南翬耀彩〔八〕，東箭含筠〔九〕，身先較藝之場〔一〇〕，首出觀光之籍〔一一〕，從外府而允稱賢佐〔一二〕，立中臺而克號清郎〔一三〕。洎時急昌言〔一四〕，官登大諫〔一五〕，楊阜常規於法服〔一六〕，陳群盡削其封章〔一七〕。實於不咈之朝〔一八〕，能守勿欺之旨〔一九〕。臣所部俗分蠻徼〔二〇〕，地控越城〔二一〕。藉威略以靖封隅〔二二〕，資簡惠而安疲瘵〔二三〕。願迴殊渥，以授當仁。豈微敬仲之才〔二四〕，兼有伯游之長〔二五〕。俯從牢讓〔二六〕，克免曠官〔二七〕。特冀宸嚴，曲垂矜許。干冒陳請〔二八〕，惶越無任。

【校注】

〔一〕本篇原載《文苑英華》卷六三九第三頁、清編《全唐文》卷七七二第二〇頁、《樊南文集詳注》卷二。〔按〕鄭亞大中元年六月九日到任，此舉人自代狀當上於此後三日内。

〔二〕〔徐箋〕《新書·宰相世系表》：裴肅，字中明，浙東觀察使。三子：儔，字次之，江西觀察使；休，字公美，相宣宗；俅，字冠儀，諫議大夫。〔馮箋〕按《舊書·裴休傳》：休，河内濟源人。兄弟並登進士第。俅字冠識，《表》作「冠儀」，似「識」字誤。《小學紺珠》：裴休兄弟三人，有盛名，號三裴。世謂俅不如儔，儔不如休。〔補箋〕據《登科記考》，寶曆二年，裴俅登進士第，爲狀元。

〔三〕見《爲懷州刺史舉人自代狀》篇首及注〔三〕。

〔四〕〔馮校〕翡，一作「邶」，誤。〔徐注〕案《世系表》：秦非子之支孫封翡鄉，因以爲氏，今聞喜翡城是也。六世孫陵，當周僖王之時，封爲解邑君，乃去「邑」從「衣」爲「裴」。一云晉平公封顓頊之孫鍼於周川之裴中，號裴君，疑不可辨。陵裔孫後漢陽吉平侯茂，三子潛、徽、輯。輯之後號東眷，休所出也。翡音裴。

〔五〕〔徐注〕《世説》：謝安能作洛下書生詠。〔馮曰〕「洛下」字習見，如「洛下書生」之類。〔按〕洛下名生，疑用《史記·屈原賈生列傳》：「賈生名誼，雒陽人也，年十八，以能誦詩屬書聞于郡中。」

〔六〕〔補注〕《論語·顔淵》：「在邦必聞，在家必聞。」

〔七〕〔徐注〕《詩》：不令兄弟，交相爲瘉。〔補注〕瘉，病也。交相爲瘉，指兄弟相害。

〔八〕耀，《全文》作「輝」，與上字「翬」音重，據《英華》改。〔徐注〕《詩》：如翬斯飛。箋：伊、洛而南，素質五色皆備成章曰翬。〔馮注〕《詩》箋：翬者，鳥之奇異者也。〔補注〕翬，五彩之山雞。

〔九〕〔徐注〕《爾雅》：東南之美者，有會稽之竹箭焉。注：會稽，山名，今在山陰縣南。竹箭，篠也。

〔一〇〕〔徐注〕班固《答賓戲》：婆娑乎術藝之場。〔補注〕較藝之場，指科舉試場。

〔一一〕〔徐注〕《易》：觀國之光，利用賓于王。〔補注〕觀光，觀覽國之盛德光輝。首出觀光之籍，謂應試登高第。

〔一二〕〔徐注〕《後漢書·竇武傳》：古之明君，必須賢佐以成政道。〔按〕此「賢佐」指州郡、節使之僚佐。

〔一三〕〔徐注〕《通典》：唐改尚書省曰中臺，亦曰文昌臺。《北史》：袁聿修爲尚書郎，十年未曾受升酒之遺，尚書邢邵常呼聿修爲清郎。

〔一四〕〔徐注〕《書》：禹拜昌言曰：「俞。」〔補注〕昌言，善言，正當之言論。

〔一五〕〔徐注〕《管子》：臣不如東郭牙，請立以爲大諫之官。〔馮注〕《詩》：是用大諫。〔按〕大諫，指諫議大夫。孫棨《北里志·王蘇蘇》:「有進士李標者……久在大諫王致君門下。」洪邁《容齋四筆·官稱別名》:「唐人好以它名標牓官稱……諫議爲大坡、大諫。」

〔一六〕〔馮注〕《魏志·楊阜傳》:嘗見明帝著(繡)帽,被縹綾半褎,阜問帝曰:「此於禮何法服也?」帝默然不答。自是不法服不以見阜。

〔一七〕〔徐注〕《魏志·陳群傳》注:《魏書》:「群前後數密陳得失,每上封事,輒削其草。」

〔一八〕〔徐注〕《書》:先王肇修人紀,從諫弗咈。〔補注〕咈,違,拒。

〔一九〕〔補注〕《論語·憲問》:「子路問事君。子曰:『勿欺也,而犯之。』」

〔二〇〕〔徐注〕《漢書》注:東北謂之塞,西南謂之徼。

〔二一〕〔徐注〕《水經注》:湘、灕之間,陸地廣百餘步,謂之始安嶠,即越城嶠也。秦置五嶺之戍,是其一焉。《元和郡縣志》:越城嶠在桂州全義縣北,五嶺之最西嶺也。

〔二二〕〔徐注〕《晉書·桓温傳論》曰:受寄干城,用恢威略。

〔二三〕〔徐注〕《晉書·魏舒傳》:出爲冀州刺史,在州三年,以簡惠稱。《魏略》:曹植上書曰:「疲瘵風靡。」〔補注〕疲瘵,疾病,指困乏疲弱之民。

〔二四〕豈微敬仲,《英華》一作「豈爲敬重」,非。〔徐注〕管敬仲也。《管子》:鮑叔曰:「施伯之知,夷吾之才,必將致魯之政。」〔馮注〕《齊語》:管子,天下之才也。

〔二五〕〔徐注〕《左傳》:晉侯蒐于緜上以治兵,使士匄將中軍,辭曰:「伯游長,昔臣習於知伯,是以佐之，非能賢也。請從伯游。」荀偃將中軍，士匄佐之。〔馮注〕《左傳》注曰：伯游，荀偃。

〔二六〕〔徐注〕《漢書·師丹傳》：上書言：「復曾不能牢讓爵位。」〔補注〕牢讓，堅決辭讓。

〔二七〕克，《英華》作「方」。

〔二八〕請，《英華》作「讓」。

## 爲滎陽公上集賢韋相公狀二〔一〕

某素乏異能〔二〕，驟蒙殊寵〔三〕，實幸藩宣之日〔四〕，得承陶冶之餘。不敢遑安〔五〕，以須至止〔六〕。即以今月某日，到任上訖。數屬城之地，半雜遠夷；稽守器之人，多非命士〔七〕。雖欲黐修理行〔八〕，終憂不致殊尤〔九〕。唯當惠撫疲甿〔一〇〕，智籠獷俗〔一一〕，則蒲盧之善養〔一二〕，冀桑椹以懷音〔一三〕。兼弘獄市之規〔一四〕，以奉巖廊之化〔一五〕。伏惟特賜恩察。

【校注】

〔一〕本篇原載清編《全唐文》卷七七三第二三頁、《樊南文集補編》卷三。〔按〕狀云「即以今月某日，到任上訖」，鄭亞大中元年六月九日抵達桂林（見《爲滎陽公桂州謝上表》注〔一〕），本篇當作於其後。

〔二〕〔錢注〕《史記·仲尼弟子傳》：皆異能之士也。
〔三〕〔錢注〕《後漢書·楊政傳》：不思求賢，以報殊寵。
〔四〕〔補注〕《詩·大雅·崧高》：「四國于蕃，四方于宣。」馬瑞辰《通釋》：「宣，當爲『垣』之假借。」藩宣，指觀察使、節度使等藩鎮。連下句言出鎮時正值韋拜相。
〔五〕〔錢注〕束晳《補亡詩》：心不遑安。
〔六〕〔補注〕《詩·小雅·庭燎》：「夜如何其？夜未央，庭燎之光。君子至止，鸞聲將將。」
〔七〕〔錢箋〕《新唐書·方鎮表》：桂管領桂、梧、賀、連、柳、富、昭、蒙、嚴、環、融、古、思唐、龔十四州。又《地理志》載環州、嚴州、古州，皆係開拓蠻獠所置。此外羈縻州有紆州、歸思州、思順州、蕃州、温泉州、述昆州、格州，並隸桂州都督府。又《韓佽傳》云：「累遷桂管觀察使，部二十餘州，自參軍至縣令無慮三百員。吏部所補纔十一，餘皆觀察使商才補職。」觀後爲滎陽署官牒，有差知環州、嚴州、古州等篇，可見此三州刺史，即由觀察自署。又突將凌綽牒云「言念蕃州，雖無漢守」，是羈縻州長并屬土人。注詳《爲京兆公乞留瀘州刺史洗宗禮狀》注〔三〕。○陸機《吴趨行》李善注：蔡邕《陳留太守行縣頌》曰：「府君勸耕桑於屬城。」〔補注〕守器，見《左傳·成公二年》：「唯器與名，不可以假人，君之所司也。名以出信，信以守器，器以藏禮，禮以行義，義以生利，利以平民，政之大節也。」杜預注：「器，車服；名，爵號。」此以「守器」指守護國家政權之地方官吏。命士，古稱有爵命之士。《禮記·内則》：「由命士以上，父子皆異宫。」

〔八〕〔錢注〕《漢書·趙廣漢傳》：察廉爲陽翟令。以治行尤異，遷京輔都尉，守京兆尹。按：唐諱「治」，故作「理」。

〔九〕〔錢注〕司馬相如《封禪文》：未有殊尤絶迹可考於今者也。

〔一〇〕〔錢注〕《説文》：甿，田民也。

〔一一〕〔錢注〕《後漢書·祭肜傳論》：政移獷俗。

〔一二〕〔錢注〕《禮·中庸》注：蒲盧，蜾蠃，謂土蜂也。《詩》曰：「螟蛉有子，蜾蠃負之。」螟蛉，桑蟲也。蒲盧取桑蟲之子，去而變化之，以成爲己子。政之於百姓，若蒲盧之於桑蟲然。〔按〕蒲盧，細腰蜂，常捕食螟蛉（螟蛾幼蟲）餵養其幼蟲，古人誤認爲蒲盧養螟蛉爲己子。

〔一三〕〔補注〕《詩·魯頌·泮水》：「翩彼飛鴞，集于泮林。食我桑黮，懷我好音。憬彼淮夷，來獻其琛。元龜象齒，大賂南金。」詩以鴞集於泮宫（學宫）之林，食桑椹，報好音，以喻淮夷之歸化。此用其義以明懷柔遠夷之意。

〔一四〕〔錢注〕《史記·曹相國世家》：參爲齊丞相，蕭何卒，參入相。參去，屬其後相曰：「以齊獄市爲寄，慎勿擾也。」〔按〕宋·朱翌《猗覺寮雜記》云：「獄也，市也，二事也。獄如教唆詞訟，資給盜賊，市如用私斗秤欺謾變易之類，皆奸人圖利之所，若窮治盡，則事必枝蔓，此等無所容，必爲亂，非省事之術也。」

〔一五〕〔錢注〕《漢書·董仲舒傳》：蓋聞虞舜之時，游于巖廊之上，垂拱無爲，而天下太平。

## 爲滎陽公上弘文崔相公狀二〔一〕

某以今月九日，到任上訖〔二〕。疆分楚、越〔三〕，民雜華夷，殫獷俗巫風〔四〕，帶三居五宅〔五〕。頒條之寄〔六〕，稱職爲難〔七〕。伏幸過潭州日，得與輿人詠我台座〔八〕，聞寇恂之理行〔九〕，窺樊仲之官司〔一〇〕。誓欲披拂仁風〔一一〕，禱祈膏雨，羸師遺愛〔一二〕，俯惠疲甿。伏料清光〔一三〕，必亮丹款〔一四〕。至於酌泉投香之戒〔一五〕，飲冰食蘗之規〔一六〕，實惟素誠，敢有貳事〔一七〕？伏惟特賜恩察。

【校注】

〔一〕本篇原載清編《全唐文》卷七七四第一頁、《樊南文集補編》卷三。題内「弘文」原作「僕射」，據錢校改。〔錢箋〕（崔相公）崔元式也。「僕射」當作「弘文」，詳《爲滎陽公上僕射崔相公狀二》注〔一〕。〔按〕狀内提及「過潭州日，得與輿人詠我台座，聞寇恂之理行，窺樊仲之官司」，此崔相公必曾任湖南觀察使。《爲滎陽公上弘文崔相公狀一》曾言「況兹樂土，嘗扇仁風。式訪顛毛，兼詢憩樹。吏皆攀轅之士，民皆遮道之人」，與《新唐書》崔元式本傳所載「累官湖南觀察使」及本篇所云合，而僕射崔相公崔鄲則無觀察湖南之仕歷。故題應從錢校改「僕射」爲「弘文」。狀有「今月九日，到任上訖」之語，當作於大中元年六月九日抵桂林後。

〔二〕〔補注〕上，除官到任。見《爲中丞滎陽公桂州上後上中書門下狀》注〔一〕。

〔三〕〔錢注〕《漢書·地理志》：楚地，翼、軫之分野也。今之南郡、江夏、桂陽、武陵、長沙及漢中、汝南郡，盡楚分也。粤地，牽牛、婺女之分野也。今之蒼梧、鬱林、合浦、交阯、九真、南海、日南，皆粤分也。《太平御覽》：《十道志》曰：「桂州始安郡，《禹貢》荆州之域，春秋時越地，七國時，爲楚、越之交。」

〔四〕獷俗，見《爲滎陽公上集賢韋相公狀二》注〔二〕。〔補注〕《書·伊訓》：「敢有恒舞于宫，酣歌于室，時謂巫風。」孔穎達疏：「巫以歌舞事神，故歌舞爲巫覡之風俗也。」此指巫覡降神之迷信風俗。商隱《桂林》：「殊鄉竟何禱，簫鼓不曾休。」《異俗二首》之二：「户盡懸秦網，家多事越巫……賈生兼事鬼，不信有洪爐。」所寫即桂州、昭州之巫風。

〔五〕〔補注〕《書·舜典》：「五流有宅，五宅三居。」孔傳：「五刑之流，各有所居。五居之差，有三等之居：大罪四裔，次九州之外，次千里之外。」三居，古代依罪行之輕重將犯人流放至遠近不同之三地。

〔六〕〔補注〕頒條，漢代州刺史以六條考察州郡官吏。此「頒條之寄」，即指頒宣法律條令之州刺史、觀察使。《新唐書·劉蕡傳》：「列郡在乎頒條。」

〔七〕〔錢注〕《漢書·董仲舒傳》：且古所謂功者，以任官稱職爲差，非所謂積日累久也。

〔八〕〔錢校〕與，胡本作「於」。〔補注〕輿人，衆人。《國語·晉語三》：「惠公入，而背外内之賂。輿人誦之。」韋昭注：「輿，衆也。」又《楚語上》：「近臣諫，遠臣謗，輿人誦，以自詰也。」台座，指崔相公。

〔九〕見《爲滎陽公上弘文崔相公狀一》注〔一〇〕。

〔一〇〕〔錢注〕《後漢書·張衡傳》：衡設客問，作《應間》云：「申伯、樊仲，實幹周邦。」注：樊仲，仲山甫也，爲樊侯，周宣王之卿士。

〔一一〕〔錢注〕《莊子》：孰居無事而披拂是。

〔一二〕〔補注〕《左傳·襄公十九年》：「小國之仰大國也，如百穀之仰膏雨焉。」《左傳·昭公二十年》：「及子産卒，仲尼聞之，出涕曰：『古之遺愛也。』」

〔一三〕〔錢注〕《漢書·鼂錯傳》：然莫能望陛下清光。〔補注〕清光，清美之風采。此指崔相公。

〔一四〕〔補注〕亮，相信。丹款，猶赤誠。

〔一五〕〔錢注〕《晉書·吴隱之傳》：爲廣州刺史，未至州二十里，有貪泉，飲者懷無厭之欲。隱之酌而飲之，因賦詩曰：「古人云此水，一歃懷千金。試使夷齊飲，終當不易心。」投香，見《爲濮陽公上淮南李相公狀一》「投香一斤」注。

〔一六〕見《爲中丞滎陽公赴桂州至湖南敕書慰諭表》注〔二八〕。

〔一七〕〔補注〕《左傳·成公九年》：「晉侯觀于軍府，見鍾儀，問之曰：『南冠而縶者，誰也？』有司對曰：『鄭人所獻楚囚也。』……公曰：『能樂乎？』對曰：『先父之職官也，敢有二事？』」杜注：「言不敢學他事。」《禮記·王制》：「凡執技以事上者，不貳事，不移官。」孔疏：「欲使專一其所有之事。」敢有貳事，謂不敢從事本職以外之事。

# 爲滎陽公上史館白相公狀三〔一〕

以今月九日，到任上訖。地當嶺首，封接蠻陬〔二〕。猿飲鳥言〔三〕，罕規政令；銀簪銅鏑〔四〕，本主羈縻〔五〕。實憂下才〔六〕，無以布政〔七〕。惟當推誠慮物，潔己臨人。畏楊震之四知〔八〕，從士伯之三務〔九〕。所冀羈攀方國〔一〇〕，無失賦輿〔一一〕。然後宣布朝經〔一二〕，闡揚廟算〔一三〕，設學舍媒官之令〔一四〕，峻頑人罷女之科〔一五〕。仰奉恩知，敢同荒墮，伏惟特賜恩察。

【校注】

〔一〕本篇原載清編《全唐文》卷七七四第三頁、《樊南文集補編》卷三。〔按〕據狀首「以今月九日，到任上訖」之語，狀應作於大中元年六月九日抵達桂林後。

〔二〕見《爲尚書濮陽公涇原讓加兵部尚書表》「再撫蠻陬」注、《爲滎陽公上集賢韋相公狀二》

注〔七〕。

〔三〕〔錢注〕《漢書·西域傳》：烏秅國，民接手飲。注：自高山下溪澗中飲水，故接連其手，如蝯之爲。《後漢書·度尚傳》：長沙太守抗徐，初試守宣城長，悉移深林遠藪椎髻鳥語之人，置於縣下。〔補注〕猿飲，謂似猿之用前肢捧水而飲。鳥言，謂説話如鳥鳴，猶所謂「南蠻鴂舌之人」。商隱《異俗二首》之一亦云：「鳥言成諜訴。」

〔四〕〔錢注〕《廣州記》：狸獠鑄銅爲鼓，初成，懸于庭，尅晨置酒，招致同類。豪富女子以金銀爲大釵，執以叩鼓，叩竟，留遺主人也。張華《博物志》：交州夷名俚子，箭長尺餘，以燋銅爲鏑。

〔五〕羈縻，見《爲京兆公乞留瀘州刺史洗宗禮狀》注〔三〕、《爲滎陽公上集賢韋相公狀二》注〔七〕。

〔六〕〔錢注〕《列子》：伯樂曰：「臣之子皆下才也。」

〔七〕〔補注〕《左傳·成公二年》：「《詩》曰：『布政優優，百禄是遒。』」

〔八〕〔錢注〕《後漢書·楊震傳》：震所舉荆州茂才王密，懷金十斤以遺震，震曰：「故人知君，君不知故人，何也？」密曰：「暮夜無知者。」震曰：「天知、神知、我知、子知，何謂無知？」密愧而去。

〔九〕〔補注〕《左傳·昭公二十三年》：「楚囊瓦爲令尹，城郢。沈尹戌曰：『子常必亡郢。苟不能衛，城無益也。古者天子守在四夷；天子卑，守在諸侯。諸侯守在四鄰；諸侯卑，守在四竟。慎其四竟，結其四援，民狎其野，三務成功，民無内憂，而又無外懼，國焉用城？』」杜注：「春夏秋三時之務。」按：士伯無三務事，當因此上有「士伯御叔孫」一節而誤記爲士伯事。

〔一〇〕〔補注〕《詩·大雅·大明》：「厥德不回，以受方國。」方國，四方諸侯之國。

〔一一〕〔補注〕《左傳·成公二年》：「群臣帥賦輿，以爲魯、衛請。」賦輿，此指賦税。

〔一二〕〔錢注〕《漢書·黄霸傳》：太守霸爲選擇良吏，分部宣布詔令。任昉《爲齊明帝讓宣城郡公第一表》：增一職已黷朝經。〔補注〕朝經，朝廷之典章制度。

〔一三〕廟算，見《爲汝南公賀元日朝會上中書狀》「嘗聞廟算」注。

〔一四〕〔錢注〕《吴志·薛綜傳》：錫光爲交阯、任延爲九真太守，爲設媒官，始知聘娶；建立學校，導之經義。

〔一五〕〔錢注〕頑民，見《書·畢命》：「毖殷頑民，遷于洛邑。」避諱作「人」。《國語》：罷士無伍，罷女無家。〔補注〕頑民，愚頑不化之民；罷女，無行之女。

## 爲滎陽公上門下李相公狀二〔一〕

某以今月某日，到任上訖。漢縣舊封〔二〕，越城遐嶠〔三〕，夷貊半參於編户〔四〕，賦輿全視于奥區〔五〕。不知疏蕪，曷處盤錯〔六〕？唯當仰承指訓，俯事躬親〔七〕。合農功於國僑〔八〕，思馬志於文子〔九〕。冀申豪髪〔一〇〕，用贖簡書〔一一〕。至於生事沽名〔一二〕，迷方改務〔一三〕，實於他日，則已誓心。庶遵丙吉之規〔一四〕，稍勵賈琮之志〔一五〕。伏惟特賜恩察。

【校注】

〔一〕本篇原載清編《全唐文》卷七七四第四頁、《樊南文集補編》卷三。〔按〕狀首有「某以今月某日，到任上訖」之語，當作於大中元年六月九日到桂管任後。門下李相公，李回。見《爲滎陽公上門下李相公狀一》注〔一〕。

〔二〕〔錢注〕《舊唐書·地理志》：桂州所治，漢始安縣地。

〔三〕見《爲尚書濮陽公涇原讓加兵部尚書表》注〔三七〕。

〔四〕〔錢注〕詳《爲滎陽公上集賢韋相公狀二》注〔七〕。《漢書·高帝紀》注：編户者，言列次名籍也。

〔五〕〔錢注〕班固《西都賦》：防禦之阻，則天地之隩區焉。〔補注〕奥區，腹地。句意謂賦税等同于腹地，蓋言其重。

〔六〕〔錢注〕《後漢書·虞詡傳》：朝歌賊攻殺長吏，屯聚連年。詡爲朝歌長，故舊皆弔，詡笑曰：「不遇盤根錯節，何以别利器乎？」

〔七〕〔補注〕《詩·小雅·節南山》：「弗躬弗親，庶民弗信。」

〔八〕〔補注〕《左傳·襄公二十五年》：「子大叔問政於子産。子産曰：『政如農功，日夜思之，思其始而成其終，朝夕而行之。行無越思，如農之有畔，其過鮮矣。』」按：國僑即公孫僑，字子産，鄭大夫。

〔九〕〔錢注〕《文子》：老子曰：「治人之道，其猶造父之御駟馬也。齊輯之乎轡銜，正度之乎胸膺，内得于中心，外合乎馬志。故能取道致遠，氣力有餘，進退還曲，莫不如志，誠得其術也。」

〔一〇〕〔錢注〕曹植《求自試表》：庶立毛髮之功，以報所受之恩。〔補注〕豪，通「毫」。

〔一一〕〔補注〕《詩·小雅·出車》：「豈不懷歸，畏此簡書。」簡書，戒命。

〔一二〕〔錢注〕《文子》：欲尸名者必生事。

〔一三〕〔錢注〕鮑照《擬古詩》：迷方獨淪誤。《後漢書·王柔傳》：然違方改務，亦不能至也。

〔一四〕見《爲滎陽公上集賢韋相公狀一》注〔三〕。

〔一五〕〔錢注〕《後漢書·賈琮傳》：爲交阯刺史，在事三年，爲十三州最。〔按〕似兼用《琮傳》「刺史當遠視廣聽」之語。

## 爲滎陽公與度支盧侍郎狀〔一〕

某今月九日，到任上訖。不任感惕。職重賦輿〔二〕，俗參夷獠〔三〕。務便宜於五嶺〔四〕，或有可觀；同刺舉於三河〔五〕，竊將不可。但期尅苦，用答恩榮。侍郎早立清朝，久持重任〔六〕。未處平章之地〔七〕，猶孤動植之心。昔周室均財，司會且參於太宰〔八〕；漢朝主計，丞相仍兼於列侯〔九〕。故事具存，殊恩允屬。側聆注懇，實倍常情。伏惟俯賜照察。

**【校注】**

〔一〕本篇原載清編《全唐文》卷七七四第一三頁、《樊南文集補編》卷四。〔錢箋〕（度支盧侍郎）盧弘正（按：應從《新唐書》作「止」）也。《新唐書》本傳：會昌中，劉稹平，爲河北兩鎮宣慰使，還拜工部侍郎，以户部領度支。餘詳《爲滎陽公與度支周侍郎狀》注〔一〕。〔張箋〕（大中元年六月）户部侍郎判度支、充鹽鐵轉運使盧弘正（止）出爲義成軍節度使。並附考證略云：弘正（止）當於會昌六年代（崔）元式判度支……至（大中元年）六月，又除義成節度使周墀判度支，代弘正（止），而弘正（止）則出鎮矣。〔按〕狀有「某今月九日，到任上訖」語，當爲大中元年六月九日抵桂管任後所上。張謂弘止元年六月出爲義成軍節度使，蓋據《舊書·宣宗紀》大中元年六月「以義成軍節度使周墀爲兵部侍郎、判度支」之記載而推斷其代弘止判度支，大體可信。撰此狀時，弘止或尚未出鎮義成，或雖已任命，除書尚未抵桂林也。《全唐文》卷四三八有李訥《授盧弘正韋讓等徐滑節度使制》，稱「義成軍節度使盧弘正」，可證弘止確有義成軍節度使之除。

〔二〕〔補注〕賦輿，此指賦稅。謂己任觀察使，兼掌地方財賦。

〔三〕俗參夷獠，見《爲滎陽公上集賢韋相公狀二》注〔七〕。〔錢注〕張華《博物志》：荆州極西南界至蜀，諸民曰獠子。〔補注〕《周書・異域傳上》：「獠者，蓋南蠻之别種，自漢中達于邛、笮，川洞之間，在所皆有之。」周去非《嶺外代答・蠻俗》：「獠在右江溪峒之外，俗謂之山獠，依山林而居，無酋長、版籍。」

〔四〕〔錢注〕《漢書・趙充國傳》：充國以爲將任兵在外，便宜有守，以安國家。五嶺，見《爲尚書濮陽公涇原讓加兵部尚書表》注〔三七〕。〔補注〕便宜，此指有利國家，合乎時宜之事。

〔五〕〔錢注〕《史記・田叔傳》：叔少子仁刺舉三河。注：《正義》曰：「三河，河南、河東、河内也。」〔按〕《史記・田叔列傳》原文爲：「天下郡太守多爲姦利，三河尤甚，臣請先刺舉三河。」刺舉，猶檢舉。

〔六〕〔補箋〕《新唐書・盧弘止傳》：「累擢監察御史……遷給事中。會昌中，詔河北三節度討劉稹。何弘敬、王元逵先取邢、洺、磁三州。宰相李德裕畏諸帥有請地者，乃以弘止爲三州團練觀察留後。」餘見注〔一〕。

〔七〕平章，見《爲尚書濮陽公賀鄭相公狀》注〔五〕。〔補注〕處平章之地，指居相位。

〔八〕〔補注〕《周禮・天官・司會》：「以九式之法，均節邦之財用。」賈公彦疏：「云以九式均節邦之財用者，九式，所以用九賦，使均平有節，故云均節邦之財用。」均節，猶調節。司會，《周禮》天官之屬，主管財政經濟，後世用爲度支之别稱。會，音快。太宰，相傳殷置，周稱冢宰，爲天官之長，掌建邦之六典，以佐王治邦國，參《周禮・天官・大宰》。

〔九〕〔錢注〕《史記·張丞相傳》：張蒼封爲北平侯，遷爲計相一月，更以列侯爲主計四歲。蒼善用算律曆，故令蒼以列侯居相府，領主郡國上計者。〔補注〕主計，漢代主管國家財賦之官，後亦泛指主管財賦之官吏。

## 爲滎陽公與魏中丞狀〔一〕

某以九月九日〔二〕，到任上訖。映帶谿洞〔三〕，錯雜蠻夷〔四〕。剛鹵石田〔五〕，事殊於農政〔六〕；賨幏越紵〔七〕，功異於桑均〔八〕。實懼疏蕪，有辱廉撫。至於屏除苛黠〔九〕，賞慰柔良〔一〇〕，敢忘深薄之規〔一一〕，以累準繩之地〔一二〕。伏惟特賜照察。

**【校注】**

〔一〕本篇原載清編《全唐文》卷七七四第一四頁、《樊南文集補編》卷四。〔錢箋〕大中二年，按問吳湘之獄，御史中丞爲魏扶，見《新唐書·李德裕傳》。滎陽出鎮在元年，時代相及，疑即其人也。事詳後《爲滎陽公上馬侍郎啓》。《舊唐書·職官志》：御史臺，中丞二員，正四品下。〔按〕《册府元龜》卷六四一、《唐會要》卷七六載：「大中元年正月，禮部侍郎魏扶放及第二十三人。」（《舊唐書·宣宗紀》記此事於大中元年三月，非。詳《獻侍郎鉅鹿公啓》注〔一〕。）扶之遷中丞，當在此後至是年五月間。狀首云「某以九（當作「六」或「今」）月九日，到任上訖」，則狀當上於大中元年六月九日抵達桂林後。

〔二〕〔張采田校〕「九月」當是「今月」二字，涉下「九日」而誤也。〔按〕「九月」必誤。鄭亞抵桂管任後所上諸狀多作「今月」。然「九」「六」形近，「九」字或爲「六」字之誤。

〔三〕〔錢注〕《北史·隋紀》：嶺南溪洞多應之。〔補注〕谿洞，或作「谿峒」，對西南地區某些少數民族聚居地之統稱。

〔四〕見《爲滎陽公上集賢韋相公狀二》注〔七〕。

〔五〕〔補注〕剛鹵，謂土地堅硬而含鹽鹵。《易·説卦》：「其於地也，爲剛鹵。」陸德明《釋文》：「鹵，鹹土也。」石田，多石不可耕之地。《左傳·哀公十一年》：「得志於齊，猶獲石田也，無所用之。」

〔六〕〔錢注〕蕭子良《密啓武帝》：農政告祥，因高肆務。〔補注〕農政，指農事。

〔七〕幏，《全文》作「幪」，據錢校改。〔錢校〕「幪」當作「幏」。〔錢注〕左思《魏都賦》：賨幏積滯。劉逵注：《風俗通》曰：「盤瓠之後，輸布一匹二丈，是謂賨布，廩君之巴氏出幏布八丈。」幏音稼。《吴越春秋》：越王使國中男女入山采葛，以作黄絲之布。〔補注〕賨，古代西南地區一種少數民族。賨幏，即賨布。

〔八〕〔補注〕《禮記·月令》：「蠶事畢，后妃獻繭，乃收繭稅，以桑爲均。」孔穎達疏：「以桑爲均者，言收税之時以受桑多少爲賦之均齊，桑多則賦多，桑少則賦少。」

〔九〕〔錢注〕《後漢書·宋均傳》：至於苛察之人，身或廉法，而巧黠刻削，毒加百姓。〔補注〕苛黠，苛虐狡猾之官吏。

〔一〇〕〔錢注〕《後漢書·光武紀》：詔務進柔良，退貪酷，各正其業焉。

〔一一〕〔補注〕深薄，臨深履薄，謂謹慎戒懼。語本《詩·小雅·小旻》：「戰戰兢兢，如臨深淵，如履薄冰。」

〔一二〕〔錢注〕任昉《奏彈蕭穎達》：風體若兹，準繩斯在。〔補注〕準繩之地，指執法部門或官吏，此切「中丞」。《新唐書·韓偓傳》：「偓因薦御史大夫趙崇勁正雅重，可以準繩中外。」

## 爲中丞滎陽公桂州賽城隍神文〔一〕

維大中元年，歲次丁卯，六月甲午朔，十四日丁未，都防禦觀察處置等使、桂州刺史兼御史中丞鄭某，謹遣登仕郎、守功曹參軍陸秩〔二〕，以庶羞之奠，祭於城隍之神。夫大邑聚人〔三〕，通都設屏，將雄走集〔四〕，必假高深〔五〕。不惟倚仗風雲〔六〕，兼用翕張神鬼〔七〕。某初蒙朝奬，來佩藩符，既禦寇於西原〔八〕，亦觀風於南國〔九〕。始維畫鷁〔一〇〕，將下伏熊〔一一〕，屬楚雨蔽空，湘雲塞望，晦我中軍之鼓〔一二〕，濕予下瀨之師〔一三〕。遂以誠祈，果蒙神應。速如激矢，勢等却河〔一四〕。及兹報薦之期〔一五〕，敢怠馨香之禮？神其干霄作峻〔一六〕，習坎爲防〔一七〕，合烽櫓以保民〔一八〕，導川塗而流惡〔一九〕。使言言堅壘〔二〇〕，侔地道以無疆〔二一〕；活活深溝〔二二〕，如井德之不改〔二三〕。勿違丘禱〔二四〕，以作神羞〔二五〕。尚饗！

【校注】

〔一〕本篇原載《文苑英華》卷九九七第三頁、清編《全唐文》卷七八一第三頁、《樊南文集詳注》卷五。馮譜、張箋均編大中元年。〔按〕據篇首所紀時日，本篇當作於大中元年六月十四日。視篇中「始維畫鷁，將下伏熊，屬楚雨蔽空，湘雲塞望，晦我中軍之鼓，濕予下瀨之師。遂以誠祈，果蒙神應。速如激矢，勢等却河。及兹報薦之期，敢怠馨香之禮」等語，蓋鄭亞一行方抵桂林時，適遇大雨，遂以誠祈，果速雨止，故遣吏報薦。則報薦之期必與抵桂之日甚近。且祭城隍神亦爲地方長官到任後之例行公事。據此亦可證鄭亞抵桂當爲六月九日。

〔二〕秩，《全文》作「佚」，據《英華》改。

〔三〕〔馮注〕「人」作「民」字用。非用《易經》「何以聚人曰財」。

〔四〕「雄」字上《全文》《英華》均衍「英」字，據徐、馮校删。《英華》注：集作「比」。〔徐注〕《左傳》：險其走集。注：走集，邊境之壘辟。「辟」音「壁」。

〔五〕〔馮注〕高深，謂城池。

〔六〕仗,《英華》誤作「杖」,馮本一作「拔」。〔馮注〕《北史・魏收傳》:「高元海虚心倚仗。」木華《海賦》:「掎拔五嶽。」此「風雲」兼用陣勢,當作「倚仗」。

〔七〕〔補注〕翕張,複詞偏義,偏義於「張」。

〔八〕〔徐注〕《易》:不利爲寇,利禦寇。〔按〕餘見《爲滎陽公桂州謝上表》「控西原而遏寇」注。

〔九〕〔徐注〕《禮記》:太史陳詩以觀民風。〔按〕《禮記・王制》作「命大師陳詩以觀民風」。觀風,謂觀察民情,瞭解施政得失。

〔一〇〕〔馮注〕《史記・司馬相如傳》:浮文鷁。注曰:鷁,水鳥也,畫其象於船首。

〔一一〕見《爲濮陽公陳情表》「熊軾鄖城」注。

〔一二〕〔徐注〕《左傳》:殖綽、郭最皆衿甲面縛,坐於中軍之鼓下。《齊語》:有國子之鼓,有高子之鼓,有中軍之鼓。〔補注〕晦,謂因天雨潮濕,鼓聲不震也。

〔一三〕〔徐注〕《漢書・武帝紀》:元鼎五年,甲爲下瀨將軍,下蒼梧。臣瓚曰:瀨,湍也,吴、越謂之瀨,中國謂之磧。《伍子胥書》有「下瀨船」。

〔一四〕激矢,見《爲張周封上楊相公啓》「心驚於急絃勁矢」注。却河,見《爲滎陽公賀幽州破奚寇表》「坎三鼓而河流自却」注。〔補注〕《吕氏春秋》:「夫激矢則遠,激水則旱。」

〔一五〕報薦,《英華》作「薦報」。期,《英華》作「時」。

〔一六〕〔徐注〕(左思)《蜀都賦》:干青霄而秀出。

〔一七〕〔徐注〕《易》：習坎，王公設險以守其國。〔補注〕習坎，指險阻。習，重也；坎，險也。

〔一八〕以，《英華》作「之」，誤。〔馮注〕《漢書·賈誼傳》：斥候望烽燧不得卧。文穎曰：邊方備胡寇，作高土櫓，櫓上作桔皋，桔皋頭兜零，以薪草置其中，常低之，有寇即火燃舉之以相告，曰「烽」。又多積薪，寇至即燃之，以望其煙，曰「燧」。按：每諱「民」作「人」，而仍有作「民」者，傳寫參錯耳。〔徐注〕陸機《洛陽記》：洛陽城，周公所制，城上百步有一樓櫓，外有溝渠。劉熙《釋名》：櫓，露也，露上無覆屋也。〔補注〕櫓，無頂蓋之望樓。

〔一九〕惡，《英華》作「思」，誤。〔徐注〕《周禮》：大川之上必有涂焉。《左傳》：韓獻子曰：「有汾、澮以流其惡。」〔馮注〕《周禮·遂人》：洫上有涂，澮上有道，川上有路，以達于畿。〔補注〕惡，垢穢。

〔二〇〕壘，《英華》注：集作「壁」。〔徐注〕《詩》：崇墉言言。〔補注〕言言，高大貌。

〔二一〕〔徐注〕《易》：安貞之吉，應地無疆。〔補注〕《易·謙》：「《彖》曰：謙，亨。天道下濟而光明，地道卑而上行。」《管子·霸言》：「立政出令，用人道；施爵禄，用地道；舉大事，用天道。」尹知章注：「地道，平而無私。」

〔二二〕〔徐注〕《詩》：河水洋洋，北流活活。〔補注〕活活，水流聲。或説水流貌。

〔二三〕〔徐注〕《易》：改邑不改井。〔補注〕《易·井》：「井養而不窮也。」孔穎達疏：「歎美井德，愈汲愈生，給養於人，無有窮已也。」

〔二四〕丘，《全文》諱改作「孔」，據《英華》回改。〔補注〕《論語·述而》：「子疾病，子路請禱……子曰：『丘之禱久矣。』」丘禱，祈禱消灾祛病。

〔二五〕〔徐注〕《書》：無作神羞。〔補注〕《書·武成》：「惟爾有神，尚克相予，以濟兆民，無作神羞。」孔傳：「神庶幾助我，渡民危害，無爲神羞辱。」

## 爲滎陽公端午謝賜物狀〔一〕

右，中使某至，奉宣恩旨，賜臣端午紫衣一副，百索一軸，銀器二事，大將衣三副，并賜臣手詔一通者〔二〕。伏以五神定位，祝融司長養之功〔三〕；六律鈞和〔四〕，蕤賓有酬酢之義〔五〕。故節推《戴禮》〔六〕，日著《漢儀》〔七〕。彼艾人遠具于《歲時》〔八〕，角黍近標于《風土》〔九〕。乃《耆舊》傳聞之末〔一〇〕，亦君親慶賜之原〔一一〕。伏惟皇帝陛下，克協樂章〔一二〕，允符時訓〔一三〕，恩霑近戚〔一四〕，惠浹元僚〔一五〕。臣守介鑾圻〔一六〕，程遥鳳闕，敢希瘴嶠，特降乾文〔一七〕。輕縞染衣，真金備器，海綃掩麗〔一八〕，渠盌藏珍〔一九〕。拜受若驚，跪捧如失。常衣國僑之紵〔二〇〕，被服多慚；久攜顔氏之瓢〔二一〕，捧持未慣。當晝而不假交扇〔二二〕，向日而惟宜飲冰〔二三〕。況又將以綵絲，縈諸畫軸，用禳故炁〔二四〕，兼續修齡〔二五〕。爰自微臣，頒流諸校〔二六〕。

鞠躬被寵，全踰錫帶之榮〔二七〕；睹物傳輝，實勤請纓之思〔二八〕。唯當仰承帝力〔二九〕，麤舉藩條，誓相率於明時，庶同登于壽域〔三〇〕。臣與大將等無任望闕感恩抃舞屏營之至。

【校注】

〔一〕本篇原載《文苑英華》卷六三一第三頁、清編《全唐文》卷七七三第二頁、《樊南文集詳注》卷二一。〔按〕馮譜、張箋均繫大中元年，馮置《爲滎陽公桂州舉人自代狀》之前，張置《爲滎陽公桂州謝上表》之前。蓋均以爲甫抵桂林時所上。考鄭亞一行於大中元年六月初九抵桂林。此狀有「臣守介蠻圻」「敢希瘴嶠」之語，顯係到桂管任後所上。朝廷所賜端午節禮物當于端午日或稍前發出，抵達桂林約需月餘，則此狀當上於大中元年六月中下旬。

〔二〕百索，見《爲安平公謝端午賜物狀》注〔二〕。

〔三〕養，徐本作「發」，誤。〔徐注〕《禮記》：仲夏之月，其神祝融。〔補注〕《禮記・月令》「養壯佼」孔疏：「壯謂容體盛大，佼謂形容佼好，以盛夏長養之時，故養壯佼之人，助長氣也。」

〔四〕〔馮注〕《周禮》：典同，掌六律六同之和。《管子》：内外均和。《説文》：律，均布也。按：均、鈞通。〔徐注〕《説文》：十二律均布節氣，故有六律六均。〔補注〕樂律有十二，陰陽各六，陽爲律，陰爲吕。六律即黄鐘、太蔟、姑洗、蕤賓、夷則、無射。《史記・律書》：「王者制事立法，物度軌則，壹禀於六律，六律爲萬事根本焉。」

〔五〕〔徐注〕《禮記》：仲夏之月，律中蕤賓。《周語》：伶州鳩曰：「蕤賓，所以安靖神人，獻酬交酢也。」

〔六〕〔徐注〕《大戴禮·夏小正》云：五月，初昏，大火中。大火者，心也。心中，種黍菽糜時也，煮梅爲豆實也，蓄蘭爲沐浴也。

〔七〕〔徐注〕《後漢書·禮儀志》：五月五日，朱索五色印爲門户飾，以難止惡氣。

〔八〕〔徐注〕《荆楚歲時記》：五月五日，採艾爲人，懸門户上，以禳毒氣。

〔九〕〔徐注〕《風土記》：仲夏端午，烹鶩、角黍，進筒糉，一名角黍，一名糉，亦作粽。〔馮注〕《風土記》：仲夏端午煮肥龜，加鹽豉、蒜蓼，名曰「葅龜」。又以菰葉裹粘米，一名糉，一名角黍。〔按〕《太平御覽》卷八五一引周處《風土記》作：「俗以菰葉裹黍米，以淳濃灰汁煮之令爛熟，於五月五日及夏至啖之，一名糉，一名角黍。」粽子古用黏黍，狀如三角，故稱角黍。

〔一〇〕〔徐注〕《晉書·陳壽傳》：撰《益部耆舊傳》十篇。《公羊傳》：所見異辭，所聞異辭，所傳聞異辭。〔馮曰〕書以《耆舊》名者不一。〔按〕如《襄陽耆舊傳》。

〔一一〕亦，《英華》注：集作「是」。〔徐注〕《禮記》：孟夏之月，慶賜遂行，無不欣悦。

〔一二〕〔馮注〕《後漢書·明帝紀》：永平二年，宗祀光武皇帝於明堂。事畢，升靈臺，吹時律。《章帝紀》：建初五年，始行月令，迎氣樂。《馬防傳》：十二月迎氣樂，防所上也。《律曆志》注：防奏言王者有食舉之樂，所以順天地，養神明，求福應也。可作十二均，各應其月氣，和氣宜應。

《祭祀志》：章帝元和二年，東巡狩，還京都，告至，祀高祖、世祖，又爲靈臺十二門作詩，各以其月祀而奏之。〔徐注〕王子年《拾遺記》：楚懷王常繞山遊宴，各舉四仲之氣，以爲樂章。

〔一三〕〔徐注〕《逸周書·時訓解》第五十二。〔馮注〕《淮南子》有《時則訓》。〔按〕《禮記·月令》《逸周書·時訓解》《吕氏春秋·十二紀》與《淮南子·時則訓》，内容大同小異。

〔一四〕恩，《英華》注：集作「仁」。

〔一五〕〔補注〕《南史·庾杲之傳》：「盛府元僚，實難其選。」元僚，猶重臣。

〔一六〕〔補注〕蠻圻，猶蠻畿，古代九畿之一，又稱蠻服。《周禮·夏官·大司馬》：「方千里曰國畿……又其外方五百里曰衛畿，又其外方五百里曰蠻畿。」鄭玄注：「畿猶限也，自王城以外五千里爲界，有分限者九。」《國語·周語上》「蠻夷要服」韋昭注：「蠻，蠻圻。夷，夷圻也。《周禮》衛圻之外曰蠻圻，去王城三千五百里，九州之界也。」圻，疆界、地域。

〔一七〕〔補注〕乾文，帝王之文，此指帝王恩旨。

〔一八〕〔徐注〕《博物志》：鮫人水居，出人間賣綃，臨去，從主人索器，泣而出珠與主人。

〔一九〕〔徐注〕魏文帝《車渠椀賦》：車渠，玉屬也，多纖理縟文，生於西國，其俗寶之。《廣雅》：車渠，石，次玉也。《玄中記》：車渠出天竺國。《廣志》：車渠出大秦國。〔馮注〕謝朓《金谷聚詩》：渠椀送佳人。〔按〕二句美其賜衣與銀器。

〔二〇〕〔徐注〕《左傳》：吴公子札聘於鄭，見子産，如舊相識，與之縞帶，子産獻紵衣焉。〔馮注〕國僑，子産也。

〔二一〕〔補注〕《論語·雍也》：「賢哉，回也！一簞食，一瓢飲，在陋巷，人不堪其憂，回也不改其樂。」

〔二二〕交，《全文》作「文」，據《英華》改。〔徐注〕《世説補》：郗嘉賓三伏之月詣謝公，雖復當風交扇，猶沾汗流離。〔補注〕交扇，不停打扇。

〔二三〕日，《英華》作「夕」。〔徐注〕《莊子》：朝受命而夕飲冰，我其内熱與？

〔二四〕〔徐注〕《風俗通》：五月五日，以五綵絲繫臂者，辟兵及鬼，令人不病温。〔馮注〕故炁，即死氣。

〔二五〕修，徐本作「收」。馮本作「殘」，校云：《英華》刊本作「收」，誤，今從《粤西文載》。〔按〕徐本作「收」，馮本作「殘」，均誤。《英華》殘宋本及清編《全唐文》均正作「修」。徐本所據係明刊《英華》誤文。作「收」蓋「修」之音訛。馮氏據後出之《粤西文載》，更失校改之常理。

〔二六〕諸校，即列校，見《爲安平公謝端午賜物狀》「在列校不遺」注。

〔二七〕〔徐注〕《易》：或錫之鞶帶。

〔二八〕〔徐注〕《漢書·終軍傳》：南越與漢和親，乃遣終軍使南越。軍自請受長纓，必羈南越王而致之闕下。

〔二九〕承，《全文》作「成」，據《英華》改。〔徐注〕《列子》：《擊壤歌》曰：「日出而作，日入而息，鑿井而飲，耕田而食，帝力何有於我哉！」

〔三〇〕壽域，見《爲安平公謝端午賜物狀》「同躋壽域」注。

# 爲滎陽公論安南行營將士月糧狀〔一〕

使當道先准詔發遣行安南行營將士五百人〔二〕，其月糧錢米，並當道自般運供送者。右臣當道繫敕額兵，數只一千五百人〔三〕。内一千人散於西原防遏〔四〕，三百人扭在邕管行營〔五〕，入界内分捉津橋〔六〕，專知鎮戍〔七〕。計其抽用，略無孑遺〔八〕。至於堅守城池，備禦倉庫，供承職掌〔九〕，傳遞文書〔一〇〕，並是當使方圓衣糧〔一一〕，招收驅使，其安南行營將士，皆是敕額外人。

又當管去安南三千餘里，去年五月十五日發遣，八月二十日至海門〔一二〕，遭惡風漂溺官健一十三人〔一三〕，沉失器械一千五百餘事。其年十二月六日，差綱某等〔一四〕，般送醬菜錢米，今年五月八日至烏雷〔一五〕，又遭颶風〔一六〕，打損船三隻，沉失米五百餘石，見錢九十貫〔一七〕。其月十八日至崑崙灘，又遭颶風，損船一隻，沉失米一百五十石。至今姜士贇等，尚未報到安南。臣到任已來，爲日雖淺，懸軍在遠〔一八〕，經費爲虞〔一九〕。竊檢尋見在行營將士等，從去年六月已後，至今年六月已前，從發赴安南，用夫船程糧及船米賞設，并每月醬菜等，一年約用錢六千二百六十餘貫，米麪等七千四百三十餘石。大數雖破上供〔二〇〕，餘用悉資當府。不惟褊匱〔二一〕，且以遐遥，有搬灘過海之勞〔二二〕，多巨浪颶風之患。須資便信〔二三〕，動失程期〔二四〕。臣忝守戎行，不勝憂結〔二五〕。伏以裴元裕既開邊隙〔二六〕，又乏武經〔二七〕，抽三道之見兵〔二八〕，備一方之致寇〔二九〕，曾無戎捷〔三〇〕，徒曜軍容〔三一〕。昔者淮陰驅市井之人，尚能破敵〔三二〕；晉伯假紀綱之僕，亦不常留〔三三〕。苟元裕能均食散金〔三四〕，絶甘分少〔三五〕，便可收功於故校〔三六〕，豈資別立於新家〔三七〕？側聞容、廣守臣〔三八〕，亦欲飛章上請〔三九〕，臣緣乍到，未敢抗論。已牒韋廑、李玭〔四〇〕，并牒元裕，請詳物理，續具奏聞。伏惟皇帝陛下，道邁羲、勛〔四一〕，威加華夏〔四二〕，南蠻以兹脆弱〔四三〕，宜慕聲猷〔四四〕。伏乞特詔元裕，使廣布仁聲，遠揚朝旨〔四五〕，無邀功以生事〔四六〕，勿耗國以進兵〔四七〕。庶令此境之人，無擁思鄉之念。唯兹裁照，實屬皇明〔四八〕。

今前綱姜士贇等，沉失至多，遲留未達，復須遣使，以續見糧〔四九〕。雖欲無言，懼不集事〔五〇〕。儻未蒙恩允，特賜抽還，則長慶二年，安南有奏請借便當軍糧米五千石，經略使王承業〔五一〕，請一二年内勸課輸填〔五二〕，頻有文符，並未支送。伏乞天恩，憫其州鄉闕乏〔五三〕，哀以海路漂淪〔五四〕，且新安南併還欠米〔五五〕。庶行營將士等，得存宿飽〔五六〕，無乏晨炊〔五七〕。臣所守藩方〔五八〕，粗獲通濟〔五九〕。謹録奏聞，伏聽敕旨〔六〇〕。

## 【校注】

〔一〕本篇原載清編《全唐文》卷七七二第二二二頁、《樊南文集補編》卷一。〔錢箋〕《新唐書・宣宗紀》：會昌六年九月，雲南蠻寇安南，經略使裴元裕敗之。又《地理志》：安南中都護府，屬嶺南道。《舊唐書・地理志》：安南都護節度使，治安南府，管交、武峩、粤、芝、愛、福禄、長、峰、陸、廉、雷、籠、環、崖、儋、振、瓊、萬安等州。又：安南府在邕管之西。又《吐蕃傳》：及潼關失守，河洛阻兵，於是盡徵河隴、朔方之將鎮兵入靖國難，謂之行營。〔按〕鄭亞於大中元年六月九日抵桂林，而本文云「臣緣乍到」，又云「從去年六月已後，至今年六月已前」，則狀當上於大中元年六月到任後不久。視狀中已得知是年五月十八日船遭颶風之事，上此狀之時間約在六月中下旬。

〔二〕〔錢注〕《後漢書・楊厚傳》：宜亟發遣，各還本國。

〔三〕〔錢注〕《舊唐書・地理志》：桂州下都督府，管戍兵千人，衣糧稅，本管自給也。〔補注〕繫，歸屬。此言「一千五百人」，當是後有所增加。

〔四〕〔錢注〕《新唐書・地理志》：嶺南道諸蠻州中有西原州，隸安南都護府。又《西原蠻傳》：黄氏、儂氏據州十八。經略使至，遣一人詣治所，稍不得意，輒侵掠諸州。横州當邕江官道，嶺南節度使常以兵五百戍守，不能制。《後漢書・寇恂傳》：光武語恂曰：「吾今委公以河内，堅守轉運，給足軍糧，率厲士馬，防遏他兵，勿令北度而已。」〔補注〕西原州，在今廣西靖西東南，大新縣西。

〔五〕〔錢注〕《舊唐書·地理志》：邕管經略使治邕州，管邕、貴、黨、横、田、嚴、山、巒、羅、潘等州。

〔六〕〔錢注〕《新唐書·百官志》：永徽中，廢津尉，上關置津吏八人。永泰元年，中關置津吏六人，下關四人。〔補注〕捉，把守。

〔七〕〔錢注〕《新唐書·百官志》：唐廢戍子，每防人五百人爲上鎮，二百人爲中鎮，不及者爲下鎮。五十人爲上戍，三十人爲中戍，不及者爲下戍。

〔八〕〔補注〕《詩·大雅·雲漢》：「周餘黎民，靡有孑遺。」抽，抽調。唐陳谿《彭州新置唐昌縣建德草市歇馬亭鎮并天王院等記》：「又置一鎮，抽武士三十人而禦之。」

〔九〕承，《全文》作「丞」，據錢校改。〔錢注〕《魏志·田疇傳》注：《先賢行狀》載太祖命曰：「疇開塞導送，供承役使。」

〔一〇〕〔錢注〕《漢書·京房傳》注：郵，行書者也，若今傳送文書矣。

〔一一〕〔錢注〕《通鑑·德宗貞元十二年》：初，藩鎮多以進奏市恩，皆云税外方圓。注：折則成方，轉則成圓。言於常税之外，别自轉折以致貨財也。〔補注〕方圓，籌集。李德裕《奏銀妝具狀》：「至於綾紗等物，猶是本州所出，易於方圓。」

〔一二〕〔錢注〕《通鑑·唐憲宗紀》注：海門鎮在白州博白縣東南。

〔一三〕〔錢注〕《通鑑》：代宗大曆十二年，定諸州兵，其召募給家糧春冬衣者，謂之官健。

〔一四〕〔錢注〕《舊唐書·食貨志》：比年自揚子運米，皆分配緣路觀察使差長綱發遣，運路既遠，實謂勞人。今請當使諸院，自差綱節級般運，以救邊食。《通鑑·德宗建中元年》：初，劉晏造運船，船十艘爲一綱。〔補注〕差綱，此指差綱官，差遣押送運載貨物之船隊的官吏。

〔一五〕烏，《全文》作「鳥」，據錢校改。〔錢注〕《新唐書·地理志》：烏雷縣屬嶺南道陸州。〔補注〕烏雷在今廣西北海市西沿海。

〔一六〕〔錢注〕《太平御覽》：《南越志》曰：「熙安間多颶風。颶者，具四方之風也。」〔按〕颶風，即今之颱風。古籍中明以前將颱風稱颶風，明以後按風情不同而有颶風、颱風之分。李肇《國史補》卷下：「南海人言，海風四面而至，名曰颶風。」

〔一七〕〔錢注〕《説文》：貫，錢貝之貫。

〔一八〕〔錢注〕《魏志·齊王芳紀》注：《漢晉春秋》：「姜維有重兵，而懸軍應恪。」〔補注〕懸軍，深入無後援之孤軍。

〔一九〕〔錢注〕《史記·平準書》：自天子以至於封君湯沐邑，皆各爲私奉養焉，不領於天下之經費。

〔二〇〕〔錢注〕《舊唐書·裴垍傳》：先是，天下百姓輸賦于州府，一曰上供，二曰送使，三曰留州。

〔二一〕〔補注〕褊匱，匱乏。

〔二二〕〔錢注〕《舊唐書·高駢傳》：又以廣州饋運艱澀，駢視其水路，自交至廣，多有巨石梗途。

〔二三〕〔補注〕便信，此指便利之信風。法顯《佛國記》：「汎海西南行，得冬初信風，晝夜十四日，到師子國。」

〔二四〕〔補注〕程期，期限。信風須待時日，故延誤程期。杜甫《前出塞》：「公家有程期，亡命嬰禍羅。」

〔二五〕〔錢注〕《漢書·鮑宣傳》：此天有憂結未解。〔補注〕《左傳·成公二年》：「下臣不幸，屬當戎行，無所逃隱。」憂結，憂慮鬱結。

〔二六〕〔錢注〕《漢書·匈奴傳贊》：始開邊隙。

〔二七〕〔補注〕武經，猶武略。

〔二八〕〔錢注〕《舊唐書·地理志》：五府經略使治，在廣州，管兵萬五千四百人，輕稅本鎮以自給。經略軍，在廣州城内，管兵五千四百人。清海軍，在恩（原作「思」，據《元和郡縣圖志》改）州城内，管兵二千人。桂管經略使，治桂州，管兵千人。容管經略使，治容州，管兵千一百人。安南經略使，治安南都護府，即交州，管兵四千二百人。邕管經略使，管兵七百人。《魏志·劉放傳》注：《孫資别傳》：「但以今日見兵，分命大將據諸要險。」〔按〕抽三道之見（同「現」）兵，據下文，當指桂管、容管、廣州三處之兵員。

〔二九〕一，錢注本作「四」，未出校。〔補注〕《易·需》：「九三，需于泥，致寇至。」王弼注：「招寇而致敵也。」

〔三〇〕〔補注〕戎捷，指戰利品。《春秋·莊公三十一年》：「六月，齊侯來獻戎捷。」李德裕《幽州紀聖功碑銘》：「諸侯有四夷之功，獻其戎捷，《春秋》舊典也。」

〔三一〕〔錢注〕《漢書・胡建傳》：軍容不入國。〔補注〕軍容，猶軍威。

〔三二〕〔錢注〕《史記・淮陰侯傳》：信與張耳東下井陘擊趙，出，背水陳，大破虜趙軍。諸將問曰：「將軍令臣等背水陳，曰破趙會食，臣等不服，然竟以勝，此何術也？」信曰：「信非得素拊循士大夫也。此所謂驅市人而戰之，其勢非置之死地，使人人自爲戰，寧尚可得而用之乎？」

〔三三〕〔補注〕《左傳・僖公二十四年》：「秦伯送衛於晉三千人，實紀綱之僕。」杜預注：「諸門户僕隸之事，皆秦卒共之，爲之紀綱。」紀綱，統領僕隸之人。

〔三四〕〔錢注〕《史記・吴起傳》：起之爲將，與士卒最下者同衣食。又《魏其侯傳》：竇嬰爲大將軍，賜金千斤，陳之廊廡下，軍吏過，輒令財取爲用，金無入家者。按：此類事史書甚多。

〔三五〕〔錢注〕《漢書・司馬遷傳》：愚以爲李陵素與士大夫絶甘分少，能得人之死力，雖古名將不過也。注：自絶旨甘，而與衆人分之，共同其多少也。

〔三六〕〔錢注〕曹植《孟冬篇》：收功在羽校。

〔三七〕〔錢注〕《國語》：勝敵而歸，必立新家。

〔三八〕〔錢注〕《舊唐書・地理志》：嶺南東道節度使治廣州，管廣、韶、循、崗、恩、春、賀、潮、端、藤、康、封、瀧、高、義、新、勤、竇等州。容管經略使治容州，管容、辯、白、牢、欽、巖、禺、湯、瀼、古等州。〔補注〕《禮記・玉藻》：「凡自稱，天子曰予一人，伯曰天子之力臣；諸侯之於天子，曰某土之守臣某。」

〔三九〕〔錢注〕《後漢書·寇榮傳》：於是遂作飛章以被於臣。〔補注〕飛章，迅急上奏章。亦指報告急變、急事之奏章。

〔四〇〕〔錢注〕此二人《新》《舊》二書皆無傳，以上文文義推之，必一爲容管經略，一爲嶺南節度也。後有《爲滎陽公與容州韋中丞狀》，疑即指廑。至嶺南節度之爲玭，更無顯證，惟本集《樊南乙集序》「李玭得秦州」，叙在商隱桂林從事之後。考《舊唐書·文宗紀》：「大和九年，以金吾將軍李玭爲黔中觀察使。」《宣宗紀》：「大中三（原作「二」，據《通鑑》改）年八月，鳳翔節度使李玭奏收復秦州。」或中間曾鎮嶺南，史略之耳。又，韋廑後爲司農卿，見《通鑑·大中十年》。李玭爲李愬子，見杜牧詩注。並録之以俟詳考。〔按〕李玭，李晟之孫，李愬之子。韋廑，開成二年爲武寧軍節度判官，在薛元賞幕，見《唐故處士太原王府君（修本）墓志銘并序》。

〔四一〕〔補注〕羲，伏羲；勛，放勛（勳），即堯。

〔四二〕威，《全文》作「盛」，據錢校改。〔補注〕《書·武成》：「華夏蠻貊，罔不率俾。」《三國志·蜀志·關羽傳》：「羽威震華夏，曹公議徙許都以避其鋭。」

〔四三〕〔錢注〕《國語》：臣脆弱不能忍俟也。

〔四四〕〔補注〕聲猷，聲望與業績。《周書·蕭詧傳論》：「密邇寇讎，則威略具舉；朝宗上國，則聲猷遠振。」

〔四五〕〔錢注〕江淹《肆赦交州詔》：并遣大使，宣揚朝旨。
〔四六〕〔錢注〕《漢書·馮奉世傳》：即封奉世，開後奉使者利，以奉使爲比，争逐發兵，要功萬里之外，爲國家生事於夷狄，漸不可長。
〔四七〕〔錢注〕《韓非子》：耗國以便家。《戰國策》：景翠果進兵。
〔四八〕〔錢注〕班固《西都賦》：以發皇明。
〔四九〕〔錢注〕《史記·蕭相國世家》：軍無見糧。
〔五〇〕〔補注〕《左傳·成公二年》：「此車一人殿之，可以集事。」杜預注：「集，成也。」
〔五一〕〔錢校〕業，疑當作「弁」。《舊唐書·穆宗紀》：長慶二年正月，以夔州刺史王承弁爲安南都護、本管經略招討使。〔按〕錢校似是。
〔五二〕〔錢注〕《後漢書·卓茂傳》：勸課農桑。〔補注〕勸課，鼓勵督責。輸填，交納抵償。
〔五三〕〔錢注〕《國語》：於是乎合其州鄉朋友婚姻。〔補注〕州鄉，本指鄉里，此當指州郡。
〔五四〕〔錢注〕《晉書·林邑國傳》：徼外諸國嘗齎寶物，自海路來貿貨。
〔五五〕新，《全文》原校：疑。〔錢校〕按：似當作「許」。
〔五六〕〔錢注〕《史記·淮陰侯傳》：樵蘇後爨，師不宿飽。〔補注〕宿飽，常飽。
〔五七〕〔錢注〕《史記·淮陰侯傳》：晨炊蓐食。
〔五八〕〔錢注〕《北史·張衮傳》：屈膝藩方之禮。

〔五九〕〔補注〕通濟，融通調濟。

〔六〇〕〔錢注〕《新唐書·百官志》：凡王言之制有七。五曰敕旨，百官奏請施行則用之。

## 爲滎陽公賀幽州破奚寇表〔一〕

臣某言：臣得本道進奏官某狀報，某月日幽州節度使張仲武奏，破奚北部落及諸山奚，除舊奚王匿舍朗所管外〔二〕，殺戮首領丁壯老幼，并殺獲牛羊〔三〕，焚燒車帳器械等計二十萬，刺史已下面皮一百具〔四〕，耳二百隻〔五〕，奚車五百乘，羊一萬口，牛一千五百頭者。天聲遠疊〔六〕，廟略遐宣〔七〕，白虜獲於寧臺〔八〕，赤夷俘於燕路〔九〕。臣某中賀。

臣竊窺舊史，逖聽前朝〔一〇〕，有天子憂邊，清宵輟寐〔一一〕；將軍出塞，白首言歸〔一二〕。至乃或勝或奔，一彼一此〔一三〕，竟困塞郊之柝〔一四〕，那停絕漠之烽〔一五〕。猶欲叙烈旂常〔一六〕，告功祧廟〔一七〕。用其暫勝，謂曰難能。況幽朔巨都〔一八〕，全燕重地〔一九〕，薦臻奚寇〔二〇〕，猾亂華人〔二一〕。田豫之護鮮卑〔二二〕，莫能深入〔二三〕；祭彤之軍遼水，惟遺相攻〔二四〕。近歲以來，爲患滋甚。走單于偵邏之路〔二五〕，懷駒支漏泄之姦〔二六〕。

張仲武重感國恩，習知邊事〔二七〕。同三師而肆楚〔二八〕，俾五餌以間戎〔二九〕。乘其囂惰之時，俄得翦除之便〔三〇〕。燕犀密掛〔三一〕，冀馬潛羈〔三二〕，超距投石者動過千群〔三三〕，戟手科頭者略踰萬計〔三四〕。坎三鼓而河流自却〔三五〕，聲六校而屋瓦皆飛〔三六〕。自使鴟懼喪林〔三七〕，兔忙迷穴〔三八〕，無舟掬指〔三九〕，有地僵尸〔四〇〕。未驚紫陌之烏，前軍已蹙〔四一〕；不唳淮山之鶴，後隊仍窮〔四二〕。遂分袁尚之頭顱〔四三〕，仍裂蚩尤之肩髀〔四四〕。穹廬落燼〔四五〕，同甲揚灰〔四六〕。山積雲屯，大收其車乘〔四七〕；角羸耳濕，盡獲其牛羊〔四八〕。柳水載澄〔四九〕，桑河無事〔五〇〕。爰施吉語〔五一〕，入解皇威〔五二〕。此皆皇帝陛下功格上玄〔五三〕，運膺下武〔五四〕，授茲成算〔五五〕，於彼當仁〔五六〕。震肅九圍〔五七〕，歡呼萬國。昔艱難云始〔五八〕，胡塵首起於盧龍〔五九〕；今開泰有期〔六〇〕，漢將先清於涿鹿〔六一〕。人謀允若〔六二〕，靈貺昭然〔六三〕。固已上慶祖宗，下光編策〔六四〕。録圖《洪範》〔六五〕，競三古之殊尤〔六六〕；玉檢金泥，有百神之靈祐〔六七〕。臣雖當防遏，不介邊陲，空增氣於懦夫，實叨榮於下將。日圍千里〔六八〕，天蓋九重〔六九〕。奉一月之捷書〔七〇〕，唯知抃蹈；獻萬年之壽酒，尚隔班行〔七一〕。念風水於遐藩〔七二〕，寄夢寐於宣室〔七三〕。無任望闕結戀之至。

【校注】

〔一〕本篇原載《文苑英華》卷五六八第一一頁、清編《全唐文》卷七七二第四頁、《樊南文集詳注》卷一。〔馮箋〕此爲鄭亞賀破奚寇也。徐氏以爲當作「濮陽」，而引會昌時破回鶻那頡啜事，謬甚。

《新書·奚傳》：「奚亦東胡種，居鮮卑故地，直京師東北四千里，其地東北接契丹，西突厥，南白狼河，北霫。喜戰鬭，兵有五部，部一俟斤主之。其國西距回鶻牙三千里，多依土護真水。貞元、元和、大和之世，屢朝獻。亦時陰結回鶻、室韋犯邊。大中元年，北部諸山奚悉叛，盧龍張仲武禽酋渠，燒帳落二十萬，取其刺史以下面耳三百、羊牛七萬、輜貯五百乘獻京師。」即此文所叙也。亦見《宣宗紀》《張仲武傳》，而《舊書》紀、傳皆失載，惟《回鶻傳》云：「烏介敗走東北，託附室韋，諸回鶻殺烏介，立其弟特勤遏捻，復有衆五千以上，其食用糧羊皆取給於奚王石舍郎（碩舍朗）。大中元年春，張仲武大破奚衆，迴鶻無所取給，日有耗散。」此數語亦可引證。〔按〕《新唐書·宣宗紀》：大中元年，「五月，張仲武及奚北部落戰，敗之」。幽州距長安二千五百二十里，長安距桂林四千餘里，捷報自幽州傳至長安，復由長安傳至桂林，至少需時一月以上，故此賀表約上於大中元年六月下旬。

〔二〕匿舍朗，《英華》作「匿即」，徐注本作「匿耶」，馮注本作「匿郎」。〔馮注〕按：石舍郎，《新書·回紇傳》作「碩舍朗」。《奚傳》又云：「大和末，大首領匿舍朗來朝。」蓋取音之相近，無定字。此「匿郎」即「匿舍朗」也。《傳》云「禽酋渠」，當即擒匿舍朗而盡戮其人，故曰「除所管外」。文中「袁尚」一聯，指此。〔按〕似不應包括匿舍朗。

〔三〕獲，《全文》作「戮」，據《英華》改。

〔四〕〔徐注〕《史記·刺客傳》：聶政因自皮面決眼。《索隱》：皮面，謂以刀剺其面皮，欲令人不識。

《晉書·朱伺傳》：馬雋妻子先在壘内，或請皮其面以示之，伺曰：「殺其妻子，未能解圍，但益其怒耳。」《北史·齊後主紀》：或殺人剥面皮而視之。〔馮注〕按《國策》《史記》，聶政自皮面。《索隱》曰：以刀刺其面皮。或注曰：去面之皮。

〔五〕〔徐注〕《詩》傳：馘，獲也。不服者殺而獻其左耳曰馘。

〔六〕〔徐注〕班固《封燕然山銘》：振大漢之天聲。〔補注〕疊，振動。

〔七〕〔徐注〕《晉書·羊祜傳》：詔曰：「外揚王化，内經廟略。」

〔八〕〔徐注〕《晉書·苻堅傳》：秦人呼鮮卑爲白虜。《戰國策》：樂毅報燕昭王書曰：「齊器設於寧臺。」〔馮注〕《晉書·苻堅傳》：堅曰：「吾不用王景略、陽平公之言，使白虜敢至於此。」〔按〕慕容部人皮膚潔白，故蔑稱「白虜」或「白賊」。寧臺，燕國臺名。

〔九〕〔徐注〕杜氏《通典》：東夷九種，有黄夷、白夷、赤夷、玄夷。孔融書：士將高翔遠引，莫有北首燕路者矣。〔馮注〕《漢書·韓信傳》：廣武君曰：「牛酒日至，以饗士大夫醳兵，北首燕路。」

〔一〇〕〔徐注〕司馬相如《封禪文》：逖聽者風聲。〔補注〕逖聽，遠聽。

〔一一〕〔馮注〕《漢書·丙吉傳》：吉見謂憂邊思職。又《文帝紀》：詔曰：「間者累年匈奴並暴邊境，多殺吏民，今朕夙興夜寐，勤勞天下，憂苦萬民，爲之惻怛不安。」按：似尚有典，再考。

〔一二〕〔徐注〕《後漢書·班超傳》：超妹昭上書請超曰：「超今且七十，衰老被病，頭髮無黑，敢觸死匄（丐）超餘年。」書奏，徵超還。超在西域三十一年，至洛陽，病遂加，卒。

〔一三〕〔徐注〕《左傳》：趙孟曰：「疆埸之事，一彼一此，何常之有？」

〔一四〕〔馮注〕塞郊，猶云邊郊也。然似宜作「寒」，如顧況啓有云：「邊烽息焰，寒柝沉聲。」此或刊刻小誤。

〔一五〕漠，《英華》作「漢」，誤。〔徐注〕漠，與「幕」同。《漢書·武帝紀》：衛青復將六將軍絶幕。注：臣瓚曰：「沙土曰幕，直度曰絶。」師古曰：「幕者，即今之突厥中磧耳。李陵歌云：『經萬里兮度沙幕。』」《賈誼傳》注：師古曰：「晝則燔燧，夜則舉烽。」〔馮注〕《説文》：漠，北方流沙也。

〔一六〕旂常，見《爲濮陽公陳情表》「不辱旂常」注。〔補注〕烈，功業。

〔一七〕〔徐注〕《禮記》：王立七廟，遠廟爲祧。

〔一八〕〔徐注〕《書》：宅朔方曰幽都。〔按〕幽朔，此指幽州。

〔一九〕〔馮注〕《晉書》：石勒讓王浚曰：「據幽都驍悍之國，跨全燕突騎之鄉。」

〔二〇〕〔補注〕《詩·大雅·雲漢》：「天降喪亂，饑饉薦臻。」薦臻，接連而至。薦，通「洊」。

〔二一〕〔補注〕《三國志·魏志·袁紹傳》：「雖黄巾猾亂，黑山跋扈，舉軍東向，則青州可定。」猾亂，擾亂。

〔二二〕豫，《英華》作「讓」，徐本、馮本從之。護，《英華》注：集作「獲」。〔徐注〕《魏志·田豫傳》：豫字國讓，漁陽雍奴人也。文帝初，使豫持節護烏桓校尉，牽招、解雋并護鮮卑。爲校尉九年，其御夷狄，恒摧抑兼并，乖散强猾。按：唐初修前代之史，凡犯廟諱者，一名則稱其字，劉淵曰劉元海、石虎曰石季龍是也。二名則去其一，蕭淵明曰蕭明、韓擒虎曰韓擒是也。義山爲文，亦遵其式。代宗諱豫，故此表以田豫爲田讓，稱字之例也。孝敬皇帝諱弘，故《會昌一品集序》以周弘正爲周正，去一之例也。苟非有爲而然，則古人之名固未可任意爲翦截矣。〔馮曰〕六朝時，亦有取便對屬意爲翦截者。

〔二三〕〔馮注〕莫能深入，乃遣詞之法耳。讓與牽招戰功頗著。按《魏志·田豫傳》：「豫護鮮卑，將精鋭討軻比能，破之，僵尸蔽野。」又：「烏丸王骨進桀黠不恭，豫將百餘騎入進部，斬進以令衆，威振沙漠。」其戰功固多也。

〔二四〕肜，《英華》作「彤」，誤。〔徐注〕《後漢書·祭肜傳》：肜拜遼東太守，以三虜連和，卒爲邊害，乃招呼鮮卑，其大都護偏何遣使奉獻，肜曰：「審欲立功，當歸擊匈奴。」其後歲歲相攻，輒送首級，受賞賜。自是邊無寇警。

〔二五〕走，《英華》作「是」，非。偵邏，見《爲滎陽公桂州謝上表》「絶戎人偵邏之姦」注。

〔二六〕〔徐注〕《左傳》：晉將執戎子駒支，范宣子親數諸朝曰：「來！姜戎氏。今諸侯之事，我寡君不如昔者，蓋言語漏泄，則職汝之由。」〔馮箋〕按《舊》《新書·張仲武傳》皆言：「回鶻常有酋長監護奚、契丹，以督歲貢，因詗刺中國。仲武使裨將石公緒等厚結二部，執諜者八百餘人殺之。」此會昌時事，而自後回鶻餘衆尚取給于奚。故此四句云然。

〔二七〕〔馮箋〕《新書》：張仲武，范陽人，會昌初爲雄武軍使，遣其屬吳仲舒入朝，請以本軍擊回鶻。李德裕因問北方事，仲舒曰：「仲武，舊將張光朝子，通書，習戎事，性忠義，願歸款朝廷舊矣。」乃擢兵馬留後，即拜副大使、檢校工部尚書、蘭陵郡公。《舊書・傳》：爲幽州大都督，蘭陵郡王。

〔二八〕肄，《英華》作「隸」，誤。〔徐注〕《左傳》：吳子問於伍員曰：「伐楚如何？」對曰：「若爲三師以肄焉，一師至，彼必皆出，彼出則歸，彼歸則出，楚必道敝。」〔補注〕肄，勞。

〔二九〕間，《英華》作「開」，誤。〔徐注〕《漢書・賈誼傳贊》曰：欲試屬國，施五餌三表以係單于。注：師古曰：「賈誼書（按：指賈誼《新書》）：賜之盛服車乘以壞其目；賜之盛食珍味以壞其口；賜之音樂婦人以壞其耳；賜之高堂邃宇倉庫奴婢以壞其腹；於來降者，上以召幸之，相娛樂，親酌而手食之，以壞其心。此五餌也。」

〔三〇〕〔徐注〕《晉書・袁宏傳贊》曰：翦除荆棘。〔補注〕囂惰，傲慢懈怠。

〔三一〕〔徐注〕《周禮・考工記》曰：函人爲甲，犀甲七屬，壽百年。又曰：燕之無函也，非無函也，夫人而能爲函也。徐陵《與王僧辯書》：躍冀馬者千群，披燕犀者萬隊。〔補注〕燕犀，燕地生產之犀甲。

〔三二〕〔徐注〕《左傳》：冀之北土，馬之所生。《後漢書・劉表傳贊》曰：雲屯冀馬。

〔三三〕〔徐注〕《史記》：秦王翦擊荆，荆兵數挑戰，終不出。久之，翦使人問：「軍中戲乎？」對曰：「方投石超距。」翦曰：「士卒可用矣。」〔補注〕投石超距，古代軍中習武練功活動。《史記・王翦傳》司馬貞《索隱》:「超距,猶跳躍也。」投石,以石投人。詳見《爲濮陽公與劉積書》「拔距投石」注。

〔三四〕〔徐注〕張衡《西京賦》:袒裼戟手,奎踽盤桓。善曰:《左傳》云「戟其手」也。《史記》:張儀説韓王曰:「虎賁之士,跿跔科頭、貫頤奮戟者至不可勝計。」《集解》:科頭,謂不著兜鍪入敵。《索隱》:兩手捧頤而直入敵,又有執戟者奮怒而趨入陣也。徐陵《九錫文》:他他籍籍,萬計千群。〔馮注〕《左傳》:公戟其手。注曰:抵徒手屈肘如戟形。〔按〕戟手,以手叉腰如戟形,常用以形容人憤怒或勇武之狀。或謂指伸出食指與中指指人,其形如戟,故云。然此處當非其義。

〔三五〕〔徐注〕《詩》:坎其擊鼓。《左傳》:曹劌曰:「夫戰,勇氣也。一鼓作氣,再而衰,三而竭。彼竭我盈,故克之。」〔馮注〕《淮南子》:武王伐紂,渡孟津,陽侯之波,逆流而擊,疾風晦冥。武王左操黄鉞,右秉白旄,瞋目而撝之曰:「余在,天下誰敢害吾意者?」於是風霽而波罷。《水經注》「河水東過砥柱間」引《搜神記》:「齊景公渡于江沇之河,黿銜左驂没之。古冶子拔劍從之,至砥柱之下,左手持黿頭,右手挾左驂,燕躍鵠踊而出,仰天大呼,水爲逆流三百步。」按:用此類事,然俟再考。〔按〕《論衡·書虚篇》有「孔子當泗水而葬,泗水爲之却流」語,然非所用。李白《大獵賦》:「河漢爲之却流,川岳爲之生風。」

〔三六〕〔徐注〕《漢書·陳湯傳》:即日引軍分行,别爲六校。《史記·趙世家》:秦軍軍武安西,鼓譟勒兵,武安屋瓦盡振。《後漢書·光武紀》:莽兵大潰,走者相騰踐,會大雷風,屋瓦皆飛。〔補注〕校,古代軍隊建制之一,亦指軍營。《文選·司馬相如〈上林賦〉》「扈從横行,出乎四校之中」李善注引文穎曰:「凡五校,今言四者,中一校隨天子乘輿也。」

〔三七〕使,《全文》作「是」,據《英華》改。〔徐注〕《詩》:翩彼飛鴞,集于泮林。

〔三八〕〔徐注〕《戰國策》:馮煖曰:「狡兔有三窟,僅得免其死耳。」

〔三九〕〔徐注〕《左傳》:邲之戰,中軍下軍争舟,舟中之指可掬也。

〔四〇〕〔徐注〕張衡《西京賦》:尸僵路隅。

〔四一〕〔馮注〕《北史·尉景傳》:世辯嗣爵。周師將入鄴,令世辯率千騎覘侯,出滏口,登高阜西望,遥見群烏飛起,謂是西軍旗幟,即馳還,比至紫陌橋,不敢顧。《郡國志》:漳水,趙建武十一年造紫陌浮橋於水上。按:王粲《羽獵賦》:「濟漳浦而横陣,倚紫陌而並征。」則其名舊矣。

〔四二〕唳,《英華》作「淚」,誤。〔馮注〕淮山謂八公山。《晉書·謝玄傳》:苻堅進屯壽陽,列陣臨肥水。玄以精鋭八千決戰肥水南。堅中流矢,臨陣斬苻融。《載記》:苻堅與苻融北望八公山上草木皆類人形。及大敗遁還,聞風聲鶴唳,皆謂晉師之至。〔徐注〕《寰宇記》:八公山一名肥陵山,在壽州壽春縣。〔補注〕《晉書·謝玄傳》:「堅進屯壽陽,列陣臨肥水,玄軍不得渡。玄使謂苻融曰:『君遠涉吾境,而臨水爲陣,是不欲速戰。諸君稍却,令將士得周旋,僕與諸君緩轡而觀之,不亦樂乎?』堅衆皆曰:『宜阻肥水,莫令得上,我衆彼寡,勢必萬全。』堅曰:『但却軍，令得過，而我以鐵騎數十萬向水逼而殺之。』融亦以爲然。遂麾使却陣，衆因亂不能止。」後隊之窮，疑用此，故詳引之。

〔四三〕〔徐注〕《後漢書》：袁尚與操軍戰，敗，奔公孫康於遼東。康曰：「卿頭顱方行萬里。」遂斬首送之。

〔四四〕〔馮注〕《史記·五帝本紀》：黄帝與蚩尤戰於涿鹿之野，遂禽殺蚩尤。〔徐注〕《史記集解》：《皇覽》曰：「蚩尤冢在東平郡壽張縣闞鄉城中，高七丈，民常十月祀之，有赤氣出如疋絳帛，民名『蚩尤旗』。肩髀冢在山陽郡鉅野縣重聚，大小與闞冢等，傳言黄帝與蚩尤戰於涿鹿之野，黄帝殺之，身體異處，故别葬之。」

〔四五〕〔徐注〕《漢書·匈奴傳》：匈奴父子同穹廬卧。

〔四六〕〔徐注〕《管子》：同甲十萬。注：同甲，謂完堅齊等（按：意指等同堅固之鎧甲）。〔馮注〕以上專叙禽酋渠，燒帳落二十萬，即奚王所管者也。（按：篇首已明言「除舊奚王匿舍朗所管外」。）下乃旁及車乘牛羊。《困學紀聞》引《莊子》逸篇：羌人死，燔而揚其灰。〔補注〕謂堅固之鎧甲焚爲灰燼。

〔四七〕〔徐注〕《後漢書·劉盆子傳》：赤眉降，積兵甲宜陽城西，與熊耳山等。

〔四八〕〔徐注〕《易》：羝羊觸藩，羸其角。《詩》：爾牛來思，其耳濕濕。

〔四九〕〔徐注〕柳水未詳。按：《新書·地理志》：「營州柳城縣，西北接奚，北接契丹。」柳水疑當在縣界。《水經注》：白狼水又東北逕龍山西，燕慕容晃以柳城之北、龍山之南，福地也。〔馮注〕柳城見《後漢書·烏桓傳》。《魏志·田疇傳》：「出盧龍，歷平岡，登白狼堆，去柳城二百餘里。」《隋書·志》：「遼西郡柳城縣有渝水、白狼水。」則柳水當即指此。《新書·志》：「營州柳城縣，西北接奚，北接契丹。」地正相合。

〔五〇〕〔馮注〕《水經》：濕水出鴈門陰館縣東北，過代郡桑乾縣南，又東過涿鹿縣北，又東南出山，過廣陽薊縣北，又東至漁陽雍奴縣西，入笱溝。按：《注》曰：濕水又東北流，左會桑乾水。而桑乾水自源東南流，又有諸水合注桑乾水爲濕水，並受通稱也。〔徐注〕《明一統志》：盧溝河在順天府西南，本桑乾河，俗稱渾河，亦曰小黄河，以流濁故也。

〔五一〕施，《英華》注：疑。馮注本作「馳」，馮曰：今思必「馳」字之訛，故改正。吉，《英華》作「言」，誤。〔徐注〕《漢書·陳湯傳》：湯知烏孫瓦合，不能久攻，屈指計其日曰：「不出五日，當有吉語聞。」居四日，軍書到，言已解。〔按〕馮校似是。馳吉語指上賀表。

〔五二〕〔徐注〕潘岳《西征賦》：兵舉而皇威暢。〔馮注〕《西都賦》：耀皇威講武事。

〔五三〕〔徐注〕揚雄《甘泉賦》：惟漢十世，將郊上玄。

〔五四〕〔徐注〕《詩》：下武惟周。〔補注〕下武，謂有聖德能繼先王功業。鄭玄箋：「下，猶後也……後人能繼先祖者，維有周家最大。」

〔五五〕〔徐注〕《隋書·柳彧傳》：表曰：「俱禀成算，非專己能。」

〔五六〕〔補注〕《論語·衛靈公》：「當仁不讓於師。」當仁，此指張仲武。

〔五七〕〔徐注〕《詩》：帝命式于九圍。〔補注〕九圍，九州。孔穎達疏：「謂九州爲九圍者，蓋以九分天下，各爲九處，規圍然，故謂之九圍也。」

〔五八〕〔馮注〕《詩》：天步艱難。〔補注〕艱難云始，指安史亂起，唐朝國運開始艱困。

〔五九〕〔徐注〕謂禄山之變。《魏志·田疇傳》：舊北平郡治在平岡，道出盧龍，達於柳城。《新書·地理志》：「平州治盧龍縣。」今直隸永平府治是也。〔馮曰〕唐人追溯安禄山之亂，每曰「艱難」。《經籍志》有《天寶艱難記》十卷。

〔六〇〕泰，《英華》作「大」，非。〔徐注〕《晉書·顧榮傳》：上牋曰：「群生有賴，開泰有期。」

〔六一〕《英華》「漢」字上有「而」字，衍。〔徐注〕《史記》：黄帝與蚩尤戰於涿鹿之野。注：張晏曰：「涿鹿在上谷。」按：《漢志》，上谷郡有涿鹿縣。應劭以爲黄帝與蚩尤戰於此。上谷今爲直隸宣化府，故宣府鎮地也。

〔六二〕〔徐注〕《易》：人謀鬼謀。《書》：帝曰：「俞，允若兹。」

〔六三〕〔徐注〕《後漢書·光武紀贊》：靈貺自甄。〔補注〕靈貺，神靈賜福。

〔六四〕〔補注〕編策，此指史册。

〔六五〕録，《英華》作「籙」。〔徐注〕《河圖挺佐輔》：黄帝至於翠嬀之川，魚汎白圖，蘭葉朱文。以授黄帝，名曰録圖。《書》：天乃錫禹《洪範》九疇，彝倫攸叙。〔馮注〕《周易乾鑿度》：録圖受命。

按：「録」「洪」假借顔色爲對，唐人詩文中此類極多。〔補注〕録圖，即圖籙，圖讖符命之書。録，通「籙」。

〔六六〕尤，《英華》作「猷」。〔徐注〕《漢書·藝文志》：世歷三古。司馬相如《封禪文》：未有殊尤絶跡可考於今者也。

〔六七〕祐，《英華》作「符」，非。〔徐注〕《漢書·武帝紀》：登封泰山。注：孟康曰：「刻石紀號，有金策石函金泥玉檢之封焉。」《後漢書·王霸傳》：霸謝曰：「此明公至德神靈之祐也。」〔馮注〕《漢書·郊祀志》：武帝令侍中儒者封泰山下東方，封廣丈二尺，高九尺，其下則有玉牒書，天子上泰山亦有封，其事皆禁。又《武帝紀》注：孟康曰：「功成治定，告成功於天，刻石紀號，有金策石函金泥玉檢之封焉。」〔補注〕金泥，以水銀和金粉爲泥，作封印之用。應劭《風俗通·正失·封泰山禪梁父》：「剋石紀號，著己績也。或曰：金泥銀繩，印之以璽。」玉檢，玉牒書之封篋。《太平御覽》卷五三六引司馬彪《續漢書·祭志》：「有玉牒十枚列於方石旁，東西南北各三，皆長三尺，廣一尺，厚七寸。檢中刻三處，深四寸，方五寸，有蓋。檢用金縷五周，以水銀和金爲泥。」金泥玉檢，指封禪所用之告天書函。

〔六八〕〔徐注〕《北堂書鈔》：《春秋元命苞》曰：「日徑千里。」徐整《長曆》曰：「日徑千里，周圍三千里。」〔馮注〕揚雄《解難》：日月之徑不千里不能燭六合。

〔六九〕〔徐注〕宋玉《大言賦》：方地爲車，圓天爲蓋。《楚辭·天問》曰：圓則九重，孰營度之？

〔七〇〕〔徐注〕《詩》：一月三捷。

〔七一〕〔徐注〕《史記・高祖紀》：九年，大朝諸侯，群臣置酒未央前殿。高祖奉玉卮，起爲太上皇壽，殿上群臣皆呼萬歲。〔馮注〕《後漢書・禮儀志》：每月朔、歲首爲大朝，受賀，二千石以上上殿稱萬歲，舉觴御座前。按：注云：「舉觴上壽也。歲首或遇大喜事，即御殿受賀。」黄香《天子頌》曰：「獻萬年之玉觴。」互詳《爲滎陽公赴桂州在道進賀端午銀狀》《爲李貽孫上李相公啓》。〔按〕此云「獻萬年之壽酒」，固可解爲因賀張仲武破奚而稱觴上壽，然宣宗六月二十三日生日，此所謂「壽酒」，殆或兼此而言。若然，則此表之上於六月下旬更無可疑。

〔七二〕〔徐注〕《晉書・四夷傳》云：視熊謂使者曰：「迎天子於西京，以盡遐藩之節。」〔馮注〕風水，謂飄泊出外。《舊書・鄭畋傳》：自陳曰：「一沉風水，久換星霜。」意亦類此。習用語也。

〔七三〕〔徐注〕《漢書・賈誼傳》：文帝思誼，徵之。及入見，上方受釐，坐宣室。〔按〕事始見於《史記・屈原賈生列傳》：「後歲餘，賈生徵見。孝文帝方受釐，坐宣室。」宣室，漢未央宫前殿正室。

〔蔣士銓曰〕（「天子憂邊，清宵輟寐，將軍出塞，白首言歸。至乃或勝或奔，一彼一此，竟困塞郊之柝，那停絶漠之烽」眉批）用筆曲折可味。（「坎三鼓而河流自却，聲六校而屋瓦皆飛。自使鴞懼喪林，兔忙迷穴，無舟掬指，有地僵尸」眉批）漸開俗派。（《忠雅堂評選四六法海》卷二）

# 爲滎陽公賀幽州破奚寇上中書狀〔一〕

右得進奏院狀報，幽州張相公大破奚寇，斬馘刺史已下〔二〕，並焚燒驅獲車帳器械牛羊等。伏以近歲以來，北番微擾〔三〕，奚寇恣其狗盜〔四〕，頗復鴟張〔五〕。相公鉤格傳能〔六〕，崆峒禀氣〔七〕，克揚戎略〔八〕，式靖邦讎〔九〕。姑用火攻〔一〇〕未加湯沃〔一一〕。刺睢盱之面〔一二〕，貫聾聵之耳〔一三〕。帳幕如掃〔一四〕，干矛盡熸〔一五〕。聚輪轂于戍樓〔一六〕，出羊牛于塞草〔一七〕。此皆相公授其軍令，雄此邊聲〔一八〕。願崇九伐之威〔一九〕，且舉一隅而示〔二〇〕。昔越平吴國，實立賀臺〔二一〕；楚勝晉軍，將爲京觀〔二二〕。固不可不銘山示績〔二三〕，畫閣傳勳〔二四〕，盡良相之廟謀〔二五〕，豈將軍之天幸〔二六〕！某謬蒙任使，竊慶翦除。伏限守藩〔二七〕，闕陪賀列。無任抃躍攀戀之至！

【校注】

〔一〕本篇原載清編《全唐文》卷七七三第二一一頁、《樊南文集補編》卷三。〔錢箋〕《新唐書·宣宗紀》：大中元年五月，張仲武及奚北部落戰，敗之。又《地理志》：幽州屬河北道。又《北狄傳》：奚亦東胡種。元魏時自號庫真奚，居鮮卑故地，與突厥同俗。至隋始去「庫真」，但曰奚。大中元年，北部諸山奚悉叛。盧龍張仲武禽酋渠，燒帳落二十萬，取其刺史以下面耳三百，羊牛七萬，輜貯五百乘，獻京師。○本集有《爲滎陽公賀幽州破奚寇表》，後有《賀幽州張相公狀》。〔按〕此三篇賀表、賀狀當同爲大中元年六月下旬所上，參上篇注〔一〕編著者按。

〔二〕〔補注〕斬馘，斬敵首割左耳計功。此泛指斬殺。

〔三〕〔補注〕北番，指回鶻。

〔四〕〔錢注〕《史記·叔孫通傳》：陳勝起，通曰：「明主在上，安敢有反者，此特群盜鼠竊狗盜耳！」

〔五〕〔錢注〕《吴志·孫堅傳》：張温曰：「董卓不怖罪，而鴟張大語。」〔補注〕鴟張，如鴟鳥張翼。喻囂張，凶暴。

〔六〕〔錢注〕《舊唐書·張仲武傳》：仲武，范陽人也。少業《左氏春秋》，擲筆爲薊北雄武軍使。會昌初，陳行泰殺節度使史元忠，權主留後。俄而行泰又爲絳所殺。時仲武遣軍吏吴仲舒表請以本軍伐叛。上遣宰臣詢其事，仲舒曰：「仲武是軍中舊將張光朝之子，年五十餘，兼曉儒書，老於戎事，性抱忠義，願歸心闕廷。」《淮南子》：桀之力制觡伸鉤，索鐵歙金。《方言》：鉤，宋、楚之間謂之鹿觡，或謂之鉤格。〔補注〕鉤格，又作鉤觡、鉤絡，古代兵器名。

〔七〕〔錢注〕《爾雅》：北戴斗極爲空桐。〔補注〕古人以爲北極星居天之中，斗極之下爲空桐（崆峒）。崆峒稟氣，猶言其稟上星之氣。

〔八〕〔錢注〕《宋書·沈慶之傳》：宣綜戎略。

〔九〕〔補注〕《詩·小雅·采芑》：「蠢爾蠻荆，大邦爲讎。」

〔一〇〕〔錢注〕《孫子》：火攻有五：一曰火人，二曰火積，三曰火輜，四曰火庫，五曰火墜。

〔一一〕〔錢注〕《淮南子》：善者之動也，若以湯沃雪，何往而不遂？

〔一二〕〔錢注〕張衡《西京賦》：睢盱跋扈。李善注：《字林》曰：「睢，仰目也；盱，張目也。」〔補注〕《莊子·寓言》：「老子曰：『而睢睢盱盱，而誰與居？』」郭象注：「睢睢盱盱，跋扈之貌。」成玄英疏：「睢盱，躁急威權之貌也。」

〔一三〕〔錢注〕《國語》：聾聵不可使聽。〔補注〕貫耳，以箭穿耳，古代刑罰之一。《左傳·僖公二十七年》：「子玉復治兵于蒍，終日而畢，鞭七人，貫三人耳。」

〔一四〕〔錢注〕李陵《答蘇武書》李善注：毳幙，氈帳也。

〔一五〕〔錢注〕《左傳》注：吴、楚之間謂火滅爲熸。

〔一六〕〔錢注〕蔡邕《讓高陽侯印綬符策》：及看輪轂。梁簡文帝《鬭雞詩》：車籠赴戍樓。〔按〕此即《新唐書·北狄傳》「取其……輜貯五百乘」之謂。

〔一七〕〔錢注〕古樂府斛律金《敕勒歌》：天蒼蒼，野茫茫，風吹草低見牛羊。

〔一八〕〔錢注〕李陵《答蘇武書》：邊聲四起。〔按〕《答蘇武書》：「涼秋九月，塞外草衰，夜不能寐，側耳遠聽，胡笳互動，牧馬悲鳴，吟嘯成群，邊聲四起。晨坐聽之，不覺淚下。」此謂「雄此邊聲」，當非指胡笳牧馬之悲鳴。邊聲，實即「邊威」之意。錢注非。

〔一九〕〔補注〕《周禮·夏官·大司馬》：「以九伐之灋（法）正邦國：馮（憑）弱犯寡則眚之；賊賢害民則伐之；暴内陵外則壇之；野荒民散則削之；負固不服則侵之；賊殺其親則正之；放弑其君則殘之；犯令陵政則杜之；外内亂，鳥獸行，則滅之。」

〔二〇〕〔補注〕《論語·述而》：「舉一隅不以三隅反，則不復也。」

〔二一〕〔錢注〕《初學記》：《吴越春秋》：「越王平吴後，立賀臺於越。」

〔二二〕〔補注〕《左傳·宣公十二年》：「君盍築武軍，而收晉尸以爲京觀。」杜預注：「積尸封土其上，謂之京觀。」晉、楚邲之戰，晉敗，潘黨建議收晉軍之尸封土而成高冢（即京觀）。

〔二三〕不可不，下「不」字《全文》脱，據錢校補（按：錢於「可」字下校：此處疑脱一「不」字）。〔錢注〕《後漢書·竇憲傳》：憲拜車騎將軍，以執金吾耿秉爲副。與北單于戰於稽落山，大破之。遂登燕然山，刻石勒漢威德，令班固作銘。

〔二四〕〔錢注〕《漢書·蘇武傳》：宣帝思股肱之美，乃圖畫其人於麒麟閣，署其官爵姓名，凡十一人。

〔二五〕〔錢注〕《史記·魏世家》：國亂則思良相。《後漢書·光武紀贊》：明明廟謀。

〔二六〕〔錢注〕《史記·衛將軍驃騎傳》：衛青爲大將軍，大將軍姊子霍去病爲驃騎將軍，擊匈奴。驃騎所將常選，然亦敢深入，常與壯騎先其大將軍，軍亦有天幸，未嘗困絶也。

〔二七〕限，《全文》作「恨」，據錢校改。

# 爲滎陽公賀幽州張相公狀〔一〕

得本道進奏院狀報，相公親鼓上軍〔二〕，大破奚寇，威加玄朔〔三〕，慶動紫宸〔四〕，凡在生靈，莫不欣快。伏以北邊諸虜，最强者奚〔五〕。車帳既雜於華風〔六〕，弓戟頗窺於漢制〔七〕。馬牛銜尾〔八〕，羔駱交蹄〔九〕。朝廷常壓以雄軍，處之重將。訪於耆舊，不絶侵漁〔一〇〕。相公太白傳精〔一一〕，雷泉秉氣〔一二〕，黄公授略〔一三〕，玄女與符〔一四〕。綦連四弓〔一五〕，常推其百勝〔一六〕；蘭子七劍〔一七〕，不顧於萬人〔一八〕。建牙旗而草樹分形〔一九〕，横琱戈而煙雲斂氣〔二〇〕。而又以功勳任己，感激事君，每雪涕以論兵〔二一〕，願風驅而掃寇〔二二〕。永言異類，曾不畏威。或獸搏於桑河〔二三〕，或鴟張於遼水〔二四〕。彼專其暴〔二五〕，我務於仁〔二六〕。彼輕進以易奔〔二七〕，我薄威而養鋭〔二八〕。待人百其勇〔二九〕，士一其心〔三〇〕，然後分命驍雄〔三一〕，尅期討伐。珍國見賊，惟懼其少〔三二〕；韓信用士，每辦於多〔三三〕。一麾而大野朝昏〔三四〕，再鼓而窮荒晝赤〔三五〕。失旗喪斧〔三六〕，逸馬迷輪〔三七〕。耳盡貫而無所伏聽〔三八〕，面皆夷而不容泥首〔三九〕。熸焚殆盡〔四〇〕，孽息全空〔四一〕。向若非動有成謀，舉無遺算〔四二〕，以廟堂之決勝〔四三〕，佐沙漠之横行〔四四〕，則何以致此一朝，平其積患？昔漢時驍將，多以後期〔四五〕；周室虎臣，唯稱薄伐〔四六〕。比於今日，詎可同年。

某嘗讀兵書〔四七〕，誤兼文律〔四八〕。馬援聚米，曾或留心〔四九〕；奚反持矛，未至無力〔五〇〕。遠廉嶺表，遐仰邊功〔五一〕，闕申賀於行臺〔五二〕，空抒懷於尺牘〔五三〕。執筆撫劍，欣慕無任。伏惟俯賜照察。

【校注】

〔一〕本篇原載清編《全唐文》卷七七四第七頁、《樊南文集補編》卷四。〔錢箋〕（幽州張相公）張仲武也。《新唐書·藩鎮盧龍傳》：張仲武，范陽人。會昌初，爲雄武軍使。史元忠總留後，爲偏將陳行泰所殺。行泰邀節制，未報。次將張絳殺行泰，起求帥軍。是時，回鶻爲黠戛斯所破，仲武遣屬入朝，請以本軍入回鶻，乃擢兵馬留後。絳爲軍中所逐，即拜仲武副大使。大中初，破奚北部及山奚，俘獲雜畜不貲。擢同中書門下平章事。餘詳《爲滎陽公賀幽州破奚寇上中書狀》注〔一〕。〔按〕本篇與《爲滎陽公賀幽州破奚寇表》《爲滎陽公賀幽州破奚寇上中書狀》爲同時之作，均作於大中元年六月下旬，説見前表。

〔二〕〔補注〕《左傳·僖公二十七年》：「乃使郤縠將中軍，郤溱佐之；使狐偃將上軍，讓於狐毛而佐之。」古軍制分上軍、中軍、下軍，以中軍最尊，上軍次之。

〔三〕〔錢注〕曹植《橘賦》：處玄朔之肅清。〔補注〕玄朔，指北方。

〔四〕〔錢注〕《唐會要》：高宗龍朔三年四月，移仗就蓬萊宫新作含元殿，始御紫宸殿聽政，百寮奉賀新宫成也。

〔五〕見《爲滎陽公賀幽州破奚寇上中書狀》注〔一〕。

〔六〕〔錢注〕《漢書·西域傳》：龜兹王，元康元年遂來朝賀，賜以車騎、旗鼓、歌吹數十人，綺繡、雜繒、琦珍凡數千萬。後數來朝賀，樂漢衣服制度，歸其國，治宫室，作徼道周衛，出入傳呼撞鐘鼓，如漢家儀。外國胡人皆曰：「驢非驢，馬非馬，若龜兹王，所謂騾也。」《陳書·高祖紀》：希復華風。

〔七〕〔錢注〕《漢書·鼂錯傳》：若夫平原易地，輕車突騎，則匈奴之衆易撓亂也；勁弩長戟，射疏及遠，則匈奴之弓弗能格也；堅甲利刃，長短相雜，遊弩往來，什伍俱前，則匈奴之兵弗能當也；材官騶發，矢道同的，則匈奴之革笥木薦弗能支也；下馬地鬬，劍戟相接，去就相薄，則匈奴之足弗能給也：此中國之長技也。〔按〕「車帳」二句謂奚族之車輿營帳弓箭刀戟頗有華風漢制。

〔八〕〔錢注〕《後漢書·西羌傳》：牛馬銜尾，群羊塞道。

〔九〕〔錢注〕《説文》：羔，羊子也。駱，馬白色黑鬣尾也。

〔一〇〕〔錢注〕《新唐書·北狄·奚傳》：太宗貞觀三年始來朝，不數年，其長可度者内附，帝爲置饒樂都督府，復置東夷都護府於營州。顯慶間可度者死，奚遂叛。詔尚書右丞崔餘慶持節總護定襄等三都督討之。萬歲通天中，契丹反，奚亦叛。延和元年，幽州都督孫佺帥兵與奚酋李大酺戰，大敗。玄宗開元元年，詔宗室出女辛妻大酺，始復營州。大酺死，弟魯蘇領其部。久之，契丹可突于反，脅奚衆並附突厥。幽州長史趙含章討破之，衆稍自歸。明年，信安王禕降其酋李詩，以其地爲歸義州，置其部幽州之偏。詩死，子延寵嗣，與契丹又叛，爲幽州張守珪所困。詔立他酋婆固爲饒樂都督，以定其部。貞元四年，與室韋攻振武。後七年，幽州殘其衆六萬。大和四年，復盜邊，盧龍李載義破之。《韓非子》：侵漁朋黨。〔補注〕侵漁，侵奪。此言奚侵擾掠奪。

〔一一〕〔錢注〕《太平御覽》：《洞冥記》曰：「東方朔母田氏寡，夢太白星臨其上，因有娠。田氏歎曰：『無夫而孕，人得棄我。』乃移向代郡之東方里，五月生朔，仍以所居爲姓。」《初學記》：《天官星占》曰：「太白者金之精，白帝之子，大將之象也。」

〔一二〕〔錢注〕《風俗通》：子路感雷精而生，尚剛好勇。《楚辭·招魂》：旋入雷淵，爢散而不可止些。按：唐諱「淵」，故作「泉」。

〔一三〕〔錢注〕李康《運命論》：張良受黃石之符，誦《三略》之説。李善注：《黃石公記序》曰：「黃石者，神人也，有《上略》《中略》《下略》。」〔按〕《史記·留侯世家》載張良刺秦始皇失敗後，逃亡至下邳，在圯上遇一老父，授良《太公兵法》，並言十三年後至濟北穀城山下，見黃石，即老父。《漢書·張良傳》亦載。後因稱其爲黃石公或黃公。

〔一四〕〔錢注〕《史記·五帝紀》注：《正義》曰：「《龍魚河圖》云：『黃帝攝政，有蚩尤兄弟八十一人，威振天下，誅殺無道。萬民欽命黃帝行天子事，黃帝以仁義不能禁止蚩尤，乃仰天而嘆。天遣玄女下授黄帝兵符，伏蚩尤。』」

〔一五〕〔錢注〕《北齊書·綦連猛傳》：猛少有志氣，便習弓馬。元象五年，梁使來聘，云有武藝，求訪北人，欲與相角。世宗遣猛就館接之。梁人引弓兩張，力皆三石。猛遂併取四張，疊而挽之過度，梁人嗟服之。

〔一六〕〔錢注〕《孫子》：百戰百勝者，非善之善者也。

〔一七〕〔錢注〕《列子》：宋有蘭子者，以技干宋元，宋元召而使見其技，以雙枝長倍其身，屬其脛，並趨並馳，弄七劍，迭而躍之，五劍常在空中。

〔一八〕見《爲濮陽公上陳相公狀二》「劍敵一人」注。

〔一九〕〔錢注〕張衡《東京賦》：牙旗繽紛。《晉書·苻堅載記》：謝石等水陸繼進。堅與苻融登城而望王師，見部伍齊整，將士精鋭，又北望八公山上，草木皆類人形，顧謂融曰：「此亦勍敵也。」〔補注〕牙旗，旗竿上飾有象牙之大旗，多爲主帥主將所建。

〔二〇〕〔錢注〕《國語》：韓簡挑戰，穆公衡琱戈出見使者。

〔二一〕〔錢注〕《列子》：景公雪涕而顧晏子。〔補注〕雪，拭也。

〔二二〕〔錢注〕陸機《辨亡論》：哮闞之群風驅。事詳《爲滎陽公賀幽州破奚寇表》及《上中書狀》注〔一〕。

〔二三〕〔錢注〕《荀子》：鳥窮則啄，獸窮則攫。《水經注》：㶟水東北流，左會桑乾水。〔按〕桑乾河見

《爲滎陽公賀幽州破奚寇表》注〔五〇〕。

〔二四〕鵾張，見《爲滎陽公賀幽州破奚寇上中書狀》注〔五〕。〔錢注〕《水經》：大遼水出塞外衛白平山。東南入塞，過遼東襄平縣西，又東南過房縣西，又東過安市縣西南，入于海。又玄菟高句麗縣有遼山，小遼水所出，西南至遼隊縣，入于大遼水也。

〔二五〕〔錢注〕《晉書·羊祜傳》：抗每告其戍曰：「彼專爲德，我專爲暴，是不戰而自服也。」

〔二六〕〔錢注〕《蜀志·龐統傳》注：《九州春秋》：備曰：「操以暴，吾以仁。」

〔二七〕〔錢注〕《史記·匈奴傳》：利則進，不利則退，不羞遁走。〔補注〕陳琳《爲袁紹檄豫州文》：「至乃愚佻短略，輕進易退，傷夷折衄，數喪師徒。」

〔二八〕〔補注〕《左傳·昭公二十三年》：吴公子光曰：「……吾聞之曰：『作事威克其愛，雖小，必濟。』……七國同役而不同心，帥賤而不能整，無大威命，楚可敗也。……請先者去備薄威，後者敦陳整旅。」《晉書·慕容德載記》：「既據之後，閉關養鋭，伺隙而動。」

〔二九〕〔錢注〕《後漢書·荀彧傳》：敵人懷利以自百。注：各規利，人百其勇也。

〔三〇〕〔補注〕《書·泰誓上》：「受有臣億萬，惟億萬心；予有臣三千，惟一心。」

〔三一〕〔錢注〕劉劭《人物志》：膽力絶衆，材略過人，是謂驍雄，白起、韓信是也。

〔三二〕〔錢注〕《梁書·王珍國傳》：魏寇鍾離，高祖遺珍國，因問討賊方略，珍國對曰：「臣嘗患魏衆少，不苦其多。」

〔三三〕〔錢注〕《漢書·韓信傳》：上嘗從容與信言諸將能各有差。上曰：「如我，能將幾何？」信曰：「陛下不過能將十萬。」上曰：「如公何如？」曰：「如臣，多多益辦耳。」〔按〕事首見《史記·淮陰侯列傳》。《史記》作「多多益善」。辦，成也。

〔三四〕〔錢注〕史岑《出師頌》：素旗一麾，渾一區宇。〔補注〕《書·禹貢》：「大野既豬，東原底平。」孔傳：「大野，澤名。」此泛指廣大之原野。

〔三五〕〔補注〕《左傳·莊公十年》：「夫戰，勇氣也。一鼓作氣，再而衰，三而竭。」此活用之。

〔三六〕失，《全文》作「朱」，據錢校改。〔補注〕《易·巽》：「喪其資斧。」斧，斧形銅幣。喪斧本指失去行旅之資，此借爲喪失武器（斧鉞）之意。

〔三七〕〔錢注〕庾信《哀江南賦》：失群班馬，迷輪亂轍。

〔三八〕〔錢注〕《太平御覽》：《墨子》：「若城外穿地來攻者，宜城中掘於井，以薄甖内井中，使聽聰者伏甖聽之。」貫耳，見《爲滎陽公賀幽州破奚寇上中書狀》注〔三〕。〔按〕錢注非所用。《史記·衛將軍驃騎列傳》：「斬輕鋭之卒，捕伏聽者三千七十一級，執訊獲醜。」裴駰《集解》引張晏曰：「伏於隱處，聽軍虚實。」

〔三九〕〔錢注〕《通鑑·晉武帝紀》注：泥頭者，以泥塗其頭也。〔補注〕《國語·晉語三》：「將止不面夷。」韋昭注：「夷，傷也。」按：泥頭，以泥涂頭，表示自辱服罪。《三國志·吴志·孫和傳》：「（權）後遂幽閉和，於是驃騎將軍朱據、尚書僕射屈晃率諸將吏泥頭自縛，連日詣闕請和。」

〔四〇〕見《爲滎陽公賀幽州破奚寇表》及《上中書狀》注〔一〕，與「焚燒驅獲車帳器械牛羊等」之文。

〔四一〕〔錢注〕《晉書·江統傳》：子孫孳息，今以千計。

〔四二〕〔錢注〕《晉書·袁喬傳》：知者了於胸心，然後舉無遺算耳。

〔四三〕決勝，見《爲濮陽公上華州陳相公狀》注〔三〕。

〔四四〕〔錢注〕《説文》：漠，北方流沙也。《史記·季布傳》：單于嘗爲書嫚吕后，吕后大怒，召諸將議之。上將軍樊噲答曰：「臣願得十萬衆，横行匈奴中。」

〔四五〕〔錢注〕《漢書·張騫傳》：騫與李廣，俱出右北平擊匈奴，匈奴圍李將軍，軍失亡多，而騫後期。〔按〕事始見《史記·大宛列傳》：「騫爲衛尉，與李將軍俱出右北平擊匈奴。匈奴圍李將軍，軍失亡多，而騫後期當斬，贖爲庶人。」又，《史記·李將軍列傳》：「（李廣）軍亡導，或失道，後大將軍。」

〔四六〕〔補注〕《詩·小雅·出車》：「赫赫南仲，薄伐西戎。」又《六月》：「薄伐玁狁，至于大原。文武吉甫，萬邦爲憲。」

〔四七〕〔錢注〕《漢書·藝文志》：凡兵書五十三家。

〔四八〕〔錢注〕陸機《文賦》：普辭條與文律。〔補注〕《文心雕龍·通變》：「文律運周，日新其業。」

〔四九〕〔錢注〕《後漢書·馬援傳》：帝自征隗囂，援於帝前聚米爲山谷，指畫形執，開示衆軍所從道徑往來，分析曲折，昭然可曉。

〔五〇〕〔錢注〕《吴志·虞翻傳》注：《吴書》曰：策討山越，斬其渠帥，悉令左右分行逐賊，獨騎與翻相得山中。翻問左右安在，策曰：「悉行逐賊。」翻曰：「危事也！」令策下馬：「此草深，卒有驚急，馬不及縈。」策但牽之，執弓矢以步。翻善用矛，請在前行。得平地，勸策乘馬，策曰：「卿無馬奈何？」答曰：「翻能步行，日可二百里，自征討以來，吏卒無及翻者。明府試躍馬，翻能疏步隨之。」行及大道，得一鼓吏，策取角自鳴之，部曲識聲，小大皆出，遂從周旋，平定三郡。《北史·奚康生傳》：後吐京胡反，自號辛支王，康生爲軍主，從章武王彬討之。分爲五軍，四軍俱敗，康生軍獨全。率精騎一千追胡，至車突谷，詐爲墜馬，胡皆謂死，争欲取之。康生騰騎奮矛，殺傷數十人，射殺辛支。按：「奚反」字似有訛，今姑兼引備考。〔按〕奚反，疑即「虞翻」之訛。

〔五一〕〔錢注〕《後漢書·李陳龐陳橋傳贊》：龜習邊功。

〔五二〕〔錢注〕《新唐書·百官志》：邊要之地，置總管以統軍，加號使持節，有行臺，有大行臺。

〔五三〕〔錢注〕《漢書·陳遵傳》：遵贍於文辭，性善書，與人尺牘，主皆藏去以爲榮。

## 爲滎陽公奉慰積慶太后上謚表〔一〕

臣某言：臣得禮部牒，奉六月二日敕，大行積慶太后〔二〕，册上尊號曰貞獻皇后者〔三〕。慶屬堯門〔四〕，謚遵周道〔五〕。《兔罝》考義〔六〕，藺館流輝〔七〕。臣某中謝。臣聞刑于寡妻，文王之令德〔八〕；怨及丘嫂，漢后之深非〔九〕。《詩》傳所存，褒貶斯在。伏惟皇帝陛下，用周典訓〔一〇〕，滌漢瑕疵〔一一〕。報惠皇友愛之仁〔一二〕，如文宗引進之念〔一三〕。積慶太后始蒙敬養〔一四〕，終受崇名〔一五〕。掩沙麓以傳祥〔一六〕，軼河洲而抒美〔一七〕。天長地久〔一八〕，式崇清廟之尊彝〔一九〕；萬歲千秋〔二〇〕，永慰光陵之牀帳〔二一〕。天下臣子，不勝感抃。臣限以守藩江嶺〔二二〕，不獲奉慰闕庭，無任惶恐屏營之至！

**【校注】**

〔一〕本篇原載清編《全唐文》卷七七二第五頁、《樊南文集補編》卷一。〔按〕錢箋僅云「詳《慰諭表》」，未繫月日。張采田《會箋》卷三則置於《慰諭表》《賀聽政表》之後，《爲滎陽公赴桂州在道換進賀端午銀狀》《爲滎陽公桂州謝上表》之前，蓋以爲赴桂道中所上。然此表明云「得禮部牒，奉六月二日敕，大行積慶太后册上尊號曰貞獻皇后者」，則此表必在大中元年六月二日以後所上。長安至桂林水陸路四千餘里，禮部牒文即令於奉敕之日同時發出，亦需一月左右方能到達。故此表當上於大中元年七月。時鄭亞到桂林已踰月，故文云「守藩江嶺」，其非在道所上甚明。

〔二〕〔錢注〕《漢書·霍光傳》注：韋昭曰：「大行，不反之辭也。」

〔三〕〔錢注〕《逸周書·謚法解》：博聞多能曰獻，聰明叡哲曰獻，清白守節曰貞，大慮克就曰貞，不隱無克曰貞。〔補注〕《新唐書・后妃傳下》：「穆宗貞獻皇后蕭氏，閩人也……生文宗。文宗立，上尊號曰皇太后。」

〔四〕〔錢注〕《漢書・外戚傳》：鉤弋趙倢伃，元始三年生昭帝，號鉤弋子。任身十四月乃生，上曰：「聞昔堯十四月而生，今鉤弋亦然。」乃命其所生門曰堯母門。昭帝即位，尊爲皇太后。

〔五〕〔補注〕上古有號無謚，周初始制謚法，至秦廢，漢復其舊，歷代因之。故云「謚遵周道」。參《逸周書・謚法》。

〔六〕〔錢注〕《詩序》：《兔罝》，后妃之化也。《關雎》之化行，則莫不好德，賢人衆多也。

〔七〕〔錢注〕《漢書・元后傳》：太后四時車駕巡狩四郊，春幸繭館。

〔八〕〔補注〕《詩・大雅・思齊》：「刑于寡妻，至于兄弟，以御于家邦。」鄭玄箋：「文王以禮法接待其妻。」

〔九〕見《爲滎陽公至湖南賀聽政表》注〔一二〕。

〔一〇〕〔錢注〕《國語》：修其訓典。〔補注〕典訓，指經典。

〔一一〕〔錢注〕班固《東都賦》：滌瑕盪穢。〔按〕滌漢瑕疵，指漢高祖怨嫂之事。

〔一二〕惠皇，《全文》作「皇后」，錢校據胡本改正，兹從之。〔錢注〕《舊唐書・穆宗紀》：穆宗睿聖文惠孝皇帝。鄭亞改《會昌一品集序》：長慶中，事惠皇爲翰林學士。〔補注〕穆宗、宣宗爲兄弟，故云「友愛之仁」。

〔一三〕〔錢注〕按文宗爲宣宗之姪。此用《檀弓》：「喪服，兄弟之子，猶子也，蓋引而進之也。」

〔一四〕〔補注〕《禮記·祭義》：「君子生則敬養，死則敬享。」

〔一五〕崇，錢注本作「榮」，未出校。

〔一六〕〔錢注〕《漢書·元后傳》：王翁孺徙魏郡元城。元城建公曰：「昔春秋沙麓崩，晉史卜之，曰：『陰爲陽雄，土火相乘，故有沙麓崩。後六百四十五年，宜有聖女興。』其齊田乎？今王翁孺徙，正直其地，日月當之。元城郭東有五鹿之墟，即沙麓地也。後八十年，當有貴女興天下」云。翁孺生禁，禁生女政君，即元后也。

〔一七〕〔補注〕《詩·周南·關雎》：「關關雎鳩，在河之洲。窈窕淑女，君子好逑。」《詩大序》：「《關雎》，后妃之德也，《風》之始也，所以風天下而正夫婦也。」軼，超越。

〔一八〕〔錢注〕《老子》：天長地久。天地所以能長且久者，以其不自生，故能長生。

〔一九〕〔補注〕《詩·周頌·清廟》：「於穆清廟，肅雝顯相。」清廟，太廟，古代帝王之宗廟。尊、彝，均古代酒器，因祭祀、朝聘、宴享之禮多用之，亦泛指禮器。

〔二〇〕〔錢注〕《戰國策》：楚王謂安陵君曰：「寡人萬歲千秋之後，誰與樂此也？」〔按〕此「萬歲千秋」即「天長地久」、千年萬代之意，非死之諱辭。

〔二一〕〔錢注〕《舊唐書·穆宗紀》：長慶四年正月崩。十一月葬於光陵。《唐會要》：光陵陪葬名氏：恭僖太后王氏、積慶太后蕭氏。《後漢書·光烈陰皇后紀》：明帝性孝愛。十七年正月，當謁原陵，夜夢先帝、太后，如平生歡，遂率百官及故客上陵。會畢，帝從席前伏御牀，視太后鏡奩中物，感動悲涕，令易脂澤裝具。左右皆泣，莫能仰視焉。

〔三〕句首「臣」字《全文》原脱，錢校據胡本補，兹從之。〔錢注〕《史記·呂后紀》：足下佩趙王印，不急之國守藩。《初學記》：沈懷遠《南越志》曰：「廣信江、始安江、鬱林江，亦爲三江，在越也。」〔補注〕桂管地處嶺南，境有灕水（桂江），故稱「江嶺」。

## 爲滎陽公與裴盧孔楊韋諸郡守狀〔一〕

某素無材效，謬忝恩榮。實積兢惶，罔知啓處〔二〕。大夫盛名典郡〔三〕，碩畫佐時〔四〕，將以俯歷州鄉，深求疾瘼〔五〕，然後入膺寵命，以副具瞻〔六〕。不惟卑誠，實在公議。末由拜謁，結戀無任。

【校注】

〔一〕本篇原載清編《全唐文》卷七七四第一五頁、《樊南文集補編》卷四。〔錢注〕《舊唐書·職官志》：武德改郡爲州，州置刺史。天寶改州爲郡，置太守。乾元元年，改郡爲州，州置刺史。〔按〕據《新唐書·方鎮表》，桂管經略使，領桂、梧、賀、連、柳、富、昭、蒙、嚴、環、融、古、思唐、龔十四州。此裴、盧、孔、楊、韋諸郡守，所守之州郡不詳（桂州刺史係鄭亞自任）。《全唐詩》卷七四五陳陶《南海送韋七使君赴象州任》，據今人陶敏考證，此詩作於大中二年。此「韋七使君」或即題内之韋守。然此類狀文，多爲到任後不久之例行公文，當作於大中元年六、七月間。則題内之韋守，似非二年赴象州任之韋七使君也。

〔二〕〔補注〕《詩·小雅·四牡》：「王事靡盬，不遑啓處。」啓處，安居。又《小雅·采薇》：「不遑啓居，玁狁之故。」

〔三〕夫，《全文》作「人」，錢氏據胡本改正，兹從之。〔錢注〕朱浮《爲幽州牧與彭寵書》：伯通以名字典郡，有佐命之功。〔補注〕典郡，主管一郡政事，指爲郡守。

〔四〕〔錢注〕《漢書·匈奴傳》：石畫之臣甚衆。注：石，大也；畫，計策也。〔補注〕石，通「碩」。

〔五〕〔補注〕疢瘼，指民之病痛。

〔六〕〔補注〕《詩·小雅·節南山》：「赫赫師尹，民具爾瞻。」具瞻，爲衆人所瞻望。此指宰輔重臣。

## 爲滎陽公舉王克明等充縣令主簿狀〔一〕

以前件狀如前。伏以臣所部控聯谿洞〔二〕，參錯蠻髦〔三〕，水接重湖〔四〕，山當五嶺〔五〕。縱有天官注擬〔六〕，多緣地理幽遐〔七〕，或不出上京〔八〕，已發徒勞之歎〔九〕；或暫來屬邑，即聞歸去之辭〔一〇〕。既經久而不謀，亦柔良而曷寄〔一一〕？臣謬膺廉部，慮在曠官〔一二〕。儻旬朔以無言，則賦輿而必闕〔一三〕。前件官或膏粱遺胄〔一四〕，或英俊下寮〔一五〕，雖寓遐陬，久從試吏〔一六〕。假之銅墨〔一七〕，有意於鳴琴〔一八〕；委以簿書〔一九〕，不羞其棲棘〔二〇〕。既聞績用〔二一〕，合有甄昇。一則復遠俗之凋殘，一則輕微臣之憂責〔二二〕。苟事因請託，跡涉貪殘〔二三〕，將有負於斯人，豈敢逃於舉主〔二四〕？伏希卑聽〔二五〕，咸賜即真〔二六〕。干冒宸嚴，無任兢越。

**【校注】**

〔一〕本篇原載《文苑英華》卷六三九第三頁、清編《全唐文》卷七七二第二一頁、《樊南文集詳注》卷二。題内「滎陽公」下，馮校云「一有桂州字」。張采田《會箋》卷三繫大中元年，置《爲滎陽公賀幽州破奚寇表》及相關二狀之後。〔按〕狀謂王克明等人「雖寓遐陬，久從試吏」，當係桂管士人原已試吏，此次正式任命爲縣令、主簿者。狀又有「儻旬朔以無言」之語，當是鄭亞抵達桂林後十天至一月内所上。亞六月初九抵桂林，狀約上於六、七月間。

〔二〕〔徐注〕《北史·史萬歲傳》：踰嶺越海，攻陷谿洞不可勝數。〔馮注〕嶺南多蠻夷谿洞。〔補注〕谿洞，又作谿峒，對西南少數族聚居地之統稱。

〔三〕〔徐注〕《詩》：如蠻如髦。〔馮注〕傳曰：蠻，南蠻也。髦，夷髦也。箋曰：髦，西夷别名。武王伐紂，其等有八國從焉。正義曰：髦雖西，夷總名也。

〔四〕〔徐注〕《巴陵舊志》：洞庭湖南連青草，西吞赤沙，横亘七八百里，因名三湖，又謂之重湖。重湖者，一湖之内，南名青草，北名洞庭，有沙洲間之也。〔馮注〕《荆州記》：巴陵南有青草湖，週圍數百里。湖南有青草山，故名。一名洞庭湖。又：雲夢澤一名巴丘湖。

〔五〕五嶺，見《爲濮陽公陳情表》「豈意復踰五嶺」注。

〔六〕注，《英華》注：集作「恣」，非。〔馮校〕注擬，一作「遴選」，非。〔徐注〕《通典》：光宅元年，改吏部爲天官，神龍元年復舊。〔馮注〕天官注擬，見《爲安平公謝除兖海觀察使表》「天官一昇於判第」注。〔補注〕唐代選舉官員，凡應試獲選者，先由尚書省登録，經考詢後再按其才能擬定官職，稱「注擬」。注，登記、記載。

〔七〕〔補注〕地理幽遐，謂地處僻遠。

〔八〕〔補注〕上京，國都。《文選・班固〈幽通賦〉》：「皇十紀而鴻漸兮，有羽儀於上京。」李善注：「有羽翼於京師也。」

〔九〕見《代安平公遺表》「非州府之職徒勞」注。

〔一〇〕〔馮注〕《晉書・隱逸傳》：陶潛爲彭澤令，義熙二年解印去縣，乃賦《歸去來辭》。

〔一一〕〔徐注〕《後漢書・魯恭傳》：詔書進柔良，退貪殘。〔馮箋〕《舊書・傳》：韓佽爲桂州觀察使。桂管二十餘郡，州掾下至邑長三百員，由吏部補者什一，他皆廉使量其才而補之。佽皆得清廉吏以蘇活其人。按《唐會要》：嶺南郡縣官，遣使就補，謂之南選。大和、開成時，屢敕權停，皆委廉使推擇，惟廣、韶、桂、賀等州，吏曹注官，號爲北選。盧鈞奏云：「選人肯來者，貧弱令史、遠處無能之徒，到官皆有積債，無一肯識廉耻。」皆可證此狀也。

〔一二〕〔徐注〕《書》：無曠庶官。〔按〕孔傳：「曠，空也。位非其人爲空官。」指空居官位，不稱職。《後漢書·獨行傳·李業》：「朝廷貪慕名德，曠官缺位，於今七年。」此「曠官」指空缺官位。似兼有上二義。

〔一三〕〔徐注〕《左傳》：群臣帥賦輿以爲魯、衛請。〔馮注〕《左傳》注曰：猶兵車。按：此作財賦之義，唐人常用。〔補注〕《文選·曹攄〈思友人詩〉》：「自我别旬朔，微言絶于耳。」劉良注：「十日爲旬，月初曰朔。」

〔一四〕〔徐注〕《顔氏家訓》：古人云：「膏粱難整。」以其爲驕奢自足不能剋勵也。《南史·王曇首傳》：帝曰：「並膏粱世德，乃能屈志戎旅。」〔馮注〕唐柳芳《氏族論》：三世有三公者曰膏粱，有令、僕者曰華腴。

〔一五〕〔徐注〕左思《詠史詩》：世胄躡高位，英俊沉下僚。

〔一六〕〔補注〕試吏，本指出任官吏。《漢書·高帝紀上》：「及壯，試吏，爲泗上亭長。」此處與下「即真」相應，當爲正式任命前試行代理官吏之意。

〔一七〕〔徐注〕《漢書》：縣令、長皆秦官，秩六百石以上皆銅印墨綬。

〔一八〕〔徐注〕《吕氏春秋》：宓子賤爲單父宰，鳴琴而治。

〔一九〕〔徐注〕劉楨詩：沈迷簿領書。〔馮注〕《漢書·賈誼傳》：大臣特以簿書不報，期會之間，以爲大故。〔補注〕委以簿書，指任爲主簿。

〔二〇〕〔馮注〕《後漢書》：仇香爲考城主簿，令王涣謝遣曰：「枳棘非鸞鳳所棲，百里豈大賢之路？」〔補注〕枳棘，枳木與棘木，多刺，被稱爲惡木。此以棲棘喻居下位。

〔二一〕〔徐注〕《書》：九載績用弗成。《後漢書·循吏傳論》曰：斯其績用之最章章者也。〔補注〕績用，功績、功效。

〔二二〕〔馮注〕《漢書·陸賈傳贊》：致仕諸吕，不受憂責。《後漢書·吴良傳》：東平王蒼署爲西曹，上疏薦良曰：「臣榮寵絶矣，憂責深大，私慕公叔同升之義。」

〔二三〕〔馮注〕《後漢書·鄭弘傳》：洛陽令楊光，其官貪殘，不宜處位。《後漢書·第五倫傳》：陛下誅刺史二千石貪殘者六人。

〔二四〕〔馮注〕《後漢書·楊倫傳》：豺狼之吏不絶者，豈非本舉之主不加之罪乎？自非案坐舉者，無以禁絶姦萌。〔徐注〕《南史·謝莊傳》：表曰：「若任得其才，舉主延賞；有不稱職，宜及其坐。」

〔二五〕〔馮注〕《史記》：司星子韋謂宋景公曰：「天高聽卑。」

〔二六〕〔馮注〕《漢書·韓信傳》：信請自立爲假王。漢王曰：「大丈夫定諸侯，即爲真王耳，何以假爲？」《王莽傳》：遂謀即真之事矣。按：後凡攝官而實授者，皆曰即真。〔徐注〕《晉書·劉暾傳》：兼御史中丞，朝廷嘉之，遂即真。

# 爲滎陽公桂州署防禦等官牒〔一〕

段協律〔二〕

判官稟訓台階〔三〕，從知侯國〔四〕。庭蘭並馥〔五〕，巖電齊明〔六〕。且憶菲才，嘗分囊顧，梁園辱召〔七〕，淮館陪遊〔八〕。今者獲守小藩，適經舊第〔九〕，滋川之上〔一〇〕，方顧慕于廉臺〔一一〕；穀水之旁，亦徘徊于阮曲〔一二〕。實欣餘慶〔一三〕，豈謂嘉招〔一四〕？願持謙下之姿，俯贊訓齊之令〔一五〕。事須請攝防禦巡官〔一六〕。

【校注】

〔一〕本題包括爲鄭亞代擬之署官牒文十九篇，原載清編《全唐文》卷七七八第一九至二五頁、《樊南文集補編》卷八。〔錢箋〕《新唐書·方鎮表》：桂州，開耀後置管内經略使，領桂、梧、賀、連、柳、富、昭、蒙、嚴、環、融、古、思唐、龔十四州，治桂州。餘見《爲中丞滎陽公赴桂州至湖南敕書慰諭表》注〔一〕及《爲滎陽公上集賢韋相公狀二》注〔七〕。〔按〕張采田《會箋》卷三繫此組牒文於大中元年鄭亞抵達桂林後，置《爲滎陽公上陳許高尚書啓》之後，未標月份。此組牒文十九篇似皆爲鄭亞到任後不久辟署桂管所屬州縣官吏及使府幕僚而作。其中劉福攝觀察衙推牒有「今廉部之初，求人是切」語，尤爲明證。今酌訂此組牒文爲大中元年六、七月間作。

〔二〕〔錢箋〕文首云「禀訓台階」，必宰相之子。考《新唐書·宰相世系表》，段氏宰相，惟文昌一人，其子成式，字柯古，以蔭入官。咸通初，出爲江州刺史。此尚初試，正與鄭亞同時也。成式以博雅著稱，其文與李義山、温飛卿齊名，號三十六體。《新》《舊》二傳第載其爲校書郎，而不詳其爲協律。然史言「文昌晚年既耽玩於歌舞，成式子安節又善樂律，能自度曲」，意於音律之學，有濡染於家風者矣。再玩文中語氣，似爲鄭亞故府之子。考《舊唐書·段文昌傳》：「長慶元年，詔授西川節度。大和四年，移鎮荆南。文昌於荆、蜀皆有先祖故第，至是贖爲浮圖祠。又以先人墳墓在荆州，别營居第，以置祖禰影堂。」與文中「廉堂」「阮曲」，語意正合。豈文昌節度荆南之日，鄭亞曾爲幕僚，今此觀察桂管，道出荆南，適成式尚在故居，亞遂辟之赴桂耶？然亦究無確證，特就文義推測得之耳。協律，見《上李舍人狀六》注〔二〕。〔按〕錢氏據牒文「禀訓台階」乃誤及協律之姓推測其爲段文昌之子段成式，可疑。其謂「文昌節度荆南之日，鄭亞曾爲幕僚」乃誤解。牒文「且憶菲才，嘗分饔餼，梁園辱召，淮館陪遊」數語，明指段協律往昔曾與己（鄭亞）同幕。此蓋指段成式、鄭亞大和初同在李德裕浙西幕府之事。按成式《酉陽雜俎續集》卷四云：「予大和初，從事浙西贊皇公幕中，嘗因與曲宴。」時鄭亞亦在浙西幕。《舊唐書·鄭畋傳》云：

「李德裕……出鎮浙西,辟(亞)爲從事。」德裕雖前後三鎮浙西,然鄭亞與段成式同在幕者,則爲長慶二年至大和三年初鎮浙西時。亞元和十五年擢進士第,其入浙西幕當即在長慶二年九月德裕方出鎮時。大和二年亞應賢良方正、直言極諫科試。吏部調選,又以書判拔萃。則大和二年起亞已不在浙西幕。段成式何時入浙西幕不可考,而「大和初,從事浙西贊皇公幕中」,與鄭亞同幕則無疑。然成式以父蔭入仕爲集賢院校書。會昌中,爲秘書省秘書郎、集賢學士,遷尚書郎。大中初,出爲吉州刺史。秘書郎從六品上,尚書郎同,而太常寺協律郎正八品上。牒文不稱其較高之京官品級而稱其較低之品級,此可疑者一。且前已爲從六品之秘書郎、尚書郎,至大中元年反降爲從八品之協律郎,此亦不可解。據成式《寺塔記》:「及刺安成(吉州),至大中七年歸京,在外六甲子。」則大中二年成式已刺吉州。吉州爲上州,刺史從三品。如大中元年入桂幕時尚爲正八品上之協律郎,二年驟昇從三品之上州刺史,幾爲不可能之事。據「庭蘭並馥」語,似文昌除成式外尚另有子,然《新書·宰相表》僅載成式一人。且如非成式,又與「梁園辱召,淮館陪遊」之語不符。疑不能決,姑並録之以俟再考。又,戴偉華《唐方鎮文職僚佐考》疑爲段文昌之孫段公路。公路撰成《北户録》記嶺南風土物産。似可從。

〔三〕判官,見《爲尚書濮陽公涇原讓加兵部尚書表》注〔三〕。〔補注〕台階,指宰輔之位,屢見。

〔四〕侯國,見《爲濮陽公補仇坦牒》「今重之侯國」注。

〔五〕〔錢注〕《晉書·謝玄傳》:謝安嘗戒約子姪,因曰:「子弟亦何豫人事,而正欲使其佳?」玄答曰：「譬如芝蘭玉樹，欲使其生於庭階耳。」〔按〕曰「並馥」，似子弟不止一人。然此或可兼子、姪而言之也。

〔六〕〔錢注〕《晉書·王戎傳》：戎幼而穎悟，神彩秀徹，視日不眩。裴楷見而目之曰：「戎眼爛爛，如巖下電。」

〔七〕見《上令狐相公狀二》「梁園早厠於文人」注。

〔八〕見《上令狐相公狀二》「淮邸夙叨於詞客」注。

〔九〕第，全文作「地」，從錢校據胡本改正。〔錢注〕《漢書·高帝紀》注：孟康曰：「有甲乙次第，故曰第也。」〔按〕此「舊第」即《舊唐書·段文昌傳》所謂在荆州之先祖故第。參注〔二〕。下「廉臺」「阮曲」均喻指故第。

〔一〇〕滋，《全文》作「茲」，從錢校據胡本改正。

〔一一〕臺，《全文》作「堂」，從錢校據胡本改正。〔錢注〕《説文》：滋水出牛飲山白陘谷，東入滹沱。嵇康《琴賦》：或徘徊顧慕。《魏書·地形志》：中山郡毋極縣有新城、廉臺。《元和郡縣志》：廉頗臺在陘邑縣西南十五里。慕容恪與冉閔戰於魏昌廉頗臺，閔大敗。即此。

〔一二〕阮，《全文》作「既」，從錢校據胡本改正。〔錢注〕《水經注》：瀔水又東南轉屈而東注，謂之阮曲，云阮嗣宗之故居也。

〔一三〕〔補注〕《易·坤》：「積善之家，必有餘慶。」

〔一四〕〔錢注〕潘岳《河陽縣作》：弱冠忝嘉招。〔補注〕嘉招，朝廷之徵聘。此指辟署爲幕僚。

〔一五〕〔補注〕《莊子·天下》：「以濡弱謙下爲表，以空虛不毁萬物爲實。」訓齊，訓練整治。防禦巡官職事。

〔一六〕〔錢注〕《新唐書·百官志》：防禦使，巡官一人。

## 李幼章

前件官，籍在五陵〔一〕，學通《三略》〔二〕。不露才而務進〔三〕，能仗氣以逾恭〔四〕。所宜率彼紀綱〔五〕，託爲親信〔六〕。屬兹封部〔七〕，稍遠宸居〔八〕。是用輟自私朝〔九〕，仍其舊邸〔一〇〕，遠分尺籍〔一一〕，遥押牙璋〔一二〕。爾其敏以在公〔一三〕，幹而集事〔一四〕。達封章于鳳闕〔一五〕，底方賄于鑾圻〔一六〕。勿替前勞〔一七〕，以承後弊。事須補充防禦押衙〔一八〕，知上都進奏〔一九〕。

## 【校注】

〔一〕〔錢注〕《漢書·原涉傳》：涉年二十餘，郡國諸豪及長安五陵諸爲氣節者皆歸慕之。注：謂長陵、安陵、陽陵、茂陵、昭陵也。

〔二〕見《爲滎陽公賀幽州張相公狀》注〔一三〕。

〔三〕〔錢注〕王逸《楚辭章句序》：班固謂之露才揚己。《吴越春秋》：螳螂貪心務進，志在有利。

〔四〕以，錢本作「而」。〔錢注〕《宋書·孔覬傳》：爲人使酒仗氣。

〔五〕〔錢注〕《後漢書·張升傳》：仕郡爲綱紀。〔補注〕《資治通鑑·晉明帝太寧二年》：「有詔：『王敦綱紀除名，參佐禁錮。』」胡三省注：「綱紀，綜理府事者也。」即指下文「押衙」。

〔六〕託，《全文》作「記」，從錢校據胡本改正。〔錢注〕《漢書·朱博傳》：博因敕禁：「毋得泄語，有便宜，輒記言。」因親信之，以爲耳目。

〔七〕兹，《全文》作「資」，據錢校改。〔錢注〕《魏志·張邈傳》注：《英雄記》曰：「甫詣封部。」〔補注〕封部，猶封地、封邑，此指桂管所管轄之地區。

〔八〕〔補注〕宸居，帝王所居之所，此指京城長安。

〔九〕〔補注〕《禮記·玉藻》：「將適公所，宿齋戒……既服，習容，觀玉聲，乃出，揖私朝，煇如也，登車則有光矣。」孔穎達疏：「私朝，大夫自家之朝也。」

〔一〇〕〔錢注〕《説文》：邸，屬國舍。〔按〕二句言其辦理公事在桂管駐京府邸，即下文「遠分尺籍，遥押牙璋」「知上都進奏」。

〔一一〕〔錢注〕《漢書·馮唐傳》注：李奇曰：「尺籍所以書軍令。」

〔一二〕〔補注〕《周禮·春官·典瑞》：「牙璋以起軍旅，以治兵守。」鄭玄注引鄭司農曰：「牙璋，瑑以爲牙。牙齒，兵象，故以牙璋發兵，若今時以銅虎符發兵。」

〔一三〕〔補注〕《詩·召南·小星》：「夙夜在公，寔命不同。」在公，辦理公事。
〔一四〕〔補注〕集事，成功。語本《左傳·成公二年》：「此車一人殿之，可以集事。」
〔一五〕〔錢注〕揚雄《趙充國頌》：屢奏封章。鳳闕，見前《爲汝南公賀元日朝會上中書狀》「鳳闕雙標」注。
〔一六〕〔錢注〕《國語》：昔武王克商，通道于九夷、百蠻，使各以其方賄來貢，使無忘職業。〔補注〕《周禮·夏官·大司馬》：「方千里曰國畿……又其外方五百里曰蠻畿。」蠻畿，古所謂九畿中最邊遠之畿，亦稱蠻服、蠻圻，爲九州之邊界。自此之外，爲夷狄之諸侯。底，同「底」，致，達到。方賄，土産，地方所有之財物。
〔一七〕〔補注〕《左傳·哀公二十七年》：「齊師將興，陳成子……召顔涿聚之子晉，曰：『隰之役，而父死焉。以國之多難，未女恤也。今君命女以是邑也，服車而朝，毋廢前勞！』乃救鄭。」
〔一八〕〔錢注〕《通鑑·唐玄宗紀》注：押牙者，盡管節度使牙内之事。
〔一九〕見《爲濮陽公奉慰皇太子薨表》注〔二〕。

## 羅瞻

前件官，早從官序〔一〕，實負公才〔二〕。每服節以存誠〔三〕，亦約言而顧禮〔四〕。惟是造次〔五〕，不致尤違〔六〕。今者任重察廉〔七〕，務煩按鞫〔八〕，既資明練〔九〕，兼藉哀矜。勿輕東海之冤〔一〇〕，無縱梗陽之賂〔一一〕。俾夫縣道〔一二〕，畏我簡書〔一三〕。事須補充觀察衙推〔一四〕。

【校注】

〔一〕〔補注〕《禮記·禮運》：「大臣法，小臣廉，官職相序，君臣相正，國之肥也。」早從官序，謂早已置身官吏之等第序列。

〔二〕〔錢注〕《晉書·虞駿傳》：駿歷吴興太守，王導嘗謂駿曰：「孔愉有公才而無公望，丁潭有公望而無公才，兼之者其卿乎？」〔補注〕此「公才」猶言堪與三公相當之才能。《三國志·魏志·崔琰傳》：「琰又名之曰：『孫（禮）疏亮亢烈，剛簡能斷，盧（毓）清警明理，百練不消，皆公才也。』」

〔三〕〔錢注〕蘇武《報李陵書》：向使君服節死難。〔補注〕《易·乾》：「庸言之信，庸行之謹，閑邪存其誠。」存誠，心懷坦誠。

〔四〕〔錢注〕《吴志·孫權傳》：乃欲哀親戚，顧禮制。〔補注〕《禮記·坊記》：「故君子約言，小人先言。」約言，省約其言。

〔五〕〔補注〕《論語·里仁》：「君子無終食之間違仁，造次必於是，顛沛必於是。」此「造次」即含造次顛沛意。

〔六〕致，《全文》作「敢」，錢校據胡本改正，兹從之，參注。〔補注〕《書・君奭》：「弗永遠念天威，越我民罔尤違。」尤違，過失。

〔七〕任，《全文》作「位」，錢校據胡本改，兹從之。

〔八〕〔錢注〕《漢書・趙廣漢傳》注：按，致其罪也。又《田千秋傳》注：鞫，問也。

〔九〕〔錢注〕《魏志・滿寵等傳評》：田豫居身清白，規略明練。〔補注〕明練，明察幹練。

〔一〇〕〔錢注〕《漢書・于定國傳》：定國父于公，爲郡決曹，決獄平。東海有孝婦少寡，養姑甚謹，姑欲嫁之，終不肯。其後姑自經死，姑女告吏：「婦殺我母。」吏捕驗治，孝婦自誣服。于公以爲此婦養姑以孝聞，必不殺也。争之弗能得。太守竟論殺孝婦。郡中枯旱三年。後太守至，于公曰：「孝婦不當死，前太守彊斷之，咎黨（儻）在是乎？」於是太守殺牛自祭孝婦冢，因表其墓，天立大雨。

〔一一〕賂，《全文》原作「略」，據錢校改。〔補注〕《左傳・昭公二十八年》：「冬，梗陽人有獄，魏戊不能斷，以獄上。其大宗賂以女樂，魏子將受之，魏戊謂閻没、女寬曰：『主以不賄聞於諸侯，若受梗陽人賄，莫甚焉，吾子必諫。』皆許諾。」

〔一二〕〔錢注〕司馬相如《喻巴蜀檄》：亟下縣道。《漢書・百官公卿表》：縣有蠻夷曰道。

〔一三〕〔錢注〕《詩・小雅・出車》：「豈不懷歸，畏此簡書。」〔補注〕簡書，用於告誡、徵召之文書。

〔一四〕「補」字《全文》脱，據錢校補。〔錢注〕《新唐書・百官志》：觀察使，衙推一人。

## 陳公瑾

右件官，學精《三略》〔一〕，藝極六鈞〔二〕。敏以竄謀〔三〕，恭而仗氣〔四〕。事予莊主〔五〕，奉我郡侯〔六〕。誰言越嶺之名藩〔七〕，仍自梁園之下客〔八〕。既叨防遏〔九〕，深藉材能，將致果於戎行〔一〇〕，俾同登於勇爵〔一一〕。事須補充同散兵馬使〔一二〕。

**【校注】**

〔一〕見《爲滎陽公賀幽州張相公狀》注〔三〕。

〔二〕〔補注〕《左傳·定公八年》：「士皆坐列，曰：『顔高之弓六鈞。』皆取而傳觀之。」杜預注：「三十斤爲鈞，六鈞百八十斤。」謂張滿弓用力六鈞。

〔三〕「竄」字下《全文》原注：疑。〔按〕「竄」字不誤，見注。〔錢注〕《國語》：蓺敏且知禮，敬以知微。敏能竄謀，知禮可使；敬不墜命，微知可否。君其使之。〔補注〕竄，暗中謀畫。

〔四〕見《李幼章牒》注〔四〕。

〔五〕〔錢注〕此係當日同爲幕僚者。《國語》：昔吾逮事莊主。

〔六〕〔錢注〕《晉書·職官志》：郡侯如不滿五千户，王置一軍，一千一百人，亦中尉領之。〔補注〕晉武帝封羊祜爲南城侯，置相，與郡公同，爲郡侯之始。此句「郡侯」即兼首州刺史之節度使、觀察使，亦即上句「莊主」，指鄭亞與陳公瑾昔日共事之幕主。亞與公瑾何時同幕，不詳。

〔七〕〔補注〕越嶺名藩，指桂管觀察使。越嶺，即越城嶠。

〔八〕〔錢注〕梁園，見《上令狐相公狀二》注〔三〇〕。《列士傳》：孟嘗君食客三千人，厨有三列：上客食肉，中客食魚，下客食菜。

〔九〕見《爲滎陽公論安南行營將士月糧狀》注〔四〕。

〔一〇〕〔補注〕《左傳·成公二年》：「下臣不幸，屬當戎行，無所逃隱。」又《宣公二年》：「殺敵爲果，致果爲毅。」致果，極勇敢地殺敵立功。

〔一一〕〔補注〕《左傳·襄公二十一年》：「莊公爲勇爵，殖綽、郭最欲與焉。」杜預注：「設爵位以命勇士。」

〔一二〕散兵馬使，見《爲濮陽公補仇坦牒》注〔一四〕。〔錢注〕《新唐書·百官志》：初，太宗省内外官制爲七百三十員，曰：「吾以此待天下賢材足矣。」然是時已有員外置，其後，又有特置，同正員。

## 崔兵曹〔一〕

兵曹出于華胄〔二〕，早履宦途。郤宛直而和〔三〕，大叔美而秀〔四〕。能暇豫于思義〔五〕，不造次以違仁〔六〕。盤錯有彰〔七〕，綮肯無頓〔八〕。雖思濡足〔九〕，安可折腰〔一〇〕？希茂象雷之能〔一一〕，兼佐宣風之職〔一二〕。事須請攝觀察巡官〔一三〕，兼知某縣事。

【校注】

〔一〕《新唐書・地理志》：桂州始安郡，中都督府。《舊唐書・職官志》：中都督府，兵曹參軍事一人，從七品上。〔按〕崔兵曹當是已任桂州兵曹參軍，而攝觀察巡官，兼知某縣事者。

〔二〕〔錢注〕《南史・何昌寓傳》：昌寓後爲吏部尚書，嘗有一客姓閔求官，昌寓謂曰：「君是誰後？」答曰：「子騫後。」昌寓團扇掩口而笑，謂坐客曰：「遥遥華胄。」〔補注〕崔姓爲高門，故云。

〔三〕〔補注〕《左傳・昭公二十七年》：「郤宛直而和，國人説之。」杜預注：「以直事君，以和接類。」

〔四〕〔補注〕《左傳・襄公三十一年》：「子大叔美秀而文。」

〔五〕思，《全文》作「恩」，據錢校改。〔補注〕《論語・子張》：「士見危致命，見得思義。」

〔六〕見本篇《羅瞻牒》注〔五〕。

〔七〕盤錯，見《爲滎陽公上門下李相公狀二》注〔六〕。

〔八〕綮，《全文》作「脅」，據錢校改。〔錢注〕《莊子》：庖丁爲文惠君解牛曰：「臣之所好者，道也，進乎技矣。臣以神遇，而不以目視，官知止而神欲行，依乎天理，批大郤，導大窾，因其固然，技經肯綮之未嘗，而況大軱乎？今臣之刀十九年矣，所解數千牛矣，而刀刃若新發於硎。」〔補注〕綮肯，筋骨結合處。頓，通「鈍」。

〔九〕〔錢注〕桓寬《鹽鐵論》：孔子思堯、舜之道，東西南北，灼頭濡足，庶幾世主之悟。

〔一〇〕見《上張雜端狀》「五斗米安可折腰」注。

〔一一〕雷，《全文》作「賢」，從錢校據胡本改正。〔錢注〕《太平御覽》：《孝經援神契》曰：「二王之後稱公，大國侯皆千乘，象雷百里，所潤雲雨同。」

〔一二〕宣風，見《爲中丞滎陽公赴桂州至湖南敕書慰諭表》注〔三〇〕。

〔一三〕〔錢注〕《新唐書·百官志》：觀察使，巡官一人。

## 段球

右件官，太倉稟術〔一〕，何晏傳能〔二〕。既通九藏之宜〔三〕，兼善五禽之戲〔四〕。湘南越北〔五〕，蠻落華人〔六〕，雖其土厚水深〔七〕，豈忘二臣三佐〔八〕？勉將剖涜〔九〕，用息痌瘝〔一〇〕。勿矜麥麴之庾辭〔一一〕，審辯藿茶之輟寐〔一二〕。事須補充醫博士〔一三〕。

**【校注】**

〔一〕〔錢注〕《史記·倉公傳》：太倉公者，齊太倉長，臨菑人也。姓淳于氏，名意。少而喜醫方術。

同郡元里公乘陽慶，更悉以禁方予之。傳黄帝、扁鵲之脈書，五色診病，知人死生，及藥論甚精。爲人治病多驗。

〔二〕晏，《全文》作「宴」，從錢校據胡本改正。〔錢注〕《世説》：何平叔云：「服五石散，非惟治病，亦覺神明開朗。」

〔三〕藏，《全文》作「歲」，據錢校改。〔補注〕《周禮·天官·疾醫》：「參之以九藏之動。」賈公彦疏：「正藏五者，謂五藏。肺、心、肝、脾、腎，並氣之所藏，故得正藏之稱。」「又有胃、膀胱、大腸、小腸者，此乃六府中取此四者，以益五藏爲九藏也。」

〔四〕〔錢注〕《後漢書·華佗傳》：吾有一術，名五禽之戲：一曰虎，二曰鹿，三曰熊，四曰猨，五曰鳥。亦以除疾，兼利蹏足，以當導引。

〔五〕〔錢注〕《水經》：湘水出零陵始安縣陽海山，東北過零陵東。注：越城嶠水，南出越城之嶠，嶠即五嶺之西嶺也。秦置五嶺之戍，是其一焉。北至零陵縣，下注湘水。〔補注〕湘南越北，指桂管地區。湘南泛指湘水以南包括今桂林一帶。商隱詩《寄成都高苗二從事》以「命斷湘南病渴人」自指，「湘南」即指桂管。

〔六〕蠻落，見《爲滎陽公上集賢韋相公狀二》注〔七〕。〔補注〕落，居也。

〔七〕〔補注〕《左傳·成公六年》：「不如新田，土厚水深，居之不疾。」

〔八〕〔錢注〕沈括《夢溪筆談》：舊説有藥用一君二臣三佐五使之説。〔補注〕《素問·至真要大論》：「方制君臣何謂也？岐伯曰：『主病之謂君，佐君之謂臣。』」《重修政和經史證類備用本草》卷一：「藥有君臣佐使，以相宣攝合和。宜用一君二臣三佐五使。」

〔九〕〔錢注〕《後漢書·華佗傳》：佗精於方藥，處齊不過數種，鍼灸不過數處。若疾發結於內，鍼藥所不能及者，乃令先以酒服麻沸散，既醉無所覺，因剖破腹背，抽割積聚。若在腸胃，則斷截湔洗，除去疾穢，既而縫合，傅以神膏，四五日創愈，一月之間皆平復。

〔一〇〕〔補注〕《書·康誥》：「嗚呼！小子封，恫瘝乃身，敬哉！」孔傳：「恫，痛；瘝，病。」後多寫作「痌瘝」。

〔一一〕〔錢注〕《國語》：范文子曰：「有秦客廋辭於朝。」〔補注〕麥麴，麥製之酒母。《左傳·宣公十二年》：「還無社與司馬卯言，號申叔展。叔展曰：『有麥麴乎？』曰：『無。』『有山鞠窮乎？』曰：『無。』」杜預注：「麥麴、鞠窮，所以禦濕。欲使無社逃泥水中，無社不解，故曰無。軍中不敢正言，故謬語。」〔補注〕廋辭，隱語。軍中不敢正言，故謬語，即所謂廋辭也。

〔一二〕〔錢校〕藋茶，胡本作「翟祖」。〔錢注〕《詩》「堇荼如飴」疏：《廣雅》：「堇，藋也。」今三輔之間言猶然。張華《博物志》：飲真茶，令人少眠。《野客叢書》：世謂古之荼即今茶，不知荼有數種，惟荼檟之荼，即今之荼也。

〔一三〕〔錢注〕《新唐書·百官志》：中都督府，醫藥博士一人，正九品下。

## 鄉貢明經陶標〔一〕

牒奉處分，昔漢時高手〔二〕，周室上醫〔三〕，將崇三代之功〔四〕，亦謹一經之遺〔五〕。以標實稱幹父〔六〕，且又名家，佇有濟于痒痾〔七〕，在先頒于禄廪〔八〕。爾其精詳《桐籙》〔九〕，慎别《農經》〔一〇〕，且繫孝廉之船〔一一〕，勉用季孫之石〔一二〕。事須補充要籍〔一三〕。

【校注】

〔一〕〔錢注〕《通典》：唐貢士之法，多循隋制，其常貢之科，有秀才，有明經，有進士，有明法，有書，有算。自京師郡縣，皆有學焉。每歲仲冬，郡縣監課，試其成者。長吏會僚屬，設賓主，陳俎豆，備管絃。既餞，而與計偕。其不在館學而舉者，謂之鄉貢。〔補注〕《新唐書·選舉志上》：「唐制，取士之科，多因隋舊，然其大要有三。由學館者曰生徒，由州縣者曰鄉貢，皆升於有司而進退之。」《唐摭言·統序科第》：「自武德辛巳歲四月一日，敕諸州學士及早有明經及秀才、俊士、進士明於理體，爲鄉里所稱者，委本縣考試，州長重覆，取其合格，每年十月隨物入貢。斯我唐貢士之始也。」

〔二〕〔錢注〕《初學記》：司馬彪《續漢書》曰：「東平王蒼到國，病，詔遣太醫丞，將高手醫視病。」

〔三〕〔補注〕《周禮·天官冢宰·醫師》：「醫師，掌醫之政令……凡邦之有疾病者……使醫分而治之。歲終，則稽其醫事，以制其食。十全爲上，十失一次之，十失二次之，十失三次之，十失四爲下。」

〔四〕〔錢注〕用《禮記》「醫不三世，不服其藥」。唐諱「世」，作「代」。

〔五〕〔錢注〕《漢書·韋賢傳》：賢篤志於學，兼通《禮》《尚書》，以《詩》教授，號稱鄒、魯大儒。少子玄成復以明經歷位至丞相。故鄒、魯諺曰：「遺子黄金滿籝，不如一經。」〔按〕此「一經」切「鄉貢明經」而言。

〔六〕〔補注〕《易·蠱》：「幹父用譽，承以德也。」孔穎達疏：「奉承父事，惟以中和之德，不以威力，故云承以德也。」幹父之蠱，謂子承父志，完成父親未竟之業。《易·蠱》：「幹父之蠱，有子，考無咎。」王弼注：「以柔巽之質，幹父之事，能承先軌，堪其任者也。」

〔七〕〔錢注〕《説文》：痒，瘍也。疴，病也。〔按〕疴、痾皆疾病。

〔八〕〔錢注〕《周禮·内宰》注：稍食，吏禄廪也。

〔九〕〔錢注〕陶弘景《本草序》：有《桐君采藥録》，説其花葉形色。《藥對》四卷，説其佐使相須。

〔一〇〕愼，《全文》作「憤」，注曰：疑。據錢校改。〔錢注〕陶弘景《本草序》：舊説皆稱《神農本經》，余以爲信然。

〔一一〕〔錢注〕《晉書·張憑傳》：憑舉孝廉，負其才，詣劉惔。會王濛就惔清言，有所不通，憑於末坐判之，言旨深遠，清言彌日。憑既還船，須臾，惔遣教覓張孝廉船，便召與同載。

〔一二〕季，《全文》作「李」。〔錢校〕「李孫」未詳，似當作「季孫」。然《左傳》「藥石」，乃孟孫，而非季孫，或臆記而誤。〔按〕錢説是。《左傳·襄公二十三年》：「季孫之愛我，疾疢也；孟孫之惡我，藥石也。」殆因此而誤記爲「季孫」，又形訛爲「李孫」。兹據改。

〔一三〕〔錢注〕《新唐書·百官志》：觀察使，要籍一人。〔補注〕《周禮·夏官·大司馬》：「大役，與慮事屬其植，受其要，以待考而賞誅。」鄭玄注：「要者，簿書也。」又《天官·小宰》：「月終則以官府之叙受群吏之要。」鄭玄注：「主每月之小計。」賈公彦疏：「月計曰要，故每月月終則使官府致其簿書之要受之。」要，爲會計之簿書。要籍，當是主管簿書之會計之吏。陶禩之職實爲醫官，因前已辟署段球爲醫藥博士，按規定只能舉一人，故陶禩以「要籍」名義領取禄廩。

前攝臨桂縣令李文儼〔一〕

右件官，我李本枝〔二〕，諸劉貴族〔三〕，能彰美錦〔四〕，令肅陽鱎〔五〕。臨桂既有正官〔六〕，豐水方思健令〔七〕。無辭久假〔八〕，勉慰一同〔九〕。已聞言偃之絃歌〔一〇〕，更佇潘仁之桃李〔一一〕。事須差攝豐水縣令。

【校注】

〔一〕〔錢注〕《新唐書·地理志》：臨桂縣，上，屬嶺南道桂州。《舊唐書·職官志》：諸州上縣，令一人，從六品上。〔補注〕攝，暫行代理，非正式任命。

〔二〕〔補注〕《詩·大雅·文王》：「文王孫子，本支百世。」本支，亦作「本枝」，家族之嫡系與庶出子孫。此指李唐皇族。

〔三〕〔錢注〕《史記·荆燕世家》：荆王劉賈者，諸劉，不知其何屬。〔補注〕諸劉，指漢劉氏皇族，喻李唐同姓皇族。

〔四〕〔補注〕《左傳·襄公三十一年》載：子皮欲使尹何爲家邑之宰，子産以爲尹何不堪此任，喻之曰：「子有美錦，不使人學製焉。大官、大邑，身之所庇也，而使學者製焉，其爲美錦不亦多乎？」能彰美錦，謂能擔當治理一縣之重任。

〔五〕〔錢注〕《説苑》：宓子賤爲單父宰，陽晝曰：「夫投綸錯餌，迎而吸之者，陽鱎也，其爲魚薄而不美。」未至單父，冠蓋迎之者，交接於道。子賤曰：「車驅之。夫陽晝之所謂陽鱎者至矣。」〔按〕《説苑》「鱎」作「橋」。明楊慎《丹鉛總録·陽鱎》：「陽喬，魚名，不釣而來，喻士之不招而至者也。其魚之形則未詳……喬從魚爲鱎，字義乃全。」楊慎所解似非《説苑·政理》原意，子賤蓋以陽鱎爲趨附之徒，故云「車驅之」。與此句「令肅陽鱎」意合。

〔六〕官，《全文》作「言」，據錢校改。〔錢注〕《漢書·哀帝紀》注：諸以才技徵召，未有正官，故曰待詔。

〔七〕〔錢注〕《新唐書·地理志》：豐水縣，中下，屬桂州。《舊唐書·職官志》：諸州中下縣，令一人，從七品上。《後漢書·馮魴傳》：魴遷郟令，郟賊攻圍縣舍，魴率吏士力戰。帝案行鬭處，乃嘉之曰：「此健令也。」

〔八〕〔補注〕假，代理。前攝臨桂縣令，今又差攝豐水縣令，故云「久假」。

〔九〕〔補注〕《左傳·襄公二十五年》：「且昔天子之地一圻，列國一同，自是以衰。今大國多數圻矣，若無侵小，何以至焉。」杜預注：「一同，方百里。」古代一縣所轄之地方百里。《漢書·百官公卿表》：「縣大率方百里。」亦以「一同」借指縣令。

〔一〇〕〔補注〕《論語·陽貨》：「子之武城，聞弦歌之聲。夫子莞爾而笑，曰：『割雞焉用牛刀？』子游對曰：『昔者偃也聞諸夫子曰：「君子學道則愛人，小人學道則易使也。」』子曰：『二三子！偃之言是也。前言戲之耳。』」弦歌，指以禮樂教化治理縣政。言偃，吴人，字子游，少孔子四十五歲。見《史記·仲尼弟子列傳》。

〔一一〕〔錢注〕《晉書·潘岳傳》：岳字安仁。《白帖》：晉潘岳爲河陽令，樹桃李花，人號曰「河陽一縣花」。

## 突將凌綽〔一〕

牒奉處分。我所羈縻〔二〕，未爲遐陋，既懸版籍〔三〕，實集賦輿〔四〕。言念蕃州〔五〕，雖無漢守〔六〕，豈得久容懦吏〔七〕，有負疲人？以綽早處中軍〔八〕，嘗爲突騎〔九〕，既負抉門之武〔一〇〕，仍聞免胄之恭〔一一〕。是用暫假撫綏，聊資控遏。爾其載敷仁勇〔一二〕，式慰州邦。無挾遠以生情，勿憂貧而易操〔一三〕。獎能舉罪〔一四〕，兩不敢私。事須差知蕃州事。

【校注】

〔一〕〔錢注〕《通鑑·唐肅宗紀》注：突將，以領驍勇馳突之士。

〔二〕見《爲滎陽公上集賢韋相公狀二》注〔七〕。〔錢注〕《漢書·司馬相如傳》：蓋聞天子之於夷狄也，其義羈縻，勿絶而已。注：羈，馬絡頭也；縻，牛紖也。

〔三〕〔錢注〕《周禮·司民》注：版，今户籍也。〔按〕此版籍即版圖、疆域。此指桂管所轄區域。

〔四〕〔補注〕實，通「寔」，即。賦輿，賦税，語本《左傳·成公二年》，屢見前注。

〔五〕〔錢注〕《新唐書·地理志》：蕃州，隸桂州都督府。〔按〕蕃州爲桂州都督府之羈縻州，治在今廣西河池市宜州區西南。

〔六〕〔錢注〕《吴志·太史慈傳》注：《江表傳》曰：「鄱陽民帥别立宗部，阻兵守界，不受華子魚所遣長吏，言：『我以别立郡，須漢遣真太守來，當迎之耳。』」

〔七〕〔錢注〕《漢書·元后傳》：逐捕魏郡群盜堅盧等黨與，及吏畏愞逗遛當坐者。

〔八〕〔補注〕《左傳·桓公五年》：「秋，王以諸侯伐鄭，鄭伯禦之，王爲中軍，虢公林父將右軍。」古代行軍作戰分左、中、右或上、中、下三軍，以主帥所在之中軍發號施令。

〔九〕〔錢注〕《漢書·鼂錯傳》注：突騎，言其驍鋭，可用衝突敵人也。

〔一〇〕〔補注〕《左傳·襄公十年》：「縣門發，郰人紇抉之。」抉門，托舉城門。

〔一一〕〔補注〕《國語·周語中》：「左右皆免胄而下拜，超乘者三百乘。」免胄，脱下頭盔，古代將士之行禮方式。

〔一二〕〔補注〕《論語·憲問》：「仁者必有勇。」

〔一三〕〔補注〕《論語·衛靈公》：「君子謀道不謀食。耕也，餒在其中矣；學也，禄在其中矣。君子憂道不憂貧。」

〔一四〕〔錢注〕《晉書·劉頌傳》：夫監司以法舉罪。

盧韜

右件官，族茂燕臺〔一〕，譽高藩閫〔二〕。未從鶡化〔三〕，聊屈鸞棲〔四〕。州縣誠歎于徒勞〔五〕，煙火嘗欣其相接〔六〕。勉全素分，佇振嘉聲。事須差攝靈川縣主簿〔七〕。

【校注】

〔一〕〔錢注〕《新唐書·宰相世系表》：盧氏，范陽涿人。鮑照《放歌行》：將起黃金臺。李善注：王隱《晉書》曰：「段匹磾討石勒，進屯故安縣故燕太子丹金臺。」《上谷郡圖經》曰：「黃金臺，易水東南十八里。燕昭王置千金於臺上，以延天下之士。」二說既異，故具引之。

〔二〕〔錢注〕《漢書·馮唐傳》：臣聞上古王者遣將也，跪而推轂，曰：「閫以内寡人制之，閫以外將軍制之。」

〔三〕鶡化，見《爲濮陽公賀牛相公狀》注〔三〕。

〔四〕〔錢注〕《後漢書·仇覽傳》：覽爲考城主簿，王涣謝遣曰：「枳棘非鸞鳳所棲，百里豈大賢之路？」

〔五〕〔錢注〕《後漢書·梁竦傳》：竦嘗曰：「大丈夫居世，生當封侯，死當廟食。如其不然，閑居可以養志，詩書足以自娱。州縣之職，徒勞人耳！」

〔六〕〔錢注〕《史記·律書》：鳴雞吠狗，煙火萬里。〔按〕桂林與靈川鄰接，故云。

〔七〕〔錢注〕《新唐書·地理志》：靈川縣，中，屬桂州。《舊唐書·職官志》：諸州中縣，主簿一人，從九品上。

林君霈

牒奉處分。古者三人擇師〔一〕，一社立宰〔二〕。所冀禀規有自〔三〕，制事無偏。雖在邊隅，且分州里。語地既踰于一社，料民何啻于三人〔四〕。將求綏撫之才〔五〕，必極柔良之選〔六〕。以君霈策名麾下〔七〕，歷軾軍前〔八〕，身弓六鈞〔九〕，心鐵百鍊〔一〇〕。無擘跽曲拳之志〔一一〕，有飲冰食蘖之貞〔一二〕。是用輟自私門，介于廉部，勉承委寄，慎保始終。有禄食以獎能，有簡書而責過〔一三〕，惟兹二道，汝自執焉〔一四〕。事須差知環州事〔一五〕。

**【校注】**

〔一〕〔補注〕《論語・述而》：「子曰：『三人行，必有我師焉。擇其善者而從之，其不善者而改之。』」

〔二〕〔錢注〕《史記・陳丞相世家》：里中社，平爲宰，分肉食甚均。〔補注〕《管子・乘馬》：「方六里，名之曰社。」社宰爲一社之長。

〔三〕〔錢注〕《晉書・温嶠傳》：同禀規略。

〔四〕〔錢注〕《國語》：宣王既喪南國之師，而料民于太原。〔補注〕料，數。料民，計點人口，清查民户。

〔五〕〔錢注〕《漢書・翟方進傳》：綏撫宇内。

〔六〕〔錢注〕《後漢書·光武紀》：詔務進柔良，退貪酷，各正其業焉。

〔七〕〔補注〕《左傳·僖公二十三年》：「策名委質，貳乃辟也。」杜預注：「名書於所臣之策。」孔穎達疏：「古之仕者於所臣之人書己名於策，以明繫屬之也。」

〔八〕〔錢注〕《戰國策》：蘇秦伏軾撙銜，横歷天下，庭説諸侯之王。

〔九〕〔錢注〕揚子《法言》：修身以爲弓，矯思以爲矢，立義以爲的。六鈞，見本篇《陳公瑾牒》注〔二〕。

〔一〇〕〔錢注〕劉琨《重贈盧諶》詩：何意百鍊剛，化爲繞指柔。〔補注〕曹操《敕王必領長史令》：「領長史王必，是吾披荊棘時吏也，忠能勤事，心如鐵石，國之良吏也。」

〔一一〕〔錢注〕《莊子》：擎跽曲拳，人臣之禮也。〔補注〕成玄英疏：「擎手跽足，磬折曲躬，俯仰拜伏者，人臣之禮也。」

〔一二〕〔補注〕《莊子·人間世》：「今吾朝受命而夕飲冰，我其内熱與？」飲冰，形容惶恐焦灼。飲冰食蘗，謂生活清苦，爲人清白。參見《爲中丞滎陽公赴桂州至湖南敕書慰諭表》「食蘗自規」注。

〔一三〕簡書，見本篇《羅瞻牒》注〔一三〕。〔錢注〕《史記·大宛傳》：以適（謫）過行者，皆絀其勞。

〔一四〕執，錢本作「擇」，未出校。

〔一五〕〔錢注〕《新唐書·地理志》：環州，下，屬嶺南道。〔按〕環州係桂管所領，爲開拓蠻僚所置，見《新唐書·地理志》。

## 李克勤〔一〕

右件官，始在宦途，便彰政術〔二〕。瓊枝瑶蕚，且異于良倫〔三〕；黄綬青袍〔四〕，尚淹于末路〔五〕。屬吾屬縣〔六〕，有令曠官〔七〕。芒蝎既蠹于良材〔八〕，碩鼠又妨于嘉穗〔九〕。匪聞讓畔〔一〇〕，遽致盈庭〔一一〕。聿求可人〔一二〕，用革前弊。其在推公以分疆理〔一三〕，潔己以抑奸豪。使麻不争池〔一四〕，桑無競隴〔一五〕。蔣琬沉醉〔一六〕，未如巫馬之戴星〔一七〕；王衍清談〔一八〕，豈若韓稜之去雹〔一九〕？勉修實效，勿徇虚名。苟善否之有聞，于賞罰而何恡？事須差攝修仁縣令〔二〇〕。

**【校注】**

〔一〕〔錢注〕《新唐書·宗室世系表》：克勤，沅江令。〔補注〕韋謨《有唐故撫州法曹參軍員外置隴西李府君墓誌銘并序》：「公諱彙，字伯揆……以貞元廿一年六月廿三日終于廣州旅泊，享年七十……有子五人，長曰克勤，次曰克修。」然年似過長，疑非一人。

〔二〕術，《全文》作「述」，從錢校據胡本改正。

〔三〕〔錢注〕《晉書·武十三王傳論》：瑶枝瓊蕚，隨鋒鏑而消亡。〔錢校〕良，疑當作「常」。〔補注〕

瑶枝瓊萼，喻其爲宗室。

〔四〕〔錢注〕《漢書·朱浮傳》：刺史不察黄綬。注：丞、尉職卑，皆黄綬。韋絢《劉賓客嘉話録》：舊官人所服袍，赭黄、紫二色。貞觀中，始令三品已上服紫，四品、五品以朱，六品、七品以緑，八品、九品以青。

〔五〕〔錢注〕《戰國策》：《詩》云：「行百里者，半於九十。」此言末路之難。〔補注〕此「末路」猶下位之意。王褒《四子講德論》：「曩從末路，望聽玉音，竊動心焉。」高適《酬秘書弟兼寄幕下諸公》：「末路望繡衣，他時常發蒙。」

〔六〕〔錢注〕《漢書·王尊傳》：到官，出教告屬縣。

〔七〕〔補注〕《書·皋陶謨》：「無曠庶官，天工人其代之。」曠官，空居官位，不稱職。

〔八〕〔錢注〕《爾雅》：蝎，桑蠹。

〔九〕〔錢注〕湛方生《七歡》：簡嘉穗以精微。〔補注〕《詩·魏風·碩鼠》：「碩鼠碩鼠，無食我黍。」「碩鼠碩鼠，無食我麥。」

〔一〇〕〔錢注〕《史記·五帝紀》：舜耕歷山，歷山之人皆讓畔。〔補注〕畔，田岸。

〔一一〕〔補注〕《詩·小雅·小旻》：「發言盈庭，誰敢執其咎？」盈庭，本指充滿朝廷，此指訟者充滿縣庭。

〔一二〕〔補注〕《禮記·雜記下》：「其所與游辟也，可人也。」可人，本指有才能之人，此處似含有合適之人義。

〔一三〕〔補注〕《詩・小雅・信南山》：「我疆我理，南東其畝。」毛傳：「疆，畫經界也；理，分地理也。」

〔一四〕〔錢注〕《晉書・石勒載記》：初，勒與李陽鄰居，歲常争麻池，迭相毆擊。

〔一五〕〔錢注〕《史記・吴世家》：初，楚邊邑卑梁氏之處女，與吴邊邑之女争桑，二女家怒相滅。

〔一六〕〔錢注〕《蜀志・蔣琬傳》：琬除廣都長，衆事不理，時又沈醉。先主將加罪戮，諸葛亮請曰：「蔣琬，社稷之器，非百里之才也。」乃不加罪。

〔一七〕〔錢注〕《吕氏春秋》：宓子賤治單父，彈鳴琴，身不下堂，而單父治。巫馬期以星出，以星入，日夜不居，以身親之，而單父亦治。

〔一八〕〔錢注〕《晉書・王衍傳》：衍補元城令，終日清談，而縣務亦理。

〔一九〕〔錢注〕《東觀漢記》：韓棱爲下邳令，時鄰縣皆雹傷稼，棱縣界獨無雹。

〔二〇〕〔錢注〕《新唐書・地理志》：修仁縣，中下，屬桂州。〔補注〕《舊唐書・職官志》：「諸州中下縣，令一人，從七品上。」

韋重

右件官，頃佐一門，實揚二職。襲韋賢之經術〔一〕，有崔琰之鬚眉〔二〕。久爲旅人〔三〕，不遇知己。今龍城屬部〔四〕，象縣分封〔五〕，雖求瘼頒條，允歸于通守〔六〕；而提綱舉轄，必藉于外臺〔七〕。子其正色當官，潔身照物，逢柔莫茹〔八〕，有蠹必攻〔九〕。羅含擅譽于琳瑯〔一〇〕，猶聞謙受〔一一〕；梁竦徒勞于州縣〔一二〕，未曰通材〔一三〕。勿耻上官〔一四〕，以渝清節〔一五〕。事須差攝柳州録事參軍〔一六〕。

【校注】

〔一〕見本篇《鄉貢明經陶禡牒》注〔五〕。

〔二〕〔錢注〕《魏志·崔琰傳》：琰聲姿高暢，眉目疏朗，鬚長四尺，甚有威重。朝士瞻望，太祖亦敬憚焉。〔按〕琰，《全文》避嘉慶帝諱作「炎」。兹回改，下同。

〔三〕〔補注〕《易·旅》：「上九，鳥焚其巢，旅人先笑後號咷，喪牛于易，凶。」此指羈旅漂泊之人。

〔四〕〔錢注〕《新唐書·地理志》：嶺南道柳州，下，領龍城縣、象縣。《魏志·武帝紀》注：孫盛曰：「罪謙之由，而殘其屬部，過矣。」〔按〕此句「屬部」當即部下之意。柳州爲桂管所轄領。

〔五〕〔補注〕分封，分有疆域。

〔六〕〔錢注〕《隋書·百官志》：開皇中，罷州置郡，郡置太守，其後諸郡各加置通守一人，位次太守。〔按〕唐州郡無通守之職，此言「求瘼頒條」，殆即指州刺史。

〔七〕〔錢注〕孫綽《爲功曹參軍駁事箋》：綱紀居管轄之任，以糾司外内。《通典》：録事參軍，晉置，本爲公府官，非州郡職也。掌總録衆曹文簿，舉彈善惡，後代刺史有軍而開府者，並置之。《新唐書·百官志》：至德後，諸道使府參佐，皆以御史爲之，謂之外臺。〔補注〕録事參軍之職，相當於漢代州郡主簿，而漢、晉時常稱州郡主簿爲綱紀，謂其綜理府事也。故此處以「提綱舉轄」指稱録事參軍。韋重當帶憲銜，故云「外臺」。

〔八〕〔補注〕《詩·大雅·烝民》：「人亦有言，柔則茹之，剛則吐之。維仲山甫，柔亦不茹，剛亦不吐，不侮矜寡，不畏强禦。」茹，吃，吞咽。茹柔，欺軟。

〔九〕〔補注〕《周禮·秋官·翦氏》：「翦氏掌除蠹物，以攻禜攻之，以莽草熏之。」攻禜，古祭名。

〔一〇〕〔錢注〕《晉書·羅含傳》：含字君章，桂陽耒陽人，爲郡功曹，刺史庾亮以爲部江夏從事。太守謝尚稱曰：「羅君章可謂湘中之琳琅。」

〔一一〕〔補注〕《書·大禹謨》：「滿招損，謙受益。」按：此「謙受」蓋指羅含雖有才名而仍接受郡功曹與從事一類任職。

〔一二〕見本篇《盧韜牒》注〔五〕。

〔一三〕〔錢注〕《後漢書·韋彪傳》：應用公正之士，通才謇正，有補益于朝者。〔補注〕《孔叢子·獨治》：「其人通材，足以幹天下。」

〔一四〕〔補注〕上官，受命上任。李白《尋陽送弟昌峒鄱陽司馬作》：「朱紱白銀章，上官佐鄱陽。」

〔一五〕〔錢注〕《漢書·王貢兩龔鮑傳贊》：是故清節之士，於是爲貴。

〔二六〕〔錢注〕《舊唐書·職官志》：下州録事參軍一人，從八品上。

## 曹讜

牒奉處分。郡督郵〔一〕，縣主簿〔二〕，古之任重，今也材難〔三〕。得其人，則四鄙無侵刻之虞〔四〕；失其人，則一府壞紀綱之要〔五〕。昭丘舊郡，平樂屬城〔六〕，雖州將在焉〔七〕，而縣尹耄矣〔八〕！苟忘管轄〔九〕，何寄準繩？前件官，實富公才〔一〇〕，嘗參侯服〔一一〕。削大刃而只思髖髀〔一二〕，茂長材而惟憶風霜〔一三〕。辯瀉口河〔一四〕，志堅心石〔一五〕。委之稽勾〔一六〕，必慰疲羸。夫專于雷同〔一七〕，則無以貴吾道；苟務從派别〔一八〕，則無以致人和。允執厥中〔一九〕，惟理所在。無愆潔操〔二〇〕，以負求才。事須差攝昭州録事參軍〔二一〕。

【校注】

〔一〕〔錢注〕《通典》：督郵，漢有之，掌監屬縣。唐以後無。〔補注〕督郵爲郡之重要屬吏，代表太守督察縣鄉，兼司獄訟捕亡。

〔二〕〔錢注〕《通典》：主簿，謂主諸簿，自漢有之。唐赤縣置二人，他縣各一人。

〔三〕〔補注〕《論語·泰伯》：「孔子曰：『才難，不其然乎？』」《漢書·王嘉傳》引孔子曰作「材難」。顔師古注：「材難，謂有賢材者難得也。」

〔四〕鄙，《全文》作「鄰」，從錢校據胡本改正。〔錢注〕《漢書·食貨志》：侵刻小民。〔補注〕《禮記·月令》：「季冬行秋令，則白露蚤降，介蟲爲妖，四鄙入保。」四鄙，四境邊民。

〔五〕紀綱，見本篇《韋重牒》注〔七〕。

〔六〕〔錢注〕《新唐書·地理志》：嶺南道昭州，下，領平樂縣。《舊唐書·地理志》：昭州，武德四年置樂州，貞觀八年改爲昭州，以昭岡潭爲名。

〔七〕〔錢注〕《後漢書·張奐傳》：小人不明，得過州將。〔補注〕州將，此當指州刺史。唐刺史多有使持節某州諸軍事之職銜。

〔八〕〔補注〕縣尹，指平樂縣令。《左傳·隱公四年》：「衛國褊小，老夫耄矣，無能爲也。」杜預注：「八十曰耄。」

〔九〕見《韋重牒》注〔七〕。

〔一〇〕公才，見本篇《羅瞻牒》注〔二〕。

〔一一〕〔補注〕《書·禹貢》：「五百里甸服……五百里侯服。」《周禮·夏官·職方氏》：「乃辨九服之邦國，方千里曰王畿，其外方五百里曰侯服。」舊説以《書》所記爲夏制，《周禮》所記爲周制。此句言其曾爲州郡僚佐。

〔一二〕〔錢注〕《漢書·賈誼傳》：屠牛坦一朝解十二牛，而芒刃不頓者，所排擊剥割，皆衆理解也。至於髖髀之所，非斤則斧。注：髀，股骨也。髖，髀上也。

〔一三〕〔錢注〕《晉書·劉輿傳》：時稱潘滔大才，劉輿長才，裴邈清才。《後漢書·盧植傳論》：風霜以別草木之性，危亂而見貞臣之節。

〔一四〕〔錢注〕《晉書·郭象傳》：象好《老》《莊》，能清言，王衍每云：「聽象語，如懸河瀉水，注而不竭。」

〔一五〕〔補注〕《詩·邶風·柏舟》：「我心匪石，不可轉也。」按：此句「心石」乃形容其志堅不移。

〔一六〕〔錢注〕勾，去聲。〔補注〕《通典·職官六》：「漢有御史主簿……大唐置一員，掌付事勾稽，省署鈔目，監印，給紙筆。」勾稽，猶考核。

〔一七〕〔補注〕《禮記·曲禮上》：「毋勦説，毋雷同。」

〔一八〕〔錢注〕左思《吴都賦》：百川派別，歸海而會。

〔一九〕〔補注〕《書·大禹謨》：「人心惟危，道心惟微，惟精惟一，允執厥中。」

〔二〇〕〔錢注〕《後漢書·桓彬傳》：辭隆從窊，絜操也。

〔二一〕見上《韋重牒》注〔一六〕。

陳積中

牒奉處分。地處一同〔一〕，有移風易俗之務〔二〕；雷震百里，有驚遠懼邇之威〔三〕。聿求其人，良不易得。況荔江屬邑〔四〕，桂嶺通津〔五〕，停弦待調〔六〕，鋪錦俟製〔七〕。前件官，秩爲仙尉〔八〕，名下蘇卿〔九〕。聊借效于牛刀〔一〇〕，暫輟遊于鷺翿〔一一〕。勉將廉白〔一二〕，以慰逋遺〔一三〕。事須攝荔浦縣令〔一四〕。

**【校注】**

〔一〕〔補注〕一同，古稱方百里（即一縣）之地，見本篇《前攝臨桂縣令李文儼牒》注〔九〕。

〔二〕〔補注〕《禮記·樂記》：「移風易俗，天下皆寧。」

〔三〕〔補注〕《易·震》：「震驚百里，不喪匕鬯。《象》曰：……震驚百里，驚遠而懼邇也。」

〔四〕〔錢注〕《元和郡縣志》：桂州荔浦縣，因荔水爲名。《史記·大宛傳》：其屬邑大小七十餘城。

〔五〕〔錢注〕《史記·秦始皇紀》注：《廣州記》云：「五嶺者，大庾、始安、臨賀、揭陽、桂陽。」《輿地志》云：「一曰……大庾，二曰騎田，三曰都龍，四曰萌諸，五曰越嶺。」王凝之《蘭亭集詩》：逍遙映通津。〔按〕桂嶺，指越城嶠，即越嶺，此處指桂管多山地區。通津，四通八達之交通要津。

〔六〕〔錢注〕《漢書·董仲舒傳》：譬之琴瑟不調，甚者必解而更張之，乃可鼓也。〔按〕錢注非。此當用《論語・陽貨》：「子之武城，聞弦歌之聲。夫子莞爾而笑曰：『割雞焉用牛刀？』子游對曰：『昔者偃也聞諸夫子曰：「君子學道則愛人，小人學道則易使也。」』」子游以弦歌禮樂爲教民之具，後因以「弦歌」爲出任縣令之典。「停弦待調」，謂縣令缺人，等待新任縣令施行教化。

〔七〕見本篇《前攝臨桂縣令李文儼牒》注〔四〕。

〔八〕〔錢注〕《漢書・梅福傳》：福補南昌尉，後去官歸，嘗以讀書養性爲事。一朝棄妻子，去九江，至今傳以爲仙。

〔九〕〔錢注〕《漢書・蘇武傳》：武字子卿，爲栘中厩監。按：詩集《茂陵》詩「誰料蘇卿老歸國」，即指蘇武。此與梅福並隸，蓋謂賢而隱於下僚耳。

〔一〇〕見本牒注〔六〕。

〔一一〕〔補注〕《詩・陳風・宛丘》：「無冬無夏，值其鷺翿。」毛傳：「翿，翳也。」鷺翿，以白鷺羽製成之舞具。

〔一二〕〔錢注〕《後漢書・桓帝紀》：令廉白守道者，得信其操。

〔一三〕〔補注〕逋遺，猶逋亡，逃亡之民。

〔一四〕〔錢校〕「須」下疑脱一字。〔按〕當脱一「差」字。〔錢注〕《新唐書・地理志》：荔浦縣，中下，屬桂州。

## 李遇〔一〕

牒奉處分。使君代緒清華〔二〕，襟神秀朗〔三〕，恭而負氣〔四〕，勇以求仁〔五〕。屢試絃歌〔六〕，比分符竹〔七〕。處雞舌龍身之地〔八〕，不侮鰥寡〔九〕；居明珠大貝之間〔一〇〕，益清冰蘗〔一一〕。每聞受代〔一二〕，便至徒行〔一三〕。戰勝紛華〔一四〕，儀形暇豫〔一五〕。比陶潛之乏食，遠過二旬〔一六〕；方江革之歸資，兼無一舸〔一七〕。爰徵舊史，想見其人。

某幸忝廉車〔一八〕，每懷屬部，詎忘賢守，薦自良朋〔一九〕？敢滯鑾圻〔二〇〕，同頒鳳詔〔二一〕？噫！處盤錯而願彰利刃，虞升卿是以爲能〔二二〕；有民人而遂不讀書，仲子路于焉見拒〔二三〕。盛名典郡〔二四〕，學古入官〔二五〕，苟直操之罔渝〔二六〕，豈層臺之足累〔二七〕？勉思所自，以保克終〔二八〕。事須請攝嚴州刺史〔二九〕。

**【校注】**

〔一〕〔補箋〕唐有四李遇，一爲唐代宗子端王李遇，一爲天寶時御史中丞，一爲五代吴常州刺史，與此年代均不相及。《新唐書·宰相世系表》監察御史李諶子李遇，江都尉。時代相近，或即其人。又《唐故奉天定難功臣遊擊將軍天威軍正將杜公夫人隴西李氏墓誌銘并序》，大和九年四月徵事郎、試太常寺奉禮郎李遇撰。與李諶子李遇未知是否同爲一人。録以備考。

〔二〕〔錢注〕《後漢書·郭伋傳》:聞使君到,喜,故來奉迎。〔補注〕代緒,猶世緒、世系。清華,指門第清高顯貴。

〔三〕〔錢注〕《梁書·范雲傳》:卿精神秀朗,而勤于學,卿相才也。

〔四〕〔錢注〕《宋書·謝弘微傳》:阿連剛躁負氣。〔按〕即《李幼章牒》「仗氣以逾恭」意。

〔五〕〔補注〕《論語·憲問》:「仁者必有勇。」又《述而》:「求仁而得仁。」

〔六〕見本篇《陳積中牒》注〔六〕。

〔七〕〔補注〕謂近分竹使符爲州刺史。按唐制刺史持銅魚符。「分符竹」蓋漢制。

〔八〕〔錢注〕《太平御覽》:《南方草木狀》曰:「交阯蜜香樹,其花不香,成實乃香,爲雞舌香。」《淮南子》:九疑之南,陸事寡而水事衆,於是民人被髮文身,以象鱗蟲。〔按〕錢注「雞舌」引《南方草木狀》「雞舌香」(即今所謂丁香),恐誤。此「雞舌」與「龍身」(紋身作龍之圖案)並列,殆指南方少數民族語音之難懂,猶《孟子·滕文公上》所謂「南蠻鴂舌」,亦商隱《異俗二首》(其一)所謂「鳥言」,《昭郡》所謂「鄉音吁可駭」也。

〔九〕〔補注〕《左傳·昭公元年》:「《詩》曰:『不侮鰥寡,不畏彊禦。』」按:《詩·大雅·烝民》作「不侮矜寡,不畏强禦」。

〔一〇〕〔錢注〕《南越志》:土産明珠大貝。

〔一二〕〔補注〕冰蘗，飲冰食蘗之省，喻生活清苦，操守清白。屢見。

〔一三〕〔錢注〕《晉書·劉弘傳》：弘至，奕不受代。〔補注〕受代，官吏任滿，由新官替代。

〔一三〕〔補注〕《論語·先進》：「吾不徒行，以爲之椁，以吾從大夫之後，不可徒行也。」邢昺疏：「徒，猶空也。謂無車空行也，是步行謂之徒行。」

〔一四〕〔錢注〕《韓非子》：子夏見曾子，曾子曰：「何肥也？」對曰：「戰勝，故肥也。」曾子曰：「何謂也？」子夏曰：「吾入見先王之義則榮之，出見富貴之樂又榮之。兩者戰於胸中，未知勝負，故臞；今先王之義勝，故肥。」《史記·禮書》：子夏，門人之高弟也，猶云出見紛華盛麗而悅，入聞夫子之道而樂，二者心戰，故未能決。

〔一五〕〔補注〕儀形暇豫，儀容閑暇安樂，即所謂「戰勝故肥」。

〔一六〕〔錢注〕陶潛《擬古詩》：三旬九遇食，十年著一冠。〔補注〕陶潛《詠貧士七首》之五云：「貧富常交戰，道勝無戚顏。」正用子夏事，故此句聯想及陶。

〔一七〕〔錢注〕《梁書·江革傳》：革除會稽郡丞，行府州事，民安吏畏，乃除都官尚書。將還，贈遺無所受，惟乘臺所給一舸。舸艚偏敧，不得安卧，或謂革曰：「船既不平，濟江甚險，當移徙重物，以迮輕艚。」革既無物，乃於西陵岸取石十餘片以實之。

〔一八〕〔補注〕廉車，觀察使赴任時所乘之車，借指觀察使。

〔一九〕〔補注〕《詩·小雅·常棣》：「每有良朋，況也永歎。」

〔二〇〕鑾圻，見本篇《李幼章牒》注〔一六〕。
〔二一〕〔錢注〕《晉書·石季龍載記》：戲馬觀上安詔書，五色紙在木鳳之口，鹿盧迴轉，狀若飛翔焉。
〔二二〕〔錢注〕《後漢書·虞詡傳》：詡字升卿。盤錯，見《爲滎陽公上門下李相公狀二》注〔六〕。
〔二三〕拒，《全文》作「矩」，原注：疑。據錢校改。〔補注〕《論語·先進》：「子路使子羔爲費宰，子曰：『賊夫人之子。』子路曰：『有民人焉，有社稷焉，何必讀書，然後爲學？』子曰：『是故惡夫佞者。』」按：見拒，當指孔子斥子路爲佞。
〔二四〕見《爲滎陽公與裴盧孔楊韋諸郡守狀》注〔三〕。
〔二五〕〔補注〕《書·周官》：「學古入官。」孔傳：「言當先學古訓，然後入官治政。」
〔二六〕〔錢注〕荀悦《漢紀》：馮參兄弟四人，參矜嚴直操，不屈於五侯貴寵之家。
〔二七〕〔錢注〕《老子》：九層之臺，起於累土。
〔二八〕〔錢注〕《蜀志·馬良傳》：鮮於造次之華，而有克終之美。〔補注〕《詩·大雅·蕩》：「靡不有初，鮮克有終。」
〔二九〕〔錢注〕《新唐書·地理志》：嚴州，下，屬嶺南道。《舊唐書·職官志》：下州刺史一員，正四品下。〔補注〕桂管領嚴州，見《新唐書·方鎮表》。

呂佋〔一〕

牒奉處分。前件官，吏道長材〔二〕，故人令弟〔三〕。一言相託，萬里爰來。未及解巾〔四〕，俄悲斷手〔五〕。牙絃載絶〔六〕，徐劍寧欺〔七〕？且資典午之權〔八〕，終正頒條之請〔九〕。佇揚仁隱〔一〇〕，用慰疲羸〔一一〕。無恃舊故。事須差攝判官〔一二〕。

【校注】

〔一〕〔錢箋〕本集有《祭呂商州文》，馮氏以爲代滎陽公作。中云「言念令季，託余屬城」，必即是人也。〔按〕徐樹穀已云「似代鄭亞，故有『三湘』『五嶺』之語」，惟不詳呂商州爲何人，馮浩始考明其爲呂述。《爲滎陽公祭呂商州文》有「天涯地末，高秋落景」之語，文當作於大中元年秋。然呂述之歿則在大中元年二月鄭亞、呂述分別任命爲桂管觀察使、商州刺史後不久。《祭呂商州文》云：「逮予廉部，及子頒條。」本牒云：「未及解巾，俄悲斷手。」可證呂佋未及抵桂，其兄呂述即歿於商州刺史任上。亞受述之託攜佋赴桂，並辟爲判官。是則此牒與祭文當爲同時先後之作。

〔二〕〔錢注〕《史記·平準書》：吏道雜而多端，則官職耗費。

〔三〕〔錢注〕應亨《贈四王冠》詩：濟濟四令弟。

〔四〕〔錢注〕《後漢書·韋彪傳》：彪族子豹，豹子著，以經行知名，不應州郡之命，就家拜東海相，詔書逼切，不得已，解巾之郡。

〔五〕〔錢注〕《後漢書·袁紹傳》：兄弟者，左右手也。譬人將鬬，而斷其右手，而曰我必勝若，如是者可乎？

〔六〕〔錢注〕《吕氏春秋》：伯牙鼓琴，鍾子期聽之。方鼓琴，而志在太山，鍾子期曰：「善哉！巍巍乎若太山。」少選之間，而志在流水，鍾子期又曰：「善哉！湯湯乎若流水。」鍾子期死，伯牙破琴絶絃，終身不復鼓琴。

〔七〕〔錢注〕《史記·吴世家》：季札之初使，北過徐君，徐君好季札劍，季札未獻。還至徐，徐君已死。於是乃解其寶劍，繫之徐君冢樹而去，曰：「始吾已心許之，豈以死倍吾心哉！」

〔八〕〔錢注〕《蜀志·譙周傳》：典午忽兮。典午者，謂司馬也。〔按〕此「典午」乃隱指司馬之官職。唐制，節度使、觀察使屬僚有行軍司馬。又每州亦有司馬，視下句「終正頒條之請」，似爲州司馬。此職常用以安置閒散人員。連下句謂先安排州司馬，再任刺史之職。

〔九〕〔補注〕頒條，發布律條，指州刺史之職。

〔一〇〕〔錢注〕《漢書·韓安國傳》：此仁人之所隱也。〔補注〕《孟子·公孫丑上》：「惻隱之心，仁之端也。」仁隱之隱，指仁者惻隱之心。

〔一一〕〔錢校〕此下疑脱四字。

〔二三〕〔錢注〕《新唐書·百官志》：觀察使，判官一人。

秦軻

牒奉處分。廉介不潤于脂膏〔一〕，忠信可行於蠻貊〔二〕。不唯今也，古猶難哉！予始軔廉車〔三〕，軻素爲州將〔四〕，召至與語〔五〕，得其可人〔六〕。書劍有成〔七〕，腰腹甚偉〔八〕。是用返于故部，慰彼遐陬〔九〕。職次牙璋〔一〇〕，務兼銀冶〔一一〕。俯資軍用〔一二〕，兼助地征〔一三〕。雖處之不疑，將委爾以山澤之利〔一四〕；而義然後取〔一五〕，不畜爾爲聚斂之臣〔一六〕。其在無失舊規，不渝素節〔一七〕。威小人之草，咸使偃風〔一八〕；護姹女之神，無令得火〔一九〕。佇聞集事〔二〇〕，更議酬勞。事須假同兵馬使職〔二一〕，依前知古州事〔二二〕，兼專勾當都蒙營務〔二三〕。

【校注】

〔一〕見《爲濮陽公上淮南李相公狀一》注〔九〕。

〔二〕〔補注〕《書·武成》：「華夏蠻貊，罔不率俾。」《論語·衛靈公》：「子張問行。子曰：『言忠信，行篤敬，雖蠻貊之邦，行矣。』」

〔三〕〔錢注〕《漢書·揚雄傳》注：服虔曰：「軔，止車之木。」〔補注〕始軔廉車，謂始到觀察使任。

〔四〕州將，指州刺史，見本篇《曹讜牒》注〔七〕。

〔五〕〔錢注〕《國語》：桓公召而與之語，訾相其質，足以比成事。

〔六〕可人，見本篇《李克勤牒》注〔三〕。

〔七〕見《爲濮陽公上陳相公狀二》注〔五〕。

〔八〕見《爲滎陽公謝集賢韋相公狀》注〔五〕。

〔九〕〔補注〕遐陬，邊遠一隅，此指古州。

〔一〇〕見本篇《李幼章牒》注〔三〕。此指假同兵馬使之職。

〔一一〕〔錢注〕按：《新唐書·地理志》桂管所屬多貢銀，而古州不載。

〔一二〕〔錢注〕《漢書·陳湯傳》：因敵之糧，以贍軍用。

〔一三〕〔補注〕《周禮·地官·大司徒》：「制天下之地征。」地征，土地稅。

〔一四〕〔補注〕《穀梁傳·莊公二十八年》：「山林藪澤之利，所以與民共也。虞之，非正也。」

〔一五〕〔補注〕《論語·憲問》：「子問公叔文子於公明賈曰：『信乎！夫子不言、不笑、不取乎？』公明賈對曰：『以告者過也。夫子時然後言，人不厭其言；樂然後笑，人不厭其笑；義然後取，人不厭其取。』」

〔一六〕畜，《全文》作「蓄」，據錢校改。〔補注〕《論語·先進》：「季氏富於周公，而求也爲之聚斂而附益之。子曰：『非吾徒也，小子鳴鼓而攻之，可也。』」

〔一七〕〔補校〕渝，《全文》作「踰」，錢注本同。按：作「踰」非，當作「渝」。《李遇牒》：「苟直操之罔渝。」《韋重牒》：「勿恥上官，以渝清節。」字皆作「渝」，茲據改。

〔一八〕〔補注〕《論語·顔淵》：「季康子問政於孔子曰：『如殺無道，以就有道，何如？』孔子對曰：『子爲政，焉用殺？子欲善而民善矣。君子之德風，小人之德草，草上之風，必偃。』」

〔一九〕〔錢注〕《參同契》：河上姹女，得火則飛。〔補注〕道家煉丹，稱水銀爲姹女。《參同契》蔣一彪集解引彭曉曰：「河上姹女者，真汞也，見火則飛騰。」此句「護姹女之神」當指其「務兼銀冶」而言。

〔二〇〕集事，成功。見《李幼章牒》注〔一四〕。

〔二一〕見《爲濮陽公陳許補王琛衙前兵馬使牒》注〔一〕。

〔二二〕〔錢注〕《新唐書·地理志》：古州，下，屬嶺南道。〔補注〕古州爲桂管觀察使所領州。

〔二三〕〔錢注〕《新唐書·地理志》：都蒙縣，屬嶺南道環州。〔補注〕環州亦桂管所領州。

## 劉福

牒奉處分。前件官，襲慶儒門〔一〕，儲精吏道〔二〕。不鉶庖刃〔三〕，思處囊錐〔四〕。今廉部之初，求人是切，爰將折獄〔五〕，用寄長材。子其斟酌蜀科〔六〕，評詳漢令〔七〕，勿令門下意盜璧于張儀〔八〕，無使獄中溺然灰于安國〔九〕。佇觀法理〔一〇〕，更俟甄昇。事須差攝觀察衙推〔一一〕。

【校注】

〔一〕〔錢注〕《後漢書·鄭興賈逵傳贊》：中世儒門，賈、鄭名學。

〔二〕見《吕侶牒》注〔二〕。

〔三〕見《上河南盧給事狀》注〔八〕。〔補注〕不銂庖刃，謂如利刃未試，尚未發於砥石也。

〔四〕〔錢注〕《史記·平原君傳》：秦之圍邯鄲，趙使平原君來救，合從於楚，約與食客二十人偕。門下有毛遂者，前自贊於平原君，平原君曰：「夫賢士之處世也，譬若錐之處囊中，其末立見。」遂曰：「臣乃今日請處囊中耳！」

〔五〕〔補注〕《論語·顏淵》：「片言可以折獄者，其由也與？」折獄，判決獄訟。

〔六〕〔錢注〕《蜀志·伊籍傳》：籍與諸葛亮、法正、劉巴、李嚴，共造蜀科。〔補注〕科，法規、刑律。

〔七〕〔錢注〕《漢書·刑法志》：律令凡三百五十九章。

〔八〕〔錢注〕《史記·張儀傳》：儀嘗從楚相飲，已而楚相亡璧，門下意儀，共執儀，掠笞數百，不服，醳（釋）之。

〔九〕〔錢注〕《史記·韓長孺傳》：韓安國坐法抵罪，蒙獄吏田甲辱安國。安國曰：「死灰獨不復然乎？」甲曰：「然即溺之。」

〔一〇〕〔錢注〕《漢書·宣帝紀》：法理之士，咸精其能。

〔一一〕見《羅瞻牒》注〔一四〕。

# 爲滎陽公桂管補逐要等官牒〔一〕

田仲方

右件官，掌予書計〔二〕，積爾光陰。臨文乃辨於魯魚〔三〕，問數能知於身首〔四〕。昨者始從藩寄，初啓戎行〔五〕。有廊廡所散之金〔六〕，有筐篚是將之帛〔七〕。資其出納，益見廉隅〔八〕。不惟録舊之誠〔九〕，且切隨材之用。事須補充逐要〔一〇〕。

【校注】

〔一〕本篇包括桂管補田仲方逐要等官牒十一通，原載清編《全唐文》卷七七九第一至第三頁、《樊南文集補編》卷九。張采田《會箋》卷三繫大中元年鄭亞抵桂管後，次《爲滎陽公桂州署防禦等官牒》之後。〔按〕牒文有「始從藩寄，初啓戎行」，「今兵屯越嶠，藩控蠻圻」等語，當是鄭亞到桂管後不久商隱爲之代擬，酌編大中元年六、七月間。

〔二〕〔補注〕《禮記·内則》：「十年，出就外傅，居宿於外，學書計。」《漢書·食貨志》：「八歲入小學，學六甲五方書計之事。」書計，文字與籌算，六藝中之六書九數之學。

〔三〕〔錢注〕《抱朴子》：書三寫，「魯」成「魚」，「帝」成「虎」。

〔四〕〔補注〕《左傳·襄公三十年》：「晉悼夫人食輿人之城杞者，絳縣人或年長矣，無子而往，與於食。有與疑年，使之年，曰：『臣小人也，不知紀年。臣生之歲，正月甲子朔，四百有四十五甲子矣，其季於今三之一也。』吏走問諸朝。師曠曰：「……七十三年矣。史趙曰：『亥有二首六身，下二如身，是其日數也。』士文伯曰：『然則二萬六千六百有六旬也。』」按：「臨文」「問數」二句正切「書」與「計」而言。

〔五〕〔補注〕《左傳·成公二年》：「下臣不幸，屬當戎行，無所逃隱。」

〔六〕〔錢注〕《史記·魏其侯傳》：竇嬰爲大將軍，賜金千斤，陳之廊廡下，軍吏過，輒令財取爲用，金無入家者。

〔七〕〔錢注〕《詩·鹿鳴序》：《鹿鳴》，燕群臣嘉賓也。既飲食之，又實幣帛筐篚，以將其厚意。〔補注〕《鹿鳴》：「我有嘉賓，鼓瑟吹笙。吹笙鼓簧，承筐是將。」

〔八〕〔補注〕《禮記·儒行》：「近文章，砥礪廉隅。」

〔九〕〔錢注〕王筠《與東陽盛法師書》：既荷録舊之情，兼備殷勤之旨。

〔一〇〕〔錢注〕《新唐書・百官志》：節度使，逐要一人。

### 嚴君景

右件官，當參戎府，洎從廉車，殿後驅前〔一〕，拉朽穿蠹〔二〕，既展在公之績〔三〕，宜當職禄之科。聊比秩於中璋〔四〕，用承榮於建旆〔五〕。事須補充同兵馬使〔六〕。

**【校注】**

〔一〕〔錢注〕《廣雅》：軍在前曰啓，後曰殿。〔補注〕《詩・衛風・伯兮》：「伯也執殳，爲王前驅。」

〔二〕〔錢注〕《晉書・甘卓傳》：將軍之舉武昌，若摧枯拉朽，何所顧慮乎？

〔三〕〔補注〕《詩・召南・小星》：「肅肅宵征，夙夜在公。」

〔四〕〔補注〕中璋，古代用以發兵之玉制符節。《周禮・考工記・玉人》：「牙璋、中璋七寸，射二寸，厚寸，以起軍旅，以治兵守。」賈公彥疏：「軍多用牙璋，軍少用中璋。」《周禮・春官・典瑞》：「牙璋以起軍旅，以治兵守。」鄭玄注引鄭司農云：「牙齒，兵象，故以牙璋發兵，若今時以銅符發兵。」孫詒讓正義：「此不云中璋者，中璋比於牙璋，殺文飾。總而言之，亦得名爲牙璋。」

〔五〕〔錢注〕邢子才《冀州刺史封隆之碑》：建旆懷藩。

〔六〕見《爲濮陽公陳許補王琛衙前兵馬使牒》注〔一〕。

## 王公衡

右件官，素樂從軍〔一〕，少來歸我。勁勇而敢探雛虎〔二〕，誠明而可涉呂梁〔三〕。屢變星灰〔四〕，益彰冰蘗〔五〕。今兵屯越嶠，藩控蠻圻〔六〕，無淮陰市井之人〔七〕，有秦伯紀綱之僕〔八〕。是焉求舊〔九〕，以壯中權〔一〇〕。宜思干命之刑〔一一〕，用保克終之美〔一二〕。事須補充某營十將〔一三〕。

【校注】

〔一〕〔錢注〕王粲《從軍行》：從軍有苦樂，但問所從誰。所從神且武，焉得久勞師？

〔二〕〔錢注〕《後漢書·班超傳》：超使西域，到鄯善，王禮敬甚備，後忽更疏懈，超謂其官屬曰：「此必有北虜使來，狐疑未知所從故也。不入虎穴，不得虎子。當今之計，獨有因夜以火攻虜。滅此虜，則鄯善破膽，功成事立矣。」

〔三〕〔錢注〕《莊子》：孔子觀於呂梁，懸水三十仞，流沫四十里，黿鼉魚鱉之所不能游也。見一丈夫游之。孔子從而問焉，曰：「蹈水有道乎？」曰：「吾始乎故，長乎性，成乎命，與齎俱入，與汩偕出，從水之道，而不爲私焉。」

〔四〕〔錢注〕《後漢書·律曆志》：候氣之法，以木爲案，每律各一，從其方位，以葭莩灰抑其内端，案曆而候之，氣至灰去。〔補注〕屢變星灰，猶屢遷歲月。

〔五〕〔補注〕冰蘗，喻清苦之節，屢見。

〔六〕藩，《全文》作「播」，據錢校改。鑾圻，見《爲滎陽公桂州署防禦等官牒·李幼章》注〔一六〕。

〔七〕見《爲滎陽公論安南行營將士月糧狀》注〔三〕。

〔八〕〔補注〕《左傳·僖公二十四年》：「秦伯送衛於晉三千人，實紀綱之僕。」杜預注：「諸門户僕隸之事，皆秦卒共之，爲之紀綱。」紀綱之僕，得力之僕。

〔九〕〔補注〕《書·盤庚上》：「人惟求舊，器非求舊，惟新。」

〔一〇〕〔補注〕《左傳·宣公十二年》：「前茅慮無，中權，後勁。」杜預注：「中軍制謀，後以精兵爲殿。」此以中權指中樞，司令部。

〔一一〕〔補注〕《左傳·昭公二十一年》：「不死伍乘，軍之大刑也。干刑而從子，君焉用之？」干刑，冒犯刑律。《三國志·吴志·魯肅傳》：「目使之去。」裴松之注引《吴書》：「肅欲與羽會語，諸將疑恐有變，議不可往。肅曰：『今日之事，宜相開譬。劉備負國，是非未決，羽亦何敢重欲干命！』」干命之刑，違反命令之刑。

〔一二〕〔補注〕《詩·大雅·蕩》：「靡不有初，鮮克有終。」
〔一三〕〔錢注〕《通鑑·唐憲宗紀》注：十將，軍中小校也。

## 劉淮

牒奉處分。我之上軍〔一〕，實首南服〔二〕。静則拔距投石〔三〕，用養其威；動則振鐸挺鏈〔四〕，以揚其武。爰求訓整，是屬偏裨〔五〕。前件官，頗歷星霜，爲予御右〔六〕，望通軍志，誓在戎行〔七〕。是用挾以楚轅〔八〕，分之齊鼓〔九〕。勉思脱兔〔一〇〕，勿暴將羊〔一一〕。事須補充某營十將〔一二〕。

【校注】

〔一〕〔補注〕《左傳·僖公二十七年》：「乃使郤縠將中軍，郤溱佐之；使狐偃將上軍，讓于狐毛而佐之。」春秋時晉之軍制分上、中、下軍，中軍最尊，上軍次之。
〔二〕〔錢注〕《晉書·劉弘傳》：威行南服。〔補注〕古稱王畿以外地區每五百里爲一區劃，分爲甸服、侯服、綏服、要服、荒服，合稱五服。南服，指南方。
〔三〕〔錢注〕《漢書·甘延壽傳》：延壽投石拔距，絶於等倫。注：投石，以石投人也。拔距者，有人連坐相把據地，距以爲堅，而能拔取之。皆言其有手掣之力。〔按〕參見《爲濮陽公與劉稹書》「拔距投石」馮注及《爲滎陽公賀幽州破奚寇表》「超距投石」馮注。

〔四〕〔錢校〕鍵，疑當作「鈹」。《國語》：被甲帶劍，挺鈹搢鐸。《説文》：鈹，劍而刀裝者。〔補注〕《周禮·夏官·大司馬》：「司馬振鐸，群吏作旗，車徒皆作。」鄭玄注：「振鐸以作衆。作，起也。」振鐸，摇鈴，古代宣布政教法令時，振鐸以警衆。挺，舉、拔。鍵，疑「劍」之音誤。

〔五〕〔錢注〕《漢書·馮奉世傳》：兵法曰：大將軍出，必有偏裨，所以揚威武，參計策。〔補注〕訓整，訓教整飭。

〔六〕〔錢注〕《晉書·何曾傳》：臨敵交刃，又參御右。〔補注〕御右，駕御軍車之甲士右邊之武士，亦稱車右，爲勇力之士。

〔七〕〔補注〕《左傳·昭公二十一年》：「《軍志》有之：『先人有奪人之心，後人有待其衰。』盍及其勞且未定也伐諸？」戎行，已見《田仲方牒》注〔五〕。

〔八〕〔補注〕《左傳·宣公十二年》：「令尹南轅反旆。」杜預注：「迴車南鄉。」

〔九〕〔補注〕《左傳·莊公十年》：「齊人三鼓。劌曰：『可矣。』齊師敗績。」

〔一〇〕〔錢注〕《孫子》：始如處女，敵人開户；後如脱兔，敵不及拒。

〔一一〕〔錢校〕勿暴將羊，疑當作「勿慕如羊」。《後漢書·張奂傳》：遷安定屬國都尉，羌豪帥感奂恩德，上馬二十匹。先零又遺金鐻八枚，並受之。而召主簿於諸羌前，以酒酹地，曰：「使馬如羊，不以入厩；使金如粟，不以入懷。」並以金、馬還之。

〔一三〕見《王公衡牒》注〔一三〕。

## 徐適

右件官，嘗從州兵〔一〕，實懷戎略。瞻晉卿之馬首，識齊壘之烏聲〔二〕。使以履軍，冀無堅敵〔三〕。屬熊湘南戍，於越北疆〔四〕，思揚建隼之威〔五〕，用警跕鳶之俗〔六〕。爾其撫予後勁〔七〕，聽我先庚〔八〕，深弘戰器之資〔九〕，用叶師貞之美〔一〇〕。事須補充某營十將。

【校注】

〔一〕〔補注〕《左傳·僖公十五年》：「晉於是乎作州兵。」杜預注：「五黨爲州，州二千五百家也。因此又使州長各繕甲兵。」此指州郡之地方軍隊。

〔二〕〔補注〕《左傳·襄公十四年》：「（晉）荀偃令曰：『雞鳴而駕，塞井夷竈，唯余馬首是瞻。』」又《襄公十八年》：「丙寅晦，齊師夜遁。師曠告晉侯曰：『烏烏之聲樂，齊師其遁。』」

〔三〕〔錢注〕《晉書·段灼傳》：灼上疏追理鄧艾曰：「龍驤麟振，前無堅敵。」

〔四〕熊湘，見《爲滎陽公上弘文崔相公狀一》注〔四〕。於越北疆，見《爲滎陽公上弘文崔相公狀二》

注〔三〕。

〔五〕〔補注〕《周禮·春官·司常》：「鳥隼爲旟，龜蛇爲旐……州里建旟，縣鄙建旐。」建隼，樹立畫有隼鳥之帥旗。此指任州刺史。

〔六〕〔錢注〕《後漢書·馬援傳》：援謂官屬曰：「當吾在浪泊、西里間，下潦上霧，毒氣重蒸，仰視飛鳶跕跕墮水中。」

〔七〕〔補注〕《左傳·宣公十二年》：「軍行：右轅，左追蓐，前茅慮無，中權，後勁。」後勁，殿後之精兵。

〔八〕〔補注〕《易·巽》：「先庚三日，後庚三日。」先庚，頒布命令前先行申述。申命令謂之庚。

〔九〕〔補注〕《左傳·成公十六年》：「子反入見申叔時，曰：『師其何如？』對曰：『德、刑、詳、義、禮、信，戰之器也。』」杜預注：「器猶用也。」

〔一〇〕〔補注〕《易·師》：「師貞，丈人，吉，無咎。」師貞，言用兵之道，利于得正。貞，正也。

鄭楚〔一〕

牒奉處分。爾之嚴君〔二〕，頃於冢宰〔三〕，守無假器〔四〕，行不易方〔五〕，慶襲身枝〔六〕，名登尺籍〔七〕。是用分乘楚廣〔八〕，均領晉藩〔九〕。刻思及父之賢〔一〇〕，以奉丈人之吉〔一一〕。事須補充同十將。

【校注】

〔一〕〔補箋〕《太平廣記》卷四二八《盧造》、《續玄怪録》卷四《葉令女》有鄭楚，係大曆時人。與此鄭楚顯非一人。

〔二〕〔錢曰〕楚父何名未詳。〔補注〕《易·家人》：「家人有嚴君焉，父母之謂也。」此指父。

〔三〕〔補注〕《書·周官》：「冢宰掌邦治，統百官，均四海。」孔傳：「天官卿稱太宰。」冢宰爲六卿之首，後常稱吏部尚書爲冢宰。

〔四〕〔補注〕《左傳·昭公七年》：「晉人來治杞田，季孫將以成與之。謝息爲孟孫守，不可，曰：『人有言曰：「雖有挈瓶之知，守不假器（借與器物），禮也。」夫子從君，而守臣喪邑，雖吾子亦有猜焉。』」守不假器，謂不以官職輕易授人。

〔五〕〔補注〕《易·恒》：「《象》曰：雷風，恒。君子以立不易方。」孔穎達疏：「君子立身得其恒久之道，故不改易其方。方猶道也。」《後漢書·班彪傳上論》：「班彪以通儒上才，傾側危亂之間，行不踰方，言不失正。」

〔六〕〔補注〕《禮記·哀公問》：「孔子遂言曰：『……君子無不敬也，敬身爲大。身也者，親之枝也，敢不敬與？』」襲慶，襲積善之家餘慶，語本《易·坤》。

〔七〕〔錢注〕《漢書·馮唐傳》注：李奇曰：「尺籍所以書軍令。」〔補注〕尺籍，書寫軍令、軍功之簿籍。《史記·張釋之馮唐列傳》司馬貞索隱：「尺籍者，謂書其斬首之功於一尺之板。」是則「名登尺籍」蓋謂其有軍功記在簿籍也。

〔八〕〔補注〕《左傳·宣公十二年》：「楚子爲乘廣三十乘，分爲左右。」乘廣，主帥所乘之兵車。

〔九〕〔補注〕《左傳·襄公二十九年》：「子展曰：『……東西南北，誰敢寧處？堅事晉、楚，以蕃王室也。』」

〔一〇〕〔錢注〕《漢書·王嘉傳》：故繼世立諸侯，象賢也。注：象其先父祖之賢耳。

〔一一〕〔補注〕《易·師》：「貞，丈人，吉。」

李邯

右件官，族傳隴右〔一〕，氣蓋關中〔二〕。藏蒙、瑜獨出之鋒〔三〕，蘊頗、羽先登之志〔四〕。今者疆分楚、越〔五〕，俗雜蠻夷〔六〕。資中江下瀨之師〔七〕，鎮祝髮鏤膚之俗〔八〕。無替爾勇，挫我軍威。事須補充討擊副使〔九〕。

【校注】

〔一〕〔錢注〕《新唐書·宗室世系表》：李氏出自嬴姓。曇字貴遠，趙柏人侯，入秦爲御史大夫，生四子：崇、辨、昭、璣。崇爲隴西房。

〔二〕〔錢注〕《史記·季布傳》：季布弟季心，氣蓋關中。

〔三〕〔錢注〕陸機《辨亡論》：周瑜、陸公、魯肅、吕蒙之儔，入爲腹心，出作股肱。〔補注〕獨出，猶特出、突出。

〔四〕〔錢注〕《史記·廉頗傳》：廉頗者，趙之良將也。又《項羽紀》：項籍者，下相人也，字羽，項氏世世爲楚將。〔補注〕《左傳·隱公十一年》：「潁考叔取鄭伯之旗蝥弧以先登。」

〔五〕見《爲滎陽公上弘文崔相公狀二》注〔三〕。

〔六〕見《爲滎陽公上集賢韋相公狀二》注〔七〕。

〔七〕〔錢注〕《南史·宋孝武帝紀》：大明七年十一月，大閲水師於中江。《漢書·武帝紀》：元鼎五年，甲爲下瀨將軍，下蒼梧。注，瀨，湍也。吴、越謂之瀨，中國謂之磧。〔補注〕《書·禹貢》：「東爲中江，入于海。」古代對中江有不同解釋。盛弘之《荆州記》以爲指長江經流自今湖北江陵以下至江西九江一段。下瀨，此泛指水軍。李嶠《軍師凱旋自邕州順流舟中》：「尚想江陵陣，猶疑下瀨師。」張仲素《漲昆明池賦》：「獱獺呈形，有類於文身之俗；鳧鷖亂響，如習乎下瀨之師。」

〔八〕〔錢注〕左思《魏都賦》：或魋髻而左言，或鏤膚而鑽髮。〔補注〕《穀梁傳·哀公十三年》：「吴，夷狄之國也，祝髮文身。」范寧注：「祝，斷也。」鏤膚即文身。

〔九〕〔錢注〕《新唐書·許欽寂傳》：萬歲通天元年，契丹入寇，詔爲隴山軍討擊副使。

## 張存〔一〕

右件官，早輸丹赤，頗涉星霜，雖懷暴武之鋒〔二〕，不起戡蟬之色〔三〕。唯兹沈毅〔四〕，可使訓齊。今則登以伍符〔五〕，列之三鼓〔六〕，爾其聿修戰器〔七〕，精講軍書〔八〕，勉膺擊刺之名〔九〕，用獎勤劬之節。事須補充討擊副使〔一〇〕。

【校注】

〔一〕〔補箋〕《太平廣記》卷二三二有張存，係大曆中高郵百姓；《北夢瑣言》卷九有張存，係唐末虢州刺史；《唐故監察御史裏行太原王公（仲堪）墓誌銘》謂其子婿前鄉貢明經清河張存，仲堪貞元十三年卒。以上三張存年代均與此張存不相及，當非其人。又《新唐書·宰相世系表》始興張氏之張存，則年輩更不相及。

〔二〕〔錢注〕唐諱「虎」作「武」。〔補注〕《詩·鄭風·大叔于田》：「襢裼暴虎，獻于公所。」又《小雅·小旻》：「不敢暴虎，不敢馮河。」暴虎，徒手與虎搏鬬。

〔三〕蟬，《全文》原作「彈」，據錢校改。〔錢注〕《列子》：王作色曰：「吾之力者，能裂犀兕之革，曳九牛之尾，猶憾其弱。女折春螽之股，堪秋蟬之翼，而力聞天下，何也！」〔按〕戡、堪通。戡，剪伐。

〔四〕〔錢注〕《後漢書·祭肜傳》：肜性沈毅内重。

〔五〕伍，《全文》作「五」，從錢校據胡本改正。〔錢注〕《漢書·馮唐傳》注：李奇曰：「伍符，軍士五五相保之符信也。」

〔六〕〔補注〕《左傳·莊公十年》：「齊人三鼓。」

〔七〕〔補注〕《左傳·襄公九年》：「甲戌，師于汜，令於諸侯曰：『脩器備，盛餱糧，歸老幼，居疾于虎牢。』」

〔八〕〔錢注〕《漢書·息夫躬傳》：軍書交馳而輻輳，羽檄重跡而狎至。

〔九〕〔錢注〕《史記·日者傳》：齊張仲、曲成侯以善擊刺學用劍，立名天下。

〔一〇〕見前牒注〔九〕。

## 王政

右件官，一心事我，三歲食貧〔一〕。奉崔瑗之嘉賓〔二〕，曾無惰色；收陳遵之尺牘〔三〕，不失片辭。既願慤以可規〔四〕，亦堅明而有守〔五〕。宜攜刀筆〔六〕，從我牙旗〔七〕。事須補充要籍〔八〕。

【校注】

〔一〕〔補注〕《詩·衛風·氓》：「自我徂爾，三歲食貧。」

〔二〕〔錢注〕《後漢書·崔瑗傳》：瑗愛士好賓客，盛修肴膳，單極滋味。

〔三〕〔錢注〕《漢書·陳遵傳》：遵贍于文辭，性善書，與人尺牘，主皆藏去以爲榮。

〔四〕〔錢注〕《荀子》：孝悌愿慤，軥録疾力，以敦比其事業，而不敢怠傲。

〔五〕堅，《全文》作「聖」，從錢校據胡本改正。〔錢注〕《史記·廉頗藺相如傳》：未嘗有堅明約束者也。

〔六〕〔錢注〕《漢書·郅都傳》：臨江王欲得刀筆爲書謝上。注：刀，所以削治書也。古者書於簡牘，故必用刀焉。

〔七〕〔錢注〕張衡《東京賦》：牙旗繽紛。

〔八〕〔錢注〕《新唐書·百官志》：觀察使，要籍一人。

## 劉公實

右件官，早在戎藩，素推武藝〔一〕。堇父敢登於懸布〔二〕，養由無失於穿楊〔三〕。屬徼外無虞〔四〕，軍前罷警，且從散秩〔五〕，勿慮遺才。事須補充散將〔六〕。

【校注】

〔一〕〔錢注〕《魏志·袁涣傳》：有武藝而好水功。

〔二〕〔補注〕《左傳·襄公十年》：「主人縣布，堇父登之，及堞而絶之，隊則又縣之，蘇而復上者三。主人辭焉，乃退。」

〔三〕〔錢注〕《戰國策》：楚有養由基者，善射，去柳葉百步射之，百發百中。

〔四〕〔錢注〕《漢書·王尊傳》：懷來徼外。〔補注〕《史記·司馬相如列傳》：「西至沬、若水，南至牂柯爲徼。」司馬貞《索隱》引張揖曰：「徼，塞也。以木栅水爲蠻夷界。」馮浩《玉谿生詩箋注·因書》注引《漢書注》：「東北謂之塞，西南謂之徼。」

〔五〕〔錢注〕《魏書·盧義僖傳》：散秩多年，澹然自得。〔補注〕散秩，閒散而無一定職守之官位。

〔六〕〔錢注〕《通鑑·唐懿宗紀》注：散將者，牙將之散員也。

鄭珴

右件官，嘗在壯圖，亦從薄宧〔一〕。解康成之書帶〔二〕，精鬼谷之鈐經〔三〕。不憚遐方〔四〕，忽兹投迹〔五〕。雖云小國，寧忘亢宗〔六〕？將有俟於先勞，固未登於真守〔七〕。事須補充同散使〔八〕。

【校注】

〔一〕〔錢注〕《南史·陶潛傳》：弱年薄宧，不絜去就之迹。

〔二〕〔錢注〕《後漢書·郡國志》注：《三齊記》曰：「鄭玄教授不期山，山下生草大如薤，葉長一尺餘，堅刃異常，土人名曰『康成書帶』。」〔補注〕解，通曉。此言其通經。

〔三〕〔錢注〕《隋書·經籍志》：《鬼谷子》三卷。《周禮·典同》疏：《鬼谷子》有《飛鉗》《揣》《摩》之篇。〔按〕古兵法有《玉鈐》，傳爲吕尚所遺。《列仙傳·吕尚》：「二百年而告亡，有難而不葬。後子伋葬之，無尸，唯有《玉鈐》六篇在棺中云。」此句「鈐經」疑因兵法書《玉鈐》而泛指兵書。

〔四〕憚，《全文》作「殫」，據錢校改。

〔五〕〔錢注〕《莊子》：物將往投迹者衆。（錢氏原引「物」字上有「多」字，當屬上句，今删。）〔補注〕投迹，猶投身。

〔六〕〔補注〕《左傳·昭公元年》：「吉不能亢身，焉能亢宗？」亢宗，庇護宗族。

〔七〕〔錢注〕《後漢書·馬援傳》：朱勃未二十，右扶風請試守渭城宰。注：試守者，試守一歲乃爲真，食其全俸。

〔八〕〔補注〕同散使，當指同兵馬使之散員。

# 爲滎陽公賀太尉王司徒啓〔一〕

近者党項侵擾西道〔二〕，崛强北邊〔三〕，仰聞天威〔四〕，將事電掃〔五〕。果從貴府，首建行臺〔六〕。蓋以藉司徒大鹵之先聲，壺關之舊戍〔七〕，謀於群后〔八〕，允屬當仁〔九〕。凡在藩方，不勝欣愜。伏計上軍已有行日〔一〇〕，諸將並受嚴期〔一一〕。是賈復先登之秋〔一二〕，乃樊噲横行之日〔一三〕。弓聲破漠〔一四〕，劍氣凌雲〔一五〕。但恐犬羊不足以當誅鋤〔一六〕，鐘鼎不足以銘功業〔一七〕。某素無韜略〔一八〕，謬忝恩榮。當悲苦之餘，值空困之後，前騶負羽〔一九〕，不展平生。瞻望中權〔二〇〕，唯積私懇。伏惟俯賜亮察。

【校注】

〔一〕本篇原載清編《全唐文》卷七七六第一〇頁、《樊南文集補編》卷七。〔錢箋〕（太尉王司徒）王宰也。《通鑑》：「大中元年五月，吐蕃論恐熱乘武宗之喪，誘党項及回鶻餘衆寇河西，詔河東節度使王宰將代北諸軍擊之。宰以沙陀朱邪赤心爲前鋒，自麟州濟河，與恐熱戰於鹽州，破走之。」《舊唐書・職官志》：「太尉、司徒、司空各一員，謂之三公，並正一品。」宰何時兼職，未詳。〔按〕王宰會昌四年至大中四年在河東節度使任。其加司徒，據《金石補正》卷七四《冷泉關河東節度王宰題記》稱：「（大中二年九月）詔就拜司徒……十二月十二日遂得祗詔擁節趨闕，赴正朝聘之禮。至明年正月十一日，又蒙聖旨獎加光禄大夫，依前檢校司徒，却歸本鎮。至二月五日過此。」是大中二年九月方拜司徒。題稱「司徒」，或後追書。《全唐文》卷七八八蔣伸有《授王宰河陽節度使李拭河東節度使制》，稱「河東節度兼諸道行營招討党項使王宰」，當即大中元年五月討党項時所兼。啓云「仰聞天威，將事電掃。果從貴府，首建行臺」，是詔王宰將兵出擊尚未破敵之時。又云「凡在藩方，不勝欣愜」，則其時鄭亞已抵桂林。詔王宰擊党項之消息傳至桂林，當已在六月下旬或更晚，啓即其時所上。

〔二〕〔錢注〕《魏書・高道悦傳》：西道偏戎，旗胄仍襲。〔補注〕西道，此指河西地區。

〔三〕〔錢注〕《史記・陸賈傳》：乃欲以新造未集之越，屈彊於此。〔補注〕崛强，桀驁不馴。

〔四〕〔補注〕《書・君奭》：「我亦不敢寧于上帝命，弗永遠念天威。」天威，喻帝王之威嚴。

〔五〕〔錢注〕《後漢書・皇甫嵩傳》：旬日之間，神兵電掃。

〔六〕〔錢注〕《新唐書・百官志》：邊要之地，置總管以統軍，加號使持節，有行臺，有大行臺。〔按〕

臺省在外者稱行臺，爲出征時隨其所駐之地設立之代表中央之政務機構，魏晉始有之。唐貞觀後漸廢。此用舊稱。

〔七〕〔錢注〕《新唐書·王智興傳》：智興子晏宰，後去「晏」，獨名「宰」。累擢邠寧慶節度使，徙忠武軍。討劉稹也，詔宰以兵出魏博，趨磁州。當是時，何弘敬陰首鼠，聞宰至，大懼，即引軍濟漳水。宰相李德裕建言：「河陽兵寡，以忠武爲援，既以捍洛，則并制魏博。」遂詔宰以兵五千摧鋒，兼統河陽行營。進取天井關，賊黨離沮。德裕以宰乘破竹勢不遂取澤州，爲顧望計，帝有詔切責。宰懼，急攻陵川，破賊石會關，進攻澤州，其將郭誼殺稹降。宰遂節度太原。宣宗初，吐蕃引党項、回鶻寇河西，詔統代北諸軍進擊。《元和郡縣志》：太原府，《禹貢》冀州之域，春秋晉荀吴敗狄于大鹵，即太原晉陽縣也。中國曰太原，夷狄曰大鹵。《新唐書·地理志》：潞州領壺關縣。

〔八〕〔補注〕《書·舜典》：「乃日覲四岳群牧，班瑞于群后。」蔡沈集傳：「群后，即侯牧也。」後亦泛指公卿。

〔九〕〔補注〕當仁，語本《論語·衛靈公》：「當仁不讓於師。」

〔一〇〕〔補注〕《左傳·僖公二十七年》：「乃使郤縠將中軍，郤溱佐之；使狐偃將上軍，讓於狐毛而佐之。」行日，出發之日。語本《儀禮》。

〔一一〕並，《全文》作「并」，從錢校據胡本改正。〔錢注〕《晉書·劉元海載記》：伏聽嚴期。

〔一二〕〔錢注〕《後漢書・賈復傳》：復還都護將軍，從擊青犢於射犬，大戰至日中，賊陳堅不却。復被羽先登，所向皆靡，賊乃敗走。

〔一三〕〔錢注〕《史記・季布傳》：單于嘗爲書嫚吕后，吕后大怒，召諸將議之。上將軍樊噲答曰：「臣願得十萬衆，横行匈奴中。」

〔一四〕〔錢注〕《隋書・長孫晟傳》：突厥大畏長孫總管，聞其弓聲，謂爲霹靂。《説文》：漠，北方流沙也。

〔一五〕〔錢注〕任昉《宣德皇后令》：劍氣淩雲，而屈迹於萬夫之下。

〔一六〕〔錢注〕《漢書・王莽傳》：直飢寒，群盜犬羊相聚。〔補注〕犬羊，此爲對異族（党項）之蔑稱。

〔一七〕〔補注〕鐘鼎上多銘刻紀事表功之文字，故云。《舊唐書・長孫無忌傳》：「自古皇王，褒崇勳德，既勒銘於鐘鼎，又圖形於丹青。」

〔一八〕〔錢注〕《隋書・經籍志》：太公《六韜》五卷，黄石公《三略》三卷。

〔一九〕〔錢注〕《南史・王融傳》：車前豈可乏八騶。揚雄《羽獵賦》：賁、育之倫，蒙盾負羽。〔補注〕前騶，官吏出行時在前開路。負羽，背負羽箭，指從軍出征。

〔二〇〕中權，見《爲滎陽公桂管補逐要等官牒・徐適》注〔七〕引《左傳・宣公十二年》文。〔補注〕此以「中權」指主將。

中國古典文學基本叢書

# 李商隱文編年校注

（修訂本）

第二册

劉學鍇
余恕誠 著

中華書局

# 獻舍人河東公啓〔一〕

某啓：前月十日，輒以舊文一軸上獻，即日補闕令狐子直至〔二〕，伏知猥賜披閲。今日重於令狐君處伏奉二十三日榮示，特迂尊嚴，曲加褒飾，捧緘伸紙，終慚且驚。某本乏英華〔三〕，且無聲采〔四〕，雖成書有託〔五〕，而爲裘未工〔六〕。重以迫於世資〔七〕，窘此家素〔八〕。管寧木榻，坐已膝穿〔九〕；孔伋緼袍，行而肘見〔一〇〕。然猶開卷獨得〔一一〕，懸頭自强〔一二〕。韋編鐵撾，屢聞斷折〔一三〕；亡書墜册，麤識篇題〔一四〕。而投足多難〔一五〕，寫誠無所〔一六〕。舉非高第〔一七〕，仕怯上農〔一八〕。虞寄爲官，何嘗滿秩〔一九〕；王華處世，寧願異人〔二〇〕？況在下寮〔二一〕，獨無誰語〔二二〕，一至於此，欲罷不能。每念大漢之興，好文爲最〔二三〕，悦《洞簫》之製，則諷在後庭〔二四〕；美《子虚》之文，則恨不同世〔二五〕。然猶揚雄以草《玄》見誚〔二六〕，馬卿亦用貲爲郎〔二七〕。何賓實之紛綸〔二八〕，而名義之乖爽！況乎志異數子，事非當時。司寇栖栖〔二九〕，反歎爲佞〔三〇〕；嗇夫喋喋，誰爲非賢〔三一〕？又安可坐榮於寒谷之中〔三二〕，自致於剛氣之上〔三三〕？矧灰籥難駐〔三四〕，圭管無停〔三五〕，若使蜀臣之九考不移〔三六〕，漢郎之三朝莫遇〔三七〕，人嘲染鬢〔三八〕，帶憤減圍〔三九〕，即葛洪命迍，永處跛驢之伍〔四〇〕；田光精竭，必爲駑馬所先〔四一〕。伊秀鋭之既衰，亦鋩穎之都盡〔四二〕。方今外無戰伐，内富英賢，閤下文爲世師〔四三〕，行爲人範〔四四〕，廓至公之路，優接下之誠〔四五〕，是願竊望門闌，仰干閽侍〔四六〕。果蒙旌異，特損緘題。夫收掌上之妍者〔四七〕，在假之長袖〔四八〕；騁櫪中之駿者〔四九〕，必資於坦塗。然後可求其宛轉之能〔五〇〕，責其滅没之效〔五一〕。是當延望，實在深誠。倘蒙一使御車〔五二〕，與之下座〔五三〕，雖不足丹青時輩〔五四〕，領袖諸生〔五五〕，冀獲預於游談〔五六〕，庶少賢於博弈〔五七〕。伏惟念録，謹啓。

## 【校注】

〔一〕本篇原載清編《全唐文》卷七七八第一五頁、《樊南文集補編》卷八。〔錢箋〕本集馮箋：河東公爲柳仲郢。《新》《舊》二傳皆不載其爲舍人事，筮仕之始，史家多不致詳。必别求一人以實之，則亦終無確證，不如因仍舊説爲得耳。〔張箋〕舍人河東公，柳璟也。《翰苑群書·重修承旨學士壁記》：「璟，開成二年七月十九日自庫部員外郎知制誥充。三年二月九日，遷中書舍人；五年十月，改禮部侍郎，出院。」（按：張氏繫本篇於開成五年。）〔岑曰〕（張）《箋》二謂據《壁記》，但《壁記》璟并未加承旨，張引誤。璟遷中舍殆在五年二月，説見拙著《壁記注補》。抑璟此遷與商隱詩文無關，殊覺無緣闌入。（《平質》戊錯會六《開成三年二月翰林學士承旨柳璟遷中舍》）〔按〕岑氏《平質》認爲柳璟遷中舍與商隱詩文無關，其《翰林學士壁記注補》九則反之，認爲張氏定商隱文所獻對象爲柳璟，「良合」。《注補》在考證柳璟遷中舍時間爲開成五年同時，又辨《壁記》「五年十月，改禮部侍郎出院」一節有誤。云：「『五年』字疑是上文所錯簡……《舊唐書》傳云：『武宗朝轉禮部侍郎，再司貢籍，時號得人。』」岑氏之意，蓋認爲柳璟轉禮部侍郎在會昌年間。然《新唐書·柳登傳》明謂：「璟……會昌二年，再主貢部。」則其會昌元年必已主貢部。且其會昌元年主貢舉之事，又見於《唐語林》及《永樂大典》引《蘇州府志》，可證璟於會昌元年春主貢舉之前已遷禮部侍郎，《重修承旨學士壁記》謂其「（開成）五年十月，改禮部侍郎」當不誤。若然，則此啓當上於開成五年九、十月間，正當辭尉移家從調時。

〔二〕見《獻舍人彭城公啓》注〔二〕。

〔三〕〔補注〕英華，精英華彩。《禮記·樂記》：「和順積中，而英華發外。」

〔四〕〔錢注〕《宋書·樂志》：系綴聲采。〔補注〕聲采，聲譽。

〔五〕〔錢注〕《哀江南賦》：奉立身之遺訓，受成書之顧託。〔補注〕《漢書·司馬遷傳》載其父臨終時執遷手而泣曰：「予死，爾必爲太史；爲太史，毋忘吾所欲論著矣。」此即所謂「成書有託」。

〔六〕〔補注〕《禮記·學記》：「良冶之子必學爲裘，良弓之子必學爲箕。」爲裘，喻子弟能承父兄之事業。

〔七〕〔錢注〕《漢書·貨殖傳》：士設反道之行，以追時好而取世資。〔按〕世資，世代之資望，祖輩之功業。

〔八〕〔補注〕家素，此與「世資」對舉，指家庭素來之地位、境況。

〔九〕〔錢注〕《魏志·管寧傳》注：《高士傳》曰：「管寧自越海及歸，常坐一木榻，積五十餘年，未嘗箕股，其榻上當膝處皆穿。」

〔一〇〕〔錢注〕《説苑》：子思居於衛，縕袍無表。〔按〕子思，孔子子鯉之子，名伋，著《子思》二十三篇。

〔一一〕〔錢注〕《南史·陶潛傳》：潛與子書曰：「少來好書，偶愛閑静，開卷有得，便欣然忘食。」

〔一二〕〔錢注〕《楚國先賢傳》：孫敬好學，時欲寤寐，奮志，懸頭屋梁以自課。〔按〕事又見《太平御覽》卷三六三引《漢書》。此類事頗多。崔鴻《前秦録》載姜宇事似之。

〔一三〕〔錢注〕《太平御覽》：《論語比考讖》曰：「孔子讀《易》，韋編三絶。鐵擿三折，漆書三滅。」〔補注〕韋編，指連綴竹簡之皮繩。鐵撾，即鐵擿，供穿引用之鐵針，用以編綴竹簡。

〔一四〕〔錢注〕《漢書·張安世傳》：上行幸河東，嘗亡書三篋，詔問莫能知，唯安世識之，具作其事。後購求得書，以相校，無所遺失。

〔一五〕〔錢注〕張華《鷦鷯賦》：投足而安。

〔一六〕〔錢注〕《蜀志·諸葛亮傳》：遂解帶寫誠。

〔一七〕〔錢注〕《漢書·鼂錯傳》：時對策者百餘人，惟錯爲高第。〔按〕《上韋舍人狀》謂「頃蒙舍人，獎以小文，致之高第」，此啓又謂「舉非高第」，蓋因此啓所指係進士試，前啓所指係吏部試。

〔一八〕見《獻相國京兆公啓二》注〔二七〕。

〔一九〕〔錢注〕《陳書·虞寄傳》：寄前後所居官，未嘗至秩滿，纔期年數月，便自求解退。

〔二〇〕〔錢注〕《宋書·王華傳》：華以情事異人，未嘗預宴集，終身不飲酒，有燕不之詣。又：華少有志行，以父存亡不測，布衣蔬食，不交游，如此十餘年，爲時人所稱美。高祖欲收其才用，乃發廞（王華父）喪問，使華制服，服闋，歷職著稱。

〔二一〕〔錢注〕《後漢書·班固傳》：秉筆下僚。

〔二二〕〔錢校〕無，當作「與」。〔錢注〕司馬遷《報任少卿書》：是以獨鬱悒而誰與語？

〔二三〕〔錢注〕《漢書·淮南王安傳》：時武帝方好藝文。

〔二四〕〔錢注〕《漢書·王褒傳》：太子喜褒所爲《甘泉》及《洞簫頌》，令後宫貴人左右皆誦讀之。〔補注〕諷，背誦。

〔二五〕〔錢注〕《史記·司馬相如傳》：客遊梁，著《子虚》之賦，上讀而善之，曰：「朕獨不得與此人同時哉！」

〔二六〕見《上劉舍人狀》注〔五〕。

〔二七〕〔錢注〕《史記·司馬相如傳》：相如字長卿，以貲爲郎，事孝景帝爲武騎常侍，非其好也。

〔二八〕〔錢注〕《莊子》：名者，實之賓也。

〔二九〕栖栖，《全文》作「棲棲」，從錢校據胡本改正。〔補注〕《論語·憲問》：「丘何爲是栖栖者與？無乃爲佞乎？」栖栖，忙碌不安貌。

〔三〇〕佞，《全文》作「幸」，錢校據胡本改正，從之。注見上條。

〔三一〕〔錢注〕《史記·張釋之傳》:文帝問上林尉諸禽獸簿,尉不能對。虎圈嗇夫從旁代尉對甚悉。文帝曰:「吏不當若是邪?」詔釋之拜嗇夫爲上林令。釋之曰:「夫絳侯、東陽侯稱爲長者,此兩人言事,曾不能出口,豈斅此嗇夫諜諜利口捷給哉!」乃不拜嗇夫。〔按〕爲,謂也。

〔三二〕〔錢注〕阮籍《詣蔣公奏記》李善注:劉向《别録》曰:「鄒衍在燕,有谷寒,不生五穀,鄒子吹律而温,生黍。」

〔三三〕〔錢注〕《抱朴子》:太清之中,其氣甚罡,剛能勝人也。師言鳶飛轉高,則但直舒兩翅,了不復扇摇之而自進者,漸乘剛炁故也。

〔三四〕〔錢注〕《後漢書·律曆志》:候氣之法,以木爲案,每律各一,從其方位,以葭莩灰抑其内端,案曆而候之,氣至灰去。〔按〕灰籥,即灰管。此借指時序。

〔三五〕〔補注〕圭管,猶玉管,即上注中候氣所用之律管。古以竹爲之,亦有以玉爲之。李商隱《池邊》:「玉管葭灰細細吹。」《晉書·律曆志》:「黄帝作律,以玉爲管……爲十二月音。至舜時,西王母獻昭華之琯,以玉爲之。及漢章帝時,零陵文學奚景,於泠道舜祠下得白玉琯。又武帝太康元年,汲郡盜發六國時魏襄王冢,亦得玉律。則古者又以玉爲管矣。」

〔三六〕〔錢注〕《蜀志·郤正傳》:正官不過六百石,假文見意,號曰《釋譏》。其辭曰:「九考不移,固其所執也。」〔按〕錢引《釋譏》文有誤,文云:「挺身取命,幹兹奥秘,躊躇紫闥,喉舌是執,九考不移,有入無出。」裴注:「《尚書》曰:『三載考績,三考黜陟幽明。』九考則二十七年。」

〔三七〕遇，《全文》作「過」，據錢校改。〔錢注〕張衡《思玄賦》李善注：《漢武故事》曰：「顔駟，不知何許人，漢文帝時爲郎。至武帝時，嘗輦過郎署，見駟尨眉皓髮，上問曰：『叟何時爲郎，何其老也？』答曰：『臣文帝時爲郎，文帝好文而臣好武，至景帝好美而臣貌醜，陛下即位好少而臣已老矣，以三世不遇，故老於郎署。』」

〔三八〕〔錢注〕《宋書·謝靈運傳》：臨川王義慶招集文士，何長瑜以韻語序義慶州府僚佐云：「陸展染鬢髮，欲以媚側室。青青不解久，星星行復出。」

〔三九〕〔錢注〕《梁書·沈約傳》：約久處端揆，有志台司，帝終不用。以書陳情於徐勉曰：「開年以來，病增慮切。百日數旬，革帶常應移孔；以手握臂，率計月小半分。以此推算，豈能支久！」

〔四〇〕〔錢注〕葛洪《抱朴子自序》：假令奮翅則能凌厲玄霄，騁足則能追風躡景，猶欲戢勁翮於鷦鷯之群，藏逸跡於跛驢之伍。

〔四一〕〔錢注〕《戰國策》：燕有田光先生者，其智深，其勇沉。太子避席而請曰：「燕秦不兩立，願先生留意也。」田光曰：「臣聞騏驥盛壯之時，一日而馳千里，至其衰也，駑馬先之。今太子聞光盛壯之時，不知吾精已消亡矣。」

〔四二〕〔錢注〕張協《七命》李善注：芒，鋒刃也。左思《吴都賦》李善注：鄭玄曰：「穎，鋒也。」〔補注〕秀，本指植物抽穗，此指顯露，特異。

〔四三〕〔錢注〕《鶡冠子》：海内荒亂，立爲世師。

〔四四〕〔錢注〕任昉《南徐州蕭公行狀》：師氏之選，允歸人範。

〔四五〕〔補注〕《書·太甲中》：「奉先思孝，接下思恭。」

〔四六〕〔補注〕《易·説卦》：「爲果蓏，爲閽寺。」閽寺，閽人與寺人，古代宫中掌門禁之官。此以「閽侍」指守門人、侍役。

〔四七〕〔錢注〕《太平御覽》：《漢書》曰：「趙飛燕能爲掌上舞。」

〔四八〕〔錢注〕《韓非子》：長袖善舞。

〔四九〕〔錢注〕《方言》：櫪，梁、宋、齊、楚、北燕之間或謂之樎，或謂之皂。

〔五〇〕〔錢注〕王嘉《拾遺記》：燕昭王即位二年，廣延國來獻善舞者二人，一名旋娟，一名提嫫。王登崇霞之臺，乃召二人徘徊翔舞，殆不自支。其舞一名《縈塵》，言其體輕，與塵相亂；次曰《集羽》，言其婉轉若羽毛之從風；末曲曰《旋懷》，言其支體纏蔓，若入懷袖也。

〔五一〕效，《全文》作「功」，從錢校據胡本改正。〔錢注〕《列子》：伯樂曰：「良馬可形容筋骨相也，天下之馬者，若滅、若没、若存、若失，若此者絶塵弭轍。」

〔五二〕〔錢注〕《後漢書·李膺傳》：膺性簡亢，無所交接，荀爽常就謁膺，因爲其御，既還，喜曰：「今日乃得御李君矣！」其見慕如此。

〔五三〕見《上漢南盧尚書狀》注〔四四〕。

〔五四〕〔錢注〕《後漢書·竇章傳》：收進時輩。〔補注〕丹青，使增輝、生色。

〔五五〕〔錢注〕《晉書·裴秀傳》：後進領袖有裴秀。

〔五六〕〔錢注〕《戰國策》：是以外客遊談之士，無敢盡忠於前者。

〔五七〕〔補注〕《論語·陽貨》：「飽食終日，無所用心，難矣哉！不有博弈者乎？爲之，猶賢乎已。」博，局戲；弈，圍棋。

## 獻華州周大夫十三丈啓〔一〕

大夫以南陽惠化〔二〕，爲東雍先聲〔三〕。旬日之來，謳歌已洽。今者北誅雜虜〔四〕，西却諸戎〔五〕。蓮岳分憂〔六〕，雖期於河潤〔七〕；雲臺佇議〔八〕，終動於天慈。伏料即時，必降徵詔。某方從羈宦〔九〕，遽遠深恩。昔日及門，預三千之弟子〔一〇〕；今晨即路，隔百二之關河〔一一〕。瞻望清光，不任攀結。

**【校注】**

〔一〕本篇原載清編《全唐文》卷七七八第一三頁、《樊南文集補編》卷八。〔錢箋〕（華州周大夫）周墀也。詳《爲汝南公賀元日朝會上中書狀》注〔一〕。《新唐書·地理志》：華州屬關內道。〔按〕張采田《會箋》繫會昌二年。據《通鑑·會昌二年》：五月，「那頡啜帥其衆自振武、大同，東因室韋、黑沙，南趣雄武軍，窺幽州，盧龍節度使張仲武遣其弟仲至將兵三萬迎擊，大破之，斬首捕虜不可勝計」。似與「北誅雜虜」合。又，「八月，（回鶻烏介）可汗帥衆過杷頭烽南，突入大同川，驅掠河東雜虜牛馬數萬，轉鬭至雲州城門。……庚午，詔發陳、許、徐、汝、襄陽等兵屯太原及振武、天德，俟來春驅逐回鶻」。似與「西却諸戎」合。張氏之繫會昌二年，或緣於此。然可疑之點頗多。一、文云「大夫以南陽惠化，爲東雍先聲，旬日之來，謳歌已洽」，當是指其到任後不久即惠化政成，爲民謳歌，而非會昌二年在任已歷三載之情景。又「蓮岳分憂」語，與作於開成五年七月周墀到任後不久之《爲侍郎汝南公華州謝加階狀》「當陛下御極之初，分陛下憂人之寄」辭意略同，似亦可作爲此啓上於武宗初立時之佐證。二、文云「某方從羈宦，遽遠深恩」，「今晨即路，隔百二之關河」，謂因羈宦而遠離華州及關中。周墀刺華，起開成五年七月，迄會昌三年，在此四年中，會昌三年商隱居母喪，會昌元年未授官，均無所謂「羈宦」之經歷。會昌二年冬母喪前任職秘省，雖亦可謂「羈宦秘閣」，然不可云「遽遠深恩」（華州爲京師近甸，距京師僅一百八十里），更不得云「隔百二之關河」（百二關河即指秦地，亦即京師所在），故此啓亦非會昌二年作。頗疑此啓係開成五年初冬應王茂元之招赴陳許途次作。王茂元出鎮陳許，在開成五年十月（參《爲濮陽公陳許謝上表》《爲濮陽公上賓客李相公狀一》注〔一〕）。據《祭外舅贈司徒公文》「公在東藩，愚當再調。賁帛資費，銜書見召」之語，及陳許代茂元所擬諸表狀啓牒，商隱當於開成五年十月十日移家長安後不久，即奉茂元之召赴陳許。啓文所謂「方從羈宦」，殆即指赴陳許幕職，而「今晨」所「即」之「路」，即赴陳許之路也。華州離陳許一千餘里（據《舊唐書·地理志》），故云「遽遠深恩」、「隔百二之關河」（華州亦關中之一部分）。至於啓中「今者北誅雜虜，西却諸戎」，殆指開成五年十月，「天德軍使温德彝奏：『回鶻潰兵侵逼西城（朔方西受降城），亘六十里，不見其後。邊人以回鶻猥至，恐懼不安。』詔振武節度使劉沔屯雲迦關以備之」之事（見《通鑑》卷二四六），與商隱作此啓之時正合。其時周墀抵華州任爲時不久（最多三月），故有「旬日之來，謳歌已洽」之語，題稱「華州周大夫」，知其時周墀已加朝散大夫之階，且爲時未久。十三，係周墀之行第。

〔二〕〔錢注〕《漢書·召信臣傳》：遷南陽太守，其化大行，吏民親愛信臣，號之曰召父。《後漢書·杜詩傳》：遷南陽太守，時人方於召信臣，故南陽爲之語曰：「前有召父，後有杜母。」傅玄《太僕龐侯誄》：惠化風揚。

〔三〕〔錢注〕《舊唐書·地理志》：華州，隋京兆郡之鄭縣。《隋書·地理志》：京兆郡鄭縣，後魏置東雍州，有少華山。

〔四〕〔錢注〕謂討回鶻。〔按〕詳注〔一〕按語。

〔五〕〔錢注〕謂平党項。詳《上座主李相公狀》「而又代、朔舊戎」注。〔按〕錢注引《新書·武宗紀》党項寇鹽州，係會昌三年十月事，其時商隱已丁母憂家居近一年，與啓内「方從羈宦」之語顯然不合，非，詳注〔一〕按語。

〔六〕〔錢注〕《初學記》：《華山記》曰：「華山頂生千葉蓮花。」《白帖》：刺史類共理。注：漢宣曰：「與我共理者，其唯二千石乎？」又「分憂」注：分主憂。

〔七〕〔錢注〕《後漢書·郭伋傳》：徵拜潁川太守，召見辭謁，帝勞之曰：「賢能太守去帝城不遠，河潤九里，冀京師並蒙福也。」〔按〕用典切華州距帝城不遠。

〔八〕〔錢注〕江淹《上建平王書》：結綬金馬之庭，高議雲臺之上。〔補注〕雲臺，東漢洛陽南宫中高臺。漢光武帝時，用作召集群臣議事之所，後借指朝廷。漢明帝時，因追念前世功臣，圖畫鄧禹等二十八將於南宫雲臺。

〔九〕〔錢注〕《晉書·張翰傳》：人生貴適志，何能羈宦數千里以要名爵乎？

〔一〇〕〔錢注〕本集《與陶進士書》：前年乃爲吏部上之中書。又復懊恨周、李二學士以大法加我。夫所謂博學宏詞者，豈容易哉！馮氏曰：周，周墀也。《史記·孔子世家》：以《詩》《書》《禮》《樂》教弟子，蓋三千焉。〔按〕開成三年商隱應宏博試，周墀判吏部西銓，故云「昔日及門，預三千之弟子」。

〔一一〕〔錢注〕《史記·高祖紀》：秦形勝之國，帶河山之險，縣隔千里，持戟百萬，秦得百二焉。注：蘇林曰：「得百中之二焉。秦地險固，二萬人足當諸侯百萬人也。」關河，見《爲安平公賀皇躬痊復上門下狀》注〔一六〕。

# 爲濮陽公陳許奏韓琮等四人充判官狀〔一〕

韓琮〔二〕

右件官早中殊科〔三〕，榮推雅度〔四〕。弦柔以直〔五〕，濟伏而清〔六〕。頃佐憲臺，且丁家難〔七〕，當喪而齒未嘗見〔八〕，既祥而琴不成聲〔九〕。逮此變除〔一〇〕，未蒙抽擢。臣頃居鎮守，琮已列賓僚〔一一〕。謀之既臧〔一二〕，剛亦不吐〔一三〕。顧稽中選，榮借外藩。伏請依資賜授憲官〔一四〕，充臣節度判官。

段瓌〔一五〕

右件官言思無邪〔一六〕，學就有道〔一七〕。屢爲從事，常佐正人〔一八〕。加以富有文辭〔一九〕，精於草隸〔二〇〕，儁而且檢，通亦不流〔二一〕。臣所部稍遠京都，每繁章奏，敢兹上請，乞以自隨。伏請依資賜授憲官，充臣節度掌書記〔二二〕。

裴蘧〔二三〕

右件官魯國名儒，甚鄉右族〔二四〕。松寒更翠〔二五〕，馬老不迷〔二六〕。臣昔忝鑿門〔二七〕，辟爲記室〔二八〕，屬辭而宿構無異〔二九〕，論兵而故校多歸〔三〇〕。委以前籌〔三一〕，見其餘地〔三二〕。伏以前任大理評事〔三三〕，已三十三箇月，比於流輩，已是滯淹〔三四〕。伏請特授憲官，充臣觀察支使。

夏侯曈〔三五〕

右件官藏器於身〔三六〕，爲仁由己〔三七〕。齊莊難犯〔三八〕，勁挺不揺。臣任切拊循〔三九〕，務繁稽勾〔四〇〕，思留仙尉〔四一〕，以重賓階〔四二〕。伏請依資改授一官，充臣節度巡官。

以前件狀如前。臣四朝受任〔四三〕，三鎮叨榮〔四四〕，慕碣石之築宫〔四五〕，廣延儒雅；效西河之擁篲〔四六〕，樂得賢才。韓琮等並無所因依，不由請託〔四七〕。久諳才地〔四八〕，堪列幕庭。伏希殊私〔四九〕，盡允誠請。謹録奏聞，伏聽敕旨。

【校注】

〔一〕本篇原載《文苑英華》卷六三九第四頁、清編《全唐文》卷七七二第一九頁、《樊南文集詳注》卷二。〔按〕王茂元出鎮陳許，在開成五年十月（詳見《爲濮陽公陳許謝上表》注〔一〕），本狀當爲茂元赴陳許前所上，兹編開成五年十月。視狀内「敢兹上請，乞以自隨」語，亦赴鎮前奏狀。馮譜、張箋繫會昌元年，誤。

〔二〕〔徐注〕《新書·藝文志》：韓琮字成封，大中中湖南觀察使。〔補注〕韓琮長慶四年登進士第，曾先後佐王茂元涇原、陳許幕。後任司封員外郎。大中五年左右，擢户部郎中，遷中書舍人。後任湖南觀察使，爲都將石載順等所逐。咸通中仕至右散騎常侍。生平詳見《唐才子傳校箋》卷六。

〔三〕〔補注〕《唐才子傳》：「琮字成封（《唐詩紀事》作「代封」），長慶四年李群榜進士及第。」

〔四〕〔徐注〕《晉書·劉曜傳論》：習以華風，温乎雅度。

〔五〕〔馮注〕《韓子》：西門豹性急，佩韋以自緩；董安于性緩，佩弦以自急。〔補注〕《後漢書·五行志》：「京都童謡曰：『直如弦，死道邊；曲如鉤，反封侯。』」《後漢書·李固傳贊》：「燮同趙孤，世載弦直。」此謂其性格柔和而品行正直。

〔六〕〔馮注〕《山海經》：王屋之山，㶏水出焉，而西北流注于泰澤。郭景純云：㶏、沇聲相近，沇即濟也。《水經注》：濟水出王屋山，潛行地下，至共山南，復出於東丘。按：近人（胡渭）《禹貢錐指》中引舊記：「濟水出王屋山頂太乙池，伏流地中，東行九十里復見也。」《禹貢》：「溢爲滎，東出于陶丘北。」吴澄曰：「溢者，言如井泉自中而滿，非有來處；出者，言在平地，自下而涌，非有上流。」蓋濟瀆所經之地，其下皆有伏流，遇空竇即涌出，如濼水之趵突泉與阿井，皆濟之伏流所發也。〔補注〕《書·禹貢》：「導沇水，東流爲濟，入于河，溢爲滎，東出于陶丘北，又東至于菏，又東北會于汶，又北東入于海。」阮籍《東平賦》：「其外有濁河縈其溏，清濟盪其樊。」《戰國策·燕策一》：「齊有清濟濁河。」《文選·謝朓〈始出尚書省〉》「濁河穢清濟」李善注引孔安國《尚書注》曰：「濟水入河，並流十數里，清濁異色，混爲一流。」

〔七〕〔馮注〕韓當爲侍御史，以喪免。

〔八〕〔徐注〕《禮記》：高子臯之執親之喪也，泣血三年，未嘗見齒，君子以爲難。

〔九〕〔徐注〕《禮記》：孔子既祥，五日彈琴而不成聲，十日而成笙歌。〔馮注〕《禮記》：子夏既除喪而見，予之琴，和之而不和，彈之而不成聲。〔補注〕祥，親喪滿一年或二年而祭之統稱。

〔一〇〕〔馮注〕《家語》：夫禮可爲繼也，故哭踊有節，而變除有期。〔補注〕變除，變服除喪。

〔一一〕〔馮注〕鎮涇原時，韓已在幕。

〔一二〕〔補注〕《詩·小雅·小旻》：「謀之其臧，則具是違；謀之不臧，則具是依。」臧，善。

〔一三〕〔補注〕《詩·大雅·烝民》：「人亦有言，柔則茹之，剛則吐之。」剛亦不吐，謂不畏懼强梁。

〔一四〕〔馮注〕憲官，謂御史銜。

〔一五〕瓌，《全文》作「環」，據《英華》改。〔馮箋〕《書史會要》：段瓌工於翰墨，有名當世。此云「精於草隸」，疑即其人。〔按〕互詳下狀注〔三〕。

〔一六〕邪，《英華》作「諂」，注：集作「邪」。〔補注〕《論語·爲政》：「《詩》三百，一言以蔽之，曰思無邪。」《詩·魯頌·駉》：「思無邪，思馬斯徂。」

〔一七〕〔補注〕《論語·學而》：「（君子）敏於事而慎於言，就有道而正焉，可謂好學也已。」何晏集解引孔安國曰：「有道，有道德者。」

〔一八〕〔徐注〕《書》：惟厥正人，既富方穀。

〔一九〕〔徐注〕《左傳》：非文辭不爲功。

〔二〇〕〔徐注〕潘岳《楊荆州誄》：草隸兼善。〔馮注〕《書斷》：隸書，秦下邽人程邈所作。章草，漢黄門令史史游所作。草書，後漢徵士張伯英所造。按：古人草隸兼善者甚多。

〔二一〕〔徐注〕《晉書·嵇紹傳》：曠而有檢，通而不雜。〔補注〕儁，才智傑出；檢，有約束。流，放縱、無節制。《易·繫辭上》：「旁行而不流。」王弼注：「應變旁通而不流淫也。」

〔二二〕〔補箋〕開成五年十月，商隱因茂元「銜書見召」，乃赴陳許幕，爲茂元草擬初上任時之表狀啓牒，然因時值商隱「再調」，故並未正式擔任掌書記，故不久即離陳許幕（會昌元年正月已在華州，有《爲汝南公華州賀赦表》《爲京兆公陝州賀南郊赦表》）。本狀奏辟段瓌爲節度掌書記，正商隱未正式擔任陳許幕職之明證。張箋謂商隱居陳許幕，辟掌書記，誤）。

〔二三〕〔補箋〕據狀文「臣昔忝鑿門，辟爲記室」，裴蘧在王茂元鎮涇原時即已辟爲掌書記，其入涇幕之時間，當早於商隱入涇幕之開成三年春。故在涇幕期間，商隱雖草表狀多篇，然非擔任掌書記之職亦甚明。

〔二四〕〔馮注〕《宰相世系表》:秦非子之支孫封萫鄉,因以爲氏,今聞喜萫城是也。六世孫陵當周僖王時,封爲解邑君,乃去邑從衣爲裴。一云晉平公封顓頊之孫鍼於周川之裴中,號裴君。疑不可辨。萫音裴。

〔二五〕〔補注〕《論語·子罕》:「歲寒然後知松柏之後彫也。」《莊子·讓王》:「天寒既至,霜雪既降,吾是以知松柏之茂也。」

〔二六〕〔徐注〕《韓子》:管仲、隰朋從于桓公而伐孤竹,春往冬返,迷惑失道。管仲曰:「老馬之智可用也。」乃放老馬而隨之,遂得道。

〔二七〕鑿,《英華》一作「監」,非。〔徐注〕《淮南子》:大將受命已,則設明衣,翦指爪,鑿凶門而出。〔補注〕高誘注:「凶門,北出門也。將軍之出,以喪禮處之,以其必死也。」

〔二八〕〔馮曰〕此亦在涇原時。

〔二九〕宿,《英華》作「夙」。〔徐注〕《禮記》:屬辭比事,《春秋》教也。《魏志》:王粲善屬文,舉筆立成,無所改定,時人常以爲宿構。

〔三〇〕〔徐注〕《後漢書·隗囂傳》:使王遵持節監大司馬吴漢,留屯於長安。遵知囂必敗滅,而與牛邯舊故,知其有歸義意,以書喻之,邯乃謝士衆歸命洛陽。〔馮注〕按《國策》:「甘茂攻宜陽,三鼓之而卒不上,右將有尉對曰:『公不論兵,必大困。』」此「論」,治之義也。其餘皆作論議用,字習見矣。「故校」，猶舊校，謂老於軍事者皆推與之，第所用未及檢明。或引山濤論不宜去州郡武備，暗合孫、吴，亦未似也。〔按〕論兵，即研究軍事、兵法。歸，歸美。此當有事在，未詳。馮解近是。

〔二一〕委，《英華》作「晝」，注：集作「委」。〔馮注〕《史記·留侯世家》：酈食其謀橈楚權，復立六國後，漢王曰：「善。」以酈生語告於子房，子房曰：「陛下事去矣，臣請藉前箸爲大王籌之。」

〔二二〕〔馮注〕《莊子》：恢恢乎其于游刃必有餘地矣。

〔二三〕〔馮注〕《漢書》：宣帝初置廷尉左右平。按：隋置大理評事，唐因之。《舊書·志》：「從八品下階。」凡幕官每帶此銜。

〔二四〕〔徐注〕沈約彈文：玷辱流輩，莫斯爲甚。《左傳》：楚子使然丹舉淹滯。〔補注〕淹滯，謂有才德而久淪下位。

〔二五〕〔補箋〕《樊川文集》卷一九《夏侯曈除忠武軍節度副使薛途除涇陽尉充集賢校理等制》云：「前昭義軍節度判官、朝議郎、殿中御史内供奉夏侯曈等。曈以科名辭學，開敏多才，久游諸侯。」知夏侯曈在高銖任忠武節度使期間（大中元年至六年）任節度副使。此前又曾任昭義軍節度判官。〔按〕互詳下篇注〔四〕。

〔二六〕〔徐注〕《易》：君子藏器于身，待時而動。

〔二七〕〔補注〕《論語·顔淵》：「顔淵問仁。子曰：『克己復禮爲仁。一日克己復禮，天下歸仁焉。爲仁由己，而由乎人哉！』」

〔三八〕〔補注〕《禮記·祭義》：「孝子將祭祀，必有齊莊之心以慮事。」齊莊，嚴肅誠敬。

〔三九〕拊循，《英華》作「循良」，非。《英華》注：集作「拊循」。〔徐注〕《漢書·韓信傳》：信曰：「且信非得素拊循士大夫。」〔馮注〕《史記·司馬穰苴傳》：身自拊循之。《淮南王傳》：拊循百姓。

〔補注〕拊循，安撫。

〔四〇〕〔馮注〕（稽勾）稽考勾當之意。勾音遘。

〔四一〕〔馮注〕《漢書》：梅福補南昌尉，後去官歸壽春，常以讀書養性爲事。一朝棄妻子去九江，至今傳以爲仙。〔補注〕據「思留仙尉」語，似夏侯曈原任某縣尉。

〔四二〕〔徐注〕庾信碑：下賓階而顧問。〔補注〕賓階，指幕賓。古時賓主相見，賓自西階上，故稱。《書·顧命》：「大輅在賓階面，綴輅在阼階面。」

〔四三〕〔徐注〕（四朝）謂穆、敬、文、武。

〔四四〕〔徐注〕（三鎮）謂嶺南、涇原、陳許。

〔四五〕〔徐注〕《史記》：騶衍如燕，昭王築碣石宮，身親往師之。

〔四六〕〔馮注〕《史記》：子夏居西河教授，魏文侯受子夏經藝。《文選·阮籍〈奏記〉》：子夏處西河上，而文侯擁篲。善曰：《呂氏春秋》：「白圭曰：『魏文侯師子夏。』」李奇《漢書注》：「擁篲爲恭也，如今卒持帚也。」〔補注〕擁篲，執帚。帚以掃除清道，故迎候賓客擁篲以示敬。

〔四七〕〔馮注〕《漢書·翟方進傳》：爲相公潔，請託不行郡國。《後漢書·蔡邕傳》：並以小文超取選舉，開請託之門，違明王之典。

〔四八〕〔徐注〕《晉書·王藴傳》：藴輒連狀白之曰：「某人有地，某人有才。」務存進達，各隨其方。《南史·王僧達傳》：僧達自負才地，三年間便望宰相。〔馮注〕《晉書·王恭傳》：自負才地高華。又《鄭默傳》：不以才地矜物。〔補注〕才地，才能與門第。

〔四九〕〔補注〕殊私，猶殊恩。

## 爲濮陽公許州請判官上中書狀〔一〕

韓琮〔二〕、段瓌〔三〕、裴蘧、夏侯曈〔四〕，右件官等，或斷金舊友〔五〕，或傾蓋新知〔六〕。既有藉于賓榮，敢自輕于主擇〔七〕？輒以具狀奏請訖。伏乞相公曲賛殊恩，盡允私懇。使免孤鄭驛〔八〕，不辱燕臺〔九〕。謹録狀上。

【校注】

〔一〕本篇原載清編《全唐文》卷七七三第一三頁、《樊南文集補編》卷二。〔錢注〕《舊唐書·王茂元傳》：授忠武軍節度、陳許觀察使。又《地理志》：忠武軍節度使，治許州，管陳、許、蔡三州。判官，見《爲尚書濮陽公涇原讓加兵部尚書表》注〔三〕。《舊唐書·職官志》：中書省，中書令二員，中書侍郎二員。本集有《爲濮陽公陳許奏韓琮等四人充判官狀》。〔按〕中書，即中書門下之省，非專指中書省。他狀或僅書「中書」，或書「中書門下」，其實一也，均指在位之宰相，狀稱「伏乞相公」可見。此狀應與《爲濮陽公陳許奏韓琮等四人充判官狀》同爲開成五年十月茂元赴陳許任前所上，詳前狀注〔一〕。

〔二〕見《爲濮陽公陳許奏韓琮等四人充判官狀》注〔二〕。

〔三〕瓌，《全文》作「環」，據錢注本改。〔錢校〕瓌，原作「環」，本集同。按本集《充判官狀》，馮氏曰：「《書史會要》：『段瓌工於翰墨，有名當世。』此云『精於草隸』，疑即其人而名小誤歟？」今胡本作「瓌」，與《書史會要》合。又《全唐文》段瓌有《舉人自代狀》，正與本集《充判官狀》文同，其爲形似致誤無疑，故即據以改正。《新唐書·崔鉉傳》：鉉所善者，鄭魯、楊紹復、段瓌、薛蒙，頗參議論。時語曰：「鄭、楊、段、薛，炙手可熱；欲得命通，魯、紹、瓌、蒙。」〔按〕《全唐文》卷七五九段瓌《舉人自代狀》當即商隱《爲濮陽公陳許奏韓琮等四人充判官狀·段瓌》之誤入。文非段瓌所作，題亦不當作《舉人自代狀》。然可證字當作「瓌」，不作「環」。

〔四〕〔錢注〕按《文苑英華》有《授夏侯曈忠武軍節度副使制》文，爲杜牧譔。《通鑑》：懿宗咸通十一年四月，「徐賊餘黨相聚閭里爲群盜，詔徐州觀察使夏侯曈招諭之」。意即曈後所歷官也。

〔五〕〔補注〕《易·繫辭上》：「二人同心，其利斷金。」

〔六〕〔錢注〕《家語》：孔子之郯，遭程子於途，傾蓋而語終日，甚相悦。《楚辭·九歌》：樂莫樂兮新相知。

〔七〕〔補注〕《左傳·襄公二十七年》：「《詩》以言志，志誣其上而公怨之，以爲賓榮，其能久乎！」賓榮，賓客之榮寵。又《隱公十一年》：「周諺有之曰：『山有木，工則度之；賓有禮，主則擇之。』」杜預注：「擇所宜而行之。」

〔八〕〔錢注〕《史記·鄭當時傳》：當時字莊，常置驛馬長安諸郊，請謝賓客，夜以繼日。

〔九〕〔錢注〕鮑照《放歌行》：將起黄金臺。李善注：王隱《晉書》曰：「段匹磾討石勒，進屯故安縣故燕太子丹金臺。」《上谷郡圖經》曰：「黄金臺，易水東南十八里。燕昭王置千金於臺上，以延天下之士。」二説既異，故具引之。

# 爲濮陽公上賓客李相公狀一〔一〕

不審近日尊體何如？相公踐履道樞〔二〕，優游天爵〔三〕。功無與讓〔四〕，故勇于退〔五〕；能不自伐〔六〕，故葆其光〔七〕。自罷理陰陽〔八〕，就安調護〔九〕，鳳池來者〔一〇〕，守咎繇之矢謨〔一一〕；雞樹後生〔一二〕，奉蕭何之畫一〔一三〕。用而無喜，成則不居〔一四〕。求諸古今，實焕緗素〔一五〕。

某早蒙恩顧，累忝藩方。本冀征轅，得由東洛〔一六〕。伏以延英奉辭之日〔一七〕，宰臣俟對之時，止得便奏發期〔一八〕，不敢更求枉路〔一九〕。限於流例〔二〇〕，莫獲起居。瞻望恩光，不任攀戀。倘蒙知其丹赤〔二一〕，賜以始終，則雖間山川〔二二〕，若在軒屏〔二三〕。伏惟時賜恩察〔二四〕。

【校注】

〔一〕本篇原載清編《全唐文》卷七七三第一八頁、《樊南文集補編》卷二一。〔錢箋〕（賓客李相公）李德裕也。下篇云「地控淮、徐，氣連荆楚」，又云「許下出征」，知爲茂元鎮陳許時作，而年月難以深考。以本集《爲濮陽公陳許謝上表》及後《外舅司徒公文》推之，約當在武宗初立之際矣。《舊唐書·李德裕傳》：大和七年二月，德裕以本官平章事，進封贊皇伯。八年，王守澄進鄭注，復進李訓。其年秋，上欲授訓諫官，德裕奏曰：「李訓小人，不可在陛下左右。」上顧王涯曰：「商量别與一官。」遂授四門助教。俄而鄭注亦自絳州至，惡德裕排己。九月十日，復召李宗閔於興元，授中書侍郎平章事，代德裕，出德裕爲興元節度使。尋改檢校尚書左僕射、潤州刺史、鎮海軍節度、蘇常杭潤觀察等使，代王璠。德裕至鎮，奉詔安排宫人杜仲陽於道觀，與之供給。仲陽者，漳王養母，王得罪，放仲陽於潤州故也。九年三月，左丞王璠、户部侍郎李漢進狀，論德裕在鎮，厚賂仲陽，結託漳王，圖爲不軌。四月，帝於蓬萊殿召王涯、李固言、路隋、王璠、李漢、鄭注等，面證其事。璠、漢加誣搆結，語甚切至。路隋奏曰：「德裕實不至此。誠如璠、漢之言，微臣亦合得罪。」群論稍息。尋授德裕太子賓客，分司東都。其月，又貶袁州長史。路隋坐證德裕，罷相。其年七月，宗閔坐救楊虞卿，貶虞（編著者按：應爲「虔」）州；李漢坐黨宗閔，貶汾州。十一月，王璠與李訓造亂伏誅，而文宗深悟前事，知德裕爲朋黨所誣。明年三月，量移滁州刺史。七月，遷太子賓客。十一月，檢校户部尚書，復浙西觀察使。開成二年五月，授揚州大都督長史、淮南節度副大使、知節度使事。四年四月，就加檢校尚書左僕射。五年正月，武宗即位。召德裕於淮南。九月，授門下侍郎、同平章事。下篇云「君子信讒」，似即指杜仲陽事。特兩爲太子賓客事稍在前，然無他人可以當之也。《舊唐書·職官志》：太子賓客四員，正三品。（張箋）（開成四年）十二月，以杭州刺史李宗閔爲太子賓客，分司東都（《舊·紀》）。案《舊書·宗閔傳》：「開成元年，量移衢州司馬。三年，楊嗣復輔政，與宗閔厚善，欲拔用之，而畏鄭覃沮議，乃託中人密諷於上。翌日，以宗閔爲杭州刺史。四年冬，遷太子賓客，分司東都。時鄭覃、陳夷行罷相，嗣復方再拔用宗閔知政事，俄而文宗崩。會昌初，李德裕秉政，嗣復、李珏皆竄嶺表。三年，劉稹據澤潞叛。德裕以宗閔素與劉從諫厚，上黨近東都，宗閔分司非便，出爲封州刺史，又發其舊事，貶郴州司馬，卒於貶所。」是宗閔會昌三年以前，正爲太子賓客，未嘗離東都也。《補編·爲濮陽公上賓客李相公狀》二篇，首狀云：「某早蒙恩顧，累忝藩方。本冀征轅，得由東洛。伏以延英奉辭之日，宰臣俟對之時，止得便奏發期，不敢更求枉路。限於流例，莫獲起居。」次狀云：「此方地控淮、徐，氣連荊楚，不惟土薄，兼亦冬温。」狀爲茂元出鎮陳許時作。茂元出鎮陳許，史無年月，參諸本集表、狀諸文，當在會昌元年。時宗閔方以朋黨之嫌，退居閒散之地，故狀云：「相公踐履道樞，優遊天爵。功無與讓，故勇於退；能不自伐，故葆其光。自罷理陰陽，就安調護……用而無喜，成則不居，求諸古今，實焕緗素。」又云：「相公昔在先朝，實康大政。當君子信讒之日，禀達人大觀之規。」與本傳所言皆合，其爲宗閔，了無疑矣。錢楞仙箋《補編》，妄以李德裕當之。考《德裕傳》，兩爲太子賓客分司東都：一在大和九年，尋貶袁州長史；一在開成元年，旋檢校户部尚書，復浙西觀察使。開成二年，節度淮南。武宗即位，德裕由淮南入相。會昌初，茂元出鎮陳許之時，正德裕重居台席之時。狀中所述，是豈當日情事耶？故參考史文而訂之於此（按：張箋繫此二狀於會昌元年，置《爲濮陽公陳許謝上表》之前）。〔按〕張氏辨賓客李相公非李德裕，而係李宗閔，狀爲王茂元出鎮陳許時所上，均是。然茂元出鎮陳許之年，當依吴廷燮《唐方鎮年表考證》卷上所云：「按王茂元於開成五年除忠武，據李商隱代茂元《陳許謝上表》。以時考之，李紳是年九月自宣武移淮南，彦威代紳，茂元又代彦威。」岑仲勉《玉谿生年譜會箋平質》乙承訛六《王茂元爲陳許》條即從吴説。現已考明茂元奉制出鎮陳許之日爲開成五年十月八日，其自長安啓程之期約當十月下旬，抵達許州則在十一月上旬，具詳《爲濮陽公陳許謝上表》注〔一〕按語。此上賓客李相公二狀，前狀當爲自長安啓程前所上。狀云「本冀征轅，得由東洛。伏以延英奉辭之日，宰臣俟對之時，止得便奏發期，不敢更求枉路」，係向宗閔解釋此次赴陳許時不經由洛陽拜謁之原因，乃啓程前所上，時約在開成五年十月下句。

〔二〕〔錢注〕《莊子》：彼是莫得其偶，謂之道樞。〔補注〕道樞，道之樞要、關鍵。

〔三〕〔補注〕《詩·大雅·卷阿》：「伴奂爾游矣，優游爾休矣。」優游，悠閑自得。《孟子·告子上》：「仁義忠信，樂善不倦，此天爵也；公卿大夫，此人爵也。」

〔四〕〔錢注〕庾信《燕射歌辭》：功無與讓，銘太常之旌。

〔五〕〔錢注〕謝瞻《於安成答靈運詩》：勇退不敢進。〔補注〕《老子》：「功成名遂身退，天之道。」

〔六〕〔錢注〕《老子》：不自伐故有功。

〔七〕〔錢注〕《莊子》：注焉而不滿，酌焉而不竭，而不知其所由來，此之謂葆光。〔補注〕葆光，隱蔽其光輝，謂才智不外露。

〔八〕〔補注〕《書·周官》：「立太師、太傅、太保，兹惟三公，論道經邦，燮理陰陽。」孔傳：「和理陰陽。」罷理陰陽，指罷相位。

〔九〕〔補注〕調護，調教輔佐，語出《史記·留侯世家》：「上曰：『煩公幸卒調護太子。』」詳見《爲濮陽公皇太子薨慰宰相狀》注〔三〕。就安調護，謂就任並安於太子賓客之閒職。

〔一〇〕鳳池，見《爲安平公賀皇躬痊復上門下狀》注〔一〇〕。〔補注〕鳳池來者，謂繼任之宰相。下「雞樹後生」義同。

〔一一〕〔補注〕《尚書》有《皋陶謨》。又《書·皋陶謨序》：「皋陶矢厥謨。」孔傳：「矢，陳也。」孔穎達疏：「皋陶爲帝舜陳其謀。」咎繇，同皋陶。

〔一二〕〔錢注〕《魏志·劉放傳》注：《世語》云：「劉放、孫資久典機任，夏侯獻、曹肇心内不平。殿中有雞棲樹，二人相謂：『此亦久矣，其能復幾？』」〔補注〕《論語·子罕》：「後生可畏，焉知來者之不如今也？」上句「來者」亦出於此。

〔一三〕〔錢注〕《史記·蕭相國世家》：（曹）參爲相國，百姓歌之曰：「蕭何爲法，顜若畫一；曹參代之，守而勿失。」

〔一四〕〔錢注〕《老子》：功成而不居。

〔一五〕〔錢注〕王筠《昭明太子哀策文》：偏該緗素。〔補注〕緗素，淺黄色絹帛，古時多用以書寫。此指書籍。

〔一六〕〔補注〕東洛，指東都洛陽。

〔一七〕〔錢注〕《唐六典》：大明宫宣政殿之左曰東上閤，右曰西上閤，次西曰延英門。其内之左曰延英殿。《舊唐書·職官志》：至德後，大將爲刺史者，兼治軍旅。遂依天寶邊將故事，加節度使之號，連制數郡。奉辭之日，賜雙旌雙節，如後魏、北齊故事。

〔一八〕〔錢注〕《唐會要》：開成元年正月，敕自今以後，每遇入閤日，次對官未要隨班並出，並于東階松樹下立。待宰臣奏事退，令齊至香案前，各奏本司公事。左右史待次對官奏事訖，同出。其年五月，中書門下奏：「自今以後，除刺史、並望延英對了奏發，日限促，不遇坐日，許于臺司通，將待延英開日，辭了進發。」從之。

〔一九〕〔錢注〕忠武節度治許州，見《請判官狀》。《舊唐書·地理志》：許州在京師東一千二百里，至東都四百里。〔補注〕東都洛陽距京師八百五十里。如由東洛枉道至許州，共一千二百五十里，多出五十里。其時李德裕方入相，茂元赴陳許不由東洛，拜謁李宗閔，恐爲避嫌，「不敢更求枉路」云云，殆託詞也。

〔二〇〕〔補注〕流例，流傳下來的慣例。白居易《對酒》之五：「眼前流例君看取，且遣琵琶送一杯。」

〔二一〕〔錢注〕《魏志·張既傳》注：《魏略》：「誠謂將軍亦宜遣一子，以示丹赤。」

〔二二〕〔錢注〕《穆天子傳》：道里悠遠，山川間之。

〔二三〕〔錢注〕潘岳《秋興賦》：蟋蟀鳴乎軒屏。

〔二四〕〔錢校〕時，疑當作「特」。

## 爲濮陽公陳許謝上表〔一〕

臣某言：臣伏奉去月八日制書，授臣前件官，臣即以某月日到任上訖。當時集軍州官吏、僧道耆老等，揄揚王化〔二〕，宣布睿慈。連營咸鼓于《巽》風〔三〕，闔境均霑于《兑》澤〔四〕。臣某中謝。

臣才謝漢飛〔五〕，義慙燕使〔六〕。獻書求試〔七〕，學劍邀勳〔八〕。大舸千艘〔九〕，早竊樓船之任〔一〇〕；勝兵萬數〔一一〕，晚兼車騎之名〔一二〕。雖任在啓行〔一三〕，而時當柔遠〔一四〕。珠崖銅柱〔一五〕，祇務廉平〔一六〕；麻壘艾亭〔一七〕，莫能恢復〔一八〕。旋屬皇帝陛下，荆枝協慶〔一九〕，棣萼傳輝〔二〇〕，臣得先巾墨車〔二一〕，入拜丹陛〔二二〕。蘭臺假號〔二三〕，棘署參榮〔二四〕。奉漢后之園陵〔二五〕，獲申送往〔二六〕；掌周王之廪庾〔二七〕，方切事居〔二八〕。不謂遽董戎旃〔二九〕，還持武節〔三〇〕。賜國既高于七命〔三一〕，承家又慶于重侯〔三二〕。維彼璧田〔三三〕，實聯鼎邑〔三四〕，古之近甸，今也雄藩。想像汝南，星聚而先賢未遠〔三五〕；經過潁上，水濁而强族皆除〔三六〕。况在昔年，常鄰多壘〔三七〕。載瞻軍額〔三八〕，深見士心。貴忠孝之兩全，則忠可移孝〔三九〕；正文武之二道，則武可輔文。將謀將領之能〔四〇〕，必重英豪之選〔四一〕。豈虞拔擢〔四二〕，乃出孱微〔四三〕。謹當阜俗而必致人和，貞師而不爲兒戲〔四四〕。使流庸自占〔四五〕，驍悍知方〔四六〕。任棠水韰之規，臣當可服〔四七〕；黄霸米鹽之政〔四八〕，臣亦不遺。麤勤報效之資，用贖貪叨之責〔四九〕。奉違軒鏡〔五〇〕，幾落蕘蓂〔五一〕。比園葵以自傾，晝惟向日〔五二〕；羡海槎之不繫，秋則經天〔五三〕。感激而淚血沾衣，兢憂而汗雨浹背〔五四〕。無任感恩戀闕兢惕屏營之至〔五五〕！

【校注】

〔一〕本篇原載《文苑英華》卷五八六第三頁、清編《全唐文》卷七七一第一五頁、《樊南文集詳注》卷一。〔徐箋〕《舊書·王栖曜傳》：栖曜，濮州濮陽人，累官鄜坊丹延節度觀察使，檢校禮部尚書，兼御史大夫。子茂元，幼有勇略，從父征伐知名。元和中爲右神策將軍。大和中檢校工部尚書、廣州刺史、嶺南節度使，招懷蠻落，頗立政能。南中多異貨，茂元積聚家財鉅萬計。李訓之敗，中官利其財，掎摭其事，言茂元因王涯、鄭注見用。茂元懼，罄家財以賂兩軍。於是授忠武軍節度、陳許觀察使。故有是表也。《新書·方鎮表》：貞元三年，置陳許節度使，治許州。十年，賜號忠武軍。《地理志》：許州領縣九：長社、長葛、陽翟、許昌、鄢陵、扶溝、臨潁、舞陽、郾城。陳州領縣六：宛丘、太康、項城、溵水、南頓、西華。並屬河南道。《王栖曜傳》：茂元家積財，交煽權貴。鄭注用事，遷涇原節度使。注敗，悉出家貲餉兩軍，得不誅。封濮陽郡侯。召爲將作監。領陳許節度使。案：茂元封濮陽郡侯，故稱濮陽公，此則以其爵也。〔馮箋〕《舊書·志》：忠武節度使管陳、許、蔡三州。《舊書·傳》：茂元授忠武軍節度、陳許觀察使。按：當在會昌元年，詳《年譜》。《舊書·德宗紀》：貞元二十年，陳許節度賜號忠武軍。按：《新書·表》似小誤。〔張箋〕（會昌元年）王茂元爲忠武軍節度、陳許觀察使。附考云：《爲外姑祭張氏女文》云：「及登農揆，去赴天朝，汝罷蒲津，聿來胥會。汝時不佑，忽爾孀殘。旋移許下，念汝支離。卜室築居，言遷潁上。」案《祭張書記文》在本年四月，時張氏喪夫，茂元尚在京。則陳許之除，或當是年秋冬間歟？〔岑仲勉曰〕（張）《箋》一依馮譜系會昌元……據《方鎮年表》及《考證》，茂元代王彥威，彥威代李紳爲宣武，而紳去宣武在開成五年九月，則茂元除陳許當同年事。《爲外姑祭張氏女文》「忽爾孀殘，旋移許下」，張卒時茂元雖在京，但《祭張書記文》「今則列樹開封，揲蓍得吉……將歸宿莽之庭，欲閉青松之室」，是葬前致祭，無茂元尚在京師之迹也。《祭外舅文》「公在東藩，愚當再調」，東藩指忠武，再調在開成五年冬，亦一旁證。（《平質》乙承訛《王茂元爲陳許》條）〔按〕《舊唐書·武宗紀》：開成五年，「九月，以淮南節度使、檢校尚書左僕射李德裕爲吏部尚書、同中書門下平章事，尋兼門下侍郎，以宣武軍節度使、檢校吏部尚書、汴州刺史李紳代德裕鎮淮南」。是李紳之代德裕鎮淮南，在開成五年九月。王彥威由忠武徙宣武，王茂元由京職出鎮陳許，皆爲同時迭代之人事調動。《爲外姑隴西郡君祭張氏女文》云：「及登農、揆，去赴天朝。汝罷蒲津，聿來胥會。朝堂夜閣，曲榻溫爐，稚子雛孫，滿吾懷抱。汝時不佑，忽爾孀殘。撫視冤傷，載慟心骨。旋移許下，念汝支離。」從開成五年茂元由涇原入爲司農卿敘起，接敘張氏女之孀殘與茂元之出鎮陳許，「忽爾」「旋移」，一氣敘下，其爲同年之事甚明。張書記審禮之葬，雖在會昌元年四月，然其卒則在開成五年（唐人墓誌中卒年與葬時相差半年以上或跨年者甚多）。表云「伏奉去月八日制書，授臣前件官」，此「去月」當爲十月。蓋商隱《與陶進士書》作於開成五年九月初三，篇末猶署「弘農尉李某」，證明其時尚未辭尉再調，亦未移家關中。其移家之時間，當在是年九月中下旬，移家抵達上都長安，則爲十月十日。《上河陽李大夫狀一》「近以親族相依，友朋見處，卜鄰上國，移貫長安……白露初凝，朱門漸遠」，《上李尚書狀》「以今月十日到上都訖。既獲安居，便從常調」等語可證。如移家到長安爲九月十日，則九月三日甫自弘農東去，十日又到上都，幾無可能。商隱之移家抵長安爲十月十日，則茂元之被任命爲陳許觀察使亦在其時。茂元十月八日被命，商隱十月十日到長安，故云「公在東藩，愚當再調，賁帛資費，銜書見召」。商隱於是有陳許之行。之所以「銜書見召」者，十月八日茂元奉制書之日，商隱猶在移家途中，未到上都也。表又云「臣即以某月日到任上訖」，前言「去月」奉制，則到任已是十一月，篇末「奉違軒鏡，幾落堯蓂」，亦可證茂元自離京至抵達許州，時已隔月。故本篇當作於開成五年十一月。商隱在陳許代茂元所擬諸表狀啓牒，亦當爲同時先後之作。馮、張因力主開成五年九月至會昌元年正月商隱有所謂「江鄉之遊」，故將商隱代擬之陳許諸表狀啓牒統繫於會昌元年。現既證明茂元出鎮陳許在開成五年十月，商隱又隨往陳許，代擬一系列表狀，則開成五年九月至會昌元年正月，商隱無江鄉之遊，益可定論。商隱在陳許幕，似是暫時代理文書之事，《爲濮陽公陳許奏韓琮等四人充判官狀》有段瓌，係充節度掌書記之職。故本年十二月，即已離陳許而寓華州周墀幕。究其原因，蓋商隱移家長安，本爲從常調謀京職，故應召至陳許辦完到任初急需撰寫之一系列公文後，即離陳許而繼續求常調。

〔二〕揄，《英華》誤「諭」。王，《英華》作「皇」，注：集作「玄」。

〔三〕〔徐注〕《魏志》：劉備與孫權交戰，樹栅連營七百餘里。〔馮注〕《易》：《巽》爲風，《兑》爲澤。

〔四〕〔補注〕《兑》爲《易》卦名，八卦之一，又六十四卦之一，象徵沼澤。《巽》風、《兑》澤，均喻指皇帝之惠政、恩澤。

〔五〕〔補注〕《易・説卦》有「巽爲木，爲風」之説，又云：「巽，東南也。」此處「巽風」當指東南之景風。《淮南子・墬形訓》：「東南曰景風。」高誘注：「巽氣所生也。一曰清明風。」

〔六〕〔馮注〕《漢書・李廣傳》：廣爲右北平太守，匈奴號曰「漢飛將軍」，避之不入界。

〔七〕使，《英華》注：集作「客」。〔徐注〕《戰國策》：望諸君報燕王書曰：「臣乃口受令，具符節，南使臣於趙，顧反命，起兵隨而攻齊。」〔按〕望諸君，樂毅。

〔八〕〔徐注〕《新書》：茂元少好學，德宗時上書自薦，擢試校書郎，改太子贊善大夫。

〔九〕〔徐注〕《漢書・項籍傳》：學書不成，去，學劍。箋：《新書》：吕元膺留守東都，署茂元防禦判官。〔按〕參見《爲濮陽公陳情表》「其後契闊星霜，羈離戎旅」一段及注。

〔一〇〕〔徐注〕杜篤《論都賦》：大船萬艘，轉運相過。〔馮注〕《廣韻》：楚以大船曰舸。又：艘，船總名也。

〔一一〕〔徐注〕《漢書》：元鼎五年，遣樓船將軍楊僕出豫章，下湞水。〔馮注〕謂鎮嶺南。

〔一二〕〔徐注〕勝，音升。《漢書・伍被傳》：勝兵可得二十萬。〔補注〕勝兵，猶精兵。

〔一三〕〔徐注〕《漢官儀》：漢興，置車騎將軍，金印紫綬，位次二千石。杜氏《通典》：漢文帝元年，始用薄昭爲車騎將軍。〔馮注〕《漢書・表》：孝文元年，薄昭爲車騎將軍。○謂鎮涇原。

〔一三〕〔徐注〕《詩》：元戎十乘，任在啓行。〔補注〕《詩・大雅・公劉》：「弓矢斯張，干戈戚揚，爰方啓行。」

〔一四〕〔徐注〕《書》：柔遠能邇。〔補注〕柔遠，安撫遠人。

〔一五〕〔徐注〕《漢書》：元鼎六年，定越地爲珠厓郡。注：應劭曰：「郡在大海中，崖岸之邊，出真珠，故曰珠厓。」《晉書・地理志》：日南郡象林縣今有銅柱，漢立此爲界，貢金供稅。《新書・南蠻傳》：環王本林邑，其南大浦有五銅柱，山形若倚蓋，西重巖，東涯海，漢馬援所植也。案：漢珠厓、儋耳二郡，今爲廣東瓊州府地。〔馮注〕《廣州記》：馬援到交阯，立銅柱爲漢之極界。

〔一六〕〔徐注〕《史記・倉公傳》：緹縈上書曰：「妾父爲吏，齊中稱其廉平。」

〔一七〕〔徐注〕《初學記》引《秦州記》曰：枹罕城西有麻壘，壘中可容萬衆。《漢書・地理志》：天水郡豲道縣騎都尉治密艾亭。《魏書・地形志》：梁興郡梁興縣有艾亭丘。〔馮曰〕秦州本天水郡，時陷於吐蕃，故云。

〔一八〕〔徐注〕《東都賦》：恢復疆宇。

〔一九〕〔馮注〕吴均《續齊諧記》：京兆田真兄弟三人，共議分財，皆平均，惟堂前一株紫荆，議欲破三片。明日，其樹即枯死，狀如火然。真大驚，謂諸弟曰：「是人不如木也。」因悲不自勝，不復解樹，樹應聲榮茂。兄弟相感，更合財寶，遂爲孝門。周景式《孝子傳》：古有兄弟，忽欲分異，出門見三荆同株，接葉連陰，歎曰：「木猶欣聚，況我而殊哉！」遂還爲雍和。

〔二〇〕〔馮注〕《詩》：常棣之華，鄂不韡韡。箋曰：承華者曰鄂。「不」當作「拊」。拊，鄂足也。鄂足得華之光明則韡韡然，喻弟以敬事兄，兄以榮覆弟。古聲不、拊同。拊，方于反，亦作「跗」。〔補注〕荆枝、棣萼，喻指文宗、武宗兄弟友于，弟繼兄位。

〔二一〕巾，《英華》誤「中」。〔馮注〕《周禮·春官》：巾車，掌公車之政令。又：服車，孤乘夏篆，卿乘夏縵，大夫乘墨車。注曰：墨車，不畫也。《儀禮·覲禮》：侯氏乘墨車，載龍旂弧韣，乃朝。〔補注〕墨車，不加文飾之黑色車乘，周制爲大夫所乘。巾，以帷幕裝飾車。巾車，指整車出行。

〔二二〕〔徐注〕《隋書·薛道衡傳》：《高祖頌》曰：「驅馳丹陛。」

〔二三〕〔馮注〕《舊書·志》：御史臺，魏、晉、宋爲蘭臺。御史大夫一員，從三品；中丞二員，正五品上。會昌二年十二月敕：「大夫昇正三品，中丞昇正四品下。大夫秩崇，官不常置，中丞爲憲臺長。」〔按〕此「蘭臺」非御史臺之别稱，乃指尚書省。應劭《漢官儀》卷上：「（尚書郎）握蘭含香，趨走丹墀奏事。」故尚書省可稱「蘭省」「蘭臺」。《爲濮陽公上楊相公狀一》：「柳營莫從於多讓，蘭臺超假於前行。」此「蘭臺」明指尚書省，與本篇「蘭臺」所指相同。蘭臺假號，謂加檢校右僕射，即《爲濮陽公上淮南李相公狀一》「榮兼右揆」；因係檢校官，故云「假號」。

〔二四〕〔徐注〕《周禮》：朝士掌建邦。外朝之法：左九棘，孤卿大夫位焉；右九棘，公侯伯子男位焉。〔馮注〕《舊書·志》：太常寺，卿一員，正三品；少卿二員，正四品。按：後有《代祭太常崔丞文》，云「棘署選丞」，則棘署謂太常署也。〔按〕古代群臣外朝時，立九棘區别九卿等級職位，故棘寺、棘署皆泛指九卿官署，非專指太常署。「棘署參榮」，謂己官忝九卿之榮也，指入朝爲司農卿（司農卿爲九卿之一），非如馮説爲太常少卿也。馮引《爲濮陽公祭太常崔丞文》「棘署選丞，仍見譙玄之入」，謂「茂元亦入朝爲太常，故仍選爲丞」，全屬誤解，文意蓋謂九寺中之太常寺選丞，崔璫當其選也，與茂元無涉。

〔二五〕〔徐注〕《後漢書·光武紀》：詔修復西京園陵。注：園謂塋域，陵謂山墳。《通典》：將作監掌修作宗廟、路寢、宮室、陵園土木之功。〔馮注〕《舊書·志》：將作監，大匠一員，從三品；少匠二員，從四品下。《通典》：天寶中改爲大監、少監。按：太常卿之屬有諸陵署，掌先帝山陵守衛；而將作監領左校、右校、甄官、中校四署，喪葬所需及明器皆供之。此專謂初建章陵（按：文宗葬章陵）而茂元爲將作也。

〔二六〕〔補注〕《禮記·祭義》：「樂以迎來，哀以送往。」送往，謂禮葬逝世者（指文宗）。《左傳·僖公九年》：「送往事居。」杜注：「往，死者。」

〔二七〕〔徐注〕《周禮》：廩人掌九穀之數，以待國之匪頒、賙賜、稍食。《通典》：司農卿掌邦國倉儲之事。案：茂元《遺表》云：「伏思任司農大卿之日，授忠武統帥之時，紫殿承恩，彤庭入對。」是由司農卿遷陳許節度，史略之耳。〔馮注〕《舊書·志》：司農寺，卿一員，從三品上；少卿二員，從四品上。掌倉儲委積之事，謹其出納。按：茂元入朝，當爲御史中丞、太常少卿、將作監，轉司農卿，遷陳許節度，史多略之。〔按〕馮氏據《爲外姑隴西郡君祭張氏女文》「及登農、揆」之句，謂「農，司農卿也；揆，端揆，僕射。」據此，則加僕射，亦在武宗初立時」，張氏《會箋》則謂「加僕射而後出爲陳許節度使」。聯繫《爲濮陽公上淮南李相公狀一》「位重大農，榮兼右揆」之句，及《祭外舅贈司徒公文》「省揆名在，農官望集」之語，茂元入京後曾任司農卿、檢校右僕射可以肯定。《爲濮陽公上淮南李相公狀一》作於開成五年春夏間，可證其時茂元已「榮兼右揆」，不必等到秋冬間出鎮陳許時方加檢校右僕射也。至於任將作監，不但見於《新唐書·王茂元傳》，且見之於本篇「奉漢后之園陵，獲申送往」，《祭外舅贈司徒公文》「鄗、畢之地，軒轅之臺，葛綳將掩，柏陵始開」，亦可無疑。然所謂「爲御史中丞、太常少卿」，則馮氏誤解「蘭臺假號，棘署參榮」二句所致，已見注〔二三〕〔二四〕編著者按語。且茂元開成五年春文宗卒後始赴召入朝，十月即出鎮陳許，在半載左右時間内亦不可能有多次遷轉官職之事。

〔二八〕〔徐注〕《左傳》：送往事居，耦俱無猜，貞也。案：往謂文宗，居謂武宗。文宗晏駕，茂元蓋嘗以將作監佐山陵之役，故曰「奉漢后之園陵」；武宗即位，除司農卿，故曰「掌周王之廩庾」。〔按〕《新唐書·王茂元傳》：「召爲將作監，領陳許節度使。」似以將作監内召。然證之商隱諸文，似先任司農卿，而後爲將作監。

〔二九〕〔徐注〕謝朓牋：契闊戎旃，從容讌語。〔補注〕董，統率。董戎旃，謂統率軍隊，爲一方節鎮。

〔三〇〕〔徐注〕《漢書》：元封元年詔曰：「躬秉武節。」《通典》：晉制，都督使持節爲上，持節次之，假節爲下。使持節得殺二千石以下，持節殺無官位人，若軍事，得與使持節同。唐分天下州郡，制爲諸道，每道置使，治於所部。其邊方有寇戎之地則加以旌節，謂之節度使，蓋古之持節都督。自至德以來，天下多難，諸道皆聚兵，增節度使爲二十餘道。〔馮注〕按《晉書·志》曰：「前漢遣使，始有持節。」今考如《蘇武》《汲黯》《傅介子傳》中所書是也。其後乃漸以爲都督軍事者之制。《新唐書·百官志》：武德初，邊要之地，置總管以統軍，加號使持節。《通典》：加號爲使持節，而實無節，但頒銅魚符而已。

〔三一〕〔徐注〕《周禮》：典命職曰：「侯伯七命，其國家、宫室、車旗、衣服、禮儀，皆以七爲節。」〔馮注〕《周禮·大宗伯》：以九儀之命，正邦國之位，壹命受職，再命受服，三命受位，四命受器，五命賜則，六命賜官，七命賜國，八命作牧，九命作伯。〔按〕七命，周代官爵之第七級，賜國侯伯。鄭玄《周禮注》：「王之卿六命，出封加一等者。鄭司農云：『出就侯伯之國。』」賈公彦疏：「此後鄭、先鄭所云，皆據典命而言。以其王之卿六命，出封加一等即七命，是侯伯之國者也。」

〔三二〕〔徐注〕《易》：大君有命，開國承家。《漢書》：許、史、三王、丁、傅之家，皆重侯累將，窮極富貴。〔馮注〕《楚辭·大招》：三圭重侯。〔補注〕謂王栖曜、王茂元父子，皆爲節鎮。

〔三三〕璧，《英華》誤「壁」。〔徐注〕《春秋》：桓公元年，三月，鄭伯以璧假許田。

〔三四〕〔徐注〕《左傳》：武王克商，遷九鼎于洛邑。

〔三五〕〔馮注〕《太平御覽·叙賢》引《異苑》：汝南陳仲弓與諸息姪就潁川荀季和父子，于時德星爲之聚。太史奏曰：「五百里内有賢人聚。」《漢書·志》：潁川郡、汝南郡。《隋書·志》：《汝南先賢傳》五卷。按《後漢書》：荀淑、陳寔同潁川郡。荀，潁陰縣人；陳，許縣人也。潁川、汝南二郡相去一百五十里。

〔三六〕潁，《英華》《全文》均誤作「穎」，據徐、馮二注本改。〔徐注〕《漢書・灌夫傳》：夫字仲孺，潁陰人也。宗族賓客爲權利，横潁川。潁川兒歌之曰：「潁水清，灌氏寧；潁水濁，灌氏族。」〔馮注〕《通典》：許州，秦爲潁川郡。

〔三七〕〔徐注〕《禮記》：四郊多壘，此卿大夫之辱也。〔馮注〕指淮蔡吴元濟叛事。

〔三八〕〔徐注〕《舊書・敬宗紀》：特置武昌軍額。〔馮注〕忠武賜號。〔補注〕軍額，猶軍隊之名號，與稱軍隊編制數額之「軍額」義異。

〔三九〕〔徐注〕《孝經》：君子之事親孝，故忠可移於君。

〔四〇〕〔徐注〕《南史・王融傳》：奏曰：「近塞外微塵，苦求將領。」〔馮注〕《左傳》：晉作三軍，謀元帥。按：兩「將」字雖音義不同，而《四六法海》作「咨謀」。竊疑本作「欲」而誤作「咨」，此亦誤作「將」也。

〔四一〕〔徐注〕《晉書・蔡謨傳》：謨曰：「若非上哲，必由英豪。」

〔四二〕〔徐注〕揚雄《劇秦美新》：數蒙渥惠，拔擢倫比。

〔四三〕出，《全文》作「去」，據《英華》改。

〔四四〕〔徐注〕《易》：《師》，貞，丈人，吉。《漢書》：周亞夫軍細柳，文帝勞軍至其營，曰：「嗟乎！此真將軍矣。向者霸上、棘門如兒戲耳。」

〔四五〕〔徐注〕《漢書·昭帝紀》：詔曰：「比歲不登，民匱于食，流庸未盡還。」師古曰：流庸，謂其去本鄉而行爲人庸作。〔馮注〕《循吏·王成傳》：成爲膠東相，流民自占八萬餘口。師古曰：隱度名數而來附業也。占，之贍反。〔補注〕自占，自來歸附。

〔四六〕〔徐注〕《吴志·陸遜傳》：雖云師老，猶有驍悍。

〔四七〕服，《全文》作「復」，據《英華》改。〔馮注〕《後漢書·龐參傳》：參爲漢陽太守，郡人任棠者有奇節，隱居教授。參到，先候之，棠不與言，但以薤一大本、水一盂置户屏前，自抱孫兒伏於户下。主簿白以爲倨，參良久曰：「棠是欲曉太守也。水者，欲吾清也；拔大本薤者，欲吾擊强宗也；抱兒當户，欲吾開門恤孤也。」於是歎息而還。

〔四八〕事已見《代李玄爲崔京兆祭蕭侍郎文》注〔三四〕。〔補注〕米鹽，喻繁雜瑣碎。《漢書·循吏傳·黄霸》師古注：「米鹽，言雜而且細。」又《酷吏傳·咸宣》：「宣爲左内史，其治米鹽，事小大皆關其手。」

〔四九〕叨，《英華》作「饕」，注：集作「叨」。〔徐注〕《漢書·王莽傳》：馳傳天下，考覆貪饕。

〔五〇〕〔徐注〕《宣和博古圖》：昔黄帝液金作神物，爲鑑凡十有五。去古既遠，不能盡考。後世有得其一者，其制度以四靈位四方，以八卦定八極，十二辰環其外，二十四氣布其中，故與日月合明，鬼神通意。〔馮注〕《黄帝内經》：帝既與王母會於王屋，乃鑄大鏡十二，隨月用之。

〔五一〕〔徐注〕《帝王世紀》：堯時有異草夾階而生，每一日生一葉，至十五日生十五葉。至十六日，一葉落，至三十日落盡。若小月即一莢厭而不落，謂之蓂莢。〔按〕據「幾落堯蓂」句，茂元拜辭赴陳許，當在開成五年十月下半月，抵達許州則在十一月。

〔五二〕〔徐注〕《文選》有陸機《園葵詩》。《説文》：黄葵嘗傾葉向日，不令照其根。

〔五三〕〔徐注〕張華《博物志》：舊説天河與海通，近有居海渚者年年八月有浮槎來，甚大，往返不失期。此人乃多賫糧乘槎去，忽忽不覺晝夜。奄至一處，望室中見一女方織，一丈夫牽牛渚次飲之。人問爲何處，答曰：「君可詣蜀嚴君平。」此人還，問君平，君平曰：「某年某月，有客星犯牽牛。」即此人到天河也。〔補注〕羡海槎秋則經天，言己之心懷朝廷。

〔五四〕浹，《英華》注：集作「洽」。〔馮注〕《戰國·齊策》：揮汗成雨。餘屢見。

〔五五〕〔馮注〕《吴語》：申胥曰：「昔楚靈王三軍叛於乾谿，王親獨行，屏營徬徨於山林之中。」注曰：屏，步丁切。

## 爲濮陽公陳許舉人自代狀〔一〕

某官崔蠡〔二〕

右臣伏準某年月日敕，内外文武官上後三日舉一人自代者〔三〕。臣伏見前件官，欒、郤舊族〔四〕，鄒、魯名儒〔五〕。鏡納無私〔六〕，山高不讓〔七〕。而又循墻戒切〔八〕，銘座規深〔九〕。蘭省辭榮〔一〇〕，竹符出守。漢悲來暮〔一一〕，晉有去思〔一二〕。晦而轉彰〔一三〕，浼而尤白〔一四〕。既還綸閣〔一五〕，復掌禮闈〔一六〕。人驚吞鳳之才〔一七〕，士切登龍之望〔一八〕。及司版籍，以副地官〔一九〕，按比罔差〔二〇〕，孤終靡失〔二一〕。居然國器〔二二〕，實映朝倫〔二三〕。今沔水無兵，武昌非險〔二四〕。用爲廉問〔二五〕，尚鬱廟謀〔二六〕。臣所部乃秦、韓戰伐之鄉〔二七〕，周、鄭交圻之邑〔二八〕。軍踰千乘，地控三州〔二九〕。若以代臣，必爲名將。敢希睿澤，曲遂愚衷，俾寬竊位之譏〔三〇〕，冀獲進賢之賞〔三一〕。干冒陳薦，無任兢越。謹録奏聞，伏聽敕旨。

**【校注】**

〔一〕本篇原載《文苑英華》卷六三九第一頁、清編《全唐文》卷七七二第一八頁、《樊南文集詳注》卷二。題内「舉」字，《英華》注：集作「請」。〔馮校〕（題内「爲」字下）《英華》多「薦」字（按：馮氏所據當是明刊本，殘宋本《英華》無「薦」字）。〔徐箋〕案《方鎮表》：「元和五年罷武昌軍節度使，置鄂岳都團練觀察使。十三年，增領申州。寶曆二年，省沔州。」是其所領實鄂、岳、申三州也。狀云「沔水」「武昌」，明係鄂岳；「秦、韓戰伐之鄉，周、鄭交圻之地」，則陳許也。時崔蠡方除鄂岳觀察，而王茂元爲陳許節度，以鄂岳非當時重地，而己所部陳許乃中原要害，恐不勝任，故舉崔以自代。〔按〕馮譜、張箋均編會昌元年，馮謂茂元出鎮陳許在是年夏，張謂在是年秋冬間，均誤。《爲濮陽公陳許謝上表》注〔一〕按語已詳考茂元出鎮陳許在開成五年十月，抵達陳許在十一月。本篇上於上後三日，則亦當作於開成五年十一月，參注〔二〕。

〔二〕〔馮箋〕《舊書·崔寧傳》：寧弟孫蠡，元和五年擢第。大和初爲侍御史，三遷户部郎中，出爲汝州刺史。開成初，以司勳郎中徵。尋以本官知制誥，明年正拜舍人。三年，權知禮部貢舉。四年，拜禮部侍郎，轉户部。尋爲華州刺史、鎮國軍等使，再歷方鎮。按：《新書·傳》更略。此時豈已從華州觀察鄂岳耶？〔徐箋〕《舊書·李聽傳》：詔聽兼領魏博節度使，將兵北渡，魏人不納，其軍大敗。殿中侍御史崔蠡彈之。《新書·世系表》：崔蠡，南祖崔氏胤第三子。〔按〕《千唐志·唐故朝議郎使持節光州諸軍事守光州刺史賜緋魚袋李公（潘）墓誌銘并序》謂李潘「以開成五年八月三日染疾于位，殁于弋陽之官舍」，且稱「今江夏崔公蠡……并交道之深契也」。墓銘作於開成五年十二月廿四之前（十二月廿四爲李潘葬期）。可證開成五年秋冬間，崔蠡已代卒於任之高鍇，在鄂岳觀察使任。高鍇開成三年九月至五年九月在鄂岳觀察使任，商隱作於開成五年九月三日之《與陶進士書》猶稱鍇爲「夏口公」，其卒期當在此後。張箋謂崔蠡會昌元年方代高鍇，鍇於會昌元年卒於任所，蓋緣其認爲商隱開成五年秋至會昌元年春有所謂「江鄉之遊」，故將商隱爲茂元代擬之陳許諸表狀統置於會昌元年秋冬間。不知其謂高鍇卒於會昌元年，與李潘墓誌直接衝突也。崔蠡之刺華州，此狀中並無反映，具體時間待考。

〔三〕官，《全文》無此字，據《英華》補。〔馮注〕《舊書·紀》：德宗建中元年，常參官，諸道節度、觀察、防禦等使，都知兵馬使、刺史、少尹、畿赤令、大理司直評事等，授訖三日内，於四方館上表，讓一人自代。其表付中書門下，每官闕以舉多者授之。

〔四〕〔徐注〕《左傳》：叔向曰：「欒、郤、胥、原，降在皂隸。」〔馮注〕欒、郤，晉世卿。

〔五〕〔馮注〕《漢書·韋賢傳》：賢，魯國鄒人，以《詩》教授，號稱鄒、魯大儒。

〔六〕私，《英華》注：集作「疲」。〔徐注〕《世説》：袁羊曰：「何曾見明鏡疲於屢照，清流憚於惠風。」

〔七〕〔徐注〕李斯書：太山不讓土壤，故能成其大。

〔八〕〔馮注〕《左傳》：正考父佐戴、武、宣，三命茲益共，故其鼎銘云：「一命而僂，再命而傴，三命而俯，循墻而走，亦莫余敢侮。」〔補注〕循墻，謂避開道路中央，靠墻而行，以示恭謹或畏懼。《左傳》杜注：「言不敢安行也。」

〔九〕〔馮注〕《後漢書》：崔瑗字子玉，善爲書記箴銘。按：瑗《座右銘》曰：「慎言節飲食，知足勝不祥。」

〔一〇〕〔徐注〕元稹詩：並入紅蘭省。注：校書所也。〔馮注〕《白帖》：郎官曰蘭省。《漢官儀》：尚書郎懷香握蘭，含雞舌奏事。〔按〕馮注是。《舊唐書·崔寧傳》附《崔蠡傳》，謂其「三遷户部郎中，出爲汝州刺史」，「蘭省辭榮，竹符出守」，正謂其由户中出爲汝刺也。其出爲汝刺之年，當在大和八年，參《唐刺史考》。

〔一二〕〔徐注〕《後漢書》：廉范字叔度，建初中爲蜀郡太守。百姓歌之曰：「廉叔度，來何暮？不禁火，民安作。平生無襦今五袴。」

〔一三〕〔馮注〕《漢書·循吏傳》：所居民富，所去見思。《晉書》：樂廣所在，無當時功譽，每去職，爲人所思。〔徐注〕《晉書·謝安傳》：除吴興太守，在官無當時譽，去後爲人所思。

〔一三〕彰，《英華》作「明」，注：集作「彰」。〔徐注〕《易·明夷》：君子以蒞衆，用晦而明。

〔一四〕〔補注〕《論語·陽貨》：「不曰白乎，涅而不緇。」浼，玷污。

〔一五〕〔徐注〕《晉書·王湛等傳論》：或任華綸閣，密勿于王言。《初學記》：中書職掌綸誥，前代詞人因謂之綸閣。〔補注〕此即《傳》所謂「以本官知制誥，明年正拜舍人」。

〔一六〕〔徐注〕任昉《王文憲集序》：出入禮闈。〔馮注〕《文選》注：《十洲記》曰：「崇禮闈，即尚書上省門；崇禮東建禮門，即尚書下舍門。然尚書省二門名禮，故曰『禮闈』也。」〔按〕復掌禮闈，即《傳》所謂「三年，權知禮部貢舉；四年，拜爲禮部侍郎」也。馮注誤。禮闈，指禮部主持之科舉考試。

〔一七〕〔徐注〕《西京雜記》：揚雄著《太玄》，夢吐白鳳。〔馮注〕似當作「吐鳳」。而李群玉詩亦有曰：「子雲吞白鳳，遂吐《太玄》書。」又羅含（吞鳳）事，見《爲舉人獻韓郎中琮啓》注〔五〕。

〔一八〕望，《英華》作「譽」，注：集作「望」。〔徐注〕《後漢書》：李膺字元禮，以名聲自高，士有被其容接者，名爲「登龍門」。

〔一九〕〔徐注〕蓋曾爲户曹。《周禮・秋官》：司民，掌登萬民之數，自生齒以上，皆書于版。〔馮注〕《周禮・地官》：大司徒，掌土地之圖與其人民之數。〔補注〕版籍，户口册。司版籍，謂爲户部長官。「及司版籍，以副地官」，即《傳》所謂「轉户部（侍郎）」也。

〔二〇〕按比罔差，《英華》《全文》均作「比按西羌」，義不可通。《英華》注：集作「按比罔差」。是，兹據改。〔馮注〕《周禮・小司徒》：頒比法于六鄉之大夫，及三年則大比。注曰：大比，謂使天下簡閲民數及其財物也。鄭司農云：「五家爲比，故以比爲名，今時八月案比是也。」《後漢・志》：仲秋之月，縣道案户比民。《江革傳》：縣當案比。注曰：猶今見閲也。〔補注〕案比，即案户比民，清理户籍與人口。此户部之職責。徐注據誤文「比按西羌」而注曰「蓋曾使吐蕃」，顯誤。

〔二一〕孤，《英華》注：集作「初」。誤。終，《英華》《全文》均作「忠」，誤。《英華》注：集作「終」。是，兹據《英華》注改。〔馮注〕《周語》：仲山甫曰：「古者不料民而知其少多，司民協孤終。」注曰：無父曰孤。終，死也。按：二句承上文言之也。乃《英華》訛作「比按西羌，孤忠靡失」，而注曰「集作『初終』」云云。以形近而誤矣。集作「初終」，亦刊刻之誤，今皆改正。

〔二二〕〔徐注〕《漢書・韓安國傳》：天子以爲國器。〔補注〕《論語・公冶長》：「子貢問曰：『賜也何如？』子曰：『女，器也。』曰：『何器也？』曰：『瑚、璉也。』」瑚、璉皆宗廟禮器，以喻治國安邦之器。

〔二三〕〔徐注〕《晉書·庾純傳》：詔曰：「宜加顯黜，以肅朝倫。」〔補注〕朝倫，猶朝班。

〔二四〕〔徐注〕《漢書·地理志》：如淳曰：「北方人謂漢水爲沔水。」《新書·地理志》：鄂州江夏郡，治江夏縣。案：鄂州不治武昌，以州本武昌軍節度使治，故舉武昌以爲言。〔馮注〕《書·禹貢》傳：漢上曰沔。《舊書·志》：鄂州江夏郡，江夏、武昌、漢陽等縣。武昌軍節度使治鄂州。

〔二五〕〔馮注〕按《新書·表》：武昌軍使，廢置不一，自元和五年至開成、會昌時，則爲團練觀察使，故云廉問。

〔二六〕〔徐注〕《後漢書·光武紀贊》曰：明明廟謀，赳赳雄斷。

〔二七〕伐，《全文》作「代」，據《英華》改。〔補注〕戰國時韓國疆域約當今山西省東南角及河南省中部，介于秦、魏、楚三國之間，爲兵家必争之地。陳許節度使轄區正在河南中部，秦、韓常交兵於此。

〔二八〕〔補注〕圻，疆界。交圻，交界。

〔二九〕〔馮注〕（三州）陳、許、蔡三州。

〔三〇〕〔補注〕《論語·衛靈公》：「臧文仲其竊位者與？知柳下惠之賢，而不與立也。」

〔三一〕獲，《英華》作「受」，注：集作「獲」。〔徐注〕《漢書·蕭何傳》：上曰：「吾聞進賢受上賞，蕭何功最高，待鄂君乃得明。」於是因鄂千秋故所食關内侯邑二千户，封爲安平侯。

# 爲濮陽公上賓客李相公狀二〔一〕

不審近日尊體何如？此方地控淮、徐〔二〕，氣連荆楚〔三〕，不惟土薄〔四〕，兼亦冬温〔五〕。洛陽居萬國之中〔六〕，得四方之正〔七〕，或聞今歲亦不甚寒。相公百禄所綏〔八〕，五福攸集〔九〕。伏料調護〔一〇〕，常保康寧〔一一〕。從古以來，大賢所處，未有不功高而去，德盛而謙〔一二〕，以煙水爲歸塗〔一三〕，指神仙而投分〔一四〕。名高百古，事冠一時。然而内難外憂，不常而起；深謀密畫，須有所歸。則吕望老于渭濱，始持兵柄〔一五〕；周公還于洛邑〔一六〕，復秉國鈞〔一七〕。亦不草芥軒車〔一八〕，埃塵禄位。不關通介〔一九〕，蓋屬安危〔二〇〕。

相公昔在先朝，實康大政〔二一〕。當君子信讒之日〔二二〕，稟達人大觀之規〔二三〕。據梧但歌〔二四〕，反袂無歎〔二五〕。及爲賓望苑〔二六〕，分務洛師〔二七〕，徐勉園中，唯餘卉木〔二八〕；陶公嶺上，空有白雲〔二九〕。小竹帛之所傳，鄙鼎彝而不問。夫以行藏定分，用捨通方〔三〇〕，當遭時復生之前，立功立業者甚易〔三一〕；及受間被疑之後〔三二〕，不怨不怒者至難〔三三〕。遠則狼畏跋胡〔三四〕，鴟憂毁室〔三五〕；近則越蠡扁舟而獨往〔三六〕，漢良却粒以辭榮〔三七〕。雖同畏危機〔三八〕，亦不得中道〔三九〕。仰惟閫奧〔四〇〕，實冠品流。

今寶曆既初〔四一〕，聖政兹始。將安丕祚〔四二〕，必屬宗臣〔四三〕。凡在隱微，莫不祠禱。某早蒙獎拔，得被寵榮。番禺將去之時〔四四〕，獲醉上樽之酒〔四五〕；許下出征之日〔四六〕，猶蒙尺素之書〔四七〕。便道是拘〔四八〕，登門莫遂〔四九〕。向風弭節〔五〇〕，掩泣裁箋。思幄戀軒〔五一〕，不勝丹款。伏惟終始恩照〔五二〕。謹狀。

【校注】

〔一〕本篇原載清編《全唐文》卷七七三第一八頁、《樊南文集補編》卷二。〔按〕狀有「此方……不惟土薄，兼亦冬温。洛陽居萬國之中，得四方之正，或聞今歲亦不甚寒」等語，可證狀係茂元抵達陳許任後所上，時間當在十一月仲冬季節。又據「許下出征之日，猶蒙尺素之書」之語，茂元出鎮陳許時，宗閔曾馳書致意，茂元之屢奉狀宗閔者，亦緣于此。

〔二〕〔錢注〕謂陳許。《新唐書·地理志》：徐州彭城郡，泗州臨淮郡，並屬河南道。〔按〕淮、徐，似當指徐州、揚州(即武寧、淮南)二節度使轄區。

〔三〕〔錢注〕《新唐書·地理志》：山南道蓋古荆、梁二州之域。〔按〕謂氣連古楚國之疆域，非專指山南道。

〔四〕〔補注〕《左傳·成公六年》：「郇瑕氏土薄水淺，其惡易覯。」土薄，謂土質貧瘠。

〔五〕〔錢注〕《春秋繁露》：火有變冬温夏寒。〔按〕曰「冬温」，曰「今歲亦不甚寒」，當是季節已届嚴寒之候而仍較温暖，始有此語，當已仲冬。如孟冬十月，則不大可能作此等口吻。

〔六〕洛陽，《全文》誤作「維揚」，據錢校改，參下注。

〔七〕〔錢注〕《史記・周紀》：成王在豐，使召公復營洛邑，如武王之意。周公復卜，申視，卒營築，居九鼎焉，曰：「此天下之中，四方入貢道里均。」

〔八〕〔補注〕《詩・商頌・長發》：「敷政優優，百禄是遒。」綏，安。

〔九〕〔補注〕《書・洪範》：「五福：一曰壽，二曰富，三曰康寧，四曰攸好德，五曰考終命。」

〔一〇〕〔補注〕調護，調養護理。《顔氏家訓・養生》：「調護氣息，慎節起卧。」與狀一「就安調護」之「調護」義異。

〔一一〕康寧，見注〔九〕。

〔一二〕〔補注〕《易・繫辭下》：「謙，德之柄也。」功高而去，用《老子》「功成名遂身退，天之道」。

〔一三〕〔補注〕謂歸隱於江湖。暗用越大夫范蠡佐越王勾踐滅吴後，功成身退，乘輕舟隱于五湖事，見《國語・越語下》。

〔一四〕〔錢注〕阮瑀《爲武帝與劉備書》：投分寄意。〔補注〕投分，定交，意氣相合。暗用張良輔漢祖功成後慕赤松子之游事，見《史記・留侯世家》。

〔一五〕見《爲濮陽公上楊相公狀》注〔一〇〕。

〔一六〕〔補注〕《書・金縢》：「既克商二年，（武）王有疾，弗豫。……公歸，乃納册（請以身代之册）于金縢之匱中，王翼日乃瘳。武王既喪，管叔及其群弟乃流言于國，曰：『公將不利于孺子(成王)。』周公……居東二年，則罪人斯得。……秋，大熟，未穫，天大雷電以風，禾盡偃，大木斯拔，邦人大恐。王與大夫盡弁，以啓金縢之書，乃得周公……代武王之説。」於是成王復迎周公以歸洛，重執政柄。

〔一七〕〔補注〕《詩·小雅·節南山》：「尹氏大師，維周之氐，秉國之均。」均，通「鈞」，制陶器之模盤。秉鈞，喻執掌國家政權。

〔一八〕軒車，見《爲濮陽公上淮南李相公狀二》注〔三八〕。〔按〕此喻高官。

〔一九〕〔錢注〕《魏志·徐邈傳》：或問盧欽：「徐公當武帝時，人以爲通；自在涼州及還京師，人以爲介，何也？」欽答曰：「往昔毛孝先、崔季珪等用事，貴清素之士，於是皆變衣服以爲名高，而徐公不改其常，故人以爲通。比來天下奢靡，轉相倣效，而徐公雅尚自若，不與俗同。故前日之通，乃今日之介也。是世人之無常，而徐公之有常也。」〔補注〕通介，通達與耿介。

〔二〇〕安危，見《爲濮陽公上楊相公狀》注〔五〕。

〔二一〕〔補注〕先朝，指文宗朝。康，治理。蔡邕《獨斷》：「安樂治民曰康。」李宗閔大和三年八月至九年六月兩度任宰相，見《新唐書·宰相表》。

〔二二〕〔補注〕《詩·小雅·小弁》：「君子信讒，如或酬之。」《通鑑·大和九年》：「京城訛言鄭注爲上合金丹，須小兒心肝，民間驚懼，上聞而惡之。鄭注素惡京兆尹楊虞卿，與李訓共構之，云此語出於虞卿家人。上怒，六月，下虞卿御史獄。注求爲兩省官，中書侍郎、同平章事李宗閔不許，注毁之於上，會宗閔救楊虞卿，上怒，叱出之。壬寅，貶明州刺史。」

〔二三〕〔錢注〕賈誼《鵩鳥賦》：達人大觀兮，物無不可。

〔二四〕〔錢注〕《莊子》：昭文之鼓琴也，師曠之枝策也，惠子之據梧也。三子之知幾乎？皆其盛者也，故載之末年。〔補注〕據梧，成玄英疏：「以梧几而據之談説，猶隱几者也。」陸德明《釋文》：「司馬云：梧，琴也。崔云：琴瑟也。」視「據梧但歌」語，似以後解爲優。據梧，操琴。

〔二五〕〔補注〕《公羊傳·哀公十四年》：「反袂拭面，涕沾袍。」

〔二六〕〔補注〕望苑，博望苑之省稱，見《爲濮陽公奉慰皇太子薨表》注〔一七〕。爲賓，指爲太子賓客。

〔二七〕〔補注〕洛師，洛京，指東都洛陽。《書·洛誥》：「予惟乙卯，朝至于洛師。」分務洛師，猶分司東都。

〔二八〕〔錢注〕《梁書·徐勉傳》：勉嘗爲書誡其子曰：「中年聊於東田間營小園，聚石移果，雜以花卉，以娱休沐，用託性靈。」

〔二九〕〔錢注〕陶弘景《答詔詩》：山中何所有，嶺上生白雲。〔按〕參《爲尚書濮陽公賀鄭相公狀》注〔六〇〕。

〔三〇〕〔錢注〕《漢書·韓安國傳》：通方之士，不可以文亂。〔補注〕通方，通曉道術，亦指通曉爲政之道。

〔三一〕〔錢注〕《魏志·鄧艾傳》：艾州里時輩南陽州泰，亦好立功業。〔補注〕《史記·律書》：「氣始於冬至，周而復生。」冬至陽氣初動，故云「復生」。

〔三二〕間，《全文》作「簡」，據錢校改。

〔三三〕不怨不怒，見《爲濮陽公上淮南李相公狀二》注〔七〕。

〔三四〕〔補注〕《詩·豳風·狼跋》：「狼跋其胡，載疐其尾。公孫碩膚，赤舄几几。」《詩序》：「《狼跋》，美周公也。周公攝政，遠則四國流言，近則王不知。」狼跋二句，謂狼前進時躐心將頷下懸肉踩住，後退時又恐被尾所絆，以喻周公進退維谷之處境。

〔三五〕〔補注〕《詩·豳風·鴟鴞》：「鴟鴞鴟鴞，既取我子，無毁我室。」《詩序》：「《鴟鴞》，周公救亂也。成王未知周公之志，公乃爲詩以遺王，名之曰《鴟鴞》焉。」《書·金縢》：「周公居東二年，則罪人斯得。于後，公乃爲詩以貽王，名之曰《鴟鴞》，王亦未敢誚公。」

〔三六〕見《爲尚書濮陽公賀鄭相公狀》注〔三五〕。

〔三七〕見《爲尚書濮陽公賀鄭相公狀》注〔三四〕。

〔三八〕〔錢注〕《晉書·王豹傳》：且元康以來，宰相之患，危機竊發，不及容思。

〔三九〕〔補注〕中道，中正之道。《孟子·盡心下》：「孔子豈不欲中道哉！」

〔四〇〕〔錢注〕《漢書·叙傳》：窺先聖之壺奥。〔補注〕閫奥，深邃之内室，喻學問或事理之精微所在。《三國志·魏志·管寧傳》：「娱心黄老，游志六藝，升堂入室，究其閫奥。」

〔四一〕〔錢注〕《宋書·後廢帝紀》：夙膺寶曆。〔補注〕寶曆既初，指武宗新即位。

〔四二〕〔錢注〕陸雲《晉散騎常侍陸府君誄》：丕祚克昌。〔補注〕丕祚，皇統、帝位。

〔四三〕〔錢注〕《國語》：男女之饗，不及宗臣。〔補注〕《新唐書·李宗閔傳》：「李宗閔字損之，鄭王元懿四世孫。」故曰「宗臣」。

〔四四〕〔錢注〕謂節度嶺南。〔補注〕據《舊書·文宗紀》，大和七年正月，以右金吾衛將軍王茂元爲嶺南節度使。時李宗閔爲相。

〔四五〕〔錢注〕《漢書·平當傳》：賜上尊酒十石。注：稻米一斗，得酒一斗，爲上尊。〔按〕平當哀帝時爲丞相，以切宗閔之宰相身份。

〔四六〕〔錢注〕謂節度陳許。

〔四七〕〔錢注〕樂府《飲馬長城窟行》：中有尺素書。

〔四八〕〔錢注〕陸機《謝平原内史表》：拘守常憲，當便道之官。〔補注〕便道，猶即行，指拜官或受命後不必入朝謝恩，直接赴任。亦即前狀「止得便奏發期」。

〔四九〕〔補注〕登門，即登龍門，見《爲尚書濮陽公賀鄭相公狀》注〔五六〕。

〔五〇〕〔錢注〕顔延之《秋胡詩》：弭節停中阿。〔補注〕弭節，駐節，停車。

〔五一〕〔錢注〕鮑照《東武吟》：棄席思君幄，疲馬戀君軒。

〔五二〕終始，錢注本作「始終」，未出校。

# 爲司徒濮陽公祭忠武都押衙張士隱文〔一〕

惟爾業傳玄女〔二〕，胄自青陽〔三〕。三河設辨〔四〕，五郡推良〔五〕。廉用苞含立節〔六〕，柔將恭謹摧剛〔七〕。伊昔頑民，實鄰舊許〔八〕。豺終覆族〔九〕，犬猶戀主〔一〇〕。從諸侯之鈇鉞〔一一〕，逐大將之旗鼓〔一二〕，任重前馳〔一三〕，衆纔一旅〔一四〕。許伯則摩壘而旋〔一五〕，曹仁亦逢溝而渡〔一六〕。舉無遺算，仕匪遭時〔一七〕。何兹皓首〔一八〕，不識丹墀〔一九〕！劍折而空留玉匣〔二〇〕，馬死而猶挂金羈〔二一〕。刮骨瘡深〔二二〕，通中毒作〔二三〕，昔夢膏肓之豎〔二四〕，靡效君臣之藥〔二五〕。休拔趙幟〔二六〕，空張衛幕〔二七〕。塵凝而筆聚先投〔二八〕，蟲蠹而書攢舊閣〔二九〕。

余方守職〔三〇〕，爾欲埋魂〔三一〕。想鬚視虎〔三二〕，料臂看猿〔三三〕。泉驚夜壑〔三四〕，草變寒原〔三五〕。荒陌是永歸之里〔三六〕，老松無重啓之門〔三七〕。嗚呼！聽挽心傷〔三八〕，覩轝目眩〔三九〕。苟公忠之義著〔四〇〕，雖古今而情見。冀幽壤之是聞〔四一〕，饗臨棺之一奠〔四二〕。

【校注】

〔一〕本篇原載清編《全唐文》卷七八一第一二頁、《樊南文集補編》卷一一。〔錢箋〕文爲王茂元鎮陳許時作。《新唐書》本傳：茂元領陳許節度使。又徙河陽，討劉稹也。會病卒，贈司徒，謚曰威。《舊唐書・職官志》：太尉、司徒、司空各一員，謂之三公，並正一品。《新唐書・方鎮表》：貞元十年，陳許節度賜號忠武軍節度使。《通鑑・唐玄宗紀》注：押牙者，盡管節度使牙内之事。〔按〕文有「余方守職，爾欲埋魂」及「草變寒原」語，當是開成五年仲冬茂元方蒞陳許不久時所作。張箋編會昌元年，亦緣其認爲商隱開成五年秋至會昌元年冬有江鄉之游之故。詳《爲濮陽公陳許謝上表》注〔一〕按語。王茂元卒贈司徒，會昌三年九月茂元卒前商隱代擬之遺表猶稱「僕射」。本文題内之「司徒」二字或爲義山編《樊南甲集》時所追加。

〔二〕〔錢注〕《史記・五帝紀》注：《正義》曰：「《龍魚河圖》云：『黄帝攝政，有蚩尤兄弟八十一人，威振天下，誅殺無道。萬民欽命黄帝行天子事，黄帝以仁義不能禁止蚩尤，乃仰天而歎。天遣玄女下授黄帝兵符，伏蚩尤。』」

〔三〕〔錢注〕《新唐書・宰相世系表》：張氏出自姬姓，黄帝子少昊青陽氏第五子揮爲弓正，子孫賜姓張氏。

〔四〕〔錢注〕《史記・高帝紀》：悉發關内兵收三河士，南浮江漢以下，願從諸侯王擊楚之殺義帝者。注：河南、河東、河内。

〔五〕〔錢注〕《後漢書・竇融傳》：是時酒泉太守梁統、金城太守厙鈞、張掖都尉史苞、酒泉都尉竺曾、敦煌都尉辛彤，融皆與厚善。及更始敗，融與梁統議曰：「天下擾亂，未知何歸。河西斗絶在羌胡中，當推一人爲大將軍，共全五郡。」乃推融行河西五郡大將軍事。

〔六〕〔補注〕左思《吴都賦》：「苞筍抽節，往往縈結。」

〔七〕〔錢注〕《史記·季布傳》：諸公皆多布能摧剛爲柔。又：季布弟季心，氣蓋關中，遇人恭謹。

〔八〕〔錢注〕（頑民）謂劉稹。詳《爲滎陽公與昭義李僕射狀》注〔四〕。〔補注〕《書·畢命》：「毖殷頑民，遷于洛邑，密邇王室，式化厥訓。」舊許，指許州，周時爲許國之地，故稱。按：劉稹據澤潞自立，事在會昌三年，作此文時劉從諫尚鎮澤潞，其非指三年後劉稹自立事甚明，錢注誤。此「頑民」當指元和年間據申、光、蔡等州反叛朝廷之淮西藩鎮吴元濟。許州鄰接蔡州，故云「伊昔頑民，實鄰舊許」。頑民，本指殷代遺民中堅決不服從周朝統治者，此借指對抗朝廷之藩鎮。

〔九〕〔補注〕《左傳·宣公四年》：「楚司馬子良生子越椒。子文曰：『必殺之。是子也，熊虎之狀而豺狼之聲，弗殺，必滅若敖氏矣……』子良不可。子文以爲大慼。及將死，聚其族，曰：『椒也知政，乃速行矣，無及於難。』」《三國志·魏志·劉廙傳》：「臣罪應傾宗，禍應覆族。」豺終覆族，指吴元濟被擒處斬，家族亦遭戮。《舊唐書·憲宗紀》：元和十二年，「十一月丙戌朔，御興安門受淮西之俘，以吴元濟徇兩市，斬於獨柳樹……弟二人、子三人配流，尋誅之」。

〔一〇〕〔錢注〕曹植《上責躬詩表》：不勝犬馬戀主之情。〔按〕據此句及上句，張士隱或原爲淮西藩鎮吴元濟之舊部，後反正歸順朝廷者，故云「犬猶戀主」。

〔一一〕〔補注〕《禮記·王制》：「諸侯賜弓矢，然後征；賜鈇鉞，然後殺。」鈇鉞，斫刀與大斧，象徵帝王賜予諸侯之專征專殺大權。從諸侯之鈇鉞，謂居方鎮幕府爲軍將。下句義同。

〔一二〕〔錢注〕《史記·淮陰侯傳》：信東下井陘擊趙，未至，夜半傳發，選輕騎二千人，人持一赤幟，從間道萆山而望趙軍。誡曰：「趙見我走，必空壁逐我，若疾入趙壁，拔趙幟，立漢赤幟。」乃使萬人先行出，背水陣。平旦，信建大將之旗鼓，鼓行出井陘口。

〔一三〕〔錢注〕《宋書·臧質傳》：質求前驅，此志難測。

〔一四〕〔補注〕《左傳·哀公元年》：「有田一成，有衆一旅。」注：「五百人爲旅。」

〔一五〕旋，錢本作「還」，未出校。〔補注〕《左傳·宣公十二年》：「許伯曰：『吾聞致師者，御靡旌，摩壘而還。』」摩壘，迫近敵人營壘，謂挑戰。

〔一六〕而，《全文》作「不」，據錢校改。〔錢注〕《魏志·曹仁傳》：仁屯江陵，拒吳將周瑜，遣部曲將牛金逆與挑戰，賊多，金衆少，遂爲所圍。仁被甲上馬，將其麾下壯士出城，去賊百餘步，迫溝，仁徑渡溝直前，衝入賊圍，金等乃得解。

〔一七〕〔錢注〕《史記·管晏傳》：吾嘗三仕三見逐於君，鮑叔不以我爲不肖，知我不遭時也。〔補注〕《三國志·吴志·三嗣主傳論》裴注引陸機《辨亡論上》：「謀無遺算，舉不失策。」舉，謀畫。

〔一八〕〔錢注〕李陵《與蘇武詩》：皓首以爲期。

〔一九〕〔錢注〕張衡《西京賦》李善注：《漢官典職》：「丹漆地，故稱丹墀。」

〔二〇〕〔錢注〕何遜詩：可憐玉匣劍，復此飛鳧舄。

〔二一〕〔錢注〕《説文》：羈，馬絡頭也。曹植《白馬篇》：白馬西北馳，連翩飾金羈。

〔二二〕〔錢注〕《蜀志·關羽傳》：字雲長。嘗爲流矢所中，貫其左臂。醫曰：「矢鏃有毒，毒入于骨，當破臂作創，刮骨去毒。」便伸臂令醫劈之，言笑自若。

〔二三〕〔錢注〕《史記·高祖紀》：漢王出行軍，病甚。注：《三輔故事》曰：「楚、漢相距於京、索間六年，自被大創十二，矢石通中過者有四。」

〔二四〕〔補注〕《左傳·成公十年》：「公疾病，求醫于秦。秦伯使醫緩爲之。未至，公夢疾爲二豎子，曰：『彼良醫也。懼傷我，焉逃之？』其一曰：『居肓之上，膏之下，若我何？』醫至，曰：『疾不可爲也……』」

〔二五〕〔錢注〕沈括《夢溪筆談》：舊説有藥用一君、二臣、三佐、五使之説。

〔二六〕見本篇注〔二〕。

〔二七〕〔補注〕《左傳·襄公二十九年》：「（季札）自衛如晉，將宿于戚，聞鐘聲焉，曰：『異哉！吾聞之也，辯而不德，必加於戮。夫子（孫文子）獲罪於君以在此，懼猶不足，而又何樂！夫子之在此也，猶燕之巢於幕上。』」杜預注：「言至危。」

〔二八〕見《爲濮陽公上華州陳相公狀》注〔九〕。

〔二九〕〔錢注〕《穆天子傳》：天子東遊，次雀梁，蠹書於羽陵。〔按〕二句謂筆凝塵而書爲蟲蠹。

〔三〇〕〔錢注〕《史記·惠景間侯者年表》：竟無過，爲藩守職，信矣。〔補注〕守職，此指鎮陳許。

〔三一〕〔錢注〕鮑照《蕪城賦》：莫不埋魂幽石，委骨窮塵。

〔三二〕〔錢注〕《吴志·朱桓傳》注：《吴録》曰：「桓奉觴曰：『臣當遠去，願一捋陛下鬚，無所復恨。』權憑几前席，桓進前捋鬚曰：『臣今日真可謂捋虎鬚也。』權大笑。」〔補注〕《三國志·魏志·任城威王彰傳》：「少善射御，膂力過人，手格猛獸，不避險阻。數從征伐，志意慷慨。……太祖喜持彰鬚曰：『黄鬚兒竟大奇也。』」疑用此事。錢注恐誤。

〔三三〕〔錢注〕《史記·李將軍傳》：廣爲人長，猿臂，其善射亦天性也。〔補注〕料，度，估量。

〔三四〕〔錢注〕《莊子》：夫藏舟於壑，藏山於澤，謂之固矣，然而夜半有力者負之而走，昧者不知也。

〔按〕泉驚夜壑，狀山谷間泉墓之淒寂。

〔三五〕〔錢注〕《宋書·鄧琬傳》：烈火之掃寒原。

〔三六〕〔錢注〕《風俗通》：南北曰阡，東西曰陌。〔補注〕永歸之里，指墓地。崔豹《古今注·音樂》：「《薤露》《蒿里》，並喪歌也……亦謂人死魂魄歸於蒿里。」

〔三七〕〔錢注〕謝靈運《入彭蠡湖口詩》李善注：顧野王《輿地志》曰：「自入湖三百三十里，窮於松門，東西四十里，青松偏於兩岸。」〔按〕墓地多植松，稱松阡。此「松門」即墓門之謂。錢注引「松門」指江西新建之松門山，與文意無涉。

〔三八〕〔錢注〕《晉書·禮志》：挽歌出於漢武帝役人之勞，歌聲哀切，遂以爲送終之禮。

〔三九〕〔錢注〕《説文》：鼙，騎鼓也。《戰國策》：秦王目眩良久。

〔四〇〕〔錢注〕《莊子》:必服恭儉,拔出公忠之屬,而無所阿私,民孰敢不輯?

〔四一〕〔錢注〕徐廣《赴謝車騎葬還》詩:終天隔幽壤。

〔四二〕〔錢注〕《後漢書·明帝紀》:伏臘無糟糠,而牲牢兼於一奠。

# 爲濮陽公陳許補王琛衙前兵馬使牒〔一〕

牒奉處分〔二〕,我之偏裨〔三〕,琛最夙舊。且思往歲,嘗從孤軍〔四〕。衣偏裻之衣〔五〕,靡求盡飾〔六〕;掌維婁之事〔七〕,未始告勞〔八〕。晚節彌堅〔九〕,壯心不改〔一〇〕。土田漸廣,士卒逾多。念此老成〔一一〕,豈令新間〔一二〕。事須補充衙前兵馬使。

## 【校注】

〔一〕本篇原載清編《全唐文》卷七七八第一八頁、《樊南文集補編》卷八。陳許,見《爲濮陽公許州請判官上中書狀》注〔一〕。〔錢注〕《新唐書·百官志》:天下兵馬大元帥,前軍兵馬使、中軍兵馬使、後軍兵馬使各一人。《舊唐書·李載義傳》:以功遷衙前都知兵馬使。〔按〕本篇與以下三篇均爲開成五年十一月抵達陳許後補官之文牒,與奏辟韓琮等充判官須在赴鎮前進狀者不同。

〔二〕〔錢注〕《晉書·杜預傳》:預處分既定,乃啓請伐吴之期。〔補注〕處分,決定。錢引《晉書·杜預傳》之「處分」係處置、調度之義。

〔三〕〔錢注〕《漢書・馮奉世傳》：兵法曰大將軍出，必有偏裨，所以揚威武、參計策。

〔四〕〔錢注〕《後漢書・呂布傳》：今將軍厚公臺不過於曹氏，而欲委全城，捐妻子，孤軍遠出乎？〔按〕據「琛最夙舊」及「且思往歲，嘗從孤軍」等語，似王琛在茂元任涇原節度使時即已爲裨將。

〔五〕〔錢注〕《國語》：使申生伐東山，衣之偏裻之衣。《史記・晉世家》注：服虔曰：「偏裻之衣，偏，異色，駮不純。裻在中，左右異，故曰偏衣。」〔補注〕裻，衣背縫。以衣背縫爲界，衣服兩半之顔色不同，故曰偏衣，亦曰偏裻。後亦指戎衣。

〔六〕〔補注〕《禮記・玉藻》：「弔則襲，不盡飾也；君在則裼，盡飾也。」盡飾，竭盡美飾。

〔七〕〔錢注〕《公羊傳》注：繫馬曰維，繫牛曰婁。

〔八〕〔補注〕《詩・小雅・十月之交》：「黽勉從事，不敢告勞。」

〔九〕〔錢注〕鄒陽《上書吴王》：至其晚節末路。〔補注〕《宋書・良吏傳・陸徽》：「年暨知命，廉尚愈高。冰心與貪流争激，霜情與晚節彌茂。」錢注引係末世之義。

〔一〇〕〔錢注〕魏武帝《碣石篇》（按：即《步出夏門行・龜雖壽》）：烈士暮年，壯心不已。

〔一一〕〔補注〕《書・盤庚上》：「汝無侮老成人，無弱孤有幼。」老成人指年高有德者。《詩・大雅・蕩》：「雖無老成人，尚有典刑。」老成人指舊臣。此句「老成」似兼用之，指年高有德之舊部。

〔一二〕豈，錢注本作「無」，未出校。間，《全文》作「問」，從錢校據胡本改正。〔補注〕《左傳・隱公三年》：「且夫賤妨貴，少陵長，遠間親，新間舊，小加大，淫破義，所謂六逆也。」

## 爲濮陽公補盧處恭牒〔一〕

右件官，家承禮訓〔二〕，學隸樂章〔三〕。屬陳國東門〔四〕，古多長袖〔五〕；楚王下邑〔六〕，俗漸南音〔七〕。將陳饗客之儀〔八〕，兼切移風之雅〔九〕。其謹防三惑〔一〇〕，無奪八音〔一一〕。杜濮水之遺聲〔一二〕，絶吴宫之竊笑〔一三〕。勿驕予官。事須補充樂營使〔一四〕。

【校注】

〔一〕本篇原載清編《全唐文》卷七七八第一八頁、《樊南文集補編》卷八。〔錢箋〕玩文中「陳國」云云，亦鎮陳許時作。〔按〕錢箋是，當與上篇同爲開成五年十一月作。

〔二〕〔錢注〕任昉《王文憲集序》：家門禮訓，皆折衷於公。

〔三〕〔補注〕《禮記·曲禮下》：「居喪，未葬讀喪禮，既葬讀祭禮。喪復常，讀樂章。」樂章，配樂之詩。此似指管理音樂之機構，如太樂署。

〔四〕〔補注〕《詩·陳風·東門之枌》：「東門之枌，宛丘之栩。子仲之子，婆娑其下。」

〔五〕〔錢注〕《韓非子》：長袖善舞。

〔六〕見《上令狐相公狀二》注〔一四〕。〔補注〕下邑，國都以外之城邑，此指陳許鎮使府所在地許州。許國後爲楚所滅，故云「楚王下邑」。

〔七〕〔補注〕《左傳·成公九年》：「使與之琴，操南音。」杜預注：「南音，楚聲。」

〔八〕〔補注〕《周禮·春官·大宗伯》：「以饗燕之禮，親四方之賓客。」

〔九〕〔補注〕《禮記·樂記》：「移風易俗，天下皆寧。」

〔一〇〕〔錢注〕《後漢書·楊秉傳》：秉性不飲酒，又早喪夫人，遂不復娶。所在以淳白稱。嘗從容言曰：「我有三不惑：酒、色、財也。」

〔一一〕〔補注〕《書·舜典》：「三載，四海遏密八音。」孔傳：「八音：金、石、絲、竹、匏、土、革、木。」

〔一二〕〔錢注〕《史記·樂書》：衛靈公之晉，至濮水之上，夜半聞琴聲，召師涓聽而寫之。至晉，平公享之，靈公曰：「今者來，聞新聲，請奏之。」平公曰：「可。」命師涓坐師曠之旁，援琴鼓之。未終，師曠止之曰：「此亡國之聲也。昔師延與紂爲靡靡之樂，武王伐紂，師延走投濮水。故聞此聲必於濮水之上。」

〔一三〕〔錢注〕《史記·孫子傳》：吴王出宫中美女，得百八十人。孫子分爲二隊，以王之寵姬二人各爲隊長。約束既布，即三令五申之。於是鼓之右，婦人大笑。孫子復三令五申，而鼓之左，婦人復大笑。〔錢校〕此下疑脱四字。

〔一四〕〔錢注〕《舊唐書·陸長源傳》：加以叔度苛刻，多縱聲色，數至樂營，與諸婦人嬉戲，自稱孟郎。

〔補注〕樂營，官妓之坊署。

## 爲濮陽公補仇坦牒〔一〕

牒奉處分。昔坦綺紈〔二〕，主吾筆劄〔三〕。二紀相失〔四〕，一朝來歸。惜其平生，老在書計〔五〕。今重之侯國〔六〕，亦有私朝〔七〕。豈無他人〔八〕，不可同日〔九〕。舉爲列校〔一〇〕，合屬連營〔一一〕。尚有藉于專精〔一二〕，俾兼司于稽勾〔一三〕。事須補充散兵馬使〔一四〕，兼勾節度觀察兩使案〔一五〕。

**【校注】**

〔一〕本篇原載清編《全唐文》卷七七八第一八頁、《樊南文集補編》卷八。〔按〕當與前二牒同作於開成五年十一月，説見《爲濮陽公陳許補王琛衙前兵馬使牒》注〔一〕。據「昔坦綺紈，主吾筆劄」之句，仇坦曾在王茂元屬下職掌文書簡牘之事。

〔二〕〔錢注〕劉峻《廣絶交論》：弱冠王孫，綺紈公子。

〔三〕〔錢注〕《漢書·樓護傳》：護與谷永俱爲五侯上客，長安號曰「谷子雲筆札，樓君卿脣舌」。〔補注〕筆劄，或作「筆札」，毛筆與簡牘。主吾筆劄，指掌文書簡牘之事。

〔四〕〔錢注〕《史記·孔子世家》：孔子適鄭，與弟子相失。〔補箋〕據「二紀相失」句，仇坦二十餘年前曾在王茂元屬下主筆劄。自開成五年逆數二紀，其時當在元和末。考茂元初爲州刺，係元和十四年任歸州刺史。（其《楚三閭大夫屈先生祠堂銘》云：「元和十五年，余刺建平之再歲也。」）元和十四年至開成五年共二十二年，正合「二紀」之數。再後任郢州、蔡州刺史，則與「二紀」不合。唐代州刺史屬下有録事參軍，掌總録衆官署文簿。仇坦或曾任歸州録事參軍。

〔五〕〔錢注〕書計，見《禮記》，此似作「書記」用。〔補注〕《禮記·内則》：「十年，出就外傅。居宿於外，學書計。」此「書計」指文字與籌算，六藝中六書九數之學。錢氏謂作「書記」用，據上文「主吾筆劄」句，似之；然下云「尚有藉于專精，俾兼司于稽勾」，則「書計」仍爲文字與籌算之義。

〔六〕〔錢注〕《後漢書·百官志》：列侯所食縣爲侯國。〔補注〕侯國，此指陳許。茂元在寶曆初曾任蔡州刺史。陳許鎮轄許、陳、蔡等州。故云「重之侯國」。

〔七〕〔補注〕《禮記·玉藻》：「將適公所，宿齋戒……既服，習容，觀玉聲，乃出。揖私朝，煇如也，登車則有光矣。」孔穎達疏：「私朝，大夫自家之朝也。煇，光儀也。大夫行出至己之私朝，揖其屬臣煇如也。」按：此似以「私朝」借指幕府。

〔八〕〔補注〕《詩·鄭風·褰裳》：「子不我思，豈無他人？」又《唐風·杕杜》：「豈無他人，不如我同父。」《羔裘》：「豈無他人，維子之故。」

〔九〕〔補注〕《戰國策·趙策二》：「夫破人之與破於人也，臣人之與臣於人也，豈可同日而言之哉！」

〔一〇〕〔錢注〕《後漢書・袁紹傳》：誠傷偏裨列校，勤不見紀。〔補注〕唐時地方軍隊設列校。宋秦觀《進策・盜賊下》：「唐自中葉以後，方鎮皆選列校，以掌牙兵。」

〔一一〕〔錢注〕《後漢書・袁紹傳》：連營稍前。〔補注〕連營，指軍府。

〔一二〕〔錢注〕《後漢書・陳紀傳》：愚以公宜事委公卿，專精外任。〔補注〕專精，此指仇坦所精之「書計」。

〔一三〕〔錢注〕勾，去聲。〔補注〕稽勾，計算查考。

〔一四〕〔錢注〕《通鑑・唐憲宗紀》注：散員兵馬使，未得統兵。

〔一五〕〔補注〕勾，勾當，主管。案，文案，文書簿籍。

## 爲濮陽公補顧思言牒〔一〕

右件官，山棲自高〔二〕，棋品無敵〔三〕。空縱爛柯之思〔四〕，未逢賭郡之時〔五〕。以其勢協争雄〔六〕，事同攻昧〔七〕，易局中之急劫〔八〕，佐麾下之權謀〔九〕。事須補充州衙推〔一〇〕。方將對局〔一一〕，寧在没階〔一二〕？仍宴集，不用公服趨走〔一三〕。

【校注】

〔一〕本篇原載清編《全唐文》卷七七八第一八頁、《樊南文集補編》卷八。〔錢箋〕《舊唐書·宣宗紀》：大中二年，日本國王子入朝，貢方物。王子善棊，帝令待詔顧思言與之對手。蘇鶚《杜陽雜編》（卷下）：唐宣宗時，大中中，日本國王子來朝，善圍棋。上敕顧師言待詔對手。至三十三下，勝負未決，師言懼辱君命而汗下，凝思方敢落指，則謂之鎮神頭，乃是解兩征勢也。王子迴語鴻臚曰：「待詔第幾手耶？」鴻臚詭對曰：「第三手也。」王子曰：「願見第一。」曰：「王子勝第三，得見第二；勝第二，方得見第一。」王子掩局而吁曰：「小國之第一，不如大國之第三，信矣！」〔張箋〕此與上篇（按：指《爲濮陽公補仇坦牒》）無可徵實，既與前二牒同編，當亦一時所作。〔按〕顧師言與日本王子圍棋事又見《北夢瑣言》卷一、《南部新書》卷壬。《太平廣記》卷二二八引《杜陽雜編》。此牒與上三牒當同爲開成五年十一月在陳許作。

〔二〕〔錢注〕崔駰《達旨》：或盥耳而山棲。〔補注〕山棲，謂隱居山林。

〔三〕〔錢注〕《南史·梁簡文紀》：所著《棋品》五卷。又《柳惲傳》：梁武帝好弈棋，使惲品定棋譜，登格者二百七十八人，第其優劣，爲《棋品》三卷，惲爲第二焉。〔按〕此句「棋品」即棋藝義。

〔四〕〔錢注〕虞喜《志林》：信安山有石室，王質入其室，見二童子方對棋，看之，局未終，視其所執伐薪斧柯已爛朽。遽歸，鄉里已非矣。〔按〕事又見任昉《述異記》卷上。

〔五〕〔錢注〕《宋書·羊玄保傳》：玄保善弈棋，棋品第三。太祖與賭郡戲，勝，以補宣城太守。

〔六〕〔錢注〕《宋書·胡藩等傳論》：當二帝争雄，天人之分未決。〔補注〕協，同。

〔七〕〔補注〕《書·仲虺之誥》：「兼弱攻昧，取亂侮亡。」攻昧，攻擊昏亂無道者。

〔八〕〔錢注〕《水經注》：《陳留志》稱：「阮簡爲開封令，縣側有劫賊，外白甚急數。簡方圍棋長嘯，吏云：『劫急！』簡曰：『局上有劫亦甚急。』其耽樂如此。」〔補注〕劫，圍棋術語，黑白雙方往復提吃對方一子稱「劫」。

〔九〕〔錢注〕《史記·秦紀》：繆公與麾下馳追之。《漢書·藝文志》：兵權謀十三家。〔按〕即指下句充州衙推而言。

〔一〇〕〔錢注〕《新唐書·百官志》：刺史領使，則置州衙推。〔按〕衙推，節度、團練、觀察諸使之下屬官吏。刺史領使，則置副使、推官、衙官、州衙推、軍衙推。

〔一一〕〔錢注〕《北史·魏收傳》：子建爲前軍將軍，十年不徙。在洛閒暇，頗爲弈棋。及一臨邊事，凡經五年，未曾對局。

〔一二〕没階，見《爲濮陽公補保定尉張鴇巡官牒》注〔八〕。

〔一三〕〔錢注〕《世説》：王長史爲中書郎，往敬和許，爾時積雪，長史從門外下車，步入尚書，著公服。

## 爲濮陽公上四相賀正啓〔一〕

伏以春日青陽〔二〕，歲當更始〔三〕，思將萬壽〔四〕，以奉三台〔五〕。伏惟相公，與國同休〔六〕，自天逢福〔七〕。唐堯之八十六載〔八〕，永奉宸聰；周文之九十七年〔九〕，長承睿算。某方臨征鎮〔一〇〕，伏賀無由，攀戀禱祠，不任丹懇〔一一〕。

【校注】

〔一〕本篇原載清編《全唐文》卷七七六第七頁、《樊南文集補編》卷七。〔錢箋〕《春明退朝録》：唐制，宰相四人，首相爲太清宫使，次三相皆帶館職，弘文館大學士、監修國史、集賢殿大學士，以此爲序。〔張箋〕案四相無可徵實，此啓亦不審在涇原作，抑陳許作也。附編於此（按：張附編於會昌元年爲濮陽公所擬陳許諸表狀牒文後）。〔按〕此啓當爲開成五年冬王茂元鎮陳許時所上。啓云：「某方臨征鎮，伏賀無由。」開成三年冬，商隱在涇原幕，然其時茂元任涇原節度使已歷四載，不得云「方臨征鎮」矣。賀正啓當於元日前送達，啓當作於開成五年十二月，是時商隱尚在陳許，翌年正月已在華州周墀幕。開成五年十二月，宰相有李德裕、崔鄲、崔珙、陳夷行。

〔二〕〔錢校〕日，當作「曰」。《爾雅》：「春爲青陽。」〔按〕「春日青陽」本通。

〔三〕〔補注〕《禮記·月令》：「季冬之月……歲且更始。」

〔四〕〔補注〕《詩·小雅·南山有臺》：「樂只君子，萬壽無疆。」

〔五〕〔補注〕三台，星名，指三公。見《晉書·天文志上》。屢見。

〔六〕〔錢注〕《國語》：晉孫談之子周適周，事單襄公。晉國有憂，未嘗不戚；有慶，未嘗不怡。襄公曰：「爲晉休戚，不背本也。」

〔七〕〔錢注〕鮑照《代白紵舞歌辭》：邀命逢福丁溢恩。

〔八〕〔錢注〕《書·堯典》傳：堯年十六，以唐侯升爲天子，在位七十載，時八十六，老將求代。

〔九〕〔補注〕《禮記·文王世子》：「文王九十七乃終。」

〔一〇〕〔錢注〕《魏志·高貴鄉公紀》：四方征鎮，宣力之佐。

〔一一〕〔錢注〕王僧孺《禮佛唱導發願文》：各運丹懇。

# 爲汝南公華州賀赦表〔一〕

臣某言：伏奉正月九日制書〔二〕，南郊禮畢，改元爲某，大赦天下者〔三〕。奉郊禋以定天位〔四〕，新曆象以授人時〔五〕，《乾》健《離》明，《震》動《兑》悦〔六〕。跂行喙息〔七〕，罔不慶幸。臣某中賀。臣聞禋〔八〕昊天而旅上帝者〔九〕，聖王之重事〔一〇〕；覃殊休而發大號者〔一一〕，哲后之洪猷〔一二〕。故必致四圭以達誠〔一三〕，制六器而申敬〔一四〕。將崇嚴配〔一五〕，必在元旬〔一六〕。先之以蒼璧騂牲〔一七〕，重之以《雲門》大吕〔一八〕。然後王猶有闕於薦敬〔一九〕，爽彼告虔〔二〇〕。《周官》三代之文〔二一〕，絶而不續；漢氏萬靈之位〔二二〕，失而莫尋。豈若皇帝陛下，以大道遂群生〔二三〕，以至公臨寶祚〔二四〕，上苞玄象〔二五〕，下總皇祇〔二六〕，黜幽陟明〔二七〕，興廢繼絶〔二八〕。靈芝甘露，鄙之而不告史官〔二九〕；赤雁白麟，陋之而不編瑞牒〔三〇〕。然後因孟月〔三一〕，卜上辛〔三二〕，率于國南〔三三〕，式是歲首〔三四〕。且天以陛下爲子，故必饗明誠〔三五〕；人以陛下爲天，故必流睿澤。踰千越萬〔三六〕，邁五登三〔三七〕。何則？取直言之科〔三八〕，則聽輿論者不足算〔三九〕；設宥過之令〔四〇〕，則除鄉議者未可儔〔四一〕。延賞推恩〔四二〕，用以勸禦災捍患之士〔四三〕；減租退責〔四四〕，將以矜火耕水耨之人〔四五〕。養庶老，頒淖糜暖帛之資〔四六〕；走群望，潔刳牲瘞幣之禮〔四七〕。古不覩者復覩，古不聞者復聞。萬蟄蘇而六幽盡開〔四八〕，五刃藏而九土咸闢〔四九〕。臣當時集軍州官吏等丁寧告示訖〔五〇〕。況臣嘗備論思，獲叨侍從〔五一〕。當時仙禁，慚視草以無能〔五二〕；此日泰壇，望給薪而靡及〔五三〕。徘徊甸服，跼蹐關城〔五四〕，雖有慶於文明〔五五〕，竟無階于奔走〔五六〕。司馬談闕陪盛禮，没齒難忘〔五七〕；蕭望之願立本朝，馳魂莫及〔五八〕。無任抃舞結戀之至〔五九〕。

【校注】

〔一〕本篇原載《文苑英華》卷五六〇第六頁、清編《全唐文》卷七七一第一〇頁、《樊南文集詳注》卷一。〔徐箋〕《舊書·周墀傳》：墀字德升，汝南人。長慶二年擢進士第。開成四年拜中書舍人，内職如故。武宗即位，出爲華州刺史、鎮國軍潼關防禦等使。《武宗紀》：會昌元年正月壬寅朔。庚戌，有事於郊廟。禮畢，御丹鳳樓，大赦改元。《新書·地理志》：華州領縣三：鄭、華陰、下邽。《百官志》：下之達上，其制有六：一曰表，二曰狀，三曰牋，四曰啓，五曰辭，六曰牒。〔馮校〕「賀」下當脱「南郊」字。〔馮注〕《舊書·周墀傳》：後至大中時，封汝南男。《新書·傳》：武宗即位，以疾改工部侍郎，出爲華州刺史。按《舊書·紀》《陳夷行傳》：開成五年七月，以檢校禮部尚書、華州刺史召入，復同平章事。則周墀代陳刺華，亦在此際也。《新書·紀》：（會昌元年）正月己卯，朝獻太清宫。庚辰，朝享太廟。辛巳，有事於南郊，大赦改元。按：《太平御覽》引此作「庚戌」，同《舊書》；《通鑑》引此作「辛巳」，同《新書》。《新書》紀事而不紀朔。《舊書》正月壬寅朔，二月乃又書壬寅。今以本集祭文（編著者按：指《祭張書記文》）是年四月辛丑朔，《舊·紀》十一月丁酉朔，《通鑑》閏月十月，《舊·紀》誤作兩十月，又《舊·紀》開成五年正月戊寅朔，會昌二年正月丙申朔，合而推之，則《舊·紀》二月壬寅（朔）不誤，正月實誤，當作壬申或癸酉朔。其九日或庚辰或辛巳，則一一畢符也。此爲無益之考核耳。又按：唐時郊天，頗不專用辛日，如大中元年正月，《舊·紀》戊申有事郊廟，《新·紀》作甲寅，要皆非辛也。此兩表（按：指本篇及《爲京兆公陝州賀南郊赦表》）云「卜上辛」，謂用典也可，謂適逢辛也可，其爲九日必然也。〔按〕據陳垣《二十史朔閏表》，會昌元年正月癸酉朔，《舊書》會昌元年正月、二月均書壬寅朔，其正月朔日所記干支顯誤。本文云：「伏奉正月九日制書，南郊禮畢，改元爲某。」又云：「因孟月，卜上辛。」是月九日爲辛巳，與《新書》《通鑑》所載相合，當以本文及《新書》《通鑑》爲正。華州距長安一百八十里（據《舊書·地理志》），制書一日可達。故本篇當作於會昌元年正月十日或稍後。據下篇《爲京兆公陝州賀南郊赦表》題，本篇題内「賀」字下當有「南郊」二字。國家圖書館藏清汪全泰輯、清王有耀齋刊本《義山文集》（六卷）本篇題即爲《爲汝南公華州賀南郊赦表》。

〔二〕〔徐注〕是月壬寅朔，越九日爲庚戌。〔按〕徐氏係據《舊書》之誤載推算，詳注〔一〕。

〔三〕〔徐注〕王應麟《玉海》：秦併諸侯日，大赦天下。由漢以來，或即位、建儲、改元、立后，皆有大赦，遂爲常制。

〔四〕〔徐注〕《周禮·大宗伯》：以禋祀祀昊天上帝。《周語》：精意以享曰禋。《漢書·郊祀志》：兆於南郊，所以定天位也。

〔五〕〔徐注〕《書》：曆象日月星辰，敬授人時。

〔六〕〔徐注〕見《易·彖·傳》。〔補注〕《易·乾》：「天行健，君子以自强不息。」又，《離》：「《彖》曰：離，麗也。日月麗乎天，百穀草木麗乎土，重明以麗乎正，乃化成天下。」「《象》曰：明兩作，離，大人以繼明照於四方。」《震》：「震，亨。」疏曰：「震，動也。此象雷之卦。天之威動，故以震爲名。」《兑》：「《彖》曰：兑，説也，剛中而柔外，説以利貞。」

〔七〕〔徐注〕《漢書·匈奴傳》：跂行喙息，蠉動之類。師古曰：跂行，凡有足而行者；喙息，凡以口出氣者。

〔八〕禋，《英華》《全文》均同。而徐、馮注本作「欽」，云：一作「禋」，非。〔按〕徐、馮殆因其用《書》「欽若昊天」而改，非有所據之別本異文。而此處「禋昊天」實用《周禮》，詳注〔九〕。

〔九〕〔徐注〕《書》：欽若昊天。《周禮·掌次》：大旅上帝。注：祭天于圜丘。〔補注〕《周禮·春官·大宗伯》：「以禋祀祀昊天上帝，以實柴祀日月星辰，以槱燎祀司中、司命、風師、雨師。」禋祀，古代祭天之禮儀，燔柴升煙，加牲體或玉帛於柴上焚燒。旅，奉養。

〔一〇〕王，《英華》作「人」，注：集作「王」。

〔一一〕〔徐注〕《易》：涣汗其大號。〔補注〕涣汗大號，謂帝王之號令，如人之汗，一出不復收。

〔一二〕洪，徐注本作「弘」，《全文》作「宏」，此從《英華》。

〔一三〕〔徐注〕《周禮·典瑞》：四圭有邸以祀天。注：夏正郊天也。〔補注〕四圭，古代貴族祭天所用之禮器。由整塊玉雕成，中央爲璧，四面鋭出爲圭，故稱。《周禮·考工記·玉人》：「四圭尺有二寸，以祀天。」

〔一四〕申，《全文》作「伸」，此從《英華》。〔徐注〕《周禮·大宗伯》：以玉作六器，以禮天地四方。〔按〕六器，指蒼璧、黄琮、青珪、赤璋、白琥、玄璜，分禮天地四方。

〔一五〕〔徐注〕《孝經》：嚴父莫大于配天。

〔一六〕〔徐注〕元旬，即元日。《禮記》：孟春之月，天子乃以元日祈穀于上帝。注：謂以上辛郊祭天也。《晉郊祀歌》：歷元旬，集首吉。〔按〕元旬，指每月前十天。

〔一七〕〔徐注〕《周禮·大宗伯》：以蒼璧禮天。《禮記·郊特牲》：牲用騂，尚赤也；用犢，貴誠也。

〔一八〕〔徐注〕《周禮·大司樂》：乃奏黄鍾，歌大吕，舞《雲門》，以祀天神。

〔一九〕〔徐注〕《禮記·祭義》：其薦之也，敬以欲。

〔二〇〕〔徐注〕《魏志》：高堂隆疏曰：「所以昭事上帝，告虔報施也。」

〔二一〕〔徐注〕《書序》：武王既代殷命，滅淮夷，還歸豐，作《周官》。〔馮注〕《周官》即《周禮》。三代之文，謂三代郊祀之制。

〔二二〕〔馮注〕《史記·封禪書》：公孫卿曰：「黄帝接萬靈明廷。明廷者，甘泉也。」又：天子遂郊雍，幸甘泉，令祀官具太一祠壇。十一月辛巳朔旦冬至，昧爽，天子始郊拜太一，如雍郊禮。《漢書·郊祀志》：甘泉宫中爲臺室，畫天地泰一諸鬼神而置祭具，以致天神。按：此萬靈之位，似指泰畤甘泉。而祠祀極多，備見《郊祀志》。

〔二三〕〔徐注〕曹植詩：苞育此群生。《禮記》：大道之行也。

〔二四〕〔徐注〕《陰符經》：天之至私，用之至公。北齊《元會大饗歌》：寶祚眇無疆。

〔二五〕〔徐注〕《周禮·考工記》：天謂之玄。《易》：在天成象。《南史》：周弘正博物知玄象，善占候。〔補注〕玄象，天象，指日月星辰在天所成之象。

〔二六〕〔徐注〕顔延之序：皇祇發生之始。〔按〕皇祇，顔延之《三月三日曲水詩序》李善注：「皇，天神也；祇，地神也。」

〔二七〕〔徐注〕《書》：三考，黜陟幽明。

〔二八〕〔補注〕《禮記·中庸》：「繼絶世，舉廢國，治亂持危，朝聘以時，厚往而薄來，所以懷諸侯也。」班固《兩都賦序》：「興廢繼絶，潤色鴻業。」《論語·堯曰》：「興滅國，繼絶世。」

〔二九〕〔徐注〕《漢書·武帝紀》：元封二年，甘泉宫内中産芝九莖連葉，作《芝房之歌》。《宣帝紀》：元康元年，甘露降未央宫。神爵二年，鳳皇甘露降集京師。〔馮注〕又：元康四年，金芝九莖産函德殿銅池中。

〔三〇〕〔徐注〕《漢書·武帝紀》：太始三年二月，行幸東海，獲赤雁，作《朱雁之歌》。元狩元年冬十月，行幸雍，祀五畤，獲白麟，作《白麟之歌》。班固《兩都賦序》：武、宣之世，衆庶説豫，福應尤盛，《白麟》《赤雁》《芝房》《寶鼎》之歌，薦於郊廟；神爵、五鳳、甘露、黄龍之瑞，以爲年紀。《後漢書·光武帝紀》：群臣奏言：「天下清寧，靈物仍降，宜令太史撰集，以傳來世。」帝不納。常自謙無德，每郡國所上，輒抑而不當，故史官罕得紀焉。

〔三一〕月，《英華》作「春」，注云：集作「月」。〔徐注〕周庾信《祀五帝歌》：孟之月，陽之天。

〔三二〕卜，《英華》作「擇」，注云：集作「卜」。〔徐注〕《禮記》：郊之用辛也，周之始郊日以至。《春秋穀梁傳》：以十二月下辛卜，正月上辛祭。《漢書·禮樂志》：正月上辛，用事甘泉圜丘。

〔三三〕〔徐注〕《禮記》：兆於南郊，就陽位也。杜氏《通典》：周制，祈穀壇名泰壇，在國南五十里。

〔三四〕〔徐注〕《後漢書·范升傳》：奏記曰：「方春歲首，而動發遠征。」

〔三五〕〔補注〕饗，祭獻。明誠，明哲真誠。

〔三六〕〔徐注〕《漢書·郊祀志》：黄帝萬諸侯而神靈之，封君七千。〔馮注〕按：即超越前古之意。舊引《漢書·郊祀志》（略）非也。〔按〕馮注是。

〔三七〕〔徐注〕《漢書·司馬相如傳》：上咸五，下登三。〔按〕邁五登三，即超越五帝，直登三皇之意。

〔三八〕取，《英華》注：集作「致」。〔徐注〕《漢書·武帝紀》：建元元年，詔舉賢良方正、直言極諫之士。〔馮曰〕互詳下篇。

〔三九〕〔徐注〕《左傳》：聽輿人之誦。《楚語》：輿人誦。注：輿，衆也。

〔四〇〕〔徐注〕《書》：宥過無大，刑故無小。

〔四一〕〔馮注〕《左傳》：鄭人游於鄉校，以論執政。然明謂子産：「毁鄉校，如何？」子産曰：「何爲？夫人朝夕退而游焉，以議執政之善否。其所善者，吾則行之；其所惡者，吾則改之，是吾師也。若之何毁之？」

〔四二〕〔徐注〕《書》：賞延於世。《漢書·諸侯王表》：武帝施主父之策，下推恩之令。〔馮曰〕「推恩」是泛語，非專用《漢書·諸侯王表》「武帝施主父之策，下推恩之令」。〔按〕馮説是。武帝用主父偃之策，令諸侯推恩分子弟，以地侯之，實爲削弱諸侯王勢力之策，與此處「推恩」指廣施恩惠義不同。

〔四三〕〔徐注〕《禮記》：能禦大灾，則祀之；能捍大患，則祀之。

〔四四〕〔徐注〕《漢書·惠帝紀》：帝即位，減田租，復十五税一。退責即已責。《左傳》：晉悼公即位，施舍已責。注：施恩惠，舍勞役，止逋責。〔馮注〕《左傳·成公二年》：楚子重曰：「已責。」注曰：棄逋責。

〔四五〕火耕水耨，《英華》誤作「水耕火耨」。〔徐注〕《漢書·武帝紀》：詔曰：「江南之地，火耕水耨。」應劭曰：燒草下水種稻。草與稻並生，高七八寸，因悉芟去，復下水灌之，草死，獨稻長，所謂火耕水耨。

〔四六〕〔徐注〕《禮記·月令》：仲秋，養衰老，授几杖，行糜粥飲食。《王制》：有虞氏養國老於上庠，養庶老於下庠。又：七十非帛不暖。《漢書·文帝紀》：吏稟當受鬻者。師古曰：鬻，淖糜也。〔按〕淖糜，即所謂爛糊粥。

〔四七〕〔徐注〕《左傳》：韓宣子曰：「並走群望。」注：晉所望祀山川，皆走往祈禱。《書》：望于山川。《周禮·大宗伯》：以血祭祭（社稷、五祀）五嶽，以貍沈祭山林川澤。又《校人》：將事四海山川，飾黄駒。案：貍即瘞幣，黄駒則其所沉之牲也。《肆師》職云：次祀用牲幣，小祀用牲。鄭康成以嶽瀆爲次祀，山川爲小祀。〔補注〕望，遥祭山川、日月、星辰。

〔四八〕〔徐注〕《禮記·樂記》曰：蟄蟲昭蘇。班固《典引》：光被六幽。注：天地四方也。

〔四九〕〔徐注〕《齊語》：定三革，隱五刃。注：定，奠也；隱，藏也。三革，甲、胄、盾也；五刃，刀、劍、矛、戟、矢也。《魯語》：共工氏子曰后土，能平九土。注：九州之土也。

〔五〇〕〔徐注〕《漢書·谷永傳》：以丁寧陛下。師古曰：丁寧，謂再三告示也。

〔五一〕〔徐注〕《兩都賦序》：武、宣之世，言語侍從之臣，若司馬相如、虞丘壽王、東方朔、枚臯、王褒、劉向之屬，朝夕論思，日月獻納。

〔五二〕〔徐注〕《漢書·淮南王傳》：武帝每爲報書及賜，常召司馬相如等視草乃遣。案本傳：㦸能爲古文，有史才，文宗重之，歷集賢學士、起居舍人、知制誥，充翰林學士，拜中書舍人，皆内職也。故有此語。

〔五三〕〔徐注〕《禮記·祭法》：燔柴於泰壇，祭天也；瘞埋於泰折，祭地也。《月令》：季冬之月，乃命四監收秩薪柴，以共郊廟及百祀之薪燎。《周禮·委人》：以式法共祭祀之薪蒸木材。

〔五四〕〔徐注〕《史記》：吕産入未央宫殿門，弗得入，徘徊往來。《書》：五百里甸服。《詩》：謂天蓋高，不敢不局。謂地蓋厚，不敢不蹐。陸機表：跼天蹐地，若無所容。案：甸服、關城，皆謂華州；關，潼關也。今華州華陰縣東一里爲潼關衛，衛東南四里有潼關故城，古桃林之塞即此，所謂「關城」也。

〔五五〕〔徐注〕《易》：見龍在田，天下文明。〔補注〕鮑照《河清頌》：「泰階既平，洪水既清，大人在上，區宇文明。」文明，文采光明。

〔五六〕〔馮注〕《書·武成》：祀于周廟，邦甸侯衛，駿奔走，執豆籩。《詩》：駿奔走在廟。

〔五七〕〔徐注〕《史記·自序》:是歲天子始建漢家之封,而太史公留滯周南,不得與從事,故發憤且卒。案:此「太史公」者,遷稱其父談也,與《贊》首太史公不同。

〔五八〕及,《英華》作「極」,義亦通。〔徐注〕《漢書·蕭望之傳》:望之爲平原太守,雅意在本朝,遠爲郡守,内不自得。

〔五九〕〔徐注〕潘岳《藉田賦》:觀者莫不抃舞乎康衢。

# 爲京兆公陝州賀南郊赦表〔一〕

臣某言:臣伏奉正月九日制書,郊禋禮畢〔二〕,改元爲某,大赦天下者。既事虞郊〔三〕,復新堯曆〔四〕。天潢瀉潤〔五〕,日觀揚輝〔六〕,普天率土〔七〕,罔不慶幸。臣某中賀。臣聞君人之孝,莫大於尊祖〔八〕;王者之敬,孰踰於事天?故必用因高之儀〔九〕,申嚴配之禮〔一〇〕,百神攸序〔一一〕,萬靈昭蘇〔一二〕,乃可覃殊澤〔一三〕,涣大號〔一四〕,禮成而德備,惠敷而慶弘。然而秦尚武功,先祈禳之事〔一五〕,故柴燎蕭薌未必饗〔一六〕;漢稱文物〔一七〕,重神仙之道〔一八〕,故《雲門》太簇未必和〔一九〕。既不講于禮官〔二〇〕,終致譏于儒者〔二一〕。

伏惟皇帝陛下,與春生育〔二二〕,並日照臨〔二三〕。究三代之質文〔二四〕,酌百王之損益〔二五〕,定午位〔二六〕，卜上辛〔二七〕，潔齊之誠〔二八〕，先掃除而遐達〔二九〕；孝思之志〔三〇〕，協氣臭以升聞〔三一〕。然後推作解之恩〔三二〕，降惟新之令〔三三〕，設科以招諫諍〔三四〕，宥過以務哀矜〔三五〕。已責既恤于三農〔三六〕，録勳無遺于十代〔三七〕。頒粟帛而養耆老〔三八〕，走牲幣而徧山川〔三九〕。舉皇王之廢官，盡古今之能事。臣當時集軍州官吏丁寧告示訖。況臣嘗奉恩光〔四〇〕，叨居華顯。當太史撰日之際〔四一〕，猶立漢庭〔四二〕；及宗伯相儀之時〔四三〕，已辭魏闕〔四四〕。怊悵郡印〔四五〕，徘徊使車〔四六〕，徒深傾藿之誠〔四七〕，實積懸匏之歎〔四八〕。召公邑内，敢思棠樹以追蹤〔四九〕；尹喜宅中，惟望靈符之復出〔五〇〕。臣不勝慶幸踴躍之至！

**【校注】**

〔一〕本篇原載《文苑英華》卷五六〇第七頁，清編《全唐文》卷七七一第一四頁，《樊南文集詳注》卷一。〔吴兆宜箋〕《舊唐書·張仲方傳》：大和九年十一月，李訓之亂，四宰相、中丞、京兆尹皆死。閤門使馬元贄斜開宣政衙門傳宣曰：「有敕召左散騎常侍張仲方。」仲方出班，元贄宣曰：「仲方可京兆尹。」京兆公當是仲方無疑也。……《舊唐書·文宗紀》：開成元年正月辛丑朔，帝常服御宣政殿受賀，遂宣詔大赦天下，改元開成。（《李義山文集箋注》）〔徐箋〕篇首云「伏奉正月九日制書，郊禋禮畢，改元大赦」，是即會昌元年正月庚戌（按：當作「辛巳」，見上篇校注〔一〕）之事也。前爲華州刺史作，此爲陝州刺史作耳。京兆公不知何人。據本集有《爲河東公謝相國京兆公啓》，又有《爲柳珪謝京兆公啓》，又有《獻相國京兆公啓》，所謂京兆公者杜悰也……而史無出守陝州之事（下略）。《舊書·地理志》：陝州屬河南道。廣德元年，車駕幸陝州，以爲大都督府，領縣七：陝、峽石、靈寶、芮城、平陸、安邑、夏。〔馮箋〕徐氏以本集代謝相國京兆公諸啓、《獻相國京兆公啓》皆爲杜悰，此亦當代悰；而《舊》《新》傳無悰出守陝州之事，遂謂史文失此一遷，其説頗辯。余初亦從之而疑之，今而實知其謬也。《通鑑》：「會昌元年三月，武宗將遣使誅楊嗣復等，户部尚書杜悰奔馬見德裕。」是何嘗有出外之蹟哉？《舊書·傳》：「韋温，京兆人，文宗時爲尚書左丞，出爲陝虢觀察使。武宗即位，李德裕用事，召拜吏部侍郎。」今據此文，蓋温於武宗初出爲陝虢，傳文小舛耳。韋自漢扶陽侯徙京兆杜陵，故後世皆稱京兆。「城南韋、杜」，何可專屬杜哉？《獻相國京兆公啓》，亦非杜也。又按：此題與「獻相國京兆公」「與尚書渤海公」及詩之「寄興元渤海尚書」，書法本自分别，不細心考索，易致相混耳。《舊書·志》：陝虢觀察使治陝州。〔按〕吴箋錯誤明顯。徐箋以京兆公爲杜悰，馮氏亦已駁正。《舊書·文宗紀》：「（開成四年）八月庚戌朔，以給事中姚合爲陝虢觀察使。」而《舊書·韋温傳》：「出爲陝虢觀察使。武宗即位，李德裕用事，召拜吏部侍郎……居無何，出温爲宣歙觀察使。」杜牧《唐故宣州觀察使御史大夫韋公墓誌銘并序》：「出爲陝州防禦使、兼御史大夫，服章金紫。回鶻窺邊，劉稹繼以上黨叛，東徵天下兵，西出禁兵，陝當其衝。……入爲吏部侍郎，典一冬選……復以御史大夫出爲宣、歙、池等州觀察使。」叙入爲吏部侍郎在劉稹叛（會昌三年四月）之後。據本文「當太史撰日」二句，則韋温於開成五年末至會昌三年在陝虢觀察使任。此表當爲温蒞任後不久商隱爲其代擬。約會昌元年正月中旬作。

〔二〕〔補注〕郊禋禮，即南郊祭天之禮。見上篇注〔四〕。

〔三〕〔徐注〕《書·舜典》：肆類于上帝。《禮記·祭法》：有虞氏禘黄帝而郊嚳。

〔四〕〔徐注〕《書·堯典》：曆象日月星辰。〔按〕謂改元。

〔五〕〔徐注〕《史記·天官書》：西宫咸池曰天五潢。張衡《思玄賦》：乘天潢之汎汎兮，浮雲漢之湯湯。〔馮注〕《史記·天官書》：漢者金之散氣，其本曰水。絶漢曰天潢。〔按〕天潢，此喻皇族、帝王後裔，指武宗而言。

〔六〕〔徐注〕應劭《漢官儀》：泰山東南巖名日觀。日觀者，雞一鳴時見日始欲出，長三丈所。

〔七〕〔補注〕《詩·小雅·北山》：「溥天之下，莫非王土；率土之濱，莫非王臣。」

〔八〕〔徐注〕《詩序》：《生民》，尊祖也，后稷生於姜嫄，文、武之功，起於后稷，故推以配天焉。

〔九〕故，《英華》作「固」。〔徐注〕《禮記·禮器》曰：爲高必因丘陵。注：謂冬至祭天於圜丘之上也。隋牛弘郊祀歌辭：因高盡敬，掃地推誠。

〔一〇〕見上篇注〔一五〕。

〔一一〕《英華》作「百神叙」，注：集有「攸」字。

〔一二〕《英華》作「萬靈昭」，注：集有「蘇」字。

〔一三〕澤，《英華》作「恩」。

〔一四〕見上篇注〔一二〕。

〔一五〕〔徐注〕《戰國策》：魯仲連曰：「彼秦者，棄禮義而尚首功之國也。」《漢書・郊祀志》：秦并天下，令祠官各以歲時奉祠，唯雍四時上帝爲尊。春以爲歲祠禱，因泮凍，秋涸凍，冬賽祠。案：雍四時，謂鄜時、吴陽武時、好時、密時，皆在雍，所以郊上帝也。〔馮注〕又：祝官有秘祝，即有災祥，輒祝祠移過於下。

〔一六〕〔徐注〕《禮記・祭義》：燔燎羶薌，見以蕭光，以報氣也。《郊特牲》：既奠，然後焫蕭合羶薌。詳見前。〔按〕柴燎，燒柴祭天。《文選・潘岳〈閑居賦〉》：「天子有事于柴燎，以郊祖而展義。」李善注：「《爾雅》曰：『祭天曰燔柴。』郭璞曰：『既祭，積薪燒之。』」《禮記・郊特牲》鄭玄注：「蕭，薌蒿也，染以脂，合黍稷燒之。……羶當爲馨，聲之誤也。」一説，羶薌指祭祀時燒牛羊肉之氣味。

〔一七〕〔徐注〕《左傳》：文物以紀之，聲明以發之。〔馮注〕按：漢時稽古禮文之事，武帝始作，備詳《漢書・紀・贊》，云「稱文物」，謂此也。故下云「重神仙」。《漢書・武帝紀贊》：文、景務在養民，至於稽古禮文之事，猶多闕焉。武帝興太學，修郊祀，協音律，作詩樂，建封禪，禮百神，號令文章，焕焉可述。又《郊祀志贊》：漢武之世，文章爲盛。〔按〕文物，指禮樂制度。

〔一八〕〔徐注〕《漢書・武帝紀》：元鼎五年，立泰畤于甘泉，天子親郊見。《禮樂志》：武帝定郊祀之禮，祀太一於甘泉，就乾位也。乃立樂府，以正月上辛用事甘泉圜丘，昏祠至明。案：甘泉太一祠壇，武帝用方士公孫卿立之，故曰重神仙之道。〔馮注〕《漢書·紀》：「文帝十五年，上幸雍，始郊見五帝。」武帝好神仙，詳《史記》《漢書》。

〔一九〕〔徐注〕《周禮·大司樂》：圜鍾爲宫，黄鍾爲角，太簇爲徵，姑洗爲羽。《雲門》之舞，冬日至，於地上之圜丘奏之。〔馮注〕《漢書·禮樂志》：武帝定郊祀之禮，乃立樂府，造爲詩賦，略論律吕，以合八音之調，作十九章之歌，以正月上辛用事甘泉圜丘，使童男女七十人俱歌。

〔二〇〕〔徐注〕《漢書·武帝紀》：元朔五年，詔令禮官勸學，講議洽聞，舉遺興禮。揚雄《劇秦美新》：禮官博士，卷其舌而不談。

〔二一〕〔徐注〕《漢書·郊祀志》：元帝好儒，貢禹、韋玄成、匡衡等相繼爲公卿。成帝初即位，衡奏言甘泉泰畤、河東后土之祠宜徙置長安。下群臣議，博士師丹等五十人以爲甘泉、河東之祠非神靈所饗，宜徙就正陽大陰之處，違俗復古，循聖制，定天位。從之。

〔二二〕〔徐注〕班固《答賓戲》：其君天下也，養之如春。

〔二三〕〔徐注〕《書》：惟我文考，若日月之照臨。

〔二四〕〔補注〕《論語·爲政》：「子曰：『殷因於夏禮，所損益，可知也；周因於殷禮，所損益，可知也。其或繼周者，雖百世，可知也。』」何晏集解引馬融曰：「所損益，謂文質三統。」邢昺疏：「文質，夏尚忠，殷尚質，周尚文。」

〔二五〕〔補注〕《漢書·禮樂志》:「王者必因前王之禮,順時施宜,有所損益,即民之心,稍稍制作,至太平而大備。」餘參上注。

〔二六〕〔徐注〕庾信《周祀圜丘歌》:丙午封壇肅且圜。〔補注〕古以十二支配方位,午爲正南。午位,即正南之位。

〔二七〕〔徐注〕《禮記》:郊之用辛也,周之始郊日以至。《春秋穀梁傳》:以十二月下辛卜,正月上辛祭。《漢書·禮樂志》:正月上辛,用事甘泉圜丘。〔補注〕上辛,月上旬之辛日。《穀梁傳》范寧注:「郊必用上辛者,取其新潔莫先也。」《史記·樂書》:「漢家常以正月上辛祠太一甘泉。」

〔二八〕潔齊,《英華》作「齊潔」,《全文》作「潔齋」,兹從徐、馮注本。〔徐注〕《易》:齊也者,言萬物之潔齊也。

〔二九〕〔徐注〕《禮記》:至敬不壇,埽地而祭。

〔三〇〕〔徐注〕《詩》:永言孝思。

〔三一〕〔馮注〕《禮記》:至敬不饗味而貴氣臭也。《書》:玄德升聞。

〔三二〕〔徐注〕《易》:雷雨作解,君子以赦過宥罪。

〔三三〕〔徐注〕《書》:舊染汙俗,咸與惟新。

〔三四〕〔徐注〕《新書·選舉志》:制舉有賢良方正直言極諫科。

〔三五〕〔徐注〕《書》:皇帝哀矜庶戮之不辜。

〔三六〕〔徐注〕《左傳》：晉悼公即位，施舍已責。注：施恩惠，舍勞役，止逋責。《周禮》：三農生九穀。〔補注〕三農，古謂居住在平地、山區、水澤三類地區之農民，見《周禮》鄭玄注引鄭司農云。此泛指農民。

〔三七〕〔徐注〕《左傳》：范宣子囚叔向，祁奚曰：「社稷之固也，猶將十世宥之，以勸能者。」

〔三八〕〔徐注〕《漢書·文帝紀》：有司請八十已上月賜米肉酒，九十已上加帛絮。長吏閱視，丞若尉致。

〔三九〕見上篇注〔四七〕。

〔四〇〕〔徐注〕江淹《雜體詩》：宵人重恩光。

〔四一〕〔徐注〕《周禮》：大史職曰：「大祭祀，與執事卜日。」曹大家《東征賦》：時孟春之吉日兮，撰良辰而將行。（李）善曰：鄭玄《禮記注》云：「撰，猶擇也。」

〔四二〕〔徐注〕《漢書·陸賈傳》：賈以此游漢庭公卿間。〔按〕據此句，韋温出爲陝虢觀察使，當在開成五年十二月下辛至會昌元年正月上辛之間。即十二月二十九至正月初九之間，而以歲暮出陝之可能性較大。

〔四三〕〔徐注〕《周禮·大宗伯》：凡祀大神，享大鬼，祭大示，詔相王之大禮。〔按〕宗伯相儀，即指南郊祀典。

〔四四〕〔徐注〕《周禮》：縣治象之法於象魏。注：闕也。《莊子》：魏牟身在江海之上，心居魏闕之下。〔馮注〕按：於開成五年歲暮出而至陝，《舊・紀》不書也。

〔四五〕〔徐注〕《漢書・朱買臣傳》：視其印，會稽太守章也。〔馮注〕《漢書・百官公卿表》：凡吏秩比二千石以上皆銀印。注曰：《漢舊儀》云：「銀印背龜鈕，其文曰章。」又：郡守秩二千石，景帝更名太守。

〔四六〕〔徐注〕《漢書・蕭育傳》：以三公使車載育入殿中受策。〔馮注〕《周禮・夏官》：馭夫，掌馭貳車、從車、使車。注曰：使車，驅逆之車。

〔四七〕〔徐注〕曹植表：若葵藿之傾葉，太陽雖不爲之迴光，終向之者，誠也。

〔四八〕匏，《英華》作「瓠」，注：疑作「匏」。〔徐注〕《詩》：匏有苦葉。《傳》：匏謂之瓠。瓠葉苦不可食也。《疏》：陸璣云：「匏葉少時可爲羹，又可淹煮，極美。八月中堅强不可食，故云苦葉。瓠、匏一也，故云謂之瓠。」王粲《登樓賦》：懼匏瓜之徒懸兮，畏井渫之不食。翰曰：匏瓜爲物，繫而不食者也，仲宣自喻。〔馮注〕不必疑。《論語注》：匏，瓠也。瓠瓜得繫一處者，不食故也。吾自食物，當東西南北，不得如不食之物，繫滯一處。按《古今注》：「瓠有柄曰懸瓠。」此則用《論語》以歎羈滯，即他篇羡海槎不繫之意。〔補注〕《論語・陽貨》：「吾豈匏瓜也哉！焉能繫而不食？」

〔四九〕〔徐注〕《詩序》：《甘棠》，美召公也。箋：召公聽男女之訟，不重煩勞百姓，止舍小棠之下而聽斷焉。國人思其人，敬其樹。《春秋公羊傳》：自陝而東，周公主之；自陝而西，召公主之。

注：今弘農陝縣。

〔五〇〕〔徐注〕《舊書》：天寶元年（正月），陳王府參軍田同秀上言，玄元皇帝降見於丹鳳門之通衢，告賜靈符在尹喜之故宅。上遣使就函谷故關尹（喜）臺西發得之。《地理志》：靈寶本桃林縣，以掘得寶符改名。

## 祭張書記文〔一〕

維會昌元年，歲次辛酉，四月辛丑朔，二十日庚申，隴西公、滎陽鄭某、隴西李某、安定張某、昌黎韓某、樊南李某〔二〕，謹以清酌之奠，致祭於故朔方書記張五審禮之靈〔三〕。嗚呼！古有不重千金〔四〕，殊輕尺璧〔五〕，或號百夫之防〔六〕，或作萬人之敵〔七〕，雖爭雄角秀〔八〕，殊途異跡，念閱水於千齡〔九〕，若衝飈之一息〔一〇〕。吁嗟審禮，寧或免之。瞭眸巨鼻〔一一〕，方口疏髭〔一二〕。始自渚宫〔一三〕，來遊帝里〔一四〕，論極懸河〔一五〕，文酬散綺〔一六〕，體物稱最，登高擅美〔一七〕。良時不來〔一八〕，躁進爲耻〔一九〕。門巷蓬蒿〔二〇〕，荒涼如此。藩溷筆硯〔二一〕，寂寥而已。

梁多文士，漢有賢王〔二二〕，猶市駿骨〔二三〕，肯驚夜光〔二四〕。長裾既曳〔二五〕，健筆誰當〔二六〕？

職高蓮幕，官帶芸香〔二七〕。青袍若草〔二八〕，白簡如霜。東閤朝暖〔二九〕，西園夜涼〔三〇〕。震豈殺公〔三一〕，諶惟故吏〔三二〕。渭濱迴流馬之運〔三三〕，峴首奉辭曹之諱〔三四〕。松筠不改，琴罇有寄。三徑方營〔三五〕，一畝乏地〔三六〕。多文爲富〔三七〕，無事當貴〔三八〕。亦解《客嘲》〔三九〕，還答《賓戲》〔四〇〕。迴翔逸軌〔四一〕，傲睨重霄〔四二〕。將期晚節，更峻清標。懸蛇結釁〔四三〕，鬬蟻成妖〔四四〕。迴生乏祖洲之草〔四五〕，續斷無弱水之膠〔四六〕。陳尸重來而何望〔四七〕？楚魂一散而難招〔四八〕。嗚呼！神道甚微，天理難究。桂蠹蘭敗〔四九〕，龜年鶴壽〔五〇〕。在長短而且然〔五一〕，於妍醜而何有〔五二〕！

某等早承餘眷，晚獲聯姻〔五三〕。或感極外家〔五四〕，延自出之念〔五五〕；或恩深猶子，多引進之仁〔五六〕。或敬屬丈人之行〔五七〕，或情兼内妹之親〔五八〕。有美吾姨〔五九〕，靈慶攸屬〔六〇〕。尊公則師長庶僚〔六一〕，夫人則儀刑六族〔六二〕。門高再世之侯，家享萬鍾之禄。經過款狎〔六三〕，出入遊陪。映人玉潤〔六四〕，覆水蓮開〔六五〕。春歸別墅，月滿高臺。嵇山傾倒〔六六〕，謝雪徘徊〔六七〕。惜景而持繩欲繫〔六八〕，邀歡而秉燭相催〔六九〕。

中歎乖離，今多至止〔七〇〕。仲叔辭辟而方返〔七一〕，梅福罷官而未幾〔七二〕，一則歸從回鴈之峰〔七三〕，一則至自跕鳶之水〔七四〕。方將爲笛裁竹〔七五〕，緣箏斬梓〔七六〕，驅羿射鴻〔七七〕，招任釣鯉〔七八〕，豁契闊於屯夷〔七九〕，極平生之宴喜〔八〇〕。良覿雖屢〔八一〕，深懷未從。三靈莫效〔八二〕，一夢俄終。露先寒而隕葉，漏未盡而聞鐘〔八三〕。

今則列樹開封〔八四〕，揲蓍得吉〔八五〕。綍旐前引〔八六〕，桐棺後出〔八七〕。隱轔原野〔八八〕，凄涼雲日〔八九〕。將歸宿莽之庭〔九〇〕，欲閉青松之室〔九一〕。殷勤舊偶〔九二〕，冀望諸孤〔九三〕。未歸下國〔九四〕，且寓皇都〔九五〕。江遠惟哭，天高但呼〔九六〕。必有餘慶〔九七〕，非無後圖〔九八〕。嗚呼哀哉！壺有芳醪，俎多肥羜〔九九〕，叫噪不聞，精靈何處〔一〇〇〕！鬱憤徒極，含辭莫叙。冀有鑒於酸嘶，庶無乖於酣飫〔一〇一〕。

【校注】

〔一〕本篇原載《文苑英華》卷九九〇第六頁、清編《全唐文》卷七八二第一二頁、《樊南文集詳注》卷六。〔按〕據文首，此文作於會昌元年四月二十日。據《爲外姑隴西郡君祭張氏女文》，茂元有「七女五男」。此張審禮與「隴西公、滎陽鄭某、隴西李某、安定張某、昌黎韓某、樊南李某」，合之正爲茂元之七壻。

〔二〕〔馮注〕六人似皆王茂元壻也。隴西公似以爵尊，故稱公，未考其何人也，其人與《詩集》之李千牛，疑是兩人，詩之千牛，似少年也。此亦更有李某矣。韓某是畏之。以序而論，畏之、義山所娶，皆茂元之季女矣。〔按〕《爲外姑隴西郡君祭張氏女文》云：「吾配汝先世，二十餘年，七女五男，撫之如一。往在南海，令子云亡，藐爾兩孤，未勝多難。提挈而至，踰涇涉河。十年之間，母子俱盡。念汝差長，慰吾最深。」則張審禮所娶者，殆爲茂元之長女。

〔三〕致，《全文》作「敬」，據《英華》改。〔馮注〕《元和郡縣志》：靈州常爲朔方節度使治所。〔按〕開成元年至五年，鎮朔方者爲魏仲卿。張之爲朔方書記，或在魏去任之後，新節度使接任之時。

〔四〕〔徐注〕古樂府：不惜黄金散盡，只畏白日蹉跎。〔馮注〕用季布事，見《爲張周封上楊相公啓》「亦一諾之恩斯及」注。

〔五〕〔徐注〕《帝王世紀》：禹不重徑尺之璧，而愛日之寸陰。〔馮注〕謂得人勝於得寶也，如《楚書》「惟善爲寶」之類。徐氏引《帝王世紀》……誤矣。

〔六〕〔徐注〕《詩》：維此仲行，百夫之防。

〔七〕〔徐注〕《蜀志·張飛傳》：魏謀臣程昱等，咸稱羽、飛萬人之敵也。

〔八〕雖，《英華》無此字。

〔九〕〔徐注〕陸機《歎逝賦》：川閲水以成川，水滔滔而日度。世閲人而爲世，人冉冉而行暮。

〔一〇〕〔徐注〕陳琳《武軍賦》：若衝風之飛秋葉。

〔一一〕〔馮注〕《論衡》：孟子相人以眸子焉，心清而眸子瞭，心濁而眸子眊。人生目輒眊瞭，眊瞭稟之於天，不同氣也。按：《論衡》有《刺孟》篇。此亦駁孟之語。《漢書·陳遵傳》：長頭大鼻，容貌甚偉。

〔一二〕〔徐注〕《御覽》引《瀨鄉記·李母碑》曰：老子方口。〔馮注〕《説文》：頿，口上鬚也。徐鉉曰：俗作「髭」，非。《吴録》：孫權方頤大口。

〔一三〕〔馮注〕《左傳》：王在渚宫。《通典》：在今荆州江陵縣。

〔一四〕〔徐注〕《漢書·高帝紀》：高祖，沛豐邑中陽里人也。陸倕《石闕銘》：或以光從帝里。〔按〕此帝里指京城長安，徐引《漢書·高帝紀》誤。

〔一五〕極，《全文》作「激」，據《英華》改。徐本作「邀」，亦誤。〔馮注〕《晉書·郭象傳》：好《老》《莊》，能清言。太尉王衍每云：「聽象言，如懸河瀉水，注而不竭。」

〔一六〕散，《英華》作「段」。〔徐注〕謝脁詩：餘霞散成綺。〔馮注〕陸機《文賦》：藻思綺合。

〔一七〕（二句）並見《爲李貽孫上李相公啓》「辭窮體物，律變登高」注。〔按〕謂張擅長寫作詩賦。

〔一八〕〔徐注〕李陵詩：良時不再至。

〔一九〕爲，徐本作「何」。

〔二〇〕蒿，《全文》作「高」，據《英華》改。〔馮注〕《三輔決録》：張仲蔚，平陵人，隱身不仕，所居蓬蒿没人，博物好屬詩賦。

〔二一〕〔徐注〕臧榮緒《晉書》：左思欲作《三都賦》，構思十稔，門庭藩溷，皆著紙筆，遇得一句，即疏之。

〔二二〕〔補注〕《史記·梁孝王世家》：「於是孝王築東苑，方三百餘里……招延四方豪桀，自山以東游説之士，莫不畢至，齊人羊勝、公孫詭、鄒陽之屬。」

〔二三〕〔馮注〕《戰國策》:郭隗先生曰:「古之君人,有以千金求千里馬者,三年不能得。涓人請求之,得千里馬。馬已死,買其骨五百金,於是不期年,千里馬之至者三。」

〔二四〕肯,《英華》作「首」,馮本從之。〔徐注〕鄒陽《(獄中上梁王)書》:明月之珠,夜光之璧,以暗投人於道路,衆莫不按劍相眄者。〔馮曰〕此乃反用。

〔二五〕〔馮注〕《漢書・鄒陽傳》:飾固陋之心,則何王之門不可曳長裾乎?謝朓《辭隨王牋》:長裾日曳,後乘載脂。

〔二六〕〔徐注〕徐陵《讓表》:雖復陳琳健筆,未盡愚懷。

〔二七〕〔馮曰〕謂帶秘省郎之銜。下二句似謂更帶侍御史銜。或亦通用耳。

〔二八〕若,《全文》作「如」,據《英華》改。〔補注〕《古詩》:「青袍似春草,長條隨風舒。」唐時幕府官居六品,服深緑,故云「青袍」。

〔二九〕〔補注〕《漢書・公孫弘傳》:「弘……數年至宰相封侯,於是起客館,開東閤以延賢人。」

〔三〇〕〔補注〕曹植《公讌詩》:「清夜遊西園,飛蓋相追隨。」

〔三一〕〔馮注〕《晉書・魏舒傳》:舒爲司徒。陳留周震累爲諸府所辟。辟書下,公輒喪,號震爲「殺公掾」。莫有辟者。舒乃命之,而竟無患。

〔三二〕〔徐注〕盧諶《贈劉琨詩序》:故吏從事中郎盧諶死罪死罪。

〔三三〕〔馮注〕《蜀志・諸葛亮傳》:亮悉大衆由斜谷出,以流馬運。據武功五丈原,與司馬宣王對於渭南。分兵屯田，耕者雜於渭濱居民之間，而百姓安堵，相持百餘日。亮病，卒於軍。

〔三四〕〔徐注〕《禮記》：太史典禮，執簡記奉諱惡。〔馮注〕《晉書·羊祜傳》：祜卒，荆州人爲祜諱名，屋室皆以門爲稱，改户曹爲辭曹。祜開府累年，不辟士。始有所命，會卒，不得除署。○以上叙入幕而府主卒也，豈即指鎮朔方者歟？曰梁、曰漢，不必拘看。

〔三五〕見《爲賀拔員外上李相公啓》「三徑無歸」注。

〔三六〕乏，《英華》作「之」，馮本從之。〔徐注〕《禮記》：儒有一畝之宫，環堵之室。

〔三七〕多文，《全文》作「文多」，據《英華》乙。〔馮注〕《禮記》：多文以爲富。

〔三八〕〔徐注〕《戰國策》：顔斶辭去，曰：「無罪以當貴。」

〔三九〕〔馮注〕《漢書·揚雄傳》：雄方草《太玄》，泊如也。或嘲雄以玄尚白，而雄解之，號曰《解嘲》。

〔四〇〕〔馮注〕《後漢書·班固傳》：固自以二世才術，位不過郎，感東方朔、揚雄，自論以不遭蘇、張、范、蔡之時，作《賓戲》以自通焉。

〔四一〕〔徐注〕《晉書·王沈等傳論》：齊逸軌而長鶩。

〔四二〕〔徐注〕江淹《擬郭璞詩》：傲睨採木芝。

〔四三〕〔馮注〕《後漢書·華佗傳》：嘗行道，見有病咽塞者，因語之曰：「道隅賣餅人，萍虀甚酸，可取三升飲之，病自當去。」即如佗言，立吐一蛇，乃懸於車而候佗。顧視壁北，懸蛇以十數，乃知其奇。按：書記以不得志而病，故用此以寓抑塞之意。舊注（按：指徐注）引《風俗通》：「應彬爲汲令，賜主簿杜宣酒，壁上懸弩照於杯影如蛇。」又《晉書·樂廣傳》：「廣爲河南尹，有親客見杯中有蛇，既飲而疾。於時河南聽事壁上有角，漆畫作蛇，廣意杯中蛇即角影也。」二事是影如蛇，非懸蛇，似是而非也。

〔四四〕〔馮注〕《晉書·殷仲堪傳》：父師，嘗患耳聰，聞牀下蟻動，謂之牛鬬。按：《世説》云：「病虚悸。」《續晉陽秋》云：「有失心病。」

〔四五〕〔馮注〕《十洲記》：祖洲在東海中，上有不死草。人已死三日者，以草覆之皆活。草生瓊田中，或名養神芝。

〔四六〕〔馮注〕《十洲記》：鳳麟洲在西海中，洲四面有弱水繞之，鴻毛不浮，不可越也。洲上多仙家，煮鳳喙麟角作膠，名爲續弦膠，能續弓弩斷弦。〔徐注〕《漢書·西域傳》：安息長老傳聞條支有弱水，西王母亦未嘗見。師古曰：《玄中記》云「昆崙之弱水，鴻毛不能起」也。《仙傳拾遺》：武帝幸華林苑，射虎兕，弩絃斷，以靈膠續之，武士數人對引不脱。

〔四七〕〔徐注〕《古詩》：下有陳死人，杳杳即長暮。裴啓《語林》：張湛好於齋前種松樹，養鴝鵒，時人謂張「屋下陳尸」。

〔四八〕〔徐注〕宋玉《招魂》序：《招魂》者，宋玉之所作也。宋玉憐哀屈原忠而斥棄，愁懣山澤，魂魄放佚，厥命將落，故作《招魂》。〔馮按〕前「千金」「尺壁」，似切楚人。此二句，一切張姓，一切楚人。

〔四九〕〔徐注〕《漢書·南越王傳》：獻桂蠹一器。師古曰：此蟲食桂，故味辛，而漬之以蜜食之也。《文子》：叢蘭欲發，秋風敗之。

〔五〇〕〔徐注〕《（文選）·郭璞〈遊仙詩〉》：借問蜉蝣輩，寧知龜鶴年。善曰：《養生要論》曰：「龜鶴壽有千百之數。道家之言，鶴曲頸而息，龜潛匿而噎，此其所以爲壽也。」

〔五一〕〔徐注〕《左傳》：邾子曰：「命在養民，死之短長，時也。」

〔五二〕〔徐注〕《世説補》：范蔚宗《在獄詩》云：「好醜共一丘，何足異枉直。」〔馮曰〕言命之修短，不論才不才也。

〔五三〕〔徐注〕《梁書·劉峻傳》：自此聯姻帝室。

〔五四〕〔徐注〕《漢書·丙吉傳》：遺詔所養武帝曾孫，名病已，在掖庭外家者。〔馮注〕外家，母氏之家也。如《後漢書·王符傳》：安定俗鄙庶孽，而符無外家，爲鄉人所賤。

〔五五〕〔馮注〕《左傳》：吕相絶秦，曰：「康公我之自出。」

〔五六〕〔馮注〕《（禮記）·檀弓》：喪服，兄弟之子，猶子也，蓋引而進之也。按：後人多汎用（引進）矣。〔徐注〕《後漢書·延篤傳》：欲令引進之。

〔五七〕〔徐注〕《漢書·匈奴傳》：鞮侯單于自言：「漢天子，我丈人行。」師古曰：丈人，尊老之稱。行音胡浪反。

〔五八〕〔馮注〕《魏志·夏侯淵傳》：淵妻，太祖内妹。《晉書·宣五王傳》：武陵王澹妻郭氏，賈后内妹也。按：賈后母，廣成君郭槐也。舅之女，故稱内妹。以上叙戚誼，似可分屬，然難臆斷。

〔五九〕〔徐注〕《左傳》：息嬀將歸，過蔡，蔡侯曰：「吾姨也。」止而見之。〔補注〕《詩·鄭風·野有蔓草》：「有美一人，清揚婉兮。」

〔六〇〕〔徐注〕《後漢書·光武紀贊》曰：靈慶既啓。〔馮按〕此謂其妻。

〔六一〕〔徐注〕《晉書·陳壽傳》：丁儀、丁廙有盛名於魏，壽謂其子曰：「可覓千斛米見與，當爲尊公作佳傳。」〔馮注〕(尊公)謂茂元。《舊書·志》：僕射統理六官，綱紀庶務。

〔六二〕〔徐注〕《禮記》：天子之妃曰后，諸侯曰夫人。〔馮曰〕謂隴西郡君。

〔六三〕〔徐注〕阮籍《詠懷詩》：趙、李相經過。《南史·阮顗傳》：與鄧琬款狎。

〔六四〕〔馮注〕《晉書·衛玠傳》：玠妻父樂廣，有海内重名，議者以爲「婦公冰清，女婿玉潤」。

〔六五〕〔馮注〕張平子《東京賦》：芙蓉覆水。梁簡文帝《採蓮賦》：卧蓮華而覆水。○此用蓮幕事。

〔六六〕嵇，《全文》作「稽」，據《英華》改。〔徐注〕《世説》：嵇康風姿特秀，山公曰：「嵇叔夜之爲人也，其醉也傀俄若玉山之將崩。」

〔六七〕〔馮注〕謝惠連《雪賦》：「徘徊委積。」賦以梁王、鄒生、枚叔託興，故引以言同幕。

〔六八〕〔馮注〕傅休奕詩：安得長繩繫白日。

〔六九〕〔徐注〕《古詩》：晝短苦夜長，何不秉燭遊？

〔七〇〕多，徐本作「冬」，非。〔馮曰〕文義當作「多」字，不可作「冬」。

〔七一〕〔馮注〕《後漢書》：太原閔仲叔，建武中，應司徒侯霸之辟。既至，霸不及政事，徒勞苦而已。仲叔恨曰：「以爲不足問耶？不當辟也。辟而不問，是失人也。」遂辭出，投劾而去。

〔七二〕見《爲濮陽公陳許奏韓琮等四人充判官狀》「思留仙尉」注。

〔七三〕〔徐注〕《方輿勝覽》：衡陽有回雁峰，至此不南去。在今衡州城南。〔馮注〕按《禹貢》：「揚州，彭蠡既豬，陽鳥攸居。」已有不更南之意也。盛弘之《荆州記》曰：衡山三峰，紫蓋、石囷、芙蓉。芙蓉最爲竦桀。後人又云：祝融、紫蓋、雲密、石廪、天柱五峰爲最大。而迴雁之峰，承用亦已久矣。《埤雅》：鴻雁南翔，不過衡山。今衡山之旁，有峰曰迴雁峰，蓋南地極燠，人罕識雪者，故雁望衡山則止。

〔七四〕〔馮注〕《〈後漢書〉·馬援傳》：援勞饗軍士，從容謂官屬曰：「當吾在浪泊、西里間，下潦上霧，毒氣重蒸，仰視飛鳶，跕跕墮水中。」跕鳶，伏波征交阯、九真時也。後征武陵五溪，則朗州、辰州之地。後人或有混引者，誤也。以上四句，叙諸人之蹤跡，未必一一依次分屬。而「迴雁」句，似與義山詩句可合。〔按〕馮氏蓋謂「一則歸從回雁之峰」句與《送千牛李將軍赴闕五十韻》中「異縣期迴雁，登時已飯鯖」二句相合，以爲開成五年至會昌元年義山有所謂「江鄉之遊」作佐證也。然本篇上文「某等早承餘眷，晚獲聯姻。或感極外家，延自出之念；或恩深猶子，多引進之仁。或敬屬丈人之行；或情兼内妹之親」等句，顯係分指張審禮之諸僚壻；而「中歎乖離，今多至止。仲叔辭辟而方返，梅福罷官而未幾，一則歸從回雁之峰，一則至自跕鳶之水」數句，亦與上文相類，係分指諸連襟。其中「梅福」句顯指義山自己，則「一則歸從回雁之峰」當指他人。如「梅福」句與「歸從回雁」同指義山，則此處所指僅爲二人，與「今多至止」不合。當是每句各指一人，方與上文相稱。至於《送千牛李將軍赴闕五十韻》「異縣期迴雁，登時已飯鯖」二句，則已另有解，不贅。

〔七五〕〔徐注〕張騭《文士傳》：蔡邕告吴人曰：「吾昔嘗經會稽高遷亭，見屋椽竹，東間（第十六），可以爲笛。」取而用之，果有異聲。

〔七六〕〔徐注〕曹植《與吴質書》：伐雲夢之竹以爲笛，斬泗濱之梓以爲箏。

〔七七〕〔徐曰〕（鴻）疑作「烏」。《淮南子》：堯時十日並出，草木焦枯。堯命羿仰射十日，中其九烏，皆死，墮羽翼。

〔七八〕任，《英華》作「何」，馮本從之。〔馮注〕《莊子》：任公子爲大鈎巨緇，五十犗以爲餌，蹲乎會稽，投竿東海，期年不得魚。已而大魚食之。任公子得若魚，離而腊之，自制河以東，蒼梧以北，莫不厭若魚者。《列子》：詹何以獨繭爲綸，芒針爲鈎，荆篠爲竿，剖粒爲餌，引盈車之魚於百仞之淵。按：招何、招任皆可。〔徐按〕羿無射鴻事，蓋此只取其善射。如任公子之釣，亦未嘗有釣鯉事也。

〔七九〕〔徐注〕傅亮表：臣契闊屯夷，旋觀終始。

〔八〇〕〔徐注〕《詩》：魯侯燕喜。潘岳《西征賦》：陸賈之優游宴喜。〔馮注〕《詩》：吉甫燕喜。

〔八一〕〔徐注〕杜甫詩：逍遥展良覿。

〔八二〕〔補注〕道教稱三魂爲三靈。《黄庭内景經·瓊室》：「何爲死作令神泣，忽之禍鄉三靈殁。」梁丘子注：「三靈，三魂也，謂爽靈、胎光、幽精。」

〔八三〕見《代僕射濮陽公遺表》「悼鐘漏之先迫」注。

〔八四〕〔徐注〕《易》：葬之中野，不封不樹。

〔八五〕〔補注〕揲蓍，數蓍草，古代占卜之方式。《關尹子·八籌》：「古之善揲蓍灼龜者，能於今中示古，古中示今。」

〔八六〕〔馮注〕《檀弓》：「設旐，夏也。」謂夏禮葬車設旐。又曰：「銘，明旌也。以死者爲不可别已，故以其旗識之。」按：凡言丹旐、丹幡，皆此物。

〔八七〕〔徐注〕《墨子》：禹葬會稽，衣衾三領，桐棺三寸。

〔八八〕轔，《英華》作「軫」。〔馮注〕揚雄《甘泉賦》：振殷轔而軍裝。師古曰：殷轔，盛貌。《文選注》曰：言盛多也。《羽獵賦》：殷殷軫軫。注曰：殷軫，盛貌。殷音隱。（下略）

〔八九〕日，《英華》作「月」，注：集作「日」。

〔九〇〕〔徐注〕《離騷》：夕攬中洲之宿莽。

〔九一〕〔補注〕青松之室，指墓室。墓地多植松樹，故稱。

〔九二〕舊，《英華》注：集作「賢」。馮注本作「賢」，注：一作「舊」。

〔九三〕〔徐注〕《左傳》：公曰：「以是藐諸孤，辱在大夫。」

〔九四〕〔徐注〕《左傳》：狐突適下國。注：下國，曲沃新城。《吴語》：天若不知有罪，則何以使下國勝？注：下國，吴自謂也。〔按〕此「下國」與「上國」（指皇都）相對而言，指京師以外之地，此指張之故鄉江陵。

〔九五〕〔馮曰〕謂寓殯也。

〔九六〕但，《英華》作「大」。

〔九七〕〔徐注〕《易》：積善之家，必有餘慶。

〔九八〕〔徐注〕《左傳》：鬬伯比曰：「以爲後圖。」〔馮曰〕俟圖遷歸故鄉。

〔九九〕〔徐注〕《詩》：既有肥羜，以速諸父。〔補注〕羜，出生五個月的小羊，泛指未長大的羊。

〔一〇〇〕〔馮曰〕前「瞭眸」二句，「客嘲」二句，與此「芳醪」「肥羜」「叫噪」「酣飫」，明寫張是粗濁飲食之人，亦傷輕薄矣。〔按〕此爲諸人共祭，由商隱執筆撰寫之祭文。抒寫彼此先前之親情友誼，傷其一生之坎坷不遇，并無鄙薄嘲笑之意。「瞭眸」二句贊其儀表，「客嘲」二句贊其文才。唐人用典，往往取其一端，較少迴避顧忌事典中之其它方面。「既有肥羜，以速諸父」，《詩經·小雅·伐木》中爲正面陳述；「叫噪不聞」，爲生者之聲音，而死者不聞，亦非譏嘲張之粗濁。

〔一〇一〕酣，《英華》作「鉗」，注：集作「酣」。〔徐注〕《詩》：飲酒之飫。杜預《左傳注》：飫，厭也。〔馮按〕張書記，王茂元婿也。當與《爲外姑隴西郡君祭張氏女文》合證，而同中不能無異。《祭女文》云「七女五男」，此列六人僚婿，其數合也。彼云「先丘江渚」，此云「始自渚宫」，張當爲江陵人，其地合也。彼云「久而不第」，此亦云「良時不來」，皆言其未遇也。彼叙孀殘於鎮陳許前，又云「權厝三趙」，此會昌元年而曰「未歸下國，且寓皇都」，時、事亦符也。書記之卒未久，似以將出鎮陳許，故急爲權厝矣。惟此書「朔方書記」，與彼之「來岐下」「罷蒲津」迥異。此所叙幕事是實，在幕而府公乃卒，非乍辟而遽卒，似不可謂罷蒲津後曾暫有朔方之辟也。是爲大不同者。然同者多，而不同者一，且合證焉可也。〔按〕據「震豈殺公，諶惟故吏」二句，張審禮蓋其府主故吏，而此次則朔方辟聘不久，府主遽卒。罷蒲津後張審禮仍不妨有此一辟也。馮浩指出，「彼（按：指《祭張氏女文》）叙孀殘於鎮陳許前」，若排除馮譜繫茂元出鎮陳許在會昌元年之失，僅謂張卒在茂元鎮陳許前，則其説不誤。惟馮氏以爲「似以將出鎮陳許，故急爲權厝」則非。張爲朔方書記，其卒地未必爲長安，而極有可能卒於朔方。《祭張氏女文》云：「旋移許下，念汝支離。卜室築居，言遷潁上。」蓋王茂元接受任命，先移許下。爾後念張氏寡居，「卜室築居」，遷張氏女至陳州。本篇云：「殷勤舊偶，冀望諸孤。未歸下國，且寓皇都。」張氏當於離京赴陳州前行此葬禮，將張審禮寓殯於京城附近之三趙。其具體時間，本篇開頭已點明爲會昌元年四月二十日。

# 上劉舍人狀〔一〕

違闕稍久，結戀伏深。前月獲望門墻，值有賓客〔二〕，吐辭未盡，受顧如初。某孤僻寡徒，嬾慢成性〔三〕。虞生治《易》，衆論同侵〔四〕；揚子草《玄》，當時共笑〔五〕。因緣一命〔六〕，羈絏三年〔七〕，常賴恩知，免至顛殞。伏以士之營道抱器〔八〕，處世立名，誠宜俟彼時來，亦在申於知者〔九〕。内惟庸薄，竊有比方〔一〇〕：陳蕃甚貧，未欲掃除一室〔一一〕；孟光雖醜，已嘗偃蹇數夫〔一二〕。倚望光輝，實在造次〔一三〕。伏惟終始念察。

【校注】

〔一〕本篇原載清編《全唐文》卷七七五第一六頁、《樊南文集補編》卷六。〔錢箋〕（劉舍人）劉瑑也，詳《獻舍人彭城公啓》注〔一〕。〔張箋〕案此劉舍人與上「舍人彭城公」皆不詳何人，是一是二，亦難逆揣。錢氏皆疑爲劉瑑。考《重修承旨學士壁記》，瑑大中三年六月始由翰林學士拜中書舍人，時義山方留假參軍，與狀語不合。狀有「因緣一命，羈屑三年」語，自開成二年登第數之，至開成五年辭尉求調，正三年。狀爲是年所作無疑。惟舍人當别是一人，必非瑑也。〔張箋編開成五年。）〔岑仲勉曰〕按（開成）二年數至五年是四年，張謂是三年，古人無此計數法。且登第尚未入仕，惟開成四年釋褐後補弘農尉（編著者按：應爲秘書省校書郎），始是一命之官。由四年至會昌元年求調，故曰覊屑三年也。……抑德裕以五年九月至京，商隱以是月東去，而啓云：「即日補闕令狐子直顧及，伏話恩憐……方今聖政維新，朝綱大舉，徵伊、皋爲輔佐，用褒、向以論思。」狀云：「違闕稍久，結戀伏深，前月獲望門墻，值有賓客。」皆是商隱入居京邸口氣，殊不容系諸五年也。依此推之，《獻舍人河東公啓》亦應同改編會昌元年方合。（《平質》丁失鵠五《獻劉舍人啓狀》條）〔按〕據「因緣一命，覊紲三年」語，狀必上於會昌元年，岑説是，兹從之。參見《獻舍人彭城公啓》注〔一〕。劉舍人非瑑，見下篇注〔一〕。《獻舍人河東公啓》當爲開成五年十月前所上，説見前。

〔二〕值有賓客，見《上華州周侍郎狀》注〔一〇〕。

〔三〕嬾慢成性，見《上河陽李大夫狀一》注〔四〕。

〔四〕〔錢注〕《吴志·虞翻傳》注：《翻别傳》曰：翻初立《易注》，奏上曰：「臣高祖父故零陵太守光，少治孟氏《易》，世傳其業，至臣五世。臣蒙先師之説，依經立注。」又：翻放棄南方，云：「自恨疏節，骨體不媚，生無可與語，死以青蠅爲弔客，使天下一人知己者，足以不恨。」依《易》設象，以占吉凶。

〔五〕〔錢注〕《漢書·揚雄傳》：雄草《太玄》，或嘲雄以玄尚白，而雄解之，號曰《解嘲》。

〔六〕〔補注〕《左傳·昭公七年》：「三命兹益共……一命而僂，再命而傴，三命而俯。」周時官階自一命至九命，一命爲最低之官階。《北史·周紀上》：「以第一品爲九命，第九品爲一命。」一命，泛指最低微之官職。商隱開成四年釋褐爲秘書省校書郎，正九品上階，此即所謂「一命」。又《禮記·玉藻》「一命緼韍幽衡」，「一命禮衣」，義並同。

〔七〕〔錢校〕紲，胡本作「屑」。〔補注〕《左傳·僖公二十四年》：「臣負羈紲從君巡於天下。」杜預注：「羈，馬羈；紲，馬韁。」羈紲，謂受羈困淹滯不進。

〔八〕〔錢注〕《魏志·陳思王植傳》：植常自憤怨，抱利器而無所施。〔補注〕《禮記·儒行》：「儒有合志同方，營道同術。」營道，研習道藝。《易·繫辭下》：「君子藏器於身，待時而動，何不利之有？」抱器，指懷才待時。

〔九〕〔錢注〕《晏子春秋》：士者詘乎不知己，而申乎知己。

〔一〇〕竊，《全文》作「切」，據錢校改。

〔一一〕〔錢注〕《後漢書·陳蕃傳》：蕃嘗閑處一室，而庭宇蕪穢。父友薛勤謂曰：「孺子何不灑埽以待賓客？」蕃曰：「大丈夫處世，當掃除天下，安事一室乎？」

〔一二〕〔錢注〕《後漢書·梁鴻傳》：鴻字伯鸞，尚節介，勢家慕其高節，多欲女之，鴻並絶不娶。同縣孟氏有女，狀肥醜而黑，擇對不嫁，曰：「欲得賢如梁伯鸞者。」鴻聞而聘之。及嫁，始以裝飾入門。七日而鴻不答。妻請曰：「竊聞夫子高義，簡斥數婦，妾亦偃蹇數夫矣。今而見擇，敢不請罪。」

鴻曰：「吾欲裘褐之人，可與俱隱深山者爾。」妻乃更爲椎髻，著布衣，操作而前。鴻曰：「此真梁鴻妻也。」字之曰德曜，名孟光。〔補注〕偃蹇，傲視。

〔二三〕〔補注〕造次，須臾、片刻。《後漢書·寇恂傳》：「且耿府君在上谷，久爲吏人所親，今易之，得賢則造次未安，不賢則秖更生亂。」

## 獻舍人彭城公啓〔一〕

某啓：即日補闕令狐子直顧及〔二〕，伏話恩憐，猥加庸陋，惶惕所至，感結仍深〔三〕。某長於丘樊〔四〕，早慚師友。雖乏許靖幹時之材具〔五〕，實懷殷浩當世之心機〔六〕。而運與願乖，言將俗背。一丘一壑〔七〕，遠愧於幽棲〔八〕；十辟二徵〔九〕，近慚於籍甚〔一〇〕。已迫地勢〔一一〕，屬此門衰〔一二〕，藐念流離，莫或遑息〔一三〕。喬木空在〔一四〕，弊廬已頽〔一五〕。遂與時人，俱爲歲貢〔一六〕。三試於宗伯，始忝一名〔一七〕；三選於天官〔一八〕，方階九品〔一九〕。俸微五斗〔二〇〕，病滿十旬〔二一〕。李陵空拳，勇而無益〔二二〕；陳平裸體，美亦何爲〔二三〕！

方今聖政維新，朝綱大舉，徵伊、皋爲輔佐〔二四〕，用褒、向以論思〔二五〕。大窒澆風〔二六〕，廓開雅道〔二七〕。縲囚爲學，重見程生〔二八〕；掌固受經〔二九〕，復聞鼂子〔三〇〕。沉淪者延頸，逃散者動心。是敢竊假菲詞，仰干哲匠〔三一〕，果蒙咳唾，以及泥塗〔三二〕。王遜之遥舉董聯〔三三〕，方斯未逮；蔡邕之出迎王粲〔三四〕，與此非同。得水可期〔三五〕，摶風有望〔三六〕，坐生羽翼〔三七〕，平視煙霄。儻或不悋鑄人〔三八〕，必令附驥〔三九〕，雖不足深窺閫奥〔四〇〕，遠及幾微〔四一〕，然比於鼠識吉凶〔四二〕，燕知戊己〔四三〕，既殊異類，蓋有深誠。延望光雲〔四四〕，尚隔仙路〔四五〕。伏紙魂動，濡毫氣增。伏願始終念察。

【校注】

〔一〕本篇原載清編《全唐文》卷七七八第一四頁、《樊南文集補編》卷八。〔錢箋〕本集馮箋：彭城公爲劉瑑。按：義山於開成二年登進士第，釋褐秘書省校書郎，調補弘農尉。此篇云「始忝一名」「方階九品」，下篇（按：指《獻舍人河東公啓》）云「舉非高第，仕怯上農」，皆補尉後語，與前《上劉舍人狀》語意略同。唐人應舉之先，多干謁當事，此必補尉之後，不甘沉没下僚，復求從調試判。會昌二年，復以書判拔萃，重入秘書省爲正字，可證也。義山登第，多藉令狐綯延譽之力。此彭城公，下篇河東公，皆子直爲之介紹，綯之爲補闕，在開成初年，見本集《彭陽公遺表》。其由補闕爲户部員外郎，在會昌二年，見《舊唐書》綯子《（令狐）滈傳》。文稱「聖政維新」，似當爲會昌初年所作。考《舊唐書・劉瑑傳》：「會昌末，累遷尚書郎、知制誥，正拜中書舍人。」似爲時稍後。而既云「正拜」，或其先早經試職。《新唐書・宰相世系表》：劉氏定著七房，一曰彭城。〔張箋〕彭城公不詳，容再考。又云：必非劉瑑。瑑於會昌末累遷尚書郎、知制誥，正拜中書舍人，此啓則上於開成五年，時不相及矣。又云：義山辭尉求調，乃武宗初即位時，非會昌元年，今編此（開成五年）。〔岑曰〕錢云：「文稱聖政維新，似會昌初作。」是也。（張）《箋》二誤辭尉求調爲武宗初即位時（辨見前《王茂元爲陳許》條），因同編於開成五年，非是。……啓云：「即日補闕令狐子直顧及，伏話恩憐……方今聖政維新，朝綱大舉，徵伊、皋爲輔佐，用褒、向以論思。」狀云：「違闕稍久，結戀伏深，前月獲望門牆，值有賓客。」皆是商隱入居京邸口氣，殊不容系諸五年也。依此推之，《獻舍人河東公啓》亦應同改編會昌元年方合。（《平質》丁失鵠五《獻劉舍人啓狀》）〔按〕作年錢、岑說是。商隱開成五年九月三日「東去」（見《與陶進士書》）乃爲移家。約九月下旬「白露初凝」時自濟源移家，十月十日抵達長安（見《上河陽李大夫狀一》《上李尚書狀》及兩篇題注）。本擬「既獲安居，便從常調」，旋因王茂元出鎮陳許，「賫帛資費，銜書見召」，遂赴召入幕，在幕約逾月。會昌元年初春又有暫寓華州周墀幕之跡。從調之事，遂延至會昌元、二年。此啓有「竊假菲詞，仰干哲匠，果蒙咳唾，以及泥塗」一類話語，顯爲求調前蒙其延譽表示感激之詞。如依張説繫於開成五年武宗初即位時，則與啓内「徵伊、皋爲輔佐」（當指徵李德裕自淮南入相，時在開成五年九月）之語不符；如謂啓上於開成五年九月之後，會昌元年之前，則又與「俸微五斗，病滿十旬」語不合（開成五年九月三日商隱猶在弘農尉任，「病滿十旬」當在此後百餘日）。故本篇當從錢、岑之説繫會昌元年。唯具體月份難詳考。

「彭城公」張氏已指出「必非劉瑑」。其拜中書舍人之具體時間,據岑仲勉《翰林學士壁記注補》十爲大中三年六月十四日,較《舊唐書》所説之時間更後。

〔二〕〔錢注〕《舊唐書·令狐綯傳》:字子直,爲左補闕。又《職官志》:左補闕二員,從七品上。〔按〕令狐綯開成二年已爲左補闕,開成五年父喪服闋,仍爲左補闕,兼史館修撰。至會昌二年改任户部員外郎。會昌元年尚在補闕任上。

〔三〕〔錢注〕魏武帝《塘上行》:感結傷心脾。

〔四〕〔錢注〕謝莊《月賦》:臣東鄙幽介,長自丘樊。

〔五〕〔錢注〕《蜀志·許靖傳》:靖字文休。南陽宋仲子與蜀郡太守書:「文休倜儻瑰瑋,有當世之具,足下當以爲指南。」潘岳《西征賦》:實幹時之良具。

〔六〕〔錢注〕《晉書·殷浩傳》:以中原爲己任。〔補注〕《晉書·殷浩傳》:「浩識度清遠……于時擬之管、葛。王濛、謝尚猶伺其出處以卜江左興亡。因相與省之,知浩有確然之志。既反,相謂曰:『深源(浩字)不起,當如蒼生何!』」

〔七〕〔錢注〕《晉書·謝鯤傳》:明帝問曰:「論者以君方庾亮,自謂何如?」答曰:「端委廟堂,使百寮準則,鯤不如亮。一丘一壑,自謂過之。」〔補注〕《漢書·叙傳上》:「漁釣於一壑,則萬物不奸其志;棲遲於一丘,則天下不易其樂。」一丘一壑,指退隱山野。

〔八〕〔錢注〕謝靈運《鄰里相送方山》詩:資此永幽棲。

〔九〕〔錢注〕《後漢書·董扶傳》：扶少與任安齊名，前後宰輔十辟，公車三徵，皆不就。

〔一〇〕〔錢注〕《史記·陸賈傳》：游漢廷公卿間，名聲籍甚。〔按〕籍甚，盛大、卓著。

〔一一〕〔錢注〕左思《詠史詩》：地勢使之然，由來非一朝。〔按〕地勢，指地位。

〔一二〕〔錢注〕李密《陳情表》：門衰祚薄。〔按〕門衰猶衰門，指門第衰敗。

〔一三〕〔補注〕《詩·邶風·旄丘》有「瑣兮尾兮，流離之子」之句，毛傳訓「流離」爲「鳥也」，恐非詩之原意。清方玉潤《詩經原始》：「流離，漂散也。」此句用「流離」，亦係流轉離散之義。《詩·召南·殷其靁》：「何斯違斯，莫敢遑息。」遑息，空閒休息。

〔一四〕〔補注〕喬木，指故里懷州河内。《孟子·梁惠王下》：「所謂故國者，非謂有喬木之謂也，有世臣之謂也。」

〔一五〕〔補注〕《左傳·襄公二十三年》：「齊侯歸，遇杞梁之妻於郊，使弔之。辭曰：『殖之有罪，何辱命焉？若免於罪，猶有先人之敝廬在，下妾不得與郊弔。』」

〔一六〕〔補注〕《漢書·食貨志上》：「諸侯歲貢少學之異者於天子，學于大學，命曰造士。」《新唐書·選舉志上》：「唐制，取士之科……由州縣者曰鄉貢……每歲仲冬，州、縣、館、監舉其成者送之尚書省，而舉選不繇館、學者，謂之鄉貢。」

〔一七〕〔錢注〕《通典》：開元二十四年，制移貢舉於禮部，以侍郎掌之。〔補注〕宗伯，此指禮部侍郎。《書·周官》：「宗伯掌邦禮，治神人，和上下。」《周禮·春官·宗伯》：「乃立春官宗伯，使帥其屬而掌邦禮，以佐王和邦國。」鄭玄注：「宗伯，主禮之官。」後因稱禮部尚書爲大宗伯，禮部侍郎爲少宗伯。商隱大和五至七年、九年、開成二年屢試於禮部，方登進士第，故云「三試於宗伯，始忝一名」。其中大和五至七年，主考官皆爲賈餗，故與九年、開成二年合稱爲「三試」。

〔一八〕〔錢注〕《通典》：凡旨授官，悉由於尚書，文官屬吏部，武官屬兵部，謂之銓選。

〔一九〕〔補注〕商隱開成二年登進士第後，於二月七日過吏部關試，三年參加博學宏辭科考試，銓擬注官後被中書駁下，四年再試判吏部方釋褐授秘書省校書郎（正九品上階），旋調補弘農尉（從九品上階），故云「三選於天官，方階九品」。

〔二〇〕見《爲濮陽公上張雜端狀》注〔九〕。〔按〕指任弘農尉。

〔二一〕〔補注〕病滿十旬，指辭弘農尉事。唐元和以後，假滿百日，即應停官。《唐會要》卷八二《休假》條：「元和元年八月御史臺奏：職事官假滿百日，即合停解……從之。」

〔二二〕〔錢注〕司馬遷《報任少卿書》：李陵一呼勞，軍士無不起，躬流涕，沫血飲泣，張空弮，冒白刃，北首争死敵。〔補注〕空弮，無箭之弓。

〔二三〕〔錢注〕《史記·陳丞相世家》：陳平爲人長，美色。項羽略地至河上，平往歸之。殷王反楚，平往擊，降殷王而還。漢王攻下殷王，項王怒，將誅定殷者將吏。平懼誅，閒行杖劍亡。渡河，船人見其美丈夫獨行，疑其亡將，要中當有金玉寶器，目之。平恐，乃解衣裸體，佐刺船。船人知其無有，乃止。

〔二四〕〔補注〕伊、皋，指伊尹、皋陶，分别爲商代名相、舜之大臣。此當指徵淮南節度使李德裕入朝爲相。

〔二五〕〔錢注〕班固《兩都賦序》：故言語侍從之臣，若司馬相如、虞丘壽王、東方朔、枚皋、王褒、劉向之屬，朝夕論思，日月獻納。〔按〕當指劉舍人、柳璟等文學侍從之臣。

〔二六〕〔錢注〕王屮《頭陀寺碑》：澆風下黷。

〔二七〕〔錢注〕《蜀志·龐統傳》：雅道陵遲。

〔二八〕〔錢注〕程，疑當作「崔」。《後漢書·崔瑗傳》：以事繫東郡發干獄，獄掾善爲《禮》，瑗閒考訊時，輒問以《禮》説。〔補注〕《漢書·黄霸傳》：「坐公卿大議廷中，知長信少府夏侯勝非議詔書大不敬，霸阿從不舉劾，皆下廷尉，繫獄當死，霸因從勝受《尚書》獄中。」知「縲囚爲學」之事不止一端，錢校未可定。縲囚，同纍囚，見《左傳·成公三年》：「兩釋纍囚，以成其好。」

〔二九〕固，《全文》作「圊」，據錢校改。

〔三〇〕聞，《全文》作「開」，從錢校據胡本改。〔錢注〕《史記·鼂錯傳》：以文學爲太常掌故。孝文帝時，天下無治《尚書》者，獨聞濟南伏生治《尚書》，年九十餘，老不可徵。乃詔太常，使人往受之。太常遣錯受《尚書》伏生所。《詩集·贈劉五經》：縲囚爲學貴，掌固受經忙。馮氏曰：掌故，掌故事。《周禮·夏官》「掌固」，與此大異。乃後世此或亦作「固」，非其義矣，豈古字可通耶？按：《文選·兩都賦序》注：「孔安國射策爲掌固。」《西都賦》注：「匡衡射策甲科，除太常掌故。」六臣本亦作「掌固」。鮑照《論國制啓》：「宜令掌固刊而撰之。」丘遲《爲王博士讓表》：「非除部養之勤，豈通掌固之業？」皆二字通用之證。《唐六典》「尚書省掌固十四人」，亦即掌故也。

〔三一〕〔補注〕哲匠，明達而富有才能之大臣。

〔三二〕〔補注〕《莊子·漁父》：「竊待於下風，幸聞咳唾之音以卒相丘也。」此以「咳唾」稱美彭城公之延譽。《左傳·襄公三十年》：「武不才，任君之大事，以晉國之多虞，不能由吾子，使吾子辱在泥塗久矣，武之罪也。」此以「泥塗」喻卑下之地位。

〔三三〕聯，《全文》作「聰」，據錢校改。〔錢注〕《晉書·王遜傳》：遜爲寧州刺史，未到州，遥舉董聯爲秀才。

〔三四〕〔錢注〕《魏志·王粲傳》：粲徙長安，左中郎將蔡邕見而奇之。時邕賓客盈坐，聞在門，倒屣迎之曰：「此王公孫也，有異才，吾不如也。吾家書籍文章，盡當與之。」

〔三五〕〔錢注〕《管子》：蛟龍得水，而神可立也。

〔三六〕摶，《全文》作「搏」，據錢注本改。見《爲濮陽公賀牛相公狀》注〔三〕。

〔三七〕〔錢注〕魏文帝《遊仙詩》：服藥四五日，身輕生羽翼。

〔三八〕〔錢注〕揚子《法言》：或問：「世言鑄金，金可鑄歟？」曰：「吾聞覿君子者問鑄人，不聞鑄金。」或曰：「人可鑄歟？」曰：「孔子鑄顔淵矣。」

〔三九〕〔錢注〕《史記·伯夷傳》：顔淵雖篤學，附驥尾而行益顯。
〔四〇〕〔補注〕閫奥，深邃之内室，喻學問或事理之精微深奥所在。
〔四一〕〔補注〕幾微，隱微，預兆。
〔四二〕〔錢注〕《抱朴子》：鼠壽三百歲，滿百歲則色白，善憑人而卜，名曰仲能。知一年中吉凶，及千里外事。
〔四三〕〔錢注〕《抱朴子》：鶴知夜半，燕知戊己，而未必達於他事也。
〔四四〕〔錢注〕《三昧海經》：於幢幡中，化光明雲。
〔四五〕〔錢注〕《水經注》：隱淪仙路，骨謝懷靈。〔按〕此以「仙路」喻仙禁之路。

## 爲李兵曹祭兄濠州刺史文〔一〕

年月日〔二〕，伏惟靈天枝挺秀，帝系傳芳。材高杞梓〔三〕，價重珪璋〔四〕。蘭芷斯茂，先以馨香〔五〕；干鏌將用，不剉鋒鋩〔六〕。始備千牛，俄仕諸衛〔七〕。逸意方起〔八〕，絶足猶縶〔九〕。爰佐群僕〔一〇〕，亦掾神京〔一一〕。邑惟二宅〔一二〕，曹實五兵〔一三〕。地峻流急，官閒政清。嵩、少曉霽〔一四〕；伊、洛秋明。侣能吟之謝客〔一五〕，伴作賦之賈生〔一六〕。遂擢堯厨〔一七〕，曾調湯膳〔一八〕。位列大朝，名參内殿〔一九〕。朱紱輝華，銀龜蒨粲〔二〇〕。漢有宗正〔二一〕，委之親賢〔二二〕。

貳彼惟月，人寧我先〔二三〕？外夷求聘〔二四〕，天子憂邊。《皇華》始賦〔二五〕，紫綬俄懸〔二六〕。雄其出塞之任，假以中臺之權〔二七〕。不拜無慚於蘇武〔二八〕，去節寧類於王焉〔二九〕。銜鬚誓死〔三〇〕，齧雪獲全〔三一〕。帝仗使者，吾無愧旃。既返中華〔三二〕，止同屬國〔三三〕。蒼蠅難祛〔三四〕，貝錦方織〔三五〕。好丹非素〔三六〕，點白爲黑〔三七〕。遭時不知，非予有慼〔三八〕。既先忌於絳、灌〔三九〕，遂不容於欒、郤〔四〇〕。

竟陵山水〔四一〕，鍾離控扼〔四二〕。名貴隼旟，時瞻熊軾〔四三〕。人以功遷，吾由謗得。其明若神〔四四〕，其惠如春〔四五〕。先除黠吏〔四六〕，且活疲民〔四七〕。汙萊盡闢〔四八〕，邑室重新。草祥木瑞〔四九〕，獸去鳥馴〔五〇〕。方候徵還〔五一〕，俄嬰美疢。積微而桓侯竟晚〔五二〕，達命而徐公待盡〔五三〕。恍恍空驚〔五四〕，遲遲未信。誰知泉路之高低，孰測夜臺之遠近〔五五〕。永惟良配，亦實女師〔五六〕。庶姜猶效〔五七〕，君子是宜。異室無怨，同穴有期〔五八〕。河魴著詠，皎日裁詩〔五九〕。嗚呼哀哉！

龜筮協從，日時斯卜。將去荒郊〔六〇〕，言辭華屋〔六一〕。草樹縈帶，川原迴複。白髮孤弟，臨棺慟哭。失慈撫於終身，宛聲容之在目。心摧則冰炭交集〔六二〕，血下而綆縻相續〔六三〕。萬古永訣，百身何贖〔六四〕？酒滿未御，肴乾未臨。已矣伯氏，來慰哀心。

【校注】

〔一〕本篇原載《文苑英華》卷九九二第三頁、清編《全唐文》卷七八一第二一頁、《樊南文集詳注》卷六。題内「濠」字，《全文》作「亳」，據《英華》改。徐本亦誤作「亳」。〔馮箋〕此李君是以宗正卿出使外夷，歸而貶郡者也。檢《舊書・紀》及《吐蕃》《迴紇傳》，會昌、大中兩朝，李姓奉使者頗多，官職、事蹟皆不類。惟大中五年十二月書盜斫景陵神門戟，京兆尹韋博罰兩月俸，貶宗正卿李文舉睦州刺史，陵令吴閲岳州司馬，奉衣令裴讓隋州司馬。《册府元龜》明罰類所載同。《舊》《新書・志》云：「諸陵署，令一人，掌山陵守衛。」景陵在奉先縣，是則李文舉等被貶由此。而其先文舉曾奉使出塞，《紀》文失書，《舊書・宣紀》史臣自言簡籍遺落也。文中隱其被貶之實，而叙其奉使歸來，轉遭忌謗。余初疑其與《紀》文「十一年十月，入迴鶻册禮使，衛尉少卿王端章出塞，黑車子路阻而迴，貶賀州司馬」者同例，殊疏誤矣。此所祭者爲李文舉無疑也。蓋先刺睦，繼刺濠而卒。又云「方候徵還」，則刺濠已久。文爲義山東川歸後所作明矣。（按：馮譜繫大中十一年。）〔張箋〕《舊・紀》及《吐蕃》《迴紇傳》，李姓出使者頗多，馮氏妄以李文舉當之。考李文舉祇見《舊書・宣紀》，云（略），其前之奉使及後之徙濠皆無考。乃馮氏不徵史文，憑虚臆决，輒改文中「竟陵山水」爲「嚴陵」，以證實其爲睦州，尤武斷矣。何年所作，無從懸測。（按：張箋置不編年文中。）〔按〕張氏駁馮説甚是，然對李兵曹之兄究爲何人及此文作年則未加考證。今據有關材料考知李兵曹之兄爲李從簡。《新唐書・宗室世系表・讓皇帝房》載：

「濠、復等州刺史從簡。」《冊府元龜・外臣部・通好》（卷九八〇）載：「（大和九年）十一月，以宗正少卿李從簡守本官、兼御史中丞，持節，充入吐蕃答賀正使，仍賜紫金魚袋。」又：《奉使部・失指》（卷六六四）：「李從簡，文宗開成初爲左金吾衛將軍、兼御史中丞，將命虜廷，不能專對，貶復州刺史。」以上材料與本文所述諸項盡皆相合。　一、《表》列從簡「讓皇帝房」下，文云：「天枝挺秀，帝系傳芳。」二、《元龜》謂從簡爲「左金吾衛將軍」，文云：「始備千牛，俄仕諸衛。」三、《元龜》謂從簡「以宗正少卿守本官、兼御史中丞，持節……仍賜紫金魚袋」，文云：「漢有宗正，委之親賢……外夷求騁，天子憂邊。《皇華》始賦，紫綬俄懸。雄其出塞之任，假以中臺之權。」四、《元龜》謂從簡「將命虜廷，不能專對，貶復州刺史」，文雖隱去其遭貶之實際原因，謂其因遭讒謗而貶（「蒼蠅難祛，貝錦方織。好丹非素，點白爲黑。」），然在使歸遭貶此一基本情節上則一致。五、《表》載從簡任「濠、復等州刺史」，《元龜》云「貶復州刺史」，文云：「竟陵山水，鍾離控扼。」竟陵指復州（竟陵郡），鍾離指濠州（鍾離郡）。二者對照，可以顯見從簡自吐蕃奉使歸，乃先貶復州，後移濠州（《表》「濠、復等州刺史」，濠、復之順序應對調）。馮氏在毫無其他證據之情況下竟臆改「竟陵」爲「嚴陵」，以就其李文舉貶睦州之誤説，張氏斥之爲「武斷」，誠不爲過。以上對照，足以證明祭文中之「濠州刺史」即爲李從簡。檢《唐會要・吐蕃》載：「（開成）二年，遣使論監通來朝。先是宗正少卿、兼御史中丞李從簡入蕃。其年五月，至自蕃中，進國信……詔以其信物頒賜宰臣已下。」據此，從簡亦應於開成二年五月同期到達長安。其貶復州，當在開成二年五月以後。如刺復州時間在一年以上，遷濠州刺史當在開成四年左右。文中叙其在濠州治績，又云「方候徵還，俄嬰美疢」，可推知其刺濠時間必不甚短。其俟朝廷徵還，既與其外貶已歷時較長有關，亦可能與文宗卒武宗立，朝廷人事變化有關。據此可大致推斷李從簡約卒於開成五年武宗繼位之後。而葬祭之事，則當更晚，約會昌元年。

〔二〕「年月日」三字《全文》脱，據《英華》補。

〔三〕〔馮注〕《左傳》：聲子曰：「如杞梓皮革，自楚往也。惟楚有材，晉實用之。」

〔四〕價，《英華》注：集作「位」。〔馮注〕《詩》：如圭如璋。〔徐注〕《禮記》：圭璋特達，德也。

〔五〕〔徐注〕《南史·王僧孺傳》：任昉贈詩曰：「敬之重之，如蘭如芷。」曹植《七啓》：酷烈馨香。

〔六〕剉，《英華》作「挫」，字通。〔徐注〕《吴越春秋》：干將者，吴人造劍二枚，一曰干將，二曰莫邪。庾信《神道碑》：鎮北鋒鋩。

〔七〕〔徐注〕《通典》：千牛，刀名。後魏有千牛備身，掌執御刀，因以名職。顯慶五年，置左右千牛府，後改爲衛。置大將軍一人，將軍各一人以副之。〔馮注〕《舊書·職官志》：千牛備身左右，正六品下階。諸衛已上，王公已下高品子孫起家爲之。按：諸衛，如左右衛、左右驍之類，共十六。杜牧集有《原十六衛》。詳《舊》《新書·志》。

〔八〕起，《英華》作「超」。

〔九〕〔馮注〕孔融《論盛孝章書》：燕君市駿馬之骨，非欲以騁道里，乃當以招絶足也。〔補注〕絶足，奔馳神速之駿馬，千里馬。

〔一〇〕〔馮注〕爲太僕寺之屬。《書·冏命》：正于群僕侍御之臣。

〔一一〕〔徐注〕謝朓《哀策》：背神京之弘敞。〔補注〕謂爲京兆府掾曹。

〔一二〕〔馮注〕二宅，謂鎬京、洛邑也。《洛誥》「公既定宅」，《畢命》「申畫郊圻」，成周之邑事也。

〔一三〕〔馮注〕《舊書·職官志》：京兆、河南、太原府，有功、倉、户、兵、法、士等六曹參軍事各二人。此蓋爲東都尹兵曹參軍。〔按〕當是河南府兵曹參軍。

〔一四〕〔馮注〕《爾雅》：山大而高，崧。注曰：今中嶽嵩高山依此名。戴延之《西征記》：東謂太室，西謂少室，嵩其總名也。潘岳《懷舊賦》：前瞻太室，旁眺嵩丘。

〔一五〕〔馮注〕《宋書·謝靈運傳》：文章之美，江左莫逮。又曰：每一詩至，都邑貴賤，莫不競寫。鍾嶸《詩品》：謝靈運生於會稽，旬日而幼度亡。其家以子孫難得，送靈運於錢塘杜明師養之，十五方還都，故名客兒。謝客爲元嘉之雄，顔延年爲輔。

〔一六〕〔徐注〕《漢書·藝文志》：賈誼賦七篇。

〔一七〕〔徐注〕《帝王世紀》：堯時厨中自生肉脯，薄如翣，摇則風生，使食物寒而不臭，名曰翣脯。〔馮注〕《瑞應圖》：萐莆，一名倚扇，一名實閻，一名倚箑，如蓮，枝多葉少，根如絲，轉而風生。主飲食清涼，驅殺蟲蠅。堯時，生於厨，冬死夏生。又舜時，生於厨右階左。

〔一八〕曾，《英華》作「仍」。湯膳，見《爲中丞滎陽公赴桂州長樂驛謝敕設饌狀》「饌分殷鼎」注。〔馮

注〕（二句）謂遷光禄寺官。

〔一九〕列，《英華》注：集作「字」。〔徐注〕王粲詩：晝日處大朝，日暮薄言歸。《吴志·吕蒙傳》：蒙疾發，權時在公安，迎置内殿。

〔二〇〕銀龜，見《祭桂州城隍神祝文》「賜紫金魚袋」注。〔補注〕銀龜，龜形銀印。《漢官儀》：王公侯金印，二千石銀印，皆龜紐。蒨粲，鮮明貌。

〔二一〕〔馮注〕《漢書·百官公卿表》：宗正，秦官，掌親屬。

〔二二〕〔馮注〕宗正必以宗室爲之。〔徐注〕《漢書》：劉德字路叔，爲宗正，與立宣帝。地節中，以親親行謹厚封爲陽武侯。〔補注〕《新唐書·百官志》：「宗正寺，卿一人，從三品；少卿二人，從四品上；丞二人，從六品上。掌天子族親屬籍，以別昭穆。」

〔二三〕〔徐注〕《書》：卿士惟月。〔馮注〕《離騷》：恐高辛之先我。陸機《文賦》：怵他人之我先。〔補注〕貳彼惟月，謂爲（宗正寺）少卿也。

〔二四〕求，《英華》注：集作「永」，非。〔補注〕求騁，求恣肆放縱，求逞其肆欲。

〔二五〕〔徐注〕《詩序》：《皇皇者華》，君遣使臣也。

〔二六〕〔馮注〕《舊書·輿服志》：三品紫綬。《職官志》：御史大夫，正三品。按：凡出使皆假御史大夫或中丞之號。此則大夫也。〔按〕李從簡係兼御史中丞，非大夫，見上引《元龜》九八〇及六六四。御史中丞正四品，而此言「紫綬」，未知孰誤。

〔二七〕〔徐注〕《漢書·匈奴傳》：凡五將軍兵十餘萬騎，出塞各二千餘里。〔補注〕中臺，内臺，此指御史臺。假以中臺之權，指兼御史中丞。

〔二八〕〔馮注〕《後漢書·鄭衆傳》：衆爲越騎司馬，顯宗遣衆持節使匈奴。衆至北庭，虜欲令拜，衆不爲屈。單于大怒，圍守閉之，不與水火。衆拔刀自誓，單于恐而止，乃更發使隨衆還京師。其後帝見匈奴來者，問衆與單于争禮之狀，皆言匈奴中傳衆意氣壯勇，雖蘇武不過。〔徐注〕《漢書·蘇武傳》：武引佩刀自刺，武氣絶半日復息，單于愈益欲降之，迺幽武置大窖中，絶不飲食。天雨雪，武卧齧雪，與旃毛并咽之，數日不死。〔按〕此用鄭衆不拜單于，意氣壯勇無慚於蘇武事。非用蘇武事。

〔二九〕類，《英華》注：集作「疑」。〔徐注〕《漢書·匈奴傳》：漢使王烏等闚匈奴。匈奴法，漢使不去節，不以墨黥其面，不得入穹廬。王烏，北地人，習胡俗，去其節，黥面入廬，單于愛之。「王烏」，此作「王焉」。按：《藝文類聚》引「漢使王焉等窺匈奴」，足證今本《漢書》之誤。〔馮按〕《藝文類聚》實作「焉」，但《史記》亦作「烏」，《太平御覽》引之亦作「烏」，未定孰是也。文乃用韻，故當作「焉」。

〔三〇〕〔馮注〕《後漢書·獨行傳》：温序爲隗囂别將苟宇所拘劫。宇曰：「此義士死節，可賜以劍。」序受劍，銜鬚於口，顧左右曰：「既爲賊所迫殺，無令鬚污土。」遂伏劍而死。

〔三一〕〔馮注〕《漢書·蘇武傳》：武使匈奴。單于壯其節，愈益欲降之，迺幽武置大窖中，絶不飲食。

天雨雪，武臥齧雪，與旃毛并咽之，數日不死。匈奴以爲神。

〔三二〕返，《英華》作「還」。

〔三三〕〔徐注〕李陵《答蘇武書》：聞子之歸，賜不過二百萬，位不過典屬國。〔補注〕典屬國，掌民族交往事務之官。秦始置，西漢沿置，後併入大鴻臚。見《漢書·百官公卿表上》。

〔三四〕袪，《英華》作「備」，注：集作「袪」。〔馮注〕《詩》：營營青蠅，止于樊。箋曰：蠅之爲蟲，汙白使黑，汙黑使白。喻佞人變亂善惡也。〔徐注〕曹植詩：蒼蠅間白黑，讒巧令親疏。

〔三五〕〔徐注〕《詩》：萋兮斐兮，成是貝錦。〔馮注〕毛傳曰：萋菲，文章相錯也。讒人集作己過以成於罪，猶女工之集采色以成錦文。

〔三六〕〔徐注〕江淹《雜體詩序》：至於世之諸賢，各滯所迷，莫不論甘而忌辛，好丹而非素。

〔三七〕爲，《英華》注：集作「成」。

〔三八〕感，《英華》作「惑」。〔馮注〕《詩》：自詒伊戚。按：意取「西征艽野」。〔按〕《詩·小雅·小明》：「明明上天，照臨下土。我征徂西，至于艽野。」又云：「心之憂矣，自詒伊戚。」《詩序》云：「《小明》，大夫悔仕於亂世也。」

〔三九〕先忌，《全文》作「失志」，據《英華》改。見《爲絳郡公祭宣武王尚書文》「賈生草疏，豈畏人非」注。〔補注〕絳，絳侯周勃；灌，潁陰侯灌嬰。二人佐漢高祖劉邦定天下，建功封侯。均起自布衣，鄙樸無文，曾讒毀賈誼、陳平。

〔四〇〕〔徐注〕《左傳·宣公十五年》:晉三郤害伯宗,譖而殺之。初,伯宗每朝,其妻必戒之曰:「子好直言,必及於難。」又《成公八年》:晉趙莊姬爲趙嬰之亡故,譖之於晉侯,曰:「原、屏將爲亂。」欒、郤爲徵。六月,晉討趙同、趙括。

〔四一〕竟,《英華》《全文》均同,馮注本臆改爲「嚴」。〔徐注〕《舊書·地理志》:復州竟陵郡,上,本沔陽郡,治竟陵。貞觀七年,徙治沔陽。天寶元年更名,寶應二年復故。〔馮注〕按《英華》作「竟陵」,徐刊本從之,然必「嚴陵」也。睦州新安郡有新安江、嚴陵山諸勝,清麗奇絶,古所稱富春山水,方與《紀》文合(按:指《舊書·宣宗紀》大中五年李文舉貶睦州刺史事),故竟改定。〔按〕馮校臆改,詳注〔一〕按語。

〔四二〕〔徐注〕《(舊書)·地理志》:濠州鍾離郡,上。「濠」字初作「豪」,元和三年改從「濠」。〔馮注〕《十道志》:濠州,春秋時爲鍾離子國。按:鍾離要地,故曰「控扼」。

〔四三〕見《爲濮陽公陳情表》「隼旟楚峽」「熊軾郢城」之隼旟、熊軾注。

〔四四〕〔徐注〕《漢書·黄霸傳》:霸爲潁川太守,吏民不知所出,咸稱神明。

〔四五〕〔徐注〕曹植《七啓》:民望如草,我惠如春。

〔四六〕〔徐注〕《漢書·尹翁歸傳》:拜東海太守,輒披籍。縣縣收取黠吏豪民,案致其罪。

〔四七〕〔徐注〕王融《策秀才文》:豈布政未優,將疲民難業。

〔四八〕〔徐注〕《詩》:田卒汙萊。〔補注〕汙萊,荒地。

〔四九〕〔徐注〕《後漢書·何敞傳》：京師及四方，果有奇異鳥獸草木，言事者以爲祥瑞。

〔五〇〕〔馮注〕獸去，即「虎去」。見《爲裴懿無私祭薛郎中衮文》「虎去江静」注。《後漢書·魯恭傳》：拜中牟令，專以德化。螟傷稼，緣界不入中牟。河南尹袁安使掾肥親往廉之。恭隨行阡陌，俱坐桑下，有雉過，止其旁。旁有童兒，親曰：「何不捕之？」兒言：「雉方將雛。」親曰：「蟲不犯境，一異也；化及鳥獸，二異也；豎子有仁心，三異也。」鳥馴，即用此馴雉。

〔五一〕候，《英華》作「俟」。

〔五二〕見《爲裴懿無私祭薛郎中衮文》「傅於骨髓」注。

〔五三〕〔徐注〕《晉書·魏舒傳》：識者以此稱其達命。《南史·徐廣傳》：武帝受禪，恭帝遜位。廣又涕泗交流。謝晦謂曰：「徐公將無小過。」廣言：「墳墓在晉陵丹徒，又生長京口，息道玄忝宰此邑，乞隨之官，歸終桑梓。」年過八十，猶歲誦五經一遍，元嘉二年卒。〔馮注〕二句頂「美疢」。徐公事未詳，其意言安命待終，不求療治也。《南史》：徐勉以疾解中書令，其戒子書云：「庶居常以待終，不宜復勞家間細務。」與此尚不細符。舊引《南史》「宋武帝受禪，恭帝遜位，徐廣哀感涕泗……」，或用此也，俟再考。〔按〕徐勉戒子書有「居常以待終」字，當用此。

〔五四〕〔徐注〕司馬相如《長門賦》：神怳怳而外淫。善曰：王逸《楚辭注》：「怳，失意也。」

〔五五〕〔徐注〕阮瑀《七哀詩》：冥冥九泉室，漫漫長夜臺。

〔五六〕見《祭韓氏老姑文》「既作女師」注。

〔五七〕猶，《全文》作「尤」，據《英華》改。〔馮注〕《詩》：庶姜孽孽。〔補注〕庶姜，姜姓衆女，齊國陪嫁送嫁之姜姓衆女。此指同宗衆女。

〔五八〕〔徐注〕《詩》：穀則異室，死則同穴。

〔五九〕〔徐注〕《詩》：豈其食魚，必河之魴？又：謂予不信，有如皎日。〔馮曰〕此其晚年繼娶者歟？〔補注〕《詩·陳風·衡門》：「豈其食魚，必河之魴？豈其取妻，必齊之姜？」此蓋以齊姜指從簡之妻，謂其爲名門大姓之女也。馮注非。

〔六〇〕荒，《英華》作「芳」。〔徐注〕陶潛《挽歌》：送我出遠郊。

〔六一〕〔徐注〕曹植詩：生存華屋處，零落歸山丘。

〔六二〕〔徐注〕郭象《莊子注》：喜懼交集於胸中，固已結冰炭於五臟矣。

〔六三〕〔徐注〕王粲詩：涕下如綆縻。

〔六四〕〔補注〕《詩·秦風·黄鳥》：「彼蒼者天，殲我良人。如可贖兮，人百其身！」

## 爲鹽州刺史奏舉李孚判官狀〔一〕

某官李孚〔二〕

右件官克生公族〔三〕，早履宦途。器實幹時〔四〕，辯能專對〔五〕。加之夙明韜略〔六〕，久逐旃旆〔七〕。頃爲知己〔八〕，屈從吏議〔九〕。許文休之流浪，萬里非賒〔一〇〕；王仲宣之播遷，三年未遇〔一一〕。儉而不慙〔一二〕，困且能通〔一三〕。雖何恤于無家〔一四〕，良可悲其絶籍〔一五〕。去歲以維新之命，大洽鴻私〔一六〕，亦既旋還，合從叙用。開成五年十一月十三日吏曹已注右威衛倉曹參軍〔一七〕，授官未謝，又蒙挾名除替〔一八〕。初云牽復〔一九〕，仍迫屢空〔二〇〕。京口劉生，方思鵝炙〔二一〕；洛陽蘇子，已弊貂裘〔二二〕。方今崇帝堯敦厚之恩〔二三〕，推魏文榮樂之旨〔二四〕，豈令棄良材于散地，化王孫爲旅人〔二五〕？

臣素乏器能，叨膺任使。控緑池之要地，守清澤之堅城〔二六〕。將以宣布威靈〔二七〕，彈壓氛祲〔二八〕。苟咨謀失所，佐理非材，豈惟衂此軍聲〔二九〕，兼且傷于朝寄〔三〇〕。臣深自計，孚實當仁。況又得於諸宗，且兼通舊〔三一〕。諸葛均有因依之分〔三二〕，龐士元多鑒裁之恩〔三三〕。是故輒黷宸階〔三四〕，乞榮賓席，使得盡其風力〔三五〕，佐彼邊陲。錐處平原之囊，必將脱穎〔三六〕；劍拭華陰之土，麤雪幽沉〔三七〕。伏請依資賜授一官〔三八〕，充臣防禦判官。干冒宸旒〔三九〕，無任戰越。

【校注】

〔一〕本篇原載《文苑英華》卷六三九第四頁、清編《全唐文》卷七七三第七頁、《樊南文集詳注》卷二。

〔徐注〕《新書・地理志》：關内道鹽州五原郡，都督府。貞元三年没吐蕃，九年復城之。縣二：五原、白池。案：鹽州廢城在今陝西寧夏衛花馬池所北。〔馮注〕《舊書・志》：鹽州鹽川郡屬關内道，在京師西北一千一百里。《舊書・紀》：貞元三年，鹽州城爲吐蕃所毁，自是塞外無保障。九年二月詔復築之。既成之後，邊患息焉。按：《舊書・吐蕃傳》：元和、長慶間，圍鹽州，刺史李文悦擊退之。而《紀》文又書：「寶曆元年，右金吾將軍李文悦爲豐州刺史、天德軍防禦使。大和二年爲靈武節度使。六年爲兖海沂密節度使。」余初疑此題之人即李文悦，然狀乃會昌初所上，則斷非也。後《爲李郎中祭舅竇端州文》云：「玗剖郡符，塞遠城迥。」與刺鹽州合，似當爲李玗。惜無他文可互證（馮譜繫會昌元年）。〔張箋〕案文云：「去歲以維新之命，大洽鴻私。」又有「開成五年十一月十三日吏曹已注右威衛倉曹參軍」語，是會昌元年作。惟鹽州刺史，不詳何人。馮氏疑即……李玗，亦無顯證。〔按〕狀作於會昌元年無疑。馮氏據《爲李郎中祭舅竇端州文》謂此鹽州刺史即李玗，似可從。

〔二〕〔徐箋〕案狀云：「克生公族。」又云：「悲其絶籍。」又云：「亦既旋還。」又云：「得於諸宗。」蓋宗室之子，以法謫遠州而遇赦得還者。其事迹於史無可考。〔馮箋〕按有「辨能專對」語，當是曾隨人使外夷者。是時因出使而獲罪者頻見史書，詳《爲李兵曹祭兄濠州刺史文》。〔按〕《新唐書・宰相世系表二上》有李孚，爲吏部侍郎李彭年之子，李收之弟，世系不相及，當非此李孚。

〔三〕〔徐注〕《詩》：振振公族。〔補注〕公族，君主之同族。

〔四〕〔徐注〕《蜀志》：龐士元曰：「立功立事，于時之幹。」〔馮注〕《魏志·徐邈傳》：有鑒識器幹。字屢見。〔補注〕幹時，用世。潘岳《西征賦》：「思夫人之政術，實幹時之良具。」

〔五〕〔補注〕《論語·子路》：「誦《詩》三百，授之以政，不達；使於四方，不能專對；雖多，亦奚以爲？」專對，謂任使節時獨自隨機應答。

〔六〕〔徐注〕《後漢書》注：太公書名《六韜》。《黄石公記序》：黄石者，神人也，有《上略》《中略》《下略》。《北史·孫騰等傳論》曰：戰將兵權，暗同韜略。〔馮注〕《隋書·經籍志》：太公《六韜》五卷。又《黄石三略》三卷。注曰：下邳神人撰。

〔七〕〔徐注〕《周禮》：司常，掌九旗之物。通帛爲旃，雜帛爲物，全羽爲旞，析羽爲旌。〔補注〕久逐旌旃，謂久參戎幕。

〔八〕知己，《英華》作「己知」。〔徐注〕《晏子春秋》：越石父曰：「士者申乎知己。」〔馮注〕張衡《思玄賦》：恃己知而華予兮。按：「己知」當指正使也，舉以爲副，及歸而同得罪。

〔九〕〔徐注〕司馬遷書：因爲誣上，卒從吏議。〔馮注〕《史記·李斯傳》：臣聞吏議逐客。〔補注〕吏議，指司法官吏關於處分定罪之擬議。

〔一〇〕文休，《英華》作「休文」，非。〔徐注〕《蜀志》：許靖字文休，汝南平輿人。董卓秉政，會稽太守王朗與靖有舊，往保焉。孫策東渡江，走交州以避其難，與曹公書曰：「知足下西迎大駕，巡省中嶽，承此休問，且悲且喜。」〔按〕互詳《爲李郎中祭舅竇端州文》「許靖他鄉，有名無禄」注。

〔一一〕〔徐注〕《魏志》：王粲字仲宣，山陽高平人。獻帝西遷，粲從至長安。以西京擾亂，乃至荆州依劉表。〔按〕《三國志·魏志·王粲傳》：「表以粲貌寢而體弱通侻，不甚重也。」三年未遇，或用此。

〔一二〕儉，《英華》作「險」，非。〔補注〕儉而不懟，謂雖處貧儉而能無怨。

〔一三〕〔徐注〕《晉書·管寧傳》：太僕陶丘一等薦寧曰：「困而能通，遭難必濟。」〔補注〕《易·困》：「《困》，亨。」王弼注：「困必通也。處窮而不能自通者，小人也。」《易·繫辭下》：「困窮而通。」注：「處窮而不屈其道也。」

〔一四〕〔徐注〕《左傳》：諺曰：「心苟無瑕，何恤乎無家？」

〔一五〕〔徐注〕謂絶其宗室之屬籍。〔馮注〕是門籍之籍。既不爲官，則無由通籍矣。徐氏以爲絶其宗室之屬籍，是必罪大而後絶之，尚可登之薦剡哉！後有「絶籍金閨」句可證。〔按〕馮解是。

〔一六〕〔馮注〕開成五年正月，武宗即位，大赦，所謂「維新之命」也。下文「開成五年」，即此「去歲」。蓋春時從流所釋放，冬乃注擬也。〔補注〕鴻私，鴻恩。洽，周遍。

〔一七〕〔補注〕《新唐書·百官志四上》：十六衛，有左右威衛，「倉曹參軍事各二人，正八品下，掌五府文官勳考、假使、禄俸、公廨、田園、食料、醫藥、過所」。

〔一八〕〔補注〕除替，卸任、免官。

〔一九〕〔馮注〕《易》：牽復，吉。〔補注〕牽復，本指牽引回復正道，此指復官。杜牧《張直方貶恩州司户制》：「俟其拉拭舊痕，湔洗舊過，必欲牽復，用存始終。」何良俊《四友齋叢説》卷八：「嘗觀唐時詔令，凡即位改元之詔，其先朝貶竄諸臣即與量移。量移後方纔牽復，牽復後方始收叙。」

〔二〇〕〔補注〕《論語·先進》：「回也其庶乎！屢空。」屢空，經常貧困、貧窮無財。

〔二一〕〔馮注〕《晉書·劉毅傳》：初，江州刺史庾悦，隆安中曾至京口。毅時甚屯蹇，先就府借東堂與親故出射，而悦後與僚佐徑來詣堂。毅告之曰：「望以今日見讓。」悦不許，射者皆散，惟毅留射如故。既而悦食鵝，毅求其餘，悦又不答。

〔二二〕〔徐注〕《史記》：蘇秦字季子，東周洛陽人。説秦不用，黑貂之裘弊。〔馮注〕《戰國策》：蘇秦説秦王不行，黑貂之裘弊。

〔二三〕帝，《英華》作「唐」，注：集作「帝」。〔徐注〕《書·堯典》：以親九族，九族既睦。

〔二四〕榮樂，《英華》作「光榮」，注：集作「榮樂」。〔徐注〕《魏志·文帝紀》：延康元年秋七月甲午，軍次於譙，大饗六軍及譙父老百姓於邑東。注：《魏書》曰：「設伎樂百戲，令曰：『先王皆樂其所生，禮不忘其本。譙，霸王之邦，真人本出。其復譙租稅二年。』三老吏民上壽，日夕而罷。」〔按〕詳後《太尉衛公會昌一品集序》「弘魏文榮樂諸弟之志」句馮注。此「榮樂」用爲敦睦親族之義。

〔二五〕爲，《英華》一作「於」，非。

〔二六〕〔徐注〕緑池、清澤，當在鹽州。案《新書·食貨志》：鹽州五原有烏池、白池、瓦池、細項池。

《史記正義》云：鹽州有烏池，猶出三色鹽，有井鹽、畦鹽、花鹽。此所謂「緑池」「清澤」者，疑即其類。或云「清」當作「青」。《漢書·地理志》：朔方郡朔方縣有青鹽澤，在南。是也。緑池，蓋烏池之别名耳。〔馮注〕按《玉海》引《史記正義》云：河東鹽池是畦鹽。緣黄河鹽池有八九所，而鹽州有烏池，猶出三色鹽，有井鹽、畦鹽、花鹽。又曰：西方鹹地，堅且鹹，即出石鹽及池鹽。今檢「西方鹹地」數語，見《貨殖傳》「山西食鹽鹵」句下，餘俟細檢。《元和郡縣志》：五原縣，鹽池四所，烏、白二池出鹽，瓦窑、細項並廢。鹽州以北有鹽池名白池，縣以地近白池名。州西北取烏池黑浮圖堡私路至靈州，「緑池要地」當指此。清澤即指白池，不必旁及。細項池，《寰宇記》作「嶺」，《新書·志》作「項」，《玉海》鹽法引之作「細項」，似「項」字是。

〔二七〕以，馮注本作「已」，注：似當作「以」。〔徐注〕《魏略》：王自手筆令曰：「吾前遣使宣國威靈。」

〔二八〕〔徐注〕《淮南子》：彈壓山川。《楚語》：伍舉曰：「榭不過講軍實，臺不過望氛祥。」《周禮·春官》：眡祲掌十煇之法，以觀妖祥、辨吉凶：一曰祲，二曰象，三曰鑴，四曰監，五曰闇，六曰瞢，七曰彌，八曰叙，九曰隮，十曰想。注：祲，陰陽氣相侵也。案：氛祲喻邊塵。《左傳》：楚氛甚惡。

〔二九〕屻，徐注本、馮注本作「失」，誤。〔馮校〕「失」字《英華》脱去，徐刊本補，再校。〔按〕殘宋本《英華》及《全文》均正作「屻」。屻者，挫傷也。左思《吴都賦》：「莫不屻鋭挫芒，拉捭摧藏。」李善

注：「屻，折傷也。」

〔三〇〕〔徐注〕《晉書・宗室傳論》曰：仍荷朝寄。

〔三一〕〔補注〕通舊，故舊世交。

〔三二〕〔馮注〕《蜀志・諸葛亮傳》：亮早孤，從父玄爲袁術所署豫章太守。玄將亮及亮弟均之官。會漢朝更選朱皓代玄，玄素與荆州牧劉表有舊，往依之。

〔三三〕〔馮注〕《蜀志》：龐統字士元，郡命爲功曹，性好人倫，勤於長養。每所稱述，多過其才。

〔三四〕故，《全文》《英華》均作「敢」，據徐、馮注本改。

〔三五〕〔補注〕風力，氣概魄力。《宋書・孔覬傳》：「覬少骨梗有風力，以是非爲己任。」

〔三六〕脱穎，《英華》作「穎脱」。〔馮注〕《史記》：平原君謂毛遂曰：「賢士之處世也，譬若錐之處囊中，其末立見。」遂曰：「臣乃今日請處囊中耳，使遂蚤得處囊中，乃穎脱而出，非特其末見而已。」

〔三七〕〔馮注〕《晉書・張華傳》：斗、牛之間，常有紫氣。華補雷焕豐城令。到縣，掘獄屋基，得雙劍，使送一劍與華。華以華陰土一斤致焕，焕以拭劍，倍益精明。

〔三八〕伏，《全文》脱，據《英華》補。

〔三九〕宸，《英華》作「冕」。

# 爲汝南公以妖星見賀德音表〔一〕

臣某言:臣伏奉某月日德音〔二〕,以妖星謫見〔三〕,思答天戒者。臣當時集軍州官吏,丁寧宣示訖。仁深覆載〔四〕,恩極照臨〔五〕,究祖宗之令圖〔六〕,極皇王之盛事〔七〕。圓首方足〔八〕,罔不欣慶。臣某中賀。

臣聞覆載莫大於天地,而升降之氣或不接〔九〕;照臨莫大于日月,而薄蝕之度或有差〔一〇〕。豈惟休咎之徵〔一一〕,自是陰陽之事〔一二〕。旋觀彗孛〔一三〕,載考策書〔一四〕,雖欲爲灾,曷嘗勝德〔一五〕?伏惟皇帝陛下,荆枝載茂〔一六〕,棣蕚重輝〔一七〕。既居正以體元〔一八〕,亦觀文而察變〔一九〕。仰觀星彩,稍越天常〔二〇〕。於是深軫皇情,重迴宸眷〔二一〕。省躬之懼,洞感于幽明;及物之恩,畢霑于華夏。戒田游則成湯祝網之意〔二二〕,釋冤滯乃大禹泣辜之慈〔二三〕。罷去修營,惜漢氏十家之産〔二四〕;勸課耘耔〔二五〕,復周邦九歲之儲〔二六〕。德已厚矣,仁已極矣。然猶避寢自責〔二七〕,撤膳貽憂〔二八〕。以此延休,何休不至?以兹備患,何患能爲?足以高步三王,平窺百古,鞭撻守成之主〔二九〕,秕糠中代之君〔三〇〕。

抑臣又聞之,昔貞觀之理也,太宗文皇帝呑蝗而灾沴息〔三一〕;泰岱之封也,玄宗明皇帝露坐而風雨消〔三二〕。炯戒猶存〔三三〕，神靈未遠〔三四〕。陛下永懷貽厥〔三五〕，有切欽承〔三六〕，爲其所不爲，至其所不至。佇見地泉流醴〔三七〕，天酒凝甘〔三八〕，人知朱草之祥〔三九〕，家識白麟之瑞〔四〇〕，又豈芒角足懼〔四一〕，晷度可憂者哉〔四二〕！

臣素乏器能〔四三〕，謬當任使〔四四〕。東雍西岳〔四五〕，雖首化于百城〔四六〕；日遠天高〔四七〕，但心存于雙闕〔四八〕。聽金石而慚殊舞獸〔四九〕，無羽翼而恨異冥鴻〔五〇〕。唯當虔奉詔條〔五一〕，頒宣德澤，成陛下無偏之道〔五二〕，畢微臣盡瘁之勤〔五三〕。所冀不寘簡書〔五四〕，免拘司敗〔五五〕。如其禮樂，非臣所能。無任感恩戀闕，懇悃屏營之至〔五六〕。

**【校注】**

〔一〕本篇原載《文苑英華》卷五六〇第八頁、清編《全唐文》卷七七一第一一頁、《樊南文集詳注》卷一。〔徐箋〕《舊書·武宗紀》：會昌元年十一月丁酉朔，壬寅夜，大星東北流，其光燭地，有聲如雷，山崩石隕。其彗起于室，凡五十六日而滅。《新書·武宗紀》：會昌元年十一月壬寅，有彗星出於營室。辛亥，避正殿，減膳，理囚，罷興作。《天文志》：十一月壬寅，有彗星于北落師門，在營室，入紫宫。十二月辛卯不見，并州分也（此句係據馮注補）。徐堅《初學記》：妖星曰孛星、彗星。《玉海》：大赦者不以罪大小皆原。其或某處有灾，或車駕行幸，則曰赦某郡已下，謂之曲赦。復有遞減其罪，謂之德音者，比曲赦則恩及天下，比大赦則罪不盡除。案《漢書·天文志》：「天鼓，有音如雷非雷，音在地而下及地，其所住者，兵發其下。天狗，狀如大流星，有聲，其下止地，類狗。所墜及，望之如火光炎炎中天，千里破軍殺將。」《舊書》所謂「大星東北流，其光燭地，有聲如雷」者，蓋即天狗之類。〔按〕據《新書·武宗紀》：會昌元年「十一月壬寅，有彗星出於營室。辛亥，避正殿，減膳，理囚，罷興作」。壬寅爲是月初六，辛亥爲十五。《英華》卷四四一《會昌元年彗星見避正殿德音》篇末注「十一月十五日」，與《新書》所載正合。表中已提及「避寢」「撤膳」，當是辛亥日後所上。此表代華州刺史周墀作，華州與長安相去一百八十里，文書當日或次日即可達。故表當上於會昌元年十一月十六七日。

〔二〕〔馮注〕德音載《文苑英華》，注曰：十一月十五日。

〔三〕〔馮注〕《禮記·昏義》：適見於天，日爲之食。鄭氏注曰：適之言責也。〔補注〕謫見，謂異常之天象係上天對人之責罰，出現灾變之朕兆。

〔四〕〔補注〕覆載，指天地。《禮記·中庸》：「天之所覆，地之所載，日月所照，霜露所隊，凡有血氣者，莫不尊親。」

〔五〕〔補注〕照臨，指日月，參上注。

〔六〕〔徐注〕《左傳》：女叔齊曰：「令圖，天所贊也。」〔補注〕令圖，善謀，遠大之謀略。

〔七〕〔徐注〕《詩》：皇王維辟。

〔八〕〔徐注〕《大戴禮記》：曾子曰：「天之所生上首，地之所生下首。上首之謂圓，下首之謂方。」

注：人首圓足方。《莊子》：圓臚方趾。
〔九〕升，《英華》注：集作「騰」。〔徐注〕《禮記》：天氣上升，地氣下降。
〔一〇〕〔徐注〕《漢書·天文志》：彗孛飛流，日月薄蝕。此皆陰陽之精，其本在地，而上發於天者也。
〔一一〕〔徐注〕《書·洪範》：曰休徵，曰咎徵。
〔一二〕〔徐注〕《春秋·僖公十六年》：隕石于宋，五。六鷁退飛，過宋都。《左傳》：周内史叔興曰：「是陰陽之事，非吉凶所生也。」
〔一三〕〔補注〕《後漢書·盧植傳》：「比年地震，彗孛互見。」孛，古指光芒四射之彗星。舊謂彗孛出現係灾禍或戰争之預兆。
〔一四〕〔補注〕策書，指用以記録史實之簡册。杜預《春秋經傳集解序》：「仲尼因魯史策書成文，考其真僞而志其典禮。」
〔一五〕〔馮注〕《史記·殷本紀》：帝太戊立，亳有祥桑穀共生於朝，一暮大拱，太戊懼。伊陟曰：「臣聞妖不勝德，帝之政其有闕與？帝其修德。」太戊從之，而祥桑枯死而去。
〔一六〕〔一七〕見《爲濮陽公陳許謝上表》注〔一九〕〔二〇〕。
〔一八〕〔徐注〕班固《東都賦》：體元立制，繼天而作。《春秋·隱公元年》：春，王正月。注：凡人君即位，欲其體元以居正，故不言一年一月也。〔補注〕居正體元，謂人君以天地之元氣爲本，常居正道以施政教。常指帝王即位。

〔一九〕〔徐注〕《易》：觀乎天文，以察時變。

〔二〇〕觀，《英華》作「窺」。〔徐注〕《左傳》：帥彼天常。

〔二一〕〔徐注〕沈約碑：皇情眷眷，慮深求瘼。〔補注〕軫，痛也。

〔二二〕成，《英華》注：集作「殷」。〔馮注〕《史記·殷本紀》：湯出，見野張網四面，祝曰：「自天下四方，皆入吾網。」湯曰：「嘻，盡之矣！」乃去其三面，祝曰：「欲左左，欲右右；不用命，乃入吾網。」諸侯聞之，曰：「湯德至矣，及禽獸。」

〔二三〕〔馮注〕劉向《説苑》：禹出見罪人，下車問而泣之。

〔二四〕〔徐注〕《漢書·文帝紀》：嘗欲作露臺，召匠計之，直百金，上曰：「百金，中人十家之産也。吾奉先帝宮室，常恐羞之，何以臺爲？」

〔二五〕耘耔，《英華》作「耕耘」，注：一作「耘耔」。〔補注〕《詩·小雅·甫田》：「今適南畝，或耘或耔。」耘耔，除草培土，此指從事田耕。

〔二六〕〔徐注〕《禮記》：國無九年之蓄曰不足。〔馮注〕《禮記》：三年耕必有一年之食，九年耕必有三年之食。

〔二七〕〔馮注〕謂避正殿。

〔二八〕〔馮注〕《周禮》：膳夫，掌王之膳羞。王日一舉，鼎十有二，物皆有俎，以樂侑食。天地有灾，邦有大故，則不舉。注曰：殺牲盛饌曰舉，不舉不殺牲。〔徐箋〕案《舊書·天文志》：開成二年三月，文宗召司天監朱子容問星變之由，子容曰：「彗主兵旱，或破四夷，古之占書也。然天道玄遠，惟陛下修政以抗之。」乃敕尚食今後每日御食料分爲十日。戊辰，詔天下放繫囚，撤樂減膳，避正殿。○武宗蓋循其故事。

〔二九〕〔徐注〕《魏志・武帝紀》：陳壽評曰：「太祖運籌演謀，鞭撻宇内。」

〔三〇〕〔徐注〕《莊子》：是其塵垢秕穅，將猶陶鑄堯、舜者也。

〔三一〕〔徐注〕《通鑑》：太宗掇蝗吞之，曰：「但當食朕，無害百姓。」蝗果不爲害。

〔三二〕消，《英華》作「銷」。〔徐注〕《舊書・禮儀志》：玄宗開元十三年十一月，幸泰山封禪。登山日，氣和煦。至齋次，日入後，勁風偃人，寒氣切骨。玄宗因不食，次前露立，至夜半，仰天稱：「某身有過，請即降罰；若萬人無福，亦請某爲當罪。兵馬辛苦，乞停風寒。」應時風止，山氣温暖。〔馮注〕又：行事已畢，中書令張説曰：「昨夜則息風收雨，今朝則天清日暖。」

〔三三〕〔徐注〕班固《幽通賦》：又申之以炯戒。

〔三四〕〔徐注〕《漢書・車千秋傳》：帝謂曰：「此高廟神靈，使公教我。」

〔三五〕〔徐注〕《詩》：貽厥孫謀。〔補注〕貽厥，此謂父祖訓誨。

〔三六〕〔徐注〕《書》：惟説式克欽承。〔補注〕欽承，恭敬繼承。

〔三七〕〔徐注〕《尚書中候》：帝堯即位七十載，醴泉出山。《東觀漢記》：中元二年，醴泉出於京師，飲者痼疾皆愈。〔馮注〕《禮記》：地出醴泉。

〔三八〕〔徐注〕東方朔《神異經》：西北海外有長人，日飲天酒五斗。張華注云：天酒，甘露也。孫柔之《瑞應圖》：甘露者，美露也，其凝如脂，其甘如飴，一名膏露，一名天酒。盧思道《賀甘露表》：神漿可挹，流珠九户之前；天酒自零，凝照三階之下。〔馮注〕《禮記》：天降膏露。

〔三九〕〔徐注〕《大戴禮記》：朱草日生一葉，至十五日生十五葉。十六日一葉落，終而復始。《漢書》：制曰：「上古至治，嘉禾興，朱草生。」張衡《東京賦》：豐朱草於中唐。注：《抱朴子》云：「朱草長三尺，枝葉皆赤，莖似珊瑚。」《帝王世紀》：堯時朱草生於郊。〔馮注〕《抱朴子》：朱草狀如小桑，長三四尺，刻之汁流如血，以金投之曰金漿，以玉投之名玉醲，服之長生。

〔四〇〕見《爲汝南公華州賀赦表》「赤雁白麟」注。

〔四一〕〔徐注〕《天官占》：太白者，西方金之精，角摇則兵起。《史記正義》：角，芒角也。《隋書·五行志》：國皇星，出而大，其色黄白，望之有芒角，見則兵起國多變。〔馮注〕按彗、孛之屬，皆有芒角。

〔四二〕〔徐注〕《晉書·桓温傳》：晷度自中，霜露惟均。《江逌傳》：疏曰：「陛下今以晷度之失，同之六沴。」案：晷謂日景，度謂周天之度。〔馮注〕言妖星見於躔度。不取日晷之義。〔按〕馮注是。晷，通「軌」。軌度，謂天體運行之軌道與角度。此言晷度失常。

〔四三〕〔徐注〕《漢書·東方朔傳》：武帝既招英俊，程其器能。

〔四四〕〔補注〕《禮記·中庸》：「官盛任使，所以勸大臣也。」

〔四五〕〔徐校〕「雍」疑是「華」，「岳」當作「嶽」。案：華州畿内，握方守華，故曰「首化百城」。古雍縣在州西，不得言「東雍」；華岳在州東，不得言「西岳」。若云「東華西岳」，則太華在州東，岳山在州西，於義頗協。《周禮》：「豫州鎮曰華山，雍州鎮曰嶽山。」鄭注云：「華山在華陰。嶽，吴嶽也。」《漢書·郊祀志》：「自華山以西，名山七。有華山、岳山。」《舊書·禮儀志》：「肅宗至德二年春，在鳳翔，改汧陽縣吴山爲西岳。」杜甫詩：「憶昨踰隴坂，高秋視吴嶽。東笑蓮花卑，北知崆峒薄。」蓋吴山三峰霞舉，疊秀雲天。唐時特崇其號，與太華同秩。二岳東西並峙，故表舉以爲言。務諧聲病，故不言西吴而言西岳。後人以華爲太華，嫌與下文之岳重複，遂改「東華」爲「東雍」，曾不知東西易位之爲舛也。〔馮注〕《隋書·地理志》：京兆郡鄭縣，後魏置東雍州，并華山郡，西魏改華州，後廢，有少華山。華陰縣有華山。《舊書·志》：華州，隋京兆郡之鄭縣，義寧元年置華山郡，武德元年改華州。《書》：八月西巡狩，至于西岳。按：〔東雍西岳〕四字正言華州，徐氏疑其有誤，則謬矣。〔按〕馮注是。《獻華州周大夫十三丈啓》亦云：「大夫以南陽惠化，爲東雍先聲。」「東雍」不誤。

〔四六〕〔徐注〕庾信碑：百城解印。〔馮注〕百城，見《後漢書·賈琮傳》：百城聞風，自然竦震。按：京兆府下，首以華州爲上輔。

〔四七〕見《爲安平公赴兖海在道進賀端午馬狀》注〔九〕。

〔四八〕〔徐注〕《古詩》：雙闕百餘尺。〔補注〕雙闕，皇宮前兩邊高臺上之樓觀，此借指京城。

〔四九〕〔徐注〕《書》：夔曰：「於予擊石拊石，百獸率舞。」

〔五〇〕〔徐注〕揚子《法言》：鴻飛冥冥，弋者何篡焉？

〔五一〕詔條，見《爲尚書濮陽公賀鄭相公狀》注〔五三〕。

〔五二〕〔徐注〕《書》：無偏無黨，王道蕩蕩；無黨無偏，王道平平。

〔五三〕〔徐注〕諸葛亮表：臣鞠躬盡瘁，死而後已。

〔五四〕〔徐注〕《詩》：豈不懷歸，畏此簡書。傳：簡書，戒命也。疏：古者無紙，有事書之於簡，謂之簡書。

〔五五〕〔徐注〕《左傳》：箴尹遂歸復命，而自拘于司敗。〔補注〕司敗，即司寇，掌刑獄、糾察等事。《左傳・文公十年》「歸死於司敗」杜預注：「陳、楚名司寇爲司敗。」亦借指司法機關。

〔五六〕〔徐注〕《吴語》：申胥曰：「昔楚靈王親獨行屏營傍徨於山林之中。」注：屏，步丁切。

## 爲汝南公賀彗星不見復正殿表〔一〕

臣某言：得本州進奏院狀報，今月某日夜，彗星不見，宰臣某等奉表稱賀，請御正殿、復常膳者。天道甚密〔二〕，聖心不遐〔三〕。感極而灾亦爲祥，誠至而妖寧勝德。臣某中賀。

臣聞殷湯以六事責躬，止七年之旱〔四〕；宋景以一言修德，退三舍之星〔五〕。歷代以來，咎徵常有。苟君能克己〔六〕，則禍不移人〔七〕。伏惟皇帝陛下，寅奉丕圖〔八〕，恭臨大寶〔九〕。遵符列聖〔一〇〕，酌憲前王。昨者天象之間，星文稍異〔一一〕，載深歸咎，爰用覃恩。倉箱畢復于九年〔一二〕，羅網並開其三面〔一三〕。去營繕，絶蕩心之巧〔一四〕；申冤結，除滅耳之俘〔一五〕。而又正殿不居，大庖盡減〔一六〕，精誠昭達〔一七〕，懇惻敷聞〔一八〕。芒焰遽銷，晷度如舊。況蕞爾戎羯〔一九〕，正犯疆埸〔二〇〕，載思星見之徵，恐是虜亡之兆〔二一〕。伏惟稍寬聖慮，以擁皇休，遵九廟之降祥〔二二〕，副兆人之欽屬〔二三〕。

臣又聞皇王之事天也〔二四〕，雖至理之時，不遺於憂畏〔二五〕；雖至和之氣，不忘于將迎〔二六〕。是故神農焦勞，軒帝顦悴，堯既癯瘠，舜亦胼胝〔二七〕。此四主側身于昔時〔二八〕，陛下用心于今日〔二九〕。千載符契〔三〇〕，萬方懷柔〔三一〕。臣常忝內朝〔三二〕，今居近甸〔三三〕。拱辰不及，空瞻北極之尊〔三四〕；就日無因，忽覺長安之遠〔三五〕。惟知抃蹈，莫可奮飛〔三六〕。況時及初正，禮當元會〔三七〕。華夷畢至，玉帛皆陳〔三八〕。小國行人〔三九〕，外藩下士〔四〇〕，皆得入趨鳳闕〔四一〕，仰望獸樽〔四二〕。臣獨限關河〔四三〕，坐縈符竹〔四四〕。戀既深而詞懇，慶已極而涕零。無任感恩賀聖鬱戀屏營之至。

【校注】

〔一〕本篇原載《文苑英華》卷五六一第四頁、清編《全唐文》卷七七一第一二頁、《樊南文集詳注》卷一。題内「復正殿」三字，《全文》無，據《英華》補。〔徐箋〕會昌元年十一月丁酉朔，越六日壬寅，彗見。《舊書》云：「凡五十六日而滅。」其日當爲丁酉二年正月，書丙申朔，則彗滅於二日之夜。而《新書・天文志》云：「十一月壬寅有彗，十二月辛卯不見。」計止有五十日，當爲是月之二十五。如前月小盡，則二十六日也，校《舊書》先六日，未知孰是。觀表末「時及初正，禮當元會」等語，意《新書》爲得其實。不然，彗滅於明年之二日，則正殿未復，元會之禮不行，亦何用揚厲其辭耶？〔按〕徐説是，當從《新書・天文志》所記。表當上於會昌元年十二月末。張采田《會箋》繫會昌二年正初，微誤。

〔二〕〔徐注〕《南史・劉勔傳》：勔曰：「天道密微。」

〔三〕〔徐注〕《詩》：毋金玉爾音，而有遐心。〔補注〕不遐，不遠。上句「甚密」亦密邇貼近之意。

〔四〕〔徐注〕劉恕《外紀》：湯之時大旱七年，禱於桑林之野，以六事自責，曰：「政不節與？民失職與？宫室崇與？女謁盛與？苞苴行與？讒夫昌與？」言未已而大雨。案：《荀子》《吕覽》《説苑》所言六事與此互異。〔馮注〕《荀子》：湯旱而禱曰：「政不節與？使民疾與？何以不雨，至斯極也？宫室榮與？婦謁盛與？何以不雨，至斯極也？苞苴行與？讒夫興與？何以不雨，至斯極也？」《帝王記》曰：成湯大旱七年，齋戒、剪髮、斷爪，以己爲犧牲，禱於桑林之社，以六事自責。按：「使民疾」或作「民失職」，「榮」或作「營」，或作「崇」，「婦」或作「女」，「興」或作「昌」，「七年」或作「五年」。凡《吕氏春秋》《説苑》《後漢書·鍾離意傳》各小異。

〔五〕〔馮注〕《吕氏春秋》：宋景公時，熒惑在心，召子韋問焉。子韋曰：「祻（禍）當君，可移於相。」公曰：「相所與治國家也。」曰：「可移於民。」曰：「民死，寡人將誰爲君？」曰：「可移於歲。」曰：「歲害，民饑必死。爲人君而殺其民以自活，其誰以我爲君乎？」子韋曰：「君有至德之言三，天必三賞君。今夕熒惑其徙三舍，君延年二十一歲。」是夕熒惑果徙三舍。〔徐注〕劉峻《辨命論》：宋公一言，法星三徙。〔補注〕熒惑，今稱火星。《吕氏春秋·制樂》高誘注：「熒惑，五星之一，火之精也。」三舍，指三座星宿之位置。二十八宿，一宿爲一舍。

〔六〕〔補注〕《論語·顔淵》：「克己復禮爲仁。」《漢書·王嘉傳》：「孝文皇帝欲起露臺，重百金之費，克己不作。」

〔七〕〔徐注〕《左傳》：有雲如衆赤鳥，夾日以飛三日。楚子使請諸周太史，周太史曰：「其當王身乎？若禜之，可移於令尹、司馬。」王曰：「除腹心之疾而寘諸股肱，何益？」遂弗禜。〔馮曰〕謂修德勝妖，則不足爲禍於人也。非用《左傳》（略）之事。〔按〕馮解是。

〔八〕奉，《英華》作「泰」，誤。〔補注〕寅奉，猶恭奉。丕圖，大業、宏圖。

〔九〕〔徐注〕《易》：聖人之大寶曰位。

〔一〇〕遵，《英華》作「尊」。

〔一一〕間，《英華》作「開」。稍，《英華》作「稱」。

〔一二〕箱，《英華》注：集作「請」。誤。〔徐注〕《詩》：乃求千斯倉，乃求萬斯箱。〔馮校〕箱，一作「儲」。按：《英華》作「倉箱」，而注曰：「箱，集作『請』。」今思「請」字無理，當爲「儲」字形近之訛。箋曰：年豐收入踰前也。〔按〕馮謂「箱」一作「儲」，今未見此異文。〔補注〕復，謂免除徭役或賦稅。

〔一三〕見上篇注〔三〕。

〔一四〕〔徐注〕《禮記》：毋或作爲淫巧以蕩上心。

〔一五〕〔徐注〕《漢書·王莽傳》：不暇省獄訟冤結。《易》：何校滅耳，凶。〔補注〕滅耳，割下耳朵。《左傳·僖公二十二年》「俘馘」杜注：「俘，所得囚；馘，所截耳。」孔疏：「俘者，生執囚之；馘者，殺其人截取其左耳，欲以計功也。」

〔一六〕〔徐注〕《詩》：大庖不盈。〔補注〕謂減膳。

〔一七〕〔徐注〕班彪《王命論》：精誠通於神明。

〔一八〕〔徐注〕《後漢書·蔡邕傳》：上封事曰：「前後制書，推心懇惻。」〔馮注〕是邕論齋祀中語。

〔一九〕〔徐注〕沈約碑文：加以戎羯窺窬。〔補注〕《左傳·昭公七年》：「鄭雖無腆，抑諺曰『蕞爾國』，而三世執其政柄。」蕞爾，形容其小，含蔑視意。

〔二〇〕場，《全文》《英華》均作「場」，據徐注本改。〔徐注〕案《左傳》「疆場之事」，從易，音亦。後人訛爲「疆埸」，從昜，音長，則義取戰場之場矣。昜，古「陽」字。箋：《舊書》：會昌元年八月，回鶻烏介可汗寇天德軍。〔馮曰〕按《舊書·迴紇傳》：元和四年，遣使請改爲迴鶻，義取迴旋輕捷如鶻。故史文中「紇」「鶻」每互書。

〔二〕虜，《英華》作「滅」，非。〔徐注〕《漢書·天文志》：妖星，不出三年，其下有軍及失地，若國君喪。《太平御覽》：劉向《洪範傳》曰：「彗者，去穢布新者也，此天所以罰無道而建有德也。」鄭玄曰：「彗星主掃除。」

〔三〕〔徐注〕《新書·文宗紀》：大和元年，賜九廟陪位者子孫二階。《書》：作善降之百祥。箋：《王制》：「天子七廟，三昭三穆，與太祖之廟而七。」鄭康成注云：「此周制。七者，太祖及文王、武王二祧與親廟四也。」《漢書》韋玄成奏議曰：「周所以七廟者，以后稷始封，文王、武王受命而王，是以三廟不毁，與親廟四而七。」鄭説本此。然則文、武二祧固在七廟之數也。劉歆乃以爲天子三昭三穆與太祖，而七宗不在數中，是即九廟之説所肇端矣。其後王莽篡漢，歆爲佐命，果造起九廟四昭四穆與黄帝太初祖廟而爲七，誕妄不經，莫斯爲甚，其義實自歆發之。光武中興，悉復舊制。由東漢以迄於隋，卒無有立九廟者。開元十年，始詔宣帝復祔於正室，謚獻祖，并謚光皇帝爲懿祖。又以中宗還祔太廟，於是太廟爲九室。寶應二年，祧獻、懿祔玄宗、肅宗。自是之後，常爲九室矣。九廟之稱，開元以前無之也。〔按〕古時帝王立廟祭祀祖先，有太祖廟及三昭三穆，共七廟。王莽增爲祖廟五，親廟四，共九廟。《漢書·王莽傳下》：「取其材瓦，以起九廟。」

〔二三〕〔補注〕欽屬，敬重屬望。

〔二四〕天，《英華》作「業」，誤。

〔二五〕畏，《英華》注：集作「惕」。〔徐注〕《真誥》：憂生則有畏。〔補注〕至理，至治。

〔二六〕〔徐注〕《莊子》：無有所將，無有所迎。〔補注〕將，送也。

〔二七〕舜，《英華》注：集作「禹」。〔徐注〕《列子》：黄帝即位，十有五年，燋然肌色皯黣。《淮南子》：神農憔悴，堯瘦臞，舜黴黑，禹胼胝。〔馮注〕《吕氏春秋》：舜之未遇，手足胼胝。

〔二八〕〔徐注〕《説苑》：武丁恐駭，側身修行。〔補注〕側身，傾側其身，表示戒懼不安。《詩·大雅·雲漢序》：「遇裁（灾）而懼，側身修行。」

〔二九〕今，《英華》作「兹」。

〔三〇〕〔徐注〕陸倕《新漏刻銘》：分似符契。〔補注〕符契，契合。

〔三一〕〔徐注〕《詩》：懷柔百神。〔補注〕懷柔，謂四方萬國均受其安撫而歸向。語本《禮記·中庸》：「送往迎來，嘉善而矜不能，所以柔遠人也；繼絶世，舉廢國，治亂持危，朝聘以時，厚往而薄來，所以懷諸侯也。」

〔三二〕〔馮注〕《禮·玉藻》：天子皮弁，以日視朝。諸侯朝服，以日視朝於内朝。鄭氏注曰：内朝，路寢門外之正朝也。天子諸侯皆三朝。又《文王世子》注：内朝，路寢庭；外朝，路寢門之外庭。

《周禮·秋官·朝士》注：外朝在路門外，内朝在路門内。周天子諸侯皆有三朝，外朝一，内朝二。内朝之在路門内者，或謂之燕朝。《夏官·司士》疏：《玉藻》諸侯禮謂路門外朝爲内朝，對皋門内應門外朝爲外朝，通路寢庭朝爲三朝也。《宋史·宋庠傳》：唐大明宫之正南門曰丹鳳門，門内第一殿曰含元殿，大朝會御之；第二殿曰宣政殿，謂之正衙，朔望大册拜御之；第三殿曰紫宸殿，謂之上閤，亦曰内衙，隻日常朝御之。按：周及唐之制如此，此則泛言内廷耳。〔徐注〕《三禮義宗》：《周禮》天子諸侯皆有三朝，一曰外朝，二曰中朝，三曰内朝。其中朝之名，或内或外，若據外朝而言，謂之内朝。故鄭注《文王世子》諸侯外朝一、内朝二是也。三朝之最外爲外朝者，是決罪聽訟之朝也。中朝者，人君旦夕視政見卿大夫之朝也。内朝者，路寢也。人君視政，退而居於此，待諸侯之復逆也。〔按〕周墀在任華州刺史之前，歷任監察御史、集賢殿學士、起居舍人，加知制誥、充翰林學士、職方郎中、中書舍人、工部侍郎，均在朝廷供職，故云「常忝内朝」。其中翰學、中舍均爲内廷禁密之職。常，《英華》作「嘗」，通。

〔三三〕〔徐注〕任昉《爲蕭侍中表》：藩維近甸。〔按〕華州距長安一百八十里，故云「近甸」。

〔三四〕〔補注〕《論語·爲政》：「爲政以德。譬如北辰，居其所，而衆星共（拱）之。」北辰，即北極星，喻朝廷。

〔三五〕〔徐注〕《大戴禮記》：孔子曰：「放勳，其仁如天，其智如神，就之如日，望之如雲。」〔按〕長安遠，見《爲安平公赴兖海在道進賀端午馬狀》注〔九〕。

〔三六〕〔徐注〕《詩》：心之憂矣，不能奮飛。

〔三七〕〔徐注〕《玉燭寶典》：正月爲端月，其一日爲元日。曹植《元會詩》：初歲元祚，吉日惟良。乃爲嘉會，宴此高堂。〔補注〕皇帝於元旦朝會群臣稱元會。始於漢，魏晉以降因之。參下補注。

〔三八〕〔徐注〕《左傳》：禹合諸侯於塗山，執玉帛者萬國。〔補注〕《新唐書·禮樂志九》：「皇帝元正、冬至受群臣朝賀而會……設諸蕃方客位。」

〔三九〕〔補注〕行人，掌朝覲聘問之官。《周禮·秋官·訝士》：「邦有賓客，則與行人送逆之。」亦稱使者爲行人。《管子·侈靡》：「行人可不有私。」尹知章注：「行人，使人也。」

〔四〇〕士，《英華》誤作「土」。

〔四一〕〔徐注〕《漢書》：建章宫，其東則鳳闕，高二十餘丈。《西都賦》：設璧門之鳳闕，上觚稜而棲金爵。注：《三輔故事》曰：「建章宫，闕上有銅鳳皇。金爵即銅鳳也。」〔按〕此則泛指京城、朝廷。

〔四二〕〔徐注〕《晉書·禮志》：江左元會，設白獸樽於殿廷，樽蓋上施白獸。有能獻直言者，則發此樽飲酒。樽乃杜舉之遺式，白獸蓋後代所爲，示忌憚也（以上四字據馮注補）。《宋書·禮志》：白虎樽，欲令言者猛如虎，無所忌憚也。案：唐諱「虎」，故以「虎」爲「獸」。白虎，即騶虞也。《詩》傳云：「騶虞，義獸也。白虎黑文，不食生物，有至信之德則應之。」司馬相如《封禪頌》：「般般之獸，樂我君囿，白質黑章，其儀可喜。」師古曰：「謂騶虞也。」樽上所飾即此。故唐李君房《白獸樽賦》云「樽則雲飛而山峙，獸乃白質而黑章」也。

〔四三〕〔徐注〕《史記》：蘇秦説秦惠王曰：「被山帶渭，東有關河。」〔按〕此句「關河」指潼關、黄河。

〔四四〕〔徐注〕《漢書·文帝紀》：初與郡守爲銅虎符、竹使符。案：《後漢書》杜詩疏曰：「舊制，發兵皆以虎竹。」而《晉書·陸機傳》云：「入侍帷幄，出剖符竹。」易「虎」爲「符」，唐修史避廟諱也。〔馮注〕《漢書·文帝紀》注引應劭曰：銅虎符第一至第五，當發兵，遣使者至郡命符，乃聽受之。竹使符，以竹箭五枚，長五寸，鐫刻篆書，第一至第五。張晏曰：符以代古之圭璋，從簡易也。師古曰：各分其半，右留京師，左以與之。按：分符剖竹，後人習用。《後漢書·杜詩傳》：舊制，發兵皆以虎符，其餘徵調，竹使而已。

## 爲汝南公賀元日御正殿受朝賀表〔一〕

臣某言：臣得本州進奏院狀報，稱元日皇帝陛下御含元殿受朝賀者。上正三辰〔二〕，下臨萬國〔三〕。事雖舉舊，命則維新〔四〕。臣某中賀。

臣聞聖祖垂訓，王者處域中之尊〔五〕；《公羊》紀時，春者爲一歲之始〔六〕。載稽故實，抑有典章。近歲以來，此禮多闕。或事因惜費，或時屬告休〔七〕。伏惟皇帝陛下，道被無垠〔八〕，政敷有截〔九〕，全取發生之德〔一〇〕，無非訢合之仁〔一一〕。蒼昊降符〔一二〕，黄輿告瑞〔一三〕。

石碑既見，文作太平〔一四〕；銀甕旋臻，字成萬歲〔一五〕。而又憂勤不輟，刻責方深。精誠旁達於八紘〔一六〕，懇惻上通於九廟。仙厨撤味〔一七〕，獸館休畋〔一八〕。遂使化妖宿爲壽星〔一九〕，變小饑爲酺飲〔二〇〕。慶由聖感，令屬神行。爰在新正，式修闕典。彤庭列位〔二一〕，丹陛陳儀。凝旒而天啓其門〔二二〕，服衮而日昇於觀〔二三〕。巽風發越，解澤滂沱〔二四〕。左右賢臣，駿奔多士〔二五〕。國無諛佞〔二六〕，擢靈草而不摇〔二七〕；朝絶姦邪，儼神羊而莫動〔二八〕。禮成而退，物有其官〔二九〕。足以光耀瑶圖〔三〇〕，丹青玉版〔三一〕，輝前映後〔三二〕，邁五登三〔三三〕。臣竊訪碩儒，遠徵舊典：帝堯華封之祝，惟止匹夫〔三四〕；神禹塗山之儀〔三五〕，且非元會。然猶堯有多憂之戒〔三六〕，禹存後至之誅〔三七〕。在和平而尚乖，孰歡呼之可致。豈與兹日，而得同年〔三八〕！

臣方守河潼〔三九〕，正分符竹。不獲躬陳玉帛〔四〇〕，首率梯航〔四一〕。況又嘗以藝文，叨居禁密〔四二〕。雖遠離天上，猶近關西〔四三〕。抃賀空深，就望無所。心馳紫闥〔四四〕，非夢寐而不通；魂繞皇闈〔四五〕，羨歸飛而莫及〔四六〕。無任荷恩祝壽戀闕屏營之至〔四七〕。

**【校注】**

〔一〕本篇原載《文苑英華》卷五七〇第六頁（題下脱撰人姓名）、清編《全唐文》卷七七一第一三頁、《樊南文集詳注》卷一。〔徐箋〕武宗會昌二年正月，以彗星既滅，復御正殿，舉元會之禮。時周墀在華州，是表與前《賀彗星不見表》相繼而上也。〔馮箋〕按：此見《英華》表中雜賀類。其上篇則許敬宗《賀朔旦冬至表》，此篇與之同類；其下篇則張説《賀大衍曆表》，别爲一小類矣。此篇題下脱去「李商隱」三字，余初疑之。然表文雖多，而惟義山於周墀稱「汝南公」。且「方守河潼」及「藝文」「禁密」語皆可據，其他文義亦相類，必無疑也。舊本《英華》題下必有人名，余所見本偶脱去耳。〔按〕馮箋是。清編《全唐文》收入李商隱文，可證。商隱《爲汝南公以妖星見賀德音表》《爲汝南公賀彗星不見復正殿表》，反映會昌元年十一月出現彗星，皇帝避正殿、減膳，理囚、罷營繕，及十二月二十五日彗星不見、復正殿之事。本篇則繼賀皇帝元日御正殿受朝賀。文有「化妖宿爲壽星」之語，顯爲反映同一天象出現至消失過程之一組賀表。武宗元日御含元殿受朝賀，消息當日或次日即可傳至華州。此表當上於會昌二年正月二或三日。

〔二〕〔徐注〕謂星變滅除。

〔三〕〔徐注〕謂元正朝會。

〔四〕〔補注〕事雖舉舊，謂皇帝元日御正殿受朝賀爲舊典。《詩·大雅·文王》：「周雖舊邦，其命維新。」毛傳：「乃新在文王也。」

〔五〕〔徐注〕《老子》：道大、天大、地大，王亦大。域中有四大而王居其一焉。〔馮注〕聖祖，老子也。

〔六〕〔馮注〕《公羊傳》：元年春王正月。元年者何？君之始年也。春者何？歲之始也。

〔七〕〔徐箋〕按《舊書·文宗紀》：大和五年，以積陰浹旬，罷元會。六年，以久雪罷。開成五年，上不康，不受朝賀。故云。〔馮箋〕按《紀》文，大和七年春正月朔，御含元殿受朝賀。比年以用兵雨雪，不行元會之儀。故書開成元年，常服御宣政殿受賀，遂宣詔大赦，改元。蓋史文於罷元會、受朝賀，皆舉其異乎常年者書之，餘不備書。

〔八〕〔徐注〕《漢書·賈誼傳》：坱軋無垠。

〔九〕〔徐注〕《詩》：海外有截。〔補注〕《詩·商頌·長發》：「苞有三蘖，莫遂莫達，九有有截。」鄭箋：「九州齊一截然。」有截，指九州。敷，布也。

〔一〇〕〔徐注〕梁元帝《纂要》：春曰青陽，亦曰發生。

〔一一〕〔徐注〕《禮記》：天地訢合。〔補注〕訢合，謂受感而動，和合融洽。

〔一二〕昊，《英華》作「旻」。〔徐注〕《爾雅》：春爲蒼天，夏爲昊天。〔補注〕蒼昊，猶天。

〔一三〕〔徐注〕《易》：天玄而地黄。又：坤爲大輿。〔補注〕黄輿，指地。

〔一四〕〔徐注〕「石碑」未詳。按：魏青龍三年，張掖删丹縣有寶石負圖白畫成文。晉泰始四年，氐池縣大柳谷口有玄石一所，白質成文。又唐武德三年，鄃州獻瑞石，有文曰「天子萬年」，事頗相類。若吴孫皓時歷陵石印封發，其文曰「四世治，太平始」，乃皓使者所僞作，亡國之事，恐非所引。〔馮注〕山石成文事頗多，此重在「太平」字。《魏書·靈徵志》：真君五年，張掖郡上言，石文記國家祖宗諱，著受命之符。其文大石有五，皆青質白章，間成文字，中有次記「太平天王繼世主治」凡八字，其石在大柳谷山。所用或指此也。《文苑英華》有上官儀《爲人賀涼州瑞石表》

云：涼州都督李襲譽奏昌松瑞石中有「太平天子李世民」之字。事在貞觀十七年，見《舊書·紀》。此本朝事，有廟諱。又《齊書》曰：會稽剡縣有山名刻石，而不知文字所在。宋昇明末，剡人倪襲祖行獵，見石上有文三處，去苔視之，其大石文曰：「黄天星姓蕭字道成，得賢師，天下太平。」亦非所用。《通志·藝文略·祥異類》：張掖郡《元石圖》一卷。按：即此所用。

〔一五〕〔徐注〕《孝經援神契》：銀甕不汲自隨，不盛自盈。孫氏《瑞應圖》：王者宴不及醉，刑罰中，則銀甕出。〔馮注〕《禮記》：山出器車。注曰：器謂若銀甕丹甑也。孫氏《瑞應圖》：玉甕不汲自盈，王者飲食有節則出。按：「銀甕」亦作「玉甕」，而「字成萬歲」未詳。

〔一六〕達，《英華》作「照」。〔馮注〕《淮南子》：九州之外有八夤，八夤之外有八紘。八紘之氣，是出寒暑。

〔一七〕〔徐注〕《漢武内傳》：上元夫人，老君弟子也。元封元年七月七日夜，西王母降，命侍女郭密香邀夫人同宴。俄而夫人至，夫人設厨，厨亦精珍。〔馮按〕不必拘此。〔按〕此不過謂皇帝減膳，未必用事。

〔一八〕〔徐注〕揚雄《長楊賦序》：上將誇胡人以多禽獸，載以檻車，輸長楊射熊館。雄從，至射熊館，還，上《長楊賦》以諷。

〔一九〕〔徐注〕《漢書音義》：妖星曰孛星、彗星、長星，亦曰攙槍。《爾雅》云：壽星，角、亢也。〔馮注〕當用南極老人星。《史記·天官書》：狼比地有大星曰南極老人。老人見，治安；不見，兵起。

常以秋分時候之南郊。《晉書・天文志》：老人星見則治平，主壽昌。《唐會要》：開元間敕有司置壽星壇，以千秋節日修祠，祭老人星，著之常式。《玉海》：《黄帝占》云：「老人星一名壽星，色黄明大則主壽昌，天下多賢士。」非用《爾雅》「壽星，角、亢也」。〔按〕馮注是。《史記・封禪書》：「於杜、亳有三社主之祠、壽星祠。」司馬貞《索隱》：「壽星，蓋南極老人星也，見則天下理安，故祠之以祈福壽。」

〔二〇〕《英華》此句作「變小戎爲餓殍」。〔徐注〕《穀梁傳》：二穀不升謂之饑。《漢書・文帝紀》：酺五日。師古曰：酺之爲言布也。王德布於天下，合而聚飲食爲酺。〔補注〕酺，指國有喜慶，特賜臣民聚會飲酒。《史記・秦始皇本紀》：「天下大酺。」張守節《正義》：「天下歡樂大飲酒也。」

〔二一〕〔徐注〕《西都賦》：玉除彤庭。

〔二二〕〔徐注〕《大戴禮》：古者冕而前旒，所以蔽明也。《漢書》郊祀歌：天門開，詄蕩蕩。

〔二三〕〔徐注〕《周禮》：享先王則衮冕。注：衮，卷龍衣也。日觀，注見前《爲安平公兗州謝上表》注〔四八〕。〔按〕此以「日昇於觀」象喻皇帝御正殿。

〔二四〕解，《英華》作「兑」。〔徐注〕《易》：隨風巽，君子以申命行事。又：雷雨作解，君子以赦過宥罪。《詩》：月離于畢，俾滂沱矣。〔補注〕巽風，東南風。《易・説卦》有「巽爲木，爲風」之説，以皇帝詔令如風行之速，故稱「巽令」。此處「巽風發越」亦指皇帝詔令。「解澤滂沱」指恩赦普降。

〔二五〕〔徐注〕《詩》：實左右商王。又：濟濟多士，秉文之德，對越在天，駿奔走在廟。

〔二六〕〔馮校〕諛，一作「便」。

〔二七〕〔徐注〕《帝王世紀》：黄帝時，有草生于庭，佞人入則指之，名曰屈軼。〔馮注〕《博物志》：堯時有屈佚生于庭，佞人入朝，則屈而指之，一名指佞草。

〔二八〕〔徐注〕《説文》：獬廌，神奇之獸，一名任法，狀如羊。古者決訟，令之以觸不直。《後漢書·輿服志》：獬廌，神羊也。《論衡》：獬廌，一角羊也。青色，四足，能知曲直。獄疑者令羊觸之。〔馮注〕《神異經》：東北荒有獸，狀如羊，一角，毛青，四足似熊。見人鬭則觸不直，聞人論則咋不正，名獬豸，又曰任法獸。《論衡》：臯陶治獄，疑者令觸之。《後漢書·志》：法冠一曰柱後，或謂之獬豸冠。獬豸，神羊，能别曲直，故以爲冠。

〔二九〕官，《全文》《英華》作「容」。《英華》注：一作「官」。茲據改。詳馮注。〔徐注〕《左傳》：屠蒯曰：「事有其物，物有其容。」（按：徐注本作「物有其容」。）〔馮注〕按《左傳》：蔡墨曰：「夫物，物有其官，官修其方，故有五行之官，是謂五官。」此處言朝退各修其職，當作「官」，不作「容」。

〔三〇〕足，《英華》作「況」，注：一作「足」。〔馮注〕按：王者受命，則曰膺圖受籙，皆原於《易經》「河出圖，洛出書」，而讖緯推演之也。《河圖挺佐輔》曰：「黄帝夢兩龍挺白圖，乃至翠嬀之川，魚汎白圖，蘭葉朱文，以授黄帝，名曰《録圖》。」録，一作「緑」。《論語比考讖》：仲尼曰：「堯率舜等游首山，有五老游河渚，赤龍銜玉苞，舒圖刻版，題命可卷，金泥玉檢封盛。五老乃爲流星上入昴。堯等共發曰：『帝當樞百，則禪於虞。』」《春秋運斗樞》曰：「舜以太尉即位，黄龍五采負圖，以黄玉爲甲如樞，白玉檢，黄金繩之。」《尚書中候》曰：「舜時修壇河、洛，榮光出河，休氣四塞，龍馬銜甲，赤文緑色，有列星之分，斗政之度，帝王紀録興亡之數。」斯類不可殫述。〔徐注〕徐陵《檄周文》：主上恭膺寶曆，嗣奉瑶圖。

〔三一〕〔馮注〕《漢書·鼂錯傳》：刻于玉版，藏于金匱。〔徐注〕王子年《拾遺記》：堯聖德光洽河、洛之濱，得玉版方尺，圖天地之形。〔按〕瑶圖、玉版，即所謂河圖、洛書。丹青，使增輝。

〔三二〕輝，《全文》作「耀」，與上文複，此從《英華》。

〔三三〕見《爲汝南公華州賀南郊赦表》「邁五登三」注。

〔三四〕〔馮注〕《莊子》：堯觀乎華，華封人曰：「請祝聖人，使聖人壽，使聖人富，使聖人多男子。」堯曰：「多男子則多懼，富則多事，壽則多辱，是三者非所以養德也。」故辭。

〔三五〕儀，《全文》作「義」，據《英華》改。見《代安平公華州賀聖躬痊復表》注〔一七〕。

〔三六〕〔馮注〕多憂，即上文所引「多懼」。〔按〕見注〔三四〕。

〔三七〕存，《英華》注：一作「行」。〔馮注〕《國語》：仲尼曰：「昔禹致群神於會稽之山，防風氏後至，禹殺而僇之，其骨節專車。」〔徐注〕《家語》：孔子曰：「昔禹致諸侯于會稽之山，防風氏後至，禹殺僇之。」

〔三八〕〔馮注〕賈誼《過秦論》：不可同年而語矣。

〔三九〕〔徐注〕《文選》「河潼」注：向曰：「河、潼，二水名。」〔馮注〕《後漢書·皇甫張段列傳贊》：戎驂糾結，塵斥河、潼。注曰：潼，谷也。即潼關。〔按〕河潼，即《爲汝南公賀彗星不見復正殿表》「臣獨限關河」之「關河」。守河潼，謂刺華州。

〔四〇〕陳，《全文》作「承」，誤，據《英華》改。注詳《爲汝南公賀彗星不見復正殿表》注〔三八〕。

〔四一〕〔馮注〕宋顔延之序：棧山航海，踰沙軼漠之貢。注曰：揚雄《交州箴》：「航海三萬，束犛其犀。」梁王僧孺謝啓：航海梯山，獻琛奉貢。〔補注〕梯航，梯山航海。《宋書·明帝紀》：「日月所照，梯山航海。」

〔四二〕詳《爲侍郎汝南公華州謝加階狀》注〔一〕、《爲汝南公華州賀南郊赦表》「當時仙禁，慚視草以無能」注。

〔四三〕〔馮校〕「近」（下）疑脱一字。〔補注〕關西，指函谷關以西地區。華州在關西。

〔四四〕〔徐注〕曹植表：注心皇極，結情紫闥。

〔四五〕〔徐注〕傅咸詩：明明闕皇闈。

〔四六〕〔馮注〕《詩》：弁彼鸒斯，歸飛提提。

〔四七〕荷，《英華》作「賀」。

〔蔣士銓曰〕全是唐音，亦復佳善。近人作四六，僅向此等討生活，固已居然名手矣。可歎。

（《忠雅堂評選四六法海》卷二）

# 爲汝南公賀元日朝會上中書狀〔一〕

右得本道進奏院狀報，今月日，皇帝御宣政殿受册，尊號爲仁聖文武至神大孝皇帝，禮畢，御丹鳳樓，大赦天下者〔二〕。當時集軍州官吏等，丁寧宣示訖〔三〕。鴻名有赫〔四〕，慶澤無偏〔五〕。上光宗廟之明靈〔六〕，下慰蒸黎之欽屬〔七〕。功勞必表〔八〕，逋負咸蠲〔九〕。出縲繫於狴牢〔一〇〕，復流竄於魑魅〔一一〕。撫安鰥寡〔一二〕，存省耄期〔一三〕。有國之闕政咸修〔一四〕，前代之遺文必舉〔一五〕。此皆相公富臯、夔之事業〔一六〕，秉伊、説之材謀〔一七〕，協贊神功，導宣睿化〔一八〕。符瑞沓至，天人允咸〔一九〕。慶雲非煙〔二〇〕，浪井不鑿〔二一〕。然後率多士，陳大儀〔二二〕，致君於堯、舜之前，驅俗於勛、軒之上〔二三〕，四維仰化〔二四〕，萬國承流〔二五〕。況某忝典州兵〔二六〕，嘗聞廟算〔二七〕，雖阻陪班列〔二八〕，亦遠接歡呼。鳳闕雙標〔二九〕，應開天上；雞竿百尺〔三〇〕，想在日邊〔三一〕。顧奮飛而不能〔三二〕，亦攀望而何及！無任抃躍之至〔三三〕。

【校注】

〔一〕本篇原載清編《全唐文》卷七七二第一四頁、《樊南文集補編》卷一。〔錢注〕《舊唐書·周墀傳》：墀字德升，汝南人。長慶二年，擢進士第。開成四年，正拜中書舍人。武宗即位，出爲華州刺史、鎮國軍、潼關防禦等使。改鄂岳觀察使，遷江南西道觀察使。大中初，檢校禮部尚書、義成軍節度、鄭滑觀察等使，汝南男。入朝爲兵部侍郎、判度支。《新唐書·禮樂志》：皇帝元正、冬至受群臣朝賀而會。《舊唐書·職官志》：中書省，中書令二員，中書侍郎二員。箋：按周墀自華遷鄂，史無年月。考《唐摭言》，會昌三年，王起再主文柄，墀以詩寄賀。其時猶刺華州。以武宗上尊號之歲計之，則文當爲刺華時作。惟元日朝會，爲歲舉之常儀；而請上尊號，爲一朝之盛典，本屬兩事。且武宗受册在四月，而文中亦不引元正，故實尤屬可疑。豈《元日朝會狀》別有一文，而後文乃賀上尊號狀，傳抄脱誤，遂合爲一歟？〔按〕張氏《會箋》亦從錢説，云「題有訛」，繫於會昌二年。考狀文云：「今月日，皇帝御宣政殿受册，尊號爲仁聖文武至神大孝皇帝。」則狀明爲賀上尊號而作。檢《舊唐書·武宗紀》：會昌二年「四月乙丑朔，光禄大夫、守司空、兼門下侍郎、平章事李德裕，銀青光禄大夫、守右僕射、門下侍郎、平章事崔珙，銀青光禄大夫、中書侍郎、同平章事李紳，金紫光禄大夫、檢校司徒、兼太子太保牛僧孺等上章請加尊號曰『仁聖文武至神大孝皇帝』。戊寅，御宣政殿受册。是月九日雨，至十四日轉甚，乃改用二十三日」。《新唐書·武宗紀》則云：「四月丁亥，群臣上尊號曰『仁聖文武至神大孝皇帝』。大赦，賜文武官階、勳、爵。」戊寅爲是月十四日，因雨改用二十三日，爲丁亥。故此狀按其實際内容當作於會昌二年四月二十三日之後一二日，其題當爲《爲汝南公賀上尊號上中書狀》。現姑仍舊題。至於《爲汝南公賀元日朝會上中書狀》，疑與《爲汝南公賀元日御正殿受朝賀表》係同時之作。因傳鈔時脱去狀文，遂與《爲汝南公賀上尊號上中書狀》之狀文拼接而奪去原題，遂合爲題與文不相應之一體。

〔二〕〔錢注〕《舊唐書・武宗紀》：會昌二年，四月乙丑朔，李德裕上章，請加尊號曰「仁聖文武至神大孝皇帝」。戊寅，御宣殿受册。是月九日雨，至十四日轉甚，乃改用二十三日。又《地理志》：東内曰大明宫，高宗龍朔二年置。正門曰丹鳳，正殿曰含元。含元之後曰宣政。宣政左右有中書、門下二省，弘文、史二館。高宗以後，天子常居東内。

〔三〕〔錢注〕《漢書・谷永傳》注：丁寧，謂再三告示也。

〔四〕〔錢注〕司馬相如《封禪文》：前聖所以永保鴻名，而常爲稱首者用此。

〔五〕〔錢注〕《北史・隋紀》：思所以宣播慶澤。〔補注〕慶澤，皇帝之恩澤。

〔六〕〔錢注〕揚雄《趙充國頌》：明靈惟宣。〔補注〕明靈，聖明之神靈。

〔七〕〔錢注〕《宋書・長沙景王道憐傳》：鑒寐欽屬。〔補注〕蒸黎，百姓；欽屬，敬重屬望。

〔八〕〔錢注〕《史記・高祖功臣侯年表》：古者人臣功有五品：以德立宗廟定社稷曰勳，以言曰勞，用力曰功，明其等曰伐，積日曰閲。

〔九〕〔錢注〕《漢書・昭帝紀》：三年以前，逋更賦未入者，皆勿收。《玉篇》：蠲，除也。

〔一〇〕〔錢注〕張華《博物志》：狴牢，獄别名。〔補注〕縲繫，囚犯。

〔一一〕〔補注〕《左傳・文公十八年》：「投諸四裔，以禦魑魅。」此「魑魅」指魑魅之鄉，即荒遠之邊地。復，返回。

〔一二〕〔錢注〕《吴志・魯肅傳》：則宜撫安，與結盟好。

〔一三〕〔錢注〕《漢書・文帝紀》：今歲首，不時使人存問長老。注：存，省視也。〔補注〕《書・大禹謨》：「朕宅帝位，三十有三載，耄期倦于勤。」孔傳：「八十、九十曰耄，百年曰期頤。」

〔一四〕〔錢注〕《漢書・嚴助傳》：朝有闕政。

〔一五〕〔錢注〕《漢書・公孫弘等傳贊》：是以興造功業制度遺文，後世莫及。〔補注〕前代之遺文，指前代留下之法令條文、禮樂制度。

〔一六〕〔補注〕皋，皋陶，虞舜時刑官。夔，虞舜時樂官。

〔一七〕〔錢注〕《漢書・叙傳》：欽用材謀。〔補注〕伊，伊尹，商湯時賢臣，佐湯滅夏。説，傅説，殷高宗（武丁）時賢相。

〔一八〕〔錢注〕謝莊《宋明堂歌》：睿化凝，孝風熾。

〔一九〕〔補注〕允咸，信同，確實相同。謂天意與人心相應感通也。

〔二〇〕〔錢注〕《史記・天官書》：若煙非煙，若雲非雲，郁郁紛紛，蕭索輪囷，是謂卿雲。卿雲見，喜氣也。注:卿音慶。

〔二一〕〔錢注〕孫氏《瑞應圖》:王者清淨,則浪井出,有仙人主之。《典略》:浪井不鑿自成。

〔二二〕〔錢注〕《漢書·禮樂志》:今大漢繼周,久曠大儀。

〔二三〕〔錢注〕《史記·五帝紀》:黄帝者,少典之子,姓公孫,名曰軒轅。又曰:帝堯者放勛。

〔二四〕〔錢注〕《淮南子》:東北爲報德之維,西南爲背陽之維,東南爲常羊之維,西北爲蹏通之維。〔按〕此「四維」猶四方。

〔二五〕〔錢注〕崔駰《河南尹箴》:風化攸興,萬國承流。

〔二六〕〔補注〕周墀任華州刺史、鎮國軍、潼關防禦等使,故云「典州兵」。《左傳·僖公十五年》:「晉於是乎作州兵。」

〔二七〕〔錢注〕《孫子》:兵未戰而廟算勝者,得算多也。

〔二八〕〔錢注〕《魏志·陳留王奂紀》注:《漢晉春秋》曰:「班列大同。」

〔二九〕〔錢注〕《史記·封禪書》:於是作建章宫,度爲千門萬户。前殿度高未央。其東爲鳳闕,高二十餘丈。〔補注〕雙標,指宫門兩側之闕樓高聳。

〔三〇〕〔錢注〕《太平御覽》:《三國典略》曰:「齊長廣王湛即皇帝位於南宫,大赦改元。其日將赦,庫令於殿門外建金雞,宋孝王不識其義,問於光禄大夫司馬膺之,膺之曰:『案《海中星占》曰:「天雞星動當有赦。」由是帝王以雞爲候。』」《新唐書·百官志》:赦日,樹金雞於仗南,竿長七尺，有雞高四尺，黃金飾首。

〔二一〕〔錢注〕《晉書・明帝紀》：帝幼而聰哲，爲元帝所寵異。嘗坐置膝前，屬長安使來，因問帝曰：「汝謂日與長安孰遠？」對曰：「長安近。不聞人從日邊來，居然可知也。」〔按〕此「日邊」指帝王身邊，即京城。

〔二二〕〔補注〕《詩・邶風・柏舟》：「静言思之，不能奮飛。」

〔二三〕〔錢注〕徐勉《謝敕賜絹啓》：率土抃躍。

## 爲李郎中祭舅竇端州文〔一〕

始虞命夏〔二〕，暴於玄穹。功垂刊木〔三〕，德協堙洪〔四〕。洎帝相之難作，誕少康於竇中。由《屯》獲吉，因生受封〔五〕。降及後代，傳勳繼庸〔六〕。西京則嬰爲外戚〔七〕，東漢則融居上公〔八〕。愍陽城之不享〔九〕，始移籍於扶風〔一〇〕。源遠更清，基高自峻〔一一〕。有焯明靈，靄然休問〔一二〕。陋巷不憂〔一三〕，坦途方進。月遠標儀〔一四〕，霞高映論〔一五〕。玉寧韞匵〔一六〕，錐安處囊〔一七〕。宜伸尚屈〔一八〕，將集猶翔〔一九〕。潛師大《易》，謙尊以光〔二〇〕。誓安老氏，債少易償〔二一〕。

爰紆銅墨〔二二〕，是宰濠梁〔二三〕。宓琴時奏〔二四〕，潘樹逾芳〔二五〕。入贊朝儀〔二六〕，言揚事舉〔二七〕。圭璧蠻夷〔二八〕，弁冕文武〔二九〕。吐辭含韻，知今博古〔三〇〕。進抑退揚，從規合矩〔三一〕。復陶啓位〔三二〕，殿省承榮〔三三〕。孔門之束帶無忝〔三四〕，叔孫之綿蕝難更〔三五〕。君子信讒〔三六〕，小人道長〔三七〕。未暇閉關，難期税鞅〔三八〕。暫持竹符，遠出羅網。誰識卑飛〔三九〕，因成利往〔四〇〕。銅梁改秩〔四一〕，錦里經時〔四二〕。人去而琴臺壞棟〔四三〕，文移而石室摧基〔四四〕。劉弘之重銘葛廟〔四五〕，王商之更立嚴祠〔四六〕。隴首云歸〔四七〕，端溪遽逐〔四八〕。角豈觸藩〔四九〕，臀終困木〔五〇〕。海闊天盡，山深霧毒。許靖他鄉，有名無禄〔五一〕。馬超正色，宜歌反哭〔五二〕。何爲善之無憑，而降灾之甚速〔五三〕！

某欽惟教義，夙所依因。在昔家世，勤王實殷〔五四〕。高旌大旆，結駟飛輪〔五五〕。慶豈遺於自出〔五六〕，榮實垂於外姻〔五七〕。一紀以來，艱凶遄及〔五八〕。嗟宅相以無取〔五九〕，懼堂構之不集〔六〇〕。詎言渭水之乖離〔六一〕，竟絶西州之出入〔六二〕。嗚呼哀哉！

違京背闕，古陌荒阡。松門積靄〔六三〕，隴首停煙〔六四〕。祖庭是日〔六五〕，乞墅何年〔六六〕？淚有血而皆墮〔六七〕，憤無膺而可填〔六八〕。況玗剖郡符〔六九〕，璟持使節〔七〇〕。塞遠城迥〔七一〕，河窮路絶〔七二〕。顧後瞻前〔七三〕，形孤影孑〔七四〕。長號出次，重拜臨穴〔七五〕。酒醴清濃〔七六〕，肴羞羅列。庶有鑒於斯文，冀不同於虚設〔七七〕。嗚呼尚饗〔七八〕！

【校注】

〔一〕本篇原載《文苑英華》卷九九一第五頁、清編《全唐文》卷七八一第二〇頁、《樊南文集詳注》卷六。〔徐注〕《新書・地理志》：嶺南道端州高要郡，領縣二：高要、平興。〔馮箋〕竇端州未知何人。《舊書・李愿傳》：愿於長慶二年節度宣武，不恤軍政，威刑馭下，令妻弟竇緩將親兵，緩亦驕傲黷貨。牙將三人入緩帳中，斬緩首。愿出走鄭州，愿妻竇氏死於亂兵，子三人匿而獲免。○余初疑端州爲緩兄弟，今細玩文義，李郎中無異常之痛，而竇自罹禍謫死，端州與李無涉，則必非宣武事也。郎中與玗、璟三人，爲西平之孫無疑。第《世系表》於西平之孫，止列聽子六，甚子一，其餘失載，故無從核定。（按：馮譜繫會昌三年。）〔張箋〕文有「玗剖郡符，璟持使節。塞遠城迥，河窮路絶」語，馮氏謂爲西平之孫，甚是。惟（竇）端州無考耳。此當作於李璟未刺懷州前（按：李璟刺懷州在會昌三年十月）。〔按〕《舊唐書・武宗紀》：會昌二年「十月，吐蕃贊普卒，遣使論普熱入朝告哀。詔將作少監李璟入蕃弔祭」。商隱《爲懷州李中丞謝上表》：「萬里以遥，三時而復。」其還朝當在會昌三年秋，其除懷州刺史則在同年九月二十王茂元卒後（詳《爲懷州李中丞謝上表》注〔一〕）。此文當作於李璟已奉使入蕃尚未還朝時。味「河窮路絶」語，似此時李璟尚在入蕃途中，約在會昌二年冬暮至三年春初之間。李郎中、竇端州皆無考。

〔二〕命，《英華》注：集作「燕」。非。〔補注〕《書・舜典》：「舜曰：『咨四岳，有能奮庸熙帝之載，使宅百揆，亮采惠疇。』僉曰：『伯禹作司空。』帝曰：『俞，咨禹，汝平水土，惟時懋哉！』」

〔三〕〔徐注〕《書》：禹敷土，隨山刊木。〔補注〕刊，砍伐。

〔四〕〔馮注〕《書》：鯀湮洪水。《漢書·溝洫志》：《夏書》：「禹湮洪水十三年。」

〔五〕〔徐注〕《左傳》：伍員曰：「昔有過澆，殺斟尋，滅夏后相，后緍方娠，逃出自竇，歸於有仍，生少康焉。」《新書·宰相世系表》：竇氏出自姒姓。夏后氏帝相失國，其妃有仍氏女方娠，逃出自竇，奔歸有仍氏，生子曰少康。少康二子曰杼、曰龍，留居有仍，遂爲竇氏。〔補注〕《易·屯》：「《彖》曰：屯，剛柔始交而難生。」

〔六〕〔徐注〕《周禮·（夏官）》：司勳，掌六鄉賞地之法，以等其功。王功曰勳，國功曰功，民功曰庸，事功曰勞，治功曰力，戰功曰多。

〔七〕〔馮注〕《漢書·外戚傳》：景帝立，孝文竇皇后爲皇太后。太后從昆弟子嬰爲大將軍，封魏其侯。〔徐注〕《漢書·竇嬰傳》：嬰字王孫，孝文皇帝后兄子也。父世觀津人，上察宗室諸竇無如嬰賢。師古曰：諸竇總謂帝外家也。

〔八〕〔馮注〕《後漢書·竇融傳》：融字周公，扶風平陵人也。封安豐侯。詣洛陽，引見。數月，拜爲冀州牧。十餘日，又遷大司空。又：竇氏一公兩侯。注曰：一公，大司空也。

〔九〕〔徐曰〕陽城，疑是「安成」。《漢書·外戚傳》：竇皇后親早卒，葬觀津。薄太后乃詔有司追封竇后父爲安成君，母爲安成夫人。〔按〕參下注。

〔一〇〕〔徐注〕《宰相世系表》：龍六十九世孫鳴犢爲晉大夫，竇氏遂居平陽鳴犢。六世孫誦，二子世扈、世生。嬰，漢丞相魏其侯也。扈二子經、充。充避秦之難，徙居清河，漢贈安成侯，葬觀津。二子長君、廣國。廣國字少君，章武景侯，二子定、誼。誼生賞，襲章武侯。宣帝時以二千石徙扶風平陵。二子壽、邕。邕二子敷、秀。秀子林，徙居武威，融其孫也。〔馮注〕考兩《漢書》諸傳及《新書·表》，孝文竇皇后親早卒，葬觀津。追封后父爲安成君，封后弟廣國章武侯。廣國之孫賞，宣帝時以二千石自常山徙扶風平陵，融之高祖也。融玄孫武，靈帝時大將軍，謀誅宦官，自殺，宗親悉誅，家屬徙日南。武孫輔，逃竄得全，後與宗人徙居於鄴。《表》又云：有亡入鮮卑者，世襲部落，爲北魏臣。從孝武徙洛陽，遂爲河南洛陽人，復爲竇氏，有興、善、熾，三人之子孫號三祖房。又竇武之後有敬遠，封西河公，居扶風平陵，子孫曰平陵房。皆無「陽城」。此云「移籍」，未知指何時。徐氏疑其訛「安成」爲「陽城」，移籍扶風，即指賞事，當非也。《漢書·地理志》：潁川、汝南二郡屬縣，皆有陽城。先叙華胄，唐時沿六朝貴重氏族之習。

〔一一〕自，《英華》注：集作「足」。

〔一二〕靄，《英華》作「藹」，字通。〔補注〕焯，明，光耀。休問，美譽。

〔一三〕〔補注〕《論語·雍也》：「賢哉回也！一簞食，一瓢飲，在陋巷，人不堪其憂，回也不改其樂。」

〔一四〕〔徐注〕《南史·齊王儉傳》：風儀與秋月齊明，音徽與春雲等潤。

〔一五〕〔徐注〕《北山移文》：使我高霞孤映。〔馮注〕《南史·劉訏傳》：族祖與書稱之曰：「訏超超越俗，如天半朱霞。」句似本此。

〔一六〕〔補注〕《論語・子罕》：「子貢曰：『有美玉於斯，韞匵而藏諸？求善賈而沽諸？』子曰：『沽之哉！沽之哉！我待賈者也。』」

〔一七〕安，《英華》作「要」，誤。見《爲張周封上楊相公狀》注〔一五〕。

〔一八〕〔補注〕《易・繫辭下》：「尺蠖之屈，以求信也；龍蛇之蟄，以存身也。」

〔一九〕〔補注〕《論語・鄉黨》：「色斯舉矣，翔而後集。」

〔二〇〕〔徐注〕《易》：謙尊而光，卑而不可踰。

〔二一〕〔馮注〕《文子・下德篇》：老子曰：「夫責（債）少易償也，職寡易守也，任輕易勸也。」按：皆取易簡之義。

〔二二〕〔徐注〕《漢書・百官公卿表》：秩比六百石以上皆銅印墨綬。〔補注〕又：「縣令、長，皆秦官，掌治其縣。萬户以上爲令，秩千石至六百石。」此以「銅墨」指縣令。

〔二三〕〔徐注〕《莊子》：莊子與惠子游於濠梁之上。〔馮注〕《唐書・志》：河南道濠州屬縣三：鍾離、定遠、招義。〔按〕此當指濠州治所在之鍾離縣。

〔二四〕〔馮注〕《吕氏春秋》：宓子賤爲單父宰，鳴琴而治。

〔二五〕〔馮注〕《白帖》：晉潘岳爲河陽令，樹桃李花，人號河陽一縣花。

〔二六〕〔徐注〕《漢書・叔孫通傳》：臣願徵魯諸生與臣弟子共起朝儀。〔馮注〕此由邑令入爲鴻臚屬官。

〔二七〕〔徐注〕《禮記》：或以事舉，或以言揚。

〔二八〕〔徐注〕謂（蠻夷）執玉來朝也。〔馮注〕圭璧，取方圓之義，謂蠻夷皆秉其裁制也。〔按〕此承上「入贊朝儀」而言，蓋指其爲鴻臚屬官，接待賓客，贊導禮儀之事。圭璧蠻夷，謂贊導蠻夷持圭璧朝見也。即《新唐書·百官志三·鴻臚寺》「皆司儀示以禮制」之謂。徐、馮注均非。

〔二九〕〔馮注〕《左傳》：劉定公謂趙孟曰：「吾與子弁冕端委，以治民臨諸侯。」〔補注〕弁、冕皆男子冠名，吉禮之服用冕，通常禮服用弁。弁冕文武，蓋亦謂其根據不同之禮使文武着不同之冠冕。

〔三〇〕〔徐注〕《晉書·石崇傳》：使者曰：「君侯博古通今，察遠照邇。」

〔三一〕〔徐注〕《禮記》：古之君子必佩玉，右徵角，左宫羽。趨以《采齊》，行以《肆夏》，周還中規，折還中矩，進則抑之，退則揚之，然後玉鏘鳴也。〔按〕據此二句，益見「圭璧」二句爲贊導禮儀之事。蓋自東漢以後，鴻臚之主要職掌即爲朝祭禮儀之贊導。

〔三二〕〔徐注〕《左傳》：楚子次於乾谿，雨雪，王皮冠，秦復陶。注：秦所遺羽衣也。疏：冒雪服之，知是毛羽之衣，可以禦雨雪也。箋：「復陶啓位」頗難解，或舉以問余，余沉思數日而始得之。復陶，羽衣也，楚靈王所服，後世則道流服之，殆取輕舉之意，《封禪書》「武帝使欒大衣羽衣，受印」是也。竇端州蓋始嘗爲老莊之學，隱居著道士服，後乃出山入仕，如王希夷、吴筠之輩。《三洞道科》言道士有五，其一曰山居道士，許由、巢父之比也。魏徵少亦出家爲道士。及唐之中葉，人主益崇道教，即志在用世者，不妨寄跡黄冠。《昌黎集》有《送張道士序》，亦其類也。觀上文「大《易》」「老氏」等語，則羽衣爲實之初服無疑矣。不欲斥言其道流，故廋辭隱語，不曰羽衣而曰復陶耳。〔馮注〕《左傳》：晉趙孟與絳縣老人田，使爲君復陶。注曰：主衣服之官。疏曰：其義未聞。《白帖》：尚衣監曰復陶，又曰陶正。傳曰：昔虞閼父爲周陶正。注：陶正，復陶也，主君上之衣服。按：陶正，《左傳》《史記》皆無注。愚謂舜陶河濱，有虞氏上陶，故傳云：「賴其利器用也，與神明之後也。」則當爲陶冶。《魏略》曰：王修爲司金中郎將，太祖與之教，引「遏父陶正，民賴器用」後云：「此君沉滯冶官。」可確證矣。晉之復陶，亦必冶官，故絳老可爲也，與「秦復陶」義自迥別。今用舊説而附辨之。又按：細讀《左傳》「與之田，使爲君復陶，以爲絳縣師」，注曰：「縣師，掌地域，辨其夫家人民。」是文義與陶冶之事相近，於衣服何涉焉？注乃泥於「秦復陶」而偶誤會耳。至若《揚子》「裪襹謂之袖」，《廣韻》曰「襹裪，衣袖」，《韻會》「裪」通作「陶」，引《傳》文爲證，《説文繫傳》引《左傳》作「複陶」，皆可爲「秦復陶」之注釋，與絳縣老人之復陶，必不可混。愚更以《詩》「陶復陶穴」箋云：「復於土上鑿地曰穴，皆如陶然。」此雖專言土室而義可類證。復陶之解，宜從陶冶。絳老一老農，故來築城，其能主君衣服乎？本文所用，則固謂掌服御，相沿之誤耳。〔按〕馮辨甚詳覈，商隱蓋沿用《左傳》杜注「主衣服之官」之解，徐注非。參下句注。

〔三三〕〔馮注〕《舊書·志》：殿中省監，掌天子服御，領尚食、尚藥、尚衣、尚舍、尚乘、尚輦六局之官屬。少監二員，丞二人。局各有奉御二人。奉御掌衣服，詳其制度，辨其名數，凡大朝會則設案，服畢而徹之。按：「復陶啓位，殿省承榮」，謂此也。徐氏據楚子、雨雪、皮冠、秦復陶，注以爲羽衣者，而謂竇端州必始爲老莊之學，著道士服，後乃入仕，故以「復陶」爲隱語，謬哉！《舊》《新書・志》：鴻臚有卿、少卿、丞，掌賓客及凶儀之事。領典客、司儀二署。典客署有令、丞、掌客，四夷歸化，酋渠朝見，皆掌之。還蕃則佐其辭謝之節。○今玩「入贊」以下十二句，蓋入朝爲典客署令，或鴻臚丞，升爲殿中省官，或尚衣奉御，或少監，故曰「啓位」「乘榮」也。又升爲鴻臚卿或少卿，小有失意，乃出爲刺史，故下曰「卑飛」。文義顯然，官秩亦相合也。

〔三四〕〔補注〕《論語・公冶長》：「赤也，束帶立於朝，可使與賓客言也。」

〔三五〕叔孫，《英華》作「漢宮」，馮注本從之。〔徐注〕《漢書》：叔孫通起朝儀，以所徵三十人及上左右爲學者與其弟子百餘人爲緜蕞野外，習之月餘（以上二字據馮注補）。如淳曰：謂以茅翦樹地，爲纂位尊卑之次也。《春秋傳》曰「置茅蕝」。師古曰：「蕞」與「蕝」同，並音子悅反。按：竇蓋釋褐縣令，入爲鴻臚，故云然。《舊書・職官志》：鴻臚寺領典客、司儀二署。〔馮注〕《史記索隱》：韋昭云：「引繩爲綿，立表爲蕞。」二句又以賓客朝儀言之。

〔三六〕《英華》注：「子」字下集有「之」字。〔徐注〕《詩》：君子信讒，如或醻之。

〔三七〕《英華》注：「人」字下集有「之」字。〔徐注〕《易》：小人道長，君子道消也。

〔三八〕〔徐注〕顔延之詩：劉伶善閉關。〔馮注〕「閉關」見《易經》。此同顔延之「劉伶善閉關」之意，謂既不得志，又未可歸休。〔補注〕《易・復》：「先王以至日閉關，商旅不行，后不省方。」此「閉關」指閉塞關門，本句「閉關」則指關門謝客，不爲塵事所擾。稅鞅，解下套馬之皮帶，猶稅駕。

〔三九〕〔徐注〕《吴越春秋》：扶同曰：「鷙鳥將搏，必卑飛戢翼。」

〔四〇〕〔徐注〕《易》：利有攸往。

〔四一〕〔徐注〕《蜀都賦》：外負銅梁於宕渠。向曰：銅梁，山名。《元和郡縣志》：銅梁山在墊江縣南九里。按：墊江，今四川重慶府之合州是也。〔馮注〕《通典》：合州巴川郡，領縣六，理石鏡縣。又銅梁縣因山爲名。《新書·志》：合州石鏡縣有銅梁山。

〔四二〕〔徐注〕《華陽國志》：成都西城，故錦官城也。錦江織錦濯其中則鮮明，他江則不好，故命曰錦里。

〔四三〕〔徐注〕《寰宇記》：《益部耆舊傳》云：「相如宅在少城中笮橋下百步許，有琴臺在焉。」《成都記》：琴臺院以相如琴臺得名而非其舊。舊臺在城外浣花溪之海安寺南，今爲金花寺。元魏伐蜀，下營於此，掘塹得大甕二十餘口，蓋所以響琴也。隋蜀王秀更增五臺，并舊爲六。

〔四四〕〔馮注〕《華陽國志》：文翁立文學精舍講堂，作石室，一作玉室。永初後，堂遇火，太守陳留高眹更修立，又增造二石室。《寰宇記》：學堂一名周公禮殿。按：《集古録》所引玉室，一名玉堂。高眹於玉堂東復造一石室，爲周公禮殿。「眹」「昳」字小異。〔徐注〕《水經注》：（始）文翁（爲蜀守），立講堂作石室於南城。後守更增二石室。

〔四五〕〔徐注〕《蜀志·諸葛亮傳》注：《蜀記》：「晉永興中，鎮南將軍劉弘至隆中觀亮故宅，立碣表閭。」《寰宇記》：諸葛武侯廟在先主廟西。《方輿勝覽》：在成都府西北二里少城内。桓温平蜀，夷少城，獨存孔明廟。〔馮曰〕劉弘立碣隆中，而此則借指成都武侯廟。

〔四六〕〔徐注〕《益部耆舊傳》：王商字文表，廣漢人，劉璋以商爲蜀郡太守，與嚴君平、李弘立祠作銘，以旌先賢（以上四字據馮注補）。《寰宇記》：嚴君平宅在益州西一里。《耆舊傳》云：「卜肆之井猶存。」〔馮注〕《蜀志・秦宓傳》：宓與商書曰：「足下爲嚴、李立祠，可謂厚黨勤類者也。」

〔四七〕隴首，馮注本改「鶉首」。〔徐注〕柳惲詩：隴首秋雲飛。〔馮校〕舊作「隴首」，與下文複（按：下云「隴首停煙」），且合州、成都非隴首境也。《新書・志》：劍南道，漢蜀郡、廣漢、犍爲、越嶲、益州、牂柯、巴郡之地，總爲鶉首分。按：《漢書・志》：東井、輿鬼，雍州秦地之分壄也。南有巴、蜀、廣漢、犍爲、武都，西南有牂柯、越嶲、益州，皆屬焉。張衡《西京賦》：「錫用此土而翦諸鶉首。」《晉書・志》：「東井十六度至柳八度爲鶉首，於辰在未，秦之分野。」蓋蜀亦屬秦分。鶉首之分極多。此言自蜀歸秦，必訛「鶉首」爲「隴首」，故竟改定。〔按〕《漢書・地理志下》：「自井十度至柳三度，謂之鶉首之次，秦之分也。」則鶉首指秦地。馮氏以蜀亦秦分爲言，然則何以知此「鶉首」必指蜀地而不指秦地？又何以證「隴」必「鶉」之誤（二字形、音均明顯不同）？似嫌證據不足。蓋此「隴首」乃指隴山。《漢書・禮樂志》：「朝隴首，覽西垠。」顏師古注：「隴坻之首也。」隴首云歸，謂歸於秦隴之地也，與下文「隴首」指墓隴者義別。

〔四八〕〔馮注〕《舊書・志》：端州領縣二：高要、平興。又康州端溪縣，縣界有端山，山下有溪也。

按:此仍謂端州,實當謫端州之卑秩也。〔徐注〕唐端州,今廣東肇慶府治是也。《明一統志》:大江在府城西南,又名西江,即端溪也。深廣澄演,下流入海。

〔四九〕〔徐注〕《易》:羝羊觸藩,羸其角。

〔五〇〕〔徐注〕《易》:臀困于株木。

〔五一〕〔馮注〕《蜀志·許靖傳》:靖字文休,汝南平輿人。漢末除尚書郎,典選舉。補御史中丞,懼董卓誅之,奔豫州刺史孔伷。又依揚州刺史陳禕。又吴郡都尉許貢、會稽太守王朗,素與靖有舊,故往保焉。靖收恤親里。孫策東渡江,皆走交州以避其難。靖身坐岸邊,先載附從、疏親,乃從後去。既到交阯,靖與曹公書曰:「行經萬里,漂薄風波,飢殍荐臻,復遇疾癘,計爲兵害及病亡者,十遺一二。」按:他鄉、無禄,當指奔依時。其後劉璋招靖入蜀爲太守,先主時爲太傅,非所用也。

〔五二〕〔徐注〕《蜀志》:馬超字孟起,右扶風茂陵人。父騰,靈帝末與邊章、韓遂等俱起事於西州。超領騰部曲,軍敗,超走保諸戎。曹公追至安定,復奔漢中依張魯。聞先主圍劉璋於成都,密疏請降。章武元年,遷驃騎將軍,領涼州牧,進封斄鄉侯。二年卒。臨没上疏曰:「臣門宗二百餘口,爲孟德所誅略盡,惟有從弟岱,當爲微宗血食之繼,深託陛下,餘無復言。」〔馮注〕《蜀志》注引《典略》曰:超敗,其小婦弟种先入漢中,正旦,种上壽於超,超搥胸吐血曰:「闔門百口,一旦同命,今二人相賀耶?」

〔五三〕〔徐注〕《書》：皇天降災。
〔五四〕〔馮注〕《左傳》：狐偃言於晉侯曰：「求諸侯莫如勤王。」〔補注〕勤王，當指李晟復京事。
〔五五〕〔馮注〕《戰國策》：楚王結駟千乘。《述異記》：青童飛輪之車。〔徐注〕李康《運命論》：子思遊歷諸侯，莫不結駟而造門。
〔五六〕遺，《英華》作「惟」，誤。見《爲韓同年瞻上河陽李大夫啓》「家人延自出之恩」注。
〔五七〕垂，《全文》作「萃」，據《英華》改。〔馮注〕《左傳》：士踰月，外姻至。《儀禮·士昏禮》：某以得爲外昏姻，請覿。〔補注〕外姻，由婚姻關係結成之親戚。
〔五八〕〔馮箋〕璟之出使，當會昌三年。考西平諸子卒年，惟憲大和三年卒，與「一紀」爲近也。所叙絶無奇痛，必非愿子。娶竇者何必獨愿耶？以上郎中自叙家世。「自出」「外姻」，皆從竇氏指己言祖宗之餘慶，自當見及也。李氏固當自矜矣。初疑竇與李前後交有婚姻者，非也。
〔五九〕〔徐注〕王隱《晉書》：魏舒字陽元，任城人。幼孤，爲外氏甯家所養。甯氏起宅，相者曰：「當出貴甥。」舒曰：「當爲外氏成此宅相。」後累官侍中、司徒。
〔六〇〕見《爲濮陽公上淮南李相公狀三》「淮王堂構」注。
〔六一〕〔徐注〕《詩》：我送舅氏，曰至渭陽。
〔六二〕州，《全文》誤作「川」，據《英華》改。〔馮注〕《晉書·謝安傳》：羊曇，太山知名士，安所愛重。安薨後，輟樂彌年，行不由西州路。常因石頭大醉，扶路唱樂，不覺至州門。左右白曰：「此西州門。」羊慟哭而去。曇爲安甥，《傳》有乞墅事。

〔六三〕〔徐注〕謝靈運詩：牽葉入松門。〔按〕此「松門」指墓地。墓地多植松楸。

〔六四〕停，《英華》注：集作「行」。〔馮注〕柳惲詩：「隴首秋雲飛。」此謂松楸丘隴。

〔六五〕〔徐注〕《禮記》：子游曰：「飯于牖下，小斂于户内，大斂于阼，殯於客位，祖於庭，葬於墓，所以即遠也。」〔補注〕祖庭，送殯前於庭中舉行之祭奠。

〔六六〕〔馮注〕《晉書·謝安傳》：苻堅率衆，號百萬，次淮肥。加安征討大都督。兄子玄入問計，安夷然無懼色，答曰：「已别有旨。」既而命駕出山墅，親朋畢集，方與玄圍棋賭别墅。玄不勝，安顧謂其甥羊曇曰：「以墅乞汝。」《廣韻》：乞，與人物也，去既切。

〔六七〕血，《全文》作「皆」，據《英華》改。隳，《全文》作「裂」，據《英華》改。〔馮曰〕徐刊本作「皆」「裂」，誤。

〔六八〕〔徐注〕江淹《恨賦》：置酒欲飲，悲來填膺。

〔六九〕玗，《全文》作「玕」，據《英華》改。〔徐注〕王褒《聖主得賢臣頌》：剖符錫壤，以光祖考。〔馮曰〕玗、玕皆玉名，字易相誤。《英華》刊本作「玗」也。

〔七〇〕〔徐曰〕玕、璟，竇端州二子名也。〔馮曰〕按玗、璟乃李郎中兄弟也。玗之守郡在邊塞，疑即鹽州矣。璟即所定爲懷州中丞者，持使節，當使吐蕃時也。詳《爲懷州李中丞謝上表》下，與（李）郎中皆爲（竇）端州甥。〔按〕馮箋是。

〔七一〕〔馮注〕《新書·志》：鹽州有保塞軍。餘詳《爲鹽州刺史奏舉李孚判官狀》注〔一〕。

〔七二〕〔馮注〕《舊書·吐蕃傳》：其初，濟黄河，逾積石，於羌中建國。長慶中，劉元鼎奉使往來，渡黄河上流。其南三百餘里有三山，山形如鏉，河源在其間。

〔七三〕〔徐注〕（班固）《典引》：次於聖心，瞻前顧後。

〔七四〕〔徐注〕張翰詩：單形依孤影。〔馮注〕（玗、璟）與郎中皆爲端州甥，而弔祭惟郎中，故云。

〔七五〕〔徐注〕任昉《爲范始興表》：長號北陵。《詩》：臨其穴，惴惴其慄。〔補注〕次，臨時所搭帳幕，用於祭祀。《儀禮·士喪禮》：「衆主人出門，哭止，皆西面於東方，闔門，主人揖，就次。」鄭玄注：「次，謂斬衰倚廬、齊衰堊室也。」潘岳《楊仲武誄》：「喪服同次，綢繆累月。」

〔七六〕《英華》作「酒濃清醴」，非。〔徐注〕《詩》：爲酒爲醴，以洽百禮。

〔七七〕〔徐注〕《漢書·賈捐之傳》：遥設虚祭，想魂乎萬里之外。

〔七八〕《英華》無此四字。

## 爲濮陽公與劉稹書〔一〕

足下：前以肺肝，布諸簡素，仰承復命，猶事枝辭〔二〕。夫豈告者之不忠，抑乃聽之而未審？擇福莫若重，擇禍莫若輕〔三〕。一去不迴者良時，一失不復者機事〔四〕。噫嘻執事，誰與爲謀？延首北風〔五〕，心焉如灼。是以再陳禍福，用釋危疑。言不避煩，理在易了。丁寧懇款〔六〕，至於再三者，誠以某與先太傅相國〔七〕，俱沐天光，並爲藩后〔八〕，昔云與國，今則親鄰〔九〕。而大年不登，同盟未至〔一〇〕，飯貝纔畢〔一一〕，縗衣莫陳〔一二〕。乃睠後生〔一三〕，遽乖先訓，遷延朝命〔一四〕，迷失臣職〔一五〕。不思先縠之忠〔一六〕，將覆欒書之族〔一七〕。此僕隸之所共惜〔一八〕，兒女之所同悲。況某擁節臨戎，援旗誓衆〔一九〕，封疆甚邇，音旨猶存〔二〇〕。忍欲賣之以爲己功，間之以開戎役？將祛未寤〔二一〕，欲罷不能。願思苦口之言〔二二〕，以定束身之計〔二三〕。

昔先太尉相公〔二四〕，常蹈亂邦〔二五〕，不從逆命，翻身歸國，全家受封，居韓之西，爲國之屏〔二六〕。棄代之際，人情帖然〔二七〕。太傅相公〔二八〕，以早副軍牙，久從征旆，事君之節已著，居喪之禮又彰。故乃獎其象賢〔二九〕，仍以舊服〔三〇〕，納職貢賦〔三一〕，十五餘年〔三二〕。於我唐爲忠臣〔三三〕，於劉氏爲孝子。人之不幸，天亦難忱〔三四〕。纔加壯室之年〔三五〕，奄有壞梁之歎〔三六〕。主上深固義烈，是降優恩〔三七〕。蓋將顯足下之門，爲列藩之式，不欲劉氏有自立之帥，上黨爲辜恩之軍〔三八〕。俾之還朝，以聽後命〔三九〕。其義甚著，其恩莫偕。昨者秘不發喪，已逾一月〔四〇〕；安而拒詔，又歷數旬〔四一〕。秘喪則於孝子未聞，拒詔則於忠臣已失。失忠於國，失孝於家，望此用人，由兹保族，是亦坐薪言泰〔四二〕，巢幕云安〔四三〕，智士之所寒心〔四四〕，謀夫之所齗舌〔四五〕。矧於僕者，得不動心？

竊計足下之懷，執事之論，當以趙氏傳子，魏氏襲侯〔四六〕，欲以逡巡希恩〔四七〕，顧望謀立耳。夫事殊者趣異，勢别者跡睽〔四八〕。故度其始而議其終，搴其華而尋其實〔四九〕，願爲足下一二而陳之〔五〇〕。夫趙、魏二侯〔五一〕，於其先也，親則父子；於其人也，職則副戎〔五二〕。賞罰得以相參，恩威得以相抗。義顯事順，故朝廷推而與之。今足下之于太傅也，地則猶子〔五三〕，職非副戎，賞罰未嘗相參，恩威未嘗相抗。稽喪則于義爽〔五四〕，拒詔則於事乖，比趙、魏二侯，信事殊而勢别矣。此施之於太傅、趙、魏，則爲繼代象賢之美；施之於足下，足下則爲自立擅命之尤〔五五〕。得失之間，其理甚白。

又計足下，未必不恃太傅之好賢下士，重義輕財，吴國之錢，往往而有；梁園之客，比比而來〔五六〕。將倚以爲墻藩〔五七〕，託以爲羽翼，使之謀取〔五八〕，使以數求〔五九〕。細而思之，此又非計。山高則祈羊自至〔六〇〕，泉深則沈玉自來〔六一〕。己立然後人歸，身正然後士附。語有之曰：「政亂則勇者不爲鬬，德薄則賢者不爲謀。」故吴濞有姦而鄒陽去〔六二〕，燕惠無德而樂生奔〔六三〕。晉寵大夫，卒成分國之禍〔六四〕；衛多君子〔六五〕，孰救渡河之烖〔六六〕？此之前車，得不深鏡〔六七〕！

代、憲四祖〔六八〕，文明繼興〔六九〕。當時燕、趙、中山〔七〇〕，淮陽、齊、魯〔七一〕，連結者幾姓〔七二〕？旅拒者幾侯〔七三〕？咸逆天用人，背惠忘德。據指掌之地〔七四〕，謂可逃刑〔七五〕；倚親戚之私〔七六〕，謂能取信。一旦地空家破，首裂支分，闇者不能爲謀，明者固以先去。悔而莫及，末如之何。先太尉與李洧尚書〔七七〕，齊之密戚〔七八〕；楊太保與蘇肇給事〔七九〕，蔡之懿親〔八〇〕。並據要地方州，領精甲鋭卒。及其王師戾止〔八一〕，我武維揚〔八二〕，則割地驅人以降，送款輸忠以入〔八三〕。非不顧密戚〔八四〕，非不念懿親，非不思恩，非不懷惠，直以逆順是逼〔八五〕，死生實難，能與其同休，不能與其共戚故也。況足下大未侔齊、蔡，久未及李、吴〔八六〕，將以其人，動於不義，僕固恐夙沙之國〔八七〕，縛主之卒重生〔八八〕；彭寵之家，不義之侯更出〔八九〕。

又計足下，當恃太行九折之險〔九〇〕，部内數州之饒〔九一〕，兵士尚强，倉儲且足，謂得支久〔九二〕，謀而使安〔九三〕。危哉此心，自棄何速〔九四〕！昔李抱真相國〔九五〕，用彼州之人，破朱滔於燕〔九六〕，困田悦於魏〔九七〕，連兵轉戰，緜歲經時。而潞人子死不敢悲，夫死不敢哭〔九八〕，何者？李相國奉討逆之命，爲勤王之師，義著而誠順故也〔九九〕。及盧從史釋喪就位，賣降冀功〔一〇〇〕，將乘討伐之時，欲肆凶邪之性，計未就而人神已怒，事未立而兵衆已離。以萬夫之長，困一卒之手。驅檻北闕〔一〇一〕，棄尸南荒。而潞之人，猶老者捫胸〔一〇二〕，少者扼腕〔一〇三〕，謂朝廷不即顯戮〔一〇四〕，深爲失刑。其故何哉？以從史不義不暱〔一〇五〕，去安就危，衆黜其謀，下不爲用故也〔一〇六〕。二帥去就，非因傳聞，鳩杖之人〔一〇七〕，鮐背之叟〔一〇八〕，知其本末，尚能言之。則太行之險，固不爲悖者之守〔一〇九〕；數州之衆，固不爲邪者之徒。此又其不足恃也〔一一〇〕。由此言之，則以何名隳家聲〔一一一〕？何事捨君命？何道求死士？何計得人心〔一一二〕？此僕者所以對案忘飧〔一一三〕，推枕不寢〔一一四〕，爲足下惜，爲足下危，而不知其所以然也。

況太傅比者養牛添卒〔一一五〕，畜馬訓兵，旁招武幹之材〔一一六〕，中舉將軍之令。然而聽於遠近〔一一七〕，頗有是非。雖朝廷推赤心〔一一八〕，弘大度〔一一九〕，然而不逞者已有乖異之説〔一二〇〕，横議者屢興悖惡之疑〔一二一〕。「人之多言，亦可畏也〔一二二〕。」誰爲來者，宜其弭之〔一二三〕。今足下背季父引進之恩〔一二四〕，失大朝文誥之令〔一二五〕，則是實先太傅之浮議，彰昭義軍之有謀〔一二六〕。爲人姪，則致叔父於不忠〔一二七〕；爲人孫，則敗乃祖於無後。亦何以對燕、趙之士〔一二八〕，見齊、魯之人耶〔一二九〕？

又計足下旬日之前〔一三〇〕，造次爲慮，今茲追改，懼有後艱〔一三一〕。此左右者不明，而咨詢之未盡也。近者李尚書祐〔一三二〕、董常侍重質之輩〔一三三〕，並親爲賊將，拒我官軍，納質於匪人，效用於戎首〔一三四〕。久乃來復，尚蒙殊恩。皆受郡符〔一三五〕，咸領旗鼓〔一三六〕。不能悉數，厥徒實繁〔一三七〕。豈有足下藉兩代之餘資，委數萬之舊旅〔一三八〕，俛首聽命，舉宗效誠，則朝廷又豈以一日之稽遲，片辭之疑異，而致足下於不測〔一三九〕，沮足下於後至〔一四〇〕？故事具存，可以明驗。幸請自求多福〔一四一〕，無辱前人。護龍旗以歸洛師〔一四二〕，秉象笏而朝魏闕〔一四三〕。必當勳庸繼代，富貴通身〔一四四〕。無爲鄰道所資〔一四五〕，使作他人之福。

儻尚淹歸款，未整來軒〔一四六〕，戎臣鼓勇以争先〔一四七〕，天子赫斯而降怒〔一四八〕。金玦一受〔一四九〕，牙璋四馳〔一五〇〕。魏、衛壓其東南，晉、趙出其西北〔一五一〕。拔距投石者〔一五二〕，數逾萬計；科頭戟手者〔一五三〕，動以千群。兼驅扼虎之材官〔一五四〕，仍率射雕之都督〔一五五〕。感義則日月能駐〔一五六〕，拗憤則沙石可吞〔一五七〕。使兵用火焚〔一五八〕，城將水灌〔一五九〕。魏趣邢郡，趙出洺州〔一六〇〕。介二大都之間〔一六一〕，是古平原之地〔一六二〕。車甲盡輸於此境〔一六三〕，糗糧反聚於他人。恃河北而河北無儲〔一六四〕，倚山東而山東不守〔一六五〕。以兩州之殘殍〔一六六〕，抗百道之奇兵〔一六七〕，比累卵而未危〔一六八〕，寄孤根於何所〔一六九〕！則老夫不佞，亦有志焉。願驅敢死之徒，以從諸侯之末〔一七〇〕。下飛狐之口〔一七一〕，入天井之關〔一七二〕，巨浪難防，長飈易扇。此際必當驚地底之鼓角，駭樓上之梯衝〔一七三〕。喪貝躋陵〔一七四〕，飛走之期既絶〔一七五〕；投戈散地〔一七六〕，灰釘之望斯窮〔一七七〕。自然麾下平生，盡忘舊愛；帳中親信，即起他謀〔一七八〕。辱先祖之神靈，爲明時之戮笑〔一七九〕。静言其漸，良以驚魂〔一八〇〕。

今故再遣使車，重申丹素〔一八一〕。惟鑒前代之成敗〔一八二〕，訪歷事之賓僚〔一八三〕。思反道敗德之難〔一八四〕，念順令畏威之易。時以吉日〔一八五〕，蹈玆坦途。勿餒劉氏之魂〔一八六〕，勿汙潞人之俗〔一八七〕。封帛增欷〔一八八〕，含毫益酸〔一八九〕。延望還章，用以上表〔一九〇〕。成敗之舉，慎惟圖之，不宣。河陽三城節度使王茂元頓首。

【校注】

〔一〕本篇原載《文苑英華》卷六四六第一〇頁、清編《全唐文》卷七七九第四頁、《樊南文集詳注》卷八。又載《册府元龜》（中華書局影印明刻本，一九六〇年版）卷四一六總四九五八頁。《英華》《全文》題均作《爲濮陽公檄劉稹文》，今從馮注本。〔《英華》注〕文，集作「書」。〔徐校〕文，集作「書」，是。〔馮校〕《英華》作「檄」，集作「書」。《玉海》引之亦作「檄」。然檄爲聲罪之詞，書有勸戒之語。文非檄體，首尾顯然。《李衛公文集》有《代諸節度與澤潞軍將書》。《玉海》又引《册府元龜》「武宗遣諸鎮告諭以利病禍福之宜，茂元與稹書」云云。蓋上受廟謨，故可貽書誡諭。其體則書，其義同檄。故《册府》作「書」云，而列之檄類。《史記·張儀傳》：爲文檄告楚相。注：許慎云：「檄，二尺書也。」《文心雕龍》有云張儀《檄楚書》。〔按〕馮譜、張箋均繫會昌三年，而未詳考月日。《新唐書·武宗紀》：會昌三年，「四月乙丑（初七），昭義軍節度使劉從諫卒」。《通鑑·武宗會昌三年》：四月，「從諫尋薨，稹秘不發喪……逼監軍崔士康奏稱從諫疾病，請命其子稹爲留後。……辛巳（二十三日），始爲從諫輟朝，贈太傅，詔劉稹護喪歸東都……稹不從。丁亥（二十九日），以忠武節度使王茂元爲河陽節度使……五月……辛丑（十三日），制削奪劉從諫及子稹官爵，以元逵爲澤潞北面招討使，何弘敬爲南面招討使，與夷行、劉沔、茂元合力攻討」。文中凡稱劉從諫，皆曰「太傅」，可證本篇必作於會昌三年四月二十三日朝廷贈從諫太傅之後，五月十三下制削奪從諫及劉稹官爵之前。又據文内「昨者秘不發喪，已逾一月；安而拒詔，又歷數旬」，從諫四月初七卒，逾一月則已五月初七之後；劉稹拒詔，至此亦近兩旬。故可考知此文當作於會昌三年五月七日至十三日之間。其時朝廷尚未削奪從諫及稹官爵，明令進討，故文自爲勸誡之書體，而不可能爲聲罪之檄體。此文不僅形式、體製非討伐叛逆之檄文，内容亦主要爲勸諭告誡，敦促其束身歸朝，即「儻尚淹歸款」一段之正言厲色，目的亦在促其「蹈茲坦途」。故文題作《爲濮陽公與劉稹書》，内容、體制方始一致。然《英華》《全文》均作《爲濮陽公檄劉稹文》，亦未必爲後人之擅改，頗疑大中元年義山編《樊南甲集》時所改。蓋會昌伐叛之役勝利以後，劉稹之叛逆已成歷史結論，故將文題《爲濮陽公與劉稹書》改爲《爲濮陽公檄劉稹文》，而文之内容及對從諫之稱謂則未加改動，而此未加改動之「太傅」稱謂正可考知其寫作具體時間。《唐大詔令集》卷一二〇載李德裕《討潞州劉稹制》，中云「中使挾醫，莫覩其朝服；近臣銜命，不入於壘門。逆節甚明，人神共棄，其贈官及所授官爵並劉稹在身官，並宜削奪」，末注「會昌三年七月」，似至七月方削從諫贈官。然從諫四月初七卒，如七月削奪贈官，則與本文「昨者秘不發喪，已逾一月；安而拒詔，又歷數旬」之語明顯不合。故制文削奪官爵一節，當是重申五月辛丑削奪從諫及稹官爵之決定，非謂至七月方削奪官爵也。

〔二〕〔徐注〕《易》：中心疑者其辭枝。〔補注〕枝辭，旁岔支吾、浮華不實之辭。

〔三〕〔馮注〕《國語》范文子語。〔補注〕《國語·晉語六》：「范文子曰：『擇福莫若重，擇禍莫若輕。』」

〔四〕〔補注〕機事，此指機會難得或時機急迫之事。

〔五〕〔徐注〕阮籍《正欲賦》：佇延首以極視。〔按〕劉稹所據之澤潞鎮在王茂元所鎮之河陽北，故云「延首北風」。《詩·邶風·北風》有「北風其涼，雨雪齊雱。惠而好我，攜手同行。其虛其邪？既亟只且」之句。

〔六〕款，《册府》作「切」。〔補注〕懇款，懇切忠誠。

〔七〕太傅，《英華》《册府》均作「太師」，徐本、馮本從之。以下凡《全文》作「太傅」處，《英華》、《册府》、徐本、馮本均作「太師」。〔馮注〕《舊書·劉悟傳》：子從諫，充昭義節度使。文宗即位，進檢校司空。大和七年，加同中書門下平章事。武宗時，進司徒，卒。〔按〕此書作於四月辛巳（二十三）贈從諫太傅之後，五月辛丑（十三）削奪從諫及稹官爵之前，故凡稱從諫處皆曰「太傅」。兩《唐書·劉從諫傳》不著「太傅」之贈官，固因修史者往往略去此類贈官，更緣劉稹拒詔反叛，朝廷既已削從諫及稹官爵，修史者自更無必要書此。馮氏引《舊書》以注「太師」之稱，不知作書之時自當稱「太傅」也。《英華》《册府》之作「太師」，或因編者不知從諫有太傅之贈官而改。

〔八〕〔徐注〕陸機詩：發跡翼藩后。〔補注〕藩后，此指節度使。羊勝《屏風賦》：「藩后宜之，壽考無疆。」

〔九〕〔補注〕與國，相與交善之國，此指同爲節度使。王茂元開成五年至會昌三年爲忠武節度使時，劉從諫爲澤潞節度使，故云「昔云與國」。會昌三年四月丁丑茂元移鎮河陽，與澤潞封疆相接，故云「今則親鄰」。

〔一〇〕同盟，《英華》一作「問望」，非。〔馮注〕《左傳》：諸侯五月而葬，同盟至。〔補注〕《莊子·逍遥遊》：「小知不及大知，小年不及大年。」大年，謂年壽長。大年不登，即下文「纔加壯室之年，奄有壞梁之歎」。

〔一一〕〔馮注〕《檀弓》：飯用米貝，弗忍虚也。《穀梁傳》：貝玉曰含。〔補注〕古代喪禮，以珠、玉、貝、米納於死者口中，曰飯含、飯貝、飯玉、飯珠。《後漢書·禮儀志下》「飯唅珠玉如禮」劉昭注引《禮稽命徵》：「天子飯以珠，唅以玉；諸侯飯以珠，唅以璧；卿大夫、士飯以珠，唅以貝。」

〔一二〕〔馮注〕《儀禮》：襚者委衣于牀。《公羊傳》：車馬曰賵，貨財曰賻，衣被曰襚。〔補注〕襚衣，贈與死者之衣服。

〔一三〕〔馮注〕眷、睠通。《詩·小雅》：睠睠懷顧。《韓詩》作「眷眷」。《大雅》：乃眷西顧。箋曰：眷，本又作「睠」。〔補注〕後生，指劉稹。

〔一四〕〔徐注〕宋玉《登徒子好色賦》：因遷延而辭避。〔補注〕此指劉稹遷延時日，不遵朝旨，奉從諫喪歸洛陽事。

〔一五〕〔補注〕迷失臣職，謂不遵朝命。

〔一六〕縠，《英華》作「穀」，注：《左傳》作「縠」。〔徐注〕《左傳》：晉人討邲之敗與清之師，歸罪於先縠而殺之，盡滅其族。按：先縠違命喪師，不可謂忠。疑當作「先軫」。《左傳·僖三十三年》：狄伐晉及箕，先軫免胄入狄師，死焉。狄人歸其元，面如生。〔馮按〕《英華》刊本誤作「轂」，而注曰：《左傳》作「縠」。明是訛「軫」爲「轂」也，故直改正（馮本作「軫」）。〔按〕《英華》宋刊殘本作「穀」不作「轂」，馮氏所據蓋明刊《英華》，故誤「軫」爲「轂」之説不確。本集與《英華》既分作「縠」與「穀」，則原當作「縠」，形誤而爲「穀」。蓋義山數典，一時誤記「先軫」爲「先縠」也。今仍其舊而略説其致誤之由。

〔一七〕〔馮注〕《春秋左傳》：晉欒盈出奔楚，自楚適齊，齊納諸曲沃。欒盈帥曲沃之甲入絳，乘公門，范鞅用劍以帥卒，欒氏退，欒盈奔曲沃。晉人克欒盈于曲沃，盡殺欒氏之族黨。欒魴出奔宋。按：盈，書之孫，黶之子，皆用晉事切地。

〔一八〕惜，《英華》作「惋」，注：集作「惜」。

〔一九〕援，《英華》注：集作「拔」。非。〔徐注〕《後漢書·隗囂傳論》曰：囂援旗糾族。〔馮注〕《南史·虞寄傳》：杖劍興師，援旗誓衆。

〔二〇〕旨，《册府》作「問」。〔補注〕音旨，猶音信。

〔二一〕〔補注〕祛未寤，開導消除未曾醒悟。

〔二二〕〔徐注〕《漢書·張良傳》：良曰：「忠言逆耳利于行，毒藥苦口利于病。」〔馮注〕《家語》：孔子曰：「良藥苦於口，而利於病；忠言逆於耳，而利於行。」

〔二三〕〔馮注〕《晉書·段灼傳》：鄧艾被詔書，束身就縛。又《王坦之傳》：卒士韓悵束身自歸。○此謂束身歸朝，語習見。《舊書·代宗紀》：田承嗣表請束身歸朝。《德宗紀》：李懷光謝罪，請束身歸朝。

〔二四〕〔補注〕先太尉相公，指劉稹之祖父劉悟。卒贈太尉。詳注〔二七〕。

〔二五〕〔補注〕《論語·泰伯》：「危邦不入，亂邦不居。」事詳注〔二七〕。

〔二六〕之屏，《册府》作「屏藩」。〔補注〕昭義鎮所轄澤、潞二州，地處戰國時韓國之西北，故云「居韓之西」。

〔二七〕〔徐注〕《北史·尉元傳》：東南清晏，遠近帖然。〔馮箋〕《舊書·劉悟傳》：悟爲淄青節度都知兵馬使。憲宗下詔誅師道，師道遣悟將兵拒魏博軍，悟未及進，馳使召之。悟度使來必殺己，乃召諸將與謀曰：「魏博田弘正兵强，出戰必敗，不出則死。今天子所誅者，司空（按：指李師道）一人而已，悟與公等皆爲所驅迫，何如轉危亡爲富貴？」於是以兵取鄆，擒師道，斬其首以獻。擢拜悟義成軍節度使，封彭城郡王。穆宗即位，檢校尚書右僕射，移鎮澤潞。旋以本官兼平章事。寶曆元年九月卒，贈太尉。

〔二八〕傅，《英華》作「師」，非。公，《英華》注：集作「國」。〔補注〕太傅相公，指劉從諫。大和七年，加同中書門下平章事。會昌三年四月，贈太傅。

〔二九〕乃，《英華》注：集作「前」。〔補注〕《書·微子之命》：「殷王元子，惟稽古崇德象賢。」《儀禮·士冠禮》：「繼世以立諸侯，象賢也。」鄭玄注：「象，法也。爲子孫能法先祖之賢，故使之繼世也。」

〔三〇〕〔補注〕《書·仲虺之誥》：「天乃錫王勇智，表正萬邦，纘禹舊服。」舊服，舊有之屬地。此指澤潞。〔徐箋〕(《舊書·傳》)悟遺表請以其子從諫繼纘戎事。敬宗寶曆二年，充昭義節度等使。

〔三一〕貢賦，《册府》作「修貢」。

〔三二〕十五，《全文》作「五十」，誤，據《英華》乙正。〔補注〕自敬宗寶曆二年至會昌三年，爲十七年，故云「十五餘年」。

〔三三〕我唐，《册府》作「唐室」。

〔三四〕〔徐注〕《書》：天難諶，命靡常。〔馮注〕《詩》：天難忱斯。〔補注〕諶、忱通，相信。《書》孔傳：「以其無常，故難信。」

〔三五〕〔徐注〕《禮記》：三十曰壯，有室。〔按〕據《新唐書·藩鎮傳·劉從諫》：「卒，年四十一，贈太傅。」四十一歲不得謂「纔加壯室之年」。《禮記·曲禮上》：「四十曰强，而仕。」疑商隱誤「强仕」爲「壯室」，四十一恰爲「纔加强仕之年」。商隱誤「强仕」爲「壯室」，又見《梓州道興觀碑銘并序》：「陸平原壯室之年，交親零落。」陸機《歎逝賦序》：「余年方四十，而懿親戚屬，亡多存寡；昵交密友，亦不半在。」《梓州道興觀碑銘并序》之「壯室」，亦「强仕」之誤也。

〔三六〕〔徐注〕《禮記》：孔子歌曰：「泰山其頽乎！梁木其壞乎！哲人其萎乎！」蓋寢疾七日而歿。箋：從諫進位檢校司徒，會昌三（原引作「元」，據《新唐書·武宗紀》改）年卒。大將郭誼等匿喪，用其姪稹權領軍務。〔馮按〕《新書·傳》於大和六年前曰從諫「方年壯，思立功」，後又曰「卒，年四十一」。《通鑑》曰：悟甍，從諫匿其喪。司馬賈直言責之曰：「爾孺子何敢如此？」若如《新書》，似不合稱「孺子」。證以此文，則《新·傳》有舛也。〔按〕《新·傳》紀從諫卒之年歲不誤，乃義山用事誤，詳上注。

〔三七〕優恩，《册府》作「絲綸」。

〔三八〕蓋將……後命，《册府》作「俾足下還朝，聽國家後命」。辜恩，《英華》注：集作「姑息」。〔馮注〕李陵《答蘇武書》：陵雖辜恩，漢亦負德。〔補注〕上黨，即潞州，澤潞節度使治所。

〔三九〕後，《英華》作「故」，徐本作「復」，均誤。《英華》注：集作「後」。〔馮注〕《舊書·傳》：詔稹護喪歸洛，以聽朝旨，稹竟叛。《通鑑》：上遣供奉官往諭指：「稹入朝，必厚加官爵。」

〔四〇〕〔補注〕劉從諫卒於會昌三年四月乙丑（初七），此云「已逾一月」，當在五月七日以後。《册府》此句作「已當踰月」，則纔值踰月也。

〔四一〕〔補注〕《通鑑·會昌三年》：四月，「辛巳（二十三），始爲從諫輟朝，贈太傅，詔劉稹護喪歸東都。又召見劉從素（稹父），令以書諭稹，稹不從」。自四月二十三至五月辛丑（十三），已歷兩句。

〔四二〕〔徐注〕《漢書·賈誼傳》：《疏》曰：「抱火厝之積薪之下而寢其上，火未及燃，因謂之安。」

〔四三〕〔馮注〕《左傳》：吴公子札自衛如晉，將宿于戚，聞鐘聲焉，曰：「異哉！夫子獲罪於君以在此，猶燕之巢于幕上。」〔按〕幕，帳幕，隨時可撤。燕巢其上，至爲危險。

〔四四〕〔徐注〕《史記·刺客傳》：鞠武曰：「以秦王之暴，而積怒於燕，足爲寒心。」《索隱》：凡人寒甚則心戰，恐懼亦戰。今以懼譬寒，言可爲心戰。

〔四五〕〔徐注〕《漢書·田蚡傳》：韓安國謂蚡曰：「魏其必媿，杜門齰舌自殺。」師古曰：齰，齧也，音仕客反。按：齰，《説文》本作「齰」，重文省作「齚」。〔馮注〕《説文》：齰，齧也。側革切。或從「乍」作「齚」。

〔四六〕〔馮注〕趙氏傳子，謂成德王庭湊死，子元逵襲也。魏氏襲侯，謂魏博何進滔死，子重順襲，賜名弘敬也。皆舉河朔近事言之。〔按〕成德節度使治恒（鎮）州，古屬趙地；魏博節度使治魏州，故曰「魏氏」。王元逵、何弘敬襲位事分見《通鑑》文宗大和八年、開成五年。

〔四七〕〔補注〕逡巡，拖延。

〔四八〕〔補注〕謂澤潞之事情形勢不同於成德、魏博。睽，異。《通鑑·會昌三年》：「上以澤潞事謀於宰相，宰相多以爲：『回鶻餘燼未滅，邊境猶須警備，復討澤潞，國力不支，請以劉稹權知軍事。』諫官及群臣上言者亦然。李德裕獨曰：『澤潞事體與河朔三鎮不同。河朔習亂已久，人心難化，是故累朝以來，置之度外。澤潞近處心腹……朝廷若又因而授之，則四方諸鎮誰不思效其所爲，天子威令不復行矣！』」德裕所論，正「事殊」「勢別」之真正内涵。

〔四九〕〔補注〕謂考察事之因果本末。故，《英華》作「胡不」。

〔五〇〕二，《全文》作「一」，據《英華》改。〔馮注〕《荀子·儒效篇》：應當時之變，若數一二。《史記·淮陰侯傳》：蒯通曰：「聽不失一二者，不可亂以言計。」

〔五一〕《英華》無「夫」字。

〔五二〕〔馮注〕節度使下皆有副使，每以其子爲之。其後，即自爲留後襲爵。史傳中習見。

〔五三〕傅，《英華》作「師」，誤，詳注〔七〕。猶子，《全文》作「相近」，據《英華》《冊府》改。馮注本作「相近」，注曰：叔姪相近，尚非親父子也。

〔五四〕稽，《全文》作「秘」，據《英華》改。

〔五五〕傅，《英華》作「師」，誤。〔補注〕「此施之於」二句，謂子襲父位之事，施之於劉從諫、王元逵、何弘敬，則爲繼承先人賢德、爵位之美事；施之於劉稹，則爲擅自襲位、對抗朝命之罪過。

〔五六〕傅，《英華》作「師」，誤。〔徐注〕《漢書·吴王濞傳》：吴有豫章郡銅山，即招致天下亡命者盜鑄錢。《漢書·梁孝王傳》：孝王築東苑，方三百餘里，廣睢陽城七十里，招延四方豪傑，自山東遊士莫不至。〔馮注〕《漢書·吴王濞傳》：發書遺諸侯曰：「寡人金錢在天下者，往往而有，非必取於吴，諸王日夜用之不能盡。」〔補箋〕《新唐書·劉從諫傳》：「善貿易之算。徙長子道入潞，歲榷馬征商人。又煑鹽，貨銅鐵，收緡十萬。賈人子獻口馬金幣，即署牙將。」《通鑑・會昌三年》亦載：「從諫榷馬牧及商旅，歲入錢五萬緡。又賣鐵煮鹽亦數萬緡。」所謂「吴國之錢，往往而有」，當指其財力雄厚，非謂其盜鑄錢。

〔五七〕墻藩，《册府》作「藩屏」。

〔五八〕之，《册府》作「以」。

〔五九〕以，《全文》作「之」，據《英華》改。〔補注〕數，策略、權術。

〔六〇〕祈，《英華》作「瓶」，誤。見下注。

〔六一〕〔徐注〕《管子》：山高而不崩，則祈羊至矣；淵深而不涸，則沈玉極矣。〔馮注〕《管子》注：山高淵深，興雨之祥在焉，故烹羊以祈，沉玉以祭。極，至也。按：泉深，唐人諱「淵」作「泉」。〔補注〕祈羊，古代祭山儀式。

〔六二〕〔徐注〕《漢書・鄒陽傳》云：陽與嚴忌、枚乘俱事吴。吴王陰有邪謀，陽奏書諫吴王，不納其言。於是鄒陽、枚乘、嚴忌皆去之梁，從孝王游。

〔六三〕惠，《全文》作「噲」，據《英華》改。〔馮注〕《戰國策》：昌國君樂毅爲燕昭王攻齊，下七十餘城。昭王死，惠王即位，用齊人反間，疑樂毅而使騎刼代之將。樂毅奔趙，趙封以爲望諸君。

〔六四〕〔徐注〕《漢書・劉向傳》：昔晉有六卿，世執朝柄，終後六卿分晉。〔按〕六卿，指晉范、中行、知、韓、趙、魏六姓大夫。後韓、趙、魏三家分晉。

〔六五〕〔徐注〕《左傳》：吴公子札適衛，曰：「衛多君子，未有患也。」

〔六六〕〔徐注〕《左傳》：狄人伐衛，衛懿公夜與國人出，狄入衛，遂從之。又敗諸河。〔馮曰〕衛事前後稍倒（編著者按：吴季札適衛事在襄公二十九年，狄人伐衛事在閔公二年），固不必拘也。〔補注〕裁，同「災」。

〔六七〕〔徐注〕《晏子春秋》：諺曰：「前車覆，後車戒。」〔馮注〕《漢書・賈誼傳》：鄙諺曰：「前車覆，後車誡。」《史記・高祖功臣表》：居今之世，志古之道，所以自鏡也。《東觀漢記》：覽照前世，紀爲鏡戒。

〔六八〕代憲，《册府》作「憲代」。〔馮注〕代、德、順、憲四朝。

〔六九〕〔補注〕《書・舜典》：「濬哲文明，温恭允塞。」孔疏：「經緯天地曰文，照臨四方曰明。」

〔七〇〕〔馮注〕按《左傳》注曰：中山，鮮虞。《國策》注曰：漢中山王靖移居盧奴。《後漢書・郡國志》：恒山在中山國上曲陽西北也。〇至後魏改定州，唐義武軍節度治所，建中三年置，其先則屬成德軍也，當時亦爲李惟岳所據，見《紀》《傳》。

〔七一〕〔徐箋〕《新書・藩鎮傳論》曰：趙、魏、燕、齊，同日而起；梁、蔡、吴、蜀，躡而和之。其餘混澒軒囂，欲相效者，往往而是。〔馮箋〕盧龍則朱滔，德宗建中三年反，僭稱王，改燕爲冀。成德則李寶臣，代宗大曆十年反；李惟岳，德宗建中二年反；王武俊，建中三年反，僭稱趙王；王承宗，憲宗元和五年邀赦，十一年又反。魏博則田承嗣，大曆八年反，三年僭稱魏王。齊則淄青李納承父正己作亂，與趙、魏、冀同于建中三年長至日稱王；李師道，元和十年連吴元濟以叛。梁則汴宋李靈曜，大曆十一年反，結田承嗣爲援；其後建中三年，淮西李希烈兼淄青節度，與李納、朱滔、田悦連和攻汴州，入之，僭即帝位，號國曰楚。蔡則吴少誠，德宗貞元五年反；吴元濟，元和中反。吴則李錡據浙西，蜀則劉闢據西、東川，皆元和初反。或討平，或赦罪復官，或自死，俱詳史傳。此皆代、憲四朝中事。而朱泚、李懷光之陷京師，致德宗出幸奉天，尤爲巨寇。其他反側之徒，亦尚有之。至魏博之史憲誠，鎮冀之王庭湊，盧龍之朱克融，其叛則在穆宗時，兖海之李同捷則叛於文宗時矣。〔補注〕燕，指盧龍（幽州）鎮；趙，指成德鎮；中山，指義武軍節度；淮陽，指淮西鎮；齊魯，指淄青鎮。

〔七二〕連結，《册府》作「結連」。

〔七三〕〔徐注〕《後漢書·馬援傳》：援曰：「黠羌欲旅拒。」〔補注〕《北史·四夷傳序》：「强則旅拒，弱則稽服。」旅拒，抗拒不從。

〔七四〕〔馮注〕《後漢書·岑彭傳》：辛臣諫田戎曰：「今四方豪傑，各據郡國，洛陽地如掌耳。」

〔七五〕〔徐注〕《左傳》：有罪不逃刑。

〔七六〕〔徐注〕《左傳》：親戚爲戮。

〔七七〕〔馮注〕太尉事見上注〔二七〕。《舊書·李洧傳》：洧，正己從父兄，正己用爲徐州刺史。正己死，子納犯宋州，洧以徐州歸順，加御史大夫，封潮陽郡王，爲徐海沂觀察使，檢校户部尚書。

〔七八〕〔補注〕謂劉悟、李洧均爲淄青鎮李師道、李正己關係最親密者。李納叛，自稱齊王。

〔七九〕〔馮注〕《舊書·吴元濟傳》：元濟，少陽長子也。先是，少陽判官蘇兆、楊玄卿及其將侯惟清，嘗同爲少陽畫朝覲計。及元濟自領軍，兇狠無義，素不便兆，縊殺之，朝廷贈蘇兆以右僕射。楊玄卿先奏事在京師，得盡言經略淮西事於宰相李吉甫。《楊玄卿傳》：玄卿每與少陽言，諭以大義，乃爲凶黨所搆，賴節度判官蘇肇保持，故免。玄卿潛奉朝廷。元濟繼立，玄卿即日離蔡，以賊勢盈虚條奏。玄卿妻陳氏并四男並爲元濟所殺，同圬一射垛。蘇肇以保持玄卿，亦同日遇害。玄卿後歷涇原、河陽、汴宋節度觀察，授太子太保，卒。按：兆、肇音同，故史文兩用。但兆死於賊手，引之反覺不武，而「給事」亦不符，疑傳刻有誤也。《册府元龜》《通鑑》皆作「兆」。

〔八〇〕〔徐注〕蔡謂吴元濟。〔補注〕彰義軍節度治蔡州。吴元濟爲彰義軍節度，攝蔡州刺史。懿親，至親。

〔八一〕戾，《英華》注：集作「莅」，非。《册府》作「萃」。〔補注〕《詩·魯頌·泮水》：「魯侯戾止，言觀其旂。」戾止，來到。

〔八二〕〔補注〕《書·泰誓中》：「今朕必往，我武維揚。侵于之疆，取彼凶殘。我伐用張，于湯有光。」《孟子·滕文公下》：「《太誓》曰：『我武維揚，侵于之疆，則取于殘，殺伐用張，于湯有光。』」

〔八三〕忠，《册府》作「誠」；以，《册府》作「而」。

〔八四〕顧，《册府》作「念」。

〔八五〕思，《册府》作「知」；逆順，《册府》作「順逆」；逼，《英華》《册府》作「迫」。

〔八六〕〔補注〕二句謂劉稹所據之澤潞，地盤與實力、盤踞之時間，均不能與淄青之李師道、淮西之吴元濟相比。

〔八七〕《全文》《册府》無「固」字，據《英華》補。注見下。

〔八八〕〔馮注〕《吕氏春秋》：夙沙之民，自攻其君，而歸神農。《淮南子》作「宿沙」，注曰：伏羲、神農之間，有共工、宿沙，霸天下者。〔補注〕《帝王世紀·炎帝神農紀》：「諸侯夙沙氏，叛不用命，箕文諫而殺之。炎帝退而修德，夙沙之民自攻其君而歸炎帝。」

〔八九〕〔馮注〕《後漢書·彭寵傳》：寵發兵反，攻拔薊城，自立爲燕王。建武五年春，寵齋，獨在便室，蒼頭子密等三人，斬寵馳詣闕，封爲不義侯。

〔九〇〕〔馮注〕《左傳》：哀四年，齊伐晉壺口。杜預曰：路縣東有壺口關。《漢書·地理志》：上黨壺關縣有羊腸坂。《郡國志》：晉陽萬谷根山即羊腸坂也。按：古人言羊腸者每即云九折。餘見《太倉箴》注〔二〕。

〔九一〕〔馮注〕《舊書·志》：昭義軍節度使治潞州，領潞、澤、邢、洺、磁五州。

〔九二〕支，《册府》作「以」。〔補注〕《通鑑·會昌三年》：「時議者鼎沸，以爲劉悟有功，不可絶其嗣。又從諫養精兵十萬，糧支十年，如何可取！」

〔九三〕而使，《册府》作「其吏」。

〔九四〕速,《册府》作「遠」,非。〔馮注〕《左傳》:晉侯受玉惰,内史過歸告王曰:「晉侯其無後乎!王賜之命,而惰于受瑞,先自棄也已。」

〔九五〕昔,《册府》作「昔者」。注見下。

〔九六〕燕,《英華》作「燕國」。

〔九七〕魏,《英華》作「魏郊」。注見下。

〔九八〕二句《英華》作「而潞人夫死不敢哭,子死不敢悲」。

〔九九〕〔徐箋〕《舊書·李抱真傳》:德宗即位,兼潞州長史、昭義軍節度、度支營田、澤潞磁邢洺觀察使。建中三年,田悦以魏博反,抱真與河東節度使馬燧屢敗悦兵。時悦窘蹙,朱滔、王武俊皆反,連兵救悦。抱真外抗群賊,内輯軍士。時朱滔悉幽薊軍應泚,抱真以大義説武俊合從擊滔,大破滔於經城,以功加檢校司空,卒贈太保。〔馮箋〕《舊書·李抱真傳》:興元初,遷檢校左僕射平章事。

〔一〇〇〕降,《英華》作「鄰」。事見下注〔一〇六〕。

〔一〇一〕檻,《英華》作「轞」。〔馮注〕《家語》:管仲桎梏而居檻車。《史記·張耳傳》:乃檻車膠致。《漢書·張耳傳》:貫高乃檻車詣長安。師古曰:車而爲檻形,謂以板四周之,無所通見。

〔一〇二〕〔徐注〕《漢書·〈高帝紀〉》注:師古曰:「捫,摸也,音門。」〔馮注〕捫胸,猶撫膺。

〔一〇三〕〔徐注〕《史記·刺客傳》:樊於期偏袒搤腕而進。《索隱》曰:掌後曰腕。勇者奮厲,必先以左手扼右腕也。搤，與「扼」同。〔馮注〕《戰國策》：樊於期偏袒扼腕而進曰：「此臣之日夜切齒腐心。」《史記·張儀傳》作「搤腕」。

〔一〇四〕〔補注〕《書·泰誓下》：「功多有厚賞，不迪有顯戮。」顯戮，指明正典刑，陳屍示衆。

〔一〇五〕〔徐注〕《左傳》：公曰：「不義不暱，厚將崩。」〔補注〕不義不暱，謂不義則人不親附。

〔一〇六〕〔馮箋〕《舊書·盧從史傳》：從史爲澤潞節度使李長榮大將。長榮卒，因軍情得授昭義軍節度使。前年丁父憂，朝旨未議起復。屬王士真卒，從史竊獻誅承宗計，以希上意，用是起授，委其成功。及詔下討賊，陰與承宗通謀，且誣奏諸軍與賊通，兵不可進。上深患之。護軍中尉吐突承璀將神策兵與之對壘，從史往往過其營博戲。上戒承璀，俟其來博，幕下伏壯士縛之，内車中，馳以赴闕。貶驩州司馬。子繼宗等四人，並貶嶺外。○此皆以昭義舊事曉之。〔按〕釋喪就位，指盧從史釋喪父之服而就昭義節度使之位。「賣降」三句，謂從史既獻誅王承宗之謀，又暗中與承宗勾結，以肆意施逞其奸邪之性。棄屍南荒，指其貶死南方荒遠之驩州（今越南榮市）。盧從史，《舊唐書》卷一三二、《新唐書》卷一四一有傳。

〔一〇七〕〔徐注〕《後漢書·禮儀志》：八十、九十禮有加，賜玉杖，端以鳩爲飾。鳩者，不噎之鳥也，欲老人不噎。

〔一〇八〕〔徐注〕《詩》：黄耇台背。箋：台之言鮐也，大老則背有鮐文。《釋文》：台，湯來反。徐又音臺。《爾雅》云：「壽也。」鮐，易來反，魚名，一音夷。疏：《釋詁》云：「鮐背、耇，老壽人也。」舍人曰：「老人氣衰，皮膚消瘠，背若鮐魚也。」

〔一〇九〕悖，《英華》作「勃」（下同），注：疑作「悖」。徐本作「渤」，誤。〔馮注〕今考「勃」與「悖」，亦有同義者，如《莊子》「徹志之勃」。而勃亂、狂勃、凶勃、猖勃，皆見史書。因「勃」與「渤」古通，《史》《漢》「渤海」皆作「勃」，故誤「勃」爲「渤」耳，不必改「悖」。

〔一一〇〕《全文》《册府》無「其」字，據《英華》補。

〔一一一〕則以何名，《英華》作「則何以敗名譽」，注：集作「則以何名」。〔徐注〕司馬遷書：李陵既生降，頽其家聲。

〔一一二〕捨，《册府》作「稽」。得，《英華》注：集作「固」。《册府》亦作「固」。

〔一一三〕《册府》無「者」字。

〔一一四〕寢，《英華》《册府》作「寐」。

〔一一五〕傅，《英華》作「師」，非。

〔一一六〕〔補注〕《魏書·吕羅漢傳》：「弱冠以武幹知名。」武幹，軍事才幹。事詳注〔五六〕。

〔一一七〕聽，《英華》作「輕」，誤。注：集作「聽」。〔補注〕聽於遠近，頗有是非，謂聞於遠近，對從諫之上述行爲頗有議論。

〔一一八〕〔徐注〕《後漢書·光武紀》：降者更相語曰：「蕭王推赤心置人腹中，安得不投死乎！」

〔一一九〕弘，《全文》作「宏」，諱改，茲據《英華》回改。〔徐注〕《漢書·高帝紀》：常有大度。

〔一二〇〕乖異，《英華》注：集作「冀圖」。事詳注〔一二三〕。

〔一二一〕悖，《英華》作「勃」。疑，《全文》作「歎」，據《英華》改。事詳注〔一二三〕。

〔一二二〕〔補注〕《詩·鄭風·將仲子》語。

〔一二三〕宜其，《册府》作「猶宜」。〔馮箋〕《新書·傳》：仇士良積怒，創言從諫志窺伺，從諫亦妄言清君側，因與朝廷猜貳。善貿易之算，歲榷馬，征商人，又熬鹽，貨銅鐵，畜馬高九尺獻之，武宗不納。怒殺馬，益不平。《舊書·武宗紀》：討劉稹時，制曰：「從諫因跋扈之資，恃紀綱之力，誘受亡命，妄作妖言，中罔朝廷，潛圖左道，接壤戎帥，屢奏陰謀。」〔補注〕「誰爲」二句謂劉稹作爲劉從諫之後人，當忠於朝廷，以實際行動消弭「不逞者」「横議者」之種種浮議。

〔一二四〕〔補注〕《禮記·檀弓》：「喪服，兄弟之子，猶子也，蓋引而進之也。」

〔一二五〕〔徐注〕《周語》：祭公謀父曰：「有文告之辭。」

〔一二六〕傅，《英華》作「師」，誤。〔補注〕謂劉稹抗拒朝旨之行爲適足以證實對劉從諫之種種浮議，彰顯昭義軍確實另有異圖。

〔一二七〕〔馮注〕按《通鑑》：從諫弟從素之子稹。而此云季父、叔父，又不符。蓋從素事，本皆誤采也。

〔一二八〕以，《册府》作「面」。

〔一二九〕〔馮注〕《南史》：江淹獄中上書曰：「何以見齊、魯奇節之人，燕、趙悲歌之士乎？」

〔一三〇〕旬日之前，《册府》作「爰自始初」。〔按〕旬日之前，造次爲慮，當指拒朝旨不護喪歸東都之事。

〔三一〕〔馮注〕《書·周官》：惟克果斷，乃罔後艱。

〔三二〕近，《册府》作「乃」。李祐事見下注〔三六〕。

〔三三〕重質，《册府》無「重」字，《全文》作「重華」，均誤。據《英華》改。詳下注〔三六〕。

〔三四〕〔徐注〕《易》：比之匪人。《禮記》：子思曰：「毋爲戎首。」〔補注〕納質，送納人質，指臣附。戎首，指叛軍首領。

〔三五〕郡，《册府》作「圭」，馮本從之。

〔三六〕〔馮箋〕《舊書·傳》：李祐，本蔡州牙將，事吴元濟。自王師討淮西，祐爲行營將，每抗官軍，皆憚之。爲李愬所擒。愬知祐有膽略，厚遇之，往往帳中密語，達曙不寐。竟以祐破蔡，擒元濟，以功授神武將軍。大和初，遷檢校户部尚書、滄德景節度使。董重質本淮西牙將，吴少誠之子壻也，爲元濟謀主。及李愬擒元濟，以書禮召重質於洄曲，乃單騎歸愬。憲宗欲殺之，愬表許以不死，請免之。尋授鹽州刺史，後歷方鎮，檢校散騎常侍，加工部尚書。〔補注〕二句謂李、董均爲州郡刺史、節度使。

〔三七〕〔徐注〕《書》：實繁有徒。

〔三八〕委，《英華》作「弄」，誤。注：集作「委」。〔馮校〕「弄」字似本爲「弃」字之訛耳。

〔三九〕而，《册府》作「遂」。〔補注〕不測，指不測之罪，大罪，死罪。樂毅《報燕惠王書》：「臨不測之罪，以幸爲利，義之所不敢出也。」

〔一四〇〕沮，《英華》《册府》作「阻」；於，《英華》《册府》作「之」；至，《册府》作「圖」，《英華》注：集作「圖」。

〔一四一〕〔補注〕《詩·大雅·文王》：「永言配命，自求多福。」

〔一四二〕〔徐注〕《禮記》：飾棺，君龍帷。《書》：朝至于洛師。注：洛師，猶言京師。〔馮注〕龍旐，即謂丹旐。〔按〕即護喪歸東都。

〔一四三〕〔徐注〕《禮記》：笏，天子以球玉，諸侯以象，大夫以魚鬚文竹，士竹本，象可也。

〔一四四〕通，《册府》作「逼」。

〔一四五〕〔補注〕資，利用。

〔一四六〕軒，《英華》注：集作「轅」。《册府》作「轅」。

〔一四七〕鼓，《册府》作「賈」。

〔一四八〕〔補注〕《詩·大雅·皇矣》：「王赫斯怒，爰整其旅。」赫斯，指帝王盛怒。

〔一四九〕〔徐注〕《左傳》：晉侯使太子申生伐東山皋落氏，衣之偏衣，佩之金玦。〔補注〕事見《左傳·閔公二年》，其時先友曰：「衣身之偏，握兵之要，在此行也。」佩金玦，即掌握兵權。金玦，有缺口之金銅環。

〔一五〇〕〔徐注〕《周禮》：牙璋以起軍旅。餘詳《代僕射濮陽公遺表》「瑞節臨戎」注。〔補注〕牙璋，齒形玉符，用作調動軍隊之憑證。

〔一五一〕出其,《册府》作「出於」,馮本從之。〔補注〕魏、衛、晉、趙,泛指奉命準備討伐劉稹之各路軍隊。《通鑑·會昌三年》:四月,「丁亥,以忠武節度使王茂元爲河陽節度使」,「五月……河陽節度使王茂元以步騎三千守萬善;河東節度使劉沔步騎二千守芒車關,步兵一千五百軍榆社;成德節度使王元逵以步騎三千守臨洺,掠堯山;河中節度使陳夷行以步騎一千守翼城,步兵五百益冀氏。辛丑,制削奪劉從諫及子稹官爵,以元逵爲澤潞北面招討使,何弘敬爲南面招討使,與夷行、劉沔、茂元合力攻討」。

〔一五二〕〔徐注〕《史記·王翦傳》:翦使人問:「軍中戲乎?」對曰:「方投石超距。」《集解》:徐廣曰:「超,一作拔。」《索隱》:超距,猶跳躍也。〔馮注〕《漢書·甘延壽傳》:少善騎射,爲羽林,投石拔距,絶於等倫,嘗超踰羽林亭樓。應劭曰:投石,以石投人也。拔距,即下超踰羽林亭樓是也。張晏曰:《范蠡兵法》:「飛石重十二斤,爲機發,行二百步。」延壽有力,能以手投之。拔距,超距也。師古曰:投石,應説是也。拔距者,有人連坐相把據地,距以爲堅,而能拔取之。皆言其有手掣之力。超踰亭樓,又言其趫捷耳,非拔距也。今人猶有拔爪之戲,蓋拔距之遺法。〔補注〕拔距,或謂即今之比腕力之戲。一説,跳躍。

〔一五三〕〔馮注〕《左傳》:公戟其手。注曰:抵徒手屈肘如戟形。《文選·西京賦》:袒裼戟手。《史記·張儀傳》:虎賁之士跿跔科頭。《集解》曰:科頭,謂不著兜鍪入敵。徐陵《九錫文》:他他籍籍,萬計千群。

〔一五四〕驅，《冊府》作「馳」。扼，《英華》作「挽」，《冊府》作「攙」。虎，《英華》注：唐諱。〔徐注〕《漢書·李陵傳》：陵叩頭自請曰：「臣所將屯邊者，皆荊楚勇士，奇材劍客也。力扼虎，射命中。」師古曰：扼，謂捉持之也。《高帝紀》：發巴蜀材官。應劭曰：材官，有材力者。張晏曰：材官、騎士習射御騎馳戰陳。常以八月，太守、都尉、令、長、丞會都試，課殿最。水處則習船，邊郡將萬騎行障塞，光武時省。〔補注〕《史記·韓長孺列傳》：「大中大夫李息爲材官將軍。」張守節《正義》引臣瓚曰：「材官，騎射之官。」

〔一五五〕〔馮注〕《漢書·李廣傳》：中貴人見匈奴三人，與戰，射傷中貴人，殺其騎且盡。中貴人走廣，廣曰：「是必射雕者也。」《北齊書·斛律光傳》：光從世宗校獵，雲表見一大鳥，光射之，正中其頸，形如車輪，旋轉而下，乃大鵰也。邢子高歎曰：「此射鵰手也。」當時傳號「落鵰都督」。

〔一五六〕〔徐注〕《淮南子》：魯陽公與韓戰，戰酣，日暮，援戈而麾之，日爲之反三舍。

〔一五七〕〔徐注〕《西都賦》：乃拗怒而少息。《漢書·霍去病傳》：會日且入，而大風起，沙礫擊面。《龍魚河圖》：蚩尤食沙。

〔一五八〕《冊府》無「使」字。〔徐注〕《左傳》：衆仲對曰：「夫兵，猶火也，弗戢，將自焚也。」〔馮注〕此謂火攻。史書屢見。〔按〕馮注是。與兵火之喻無涉。

〔一五九〕將，《冊府》作「兼」。《英華》注：集作「兼」。〔徐注〕《史記·趙世家》：知伯率韓、魏攻晉陽歲餘，引汾水灌其城，城不浸者三版。〔補注〕將，用。

〔一六〇〕〔徐箋〕《新書・藩鎮傳》：從諫妻弟裴問守邢州，有募兵五百，號夜飛將，自歸成德軍。王釗守洺州，送款魏博軍。〔馮注〕《新書・藩鎮傳》：磁州將高玉，亦降成德軍。稹聞三州降，大懼。大將郭誼、王協始謀誅稹。《通鑑》：李德裕曰：「昭義根本，盡在山東。三州降，上黨不日有變矣。」文亦先以怵之，故下云「倚山東而山東不守」。〔按〕徐、馮所引皆會昌四年劉稹將敗亡前之事，而本文則作于三年五月尚未正式下制討叛之時。馮氏雖謂「文亦先以怵之」，然實無關涉。二句蓋謂魏博軍急趣邢州，成德軍則出攻洺州，蓋謂澤潞視爲根本之邢、洺、磁三州處於魏博、成德二軍之攻勢下。

〔一六一〕介，《全文》作「分」，《英華》同，據馮本改。都，《册府》作「郡」。〔馮注〕《左傳・襄九年》：天禍鄭國，使介居二大國之間。

〔一六二〕〔馮注〕《漢書・地理志》：平原郡屬青州。《舊書・地理志》：河北道，德州平原郡，漢平原郡。隋置德州，又爲平原郡。按：與邢、洺近。詳史志。

〔一六三〕此，《册府》作「異」，非，視下句「反」字可知。〔補注〕二句蓋謂兵甲衆而乏糧儲。

〔一六四〕〔徐注〕謂三鎮從命，見《爲李貽孫上李相公啓》「所謀者河朔遺事」注。〔馮注〕《北史・魏宗室傳》：國之資儲，惟藉河北。按：《舊書・志》：澤、潞屬河東道，邢、洺、磁屬河北道。杜牧上李文饒《論用兵書》：「昭義軍糧，盡在山東。澤、潞兩州，全居山内，土瘠地狹，積穀全無。是以節度使多在邢州，名爲就糧。山東糧穀，既不可輸，山西兵士，亦必單鮮。」此所謂「河北無儲」也。

山東、河北並言之也。〔按〕馮箋甚確。徐注非。「恃河北而河北無儲」，蓋謂河北三州富于糧儲之地行將爲他人所有，「無儲」即下「不守」意。

〔一六五〕〔徐箋〕《藩鎮傳》：天子慮稹起山東兵，命弘敬掎角塞其道。〔馮注〕《通鑑》注：昭義鎮潞州，其巡屬磁、邢、洺三州，皆在山東。〔按〕山東、河北，所指實一。自太行山言之，爲山東；自黄河言之，爲河北。實均指邢、洺、磁三州之地。上下二句義亦同。

〔一六六〕兩，《全文》作「數」，據《英華》改。殘，《英華》注：集作「餓」。〔馮注〕兩州，謂止澤、潞兩州也。

〔一六七〕〔徐注〕謂八鎮之師。見《爲李貽孫上李相公啓》「今則趙、魏俱攻，燕、齊併入」注。

〔一六八〕〔馮注〕《戰國策》：君危於累卵，而不壽於朝生。《漢書·枚乘傳》：吴王濞爲逆，乘奏書諫曰：「今欲乘累卵之危，走上天之難。」〔徐注〕《説苑》：晉靈公造九重臺，孫息聞之，求見曰：「臣能累十二博棊，加九雞子其上。」公曰：「子作之。」孫息以棊子置下，加九雞子其上，公曰：「危哉！」

〔一六九〕見《代彭陽公遺表》「孤根已動」注。

〔一七〇〕〔徐注〕（諸侯）謂王元逵、何弘敬、劉沔。

〔一七一〕〔馮注〕按《酈生食其傳》曰：杜大行之道。《史記》注曰：在河内野王北。《漢書》注曰：在河内野王之北，上黨之南。《傳》又曰：距蜚狐之口。《史記》注：如淳曰：「上黨壺關也。」案蜚狐在代郡西南。《漢書》注：如淳曰：「上黨壺關也。」臣瓚曰：「飛狐在代郡西南。」師古曰：

「瓚説是，壺關無飛狐之名。」今考《史記·孝文紀》：匈奴入上郡、雲中，以令勉爲車騎將軍，軍飛狐。注曰：如淳曰：「在代郡。」蘇林曰：「在上黨。」《漢書》如淳曰同。《水經注》曰：飛狐口，蘇林據酈公之説，言在上黨，即實非也，如淳言在代是矣。則知如淳本言在代郡，《史》《漢》酈傳之注，當有脱誤耳。《後漢書·志》：中山國上曲陽縣，恒山在西北。注曰：自縣北行四百二十五里，恒多山坂，名飛狐口。《通典》《元和郡縣志》：蔚州安邊郡飛狐縣，有飛狐道。酈生所言，即此其地。漢、晉屬代郡。又按：辨飛狐者如此。然酈生皆以收取滎陽言之。據敖倉之粟，即在滎陽；塞成皋之險，即在汜水；守白馬之津，漢之東郡白馬縣，唐之滑州黎陽津，西南接滎陽，約三百里。若飛狐必在代郡，則地勢獨遠矣。蓋酈生之飛狐，必即指上黨，故蘇林據之也。即論此時諸鎮攻討，其恒、冀之師，西南入潞，豈得取道於北之蔚州？文意專謂從河陽北入澤、潞，固取壺關之説，非取代郡之説也。大抵飛狐之名，自古有於河内相近言之者，後乃辨定耳。故詳引而細剖之。《太平寰宇記》引《述征記》曰：太行山首始於河内，北至幽州，凡百嶺巖，亘十二州之界，有八陘，第五井陘，第六飛狐陘，一名望都關。〔按〕馮氏辨析甚詳。此承「老夫不佞，亦有志焉」而言，「下飛狐之口」自非蔚州之飛狐口，而指上黨壺關。

〔一七三〕〔馮注〕《通典》：澤州理晉城縣。縣南太行山上有天井關。按：杜牧《上李相公論用兵書》：「河陽西北去天井關，强一百里，關隘多山，若以萬人爲壘，下窒其口。」可爲此二句切證。《漢書·地理志》：上黨郡有天井關。《後漢書·紀》注曰：今太行山上關南有天井泉三所。

〔一七三〕〔馮注〕《後漢書》：公孫瓚告子續書曰：「袁氏之攻，狀若鬼神，梯衝舞吾樓上，鼓角鳴於地中。」〔補注〕梯衝，雲梯與衝車，均攻城之戰具。

〔一七四〕〔馮注〕《易》：震來厲，億喪貝，躋于九陵，勿逐，七日得。疏曰：貝，資貨糧用之屬。犯逆受戮，無糧而走，雖復超越陵險，必困於窮匱，不過七日，爲有司所獲矣。

〔一七五〕〔徐注〕《吴都賦》：窮飛走之棲宿。

〔一七六〕戈，《英華》作「戎」，誤。注：集作「戈」。〔徐注〕揚雄《解嘲》：叔孫通解甲投戈，遂作君臣之儀。《漢書・英布傳》：兵法，諸侯自戰其地爲散地。師古曰：謂在其本地，戀土懷安，故易逸散。散，去聲。〔馮注〕《史記・淮陰侯傳》：齊、楚自居其地戰，兵易敗散。《黥布傳》：兵法，諸侯戰其地爲散地。《漢書音義》：謂散滅之地。王弼《易略例》：投戈散地，六親不能相保。注云：置兵戈於逃散之地。〔補注〕投戈，放下武器，休戰。《孫子・九地》：「諸侯自戰其地，爲散地。」李筌注：「卒恃土，懷妻子，急則散，是爲散地也。」或説指無險可守，士卒意志不堅，易于離散之地。

〔一七七〕〔馮注〕《魏志・王淩傳》注：《魏略》曰：「淩試索棺釘，以觀太傅意。太傅給之，遂自殺。」宋江鄰幾《雜志》：揚文公《談苑》説《樊南集》故事「灰釘」，云揚雄賦，殊非。《南史・徐勉傳》：屬纊纔畢，灰釘已具。王楙《野客叢書》：劉鍇注《樊南・序》，恨不知「灰釘」事。僕謂出《南史》陳高祖九錫文。按：「灰釘」字屢見，古人偶有未知，不足爲累。劉鍇注本，今不可得，惜哉！而

《餘冬序録》載之，乃以劉鍇爲徐鍇，誤也。又引杜篤《論都賦》「燔康居，灰珍奇，椎鳴鏑，釘鹿蠡」，以爲《談苑》言商隱雕篆如此。此亦謬説，然足正江氏以爲引揚雄賦之誤。〔徐注〕徐陵書：分請灰釘，甘從斧鑊。〔按〕徐陵《册陳公九錫文》：「玉斧將揮，金鉦且戒，祆酋震懾，遽請灰釘。」灰釘，石灰與鐵釘，用作斂尸封棺。此言「灰釘之望斯窮」，當兼用《魏略》王淩索棺釘與徐陵文「祆酋震懾，遽請灰釘」之意，謂其求生之望已絶，雖求斂尸棺葬亦不可得。

〔一六〕〔補注〕謂當危殆之際，劉稹部下之親信舊交，亦必將另有異圖，背叛主帥。《通鑑·會昌四年》：八月，「潞人聞三州降，大懼。郭誼、王協謀殺劉稹以自贖」，後果斬稹，「收稹宗族，匡周（稹再從兄）以下至襁褓中子皆殺之」。

〔一九〕戮，《全文》《英華》均作「哂」。《英華》注：集作「戮」。是，兹據改。〔馮注〕《公羊傳》：季子和藥而飲，公子牙曰：「不從吾言，而不飲此，必爲天下戮笑。」《册府元龜》引《戰國策》魯仲連《遺燕將書》：「壤削主困，爲天下僇笑。」今《戰國策》高氏、鮑氏注本「爲天下僇」，皆無「笑」字。〔補注〕戮笑，恥笑。

〔二〇〕驚，《英華》注：集作「兢」。〔補注〕《詩·邶風·柏舟》：「静言思之，寤辟有摽。」

〔二一〕〔補注〕使車，猶使者。丹素，赤誠純潔之心。

〔二二〕《册府》「惟」上有「幸」字。

〔二三〕歷，《英華》注：集作「用」。《册府》亦作「用」。〔補注〕歷事，歷練有經驗。

〔一八四〕〔徐注〕《書》：蠢茲有苗，反道敗德。

〔一八五〕時，《册府》作「恃」，誤。

〔一八六〕〔徐注〕《左傳》：子文曰：「若敖氏之鬼，不其餒而。」〔補注〕言勿使劉氏因反叛之罪而絶後。

〔一八七〕〔馮注〕《書·胤征》：舊染汙俗。

〔一八八〕欷，《册府》作「歎」。〔馮注〕《文選·古樂府》：中有尺素書。注引鄭氏《禮記注》曰：素，生帛也。

〔一八九〕〔徐注〕陸機《文賦》：或含毫而邈然。

〔一九〇〕〔馮箋〕按：雖已用兵，尚有還章上表之約。《通鑑》：劉稹上表自陳，言從諫爲權倖所疾，所以不敢舉族歸朝。何弘敬亦爲之奏雪。王宰亦上言，賊有意歸附。然則諸將前後皆有觀望，與之潛通，使非李衛公力贊廟謀，安得成此膚功哉！又按：當時用兵雖速，而不至若《新書》所紀之速也（按：《新書·武宗紀》亦謂五月辛丑命王元逵、何弘敬、陳夷行、王茂元、劉沔討劉稹，同《通鑑》）。《舊·紀》當得其實（按：《舊·紀》在七月），觀此書可悟。詳《年譜》。〔按〕書作于拒旨之後，下制削官並征討之前，已詳注〔一〕按語。正緣其尚未下制征討，故仍有「延望還章，用以上表」之語。

〔愛新覺羅·玄燁曰〕淹通朗盡，文之以姿法勝者。（《御選古文淵鑒》卷四〇）

〔徐乾學曰〕義山學刀劄於彭陽公，以繁縟稱。然觀其體勢豪宕，固氣盛而言浮。此篇尤矯矯。（同上）

〔高士奇曰〕披抉情事，幽隱畢出，層折反覆，不傷於冗。詞嚴義正，益見其厚。義山駢體，傑出三唐，而疏暢磊落如斯文者，尤不易得也。（同上）

〔陳廷敬曰〕（「飯貝纔畢」等句）探其隱謀而隨事折之，然後導其歸順之機，懼以覆亡之禍。事理顯明，利害詳晰。其於積也可謂忠告矣。雖朱浮之示彭寵，魏武之喻孫吴，何以加諸！（同上）

〔孫梅曰〕鼓怒溢湧，繼響徐公（陵）。（《四六叢話》卷十七《叙書》九）

# 爲馬懿公郡夫人王氏黄籙齋第三文〔一〕

妾以微生，幸蒙嘉運，得因師友，奉佩符圖〔二〕。品在高真〔三〕，文參上法〔四〕。而塵泥賤質，肉血微軀，未能絶迹人寰〔五〕，棲心物外〔六〕。永懷真格〔七〕，有負玄科〔八〕。然至於澡雪身心〔九〕，修勤香火〔一〇〕，五臘一直，八節三元〔一一〕，誓以嚴持〔一二〕，不敢怠志。然恐舉措之際，未合玄機〔一三〕；過咎之來，積於酆部〔一四〕。年深月遠，釁重責深。罹寒靈考治之科〔一五〕，辱大道興隆之運。夙夜自念，冰炭交懷〔一六〕。

今謹因中元大慶之辰，地官校籙之日〔一七〕，輒於靈地，敢獻微誠。伏乞太上三尊、十方衆聖〔一八〕，曲流玄澤，大降慈恩。録一念之清心，赦億劫之重罪。使玄功克就〔一九〕，良願大成〔二〇〕，君王長享於萬年，臣庶咸離於五苦〔二一〕。上自雲鳥，下及泉魚，凡曰生靈，皆蒙覆護。然後及於私室，資彼幽魂，見存名上於南宮〔二二〕，過往神離於北部〔二三〕。河源滯爽，狴犴幽冤〔二四〕，咸乞蕩除，俾從遷適〔二五〕。即仰荷大道罔極之恩。

**【校注】**

〔一〕本篇原載清編《全唐文》卷七八〇第三〇頁、《樊南文集補編》卷一一。〔按〕張氏《會箋》將《爲馬懿公郡夫人王氏黄籙齋文》《爲馬懿公郡夫人王氏黄籙齋第二文》及本篇統繫於會昌三年，云：「十月十五日有《爲馬懿公郡夫人王氏黄籙齋文》。」「以《黄籙齋文》考之，十月間義山始至洛也。」故張氏實以此三文均作於會昌三年十月。然本文明云：「今謹因中元大慶之辰，地官校籙之日，輒於靈地，敢獻微誠。」則文當作於七月十五中元節時，與第二文「因下元大慶之日」，「唐會昌三年，太歲癸亥十月丙辰朔十五日庚午」之作於會昌三年十月十五下元節顯非一時。如以文之順序考之，似本文當爲翌年（會昌四年）中元作。然四年七月，義山已移家永樂，且詩文中亦無彼時義山在洛之跡象，似此文當在前。頗疑此文係會昌三年七月十五日作，編集時誤置於後。

〔二〕〔錢注〕《梁書・陶弘景傳》：始從東陽孫遊岳受符圖經法。〔補注〕符圖，符籙（道教所傳秘密文書符與籙）及圖讖之合稱。佩符圖，謂正式入道爲道教徒。

〔三〕〔錢注〕《雲笈七籤》：了達則上聖可登，曉悟則高真可陟。〔補注〕高真，得道成仙者，上仙。

〔四〕〔錢注〕《雲笈七籤》：凡道士存思上法，及修學太一事，皆禁見死尸血穢之物。〔補注〕上法，指道術。

〔五〕〔錢注〕《莊子》：絶迹易，無行地難。鮑照《舞鶴賦》：厭人寰之喧卑。

〔六〕〔錢注〕《梁書·樂藹傳》：栖心物表。

〔七〕〔錢注〕《太平御覽》：《金根經》云：「青宫之内，北殿上有仙格，格上有學仙簿録，領仙玉郎之典也。」

〔八〕〔錢注〕《雲笈七籤》：玄科秘訣，本有冥期。

〔九〕〔錢注〕《莊子》：澡雪而精神。〔補注〕澡雪，洗滌。

〔一〇〕〔錢注〕《北史·齊紀》：香火重誓，何所慮耶？

〔一一〕〔錢注〕《雲笈七籤》：《八道秘言》曰：「正月一日名天臘，五月五日名地臘，七月七日名道德臘，十月一日名民歲臘，十二月節日名侯王臘。此五臘日，並宜修齋，並祭祀先祖。」《明真科》云：「月一日、初八日、十四日、十五日、十八日、二十三日、二十四日、二十八日、二十九日、三十日，已上爲十直齋日。」「二直」未詳。《雲笈七籤》：凡八節之日，是上天八會大慶之日也。其日諸天大聖尊神，上會靈寶玄都玉京上宫，朝慶天真，奉戒持齋，遊行誦經。此日修齋持戒，宗奉天文者，皆爲五帝所舉，書名《玉曆》。又：立春爲建善齋，春分爲延福齋，立夏爲長善齋，夏至爲朱明齋，立秋爲遐齡齋，秋分爲謝罪齋，立冬爲遵善齋，冬至爲廣慶齋。又：《三元品戒經》云：「正月七日，天地水三官檢校之日，可修齋。」《聖紀》云：「正月七日名舉遷賞會齋，七月七日名慶生中會齋，十月五日名建生大會齋。三官考覈功過。依日齋戒，呈章賞會，可祈景福。」〔按〕二直，疑指每月之初一、十五爲直齋之日。三元，疑指正月十五上元、七月十五中元、十月十五下元。

〔一二〕〔錢注〕《法苑珠林》：然後供養，嚴持香華，運心周普，作用佛事。〔補注〕嚴持，莊重修持。

〔一三〕〔錢注〕嵇康《答釋難宅無吉凶攝生論》：若玄機神妙，不言之化，自非至精，孰能與之？〔補注〕玄機，天機，亦指深奥玄妙之義理。

〔一四〕部，錢注本作「都」，校：疑當作「部」。〔錢注〕《唐類函》：《茅君内傳》曰：「羅酆山之洞，周一萬五千里，名曰『北帝死生之天』。皆鬼神所治。五帝之官、考讁之府也。」《太平御覽》：《三洞珠囊》曰：「高上玉清刻石隱銘曰：『酆都山在北，内有空洞，洞中有六宫。』書此銘於宫北壁，制檢群凶不使横暴。生民學者，得佩此刻石文，則北酆落名，南宫度命，爲其真人。」〔補注〕段成式《酉陽雜俎·玉格》：「有羅酆山，在北方癸地，周迴三萬里，高二千六百里，洞天六宫，周一萬里，高二千六百里，是爲六天鬼神之宫……人死皆至其中。」

〔一五〕〔錢注〕《法苑珠林》：《諫王經》云：「當畏地獄考治之痛。」〔補注〕寒靈，幽隱之神靈。

〔一六〕〔錢注〕陶潛《雜詩》：冰炭滿懷抱。

〔一七〕見《上鄭州李舍人狀二》注〔二〕。

〔一八〕〔錢注〕《雲笈七籤》：《老君存思圖》云：「見三尊竟，仍存十方天尊，相隨以次，同詣玄臺。朝禮太上，嚴整威儀，爲一切軌則。北方無極太上道德天尊服色黑，羽儀多玄。東方服色青，羽儀多碧。南方服色赤，羽儀多丹。西方服色白，羽儀多素。東北方服色青黑，又多黄。東南方服色青赤，又多黄。西南方服色赤白，又多黄。西北方服色白黑，又多黄。上方服色玄紫，又多蒼。下方服色黄紅，又多緑。」〔補注〕太上三尊，即道教所謂居於三清天、三清境之三位尊神：居於清微天玉清境之元始天尊、居於禹餘天上清境之靈寶天尊（亦稱太上道君）、居於大赤天太清境之道德天尊（亦稱太上老君）。

〔一九〕〔錢注〕《雲笈七籤》：《真仙内科》云：「玄功之人，常布衣草履，不得榮華之服。」〔補注〕玄功，道教指修道之功。

〔二〇〕〔錢注〕《雲笈七籤》：三元八節朝隱祝曰：「上清玉帝、三素元君、太上高靈、仙都大神，今日吉日，八願開陳：上願飛霄長生神仙，中願天地合景風雲，下願五藏與我長存，次願七祖釋罪脱愆，又願帝君斫伐胞根，六願世世知慧開全，七願滅鬼馘斬六天，八願降靈徹聽東西。上願一合，莫不如言，願神願仙，上朝三元。」

〔二一〕〔錢注〕《法苑珠林》：《正法念經》云：「如是觀於五道衆生，生五種苦已，而興悲心，如是之人，得勝安隱，則得涅槃。」〔補注〕五苦，佛教謂生老病死苦、愛別離苦、怨憎會苦、求不得苦、五陰盛苦爲五苦。

〔一二〕〔錢注〕《真誥》：大都將陰德，多恤窮厄，例皆速詣南宮爲仙。〔補注〕見存，現存。

〔一三〕〔補注〕北部，即酆部，見注〔一四〕。

〔一四〕〔錢注〕《雲笈七籤》：《靈寶洞玄自然九天生神章經》云：「感爽無凝滯，去留如解帶。」《黄庭内景經》：違盟負約，七祖受考於暘谷、河源，身爲下鬼，考於風刀。揚子《法言》：劍客論曰：「劍可以愛身。」曰：「狴犴使人多禮乎？」〔補注〕滯爽，留滯之精魂。河源一帶爲唐與吐蕃争戰之地，故多留滯之冤魂。狴犴幽冤，謂囚於牢獄之沉冤莫雪者。

〔一五〕〔錢校〕遷，胡本作「還」。

## 祭徐姊夫文〔一〕

嗚呼！以君之文學，以君之政術〔二〕，幼以自立，老而不倦，亦可以爲君子人矣，君子人歟？而不即清途〔三〕，不階貴仕，此其命也，夫何慊焉！始者仲姊有行〔四〕，獲託貴族〔五〕，半產以資於外姓〔六〕，闔門冀託於仁人〔七〕。將以衰微，倚爲藩援〔八〕。不圖薄祐〔九〕，天奪初心〔一〇〕，仲姊凋殂，諸甥不育〔一一〕。以親以懿〔一二〕，翻爲路人；再號再呼，莫訴蒼昊。尚以君子，存伉儷之重〔一三〕，敦行李之私〔一四〕。二十年以來，雖事暌而意通〔一五〕，跡遥而誠密。神當賜鑒〔一六〕，愚豈敢忘！逮愚不天〔一七〕，再丁凶釁〔一八〕，泣血偷息〔一九〕，餘生幾何！君方赤紱銀章〔二〇〕，淛東從務〔二一〕。道途悠邈，時序徂遷，訝弔緘之不來〔二二〕，忽訃書而俱至〔二三〕。感舊懷分，情如之何！埋玉焚芝〔二四〕，固未可喻。

嗚呼！今來古往，人誰不亡？於君之亡，其酷斯甚。藐然一女，纔已數齡。乞後旁宗，又未能立〔二五〕。賢弟扶服東路〔二六〕，遇疾洛師〔二七〕。徘徊十旬，淹不得進。浮泛水陸，厥途四千。建旐云歸，曠然無主〔二八〕。尼姑居宗老之地〔二九〕，騶奴總家相之權〔三〇〕。獲及故阡，信爲餘慶〔三一〕。其所以爲附身附棺之具〔三二〕，又豈礙平生之曠達邪〔三三〕？日月次還，卜筮斯協。幽明之異，始於今辰。愚方纏哀憂，瘵恙縻寢〔三四〕。不及一攀宰樹〔三五〕，一慟荒阡，謝澹成之交〔三六〕，申永訣之禮。矧余仲姊，君其與歸。撫心骨以皆驚，抆血淚而何算〔三七〕！嗚呼已哉，其何言耶！襚衣非華〔三八〕，奠物殊薄。靈其鑒此，慰我哀心。嗚呼哀哉，尚饗〔三九〕！

**【校注】**

〔一〕本篇原載《文苑英華》卷九九四第二頁、清編《全唐文》卷七八二第二三頁、《樊南文集詳注》卷六。〔按〕馮譜繫會昌四年初，張箋繫會昌三年，張箋繫年是。文云：「逮愚不天，再丁凶釁，泣血偷息，餘生幾何！君方赤紱銀章，潮東從務。道途悠邈，時序徂遷，訝弔緘之不來，忽訃音而俱至。」徐姊夫之卒，與商隱母去世之時間（在會昌二年冬）顯較接近。徐姊夫卒後，其弟前往浙東料理喪事，「遇疾洛師，徘徊十旬，淹不得進」，後又遷徐氏姊之柩與徐姊夫合葬于景亳。總計由徐姊夫逝世至歸葬，所費時日當在半年以上。馮浩推測合葬時「義山母喪將期」，而「潞寇未熾」（參《祭徐氏姊文》注〔一〕引馮箋），大體可信。潞寇之熾，在會昌三年八月中旬以後（《通鑑·會昌三年》載：八月十八日，劉稹將薛茂卿破科斗寨，擒河陽大將馬繼等，焚掠小寨十七，距懷州城纔十餘里。二十九日，劉稹將劉公直潛師過王茂元屯軍之萬善南五里，焚雍店）。故本篇約作於會昌三年八月中旬稍前。兩祭文均未及劉稹叛亂事，固緣徐姊夫葬地在景亳，離懷州前綫較遠，亦由於其時討伐澤潞之戰事尚未至激烈階段，否則當會涉及此一大背景。

〔二〕政術，徐注本作「治政」，非。〔補注〕《論語·先進》：「德行：顏淵、閔子騫、冉伯牛、仲弓。言語：宰我、子貢。政事：冉有、季路。文學：子游、子夏。」文學，文章博學。政術，政治方略。《後漢書·安帝紀》：「舉賢良方正、有道術之士，明政術，達古今，能直言極諫者，各一人。」

〔三〕〔徐注〕《南史》：荀伯子好爲雜語，遨遊閭里，故以此失清途。〔馮注〕古以清資爲清途，屢見史書。

〔四〕〔徐注〕《詩》：女子有行，遠父母兄弟。〔補注〕有行，指出嫁。

〔五〕〔徐注〕《魏志·陳思王植傳》：華宗貴族。

〔六〕〔馮注〕《左傳》：内姓選於親，外姓選於舊。〔徐注〕《晉書·袁喬傳》：與裒書曰：「將軍之於國，外姓之太上皇也。」

〔七〕冀，《全文》作「寄」，據《英華》改。

〔八〕〔徐注〕陸機《辨亡論》：夫蜀，蓋藩援之與國也。

〔九〕祐，《全文》作「佑」，據《英華》改。

〔一〇〕〔徐注〕《左傳》：虢公敗戎於桑田，晉卜偃曰：「是天奪之鑒而益其疾也。」〔補注〕初心，即上文「倚爲藩援」之願望。

〔一一〕甥，《英華》作「生」，通。〔補注〕不育，謂幼而夭折。故下文云「曠然無主」。

〔一二〕〔徐注〕《左傳》：富辰曰：「兄弟雖有小忿，不廢懿親。」〔補注〕懿親，至親。

〔一三〕〔馮注〕《左傳》：己不能庇其伉儷。〔徐注〕《世説》：孫子荆除婦服，作詩以示王武子。王曰：「未知文生於情，情生於文。覽之淒然，增伉儷之重。」

〔一四〕〔馮注〕（行李）見《代彭陽公遺表》（「特緣行李」注）。謂時使人賙之也。舊本皆作「行李」。余初妄改「行葦」，謬甚。〔按〕《左傳·僖公三十年》「行李之往來，共其乏困」，此蓋取「共（供）其乏困」義而非取「行李」（使人）義。敦，厚；私，恩。

〔一五〕睽，《英華》作「睽」。

〔一六〕賜，《英華》注：集作「自」。

〔一七〕〔徐注〕《左傳》：楚子圍鄭，鄭伯肉袒牽羊以迎曰：「孤不天，不能事君。」〔補注〕不天，不爲天所護祐。

〔一八〕〔補注〕指喪母。

〔一九〕〔徐注〕庾信《紇干弘碑》：榮榮胤子，泣血徒步，奔波千里。《晉書·庾亮傳》：疏曰：「偷存視息。」

〔二〇〕方，《英華》作「亦」，疑涉下「赤」字而誤。〔徐注〕《易》：困于赤紱。〔補注〕《易·困》之「赤紱」即赤芾，爲紅色蔽膝。而此句「赤紱」即赤綬。銀章，銀印，其文曰章。漢制，凡吏秩比二千石以上皆銀印。隋唐以後官不佩印，只有隨身魚袋。金銀魚袋等謂之章服，亦簡稱銀章。

〔二一〕〔徐注〕《舊書·地理志》：浙江西道節度使，治潤州，管潤、蘇、常、杭、湖、睦等州；東道節度使，治越州，管越、衢、婺、温、台、明等州。或爲觀察使。〔馮注〕按《通典》《舊》《新書·志》，五品服緋。中都督府長史、司馬，正五品上；州長史、司馬，從五品。徐之官階，似此類也。〔補注〕淛，同「浙」。從務，謂從幕。時觀察使爲李師稷。

〔二二〕〔補注〕弔緘，指徐姊夫弔祭其岳母（商隱母）之祭弔文章、書信。

〔二三〕而，《全文》作「之」，此從《英華》。

〔二四〕見《代李玄爲崔京兆祭蕭侍郎文》注〔七一〕〔七二〕。

〔二五〕能，《英華》作「曾」。

〔二六〕〔徐注〕揚雄《解嘲》:扶服入橐。按:「扶服」通作「匍匐」。《詩》云:「凡民有喪,匍匐救之。」〔馮按〕《檀弓》引之作「扶服」,《漢書》亦多作「扶服」。〔補注〕扶服,伏地爬行,形容急遽、竭力。

〔二七〕〔馮注〕《書》:朝至于洛師。

〔二八〕〔徐注〕王隱《晉書》:傅咸遭繼母憂,上書曰:「咸身無兄弟,到官之日,喪祭無主。」〔補注〕《儀禮・喪服》:「無主者,謂其無祭主者也。」古稱父母死後無子主祭爲「無主後」。因徐姊夫之子「不育」早夭,故曰「曠然無主」。

〔二九〕〔馮注〕《國語》:公父文伯之母饗其宗老。又:屈到有疾,召其宗老而屬之:「祭我必以芰。」注曰:家臣曰老。宗老,宗人主禮樂者。〔徐注〕《南史・蕭琛傳》:上每呼琛爲宗老。〔按〕徐注引似是,此「宗老」蓋對同族長者之敬稱。

〔三〇〕騶,《英華》作「駐」,徐注本作「點」,均非。《英華》注:集作「騶」。〔馮注〕《漢書・龔遂傳》:王嘗久與騶奴宰人遊戲。《禮記》:士不名家相長妾。〔補注〕騶奴,駕馭車馬之奴僕。家相,上古時卿大夫之管家。二句具體情況未詳,蓋謂徐姊夫歿後,族中惟有女性長者後爲尼者居於宗老之位,而總管家務者亦惟馬伕。

〔三一〕〔補注〕《易・坤》:「積善之家,必有餘慶。」

〔三二〕附身附棺,二「附」字《英華》作「祔」,注:《禮記》作「附」。〔徐注〕《禮記》:子思曰:「喪三日而殯，凡附於身者，必誠必信，勿之有悔焉耳矣；三月而葬，凡附於棺者，必誠必信，勿之有悔焉耳矣。」

〔三三〕〔徐注〕《晉書・裴頠傳》：《崇有論》云：「奉身散其廉操，謂之曠達。」

〔三四〕〔徐注〕謝靈運詩：寢瘵謝人徒。善曰：《爾雅》：「瘵，病也。」

〔三五〕宰，《全文》作「冢」，據《英華》改。〔徐注〕《春秋公羊傳》：宰上之木拱矣。注：宰，冢也。

〔三六〕〔馮注〕《禮記》：君子之接如水，小人之接如醴；君子澹以成，小人甘以壞。〔補注〕《莊子・山木》：「且君子之交淡若水，小人之交甘若醴；君子淡以親，小人甘以絶。」

〔三七〕何，《全文》作「無」，據《英華》改。〔徐注〕江淹《别賦》：使人意奪神駭，心折骨驚。

〔三八〕〔馮注〕《儀禮》：禭者委衣於牀。《公羊傳》：車馬曰賵，貨財曰賻，衣被曰禭。〔補注〕古弔喪之禮，向死者贈送衣衾謂之禭。《儀禮・士喪禮》鄭玄注：「禭之言遺也，衣被曰禭。」

〔三九〕「哀哉」二字《全文》無，據《英華》補。

## 祭徐氏姊文〔一〕

嗚呼！追訣慈念，一十八年〔二〕。罪積行違，上下無禱。天怒猥集，不誅其身。再丁憫凶，藐無怙恃〔三〕。號潰荼裂，心摧骨崩〔四〕。獲見諸甥，來奉遷合〔五〕。舊物半同於泥滓，新阡方列於松楸。斷手折足，厥痛非擬；終天歿地，此誠莫伸。冤痛蒼天，孤苦蒼天〔六〕！

始某兄弟，初遭家難〔七〕，内無强近〔八〕，外乏因依。祇奉慈顏〔九〕，被蒙訓勉。及除常制，方志人曹。以頑陋之姿，辱師友之義。獲因文筆〔一〇〕，實忝科名。三干有司〔一一〕，兩被公選〔一二〕。再命芸閣〔一三〕，叨跡時賢。仲季二人〔一四〕，亦志儒墨。於顯揚而雖未，在進修而不隳〔一五〕。永惟幽靈，盍亦垂鑒。

今者苴麻假息〔一六〕，糞土偷存。不即殞傷，蓋亦有以。伏以奉承大族，載屬衰門〔一七〕。三弟未婚，一妹處室〔一八〕。息胤猶闕，家徒索然〔一九〕。將恐烝嘗有曠闕之憂，丘隴絶芟除之主〔二〇〕。延駐晷刻，不敢自私。又以祖曾之前，未一完兆；骨肉之内，猶有旅魂。將自來兹〔二一〕，克用通便〔二二〕。以顯之義〔二三〕，雖不敢望；無忝之訓〔二四〕，庶幾或存。靈其聞之，必將加憫。

然有以没齒懷恨〔二五〕、粉身難忘者〔二六〕，以靈之懿茂，而不登遐壽，不生賢人，使别女致哀〔二七〕，猶子爲後〔二八〕，哀哀天地，云胡不仁〔二九〕！默默神祇，其何可訴！今嵩、奂二子，既爲我甥，誓當撫之，以慰幽抱。男勸其學，使得禄仕；女求其耦，必擇賢良。縱乖宅相之徵〔三〇〕，庶泯忽諸之歎〔三一〕。壽堂宿啓，潛舟既移〔三二〕。那期永訣之悲，復見重關之兆〔三三〕。以祥忌云近〔三四〕，哀憂載迷〔三五〕，不獲臨壙達誠〔三六〕，撫柩致奠〔三七〕。東望景亳〔三八〕，惟心仆身〔三九〕。具縗擇蔬〔四〇〕，灑以淚血。日慘風遠，叫號無聲。伏惟明靈，一賜臨鑒。孤苦蒼天，不孝蒼天！

【校注】

〔一〕本篇原載《文苑英華》卷九九三第一頁、清編《全唐文》卷七八二第二四頁、《樊南文集詳注》卷六。題内「姊」字，《英華》作「姨」，誤。〔馮箋〕今所校《文苑英華》，徐、裴「姊」皆誤作「姨」。按：玩上篇所叙，及此云「祥忌云近」，則徐姊夫之亡，在義山喪母後數月。其將合葬時，義山母喪將期也，在祭裴氏姊及潞寇未熾之前可知矣。《祭裴氏姊文》云「朝夕二奠，不敢久離」者，不必拘看也。以今追考，止能得其略耳。〔按〕馮箋是。此文與《祭徐姊夫文》作於同時，即會昌三年八月中旬稍前。商隱母二年十月去世（《上李舍人狀四》謂「某已決取此月二十一日赴京」，此月指十月，其時母喪已滿），八月與「祥忌云近」正合。詳《祭徐姊夫文》注〔一〕編著者按語。

〔二〕〔馮注〕慈念，謂姊也。姊當殁於敬宗、文宗之際，玩下文可見。上篇云「二十年已來」，此則謂姊亡一十八年矣。兄與姊皆得言「慈」，唐文中頻見。〔按〕自會昌三年上溯十八年，徐氏姊當殁於寶曆二年。張箋列於大和元年，非。

〔三〕怙恃，《英華》作「恃怙」，非。〔徐注〕《詩》：無父何怙，無母何恃。〔補注〕憫凶，指父母之喪。

袁宏《後漢紀・獻帝紀下》：「天子使御史大夫郗慮持節策命曹操爲公，曰：『朕以不德，少遭憫凶。』」此指母喪。

〔四〕〔徐注〕曹植誄：號慟崩摧。〔補注〕潰，毀；荼，悲痛。

〔五〕〔馮注〕徐氏姊初權厝於此，今來遷去合葬也。〔按〕《祭徐姊夫文》云「仲姊凋殂，諸甥不育」，「乞後旁宗，又未能立」，「建旐云歸，曠然無主」，「藐然一女，纔已數齡」，可知不僅徐氏姊無子，姊殁後徐姊夫別娶所生之女亦方數齡。而此云「獲見諸甥，來奉遷合」，下文云「使別女致哀，猶子爲後」，則是遷合前方立之「猶子」，即「嵩、奐二子」也。

〔六〕孤苦，《英華》作「苦孤」，非。

〔七〕〔補注〕初遭家難，指喪父。

〔八〕〔徐注〕李密《陳情表》：外無朞功强近之親。

〔九〕〔徐注〕潘岳《閑居賦》：壽觴舉，慈顏和。

〔一〇〕〔徐注〕《晉書・封孚傳》：文筆多傳于世。

〔一一〕干，《英華》注：集作「遷」。徐注本作「千」。均誤。〔馮注〕三千有司，謂宏詞、吏部試判及拔萃。（《玉谿生年譜》）〔按〕事分别在開成三年、四年，會昌二年。

〔一二〕〔馮注〕按：科名，謂登第也。又云「兩被公選」，謂（開成四年）試判與（會昌二年）拔萃。詳《年譜》。

〔一三〕〔補箋〕指開成四年釋褐爲秘書省校書郎及會昌二年重入秘省爲正字。《樊南甲集序》：「兩爲秘省房中官。」芸閣，秘書省之代稱。

〔一四〕〔補注〕仲，指其弟羲叟。《樊南甲集序》：「仲弟聖僕。」自注：「羲叟。」季，當指小於羲叟之另一弟。

〔一五〕進修，《英華》注：集作「修進」。誤。〔徐注〕《易》：君子進德修業，欲及時也。〔補注〕《禮記·祭統》：「顯揚先祖，所以崇孝也。」

〔一六〕〔徐注〕《禮記》：苴杖，竹也。削杖，桐也。又：斬衰，括髮以麻。注：爲母括髮以麻。《後漢書·謝夷吾傳》：遊魂假息。〔馮注〕《儀禮·喪服》：斬衰裳，苴絰。疏：衰裳，齊牡麻絰。注曰：麻在首在要（腰）皆曰絰。按：別父喪母喪也。文固不必拘。

〔一七〕〔徐注〕《南史》：謝瞻言於武帝曰：「特乞降黜，以保衰門。」

〔一八〕〔馮注〕劉餗《隋唐嘉話》：高宗朝，以太原王、范陽盧、滎陽鄭、清河博陵二崔、隴西趙郡二李等七姓，恃其族望，恥與他姓爲婚，乃禁其姻娶。於是不敢復行婚禮，飾其女以送夫家。按：擇對之不易可見。而義山婚於武帥之家，時論薄之矣。〔按〕曰「三弟」，則「仲、季」二弟以外尚有一弟，詳不可考。

〔一九〕〔徐注〕陸機《歎逝賦》：十年之内，索然已盡。〔補注〕會昌三年，商隱子衮師未生，故云「息胤猶闕」。索然，空乏貌。

〔二〇〕〔徐注〕鮑照《蕪城賦》：井徑滅兮丘隴殘。〔補注〕《詩·小雅·楚茨》：「絜爾牛羊，以往烝嘗。」鄭玄箋：「冬祭曰烝，秋祭曰嘗。」此泛指祭祀祖先。丘隴，指墳墓。

〔二一〕自，《英華》作「有」，誤。〔補注〕來兹，來年。

〔二二〕〔馮注〕通便，謂通年利月。〔按〕謂擇吉時爲大規模遷葬之舉。

〔二三〕〔補注〕《孝經·開宗明義》：「立身行道，揚名於後世，以顯父母，孝之終也。」

〔二四〕〔徐注〕《詩》：無忝爾所生。〔補注〕《書·君牙》：「今命爾予翼，作股肱心膂，纘乃舊服，無忝祖考。」

〔二五〕〔徐注〕《後漢書·清河孝王慶傳》：常泣向左右，以爲没齒之恨。

〔二六〕〔徐注〕《法苑珠林》：釋法充誓粉身骨，用生淨土。

〔二七〕〔馮注〕即上篇「藐然一女」也。非其姊所出，故曰「别女」。

〔二八〕〔馮注〕即所立嵩、奂二子。

〔二九〕〔補注〕《老子》：「天地不仁，以萬物爲芻狗。」

〔三〇〕見《爲李郎中祭舅竇端州文》「嗟宅相以無取」注。

〔三一〕〔馮注〕《左傳》：臧文仲聞六與蓼滅，曰：「皋陶、庭堅不祀，忽諸。」〔補注〕忽諸，忽然，一下子。後指忽然而亡。《南齊書·王僧虔傳》：「亡兄之胤，不宜忽諸。若此兒不救，便當回舟謝職，無復遊宦之興矣。」

〔三二〕見《爲濮陽公祭太常崔丞文》「想移舟而目極」注。

〔三三〕闢，《全文》《英華》均作「開」。《英華》注：集作「闢」。是，兹據改。〔馮注〕《周禮·春官·巾車》：「及墓，嘑啓闢，陳車。」注：「闢，墓門也。」此謂重葬也。若作「開」，則上已云「宿啓」矣。

〔三四〕〔補注〕祥忌，指其母之周年忌日之祭。參下注。

〔三五〕〔徐注〕《禮記》：父母之喪，既虞，卒哭。疏食飲水，不食菜果。期而小祥，食菜果；再期而大祥，有醯醬。中月而禫，禫而飲醴酒。〔馮注〕以二篇所叙度之，當爲小祥。〔補注〕祥，古代居父母、親人之喪滿一年或二年而祭之統稱。《禮記·雜記下》：「期之喪，十一月而練，十三月而祥，十五月而禫。」《儀禮·士虞禮》：「朞而小祥。」朞，周年。

〔三六〕〔徐注〕《爾雅》：藏葬謂之壙。〔補注〕壙，墓穴。

〔三七〕〔徐注〕《禮記》：在棺曰柩。〔補注〕柩，已裝尸體之棺。

〔三八〕〔徐注〕《左傳》：商湯有景亳之命。〔馮注〕《史記·殷本紀》注：「宋州北五十里大蒙城爲景亳，湯所盟地，因景山爲名。」宋亳在東，距懷州遠矣，且似未有潞州兵事。

〔三九〕〔徐注〕李陵《答蘇武書》：此陵所以仰天椎心而泣血也。

〔四〇〕襚，見《祭徐姊夫文》注〔三八〕。

# 代僕射濮陽公遺表〔一〕

臣某言：臣聞螻蟻知雨，雖通感于玄天〔二〕；蒲柳望秋，必凋華于厚夜〔三〕。況臣攝生寡要〔四〕，將命無方〔五〕，寒暑頓侵，精神坐竭。竈乏傳薪之火〔六〕，餘焰幾何〔七〕；隙無留影之駒〔八〕，殘光即盡。叩心戀闕〔九〕，忍死封章〔一〇〕。叫白日而不回〔一一〕，望青天而永訣〔一二〕。臣某中謝。

臣雖忝望族〔一三〕，本實將家〔一四〕。自先臣出總郊圻〔一五〕，遇大國靜無師旅〔一六〕，被服元化，翱翔盛時。遂與季弟參元〔一七〕，俱以詞場就貢。久而不調，因以上書，自薦求通，干時願試〔一八〕。芸香作吏〔一九〕，始筮仕于德宗〔二〇〕；瑞節臨戎〔二一〕，復分憂于陛下。雖性分有限，而忠誠不移〔二二〕。固無韓、彭爲將之能〔二三〕，實慕趙、竇散財之義〔二四〕。兩踰嶺嶠，四建牙旗〔二五〕。約己潔身〔二六〕，絶甘分少〔二七〕。良田五頃，慮莫及于子孫〔二八〕；厚禄萬鍾，惠頗霑于賓客〔二九〕。恭承詔命，以守藩條。而掌事者〔三〇〕，徒以元和中吕元膺留守東都，李師道潛謀洛邑〔三一〕，託以郡邸，入之甲兵，臣當時爲元膺賓僚，值師道竊發〔三二〕，藍衫不脱，竹簡仍持，因爲麾兵，虜其渠帥〔三三〕，遂以將材相許，戎統見期〔三四〕。頡頏遐途〔三五〕，纂修舊服〔三六〕。光陰荏苒〔三七〕，遷授頻仍〔三八〕。昨者分領許昌〔三九〕，兼臨河内〔四〇〕。當上黨阻兵之始〔四一〕，是孽童拒詔之初〔四二〕。臣方將奮勵疲駑〔四三〕，指揮精鋭〔四四〕，所冀解鞍赤狄〔四五〕，息駕晉城〔四六〕，大攘蜂蠆之群〔四七〕，以雪人神之憤〔四八〕。自前月某日後，軍聲大振，賊勢少衰〔四九〕，人一其心〔五〇〕，士百其勇〔五一〕。燕頷有相，曾無定遠之期〔五二〕；馬革裹尸，實負伏波之願〔五三〕。而精誠靡著，志望見違〔五四〕。援桴之意方堅〔五五〕，就木之期俄及〔五六〕。忽自今月某日，疾生腹臟，弊及筋骸，藥劑之攻擊愈深〔五七〕，神祇之禱祠無益〔五八〕。固已騰名鬼録〔五九〕，收氣人寰〔六〇〕，復然無望於死灰〔六一〕，更起難同於仆樹〔六二〕。然臣素窺長者，曾慕達人〔六三〕，省知變化之端〔六四〕，麤識死生之理〔六五〕。豈其有貪富貴，敢冀長延〔六六〕？但以未報國恩，未誅賊黨，視冑長免〔六七〕，對弓莫彎〔六八〕，思犬馬以自悲〔六九〕，悼鐘漏之先迫〔七〇〕。志有所在，傷如之何！撫節而乏淚可流〔七一〕，伏弢而無血可衉〔七二〕。臣某中謝。

其行營三軍，已舉牒差某官某；河陽留務，差某官某；懷州留務，差某官某訖〔七三〕。並皆授之方略〔七四〕，各有司存〔七五〕。竊計旬日〔七六〕，必無逗撓〔七七〕。

臣又伏思任司農大卿之日，授忠武統帥之時〔七八〕，紫殿承恩〔七九〕，彤庭入對〔八〇〕，躬瞻堯日，親沐舜風〔八一〕。獲覩陛下神武之姿〔八二〕，獲聞陛下憂勤之旨。即北蕃小寇〔八三〕，東土微妖〔八四〕，亦何足煩陛下之甲兵，污陛下之鈇鑕〔八五〕？伏願時推明略〔八六〕，光闡睿圖〔八七〕，内則收德裕、讓夷、紳、鉉之嘉謨〔八八〕，外則任彦佐、元逵、宰、沔之威力〔八九〕，廓清華夏，昭薦祖宗。然後瘞玉勒成〔九〇〕，鏤金垂烈〔九一〕，臣雖百死〔九二〕，復何恨焉！臣精爽已虧〔九三〕，言辭失次〔九四〕。氣無復續，蒙以纊而莫勝〔九五〕；口不能言，飯用貝而何益〔九六〕！故國千里〔九七〕，明君萬年。永捐覆載之恩〔九八〕，長入幽冥之路〔九九〕。殘魂不昧，雖温序之思歸〔一〇〇〕；枯骨有知，遇杜回而必亢〔一〇一〕。迴望昭代〔一〇二〕，哀號不能。無任荒惙攀戀之至，謹奉表代辭以聞〔一〇三〕。

**【校注】**

〔一〕本篇原載《文苑英華》卷六二六第四頁、清編《全唐文》卷七七一第二二頁、《樊南文集詳注》卷一。〔徐箋〕《新書》：王茂元自陳許節度徙河陽，討劉稹也。李德裕以茂元兵寡，詔王宰領陳許，合義成兵援之。以河陰所貯兵械、内庫甲弓矢陌刀賜之。會病，以宰兼河陽行營攻討使。卒，贈司徒，謚曰「威」。《舊書》：會昌中，河北諸軍討劉稹，茂元亦以本軍屯天井，賊未平而卒。〔馮注〕《漢書·表》曰：僕射，秦官。古者重武官，有主射以督課之。應劭曰：僕，主也；射音夜。《舊書·志》：尚書都省左右僕射各一員。按：茂元加僕射，《傳》不書，詳《爲外姑隴西郡君祭張氏女文》「及登農揆」注。〔按〕《通鑑·會昌三年》：（八月）庚辰（二十四），李德裕上言云：「河陽兵力寡弱，自科斗店之敗，賊勢愈熾。王茂元復有疾，人情危怯，欲退保懷州。」九月，「丙午，河陽奏王茂元薨」。丙午爲二十日，係奏到之日。茂元八月下旬即已有疾，至九月二十前數日而卒於軍中。此遺表當作于九月二十日稍前。茂元加僕射，史不載，然《爲濮陽公上淮南李相公狀一》約作於開成五年春夏間，已稱「榮兼右揆」，則其加檢校右僕射當在武宗初立之時。

〔二〕〔馮注〕《東觀漢記》：沛獻王輔善《京氏易》。永平五年少雨，上自爲卦，以《易林》占之，其繇曰：「蟻封穴户，大雨將至。」以問輔，輔曰：「《蹇》，《艮》下爲山，《坎》上爲水。山出雲爲雨。蟻穴居知雨將至，故以蟻爲興。」〔徐注〕《莊子》：鴻濛曰：「玄天弗成。」

〔三〕〔徐注〕《晉書·顧悦之傳》：悦之與簡文同年而髮早白，帝問其故，對曰：「蒲柳常質，望秋先零。」《左傳》：楚子曰：「惟是春秋窀穸之事。」注：窀，厚也；穸，夜也。厚夜，長夜，謂埋葬也。

〔四〕〔徐注〕《老子》：善攝生者，陸行不遇兕虎，入軍不避甲兵，兕無所投其角，虎無所措其爪，兵無所容其刃。夫何故？以其無死地。

〔五〕〔補注〕將，養。

〔六〕〔徐注〕《莊子》：指窮於爲薪，火傳也，不知其盡也。

〔七〕〔馮注〕楊泉《物理論》：人含氣而生，精盡而死。譬猶火焉，薪盡而火滅，則光無矣。

〔八〕〔徐注〕《莊子》：人生天地之間，若白駒之過隙。〔馮注〕《史記·魏豹傳》：人生一世間，如白駒過隙耳。《漢書》注：白駒，日景也；隙，壁際也。按：《莊子》作「過郤」。「郤」亦作「隙」。

〔九〕〔徐注〕《後漢書・耿弇傳》：元元叩心，更思莽朝。江淹書：昔者賤臣叩心，飛霜擊于燕地。曹植詩：顧瞻戀城闕。〔馮注〕《文選》注：《春秋考異郵》曰：「桓公殺賢，吏民含痛，流涕叩心。」《後漢書・張奐傳》：奏記曰：「凡人之情，冤則呼天，窮則叩心。」

〔一〇〕死，《英華》注：集作「命」。〔徐注〕《晉書・宣帝紀》：天子執帝手，目齊王曰：「以後事相託，死乃復可忍，吾忍死待君。」

〔一一〕〔徐注〕《楚辭・〈九辯〉》：去白日之昭昭，襲長夜之悠悠。

〔一二〕〔徐注〕江淹《別賦》：詎能摹暫離之狀，寫永訣之情者乎？

〔一三〕〔徐注〕《南史・王僧辯傳》：時有安成望族劉敬躬者。〔馮注〕按王氏自晉以來，世爲望族。《宰相世系表》：王氏定著三房：一曰瑯琊，二曰太原，三曰京兆。茂元固稱太原公，然其世系無考。

〔一四〕〔徐注〕《晉書・載記》：石弘字大雅，勒之第二子也，勒謂徐光曰：「大雅愔愔，殊不似將家子。」〔補注〕據《新唐書・王栖曜傳》，茂元父栖曜，以軍功累遷試金吾衛將軍、試金吾大將軍、左龍武大將軍，任鄜坊節度使。栖曜善騎射。

〔一五〕〔補注〕《書・畢命》：「申畫郊圻，慎固封守，以康四海。」孔穎達疏：「郊圻，謂邑之境界。」出總郊圻，指任鄜坊節度使。元稹《徐智岌右監門衛將軍制誥》：「邠之地，后稷、公劉之所理也。俗饒稼穡，土宜六擾，内扞郊圻，外攘夷狄。」鄜坊節度使管鄜、坊、丹、延四州，爲京畿之郊圻。

〔一六〕〔馮校〕「遇」下《英華》多一「任」字。〔按〕殘宋本《英華》「遇」下無「任」字，馮氏所據者明本。

〔一七〕〔徐注〕柳宗元《賀王參元失火書》：僕自貞元十五年見足下之文章，蓄之者蓋六七年。〔補注〕王應麟《困學紀聞》：「商隱誌王仲元云：『第五兄參元教之學。』」按：誌文今佚。

〔一八〕願，《全文》作「預」，據《英華》改。〔徐注〕《蜀志·來敏傳》：議論干時。〔馮注〕按王棲曜貞元初鎮鄜坊，十九年卒於位。而貞元二十一年正月，德宗崩。則茂元筮仕，當在棲曜未卒時也。〔補注〕《新唐書·王茂元傳》：「茂元少好學，德宗時上書自薦，擢試校書郎。」

〔一九〕見《爲安平公謝除兗海觀察使表》注〔一四〕。

〔二〇〕〔徐注〕《左傳》：畢萬筮仕于晉。〔補注〕將出仕，卜問吉凶，謂筮仕。此指初出仕。參注〔一八〕。

〔二一〕〔馮注〕《周語》：先王既有天下，爲車服旗章以旌之，爲摯幣瑞節以鎮之。按：《周禮·春官》：典瑞，掌玉瑞，辨其名物與其用事，如王晉大圭、公執桓圭、侯執信圭之屬。而牙璋以起軍旅，以治兵守。注曰：瑞節，信也。牙璋亦王使之瑞節。《地官》：掌節，掌守邦節，而辨其用，以輔王命。注云：邦節者，珍圭牙璋之屬。疏曰：珍圭之等，皆約典瑞言之。〔補注〕瑞節，指玉節，古代朝聘時用作憑信之玉製符節。《周禮·地官·調人》：「弗辟則與之瑞節，而以執之。」唐蘇鶚《蘇氏演義》卷下：「夫瑞節者，有五種：一曰鎮圭，二曰牙璋，三曰穀圭，四曰琬圭，五曰剡圭。」此句「瑞節」蓋即牙璋，爲古之兵符。馮引《國語·周語》之「瑞節」則指瑞與節二者。

〔二二〕移，《英華》注：一作「磨」。

〔二三〕〔馮注〕漢之韓信、彭越。

〔二四〕〔馮注〕《魏志·武帝紀》注：趙奢、竇嬰之爲將也，受賜千金，一朝散之，故能濟成大功，永世流聲，吾未嘗不慕其爲人也。又曰：追思竇嬰散金之義。《史記·趙奢傳》：所賞賜者，盡以與軍吏士大夫。《漢書·竇嬰傳》：嬰爲大將軍，賜金千斤，陳廊廡下，軍士過，輒令財取爲用。「財」與「裁」同。按：茂元富財，交通權貴。此頗爲之粉飾。

〔二五〕〔徐注〕《東京賦》：牙旗繽紛。薛綜曰：牙旗者，將軍之旌。古者天子出，建大牙旗，竿上以象牙飾之。按：四建牙旗，謂嶺南、涇原、陳許、河陽也。〔馮注〕按茂元經略邕、容，又節度嶺南，故曰「兩踰嶺嶠」也。

〔二六〕〔徐注〕《後漢書·應奉傳》：曾祖父順，爲河南尹、將作大匠，公廉約己，明達政事。《皇甫規傳》：李膺、王暢、孔翊，潔身守禮。

〔二七〕〔徐注〕司馬遷《報任安書》：李陵素與士大夫絶甘分少，能得人死力。〔補注〕絶甘分少，拒絶甘美之食，能與部屬分享少量之物。

〔二八〕〔徐注〕《南史·王悦之傳》：上以其廉介，賜良田五頃，以爲侍中。〔馮注〕《舊書·劉弘基傳》：弘基遺令，給諸子奴婢各十五人，良田五頃，謂所親曰：「若賢，固不藉多財；不賢，守此可以免饑凍。」餘財悉以散施。《後漢書·儒林·周澤傳》：光禄勳孫堪，建武中，仕郡縣，奉禄不及妻子，皆以供賓客。

〔二九〕〔徐注〕《後漢書・酈炎傳》：作詩曰：「終居天下宰，食此萬鍾禄。」〔馮注〕《史記・平津侯傳》：故人所善賓客，皆分奉禄以給之，無有所餘。按：此類事頗多。

〔三〇〕〔馮注〕掌事，見《周禮》。〔補注〕《周禮・春官・喪祝》：「凡卿大夫之喪，掌事而斂飾棺焉。」按此句「掌事者」指主持國政之宰相，與馮云《周禮》之「掌事」義異。此句直貫下「遂以將材相許，戎統見期」。

〔三一〕道，《英華》誤作「古」。下「值師道竊發」之「道」，《英華》亦誤作「古」。

〔三二〕〔補注〕竊發，暗中發動。

〔三三〕渠，《全文》作「元」，非，據《英華》改。〔徐曰〕（以上數句箋）並見《爲濮陽公陳情表》注〔三一〕〔三二〕。〔馮校〕□帥，《英華》作「明師」（按：馮所據爲明刊本《英華》），徐刊作「元帥」，皆誤。按：賊魁乃中岳寺僧圓淨，年八十餘，嘗爲史思明將，偉悍過人，見《舊唐書・吕元膺傳》。此當作「主帥」。《南史・周山圖傳》：鄉里獵戲集聚，常爲主帥。按：凡行軍及叛賊之徒，用「主帥」字者甚多，竟疑作「主帥」爲是。初以《英華》作「明師」，疑本是「朋帥」之訛，謂賊黨也，又或作「棚帥」，謂曰棚之首也。但「朋帥」字無可據，故以「主帥」爲近是。按：《舊書・志》：「親王揔戎曰元帥。」雖每可通稱，然叛賊必不可稱也。《英華》作「明師」，疑「朋帥」之形近而訛。但字無證據，不如闕疑。〔按〕馮氏因明本《英華》作「明師」而疑爲「朋帥」「棚帥」之訛。

而殘宋本《英華》作「渠帥」,本不誤。馮校每有逞臆改字者,此處雖未徑改,然「主帥」「朋帥」之説皆顯誤。詳録之以見馮校間有此弊,亦見誤本之害人也。渠魁、渠帥,指首領,字習見。《書·胤征》:「殲厥渠魁,脅從罔治。」孔傳:「渠,大;魁,帥也。」《史記·司馬相如列傳》:「郡又多爲發轉漕萬餘人,用興法誅其渠帥,巴蜀民大驚恐。」多指反叛者之首領。

〔三四〕〔補注〕戎統,軍政、軍權。《宋書·孔覬傳》:「予猥承人乏,總司戎統。」

〔三五〕〔徐注〕《詩》:頡之頏之。〔補注〕頡頏,本指鳥飛上下貌,此猶上下來往之意。

〔三六〕〔徐注〕《書》:纘禹舊服。〔補注〕舊服,舊有之屬地。纂修,整治。

〔三七〕〔徐注〕潘岳《悼亡詩》:荏苒冬春謝。梁簡文帝詩:常惜光陰移。〔馮注〕《篇海》:荏染,猶侵下也。亦作「荏苒」。《廣韻》:展轉也。按:與《詩》「荏染柔木」義異。

〔三八〕〔徐注〕《漢書·孝成帝紀》:詔曰:「大異重仍。」師古曰:仍,頻也。

〔三九〕〔馮注〕《通典》:許州許昌縣,漢許縣,獻帝都於此。魏文改曰許昌。〔補注〕謂任陳許節度使。

〔四〇〕〔馮注〕《舊書·志》:河陽三城節度使領懷州河内郡。〔補注〕謂任河陽節度使。

〔四一〕〔徐注〕《左傳》:衆仲曰:「阻兵無衆。」〔馮注〕《通典》:秦置上黨郡,唐爲潞州,或爲上黨郡。

〔四二〕〔徐箋〕《舊書》:昭義節度等使劉從諫會昌三年卒,大將郭誼等用其姪稹權領軍務,宰相李德裕奏請稹護喪歸洛,稹竟叛。〔馮注〕謂昭義劉稹拒命。

〔四三〕〔徐注〕司馬遷書:僕雖疲駑,亦常側聞長者之遺風矣。

〔四四〕〔徐注〕《漢書·陳平傳》：天下指揮即定矣。潘岳《關中詩》：爰整精鋭。〔馮注〕《漢書·翟義傳》：吏士精鋭攻義，破之。

〔四五〕〔馮注〕《春秋》：宣公十有五年，晉師滅赤狄潞氏，以潞子嬰兒歸。〔徐注〕（赤狄）謂潞州。顔延之詩：嚴駕越風寒，解鞍犯霜露。

〔四六〕〔馮注〕潞州，晉地。非指太原，時楊弁固未叛也。〔補注〕澤潞節度使轄澤、潞、邢、洺、磁五州。澤州治晉城。此句「晉城」當指澤州晉城，非泛指晉地。

〔四七〕〔徐注〕《左傳》：臧文仲曰：「君無謂邾小，蜂蠆有毒，而況國乎？」〔補注〕蠆，蝎子一類毒蟲。

〔四八〕〔徐注〕《晉書·虞悝傳》：王敦搆逆，人神所忿疾。

〔四九〕少，《英華》作「稍」。

〔五〇〕〔徐注〕《書》：爾尚一乃心力，其克有勳。

〔五一〕〔徐注〕《南史·韋睿傳》：人百其勇。〔馮曰〕按茂元所遣之師，被賊破擒，頗爲危迫，詳見史文及《會昌一品集》。表乃矯語若此，唐時風氣然也。〔按〕《通鑑·會昌三年》：八月，「甲戌，薛茂卿破科斗寨，擒河陽大將馬繼等，焚掠小寨一十七，距懷州纔十餘里。……王茂元軍萬善，劉稹遣牙將張巨、劉公直等會薛茂卿共攻之，期以九月朔圍萬善。乙酉，公直等潛師先過萬善南五里，焚雍店。巨引兵繼之，過萬善，覘知城中守備單弱，欲專有功，遂攻之。日昃，城且拔，乃使人告公直等。時義成軍適至（時以河陽兵寡，令王宰以忠武軍合義成兵援之。義成軍，滑州兵)，茂元困急，欲帥衆棄城走，都虞侯孟章諫……茂元乃止」。可見其時河陽軍之危困處境及低落士氣。

〔五二〕〔徐注〕《後漢書・班超傳》：相者指曰：「生燕頷虎頸，飛而食肉，此萬里侯相也。」

〔五三〕見《爲濮陽公陳情表》注〔四八〕。

〔五四〕志望，《英華》作「素志」，注：集作「志望」。

〔五五〕〔徐注〕桴，通作「枹」。《左傳》：郤克左并轡，右援枹而鼓，馬逸不能止。〔馮注〕《吕氏春秋》：援桴一鼓，使三軍之士樂死若生。

〔五六〕〔徐注〕《左傳》：季隗曰：「吾二十五年矣，又如是而嫁，則就木焉。」

〔五七〕〔馮曰〕暗用「膏肓」事。見前《代安平公遺表》「念兹二豎，徒訪秦醫」注。

〔五八〕祇，《英華》作「理」，非。〔徐注〕顏延之《陶徵士誄》：藥劑弗嘗，禱祠非益。

〔五九〕録，《英華》作「籙」，字通。〔徐注〕魏文帝書：觀其姓名，已爲鬼籙。

〔六〇〕〔徐注〕《漢書・五行志》：聖人爲之宗廟，以收魂氣。鮑照《舞鶴賦》：歸人寰之喧卑。

〔六一〕〔馮注〕《漢書・韓安國傳》：安國坐法抵罪，獄吏田甲辱安國，安國曰：「死灰獨不復然乎？」

〔六二〕〔徐注〕《漢書・昭帝紀》：元鳳三年春，上林有柳樹枯僵自起生。

〔六三〕〔徐注〕《左傳》：聖人有明德者，若不當世，其後必有達人。〔馮注〕《列子》：「端木叔，達人也。」此謂曠達之人，知死生有命者。〔補注〕《吕氏春秋・知分》：「達士者，達乎死生之分。」

〔六四〕〔馮校〕知，一作「於」。〔徐注〕《易》：知變化之道者，其知神之所爲乎？

〔六五〕〔徐注〕《易》：原始反終，故知死生之説。

〔六六〕長延，《英華》作「延長」。

〔六七〕〔徐注〕《左傳》：葉公免胄而進。〔馮注〕又：先軫免胄入狄師。又：郤至見楚子，必下免胄而趨。〔補注〕此謂未能戴胄而臨戰陣。

〔六八〕〔徐注〕《孟子》：越人關弓而射之。「關」與「彎」同。〔馮注〕關弓、援弓、彎弓並同。《戰國策》「楚王引弓射狂兕」，他書作「彎弓」。

〔六九〕〔徐注〕《漢書・趙充國傳》：犬馬之齒七十，六爲明詔填溝壑，死，骨不朽。〔馮注〕曹植《上責躬詩序》：不勝犬馬戀主之情。〔按〕當用《漢書》，以年齒言。然用「犬馬」，自含戀主之意。

〔七〇〕〔馮注〕《魏志》：田豫答司馬宣王曰：「年過七十而以居位，譬猶鐘鳴漏盡而夜行不休，是罪人也。」按：後人以鐘鳴漏盡比老死。《文選・放歌行》注引崔元始《正論》：永寧詔曰：「鐘鳴漏盡，洛陽城中不得有行者。」〔按〕以鐘漏之迫喻大限之至。

〔七一〕可，《英華》作「以」。〔徐注〕劉琨《扶風歌》：涙下如流泉。〔馮注〕用事未詳。《左傳》：宋司馬公子卬握節以死。無「涙」字，非所用也。《晉書・何無忌傳》：無忌執節督戰，遂握節死之。亦無「涙」字。

〔七二〕〔徐注〕《晉語》：鐵之戰，趙簡子曰：「鄭人擊我，吾伏弢衉血，鼓音不衰。」注：面污血曰衉。

〔馮注〕《左傳》作「嘔」。杜注：「嘔，吐也。」蓋咯血爲嘔。

〔七三〕〔馮注〕河陽兼領懷州刺史，故分差留務。

〔七四〕〔徐注〕《漢書·趙充國傳》：願馳至金城，圖上方略。

〔七五〕〔馮注〕(司存)見《論語》。按《正義》曰：「執籩豆行禮之事，則有所主者存焉。」故「司存」二字古人習用，非以「有司」二字連也。〔補注〕《論語·泰伯》：「籩豆之事，則有司存。」司存，執掌、職掌。

〔七六〕竊計，《英華》作「至於」，注：集作「竊計」。

〔七七〕〔馮注〕《漢書·韓安國傳》：廷尉當王恢逗撓，當斬。注曰：逗，曲行避敵也；撓，顧望也。〔按〕逗撓，謂因怯陣而避敵。

〔七八〕詳《爲濮陽公陳許謝上表》題注及「掌周王之廩庾」「遽董戎旃，還持武節」注。〔按〕謂開成五年在朝任司農卿及出爲忠武軍節度使之時。

〔七九〕〔馮注〕《三輔黄圖》：武帝又起紫殿，雕文刻鏤，黼黻以玉飾之。〔徐注〕《漢書·成帝紀》：永始四年春，正月，行幸甘泉，郊泰畤，祥光降集紫殿。

〔八〇〕〔徐注〕謝朓《直中書省》詩：紫殿肅陰陰，彤庭赫弘敞。

〔八一〕〔馮注〕《禮記》：舜作五絃之琴，以歌《南風》。《家語》曰：南風之薰兮，可以解吾民之愠兮；南風之時兮，可以阜吾民之財兮。

〔八二〕〔徐注〕《易》：古之聰明睿智，神武而不殺者夫！

〔八三〕〔徐注〕（北蕃）謂回鶻。

〔八四〕妖，《英華》注：集作「戎」。〔徐注〕謂劉稹。

〔八五〕〔馮注〕《公羊傳》：子家駒曰：「君不忍加之以鈇鑕，賜之以死。」注曰：鈇鑕，腰斬之罪。《史記·項羽本紀》：陳餘遺章邯書：「孰與身伏鈇鑕？」《索隱》曰：質，莝椹也。〔補注〕鑕，腰斬時墊在罪犯身下之砧板。

〔八六〕〔徐注〕《魏志·武帝紀》：評曰：惟其明略最優也。

〔八七〕闡，《全文》作「啓」，據《英華》改。〔馮注〕顔延之詩：睿圖炳睟。

〔八八〕〔徐注〕李德裕，見《太尉衛公會昌一品集序》。李讓夷，《舊書》：李讓夷，字達心，隴西人，德裕秉政，歷中書侍郎同平章事。李紳，《舊書》：李紳，字公垂，潤州無錫人，本山東著姓。會昌元年守僕射、平章事。復出爲淮南節度。崔鉉，《舊書》：崔元略，博陵人。子鉉，字台碩，累遷户部侍郎、承旨。會昌末以本官同平章事。〔馮注〕《新書·宰相表》：會昌二年七月，尚書左丞李讓夷爲中書侍郎、同中書門下平章事。又：會昌二年二月，以淮南節度使李紳爲中書侍郎、平章事。又：會昌三年五月，翰林學士承旨崔鉉爲中書侍郎、同中書門下平章事。〔按〕李紳入相，當依《新書·宰相表》，詳參岑仲勉《唐史餘瀋》。

〔八九〕〔徐注〕李彦佐，《舊書·武宗紀》：會昌三年九月，以徐泗節度使李彦佐爲澤潞西面招討使，以陳許節度使王宰充澤潞南面招討使。王茂元卒，王宰代總萬善之師。十二月，王宰奏收天井關。四年八月，王宰傳稹首露布獻於京師。王元逵，《舊書》：王元逵，廷湊子也。起復鎮州大都督府長史、成德軍節度使。王宰，《新書》：王晏宰，後去「晏」獨名，智興次子也。累擢邠寧慶節度使。徙忠武軍。宣宗初進少傅，卒。劉沔，《舊書》：劉沔，許州牙將也。移北京留守。〔馮注〕《新書・王元逵傳》：元逵襲成德軍節度使。劉稹叛，詔元逵爲北面招討使。《舊書・劉沔傳》：授沔太原節度使，充潞府北面招討使。按：元逵當其東北，沔則正北。然《紀》文不書沔爲招討也。

〔九〇〕〔徐注〕桓譚《新論》：修封泰山，瘞玉岱宗。《東都賦》：封岱勒成，儀炳乎世宗。〔馮注〕《漢書》：武帝天漢三年，泰山修封，還過祠常山，瘞玄玉。〔補注〕瘞玉，古代祭山禮儀，治禮畢埋玉於坑。

〔九一〕〔馮注〕《文選・劉孝標〈廣絶交論〉》：聖賢鏤金版而鐫盤盂。任彦升《王文憲集序》：金版玉匱之書。善曰：《七略》曰：「《太公金版玉匱》。」《抱朴子》曰：「鄭君有《玉匱記》《金版經》。」按：此似用封禪金繩玉檢，或鑄鼎鐘，以紀功烈，如《後漢書・鄧后紀》「勒勳金石，攄之罔極」之義，非直用金版也。〔按〕馮按是。

〔九二〕〔徐注〕《後漢書・第五倫傳》：疏曰：「雖遭百死，不敢擇地。」

〔九三〕〔徐注〕《左傳》：心之精爽，是謂魂魄。〔補注〕精爽，精神。《左傳・昭公七年》：「用物精多，則魂魄强，是以有精爽至於神明。」

〔九四〕〔徐注〕《晉書·王濬傳》：疏曰：「拜表流汗，言不識次。」〔馮注〕迷亂失次也。字屢見。

〔九五〕〔馮注〕《禮記·喪大記》：屬纊以俟絶氣。注曰：纊，新綿，易動揺，置口鼻之上以爲候。

〔九六〕〔徐注〕《穀梁傳》：貝玉曰含。《春秋説題辭》：口實曰唅，象生時食也。天子以珠，諸侯以玉，大夫以璧，士以貝。〔馮注〕《檀弓》：飯用米貝，弗忍虚也。〔補注〕以珠玉貝米之類納於死者口中爲「唅」，亦作「含」。

〔九七〕國，《英華》作「園」，注：集作「國」。

〔九八〕捐，《英華》作「將」。

〔九九〕〔徐注〕張衡《思玄賦》：矧幽冥之可信。《後漢書·馮衍傳》：歎曰：「修道德于幽冥之路。」

〔一〇〇〕〔馮注〕《後漢書·獨行傳》：温序爲護羌校尉，行部至襄武，爲隗囂别將苟宇所拘，遂伏劍而死。序主簿韓遵、從事王忠持屍歸殯，光武憐之，賜洛陽城旁爲冢地。長子壽服竟，爲鄒平侯相，夢序告之曰：「久客思鄉里。」壽即棄官，上書乞骸骨歸葬，帝許之，乃反舊塋焉。

〔一〇一〕亢，《英華》作「抗」。杜回事，見下篇《爲王侍御瓘謝宣弔並賻贈表》「軍前結草，必自於幽靈」句注。

〔一〇二〕昭，《英華》作「聖」，注：集作「昭」。

〔一〇三〕《英華》無此七字。

〔蔣士銓曰〕王茂元卒於河陽軍中，此表處置諸事甚悉，計商隱必在幕中。及讀其《祭外舅司徒》之文云：「屬纊之夕，不得聞啓手之言；祖庭之時，不得在執紼之列。」此不可曉。（《忠雅堂評選四六法海》卷二）

# 爲王侍御瓘謝宣弔并賻贈表〔一〕

草土臣瓘言〔二〕：今月某日某官吕述、某官任疇等至〔三〕，奉將聖旨，以臣父某官某亡殁，賜弔臣等，并賻贈臣亡父布帛三百匹，米粟三百石者〔四〕。大夜銜輝，窮泉漏澤〔五〕。以隕以越〔六〕，終哀且榮〔七〕。臣某中謝。

臣先臣某託體元侯〔八〕，策名任子〔九〕，象賢傳劍〔一〇〕，餘力攻書〔一一〕。歷七朝而在公〔一二〕，秉二道而非墜〔一三〕。一昨氛興赤狄，兵聚晉城〔一四〕，先臣受律臨戎〔一五〕，忘家狥衆〔一六〕。士卒均食〔一七〕，罔愧于前修〔一八〕；廊廡散金〔一九〕，遠齊乎舊説〔二〇〕。上憑王略〔二一〕，下振軍威〔二二〕，旬月之間，慶捷相繼。並親桴三鼓〔二三〕，躬運九章〔二四〕。如臣弟兄，皆冒矢石〔二五〕。豈意奇功垂立，大願莫從。傳飡失時〔二六〕，峈血成疾〔二七〕，奄至凋落〔二八〕，長違盛明。此皆由臣等抱釁既深〔二九〕，就養無素〔三〇〕，遂延家難〔三一〕，仰惻宸襟。止偷生于晷刻〔三二〕，亦何顔於天地。伏惟皇帝陛下悼深撫几〔三三〕，悲軫聞鞞〔三四〕，降憫册於上公〔三五〕，厚賻禮於遺體〔三六〕。昔魏優死事，止分食邑之餘〔三七〕；漢養孤兒，但有羽林之聚〔三八〕。方於今日，惟愧推恩〔三九〕。叫號失容〔四〇〕，戴履無所〔四一〕。軍前結草，必自於幽靈〔四二〕；石上生松，敢忘於遺訓〔四三〕。無任感恩荒殞之至。

**【校注】**

〔一〕本篇原載《文苑英華》卷五七一第一三頁、清編《全唐文》卷七七二第一〇頁、《樊南文集詳注》卷一。〔徐箋〕《舊書》：「會昌三年，河陽節度使王茂元會討劉稹，以本軍屯天井，賊未平而卒。」瓘，其子也。〔馮箋〕瓘，王茂元子也，《茂元傳》不附載。《爲外姑隴西郡君祭張氏女文》云：「七女五男。」此當其長也。〔按〕王茂元卒于會昌三年九月二十日前數日（參《代僕射濮陽公遺表》注〔一〕）。長安至河陽一千里，需時數日。朝廷聞訊後差遣吕述、任疇至河陽致弔，抵達河陽當已在九月下旬，此表當上於其時。

〔二〕〔徐注〕《晉書·禮志》：詔曰：「每感念幽冥，而不得終苴絰於草土。」〔補注〕草土，指居親喪。居喪者寢苫枕塊，故云。官吏居喪對君上具銜自稱草土臣。

〔三〕〔馮注〕（吕述）此當即後之吕商州。〔補注〕商隱大中元年有《爲滎陽公祭吕商州文》，詳該篇注〔一〕及祭文。《全唐文》卷七六二收任疇《正獻懿二祖昭穆疏》，小傳云：「會昌六年官太常博士。」事又見於《宣和書譜》卷一〇、《書史會要》卷五。

〔四〕三百石，《英華》作「二百石」。

〔五〕〔徐注〕庾信碑：爰在盛年，先從大夜。潘岳《哀永逝文》：襲窮泉兮朽壤。〔補注〕大夜，長夜，指人死長眠地下。「銜輝」與下「漏澤」均喻指皇帝之恩澤。

〔六〕〔徐注〕《左傳》：齊侯對曰：「恐隕越于下，以貽天子羞。」〔補注〕隕越，顛墜。此用作上書皇帝之套語，犯上而表示死罪之意。

〔七〕〔徐注〕劉勰《文心雕龍》：誄之爲制，蓋選言録行，傳體而頌文，榮始而哀終。〔按〕《論語·子張》：「其生也榮，其死也哀。」此謂「終哀且榮」，乃指生前死後皆蒙受榮寵。

〔八〕〔徐注〕元侯謂栖曜。《後漢書·盧芳傳》：疏曰：「臣芳過託先帝遺體。」箋：栖曜貞元初拜左龍武大將軍，出爲鄜坊節度使，卒，贈尚書僕射。〔補注〕《左傳·襄公四年》：「三《夏》，天子所以享元侯也。」杜預注：「元侯，牧伯。」

〔九〕策，《全文》作「榮」，據《英華》改。〔徐注〕《左傳》：策名委質，貳，乃辟也。《漢書·王吉傳》：吉言：「今使俗吏得任子弟，率多驕驁，不通古今，宜明選求賢，除任子之令。」〔補注〕《左傳》杜預注：「名書於所臣之策。」孔穎達疏：「古之仕者於所臣之人書己名於策，以明繫屬之也。」此指因仕宦而獻身于朝廷。任子，因父兄之功，保任授予官職。

〔一〇〕〔馮注〕《書》：惟稽古崇德象賢。《史記·太史公自序》：在趙者以傳劍論顯。服虔曰：世善傳劍也。蘇林曰：傳，手搏論而釋之。又《自序·孫子吴起贊》曰：非信仁廉勇，不能傳劍論兵書也。

〔一一〕〔補注〕《論語·學而》：「弟子入則孝，出則悌，謹而信，泛愛衆而親仁，行有餘力，則以學文。」

〔一二〕朝，《全文》誤「廟」，據《英華》改。〔徐注〕七朝，謂德、順、憲、穆、敬、文、武也。《詩》：夙夜在公。

〔一三〕〔馮注〕謂初以詞場就貢，後爲將帥之任，備文、武二道。〔補注〕《論語·子張》：「文、武之道未墜於地，在人。」本指周文王、武王治國修身之道，此處轉義。

〔一四〕一昨，《英華》脱此二字。注見《代僕射濮陽公遺表》注〔四五〕〔四六〕。

〔一五〕律，徐注本作「敵」，非。〔補注〕受律，受命出師。

〔一六〕〔徐注〕《史記·司馬穰苴列傳》：將受命之日則忘其家。

〔一七〕〔徐注〕《漢書·李廣傳》：廣歷七郡太守，前後四十餘年。得賞賜，輒分其戲下，飲食與士卒共之。

〔一八〕〔馮注〕《離騷》：謇吾法夫前修。

〔一九〕見《代僕射濮陽公遺表》注〔二四〕。

〔二〇〕乎，《英華》作「於」。

〔二一〕王，《全文》誤作「玉」，據《英華》改。〔馮注〕王略，猶言廟略。〔徐注〕《左傳》：侵敗王略。

〔二二〕〔徐注〕《隋書·庾質傳》:慮損軍威。

〔二三〕〔馮注〕《周禮·夏官·大司馬》:中軍以鼙令鼓,鼓人皆三鼓。按《吴越春秋》:孫子試戰,三鼓爲戰形。《戰國策》:「甘茂攻宜陽,三鼓之而卒不上。」此所用也。又《尉繚子》:勒卒令曰:「商,將鼓也;角,帥鼓也;小鼓,伯鼓也。三鼓同而將帥伯其心一也。」《唐六典》:「軍鼓之制有三:一曰銅鼓,二曰戰鼓,三曰鐃鼓。」則謂鼓制有三,非所用也。〔補注〕《左傳·莊公十年》:「齊人三鼓。」

〔二四〕〔徐注〕《管子》:(九章)一曰舉日章則晝行,二曰舉月章則夜行,三曰舉龍章則行水,四曰舉虎章則行林,五曰舉鳥章則行陂,六曰舉蛇章則行澤,七曰舉鵲章則行陸,八曰舉狼章則行山,九曰舉韓章則載食而駕。〔補注〕九章,古代行軍時指揮軍隊行進之九種旗章。章,指旗上之圖案。

〔二五〕〔徐注〕《左傳》:荀偃、士匄帥卒攻偪陽,親受矢石,滅之。〔馮注〕《漢書》:叔孫通曰:「漢王方蒙矢石,争天下。」《鼂錯傳》:能使其衆蒙矢石,赴湯火。

〔二六〕湌,《英華》作「飧」。〔徐注〕《漢書·韓信傳》:令其裨將傳餐曰:「今日破趙會食。」注:如淳曰:「小飯曰餐。」師古曰:「餐,古『湌』字,音千安反。」〔補注〕傳餐,傳送飯食。

〔二七〕見《代僕射濮陽公遺表》注〔七二〕。

〔二八〕〔徐注〕《晉書·謝玄傳》:凋落相繼。

〔二九〕〔徐注〕曹植表：臣自抱釁歸藩，刻肌刻骨。〔補注〕抱釁，猶負罪。

〔三〇〕〔徐注〕《禮記》：左右就養無方。

〔三一〕〔徐注〕《詩》：未堪家多難。

〔三二〕止，徐注本一作「尚」。馮注本作「尚」。〔徐注〕晷謂日景，刻謂漏刻。

〔三三〕〔馮注〕《晉書·劉毅傳》：遷尚書左僕射，年七十告老，以光禄大夫歸第，門施行馬，太康六年卒。武帝撫几驚曰：「失吾名臣，不得生作三公。」即贈儀同三司。按：茂元生加僕射，殁贈司徒，此引典精切。

〔三四〕〔徐注〕《禮記》：聽鼓鼙之聲，則思將帥之臣。〔補注〕軫，痛。

〔三五〕册，《全文》作「惻」，據《英華》改。〔徐注〕《書·微子之命》：庸建爾于上公。《左傳》：蔡墨曰：「五行之官，實列受氏姓，封爲上公。」〔馮注〕《韓詩外傳》：三公，曰司馬、司空、司徒也。司馬主天，司空主土，司徒主人。《舊書·職官志》：正第一品，太尉、司徒、司空各一員，三公論道之官也。

〔三六〕〔徐注〕《公羊傳》：車馬曰賵，貨財曰賻，衣被曰襚。

〔三七〕〔徐注〕《魏志·太祖紀》：建安七年，令曰：「舉義兵已來，將士絶無後者，求其親戚以後之，授土田，官給耕牛，置學師以教之。爲存者立廟，使祀其先人。」〔馮注〕《魏志》注：公令曰：「諸將士大夫共從戎事，吾獨竊大賞，户邑三萬。今分所受租與諸將掾屬及故戍于陳、蔡者，宜差死事之孤，以租穀及之。」〔按〕馮注是。

〔三八〕〔徐注〕《漢書・百官公卿表》：武帝取從軍死事之子孫養羽林，官教以五兵，號羽林孤兒。

〔三九〕惟，《英華》作「彼」，馮注本從之。

〔四〇〕〔徐注〕《詩》：或不知叫號。

〔四一〕〔徐注〕《左傳》：晉大夫三拜稽首曰：「君履后土而戴皇天。」

〔四二〕〔馮注〕《左傳》：魏武子有嬖妾，武子疾，命顆曰：「必嫁是！」疾病，則曰：「必以爲殉。」及卒，顆嫁之，曰：「疾病則亂，吾從其治也。」及輔氏之役，顆見老人結草以亢杜回，回躓而顛，故獲之。夜夢之曰：「余，而所嫁婦人之父也。爾用先人之治命，余是以報。」

〔四三〕生，《英華》《全文》作「澆」。《英華》注：集作「生」。兹據改。〔馮注〕《烈士傳》：干將、莫耶爲晉君作劍，三年而成。劍有雌雄，天下名器也。乃以雌劍獻君，留其雄者，謂其妻曰：「吾藏劍在南山之陰，北山之陽，松生石上，劍在其中矣。君若覺，殺吾，爾生男，以告之。」及君覺，殺干將。妻後生男，名赤鼻，具以告之。赤鼻斫南山之松，不得劍，思於屋柱中得之。晉君夢一人眉廣三寸，辭欲報讎。君覺，購求甚急，乃逃朱興山中，遇客欲爲之報，乃刎首以奉晉君。客令鑊煮之，頭三日三夜跳，不爛。君往視之，客以雄劍倚擬君，君頭墮鑊中，客又自刎，三頭悉爛，不可分別。葬之，名曰「三王冢」。按：《孝子傳》亦作「晉君」。《列異傳》《搜神記》作「楚王」。「眉廣三寸」，《搜神記》作「眉間廣尺」。又《太平御覽》引《吴越春秋》：眉間尺逃楚入山，逢客爲之報讎。《孝子傳》曰：「眉間尺名赤鼻。」是直以「眉間尺」爲人名矣。餘皆大同小異耳。《庚子山集》：「楹前鑿柱，即取遺書；石上開松，仍求故劍。」與此正合。蓋古人用事，既取一義，不旁顧而避忌也。惟一作「澆」字不合，或係字誤，或别有所本，未能全考。

## 爲馬懿公郡夫人王氏黄籙齋文〔一〕

唐某年月日朔，上清大洞三境弟子妾某〔二〕，本命某年，若干歲，某月日生，屬北斗某星〔三〕，住河南府河南縣〔四〕，正平坊安國觀内〔五〕。今謹攜私屬弟子某等〔六〕，詣京兆府萬年縣〔七〕永崇坊龍興觀内〔八〕，奉謁受上法師東岳先生鄧君〔九〕。奉依科儀於三聖會仙堂内，修建黄籙妙齋。三日三夜，轉經行道〔一〇〕，奉爲先受法尊師，並道場男女官衆〔一一〕，及九玄七祖〔一二〕，弟子門徒等〔一三〕，懺罪拔苦祈恩。辭上謁虚無元始自然天尊〔一四〕、太上大道君〔一五〕、太上老君〔一六〕、金闕後聖李君〔一七〕、十方靈真〔一八〕、三界官屬〔一九〕、三十六部尊經〔二〇〕、玄中大法師〔二一〕、天地水三官〔二二〕、北斗尊神〔二三〕、本命星尊神〔二四〕、洞天林谷一切棲隱諸靈仙等〔二五〕。妾夙值師尊，欽聞教旨〔二六〕。伏以元皇布氣〔二七〕，時播群生；太一傳形〔二八〕，肇流品庶。皆陶無始〔二九〕，成彼自然〔三〇〕。及三古已還〔三一〕，九皇秘迹〔三二〕，群妖衆孽〔三三〕，黷亂真玄〔三四〕；鬼道尸邪〔三五〕，干迷至正。於是大分治化〔三六〕，廣闢章符〔三七〕。金板玉繩〔三八〕，載演修存之術〔三九〕；河源酆部〔四〇〕，重明考治之科〔四一〕。故得三靈無墊壞之虞〔四二〕，萬物被生成之德。

妾内惟幼騃〔四三〕，晚遂修持。爰在童蒙〔四四〕，被諸僽咎〔四五〕。去元和某年，獲託於故户部尚書贈左僕射臣馬總〔四六〕。極紛華於少壯，結胎血之因緣〔四七〕。況臣總被沐君恩，久居藩鎮〔四八〕，受專征之寄〔四九〕，擅外閫之權〔五〇〕。殄寇下城〔五一〕，所傷者不記；用刑持法，所坐者至多。雖事上之心，誠無顧避；而奉行之際，或爽重輕。故臣總平生之時，許妾以虛無爲念〔五二〕，冀因晚節，同結良緣。及臣總捐家〔五三〕，妾終喪紀〔五四〕，婚姻蠲畢〔五五〕，門户如初。故東都某觀道士南岳先生符君，哀妾香火之勤〔五六〕，成妾巾褐之願〔五七〕。爰從披度〔五八〕，驟歷年光。雖積穢行尸〔五九〕，感通莫冀；而三蟲六賊〔六〇〕，制伏無虧。流輩之中，吹噓驟至，謂可以奉三洞之尊法〔六一〕，稽七真之異聞〔六二〕，勸請殷勤〔六三〕，推許重疊。妾雖榮從非望，亦念切良時。遂於某年，於某處奉詣大洞師東岳先生鄧君奉受上法〔六四〕，迴車畢道〔六五〕，交帶紫紋〔六六〕，負荷玄科〔六七〕，叨忝真位〔六八〕。妾夙宵感勵，寢食慚惶，於今五年，益勤一志〔六九〕。兼誓除俗累，漸慕清修，休絶已來，志念愈潔。所希稍存真氣〔七〇〕，可降衆靈〔七一〕。

又按《仙記》云：「師與弟子，能相保七年者，法當得道〔七二〕。」況今國家奉玄元之裔〔七三〕，聖上崇清淨之風〔七四〕。妾師奉爲君親，廣存濟度〔七五〕，妾又筋骸非病，齒髮未衰，仰佩玄恩，實爲罔極。是敢重投靈地，再獻微誠。遂有同學男女官某，嘉妾至心，勉妾上路，即以今夕，再次仙都〔七六〕。慶百生有幸之辰〔七七〕，登三聖會真之室〔七八〕。修崇始畢，朝禮云初〔七九〕。何必銀臺，遠居東海〔八〇〕；詎資瑤闕，近到西崑〔八一〕？窺覩而羽翼疑生〔八二〕，行列而雲霓交映〔八三〕。欣榮過極，感泣不勝。謹用上按仙儀〔八四〕，旁徵齋法〔八五〕。特延清衆，重請本師〔八六〕。伏乞太上三尊，十方衆聖〔八七〕，曲流玄澤，大降鴻私，録妾一念之清心〔八八〕，赦妾億劫之重罪〔八九〕。伏願善緣益長〔九〇〕，丹懇獲申〔九一〕。君王冀保於千齡，輔弼永綏於百福〔九二〕。五穀豐稔，四方乂寧〔九三〕。先授道師，遷洞天之位〔九四〕；今傳法主〔九五〕，享龜鶴之年〔九六〕。道俗二緣〔九七〕，咸蒙覆露〔九八〕；幽明兩代，並洗愆尤。先魂無冢訟之辜〔九九〕，同志絶干城之患〔一〇〇〕。陰幽滯爽〔一〇一〕，狴犴窮冤〔一〇二〕，皆獲遷昇，盡從寬釋。妾誓持女弱〔一〇三〕，永奉玄微〔一〇四〕，苟負盟文，冀當冥考〔一〇五〕。妾某無任懇惻祈恩之至。謹辭。

【校注】

〔一〕本篇原載清編《全唐文》卷七八〇第二五頁、《樊南文集補編》卷一一。〔錢注〕《新唐書·馬總傳》：總字會元，系出扶風，謚曰懿。《舊唐書·職官志》：三品已上，母、妻爲郡夫人。〔按〕張采田《會箋》繫會昌三年，置《祭徐姊夫文》《祭徐氏姊文》後。視其「十月十五日有《爲馬懿公郡夫人王氏黄籙齋文》（按：指第二文）」之語，且將此篇置於第二文之前，蓋謂此二篇爲同時先後之作。考《爲馬懿公郡夫人王氏黄籙齋第二文》首云：「唐會昌三年，太歲癸亥十月丙辰朔十五日庚午，上清大洞三境弟子中岳先生黄帝真人張抱元於所居宫内，奉依科儀，修建下元黄籙妙齋，兩日兩夜，轉經行道，懺罪乞恩。」是爲會昌三年十月十五下元節前所作。而本文首云：「唐某年月日朔，上清大洞三境弟子妾某……奉謁受上法師東岳先生鄧君。奉依科儀於三聖會仙堂内，修建黄籙妙齋，三日三夜，轉經行道。」則本文當作於會昌三年九月下旬。黄籙齋，道家潔齋法之一。《通鑑·僖宗光啓三年》「邀高駢至其第建黄籙齋」胡三省注：「黄籙大齋者，普召天神、地祇、人鬼而設醮焉，追懺罪根，冀升仙界。」

〔二〕〔錢注〕《雲笈七籤》：上清者，宫名也。明乎混沌之表，焕乎大羅之天，靈妙虚結，神奇空生，高浮澄淨，以上清爲名，乃衆真之所處，大聖之所經也。又：又洞真法天寶君住玉清境，洞玄法靈寶君住上清境，洞神法神寶君住太清境。此爲三清妙境，乃三洞之根源，三寶之所立也。《黄庭内景經》：即受《隱芝大洞經》。

〔三〕〔錢注〕《雲笈七籤》：一陽明星，子生人屬之，食黍米。二陰精星，丑亥生人屬之，食粟米。三真人星，寅戌生人屬之，食糯米。四玄冥星，卯酉生人屬之，食小豆。五丹元星，辰申生人屬之，食麻子。六北極星，巳未生人屬之，食大豆。七天關星，午生人屬之，食小豆。

〔四〕〔錢注〕《新唐書・地理志》：屬河南道。

〔五〕〔錢注〕《唐會要》：安國觀，正平坊。本太平公主宅。長安元年，睿宗在藩國，公主奉焉。至景雲元年，置道士觀，仍以本衜爲名。十年，玉真公主居之，改爲女冠觀。

〔六〕〔錢注〕《左傳》注：私屬，家衆也。

〔七〕〔錢注〕《新唐書・地理志》：屬關内道。〔補注〕長安皇城南朱雀門街，萬年、長安二縣以此爲界，萬年縣領街東五十四坊及東市。

〔八〕〔錢注〕《唐會要》：龍興觀，崇教坊。貞觀五年，太子承乾有疾，敕道士秦英祈禱得愈，遂立爲西華觀。垂拱三年，改爲金臺觀。神龍元年，又改爲中興觀。三年三月二十四日，復改爲龍興觀。

〔九〕〔錢注〕《雲笈七籤》：凡道士存思上法，及修學太一事，皆禁見死尸血穢之物。〔補注〕道教謂接受真師傳授之符契圖籙爲受符。此「受上法師」，下「先受法尊師」當指王氏接受其傳授符契圖籙之真師，即「東岳先生鄧君」。

〔一〇〕〔錢注〕《雲笈七籤》：自古及今，登壇告盟，啓誓元聖，或三日、七日、九日、十五日，皆晝夜六時行道，轉經禮懺，儀格甚重。除上清、絶群、獨宴、静氣、遺形、心齋之外，自餘皆是爲國王民人、學真道士、拔度先祖，己躬謝過禳灾致福之齋。〔補注〕轉經，誦讀佛經。

〔一一〕〔錢注〕《翻譯名義集》：《止觀》云：「道場清淨境界。」

〔一二〕〔錢注〕《雲笈七籤》：《靈寶洞玄自然九天生神章經》云：「靈音振空洞，九玄離幽裔。」又《玄門大論》:「黄籙齋拯拔地獄罪根,開度九幽七祖。」〔補注〕九玄,猶九天。七祖,七代祖先。前蜀杜光庭《中元衆修金籙齋詞》:「臣等九玄七祖,受福諸天。貽祚流祥,傳休無極。」

〔一三〕〔錢注〕《法苑珠林》:《僧祇律》云:「其師大喜,即令教授五百門徒。」

〔一四〕〔錢注〕《初學記》:《太玄真一本際經》曰:「無宗無上,而獨能爲萬物之始,故名元始;運道一切爲極尊,而常處二清,出諸天上,故稱天尊。」〔補注〕元始天尊爲道教最高之尊神,居於天界最高之玉清仙境,爲三清首席。

〔一五〕〔錢注〕《初學記》:《本行經》曰:「太上道君託胎洪氏之胞,凝神瓊胎之府。」〔按〕太上道君,即居於上清境之靈寶天尊。

〔一六〕〔錢注〕《初學記》:《高上老子内傳》曰:「太上老君姓李氏,名耳,字伯陽。」〔按〕太上老君,即居於太清境之道德天尊。

〔一七〕〔錢注〕《太平御覽》:《後聖列紀》曰:「上清金闕後聖君,少好道樂真,紫微上真天帝玉清宫賜紫蘂剛丹鳳璽,得在上清。中遊太極,下治諸天,封掌兆民。」

〔一八〕見《爲馬懿公郡夫人王氏黄籙齋第三文》注〔一八〕。

〔一九〕〔錢注〕《雲笈七籤》:若名爲三界,一者欲界,有六天;二者色界,有十八天;三者無色界天。

〔二〇〕〔錢注〕《雲笈七籤》:其三洞者,謂洞真、洞玄、洞神是也。天寶君説十二部經爲洞真教主,靈寶君説十二部經爲洞玄教主,神寶君説十二部經爲洞神教主。其三十六部者,第一本文,第二神符，第三玉訣，第四靈圖，第五譜録，第六戒律，第七威儀，第八方法，第九衆術，第十傳説，第十一讚誦，第十二表奏。右三洞各十二部，合成三十六部。

〔二一〕〔錢注〕葛洪《神仙傳》：老子者，名重耳，字伯陽，楚國苦縣曲仁里人也。或云，上三皇時，爲玄中法師。

〔二二〕〔錢注〕《魏志·張魯傳》注：《典略》曰：「請禱之法，書病人姓名，説服罪之意。作三通：其一上之天，著山上；其一埋之地；其一沈之水。謂之三官手書。」〔按〕此但言三官神，非祈禱三官神之文書三官手書。道教所奉天官、地官、水官三帝合稱三官。傳説天官賜福，地官赦罪，水官解厄。

〔二三〕〔錢注〕《雲笈七籤》：北斗星字君時，一字充。北斗神君本江夏人，姓伯名大萬，挾萬二千石。左右神人姓雷名機字太陰，主天下諸仙人，又招摇與玉衡爲輪，北斗之星精曜九道，光映十天。

〔二四〕〔錢注〕《雲笈七籤》：凡人但知本屬星名，即能無灾，何況久能醮之。

〔二五〕〔錢注〕《雲笈七籤》：太上曰：「十大洞天者，處大地名山之間，是上天遣群仙統治之所。其次三十六小洞天，在諸名山之中，亦上仙所統治之處也。」《隋書·徐則傳》：棲隱靈嶽。《雲笈七籤》：太清境有九仙……八，靈仙。

〔二六〕〔錢注〕《長阿含經》：爾時福貴，承佛教旨。

〔二七〕〔錢注〕《雲笈七籤》：九宫没後，而有元皇。元皇之時，老君下爲師，口吐《元皇經》一部，教元皇治於天下，始有皇化，通流後代，以漸成之。

〔二八〕〔錢注〕《史記·封禪書》：天神貴者太一，太一佐者五帝。〔補注〕司馬貞《索隱》引宋均云：「天一、太一，北極神之別名。」

〔二九〕〔錢注〕《莊子》：出入無窮，與物無始。

〔三〇〕〔錢注〕《老子》：人法地，地法天，天法道，道法自然。

〔三一〕〔錢注〕《漢書·藝文志》：人更三聖，世歷三古。〔補注〕三古，上古、中古、下古之合稱，時限諸説各異。

〔三二〕〔錢注〕《太平御覽》：《玉清書》曰：「玉户瓊門，九皇上真在其中。」〔補注〕九皇，傳説中上古時之九帝王。《鶡冠子·天則》：「九皇之制，主不虚王，臣不虚貴階級。」原注：「《春秋緯》云：『人皇兄弟九人，分治天下。』九皇之號，豈緣是歟？」《史記·孝武本紀》：「高世比悳於九皇。」裴駰《集解》引韋昭曰：「上古人皇者九人也。」

〔三三〕〔錢注〕《説文》：衣服歌謡草木之怪謂之妖，禽獸蟲蝗之怪謂之孽。〔補注〕《禮記·中庸》：「國家將亡，必有妖孽。」此指物類反常現象，古人以爲不祥之兆。此句「群妖衆孽」指妖魔鬼怪。

〔三四〕〔補注〕真玄，指諸天之神。

〔三五〕〔錢注〕《後漢書·劉焉傳》：沛人張魯，母有姿色，兼挾鬼道，往來焉家。《雲笈七籤》：凡庚申、甲寅之日，是血鬼遊尸直合之日也。天炁交合，七魄競亂，淫穢混真，邪津流煥，明法動精，七魄飈散。〔補注〕鬼道，鬼神邪説。《三國志・魏志・張魯傳》：「魯遂據漢中，以鬼道教民，自號師君。」

〔三六〕八治，見後《梓州道興觀碑銘并序》「八治威魔」注。〔錢注〕按《雲笈七籤》：杜光庭《道教靈驗記》有玉局化、葛璝化、平蓋化、昌利化，是治化通稱也。

〔三七〕〔錢注〕《雲笈七籤》：符章玉訣，皆起於九天之王，傳於世代之真。

〔三八〕〔錢注〕王嘉《拾遺記》：浮提之國獻神通善書二人，佐老子撰《道德經》垂十萬言。寫以玉牒，編以金繩，貯以玉函。

〔三九〕〔錢注〕《雲笈七籤》：若修存之時，恒令日月還面明堂中，日在左，月在右，令二景與目瞳合，氣相通也。〔補注〕修存，修行凝神。

〔四〇〕〔錢注〕《黄庭内景經》：違盟負約，七祖受考於暘谷、河源，身爲下鬼，考於風刀。酆部，見《爲馬懿公郡夫人王氏黄籙齋第三文》注〔四〕。

〔四一〕〔錢注〕《法苑珠林》：《諫王經》云：「當畏地獄考治之痛。」〔補注〕考治，猶拷問。

〔四二〕〔錢注〕《春秋元命苞》：造起天地，鑄演人君，通三靈之貺，交錯同端。《説文》：墊，下也；壞，敗也。〔補注〕《黄庭内景經・瓊室》：「何爲死作令神泣？忽之禍鄉三靈歿。」梁丘子注：「三靈，三魂也，謂爽靈、胎光、幽精。」墊，陷没、下陷。

〔四三〕〔錢注〕《博雅》:駃,癡也。
〔四四〕〔補注〕《易・蒙》:「匪我求童蒙,童蒙求我。」朱熹《本義》:「童蒙,幼稚而蒙昧。」
〔四五〕慦,《全文》誤作「僭」,據錢校改。〔按〕下文有「並洗慦尤」可證。慦,即「愆」之異體字。
〔四六〕〔錢注〕《舊唐書・馬總傳》:元和十四年,入爲户部尚書。長慶三年卒,贈右僕射。
〔四七〕〔錢注〕《法苑珠林》:《增一阿含經》云:「有三因緣識來處受胎。」
〔四八〕〔錢注〕《舊唐書・馬總傳》:元和四年,充嶺南都護、本管經略使。八年,轉桂管觀察使,入爲刑部侍郎。裴度宣慰淮西,奏爲制置副使。吴元濟誅,留總蔡州,知彰義軍留後,尋充淮西節度使。總以申、光、蔡等州久陷賊寇,人不知法,威刑勸導,咸令率化。十三年,轉忠武軍節度使。明年,改華州刺史。十四年,遷天平軍節度使。李尤《函谷關賦》:蕃鎮造而惕息。
〔四九〕〔錢注〕《竹書紀年》:王命西伯得專征伐。
〔五〇〕〔錢注〕《漢書・馮唐傳》:臣聞上古王者遣將也,跪而推轂,曰:「閫以内寡人制之,閫以外將軍制之。」
〔五一〕〔錢注〕《晉書・周處傳》:必能殄寇。《史記・樂毅傳》:樂毅留徇齊五歲,下齊七十餘城。
〔五二〕〔錢注〕《史記・太史公自序》:道家無爲,又曰無不爲,其實易行,其辭難知。其術以虚無爲本,以因循爲用。
〔五三〕〔補注〕捐家,棄家,指去世。

〔五四〕〔補注〕《禮記·文王世子》：「喪紀以服之輕重爲序，不奪人親也。」鄭玄注：「紀，猶事也。」

〔五五〕〔錢注〕《後漢書·向長傳》：長字子平，建武中，男女嫁娶既畢，敕斷家事勿相關。於是遂肆意，與同好北海禽慶俱遊五嶽名山。

〔五六〕〔錢注〕《北史·齊紀》：香火重誓，何所慮耶？

〔五七〕〔錢注〕《太平御覽》：《仙公請問經》曰：「太極真人曰：『夫學道當潔淨衣服，備巾褐制度，名曰道之法服。』」

〔五八〕〔錢注〕《法苑珠林》：《善見論》云：「披奉如戒行，廣度諸衆生。」〔補注〕披度，披上道服，度爲女冠。

〔五九〕〔錢注〕《後漢書·襄楷傳》注：天神獻玉女於佛，佛曰：「此是革囊盛衆穢耳。」《漢武内傳》：徹雖有心，實非仙才，詎宜以此傳泄於行尸乎？

〔六〇〕〔錢注〕《黄庭内景經》：遂至不飢，三蟲亡。注：《洞神訣》云：「上蟲白而青，中蟲白而黄，下蟲白而黑。」又云：「上尸彭琚，使人好滋味，嗜欲癡滯。中尸彭質，使人貪財寶，好喜怒。下尸彭矯，使人愛衣服，耽淫女色。亦名三毒。」《楞嚴經》：眼耳鼻舌及與身心，六爲賊媒，自劫家寶。〔補注〕佛教謂色、聲、香、味、觸、法六塵爲六賊，謂此六塵能以眼、耳等六根爲媒介，劫掠「法財」，損害善性，故稱。

〔六一〕三洞，見本篇注〔二〇〕。

〔六二〕〔錢注〕《雲笈七籤》：北斗七真，天中大神，上朝金闕，下覆崑崙。

〔六三〕〔錢注〕《淨住子》：勸請者，慇懃之至意也。

〔六四〕見本篇注〔九〕。

〔六五〕〔錢注〕《瑞應經》：太子至十四，啓王出遊。始出城東門，天帝化作病人，即迴車，悲念人生俱有此患。太子出城南門，天帝化作老人，迴車而還，愍念人生丁壯不久。太子出城西門，天帝化作死人，迴車而還，念天下有此三苦。太子出城北門，天帝化作沙門，太子曰：「善哉！惟是爲快。」即迴車還，念道清淨，不宜在家。《雲笈七籤》：《道教靈驗記》云：「天台道士劉方瀛師事老君，精修戒潔，早佩畢道法籙，常以丹篆救人。」

〔六六〕〔錢注〕《雲笈七籤》：傳授當委絹之誓，教授有交帶之盟。《詩集·戊辰會静中出貽同志二十韻》：婀娜佩紫紋。馮氏曰：紫紋，綬也。

〔六七〕〔錢注〕《雲笈七籤》：玄科秘訣，本有冥期。

〔六八〕〔錢注〕《雲笈七籤》：《修行經》云：「生無道位，死爲下鬼。」若高人俗士，有希道之心，未能捨榮禄，初門不可頓受，可受三五階。若修奉有功，然更遷受。

〔六九〕〔錢注〕《莊子》：顏回曰：「敢問心齋？」仲尼曰：「若一志，無聽之以耳，而聽之以心；無聽之以心，而聽之以氣。聽止於耳，心止於符。氣也者，虛而待物者也。惟道集虛，虛者，心齋也。」

〔七〇〕〔錢注〕《雲笈七籤》：《存大洞真經三十九真法》祝曰：「真氣下流充幽關，鎮神固精塞死源。」

〔補注〕真氣，人體之元氣，道教謂爲「性命雙修」所得之氣。

〔七一〕〔錢注〕《雲笈七籤》：散香九天，降靈寢室，願會神仙也。

〔七二〕者法，《全文》作「法者」，從錢校據胡本乙正。

〔七三〕〔錢注〕《唐會要》：天寶二載正月十五日，加太上玄元皇帝號爲大聖祖玄元皇帝。八載六月十五日，加號爲大聖祖大道玄元皇帝。

〔七四〕〔錢注〕《史記·曹相國世家》：載其清淨，民以寧一。

〔七五〕〔錢注〕《法苑珠林》：《雜寶藏經》云：「佛法寬廣，濟度無涯。」

〔七六〕以，錢注本作「於」，未出校。〔錢注〕孫綽《遊天台山賦》：陟降信宿，迄于仙都。

〔七七〕〔錢注〕葛洪《神仙傳》：壺公語費長房曰：「我仙人也，昔處天曹，以公事不勤見責，因謫人間耳。卿可教，故得見我。」長房下座頓首曰：「肉人無知，積罪却厚。幸謬見哀憫，猶人剖棺布氣，生枯起朽。但恐臭穢頑弊，不任驅使。若見哀憐，百生之厚幸也。」

〔七八〕〔錢注〕《太平御覽》：《登真隱訣》曰：「上清每以吉日會五真。凡修道之人，當其吉日，思存吉事，心願飛仙，立德施惠，振救窮乏，此太上之事也。當須齋戒，遣諸雜念，密處静室。」〔按〕三聖會真之室，即上文所云龍興觀内「三聖會仙堂」。

〔七九〕〔錢注〕沈約《桐柏山金庭館碑》：飾降神之宇，置朝禮之地。

〔八〇〕〔錢注〕《舊唐書·職官志》：翰林院，天子在大明宫，其院在右銀臺門内，待詔之所。郭璞《遊仙詩》：神仙排雲出，但見金銀臺。〔補注〕《史記·封禪書》：「自威、宣、燕昭使人入海求蓬萊、方丈、瀛洲，此三神山者，其傳在勃海中……諸仙人及不死之藥皆在焉。其物禽獸盡白，而黄金銀爲宫闕。」

〔八一〕崑，《全文》作「昆」，據錢校改。〔錢注〕《史記·太史公自序》：遷爲太史令，紬史記、石室、金匱之書。劉向《列仙傳》：赤松子者，神農時雨師也。至崑崙山上，常止西王母石室中。

〔八二〕〔錢注〕窺觀，見《易》。魏文帝《遊仙詩》：服藥四五日，身輕生羽翼。〔按〕《易·觀》：「初六，童觀，小人無咎，君子吝。《象》曰：初六童觀，小人道也。六二，闚觀，利女貞。」王弼注：「所見者狹，故曰闚觀。」此句「窺觀」即暗中觀看意，《易·觀》似非所用。

〔八三〕〔錢注〕宋玉《高唐賦》：簡玄服，建雲旆，蜺爲旌，翠爲蓋。〔補注〕《禮記·樂記》：「行其綴兆，要其節奏，行列得正焉，進退得齊焉。」

〔八四〕〔錢注〕《雲笈七籤》：十二部經第七威儀。威儀者，如齋法、典戒、請經、軌儀之例是也。

〔八五〕〔錢注〕《雲笈七籤》：按諸經齋法，略有三種：一者設供齋，二者節食齋，三者心齋。

〔八六〕〔錢注〕《史記·樂毅傳贊》：其本師號曰河上丈人。

〔八七〕見《爲馬懿公郡夫人王氏黄籙齋第三文》注〔一八〕。

〔八八〕〔錢注〕《法苑珠林》：一刹那者翻爲一念。《後漢書·西域傳論》：詳其清心釋累之訓，空有兼遣之宗，道書之流也。

〔八九〕〔錢注〕《法苑珠林》：故經云：「敬禮此佛，能除百萬生死重罪。」或言能除千劫生死重罪。

〔九〇〕〔錢注〕梁簡文帝《相宫寺碑》：自昔藩邸，便結善緣。

〔九一〕〔錢注〕王僧孺《禮佛唱導發願文》：各運丹懇。

〔九二〕〔補注〕《詩·大雅·假樂》：「干禄百福，子孫千億。」

〔九三〕〔錢注〕張衡《東京賦》：區宇乂寧。

〔九四〕見上文「奉謁受上法師東岳先生鄧君。奉依科儀於三聖會仙堂内，修建黄籙妙齋。三日三夜，轉經行道，奉爲先受法尊師」及注〔二五〕。

〔九五〕〔錢注〕《法苑珠林》：《智度論》：「舍婆提大城，佛爲法主，故亦在此城。」〔按〕佛教稱佛爲法主，亦指管某一寺院事務之僧官爲法主。此似借指道院之長。

〔九六〕〔錢注〕郭璞《遊仙詩》：借問蜉蝣輩，寧知龜鶴年？

〔九七〕〔錢注〕《宋書·天竺迦毗黎國傳》：學行精整，爲道、俗所推。〔按〕道、俗二緣，指道教徒與俗世之人。

〔九八〕〔錢注〕《國語》：是先主覆露子也。〔補注〕覆露，庇蔭、養育。

〔九九〕〔錢注〕《雲笈七籤》：《許邁真人傳》云：「第五子謐，小名穆，官至護軍長史、散騎侍郎。年七十二，捨世尋仙，能通靈降真。先經患滿，腹中結塞，小便不利。遇西王母第二十七女號曰紫微夫人，謂穆曰：『此病冢訟之所致，冢又有怨鬼爲害，可服朮，自得豁然除去。』」

〔一〇〕〔補注〕《詩·周南·兔罝》：「赳赳武夫，公侯干城。」

〔一一〕滯爽，見《爲馬懿公郡夫人王氏黄籙齋第三文》注〔二四〕。

〔一二〕見《爲馬懿公郡夫人王氏黄籙齋第三文》注〔二四〕。

〔一三〕〔錢注〕傅玄《董逃行》：女弱難存若無。〔按〕難，一作「雖」。

〔一四〕〔錢注〕《晉書·徐苗傳》：又依道家著《玄微論》。〔補注〕玄微，指深遠微妙之道教玄理。

〔一五〕〔錢注〕《太平御覽》：《登真隱訣》曰：「受經皆登壇盟誓，割帛跪金，爲敢宣之約。前盟則金龍玉魚，後代止布帛而已。違盟負信，三祖獲考於水官，謂妄傳非人也。」〔補注〕冥考，陰司之按問、刑訊。

## 爲馬懿公郡夫人王氏黄籙齋第二文〔一〕

唐會昌三年〔二〕，太歲癸亥十月丙辰朔十五日庚午，上清大洞三境弟子〔三〕、中岳先生黄帝真人張抱元於所居宫内〔四〕，奉依科儀，修建下元黄籙妙齋〔五〕，兩日兩夜，轉經行道，懺罪乞恩。拜上諸虚無自然元始天尊〔六〕、太上大道君、太上老君、十方衆聖、三界靈官、三十六部尊經、玄中大法師、崇岳〔七〕山諸靈官等〔八〕。妾聞至極含虚，真人在已〔九〕。陶混元於無始，稟靈性於自然〔一〇〕。莫不疣贅有爲〔一一〕，粃糠非道〔一二〕，摽北門而高視〔一三〕，泛虚舟而不羈〔一四〕。及夫淳化漸漓〔一五〕，真玄稍秘，於是教垂三洞〔一六〕，文演九辰〔一七〕。地紀天元〔一八〕，因斯立極〔一九〕；北酆南霍〔二〇〕，自此分區。猶以修崇之旨未宏，懺拔之科尚昧〔二一〕，故七神五藏，降虛黄之上經〔二二〕；三日元時，開青女之秘訣〔二三〕。事踰玄象，道介希夷〔二四〕。正一真人〔二五〕，餘文具在；三天教主〔二六〕，遺法斯存。

妾慶自多生，時丁休運，永惟女弱〔二七〕，早服師門〔二八〕。佩秘籙於上清〔二九〕，階衆真之高位〔三〇〕。雖限存性分，而事繫因緣。丁寧湯谷之遊〔三一〕，彷彿朱陵之會〔三二〕。貪叨斯極，負荷不勝。故八慶三元〔三三〕，良時吉日，莫不廣開龜座〔三四〕，大闢龍山〔三五〕，耀衒燭於幽都〔三六〕，稽欸駕於玄路〔三七〕。况所居觀宇〔三八〕，乃肇於貴主〔三九〕，創自平時。絳館清宫〔四〇〕，居惟帝女〔四一〕；珠囊錦帙〔四二〕，來自天家〔四三〕。通仙之象設可憑〔四四〕，大國之慶靈無泯〔四五〕。自開元厥後〔四六〕，天步攸艱〔四七〕。閬苑墉臺〔四八〕，例遘鬱攸之毒〔四九〕；霓旌絳節〔五〇〕，咸罹竊發之灾。而斯觀棟宇無虧，圖書不蠹，綵扎如舊〔五一〕，靈文若新〔五二〕。况鎮我神州〔五三〕，正當午位〔五四〕。北瞻翔鳳〔五五〕，自傾臣子之丹誠〔五六〕；南眺鑿龍〔五七〕，宛是神仙之福地〔五八〕。雖浮丘尚阻〔五九〕，而佳氣遥通〔六〇〕。先皇帝重振玄風，今天子廣明至道。恬神姑射〔六一〕，系志崆峒〔六二〕。銀甕告存〔六三〕，非假華山之出〔六四〕；珠胎展瑞〔六五〕，不因赤水之遺〔六六〕。平陽之絳鬣時來〔六七〕，崑岳之白環屢入〔六八〕。故二京法衆〔六九〕，四海名流，咸得蔭藹天光〔七〇〕，晞霑睿澤。雲龕盡期於九轉〔七一〕，靈階畢慕於三清〔七二〕。高功臣抱元，捧日降精〔七三〕，因星命氏〔七四〕。骨鳴金鏁，響振瓊鐘〔七五〕。昔自綺紈〔七六〕，遂辭禄仕，倦薊子之都尉〔七七〕，厭東方之侍郎〔七八〕。固已名列紫書〔七九〕，位通丹岳〔八〇〕。調三關而自適〔八一〕，通九館以忘憂〔八二〕。

頃以台嶠名遊〔八三〕，雲臺高邁〔八四〕，清溪萬仞〔八五〕，丹桂八重〔八六〕。爰以金慈，忽聞至止。故妾及男女官等，因下元大慶之日〔八七〕，水官校籍之辰〔八八〕，稽首求哀〔八九〕，摽心奉請〔九〇〕，願攜清衆，爲按玄科〔九一〕。將有望於感通，冀必聞於御徹〔九二〕。今則玄冥司候〔九三〕，陰魄將圓〔九四〕，魚鑰開簧〔九五〕，麟厨備味〔九六〕。列炬而房名流電〔九七〕，燎鑪而館號明霞〔九八〕。伏乞太上三尊、十方衆聖〔九九〕，曲垂鑒映，大降優恩，使妾等齋功克成〔一〇〇〕，道分增益〔一〇一〕。聖君萬壽，良輔千秋。凡在生靈，悉蒙休祐。上通清漢，下及幽淵，長育咸絶於夭傷〔一〇二〕，窮滯皆蒙於開釋〔一〇三〕。又伏以山東逆豎〔一〇四〕，代北饑戎〔一〇五〕，負義背恩〔一〇六〕，興兵動衆〔一〇七〕。亦願元惡面縛而歸罪〔一〇八〕，群校倒戈而顯忠〔一〇九〕。汙俗惟新〔一一〇〕，迷塗復正〔一一一〕。溥天之下，率土之濱〔一一二〕，永無草擾之虞〔一一三〕，長保升平之福。妾幽明兩代，道俗二緣〔一一四〕，在位者長簡於帝心〔一一五〕，求道者早升於仙籍〔一一六〕。誓盡軀命〔一一七〕，欽奉香燈〔一一八〕。苟違斯言，分當冥考〔一一九〕。

【校注】

〔一〕本篇原載清編《全唐文》卷七八〇第二七頁、《樊南文集補編》卷一一。〔張箋〕（會昌三年）十月十五日有《爲馬懿公郡夫人王氏黄籙齋文》。〔按〕文云：「唐會昌三年，太歲癸亥十月丙辰朔十五日庚午……修建下元黄籙妙齋。」又云：「今則玄冥司候，陰魄將圓。」是則修建黄籙齋雖在十月十五日下元節，而文當作于「陰魄將圓」之時，即十月十四日。

〔二〕〔錢箋〕按是年劉稹作亂，故下文有「山東逆豎」之語。《馮譜》：義山「遭母喪當在二年、三年中，玩諸祭文可證，而不能細定何時也。又有兩京、鄭、懷往來之跡。祭文有云：『祥忌云近，哀憂載途。』又云：『攝縗告靈，徒步東郊。』則出行固不免，第不敢久離喪次耳」。此文以下「所居宫内」推之，當在東都時作。〔按〕《爲馬懿公郡夫人王氏黄籙齋文》云「住河南府河南縣正平坊安國觀内」，是王氏居於東都洛陽甚明。會昌三年九月二十日前王茂元卒，商隱在此稍前有《代僕射濮陽公遺表》，九月下旬又有《爲王侍御瓘謝宣弔并賻贈表》等，視《重祭外舅司徒公文》「屬纊之夕，不得聞啓手之言」之語，二表均作於洛陽，則《爲馬懿公郡夫人王氏黄籙齋文》及《爲馬懿公郡夫人王氏黄籙齋第二文》亦當於三年九月末、十月中分別作於洛陽。第三文已另有辨。

〔三〕見《爲馬懿公郡夫人王氏黄籙齋文》注〔二〕。

〔四〕〔錢注〕謂安國觀，見第一齋文注〔五〕。

〔五〕見《上鄭州李舍人狀二》「兼建妙齋」注，及《爲馬懿公郡夫人王氏黄籙齋文》注〔一〕按語。

〔六〕「諸」字錢注本脱。

〔七〕〔錢校〕此下疑脱「名」字。

〔八〕〔錢注〕東方朔《十洲記》：聚窟洲在西海中申未之地，上多真仙靈官。餘並見第一齋文注〔一四〕〔一五〕〔一六〕〔一八〕〔一九〕〔二〇〕〔二二〕。〔補注〕靈官，仙官。

〔九〕〔錢注〕《莊子》：且有真人，而後有真知。〔補注〕《莊子·逍遥遊》：「天之蒼蒼，其正色邪？其遠而無所至極邪？」《黄庭經》：「真人在己莫問鄰，何處遠索求因緣？」

〔一〇〕〔錢注〕班固《典引》：外運混元。顔延之《庭誥文》：以爲靈性密微，可以積理知。《莊子》：出入無窮，與物無始。《老子》：人法地，地法天，天法道，道法自然。〔補注〕混元，指天地元氣。阮籍《詠懷》六九：「混元生兩儀，四象運衡璣。」《雲笈七籤》卷二：「混元者，記事於混沌之前，元氣之始也。」無始，指太古。陳子昂《感遇》七：「茫茫吾何思，林卧觀無始。」

〔一一〕疣，《全文》作「龎」，據錢校改。〔錢注〕《莊子》：彼以生爲附贅懸疣。

〔一二〕〔錢注〕《莊子》：之人也，其塵垢粃糠，將猶陶鑄堯舜者也，孰肯以物爲事？

〔一三〕〔錢注〕《史記·司馬相如傳》：《大人賦》：「廹區中之隘陜(狹)兮，舒節出乎北垠。遺屯騎於玄闕兮，軼先驅於寒門。下峥嵘而無地兮，上寥廓而無天。視眩眠而無見兮，聽惝怳而無聞。乘虚無而上假兮，超無有而獨存。」注：寒門，天北門。

〔一四〕〔錢注〕《莊子》：方舟而濟于河，有虛船來觸舟，雖有惼心之人不怒。〔補注〕《莊子・列禦寇》：「無能者無所求，飽食而遨遊，汎若不繫之舟，虛而遨遊者也。」錢注引非此句所用。

〔一五〕漓，《全文》作「離」，據錢注本改。

〔一六〕〔錢校〕垂，胡本作「乘」。

〔一七〕〔錢注〕《太平御覽》：《玉清隱書》曰：「有《太上飛行九晨玉經》金簡内文。」

〔一八〕〔錢注〕《雲笈七籤》：《太上飛行九神玉經》云：「天元運關，地紀轉維。」

〔一九〕〔錢注〕《列子》：天地亦物也。物有不足，故昔者女媧氏錬五色石，以補其闕；斷鼇之足，以立四極。

〔二〇〕北酆，見《爲馬懿公郡夫人王氏黄籙齋第三文》注〔一四〕。〔錢注〕《黄庭内景經》：霍山下有洞，方三百里，司命君之府也。

〔二一〕拔，《全文》作「援」，據錢注本改。〔補注〕懺拔，猶懺度，爲死者拜禱懺悔使拔離苦海。杜光庭《嘉州王僕射五符鎮宅詞》：「巨功既畢，輒備焚修。啓黄籙之壇場，廣申懺拔；展五符之醮酌，遍用鎮安。」

〔二二〕〔錢注〕《黄庭内景經》：上清紫霞虛皇前，太上大道玉晨君，閑居蕊珠作七言，散化五形變萬神。是爲《黄庭内景經》。又：髮神蒼華字太玄，腦神精根字泥丸，眼神明上字英元，鼻神玉壟字靈堅，耳神雲閑字幽田，舌神通命字正綸，齒神崿鋒字羅千。又：心神丹元字守靈，肺神浩華字虛成，肝神龍煙字含明，翳鬱導煙主濁清，腎神玄冥字育嬰，脾神常在字魂庭，膽神龍曜字威明。六府五神形體精，皆在心内運天精。

〔二三〕〔錢注〕《雲笈七籤》：《紫書訣》言：「九月九日、七月七日、三月三日，此日是九天真女合慶玉宫、遊宴霄庭、敷陳納靈之日。」

〔二四〕〔錢注〕《老子》：視之不見名曰夷，聽之不聞名曰希。

〔二五〕〔錢注〕《雲笈七籤》：漢末有天師張道陵，精思西山，太上親降。漢安元年五月一日，授以三天正法，命爲天師，又授《正一科術要》道法文。其年七月七日，又授《正一盟威妙經》三業、六通之訣，重爲三天法師，正一真人。

〔二六〕〔錢注〕三天，即三清。《雲笈七籤》：其三清境者，玉清、上清、太清是也。亦名三天，清微天、禹餘天、大赤天是也。教主，見《爲馬懿公郡夫人王氏黄籙齋文》注〔一〇〕。

〔二七〕女弱，見《爲馬懿公郡夫人王氏黄籙齋文》注〔一〇三〕。

〔二八〕〔錢注〕《後漢書·班固傳》：經學稱於師門。

〔二九〕上清，見本篇注〔二六〕。

〔三〇〕見《爲馬懿公郡夫人王氏黄籙齋文》注〔六八〕。

〔三一〕〔錢注〕《楚辭·遠遊》：朝濯髮於湯谷兮。〔補注〕湯谷，即暘谷，傳説日出之處。

〔三二〕〔錢注〕《初學記》：故南岳衡山，朱陵之靈臺，太虚之寶洞。上承冥宿，銓德鈞物。〔補注〕朱陵，即朱陵洞天，道教所稱三十六洞天之一。

〔三三〕見《爲馬懿公郡夫人王氏黄籙齋第三文》注〔一二〕。

〔三四〕〔錢注〕《太平御覽》：《龜山元録》曰：「文龜洞室，上元君坐之處也。」

〔三五〕〔錢注〕庾信《道士步虚詞》：鳳林採珠實，龍山種玉榮。〔補注〕江西貴溪西南有龍虎山，由龍、虎二山組成，爲道教名山之一，稱第三十二福地，爲天師道創始人張道陵子孫世居之地。

〔三六〕〔錢注〕《山海經》：西北海之外有神，人面蛇身而赤，直目正乘，其瞑乃晦，其視乃明，是燭九陰，是謂燭龍。《楚辭·招魂》：君無下此幽都些。〔補注〕《楚辭·天問》：「日安不到，燭龍何照？」王逸注：「言天之西北有幽冥無日之國，有龍銜燭而照之也。」《文選·謝惠連〈雪賦〉》：「爛兮若燭龍銜燿照崑山。」李周翰注：「燭龍，崑山神也，常銜燭以照。」

〔三七〕〔錢注〕《楚辭·九歌》：龍駕兮帝服，聊翱遊兮周章。靈皇皇兮既降，猋遠舉兮雲中。劉劭《人物志》：獨乘高於玄路。

〔三八〕〔錢注〕謂安國觀。見第一齋文。

〔三九〕〔錢注〕《新唐書·諸公主傳》：睿宗女金仙公主，始封西城縣主。景雲初進封。太極元年，與玉真公主皆爲道士，築觀京都。又：玉真公主字持盈，始封崇昌縣主，俄進號上清玄都大洞三景師。《後漢書·竇憲傳》：今貴主尚見枉奪，何況小人哉！〔補注〕安國觀本太平公主宅。景雲元年，置道士觀。開元十年，玉真公主居之，改爲女冠觀。見《唐會要》卷五〇。

〔四〇〕〔錢注〕《太平御覽》：《南岳魏夫人内傳》曰：「九微元君、龜山王母、西城真人王方平、太虚真人赤松子、桐柏真人王子喬，並降小有清虚上宫絳房之中。」

〔四一〕〔錢注〕《山海經》：洞庭之山，帝之二女居之。

〔四二〕〔錢注〕《雲笈七籤》：道書有《三洞珠囊》。《説文》：帙，書衣也。

〔四三〕〔錢注〕蔡邕《獨斷》：天子無外，以天下爲家，故稱天家。

〔四四〕〔錢注〕孫綽《遊天台山賦》：肆覲天宗，爰集通仙。《楚辭·招魂》：像設君室，静閒安些。〔補注〕象設，指佛像。《文選·王屮〈頭陀寺碑文〉》：「象設既闢，睟容已安。」吕向注：「象，謂佛之形象也。」

〔四五〕〔錢注〕謝靈運《撰征賦序》：慶靈將升。〔補注〕慶靈，指以爲祥瑞之慶雲。

〔四六〕〔錢注〕《新唐書·玄宗紀》：天寶十四載十二月，安禄山陷東京。

〔四七〕〔補注〕《詩·小雅·白華》：「天步艱難，之子不猶。」天步，猶國運、時運。

〔四八〕墉，《全文》作「融」，據錢校改。〔錢注〕《淮南子》：崑崙之上，是謂閬風。《太平御覽》：《集仙録》曰：「王母者，龜山金母也。所居實在舂山崑崙之圃，閬風之苑。」又：《茅君傳》曰：「紫微元靈白玉龜臺太真元君，即西王母也，居崑崙墉臺。」

〔四九〕例，《全文》作「倒」，據錢校改。〔補注〕鬱攸，火氣，火焰。《左傳·哀公三年》：「濟濡帷幕，鬱攸從之，蒙葺公屋。」

〔五〇〕〔補注〕霓旌，傳仙人以雲霓爲旗幟。絳節，仙君之儀仗。此指道觀中之旌旗儀仗。

〔五一〕〔錢注〕《太平御覽》：《太上素經》曰：「凡受《太上黄素經》者，傳盟用玉札一枚，長一尺五分，廣一寸四分。」〔補注〕綵札，連上「圖書不蠹」，下「靈文若新」，當指書篋之錦札。《爲故鄜坊李尚書夫人王鍊師黄籙齋文》：「瑶緘錯落以如新，錦帙爛斑而若舊。」與此二句可類證。

〔五二〕〔錢注〕《太平御覽》：《靈寶經》曰：「靈文鬱秀，洞映上清。」〔補注〕靈文，指道經經文。

〔五三〕〔錢注〕《史記·孟子傳》：中國名曰赤縣神州。《舊唐書·則天皇后紀》：改元光宅，改東都爲神都。〔補注〕此句「神州」當指東都洛陽。洛陽舊謂居天下之中。《文選·左思〈詠史詩〉》：「皓天舒白日，靈景耀神州。」此「神州」指京都洛陽。

〔五四〕〔錢注〕李尤《正陽城門銘》：平門督司，午位處分。〔補注〕午位，正南方。正平坊在洛陽城之正南。

〔五五〕〔錢注〕《魏志·明帝紀》注：《魏略》曰：青龍三年起太極諸殿，築總章觀，高十餘丈，建翔鳳于其上。

〔五六〕〔錢注〕《魏志·高堂隆傳》：臣之丹誠，豈惟曾子？

〔五七〕〔錢注〕庾信《奉和初秋詩》：北閣連横漢，南宮應鑿龍。〔補注〕鑿龍，傳大禹治水，鑿龍門以導流。此即指洛陽南之龍門山，亦即伊闕。

〔五八〕〔錢注〕伊世珍《嫏環記》：張華遊於洞宮，别是天地，宫室嵯峨，每室各有奇書。華問地名，對曰:「娜環福地。」〔補注〕道教有七十二福地之稱,指神仙居住之處。

〔五九〕見《爲濮陽公奉慰皇太子薨表》注〔一九〕。

〔六〇〕〔錢注〕《後漢書·光武帝紀》:氣佳哉!鬱鬱葱葱然。

〔六一〕〔錢注〕《莊子》:藐姑射之山,有神人居焉,肌膚若冰雪,綽約若處子。

〔六二〕〔錢注〕《莊子》:黄帝聞廣成子在于崆峒之上,故往見。見之,順下風膝行而進,載拜稽首而問。

〔六三〕〔錢注〕《太平御覽》:《孝經援神契》曰:「神靈滋液,有銀甕不汲自滿。」〔補注〕古代傳説以銀甕爲祥瑞之物。《初學記》卷二七引梁孫柔之《瑞應圖》:「王者宴不及醉。刑罰中,人不爲非,則銀甕出。」銀甕,盛酒器。

〔六四〕〔錢曰〕未詳。〔按〕杜甫《洗兵行》:「寸地尺天皆入貢,奇祥異瑞争來送。不知何國致白環,復道諸山得銀甕。」當是有華山得銀甕之傳説,故有此語。

〔六五〕〔錢注〕《漢書·揚雄傳》:《羽獵賦》:「剖明月之珠胎。」注:珠在蛤中,若懷妊然,故謂之胎也。

〔六六〕〔錢注〕《莊子》:黄帝遊於赤水之北,登乎崑崙之丘,而南望還歸,遺其玄珠。使知索之而不得,使離朱索之而不得,使契詬索而不得也,乃使象罔,象罔得之。

〔六七〕〔錢注〕《山海經》:大封國有文馬,縞身朱鬣,名曰吉良,乘之壽千歲。平陽,未詳。〔補注〕孫柔之《瑞應圖》:「明王在上,則白馬朱鬣至。」梁簡文帝《馬寶頌序》:「是以天不愛道,白馬嘶風；王澤效祥，朱鬣降祉。」朱鬣，即絳鬣，神馬名，係白馬而朱其鬣（馬頸上長毛）尾者。

〔六八〕〔錢注〕《竹書紀年》：帝舜九年，西王母來朝，獻白環玉玦。

〔六九〕〔補注〕二京，指西京長安、東京洛陽。法衆，道教信衆。

〔七〇〕〔補注〕《左傳·莊公二十二年》：「有山之材，而照之以天光，於是乎居土上，故曰：『觀國之光，利用賓于王。』」此以天光喻皇帝恩光。

〔七一〕〔錢注〕《抱朴子》：取九轉之丹，内神鼎中。〔補注〕道教謂煉丹有一至九轉之别，而以九轉爲貴。《抱朴子·金丹》：「九轉之丹服之，三日得仙。」轉，提煉。

〔七二〕〔補注〕靈階，即仙階，仙官之階級品位。三清，即玉清、上清、太清三境。屢見。

〔七三〕〔錢注〕《魏志·程昱傳》注：《魏書》曰：「昱少時常夢上泰山，兩手捧日。昱私異之，以語荀彧。彧白太祖，太祖曰：『卿當爲我腹心。』昱本名立，太祖乃加『日』其上，更名昱也。」《雲笈七籤》：吴荆州牧陶濬七代孫，名弘景字通明，丹陽秣陵人也。母初娠，夢日精在懷，并二天人降，手執金香爐，覺語左右曰：「當孕男子，非凡人也。」

〔七四〕〔錢注〕葛洪《神仙傳》：老子姓李，名重耳，字伯陽。其母感大星而有娠。雖受氣於天，然見於李家，猶以李爲姓。

〔七五〕〔錢注〕《淨住子》：若善莊嚴，不解衆生肢節，得佛鉤鎖骨相。《後漢書·盧植傳》：身長八尺二寸，音聲如鐘。〔補注〕遍體骨節相連，謂之鎖骨，傳爲得道者之相。張讀《宣室志》卷七：

「夫鎖骨連絡如蔓，故動摇肢體，則有清越之聲，固其然矣。昔聞佛氏書言，佛身有舍利骨，菩薩之身有鎖骨。」

〔七六〕〔錢注〕劉峻《廣絶交論》：弱冠王孫，綺紈公子。

〔七七〕〔錢注〕葛洪《神仙傳》：薊子訓，少仕州郡，舉孝廉，除郎中，又從軍，拜駙馬都尉。晚見李少君有不死之道，遂以弟子之禮事少君。少君因教令胎息、服食、住年、止白之法，行之二百餘年，顔色不老。

〔七八〕〔錢注〕東方朔《答客難》：官不過侍郎，位不過執戟。

〔七九〕〔錢注〕《漢武内傳》：地真素訣，長生紫書。〔補注〕紫書，道書。

〔八〇〕〔錢注〕《初學記》：《南嶽記》云：「衡山者，太虚之寶洞。」又云：「流丹崖南五里得仙人宫，道士休糧絶穀，身輕清虚，便得入此宫。」〔補注〕丹岳，南岳。南方屬火，色丹，故稱。

〔八一〕〔錢注〕《黄庭内景經》：三關之中精氣深。注：謂關元之中，男子藏精之所也。又據下文，口、手、足爲三關。又元陽子以明堂、洞房、丹田爲三關。

〔八二〕〔錢注〕《藝文類聚》：《幽明録》曰：「洛下有洞穴不測。有一婦欲殺夫，推夫下，經多時至底，乃得一穴。匍匐行數十里，漸見明曠，郛郭宫館，金寶爲飾，明踰三光，人皆長三丈，被羽衣。如此九處，至最後所，乃問詣九處名及求住，答云：『君不得停，還問張華當知。』乃復行，出交州還洛，問華，華曰：『九處地位名九館。』」

〔八三〕〔錢注〕《隋書·徐則傳》：晉王廣鎮揚州，知其名，手書召之。將請受道法，則辭以時日不便。其後夕中命侍者取香火，如平常朝禮之儀，至於五更而死。晉王下書曰：「天台真隱東海徐先生，杖錫猶存，示同俗法，宜遣使人送還天台。」

〔八四〕〔錢注〕《後漢書·馬武傳後論》：永平中，顯宗追感前世功臣，乃圖畫二十八將於南宮雲臺。〔按〕此「雲臺」當指華山之雲臺觀。在華山北峰雲臺峰上。商隱《與陶進士書》：「往年愛華山之爲山，而有三得……又得謝生於雲臺觀。」錢注誤。

〔八五〕〔錢注〕郭璞《遊仙詩》：青谿千餘仞，中有一道士。

〔八六〕〔錢注〕《山海經》：桂林八樹，在番隅東。

〔八七〕〔錢注〕《唐會要》：開元二十二年十月十三日詔：「道家三元，誠有科戒。朕嘗精思久矣，而物未蒙福。今月十五日，是下元齋日，禁都城内屠宰。自今已後，及天下諸州，每年正月、七月、十月三元日，十三日至十五日，並宜禁斷屠宰。」

〔八八〕〔錢注〕《三元品戒經》云：正月七日，天地水三官檢校之日，可修齋。《聖紀》云：正月七日名舉遷賞會齋，七月七日名慶生中會齋，十月五日名建生大會齋。三官考覈功過，依日齋戒，呈章賞會，可祈景福。〔補注〕校籍，考録人間之善惡。《宋史·方技傳上》：「三元日，上元天官，中元地官，下元水官，各主録人之善惡。」

〔八九〕〔錢注〕《法苑珠林》：《賢愚經》云：「即往佛所，求哀出家。」

〔九〇〕〔錢注〕《法苑珠林》：《須摩提長者經》云：「摽心正見，歸命三寶。」〔補注〕摽，擊、捶。

〔九一〕〔錢注〕《雲笈七籤》：玄科秘訣，本有冥期。

〔九二〕〔錢注〕干寶《搜神記》：德化張令秩滿歸京，至華陰，庖豕炙羊始熟，有黄衫者一人，據盤而坐，乃動問姓名，蓋冥司送關中死籍之吏耳。其書云：「貪財好殺前德化令張某。」即張君名也。令告使者，且有何術，得延其期，曰：「今有仙官劉綱者，謫居蓮花峰下，惟足下匍匐徑往，祈求奏章，除此難爲，無計也。足下可詣嶽廟，厚以利許之，必能施力於仙官。」於是徑往，見一道士，隱几而坐，令哀請懇切。俄而有使者賫緘而至，則金天王札也。乃啓玉函書一通，焚香再拜以遣之。經時天符乃降，其上署「徹」字。〔補注〕徹，撤除、撤去。

〔九三〕〔補注〕《禮記·月令》：「（孟冬、仲冬、季冬之月）其帝顓頊，其神玄冥。」玄冥，冬神。

〔九四〕〔錢注〕《易林》：陰魄伏匿。〔補注〕陰魄，指月。

〔九五〕〔錢注〕丁用晦《芝田録》：門鑰必以魚者，取其不瞑目守夜之義。〔補注〕簧，指鎖簧，鎖中有彈力之機件。

〔九六〕〔錢注〕葛洪《神仙傳》：王方平至蔡經家，遣人召麻姑。麻姑至，入拜方平，坐定，召進行厨，擘脯而行之，如松柏炙，云是麟脯也。

〔九七〕〔錢注〕《雲笈七籤》：《太上飛行九神玉經》云：「名入金房，玉門乃開。乘龍陟空，日月同輝，遊行上清，鳴鈴翠衣，左躡流電，右御奔雷。」

〔九八〕〔錢注〕謝惠連《雪賦》：燎薰爐兮炳明燭。《初學記》：《三元經》云：「元始天王於明霞之館，大霄雲户下，教以授三天玉童。」

〔九九〕見《爲馬懿公郡夫人王氏黄籙齋第三文》注〔一八〕。

〔一〇〇〕見《爲馬懿公郡夫人王氏黄籙齋文》注〔八五〕。

〔一〇一〕〔錢注〕《法苑珠林》：比見道俗於其齋日，惟受五八三聚戒等論，其十善都無受者，良由僧等隱匿聖教，致令不宏，失於道分，故未曾有。〔按〕道分增益，即《爲滎陽公黄籙齋文》「道念增厚」之意。

〔一〇二〕〔錢注〕《戰國策》：生命壽長，終其年而不夭傷。〔補注〕《詩·小雅·蓼莪》：「拊我畜我，長我育我。」《左傳·昭公二十五年》：「爲温慈惠和，以效天之生殖長育。」

〔一〇三〕〔補注〕《抱朴子·名實》：「英逸窮滯，饕餮得志。」窮滯，本謂困頓，此謂久繫者。《書·多方》：「開釋無辜。」

〔一〇四〕〔錢注〕謂劉稹。詳《爲滎陽公與昭義李僕射狀》注〔四〕。〔按〕參《爲濮陽公與劉稹書》。

〔一〇五〕〔錢注〕謂回鶻。詳《上許昌李尚書狀一》「虜帳夷妖」注。

〔一〇六〕〔錢注〕《漢書·張敞傳》：背恩忘義。

〔一〇七〕〔錢注〕《漢書·翟方進傳》：擅興師動衆。

〔一〇八〕〔補注〕《書·康誥》：「元惡大憝。」《左傳·襄公十八年》：「乃弛弓而自後縛之，其右具丙亦舍兵而縛郭最，皆衿甲面縛，坐於中軍之鼓下。」面縛，雙手反綁於後而面向前，古代用以表示投降。

〔一〇九〕〔補注〕校，古代軍職級别。《通鑑·漢桓帝延熹二年》：「其餘卿、將、尹、校五十七人。」胡三省注：「校，諸校尉也。」《書·武成》：「前徒倒戈。」

〔一一〇〕〔補注〕《書·胤征》：「舊染汙俗，咸與惟新。」

〔一一一〕〔補注〕《南史·陳伯之傳》：「夫迷塗知反，往哲是與。」

〔一一二〕〔補注〕《詩·小雅·北山》：「溥天之下，莫非王土；率土之濱，莫非王臣。」

〔一一三〕〔錢注〕《顔氏家訓》：公私草擾，各不自全。〔補注〕草擾，倉促紛亂。

〔一一四〕見《爲馬懿公郡夫人王氏黄籙齋文》注〔九七〕。

〔一一五〕〔補注〕《論語·堯曰》：「帝臣不蔽，簡在帝心。」簡，通「簡」，存留。

〔一一六〕〔錢注〕《酉陽雜俎》：白誌見腹，名在璚簡者；目有緑筋，名在金赤書者，皆上仙也。〔補注〕仙籍，仙人之名籍。

〔一一七〕〔錢注〕葛洪《枕中書》：夫學不顧軀命，心志清白者，吾未見虚往也。

〔一一八〕〔錢注〕《雲笈七籤》：凡修齋主虔誠，齋宫整肅。至如香燈不備，亦曰疏遺。啓聖祈真，莫先於此。

〔一一九〕見《爲馬懿公郡夫人王氏黄籙齋文》注〔一〇五〕。

# 爲懷州李中丞謝上表〔一〕

臣某言：臣伏奉某月日制書，授臣某官者。天旨下臨，星言東騖〔二〕，即以今月某日到任上訖。臣某中謝。

臣聞漢分刺舉之條，三河最重〔三〕；唐制郊圻之數，二宅惟均〔四〕。況蘇公舊田〔五〕，懷侯故邑〔六〕，太行會險〔七〕，德水通津〔八〕。在中畫之間〔九〕，素爲清地；語翕張之勢，號曰要區〔一〇〕。自河上置軍〔一一〕，以幕中分理〔一二〕，地雖密邇〔一三〕，事異躬親〔一四〕。伏惟神聖文武至仁大孝皇帝陛下〔一五〕，神以運機，聖而制變，將鎮頑梗，更務恢張〔一六〕。由是開三壘之新規，復數朝之故事〔一七〕。齋壇將節〔一八〕，重加廉郡之雄〔一九〕；皂蓋朱轓〔二〇〕，各有爲州之貴〔二一〕。遥徵三紀〔二二〕，間有兩人：陶某以吏理當材〔二三〕，鄭某以名家正授〔二四〕。清塵不遠〔二五〕，餘烈猶存。頒條之寄〔二六〕，繼組爲難〔二七〕。若臣者，品以動昇，官由賞達，徒慕益恭之美〔二八〕，以承猶宥之恩〔二九〕，過獎在朝，承乏充使〔三〇〕。將聖代懷柔之德，率昆夷畏慕之心〔三一〕。萬里以遥，三時而復。副介不離於疾故〔三二〕，人從免嘆於凋零〔三三〕。敢矜跋涉之勞〔三四〕，自被生成之賜〔三五〕。豈謂皇帝陛下謂能專對〔三六〕，遽委牧人〔三七〕。仍其栢署之雄〔三八〕，賜以竹符之重〔三九〕。

遂使霍氏固辭之第〔四〇〕，早建雙旌〔四一〕；于公必大之門〔四二〕，更屯五馬〔四三〕。賢無所象〔四四〕，分可自量〔四五〕。入祖廟而欻驚〔四六〕，瞻父堂而益懼〔四七〕。況潞潛逆孽，許出全師〔四八〕，繫此州兵〔四九〕，橫制賊境，兼聲勢之任，有資扉之須〔五〇〕。謹當懋舉詔書，聽求人瘼〔五一〕。思理行之第一，誠愧昔賢〔五二〕；奉忠孝於在三，亦惟先訓〔五三〕。苟僭素誓〔五四〕，則有神明。伏遠雲天，已逾旬朔〔五五〕。獻封人富壽之祝，未卜其時〔五六〕；懸子牟江海之思，莫知其極〔五七〕。無任感恩攀戀闕庭之至。

【校注】

〔一〕本篇原載《文苑英華》卷五八七第二頁（題下原注：武宗）、清編《全唐文》卷七七二第七頁、《樊南文集詳注》卷一。〔徐注〕按《地理志》：河北道懷州，領縣五：河内、武德、獲嘉、武陟、修武。箋：李中丞不知其名，據表云：「過獎在朝，承乏充使。將聖代懷柔之德，率昆夷畏慕之心。萬里以遥，三時而復。」蓋嘗使吐蕃而還，乃拜懷州之命者。案《舊書・吐蕃傳》：「會昌二年，贊普卒。十二月，遣論贊熱來告哀，詔以將作少監李璟弔祭之。」表云「三時而還」，則還期當在三年之深秋。時方命陳許節度使王宰討澤潞，與「潞潛逆孽，許出全師」之語適相符合。李中丞蓋即其人也。或以爲李師偃，余案《武宗紀》：「會昌元年八月，回鶻烏介可汗至塞上，上表借天德城以安公主，仍乞糧儲。詔金吾大將軍王會、宗正少卿李師偃往其牙宣慰。」則近在天德，何言

「萬里以遥」？昆夷乃西戎，不得以此斥回鶻。時劉從諫尚存，澤潞亦未叛，皆與表語牴牾。李中丞之爲李璟無疑矣。〔馮箋〕徐氏之説甚是，余又參以《通鑑》校之也。《通鑑》：會昌三年九月，李德裕奏：「河陽節度先領懷州刺史，常以判官攝事，不若遂置孟州，其懷州別置刺史。俟昭義平日，仍割澤州隸河陽，則太行之險不在昭義，而河陽遂爲重鎮。」《新書·方鎮表》：「會昌三年復置河陽節度，徙治孟州。四年，增領澤州。」此表正别置刺史時也。蓋河陽節度舊以懷州爲治所，而實居河陽，其懷州則令判官攝之耳。先是，懷州領九縣，河陽縣屬焉，後以河陽五縣割屬河陽三城使，非懷州所屬，故德裕請昇河陽縣爲孟州，而懷州別置刺史也。懷、孟、澤合爲節度，號河陽，故自後每稱懷孟節度。題下「吐蕃贊普卒」，《通鑑》：「來告達磨贊普之喪。」達磨是其名也。（按：馮謂題下云云，明刊《英華》無。）〔張箋〕懷州別置刺史，當在茂元卒後，此李中丞即於是時除任者也。又云：考裴氏仲姊寓殯獲嘉，獲嘉，懷州屬縣。必義山葬母、遷姊柩時曾至懷、洛。李中丞授懷州雖在九月，而赴任自不妨稍後。當是爲茂元諸表作於洛，而爲李中丞諸表文作於懷也。至懷之時，茂元已前卒矣。〔按〕《通鑑·會昌三年》於九月「丙午，河陽奏王茂元薨。李德裕奏：……懷州別置刺史」下書：「上采其言。戊申，以河南尹敬昕爲河陽節度、懷孟觀察使。」戊申爲九月二十二日。德裕《會昌一品制集》卷七有《置孟州敕旨》，或以爲亦當與此同時。然《唐大詔令集》卷九九載《置孟州敕》，末注：「會昌三年十月。」則置孟州稍後於任命懷孟節度，其別置懷州刺史當與之同時。表云：「伏奉某月日制書，授臣某官者。

天旨下臨,星言東騖,即以今月某日到任上訖。」奉制曰「某月」,到任曰「今月」,可見到任已是奉制之月(十月)之隔月。證以表末「伏遠雲天,已逾旬朔」之語,益見其到任已是十一月初。表即上於其時。

〔二〕〔馮注〕《詩》:星言夙駕。〔補注〕星言,即星焉,猶「披星」。

〔三〕〔徐注〕《史記·田仁傳》:褚先生曰:「田仁上書言:『天下郡太守多爲姦利,三河尤甚,臣請先刺舉三河。』」〔馮注〕又《田仁傳》:使舉刺三河。《正義》曰:遣御史分刺之。三河:河南、河東、河内。

〔四〕唐,馮注本校改爲「周」,詳下引馮注。〔徐注〕《書》:申畫郊圻。《舊書》:京畿採訪使理京師城内,都畿採訪使理東都城内。〔馮注〕二宅,謂鎬京、洛邑也。《洛誥》「公既定宅」,《畢命》「申畫郊圻」,成周之邑事也。此因懷州近東都,故引之。舊作「唐制」,而徐氏即引唐時兩畿採訪使,誤矣。故直改之。〔按〕徐氏引唐時兩畿採訪使固不切,然馮氏逕改「唐」爲「周」,亦嫌武斷。申畫郊圻,謂畫分都邑之疆界。據《新唐書·地理志》,京兆府,領縣二十;河南府,縣二十。此即所謂「唐制郊圻之數,二宅惟均」也。

〔五〕〔馮注〕《左傳》:王取鄔、劉、蔿、邘之田于鄭,而與鄭人蘇忿生之田温、原、絺、樊、隰郕、欑茅、向、盟、州、陘、隤、懷。注:蘇忿生,周武王司寇蘇公也。凡十二邑,皆蘇忿生之田。欑茅、隤屬汲郡,餘皆屬河内。又:劉子、單子曰:「昔周克商,使諸侯撫封,蘇忿生以温爲司寇,與檀伯達封于河。」注曰：忿生與檀伯達俱封于河内。

〔六〕〔徐注〕懷侯未詳。酈元《水經注》引《韓詩外傳》曰：「武王伐紂，到邢丘，更名邢丘曰懷。」懷縣故城，《括地志》云：「在武陟縣四十一里。」歷考傳記，未有以此爲懷國之邑者。或引唐叔所分懷姓九宗以實之，然懷是姓，非國名也。九宗在河東，亦不在河内。當闕疑。〔馮注〕按：《通典》：「懷州，周爲畿内及衛、邘、雍三國，春秋時又屬晉。」《太平寰宇記》：「周時爲三監邶、鄘、衛地。管、蔡廢黜，封康叔以爲懷侯於此地，即爲衛。衛遷河南，晉文公始啓南陽，又爲晉地。」則康叔初封懷侯也，古有是説矣。《春秋左氏傳·隱六年》：懷姓九宗。注曰：唐叔始封，受懷姓九宗，職官五正。疏曰：周成王滅唐，始封唐叔於懷氏，一姓九族及其先代五官之長子孫賜之。

〔七〕見《太倉箴》注〔二〕。

〔八〕〔徐注〕《漢書·郊祀志》：秦文公獲黑龍，以爲此水德之瑞，更名河曰德水。案：唐孟州治河陽縣，今爲孟縣，屬河南懷慶府。黄河在縣南二十里，即古孟津也。

〔九〕間，《全文》作「時」，據《英華》改。〔補注〕申畫之間，指在東都疆界之内。申畫見注〔四〕。

〔一〇〕號，《英華》注：一作「實」。馮注本從之。〔徐注〕《老子》：將欲翕之，必固張之。〔馮注〕《淮南子》：用兵之道，爲之以歙，而應之以張。按：「歙」一作「噏」。此謂近東都，爲清地；近澤潞，爲用兵要區。

〔一一〕置,《英華》作「致」。

〔一二〕〔馮注〕所謂「以判官攝事」也。

〔一三〕〔徐注〕《左傳》:以陳、蔡之密邇于楚。〔按〕謂河陽與懷州地雖近。

〔一四〕〔徐注〕《詩》:勿躬勿親,庶民勿信。〔按〕謂河陽節度雖領懷州刺史,然并不親理懷州政事。

〔一五〕〔徐注〕此會昌二年所上尊號。

〔一六〕〔徐注〕皇甫謐《三都賦序》:並務恢張其文。〔補注〕恢張,擴展。指置孟州,懷州別置刺史。

〔一七〕〔徐箋〕三壘,即河陽三城。按:三壘初改爲州,故曰「新規」。河陽本屬懷州,顯慶二年割屬河南府,今復屬懷州,故曰「故事」。《新書·地理志》:河北道孟州,建中二年,以河南府之河陽、河清、濟源、温租賦入河陽三城使。又以汜水租賦益之。會昌三年,遂以五縣爲州。《元和郡縣志》:建中二年,置河陽節度使,即河陽三城使。會昌三年,改置孟州,治河陽。《通典》:北中府城,後魏太和中築;東魏元象元年,又築南城及中潬城,是爲三城。《孟縣志》:《三城記》云:「河陽北城,南臨大河,長橋架水,古稱設險。南城三面臨河,屹立水濱。中潬城表裏二城,南北相望,黄河兩派,貫於三城之間。南北二城皆有濡足之患,而中潬屹然如故。」

〔一八〕〔徐注〕《漢書·韓信傳》:蕭何曰:「王必欲拜之,擇日齋戒,設壇場,具禮,乃可。」王許之。諸將皆喜,人人各自以爲得大將。〔馮注〕齋壇,指河陽節度。

〔一九〕〔馮注〕河陽縣升爲孟州,則當有刺史,而節度自領之,故云。〔補注〕《通鑑·會昌三年》:九月，「戊申，以河南尹敬昕爲河陽節度、懷孟觀察使」。敬昕當自領孟州刺史。然置孟州敕既在十月，則其領孟州亦在十月。

〔二〇〕〔徐注〕《漢書・景帝紀》：令長吏二千石車朱兩轓，千石至六百石朱左轓。應劭曰：車耳反出，所以爲之藩屏，翳塵泥也。二千石雙朱，其次乃偏其左軓，以簟爲之，或用革。軓與轓同。音甫元反。《後漢書・輿服志》：中二千石、二千石皆皂蓋，朱兩轓。

〔二一〕〔馮注〕謂懷州別置刺史也。〔按〕曰「各有」，似兼指懷州、孟州而言，云二州各有刺史。

〔二二〕遥，《英華》作「遠」，馮注本從之。〔徐注〕《書》：既歷三紀，世變風移。

〔二三〕材，《全文》誤「財」，據《英華》改。〔馮注〕吏理，即吏治。

〔二四〕〔徐曰〕陶、鄭未詳。〔馮注〕按趙氏《金石録》：「《唐懷州刺史陶大舉碑》，開元八年姚崇撰，徐嶠之正書。」《舊書・鄭餘慶傳》：「弟膺甫，官至主客郎中，楚、懷、鄭三州刺史。」當即此所云也。第與「三紀」不可符，豈不必拘耶？抑別有賢守耶？所引陶某似可符，鄭某不可符，再酌。〔按〕《册府元龜》卷六七三：「鄭膺甫爲懷州刺史，元和十二年以理績有聞。」鄭膺甫任懷州刺史之時間當在元和九年至十三年間（元和五至九年、元和十三年任懷刺者均爲烏重胤），恰符「三紀」之數。「鄭某」當即膺甫。膺甫前後數任懷州刺史，均歷歷可考知姓名，無姓陶者，然則「陶某」亦即陶大舉。所謂「三紀」，係「三紀」以前之意，其上限固不必拘也。《大唐故銀青光禄大夫使持節陳州諸軍事陳州刺史上柱國陶府君（禹）墓誌銘并序》云：「公諱禹，字玄成……銀青光禄大夫、懷州刺史大舉之子，開府儀同三司、中書令、梁國文貞公姚崇之壻。」亦謂陶大舉曾任懷州刺史。據郁賢皓《唐刺史考》，大舉爲懷刺在垂拱四年。

〔二五〕〔徐注〕盧諶《贈劉琨詩序》：自奉清塵，於今五稔。〔馮注〕《楚辭·遠遊》：聞赤松之清塵兮，願承風乎遺則。

〔二六〕見《爲尚書濮陽公賀鄭相公狀》注〔五三〕。

〔二七〕〔徐注〕《説文》：組，綬屬。〔補注〕繼組，猶繼任。

〔二八〕〔徐注〕《左傳》：正考父佐戴、武、宣，三命兹益共，故其鼎銘云：「一命而僂，再命而傴，三命而俯，循墻而走，亦莫敢余侮。饘于是，粥于是，以餬余口。」其共也如是。

〔二九〕〔馮注〕《左傳》：范宣子囚叔向，祁奚曰：「社稷之固也，猶將十世宥之，以勸能者。」李中丞當是西平之孫，以蔭襲起家。互詳《爲李郎中祭舅竇端州文》注〔一〕及「一紀以來，艱凶遄及」句注。

〔三〇〕〔徐注〕《左傳》：攝官承乏。〔補注〕承乏，承繼空缺之職位。充使，指使吐蕃。

〔三一〕昆，《英華》注：一作「昳」。〔徐注〕《詩》：昆夷駾矣。箋：昆夷，西戎也。〔按〕指吐蕃。

〔三二〕疾故，《全文》《英華》均作「痼疾」。《英華》注：一作「疾故」。兹據改。馮注本作「疾故」。〔馮注〕一作「痼疾」，誤。《檀弓》：非有大故，非疾也。按：《漢書·蘇武傳》：「單于召會武官屬，前以降及物故，凡隨武還者九人。」疑其本用「物故」。《説文》：罹，古通用「離」。《漢書·南粤傳》：陸賈使粤，謁者一人爲副使。《禮記》：諸侯七介。《釋文》：介，副也。〔補注〕故，謂意外或不幸之變故。疾故，謂疾病及意外變故。《周禮·天官·宫正》：「國有故。」鄭玄注引鄭司農曰：「故謂禍灾。」

〔三三〕人從，《全文》《英華》均作「故人」。《英華》注：一作「人從」。兹據改。馮注本改作「少從」。〔馮校〕舊作「人從」，一作「故人」，皆誤。按「少從」見《漢書·張騫傳》。師古曰：「漢時謂隨使而出外國者爲少從，言其少年而從使也。從音材用反。」文必用此。從作平音亦可。舊本皆非，竟爲改定。〔按〕人從，指隨從。二句蓋謂副使既不曾罹疾遭禍，隨從亦免於凋零。文義曉然。馮氏逕改「人從」爲「少從」，無據。

〔三四〕〔徐注〕《詩·鄘風》：大夫跋涉，我心則憂。

〔三五〕〔徐注〕《吴志·諸葛瑾傳》：蒙生成之福。

〔三六〕〔補注〕專對，謂擔任使節時能獨自隨機應答，語本《論語·子罕》：「誦《詩》三百，授之以政，不達；使於四方，不能專對，雖多，亦奚以爲？」專，獨。

〔三七〕〔補注〕《書·立政》：「文王惟克厥宅心，乃克立兹常事司牧人，以克俊有德。」牧人，此指牧民之郡守。

〔三八〕栢署，見《爲安平公兗州謝上表》注〔一二〕。〔馮注〕出使例加御史中丞，今爲刺史亦兼之。

〔三九〕見《爲汝南公賀彗星不見復正殿表》注〔四四〕。

〔四〇〕〔徐注〕《漢書·霍去病傳》:上爲治第,令視之,對曰:「匈奴不滅,無以家爲也。」

〔四一〕見《爲濮陽公祭太常崔丞文》注〔一六〕。〔馮注〕唐自中葉後,刺史多典兵。懷州別置刺史,時方用兵,宜有雙旌也。

〔四二〕〔徐注〕《漢書·于定國傳》:始定國父于公,其閭門壞,父老方共治之。于公謂曰:「少高大門閭,令容駟馬高蓋車。我治獄多陰德,子孫必有興者。」至定國爲丞相,永爲御史大夫,封侯傳世云。

〔四三〕〔馮注〕漢樂府《陌上桑》:使君從南來,五馬立踟躕。按:《白帖》「刺史五馬」,注曰「使君」。是專據此詩也。《遯齋閑覽》:謂太守爲「五馬」,人罕知其故事。或言《詩》「孑孑干旟,在浚之都。素絲組之,良馬五之」,周時州長建旟,漢太守視之。或云古乘駟馬車,至漢時太守出則增一馬,事見《漢官儀》也。潘子真《詩話》:禮,天子六馬左右驂,三公九卿駟馬左驂。漢制,九卿則二千石以右驂,太守駟馬而已。其加秩中二千石乃右驂,故以五馬爲美稱。按:《詩》「良馬四之」「五之」「六之」,《毛傳》以轡言,《鄭箋》以見之數言,非數馬也。漢郡守又非周州長也。他書引《漢官儀》云:「太守駟馬,行部加一馬。」故稱五馬。然《漢官儀》本文不見,凡諸轉引者於唐初類書皆無之,恐不足信。據《許彦周詩話》云:「前輩楊、劉、李、宋最號知僻事,豈不知《漢官儀》注而疑之耶?」此語曉然矣。今考《後漢書》《晉書·輿服志》《宋書·禮志》,凡所云中二千石以上駕二右騑者,以右騑爲駕二,非駕二外又有右騑,則潘氏之説亦必非也。《漢書·高帝紀》：田横乘傳詣洛陽。如淳曰：「律，四馬高足爲置傳，四馬中足爲馳傳，四馬下足爲乘傳，一馬二馬爲軺傳。」《朱買臣傳》：拜會稽太守，長安廐吏乘駟馬車來迎，買臣遂乘傳去。張晏曰：「故事，大夫乘官車駕駟，如今州牧刺史矣。」《鮑宣傳》：遷豫州牧，行部乘傳去法駕，駕一馬。師古曰：「言其單率不依典制。」是謂不循舊典駕駟也。《後漢書·志》曰：「大使車，立乘，駕駟，赤帷。」《晉·志》亦云：「赤帷裳，騶騎導從。」《後漢·志》又曰：「公、卿、中二千石、二千石，郊廟、明堂、祠陵，法出，皆大車，立乘，駕駟。」《晉》《宋·志》皆同。其云「法出」者，可與《鮑宣傳》「法駕」同義。凡此皆駕四之證而無駕五也。惟《宋書·志》引《逸禮·王度記》曰：「天子駕六，諸侯駕五，卿駕四，大夫三，士二，庶人一。」愚竊據此謂諸侯駕五，漢之刺史猶諸侯，故美其駕五馬，於義或可合也。《宋·志》又云：「江左以來相承無六，駕四而已。」《後漢書·志》注中亦引《王度記》而直曰「諸侯駕四」，所引他書亦無駕五者，於是駕五之文漸隱。兹詳列之以備一説，實則據漢詩足矣。任淵《陳后山詩注》：古樂府《陌上桑》，五馬本事所出也。後人臆説，安矣。又按：《字典》馬部注引《前漢書·東方朔傳》：「太守駟馬駕車，一馬行春。」衛宏《輿服志》：「諸侯四馬，駙以一馬。」今檢《漢書·傳》不見此文。而字典必有據，與《輿服志》語皆即《漢官儀》所云「行部加一馬」也。

〔四四〕〔徐注〕《書》：惟稽古崇德象賢。

〔四五〕〔徐注〕《漢書·張安世傳》：免冠頓首曰：「誠自量不足以居大位。」〔補注〕分，才分。袁宏《後漢紀·靈帝紀》:「古之爲士,將以兼政,可則進,不可則止。量分受官,分極則身退矣。」

〔四六〕〔馮注〕祖,謂李晟。

〔四七〕〔徐注〕《書》:若考作室,既厎法,厥子乃弗肯堂,矧肯構?〔馮曰〕其父,未可核定何人。

〔四八〕〔徐注〕《舊書·武宗紀》:會昌三年九月,下制討劉稹,以陳許節度使王宰充澤潞南面招討使。〔按〕下制討劉稹,當依《通鑑》所載在會昌三年五月辛丑(十三)。王宰充澤潞南面招討使,事在同年九月初五。《會昌一品集》卷一五有《請授王宰兼行營諸軍攻討使狀》,文末注:「會昌三年九月四日。」同書卷三又有《授王宰兼充河陽行營諸軍攻討使制》。《新書·武宗紀》:會昌三年「九月辛卯(初五),忠武軍節度使王宰兼河陽行營攻討使」。《金石萃編》引王宰《靈石縣記石》:「會昌三年,蒙恩換許昌節。至九月,自許昌統當軍驍卒,洎河陽、義成、宣武、浙西、宣歙等軍兵馬,充攻討使,誅除壺關寇。」此即所謂「許出全師」也。

〔四九〕繫,《全文》作「緊」,據《英華》改。

〔五〇〕須,《全文》作「頒」,據《英華》改。〔徐注〕《左傳》:申侯曰:「師老矣,若出于陳、鄭之間,共其資糧屝屨,其可也。」〔補注〕資屝,糧食與草鞋,借指生活資料。

〔五一〕〔馮注〕《詩·小雅》傳:瘼,病也。〔徐注〕《後漢書·循吏傳》:廣求民瘼。

〔五二〕〔馮注〕《史記·賈誼傳》:文帝聞河南守吳公治平爲天下第一。〔徐注〕《漢書·張敞傳》:潁川太守黄霸以治行第一,入守京兆尹。

〔五三〕〔徐注〕《晉語》：欒共子曰：「人生于三，事之如一：父生之，師教之，君食之。」

〔五四〕〔補注〕僁，同「愆」，違背。

〔五五〕〔徐注〕《魏志·鍾會傳》注：王弼答荀融書：「隔踰旬朔。」

〔五六〕〔馮注〕《莊子》：堯觀乎華，華封人曰：「請祝聖人，使聖人壽，使聖人富，使聖人多男子。」堯曰：「多男子則多懼，富則多事，壽則多辱。是三者非所以養德也，故辭。」

〔五七〕〔馮注〕《莊子》：中山公子牟身在江海之上，心居魏闕之下。注：魏之公子，封中山，名牟。

# 爲懷州刺史上後上門下狀〔一〕

右某伏奉月日制書，授持節懷州諸軍事、守懷州刺史、兼御史中丞者〔二〕，以今月日到任上訖。某特以門資〔三〕，早登朝選〔四〕。嘗奉出疆之任〔五〕，曾非泛駕之材〔六〕。直以揚大國之稜威〔七〕，奉良相之成算。幸無挫屈〔八〕，兼免滯留。業官未多〔九〕，無罪爲幸。豈意相公，上引睿旨，下念勳家〔一〇〕，既假寵於中司〔一一〕，又頒條於名部〔一二〕。去神州二百里而近〔一三〕，無正守三十年已來〔一四〕。記室參軍〔一五〕，代司符印；中兵祭酒〔一六〕，分理城池。今各額更新〔一七〕，官司復舊，用威寇敵，兼壯郊圻〔一八〕。當此之時，授任尤重〔一九〕，豈伊庸懦，可以指令？唯當非憂人之不思，非利物之不念。罄忠武在行之衆〔二〇〕，奉盟津攬轡之威〔二一〕。冀無後艱〔二二〕，以答殊奬。伏惟俯賜恩察，謹録狀上。

【校注】

〔一〕本篇原載清編《全唐文》卷七七四第二〇頁、《樊南文集補編》卷五。〔錢箋〕李璟也。本集有《爲懷州李中丞謝上表》。《新唐書・地理志》：懷州河内郡，雄，屬河北道。〔按〕本篇當與《爲懷州李中丞謝上表》同上於會昌三年十一月初，詳該篇注〔一〕。

〔二〕〔錢注〕《舊唐書・職官志》：御史臺，中丞二員，正四品下。〔按〕此李璟奉使吐蕃時所加憲銜，任懷州刺史時仍帶此銜，即上篇「仍其栢署之雄」之謂。

〔三〕〔錢注〕本集馮氏曰：李中丞當是西平（李晟）之孫，以蔭襲起家。《吴志・孫皓傳》注：《會稽邵氏家傳》曰：「得以門資，厠身本部。」〔補注〕門資，猶門第。

〔四〕〔錢注〕《魏書・李沖傳》：朝選開清。

〔五〕〔補注〕出疆之任，指奉旨出使吐蕃弔祭。見上篇注〔一〕引《舊唐書・吐蕃傳》。

〔六〕〔錢注〕《漢書・武帝紀》：元封五年，詔曰：「夫泛駕之馬，跅弛之士，亦在御之而已。其令州縣察吏民有茂才異等可爲時相及使絶國者。」〔補注〕泛駕，翻車，亦喻不受駕御。

〔七〕〔錢注〕《漢書・李廣傳》：威稜憺乎鄰國。注：李奇曰：「神靈之威曰稜。」

〔八〕〔錢注〕《宋書·范泰傳》：百年逋寇，前賢挫屈者多矣。〔補注〕挫屈，屈辱。無挫屈，指出使吐蕃不辱君命，即上篇「陛下謂能專對」意。

〔九〕〔補注〕《左傳·昭公元年》：「昔金天氏有裔子曰昧，爲玄冥師，生允格、臺駘。臺駘能業其官。」杜預注：「纂昧之業。」業官，能繼先人之世業。未多，未足多。

〔一〇〕〔補注〕勳家，有勳伐之家世，指其祖李晟因平亂功封西平王。

〔一一〕〔錢注〕《後漢書·百官志》：御史中丞一人。注：丞故二千石爲之，或遷侍御史高第，執憲中司，朝會獨坐。〔補注〕假寵，語本《左傳·昭公四年》：「君若苟無四方之虞，則願假寵以請於諸侯。」本指憑藉威望地位。此指所兼憲銜。中司，御史中丞之俗稱。

〔一二〕〔補注〕頒條，頒佈律條，指刺史之職。屢見。名部，猶名州、名邑。此指懷州。

〔一三〕〔錢注〕《史記·孟子傳》：中國名曰赤縣神州。按：此謂洛州河南府也。《舊唐書·則天皇后紀》：改元光宅，改東都爲神都。〔按〕懷州至東都一百五十里。

〔一四〕〔錢注〕《通鑑》：會昌三年九月，李德裕奏：「河陽節度先領懷州刺史，常以判官攝事，不若遂置孟州，其懷州別置刺史。俟昭義平日，仍割澤州隸河陽節度，則太行之險不在昭義，而河陽遂爲重鎮，東都遂無憂矣。」〔補注〕《册府元龜》卷六七三：「鄭膺甫爲懷州刺史。」其任懷刺約在元和九年至十三年間。自元和九年（八一四）至會昌三年（八四三）適爲三十年。自鄭膺甫以後，懷州刺史均以河陽節度使兼領。參上篇「遥徵三紀」四句及注。

〔一五〕〔錢注〕《後漢書・百官志》：記室令史，主上表章報書記。《晉書・職官志》：諸公及開府位從公爲持節都督，增參軍爲六人。〔補注〕《新唐書・百官志》：節度使，行軍司馬、副使、判官、支使、掌書記、推官、巡官、衙推各一人。又：州刺史下有録事參軍事及諸曹參軍事。此「記室參軍」似係泛指節度使之幕僚，如李德裕所云「常以判官攝事」，不定指節度使掌書記及州郡參軍也。

〔一六〕〔錢注〕《晉書・職官志》：至魏，尚書郎有中兵、外兵。又：及當塗得志，尅平諸夏，初有軍師祭酒，參掌戎律。〔按〕魏置中兵曹掌畿内之兵。此句「中兵祭酒」似借指節度使幕中職參戎律之僚屬。商隱《唐梓州慧義精舍南禪院四證堂碑銘并序》有「愚也中兵被召，上士聯榮，敢同譙郡之功曹，願作山陰之都講」之句，可參證，蓋指節度判官之類。

〔一七〕〔補注〕各額，各種規定的員額數目。

〔一八〕見《爲懷州李中丞謝上表》注〔四〕。

〔一九〕〔錢注〕《後漢書・吕强傳》：宜徵邕更授任。

〔二〇〕〔錢注〕《新唐書・方鎮表》：貞元十年，陳許節度賜號忠武軍節度使。〔按〕罄忠武在行之衆，即上篇《爲懷州李中丞謝上表》「許出全師」之意，詳該篇注〔四八〕。

〔二一〕〔錢注〕謂河陽時討劉稹，詳《爲滎陽公與昭義李僕射狀》「上黨頃集兇徒，近爲王土」注。《史記・周紀》：武王上祭于畢，東觀兵，至于盟津。《後漢書・范滂傳》：登車攬轡，慨然有澄清天下之志。

〔三〕〔補注〕後艱，猶後患。《詩·大雅·鳧鷖》：「公尸燕飲，無有後艱。」鄭玄箋：「艱，難也。」

## 爲懷州刺史舉人自代狀〔一〕

右臣伏准建中元年正月五日敕〔二〕，内外文武官到任三日舉一人自代者〔三〕。臣伏見前件官汾陽啓胄〔四〕，沙麓遺芳〔五〕。佩觿之辰〔六〕，平居不戲〔七〕；加冠已後〔八〕，出言成章〔九〕。本以《詩》《書》，綽有機斷〔一〇〕。奉陰、郭之良躅〔一一〕，銜馬、鄧之成規〔一二〕。臣與其祖禰以來〔一三〕，蕃宣相接〔一四〕。雲臺高議〔一五〕，同承鐘鼎之餘〔一六〕；麟閣舊圖〔一七〕，共著河山之誓〔一八〕。交深志見，年齊道均。今河内名邦，覃懷巨郡〔一九〕，南蕃鳳闕〔二〇〕，平分晉、鄭之交；北控羊腸〔二一〕，方有干戈之役〔二二〕。推讓雖循于故事〔二三〕，薦聞實切于私誠〔二四〕。伏乞聖恩，特允臣志，無任感恩推賢之至。謹録奏聞，伏聽敕旨。

**【校注】**

〔一〕本篇原載《文苑英華》卷六三九第一頁、清編《全唐文》卷七七三第五頁、《樊南文集詳注》卷二一。

所舉之人《英華》《全文》均脱。〔馮箋〕懷州刺史，李璟也，詳《爲懷州李中丞謝上表》注〔一〕。按：徐氏以所舉人爲順宗莊憲皇后王氏之族，而引王難得子顔傳爲證（徐説見注〔五〕、注〔一八〕），其誤由於拘「沙麓遺芳」之一語。「沙麓」只指發祥，何拘姓氏耶？其解「汾陽」則支離甚矣（徐解「汾陽」見注〔四〕）。且王難得寶應二年卒，子顔亦生后而卒，與文中所叙絶不符。李璟乃李晟之孫，所舉者係郭令公後人。令公，肅宗時封汾陽郡王。憲宗懿安皇后，令公之孫而曖之女也，當文宗、武宗時爲太皇太后。汾陽王於代宗時賜鐵券，圖形凌煙閣。李晟，德宗時封西平郡王，貞元五年亦圖像於舊臣之次。郭、李閥閲相當，子孫並盛，故有「祖禰以來」數聯。此所舉當是曖之子孫。《英華》已脱書某人，無從指以實之矣。《舊書·傳》：「李光弼，寶應元年封臨淮王，賜鐵券，圖形凌煙閣。」郭、李同時並稱，似更親切，但史傳不叙及其子孫。而璟與西平之孫，名輩悉符，故爲酌定。〔按〕馮箋近是。狀上於會昌三年十一月初，詳《爲懷州李中丞謝上表》注〔一〕。

〔二〕元，《英華》注：集作「二」。誤，詳注〔三〕。

〔三〕〔馮注〕《舊書·紀》：德宗建中元年，常參官，諸道節度、觀察、防禦等使，都知兵馬使，刺史，少尹，畿赤令，大理司直、評事等，授訖三日内，於四方館上表，讓一人自代。其表付中書門下。每官闕，以舉多者授之。

〔四〕〔徐注〕案《世系表》：王氏出自姬姓，周靈王太子晉以直諫廢爲庶人，其子宗敬爲司徒，時人號爲王家，因以爲氏。八世孫錯爲魏將軍，其六世孫翦爲秦大將軍。生賁，賁生離。離二子元、威，元避秦亂，遷於瑯琊，後徙臨沂。四世孫吉，字子陽，漢諫大夫，始家皋虞，後徙臨沂都鄉南仁里。生駿，字偉山，御史大夫。世所謂「瑯琊王氏」者也。錯仕魏爲將軍，故曰「汾陽啓胄」，《詩·魏風》云「彼汾一曲」，是其國在汾水之陽也。〔按〕徐氏爲就其所舉者係莊憲皇后王氏之族之説，而曲解「汾陽啓胄」，馮氏已斥其支離。汾陽啓胄，謂其祖上係汾陽郡王郭子儀也。

〔五〕〔徐注〕順宗莊憲皇后王氏，瑯琊人。所舉者后族，故有斯語。《漢書·元后傳》：昔春秋沙麓崩，晉史卜之，曰：「陰爲陽雄，土火相乘，故有沙麓崩。後六百四十五年，宜有聖女興。」其齊田乎？今王翁孺徙，正直其地，日月當之。元城郭東有五鹿之虛，即沙麓地也。後八十年，當有貴女興天下云。〔馮曰〕「沙麓」只指發祥，何拘姓氏耶？〔按〕「沙麓」用爲頌揚皇后、皇太后之詞。「沙麓遺芳」蓋謂所舉之人係憲宗懿安皇后之族，郭曖之子孫也。與上句「汾陽啓胄」同指其爲汾陽後裔。

〔六〕〔徐注〕《詩》：童子佩觿。〔補注〕佩觿，佩戴牙錐，表示已成年。觿爲象骨所製解繩結之角錐。《詩》毛傳：「觿所以解結，成人之佩也。」

〔七〕〔馮注〕《國語》：祁奚曰：「臣之子午（名午）少也，好學而不戲。」〔徐注〕《後漢書·公沙穆傳》：自爲兒童，不好戲弄。

〔八〕〔徐注〕《禮記·曲禮》：二十曰弱，冠。《冠義》：三加彌尊，加有成也。〔馮注〕《左傳》：豈如弁髦而因以敝之。注曰：童子垂髦始冠，必三加冠，成禮而棄其始冠。疏曰：《士冠禮》：「始冠緇布冠，次加皮弁，次加爵弁。」

〔九〕〔馮注〕《詩》：出言有章。〔徐注〕《魏志·陳思王植傳》：植跪曰：「言出爲論，下筆成章，顧當面試，奈何倩人？」

〔一〇〕〔徐注〕《晉書·明帝紀》：帝聰明有機斷。

〔一一〕躅，《英華》注：集作「胤」（徐、馮注均云集作「轍」，當是據明刊《英華》）。〔馮注〕《後漢書·后紀》：光武郭皇后廢爲中山王太后，王徙封沛，爲沛太后。光烈陰皇后，顯宗即位，尊爲太后。

〔補注〕躅，蹤跡、足跡。

〔一二〕銜，《全文》作「御」，誤，據《英華》改。成，《英華》作「明」。〔馮注〕明德馬皇后，肅宗即位，尊爲太后。和熹鄧皇后，殤帝、安帝時，尊爲太后。按：四后皆爲太后。郭后雖廢爲中山太后而恩禮不衰。馬、鄧誡敕外家，必遵禮法，故曰「明規」。

〔一三〕與，《英華》作「以」，注：集作「與」。〔馮注〕祖禰，謂兩姓之祖禰也。〔補注〕祖禰，先祖先父。

〔一四〕〔徐注〕《詩》：四國于蕃，四方于宣。〔補注〕蕃，通「藩」；宣，通「垣」。蕃宣，藩籬與垣墻。此謂爲藩屏護衛朝廷之節鎮。

〔一五〕〔徐注〕江淹《上建平王書》：結綬金馬之庭，高議雲臺之上。善曰：南宮雲臺也。〔補注〕漢光武帝時，雲臺用作召集群臣議事之所。借指朝廷。

〔一六〕〔馮注〕《國語》：魏顆退秦師于輔氏，其勳銘于景鐘。《禮記》：衛孔悝之鼎銘：「悝拜稽首曰：『對揚以辟之，勤大命施于烝彝鼎。』」《後漢書·崔駰傳》：銘昆吾之冶。注曰：蔡邕《銘論》曰：「吕尚作周太師，其功銘于昆吾之鼎。」〔徐注〕《韓子》：先王之賦頌鐘鼎之銘，皆番吾之跡，華山之博也。《文心雕龍》：魏顆景鐘，孔悝衛鼎，稱伐之類也。

〔一七〕〔馮注〕《漢書·蘇武傳》：宣帝思股肱之美，乃圖畫其人於麒麟閣，署其官爵姓名，惟霍光不名，凡十一人。

〔一八〕〔徐注〕《漢書·高惠功臣表》：封爵之誓曰：「使黄河如帶，泰山若厲，國以永存，爰及苗裔。」〔徐箋〕案《舊書·外戚傳》：王子顏，瑯琊臨沂人，莊憲皇后之父也。祖思敬，少從軍，累試太子賓客。父難得，有勇決，善騎射，天寶初爲河源軍使，斬吐蕃贊普王子郎支都，傳首京師。玄宗召見之，賜以錦袍金帶，累拜金吾將軍。從哥舒翰擊吐蕃，收九曲，加特進。禄山之亂，從肅宗幸靈武，進收京城。又從郭子儀攻安慶緒於相州，累封瑯琊郡公、英武軍使。寶應二年卒，贈潞州大都督。子顏，少從父征役，累官金紫光禄大夫、檢校衛尉卿，生后而卒。順宗内禪，以后生憲宗，褒贈先代。子顏二子重榮、用。重榮官至福王傅，用官至太子賓客、金吾將軍。《新書·王難得傳》：用字師柔，封太原郡公，謹畏無過，卒贈工部尚書。○懷州所舉，蓋即用之後人。今無可考。〔馮注〕《漢書·高惠功臣表》：割符世爵，受山河之誓。〔按〕徐箋之誤，馮浩已於題下箋駁正之，姑録存以見徐説之全貌。

〔一九〕〔徐注〕《書》：覃懷底績。傳：覃懷，近河地名。疏：《地理志》河内郡有懷縣，在河之北。蓋覃懷二字，共爲一地，故云「近河地名」。

〔二〇〕〔補注〕蕃，屏藩、捍衛。《書·微子之命》：「率由典常，以蕃王室。」鳳闕，指京城，此指東都洛陽，故曰「南蕃」。

〔二一〕羊腸，見《太倉箴》注〔二〕。

〔二二〕〔馮注〕時方用兵昭義。

〔二三〕〔徐注〕《書》：推賢讓能，庶官乃和。

〔二四〕〔徐注〕《左傳》：左師曰：「小國習之，大國用之，敢不薦聞。」

## 爲懷州李使君祭城隍神文〔一〕

年月日，致祭於城隍之神〔二〕。某謬蒙朝奬，叨領藩條。熊軾初臨〔三〕，虎符適至〔四〕。敢資靈於水土，冀同固於金湯。況彼潞人，實逆天理。因承平之地〔五〕，以作巢窠；毆康樂之民〔六〕，以爲蟊賊〔七〕。一至於此，其能久乎！惟神廣扇威靈，劃開聲勢。俾犯境者，望飛烏而自遁〔八〕；此滔天者〔九〕，聽唳鶴以虛聲〔一〇〕。崇墉載嚴，巨塹無壅。今來古往〔一一〕，永無川竭之因〔一二〕；萬歲千秋〔一三〕，莫有土崩之勢〔一四〕。神其聽之，無易我言。

【校注】

〔一〕本篇原載《文苑英華》卷九九五第六頁、清編《全唐文》卷七八一第二頁、《樊南文集詳注》卷五。〔按〕文有「熊軾初臨，虎符適至」語，是初蒞懷州刺史任時。編會昌三年十一月上旬。參《爲懷州李中丞謝上表》注〔一〕。

〔二〕《英華》無以上十字。

〔三〕熊軾，見《爲濮陽公陳情表》「熊軾鄖城」注。

〔四〕虎符，見《爲汝南公賀彗星不見復正殿表》注〔四〕。

〔五〕因，《英華》作「固」；平，《英華》作「明」。均誤。

〔六〕康，《英華》作「庶」，徐注本作「庸」，均誤。〔徐注〕《周禮》：小行人，職曰：「其康樂和親安平爲一書。」〔補注〕《禮記·樂記》：「嘽諧慢易繁文簡節之音作，而民康樂。」康樂，安樂。

〔七〕〔徐注〕《左傳》：晉侯使吕相絶秦曰：「帥我蝥賊，以來蕩摇我邊疆。」〔馮注〕蝥、蟊同。〔補注〕《詩·小雅·大田》：「去其螟螣，及其蟊賊。」毛傳：「食根曰蟊，食節曰賊。」此喻危害國家百姓之惡人。

〔八〕烏，《英華》作「鳥」，誤。注：集作「烏」。〔徐注〕《左傳》：叔向告晉侯曰：「城上有烏，齊師其遁。」〔馮注〕《北史·尉景傳》：「世辯嗣爵。周師將入鄴，令世辯率千騎覘候。出滏口，登高阜西望，遥見群烏飛起，謂是西軍旗幟，即馳還。比至紫陌橋，不敢顧。」非用《左傳》平陰之戰事。

〔按〕馮注是。徐注引乃望城烏而知遁，而非望城烏而自遁也。
〔九〕〔徐注〕《書》：象恭滔天。〔補注〕滔天，喻罪惡之大。
〔一〇〕〔徐注〕《晉書·載記》：苻堅淝水之敗，其走者聞風聲鶴唳，皆以爲晉兵。
〔一一〕〔馮注〕《淮南子》：往古來今謂之宙，四方上下謂之宇。
〔一二〕〔馮注〕《周語》：伯陽父曰：「山崩川竭，亡之徵也。」
〔一三〕〔馮注〕《戰國策》：楚王曰：「寡人萬歲千秋之後。」〔徐注〕阮籍詩：千秋萬歲後。
〔一四〕勢，《英華》作「事」。〔徐注〕《史記·秦始皇紀》：土崩瓦解。〔馮注〕《史記·張釋之傳》：秦陵遲至於二世，天下土崩。

# 爲李懷州祭太行山神文〔一〕

謹按《禮經》云，諸侯得祭名山大川之在其地者〔二〕。今刺史乃古之諸侯〔三〕，太行實介我藩部〔四〕。險雖天設〔五〕，靈則神依〔六〕。豈可步武之間〔七〕，便容孽豎〔八〕；磅礴之内〔九〕，久貯妖氛〔一〇〕？今忠武全師〔一一〕，河橋鋭卒〔一二〕，指賊庭而將掃〔一三〕，望寇壘以争先〔一四〕。神其輔以陰兵〔一五〕，資之勇氣，使旌旗電耀，桴鼓雷奔〔一六〕，一麾開天井之關〔一七〕，再舉復金橋之地〔一八〕。然後氣通作限〔一九〕，雲出降祥〔二〇〕，長崇望日之標〔二一〕，永作倚天之柱〔二二〕。酒肴在列，蔬菓惟時〔二三〕。敢潔慮以獻誠，冀通幽而寫抱。

【校注】

〔一〕本篇原載清編《全唐文》卷七八一第一頁、《樊南文集補編》卷一一。〔錢箋〕李懷州，璟也，詳《爲懷州刺史上後上門下狀》注〔一〕。本集有《爲懷州李使君祭城隍神文》，與此文皆爲討劉稹而作。《山海經》：太行山，其首曰歸山，其上有金玉，下有碧玉。《通典》：懷州，太行山在焉。〔按〕祭懷州城隍神、祭太行山神，均爲李璟蒞懷州任之初應例行之公事，與《爲懷州李使君祭城隍神文》均作於會昌三年十一月上旬。詳《爲懷州李中丞謝上表》注〔一〕。

〔二〕〔補注〕《禮記·王制》：「天子祭天下名山大川，五嶽視三公，四瀆視諸侯。諸侯祭名山大川之在其地者。」

〔三〕〔錢注〕曹冏《六代論》：且今之州牧郡守，古之方伯諸侯。

〔四〕〔錢注〕梁武帝《申飭諸州訊獄詔》：朕自藩部，常躬訊録。〔補注〕介，居於其間。藩部，猶藩屬，指州郡之轄區範圍。

〔五〕〔補注〕《易·坎》：「天險，不可升也；地險，山川丘陵也。」

〔六〕〔補注〕《左傳·僖公五年》：「神所憑依，將在德矣。」

〔七〕〔錢注〕《國語》：夫目之察度也，不過步武尺寸之間。

〔八〕〔錢注〕謂劉稹之亂，見《爲滎陽公與昭義李僕射狀》注〔四〕。《魏書·崔浩傳》：討孽豎於涼域。

〔九〕〔錢注〕《揚子》：昆侖旁薄幽。注：旁薄猶彭魄也，地之形也。〔補注〕磅礴，廣大無邊、氣勢壯盛貌。此指太行山。

〔一〇〕〔錢注〕曹植《魏德論》：神戈退指則妖氛順制。

〔一一〕〔錢注〕謂陳許。〔按〕詳《爲懷州李中丞謝上表》注〔四八〕。

〔一二〕〔錢注〕謂河陽。《晉書·杜預傳》：預以孟津渡險，有覆没之患，請建河橋於富平津。餘見《爲滎陽公與昭義李僕射狀》注〔四〕。〔補注〕河橋鋭卒，指原河陽節度使所統之軍。據《通鑑》，自會昌三年九月辛卯日後，王宰兼河陽行營攻討使，河陽軍亦歸其統轄。九月戊申任命敬昕爲河陽節度、懷孟觀察使，王宰將行營以扞敵，昕供饋餉而已。

〔一三〕〔錢注〕《晉書·張寔傳》：先帝晏駕賊庭。〔補注〕賊庭，此指澤潞叛鎮使府所在潞州。

〔一四〕〔錢注〕《宋書·卜天與傳》：天生始受戎任，甫造寇壘，而投輪越壍，率果先騰。

〔一五〕〔錢注〕《晉書·李矩傳》：矩令郭誦禱鄭子産祠曰：「君昔相鄭，惡鳥不鳴，凶胡臭羯，何時過庭！」使巫揚言：「東里有教，當遣神兵相助。」〔補注〕《安禄山事蹟》：「潼關之戰，我軍既敗，賊將崔乾祐領白旗，引左右馳突。又見黄旗軍數百隊，官軍潛謂是賊，不敢逼之。須臾見與乾祐鬬，黄旗軍不勝，退而又戰者不一。俄不知所在。後昭陵奏，是日靈宫前石人馬汗流。」陰兵者殆指此類，商隱《送千牛李將軍赴闕五十韻》所謂「儀馬困陰兵」也。

〔一六〕〔錢注〕魏文帝《濟川賦》：朱旗電曜，擊鼓雷鳴。〔補注〕桴，鼓槌。此指以槌擊鼓。

〔一七〕〔錢注〕史岑《出師頌》：素旗一麾，渾一區宇。《水經注》：《地理志》曰：「高都縣有天井關。」蔡邕曰：「太行山上有天井，關在井北，遂因名焉。」〔補注〕《通鑑·會昌三年》：「十二月，丁巳，宰引兵攻天井關，茂卿小戰，遽引兵走，宰遂克天井關守之。」丁巳爲十二月初三，則文當作於此前。同月戊辰（十四），王宰又失天井關。

〔一八〕橋，《全文》作「微」，據錢校改。〔錢箋〕《後漢書·和帝紀》：「永元三年，大將軍竇憲遣左校尉耿夔出居延塞，圍北單于於金微山。」是金微爲山名，其地當在河西以北，與澤潞不相涉。本集《爲河南盧尹賀上尊號表》云：「清明皇之舊宮，復金橋之故地。」馮氏引《玉海·地志》：「金橋在上黨南二里，嘗有童謡云：『聖人執節度金橋。』景龍三年，明皇經此橋至京師。」又《會昌一品集序》云：「天井雄關，金橋故地。」並指澤潞用兵事。義山援用故實多數處互見，「金微」當即「金橋」之誤。又按：胡本作「金撝」。「撝」與「橋」草書相似，其爲「金橋」之譌無疑。〔按〕錢校是。義山詩《昭肅皇帝挽歌詞三首》之二亦云：「玉塞驚宵柝，金橋罷舉烽。」分指破襲回鶻、討平澤潞事。此以「金橋」代指上黨（潞州治）。

〔一九〕〔錢注〕郭璞《江賦》：所以作限於華裔，壯天地之嶮介。〔補注〕作限，此指太行山險係天作之限。

〔二〇〕〔補注〕《禮記・孔子閒居》：「天降時雨，山川出雲。」《書・伊訓》：「惟上帝不常，作善降之百祥，作不善降之百殃。」

〔二一〕〔錢注〕左思《蜀都賦》：羲和假道於峻歧，陽烏迴翼乎高標。〔補注〕謂太行山永遠高聳其望日之高峰。

〔二二〕〔錢注〕東方朔《神異經》：崑崙之山有銅柱焉，其高入天，所謂天柱也，圍三十里，周圓如削。

〔二三〕〔錢注〕《新唐書・禮樂志》：嶽鎮海瀆以山尊實醍齊。山林川澤以蜃尊實沈齊，皆二。又：其五嶽、四鎮、四海、四瀆及五方山川林澤，籩二、豆二、簠、簋、俎各一。用皆二者，籩以栗黄、牛脯；豆以葵菹、鹿醢。凡簠、簋皆一者，簋以稷，簠以黍。〔補注〕時，時鮮也。

## 上易定李尚書狀〔一〕

某疾穢餘生，偶存晷刻〔二〕，豈期妻族，亦搆禍凶〔三〕！故司徒公，内行政聲〔四〕，鬱爲人傑〔五〕。一昨奉辭伐罪〔六〕，克壯其猷〔七〕。躬節鼓旗，親臨矢石〔八〕。家財給於公用〔九〕，子弟散於行間〔一〇〕。始退舍以致師〔一一〕，終設奇而覆寇。敢問古之名將，何以加焉〔一二〕？安知垂立大功〔一三〕，遽兹薨落〔一四〕。伏弦撫斂〔一五〕，實有遺音。行路之人，莫不相弔。某窮辱之地〔一六〕，早受深知，遂以嘉姻〔一七〕，託之弱植〔一八〕。雖冶長無罪〔一九〕，堪成子妻之恩；而吕範久貧，莫見夫家之盛〔二〇〕。今則車徒儼散〔二一〕，棟宇蕭衰，撫歸旐以興懷〔二二〕，弔病妻而增歎。酸傷怨咽，敢類他人！伏以姻懿年深〔二三〕，交游跡密，遠味復圭之美〔二四〕，當追命駕之恩〔二五〕。謁叙末由，悲慨無地。

## 【校注】

〔一〕本篇原載清編《全唐文》卷七七五第八頁、《樊南文集補編》卷六。〔錢箋〕（易定李尚書）李執方也。詳《上河陽李大夫狀一》注〔一〕。《舊唐書·地理志》：義武軍節度使治定州，領易、祁二州。〔按〕李執方鎮易定，在會昌三年四月至四年九月間。本篇有「豈期妻族，亦搆禍凶」之語，當爲會昌三年九月丙午（二十日）王茂元卒後所上。酌編是年冬。

〔二〕〔錢注〕《宋書·臧質傳》：凶命假存，懸在晷刻。

〔三〕〔錢注〕謂王茂元討劉稹未平而卒也。詳《爲滎陽公與昭義李僕射狀》注〔四〕及後《祭外舅贈司徒公文》注〔一〕及「赤狄違恩，晉城告變」一節及注。《白虎通》：妻族二者，妻之父爲一族，妻之母爲一族。

〔四〕〔錢注〕《史記·五帝紀》：舜居嬀汭，内行彌謹。〔補注〕内行，平日家居之操行。

〔五〕見《爲滎陽公上西川李相公狀》「不如蕭何，見漢祖之高論」注。

〔六〕〔補注〕《書·大禹謨》：「肆予以爾衆士，奉辭伐罪。」蔡沈集傳：「奉帝之辭，罰苗之罪。」

〔七〕〔補注〕《詩·小雅·采芑》：「方叔元老，克壯其猶。」猶，同「猷」，謀。克壯其猷，大展謀略。

〔八〕〔補注〕《左傳·成公二年》：「師之耳目，在吾旗鼓，進退從之。」旗鼓用以指揮戰鬬。又《襄公十年》：「親受矢石。」

〔九〕〔錢曰〕事詳《爲尚書濮陽公涇原讓加兵部尚書表》。〔按〕錢氏於該文題注引《新唐書·王栖曜傳》謂王茂元「家積財，交煽權貴。鄭注用事，遷涇原節度使。注敗，悉出家貲餉兩軍，得不誅，封濮陽郡侯」，蓋謂「家財給於公用」即指「悉出家貲餉兩軍」之事，實誤。此句當指其在討劉稹之戰事中以家財助軍用事，亦即《爲王侍御瓘謝宣弔并賻贈表》「氛興赤狄，兵聚晉城。先臣受律臨戎，忘家狥衆。士卒均食，罔愧於前修；廊廡散金，遠齊乎舊説」之情事。

〔一〇〕〔錢注〕本集《爲王侍御瓘謝宣弔并賻贈表》：如臣弟兄，皆冒矢石。

〔一一〕〔補注〕《左傳·僖公二十八年》：「子犯曰：『師直爲壯，曲爲老，豈在久矣。微楚之惠不及此。退三舍避之，所以報也。』」晉公子重耳出亡至楚，楚成王禮遇之，重耳當時曾言「若以君之靈，得反晉國，晉、楚治兵，遇於中原，其辟君三舍（軍行三十里爲舍）」。故城濮之戰中晉軍「退三舍以辟之」。致師，致其必戰之志。《周禮·夏官·環人》：「環人，掌致師。」鄭玄注：「致師者，致其必戰之志。古者將戰，必使勇力之士犯敵焉。」然此句「致師」殆非犯敵挑戰之意。致，有招引義。《易·需》：「九三，需于泥，致寇至。」王弼注：「招寇而致敵也。」因下句已云「覆寇」，此句爲避複而用「致師」，不云「致寇」。退舍以致師，謂退兵以招引敵師深入。《祭外舅贈司徒公文》：「示羸策密，誘敵謀深。」即此句「退舍以致師」之意。據《通鑑·會昌三年》：「八月……甲戌，薛茂卿（劉稹之將領）破科斗寨，擒河陽大將馬繼等，焚掠小寨一十七，距懷州纔十餘里。……王茂元軍萬善，劉稹遣牙將張巨、劉公直等會薛茂卿共攻之，期以九月朔圍萬善。乙酉，公直等潛師先過萬善南五里，焚雍店。巨引兵繼之，過萬善，覘知城中守備單弱，欲專有功，遂攻之。日昃，城且拔……茂元困急，欲帥衆棄城走。」所指或即此。

〔一二〕〔錢注〕《漢書·司馬遷傳》：愚以爲李陵素與士大夫絶甘分少，能得人之死力，雖古名將不過也。

〔一三〕〔錢注〕《後漢書·西羌傳》：其功垂立。

〔一四〕〔錢注〕《爾雅》：薨落，死也。

〔一五〕〔錢校〕伏弦撫斂，疑當作「伏弢撫劍」，並見《左傳》。〔補注〕伏弢，仆倒在弓套上。《左傳·成公十六年》：「王召養由基，與之兩矢，使射吕錡。中項，伏弢。」撫劍，按劍。《左傳·襄公二十三年》：「遂超乘，右撫劍，左援帶，命驅之出。」然錢説可疑。

〔一六〕〔錢注〕《戰國策》：若夫窮辱之事，死亡之患，臣弗敢畏也。〔按〕此謂己處於窮辱之地位。

〔一七〕〔錢注〕潘岳《懷舊賦》：余總角而獲見，承戴侯之清塵。名余以國士，眷余以嘉姻。〔按〕商隱之妻王氏，爲李執方之外甥女，故云。

〔一八〕〔錢注〕顔延之《和謝監靈運》詩：弱植慕端操。〔補注〕《左傳·襄公三十年》：「其君弱植，公子侈，大子卑，大夫敖，政多門，以介于大國，能無亡乎？」本指國君懦弱，不能有所建樹，此指身世寒微，勢孤力單。

〔一九〕〔補注〕《論語·公冶長》：「子謂公冶長，『可妻也。雖在縲絏之中，非其罪也』。」

〔二〇〕〔錢注〕《吴志·吕範傳》：範字子衡，有容觀姿貌。邑人劉氏，家富女美，範求之，女母嫌，欲勿與。劉氏曰：「觀吕子衡寧當久貧者邪！」遂與之婚。

〔二一〕〔補注〕車徒，車馬僕從。儼，真切明顯貌。

〔二二〕〔錢注〕本集《祭張書記文》：絳旐前引。馮氏曰：《檀弓》：「設旐，夏也。」凡言丹旐丹旛，皆此物。〔補注〕旐，喪事用之引魂旛。

〔二三〕〔補注〕姻懿，姻親。《左傳·僖公二十四年》：「如是則兄弟雖有小忿，不廢懿親。」

〔二四〕〔補注〕楊慎《藝林伐山·留圭復圭》：「《易》曰：『告公用圭。』古者諸侯朝于天子，五玉輯瑞，此用圭之制也。《尚書大傳》有留圭、復圭。留圭，如今之奪爵貶秩。無過行者，復其圭；能改過者，復其圭。如今之復職也。」姑録以備考。

〔二五〕〔錢注〕《晉書·嵇康傳》：吕安與康友，每一相思，輒千里命駕。

## 請盧尚書撰故處士姑臧李某誌文狀〔一〕

曾祖諱某，皇美原令〔二〕。祖諱某，皇安陽縣尉〔三〕。父諱某，皇郊社令〔四〕。處士諱某，字某，郊社令第二子也。年十八，能通《五經》，始就鄉里賦〔五〕。會郊社違恙，出大學，還滎山〔六〕。就養二十餘歲，乃丁家禍，廬於壙側〔七〕。日月有制〔八〕，俛就變除〔九〕，遂誓終身不從禄仕。時重表兄博陵崔公戎〔一〇〕、表姪新野庾公敬休〔一一〕、平陽之郡等〔一二〕，以中外欽風〔一三〕，處在師友，誘從時選〔一四〕，皆堅拒之。益通《五經》，咸著別疏，遺略章句，總會指歸。韜光不耀〔一五〕，既成莫出，麤以訓諸子弟，不令傳於族姻，故時人莫得而知也。注撰之暇，聯爲賦論歌詩，合數百首，莫不鼓吹經實〔一六〕，根本化源〔一七〕，味醇道正，詞古義奧。自弱冠至於夢奠〔一八〕，未嘗一爲今體詩〔一九〕。小學通石鼓篆〔二〇〕，與鍾、蔡八分〔二一〕，正楷散隸〔二二〕，咸造其妙。然與人書疏往復〔二三〕，未嘗下筆，悉皆口占〔二四〕。惟曾爲郊社君追福〔二五〕，於墅南書佛經一通，勒於貞石〔二六〕。後摹寫稍盛〔二七〕，且非本意，遂以鹿車一乘〔二八〕，載至於香谷佛寺之中，藏諸古篆衆經之内。其晦跡隱德，率多此類。

長慶中，來由淮海，塗出徐州〔二九〕。時有人謂徐帥王侍中曰〔三〇〕：「李某，真處士也。」遂以賓禮延於逆旅〔三一〕，願枉上介〔三二〕，與爲是邦。處士謂徐帥曰：「從公非難〔三三〕，但事人匪易〔三四〕。」長揖不拜〔三五〕，拂衣而歸〔三六〕。其詞蓋譏其崔相國事也〔三七〕。復歸滎上，講道如初〔三八〕。享年四十有三，以大和三年三月二十六日棄代〔三九〕。以其年十月，卜葬於滎陽壇山原〔四〇〕。望於先域，夫人滎陽鄭氏合焉〔四一〕。二男瑊、頊，時甚幼孺〔四二〕。猶子思晦寔尸其禮〔四三〕。

至會昌三年，以風水爲患〔四四〕，松楸不立〔四五〕，二子號叫，願更蓍龜〔四六〕。商隱與仲弟羲叟〔四七〕，再從弟宣岳等，親授經典，教爲文章，生徒之中，叨稱達者〔四八〕。引進之德〔四九〕，胡寧忘諸？願襄改卜之禮〔五〇〕，敢遺撰美之義〔五一〕！閣下獨執文律〔五二〕，首冠明時，頃於篇翰之間，惠以交遊之契〔五三〕。竊書遺事，敢請刊銘。冀推族類之恩〔五四〕，用永隱淪之德〔五五〕。伏紙酸哽，十不存一，謹狀。

【校注】

〔一〕本篇原載清編《全唐文》卷七八〇第一三頁、《樊南文集補編》卷一一。〔錢箋〕盧尚書，盧簡辭也。《舊唐書》本傳：大中初，檢校刑部尚書、襄州刺史、山南東道節度使。本集有《祭處士房叔父文》，徐、馮兩箋均不詳其名。《新唐書·宰相世系表》：李氏姑臧大房，出自興聖皇帝第八子翻。翻子寶，寶子承，號姑臧房。〔張箋〕簡辭檢校工部尚書，爲忠武節度使，在大中初。《補編》有請盧尚書撰諸誌文狀，事在會昌三年，時必已例加尚書矣，諸狀當爲簡辭官户部時作。〔岑仲勉曰〕謂是簡辭，初無片證。按唐制，尚書如非實授，則必外官雄鎮，始加檢校之銜。據《方鎮年表》，會昌三、四年簡辭廉問浙西，《樊川集》衹稱盧大夫。又《舊書》一六三本傳：「會昌中，入爲刑部侍郎，轉户部。」是簡辭當日非尚書，「例加」兩字，不能囫圇説過。揣錢氏之下此解釋，無非因商隱曾受弘止（簡辭弟）辟而云然，其實則不足徵也。據余所見，疑似者尚有兩人：一、盧鈞。據《舊書》一七七本傳：會昌初，遷山南東節度。山南雄鎮，常帶檢校尚書。《請撰曾祖妣誌文狀》自注：「故相州安陽縣姑臧李公夫人范陽盧氏，北祖大房。」文又云：「閤下我祖妣之族子。」依《新・表》七三上，鈞固隸北祖大房，且又商隱弟義叟之外舅也。二、盧弘止。《請撰故處士姑臧李某誌文狀》云：「閤下獨執文律，首冠明時，頃於篇翰之間，惠以交遊之契。」按《偶成轉韻》詩：「憶昔公爲會昌宰，我時入謁虚懷待。衆中賞我賦《高唐》，迴看屈宋由年輩。」是李與弘止以詩文相投契。會昌三年弘止雖非尚書，然固許編《乙集》時追稱也。之兩人者，尤以弘止近信，錢繹簡辭，殊未敢苟同。《上漢南盧尚書狀》：「今幸假途奥壤……豈期此際，獲奉餘恩，而又詢劉、范之世親，問欒、郤之官族，優其通舊，降以言談。」李與簡辭交誼如此生疏，豈四年前曾屢請代撰文之人歟？（《平質》乙承訛七《盧尚書》條）〔按〕岑氏於錢箋以盧尚書爲簡辭外別立盧鈞、盧弘止之新説，均各有依據，可資進一步考證作參考。其中盧鈞説於題稱「尚書」及親戚關係尤合。然盧尚書究屬何人，尚難定論。以岑氏以爲「近信」之盧弘止考之，弘止會昌三年六月方自吏部郎中拜楚州刺史（據《題名幢》），復入爲給事中。大中初猶爲侍郎，其加檢校户部尚書已在大中三年出爲武寧節度使時。岑謂商隱編《樊南乙集》時追稱弘止爲尚書，固不失爲一種解釋，然簡辭亦自可於編《乙集》時追稱也。《新唐書・盧簡辭傳》：「與兄簡能，弟弘止、簡求皆有文。」是弘止、簡辭均能文。尤可注意者，商隱《獻襄陽盧尚書啓》

（作於大中二年桂管歸途）云：「三兄尚書，早貞文律。」與本篇「閤下獨執文律，首冠明時」之語亦正合，似不得因《上漢南盧尚書狀》有「豈期此際，獲奉餘恩」等語遽謂二人交誼生疏，定不可能爲會昌三年屢倩作文之盧尚書也。然盧尚書之爲簡辭、爲弘止、爲鈞雖難定論，而包括本篇在内之三狀作時則可考定。本篇已明言「會昌三年」，《請盧尚書撰李氏仲姊河東裴氏夫人誌文狀》更云：「明年（按：指會昌三年）冬，以潞寇憑陵，擾我河内，懼罹焚發，載肜肝心。遂泣血告靈，攝緩襄事，卜以明年（按：指會昌四年）正月日歸我祖考之次，滎陽之壇山。」故此三狀均當作於會昌三年冬。

〔二〕〔錢注〕《新唐書・宰相世系表》：姑臧大房，涉，美原令。按：下篇《曾祖妣狀》：「字既濟。」《新唐書・地理志》：美原縣，畿，屬關内道京兆府。《舊唐書・職官志》：京兆、河南、太原所管諸縣，謂之畿縣。令各一人，正六品下。

〔三〕〔錢注〕《舊唐書》商隱本傳：曾祖叔恒，年十九，登進士第，位終安陽令。《新唐書・地理志》：安陽縣，緊，屬河北道相州。《舊唐書・職官志》：諸州上縣，尉二人，從九品上。○餘詳下篇。〔張箋〕本傳作「安陽令」。考縣令正五品至從七品，縣尉從八品至從九品。唐時進士登科，銓授縣尉，列傳中屢見。《新書・選舉志》：「凡出身……進士明法，甲第從九品上，乙第從九品下。」從無釋褐七品者。《曾祖妣誌狀》云：「安陽君年十九，一舉中進士第，始命於安陽。」叔恒既由進士授官，則必非縣令明矣。〔按〕叔恒年十九登進士第，始命於安陽之官誠如張氏所云，當是縣尉，然年二十九方棄世，似不可能終官於安陽縣尉。然狀明言「安陽縣尉」，似當從商隱本人所記爲準。而十年不遷，殊不可解。

〔四〕〔錢注〕《舊唐書・職官志》：兩京郊社署，令各一人，從七品下。〔補注〕《舊唐書・職官志》：「郊社令掌五郊社稷明堂之位，祠祀祈禱之禮。」爲太常寺之屬官。

〔五〕鄉里賦，即鄉貢，詳《爲滎陽公桂州署防禦等官牒・鄉貢明經陶褾》注〔一〕。〔補注〕《唐摭言・統序科第》：「自武德辛巳歲四月一日，敕諸州學士及早有明經及秀才、俊士、進士明於理體、爲鄉里所稱者，委本縣考試，州長重覆，取其合格，每年十月隨物入貢。斯我唐貢士之始也。」

〔六〕〔錢注〕《新唐書・地理志》：滎陽縣屬河南道鄭州。餘詳下篇。〔補注〕大學，即太學。《禮記・王制》：「小學在公宮南之左，大學在郊。」《漢書・禮樂志》：「古之王者莫不以教化爲大務，立大學以教於國，設庠序以化於邑。」

〔七〕〔錢注〕《後漢書・周磐傳》：服終，遂廬於家側。〔補注〕壙，墓穴。

〔八〕〔補注〕《禮記・檀弓上》：「孔子曰……三年之喪，吾從其至者。」又《三年問》：「三年之喪何也？曰：稱情而立文，因以飾群，別親疏貴賤之節，而弗可損益也。故曰無易之道也。」「孔子曰：『子生三年，然後免於父母之懷。夫三年之喪，天下之達喪也。』」此即所謂「日月有制」。

〔九〕〔錢注〕《家語》：故哭踊有節，而變除有期。〔補注〕變除，指古喪禮中變服除喪。

〔一〇〕見《爲安平公賀皇躬痊復上門下狀》注〔一〕。〔補注〕商隱《贈趙協律晳》「更共劉盧族望通」句下自注：「愚與趙……同爲故尚書安平公（按：指崔戎）所知，復皆是安平公表姪。」

〔一二〕〔錢注〕《舊唐書·忠義傳》：庾敬休字順之，其先南陽新野人。

〔一三〕〔錢注〕此句疑有脱誤。〔岑仲勉曰〕平陽是郡……「之郡」當爲姓名之譌奪……應正云「平陽路公群等」也。（《平質》己缺證《平陽之郡》條）

〔一三〕〔錢注〕《詩集·贈趙協律》自注：愚爲故尚書安平公所知，是安平公表姪。《後漢書·陳留董祀妻傳》：文姬詩曰：「又復無中外。」〔補注〕中外，中表之親。

〔一四〕〔補注〕時選，當時之選拔，指參加科舉考試與選官。楊炯《王勃集序》：「（勃）咸亨之初，乃參時選。」

〔一五〕〔錢注〕牽秀《彭祖頌》：韜光隱曜。

〔一六〕〔錢注〕《晉書·孫綽傳》：《三都》《二京》，《五經》之鼓吹也。〔補注〕經實，猶經典。

〔一七〕〔錢注〕《史記·主父偃傳》：「故賢主獨觀萬化之原。」《漢書·董仲舒傳》：「太學者，教化之本原也。」《匡衡傳》：「長安，天子之都，此教化之原本。」皆不定指宰執。觀《舊唐書·鄭覃弟朗傳》云：「俄參化原，以提政柄。」則固唐人習用之辭矣。〔按〕此句「化源」即教化之本源，指儒家經典，與上句「經實」義同。此謂以儒家經典爲根本。

〔一八〕〔補注〕夢奠，指死亡。《禮記·檀弓上》載：孔子將死，曰：「予疇昔之夜，夢坐奠於兩楹之間……予殆將死也。」

〔一九〕〔錢注〕張讀《宣室志》：某嘗覽昭明所集之《選》，見其編録詩句，皆不拘音律，謂之齊梁體。自唐朝沈佺期、宋之問方好爲律詩。青箱之詩，乃效今體，何哉？〔補注〕今體詩，指唐代包括五七言律、排律、律絶在内之近體詩。

〔二〇〕〔錢注〕《元和郡縣志》：石鼓文在鳳翔天興縣南二十許里。石形如鼓，其數有十，蓋紀周宣王田獵之事，即史籀大篆也。

〔二一〕〔錢注〕《太平廣記》：羊欣《筆陣圖》曰：「鍾繇精思學書，每見萬類，皆書象之。善三色書，最妙者八分。」又羊欣《筆法》曰：「蔡邕工書，篆隸絶世，尤得八分之精微。」〔補注〕八分，書體名。字體似隸而體勢多波磔。唐李綽《尚書故實》：「八分書起於漢時王次仲。」或以爲二分似隸，八分似篆，故稱八分。

〔二二〕〔錢注〕《書史會要》：漢元帝時，黄門令史作《急就章》一篇，解散隸體，謂之草書。

〔二三〕〔錢注〕魏文帝《與吴質書》：雖書疏往返，未足解其勞結。

〔二四〕〔錢注〕《漢書·陳遵傳》：遵爲河南太守，召善書吏十人於前，治私書謝京師故人。遵馮（憑）几，口占書吏。

〔二五〕追，《全文》作「造」，從錢校據胡本改正。〔錢注〕庾信《麥積崖佛龕銘》：昔者如來追福，有報恩之經。〔補注〕爲死者做功德，祈禱冥福，謂之追福。

〔二六〕〔錢注〕王屮《頭陀寺碑》：貞石南刊。〔補注〕貞石，堅石，石碑之美稱。

〔二七〕〔錢注〕《後漢書·蔡邕傳》:及碑始立,其觀視及摹寫者,車乘日千餘兩,填塞街陌。

〔二八〕〔錢注〕《後漢書·趙憙傳》:載以鹿車。注:俗説鹿車窄小,裁容一鹿。

〔二九〕〔錢注〕《新唐書·地理志》:徐州屬河南道。〔補注〕徐州爲武寧軍節度使府所在。淮海,指淮南節度使治所揚州。

〔三〇〕〔錢注〕《舊唐書·王智興傳》:智興少爲徐州衙卒,累歷滕、豐、沛、狄四鎮將。自是二十餘年爲徐將。長慶初,河朔復亂,徵兵進討,召智興以徐軍三千渡河,徐之勁卒皆在部下。節度使崔群慮其旋軍難制,請追赴闕,授以他官。會赦王廷湊,諸道班師。智興先期入境,群頗憂疑,令以十騎入城。智興聞之心動,率歸師斬關而入,殺軍中異己者十餘人,然後詣衙謝群曰:「此軍情也。」朝廷以罷兵,力不能加討,遂授智興徐州刺史,充武寧軍節度使。大和初,進位侍中。《舊唐書·職官志》:侍中正第三品。

〔三一〕〔補注〕《左傳·僖公二年》:「今號爲不道,保于逆旅。」杜預注:「逆旅,客舍也。」

〔三二〕〔補注〕《儀禮·聘禮》:「宰執書告備具于君,授使者,使者受書授上介。」古稱外交使團之副使或軍政長官之高級助理爲上介,此用後一義,指高級幕賓。

〔三三〕〔補注〕《詩·魯頌·泮水》:「魯侯戾止,言觀其旂……無小無大,從公于邁。」

〔三四〕〔錢注〕《晉書·羊祜傳》:與王沈俱被曹爽辟,沈勸祜就徵,祜曰:「委贄事人,復何容易!」

〔三五〕〔錢注〕《史記·高祖紀》:酈生不拜,長揖曰:「足下必欲誅無道秦,不宜踞見長者。」

〔三六〕〔錢注〕《後漢書·楊彪傳》：明日便當拂衣而去。

〔三七〕〔錢注〕《舊唐書·崔群傳》：元和十二年，同中書門下平章事。〔按〕崔相國事，指王智興以武力迫使崔群就範事，譏其背主跋扈也。見注〔三〇〕。

〔三八〕〔錢注〕《漢書·翟方進傳》：博徵儒生，講道于廷。〔補注〕滎上，即滎陽。《祭裴氏姊文》：「壇山滎水，實惟我家。」

〔三九〕〔錢注〕《北史·崔鴻傳》：討論適訖，而先臣棄世。按：唐諱「世」作「代」。

〔四〇〕〔錢注〕《水經注》：索水流逕京縣故城西，城故鄭邑也。城北有壇山罡。《趙世家》成侯十二年，魏獻滎陽，因以爲壇臺罡也。《元和郡縣志》：京縣故城，在鄭州滎陽縣東南二十里。

〔四一〕〔錢注〕《新唐書·宰相世系表》：鄭氏出自姬姓。稺，漢末自陳居河南開封，晉置滎陽郡，遂爲郡人。〔補注〕先域，先人之墳墓。商隱之祖父李俌寓居滎陽，没而不克歸祔，卜葬於滎陽壇山原。處士叔之父郊社令當亦葬於是，故云。

〔四二〕〔錢注〕《釋名》：兒始能行曰孺。

〔四三〕〔補注〕尸，指主持喪事。

〔四四〕〔錢注〕郭璞《葬經内篇》：氣乘風則散，界水則止。古人聚之使不散，行之使有止，故謂之風水。〔按〕此指風、水之侵蝕使墳墓崩塌，錢注非。

〔四五〕〔錢注〕謝朓《齊敬皇后哀策文》：映輿鍐於松楸。〔補注〕墓地多植松樹、楸樹，故云。

〔四六〕〔補注〕《易·繫辭上》:「探賾索隱,鉤深致遠,以定天下之吉凶,成天下之亹亹者,莫大於蓍龜。」古以蓍草、龜甲占卜吉凶,此指占卜以更擇墓地。

〔四七〕〔錢注〕《舊唐書》商隱本傳:商隱弟羲叟,亦以進士擢第,累爲賓佐。〔補注〕商隱《樊南甲集序》「仲弟聖僕」自注:「羲叟。」

〔四八〕〔補注〕《後漢書·馬融傳》:「(融)常坐高堂,施絳紗帳,前授生徒,後列女樂。」《左傳·昭公七年》:「吾聞將有達者曰孔丘……臧孫紇有言曰:『聖人有明德者,若不當世,其後必有達人。』」

〔四九〕〔補注〕《禮記·檀弓上》:「喪服,兄弟之子,猶子也,蓋引而進之也。」商隱爲處士叔之猶子,故云「引進之德」。

〔五〇〕〔錢注〕謝惠連《祭古冢文》:爲君改卜。〔補注〕改卜,重新選卜墓地。

〔五一〕〔補注〕《禮記·祭統》:「銘者,論譔其先祖之有德善、功烈、勳勞、慶賞、聲名,列於天下。」撰美,撰録贊美先人之文字。

〔五二〕〔錢注〕《新唐書·盧簡辭傳》:簡辭與兄簡能、弟弘止,皆有文,並第進士。

〔五三〕〔錢曰〕見《獻襄陽盧尚書啓》。鮑照《擬古》詩:篇翰靡不通。〔按〕錢謂見《獻襄陽盧尚書啓》,然啓中並無「篇翰之間,惠以交游之契」之内容,未知所指。或因啓中有「三兄尚書,早貞文律,久味道腴,永惟一字之褒,便是百生之慶」之語而有此注乎?

〔五四〕〔補注〕《左傳·成公四年》：「非我族類，其心必異。」族類，同族。

〔五五〕〔錢注〕桓譚《新論》：天下神人五，一曰神仙，二曰隱淪。〔補注〕隱淪之德，此指隱居不仕之處士叔之德。

## 請盧尚書撰曾祖妣誌文狀〔一〕

夫人姓盧氏，曾祖諱某，某官。父諱某，兵部侍郎，東都留守〔二〕。夫人，兵部第三女。年十七，歸於安陽君，諱某，字叔洪〔三〕。姑臧李成憲〔四〕、滎陽鄭欽説等十人〔五〕，皆僚壻也〔六〕。安陽君年十九，一舉中進士第〔七〕，與彭城劉長卿〔八〕、中山劉眘虚〔九〕、清河張楚金齊名〔一〇〕。始命於安陽，年二十九棄代，祔葬於懷州雍店之東原先大夫故美原令之左次〔一一〕。美原諱某，字既濟〔一二〕，其墓長樂賈至爲之銘〔一三〕。一子邢州録事參軍，諱某，字叔卿〔一四〕。

始夫人既孀〔一五〕，教邢州君以經業得禄〔一六〕，寓居於滎陽〔一七〕。不幸邢州君亦以疾早世〔一八〕。夫人忍晝夜之哭〔一九〕，撫視孤孫。家惟屢空〔二〇〕，不克以邢州歸祔，故卜葬於滎陽壇山之原上〔二一〕。俾自我爲祖，百世不遷〔二二〕。後十年，夫人始以壽殁。諸孤且幼，亦未克以夫人之柩合於安陽君。懷、鄭相望，一二百里而遠，仍世多故〔二三〕，塋兆尚離〔二四〕。日月遄移，將逾百歲。

曾孫商隱，以會昌二年由進士第判入等〔二五〕，授秘書省正字〔二六〕。所以稱家〔二七〕，尅謀啓合。罪戾增積，降罰於天，卜吉之初，再丁凶釁〔二八〕。永唯殘喘〔二九〕，寄在朝夕。懼泉阡乖隔〔三〇〕，松檟摧殘〔三一〕，銜哀抆血〔三二〕，盡力襄事〔三三〕。尅以來年正月日，啓夫人之櫬，歸合於懷之東原〔三四〕。永瞻貽厥之恩〔三五〕，詎忘論撰之義〔三六〕？閣下我祖妣之族子〔三七〕，今天下之文宗〔三八〕。深惟託分之重，實仰錫類之旨〔三九〕。敢祈刊勒，薦慰尊靈〔四〇〕。叩心獻狀〔四一〕，辭不宣德。謹狀。

【校注】

〔一〕本篇原載清編《全唐文》卷七八〇第一四頁、《樊南文集補編》卷一一。題下原注：故相州安陽縣姑臧李公夫人范陽盧氏北祖大房。〔錢注〕《新唐書·宰相世系表》：盧氏出自姜姓。秦有博士敖，子孫家于涿水之上，遂爲范陽涿人。裔孫勖，居巷南，號南祖；偃居北，號北祖。偃子邈，生玄。子度世，四子：陽烏、敏、昶、尚之，號四房盧氏。○餘詳前狀。〔按〕與前狀同上於會昌三年冬。

〔二〕〔錢注〕按《新唐書・宰相世系表》，盧氏大房無官職，相合者惟第三房有弘慎，兵部侍郎，約計世數爲近，而支派不同，未敢牽合。《新唐書・百官志》：兵部侍郎二人，正四品下。又：初，太宗伐高麗，置京城留守。其後車駕不在京師，則置留守，以右金吾大將軍爲副留守。開元元年，改京兆、河南府長史復爲尹，通判府務，牧缺則行其事。十一年，太原府亦置尹及少尹，以尹爲留守，少尹爲副留守。謂之三都留守。〔按〕盧從愿開元十一年至十三年、十六年至十八年曾任東都留守，然乃以工部尚書留守東都，亦無歷官兵部侍郎之記載。從愿六世祖昶，自范陽徙臨漳，故爲臨漳人，似未合。

〔三〕〔錢注〕見前狀注〔三〕。按：《舊唐書》商隱本傳：「曾祖叔恒，位終安陽令。」既字叔洪，似無諱叔恒之理。唐人名與字同者甚多，「洪」「恒」音近，或文避穆宗諱耶？

〔四〕〔錢注〕按《新唐書・宰相世系表》，姑臧大房下不載。

〔五〕〔錢注〕《舊唐書・韋堅傳》：殿中侍御史鄭欽説貶夜郎尉。滎陽，見前狀注〔六〕。

〔六〕〔錢注〕《爾雅》：兩壻相謂爲亞。注：今江東人呼同門爲僚壻。

〔七〕〔錢注〕《通典》：開元二十五年制：「其進士停小經。准明經帖大經十帖，取通四以上，然後准例試雜文及策，考通與及第。」天寶十一載，進士所試，一大經及《爾雅》帖，既通，而後試文、試賦各一篇，文通而後試策。凡五條三試，皆通者爲第。

〔八〕〔錢注〕《新唐書・隱逸傳》：秦系與劉長卿善，以詩相贈答。權德輿曰：「長卿自以爲五言長城，系用偏師攻之，雖老益壯。」又《藝文志》：《劉長卿集》十卷。字文房，至德監察御史，以檢校祠部員外郎爲轉運使判官，知淮西鄂岳轉運留後，終隋州刺史。彭城，見《獻舍人彭城公啓》注〔一〕。

〔九〕〔錢注〕《新唐書·劉禹錫傳》：始疾病，自爲《子劉子傳》稱：「漢景帝子勝，封中山，子孫爲中山人。」《唐詩紀事》：劉眘虚，江東人，爲夏縣令。與賀知章、包融、張旭號「吴中四士」。〔按〕《唐詩紀事》無此數語。唯《全唐詩》《全唐文》小傳云眘虚爲江東人。與賀知章等稱「吴中四士」者爲張若虚。又「爲夏縣令」之記載本《唐才子傳》，而《唐才子傳》此記載又係誤將劉晏事附會於劉眘虚。不知錢氏所引何以舛誤至此。至於稱「中山劉眘虚」，當是稱其郡望。此唐人風氣。

〔一〇〕〔錢注〕《新唐書·宰相世系表》：清河東武城張氏本出漢留侯張良裔孫，魏太山太守岱，自河内徙清河。《舊唐書·忠義傳》：張道源族子楚金，初與兄越石同預鄉貢進士，州司將罷越石而薦楚金，辭曰：「以順則越石長，以才則楚金不如。」固請俱退。時李勣爲都督，歎曰：「貢士本求才行，相推如此，何嫌雙居也。」乃薦俱擢第。所著《翰苑》三十卷、《紳誡》三卷，並傳於時。

〔一一〕懷州，見《爲懷州刺史上後上門下狀》注〔一〕。〔補注〕《通鑑·會昌三年》：八月甲申，「王茂元軍萬善，劉稹遣牙將張巨、劉公直等會薛茂卿共攻之，期以九月朔圍萬善。乙酉，公直等潛師先過萬善南五里，焚雍店」。則雍店在萬善南五里。

〔一二〕〔錢注〕美原諱涉，注詳前狀注〔二〕。

〔一三〕〔錢注〕《新唐書·宰相世系表》：賈氏出自姬姓。晉公族狐偃之子射姑，食邑於賈。襲，輕騎將軍，徙居武威。璣，駙馬都尉，關内侯，又徙長樂。又《賈曾傳》：曾，河南洛陽人，子至，字幼鄰。〔按〕賈至事跡，見《舊唐書》卷一九〇本傳、《新唐書》卷一一九《賈曾傳》附、獨孤及《祭賈尚書》、《唐詩紀事》卷二二、《唐才子傳校箋》卷三。

〔一四〕〔錢注〕《舊唐書》商隱本傳：祖俌，位終邢州録事參軍。《新唐書·地理志》：邢州，上，屬河北道。又《百官志》：上州録事參軍事一人，從七品上。

〔一五〕〔錢注〕《玉篇》：孤孀，寡婦也。

〔一六〕〔錢注〕《後漢書·鄭玄傳》：遂隱修經業。〔補注〕以經業得禄，謂以明經登第、入仕。

〔一七〕〔錢箋〕《新》《舊》二書商隱本傳並言懷州河内人。惟馮氏以爲舊居鄭州，遷居懷州。蓋因本集《祭處士房叔父文》有「壇山舊塋」之語爲疑。觀此文，知義山曾祖叔洪没葬懷州，至祖俌始寓滎陽，没遂葬於滎陽壇山。是李氏實自懷遷鄭。惟其徙居在鄭，至義山已閲二世，則與「壇山舊塋」之文亦無不合。馮氏未見此文，不知居懷尚在其前，宜其顛倒失實也。〔張箋〕李氏實自懷徙鄭，至義山已閲三世（按：包括義山一世在内），則所謂「故園」「舊塋」之語，本無可疑。（《祭姪女文》：「滎水之上，壇山之側，汝乃曾乃祖，松檟森行。」《祭仲姊文》：「壇山滎水，實爲我家。」皆指鄭州先隴而言。）而曾祖妣必由壇山歸祔雍店之東原，蓋仍以懷州爲本籍也。二《傳》

各以其原貫書之,洵爲得其實矣。(《舊·傳》云「還鄭州,未幾病卒」,以其占籍已久也。《新·傳》云「客滎陽卒」,以其本懷州人也。二文並通。)

〔一八〕〔錢注〕曹植《王仲宣誄序》:早世即冥。

〔一九〕〔補注〕《禮記·檀弓下》:「穆伯之喪,敬姜晝哭;文伯之喪,晝夜哭。孔子曰:『知禮矣。』文伯之喪,敬姜據其牀而不哭。曰:『昔者吾有斯子也,吾以將爲賢人也,吾未嘗以就公室。今及其死也,朋友諸臣未有出涕者,而内人皆行哭失聲。斯子也,必多曠於禮矣夫!』」按:此僅取哭子之一端用之。

〔二〇〕〔補注〕《論語·先進》:「回也其庶乎!屢空。」屢空,常貧。

〔二一〕見前狀注〔四二〕。

〔二二〕〔補注〕《禮記·大傳》:「有百世不遷之宗,有五世則遷之宗。百世不遷者,别子之後也。宗其繼别子之所自出者,百世不遷者也。宗其繼高祖者,五世則遷者也。」

〔二三〕〔錢注〕《漢書·叙傳》:仍世作相。〔補注〕仍世,累世。

〔二四〕〔錢注〕《晉書·卞壺傳》:安帝詔給錢十萬,以修塋兆。〔補注〕塋兆,墳墓。謂曾祖及曾祖妣之墳墓尚分置於懷州、滎陽二地。

〔二五〕〔錢注〕《通典》:初,吏部選才,將親其人,覆其吏事。始取州縣案牘疑義,試其斷割而觀其能否,此所以爲判也。後日月浸久,選人猥多,案牘淺近,不足爲難,乃採經籍古義,假設甲乙,令其判斷。既而來者益衆，而通經正籍，又不足以爲問，乃徵僻書曲學隱伏之義問之，惟懼人之能知也。佳者登於科第，謂之入等。〔補注〕《新唐書・選舉志下》：「凡試判登科謂之入等。」《通典》卷一五《選舉》三：「選人有格限未至而能試文三篇，謂之宏詞；試判三條，謂之拔萃，亦曰超絶。詞美者得不拘限而授職。」

〔二六〕〔錢注〕《舊唐書・職官志》：秘書省正字，正九品下階。

〔二七〕〔補注〕《禮記・檀弓上》：「子游問喪具，夫子曰：『稱家之有無。』」稱家，即「稱家之有無」之省，謂根據家中財力行事。

〔二八〕〔補注〕丁，當，遭。凶舋，即凶釁，灾禍。再丁凶舋，指會昌二年冬其母又亡故。

〔二九〕〔錢注〕《梁書・武帝紀》：餘類殘喘。

〔三〇〕見《與白秀才狀》「將欲署道表阡」注。〔補注〕泉阡，墳墓。泉阡乖隔，指曾祖、曾祖妣之墓分隔兩地。

〔三一〕〔錢注〕任昉《爲范始興作求立太宰碑表》：松檟成行。〔補注〕檟，即楸。

〔三二〕〔錢注〕嵇康《養生論》：曾子銜哀，七日不飢。江淹《別賦》：拉血相視。

〔三三〕〔補注〕《左傳・定公十五年》：「葬定公，雨，不克襄事。」襄事，成事。

〔三四〕〔錢箋〕觀此文，知卜葬本在會昌四年正月。本集《祭裴氏姊文》云：「惟安陽祖妣未祔，仍世遺憂。昨本卜孟春，便謀啓合。會雍店東下，逼近行營，烽火朝然，鼓鼙夜動。雖徒步舉櫬，古有其人，用之於今，或爲簡率。潞寇朝弭，則此禮夕行。首夏已來，亦有通吉。」則因劉稹之亂，旋復改期。考《通鑑》載賊將劉公直等，潛師過萬善南五里，焚雍店，乃三年八月事，而平澤潞在四年之秋。孟春時，正用師，故不果啓奉也。〔按〕參見《祭外舅贈司徒公文》注〔一〕編著者按語。

〔三五〕〔補注〕《書·五子之歌》：「明明我祖，萬邦之君。有典有則，貽厥子孫。」孔傳：「貽，遺也。言仁及後世。」

〔三六〕見前狀注〔五二〕。〔補注〕《禮記·祭統》孔穎達疏：「論謂論説，譔則譔録。言子孫爲銘，論説譔録其先祖道德善事。」

〔三七〕〔錢注〕按《新唐書·宰相世系表》，商隱祖妣出大房，爲陽烏之後；簡辭爲四房，爲尚之之後。《史記·五帝紀》：高辛於顓頊爲族子。〔按〕岑仲勉以爲盧尚書或指盧鈞，鈞出大房，見前狀注〔一〕。

〔三八〕〔錢注〕《後漢書·崔駰等傳贊》：崔爲文宗，世禪雕龍。

〔三九〕〔補注〕《詩·大雅·既醉》：「孝子不匱，永錫爾類。」毛傳：「類，善也。」鄭箋：「孝子之行非有竭極之時，長以與女之族類，謂廣之以教道天下也。」

〔四〇〕〔錢注〕曹植《武帝誄》：尊靈永蟄。

〔四一〕〔錢注〕《新序》：子貢曰：「子産死，國人聞之皆叩心流涕。」

# 請盧尚書撰李氏仲姊河東裴氏夫人誌文狀〔一〕

昔我先君姑臧公以讓弟受封〔二〕，故子孫代繼德禮。蟬聯之盛〔三〕，著於史諜〔四〕。王考糾曹君〔五〕，以隱德不耀，俛仰於州縣。烈考殿中君〔六〕，以知命不撓〔七〕，從容於賓介〔八〕。惟我仲姊，實漸清訓〔九〕。年十有八，歸於河東裴允元〔一〇〕，故侍中耀卿之孫也〔一一〕。既歸逢病，未克入廟〔一二〕，實歷周歲，奄歸下泉〔一三〕。時先君子罷宰獲嘉〔一四〕，將從他辟，遂寓殯於獲嘉之東〔一五〕。厥弟不夭〔一六〕，旋失所怙〔一七〕。返葬之禮〔一八〕，闕然不修。

至會昌二年〔一九〕，商隱受選天官〔二〇〕，正書秘閣〔二一〕，將謀龜兆〔二二〕，用釋永恨。會允元同謁，又出宰獲嘉〔二三〕，距仲姊之殂，已三十一年矣〔二四〕。神符夙志，卜有遠期〔二五〕。而罪釁貫盈〔二六〕，再丁艱故〔二七〕，且兼疾瘵〔二八〕，遂改日時。明年冬，以潞寇憑陵〔二九〕，擾我河內〔三〇〕，懼罹焚發〔三一〕，載胗肝心〔三二〕。遂泣血告靈〔三三〕，攝緦襄事〔三四〕，卜以明年正月日歸我祖考之次，滎陽之壇山〔三五〕。

仲姊生禀至性，幼挺柔範〔三六〕，潛心經史，盡妙織紝〔三七〕。鍾、曹禮法〔三八〕，劉、謝文采〔三九〕。顧此兼美〔四〇〕，自乎生知〔四一〕。而上天賦壽〔四二〕，不及二紀，此蓋群弟不肖之所延累也〔四三〕。銘表之託，本於文人。將慰歸來之魂〔四四〕，實在不刊之筆〔四五〕。銜哀摧咽，五情已崩〔四六〕。孤苦蒼天，永痛蒼天。

【校注】

〔一〕本篇原載清編《全唐文》卷七八〇第一六頁、《樊南文集補編》卷一一。〔錢注〕《新唐書·宰相世系表》：裴氏出自風姓。裔孫燉煌太守遵，自雲中從光武平隴、蜀，徙居河東安邑。〇本集有《祭裴氏姊文》。〔按〕與上二狀同時作，詳《請盧尚書撰故處士姑臧李某誌文狀》注〔一〕。

〔二〕〔錢注〕《北史·序傳》：涼武昭王李暠子翻，晉昌郡太守。翻子寶，魏太武時授沙州牧、燉煌公。長子承，太武賜爵姑臧侯。遭父憂，承應傳先封，以自有爵，乃以本封讓弟茂，時論多之。〔張箋〕《新書·宰相世系表》：李氏姑臧大房，出自興聖皇帝第八子翻，翻子寶，寶子承，號姑臧房。又云：文集《祭韓氏老姑文》云：「猗歟我家，世奉玄德，讓弟受封，勤王賜國。」與《仲姊誌狀》可以參觀。

〔三〕〔錢注〕《梁書·王筠傳》：自開闢已來，未有爵位蟬聯，文才相繼，如王氏之盛者也。

〔四〕〔錢注〕《陳書·高祖紀》：方蔵蕤于史諜。〔補注〕史諜，即史牒，指史册。

〔五〕〔錢注〕按：義山祖俌爲邢州録事參軍，見《請盧尚書撰曾祖妣誌文狀》及注〔一四〕。是官職司糾彈。《通典》：「録事參軍，晉置，本爲公府官，非州郡職也。掌總録衆曹文簿，舉彈善惡。後代刺史有軍而開府者，並置之。」《吴郡志》載唐趙居貞《春申君新廟記》云：「初余之拜命也，表授廣陵糾曹張禺、兵曹蘇相爲判官。」知唐人自有此稱也。〔補注〕《禮記·祭法》：「是故王立七廟，一壇一墠，曰考廟，曰王考廟，曰皇考廟，曰顯考廟，曰祖考廟。」王考，對已故祖父之敬稱。

〔六〕〔錢注〕《舊唐書·職官志》：殿中省，監一員，從三品。按：《舊唐書》商隱本傳但云「父嗣」，而不詳其官。殿中省有監，有少監，有丞，有主事。此（按：指「殿中君」）亦未知何職也。〔張箋〕殿中蓋指殿中侍御史。《新唐書·百官志》：「御史臺，其屬有三院：一曰臺院，侍御史隸焉；二曰殿院，殿中侍御史隸焉；三曰察院，監察御史隸焉。」唐時幕僚，兼殿中侍御史者，列傳中極多。……若殿中省下尚食……之屬，皆内職，例不得奏兼也。〔按〕張箋是。商隱父李嗣罷宰獲嘉後，曾先後從浙東觀察使孟簡、浙西觀察使李翛之辟爲幕府僚屬，殿中侍御史當是幕官所帶憲銜，錢注顯誤。烈考，對亡父之美稱。《詩·周頌·雝》：「既右烈考，亦右文母。」

〔七〕〔補注〕《易·繫辭上》：「樂天知命，故不憂。」《論語·爲政》：「五十而知天命。」《荀子·榮辱》：「義之所在，不傾於權，不顧其利，舉國而與之不爲改觀，重死持義而不橈，是士君子之勇也。」

〔八〕〔補注〕《儀禮·鄉飲酒禮》：「主人就先生而謀賓介。」鄭玄注：「賓介，處士賢者……賢者爲賓，其次爲介。」此指方鎮幕僚。

〔九〕〔錢注〕《後漢書·曹世叔妻傳》：但傷諸女，方當適人，而不漸訓誨。〔補注〕漸，熏染浸潤。

〔一〇〕〔錢曰〕（裴允元）新、舊《唐書·裴耀卿傳》、《新唐書·宰相世系表》皆不載。

〔一一〕〔錢注〕《舊唐書·裴耀卿傳》：開元二十二年遷侍中。又《職官志》：侍中正第三品。

〔一二〕〔張箋〕裴氏仲姊，當是大歸（按：謂婦人被夫家遺棄，永歸母家，見《左傳·文公十八年》：「夫人姜氏歸於齊，大歸也。」）而卒於母家者。《誌狀》所謂「既歸逢病，未克入廟」語，蓋飾詞耳。否則會昌二年允元與義山同謁選，又出宰獲嘉，仲姊自當由夫族遷袝，安得歸葬女氏之黨哉？〔補注〕入廟，即廟見之禮，指新婦首次拜謁男方祖廟，自此方成爲男方家族正式成員。《禮記·曾子問》：「三月而廟見，稱來婦也。」孔疏：「此謂舅姑亡者，婦入三月之後而於廟中以禮見於舅姑。」此古禮。後亦稱新婦首次拜謁祖廟爲廟見。商隱仲姊既「未克入廟」，實未成爲裴氏門中正式成員，故歸葬母家。

〔一三〕〔錢注〕劉峻《廣絶交論》：范、張款款於下泉。

〔一四〕〔錢注〕《新唐書·地理志》：獲嘉縣，望，屬河北道懷州。《舊唐書·職官志》：諸州上縣，令一人，從六品上。諸州中下縣，令一人，從七品上。

〔一五〕〔錢注〕按本集《祭裴氏姊文》云：「先君子以交辟員來，南轅已轄，接舊陰於桃李，寄暫殯之松楸。」又云：「淛水東西，半紀漂泊。」是將佐幕浙中，遂爲權殯也。〔張箋〕元和九年，父嗣罷獲嘉令，爲鎮淛（浙）者所辟。附考云：《舊書·紀》：「元和九年九月戊戌，以給事中孟簡爲越州刺史、浙東觀察使。」嗣當爲簡所辟。

〔一六〕〔補注〕《左傳・宣公十二年》：「鄭伯肉袒牽羊以逆，曰：『孤不天，不能事君，使君懷怒，以及敝邑，孤之罪也。』」杜預注：「不天，不爲天所佑。」

〔一七〕〔錢注〕梁武帝《孝思賦序》：齒過弱冠，外失所怙。〔補注〕失怙，喪父。《詩・小雅・蓼莪》：「無父何怙？無母何恃？」《祭裴氏姊文》：「某年方就傅，家難旋臻。」馮譜、張箋均謂義山喪父在穆宗長慶元年。

〔一八〕〔補注〕《禮記・曾子問》：「反葬奠，而後辭於殯（賓），遂脩葬事。」反葬，死於外地者歸葬故鄉，此指裴氏姊由寓殯之獲嘉返葬滎陽。

〔一九〕二，《全文》作「三」，據錢校改。〔錢箋〕劉稹作亂，在會昌三年四月。是年冬，命將進討，四年八月平。見《舊唐書・武宗紀》，已詳《爲滎陽公與昭義李僕射狀》注〔四〕。此文下云「明年冬，以潞寇憑陵，擾我河内」，自當指會昌三年而言。此處「三」字，疑當作「二」。又前《曾祖妣狀》云「會昌二年，由進士第判入等，授秘書省正字」，與此狀爲同時所作，亦不應互異其詞也。〔張箋〕古人文簡，往往有倒插追叙之法。此文「會昌三年」至「距仲姊之殂已三十一年矣」爲一段；「罪釁貫盈」至「卜以明年正月」爲一段。「三十一年」句直承「會昌三年」，中間「商隱受選天官，正書秘閣」等語，乃追叙之詞。「罪釁貫盈」謂丁母艱。義山丁母艱在會昌二年，所謂「明年冬」者，承上文，仍指三年而言。至「卜以明年正月」云云，始實指會昌四年也。三十一年，若由會昌三年數之，則仲姊之歿，實爲元和八年。〔岑仲勉曰〕原文之意，三十一年係從最初卜改葬期時上數之,此改葬期之時當在會昌三年,所可知者:一、狀云「有遠期」,「遠」字從會昌二年言,亦以便允元履任後從容辦理也。二、李丁母艱在二年冬暮(據《箋》二考定),如卜在二年,或早已改葬,惟其在三年,故母卒之後,遂改日時。狀文「會昌三(二)年」至「已三十一年」一段,係指會昌二年而暗遞到三年,惟「明年冬」字仍指二年之明年。(《平質》甲翔誤《商隱疑年》條)〔董乃斌曰〕這裏的「會昌三年」確係「二年」之誤。《舊唐書》商隱本傳:「會昌二年又以書判拔萃。」《曾祖妣狀》:「曾孫商隱以會昌二年由進士第判入等,授秘書省正字。」所謂「受選天官,正書秘閣」即指此事。……這裏的「三十一年」會不會有問題呢?大致不會。因爲除非「一」是衍文,才對馮、岑的説法有利(按:指商隱生於元和八年之説)……岑氏……所謂的「三十一年係從最初卜改葬期時上數之」,自然只是一種臆測,而「此改葬期之時當在會昌三年」更是建築在臆測上的臆測。而且狀文會昌二年至三十一年矣已「暗遞到三年」,那麽在這些話後邊的「明年冬」怎麽又會「仍指二年之明年」呢?這豈不是有點邏輯混亂嗎?(《李商隱生年爲元和六年説》,載《文學遺産增刊》十四輯)〔按〕撇開商隱生年究屬元和六年(錢説)、七年(張説)、八年(馮説)之争論不論,單從此節文字之校勘與解釋而言,錢説可謂確鑿不移,當從其説改「會昌三年」爲「會昌二年」。此段文字中,不但從「至會昌二年」至「已三十一年」一節所敘全爲會昌二年之事(允元同謁,指裴允元與商隱於會昌二年同謁選於吏部,其出宰獲嘉亦同年事,與商隱之「正書秘閣」相類),即「神符夙志」至「遂改日時」一節亦仍爲二年事(「再丁艱故」指二年冬母卒）。自「明年冬」方指會昌三年，而「卜以明年正月日」之明年則顯指眼下作誌狀之明年，亦即會昌四年。文義曉然，時間順序亦極明晰。至於商隱生年，則當另作考辨，不能因己説而强文就己也。

〔二〇〕〔錢注〕《通典》：凡旨授官，悉由於尚書，文官屬吏部，武官屬兵部，謂之銓選。〔補注〕天官，指吏部。

〔二一〕見《請盧尚書撰曾祖妣誌文狀》注〔二六〕。〔錢注〕《魏志·王基傳》：留秘閣之吏。

〔二二〕〔補注〕《左傳·昭公五年》：「龜兆告吉，曰：『克可知也。』」將謀龜兆，謂將卜吉遷葬仲姊。

〔二三〕〔錢注〕《後漢書·明帝紀》：郎官上應列宿，出宰百里。〔補注〕同謁，指同時參與謁選（吏部選拔官吏之考試）。又出宰獲嘉，指裴允元被任命爲獲嘉令。「又」字對李嗣曾出宰獲嘉而言。

〔二四〕〔錢注〕自會昌二年壬戌，上遡至元和七年壬辰，凡三十一年。〔按〕仲姊之殂，既在元和七年，而上文所謂「時先君子罷宰獲嘉，將從他辟，遂寓殯於獲嘉之東」，非謂仲姊殁時，正當其父李嗣罷宰獲嘉之時，故暫殯其姊於獲嘉也。縣令任期一般爲三年，其父當是元和六年已蒞獲嘉任，其姊則殁於七年而寓殯於獲嘉。本待任滿時遷回滎陽，而「罷宰獲嘉」時適因浙東之辟，「南轅已轄」，不克遷祔，故仍寓殯於獲嘉也。如仲姊殁時正值李嗣罷宰、應辟之時，則元和九年至會昌二年僅二十九年；即如張説不改文，自會昌三年逆溯三十一年，爲元和八年，亦與九年罷宰、應辟相差一年。

〔二五〕〔補注〕《禮記·曲禮上》:「凡卜筮日,旬之外曰遠某日,旬之内曰近某日。喪事先遠日,吉事先近日。」

〔二六〕〔補注〕《後漢書·桓帝紀》:「禍害深大,罪釁日滋。」《書·泰誓》:「商罪貫盈。」

〔二七〕〔補注〕艱故,指親喪之變故。《文選·潘岳〈懷舊賦〉》:「余既有私艱,且尋役於外。」李善注:「私艱謂家難也。」

〔二八〕〔錢注〕《爾雅》:瘵,病也。

〔二九〕〔錢注〕謂劉稹之亂。詳《爲滎陽公與昭義李僕射狀》注〔四〕。〔補注〕《左傳·襄公二十五年》:「今陳忘周之大德,蔑我大惠,棄我姻親,介恃楚衆,以憑陵我敝邑。」憑陵,侵犯,猖獗。

〔三〇〕〔錢注〕《舊唐書·地理志》:懷州,隋河内郡。

〔三一〕懼罹焚發,《全文》作「懼惟樊發」,據錢校改。〔錢注〕《漢書·劉向傳》:驪山之作未成,而周章百萬之師至其下矣。項籍燔其宫室營宇,往者咸見發掘。〔按〕《祭裴氏姊文》:「屬劉孽叛换,逼近懷城,懼罹焚發之灾,永抱幽明之累。」可證此句當作「懼罹焚發」。

〔三二〕〔補注〕胗,通「軫」,隱痛。

〔三三〕〔補注〕《禮記·檀弓上》:「高子皋之執親之喪也,泣血三年,未嘗見齒,君子以爲難。」

〔三四〕〔補注〕縗,喪服,以麻布條被於胸前,服三年之喪者用之。襄事,成事。見前狀注〔三〕。

〔三五〕見《請盧尚書撰故處士姑臧李某誌文狀》注〔四〇〕。

〔三六〕〔錢注〕《梁書·高祖郗皇后傳》：柔範陰化，儀形自遠。〔補注〕柔範，猶閨範。

〔三七〕〔補注〕《禮記·內則》：「執麻枲，治絲繭，織紝組紃，學女事，以共衣服。」孔疏：「紝爲繒帛。」

〔三八〕〔錢注〕《晉書·王渾妻鍾氏傳》：魏太傅繇曾孫，禮儀法度爲中表所則。《後漢書·曹世叔妻傳》：班彪女也，名昭，有節行法度。帝數召入宮，令皇后諸貴人師事焉，號曰「大家」。

〔三九〕〔錢注〕《梁書·劉孝綽傳》：孝綽三妹適琅邪王叔英、吴郡張嵊、東海徐悱，並有才學，悱妻文尤清拔。《晉書·王凝之妻謝氏傳》：字道韞，聰識有才辯，所著詩、賦、誄、頌並傳於世。〔補注〕《世説新語·言語》：「謝太傅寒雪日內集，與兒女講論文義，俄而雪驟，公欣然曰：『白雪紛紛何所似？』兄子胡兒曰：『撒鹽空中差可擬。』兄女（道韞）曰：『未若柳絮因風起。』公大笑樂。即公大兄無奕女，左將軍王凝之妻也。」

〔四〇〕〔補注〕《晉書·阮裕傳》：「羲之……云：『裕骨氣不及逸少，簡秀不如真長，韶潤不如仲祖，思致不如殷浩，而兼有諸人之美。』」此言仲姊兼有「鍾、曹禮法，劉、謝文采」之美。

〔四一〕〔補注〕《論語·季氏》：「生而知之者上也。」

〔四二〕〔錢注〕蔡邕《琅邪王傅蔡公碑》：賦壽不永。

〔四三〕〔補注〕商隱《祭徐氏姊文》云：「三弟未婚，一妹處室。」是會昌三年時，商隱尚有三弟（包括仲弟羲叟）。

〔四四〕〔錢注〕《楚辭·招魂》：魂兮歸來。

〔四五〕〔錢注〕任昉《爲范始興作求立太宰碑表》：既絶故老之口，必資不刊之書。〔補注〕揚雄《答劉歆書》：「是縣諸日月，不刊之書也。」刊，削除、改易。

〔四六〕〔錢注〕《文子》：昔者中黄子曰：「色有五色文章，人有五情。」〔按〕此「五情」猶五内，錢注引非。《祭小姪女寄寄文》：「念往撫存，五情空熱。」五情亦五内之意。

# 祭處士房叔父文〔一〕

某爰在童蒙〔二〕，最承教誘。違訣雖久，音旨長存〔三〕。近者以檀山舊塋〔四〕，忽罹風水〔五〕，壽堂圮壞〔六〕，宰樹凋傾〔七〕。雖崩則不修〔八〕，聞諸前哲〔九〕；但墜而罔治〔一〇〕，那俟他人？況真隱昭芳〔一一〕，鴻儒著美〔一二〕。豈可令趙岐之表，堙彼玄扃〔一三〕；郭泰之碑，淪於夜壑〔一四〕。載惟瑊、頊〔一五〕，藐爾孤冲，誠叫號之不停，顧營辦之無素〔一六〕。

某等輒考諸著筮〔一七〕，別卜丘封，使羲叟以令日吉時，奉移神寢。奢無僭縟，儉免虧疏。是期永閟尊靈〔一八〕，長安幽穸。眠牛有慶，自及於諸孤〔一九〕；白馬垂祥，豈均於猶子〔二〇〕。追懷莫及，感切徒深。更思平昔之時〔二一〕，兼預生徒之列。陸公賜杖，念榮益以何成〔二二〕；殷氏著文，媿獻酬而早屈〔二三〕。引進之恩方極〔二四〕，禍凶之感俄鍾〔二五〕。誰言一紀之餘，又奉再遷之兆〔二六〕。哀深永往，情極初聞。矧宗緒衰微，簪纓殆歇〔二七〕，五服之內〔二八〕，一身有官。將使澤底名家，翻同單系〔二九〕；山東舊族，不及寒門〔三〇〕。靜思肯構之文，敢怠成書之託〔三一〕？

瑊等既幽明無累，年志漸成〔三二〕，則當授以詩書，諭其婚宦〔三三〕，使烝嘗有奉，名教無虧。靈其鑒此微忱，助夫至願。敢有求於必大〔三四〕，庶免歎於忽諸〔三五〕。迫以哀憂，兼之瘵恙〔三六〕，曾非遐遠，不獲躬親〔三七〕。瀝血裁詞〔三八〕，叩心寫懇〔三九〕。長風破浪，敢忘昔日之規〔四〇〕；南巷齊名，永絕今生之望〔四一〕。冀因薄奠〔四二〕，少降明輝。延慕酸傷，不能堪處。苦痛至深，永痛至深！

【校注】

〔一〕本篇原載《文苑英華》卷九九一第二頁、清編《全唐文》卷七八二第二一頁、《樊南文集詳注》卷六。〔徐校〕詳《祭裴氏姊文》，「房」字上應有「十二」二字。〔《全文》題下校〕謹按：「房」字上應有「十二」二字。〔馮注〕處士房，即《祭裴氏姊文》所云「十二房」。〔按〕據《文苑英華》，題內原無「十二」二字，今從之。本篇馮譜、張箋均繫會昌四年正月，是。《祭裴氏姊文》云：「又以十二房舊域，風水爲災……今則已於左次，別卜鮮原，重具棺衾，再立封樹。通年難遇，同月異辰。兼小姪寄兒，亦來自濟邑。」可證處士叔、裴氏姊、寄寄皆於同月先後安葬。而寄寄葬於會昌四年正月二十五日（據《祭小姪女寄寄文》），則處士叔之遷穴，應在寄寄葬期稍前。

〔二〕〔徐注〕《易》：匪我求童蒙。〔馮注〕《易》：童蒙求我。

〔三〕〔馮注〕《晉書·王湛子承傳》：東海王越，以承爲記室參軍，敕其子毗曰：「諷味遺言，不若親承音旨。王參軍人倫之表，汝其師之。」

〔四〕檀，《英華》作「壇」，馮注本從之。〔徐注〕《水經注·濟水》：索水出京縣西南嵩渚山，北流逕京縣故城西，城北有壇山岡。按：壇山即檀山。《新書·劉禹錫傳》：「葬滎陽檀山原。」山今在縣西，有劉禹錫墓也。〔馮注〕《趙世家》：成侯二十年，魏獻滎陽，因以爲壇臺罡也。《元和郡縣志》：京縣故城，在鄭州滎陽縣東南二十里。按：注家或以爲地名，或謂因獻良材，因用以爲臺也。徐氏又引《水經注》「檀山四絶孤峙，山上有鵰聚，俗謂之檀山鵰」，此在洛水條下，即《史記注》引《括地志》云「檀臺在臨洺縣北二里」者，雖與滎陽壇山相近，不可合一也。〔按〕檀山，《祭小姪女寄寄文》《祭裴氏姊文》均同，而《請盧尚書撰故處士姑臧李某誌文狀》《請盧尚書撰曾祖妣誌文狀》則作「壇山」，當是同地異寫，兩存之可也。

〔五〕見《請盧尚書撰故處士姑臧李某誌文狀》注〔四四〕。

〔六〕〔徐注〕陸機《挽歌》：壽堂延鬼魅。注：壽堂，祭祀處。〔補注〕壽堂，即壽穴，指墳塋。《漢魏南北朝墓誌集釋·元愔墓誌》：「行遵長薄，將歸壽堂。」

〔七〕宰，《全文》作「冢」，據《英華》改。〔馮注〕《公羊傳》：宰上之木拱矣。注曰：宰，冢也。

〔八〕〔馮注〕按《魏志·陳群傳》：「防墓有不修之儉。」别是取義耳。〔按〕詳下注。

〔九〕哲，《英華》注：集作「聖」。〔徐注〕《禮記》：孔子既得合葬於防，孔子先反，門人後。雨甚，至曰：「防墓崩。」孔子泫然流涕曰：「吾聞之，古不修墓。」〔馮注〕按《禮記》疏云：「新始積土，遇甚雨而崩。孔子自傷違古，致令今崩，弟子重修，故流涕也。」玩上文言「古者墓而不墳，今丘也東西南北之人也，不可以弗識也，於是封之，崇四尺」，是則不墳固不崩，不崩則不修。今因崇四尺，而遇雨而崩，則勢在必修，其故由於己之爲東西南北之人也。疏故言「自傷違古」，意甚深摯矣。至後陳澔《集説》「古所以不修墓者，謹之封築之時，無事於修也」，雖似直捷，而意實相左。此割用崩則不修，於文無害，於義未安。

〔一〇〕但，《英華》作「且」，誤。墜，《英華》作「墮」，義同。〔徐注〕《御覽》：《輿地志》曰：琵琶圻有古墓，半在水中。甓有隱起字云：「筮云吉，龜云凶。八百年，墜水中。」〔按〕墜，即上「壽堂圮壞」之意。

〔一一〕真隱昭芳，《全文》作「隱德貽芳」，據《英華》改。〔馮注〕《南史》：袁淑爲《真隱傳》。

〔一二〕〔徐注〕《文心雕龍》：磊落鴻儒。

〔一三〕〔馮注〕《後漢書·趙岐傳》：先自爲壽藏，圖季札、子産、晏嬰、叔向四像居賓位，又自畫其像居主位，皆爲讚頌。注曰：冢在荆州古郢城中。按：「表」字當更有本，候考。〔補注〕表，墓碑。

玄扃，墓室。

〔一四〕見《代李玄爲崔京兆祭蕭侍郎文》「郭泰墓邊」注。

〔一五〕〔徐注〕（瑊、瑱）二子名。

〔一六〕〔徐注〕《南史·劉歊傳》：歊已先知，手自營辦。

〔一七〕〔徐注〕《晉書·左貴嬪傳》：《楊皇后誄》曰：「乃考龜筮，龜筮襲吉。」

〔一八〕〔馮注〕陳思王《武帝誄》：幽闥一扃，尊靈永蟄。

〔一九〕〔徐注〕《晉書》：陶侃微時，丁艱將葬，家中忽失牛，遇一老父，謂曰：「前岡見一牛眠地，若葬，位極人臣。」〔馮注〕《志怪集》：陶侃微時，遭大喪，親自營塼，有斑特牛，專以載致，忽然失去，便自尋覓。道逢一老公云：「向於崗上，見一牛眠山洿中，必是君牛，眠處便好作墓，位極人臣。」《晉書·周訪傳》載之。

〔二〇〕均，《英華》作「祈」，注：集作「均」。〔馮注〕《南史·吴明徹傳》：父樹葬時，有伊氏者，善占墓，謂其兄曰：「君葬日，必有乘白馬逐鹿者經此墳，此是最小孝子大貴之徵。」至時果有應。明徹即樹之小子也。

〔二一〕更，《英華》作「文」，非。〔馮曰〕一作「又」。〔按〕明刊《英華》作「文」，蓋「又」字之訛。

〔二二〕〔馮注〕《晉中興書》：謝安嘗欲詣陸納，納兄子俶，怪納無供辦，乃密作數十人供。安至，納設茶果，俶下精飲食。客罷，納杖俶四十，云：「不能光益父叔，乃復穢我素業。」按：當改引《晉書·

陸納傳》。〔補注〕《晉書·陸納傳》：「衛將軍謝安嘗欲詣納，而納殊無供辦。其兄子俶不敢問之，乃密爲之具。安既至，納所設唯茶果而已。俶遂陳盛饌，珍羞畢具。客罷，納大怒曰：『汝不能光益父叔，乃復穢我素業邪！』於是杖之四十。」

〔二三〕〔徐注〕《晉書·殷浩傳》：浩與叔父融俱好《老》《易》，融與浩口談則辭屈，著篇則融勝浩。

〔二四〕〔馮注〕《檀弓》：喪服，兄弟之子，猶子也，蓋引而進之也。按：後人多泛用矣。

〔二五〕俄，徐注本作「徒」，非。

〔二六〕〔徐注〕《孝經》：卜其宅兆而安厝之。〔補注〕兆，墓地。《左傳·哀公二年》：「素車樸馬，無入於兆，下卿之罰也。」杜預注：「兆，葬域。」處士叔以大和三年十月卜葬於滎陽壇山原，至會昌四年，首尾已十六年，故云「一紀之餘」。

〔二七〕〔徐注〕《晉書·謝尚傳》：尚議曰：「婚姻將以繼百世，崇宗緒。」〔補注〕簪纓殆歇，即下「五服之内，一身有官」意。

〔二八〕〔徐注〕《禮記》：喪多而服五，上附下附，列也。注：大功以上附於親，小功以下附於疏，五服之上下附也。〔馮注〕《喪服小紀》：親親以三爲五，以五爲九，上殺，下殺，旁殺而親畢矣。疏曰：此廣明五服之輕重。〔補注〕五服，古代以親疏爲差等之五種喪服。《禮記·學記》：「師無當於五服，五服弗得不親。」鄭玄注：「五服，斬衰至緦麻之親。」孔穎達疏：「五服：斬衰也，齊衰也，大功也，小功也，緦麻也。」此句「五服之内」指自高祖父至自身之五代。

〔二九〕〔徐注〕李肇《國史補》：四姓：滎陽鄭、崗頭盧、澤底李、土門崔，皆爲鼎甲。〔補注〕單系，猶寒門、寒族。

〔三〇〕〔馮注〕《新書·柳沖傳》：過江則爲「僑姓」，王、謝、袁、蕭爲大；東南則爲「吴姓」，朱、張、顧、陸爲大；山東則爲「郡姓」，王、崔、盧、李、鄭爲大；關中亦號「郡姓」，韋、裴、柳、薛、楊、杜首之；代北則爲「虜姓」，元、長孫、宇文、于、陸、源、竇首之。《晉書·劉毅傳》：疏曰：「立九品，定中正，高下逐强弱，是非由愛憎。是以上品無寒門，下品無勢族。」

〔三一〕〔馮注〕「肯構」「成書」皆父子事，此引起下文。《漢書·司馬遷傳》：父談且卒，執遷手而泣曰：「余固周室之太史也，汝復爲太史，則續吾祖矣。」遷俯首流涕曰：「小子不敏，請悉論先人所次舊聞，弗敢闕。」庾信賦：受成書之顧託。〔補注〕《書·大誥》：「若考作室，既底法，厥子乃弗肯堂，矧肯構？」孔傳：「以作室喻治政也。父已致法，子乃不肯爲堂基，況肯構立屋乎？」肯構，喻子承父業。

〔三二〕〔徐注〕《後漢書·第五倫傳》：疏曰：「年盛志美。」

〔三三〕其，徐注本一作「以」。〔徐注〕《列子》：語有之曰：「人不婚宦，情欲失半。」

〔三四〕有，《全文》作「以」，據《英華》改。〔補注〕《左傳·僖公十五年》：「且吾聞唐叔之封也，箕子曰：『其後必大。』晉其庸可冀乎？」

〔三五〕〔徐注〕《左傳》：臧文仲聞六與蓼滅，曰：「皋陶、庭堅不祀，忽諸？」〔補注〕忽諸，忽然，此指滅祀。

〔三六〕以，《英華》作「其」，非。〔馮注〕（二句）謂居母喪，又多疾。

〔三七〕〔補箋〕據此二句，商隱於處士叔等遷葬時，因病未嘗親往滎陽。事隔一月，茂元靈柩擬啓運回洛時，商隱亦因病未親往，見《祭外舅贈司徒公文》等。是則祭叔、姊、小姪女及後此祭外舅茂元諸文均爲遥祭。

〔三八〕〔徐注〕《南史·袁昂傳》：啓曰：「披心瀝血，敢乞言之。」

〔三九〕〔徐注〕《後漢書·張奂傳》：奏記曰：「凡人之情，冤則呼天，窮則叩心。」

〔四〇〕〔徐注〕《南史》：宗慤小時，叔父少文問其所志，答曰：「願乘長風破萬里浪。」

〔四一〕〔徐注〕《世説》：阮仲容、步兵居道南，諸阮居道北，北阮皆富，南阮貧。〔馮曰〕此用「竹林」事。〔按〕竹林七賢中有阮籍及其兄子阮咸。此謂己不能與處士叔齊名相稱如咸之與籍也。

〔四二〕〔徐注〕《魏志·武帝紀》：遣使以太牢祀橋玄。注：公祝文曰：「裁致薄奠，公其尚饗！」

# 祭裴氏姊文〔一〕

嗚呼哀哉！靈有行於元和之年，返葬於會昌之歲〔二〕，光陰迭代，三十餘秋。得不以既笄闕廟見之儀〔三〕，故卜吉舉歸宗之禮〔四〕？不幸不祐，天實爲之〔五〕。椎心泣血，孰知所訴！

恭惟先德，實紹玄風〔六〕。良時不來，百里爲政〔七〕。愛女二九〔八〕，思託賢豪。誰爲行媒〔九〕，來薦之子〔一〇〕？雖琴瑟而著詠〔一一〕，終天壤以興悲〔一二〕。謂之何哉？繼以沉恙。禱祠無冀，奄忽凋違。時先君子以交辟員來〔一三〕，南轅已轄，接舊陰於桃李〔一四〕，寄暫殯之松楸。此際兄弟，尚皆乳抱，空驚啼於不見，未識會於沉冤。淛水東西，半紀漂泊。某年方就傅〔一五〕，家難旋臻，躬奉板輿〔一六〕，以引丹旐〔一七〕。四海無可歸之地，九族無可倚之親〔一八〕。既祔故丘〔一九〕，便同逋駭〔二〇〕。生人窮困〔二一〕，聞見所無〔二二〕。及衣裳外除，旨甘是急〔二三〕。乃占數東甸〔二四〕，傭書販舂〔二五〕。日就月將〔二六〕，漸立門構。清白之訓〔二七〕，幸無辱焉。既登太常之第〔二八〕，復忝天官之選〔二九〕。免跡縣正〔三〇〕，刊書秘丘〔三一〕。榮養之志纔通〔三二〕，啓動之期有漸〔三三〕。而天神降罰〔三四〕，艱棘再丁〔三五〕。弱弟幼妹，未笄未冠〔三六〕。胤緒猶闕〔三七〕，家徒屢空〔三八〕。載惟家長之寄，偷存晷刻之命。號天叫地，五内崩摧。然亦以靈寓殯獲嘉〔三九〕，向經三紀，歸祔之禮，闕然未修〔四〇〕，是冀苟全〔四一〕，得終前限〔四二〕。屬劉孽叛換〔四三〕，逼近懷城〔四四〕，懼罹焚發之灾〔四五〕，永抱幽明之累。遂以前月初吉〔四六〕，攝縗告靈〔四七〕，號步東郊，訪諸耆舊。孤魂何託？旅櫬奚依〔四八〕？垂興欲墮之悲〔四九〕，幾有將平之恨〔五〇〕。斷手解體，何痛如之！灑血荒墟，飛走同感〔五一〕。伏惟朝夕二奠，不敢久離〔五二〕，遂遣羲叟一人，主張啓奉〔五三〕。抱頭拊背，戒以信誠，附身附棺，庶無遺闕〔五四〕。檀山滎水〔五五〕，實惟我家。靈其永歸，無或栖寓。嗚呼哀哉！

靈沈綿之際，殂背之時〔五六〕，某初解扶牀〔五七〕，猶能記面。長成之後，豈忘遷移？頃者以先妣年高，兼之多恙，每欲諮畫，即動悲感〔五八〕。涕泣既繁，寢膳稍減。雖云通禮〔五九〕，亦所難言。荏苒於斯，非敢怠忽。

今則南望顯考〔六〇〕，東望嚴君〔六一〕。伯姊在前〔六二〕，猶女在後〔六三〕。克當寓邸〔六四〕，歸養幽都。雖殁者之宅兆永安，而存者之追攀莫及〔六五〕。又以十一房舊域〔六六〕，風水爲灾。胡子彭兒〔六七〕，藐焉孤小。雖古無修墓，著在典經〔六八〕；而忘禮約情，亦許通變。今則已於左次〔六九〕，别卜鮮原〔七〇〕，重具棺衾，再立封樹〔七一〕。通年難遇，同月異辰〔七二〕。兼小姪寄兒，亦來自濟邑〔七三〕。騃魂稚魄，依託尊靈。遠想先域之旁，纍纍相望，重溝疊陌，萬古千秋。臨穴既乖，飲痛何極！

唯安陽祖妣未祔〔七四〕，仍世遺憂。昨本卜孟春，便謀啓合，會雍店東下，逼近行營〔七五〕。烽火朝然，鼓鼙夜動。雖徒步舉櫬，古有其人〔七六〕，用之於今，或爲簡率。潞寇朝弭，則此禮夕行。首夏已來〔七七〕，亦有通吉〔七八〕。儻天鑒孤藐，神聽至誠，獲以全兹，免負遺託，即五服之内，更無流寓之魂；一門之中，悉共歸全之地〔七九〕。今交親饋遺，朝暮饘餬〔八〇〕，收合盈餘〔八一〕，節省費耗，所望克終遠事，豈敢温飽微生？苟言斯不誠，亦神明誅責。老舊僕使，纔餘兩人。靈之組繡餘工，翰墨遺跡〔八二〕，並收藏篋笥，用寄哀傷。嗚呼哀哉！

葬夭當年〔八三〕，骨還舊土〔八四〕。箕帚尋移於繼室〔八五〕，兄弟空哭於歸魂〔八六〕。終天銜冤〔八七〕，心骨分裂。胞胎氣類〔八八〕，寧有舊新？叫號不聞，精靈何去？寓詞寄奠，血滴緘封。靈其歸來，省此哀殞。傷痛蒼天，孤苦蒼天。伏惟尚饗！

【校注】

〔一〕本篇原載《文苑英華》卷九九三第二頁，清編《全唐文》卷七八二第二五頁、《樊南文集詳注》卷六。題内「姊」字，《英華》誤作「姨」。〔馮譜〕葬姊與姪女，似皆在正月。及太原定後，移居永樂。〔張箋〕義山返故鄉營葬，於楊弁平後，移家永樂縣居。〔按〕商隱於會昌三、四年間曾先後爲徐氏姊、處士房叔父、小姪女寄寄、裴氏姊、曾祖妣等親屬營葬。除徐氏姊係於會昌三年八月中旬前遷往景亳與徐姊夫合葬外（見《祭徐氏姊文》《祭徐姊夫文》注〔一〕），其他四人均在會昌四年間。《請盧尚書撰曾祖妣誌文狀》《請盧尚書撰故處士姑臧李某誌文狀》《請盧尚書撰李氏仲姊河東裴氏夫人誌文狀》所請撰誌對象同爲一人，當作於同時，據狀内「明年冬，以潞寇憑陵」等語，知此三狀作於會昌三年冬。又據「尅以來年正月日」「卜以明年正月日」等語，知請撰誌文時計劃在會昌四年正月遷葬。從叔、仲姊、姪女因葬地均在滎陽壇山（其中從叔原即葬壇山，因風水爲患而在同地別擇墓穴移葬，仲姊自獲嘉遷葬，姪女自濟源遷葬），葬期遂能大體一致。而曾祖妣靈柩需由滎陽壇山遷往懷州雍店之東原，歸祔於曾祖安陽君，雖原亦卜以會昌四年正月，然因劉稹叛軍猖獗，「會雍店東下，逼近行營」，故未能按原計劃之日期舉行遷祔。而據《祭裴氏姊文》「潞寇朝弭，則此禮夕行」之語，曾祖妣之遷祔懷州雍店之東原，當在會昌四年八月劉稹亂平之後。《祭裴氏姊文》又云：「十二房……已於左次，別卜鮮原，重具棺衾，再立封樹。」通年難遇，同月異辰。兼小姪寄兒，亦來自濟邑。騃魂稚魄，依託尊靈。」知從叔之葬期稍早於仲姊。而《祭小姪女寄寄文》云：「今吾仲姊，反葬有期。」知仲姊之葬又稍晚於寄寄（寄寄葬期在會昌四年正月二十五日）。故此三人之葬期大體上不出會昌四年正月下旬。此次遷葬，商隱雖全力策畫並籌措經費，以達成「五服之内，更無流寓之魂」之志願，然具體營葬事宜則由其弟羲叟負責，三篇祭文均爲寄奠。張謂其返故鄉營葬，小疏。唯裴氏姊寓殯獲嘉之東之具體墓址，商隱曾親往尋訪，而正式遷葬滎陽壇山時，則「臨穴既乖」，未能前往。遷葬事頭緒較繁，故此處作一總説。祭文當作於葬日稍前。

〔二〕〔馮注〕《禮記》：太公封於營丘，比及五世，皆反葬於周。

〔三〕笄，《英華》作「葬」，徐本從之，一作「算」，均誤。《英華》注：集作「笄」。〔馮注〕《禮記·曾子問》：孔子曰：「三月而廟見，稱來婦也。」曾子問曰：「女未廟見而死，則如之何？」孔子曰：「不祔於皇姑，歸葬於女氏之黨，示未成婦也。」按：《雜記》：「女雖未許嫁，年二十而笄，燕則鬟首。」注曰:「既笄之後,去之,猶若女有鬌紒也。」蓋未許嫁,先行成人之禮,然必待既許嫁,乃常笄也。後世則將嫁而笄矣。此以既笄言既嫁。《英華》作「既葬」,殊無理矣,故從集。〔按〕參見《請盧尚書撰李氏仲姊河東裴氏夫人誌文狀》注〔三〕。

〔四〕故卜吉,《英華》作「杖卜」,徐注本作「枚卜」,又一作「改卜」,均誤。《英華》注:集作「故卜言」。「言」字係「吉」字形誤。〔馮注〕《南史·謝弘微傳》:弘微舉止必修禮度,伯叔二母,歸宗兩姑,晨夕瞻奉,盡其誠敬。按:「故卜吉」三字,徐刊本作「枚卜」二字,今所校《英華》作「杖卜」,而注云:集作「故卜言」。今思「言」字乃「吉」字之訛,故爲酌定。此因所適非人而死,還父母家,故云然也。〔徐注〕《會稽典録》:徐平兩婦歸宗敬奉,情過乎厚。〔按〕卜吉,指此次遷葬卜擇吉日。歸宗,見注〔三〕,即「歸葬於女氏之黨」。裴氏姊「既笄闕廟見之儀」之原因,《請盧尚書撰李氏仲姊河東裴氏夫人誌文狀》謂是「既歸逢病」,張氏以爲「蓋飾詞耳」,馮浩則謂「所適非人而死」。然《誌文狀》稱「會允元同謁,又出宰獲嘉」,則商隱與裴允元在仲姊殁後仍有交往,以「所適非人」爲解,未必全符實情。然「既歸逢病」之説,于情于理亦難以令人全信。其中真實原由,因商隱未加説明,今已難以懸測。參注〔三〕。

〔五〕祐,《全文》作「佑」,據《英華》改。〔徐注〕《易》:天命不祐。《詩》:天實爲之,謂之何哉?

〔六〕〔徐注〕《晉書·向秀傳》:爲《莊子》隱解,發明奇趣,振起玄風。〔馮注〕唐祖老子,義山亦宗室遠屬,故云。

〔七〕〔補注〕百里爲政，指爲縣令。《漢書·百官公卿表》：「縣大率方百里。」時商隱父李嗣爲獲嘉令。

〔八〕〔徐注〕《古詩》：芳年踐二九。〔補注〕《請盧尚書撰李氏仲姊河東裴氏夫人誌文狀》：「年十有八，歸於河東裴允元。」

〔九〕〔徐注〕《禮記》：男女非有行媒，不相知名。

〔一〇〕〔補注〕《詩·周南·漢廣》：「之子于歸，言秣其馬。」

〔一一〕〔徐注〕《詩》：窈窕淑女，琴瑟友之。

〔一二〕〔馮注〕《世説》：王凝之謝夫人，大薄凝之，還謝家，大不説。太傅慰釋之曰：「王郎，逸少子，人身亦不惡，汝何以恨乃爾？」答曰：「一門叔父則有阿大、中郎，群從兄弟則有封、胡、遏、末，不意天壤之中，乃有王郎！」〔按〕馮氏「所適非人」之説，殆因此而悟得。然裴允元爲開元中宰相裴耀卿之孫，門第頗高，仲姊適允元，就對方門第言，當不致有薄之之情。所謂「天壤興悲」，或因對允元之才學品性有所不滿而流露，以致爲裴家所不容而遣歸也。

〔一三〕〔補注〕員，同「云」，語辭。《書·泰誓》：「日月逾邁，若弗員來。」交辟，交相徵辟。此指浙東觀察使之辟。

〔一四〕〔徐注〕《韓詩外傳》：春樹桃李，夏得陰其下，秋食其實。〔按〕徐注非，此用潘岳事。《白氏六帖·縣令》：「潘岳爲河陽令，樹桃李花，人號曰『河陽一縣花』。」正切李嗣爲縣令。「接舊陰於桃李」，謂李嗣任獲嘉令已數年，桃李已有舊陰。連下句謂在李嗣任縣令已數年之獲嘉，寓殯裴氏姊之靈柩。

〔一五〕〔徐注〕《禮記》：十年出就外傅。

〔一六〕〔徐注〕潘岳《閑居賦》：太夫人乃御板輿，升輕軒。〔補注〕板輿，此指代商隱之母。

〔一七〕〔補注〕丹旐，出喪所用紅色銘旌。指奉父靈柩以歸。

〔一八〕〔徐注〕《書》：以親九族。

〔一九〕〔補注〕故丘，指商隱家在滎陽壇山之祖墳。

〔二〇〕〔補注〕逋駭，逃亡流散者。

〔二一〕困，《英華》注：集作「異」。非。

〔二二〕所無，《英華》作「無所」，非。

〔二三〕〔徐注〕任昉《行狀》：追衣裳外除，心哀内疚。《禮記》：親喪外除。又：父子皆異宫，昧爽而朝，慈以旨甘。〔馮注〕《禮記》：旨甘柔滑。〔補注〕旨甘，指養親之美食。二句謂父喪除後，以奉養母親爲急。

〔二四〕〔馮曰〕占數，占户籍之數也。蒲州在西京東北三百里外，貞觀中昇爲四輔，故曰東甸。又云：懷州近在東都之東北，「占數東甸」，似亦可謂鄭州無可歸，始著籍爲懷州人也。（《年譜》）《漢書·敘傳》：昌陵後罷，大臣名家皆占數於長安。〔錢曰〕東甸、東郊，皆洛下也。（《玉谿生年譜訂誤》）〔張曰〕東甸，東洛也。〔按〕諸説皆非。東甸，指東都之畿甸，即鄭州也。《新書·方鎮表》：「至德元載，置東畿觀察使，領懷、鄭、汝、陝四州。尋以鄭州隸淮西。」「建中二年，置河陽三城節度使，以東都畿觀察使兼之，領懷、鄭、汝、陝四州。……四年，罷觀察，置東畿汝州節度。」「貞元元年，廢東都畿汝州節度，置都防禦使，以東都留守兼之。」然則鄭州之屬東畿，其來已久。本文所謂「及衣裳外除，旨甘是急，乃占數東甸，傭書販舂」，接於「既袝故丘」之後，其間並未闌入曾移居他地情事，則「東甸」自指久屬東都畿甸之鄭州。「東甸」之「東」，非指西京或東都之東，乃「東都」之省稱（猶「東畿」即「東都畿」之省）。東甸、東畿、東都畿，異稱而同指。鄭州距東都二百八十里，固東都之近甸（鳳翔距西京三百十五里，義山詩稱西郊；華州距西京一百八十里，義山文稱近甸）。義山奉母歸鄭之初，「便同逋駭」，跡近流亡之游民，故雖居鄭而心理上不以己爲鄭之居民。及父喪既除，爲維持生計，始於其地占籍爲民，故云「乃占數東甸，傭書販舂」。

〔二五〕舂，徐注本作「舂」，云：一作「舂」，非。〔徐注〕《吴志》：闞澤，字德潤，會稽人。家世農夫，至澤好學無以資，常爲人傭書以供紙筆。《晉書·載記》：王猛微時賣畚。〔馮注〕班超傭書，見《爲安平公兗州謝上表》「昔惟久事筆硯」注。《汝南先賢傳》：李篤，字君淵。家貧，夜賃寫書，爲母買肉一斤、粱米一升。《後漢書·吴祐傳》：公沙穆來遊太學，無資糧，乃變服客傭，爲祐賃舂。《梁鴻傳》：至吴，居皋伯通廡下，爲人賃舂。按：《英華》作「販舂」，徐氏改從「畚」……其意以「舂」不可云「販」也。然韋蘇州詩「昔人鬻舂地」,既可云「鬻」,亦可云「販」。此以爲人所用,言「販畚」非其義矣。故仍爲改正。《南史·孝義·郭原平傳》:「養親必以己力,傭賃以給供養。」句意用此類。〔按〕販舂,指買進穀物舂米出售。司空圖《白菊雜書》之三:「狂才不足自英雄,僕妾驅令學販舂。」亦指買穀舂米出售。

〔二六〕〔徐注〕《詩》:日就月將。〔補注〕謂每日有成就,每月有進步。將,進也。

〔二七〕〔徐注〕《後漢書·楊震傳》:故舊長者或欲令爲開産業,震不肯,曰:「使後世稱爲清白吏子孫,以此遺之,不亦厚乎?」

〔二八〕〔馮注〕《漢書·儒林傳》:置博士弟子。太常選民年十八以上者補之。郡國謹察可者,常與計偕,詣太常,得受業如弟子。一歲皆輒課,通一藝以上,補文學掌故;其高第可以爲郎中,太常籍奏。即有秀才異等,輒以名聞。揚雄《太常箴》:翼翼太常,實爲宗伯。《通典》:唐龍朔二年,改禮部尚書爲司禮太常伯,咸亨元年復舊。侍郎一人,掌策試、貢舉及齋郎、弘、崇、國子生等事。〔按〕指開成二年應禮部進士試登第。

〔二九〕〔徐注〕《新書·選舉志》:每問經十條,對策三道,皆通爲上第。吏部官之。〔馮注〕謂試判入等授官。〔按〕馮注是。徐氏所引乃選士之法。《新書·選舉志下》:「凡選有文、武,文選吏部主之,武選兵部主之。皆爲三銓,尚書、侍郎分主之。……六品以下始集而試,觀其書、判;已試而銓,察其身、言……凡試判登科謂之『入等』……試判三條,謂之『拔萃』。中者即授官。」此句指開成四年、會昌二年吏部試判入等。

〔三〇〕正，《英華》作「政」，誤。〔馮注〕《通典》：隋煬帝改縣尉爲縣正，後置尉。唐武德中復改爲正，七年復爲尉。〔補注〕免跡縣正，指開成五年辭去弘農尉。

〔三一〕〔徐注〕《晉書·束晳傳》：《玄居釋》曰：「學既積而身困，夫何爲乎秘丘？」〔補注〕刊書秘丘，指會昌二年任秘書省正字。

〔三二〕〔補注〕榮養，贍養父母。《晉書·文苑傳·趙至》：「我小未能榮養，使老父不免勤苦。」

〔三三〕〔補注〕啓動，指遷葬。

〔三四〕〔徐注〕《左傳》：司馬侯曰：「楚王方侈，天或者欲逞其志以厚其毒而降之罰，未可知也。」

〔三五〕〔徐注〕《詩》：棘人欒欒兮。〔補注〕艱棘，指親喪。任昉《奏彈范縝》：「縝丁罹艱棘，曾不呼門，墨縗景附，頗同先覺。」此指會昌二年冬喪母。

〔三六〕〔徐注〕《禮記》：男子二十冠而字，女子許嫁笄而字。

〔三七〕胤，《全文》作「允」，《英華》作「世」，避宋太祖諱改。《英華》注：集作「胤」。〔徐注〕《魏志·蔣濟傳》注：《魏書》述曹氏胤緒亦如之。〔按〕其時商隱尚未有子。其子衮師生於會昌六年。

〔三八〕〔補注〕《論語·先進》：「回也其庶乎！屢空。」《史記·司馬相如列傳》：「文君夜亡奔相如，相如乃與馳歸成都。家居徒四壁立。」《後漢書·崔寔傳》：「建寧中病卒，家徒四壁立。」

〔三九〕〔徐注〕《漢書·地理志》：河内郡獲嘉縣。注：故汲之新中鄉，武帝行過更名也。〔馮注〕《漢書·武帝紀》：元鼎六年春，至汲新中鄉，得呂嘉首，以爲獲嘉縣。

〔四〇〕〔馮注〕祔，爲葬後之吉祭，《禮記》所謂「明日祔於祖父」也。又爲合葬之名，所謂「周公蓋祔」也。又曰：「魯人之祔也，合之也。」此則謂歸祔於父母家之墓。

〔四一〕〔徐注〕諸葛亮表：苟全性命於亂世。

〔四二〕〔馮注〕謂前所私限改葬之期。

〔四三〕〔補注〕叛換，凶暴跋扈。《文選·左思〈魏都賦〉》：「雲撤叛换，席卷虔劉。」張載注：「叛换，猶恣睢也。」字又作「叛涣」。〔徐曰〕謂劉稹之變。

〔四四〕〔馮箋〕《李衛公文集》（會昌）三年八月二十四、二十八日狀，論河陽兵力已竭，茂元危窘。若賊勢更甚，便要退守懷州。《通鑑》：王茂元軍萬善，賊將劉公直等潛師過萬善南五里，焚雍店。此三年八月事，九月茂元卒。

〔四五〕〔徐注〕魏文帝《典論》：喪亂以來，漢氏諸陵無不發掘，乃至燒取玉柙金鏤，體骨并盡。〔馮注〕《御覽》孝感類引《史系》：趙雋字子奇，平陽岳陽人。劉稹反，家近潞。雋母年八十餘。雋平其父墓，别以物識之，輦母入文城西山，終歲。逮稹滅，復輦其母東歸岳陽。時丘隴悉爲軍士所發，惟雋家墓得完，復起冢焉。○事可相證，故附采之。

〔四六〕〔徐注〕《詩》：二月初吉，載離寒暑。〔馮按〕《祭小姪女文》：「正月二十五日」。此文云「小姪寄兒，亦來自濟邑」，又有「昨本卜孟春」及「首夏已來」之句，合而訂之，必會昌四年二三月也。

〔按〕馮氏誤會。此下數句，係叙述義山至獲嘉尋訪裴氏姊寓殯之地之事。東郊指獲嘉之東郊，即《請盧尚書撰李氏仲姊河東裴氏夫人誌文狀》「遂寓殯於獲嘉之東」之「東」也。因事隔三十餘年，寓殯之地已難以辨識，故有「訪諸耆舊，孤魂何託？旅櫬奚依？垂興欲墮之悲，幾有將平之恨」數語。馮氏所謂「合而訂之，必會昌四年二三月」乃指仲姊遷葬滎陽壇山之日期。二者不可牽混。且仲姊葬期，雖略晚於寄寄，而據本文「同月異辰」之語，仍當在會昌四年正月末。然則此句「前月初吉」乃指會昌三年十二月之初吉也。據此數句，商隱曾於會昌三年十二月初至獲嘉尋訪裴氏仲姊寓殯之墓。

〔四七〕〔徐注〕《北史·崔光傳》：光獨攘衰振杖。〔補注〕攝縗，服喪服。縗、衰通。

〔四八〕〔徐注〕陸機《挽歌》：歎息重櫬側。杜預《左傳注》：櫬，棺也。

〔四九〕〔馮注〕鄭緝之《東陽記》：獨公山有古墓臨溪，磚文曰：「筮言吉，龜言凶。三百年，墮水中。」《輿地志》：琵琶圻有古墓，半在水中，甓有隱起字云：「琵琶，筮云吉，龜云凶。八百年，墮水中。」〔補注〕垂，將。

〔五〇〕〔徐注〕江淹《恨賦》：琴瑟滅兮丘隴平。

〔五一〕〔徐注〕王子年（嘉）《拾遺記》：田疇往劉虞墓，設雞酒之禮，慟哭之音，動於林野，翔鳥爲之凄鳴，走獸爲之吟伏。

〔五二〕〔徐注〕《禮記·檀弓》：朝奠日出，夕奠逮日。〔馮注〕按《儀禮》：死三日而殯，三月而葬。乃反哭，入，遂適殯宮，猶朝夕哭，不奠，三虞，卒哭。○此以言朝夕奉靈，不敢久離耳。不必拘看。〔按〕此「朝夕二奠」，指祭奠已故之母。時尚服母喪，故云。

〔五三〕〔徐注〕《曾子問》：自啓至於反哭。〔補注〕主張，主宰，主持。啓奉，啓柩奉靈。

〔五四〕〔馮注〕謂易棺而葬。〔按〕見《祭徐姊夫文》注〔三二〕。

〔五五〕檀，《英華》作「壇」，同。檀山滎水，屢見以上祭文。

〔五六〕〔補注〕殂背，去世。背，死亡之婉辭。李密《陳情表》：「生孩六月，慈父見背。」

〔五七〕〔徐注〕樂府《焦仲卿妻詩》：新婦初來時，小姑始扶牀。

〔五八〕悲感，《英華》作「作咸」，乃「悲感」二字之缺損。〔按〕馮注本從《英華》作「作咸」，引《喪服大紀》「凡封，君封以衡，大夫、士以咸」爲解，甚牽强，今删。然又謂「每欲商請遷移，妣即傷痛涕泣，故未敢耳」，則得其解，蓋從下句「涕泣既繁」悟出也。

〔五九〕〔補注〕通禮，通行之禮。《漢書·郊祀志下》：「蓋聞天子尊事天地，修祀山川，古今通禮也。」

〔六〇〕〔馮注〕《禮記·祭法》：王立七廟，諸侯五廟，皆有顯考廟。疏曰：高祖也。顯明高祖，居四廟最上。〔按〕馮注非。此「顯考」指亡父。《書·康誥》：「惟乃丕顯考文王，克明德慎罰。」孔傳：「惟汝大明父文王能顯用俊德，慎去刑罰，以爲教首。」《文選·曹植〈王仲宣誄〉》：「伊君顯考，弈葉佐時。」李周翰注：「考，父也。」商隱祖上，自曾祖以上均葬懷州，惟自祖李俌起，始葬於滎陽壇山。此處「南望顯考」，明指其父李嗣之墓。馮氏因未見《請盧尚書撰曾祖妣誌文狀》，誤以爲商隱舊居鄭州，遷居懷州，又從而誤解「壇山舊塋」爲世代祖塋，故謂「顯考」爲高祖。

〔六一〕〔馮注〕《易》：家人有嚴君焉，父母之謂也。〔按〕上句「顯考」既指父，此句「嚴君」自指母。《後漢書·張湛傳》：「矜嚴好禮，動止有則。居處幽室，必自修整，雖遇妻子，若嚴君焉。」亦以嚴君指母。

〔六二〕〔馮注〕即《祭姪女文》之「伯姑」。

〔六三〕〔補注〕猶女，即小姪女寄寄。

〔六四〕邸，《英華》作「殞」，注：疑作「殯」。徐注本作「鄖」，注：「鄖」疑是「邸」。〔馮曰〕今玩文義，似作「寓殯」，婦人內夫家，外父母家，故言猶寓殯也。但上文已言「寓殯獲嘉」，則複矣。故當存疑。〔按〕徐疑是也，《全文》正作「邸」。寓邸，寓居之客舍，指寓殯獲嘉之所。下句「幽都」指滎陽檀山之墳墓。

〔六五〕〔徐注〕王粲《七哀詩》：朋友相追攀。〔按〕此「追攀」雖表示哀悼之意，然亦從追隨攀附之義引申。

〔六六〕域，《英華》作「城」，誤。〔補注〕十二房，指處士叔。舊域，舊墓地。

〔六七〕〔馮注〕當即（《祭處士房叔父文》之）瑊、頊二子。

〔六八〕詳《祭處士房叔父文》注〔八〕〔九〕。

〔六九〕次，《全文》《英華》均作「坎」，誤。《英華》注：集作「次」。是，兹據改。〔馮注〕《易·師》：「六四，師左次，無咎。」此用位次字，習見。

〔七〇〕鮮，《英華》作「鄰」，注：集作「鮮」。〔徐注〕《詩》：度其鮮原。傳：小山别大山曰鮮。箋：鮮，善也。〔馮注〕按「坎」即「穴」也，如《禮記》所云「揜坎」是已。此改葬叔父，言在其舊域之左，從集作「次」較是。

〔七一〕〔補注〕《禮記·王制》：「庶人縣封，葬不爲雨止。不封不樹，喪不貳事。」孔穎達疏：「庶人既卑小，不須顯異。不積土爲封，不標墓以樹。」

〔七二〕同，《英華》作「周」，注：集作「同」，是。

〔七三〕〔馮曰〕當是濟源縣。

〔七四〕〔馮注〕《史記·項羽本紀》注：安陽城，今相州外城。《舊書·志》：相州鄴郡治安陽縣。按：義山曾祖爲安陽令，此似曾祖妣也。〔按〕即《請盧尚書撰曾祖妣誌文狀》之曾祖妣盧氏太夫人。馮氏未見誌文，故有此游移之詞。

〔七五〕〔馮曰〕已見上文（「屬劉孽叛换，逼近懷城」注），此則四年春也。謂本欲同時舉行，而爲軍事所阻。〔徐曰〕店，疑是「兵」。〔補注〕行營，指河陽行營攻討使行營所在地萬善。雍店東下，即指劉公直潛師先過萬善南五里，焚雍店之事，見前注。下，攻克。

〔七六〕〔馮注〕《後漢書·廉范傳》：范父遭喪亂，客死蜀漢。范西迎喪，與客步負喪歸葭萌。《北史·

李德林傳》：遭父艱，自駕靈輿，反葬故里。嚴寒，單縗跣足，州里敬慕之。《魏志·曹休傳》：休十餘歲喪父，獨與一客擔喪假葬。按：俟再考。

〔七七〕〔馮注〕魏文帝賦：伊暮春之既替，即首夏之初期。謝靈運詩：首夏猶清和。

〔七八〕〔徐注〕《玄女經》：天地開通，造葬大吉。〔補注〕通吉，通泰吉利。

〔七九〕〔補注〕歸全，善終，不遭災難，終其天年。《後漢書·崔駰傳》：「貴啓體之歸全兮，庶不忝乎先子。」唐李邃《盧夫人崔氏墓誌》：「遘疾歸全於東都依仁里之私第。」

〔八〇〕〔馮注〕《説文》：饘，糜也。周謂之饘，宋謂之餬。

〔八一〕〔馮注〕《左傳》：收合餘燼。

〔八二〕〔徐注〕潘岳《悼亡詩》：翰墨有餘跡。

〔八三〕〔徐注〕《詩》：有女同車，顔如舜華。傳：舜，木槿也。疏：樊光曰：「木槿，華朝生暮落，與草同氣，故在草中。」〔馮注〕《説文》引《詩》，作「顔如蕣華」。

〔八四〕〔徐注〕《禮記》：延陵季子曰：「骨肉復歸於土，命也；若魂氣，則無不之也。」〔馮注〕《禮記》：死必歸土，骨肉斃于下，陰爲野土。○此葬於父母家，故曰「還舊土」。

〔八五〕〔徐注〕《吴語》：勾踐請盟，一介嫡女，執箕帚以晐姓於王宫。《左傳》：惠公元妃孟子。孟子卒，繼室以聲子。注：諸侯始娶，則同姓之國以姪娣媵。元妃死，則次妃攝治内事，猶不得稱夫人，故謂之繼室。〔補注〕謂裴允元另娶之繼室。

〔八六〕〔馮注〕《楚辭·招魂》：魂兮歸來。〔徐注〕沈炯有《歸魂賦》。

〔八七〕〔徐注〕潘岳《哀永逝文》：今奈何兮一舉，邈終天而子不返。

〔八八〕〔徐注〕《法苑珠林》：在母胞胎日三自歸。〔補注〕《易·乾》：「同聲相應，同氣相求……則各從其類也。」胞胎氣類，謂同胞姊弟，氣類相通。

## 祭小姪女寄寄文〔一〕

正月二十五日〔二〕，伯伯以果子弄物〔三〕，招送寄寄體魄〔四〕，歸大塋之旁〔五〕。哀哉！爾生四年，方復本族〔六〕，既復數月，奄然歸無。於鞠育而未申〔七〕，結悲傷而何極〔八〕！來也何故，去也何緣？念當稚戲之辰，孰測死生之位？時吾赴調京下，移家關中〔九〕。事故紛綸，光陰遷貿〔一〇〕。寄瘞爾骨，五年於茲〔一一〕。白草枯荄〔一二〕，荒塗古陌〔一三〕。朝飢誰抱〔一四〕，夜渴誰憐？爾之棲棲〔一五〕，吾有罪矣。今吾仲姊，返葬有期。遂遷爾靈，來復先域〔一六〕。平原卜穴，刊石書銘〔一七〕。明知過禮之文〔一八〕，何忍深情所屬！

自爾歿後，姪輩數人，竹馬玉環〔一九〕，繡襜文褓〔二〇〕，堂前堦下，日裏風中，弄藥爭花〔二一〕，紛吾左右。獨爾精誠，不知何之〔二二〕。況吾別娶已來〔二三〕，胤緒未立〔二四〕，猶子之誼〔二五〕，倍切他人。念往撫存，五情空熱〔二六〕！

嗚呼！滎水之上〔二七〕，檀山之側〔二八〕，汝乃曾乃祖，松檟森行〔二九〕。伯姑仲姑，冢墳相接〔三〇〕。汝來往於此，勿怖勿驚。華綵衣裳，甘香飲食，汝來受此，無少無多。汝伯祭汝，汝父哭汝，哀哀寄寄，汝知之耶？

**【校注】**

〔一〕本篇原載《文苑英華》卷九九三第八頁、清編《全唐文》卷七八二第二八頁、《樊南文集詳注》卷六。題内「祭」字，《英華》作「奠」。〔按〕寄寄，商隱弟羲叟女。據《請盧尚書撰李氏仲姊河東裴氏夫人誌文狀》「卜以明年正月日歸我祖考之次，滎陽之壇山」之文及《祭裴氏姊文》「通年難遇，同月異辰。兼小姪寄兒，亦來自濟邑」，本篇「正月二十五日，伯伯以果子弄物，招送寄寄體魄，歸大塋之旁」等語，知寄寄葬於會昌四年正月二十五日。祭文當作於此前，因商隱并未親至滎陽。

〔二〕〔馮注〕時爲會昌四年正月。

〔三〕〔補注〕果子，指糖果糕點。弄物，孩童玩物。

〔四〕〔補注〕《禮記·禮運》：「體魄則降，知氣在上。」古人以爲魂可游離人體之外，魄則依附於形體,故云招送體魄。

〔五〕〔補注〕大塋,指商隱家在滎陽壇山之祖墳。

〔六〕〔補注〕復本族,指回到李姓本族。寄寄出生後不久,即寄養於外姓,故名「寄寄」。四歲方接回本家撫養。

〔七〕申,《全文》作「深」,據《英華》改。〔徐注〕《詩》:父兮生我,母兮鞠我,拊我畜我,長我育我。〔補注〕鞠,養。《晉書·嵇康傳》:「母兄鞠育,有慈無威。」因寄寄回歸本家後旋即夭折,故云「鞠育未申」,謂未充分展示父母鞠育之恩情。

〔八〕何,《英華》注:集作「則」。

〔九〕〔補注〕指開成五年九月,商隱辭弘農尉,自濟源移家長安,從常調。參《上河陽李大夫狀一》《上李尚書狀》。調,選調官職。古以函谷關西爲關中,此特指長安。商隱移家長安,住樊南。

〔一〇〕〔補注〕遷貿,變易。

〔一一〕〔補注〕謂暫瘞寄寄於濟源,迄今已五年。據此,寄寄當生於開成二年,夭於開成五年。

〔一二〕〔徐注〕潘岳《悼亡詩》:枯荄帶墳隅。〔補注〕荄,草根。

〔一三〕〔徐注〕左思詩:荒塗横古今。

〔一四〕抱,《全文》作「飽」,此從《英華》。〔按〕下句「夜渴誰憐」,抱與憐對文義近,作「飽」則不對。

〔一五〕〔補注〕栖栖,即「恓恓」,孤獨不安貌。

〔一六〕〔馮注〕裴氏姊遷自獲嘉，寄寄遷自濟邑，同復先域。下文「伯姑」，即《祭裴氏姊文》之「伯姊」，而返葬之裴氏與徐氏皆稱「仲姊」，何歟？

〔一七〕〔徐注〕《喪服小紀》：復與書銘，自天子達于士，其辭一也。〔補注〕平原，指壇山原。高而平曰原。

〔一八〕〔補注〕《儀禮·喪服》：「不滿八歲以下，皆爲無服之殤。」寄寄四歲而夭，按禮制不能刊石書銘，故云「過禮」。

〔一九〕〔徐注〕杜氏《幽求子》：年五歲有鳩車之樂，七歲有竹馬之樂。《明皇雜録》：天后常召諸皇孫坐於殿上，觀其嬉戲。因出西國所貢玉環釵盃盤，縱令爭取以觀其志。〔馮注〕《後漢書·郭伋傳》：兒童騎竹馬迎拜。《杜祭酒別傳》：六七歲與小兒輩爲竹馬戲，有老公停車視之，歎曰：「此有奇相。」《左傳》：范宣子有玉環。按：此玉環，兒童弄物也。《御覽》引傅暢自叙曰：「年四歲，曹叔虎戲脱余金鐶與侍者，余經數日不索，遂於此見名。」《晉書》：羊祜五歲，詣鄰人李氏東垣桑樹中，探得金鐶。而《御覽》於《指環類》中引之，則作「取所弄玉環」。蓋「金環」「玉環」一也。

〔二〇〕〔徐注〕《史記·趙世家》：程嬰、公孫杵臼謀取他人嬰兒負之，衣以文葆，匿山中。〔馮注〕襜，襦也。此非蔽膝之襜。《史記》注：小兒被曰葆。《説文》：緥，小兒衣也。臣鉉等曰：俗作「褓」。按：「葆」「褓」同。〔補注〕襜，短襖；文褓，有花紋之包被或披風。

〔二二〕〔補注〕藥，指芍藥花。

〔二三〕何，《英華》作「所」。

〔二三〕〔補箋〕别娶，另娶，指開成三年娶王茂元季女。據此，王氏爲商隱之繼室。考商隱弟羲叟之女夭於開成五年，時年四歲，則當生於開成二年，其結婚當不晚於開成元年。按舊時兄弟婚娶慣例，兄娶應在前，由此可推知商隱初婚應在開成元年之前。如開成三年娶王氏女爲初婚，則不符合常規。

〔二四〕胤，《全文》《英華》均作「嗣」，係避宋太祖、清世宗諱改。《英華》注：集作「胤」。兹回改。〔馮曰〕一作「嗣」，誤，父諱（商隱父名李嗣）當避。〔按〕作「嗣」非誤文，係諱改。時衮師未生，故云「胤緒未立」。

〔二五〕誼，《英華》作「義」。〔補注〕《禮記・檀弓上》：「兄弟之子，猶子也。」子，兼男、女而言。唐人有稱姪女爲猶子者。《續玄怪録・定婚店》：「妻潸然曰：『妾郡守之猶子也，非其女也。』」

〔二六〕〔徐注〕《文子》：昔中黄子曰：「色有五章，人有五情。」〔按〕此「五情」猶「五内」，非喜、怒、哀、樂、怨之「五情」。劉琨《勸進表》：「且悲且惋，五情無主。」孟郊《感懷》之一：「五情今已傷，安得自能老。」皆五内（即五臟）之意。

〔二七〕〔徐注〕《書》：導沇水，東流爲濟，入於河，溢爲滎。《漢書・地理志》：河東郡垣縣，《禹貢》王屋山在東，沇水所出。東南至武德入河，軼出滎陽北地中。〔馮注〕滎水在鄭州境。屢見。

〔二八〕檀，《英華》作「壇」。參《祭處士房叔父文》注〔四〕。

〔二九〕〔徐注〕任昉《求立太宰碑表》：松檟成行。

〔三〇〕冢，《英華》注：集作「壙」。

〔劉士鏻曰〕（「伯伯以果子弄物」一段眉批）一見傷心。（「白草枯荄……吾有罪矣」眉批）辛酸之語，更覺嫵媚。（「自爾殁後……不知何之」眉批）情真語韻。（「嗚呼……汝知之耶」眉批）慰語可以斷腸。自是告殤亡。（《删補古今文致》卷八）

〔陳眉公（繼儒）曰〕秀媚不可言。（同上）

# 爲王從事妻万俟氏祭先舅司徒文〔一〕

新婦釁咎所招〔二〕，重罹天譴〔三〕。始釋縗而就吉〔四〕，俄解帨以聞凶〔五〕。衰禍所延，或深諸婦〔六〕；冤號之地，良異他人。爰在高堂，嘗依諸舅〔七〕；聿來我族，實號儒門〔八〕。雖傳業於《詩》《書》，冀同光於軒冕。羽書銅印〔九〕，東泛西浮〔一〇〕。及世難旋臻，家徒壁立〔一一〕，望萍蓬而結欷〔一二〕，指溝壑以貽憂〔一三〕。竟蒙念切諸生〔一四〕，言憂幼女，卜云其吉〔一五〕，天也來儀。蓮幕高華〔一六〕，蘭階秀異〔一七〕。尊卑共感，里巷同歡。豈謂百兩纔歸〔一八〕，雙旌遽改〔一九〕！雖在途稱婦〔二〇〕，已蒙羔雁之榮〔二一〕；而辭家適人〔二二〕，未具箴鞶之敬〔二三〕。詎言不日，奄背深慈！永痛長號，五情分裂〔二四〕，嗚呼哀哉！

遠國千里，夜泉九重〔二五〕，側聞龜筮之言，將備塗芻之禮〔二六〕。今以干戈未息，途路多虞〔二七〕。清貧昭艱食之憂〔二八〕，遐阻難舉家而往。不獲躬隨綍旐〔二九〕，親詣松扃〔三〇〕，撫行引以傷摧〔三一〕，抱眇孤而惋毒〔三二〕。酒醪粗列〔三三〕，蔬果空陳，身叩盃盤，血沾匙筯〔三四〕。榮同子婦〔三五〕，雖稱美於他宗；念繫孫甥〔三六〕，亦兼情於血屬〔三七〕。敢希神理〔三八〕，賜監哀衷。

【校注】

〔一〕本篇原載清編《全唐文》卷七八二第三頁、《樊南文集補編》卷一二。〔錢箋〕司徒，王茂元也。此「從事」與下篇「秀才」俱難確指。詳後二篇。《後漢書·百官志》：將軍有從事中郎二人，職參謀議。又云：《上許昌李尚書第二狀》云「王十二郎、十三郎」，似即「從事」「秀才」二人。〔張箋〕此二篇（按：指本篇及下《爲王秀才妻蘇氏祭先舅司徒文》）即《重祭外舅文》所謂「邢氏吾姨，蕭門仲妹，愛深猶女，思切仁兄」者也。蓋万俟氏，茂元甥女，即嫁茂元族姪；蘇氏，茂元表妹，即嫁茂元族弟。二人皆幼撫於王氏。推之文中用典，無不皆合。馮氏未見補編，臆測多舛，而錢箋亦未詳釋也。（張箋編會昌五年，與《爲王秀才妻蘇氏祭先舅司徒文》《重祭外舅司徒公文》同編。）〔按〕張氏謂王從事妻爲茂元甥女兼姪媳，似之。文云：「爰在高堂，嘗依諸舅」，「念切諸生（甥），言憂幼女」，均可見万俟氏原爲茂元甥女；而「榮同子婦，雖稱美於他宗」，「念繫孫甥，亦兼情於血屬」，則又言其既爲茂元甥女，又爲姪媳（榮同子婦，正見其實非子婦，錢氏以爲茂元子十二郎妻，非）。文又云：「雖在途稱婦，已蒙羔雁之榮；而辭家適人，未具箴鞶之敬。詎言不日，奄背深慈！」「豈謂百兩纔歸，雙旌遽改！」則万俟氏方嫁不久，而茂元遽卒。張氏箋万俟氏之身份雖是，然其繫年則明顯錯誤。文云「今以干戈未息，途路多虞」，明爲劉稹未平時作（錢謂「劉稹初平」，亦誤），當作於會昌三年九月茂元逝世後，會昌四年八月劉稹平定前。而證以同時作之《爲王秀才妻蘇氏祭先舅司徒文》「奉違慈顔，將涉半載」之語，此二文當作於會昌四年二月左右。詳參《祭外舅贈司徒公文》《重祭外舅司徒公文》注〔一〕。

〔二〕〔錢注〕《後漢書·周郁妻傳》：新婦賢者女。〔補注〕万俟氏與茂元姪結婚未久，故自稱「新婦」。釁咎，過失、罪過。

〔三〕〔錢注〕《魏書·天象志》：比年死黜相繼，蓋天譴存焉。〔補注〕譴，懲罰。「重罹」者，謂其親父之喪未久，又遭此灾禍。參下二句。

〔四〕〔錢注〕《魏書·禮志》：公卿所議皆服終三旬，釋衰襲吉。〔補注〕釋縗，除喪。縗，喪服，用麻布條披於胸前，服三年之喪（臣爲君、子爲父、妻爲夫）者用之。據此，万俟氏當是父喪剛滿。

〔五〕〔錢注〕《説文》：帨，佩巾也。〔補注〕《儀禮·士昏禮》：「母施衿結帨曰：『勉之敬之，夙夜無違宫事。』」古代女子出嫁時，母授以帨，用以擦拭不潔。在家時繫於門右，外出時繫在身上。解悅，謂出嫁成婚。解悅聞凶，謂方成婚而逢茂元之凶耗。

〔六〕〔補注〕《禮記·昏義》：「和於室人。」鄭玄注：「室人，謂女妐、女叔、諸婦也。」諸婦，兄弟之妻之統稱。此指茂元之子媳、姪媳。

〔七〕〔補注〕《詩·小雅·伐木》：「既有肥牡，以速諸舅。」天子對異姓諸侯、諸侯對異姓大夫稱舅。此句「諸舅」即指母之兄弟，亦即指茂元及其兄弟。

〔八〕〔錢注〕《後漢書·鄭興賈逵傳贊》：中世儒門，賈、鄭名學。

〔九〕〔錢注〕《漢書·高帝紀》注：檄者以木簡爲書，長尺二寸，用徵召也。有急事則加以鳥羽插之，名曰羽書。《漢書·百官公卿表》：秩比六百石以上，皆銅印墨綬。〔補注〕羽書銅印，謂其父曾在軍幕供職、擔任過縣令。

〔一〇〕〔錢注〕謝朓《拜中軍記室辭隨王牋》：東亂三江，西浮七澤。〔補注〕東泛西浮，指在各地擔任幕職、州縣官。

〔一一〕〔錢注〕《史記·司馬相如傳》：家居徒四壁立。〔補注〕世難，猶家難，指喪父。世指家世。二句謂父死家貧。

〔一二〕〔錢注〕潘岳《西征賦》：飄浮萍而蓬轉。

〔一三〕〔補注〕《孟子·梁惠王下》：「凶年饑歲，君之民老弱轉乎溝壑，壯者散而之四方者，幾千人矣。」

〔一四〕〔錢注〕此「諸生」，當即諸甥。《釋名》：舅謂姊妹之子曰甥。甥亦生也。出配他男而生，故制字男旁作生也。

〔一五〕〔補注〕《詩・鄘風・定之方中》：「卜云其吉，終然允臧。」卜吉，此指占問選擇吉利之婚期。來儀，喻傑出人物之降臨，此指茂元姪。語本《書・益稷》：「《簫韶》九成，鳳皇來儀。」

〔一六〕〔補注〕蓮幕高華，謂王從事爲幕府中之才華出衆、地望顯貴者。

〔一七〕〔錢注〕《晉書・謝玄傳》：謝安嘗戒約子姪，因曰：「子弟亦何豫人事，而正欲使其佳？」玄答曰：「譬如芝蘭玉樹，欲使其生於庭階耳。」〔補注〕謂王從事爲茂元子姪中之秀異者。

〔一八〕〔補注〕《詩・召南・鵲巢》：「之子于歸，百兩御之。」毛傳：「百兩，百乘也。諸侯之子嫁於諸侯，送御皆百乘。」百兩，百輛車，指結婚時送嫁之車輛。

〔一九〕〔補注〕《新唐書・百官志》：「節度使掌總軍旅，顓誅殺……辭日，賜雙旌雙節。」雙旌遽改，指茂元在河陽節度使任上去世。

〔二〇〕〔補注〕《公羊傳・隱公二年》：「女曷爲或稱女，或稱婦，或稱夫人？女在其國稱女，在塗稱婦，入國稱夫人。」

〔二一〕〔補注〕《周禮・春官・大宗伯》：「卿執羔，大夫執雁。」羔雁，卿大夫見面時之贄禮，亦用作婚聘之禮物。《儀禮・士昏禮》「納采用鴈」賈公彦疏：「昏禮有六，五禮用鴈：納采、問名、納吉、請期、親迎是也。唯納徵不用鴈，以其自有幣帛可執故也。」

〔二二〕〔錢注〕禰衡《鸚鵡賦》：女辭家而適人。

〔二三〕〔補注〕《禮記・内則》：「婦事舅姑，如事父母。雞初鳴，咸盥漱、櫛、縰、笄、總、衣紳，左佩紛帨、刀、礪、小觿、金燧，右佩箴、管、綫、纊，施縏袠，大觿、木燧，衿纓，綦屨。」鄭玄注：「縏，小囊也。縏袠言施，明爲箴管綫纊有之。」《儀禮・士昏禮》：「庶母及門内施鞶，申之以父母之命，命之曰：『敬恭聽宗爾父母之言，夙夜無愆，視諸衿鞶。』」賈公彦疏：「鞶以盛帨巾之屬，此物所以供事舅姑，故云謹敬也。」

〔二四〕〔補注〕五情，猶五内。參《祭小姪女寄寄文》注〔二六〕。

〔二五〕〔補注〕《周禮・考工記・梓人》：「張五采之侯，則遠國屬。」賈公彦疏：「夷狄爲遠國。」《管子・小匡》：「遠國之民，望如父母；近國之民，從如流水。」均非此句「遠國」之義。按商隱諸祭文中常用此類語，集合排比，其義自見。《重祭外舅司徒公文》云：「千里歸塗，東門故第。」此千里歸塗所至之地，即茂元在洛陽之故宅。千里係商隱所在之地至洛陽之大致距離。千里亦即遠國之義。《爲馮從事妻李氏祭從父文》：「今以家國載遥，干戈未息，尚稽歸祔，乃議從權。」此則因馮從事家國路遠不克歸祔而暫寓殯於洛陽。《爲裴懿無私祭薛郎中衮文》：「執紼路阻，佳城望賒。凌空乏翼，上漢無槎。」此則謂因路途遥遠，而不能前往哭弔。《祭長安楊郎中文》：「五千里之外，正恨殊鄉。」乃因楊卒於桂林，距京師近五千里而不能親祭。不一一列舉，總言弔祭者與被弔祭者相距遥遠不能親至（唯《重祭外舅司徒公文》點出「千里歸塗」，乃是親祭）。然則本文之「遠國千里」即謂茂元靈柩所歸之洛陽爲千里之遠國，故下文即申述因路遥及干戈未息不能親往弔祭之意。夜泉，指泉臺，墳墓。時商隱在長安樊南，万俟氏當亦在京。

〔二六〕〔補注〕《書·大禹謨》：「鬼神其依，龜筮協從。」古以龜卜，以蓍草筮，視其象與數定吉凶。《禮記·檀弓下》：「塗車芻靈，自古有之，明器之道也。」塗車，泥車；芻靈，用茅草紮成之人馬。均爲送葬之物。

〔二七〕〔錢注〕謂劉稹初平。詳《爲滎陽公與昭義李僕射狀》注〔四〕。〔按〕祭文作於會昌四年仲春，時劉稹未平，錢注非。

〔二八〕〔補注〕《書·益稷》：「暨稷播，奏庶艱食鮮食。」艱食，糧食匱乏。

〔二九〕見《上易定李尚書狀》「撫歸旄以興懷」注。

〔三〇〕〔補注〕松扃，指墓室。墓地多植松，故云。

〔三一〕〔錢注〕《禮·雜記》注：廟中曰紼，在塗曰引。〔補注〕《儀禮·既夕禮》：「設披，屬引。」鄭玄注：「引，所以引柩車，在軸輴曰紼。」《禮記·檀弓下》：「弔於葬者必執引。」引，挽柩車之繩。

〔三二〕〔錢注〕《玉篇》：惋，驚嘆也。〔補注〕眇孤，幼弱之孤兒。語本《左傳·僖公九年》：「獻公使荀息傅奚齊。公疾，召之曰：『以是藐諸孤辱在大夫，其若之何？』」孔疏：「藐諸孤者，言年既幼穉，縣藐於諸子之孤。」毒，苦楚。

〔三三〕〔錢注〕《說文》：醪，汁滓酒也。

〔三四〕〔錢注〕《博雅》：柶，匙匕也。筴謂之箸。

〔三五〕〔補注〕《禮記·内則》：「子婦（兒子與兒媳）孝者敬者，父母舅姑之命，勿逆勿怠。」孔疏：「子孝於父母，婦敬於舅姑。」

〔三六〕〔補注〕孫甥，指甥女之子女。

〔三七〕〔錢注〕袁宏《後漢紀》：燮既歸，文姬涕泣相對，因屏人而言曰：「今弟幸全血屬，豈非天乎？」〔補注〕血屬，有血緣關係之親屬。

〔三八〕〔錢注〕《世説》：戴公見林法師墓曰：「神理綿綿，不與氣運俱盡耳。」〔補注〕神理，指（茂元）靈魂。白居易《祭小弟文》：「苟神理之有知，豈不聞吾此言？」

# 爲王秀才妻蘇氏祭先舅司徒文〔一〕

奉違慈顔〔二〕，將涉半載，追攀莫及，號毒無任。恭惟尊靈，好是懿德〔三〕，其修身克己之規矩〔四〕，誓心奉國之忠誠，武略文經，官方政術，既外言不入於中壼〔五〕，故殊勳無預於斯文〔六〕。今瀝血寫誠〔七〕，叩心寄酷〔八〕，祇欲以閨庭見聞之事〔九〕，申泉扃永遠之哀〔一〇〕。三奠未終，五情先潰，嗚呼不祐，天實爲之〔一一〕！

昔我門外，首啓侯服〔一二〕，傳鼎銘於百代〔一三〕，稱玉潤於十家〔一四〕。新婦之先，實繼儒德。

羔鴈克光於宋子〔一五〕，丹青遠比於瀛洲〔一六〕。三紀以前，六姻推最〔一七〕。俄已吉凶相反，中外貽悲〔一八〕。蕞爾羈孤，邈無依怙〔一九〕。孱形弱質，言歸自出之私〔二〇〕；五嶺三江〔二一〕，遠食分憂之禄〔二二〕。結愛異諸生之列〔二三〕，延慈於衆妹之中〔二四〕。雖手足乖離，鄉關綿邈，而蘇氏魂靈有寄，門構無虧，言念慈仁，實動肌骨。

新婦檮昧成性〔二五〕，誨誘難移〔二六〕。大家以恤孤〔二七〕，嚴室而悔過。面授刀尺〔二八〕，躬傳織紝〔二九〕。常憂許嫁之時〔三〇〕，未盡宜家之美〔三一〕。俄乃守龜有兆〔三二〕，贄雁來儀〔三三〕，克以眇軀，榮陪諸婦〔三四〕。愛忘於醜〔三五〕，姻不失新。良人既託於外兄〔三六〕，丘嫂復榮於猶女〔三七〕。期緦百口〔三八〕，咸蒙衣食之仁；昆弟三人，並受簪纓之賜〔三九〕。況茲屢歲，時遘沉痾，煎餌延憂，禱祠積費。田巫密召〔四〇〕，秦緩旁求〔四一〕。迴幽魂於再三〔四二〕，割廉俸之千萬〔四三〕。重以某郎祇蒙嚴訓，投迹名場，載深惟疾之憂，常有于飛之命〔四四〕。辭離蓋數，就奉多違。或榮寵屢加〔四五〕，每乖於獻賀；或起居有恙，蓋闕於煎調〔四六〕。日月其除〔四七〕，螽斯寡裕〔四八〕。使二男繼夭，重貽門户之憂；雖一女出家〔四九〕，未有莊嚴之力〔五〇〕。方將湔腸洗胃〔五一〕，易慮兢魂〔五二〕，冀收慶於將來，用承光於厥後。豈謂舋深無禱〔五三〕，祜薄難修〔五四〕，方於百戰之中〔五五〕，忽降兩楹之夢〔五六〕。追摧酷裂〔五七〕，五内崩傷〔五八〕！

嗚呼！士誰不榮者風義〔五九〕，人誰不貴者勳庸〔六〇〕。八綰州符〔六一〕，兩司廉印〔六二〕，三遷省座〔六三〕，四陟齋壇〔六四〕。玉帛賢豪，略盈於管第〔六五〕；袴襦疲病〔六六〕，横勵於藩維〔六七〕。雖清閑之事業無虧，而大國之依憑未極。殷輪莫返〔六八〕，撫節歸全〔六九〕。上軫九重〔七〇〕，旁凄五服〔七一〕。銀章拾級〔七二〕，遽爲告弔之恩；水土分官〔七三〕，翻作追榮之美〔七四〕。天乎不憖〔七五〕，神也何依〔七六〕！

今則龜筮有從〔七七〕，日月叶吉。指祁連而啓引〔七八〕，復京兆以開阡〔七九〕。絳旐前指，桐棺後出〔八〇〕。嚴姑永慟以觸地〔八一〕，令嗣長號而怨天〔八二〕。變霜景於春朝，灑夜泉於晝景。況奉御諸子，服紀纔終；三川伯郎，喪制未畢〔八三〕。哭泣遂延於數院，縗麻略滿於一門。何昔時榮樂之多，而今日奪傷之併？短長有數，冥寞難分〔八四〕。新婦誠合徒步叫哀〔八五〕，臨穴申禮〔八六〕。屬稚姑季叔，或有止留；家老輿臣〔八七〕，尚多依庇。既無冢婦〔八八〕，難曠門庭。嗚呼哀哉！

憤莫切於冤痛，永違尊蔭者痛之極；不登遐壽者冤之深〔八九〕。痛極冤深，碎心殞首。百身非贖〔九〇〕，九死何追〔九一〕！蔬果盈前，酒漿在列，繐帷儼撤〔九二〕，哀挽成行〔九三〕。昔爲供養之資〔九四〕，今作幽明之訣。冤號圮裂〔九五〕，觸目崩摧。伏希明靈，一賜臨降。

## 【校注】

〔一〕本篇原載清編《全唐文》卷七八二第四頁、《樊南文集補編》卷一二。〔錢注〕《國史補》：進士通稱謂之秀才。餘詳下篇。〔張箋〕蘇氏，茂元表妹，即嫁茂元族弟。餘詳上篇。〔按〕錢氏謂王秀才即王十三郎（見上篇引錢箋），張氏謂王秀才爲茂元族弟，蘇氏爲茂元表妹，均非。視文中稱茂元諸子爲「令嗣」，稱自己丈夫爲「某郎」，可見其決非茂元子媳。然題稱茂元爲「先舅」，文稱茂元妻爲「大家」「嚴姑」，則又可決其非茂元弟媳，而當爲姪媳。詳文中所述，蘇氏本爲茂元妹之女，自幼失怙，由茂元妻養育教誨，後又許配茂元之姪，爲其姪媳。故云「自出」、言「諸生（甥）」，明其本茂元甥女。而「延慈於衆妹之中」，明其爲茂元妹之女，因憐其妹而延慈及妹之女也，非謂蘇氏爲茂元表妹。茂元之姪，於蘇氏爲外兄，故云「良人既託於外兄」，謂王秀才原爲外兄，後爲良人也。蘇氏之年較長（文中提及已有一女出家），在茂元子姪諸媳中居「丘嫂」之位，因得茂元夫婦寵愛厚待，其榮寵勝過其親姪女，故云「丘嫂復榮於猶女」。此篇蘇氏與上篇万俟氏之身份實均相同，即先爲甥女後爲姪媳。本文之寫作時間，當在會昌四年仲春。篇首云「奉違慈顔，將涉半載」，按茂元卒於會昌三年九月二十日前數日，此言「將涉半載」，文當作於四年二、三月間。而商隱於是年春太原楊弁兵亂平息後即從長安樊南移家永樂，其《大鹵平後移家到永樂縣居書懷十韻》有句云：「依然五柳在，況值百花殘。」時值春暮。作祭文當在移家永樂之前。文中想象茂元出殯情景，有「絳旐前指，桐棺後出。嚴姑永慟以觸地，令嗣長號而怨天。變霜景於春朝,灑夜泉於晝景」之語,可證其時雖已值「春朝」而氣候仍較寒冷。再合之同時作之《祭外舅贈司徒公文》「漢陵摇落,秦苑冰霜」之句,其寫作時間在仲春可大體肯定。

〔二〕〔錢注〕潘岳《閑居賦》:壽觴舉,慈顔和。〔按〕上篇亦云「奄背深慈」。而稱茂元妻則曰「嚴姑」。慈、嚴之稱親上,男、女本可通用。

〔三〕〔補注〕《詩·大雅·烝民》:「天生烝民,有物有則。民之秉彝,好是懿德。」懿,美。

〔四〕〔補注〕《禮記·大學》:「古之欲明明德於天下者,先治其國;欲治其國者,先齊其家;欲齊其家者,先修其身。」《論語·顔淵》:「克己復禮爲仁。」

〔五〕〔補注〕《禮記·曲禮上》:「男女不雜坐,不同椸枷,不同巾櫛,不親授。嫂叔不通問,諸母不漱裳。外言不入於梱,内言不出於梱。」梱,門限。中壼,猶中宫。壼,宫内巷舍中道,亦泛指婦女居住之内室。

〔六〕〔補注〕《論語·子罕》:「天之將喪斯文也,後死者不得與於斯文也。」此「斯文」指禮樂教化、典章制度。而「殊勳無預於斯文」之「斯文」即「此文」之意,語本王羲之《蘭亭集序》:「後之覽者,亦將有感於斯文。」二句謂閨中不預外事,故祭文不及茂元之勳績。亦即下文所謂以閨庭見聞之事抒哀。

〔七〕〔錢注〕《魏書·尒朱弼傳》:宜可當心瀝血,示衆以信。

〔八〕〔錢注〕《新序》:子貢曰:「子産死,國人聞之皆叩心流涕。」〔補注〕酷,痛苦。

〔九〕〔錢注〕王儉《褚淵碑》李善注：蔡邕《何休碑》曰：「孝友盡於閨庭。」

〔一〇〕〔錢注〕江淹《爲蕭太傅謝追贈父祖表》：寵輝泉扃。〔補注〕泉扃，墓門，此謂墳墓。

〔一一〕〔補注〕《詩·邶風·北門》：「已矣哉，天實爲之，謂之何哉！」

〔一二〕〔錢注〕《新唐書·宰相世系表》：蘇氏出自己姓。漢代郡太守建，封平陵侯，子嘉。六世孫南陽太守、中陵鄉侯純，生章。五世孫魏東平相、都亭剛侯則。

〔一三〕〔補注〕《禮記·祭統》：「夫鼎有銘，銘者自名也。自名以稱揚其先祖之美，而明著之後世者也。」「銘者，論譔其先祖之有德善、功烈、勳勞、慶賞、聲名，列於天下，而酌之祭器，自成其名焉，以祀其先祖者也。」

〔一四〕〔錢注〕十，疑當作「一」。《晉書·衛玠傳》：年五歲，風神秀異，其後多病，體羸。妻父樂廣有海内重名，議者以爲婦公冰清，女婿玉潤。

〔一五〕〔補注〕羔鴈，見《爲王從事妻万俟氏祭先舅司徒文》注〔二〕。《詩·陳風·衡門》：「豈其取妻，必宋之子。」孔疏：「宋者，殷之苗裔，契之後也。《殷本紀》云：『舜封契於商，賜姓曰子。』……宋，子姓也。」後因以「宋子」指王侯之女。

〔一六〕〔原注〕秦府學士之後。〔錢注〕瀛洲，見《爲滎陽公上集賢韋相公狀三》「況又高步瀛洲」注。〔補注〕丹青，謂圖畫功臣像。十八學士寫真圖中有蘇世長、蘇勖。見《舊唐書·褚亮傳》。

〔一七〕〔錢注〕《北史·序傳》：顯貴門族，榮益六姻。〔補注〕六姻，猶六親。《左傳·昭公二十五年》

以父子、兄弟、姑姊、甥舅、婚媾、姻婭爲六親。

〔一八〕〔補注〕相反，相反相成。中外，家庭内外。《顔氏家訓・風操》：「因爾便吐血，數日而亡，中外憐之，莫不悲歎。」

〔一九〕〔錢注〕魏明帝《櫂歌行》：瞻仰靡依怙。〔補注〕蕞爾，狀其小，語本《左傳・昭公七年》：「鄭雖無腆，抑諺曰『蕞爾國』，而三世執其政柄。」無依怙，指喪父。《詩・小雅・蓼莪》：「無父何怙，無母何恃？」

〔二〇〕〔補注〕自出，甥之代稱。《左傳・成公十三年》：「康公，我之自出。」杜預注：「晉外甥。」此謂蘇氏爲舅父家所養。

〔二一〕〔錢注〕《史記・秦始皇紀》注：《廣州記》云：「五嶺者，大庾、始安、臨賀、揭陽、桂陽。」《輿地志》云：「一曰臺嶺，亦名塞上，今名大庾；二曰騎田；三曰都龍；四曰萌諸；五曰越嶺。」《初學記》：沈懷遠《南越志》曰：「廣信江、始安江、鬱林江，亦爲三江，在越也。」〔按〕此指茂元任廣州節度使及邕管、容管經略使。

〔二二〕〔補注〕《漢書・循吏傳序》：「（孝宣）常稱曰：『庶民所以安其田里，而亡歎息愁恨之心者，政平訟理也。與我共此者，其唯良二千石乎？』」顔師古注：「謂郡守、諸侯相。」《晉書・宣帝紀》：「帝留鎮許昌，改封向鄉侯，轉撫軍、假節，領兵五千，加給事中，録尚書事。帝固辭。天子曰：『吾於庶事，以夜繼晝，無須臾寧息。此非以爲榮，乃分憂耳。』」

〔二三〕諸生，即諸甥，見《爲王從事妻万俟氏祭先舅司徒文》注〔一四〕。

〔二四〕〔錢注〕張衡《周天大象賦》：均九子以延慈。〔按〕謂憐其妹而延慈於妹之女。

〔二五〕〔錢注〕《説文》：檮，斷木也。《春秋傳》曰「檮柮」。昧，闇也。郭璞《爾雅序》：璞不揆檮昧。〔補注〕檮昧，愚昧。新婦，已婚婦女對公婆及夫家長輩親屬謙卑之自稱，非謂其時蘇氏新嫁。

〔二六〕〔錢注〕《晉書·唐彬傳》：誨誘無倦。〔補注〕《論語·述而》：「誨人不倦。」又《子罕》：「夫子循循然善誘人。」

〔二七〕〔錢注〕《通鑑·晉安帝紀》注：晉、宋間，子婦稱其姑爲大家。

〔二八〕〔錢注〕《古詩·爲焦仲卿妻作》：左手持刀尺。

〔二九〕〔補注〕《禮記·内則》：「執麻枲，治絲繭，織紝組紃，學女事，以共衣服。」紝，繒帛。

〔三〇〕〔補注〕《禮記·曲禮上》：「女子許嫁，纓。」鄭玄注：「女子許嫁，系纓，有從人之端也。」

〔三一〕〔補注〕《詩·周南·桃夭》：「之子于歸，宜其室家。」

〔三二〕〔補注〕天子諸侯占卜用龜甲。據《周禮》，此龜甲由專人（龜人）看守，故稱「守龜」，此泛指占卜用之龜甲。《左傳·昭公五年》：「寡君聞君將治兵於敝邑，卜之以守龜，曰：『余亟使人犒師，請行以觀王怒之疾徐，而爲之備，尚克知之。』」《管子·小匡》：「庶神不格，守龜不兆，握粟而筮者屢中。」有兆，謂卜得吉兆。

〔三三〕見《爲王從事妻万俟氏祭先舅司徒文》注〔一二〕〔一五〕。

〔三四〕〔補注〕《禮記·昏義》「和於室人」鄭玄注：「室人，謂女妐、女叔、諸婦也。」孔疏：「諸婦，謂娣姒之屬。」

〔三五〕〔錢注〕《晉書·劉曜載記》：且陛下若愛忘其醜，以臣微堪指授，亦當能輔導義光，仰遵聖軌。

〔三六〕〔錢注〕《儀禮》「姑之子」注：外兄弟也。〔按〕蘇氏爲茂元甥女，嫁茂元之姪，於蘇氏爲外兄，故云「良人既託於外兄」。

〔三七〕〔錢注〕《漢書·楚元王傳》：高祖微時，常避事，時時與賓客過其丘嫂食。注：張晏曰：「丘，大也，長嫂稱也。」〔按〕蘇氏於娣姒諸婦中爲丘嫂，因得茂元夫婦寵愛厚待，其榮寵勝過其親姪女，故云「丘嫂復榮於猶女」。按常情，姪女應親於甥女。

〔三八〕〔錢注〕《魏書·楊播傳》：一家之中，男女百口，緦服同爨，庭無間言。〔補注〕《禮記·玉藻》：「童子不裘不帛，不屨絇，無緦服。」緦服，即緦麻服，多指關係較遠之族親。期，期服，齊衰爲期一年之喪服。服喪一年之親屬稱期親。期緦，蓋指蘇氏家族内親屬。

〔三九〕〔補注〕簪纓，官吏之冠飾，借指顯貴。

〔四〇〕〔補注〕《左傳·成公十年》：「晉侯夢大厲，被髮及地，搏膺而踊曰：『殺余孫不義，余得請於帝矣。』壞大門及寢門而入。公懼，入于室，又壞户。公覺，召桑田巫，巫言如夢。公曰：『何如？』曰：『不食新矣！』」

〔四一〕〔補注〕《左傳·成公十年》：「公疾病，求醫于秦。秦伯使醫緩爲之。未至，公夢疾爲二竪子曰：『彼良醫也，懼傷我，焉逃之？』其一曰：『居肓之上，膏之下，若我何？』醫至，曰：『疾不可爲也。在肓之上，膏之下，攻之不可，達之不及，藥不至焉，不可爲也。』公曰：『良醫也。』厚爲之禮而歸之。」

〔四二〕〔錢注〕東方朔《十洲記》：聚窟洲海中申未地，山多大樹，與楓木相類，而花葉香聞數百里，名爲返魂樹。伐其木根心，於玉釜中煮取汁，令可丸之，名曰驚精香。或名之爲震靈丸、返生香、震檀香、人鳥精、却死香。香氣聞數百里，死者在地，聞香氣乃活，不復亡也。

〔四三〕〔錢注〕《新唐書·食貨志》：唐世百官俸錢，節度使三十萬，觀察使十萬。

〔四四〕〔補注〕《左傳·莊公二十二年》：「初，懿氏卜妻敬仲，其妻占之曰：『吉。是謂「鳳皇于飛，和鳴鏘鏘」。有嬀之後，將育于姜」。』」杜預注：「雄曰鳳，雌曰皇。雄雌俱飛，相和而鳴鏘鏘然。猶敬仲夫妻相隨適齊，有聲譽。」惟疾之憂，疑用《孟子·梁惠王下》：「王曰：『寡人有疾，寡人好色。』」似謂其丈夫某郎因好色，故常有凰凰雙飛之事。

〔四五〕〔錢注〕劉琨《答盧諶詩》：愆釁仍彰，榮寵有加。

〔四六〕〔錢注〕本集徐氏曰：煎調，謂湯藥之事。

〔四七〕〔補注〕《詩·唐風·蟋蟀》：「今我不樂，日月其除。」

〔四八〕〔錢注〕《韓詩外傳》：孔子行，簡子將殺陽虎，孔子似之，帶甲以圍孔子舍。子路慍怒，奮戟將下，孔子止之曰：「由，何仁義之寡裕也！」〔補注〕《詩·周南·螽斯》：「螽斯羽，詵詵兮，宜爾子孫,振振兮。」螽斯寡裕,謂無胤嗣也,下「二男繼夭」可證。

〔四九〕〔錢注〕《魏書·釋老志》:其好樂道法,欲爲沙門者,不問長幼,出於良家,性行素篤,無諸嫌穢,鄉里所明者,聽其出家。

〔五〇〕〔錢注〕《維摩經》:譬如寶莊嚴佛,無量功德,寶莊嚴土,一切大衆,散未曾有。〔補注〕佛教謂以福德等淨化身心爲莊嚴。

〔五一〕〔錢注〕《南史·荀伯玉傳》:高帝有故吏東莞竺景秀嘗以過繫作部,高帝謂伯玉:「卿比看景秀不?」答曰:「數往候之,備加責誚。云『若許某自新,必吞刀刮腸,飲灰洗胃』。」帝善其答,即釋之。〔補注〕湔,洗滌。庾信《温湯碑》:「灑胃湔腸,興羸起瘠。」湔腸洗胃,猶洗心革面。

〔五二〕〔錢注〕《戰國策》:乃且願變心易慮。

〔五三〕〔錢注〕劉琨《贈盧諶詩》:斯釁之深,終莫能磨。

〔五四〕〔錢注〕魏武帝《善哉行》:自惜身薄祜。〔補注〕祜,福也。

〔五五〕〔錢注〕《木蘭詩》:將軍百戰死。〔按〕指其在討伐叛鎮劉稹之戰爭中。

〔五六〕〔補注〕謂忽然去世。《禮記·檀弓上》:「殷人殯於兩楹之間(房屋正廳當中之兩柱)……而丘也,殷人也,予疇昔之夜夢坐奠於兩楹之間……予殆將死也。」

〔五七〕〔錢注〕楊彪《答曹公書》:心腸酷裂。〔補注〕追摧,追念悲傷。酷裂,因痛苦而腸斷。

〔五八〕〔錢注〕魏文帝《與鍾大理書》李善注:李陵詩曰:「行行且自割,無令五内傷。」

〔五九〕〔補注〕風義，猶風操。趙元一《奉天録序》：「忠臣義士，身死王事……使後來英傑，貴風義而企慕。」

〔六〇〕〔補注〕《周禮·夏官·司勳》：「王功曰勳……民功曰庸。」此泛指功勳。

〔六一〕〔錢箋〕茂元爲州牧二：歸州也，蔡州也。爲經略者二：邕管也，容管也。爲節度者四：嶺南也，涇原也，陳許也，河陽也。唐制經略、節度皆領州，故曰「八綰州符」。事詳下篇《祭外舅贈司徒公文》。

〔六二〕〔錢箋〕涇原、陳許並兼觀察使。

〔六三〕〔錢箋〕涇原罷鎮之後，歷爲京職。事詳下篇。〔補注〕省座，指禁中九卿之官。茂元自涇原入京後，曾爲司農卿、將作監，此謂「三遷省座」，不詳。

〔六四〕〔錢箋〕謂四爲節度。《史記·淮陰侯傳》：蕭何曰：「拜大將，擇良日，齋戒，設壇場，具禮，乃可耳。」〔按〕陟，登。錢注本作「涉」，誤。

〔六五〕〔錢注〕《易林》：露我管第。〔按〕唐代於嶺南道設置的某些特别行政區域（多爲少數民族或夷漢雜居地區）稱爲「管」，如王茂元曾任經略使之邕管、容管即是。此「管第」與下「藩維」對文，當指邕、容二管之府第。

〔六六〕〔錢注〕《後漢書·廉范傳》：范遷蜀郡太守。成都民物豐盛，邑宇逼側。舊制禁民夜作，以防火災，而更相隱蔽，燒者日屬。范乃毁削令，但嚴使儲水而已。百姓爲便，乃歌之曰：「廉叔度，來何暮？不禁火，民安作。平生無襦今五袴。」潘岳《西征賦》：牧疲人於西夏。

〔六七〕〔錢注〕劉琨《答盧諶詩》李善注：横厲，縱横猛厲也。《楚辭》曰：「櫂舟航以横厲。」〔按〕「横勵」與上句「略盈」對文，疑是廣泛受到激勵之意。

〔六八〕〔補注〕殷輪莫返，指死於軍中，未能勝利歸來。《左傳·成公二年》：「自始合，而矢貫余手及肘，余折以御。左輪朱殷，豈敢言病，吾子忍之。」

〔六九〕〔錢注〕《後漢書·崔駰傳》：貴啓體之歸全兮。〔按〕歸全，見《祭裴氏姊文》注〔七九〕。謂在節度使任上去世。

〔七〇〕〔補注〕軫，痛心。

〔七一〕〔補注〕謂五服之内的親屬均爲之凄悲。五服，見《祭處士房叔父文》注〔二八〕。

〔七二〕〔錢注〕應劭《漢官儀》：二千石以上，銀印龜紐，文曰章，刻曰某官之章。〔補注〕《禮記·曲禮上》：「拾級聚足，連步以上。」顔師古《匡謬正俗》卷三：「拾級聚足，此言升階歷級，每一級則並足，然後更登也。」銀章，銀印。隋、唐以後官不佩印，只有隨身魚袋。金銀魚袋等謂之章服，亦簡稱銀章。

〔七三〕〔錢注〕按：茂元殁，贈司徒。而《書》「汝平水土」自指司空，或誤臆耶？

〔七四〕〔錢注〕《宋書·鄧琬傳》：言念既往，宜在追榮。

〔七五〕〔錢注〕《史記·司馬相如傳》注：憓，順也。〔補注〕憓，通「惠」。《詩·小雅·節南山》：「昊天不惠，降此大戾。」

〔七六〕〔補注〕《左傳・僖公五年》：「神所馮依，將在德矣。」

〔七七〕見《爲王從事妻万俟氏祭先舅司徒公文》注〔二六〕。

〔七八〕〔錢注〕《史記・霍驃騎傳》：霍去病爲剽姚校尉，元狩二年爲驃騎將軍，六年卒。天子悼之，發屬國玄甲軍，陳自長安至茂陵，爲冢，像祁連山。「引」，見上篇注〔三二〕。〔按〕祁連，此借指墓地。

〔七九〕〔錢注〕《漢書・原涉傳》：涉自以先人墳墓儉約，非孝也。乃大治起冢舍，周閣重門。初，武帝時京兆尹曹氏葬茂陵，民謂其道爲京兆阡，涉慕之，乃買地開道立表，署曰南陽阡，人不肯從，謂之原氏阡。〔補注〕阡，墳墓。

〔八〇〕〔錢注〕《太平御覽》：《墨子》曰：「禹葬會稽，桐棺三寸，葛以繃之。」

〔八一〕〔補注〕嚴姑，此指茂元妻。觸地，見《禮記・問喪》：「喪禮唯哀爲主矣……男子哭泣悲哀，稽顙觸地無容，哀之至也。」

〔八二〕〔錢箋〕《上許昌李尚書第二狀》云「王十二郎、十三郎」，似即從事、秀才二人。而本集《爲外姑隴西郡君祭張氏女文》云「七女五男，撫之如一。往在南海，令子云亡，藐爾兩孤，未勝多難。提挈而至，踰涇涉河，十年之間，母子俱盡」，意茂元尚有他子先亡耶？今不可考矣。〔按〕令嗣自指茂元子，其中當包括王十二郎、十三郎，然謂上篇及本篇題内之王從事、王秀才即王十二郎、十三郎則顯誤，辨已見本篇及上篇注〔一〕編著者按語。

〔八三〕〔錢注〕《舊唐書·職官志》：殿中省尚食、尚藥局，奉御各二人，正五品下。尚衣、尚舍、尚乘、尚輦局，奉御各二人，從五品上。《新唐書·地理志》：三川縣屬關内道鄜州。〔張箋〕奉御諸子，當指王侍御瓘之子，或其時喪母服闋；三川伯郎，豈即謂《祭張氏女文》所云令子之兩孤及其母歟？要之，此皆茂元家事，今亦無煩細考矣。〔按〕此言「況奉御諸子，服紀纔終」，三川伯郎，喪制未畢」，下緊接「哭泣遂延於數院，縗麻略滿於一門」，所指顯非茂元之親子，而係同族中血緣較近之姪輩。詳不可考。王瓘爲監察御史或殿中侍御史（前有《爲王侍御瓘謝宣弔並賻贈表》），與「奉御」自是二人，不可混爲一談。三川，疑指河南府，唐人稱河南尹爲三川守，詩中習見。

〔八四〕〔錢注〕《後漢書·張奐傳》：施及冥寞。〔補注〕冥寞，幽暗，謂冥冥不可知。

〔八五〕〔錢注〕庾信《太保鴈門公紇干弘碑》：泣血徒步，奔波千里。

〔八六〕〔補注〕《詩·秦風·黄鳥》：「臨其穴，惴惴其慄。」王粲《詠史詩》：「臨穴呼蒼天，涕下如綆縻。」

〔八七〕〔錢注〕《國語》：訾祏實直而博，且吾子之家老也。〔補注〕家老，上古士大夫家臣中之老者。《左傳·昭公七年》：「故王臣公，公臣大夫，大夫臣士，士臣皁，皁臣輿，輿臣隸，隸臣僚，僚臣僕，僕臣臺。」輿臣，指家臣中職位低賤之吏卒。

〔八八〕〔補注〕《禮記·内則》：「冢婦所祭祀賓客，每事必請於姑。」冢婦，嫡長子之妻。按：據此，蘇氏當非嫡長子之妻。

〔八九〕〔錢注〕阮瞻《上巳會賦》：獻遐壽之無疆。

〔九〇〕〔補注〕《詩·秦風·黄鳥》：「彼蒼者天，殲我良人。如可贖兮，人百其身。」

〔九一〕〔錢注〕《楚辭·離騷》：雖九死其猶未悔。

〔九二〕〔錢注〕謝朓《同謝諮議銅雀臺詩》：繐帷飄井幹，樽酒若平生。〔補注〕繐帷，設於靈前之帷幕。撤，撤除。

〔九三〕〔錢注〕《晉書·禮志》：挽歌出於漢武帝役人之勞，歌聲哀切，遂以爲送終之禮。〔按〕「蔬果」以下六句，係蘇氏遥祭情景。因上文已明言「屬稚姑季叔，或有止留；家老輿臣，尚多依庇」，不能「臨穴申禮」。

〔九四〕〔補注〕《禮記·月令》：「季秋之月……收禄秩之不當，供養之不宜者。」供養，指奉養之物品。

〔九五〕〔錢注〕《吴志·諸葛恪傳》：肝心圮裂。〔補注〕圮裂，破碎、分裂。

## 祭外舅贈司徒公文〔一〕

維某年月日，子壻李商隱謹遣家僮齎疏薄之奠，昭祭於故河陽節度使贈司徒之靈。惟昔積德卜年，源長慶延〔二〕。岐山之走馬胥宇〔三〕，嵩丘之控鶴尋仙〔四〕。重疊規矩〔五〕，蕃昌億千〔六〕。邂逅中代〔七〕，支離數賢〔八〕。豆藿失君〔九〕，隨庾、謝而南渡〔一〇〕；《桃葉》興詠〔一一〕，棄江、徐而北旋〔一二〕。已失晉陽之菜地〔一三〕，因開濮水之松阡〔一四〕。時非得已，吾寧固然。王殷别祁縣之居，未傷於教〔一五〕；王濬占弘農之籍，果振其先〔一六〕。既而斷韋更緝〔一七〕，脱簡重編〔一八〕，二掾則齊翔謝鳳〔一九〕，兩令則庭落楊鱣〔二〇〕。

緊彼家聲，重嬰世故〔二一〕。值冀寇之北至，屬虜馬之南渡〔二二〕。肇允成公〔二三〕，悲丁國步〔二四〕。悼犬馬之戀主〔二五〕，愴梟狼之據路〔二六〕。投筆三歎〔二七〕，彎弧一怒〔二八〕，斃斷後之王雙〔二九〕，縛難寬之吕布〔三〇〕。鈇鉞賜殺〔三一〕，圭符錫祚〔三二〕，實誕上公，載揚垂裕〔三三〕。

兩欒蓄響〔三四〕，百丈端標〔三五〕。重侯有寄〔三六〕，任子來朝〔三七〕。書通軒、禹〔三八〕，文合《韺》《韶》〔三九〕。熊館中涓〔四〇〕，方奏揚雄之《羽獵》〔四一〕；露臺法從〔四二〕，已賦王褒之《洞簫》〔四三〕。乃即秘丘，乃登延閣〔四四〕。愈高、赤之痾癢〔四五〕，變服、鄭之糟粕〔四六〕。麟臺秩滿〔四七〕，龍樓籍通〔四八〕。輟春闈之贊謁，佐夏口以觀風〔四九〕。魏太子之寓書，歡娱不足〔五〇〕；桓司馬之英氣，喜怒皆同〔五一〕。復因所託，往保於東〔五二〕。齊師拒詔，洛邸興戎〔五三〕。雖得兔穴〔五四〕，未摧隼墉〔五五〕。保釐不教之兵〔五六〕，纔餘百數；羲和難駐之晷，寧復再中〔五七〕？上陽將鳴於夜柝〔五八〕，東人半逐於飄蓬〔五九〕。公請於帥，願當其鋒〔六〇〕。搢白簡以腰劍，攘青袍而手弓〔六一〕。咄嗟則前隊鼓勇，喑嗚而後騎争雄〔六二〕。纔餘數刻，盡翦群兇〔六三〕。山濤論兵，此中不淺〔六四〕；魏舒善射，知之何晚〔六五〕！尚踠迹於天朝，更從公於蒲坂〔六六〕。旋衣朱紱，入謁皇闈〔六七〕；乃乘驄馬，來臨秭歸〔六八〕。峽束遐路〔六九〕，灘含駭機〔七〇〕。桂檝之不用安得〔七一〕，布帆之無恙者稀〔七二〕。公誘以利〔七三〕，公申以威〔七四〕，明拯人之賞〔七五〕，示伊水之非〔七六〕。却張禹之江濤，非因行縣〔七七〕；戢温公之水怪，寧候照磯〔七八〕？遷去鄖城，仍臨蔡壤〔七九〕。釋杼軸之悲〔八〇〕，解秋荼之網〔八一〕。救旱平怨〔八二〕，停霜辨枉〔八三〕。褚義興之部内，枯樹重榮〔八四〕；傅安成之郡中，淫祠罷饗〔八五〕。

容山至止，郎寧去思〔八六〕。跕鳶息厲〔八七〕，毒虺停吹〔八八〕。臨海之蜜巖不禁〔八九〕，合浦之珠蚌休移〔九〇〕。既相温文，旋遷徼衛〔九一〕。複道親警〔九二〕，嚴更密隸〔九三〕。統臨緹騎，東都之上將今官〔九四〕；意氣朱旗，南嶽之諸劉昔誓〔九五〕。

番禺是宅，漲海攸瀦〔九六〕。瘡痏金寶〔九七〕，糞土犀渠〔九八〕。跨馬將軍有雙標之柱〔九九〕，酌泉太守無去骨之魚〔一〇〇〕。已乏斷牙之筆〔一〇一〕，兼無汗簡之書〔一〇二〕。江革船輕，空險西陵之渡〔一〇三〕；邢公宅湫，曾無正寢可居〔一〇四〕。

安定求才，朝那闕帥〔一〇五〕。衢室晏罷〔一〇六〕，雲臺夜議〔一〇七〕。虞雪嶺之驚烽〔一〇八〕，忽玉關之滯使〔一〇九〕。李廣名重〔一一〇〕，王商貌異〔一一一〕。征轂方推〔一一二〕，行臺遽至〔一一三〕。塞水分溜〔一一四〕，邊城早寒。梟鐘響遠〔一一五〕，鼉鼓聲乾〔一一六〕。九國遺戎〔一一七〕，咸憂其族滅〔一一八〕；三州戍卒，休歌於路難〔一一九〕。排闥無及，持符載泣〔一二〇〕。荷紫泥之降數〔一二一〕，馳墨車而來急〔一二二〕。省揆名在，農官望集〔一二三〕。鄙卿曹之四至〔一二四〕，小承明之三入〔一二五〕。鄗、畢之地，軒轅之臺〔一二六〕，葛綳將掩〔一二七〕，柏陵始開〔一二八〕。會稽之象猶未去〔一二九〕，鼎湖之龍不歸來〔一三〇〕。代邸迎騑，將極事居之禮〔一三一〕；喬山護蹕，猶深送往之哀〔一三二〕。

許下舊都，淮陽勁卒〔一三三〕。帳督千乘，人殷萬室〔一三四〕。獯鬻潛動，偏裨遠出〔一三五〕。指授籌謀，丁寧紀律〔一三六〕。秋膠方折〔一三七〕，塞月未虧〔一三八〕。寇屯日逐〔一三九〕，師分谷蠡〔一四〇〕。薛公之揣敵情，不過三策〔一四一〕；充國之爲兵學，遠及四夷〔一四二〕。千牛不燧〔一四三〕，六贏已馳〔一四四〕。沁園歸主〔一四五〕，細柳屯師〔一四六〕。赤狄違恩，晉城告變〔一四七〕。假三齊之餘醜〔一四八〕，犯神州之近甸〔一四九〕。懷邑營匝，河橋旆轉〔一五〇〕。城東陽而萊子懼，事在晏桓〔一五一〕；壁武牢而鄭伯憂，功存孟獻〔一五二〕。示羸策密，誘敵謀深〔一五三〕。子陽之降奴失計〔一五四〕，袁熙之別將先擒〔一五五〕。元子能官，季男善賦〔一五六〕。咸移俎豆之業〔一五七〕，共集干戈之務。金僕陷堅以深入〔一五八〕，勁弩飛空而亂注〔一五九〕。誓與族以忘生〔一六〇〕，報時君之善遇〔一六一〕。陳球家室，終避難以無聞〔一六二〕；去病子孫，亦成功而有素〔一六三〕。

大勳垂立，定命難言。長城遽壞〔一六四〕，泰岳俄騫〔一六五〕。星墜營中，先時盡見〔一六六〕；兒啼地下，此兆難原〔一六七〕。遂稽誅於賊壘〔一六八〕，遽貽慟於天閽〔一六九〕。綏復有禮，衮斂加恩〔一七〇〕。誠藴蓄之非盡〔一七一〕，在始終而可論。嗚呼哀哉！

惟公之膺秀璆筠〔一七二〕，禀和鍾吕〔一七三〕。青海萬里〔一七四〕，丹霄一舉。季布金諾〔一七五〕，延陵劍許〔一七六〕。既辨冠於燕、齊〔一七七〕，亦信聞於梁、楚〔一七八〕。揚親業就，繼代名高。永言氣類，莫匪英髦〔一七九〕。謝萬有安石之兄，見推時俊〔一八〇〕；王弘以曇首爲弟，遠映人曹〔一八一〕。故得行有二矛〔一八二〕，居懸重綬〔一八三〕。赤羽若日〔一八四〕，金印如斗〔一八五〕。賜衣千襲〔一八六〕，寵加寒暑之初〔一八七〕；宸翰萬重，誓在河山之後〔一八八〕。重以夷門下士〔一八九〕，楚館求才〔一九〇〕，御車表敬〔一九一〕，比飯除猜〔一九二〕。同羊侃之接賓，共其醒醉〔一九三〕，異蔡凝之待士，略彼蒿萊〔一九四〕。而又理達團空〔一九五〕，道通無著〔一九六〕，《水月》觀定〔一九七〕，春臺寄樂〔一九八〕。赤髭疏主〔一九九〕，擲麈尾以無言〔二〇〇〕；緑髮仙翁〔二〇一〕，攝霓裳而自却〔二〇二〕。嗚呼哀哉！

其世榮也如彼，其全材也若此。忽東暉之云宴，雖西山而莫起〔二〇三〕。語光陰之代謝〔二〇四〕，石火風燈〔二〇五〕；追平昔之音容，驚波逝水〔二〇六〕。今則青烏薦卜〔二〇七〕，白馬臨塋〔二〇八〕。并移黄石〔二〇九〕，始啓滕城〔二一〇〕。玄甲等嫖姚之禮〔二一一〕，荒阡改京兆之名〔二一二〕。魏冢竹書，幾年復出〔二一三〕；燕丘華表，終古含情〔二一四〕。

某早辱徽音，夙當採異〔二一五〕。晉霸可託〔二一六〕，齊大寧畏〔二一七〕？持匡衡乙科之選，雜梁竦徒勞之地〔二一八〕。雖餉田以甚恭〔二一九〕，念販舂而增愧〔二二〇〕。京西昔日〔二二一〕，輦下當時〔二二二〕。

中堂評賦〔二二三〕，後榭言詩〔二二四〕。品流曲借，富貴虛期〔二二五〕。誠非國寶之傾險〔二二六〕，終無衛玠之風姿〔二二七〕。公在東藩，愚當再調〔二二八〕，賁帛資費〔二二九〕，銜書見召〔二三〇〕。水檻幾醉〔二三一〕，風亭一笑〔二三二〕。日換中昃〔二三三〕，月移朒朓〔二三四〕。改潁水之辭違〔二三五〕，成洛陽之赴弔〔二三六〕。嗚呼哀哉！

漢陵搖落〔二三七〕，秦苑冰霜〔二三八〕。將覲祖載〔二三九〕，遂迫瘥殤〔二四〇〕。謝長度之虛羸〔二四一〕，升車未可；沈休文之瘦瘠〔二四二〕，執轡猶妨〔二四三〕。林薄終焉，關河永矣〔二四四〕！抱痛酸骨，銜悲没齒。潘、楊之好〔二四五〕，琴瑟之美〔二四六〕，庶有奉於明哲〔二四七〕，既無虧於仁旨〔二四八〕。僧虔筆拙〔二四九〕，葛洪紙空〔二五〇〕。裁詞有盡，拉血無窮。希降光於寓奠，聊照恨於微衷！

**【校注】**

〔一〕本篇原載清編《全唐文》卷七八二第一四頁、《樊南文集補編》卷一二。〔錢箋〕（司徒公）王茂元也。《舊唐書》本傳：會昌中爲河陽節度使。是時，河北諸軍討劉稹，茂元亦以本軍屯天井，賊未平而卒。《新唐書》本傳：茂元領陳許節度使，又徙河陽，討劉稹也。會病卒，贈司徒，謚曰威。《爾雅》：妻之父爲外舅。《舊唐書・職官志》：太尉、司徒、司空各一員，謂之三公，並正一品。本集有《重祭外舅司徒公文》。○又於本文「成洛陽之赴弔」句下箋云：茂元有宅在洛陽之崇讓坊。《上許昌李尚書狀二》云「王十二郎、十三郎扶引靈筵，兼侍從郡君，今年八月至東洛訖」，可證也。又《上鄭州李舍人狀四》云「夏秋以來，疾苦相繼」，《上李舍人狀二》云「自還京洛，常抱憂煎，骨肉之間，病恙相繼」，蓋義山占籍東都，抱疴里居，適其妻族亦奉喪還洛，故下文云「將觀祖載，遂迫瘥瘍」也。事當在會昌四年。〔張箋〕（繫會昌四年，置《上許昌李尚書狀一》《上許昌李尚書狀》之後。）據《上許昌李尚書狀》云：「王十二郎、十三郎扶引靈筵，今年八月到東洛訖。」則此文是寄奠，有《重祭外舅文》可證。是時義山方居永樂也。〔按〕錢、張二氏均據《上許昌李尚書狀二》「王十二郎、十三郎扶引靈筵，兼侍從郡君，今年八月至東洛訖」之文，謂茂元子於會昌四年八月奉茂元喪歸洛，故有《祭外舅贈司徒公文》之作。茂元喪歸洛固在會昌四年八月（詳《重祭外舅司徒公文》注〔一〕編著者按語），然本文并非作於其時，而係與《爲王從事妻万俟氏祭先舅司徒文》《爲王秀才妻蘇氏祭先舅司徒文》同作於會昌四年仲春。其時商隱既非在洛陽（錢説），亦不在永樂（張説），而係在長安樊南。三文均述及茂元靈車將發前往葬地之情景，及各自因戰事、家事及己身患病不能前往參加葬禮之情事。《爲王從事妻万俟氏祭先舅司徒文》云：「今以干戈未息，途路多虞……不獲躬隨綍旐，親詣松扃。」《爲王秀才妻蘇氏祭先舅司徒文》云：「今則龜筮有從，日月叶吉……綍旐前指，桐棺後出……新婦誠合徒步叫哀，臨穴申禮。屬稚姑季叔，或有止留；家老輿臣，尚多依庇。既無冢婦，難曠門庭。」本文則云：「將觀祖載，遂迫瘥瘍。」三文所述時令，或云「變霜景於春朝」，或曰「秦苑冰霜」，亦均與

《爲王秀才妻蘇氏祭先舅司徒文》所云「違奉慈顔,將涉半載」者相合。然則三文之爲同時作實屬無疑。本文之作地,錢謂在洛陽,固非(如在洛陽,不存在不能參加葬禮之問題。以子婿之親,身在洛陽而僅遣家僮祭奠,即有小疾,亦爲失禮);張謂在永樂,亦非。移家永樂,已值「百花殘」之春暮,而此文所述物候,仍屬「摇落」「冰霜」之候。實則作此三文時商隱仍居長安樊南。「漢陵摇落,秦苑冰霜」,乃作文時眼前景。漢陵、秦苑,即長安之别稱(詳二句注)。商隱開成五年秋移居長安樊南,作此三文時爲會昌四年仲春,固仍居樊南而未移家永樂也。又,王茂元卒於會昌三年九月二十日稍前,何以遲至四年仲春靈車方準備啓運,又何以延至四年八月靈車方運抵洛陽。此當因受討劉稹戰事影響所致。茂元卒於軍中,其時河陽前綫戰事正緊,當權厝萬善。是年十二月三日,王宰克天井關,形勢有所緩和。然同月戊辰,王宰進攻澤州失利,劉稹將劉公直又奪天井關。至會昌四年正月初一,太原楊弁作亂,節度使李石奔汾州,楊弁遣人詣劉稹,約爲兄弟。形勢又逆轉。楊弁之亂雖在正月底已告平定,但原計劃二月運送茂元靈柩歸洛之舉勢必受此次戰亂影響而告拖延,故不得已寓殯茂元於萬善,三祭文即爲此而作。直至會昌四年八月,劉稹之亂平,方將茂元靈柩從暫殯之地運抵洛陽。此即《祭外舅贈司徒公文》《重祭外舅司徒公文》先後作於會昌四年二月、八月之故。

〔二〕〔錢箋〕此以下溯王氏之家世,而因述濮陽著籍之由。《史記·周紀》:古公亶父復修后稷、公劉之業,積德行義,國人皆戴之。〔補注〕《左傳·宣公三年》:「成王定鼎于郟鄏,卜世三十,卜年七百，天所命也。」

〔三〕〔補注〕《詩・大雅・緜》：「古公亶父，來朝走馬。率西水滸，至于岐下。爰及姜女，聿來胥宇。」胥，觀察。宇，住宅。

〔四〕〔錢注〕劉向《列仙傳》：王子喬，周靈王太子晉也。好吹笙，作鳳皇鳴。遊伊、洛之間，道士浮丘公接以上嵩高山。三十餘年後，求之於山上，見柏良曰：「告我家七月七日，待我於緱氏山巔。」至時，果乘白鶴駐山頭，望之不得到，舉手謝時人，數日而去。《新唐書・宰相世系表》：王氏出自姬姓，周靈王太子晉以直諫廢爲庶人，其子宗敬爲司徒，時人號爲「王家」，因以爲氏。

〔五〕〔錢注〕《蜀志・郤正傳》：動若重規，静若疊矩。〔按〕錢注本作「重規疊矩」，未詳所據，然下句「蕃昌億千」與此句對文，則固當從《全唐文》作「重疊規矩」。

〔六〕〔補注〕《左傳・閔公元年》：「《屯》固，《比》入，吉孰大焉？其必蕃昌。」蕃昌，謂子孫蕃衍昌盛。

〔七〕〔補注〕中代，猶中古。具體時限説法不一。王通《中説・關朗》「中代之道」阮逸注：「商周已後爲中代。」

〔八〕〔補注〕支離，零散貌。

〔九〕〔錢注〕《晉書・愍帝紀》：建興四年八月，劉曜逼京師。十一月，帝出降。初，有童謡：「天子何在豆田中。」時王浚在幽州，以豆有藿，殺隱士霍原以應之。及帝如曜營，營實在城東豆田壁。

辛丑，帝蒙塵于平陽。

〔一〇〕渡，《全文》作「度」，據錢注本改。〔錢注〕《晉書·王導傳》：元帝爲琅琊王，與導素相親善。洛京傾覆，中州士女避亂江左者十六七，導勸帝收其賢人君子與之圖事。桓彝初過江，見導，曰：「向見管夷吾，吾無憂矣。」庾、謝，並江左著姓。

〔一一〕〔錢注〕《古今樂録》：《桃葉歌》，王子敬所作也。桃葉，子敬妾。緣於篤愛，所以歌之。王獻之《桃葉歌》：桃葉復桃葉，渡江不用楫。但渡無所苦，我自迎接汝。

〔一二〕〔錢注〕《北史·王肅傳》：「肅父奂及兄弟並爲齊武帝所殺。魏太和十七年，肅自建鄴來奔。」江、徐，並南朝著姓。〔補注〕《隋書·五行志上》：「陳時，江南盛歌王獻之《桃葉》之詞曰：『桃葉復桃葉，渡江不用楫。但度無所苦，我自迎接汝。』晉王伐陳之始，置營桃葉山下，及韓擒渡江，大將任蠻奴至新林以導北軍之應。」

〔一三〕〔錢箋〕（晉陽）謂太原，王氏郡望也。《漢書·刑法志》注：采，官也。因官食地，故曰采地。《爾雅》曰：「采，寮官也。」説者不曉采地之義，因謂菜地，云以種菜，非也。〔按〕字當依錢箋作「采」，然商隱原文已相沿作「菜」，姑仍其舊。晉陽，春秋晉邑，今山西太原市。

〔一四〕〔錢箋〕謂濮陽。《水經注》：秦始皇徙衛君角於野王，置東郡，治濮陽縣。濮水逕其南，故曰濮陽也。〔補注〕松阡，植有松樹之墓地。

〔一五〕〔錢校〕祁，胡本作「祈」。〔錢注〕《新唐書·宰相世系表》：烏桓王氏，霸長子殷，後漢中山太守，食邑祁縣。杜淹《文中子世家》：文中子王氏，十八代祖殷，雲中太守，家于祁，以《春秋》《周易》訓鄉里，爲子孫資。

〔一六〕〔錢注〕《晉書·王濬傳》：濬，弘農湖人也。〔補注〕占籍，上報户口，入籍定居。王濬平吴有功，故曰「振其先」。

〔一七〕〔錢注〕《太平御覽》：《論語比考讖》曰：「孔子讀《易》，韋編三絶，鐵擿三折，漆書三滅。」〔補注〕《史記·孔子世家》：「孔子晚而喜《易》……讀《易》，韋編三絶。」古用竹簡書寫，以皮繩聯綴，稱韋編。緝，編織整理，即下「脱簡重編」意。

〔一八〕〔錢注〕《漢書·藝文志》：《酒誥》脱簡一、《召誥》脱簡二。

〔一九〕齋，《全文》作「齊」，據錢校改。〔錢注〕二掾，未詳。《齊書·謝超宗傳》：超宗父鳳，早卒。超宗好學，有文辭，盛得名譽。孝武帝曰：「超宗殊有鳳毛。」〔按〕據《南齊書·謝超宗傳》，超宗因孝武帝之稱賞，曾「轉新安王撫軍行參軍。泰始初，爲建安王司徒參軍事」，「二掾」疑指此。

〔二〇〕〔錢注〕兩令，未詳。《後漢書·楊震傳》：震常客居於湖，不答州郡禮命數十年。後有冠雀銜三鱣魚，飛集講堂前。都講取魚進曰：「蛇鱣者，卿大夫服之象也。數三者，法三台也。先生自此升矣。」

〔二一〕〔錢箋〕此以下，叙茂元父栖曜事跡。〔補注〕繄，語氣助詞。嬰世故，遭遇世變，即下二句所云。

〔二二〕虜，《全文》、錢注本均作「魯」，係諱改，兹據錢注回改。〔錢注〕謂安禄山之亂。《舊書·安禄山傳》：禄山營州柳城雜種胡人，以驍勇聞。天寶三載，爲范陽節度使，陰有逆謀。十四載，反於范陽。天下承平日久，人不知戰，朝廷驚恐。以高仙芝、封常清等相次爲大將以擊之。禄山令嚴肅，無不一當百，遇之必敗。十二月渡河。十五載正月，竊號燕國。五月，王師盡没，關門不守。明皇幸蜀。《新唐書·地理志》：河北道蓋古幽、冀二州之境。《晉書·苻堅載記》：比虜馬不敢南首者，畏威故也。〔補注〕虜馬南渡，以西晉末五胡亂華之局面喻安史之亂，即李白《永王東巡歌》「三川北虜亂如麻，四海南奔似永嘉」之謂。

〔二三〕〔錢注〕《新唐書·王栖曜傳》：謚曰成。

〔二四〕〔補注〕丁，值、當。《詩·大雅·桑柔》：「於乎有哀，國步斯頻。」國步，此指國運艱難。

〔二五〕〔錢注〕曹植《上責躬詩表》：不勝犬馬戀主之情。

〔二六〕〔錢注〕曹植《贈白馬王彪詩》：鴟梟鳴衡扼，豺狼當路衢。

〔二七〕見《爲濮陽公上華州陳相公狀》注〔九〕。

〔二八〕〔錢注〕班固《幽通賦》：管彎弧欲斃讎兮。

〔二九〕〔錢注〕《蜀志·諸葛亮傳》：亮圍陳倉，糧盡而還。魏將王雙率騎追，亮與戰，破之，斬雙。

〔三〇〕〔錢注〕《後漢書·吕布傳》：曹操自將擊布，布與麾下登白門樓，兵圍之急，乃下降，顧謂劉備曰：「繩縛我急，獨不可一言耶？」操笑曰：「縛虎不得不急。」《舊唐書·王栖曜傳》：天寶末，安禄山叛，尚衡起義兵討之，以栖曜爲牙將，下兗、鄆諸縣。初，逆將邢超然據曹州，栖曜攻之，超然乘城號令，栖曜曰：「彼可取也！」一箭殞之，城中氣懾，遂拔曹州。

〔三一〕〔補注〕《禮記・王制》：「諸侯賜弓矢，然後征；賜鈇鉞，然後殺。」

〔三二〕〔補注〕圭，玉製禮器。《儀禮・聘禮》：「所以朝天子，圭與繅皆九寸。」符，符信。圭符，即珪符，封官爵之信符。錫祚，指分封賜土。二句指任節度使。參下注。

〔三三〕〔錢注〕《舊唐書・王栖曜傳》：貞元初，拜左龍武大將軍，旋授鄜坊丹延節度使、檢校禮部尚書、兼御史大夫。十九年卒。子茂元。〔補注〕《周禮・春官・典命》：「上公九命爲伯，其國家、宮室、車旗、衣服、禮儀，皆以九爲節。」周制，三公（太師、太傅、太保）八命，出封時加一命，稱上公。此指茂元。《書・仲虺之誥》：「垂裕後昆。」垂裕，爲後人留下業績或名聲。

〔三四〕〔錢箋〕此以下始叙茂元事。梁武帝《遣使巡省詔》：蓄響藏真，不求聞達。〔補注〕《周禮・考工記》：「鳧氏爲鍾，兩欒謂之銑。」賈公彦疏：「欒、銑一物，俱謂鍾兩角。」兩欒，古樂器鐘口之兩角。此指鐘。

〔三五〕〔補注〕端標，直上樹梢。以借喻人之高標。

〔三六〕〔錢注〕《漢書・王商史丹傅喜傳贊》：許、史、三王、丁、傅之家，皆重侯累將，窮貴極富。

〔三七〕〔錢注〕《漢書・王吉傳》：吉上疏言：「今使俗吏得任子弟，率多驕驁，不通古今，宜明選求賢，除任子之令。」〔補注〕任子，漢代曾制定子弟因父兄保任爲郎之法令。任，保任。

〔三八〕〔錢注〕韋續《字源》：黄帝因卿雲見，作雲書；夏禹作鐘鼎書。

〔三九〕〔錢注〕《樂緯動聲儀》:帝嚳樂曰《六英》,帝顓頊曰《五莖》,舜曰《大韶》,禹曰《大夏》。〔按〕「書通」二句即下引本傳「茂元少好學」之謂。

〔四〇〕〔錢注〕揚雄《長楊賦序》:雄從至射熊館,還,上《長楊賦》。《史記·曹相國世家》:高祖爲沛公而初起也,參以中涓從。注:中涓,如中謁者。〔補注〕中涓,君主親近之侍從官。

〔四一〕〔錢注〕《漢書·揚雄傳》:孝成帝時,客有薦雄文似相如者,待詔承明之庭。其十二月,羽獵,雄從,賦以風之。

〔四二〕〔錢注〕《史記·文帝紀》:帝嘗欲作露臺,召匠計之,直百金。上曰:「百金,中民十家之産,何以臺爲?」《漢書·揚雄傳》:是時趙昭儀方大幸,每上甘泉,常法從,在屬車間豹尾中。注:從法駕也。

〔四三〕〔錢注〕《漢書·王褒傳》:太子喜褒所爲《甘泉》及《洞簫頌》,令後宫貴人左右皆誦讀之。《新唐書》本傳:茂元少好學。德宗時,上書自薦。

〔四四〕〔錢箋〕此言擢試校書郎也。見《新唐書》本傳。《晉書·束皙傳》:學既積而身困,夫何爲乎秘丘?《漢書·藝文志》:孝武建藏書之策,置寫書之官。注:劉歆《七略》曰:「外則有太常、太史、博士之藏,内則有延閣、廣内、秘室之府。」

〔四五〕〔錢注〕《太平御覽》:桓譚《新論》曰:「《左氏》傳世後百餘年,魯穀梁赤爲《春秋》,殘略多所遺失。又有齊人公羊高緣經文作傳,彌離其本事矣。」《後漢書·鄭玄傳》:何休好《公羊》學,遂著《公羊墨守》《左氏膏肓》《穀梁廢疾》。康成乃發《墨守》，鍼《膏肓》，起《廢疾》。休見而歎曰：「康成入吾室，操吾矛，以伐我乎？」〔補注〕疴癢，疾病痛癢。

〔四六〕〔錢注〕《後漢書·服虔傳》：虔少以清苦見志，入太學受業，善著文論，作《春秋左氏傳解》。又《鄭玄傳》：所注《周易》《尚書》《毛詩》《儀禮》《禮記》《論語》《孝經》《尚書大傳》《中候》《乾象曆》。又著《天文七政論》《魯禮禘祫義》《六藝論》《毛詩譜》《駁許慎五經異議》《答臨孝存周禮難》，凡百餘萬言。《莊子》：桓公讀書於堂上，輪扁斲輪於堂下，釋椎鑿而上曰：「君之所讀者，古人之糟粕已夫！」

〔四七〕〔錢注〕《舊唐書·職官志》：秘書省，光宅改爲麟臺，神龍復爲秘書省。《漢書·平帝紀》：吏在位二百石以上，一切滿秩如真。

〔四八〕〔錢箋〕此言改太子贊善大夫也。見《新唐書》本傳。龍樓，見《爲濮陽公皇太子薨慰宰相狀》注〔六〕。《漢書·元帝紀》：令從官給事宮司馬中者，得爲大父母、父母、兄弟通籍。注：應劭曰：「籍者，爲二尺竹牒，記其年紀、名字、物色，縣之宮門，案省相應，乃得入也。」〔按〕《新唐書·百官志》，左右贊善大夫各五人，正五品上。而秘書省校書郎正九品上。按常規似校書郎秩滿不可能驟升贊善大夫。然《新唐書·王茂元傳》明謂：「擢試校書郎，改太子贊善大夫。」參下注。

〔四九〕〔錢箋〕此言至鄂岳佐呂元膺幕也。本傳不載入幕事。《舊唐書·呂元膺傳》言「除鄂岳觀察使」。玩下「復因所託」句，茂元必先爲所辟。春闈，當即春宮。《爾雅》：宮中之門謂之闈，其小者謂之閨。《漢書・蕭望之傳》：贊謁稱臣而不名。《水經注》：自堵口下沔水通兼夏目而會於江，謂之夏汭也。故《春秋左傳》稱，吴伐楚，沈尹射奔命夏汭也。杜預曰：「漢水曲入江，即夏口矣。」《白帖》：觀察使觀風察俗，振領提綱。〔補注〕《新唐書・百官志》：贊善大夫「掌傳令，諷過失，贊禮儀，以經教授諸郡王」。贊謁即指此。頗疑茂元所任者爲左右春坊贊善大夫下從八品下之録事，方符合升遷之常規。吕元膺爲鄂岳觀察使在元和五年十二月至八年十月，見《舊唐書・憲宗紀》。

〔五〇〕〔錢注〕魏文帝《與朝歌令吴質書》李善注：《典略》：「質爲朝歌長，太子南在孟津小城，與質書。」魏文帝《與吴質書》李善注：《典略》：「初，徐幹、劉楨、應瑒、阮瑀、陳琳、王粲與質並見友於太子。二十二年，魏大疫，諸人多死，故太子與質書。」〔按〕曹丕《與吴質書》云：「昔年疾疫，親故多離其灾。徐、陳、應、劉，一時俱逝，痛可言邪？昔日遊處，行則連輿，止則接席，何曾須臾相失。每至觴酌流行，絲竹並奏，酒酣耳熱，仰而賦詩。當此之時，忽然不自知樂也。謂百年已分，可長共相保。何圖數年之間，零落略盡，言之傷心。」《與朝歌令吴質書》云：「樂往哀來，愴然傷懷……元瑜長逝，化爲異物……節同時異，物是人非。」凡此，均所謂「歡娱不足」也。味此句，似太子李恒曾寓書茂元。

〔五一〕〔錢注〕《晉書・郗超傳》：桓温遷大司馬，超爲參軍。温英氣高邁，罕有所推，與超言，常謂不能測，遂傾意禮待。時王珦爲温主簿，亦爲温所重。府中語曰：「髯參軍，短主簿，能令公喜，能令公怒。」

〔五二〕〔錢箋〕此以下叙茂元從吕元膺破李師道事。《新唐書》本傳：吕元膺留守東都，署防禦判官。《舊唐書·吕元膺傳》：元和中爲東都留守、都畿防禦使。《蜀志·先主傳》注：《江表傳》：備曰：「我今自結託於東而不往，非同盟之志也。」〔補箋〕《舊唐書·憲宗紀下》：元和九年十月，「戊辰，以尚書左丞吕元膺檢校工部尚書、東都留守」。元和十二年五月，「己亥，以尚書左丞許孟容爲東都留守，充都畿防禦使」。茂元之爲東都防禦判官，當在此期間。「所託」指幕主吕元膺。「東」指東都。

〔五三〕〔錢箋〕謂李師道之亂，見《爲濮陽公上淮南李相公狀三》「故得齊刳封豕」注。《説文》：邸，屬國舍。

〔五四〕〔錢注〕《戰國策》：馮煖曰：「狡兔有三窟，僅得免其死耳。」

〔五五〕〔補注〕《易·解》：「公用射隼于高墉之上，獲之，無不利。」孔穎達疏：「隼者，貪殘之鳥，鸇鷂之屬。」墉，墻垣。參注〔六三〕。

〔五六〕〔補注〕保釐，本爲治理百姓，保護扶持使之安定之意，此即「保釐東郊」之省，指任東都留守。《書·畢命》：「越三日壬申，王朝步自宗周，至于豐，以成周之衆，命畢公保釐東郊。」孔安國傳：「用成周之民衆，命畢公使安理治正成周東郊，令得所。」《論語·堯曰》：「不教而殺謂之虐。」其時因吴元濟北犯汝、鄭，防禦兵盡戍伊闕，故云「保釐不教之兵，纔餘百數」。不教，謂未經訓練。

〔五七〕〔錢注〕《楚辭·離騷》注：羲和，日御也。《淮南子》：魯陽公與韓構戰酣，日暮，援戈而撝（揮）之，日爲之退三舍。《史記·封禪書》：新垣平言「臣候日再中」，居頃之，日却復中。

〔五八〕〔錢注〕《舊唐書·地理志》：東都上陽宫在城之西南隅。〔補注〕柝，巡夜之木梆。

〔五九〕〔補注〕《詩·小雅·大東》：「東人之子，職勞不來。」東人，本指西周統治下東方諸侯國之人，後泛指陝以東之人。此處實指東都之人。飄蓬，喻離散。

〔六〇〕〔錢注〕《後漢書·公孫瓚傳》：不圖今日親當其鋒。

〔六一〕〔錢注〕本集《爲濮陽公陳情表》：（臣此時）尚持白簡，猶著青袍。徐氏曰：杜佑《通典》：「貞觀四年，令八品、九品服青。」時茂元爲防禦判官，例帶御史銜，所謂青袍御史也。《晉書·傅玄傳》：每有奏劾，或值日暮，捧白簡，整簪帶，竦踊不寐，坐而待旦。漢《相和曲·陌上桑》：腰中鹿盧劍，可直千萬餘。〔補注〕搢，插。白簡，竹木笏。據《唐會要》，五品以上執象笏，六品以下執竹木笏。攘，捋、揎。手弓，手持弓。茂元如在入鄂岳觀察使幕前已任太子贊善大夫（正五品上），則入幕後似不可能反而降低官品而着青袍、持白簡。觀此，益見本傳「擢試校書郎，改太子贊善大夫」之記載可疑。前注已疑茂元校書郎秩滿後改任之東宫官實爲贊善大夫之下從八品下之録事，於此益信。《新唐書》蓋據本文「輟春闈之贊謁」之語，以爲「贊謁」必指贊善大夫，不知贊善大夫下之録事當亦司贊謁之事也。

〔六二〕〔錢注〕《漢書·韓信傳》：項王意烏猝嗟，千人皆廢。注：李奇曰：「猝嗟，猶咄嗟也。」晉灼曰：「意烏，恚怒聲也。」《漢書·王莽傳》：大司徒保左隊前隊。《吴志·孫堅傳》：後騎益堅。

〔補注〕咄嗟，呵叱、吆喝。

〔六三〕〔錢注〕《舊唐書·吕元膺傳》：元和十年，鄆州李師道留邸伏甲謀亂。因吴元濟北犯，防禦兵盡戍伊闕，將焚宫室而肆殺掠。元膺追兵圍之，半月無敢進攻者。防禦判官王茂元殺一人而進。或有毁其墉而入者，賊衆突出，望山而去。元膺圍於谷中，盡獲之。張衡《東京賦》：群凶靡餘。

〔六四〕〔錢注〕《晉書·山濤傳》：吴平之後，帝詔天下罷軍役，濤論用兵之本，以爲不宜去州郡武備，其論甚精。于時咸以爲不學孫、吴而暗與之合。

〔六五〕〔錢注〕《晉書·魏舒傳》：舒累遷後將軍鍾毓長史，毓每與參佐射，舒爲畫籌而已。後遇朋人不足，以舒滿數。毓初不知其善射，舒容範閑雅，發無不中。毓射而歎曰：「吾之不足以盡卿才，有如此射矣！」

〔六六〕〔錢箋〕此言茂元佐幕河中事。《舊唐書·吕元膺傳》言「充河中節度使」，意時茂元尚相從也。顔延之《赭白馬賦》：踠迹迴唐。《元和郡縣志》：河東道河中府，本帝舜所都蒲坂也。〔補注〕踠迹，馬屈其足，意欲奔馳之貌。按：據吴廷燮《唐方鎮年表》，吕元膺充河中節度使在元和十一年至十四年，郁賢皓《唐刺史考》訂正爲元和十二年七月至十四年六月。

〔六七〕〔錢箋〕此處當有入爲京職事，而傳文不載。傅咸《贈何劭王濟詩》：明明闢皇闈。〔補箋〕《易·困》：「困于酒食，朱紱方來，利用享祀。征凶，無咎。」朱紱，本指禮服上之紅色蔽膝，此指官服。按王茂元《楚三閭大夫屈先生祠堂銘》：「元和十五年，余刺建平之再歲也。」歸州在晉朝稱建平郡。則茂元之出刺歸州，在元和十四年。而茂元之從吕元膺於河中幕既在元和十二年七月至十四年六月間，則其罷河中幕與出刺歸州時間正相承接，其間恐無入爲京職之事，所謂「旋衣朱紱，入謁皇闈」，乃歸京謁見君主而任命爲歸刺也。《爲濮陽公陳情表》於叙述從吕元膺後即接叙「旋帶銀章，俄分竹使，隼旟楚峽，出以分憂」，亦可證。下句箋「由京曹出牧歸州」亦非。

〔六八〕〔錢箋〕此言由京曹出牧歸州也。本集《爲外姑隴西郡君祭張氏女文》云「秭歸爲牧」，又《爲濮陽公陳情表》云「隼旟楚峽，出以分憂」，馮氏引茂元《三閭大夫祠堂銘》云「元和十五年，余刺建平之再歲也」，則是出牧當爲元和十四年事矣。《後漢書·桓典傳》：典拜侍御史。是時宦官秉權，典執政無所迴避，常乘驄馬，京師畏憚，爲之語曰：「行行且止，避驄馬御史。」《舊唐書·地理志》：歸州領秭歸縣，吴、晉爲建平郡。〔按〕乘驄馬，乃用太守乘五馬事。漢樂府《陌上桑》：「使君從南來，五馬立踟躕。」非謂其爲京曹拜侍御史也。

〔六九〕〔錢注〕《水經注》：江水自建平至東界峽，盛弘之謂之空泠峽，峽甚高峻。王粲《贈蔡子篤詩》：瞻望遐路。

〔七〇〕〔錢注〕《水經注》：江水又東，逕流頭灘，其水並峻激奔暴，魚鼈所不能游，行者常苦之。張華《女史箴》：替若駭機。

〔七一〕〔錢曰〕見上。〔補注〕桂檝，此借指船。因水險灘激，故云「桂檝之不用安得」。

〔七二〕〔錢注〕《晉書·顧愷之傳》：愷之爲殷仲堪參軍，嘗因假還，仲堪特以布帆借之。至破冢，遭風大敗。愷之箋曰：「地名破冢，真破冢而出。行人安穩，布帆無恙。」

〔七三〕〔錢注〕《史記·越王勾踐世家》：夫吴太宰嚭貪，可誘以利。

〔七四〕見《上華州周侍郎狀》「懸棒申威」注。

〔七五〕〔錢注〕《吕氏春秋》：子路拯溺者，其人拜之以牛，子路受之。孔子曰：「魯人必拯溺矣。」

〔七六〕〔錢校〕伊，疑當作「狎」，用《左傳》「水懦弱，民狎而玩之」意。〔按〕狎，輕忽、輕慢。狎水，喻玩忽法令。錢校近是。

〔七七〕〔錢注〕《後漢書·張禹傳》：禹拜揚州刺史，當過江行部中土，民皆以江有子胥之神，難以濟涉。禹曰：「子胥如有靈，知吾志在理察枉訟，豈危我哉？」遂鼓楫而過。《漢書·雋不疑傳》：爲京兆尹，行縣録囚。〔補注〕行縣，謂巡行所部之縣。

〔七八〕〔錢注〕《晉書·温嶠傳》：嶠至牛渚磯，水深不可測。世云其下多怪物，嶠遂燬犀角而照之。須臾，見水族覆火，奇形異狀。

〔七九〕〔錢箋〕此當歷守郢州而移蔡州。本集《爲濮陽公陳情表》云「能軾郞城，忽然通貴」，可以爲證。

遷蔡州事無考。本集馮氏曰：《漢書·地理志》「江夏郡竟陵縣」注曰：「鄖鄉，楚之鄖公邑。」《舊書·志》：「郢州長壽縣，漢竟陵縣地，屬江夏郡。」又均州有鄖鄉縣，漢錫縣地，屬漢中郡。則此云鄖城，斷不指均，而當指郢矣。《舊唐書·地理志》：蔡州，屬河南道。〔按〕郁賢皓《唐刺史考》謂茂元刺郢州約長慶中（王謚長慶元年貶郢州刺史，馮定寶曆元年至二年任郢州刺史），刺蔡州約寶曆間（茂元大和二年自邕管經略使遷容管經略使，則其刺蔡約在寶曆間），近之。大和元年柏元封已爲蔡州刺史（見李翺《唐故特進左領軍衛上將軍兼御史大夫平原郡王贈司空柏公神道碑》）。

〔八〇〕〔補注〕《詩·小雅·大東》：「小東大東，杼柚其空。」《詩序》：「《大東》，刺亂也。東國困于役而傷于財，譚大夫作是詩以告病。」杼柚，織布機。

〔八一〕〔錢注〕桓寬《鹽鐵論》：昔秦法繁於秋荼，而網密於凝脂。

〔八二〕見《爲滎陽公桂州署防禦等官牒·羅瞻》「勿輕東海之冤」注。

〔八三〕〔錢注〕《淮南子》：鄒衍事燕惠王盡忠，左右譖之，王繫之獄，仰天而哭，夏五月，天爲之下霜。

〔八四〕〔錢注〕《梁書·褚翔傳》：翔爲義興太守，在政潔己，百姓安之。郡西亭有古樹，積年枯死，翔至郡，忽更生枝葉，咸以爲善政所感。

〔八五〕成，《全文》作「城」，據錢校改。〔錢注〕《梁書·傅昭傳》：昭爲安成内史。安成郡舍號凶，及昭爲郡，郡内人夜夢見兵馬鎧甲甚盛，又聞有人云「當避善人」，軍衆相與騰虚而逝。驚起，俄而疾風暴雨，倏忽便至，數間屋俱倒。自後郡舍遂安，咸以昭正直所致。

〔八六〕〔錢箋〕此言經略邕、容也。《舊唐書·文宗紀》：大和二年四月，以邕管經略使王茂元爲容管經略使。又《地理志》：嶺南道容管容州，以容山爲名。又：邕管邕州，天寶元年改爲朗寧郡。乾元元年復爲邕州。按：「郎」，疑「朗」之譌，然本集《祭張氏女文》即作「郎寧」。〔張箋〕（大和二年）四月壬午，以邕管經略使王茂元爲容管經略使（《舊·紀》）。附考云：《舊·紀》於大和元年四月書：「以前亳州刺史張遵爲邕管經略使。」余疑遵即代茂元者。而《舊·紀》年歲必有一誤，今姑據所見書之。又云：檢《本紀》：「長慶二年十一月，以前安南都護桂仲武爲邕管經略使。」而罷任年月無考，大要在長慶、寶曆之間，意者茂元之授邕管，即代仲武爲使者耶？劉禹錫有大和六年《祭福建桂尚書文》，桂尚書當即仲武。文云：「交趾化行，容州續宣，凡曰循吏，莫居我先。大和之初，再遂良覿，分務東洛，門里同陌。」則仲武似於長慶末年罷使。惟《紀》作邕管，而《祭文》云容州，未知孰誤。〔岑仲勉曰〕按官署一歲易三四人者事常有之。元年四月授張遵，安見二年四月茂元改授之可疑……按（張）《箋》下文引劉禹錫《祭桂尚書文》，於仲武之爲邕或容，未能決定，余則斷爲仲武除容管，非邕管（《方鎮表正補》），是茂元代仲武之猜疑，亦復蹈虛也。（《平質》丙欠碻《王茂元臨邕管年》條）〔按〕郁賢皓《唐刺史考》據《舊唐書·文宗紀》謂茂元任邕管經略使在大和元年至二年四月間。《詩·小雅·庭燎》：「君子至止，鸞聲將將。」「君子至止，言觀其旂。」《漢書·何武傳》：「欲除吏，先爲科例以防請託，其所居亦無赫赫名，去後常見思。」

〔八七〕〔錢注〕《後漢書·馬援傳》：援謂官屬曰：「當吾在浪泊、西里間，下潦上霧，毒氣重蒸，仰視飛鳶跕跕墮水中。」

〔八八〕〔錢注〕庾信《哀江南賦》：豺牙宓厲，虺毒潛吹。

〔八九〕蜜，《全文》作「密」，據錢校改。〔錢注〕《梁書·傅昭傳》：昭出爲臨海太守，郡有蜜巖，前後太守皆自封固，專收其利，昭教勿封。

〔九〇〕〔錢注〕《後漢書·孟嘗傳》：嘗遷合浦太守，郡不産穀而海出珠寶。先是宰守並多貪穢，珠遂漸徙於交阯郡界。嘗到官，革易前敝，珠去復還。

〔九一〕〔錢箋〕此言内召，復爲京職也。本集《爲濮陽公陳情表》云「叨相青宫，忝司緹騎」，似嘗爲東宫官屬，史文失載。其爲金吾將軍，見《舊唐書·文宗紀》，詳下。蔡質《漢官典儀》：衛士甲乙徼相傳，甲夜畢，傳乙夜，相傳盡五更。衛士傳言五更，未明三刻後鷄鳴，衛士踵丞、郎趨嚴上臺。不畜宫中雞。汝南出《雞鳴》，衛士候朱雀門外，專傳《雞鳴》於宫中。〔補注〕《禮記·文王世子》：「禮樂交錯於中，發形於外，是故其成也懌，恭敬而温文。」温文，温和有禮。孫逖《授殷彦方等王傅制》：「教導之功，既聞於日就；温文之德，遂涉於春儲。」按：馮浩箋《爲濮陽公陳情表》「叨相青宫」云：「東宫官有賓客、詹事、少詹事，茂元必一爲之。《傳》又遺之矣。」

〔九二〕〔錢注〕《史記·秦始皇紀》：咸陽之道二百里内，宫觀二百七十，複道甬道相連。〔補注〕複道，樓閣間架空之通道。

〔九三〕〔錢注〕張衡《西京賦》薛綜注：嚴更督夜行鼓。〔補注〕密隸，秘密隸從（警衛）。

〔九四〕〔錢注〕《後漢書·百官志》：執金吾一人，中二千石。注：掌宮外戒司水火非常之事。胡廣曰：衛尉巡行宫中，則金吾徼於外，相爲表裏，以擒姦討猾。又《志》：緹騎二百人。〔補注〕緹騎，穿紅色軍服之騎士，泛指貴官之隨從衛隊。東都，此指建都於洛陽之東漢。東都之上將，即執金吾。東都之上將今官，謂茂元任金吾衛將軍。〔張箋〕（大和七年）正月，以右金吾衛將軍王茂元爲嶺南節度使。案茂元由容管入還京職，不詳何年。……考本集《陳情表》云：「中間叨相青宫，忝司緹騎，纔通閨籍，又處藩條。越井朝臺，備經艱險；貪泉湞水，益勵平生。」《補編·祭文》亦云：「既相温文，旋遷徼衛。複道親警，嚴更密隸。統臨緹騎，東都之上將今官；意氣朱旗，南嶽之諸劉昔誓。」《新書·百官志》：「太子賓客正三品，掌侍從規諫，贊相禮儀。」是茂元之罷容管，必以賓客等官内召，又除金吾將軍而後出使也。〔按〕茂元還容管在大和二年四月。而大和七年正月，已以右金吾衛將軍出爲嶺南節度使。則其由容管入還京職約在大和四、五年。《爲濮陽公陳情表》：「纔通閨籍，又處藩條。」似入居京職之時間並不長。

〔九五〕〔錢注〕班固《封燕然山銘》：玄甲耀日，朱旗絳天。《後漢書·陰皇后紀》：光武至長安，見執金吾車騎甚盛，因歎曰：「仕宦當作執金吾。」又《王昌傳》：南嶽諸劉，爲其先驅。注：聖公、光武本自春陵北徙，舂陵近衡山，故曰南嶽諸劉也。

〔九六〕〔錢箋〕此言出鎮嶺南也。《舊唐書·文宗紀》：大和七年正月，以右金吾衛將軍王茂元爲嶺南節度使。又本傳：大和中，廣州刺史、嶺南節度使。鮑照《蕪城賦》李善注：謝承《後漢書》曰：「陳茂常渡漲海。」《舊唐書·地理志》：嶺南道循州海豐縣南五十里即漲海，渺漫無際。《書·禹貢》傳：水所停曰豬（瀦）。〔補注〕《史記·南越列傳》：「且番禺負山險，阻南海，東西數千里……可以立國。」《初學記》卷八引沈懷遠《南越志》：「番禺縣有番、禺二山，因以爲名。」秦置番禺縣，在今廣州市南。此即以番禺指廣州。

〔九七〕〔錢注〕張衡《西京賦》：所惡成創痏。李善注：《蒼頡》曰：「痏，毆傷也。」《史記·天官書》：下有積錢，金寶之上皆有氣。

〔九八〕〔錢注〕按：「糞土」，用《左傳》「瓊弁」事。左思《吴都賦》「户有犀渠」，係用《國語》「文犀之渠」。此與「金寶」爲對，似指文犀與車渠耳。《廣雅》：車渠，石次玉也。〔補注〕《左傳·僖公二十八年》：「初，楚子玉自爲瓊弁玉纓，未之服也。先戰，夢河神謂己曰：『畀余，余賜女孟諸之麋。』弗致也。大心與子西使榮黄諫，弗聽。榮季曰：『死而利國，猶或爲之，況瓊玉乎？是糞土也。而可以濟師，將何愛焉？』」

〔九九〕〔錢注〕《後漢書·馬援傳》：交阯女子徵側、徵貳反，拜援伏波將軍，南擊交阯，數敗之，斬徵側、徵貳。嶠南悉平。注：《廣州記》曰：「援到交阯，立銅柱，爲漢之極界也。」又《傳》：武威將軍劉尚擊武陵五谿蠻夷，軍没，援請行。帝愍其老，援曰：「臣尚能被甲上馬。」據鞍顧盼，以示可用。帝笑曰：「矍鑠哉，是翁也！」遂遣援。《水經注》：俞益期箋曰：「馬文淵立兩銅柱于林邑岸北。」《林邑記》曰：「建武十九年，馬援樹兩銅柱于象林南界，與西屠國分漢之南疆也。」

〔一〇〇〕〔錢注〕《晉書·吴隱之傳》：爲廣州刺史，未至州二十里，有貪泉，飲者懷無厭之欲，隱之酌而飲之，因賦詩曰：「古人云此水，一歃懷千金。試使夷、齊飲，終當不易心。」又：隱之爲廣州刺史，常食不過菜及乾魚而已。帳下人進魚，每剔去骨存肉，隱之覺其用意，罰而黜焉。

〔一〇一〕〔錢注〕《梁書·范岫傳》：岫每所居官，恒以廉潔著稱，在晉陵惟作牙管筆一雙，猶以爲費。

〔一〇二〕〔錢注〕《後漢書·吴祐傳》：祐父恢爲南海太守，欲殺青簡以寫經書，祐諫曰：「今大人踰越五嶺，其俗舊多珍怪，此書若成，則載之兼兩。昔馬援以薏苡興謗，王陽以衣囊徼名。嫌疑之間，誠先賢所慎也。」恢乃止。注：殺青者，以火炙簡令汗，取其青易書，復不蠹，謂之殺青，亦謂汗簡。

〔一〇三〕〔錢注〕《梁書·江革傳》：革除會稽郡丞，行府州事，民安吏畏，乃除都官尚書。將還，贈遺無所受，惟乘臺所給一舸。舸艚偏欹，不得安卧。或謂革曰：「船既不平，濟江甚險。當移徙重物，以迮輕艚。」革既無物，乃於西陵岸取石十餘片以實之。

〔一〇四〕〔錢注〕《北齊書·邢邵傳》：邵率情簡素，有齋不居，坐卧恒在一小屋。《説文》：湫，隘下也。〔按〕《舊唐書·王茂元傳》：「大和中檢校工部尚書、廣州刺史、嶺南節度使。在安南招懷蠻落，頗立政能。南中多異貨，茂元積聚家財鉅萬計。」是茂元在嶺南雖有政績，然頗積財貨，「酌泉」數句表其廉潔，與史載相違。

〔一〇五〕〔錢箋〕此言移鎮涇原也。《舊唐書・文宗紀》：大和九年十月，以前廣州節度使王茂元爲涇原節度使。《新唐書》本傳：遷涇原節度使。《元和郡縣志》：涇州，漢置安定郡即此是也。《漢書・地理志》：朝那縣屬安定郡。《新唐書・賈耽傳》：常以方鎮帥缺，當自天子命之。若謀之軍中，則下有向背，人固不安。〔按〕《新唐書・王茂元傳》：「家積財，交煽權貴。鄭注用事，遷涇原節度使。注敗，悉出家貲餉兩軍，得不誅，封濮陽郡侯。」

〔一〇六〕〔錢注〕《管子》：黄帝立明臺之議者，上觀於賢也。堯有衢室之問者，下聽於人也。〔補注〕衢室，相傳堯徵詢民意之處所。

〔一〇七〕〔錢注〕江淹《上建平王書》：結綬金馬之庭，高議雲臺之上。〔補注〕《後漢書・陰興傳》：「後以興領侍中，受顧命於雲臺廣室。」李賢注：「洛陽南宫有雲臺廣德殿。」漢光武時用作群臣議事之所。

〔一〇八〕〔錢注〕《後漢書・班超傳》：破白山。注：西域有白山，通歲有雪，亦名雪山。《史記・司馬相如傳》：烽舉燧燔。注：烽，見敵則舉；燧，有難則焚。烽主晝，燧主夜。〔按〕此「雪嶺」當指祁連山。《後漢書・明帝紀》：「竇固破呼衍王於天山。」李賢注：「天山即祁連山，一名雪山。」

〔一〇九〕〔錢箋〕似即茂元《奏吐蕃交馬事宜狀》所言「淹留使臣」也，詳《爲濮陽公上陳相公狀三》「遂敢竊獻情誠，屢陳箋疏」注引茂元《奏吐蕃交馬事宜狀》。玉關，見《爲濮陽公上華州陳相公狀》

注〔九〕。

〔一〇〕〔錢注〕《史記·李將軍傳》：李廣爲右北平太守，匈奴聞之，號曰「漢之飛將軍」，避之數歲。

〔一一〕〔錢注〕《漢書·王商傳》：爲人多質，有威重，長八尺餘，身體鴻大，容貌甚過絶人。河平四年，單于來朝，引見白虎殿。丞相商坐未央廷中，單于前，拜謁商。商起，離席與言。單于仰視商貌，大畏之，遷延却退。天子聞而歎曰：「此真漢相矣！」

〔一二〕〔錢注〕《漢書·馮唐傳》：臣聞上古王者遣將也，跪而推轂，曰：「闑以内寡人制之，闑以外將軍制之。」

〔一三〕〔錢注〕《新唐書·百官志》：邊要之地，置總管以統軍，加號使持節，有行臺，有大行臺。〔按〕據《新唐書·方鎮表》，貞元六年，涇原節度使領四鎮、北庭行軍節度使。《爲尚書濮陽公涇原讓加兵部尚書表》：「加授臣某官，依前充四鎮北庭行軍、兼涇原等州節度、營田、觀察處置等使。」「行臺」似指此。

〔一四〕〔錢注〕嵇康《琴賦》李善注：溜，水流也。

〔一五〕〔補注〕《周禮·考工記·鳧氏》：「鳧氏爲鐘。」鳧鐘，銅鐘，樂器也。

〔一六〕〔補注〕《詩·大雅·靈臺》：「鼉鼓逢逢。」陸璣疏：「其皮堅，可以冒鼓。」邊地寒冷乾燥，鼉鼓皮緊故聲乾。

〔一七〕〔錢注〕《禮》「西方有九國焉」疏：西方有九國未賓。

〔二八〕〔錢注〕《史記·衛將軍驃騎傳》:族滅無後。

〔二九〕戍,《全文》誤作「戎」,據錢校改。〔錢注〕《後漢書·西羌傳》:虞詡説任尚曰:「三州屯兵二十餘萬人,棄農桑,疲苦徭役,而未有功效,勞費日滋。」《樂府解題》:《行路難》,備言世路艱難,以及離别悲傷之意。

〔三〇〕〔錢箋〕此下四句,似文宗既崩,有内召還朝之事。本集《爲濮陽公陳許謝上表》云「皇帝陛下,荆枝協慶,棣萼傳輝,臣得先巾墨車,入拜丹陛」,可以互證。《史記·樊噲傳》:高祖嘗病甚,詔户者無得入群臣,絳、灌等莫敢入,十餘日,噲乃排闥直入,大臣隨之。上獨枕一宦者卧,噲等見上,流涕曰:「始陛下與臣等起豐、沛,定天下,何其壯也!今天下已定,又何憊也!」

〔三一〕〔補注〕《後漢書·光武紀上》「奉高皇帝璽綬」李賢注引蔡邕《獨斷》:「皇帝六璽,皆玉螭虎紐……以武都紫泥封之。」降數,頻降(詔旨)。

〔三二〕〔補注〕《周禮·春官·巾車》:「大夫乘墨車。」鄭玄注:「墨車,不畫也。」即不加文飾之黑色車乘。

〔三三〕〔錢箋〕此言入朝歷爲京職也。本集《代僕射濮陽公遺表》,題標「僕射」;《爲外姑隴西郡君祭張氏女文》云「及登農揆」;《爲濮陽公陳許謝上表》云「蘭臺假號,棘署參榮。奉漢后之園陵,獲申送往;掌周王之廪庾,方切事居」。馮氏謂茂元入朝,當爲御史中丞、太常少卿、將作監,轉司農卿,加僕射。内惟將作監見本傳,餘則别無顯證,特據文義約略言之耳。《舊唐書·職官志》：尚書省左、右僕射各一員，從二品。《史記・平準書》：乃分緡錢諸官，而水衡、少府、大農、大僕各置農官。〔按〕省揆，指尚書省僕射。見《爲濮陽公上淮南李相公狀一》「榮兼右揆」注，茂元所加爲檢校右僕射。因係檢校官，故云「名在」「榮兼」，明其非實授之職。農官，指司農卿。至於馮氏所云「爲御史中丞、太常少卿」，則誤解文義所致，詳《爲濮陽公陳許謝上表》注〔二三〕〔二四〕。

〔二四〕〔錢注〕《通典》：漢以太常、光禄勳、衛尉、太僕、廷尉、大鴻臚、宗正、大司農、少府謂之九寺大卿。後漢九卿而分屬三司，多進爲三公，各有署曹掾吏，隨事爲員。〔補注〕《史記・汲鄭列傳》：「（汲）黯姑姊子司馬安亦少與黯爲太子洗馬，安文深巧善宦，官四至九卿。」

〔二五〕〔錢注〕應璩《百一詩》：問我何功德，三入承明廬。〔補注〕《漢書・嚴助傳》：「君厭承明之廬，勞侍從之事，懷故土，出爲郡吏。」顔師古注引張晏曰：「承明廬在石梁閣外，直宿所止曰廬。」後以承明廬爲入朝或在朝爲官之典。「三入承明廬」，當指三在朝廷内任職，即任秘書省校書郎，遷太子贊善大夫（或録事）；内召爲東宫官屬，遷金吾衛將軍；及開成五年内召爲司農卿事。

〔二六〕〔錢箋〕此言召爲將作監也。見《新唐書》本傳。《後漢書・王符傳》：《潛夫論・浮侈篇》曰：「鄗、畢之陵。」注：畢，周文王、武王葬地也。在鄗東南。《山海經》：大荒之中，有軒轅之臺，射者不敢西嚮射，畏軒轅之臺。〔補注〕鄗、畢之地，軒轅之臺，此處借指文宗陵墓。

〔二七〕葛綳，見《爲王秀才妻蘇氏祭先舅司徒文》注〔八〇〕。

〔二八〕〔錢注〕《藝文類聚》:《三輔黄圖》曰:「漢文帝霸陵不起山陵,稠種柏。」

〔二九〕〔錢注〕王充《論衡》:舜葬蒼梧,象爲之耕;禹葬會稽,鳥爲之田。

〔三〇〕見《爲濮陽公上淮南李相公狀二》「況今者時逼藏弓」注。

〔三一〕〔錢注〕《舊唐書·武宗紀》:武宗,穆宗第五子也。文宗暴疾,宰相李珏、知樞密劉弘逸奉密旨以皇太子監國。神策軍中尉仇士良、魚弘志矯詔廢皇太子成美,迎潁王於十六宅爲皇太弟。文宗崩,宣遺詔即皇帝位於柩前。《史記·吕后紀》:高后崩,諸大臣謀曰:「代王方今高帝見子,最長。」乃使人召代王,至長安,舍代邸,大臣皆往謁,奉天子璽,共尊立爲天子。乃奉法駕,迎代王於邸,入未央宫聽政。《説文》:騑,驂旁馬。〔補注〕事居,事奉生者,多指事奉新君。《左傳·僖公九年》:「送往事居,耦俱無猜,貞也。」

〔三二〕〔錢注〕《史記·封禪書》:上北巡朔方,還祭黄帝冢橋山,上曰:「吾聞黄帝不死,今有冢,何也?」或對曰:「黄帝已仙,上天,群臣葬其衣冠。」《後漢書·輿服志》:每出,太僕奉駕上鹵簿,中常侍、小黄門副;尚書主者,郎令史副;侍御史,蘭臺令史副。皆執注,以督整車騎,謂之護駕。送往,見注〔三一〕。

〔三三〕〔錢箋〕此言出鎮陳許也。《新唐書》本傳:領陳許節度使。按:傳文不載年月,觀下文叙迴鶻事,約當在武宗之初。《通典》:許州許昌縣,漢許縣。獻帝都於此,魏文改曰許昌。《舊唐書·地理志》:陳州,隋淮陽郡。《史記·灌夫傳》:上以爲淮陽天下交,勁兵處,故徙夫爲淮陽太守。〔馮箋〕考諸表文……出鎮當在會昌元年。觀爲汝南、京兆《賀赦表》，而無爲濮陽賀表，則其時尚在京師也。再合之《爲外姑隴西郡君祭張氏女文》，出鎮在是年夏也。（《玉谿生年譜》）〔張箋〕考《補編·祭外舅（贈司徒公）文》云：「許下舊都，淮陽勁卒。帳督千乘，人殷萬室。玁嚻潛動，偏裨遠出，指授籌謀，丁寧紀律。」係指會昌二年徵發許、蔡諸鎮兵討回鶻事，是時茂元已在陳許。《爲濮陽公陳許謝上表》云：「奉漢后之園陵，獲申送往；掌周王之廩庾，方切事居。不謂遽董戎旃，還持武節。維彼璧田，實聯鼎邑。古之近甸，今也雄藩。」而文中略不及徵兵。茂元由將作監轉司農卿，旋領陳許，其爲是年（按：指會昌元年）出鎮無疑。《舊·紀》開成三年書：「以衛尉卿王彦威充忠武軍節度使。」《舊》《新書·彦威傳》：「檢校禮部尚書，充忠武軍節度，會昌中徙節宣武卒。」則茂元即代彦威者。……案《祭張書記文》在本年（指會昌元年）四月，時張氏喪夫，茂元尚在京，則陳許之除，或當是年秋冬間歟？〔岑仲勉曰〕據《方鎮年表》及《考證》，茂元代王彦威，彦威代李紳爲宣武，而紳去宣武在開成五年九月，則茂元除陳許當同年事。《爲外姑祭張氏女文》：「忽爾孀殘，旋移許下。」張卒時茂元雖在京，但《祭張書記文》「今則列樹開封，揲蓍得吉……將歸宿莽之庭，欲閉青松之室」，是葬前致祭，無茂元尚在京師之迹也。《祭外舅文》：「公在東藩，愚當再調。」東藩指忠武，再調在開成五年冬，亦一旁證。（《平質》乙承訛《王茂元爲陳許》條）〔按〕岑説甚是。茂元出鎮陳許，當在開成五年十月間。李紳之由宣武移淮南，雖在開成五年九月（《舊書·武宗紀》），而彦威之由忠武移鎮宣武、王茂元之由京職出鎮忠武，或不妨稍遲。據商隱代茂元所擬諸表狀牒文(凡十餘篇)，商隱當應茂元之召與其同赴陳許。而據《上河陽李大夫狀一》《上河陽李大夫狀二》及《上李尚書狀》，商隱於開成五年十月十日方移家抵達長安。故茂元與商隱之赴陳許，約在十月中下旬。馮、張因力主商隱開成五年九月至會昌元年正月有所謂「江鄉之遊」，而商隱又有爲茂元擬撰之陳許諸表狀牒文，故將茂元出鎮陳許之時間定爲會昌元年夏或秋冬間，不知其與紳、彦威、茂元迭代之事相矛盾也。至於會昌元年正月商隱在華州所撰《爲汝南公華州賀赦表》《爲京兆公陝州賀南郊赦表》，則只能證明其時商隱已離陳許幕而暫寓華州幕，不能據此證明其時茂元尚未出鎮陳許，商隱亦未赴陳許也。

〔二四〕〔補注〕督，統領。殷，衆、多。

〔二五〕〔錢箋〕謂討回鶻也。詳《上許昌李尚書狀一》「虜帳夷妖」注。《舊唐書·武宗紀》：會昌二年八月討回鶻，徵發許、蔡、汴、滑等六鎮之師。《史記·匈奴傳》：唐、虞以上有山戎、獫狁、葷粥居于北蠻。偏裨，見《爲濮陽公陳許補王琛衙前兵馬使牒》注〔三〕。

〔二六〕〔補注〕《左傳·桓公二年》：「百官於是乎戒懼而不敢易紀律。」丁寧紀律，謂申明軍紀。

〔二七〕〔錢注〕《漢書·鼂錯傳》：錯言：「陛下絶匈奴不與和親，臣竊意其冬來南也。壹大治，則終身創矣。欲立威者，始於折膠，來而不能困，使得氣去，後未易服也。」注：秋氣至，膠可折，弓弩可用。匈奴常以爲候而出軍。

〔三八〕〔錢注〕陳后主《昭君怨》：愁眉塞月生。

〔三九〕〔錢注〕《漢書・宣帝紀》：神爵二年，匈奴日逐王先賢撣將人衆萬餘來降。《晉書・匈奴傳》：匈奴四姓，呼延氏最貴，有左日逐、右日逐，世爲輔相。

〔四〇〕〔錢注〕《史記・匈奴傳》：匈奴置左右賢王，左右谷蠡王。

〔四一〕〔錢注〕《史記・黥布傳》：布發兵反。上召見，問薛公，對曰：「使布出於上計，山東非漢之有也。出於中計，勝敗之數未可知也。出於下計，陛下安枕而卧矣。」上曰：「何謂上計？」對曰：「東取吴，西取楚，并齊取魯，傳檄燕、趙，固守其所，山東非漢之有也。」「何謂中計？」「東取吴，西取楚，並韓取魏，據敖倉之粟，塞成皋之口，勝敗之數未可知也。」「何謂下計？」「東取吴，西取下蔡，歸重於越，身歸長沙，陛下安枕而卧，漢無憂矣。」上曰：「是計將安出？」對曰：「出下計。」

〔四二〕〔錢注〕《漢書・趙充國傳》：充國沈勇有大略，少好將帥之節，而學兵法，通知四夷事。

〔四三〕〔錢注〕《史記・田單傳》：燕圍即墨，城中推田單，立爲將軍。田單遣使約降於燕，燕軍益懈。田單乃收城中得千餘牛，爲絳繒衣，畫以五彩龍文，東兵刃於其角，而灌脂束葦於尾，燒其端，鑿城數十穴，夜縱牛。牛尾熱，怒而奔燕軍，所觸盡死傷。燕軍大駭，敗走。

〔四四〕〔錢注〕《史記・衛將軍驃騎傳》：元狩四年，擊匈奴單于。戰而匈奴不利，單于遂乘六贏，壯騎可數百，直冒漢圍西北馳去。〔補箋〕「千牛不燧，六贏已馳」二句，指石雄破回鶻及烏介可汗敗走事。《通鑑·會昌三年》：「正月，回鶻烏介可汗帥衆侵逼振武，劉沔遣麟州刺史石雄、都知兵馬使王逢帥沙陀朱邪赤心三部及契苾、拓跋三千騎襲其牙帳……雄乃鑿城爲十餘穴，引兵夜出，直攻可汗牙帳，至其帳下，虜乃覺之。可汗大驚，不知所爲，棄輜重走。雄追擊之，庚子，大破回鶻於殺胡山。可汗被瘡，與數百騎遁去，雄迎太和公主以歸。」驘，同「騾」。

〔一四五〕〔錢箋〕謂太和公主歸朝也。詳《上許昌李尚書狀一》「虜帳夷妖」注。《後漢書·竇憲傳》：憲恃宫掖聲勢，遂以賤直請奪沁水公主園田，主逼畏不敢計。《漢書·地理志》：河内郡有沁水縣。

〔一四六〕〔錢注〕《史記·絳侯世家》：匈奴大入邊，以河内守亞夫爲將軍，軍細柳以備胡。

〔一四七〕〔錢箋〕此以下叙劉稹作亂，茂元卒於河陽也。事詳題下劉稹事（見注〔一〕引錢箋），别見《爲滎陽公與昭義李僕射狀》注〔四〕。《舊唐書·地理志》：晉城縣屬河東道澤州。〔補注〕赤狄，春秋時狄人之一支，大體分佈於今山西長治（即唐之潞州）一帶，與晉人雜居。此指叛鎮劉稹及其部屬。《春秋·宣公三年》：「秋，赤狄侵齊。」

〔一四八〕〔錢箋〕《舊唐書·劉悟傳》：悟爲淄青節度都知兵馬使。憲宗下詔誅李師道，師道遣悟將兵拒魏博軍，悟未及進，馳使召之。悟度使來必殺己，乃召諸將與謀曰：「魏博兵强，出戰必敗，不出則死。今天子所誅者司空一人而已，悟與公等皆爲所驅迫，何如轉危亡爲富貴。」於是以兵取鄆，擒師道，斬其首以獻，拜義成軍節度使。穆宗即位，移鎮澤潞，子從諫繼纘戎事。敬宗寶曆二年，充昭義節度等使。《史記・田儋傳》：田榮自立爲齊王，盡并三齊之地。《索隱》曰：膠東、齊、濟北。

〔一四九〕〔錢注〕（神州）謂東都。《史記・孟子傳》：中國名曰赤縣神州。按：此謂洛州河南府也。《舊唐書・則天皇后紀》：改元光宅，改東都爲神都。《晉書・張寔傳》：侵逼近甸。〔按〕犯神州之近甸，指劉稹叛軍侵逼懷州（懷州距東都一百八十里）。《通鑑・會昌三年》：八月，「甲戌，薛茂卿破科斗寨，擒河陽大將馬繼等，焚掠小寨一十七，距懷州纔十餘里」。

〔一五〇〕〔錢注〕《通鑑》：會昌三年四月，以忠武節度使王茂元爲河陽節度使。《會昌一品別集》：會昌三年八月二十四、二十八日狀，論河陽兵力已竭，茂元危窘，若賊勢更甚，便要退守懷州。《晉書・杜預傳》：預以孟津渡險，有覆没之患，請建河橋於富平津。〔按〕河橋故址在今河南孟縣西南、孟津縣東北黄河上。

〔一五一〕〔補注〕《左傳・襄公二年》：「齊侯使諸姜宗婦來送葬，召萊子，萊子不會，故晏弱城東陽以偪之。」杜預注：「東陽，齊竟（境）上邑。」孔穎達疏：「齊侯召萊子者，不爲其姓姜也，以其比鄰小國，意陵蔑之，故召之欲使從送諸姜宗婦來向魯耳。萊子以其輕侮，故不肯會。」

〔一五二〕〔補注〕《左傳・襄公二年》：「秋七月庚辰，鄭伯睔卒。於是子罕當國，子駟爲政，子國爲司馬。晉師侵衛，諸大夫欲從晉，子駟曰：『官命未改。』會于戚，謀鄭故也。孟獻子曰：『請城虎牢以偪鄭。』……遂城虎牢，鄭人乃成。」武牢，即虎牢，避李虎諱改。

〔一五三〕〔補注〕《左傳·桓公六年》：「楚武王侵隨，使薳章求成焉，軍於瑕以待之。隨人使少師董成。鬭伯比言于楚子曰：『吾不得志於漢東也，我則使然。我張吾三軍而被吾甲兵，以武臨之，彼則懼而協來謀我，故難間也。漢東之國，隨爲大。隨張，必棄小國；小國離，楚之利也。少師侈，請羸師以張之。』熊率且比曰：『季梁在，何益？』鬭伯比曰：『以爲後圖。少師得其君。』王毁軍而納少師。少師歸，請追楚師，隨侯將許之，季梁止之曰：『天方授楚。楚之羸，其誘我也。君何急焉？』」示羸，示弱以麻痹敵人。《左傳·桓公十二年》：「楚伐絞，軍其南門。莫敖屈瑕曰：『絞小而輕，輕則寡謀。請無扞采樵者以誘之。』從之。絞人獲三十人。明日，絞人争出，驅楚役徒於山中。楚人坐其北門，而覆諸山下。大敗之，爲城下之盟而還。」

〔一五四〕〔錢注〕《後漢書·公孫述傳》：述字子陽，自立爲蜀王。建武元年自立爲天子。八年，帝使諸將攻隗囂，蜀地聞之恐動。明年，述遣田戎、任滿、程汎將兵下江關。十一年，征南大將軍岑彭攻之，滿等大敗。述將王政斬滿首降於彭。田戎走保江州，城邑皆開門降。

〔一五五〕〔錢注〕《後漢書·袁紹傳》：曹操進攻鄴，袁尚將軍萬餘人還救城，操逆擊破之，城中崩沮。審配令士卒曰：「堅守死戰，操軍疲矣。」操出行圍，配伏弩射之幾中。以其兄子榮爲東門校尉，榮夜開門内操兵，配拒戰城中，生獲配，遂斬之。按：熙，袁尚弟，文似臆記而誤。《漢書·高帝紀》注：别將，謂小將别在他所者。〔按〕「子陽」二句，似指昭義大將李丕來降，事見《通鑑·會昌三年（八月）》。

〔一五六〕〔錢箋〕本集《爲王侍御瓘謝宣弔并賻贈表》云：「如臣弟兄，皆冒矢石。」是元子必瓘也。《爲外姑隴西郡君祭張氏女文》云：「七女五男。」是編《上許昌李尚書狀二》云：「王十二郎、十三郎。」又前爲王從事妻、王秀才妻《祭先舅文》皆不署名，「季男」未知何指。〔補注〕元子，天子、諸侯之嫡長子，語本《書·微子之命》：「王若曰：『猷，殷王元子。』」此指王瓘。《左傳·襄公十五年》：「君子謂楚於是乎能官人。官人，國之急也；能官人，則民無覦心。」《國語·晉語四》：「能其官有賞。」元子能官，謂王瓘善於爲官。

〔一五七〕〔補注〕《論語·衛靈公》：「俎豆之事則嘗聞之矣，軍旅之事未之學也。」俎豆，本指祭祀。此言「俎豆之業」，指儒者文教禮樂之事，與下「干戈之務」相對。

〔一五八〕〔錢注〕《史記·灌夫傳》：故戰常陷堅。〔補注〕《左傳·莊公十一年》：「乘丘之役，公以金僕姑射南宫長萬。」杜預注：「金僕姑，矢名。」

〔一五九〕〔錢注〕《戰國策》：被堅甲，蹠勁弩。

〔一六〇〕〔錢注〕李陵《答蘇武書》：每一念至，忽然忘生。

〔一六一〕〔錢注〕《戰國策》：遂弗殺，而善遇之。

〔一六二〕〔錢注〕《後漢書·陳球傳》：球爲零陵太守，州兵反，郡中惶恐，掾吏白遣家避難，球怒曰：「太守分國虎符，受任一邦，豈顧妻孥而沮國威重乎？復言者斬。」

〔一六三〕〔錢注〕《史記·霍驃騎傳》：去病卒，子嬗代侯，上愛之，幸其壯而將之。

〔一六四〕〔錢注〕《宋書·檀道濟傳》：道濟見收，脱幘投地曰：「乃復壞汝萬里之長城！」

〔一六五〕泰，《全文》誤「秦」，據錢校改。〔錢注〕用《禮記》「泰山其頹」意。《詩·天保》傳：騫，虧也。〔按〕商隱《安平公詩》言及崔戎逝世，亦云「遽頹泰山驚逝波」。

〔一六六〕〔錢注〕《蜀志·諸葛亮傳》注：《晉陽秋》曰：「有星赤而芒角，自東北西南流，投於亮營，俄而亮卒。」

〔一六七〕〔錢注〕《陳書·周文育傳》：初文育之據三陂，有流星墜地，其聲如雷，地陷方一丈，中有碎炭數斗。又軍市中忽聞小兒啼，一市並驚。聽之，在土下，軍人掘得棺長三尺，文育惡之。俄而見殺。

〔一六八〕〔錢注〕《晉書·殷浩傳》：遂使寇讎稽誅。〔補注〕稽誅，稽延討伐。

〔一六九〕〔錢注〕《楚辭·遠遊》：命天閽其開關兮。

〔一七〇〕《全文》作「綏服無禮，衮劍加恩」，據錢校改。〔錢校〕疑當作「綏復有禮，衮斂加恩」。《會昌一品集·贈王茂元司徒制》「亦既聞其綏復，是宜加以衮斂」，可互證也。〔補注〕《禮記·雜記上》：「諸侯行而死於館，則其復如於其國。如於道，則升其乘車之左轂，以其綏復。」鄭玄注：「綏當爲緌……謂旌旗之旄也，去其旒而用之，異於生也。」衮斂，古代諸侯葬禮加等時，可用衮衣入斂（衮衣，繪有卷龍之衣）。《左傳·僖公四年》：「許穆公卒于師，葬之以侯，禮也。凡諸侯薨于朝、會，加一等；死王事，加二等。於是有以衮斂。」衮衣爲天子之禮服，上公亦着之而微不同。

〔一二〕〔錢注〕《後漢書·馬融傳》：疏越蘊慉。注：蘊慉，猶積聚也。慉與畜通。

〔一三〕〔錢注〕《爾雅》：東南之美者，有會稽之竹箭焉。西北之美者，有崑崙墟之璆琳、琅玕焉。

〔一三〕〔補注〕《禮記·月令》：「季夏之月……其音宫，律中黄鍾之宫。」「季冬之月……其音羽，律中大吕。」鍾吕，猶黄鐘大吕。

〔一四〕〔錢注〕《梁書·西北諸戎傳》：河南王者，其地有青海，方數百里。〔按〕此「青海」指青海馬。《隋書·西域傳·吐谷渾》：「青海周迴千餘里，中有小山，其俗至冬輒放牝馬於其上，言得龍種。吐谷渾嘗得波斯草馬，放入海，因生驄駒，能日行千里，故時稱青海驄焉。」下句「丹霄一舉」指鴻鵠之高飛。均喻指茂元。

〔一五〕〔錢注〕《史記·季布傳》：曹丘生揖季布曰：「楚人諺曰：『得黄金百斤，不如得季布一諾。』足下何以得此聲於梁、楚間哉？」

〔一六〕〔錢注〕《史記·吴世家》：季札之初使，北過徐君，徐君好季札劍，季札未獻。還至徐，徐君已死，於是乃解其寶劍，繫之徐君冢樹而去，曰：「始吾心已許之，豈以死倍吾心哉！」

〔一七〕〔錢注〕《史記·封禪書》：自齊威、宣之時，騶子之徒論著終始五德之運，及秦帝而齊人奏之，故始皇采而用之。而宋毋忌、正伯僑、充尚、羨門子高最後，皆燕人，爲方仙道，形解銷化，依於鬼神之事。騶衍以陰陽主運顯於諸侯，而燕、齊海上之方士傳其術不能通，然則怪迂阿諛苟合之徒自此興，不可勝數也。〔補注〕《史記·孟子荀卿列傳》：「故齊人頌曰：『談天衍、雕龍奭、炙轂過髡。』」鄒（騶）衍以能言善辯著稱。

〔一七八〕聞，《全文》作「開」，從錢校改。信聞於梁、楚，用季布事，見注〔一七五〕。

〔一七九〕〔錢注〕《困學紀聞》：柳子厚《王參元書》云：「家有積貨，士之好廉名者皆畏忌不敢道足下之善。」嘗考李商隱《樊南四六》有《代王茂元遺表》云：「與季弟參元，俱以詞場就貢，久而不調。」誌王仲元云：「第五兄參元教之學。」〔補注〕《易·乾》：「同聲相應，同氣相求……則各從其類也。」劉孝標《辨命論》：「昔之玉質金相，英髦秀達，皆擯斥於當年。」

〔一八〇〕〔錢注〕《晉書·謝安傳》：安棲遲東土，累辟不就。時安弟萬爲西中郎將，總藩任之重。安雖處衡門，其名猶出萬之右。

〔一八一〕〔錢注〕《宋書·王曇首傳》：曇首，太保弘少弟也。高祖問弘曰：「卿弟何如卿？」弘答曰：「若但如臣，門户何寄？」鮑照《拜侍郎上疏》：生丁昌運，自比人曹。

〔一八二〕〔補注〕《詩·魯頌·閟宮》：「公車千乘，朱英緑縢，二矛重弓。」二矛重弓，爲節鎮之儀。

〔一八三〕〔錢注〕《漢書·金日磾傳》：日磾兩子賞、建俱侍中，與昭帝略同年，共卧起。賞爲奉車，建駙馬都尉。及賞嗣侯，佩兩綬，上謂霍將軍曰：「金氏兄弟兩人，不可使俱兩綬耶？」

〔一八四〕〔錢注〕《家語》：子路曰：「由願得白羽若月，赤羽若日，當一隊而敵之，必也攘地千里，搴旗執馘。」〔補注〕赤羽，赤色旗幟。

〔一八五〕〔錢注〕《晉書·周顗傳》：顗曰：「今年殺諸賊奴，取金印如斗大繫肘。」

〔一八六〕〔錢注〕《史記·趙世家》：賜相國衣二襲。注：單、複具，爲一襲。

〔一八七〕寵，《全文》作「罷」，從錢校改。

〔一八八〕〔錢注〕《史記·高祖功臣侯年表》：封爵之誓曰：「使河如帶，泰山如厲，國以永寧，爰及苗裔。」

〔一八九〕〔錢注〕《史記·信陵君傳》：魏公子無忌封信陵君，仁而下士。魏有隱士曰侯嬴，家貧，爲大梁夷門監者，公子聞之，往請，欲厚遺之，不肯受。公子乃置酒大會賓客，坐定，公子從車騎虛左，自迎夷門侯生，侯生上坐不讓，欲以觀公子，公子執轡愈恭。至家，公子引侯生坐上坐。

〔一九〇〕〔錢注〕《史記·春申君傳贊》：吾適楚，觀春申君故城，宫室盛矣哉！〔補注〕《史記·春申君列傳》：「春申君既相楚，是時齊有孟嘗君，趙有平原君，魏有信陵君，方争下士，招致賓客，以相傾奪，輔國持權。……春申君客三千餘人，其上客皆躡珠履。」

〔一九一〕〔錢注〕《後漢書·李膺傳》：膺性簡亢，無所交接，荀爽常就謁膺，因爲其御，既還，喜曰：「今日乃得御李君矣。」其見慕如此。

〔一九二〕〔錢注〕《史記·孟嘗君傳》：孟嘗君曾待客夜食，有一人蔽火光，客怒以飯不等，輟食辭去。孟嘗君起，自持其飯比之，客慚自剄，士以此多歸孟嘗君。

〔一九三〕〔錢注〕《梁書·羊侃傳》：侃不能飲酒，而好賓客交遊，終日獻酬，同其醉醒。

〔一九四〕〔錢注〕《陳書·蔡凝傳》:太建中,授寧遠將軍、尚書吏部侍郎。凝年位未高,而才地爲時所重,常端坐西齋,自非素貴名流,罕所交接,趣時者多譏焉。《韓詩外傳》:原憲居環堵之室,茨以蒿萊。〔按〕謂茂元待士異於蔡凝之僅交貴流、不接蒿萊,雖寒士亦善待也。

〔一九五〕〔錢校〕團空,胡本作「同穴」,似誤。〔錢注〕梁簡文帝《莊嚴旻法師成實論義疏序》:自佛日團空,正流蕩垢。

〔一九六〕〔錢注〕《首楞嚴經》:名無住行,名無著行。〔補注〕無著,無所羈絆、無所執著。

〔一九七〕〔錢注〕按:梁簡文帝《十空》六首,其二《水月》。〔補注〕水月,喻虛幻空無。

〔一九八〕〔錢注〕《老子》:衆人熙熙,如享太牢,如登春臺。

〔一九九〕〔錢注〕《蓮社高賢傳》:佛馱邪舍,罽賓國婆羅門種也。師髭赤,善解《毗婆沙論》,時人號赤髭論主。

〔二〇〇〕見《爲濮陽公上淮南李相公狀二》「謝安麈尾,屢聽清談」注。

〔二〇一〕〔錢曰〕未詳。〔按〕李白《遊泰山六首》之三:「偶然值青童,緑髮雙雲鬟。笑我晚學仙,蹉跎凋朱顏。」緑髮仙翁,言仙翁之青春容顏,未必專指。

〔二〇二〕裳,《全文》作「裘」,據錢校改。〔錢注〕《楚辭·九歌》:青雲衣兮白霓裳。

〔二〇三〕〔錢注〕揚雄《反騷》:臨汨羅而自隕兮,恐日薄於西山。

〔二〇四〕〔錢注〕《淮南子》:二者代謝舛馳。注:代更謝叙。

〔二〇五〕〔錢注〕陸倕《思田賦》：感風燭與石火，嗟民生其如寄。

〔二〇六〕〔錢注〕張正見《傷韋侍讀詩》：逝水没驚波。

〔二〇七〕〔錢注〕《新唐書·藝文志》：王璨新撰《青烏子》三卷。〔補注〕青烏，指堪輿（古時占候卜筮之一種，後專指看風水）之術。王維《能禪師碑》：「擇吉祥之地，不待青烏。」

〔二〇八〕〔錢注〕《陳書·吴明徹傳》：父樹葬時，有伊代者善占墓，謂其兄曰：「君葬之日必有乘白馬逐鹿者來經墳所，此是最小孝子大貴之徵。」至時果有此應。明徹即樹之最小子也。

〔二〇九〕〔錢注〕《史記·留侯世家》：子房始所見下邳圯上老父與《太公書》者，後十三年，從高帝過濟北，果見穀城山下黄石，取而葆祠之。留侯死，并葬黄石冢。

〔二一〇〕〔錢注〕張華《博物志》：漢滕公薨，求葬東都門外，公卿送喪，駟馬不行，跼地悲鳴，跑蹄下地，得石，有銘曰：「佳城鬱鬱，三千年，見白日，吁嗟滕公居此室。」遂葬焉。

〔二一一〕見《爲王秀才妻蘇氏祭先舅司徒文》注〔七八〕。

〔二一二〕〔錢注〕《漢書·原涉傳》：涉自以先人墳墓儉約，非孝也，乃大治起冢舍，周閣重門。初，武帝時京兆尹曹氏葬茂陵，民謂其道爲京兆阡，涉慕之，乃買地開道立表，署曰南陽阡，人不肯從，謂之原氏阡。

〔二一三〕〔錢注〕《晉書·束皙傳》：太康二年，汲郡人不準盗發魏襄王墓，或言安釐王冢，得竹書數十車。〔按〕汲冢中有《竹書紀年》十三篇，相傳爲戰國時魏之史書，故云「幾年復出」。

〔三四〕〔錢注〕干寶《搜神記》：燕惠王墓上有狐狸已經千餘歲，聞晉司空張華博學多才，化爲二少年書生，乘馬而出，墓前過去，華表神謂曰：「若去非但喪汝二軀，我亦遭累。」狸不答而去，乃持刺謁華，華甚疑之：「此必妖也。」乃曰：「千年之妖，以千年神木火照之即變。」世説燕惠王塚前有華表木，已經千年，發走爲使往取其木，空中有一青衣小兒來問使，使曰：「張司空，忽有二少年多才巧辭，疑是妖異，使我取華表照之。」青衣曰：「老狸不智，不聽我言，今日禍已及我，其可逃乎？」倏然不見。使乃伐其木，將歸照之，其精乃變，華乃烹之。《考工記》注：齊人之言「終古」，猶言「常」也。

〔三五〕〔錢箋〕此下自叙婚於王氏，并及入幕時事。〔補注〕《詩·大雅·思齊》：「大姒嗣徽音，則百斯男。」徽音，德音、令聞美譽。

〔三六〕〔補注〕《左傳·僖公二十七年》：「冬，楚子及諸侯圍宋，宋公孫固如晉告急。先軫曰：『報施救患，取威定霸，於是乎在矣。』」

〔三七〕〔補注〕《左傳·桓公六年》：「齊侯欲以文姜妻鄭大子忽，大子忽辭。人問其故，大子曰：『人各有耦，齊大，非吾耦也。』」

〔三八〕〔錢注〕《舊唐書》商隱本傳：開成二年登進士第，釋褐秘書省校書郎，調補弘農尉。《史記·張丞相傳》：褚先生補曰：「匡衡才下，數射策不中，至九乃中丙科。」《後漢書·梁竦傳》：竦嘗曰：「大丈夫居世，生當封侯，死當廟食。如其不然，閑居可以養志，詩書足以自娛。州郡之職，徒勞人耳。」

〔二九〕〔補注〕《左傳·僖公三十三年》：「初，臼季使過冀，見冀缺耨。其妻饁之敬，相待如賓。」饁，往田野送飯，即「餉田」。

〔三〇〕〔錢注〕《後漢書·梁鴻傳》：鴻至吴，依大家臯伯通，居廡下，爲人賃舂。每歸，妻爲具食，不敢於鴻前仰視，舉案齊眉。〔補注〕販舂，買進穀物舂米出售。賃舂，受僱爲人舂米。義有别。商隱《祭裴氏姊文》：「乃占數東甸，傭書販舂。」

〔三一〕昔，錢注本作「當」，未出校。〔錢箋〕（京西）謂涇原。《舊唐書·地理志》：涇州在京師西北四百九十三里。

〔三二〕〔錢箋〕謂茂元開成末内召還朝時。司馬遷《報任少卿書》：僕賴先人緒業，得待罪輦轂下，二十餘年矣。

〔三三〕〔錢注〕張衡《西京賦》：促中堂之陿坐。

〔三四〕〔錢注〕《爾雅》：闍謂之臺，有木者謂之榭。

〔三五〕〔錢注〕《史記·陳丞相世家》：户牖富人張負女孫五嫁，人莫敢娶。平欲得之，負曰：「人固有好美如陳平而長貧賤者乎？」卒與女。

〔三六〕〔錢注〕《晉書·王國寶傳》：國寶少無士操，不修廉隅，婦父謝安惡其傾側，每抑而不用。

〔三七〕〔錢注〕《晉書·衛玠傳》：年五歲，風神秀異，其後多病，體羸。妻父樂廣有海内重名，議者以爲婦公冰清，女婿玉潤。

〔二八〕〔錢箋〕義山於會昌二年書判拔萃爲秘書正字。東藩，當指陳許。《舊唐書·地理志》：許州在京師東一千二百里。〔按〕茂元開成五年十月出鎮陳許，其時正值商隱辭尉從調之時。《上李尚書狀》：「昨者伏蒙恩造，重有霑賜，兼假長行人乘等，以今月十日到上都訖。既獲安居，便從常調。」今月十日指十月十日。唐時内外官從調，不限已仕、未仕，選人期集，始於孟冬，終於季春。十月正選人期集之時。旋因茂元「銜書見召」，故即赴陳許幕，見陳許所代擬諸表狀牒文。

〔二九〕〔補注〕《易·賁》：「賁于丘園，束帛戔戔。」賁帛，本指帝王尊禮賢士所賜與之束帛，此指茂元聘其入幕之聘禮。資費，費用，亦指聘錢。

〔三〇〕〔錢注〕沈約《陶先生登樓不復下詩》：銜書必青鳥。〔按〕茂元受命出鎮陳許時，商隱或正在自濟源移家長安途中，故有「銜書見召」事。

〔三一〕〔錢注〕《楚辭·招魂》：坐堂伏檻，臨曲池些。注：檻，楯也。

〔三二〕〔錢注〕《宋書·徐湛之傳》：湛之出爲南兖州刺史，起風亭、月觀、吹臺、琴室，招集文士，盡遊玩之適。〔按〕此「風亭」與上「水檻」均陳許節度使府署之建築，緊承上「銜書見召」，説明商隱隨即從茂元入幕。視所代擬《陳許謝上表》《陳許舉人自代狀》等一系列表狀啓牒，亦均爲茂元初到任時所作，而非茂元在陳許任之中途「銜書見召」，始赴陳許。

〔三三〕换，《全文》作「檖」，從錢校改。〔補注〕昃，日西斜。

〔三四〕〔錢注〕《説文》：晦而月見西方謂之朓，朔而月見東方謂之朒。〔補注〕二句即日月移易，時間流逝意。

〔三五〕穎，《全文》作「頓」，從錢校改。〔錢校〕頓，當作「穎」，謂陳許也。義山自陳許歸後，遂不復至茂元幕，時方在東都，故云。〔錢注〕《舊唐書·地理志》：許州，隋潁川郡。《史記·灌夫傳》：夫，潁陰人也。宗族賓客，爲權利横於潁川，潁川兒歌曰：「潁水清，灌氏寧；潁水濁，灌氏族。」〔補注〕辭違，離别。改潁水之辭違，謂變易陳許之離别。作祭文時商隱在長安樊南，不在東都，説見注〔一〕。

〔三六〕〔錢箋〕茂元有宅在洛陽之崇讓坊。《上許昌李尚書狀二》云「王十二郎、十三郎扶引靈筵，兼侍從郡君，今年八月至東洛訖」，可證也。又《上鄭州李舍人狀四》云「夏秋以來，疾苦相繼」，《上李舍人狀二》云「自還京洛，常抱憂煎，骨肉之間，病恙相繼」，蓋義山占籍東都，抱疴里居，適其妻族亦奉喪還洛，故下文云「將觀祖載，遂迫痿瘍」也。事當在會昌四年。《漢書·劇孟傳》：劇孟者，洛陽人也。母死，自遠方送葬，蓋千乘。〔按〕成洛陽之赴弔，即祭文篇首「子壻李商隱謹遣家僮齎疏薄之奠，昭祭於故河陽節度使贈司徒之靈」之意，非謂商隱親往弔祭也，下文「將觀祖載，遂迫痿瘍」已明言未往。錢箋雜引會昌四年八月以後作之《上許昌李尚書狀二》、會昌五年作之《上鄭州李舍人狀四》《上李舍人狀二》以證此文之作時，誤。詳注〔一〕。謂商隱「占籍東都」，亦誤，詳《祭裴氏姊文》「占數東甸」注。

〔三七〕〔錢注〕《詩集·河陽詩》:漢陵走馬黄塵起。馮氏曰:後漢諸帝皆葬洛陽近地,故曰「漢陵」。〔按〕東漢諸帝陵固在洛陽附近,然西漢諸帝陵如所謂五陵者,則均在渭水北岸今咸陽市附近。宣帝杜陵、文帝霸陵亦在長安南,詳《文選·班固〈西都賦〉》「南望杜、霸,北眺五陵」劉良注。此句「漢陵」與下句「秦苑」同指長安之秦、漢苑陵。商隱《爲尚書渤海公舉人自代狀》:「漢苑秦陵,盡絶椎埋之黨。」《幽人》詩:「星斗同秦分,人煙接漢陵。」均指長安之漢陵,不指洛陽。錢氏因謂作祭文時商隱在洛陽「抱疴里居」,故將「漢陵」解爲後漢諸帝陵。

〔三八〕〔錢注〕按:漢上林苑即秦之舊園地,當在長安之西,然唐人詠洛陽詩多有用秦苑者。〔按〕秦苑,泛指古秦國宫苑,唐詩中指長安或咸陽,與洛陽無涉。許渾《咸陽城東樓》:「鳥下緑蕪秦苑夕,蟬鳴黄葉漢宫秋。」温庭筠《自有扈至京師已後朱櫻之期》:「秦苑飛禽諳熟早,杜陵遊客恨來遲。」

〔三九〕〔錢注〕《白虎通》:祖於庭何?盡孝子之恩也。祖者,始也,始載於庭也。乘轜車辭祖禰,故名爲祖載也。〔補注〕祖載,將葬之際,以柩載車上,行祖祭之禮。《後漢書·蔡邕傳》「桓思皇后祖載之時」李賢注引鄭玄注《周禮》云:「祖,謂將葬祖祭於庭;載,謂升柩於車也。」《文選·陸機〈挽歌詩〉》「死生各異倫,祖載當有時」李周翰注:「祖載,謂移柩車爲行之始。」

〔四〇〕〔錢注〕《左傳》注:小疫曰瘥。《周禮·醫師》注:身傷曰瘍。

〔四一〕〔原注〕長,上聲。〔錢注〕《晉書·謝朗傳》:朗字長度。總角時,病新起,體甚羸,於叔父安前與沙門支遁講論，遂至相苦。

〔二四二〕〔錢注〕《梁書・沈約傳》：（沈約，字休文。）約久處端揆，有志台司，帝終不用。以書陳情於徐勉曰：「開年以來，病增慮切。百日數旬，革帶常應移孔；以手握臂，率計月小半分。以此推算，豈能支久？」

〔二四三〕〔補注〕《詩・邶風・簡兮》：「有力如虎，執轡如組。」執轡，持馬繮繩駕車。

〔二四四〕〔錢注〕《楚辭・九章》：露申辛夷，死林薄兮。注：草木交曰薄。《水經注》：自南山橫洛水北屬於河，皆關塞也。〔補注〕二句遥望不及之景。

〔二四五〕〔錢注〕潘岳《楊仲武誄》：潘、楊之睦，有自來矣。〔補注〕《文選・潘岳〈楊仲武誄〉》：「既藉三葉世親之恩，而子之姑，余之伉儷焉。……潘、楊之穆，有自來矣，矧乃今日，慎終如始。」吕延濟注：「謂岳父與仲武祖舊相知好，況今日我與仲武順祖父之好如始也。」此以潘、楊之好喻指姻親之好。

〔二四六〕〔補注〕《詩・周南・關雎》：「參差荇菜，左右采之。窈窕淑女，琴瑟友之。」

〔二四七〕〔補注〕《詩・大雅・烝民》：「既明且哲，以保其身。」孔疏：「既能明曉善惡，且又是非辨知，以此明哲擇安去危，而保全其身，不有禍敗。」《書・説命上》：「知之曰明哲，明哲實作則。」

〔二四八〕〔錢注〕《魏書・高允傳》：垂此仁旨。

〔二四九〕〔錢注〕《南齊書・王僧虔傳》：僧虔善隸書，孝武欲擅書名，僧虔不敢顯跡。大明世，常用拙筆書，以此見容。〔按〕此言筆拙不能贊茂元之功德，抒自己之悲痛，與原典意別。

〔二五〇〕〔錢注〕《晉書·葛洪傳》：洪家貧，躬自伐薪以貿紙筆。《抱朴子》：洪家貧，常乏紙，每所寫皆反覆有字，人少能讀。〔按〕此即紙短情長之意。

## 爲李貽孫上李相公啓〔一〕

月日，從姪某官某，謹齋沐裁誠，著於啓事，跪授僕者〔二〕，上獻於司徒相國叔父閤下〔三〕：某伏遠墻藩〔四〕，亟踰年籥〔五〕。抱徽音於故器〔六〕，雖賞逐時遷〔七〕；竊餘潤於奥雲〔八〕，亦情由類至〔九〕。中阿弭節〔一〇〕，末路增懷〔一一〕。沈吟易失之時，悵望難邀之會〔一二〕。石崇著引，徒願思歸〔一三〕；殷浩裁書，其如慕義〔一四〕。

伏惟相公丹青元化〔一五〕，冠蓋中州〔一六〕。群生指南〔一七〕，命代先覺〔一八〕。語姬朝之舊族，莊、武慚顔〔一九〕；叙漢代之名門，韋、平掩耀〔二〇〕。將鄰三紀〔二一〕，克佐五君〔二二〕。動著嘉猷〔二三〕，行留故事〔二四〕。陶冶於無形之外〔二五〕，優游於不宰之中〔二六〕。始者主上以代邸承基〔二七〕，瑯琊纘業〔二八〕，明發不寐〔二九〕，懷清廟之景靈〔三〇〕；日晏忘飡〔三一〕，念蒼生之定命〔三二〕。爰徵元老〔三三〕，允在賓臣〔三四〕。五載於兹〔三五〕，六符斯炳〔三六〕。

頃單于故境〔三七〕，獯鬻遺疆〔三八〕，屢緣喪荒〔三九〕，亟致攜貳〔四〇〕。夙沙自縛其主〔四一〕，冒頓忍射其親〔四二〕。遂去北邊，欲事南牧〔四三〕。既赫斯而貽怒〔四四〕，乃密勿以陳謀〔四五〕。管氏將來，屢發新柴之井〔四六〕；留侯每入，便聞借箸之籌〔四七〕。群帥受成〔四八〕，中樞獨運〔四九〕。前軍露板，方事於羽馳〔五〇〕；清禁壽觴〔五一〕，旋聞於月捷〔五二〕。仍其貴種〔五三〕，慕我華風〔五四〕。或辨姓寫誠〔五五〕，推諸右校〔五六〕；或釋兵伏義〔五七〕，列在周廬〔五八〕。潞子離狄而《春秋》書〔五九〕，徐夷朝周而《大雅》詠〔六〇〕。其餘鷹鷙鳥散〔六一〕，風去雨還〔六二〕。亘絶幕以銷魂〔六三〕，委窮沙而喪膽〔六四〕。胡琴公主，已出於襜襤〔六五〕；毳幕天驕，行遺其種落〔六六〕。向若非薛公料敵，先陳三策〔六七〕；充國爲學，盡通四夷〔六八〕，則何以雪高廟稱臣之羞〔六九〕，全肅宗復京之好〔七〇〕？此廟戰之功一也〔七一〕。

惟彼參伐〔七二〕，實興皇家。天漢美名，方之尚陋〔七三〕；春陵王氣，比此非多〔七四〕。而物衆藏姦，地寬長孽，敢起在行之衆〔七五〕，因興逐帥之謀〔七六〕。遂使起義堂邊〔七七〕，台臣夙駕〔七八〕；晉陽宮下〔七九〕，逆豎宵奔。翻勢將冀於連雞〔八〇〕，勇鬬尚同於困獸〔八一〕。詎知長算，已出奇兵〔八二〕。金僕靈鈃〔八三〕，靡留於旬朔；箯輿貫木〔八四〕，已集於都街〔八五〕。此廟戰之功二也〔八六〕。

而潞寇不懲兩豎之兇〔八七〕，徒恃三軍之力，干我王略，據其父封〔八八〕。袁熙因累葉之資〔八九〕，衛朔拒大君之詔〔九〇〕。人將自棄〔九一〕，鬼得而誅〔九二〕。蛙覺井寬〔九三〕，蟻言樹大〔九四〕。

招延輕險，曾微吴國之錢〔九五〕；藏匿罪亡，又乏江陵之粟〔九六〕。所謀者河朔遺事〔九七〕，所恃者巖險偷生〔九八〕。今則趙、魏俱攻，燕、齊併入〔九九〕。奉規於帷幄〔一〇〇〕，遵命於指蹤〔一〇一〕。亞夫拒吴，驚東南而備西北〔一〇二〕；韓信擊魏，艤臨晉而渡夏陽〔一〇三〕。百道無飛走之虞〔一〇四〕，一縷見傾危之勢〔一〇五〕。計其反接〔一〇六〕，當不踰時〔一〇七〕。是則陳曲逆之六奇〔一〇八〕，翻成屑屑〔一〇九〕；葛武侯之八陣〔一一〇〕，更覺區區〔一一一〕。此廟戰之功三也〔一一二〕。

孤寇行静〔一一三〕，萬方率同。將盪海騰區，夷山拓宇〔一一四〕。高待泥金之禮〔一一五〕，雄專瘞玉之辭〔一一六〕。煙閣傳形〔一一七〕，革車就國〔一一八〕。盡人臣之極分，焕今古之高名〔一一九〕。

況又奉以嘉聲〔一二〇〕，諧茲國檢〔一二一〕。鬬文賜糗〔一二二〕，遠箴醉飽之徒；晏子朝衣〔一二三〕，横勵輕肥之俗〔一二四〕。比周息慮〔一二五〕，孤介歸仁〔一二六〕。紹續勳家〔一二七〕，扶持舊族。罔容私謝〔一二八〕，皆事公言〔一二九〕。景風至而慶賞先行〔一三〇〕，仲吕協而賢良必遂〔一三一〕。豈直杜伯山之令子，大邑傳家〔一三二〕；陶彭澤之孤孫，西曹受署〔一三三〕。重以心游書圃〔一三四〕，思託文林〔一三五〕，提枹於絶藝之場〔一三六〕，班、揚掃地〔一三七〕；鞠旅於無前之敵〔一三八〕，江、鮑輿尸〔一三九〕。故矯枉則《黄冶》之賦興〔一四〇〕，游道則知止之篇作〔一四一〕。辭窮體物〔一四二〕，律變登高〔一四三〕。文星留伏於筆間〔一四四〕，綵鳳翺翔於夢裏〔一四五〕。此固談揚絶意，倣效何階〔一四六〕！

若某者〔一四七〕，徒預宗盟〔一四八〕，早塵清鑒〔一四九〕。而行藏遷貿〔一五〇〕，歧路差池〔一五一〕。今將抽實吐誠，推心叙款〔一五二〕。緘猶未寫〔一五三〕，詞已失煩〔一五四〕。某爰自弱齡〔一五五〕，實抱孤操〔一五六〕。寒郊映雪〔一五七〕，暑草搜螢〔一五八〕，雖有謝於天姿〔一五九〕，或無慚於力學。庾持奇字〔一六〇〕，信未皆通；敬禮小文〔一六一〕，頗常留意。大和中，敢揚微抱，竊獻短章〔一六二〕。方候明誅，忽蒙復命。荆州一紙〔一六三〕，河東百金〔一六四〕。叨延月旦之評〔一六五〕，長積竹林之戀〔一六六〕。竟以事將願背，蹇與身期。離索每多，交攀莫遂。武陵被病〔一六七〕，洛表求醫〔一六八〕。未及上言，先蒙受代。肩輿而至〔一六九〕，杜門以居〔一七〇〕。蓬藋荒涼〔一七一〕，風霜迅厲〔一七二〕。今已稍痊美疢〔一七三〕，獲託休辰。殷鈞體羸，尚能爲郡〔一七四〕；馬卿疾罷，猶可言文〔一七五〕。退無井臼之資〔一七六〕，進乏交朋之助。是以徘徊軒幄，託附緘封，冀陳、蔡之及門〔一七七〕，庶江、黄之列會〔一七八〕。敢渝孤直〔一七九〕，仰累清光。東浪驚年〔一八〇〕，西飈結欷〔一八一〕。矢心佩賜〔一八二〕，畢命銜輝〔一八三〕。道阻且躋〔一八四〕，書不盡意。金楹假蔭，望同相賀之禽〔一八五〕；珠岸迴光，庶及不枯之草〔一八六〕。明懸肝膽〔一八七〕，唯所鑪錘〔一八八〕。干冒尊嚴，伏用兢灼。謹啓。

**【校注】**

〔一〕本篇原載《文苑英華》卷六六一第二頁、清編《全唐文》卷七七七第一一頁、《樊南文集詳注》卷三。題内「李相公」下《英華》有「德裕」字，馮注本從之。〔徐箋〕《舊書·李德裕傳》：開成五年正月,武宗即位。七月,召德裕於淮南。九月,授門下侍郎、同平章事。初,德裕父吉甫年五十一出鎮淮南,五十四自淮南復相。今德裕鎮淮南,復入相,一如父之年,亦爲異事。案:啓云「五載於兹,六符斯炳」,則貽孫上啓在會昌四年平澤潞之後也。〔馮箋〕按《唐文粹·四門助教歐陽詹文集序》,李貽孫作,玩其所自述,則貽孫於大和中曾爲福建團練副使。至大中六年,爲福建觀察使。《酉陽雜俎》有云:「夔州刺史李貽孫。」《書史會要》曰:「李貽孫工書。」《金石録》有會昌五年九月李貽孫《神女廟詩碑》。《全蜀藝文志》有會昌五年夔州刺史李貽孫《都督府記》。則上此啓後,即刺夔矣。《新書·宰相表》:「會昌二年正月,德裕爲司空。三年六月,爲司徒。四年八月,守太尉。」此啓是楊弁已誅、劉稹尚未平,會昌四年四、五月所上,故尚稱「司徒」,且有「景風」「中吕」之語。《法書苑》引《廣川書跋》:「酆都宫陰真人祠,刻詩三章,唐貞元中刺史李貽孫書。」豈亦其人耶?貞元年稍遠矣,似字有誤。〔岑曰〕稱德裕爲司徒,又言澤潞將平,玩其書辭,當上于會昌四年七月前,猶未外放夔刺。(《郎官石柱題名新考訂·金部員外郎》)〔按〕此啓寫作時間,馮考爲確。啓叙討伐劉稹之戰事云:「百道無飛走之虞,一縷見傾危之勢。」計其反接,當不踰時。」又云:「孤寇行静。」是劉稹行將平定而尚未平也。再參以「景風」「仲吕」語,其在會昌四年四、五月間可大體肯定。《唐刺史考》據酆都陰真人祠刻詩,疑李貽孫大中三年曾任忠州刺史。

〔三〕〔補注〕啓事,陳述事情之函件。僕指送信之僕役。跪授,示敬也。

〔三〕〔馮曰〕閤、閤音義每通。

〔四〕〔徐注〕揚雄《甘泉賦》：電倏忽於墻藩。〔補注〕墻藩，猶門墻。

〔五〕〔徐注〕《舊書・音樂志》云：管三孔曰籥，春之音，萬物振躍而動也。〔馮注〕《爾雅・釋樂》注：籥如笛，三孔而短小。《釋名》：籥，躍也，氣躍而出也。《舊書・音樂志》：籥，春分之音。按：「籥」又與「律」同義。《漢書・志》：「黄帝制十二筩以聽鳳之鳴，比黄鐘之宫，而皆可以生之，是爲律本。」《尚書》「聲依永，律和聲」疏引之作「十二籥」也。年籥，猶云歲律，義取於此。

〔六〕抱，《英華》一作「挹」，非。〔徐注〕《周禮》：典同，掌六律六同之和，以辨天地四方陰陽之聲以爲樂器。故《新書・禮樂志》云：聲無形而樂有器。〔馮注〕《史記・周本紀》：太師疵、少師彊抱其樂器而奔周。《周禮》：凡爲樂器，以十有二律爲之數度，以十有二聲爲之齊量。凡和樂亦如之。注曰：和，謂調其故器也。

〔七〕〔徐注〕《晉書・桓沖傳》：疏曰：「事與時遷，勢無常定。」

〔八〕〔徐注〕「奥雲」未詳，疑是「鬱」字之誤。謝莊《宣貴妃誄》：高唐渫雨，巫山鬱雲。〔馮注〕王弼《老子注》：「奥，猶曖也，可得庇蔭之辭。」「奥雲」「餘潤」，義相似也。徐氏疑作「鬱」，而引謝莊《宣貴妃誄》「巫山鬱雲」，誤矣。〔按〕奥雲，猶深雲、濃雲，奥雲含雨，故曰「餘潤」。

〔九〕〔馮注〕（「抱徽音」四句）謙言不入時宜，而同宗之情不敢忘也。類，是族類之類。

〔一〇〕〔徐注〕顔延之《秋胡詩》：弭節停中阿。〔補注〕中阿，丘陵之中，山灣中。弭節，猶停車。

〔一一〕〔徐注〕《漢書·鄒陽傳》:至其晚節末路。

〔一二〕〔徐注〕魏武帝詩:但爲君故,沈吟至今。《漢書·蒯通傳》:通説韓信曰:「時者難值而易失。」〔馮注〕《後漢書·賈復傳》:帝召諸將議兵事,未有言,沈吟久之。《古詩十九首》:沈吟聊躑躅。《説苑》:鄭桓公會封于鄭,暮宿於宋東之逆旅。逆旅之叟曰:「聞之,時難得而易失也。今客之寢安,殆非就封者也。」〔按〕沈吟,此處係遲疑、猶豫之義。《後漢書·隗囂傳》:「邯得書,沈吟十餘日,乃謝士衆,歸命洛陽。」難邀之會,難遇之時機。

〔一三〕〔徐注〕石崇《思歸引序》注:《思歸引》,古曲名。崇爲太僕卿,有思歸之意,故有此作。〔馮注〕石崇《思歸引序》:尋覽樂篇,有《思歸引》。儻古人之情,有同於今,故制此曲。

〔一四〕〔馮注〕殷浩空函,非此所用。《浩傳》又有致箋簡文,具自申述之事。然是陳讓,亦不相合。當更有典,未詳。《漢書·鄒陽傳》:梁孝王下陽吏,陽從獄中上書曰:「王奢、樊於期去二國、死兩君者,行合於志,慕義無窮也。」《史記·吴太伯世家》:延陵季子之仁心,慕義無窮。〔按〕裁書慕義,當是致書當權之大臣,表示仰慕高義之意,希求汲引,以切己上書德裕,企其援手。惜事不詳。

〔一五〕〔徐注〕桓寬《鹽鐵論》:公卿者,四海之表儀,神化之丹青也。〔補注〕丹青,謂使增輝、生色。張九齡《祭張燕公文》:「故能羽翼聖后,丹青元化。」

〔一六〕〔徐注〕(班固)《西都賦》:英俊之域,紱冕所興,冠蓋如雲。〔補注〕冠蓋,冠服車乘。此猶冠冕之意，謂首出、蓋過。

〔一七〕〔馮注〕崔豹《古今注》：黄帝與蚩尤戰涿鹿之野，蚩尤作大霧，軍士皆迷路，帝作指南車以示四方。舊説周公所作也。越裳氏使者迷其歸路，周公錫以軿車五乘，皆爲司南之制。《黄帝内傳》：玄女爲帝制司南車。《蜀志》：南陽宋仲子與蜀郡太守書曰：「許文休有當世之具，足下當以爲指南。」

〔一八〕〔徐注〕「代」讀曰「世」。《魏志》：橋玄謂太祖曰：「天下將亂，非命世之才不能濟也。」《孟子》：伊尹曰：「予天民之先覺者也。」〔補注〕命代，著名於當代。

〔一九〕〔徐注〕《左傳》：鄭武公、莊公，爲平王卿士。〔補注〕姬朝，指周朝。周爲姬姓，故稱。此以鄭武公、莊公父子爲平王卿士喻李吉甫、德裕父子相繼爲相。

〔二〇〕〔徐注〕《漢書·平當傳》：漢興，惟韋、平父子至宰相。師古曰：韋，謂韋賢也。案：當子晏，以明經歷位大司徒。賢子玄成，以明經歷位至丞相。〔馮注〕《漢書·韋賢傳》：賢爲丞相，封扶陽侯。少子玄成復以明經歷位至丞相。《平當傳》：當爲丞相，卒，子晏以明經歷位大司徒，封防鄉侯。

〔二一〕將，《英華》作「歲」，注：集作「將」。〔馮校〕一作「歲」，非。〔徐注〕《書》：既歷三紀，世變風移。

〔二二〕〔徐注〕《左傳》：楚屈建問范會之德于趙武，歸，以語康王，康王曰：「宜夫子之光輔五君，以爲諸侯主。」箋：德裕自元和中累辟諸府從事，至會昌四年平澤潞，歷事憲、穆、敬、文、武五朝，凡三十餘歲，故曰「將鄰三紀，克佐五君」。

〔二三〕〔徐注〕《書・君陳》：爾有嘉謀嘉猷，則入告爾后于内。

〔二四〕〔馮注〕《漢書・蘇武傳》：明習故事。《後漢書・鄭弘傳》：爲尚書令，前後所陳補益王政者，皆著之南宫，以爲故事。《史記・魯世家》：咨於固實。注曰：固，一作「故」。故實，故事之是者。〔補注〕故事，舊例、先例。

〔二五〕〔馮注〕《漢書・董仲舒傳》：陶冶而成之。上之化下，下之從上，猶泥之在鈞，惟甄者之所爲；猶金之在鎔，惟冶者之所鑄。師古曰：甄，作瓦之人。鈞，造瓦之法其中旋轉者。鎔謂鑄器之模範也。〔補注〕無形，猶不知不覺。

〔二六〕〔馮注〕《老子》：生而不有，爲而不恃，長而不宰，是謂玄德。

〔二七〕〔馮注〕《漢書・紀》：孝文皇帝，高帝中子，立爲代王。諸吕既誅，大臣使人迎詣長安，群臣請即天子位，奉天子法駕迎代邸。〔徐注〕師古曰：郡國朝宿之舍在京師者率名邸。

〔二八〕〔馮注〕《晉書・紀》：元皇帝諱睿，宣帝曾孫，琅邪恭王之子也。年十五，嗣位瑯琊王。永嘉初，鎮建鄴。建武元年春二月，群臣請爲晉王於建康。大興元年春三月，愍帝崩問至，百寮上尊號，即皇帝位。○武宗爲穆宗之子，文宗之弟，故云。

〔二九〕〔徐注〕《詩》：明發不寐，有懷二人。

〔三〇〕〔徐注〕《晉書·涼武昭王傳》：《述志賦》云：「承景靈之冥符。」〔補注〕《詩·周頌·清廟》：「於穆清廟。」清廟爲周之祖廟，此喻指唐之宗廟。景靈，明靈，指唐之列祖列宗。

〔三一〕〔徐注〕《書》：文王自朝至于日中昃，不遑暇食。

〔三二〕〔馮注〕《詩》：訏謨定命。箋曰：謂正月始和，布政于邦國都鄙也。《左傳》：劉子曰：「民受天地之中以生，所謂命也。是以有動作禮義威儀之則，以定命也。」〔按〕《詩》「訏謨定命」之「定命」，指審定法令。此句「定命」指命運。

〔三三〕〔徐注〕《詩》：方叔元老。

〔三四〕〔馮注〕《漢紀》：陳元疏曰：「師臣者帝，賓臣者王。」〔按〕又見《後漢書·陳元傳》。

〔三五〕〔馮注〕武宗即位之年，至是五載。

〔三六〕〔徐注〕《漢書·東方朔傳》：願陳《泰階六符》，以觀天變。孟康曰：泰階，三台也。每台二星，凡六星。符，六星之符驗也。應劭曰：《黃帝泰階六符經》云：「泰階者，天之三階也。上階爲天子，中階爲諸侯公卿大夫，下階爲士庶人。三階平則陰陽和，風雨時，天下大安，是爲太平。」

〔補注〕炳，顯。

〔三七〕境，《英華》注：集作「地」。

〔三八〕〔徐注〕《史記》：北逐葷粥。《索隱》曰：匈奴別名也。〔馮注〕《漢書·匈奴傳》：唐、虞以上有山戎、獫允、薰鬻居於北邊。

〔三九〕〔徐注〕《周禮・小宰》：喪荒，受其含襚幣玉之事。〔補注〕賈疏：「釋曰：喪謂王喪，諸侯諸臣有致含襚幣玉之事。荒謂凶年，諸侯亦有致幣玉之事。」

〔四〇〕〔徐注〕《後漢書・公孫述傳》：發間使招攜貳。〔馮箋〕《通鑑》：開成四年，回紇歲疫，大雪，羊馬多死，回鶻遂衰。又注引《獻祖紀年録》曰：回鶻大饑，族帳離叛，復爲黠戛斯所逼，漸過磧口，至於榆林。〔補箋〕《通鑑》卷二四六開成四年載：「回鶻相安允合、特勒（勤）柴革謀作亂，彰信可汗殺之。相掘羅勿將兵在外，以馬三百賂沙陀朱邪赤心，借其兵共攻可汗。可汗兵敗，自殺，國人立㕎馺特勒（勤）爲可汗。」又：開成五年載：「及掘羅勿殺彰信，立㕎馺，回鶻別將句録莫賀引黠戛斯十萬騎攻回鶻，大破之，殺㕎馺及掘羅勿，焚其牙帳蕩盡，回鶻諸部逃散。……可汗兄弟嗢没斯等及其相赤心、僕固、特勒（勤）那頡啜各帥其衆抵天德塞下，就雜虜貿易穀食，且求内附。」又：會昌元年，《通鑑考異》引《伐叛記》云：「會昌元年二月，回鶻遠涉沙漠，飢餓尤甚，將金寶于塞上部落博糴糧食。邊人貪其財寶，生攘奪之心。」又，會昌二年三月載：「回鶻嗢没斯以赤心桀黠難知，先告田牟云：赤心謀犯塞。乃誘赤心并僕固殺之，那頡啜收赤心之衆七千帳東走。河東奏：『回鶻兵至横水，殺掠兵民，今退屯釋迦泊東。』」五月載：「那頡啜帥其衆……窺幽州，盧龍節度使張仲武遣其弟仲至將兵三萬迎擊，大破之……那頡啜走，烏介可汗獲而殺之。時烏介衆雖衰減，尚號十萬，駐牙於大同軍北閭門山。楊觀自回鶻還，可汗表求糧食、牛羊，且請執送嗢没斯等。」八月載：「可汗帥衆過杷頭烽南，突入大同川，驅掠河東雜虜牛馬數萬，轉鬬至雲州城門。」此即所謂「亟致擕貳」。亟，屢；擕貳，背叛。

〔四一〕〔馮注〕《吕氏春秋》：夙沙之民，自攻其君，而歸神農。《淮南子》作「宿沙」，注曰：伏羲、神農之間，有共工、宿沙，霸天下者。〔徐注〕劉恕《外紀》：諸侯夙沙氏叛不用命，神農退而修德，夙沙之民自攻其君而來歸其地。

〔四二〕〔馮注〕《漢書·匈奴傳》：單于頭曼欲廢太子冒頓而立少子，冒頓從其父頭曼獵，以鳴鏑射頭曼，其左右皆隨鳴鏑而射，殺頭曼，冒頓自立爲單于。○冒音墨，頓音毒。〔按〕二句蓋指回鶻内亂，相掘羅勿借沙陀兵攻殺彰信可汗，及回鶻别將句録莫賀引黠戛斯十萬騎攻殺𢉙馺可汗及掘羅勿事，參注〔四〇〕補箋。

〔四三〕〔徐注〕《漢書·武帝紀》：詔曰：「今中國一統，而北邊未安。」賈誼《過秦論》：胡人不敢南下而牧馬。〔按〕此指回鶻烏介可汗率衆南犯，參注〔四〇〕補箋。

〔四四〕〔補注〕《詩·大雅·皇矣》：「王赫斯怒。」〔補注〕赫，盛怒貌。斯，語助詞。

〔四五〕〔徐注〕《漢書·劉向傳》：《詩》曰：「密勿從事，不敢告勞。」師古曰：「密勿，猶黽勉也。」李善《文選注》：黽勉同心，《韓詩》作「密勿同心」。〔馮注〕《魏志·杜恕傳》：與聞政事，密勿大臣。〔按〕自武宗會昌元年至三年正月，李德裕所撰有關回鶻之敕書表狀近六十通（據《會昌一品集》），可見其「密勿陳謀」之情況。

〔四六〕將，馮注本作「初」。〔徐注〕《管子》：桓公將與管仲飲，十日齋戒，掘新井而柴焉。注：新井以柴覆之,取其潔,敬也。

〔四七〕便,《英華》注:集作「更」。借箸之籌,見《爲濮陽公陳許奏韓琮等四人充判官狀》「委以前籌」注。

〔四八〕群帥,《英華》作「全師」,注:集作「群帥」。〔徐校〕一作「全師」,非。〔補注〕受成,接受已定的謀略。

〔四九〕〔徐注〕《漢書》:斗運中央,臨制四海。《春秋運斗樞》:北斗七星,第一名天樞。〔馮注〕此謂獨運兵機也。

〔五〇〕〔徐注〕《北史》:齊明帝曰:「上馬能擊賊,下馬作露布,惟傅修期爾。」《晉書·八王傳》:尚書始疑詔有詐,郎師景露版奏請手詔。李石《續博物志》:露布,捷書之別名,以帛書揭之竿,《魏武奏事》謂之露板。〔馮注〕《北史·魏彭城王勰傳》:臣聞露布者,布於四海,露之耳目。《文心雕龍》:檄者,皦也,或稱露布,播諸視聽也。插羽以示迅,露版以宣衆。《封氏聞見記》:露布,捷書之別名也。破賊則以帛書建竿上,兵部謂之露布,自漢來有其名,亦謂之露版,《魏武奏事》云「有警急輒露板插羽」是也。按:露布、露板,相似而稍不同。露布專是捷書,露版即露章,或示昭著,或示警急,奏議用之。如《魏志·崔琰傳》:「琰露板答太祖。」《南史·謝靈運傳》:「孟顗表其異志,露板上言。」此句取警急入告之義,下句(按:指「清禁壽觴,旋聞於月捷」句)乃指報捷。故詳辨之。按:露布、露版究同,如《後漢書·李雲傳》「憂國將危,露布上書，移副三府」注：「露布，謂不封之也。」《魏書・傅永傳》：「高祖每嘆曰：『上馬能擊賊，下馬作露布，惟傅修期耳。』」《通鑑》載之，作「露板」。《漢書》：高祖曰：「吾以羽檄召天下兵。」

〔五一〕〔徐注〕劉楨《贈徐幹詩》：拘限清切禁。《漢書・兒寬傳》：臣寬奉觴再拜，上千萬歲壽。制曰：「敬舉君之觴。」

〔五二〕〔徐注〕《詩》：一月三捷。

〔五三〕〔徐注〕《漢書・匈奴傳》：其大臣皆世官。呼衍氏、蘭氏，其後又有須卜氏，此三姓，其貴種也。

〔五四〕〔徐注〕《晉書・劉曜傳論》：習以華風。

〔五五〕〔徐注〕《左傳》：東郭偃曰：「男女辨姓。」《蜀志・諸葛亮傳》：遂解帶寫誠，厚相結納。

〔五六〕〔馮注〕《史記・陳涉世家》：秦左右校。《索隱》曰：即左右校尉軍也。《漢書・百官公卿表》：武帝置中壘、屯騎、步兵、越騎、長水、胡騎、射聲、虎賁，凡八校尉。《衛青傳》注：校者，營壘之稱，故謂軍之一部爲一校。按：此謂右軍。諸衛皆有左右，合稱左右兩軍也。〔徐注〕《後漢書・劉盆子傳》：盆子與茂留軍中，屬右校。

〔五七〕伏，《英華》注：集作「服」。〔馮注〕《史記・漢武帝紀》：澤兵須如。徐廣曰：古「釋」字作「澤」。〔補注〕釋兵，放下兵器。

〔五八〕〔徐注〕《史記・秦始皇本紀》：周廬設卒甚謹。《集解》：《西京賦》曰：「徼道外周，千廬內傳。」薛綜曰：「士傳宮內外爲廬舍，晝則巡行非常，夜則警備不虞。」〔馮注〕《後漢書・班固傳》:周廬千列,徼道綺錯。注曰:宿衛之廬周於宫也。《前書》曰:「中尉掌徼巡京師。」《通鑑》:會昌二年八月,賜嗢没斯與其弟阿歷支、習勿啜、烏羅思皆姓李氏,名思忠、思貞、思義、思禮。回紇宰相受耶勿賜姓名李宏順。《會昌一品集·異域歸忠傳序》云:大特勤嗢没斯率其國宰相、尚書、將軍凡十二人,大首領三十七人,騎士二千一百六十八人内附。

〔五九〕〔徐注〕《春秋》:宣公十有五年,六月癸卯,晉師滅赤狄潞氏,以潞子嬰兒歸。〔馮注〕《漢書·表》:《春秋》列潞子之爵,許其慕諸夏也。應劭曰:潞子離狄内附,《春秋》嘉之,稱其爵,列諸盟會間。

〔六〇〕〔徐注〕《詩序》:《常武》,召穆公美宣王也。其詩曰:四方既平,徐方來庭。徐方不回,王曰還歸。〔馮注〕《漢書·表》:《詩》云:「徐方既徠。」師古曰:《大雅·常武》之詩:「王猷允塞,徐方既徠。」言徐方、淮夷並來朝也。

〔六一〕〔徐注〕麕,與「麞」同。沈約詩:驚麞去不息。善曰:《詩》:「野有死麕。」今以江東人呼鹿爲麞。《漢書·李陵傳》:陵曰:「各鳥獸散,猶有得脱,歸報天子者。」〔馮注〕《説文》:麕,麞也。《埤雅》:麞性善驚。

〔六二〕〔徐注〕鮑照《舞鶴賦》:風去雨還,不可談悉。

〔六三〕幕,《英華》作「漠」,字通。〔徐注〕揚雄《羽獵賦》:蹶竦讋怖,魂亡魄失。張衡《西京賦》:喪精亡魂,失歸忘趣。〔馮注〕《漢書·武帝紀》:衛青復將六將軍絶幕。臣瓚曰:沙土曰幕,直度曰絶。師古曰：幕者，即今之突厥中磧耳。李陵歌云：「經萬里兮度沙幕。」《説文》：漠，北方流沙也。

〔六四〕〔徐注〕《後漢書·吴漢等傳論》曰：戎、羯喪其精膽。

〔六五〕〔徐注〕傅玄《琵琶賦序》：故老云漢送烏孫公主，念其行道思慕，使知音者於馬上作之。《舊書·音樂志》：《承天樂》有大琵琶一，大五絃琵琶一；《高昌樂》有琵琶二，五絃琵琶二。《新書·音樂志》：《西涼伎》有五絃，天竺、高麗、龜兹、安國、疏勒伎皆有之。五絃如琵琶而小，北國所出。舊以木撥彈，樂工裴神符初以手彈，太宗悦甚。後人習爲搊琵琶。案：舜作五絃之琴，而文王、武王加二絃。琵琶本四絃也，北國益爲五絃，與琴同。唐人所謂胡琴者，蓋即五絃琵琶也。然岑參《白雪歌》云：「中軍置酒飲歸客，胡琴琵琶與羌笛。」則胡琴與琵琶又似二器，豈以四絃者爲琵琶，五絃者爲胡琴耶？《史記·李牧傳》：大破殺匈奴十餘萬騎，滅襜襤，破東胡，降林胡，單于奔走。《集解》：襜，都甘反；襤，路談反。如淳曰：「胡名也，在代地。」〔馮注〕《宋書·樂志》：傅休奕《琵琶賦》曰：「漢遣烏孫公主嫁昆彌，念其行道思慕，故使工人裁箏、筑，爲馬上之樂，欲從方俗語，故名曰琵琶，取其易傳於外國也。」《風俗通》曰：「以手琵琶，因以爲名。」杜摯云：「長城之役，弦鼗而鼓之。」並未詳孰實。按：傅休奕《賦序》：「柱有十二，配律吕也；四絃，法四時也。」《通典》引之而曰：「今清樂奏琵琶，俗謂之秦漢子。」又曰：「五絃琵琶稍小，蓋北國所出。」又曰：「舊彈琵琶，皆用木撥，貞觀中始有手彈之法，今謂搊琵琶是也。」是琵琶、五絃分列爲二。馬氏《通考》於「搊琵琶」下曰，唐時謂之秦漢子，趙璧之彈五絃，即此。恐有混誤矣，胡琴古無此名。《通考》曰：「唐文宗朝，女伶鄭中丞善彈胡琴。」亦不細言其制度。此謂「胡琴公主」，正用烏孫公主事，以琵琶爲胡琴亦可，不必細剖耳。箋：按是時戰地，正在代北。《舊書·回紇傳》：穆宗即位踰年，封第十妹爲太和公主，出降回紇。《李德裕傳》：烏介突入朔州，大縱掠，卒無拒者。德裕曰：「今烏介所恃者公主，如令勇將出奇，奪得公主，虜自敗矣。」上即令德裕草制，以出奇形勢授劉沔。《石雄傳》：雄受沔教，徑趨烏介之牙，既入振武城，登堞；諜知公主帳。雄諭其人曰：「國家兵馬，欲取可汗。公主至此，家國也，須謀歸路。俟兵合時，不得動帳幕。」餘詳下文。《通鑑》：會昌三年，石雄迎公主歸京師，改封安定大長公主，詣光順門謝和蕃無狀。上遣中使慰諭，然後入宮。

〔六六〕種落，《全文》作「湩酪」，誤，據《英華》改。《英華》注：集作「湩酪」。〔徐注〕李陵《答蘇武書》：韋韝毳幕，以禦風雨。注：毳幕，氈帳也。《漢書·匈奴傳》：單于遣使與漢書云：「胡者，天之驕子。」又：中行說曰：「得漢食物，皆去之，以視不如重酪之便美也。」師古曰：重，乳汁也。重音竹用反，字本作「湩」，其音則同。《説文》：湩，乳汁也。《釋名》：酪，澤也，乳汁所作，使人肥澤也。（按：徐注本作「湩酪」。）〔馮校〕烏介以數百騎走，則其部落盡遺棄矣，必當作「種落」。〔馮箋〕《通鑑》：回紇既衰，數爲黠戛斯所敗。及掘羅勿殺彰信可汗，立匲馺，其别將引黠戛斯大攻破之，殺匲馺及掘羅勿，牙帳蕩盡，諸部逃散。可汗兄弟嗢没斯及其相赤心，各帥其衆抵天德塞下。德裕以爲宜遣使者鎮撫，運糧食以賜之，此漢宣所以服呼韓也。乃以穀二萬斛賑之。初，黠戛斯既破回鶻，得太和公主，將歸之於唐。回紇烏介可汗邀奪公主，南度磧口，屯天德軍境，上表借振武一城以居。詔諭以城不可借。而可汗屢侵擾邊。嗢没斯以赤心桀黠難知，誘殺之。那頡啜收赤心之衆七千帳東走。德裕言：「石雄善戰無敵，請以爲副使，佐田牟。」嗢没斯率衆來降，乃以爲左金吾大將軍、懷化郡王。盧龍節度張仲武迎擊那頡啜，大破之，悉收降其七千帳，分配諸道。那頡啜爲烏介所殺。烏介尚號十萬，駐大同北。二年八月，突入大同川，驅掠河東，轉鬬至雲州。詔發陳、許、徐、汝、襄陽等兵屯太原及振武、天德。又詔河東、幽州、振武、天德移營以迫之。三年正月，烏介侵逼振武，劉沔遣石雄襲其牙帳，沔自以大軍繼之。雄追擊，大破之。烏介被瘡，與數百騎遁去，走保黑車子族。雄迎太和公主以歸。烏介潰兵多詣幽州降，前後三萬餘人，皆散隸諸道。按：詳書之，使文中所用事實，一一印合也。互詳《爲河南盧尹賀上尊號表》「攄累聖之忿憤」注。

〔六七〕〔徐注〕《漢書·英布傳》：反書聞，汝陰侯滕公以問其客薛公，言之上，上乃見問，薛公對曰：「使布出于上計，山東非漢之有；出于中計，勝負之數未可知也；出于下計，陛下安枕而卧矣。」〔按〕事始見《史記·黥布傳》，見《祭外舅贈司徒公文》注〔一四一〕。

〔六八〕盡，《英華》作「嘗」，注：集作「盡」。注見《祭外舅贈司徒公文》注〔一四二〕。

〔六九〕〔徐注〕《舊書·突厥傳》：高祖起義太原，遣大將軍府司馬劉文静聘于始畢，引以爲援。始畢遣其特勤康稍利等獻馬千匹，會于絳郡。又選二千騎助軍，從平京城。〔馮注〕《李靖傳》：太宗聞靖破頡利，大悦曰：「往昔國家草創，太上皇以百姓之故，稱臣於突厥，朕未嘗不痛心疾首，志滅匈奴，今者恥其雪乎！」

〔七〇〕宗，《英華》作「祖」，徐、馮注本從之。〔徐注〕《舊書·回紇傳》：回紇，其先匈奴之裔也。在後魏時號鐵勒部落，近謂之特勒，後稱回紇。《肅宗紀》：至德二載九月，回紇葉護太子率兵四千助國討賊。元帥廣平王統朔方、安西、回紇、南蠻、大食之衆二十萬收西京，十月入東京。乃封葉護爲忠義王，約每年送絹二萬疋。

〔七一〕〔徐注〕《孫子》：夫未戰而廟勝，得算之多者也。〔馮注〕《文子》：廟戰者帝，神化者王。廟戰者，法天道也；神化者，明四時也。《淮南子·兵略訓》：用兵者，必先自廟戰。

〔七二〕伐，《英華》作「代」，注：疑作「伐」。〔按〕作「伐」是，詳注。〔徐注〕案參星曰參伐，屬太原分野。《左傳》：子産云：「遷實沈于大夏，主參，唐人是因。故參爲晉星。」〔馮注〕《史記·秦始皇本紀》：據狼、狐，蹈參、伐。《天官書》：參下三星，兑曰罰，爲斬艾事。《正義》曰：罰亦作伐。《晉書·天文志》：參十星，一曰參伐。〔補注〕參、伐皆星名，伐星屬於參宿。此以「參伐」借指太原晉地。唐高祖李淵自太原起兵反隋，故下云「實興皇家」。

〔七三〕〔馮注〕《漢書·蕭何傳》：項羽立沛公爲漢王。何曰：「語曰『天漢』，其稱甚美。」

〔七四〕〔徐注〕《後漢書·光武紀》：望氣者蘇伯阿爲王莽使，至南陽，遥望見舂陵郭，唶曰：「氣佳哉！鬱鬱葱葱然。」

〔七五〕〔徐注〕《左傳》：以寡君之在行。《後漢書·岑彭傳》：鄧奉親在行陳。《吴書》：關羽曰：「烏林之役，左將軍身在行間。」〔馮注〕《左傳》：韓厥曰：「屬當戎行。」又：季武子曰：「今寡君在行。」按：楊弁率横水戍卒赴榆社，因以起亂，故謂行役之衆，非僅行伍之謂。當從户庚切，或從户剛切，皆通。

〔七六〕〔補注〕逐帥，指楊弁逐太原節度使李石。詳注〔八六〕。

〔七七〕〔徐注〕《舊書·高祖紀》：高君雅請高祖祈雨晉祠，將爲不利，即斬（之）以狥，遂起義兵。《玄宗紀》：上親制《起義堂頌》及書，刻石紀功于太原府之南街。

〔七八〕〔馮注〕李石先於大和九年爲相，故曰「台臣」。時石奔汾州。

〔七九〕〔徐注〕《魏書·地形志》：（太原郡）晉陽縣，武定初，齊獻武王始置晉陽宫。

〔八〇〕翻，《英華》注：集作「月」，非。〔徐注〕《戰國策》：秦惠王謂寒泉子曰：「諸侯之不可一，猶連雞之不能俱上于棲也。」〔馮箋〕《通鑑》：「楊弁使其姪詣劉稹，約爲兄弟，稹大喜。」故曰「逆豎宵奔」，而冀連雞之勢。

〔八一〕〔徐注〕《左傳》：晉侯曰：「困獸猶鬭，況國相乎！」

〔八二〕〔徐注〕《晉書·庾亮等傳論》曰：闕安國之長算。

〔八三〕〔徐注〕《左傳》：魯莊公以金僕姑射南宫長萬。注：金僕姑，矢名。〔馮注〕《左傳》：公卜使王黑以靈姑鉟率，吉。請斷三尺而用之。注曰：公旗也。徐陵《陳公九錫文》：裁舉靈鉟，亦抽金僕。金僕，《左傳·莊十一年》；靈鉟，《昭十年》。〔補注〕《左傳》孔疏：「此靈姑鉟蓋是交龍之旂。」

〔八四〕〔徐注〕《漢書·張耳傳》：廷尉以貫高辭聞，上使泄公持節問之箯輿前。師古曰：編竹木以爲輿，高時搒笞刺爇委困，故以箯輿處之也。《司馬遷傳》：其次關木索，被箠楚受辱。〔馮注〕《司馬遷傳》：交手足受木索。又曰：關三木。注曰：三木，在頸及手足。〔補注〕貫木，帶枷。

〔八五〕〔馮注〕《後漢書·馮緄傳》：郅支、夜郎、樓蘭之戎，頭懸都街。《漢書·陳湯傳》：斬郅支首及名王以下，宜縣頭藁街蠻夷邸閒。〔補注〕都街，鬧市。

〔八六〕〔徐箋〕《舊書·（李德裕傳）》：太原橫水戍兵因移戍榆社，乃倒戈入太原城，逐節度使李石，推其部將楊弁爲留後。武宗以賊積未殄，又起太原之亂，心頗憂之。德裕奏即時請降詔令王逢起榆社軍，又令王元逵兵自土門入，會於太原。河東監軍使呂義忠聞之，即日召榆社本道兵收復太原，生擒楊弁與其同惡五十四人來獻，斬於狗脊嶺。〔馮按〕楊弁之起亂在積後，而其擒誅在積前，故先叙。餘詳《爲河南盧尹賀上尊號表》「舉陶唐之故俗」句下注。

〔八七〕而，《全文》脱，據《英華》補。〔徐注〕兩豎，謂吴元濟、李師道。〔馮注〕兩豎，謂吴元濟、李同捷。因父死承襲，逆朝命而誅滅者。〔按〕馮注是。李同捷被誅滅事，見《舊唐書·李全略傳》《新唐書·藩鎮傳·李全略》。

〔八八〕〔馮注〕《左傳》：「侵敗王略，王命伐之。」積本從諫之姪，而亦稱子。《漢書》疏廣、疏受叔姪，而稱父子。此則積實爲繼嗣之謀矣。

〔八九〕〔徐注〕《後漢書·袁紹傳》：累世台司，賓客所歸。熙，紹之中子也，爲公孫康所殺。

〔九〇〕〔馮注〕《春秋》：桓公十有六年十有一月，衛侯朔出奔。《公羊傳》：朔何以名？絶。曷爲絶之？得罪於天子也。《穀梁傳》：朔之名，惡也。天子召，而不往也。《舊書·紀》：會昌三年四月，劉從諫卒，三軍以其姪積爲留後。遣使齎詔令積護喪歸洛陽，積拒朝旨。

〔九一〕〔馮注〕《左傳》：晉侯受玉惰，内史過歸告王曰：「晉侯其無後乎？王賜之命，而惰于受瑞，先自棄也已。」〔補注〕《史記·周本紀》：「今殷王紂維婦人言是用，自弃其先祖肆祀不答，昬弃其家國。」

〔九二〕而，《英華》作「其」，注：集作「而」。〔徐注〕《莊子》：爲不善乎幽間之中者，鬼得而誅之。〔馮注〕按《左傳》有「晉侯夢大厲，被髮及地，搏膺而踊曰：『殺余孫不義，余得請于帝矣』」之事，亦可借用以切晉地。

〔九三〕寬，馮注本作「窺」，未知其所本。〔徐注〕《後漢書·馬援傳》：謂隗囂曰：「子陽井底蛙耳，而妄自尊大。」〔補注〕《莊子·秋水》：「井鼃不可以語於海者，拘於虚（所居之處）也。」

〔九四〕〔徐注〕《異聞録》：淳于棼飲槐下，醉歸卧，夢二使曰：「槐安國王奉邀。」指古槐入穴中，曰「大槐安國」。王曰：「南柯郡不理，屈卿爲守。」累日達郡。尋古槐下穴，明朗可容一榻，有二大蟻，乃王也。一穴直上南枝,即南柯郡也。〔馮注〕按《符子》:群蟻相要乎海畔觀鼇云云,群蟻曰:「鼇之冠山,何異乎我之戴粒也。逍遥乎封壤之巔,歸伏乎窟穴之下,此乃物我之適,自己而然,何用數百里勞形而觀之乎?」此蟻言樹大之意也。當更有典,未詳。徐氏引《異聞録》淳于棼夢入大槐安國,乃貞元時事,出小説家者,則謬矣。〔按〕馮説非。注引《符子》僅言蟻穴,與「樹」毫無關涉,顯非「蟻言樹大」之意。李公佐《南柯太守傳》記淳于棼夢入大槐安國之故事,當時必流傳甚廣,故商隱撰文時即用以爲故實。用小説家言,無礙也,商隱詩文中頗多此類。參篇末引錢鍾書語。

〔九五〕徵,《英華》注:集作「徵」,非。〔徐注〕《漢書·吴王濞傳》:吴有豫章郡銅山,即招致天下亡命者盜鑄錢。〔馮曰〕餘互詳《爲濮陽公與劉稹書》「吴國之錢,往往而有」句注。

〔九六〕〔徐注〕《漢書·武帝紀》:詔曰:「方下巴蜀之粟,致之江陵。」〔馮曰〕藏匿罪亡,謂甘露諸人之遺屬,及天下負罪亡命者多歸之也。詳史書。〔補箋〕《舊唐書·武宗紀》:會昌四年八月,澤潞平後,「李訓兄仲京,王涯姪孫羽,韓約男茂章、茂實,王璠男珪等並處斬於獨柳」。仲京等係甘露之變後逃匿於澤潞者。

〔九七〕〔徐注〕《新書·劉稹傳》:諸將乃詣監軍崔士康邀説,請如河朔故事。士康懦,不敢拒,乃至喪次,扶稹出見三軍。〔馮注〕《舊書·李德裕傳》:德裕曰:「澤潞内地,不同河朔。稹所恃者,河朔三鎮耳。但得魏、鎮不與稹同,破之必矣。請遣重臣傳達聖旨,言三鎮自艱難已來,已成故事。今國家欲加兵誅稹，禁軍不欲出山東，其山東三州，委魏、鎮出兵攻取。」乃賜魏、鎮詔書云：「勿爲子孫之謀，欲存輔車之勢。」何弘敬、王元逵聳然從命。

〔九八〕〔徐注〕巖險，謂羊腸、天井。

〔九九〕齊，《英華》作「秦」，注：集作「齊」。〔徐注〕宋綬《唐大詔令》：其劉悟、劉從諫贈官及所授官爵并劉稹在身官並宜削奪。《舊書·劉稹傳》：令三鎮加兵討稹。命徐、許、滑、孟、魏、鎮、幽、并八鎮之師，四面進攻。《劉沔傳》：武宗命忠武節度使王宰、徐州節度李彦佐等充潞府西南面招撫使，遂復授沔太原節度，充潞府北面招討使。

〔一〇〇〕幄，《全文》作「幙」，據《英華》改。〔馮注〕《漢書》：高祖曰：「運籌帷幄之中，決勝千里之外，吾不如子房。」《舊書》：帝與宰臣議可否，德裕曰：「若不加討，何以號令四方？若因循授之，則藩鎮相效，威令去矣。」

〔一〇一〕〔馮注〕《史記·蕭相國世家》：高帝曰：「諸君知獵乎？夫獵，追殺獸兔者狗也，而發蹤指示獸處者人也。今諸君，功狗也；至如何，功人也。」《漢書·傳》作「縱」。師古曰：發縱，謂解紲而放之。今俗言放狗。縱音子用反，而讀者乃爲蹤蹟之蹤，非也。書本皆不爲「蹤」字。按：玩《漢書》注，疑《史記》「蹤」字亦後人之誤，但此固用平聲。

〔一〇二〕東，《英華》一作「西」，非。西，《英華》一作「南」，非。〔徐注〕《漢書·周亞夫傳》：吴奔壁東南陬，亞夫使備西北，已而其精兵果奔西北，不得入。〔馮注〕《史記·絳侯世家》：吴、楚反，亞夫爲太尉，東擊吴、楚。

〔一〇三〕〔馮注〕《史記·淮陰侯傳》：信擊魏，陳船欲渡臨晉，而伏兵從夏陽以木罌缻渡軍，襲安邑，虜魏王豹。《廣韻》：檥，同「艤」。〔徐曰〕艤，本作「檥」。《漢書·項籍傳》：烏江亭長檥船待。如淳曰：南方人謂整船向岸曰檥。

〔一〇四〕〔徐注〕《晉書·張重華傳》：石季龍令麻秋攻枹罕，圍塹數重，雲梯雹車，地突百道，皆通於内。《吴都賦》：窮飛走之棲宿。〔補注〕百道，謂八鎮之師，從四面進攻。無飛走之虞，謂劉稹叛軍無突圍逃遁之憂。

〔一〇五〕〔徐注〕枚乘《諫吴王書》：夫以一縷之任，係千鈞之重，上懸之無極之高，下垂之不測之淵，雖甚愚之人，猶知哀其將絶也。

〔一〇六〕〔馮注〕《史記·陳丞相世家》：未至軍，爲壇，以節召樊噲。噲受詔，即反接載檻車。《漢書》注：（反接）反縛兩手。

〔一〇七〕〔徐注〕《魏志·鄧艾傳》：詔曰：「兵不踰時，戰不終日。」〔馮箋〕《通鑑》：（八月，辛卯）鎮、魏奏邢、洺、磁三州降。德裕曰：「昭義根本盡在山東，三州降，上黨不日有變矣。」上曰：「郭誼必梟劉稹以自贖。」德裕曰：「誠如聖料。」

〔一〇八〕奇，《英華》作「策」，注：集作「奇」。〔馮注〕《史記》：以陳平爲曲逆侯，除前所食户牖。凡六出奇計，輒益邑，凡六益封。

〔一〇九〕〔徐注〕《左傳》：女叔齊對晉侯曰：「屑屑焉習儀以亟。」

〔一一〇〕〔馮注〕《蜀志・諸葛亮傳》：謚忠武侯。亮推演兵法，作《八陣圖》。〔徐注〕《晉書》：初，諸葛亮造《八陣圖》於魚腹平沙上，壘石爲八行，相去二丈。桓温見之，曰：「此常山蛇勢也。」

〔一一一〕〔馮校〕覺，一作「見」。〔徐注〕《左傳》：子罕曰：「宋國區區。」

〔一一二〕〔馮箋〕《通鑑》：李德裕奏：「嚮日用兵，或陰與賊通，借一縣一栅據之，自以爲功，坐食轉輸。今令王元逵取邢州，何弘敬取洺州，王茂元取澤州，李彦佐、劉沔取潞州，毋得取縣。」上從之。彦佐發徐州，行甚緩。德裕請以天德防禦使石雄爲之副，俟至軍中，令代之。王元逵前鋒入邢州已踰月，何弘敬尚未出師。德裕請遣王宰將忠武全軍徑魏博，直抵磁州，以分賊勢，弘敬必懼，此攻心伐謀之術。從之，詔王宰選精兵自相、魏趨磁州。何弘敬恐軍中有變，蒼黄出師。王宰久不進軍，又奏請劉沔鎮河陽，令以義成精兵直抵萬善，處宰肘腋之下。王宰遂進攻澤州。官軍四合，捷書日至。潞人聞三州降，大懼。郭誼、王協謀殺劉稹以自贖，遂斬之，收稹宗族，至襁褓中子皆殺之。按：必詳述其指畫之方，乃知「亞夫」數聯，運古極精。

〔一一三〕孤，《英華》注：集作「三」。孤寇行静，《全文》作「三寇殄滅」，據《英華》改。〔按〕孤寇，緊承上文指劉稹。孤寇行静，謂劉稹即將平定，即上文「計其反接，當不踰時」之意，作「三寇殄滅」或「三寇行静」者均非。

〔一一四〕〔徐注〕《後漢書・馮衍傳》：欲摇太山而盪北海。《晉書・趙至傳》：與嵇蕃書云：「蕩海夷嶽。」顏延之《郊祀歌》：宅中拓宇。

〔二五〕〔徐注〕《白虎通》：封禪金泥銀繩。〔馮注〕《漢書·武帝紀》注：孟康曰：「功成治定，告成功於天，刻石紀號，有金策、石函、金泥、玉檢之封焉。」

〔二六〕〔徐注〕《漢書》：武帝天漢三年，泰山修封，還過祠常山，瘞玄玉。〔馮注〕桓譚《新論》：修封泰山，瘞玉岱宗。〔補注〕古代祭山禮儀，治禮畢埋玉於坑，稱瘞玉。專，擅。

〔二七〕〔馮注〕《舊書·太宗紀》：貞觀十七年，詔圖畫司徒趙國公長孫無忌等勳臣二十四人於凌煙閣。

〔二八〕〔馮注〕《禮記·明堂位》：成王以周公有大勳勞於天下，封周公於曲阜，地方七百里，革車千乘。《史記·絳侯世家》：文帝復以勃爲丞相，十餘月，上曰：「前日吾詔列侯就國，或未能行，丞相朕所重，其率先之。」乃免相就國。〔補注〕《左傳·閔公二年》「革車三十乘」杜注：「革車，兵車。」

〔二九〕名，徐注本作「明」，非。〔徐曰〕言德裕將削平海内，封岱勒成，而後奉身以退也。〔馮曰〕言德裕將削平海内，封岱勒成，而全功名於始終也。〔按〕馮解是。

〔三〇〕〔徐注〕《魏志·高堂隆傳》：疏曰：「聞之四夷，非嘉聲也。」

〔三一〕〔徐注〕揚子《法言》：天下有三檢：衆人用家檢，賢人用國檢，聖人用天下檢。《晉書·庾峻傳》：疏曰：「此其出言，合於國檢。」〔補注〕國檢，以國家作檢驗。

〔二二〕鬭，《英華》、徐注本作「傳」，非。〔徐注〕「傳文」當作「鬭文」。《楚語》：鬭且語其弟曰：「昔鬭子文三舍令尹，無一日之積，恤民之故也。成王聞子文之朝不及夕也，於是乎每朝設脯一束、糗一筐，以羞子文，至於今，令尹秩之。」注：糗，寒粥也。羞，進也。

〔二三〕朝，《英華》注：一作「澣」。〔徐注〕《禮記》：晏平仲澣衣濯冠以朝，君子以爲隘矣。

〔二四〕勵，馮注本作「厲」。〔補注〕勵，勸勉。《論語·雍也》：「赤之適齊也，乘肥馬，衣輕裘。」〔徐曰〕以上美德裕之節儉。

〔二五〕〔徐注〕《左傳》：帝鴻氏有不才子，頑嚚不友，是與比周。〔馮注〕《管子》：比周之人，阿黨取與。《韓非子》：朋黨比周以事其君。《史記·魏世家》：豈將比周以求大官哉！〔補注〕比周，結黨營私。

〔二六〕〔補注〕《孟子·離婁上》：「民之歸仁也，猶水之就下，獸之走壙也。」

〔二七〕〔馮注〕《後漢書·馮異傳》：安帝詔曰：「將及景風，章叙舊德。」於是紹封普子晨爲平鄉侯。二十八將絶國者，皆紹封焉。

〔二八〕〔馮注〕《漢書》：張安世嘗有所薦，其人來謝，安世大恨，以爲舉賢達能，豈有私謝耶？絶弗復爲通。〔徐注〕《晉書·羊祜傳》：祜曰：「拜爵公朝，謝恩私門，吾所不取。」

〔二九〕〔徐注〕《漢書·文帝紀》：宋昌曰：「所言公，公言之。」〔馮曰〕此數語（按：指「比周」六句）隱爲朋黨洗脱。然德裕實不專事朋黨，如舉用白敏中、柳仲郢之類可見。《國史補》云：德裕爲相，清直無黨。〔岑仲勉曰〕求諸唐末中立派之言論，則懿宗時（咸通十年後）范攄《雲谿友議》八云：「或問贊皇之秉鈞衡也，毀譽無如之何，削禍亂之階，闢孤寒之路，好奇而不奢，好學而不倦……」僖宗時，無名氏《玉泉子》云：「李相德裕抑退浮薄，奬拔孤寒，於是朝貴朋黨，德裕破之，由是結怨而絶於附會，門無賓客。」又昭宗時，裴庭裕《東觀奏記》上云：「武宗朝任宰相李德裕，雖丞相子，文學過人，性孤峭，疾朋黨如仇讎。」……德裕無黨。（《隋唐史・唐史》第四十五節《李德裕無黨》）

〔三〇〕〔徐注〕《易通卦驗》：夏至景風至，辯大將，封有功。《淮南子》：景風至，施爵禄，賞有功。〔補注〕《史記・律書》：「景風居南方。景者，言陽氣道竟，故曰景風。」曹丕《與朝歌令吴質書》：「方今蕤賓紀時，景風扇物，天氣和暖，衆果具繁。」蕤賓，樂律名，配夏曆五月。李白《過汪氏別業》：「星火五月中，景風從南來。」

〔三一〕〔徐注〕《禮記》：孟夏之月，律中中吕，命太尉贊桀俊，遂賢良，舉長大，行爵出禄，必當其位。「中吕」之「中」，音仲。

〔三二〕〔徐注〕《後漢書・杜林傳》：林字伯山，扶風茂陵人。建武二十二年，代朱浮爲大司空。明年薨。帝親自臨喪送葬，除子喬爲郎，詔曰：「公侯子孫，必復其始；賢者之後，宜宰城邑。其以喬爲丹水長。」

〔三三〕〔徐注〕《晉書・陶潛傳》：晉大司馬侃之曾孫也，爲彭澤令。《南史・梁宗室傳》：安成康王秀爲江州刺史，及至州，聞前刺史取徵士陶潛曾孫爲里司，歎曰：「陶潛之德，豈可不及後胤？」即日辟爲西曹郎。○以上美德裕之録用勳舊（馮注引作「舉用賢才」）。〔馮注〕受署，言補吏職也。見《漢書・張敞傳》《孫寶傳》。

〔三四〕囿，徐本一作「圃」。〔徐注〕《上林賦》：翱翔乎書圃。

〔三五〕〔徐注〕公孫乘《月賦》：文林辨囿。

〔三六〕提，《英華》一作「緹」，非。〔徐注〕《左傳》：郤克左并轡，右援枹而鼓。《零陵先賢傳》：提枹鼓，會軍門，使百姓喜勇。〔馮注〕《史記・田仁傳》：提桴鼓，立軍門，使士大夫樂死戰鬭。〔補注〕絶藝，卓絶之文藝。

〔三七〕〔徐注〕（班、揚）班固、揚雄。《南史・王裕之等傳論》曰：曩時人物掃地盡矣。〔馮注〕《後漢書・孔融傳》：魏文帝深好融文詞，歎曰：「揚、班儔也。」《漢書・魏豹傳贊》：秦滅六國，上古遺烈，掃地盡矣。

〔三八〕〔徐注〕《詩》：陳師鞠旅。《魏志・呂布傳》：呂布壯士，善戰無前。〔補注〕鞠旅，猶誓師。《詩》鄭箋：「二千五百人爲師，五百人爲旅。此言將戰之日，陳列其師旅，誓告之也。」

〔三九〕尸，《英華》注：集作「棺」。〔徐注〕（江、鮑）江淹、鮑照。〔馮注〕《易》：長子帥師，弟子輿尸。〔補注〕輿尸，以車運尸。

〔四〇〕〔《英華》注〕枉，集作「狂」。德裕有《黄冶賦》。冶，一作「竹」，非。〔徐注〕《漢書・郊祀志》：

谷永説上曰:「黄冶變化。」注:晉灼曰:「黄冶者,鑄黄金也。道家言冶丹砂令變化,可鑄作黄金也。」《一品集·黄冶賦序》:蜀道有青城、峨眉山,皆隱淪所託。辛亥歲,有以鑄金術干余者,竊歎劉向累世懿德,爲漢儒宗,其所述作,振於聖道,猶愛信《鴻寶》,幾嬰時戮。況流俗之士,能無惑於此乎?因作賦以正之。

〔四一〕〔徐注〕《老子》:知止不辱,知足不殆。《一品集·自叙詩》:五嶽逕雖深,遍遊心已蕩。苟能知止足,所遇皆清曠。七十難可期,一丘乃微尚。遥懷少室山,常恐非吾望。注:非尚子(按:指尚長)遍遊五嶽。

〔四二〕〔徐注〕陸機《文賦》:賦體物而瀏亮。

〔四三〕〔馮注〕《漢書·藝文志》:傳曰:「登高能賦,可以爲大夫。」

〔四四〕〔馮注〕《晉書·天文志》:文昌六星,在北斗魁前,天之六府也。《晉書·志》:凡五星見伏、留行、逆順、遲速應曆度者,爲得其行。按:文昌六星曰大將、次將、貴相、司禄、司命、司寇,實非專指文章,故曰六府。東壁二星主文章,天下圖書之秘府也。星明道術行,國多君子。此乃專是文星。〔補注〕《史記·天官書》:「斗魁戴匡六星曰文昌宫:一曰上將,二曰次將,三曰貴相,四曰司命,五曰司中,六曰司禄。」此處「文星」特指文昌六星之第四星,舊時傳説主文運。

〔四五〕見《爲濮陽公陳許舉人自代狀》「人驚吞鳳之才」注。

〔四六〕倣,《英華》作「報」,注:集作「倣」。〔徐曰〕以上美德裕之文章。箋:《舊書》:德裕特達不群，好著書爲文。雖位極台輔，而讀書不輟，吟詠終日。在長安私第，別構起草院。院有精思亭，每朝廷用兵，詔令制置，而獨處亭中，凝然握管，左右侍者無能預焉。有文集二十卷。〔馮注〕《漢書·楊惲傳》：轉相倣效。〔補注〕談揚，談論宣揚。

〔一四七〕馮注本無「者」字。

〔一四八〕〔徐注〕《左傳》：周之宗盟，異姓爲後。

〔一四九〕〔徐注〕《魏志·王粲等傳評》曰：周洽、劉廙以清鑒著。

〔一五〇〕〔補注〕行藏，猶行止。遷貿，變遷。謂行止不定。

〔一五一〕〔馮注〕《詩》：燕燕于飛，差池其羽。〔補注〕差池，錯失。

〔一五二〕推，馮注本作「椎」。〔馮注〕李陵《答蘇武書》：仰天椎心而泣血也。〔按〕馮注本作「椎」，未知所本，而作「推」意本可通。

〔一五三〕緘，《英華》注：集作「感」。

〔一五四〕煩，《英華》注：集作「繁」。

〔一五五〕〔徐注〕任昉《策秀才文》：朕本是諸生，弱齡有志。〔補注〕《禮記·曲禮上》：「二十曰弱，冠。」弱齡，即弱冠之年。

〔一五六〕抱，《全文》作「標」，據《英華》改。此處宜仄。

〔一五七〕〔徐注〕《藝文類聚》：《宋齊語》曰：「孫康家貧，常映雪讀書。」

〔一五八〕見《爲安平公兗州謝上表》「畫武聚螢」句注。

〔一五九〕〔徐注〕《漢書·淮南王傳》：大王所行，不稱天資。〔補注〕謝，遜。

〔一六〇〕庾，《英華》一作「屢」，誤。〔《英華》注〕《陳·庾持傳》：好爲奇字。

〔一六一〕〔徐注〕曹植《與楊德祖書》：昔丁敬禮嘗作小文，使僕潤飾之。僕自以才不過若人，辭不爲也。敬禮謂僕：「卿何所疑難？文之佳惡，我自得之，後世誰相知定吾文者耶？」

〔一六二〕〔徐注〕顔延之《五君詠》：頌酒雖短章，深衷自此見。

〔一六三〕〔徐注〕《晉陽秋》：劉弘爲車騎大將軍，開府荆州刺史。每有興廢，手書郡國，莫不感悦奔赴，咸曰：「得劉公一紙書，賢於十部從事也。」

〔一六四〕〔馮注〕《史記·季布傳》：季布者，楚人也。爲氣任俠。爲河東守，楚人曹丘生，辯士，至，揖季布曰：「楚人諺曰：『得黄金百斤，不如得季布一諾。』足下何以得此聲於梁、楚間哉？」

〔一六五〕〔馮注〕《後漢書》：許劭，字子將，汝南平輿人。與從兄靖好共覈論鄉黨人物，每月輒更其品題，故汝南俗有月旦評焉。

〔一六六〕〔馮注〕《晉書·嵇康傳》：所與神交者，阮籍、山濤；預其流者，向秀、劉伶、籍兄子咸、王戎，共爲竹林之遊，世謂竹林七賢。〔徐注〕竹林七賢有阮咸，籍兄子也，貽孫以咸自比。

〔一六七〕〔徐注〕《後漢書·馬援傳》：劉尚擊武陵五溪蠻夷，軍没。援因請行，進營壺頭，士卒多疫死，援亦中病。

〔一六八〕〔徐注〕《書序》：畋于有洛之表。《後漢書·清河孝王慶傳》：復上言外祖母王年老遭憂病，下土無醫藥，願乞詣洛陽療疾。於是詔宋氏悉歸京師。

〔一六九〕〔徐注〕《晉書》：王獻之聞顧辟彊有名園，乘平肩輿徑入。

〔一七〇〕〔馮注〕《戰國策》：趙鞅曰：「公子虔杜門不出，已八年矣。」《史記·留侯世家》：多病，道引不食穀，杜門不出。〔徐注〕《漢書·王陵傳》：謝病免，杜門竟不朝請。

〔一七一〕〔徐注〕庾信賦：掩蓬藋之荒扉。

〔一七二〕〔徐注〕庾信賦：聊以避風霜。

〔一七三〕〔徐注〕《左傳》：臧孫曰：「美疢不如惡石。」〔按〕此以美疢指疾病。

〔一七四〕〔徐注〕《南史·殷鈞傳》：鈞爲臨川内史，體羸多疾，閉閤卧理，而百姓化其德，刧盜皆奔出境。

〔一七五〕〔馮注〕《史記》：相如善著書，常有消渴疾。按：相如病免遊梁，其後乃奏《上林賦》。及使蜀還，又每稱病閑居，乃奏《哀二世賦》《大人賦》，故曰「疾罷」「言文」。詒孫當於大和中爲官，而以病罷，今病痊求其援引也。

〔一七六〕〔徐注〕《東觀漢記》：馮敬通廢於家，娶北地任氏女爲妻，忌，不得畜媵妾，兒女常自操井臼。《南史·庾域傳》：域爲懷寧太守，罷任還家，妻子猶事井臼。

〔一七七〕〔補注〕《論語·先進》：「子曰：『從我於陳、蔡者，皆不及門也。』」

〔一七八〕〔徐注〕《春秋》：僖公三年，齊侯、宋公、江人、黄人會于陽穀。〔補注〕江、黄，周代二小國名。

地分别在今河南正陽縣西南、潢川縣西。

〔一七九〕〔徐注〕《隋書·房彦謙傳》:彦謙謂熲曰:「清介孤直,未必高名。」

〔一八〇〕〔馮注〕謂年華易逝。

〔一八一〕〔徐注〕《説文》:「飈,扶摇風也。」亦作「飆」。〔馮注〕俗省作「飈」。此謂悲秋之感,且指西京也。

〔一八二〕矢,《英華》一作「交」,非。〔補注〕矢心,立誓也。

〔一八三〕〔徐注〕《晉書·范汪傳》:疏曰:「抗表輒行,畢命原野。」

〔一八四〕〔補注〕《詩·秦風·蒹葭》:「所謂伊人,在水之湄。溯洄從之,道阻且躋。」躋,高而陡。

〔一八五〕〔徐注〕何晏《景福殿賦》:金楹齊列。《淮南子》:大厦成而燕雀來賀。

〔一八六〕〔馮注〕《大戴禮》:「玉居山而木潤,淵生珠而岸不枯。」《文子》《荀子》《淮南子》《史記·龜策列傳》皆有此二語相類。

〔一八七〕〔徐注〕《後漢書·竇融傳》:上書曰:「故遣劉鈞,口陳肝膽。」

〔一八八〕〔徐注〕《莊子》:意而子曰:「夫無莊之失其美,據梁之失其力,黄帝之亡其智,皆在鑪捶之間耳。」〔補注〕捶,同「錘」。鑪捶,冶煉鍛造。

〔馮浩曰〕此篇是以全力赴之者。

〔蔣士銓曰〕(「將盪海騰區」四句眉批)頓宕入古。○陳明卿云：「義山代人哀則哀，代人諛則諛。」此語可謂曲肖。○雖欠遒逸，亦自成章。(《忠雅堂評選四六法海》卷三)

〔錢鍾書曰〕「蛙覺井寬，蟻言樹大」，足徵《呂翁》、《淳于棼》兩篇(按：即沈既濟《枕中記》、李公佐《南柯太守傳》)傳誦當時，且已成爲詩文材料矣。王士禛《池北偶談》卷一四、一八深譏宋劉克莊、王義山作詩「用本朝故事，畢竟欠雅」，「用本朝人事，尤可厭」；周壽昌《思益堂日札》卷六引杜牧、羅虬等詩，以證晚唐早有此習，均不免少見多怪，所舉諸例亦皆祇用掌固史事，未嘗驅遣晚近小說。房千里、李商隱、陳璠詩文之闌入《南柯記》、《枕中記》，應比王士禛、尤侗等詩文之闌入《三國演義》也(王應奎《柳南隨筆》卷一、卷五)。(《管錐編》第二冊《太平廣記》一二四卷二八三枕中、南柯等夢)

## 賽城隍神文〔一〕

年月日，賽於城隍之神。惟神據雉堞以爲雄〔二〕，導溝池而作潤〔三〕。果成飄注，以救惔焚〔四〕。敢恡斯牲〔五〕，用報嘉種〔六〕。神其永通靈感，長懋玄功〔七〕，導楚子之餘波〔八〕，霈晉國之膏雨〔九〕。苟能不昧，報亦隨之。

【校注】

〔一〕本篇原載《文苑英華》卷九九七第四頁、清編《全唐文》卷七八一第六頁、《樊南文集詳注》卷五。〔馮箋〕題不著地，而語切晉疆。懷州，春秋時屬晉，宜非他境也。玩「炎焚」字，豈在會昌四年夏乎？或謂鄭介晉、楚之間，《水經注》：「滎陽縣有鴻溝水。」《寰宇記》：「管城縣管水，分流入黄雀溝，即今之黄池。」起聯亦隱切鄭，即鄭州禱雨後事，似亦可通。（馮譜編會昌三年。）〔張箋〕（馮氏二説）皆難定，何年所作未詳。（張箋置不編年文内。）〔按〕商隱已有《爲懷州李使君祭城隍神文》，乃會昌三年十一月初李璟初到懷州刺史任時例行祭典而作。此《賽城隍神文》則是祈雨得應報謝而作。馮謂「語切晉疆」固是，然以爲指春秋時屬晉之懷州或晉、楚之間之鄭州則迂曲。此城隍當是唐時河東道之永樂。詩集有《所居永樂縣久旱縣宰祈禱得雨因賦詩》云：「甘膏滴滴是精誠，晝夜如絲一夕（一作「尺」）盈。祇怪閭閻喧鼓吹，邑人同報束長生。」與本篇「果成飄注，以救惔焚」，所指殆一時情事。按商隱會昌四年暮春移家永樂。五年春赴李褒之招往鄭州，後又由鄭赴洛，「淹滯洛下，貧病相仍」（《上韋舍人狀》），「自還京洛，常抱憂煎，骨肉之間，病恙相繼」（《上李舍人狀二》）。故五年春、夏，商隱均不在永樂。然則惟會昌四年春夏間爲永樂縣令代擬此文之可能性較大。

〔二〕據，《英華》作「踞」。〔馮注〕《左傳》：鄭祭仲曰：「都城過百雉。」注曰：方丈曰堵，三堵曰雉。〔補注〕《文選·鮑照〈蕪城賦〉》：「板築雉堞之殷，井幹烽櫓之勤。」李善注：「鄭玄《周禮注》

曰：『雉，長三丈，高一丈。』杜預《左氏傳》注曰：『堞，女牆也。』」

〔三〕〔馮注〕《禮記》：城郭溝池以爲固。

〔四〕惔，《英華》作「炎」。〔馮注〕《毛詩》作「惔」，而《後漢書·章帝紀》「今時復旱，如炎如焚」注引《韓詩》作「炎」。〔補注〕《詩·大雅·雲漢》：「旱魃爲虐，如惔如焚。」惔焚，如火焚燒。

〔五〕〔徐注〕《詩》：靡愛斯牲。〔補注〕悋，吝。

〔六〕〔馮注〕《詩》：誕降嘉種。

〔七〕〔徐注〕《晉書·劉弘等傳論》：輔相玄功。〔補注〕懋，盛也，勤也。玄功，神功。

〔八〕導，《英華》作「道」。〔徐注〕《左傳》：晉公子對楚子曰：「其波及晉國者，君之餘也。」

〔九〕〔馮注〕《左傳》：季武子如晉，晉侯享之。范宣子賦《黍苗》，季武子再拜稽首曰：「小國之仰大國也，如百穀之仰膏雨焉。」

## 爲馮從事妻李氏祭從父文〔一〕

有美吾門，實繫公族〔二〕。絳霄結蔭，皇極流輝〔三〕。自嚴君以交辟延榮〔四〕，仲父以立朝衍慶〔五〕，叔父雖禮疏五服，而義協一家〔六〕。馬援於兒姪之間，一情無異〔七〕；王華在弟兄之列，數從猶親〔八〕。吉人寡辭〔九〕，君子無争〔一〇〕。屬者以獻賦不遇，投筆從戎〔一一〕。鏡水稽山，聊屈觀書之望〔一二〕；甬東澍右，始開傳劍之名〔一三〕。經途幾千，去國數載〔一四〕。爰因職貢，來奉闕庭〔一五〕。傳車方馳，朝露溘至〔一六〕。禍生朽索〔一七〕，釁起揚鞭〔一八〕，始驚香而不禁，俄折臂而無望〔一九〕。嗚呼！存亡恒理〔二〇〕，修夭常期〔二一〕。所悲者方次中塗，所痛者非因美疢〔二二〕。稅鞅告痛〔二三〕，肩輿數晨〔二四〕。既鍼艾之莫徵〔二五〕，果含襚而斯及〔二六〕！況乎合室，遠在海涯。一女方羈〔二七〕，二子未丱〔二八〕。人生甚痛，天道奚言〔二九〕！

今以家國載遥，干戈未息〔三〇〕，尚稽歸祔〔三一〕，乃議從權〔三二〕。定鼎城東〔三三〕，永通門外〔三四〕，南瞻嵩嶺〔三五〕，北望邙山〔三六〕。式崇寓殯之封，且作藏神之室。必也慶延異日，時屬通年〔三七〕，先温序之思歸〔三八〕，俟臧孫之有後〔三九〕。二十一姪女，早蒙慈撫，久歎違離，今又從夫山東，食貧洛水〔四〇〕。將療無及，驚悲有加。敢因祭酹之馨〔四一〕，聊冀精靈之降。嗚呼叔父，永鑒卑誠。

【校注】

〔一〕本篇原載《文苑英華》卷九九一第三頁、清編《全唐文》卷七八二第三頁、《樊南文集詳注》卷六。題内「馮」字，《英華》作「鄭」，馮注本從之。〔馮箋〕按文中所叙，其人爲浙東幕官，職貢入都，而中途墜馬以死，乃權厝於東都之境。〔按〕會昌二年二月至五年七月間，浙東觀察使爲李師稷，見《金石補正》卷七三《五大夫新橋記》《越中金石記》及《太平廣記》卷四八引《逸史》。此「馮（或鄭）從事妻」之叔父時在李師稷幕者，其名不可考。據文中「今以家國載遥，干戈未息」之語，當作於會昌四年八月劉稹未平定之前，會昌三年五月下制討劉稹之後。又，商隱之徐姊夫亦於會昌二、三年間爲浙東從事，與此馮（鄭）從事妻叔父爲同幕，而先後皆卒。

〔二〕〔馮注〕李爲宗室。

〔三〕〔徐注〕郭璞《遊仙詩》：振髮帶翠霞，解褐披絳霄。〔馮注〕梁庾肩吾《爲武陵王拜儀同表》：臣宅慶紫霄，聯休皇極。〔補注〕絳霄，天空極高處，指皇家、皇室，與「皇極」義同。

〔四〕〔徐注〕《易》：家人有嚴君焉。

〔五〕〔補注〕《釋名·釋親屬》：「父之弟曰仲父……仲父之弟曰叔父。」據此，此「仲父」乃其父之大弟，與題内之「從父」，下句之「叔父」非一人。衍慶，用「積善之家，必有餘慶」（《易·坤》）義。

〔六〕協，《英華》作「叶」，馮本從之。〔馮注〕《玉篇》：叶，古文「協」。

〔七〕〔馮注〕《後漢書·馬援傳》：兄子嚴、敦。嚴字威卿，少孤，專心墳典，交結英賢，仕郡督郵。援常與計議，委以家事。弟敦，字儒卿，亦知名。〔徐注〕《南史》：王僧虔曰：「昔馬援子姪之間，一情不異。」

〔八〕弟兄，《全文》作「兄弟」，據《英華》改。〔馮注〕《南史·王華傳》：父廞，晉時起兵敗走，不知所在。華，宋時爲侍中，護軍將軍。《王琨傳》：琨，華從父弟也。琨伯父廞得罪晉世，諸子並從誅，唯華得免。華，宋世貴盛，以門衰，提攜琨，恩若同生，爲之延譽。○此云「數從」，更有事在，俟細檢。

〔九〕寡辭，徐本作「辭寡」。〔馮注〕《易》：吉人之辭寡。

〔一〇〕争，《英華》作「静」。〔馮注〕「無争」固本《論語》，然忿諍、訟諍，屢見古書，如《維摩經》「化彼諸化生，令住無諍地」，《世説補》有孔穎達謂釋慧淨曰「佛家無諍，法師何以屢構斯難」之類。「君子無諍」，必别有典。此謂其人素簡訥也。親、争二韻嫌，疑義山必不爾。〔按〕《論語·八佾》：「君子無所争。」又見於《禮記·射義》。此處自用《論語》，與上句用《易》皆爲儒經，必不闌入佛典，馮校非。

〔一一〕〔徐注〕《漢書》：司馬相如獻《上林》《子虚》賦。王筠詩：獻賦甘泉宫。〔按〕唐時雖有獻賦事，然此處實指應舉，進士試試詩賦。「投筆從戎」用班超事，屢見，指參戎幕。

〔一二〕〔徐注〕《輿地志》：山陰南湖，縈帶郊郭，白水碧巖，互相映發，若鏡若圖。故王逸少云：「山陰路上行，如在鏡中遊。」《會稽記》：漢順帝永和五年，會稽太守馬臻創立鏡湖，在會稽、山陰兩縣界。《左傳》：晉侯使韓宣子來聘，觀書於太史氏。揚雄《遺劉歆書》：得觀書於石室。〔馮注〕《述異記》：鏡湖，俗傳軒轅鑄鏡於湖邊，今有軒轅磨鏡石。《史記·夏本紀》：禹東巡狩，至于會稽而崩。〔補注〕賀知章《纂山記》：「黄帝號宛委穴爲赤帝陽明之府，於此藏書。大禹始於此穴得書，復於此穴藏之，人因謂之禹穴。」禹於宛委山得黄帝金簡之説，見《吴越春秋·越王無餘外傳》。「觀書」事本此。

〔一三〕傳，《英華》注：集作「侍」。非。〔徐注〕《吴語》：越王使人告於吴王曰：「寡人其達王於甬句東。」注：句音鉤。甬句東，今句章，東海口外洲也。《史記·吴世家》：越王句踐遷夫差於甬東。《集解》：賈逵曰：「甬東，越東鄙，甬江東也。」孔稚珪《北山移文》：馳妙譽於浙右。傳劍，見《爲濮陽公陳情表》「元膺知臣傳劍論兵」注。

〔一四〕載，《英華》作「歲」。〔徐注〕任昉《哭范僕射詩》：與子别幾辰，經塗不盈旬。〔按〕據《舊唐書·地理志》，越州在京師東南二千七百二十里，而《元和郡縣圖志》則謂越州西北至上都三千五百三十里。似後者爲是。

〔一五〕〔徐注〕《漢書·兩粤傳》：長爲藩臣，奉貢職。庾信表：不獲躬奉親庭。

〔一六〕〔馮注〕《文選·恨賦》：朝露溘至，握手何言！〔補注〕傳車，驛站之專用車輛。《淮南子·道應訓》：「具傳車，置邊吏。」《漢書·蘇武傳》：「人生如朝露，何久自苦如此！」溘，忽。

〔一七〕〔徐注〕《書》：凛乎若朽索之馭六馬。

〔一八〕〔徐注〕江總詩：揚鞭向柳市。

〔一九〕徐、馮注本均云：原注：「因墜馬死，故云。」〔馮注〕《魏志·朱建平傳》：建平善相術，又善相馬。文帝將出，取馬外入，建平遇之，曰：「此馬今日死矣。」帝將乘馬，馬惡衣香，驚齧帝膝，帝怒殺之。《晉書·羊祜傳》：有善相墓者，言祜祖墓所有帝王氣，若鑿之，則無後。祜遂鑿之，相者見曰：「猶出折臂三公。」而祜竟墜馬折臂，位至公而無子。

〔二〇〕恒，《英華》注：集作「定」。

〔二一〕修，《英華》作「壽」。

〔二二〕〔補注〕《左傳・襄公二十三年》：「季孫之愛我，疾疢也；孟孫之惡我，藥石也。美疢不如惡石。」此以美疢指疾病。

〔二三〕鞅，《英華》作「鞍」。〔徐注〕謝脁詩：無由税歸鞅。〔補注〕税鞅，猶解鞅、停車。

〔二四〕輿，《英華》作「轝」。〔馮注〕輿、轝同。

〔二五〕〔徐注〕《南史・袁粲傳》：火艾鍼藥，莫不畢具。

〔二六〕〔馮注〕含，去聲。〔徐注〕《穀梁傳》：衣衾曰襚，貝玉曰含。〔補注〕《周禮・天官・小宰》：「受其含襚幣玉之事。」鄭玄注：「口實曰含，衣服曰襚。」古喪禮，以珠玉納死者口中曰「含」，以衣服贈死者曰「襚」。

〔二七〕〔馮注〕《禮・内則》：三月之末，翦髮爲鬌，男角女羈。注曰：夾囟曰角，午達曰羈。〔補注〕孔穎達疏：「一從一横曰午。今女翦髮，留其頂上縱横各一，相交通達，故云午達。」

〔二八〕〔馮注〕《詩》：總角丱兮。〔補注〕丱，古代兒童束髮成兩角之狀。

〔二九〕〔徐注〕江淹《恨賦》：人生至此，天道寧論！

〔三〇〕家國，《英華》作「國家」，非。注：集作「家國」。〔馮曰〕當在會昌三、四年間矣。〔按〕據此，李之故家當在河北近戰亂處。

〔三一〕〔徐注〕《禮記》：魯人之祔也，合之。注：祔，謂合葬也。

〔三二〕〔徐注〕謂旅殯也。

〔三三〕〔馮注〕《左傳》：武王克商，遷九廟于洛邑。又：成王定鼎于郟、鄏。注曰：郟、鄏，今河南也。武王遷之，成王定之。《後漢書・志》：洛陽，周公所城洛邑也，東城門名鼎門。《唐六典》：東都城，左成皋，右函谷，前伊闕，後邙山。南面三門，中曰定鼎；東面三門，南曰永通。〔徐注〕《帝王世紀》：春秋，成王定鼎於郟鄏，其南門名定鼎門，蓋九鼎所從入也。

〔三四〕〔徐注〕《隋書・地理志》：大業元年移都，改曰豫州，東面三門，南曰永通。

〔三五〕〔徐注〕戴延之《西征記》：嵩高，中嶽也。東謂太室，西謂少室，相去十七里，嵩其總名也。〔馮注〕《爾雅》：山大而高，崧。注曰：今中嶽嵩高山依此名。潘岳《懷舊賦》：前瞻太室，旁眺嵩丘。

〔三六〕〔徐注〕張載《七哀詩》：北邙何壘壘，高陵有四五。注：北邙，山名也。〔馮注〕楊龍驤《洛陽記》：北邙山，古今東洛九原之地。

〔三七〕〔補注〕晉束皙《論嫁娶時月》：「通年聽婚，蓋古之制也。」通年指整年。此句「通年」指通吉之年。

〔三八〕先，《英華》作「光」，誤。見《代僕射濮陽公遺表》「殘魂不昧，雖温序之思歸」注。

〔三九〕見後《爲裴懿無私祭薛郎中衮文》「臧孫有後」注。

〔四〇〕〔徐注〕《詩》：三歲食貧。

〔四一〕祭酹，《英華》注：集作「酒醊」。

## 爲舍人絳郡公上李相公啓〔一〕

某聞量力省躬，典刑之深旨〔二〕；度材任事，聖哲之良規。某雖甚愚，頗嚮斯義。屬者謬圖仕進〔三〕，因藉時來。伏值相公，顧以外藩，夙通襟契。憫羊曇之未立，早託謝家〔四〕；憐康伯之無歸，常依王氏〔五〕。拔於幽滯〔六〕，處以周行〔七〕。遂俾南憲中臺〔八〕，屢承闕乏；内庭西掖〔九〕，比辱昇遷。邁越時流，塵汙中旨〔一〇〕。恩渥非次〔一一〕，性分難移〔一二〕。徒當侍從之榮，莫有論思之效〔一三〕。竟使懼因福過，疾以憂成。外雖全人〔一四〕，中抱美疢〔一五〕。常願青蒲瀝懇〔一六〕，紫殿披誠〔一七〕，進退未聞，過累仍積。及正名綸閣〔一八〕，收跡翰林〔一九〕，尋欲竊候休旬〔二〇〕，伏拜蕭屏〔二一〕，謝昔年之朝奬，抒他日之私誠。而機事且繁〔二二〕，爕和少暇〔二三〕，齋沐屢至，肝腸莫從〔二四〕。

旋屬虜帳夷氛〔二五〕，壺關伐叛〔二六〕。絳臺北控〔二七〕，有元戎大集之師；鄭國東臨，過列鎮在行之衆〔二八〕。任當調發〔二九〕，事屬供須〔三〇〕。豈斯擇材，皆在非據〔三一〕？周旋一郡〔三二〕，緜歷兩霜〔三三〕。頒宣詔條〔三四〕，祗惕廟畫〔三五〕。雖無咎悔〔三六〕，亦乏殊功〔三七〕。今幸四海無塵，六州嚮化〔三八〕，靈臺偃伯〔三九〕，衢室歸尊〔四〇〕。是修明禮律之初〔四一〕，舉拔俊賢之始。而鄭之爲地，右臨梁苑〔四二〕，左倚成皋〔四三〕，比之列藩，實爲劇郡〔四四〕。山東望族〔四五〕，幾同屈、景之强〔四六〕；洛邑頑民〔四七〕，常雜萑蒲之聚〔四八〕。永言出牧，豈易其人？而又孔道所因〔四九〕，使車旁午〔五〇〕。送迎或闕，則怨讟流詞〔五一〕；館餼稍乖〔五二〕，則職司貽辱〔五三〕。託之全器〔五四〕，猶或難居；矧在朽材〔五五〕，寧宜久處！

某伏思自隨宦牒〔五六〕，遽忝恩榮，位至圭符〔五七〕，寵當金紫〔五八〕。或筋骸無苦，心志有餘，即豈願踞熊軾以告勞〔五九〕，指隼旟而辭疾〔六〇〕？直以攝生寡妙，舊恙無痊〔六一〕，儻或形言〔六二〕，懼塵清聽〔六三〕。每朝昏改候，霧露潛威〔六四〕，則或至問俗有違〔六五〕，在公多廢〔六六〕。坐爲尸禄〔六七〕，行有媿顔〔六八〕。而又貪明盛之時〔六九〕，有婚嫁之累〔七〇〕。未敢高論止足〔七一〕，直乞退休。是以輒疏精誠〔七二〕，上干陶冶。

伏惟相公，雲龍協應〔七三〕，舟檝呈功〔七四〕。比屋可封〔七五〕，期於屈指；一夫不獲〔七六〕，固以動心。如蒙曲鑒深情〔七七〕，猥從志願，置之他所，以遂其愚〔七八〕，則吴楚列城〔七九〕，江關别郡〔八〇〕，雖居鄰佐，亦委緝綏〔八一〕。獲安病躬，豈敢擇地？猶希磨淬鉛鈍〔八二〕，撫養疲羸，積以歲時〔八三〕，少裨塵露〔八四〕。伏惟試賜恩照。圍減帶緩〔八五〕，髮稀弁傾〔八六〕。窅然向風，目極心往〔八七〕。下情無任攀戀感激惶懼之至〔八八〕！

【校注】

〔一〕本篇原載《文苑英華》卷六六一第四頁、清編《全唐文》卷七七七第一頁、《樊南文集詳注》卷三。〔徐箋〕舍人名褒，會昌中討劉稹，爲鄭州刺史。本集有《鄭州獻從叔舍人褒》詩。〔馮箋〕《英華》此爲一。舍人名褎（按：褎、褒同）。本集有《爲舍人絳郡公鄭州禱雨文》。按：會昌有李相公四：德裕也，讓夷也，紳也，回也。讓夷於二年七月爲相，至宣宗即位始罷。然《舊》《新書・傳》，讓夷於爲相之前，未嘗居外藩，則此爲上德裕也。紳與回見下篇諸啓。雖皆乞移他郡，然以中書舍人内庭供職而出爲郡守，未免失意，此言外微旨也。《舊書・禮儀志》：天寶元年，隴西李氏燉煌、姑臧、絳郡、武陽四房，隸於宗正寺。《新書・世系表》：雍，濟北、東莞二郡太守。雍五世孫涼武昭王，興聖皇帝。興聖子豫，其後爲武陽房。興聖孫寶之長子承，姑臧房始祖；次子茂，燉煌房始祖也。曾孫成禮，絳郡房始祖也。按：此故稱絳郡公而下篇云「東莞舊族」也。舍人以會昌二年出守，四年八月平昭義後上諸啓。〔按〕馮譜、張箋均編會昌四年昭義平後。啓有「今幸四海無塵，六州嚮化」語，是當在劉稹既平之後。然文中未及德裕加太尉、衛國公事（事在八月二十八日戊申，見《新書・武宗紀》），疑即在八月中旬稹初平時所上也。

李褒刺鄭時間，馮譜謂在會昌二年，張箋則謂在三、四年（詳《會箋》卷三會昌四年李褒爲鄭州刺史下附考）。據啓内「周旋二郡，緜歷兩霜」之語及《爲絳郡公上史館李相公啓》「一授專城，再易灰琯」，并參《爲絳郡公上崔相公啓》「絳田已非厥任，滎波轉過其材」之文，褒之刺鄭當在會昌三、四年。

〔二〕〔補注〕《詩·大雅·蕩》：「雖無老成人，尚有典刑。」典刑，謂常規、舊法。《左傳·隱公十一年》：「度德而處之，量力而行之。」又《昭公十五年》：「力能則進，否則退，量力而行。」

〔三〕圖，《英華》注：集作「從」。

〔四〕見《爲李郎中祭舅竇端州文》注〔六二〕。

〔五〕〔徐曰〕王，當作「殷」。《晉書·殷浩傳》：浩甥韓伯，字康伯，浩素賞愛之。時浩坐廢爲庶人，徙於東陽之信安縣，伯隨至徙所。〔馮注〕《晉書·韓伯傳》：「伯字康伯，母殷氏。舅殷浩稱之曰：『康伯能自標置，居然出群之器。』」《殷浩傳》：經歲還都，浩送至渚側，詠曹顔遠詩云：「富貴他人合，貧賤親戚離。」因而泣下。按：《韓伯傳》：「王坦之著《公謙論》，袁宏作論以難之，伯作《辯謙》以折中。」而《王坦之傳》：「坦之嘗與殷康子書，論公謙之義，康子及袁宏並有疑難。」則韓康伯亦稱殷康子也。當是舍人幼時無家，寄居舅氏，而李相憐憫之，故特叙之也。但或更有事實，寧闕疑再考。又按：滕王逌序《庾信集》云：「若韓康之養甥。」注庾集者謂康甥卞鞠，見《世說》。鞠即範之。此别一事，而未能詳也。庾《小園賦》：「韓康則甥舅不别。」似即韓康養甥，觀出句皆用陸機兄弟事，可悟也。注家乃引殷浩事，疑其誤會，偶附辨之。

〔六〕〔徐注〕魯褒《錢神論》：幽滯非錢不拔。

〔七〕〔徐注〕《左傳》：《詩》云：「嗟我懷人，寘彼周行。」能官人也。王及公、侯、伯、子、男、甸、采、衛、大夫各居其列，所謂周行也。〔補注〕《詩·周南·卷耳》「寘彼周行」毛傳：「行，列也。思君子，官賢人，置周之列位。」此以「周行」指朝官、朝列。

〔八〕俾，《英華》注：集作「得」。〔馮注〕南憲，謂御史；中臺，謂尚書郎，亦謂之内臺。〔按〕御史臺在宫闕西南，故稱南臺、南憲。中臺，指尚書省，秦、漢時尚書稱中臺，謁者稱外臺，御史稱憲臺。

〔九〕〔徐注〕《漢書》注：正殿門之旁有東西掖門，如人臂掖，故名。〔按〕西掖，中書省之别稱。應劭《漢官儀》卷上：「左右曹受尚書事，前世文士，以中書在右，因謂中書爲右曹，又稱西掖。」

〔一〇〕〔徐注〕爲中書舍人，知制誥，故云「塵汙中旨」。〔馮注〕知制誥，故云「塵汙中旨」。此君當以侍御史歷郎官，爲翰林學士，拜中書舍人。〔按〕李褒開成元年任起居舍人，因痼疾而請罷官。五年自考功員外郎、集賢院直學士充翰林學士，旋轉庫部郎中、知制誥。會昌元年五月拜中書舍人。十二月任翰林承旨學士。二年罷學士職，約於是年出爲絳州刺史。四年在鄭州刺史任。（以上據《中國文學家大辭典·唐五代卷》）

〔一一〕〔徐注〕《後漢書·和帝紀》：敕曰：「署用非次，選舉乖宜。」

〔一二〕分，馮本一作「命」。

〔一三〕〔補注〕班固《兩都賦序》：「故言語侍從之臣，若司馬相如、虞丘壽王、東方朔、枚皋、王褒、劉向之屬，朝夕論思，日月獻納。」論思，此特指學士與皇帝討論思考問題。

〔一四〕〔徐注〕《吕氏春秋》：此之謂全人。〔補注〕全人，肢體齊全之人。《莊子·德充符》：「甕㼜大癭説齊桓公，桓公説之，而視全人，其脰肩肩。」沈約《與徐勉書》：「外觀旁覽，尚似全人……解衣一卧，支體不復相關。」

〔一五〕疢，《英華》作「疢」，馮注本作「癩」。〔馮曰〕疢、疢、癩同。〔按〕美疢，見《爲馮從事妻李氏祭從父文》注〔三三〕。

〔一六〕見《爲大夫安平公華州進賀皇躬痊復物狀》「伏蒲之覲謁未果」句注。

〔一七〕〔補注〕《三輔黄圖·漢宫》：「武帝又起紫殿，雕文刻鏤黼黻，以玉飾之。」此「紫殿」指紫宸殿。

〔一八〕〔馮注〕正拜中書舍人也。《唐書》傳中屢見。

〔一九〕〔徐注〕揚雄《長楊賦》：問於翰林主人。

〔二〇〕欲，《英華》作「願」，注：集作「欲」。〔徐注〕《初學記》：漢律，吏五日得一下沐。言休息以洗沐也。〔馮注〕《通鑑》注：唐制，十日一休沐，謂之旬休。

〔二一〕伏拜，《英華》作「拜伏」，注：集作「伏拜」。〔馮注〕《爾雅》：屏謂之樹。注曰：小牆當門中。《論語》「蕭牆之内」注：鄭曰：「蕭之言肅也，牆謂屏也，至屏而加肅敬焉。是以謂之蕭牆。」

〔二二〕〔徐注〕《易》：幾事不密則害成。〔補注〕機事，謂國家樞機大事。

〔二三〕〔徐注〕任昉行狀：燮和台曜。〔補注〕《書·顧命》：「燮和天下，用答揚文、武之光訓。」此指宰相職務。

〔二四〕屢，《英華》作「累」。肝，《英華》注：集作「肺」。從，馮注本作「滋」，未知所本。〔徐注〕《北史·周宗室傳》：遥奉顔色，崩慟肝腸。〔補注〕肝腸，即衷腸，即上文「私誠」。

〔二五〕〔徐注〕謂烏介。〔馮注〕虜有牙帳，本常語。而《通鑑》云：黠戛斯詈回紇曰：「汝運盡矣，我必取汝金帳！」金帳者，回紇可汗所居帳也。

〔二六〕〔徐注〕謂討劉稹。《漢書·地理志》：上黨郡有壺口關。《寰宇記》：壺關在潞州城東二十五里，因山似壺，故名。

〔二七〕〔徐注〕《後漢書·馮衍傳》：《顯志賦》曰：「鰪女齊於絳臺兮。」注：絳，晉國所都。《國語》：「晉平公爲九層之臺。」

〔二八〕〔補注〕《左傳·僖公三十年》：「若舍鄭以爲東道主，行李之往來，共其乏困，君亦無所害。」在行之衆，指在軍隊行列之士兵。《通鑑·會昌三年》：五月，「以武寧節度使李彦佐爲晉絳行營諸軍節度招討使」。六月「丙子，詔王元逵、李彦佐、劉沔、王茂元、何弘敬以七月中旬五道齊進」。「絳臺」四句，當指徐州李彦佐奉命討劉稹，其軍隊經過鄭州。

〔二九〕〔徐注〕《漢書·陳咸傳》：所居調發屬縣。〔補注〕謂徵調各鎮軍隊。應「絳臺」二句。

〔三〇〕〔徐注〕《晉書·桓沖傳》：歲運米三十萬斛以供軍資須。〔按〕謂鄭州須供應過往軍隊之軍需給養，應「鄭國」二句。
〔三一〕〔馮注〕《易》：非所據而據焉，身必危。《吴志·嚴畯傳》：樸素書生，不閑軍事，非才而據，咎悔必至。
〔三二〕二，《全文》作「三」，據《英華》改。〔馮注〕先刺絳，移刺鄭。〔按〕《爲絳郡公上崔相公啓》：「若某者實有何能，可叨出牧？絳田已非厥任，滎波轉過其材。間歲已來，爲政非易。」可證當作「二郡」。
〔三三〕〔徐注〕《隋書·觀德王雄傳》：册書曰：「爰司禁旅，緜歷十載。」〔補注〕兩霜，指會昌二年、三年。
〔三四〕〔徐注〕《漢書·百官表》：刺史班宣，周行郡國，省察治狀，以六條問事。
〔三五〕惕，《英華》作「暢」，注：集作「惕」。〔徐校〕《英華》作「暢」，非。〔馮注〕祇暢，敬爲宣布也，一作「祇惕」，誤。〔按〕祇惕，敬慎恐懼。謂對朝廷之謀畫敬慎恐懼，遵行無誤。
〔三六〕〔徐注〕嵇康《幽憤詩》：奉時恭默，咎悔不生。
〔三七〕功，《英華》作「尤」，注：集作「功」。〔按〕當作「功」，方與上句相應。
〔三八〕六，《英華》作「九」，非。〔馮注〕《北史·李義深傳》：「齊神武行經冀州，總合河北六州文籍。」而唐時河朔以魏博六州爲最强，故舉六州以該河朔。「六州」字史文習見。此言昭義既平，河朔嚮化。吴縝《新唐書糾繆》曰：唐人著書，多謂天下視河北得失以爲朝廷治亂輕重也。

〔三九〕〔徐注〕《後漢書・馬融傳》：《廣成頌》曰：「命師於鞬櫜，偃伯於靈臺。」注：《司馬法》曰：「古者武軍三年不興，則凱樂凱歌，偃伯靈臺，答人之勞，告不興也。」偃，休也；伯，謂師節也。〔補注〕偃伯，休戰。《詩・大雅・靈臺》：「經始靈臺，經之營之，庶民攻之，不日成之。」靈臺爲周文王所建。

〔四〇〕〔徐注〕《管子》：堯有衢室之問者，下聽於人也。《淮南子》：聖人之道，若中衢而設尊，過者斟酌，各得其宜。《晉書・刑法志》：念室後刑，衢尊先惠。〔補注〕衢室，傳爲堯徵詢民意之所。衢室歸尊，謂設酒衢室，任人自飲，喻施仁政。歸，饋贈。

〔四一〕〔徐注〕《後漢書・章帝紀贊》曰：左右藝文，斟酌律禮。《晉書・儒林傳論》曰：漢祖勃興，粗修禮律。〔按〕漢初，叔孫通爲高祖製禮作樂，事詳《史記・劉敬叔孫通列傳》。

〔四二〕〔馮注〕《舊書・志》：鄭州，隋滎陽郡。武德四年，置鄭州於武牢。貞觀七年，移理所於管城。《漢書・梁孝王傳》：孝王築東苑，方三百餘里，廣睢陽城七十里。《元和郡國志》：《史記》：魏惠王自安邑徙大梁，今汴州浚儀也。漢文帝以皇子武爲梁王，都大梁。後東徙睢陽，今宋州也。按：梁苑雖在睢陽，而汴州本梁國。唐時汴宋節度使理汴州，每稱梁國、梁苑。此統指汴、宋也。〔徐注〕（梁苑）謂汴州。〔按〕此「梁苑」自爲汴州之代稱，不兼宋州。

〔四三〕〔徐注〕漢成皋縣，唐爲汜水縣，在鄭州西一百十里。〔馮注〕《漢書・志》：河南郡成皋縣。注曰：故虎牢，或曰制。《通典》：河南府汜水縣，有故虎牢城，漢成皋縣，後漢置關。《元和郡縣志》：汜水縣屬鄭州。顯慶二年，改屬河南府。《通典》：鄭州，東至汴州陳留郡，西至東都河南府。

〔四四〕〔徐注〕《漢書·朱邑傳》：直敞遠守劇郡。〔補注〕劇郡，大郡，政務繁重之州郡。

〔四五〕見《祭處士房叔父文》「山東舊族」注。

〔四六〕〔馮注〕《史記·屈原傳》：子非三閭大夫歟？注曰：三閭之職，掌王族三姓，曰屈、昭、景。〔徐注〕《三輔黃圖》：漢高帝都長安，徙齊諸田，楚屈、昭、景及諸功臣於長陵。

〔四七〕〔徐注〕《書·畢命》曰：毖殷頑民。〔補注〕《書·畢命》：「毖殷頑民，遷于洛邑，密邇王室，式化厥訓。」孔傳：「惟殷頑民，恐其叛亂，故徙於洛邑，密近王室，用化其教。」

〔四八〕〔徐注〕《左傳》：鄭國多盜，取人於萑蒲之澤。

〔四九〕〔徐注〕《漢書·西域傳》：辟在西南，不當孔道。

〔五〇〕〔馮注〕《周禮·夏官》：馭夫，掌馭貳車、從車、使車。注曰：使車，驅逆之車。〔徐注〕《漢書·霍光傳》：使者旁午。注：一縱一橫爲旁午。〔按〕此「使車」即使者所乘之車，非《周禮》驅逆之使車，馮注引非其義（驅逆之車，係狩獵時驅趕禽獸以就田獵範圍之車，因職在役使，故稱使車）。

〔五一〕〔徐注〕《左傳》：民不罷勞，君無怨讟。

〔五二〕乖，《英華》作「求」，注：集作「乖」。〔徐注〕《周禮·遺人》：凡賓客、會同，師役，掌其道路之委積。五十里有市，市有候館，候館有積。《左傳》：曹人致餼。注：熟曰饔，生曰餼。〔馮注〕《禮記·聘義》：致饔餼。《國語》：單襄公過陳，膳宰不致餼，司里不授館。〔補注〕館餼，招待住宿飲食。

〔五三〕貽，《英華》作「謗」，注：集作「貽」。〔徐注〕潘岳詩：恪居處職司。

〔五四〕全，《全文》誤作「金」，據《英華》改。〔補注〕全器，猶全才。

〔五五〕〔徐注〕《漢書·孔光傳》：臣以朽材，前比歷位。〔補注〕《論語·公冶長》：「宰予晝寢。子曰：『朽木不可雕也，糞土之牆不可杇也。』」朽木，即朽材。

〔五六〕宦，《英華》注：集作「官」。官牒，見《爲張周封上楊相公啓》「仍期官牒」注。

〔五七〕〔徐注〕王融《策秀才文》：頃深汰珪符，妙簡銅墨。濟曰：圭符謂刺史，銅墨謂縣令。

〔五八〕〔徐注〕陸機表：懷金拖紫。

〔五九〕熊軾，見《爲濮陽公陳情表》「熊軾郎城」注。

〔六〇〕隼旟，見《爲安平公謝除兖海觀察使表》「忽擁隼旟」注。

〔六一〕痊，《全文》誤作「全」，據《英華》改。

〔六二〕〔徐注〕王儉《褚彦回碑》：文不以毁譽形言。

〔六三〕〔徐注〕《後漢書·申屠蟠傳》：諫梁配曰：「況在清聽。」〔按〕《爲絳郡公上史館李相公啓》云：「某早年被病，晚歲加深。衣衿無取於潔清，藩溷動淹於景刻。」即所謂形之於言有污清聽者。

〔六四〕潛，《全文》作「消」，非，據《英華》改。〔徐注〕《漢書·淮南厲王傳》：爰盎諫曰：「臣恐其逢霧露病死。」〔馮注〕潛威，潛施其威也。

〔六五〕〔補注〕《禮記·曲禮上》：「入竟而問禁，入國而問俗，入門而問諱。」此句「問俗」指刺史省察民情風俗。

〔六六〕〔徐注〕《詩》：夙夜在公。

〔六七〕〔徐注〕《説苑》：虞丘子復於莊王曰：「尸禄素飡，貪欲無厭，臣之罪當稽於理。」

〔六八〕〔徐注〕《南史·東昏侯紀》：逞諸變態，曾無媿顔。

〔六九〕明盛，《英華》作「盛明」。〔徐注〕《魏志·王基傳》：疏曰：「當明盛之世，不務以除患。」

〔七〇〕〔徐注〕《後漢書·逸民傳》：向長，字子平，建武中，男女聚嫁既畢，遊五岳名山，竟不知所終。

〔七一〕〔徐注〕潘岳《閑居賦序》：覽止足之分，庶浮雲之志。〔補注〕《老子》：「知足不辱，知止不殆，可以長久。」

〔七二〕精，《英華》作「情」。

〔七三〕〔徐注〕《易》：雲從龍，風從虎。

〔七四〕〔徐注〕《書》：若濟巨川，用汝作舟楫。

〔七五〕見《代安平公遺表》「成陛下比屋可封之化」注。

〔七六〕見《代安平公遺表》「分陛下一夫不獲之憂」注。

〔七七〕情，《英華》作「誠」。

〔七八〕愚，《英華》注：集作「宜」。

〔七九〕〔徐注〕《左傳》：晉侯許賂秦伯以河外列城五。

〔八〇〕郡，《英華》注：集作「部」。〔補注〕江關，江南。

〔八一〕〔補注〕緝綏，整治綏靖。

〔八二〕〔徐注〕班固《答賓戲》：搦朽磨鈍，鉛刀皆能一斷。

〔八三〕時，徐注本一作「日」，馮注本一作「月」，均非。

〔八四〕露，《全文》誤作「路」，據《英華》改。〔馮注〕《文選・曹子建表》：塵露之微，補益山海。注引謝承《後漢書》：楊喬曰：「猶塵附泰山，露集滄海，雖無補益，款誠至情，猶不敢默。」〔徐注〕《晉書・元帝四王傳》：塵露之微，有增山海。

〔八五〕〔馮注〕《南史》：沈約有志台司，梁武帝不用，以書陳情於徐勉，言已老病，革帶常應移孔，以手握臂，率計月小半分。《古詩》：衣帶日以緩。

〔八六〕〔徐注〕《詩》：側弁之俄。箋：側，傾也；俄，頃貌。

〔八七〕〔徐注〕《楚辭》：目極千里兮傷春心。《晉書・涼武昭王傳》：《述志賦》曰：「心往形留」。

〔八八〕《英華》「無任攀戀感激惶懼之至」十字省作「云云」。